BIBLIOTHÈQUE
DE LA PLÉIADE

BIBLIOTHÈQUE
DE LA PLÉIADE

APOLLINAIRE

Œuvres en prose complètes

II

TEXTES ÉTABLIS, PRÉSENTÉS ET ANNOTÉS
PAR PIERRE CAIZERGUES
ET MICHEL DÉCAUDIN

nrf

GALLIMARD

CE VOLUME CONTIENT :

Préface
par Pierre Caizergues et Michel Décaudin

ÉCRITS SUR L'ART

MÉDITATIONS ESTHÉTIQUES.
LES PEINTRES CUBISTES
FRAGONARD ET L'AMÉRIQUE
CHRONIQUES ET PAROLES SUR L'ART

CRITIQUE LITTÉRAIRE

LA PHALANGE NOUVELLE
LES POÈMES DE L'ANNÉE
LES POÈTES D'AUJOURD'HUI
SUR LA LITTÉRATURE FÉMININE
L'ANTITRADITION FUTURISTE
L'ESPRIT NOUVEAU ET LES POÈTES
CHRONIQUES ET ARTICLES :
Théories et polémiques
Portraits et silhouettes
Critique
Variétés

ÉCHOS SUR LES LETTRES ET LES ARTS

Notices, notes et variantes
par Pierre Caizergues et Michel Décaudin

PRÉFACE

Apollinaire poète ne cesse de requérir l'attention des critiques et d'entretenir la ferveur d'innombrables lecteurs. Romancier, conteur, il suscite enfin un intérêt grandissant. Mais il faut bien constater que sa critique d'art est encore rarement prise en considération, que sa critique littéraire demeure ignorée, que le chroniqueur du Flâneur des deux rives *ou de «La Vie anecdotique» ne provoque qu'une curiosité amusée, que le collaborateur de la collection «Les Maîtres de l'amour» échappe mal à une réputation de compilateur pornographe. Et que dire du journaliste, dont l'abondante production est souvent jugée comme vile besogne alimentaire, qui ne mérite pas d'être tirée de l'oubli?*

Il était cependant loin de mépriser ces écrits. Il a fait entrer des articles et des chroniques déjà publiés dans la composition du Poète assassiné, *de* La Femme assise *et même de plusieurs contes*[1]. *Il a établi le texte des* Peintres cubistes *en procédant à un véritable collage d'éléments d'origines disparates.* Les Diables amoureux *est un regroupement des préfaces écrites pour les volumes des «Maîtres de l'amour» et du «Coffret du bibliophile».*

On peut même dire qu'avec Le Flâneur des deux rives *il avait*

1. Voir le tome I des *Œuvres en prose.*

*mis au point une technique nouvelle de réemploi des chroniques, qu'il aurait sans doute également appliquée dans deux projets dont nous ne connaissons que les titres : «Petites merveilles de la guerre» et «L'Amour et la Guerre». De ce point de vue, une entreprise comme celle qui a consisté à recueillir après sa mort sous le titre d'*Anecdotiques *la série de «La Vie anecdotique» parue dans le* Mercure de France, *ou à regrouper en un volume ses articles des* Marges, *«Contemporains pittoresques» ou «La Littérature féminine», n'est sans doute pas infidèle à ses propres intentions.*

Signe de l'importance qu'il leur accordait, il avait conservé un assez grand nombre de ses articles, collés dans des carnets ou des cahiers[1] *: dossiers-souvenirs, certes, d'un homme toujours attaché à retenir le passé; mais aussi aide-mémoire pour l'écrivain, inépuisable réserve de matériaux de toutes sortes prêts à être réutilisés.*

★

Très tôt séduit par la carrière du journalisme, il avait, avec la naïveté de ses dix-huit ans, proposé dès 1898 sa collaboration au quotidien parisien La Volonté *— sans succès, faut-il le dire? Après ses débuts à* Tabarin *en 1901, il réitère en offrant ses services à* La Plume *au printemps de 1902, alors qu'il se trouve en Allemagne. C'est après son retour à Paris, à la fin d'août 1902, qu'il commence à multiplier ses collaborations, non sans un certain succès; Romain Rolland le remarque pour sa première «Revue des revues» — rubrique bien ingrate, cependant! — de* La Revue d'art dramatique et musical *du 15 juillet 1904 : «[...] Et qui est celui-là qui signe Guillaume Apollinaire? Il faut qu'il n'en reste pas là*[2]*...»*

Son activité, d'abord fort diversifiée, s'étendant jusqu'à des articles boursiers tout à fait impersonnels, évolua avec le temps dans un sens plus conforme aux exigences intimes de l'écrivain. La critique d'art au jour le jour, les chroniques, les échos auront sa prédilection, surtout à partir de 1910, sans toutefois qu'il renonce jamais à des tâches modestes comme la revue de presse. Le journalisme lui fournira alors

1. Ces carnets et ces cahiers sont actuellement conservés à la Bibliothèque nationale et à la bibliothèque littéraire Jacques-Doucet.

2. Voir Alphonse Séché, *Dans la mêlée littéraire* (Malfère, 1935), et *Guillaume Apollinaire 7*, 1968, p. 56.

l'essentiel de ses ressources, mais s'y serait-il ainsi jeté sans une profonde et puissante attirance?

Ce travail devient pour le poète un terrain d'élection où il peut donner libre cours à ses jeux, ses fuites et ses feintes. Il multiplie les pseudonymes, et, avec eux, les points de vue. Se libérant des contraintes du genre, il en arrive à créer sa propre formule, se faisant anecdotier. Là se révèle un Apollinaire familier, sans apprêt, dans sa vie quotidienne, réagissant aux provocations et aux sollicitations de l'actualité sans se laisser prendre à ses pièges. Il nous entraîne alors au gré de sa mémoire voyageuse vers la Bavière ou la Rhénanie chères à son cœur, ou vers cette Méditerranée qu'il adore. Alors indiscrétions et potins, marqués au sceau de son humour, informations saisies au vol dans une conversation ou rapportées par des amis, anecdotes tirées du vécu ou de son insatiable curiosité livresque s'accumulent dans un ensemble d'allure hétéroclite, mais où le propos de l'écrivain et son univers imaginaire restent fondamentalement les mêmes.

★

Sa critique littéraire, sa critique d'art suivent la même pente. On sait qu'il n'avait pas l'esprit de système et goûtait peu les théories. Mais sa grande disponibilité à autrui ne l'empêchait pas d'avoir en matière d'esthétique quelques idées solides et constantes : nécessité d'une beauté moderne *dont la nouveauté s'inscrive dans la tradition, primauté de la création sur l'imitation de la nature, droits de l'invention et liberté sans limites de l'imagination... On le voit bien à lire* Les Peintres cubistes *(dont il faut rappeler que le titre prévu par Apollinaire était* Méditations esthétiques*),* L'Esprit nouveau et les Poètes *ou les conférences récemment retrouvées*[1] *: ces pages décevront le lecteur qui serait en quête d'exposés méthodiques ou d'arts poétiques; elles le conduiront en revanche à saisir l'œuvre et son auteur dans leur particularité et leur originalité. Ses nombreux articles de critique d'art font eux aussi apparaître, à travers la multiplicité et la disparité des expositions, la continuité d'un jugement et d'un goût qu'il est trop souvent convenu de dire versatiles et superficiels. L'attitude du critique, si elle s'inscrit dans une pratique*

1. Dans le fonds Bernard-Poissonnier déposé à la Bibliothèque nationale en 1989.

du journalisme qui aura toujours été la sienne et, à la limite, rejoint l'expérience de l'échotier, n'en relève pas moins d'un système de valeurs constant et cohérent.

C'est donc une partie de l'œuvre d'Apollinaire à la fois une et variée, mais à notre sens inséparable de la poésie, du théâtre et de la prose d'imagination, que mettent en lumière ce volume et celui qui suivra.

★

Le présent volume, tome II des Œuvres en prose, *regroupe les textes de critique artistique et littéraire, à l'exception des* Diables amoureux, *qu'on trouvera dans le troisième.*

Plusieurs de ces textes, comme Les Peintres cubistes, L'Antitradition futuriste, *la conférence sur* La Phalange nouvelle, *ont été publiés par Apollinaire. On peut y joindre* L'Esprit nouveau et les Poètes *paru au lendemain de sa mort, comme le sera* Le Flâneur des deux rives *(voir tome III). Les plus nombreux sont restés dans les journaux ou les revues qui les avaient publiés. Certains ont donné lieu, depuis la mort d'Apollinaire, à des publications diverses :* Anecdotiques[1], Contemporains pittoresques[2], *«La Littérature féminine[3]»,* Chroniques d'art[4], Petites merveilles du quotidien *et* Petites flâneries d'art[5]*; d'autres ont été recueillis dans les tomes II et III des* Œuvres complètes[6] *et dans* Apollinaire journaliste *de Pierre Caizergues[7], qui contient de plus un relevé pratiquement exhaustif des*

1. Chroniques publiées sous le titre «La Vie anecdotique» dans le *Mercure de France* du 1er avril 1911 au 1er novembre 1918, réunies en 1925 aux éditions Stock.

2. Articles publiés dans *Les Marges* de 1909 à 1911 sous ce titre, auxquels a été joint un article de «Variétés» publié dans la même revue en juillet 1914; première publication du volume en 1929 aux éditions de la Belle Page.

3. Suite d'articles publiée dans *Les Marges* en 1909 et signée Louise Lalanne; reprise par Eugène Montfort dans *La Véritable Histoire de Louise Lalanne ou le Poète d'«Alcools» travesti en femme*, aux éditions des Marges, s.d. [1935].

4. Établi et publié par L.-C. Breunig, Gallimard, 1960.

5. Publiés respectivement en 1979 et 1981, aux éditions Fata Morgana; texte établi par Pierre Caizergues.

6. Éditées par Michel Décaudin, 4 vol., Balland-Lecat, 1965-1966.

7. Thèse de doctorat ès lettres, 3 vol., 1979, Service de reproduction des thèses, université de Lille III. Les textes de *Petites merveilles du quotidien* et de *Petites flâneries d'art* en sont extraits.

collaborations d'Apollinaire à des journaux et des revues. Enfin, des inédits ont été retrouvés, dans l'ancienne collection Apollinaire et dans des bibliothèques ; le fonds Bernard-Poissonnier, récemment entré à la Bibliothèque nationale, nous a en particulier apporté d'importantes conférences sur l'art et la poésie, les minutes de précieuses lettres et des ébauches d'articles.

Il fallait organiser cette matière abondante. Une première section concerne la critique d'art. Après Méditations esthétiques *et* Fragonard et l'Amérique, *qu'avait publiés Apollinaire, viennent, sous le titre « Chroniques et paroles sur l'art », ses articles et ses conférences. L'ordre chronologique déjà adopté par Breunig dans* Chroniques d'art *s'imposait : la critique d'Apollinaire suit trop l'actualité des manifestations artistiques pour être autrement présentée. Mais, à la différence de notre prédécesseur, nous avons pris le parti de la publication intégrale, rétablissant les coupures auxquelles il avait procédé et reprenant les articles qu'il avait écartés ou qui lui avaient échappé, les complétant par les inédits retrouvés.*

Suit la section de critique littéraire, composée selon le même principe. D'abord, les textes publiés par Apollinaire et ses conférences, auxquels ont été jointes les séries de « La Littérature féminine » et des « Contemporains pittoresques[1] *».*

Ensuite, les articles retrouvés dans les revues et les journaux ou inédits ; leur variété nous a conduits à les répartir en quatre groupes : « Théories et polémiques », « Portraits et silhouettes », « Critique » proprement dite et « Variétés », à l'intérieur desquels est respectée la succession chronologique.

Une troisième section groupe les « Échos sur les lettres et les arts ». Plutôt que de les répartir selon leurs sujets entre les sections précédentes du présent volume et le troisième tome, nous avons préféré respecter le mouvement et la saveur de ces brefs écrits en ne dissociant pas les ensembles. Une seule exception : les « Échos » du Mercure de France, *qui, en raison de leur nombre, de leur longueur variant de quelques lignes à plusieurs pages, et de la diversité des sujets abordés, ont été dispersés.*

★

1. Voir n. 2 et 3, p. XII.

Le troisième tome contiendra Le Flâneur des deux rives, *les chroniques de «La Vie anecdotique» auxquelles nous conservons le titre d'*Anecdotiques *qui leur a été donné lors de leur première publication en volume*[1], Les Diables amoureux, *puis les articles, chroniques et échos qui ne sont ni littéraires ni artistiques. Enfin, les deux romans érotiques d'Apollinaire* Les Onze Mille Verges *et* Les Exploits d'un jeune don Juan, *auront la place qui leur revient dans les œuvres d'Apollinaire.*

★

Avec ces trois volumes, le lecteur disposera pratiquement de tous les écrits en prose d'Apollinaire connus à ce jour et qui peuvent être considérés — au sens strict — comme des œuvres. Nous n'avons écarté de cet ensemble que les travaux de compilation purement documentaires et impersonnels, comme les notices du Théâtre italien[2], *la* Chronique des grands siècles de la France[3], *le* Perceval[4], *des articles composés à coups de citations et des échos qui se réduisent à de simples informations.*

★

L'établissement du texte ne posait pas de problèmes particuliers. Sans ignorer les éditions procurées par L.-C. Breunig pour Chroniques d'art, *par L.-C. Breunig et J.-C. Chevalier pour* Méditations esthétiques. Les Peintres cubistes, *ni les apports des* Œuvres complètes *chez Balland-Lecat et d'*Apollinaire journaliste *de Pierre Caizergues, nous nous sommes systématiquement reportés aux éditions originales des œuvres publiées par Apollinaire ou à la première publication des articles. Pour ces derniers, nous avons corrigé les coquilles évidentes (particulièrement dans les noms propres)*

1. Voir n. 1, p. XII.
2. Paris, Louis Michaud, «Encyclopédie littéraire illustrée», 1910.
3. *Chronique des grands siècles de la France.* Pages d'histoire, d'après des Mémoires inédits et les documents originaux de Cellini, Claude de l'Étoile, Fénelon, Mme de Sévigné, Fléchier, Jean Martheilhe, Saint-Simon, etc., Vincennes, Les Arts graphiques, 1912.
4. *Très plaisante et recreative histoire du tres preulx et vaillant chevallier Perceval le Galloys. Jadis chevallier de la Table Ronde lequel acheva les adventures de Saint-Graal au temps du noble Roy Arthus,* avec les illustrations de l'édition ancienne, publiée par Guillaume Apollinaire, Payot, 1918, transcription d'un *Perceval* en prose du XVIe siècle, probablement due à Cendrars.

sans les signaler. Nous avons de la même façon normalisé l'orthographe et la ponctuation d'Apollinaire dans les manuscrits inédits, sauf dans le cas de particularités qui lui sont propres et caractérisent son écriture.

Nous avons disposé pour Les Peintres cubistes *d'un manuscrit et d'un jeu d'épreuves*[1], *ainsi que pour* La Phalange nouvelle, *d'un manuscrit pour* L'Antitradition futuriste, *d'un jeu d'épreuves pour* Fragonard et l'Amérique, *d'une maquette pour* Le Flâneur des deux rives *et* Les Diables amoureux, *des manuscrits des «Échos» du* Mercure de France, *provenant du fonds du Mercure de France et actuellement aux éditions Gallimard. Nous avons utilisé au mieux ces documents pour l'étude de la genèse des textes et l'établissement des variantes.*

En revanche, si nous avons collationné un grand nombre de manuscrits d'échos et d'articles, nous nous sommes abstenus de les signaler (et, a fortiori, *d'en relever les variantes, le plus souvent minimes), sauf dans quelques cas particulièrement éclairants. Ces manuscrits nous ont été de la plus grande utilité lorsqu'il s'agit de textes publiés sans signature. Nous n'avons en effet retenu dans ce cas que ceux dont l'attribution pouvait s'appuyer sur une preuve objective : manuscrit précisément, relevé de «pige», etc. C'est particulièrement le cas des «Échos» du* Mercure de France, *authentifiés par les manuscrits conservés dans les archives des éditions Gallimard.*

N'ont été relevées que les variantes qui éclairent la genèse du texte ou en modifient le sens, à l'exclusion des hésitations et corrections de plume. Les notes visent essentiellement à préciser les circonstances et les allusions littéraires, artistiques ou historiques nécessaires à une bonne lecture. La Bibliographie est reportée à la fin du tome III, qui contiendra également un Index des noms de personnes avec brèves indications biographiques couvrant les trois volumes des Œuvres en prose.

★

Nous tenons à remercier tout particulièrement M. Gilbert Boudar, qui nous a communiqué de précieux renseignements grâce aux documents fidèlement conservés dans la bibliothèque d'Apollinaire,

1. Déjà utilisés par L.-C. Breunig et Jean-Claude Chevalier dans leur édition, Hermann, 1965.

M. Roger Pierrot, conservateur en chef du Département des manuscrits à la Bibliothèque nationale, Mme Florence Callu, qui lui a succédé et Mme Florence de Lussy, responsable du fonds Bernard-Poissonnier, M. François Chapon, conservateur en chef de la bibliothèque littéraire Jacques-Doucet, M. Josué Seckel, conservateur en chef au Département des catalogues de la Bibliothèque nationale et Mme Hélène Seckel, conservateur au Musée Picasso, M. le Conservateur en chef de la bibliothèque de Yale University, M. Robert Debant, directeur des Archives du Gard, M. Dominique Duprez, directeur-archiviste départemental de l'Ardèche, Mlle Martine Hillaire, directrice des Archives de l'Ardenne, M. et Mme Christophe Tzara, M. C. Giraud, secrétaire de la Société des manuscrits et autographes français, Mme Christine Jacquet, documentaliste au C.N.R.S.

Notre gratitude va également à tous ceux qui, à des titres divers, ont facilité notre tâche, notamment Mmes et MM. Jacqueline Bellas, Jean Boissel, Madeleine Boisson, Franca Bruera, Jean et Simone Burgues, Henry Certigny, Jacques Chirio, l'abbé Clément Delmas, Francis Ducros, Claude Gely, Jacqueline Gojard, Jean-Paul Goujon, Hélène Henry, Étienne-Alain Hubert, Claudine Lacoste, l'abbé Denys Le Sayec, Gérard Lieber, Victor Martin-Schmets, Claude Mignot, Bernard Poissonnier, Adrien Roig, Bruno Roy, Myriam Saguy, Guy Tosi, Sergio Zoppi.

PIERRE CAIZERGUES et MICHEL DÉCAUDIN.

Écrits sur l'art

MÉDITATIONS ESTHÉTIQUES
LES PEINTRES CUBISTES

SUR LA PEINTURE[a]

I[1]

Les vertus plastiques : la pureté, l'unité et la vérité maintiennent sous leurs pieds la nature terrassée.

En vain, on bande l'arc-en-ciel, les saisons frémissent, les foules se ruent vers la mort, la science défait et refait ce qui existe, les mondes s'éloignent à jamais de notre conception, nos images mobiles se répètent ou ressuscitent leur inconscience et les couleurs, les odeurs, les bruits qu'on mène nous étonnent, puis disparaissent de la nature.

★

Ce monstre de la beauté n'est pas éternel.

Nous savons que notre souffle n'a pas eu de commencement et ne cessera point, mais nous concevons avant tout la création et la fin du monde.

Cependant, trop d'artistes-peintres adorent encore les plantes, les pierres, l'onde ou les hommes.

On s'accoutume vite à l'esclavage du mystère. Et la servitude finit par créer de doux loisirs.

On laisse les ouvriers maîtriser l'univers et les jardiniers ont moins de respect pour la nature que n'en ont les artistes.

Il est temps d'être les maîtres. La bonne volonté ne garantit point la victoire.

En deçà de l'éternité dansent les mortelles formes de l'amour et le nom de la nature résume leur maudite discipline.

★

La flamme est le symbole de la peinture et les trois vertus plastiques flambent en rayonnant.

La flamme a la pureté qui ne souffre rien d'étranger et transforme cruellement en elle-même ce qu'elle atteint.

Elle a cette unité magique qui fait que si on la divise, chaque flammèche est semblable à la flamme unique.

Elle a enfin la vérité sublime de sa lumière que nul ne peut nier.

★

Les artistes-peintres vertueux de cette époque occidentale considèrent leur pureté en dépit des forces naturelles.

Elle est l'oubli après l'étude. Et pour qu'un artiste pur mourût, il faudrait que tous ceux des siècles écoulés n'eussent pas existé.

La peinture se purifie, en Occident, avec cette logique idéale que les peintres anciens ont transmise aux nouveaux comme s'ils leur donnaient la vie.

Et c'est tout.

L'un vit dans les délices, l'autre dans la douleur, les uns mangent leur héritage, d'autres deviennent riches et d'autres encore n'ont que la vie.

Et c'est tout.

On ne peut pas transporter partout avec soi le cadavre de son père. On l'abandonne en compagnie des autres morts. Et l'on s'en souvient, on le regrette, on en parle avec admiration. Et si l'on devient père, il ne faut pas s'attendre à ce qu'un de nos enfants veuille se doubler pour la vie de notre cadavre[1].

Mais nos pieds ne se détachent qu'en vain du sol qui contient les morts.

★

Considérer la pureté, c'est baptiser l'instinct, c'est humaniser l'art et diviniser la personnalité.

La racine, la tige et la fleur de lys montrent la progression de la pureté jusqu'à sa floraison symbolique.

★

Tous les corps sont égaux devant la lumière et leurs modifications résultent de ce pouvoir lumineux qui construit à son gré.

Nous ne connaissons pas toutes les couleurs et chaque homme en invente de nouvelles.

Mais le peintre doit avant tout se donner le spectacle de sa propre divinité et les tableaux qu'il offre à l'admiration des hommes leur conféreront la gloire d'exercer aussi et momentanément leur propre divinité.

Il faut pour cela embrasser d'un coup d'œil : le passé, le présent et l'avenir.

La toile doit présenter cette unité essentielle qui seule provoque l'extase.

Alors rien de fugitif n'entraînera au hasard. Nous ne reviendrons pas brusquement en arrière. Spectateurs libres, nous n'abandonnerons point notre vie à cause de notre curiosité. Les faux sauniers des apparences ne passeront[a] point en fraude nos statues de sel devant l'octroi de la raison.

Nous n'errerons point dans l'avenir inconnu, qui séparé de l'éternité n'est qu'un mot destiné à tenter l'homme.

Nous ne nous épuiserons pas à saisir le présent trop fugace et qui ne peut être pour l'artiste que le masque de la mort : la mode.

★

Le tableau existera inéluctablement. La vision sera entière, complète et son infini, au lieu de marquer une imperfection, fera seulement ressortir le rapport d'une nouvelle créature à un nouveau créateur et rien d'autre. Sans quoi, il n'y aura point d'unité, et les rapport qu'auront les divers points de la toile avec différents génies, avec différents objets, avec différentes lumières ne montreront qu'une multiplicité de disparates sans harmonie.

Car, s'il peut y avoir un nombre infini de créatures attestant chacune leur créateur, sans qu'aucune création n'encombre l'étendue de celles qui coexistent, il est impossible de les concevoir en même temps et la mort provient de leur juxtaposition, de leur mêlée, de leur amour.

Chaque divinité crée à son image; ainsi des peintres. Et les photographes seuls fabriquent la reproduction de la nature.

★

La pureté et l'unité ne comptent pas sans la vérité qu'on ne peut comparer à la réalité puisqu'elle est la même, hors de toutes les natures qui s'efforcent de nous retenir dans l'ordre fatal où nous ne sommes que des animaux.

★

Avant tout, les artistes sont des hommes qui veulent devenir inhumains.

Ils cherchent péniblement les traces de l'inhumanité, traces que l'on ne rencontre nulle part dans la nature.

Elles sont la vérité et en dehors d'elles nous ne connaissons aucune réalité.

★

Mais on ne découvrira jamais la réalité une fois pour toutes. La vérité sera toujours nouvelle.

Autrement, elle n'est qu'un système plus misérable[a] que la nature.

En ce cas, la déplorable vérité, plus lointaine, moins distincte, moins réelle chaque jour réduirait la peinture à l'état d'écriture plastique simplement destinée à faciliter les relations entre gens de la même race.

De nos jours, on trouverait vite la machine à reproduire de tels signes, sans entendement.

II

Beaucoup de peintres nouveaux ne peignent que des tableaux[b] où il n'y a pas de sujet véritable. Et les dénominations que l'on trouve dans les catalogues jouent alors le rôle des noms qui désignent les hommes sans les caractériser.

De même qu'il existe des Legros qui sont fort maigres et des Leblond qui sont très bruns, j'ai vu des toiles appelées : *Solitude,* où il y avait plusieurs personnages.

Dans les cas dont il s'agit, on condescend encore parfois à se servir de mots vaguement explicatifs comme «portrait», «paysage», «nature morte»; mais beaucoup de jeunes artistes-peintres n'emploient que le vocable général de *peinture.*

Ces peintres, s'ils observent encore la nature, ne l'imitent plus et ils évitent avec soin la représentation de scènes naturelles observées et reconstituées par l'étude.

La vraisemblance n'a plus aucune importance, car tout est sacrifié par l'artiste aux vérités, aux nécessités d'une nature supérieure qu'il suppose sans la découvrir. Le sujet ne compte plus ou s'il compte c'est à peine.

L'art moderne repousse, généralement, la plupart des moyens de plaire mis en œuvre par les grands artistes des temps passés.

Si[a] le but de la peinture est toujours comme il fut jadis : le plaisir des yeux, on demande désormais à l'amateur d'y trouver un autre plaisir que celui que peut lui procurer aussi bien le spectacle des choses naturelles.

★

On s'achemine ainsi vers un art entièrement nouveau, qui sera à la peinture, telle qu'on l'avait envisagée jusqu'ici, ce que la musique est à la littérature.

Ce sera de la peinture pure, de même que la musique est de la littérature pure.

L'amateur de musique éprouve, en entendant un concert, une joie d'un ordre différent de la joie qu'il éprouve en écoutant les bruits naturels comme le murmure d'un ruisseau, le fracas d'un torrent, le sifflement du vent dans une forêt, ou les harmonies du langage humain fondées sur la raison et non sur l'esthétique.

De même, les peintres nouveaux procureront à leurs admirateurs des sensations artistiques uniquement dues à l'harmonie des lumières impaires.

★

On connaît[a] l'anecdote d'Apelle et de Protogène qui est dans Pline[1].

Elle fait bien voir le plaisir esthétique et résultant seulement de cette construction impaire dont j'ai parlé[b].

Apelle aborde, un jour, dans l'île de Rhodes pour voir les ouvrages de Protogène, qui y demeurait. Celui-ci était absent de son atelier quand Apelle s'y rendit. Une vieille était là qui gardait un grand tableau tout prêt à être peint. Apelle au lieu de laisser son nom, trace sur le tableau un trait si délié qu'on ne pouvait rien voir de mieux venu.

De retour, Protogène apercevant le linéament, reconnut la main d'Apelle, et traça sur le trait un trait d'une autre couleur et plus subtil encore, et, de cette façon, il semblait qu'il y eût trois traits.

Apelle revint encore le lendemain sans rencontrer celui qu'il cherchait et la subtilité du trait qu'il traça ce jour-là désespéra Protogène. Ce tableau causa longtemps l'admiration des connaisseurs qui le regardaient avec autant de plaisir que si, au lieu d'y représenter des traits presque invisibles, on y avait figuré des dieux et des déesses.

★

Les jeunes artistes-peintres des écoles extrêmes ont pour but secret de faire de la peinture pure. C'est un art plastique entièrement nouveau. Il n'en est qu'à son commencement et n'est pas encore aussi abstrait qu'il voudrait l'être. La plupart des nouveaux peintres[c] font bien de la mathématique sans le ou la savoir, mais ils n'ont pas encore abandonné la nature qu'ils interrogent patiemment à cette fin qu'elle leur enseigne la route de la vie.

Un Picasso étudie un objet comme un chirurgien dissèque un cadavre.

Cet art de la peinture pure s'il parvient à se dégager entièrement de l'ancienne peinture, ne causera pas nécessairement la disparition de celle-ci, pas plus que le développement de la musique n'a causé la disparition des différents genres littéraires, pas plus que l'âcreté du tabac n'a remplacé la saveur des aliments.

III

On a vivement reproché aux artistes-peintres nouveaux des préoccupations géométriques. Cependant les figures géométriques sont l'essentiel du dessin. La géométrie, science qui a pour objet l'étendue, sa mesure et ses rapports, a été de tout temps la règle même de la peinture.

Jusqu'à présent, les trois dimensions de la géométrie euclidienne suffisaient aux inquiétudes que le sentiment de l'infini met dans l'âme des grands artistes.

Les nouveaux peintres[a], pas plus que leurs anciens, ne se sont proposé d'être des géomètres. Mais on peut dire que la géométrie est aux arts plastiques ce que la grammaire est à l'art de l'écrivain. Or, aujourd'hui, les savants ne s'en tiennent plus aux trois dimensions de la géométrie euclidienne. Les peintres ont été amenés tout naturellement et, pour ainsi dire, par intuition, à se préoccuper de nouvelles mesures possibles de l'étendue que dans le langage des ateliers modernes on désignait toutes ensemble et brièvement par le terme de *quatrième dimension*[1].

★

Telle qu'elle s'offre à l'esprit, du point de vue plastique, la quatrième dimension serait engendrée[b] par les trois mesures connues : elle figure l'immensité de l'espace s'éternisant dans toutes les directions à un moment déterminé. Elle est l'espace même, la dimension de l'infini; c'est elle qui doue de plasticité les objets. Elle leur donne les proportions qu'ils méritent dans l'œuvre, tandis que dans l'art grec par exemple, un rythme en quelque sorte mécanique détruit sans cesse les proportions.

L'art grec avait de la beauté une conception purement humaine. Il prenait l'homme comme mesure de la perfection. L'art des peintres nouveaux prend l'univers infini comme idéal et c'est à cet idéal que l'on doit une nouvelle mesure de la perfection qui permet à l'artiste-peintre de[c] donner à l'objet des proportions conformes au degré de plasticité où il souhaite l'amener.

Nietzsche avait deviné la possibilité d'un tel art :

« Ô Dionysos divin, pourquoi me tires-tu les oreilles? demande Ariane à son philosophique amant dans un de ces célèbres dialogues sur l'*Île de Naxos.* — Je trouve quelque chose d'agréable, de plaisant à tes oreilles, Ariane : pourquoi ne sont-elles pas plus longues encore[1] ? »

Nietzsche, quand il rapporte cette anecdote, fait par la bouche de Dionysos le procès de l'art grec.

Ajoutons que cette imagination : *la quatrième dimension*, n'a été que la manifestation des aspirations, des inquiétudes d'un grand nombre de jeunes artistes regardant les sculptures égyptiennes, nègres et océaniennes, méditant les ouvrages de science, attendant un art sublime, et qu'on n'attache plus aujourd'hui à cette expression utopique, qu'il fallait noter et expliquer, qu'un intérêt en quelque sorte historique.

IV

Voulant atteindre aux proportions de l'idéal, ne se bornant pas à l'humanité, les jeunes peintres nous offrent des œuvres plus cérébrales que sensuelles. Ils s'éloignent de plus en plus de l'ancien art des illusions d'optique et des proportions locales pour exprimer la grandeur des formes métaphysiques. C'est pourquoi l'art actuel, s'il n'est pas l'émanation directe de croyances religieuses déterminées, présente cependant plusieurs caractères du grand art, c'est-à-dire de l'Art religieux.

V

Les grands poètes et les grands artistes ont pour fonction sociale de renouveler sans cesse l'apparence que revêt la nature aux yeux des hommes.

Sans les poètes, sans les artistes les hommes s'ennuieraient vite de la monotonie naturelle. L'idée sublime qu'ils ont de l'univers retomberait avec une vitesse vertigineuse.

L'ordre qui paraît dans la nature et qui n'est qu'un effet de l'art s'évanouirait aussitôt. Tout se déferait dans le chaos. Plus de saisons, plus de civilisation, plus de pensée, plus d'humanité, plus de vie même et l'impuissante obscurité régnerait à jamais.

Les poètes et les artistes déterminent de concert la figure de leur époque et docilement l'avenir se range à leur avis.

La structure générale[a] d'une momie égyptienne est conforme aux figures tracées par les artistes égyptiens et cependant les anciens Égyptiens étaient fort différents les uns des autres. Ils se sont conformés à l'art de leur époque.

C'est le propre de l'Art, son rôle social, de créer cette illusion : le type. Dieu sait que l'on s'est moqué des tableaux de Manet, de Renoir ! Eh bien ! il suffit de jeter les yeux sur des photographies de l'époque pour s'apercevoir de la conformité des gens et des choses aux tableaux que ces grands peintres en ont peints.

Cette illusion me paraît toute naturelle, les œuvres d'art étant ce qu'une époque produit de plus énergique au point de vue de la plastique. Cette énergie s'impose aux hommes et elle est pour eux la mesure plastique d'une époque. Ainsi, ceux qui se moquent des nouveaux peintres se moquent de leur propre figure, car l'humanité de l'avenir se représentera l'humanité d'aujourd'hui d'après les représentations que les artistes de l'art le plus vivant, c'est-à-dire le plus nouveau, en auront laissées. Ne me dites pas qu'il y a aujourd'hui d'autres peintres qui peignent de telle façon que l'humanité puisse s'y reconnaître peinte à son image. Toutes les œuvres d'art d'une époque finissent par ressembler aux œuvres de l'art le plus énergique, le plus expressif, le plus typique. Les poupées sont issues d'un art populaire; elles semblent toujours inspirées par les œuvres du grand art de la même époque. C'est une vérité qu'il est facile de contrôler. Et cependant qui oserait dire que les poupées que l'on vendait dans les bazars, vers 1880, ont été fabriquées avec un sentiment analogue à celui de Renoir quand il peignait ses portraits? Personne alors ne s'en apercevait. Cela signifie cependant que l'art de Renoir était assez énergique, assez vivant pour s'imposer à nos sens tandis qu'au grand public de l'époque où il débutait, ses conceptions apparaissaient comme autant d'absurdités et de folies.

VI

On a parfois, et notamment à propos des artistes-peintres les plus récents, envisagé la possibilité d'une mystification ou d'une erreur collectives.

Or[a], on ne connaît pas dans toute l'histoire des arts une seule mystification collective, non plus qu'une erreur artistique collective. Il y a des cas isolés, de mystification et d'erreur, mais les éléments conventionnels dont se composent en grande partie les œuvres d'art nous garantissent que de ces cas il ne saurait en exister de collectifs.

Si[b] la nouvelle école de peinture nous présentait un de ces cas, ce serait un événement si extraordinaire qu'on pourrait l'appeler un miracle. Concevoir un cas de cette sorte, ce serait concevoir que, brusquement, dans une nation, tous les enfants naîtraient privés de tête ou d'une jambe ou d'un bras, conception évidemment absurde. Il n'y a pas d'erreurs ni de mystifications collectives en art, il n'y a que diverses époques et diverses écoles de l'art. Si le but que poursuit chacune d'elles n'est pas également élevé, également pur, toutes sont également respectables, et, selon les idées que l'on se fait de la beauté, chaque école artistique est successivement admirée, méprisée et de nouveau admirée.

VII

La nouvelle école[c] de peinture porte le nom de cubisme; il lui fut donné par dérision en automne 1908 par Henri Matisse qui venait de voir un tableau représentant des maisons dont l'apparence cubique le frappa vivement[1].

Cette esthétique nouvelle s'élabora d'abord dans l'esprit d'André Derain, mais les œuvres les plus importantes et les plus audacieuses qu'elle produisit aussitôt furent celles d'un grand artiste que l'on doit aussi considérer comme un fondateur : Pablo Picasso[d] dont les inventions corroborées par le bon sens de Georges Braque qui exposa, dès 1908, un tableau cubiste au Salon des indépendants[1], se trouvèrent formulées dans les[a] études de Jean Metzinger qui exposa le premier portrait cubiste (c'était le mien) au Salon des indépendants en 1910[2] et fit admettre aussi, la même année, des œuvres cubistes par le jury du Salon d'automne. C'est en 1910 également que parurent aux Indépendants des tableaux de Robert Delaunay, de Marie Laurencin, de Le Fauconnier, qui ressortissaient à la même école[3].

La première[b] exposition d'ensemble du cubisme dont les adeptes devenaient plus nombreux, eut lieu en 1911 aux Indépendants, où la salle 41 réservée aux cubistes causa une profonde impression. On y voyait des œuvres savantes et séduisantes de Jean Metzinger; des paysages, l'*Homme nu* et la *Femme aux phlox* d'Albert Gleizes; le *Portrait de Mme Fernande X* et les *Jeunes Filles* par Mlle Marie Laurencin, la *Tour* de Robert Delaunay[c], l'*Abondance* de Le Fauconnier, les *Nus dans un paysage* de Fernand Léger[4].

La première manifestation des cubistes à l'étranger eut lieu à Bruxelles, la même année, et dans la préface de cette exposition[5] j'acceptai, au nom des exposants, les dénominations : «cubisme» et «cubistes».

À la fin de 1911, l'exposition des cubistes au Salon d'automne fit un bruit considérable[6], les moqueries ne furent épargnées ni à Gleizes (*La Chasse*, *Portrait de Jacques Nayral*), ni à Metzinger (*La Femme à la cuiller*), ni à Fernand Léger. À ces artistes s'étaient joints un nouveau peintre, Marcel Duchamp, et un sculpteur-architecte, Duchamp-Villon.

D'autres expositions collectives eurent lieu en novembre 1911 à la Galerie d'art contemporain, rue Tronchet, à Paris[7]; en 1912, au Salon des indépendants qui fut marqué par l'adhésion de Juan Gris[8]; au mois de mai, en Espagne[9], où Barcelone accueille avec enthousiasme les jeunes Français; enfin au mois de juin, à Rouen, exposition organisée par la Société des artistes normands et qui fut marquée par l'adhésion de Francis Picabia à la nouvelle école[10]. (*Note écrite en septembre 1912*[d].)

★

Ce qui différencie le cubisme de l'ancienne peinture, c'est qu'il n'est pas un art d'imitation, mais un art de conception qui tend à s'élever jusqu'à la création.

En représentant la réalité-conçue ou la réalité-créée, le peintre peut donner l'apparence de trois dimensions, peut en quelque sorte *cubiquer*. Il ne le pourrait pas en rendant simplement la réalité-vue, à moins de faire du trompe-l'œil en raccourci ou en perspective, ce qui déformerait la qualité de la forme conçue ou créée.

Quatre tendances se sont maintenant manifestées dans le cubisme tel que je l'ai écartelé. Dont deux tendances parallèles et pures.

Le «cubisme scientifique» est l'une de ces tendances pures[1]. C'est l'art de peindre des ensembles nouveaux avec des éléments empruntés, non à la réalité de vision, mais à la réalité de connaissance.

Tout homme a le sentiment de cette réalité intérieure. Il n'est pas besoin d'être un homme cultivé pour concevoir, par exemple, une forme ronde.

L'aspect géométrique qui a frappé si vivement ceux qui ont vu les premières toiles scientifiques venait de ce que la réalité essentielle y était rendue avec une grande pureté et que l'accident visuel et anecdotique en avait été éliminé.

Les peintres qui ressortissent à cet art sont : Picasso, dont l'art lumineux appartient encore à l'autre tendance pure du cubisme, Georges Braque, Metzinger, Albert Gleizes, Mlle Laurencin et Juan Gris.

Le «cubisme physique», qui est l'art de peindre des ensembles nouveaux avec des éléments empruntés pour la plupart à la réalité de vision. Cet art ressortit cependant au cubisme par la discipline constructive. Il a un grand avenir comme peinture d'histoire. Son rôle social est bien marqué, mais ce n'est pas un art pur. On y confond le sujet avec les images.

Le peintre physicien qui a créé cette tendance est Le Fauconnier.

Le «cubisme orphique» est l'autre grande tendance de la peinture moderne. C'est l'art de peindre des ensembles nouveaux avec des éléments empruntés non à la réalité visuelle, mais entièrement créés par l'artiste et doués par lui d'une puissante réalité. Les œuvres des artistes orphiques doivent présenter simultanément un agrément esthétique pur, une construction qui tombe sous les sens et une signification sublime, c'est-à-dire le sujet. C'est de l'art pur. La lumière des œuvres de Picasso contient cet art qu'invente de son côté Robert Delaunay et où s'efforcent aussi Fernand Léger, Francis Picabia et Marcel Duchamp.

Le «cubisme instinctif», art de peindre des ensembles nouveaux empruntés non à la réalité visuelle, mais à celle que suggèrent à l'artiste l'instinct et l'intuition, tend depuis longtemps à l'orphisme. Il manque aux artistes instinctifs la lucidité et une croyance artistique; le cubisme instinctif comprend un très grand nombre d'artistes. Issu de l'impressionnisme français, ce mouvement s'étend maintenant sur toute l'Europe.

★

Les derniers tableaux de Cézanne et ses aquarelles ressortissent au cubisme, mais Courbet est le père des nouveaux peintres et André Derain, sur qui je reviendrai un jour, fut l'aîné de ses fils bien-aimés, car on le trouve à l'origine du mouvement des fauves qui fut une sorte de préambule au cubisme et encore à l'origine de ce grand mouvement subjectif, mais il serait trop difficile aujourd'hui de bien écrire touchant un homme qui volontairement se tient à l'écart de tout et de tous[a].

★

L'école moderne de peinture me paraît[b] la plus audacieuse qui ait jamais été. Elle a posé la question du beau en soi.

Elle veut se figurer le beau dégagé de la délectation que l'homme cause à l'homme, et depuis le commencement des temps historiques aucun artiste européen n'avait osé cela. Il faut aux nouveaux artistes une beauté idéale qui ne soit plus seulement l'expression orgueilleuse de l'espèce, mais l'expression de l'univers, dans la mesure où il s'est humanisé dans la lumière.

★

L'art d'aujourd'hui revêt ses créations d'une apparence grandiose, monumentale, qui dépasse à cet égard tout ce qui avait été conçu par les artistes[a] de notre âge. Ardent à la recherche de la beauté, il est noble, énergique et cette réalité qu'il nous apporte est merveilleusement claire.

J'aime l'art d'aujourd'hui parce que j'aime avant tout la lumière et tous les hommes aiment avant tout la lumière, ils ont inventé le feu[1].

blottissent dans le crépuscule comme une ancienne église. Ces femmes renoncent et leurs doigts remueraient pour tresser des couronnes de paille. Avec le jour, elles disparaissent, elles se sont consolées dans le silence. Elles ont franchi beaucoup de portes : les mères protégeaient les berceaux pour que les nouveau-nés ne fussent pas mal doués; quand elles se penchaient les petits enfants souriaient de les savoir si bonnes.

Elles ont souvent remercié et les gestes de leurs avant-bras tremblaient comme leurs paupières.

Enveloppés de brume glacée, des vieillards attendent sans méditer, car les enfants seuls méditent. Animés de pays lointains, de querelles de bêtes, de chevelures durcies, ces vieillards peuvent mendier sans humilité.

D'autres mendiants se sont usés à la vie. Ce sont des infirmes, des béquillards et des bélîtres. Ils s'étonnent d'avoir atteint le but qui est resté bleu et n'est plus l'horizon. Vieillissant, ils sont devenus fous comme des rois qui auraient trop de troupeaux d'éléphants portant de petites citadelles. Il y a des voyageurs qui confondent les fleurs et les étoiles.

Vieillis comme les bœufs meurent vers vingt-cinq ans, les jeunes ont mené des nourrissons allaités à la lune.

Dans un jour pur, des femmes se taisent; leurs corps sont angéliques et leurs regards tremblent.

À propos du danger leurs sourires sont intérieurs. Elles attendent l'effroi pour confesser des péchés innocents.

★

L'espace d'une année, Picasso vécut cette peinture mouillée, bleue comme le fond humide de l'abîme et pitoyable.

La pitié rendit Picasso plus âpre. Les places supportèrent un pendu s'étirant contre les maisons au-dessus des passants obliques. Ces suppliciés attendaient un rédempteur. La corde surplombait miraculeuse; aux mansardes, les vitres flambaient avec les fleurs des fenêtres.

Dans des chambres, de pauvres artistes-peintres dessinaient à la lampe des nudités toisonnées. L'abandon des souliers de femme près du lit signifiait une hâte tendre.

PEINTRES NOUVEAUX

PICASSO

Si nous savions, tous les dieux s'éveilleraient. Nés de la connaissance profonde que l'humanité retenait d'elle-même, les panthéismes adorés qui lui ressemblaient se sont assoupis. Mais malgré les sommeils éternels, il y a des yeux où se reflètent des humanités semblables à des fantômes divins et joyeux.

Ces yeux sont attentifs comme des fleurs qui veulent toujours contempler le soleil. Ô joie féconde, il y a des hommes qui voient avec ces yeux.

★

En ce temps-là, Picasso avait regardé des images humaines qui flottaient dans l'azur de nos mémoires et qui participent de la divinité pour damner les métaphysiciens. Qu'ils sont pieux ses ciels tout remués d'envolements, ses lumières lourdes et basses comme celle des grottes.

Il y a des enfants qui ont erré sans apprendre le catéchisme. Ils s'arrêtent et la pluie cesse de tomber : «Regarde! Des gens dans ces bâtisses et leurs vêtements sont pauvres.» Ces enfants qu'on n'embrasse pas comprennent tant! Maman, aime-moi bien! Ils savent sauter et les tours qu'ils réussissent sont des évolutions mentales.

Ces femmes qu'on n'aime plus se rappellent. Elles ont trop repassé aujourd'hui leurs idées cassantes. Elles ne prient pas; elles sont dévotes aux souvenirs. Elles se

★

Le calme vint après cette frénésie.

Les arlequins vivent sous les oripeaux quand la peinture recueille, réchauffe ou blanchit ses couleurs pour dire la force et la durée des passions, quand les lignes limitées par le maillot se courbent, se coupent ou s'élancent.

La paternité transfigure l'arlequin dans une chambre carrée tandis que sa femme se mouille d'eau froide et s'admire svelte et grêle autant que son mari le pantin. Un foyer voisin attiédit la roulotte. De belles chansons s'entrecroisent et des soldats passent ailleurs, maudissant la journée.

L'amour est bon quand on le pare et l'habitude de vivre chez soi double le sentiment paternel. L'enfant rapproche du père la femme que Picasso voulait glorieuse et immaculée.

Les mères, primipares, n'attendaient plus l'enfant, peut-être à cause de certains corbeaux jaseurs et de mauvais présage.

Noël! Elles enfantèrent de futurs acrobates parmi les singes familiers, les chevaux blancs et les chiens comme les ours.

Les sœurs adolescentes, foulant en équilibre les grosses boules des saltimbanques, commandent à ces sphères le mouvement rayonnant des mondes. Ces adolescentes ont, impubères, les inquiétudes de l'innocence, les animaux leur apprennent le mystère religieux. Des arlequins accompagnent la gloire des femmes, ils leur ressemblent, ni mâles, ni femelles.

La couleur a des matités de fresques, les lignes sont fermes. Mais placés à la limite de la vie, les animaux sont humains et les sexes indécis.

Des bêtes hybrides ont la conscience des demi-dieux de l'Égypte; des arlequins taciturnes ont les joues et le front flétris par les sensibilités morbides.

On ne peut pas confondre ces saltimbanques avec des histrions. Leur spectateur doit être pieux, car ils célèbrent des rites muets avec une agilité difficile. C'est cela qui distinguait ce peintre des potiers grecs dont son dessin approchait parfois. Sur les terres peintes, les prêtres barbus et bavards offraient en sacrifice des animaux résignés et sans destinée. Ici, la virilité est imberbe, mais se manifeste dans les nerfs des bras maigres, des méplats du visage et les animaux sont mystérieux.

Le goût de Picasso pour le trait qui fuit, change et pénètre a produit des exemples presque uniques de pointes sèches linéaires où il n'a point altéré les aspects généraux du monde.

★

Ce Malaguègne[1] nous meurtrissait comme un froid bref. Ses méditations se dénudaient dans le silence. Il venait de loin, des richesses de composition et de décoration brutale des Espagnols du XVIIe siècle.

Et ceux qui l'avaient connu se souvenaient de truculences rapides qui n'étaient déjà plus des essais.

Son insistance dans la poursuite de la beauté a tout changé alors dans l'Art[a].

★

Alors, sévèrement, il a interrogé l'univers[b]. Il s'est habitué à l'immense lumière des profondeurs. Et parfois, il n'a pas dédaigné de confier à la clarté des objets authentiques une chanson de deux sous, un timbre-poste véritable, un morceau[c] de toile cirée sur laquelle est imprimée la cannelure d'un siège. L'art du peintre n'ajouterait aucun élément pittoresque à la vérité de ces objets.

La surprise rit sauvagement dans la pureté de la lumière et c'est légitimement que des chiffres, des lettres moulées apparaissent comme des éléments pittoresques, nouveaux dans l'art, et depuis longtemps déjà imprégnés d'humanité.

★

Il n'est pas possible de deviner les possibilités, ni toutes les tendances d'un art aussi profond et aussi minutieux.

L'objet réel ou en trompe-l'œil est appelé sans doute à jouer un rôle de plus en plus important. Il est le cadre intérieur du tableau et en marque les limites profondes, de même que le cadre en marque les limites extérieures.

★

Imitant les plans pour représenter les volumes, Picasso donne des divers éléments qui composent les objets une énumération si complète et si aiguë qu'ils ne prennent point figure d'objet grâce au travail des spectateurs qui, par force, en perçoivent la simultanéité, mais en raison même de leur arrangement.

Cet art est-il plus profond qu'élevé? Il ne se passe point de l'observation de la nature et agit sur nous aussi familièrement qu'elle-même.

★

Il y a des poètes auxquels une muse dicte leurs œuvres, il y a des artistes dont la main est dirigée par un être inconnu qui se sert d'eux comme d'un instrument. Pour eux, point de fatigue, car ils ne travaillent point et peuvent beaucoup produire, à toute heure, tous les jours, en tout pays et en toute saison, ce ne sont point des hommes, mais des instruments poétiques ou artistiques. Leur raison est sans force contre eux-mêmes, ils ne luttent point et leurs œuvres ne portent point de traces de lutte. Ils ne sont point divins et peuvent se passer d'eux-mêmes. Ils sont comme le prolongement de la nature et leurs œuvres ne passent point par l'intelligence. Ils peuvent être émouvants sans que les harmonies qu'ils suscitent se soient humanisées. D'autres poètes, d'autres artistes au contraire sont là qui s'efforcent, ils vont vers la nature et n'ont avec elle aucun voisinage immédiat, ils doivent tout tirer d'eux-mêmes et nul démon, aucune muse ne les inspire. Ils habitent dans la solitude et rien n'est exprimé que ce qu'ils ont eux-mêmes balbutié, balbutié si souvent qu'ils arrivent parfois d'efforts en efforts, de tentatives en tentatives à formuler ce qu'ils souhaitent formuler. Hommes créés à l'image de Dieu, ils se reposeront un jour pour admirer leur ouvrage. Mais que de fatigues, que d'imperfection, que de grossièretés!

★

Picasso, c'était un artiste comme les premiers. Il n'y a jamais eu de spectacle aussi fantastique que cette métamorphose qu'il a subie en devenant un artiste comme les seconds.

★

Pour Picasso le dessein de mourir se forma en regardant les sourcils circonflexes de son meilleur ami qui cavalcadaient dans l'inquiétude. Un autre de ses amis l'amena un jour sur les confins d'un pays mystique où les habitants étaient à la fois si simples et si grotesques qu'on pouvait les refaire facilement[1].

Et puis vraiment, l'anatomie par exemple n'existait plus dans l'art, il fallait la réinventer et exécuter son propre assassinat avec la science et la méthode d'un grand chirurgien.

★

La grande révolution des arts qu'il a accomplie presque seul, c'est que le monde est sa nouvelle représentation.

Énorme flamme.

Nouvel homme, le monde est sa nouvelle représentation. Il en dénombre les éléments, les détails avec une brutalité qui sait aussi être gracieuse. C'est un nouveau-né qui met de l'ordre dans l'univers pour son usage personnel, et aussi afin de faciliter ses relations avec ses semblables. Ce dénombrement a la grandeur de l'épopée, et, avec l'ordre, éclatera le drame. On peut contester un système, une idée, une date, une ressemblance, mais je ne vois pas comment on pourrait contester la simple action du numérateur. Du point de vue plastique, on peut trouver que nous aurions pu nous passer de tant de vérité, mais cette vérité apparue, elle devient nécessaire. Et puis, il y a des pays. Une grotte dans une forêt où l'on faisait des cabrioles, un passage à dos de mule au bord d'un précipice et l'arrivée dans un village où tout sent l'huile chaude et le vin rance. C'est encore la promenade vers un cimetière et l'achat d'une couronne en faïence (couronne d'immortelles) et la mention *Mille regrets* qui eſt inimitable. On m'a aussi parlé de candélabres en terre glaise qu'il fallait appliquer sur une toile pour qu'ils en parussent sortir. Pendeloques de criſtal, et ce fameux retour du Havre[1].

Moi, je n'ai pas la crainte de l'Art et je n'ai aucun préjugé touchant la matière des peintres.

Les mosaïſtes peignent avec des marbres ou des bois de couleur. On a mentionné un peintre italien qui peignait avec des matières fécales[2]; sous la Révolution française, quelqu'un peignit avec du sang. On peut peindre avec ce qu'on voudra, avec des pipes, des timbres-poſte, des cartes poſtales ou à jouer, des candélabres, des morceaux de toile cirée, des faux cols, du papier peint, des journaux[3].

Il me suffit, à moi, de voir le travail, il faut qu'on voie le travail, c'eſt par la quantité de travail fournie par l'artiſte que l'on mesure la valeur d'une œuvre d'art.

Contraſtes délicats, les lignes parallèles, un métier d'ouvrier, quelquefois l'objet même, parfois une indication, parfois une énumération qui s'individualise, moins de douceur que de grossièreté. On ne choisit pas dans le moderne, de même qu'on accepte la mode sans la discuter.

Peinture... Un art étonnant et dont la lumière eſt[a] sans limites.

GEORGES BRAQUE

Les apparences paisibles dans la généralisation plaſtique, c'eſt ce que, dans une région tempérée, a rejoint l'art de Georges Braque[b].

★

Georges Braque eſt le premier parmi les peintres nouveaux, qui après sa métamorphose eſthétique, ait pris contact avec le public.

Cet événement capital se passa au Salon des indépendants en 1908.

★

Le rôle historique du Salon des indépendants commence à être aujourd'hui bien défini[1].

L'art du XIXe siècle — art par lequel s'est encore manifestée l'intégrité du génie français — n'est qu'une longue révolte contre la routine académique, à laquelle les rebelles opposaient les traditions authentiques qui échappent aux maîtres de cet art dégénéré que défend la citadelle de la rue Bonaparte.

Le Salon[a] des indépendants joue, depuis sa fondation, un rôle prépondérant dans l'évolution de l'art moderne et tour à tour il nous révèle les tendances et les personnalités qui, depuis vingt-cinq ans, font corps et âme avec l'histoire de la peinture française, la seule qui compte aujourd'hui, qui poursuive à la face de l'univers la logique des grandes traditions et qui manifeste toujours une grande intensité de vie.

Il convient d'ajouter que les grotesques ne paraissent pas au Salon des indépendants dans une proportion supérieure à celle où ils se montrent, avec un art soi-disant légitime, dans les Salons officiels.

Du reste, la culture artistique, de nos jours, ne relève plus d'une discipline sociale. Et ce n'est pas le moindre mérite de l'art qui se manifesta, en 1908, dans une œuvre de Georges Braque, que de s'accorder avec la société où il évolue.

Ce fait, qui ne s'était plus produit depuis la bonne période de la peinture hollandaise, constitue, en somme, l'élément social de la révolution dont Georges Braque fut l'orateur.

Elle aurait été avancée de deux ou trois ans si Picasso avait exposé, mais le silence lui était nécessaire et qui sait si les moqueries auxquelles fut alors en butte un Georges Braque n'eussent point détourné un Picasso du chemin difficile où il avait d'abord marché tout seul.

Mais en 1909, la révolution qui renouvela les arts plastiques était faite. Les plaisanteries du public et de la critique ne pouvaient plus l'empêcher.

Plus peut-être que des nouveautés qui paraissaient dans les tableaux de Braque, on s'étonna que quelqu'un parmi les jeunes peintres, sans se laisser aller à l'afféterie des illustrateurs, remît en honneur l'ordre et le métier, sans quoi il n'y a point d'art.

★

Voici donc Georges Braque. Son rôle fut héroïque. Son art paisible est admirable. Il s'efforce gravement. Il exprime une beauté pleine de tendresse et la nacre de ses tableaux irise notre entendement. Ce peintre est angélique[a].

Il a enseigné aux hommes et aux autres peintres l'usage esthétique de formes si inconnues que quelques poètes seuls les avaient soupçonnées[1]. Ces signes lumineux brillent autour de nous, mais quelques peintres seuls en ont dégagé la signification plastique. Le travail, surtout dans ses réalisations les plus grossières, contient une multitude d'éléments esthétiques dont la nouveauté est toujours d'accord avec le sentiment du sublime qui permet à l'homme d'ordonner le chaos : il ne faut pas mépriser ce qui paraît neuf, ou ce qui est sali ou ce qui nous sert, le faux bois ou le faux marbre des peintres en bâtiment. Même si ces apparences paraissent triviales, il faut, lorsque l'action réclame un homme, qu'il parte de ces trivialités.

Je déteste les artistes qui ne sont pas de leur époque et de même que le langage du peuple était pour Malherbe le bon langage de son époque, le métier de l'artisan, du peintre en bâtiment devrait être pour l'artiste la plus vigoureuse expression matérielle de la peinture.

★

On dira : Georges Braque le vérificateur[b]. Il a vérifié toutes les nouveautés de l'art moderne et en vérifiera encore.

JEAN METZINGER

Aucun jeune peintre contemporain n'a connu autant d'injustices que Jean Metzinger, n'a montré plus d'opiniâtreté que cet artiste raffiné, l'un des plus purs qui soient aujourd'hui. Il n'a jamais refusé d'accepter la leçon des événements. Dans le douloureux voyage qu'il a fait à la recherche d'une discipline, Jean Metzinger s'est arrêté dans toutes les villes bien policées qu'il a rencontrées sur son chemin.

Nous l'avons rencontré[a] tout d'abord dans cette élégante et moderne cité du néo-impressionnisme dont Georges Seurat fut le fondateur et l'architecte.

★

On n'apprécie pas encore ce grand peintre à sa valeur[1]. Ses œuvres ont[b], dans le dessin, la composition, la discrétion même des luminosités contrastées, un style qui les met à part et peut-être bien au-dessus de la plupart des ouvrages des peintres, ses contemporains.

Aucun peintre ne me fait songer à Molière comme Seurat, au Molière du *Bourgeois gentilhomme* qui est un ballet plein de grâce, de lyrisme et de bon sens. Et des toiles comme *Le Cirque* ou *Le Chahut* sont aussi des ballets pleins de grâce, de lyrisme et de bon sens.

Les peintres néo-impressionnistes sont ceux qui, pour citer Paul Signac, «ont instauré et, depuis 1886, développé la technique dite de la *division* en employant comme mode d'expression le mélange optique des tons et des teintes[2]». Cette technique pourrait être rattachée à l'art des mosaïstes byzantins, et je me souviens qu'un jour, dans une lettre adressée à M. Charles Morice, Signac se réclamait aussi de la Libreria de Sienne[3].

Cette technique si lumineuse et qui mettait de l'ordre dans les nouveautés impressionnistes fut devinée, appliquée même, par Delacroix, auquel elle avait été révélée par l'examen des tableaux de Constable.

C'est Seurat qui, en 1886, exposa le premier tableau divisé : *Un dimanche à la Grande-Jatte*. C'est lui qui a porté le plus loin le contraste des complémentaires dans la construction des tableaux. L'influence de Seurat se fait aujourd'hui sentir jusqu'à l'École des beaux-arts et fécondera encore la peinture.

★

Jean Metzinger joua un rôle parmi les divisionnistes raffinés et laborieux. Cependant les minuties colorées du néo-impressionnisme ne servaient encore qu'à indiquer quels éléments formaient le style d'une époque qui, dans presque toutes ses manifestations artistiques ou industrielles, en paraissait dénuée aux yeux des contemporains. Seurat, avec une précision que l'on peut appeler génie, a tracé de son époque quelques tableaux où la fermeté du style est égale à la netteté presque scientifique de la conception (*Le Chahut*, *Le Cirque* qui ressortissent presque au «cubisme scientifique»). Il a tout redressé dans l'art de son temps pour fixer les gestes qui caractérisent cette *fin de siècle*, cette fin du XIXe siècle, où tout fut anguleux, énervant, puérilement insolent et sentimentalement comique.

Un aussi beau spectacle intellectuel ne pouvait guère se prolonger et une fois que le style pittoresque qui se dégage de l'art du XIXe siècle eut été indiqué, le néo-impressionnisme cessa de jouer un rôle intéressant. Il n'apportait point d'autres nouveautés que le contraste des complémentaires et indiquait la valeur esthétique des nouveautés qu'avaient découvertes[a] les écoles précédentes depuis la fin du XVIIIe siècle. Trop d'éléments nouveaux sollicitaient les jeunes artistes-peintres. Ils ne pouvaient s'immobiliser dans un art qui, étant la dernière et la plus stricte expression d'une période artistique, devait donner du premier coup sa mesure.

★

Cette discipline devenait un règlement ennuyeux. Les grands cris colorés des fauves éclataient au loin. Ils attirèrent Jean Metzinger et lui apprirent sans aucun doute la signification symbolique des couleurs, les formes qu'elles représentent, et, lorsque de cette cité barbare et non sauvage, adonnée au luxe et aux orgies violentes, les barbares s'en furent allés, les fauves eurent cessé de rugir, il n'y resta plus que quelques bureaucrates paisibles qui ressemblaient trait pour trait aux fonctionnaires de la rue Bonaparte, à Paris[1]. Et le royaume des fauves dont la civilisation paraissait si neuve, si puissante, si éclatante, prit soudain l'aspect d'un village abandonné.

★

C'est alors que Jean Metzinger allant à la rencontre de Picasso et de Braque, fonda la ville des cubistes. La discipline y est stricte mais ne risque pas encore de devenir un système et la liberté y est plus grande que partout ailleurs.

★

De sa fréquentation chez les néo-impressionnistes, Jean Metzinger a gardé un goût pour la minutie, goût qui n'est point médiocre.

Rien d'inachevé dans son œuvre, rien non plus qui ne soit le fruit d'une rigoureuse logique et s'il s'est jamais trompé, ce que je ne sais pas et qu'il m'importe peu de savoir, ce n'est point au hasard. Son œuvre sera un des documents les plus certains lorsqu'on voudra expliquer l'art de notre époque. C'est grâce aux tableaux de Metzinger que l'on pourra faire le départ entre ce qui a une valeur esthétique dans notre art et ce qui n'en a point. Une peinture de Metzinger contient toujours sa propre explication. C'est peut-être là une noble faiblesse, mais c'est certainement d'une haute conscience et je crois un cas unique dans l'histoire des arts.

Dès que l'on aborde un tableau de Metzinger on sent que l'artiste a eu le ferme désir de ne prendre au sérieux que ce qui est sérieux et que les événements, selon une méthode qui me paraît excellente, lui fournissent les éléments plastiques de son art. Mais s'il les accepte tous, il ne les utilise point au hasard. Son œuvre est sain, plus sain sans aucun doute que ceux de la plupart des artistes, ses contemporains. Il ravira ceux qui aiment à connaître les raisons des choses et ces raisons ont de quoi satisfaire l'esprit[a].

★

Les ouvrages de Jean Metzinger ont de la pureté. Ses méditations prennent des formes belles, dont l'agrément tend à s'approcher du sublime. Les ensembles[a] nouveaux qu'il compose sont entièrement dépouillés de tout ce que l'on connaissait avant lui.

Son art de plus en plus abstrait mais toujours agréable aborde et tâche à résoudre les problèmes les plus difficiles et les plus imprévus de l'esthétique.

Chacune de ses œuvres renferme un jugement sur l'univers et son œuvre entier ressemble au firmament nocturne quand il est pur de tout nuage et qu'il y tremble d'adorables lueurs.

Et rien d'inachevé dans son œuvre, la poésie y ennoblit les plus petits détails.

ALBERT GLEIZES

Les œuvres d'Albert Gleizes sont de puissantes harmonies, que l'on doit séparer du cubisme théorique tel que l'ont instauré les peintres scientifiques. Je me souviens de ses essais. On y sentait déjà la volonté de ramener son art à ses éléments les plus simples. À ses débuts, Albert Gleizes se trouva vis-à-vis des écoles qui florissaient : les derniers impressionnistes, les symbolistes, dont quelques-uns étaient devenus les intimistes, les néo-impressionnistes divisionnistes et les fauves, à peu près dans la situation où se trouvait le Douanier Rousseau vis-à-vis de l'académisme et de l'intellectualisme des Salons officiels.

C'est alors qu'il comprit les travaux de Cézanne, qui avait influencé les œuvres des premiers cubistes.

Alors se développèrent ces harmonies[b], qui sont parmi ce que les arts plastiques ont produit de plus sérieux, de plus digne d'attention depuis une dizaine d'années.

Les portraits[c] d'Albert Gleizes montrent suffisamment que dans son art, comme dans l'art de la plupart des peintres nouveaux, l'individuation des objets n'est pas seulement le travail des spectateurs.

On regarde souvent les tableaux d'Albert Gleizes et ceux de beaucoup de jeunes peintres comme de timides généralisations.

Et cependant dans la plupart des tableaux nouveaux, les caractères individuels sont encore marqués avec une fermeté, une minutie même qui ne saurait échapper à ceux qui ont vu travailler les nouveaux peintres, qui ont regardé leurs peintures avec un peu d'attention.

La molle généralisation est plutôt le fait des peintres intellectuels de décadence. Quels[a] caractères individuels y a-t-il dans la peinture d'un Henri de Groux[1] qui généralise le sentiment décadent des imitateurs de Baudelaire, dans les tableaux d'un Zuloaga qui généralise l'Espagne conventionnelle des derniers romantiques? La véritable généralisation comporte une individualisation plus profonde et qui vit dans la lumière ainsi que dans les tableaux mêmes des impressionnistes à la Claude Monet, à la Seurat (à la Picasso même), qui généralisent leur sincérité et ont renoncé à préciser les caractères superficiels. Il n'y a pas un arbre, pas une maison, pas un personnage auquel les impressionnistes aient gardé un caractère individuel.

C'est un peintre impressionniste qui, avant de faire un portrait, commençait par dire qu'il ne le ferait point ressemblant.

Mais il y a une généralisation plus vaste encore et plus précise à la fois. C'est ainsi que le portrait est une des branches importantes de l'art des peintres nouveaux. Ils pourraient toujours garantir la ressemblance et je n'ai jamais vu aucun de leurs portraits qui ne fût ressemblant.

★

Quel souci de la réalité, des caractères individuels, ont bien pu avoir des peintres comme Bouguereau, comme Henner?

Chez beaucoup de peintres nouveaux chaque conception plastique est encore individualisée dans la généralisation avec une patience qu'il faut bien reconnaître.

Parce qu'ils ne se soucient ni de chronologie, ni d'histoire, ni de géographie, parce qu'ils rapprochent ce qu'on n'avait pas rapproché, parce qu'un Gleizes tente de dramatiser les objets qu'il dépeint en en dégageant les éléments d'émotion artistique, on peut dire que le but de leur art est d'une précision sublime.

★

Toutes les figures[a] des tableaux d'Albert Gleizes ne sont pas la même figure, tous les arbres, un arbre, tous les fleuves, un fleuve, mais le spectateur, s'il peut s'élever jusqu'aux idées générales pourra fort bien généraliser cette figure, cet arbre ou ce fleuve parce que le travail du peintre a fait monter ces objets à un degré supérieur de plasticité, à un degré de plasticité tel, que tous les éléments qui en constituent les caractères individuels sont représentés avec la même majesté dramatique.

★

La majesté, voilà ce qui caractérise avant tout l'art d'Albert Gleizes. Il apporta ainsi dans l'art contemporain une émouvante nouveauté. On ne la trouve avant lui, que chez peu de peintres modernes.

Cette majesté éveille l'imagination, provoque l'imagination et considérée du point de vue plastique elle est l'immensité des choses.

★

Cet art est vigoureux. Les tableaux d'Albert Gleizes sont réalisés par une force de même sorte que celles qui ont réalisé les pyramides et les cathédrales, qui réalisent les constructions métalliques, les ponts et les tunnels.

Ces œuvres ont parfois ce côté un peu inhabile des grandes œuvres, de celles que l'humanité met le plus haut parce qu'en effet le dessein de celui qui les fit était toujours de faire le mieux possible. Et le plus pur sentiment que puisse avoir de son art un artiste, c'est de faire de son mieux et c'en est un bas que de se contenter de réussir ses œuvres sans effort, sans travail, sans avoir fait le mieux possible.

MLLE MARIE LAURENCIN[1]

Notre époque a permis aux talents féminins de s'épanouir dans les lettres et dans les arts.

Les femmes apportent dans l'art comme une vision neuve et pleine d'allégresse de l'univers.

Il y a eu des peintres femmes à toutes les époques, et cet art merveilleux offre à l'attention, à l'imagination, des agréments si délicats que l'on ne s'étonnerait point s'il y avait eu un plus grand nombre de peintresses.

Le XVIe siècle italien a produit Sophonisba Angussola, célébrée par Lanzi et Vasari[2]. Paul IV et le roi d'Espagne se disputèrent ses ouvrages. Il y en a à Madrid, à Florence, à Gênes, à Londres. Le Louvre n'en possède point. Née à Crémone vers 1530, elle dépassa vite son maître Bernardino, et porta loin l'art du portrait. Les modernes ont parfois attribué certains de ces tableaux au Titien lui-même. Après avoir remporté les plus grands succès à la cour de Philippe II, elle finit par se retirer à Gênes, où elle devint aveugle. Lanzi dit qu'elle passait pour la personne de son siècle qui raisonnait le mieux sur les arts, et Van Dyck, qui vint l'écouter, affirma qu'il avait plus appris de cette vieille femme aveugle que du peintre *le plus clairvoyant*[a].

Sophonisba Angussola est jusqu'à présent l'exemple le plus élevé d'une gloire féminine acquise grâce aux arts plastiques.

★

Mlle Marie Laurencin a su exprimer[b], dans l'art majeur de la peinture, une esthétique entièrement féminine[c].

Dès ses premières peintures, ses premiers dessins, ses premières eaux-fortes, bien que ces essais ne se signalassent que par une certaine simplicité naturelle, on pouvait deviner que l'artiste qui allait bientôt se révéler exprimerait un jour la grâce et le charme du monde.

Elle produisit alors des tableaux où les arabesques devenaient des figures délicates.

Depuis ce temps, à travers ses recherches, on retrouve toujours cette arabesque féminine dont elle a su garder intacte la connaissance.

Tandis qu'un Picasso se préoccupe, en exaltant le pittoresque encore inconnu d'un objet, de lui faire rendre tout ce qu'il peut donner comme émotion esthétique, Mlle Laurencin dont l'art est issu de ceux d'Henri Matisse et de Picasso, s'adonne, avant tout, à exprimer la nouveauté pittoresque des objets et des figures. Aussi son art est-il moins sévère que celui de Picasso, art avec lequel cependant le sien ne va pas sans analogies. C'est qu'il est la numération des éléments qui composent son tableau. Elle s'attache ainsi à la nature, l'étudiant avec acharnement, mais écartant avec soin ce qui n'est ni jeune, ni gracieux, et les éléments inconnus des choses, elle ne les accueille que s'ils apparaissent sous un aspect juvénile.

Je pense que c'est de propos délibéré qu'elle a orienté ainsi son art vers la jeune nouveauté ou grave ou riante. L'esthétique féminine qui ne s'est guère montrée jusqu'ici que dans les arts appliqués comme la dentelle et la broderie avait avant tout à exprimer dans la peinture la nouveauté même de cette féminité. Plus tard, il viendra des femmes qui exploreront d'autres aspects féminins de l'univers.

Comme artiste, on peut placer Mlle Laurencin entre Picasso et le Douanier Rousseau. Ce n'est pas là une indication hiérarchique mais une simple constatation de parenté. Son art danse comme Salomé entre celui de Picasso, nouveau Jean-Baptiste qui lave les Arts dans le baptême de la lumière, et celui de Rousseau, Hérode sentimental, vieillard somptueux et puéril que l'amour amena sur les confins de l'intellectualisme, c'est là que les anges vinrent distraire sa douleur, ils l'empêchèrent de pénétrer dans l'affreux royaume dont il était devenu le *Douanier* et ce vieillard, finalement, ils l'admirent dans leur troupe et il lui vint de lourdes ailes.

★

La jeunesse[a] artistique a déjà témoigné de l'honneur où elle tient les œuvres de ce pauvre vieil ange qu'était Henri Rousseau *le Douanier*[1], qui mourut en 1910, à la fin de l'été.

On pourrait aussi l'appeler le Maître de Plaisance, tant à cause du quartier où il demeurait qu'en raison de ce qui rend ses tableaux si agréables à regarder.

Peu d'artistes ont été plus moqués durant leur vie que le Douanier et peu d'hommes opposèrent un front plus calme aux railleries, aux grossièretés dont on l'abreuvait. Ce vieillard courtois conserva toujours la même tranquillité d'humeur et par un tour heureux de son caractère, il voulait voir dans les moqueries mêmes l'intérêt que les plus malveillants à son égard étaient en quelque sorte obligés de témoigner à son œuvre. Cette sérénité n'était que de l'orgueil bien entendu. Le Douanier avait conscience de sa force. Il lui échappa une ou deux fois de dire qu'il était le plus fort des peintres de son temps. Et il est possible que sur bien des points il ne se trompât point de beaucoup. C'est que s'il lui a manqué dans sa jeunesse une éducation artistique (et cela se sent), il semble que, sur le tard, lorsqu'il voulut peindre, il ait regardé les maîtres avec passion et que presque seul d'entre les modernes, il ait deviné leurs secrets.

Ses défauts consistent seulement parfois dans un excès de sentiment, presque toujours dans une bonhomie populaire au-dessus de laquelle il n'aurait pu s'élever et qui contrastait un peu fort avec ses entreprises artistiques et avec l'attitude qu'il avait pu prendre dans l'art contemporain.

Mais à côté de cela que de qualités! Et il est bien significatif que la jeunesse artistique les ait devinées! On peut l'en féliciter, surtout si son intention n'est pas seulement de les honorer, mais encore de les recueillir.

Le Douanier allait jusqu'au bout de ses tableaux, chose bien rare aujourd'hui. On n'y trouve aucun maniérisme, aucun procédé, aucun système. De là vient la variété de son œuvre. Il ne se défiait pas plus de son imagination que de sa main. De là viennent la grâce et la richesse de ses compositions décoratives. Comme il avait fait la campagne du Mexique, il avait gardé un souvenir plastique et poétique très précis de la végétation et de la faune tropicales.

Il en est résulté que ce Breton, vieil habitant des faubourgs parisiens, est sans aucun doute le plus étrange, le plus audacieux et le plus charmant des peintres de l'exotisme. Sa *Charmeuse de serpents* le montre assez. Mais Rousseau ne fut pas seulement un décorateur, ce n'était pas non plus un imagier, c'était un peintre. Et c'est cela qui rend la compréhension de ses œuvres si difficile à quelques personnes. Il avait de l'ordre et cela se remarque non seulement dans ses tableaux, mais encore dans ses dessins ordonnés comme des miniatures persanes. Son art avait de la pureté, il comporte dans les figures féminines, dans la construction des arbres, dans le chant harmonieux des différents tons d'une même couleur, un style qui n'appartient qu'aux peintres français, et qui signale les tableaux français où qu'ils se trouvent. Je parle, bien entendu, des tableaux de maîtres.

La volonté de ce peintre était des plus fortes. Comment en douter devant ses minuties qui ne sont pas des faiblesses, comment en douter quand s'élèvent le chant des bleus, la mélodie des blancs dans cette *Noce* où une figure de vieille paysanne fait penser à certains Hollandais.

Comme peintre de portraits, Rousseau est incomparable. Un portrait de femme à mi-corps avec des noirs et des gris délicats[1] est poussé plus loin qu'un portrait de Cézanne. J'ai eu deux fois l'honneur d'être peint par Rousseau[2], dans son petit atelier clair de la rue Perrel, je l'ai vu souvent travailler et je sais quel souci il avait de tous les détails, quelle faculté il avait de garder la conception primitive et définitive de son tableau jusqu'à ce qu'il l'eût achevé et aussi qu'il n'abandonnait rien au hasard et rien surtout de l'essentiel.

Parmi les belles esquisses de Rousseau, rien de si étonnant que la petite toile intitulée *La Carmagnole* (C'est l'esquisse du *Centenaire de l'Indépendance*, sous lequel Rousseau avait écrit :

Auprès de ma blonde
Qu'il fait bon, fait bon, fait bon...)

Un dessin nerveux, la variété, l'agrément et la délicatesse des tons font de cette esquisse un petit morceau excellent. Ses tableaux de fleurs montrent les ressources de charme et d'accent qui étaient dans l'âme et la main du vieux Douanier[a].

★

Au demeurant, on peut faire remarquer ici que ces trois peintres, entre lesquels je n'établis aucune hiérarchie, mais dont je cherche à discerner tout simplement les degrés de parenté sont des portraitistes de l'ordre le plus élevé.

Dans l'œuvre génial de Picasso, les portraits occupent une place importante et quelques-uns d'entre eux (le *Portrait de M. Vollard*, le *Portrait de M. Kahnweiler*) prendront rang parmi les chefs-d'œuvre. Les portraits du Douanier Rousseau m'apparaissent comme des œuvres prodigieuses, dont il nous est encore impossible de mesurer toute la beauté. Les portraits forment aussi une importante partie de l'œuvre de Mlle Laurencin.

L'élément prophétique de l'œuvre d'un Picasso et l'élément intellectuel qui, malgré tout, entrait dans la peinture de Rousseau, peinture de vieillard, tout cela se retrouve ici transformé en un élément pittoresque entièrement nouveau. Il est analogue à la danse et c'est en peinture une numération rythmée infiniment gracieuse.

Tout ce qui jusqu'ici composait l'originalité, la délicatesse des arts féminins dans la dentelle, la broderie, la tapisserie de Bayeux, etc., nous le retrouvons ici transfiguré, purifié. L'art féminin est devenu un art majeur et on ne le confondra plus avec l'art masculin. L'art féminin est fait de bravoure, de courtoisie, d'allégresse. Il danse dans la lumière et s'alanguit dans le souvenir. Il n'a jamais connu l'imitation, il n'est jamais descendu aux bassesses de la perspective. C'est un art heureux.

À propos d'un des tableaux les plus tendres de Mlle Laurencin, *La Toilette*, M. Mario Meunier[a], alors secrétaire de M. Rodin et traducteur excellent de Sapho, de Sophocle, de Platon, rapportait une anecdote amusante. Il montrait au sculpteur quelques photographies représentant des tableaux de l'école des fauves, il s'y trouvait aussi, par hasard, la reproduction[b] du tableau de Mlle Laurencin : «Au moins, dit l'illustre vieillard, en voilà une qui n'est pas qu'une *fauvette*, elle sait[c] ce qu'est la grâce, elle est serpentine.»

C'est cela même : la peinture féminine est serpentine et c'est peut-être cette grande artiste du mouvement et des couleurs, la Loïe Füller, qui fut le précurseur de l'art féminin d'aujourd'hui quand elle inventa ces lumières successives où se mêlaient la peinture, la danse et la grâce et que l'on appela justement : la danse serpentine.

Et c'est à propos d'une autre œuvre de femme que l'humeur perspicace de Rodin a retrouvé ce mot-là[a]!

★

L'art féminin, l'art de Mlle Laurencin, tend à devenir une pure arabesque humanisée par l'observation attentive de la nature et qui, étant expressive, s'éloigne de la simple décoration tout en demeurant aussi agréable.

JUAN GRIS

Voici l'homme qui a médité sur tout ce qui est moderne, voici l'artiste-peintre qui ne veut concevoir que des ensembles nouveaux, qui ne voudrait dessiner, peindre que des formes matériellement pures.

★

Ses bouffonneries étaient sentimentales. Il pleurait comme dans les romances au lieu de rire comme dans les chansons bachiques[1]. Il ignore encore que[b] la couleur est une forme du réel. Et le voici qui découvre les minuties de la pensée. Il[c] les découvre une à une et ses premières toiles ont l'aspect de préparations pour des chefs-d'œuvre. Peu à peu les petits génies de la peinture se rejoignent. Les collines pâles se peuplent. Les flammes bleuâtres des fourneaux à gaz, les ciels aux formes retombantes de saules pleureurs, des feuilles mouillées. Il conserve à ses tableaux l'aspect humide des façades nouvellement repeintes. Le papier peint aux murs d'une chambre, un chapeau haut de forme, le désordre des affiches sur un grand mur, tout cela peut bien servir à animer une toile, à donner au peintre une limite dans ce qu'il se propose de peindre. Les grandes formes acquièrent ainsi une sensibilité. Elles ne sont plus ennuyeuses. Cet art d'ornement s'acharne[d] à recueillir pieusement et à ranimer les derniers vestiges de l'art classique, tels que les dessins d'Ingres et les portraits de David. Il atteint au style comme fit un Seurat sans rien avoir de sa nouveauté théorique.

★

C'est certainement dans cette direction que cherche Juan Gris. Sa[a] peinture s'éloigne de la musique, c'est dire qu'elle s'efforce avant tout à la réalité scientifique. Juan Gris a tiré des études qui le rattachent à son seul maître, Picasso, un dessin qui parut d'abord géométrique et qui est caractérisé jusqu'au style.

★

Cet art, s'il progresse dans la direction qu'il a prise, pourrait aboutir non à l'abstraction scientifique mais à l'arrangement esthétique qui, en définitive, peut être considéré comme le but le plus élevé de l'art scientifique. Plus de formes suggérées par l'habileté du peintre, plus de couleurs même qui sont aussi des formes suggérées. On utiliserait des objets dont l'arrangement capricieux aurait un sens esthétique qui ne serait point niable. Cependant, l'impossibilité qu'il y a de mettre dans une toile un homme en chair et en os, une armoire à glace ou la tour Eiffel, forcera le peintre à revenir aux méthodes de la véritable peinture, ou bien à borner son talent à développer l'art mineur de la montre — il y a aujourd'hui des vitrines de magasins admirablement arrangées — ou encore celui du tapissier, à moins que ce ne soit celui du jardinier-paysagiste.

Les deux derniers arts mineurs n'ont pas été sans influencer les peintres, celui de la montre aura une influence analogue. Il ne causera aucun tort à la peinture parce qu'il ne saurait se substituer à elle pour la représentation des objets périssables. Juan Gris est trop peintre pour renoncer à la peinture.

★

Nous le verrons peut-être tenter ce grand art de la surprise, son intellectualisme et l'étude[b] attentive de la nature lui fourniraient des éléments imprévus dont le style se dégagerait comme il se dégage aujourd'hui des constructions métalliques des ingénieurs : grands magasins, garages, voies ferrées, aéroplanes. L'art n'ayant aujourd'hui qu'un rôle social bien limité à remplir, il est juste qu'il se donne la tâche désintéressée d'étudier scientifiquement, et même sans aucun dessein esthétique, l'immense étendue de son domaine[a].

★

L'art de Juan Gris est une expression trop rigoureuse et trop pauvre du cubisme[b] scientifique, issu de Picasso; art profondément intellectualiste où la couleur n'a qu'une signification symbolique. Cependant, tandis que l'art de Picasso est conçu dans la lumière (impressionnisme), celui de Juan Gris se contente de la pureté conçue scientifiquement.

★

Les conceptions de Juan Gris prennent toujours une apparence pure et de cette pureté s'élanceront, sans doute, un jour, des parallèles.

FERNAND LÉGER

Fernand Léger est un des artistes bien doués de sa génération. Il ne s'est pas attardé longtemps à cette peinture post-impressionniste qui date d'hier à peine et nous paraît déjà si lointaine. J'ai vu quelques essais de Léger à ses débuts dans l'art.

Baignades du soir, la mer horizontale, les têtes déjà parsemées comme dans les difficiles compositions que seul avait abordées Henri Matisse.

Ensuite, après des dessins entièrement nouveaux, Léger voulut s'adonner à la peinture pure.

Les[c] bûcherons portaient sur eux la trace des coups que leur cognée laissait aux arbres et la couleur générale participait de cette lumière verdâtre et profonde qui descend des frondaisons[1].

★

L'œuvre de Léger fut ensuite une féerie où souriaient des personnages noyés dans des parfums. Personnages indolents qui, voluptueusement, transforment la lumière de la ville en multiples et délicates colorations ombrées, souvenirs des vergers normands. Toutes les couleurs bouillonnent. Puis, il en monte une vapeur et lorsqu'elle s'est dissipée voilà des couleurs choisies. Une[a] sorte de chef-d'œuvre est né de cette fougue, il s'appelle *Le Fumeur*[1].

Il y a donc, chez Léger, un désir de tirer d'une composition toute l'émotion esthétique qu'elle peut donner. Le voilà qui amène un paysage au plus haut degré de plasticité.

Il en[b] écarte tout ce qui n'aide point à donner à sa conception l'aspect agréable d'une heureuse simplicité.

Il est un des premiers qui, résistant à l'antique instinct de l'espèce, à celui de la race, se soient livrés avec bonheur à l'instinct de la civilisation où il vit.

C'est un instinct auquel résistent beaucoup plus de gens qu'on ne croit. Chez d'autres il devient une frénésie grotesque, la frénésie de l'ignorance. Chez d'autres enfin, il consiste à tirer parti de tout ce qui nous vient par les cinq sens.

Quand je vois un tableau de Léger, je suis bien content. Ce n'est pas une transposition stupide où l'on a appliqué quelques habiletés de faussaire. Il ne s'agit pas non plus d'une œuvre dont l'auteur a fait comme tous ont voulu faire aujourd'hui. Il y en a tant qui veulent se refaire une âme, un métier comme au XVᵉ ou au XIVᵉ siècle, il y en a de plus habiles encore qui vous forgent une âme du siècle d'Auguste ou de celui de Périclès, en moins de temps qu'il faut à un enfant pour apprendre à lire. Non, il ne s'agit point avec Léger d'un de ces hommes qui croient[c] que l'humanité d'un siècle est différente de celle d'un autre siècle et qui confondent Dieu avec un costumier, en attendant de confondre leur costume avec leur âme. Il s'agit d'un artiste semblable à ceux du XIVᵉ et du XVᵉ siècle, à ceux du temps d'Auguste ou de Périclès; ni plus, ni moins, et pour la gloire et les chefs-d'œuvre, que le peintre s'aide, le ciel l'aidera.

★

Le sculpteur Manolo lorsqu'il traversait des temps difficiles se rendit une fois chez un marchand de tableaux[1], qui avait alors la réputation de protéger volontiers les talents inconnus.

Manolo avait l'intention de lui vendre quelques dessins et il se fit annoncer.

Le marchand fit dire[a] à Manolo qu'il ne le connaissait point.

« Allez dire à M. l'Expert que je suis Phidias », répliqua Manolo.

Mais le marchand fit[b] encore répondre qu'il ne connaissait point ce nom-là.

« Alors, dites-lui que c'est Praxitèle qu'il n'a pas voulu recevoir. » Et le sculpteur s'en alla.

★

Certes, Phidias ou Praxitèle ou Manolo pouvaient être là, mais on ne se refait pas une âme à la Phidias. Et la plupart des hommes se déguisent. On comprend bien comment il y a toujours si peu d'artistes modernes. La plupart sont déguisés. Les Salons ne contiennent guère que des accessoires de carnaval. J'aime les œuvres d'art authentiques. Celles qui ont été conçues par des âmes qu'on n'a point refaites.

★

Vous voici belles teintes, couleurs légères, et vous, formes en ébullition ; les plaisantes fumées sont l'emblème des civilisations.

Ce ciel de guingois, c'est le ciel de nos rues, on l'a découpé et on l'a mis debout. La douceur infinie des toits couleur framboise. Et même si une main avait six doigts, si cet homme avait trois pieds.

Ne croyez point qu'il y ait ici quelque mysticisme. Oh ! je ne le méprise point. Il m'épouvante dans l'admiration. Qu'il vienne, un jour, ce grand artiste mystique ; que Dieu lui commande, qu'il le force, qu'il lui ordonne. Il sera là, peut-être est-il là, tout près, son nom, je le connais, mais il ne faut pas le dire, on le saura bien un jour, il vaut mieux ne pas le lui dire; quel bonheur pour lui : s'il pouvait ignorer sa mission, ignorer qu'il souffre et aussi qu'il est toujours en danger ici-bas!

★

Mais Fernand Léger n'est pas un mystique, il est peintre, simple peintre et je me réjouis autant de sa simplicité que de la solidité de son jugement.

J'aime son art parce qu'il n'est point dédaigneux, parce qu'il ne fait point de bassesses non plus et qu'il n'est point raisonneur. J'aime vos couleurs *légères*, ô Fernand Léger. La fantaisie ne vous élèvera point jusqu'à la féerie, elle vous procure cependant toutes vos joies.

Ici, la joie[a] est dans le dessein aussi bien que dans l'exécution. Il trouvera d'autres bouillonnements. Les mêmes vergers livreront des colorations plus légères. D'autres familles s'éparpilleront comme les gouttelettes d'une chute d'eau et l'arc-en-ciel viendra vêtir somptueusement les minuscules danseuses du corps de ballet. Les gens de la noce se dissimulent l'un derrière l'autre. Encore un petit effort pour se débarrasser de la perspective, du truc misérable de la perspective, de cette quatrième dimension à rebours, la perspective, de ce moyen de tout rapetisser inévitablement.

Mais, cette peinture est liquide, la mer, le sang, les fleuves, la pluie, un verre d'eau et aussi nos larmes, avec la sueur des grands efforts et des longues fatigues, l'humidité des baisers.

FRANCIS PICABIA

Parti de l'impressionnisme comme la plupart des peintres contemporains, Francis Picabia avait, avec les fauves, transposé la lumière en couleurs. C'est de là qu'il en est venu à cet art entièrement nouveau où la couleur n'est plus seulement un coloriage, n'est plus même une transposition lumineuse, n'a plus enfin de signification symbolique, car elle est elle-même la forme et la lumière de ce qui est représenté.

Il abordait ainsi un art où comme dans celui de Robert Delaunay, la dimension idéale, c'est la couleur. Elle a par conséquent toutes les autres dimensions. Cependant chez Picabia la forme est encore symbolique quand la couleur devrait être formelle[a]; art parfaitement légitime et qui peut être considéré comme extrêmement élevé. La couleur dans cet art est saturée d'énergie et ses extrémités se continuent dans l'espace. La réalité est ici la matière. La couleur ne dépend plus des trois dimensions connues, c'est elle qui les crée.

★

Cet art a[b] avec la musique autant de rapport que peut avoir avec elle un art qui est son contraire. On peut bien dire de l'art de Picabia qu'il voudrait être à la peinture ancienne ce que la musique est à la littérature, mais on ne peut dire qu'il soit de la musique. En effet la musique procède par suggestion, ici, au contraire, on nous présente des couleurs qui ne devraient plus nous impressionner comme des symboles, mais comme des formes concrètes. Cependant, sans aborder des moyens nouveaux, un artiste comme Picabia se prive ici d'un des principaux éléments de la peinture universelle : la conception. Pour que l'artiste pût s'en priver en apparence, la couleur devrait être formelle (matière et dimension : la mesure).

Ajoutons que l'indication du titre n'est point chez Picabia[c] un élément intellectuel étranger à l'art auquel il s'est consacré. Cette indication doit jouer le rôle d'un cadre intérieur, comme font dans les tableaux de Picasso les objets authentiques, et les inscriptions exactement copiées. Elle doit écarter l'intellectualisme de décadence et conjurer le danger qu'il y a toujours pour les peintres de devenir des littérateurs. Le titre écrit de Picabia, les objets authentiques, les lettres et les chiffres moulés des tableaux de Picasso et de Braque, nous en retrouvons l'équivalent pittoresque dans les tableaux de Mlle Laurencin, sous forme d'arabesques en profondeur; dans les tableaux d'Albert Gleizes, sous forme d'angles droits qui retiennent la lumière; dans les tableaux de Fernand Léger, sous forme de bulles; dans les tableaux de Metzinger, sous forme de lignes verticales, parallèles aux côtés du cadre et coupées par de rares échelons. On en retrouverait l'équivalent chez tous les grands peintres. Il est destiné à donner de l'intensité pittoresque à une œuvre de peinture et ce rôle dit suffisamment qu'il est légitime.

C'est ainsi que l'on se garde de devenir un peintre littéraire, c'est ainsi que Picabia a tenté de se livrer tout entier aux couleurs, sans toutefois oser, en abordant le sujet, leur donner une existence personnelle. (Remarquons que l'indication d'un titre ne signifie pas que l'artiste aborde un sujet.)

Des tableaux[a] comme *Le Paysage*, *La Source*, *Danses à la source* sont donc bien de la peinture : couleurs qui s'unissent ou contrastent, qui prennent une direction dans l'espace, se dégradent ou augmentent d'intensité pour provoquer l'émotion esthétique.

Il ne s'agit point d'abstraction, car le plaisir que ces œuvres se proposent de donner au spectateur est direct. La surprise y joue un rôle important. Va-t-on dire que la saveur d'une pêche n'est qu'une abstraction? Chaque tableau de Picabia a son existence propre limitée par le titre qu'il lui a donné. Ces tableaux représentent si peu des abstractions *a priori* que de chacun d'eux, le peintre pourrait vous raconter l'histoire et le tableau des *Danses à la source* n'est que la réalisation d'une émotion plastique naturelle ressentie dans les environs de Naples.

Les[b] possibilités d'émotion esthétique enfermées dans cet art, s'il était pur, seraient immenses. Il pourrait prendre à son compte le mot de Poussin : « La peinture n'a pas d'autre but que la délectation et la joie des yeux[c][1]. »

★

Picabia qui semble souhaiter un art de la mobilité, pourrait abandonner la peinture statique pour aborder maintenant des moyens nouveaux (comme fit la Loïe Füller). Mais comme peintre de tableaux je lui conseille d'aborder franchement le sujet (poésie) qui est l'essence des arts plastiques[d].

MARCEL DUCHAMP

Les tableaux de Marcel Duchamp ne sont pas encore assez nombreux et ils diffèrent trop entre eux pour qu'on puisse tirer des indications qu'ils fournissent un jugement sur le talent véritable de leur auteur. Comme la plupart des peintres nouveaux, Marcel Duchamp n'a plus le culte des apparences. (Il semble que ce soit Gauguin qui le premier ait renoncé à ce qui fut si longtemps la religion des peintres.)

À ses débuts, Marcel Duchamp fut influencé de Braque (tableaux exposés au Salon d'automne 1911 et galerie de la rue Tronchet, 1911) et de la *Tour* de Delaunay (*Jeune homme mélancolique dans un train*).

★

Pour écarter de son art[a] toutes les perceptions qui pourraient devenir notions, Duchamp écrit sur son tableau le titre qu'il lui confère. Ainsi, la littérature, dont si peu de peintres se sont passés, disparaît de son art, mais non la poésie. Il se sert ensuite de formes et de couleurs, non pour rendre des apparences, mais afin de pénétrer la nature même de ces formes et de ces couleurs formelles qui désespèrent les peintres au point qu'ils voudraient s'en passer et dont ils tenteront de se passer chaque fois qu'il sera possible.

Marcel Duchamp oppose[b], à la composition concrète de ses tableaux, un titre intellectuel à l'extrême. En ce sens, il va aussi loin que possible et ne craint pas d'encourir le reproche de faire une peinture ésotérique, sinon absconse.

★

Tous les hommes, tous les êtres qui ont passé près de nous ont laissé des traces dans notre souvenir et ces traces de la vie ont une réalité, dont on peut scruter, dont on peut copier les détails. Ces traces acquièrent ainsi toutes ensemble une personnalité dont on peut indiquer plastiquement les caractères individuels, par une opération purement intellectuelle.

★

Il y a[a] de ces traces d'êtres dans les tableaux de Marcel Duchamp.

Qu'on me permette ici une observation qui a son importance. Duchamp est le seul peintre de l'école moderne qui se soucie aujourd'hui (automne 1912) de nu *(Le Roi et la Reine entourés des nus vites; Le Roi et la Reine traversés par des nus vites; Nu descendant un escalier).*

★

Cet art qui s'efforce d'esthétiser des perceptions si musicales de la nature s'interdit le caprice et l'arabesque inexpressive de la musique.

Un art qui se donnerait pour but de dégager de la nature, non des généralisations intellectuelles mais des formes et des couleurs collectives dont la perception n'est pas encore devenue notion, est très concevable et il semble qu'un peintre comme Marcel Duchamp soit en train[b] de le réaliser.

Il est possible que pour être émouvants ces aspects inconnus, profonds et soudainement grandioses de la nature n'aient pas besoin d'être esthétisés, ce qui expliquerait l'aspect flammiforme des couleurs, les compositions[c] en forme d'N, les grouillements parfois tendres, parfois fermement accentués. Ces[d] conceptions ne sont point déterminées par une esthétique mais par l'énergie d'un petit nombre de lignes (formes ou couleurs).

Cet art peut produire des œuvres d'une force dont on n'a pas idée. Il se peut même qu'il joue un rôle social.

De même que l'on avait promené une œuvre de Cimabue[1], notre siècle a vu promener triomphalement pour être mené aux Arts et Métiers, l'aéroplane de Blériot tout chargé d'humanité, d'efforts millénaires, d'art nécessaire[2]. Il sera peut-être réservé à un artiste aussi dégagé de préoccupations esthétiques, aussi préoccupé d'énergie que Marcel Duchamp, de réconcilier l'art et le peuple[e].

Appendice

DUCHAMP-VILLON

Dès que la sculpture s'éloigne de la nature elle devient de l'architecture[1]. L'étude de la nature est plus nécessaire aux sculpteurs qu'aux peintres, puisqu'on peut parfaitement imaginer une peinture qui s'éloignerait entièrement de la nature. De fait les peintres nouveaux, s'ils étudient la nature avec acharnement, s'ils la copient même, se sont entièrement dégagés du culte de ses apparences. Ce n'est même que par des conventions bénévolement acceptées par le spectateur que l'on a pu établir une relation entre telle peinture et tel objet authentique. Les peintres nouveaux ont rejeté ces conventions et quelques-uns d'entre eux plutôt que de revenir à l'observation de ces conventions ont délibérément introduit dans leurs tableaux des éléments étrangers à la peinture et parfaitement authentiques. La nature est pour eux comme pour l'écrivain une source pure à laquelle on peut boire sans crainte de s'empoisonner. Elle est leur sauvegarde contre l'intellectualisme de décadence qui est le plus grand ennemi de l'art.

Les sculpteurs, au contraire, peuvent reproduire les apparences de la nature (et ceux qui l'ont fait ne sont pas rares). Par le coloriage, ils peuvent nous donner jusqu'aux apparences de la vie. Cependant, ils peuvent demander à la nature plus que ces apparences immédiates et même imaginer, agrandir, diminuer des formes douées d'une puissante vie esthétique, mais dont la justification doit toujours se trouver dans la nature, ainsi firent les Assyriens, les Égyptiens, les sculpteurs nègres ou océaniens. C'est l'observation de cette condition essentielle de la sculpture qui justifie les ouvrages de Duchamp-Villon, et lorsqu'il a voulu s'en écarter, ce fut pour aborder directement l'architecture.

★

Dès que les éléments qui composent une sculpture ne trouvent plus leur justification dans la nature, cet art devient de l'architecture. Tandis que la sculpture pure est soumise à une nécessité singulière : elle doit avoir un but pratique, on peut parfaitement concevoir une architecture aussi désintéressée que la musique, art auquel elle ressemble le plus, tour de Babel, colosse de Rhodes, statue de Memnon, sphinx, pyramides, mausolée, labyrinthe, blocs sculptés du Mexique, obélisques, menhirs, etc.; les colonnes triomphales ou commémoratives, arcs de triomphe, tour Eiffel, le monde entier est couvert de monuments inutiles ou presque inutiles ou tout au moins de proportions supérieures au but que l'on voulait atteindre. En effet, le mausolée, les pyramides, sont trop grands pour des tombeaux et ils sont par conséquent inutiles, les colonnes, même si comme la Trajane ou la colonne Vendôme, elles sont destinées à commémorer des événements, sont également inutiles, puisqu'on ne peut guère suivre jusqu'au sommet le détail des scènes historiques qui y sont figurées. Y a-t-il rien de plus inutile qu'un arc de triomphe? Et l'utilité de la tour Eiffel est née après sa construction désintéressée.

★

Cependant on a perdu le sens architectural au point que l'inutilité d'un monument apparaît aujourd'hui comme une chose insolite et presque une monstruosité.

★

Au contraire, on admet fort bien qu'un sculpteur fasse un ouvrage inutile et cependant quand la sculpture est désintéressée, elle est ridicule.

Statue de héros[a], ou d'animal sacré, ou de divinité, la sculpture a pour but pratique de représenter des simulacres et cette nécessité artistique a été comprise de tout temps, elle est la cause de l'anthropomorphisme des divinités, car la forme humaine est celle qui trouve le plus facilement sa justification naturelle et qui permet aussi le plus de fantaisie à l'artiste.

Dès que la sculpture s'écarte du portrait, elle[a] n'est plus qu'une technique décorative destinée à donner de l'intensité à l'architecture (réverbères, statues allégoriques des jardins, balustrades, etc.).

★

Le but utilitaire que se sont proposé la plupart des architectes contemporains est la cause du retard considérable de l'architecture sur les autres arts. L'architecte, l'ingénieur doivent construire avec des intentions sublimes : élever la plus haute tour, préparer au lierre et au temps une ruine plus belle que les autres, jeter sur un port ou sur un fleuve une arche plus audacieuse que l'arc-en-ciel, composer en définitive une harmonie persistante, la plus puissante que l'homme ait imaginée.

★

Duchamp-Villon a de l'architecture cette conception titanique. Sculpteur et architecte, il n'y a pour lui que la lumière qui compte et pour tous les autres arts aussi il n'y a que la lumière qui compte, la lumière incorruptible.

Note

Outre les artistes dont j'ai parlé dans les chapitres précédents, il est d'autres artistes vivants qui dans les écoles antérieures au cubisme, dans les écoles contemporaines ou parmi les personnalités indépendantes, se rattachent, bon gré mal gré, à l'école cubiste.

Le cubisme scientifique défendu par M. Canudo, Jacques Nayral, André Salmon, M. Granié, M. Maurice Raynal, M. Marc Brésil, M. Alexandre Mercereau, M. Reverdy, M. Tudesq, M. André Warnod et l'auteur de ce livre a comme nouveaux adhérents M. Georges Deniker, M. Jacques Villon et M. Louis Marcoussis.

Le cubisme physique défendu dans la presse par les écrivains précédents, M. Roger Allard, M. Olivier Hourcade, peut réclamer des talents de M. Marchand, de M. Herbin et de M. Véra.

Le cubisme orphique qui fut défendu par M. Max Goth et l'auteur de cet ouvrage semble être la tendance pure que suivront M. Dumont et M. Valensi.

Le cubisme instinctif forme un mouvement important, commencé depuis longtemps et qui rayonne déjà à l'étranger. M. Louis Vauxcelles, M. René Blum, M. Adolphe Basler, M. Gustave Kahn, M. Marinetti, M. Michel Puy ont défendu certaines personnalités qui ressortissent à cet art; il englobe de nombreux artistes comme Henri Matisse, Rouault, André Derain, Raoul Dufy, Chabaud, Jean Puy, Van Dongen, Severini, Boccioni, etc., etc.

★

Parmi les sculpteurs qui veulent se rattacher à l'école cubiste, mentionnons outre M. Duchamp-Villon, M. Auguste Agéro, M. Archipenko et M. Brancusi.

FRAGONARD ET L'AMÉRIQUE

I. «FRAGONARDS» D'EXPORTATION

Depuis quelques années déjà une nouvelle branche de la curiosité a vu s'ouvrir devant elle l'Amérique collectionneuse.

Les peintres de Barbizon, qui avaient tout d'abord retenu l'attention des connaisseurs du Nouveau Monde, puis les maîtres hollandais, pour aimables qu'ils fussent, n'emportaient pas avec eux une mode générale, un goût complet comprenant l'ameublement et les bibelots.

L'art du XVIIIe siècle français franchit l'Atlantique et ce fut aussitôt une révélation pour les nouveaux riches de Manhattan. La plus jeune aristocratie du monde et la plus opulente trouvait enfin un style propre à la dispenser des difficultés qu'il y a d'appareiller les peintures d'un style avec les meubles d'un autre. C'était un art complet, répondant à tous les besoins de l'esthétique et de la commodité. Les œuvres d'art : peintures, dessins, gravures, meubles et bibelots, étaient chères, elles furent bientôt hors de prix; on les paya ce qu'il fallait, c'est-à-dire leur pesant d'or; au demeurant, elles valaient plus encore.

Comme l'Amérique est loin, qu'il est souvent difficile de reconnaître les pièces douteuses, il arriva que l'Amérique acheta des pièces qui, en Europe, étaient fort discutées.

Un maître comme Fragonard, dont les œuvres atteignent les plus hauts prix, n'échappa point au sort commun des maîtres du XVIIIe siècle, sort qui, comme on le sait, atteint aussi les maîtres modernes comme Corot.

Cet état de choses est déplorable, il fausse le goût des véritables amateurs et banalise les œuvres d'art en multipliant inutilement les copies plus ou moins truquées.

On sait, d'ailleurs, que beaucoup de ces trucages et les meilleurs furent exécutés au XVIIIe siècle. Fragonard aussi bien que Boucher, que Lancret et surtout que Watteau avaient des pasticheurs dont les ouvrages se vendaient comme des originaux.

Et aujourd'hui encore, malgré la patience et la subtilité de la critique scientifique, malgré les travaux minutieux et péremptoires des érudits, beaucoup de ces pastiches se vendent toujours comme ils se vendaient au XVIIIe siècle : pour des originaux.

II. «LA BONNE MÈRE»

Ces réflexions m'étaient venues en lisant dans une grande revue américaine : *The Lotus Magazine*, un article du numéro de mars 1914, consacré à Fragonard et coïncidant avec une exposition de peintures et de dessins de ce grand artiste. Exposition qui venait de s'ouvrir à New York.

La première des huit reproductions des tableaux de Fragonard, de cette exposition, qui serve d'illustration au *Lotus Magazine*, se trouve être comme par hasard *La Bonne Mère*, le tableau si discuté de la collection de Mrs. R. Bertron (de New York) et qui provient de la collection Spitzer.

Il est vrai que le catalogue de l'exposition ne signale point les doutes qui sont venus à plusieurs personnes éclairées au sujet de ce tableau.

Toutefois, les éditeurs du catalogue[1], qui sont en même temps les propriétaires des galeries où a lieu l'exposition, se sont mis à couvert par une note habilement dissimulée à la fin du catalogue et dans laquelle ils déclarent que* : «malgré les instructions aussi sévères que minutieuses données par eux au rédacteur du catalogue, ils ne peuvent,

* (...) *while giving strict and careful instructions on the subject to the compiler, cannot of course, warrant accuracy of every fact and statement contained in their publications.*

bien entendu, garantir l'exactitude de tous les faits et affirmations contenus dans leurs publications».

Comme on le voit, les organisateurs ne garantissent aucun des tableaux exposés. Il faut ajouter que certains d'entre eux, venant de la collection Walferdin, se garantissent bien tout seuls.

Les éditeurs de *The Lotus Magazine* auraient bien dû être aussi circonspects que les éditeurs du catalogue. Ils reproduisent tout bonnement le tableau de la collection Bertron en indiquant simplement : «by Jean-Honoré Fragonard», alors que cette attribution est loin d'être prouvée.

★

En effet, le tableau *La Bonne Mère*, qui avait été acheté par M. Bertron, pour la somme, dit-on, de sept cent cinquante mille francs, n'est pas seulement discuté, mais encore très discutable.

Tout le monde sait, et il serait bien étonnant que les rédacteurs de *The Lotus Magazine* ne le sussent pas, que M. Alvin-Beaumont a publié, en juillet 1913, une brochure* qui prouvait que le tableau acheté par M. Bertron n'était point l'original de *La Bonne Mère*, peint par Fragonard, original qui appartiendrait à M. Arthur Veil-Picard.

★

Résumons l'argumentation de M. Alvin-Beaumont; elle est claire jusqu'à l'évidence.

La Bonne Mère, de Fragonard, fut gravée par Nicolas Delaunay, graveur du roi, avant 1789, puisque Basan, dans son *Dictionnaire des graveurs*, la mentionne parmi les meilleures œuvres de Delaunay. L'estampe de Delaunay porte les indications suivantes :

Peinte par Fragonard, peintre du roi — gravée par N. Delaunay, graveur du roi. — Dédiée à M. Ménage de Pressigny, fermier général, par son très humble et très obéissant serviteur N. Delaunay — tirée du cabinet de M. Ménage de Pressigny[1].

* *Jean-Honoré Fragonard. La Vérité sur «La Bonne Mère».* Alvin-Beaumont, éditeur, 197, boulevard Saint-Germain. Prix : 1 franc.

Ces renseignements, confirmés dans l'ouvrage du baron Portalis : *H. Fragonard, sa vie et son œuvre*, sont indiscutables. Le tableau, qui a fait partie du cabinet de M. Ménage de Pressigny et qui a été gravé par Nicolas Delaunay, n'a pas quitté la France, il appartient à M. Arthur Veil-Picard, qui le tenait de M. de Charrette, qui le tenait lui-même de M. le baron d'Aubigny.

Quant au tableau qui a été exposé à New York et qui a été reproduit dans *The Lotus Magazine*, avec le nom du possesseur, Mrs. R. Bertron (de New York) et l'indication qu'il provient de la collection Spitzer, si l'on en croit M. Alvin-Beaumont, et il n'y a pas moyen de ne pas le croire, ce tableau n'est pas celui qui a été gravé par Nicolas Delaunay, c'est-à-dire qu'il n'est pas l'original de *La Bonne Mère*, puisque cet original a été gravé par Nicolas Delaunay.

Il n'est pas non plus la réplique de *La Bonne Mère*, qui d'après Portalis aurait été dédiée à la patrie et qui se serait trouvée à la vente Goman, en 1792.

Ce dernier tableau, d'après les indications du baron Portalis, serait un tableau en largeur ayant 28 pouces de haut sur 33 de large, c'est-à-dire 75 × 89 centimètres et ne pourrait en aucun cas être celui qui, exposé à New York, a été reproduit dans *The Lotus Magazine*, celui-ci étant un tableau ovale en hauteur et mesurant 64 centimères sur 54 centimètres.

Tout cela revient à dire que le tableau reproduit dans *The Lotus Magazine* n'est ni celui de M. Ménage de Pressigny, gravé par Delaunay, ni sa réplique signalée à la vente Goman.

Le tableau acheté par M. Bertron présente bien des différences avec la gravure de Delaunay, tandis que celle-ci concorde parfaitement avec celui de M. Veil-Picard.

Nous n'irons pas jusqu'à reproduire ici toutes les différences du tableau de Mrs. Bertron avec la gravure de Delaunay. Elles sautent aux yeux. Il suffit de dire que les branches fleuries qui dans la gravure de Delaunay comme dans le tableau de M. Veil-Picard ornent le berceau, sont absentes du tableau de New York. D'ailleurs, la bonne mère a beaucoup plus de grâce et est beaucoup plus expressive dans la gravure de Delaunay que dans le tableau acquis par Mrs. Bertron.

Voilà ce que nous a appris M. Alvin-Beaumont, dans sa remarquable brochure.

★

Il convient d'ajouter à cette argumentation si patiente et si convaincante que M. Arthur Veil-Picard tenait *La Bonne Mère* de M. de Charrette, qui la tenait de M. le baron d'Aubigny qui lui-même l'avait héritée de M. Ménage de Pressigny. C'était donc un héritage direct. Et personne ne pourrait douter aujourd'hui que l'original de *La Bonne Mère* se trouve non en Amérique, mais chez M. Arthur Veil-Picard.

★

La démonstration cependant si claire de M. Alvin-Beaumont ne laissa point de susciter la discussion.

C'est ainsi que mon éminent confrère, M. Thiébault-Sisson crut découvrir que la gravure de Delaunay avait été faite d'après un dessin qui se trouve aujourd'hui dans la possession de M. Davil Weill; il en tirait comme conclusion que le tableau acquis par M. Bertron serait *La Bonne Mère* de Fragonard.

Je suis certain que M. Thiébault-Sisson n'eût pas émis cette opinion s'il lui avait été donné d'avoir sous les yeux l'estampe de Delaunay, qui porte comme première mention : «peint par Fragonard, peintre du roi»; il ne s'agit d'un dessin, fût-il gouaché.

En outre, et c'est la meilleure réponse au savant M. Thiébault-Sisson, on a quelques fortes raisons de croire aujourd'hui que le dessin gouaché de M. David Weill serait une copie faite d'après la gravure. D'ailleurs, ce dessin avant d'être acquis par M. David Weill avait été offert à M. Veil-Picard, qui après de sérieuses expertises ne voulut point l'acquérir, le considérant comme moderne.

★

Je crois que de la part des rédacteurs de *The Lotus Magazine*, une indication de ces choses s'imposait, puisqu'elles peuvent modifier l'attribution de *La Bonne Mère* qu'ils reproduisent, et au lieu d'en faire l'original de Fragonard, la changer par exemple en une copie de l'époque ce qui n'est pas du tout la même chose.

Mais sans doute ont-ils été induits en erreur par le catalogue de l'exposition, qui dans le paragraphe relatif à *La Bonne Mère*, l'indique comme l'exemplaire gravé par Delaunay. Le catalogue a beau jeu au demeurant de donner toutes sortes de renseignements, car il ne garantit aucun tableau. *The Lotus Magazine*, au contraire, a assumé vis-à-vis de l'opinion américaine un rôle d'informateur qu'il paraît prendre un peu à la légère.

III. «L'AMOUR» ET «LA FOLIE»

Parmi les tableaux reproduits avec tant de simplicité par *The Lotus Magazine*, on trouve les deux pendants, *L'Amour* et *La Folie*. Le catalogue d'exposition dit qu'ils proviennent des ventes du marquis de Veri, en 1785, de diverses autres ventes, et finalement de celle de Tabourier en 1898.

Sans répéter tous ces renseignements, *The Lotus Magazine* reproduit cependant les toiles.

Or, j'ai sous les yeux des reproductions de la collection Tabourier, gravées en sanguine par le procédé Hector Brame. Elles servent d'illustration dans le catalogue de la vente Tabourier, qui eut lieu le 20 juin 1898.

Ce ne sont point les tableaux reproduits dans le *Lotus* et qui sont dans la possession de Mrs. John W. Simpson.

C'est ainsi que *L'Amour vainqueur*, de la vente Tabourier, contient deux colombes qui ne se trouvent pas dans le tableau de New York; il y a encore de très grandes différences dans les buissons, dans les nuages, etc. Pour ce qui est de *L'Amour folie*, ces différences sont aussi marquées sinon aussi nombreuses; c'est ainsi que dans le tableau de la vente Tabourier il y a une écharpe et des nuages qui ne sont pas dans le tableau acquis par Mrs. John W. Simpson, où les pigeons et les grelots perdus par l'Amour sont disposés tout autrement que dans le tableau qui figurait à la vente Tabourier.

★

Les tableaux dans le genre de *L'Amour vainqueur* et de *L'Amour folie* sont nombreux, il en existe des répliques, mais nous pensons avec Léandre Vaillat* : que les originaux de *L'Amour* et de *La Folie*, peints pour le marquis de Veri et vendus quatre cent vingt-sept francs à sa vente, en 1785, sont aujourd'hui chez le baron Edmond de Rothschild, à Boulogne-sur-Seine.

Il est évident que lorsque la collection Rothschild a été commencée, on pouvait choisir entre les divers Fragonard, alors tous sur le marché et l'on est fondé à supposer avec quelque vraisemblance qu'un Rothschild pouvait s'entourer des expertises nécessaires à acheter des originaux plutôt que des copies.

The Lotus Magazine a perdu, une fois de plus, une belle occasion de faire connaître à l'Amérique les collections européennes.

★

D'ailleurs, il y a quelque mauvaise foi à présenter les deux tableaux de Mrs. John W. Simpson comme les originaux gravés par Janinet, puisqu'ils présentent des différences considérables avec les gravures : n'en citons qu'une seule, qui est capitale, l'absence dans le tableau des deux colombes qui volèrent dans le ciel de l'estampe : *L'Amour vainqueur.*

Croit-on vraiment qu'un détail aussi important ait pu être ajouté par le graveur?

IV. «LE MOISSONNEUR», «LE JARDINIER», «LA BERGÈRE», «LA VENDANGEUSE» ET... «LA CAGE»

Il n'est pas besoin d'insister après ces quelques notes sur la légèreté des rédacteurs de *The Lotus Magazine.* Ils ont

**L'Œuvre de J.-B. Chardin et de H. Fragonard,* 213 reproductions dont 7 en héliogravures, introduction par Armand Dayot. (Frédéric Gottler, éditeur, Paris.)

reproduit sans les contrôler les assertions les plus discutables d'un catalogue dont les éditeurs eux-mêmes n'avaient pas voulu garantir les affirmations.

Cependant, nous aurions voulu savoir la pensée entière de la rédaction de *The Lotus Magazine* sur les quatre panneaux décoratifs intitulés *Le Moissonneur*, *Le Jardinier*, *La Bergère*, *La Vendangeuse*, décrits fort élogieusement dans le catalogue qui pourtant ne dit rien de leur histoire et ne signale pas qu'ils ont passé à la vente Kraemer du 5 mai 1913.

★

Ils figurent dans le catalogue Kraemer sous les numéros 23, 33, 34 et 35 et de nouveau dans le catalogue de l'exposition de New York de 1914 sous les numéros 22, 23, 24 et 25.

On n'indique à leur propos aucune provenance, ni aucun possesseur actuel. Il aurait suffi cependant aux rédacteurs de *The Lotus Magazine* de copier la notice dubitative du catalogue de la vente Kraemer qui a sans doute échappé aux éditeurs du catalogue de l'exposition de New York. Ceux-ci auraient pu rendre ainsi un signalé service aux amateurs transatlantiques qui, eux, n'ont jamais eu connaissance du catalogue Kraemer[1].

★

Celui-ci est bien nettement, si j'ose dire, dubitatif, et l'on sent que son rédacteur a voulu citer un passage du baron Portalis pour se donner du cœur, on sent bien, dis-je, que le rédacteur n'a pas eu le courage d'affirmer que ces panneaux sont de Fragonard.

Voici d'ailleurs la notice du catalogue Kraemer :

*«Nous empruntons les désignations de ces quatre tableaux à un charmant opuscule que le baron Roger Portalis leur a consacré et nous devons encore en extraire ces quelques lignes qui résument l'opinion de l'éminent auteur de l'*Œuvre de Fragonard :

«"Dans le goût de François Boucher par le ton général et les sujets, Bergère, Jardinier, Vendangeuse *et* Moissonneur, *c'est Honoré Fragonard par la finesse, la subtilité de la touche, surtout dans les adorables figures de femmes et d'enfants. On dirait de*

Boucher trop occupé, envoyant Fragonard peindre à sa place, et c'est peut-être là qu'est la réalité. Pas de vieillesse, pas d'hiver, pas de teinte sombre, rien que la lumière jouant sur les têtes blondes des jeunes gens aux costumes roses et bleus dans rayon de soleil."

«S'il est permis de croire que Fragonard a peint ces quatre tableaux sous l'influence de son maître Boucher, s'il est permis de croire que Boucher y travailla lui-même, et si l'on peut hésiter entre deux maîtres aussi rares, nous pouvons sans oser nous prononcer d'une façon absolue sur cette attribution, considérer sans aucun doute ces quatre admirables panneaux comme quatre chefs-d'œuvre de l'art décoratif français du XVIII*e siècle.»*

S'il est donc permis de croire que ces panneaux sont à la fois de Boucher et de Fragonard, il est sans doute également permis de croire qu'ils ne sont ni de l'un ni de l'autre, c'est pourquoi les rédacteurs du catalogue de New York ont préféré ne pas reproduire la notice du catalogue Kraemer, dont le rédacteur avait peut-être bien ses raisons pour ne pas être plus affirmatif touchant une authenticité très discutable.

★

On se demande d'ailleurs à la suite de quel hasard les quatre tableaux de la vente Kraemer sont ici devenus cinq. D'où vient un cinquième panneau : *La Cage* ? Et pourquoi ce cinquième panneau n'a-t-il pas figuré à la vente en question ?

La préface du catalogue de l'exposition de New York nous apprend qu'il a été trouvé après coup; on tiendrait à savoir dans quelles circonstances.

★

L'histoire des quatre panneaux est remarquablement instructive.

Ils avaient été vendus pour une somme que l'on dit être de 750 000 francs à une dame habitant le nord de la France. Après expertise concluante, voyant que les quatre panneaux n'étaient décidément pas de Fragonard, cette dame, en amateur éclairé, les rendit et ils lui furent repris pour la somme qu'elle en avait donnée.

J'ai d'ailleurs eu la curiosité de demander à cette dame de me confirmer ces détails et elle l'a fait avec beaucoup de bonne grâce par la lettre suivante où je n'ai supprimé que les noms et les indications d'adresse.

Ce 7 juin 1914.

Monsieur,

*En réponse à votre lettre du 10 mai, Mme M*** a l'honneur de vous dire que les quatre tableaux ont été expertisés comme n'étant pas de Fragonard.*

Veuillez agréer, Monsieur, l'assurance de ma considération distinguée.

*Pour Mme M***.*

(Ici suit la signature d'un secrétaire rédacteur de la lettre.)

Cette expertise fit sans doute du bruit à l'époque. Nous aurions aimé interviewer l'expert, mais toutes les personnes que nous avons interrogées se sont montrées d'une discrétion désespérante.

★

Après la lecture de la lettre suggestive reproduite ci-dessus, on est tenté de louer furieusement la rédaction de *The Lotus Magazine* de ne pas être tombée dans ces quatre panneaux décoratifs et l'on peut regretter que l'Amérique donne ainsi asile à des tableaux défraîchis qui ne feraient guère honneur à l'un des plus charmants génies artistiques de la France, cet Honoré Fragonard qui, s'il pouvait visiter les collections d'outre-Atlantique, serait peut-être marri de s'y voir attribuer des œuvres de second ordre auxquelles il n'a jamais mis la main.

CHRONIQUES ET PAROLES SUR L'ART

1902

LE PERGAMON À BERLIN

Berlin est une ville affreuse et commode. Tout ce qui tend à lui donner l'aspect d'une capitale est d'un goût détestable. Au reste, n'importe laquelle des villes de l'Empire est plus intéressante que cette cité sans églises. N'étaient les châteaux des environs, quelques tableaux de l'ancien musée, et le Pergamon récemment ouvert, un voyage à Berlin serait inutile. L'édifice appelé Pergamon situé derrière l'ancien musée contient les trouvailles rapportées des fouilles de Pergame et surtout la fameuse gigantomachie qui décorait l'autel de Jupiter. On a reconstitué cet autel et ce travail a demandé vingt-trois ans aux savants berlinois.

Mais que cela est beau! Quel magnifique poème de pierre! Les dieux olympiens terrestres, marins et infernaux, les animaux, les géants, les monstres entremêlent furieux leurs membres parfois mutilés, les torses des déesses se cabrent sur les bras des héros, des faces se crispent, des bouches mordent. Cet œuvre, que des artisans sculptèrent dans de la pierre de grain très gros, sent tellement sa divinité que le voyageur, oubliant la foule des visiteurs à moustaches en croc et des femmes laides, espère l'heure où mugiront les taureaux des hécatombes.

La gigantomachie date de la troisième période hellénique, qui s'étend de 331 à 63 avant J.-C.

À contempler des tailleurs de pierre de Pergame, des hommes deviendront peut-être sculpteurs en Allemagne. Je le souhaite, car vraiment les Allemands n'ont pas idée de ce que c'est que la sculpture. Les épouvantails de la Siegesallee[1], les œuvres de Begas ou du plus récent Max Klinger (n'en déplaise à M. Georg Brandès[2]), n'ont rien qui aille à l'encontre de cette opinion.

(*La Revue blanche,* 15 mai.)

QUESTIONS FRANCO-ALLEMANDES

L'EXPOSITION DE DÜSSELDORF

L'exposition de Düsseldorf n'est qu'une exposition régionale pour le pays du Rhin et la Westphalie. Mais l'importance de ces deux provinces donne un caractère particulier à cette exposition, qui, dominée par le clocher tordu de Saint-Lambert, s'étend au bord du Rhin, dont les rives sont à cet endroit plates, dénudées et vilaines. Düsseldorf, bien tombée au point de vue artistique, est une ville neuve et superbe. Avec ses jardins, ses promenades, ses maisons gaies et modernes elle semble elle-même une exposition. Mais la véritable exposition au bord du Rhin, malgré ses portes monumentales, malgré ses édifices d'architecture *sécessionniste*[3], manque un peu d'originalité. L'empereur l'a compris : il n'a voulu que l'entrevoir. Le palais de l'Art, où triomphe comme un défi le polychrome *Beethoven* de Max Klinger, contient le fin du fin de l'art moderne en Allemagne. Sauf quelques tableaux signés par les rares artistes allemands que j'aime, je n'ai rien vu qui valût la peine de se déranger. Ailleurs les palais du Fer et des Machines — Krupp, Bochum, etc. — donnent une impression de force et de santé qui fait sourire ceux qui savent quelle crise terrible subit en Allemagne l'industrie du fer, sans parler des autres. En traversant les salles d'exposition on est frappé de la peine que se donnent les Allemands pour fabriquer des contrefaçons. Ici, c'est du coton qui imite la soie de telle façon qu'on s'y méprend. Là, du carton se fait passer pour du cuir. Là, un buste est élevé à l'inventeur de la margarine, un Français d'ailleurs. L'aspect est en somme très sérieux et dénote un grand labeur intelligent. Le côté mutualité, maisons d'ouvriers, méritérait plusieurs semaines d'étude. Par exemple le côté des amusements est morne. Il n'y a d'ailleurs pas de boniments. Un *Caire* surtout où les *Abricots* s'expriment en allemand est un spectacle peu réjouissant pour ne pas dire navrant[1]. Le soir, on fréquente surtout les représentations du *Combat naval* car l'empereur l'a dit : «Notre avenir est sur l'eau[2].»

À 9 heures du soir tout est désert et l'on n'a d'autre ressource que celle de s'attabler dans une brasserie et d'entendre les Allemands s'apitoyer sur le désastre de la Martinique qu'ils considèrent noblement comme un malheur presque national[3].

(*La Grande France,* octobre.)

L'EXPOSITION DE DÜSSELDORF

L'effort considérable des deux provinces qui ont collaboré à l'exposition *für Westfalen und Rheinland* organisée à Düsseldorf ne doit pourtant pas tromper les visiteurs sur la crise de l'industrie et du commerce allemands. Une des parties les plus intéressantes de l'exposition est le Kunstpalast. Ce palais renferme la première grande exposition des beaux-arts à Düsseldorf. Des artistes de toute l'Allemagne y exposent.

L'école de Düsseldorf semblait déchue. Des artistes qui firent sa gloire, un des Aschenbach[4] reste seul debout, riche, un peu maniaque et démodé. Et pourtant parmi le chaos des productions très discutables de Berlin, des envois bizarres de Dresde et de Vienne, les tableaux des peintres de la jeune école de Düsseldorf : Gebhart, Jansem et Bockmann, donnent une impression de santé reposante et rassurante pour l'avenir de cette jolie ville prospère. En somme, à cette exposition qui a la prétention d'être une sorte de décennale, il manque beaucoup de peintres essentiels.

Il est vrai que plusieurs des peintres qui, pour une raison ou une autre, n'ont pas trouvé place au Kunstpalast, sont bien représentés dans des galeries ouvertes en ville. Il en est ainsi pour le professeur Braun (de Munich), un peintre de bataille, élève de Vernet. M. Braun expose de très personnels paysages des Alpes bavaroises.

Dans la section des arts appliqués à l'industrie, les envois de Vienne sont très remarquables.

La pièce capitale en sculpture est le *Beethoven* de Max Klinger. J'avais déjà vu l'hiver dernier, à Vienne, cette façon de Jupiter en marbres de couleur qui, paraît-il, n'était d'abord destiné qu'à être une charge d'atelier. On l'a pris pour un chef-d'œuvre. Les discussions qui durent depuis plus d'un an ne le rendent pas meilleur à mon sens. Trois pays, la Prusse, la Saxe et l'Autriche se le disputèrent. La Saxe l'emporte, le *Beethoven* ira à Leipzig.

En somme, l'exposition de Düsseldorf est très importante. Je souhaite qu'elle ait pour résultat de redonner une vie à ce centre artistique, où les capitaux ne manquent pas.

Il me paraît avant tout que, les artistes de Düsseldorf s'étant affirmés comme des peintres de vie et de lumières, ils doivent continuer en ce sens. Ils n'ont qu'à gagner en opposant leur sincérité au mensonge des sécessionnistes de Munich, représentés par le trop fameux et néfaste professeur Stuck, et de ceux de Berlin dont il vaut mieux ne pas parler.

(*L'Européen,* 11 octobre.)

LE MUSÉE GERMANIQUE DE NUREMBERG

Lorsqu'on a fait vingt fois le tour de Nuremberg, lorsqu'on a payé pour entrer dans toutes les églises, lorsqu'on s'est émerveillé de la Belle Fontaine et de toutes les autres fontaines de la ville, lorsqu'on s'est arrêté sur chacun des ponts du Pegnitz, quand on a visité l'antique Kaiserburg, la maison de Dürer et médité sur sa pierre tombale au cimetière Saint-Jean, lorsqu'on a bu de la bière nurembergeoise que beaucoup placent au-dessus de celle de Munich, dans la *Bratwurst-Glœcklein,* petite auberge encore pleine des souvenirs des Dürer, des Kraft, des Vischer qui la fréquentaient en leur temps et où l'on peut voir des souvenirs plus modernes : tel un délicieux dessin que Walter Crane y laissa lors de son passage en 1900 (ce dessin représente une grue — *crane* en anglais — tenant un pichet d'étain et disant *Prosit* à un tableau figurant Albrecht Dürer tel qu'il s'est peint dans son portrait du Christ à la pinacothèque de Munich, mais vu de profil), lorsque enfin on a tout vu de Nuremberg, il faut aller au musée national germanique — Germanisches Nationalmuseum. Bien qu'édifié sur le territoire du royaume de Bavière, ce musée appartient à l'empire allemand. Il fut fondé par le baron Hans von Aufsesz, augmenté depuis et solennellement inauguré en 1892 par l'empereur Guillaume II en présence du régent de Bavière.

La raison de ce musée est l'affirmation à la face de l'univers du génie artistique germanique. Car ce musée ne contient pas seulement les originaux ou les reproductions des œuvres d'art écloses sur le sol de l'empire, mais celles produites en toute terre de race et de langue allemandes, comme l'Autriche et une partie de la Suisse. Je signale cette idée qui me paraît excellente et il me semble désirable qu'un homme autorisé assume la création d'un pareil musée pour les productions incontestablement plus importantes dues au génie latin[1]. Il ne serait pas nécessaire qu'on choisît pour édifier ce musée une ville mondiale comme Paris. De même que les Allemands ont choisi Nuremberg parce que cette ville est le type et l'idéal de leurs cités médiévales, on pourrait choisir une ville qui résumât la latinité intégrale. Je cite Nîmes, Rome ou même, pourquoi pas? Trèves sur la Moselle, pour contenir ce musée auquel contribueraient : la France, la Belgique, les pays rhénan et mosellan, l'Italie, la péninsule Ibérique, la Roumanie, l'Afrique du Nord et l'Amérique latine.

Pour en revenir au musée de Nuremberg, il contient des collections artistiques et historiques, des cabinets de monnaies, de médailles et d'estampes. Il possède de plus d'importantes archives et une bibliothèque de deux cent mille volumes.

Le baron von Aufsesz obtint pour en faire un musée le couvent de chartreux construit par Marquard Mendel en 1380 et appartenant à la ville depuis la Réforme, la Tiergaertnersthorturm, les maisons dites de Pilate et de Topler. Le musée fut organisé sous la direction du défunt conseiller intime Dr A. von Essenwein. Après plusieurs collections relatives aux temps préhistoriques, aux périodes germaines, je note dans la salle 7 la reproduction galvanoplastique du trésor d'or d'Athanaric, roi des Wisigoths, conservé au musée de Bucarest. Les salles de 10 à 13 contiennent une collection de poêles de poteries qui est certainement la plus belle en ce genre. Plus loin, c'est la reproduction du colossal Roland de Brême. Dans la salle 28, c'est la fameuse *Vierge* de Nuremberg, chef-d'œuvre de la sculpture allemande au Moyen Âge et dont il y a une reproduction au musée de sculpture comparée du Trocadéro. La salle 33 contient une collection de bois sculptés appartenant à la ville de Nuremberg. On y remarque des œuvres de Veit Stoss et le modèle original du petit homme aux oies par Labenwolf, qui décore la fameuse fontaine que plusieurs villes allemandes, comme Stuttgart et Bonn, tout dernièrement ont imitée.

À l'étage au-dessus se trouve une collection très intéressante au sujet de l'histoire de l'habitation en Allemagne, dans le Tyrol, en Suisse. Salle 56, une collection de reliures, collection concernant l'imprimerie, des écrits de Hans Sachs, etc. Puis, en passant par des salles réservées à la pharmacie, à l'astronomie, à l'alchimie, aux jouets de Nuremberg, on arrive à la galerie de tableaux qui, en partie, appartient à la ville. Cette galerie contient une *Vierge à la fleur de pois,* dans le genre de celle de maître Guillaume, du musée de Cologne[1]. Une crucifixion d'Étienne Lochner, *Moïse faisant jaillir l'eau du rocher* de Lucas de Leyde. Deux madones de Holbein le Vieux, cinq tableaux de Dürer : *Hercule tuant les oiseaux du lac Stymphale,* toile sobre, puissante et mystérieuse, une pietà et les trois portraits vraiment impériaux et superbes des empereurs Charlemagne, Sigismond et Maximilien. Des Cranach, un portrait par lui-même de Rembrandt. Un Ruysdaël et enfin un solide portrait de Bismarck par Lenbach qui, décidément, est inévitable dans tout musée allemand. Dans la salle 82, je remarque la guitare de Lenau et une harpe de Marie-Antoinette.

Je ne parle pas de l'immense collection de faïences allemandes, verreries, costumes, reproductions des œuvres les plus fameuses de l'art allemand comme les portes de bronze, les chandeliers au lion et les fonts baptismaux de la cathédrale de Hildesheim.

Ce musée m'a paru être la réalisation triomphale d'un effort que les races latines devraient imiter. Au fait, le musée de Nuremberg ne contient (à part le portrait de

Bismarck) que des œuvres du Moyen Âge et de la Renaissance. Quelle ne serait pas la valeur d'un musée où l'on pourrait se rendre compte de la culture latine, dans l'Antiquité, au Moyen Âge et aux temps modernes?

Pour finir, je tiens à enregistrer une plainte qui n'a pas été formulée, comme on pourrait d'abord le croire, par un Bavarois volontiers contempteur de tout ce que fait la Prusse, mais par un Brandebourgeois, né à Berlin et y demeurant.

Il paraît que l'administration des musées de Berlin guette certains trésors du musée de Nuremberg et que, profitant de ce que le musée germanique appartient à l'Empire, elle a déjà fait transporter plusieurs objets, entre autres une importante sculpture, au vieux musée à Berlin.

Il me semble assez qu'il y ait abus. Car, si un musée d'ensemble comme celui de Nuremberg me paraît excellent, mon sentiment s'oppose à cette centralisation des objets d'art comme on l'entend à Berlin et même à Paris.

(*L'Européen,* 13 décembre.)

1903

DES FAUX

On entendra dorénavant répéter dans tous les musées, devant les œuvres d'art les plus honorables, cette scie démodée : «On dirait du faux.» La tiare de Saïtaphernès[1] donnera au public, j'espère, un grand mépris pour le passé. Le mépris est un sentiment libérateur. Il exalte une belle âme et l'incite aux grandes entreprises.

Un seul mépris pourtant serait déplorable, celui de la beauté. Or la tiare de Saïtaphernès est une belle chose. Ce fut mon sentiment quand je la vis, et j'ai d'ailleurs lu dans les journaux que les orfèvres sont de cet avis. Les raisons qui font que les savants l'ont maintenant en horreur sont d'ordre purement archéologique. C'est dire que ces raisons n'ont aucune importance. Et puis, au premier témoignage des savants mêmes, au moins de ceux du Louvre, la tiare est d'un travail admirable; j'ajoute, sans crainte d'employer une formule surannée : c'est beau comme l'antique. La tiare de Saïtaphernès n'est donc pas méprisable. Le ministre des Beaux-Arts manqua assurément d'esprit à cette occasion : une belle œuvre d'art, si digne d'être exposée dans un musée national, n'en devait pas sortir.

Tout au plus, comme il est vraisemblable que l'artiste vive encore, pouvait-on transporter cette tiare au Luxembourg et l'exposer avec cette explication qui aurait rendu à l'œuvre toute son authenticité : *Maître russe inconnu, fin du XIXᵉ siècle*[2]. Au bout d'une dizaine d'années, la tiare aurait été rendue au Louvre qui l'aurait exposée comme un chef-d'œuvre de l'orfèvrerie du siècle passé. Les savants qui s'occupent d'augmenter les collections nationales avaient même le devoir d'acquérir le plus d'œuvres possible de ce grand artiste maintenant méconnu. On aurait pu le désigner sous ce sobriquet « le Maître de la tiare de Saïtaphernès », comme on a déjà, pour la peinture : le Maître de la mort de Marie, le Maître de Saint-Séverin, le Maître de l'autel de Heisterbach, le Maître de Saint-Bartholomé de la famille Boisserée (prononcez Bozré).

Les Allemands, qui, en cette circonstance, ont tenu à nous marquer une commisération imbécile et à nous assommer de pédanteries vaines, agissent ainsi à l'occasion. Une œuvre d'un de leurs musées est-elle reconnue fausse? les conservateurs, au lieu de se désoler et de transporter l'œuvre au grenier, ajoutent tout simplement ce petit mot : *nach* (d'après) devant le nom de l'artiste. Prenons, par exemple, le seul musée de Dresde. Un des ornements de cette galerie justement célèbre était jadis la *Madone du bourgmestre Meyer de Bâle,* par Hans Holbein le Jeune. On sait, depuis 1871, que le tableau original de Holbein est à Darmstadt dans le palais du grand-duc de Hesse. À Dresde, on a ajouté *nach* sur l'étiquette et le tableau est resté à la place d'honneur qu'il occupait. Pour Jan Bruegel le Vieux, même histoire. *L'Adoration des rois mages* est à Vienne et *Le Lac de Génésareth avec le Christ prêchant* est je ne sais où. Dresde qui les donnait comme originaux a ajouté *nach* devant le nom de Jan Bruegel. Le goût pour le faux fait partie du caractère allemand au point qu'un foulard exposé dans une boutique avec l'indication « soie » sera surtout en coton; la véritable soie sera désignée ainsi : « soie pure ». Dans leurs musées les Allemands exposent une copie, avec l'orgueil qu'on a à montrer l'original. Les Allemands portent des bijoux faux avec autant de joie que s'ils étaient vrais.

Les Français regrettent que la tiare soit fausse. On croirait que c'est la première fois qu'il y a un faux en France. Les Français ont tort. D'autant que, si fausse et vilaine que fût cette tiare, on aurait pu, puisqu'il s'agit d'or, l'utiliser fort convenablement en l'offrant au président de la République[1], dont elle eût rehaussé la belle figure barbue.

En tout cas, les faux ne devraient plus troubler personne. Toute ville possède ses faussetés presque officielles. À Constantinople, on montre dans Sainte-Sophie, aux

Anglais et autres touristes, l'empreinte de la main du conquérant et la marque d'un coup de sabre donné par lui à l'un des murs. À Munich, dans la Frauenkirche, les pieds du diable ont laissé deux traces noires sur le pavé. À Bonn, une grande taverne, qui abrita les beuveries de l'empereur au temps où il était étudiant, et naguère celles du Kronprinz, son fils, conserve les chopes où burent ces deux princes. Exposées sur de petites étagères, elles font l'admiration de tous ceux qui visitent cette taverne dans la Ville des Muses. Admettez qu'un garçon maladroit fasse tomber une de ces chopes, il y a beaucoup à parier qu'il la remplacera par une des nombreuses pareilles à celle-là et qui constituent le fonds de l'établissement.

La littérature aussi est pleine de faux. Des poètes en chantant Hélène, plus brillante que ses frères stellaires, blanche comme son père le cygne amoureux qui ne chantera jamais, et Angélique, reine de Cathay, pensèrent honorer de la jeunesse jointe à de la beauté. Or, nous le savons par Lucien : au moment de sa fuite avec le pâtre phrygien, Hélène avait près de dix lustres et un poème de Brusantini, *Angelica innamorata* (Angélique énamourée), nous assure que cette dame avait quarante ans quand elle aima Médor[1].

Ella era giunta al quadragesimo anno
Et era quasi alhor più che mai, bella.

Ces poètes furent trompés par Homère et par l'Arioste.

Les Évangiles sont postérieurs aux personnages auxquels on les attribue et n'expose-t-on pas dans quelque sanctuaire une image de la Vierge peinte par saint Luc ? Je ne cite que pour mémoire les fausses reliques qui pullulent et les chevaux qui courent sous de faux états civils fabriqués en Belgique.

Quelqu'un doit être blasé sur les faux : c'est M. Domenech, qui baptisa dernièrement M. Gaston Pollonnais[2]. M. Domenech publia en 1860, chez Gide, un recueil sous ce titre : *Manuscrit pictographique américain précédé d'une notice sur l'idéographie des Peaux-Rouges.* Le manuscrit dont il s'agit et qui est à la bibliothèque de l'Arsenal sous le nom de *Livre des Sauvages* est l'œuvre d'un Allemand. C'est un recueil de dessins à la mine de plomb, la plupart obscènes. Beaucoup de mots allemands vulgaires disséminés dans le recueil et écrits en caractères allemands avaient été pris pour des termes iroquois par M. Domenech.

J'ai vu travailler un faussaire à Honnef, au bord du Rhin. C'était un vieillard fort bizarre, vivant en ermite et ne voyant que les étrangers qui venaient lui acheter des antiquailles. Cet homme avait pour spécialité de fabriquer des fausses poteries de Siegburg. Il m'avait pris en amitié et je le vis une fois agenouillé dans son jardinet et salissant avec de la terre humide des poteries neuves qu'il vendit quelques mois après à un pasteur protestant amateur d'antiquités rhénanes. Ce faussaire n'était parfaitement heureux que les jours où il avait maquillé quelque fausseté. Il l'admirait ensuite en souriant et disant : «J'ai fabriqué un dieu, un faux dieu, un vrai joli faux dieu.» Puis il prenait sa guitare et chantait, en tordant sa bouche édentée, de vieilles chansons allemandes qui célébraient Kaetchen de Heilbronn ou Schinderhannes[1].

(*La Revue blanche,* 1er avril.)

1905

PICASSO, PEINTRE ET DESSINATEUR
(Galeries Serrurier)

On a dit de Picasso que ses œuvres témoignaient d'un désenchantement précoce[1].

Je pense le contraire.

Tout l'enchante et son talent incontestable me paraît au service d'une fantaisie qui mêle justement le délicieux et l'horrible, l'abject et le délicat.

Son naturalisme amoureux de précision se double de ce mysticisme qui en Espagne gît au fond des âmes les moins religieuses. On sait que Castelar[2] portait un chapelet dans sa poche et si Picasso est peu religieux (ce que je pense) il a dû réserver, je gage, un culte de dulie raffiné envers sainte Thérèse ou saint Isidore.

À Rome, au moment du carnaval, il y a des masques (Arlequin, Colombine, ou *cuoca francese*[3]) qui le matin, après une orgie terminée parfois par un meurtre[4], vont à Saint-Pierre baiser l'orteil usé de la statue du prince des apôtres.

Voilà des êtres qui enchanteraient Picasso.

Sous les oripeaux éclatants de ses saltimbanques sveltes, on sent vraiment des jeunes gens du peuple, versatiles, rusés, adroits, pauvres et menteurs.

Ses mères crispent des mains fines comme en ont souvent les jeunes mères de la classe populaire et ses femmes nues sont écussonnées de la toison que dédaignent les peintres traditionnels et qui est le bouclier de la pudeur occidentale.

(*La Revue immoraliste*, avril.)

LE CINÉMATOGRAPHE

10 août.

Toutes les expositions se ressemblent. Celle de Liège ne fait pas exception[1]. Chaque exposition dure six mois. Quand ils sont écoulés, on transporte, semble-t-il, les palais, les pavillons, les restaurants dans une autre ville qui tient à avoir, elle aussi, son exposition.

Le roi Louis XI, le premier, eut l'idée des expositions industrielles et l'exécuta en envoyant à Londres deux commerçants de Tours : Jean de Beaune et Jean Bricourt. Ces marchands tourangeaux emportaient 25 000 écus de produits français : épicerie, draps, toiles qu'ils avaient mission de comparer avec les produits anglais et même d'échanger contre ceux-ci.

Mais les expositions universelles modernes — à la fois : musée, usine, marché et kermesse — ne datent que du XIXe siècle.

De la première à la dernière, elles se ressemblent. Les Arabes d'Algérie, de Tunisie ou d'Égypte y règnent toujours. De même qu'ils vendaient leur pacotille dans la rue de Paris en 1900, de même qu'ils débitaient des colliers de corail au bord du Rhin, en 1902 à Düsseldorf[2], de même, ici, sur les rives de la Meuse, ils encombrent le Vieux Liège, au détriment des théâtres de marionnettes et des cabarets wallons. Est-ce un mal? Je ne le pense pas. Les reconstitutions sont peu fidèles et les marchands maures ajoutent au pittoresque de décors de plâtre et de carton-pierre.

On n'a accordé aucune importance au modern style. Pourtant ce style qui se manifesta d'abord dans le meuble prit naissance à Liège, d'où il passa dans les autres pays en s'imposant surtout en Allemagne. Il y fait fureur, depuis l'exposition de Darmstadt. Les Allemands appliquèrent aussi ce style à la bijouterie et à l'architecture. Leurs essais ne furent pas toujours très heureux. En France, on fit parfois du modern style un emploi fort judicieux. Les joailliers et les corroyeurs français l'ont souvent appliqué avec goût. Mais les ébénistes de Liège n'ont pas encore été dépassés et leurs ouvrages seront, peut-être, recherchés par les amateurs.

Les gens mêmes à qui, comme à moi, les produits de cette nouveauté déplaisent doivent reconnaître l'intérêt de la seule tentative qui ait été faite pour nous délivrer des éternels styles Henri II, Louis XV ou Louis XVI[1].

Le modern style marque bien que notre époque eut souci plutôt d'élégance que de réelle beauté. Mais son importance n'est pas niable et Liège qui l'inventa et ne s'en vante pas est bien modeste.

La question du *Faune mordu* de Jef Lambeaux occupe beaucoup plus les esprits liégeois. À Paris, en 1900, ce sculpteur avait, de même que Rodin, son exposition officielle. Mais qu'on ne pense pas qu'il puisse être question de comparer les deux artistes. Les *Passions humaines* de 1900 et le *Faune mordu* de 1905 témoignent de beaucoup de bonne volonté dépensée en pure perte. Du lard, peut-être, de l'art, jamais.

20 août.

Je pensais être le seul habitant de Paris qui n'eût jamais été au Parc des Princes. Je me trompais. Après une course de bicyclettes entraînées par des motocyclettes, course qui dura une heure, j'aperçois Malloué, de *La Petite République*[2]. Il se promène dans le pesage et semble dépaysé. Je l'approche, aussitôt il me questionne : « Est-ce que vous venez souvent ici ? — C'est la première fois. — Moi aussi et je vous avoue que je n'ai rien compris à ces bicyclettes qui ont couru si longtemps après ces motocyclettes. Pour quel résultat ? Néanmoins l'endroit est extrêmement moderne. Cette foule, ces coureurs, cette piste ne donnent pas du tout la même sensation qu'une course de chevaux, par exemple. »

Et c'est la vérité. Ce vélodrome du Parc des Princes déjà un peu démodé émeut d'une façon spéciale. Il a l'attrait de certaines estampes japonaises.

3 septembre.

Après avoir été célèbre sous le Second Empire, la fête des Loges redevient à la mode grâce à l'automobile.

La foule y est plus dense qu'à la fête de Neuilly. D'ailleurs la fête des Loges est plus belle. La forêt de Saint-Germain lui fait un cadre de verdure admirable, limité seulement par une des maisons d'éducation de la Légion d'honneur. Mais on ne voit pas ces demoiselles. Elles sont en vacances.

Des guinguettes provisoires sont installées sous des tentes. Partout on pend la pancarte fascinante : « Ici on peut apporter son boulottage, le couvert est gratuit. »

Partout tournent des carrousels d'animaux divers qui ont remplacé les chevaux de bois. Partout, en plein [air], tournent aussi les broches des rôtisseries parfumées. Les poulets se dorent peu à peu. La nuit est venue et l'on se demande si c'est en tournant autour de la Terre que s'est dorée la Lune qui tourne là-haut.

(*Le Journal de Salonique*, 21 septembre.)

1907

BERNHEIM-WAGRAM

Il ne s'agit nullement d'une nouvelle ligne d'autobus, mais de l'affaire qui passionne avec raison le monde des peintres.

Un jeune gentilhomme de lettres, d'ailleurs, allié aux Rothschild, un Wagram, s'était mis dans la tête de devenir marchand de tableaux. Il s'associa pour cela aux Bernheim, commerçants établis, experts, trafiquant indifféremment des marchandises les plus diverses : Roybet, Cézanne; Jean Béraud, Bonnard; Madeleine Lemaire, Van Gogh; Bonnat, Matisse, etc. On est éclectique dans le grand monde.

On assure que pour éprouver la loyauté de ses associés le jeune gentilhomme de lettres s'est amusé à leur faire vendre des tableaux, en sous-main.

Après avoir bien marchandé, les Bernheim achetaient un tableau de 10 000 francs, par exemple, et faisaient savoir à leur jeune associé qu'ils avaient acheté un chef-d'œuvre 50 000 francs, pour rien, à peine le prix du cadre.

Notre gentilhomme trouva que c'était abuser de son incompétence, à marchand marchand et demi, il porta plainte. On se demande ce que viennent faire en cette affaire les experts artistiques commis par le juge. Ce sont des experts en écriture qu'il faudrait.

On voit que l'affaire est purement commerciale et que la valeur des Cézanne, Van Gogh, Seurat, Gauguin n'est point en cause. Les gens qui, sottement, ont crié au krach de la peinture moderne, de la peinture sans dessin! se sont grossièrement trompés. Critiques sans goût, amateurs ignares, leur manque de culture leur interdit de s'occuper de ce qu'ils n'entendent point. Ils voudraient ravaler l'art à leur niveau, qu'il leur reste dans la gorge et les étrangle!

Au surplus, nous publierons volontiers les explications qu'il plairait à MM. Bernheim de nous adresser.

(*Je dis tout,* 25 juillet.)

LE SALON D'AUTOMNE

Mets ta jupe en cretonne
Et ton bonnet, mignonne!
Nous allons rire un brin
De l'art contemporain
Et du Salon d'automne.

Car il me paraît indispensable de visiter le Salon d'automne. Les pères de famille feront bien d'y mener leurs fils dans un but pédagogique et humanitaire.

Il est bon qu'un enfant apprenne dès ses jeunes années les noms des hommes qui seront illustres.

M. JOURDAIN

M. Jourdain, que Baignères appelle familièrement «Frantz d'abord» ou «le Pied qui r'mue» ou «le Président des façades» ou «le Bon Samaritain», cumule les fonctions d'architecte du Salon d'automne et de président d'honneur de la *Samaritaine* qui l'a raccroché un soir au coin du quai.

C'est qu'il est bien conservé pour son âge! Il a l'air d'un mormon apostolique et anarchiste, ce qui lui a valu la rosette de la Légion d'honneur et cette chansonnette sur un air connu :

Monsieur Jourdain
A le goût fin
Depuis l'âge le plus tendre.

Pour tout savoir
Il n'a qu'à voir
Et pas besoin d'entendre.
Comme architec,
On dit : « Quel mec!
Il a du poil au ventre!»
Et l'on assur'
Qu'en fait d'peintur'
C'est un gai dilettantre
Qui port' fièrement
Son bout d' ruban

Il en a un p'tit bout
Qui fait fort bien son affaire, etc.

Cette année, il a été admirable. Le voyage des sous-sols du Grand Palais jusqu'à la rue Richepanse, dans les galeries Bernheim, a été un glorieux épisode de la vie de notre grand régisseur des Beaux-Arts, de ce personnage historique.

On l'entourait, on se pressait autour de lui. Un membre du jury tendit le drageoir, un autre le crachoir, un troisième le mouchoir. Tout le long du chemin ce bon Samaritain s'exclamait : «Moi, je fonce comme un taureau!»

Arrivé chez Bernheim, il fonça sur un admirable tableau de Cézanne, un tableau rouge : le portrait de Mme Cézanne. Fénéon l'arrêta en lui déclamant avec flegme une étonnante nouvelle en trois lignes[1].

M. Jourdain se tourna alors contre un paysage. Il fonça, courant comme un fou, mais ce n'était pas une toile, que ce tableau de Cézanne, *c'était un paysage.* Frantz Jourdain s'y enfonça, il disparut à l'horizon, à cause de la rotondité de la Terre. Un jeune homme employé chez Bernheim et qui s'occupe de sports s'écria : «Il va faire le tour du monde!»

Heureusement il n'en était rien. On vit revenir Frantz Jourdain, rouge et essoufflé. Il apparut d'abord tout petit dans le fond du paysage et grandit en approchant.

Il arriva, assez confus, s'épongeant le front : «Diable de Cézanne! murmurait-il, diable de Cézanne!»

Il s'arrêta vis-à-vis de deux tableaux, dont l'un représentait des pommes et l'autre un vieillard :

«Messieurs, dit-il, je défie qu'on dise que ceci n'est pas admirable!

— Je le dis, monsieur, répondit Rouault, cette main est un moignon!»

Et Frantz Jourdain dut se taire, car c'est là qu'en effet le bât le blesse. Pour lui la peinture se réduit à cela : qu'une main soit un moignon ou qu'elle ne le soit pas. Il a beau dire et beau faire, il ne sortira pas du moignon. Mais quand on a pendant quelque vingt années fait profession d'admirer Cézanne on ne peut avouer qu'on ne sait pas pourquoi.

Parmi les douze Cézanne de chez Bernheim, il y avait un compotier tordu, de travers et tout de guingois. M. Frantz Jourdain fit des restrictions. Les compotiers se tiennent mieux en général, ils ont meilleur air. Et M. Bernheim avec la bonne grâce d'un homme qui fréquente la noblesse de l'Empire prit la peine de défendre le pauvre compotier :

«Il est probable que Cézanne avait le compotier à sa gauche. Il voyait le compotier en biais.

«Mettez-vous donc à la gauche du tableau, monsieur Frantz Jourdain... Comme ceci... Maintenant, clignez de l'œil... N'est-ce pas que de cette façon le tableau s'explique assez bien?... Il n'y a donc pas de faute.»

En revenant vers les sous-sols du Grand Palais, M. Frantz Jourdain réfléchissait, son front plissé attestait les soucis qui l'emplissaient. Et quand il eut bien réfléchi aux luttes qu'il avait soutenues, il dit avec une sincérité qui fit pleurer de tendresse tous les membres du jury :

«Les douze Cézanne de chez Bernheim sont tout ce qu'il y a de dangereux!»

Il réfléchit encore et ajouta :

«Moi, je m'arrête à Vuillard.»

Puis il regarda le soleil couchant, il lui sembla voir étinceler dans le lointain l'or des coupoles de la *Samaritaine*. On l'entendait murmurer de temps en temps : «Les douze Cézanne!... les douze Cézanne!» Et M. Frantz Jourdain qui a des lettres pensait à Suétone.

Au refrain
(Chœur des gardiens du Grand Palais)

Il en a un p'tit bout
Qui fait très bien son affaire, etc.

Dans les sous-sols, M. Frantz Jourdain n'en avait pas encore fini avec Cézanne.

Passant familièrement le bras autour du cou de Desvallières,

Cou qu'aucun bras humain n'a jamais enlacé[1] *!*

il expliqua :

« Vous comprenez, je suis pour la liberté de l'art, de la couleur. Ainsi ce portrait de Mme Cézanne, je le trouve étonnant.

« Réellement, cette dame était une belle personne. Mais cette bouche, cette bouche... Croyez-vous qu'elle soit réelle ? Je suis en train de me le demander et je ne puis le croire... Que diable peut-on faire avec une bouche pareille ! »

... Et devant le jury le défilé des tableaux recommença...

On apporta un de ces tableaux qui servent de réclames de modes dans certains grands magasins. Tête de cire, corps drapé d'étoffes véritables.

Rouault dit à haute voix :

« Les magasins de nouveautés veulent donc exposer au Salon d'automne cette année ? »

Frantz Jourdain, sur ce trait, se retourna rouge de colère et, lançant mille postillons à la face de Rouault, il proféra ces paroles mémorables :

« Certainement, ils exposent, monsieur ! Je suis pour le progrès, moi, pour le progrès toujours ! Quand il y aura des chapeaux à 25 sous il n'y en aura plus à 25 francs et nous serons un peuple d'artistes. »

Et M. Desvallières, qui est un homme comme il faut et riche, s'étonna :

« Tiens ! Tiens ! Il y a déjà des chapeaux à 25 francs ! Comme c'est bon marché ! Je ne pensais pas qu'il y en eût au-dessous de 25 louis. »

Et M. Frantz Jourdain fit revenir le tableau qui fut alors accepté.

Les travaux du jury continuèrent ainsi parmi les grincements de dents. Frantz Jourdain avait des traits d'esprit pour l'opposition :

« Piot gueule, disait-il, mais Rouault pâlit, il rage comme un sectaire. »

Nous parlions plus haut de Molière*. C'est que M. Frantz Jourdain vient de faire graver son nom sur tous les piliers de la *Samaritaine* dont il construit sans cesse de nouveaux magasins. Comme son homonyme, le Bourgeois gentilhomme, Frantz Jourdain aime les cérémonies. Ne le vit-on pas pour ennoblir et consacrer la liaison entre un de ses parents et la fille de l'anarchiste Vaillant, celui qu'on guillotina bien qu'il n'eût pas tué, organiser une fête rédemptrice et purificatoire, avec banquet et cérémonial compliqués**?

Cependant en apprenant la nouvelle, il avait été estomaqué. Le bourgeois s'offusquait :

«Fi! La fille d'un guillotiné! Quel scandale!»

Mais l'anarchiste se réveilla bientôt :

«Je suis content malgré tout. C'est crâne ce qu'a fait là X, et ce n'est pas bourgeois.»

Et la cérémonie eut lieu.

Les yeux pleins de larmes, la voix tremblante et les bras levés, il bénit son X au nom des principes anarchistes, après avoir banqueté bourgeoisement.

CÉZANNE

Nous n'avons pas à parler de l'art de Cézanne***. Qu'on sache cependant que M. Frantz Jourdain, sous prétexte de ne pas ternir la gloire de ce grand homme et de ne pas déplaire à la clientèle de son commanditaire Jansen, l'a sciemment représenté d'une façon insuffisante au Salon d'automne.

La bonhomie politique de Cézanne est presque légendaire. Lorsque Vollard alla à Aix pour lui acheter de la peinture, il s'étonna de ce que presque toutes les toiles qui figuraient les maisons étaient percées de trous carrés au-dessus des cheminées. Il en demanda la raison :

«Peuh****! lui répondit le maître, ce sont les enfants qui s'amusent. Ils ont trouvé que si les cheminées n'avaient pas de trous, la fumée ne pourrait passer.»

* Il s'agit de M. Paul Adam.

** C'était l'époque du carnaval.

*** On en parle doctement dans les ouvrages de M. Georges Lecomte[1].

**** Il s'agit de M. Paul Adam.

Cézanne était riche. Il allait peindre à la campagne dans un landau provincial. Et cela nous paraît un assez joli trait d'époque.

Le maître aixois était modeste. Il discutait volontiers avec le professeur de dessin du lycée d'Aix et ne dédaignait point de lui demander des conseils :

« Ne vous gênez pas pour me corriger, disait-il, vous en savez plus long que moi. »

Il aimait raconter des histoires sur sa peinture. Un jour, à l'occasion d'une première communion, il donna un tableau à l'héroïne de la petite fête.

Les parents ne disent rien, mais remercient à peine. Ils trouvaient le tableau horrible. Cézanne riait sous cape de leur déconvenue.

Quelques jours après, il revient chez les mêmes personnes. Toute la famille l'entoure, lui fait des protestations, le remercie, parle de son génie.

Ces braves s'étaient renseignés entre-temps et avaient appris que le tableau valait de l'argent.

On a parfois parlé des sentiments religieux de Cézanne. Voici, à cet égard, un trait recueilli de sa bouche* :

« Je suis pris par les jésuites, ma sœur va à la messe, moi aussi. »

VOLLARD

C'est le premier marchand de Cézanne et l'un des meilleurs de Paris. Il est né à la Réunion, comme Leconte de Lisle, M. de Mahy et Marius-Ary Leblond. Sa boutique est un des lieux les plus sélects. La bonne compagnie s'y réunit tous les soirs**.

Il se repent, on ne sait pas pourquoi, de la peinture qu'il a vendue. C'est lui qui disait à Guérin, en parlant de Lefebvre, Henner et autres :

« Comme je regrette de ne pas avoir vendu la peinture de ces messieurs ! »

Et il ajouta sur l'air de *Tu sens la menthe*[1] :

* M. Jean de Mitty conteste l'authenticité de l'anecdote.

** Entre autres, MM. X, Y et Z. Nous ne nommons pas les dames par un sentiment de délicatesse qu'on appréciera.

Je march' pour tout c'qu'on me propose
Laprade, Marquet, Manzana,
Leurs toil's n'sont pas couleur de rose;
J'eusse préféré vendr' des Bonnat.
Mais j'march', qu'voulez-vous, j'suis marchand,
La fortune vient en marchant.

Refrain à sa bonne

Rangez toutes ces toil' charmantes
Toutes ces toiles charmantes,
Tout ce charme rentoilé,
Empilez-les, empilez-les,
Aux ca, aux ca, aux cabinets.

DESVALLIÈRES

Il eſt depuis quarante ans avec les jeunes et, grâce à sa bonne volonté très louable, il change sa manière selon le goût du moment. Il eſt arrivé sans trop d'intrigues à être vice-président du Salon d'automne.

Petit-fils de Legouvé, il suit à la lettre le conseil dodécasyllabique de monsieur son aïeul :

Tombe aux pieds de ce sexe à qui tu dois ta mère[1].

Léon Bloy a dit en parlant du 4 de la rue Saint-Marc, où vécut Legouvé et où vit M. Desvallières :

«Il eſt reſté des microbes dans cette maison. Ils retombent sur notre ami Desvallières.»

Cette année, le sympathique vice-président trama une conception subtile*. Il imagina de faire écrire l'éloge du Salon d'automne dans *La Grande Revue* par M. Cormon[2], de l'Inſtitut**.

«Vous comprenez, expliqua-t-il à un de nos collaborateurs***, Cormon critiquera avec correction. On pourra lui répondre dans les mêmes termes.

* Il s'agit de M. Paul Adam.
** Il ne s'agit pas de M. Paul Adam.
*** Il ne s'agit pas de M. Paul Adam.

«Il est temps d'amener les gens de l'Institut à comprendre le mouvement actuel.

«Les membres de l'Institut sont les représentants les plus autorisés de la grande bourgeoisie et la bourgeoisie doit marcher à la tête du mouvement intellectuel. Elle doit le diriger sous peine de périr elle-même.»

M. Cormon se récusa par une lettre fort nuancée dont voici à peu près les conclusions :

«Je n'aime pas la plèbe. Je suis avec Jésus contre Barrabas, et le peuple sera toujours avec Barrabas contre Jésus.»

M. Desvallières a un frère assez connu pour avoir écrit *Champignol malgré lui*[1]. Cet auteur gai est également peintre et il expose au Salon d'automne sous divers pseudonymes. Il pourrait se contenter d'être un vaudevilliste applaudi. Mais non, il a sa marotte, la peinture est son violon d'Ingres et les lauriers de son frère troublent ses nuits.

Il y a quelque temps, il lui écrivait une lettre dont le sens, au moins, était celui-ci :

«Monsieur, quand vous ne serez plus qu'un membre de l'Institut, je serai un homme de génie.»

M. Desvallières a été très flatté, car il songe à l'Institut et comme c'est un homme aimable et correct il sera de l'Institut.

ABEL-TRUCHET

Pour arriver à la rétrospective de Cézanne, on doit passer devant les tableaux de M. Abel-Truchet.

Ce trait dit tout son caractère.

Autrefois, son nom était le premier sur le catalogue, et pour atteindre ce résultat M. Truchet avait découvert un subterfuge habile : le trait d'union.

Cette année, la ruse s'est trouvée en défaut, car un nommé Aaron[2] a envoyé des toiles qui ont été admises par le jury.

Sur le catalogue, M. Abel-Truchet n'est plus que le second.

Abel-Truchet a de remarquables aptitudes commerciales. Organise-t-il une exposition, il y est tous les jours pour surveiller la vente et il a soin d'exposer de petites toiles dans les prix doux, de 50 à 60 francs, destinées aux amateurs sans fortune.

Au Salon d'automne, vous le verrez près de ses tableaux distribuant des prospectus et sa carte d'adresse.

Son plus grand mérite, il ne s'en cache pas, c'est la franchise.

«Frantz Jourdain, dit-il, me traite comme du poisson pourri, parce que je n'aime pas Cézanne. Je ne l'aime pas, c'est entendu, mais il ne l'aime pas plus que moi. Je suis franc, au moins. Il dit qu'il l'aime et je ne le dis pas.»

MATISSE

Le fauve des fauves. On n'avait pas osé refuser ses toiles. Le jury s'était prononcé. Les tableaux étaient acceptés. Le vote était acquis. Lorsque M. Frantz Jourdain se souvint de la mission à lui confiée par M. Jansen, entrepreneur du Salon d'automne et tapissier connu.

M. Jansen n'aime ni Cézanne, ni Matisse, ni toute la peinture dépassant en hardiesse celle de M. Abel-Truchet.

C'est pour défendre son bon goût de tapissier que M. Jansen a délégué M. Frantz Jourdain, qui ne s'est pas mal acquitté de sa mission.

Les tableaux de M. Henri Matisse étaient donc acceptés. M. Frantz Jourdain se lève et fait revenir *La Coiffeuse*, la plus grande des toiles envoyées par Matisse.

«Messieurs, dit Frantz Jourdain, je demande, dans les intérêts du Salon d'automne et dans ceux de Matisse lui-même, qu'on refuse cette toile.»

Desvallières proteste en homme du monde :

«Nous regardons en camarades la toile de notre ami Matisse. Il est de fait qu'elle peut paraître outrée à des yeux peu exercés sur la peinture. Néanmoins, le vote est acquis et il serait bon d'observer les règlements.»

Rouault proteste de son côté avec moins de grâce. Il invoque aussi les fameux règlements. Il devient violent et gesticule devant le président qui, d'un poing de fer, le saisit au cou et le secoue comme un prunier.

«Je m'assieds sur les règlements», s'écrie Frantz Jourdain, tandis que Rouault commence à devenir violet sous son étreinte. «Je m'assieds dessus, vous m'entendez.

Je sais bien que je serai dévoré par les fauves, mais je m'en f...»

Et il n'en démordit pas. Tandis que le malheureux Rouault, affalé sur une chaise, reprenait haleine, on revenait sur un vote acquis et on refusait *La Coiffeuse* de Matisse.

PIOT

Quelques-uns de ses amis l'appellent : le Soleilland[1] du Salon d'automne. Mais c'est un surnom peu mérité. Il lui vient, dit-on, de ce que son langage n'est pas suffisamment châtié. Pour dire, par exemple, qu'il lui est impossible de dormir dans sa demeure de la rue Rochechouart à cause du bruit que font les plombiers, Piot profère vingt blasphèmes mêlés de quarante mots obscènes.

Comment voulez-vous, dans ces conditions, ne pas passer pour un satyre?

OTHON FRIESZ

Le chef de l'école du Havre. Il a une amie qui, dans ses accès de colère, crève volontiers ses toiles, et qui parle le japonais à la perfection.

Les tableaux de Friesz auraient été refusés si M. Desvallières ne s'était levé en disant :

«Je demande l'indulgence pour les toiles de notre ami Friesz qui est un homme admirable non seulement comme artiste, mais surtout comme homme. Il a une amie qui, dans ses accès de colère, crève volontiers ses toiles et qui parle le javanais à la perfection.»

De cette façon, les tableaux furent admis.

VALLOTTON

Il expose six tableaux parmi lesquels un portrait de *Mademoiselle Stein,* cette Américaine qui avec ses frères et une partie de sa parenté forme le mécénat le plus imprévu de notre temps.

Leurs pieds nus sont chaussés de sandales delphiques,
Ils lèvent vers le ciel des fronts scientifiques[1].

Les sandales leur ont parfois causé du tort chez les traiteurs et les limonadiers.

Ces millionnaires veulent-ils prendre le frais à la terrasse d'un café des boulevards, les garçons refusent de les servir et poliment leur font comprendre qu'on ne sert que des consommations trop chères pour des gens à sandales.

Au demeurant, ils s'en moquent et poursuivent calmement leurs expériences esthétiques.

M. Vallotton, et nous le regrettons, n'a pas exposé le portrait d'une Suissesse, grande dame protestante qui voulut absolument enlever son râtelier pour poser :

«Il ne serait pas honnête de représenter mes dents. En réalité, je n'en ai pas. Celles qui garnissent ma bouche sont fausses et je pense qu'un peintre ne doit représenter que ce qui est vrai.»

GROPEANO

«Te voilà, gros Pleyel!» lui dit Truchet.

C'est le délégué étranger du Salon d'automne.

Nous n'avons d'ailleurs pas pu avoir de renseignements ni sur ses fonctions elles-mêmes ni sur la façon dont il les remplit.

En parlant de Gropeano, Truchet est intarissable.

«Les Roumains, dit-il, naissent avec un sac d'écus ou un violon, mais ils ont toujours la fin de cela et le commencement de ceci.»

Cette année M. Gropeano expose un *Portrait de S. M. Carmen Sylva en train de manier la machine à écrire pour jeunes aveugles, fait au palais royal de Bucarest.*

C'est effrayant, tout en bleu, la reine a des cheveux blancs et on la dirait elle-même aveugle.

(*Je dis tout,* 12 octobre.)

LE SALON D'AUTOMNE

Un grand nombre de métagrammes[1] illustraient et égayaient notre précédent feuilleton. Dieu soit loué! les typographes ont fait de remarquables progrès dans l'art subtil des fautes d'impression. Erdome[2] avait déjà porté cette perfection assez haut. Il voulait que la coquille fût licencieuse et blasphématoire. À notre sentiment, il suffit qu'elle soit pittoresque. C'est que nous n'avons pas quitté le Salon d'automne.

ROUSSEAU LE DOUANIER[3]

Ce brave homme avait envoyé quelques toiles.

Le jury les admit. Mais M. Frantz Jourdain à qui ce vote avait sans doute échappé, fit accrocher les tableaux dans la section du Salon consacrée aux arts décoratifs, puis, sortant de ses poches quelques coupons d'andrinople qu'il porte constamment en guise de mouchoirs, il improvisa un rideau devant pour recouvrir et cacher entièrement les ouvrages du Douanier.

Cette action bizarre cachait un mystère.

C'est par hasard que Rousseau le découvrit.

Le jour du vernissage, ce vieillard se lamentait.

«On m'en veut, disait-il. Je n'ai pourtant fait de mal à personne. Puisqu'on ne voulait pas de mes tableaux, que ne les a-t-on refusés? Ces messieurs du jury étaient libres.»

À ce moment, entouré d'une foule d'admirateurs venus de Belgique, M. Frantz Jourdain passa. Le vieux Rousseau eut un éblouissement. Il chancela. On le soutint. Et, s'étant remis :

«C'est lui, s'écria-t-il, c'est le monsieur.

— De qui parlez-vous, lui dit-on, vous venez de voir passer votre président, M. Frantz Jourdain.

— Est-ce possible?» murmura l'ancien gabelou, puis il nous raconta cette histoire touchante :

Trente ans debout à la frontière,
J'arrêtai le contrebandier.
Je palpai la contrebandière;
Puis, quand je devins brigadier,

Un soir, dans le train de dix heures,
D'un homme correctement mis
Voyageant avec un permis
Je tâtai les gibbosités postérieures.

Ô temps lointains! lointaines gares
Que le gaz éclairait bien mal!
Le monsieur transportait quatre mille cigares.
Je lui dressai procès-verbal.
Ce temps passa. Des noms : Gauguin, Cézanne
Me hantaient. Pour leur art, je laissai la douane.

Et gardant ce surnom : le Douanier,
Je ne suis pas, des peintres, le dernier.
Or, dans mon souvenir, une fenêtre
S'est ouverte. Je viens de reconnaître
L'ancien voyageur fier de s'être vengé
Parce que par ma faute il a mal voyagé. »

Nous plaignîmes longtemps le malheureux Rousseau, en constatant les différences profondes qui existent entre les douanes et les arts plastiques, et nous fûmes voir le *Zola* de M.

JOSÉ DE CHARMOY

Ce sculpteur[1] a eu souci de graver sur le front monumental du penseur dont il a immortalisé les traits une portée sur laquelle M. Bruneau a l'intention d'inscrire quelques notes de musique. L'exécution des paroles à chanter avec cette mélodie avait été primitivement confiée à notre ami André Salmon[2].

C'est un rondeau dont voici les premiers vers :

De Charmoy n'a qu'un défaut
C'est d'aimer trop la sculpture.

Mais, outre qu'il y a là un mauvais emploi de la particule nobiliaire, M. Bruneau a préféré mettre en musique de la simple prose. À vrai dire M. de Tirames avait proposé une légère correction :

Ce Charmoy n'a qu'un défaut
C'est d'aimer trop la sculpture.

M. Bruneau voulut à tout prix de la prose. Le nouveau texte a été tenu secret.

L'ouvrage de M. de Charmoy n'a pas d'ailleurs été admis sans peine. Le jury était disposé à refuser cette mouquette[1]. C'est M. Frantz Jourdain qui, en quelques paroles émues, fit tomber les hésitations :

« Il convient, dit-il, de recevoir ce buste gigantesque, non pas à cause de la personnalité du sculpteur, mais comme hommage à Zola. L'exposition de ce monument n'est pas une question artistique, mais une question sociale. »

DE VLAMINCK

Nous avons appris que M. de Vlaminck était le champion de M. Frantz Jourdain.

Cela ne nous a nullement étonné.

Quand on saura que ce peintre se targue d'une particule qui n'implique nullement la noblesse, on sourira. En effet, le « de » n'est ici qu'un article et le nom De Vlaminck signifie simplement : le Flamand.

M. de Vlaminck par sympathie personnelle et surtout, disons-le sans ambages, par intérêt, a assumé la tâche dangereuse de nous assassiner.

Vêtu d'un complet en caoutchouc et armé d'une cravate, il nous suit partout, guettant le moment où il pourra nous porter traîtreusement un coup mortel de son instrument croate.

Moins célèbres que celles de M. Le Bargy, les cravates de M. de Vlaminck sont plus intéressantes. Entièrement construites en bois et vernissées de couleurs crues, elles peuvent servir à différents usages.

M. de Vlaminck se trouve-t-il à la brasserie et veut-il appeler le garçon, il détache sa cravate qu'un clou retient au col de sa chemise et frappe plusieurs coups sur la table sonore.

Veut-il, lorsqu'il se trouve en compagnie, organiser une petite sauterie, sa cravate derrière laquelle sont tendus quelques boyaux de chat lui sert en guise de poche ou petit violon, qu'affectionnaient les maîtres à danser d'autrefois.

À vrai dire, il n'a point d'archet et il utilise plutôt sa cravate à la façon d'une mandoline, mandore ou guitare.

Elle lui sert aussi comme arme défensive pouvant devenir offensive à l'occasion.

BRINDEAU DE JARNY

Nous avons relevé dans les salles du Salon d'automne deux artistes de ce nom.

L'un, dont le petit nom est Claude, expose en plus de quelques tableaux d'un sentiment fort délicat un miroir auquel nous accordons bien volontiers le surnom précieux de Conseiller des Grâces.

L'autre, Paul Louis, a ciselé quelques boucles de ceintures, que l'amiral Bienaimé admira fort, le jour du vernissage, les prenant, sans doute, pour des boucles d'oreilles que portent volontiers les marins.

GEORGES BRAQUE

On a refusé la presque totalité de son envoi. Il n'a ici qu'un seul tableau[1]. Mais il se console de ses déboires exhibitionnistes dans le Midi de la France. Le grenier de la maison où il loge contient un grand nombre de bouquins et Georges Braque lit en ce moment les bons ouvrages des polygraphes du XVIe siècle.

Ce peintre humaniste a ruiné sa santé en crachant sans mesure, lorsqu'il fume la pipe. Débile et fluet, il ne devrait pas négliger de prendre dès le début de novembre jusqu'au commencement du printemps, par petits verres et quotidiennement, quelques litres d'huile de foie de morue

(*Je dis tout,* 19 octobre.)

LE CAS MAURICE DE VLAMINCK

Le Salon d'automne est terminé. Nous eussions volontiers cessé de nous en occuper. Mais ces messieurs du bureau du comité nous fournissent de telles preuves de leur pauvreté intellectuelle qu'il nous semble indispensable d'attirer encore une fois, sur eux, l'attention du public.

Leur inconscience n'a d'égale que leur mauvaise éducation.

C'est ainsi que dans une de leurs séances secrètes, ils avaient nommé de nouveaux sociétaires.

M. Maurice de Vlaminck était au nombre de ces heureux élus. La lettre suivante l'avisait de sa nomination :

Société du Salon d'automne,
Grand Palais des Champs-Élysées.

Paris, le 18 octobre 1907.

M... ,

J'ai l'honneur de vous informer que les membres fondateurs vous ont nommé sociétaire dans la réunion du 16 octobre 1907.

Veuillez nous faire savoir, dans le plus bref délai possible, si vous acceptez de faire partie de la Société.

Je vous prie d'agréer, M... , *l'assurance de nos sentiments les plus distingués.*

Le Secrétaire général :
PAUL CORNU.

Vu : *Le Président :*
FRANTZ JOURDAIN.
À M. Maurice de Vlaminck.

En même temps, les communications étaient faites à la presse. *Le Figaro* et les autres journaux annoncèrent cette nomination.

M. Maurice de Vlaminck écrivit au président du Salon d'automne pour l'aviser de son acceptation, lorsqu'une autre lettre inattendue lui parvint. En voici la teneur :

Société du Salon d'automne,
Grand Palais des Champs-Élysées.
Secrétariat général, 11, bd de Clichy, 11 (IXe arr.).

Le 21 octobre 1907.

Monsieur,

Vous avez dû recevoir une lettre relative aux nominations de nouveaux sociétaires. Cette lettre vous a été adressée par erreur et je vous prie de vouloir bien la considérer comme non avenue.

Veuillez agréer, Monsieur, l'assurance de nos sentiments distingués.

Le Secrétaire général :
PAUL CORNU.

Le Président :
FRANTZ JOURDAIN.

Qu'a-t-il bien pu se passer entre le 18 et le 21 octobre? M. de Vlaminck se l'est demandé et l'a demandé au président du Salon d'automne par la lettre suivante :

Rueil, le 23 octobre 1907.

Monsieur le Président,

J'ai reçu le 18 octobre une lettre m'annonçant ma nomination de sociétaire du Salon d'automne. J'ai répondu que j'acceptais. Or le 21 j'ai reçu une seconde lettre m'annonçant l'annulation de la première. Cela sans explication... Est-ce là une façon d'agir?

Je m'étonne beaucoup que vous, Monsieur le Président, et tous les membres du bureau tolèrent et appuient un manque de savoir-vivre aussi absolu.

Qu'eussiez-vous dit, Monsieur le Président, si, après avoir été invité et appelé à la présidence, on vous annonçait que l'on s'est trompé sur votre compte?

Vu le sans-gêne dont on use à mon égard, je vous demande, Monsieur le Président, pourquoi j'ai été nommé sociétaire et pourquoi j'ai été chassé ensuite comme indigne.

Ci-joint un certificat de bonne vie et mœurs.

MAURICE DE VLAMINCK.
20, avenue Victor-Hugo,
Rueil (S.-et-O.).

Il est bien entendu qu'il n'y a eu aucune erreur. D'autres artistes, MM. Camoin et Manzana, ont reçu des lettres semblables. Le cas de M. de Vlaminck n'est pas isolé.

Et, cependant, le comité n'est pas composé exclusivement de voyous. Il y a là des gens du monde. Comment MM. Desvallières, Dethomas tolèrent-ils de telles incorrections de la part d'un comité dont ils font partie?

(*Je dis tout*, 26 octobre).

HENRI MATISSE

Voici un essai craintif sur un artiste en qui se combinent, je le crois, les qualités les plus tendres de la France : la force de sa simplicité et la douceur de ses clartés.

Il n'y a pas de rapport de la peinture à la littérature, et je me suis efforcé de n'établir à cet égard aucune confusion. C'est que chez Matisse l'expression plastique est un but, de même que pour le poète l'expression lyrique.

★

Lorsque je vins vers vous, Matisse, la foule vous avait regardé et comme elle riait vous aviez souri.

On voyait un monstre, là où se dressait une merveille.

Je vous interrogeai, et vos réponses exprimaient les causes de l'équilibre de votre art raisonnable.

★

«J'ai travaillé, m'avez-vous dit, pour enrichir mon cerveau en satisfaisant les différentes curiosités de mon esprit, en m'efforçant de connaître les différentes pensées des maîtres anciens et modernes de la plastique. Et ce travail fut aussi matériel, car j'essayai en même temps de comprendre leur technique.»

Puis, m'ayant versé de ce rancio que vous avez rapporté de Collioure, vous voulûtes me retracer les péripéties de ce périlleux voyage à la découverte de la personnalité. Il va de la science à la conscience, c'est-à-dire à l'oubli complet de tout ce qui n'était pas en vous-même. Quelle difficulté ! Le tact et le goût sont ici les seuls gendarmes qui peuvent écarter à jamais ce qu'on ne doit plus rencontrer sur le chemin. L'instinct ne guide point. Il s'est égaré, on est à sa recherche.

«Ensuite, disiez-vous, je me suis inventé en considérant d'abord mes premières œuvres. Elles trompent rarement. J'y ai trouvé une chose toujours semblable que je crus à première vue une répétition mettant de la monotonie dans mes tableaux. C'était la manifestation de ma personnalité apparue la même quels que fussent les divers états d'esprit par lesquels j'ai passé.»

L'instinct était retrouvé. Vous soumettiez enfin votre conscience humaine à l'inconscience naturelle. Mais cette opération venait à son heure.

Quelle image pour un artiste : les dieux omniscients, tout-puissants, mais soumis au destin!

Vous m'avez dit : «Je me suis efforcé de développer cette personnalité en comptant surtout sur mon instinct, en revenant souvent aux principes; me disant lorsqu'en travaillant des difficultés m'arrêtaient : "J'ai des couleurs, une toile et je dois m'exprimer avec pureté, dussé-je le faire sommairement, en posant, par exemple, quatre ou cinq taches de couleurs, en traçant quatre ou cinq lignes ayant une expression plastique."»

On vous a souvent reproché cette expression sommaire, mon cher Matisse, sans penser que vous aviez ainsi accompli un des travaux les plus difficiles : donner une existence plastique à vos tableaux sans le concours de l'objet sinon pour exciter des sensations.

L'éloquence de vos ouvrages vient avant tout de la combinaison des couleurs et des lignes. C'est ce qui constitue l'art du peintre et non, comme le croient encore certains esprits superficiels, la simple reproduction de l'objet.

★

Henri Matisse échafaude ses conceptions, il construit ses tableaux au moyen de couleurs et de lignes jusqu'à donner de la vie à ses combinaisons, jusqu'à ce qu'elles soient logiques et forment une composition fermée dont on ne pourrait enlever ni une couleur ni une ligne sans réduire l'ensemble à la rencontre hasardeuse de quelques lignes et de quelques couleurs.

Ordonner un chaos, voilà la création. Et si le but de l'artiste est de créer, il faut un ordre dont l'instinct sera la mesure.

À celui qui travaille ainsi, l'influence des autres personnalités ne peut pas nuire. Ses certitudes sont intérieures. Elles proviennent de sa sincérité et les doutes qui l'angoisseront deviendront la raison de sa curiosité.

«Je n'ai jamais évité l'influence des autres, m'a dit Matisse. J'aurais considéré cela comme une lâcheté et un manque de sincérité vis-à-vis de moi-même. Je crois que la personnalité de l'artiste se développe, s'affirme par les luttes qu'elle a à subir contre d'autres personnalités. Si le combat lui est fatal, si elle succombe, c'est que tel devait être son sort.»

Par conséquent toutes les écritures plastiques : les Égyptiens hiératiques, les Grecs affinés, les Cambodgiens voluptueux, les productions des anciens Péruviens, les statuettes des nègres africains proportionnées selon les passions qui les ont inspirées peuvent intéresser un artiste et l'aider à développer sa personnalité. C'est en confrontant sans cesse son art avec les autres conceptions artistiques, en ne fermant pas non plus son esprit aux arts voisins des arts plastiques, que Henri Matisse, dont la personnalité déjà si riche pouvait se développer isolément, a pris cette grandeur, cette fierté assurée qui le distinguent.

Mais, curieux de connaître les contenances artistiques de toutes les races humaines, Henri Matisse reste avant tout dévot à la beauté de l'Europe.

Européens, notre patrimoine va des jardins que baigne la Méditerranée aux mers solides, tout au nord. Nous trouvons là les nourritures que nous aimons et les aromates des autres parties du monde peuvent tout au plus nous servir d'épices. Aussi Henri Matisse a-t-il surtout considéré Giotto, Piero della Francesca, les primitifs siennois, Duccio moins puissants en volume, mais plus en esprit. Il a ensuite médité sur Rembrandt. Et, s'étant placé à ce carrefour de la peinture, il se regarda lui-même pour connaître la voie que suivrait de confiance son instinct triomphateur.

★

Nous ne sommes pas en présence d'une tentative outrancière; le propre de l'art de Matisse est d'être raisonnable. Que cette raison soit tour à tour passionnée ou tendre, elle s'exprime assez purement pour qu'on l'entende. La conscience de ce peintre est le résultat de sa connaissance des autres consciences artistiques. Il doit sa nouveauté plastique à son instinct ou connaissance de soi-même.

Lorsque nous parlons de la nature, nous ne devons pas oublier que nous en faisons partie et que nous devons nous considérer avec autant de curiosité et de sincérité que lorsque nous étudions un arbre, un ciel ou une idée. Car il y a un rapport de nous au reste de l'univers, nous pouvons le découvrir et ensuite ne plus essayer de le dépasser.

(*La Phalange,* 15 décembre.)

MÉDAILLON : UN FAUVE

Né au Cateau (Nord) le 31 décembre 1869, M. Henri Matisse est à trente-neuf ans un des chefs de ce groupe de peintres que ceux qu'ils effrayaient ont appelé les fauves.

Il faut ajouter qu'on les juge parfois très difficilement. Ainsi, pour M. Henri Matisse, tandis qu'un grand nombre de critiques trouvaient trop modéré le surnom de «fauve», l'appelaient Fauvissime ou Bête féroce, M. Frantz Jourdain, plus raisonnable sans être plus perspicace, se plaît à le comparer à Cabanel. À la vérité, M. Henri Matisse est un novateur, mais il rénove plutôt qu'il innove. Il faut que la vue se soit singulièrement brouillée, qu'elle ait été affectée habituellement par des objets plus artificiels qu'artistiques pour être désagréablement éblouie par la pureté de dessin et des couleurs de M. Henri Matisse.

★

Barbu, abritant derrière des lunettes d'or un regard plein de malice, M. Henri Matisse vit tantôt à Paris, tantôt à Collioure. Ce fauve est un raffiné. Il aime à s'entourer d'œuvres d'art anciennes et modernes, d'étoffes précieuses, de ces sculptures où les nègres de la Guinée, du Sénégal et du Gabon ont figuré avec une rare pureté leurs passions les plus paniques.

Amphitryon aimable, aidé dans cette tâche par une épouse exquise qui parce qu'il est le fauve est devenue la fauvette, il traite souvent des amis. Sans être fastueuse sa table est délicate. La bonne humeur et les jeux de trois enfants ajoutent encore au charme qui se dégage de l'intimité du maître cartésien.

1908

LE SALON DES INDÉPENDANTS

FÉLIX VALLOTTON. ANDRÉ DERAIN. GEORGES BRAQUE. FRIESZ-OTHON[1] . ALBERT MARQUET. MAURICE DE VLAMINCK. MARIE LAURENCIN. KEES VAN DONGEN. JEAN PUY. HENRI MANGUIN. RAOUL DUFY. PIERRE GIRIEUD. CHARLES CAMOIN. HENRI ROUSSEAU. GEORGES ROUAULT. RENÉ PRATH. EDWARD DIRIKS. TRISTAN KLINGSOR. PATERNE BERRICHON. JEAN DEVILLE. FRANCIS JOURDAIN. GEORGES-LÉON DUFRENOY. CHARLES GUÉRIN. PIERRE LAPRADE

On a fait le moins de bruit possible autour de cette 24e Exposition des artistes indépendants. Les critiques d'art ont des raisons pour obéir à un mot d'ordre venu d'on ne sait quelles officines.

Que la paix soit avec leurs tenanciers!

Cependant, le silence n'a pas été si bien gardé qu'on n'ait proclamé, malgré tous les bœufs qui pâturent sur la langue de la critique, les œuvres dont le succès ne pouvait se tenir caché.

M. Octave Mirbeau rapporte dans *La 628 E 8* en quelle estime on tient en Allemagne M. Vallotton[2].

Quels singuliers Français ont pu s'opposer à ce que l'on consacrât, à Paris, le talent et la méthode de cet artiste? Le temps, sans doute, réparera bien des dommages.

On se défie trop en France des goûts de l'étranger. Ils pourraient au moins servir d'indication. On devrait, ce semble, considérer que l'étranger, placé en dehors des coteries parisiennes, en dehors de l'influence d'une critique souvent esclave et rarement désintéressée, va naturellement aux efforts les plus importants, aux œuvres dont la beauté lui paraît la plus nouvelle et la moins discutable. Et surtout l'étranger se dirige librement vers les peintures dont l'enseignement lui paraît le plus élevé et le plus démonstratif. Il va vers ce qui manque à son pays et ne contemple avec amour que les ouvrages imprévus. On possède à l'étranger des portraitistes, des paysagistes, etc., mais la France seule produit à cette heure des exemples de cet art probe, sain et magnifique qui s'élabore en étonnant le monde et qui sera l'honneur du xxe siècle.

Il n'y a pas à l'étranger d'artiste comparable à Félix Vallotton et s'il en est en France dont les vues soient plus élevées, il n'en est pas dont les moyens soient plus sûrs. *Les Femmes au bain* qu'il expose cette année sont l'illustration de ce que j'affirme ici.

On peut regretter cependant que l'artiste paraisse être arrivé au terme de son effort. On peut craindre que, désormais, le contentement que M. Vallotton ait de lui-même ne soit à la hauteur du public d'élite qui l'admire.

Que M. Vallotton se défie surtout de l'étranger! Car, si la critique doit tenir compte du goût des autres pays et en rechercher les raisons, je pense que l'artiste ne doit pas s'en soucier ni à plus forte raison lui obéir.

Les raisons que M. André Derain a de créer lui donnent le mesure de la perfection. On pourrait compter les peintres qui eussent une certitude à ce sujet.

Et qu'on ne parle plus d'abstraction. La peinture est bien l'art le plus concret.

Voici, réalisée dans du sublime, une des inspirations les plus pures de ce temps. L'effort de Derain ne se disperse pas à être lumineux, linéaire ou volumineux. Sa sincérité plastique se révèle autrement : par le calme terrible avec lequel il s'exprime sans passion conformément à ses passions.

La Toilette, Le Portrait et *Le Paysage de cyprès* sont les exemplaires de cette noble discipline qui purifie la réalité et «doue d'authenticité la nature» (Mallarmé[1]).

La grande composition de M. Georges Braque me paraît être l'effort le plus nouveau de ce Salon[2]. Certes, le chemin parcouru par l'artiste depuis *Le Vallon* plein de tendresse jusqu'à sa nouvelle composition est considérable. Et cependant ces tableaux ont été peints à six mois d'intervalle.

Il ne faut pas s'attarder à l'expression sommaire de cette composition, mais on doit reconnaître que M. Braque a réalisé sans une défaillance sa volonté de construire.

La science de la construction propose au peintre bien des problèmes non encore résolus. M. Braque en aborde courageusement quelques-uns. Ce n'est qu'une étape mouvementée de l'ascension orgueilleuse de l'artiste que bientôt, sans doute, on retrouvera moins anxieux.

Le grand tableau de M. Friesz-Othon, *Travail à l'automne*, a remporté le plus grand succès au Salon de cette année. Il ne m'en paraît pas moins inquiétant.

Depuis quelque temps on sentait que M. Friesz se transformait. Et s'il semble avoir reconquis tout son calme, on ne peut douter que ce ne soit au prix de compromissions regrettables avec sa conscience.

L'effort est ici rétrograde.

Sans être parvenu au terme de ses recherches, M. Friesz les a brusquement interrompues pour étaler emphatiquement ses connaissances, toutes ses connaissances et elles ne sont pas de même qualité. Aussi, son tableau abonde-t-il en disparates. Et cependant, les peintres doués comme M. Friesz sont rares.

Son ouvrage a peu de profondeur. Il nous présente en un seul morceau d'énormes dimensions plusieurs morceaux facticement soudés. Et cette ordonnance non conforme fait avant tout ressortir le caractère superficiel de la composition.

Sans doute, M. Friesz trouve la raison de ce procédé dans l'intention de ne point isoler ses effets par fragments. On dirait qu'il a voulu résumer pour conclure. Mais, forcément, cet effort, pour considérable qu'il soit, n'en est pas moins hâtif et il exclut, à cause de la minutie qu'il a exigée, toute ivresse et tout héroïsme.

Les études de M. Marquet ont bien toutes les qualités que l'on a déjà remarquées chez cet artiste. Le talent de Marquet est, à mon sens, plus grand qu'il ne le suppose lui-même. Et cette modestie n'est pas sans l'embarrasser. Elle le force en quelque sorte à se répéter par la crainte qu'il a de s'égarer.

M. de Vlaminck a un sens flamand de la joie. La peinture est pour lui une kermesse. Tout lui rit. On découvre maintenant en lui un goût d'exotisme qu'il semble avoir pris dans certaines baraques des fêtes foraines. Cela n'est pas sans saveur.

De Vlaminck n'a pas tâtonné longtemps avant de trouver sa voie. L'opulence de ses dons est manifeste. Il les prodigue sans compter. Sa curiosité ne se repose jamais. Et la peinture actuelle doit à sa sincérité et à ses émerveillements quelques nouveautés qu'elle a mises à profit sans tarder et dont l'avenir sera reconnaissant.

Je ne trouve pas de mots pour bien définir la grâce toute française de Mlle Marie Laurencin. Sans avoir aucun des défauts virils, elle est douée du plus grand nombre possible de qualités féminines. Car n'est-ce pas la plus grande erreur de la plupart des femmes artistes : elles veulent surpasser l'homme et perdent dans cet effort leur goût et leur grâce.

Chez Mlle Laurencin rien de semblable. Elle a la conscience des différences profondes qui existent entre l'homme et la femme[1] : différence d'origine, différence idéale. La personnalité de Mlle Laurencin vibre dans l'allégresse. La pureté est son domaine, elle y évolue librement.

La femme a créé bien des mythes et bien des divinités qui ne ressortissent pas à l'évhémérisme. *Diane à la chasse*, *Allégorie*, *Artémis*, mouillées de larmes heureuses, sont les tendres manifestations de cette tendance enfantine et fabuleuse de l'esprit féminin.

M. Van Dongen manifeste brutalement des appétits formidables. Il se plaît dans le tumulte et semble exposer ses opinions politiques. Ce n'est pas l'amertume d'un Multatuli, ce sont bien les violences d'un Domela Nieuwenhuis.

M. Van Dongen nous transporte chez des géants qui résolvent la question sociale par l'impudeur. Il nous laisse toujours sous une impression pénible. Il prostitue ses plus nobles et ses plus belles couleurs à des hontes citadines qu'il remarque en étranger.

Le séjour de Paris n'est pas favorable à M. Van Dongen.

Il y a chez M. Puy un abandon, une nonchalance harmonieuse, une lassitude qui n'est point lassante. *La Belle Nonchalante* et *L'Étude de nu au soleil* ont des précisions bien voluptueuses dans leurs volumes.

M. Manguin tend avant tout à la correction. On doit le louer de se laisser guider ainsi par son instinct. Et si l'on ne trouve pas ici une originalité qui surprend, on trouve, du moins, un talent très cultivé, qui veut plaire et qui plaît.

M. Signac est devenu le maître d'un art trop spécial pour qu'il m'enchante. Il a volontairement limité ses moyens. Et, malheureusement peu doué de la sensibilité qui paraissait indispensable en l'occurrence, il est parvenu à force de volonté et de travail à y suppléer par l'observation. C'est un maître.

Je ne pense pas que M. Dufy soit encore satisfait de ses dessins. Son souci d'arriver dans cette voie est visible, et on ne peut que l'en féliciter. Les hésitations de M. Dufy l'honorent. Nous le retrouverons bientôt entièrement transformé.

M. Girieud a des intentions que je ne saisis pas. Je me demande si ses tableaux ne sont pas le résultat de mauvais conseils qu'il a reçus.

L'art probe de M. Camoin est assez bien représenté aux Indépendants. Mais cet artiste semble avoir renoncé à tout effort, à toute recherche et c'est avec regret que j'en fais la remarque.

L'exposition de M. Rousseau est à la fois touchante et plaisante. Cet autodidacte a des qualités naturelles indéniables et Gauguin admirait, paraît-il, les noirs de Rousseau. Mais, d'autre part, le Douanier manque trop de culture générale. On ne peut pas se laisser aller à son ingénuité. On sent trop ce qu'elle a de hasardeux et même de ridicule.

Henri Rousseau ne sait ni ce qu'il veut ni où il va. Comme Alfred Poussin, le petit poète désemparé, Rousseau pourrait prier :

Seigneur! éclairez ma pensée,
Et donnez un but à mes pas.
Chacun a sa route tracée :
Je ne l'ai pas!

Et l'on est agacé de la tranquillité de Rousseau. Il n'a aucune inquiétude, il est content, mais sans orgueil. Rousseau n'aurait dû être qu'un artisan.

M. Rouault blanchit, blanchit... Est-ce la vieillesse prématurée? Il paraît que M. Rouault est avant tout catholique. Ce sont bien là des motifs décoratifs d'un familier du Saint-Office. Claire ou sombre, la peinture de M. Rouault semble toujours destinée à orner le cabinet de travail de M. l'abbé Tourmentin[1].

M. René Prath goûte en dilettante l'aspect extérieur des objets. Il ne traduit pas picturalement les formes et les couleurs, mais les transporte en quelque sorte sur la toile. Sa conscience lui interdit de s'éloigner de la réalité la plus immédiate. Et on ne saurait lui en vouloir puisque ses dons de peintre idéalisent malgré lui sinon les formes, du moins les couleurs.

M. Diriks avec une fougue toujours juvénile et une maîtrise incontestable demeure celui qu'on a très justement nommé : «le Peintre du vent».

Sa franchise exclut toute mièvrerie et sa force lui permet de mater les ouragans.

M. Tristan Klingsor anime sa peinture avec la même délicatesse sentimentale qui donne tant de charme à sa poésie un peu factice et un peu surannée. Mais, pour ma part, je préfère de beaucoup le poète au peintre.

M. Paterne Berrichon montre des dons très concrets. Le sentiment prime chez lui l'habileté. On sent dans ses tableaux comme une bonté intérieure qui les rend très sympathiques.

M. Jean Deville est un acharné, un convaincu. Ses tentatives sont parfois heureuses et ses défaillances même ne sont jamais méprisables.

L'estime qu'on fait de M. Francis Jourdain se justifie par les qualités qu'il manifeste. Ses visées ne sont point aussi hautes qu'on pourrait le demander à un peintre de son âge et de son talent, mais on ne saurait rester indifférent devant ses *Ports,* sa *Baie de Saint-Tropez,* ses *Champs* ni son *Soir.*

La solidité est la caractéristique du talent de M. Dufrenoy qui a beaucoup de partisans. Toutefois, ce peintre nous satisfait plus qu'il ne nous émeut. Talent négatif, en somme. On souhaiterait volontiers à M. Dufrenoy de se tromper pendant quelque temps.

M. Charles Guérin a des qualités chatoyantes de peintre et des dons de littérateur. Il en ressort des défauts qui ne sont pas désagréables.

M. Laprade est bien de son époque; aussi son art est-il fugace comme tout ce qui ne s'appuie ni sur une connaissance profonde du passé ni sur une prescience divine de l'avenir.

En somme, le Salon des indépendants de 1908 est aussi intéressant que ses aînés. Il contient moins de nouveautés mais les tendances sont mieux tranchées, les différences s'affirment, les directions montrent mieux les buts que se proposent les jeunes penseurs de la plastique.

Ce Salon est déjà dans le passé. Et si réellement, comme je le crois, quelques peintres ont manifesté mieux que des efforts vers la beauté, il n'est peut-être pas inutile de rappeler ici cette phrase de Mallarmé, belle de toute l'espérance qu'elle renferme : «... Je ne vois effacement de rien qui ait été beau dans le passé[1].»

(*La Revue des lettres et des arts,* 1er mai.)

GEORGES BRAQUE

Il y a peu de temps encore[a], les efforts auxquels se livraient un certain nombre d'artistes pour renouveler les arts plastiques étaient en butte aux moqueries non seulement du public, mais de la critique tout entière. Aujourd'hui, les plaisanteries ont cessé; nul n'oserait plus tourner en ridicule ces tentatives admirables sans battre en brèche du même coup l'ordre et l'harmonie, la grâce et la mesure, ces qualités sans lesquelles il n'y a point d'art, mais une furieuse tempête de tempéraments divers, plus ou moins nobles, essayant d'exprimer fiévreusement, hâtivement, déraisonnablement leur étonnement[b] devant la nature. À ces traits, on reconnaît l'impressionnisme. Ce nom était bien choisi; il s'agissait de gens réellement «impressionnés» devant le ciel, devant les arbres, devant la vie, dans la lumière. C'est l'éblouissement des oiseaux nocturnes au point du jour et c'est aussi l'affolement des hommes primitifs, des sauvages épouvantés devant l'éclat d'un astre, devant la majesté d'un élément. Ni ceux-ci, ni ceux-là, toutefois, ne se sont jamais avisés de voir dans leurs terreurs une émotion immédiatement artistique. Sentant qu'elle ressortissait avant tout aux passions religieuses, ils la cultivaient, la mesuraient, l'appliquaient, dressant ensuite leurs monuments gigantesques, déduisant le style de leurs décorations, créant par la comparaison, comme Dieu même, les images expressives de leurs conceptions. Au demeurant, l'impressionnisme n'a été qu'un instant pauvrement et seulement religieux des arts plastiques. Indépendamment de quelques maîtres magnifiquement doués, sûrs d'eux-mêmes, on vit une foule de zélateurs, de néophytes manifester par leurs tableaux qu'ils adoraient la lumière, qu'ils étaient en communication directe avec elle et le prouver en ne mélangeant point les couleurs, qu'il suffisait de répandre sur la toile pour devenir peintre, comme on devient chrétien par le baptême, sans qu'il faille pour cela le consentement du baptisé. Et c'était assez de manquer de goût pour atteindre la maîtrise. Je ne parle pas de ceux qui s'improvisaient peintres, à tout âge, sans études préalables, par esprit de lucre et parce qu'il était facile d'en imposer dans un art sur qui régnait le hasard. L'ignorance et la frénésie, voilà bien les caractéristiques de l'impressionnisme. Et, disant ignorance, j'entends un manque absolu de culture dans la plupart des cas; car, pour ce qui est de la science, on en mettait partout, à tort et à travers; on s'en réclamait; Épicure lui-même était à la base du système et les théories des physiciens de l'époque montraient les mérites des plus misérables improvisations.

Mais ce temps est passé. Ces absurdes essais picturaux rejoignent déjà dans les musées les chefs-d'œuvre et les mal-œuvres qu'on y entasse pêle-mêle. Il y a place maintenant pour un art plus noble, plus mesuré, mieux ordonné, plus cultivé. L'avenir dira quelle part d'influence ont eue dans cette évolution des exemples magnifiques comme celui d'un Cézanne, le labeur solitaire et acharné d'un Picasso, la rencontre inopinée d'un Matisse et d'un Derain, précédée de celle d'un Derain et d'un de Vlaminck. Le succès a déjà récompensé les Picasso, les Matisse, les Derain, les de Vlaminck, les Friesz, les Marquet, les Van Dongen. Il faudra qu'il honore également les travaux d'une Marie Laurencin et d'un Georges Braque, qu'il laisse apparaître la pureté d'un Vallotton, qu'il mette à la place qui lui est due un maître comme Odilon Redon. Et la tâche que j'assigne au temps, je ne doute pas qu'il l'accomplisse.

Voici Georges Braque[a]. Il mène une vie admirable. Il s'efforce avec passion vers la beauté et il l'atteint, on dirait sans effort.

Ses compositions ont l'harmonie et la plénitude qu'on attendait. Ses décorations témoignent d'un goût et d'une culture assurés par son instinct.

Puisant en lui-même les éléments des motifs synthétiques qu'il représente, il est devenu un créateur.

Il ne doit plus rien à ce qui l'entoure. Son esprit a provoqué volontairement le crépuscule de la réalité et voici que s'élabore plastiquement en lui-même et hors de lui-même une renaissance universelle.

Il exprime une beauté pleine de tendresse et la nacre de ses tableaux irise notre entendement.

Un lyrisme coloré et dont les exemples sont trop rares l'emplit d'un enthousiasme harmonieux et ses instruments de musique, sainte Cécile même les fait sonner.

Dans ses vallons bourdonnent et butinent les abeilles de toutes les jeunesses et le bonheur de l'innocence languit sur ses terrasses civilisées.

Ce peintre est angélique. Plus pur que les autres hommes, il ne se préoccupe point de ce qui étant étranger à son art le ferait soudain déchoir du paradis qu'il habite.

Qu'on ne vienne point chercher ici le mysticisme des dévots, la psychologie des littérateurs, ni la logique démonstrative des savants! Ce peintre compose ses tableaux selon son souci absolu de pleine nouveauté, de pleine vérité. Et s'il s'appuie sur des moyens humains, sur des méthodes terrestres, c'est pour assurer la réalité de son lyrisme. Ses toiles ont l'unité qui les rend nécessaires.

Pour le peintre, pour le poète, pour les artistes (c'est ce qui les différencie des autres hommes, et surtout des savants), chaque œuvre devient un univers nouveau avec ses lois particulières.

Georges Braque ne connaît point le repos, et chacun de ses tableaux est le monument d'un effort que nul avant lui n'avait encore tenté.

(Préface au catalogue de l'exposition Braque,
du 9 au 28 novembre
chez Kahnweiler.)

1909

LE SALON DES INDÉPENDANTS

L'an dernier l'Exposition des indépendants comptait sept mille œuvres. Elle en contenait cette année mille sept cents à peine. C'est qu'on n'a pas admis de nouveaux sociétaires et les exposants n'ont pu envoyer que deux tableaux seulement. Tout cela vient du manque de place. Dans deux ans au Grand Palais l'Exposition des indépendants sera, sans doute, formidable. L'installation provisoire qui a suppléé au défaut des serres du Cours-la-Reine[1] était luxueuse : tapis persans, portières d'Afghanistan, de Turquie contribuaient à donner aux légères constructions des Tuileries l'aspect somptueux que devait avoir le camp de Tamerlan.

★

Certes il a été plus facile que les années précédentes, les proportions étant réduites, de se faire une idée des tendances générales de cette exposition qui fut comme le résumé des jeunes tendances artistiques qui se sont manifestées depuis une dizaine d'années.

Quelques peintres déjà notoires qui l'an dernier avaient renoncé à exposer à cause de la cohue sont revenus à des Indépendants *triés sur le volet*.

C'est ainsi que M. Maurice Denis nous a montré une *Galatée* qui est bien propre à nous faire oublier les compositions qui causèrent une impression de désappointement au dernier Salon d'automne.

MM. Pierre Bonnard, Vuillard et K.-X. Roussel ont

laissé pendant tout un mois M. Octave Mirbeau continuer seul ses voyages en automobile.

K.-X. Roussel a tenu à envoyer à ces Indépendants de ses débuts des morceaux dignes de lui et qui indiquent même un renouvellement dans son talent. Son *Faune à l'affût* et son *Cortège de Bacchus* me paraissent être parmi ses compositions les plus virgiliennes.

Pourquoi MM. Vuillard et Bonnard n'ont-ils envoyé que des tableautins sans importance? Sans doute ils ont leurs raisons.

M. Henri Matisse lui-même qui paraissait avoir définitivement abandonné les Indépendants a tenu à prouver que sa défection n'avait été que momentanée. Il semble s'assagir et les toiles qu'il a envoyées portent la marque d'une hésitation. Il a perfectionné sa facture et il se pourrait bien que ce fût aux dépens de sa personnalité. Néanmoins il faut regarder ses deux toiles avec respect, à cause de la sincérité qui a dirigé le peintre.

Le nom de cet artiste nous amène à parler des peintres les plus discutés du Salon. M. Van Dongen a conçu une œuvre forte encore qu'un peu vulgaire. *La Valse chaloupée* a des éclats que Rubens n'aurait pas dédaignés. J'aime moins son *Enfant à l'ours* qui s'apparente fâcheusement à certaines toiles dont une fausse maîtrise fait tout le mérite et qui pullulent plus encore à la Nationale qu'aux Artistes français.

Mlle Marie Laurencin apporte à l'art une grâce forte et précise qui est très nouvelle. La construction de son tableau *Une réunion à la campagne*[1] a étonné ceux qui n'accordaient point à la femme le pouvoir architectural. Le tableau est construit avec une solidité et une complicité délibérée qui n'impliquent aucune formule. L'harmonie des formes et des couleurs est ici très surprenante. L'arrangement général du tableau est très heureux et les courbes qui l'embellissent sont sans défaillance. Qui pourrait nier qu'il ne se manifeste point dans cette toile une riche personnalité et une sensibilité très aiguë? Son *Automne* est d'un effet décoratif très certain et très moderne. La manière de Mlle Laurencin a beaucoup gagné en ampleur et son instinct l'entraîne vers une beauté que d'aucuns trouvent énigmatique et qui est très pure.

M. Othon Friesz qui arrive très justement à une renommée qu'on lui devait n'imite point dans leur demiabstention les peintres de L'Étang-la-Ville et M. Matisse. Il nous a fait admirer des œuvres importantes et il a bien raison. Son *Été* a une netteté de facture et une largeur émotive impressionnantes. Il se dégage de certaines formules déprimantes et atteint sa personnalité. Son *Étude au cirque* n'est pas sans attrait.

M. André Derain communique à ses paysages un calme goéthien. Il serait impossible de faire des réserves devant l'on voudrait dire tant de probité si ce mot n'avait, hélas! en art un sens péjoratif. Il n'y a chez M. Derain aucune concession à ce qui pourrait être le goût du jour et cependant il ne choque point le goût, il le dirige et crée la beauté.

Devant les tableaux de M. Braque des restrictions s'imposent. Il y a peut-être ici trop de géométrie. Et cependant comme le peintre se sent à l'aise parmi ses constructions mathématiques! On se demande, malgré tout, où peut bien se nicher le sentiment dans un art que les volumes, entités sans vie, ne peuvent animer, malgré que l'on sente chez l'artiste une trop grande sensibilité.

M. Verhoeven entreprend des tâches au-dessus de ses forces et surtout au-dessus de sa science.

M. Jean Metzinger est en progrès certain. Ses *Baigneuses* ont de la solidité. Puisse-t-il se délivrer de cette incertitude qui rend son évolution si difficile à suivre et qui pourrait finir par déconcerter.

M. Jean Puy a mis dans ses nouvelles toiles plus d'expression. L'artiste a maintenant une maîtrise voluptueuse que l'on peut admirer. Sa *Femme nue* retient l'attention et flatte l'imagination.

Les *Études* de M. Manguin sont cette fois moins attrayantes que de coutume. On y trouve encore cette grâce langoureuse qui le distingue, mais aussi quelque chose de voulu et de pédant qui retient un peu l'admiration.

Les deux tableaux de M. Le Fauconnier doivent arrêter l'attention. Son *Paysage* est synthétique. Il donne une idée suffisamment précise du pays où il a été conçu. M. Le Fauconnier me semble avoir donné plus encore de lui-même dans sa *Tête d'enfant* si expressive.

Citons encore M. de Vlaminck dont le tempérament se déploie avec une joie coloriste très abondante dans des paysages savoureux, M. Girieud dont les efforts sont moins dispersés et qui [est] à la veille de découvrir sa personnalité, M. Rouault qui voudrait aimer la laideur et ne parvient pas à oublier la beauté, M. Marquet, artiste délicat et très personnel qui se défie trop de lui-même, M. Raoul de Mathau, M. Dufy, M. Jean Peské, M. Robert Delaunay, M. Henry Ottmann, M. Granzow bien impersonnel malgré ses efforts.

(*Inédit.*)

LE SALON D'AUTOMNE

On m'a dit que les séances du jury de la peinture pour le Salon d'automne de cette année avaient été très ennuyeuses. Les peintres ne venaient que rarement et l'on cite des séances où l'on eût en vain cherché trois peintres parmi les membres du jury.

Au demeurant, beaucoup d'artistes remarquables se sont abstenus d'exposer.

Ce sont pour la plupart ceux qui ont voulu quelque renom au Salon d'automne.

On ne trouvera dans les salles aucun tableau de Maurice Denis.

Pierre Bonnard, Vuillard et K. X. Roussel n'ont rien envoyé. Ils n'apparaissent que dans la préface que M. Octave Mirbeau a écrite pour le catalogue, sans doute au moment d'abandonner son automobile et de partir en aéroplane.

Où sont les toiles d'André Derain? Ces toiles où dominait un calme goethien, et dans lesquelles on ne trouvait aucune concession à ce qui pouvait être le goût du jour, et qui cependant ne choquaient point le goût qu'elles dirigeaient en créant de la beauté.

Où sont les tableaux de Georges Braque? Ces constructions dont la force est neuve et essentiellement tendre, dont l'audace volumineuse dédaigne les sentiments immédiats et instaure dans la connaissance au-delà de l'utilité et même du plaisir.

Othon Friesz lui-même est absent et il faut bien que les raisons qui l'éloignent du Salon d'automne soient fortes, car ce peintre n'est pas un ennemi des expositions.

Dufy a renoncé cette année au Salon d'automne, et cependant lui non plus ne méprise pas les Salons.

Marie Laurencin n'a rien envoyé. On eût sans doute refusé comme on a fait l'an dernier.

En dépit des incompréhensions, elle a apporté à l'art une grâce forte et précise qui est très nouvelle. Mais allez faire entrer cela dans les caboches les moins fondées en goût. Allez faire admettre qu'une femme ait le pouvoir architectural. Cependant, l'influence de cette solidité, de cette simplicité délibérée apparaît déjà, même dans ce Salon d'automne, et plusieurs fois.

Rouault n'expose pas plus que les peintres de L'Étang-la-Ville. On eût cependant aimé à connaître les modifications qu'a pu subir cet esprit inquiet, et savoir ce que pourrait donner en s'épurant un art aussi pragmatiste que le sien.

Rousseau le Douanier, ce vieux maître ingénu et charmant, a préféré ne rien envoyer que d'exposer encore une fois ses efforts aux quolibets les moins justifiés.

On m'a dit que le jury avait fait son possible pour éliminer tout ce qui, à son point de vue, présentait de la nouveauté, du goût et de la science artistique. Il faut ajouter que de si noirs desseins n'ont pas réussi, car on rencontre ici, en petit nombre, quelques ouvrages remarquables.

Cependant, on se demande pourquoi une société, aussi hostile dans son ensemble à tout ce qui, depuis vingt ans, a fait la gloire de l'art français, entend justifier son but, inscrit dans ses règlements, «de permettre à tous les jeunes talents inconnus et à tous les efforts d'art de se manifester». C'est de ce côté que devrait se porter l'attention du comité.

Ce comité ne pense-t-il pas avoir trahi les intérêts de l'art français en particulier, et ceux de l'art français en général[1], en autorisant la grotesque exhibition des peintres italiens d'accaparer cinq ou six salles. Il est vraiment étonnant qu'on trouve encore à Paris un endroit pour exposer de telles choses. C'est lamentable. Pour ma part, je ne veux pas croire qu'il s'agisse là de l'*art italien*. Il doit encore y avoir des artistes en Italie, et aucun n'a voulu se compromettre en envoyant, dans cette invraisemblable section du Salon d'automne, une de ses œuvres.

Il n'y a rien dans cette salle que de pauvres et prétentieux objets de bazar.

Peut-être est-ce une manifestation futuriste[2] que ces

piteux vols d'aéroplanes, que ces misérables cuisines où lauisinière est auréolée d'une assiette. Art italien ou non, on n'aurait pas dû admettre tout cela. Il paraît qu'il s'agissait de politesses à rendre, que certains peintres ont été fort bien reçus à Venise, etc. Ces considérations n'ont aucune valeur. Il vaut mieux être impoli que ridicule.

On a admis aussi toute une section de «L'Art à l'école» qui ne manque pas d'intérêt, mais dont la place était ailleurs qu'ici.

Il y a des «Expositions de l'enfance», des «Musées scolaires», etc. Tout cela suffit et je ne vois pas bien pourquoi on mettrait des artistes en concurrence avec des enfants, car notez que des ouvrages de céramique, de broderie, etc., exécutés d'après les modèles puérils que l'on expose, sont vendus au même titre, et sans doute meilleur marché que les ouvrages d'hommes ou de femmes qui ont appris, qui se sont exercés, et qui doivent vendre leurs œuvres souvent à regret.

Ce mercantilisme d'enfants au-dessous de douze ans a quelque chose de très déplaisant. Il est en tout cas déplacé au Salon d'automne. D'autant plus qu'il ne s'agit là que d'ouvrages bien ordinaires, de pénibles devoirs d'écoliers, et que, pour ma part, je connais des dessins, et même des peintures d'enfants où il y a plus de génie.

Peut-être faut-il s'attendre à voir, l'année prochaine, le Salon d'automne consacrer une section à l'«Art chez les fous», parce que certains aliénés ont exécuté des ouvrages curieux. On pourrait aussi faire une exposition rétrospective d'ouvrages fabriqués patiemment à l'ancien bagne de Toulon par les modèles mêmes de Puget. On pourrait de même exposer les dessins des principaux assassins de l'année, et il est bien dommage qu'on n'y ait point songé en 1909 : on aurait pu admirer le fameux dessin de David, le chauffeur de la Drôme[1].

Comme on regrette que le Salon d'automne ne soit pas au courant des véritables intérêts de l'art! Ce Salon aurait pu rendre bien des services, non seulement en France, mais à l'Europe entière. On comprend qu'il y ait des abstentions, parce que, au lieu de suivre le mouvement, de l'encourager, on essaie de l'enrayer. Ceux qui, maintenant, ont droit au titre de maître s'en vont, parce qu'ils n'ont pas à ennoblir, par leur présence, la regrettable abondance de tableaux sans valeur, venus de tous les coins du monde.

Beaucoup de ceux dont les efforts méritaient l'attention ont été découragés et éloignés. Pour achever la déroute de ceux qui sont restés, on appelle à la rescousse les petits Italiens et les écoliers.

★

L'exposition rétrospective de Hans von Marees est intéressante pour plusieurs raisons et avant tout, parce qu'elle nous montre une impuissance chez les Allemands à reconnaître l'art. Ils manquent de goût, et admirent au hasard de la surprise. C'est ainsi que ce Hans von Marees, que les Allemands viennent de découvrir, et auquel, ce me semble, ils ne sont pas loin d'accorder du génie, n'était qu'un médiocre artiste.

Peut-être n'a-t-il pas été inférieur à Boecklin, mais il ne valait pas beaucoup mieux. À propos de Marees, j'ai entendu citer : Rembrandt, et même Puvis de Chavannes.

Grands dieux! pourquoi chercher de si beaux noms, quand il s'agit de telles pauvretés?

Dans la préface qu'il a écrite pour cette rétrospective, M. Meier-Graeffe ne fait aucun effort pour dégager de l'influence française un peintre qui l'a subie beaucoup plus profondément sans doute que ne le pensent les Allemands.

«Ce fut par l'intermédiaire des paysagistes de Munich qu'il apprit, dit M. Meier-Graeffe dans le catalogue, qu'il y avait encore en France d'autres maîtres que Delaroche, Cogniet et Couture, les petits dieux de Berlin.»

Ce n'est pas ainsi que le même M. Meier-Graeffe s'exprimait, le 8 mars dernier, à la Sécession de Berlin[1]. Pour grandir son héros, il mettait un abîme entre von Marees et la France :

«La France a pour elle la persistance de son évolution. Mais les mailles étroites de son activité artistique, les avantages inappréciables d'une culture que Nietzsche appelle avec raison la seule existante ne permettent pas à l'individu de trouver assez d'espace pour l'action héroïque et visible de loin. Même le plus grand trouve en quelque sorte sa voie tracée d'avance dans l'organisme même. Il porte en avant la masse, mais, en même temps, il est aussi porté par celle-ci. Où la culture s'étend là-bas en des prairies en fleurs, comparable à des champs bien cultivés qui couvrent d'une végétation assez variée la pente douce d'une colline, c'est chez nous le vide béant et mal dissimulé. Ici le talent manque d'un terrain nourricier. Le génie cependant gagne précisément de cette constellation une résistance solide qui l'incite aux actions les plus éclatantes. Le héros est séduit par l'idée, lui, l'unique, de conquérir, par la plénitude de sa seule vie, ce que là-bas accomplit un peuple tout entier. Le résultat en est une ligne ascendante d'une beauté encore inédite... Un pareil héros ne réalise pas la même chose que ce que permet d'accomplir la culture d'un enfant de l'heureuse France, non seulement à un point de vue relatif, mais d'une façon absolue; il atteint infiniment davantage. C'est ainsi que la France ne possédait pas la possibilité de créer Faust. Cette formidable abstraction ne pouvait réussir qu'à un Goethe, à un homme pour qui l'obscurité de la race s'est éclairée brusquement et qui, travaillant seul et pour tous, de sa conscience solitaire, sut faire naître des forces non encore devinées. C'est ainsi que la France n'a jamais créé un Marees! Elle n'a pas besoin de pareils héros de l'esprit, et elle ne saurait les engendrer.»

Il faut être bien éloigné de la culture française pour avancer ces opinions, au demeurant pleines d'une bonne volonté louable. Il convient de ne pas se tromper sur Hans von Marees et de ne pas admirer là où il n'y a rien d'admirable. Il faut seulement regarder avec respect ces toiles d'un esprit qui s'est efforcé vers ce qu'il ignorait : la beauté. Il est bien de tirer de l'obscurité des talents, même de second ordre, lorsqu'ils ont accompli dans la nuit où ils vivaient normalement l'œuvre à laquelle ils étaient destinés, et dont les soleils ne se soucient point. À ce point de vue, on a bien fait d'exposer les œuvres de ce Hans von Marees, Allemand qui vécut en Italie, que la Hollande consola et que la France troubla toute sa vie.

L'exposition rétrospective des *Figures*, de Corot, est bien ce que le Salon d'automne contient de plus intéressant cette année. Bien que ces tableaux soient connus pour la plupart, l'ensemble mérite qu'on en traite à part, et j'y reviendrai ici même[1].

Le charme incomparable de cette petite exposition où l'on ne sent nulle part de trouble ni de tristesse est fait pour ravir tous ceux qui sont fondés dans le goût, et même quelques-uns de plus. C'est dommage.

★

Je donnerai ici même, en détail, mes impressions sur la plupart des œuvres exposées au Salon d'automne. Pour aujourd'hui, je me contenterai de dire ce qui lors d'un examen très rapide m'a frappé le plus.

L'arrangement général du Salon est assez heureux et a dû donner bien du mal à M. Manguin qui, en chapeau melon et en culottes cyclistes, organisait l'exposition.

M. Vallotton donne une œuvre de premier ordre. On sait que ce peintre si pur n'est pas encore admiré comme il le faut. Il serait juste qu'une grande gloire l'entourât. Son effort a une importance qu'on ne soupçonne point encore. *La Haine* est une œuvre puissante et belle, et je l'admire.

M. Henri Matisse expose d'agréables fleurs. On eût regardé avec plaisir le portrait de Blériot qu'il achève.

M. de Vlaminck déploie toujours son tempérament dans une joie coloriste très abondante. Ses paysages sont savoureux et son art s'ennoblit de s'exercer à Versailles.

M. Girieud expose un angélique *Portrait de Charles Morice* et de son fils. Son grand tableau est peut-être trop paradisiaque : on n'est plus aussi innocent de nos jours.

M. Van Dongen a un éclat que Rubens n'aurait pas dédaigné. Il est moins audacieux que moderne. Son *Bois de Boulogne* est une œuvre délicieuse et sa *Petite Russienne* est bien séduisante.

M. Jean Metzinger expose un joli paysage qui est un des meilleurs tableaux du Salon.

M. Manguin est un peintre voluptueux. Il peint comme les virtuoses touchent le piano, qui ne le font pas seulement des mains, mais de leur être entier. Cependant, il paraît peu fait pour les longs efforts. Il se détourne des obstacles et ne les franchit. Un moment, il y a peu d'années, l'art en était là. Il veut maintenant qu'on s'efforce sans cesse. Et il est interdit de se laisser aller.

M. Le Fauconnier a fait de grands progrès, il a féminisé sa peinture, en regardant un peu les portraits de Marie Laurencin, comme il s'était virilisé au contact d'André Derain. Le Fauconnier expose un remarquable portrait du poète Jouve. Son paysage est également excellent. Les toiles de Jean Deville sont à regarder avec attention, il y a là un talent silencieux qui grandit chaque année.

Ce que je préfère dans les envois de Marquet est *Une vue de Naples,* où l'audace est très harmonieuse.

Granzow expose un *Triptyque.* Ce peintre a fait de très grands progrès, et mérite d'être tout particulièrement signalé.

Il faut remarquer, à la sculpture, le *Carpeaux* de Bourdelle, et à la peinture, les essais décoratifs de Francis Jourdain et les envois de Fornerod, Bernard Naudin, Desvallières, Cuenould, Charles Guérin, Hermann-Paul, Henri Doucet, Camoin, Mlle Charmy, Paul de Castro, etc.

(*Le Journal du soir,* 20 septembre.)

SUR LES MUSÉES

Le vandalisme ou érostratisme[1] est à la mode parmi les pauvres gens. C'est une mode que l'on pourrait défendre et quelquefois au nom de l'esthétique même. Il est vrai que ceux qui lacèrent les tableaux du Louvre ne se soucient point de l'art. Il serait facile cependant de protéger la peinture que l'on conserve, en mettant au moins un gardien dans chaque salle du Louvre. La dépense ne serait pas grande.

Les musées de la Ville de Paris sont mieux gardés. La trop grande cherté de l'entrée en interdit la visite aux vandales et même aux gens d'une nationalité moins équivoque.

Et cependant il n'y aurait point d'inconvénient à faire payer l'entrée dans les musées et même celle du Louvre. Toutefois, le tarif ne devrait pas excéder dix centimes pour les jours ouvrables en conservant l'entrée à un franc, le vendredi pour ceux qui voudraient éviter l'encombrement. On laisserait l'entrée gratuite du dimanche et du jeudi, les enfants des écoles conduits par leurs maîtres bénéficieraient de la même gratuité.

On formerait ainsi un fonds de réserve dans lequel on ne puiserait que pour des acquisitions nouvelles. Elles deviennent indispensables au Louvre où certaines époques et certaines écoles sont trop mal représentées.

Il faudrait aussi faire un effort en faveur de certaines manifestations artistiques que l'on a complètement négligées jusqu'ici. Il s'agit des œuvres d'art de certaines contrées, de certaines colonies, comme l'Australie, l'île de Pâques, la Nouvelle-Calédonie, les Nouvelles-Hébrides, Tahiti, les diverses régions africaines, Madagascar, etc.[1].

Jusqu'à présent on n'a guère admis les œuvres d'art issues de ces pays que dans les collections ethnographiques où elles ne sont conservées qu'à titre de curiosité, de document, pêle-mêle parmi les objets les plus vulgaires, les plus communs et parmi les productions naturelles de leurs régions.

Le Louvre devrait recueillir certains chefs-d'œuvre exotiques dont l'aspect n'est pas moins émouvant que celui des beaux spécimens de la statuaire occidentale.

Il y a longtemps déjà qu'un grand nombre d'artistes ne cachent plus leur admiration pour les sculpteurs inconnus du Congo, pour la précision passionnée de quelques ouvrages des Canaques ou des Maoris.

Comme toujours, les musées sont en retard sur le goût. Il est temps, pour la France, de recueillir des œuvres d'art encore bon marché, et dont le prix, à tous égards inestimable, croîtra d'ici peu, à proportion de la rareté qu'auront acquise ces œuvres d'art. On les recueille en Angleterre, en Allemagne et ailleurs. Certaines sculptures de l'île de Pâques qui devraient être à Paris sont à Copenhague. Un morceau, peut-être le seul qu'on se soit donné la peine d'apporter ici, est exposé hors du Muséum. Il s'agit là de morceaux d'une très grande antiquité et d'un style qui ne rappelle aucun de ceux que l'on trouverait ailleurs.

L'Égypte et l'Asie ont dans le musée Guimet un asile unique, à la fois musée, temple, bibliothèque et laboratoire. Il faudrait créer à Paris un grand musée exotique pour remplacer le musée ethnographique du Trocadéro auquel il est arrivé l'aventure la plus bizarre que puisse courir un musée.

Le musée du Trocadéro ne devient pas insuffisant, ses collections n'augmentent pas, elles diminuent. Ce musée devient trop vaste. Les visiteurs y sont rares, les gardiens encore plus et les jours où on peut le visiter sont moins nombreux que ceux des fêtes chômées.

Les salles du Trocadéro pourraient être avantageusement consacrées à un musée ethnographique de la France. L'embryon de ce musée existe déjà, mais dans un état à faire de la peine. Dans un tel musée, une salle serait consacrée à l'art délicat des dentelles. Elles sont insuffisamment représentées dans les musées de Paris et cependant ces merveilles du goût et de la patience féminine sont plus précieuses que l'or même.

(*Le Journal du soir,* 3 octobre.)

VLADISLAV GRANZOW

M. Vladislav Granzow ne se présente pas comme un réformateur des arts plastiques. Il a visité les musées et se flatte d'en avoir tiré un enseignement qui a pu le mettre à l'abri du paradoxe. Il n'a aucune intention d'être moderne dans le sens étroit où l'on entend parfois ce mot.

Pendant plusieurs années, il s'est efforcé de copier, au Prado de Madrid, les Vélasquez, les Titien, les Rubens, pour pénétrer quelques-uns des secrets de la peinture classique. Il a retiré de cette fréquentation le goût de la composition qui l'a au moins préservé de certains excès du réalisme.

En prêtant trop à la facilité, le réalisme, qui subordonnait, au fond, la science et le talent à l'habileté et à la sensibilité, ne menait l'artiste qu'à l'impressionnisme.

★

M. Granzow apporte tout son soin à construire un tableau selon des lois qui lui paraissent traditionnelles.

Au fait, personne n'a encore démontré la vanité de cette discipline; bien au contraire beaucoup d'artistes la tiennent pour excellente et, selon leurs moyens, recommencent à l'observer. À l'encontre de tous les caprices et du culte sans mesure de la personnalité, il se fait jour maintenant pour l'honnêteté artistique.

Qu'on entende bien cela. Il ne s'agit point de méfiance à l'égard de ce que les talents peuvent avoir de personnel; mais il paraît bon de faire le départ entre les artistes qui, étant fondés en leur art, ont le droit de l'exercer honnêtement et les ignorants qui, n'ayant pas la puissance d'exercer ce droit, se targuent simplement de leur maladresse pour imposer des fantômes plastiques là où il faudrait seulement représenter logiquement l'expression d'une culture véritable.

★

M. Granzow a éprouvé en Espagne des émotions qu'il croit ses meilleures. C'est à Tolède qu'il a découvert un coloris qui lui est particulier. Ailleurs, en Grèce, dans les jardins de Sicile, il a rencontré des sites dont la pureté ne lui a point échappé, en le retenant moins toutefois que les paysages brûlés de l'Espagne.

Et ce goût, joint à celui de la sobriété classique, dénote chez le peintre des tendances qu'il s'efforce de concilier en généralisant la composition dans des tonalités où se fondent les couleurs locales. Cette façon de peindre n'est point descriptive et le sentiment décoratif prime ici.

M. Granzow paraît à l'aise chaque fois qu'il dégage sa conception de l'aspect réaliste de ses modèles. Il a l'ambition de s'élever à un style, en économisant sur les détails et en ennoblissant la structure linéaire de ses tableaux où il anime les paysages par des figures indispensables à la composition.

Pour rendre complètement ce qu'a voulu M. Granzow, on peut ajouter qu'il a dirigé ses efforts vers l'équilibre des contrastes en enveloppant les parties du tableau. Cette recherche de l'harmonie picturale tend évidemment vers la noblesse de l'expression et ne peut manquer de donner du charme à la matière.

C'est ainsi que se sont exprimés de vrais peintres.

★

Les œuvres de M. Granzow, tout en étant variées, présentent une unité d'effort qui donne une idée de sa personnalité. On y découvre de l'émotion, une certaine gravité et parfois de l'âpreté.

(Préface au catalogue de l'exposition Vladislav Granzow, du 25 octobre au 6 novembre à la galerie E.-Druet.)

1910

LES EXPOSITIONS DE PEINTURE

EXPOSITION CÉZANNE
(Galerie Bernheim)

Parmi les maîtres de la peinture du XIXe siècle, Paul Cézanne compte pour l'un des plus grands.

La plupart des jeunes peintres vouent à son œuvre une prédilection marquée. C'est que Cézanne, comme tous les artistes de génie, a su rester jusqu'à la fin de sa vie admirablement jeune. Il a su aussi marquer ses compositions d'une grandeur et d'une personnalité extraordinaires. Personne ne l'a jamais dépassé dans l'art de la composition.

Les tableaux qui forment cette exposition permettent au visiteur de se faire une idée d'ensemble de l'œuvre du maître aixois. À vrai dire, presque tout cela était connu. Mais tout cela méritait d'être revu à nouveau, étudié, médité.

Voyez les admirables et nombreuses études d'après Mme Cézanne. Les étoffes des [ouvriers[a]] qui jouent en fumant la pipe, dans les *Joueurs de cartes,* rappellent les draperies de Giotto. Les *Baigneuses* admirables opposent un argument péremptoire aux critiques qui naguère crépitaient sur tous les tons : Cézanne n'a pas su peindre le nu !

Les arbres des paysages délicats ont une vie quasi humaine.

La vérité apparaît partout dans l'œuvre de Cézanne ; elle ennoblit l'aquarelle la plus hâtive, l'esquisse la plus rapide.

Avec des dons uniques, et une science admirable, Cézanne sut s'abandonner à toute l'audace qui l'animait. Sa témérité effraie parfois, elle est surtout le témoignage de ses efforts, de ses doutes et de ses douleurs. Personne ne fait songer à Pascal comme Cézanne. Les dons littéraires du premier étaient du même ordre que les dons plastiques du second. Ce qu'ils ont exprimé tous deux a cette même grandeur «qui dépasse parfois l'entendement».

EXPOSITION CHARLES LACOSTE
(Galerie Blot)

Charles Lacoste expose un petit nombre de toiles très délicates et très précises.

Avec un rare souci de la grâce, il pousse parfois très loin la minutie. Toutefois, il ne va jamais jusqu'à la mièvrerie.

Les études qu'il a rapportées du département du Doubs sont pleines de charme. M. Lacoste est avant tout un peintre du printemps. *La Rivière entre les prairies,* les *Nuages dans l'eau, Le Doubs près de Besançon* sont des morceaux où la poésie du sujet traité s'augmente de toute la tendresse romantique d'un peintre heureux et passionnément nonchalant.

M. Charles Lacoste est moins fait pour peindre des natures mortes et des paysages de villes que pour interpréter le cours sinueux des rivières françaises qui arrosent des bords fleuris, tandis qu'au loin s'étagent, sur des collines, les vergers et les jardins en désordre.

(*Paris-Journal,* 20 janvier.)

LES EXPOSITIONS DE PEINTURE

7e EXPOSITION DU SALON DE L'ÉCOLE FRANÇAISE
(Grand Palais des Champs-Élysées)

Beaucoup de talents certes, mais pas de personnalité. La plupart des peintres qui exposent au Salon de l'école française ont perdu toute sensibilité plastique. Les pires formes picturales, ils les appliquent. Ils imitent les grands mauvais peintres, et même, parfois — c'est également déplorable —, quelques véritables artistes.

Comme on est heureux de constater l'influence féconde

des vrais peintres ! Comme on voudrait que leur généreux génie réchauffât l'enthousiasme et le talent de leurs élèves ! Mais l'imitation directe est toujours déplorable. Cela sent la spéculation. On imite tel peintre parce que son *genre* plaît au public, parce que cela se vend...

Hélas !... Et pourtant, il n'est pas d'homme qui n'ait quelque chose à exprimer de personnel. On ne le dirait guère à visiter le Salon de l'école française.

Quelle étiquette prétentieuse ! Non, aujourd'hui, l'école française ce n'est plus cela. Il y a ailleurs des peintres français pleins de vigueur et de grâce. Ce sont les maîtres actuels de la peinture du monde entier...

Signalons l'exposition rétrospective de Henri Dillon, mort l'an dernier. Ses tableautins sont d'une cordialité joviale et très américaine... M. Aubain, qui est élève de Bouguereau, expose une grande toile représentant *Le dirigeable militaire « République » retournant à son hangar*. Les arbres, le sol, les nuages, tout est en baudruche comme le ballon même et par sympathie pour l'aérostation. Il faudra signaler à l'Académie des sciences ce cas extraordinaire de mimétisme.

M. Marcel Bach ne manque pas de tempérament. Ses empâtements dénotent un talent vigoureux qui gagnerait à se renouveler.

Les intérieurs de M. Barbey seraient intéressants si nous ne les avions vus cent fois, recommandés par des signatures autorisées.

M. Berg, qui, né à Amsterdam, n'en est pas moins français d'après le catalogue, a des dons d'humour assez plaisants.

M. Bille aime les roses et en met partout. Il leur a consacré tous ses soins. Qu'il prenne garde, l'amateur de jardin est souvent doublé d'un... ami qui manie trop bien les pavés... Mais que les cadres de M. Bille sont beaux !... Et ceux de M. Lucien Boisselier ne sont pas moins précieux.

Il y a de la sensibilité et de l'habileté dans les tableaux de Mme Marie Boylesve.

Les toiles les plus curieuses de ce Salon ont été exposées par l'abbé Pierre Calès. Son art ne manque pas d'une audace louable. L'abbé Calès aime la montagne et il l'interprète d'une façon neuve. Toutefois, il semble que sa main soit hésitante... La vieillesse peut-être, ou qui sait ? encore de la jeune maladresse.

M. Carette se souvient de Cazin...

Mlle Suzanne Daynes-Grassot jouit d'une grande notoriété dans le monde théâtral. Elle expose les portraits de *Régina Badet dans Myrtil* et de *Polaire*...

(*Paris-Journal*, 7 février.)

L'EXPOSITION ANNUELLE DU CERCLE DE L'UNION

CE QUE L'ON REMARQUE AU SALON DE LA RUE BOISSY-D'ANGLAS

Le Cercle de l'Union artistique convoquait aujourd'hui la critique à son exposition annuelle.

Peintures aimables, sculptures spirituelles... Les salons de la rue Boissy-d'Anglas ne contiennent, comme on pense, qu'un art de bon ton. On peut regretter toutefois, puisqu'il existe une peinture pour gens du monde, qu'elle ait subi l'influence des peintres anglais du XVIIIe siècle si superficiels et en somme si peu élégants... Quel indice lamentable du mauvais goût contemporain que cette anglomanie artistique et comme les qualités charmantes du XVIIIe siècle français mériteraient d'être mieux comprises qu'aujourd'hui.

Il n'y a plus rien à dire sur l'art de M. Bonnat. Il expose deux portraits, celui de M. Isidore Leroy et celui du Dr Pozzi. Le premier paraît plus fini, mais le second est plus enlevé. Les deux portraits de femme de M. Dagnan-Bouveret manquent un peu de caractère. Celui de M. Jean Aicard en costume d'académicien, par J.-F. Bouchor, est au contraire d'une netteté et d'une ressemblance achevées. On remarquera l'*Étude* d'Alfred Agache, le portrait spirituel, trop spirituel même, où M. Axilette a campé un homme du monde le matin au Bois.

On peut remercier les peintres qui exposent rue Boissy-d'Anglas de ne pas nous avoir donné de tableaux représentant la crue, nous en verrons assez aux autres Salons. M. Billotte nous montre *La Seine à la Jatte*, c'est une Seine d'avant l'inondation[1], une Seine bien tranquille et qui fait plaisir à voir. C'était la Seine à faire et M. Billotte a beaucoup d'esprit. On trouvera charmants les envois de M. Guirand de Scévola, que l'Amérique va enlever pour quelque temps. M. Henri Gerveix et M. François Flameng soutiennent leur réputation et l'on doit encore citer les portraits de M. Gabriel Ferrier, les tableaux de genre de M. Harlamoff et les envois de MM. Harrison, Edgar Maxence, Frédéric Montenard, Paul-Franz Namur, Maurice Réalier-Dumas, François Schommer, Sérendat de Belzim, Paul Tavernier, Paul Vignon, du baron J. de Vilmarest et les sculptures de M. Denys Puech, du comte Gude Ruillé et de M. Raoul Verlet.

(*L'Intransigeant*, 28 février.)

LA VIE ARTISTIQUE

EXPOSITION LOUISE BRESLAU

« Un portraitiste est un confident qui s'impose et qui rend à ses modèles ce qu'ils ne croyaient pas avoir dit[1]. »

Cette phrase de M. Arsène Alexandre caractérise bien le talent de Mme Louise-Catherine Breslau. Elle a médité devant des petites filles et leurs jeunes corps, leurs yeux clairs lui ont inspiré des pastels délicats et expressifs. *La Petite Fille en mousseline blanche* a l'air d'une petite tsarine

Qui savait tout d'avance et n'a jamais souri[2].

Les *Deux petites sœurs* dont l'une tient une tapisserie et l'autre des ciseaux évoquent je ne sais quel conte d'Andersen où la laine et les ciseaux auraient un sens symbolique bien émouvant.

La Petite Fille aux souliers rouges comme la dame de Nohant se nomme George et ce véritable prénom romantique inscrit au coin du tableau lui confère une signification plus précise.

Mme Louise-Catherine Breslau donne un peu dans cet archaïsme ou plutôt ce *démodé* tout proche, qui nous paraît si séduisant : l'archaïsme, le *démodé* d'hier même, du XIXe siècle.

Elle peint avec amour des *Jeunes filles récitant avec la harpe,* une *Jeune fille à côté d'un piano-forte,* et dans cette dernière composition un bouquet de muguet a tant de fraîcheur qu'il semble d'aujourd'hui tandis que tout le reste du tableau, jeune fille et piano-forte, s'évanouit dans le passé.

À côté de ces pastels Mme Louise Breslau expose des fleurs et quatre *Dessus de porte destinés à deux petits salons de fêtes.* Si notre époque arrive à avoir un style véritable, il lui viendra des peintres. Les artisans suivent à distance les grands artistes. Aussi est-il toujours très intéressant d'examiner une décoration dont la destination a été bien déterminée par le peintre.

(*L'Intransigeant,* 5 mars.)

LA VIE ARTISTIQUE

EXPOSITION DU SYNDICAT DES ARTISTES FEMMES PEINTRES ET SCULPTEURS

Grands noms de France... Œuvres agréables... Ensemble de bon ton... Voilà qui caractérise la gracieuse exposition du syndicat.

Mme la duchesse de Rohan, que tous les arts préoccupent, expose des *Œillets* à désespérer toutes les jeunes filles de France et d'Amérique qui peignent à l'aquarelle.

La *Diane* en bronze de Mme la duchesse d'Uzès est hautaine comme il convient à une chaste chasseresse. Mlle Louise Abbéma a envoyé une *Tête de femme* et un *Paysage.*

Les plâtres et les dessins de Mlle Jozon ont de la personnalité et il y a quelque audace dans les pastels de Mme Bourgonnier-Claude. Les *Oiseaux des bois* et les *Joueurs de boule* de Mme Rey-Rochat de Théollier témoignent d'une âme ingénue... Mme la marquise de Courtarvel est un orfèvre fort habile et nous citerons encore les envois de Mlle Louppe, de Mme la princesse L. Murat, de Mme de la Riva-Muñoz, de Mme de Valmalette et de Mlle d'Autemarche...

Mais en voilà assez sur cet intéressant mouvement syndical.

(*L'Intransigeant,* 7 mars.)

LA VIE ARTISTIQUE

EXPOSITION DES ARTISTES DÉCORATEURS AU PAVILLON DE MARSAN

Cette 5e Exposition des artistes décorateurs est extrêmement intéressante. Toutefois, on doit regretter la tendance qu'ont, aujourd'hui, un grand nombre d'artistes à signer leurs travaux d'artisans.

L'ouvrier d'art qui cisèle, tourne ou découpe un objet usuel devrait rester anonyme. Le goût dont témoigne cet objet, la décoration qui l'agrémente appartiennent à une époque, à une race, à un milieu. Pour ma part, je préférerais qu'on ne connût aucun des peintres qui décorèrent les vases grecs et il y a belle lurette que j'aurais oublié le nom de Douris s'il n'évoquait pour moi le nom semblable d'un ami disparu[1]...

Bizarre époque que celle où nous vivons! Nous côtoyons partout la laideur. Nous laissons sans protester d'horribles autobus déshonorer les voies parisiennes, nos maisons sont aussi laides que possible... Pourtant, il n'y a pas de jeune fille qui, sortant avec sa mère, n'emporte sur soi un musée tout entier. C'est une bague signée ceci, un couvre-livre en cuir repoussé signé cela, une ceinture signée un tel, etc.

Notre époque aura un style lorsqu'on attachera moins d'importance aux signatures et alors les autobus eux-mêmes auront de la grâce. Je reconnais cependant qu'il y a plus que des promesses dans cet effort presque général des artistes en vue de nous doter d'un style. Il est bien possible, au demeurant, que nous en ayons un... sans le savoir, comme M. Jourdain faisait de la prose.

★

Ceci dit, livrons-nous à la joie de regarder ces meubles, ces bijoux, ces broderies pleines d'ingéniosité et où le bon goût — le goût français — apparaît très souvent. Ne nous laissons pas rebuter par le disparate des objets exposés. Disons-nous vite que cette Exposition décorative n'est pas un ensemble et regardons chaque chose à part.

Il faut mentionner les vases et les panneaux décoratifs de Maurice Denis; les meubles de Th. Lambert, Majorelle, Landry, Croix-Marie, Rapin, Gaulard; les travaux de toute sorte de Bellery-Desfontaines qui expose des broderies, des meubles, des estampes, etc.; les panneaux décoratifs d'Hubert de La Rochefoucauld, André Morisset, H. de Waroquier, Piébourg, Bouchard, Deloy, Waldroff, Chauchet; les bijoux d'Archimbaud, Feuillâtre, Rivaud, Dufrêne, Mme Bédot-Desdote, Stern; les tapis et les coussins de Mme Bunoust; les velours de Thibaut; les éventails de dentelle de Mlle Le Clerc; les dentelles de Merrara et de Mme Berthelot, les réticules de Mme Wegorif-Cravestan; les boîtes laquées de Bartard; les buvards et les reliures de Mlle Germain; les écailles ciselées de Mlle Mauger; les ferronneries de Schenck; les objets de toilette d'Henri Méault; les étains de Berthe Cazin; les céramiques de Decœur, le service de table cuivre et argent d'André Scheinedecker; les vases de Deurcheman, les reliures de Marius Michel dont le nom sera célèbre comme celui de Le Gascon; les céramiques, les bibelots de Badet, Niès frères, Dammouse, Brunon, Gandar, Gardey, Barboteaux, Mangeant; les lustres en fer forgé de Broudt; les cuirs ciselés de Mlle Le Félicé; les bois sculptés de Le Bourgeois, les coffrets de Roblin.

Cette longue énumération, forcément un peu sèche et malheureusement incomplète, donne une idée de [la] variété des objets exposés au pavillon de Marsan.

Rien de ce qui est utile à la vie n'a été oublié, sauf le vêtement, étoffes, dentelles, broderies qui m'ont paru un peu délaissées. Cela vient sans doute de ce qu'il y a aujourd'hui un style du vêtement et je crois même un grand style, dont la tradition n'est pas près de se perdre, étant tout entière entre les mains de ces artisanes anonymes, adroites et gracieuses, que sont nos ouvrières en mode, les «midinettes»...

(*L'Intransigeant,* 8 mars.)

LA VIE ARTISTIQUE

EXPOSITION BONNARD

J'aime beaucoup la peinture de M. Bonnard. Elle est simple, sensuelle, spirituelle dans le meilleur sens du mot et, je ne sais pourquoi, me fait obstinément penser à une petite fille gourmande.

Certes, mes préférences vont à des peintres plus ambitieux, qui s'efforcent vers le sublime de la plastique, qui, en faveur d'un art si élevé, ne redoutent même pas le trébuchement. Toutefois, je me laisse volontiers aller au charme de la peinture séduisante et cultivée de M. Bonnard.

La grâce et la délicatesse de certains tableaux de nu comme ceux intitulés *S'essuyant* et *Demi-nue* n'ont pas d'analogues dans l'histoire de l'art.

Parmi les paysages, il y a des morceaux d'une grande force et sans brutalité, témoin *Le Train et les Chalands,* d'un effet très puissant et très léger à la fois. Il y a de l'émotion, une émotion un peu narquoise dans une petite toile où l'on voit un toit violet, un mur ruineux, un ciel sur le point de s'assombrir et deux tout petits enfants qui s'en vont aux champs.

M. Bonnard a de la fantaisie et de l'ingénuité. Devant ses tableaux, quelqu'un me disait qu'il avait envie de réciter une fable de La Fontaine et, de mon côté, je songeais à Bernardin de Saint-Pierre... Un jour, en s'amusant, M. Bonnard devrait illustrer *Paul et Virginie.*

(*L'Intransigeant,* 10 mars.)

LA VIE ARTISTIQUE

EXPOSITION CHARLES GUÉRIN. CERCLE INTERNATIONAL DES ARTS

Je préfère aux peintures modernes de M. Charles Guérin les tableaux où il cherche à évoquer les fêtes galantes telles que se les figurèrent Banville et Verlaine, les romans de 1830, la grâce vieillotte un peu gauche et un peu grossière des lithographies, les crinolines et jusqu'aux grâces d'antan. En un mot, tout ce *bonheur de vivre* qui va de la Régence à la démission du président Grévy.

On a beaucoup parlé contre la peinture littéraire et il y en a moins qu'on ne croit.

Une peinture issue d'un sentiment analogue à celui qui a inspiré des poètes et des romanciers a parfaitement sa raison d'être, de même que de la musique peut s'adapter à des paroles, à des sentiments qui ressortissent à la littérature. Et certains petits tableaux de M. Charles Guérin, tableaux pleins de vivacité, où éclatent des nuances prises à l'aile en feu des oiseaux d'outre-mer, démontrent assez ce que j'avance. *Le Billet doux* rappelle une nouvelle de Stendhal[1]. *Le Bouquet* avec ses femmes ensoleillées près de géraniums en fleur attend un graveur qui mette sous l'estampe quatre vers de Musset.

Puisque peinture littéraire il y a, puisque M. Charles Guérin s'émeut en imaginant des mascarades, des mandolinades d'une autre époque, qu'il laisse son pinceau nous raconter des histoires tendres et romanesques, un peu vulgaires à la vérité, mais mieux venues que ses portraits et que ses natures mortes...

★

Le Cercle international des arts a ouvert sa première exposition où figurent des œuvres d'Aman-Jean, de Baude, Baffier, Biessy, Bourdelle, Bourgoin, Brandel, Buyko, Cavaillon, Cazin, Mme Cazin, Calbet, Charzy, Clara, John Crooke, Centore, Charles Cottet, Dampf,

André Danchez, Mlle Delorme, Doigneau, Diderick, Diriks, Fréau, Froment-Maurice, Mme de Frumerre, Mme Galtier-Boissière, Geneviève Oranger, Dorothéa George, Germain, Gusman, Harrison Xavier d'Herbeline, Mme de Katona, Lagare, Lamourdedieu, Lendeke, L'Hoir, Mlle Maurice, Paul-Franz Nanur, Pirola, Vibert, Wettner, etc.

(*L'Intransigeant,* 12 mars.)

LA VIE ARTISTIQUE

EXPOSITION DE PEINTRES ET DE SCULPTEURS

L'exposition de l'ancienne «Société nouvelle» forme un ensemble excellent. Auguste Rodin a envoyé deux bustes. Albert Besnard nous montre des œuvres un peu sévères mais sans austérité. Le prince Troubetzkoï, Michel-Ange du minuscule, a envoyé un petit monsieur qui, paraît-il, est un grand personnage[1]; il a tenté en outre de fixer la grâce des mouvements chorégraphiques.

M. Jacques-Émile Blanche peint toujours pour Pétrone, arbitre des élégances, et pour Brummel, dont le chic étonna la bonne société à Caen en Normandie. Ces dandies n'ont aujourd'hui personne qui les égale. Mais la peinture de M. Blanche est faite à leur image.

On regarde encore un morceau de sculpture de Despiau, les tableaux sans vie de M. Henri Martin, le *Cirque* de Morrice, les marines de M. Ullmann, la *Maison au bord de l'eau* de Le Sidaner, le *Buste* d'Aman-Jean, la *Prairie bordée d'arbres* d'André Dauchez, les envois d'Anatole de la Gandara, de Walter Gay, de M. René-Xavier Prinet.

Carnet. — Sous le titre d' « Exposition de bienfaisance au bénéfice des inondés», un comité sous la présidence de M. A. Guillemet a l'intention de grouper les tableaux se rapportant aux inondations de Paris et des environs.

Pour tous renseignements, s'adresser à M. de Volde, 45, rue Joubert.

(*L'Intransigeant,* 13 mars.)

LA VIE ARTISTIQUE

EXPOSITION LOUISE HERVIEU

Mlle Louise Hervieu expose à la galerie Biot une soixantaine de peintures, aquarelles et dessins.

Il y a là des illustrations pour un livre de prières, pour des livres d'enfants, quelques natures mortes et de petites compositions où il y a du sentiment, de la tendresse, mais aussi bien de la laideur. Le poète de *La Nef désemparée,* André Fontainas, dont on connaît l'autorité en matière d'art moderne, a écrit une préface pleine d'émotion au catalogue de Mlle Hervieu.

«Parfois, dit-il, son dessin semble lourd, chargé de traces d'hésitation, de reprises, d'insistances pour obtenir le relief et l'expression, d'autres fois, il est comme jaillissant, parfumé de fraîcheur et d'une grande tendresse. Mais jamais du moins (et ce qui importe le plus, puisque toujours il apparaît, tantôt à première vue et tantôt à la longue, regorgeant de signification et de vie), jamais il ne rappelle tel ou tel maître, jamais il n'est convenu, jamais il n'imite ni ne reproduit ce qui a été fait ailleurs.»

Carnet. — Au Cercle de la librairie s'est ouvert le Salon annuel des peintres de montagne. Cette exposition démontre bien que l'alpinisme est un sport et non un art.

— Le vernissage du Salon des artistes indépendants, primitivement annoncé pour le 19 mars, est irrévocablement fixé au 18 mars.

(*L'Intransigeant,* 14 mars.)

LA VIE ARTISTIQUE

AQUARELLES DE M. A. BIRCK
PAYSAGES D'ALFRED VEILLET

Les cinquante aquarelles de M. A. Birck représentent toutes des arènes ou des paysages algériens. La casbah d'Alger, Bou-Saada dans le Sud algérien l'ont retenu longtemps et il a peint avec légèreté et avec précision les Mauresques, les marchands d'oranges, les Kabyles, les cafés maures, les porteurs d'eau, les Gitanes espagnoles, les danses d'Ouled-Naïl, les négresses, etc.

Toutefois, l'orientalisme de M. Birck est très occidental et d'autres peintres nous ont habitués, sinon à plus de couleur locale, du moins à plus de langueur, à plus de soleil, à plus de style.

★

La peinture de M. Alfred Veillet est simple, trop simple même. Ces paysages un peu maigres ont du moins une qualité : la netteté. M. Veillet a consacré quelques toiles à représenter les inondations de 1910. Et ces œuvrettes sont ce qu'il a exposé de meilleur.

On sent qu'elles ont été peintes sous l'empire d'une grande émotion.

(*L'Intransigeant,* 15 mars.)

LA VIE ARTISTIQUE

EXPOSITION MAURICE DE VLAMINCK

Une exposition très importante vient de s'ouvrir chez Vollard, rue Laffitte. Le catalogue que précède une lettre de M. Roger Marx ne contient qu'une quarantaine de numéros.

Il n'y a là que des toiles de premier ordre...

M. Maurice de Vlaminck est l'un des peintres les mieux doués de sa génération. Sa vision est large, puissante ; sa facture sobre et intensive laisse aux lignes toute leur liberté, aux volumes tout leur relief, aux couleurs toute leur clarté, toute leur beauté.

M. de Vlaminck affectionne les sites des environs de Paris et avant tout les bords de la Seine. Viaducs, pont de Chatou, pont de Triel, pont de Meulan, coteaux de Louveciennes, remorqueurs aux couleurs crues, bélandres ventrues, chalands qui descendent lentement au fil du fleuve, ce sont là des sujets très simples que traite le plus souvent ce peintre audacieux. Lorsqu'il lui arrive de délaisser *ces bords fleuris qu'arrose la Seine*[1], de Vlaminck s'en va jusqu'à Versailles et il en rapporte de prestigieuses interprétations du château, du parc. La peinture de M. de Vlaminck est comme surbaignée dans l'azur. L'intensité de ses ciels communique au tableau tout entier un éclat remarquable et très particulier à ce peintre. Cela est si vrai qu'il doit modifier sa manière dès qu'il veut rendre autre chose qu'un paysage : une nature morte par exemple. Instinctivement, il tire alors des formes colorées qu'il étage sur la toile un effet décoratif que dans les plein air, par des contrastes de taches, par des oppositions de lumières, il demandait à ses ciels même.

De Vlaminck expose aussi des faïences : assiettes et vases peints, un peu barbares, mais du plus rare et du plus somptueux effet.

(*L'Intransigeant,* 16 mars.)

PRENEZ GARDE À LA PEINTURE!
LE SALON DES ARTISTES INDÉPENDANTS
SIX MILLE TOILES SONT EXPOSÉES

L'ASPECT GÉNÉRAL DE LA 26e EXPOSITION ANNUELLE. PAS DE NOMS NOUVEAUX. LA DÉROUTE DE L'IMPRESSIONNISME. LES JEUNES ARTISTES REVIENNENT À LA COMPOSITION

On m'a raconté dernièrement une anecdote délicieuse.

C'était le temps où, en butte aux moqueries du public, Manet exposait quand même ses tableaux.

Stéphane Mallarmé enseignait l'anglais, et l'un de ses élèves l'avait agacé au point que le maître s'était vu forcé de lui infliger une retenue.

Dans tous ses états, la mère de l'enfant vint supplier le professeur de lever la punition.

«Je vous en prie, monsieur, dit-elle, laissez sortir mon fils. Il y a en ce moment une exposition de Manet. Tout Paris défile devant ses toiles pour en rire. Je ne me consolerais pas si mon enfant était privé de cette joie unique et qui peut servir en outre à former son goût.

— Madame, répondit Mallarmé, votre fils a été insupportable. C'est la première fois que je me suis cru obligé d'infliger une punition à l'un de mes élèves. Eh bien, cette punition, je la double. Au revoir, madame.»

Si l'enfant dont je parle vit encore et s'il lui arrive d'aller au Louvre, il doit être bien étonné que l'on ait exposé à une place d'honneur cette *Olympia* qui faisait tant rire sa mère et que, au prix même d'une injustice, Mallarmé n'avait pas voulu qu'il vît dans de mauvaises conditions...

Je pensais à tout cela, ces jours-ci, en préparant le compte rendu de la 26e Exposition des artistes indépendants. Avec quelle prudence, il faut se garder de prononcer des jugements hâtifs. Il est si facile de se tromper et l'on n'a pas toujours auprès de soi un Mallarmé qui veuille bien doubler la punition que mérite un rire sacrilège.

Aujourd'hui, dans les arts plastiques, la France règne incontestablement. Le Salon des indépendants est chaque année très propre à nous renseigner sur les tendances des jeunes artistes français et par là nous pouvons prévoir ce que deviendra avant peu le goût universel. Malgré un encombrement inévitable d'œuvres médiocres ou ridicules, malgré les fumisteries en très petit nombre, les Indépendants prédisent chaque année l'avenir de la plastique, ainsi qu'un baromètre annonce le temps qu'il va faire.

L'Exposition de 1910, si elle a permis à quelques artistes d'affirmer un talent que l'on connaissait déjà ou du moins dont on se doutait, n'impose à l'attention du public aucun nom nouveau.

N'allez pas croire que la France produise moins d'artistes. Cela vient tout simplement de ce que depuis la démolition des serres du Cours-la-Reine, la Société des indépendants n'a plus de domicile et les baraquements qu'elle édifie et qui lui coûtent très cher lui interdisent de recevoir de nouveaux adhérents dont elle ne serait pas assurée de pouvoir accrocher les tableaux. Tel quel, le Salon des indépendants contient six mille œuvres et c'est beaucoup. Si nous devions traduire le sens général de cette exposition, nous dirions volontiers — et avec quelle joie! — qu'elle signifie : déroute de l'impressionnisme. On se rendra facilement compte de cela en examinant les salles 18 et 21 où sont exposées les œuvres vraiment significatives de ce Salon.

MATISSE, ARTISTE INTÈGRE. OTHON FRIESZ, MANGUIN, PUY, DE VLAMINCK ET MARQUET

Chaque salle est divisée en trois parties. Salle 18, on trouve dans la partie de droite les tableaux de Henri Matisse, d'Othon Friesz, de Manguin, de Puy, de Vlaminck, de Marquet.

Parlons d'abord d'Henri Matisse, un des peintres les plus décriés du moment. N'a-t-on pas vu récemment la presse tout entière (y compris ce journal) le combattre avec une rare violence[1]? Nul n'est prophète en son pays et tandis que l'acclamant l'étranger acclame la France, celle-ci se prépare à lapider un des artistes les plus séduisants de la plastique contemporaine. Je suis heureux que l'occasion me soit offerte de louer encore une fois l'intégrité de cet art. Matisse est un des rares artistes qui se soient complètement dégagés de l'impressionnisme. Il s'efforce non pas d'imiter la nature mais d'exprimer ce qu'il voit et ce qu'il sent par la matière même du tableau, ainsi qu'un poète se sert des mots du dictionnaire pour exprimer la même nature et les mêmes sentiments.

Il possède avec cela un talent véritable et son unique tableau exposé au milieu d'œuvres où l'influence des impressionnistes se fait encore sentir ressort bien davantage. C'est là une œuvre d'art authentique...

L'*Adam et Ève* d'Othon Friesz marque une étape importante de sa vie artistique. C'est un effort considérable en vue de la composition.

Je signale de curieuses recherches dans les figures. Le paysage auquel une faune et une flore de choix prêtent leur charme est extrêmement joli. D'autre part, j'aime beaucoup une petite toile où Friesz a représenté des patineurs. Il y a une interprétation plastique du costume moderne qui est très neuve.

Manguin intitule *Le Reflet* une toile très travaillée et très harmonieuse où il a représenté une femme nue devant une glace. Mais j'aime peut-être autant sa *Tête de femme au turban vert,* petite toile simplement élégante et très réussie.

Puy est en grand progrès. Ses paysages avec la mer sont transparents *comme aux plus beaux jours* et sa femme nue toisonnée a la minceur et la hardiesse d'une petite courtisane vénitienne qu'aurait aimée une fois Casanova et devant qui Jean-Jacques aurait été gêné. Laprade expose une importante *Nature morte* où il y a de la sensibilité, de l'art et de l'assurance.

Les deux toiles de Marquet si simples soient-elles s'imposent à l'attention. Ce peintre regarde la nature avec bonté. Il y a en lui un peu de la douceur de saint François. *La Mer à Naples, Une rue hollandaise pavoisée* reflètent cette bonté, cette tranquillité, cette joie. Voici encore les fleuves de Vlaminck, avec des bateaux, des remorqueurs, des voiles blanches, visions larges et très belles des bords de la Seine et les notations minutieuses de Lacoste.

LE MYSTICISME DE GIRIEUD. LE CHARME DE MARIE LAURENCIN. UN NU SOLIDE DE JEAN METZINGER. LA VULGARITÉ DE VAN DONGEN

Dans la partie du milieu de la salle 18 se trouvent les toiles de Girieud qui s'efforce vers le sublime mystique. C'est un mysticisme moderne qui reflète un idéal humain très élevé.

Le talent de Raoul Dufy ne va pas sans analogies, d'une part, avec les peintres de l'Ombrie et, d'autre part, avec les graveurs sur bois d'autrefois. Ses tableaux sont bien ordonnés et il peint avec certitude. Il faut attacher un grand prix à ces petites choses qu'il s'est contenté d'exposer.

Les trois tableaux de Mlle Marie Laurencin marquent chez cette artiste un progrès considérable. Son art est plus mâle que celui des autres femmes qui s'adonnent aux arts plastiques. Et cette virilité idéale s'allie à une grâce, un charme qu'on ne trouverait pas ailleurs. On sent dans ces toiles intitulées *La Coiffeuse, Étude, Nature morte* une science sûre d'elle-même et une imagination d'un lyrisme plastique très décoratif.

La pureté d'un tel art est l'honneur d'une époque.

Jean Metzinger expose une femme nue solidement construite — d'autres diraient maçonnée —, des vues d'Avignon, de Laon et le portrait de votre serviteur. Metzinger vise haut. Il entreprend — un peu froidement peut-être — des travaux dont beaucoup de maîtres ne se tireraient pas. Son art n'est jamais mesquin. Ce petit garçon a droit qu'on fasse attention à lui.

Robert Delaunay a moins d'inquiétude. Il n'est pas comme Metzinger prêt à tout tenter en faveur de l'art. Mais sa sagesse ne l'éloigne point des bizarreries et l'influence d'un Friesz, d'il y a quelques années, nous vaut cette fois-ci des toiles solidement peintes qui ont l'air malheureusement de commémorer un tremblement de terre[1].

Rouault expose des tableaux sinistres[2]. Ces caricatures effrayantes des œuvres de Gustave Moreau font vraiment peine à voir. On se demande à quel sentiment inhumain obéit l'artiste qui les conçoit.

Les tableaux de M. Van Dongen sont l'expression de ce que les bourgeois souffrant d'entérite appellent aujourd'hui de l'audace. Pour ma part, j'y vois bien quelques dons de peintre, mais aussi une vulgarité que l'artiste cherche à transformer en brutalité. Citons Modigliani, Lhote, la *Vue de Camaret* et le *Nu* de Jack et passons à Rousseau, le Douanier. Il a envoyé un grand tableau intitulé *Le Songe;* sur un sofa 1830, dort une femme nue. Tout autour pousse une végétation tropicale qu'habitent des singes et des oiseaux de paradis et, tandis qu'un lion et une lionne passent tranquillement, un nègre — personnage de mystère — joue du galoubet. De ce tableau se dégage de la beauté, c'est incontestable... Je crois que cette année personne n'osera rire... Demandez aux peintres. Tous sont unanimes : ils admirent. Ils admirent tout, vous dis-je, même ce canapé Louis-Philippe perdu dans la forêt vierge, et ils ont bien raison. Mentionnons encore les grandes figures de Le Fauconnier qui oriente ses recherches du côté de la noblesse et de la majesté, allant même jusqu'à sacrifier la beauté.

LA LUMIÈRE DES NÉO-IMPRESSIONNISTES. ROUSSEL, BONNARD, MAURICE DENIS. SIGNAC EXPOSE UN CHEF[-D'ŒUVRE] DE L'IMPRESSIONNISME

Dans la salle 21 nous trouvons réunis quelques impressionnistes et ces néo-impressionnistes qui firent une théorie sur la façon de peindre cette lumière que les impressionnistes avaient brutalement rendue.

Roussel et Bonnard, peintres tendres et spirituels qui séduisent M. Octave Mirbeau, sans doute pour la même raison qui fait se promener nos robustes gardes municipaux avec de toutes jeunes femmes bien mignonnes, ont envoyé chacun une toile; M. Maurice Denis expose *Nausicaa* conçue selon un sentiment décoratif moderne et un esprit antique. Il y a là de la pureté, mais aussi de l'imprécision. M. Maurice Denis n'est pas à l'aise avec Homère; après avoir tenté d'appliquer à la peinture le précepte d'André Chénier

Sur des pensers nouveaux faisons des vers antiques[1]

il interprète avec plus de bonheur un miracle catholique, la légende de saint Georges.

L'exposition de Signac est admirable. Ce talent s'est épanoui merveilleusement sans être gêné par cette minutieuse discipline du pointillisme. *L'Arbre* est un des chefs-d'œuvre du néo-impressionnisme — qui n'est pas l'impressionnisme du tout, en somme. Signac expose encore une aquarelle vibrante et parfaite et je ne sais quelle ville du Levant superbe et lumineuse.

Mais à côté de ce maître, les disciples font moins bonne figure. Il faut citer néanmoins Henri-Edmond Cross et Lucie Cousturier.

M. Lebasque expose des *Poissons*, des *Enfants mangeant des fruits devant un paysage marin*, c'est de bonne et de belle peinture, honnête et sobre. Il n'y a plus rien à dire de l'art de Sérusier. Hélas!... il vaut mieux regarder les panneaux décoratifs de Valtat représentant des poissons, une jolie décoration de Deltombe : des fleurs, des fruits, des légumes harmonieusement mêlés. *Les Arbres* de Jean Deville sont d'un joli sentiment, il expose encore un *Paysage avec un chemin de fer*, et une *Nature morte* délicate. Mme Georgette Agutte fait de la grande peinture d'amateur. Ce n'est pas très réjouissant et, comme elle a de l'audace, on demeure effrayé de ce qu'elle ose faire... Regardons encore les tableaux de Leboil, Ottmann, Selmersheim, Eugénie Violette, Jean Martin, Pozion, Alice Bally, Peské, bien mauvais et ennuyeux, Maximilien Luce, rude et probe, Petitjean qui paraît bien déplacé auprès d'artistes comme Luce, Bonnard ou Signac[1]...

(*L'Intransigeant*, 18 mars.)

AU SALON DES ARTISTES INDÉPENDANTS LE VERNISSAGE

PLUS DE DIX MILLE PERSONNES, AUX BARAQUEMENTS DU COURS-LA-REINE, PIÉTINENT UN SOL HUMIDE QUE LA SEINE RECOUVRAIT IL Y A UN MOIS. UN TEMPS GRIS, UN VERNISSAGE GAI

Vernissage... mot complètement détourné de son sens, les peintres ne vernissent plus, ou du moins vernissent avant ou ailleurs. Hier, c'était le vernissage des marchands de tableaux qui venaient faire les achats. On vit aussi M. Dujardin-Beaumetz qui achète pour le compte de l'État. Il n'a pas encore fixé son choix et reviendra un de ces jours. Aujourd'hui, ce fut le vernissage du public. La foule s'écrasait dans les baraquements du Cours-la-Reine : ... l'inondation humaine après l'inondation fluviale dont le sol est encore humide! Il y a de cela un mois à peine, la Seine montait jusque-là...

L'arrangement général du Salon est du plus heureux effet. Au lieu des portières orientales qui ornaient l'an dernier les entrées de salles, on a employé cette fois de la toile grise qui ne gêne pas les tableaux.

L'impression du public est excellente. Ce Salon est gai, jeune et agréable à parcourir. Rarement les tendances artistiques ont été mieux marquées... L'influence d'un Renoir, celles d'un Picasso ou d'un Matisse dominent parmi d'autres influences moins nettement indiquées.

Salle 12, on remarque surtout l'exposition de Diriks. Le peintre norvégien a envoyé un tableau représentant une *Femme blonde à demi nue,* dont l'étrangeté tranche sur la robustesse habituelle de Diriks. Tout auprès, le peintre expose son portrait, frappant de ressemblance et d'une grande maîtrise. Au-dessus, s'étagent des vues de fjords norvégiens peintes avec une vigueur calme, une sérénité puissante et habile de maître français de 1830. Non loin de Diriks, signalons Hillaires et la *Grande-Rue de Chaloé,* de Jean Balthus.

Inutile de regarder les gaillardises de Galard, pauvres et tristes... *La chair est triste, hélas!*[1]... Examinons plutôt les envois de René Juste qui a le sens très *juste* de l'espace. Emmanuel Barcet expose un *Nu de fillette,* un *Chat noir* et un aspect de la Seine pendant la crue, avec des épaves à la dérive. Notons Jacques Sarrou, Albert Joseph, Pierre Chapuis, qui semble un Van Gogh peignant avec des bonbons fondants. Chapuis est tout de même un peintre; ses *Fleurs,* son *Cagneux* et surtout *La Halte* sont jolis. Pierre Vaillant a réuni des *Vues de Bretagne,* des études de *Bretonnes* très travaillées. Gabriel Roby se souvient des aquarelles de Jeanès et après avoir cité Jacques Ruhlmann, Louis Debourg, Gorgilegno et Dusouchet, passons à la salle suivante.

Manzana, vulgaire et truqué; Tristan Klingsor, peintre et poète; des noms, des noms...

On voit dans la salle 13 : des *Paysages de neige* de Louis Charlot, des *Baigneuses* de Weise; on sent dans ce joli tableau l'influence directe de Cézanne. Toutefois, Weise a une personnalité qui paraît déjà. Il s'adonne avec raison à la recherche de la composition. L'orientalisme factice de Manzana a obtenu déjà les plus grands succès... Rien de plus vulgaire, de plus truqué cependant que ces panneaux décorés non pas avec des couleurs mais avec cette cire à cacheter de couleurs métalliques dont se servent les jeunes filles. Ces empâtements imités d'Anglada, cette virtuosité qui n'atteindra jamais le style ne me disent rien qui vaille! Voici les tableaux de Tristan Klingsor dont j'admire infiniment les poèmes délicats et délicieux.

Et des noms : Marque, Jaulnes, les *Intimités* gaies et adroites de Chapuy, les *Natures mortes* de Martin, Louis Périnet qui note poétiquement la mélancolie des crépuscules, Émile Roustan, Chinard-Huché, sérieux et qui peint à l'huile comme s'il se servait de pastels, W. Donkcheff, Jehan Le Liepvre, Delfosse, Javanelle et Paterne-Berrichon, qui expose trois natures mortes probes et d'un sentiment agréable.

Dans la salle 14, on remarque l'expression comique des *Canotiers endormis dans une barque,* par A.-M. Le Petit, les tableaux de Loubaud, ceux de Renaudot, inspiré par Süe et par Guérin, retiennent l'attention, ainsi que ceux de Gabriel Rousseau, de Meisel, de Paul Seguin, de Bertault, de Boisgegrain, d'Henri Georget, de Louis Fidritz dont les

Faneuses ont un mouvement très justement rendu. Dans ses grands paysages, Alfred Pichon s'inspire de Seganfini tandis que ses dessins sentent évidemment l'influence de Luce.

UN MORT : LEMPEREUR. BEAUCOUP DE NOMS EN «SKY», LA PEINTURE RELIGIEUSE DE LA PETITE-RUSSIE

Dans la salle 15, on a accroché, ornés d'un crêpe noir, quelques tableaux de Lempereur, mort l'an dernier. Ce peintre dont le talent était considérable, je l'avais connu au collège, où il était mon aîné. Je le revois dessinant sans cesse, surtout des soldats : des chasseurs alpins. Ce n'est pas sans émotion que j'examine cette exposition posthume. Une toile chatoyante et gaie, peinte aux courses, retient surtout mon attention. Briaudeau expose de belles choses et sa nature morte est — dans le sens où il s'efforce — un morceau très réussi. Piat expose un marché de Bretagne. Jasinsky, qui s'inspire des Chinois, des Persans, des Hindous et des Aztèques, n'est pas encore dégagé de l'influence de l'école de rénovation byzantine dont je vais parler. Person a dû beaucoup admirer les Turner. Mlle Stettler peint comme Simon. Le mystique Ladureau représente des cimetières bretons et des cloîtres abandonnés. Le grand panneau décoratif de Brunelleschi étonne par son insignifiance. Il atteste beaucoup de prétention et pas de science.

Après Nivouliès, voici Pruskowski, intelligent, spirituel, mais dont l'esprit n'a rien de français. Josué Gaboriaud a regardé avec insistance l'*Histoire de Psyché* exposée par Maurice Denis au Salon d'automne il y a deux ans. Chatroff pastiche d'une façon éhontée Odilon Redon. Volot, Jordaens de ce Salon, expose des nudités énormes.

L'influence d'André Derain se fait sentir dans la salle 16 sur Eckert. J'aime les tableaux sérieux et simples de Blanchet. Il expose une *Plage avec une femme nue* où l'on sent un talent plastique véritable et non superficiel. Son *Paysage* est très beau. Ses deux autres toiles également intéressantes manifestent avant tout l'influence de Maurice Denis. J. Crotti a adopté la théorie pointilliste non pour obtenir des tons purs mais simplement pour se distinguer, se donner un chic. Marinot cherche des effets décoratifs.

Citons Pierre Dumont, les nus très vilains de Duchamp, Kantchalowsky, qui peint à coups de bottes, Lewitska dont un tableau représentant un couple nu dansant dans un parc eſt assez joyeux et passons à l'école de rénovation byzantine qui groupe trois peintres, trois artisans plutôt, deux hommes et une femme : Boïtchouk, Kasperowitch et Mlle Segno. L'ambition de ces artiſtes eſt de maintenir intactes les traditions de la peinture religieuse dans la Petite-Russie.

Ils réussissent pleinement et leurs travaux bien achevés, bien dessinés sont d'un byzantinisme accompli. Ils ont également appliqué la simplicité, les fonds d'or, le fign-olage de leur art à de petits tableaux plus modernes : *La Gardeuse d'oies, L'Architecte, La Liseuse, Idylle,* etc. Le malheur eſt que, se confinant volontairement dans le paſtiche, ils ne soient pas encore assez adroits pour y adapter un personnage moderne et malgré toute leur bonne volonté quand ils peignent un monsieur à faux col, tout le byzantinisme disparaît et il reſte la peinture un peu maladroite de Petits-Russiens qui ont tout à apprendre de la peinture moderne, bien différente et plus difficile en somme que celle des icônes dorées des cathédrales de l'Ukraine.

Cette école de rénovation byzantine comprenait bien plus d'adhérents.

Un certain nombre d'entre eux forme maintenant une secte dissidente dont les œuvres imparfaites ont été placées auprès des peintures canoniques dont M. Boïtchouk dirige l'exécution.

Quelques tableaux byzantins (orthodoxes ou schismatiques) ont été exposés dans la salle 17 où l'on voit aussi les dessins et les peintures de Ricardo Florès. Francis Jourdain a envoyé entre autres toiles une nature morte représentant une table et un pot, où trempent des fleurs qui s'harmonisent délicatement avec des japonaiseries dont le fond eſt décoré. Il y a aussi un joli sous-bois avec un ruisseau dans lequel une femme et une fillette déjà demi-nues s'apprêtent à se baigner. Voici quatre toiles jolies de couleurs et gracieuses où Mme Marval a représenté les saisons d'après Clodion. Au-dessus s'étale une grande toile représentant de beaux, de somptueux chrysanthèmes.

(*L'Intransigeant,* 19 mars.)

LE SALON DES ARTISTES INDÉPENDANTS

CONTINUONS À PARCOURIR DES KILOMÈTRES DE PEINTURE

Avant de continuer notre promenade le long de cette allée immense, décorée de tableaux, qu'est le Salon des indépendants, demeurons encore un peu de temps dans cette salle 17, une des plus intéressantes de l'exposition.

JACQUES BLOT A UNE BONNE COMPOSITION. LES GRAVURES EN COULEURS DE MLLE KROUGLIKOFF

Jacques Blot expose une toile débordante de joie lyrique. C'est l'été et voici la mer. Des barques, des vaisseaux, des jardins qui descendent jusqu'au rivage, de partout viennent en courant des jeunes femmes, des fillettes nues — naïades ou dryades — qui se jettent à la mer et s'ébattent, faisant jaillir cette écume toujours prête à former le corps divin et nouveau d'Aphrodite. M. Blot expose encore un beau portrait de dame à robe bleue avec des chrysanthèmes dans une potiche bleue, une *Maternité* rose et reposée avec de curieuses recherches d'expression dans le visage de l'enfant et un séduisant bouquet placé sur un socle de velours grenat devant un fond composé d'un tapis persan.

Mentionnons encore Alcide Le Beau, toujours japonisant, Barbier, Baignères, les forêts de MM. Taquoy, Beaufrère, Hassenberg, Asselin, Bichet, les toiles impressionnistes et assez plaisantes de Tarkhof, les *Ouled Naïl* de Céron, les *Fleurs* de Paule Gobillard, les envois peu significatifs de Dufresnoy et passons à Flandrin dont les œillets sont jolis. J'aime moins sa *Vue de Saint-Marc,* un peu banale.

Louis Süe expose deux natures mortes, très décoratives, surtout l'une avec un éventail japonais et des portraits de femmes modernes; peinture un peu sensuelle mais aussi un peu superficielle. Les gravures en couleurs de Mlle Krouglikoff sont parmi les plus belles que l'on ait faites de nos jours. L'exposition de Fornerod est honnête. Les *Niniches* sont amusantes. L'ensemble est un peu noir avec un effort vers la gaieté. On sent ici l'influence de Pichot. L'unique différence vient de ce que Pichot peint de petites figures et Fornerod, avant tout, des natures mortes. Il y a également chez Fornerod plus de brio. Mais Pichot a plus de sensibilité.

Mme Meta Mutermilch expose une toile intitulée *Estampe japonaise,* un peu noire, des *Arums dans un vase,* les *Dunes dans la mer du Nord* avec un amoncellement de nuages, et une toile de Bretagne intitulée le *Calvaire.*

M. Josué Gaboriaud, plus Josué que Gaboriaud, ferait mieux de renoncer à la peinture et d'écrire des romans policiers comme faisait son homonyme duquel Bismarck goûtait infiniment les ouvrages.

Passons devant les *Fleurs* de Woldecki, de Billette et jetons un coup d'œil sur les naïves compositions de Pichot, le Teniers catalan dont les *magots* — selon le mot de Louis XIV — sont loin d'être aussi expressifs que ceux du peintre flamand. Laissons de côté la salle 18, que nous avons examinée le premier jour.

Passons à la salle 19, où sont exposés les dessins d'Abramoviz et ceux de Séverin Rappa, confesseur de physionomies, artiste délicat et sincère. Citons Germaine Magnus, Delaporte, Nonnel dont la personnalité s'est égarée, Cohendry, Thomas Jean qui a joliment peint une femme pelant une orange, Hazledine, ancien pointilliste qui maintenant peinturlure vulgairement ces foules grotesques que savaient rendre avec tant d'esprit et de vigueur les anciens Flamands, Doucet, que ses danseuses de bal montmartrois et ses portraits misérables séparent à jamais, j'espère, de ses anciens amis de l'Abbaye. Voici Paul Manceau, Ludovic Rodo, Levier, et les *Nudités* roses et grasses de Juives d'Alger par Jeanne Beaudot, les *Fleurs,* de Jane Rouguet.

Dans la salle 20, on remarquera les dessins d'un beau style de Maurice Robin. Ce sont des aspects de Paris très nets et aérés. Dans ces grèves marines, il y a de l'espace. *Un arbre* situé devant la mer, avec des voiles, ne manque ni de puissance ni de grandeur. Tavernier, est-ce un pseudonyme de Charles Guérin dont voici le modèle, dont voici la peinture?... Voici Georges d'Espagnat, artiste médiocre sans dessin, avec des couleurs sales. Voici Lombard qui démarque Van Dongen dont il n'a pas la vigueur, ni les dons de peintre. Voici Picart Le Doux, Bord, Marcel Fournier, très supérieurs à d'Espagnat auprès de qui ils se trouvent, les *Fleurs* de Charles Stern et les *Paysages provençaux* de Bausil.

Un humoriste russe, Léon Schulmann, se force à rire. Paviot a envoyé *Les Vendanges* et *Une jeune femme au corset* dont j'aime beaucoup la facture nette, colorée, aérée. Après avoir regardé les paysages harmonieux de Jean Plumet il faut s'arrêter un instant devant les tableautins prétentieux de Zak qui mêle sans les grandir Bouguereau, Redon, Holbein, les Byzantins.

Une salle porte à elle seule les numéros 22 et 23. On remarque avant tout l'exposition de Mme Vasticar. Ce sont des meubles décorés d'aquarelles délicates. C'est là un emploi inattendu et tout à fait charmant de la peinture à l'eau. L'envoi de Mme Vasticar sera sûrement très remarqué. Le ton chaud et sombre du bois luisant, les formes neuves, commodes, légères et très simples des meubles choisis par l'artiste, tout concourt à faire ressortir la grâce et la fraîcheur des aquarelles.

Vladislav Granzow, dont je m'étonnais de ne pas avoir encore rencontré les tableaux, a envoyé *Le Parc* et deux *Paysages de Corfou* d'un effet très lyrique et peints dans ses tons dégradés dont l'aspect seul favorise grandement le rêve. Voici les dessins pleins de sensibilité de Louise Hervieu, la ferronnerie de Lanson où je signale un malheureux emploi du cuivre conjointement au fer. Et je crierai volontiers : «Au voleur!» en regardant une belle *Ève* voluptueusement sculptée, un *Relief* de trois jeunes femmes aux formes rondes qui ont — l'*Ève* et le *Relief* — l'air d'être d'Aristide Maillol et qui sont d'Hœtger. Cet artiste, qui prend son bien où il le trouve, s'était déjà approprié un bien appartenant soit à Constantin Meunier, soit à Bourdelle, soit à Rodin. Mais Hœtger a beaucoup de talent et après tout il a le droit de faire ce qui lui plaît, de plagier même, comme firent beaucoup de grands hommes. De même Ciolkowski, lité[1], et cet art pour invertis, il l'invertit encore plus. Laissons de côté la salle des humoristes. Mentionnons toutefois Pascin qui a de l'esprit et cette misérable *Cible* peinte en trompe-l'œil par Abadi.

(*L'Intransigeant*, 20 mars.)

LE SALON DES ARTISTES INDÉPENDANTS

FIN D'UNE PROMENADE LE LONG DE SIX MILLE TABLEAUX

J'en étais resté à la salle des humoristes.

Le Boronali[1] est une aimable plaisanterie pas excessive du tout. Rien de rare comme l'excessif, rien d'aussi difficile surtout. Les héros de l'*Iliade* se disent des injures excessives. Depuis Homère on a été bien rarement excessif. N'est pas homérique qui veut.

BUSZCK. LE PORTRAIT DU POÈTE ARCOS PAR GLEIZES, STUCKGOLD, HALPERT

Salle 24, j'ai regardé avec plaisir l'envoi de Victor Dupont : *Le Coin de cheminée, L'Attelage, Le Bord du lac,* les toiles de Verhœven sont un monument d'ignorance et de mauvais goût. Lombard imite Van Dongen sans avoir aucun des dons de ce peintre.

Salle 25, on a exposé les toiles et les intéressantes maquettes de décors de M. Paul Bersonnet. On remarquera encore les œuvres de Capone, les terres cuites de Chamard et les tableautins de Boszek, byzantin dissident, qui fait preuve de personnalité.

Salle 26, Albert Gleizes a exposé le *Portrait du poète Arcos.* J'aime mieux les paysages de Gleizes que ce portrait. Il faut signaler encore la *Fillette à la dérive* de Paul-Jacob Hianx.

Salle 27, je note Henri Ghéon, peintre appliqué, écrivain très délicat et peut-être médecin brutal.

Salle 30, il faut regarder avec respect l'envoi de Marcel Lenoir parce qu'il y a dans ses toiles de la piété et de la pitié. Il faut regarder aussi avec attention l'exposition de Stuckgold qui s'attarde un peu, semble-t-il, à des recherches que d'autres artistes ont fait aboutir mais dont l'effort est loin d'être banal. On ne sait vraiment que dire de M. Dunoyer de Segonzac. Il use inutilement beaucoup de toile et de couleur. Il n'en est pas de même de Mlle Maroussia qui peint avec sobriété, recherche l'expression et la force un peu au détriment de la beauté. Qu'elle ne m'en veuille pas de dire ce que je pense. Un autre fier artiste, de qui j'ai dit quelque chose d'analogue, m'en voudrait, m'a-t-on dit. M. Le Fauconnier aurait tort, car personne n'est mieux disposé que moi à son égard. J'attache du prix à une œuvre d'art dans la mesure où, à mon sens, l'artiste s'est approché de la beauté et non pas de la puissance, de la force, de la bonté ou de tout autre attribut de la divinité.

Signalons encore, dans une de ces salles lointaines, l'envoi intéressant et trop sacrifié de Halpert.

BOLESLAS BIEGAS, DAVID EDSTRÖM, SÉON, ILMA GRAF

Retournons maintenant sur nos pas et parcourons ces salles du commencement où, en petit nombre, quelques œuvres méritent de n'être point oubliées.

Dans la salle 1, il faut regarder de près un petit pastel touchant où Giraudet représente *Rodin habillé de rose et coiffé d'une casquette anglaise, agenouillé dans un jardin devant sa statue de Balzac.* Dans les salles suivantes notons Castelucho, les *Portraits d'Hervé, de Ferrer, de Cipriani* par Alexandrovitch, les peintures spirites et fades de Boleslas Biegas.

Salle 3, l'exposition du sculpteur et céramiste David Edström mérite un peu d'attention. En petites statuettes, il a essayé de nous restituer synthétiquement des passions comme l'orgueil, des impressions comme la peur, et des états comme la misère.

Tout près chatoie le séduisant envoi de Mme Ilma Graf; d'amusantes *Marionnettes au repos* et d'autres natures mortes : *Oignons et carottes,* ou bien encore *Œillets d'Inde, Oignons et aulx.*

Salle 6, M. Alexandre Séon expose un rébus d'humaniste, mais d'une pauvreté navrante. C'est qu'il ne suffit pas d'avoir parcouru le *Songe de Poliphile* pour avoir des secrets à dissimuler. Ne doutons point toutefois de la culture de M. Séon, elle est évidente, mais son talent plastique n'y répond point.

Salle 7, on regardera curieusement de bien vieilles choses : les *Marines* de Valton, la rétrospective plus vieillotte encore et plus ratatinée si possible d'Alfred Le Petit, l'envoi de Géobelouët.

Salle 8, on s'arrêtera devant les tableaux tendres et jolis de Marie Boylesve.

Salle 9, je signale les études d'Edmond Poullain et l'envoi de Gardanne, ami et voisin de Rousseau le Douanier, excellent. Ailleurs, on voit encore la *Vierge d'Audierne* de Quillivic, les tableaux de Robert Grégory, qui a des dons de peintre et de la sensibilité.

CONCLUSION

L'ensemble du Salon des artistes indépendants nous révèle que les tendances de la jeunesse artistique sont à la composition. Pour composer les artistes emploient un grand nombre de moyens. On n'a jamais vu d'art aussi systématique ni de systèmes artistiques aussi différents.

(*L'Intransigeant,* 22 mars.)

LA VIE ARTISTIQUE

AU PETIT MUSÉE BAUDOUIN : PEINTRES D'EAU ET DE MONTAGNES. EXPOSITION J.-J. GABRIEL

Les expositions ont été un peu délaissées ces derniers jours, à cause des Indépendants. Il faut rattraper le temps perdu.

Le petit musée Baudouin a groupé quelques *peintres de marines, de l'eau et des montagnes.* Si j'ai bien compris, ces peintres fréquentent généralement des marines, de l'eau et des montagnes, car pour ce qui est de l'exposition actuelle elle contient peu de tout cela. Mme Constance Schwedelor a envoyé trente toiles sages et pas ennuyeuses. Mlle Rose Dujardin-Beaumetz expose quelques aspects de Venise, agréables, et une marine de Concarneau. Les vues de Tolède et de Majorque qu'expose M. Vladislav Granzow sont infiniment poétiques et d'un style pur et large.

Citons encore Mlle Jeanne Romain, Emmanuel de la Villéon et les études de Corse de T. William Marshall.

Détail particulier à cette exposition : le catalogue contient le prix des œuvres exposées. C'est là, ce me semble, une innovation malheureuse. Quel intérêt les gens qui n'achètent pas de peinture ont-ils à connaître le prix auquel Mlle Dujardin-Beaumetz, par exemple, estime sa peinture?...

Les tableaux de J.-J. Gabriel proviennent tous des pays basques. Pendant que l'artiste peignait *La Nive*, à Cambo, M. Rostand regardait peut-être par-dessus son épaule... J.-J. Gabriel est un artiste probe et sincère dont les impressions d'atmosphère et de lumière ne sont pas négligeables. Ses eaux-fortes représentent des vues de Venise, de Marseille, de Bruges. Elles indiquent un métier très sûr, mais un peu sec.

(*L'Intransigeant,* 24 mars.)

LA VIE ARTISTIQUE

VUES D'INONDATION À LA GALERIE CH. BRUNNER. TABLEAUX À LA DÉTREMPE DE SOUTHALL

La galerie Brunner a organisé une exposition très réussie de tableaux se rapportant aux inondations de Paris et de ses environs. Les bénéfices seront consacrés aux sinistrés. M. Dujardin-Beaumetz est venu inaugurer l'exposition et a acheté, au nom de l'État, quelques tableaux qui s'en iront où vont les achats de l'État : on ne sait où. On voudrait que la Ville de Paris acquît, pour son musée Carnavalet, quelques-unes de ces toiles si intéressantes pour l'histoire parisienne. Il faut citer avant tout M. Bonneton, M. Levent, H. Menneret, trois peintres dont des œuvres ont été achetées par M. Dujardin-Beaumetz, M. Van de Velde, auquel il a été décerné un prix spécial de l'État.

Ces scènes de désolation qui donneront à l'année 1910 une renommée de terreur, les peintres en ont rendu avec émotion les aspects inattendus. Mentionnons Mme Nallet-Poussin, Henri Boutet, Leymarie, Ancelmeles, *Vues de*

Paris de Bonnefon, les *Quais d'Auteuil* de Clain, Lainé, Lamford, Montégin, Alberti, Berthelon, Dufour, Mme Zoreger, Veillet, Félix Bouchor, Allouard, Gaston Durel, Samson, Silice, Meruzzi, Giorgio Luigi, Boissart, Ernest Pernelle.

À la galerie Georges-Petit, M. Joseph E. Southall expose des légendes, des allégories, des contes de fées dans le style des préraphaélistes anglais — Burnejones, Rossetti. La technique de Southall est intéressante. La détrempe se prête bien aux compositions énigmatiques qu'affectionne ce peintre qui a des dons et de la culture, mais qui tend vers un style un peu factice et un peu mièvre quoique fort agréable.

(*L'Intransigeant*, 25 mars.)

LA VIE ARTISTIQUE

EXPOSITION WENCESLAS RADIMSKY

Les paysages de M. Wenceslas Radimsky apparaissent comme noyés dans une lumière blanche, trop blanche — lumière artificielle. La clarté ne constitue pas ici la matière colorée du tableau, comme chez un Signac par exemple. On pourrait dire que, chez M. Radimsky, la lumière est de trop. Elle éclaire exagérément les objets nettement dessinés et laisse apercevoir trop de détails dans le paysage.

Les qualités se trouvent toutes dans le dessin, dans la construction. Les vues d'Île-de-France de M. Radimsky ont un agrément dont aujourd'hui ne se soucient pas toujours les peintres : elles sont situées. Et si elles n'ont pas l'incomparable douceur argentée des tableaux de Corot auquel M. Radimsky a songé, elles ont du moins une netteté, une honnêteté rares aujourd'hui.

(*L'Intransigeant*, 31 mars.)

LA VIE ARTISTIQUE

Il faut signaler à la galerie Henry-Graves une très intéressante exposition de gravures anciennes et modernes représentant des portraits de femmes et d'enfants de l'école anglaise du XVIIIe siècle.

Chez Georges-Petit, les expositions se font de plus en plus nombreuses.

Celles d'aquarelles de Degallaix, de peintures et dessins de Bretagne et d'Italie par Le Goſt-Gérard viennent de finir.

Elles ont été honorées de la visite de M. Dujardin-Beaumetz qui acquit des tableaux pour le compte de l'État. Souhaitons autant de bonheur à M. H. Le Riche qui expose des paſtels à la même galerie.

On y voit aussi les expositions de M. Henry Cassiers dont les gouaches sont d'un métier très sûr, et les œuvres du peintre Alex de Broca, qui interprète volontiers les intimités modernes.

On verra au Salon un étrange tableau de M. Jean Sala, représentant Polaire en danseuse espagnole; à ses côtés, MM. Max et Alex Fischer, retour du Siam, jouent, l'un de la guitare, l'autre des caſtagnettes.

(*L'Intransigeant,* 2 avril.)

LA VIE ARTISTIQUE

AUX PASTELLISTES FRANÇAIS. EXPOSITIONS DIVERSES

L'importante exposition de la Société des paſtelliſtes français a ouvert aujourd'hui ses portes. Vingt-six artiſtes ont envoyé leurs œuvres. Ce sont tous des virtuoses de leur art. Et leur virtuosité apparaît plus preſtigieuse encore en s'exerçant au paſtel.

M. Aman-Jean a envoyé des portraits énigmatiques et

une *Sirène* dont on voudrait bien entendre le chant. Les Parisiennes de M. Avy sont séduisantes comme il sied. On regardera avec admiration l'envoi de M. Albert Besnard : *Mère et enfant, L'Éventail, La Lettre,* où il y a de jolies couleurs et surtout un violet imprévu... l'ultraviolet, la *Nymphe,* dont la nudité chatoie de toutes les couleurs de l'arc-en-ciel. Les pastels de M. Albert Besnard laissent éclater d'étonnants contrastes entre les couleurs et la lumière, je ne dis pas entre les ombres et la lumière, mais les fonds sont d'une tristesse immense. On s'intéressera aussi aux tableaux de M. Gervex, au *Presbytère* où M. Le Sidaner a peint des anges de pierre parmi la neige devant une fenêtre éclairée. Je plains M. Bodslève de s'être laissé tirer un portrait par M. Lévy-Dhurmer qui, dans *Le Lac* et *Les Nuées,* se souvient — mais mal — des aquarelles de Jeanès. Les *Souvenirs de l'inondation* de Nozal sont précis, agréables et émouvants. Cet artiste connaît bien la technique du pastel et ne cherche point à lui faire rendre plus qu'il n'est possible. Au contraire, M. Gilbert nous donne un portrait fort ressemblant du prince des poètes, M. Léon Dierx, mais un portrait qui a l'air peint à l'huile. Il était donc inutile de se servir du pastel. Mentionnons encore la *Fontaine* de Jean Véber, les envois d'Ulmann, d'Abel-Truchet, de Théveray, de Rivoire, de Montenard, de Meslé, de Loigini, de Loup. Les paysages de Léon Lhermitte, les tableaux de Léandre, de Lagarde, de Guignard, d'Abel Faivre qui rivalise avec Greuze, d'André Dauchez, de Maurice Eliot, d'Henri Dumont, de Cornillier.

À l'Université des annales, un nouveau groupement artistique ouvre le Salon des assurances.

Ce Salon vient prendre son rang parmi les autres Salons artistiques professionnels, celui des chemins de fer, des P.T.T., des membres du barreau, etc.

Cette année, les organisateurs ont groupé environ trois cents envois de peintures, sculptures, dessins, aquarelles, arts décoratifs qui forment un fort heureux ensemble.

Si les assurances s'en mêlent, les arts sont assurés de ne pas périr.

La galerie Barbazanges vient de clore une exposition qui a attiré l'attention de tous les amateurs d'art.

Joachim Sunyer nous y a montré une série d'œuvres fortes et éclatantes bien faites pour montrer les progrès accomplis par cet artiste très doué.

Renouvelant une tradition qui remonte à Manet, M. Freleau expose, également à la galerie Barbazanges, quatre tableaux refusés par le jury de la Nationale. Évidemment rien ne désignait spécialement ces toiles, bien équilibrées, à la haine d'un aréopage artistique.

M. Freleau, qui est un peintre breton de mérite, a bien fait de nous montrer quand même ses ouvrages de cette année.

Souhaitons que, l'an prochain, le jury lui soit favorable.

(*L'Intransigeant,* 5 avril.)

LA VIE ARTISTIQUE

EXPOSITION OTHON FRIESZ

Voici une exposition que visiteront avec un grand plaisir tous ceux qui aiment la peinture française, cette pure lumière ni trop pâle ni aveuglante, qui éclaire les toiles du Poussin aussi bien que celles du Lorrain, cette expression qui donne tant de vérité aux portraits de Clouet, aux figures des frères Le Nain.

Sans vouloir écraser M. Friesz sous le poids de ces noms si justement fameux, je veux le louer de sa tendre violence qui force la nature même à se conformer aux dimensions que le peintre a conçues.

Chez les grands peintres, chaque toile est un microcosme du monde sensible. Il est fort possible que l'avenir aperçoive cela dans ce *Paysage* qui porte le numéro 20 du catalogue. Une lumière douce et éclatante donne à cette toile une qualité qu'on ne retrouverait point dans les tableaux peints hors de France ou conçus dans un autre esprit que celui qui domine dans l'art français.

Voyez la simplicité, la douceur et la lumière de l'*Entrée de Cassis,* toile de premier ordre que l'on a placée parmi des *Études en Provence,* encore très impressionnistes et ensoleillées un peu brutalement. À cette heure, M. Friesz, dégagé de l'impressionnisme, en a gardé un amour légitime et une science véritable de la lumière.

Les Acrobates témoignent d'une recherche de style dans l'expression. *Le Pêcheur,* tout nu dans cette lumière couleur de pervenche, est une œuvrette forte et délicate. On regardera aussi les deux compositions intitulées *L'Eau,* dont la plus petite contient peut-être le plus de grandeur.

Pour ma part, j'aime beaucoup une aquarelle intitulée *Le Port,* qui rappelle des marines d'autrefois. Une felouque aux voiles gonflées entrant dans un port où travaillent des mariniers, peut-être des forçats.

J'ai revu le *Travail à l'automne,* et cette toile de grandes dimensions m'a causé plus d'émotions qu'autrefois. Au fond, les masses immobiles de la forêt et des maisons, au premier plan, le groupe mobile des ramasseurs de bois et de fruits et cette mère étendue qui nourrit son enfant forment une composition pleine d'émotion et de grandeur. Il n'a peut-être manqué ici à l'artiste que d'être tout simplement l'interprète d'une doctrine universelle à une époque de croyances religieuses pour exécuter un chef-d'œuvre.

M. Friesz expose aussi un certain nombre d'études de Munich et de natures mortes, auxquelles je préfère ses paysages : la lumière, l'onde et la végétation qu'habitent des figures essentielles.

(*L'Intransigeant,* 6 avril.)

LA VIE ARTISTIQUE

TABLEAUX DU NORD PAR ANNE BOBERG. EXPOSITION DE LA PLACE PIGALLE

Mme Boberg a la première tenté de dépeindre les aspects imprévus et l'atmosphère fantasmagorique de l'Extrême-Nord. L'artiste a rapporté des îles Lofoten une série de tableaux maniérés, mais ne manquant pas d'une certaine grandeur. On dirait d'un contraire de Ziem.

5, place Pigalle, s'est ouvert loin des marchands de tableaux et des sociétés de peinture, un petit Salon où quelques artistes aimés du public exposent leurs œuvres.

On y admirera des tableaux de Diriks, de Bernard Naudin, de Dufrénoy, de Lacoste, de Mlle Gobillard, de Gustave Assire, d'André Barbier, de Mlle Bissonet, de Léon Lebègue, de Lucien Mignon, de Morrice, de R. O'Connor, d'Ouvré, de Joseph Pankiewicz, de Mme Prévost-Roqueplan, de Gaston Pannier, de Léon de la Quintinie, de Paul Renaudot, de Rouart, de G. Roby, des bois de P.-E. Vibert et des miniatures de Mme Van Bever.

Souhaitons à ces intéressants artistes, dont quelques-uns sont des maîtres, de voir leur entreprise réussir.

(*L'Intransigeant,* 8 avril.)

LA VIE ARTISTIQUE

1ère EXPOSITION DE LA PARISIENNE. CENT TABLEAUX D'ALEXANDRE ALTMANN. L'AFFICHE D'ART

Hier, à 2 heures, a eu lieu l'inauguration de la première exposition de la Parisienne. C'est une idée charmante que celle de grouper les œuvres d'art inspirées par ce qu'il y a de plus joli, de plus gracieux, de plus élégant du monde.

Un des grands peintres de cette époque, Renoir, un artiste comme Raffaëlli ont envoyé des œuvres significatives. L. Andréotti expose des cires perdues très remarquées. L'envoi de Caze-Delvaille est brillant comme toujours et ses esquisses sont agréables. Le pastel de Mary Cassatt est touchant. Georges Redon est un intimiste qui se plaît dans le somptueux; Louis Legrand évoque la grâce d'attitudes imprévues. Abel Trochet peint des trottins dont les bonnets ont été depuis longtemps jetés par-dessus les moulins de Montmartre. Jean Véber, Albert Guillaume, Fabiano, Lunois, de Losques sont des humoristes de bon ton qui silhouettent agréablement les Parisiennes modernes.

Notons encore les envois d'Adrien Étienne, de Jungbluth, de Lévy-Dhurmer, Georges Redon, Gabriel Nicolet.

M. Pierre Mortier, dans une causerie fine et pleine d'aperçus ingénieux, a fait l'éloge de la peinture de M. Alexandre Altmann qui expose en ce moment cent tableaux chez Devambez.

M. Altmann est un artiste sobre qui, notant avec émotion les jeux parfois cruels de la lumière, atteint souvent à la grandeur.

J'aime ses grands tableaux où les paysages sont construits de façon architecturale, ainsi que cette composition intitulée *Souvenir de mon pays* dans laquelle la nuit bleuit les pins et la neige. Le *Monastère* est également bien composé. On admirera sans nul doute la grande toile intitulée *L'Inondation,* magistralement exécutée.

M. H.-G. Ibels a fait, au lycée Lamartine, une conférence fort applaudie sur «L'Affiche d'art». Il a vanté les œuvres de Chéret, de Toulouse-Lautrec, de Steinlen, de Willette, de Grasset, dont le talent mit de la joie dans les rues des villes modernes.

(*L'Intransigeant,* 10 avril.)

AVANT LE VERNISSAGE DU SALON DE LA SOCIÉTÉ NATIONALE DES BEAUX-ARTS

COUP D'ŒIL D'ENSEMBLE PENDANT LE VERNISSAGE DES PEINTRES

En se multipliant outre mesure, les expositions particulières enlèvent aux grands Salons annuels d'ensemble une partie de leur intérêt. La curiosité du public n'est plus aussi vive. Tels peintres ont déjà montré dans les galeries la part la plus importante, sinon la meilleure, de leur effort d'une année. Néanmoins, les grands Salons ont un mérite indéniable. Ils donnent aux amateurs d'art, aux artistes même l'occasion de comparer, de contrôler le goût.

À cet égard, le 20e Salon de la Société nationale des beaux-arts contient les renseignements les plus précieux.

Les artistes qui exposent sont ceux dont le public apprécie le plus les œuvres. Presque tous possèdent une virtuosité, une habileté qui peuvent bien remplacer la maîtrise à notre époque où ne manquent ni les talents originaux ni les théories originales, mais où, le plus souvent, les grandes traditions ont été oubliées.

Il est juste d'ajouter que dans ce Salon, on remarquera, çà et là, et dans la peinture et dans la sculpture, des œuvres qui font foi chez les artistes qui les ont conçues d'une santé morale et d'une discipline véritable. Ailleurs, et chez de très grands artistes, on devine une inquiétude, un souci de rivaliser avec les maîtres des musées qui doit combler de joie tous ceux qui aiment l'art.

Peu d'œuvres romantiques, au mauvais sens du mot. À côté des élégances parfois étourdissantes des portraitistes les plus modernes, l'influence du Poussin, celle des maîtres italiens, celle de Corot donnent à ce Salon une noblesse timide qu'il faut louer.

En outre, cette exposition a une rare qualité : elle n'est point ennuyeuse. C'est sans fatigue que l'on en parcourt les nombreuses salles.

La sculpture, cette année, est représentée par quelques œuvres de premier ordre.

La foule ne comprendra pas, sans doute, tout ce que les morceaux envoyés par Rodin contiennent de recherches savantes. Ces modelés où la lumière joue librement indiquent une maîtrise incomparable.

Bourdelle cherche à donner du style à l'art fragmentaire de Rodin et tout le monde sera frappé des grandes intentions contenues dans son *Hercule tuant les oiseaux du Stymphale.* Mes préférences vont à l'art plus sobre de Despiau qui expose une merveille malheureusement inachevée : un buste de fillette en marbre où l'on retrouvera l'unité de plan et le modelé antiques.

L'influence de Despiau apparaît aussi dans les excellents envois de Cavaillon, de Wlerick, et même dans ceux de Drivier et de Jane Poupelet. On regardera aussi les œuvres de Desbois, de Waller, de Niederhausern-Rodo, le buste du *Comte de Montesquiou-Fezensac* par Rechberg, et le fragment de Bartholomé dont le symbolisme nous échappe.

À la peinture, on demeure ébloui devant la vive lumière du *Matin* audacieux et triomphal de Besnard. Jacques

Blanche expose, entre autres tableaux prestigieux, un *Portrait de la duchesse de Rutland.* Au rez-de-chaussée, une série de préparations, d'études, de fragments renseignent sur le métier de ce peintre célèbre et sont en même temps d'un excellent enseignement touchant le goût raffiné de notre époque.

Les portraits de grandes dames de la Gandara ont une grâce un peu fanée, un peu triste de laquelle se dégage un grand charme. Les portraits électriques de Boldini sont modernes à souhait. On regardera sans curiosité l'exposition rétrospective de Guillaume Dubufe, les portraits bourgeois de Dagnan-Bouveret, les fantaisies cramoisies de Carolus-Duran. Un paysage de Jules Flandrin fait grand honneur à cet artiste et nuit un peu aux paysages antiques de René Ménard. Simonidy a envoyé un *Portrait du poète Vielé-Griffin,* et Cappiello un *Portrait d'Henri de Régnier.* Les toiles puissantes de Lucien Simon contrastent avec les personnages éthérés d'Aman-Jean. On a vraiment mal placé l'envoi de Jules Guérin, qui mériterait mieux.

Signalons encore les envois excellents d'Anquetin et d'Armand Point, ceux d'Olga de Bosnanzka, de Maurice Denis, de Bollery-Desfontaines, de Boutet de Monvel, de Rupert-Bunny, de Caro-Delvaille, de Ma *[?]* Duhem, de Le Sidaner, de Willette, d'Anthonissen.

(*L'Intransigeant,* 13 avril.)

AU GRAND PALAIS
LE PRÉSIDENT DE LA RÉPUBLIQUE INAUGURE LE SALON DE LA SOCIÉTÉ NATIONALE

EXAMEN EN DÉTAIL. PROMENADE CHEZ LES SCULPTEURS. L'EXPOSITION RÉTROSPECTIVE

Le président de la République et Mme Fallières, accompagnés de M. Ramondou, secrétaire général de la présidence, se sont rendus à 2 heures au Grand Palais pour y visiter le Salon de la Société nationale des beaux-arts.

Le chef de l'État a été reçu par MM. Dujardin-Beaumetz, sous-secrétaire d'État aux Beaux-Arts; Roll, président de la Société nationale des beaux-arts; Carolus-Duran, Jean Béraud, Besnard, Rodin et un grand nombre de personnalités artistiques, officielles et mondaines.

Le cortège, accompagné de M. Dujardin-Beaumetz et de M. Lépine, commence la visite des salles de peinture.

Il s'arrête devant les tableaux de Simon, d'Anquetin, et regarde longtemps le *Portrait du roi de Suède* [d']Osterman, les toiles de Jacques Blanche.

Après avoir pris un verre de champagne au buffet et avoir passé en souriant devant le Boutet de Monvel, le président contemple longtemps le tableau de Besnard.

M. Jean Béraud présentait les œuvres et leurs auteurs au président.

Ensuite, on s'est rendu à la sculpture; là, c'est Auguste Rodin qui fait les honneurs au président, qui regarde longtemps la *Douleur humaine* de Desbois. Il s'est arrêté devant la grande composition de bronze de Bourdelle, ensuite on lui a présenté le sculpteur Lamourdedieu; il a longuement regardé les Rodin, dans lesquels il a reconnu le portrait du duc de Rohan.

M. Dujardin-Beaumetz était déjà venu procéder dans la matinée aux achats de l'État.

Ensuite, le président a fait le tour de la section d'arts décoratifs.

Une promenade rapide nous ayant donné hier une idée générale du Salon de 1910, nous commencerons aujourd'hui à l'examiner en détail.

UN PASTEL DE DUFRESNE

Je tiens avant tout à signaler un pastel exposé dans une salle du rez-de-chaussée. *La Chaste Suzanne,* de Dufresne, est un des meilleurs tableaux du Salon et laisse loin derrière soi l'orientalisme de pacotille auquel on nous a accoutumés.

Maintenant, procédons par ordre, et regardons attentivement les sculptures.

RODIN, LE PLUS GRAND SCULPTEUR MODERNE. L'INFLUENCE DE DESPIAU. BOURDELLE, ARTISTE PUISSANT. JANE POUPELET. HENRI ARNOLD. NIEDERHAUSERN-RODO. DESBOIS

En ce moment, la sculpture est un art représenté par des œuvres plus pures que la peinture. Auguste Rodin est le maître autour de qui se sont groupés des sculpteurs de premier ordre dont quelques-uns, comme Despiau, exercent à leur tour une influence bienfaisante.

La sculpture possède aujourd'hui une qualité qui manque à presque tous les peintres, sauf peut-être à quelques-uns, qui n'exposent pas dans les Salons officiels. Cette qualité, Goethe l'appelait la *virilité* et la définissait : «Une certaine force pénétrante qui, dans les siècles précédents, se répandait dans tous les arts.» Il l'appelait aussi : le caractère, disant que «dans les arts et la poésie, le caractère, c'est tout[1]».

C'est ainsi que si l'on contemple les *Torses de femmes* que Rodin a envoyés à la Nationale, on ne sent pas seulement la virtuosité de l'artiste mais aussi combien il est puissant et pour concevoir et pour exécuter; c'est ainsi qu'une sensibilité énergique anime le buste de Despiau et que la pensée du sculpteur a pénétré toutes les parties du visage de marbre.

Cette puissance du caractère artistique, nous la retrouvons en partie chez Bourdelle, artiste fort et doué d'un style, mais qui n'a peut-être pas compris le meilleur enseignement de Rodin. Il paraît ne s'être complu que dans les œuvres fragmentaires du maître. Avec son *Hercule archer,* ouvrage noble et d'un beau mouvement, Bourdelle expose un *Portrait de Rodin* en dieu Terme. Je crois pouvoir certifier qu'il n'y a là aucune allusion au 15 avril, jour d'ouverture du Salon[2].

Jeanne Poupelet est aussi de cette école délicate et forte dont fut Lucien Schnegg, dont est Despiau.

Mlle Poupelet expose une *Femme se mirant dans l'eau* et une *Étude* sans mièvrerie. Je souhaite que l'on remarque un buste sérieux et charmant d'Henri Arnold qui rappelle Verrochio et les *Bustes d'enfants* d'Élisée Cavaillon. Ces œuvres sont exposées dans l'atrium circulaire qui se trouve devant l'entrée du Grand Palais du côté de l'avenue d'Antin; c'est là aussi que sont exposés l'*Andante,* la *Psyché* et la *Bacchante* de Niederhausern-Rodo, où se retrouvent toutes les qualités de cet artiste, le fragment de Bartholomé, un marbre de Jouvray, un *Buste de femme* de Kafker, un *Portrait colossal de Rodin* par Soubdinine, le *Buste du comte de Montesquiou* par Arnold Rechberg, un petit bronze élégant d'Aubier.

À gauche de l'atrium se trouve une audacieuse sculpture de Desbois représentant *La Douleur humaine,* le marbre souriant de Despiau, la *Baigneuse* de G. Toussaint, la *Diane* d'une jolie jeunesse de Lamourdedieu, la *Jeune femme à la chèvre* d'Escoula, les plaques de plomb où Pierre Roche a modelé des allégories représentant les sept œuvres de miséricorde, le *Torse,* la *Jeune femme se coiffant* de Dejean, les statuettes d'Auguste Cornu représentant, non sans un certain style, des ouvriers : lamineur, cingleur (avec une cagoule couvrant son visage), rouleur, etc. Deux de ces statuettes sont en bois. Dampf a *[une ligne sautée] de femme* en marbre.

À gauche de l'atrium se trouve l'envoi de Fix-Masseau : un *Buste d'Eugène Delacroix* appartenant à la Ville de Paris, un *Buste du docteur Paul Lecène,* la *Médaille du professeur H. Hartmann.* Une cire de M. de Monard représente *Henry IV à Ivry.* Henri Valette a poli minutieusement un *Lévrier* de pierre rose. Froment-Meurice se montre habile animalier en exposant : un *Cerf,* un *Cheval boulonnais,* etc. On regarde aussi la *Course de haies,* de Jean-Louis Brown, et la curiosité s'attachera à l'énorme pied de marbre rouge que M. Semdoz a sculpté avec un bel enthousiasme. Beaucoup de gens disent que ce pied est un portrait... Mais je ne vous dirai pas de qui.

Paul Aubé expose un monument rustique et naïf dédié au docteur Goujon.

EXPOSITION RÉTROSPECTIVE DE LUCIEN SCHNEGG. ROBERT WIERIEK. CASANOVAS-ROY

Au jardin de la sculpture, il faut examiner avant tout l'exposition d'ensemble du regretté Lucien Schnegg. Ce fut un beau sculpteur à qui l'on doit beaucoup; cet artiste se donnait en même temps la peine d'être un artisan. Il a indiqué la voie à un grand nombre d'entre les jeunes sculpteurs. Beaucoup de ses œuvres sont d'un art très pur, comme ce bronze admirable représentant la tête d'Aphrodite, comme ce vieillard de pierre qui évoque le souvenir de Donatello; cet artiste d'un talent très français rappelle parfois Houdon. Lucien Schnegg comptera dans l'histoire de la sculpture moderne, et même dans les œuvres où il ne s'était pas encore dégagé des défauts du mauvais réalisme, il y a de justes inquiétudes artistiques.

Les bustes de plâtre de Robert Wieriek sont parmi les meilleurs envois de ce Salon. J'aime surtout son *Buste de jeune fille,* d'une grâce charmante. Le *Torse de femme* de Drivier n'est pas sans mérites. Gras expose une cheminée où paraît sa connaissance des œuvres de la Renaissance. L'art de M. Bugatti est factice. Il a modelé un *Fourmilier* et cette statuette a l'étrange particularité d'être sans profil. Les plaques de bronze de Carabin ressortissent à l'art impressionniste. Stelletzky expose un amusant pastiche des bois polychromés auxquels excellaient au XVe siècle les artistes byzantins, qui florissaient en Russie. Casanovas-Roy a envoyé une *Femme* de plâtre, pleine de qualités plastiques véritables. Brunelleschi expose un *Portrait de sa mère,* sérieusement exécuté. Il faut aussi mentionner les plaquettes de bronze et la *Femme endormie* de Durousseau, et les médaillons de Roques.

(*L'Intransigeant,* 14 avril.)

AU GRAND PALAIS
LE VERNISSAGE DE LA NATIONALE

NOMBREUSE AFFLUENCE PAR UN BIEN MAUVAIS TEMPS

Malgré la pluie, le vernissage du 20e Salon de la Nationale a été très brillant. Le temps était sombre, le public n'a pas remarqué aujourd'hui combien l'éclairage du Grand Palais était meilleur que l'an dernier, mais on en jugera au premier rayon de soleil. En voici la raison : les vitrages n'avaient été nettoyés ni balayés depuis l'année 1900. La lumière ne les traversait plus. La Société nationale des beaux-arts, à grands frais, fit procéder au lavage de ces vitrages aussi sales que saint Labre, et le jour pénètre de nouveau dans le Grand Palais. La curiosité du public s'est avant tout portée à la sculpture dont j'ai signalé l'excellence dès avant-hier.

Si la peinture n'offre point cette année à la Nationale tout l'intérêt présenté par la sculpture, néanmoins on rencontrera en petit nombre de bonnes toiles.

BELLERY-DESFONTAINES. LES BELLES MADAMES DE LA GANDARA. HENRI LEBASQUE

Salle 1. Les *Chevaux cabrés* d'Henri Baudot pourraient être signés Watts. Lucienne Boulanger expose un portrait un peu quelconque d'*Andrée Paréal du théâtre Sarah-Bernhardt.* Le public aimera les teintes transparentes d'un grand tableau de Guignard : un troupeau de moutons dans la campagne vers le soir. Jacques Bourgnies expose des portraits agréables à voir. On a réuni un certain nombre d'œuvres de feu Bellery-Desfontaines. On remarquera surtout une toile intitulée *Entre amis :* soirée chez un artiste bourgeois, on prend du thé, on regarde des estampes, les hommes fument la pipe, les femmes n'ont pas l'air de s'amuser, je préfère le portrait d'*Antoine Jorrand.* La peinture de Bellery-Desfontaines ne va pas sans qualités de métier, mais elle est ennuyeuse et triste. Ce même fond de tristesse se retrouve dans les belles dames peintes par La Gandara dont la peinture ne manque ni de distinction ni de probité. Ces qualités jointes à la virtuosité de l'artiste font regretter qu'il n'emploie pas son talent à servir un idéal artistique véritable. Le vent de l'enthousiasme n'a jamais soufflé sur ce peintre attristé, aux élégances un peu froides. On souhaite, s'il en est temps encore, que, ainsi que dans la chanson,

Le vent soulève la Gandara[1].

Myron Barlaw a un idéal de carte postale artistique. Ramon Garrido est violent sans audace et sans goût. L'Espagne a de meilleurs peintres. La *Femme blonde en toilette,* de François Lafon, est peinte avec habileté.

Salle 2. Il faut mettre hors de pair l'exposition d'Henri Lebasque, lumineuse et harmonieuse. La *Fillette à la chèvre,* la *Fillette au piano,* la *Jeune femme en chemise,* la *Fillette en robe jaune* sont des toiles où la sensibilité de l'artiste se confond avec la lumière qui l'inspira. Harrison expose de grandes marines, et J.-J. Weerts de tout petits portraits. *L'Après-midi d'un faune,* de Lucien Monod, est loin, très loin de l'admirable poème de Mallarmé.

Quant à M. Lévy-Dhurmer, il a évidemment oublié de décorer les *Panneaux décoratifs* qu'il expose; ces artistes sont si souvent distraits! La *Baigneuse* de Shannon est d'une fantaisie assez voluptueuse, et il convient de citer la *Danseuse espagnole* de L. Barreau. Il ne faut pas le confondre avec Émile Bareau qui expose dans la même salle auprès de L. Vaysse et de Colombano.

LE PORTRAIT DU ROI DE SUÈDE. GUSTAVE COURTOIS, PEINTRE PRÉFÉRÉ DU DOUANIER ROUSSEAU

Salle 3. On voit un bon paysage de Lechat, le suggestif *Déguisement* de Costantini, les portraits de Rixens, *Une taverne* d'E. Hope, les toiles de l'orientaliste Nivouliès. M. Émile Osterman a envoyé un portrait sévère. Bernard Osterman expose un *Roi de Suède* fort ressemblant sans doute et la poitrine barrée d'un beau ruban bleu. Il faut mentionner les paysages de Maurice Courant et la *Pièce d'eau* automnale d'Altamura.

L'*Hercule aux pieds d'Omphale,* de Gustave Courtois, est efféminé à souhait. Cette mauvaise peinture plairait certainement au prince d'Eulenbourg[1].

Mais convient-il d'apprendre au public que M. Gustave Courtois est aussi le peintre préféré d'Henri Rousseau le Douanier... Mentionnons encore Pierre-Émile Cornillier, C. Molliet, Stewart et ses *Vues de Venise.*

«LE MATIN», D'ALBERT BESNARD

Dans la salle 3 *bis* éclate la lumière éblouissante du *Matin,* d'Albert Besnard. Un faune écartant un buisson de feuilles et de fruits découvre deux nymphes endormies au soleil matinal. Cette toile avait été déjà vue chez Georges-Petit. J'aurai bientôt l'occasion de parler d'Albert Besnard à propos de l'exposition de son œuvre décorative qui sera inaugurée demain à l'Union centrale des arts décoratifs.

Henry Gsell expose un portrait de jeune fille blonde, en noir, assise sur un canapé rouge. Léon Houyoux a bien rendu le charme tranquille de l'automne à Bruges. Les Arabes d'Albert Aublet sont ternes. Henri Duhem, Marie Duhem peignent des paysages, des troupeaux de moutons marchant sous les nuages, et ces toiles rappellent Le Sidaner. On regarde avec plaisir la jeune femme au turban turquoise, au manteau jaune de Raymond Woog.

Émile Osterman expose ici un portrait officiel du défunt roi de Suède Oscar II en uniforme. Gabriel Rousseau a peint sur une petite toile le grouillement et la hâte des maraîchers le matin aux Halles. Citons encore les *Marines* de Dauphin, la *Léda* d'Albert Fourié et les toiles humoristiques, sans personnalité, mais pleines de bonne humeur de Cadel.

LE PORTRAIT D'HENRI DE RÉGNIER PAR CAPPIELLO. ANQUETIN

Salle 3 *ter.* Leonetto Cappiello expose un portrait fort ressemblant d'*Henri de Régnier.* Le poète est debout en costume de ville. Son visage aux moustaches retombantes a cette expression dédaigneuse et rêveuse qui donne à ceux qui reconnaissent l'auteur de la *Sandale ailée* l'impression que son corps étant présent, son esprit est ailleurs. L'œuvre de Cappiello est *ici* un bon tableau dont on peut louer la sobriété et une certaine force contenue. Ce portrait, toutefois, ne diminuera point le plaisir que j'aurai à regarder, comme par le passé, sur les murs de Paris, les jolies et vives affiches où s'agitent les jambes lestes *d'un seul personnage*[1].

Mentionnons encore le portrait de *Polaire en danseuse espagnole* par Jean Sola, les *Intérieurs d'église* par Marius Michel, les *Amazones* et *La Plage à la mode* de R.-X. Prinet, le *Portrait de R. Binet, architecte de gouvernement* par Paul Renouard.

Salle 4. On regardera les délicates *Vues de Rio* par Gabriel Biessy. Bernard Boutet de Monvel expose de grands portraits. Il s'est évidemment souvenu de ces admirables gravures où Callot représentait les nobles de la

Lorraine. Toutefois, ce monsieur chic, sur la place de la Concorde, ce *Joueur de polo* ne sont que de prétentieuses caricatures. On peut sourire en passant devant, comme fit M. Fallières. Il faut ensuite s'arrêter longtemps devant les tableaux d'Anquetin, qui sont de premier ordre. Il y a là une science de la couleur du dessin qui [est] au-dessus de tout éloge. Qu'importe si en regardant ces toiles l'on se souvient de tel ou tel maître ancien ou récent! Anquetin ne s'est soucié que de leurs qualités, et il a eu raison. Ses *Nudités,* ses *Paysages* sont des morceaux excellents.

Mentionnons encore un grand panneau décoratif : *La Musique* par Victor Koog, un *Jardin fleuri* de Girom Max et des *Paysages* de P. Madeline.

(*L'Intransigeant,* 15 avril.)

AU GRAND PALAIS
LE 20e SALON DE LA NATIONALE

SUITE DE LA PROMENADE CHEZ LES PEINTRES

Il existe aujourd'hui une véritable école de sculpture. Un maître, Rodin, a des élèves qui exécutent sous ses ordres, apprennent tout ce qu'il leur importe de connaître avant de devenir maîtres à leur tour.

C'est ainsi qu'un praticien comme Despiau, n'ignorant rien de son métier, peut méditer son art. En peinture, au contraire, les maîtres n'existent plus, puisqu'il n'y a plus d'élèves, mais des artistes sans certitudes qui subissent des influences incertaines. C'est pourquoi, à défaut de la maîtrise, il faut parfois louer dans cette peinture de la Nationale la virtuosité et même le pastiche consommé.

RAFFAELLI. HENRI DE NOLHAC. LES MALADES D'AMAN-JEAN. LUCIEN SIMON. WILLETTE

Salle 4 *bis.* J.-F. Raffaëlli expose des vues de Paris, une *Inondation,* qui ne diminueront en rien la réputation de l'artiste. Le *Portrait de Pierre de Nolhac* dans son cabinet de travail, par Henri de Nolhac, eſt sérieux et bien réussi. Voici les *Intérieurs* élégants de Walter Gay, un *Crépuscule*, une *Tête de petite fille*, un *Poupon* dodu prenant un bain avec sa poupée, de Rosset-Granger. Les paysages de Meslé sont agréables. Il y a quelque ironie de la part de M. Aman-Jean d'intituler sa grande toile : *La Collation*. Je sais bien que les fantômes ne mangent point, et les personnages que peint M. Aman-Jean ne sont-ce pas de ces personnages pâles habitants des limbes, où l'on n'eſt ni heureux, ni malheureux, ni gai, ni triſte? Appliqué à la décoration, le procédé de M. Aman-Jean eſt supportable. Des âmes en peine et qui sourient, des noces de poitrinaires, ce sont là, certes, des sujets qui en valent bien d'autres. J'aime moins ses portraits d'*Intellectuels malades*. M. Chialiva s'intéresse aux bergères. L'exposition de Lucien Simon eſt intéressante. Ce peintre robuſte a des intuitions qui lui révèlent certains secrets de la véritable peinture. Peut-être tout simplement connaît-il avec les musées les peintres les plus récents. Les cinq toiles qu'il expose sont intéressantes à cause des tendances, mais c'eſt bien tout. Ce peintre, s'il a compris qu'il fallait se renouveler, n'a pas su s'y prendre. Willette a peint cette année *L'Amour et la Folie*, d'un symbolisme assez difficile à saisir, mais où se retrouvent tout son esprit et le charme sentimental qui s'en dégage. Il faut encore mentionner un joli portrait de jeune femme par Hubert de La Rochefoucauld, le portrait de jeune fille brune par Crebassa, et l'habile portrait de *Mrs. Nickers*, par Shannon.

CHARLES COTTET. LOUIS GILLOT. ARMAND POINT. GERVEX. UN PAYSAGE DE JULES FLANDRIN

Salle 5. G. Buysse expose des paysages délicats. Je ne raffole pas de la sombre élégance de Gumery et mieux que ces *Gitanos*, les livres de George Borrow nous donneront une juſte idée des mœurs et coutumes des Bohémiens. Le grand tableau en trompe-l'œil de Charles Cottet : *Cérémonie dans la cathédrale de Burgos*, manifeſte l'influence de Zurbaran et même celle de Lucien Simon. De Cottet, j'aime mieux les *Soleils couchants* et les *Barques de pêche*.

Louis Gillot peint d'élégants paysages induſtriels : hauts fourneaux, borinage pour salons de riches usiniers.

Je ne m'étonne pas que ce peintre ait remporté récemment de gros succès en Angleterre. Il traite ses sujets avec la maestria et le chic superficiel de l'école anglaise.

Armand Point expose une *Vénus triomphale,* pastiche habile et de grand style. De tels pastiches contiennent un enseignement, et il y a ici tant d'œuvres inutiles! Je cite encore Boulard et Philippe Fox.

Salle 6. Mentionnons la *Vieille regardant sa couronne de fleurs d'orangers,* de Marguerite Klel; les *Moissonneurs,* de L. Lhermitte; la *Fillette aux longs cheveux,* d'Annette Ardron; les tableaux d'Eugène Martel et les six *Aspects de Venise* délicats et précis de Guillaume Roger, dont on trouvera au rez-de-chaussée de jolies aquarelles vénitiennes.

Voici salle 6 *bis* : *Kiki avec ses jouets,* toile d'un joli sentiment et de couleurs harmonieuses, par Ilma Grof. Voici un jardin séduisant de Stetbler, les barques à voiles bleues de Raulin, la *Rue à Vannes* de Lépine, le *Bord* de Stone.

Salle 6 *ter.* Il faut regarder le beau paysage calme et d'un grand sentiment de Jules Flandrin. C'est une des meilleures toiles du Salon et de beaucoup la meilleure de cette salle. Ce tableau, malgré qu'on l'ait placé au-dessus d'une porte, n'est pas sans causer quelque dommage aux paysages antiques de René Ménard. Voici un *Intérieur rustique,* très bon tableau de Marie Boilesve, la *Maison du marin,* d'Édouard Elle, les *Fleurs d'eau* féeriques de Desbordes, les *Marines,* les *Moulins* de Vautbrin, l'*Allégorie* endeuillée d'Agache, consciencieusement exécutée. Les portraits bourgeois de Dagnan-Bouveret sont aussi insipides que son *Ophélie* de romance. On regardera aussi les paysages tendres de Georges Griveau, les salles à manger de Grace-Grassette, les *Peupliers* et les *Moissons* de Popesen, les portraits de Walton et de Schwedele. Notons encore l'envoi robuste du peintre vaudois Burnand.

CARO-DELVAILLE. LE PORTRAIT DE VIELÉ-GRIFFIN PAR SIMONIDY

Salle 7 domine l'envoi de Caro-Delvaille à qui l'on souhaiterait des intentions plus hautes. Sa *Femme endormie* contient de beaux dons dont l'artiste, trop préoccupé de virtuosité, ne fait aucun usage. Voici de Sternberg-Davids un joli portrait de femme, de Gaston Latouche encore *Un pianiste* qui doit toucher bien mal son instrument! M. Abel Truchet a envoyé *Musique,* amusante toile de genre. Le *Tendron à toquet bleu* de M. Louis Picard est séduisant. Simonidy a campé sur une haute cime *Le Poète Vielé-Griffin.* On connaissait déjà une effigie de l'auteur de *Phocas le jardinier* par Blanche. La toile de Simonidy est plus largement exécutée, mais avec le même art factice. On connaît les *Fleurs* embrumées de Lisbeth Devolvé-Carrière et les *Cathédrales* de David-Nilleh.

MAURICE DENIS. OLGA DE BOSNANSKA. LES VUES DE PARIS NOCTURNE PAR LE SIDANER

La salle 8 est entièrement consacrée à une exposition rétrospective du peintre Guillaume Dubufe. En peignant ses plafonds il se souvenait mal de Tiepolo. De ses autres ouvrages il n'y a rien à dire. Que la terre lui soit légère.

Salle 9, on regarde surtout les Maurice Denis qui, à mon sens, pourrait mieux faire. Je parle surtout au point de vue de l'exécution. Néanmoins, son exposition est une des plus sympathiques de ce Salon et il y a un sentiment délicatement religieux dans son Christ au milieu de la famille de l'artiste qui s'est peint contemplant cette scène touchante. Saluons en passant les tableaux de Guirand de Scévola que l'Argentine nous enlève. M. Henri Dumont a une signature originale. La manière allemande de Mlle Olga de Bosnanska a beaucoup d'admirateurs. Ses portraits sont tristes, pensifs et discrets. Signalons encore les fantaisies de Hawkins et les *Fleurs* de Karbowsky.

Salle 10 sont exposées les marines — genre oléogravure — de Mesdag, célèbre peintre hollandais, des portraits de Guillaume Alaux. M. Chevalier a envoyé des *Marais salants* que tous les visiteurs prennent pour les canaux de Mars. Voici des nudités ensoleillées de Frieseke. Gaston Prunier voyage... et se renouvelle. Sa *Baie des Trépassés* est une œuvre où il y a de la puissance. Les *Marines* de Mlle Rose Dujardin-Beaumetz sont largement peintes mais peu attrayantes. Jean Sala nous prouve que MM. Max et Alex Fischer ont un beau cabinet de travail. Les vues de *Paris nocturne,* par Le Sidaner, mettent en valeur la virtuosité de l'artiste et le côté mièvre de sa manière. Néanmoins, ces brumes illuminées sont peintes avec goût et ne manquent pas de saveur.

(*L'Intransigeant*, 17 avril)

LE 20e SALON DE LA NATIONALE

FIN DE LA PROMENADE DANS LE GRAND PALAIS

Il faut féliciter M. Dujardin-Beaumetz de son goût éclairé. Le buste de fillette, en marbre, exposé par Despiau au Salon de la Nationale, a été acquis par l'État. On reverra au nouveau musée du Luxembourg ce buste dont j'ai signalé les qualités.

JACQUES BLANCHE

Salle 11, Jacques Blanche expose six tableaux où paraît cette anglomanie qui a corrompu le goût de tant de nos contemporains. Au rez-de-chaussée, on a réuni dans une salle un grand nombre d'esquisses, de préparations, de tableaux inachevés du même peintre. On trouve dans cette salle : une main de la comtesse de Noailles, le portrait du romancier Thomas Hardy, celui de M. Bernstein; dans un groupe d'automobilistes du panneau décoratif : *La Panne,* on reconnaît M. Maurice Barrès. Ce sont des documents consciencieux et importants, sur les célébrités contemporaines. La sèche autorité de M. Blanche a beaucoup d'admirateurs. L'Angleterre a pris une grande importance en art. Lors de l'exposition des *Cent Portraits,* le public ne savait pas comment exprimer son admiration dans la salle des portraits anglais, souvent grossièrement exécutés, mal dessinés, peints avec vulgarité mais aussi d'une manière délibérée et riches d'aspect. On vit même des snobs parcourir distraitement et presque avec mépris la salle où les portraits français étalaient leur grâce et leur noblesse. En fait, l'anglomanie est aussi regrettable dans la peinture que dans la langue et M. Blanche ne pense-t-il pas que certaines de ses œuvres pourraient bien ressembler au langage de ceux qui se croient obligés de parler un français farci de mots anglais? Au demeurant, ses tableaux sont très propres à renseigner sur le goût raffiné de notre époque... Quel sujet de thèse pour un savant de Boston en l'an 2000 : *Jacques Blanche et la littérature élégante de son temps.*

Salle 12, Maurice Eliot expose des paysages et un portrait de jeune femme blonde. Legoût-Gérard a envoyé des *Bretonnes* et une toile amusante : *La Place Saint-Marc à Venise.* Jef Lempoels a des modèles bien séduisants. *Les Poissonnières, L'Auberge,* de Charles Milcendeau, sont des toiles qui retiennent l'attention. Moutenard a peint *Le Jeu de la Targne à Toulon.* Pierre Waidmann a eu l'idée de fixer un des plus curieux aspects de l'inondation à Paris le jour où il neigea.

BOLDINI. ALFRED GAST. JEAN VÉBER. LOUISE BRESLAU. JULES FLANDRIN

Salle 13, le maniérisme sensuel et crispé de M. Boldini ne rappelle pas d'autre peintre. Mais ces portraits trop élégants n'ont rien à voir avec l'art... Voici les paysages de Dagnaux, de Daniel Mordant, d'Alfred Smith. Hawels a envoyé une jolie et délicate scène de masques vénitiens. Les portraits de femme de Loup sont discrets. Notons encore le *Veuf* et le *Fumoir* de Jean Béraud et les *Œillets d'Inde* de Marthe Moisset.

Salle 14, il faut regarder les intimités un peu brutales mais intéressantes de Saglio, un bouquet de Mme Marval. Delachaux expose une *Femme à sa toilette.* Les nudités d'Armand Berton ne sont pas sans mérites.

Il faut citer l'*Espagnole à son balcon* de Gustave Colin, les tableaux orientalistes de Girardot et le *Petit Enfant au diabolo* de Guignet. E. Dinet fait lutter des Bédouines.

Alfred Gast a envoyé un grand paysage plein de qualités. Son tableau est bien composé et l'impression qu'on ressent à le regarder est grande et noble.

Galtier-Boissière a envoyé d'habiles natures mortes et Émile-Bastien Lepage d'agréables paysages.

Salle 15. L'humour photographique de Jean Véber se renouvelle. Il expose dans son ancienne manière un peu usée : *Le Baladin* et *La Géante,* qui rappellent Bruegel juste assez pour qu'on le remarque. Sa nouvelle manière qu'attestent les *Visites* et la *Cour d'assises* est plus subtile. Raymond Woog expose un amusant portrait de garçonnet. Le *Pierrot* de Paul Robert est un tableau curieux.

Salle 16 on verra les vergers fleuris de Cariot et les paysages forestiers d'Albert Moullé. J'aime une petite toile de Lucien Griveau représentant des *Marrons d'Inde* ou les parcs aux feuilles mortes, aux statues moussues, aux bassins tachés de soleil :

Un automne jonché de taches de rousseur[1],

de M. Raymond Charmaison.

M. Auburtin se souvient gaiement de Puvis de Chavannes. J'avoue que le *Jardin de la mer* me laisse froid.

Salle 17. On regardera un portrait par Gaston Schnegg, où il y a un effort vers le style. Le portrait de femme aux lèvres rouges de Lavery est plus personnel que les *Paysages* de J.-A. Muenier. Albert Guillaume est humoristique et libertin comme toujours. Voici de Corteau des paysages tendres et poétiques, et une grande toile de Goldschmidt représentant une femme prenant du thé dans un jardin.

Salle 18. Comme faisait autrefois Francis Jammes[2], Mlle Jeanne Denise aime les petits veaux et les peint avec attendrissement. M. André Dauchez expose un paysage tragique bien composé. Louise Breslau évolue; son envoi est important. Elle expose une *Dentellière* rousse, un *Portrait* de femme brune en noir, une *Femme lisant*, une *Fillette qui hésite à se lever*. On retrouve dans ces tableaux, avec plus de vigueur, les qualités qui ont valu à l'artiste tant d'admirations. Voici enfin les paysages de Provence d'Anthonissen.

À l'étage du Grand Palais, hors des salles, on trouve encore de la peinture, et les tableaux qui ont été ainsi exposés dans d'assez mauvaises conditions ne sont pas toujours les pires. Voici de Mlle Marie Bermond deux toiles : *Contemplation de la nature*, *Des femmes et des fruits*, où il y a un juste sentiment décoratif et du charme. Minaritz peint à la façon des peintres d'enseigne. On retrouve en Kousnitzoff l'esthétique mystique et indécise de la revue russe : *La Toison d'or*. José Belon expose d'intéressantes notations de lumière. Il s'attache à exprimer les rapports entre l'éclairage des diverses parties de son tableau. Sa *Rue du Croissant au moment de la crue* est amusante. Mme Mutermich est influencée à la fois par ses maîtres munichois, Van Gogh, Dirke et Zak. Les deux tableaux de Charles Guérin ont été bien mal placés. Son art est cependant plus intéressant que le plus grand nombre des toiles que l'on voit ici. Les tableaux de Flandrin ont été dispersés. On trouvera groupés *Un arc-en-ciel,* un aspect de *Florence* et surtout le *Vallon boisé* qu'animent deux figures parfaitement en harmonie avec le paysage.

Félix Borchardt expose un grand portrait de femme. C'est de l'impressionnisme berlinois. Rupert Bunuy triomphait il y a dix ans à la Nationale. Il paraît aujourd'hui bien oublié. Notons encore les paysages aérés et lumineux d'H.-G. Ibels.

GRAVURES. DESSINS. ART DÉCORATIF

Également à l'étage, et hors des salles, on trouve la gravure en couleurs, mollement défendue par Lefort des Ylouses, Claudius Denis, Dauphin, J.-J. Rousseau, Manuel Robbe.

La gravure a un bon représentant en Desmoulins qui expose les portraits de *Mistral* et de *Catulle Mendès.* Les pointes sèches de Chahine, un peu mièvres, sont agréables. Alphonse Lévy expose comme toujours des lithographies représentant des *Scènes de la vie juive.* La gravure sur bois n'inspire pas les artistes de la Nationale. Il faut pourtant mentionner les illustrations gravées sur bois pour *Hésiode* par Paul-Émile Cottin. Il ne faut pas oublier non plus les vernis mous de Legrand, qui font songer à Rops et à Degas.

Les dessins, les aquarelles, les pastels ont été exécutés pour la plupart par des artistes déjà cités. J'ai déjà mentionné le *Pastel* de Dufresne où l'on trouve des intentions artistiques rares en ce Salon. Les petits tableaux de Zak sont tout à fait à leur place : ils ne choquent point. Notons encore les aquarelles de Luigini et les miniatures de Minerva Chapman.

À l'architecture, on a organisé une exposition d'ensemble de l'architecte catalan Gaudi. Puissent nos architectes ne pas s'inspirer de ses fantaisies.

L'art décoratif, qui devait être un des principaux soucis de la Société nationale des beaux-arts, est franchement mauvais. Je ne vois guère à citer que les poupées artistiques de Mme Laffitte-Désiraf, les bijoux de Mme Myto René-Jean, les belles et sérieuses reliures de Mlle Denise Germain.

Pour finir, je tiens à signaler une maquette pour le décor du *Cinquième acte des «Huguenots»*, par Paul Bersonnet.

(*L'Intransigeant*, 19 avril.)

AU PALAIS DE GLACE

LE 4e SALON DES HUMORISTES. LA GAIETÉ FRANÇAISE EST TOUJOURS VIVANTE

Grâce au journal *Le Rire*, grâce à de parfaits organisateurs comme MM. Valmy-Baysse et Édouard Gazanion, chaque année, un Salon d'une élégance vernale et pimpante assemble les productions artistiques de l'esprit parisien, de la gaieté fine et spirituelle, de la gauloiserie même qui est une forme de l'esprit français fait de mesure et de franchise.

La grande caricature, celle qui ressortit à ce «sublime comique», dont parlait récemment M. Émile Godefroy[1], cette caricature dont Daumier donna l'expression la plus parfaite et la plus pénétrante, ne paraît pas avoir aujourd'hui de représentant autorisé. Sur ce point, la littérature semble mieux partagée que les arts plastiques.

La satire de mœurs, la fantaisie amusante, l'affiche décorative règnent incontestablement au Salon des humoristes. Cappiello y triomphe avec ses affiches aux couleurs endiablées, représentant toute une mythologie mystérieuse et joyeuse de demi-dieux gastriques ou hygiéniques, de petits génies industriels, vifs et soudains comme des flammes de sorcellerie. Ils agitent rapidement et rythmiquement leurs jambes et le rapport de leur mouvement à la saveur ou aux qualités qu'ils prétendent exprimer est vraiment miraculeux.

Henri Avelot a envoyé d'amusants dessins rehaussés et des peintures à l'huile inspirées par les chansons de France, ou représentant de piquants aspects des coulisses de l'Opéra. Il y a de spirituelles scènes de genre aux femmes voluptueuses et lasses de Ferdinand Bac. Emmanuel Barcet expose, entre autres folâtreries, son *Projet de couverture pour la môme Pigalle, de Willy*[1]. Voici d'innocentes gauloiseries de Lubin de Beauvais. L'envoi d'Édouard Bernard fait honneur à son métier et à son habileté.

★

L'exposition d'Henri Boulot prouve que la gravure en couleurs peut encore connaître de beaux succès si les artistes consentent à s'écarter des procédés mécaniques qui ne peuvent que trahir la pensée artistique. Brunelleschi a peint de charmantes illustrations pour les *Fêtes galantes* de Verlaine. Léonce Burret montre un peu mélancoliquement la grâce des carnavals défunts. Eugène Cadel s'est consacré à des scènes villageoises finement joviales.

Carlègle expose de gracieux dessins décoratifs. Delannoy est ici un des seuls représentants de la caricature politique. Sa violence généreuse n'est pas desservie par son talent qui est réel. Voici la bonhomie lyriquement ironique de Georges Delaw qui trouve moyen de nous faire rire en nous montrant un apothicaire qu'un assassin vient d'éventrer : *Le pharmacien restera ouvert toute la nuit!...*

★

Il y a également l'*Exécution des cigares* qui, paôle d'honneu victimée! eût follement amusé les merveilleuses sous le Directoire. Voici de jolies scènes d'après les *Mémoires de Casanova,* par Drésa. On regardera encore les aquarelles tendrement spirituelles de Mir Elen, les sveltes nudités de Fabiano, les dessins d'Abel Faivre pleins de verve et toujours imprévus; le *Cauchemar,* le *Veuf* et les *Confidences* de Fernand Fau. Ricardo Florès a envoyé une forte satire de l'édilité parisienne : *Les Enlaidissements de Paris.* On retrouvera les Parisiennes mutines de Gerbault. Albert Guillaume n'a pas changé sa manière un peu graveleuse mais spirituelle. La satire de mœurs d'Hermann-Paul est sérieuse et pénétrante. Les caricatures de M. Kuhn Régnier sont *à la grecque* comme les épigrammes dont parlait Mlle de Gournay[2]; mais cela ne veut pas dire qu'elles soient sans pointe; mentionnons les marrons sculptés de M. Lavinau, l'envoi important de Charles Léandre, les curieuses et précises notations théâtrales de Daniel de Losques. En mars, qui éveilla les sens de bien des jeunes gens, survit l'âme de l'Armand Silvestre de Mme Laripète et du général Kelpudubec[1]. Métivet a envoyé de gracieux panneaux pour décorer une loge de ballerine. Il y a un bon panneau décoratif de Louis Morin : *Le Dîner des comédiens*.

(*L'Intransigeant*, 23 avril.)

LES HUMORISTES VERNISSENT

PARISIENS ET PARISIENNES VIENNENT SOURIRE À LEUR ART FANTAISISTE

Les Parisiennes les plus charmantes, les vrais Parisiens de Paris, de province ou d'ailleurs se sont rencontrés aujourd'hui au palais de Glace pour le vernissage du Salon des humoristes, que nous avons commencé à parcourir hier soir.

On remarquait les enseignes artistiques qui signalent à l'attention du public l'exposition de chaque artiste. L'artiste même les a exécutés en laissant un libre cours à sa fantaisie.

Les fines et franches silhouettes de Vallet ont obtenu un franc succès.

Poulbot a exposé un ensemble important. On y retrouve ces *Gosses* amusants et touchants qui ont fait sa réputation. Le talent délicatement sensuel de Préjelan nous vaut de pimpantes sanguines et de frais pastels. Ray expose une décoration pour chambre d'enfant, de couleurs gaies, aux sujets justement puérils. Il y a un très bel envoi d'Adolphe Willette et notamment un délicieux *Projet de plafond pour magasin de nouveautés*. Les expositions rétrospectives permettront aux contemporains de rendre justice à des talents comme ceux de Grévin et d'Henri Pille. L'étranger a fait de bons envois : signalons l'ensemble des dessins originaux publiés dans les *Meggendorfer Bloetlet* de Munich. Il y a encore de curieuses sculptures sur bois par un Danois ou un Norvégien dont je n'ai pas trouvé le nom et de folles sculptures sur éponges d'un bizarre artiste dont je n'ai pas trouvé mention au catalogue. Pour finir, citons les aquarelles très amusantes de Miarlo : *Chantecler au théâtre de la nature, Luna Park,* etc., les bons envois d'Hémard, de Jarach, de Léonnec, de Mesplès, de Minarix, de Moriss, d'O'Galop, de Petitjean, de Testevuide, de Louis Vallet, de Touraine, les amusants bois sculptés de Réalier-Dumas, l'exposition excellente de Roubille, maître du genre et véritable artiste, et celles de Gabriel Blétel, de Mme Camille de Sainte-Croix, de Mme Hélène Buisson.

(*L'Intransigeant,* 24 avril.)

LA VIE ARTISTIQUE

ALEXANDRE URBAIN. LE PETIT MUSÉE BAUDOUIN. INTERNATIONAL ART UNION. 4e EXPOSITION DES ARTISTES ROUENNAIS

Alexandre Urbain a réuni, à la galerie Blot, une cinquantaine de paysages dont les plus remarquables sont, à mon sens, ceux que l'artiste a rapportés d'un voyage en Italie. On trouve dans ces toiles un harmonieux sentiment de l'ordre; leur coloris est agréable et le dessin en est juste. Urbain est un peintre en voie de grand progrès. Nous aurons l'occasion de reparler de lui.

★

Le petit musée Baudouin expose en ce moment un bel ensemble d'œuvres de quatre peintres : René Bertaux, Vladislav Granzow, Maurice Koziérowski, T. William Marshall. Les paysages de René Bertaux sont variés. Il excelle à choisir les sites et en exprime avec délicatesse, non seulement les détails, mais l'atmosphère même. Quelques natures mortes, quelques intimités mettent en valeur le talent consciencieux de Maurice Koziérowski. On connaît les paysages de grand style qui ont fait la réputation de Vladislav Granzow. Ce peintre affirme ici ses qualités. Il harmonise avec ferveur les diverses tonalités d'un décor bien composé. On regardera aussi avec plaisir les vues de Corse de T. William Marshall.

★

L'International Art Union a groupé des œuvres intéressantes parmi lesquelles il faut signaler les *Objets en métal* exécutés avec goût par Mlle Borghilde Arnesen; un portrait de jeune homme par Mlle Olga de Boznanska; des *Fleurs*, de Lisbeth Devolve-Carrière; un *Étang à l'automne*, de Marie Duhem; quelques gravures très verlainiennes de Miss Dorothée George; des médailles de Geneviève Granger; deux fraîches aquarelles de Mlle Berthe Rebcul; des miniatures de Minerva G. Chapman, etc.

★

La 4e Exposition des artistes rouennais remporte un grand succès. On y remarque quelques paysages excellents, lumineux et largement composés. Il faut mettre hors de pair les eaux-fortes envoyées à ce Salon par Jonas-Poutrel. Ces gravures, représentant des monuments de Rouen, sont exécutées avec une grande science et une puissance véritable. Il faut encore citer parmi les peintres : Joseph Delatre, Ch. Fréchon, Frère, W. Guilbert, Mascart, P. Baudouin, Conchaux, R. Thiry et, parmi les graveurs : G. Le Meilleur et G. Manesse.

(*L'Intransigeant*, 28 avril.)

LE PRÉSIDENT DE LA RÉPUBLIQUE INAUGURE LE SALON DES ARTISTES FRANÇAIS

L'EXPOSITION EST DES PLUS INTÉRESSANTES. LE NOMBRE DES ŒUVRES EXPOSÉES EST CONSIDÉRABLE

Le président de la République et Mme Fallières, accompagnés de M. Ramondou et du commandant Bard, ont inauguré à 2 heures le Salon des artistes français au Grand Palais.

Ils ont été reçus par MM. Doumergue, Dujardin-Beaumetz, de Selves, Lépine, par le président et les membres du conseil d'administration.

La visite des salles a commencé aussitôt.

Il y a de cela deux ou trois jours, je contemplais le spectacle inoubliable qu'offre le Grand Palais pendant l'installation des œuvres de sculpture. C'est un chaos de marbre et de plâtre. Les statues encore incomplètes, les praticiens au bonnet de police en papier, les camions, les chevaux, les artistes au classique costume de rapin qu'on ne voit plus qu'aux Artistes français formaient un ensemble hétéroclite qui ne manquait pas de grandeur...

Mon attention fut détournée par l'arrivée d'une petite troupe de personnages vêtus de noir et coiffés du chapeau haut de forme. À leur tête marchait un homme robuste dont la démarche vive avait aussi quelque chose de saccadé. Il se retournait souvent, criant à ses compagnons des phrases brèves en anglais... Lorsqu'un son chuintant lui venait aux lèvres, il exécutait une grimace extraordinaire, faisant prendre à sa bouche la forme magique de l'hexagramme. Et cette étoile à six branches vermeilles ouvertes sur des dents desserrées et prêtes à mordre me révéla mieux que son accent américain l'identité du personnage. C'était le président Roosevelt lui-même qui porte sur sa face, quand il veut, le symbole stellaire des États-Unis d'Amérique. Parfois, Roosevelt arrêtait sa troupe de Yankees corrects auxquels se mêlaient d'austères physionomies de membres de l'Institut. Il haranguait tout ce monde en anglais, gesticulait et, avec ses gants, donnait de sa main droite à sa main gauche de vigoureuses anguillades... Après avoir regardé quelques instants les groupes de marbre exécutés par le sculpteur américain Barnard pour la grande entrée du Palais législatif de Pennsylvanie, le président Roosevelt se retourna et s'adressant, cette fois, aux membres de l'Institut, qui s'efforcèrent de sourire, il leur dit en français :

« Messieurs, je regrette de ne pas savoir assez de français pour vous faire part des impressions artistiques que j'ai éprouvées pendant cette visite. Je dirai seulement que tout ce que j'ai vu... c'est vraiment étonnant! »

Il cria ensuite quelques phrases anglaises, laissa apparaître encore deux ou trois fois sur son visage une des étoiles de l'Union et aussitôt partit en automobile...

Aucune description, aucune explication ne saurait mieux caractériser ce 128e Salon de la Société des artistes français que l'exclamation due à l'éloquence concise du président Roosevelt : «C'est vraiment étonnant!...»

«ARTISTES FRANÇAIS» ET «NATIONALE»

Et l'on est étonné tout d'abord du nombre prodigieux des œuvres exposées; œuvres de toutes sortes comprenant le grand tableau historique et la fleur artificielle, la fontaine monumentale et la miniature sur ivoire. On est plus étonné encore que cet ensemble, où ne manquent pas les œuvres puériles et inutiles, contienne plus d'enseignements, somme toute, que le maniérisme qui domine à la Nationale où sont exposées les œuvres d'art à la mode, tandis qu'ici presque tout paraît démodé.

L'anglomanie, qui est une des folies artistiques de ce temps, se manifeste ici avec plus de timidité que partout ailleurs, le Salon des indépendants excepté.

La peinture démocratique ne se voit qu'aux Artistes français. L'accident du travail donne beaucoup cette année.

L'esprit novateur apparaît quelquefois, mais il ne faut pas s'en inquiéter; ne m'a-t-on pas dit que M. Comerre lui-même avait passé autrefois pour un révolutionnaire en art.

Les portraits sont rares et ceux de femmes en particulier. Il semble que la clientèle ait passé à la Nationale où exposent tous les peintres qui se sont fait une spécialité de l'élégance.

La caractéristique des Artistes français c'est, malgré tout, l'honnêteté artistique. Cette qualité est importante entre toutes, mais elle ne saurait remplacer les autres. La plupart de ces artistes retardent; si presque tous ont appris le rudiment de leur art, ils paraissent ignorer la vie et la beauté même des œuvres exposées dans les musées... Et voilà des gens sincères, habiles dans leur métier, condamnés trop souvent à une médiocrité perpétuelle.

Il y a aux Artistes français quarante-trois salles de peinture sans compter les balcons, sans compter les salles du rez-de-chaussée, sans compter la sculpture ni l'architecture.

QUELQUES ŒUVRES PRINCIPALES

Une promenade rapide à travers cette exposition ne permet de signaler aujourd'hui qu'un petit nombre d'œuvres dont il sera reparlé.

Édouard Detaille a envoyé deux grands tableaux : le *Service funèbre du général Danrémont devant la brèche de Constantine* et *La Barricade de la rue du Petit-Pont, le 29 juillet 1830.*

Il y a quelques portraits de personnalités importantes : celui de *Jean Richepin* par Baschet; celui de l'économiste *Edmond Théry* par Bonnat; celui de *M. Georges Berthoutat* par André Brouillet; celui de *M. Aynard, membre de l'Institut* par Gabriel Ferrier; Mlle Louise Abbéma a envoyé une *Chasse à tir.* M. Jonas a peint une toile tumultueuse, *Le Tyran,* allégorie dont je n'ai pas bien saisi le sens. Anselmo Bucci aura du succès avec *Jeunesse.*

Fernand Cormon a représenté *Le Vingt et Unième Livre de l'«Iliade».* Devambez nous montre *Paris vu de la tour Eiffel.* Il y a un grand tableau d'après l'inondation par Chocarne-Moreau. Laszlo expose un portrait de *M. de Montesquiou.* On retrouve les autres noms habituels comme Etcheverry, Didier-Pouget qui n'abandonne pas ses bruyères, Jean-Paul Laurens qui expose de la peinture officielle exécutée pour le gouvernement américain, etc., etc.

À la sculpture, qui est loin de valoir celle de la Nationale, il faut citer les animaux de Gardet, le monument aux *Aéronautes du dirigeable «République*[1]*»,* par Bouchard, les envois de Larrivé, de Niclausse, etc.

La miniature, les pastels, la gravure sont représentés par un grand nombre d'œuvres parmi lesquelles celles de Mme Debillemont-Chardon, de M. Louis Muraton et de M. Jonas Poutrel.

(*L'Intransigeant,* 30 avril.)

AU GRAND PALAIS

LE VERNISSAGE DU SALON

Le vernissage du Salon a été, cette année, aussi brillant que jamais depuis 1673, date de la fondation de la Société des artistes français.

Belles dames, beaux messieurs, académiciens, généraux, peintres, modèles, bourgeois, gens de lettres et bas-bleus s'arrêtaient devant *Le Tyran* de Jonas, les toiles de Detaille, le *Monument de Ferry,* etc. Malgré l'incertitude du temps, il y avait beaucoup de toilettes claires. On se montrait les originaux des portraits et l'on papotait, l'on papotait...

Il est très agréable, pour un homme de lettres, de se promener au Salon des artistes français. L'histoire y est enseignée sous la forme la plus attrayante qui soit : celle des images; les anecdotes gaies ou tristes qui ont inspiré les peintres peuvent aussi bien séduire l'imagination du romancier et du dramaturge; l'archéologue et l'historien peuvent constater avec quelle fidélité les artistes ont reproduit des sites célèbres ou reconstitué l'accoutrement des héros.

Je connais un homme dont la réputation est d'être un causeur délicieux. Chaque année, il fait deux ou trois visites aux Artistes français. Il y puise de quoi alimenter sa conversation jusqu'au prochain printemps et notez que cet homme d'esprit se garde d'aborder les questions d'actualité. Les autres Salons n'offrent pas cet avantage.

L'écrivain d'art doit ici borner son rôle presque seulement à l'explication des œuvres exposées. Exécutées d'après des principes légitimes, elles échappent à la critique, mais, l'inspiration et l'invention faisant souvent défaut, il est rare qu'elles méritent l'éloge.

Dans la première salle on s'arrêtera tout d'abord devant la grande toile sur laquelle M. Béringuier a représenté le *Vote municipal du 3 février 1793 à Clichy-la-Garenne.* C'est pour le monde entier de la petite histoire, mais les habitants de Clichy-la-Garenne doivent légitimement accorder une grande importance à cet événement.

M. Auguste Koopman a peint *La Chanson du vieux troubadour.* Elle a trait sans doute aux tribulations de la belle Drusiana à la recherche de l'oublieux Boves d'Hanstonne...

L'Improvisation de M. Tessier représente une jeune femme jouant du violon dans la campagne à l'heure du crépuscule. C'est drôle...

La *Mort d'Henri Regnault*[1], par Frédéric Levé, est vigoureusement peinte. C'est une des toiles impressionnantes de ce Salon où les artistes n'hésitent pas à exposer des tableaux dont le sujet est effrayant. Il y a ici un art équivalent à ce que le «mélo» est à l'art dramatique. Toutefois, la toile de M. Frédéric Levé, sobrement exécutée avec un très petit nombre de personnages, échappe à cette appréciation. M. Orange aura un vif succès avec ses *Chasseurs de la garde chargeant le peuple dans la calle de Alcala, le 2 mai 1808.*

M. Pierre Ribera nous montre une *Carmen* contemporaine. Cette peinture ne manifeste aucune influence des maîtres espagnols. M. A. Bloch, séduit par les sujets officiels, a reconstitué pour les historiens à venir la *Réception du roi d'Italie à l'Hôtel de Ville de Paris.* Le paysage fantôme de M. Paul Steck a de quoi séduire ceux qui aiment le flou dans les arts.

M. Majorelle a peint un portrait de son père où paraît un sentiment filial véritable. Il faut louer les peintres qui peignent de *tout leur cœur* car ils sont rares.

M. René Avigdor rivalise avec Jacques Blanche. M. Fred Lauth fait preuve d'une agréable virtuosité dans un portrait de jeune fille à grand chapeau et aux longues boucles brunes.

Le pastelliste Gratia a quatre-vingt-quatorze ans et il est le doyen des peintres. M. Q. Demange expose le portrait de ce vénérable artiste et de son épouse. M. Lucien Simonnet, qui pourrait se contenter d'être, d'après son nom, un petit Lucien Simon, a une personnalité qui apparaît nettement dans sa vue de *Saint-Malo.*

Par contre, l'influence de Lucien Simon se manifeste, à mon sens, dans une œuvre voisine, simple et forte : *Enterrement dans les Deux-Sèvres,* par M. Gourdault.

M. Anselmo Bucci intitule *Jeunesse* un excellent tableau dans lequel une jeune femme en camisole et une jeune fille en corsage rouge, en robe à fleurs violettes, cueillent des grenades. C'est là, selon moi, un des meilleurs tableaux du Salon. M. Prati expose des *Fruits* au vif coloris...

Il faut encore citer H. Louvet, Madeleine Carpentier, l'*Inondation* d'A. Jacob, Pierre Petit-Gérard, Sébillot, un *Combat de coqs* par Vigoureux et une *Nature morte aux camélias* par Sabert.

Salle 2, on rencontre le premier exemple de cette peinture démocratique qui abonde aux Artistes français. M. Jules Adler a représenté de robustes enfourneurs travaillant à l'*Intérieur d'une fabrique mécanique de bouteilles.*

M. Dambresa se plaît à peindre des *Troupeaux rentrant après l'orage.* L'âme de ce peintre est tendre. Moins cependant que celle de M. Colin Libour qui a peint un couple dans une mansarde lisant des *Nouvelles de l'enfant en nourrice.*

La *Femme nue* de M. Biloul est grasse, sans manquer de grâce. Ce tableau a été acquis par l'État. Notons aussi la *Chapelle rustique* de M. Amédée Buffet.

Salle 3, se trouve un bon tableau de M. Aubry intitulé *Après-midi.* Plusieurs jeunes femmes viennent prendre un bain. L'une est encore demi-nue, une servante lui essuie les pieds. Cette composition ne va pas sans charme, un charme voluptueux de *Décaméron* moderne.

M. Balestrieri, dont les œuvres ont connu les honneurs populaires de la reproduction à des milliers d'exemplaires, nous offre avec ses *Travaux du métro* un autre aspect de la peinture démocratique dont j'ai parlé.

On s'arrêtera avec complaisance devant le portrait très ressemblant de *Jean Richepin,* par Marcel Baschet. Le poète est en robe de chambre rouge et plusieurs visiteurs n'ont pas manqué de le prendre pour un cardinal.

M. Deyrole nous montre un pâtre qui a l'air de bien s'ennuyer parmi ses brebis. Paul Buffet expose un paysage poétique et la *Visite de l'amateur chez le peintre,* toile qui, on ne sait pourquoi, est pleine de tristesse.

M. Émile Adan a peint une *Fuite en Égypte* assez jolie. La mère et l'enfant se reposent auprès d'un puits. Saint Joseph en profite pour mener son âne paître. Le *Départ du sardinier,* par M. Henri Thiébault, est une belle œuvre, sincère, sobre et vraie.

Dans la salle 4, M. Joseph Bail expose la *Cuisine de l'hospice de Beaune,* où le peintre manifeste la virtuosité coutumière avec laquelle il peint au naturel le cuivre, l'eau, les légumes et tout ce qui existe. Toutefois, le sentiment médiéval qui anime l'hospice de Beaune n'apparaît pas dans cette toile trop consciencieuse. Il faudrait être poète pour traduire cela.

L'État a acquis la *Nature morte* de M. Maurice Bompard. M. Bougain, qui a de la bonhomie, nous montre un gendarme, un douanier, un marin jouant aux boules avec des paysans qui, à leurs moments perdus, doivent se livrer à la contrebande.

Deux toiles cocasses de M. Brispot arrêtent ceux qui aiment la bonne humeur. L'une de ces toiles représente le *Récit du capitaine,* scène où se trouvent réunis plusieurs cardinaux. (Le cardinal joue un rôle important aux Artistes français.) L'autre tableau est intitulé *Le Repos hebdomadaire,* sujet démocratique : un honnête employé en bras de chemise, portant son gosse et suivi de sa femme, sort du Bois par la porte Dauphine au crépuscule :

Dimanches de Paris, comme vous êtes tristes!

(*L'Intransigeant,* 1er mai.)

PROMENADES AU GRAND PALAIS

LA SALON DES ARTISTES FRANÇAIS

On n'écrit plus de parallèles. C'est dommage. Il y en aurait de piquants à établir entre le Salon des artistes français et celui des indépendants, entre la Nationale et le Salon d'automne...

Notre promenade à travers les cadres nous avait amenés jusqu'à la salle 5, où sont exposées d'honnêtes peintures de M. Léon Comerre qui passa, m'a-t-on dit, pour un terrible révolutionnaire. À quelle époque, grand Dieu! M. Comerre a peint des nymphes d'une race peu divine, dryades qui n'ont pas oublié l'écorce grossière sous laquelle elles naquirent. *Un canal vénitien,* de M. Maurice Bompard, est à mon sens le meilleur tableau de cette salle. On a placé très haut une bonne marine de Gribble, d'un goût ancien. Un combat naval se prépare... branle-bas... vaisseaux de haut bord. Ces tableaux font toujours bon effet dans les musées de petites cités, dans les hôtels de ville hollandais et même chez les particuliers. Je m'étonne que le combat naval soit un sujet rarement traité. Il eſt vrai qu'il exige de l'artiſte un grand effort de composition et des dons somptueux. Citons encore l'envoi de Max Bohm, un paysage poétique de Montholon, un nu délicat de Ludovic Alleaume, un portrait d'homme de Dawant, un paysage sobre de des Fontaines, et de Balaÿ un tableau représentant de douces Bretonnes au rouet, interrompant leur travail pour lire une lettre.

Salle 6, on trouvera *Le Tyran,* qu'il eſt convenu d'appeler le clou du Salon. Je ne puis que répéter ce que je disais le premier jour : je n'ai pas bien compris le sens de cette allégorie. Le jour du vernissage, on avait inventé un petit jeu très amusant qui consiſtait à demander à ceux qu'on rencontrait : «Qui eſt le tyran?» et à conteſter la réponse quelle qu'elle fût. Terrible plaisanterie qui a quelque chose d'athénien... Mais soyez certain que tout Paris va jouer au jeu du tyran. La toile de M. Jonas ne saurait être expliquée; il y a là un tribun à cravate rouge, un officier belge, des bouchers, une ſtatue équeſtre dont le cavalier de bronze gît brisé sur le sol tandis qu'un voyou a enfourché la monture. C'eſt encore de la peinture démocratique, il s'y mêle de la philosophie creuse et un symbolisme obscur qui fait songer à Wiertz. M. Tanner a peint des fantômes bleuâtres qui doivent passer pour des personnages de la Bible. *La Convalescente* de M. Descudé eſt traitée d'une façon un peu trop indécise. L'ambition de M. Descudé eſt de rivaliser à la fois avec Carrière et avec Maeterlinck. Il pense y réussir en donnant à ses personnages l'expression égarée qu'ont ceux d'Aman-Jean. Trois procédés c'eſt trop pour un seul homme. Les tableaux de Grau sont vigoureux, sans plus. Il y a un bon effet de neige par Alexandre Altmann, mais je dois avouer que les grands tableaux de ce peintre me paraissent très supérieurs à ses toiles de petite ou de moyenne taille. Victor Marec expose des chanteurs de cour dont il n'y a pas grand-chose à dire, non plus que des scènes militaires de M. Jean Berne-Belle-Bouligny[1], *Les Enrôlements volontaires.*

Le tableau de M. Clovis Cazes a été acquis par l'État : l'artiſte représente un centaure agacé par une nymphe qu'il porte en croupe, un faune joue de la flûte tandis que danse une faunesse. Cette toile ne reflète pas des qualités suréminentes, néanmoins il y a là un sentiment artistique véritable. Le cadre de M. Cauvy est amusant. Des Espagnoles d'aujourd'hui essaient des masques. Amusant mais rien d'autre.

Salle 7, les éternelles fillettes au bain de M. Paul Chabas, ont été tremper cette année leurs charmes dans le lac d'Annecy. Le même peintre nous montre un excellent portrait de *Mme H. Lavedan*. M. Bauhof fait de petits cadres de genre. Celui de cette année est gentil. Un gosse vient de déchirer sa culotte, il se tient en bannière devant sa grand-mère qui répare le dommage. M. H. d'Estienne nous montre une jolie laitière versant du lait dans des bols.

La Boutique de barbier hollandais qu'a peinte M. Benedito présente des couleurs bellement réalistes. C'est un bon document sur la propreté hollandaise, or des boucles d'oreilles, cuivre du plat à barbe, parquet, sabots et visage, tout est reluisant. Les costumes sont, je crois, de Volendam, mais la scène est digne de se passer à Broek in Waterland dont les habitants sont, assure-t-on, les gens les plus propres du monde. M. Béroud nous montre un graveur en train de copier *La Joconde* au Louvre. Notons encore une kermesse à Volendam, en Hollande, par H.-T. Bellan.

Salle 8. M. Cormon n'expose qu'une esquisse : *Le Vingt et Unième Livre de l'« Iliade »*. Dans le ciel et portés sur des nuées les dieux qui défendent Ilion combattent ceux qui ont pris parti pour l'armée d'Agamemnon. Sur terre Achille trace son sillon sanglant dans l'armée ennemie. F. Humbert expose un attrayant portrait de femme à la toque de fourrure. Il y a une savoureuse et discrète nature morte de Damin, je n'aime pas beaucoup les *Danseuses* de M. Destrem. Mais je tiens M. Foreau pour un artiste véritable dont la *Charrue* est un cadre d'émotion contenue. On aimerait à voir M. Foreau s'écarter du réalisme...

Salle 9, on regardera une petite toile amusante d'un orientalisme romantique un peu démodé, de M. Georges Clairin : *La Fête du fils du chef*. Laszlo a peint deux portraits : celui de *M. de Clermont-Tonnerre* et celui de *M. de Montesquiou*. Il y a dans cette salle une peinture à la fresque : *Le Reliquaire*, par M. Charrier, peintre dont le grand savoir pourrait être mieux utilisé. M. Avy nous montre des jeunes filles buvant du champagne. Cela s'appelle *Le Buffet*. Il est destiné sans doute à une salle de danse. M. Arthur Chaplin intitule *Le mystère, c'est la lumière* un cadre représentant un jeune homme blond, déjà viril, mais gardant encore toute la fraîcheur de l'adolescence. Des étoiles semblent tourner au loin ainsi que les girandes aux feux d'artifice. Une pâle lumière, pareille à la lueur qui éclaire à peine les limbes, répand sur l'œuvre de M. Chaplin une apparence de mystère.

(*L'Intransigeant*, 3 mai.)

AUX ARTISTES FRANÇAIS
LE SALON

LA PEINTURE

Que le modèle ait nui au talent d'un grand nombre de peintres qui exposent aux Artistes français, qui voudrait en douter? Si l'habileté de la plupart d'entre eux leur permet de peindre avec plus ou moins de vérité le modèle et la nature, combien sont incapables de créer eux-mêmes un modèle et une nature qui seraient l'expression de leur art!

Salle 11, la grande composition de M. Édouard Detaille, *La rue du Petit-Pont le 29 juillet 1830 au moment où le drapeau tricolore, apparaissant sur les tours de Notre-Dame, annonce aux défenseurs de la liberté la fin de la lutte,* est dans son genre une œuvre très réussie, d'aucuns diraient trop réussie. Un talent prodigieux, une patience extraordinaire ont été dépensés là-dedans. C'est l'art du trompe-l'œil poussé à l'extrême : fumée véritable, maisons parfaitement imitées, attitudes plus que vraisemblables. On a l'impression non pas d'assister à la scène même, mais d'être au panorama. Certes, la couleur n'est pas opulente, mais l'ensemble est spirituel, plein de bonne humeur. Cette gaieté, on la sent dans tous les détails de la composition depuis cet élégant en pantalon violet, en redingote verte, en gilet canari, qui, au premier plan, meurt sur un matelas, jusqu'au polytechnicien qui se dresse sur la barricade à côté d'un gavroche. Il est possible que l'avenir reconnaisse du lyrisme dans cet ouvrage. Il dénote incontestablement un sens rare du pittoresque, sans manquer de sobriété. Dois-je ajouter que tout cela ne représente pas mon idée artistique? Mais il y a des qualités de vivacité et de précision qui sont précieuses et françaises entre toutes. Les toiles comme celle-ci ne vont pas sans analogies avec les chansons de Béranger.

Au contraire, *Les Sinistrés pendant l'inondation*[1], par Chocarne-Moreau, ressortissent à un art populaire moins franc : la romance lamentable qui se traîne en vers presque corrects et tente vainement de rivaliser avec la complainte. M. Deutsch a peint sa *Barque sur le Nil* pleine de pastèques pour montrer quels bienfaits on peut attendre de l'inondation lorsqu'on y est habitué et qu'on sait s'en servir. Sentiment louable, peinture satisfaisante. Il faut citer encore une belle *Chasseresse* de Mlle Louise Abbéma.

★

Salle 12, on trouve une nouvelle grande composition de M. Detaille où se retrouvent ses qualités. Horace Vernet était moins net. Sans visées plus hautes sa peinture était plus désordonnée. Peut-être son imagination n'aurait-elle pu lui fournir une scène aussi théâtrale. Ce *Service funèbre du général Damrémont sous les murs de Constantine*[2] a quelque chose d'émouvant. Le cercueil tout noir, l'aumônier qui dit la messe sans ornements se tiennent sur une sorte de pyramide composée de sacs. C'est la minute de l'élévation, les zouaves au turban vert ont mis un genou à terre, les officiers s'inclinent, tandis que le prêtre porte vers le ciel l'hostie, au-dessus d'un autel fait de tambours. La composition a de quoi plaire...

M. Devambez est une sorte de Gulliver et il habite depuis quelques années à Lilliput où, paraît-il, les aéroplanes s'exercent à voler dans un lieu nommé *Port-Aviation*. Il y a aussi dans la capitale du royaume une tour Eiffel du haut de laquelle les habitants ne paraissent pas plus grands que les puces de la célèbre dompteuse Mme Sténégri. M. Devambez, qui sait être amusant, remporte un beau succès. Le nu de Mlle Delasalle semble plutôt destiné à être exposé à la Nationale. Le portrait de *Mlle Régina Radet dans la scène d'orgie d'Aphrodite*[3] sera très remarqué, et avec raison. Mentionnons un *Portrait de Mme H. P.*, par

A. Calbet, image agréable dont le titre seul déconcerte, H. P. signifiant le plus souvent cheval-vapeur et étant généralement précédé d'un chiffre qui indique le nombre de chevaux.

★

Salle 13, M. Bonnat expose deux portraits : celui de *M. Isidore Leroy* et celui de l'économiste *Edmond Théry*. On ne saurait faire plus ressemblant. Toutefois, j'avoue que ces portraits, et bien d'autres, je les donnerais pour un des dessins de Rembrandt que possède M. Bonnat et qu'il m'a été donné de voir lors de leur exposition à Leyde, en 1907[1]. Celui qui a réuni une pareille collection est un homme au goût très sûr.

Voici de M. Caputo une *Avant-scène* pleine de jeunes femmes. M. Tadée Styka a peint dans une manière qu'il aurait mieux valu éviter un portrait du violoniste *Kubelik*. La terrible bataille de théâtre d'un orientalisme d'atelier, par M. Clairin, plaira aux femmes.

Une *Édith au Col de Cygne retrouvant le corps d'Harold* dans la forêt d'Epping, près de l'abbaye de Waltham, après la bataille d'Hastings, fait se souvenir des vers de Heine[2] :

Édith au Col de Cygne retrouva
Le cadavre du roi
Elle ne dit pas un mot et sans pleurer
Elle baisa la face pâle...

Salle 14, pas plus que le tableau de M. Joseph Bail, celui de M. Geoffroy ne donne une idée de ce qui demeure de médiéval dans cet endroit unique : l'hospice de Beaune. Voici la *Vestale condamnée,* de M. Jules Lefebvre. Mme Consuelo Fould donne à ses *Salamandres filles du feu* des formes peu en harmonie avec les pensées élevées qui paraissent lui être familières.

Salle 16, *La Reddition de Yorktown,* par Jean-Paul Laurens, commande de l'État américain destinée au palais de justice de Baltimore, est amusante mais d'une composition déconcertante. Le côté droit est vide tandis qu'à gauche se pressent en rangs serrés les uniformes rouges des soldats anglais. Combien il faut préférer à cette enluminure de grandes proportions la petite toile du même peintre exposée dans la salle 17! Cela se passe au Moyen Âge, dans une église une jeune fille explique l'histoire sainte à des enfants.

Salle 18, M. Gabriel Ferrier expose le portrait de *M. Aynard de l'Institut.* Pour ne pas être confondu avec Henri Matisse, M. Matisse-Auguste fait des tableaux sombres. Sur le pourtour, derrière l'horloge, M. Mondineu nous montre le *Porteur d'appeaux,* scène de chasse à la palombe dans les Landes. M. Yarz nous montre des moissons : impressionnisme en trompe-l'œil.

Salle 21, deux bons portraits de François Flameng voisinent avec un arbre d'Harpignies. Ce bon tableau évoque toute l'école de Barbizon et nous montre bien que le lyrisme doit se renouveler avec chaque génération.

La salle 22 est consacrée aux pacifistes. M. d'Estournelles de Constant fera bien de la visiter en détail, elle mérite ses éloges[1]. Humbert-Vignot nous montre les horreurs de la grève[2]. M. Chigot expose une décoration pour le palais de la Paix à La Haye. Cette commande de l'État redoublera l'admiration que les Hollandais professent pour Paul Potter. Ils se réjouiront. Une kermesse s'ensuivra. On peut déjà la voir dans le cadre de M. Hanicotte, cadre fougueux, joyeux, simple, en un mot plein de qualités et le meilleur tableau du Salon. M. Stanhope Forbes ressortit à l'art pacifiste. Son tableau, peinture démocratique à la manière américaine, a mérité une mention au Carnegie Institute.

Salle 23, on remarquera la musicienne automnale de Maxence et *La Parade* un peu lourde de Jonas.

Salle 25, M. Chabannes la Palice nous raconte une de ces terribles anecdotes que trop de peintres aux Artistes français ne craignent point de nous conter. Dans quel but, Seigneur! Ici, l'histoire est tirée du *Courrier de Saigon.* Des Boxers en sont les héros et deux Françaises les malheureuses héroïnes. M. Lecomte du Noüy peint à la gloire de Venise et nous rappelle les noms de ceux qui chantèrent ou peignirent Venise : Byron, Musset, George Sand, Ruskin, Véronèse, Tiepolo, Ziem, etc. Puisque des vivants font partie de cette liste pourquoi avoir négligé le nom de M. Barrès? Voici un nouveau cadre de mélancolie par Maxence, une toile pleine d'espièglerie, *La Marmotte,* par Jules Cayron, et un effet de neige fortement rendu, par Nozal.

(*L'Intransigeant,* 4 mai.)

AUX ARTISTES FRANÇAIS
LE SALON

FIN DE LA PROMENADE CHEZ LES PEINTRES

Nous voici à la vingt-sixième salle du Salon...

Mlle Morstadt admire la peinture d'Anglada et s'en souvient même en peignant des moutons mérinos. Mlle Morstadt se cherche, sans savoir encore se servir de toutes ses qualités. M. Loir-Luigi a envoyé, comme toujours, des aspects de Paris auxquels, bien entendu, il a ajouté une scène d'inondation.

Voici, salle 27, de la peinture démocratique de M. Jules Pagès : des haleurs tirent une bélandre qui, soyez tranquille, ne deviendra jamais le bateau ivre. M. Roger expose de la peinture plus démocratique encore, s'il est possible, que M. Pagès : *Un accident du travail.* En regardant *Les Agents fluviaux et le Chien sauveteur* de M. Paul Legrand on ressent un sentiment d'orgueil véritable à habiter une ville où la police apparaît sous tant de formes différentes. Mentionnons la *Tentation d'Ève,* toile harmonieuse de M. Maillart. *L'Atelier,* de Mlle Jeanne Maillart, est plein de détails agréables qui disparaissent dans une si grande toile.

Dans la salle 28, M. Laparra expose un portrait délicat et M. Fernand Sabatté ayant peint un aspect de la rue que j'habite pendant l'inondation, je n'y trouve pas, hélas! la maison où je demeure[1]. L'artiste l'a négligée. Il faut signaler le double portrait de M. Oswald Birley. Les deux hommes qu'il a tirés tiennent l'un un faucon et l'autre un coq.

Salle 29, il y a quelques solides peintures démocratiques de Rizzi, de Tuod.

La salle 30 est importante, on y trouve la *Procession en Espagne* de Tito Salas. Cette toile a été acquise par l'État et cela montre bien la largeur d'esprit qui règne aux Beaux-Arts. On y protège la peinture religieuse aussi bien que les autres... La femme nue de M. Albert Laurens n'est pas amusante du tout. M. Jean Patricot expose le portrait d'*Un patriote* enveloppé dans les plis du drapeau tricolore. Sentiment élevé, peinture faible. M. Patricot ne regrette-t-il pas le temps où il gravait, prêtant à Gustave Moreau un style véritable qui venait peut-être plus du graveur que du peintre?

M. Henri Zo nous montre un coin de marché en Espagne. Je signale l'idéalisme enflammé de M. Marcel-Beronneau, dont la *Salomé* a l'air de regretter le départ du bon roi Hérode, massacreur d'innocents, et qui finit malheureux à Lyon.

M. André Brouillet a fait deux bons envois d'un art franc et délicat : une *Parisienne* vive et charmante et le portrait sobre et bien étudié de *M. Georges Berthoulat*. Il faut encore mentionner une gentille toile d'Alexis Vollon qui pourrait s'appeler *La Lessive*...

★

Salle 31 il y a un tableautin d'Antonin Mercié qui est une chose très jolie : une *Nymphe endormie*. Au fond du paysage antique luttent deux bouviers.

Le paysage de M. Ponchin est bien composé et ne va pas sans charme. M. T. Robert-Fleury a donné à la jalousie d'agréables traits. Mlle Réal Del Sarte nous montre une jeune fille fumant dans un compartiment de dames seules. Cadre amusant... Citons un grand paysage de Valentine Pepe avec de curieuses lumières et passons à la salle 32 où M. Ch. Walhain a tiré d'après nature *Le Duc de Nemours et son poney*. Un petit tableau amusant de M. G. Pierre montre une porteuse d'eau dans je ne sais quelle ville flamande. Et continuons la promenade.

La salle 33 a été fort admirée par les Américains. Quelques Allemands y ont fait aussi leurs dévotions. M. Max Nordau a longtemps contemplé et longuement commenté en anglais le carton de M. Gorguet pour une tapisserie destinée au tribunal de Rennes et que doivent exécuter les Gobelins. On pourrait peut-être leur faire exécuter autre chose... M. Vayson expose un énorme triptyque qui raconte la touchante légende de saint Gens, patron du Comtat Venaissin. Dans le premier volet du triptyque, saint Gens prêche aux pâtres. Au milieu, saint Gens laboure. À sa charrue sont attelés un bœuf et un loup, des oiseaux viennent se reposer sur les épaules du bienheureux. Dans le dernier volet, saint Gens dort son dernier sommeil dans une tombe qu'il s'est creusée dans le roc, et au-dessus son loup, désespéré, hurle à la lune. Signalons un grand tableau froid et convenu de Mlle Rondenay : *Les modèles attendant à l'entrée de l'École des beaux-arts*.

Salles 34 et 35 il y a une *Salammbô* de M. Surand qui prête au sourire. Mais j'aime beaucoup la façon dont M. Coraboeuf se souvient d'Ingres. Toutefois, M. Coraboeuf devrait éprouver son talent en donnant, l'an prochain, un nu et un portrait d'homme.

Une Venise au XVIIIe siècle, de M. Saint-Germier, évoque le souvenir de Casanova et de ses nonnes galantes.

Salle 36, un *Icare* regrettable de M. Styka ne nous donne pas, j'espère, une idée de ce qu'est l'art actuel en Pologne.

Salle 37, M. Suau s'est peint lui-même avec ses enfants dont l'un construit un château de cartes. Tableau sérieux qui évoque la plus sérieuse des fables de Florian, celle dont la morale s'applique de façon si juste et si imprévue aux conquérants et aux fondateurs d'empire... Le portrait de *Jean Aicard* en académicien, par J.-F. Bouchor, fut déjà remarqué à l'Épatant[1]. Un paysage de Pointelin, bien composé, déconcerte par le sentiment un peu quelconque qui s'en dégage.

★

Salle 38, il y a un beau tableau de Pascau : *La Robe à ramages*. C'est opulent et délicat et le titre cache une énigme que permet de deviner un grand cadre voisin dû à M. Zingg... Vous souvenez-vous que ce mot, que M. Rostand est seul à avoir employé, se trouve dans *L'Aiglon* où il sert à la fois de rime et d'onomatopée[2]... Et maintenant vous en savez autant que moi sur *La Robe à ramages* de M. Pascau...

Décidément, on a mis des tableaux de MM. Jean et Tadé Styka dans presque toutes les salles. En voici encore.

Salle 39, M. Richier expose un tableau amusant, *Mon ami Dupont de Mexico*. La *Famille de peintres*, par M. Pharaon de Winter, est sérieuse, presque austère. Tout le monde peint, dans le cadre de M. de Winter, tout le monde, même la bonne. M. Henri Zo a groupé pittoresquement les jeunes danseurs de la cathédrale de Séville.

Salle 40, la fatalité a mis encore un tableau de Styka... Il vous faut une revanche picturale, messieurs les Polonais! Voici la *Fête à papa,* de Desch, et une *Terrasse aux bains de mer,* par R. du Gardier.

Salles 41, 42 et 43, citons les envois de Didier-Tourné, de Zwiller, de Worms, de Weiz, de Renaudin, la *Chute de l'Aigle*, de Chartier, les *Repasseuses,* de Bédorez. M. l'abbé Van Hollebeke nous montre un prêtre quittant son presbytère *Après la séparation*[1]. C'est une toile émue et la seule qui ait trait à ce grand événement religieux. Je conseille fortement à l'État d'acquérir cette toile et de la mettre au Luxembourg. C'est un document et une étude pittoresque bien venue. Mentionnons encore Morlot, Louis Ridel, M. Pierrey, Synave, André, Ramart. Il faut aussi signaler, au rez-de-chaussée, un ensemble de soixante-douze toiles d'Italie ou de Paris dues au peintre Émile Boggia.

(*L'Intransigeant,* 5 mai.)

AUX ARTISTES FRANÇAIS
LE SALON

AQUARELLES, MINIATURES, DESSINS, GRAVURE, VITRAUX, OBJETS D'ART, ARCHITECTURE

Les aquarelles, les pastels ou autres dessins, les miniatures, les gravures, les objets d'art sont en si grand nombre que l'écrivain d'art doit renoncer à en donner une explication détaillée qui risquerait d'encombrer le journal qui l'imprime.

Au reste, tout ce qui n'est pas sculpture ou peinture, au Salon des artistes français, est un peu sacrifié. C'est pour ainsi dire pêle-mêle que l'on rencontre les pastels, les miniatures, la gravure. M. Lalauze a envoyé une aquarelle militaire du temps du Premier Empire. Cette époque tente également M. Georges Scott qui, ayant peint Cambronne à l'huile, a employé le pastel pour son portrait du petit *Tambour Bara.*

M. U. Checa se sert agréablement du pastel et son orientalisme me paraît être pris sur le vif.

C'est le pastel aussi qui donne aux paysages de M. Cachoud leur mélancolie. Les dessins aux trois crayons de Schommer ont du chic. Les miniatures de Mme Debillemont-Chardon sont présentées avec une science consommée. Mme Van Bever de La Quintinie n'a envoyé qu'une seule miniature, portrait de femme excellent. Mlle Hortense Richard peint des miniatures modernistes, portrait d'un chauffeur au volant de son auto. Les miniatures de Mlle Jeanne Lévy sont imprégnées d'un mysticisme qui ne paraît pas seulement superficiel. Mlle Thérèse Martin montre une grande habileté dans les minuties de la miniature. Il y a d'attrayantes aquarelles parisiennes de M. Élie Pavil. Les portraits d'hommes au pastel par M. Louis Muraton sont deux œuvres excellentes. Des colorations du *Portrait de M. L...* donnent de la noblesse à l'ensemble du cadre, et le portrait de M.*** sur un fond de paysage est un tableau délicat et pénétrant.

★

Parmi les dessins, il faudra regarder un grand portrait de jeune fille emmitouflée dans des fourrures, sans doute le portrait de l'artiste elle-même, Mlle Valentine Dubois. C'est un fusain très sobre et la figure seule est colorée au pastel. L'ensemble a du charme. Mme Richard-Troncy expose un pastel délicat d'après un modèle délicieux intitulé *Jeune fille en bleu. La Parisienne,* au pastel, par Mlle Marguerite Barbé, est une œuvre très personnelle. Je m'en voudrais de ne pas signaler les miniatures de Mlle de Callias exécutées avec une inexpérience charmante et avec un sentiment artistique véritable. L'habileté inimaginable de Mme Pauvert rend précieuse une miniature où l'artiste a représenté une aiguière en onyx.

★

Parmi les gravures, il faut signaler celles de M. Coraboeuf et de M. Munier d'après le même dessin d'Ingres, la figure et le plan de Poitiers d'un dessin archaïque, par M. Bessé. On sait à quelle puissance M. Jouas-Poutrel peut atteindre dans ses eaux-fortes. Toutefois, dans sa vue de Rouen intitulée *Le Christ bénissant la ville* j'aime mieux le fond que les détails gothiques du premier plan auxquels l'artiste a donné, me semble-t-il, une importance excessive.

M. Coraboeuf, qui a tous les talents, brille également dans l'eau-forte en couleurs. Il faut noter les lithographies d'Albert Weber et les gravures sur bois polychromes de Vibert. Il y a en ce moment une renaissance de la gravure sur bois. Beaucoup d'artistes de talent s'efforcent de remettre en honneur cette forme véritable de l'illustration artistique du livre. Toutefois, aucun Salon n'a encore montré cela au public... Parmi les graveurs sur bois, on remarquera Mlle Fanny Prunaire dont le *Chemin de croix* est plein de qualités. On regardera avec curiosité un bois de Prunaire d'après un ancien dessin de Forain représentant Léon Dierx. Le Prince des poètes possède plusieurs dessins et peintures de Forain parmi lesquels, je crois, deux de ses portraits.

★

Les objets d'art sont innombrables, il y en a d'admirables et de fort laids.

Mlle Languerand renouvelle l'art de faire des fleurs artificielles. Elle ne cherche pas à imiter la nature, son envoi est amusant et d'une dextérité très remarquable. M. Lalique expose une vitrine de verreries et de bijoux et mentionnons *Marianne,* porcelaine charmante de Henning, et les envois de Blanche Lauzanne, de M. Émile Robert, etc.

Les vitraux sont en petit nombre. M. Échivard a exécuté une grande verrière à la gloire de Napoléon II, titre : *L'Aiglon.* MM. Matisse-Auguste et Chigot ornent leurs vitraux d'oiseaux divers. Le premier utilise les grues et les pélicans, le second se contente de palombes. M. Lefebvre fait des vitraux aux paysages délicats et de colorations agréables.

L'architecture est un peu plus délaissée par le public qui n'entend rien aux plans. Toutefois, on trouvera dans cette section des envois intéressants et des idées nouvelles. M. Dauthe expose des aquarelles d'après les églises de Bretagne. Les *Habitations ouvrières* de M. Léautey méritent l'attention de ceux qu'intéressent les questions sociales.

Les aquarelles de Paul Leclerc d'après le Vieux Paris attireront l'attention de tous les Parisiens.

LA SCULPTURE

La sculpture est bien installée aux Artistes français. D'ailleurs, jamais avant cette année, on n'avait vu au Salon un aussi grand nombre de statues colossales, de monuments gigantesques.

Qu'il y ait en France une renaissance de la sculpture, ce n'est pas niable. Toutefois, il faut bien avouer que l'ensemble de sculpture si mal exposé dans les vestibules obscurs de la Nationale donne plus que ce que nous voyons ici les preuves véritables de cette renaissance.

Passons rapidement dans la foule blanche des statues. Il y a un *Évêque* d'Hippolyte Lefebvre, et sa mitre est d'une taille monumentale. Les animaux de Gardet et particulièrement ses *Cerfs* géants sont, à mon sens, l'envoi le plus important de ce Salon de sculpture.

Comme à la Nationale, il y a chez les jeunes sculpteurs d'ici une tendance à la simplicité expressive. Il faut signaler à ce propos les *Vieilles femmes* de Niclausse. Le visage, cependant, paraît d'un autre métier que celui de l'ensemble. Cette même tendance entraîne de bons artistes à des méprises. *Se revoir!* de M. Roger Bloche, le *Violoniste,* de F. David, pourraient ici servir d'exemple.

Il y a beaucoup de bustes. Derré a envoyé ceux de Sully Prudhomme et de Lamennais. *La Cantinière* de Jean Bérengier a l'air joyeux sur son bourricot. Parmi les choses énormes, il faut noter la *Fontaine,* de Charpentier.

Le monument de *Mustapha Pacha Kemal* paraîtra d'une esthétique imprévue au grand sphinx égyptien. Il en jasera avec les quarante et un siècles qui logent au-dessus de lui.

M. Landowski est un sculpteur fort en vue, il expose un monument aux Anonymes que l'État, plein de sollicitude pour les grands hommes, même inconnus, va faire ériger au Panthéon, ce qui ne manquera pas de réjouir grandement les intéressés.

L'Homme, de Dimitriadis, indique des dons excellents de statuaire et le modelé de sa *Femme accroupie* est d'un métier très sûr.

L'Honorable Thomas B. Reed, pour n'être point connu en

France, jouit dans certaines contrées anglo-saxonnes de quelque notoriété, ce qui lui a valu une statue de Burr Churchill Miller.

M. Barnard est un sculpteur officiel américain. L'État de Pennsylvanie lui a commandé deux groupes qui seront placés à l'entrée du Palais législatif. M. Barnard intitule ses œuvres *La Vie humaine,* et il a raison, car il y a beaucoup de disparates là-dedans. Mais qu'eût dit Penn et ses quakers de tant de nudités?

Le *Portrait* et le *Semeur,* de M. Georges Bareau, sont des œuvres sérieuses et extrêmement intéressantes.

Mentionnons des *Bretonnes* curieuses de Quillivic. M. Villeneuve s'est efforcé de traduire plastiquement *L'Inondation,* et je ne pense pas qu'il ait réussi. Jules Ferry aura un monument imposant qu'a exécuté M. Gustave Michel.

M. Charles Perron s'adonne à la sculpture polychrome et sa *Lanceuse de Globos,* qui est un souvenir du carnaval du Pérou, traduit artistiquement un jeu pratiqué en Espagne au temps des Maures, quand on jetait

Alcancies pleines de cendre ou bien de fleurs[1]

ou bien encore de parfums. L'usage s'en perpétue au Pérou.

Raymond Sudre expose le *Monument du peintre Perrault* et un buste d'homme. Bon envoi. On regardera le *Centaure Nessus* de Marqueste. J'aime le *Jeune faune* de Théo Hervé. L'*Orage,* de Larrivé, est une œuvre simple et puissante. Il y a un *Monument à des aéronautes* un peu déclamatoire. Mentionnons la *Femme arabe,* de Poisson, le groupe sobre de Piquemal, *Amour guetté par la mort,* les œuvres intéressantes de Mme Ernesta Robert Mérignac, les bustes de sénateurs de Pourquot, l'envoi de Mlle Popoff, celui de Mlle Piffard, et les statuettes de Mlle Geneviève Granger.

Avant d'achever ce compte rendu du Salon, il faut porter à la connaissance de ses organisateurs que les artistes dont les œuvres sont exposées dans la salle sombre des arts décoratifs (sculpture) se plaignent que cette salle qui se trouve au rez-de-chaussée n'est indiquée par aucun écriteau, si bien que le public ne la visite pas.

Il suffira, sans doute, de signaler ce défaut pour qu'on s'empresse de le réparer.

Qu'on me permette de signaler en terminant les tableaux de M. Georges Bailleul et un cadre très intéressant de Louis Galibert : *Les Pêcheurs de sable.*

(*L'Intransigeant,* 7 mai.)

LA VIE ARTISTIQUE

EXPOSITION GAUGUIN

Parmi les figures étranges si nombreuses du XIXe siècle, aucune n'est plus mystérieuse que celle de Paul Gauguin qui, de la Bourse de Paris, s'en alla mourir dans une case de sauvage aux îles Marquises.

Tous ses tableaux, ceux de Bretagne, ceux d'Arles, ceux de Tahiti, ceux des Marquises, il les conçut dans le même esprit de piété.

Peinture liturgique où les couleurs ont un sens symbolique qui double leur attrait décoratif, l'œuvre du plus religieux des peintres modernes s'opposa la première à l'impressionnisme qui malheureusement règne encore non seulement dans les arts plastiques mais aussi dans les lettres contemporaines.

M. Vollard expose en ce moment rue Laffitte une quinzaine de tableaux de Gauguin, choisis parmi les meilleurs de chaque époque.

À vrai dire, la piété de Gauguin envers son art ne se modifie jamais. L'unité de son œuvre est remarquable. Il n'y a de ce peintre ni plusieurs manières ni plusieurs époques, mais une seule où il demeura constamment, bien qu'à plusieurs reprises il s'efforçât de changer de race et, partant, de sujet.

Ses paysages bretons ou marquisiens interprètent un sentiment unique de piété artistique devant les merveilles décoratives et sans cesse renouvelées de la nature. Ses compositions d'Océanie ne sont pas plus religieuses que ses tableaux de Bretagne, comme cette *Lutte de Jacob avec l'ange,* d'un dessin admirable, d'un coloris si énergique et chantant, pour ainsi dire, la gloire de la Sainte Trinité...

Des tableaux de Gauguin sont entrés au Luxembourg, c'eſt tout droit au Louvre qu'on devrait mettre ces ouvrages harmonieux d'un homme qui en faveur de son art «se complut, dit M. Charles Morice, dans la douleur et toutes les douleurs[1]».

Avec ces qualités suréminentes qui sans doute le feront mettre au rang des plus grands artiſtes, Paul Gauguin retourna aux limites de l'humanité pour surprendre la pureté divine de l'art...

(*L'Intransigeant,* 11 mai.)

AU PALAIS DE BAGATELLE ON INAUGURERA DEMAIN UNE EXPOSITION RÉTROSPECTIVE DE PORTRAITS D'ENFANTS ET DE JOUETS

«Les enfants célèbres»!... Ces mots évoquaient pour nous, lorsque nous étions nous-mêmes des enfants, une gloire à laquelle il nous paraissait impossible de ne point participer pour l'étonnement de nos maîtres, pour la joie attendrie de nos mères.

Qui de nous n'a point songé à être aussi courageux que ce jeune Spartiate qui se laissa ronger le ventre par un renardeau qu'il avait dérobé?... Qui de nous ne s'eſt vu à la place de Bara, battant du tambour?... On se mettait en imagination dans la situation désolante du malheureux et myſtérieux Gaspard Hauser... Jusqu'à ce pauvre nain du roi de Lorraine avec le souvenir duquel on s'exerçât à rivaliser de gentillesses...

«Les enfants célèbres»! Leurs portraits ont été réunis à Bagatelle par les soins de la Société nationale des beaux-arts. C'eſt une idée charmante d'avoir mis ensemble toutes ces frimousses, que d'anciens enfants viendront regarder en souriant mélancoliquement...

Anciens enfants qui apprîtes la vie dans les hiſtoires adorables et cruelles de Mme la comtesse de Ségur, née Roſtopchine, et dans les romans merveilleux et réaliſtes de Jules Verne, vous interrogerez le regard immobile de ces enfants d'autrefois qui lisaient les ouvrages de Mme de Genlis ou les contes de Bouilly, l'hypocondre.

Avec quelle inquiétude des incertains avenirs ne regardera-t-on pas tous ces portraits d'enfants du temps de Louis XVI et surtout ceux du Dauphin dont la destinée est encore pour tous une énigme!...

Un raffinement bien propre à amener à son comble l'émotion des visiteurs a fait réunir, en même temps que les divers portraits de l'enfant royal, ceux de l'enfant impérial dont la destinée ne fut pas moins tragique.

Le Roi de Rome, par Prud'hon, par Isabey, par Benoist et par Roger semble sourire avec tristesse au *Dauphin* peint par Drouais, par Greuze...

Louis XVII et Napoléon II règnent ici sur un peuple délicat et charmant d'enfants, de leur temps jusqu'à nos jours. Voici des pastels du XVIIIe siècle, voici des toiles de Greuze, de Fragonard, de Drolling. Voici *Le Duc d'Orléans* par Greuze, *Le Duc de Bordeaux* par Dubois-Drahonet et par Hersent. Voici un pastel de La Tour représentant *Le Neveu de Pigalle,* et *Metternich enfant* par Lawrence. Voici *Les Enfants de Murat* par Ingres.

Voici les enfants modernes dont la plupart vivent encore. Il faut remarquer en passant avec quel art Renoir a su exprimer la grâce, la fraîcheur et l'innocence espiègle des enfants.

Voici un *Dumas fils* par Boulanger, *Albert Besnard* par sa mère, *Jacques de Nittis* par Degas, *Les Enfants de Pailleron* par Sargent, *Les Enfants de Carrière.* Ces bébés, les petits garçons, les fillettes de Delannay, de Dubufe, de Carrier-Belleuse, de Bastien-Lepage, de Diaz, de Millet, de Lépine, de Reynolds, de Chassérion, de Cabanel, de Gavarni, de Cazin, de Cognet, de Stevens, d'Hébert, de Winterhaller, de Cheffiard, de Couture.

En même temps que les portraits de ces enfants de jadis, on a exposé leurs jouets précieux et charmants. Quels bonshommes Noël, au costume surbrodé et si démodé, quels saints Nicolas d'Ancien Régime vous apportèrent à des fils de rois, jouets d'enfants riches, jouets trop somptueux, faits tout exprès pour figurer dans une exposition rétrospective?

Et cependant, enfants célèbres, enfants de naguère vous aviez aussi des jouets avec lesquels on pouvait jouer, des jouets bon marché, qu'on brisait *pour voir ce qu'il y avait dedans!*

(*L'Intransigeant,* 13 mai.)

LA VIE ARTISTIQUE

Romaine Brooks expose chez Durand-Ruel six ou sept tableaux d'une sombre élégance. Visages pâles, robes noires, silhouettes semblables à des souvenirs, tout ce que nous présente Romaine Brooks a cette sévérité : le charme ne manque point, mais bien la couleur, et même la nuance. Ce peintre peint avec fermeté, mais avec tristesse, oui, vraiment, avec trop de tristesse...

★

Le Cercle international des arts a commencé la première série de ses manifestations régionales. Mlle d'Orliac a traité, dans une conférence applaudie, de «L'art en Gascogne».

Une exposition des artistes de la Gascogne réunit des artistes comme Calbet, Henri Martin, Laperre, Bourdelle, Marie Dermond, Blessy, Lagare, J.-P. Laurens, Caro-Delvaille, Mlle Dulac, Schmitt, Mengue, Toussaint-Lobre, etc.

★

Marcel Rieder expose en ce moment toute une série d'intérieurs. Les effets de soir sont les plus nombreux. On remarquera surtout : *L'Heure de la soupe, Jeune mère, Les Rideaux rouges, Le Chemin de fer*. Il y a aussi quelques effets de jour, parmi lesquels *Quatre mains, Vent arrière* sont agréables...

(*L'Intransigeant,* 15 mai.)

LA VIE ARTISTIQUE

EXPOSITION GEORGES DESVALLIÈRES

Parmi les maîtres qui professèrent à l'École des beaux-arts, Gustave Moreau fut celui dont l'enseignement forma sans doute le plus de novateurs.

Nul, entre les élèves de Gustave Moreau, n'est plus inquiet de nouveautés que M. Georges Desvallières. On peut même craindre qu'il ne soit atteint de ce mal moderne qui fait prendre comme but unique de l'art l'expression de la vie contemporaine. C'était là le dernier des soucis de Gustave Moreau. Il hante, aujourd'hui, un petit nombre de peintres. Cette préoccupation leur vient des peintres impressionnistes qui la tenaient des peintres romantiques et l'on en trouverait l'origine dans cette passion du vraisemblable, du raisonnable, une des plus légitimes qu'aient nourrie les esprits français.

Toutefois, on a le droit de penser que ce sentiment si louable de la vérité a été faussé. Chaque œuvre d'art doit trouver en elle-même sa logique, sa vraisemblance et non pas seulement dans les aspects fugitifs de la vie contemporaine.

Tout le talent, toute l'intelligence, tous les efforts de M. Desvallières paraissent avoir été absorbés jusqu'ici par cette conciliation inutile de son art qui s'est élevé avec les aspects modernes de la nature. On voudrait que le présent inquiétât moins un artiste si heureusement doué.

(*L'Intransigeant*, 7 juin.)

BENJAMIN RABIER

Avant de connaître Benjamin Rabier, je pensais qu'il fût bossu comme Ésope et distrait comme La Fontaine. Il n'est ni l'un ni l'autre. Ces défauts, utiles à des gens de lettres, comme le furent et l'esclave de Xanthus et l'ami du surintendant Fouquet, seraient fort gênants pour un dessinateur. La sveltesse de Benjamin Rabier n'est déparée par aucune gibbosité dorsale. Ses distractions les plus vives sont d'étudier les physionomies et les gestes de tous les animaux depuis ceux que l'on appelle inférieurs, jusqu'à l'homme et l'autobus, cet animal supérieur entre tous.

Au demeurant, malgré des différences très marquées, l'artiste qui nous occupe rappelle par plus d'un trait les deux fabulistes et avant tout parce que, s'ils écrivaient des fables, lui en dessine.

On m'a affirmé — mais l'on affirme tant de choses — que Benjamin Rabier avait un chien dont il entendait merveilleusement le langage.

Cette bête d'une intelligence rare se serait donné la tâche, paraît-il, de recueillir parmi les chiens ses amis et de rapporter à son maître une foule d'histoires plus extraordinaires les unes que les autres sur les bonshommes de neige, sur Azor, sur Médor ou Briffaut, sur ma mère l'Oye, sur Jeannot Lapin et même sur Chantecler...

M'a-t-on dit la vérité?... Il est certain que nul mieux que Benjamin Rabier ne paraît au courant de tout ce qui se passe chez les animaux, nul n'a dessiné et ne dessine de plus amusante façon les scènes de leur vie quasi humaine...

C'est avec un vif intérêt que le public regardera cette première exposition d'aquarelles du plus spirituel de nos animaliers.

(Préface au catalogue de l'exposition Benjamin Rabier, aquarelles inédites, du 8 juin au 4 juillet 1910, à la galerie d'art Deplanche.)

LA VIE ARTISTIQUE

EXPOSITION MANGUIN

M. Manguin est un peintre voluptueux. Il expose à la Galerie Druet une cinquantaine de tableaux d'une sensualité un peu nonchalante. Coloriste, il se cantonne dans l'expression de contrastes d'où jaillit une lumière mi-partie livide, mi-partie couleur de chair.

L'étrangeté de ces teintes heurte le dessin académique de ses nudités. Un charme réel mais déconcertant résulte de cette bizarre opposition d'un peintre et d'un dessinateur qui ne sont qu'un même artiste.

Les nus de Manguin ont une franchise païenne. Ses paysages émerveillés disent la jeune gloire des sites, en juin, après le lever du soleil.

Bien construites, les natures mortes de Manguin flattent l'œil plus peut-être que ses autres tableaux. C'est que dans ses compositions l'instinct du coloriste qu'est M. Manguin se révèle tout entier sans être gêné comme dans les nus, par la préoccupation de dégager des principes.

(*L'Intransigeant*, 14 juin.)

LA VIE ARTISTIQUE

EXPOSITION MANET

C'est à la galerie Bernheim, une agréable réunion de tableaux à l'huile et de pastels de celui qui, rompant avec le vieux préjugé du clair-obscur, est responsable de toutes les nouveautés de la peinture contemporaine.

On aura le plaisir de revoir ici les beaux Manet de la collection Pellerin : *Le Déjeuner dans l'atelier, Marcellin Desboutin, Nana, Au café, La Promenade, La Dame rose, Manet à la palette* et cet étonnant *Bar aux Folies-Bergère* qui, coloris et composition, paraît prêt à être pasteurisé par Seurat, le microbiologiste de la peinture.

Certains pastels de Manet contiennent déjà Toulouse-Lautrec. Mais celui-ci ne s'est jamais élevé plus haut, tandis que Manet...

Il convient d'ajouter que les tableaux que l'on a réunis pour cette exposition sont d'inégale valeur.

Il y en a de très supérieurs à cette *Olympia* d'un intérêt avant tout historique et dont on a fait au Louvre un pendant inattendu à *L'Odalisque* d'Ingres. Il y a là aussi des œuvrettes sans importance, des tableautins insignifiants.

Telle quelle, cette exposition de Manet est très intéressante. En la visitant, nous assistons en quelque sorte à l'origine de ces formidables mouvements qui ont révolutionné la plastique à la fin du XIXe, qui n'ont pas encore abouti et aboutiront qui sait où et qui sait quand.

L'enseignement serait plus complet si cette rétrospective Manet était suivie d'une exposition de Cézanne...

(*L'Intransigeant,* 15 juin.)

LA VIE ARTISTIQUE

L'ŒUVRE GRAVÉ DE RICHARD RANFT

Richard Ranft expose à la galerie J.-Chaîne-et-Simonson sa collection particulière de ses propres œuvres. C'est dire qu'il s'agit d'épreuves rares, d'états uniques, d'essais gravés qui ne seront jamais retirés.

Les eaux-fortes originales en couleurs de celui qui passe en Angleterre pour le meilleur interprète de Turner sont d'une élégance juste. Ranft évoque avec intelligence les fantaisies raffinées que lui montre son imagination et les *spectacles rares qu'offre* la civilisation de nos villes. Il aime les masques, les ballerines, les clowns avec la même tendresse qui le pousse à graver un vieux chaland ou un moulin sur la falaise.

C'est que Ranft ne borne point la nature à ses aspects urbains ou rustiques; les inventions poétiques des cerveaux de génie lui paraissent avoir autant de réalité que l'océan.

Tels vers de Ronsard ou de Gustave Kahn lui ont inspiré des choses charmantes.

Ainsi que le dit ce dernier poète dans la préface qu'il a écrite pour cette exposition :

«Ce peintre n'est pas un peintre littéraire, c'est un peintre lettré, ce qui est tout différent.»

Richard Ranft aime assez les lettres pour leur prêter le prestige de son art si évocateur. Il a illustré excellemment plusieurs livres luxueusement offerts *To the happy few*.

Ses illustrations des délicieux et poétiques *Contes hollandais* de Gustave Kahn[1] rendent bien l'ironie richement imagée et l'opulente mélancolie de ces nouvelles légendaires.

On eût aimé voir ici les illustrations — cent soixante-huit cuivres en repérage en couleur — que Ranft a exécutées pour *Le Crépuscule des dieux*, l'admirable roman tragique d'Élémir Bourges, édité par la Société du livre contemporain.

On aurait voulu savoir de quelle façon l'artiste se serait accordé avec le style d'acier taché de sang royal qui paraît dans la belle œuvre du plus grand auteur contemporain, du grand poète de *La Nef*.

Un accident nous prive de ce plaisir. Souhaitons, toutefois, que le mal ne soit pas irréparable.

(*L'Intransigeant*, 16 juin.)

LA VIE ARTISTIQUE

AQUARELLES ET NOTES DE VOYAGE DE JEANÈS

Jeanès est un peintre raffiné qui a élevé très haut l'art de l'aquarelle. Le caractère évocateur de ses tableaux, l'éclat rare et sobre de ses couleurs, les sommets qu'il se complaît à peindre lui donnent un droit incontestable au titre de «Turner de la Montagne». Mais l'antonomase est une figure de rhétorique bien passée de mode.

On dira plus simplement que Jeanès est un des rares artistes européens qui aient su peindre l'altitude même des monts et toute leur noblesse.

Il expose à la galerie Chaîne-et-Simonson une cinquantaine de tableaux parmi lesquels on trouvera des visions lyriquement colorées des Vosges et des Dolomites.

On aimera aussi les cadres délicats et violents dont des aspects de Venise, longuement médités, furent le prétexte.

Quelques paysages d'Île-de-France complètent heureusement une exposition qui sans donner une idée complète du talent de Jeanès en offre du moins un résumé bel à voir.

Matins verts de Venise, aubes des Dolomites, aurores des Vosges, peupliers des rives de la Seine, aquarelles, pastels lavés, toutes les œuvres de Jeanès paraissent peintes avec des pierres précieuses broyées.

(*L'Intransigeant*, 17 juin.)

LA VIE ARTISTIQUE

TABLEAUX MODERNES. M. ANTOON VAN WELIE. BENJAMIN RABIER

On a organisé à la galerie Druet une intéressante exposition de tableaux modernes de Mme Georgette Agutte, de M. Renard Brault, M. Denis, Georges Desvallières, G. Dufrénoy, J. Flandrin, Othon Friesz, Charles Guérin, Francis Jourdain, P. Laprade, H. Manguin, A. Marquet, G. Rouault, K.-X. Roussel, Van Rysselberghe, P. Sérusier, Paul Signac, Vallotton, etc. On y voit aussi des œuvres du regretté Henri-Edmond Cross.

M. Antoon Van Welie expose chez Georges-Petit des portraits parmi lesquels on remarque ceux d'Edmond Rostand, de Sarah Bernhardt, de Cécile Sorel, etc. M. Van Welie se divertit agréablement en commentant plastiquement la physionomie de ses plus notoires contemporains et il donne à toutes leurs figures la même expression souriante. Ils sont contents de leur gloire, contents d'eux-mêmes. Ils sont heureux d'être peints par M. Van Welie.

★

La galerie Deplanche montre quelques aquarelles inédites de Benjamin Rabier pleines de bonne humeur. Les histoires sans paroles de Benjamin Rabier représentent des animaux parlants comme les montrait, il y a un siècle, l'abbé Casti, poète impérial[1]. Histoires sans paroles, animaux parlants, cela paraît difficile à concilier dans une même aquarelle. Mais Rabier s'en charge pour l'ébaudissement de son nombreux public.

(*L'Intransigeant*, 19 juin.)

LA VIE ARTISTIQUE

TROIS CENTS DESSINS DE STEINLEN. PASTELS DE JOHN S. ELAND

L'éditeur d'art, M. Édouard Pelletan, nous convie à visiter une exposition de trois cents dessins originaux de Steinlen ayant servi à l'illustration de *La Chanson des gueux* (édition intégrale), et des *Dernières chansons de mon premier livre,* de Jean Richepin.

On a presque tout dit sur le vérisme de Steinlen. Il a joué un trop grand rôle dans la formation, je ne dis pas seulement des gens de lettres, mais aussi et surtout des peintres de la génération dont je suis pour qu'on en parle à la légère. Aujourd'hui encore, l'idéal artistique et littéraire du plus grand nombre, n'est-ce pas la représentation des misères, des tristesses de la vie contemporaine?

Ces illustrations contiennent tout cela et commentent avec saveur la truculence lyrique des poèmes. Sait-on, à propos de ceux-ci, que l'édition originale — et intégrale — de *La Chanson des gueux* se trouve encore à l'enfer de la Bibliothèque nationale?

Les illustrations de Steinlen pour les chansons de Jean Richepin plairont généralement et cependant l'entreprise était risquée. N'est-ce pas une gageure que d'illustrer de la poésie avec des dessins sans tendance décorative?

Le vérisme sévère et mélancolique de Steinlen et l'exaltation imagée et puissante de M. Jean Richepin s'accordent fort bien.

Les galeries Arthur-Tooth-and-Sons exposent des pastels sur vélin de M. John S. Eland A.R.C.A. Ces cadres représentent des portraits de femmes conçus dans la manière distinguée des peintres anglais.

(*L'Intransigeant*, 21 juin.)

LA VIE ARTISTIQUE

2e CONGRÈS NATIONAL DE L'UNION DU DESSIN

Le 2e Congrès national de l'Union du dessin a eu lieu du 1er au 5 août à l'École nationale des beaux-arts. Parmi les principales matières traitées, on compte l'*unification des signes et des symboles employés dans le dessin.*

La question fut développée avec talent par M. J.-F. Pillet, ingénieur. Il me semble que la science aujourd'hui négligée du blason pourrait servir de base à cette unification. La symbolique religieuse pourrait aussi fournir des éléments, si toutefois il était certain que l'unification projetée fût nécessaire.

Avec un bon sens artistique dont il faut le louer, le Congrès recommande la culture du dessin de mémoire.

Le Congrès réclame aussi la création d'un diplôme spécial de professeur de technologie dessinée.

L'enseignement artistique supérieur a spécialement retenu l'attention. M. Genuys, sous-directeur de l'École nationale des arts décoratifs, a décidé le Congrès à émettre comme vœu les conclusions entières de son rapport qui sont : organisation dans les principales villes de France et spécialement dans celles où existent des universités, d'écoles supérieures d'art, instituts ou facultés des arts et métiers, répondant aux besoins régionaux. Ces institutions seraient pourvues de tout l'outillage d'expériences nécessaire : atelier, laboratoire, collections, musées, serres, etc.

P.-S. — Parmi les croix artistiques décernées à l'occasion du 14 juillet, on remarque celle de M. Désiré Lucas, le peintre bien connu. Un de ses tableaux est un des ornements de notre musée des Artistes vivants. Sa façon de distribuer poétiquement la lumière et l'ombre dans ses tableaux lui a conquis un public nombreux qui, chaque année, vient les admirer au Salon des artistes français.

(*L'Intransigeant*, 7 août.)

LA VIE ARTISTIQUE

FIGURES DE CÉZANNE CHEZ VOLLARD

M. Vollard a pour coutume de prolonger ses expositions au-delà du terme qu'il a fixé. Celle des *Figures* de Cézanne dure encore. C'est ainsi que ceux qui n'ont pas été voir cet ensemble sévère et émouvant pourront le faire pendant qu'il en est temps encore. Cette visite peut être utile avant l'ouverture du Salon d'automne. Elle servira à mesurer une part de l'influence du maître aixois sur la jeune peinture. On le sait, la plupart des peintres nouveaux se réclament de cet artiste sincère et désintéressé.

★

On a dit que Cézanne s'était fait primitif pour préparer un nouveau classicisme et cela semble vouloir signifier que sa peinture pleine d'ignorance et de défauts pourrait servir d'enseignement pour un art intègre et légitime.

Eh quoi! Le mal donnerait naissance au bien? Le ciel ne serait qu'un mode de l'enfer? Le beau pourrait être la vieillesse du laid et le parfait ne serait que la rançon de l'imparfait?

Il est vrai que je m'abuse peut-être sur le sens donné au mot classicisme. Il est devenu équivoque, chacun l'entend à sa manière. Mais si nous nous en tenons à la définition la plus anciennement adoptée, nous trouverons que classique qualifie les œuvres généralement approuvées et qui font autorité, ce n'est pas à moi de décider si Cézanne est classique ou non.

Mais, je sais bien qu'en tout cas il ne me serait pas possible de voir en Cézanne un primitif. Je ne trouve point de place dans son art pour l'agréable minutie qui donne un charme équivoque aux ouvrages des artistes primitifs comme aux littératures imparfaites.

Cézanne un primitif, un ignorant, un peintre non doué de raison? Allons donc! La minutie des primitifs va jusqu'à la sécheresse. La raison de Cézanne contourne la grande simplicité. Peignant d'après nature, il concentra son génie jusqu'à hausser l'impressionnisme à être un art de raison et de culture.

Tout cela apparaît nettement dans ces figures expressives que nous montre présentement M. Ambroise Vollard, tableaux qu'une main indiscrète a vernis témérairement, dérangeant ainsi — momentanément espérons-le — l'harmonie générale.

Mais quelle délicatesse extrême et pleine de force dans ces portraits très simples, et si sévères! Peintre transcendant, artiste provincial, Cézanne manque parfois de charme. Mais ses figures — même les plus rustiques — ont de la noblesse et l'on est assuré qu'il dépassait toujours l'humanité de ses modèles.

(*L'Intransigeant,* 27 septembre.)

PETIT VERNISSAGE AU GRAND PALAIS LES ARTISTES ALLEMANDS VONT DONNER L'ASSAUT AU FAUBOURG SAINT-ANTOINE

L'EXPOSITION DE PEINTURE ET L'EXPOSITION DE MEUBLES. VUE D'ENSEMBLE SUR LE SALON D'AUTOMNE. LES ALLEMANDS N'ONT PAS EXPOSÉ DE PENDULES

Demain, 30 septembre, les Allemands donneront l'assaut au faubourg Saint-Antoine. Les troupes bavaroises campées avenue d'Antin occupent dix-huit salles au rez-de-chaussée du Grand Palais. Elles gênent fort le Salon d'automne dont le vernissage aura lieu pendant la bataille[1].

Le manque de place a donc forcé nos peintres à n'exposer qu'un très petit nombre de toiles.

Elles ne nous apprennent rien de nouveau sur les préoccupations des jeunes artistes français.

Dans l'ensemble, c'est le même mépris de la forme sacrifiée à l'effet qui prend ici le nom de couleur. Quelques-uns parmi les plus jeunes ont assez de vigueur d'esprit pour s'efforcer à n'être plus les esclaves de leurs sensations. Ils soupçonnent qu'elles doivent être épurées et ordonnées pour concourir à la création d'une œuvre d'art véritable.

Toutefois, ils manquent généralement de culture et s'accommodent trop bien de ce léger défaut.

Un grand nombre de talents vigoureux n'exposent pas au Salon d'automne.

Et l'on affirme que le manque de place a obligé le jury à refuser la presque totalité des envois faits par les artistes non sociétaires. Mais ce qui est plus fâcheux pour la Société du Salon d'automne, c'est la qualité de la plupart des cadres qui ont échappé à la proscription. Leur médiocrité a de quoi confondre. Et l'on songe avec tristesse que des jurys de même sorte s'opposaient à l'admission des œuvres d'Henri Rousseau, ce pauvre vieil ange que le bon Dieu vient de mettre au paradis! On reprochait au Douanier son ignorance. Que ne lui reprochait-on plutôt d'être inspiré, car pour l'ignorance il a des frères en abondance et dans le passé et dans le présent, et même dans ce Salon d'automne...

On sait le succès de ce livre spirituel *À la manière de...* où le pastiche a été élevé à la hauteur d'un genre littéraire[1]. Il y a beaucoup d'*À la manière de...* au Salon d'automne de cette année et l'esprit n'entre pour rien dans ces compositions. On verra de faux Marquet, de faux Friesz, de faux Girieud sans parler des ouvrages faussant les peintres qui n'exposent pas dans ce Salon.

A-t-on bien fait d'accorder un emplacement aussi considérable aux arts décoratifs allemands? Je ne sais. Mais il serait injuste de ne pas ajouter que les arts décoratifs français prennent également beaucoup de place.

Il se tient chaque année, au Grand Palais, un Salon de l'ameublement qui pouvait fort bien accueillir les uns et les autres.

ARTS DÉCORATIFS MUNICHOIS

Le public pensera que l'importance prise cette année par l'ameublement et l'art décoratif bavarois est peut-être excessive. Les artistes et les industriels de Munich n'ont rien à nous montrer qui puisse nous étonner. Pour quelques ouvrages agréables où se reconnaît l'influence du goût français ou du goût anglais, on nous en présente beaucoup de médiocres. Et, ma foi, j'espérais qu'un peu de bizarrerie donnerait quelque apparence de nouveauté à ces ameublements le plus souvent bêtement industriels. Je le dis nettement : entre le bizarre et l'ennuyeux je n'hésite point et j'aime mieux le bizarre.

Mais quelle erreur d'avoir exposé en même temps que des objets d'ameublement des tableaux dus à des peintres allemands ! Les efforts sincères des artisans bavarois pour égaler le goût des artisans français ou anglais se trouvent très diminués par l'évidente pauvreté de la peinture munichoise.

Néanmoins, parcourons les dix-huit salles allemandes. Voici tout d'abord un vestibule décoré d'agréables mosaïques dues à M. Julius Diez. Le grand salon de M. Theodor Veil a bonne apparence. On louera volontiers le tapis dont les couleurs sont harmonieuses. Les lustres à pendeloques de cristal et nos meubles Louis-Philippe semblent être fort à la mode en Allemagne. Je n'ai point vu de pendules dans cette pièce. Il y a d'ailleurs fort peu de pendules, et l'on comprendra pourquoi.

La bibliothèque due à M. Troost paraît heureusement conçue et des livres bien présentés pourront influencer sainement le goût de nos éditeurs. Il vaut mieux ne pas parler des peintures qui ornent cette pièce. La salle à manger qui suit est très bourgeoise, trop bourgeoise même. Elle est l'œuvre de M. Niemeyer. Il a exécuté également une salle de bains qu'il était inutile d'exposer. On en voit de semblables chez les marchands et l'art n'a rien à voir là-dedans. Seul, certain meuble intime retiendra l'attention. Il est de fortes dimensions et pourvu de quatre robinets. On nous a fait grâce du petit endroit.

Passons sur les porcelaines bien connues de Nymphenborg et traversons un couloir où un Manneken-Piss de bronze amusera les visiteurs par son air effronté. Nous voici dans un boudoir fait d'après les dessins de M. Otto Baur qui ne manque pas toujours de goût, mais les cadres argentés des glaces ne me paraissent pas une heureuse trouvaille.

La pièce suivante représente la chambre à coucher de Madame. M. Karl von Bertsch, qui en est l'auteur, n'a peut-être pas toute la délicatesse de goût qu'il faudrait avoir. Mais il convient de louer son courage à affronter le goût si sûr et si exercé des Françaises.

Pour la chambre à coucher de Monsieur, elle n'est pas belle, mais il paraît qu'elle est pratique. Un miroir à trois faces fixes y triomphe, commode mais encombrant. M. Riemerschmid a le sens du confort. De là, nous passons dans la salle des objets d'art : il y a là de jolis coffrets, de curieuses cires et même un cierge pascal, des bijoux sans caractère, des poupées par Mme Wenz.

La salle des écoles royales des métiers et arts décoratifs de Munich vaut à elle seule le reste de cette exposition munichoise. Ce sont des travaux d'apprentis qui s'exercent le soir et, ma foi, sont déjà fort habiles. Je crois qu'à Munich les écoliers dépassent la plupart des maîtres. Il y a ici des travaux exécutés dans la pierre et destinés à servir d'enseignes, qui sont très intéressants, des étoffes peintes à la cire d'après le procédé appelé *batikke*, des médailles même qui ne sont pas sans mérite. Il convient donc de louer sans restriction les professeurs de l'école : MM. Berndl, Niemeyer et Waderé.

Dans la salle du Künstlertheater de Munich sont exposés les costumes de *Chantecler*. Du moins, on le croirait. Renseignements pris, il s'agit des *Oiseaux* d'Aristophane. La renommée de M. Rostand forçant les Allemands à se mettre à l'école des Grecs, voilà qui en dit plus que tout sur l'influence française à travers le monde ! Il y a d'amusantes marionnettes et des esquisses de costumes et décors théâtraux qui, je crois, ne manquent pas d'intérêt. Un salon de M. Berndl conçu avec quelque goût est déparé par une sorte de poêle assez vilain. Il est suivi d'un salon de M. Wenz dont je ne sais que dire, et d'une salle de musique qui m'a paru quelconque.

Elle est de M. von Seidl qui est, m'a-t-on dit, l'architecte le plus connu d'Allemagne. On aperçoit au plafond des baies en forme de chapeau de gendarme qui seraient peut-être à leur place dans un corps de garde.

En résumé, rien de bien nouveau : quelques meubles honnêtement agréables, exécutés avec soin sinon avec goût, beaucoup de choses médiocres.

Il ne m'a pas encore été donné de voir ni l'orfèvrerie d'art ni les médailles, mais pour les autres objets d'art il n'y a guère que des erreurs.

Cependant, l'exposition des écoles m'a paru excellente.

Allons, l'assaut du faubourg Saint-Antoine se terminera pacifiquement. Les assaillants, dirigés par l'obligeant M. Walther Zimmermann et par l'actif M. Grautoff, Allemand fort averti des choses françaises, reprendront tout bonnement le chemin de Munich pour y débiter le plus grand nombre possible de fauteuils Louis-Philippe, tandis que nos braves ébénistes continueront quoi qu'on en ait, à propager l'Henri II ou le Louis XVI afin de ne pas déranger les Français dans leurs habitudes.

(*L'Intransigeant,* 30 septembre.)

VERNISSAGE D'AUTOMNE

PEU DE SURPRISES EN PEINTURE, PRESQUE PAS DE SCULPTURE, MAIS BEAUCOUP D'ART DÉCORATIF

Le vernissage du Salon d'automne a été fort brillant. On se pressait devant les décorations de Maurice Denis, de Sert, on admirait l'ameublement français au premier étage. On discutait l'art décoratif munichois. Les tableaux de Matisse faisaient scandale comme toujours.

Le *Carpeaux,* de Bourdelle, la *Pomone,* de Maillol, étaient l'objet de commentaires variés. On voyait beaucoup d'étrangers, surtout des Russes et des Allemands.

En fait de peintures, le Salon d'automne ne nous réserve cette année que peu de surprises. Les deux panneaux décoratifs de M. Henri Matisse sont d'un effet puissant[1]. La richesse de la couleur, la sobre perfection du dessin sont cette fois indéniables et l'on peut croire que le public français ne boudera plus un des peintres les plus significatifs de ce temps. Le *Vieux pêcheur*, d'Othon Friesz, est un des meilleurs ouvrages de l'artiste. Longuement médité, ce tableau dramatique vaut aussi par des qualités poétiques. Il y a beaucoup d'humanité dans ce vieillard usé par les tempêtes et dont les yeux gardent comme un reflet des pays lointains. Et le fond, avec la mer, un vaisseau, concourt à soutenir l'émotion.

Je signale une *Médée* de Marinot qui est loin d'être une toile insignifiante. Le métier écarté, M. Marinot a beaucoup d'audace.

M. Van Dongen fait des progrès dans la banalité, mais ses dons de peintre sont évidents.

M. Lombard a un talent riche, il l'emploie à exécuter des ouvrages de grande taille et paraît se tirer déjà très heureusement d'affaire. Son art est encore très factice, souhaitons-lui de conquérir sa liberté.

M. Pierre Girieud expose des *Baigneuses* qui sont parmi les œuvres les plus importantes de ce Salon. J'aime moins son projet de vitrail qui, à mon sens, est une erreur. M. Lallemand[1] expose des fleurs où il se souvient de Girieud. Verhœven est compliqué dans l'insignifiance. Notons en passant l'envoi de Mlle Bernouard. La *Vue de Marseille* par Laprade, sans nous apprendre rien sur cet artiste, nous prouve que sa virtuosité n'entame point sa sensibilité. Le *Nu* de Guérin est agréable. Le *Christ flagellé* de M. Desvallières témoigne des préoccupations et des angoisses de cet artiste.

On regardera avec plaisir les toiles ruisselantes d'azur qu'a envoyées M. de Vlaminck. Son métier devient plus agréable sans rien perdre de la force. M. Alcide Le Beau a-t-il fait peindre ses toiles à Nagasaki? Son envoi est amusant.

M. Lebasque fait de louables progrès dans la belle simplicité, de même que Camoin dont le paysage est un des seuls de ce Salon à être plus qu'une simple vue... Les nudités de M. Manguin sont peintes avec effort.

M. Vuillard nous montre des ouvrages qui dans leur genre sont parfaits. Cet artiste est maintenant dans la plénitude d'un talent fait de goût et de vigueur délicate. Kars s'est mis, semble-t-il, à l'école de Friesz. Dirks a exposé de beaux nuages aux formes rondes, comme sont les anges. Il vaut mieux ne pas s'arrêter cette année devant le Vallotton. En revanche, on regardera avec plaisir les tableaux de Francis Jourdain, une *Nature morte* de Tristan Klingsor et le *Jardin au printemps* de Mme Agutte.

Les huit panneaux qu'expose M. Maurice Denis et qu'il intitule *Soir florentin* ont leurs mérites, encore qu'on y cherche en vain comment ils ont pu être inspirés par le *Décaméron* de Boccace, ainsi qu'il est dit au catalogue. En voulant obstinément la pureté, M. Maurice Denis aboutit à l'étrange. Il peint des fantômes.

Les académies d'après Cézanne qu'expose M. Russell sont regrettables. Mlle Dufau expose deux compositions allégoriques destinées à décorer la Sorbonne : ce sont la *Zoologie* et la *Géologie*. M. Jacques Blot nous montre une jolie marine, et il faut regarder avec soin l'envoi de Constantin Parthenis, Albanais qui s'étant mis à l'école des plus récents paysagistes français peint avec ferveur les sites de la Grèce.

La décoration importante que M. Sert appelle *La Danse de l'Amour* témoigne d'une longue culture et d'une sûre discipline artistique. Ce peintre ne se défend point d'avoir une imagination poétique. Elle est rare de nos jours.

L'œuvre exposée de M. Sert et qui gagnera encore à être vue en place constitue assurément l'un des ensembles les plus dignes d'attention de ce Salon.

On regardera l'envoi de Jean Deville qui est d'un artiste probe. M. Manzana-Pissarro expose de Mme Delarue-Mardrus un portrait tout en or et en argent qui, à mon sens, est une grave erreur artistique.

Dans un coin, en pénitence pourrait-on dire, on a pendu les deux toiles de Jean Metzinger[1] qui s'est donné la tâche d'expérimenter tous les procédés de la peinture contemporaine. C'est peut-être perdre un temps précieux et se disperser sans profit. Cela se voit assez dans cet envoi qui me paraît un recul pour l'artiste. Qu'il choisisse sa voie et s'y tienne. Il est triste de voir un peintre cultivé se gaspiller ainsi en efforts stériles.

Le Fauconnier a peint dans des tons gris, très difficiles, un paysage assez bien conçu, sinon très bien construit[2].

Cet artiste a fait de véritables progrès dont il convient de le féliciter. M. Stuckgold expose des fleurs. Il en a fait un tableau très coloré et plein de sensualité. Raoul Dufy n'a pas envoyé de tableaux mais de belles gravures sur bois très décoratives. Il expose en même temps des spécimens d'illustrations gravées sur bois et destinées à illustrer un livre de poèmes[1]. Le *Christ aux bohémiens* de Naudin est une œuvre tumultueuse, émouvante et habilement gravée. On aimera une miniature très minutieuse de Mme Van Bever de La Quintinie. Notons encore une *Vénus* en noir et blanc de Ciolkowski; Drésa; Zak, Eckert; Simon Bussy; Dusouchet; Tarkhof; Lepape; Fornerod; Mme Mutermilch, etc.

EXPOSITIONS RÉTROSPECTIVES

On trouvera, cette année, au Salon d'automne trois expositions rétrospectives dont la plus importante et la plus significative est celle des œuvres de Frédéric Bazille qui mourut en 1870, au combat de Beaune-la-Rolande. Bazille était l'ami de Monet, de Manet, de Renoir, de Sisley, de Pissarro, de Fantin-Latour. L'influence de Manet sur ce peintre est évidente, et l'on dit que dans le tableau intitulé *Intérieur d'atelier* un morceau est dû au pinceau de Manet lui-même. Toutefois, on découvre aussi l'influence de Courbet et plus encore celle de Stevens. L'exposition de Lempereur, décédé cette année, réunit des paysages très agréables. Il y a aussi une rétrospective des œuvres de Trigoulet.

ARTS DÉCORATIFS

MM. Süe, Baignères, Bonnard et Miss Lloyd ont composé et meublé un appartement d'apparence très agréable. Dans l'une des pièces, M. Bonnard a peint des panneaux décoratifs du plus heureux effet. Il y a là des singes, des gazelles, des colombes, des fillettes, tout cela capricieusement ordonné et avec beaucoup de goût, les paysages qui composent les fonds sont exécutés avec la même fantaisie franche et spirituelle. Je citerai encore un fauteuil de M. Paul Follot à qui l'on doit des ameublements bien conçus et des proportions très justes.

M. Follot a le sens du meuble, bel à voir et confortable à la fois. Il a composé des bijoux de bon goût dont il y a ici une vitrine. Signalons encore les grès de Francisco Durio, les vases de Massoul, etc.

SCULPTURE

La sculpture n'est représentée que par un petit nombre d'œuvres au Salon d'automne.

Le *Carpeaux* d'Émile Bourdelle s'impose avant tout à l'attention. Toutefois, je ne suis pas loin de croire que cette statue qui est belle, l'eût été davantage si l'artiste lui avait donné d'autres proportions, beaucoup plus réduites. La *Pomone* de Maillol est une œuvre remarquable que j'avais déjà eu l'occasion de voir, coulée en bronze. J'avoue que je la préfère comme elle apparaît dans ce salon. Les statuettes de Mme France Raphaël témoignent d'un talent vigoureux, son *Étude de nu* est d'une grande audace et la grâce n'y fait point défaut. On regardera un beau bénitier en argent repoussé par Francisco Durio qui sait plier les formes humaines à être des objets usuels et notons pour finir une déconcertante *Fécondité* de Quillivic qui l'imagine, à ce qu'il semble, sous les traits d'un obèse Bouddha femelle.

(*L'Intransigeant,* 1er octobre.)

LE SALON D'AUTOMNE

S'il comptait peu d'œuvres de premier ordre, le Salon d'automne de cette année contenait un certain nombre de tableaux très intéressants. On m'en voudrait de ne pas mentionner, dans cette revue et en première place, un beau portrait du poète Touny-Lérys, dans une attitude d'un charmant romantisme. Le peintre, Mme Van Bever de La Quintinie, a parfaitement rendu la ressemblance du modèle par un dessin gracieux et un coloris qui touche et n'est pas sans vigueur. C'est là un excellent portrait de poète et un tableau plein d'agréments.

Henri Matisse, qui déconcerte tant de regards mal éduqués, est un peintre extrêmement séduisant. La couleur très rare et très belle, voilà ce qu'il trouve plus souvent qu'aucun autre peintre, et la puissance décorative de ses ouvrages ne peut être niée à moins d'une insigne mauvaise foi. Les deux panneaux qu'il exposait cette année[1] sont ce que, pour ma part, je préfère dans l'œuvre de cet artiste, que je suis le seul — je ne dis pas cela sans quelque coquetterie — à avoir toujours défendu.

L'œuvre la plus considérable de ce Salon, ce sont les peintures décoratives inspirées à M. Maurice Denis par le *Décaméron*. Maurice Denis est un grand artiste servi par une forte culture. L'esprit religieux qui l'anime donne à ses productions une grande pureté. Elle se retrouve ici, et l'on est satisfait de voir qu'aux degrés supérieurs de la culture la tendresse et la modestie chrétiennes d'un Maurice Denis pouvaient interpréter sans le trahir le paganisme humaniste d'un Jean Boccace. Il y a dans cet ensemble une musique ravissante et, lorsqu'il me fut donné de la percevoir, je m'en voulus de ne l'avoir pas entendue le premier jour.

Notons que des artistes importants, comme M. André Derain, Marie Laurencin, Puy, etc., n'avaient pas exposé. L'on a un peu parlé d'une manifestation bizarre de cubisme[1]. Les journalistes mal avertis ont fini par y voir de la métaphysique plastique. Mais ce n'est même pas cela, c'est une plate imitation sans vigueur d'ouvrages non exposés et peints par un artiste doué d'une forte personnalité et qui, en outre, n'a livré ses secrets à personne. Ce grand artiste se nomme Pablo Picasso. Mais le cubisme au Salon d'automne c'était le geai paré des plumes du paon.

Une section importante au Salon d'automne était consacrée au mobilier. Je ne dirai plus rien de l'art munichois, qui est grotesque, au témoignage des Allemands cultivés eux-mêmes. Pour le mobilier français, il n'est guère meilleur. Toutefois, M. Süe avait organisé une exposition qui m'a paru conçue avec un goût véritable, et un boudoir décoré de la façon la plus imprévue et la plus charmante par Bonnard prouve bien que l'art décoratif peut encore donner en France des productions excellentes.

(*Poésie*, automne.)

LA VIE ARTISTIQUE

MARCEL LENOIR

L'académisme des enluminures hiératiques de M. Marcel Lenoir aurait pu suffire à un artiste moins inquiet. Il aurait pu, se contentant d'être habile et sincère, tenter la réhabilitation de l'imagerie religieuse telle qu'on la conçoit aux alentours de Saint-Sulpice. Bientôt rebuté, il laissa son tempérament enthousiaste s'exalter pour les diverses et difficiles tentatives qui bouleversent plusieurs fois par an les arts plastiques. Il peignit hâtivement, dessina fiévreusement, se renouvela avec une fréquence qui déconcerte un peu. Aujourd'hui, M. Marcel Lenoir expose au Cercle international des arts du boulevard Raspail une centaine de toiles et de grands dessins et, pour dire l'intérêt que présentent ces ouvrages, il n'est pas inutile d'ajouter que M. Auguste Rodin n'en a pas acquis moins de quatorze.

S'il n'est pas encore dégagé des influences les plus disparates, M. Marcel Lenoir possède de la maîtrise et une imagination où il y a souvent de la grâce. Mais l'incertitude, le désir excessif et insatisfait jusqu'ici d'être nouveau, empêchent parfois l'aboutissement d'efforts qui, pour un grand nombre de raisons, méritent beaucoup d'éloges. Toutefois, nul doute que M. Marcel Lenoir ne soit fait pour des travaux plus minutieusement achevés, plus lentement conçus, moins hâtivement exécutés, et de quel droit éluder ces peines qui sont l'indice de si hautes qualités?

(*L'Intransigeant*, 18 octobre.)

LA VIE ARTISTIQUE

LES PEINTRES RUSSES IMPASSE RONSIN. LA VÉRITÉ SUR L'AFFAIRE STEINHEIL

Qui disait que l'affaire Steinheil était finie[1]? ... Les peintres russes viennent de lui redonner de l'actualité. J'avoue que le spectacle qui m'attendait impasse Ronsin était bien fait pour impressionner l'homme le plus calme. Dans le jardin où se dresse la sinistre et célèbre villa rôdaient des personnages vêtus de lévites, des Juifs russes ou polonais sans doute. Je m'approchai d'eux et apercevant leurs visages je connus soudain la vérité touchant l'affaire Steinheil.

Les soi-disant Juifs de l'Ukraine étaient en réalité une troupe de peintres français[2] parmi lesquels je reconnus et je les cite selon l'ordre où me les présente ma mémoire : M. Henri Matisse, M. Othon Friesz, Mlle Marie Laurencin, M. Van Dongen, M. Alcide Le Beau, auxquels s'était joint un sculpteur, M. Bourdelle. Je pense qu'il ne faut point hésiter après ce que j'ai vu, à rendre ces honorables artistes responsables d'un crime qui demeure encore impuni et s'ils n'ont pas tué le corps du médiocre disciple de Meissonier, du moins ont-ils assassiné son œuvre, avec une cruauté, un cynisme inouïs jusqu'à présent. La nouvelle peinture, animée de préoccupations véritablement artistiques, reprenant les traditions des époques fécondes en chefs-d'œuvre, s'efforçant de créer des ouvrages puissants, conçus et exprimés avec force et avec grâce, a tué cette triste peinture où les tours de main pouvaient tenir lieu de style et de talent.

Par un raffinement inimaginable, ces rares assassins viennent exposer leurs cadres dans l'atelier même où M. Steinheil peignait les siens. Et pour continuer jusqu'au bout la fantaisie qui leur fit choisir comme mascarade les lévites des ghettos polaires, nos peintres ont invité quelques artistes russes ou polonais à exposer avec eux. Le prince Troubetzkoï a envoyé quelques-unes de ces figurines nerveuses et délicates qui ont fait sa réputation de sculpteur.

Le statuaire Élie Nademann nous montre des dessins où le charme d'une exécution parfaite s'allie à un style noble et gracieux qui justifie les prétentions d'un artiste trop inconnu encore à prétendre se rattacher à la tradition des grands sculpteurs de la Grèce. M. Stuckgold expose des paysages, des natures mortes, des portraits, des esquisses qui sont le résultat d'efforts pleins de mérite. Le dessin hardi des nudités qu'il a conçues tend à exprimer l'âme en même temps que le corps et avec une sensualité à laquelle plus de culture prêtera des contours agréables.

Mlle Vassilieff compose avec une science voluptueuse des portraits de jeunes femmes aux yeux subtils, aux gestes félins où l'acidité du coloris moderne met un charme qui rachète parfois la brutalité des formes. Mme Olga Meerson a de la vigueur. Mme Hassenberg s'exprime avec grâce, non sans se souvenir des Japonais. Le graveur Yérémisch est habile et la poésie n'est pas étrangère à son talent minutieux.

Il faut mentionner encore une tête de plâtre de M. Soudbinine qui fait de la sculpture humoristique et colossale.

Dans une salle contiguë à l'atelier, on expose des *Koustarys,* qui sont des poteries, des broderies, des ouvrages en bois exécutés par les paysans russes et le goût, le sens décoratif qui apparaît dans ces ouvrages est propre à donner une haute idée des facultés artistiques du peuple russe.

Mais qui l'eût dit? Qui l'eût cru?

L'affaire Steinheil n'était qu'une farce de rapins.

HENRI-EDMOND CROSS

On expose en ce moment un certain nombre d'œuvres d'Henri-Edmond Cross[1]. Avec Signac, Luce et quelques autres, il fut un des peintres qui, sous l'influence du grand artiste Seurat et des théories de Charles Henry, créèrent cette classe de l'école néo-impressionniste connue sous le nom de pointillisme. Cet art qui peut se réclamer des mosaïques byzantines et de certaines peintures italiennes, a produit, ces vingt dernières années, un certain nombre d'ouvrages extrêmement lumineux.

Ces toiles d'Henri-Edmond Cross sont de la dernière période de l'artiste, mort il y a quelques mois. L'éclat aveuglant de ces paysages, les blancheurs fulgurantes des nudités, le lyrisme qui apparaît partout assurent à tant de splendides harmonies d'indéfectibles admirations.

«Écoutons», dit dans une préface émue et nourrie M. Maurice Denis, qui fut un ami de l'artiste disparu, «écoutons, dans les vibrations de ses ciels et le flamboiement de ses terrains accablés sous la chaleur du jour le retentissement des harmonies terrestres; mais plutôt entendons ici les palpitations d'un cœur et la voix d'une âme éblouie.»

(*L'Intransigeant*, 31 octobre.)

LA VIE ARTISTIQUE

EXPOSITION RAMON PICHOT

M. Ramon Pichot fait partie de cette pléiade de peintres espagnols qui continuent à Paris la tradition de Goya, voire de Vélasquez; il en est même qui, ainsi que Pablo Picasso, servis par une haute et forte culture, ont appliqué leur génie au sublime plastique, produisant des œuvres dont l'influence ira grandissant dans le monde entier. Il en est comme Zuloaga dont les dons d'observation réaliste et la virtuosité ne le cèdent à personne.

C'est surtout par ses prestigieuses eaux-fortes en couleurs que Ramon Pichot est de l'école espagnole. Ce sont des gitanes, de vieux marins, des éventails et des fleurs de grenadiers.

Dans ses peintures où il représente souvent des fêtes, des foires d'Espagne, Ramon Pichot nous offre des cadres populeux ainsi que des Teniers et colorés comme des Bruegel de Velours.

Il y a dans cette exposition quelques natures mortes savoureuses et des fleurs si délicates et si bien disposées qu'on les dirait peintes par une femme. On regardera aussi un pastel représentant une jeune femme dont l'expression est émouvante et qu'une âme anime.

(*L'Intransigeant*, 11 novembre.)

LA VIE ARTISTIQUE

10e EXPOSITION DE PEINTRES-GRAVEURS FRANÇAIS

L'art de la gravure est plus en honneur que jamais, et les moyens mécaniques qui paraissaient devoir lui porter un grave préjudice ont seulement servi à faire ressortir ses mérites artistiques.

L'ensemble de cette exposition est agréable.

Les eaux-fortes d'Auguste Lepère ont autant de saveur que ses bois. Sa *Grande marée aux rochers de Sion* témoigne de qualités très remarquables et d'une science qui détient des secrets.

Bernard Naudin travaille consciencieusement dans la manière des maîtres français et espagnols. Son inspiration est raffinée et pittoresque. Cet artiste possède déjà un public qui le suit et le soutient.

Louis Legrand s'est donné la tâche d'inventer des vernis, des tours de main, et les effets qu'il obtient sont généralement appréciés. Il s'est spécialisé dans l'interprétation d'attitudes de rats de ballet presque impubères.

Notons encore les *Nus* de fillettes par Jacques Villon, les scènes de théâtre de Hallo, les *Chorus girls* de Tony Minariz, les *Scènes de clochers* de Beaufrère, les comédiens japonais de Georges Janniot, le *Pont des Arts* de Béjot, les envois de Géry-Bichart, Charles Heynen, Auguste Bronet, de J.-L. Brémond, de Delatre, de Jacques Beurdeley, de Camille Fonce, de Heutre, de Simon, de Zilken, de Beltrand, les tirages en noir des planches en couleurs de Henry Detouche et d'Abel-Truchet, les paysages d'Henri Rivière, les aquatintes de Victor Prouvé.

(*L'Intransigeant,* 13 novembre.)

L'EXPOSITION DES ARTS DÉCORATIFS DE MUNICH

Le Salon d'automne nous offre cette année le régal d'une exposition de meubles bavarois. Ce mobilier, ces tentures d'une tristesse navrante semblent plus dignes d'avoir été conçus et exécutés à Berlin que dans l'artistique Munich.

Une brochure qui parut en Allemagne, il y a quelques années, traitait de *La Décadence de l'art munichois*[1]. À la vérité il y a fort longtemps que les tentatives artistiques des Bavarois n'ont plus aucune signification.

Néanmoins, on pourrait les louer de leurs efforts, s'ils n'avaient pas le front de vouloir les imposer en France comme de magnifiques résultats.

On a commis une imprudence en accordant un emplacement démesuré à ces messieurs. Il s'agissait, dit-on, de rendre aux Allemands les politesses qu'ils ont faites à nos artistes dans différentes expositions.

Toutefois, ces manifestations individuelles n'avaient aucun caractère commercial. On n'en saurait dire autant de cette véritable foire aux meubles qui se tient actuellement au rez-de-chaussée du Grand Palais.

S'il est vrai que des artistes, professeurs ou docteurs aient fourni les dessins de ces meubles, il est vrai aussi que les maisons de commerce qui les avaient acquis les ont fait exécuter, les exposent pour leur compte et ont déjà traité à Paris de grosses affaires. Ce commerce, servi par une publicité énorme, fait grand tort à nos fabricants, à nos artistes que ne soutiennent ni l'État ni les particuliers, tandis que les subventions ne manquent point à l'art décoratif de Munich. Mais le danger véritable ne réside point dans le tort commercial que cette exposition cause à la France, il est tout entier dans le trouble qu'il ne peut manquer d'apporter dans l'esprit de nos artisans, si éloignés déjà de la tradition de laquelle ils n'eussent jamais dû s'écarter. Ces meubles gracieux et commodes qui furent l'ornement des maisons au XVIIe et au XVIIIe siècle sont bien ce que l'art domestique a produit de meilleur. Livrés à eux-mêmes, nos artisans auraient pris des chefs-d'œuvre comme modèles et comme point de départ. Certes, les modifications que leur goût, leur habileté, les nécessités modernes et la mode eussent apportées à l'art des ébénistes de la fin du XVIIIe siècle nous vaudraient aujourd'hui un style aussi honnête, aussi décoratif, aussi confortable que ceux qui l'auraient précédé. Au lieu de cela, on veut tout refaire, on ne veut dépendre en rien du passé. On conçoit bien que ces prétentions puissent bouleverser les arts majeurs, quand les artistes sont servis par une culture véritable. Mais, dans les travaux d'artisans le détail seul doit être abandonné à leur fantaisie. Et si on leur montre les folies des peuples étrangers, ils ne sauront plus où donner de la tête. Les Allemands nous montrent, au Grand Palais, une sorte de style Louis-Philippe déformé et rendu bizarre; des fauteuils en forme de vieilles femmes, de lugubres salles à manger où les meubles, les lustres semblent fabriqués avec des potences et cette apparence patibulaire changeant en un macabre Montfaucon la chambre où l'on dîne suffirait, je pense, à couper l'appétit des convives.

Je ne parle pas en détail de toute la bijouterie en toc, des articles de bazar qui ne portent même pas le *made in Germany* que les Anglais ont imposé aux Allemands.

Il est vrai que les arts décoratifs traversent en France une crise de laideur. Ce n'est pas une raison pour soumettre nos misères aux incurables infirmités des Allemands. Encore y a-t-il ici quelque goût qui donne une raison d'espérer...

(*Les Marches de l'Est,* 15 novembre.)

L'EXPOSITION DES P.T.T.

M. DUJARDIN-BEAUMETZ L'INAUGURE

Que messieurs les fonctionnaires sont heureux! Ils peuvent se livrer en paix à leur penchant pour les arts. Aux Postes et Télégraphes, les arts plastiques ont la préférence et M. Dujardin-Beaumetz a inauguré aujourd'hui à

2 heures l'exposition des Postiers. Si les pneumatiques ont eu du retard aujourd'hui, ne vous étonnez pas. Le personnel tout entier visitait son Salon annuel.

Il faut signaler le *Portrait d'enfant*, de M. Ralph Serres, qui, Prix de Rome, est en ce moment l'hôte de la villa Médicis.

Cazals expose de petites choses pleines d'âme, des documents émouvants et très précieux, le portrait d'un lord, un croquis ancien d'après Verlaine, et un dessin crayonné d'après notre cher Jean Moréas, sur son lit de mort. Puis, voici les impressionnistes des P.T.T. : MM. Somveille et Jacquemet, qui soulèvent des indignations chez les ambulants et sont soutenus par les facteurs d'imprimés et les demoiselles du téléphone.

Les marines de M. Borel opposent leurs tons gris au chaud coloris des marines de M. Morier. Signalons les dessins et la *Clairière*, de M. Eugène André, fondateur de ce Salon, les assiettes peintes de M. J.-B. Lavaud, les peintures de MM. Labro, Jeunet, Comba, Feissel, Hec. Hurey, Skopetz, Quentin, Roucoules, Trinquier, Méheux, les toiles automnales de M. Ancelme, les envois de Mlle Gairaut, de Mme Lhote, les caricatures de Cheval, de Hautot qui met des autos dans tous ses ouvrages, les illustrations de Lagé, les instruments de musique anciens du luthier Fischesser, les sculptures de M. Carbonel et les photographies de M. Gonnot.

Les P.T.T. ne perdent pas de temps.

(*L'Intransigeant*, 19 novembre.)

LA VIE ARTISTIQUE

M. T. E. Butler expose en ce moment, à la galerie Bernheim, une quarantaine de toiles. Il y a là des vues de New York, des aspects du 14 juillet à Paris, des paysages français, un certain nombre d'études peintes pendant l'inondation. On regardera aussi les marines et les figures d'un peintre sur le talent duquel nos plus récents maîtres français ont eu de l'influence.

★

La galerie Brunner offre à l'appréciation du public quelques toiles où M. Pierre Tolentino a noté ses impressions sur Venise et l'Algérie.

On remarque des vues du Lido traitées avec goût et des études de têtes fort expressives.

On sait que le statuaire Jules Desbois a soumis au comité formé pour l'érection d'un monument à Gérard de Nerval[1] une maquette gracieuse et émouvante qui évoquera excellemment la physionomie du mystérieux poète des *Chimères*, grand prosateur du *Voyage en Orient*. Ce monument, surmonté du buste de Gérard, ne sera point de ceux qui déshonorent Paris. Le charme mélancolique qui se dégage de l'œuvre conçue et exécutée par Jules Desbois est digne du puissant sculpteur auquel l'art contemporain doit quelques ouvrages d'une importance capitale.

★

L'exposition des Dix, à la galerie Libaude, comprend des tableaux de Th. Couture, Th. Ribot, L. Simon, Ten Cate, Caro-Delvaille, Bernard Naudin, Cottet, Gauguin, Lebourg et Marquet.

★

M. Eugène Blot nous convie à voir une exposition de sculptures, bois et poteries exécutés par Gauguin pendant son séjour à Tahiti. Cet artiste au sentiment religieux imprécis mais profond et qui sentit si vivement le besoin de vivre à l'état de nature aux antipodes, était un artisan plein d'adresse et de charme.

★

Chez Bernheim, nous pouvons admirer les toiles de Luce, peintre robuste, talent délicat et plein de franchise auquel l'art contemporain doit des paysages émouvants et des dessins empreints d'humanité véritable.

(*L'Intransigeant*, 25 novembre.)

LA VIE ARTISTIQUE

CERCLE INTERNATIONAL DES ARTS

Une fort intéressante exposition d'ensemble vient de s'ouvrir dans la salle du boulevard Raspail, sous la présidence de M. Dujardin-Beaumetz.

M. Bornet, l'intelligent organisateur, a réuni des œuvres dues aux talents les plus divers.

Citons quelques exposants. Ce sont : Aman-Jean, Baffier, Mme Buisson, Buyko, Biésy, Mlle Barmekow, Bugatti, Bourgoin, Émile Bernard qu'une élite regarde comme un des grands artistes de ce temps, Béclu, Jacques Blanche, L. Banche, Cavaillon, Charles Cottet, Mme Marie Cazin, Mme Michel Cazin, M. Michel Cazin, Mlle de Cordoba, John Crooke, Edison Connell, A. Chansy, Centore, Mme Camille de Sainte-Croix, Juan Clara, José Clara, Carolus Duran, Dehérain, Mlle Delorme, Mme Dampt, M. Dampt, Mme Degen, Didérick, le puissant Diriks, Doucet, Ricardo Florès, Fléau, Froment-Meurice, Geneviève Granger, les travaux précis et pleins de poésie de Dorothée George, Mme George, Mlle Gaucher, Mme Galtier-Boissière, Mlle Van Grommingen, Huyot X. du Médic, Bernard Harrisson, Victor Kooss, Lagare, La Gandara, Laneyrie, Lechat, M. et Mme Lecreux, Lejeune, Paul Manrou, l'automnal Maxence Muller, Edgar Muller, Maillaud, Jeanne Mesens, Paul Franz Namur, Mme Madeleine Namur, Nathan, Mlle Nordenskjold, Oger, Mme Onichimowska, Pannemaker, Alice Pihen, Georges Philippe, Popinot, Quidor, Jean Rémond, Mme Denis Rault, Rieuner, Sarniguet, Steinlen, Tanner, Mme Van Trigt, Miss Temple, Mlle Villedieu, Paul Villiers, Charles Waltner, Wuillaume, Mlle Jeanet, Marcel Roux et Marcel Lenoir qui veut explorer toutes les régions du grand empire des beaux-arts.

(*L'Intransigeant,* 29 novembre.)

LA VIE ARTISTIQUE

PEINTURES D'ANDRÉ LHOTE

Voici la première exposition d'ensemble d'un jeune peintre sur lequel on fonde beaucoup d'espoir. Les cadres qu'il réunit à la galerie Druet rencontreront à coup sûr des admirateurs. À propos d'André Lhote, M. Charles Morice s'est plu à évoquer les noms de Carrière, de Gauguin, voire de Rubens. C'est dire l'importance qu'il accorde à l'artiste qu'il a découvert.

« Il regarde directement la vie dans son agitation variée », écrit, dans une préface pleine de lyrisme[1], Charles Morice, « et c'est de la réalité objectivement considérée qu'il cherche l'expression décorative... Il apporte dans cette observation directe de la vie une passion dont le foyer reste intérieur, et c'est cette ardeur intime qui permet de tout espérer. »

Un tel enthousiasme honore singulièrement celui qui en est l'objet. Aussi, tous ceux qui aiment l'art divin de la peinture iront-ils examiner l'œuvre initiale d'André Lhote, non pas seulement avec curiosité, mais avec cette dévotion qu'exigent et que malheureusement n'obtiennent pas toujours à leurs débuts les artistes promis pour de hautes destinées.

(*L'Intransigeant,* 1er décembre.)

LA VIE ARTISTIQUE

PEINTURES DE GRANZOW

Depuis sa première exposition dont j'eus le plaisir d'écrire la préface[2], Vladislav Granzow a, par un travail assidu, donné plus de forces à ses dons de décorateur.

Comme Granzow a raison de nous montrer ses très belles copies de Vélasquez, de Rubens, de Ribera, de

Titien! Qu'on ne voit point là une vaine ostentation de voyageur soucieux de prouver qu'il connaît les grands musées d'Europe. C'est avant tout le désir que possède un peintre épris de son art de nous montrer qu'il a étudié les maîtres et s'est efforcé de pénétrer les secrets de leur génie. Une haute culture n'est point chose si honteuse, comme voudraient le faire croire nos grands ignorants et les belles ignorantes.

Ces copies des maîtres ne nuisent point par leur voisinage aux tableaux originaux de Granzow. De tant d'études dans les musées, devant les cadres les plus sublimes, il a acquis un goût de la composition qui l'a préservé des excès du réalisme moderne et qui rend plus appréciables encore toutes les qualités de sa peinture. On sent, chez cet artiste indépendant, des formules académiques et, des autres, des tendances qu'il s'efforce de concilier en généralisant les compositions dans un sens décoratif. Granzow tente de s'élever à un style.

(*L'Intransigeant,* 7 décembre.)

LA VIE ARTISTIQUE

PREMIER GROUPE À LA GALERIE DRUET

La galerie Druet vient d'ouvrir une exposition de son premier groupe de peintres modernes.

Nous retrouvons là un tableau connu de M. Maurice Denis. M. Vallotton expose des dessins colorés dans le style d'Ingres. Il y a encore M. Laprade et un pointilliste belge, M. Van Rysselberghe.

M. Odilon Redon, qui expose rarement, a envoyé de petites taches mystiques fort curieuses[1]. Le modeste M. Sérusier a été relégué dans un coin où ses cadres paraissent méditer sur ceux de Gauguin. Le sculpteur Maillol est là avec un parent, M. Gaspard Maillol, dont l'art paraît plus incertain que le sien. Voici pour terminer, les belles fatma de M. Verhœven, très ohé! ohé! Quelques Hermann-Paul et des peintures de Lebasque qui s'épuise à vouloir paraître dans toutes les expositions de l'année. Je suis certain que le quatrième groupe de la galerie Druet sera le plus intéressant de ces expositions collectives.

Attendons-la.

(*L'Intransigeant,* 12 décembre.)

LA VIE ARTISTIQUE

La 28e Exposition de la Société internationale de peinture et de sculpture présente un grand intérêt au point de vue de la sculpture. On peut y être témoin, en contemplant les œuvres qui y ont été envoyées, de cette grande lutte entre l'académisme assommant et ce besoin de créer à tort et à travers qu'éprouvent aujourd'hui les artistes, même les moins doués. Que diable! Tout le monde ne peut plus être Dieu... Mais louons M. Théodore Rivière parce qu'il aime les matières précieuses. Sa sculpture éléphantine : *Bacchus,* est agréablement dionysiaque. La *Danseuse* de M. Landowski rythme à merveille un pas sacré. Parmi les envois de peinture, notons le portrait du jovial M. Brisson (qu'on ne nous parle plus de sa tristesse, pour la gaieté il est du Portugal, et sans remords, depuis la république[1]), qui est évidemment le clou de l'exposition. Outre ce tableau historique de M. Carrier-Belleuse, il y a des envois de MM. Henri Zo, Gorguet, Laparra, etc.

★

M. Alcide Le Beau offre à l'admiration de ses visiteurs, dans son propre atelier, une importante exposition de ses œuvres. Il y a là une grande variété d'inspiration, une ingéniosité instinctive et beaucoup d'acquis. Alcide Le Beau s'amuse à interpréter à la française l'art des Japonais. Et les artistes ont toujours raison quand ils s'amusent!

★

À la galerie Blot, une cinquantaine de petites peintures de Bretagne et d'Italie, œuvres nouvelles de Maurice

Asselin, plaisent par la spontanéité, par un don des couleurs qui arrive parfois à rendre de belles lumières italiennes. Mais combien nous préférons les paysages d'Asselin à ses figures et même à ses natures mortes.

(*L'Intransigeant,* 15 décembre.)

LA VIE ARTISTIQUE

MM. Tristan Klingsor, Louis Le Bail, Charles Milcendeau exposent leurs œuvres à la galerie *L'Amateur,* 43, rue Lafayette. On sait qu'il ne faut pas confondre Tristan Klingsor, le peintre, avec le poète, son homonyme. Ils ne font qu'un, c'est entendu, mais leurs talents sont si opposés[1] !

★

Jusqu'au 31 décembre, on pourra visiter à la galerie Georges-Petit l'exposition de la Comédie humaine[2], que préside M. Arsène Alexandre. On y remarque des œuvres de Drésa, qui eut un si franc succès en brossant le décor du *Sicilien* qu'il mit en scène d'une façon pleine d'agrément. Parmi les exposants, mentionnons encore le prestigieux Cappiello, Brunelleschi, Chapuy, Georges Delaw, Devambez, Abel Faivre, Gosé, Jeanniot, Milcendeau, Ricardo Florès, Sem, Steinlen, Jean Veber et Vogel.

★

L'exposition G. Dola, au Cercle international des arts, ne comprend pas moins de cent soixante-treize numéros comprenant quatre-vingt-trois peintures de Paris, de l'Île-de-France, de Franche-Comté, etc. Quelques maquettes d'affiches de théâtre, des illustrations et des estampes.

(*L'Intransigeant,* 17 décembre.)

LA VIE ARTISTIQUE

On vient d'inaugurer à la galerie Vollard une exposition de premier ordre. Ce sont des tableaux de Pablo Picasso. Bien qu'il s'agisse là d'œuvres anciennes, de jeunesse, pourrait-on dire, la personnalité de l'artiste, la force de son talent, la beauté des ouvrages exposés donnent à cette manifestation une grande importance. Et comme Picasso ne participe à aucun Salon, tout le monde [va] voir rue Laffitte ces belles peintures jusqu'ici inconnues du public.

(*L'Intransigeant*, 21 décembre.)

LA VIE ARTISTIQUE

On a ajouté à la galerie Vollard, rue Laffitte, quelques toiles caractéristiques de Pablo Picasso. Ces toiles, jointes à celles qui sont exposées depuis trois jours, forment un ensemble très beau dont il sera reparlé.

★

Jean Deville, qui est un peintre varié, plein d'énergie et dont on connaît aussi des bois très remarquables, portraits de Nietzsche, de Moréas, expose dans son atelier, à Montparnasse, ses dernières œuvres; une belle préface de M. Léon Werth présente au public l'artiste inquiet, plein de dons qui s'appelle Jean Deville.

★

À la galerie Bernheim-Jeune, on voit une exposition collective de tout premier ordre, que l'on a intitulée «La Faune». On y voit des bœufs de Corot et de Van Gogh, les chats de Bonnard qui se font la raie comme des messieurs chics, des cerfs de Courbet, des chevaux [de] Degas, de Delacroix, de Constantin Guys, de K.-X. Roussel, de Maurice Denis; des chiens de Gauguin, de Manet, de Monticelli, de Toulouse-Lautrec; des paons de Cézanne; des fauves de Barye et de Delacroix. Ensemble admirable qu'il faut aller contempler. On y verra aussi *Le Cirque* de Seurat et l'esquisse d'*Un dimanche d'été à la Grande-Jatte,* œuvres où sont contenues tout ce que l'art moderne peut avoir trouvé de nouveautés.

(*L'Intransigeant,* 23 décembre.)

LA VIE ARTISTIQUE

À la galerie des Artistes modernes, 19, rue Caumartin, on visite la 3e Exposition de l'éclectique, dont M. Anatole France est président d'honneur. Les arts appliqués ont aujourd'hui beaucoup de fervents qui s'attachent à les régénérer et il faut dire que parfois l'artiste réussit fort bien sa besogne d'artisan. Citons Mme Mito René-Jean qui expose de très beaux bijoux; Mme Le Meilleur, Mlle de Félice, Mme Le Roy-Desrivières, MM. Bastard, Bigot, Bonvallet, L. Brachet, P. Calmettes, H. Calvet, J. Coudyser, Dammouse, E. Decœur, Désiré-Lucas, Dufrêne, Dunaud, A. Grosjean, Feuillatre, Ganesco, Grandhomme, Ch. Rivaud, E. Robert, M. Roll, Frank Scheldecker, P. Seguin, Van der Weyden, Ch. Vincent, P. Waldmann, Vuillaume, dont les talents divers s'appliquent soit à la joaillerie, soit aux dentelles, soit aux reliures, soit à la céramique, etc.

★

Le peintre Alexandre Altmann expose dans son atelier du passage de Dantzig à Vaugirard quelques paysages aérés qui touchent par leur sobriété et par la vivacité d'un coloris agréablement nuancé.

★

Quelques lecteurs s'inquiètent au sujet du catalogue de l'exposition Picasso qui est ouverte en ce moment à la galerie Vollard, rue Laffitte. Il n'en a pas été fait, pas plus qu'il n'a été envoyé, de cartes d'invitation. Les toiles n'ont même pas été encadrées. Les œuvres d'une aussi haute valeur artistique se passent de la pompe des cadres, toutefois la simplicité un tout petit peu moins décidée n'eût pas semblé déplacée.

(*L'Intransigeant,* 25 décembre.)

LA VIE ARTISTIQUE

J'ai visité, à l'École des beaux-arts, l'exposition des achats que l'État a faits cette année dans les divers Salons. Avant que ces œuvres aillent dormir dans les musées de province, on permet aux Parisiens de les contempler toutes ensemble. Comme on pense, le plus grand nombre de ces acquisitions est honnête, sans plus. Les seules choses significatives se trouvent à la sculpture avec Rodin, Despiau, Bourdelle et le groupe de Landowski, groupe qui témoigne au moins d'un grand savoir. Vous reverrez avec plaisir ou déplaisir, selon vos tendances esthétiques, le grand panneau d'Henri Martin et l'énorme amas de peintures informes dues à des peintres des cinq parties du monde. Et pendant ce temps-là, les plus belles toiles modernes sont acquises par les musées étrangers.

★

Chez Bernheim-Jeune, en même temps que la très belle exposition de « La Faune », on peut visiter une trentaine de *dessins de Constantin Guys* représentant des femmes. Les croquis de cet artiste sont des œuvres définitives et l'on comprend l'enthousiasme de Baudelaire pour cet art nerveux, précis, moderne, rapide et essentiel.

(*L'Intransigeant,* 26 décembre.)

LA VIE ARTISTIQUE

À la galerie Hébrard, on expose en ce moment quelques maquettes, quelques bustes de Dalou.

★

Raoul Dufy expose chez Druet des bois gravés destinés à illustrer le *Bestiaire ou Cortège d'Orphée,* qui paraîtra en janvier. Ces bois qui témoignent d'une grande sûreté de métier sont traités d'une manière large où les détails qui ne sont jamais évités ne deviennent point des minuties. Il faut signaler la curieuse interprétation que Dufy a donnée de la fabuleuse figure des sirènes. Comme elles ont disparu en même temps que le gouffre de Scylla, lors de l'inoubliable catastrophe qui ruina Messine[1], on serait en peine de savoir quelle était, en réalité, leur figure. Les Grecs en faisaient des oiseaux à visage et poitrine de femme, pour les Latins les monstres charmants se terminaient en queue de poisson, *desinit in piscem;* Dufy s'est souvenu de ces deux conceptions, ses sirènes sont ailées, et leurs corps s'achèvent vifs, ronds et fermes comme ceux des thons.

(*L'Intransigeant,* 28 décembre.)

LA VIE ARTISTIQUE

À la Galerie des arts décoratifs, 7, rue Laffitte, on voit une exposition de céramique par M. Simmer qui sait trouver des formes heureuses. J'aime moins son ornementation maintenue selon la mode d'aujourd'hui dans cette neutralité décorative si chère aux gens qui tendent leurs murs en toile-ficelle.

(*L'Intransigeant,* 29 décembre.)

LA VIE ARTISTIQUE

Un poète, marchand de tableaux? Cela ne s'était peut-être jamais vu et il en existe un depuis peu. M. Charles Vildrac est ce poète-là, et il semble bien que parmi les professions artistiques aucune ne soit plus poétique que celle qu'il a choisie. *Ut pictura poesis* sera désormais, sans aucun doute, sa devise.

M. Vildrac, donc, après s'être associé à M. Marseille, a ouvert sa galerie rue de Seine, presque à l'angle de la rue des Beaux-Arts. Il expose des tableaux, des statues, des dessins, des gravures des artistes novateurs qui sont les plus discutés en ce moment. On y voit des œuvres de Charles Guérin, Pierre Girieud, Bourdelle, Marie Laurencin, Gleizes, Marcel Lenoir, Herbin, Raoul Dufy, etc.

On vit même, il y a peu de jours, une toile déjà célèbre faire un court passage à cette galerie. C'était un grand tableau de Picasso, dont l'exposition obtient tant de succès rue Laffitte, à la galerie Vollard. Le tableau en question, reproduit autrefois dans *La Plume*[1], figura il y a quelques années à l'exposition de Venise; acquis par un amateur français dont la mort dispersa la collection, il passa des enchères à la rue de Seine où il ne séjourna point.

(*L'Intransigeant*, 30 décembre.)

ODILON REDON

Odilon Redon est parmi les maîtres de l'art contemporain un solitaire, mais non point un attardé, «n'est-il pas», a dit Francis Jammes en parlant de ses lithographies, «n'est-il pas la fusante fluidité des formes en rotation, une sorte d'astronome révélateur?» Pendant que triomphait ce naturalisme atmosphérique que fut l'impressionnisme, Odilon Redon dont l'art n'était point littéraire, mais dont la pensée était issue des poètes les plus hautains et les plus concentrés fut un moment le seul à n'être pas l'esclave du regard et à concilier en formes pures, mystérieuses, en couleurs franches, surprenantes et pleines de charme les deux déformations — objective et subjective — qui allaient devenir la règle même de l'art moderne. Les fleurs peintes par Odilon Redon sont les plus *[un mot manquant]* qu'ait encore peintes un homme. Rien d'étonnant qu'Odilon Redon soit un des maîtres préférés de la jeunesse contemporaine; c'est un idéaliste sans mysticisme et un réaliste lyrique c'est-à-dire sans banalité ni laideur. On peut s'étonner seulement que l'art décoratif moderne n'ait pas songé à puiser dans le trésor de ce maître subtil et infiniment précieux. Il paraît que le grand savant Pasteur goûtait l'innombrable raffinement de l'art d'Odilon Redon, c'est qu'il y a là une précision si scientifiquement minutieuse qu'on a pu la comparer à celle des naturalistes. Cette fantaisie magicienne issue de la nature et non point son esclave, c'est sans doute de la tombe de Goya qu'elle sortit. La tombe de Goya qu'Odilon Redon adolescent pouvait voir de la fenêtre, dans le cimetière de la Chartreuse à Bordeaux. Et les *Caprices* du peintre créole pour être d'un autre ordre que ceux du maître espagnol n'en sont pas moins mystérieux, ils ont clos le XIXe siècle que ceux de Goya avaient inauguré.

1911

L'ART JAUNE

RAPHAËLS ET REMBRANDTS CHINOIS. MME DE WEGENER EXPOSE À PARIS SA FAMEUSE COLLECTION

Plusieurs fois déjà on a annoncé que la fameuse collection de peintures rapportées de Chine par Mme de Wegener allait être exposée à Paris.

L'an dernier, on s'en souvient, on devait voir ces peintures au musée Guimet. Les cartes d'invitation furent imprimées et expédiées, mais on ne vit pas la collection Wegener. Au dernier moment, cette dame berlinoise interdit que l'on ouvrît les caisses qui contenaient les précieux rouleaux.

Aujourd'hui, c'est chose faite, et, grâce à M. Brummer, les peintures des Raphaëls et des Rembrandts de la Chine sont accrochées dans la galerie Bernheim-Jeune, où le public peut aller les voir.

Lorsqu'elle fut exposée à Londres, la collection de Mme de Wegener obtint un très grand succès, et le British Museum acquit pour plusieurs centaines de mille francs de *ces peintures anciennes*.

Ce fut un beau tapage à Berlin! On reprocha violemment aux musées allemands d'avoir laissé échapper une collection allemande du premier ordre, tandis que l'on achetait à grands frais la *Flora* faussement attribuée à Léonard de Vinci. Mais il était trop tard, et pour ne pas avoir l'air de revenir sur leurs décisions, les représentants des musées allemands continuèrent à bouder la collection de Mme de Wegener.

★

On dit, d'autre part, que Mme de Wegener ne voulut pas laisser exposer ses peintures au musée Guimet parce que les salles lui parurent trop sombres.

★

L'ensemble de l'exposition présente un aspect original. Les peintures chinoises, kakémonos peints sur soie ou sur papier avec des couleurs végétales, offrent l'aspect de pancartes infiniment précieuses. Ce sont, en effet, des rouleaux que l'amateur chinois déroule lorsqu'il veut les contempler, il les enroule ensuite et les conserve ainsi dans des boîtes à l'abri de la lumière.

★

La plus précieuse de ces peintures est, paraît-il, celle qui représente un *Berger et ses moutons*. Elle remonterait au IXe siècle après Jésus-Christ. Il y a une *Assemblée de dieux* qui rappelle Giotto et une peinture représentant *Deux sœurs* qui fait songer à Botticelli[1]. On regardera avec curiosité sinon avec émotion un grand kakémono représentant deux femmes dont l'une, assise, est le propre portrait d'une concubine de je ne sais quel empereur chinois du XVIe siècle. Les calomnies déterminèrent l'empereur à la faire étouffer.

Je préfère, pour ma part, une charmante peinture figurant une jeune femme à robe rouge transparente et quelques figures de bêtes et d'oiseaux d'une grâce et d'une vérité parfaites.

Il y a aussi des peintures de la fin de la dynastie des Ming qui rappellent la délicatesse nerveuse et la fraîcheur des paysages impressionnistes.

Je vous donnerais bien les noms des grands peintres chinois qui figurent dans la collection de Mme de Wegener. Mais à quoi bon ? Ces noms sont difficiles à retenir et ils ne risquent point de devenir populaires en France.

Tout de même, l'art chinois large, puissant, élevé, pourrait bien hériter de l'admiration que l'on professait jusqu'ici pour les Japonais qui, singes du grand art chinois, n'ont produit qu'un art nain.

(*L'Intransigeant,* 3 janvier.)

LA VIE ARTISTIQUE

Parmi les anciennes peintures chinoises de la collection Olga-Julia Wegener, nous avons omis de signaler de précieux kakémonos (les kakémonos se déroulent horizontalement[1]) représentant des dames, des chevaux, des paysages.

★

M. Gustave Brisgand, officier de l'instruction publique, expose dans les galeries Arthur-Tooth-and-Sons des portraits de femmes et une série de nus qui sont des choses auxquelles répond excellemment, dans l'ordre de la confiserie, le sucre d'orge. Quelques noms d'artistes aimés du public et dont M. Brisgand a tiré le portrait donnent quelque intérêt à cette exposition. Quelles démarches ne ferait-on pas pour voir les portraits de Mlles Régina Badet, Gilda Darthy, Polaire, Gaby Deslys?...

★

M. Ambroise Vollard a fermé sa galerie jusqu'au 12 janvier. À cette date, l'exposition Picasso rouvrira ses portes jusqu'à la fin février.

(*L'Intransigeant,* 4 janvier.)

LA CIMAISE

SA TROISIÈME EXPOSITION CHEZ GEORGES-PETIT

C'était aujourd'hui le vernissage de la Cimaise, chez Georges-Petit. La Cimaise dont M. Couyba est président d'honneur, a mis sa troisième exposition sous le patronage d'Albert Samain. Il est décidément le poète à la mode, ce qui est souvent une façon d'être démodé. Ce n'est pas le cas, en l'occurrence, et les sociétaires de la Cimaise ont été fort bien inspirés en mettant en épigraphe à leur catalogue de beaux vers comme celui-ci :

Fais ton pain simplement dans la paix du Seigneur[1].

Voilà une fort spirituelle manière d'insinuer que l'on n'expose pas de croûtes.

★

On goûtera avant tout de fort belles eaux-fortes de M. Jacques Beurdeley, qui s'attache et réussit à fixer en gravure les délicatesses de l'atmosphère. *Le Chemin des noyers,* notation de matin, *La Lisière du bois,* notation de soir, sont des morceaux achevés.

Les eaux-fortes de M. Jonas-Poutrel sont également parmi les œuvres intéressantes de cette exposition. *Vues de Rouen,* conçues avec un très vif sentiment de l'exactitude et exécutées avec énergie.

M. Marcel Bain a séjourné au pays basque et en montre des paysages.

Les broderies de Mme Marguerite Bossard sont extrêmement précieuses et d'un travail très minutieux.

Les lustres de M. Brindeau de Jarny sont simples et de bon goût. Il faut encore signaler un modèle de couvert très sobre et qui doit être fort agréable à manier.

M. Édouard Morerod a envoyé quelques tableaux que l'on pourrait intituler *L'Espagne en Suisse* et que domine le souvenir de M. Van Dongen.

Le Jugement de Pâris, de M. Bloomfield, se ressent peut-être de l'influence de M. Maurice Denis.

On regardera les cires perdues de M. Henry Bouchard, les natures mortes de M. H.-B. Calvet.

M. Paul de Castro encadre fort bien les peintures qu'il a rapportées de Toscane.

Les pâtes de verre polychrome de M. François Décorchemont dénotent une grande science technique et sont assez nouvelles, mais d'une matière peu agréable en somme.

M. Fornerod peint consciencieusement et l'on goûtera son *Panier renversé.*

M. Jean de La Houghe a noté les détails d'*Une répétition à la Schola cantorum.*

Les statuettes de Mlle Jeanne Jozon ont de la grâce et tout particulièrement ses *Danseuses.*

Citons les paysages italiens de M. Édouard Monchablon et une charmante toile du même peintre, *Départ incertain,* œuvre d'une grande distinction, le *Ciel orageux* de M. Jean Rémond, les animaux exécutés en marbres de couleur par M. Édouard Sandon, les portraits de Mlle Magdeleine Térouanne, les *Chats* en ébène de M. Henri Valette, les *Remparts de Saint-Malo* par M. Lucien Penat, les aquarelles de M. Henri Marret qu'il ne faut pas confondre avec M. Méret qui expose un *Petit Trianon* et d'agréables vues de *Saint-Jean-Pied-de-Port,* le *Bouquet de roses* de M. Georges Marcolesco, les paysages du Berry par M. Fernand Maillaud, l'impression de soir par M. Paul Lefebvre, les gravures en couleurs, fleurs et fruits, de M. Gaston Lecreux, les marines de M. Albert Lechat, le *Vieux cimetière* de Mlle Suzanne Labatut, les gravures sur bois de M. Joyan, les lithographies de M. Paul Jouve, les vues d'Italie de M. Bernard Harrisson, les gravures de MM. François Debérain, Desch, Amédée Féan, *Les Cyprès* de M. Dabadie, les lampes de M. Colot, les pastels de M. P.-E. Colin, les différents portraits de *Ghemma* par M. Chahine, les vues d'Alger par M. Cauvy.

C'est un ensemble varié, de bon ton et où l'on remarquera surtout de belles gravures et d'excellents travaux d'art appliqué.

(*L'Intransigeant,* 5 janvier.)

LA VIE ARTISTIQUE

M. Robert Vannah expose chez Georges-Petit quelques portraits et des paysages élégants pris sur la Côte d'Azur, à Fontainebleau, sur les bords du Loing. Il nous montre quelques vues de Monaco où il exprime suffisamment le charme du petit pays auquel nous devons Emmanuel Gonzalès et l'océanographie.

On voit encore dans la salle où sont les peintures de M. Robert Vannah des sculptures de Mme Bessie Potter, *La Danse* et *L'Écharpe*.

(*L'Intransigeant,* 6 janvier.)

UN PETIT VERNISSAGE. L'ASSOCIATION DES ARTISTES DE PARIS ET DU DÉPARTEMENT DE LA SEINE OUVRE RUE ROYALE SA DEUXIÈME EXPOSITION

L'A.A.P.D.S. a ouvert aujourd'hui — et M. de Selves l'a inaugurée — sa deuxième exposition qui sera publique du 6 au 28 janvier, rue Royale, à la galerie Brunner. C'est un Salon en miniature où les tableaux, pressés les uns contre les autres, sont trop nombreux. Il y a, au demeurant, cinquante exposants qui ont envoyé plusieurs œuvres; c'est beaucoup.

★

Les deux portraits de femmes par M. Louis Biloul ont de la distinction. Les portraits sont d'ailleurs les envois les plus amusants de cette exposition, et tout particulièrement le portrait de Mgr le comte de Bourgade-la-Dardye, camérier secret de S. S. Léon XIII, très singulier document sur une époque où les hommes sont sceptiques et se vêtent en gris.

On regardera les jolies toiles de Chapuy : *En plein champ*, *Liseuse* et *Pointe de l'île de Billancourt*.

Le Pardon de Sainte-Anne-la-Palud, par M. Cheffer, est une pochade où Tristan Corbière n'a rien à voir. Les nus de M. Chéreau ont des lignes gracieuses.

Qu'ils sont peu américains, les *Peaux-rouges* de M. Cormon! On dirait des figurants exécutant dans l'ancien champ de courses du Vésinet une scène pour le cinématographe. M. Raphaël Collin a envoyé un *Coin de parc*, et M. Dagnan-Bouveret une *Étude*. Les paysages de M. Jules Donzel sont discrets et pleins de fraîcheur. Notons *La Coquetterie* de M. Gumery, *L'Étang de Saint-Cucufa* de M. Alexandre Nozal, et l'*Allée herbue* de M. Alfred-Philippe Roll.

La section de sculpture renferme un bas-relief édilitaire, *La Ville de Paris créant l'école Estienne*, et un *Jeune chat* en marbre de Gardet. On admirera en même temps que ses *Dentelles* la longue patience de M. Mezzera. M. Roty, qui est sans aucun doute un des artistes dont les œuvres sont les plus populaires, a envoyé quelques médailles auxquelles les gens avares préféreront sa *Semeuse*.

Parmi les gravures, on remarquera un *Portrait de Gambetta* très IIIe République, par M. Lefort, et, du même artiste, une charmante vignette représentant Mme Judith Gautier, dont le nom est porté au catalogue avec une déplorable faute d'orthographe.

(*L'Intransigeant*, 7 janvier.)

LA VIE ARTISTIQUE

Il y a dans les productions des arts du feu un attrait pour ainsi dire imprévu qui est ce que l'on pourrait appeler : la part du feu. Les céramiques de grand feu, la porcelaine flammée, les grès patinés que M. Rumèbe expose à la galerie Moleux possèdent en outre un charme personnel. M. Rumèbe emploie avec discrétion des motifs décoratifs très simples et réussit certains coulages noirs ou gris d'une matité très rare.

Dans la même galerie on peut voir les peintures de H. Brugnot qui aime les paysages délicats et frais, noyés dans une atmosphère légère. H. Brugnot rend avec une fine simplicité la campagne anglaise, les jardins de France, les bords de la Tamise et les rives de la Somme. Il a encore trouvé en Espagne, dans la Sierra Nevada, des coins de nature aérés et discrètement fleuris.

★

L'exposition G. Dola dont nous avons déjà parlé et qui a lieu au Cercle international des arts, boulevard Raspail, est prolongée. Deux de ces paysages exacts et émus ont été acquis par l'État.

★

Aimez-vous la photographie? M. Druet en a mis partout dans sa galerie. Ce sont de belles photographies reproduisant d'une façon très satisfaisante des tableaux célèbres de Léonard de Vinci à Maurice Denis en passant par le Titien, Ingres, Toulouse-Lautrec et Cézanne.

Et je connais quelqu'un qui va vite acheter la reproduction du *Cirque* de Seurat, non parce qu'il aime la photographie, mais parce qu'il aime beaucoup Seurat.

(*L'Intransigeant,* 10 janvier)

ENCORE L'ART JAUNE

EST-CE UNE RÉPONSE DU TAC AU TAC? APRÈS MME WEGENER, MME LANGWEIL NOUS RÉVÈLE L'ART CHINOIS

Décidément, les arts exotiques sont à la mode. La collection de peintures chinoises anciennes de Mme Wegener n'était pas plus tôt exposée chez Bernheim-Jeune que l'on annonçait l'exposition, chez Durand-Ruel, des peintures chinoises anciennes de la collection de Mme F. Langweil. Sans doute, la série n'est-elle pas finie, et les expositions de peintures chinoises anciennes ne font-elles que commencer. L'art chinois va faire fureur. Et il est bien remarquable que ce soit, avant tout, des dames qui s'y intéressent : Mme Wegener, Mme Langweil. Les collectionneuses ont eu plus de flair que les collectionneurs.

★

Ainsi Mme Langweil expose une centaine de peintures chinoises, dont quelques-unes très belles, dont beaucoup sont des œuvres secondaires. On aurait pu se dispenser d'exposer celles qui appartiennent à des artistes japonisants.

★

Outre ces peintures dont on déplore parfois les encadrements, Mme Langweil expose un ensemble inestimable de sculptures, de terres cuites très anciennes, recueillies au cours de fouilles pratiquées à l'extérieur de la Chine.

Ces spécimens infiniment précieux, d'un art très beau et peu connu, ces statuettes, ces cavaliers, complètent heureusement l'enseignement que nous valent ces deux expositions simultanées d'art chinois ancien.

(*L'Intransigeant,* 11 janvier.)

LA VIE ARTISTIQUE

« Le réalisme, l'école du plein air, l'impressionnisme », dit M. Théodore Duret dans une préface qu'il a écrite pour l'exposition de Jean Puy à la galerie Blot, « ont donné naissance à des formes banales, de même que le classicisme et les écoles traditionnelles qui les avaient précédés. Il n'a pas été plus difficile, à la longue, de peindre d'une manière conventionnelle, en tons tranchés et en couleurs vives juxtaposées, qu'il ne l'avait été en employant des oppositions d'ombre et de lumière et en éteignant les clartés sous une pénombre générale. »

Ces justes réflexions ne caractérisent point l'œuvre de Jean Puy; elles en blasonnent cependant une partie, certaines baignades, certains morceaux, comme cette peinture d'après un torse de plâtre, et même certains paysages.

Cependant, le talent de Jean Puy et son originalité souvent indéniables sont hors de question. Ses nudités toisonnées et charmantes sont ici d'une sensualité qui justifierait la fougue aventureuse d'un Casanova. La peinture de Puy est sans tristesse et tout imprégnée d'une grâce spirituelle et voluptueuse, rare aujourd'hui.

On aimera une composition intitulée *Le Peintre,* qui gagnerait à paraître dans des proportions plus grandes et qui sont peut-être en dehors des moyens de l'artiste. Mais le meilleur morceau est, à mon sens, une petite toile intime et gamine que le catalogue appelle *Au piano.* Le *Vieil homme* témoigne d'un effort véritable vers le style, la noblesse, et y atteint, sans perdre aucune qualité de coloris et de finesse qui sont les dons les plus aimables de Jean Puy.

(*L'Intransigeant,* 12 janvier.)

LA VIE ARTISTIQUE

M. E. Leteurtre expose d'intéressantes aquarelles à la galerie P.-Le-Chevallier.

Il interprète consciencieusement de jolis coins de nature, des paysages urbains ou ruraux dont l'intérêt est toujours augmenté par la célébrité du site ou des gens qui le hantèrent. Voici *Le Jardin d'Eugène Delacroix,* rue de Furstemberg; voici le *Vieux puits du musée de Cluny;* voici *[lacune] et le lac du Bourget;* voici de *Vieilles maisons à Enval.* La fraîcheur des tons de l'aquarelle donne encore plus d'attrait à ces fines compositions d'après nature où passent de prestes et très vivantes silhouettes.

(*L'Intransigeant,* 14 janvier.)

AU CERCLE VOLNEY UNE EXPOSITION INTÉRESSANTE OÙ L'ON VERRA SURTOUT BEAUCOUP DE PORTRAITS

L'exposition de peinture et de sculpture du Cercle artistique et littéraire offre chaque année à la curiosité du public un avant-goût des grands Salons. Cette fois, M. Bonnat a voulu adoucir son talent pour peindre un portrait de femme. Les portraits sont nombreux, au demeurant, et M. Cormon a mis dans celui qu'il expose toute la force la plus sombre dont il est capable. Mentionnons encore parmi les portraits ceux peints : MM. Marcel Baschet, Gabriel Ferrier, J.-J. Weerts, Sérendat de Belzim, Cayron, Dawant, Laparra, Raymond Woog, F. Lauth, Zwiller, Paul Chabas.

M. Luc-Olivier Merson expose un *Mariage de Louis XII et d'Anne de Bretagne;* F. Lauth a envoyé *Le Magasin des accessoires dans un théâtre de province.* De jolis intérieurs ont été envoyés par M. Gabriel Guay *(Le Pot-au-feu),* Chanaleilles *(Conversation au coin du feu),* M. Paul Thomas *(La Chambre aux cretonnes),* Émile Renard *(Intérieur de paysans dans les Ardennes).* Il faut signaler la partie de cartes de M. Déchenaud, *Les Poteries persanes* de M. Maurice Bompard. Et nous noterons encore les figures d'Henri Royer, Auguste Leroux, Eugène Favier, Tattegrain, Laissement, les peintures de genre de Jules Grün, de Pierre Prunier, la fillette en robe de velours bleu de M. Guillonnet, les vues d'Alsace de Frédéric Régamey, les paysages de Nozal, Paul Buffet, Iwill, Chigot, Bouchor, Rigolot, Oberkampf, Damoye, Guignard, Koechlin, Le Goût-Gérard, les intérieurs d'églises de M. Gaston Renault, Ch. Rivière, les fleurs de M. Gaston Lecreux.

À la section de sculpture on verra, de M. Paulin, un *Portrait de M. Léonce Bénédite,* de M. Gréber le *Portrait de Frémiet,* décédé il y a quelques mois à peine, et d'autres morceaux de MM. Henri Allouard, Cordonnier, Stanislas Lami, Sicard, Levasseur, Patto, Choquet, etc.

(*L'Intransigeant,* 19 janvier.)

AU GRAND PALAIS
DEMAIN, LE 8ᵉ SALON DE L'ÉCOLE FRANÇAISE OUVRIRA SES PORTES AU PUBLIC

Il y avait autrefois *le Salon,* nous avons eu ensuite les Salons; il y a maintenant les grands et les petits Salons, mais voici enfin un Salon moyen. Il s'intitule Salon de l'école française, mais ne représente pas tout l'art français contemporain. Il s'en faut même de beaucoup. Mettons qu'il en représente une toute petite partie, la plus touchante à la vérité, car nous retrouvons ici cet art naïf, minutieux, un peu gauche que l'on a coutume de voir chaque année dans les premières salles des Indépendants. Si quelques artistes peuvent séduire ici par leur application, leur bonne foi et leur bonne volonté, un petit nombre de toiles, de-ci de-là, sollicite l'attention.

Les deux premières salles contiennent des dessins, des aquarelles et des pastels parmi quoi on devra regarder une curieuse *Chaumière* par M. C. Clain, qui donne à ce qu'il peint un aspect héroïque, et de délicats *Paysages* au pastel de M. A. des Fontaines. Le *Ruisseau,* de M. Ed. François, est une aquarelle vigoureuse qui rappelle la manière de certains aquarellistes anglais, un peu sombres. Rosenstock se plaît à peindre à l'eau et en teintes pâles des *Coins de Versailles par le soleil couchant.*

Dans la salle 3, où ne manquent point les banalités, il y a un *Dante* plus pénible encore que les traductions françaises que l'on a faites du grand poète.

On regardera avec plaisir tous les détails très imprévus des petites toiles de M. Ch. Bieber-Moret. Il y a là des chevaux, de la mythologie, des violons et bien d'autres choses très touchantes. Dans la salle 4 les frères Delahogue, orientalistes, ont exposé leurs notations récentes dans des cadres sculptés à la mauresque. Un panneau de Mme Louise Desbordes est plein de mystère. M. Albert Duprat a vu de la végétation à Venise, et peut-être est-il le seul peintre qui soit dans ce cas. Outre cette originalité fort remarquable, il y a chez M. Duprat des dons de peintre.

Dans les salles suivantes, il y a beaucoup de portraits auxquels le temps, sans doute, conférera de l'intérêt; des scènes d'inondation, par Margueritat; des figures féminines, par M. Kireesky; des tableaux de fleurs où il y a de la fraîcheur, par Mlle Hélène Lespagnol; des *Danseuses,* de Mesplès; quelques gravures, des statuettes, des dentelles, etc.

(*L'Intransigeant,* 20 janvier.)

QUELQUES

C'EST UN PETIT SALON RÉSERVÉ AUX DAMES.
ELLES Y EXPOSENT DE LA PEINTURE ET DE LA SCULPTURE

QUELQUES! Ce titre bizarre désigne l'exposition des œuvres de quelques femmes, parmi lesquelles il se trouve quelques artistes.

Peu de personnalité dans la plupart de ces peintures et, chose étonnante, peu ou point de goût ni de grâce.

Il y a de l'adresse et de l'élégance dans les ouvrages de Mme Béveridge, qui peint avec enthousiasme de sveltes nudités.

Les toiles de Mlle Olga de Bosnomska jouissent d'une sorte de célébrité chez ceux qui aiment la peinture d'âmes, décolorée, délavée. Je vois surtout là-dedans de la peinture munichoise, trop munichoise.

Mme Jeanne Duranton a eu la singulière idée de peindre des oignons et des carottes arrangés en décoration pour la campagne. L'effet n'en est pas très heureux...

Les hortensias et les roses de Mme Lisbeth Delvolvé-Carrière se perdent toujours dans un brouillard couleur de vieux chocolat, qui ne manque ni de distinction ni de piété filiale.

Mais que dire de Mme Méla Mutermilch?

Chaque année aggrave son erreur, qui n'est peut-être pas de peindre, mais de peindre avec tant de sérieux et si peu de goût.

L'envoi de Mme Marthe Stettler est peu important. Cette artiste, qui a des dons de peintre, se sent de l'influence de Lucien Simon et, à travers lui, cherche péniblement sa personnalité.

Il faut mentionner les paysages de Mme Bristol-Stone; les plages de Mme Ethel Carrick; l'*Enfant aux hortensias* de Mme Marie Cazin; les études de Mme Alice Dannenberg, de Mme Desbordes-Jonas; les intérieurs de Mme Germaine Druon; les arbres de Mme Florence Esté; les fleurs de Mme Galtier-Boissière, les pastels de Mme Béatrice How; les envois de Mmes Marguerite Kloe, Géraldine Reed-Millet, Suzanne Pichon et Paule Séailles.

À la sculpture, on remarquera l'envoi important de Mme France Raphael : *Mère et enfant, Femme accroupie, Femme se coiffant* et un *Torse*. Mme France Raphael a le sens des dimensions monumentales, même dans les ouvrages de petites proportions.

Mlle Jane Poupelet, qui est peut-être aujourd'hui le meilleur sculpteur de son sexe, n'a envoyé que de toutes petites choses, parmi lesquelles une *Tête de femme* délicieuse. Mlle Geneviève Granger expose un bon médaillon de bronze, *Portrait du poète Gustave Kahn*. Il faut encore citer le *Masque riant* de Mme Sara, Morris Greene et les *Chiens* de Mme Katherine Wallis.

(*L'Intransigeant*, 21 janvier.)

LE SALON D'HIVER

CETTE 11e EXPOSITION HIVERNALE COMPREND
UN TRÈS GRAND NOMBRE DE TOILES
RÉPARTIES DANS QUATORZE SALLES. LA FOULE Y VA

L'Association syndicale professionnelle des peintres et sculpteurs français, fondée en 1897, a eu l'heureuse idée d'appeler son exposition annuelle : Salon d'hiver, et ces simples mots décideront peut-être de sa fortune. Après les formalités de l'admission dans le syndicat, aucun jury ne préside à l'admission des œuvres au Salon. C'est encore une fort heureuse idée...

«Petit poisson deviendra grand». Cette onzième exposition est déjà imposante par la quantité des envois et par le nombre de salles qu'ils remplissent : quatorze salles, sans compter une rotonde et un buffet où l'on voit aussi de la peinture! Il est regrettable que la qualité ne réponde pas encore cette année à la quantité. Mais comment tout avoir? Et le Salon est tout jeune, il n'a encore que deux ans. Faisons crédit à MM. les syndiqués. Les talents viendront bientôt en foule. Du moins, souhaitons-le!...

Comme on pense, les exposants sont tous français. Seule, une exposante naquit à Cologne, encore était-ce de parents français...

Les noms connus n'abondent pas encore. Cependant, M. Gabriel Ferrier a envoyé deux portraits d'hommes, parmi lesquels celui de Me Barboux, l'académicien.

Parcourons rapidement les salles en signalant les quelques œuvres de valeur qui s'y trouvent, ou encore celles qui retiennent particulièrement l'attention de la foule.

Salle 1. Quelques paysages, vues de Lorient, de Concarneau, de Quimper, par Henri Hélis.

Salle 2. L'abbé Van Hollebeke a envoyé quelques études : *Mon église*, un *Vestibule*, etc., qui marquent de réels progrès depuis l'an dernier. Il y a encore des paysages ensoleillés de David Junès.

Salle 3. Une *Marine* de Lambert, des *Chaumières picardes*, une *Ferme vosgienne* par Georges Laugée, qui s'applique à éveiller le souvenir de Millet, ô fatale collection de Chauchard! M. Sérendat de Belzim connaît de francs succès. On se presse autour de ses *Brunette, Ninette, Lydia, Amorosa* et de son *Retour au pays*. Je ne dirai pas que j'aime beaucoup cela... M. Lapierre-Renouard expose le *Portrait d'un commandant* et une *Vestale*. Voilà des raisins de toutes sortes, du chasselas de Fontainebleau à ces grains allongés qu'on appelle à Rome *pisciotello*, en passant par les variétés de muscat, le tout peint par Kreyder. Les natures mortes de M. Alfred Magne sont de très habiles trompe-l'œil. Et voici un morceau de résistance : la *Psyché* de M. Comerre : toute nue, avec ses ailes de papillon, elle a l'air, ma foi, d'une joyeuse commère, si blonde qu'elle pourrait être de Windsor. Mais passons à la

Salle 4. Ce sont des aquarelles, des dessins de Magdeleine Popelin, Choisnard, Antoine Barbier, Espérance Broquet, Deslignières, etc.

Rotonde. On y voit de belles tapisseries de M. Delarbre,

des miniatures et des objets d'art de Mmes Delarue-Le Febvre, Houber, Rosenfeld.

Salle 5. Dessins, aquarelles, pastels de Barrois, Bava, Jacques Weissmann et des portraits lithographiés par Guillaume Desgranges.

Salle 6. Janssaud expose d'agréables pastels de *Paradons,* de *Marchés en Bretagne.* C'est vif et coloré. Voici les paysages effacés, embrumés de Marcel-Béronneau et la *Clôture des Jacobins,* le 20 brumaire, an III, toile historique de Louis Massin.

Salles 7, 8, 9, 10. Des tableaux couleur feu par Mme Lucy Odéro; des femmes nues dans des positions invraisemblables par M. Penot. Un *Intérieur d'église* par Charles Rivière. *Le Tigre et les Clowns,* étude puissante à la gouache par Christian Roullier. Une *Ophélie nue parmi les nénuphars* par Alleaume. Des *Cerises près d'un gobelet d'argent* par Georges Vasselon. *Une barque pleine de jeunes filles* par Vasselon.

Salles 11, 12, 13, 14. Le *Nocturne* de Bonfils; *Le Beffroi de Bruges* par Constant Duval et quelques morceaux pas dénués d'intérêt par l'orientaliste Antoine Druet. Notons encore quelques noms : Mlle Coignet, MM. Cariot, Caucannier, Cesbron, Chanut, Cœuret, Dantu, Delobre, Alberti, Arnavielle, etc., etc., et, pour finir, citons le mot du vieux kaiser pendant la charge du général Margueritte : «Ah, les braves gens!»

M. Dujardin-Beaumetz a inauguré ce Salon cet après-midi.

(*L'Intransigeant,* 22 janvier.)

LES «UNES»

À L'EXPOSITION DES «UNES», GALERIE BEAUDOUIN, ON VOIT AUSSI QUELQUES TOILES DES «UNS»

À la galerie Beaudouin, rue Saint-Honoré, les «Unes» exposent leurs peintures, sculptures et objets d'art. Elles ont convié leurs confrères les «Uns» à exposer avec elles. On remarquera une marine de Mlle Marguerite Bernard-

Kahn, un dessin à la mine de plomb — des roses — par Mme Chaland-Barrier, une *Figure de vieille femme* par Mme Barrier, une *Vue de Pompéi* par Mme Desnoux, des illustrations pour des livres de MM. D'Annunzio, Montesquiou et Anatole France par Mlle Alice Fensgard. Mme Stéphane Keller a envoyé la maquette d'un tableau destiné à l'hôtel de ville de Belfort. M. Kirchoffer expose des *Paysages des Alpes-Maritimes*. Citons encore des bijoux de Mlle Moussy, les *Paysages d'Auvergne* de Mme Poirier, les *Vues d'Alsace* de M. Frédéric Régamey.

Voici, de M. Schutz-Robert, des fusains intéressants pour les lettres : *Portraits de Nicolas Golberg, de Tolstoï, de Mme Vera Starkoff*, etc. Mme Geneviève Bourget se montre fort adroite dans l'art des cires colorées dont la mode semblait passée. Dans l'envoi de Mme la comtesse de Buffon, on regardera le portrait de Mlle Vellini qui, savante comme Hrotsvitha, abbesse de Grandersheim, dont elle a traduit les drames, est aussi aujourd'hui une des rares actrices fondées dans l'art de déclamer les vers.

Mme la duchesse d'Uzès s'intéresse au sort du poète Gilbert qui montait mal à cheval et était un faux pauvre[1]. Voici sa statue...

Mme Ernesta-Robert Mérignac expose des médailles, parmi lesquelles beaucoup de portraits d'escrimeurs. D'ailleurs l'escrime, l'escrime française, paraît être fort en honneur ches les «Unes».

(*L'Intransigeant*, 24 janvier.)

LA VIE ARTISTIQUE

EXPOSITION DU PEINTRE LYONNAIS JOSEPH TRÉVOUX, «BEL EXEMPLE DE DÉCENTRALISATION ARTISTIQUE». EXPOSITION DE GRAND-JOUAN

La centralisation artistique a été telle pendant le XIXe siècle qu'on pouvait croire que toutes les écoles provinciales avaient disparu. Il n'en était rien. L'éclat dont brillaient les arts à Paris n'a pas obscurci complètement les arts régionaux et il est possible qu'au XXe siècle nous assistions à leur renaissance. Aussi fait-on bien de nous donner à connaître des artistes comme Joseph Trévoux qui, né en 1831 et mort en 1909, fut, à côté de Louis Gaumot, Ravier, Seignemartin, Carrand, Vernay, Paul Borel, David Girin, un des maîtres de l'école lyonnaise.

Ces paysages harmonieux se sentent du goût des Lyonnais qui sont des âmes où les idées les plus fortes et les plus belles sont souvent mal servies par un penchant immodéré vers le plus chimérique des sublimes. On reconnaît chez Trévoux un amour religieux pour les formes de la nature, en ce qu'elles ont de lyrique. Tout est rendu avec sagesse, et comme cela arrive souvent chez les Lyonnais, avec trop de sagesse.

★

Dans les salles d'exposition du *Courrier français*[1], on voit en ce moment des dessins de Grand-Jouan destinés à fixer les attitudes d'Isadora Duncan, la plus fameuse de ces jeunes femmes qui, invoquant l'esthétique et l'archéologie, se sont taillé ces derniers temps une enviable renommée en faisant de la gymnastique suédoise sur la scène.

★

Nous avons omis, dans le compte rendu de l'Exposition de l'école française, de signaler les aquarelles de Gabriel Blétel, les paysages d'André des Fontaines et les crépuscules de Paul Rue. C'est chose faite.

(*L'Intransigeant,* 25 janvier.)

ADOLPHE WILLETTE

ON EXPOSE SES ŒUVRES AU LOUVRE, DANS LE MUSÉE DES ARTS DÉCORATIFS

Ah! Willette, comme vous savez composer de belles allégories. L'une d'elles, que vous peignîtes avec amour, vous donne un droit incontestable au Prix Nobel. Vous l'avez expliquée par la phrase suivante : «Désarmée, la France n'en sera que plus belle.» En effet, dans votre tableau, on voit la France sous les traits d'une fille ravissante et pleine de force se dégager nue d'une armure qui ne pouvait que l'enlaidir!

La «profession de foi» de Willette tient en trois lettres que vous pourrez lire finement dessinées au musée des Arts décoratifs où son exposition restera ouverte jusqu'au 12 février. AMO, dit Willette. — Quand il sera bien vieux, il se souviendra, comme saint Augustin : *Amabam amare*[1].

Et cependant, cet amoureux a trois haines pour le moins : la haine de M. Bérenger, la haine des Anglais, la haine de la guerre.

Il est vrai que MM. les Anglais et M. Bérenger voient l'amour d'un mauvais œil; l'amour, bizarre chose, dont la pratique n'est point interdite, mais dont la description et la figuration sont regardées comme délictueuses, sous le vain prétexte qu'il y a des enfants. Je vous demande un peu!... Mais, braves gens, s'il n'y avait pas d'amour, il n'y aurait pas d'enfants!

Sur l'amour, les arts et les lettres, Remy de Gourmont a dit ce qu'il y avait à dire. Lisez ses *Nouveaux dialogues des amateurs*[2]. C'est un livre délicieux et plein de bon sens. Willette aussi a défendu l'amour contre les entreprises des prédicants. Il l'a fait parfois avec impertinence, mais toujours avec goût et pour le grand profit de l'art. Car l'amour, ce n'est pas seulement l'art français, c'est l'art même, c'est l'art universel.

Pour la guerre, Willette devait fatalement la détester, puisqu'elle est le contraire de l'amour, et l'on peut dire que le plus blanc Pierrot qui vive sur la Butte a fait presque autant de dessins contre la guerre que contre l'hypocrisie de ceux qui détestent la beauté. Je le répète : si quelqu'un mérite le Prix Nobel, c'est Willette et, s'il l'obtenait, c'est M. Bérenger qui ferait un nez!

★

L'art de Willette consiste surtout en une alliance charmante de l'esprit et de la poésie, de la peinture et de la chanson, de l'allégorie et de la vie même. S'il y a beaucoup de gaieté et d'insouciance sur tous les visages de ses tableaux, l'on y découvre aussi de la mélancolie.

Pierrots, colombines, rêveurs, fillettes espiègles aux beaux seins, Ève montmartroise qui, pour sauter à la corde, avez pris le serpent, et vous-même, Willette, vous tous, qui souriez avec tant de douceur, vous êtes charmants

Et tristes comme l'amour même[1].

(*L'Intransigeant*, 26 janvier.)

LA VIE ARTISTIQUE

AQUARELLES DE SIGNAC. TAPISSERIES DE MAILLOL

Mosaïques byzantines, Libreria de Sienne, assez d'œuvres d'art du passé justifient la technique pointilliste du néo-impressionnisme. La division des couleurs a fait connaître aux peintres tout l'éclat dont elles sont susceptibles. La lenteur d'exécution exigée par cette discipline engagea les peintres à se préoccuper de la composition des tableaux. Ces bienfaits évidents suffiraient à donner de l'importance à une école dont le nombre d'adeptes fut restreint. Elle produisit encore des peintres de premier ordre : Seurat, qu'il faut placer parmi les plus grands; Henri-Edmond Cross, et Paul Signac qui expose en ce moment chez Bernheim ses dernières œuvres. Quelques peintures, des aquarelles aux tons purs et les cartons qui servent à Signac pour préparer ses tableaux. On ne les connaissait pas encore. Ce sont de très beaux dessins, largement exécutés et bien composés. Les œuvres de Signac, dessins, aquarelles et peintures, ne révèlent aucune hâte et par là s'éloignent de l'impressionnisme.

Les aquarelles se rapportent toutes aux aspects de la Seine dans Paris et elles sont réunies sous ce titre : *Ponts de Paris,* et n'est-ce pas ce que Paris a de plus beau : la Seine et ses ponts?

Dans la même galerie, on voit en ce moment des tapisseries d'Aristide Maillol. La matière en est belle, mais les compositions sont ridicules.

(*L'Intransigeant*, 28 janvier.)

LA VIE ARTISTIQUE

EXPOSITION G. CARETTE, CHEZ GEORGES-PETIT

L'art de M. G. Carette est charmant. Ses paysages sont comme enveloppés dans une atmosphère colorée sous laquelle transparaît la grâce des fleurs, le cours de l'onde et de l'azur. Avec quelle délicatesse pleine de vérité Carette rend la beauté pure et simple des quais de Paris! D'autres bords de fleuve indiquent que ce peintre s'est donné la tâche de fixer les caprices de l'eau. Il est hanté par la limpidité des rivières et le calme transparent des mers qu'animent les voiles des barques au large. Il aime aussi les bassins sans jets d'eau et il a voulu fixer un aspect de la dernière inondation à un point où ce désastre avait du charme et comme un style. La richesse pâle des vergers de pommiers, de cerisiers ou d'amandiers aux purs pétales l'a séduit également et il a senti toute la beauté des printemps fleuris. Il connaît d'autres jardins où éclosent d'autres fleurs et il rend leur coloris sans brutalité, arrive à la vérité par les nuances et à la beauté par le goût.

L'exposition Carette est petite, mais les tableaux qui y paraissent sont extrêmement intéressants, à cause surtout de la modestie qui caractérise l'auteur et qui l'a empêché de tomber aussi bien dans la brutalité impressionniste que dans la fadeur et l'a, en quelque sorte, obligé à se tenir dans une vraisemblance pleine d'art et de poésie.

(*L'Intransigeant,* 31 janvier.)

LES ARTS PRÉCIEUX

Il y a des peintres célèbres pour avoir peint des tableaux grands comme l'ongle. La Société de la miniature, de l'aquarelle et des arts précieux a organisé, à la galerie Georges-Petit, une exposition où l'on peut voir qu'une telle conception de l'art n'a pas disparu. Il y a là des miniatures auprès desquelles une carte de visite serait démesurée. Il y a surtout, il y a un grand nombre de vitrines qui renferment des fleurs en mie de pain. Parfaitement, en mie de pain! On s'est donné beaucoup de peine pour façonner cette matière et, ma foi, bien inutilement.

Au demeurant beaucoup de choses inutiles dans cette exposition, où il faudrait beaucoup plus d'objets précieux, mais qui fussent véritablement précieux.

On s'est beaucoup occupé de réhabiliter les matières vulgaires, mais les artistes ont pour ainsi dire abandonné aux industriels les plus précieuses.

Parmi les miniatures sur verre, on regardera celles de M. Antigne, de Mlle L. de Bailliencourt, de Mlle Marthe Blain, qui sont fort jolies, de Mlle Suzanne de Callias, de Mlle Carbonel, de Mme Chrétien, de Mlle Cousin, de Mme Debillemont-Chardon qui connaît toutes les ressources de son art, de Mme Gallet-Levadé, de Mlle Bessie Gibson dont les ouvrages ont beaucoup d'élégance, de Mlle Godet, de Mlle Laforge, de Mlle Mac Lean, de Mlle Martinet, de Mme Berthe Matrod-Desmures, de Mlle Van Migom, de Mme Pomey-Ballue, de Mme Portret-Gaveau qui expose deux toutes petites miniatures représentant des natures mortes — l'une des fleurs, l'autre des fruits. C'est exécuté avec beaucoup de talent; de Mlle Prevet, de Mlle Rallier du Baty, de M. Rendero, de Mlle Sonia Routchine dont les œuvres sont encadrées avec goût et dont le talent est gracieux, de Mlle Schoeffler, de Mlle Varrollier, de Mme Benoît d'Annecy. Il faut noter aussi les miniatures sur vélin de M. de Callias, de M. Foucher, et les miniatures-aquarelles de Mme Landerset.

Mais qui donc donnera une jeunesse à l'art charmant et si français de la miniature?

Les reliures sont en très petite quantité. Il faut citer celles de M. Ralli, Blanche Fretière et de Mme Leroy-Desrivières, de M. de Lignereux Saint-André. Les broderies de Mme Haillot imitent l'aquarelle. Les miroirs de M. Paillet sont bien exécutés, avec le moins d'imagination possible. Tout cela est bien fait et ça date.

Il y a encore un grand nombre d'aquarelles, parmi lesquelles celles de M. Alphonse Lalauze sont les plus réputées.

Mais quels mécènes au goût fastueux feront renaître les arts précieux?

(*L'Intransigeant,* 1er février.)

LE SALON DES FEMMES PEINTRES ET SCULPTEURS

AU GRAND PALAIS, BEAUCOUP MAIS PAS TROP DE FLEURS; ET QUEL DOMMAGE! TROP PEU D'«OUVRAGES DE DAMES»

Aujourd'hui, à 2 heures, a eu lieu au Grand Palais l'inauguration du 30e Salon de l'Union des femmes peintres et sculpteurs.

Partout ailleurs qu'en France, en Italie même peut-être, une exposition de même ordre serait ridicule, prétentieuse. Mais en France, dans les choses les plus insignifiantes même, il y a quelque grâce et de la fraîcheur qui les sauvent. Ainsi, voilà une exposition où les œuvres importantes ou remarquables manquent presque totalement, et cependant il y a tant de jolis paysages, de frais bouquets de fleurs, d'innocents portraits de jeunes filles qu'on demeure ravi.

Je ne suis pas de ceux qui méprisent à l'avance les œuvres des femmes et surtout des femmes françaises. Je suis d'avis que leur influence dans les arts sera bienfaisante. Je compte sur leur goût, sur la bonne grâce avec laquelle elles s'efforcent d'imiter ce qui leur paraît le beau, sur leur sens de l'arrangement et de l'élégance pour ramener les peintres eux-mêmes vers la simple et pure beauté que connut l'Antiquité, que retrouva la Renaissance. Cependant nous ne rencontrerons ici aucune de ces femmes qui, si elles le veulent, peuvent jouer ce rôle dans la renaissance qui sortira des ruines de l'impressionnisme. Je ne les nomme point pour qu'on les devine.

Mais parcourons cette exposition où, à défaut de force et de grâce sublime, apparaît encore un charme très délicat.

Vanité des formules! L'impressionnisme en était une et

il a donné des œuvres très faibles sous des pinceaux de femmes, on ne le verra que trop ici même.

Salle 1. On regardera un nu de Mlle Landré, les paysages de Marie Garnier, les envois de Madeleine Gervex, Delphine Arnould de Cool et Delarue Le Febvre.

Salle 2. Mentionnons les tableaux de Mathilde Hauterive, de Mme Marie-Anne Toudouze, M. C. Berthon, Collas, Achille-Fould, Delacroix-Garrier.

Salle 3. Mme Ballot expose des toiles qui ressortissent au tachisme, mais qui sont fraîches et point désagréables. Une nature morte de Mlle Delalain présente quelque intérêt. Mme Akermann peint des bibelots d'Orient et met ses toiles dans de beaux cadres chinois. Il faut citer la *Gitane* de Mlle Cannet, les envois de Mme Magali-Cabane, L. Acoquat, Daynes-Grassot, Lauvernay-Petitjean, et le portrait d'une belle jeune fille par Mme Begagli.

Salle 4. On y voit des miniatures de Mlles Martinet, Marie Laforge, Jeanne Labesse, etc.

Salle 5. Mme Séailles expose une tête dans le goût de Carrière. Il y a de grands portraits par Mme Bourrillon-Tournet, les *Serres du roi des Belges* par Mlle Marcotte et une grande vue de Venise par Nanny Adam.

Les autres salles et le pourtour sont occupés par des aquarelles où les fleurs dominent et par des pastels. Et il y a là des œuvres charmantes. Qu'on y regarde les envois de Marie Brenot, Olga Slom, la *Jeune harpiste* de Mme de Valmalète, les *Livres* de Charlotte Cottin, les *Fleurs* de Lucie Louppe.

Mlle Jenny Zillhardt est adroite et ses pastels crayonnés indiquent une véritable personnalité. On examinera les œuvres de Mathilde Delattre, Céline Salard, les grandes aquarelles traitées comme des peintures à l'huile par Mlle L. Leroy, les fleurs décolorées, assez élégantes de Mlle E. Jué, les tableaux de Laure Prevet, Camille Prouvost, A. Maupin-Chalumeau, les fleurs artificielles d'Ysabel Minoggio, les orchidées signées : duchesse de Rohan, les aquarelles et les pastels de Marie d'Épinay, d'Alice Boubeau, de Mme Bellamy et surtout l'aquarelle froide, mais d'une habileté déconcertante qu'expose Mlle Juliette Goury. Mentionnons encore à la peinture le portrait de femme envoyé par Mme Louise Bellanger. Traversons vite la section de sculpture où beaucoup d'œuvres exposées sont connues et plus vite encore les salles consacrées aux arts décoratifs. Il y manque trop de ces travaux charmants qu'on appelle : ouvrages de dames.

Citons encore les émaux translucides de Mlle Jeanne de Montigny, les jolis éventails de Mlle Elder, les travaux en corne de Mlle Lannes. Une salle particulière a été consacrée aux œuvres de sculpture de Mlle Blanche Morix.

(*L'Intransigeant,* 5 février.)

LES PEINTRES ORIENTALISTES FRANÇAIS

LEUR VINGTIÈME EXPOSITION SE TIENT AU GRAND PALAIS; ELLE EST SUPÉRIEURE À CELLE DE L'AN DERNIER

Aujourd'hui a eu lieu l'inauguration de la 20e Exposition des peintres orientalistes français. Hier, j'étais au vernissage, un vrai vernissage, sans public, sinon celui des écrivains d'art. Les peintres accrochaient leurs toiles et vernissaient comme on ne l'a plus fait depuis 1830, les sculpteurs polissaient et M. Léonce Bénédite, très affairé, s'occupait lui-même de la disposition et de l'accrochage dans la salle consacrée aux œuvres du peintre Gasté qui, né à Paris en 1869, mourut à Madura, il y a quelques mois à peine.

Dans son ensemble l'exposition de cette année paraît meilleure que celle de l'an dernier. Mais que d'œuvres médiocres encore et même de mauvaises! On finit par ne regarder avec plaisir que les pochades documentaires à cause des renseignements ethniques qu'elles apportent.

Dans la grande salle ont été exposées des œuvres de gravure et de dessin. Un important panneau a été consacré au fusain, au croquis, aux lithographies de M. Alphonse Lévy, dont les scènes de la vie juive sont bien connues; on retrouvera ici son exactitude, il manque toujours de pittoresque, ses rabbins, ses kabbalistes, ses brocanteurs semblent regretter qu'un Callot, qu'un Goya ne les ait point vus et dessinés. M. Edgar Chahine expose ici des pointes sèches que l'on avait déjà vues. Cette femme en costume oriental paraît déguisée... M. Raymond nous fait voir des oiseaux... Il y a aussi en ce moment, au Grand

Palais, une exposition d'aviculture! Que dire des gypsographies égyptiaques de M. Pierre Roche? Elles sont si pâles, si maigres, si incertaines! Voici treize eaux-fortes de M. Manzana-Pissarro. Elles sont d'une mollesse qui me chagrine. Est-ce là Çakountalâ et ses formes avaient-elles si peu de noblesse? Les vautours de M. Paul Jouve ont l'air bonhomme et les félins de M. Oger paraissent assez traitables.

Les lithographies de M. Suréda ont des titres qui font frémir : *La Kasbah mystérieuse, L'Homme assassiné.* Il y a aussi, dans cette salle, des statues de M. Herbert Ward, officier dans l'expédition Stanley (1884-1889[1]). Il s'attache à ces productions un intérêt scientifique qui serait bien plus grand si...

Dans les salles de droite, on regardera avec curiosité les documents adroits et subtils que M. de La Nézière a rapportés de Chine; les pochades où il y a des traits gracieux et sans doute bien observés par Andrée Karpelès, aux Indes. Mais quelle pensée est venue à M. Dulac de travestir les personnages des contes de Perrault en Orientaux. La plaisanterie ne paraît pas heureuse. Les gouaches que Franz-Jonas Ohlsen a tirées du roman de Voltaire, *La Princesse de Babylone,* sont aussi peu voltairiennes que possible, mais elles plairaient en Allemagne.

J'ai déjà vu plusieurs fois et sous des titres différents la toile que M. Vollet intitule cette fois *Un ménage colonial;* il s'agit d'une fumerie d'opium. Je préfère les dessins teintés où M. Vollet montre des Chinois d'après nature. Il y a là de la verve.

Il faut encore citer les femmes mauresques de M. Migonney, l'important envoi de M. Léon Carré, et passer aux salles de gauche, où l'on verra les études d'Algérie de Lys Forster, de petites pochades raffinées de M. Dagnac Rivière, une toile connue de Dinet, les paysages sahariens de Ballot.

M. Poisson expose une terre cuite peinte : *La Vie arabe.* Citons les envois d'Antoni, les *Cimetières* de M. Doigneau, les cadres de M. Émile Bernard; une *Femme arabe* et *Ombre et lumière,* excellents ouvrages d'un artiste supérieur. Mlle Grace Raulin, qui a du talent, signe en arabe beaucoup de ses toiles. Citons Paul et Amédée Buffet, Girardot, noms connus; les petits cadres amusants de M. Claudio Padilla, les Espagnols de M. Lauth, figures qu'on ne voudrait pas rencontrer au coin d'un bois; les gondoles vénitiennes de Mme Georgette Agutte, qui ne doit pas aimer Venise.

Dans la galerie située autour du grand escalier sont accrochés les envois des concurrents aux bourses d'étude de l'Algérie. Il faut signaler les envois de M. Tavernier.

(*L'Intransigeant,* 6 février.)

LA VIE ARTISTIQUE

Mlle Émilie Charmy expose à la galerie Druet, 20, rue Royale, soixante-cinq peintures à l'huile ou à l'eau.

Ce sont principalement des vues d'Ajaccio, il y a aussi quelques natures mortes, des fleurs et des figures en petit nombre. Mlle Charmy imite avec ardeur les derniers impressionnistes.

Ce n'est certes pas un mince mérite de savoir imiter et les vrais talents commencent toujours par là.

★

À la galerie Bernheim, rue Richepanse, on verra trente tableaux de Ribot. C'est un nom qui ne nous rajeunit pas et c'est une peinture qui ne réjouit point.

(*L'Intransigeant,* 9 février.)

LA VIE ARTISTIQUE

LE DERNIER ÉTAT DE LA PEINTURE

Dans un petit livre très important : *Le Dernier État de la peinture*[1], l'écrivain d'art des *Marges,* M. Michel Puy, définit les artistes et les écoles qui ont succédé à l'impressionnisme. « L'intérêt du mouvement pictural, en ces dernières années », dit très bien M. Puy, « s'est concentré sur les peintres qui se rattachent à l'impressionnisme.» Et le livre débute par un éloge inattendu et très piquant de M. Jacques Blanche; on passe au néo-impressionnisme et à Signac. Un chapitre traite des peintres que M. Maurice Denis réunit jadis dans son *Hommage à Cézanne :* Roussel, Bonnard, Vuillard, Sérusier, M. Maurice Denis lui-même et M. Vallotton. «Il semble», ajoute M. Puy, «que Bonnard peut être considéré comme le plus incontestablement doué des peintres de l'heure actuelle.» Le livre traite ensuite des peintres que l'on a fort improprement appelés les fauves et qui, par leur goût de la composition et du dessin, en dépit d'erreurs graves, sont aujourd'hui les dépositaires de la tradition artistique la plus élevée. M. Puy parle excellemment de Matisse : «Il est sensible», dit-il, «à toutes les inflexions de la forme, à toutes les variations de la couleur.» Sans indiquer suffisamment tout ce qu'il y a de belle sensualité dans l'œuvre de son homonyme Jean Puy, Michel Puy dit ce qu'il pense de Marquet, de Manguin, de de Vlaminck, de Friesz, de Girieud, de Van Dongen, de Braque, et les observations justes abondent sous sa plume. Peut-être le dessin de Mlle Marie Laurencin est-il plus volontaire et plus longuement médité que ne pense M. Puy et s'il ne rend pas à Derain toute la justice qui lui est due, non seulement comme artiste, mais encore comme novateur, et ne parle point de l'influence de ce peintre sur un Matisse par exemple, il est plus injuste encore pour un Picasso, qu'il ne cite pas une seule fois et dont l'œuvre, en dépit de l'aveuglement de ceux qui devraient être plus clairvoyants... mais comment expliquer ces choses dans un journal à une époque où, dans tous les palais de Paris, triomphent les plus médiocres peintures, tandis que les Indépendants, victimes de haines trop explicables, poursuivis par tous les ânes de l'univers, ne trouvent pas un asile? Lisez le petit livre de Michel Puy, c'est une excellente esquisse de l'état actuel de la jeune peinture en France. « À parler de la tradition et à l'invoquer», dit en terminant l'auteur, «on risque d'être dupe d'un mot; pour l'école, aucun des grands peintres du XIXe siècle, ni Delacroix, ni Corot, ni Chassériau, ni Courbet, ni Manet, ni Puvis, ne représente la tradition; Ingres lui-même ne l'a guère représentée de son vivant. Ce qui justifie les peintres nouveaux, c'est qu'ils n'ont bousculé les préceptes, gratté les formules que pour retrouver les lois de la peinture.»

(*L'Intransigeant,* 14 février.)

LA VIE ARTISTIQUE

Chez Marseille-et-Vildrac, 16, rue de Seine, M. Henri Doucet expose un assez grand nombre de tableaux un peu disparates où se combattent les influences les plus éloignées; elles vont de Signac à Georges Desvallières en passant par Gauguin, Marie Laurencin, Le Fauconnier, Verhœven, ou s'égarant vers Lavery. Influences qui, chez Doucet, s'expliquent par un défaut de personnalité, avec avant tout — et cela se voit aux progrès accomplis en peu de temps — mais avant lui, une volonté, une émotion, une droiture artistique tout à fait louables. De curieux bois sculptés rehaussent l'intérêt de cette exposition.

★

Mlle Mathilde Sée expose chez Georges-Petit des *aquarelles de fleurs* qui indiquent beaucoup de goût. La rose est la fleur qui me touche particulièrement et Mlle Sée en peint de fort belles dans les vases qui leur convenaient le mieux. Mlle Sée a composé aussi quelques natures mortes choisies avec art.

★

À la galerie J.-Moleux, 68, boulevard Malesherbes, trois artistes italiens, MM. A. Tealdi, Luigi Scopinie et Mino Busetto, proposent des cadres d'un art fort incertain, mais qui répond, paraît-il, au goût officiel puisque l'État vient d'acheter plusieurs tableaux de ces messieurs.

★

À la galerie Arthur-Tooth-&-Sons, boulevard des Capucines, on a inauguré hier l'exposition du Souvenir napoléonien. On y voit des toiles de E. Perboyre, F. Flameng, R. Desvarreux, des aquarelles et des dessins de Georges Scott, Berne-Bellecour, E. Detaille, J. Duflot, R. de Cavaillon, et beaucoup de gravures signées Boilvin, Pierre Laguillermie, G. Appleton ou Ardail et reproduisant des œuvres célèbres de Meissonier, Detaille, etc.

(*L'Intransigeant*, 15 février.)

LES AQUARELLISTES FRANÇAIS

LEUR TRENTE-TROISIÈME EXPOSITION A LIEU CHEZ GEORGES-PETIT

Le président de la République et M. Dujardin-Beaumetz ont inauguré l'Exposition des aquarellistes français et ce dévouement, cet enthousiasme pour les arts seraient charmants s'ils s'exerçaient en faveur d'ouvrages intéressants. Hélas! Chaque jour amène à l'écrivain d'art une dizaine d'expositions. Hélas! trois fois hélas! que deviennent tous les tableaux que l'on expose? Je pense qu'ils fondent. «Mais où sont les neiges d'antan?» Et c'est le mieux qu'on leur puisse souhaiter. Pourquoi, pourquoi expose-t-on la plupart des aquarelles que l'on voit ici? Quelle rage pousse tant de gens estimables à tous égards à vouloir être artistes en dépit de l'art même? Quelle singulière habitude — atavisme ou éducation — force nos yeux à voir ici des paysages, des portraits, des bêtes peintes, toutes choses absentes et que puissent nos neveux ne plus jamais apercevoir!

Notons des tableaux et des noms de peintres : M. Adam et ses coins de Versailles. Quel attendrissement m'a pris devant les portraits d'enfants de Maurice Boutet de Monvel. Ils sont peints avec un soin minutieux, ce sont plutôt des miniatures. Je me souviens d'un livre souvent relu quand j'étais petit. Il était de Lucien Biart, Boutet de Monvel l'avait illustré et il était intitulé : *Quand j'étais petit*[1]*!* Voici les dessins rehaussés d'aquarelle par Mlle Carpentier. Ce sont des aspects de Versailles et dans deux ou trois de ces dessins il y a un joli sentiment. Les aquarelles qu'a rapportées d'Égypte M. Georges Clairin ont longtemps retenu l'attention de M. Fallières, M. Doigneau s'intéresse aux centaures et aux centaurèles. M. Albert Guillaume expose les maquettes d'une frise décorative destinée à un hôtel de province. M. Loir Luigi note toujours des aspects de Paris. M. Edgar Maxence expose un automne rehaussé de gouache. M. Gaston Roullet a parcouru le monde, et l'on regardera sa *Nuit sur le lac Manitoba* au Canada. Citons encore le *Soldat d'Italie,* de Georges Scott, les coins de Turquie d'Asie, de Vignal, et les portraits de Maurice Faure.

(*L'Intransigeant,* 19 février.)

LA VIE ARTISTIQUE

La Société moderne tient sa troisième exposition dans les galeries Durand-Ruel, 16, rue Laffitte. À défaut de chefs-d'œuvre, la Société moderne expose du moins avec beaucoup de variété, ce qui ne va pas toujours sans offenser le goût. Cette façon de placer les objets et les figures de guingois sur la toile, qui sera une caractéristique de l'impressionnisme, domine ici encore dans maints tableaux.

Mentionnons M. Alluand, M. Caro-Delvaille, ses portraits de femmes et sa composition intitulée *Septembre,* M. Augustin Carrera, M. Maurice Chabas dont certaines toiles et la façon de peindre rappellent Vladislav Granzow, M. Maxime Dethomas qui, certes, ne cherche pas la beauté, M. Henri Désiré dont les amazones évoquent la peinture du Guerchin, ô décadence italienne! M. Jacques Drésa, Mme Louise Galtier-Boissière, les peintures à l'eau de Jeanès avec leurs inappréciables tons bleus, les deux toiles lumineuses de Lebasque...

Il faut s'arrêter devant la série de M. Alcide Le Beau d'après *La Tentation de saint Antoine.* Ce n'est pas particulièrement remarquable comme peinture, mais cela est singulier à souhait. Voici des imaginations inattendues, un peu comiques mais personnelles! Le Beau ne traduit pas Flaubert qui lui a inspiré des bizarreries. Elles ne peuvent cependant laisser indifférent, surtout les peintures qui traduisent : *Je me suis réfugié à Coïmbre et ma pénitence fut si haute*, et encore : *J'ai envie de voler*, et par-dessus tout le : *J'ai envie de nager*[1]...

Il faut aussi citer : Louis Legrand, les toiles troubles de Lévy-Dhurmer, les panneaux d'émail et les gouaches de Manzana-Pissarro, Henry Ottmann, un portrait banal de *Jules Romains* par Picard-Le-Doux et les délicats bouquets de fleurs champêtres d'Odilon Redon.

★

Sans aucun doute, une des plus intéressantes expositions de peinture ouvertes en ce moment est celle de Vuillard (galerie Bernheim). On peut y comparer les récentes productions de l'artiste avec des œuvres plus anciennes. Pour ma part, j'accorde la préférence à ses peintures de 1910, où l'élégance qui distingue tous les ouvrages de Vuillard paraît plus forte, plus pure, plus simple. Les détails sont achevés et l'ensemble révèle un grand calme. La délicatesse des tons est surprenante et les couleurs s'opposent délicieusement. Art familier et charmant ! L'esprit y tient lieu de sublime.

★

La signature de M. Henri Rousseau ressemble un peu à celle de son homonyme : le Douanier.

Mais que le premier se rassure, personne ne songera à confondre leurs tableaux. Ceux que l'on voit en ce moment chez Georges-Petit ont comme principal intérêt cette similitude de signature.

★

Chez Druet, M. Hermann-Paul fait la caricature des tableaux de M. Vallotton. Rien de plus désagréable que les erreurs des gens d'esprit, et M. Hermann-Paul en a beaucoup.

★

La *Revue de la vie mondaine*[2] expose, sous le titre : « L'Espagne pittoresque », des peintures et des dessins de Vasquez-Diaz. M. Jules Bois, invité au vernissage et n'ayant pu venir s'en est excusé par lettre. Rien d'autre à dire sur cette exposition.

★

M. Cachoud aime la nuit et le prouve en exposant un grand nombre de tableaux nocturnes chez Georges-Petit. «Ça fait rêver», dit le catalogue[1]. Locution aimable qui signifie avant tout «ça fait dormir».

★

Dans la même galerie, M. Paul Lecomte expose des aquarelles : *Bords de l'Oise, Bords de la Marne, Bords du Cher, Coins de Paris, de La Rochelle,* etc. M. Lecomte a beaucoup voyagé en France, en Algérie, et s'est diverti.

(*L'Intransigeant,* 23 février.)

LA VIE ARTISTIQUE

LES AMÉRICAINS DE PARIS

Un groupe d'artistes américains de Paris vient d'organiser chez Devambez une exposition fort agréable à visiter. Ces Américains ont, pour ainsi dire, tous subi l'influence de la peinture française contemporaine. On trouvera ici les tendances de nos différentes écoles de peinture, hormis toutefois celle de la rue Bonaparte.

M. Alfred H. Maurer se souvient visiblement de Matisse, et jusque dans la signature. Les *Couchers de soleil au bord de la mer* par M. Butler ont des tons évanouis, trop verts, trop roses, trop pâles. L'*Attente* de K. A. Buehr est le prétexte d'une opposition de bleu et de jaune assez amusante. Beaucoup de souvenirs scandinaves! Les Américains de Paris vont beaucoup en Norvège et y peignent. Ainsi firent M. Walter Griffin et M. W. H. Singer, M. Edward J. Steichen peint des cadres symboliques où l'on voit le *Balzac* de Rodin nimbé de clair de lune et encore un *Paysage printanier* peint de couleurs tendres, ou *Un après-midi d'été* avec des branches fleuries agréablement décoratives, ou *Une nuit de printemps* verte avec une nymphe qui s'y dénude.

M. Eugène-Paul Ullmann peint des marines qui rappellent celles de Boudin. Miss Francesca Thomason trouve ses inspirations au jardin du Luxembourg, dont Jean Moréas vantait la noblesse et la beauté. M. Lionel Walden peint des brumes avec trop de conscience et trop de brume.

Notons encore une jeune femme potelée, en déshabillé, qui se mire par Friesecke. *Le Lavoir à Vannes* de Parke-Custis Dougherty, les gouaches pâles d'Harold Hearth, le *Nu* de Richard Miller, un portrait par Lawton Parker et *Le Coucher* de W. E. Schumacher.

À la gravure, on remarquera les belles et délicates pointes sèches de Joseph Pennel, notamment *Une vue cavalière de la ville du Puy* et *Une vue de Tolède*. M. Webster a noté en eaux-fortes quelques aspects du Vieux Paris. Citons encore les eaux-fortes de M. Aid, les bois de Timothy Cole, froids comme des gravures sur acier; les gravures de M. Mac Laughlin; les fusains de M. Fromuth et les bronzes de M. Bartlett. En somme, à défaut d'une véritable personnalité on trouvera dans les ouvrages de ces artistes américains de l'adresse, de l'intelligence et parfois de l'élégance.

(*L'Intransigeant*, 24 février.)

LES ARTS DÉCORATIFS

LE 6e SALON A ÉTÉ «VERNI» AUJOURD'HUI AU PAVILLON DE MARSAN

Bien que le 6e Salon des artistes décorateurs, dont le vernissage a eu lieu aujourd'hui au Louvre, ne soit pas un ensemble excellent — loin de là —, c'est du moins un ensemble. Il semble qu'il y ait plus d'unité que les années précédentes dans les recherches de ces artistes.

C'est ainsi que les mobiliers se ressemblent presque tous. Ils sont presque tous exécutés avec une timidité décorative un peu pénible. L'art du meuble est un art mineur. On ne devrait innover dans cet art que le moins possible et seulement en se conformant aux innovations qui apparaissent dans les arts majeurs comme l'architecture et la peinture. Mais la première est dans une décadence évidente. Que les artistes de mobilier s'attachent donc à suivre — de loin — les peintres.

Le meilleur ensemble mobilier de ce Salon est sans contredit la salle à manger de M. Paul Follot, qui n'a pas cherché à innover dans le mauvais sens du mot, qui ne s'est pas attaché à reproduire les stylisations d'écoles d'art décoratif et dans laquelle les natures mortes les plus modernes ne paraîtront pas déplacées. Ce n'est pas que l'ensemble de M. Follot échappe à la critique. Il n'y a que des fauteuils dans sa salle à manger où les chaises paraîtraient indispensables, et ces fauteuils ont une raideur qui contraste avec la grâce de l'ensemble.

J'aime moins les meubles de M. Eugène Gaillard. La chambre à coucher de M. Raymond Bigot, exécutée en collaboration avec Mme Marie Le Meilleur, a pour mérite d'être simple, ainsi que le petit salon et le cabinet de travail de M. Georges Bourgeot. Le salon de M. Loys Brachet est d'une simplicité inutile, car un salon supporte d'être orné. Mentionnons la salle à manger sans angles de M. Dufrène. Le cabinet de travail de M. Jallot est d'une exécution parfaite; dommage que l'artiste n'ait pas renoncé à des nouveautés qui ont déjà vieilli. Mentionnons le vitrail qui est du peintre verrier Armand Paris. Le cabinet de travail de M. Louis Majorelle est plein de bonnes intentions qui n'ont pas été réalisées. La simplicité y semble atteinte avec peine. M. Rapin, s'il le veut, sera de ceux à qui l'art du meuble devra beaucoup de progrès; sa salle à manger est «confortable» et ne manque pas d'une forte élégance.

Le cabinet de travail fumoir de M. Pierre Selmersheim sera plus agréable pour les visiteurs que pour celui qui l'habitera. D'autre part, le bureau a été placé de telle sorte que la lumière tombe de droite. On peut donc supposer qu'il est destiné à un gaucher. Citons encore la salle à manger, le boudoir et la chambre à coucher de M. Tony Selmersheim et la salle à manger de M. Tissier.

Ces mobiliers ont une autre tenue que les affreuses Louisphilippades pour esthètes munichois que nous montra le Salon d'automne. Néanmoins, il ne faut pas se dissimuler que le style qui commence à paraître ici n'ait avant tout le grave inconvénient d'être fort ennuyeux.

Et seule la salle à manger de M. Follot échappe entièrement à cette critique. M. Follot est la perle de ce garde-meuble. Il convient de l'en féliciter avec d'autant plus de force que nous ne lui ménagerons pas les critiques pour ses bijoux. Il semble s'être donné beaucoup de mal pour faire des bijoux de jeune fille et quelques autres qui ont l'air d'être en toc.

M. Georges Bastard expose des *choses à la mode.* Ces objets précieux, éventails, boîtes, échappent le plus souvent à la critique, la matière où ils sont ouvrés est précieuse, et pour l'exécution, ils ne relèvent que de la mode. L'art a beaucoup moins à voir là-dedans qu'on ne pense. L'adresse de l'ouvrier et la matière suffisent à leur donner du prix. Mentionnons les broderies de Mme Bellery-Desfontaines.

Les objets d'orfèvrerie de M. Bugatti évoquent un art plus allemand qu'italien. Il y a là une sorte de vase en argent, ayant pour décoration des poissons qui ressemblent à Bismarck, qui plairait à Berlin.

Tous les grès exposés ici sont généralement beaux; mentionnons ceux de M. Dammouse et de M. Rumèbe. Les pâtes de verre de M. Decorchement sont déparées par de désagréables ornements tirés de la figure humaine. Le cuir est peu employé, c'est cependant une matière dont on peut tirer de très heureux effets décoratifs. Mentionnons les petits objets de cuir exécutés avec goût par Mlle de Félice. Les reliures sont toutes, ici, d'une laideur qui déconcerte. M. Guimard expose des photographies de maisons dont il est l'architecte, des meubles, des bijoux et d'autres menus objets. Rien à en dire. C'est le style Guimard et vous connaissez le métro. Je recommande surtout des manches de parapluie; ils sont en bronze couleur d'aluminium du moins heureux effet. Les bijoux et les objets d'art de Lalique sont connus. Il y en a ici qui paraissent fort précieux. Je souhaite à ces toiles de Rambouillet la fortune de celles de Jouy. Les soies brodées et les boîtes de Clément Mère sont d'un art raffiné. Ses patines sont savoureuses, ses broderies imprécises sont délicates. Il a des semis de points qui émerveillent et ses soies rappellent parfois les teintes des étoffes indiennes à la cire.

Mentionnons encore les objets en corne de Mlle O'Kin; le *Manteau de cour pour le couronnement de George V*, de M. Placet, les bijoux de M. Rivaud réalisés suivant les procédés anciens. J'aime moins sa joaillerie en platine. Elle semble en acier.

Je veux signaler pour finir ce qui, avec la salle à manger de M. Follot, me paraît le meilleur envoi de ce Salon, je veux parler des terres cuites rustiques de M. Pierre Roche. Il y a là de fort beaux carrelages de revêtement et un arc de croisettes qui est charmant.

(*L'Intransigeant*, 25 février.)

AU CERCLE VOLNEY

EXPOSITION D'AQUARELLES, DESSINS, GRAVURES

Les pastels de M. Marcel Baschet sont les morceaux les plus intéressants de cette exposition et, notamment, un *Portrait de jeune fille*, expressif, largement dessiné dans des tons sombres. La place me manque pour signaler tous les envois. Je veux cependant mentionner les trois pastels de M. Georges Charpentier qui présentent de belles harmonies de couleurs et indiquent une vraie connaissance de la composition.

Les dessins et les peintures à l'eau de M. René Choquet ne manquent pas non plus de poésie. Ils sont d'une belle sobriété. M. Luc-Olivier Merson a envoyé une gouache, *Moines d'Occident*, sujet grandiose et qui n'a pas été réalisé.

M. Régamey expose un ensemble à la gloire du maître d'armes Kirchhoffer. Il faut encore signaler les pastels de M. Bouchor, qui s'est attaché à peindre des costumes de Hollandaises; les dessins de M. Cayron; le *Portrait de Mlle Irène Bordoin* par René Carrère; les *Paysages corses* de M. de Fontanes, les aquarelles de M. Nozal, la *Vue de Dordrecht* par M. Iwill, les *Vues de Constantinople* de M. Vignal et les dessins de M. Guinier pour illustrer *Les Méditations* de Lamartine.

(*L'Intransigeant*, 26 février.)

AU CERCLE DE L'UNION ARTISTIQUE

LE VERNISSAGE DE L'EXPOSITION DE PEINTURE A ÉTÉ TRÈS ÉLÉGANT

L'exposition de peinture qui a lieu annuellement au Cercle de la rue Boissy-d'Anglas offre un intérêt de premier ordre, puisqu'on y voit des toiles qui figureront ensuite au Salon.

Parmi les portraits, on remarquera les envois d'Ablett, de Jules Aviat, le *Portrait de M. de Dion* par Marcel Baschet, le *Portrait de Mme J*** et de ses enfants* par Jacques Baugnies, un fin *Portrait du prince Troubetzkoï* par Jean Béraud. M. Bonnat expose le *Portrait de M. P. Hervieu,* d'un art brutal et sans tendresse. Le regard est froid et dur, la bouche est sans bonté, le visage est symétrique. J'ai vu M. Hervieu, il m'a paru plus souriant et plus hautain à la fois. M. Maurice Boutet de Monvel a envoyé un grand *Portrait de jeune fille* qui est finement dessiné dans le style simple qui caractérise cet artiste. Il y a des détails charmants dans la guipure du corsage, dans la tenture en Jouy, un ruban bleu et une rose thé. L'ensemble évoque à merveille la grâce d'une jeune fille. M. Bracquemond expose une petite toile intitulée *Mlle Lantelme chez elle.* Mademoiselle? M. Bracquemond serait-il un adversaire du mariage? Voici un portrait — robe noire, hermine, rose rouge — par M. de Chabannes La Palice. M. Paul Chabas expose un *Portrait de femme* où il se souvient visiblement de Boldini. Voici encore des portraits, par MM. Commerre, Dagnan-Bouveret, Dawant, Gabriel Ferrier, Henri Gervex; un *Portrait de fillette* par M. Guirand de Scévola, les portraits minutieux de M. de Cuvillon; le *Portrait de M. de Yturbe* en costume de golf par Paul-Franz Namur.

M. Alexandre Nozal expose deux toiles qui sont sans doute les meilleures qu'il ait peintes, une *Vue de Sisteron* et un *Lever de lune.* Le *Verger fleuri* de M. Bouchor ne manque pas non plus de mérite. La *Cueillette des olives* de M. Montenard évoque le souvenir de Guillaumin.

M. Pianelli a peint une jolie toile, *Les Environs de Nice.* Il faut encore citer : *Après le bain,* une svelte nudité brune par Bridgman; *La Messe des pauvres à Séville,* d'un romantisme agréable, par Georges Clairin; la *Tête de petite fille* par M. Harlamoff; la *Porte bleue* de M. Join-Lambert; le *Petit lever* par Lamy; les intérieurs minutieux de M. Lassuchette; le *Mercure* énigmatique et roux de M. Maxence; *Le Repos* — une nymphe à la fontaine — par Antonin Mercié; *La Messe de Saint-Hubert,* un amusant «document» par Henri Tenré, et les intérieurs de Paul Thomas.

À la sculpture, on verra un portrait en marbre par M. de Saint-Marceaux, le *Portrait du président Forichon* par Raoul Verlet et *Le Prince Pierre de Grèce,* buste en terre cuite par M. Denys Puech.

(*L'Intransigeant,* 27 février.)

«LES AMATEURS»

LES TABLEAUX QUE L'ON VOIT À L'ALCAZAR D'ÉTÉ SONT SIGNÉS DES PLUS GRANDS NOMS DU GOTHA

Le vernissage de la Société artistique des amateurs aura lieu demain.

L'exposition se tient aux Champs-Élysées, à l'Alcazar d'été. Le véritable intérêt, comme on pense, réside plutôt dans les signatures que dans l'excellence des ouvrages exposés. L'attrait des noms prime ici l'attrait esthétique. Faut-il ajouter que ces ouvrages ne sont pas à vendre? S'ils l'étaient, nul doute que tout au moins ceux qu'ont signés des Altesses royales seraient vite enlevés par les amateurs!

Le plus mondain des Salons offre aux gens que les grands noms émeuvent des fleurs peintes à l'aquarelle par Mme la duchesse de Rohan, un *Portrait de M. Jean Richepin* par Mme la baronne Lambert de Rothschild, des émaux du comte du Suau de La Croix, des *Oiseaux morts,* aquarelles de Mme la duchesse d'Estissac; des intérieurs de Mme la comtesse de Cossé-Brissac, des *Paysages* qui ne manquent pas de mérite par Mme Brouardel. M. Guy de La Rochefoucauld a envoyé des vues de Paris. Il faut mentionner aussi l'envoi du comte de Vogüé et le buste de M. Étienne

Lamy par M. de Lavergne. Le *Carnet de voyage* de Mme la duchesse de Vendôme excitera la curiosité. Elle l'a écrit et orné d'aquarelles. Voici la *Bataille de Malplaquet,* composition de M. de Cossé-Brissac.

M. Fournier-Sarlovèze a voulu fixer pour l'avenir *La Fête de Jeanne d'Arc à Compiègne,* Mme la duchesse de Noailles a envoyé des *Portraits de femmes* où il y a de la recherche. Voici un *Intérieur* du duc de Guiches. Le *Portrait de Mme la princesse Louis d'Orléans-Bragance* a été peint par Mme la princesse Pierre d'Orléans-Bragance, Altesse royale par une Altesse royale. Mme la princesse Stourdza expose des *Études de figures en plein air.* Il y a des *Plages* délicates par M. Hustin. Il faut avouer que les ouvrages exposés dans la section étrangère sont supérieurs à ceux que l'on voit dans la section française.

La Russie est représentée par des *Églises* de M. de Beckendorf, ancien ambassadeur de Russie à Paris. L'Autriche offre des noms éclatants. L'archiduchesse Marie-Josèphe d'Autriche et l'archiduchesse Marie-Thérèse exposent des *Paysages* où revit le souvenir des sites peints par Boecklin, peintre surfait. Mlle Nemès nous montre des caricatures pleines de verve. Il faut encore citer, à propos de l'Autriche, les envois de la comtesse Revertera, de la baronne de Gablentz et de la comtesse Kielmansegg-Wrède.

L'Allemagne est représentée par de grands noms. Le prince Charles de Hohenzollern, cousin de l'empereur, peint solidement. Sa manière rappelle celle de Lenbach. Il expose deux bons portraits : celui du comte de Flandre et celui du duc d'Alençon. La grande-duchesse Mathilde de Saxe nous montre une bonne *Vue de Dresde.* Parmi les amateurs anglais, il faut mentionner le colonel Gol, Lady Bunsen, MM. Inglis et Grahame.

La Belgique a envoyé un *Étang* de Mme la comtesse de Flandre, des *Portraits* de la duchesse d'Ursel, des pastels de la princesse de Ligne. Il faut aussi citer l'envoi de la princesse de Caraman-Chimay.

L'Italie n'a envoyé qu'un petit nombre de toiles. Voici le *Portrait de Mme Tittoni* par la comtesse Taverna, des *Paysages* de la marquise Campanare, de la princesse Pignatelli et de la princesse de Teano.

Pour les quelques roturiers perdus parmi ces gens de qualité, je citerai la fable de Bailly[1] :

La renoncule un jour, dans un bouquet,
Avec l'œillet se trouva réunie.
Elle eut le lendemain le parfum de l'œillet.
On ne peut que gagner en bonne compagnie.

(*L'Intransigeant,* 4 mars.)

«GROUPE LIBRE»

CE SONT DES PEINTRES ET DES SCULPTEURS QUI EXPOSENT LEURS ŒUVRES CHEZ DEVAMBEZ

Le poète Gustave Kahn qui a écrit la préface de cette exposition dit : «Chacun de ces artistes, en une exposition particulière, mériterait l'intérêt, réunis ils le forcent.» M. Henry Arnold qui nous a montré des sculptures intéressantes au Salon de la Nationale expose ici des figurines modernes et quelques portraits. M. Marcel Bach peint des chemineaux, des couturières et des paysages. M. René Bertaux peint les flots de l'Océan et des cieux sombres. M. Anselmo Bucci s'est attaché à rendre le mouvement de Paris. Il a gravé hâtivement ses pointes sèches intitulées *Paris qui bouge,* et où l'on sent de la fièvre, où il montre de l'observation. Il arrive à nous donner synthétiquement l'idée d'une foule par un simple trait qui en marque le contour. Intéressantes études d'un artiste bien doué pour la composition.

M. Félix Denoyer expose des paysages mélancoliques. M. Godchaux expose des pastels et des sanguines.

M. Igounet de Villers peint des coins pittoresques de Paris. M. Paul Jacob-Hians marque de la prédilection pour les paysans et les mendiants. M. Jacquemot peint des potiches de la Chine. M. Georges Le Serrer de Kervilly expose des *Pastorales,* jolies scènes de danse. Il peint de belles jeunes filles. Il y a dans ces toiles d'agréables recherches de tons verts et des violets alanguis. C'est un art tout de nonchaloir qui ne manque pas de charme.

Il faut aussi mentionner les effets de neige de Georges Offner et la *Vintimille* de M. Henri Rioux.

Carnet. — M. Schmitz expose dans son atelier, 15 *bis*, rue Théophile-Gautier, trente-trois tableaux, parmi lesquels des compositions qui marquent un gros effort, des nus, des fleurs et quelques portraits.

(*L'Intransigeant,* 5 mars.)

LES ROSATI

LEUR PREMIÈRE EXPOSITION A EU LIEU À LA GALERIE J.-MOLEUX

Encore une nouvelle société, celle des Rosati. Elle ne comprend aucun artiste novateur. On n'y trouve pas la plus timide audace. Les Rosati sont très « artistes français » et, pour tout dire, le dessin qui paraît sur le catalogue est de Jonas, mais le paysage qui forme le fond de ce dessin est d'Harpignies. Au demeurant, tous ces artistes sont du Nord de la France. Je me contenterai de signaler leurs noms : M. Agathe, avec une *Étude* sévère; M. Ariès, avec ses aquarelles d'un *Versailles* fleuri et joyeux; M. Bédorez, avec des *Paysages* dans les tons gris et mélancoliques; M. Carolus-Duran expose le *Portrait de M. Bouchard,* Prix de Rome, et un grand *Paysage* gris. M. Pierre Carrier-Belleuse expose des *Danseuses* à l'accoutumée. M. Eugène Feuillâtre nous montre toute une vitrine contenant des bijoux et objets d'art émaillés en forme de papillons, de libellules. M. Quillement expose quelques *Paysages.* M. Harpignies a envoyé deux *Natures mortes* à l'aquarelle. Voici encore *Le Triquet* et *Le Port d'Ostende* de M. Lucien Jonas. M. Jules Magnier a peint des *Chaumines* et un *Moulin.* M. Paul-Franz Namur a peint *Le Pont de Londres.* L'abbé Van Hollebecke est décidément le peintre de la séparation[1]. M. Weerts expose les *Portraits du philosophe aristotélicien Ravaisson,* membre de l'Institut, et du *Chansonnier Chebroux.*

(*L'Intransigeant,* 6 mars.)

LA VIE ARTISTIQUE

LES PEINTRES DE MONTAGNE ET QUATRE AUTRES PEINTRES

La 14e Exposition des peintres de montagne vient de s'ouvrir au Cercle de la librairie. On y voit beaucoup d'œuvres d'amateurs. L'ensemble est *pompier* à souhait. Nous nous contenterons de noter les envois de MM. Carolus-Duran, Noirot, Bal, Beauvais, Bourgeois, Bon, Choisnard, Guénot, Didier-Pouget, Eysseric, Giron, Iwill, de Martenne, Cachoud. L'envoi de Nozal a de la tenue. Il faut encore mentionner *Le Soleil sur le mont Perdu* de Schrader, *La Neige dans les Vosges* par Waidmann, *L'Hiver dans les Alpes,* sept études de Jean Rock. On sait que Segantini devint divisionniste par force et parce que ses couleurs se congelant sur sa toile, il ne pouvait les mélanger lorsqu'il peignait à de grandes hauteurs. Il n'y a pas de divisionnistes parmi nos peintres de montagnes. Sans doute sont-ils moins intrépides que Segantini et préfèrent-ils, plutôt que de les gravir, voir les monts de la vallée!

★

Quatre peintres exposent en ce moment à la galerie Barbazanges : MM. Boutet de Monvel, Jacques et Pierre Brissaud, Lepape. M. Boutet de Monvel expose les *Dandys déjeuner de chasse, Le Lion, La Lionne, La Promenade, La Toilette.* J'avoue que ces évocations, qui se conçoivent fort bien au point de vue littéraire, sont déplaisantes en peinture. M. Jacques Brissaud donne plus d'importance au décor où vivent ses modèles : mentionnons *Les Jockeys.* M. Pierre Brissaud est plus gai que ses confrères en dandysme.

M. Georges Lepape paraît bien sévère parmi trois peintres qui semblent faire un cas tout particulier de la futilité.

(*L'Intransigeant,* 7 mars.)

LA VIE ARTISTIQUE

À la galerie Bernheim on a pu voir jusqu'au 11 mars la collection de M. Maurice Masson, un amateur éclectique qui, forcé de quitter la France pour se fixer aux colonies, a dû se séparer de ses chers tableaux. M. Masson, qui prétendait n'acquérir que des œuvres capitales, y a réussi souvent et sa collection, où n'entrent qu'un petit nombre de peintres et de tableaux, est importante. On y compte un Carrière, *L'Enfant au chien,* que je considère comme le meilleur tableau que je connaisse de ce peintre. Un seul petit tableau représente insuffisamment Corot; un seul pastel représente Degas. Voici Harpignies, Jongkind, Henner, Lépine, Boudin, Bonnard. Voici, d'autre part, de très beaux Monet : *La Cabane du douanier, La Débâcle, Les Falaises de Varengeville, Le Portail de la cathédrale de Rouen;* quatre Pissarro, deux admirables natures mortes de Renoir, trois Sisley, *La Buveuse,* de Toulouse-Lautrec. Voici encore une aquarelle de Rops, un Ribot, un Monticelli, un Maurice Denis, un Ziem, un Montenard, un Henri Martin, plusieurs Lebourg, un Diriks. Certes, la collection Masson témoigne d'un goût très accueillant, sinon très décidé. Les morceaux les meilleurs sont, sans contredit, *L'Enfant au chien,* de Carrière, les Monet, les Renoir, le Degas et le Lautrec.

★

M. Henri Le Sidaner expose en ce moment dix-sept tableaux à la galerie Georges-Petit, où l'on verra aussi des toiles de M. Mattéo Brondy. À la galerie Marcel-Bernheim a lieu la deuxième exposition des aquarelles de M. C. Jacquet : ce sont des paysages flamands et hollandais.

(*L'Intransigeant,* 9 mars.)

L'ANCIENNE «SOCIÉTÉ NOUVELLE»

ON A INAUGURÉ AUJOURD'HUI SON EXPOSITION SOUS LA PRÉSIDENCE D'AUGUSTE RODIN

L'ancienne Société nouvelle a ouvert aujourd'hui chez Georges-Petit son Salon annuel, sous le nouveau nom d'Exposition de peintres et de sculpteurs[1]. Cette exposition a été, avec raison, placée sous la présidence de Rodin. En effet, la sculpture est ce que ce Salon nous offre de plus audacieux, de plus achevé et de plus inspiré.

Auguste Rodin a envoyé une tête d'homme, en bronze, figure pleine de vie, de fierté et de force. La main de Rodin ne faiblit pas et son art est plein d'une adorable jeunesse.

Despiau a envoyé un portrait de plâtre, *Buste de Mme Fabre*. C'est un des meilleurs ouvrages de l'artiste. La tête vit de cette vie harmonieuse qui anime les véritables œuvres d'art. Despiau travaille en général dans le marbre même, il a ici une statuette — femme nue — qu'il est en train de faire naître du bloc immaculé comme une écume figée qui renfermerait le corps d'Aphrodite. Tout le haut de cette statuette — tête, torse, hanches — est délicieux.

Mlle Jane Poupelet expose un bronze *Vache rentrant à l'étable*, qui est une belle œuvre digne des plus grands sculpteurs. C'est le morceau capital de ce Salon et de cette artiste si bien douée. Mlle Poupelet expose encore un nu audacieux, d'un art où tout est achevé harmonieusement. Le prince Troubetzkoï a aussi envoyé quelques statuettes de bronze.

La peinture que l'on expose ici ne présente pas le même intérêt que la sculpture. Ce sont des ouvrages de peintres très arrivés et qu'on ne peut plus discuter. Il faut citer des panneaux décoratifs de M. Aman-Jean. La *Salomé* de M. Jacques Blanche, danseuse au repos et en costume de ville, seuls les chaussons de danse rappellent la profession du modèle. M. Blanche expose aussi un portrait du danseur Vaslav Nijinski, des intérieurs, des paysages anglais. M. Cottet nous mène, cette année, en Bretagne, à Sainte-Anne-la-Palud, à Plougastel-Daoulas. M. André

Dauchez expose à l'accoutumée des paysages durs aux arbres-squelettes. Voici les habituels portraits mondains de M. de La Gandara, *La Joie maternelle, Le Sommeil agité, Peau d'Âne* de M. Gaston La Touche. Voici les confettis ensoleillés de M. Le Sidaner, des paysages de M. Henri Martin.

Voici encore la *Bucolique* crépusculaire de M. Ménard, le *Saint-Cloud* de M. Morice, les vues d'Espagne de M. Prinet, la *Cathédrale d'Amiens,* les vues de *Quimperlé* de M. J.-F. Raffaelli, *Le 14 Juillet à Pont-l'Abbé* par M. Lucien Simon.

(*L'Intransigeant,* 11 mars.)

LA VIE ARTISTIQUE

LE DEUXIÈME GROUPE DE LA GALERIE DRUET

Voici un ensemble peu homogène où l'envoi de M. Jules Flandrin paraît le plus sensé. Il expose *Les Moissonneurs,* matin d'été, une *Auberge* dauphinoise, un portrait du danseur Nijinski. Ce sont des tableaux calmes qui ne manquent pas d'une poésie tempérée. M. Georges Desvalières nous montre des tableaux de livres et des *Anémones.* M. Maxime Dethomas quelques dessins coloriés exécutés pour *Le Carnaval des enfants* au théâtre des Arts. M. Georges Rouault expose des projets de décoration pour faïences où il y a quelque grandeur tumultueuse et comme une haine touchante de la beauté.

Les toiles de Mme Marval comme *Les Endormis* manifestent de la grâce nonchalante, mais peu ou point de fantaisie décorative.

Il faut mentionner encore les natures mortes de Dufrénoy et de M. Piot, quelques éventails que je n'aime pas beaucoup. Le sculpteur Albert Marque a envoyé des statues : une baigneuse, des enfants, un buste et des médailles, efforts certes, mais dont l'effet n'est pas celui qu'on attendait. Les invités de ce groupe sont M. Jaulmes qui expose quelques études sans grande signification et

M. Charles Lacoste qui aime la minutie même maladroite.

(*L'Intransigeant,* 15 mars.)

LE PASTEL

M. DUJARDIN-BEAUMETZ A INAUGURÉ L'EXPOSITION DE CETTE SOCIÉTÉ PRÉSIDÉE PAR M. CORMON

Aujourd'hui a été ouverte au public l'exposition du Pastel, qui a lieu à la galerie Brunner. M. Dujardin-Beaumetz est venu l'inaugurer. Ce sont de ces ouvrages dont il n'y a pas grand-chose à dire. On serait mal venu à discuter la virtuosité de ces pastellistes.

Il ne peut être question, bien entendu, de tendances artistiques. M. Paul Abbert expose un *Intérieur,* M. Allouard a ici une *Nature morte,* habile. Mme Auffray Genestoux et Mlle Louise Boissière exposent des portraits. M. Émile Boeswilwald nous montre des pastels d'apparence très allemande; ses bacchantes, ce sont des nixes. Il y a dans les pastels de M. Bracquemond des recherches, on dirait de l'Aman-Jean. M. Carette expose quelques paysages, *Le Pont d'Avignon,* des inondations. M. Chabanian a envoyé des plages avec des fillettes qui pataugent. C'est papillotant. M. Henry Darieu, comme un grand nombre de peintres, s'est voué à Venise. Il y a du sentiment dans les pastels de M. Émile Devé, pas autant que dans les envois de M. Jules Fléchelle qui, heureusement pour lui, est le plus inhabile des exposants du Pastel. Mais il a quelque chose de plus qu'eux tous, de l'émotion. M. Fournier a un paysage agréable de Turquie d'Asie : *Fontaine à Roumché Hissar.* M. Édouard Gelnay fait des intérieurs : *Le Petit Déjeuner, Intérieur rustique.* M. Iwill expose des pastels crépusculaires ou non, brr... qu'il y fait froid. M. Laissement s'efforce à être large. Il expose un *Retour des champs,* des *Glaneuses,* mais lui manque, à mon sens, le sentiment rustique. M. Louchet expose des forêts d'hiver, qui sont habiles, nettes, finies, et les plus froides choses qu'on puisse voir. M. Massin expose une vue de Quimper.

M. Louis Muraton et Mme Philippar-Quinet des portraits. M. Régamey a envoyé un portrait de M. Kirchhoffer. Mlle Olga Slom expose de grands pastels qui dénotent du goût : *Le Château de Sirmiore, Une rue à Maleisine, Le Matin sur le lac de Garde.* M. Henry Tenré expose des Parisiennes. Les portraits de Mme Vallet-Bisson sont élégants à souhait. Il y a encore à signaler les nus de M. Pierre Carrier-Belleuse, les portraits de M. Georges Claude, les envois de M. Gabriel de Cool, de M. Albert Cresswell, de M. Albert Depré, de M. Eugène Favier, de M. Ferdinand Queldry et de M. Albert Rigolot.

(*L'Intransigeant,* 17 mars.)

LA VIE ARTISTIQUE

K.-X. ROUSSEL. GEORGES BARBIER (LARRY)

M. K.-X. Roussel a rajeuni le tableau mythologique. Âme éprise d'hellénisme, poète des formes et des couleurs, il rappelle bien par quelques côtés de son talent très cultivé Théocrite et Virgile, le Tasse de l'*Aminta* et André Chénier. L'exposition qu'il fait en ce moment de ses œuvres à la galerie Bernheim nous le montre peignant ses oaristys, ses idylles pastorales selon une tradition qui par-delà Poussin remonte à l'Italie et à la Grèce même. Cette exposition est sans aucun doute une des plus belles que nous ayons eues cette année.

★

M. Pierre Louÿs aime beaucoup le talent de M. Georges Barbier (Larry) qui expose en ce moment à l'Art moderne d'agréables dessins, d'aimables coloriages que l'on peut bien, en passant par un grand nombre de dessinateurs russes, par Aubrey Beardsley, par les illustrateurs français du XVIIIe siècle, faire remonter jusqu'aux peintres de vases grecs. Sensible à la danse, aux spectacles de théâtre, M. Barbier a rendu les attitudes de Mlle Rubinstein ; il se plaît aussi à dessiner ces sultanes si modernes, qui semblent sortir d'une pièce fiabesque de Gozzi[1] pour errer dans des jardins fleuris de roses, de jonquilles et de jasmins.

(*L'Intransigeant*, 30 mars.)

LES DESSINATEURS HUMORISTES

LE VERNISSAGE DE LEUR PREMIER SALON AURA LIEU DEMAIN AU PALAIS DES MODES

La délicieuse affiche de Forain qui orne les murs en ce moment attirera demain tout Paris au 15, rue de la Ville-l'Évêque, où se tient le premier Salon des dessinateurs humoristes. On y verra avec plaisir que la grande caricature d'idées (celle des mœurs et de la politique) est en train de renaître. Elle est florissante en Alsace-Lorraine où Zislin et Hansi raillent avec force le germanisme et soutiennent la cause de la France qui est celle de la civilisation. Justement Zislin expose ici quelques-unes de ses caricatures les plus virulentes : *Les mots «cafard» et «Prussien» sont synonymes en alsacien, Le Pangermain,* etc. C'est Hansi qui a organisé l'exposition de Zislin prisonnier[2]. Hansi expose lui-même quelques dessins joyeux et moqueurs, *La Fête du Kaiser, Tout va bien en Alsace-Lorraine,* etc. Les caricaturistes politiques de France s'en prennent maintenant à la République. O'Galop expose *Le Repuzzl-blique,* jeu de salon taillé «dans le bois dont on fait des flûtes». Ajoutons que cette République est «à vendre». Paul Poncet nous montre une République israélite. Jean Veber a imaginé une puissante allégorie, *N.-D. des Colonies.* Leroy nous mène chez le bistrot *fondé en 1793,* Muller désabusé a vu les deux mamelles taries et pendantes de la France : *L'Agriculture et les Humoristes.* Lortac nous fait aller plus bas encore : *Toutes les Républiques au Salon.* Il y a Marianne, Helvétie, etc.; il a oublié la République portugaise, mais la négresse ne fait pas défaut, la sombre Libéria. Forain évoque dramatiquement un *Groupe d'électeurs* et *L'École des snobs,* Hermann-Paul raille aussi, et non sans force, *Le Cher Maître,* etc. H.-G. Ibels se moque des plaisirs bourgeois, *Le Jardinage, La Fête en plein air.*

La jupe-culotte est ici à l'honneur[1]. On ne la raille guère. Au contraire il semble que tous ces humoristes l'aient vue d'un fort bon œil, et ils nous la montrent comme un vêtement charmant.

Il ne me reste que peu de place pour signaler les trésors d'humour, de joie même, car la gaieté semble renaître aux dépens de ce sourire pincé qu'est l'humour, qui ont été dépensés dans ce Salon. Lubin de Beauvais expose des triptyques : *Les Pommes, La Piqûre* d'un libertinage aussi agréable que celui des dessins de M. Édouard Bernard, Barn est plein d'humour, Pierre Bernard silhouette les contemporains ainsi qu'Arnoux qui a vieilli le visage solaire de M. Gérault-Richard.

Carlègle a décoré le Salon de médaillons et de guirlandes. Chapuy nous montre encore une *République,* Delannoy est un des plus puissants caricaturistes politiques; citons ses *Conseillers municipaux,* son *Pain cher,* etc. Dethomas, lui, glorifie la République. Henry Detouche nous montre une *Marianne* qui *cherche encore à plaire.* Drésa fait *L'Éducation de Marianne.* Mia Elen a croqué les attitudes des danseuses d'aujourd'hui. Mme Forain a ici de charmantes marionnettes. Citons l'envoi de Galanis, les croquis parlementaires de Gassier, une aquarelle de Pierre Gatier, les caricatures cauchemars de Gayac, les danseuses de Gir, les envois de Jeanniot, de Jossot, la bannière de Léandre, une jolie frise moderne de Legrain, on dirait un makemono chinois[2]; les dessins de Malteste sont drôles. M. Boutet de Monvel préfère la crinoline à la jupe-culotte. Louis Morin expose une belle décoration pour *Une salle à manger.* Moriss, Nam, Charly sont amusants. Bernard Naudin veut rivaliser avec Callot, Rembrandt et Goya et son envoi est un témoignage de ses efforts. M. Poulbot aime les enfants. Il a aussi des dessins d'un autre ordre : *Biribi, Les Mariés,* etc. Les portraits charges de Rip sont ressemblants. Thelem connaît bien les chevaux. Abel-Truchet nous mène dans un bar; et pour finir, mettons hors de pair les charmantes fantaisies de Willette, *La Gourmandise, La Valse chaloupée et les Danses anciennes,* et signalons la *République* de M. Widhopff.

(*L'Intransigeant,* 31 mars.)

LA VIE ARTISTIQUE

Le peu de place dont nous disposons ne nous a pas permis de rendre compte d'expositions intéressantes et fort importantes, telles que celle du groupe de l'Effort, celle de M. Marcel-Jacques, statuaire, celle de dessins, pastels, terres cuites, sculptures qu'exposait M. Joseph Bernard à la galerie Marseille-et-Vildrac.

★

Le peintre Gabriel Biessy qui fit le voyage d'Argentine avec M. Clemenceau[1] a rapporté de ce pays quelques toiles pleines de charme dont quelques-unes avaient été exposées au dernier Salon de la Nationale. On goûtera aussi ses paysages du Brésil, ses vues de Paris, de Bretagne, d'Espagne et des intérieurs savoureux. Gabriel Biessy expose à l'International Art Gallery.

★

Le Cercle international des arts a ouvert sous le titre «Les Animaliers» une agréable exposition d'œuvres de Mme Amen de Sparre, Charlotte Bertrand, Hélène Butner, M. Graham, de Liniers, Ladevèze, Cauchois, Morstadt, de Mlles J. Poupelet, Sandsbrum, de MM. Benjamin Rabier, Bugatti, Bourdelle, G.-J. Brown, Cournel, Jean Dompt, Édouard Doigneau, Jacques Froment-Meurice, J.-B. Gélibert, Malher, de Monard, Ferdinand Oger, Peter, Riché, Rotig, J.-J. Rousseau, Sanchez, Steinlen, Surand, Georges Scott, Süe, Sarniguet, Tourgeneff, Thévenin, prince Troubetzkoï, Valette, Wilkie. Il convient de mettre hors pair les envois de Mlle Poupelet et de M. Bourdelle.

(*L'Intransigeant,* 5 avril.)

LES PASTELLISTES FRANÇAIS

LE VERNISSAGE DE LEUR VINGT-SEPTIÈME EXPOSITION A EU LIEU À LA GALERIE GEORGES-PETIT

L'Exposition des pastellistes français a cette année moins d'accent que d'habitude. M. Albert Besnard n'expose pas. Les portraits de femmes sont en petit nombre. C'est un attrait dont les expositions de ce genre se passent difficilement. M. Abel-Truchet a envoyé une *Fête foraine* et *Un cirque* d'une truculence spirituelle. M. Avy montre quelques études où apparaît nettement l'influence de M. Albert Besnard. M. Henri Dumont expose toute une flore mystérieuse, chrysanthèmes, lilas, azalées vus le soir.

M. Maurice Éliot, outre des paysages corses, a ici un portrait de petite fille blonde, en robe bleue, qui est amusant. M. Abel Faivre a fixé les traits du grand peintre Renoir. Ses portraits féminins sont plaisants, visages jolis et jeunes. M. Henri Gervex expose *La Toilette,* une nudité blonde et grasse, quelques portraits et des études de danseuses. M. René Gilbert a envoyé un grand portrait de femme élégante, brillamment et spirituellement exécutée. C'est avec la *Marie-Bertrande* de M. Guirand de Scévola le plus grand cadre de ce petit Salon.

Mme Madeleine Lemaire a ici trois cadres, *Fleurs, Fleurs et fruits* et *Le Repos,* trois œuvres où se révèle une fois de plus l'éblouissante virtuosité de la célèbre artiste. M. Lévy-Dhurmer expose un portrait de M. Henry Bérenger où il y a de la netteté et des paysages enveloppés de brume colorée, mais les contours en sont visibles. Ce sont des vues de Turquie, des minarets... Les pastels de M. Léon Lhermitte sont nets, les détails sont nombreux et s'harmonisent sans se mêler. Les paysages antiques de M. Ménard ont les mêmes qualités que ses tableaux précédents. Cependant, à la longue, on trouverait qu'il manque d'accent. L'art architectural qui embellissait les paysages de Grèce ne paraît guère, M. Ménard s'en tenant à je ne sais quel rêve bucolique de vie pastorale par des temps pluvieux qui pourrait lasser...

Les paysages provençaux de M. Montenard sont frais, colorés, animés et fort agréables. M. Alexandre Nozal a des dons certains et sait s'en servir, ses *Falaises d'Étretat,* ses *Pins* sont de bons paysages, un peu dramatiques. Il faut encore citer les portraits de MM. Axilette, Cornillier, Calbet, et les envois d'André Dauchez, de Gaston Guignard, de Léandre, de Loup, de Luigini, de Rivoire, de Thévenot et d'Ullmann.

(*L'Intransigeant,* 7 avril.)

L'ART ANGLAIS LES PASTELLISTES AU XVIIIe SIÈCLE

L'EXPOSITION DE LA RUE ROYALE. LES ŒUVRES LES PLUS REMARQUÉES

Je dois dire avant tout qu'il n'y a pas de comparaison à établir entre les pastellistes anglais du XVIIIe siècle et les pastellistes français de la même époque, pas plus qu'on ne saurait comparer en général l'art français et l'art anglais au XVIIIe siècle.

Les Anglais perdraient trop à cette comparaison et pour ne parler que du pastel on n'a rien, en Angleterre, à opposer aux La Tour, aux Perronneau.

Cela dit, je m'empresse d'ajouter que l'on prendra un très vif plaisir à visiter l'exposition qui vient de s'ouvrir aux galeries Brunner, 11, rue Royale.

Si les pastellistes anglais ont moins d'art, une tendance souvent plus caricaturale que leurs émules de France, ils ont eu des modèles féminins d'une beauté incomparable, leurs portraits d'hommes et de femmes ont un accent qui dévoile les tempéraments. Richardson et Fielding, et plus près de nous Dickens et Thackeray, nous ont donné l'équivalent littéraire des visages expressifs que l'on nous montre aujourd'hui.

Les Anglais italianisants sont, comme on pense, les moins intéressants, sauf toutefois cet Hoare que je ne connaissais pas et dont une figure, la *Dormeuse,* rappelle Ingres.

Au XVIIIe siècle, la vie anglaise, surtout à Londres, fut extrêmement libre et voluptueuse[1]. Les courtisanes triomphaient à tous les degrés de l'échelle sociale, depuis ces malheureuses qui, les yeux peints à l'encre de Chine, passaient leur nuit dans les tavernes attendant les débauchés, jusqu'à ces jeunes femmes que l'on trouvait dans les *bagnos*, dans les *seraglios*, au Vaux-Hall ou sur la liste du gérant de la Tête de Shakespeare, jusqu'aux belles gueuses de la province, comme cette Mary Mac-Intyre, surnommée Polly Brown, qui vécut en Écosse, et dont on verra, rue Royale, un beau portrait par Masquerier, jusqu'à cette adorable Lady Hamilton que ses défenseurs calomnient en l'imaginant vertueuse. On verra ici, de cette aimable furie, une belle esquisse par Henry Singleton.

Le rang du modèle excuse seul l'exposition d'un mauvais *Portrait de la reine Charlotte* par la célèbre Suissesse Angélica Kauffman, dont la réputation dépassa beaucoup le talent. Elle fut un peintre détestable mais elle eut beaucoup d'amants parmi les peintres, comme Reynolds, et ailleurs. On a même jasé touchant ses relations avec la reine Charlotte. N'insistons pas et admirons sans réticences l'admirable série des portraits peints par John Russel que le catalogue appelle justement «le plus grand pastelliste de l'école anglaise» : le charmant *Portrait de Miss Winifred Egan;* le *Portrait de M. Russel, oncle de l'artiste,* pastel magistral d'après un modèle à ravir Dickens, *La Petite Fille aux fraises,* portrait plein d'accent de la petite-fille de l'artiste; le portrait truculent du *Révérend John Newton* qui fut un caricaturiste rabelaisien; la voluptueuse esquisse d'après Miss Dowden; le *Portrait de l'artiste,* tête fine et forte, aux yeux qui scrutent, aux cheveux gris sur un visage jeune; cette maternité joyeuse, le *Portrait de la femme de l'artiste et de son fils William;* le portrait romantique de *John Bacon fils;* le portrait du baigneur de Brighton, *Old Smoaker,* personnage de Thackeray; le portrait d'un aimable More : *Mohammed Sumny,* au regard langoureux; le portrait dramatique de Mme Wilton et le visage piquant, sous un grand bonnet, de Mme Wormald. On regardera aussi le joli pastel qui s'efface : *Portrait de Mary et Élisabeth Beauclerck,* par Lady Diana Beauclerck.

Il ne s'attachera pas moins de curiosité au *Portrait d'un enfant du marquis de Bristol,* par la comtesse de Buckinghamshire, qui, née Bertie, est l'arrière-grand-mère de l'ambassadeur d'Angleterre.

★

Les pastellistes irlandais, avec leurs fonds gris, leurs teintes délicates plairont en France, tel George Chinnery. On verra un portrait par le paysagiste Constable. Le portrait de *La Comtesse d'Errol,* fine et joyeuse commère, par Francis Cotes, le «père du pastel anglais».

Un des plaisirs de cette exposition sera dans la découverte des pastels de Gardner, un des Anglais les plus artistes, sans aucun doute. On aimera particulièrement son *Sir John Taylor,* net et élégant. On regardera la *Jeune Folle* qui fut la première œuvre exposée par Sir Thomas Lawrence. On verra un portrait d'enfant par Pack, dont les œuvres signées sont rares et dont beaucoup passent sous le nom illustre de Russel. Citons encore le joli *Portrait d'Élisa Phelps, miniaturiste*[1], au grand chapeau de paille, visage piquant, mine ravissante.

Citerai-je le *Portrait de Peter Pindar,* le fameux satiriste Wolcott par Opio, les pastels de Reynolds, de Reaburn, une petite œuvre exquise de Gainsborough, les deux portraits de femme par Romney, le grand débauché, les œuvres aimables et singulières des filles de Russel, l'*Enfant au furet* d'Henriette Russel?

Poussière colorée et charmante, vous plairez singulièrement au public parisien, trop même à mon gré, car toutes ces œuvres raffinées des Anglais ne vont pas sans un bizarre mélange de fadeur et de brutalité, de grâce et du mauvais goût le plus puéril et le plus aimable qui devrait un peu déconcerter les Français. Mais l'anglomanie a ses droits. Et ne voit-on pas un des meilleurs écrivains de ce temps et des plus pénétrants, M. Abel Hermant, goûter avec une inconcevable passion l'art anglais? C'est qu'à la vérité il y a là une franchise qui peut bien séduire et une bonne humeur qui doit réjouir.

(*L'Intransigeant,* 8 avril.)

LA VIE ARTISTIQUE

LES ARTS DÉCORATIFS DE LA FEMME

Aujourd'hui au musée des Arts décoratifs du Louvre a eu lieu l'inauguration d'une nouvelle exposition réservée aux arts de la femme, autrement dit, aux ouvrages de dame. Quelques hommes, artistes décorateurs, s'en sont mêlés pour mettre en valeur dans leur vrai cadre les œuvres des femmes artistes. C'est ainsi que M. Follot a ordonné avec goût un petit salon de repos où l'on voit un fort beau paravent, ouvrage de cuir de Mlle de Felice, un curieux fauteuil à pampilles de Mme Waldeck-Rousseau, une tapisserie de Mme Dry-Robin : *Les Fontaines jaillissantes.* M. Jaulmes a installé également un petit bureau qu'il a tendu en toile de Rambouillet : cette façon de toile de Jouy est agréable à l'œil, néanmoins, les essais de Raoul Dufy dans ce genre sont plus variés, plus neufs et même plus décoratifs. Il faut signaler encore les broderies en raphia de Mme Lebucher, les broderies de Mme Le Meilleur, les broderies de Mlle du Puygaudeau, les dentelles exécutées par des femmes arabes sous la direction de Mme Seyrig, les tapisseries de Mme Mailland, la chambre d'enfant de Mme Lecreux.

On a adjoint à cette exposition une section italienne où l'on remarquera les copies d'étoffes anciennes de Marioli Fortuny, de Venise, etc.

★

Chez Druet, on voit des dessins de M. Maxime Dethomas, originaux qui ont servi à illustrer *Le Trust* de Paul Adam et *La Turque* d'Eugène Montfort... Dessins consciencieux.

★

Demain, on inaugurera à la villa Steinheil, impasse Ronsin, une exposition de dessinateurs russes («L'Art du livre»). On peut citer MM. Bapst, Bilibine, Fournie, Doboujinsky, Maloutine, Mitrochine, Narbout, Mme Ostrooumoff...

(*L'Intransigeant*, 9 avril.)

LE 21e SALON DE LA NATIONALE

VERNISSAGE DES PEINTRES. L'ASPECT GÉNÉRAL DE L'EXPOSITION DE LA SOCIÉTÉ DES BEAUX-ARTS

Cette année les écrivains d'art seront surmenés. En moins d'une quinzaine, il faudra examiner minutieusement les trois Salons de la Nationale, des indépendants et des artistes français. Les difficultés que les pouvoirs publics ont soulevées à propos de l'Exposition des indépendants sont cause du retard apporté à l'ouverture de cet intéressant Salon et tandis que d'ordinaire c'est par lui que commence la saison artistique, cette fois, la Société nationale des beaux-arts sera inaugurée la première.

LA PEINTURE

L'abondance d'œuvres décoratives donne au Salon de cette année une physionomie particulière. On distingue comme un effort général vers l'harmonie, vers le style. C'est une heureuse tendance et je pense qu'on ne saurait trop la louer.

Avec quelle ferme raison M. Eugène Burnand a dessiné son *Sermon sur la montagne*, œuvre sévère et ardente où, sous la figure inspirée du Christ, l'artiste a groupé tout un peuple avide d'entendre la Parole sainte! Un art noble éclate dans ces cartons. Chaque personnage est rendu avec une austère vérité. Le paysage aride et grandiose qui borne l'horizon forme un décor harmonieux. Tant de foi et tant de grandeur ont de quoi émouvoir. Et il n'est pas jusqu'à la colline triangulaire et splendide qui s'élève derrière le Christ dont la signification n'apparaisse clairement dans cette composition simplement et excellemment ordonnée.

Le fragment du plafond que M. Besnard a peint pour la Comédie-Française est une œuvre brillante qu'on ne peut encore juger qu'imparfaitement. D'après ce que l'on nous montre aujourd'hui, ce sera une belle œuvre et elle paraît très décorative. La partie qu'expose M. Albert Besnard est une allégorie heureusement exprimée. Elle représente le premier drame. À droite du panneau, on voit l'arbre de la science du bien et du mal où le serpent, qui s'humanise en un buste féminin, tend la pomme au premier couple. Les figures de la Tragédie et de la Comédie se trouvent auprès, tandis qu'assises dans la gloire les statues de Racine, de Corneille, de Molière et d'Hugo assistent à ce spectacle, cependant que les Renommées l'exaltent.

Allégorie aussi le carton que M. Anquetin a peint et qui sera exécuté en tapisserie aux Gobelins. Il symbolise la Bourgogne et c'est une œuvre où il n'y a rien à reprendre, mais qui est conventionnelle et si peu personnelle que le mieux qu'on en puisse dire c'est qu'elle semble la copie d'un ouvrage célèbre.

Œuvres décoratives toujours les fresques [que] M. Charles Duval a peintes pour récréer les hôtes d'une maison de convalescence, et l'artiste semble bien avoir atteint son but, car son œuvre est agréable à voir.

Œuvres décoratives toujours les fresques de M. Paul Baudouin, qui sont d'une belle matière, mais d'une expression un peu faible.

Œuvre décorative, *Le Labour* de M. René Ménard, composition noble et simple, œuvres décoratives l'*Offrande des amants,* de M. Caro-Delvaille, le *Gué* de M. Gaston La Touche, les envois de M. Aman-Jean, de M. Lévy-Dhurmer, de M. Maurice Denis, de Willette.

Parmi les paysages, il faut signaler avant tout celui de M. Claus qui se trouve dans la salle 8. C'est une belle floraison printanière où tous les détails sont exprimés avec amour. On regardera aussi *La Rentrée du troupeau* et *Dans les prés* de M. Flandrin.

L'Enterrement du pêcheur à Volendam, en Hollande, pendant l'hiver, par M. Hanicotte, retiendra aussi l'attention. C'est une grande toile trop tragique, et l'expression des visages n'est pas sans trop de caricature. L'impression est forte et elle est fortement exprimée et cependant l'ensemble eſt moins heureux que cette *Kermesse* qui l'an dernier fit plaisir à tout le monde. On regardera aussi, comme il eſt juſte, les tableaux qu'ont inspirés à M. Jacques Blanche les Ballets russes, et ses natures mortes. M. Jacques Blanche change sa manière. Il quitte Londres pour Téhéran. Les portraitiſtes officiels des belles mondaines, MM. Antonio de la Gandara et M. Boldini, ne sont pas moins brillants que de coutume. M. Boldini, outre ses portraits éleĉtriques, expose une nature morte peinte avec une grande virtuosité. M. Armand Point a envoyé quelques portraits achevés et une *Salomé* conventionnelle, mais gracieuse. Il faut encore noter, dans cette première visite à la Nationale, *La Leçon de clavecin* de Muenier, où il y a des parties charmantes, le chapeau posé sur le sol et le rayon de soleil, par exemple, mais où le bouquet détonne, car il n'eſt pas de même époque que celle qui eſt figurée dans le reſte du tableau, et c'eſt un détail extrêmement choquant.

LA SCULPTURE

À la sculpture, on trouvera cette année en petit nombre des œuvres excellentes.

Ce matin, ni Rodin ni Bourdelle n'avaient encore envoyé leurs ſtatues, et nous en reparlerons. Il me semble toutefois que le grand groupe de pierre *Amour et servitude,* de M. Marcel-Jacques, eſt avant tout l'honneur de ce Salon. C'eſt un ouvrage du premier ordre, d'un art sain. Il eſt bien conçu et parfaitement exécuté. Et, pour ma part, j'ai été ravi de le voir. L'envoi de Mlle Jane Poupelet eſt excellent, lui aussi; tout eſt harmonieux et d'une simplicité forte et gracieuse à la fois dans le plâtre intitulé *Devant la vague,* dans le bronze, *Vache rentrant à l'étable.* On éprouve à regarder cet ouvrage un très grand plaisir.

M. Henri Arnold expose une ſtatue délicieuse de fillette : *Lilette,* et un buſte de femme qui eſt très beau. Je n'aime pas moins les trois buſtes de M. Wlérick, et en particulier son buſte décoratif de plâtre. L'exposition de Niederhausern-Rodo eſt importante et d'une qualité exceptionnelle. Tout m'a paru excellent dans son envoi et je tiens à signaler sa *Danseuse* de bronze et la décoration de bon goût du socle; il nous montre aussi un torse qui eſt parmi les meilleurs morceaux de ce Salon. Il faut regarder aussi avec attention l'envoi d'Élisée Cavaillon et surtout ses bustes et sa *Laveuse.* Sans doute son bas-relief : *Hommes baignant un cheval,* réunira plus de suffrages que les œuvres précédentes, et cependant il m'a semblé d'un archaïsme un peu trop faiblement expressif. La *Sérénité,* de M. Yrurtia, tête expressive, est encore une des choses agréables de ce Salon. D'autre part, on remarquait *Le Miracle* d'Andreotti, le *Tambour de Wattignies* de Fagel et son buste de Carpeaux.

(*L'Intransigeant,* 14 avril.)

VERNISSAGE PRÉSIDENTIEL AU SALON DE LA NATIONALE

Le président de la République s'est rendu aujourd'hui au Salon de la Société nationale des beaux-arts, accompagné par M. Dujardin-Beaumetz et par quelques notabilités du monde des arts. Il a parcouru les salles de l'exposition se faisant présenter de nombreux artistes. À la sculpture, il a particulièrement admiré les envois de Rodin, de Bourdelle et de Marcel-Jacques. À la peinture, il s'est arrêté longuement devant le plafond de la Comédie-Française par M. Besnard, devant les Roll, devant le René Ménard, devant les envois d'Eugène Burnand, devant les cartons pour les fresques du Petit Palais, par Paul Baudouin, etc.

★

Commençons aujourd'hui à visiter le Salon en détail. Et parcourons avant tout les emplacements du rez-de-chaussée réservés à la sculpture.

LA SCULPTURE

Hier soir, à 6 heures, les envois de Rodin, *Buste au duc de Rohan, Buste* XVIIIe *siècle,* signalés au catalogue n'étaient pas encore arrivés. Par contre, le grand sculpteur avait envoyé un marbre qui eſt une œuvre splendide où la lumière joue à merveille sur des formes parfaitement belles. Les envois de Bourdelle sont également très beaux : *Le Fruit,* ſtatue de jeune fille en bronze, le *Buſte de l'écrivain Charles-Louis Philippe, Une blonde,* buſte de femme en pierre. Bourdelle a reſtitué la ressemblance essentielle de Charles-Louis Philippe, le buſte de femme eſt plein d'une grâce perverse et le fruit eſt une œuvre fière et sensuelle.

D'autre part, j'ai dit l'admiration que m'avait inspirée le beau groupe de Marcel-Jacques où il ne manque rien de ce qui eſt essentiel, où tout indique un talent robuſte et du premier ordre. On peut souhaiter que cet ouvrage, commande de l'État, ne quitte point Paris et en embellisse quelque coin où il consolera des vilaines choses qu'on nous force à voir sur les places et dans les jardins.

L'envoi de Dejean eſt remarquable. J'ai particulièrement goûté sa *Femme en soirée,* œuvre simple du plus gracieux effet. Il faut aussi remarquer l'exposition de Durousseau, un cadre contenant trente plaquettes de bronze, un buſte d'enfant, un buſte de jeune fille et un plâtre intitulé *Jeune femme lisant,* œuvres pleines de mérite. J'ai signalé, hier, les envois excellents de Mlle Poupelet, d'Arnold, de Cavaillon, de Niederhausern-Rodo et le beau buſte de femme par Wlérick. J'ai cité *Le Miracle* d'Andreotti. Il faut mentionner encore les envois d'Ielmoni, de Jouvray, d'Halou, de Voulot, de Wittig, *La Fontaine aux escargots,* de Mars-Valett qui habite aux Charmettes, dans la maison de Jean-Jacques, le *Torse de femme* et la *Jeune fille* de Lehmbruck, œuvres très intéressantes, et le *Portrait de Mlle Germaine T***,* par Georges Deniker. Notons encore de Tolſtoï fils une tête de son père.

LES SALLES DE PEINTURE

Salle 1. On y voit une peinture de Roll, *Le Libérateur José de San Martin,* deſtinée à être exécutée en tapisserie par les Gobelins, pour la république Argentine. J'aime mieux *Les Étudiantes* de Fox et certains détails de son *Repos,* bien que certaine chemise mauve et l'ensemble... *Le Chagrin,* que M. José Belon a situé en Provence, eſt une toile bien éclairée et consciencieuse. M. de la Gandara nous montre une dame en robe grise d'amazone, bottes de cuir jaune, gants en peau de daim; une jeune fille en robe de satin vieux rose avec de la dentelle et des rubans au corsage, et une dame en noir avec une écharpe en dentelle et une rose rouge sombre. Notons aussi l'envoi de Rusiñol, le portrait du *Docteur Bordas* parmi ses cornues et ses éprouvettes, par Henri Bénard, le *Calvaire au bord de la mer* de M. Sternberg-Davids, le *Parc fleuri* agréable à voir de M. Charmaison, le fin paysage de M. Frédéric Régamay, les portraits de M. Ablett sur fond représentant une tenture en toile de Jouy, les *Berges de la Seine,* près du Louvre, par Edwin Scott, œuvre seulement ébauchée, le *Paysage de neige* par Louis Charlot. J'ai parlé de *L'Enterrement du pêcheur* par Hanicotte.

Salle 2. On y voit les envois de Lavery, de Dagnan-Bouveret, un *Intérieur* et une jolie nature morte de Marthe Moisset, des paysages gris d'Ullmann. L'ensemble important de cette salle est constitué par l'envoi de M. Aman-Jean. *La Saltimbanque* et *La Vielleuse,* suite de décorations appartenant au musée des Arts décoratifs. M. Aman-Jean expose encore un panneau décoratif et des portraits, parmi lesquels celui de Mme Lucie Delarue-Mardrus. Le tout ressortissant au maniérisme accoutumé de l'artiste et qui donne à son œuvre entière je ne sais quelle apparence d'eau morte, d'eau glauque, de lagune ou d'étang.

Salle 3. M. Alexandre Séon y expose un *Orphée couché,* couronné d'or pâle et tenant la lyre primitive; il est à demi vêtu et le site où il médite est une grève de mer avec des rochers. J'en aime l'esprit, mais j'en déteste la vue.

Je note les envois de Guirand de Scévola, les petits enfants de Mlle How qui en expose toute une pouponnière, les *Chevaux blancs courant au bord de la mer* de M. Henry-Baudot, le *Clair de lune* de Gaston Guignard.

Salle *3 bis.* On y retrouvera les grandes toiles décoratives de M. Gaston La Touche, *Le Gué* avec son carrosse rouge et ses laquais en houppelande et bonnet, l'*Heure heureuse,* etc.; les paysages de M. André Dauchez, décoratifs et sévères, l'exposition de Mlle Olga de Boznanska, d'un maniérisme un peu allemand qui lui a permis de rendre à merveille l'aspect germanique du poète Émile Verhaeren.

Salle 5. On y regardera avant tout le *Fragment du plafond de la Comédie-Française,* par M. Albert Besnard. J'en ai parlé hier! L'envoi de Willette est très amusant et d'une audace dont rougiront les demoiselles et les hypocrites. Il y a *La Sieste* et une *Tentation de saint Antoine* tout à fait moderne. Art populaire très pimpant et fort amusant.

Salle 4. On y verra *La Bourgogne,* carton d'Anquetin, dont j'ai parlé, un squelette qui se promène dans un jardin, par Marcel Roll, le paysage de Lebourg qui aime bien Turner et cette femme nue devant un miroir à trois faces, tour de force de M. Bracquemond qui est parvenu à nous montrer une femme vue de dos, de face, de profil de droite et de celui de gauche en dissimulant le ventre et le sexe. C'est un nu *ad usum Delphini* et qui plaira à M. Bérenger.

Salle 4 *bis.* M. Jeanniot y montre des soldats en marche — quarante kilomètres sans boire... — et de jolis paysages. Voici un beau portrait d'homme par Albert Besnard; les *Paysages* de M. de La Villéon, les envois de Ganny, de Loup, de Bunny, les grandes images de M. Bieler, les fins paysages, *Pont des Arts, Quai des Grands-Augustins,* par Raffaelli, un *Versailles* de M. Charmaison, les tableaux marocains de M. Girardot.

Salle 3 *ter. Le Divan rose,* de M. R.-X. Prinet, est une chose plus agréable que sa *Leçon de géographie* qui l'est aussi. Voici les tableaux de M. Le Sidaner, pointillisme nocturne, *La Brune et la Blonde,* de M. Courtois et l'envoi d'Hopkins.

Salle 6. On y verra la frise de M. Duval dont j'ai parlé et les envois de Myron Barlow, de Louis-Picard, de Morrice, des nus et un portrait de jeune fille par Friant, *Les Muses* par Wilfrid de Glehn.

Salle 6 *bis.* M. Agache pense qu'il y a plus de visages que de masques et il l'exprime fortement, mais non sans sévérité un peu ennuyeuse. M. José Belon a ici *Le Premier Bain,* toile colorée et tendre. Mais il faut mettre hors de pair *Le Labour,* de M. René Ménard, dont j'ai parlé.

(*L'Intransigeant,* 15 avril.)

LE VERNISSAGE DU SALON DE LA NATIONALE

UNE FOULE ÉLÉGANTE SE PRESSE AU GRAND PALAIS

Enfin, tous les envois de Rodin sont arrivés. Outre ce beau morceau en marbre d'Italie dont j'ai parlé hier et qui, intitulé *Le Lys brisé,* est destiné à la tombe d'un jeune homme, voici le *Portrait du duc de Rohan,* c'est une réplique en marbre d'Asie Mineure du buste de bronze qu'on a pu admirer l'année dernière et, pour ma part, je préférais le bronze.

★

Reprenons notre visite dans les salles de peinture.

Salle 7. On y voit les beaux paysages de fin de journée par Jules Flandrin, qui expose aussi des fleurs : *Chrysanthèmes, Tulipes roses.*

L'exposition de M. Georges Desvallières est aussi l'une des plus intéressantes de ce Salon. L'inquiétude de cette âme d'artiste est émouvante. *La Vigne* et l'*Annonciation* sont des œuvres méditées qui doivent retenir.

M. Charles Guérin avec son *Écharpe rose* et sa *Nature morte* mérite aussi l'attention d'un public plus habitué à goûter le métier et la virtuosité que la grâce des recherches artistiques.

Avec MM. Francis Jourdain, Guérin, Flandrin, Desvallières et Maurice Denis, c'est l'esprit nouveau qui se manifeste à la Nationale.

M. Abel-Truchet a ici un ensemble agréable. Mentionnons aussi un portrait de femme rousse par Louise Breslau et un *Pardon* vivement coloré par H.-G. Ibels.

Salle 8. C'est ici que se trouve le carton pour un vitrail par M. Eugène Burnand. J'en ai dit, avant-hier, beaucoup de bien et cet ouvrage est parfaitement approprié à sa destination.

Voici encore le paysage de Claus que j'ai loué comme il convenait, une fresque de Marie Cazin et des paysages de Gabriel.

Salle 6 *bis*. Les trois tableaux décoratifs de M. Maurice Denis, et je ne goûte pas entièrement leur esprit, sont intitulés *Les Premiers Pas, Soir de septembre, La Plage ensoleillée.* C'est, comme on pense, un des envois les plus significatifs du Salon et ils tranchent sur la banalité de l'ensemble. Avouons qu'ils trancheraient moins aux Indépendants ou au Salon d'automne.

Salle 9. On y verra de fins paysages de Lhermitte, les envois de Braquaval et d'Henri Dumont.

Salle 10. M. Lévy-Dhurmer expose une toile décorative, brume bleuâtre, agréable à voir. M. Hawkins a envoyé quelques portraits, M. Gillot une usine au bord de l'eau et une vue de Paris.

Il faut citer aussi les envois de Marie-Paule Carpentier, de Harrison, d'Aimé Perret.

Salle 11. Un Mesdag gris, le portrait de *Mistral* par Valdo Barbey, des Guillaume amusants et l'important envoi de M. Jacques Blanche dont j'ai parlé avant-hier.

Salle 12. M. Gervex expose ici deux portraits de femmes et des paysages, Mlle Lucienne Boulanger nous montre la maison de Balzac vue de la rue Berton. Il faut que M. de Royaumont ait cela pour son musée. Mais les morceaux importants de cette salle ce sont les fresques de M. Paul Baudouin.

Salle 13. On y voit les belles dames de Boldini, crispées et qui semblent peintes d'un seul coup de pinceau. Cela serait nerveux s'il n'était énervé... Voici les envois de Guillaume Alaux, de Milcendeau chez qui M. Tristan Lealère trouve des rapports avec Charako...

Salle 14. Un salon de club, bien observé par M. Jean Béraud, des fleurs de Maurice Éliot, des paysages d'Iwill et l'envoi de Jef Lempoels.

Salles 15 et 16. M. Auburtin a peint des sirènes cette année et ce n'est pas ces oiseaux qui trompaient les navigateurs et qu'inventèrent les Grecs, mais des Scylles finissant en poissons. Il faut citer les envois de Lerolle, de Boyer, de Dagnaux.

Salle 17. Voici des envois dont j'ai parlé, ceux de M. Muenier et Armand Point et les toiles de Damoye, de Guignet.

Salle 18. Le *Sacrifice des amants,* de M. Caro-Delvaille, est d'une ingénuité voulue, un peu fausse. C'est du moins mon sentiment. Citons encore les envois de MM. Hugues de Beaumont, Desmoulin.

Rotonde et Escalier. On y trouvera les envois de M. Le Serrec de Kervilly, de M. Cornillier, de M. Lemordant, de M. Georges Ballot, un jeune homme vêtu d'une façon assez comique par M. Brunner, les tableaux de Suréda, de Laurent-Gsell, de J.-L. Brown, les portraits de M. Gabriel Biessy et ses deux paysages dont l'un est de nuit, un portrait féminin de Mme Brémond, *Le Cèdre* de Cariot, *Toussaint* de M. Chapuy, *Les Chrysanthèmes,* joli tableau d'un bel effet par Mme Ilma Graf-Dreyfus, un portrait par M. Gottlieb, le beau portrait du *Sculpteur Eugène Bourgouin* par Marcel Lenoir, le *Portrait de M. Potocki,* par Mme Mutermilch, le *Portrait de M. Georges Goyau* par M. de Nolhac, le *Pont de Cannon Street* par M. Gaston Prunier, un portrait de fillette par Gaston Schnegg, les portraits de M. Weerts, portraits de *M. Laloux,* de la *Vicomtesse de La Nonneraye,* de *M. Bellon,* président du conseil municipal, du *Docteur Graux,* et du même artiste une grande toile décorative, *Concours d'éloquence sous Caligula à Lyon,* et pour finir citons encore les envois de M. Minartz, de Mme Stettler, de M. Zak.

GRAVURE

On y verra de beaux envois par M. Rousseau, Louis Legrand, les illustrations de M. Dauchez pour un livre de M. Souvestre, la fine *Solitude* de Mlle Dorothée George, les très belles eaux-fortes de M. Jacques Beurdeley, des eaux-fortes en couleurs par M. Eugène Delatre, des bois très habiles de M. Germain d'après Poussin, Watteau et le Lorrain, les eaux-fortes de M. Le Meilleur, les lithographies de M. Séverin Rappa et le *Saint Matthieu* que M. Waltner a gravé d'après Rembrandt pour la chalcographie du Louvre.

ARTS DÉCORATIFS

M. Bourgouin expose la *Couronne pour le Sacré-Cœur.* Il faut faire un cas tout particulier de l'envoi de Brindeau de Jarny, des lustres électriques exécutés avec goût et bonheur. J'aime beaucoup des ampoules qui ont l'aspect des oursins. M. Brindeau de Jarny travaille d'après nature et n'évite ni ne dissimule les éléments rationnels tels que les vis et les clous. Ses ferrures, serrures et clefs sont d'excellents ouvrages, très raisonnables. Avec quel art précis, minutieux et point vulgaire il a rendu une feuille rongée par le soleil, une cerise becquetée; à ces détails on reconnaît l'artiste. M. Carabin expose une jolie pendule en améthyste. M. O'Kin, qui est japonais, expose de belles coupes en corne et l'une d'elles, dont la forme est charmante, est, au surplus, d'une couleur exquise. Mme Myto René-Jean expose une vitrine contenant des bijoux d'un goût excellent et des plus raffinés. Mentionnons encore les broderies de Mme Le Meilleur et les travaux en cuir de Mlle de Felice.

(*L'Intransigeant,* 16 avril.)

LES INDÉPENDANTS

LE VERNISSAGE AURA LIEU DEMAIN. COUP D'ŒIL GÉNÉRAL SUR L'EXPOSITION. LE TRIOMPHE DU DOUANIER ROUSSEAU

Cette année, nous avons un excellent Salon de la Société des indépendants. Les luttes qu'elle a eu à entreprendre ont affermi cette société. Plus de quatre cents sociétaires nouveaux sont venus s'ajouter à ceux que nous connaissions. On croyait avoir mis les Indépendants à terre. Mais ils subissent le destin d'Antée, et terrassés se relèvent plus forts que jamais.

★

L'aspect général du Salon est entièrement modifié. Certains groupes qui ces dernières années formaient un bloc compact se sont maintenant divisés et se tiennent loin l'un de l'autre. On peut signaler une sorte de scission du groupe dit des fauves, scission qui n'est pas seulement visible dans les salles, mais qui est surtout remarquable dans les esprits. L'effort vers la composition prime maintenant l'effort impressionniste et il ne reste plus guère de traces d'impressionnisme dans les salles 41 et 43 où résident cette année tout l'effort et toute la nouveauté du Salon. Je reparlerai de ces salles; qu'il me suffise aujourd'hui de signaler salle 41 les œuvres importantes de Delaunay, de Le Fauconnier, de Marie Laurencin, de Metzinger, de Gleizes, de Léger, de Lehmbruck, de Maroussia, de Vlaminck, de Girieud, de Van Dongen, et salle 43, les œuvres de Dunoyer de Segonzac, d'Albert Moreau, de La Fresnaye, de Detalle, d'André Mare, de Mainssieux. Ce n'est pas qu'il n'y ait d'autres salles où il y ait des œuvres pleinement réalisées, mais elles n'ont pas le même accent de nouveauté. Salle 27, il y a le tableau de Matisse[1], qui est une merveilleuse harmonie de couleurs fortement personnelles, et l'exposition discrète et très belle de Raoul Dufy; salle 40 se trouvent les compositions de Lhote et de Granzow et salle 28 une admirable exposition d'Henri-Edmond Cross, mort l'an dernier, et un lumineux ensemble de Signac. J'en reparlerai en détail, mais aujourd'hui je veux m'étendre sur Rousseau le Douanier[2]. [...]

(*L'Intransigeant*, 20 avril.)

LE SALON DES INDÉPENDANTS

LA JEUNESSE ARTISTIQUE ET LES NOUVELLES DISCIPLINES

Après avoir dit mon sentiment sur Rousseau, j'aborde la salle 41. Elle est la plus intéressante du Salon, avec la salle 43. C'est sans doute pour cela que presque tous mes confrères, les écrivains d'art, les négligent. On y trouve cependant avec plus de force que partout ailleurs, et non seulement aux Indépendants, mais sans doute dans le monde entier, la marque de l'époque, le style moderne que l'on fait semblant de désirer, que l'on recherche sans vouloir le reconnaître où il se trouve. Il se forme en ce moment un art dépouillé et sobre dont les apparences parfois encore rigides ne tarderont pas à s'humaniser. On dira plus tard l'influence qu'ont eue les œuvres d'un Picasso dans le développement d'un art aussi neuf. Mais les influences que l'on pourrait retrouver en remontant jusqu'aux plus nobles époques de l'art en France et en Italie n'enlèvent rien aux mérites des peintres nouveaux. Parmi les mieux doués de ces artistes, on doit saluer Robert Delaunay, dont le talent robuste a de la grandeur et de la richesse. L'exubérance qu'il manifeste garantit son avenir. Il se développe dans le dessin et dans le coloris qui sont forts et vivants. Sa *Tour Eiffel* a de la puissance dramatique et son métier est déjà très sûr. Le gros effort de Le Fauconnier a abouti à *L'Abondance,* riche composition, sobre de couleurs et où les formes des figures, des objets et du paysage sont conçues dans un même esprit et se lient excellemment par l'accent et la sensibilité. L'envoi de Marie Laurencin, sobre, ferme, audacieux, un *Portrait* et *Jeunes filles,* est un de ceux qu'on peut priser le plus haut pour la grâce et la noblesse et quant au goût dont elle fait preuve, je ne connais guère que Picasso qui en montre autant.

Metzinger est ici le seul adepte du cubisme proprement dit et il nous prouve par l'agrément répandu dans ses ouvrages que cette discipline n'est pas incompatible avec la réalité. Cet art cinématique, en quelque sorte, a pour but de nous montrer la vérité plastique sous toutes ses faces et sans renoncer au bénéfice de la perspective. Au demeurant, ce n'est pas ennuyeux et c'est fermement écrit. Art où l'on joue avec la difficulté qui reste vaincue. Je goûte pleinement les peintres dont je viens de parler.

Les paysages à grands plans, à teintes délicates d'Albert Gleizes, rappellent encore ceux de Le Fauconnier. De là ne vient pas uniquement leur mérite. Gleizes a fait un grand effort qui a abouti à ses figures : *Homme nu, Femme aux phlox,* où il y a de la personnalité, de la vigueur. M. Fernand Léger a encore l'accent le moins humain de cette salle. Son art est difficile. Il crée, si l'on ose dire, la peinture cylindrique et n'a point évité de donner à sa composition une sauvage apparence de pneumatiques entassés. N'importe! La discipline qu'il s'est imposée mettra de l'ordre dans ses idées et l'on aperçoit déjà la nouveauté de son talent et de sa palette. Signalons les toiles instinctives de Maroussia où il y a de la joie et du sentiment. Lehmbruck, sculpteur, qui n'est pas sans mérite, a ici des dessins.

QUELQUES VIEUX FAUVES

Cette salle contient aussi des toiles des vieux fauves, de Van Dongen qui expose des sortes d'affiches, de Girieud, triste, triste... et de Maurice de Vlaminck qui devrait entreprendre des travaux plus importants. À lui les grandes toiles tumultueuses! Il gâche son tempérament à peindre des cartes de visite. C'est un crime.

QUELQUES JEUNES FAUVES

On les trouvera à la salle 43. Luc-Albert Moreau nous montre quelques toiles expressives d'un sentiment baudelairien assez intense. Dunoyer de Segonzac qui sait dans ses dessins fixer la grâce des mouvements chorégraphiques tend sa volonté pour peindre avec force. Son *Groupe de nus* bien écrit nous prouve que sa palette s'humanise. Il expose aussi un *Paysage* délicat. *Le Cuirassier,* de La Fresnaye, est un excellent morceau. Cet artiste aborde la peinture militaire avec une entière franchise et des moyens tout neufs. C'est là un des beaux envois du Salon. Il faut que M. de La Fresnaye aborde maintenant de grandes compositions. Mais qu'eût été Gros sans les batailles de l'Empire? La Fresnaye se doit de souhaiter une guerre. Le maniérisme de l'envoi de G. de Miré n'est pas désagréable. Il faut hautement louer Marchand, dont *La Légende de saint Martin* est une toile excellente. Son talent n'est pas sans analogie avec celui de Raoul Dufy, je parle pour la palette. On peut attendre beaucoup de Marchand et pour ma part je suivrai avec attention la marche de ce peintre. Signalons les *Baigneuses* de Paul Véra et l'envoi de Lotiron, de jolies natures mortes. Chabaud n'est pas dénué de dons non plus et son talent est plein de franchise.

LES FAUVES DU TEMPS JADIS

Ils se sont groupés dans la salle 27, très loin de leurs jeunes rivaux. Il y a quelque coquetterie de leur part à se vieillir ainsi. Jamais le talent d'Henri Matisse n'a été plus jeune. Voici quatre ans que je m'efforce de défendre ce beau peintre. Il avait contre lui presque tous les écrivains d'art. Et voyez comme on s'habitue à tout. Matisse n'a pas changé. Il est plus audacieux encore dans le coloris que jamais. Son dessin a la même personnalité que les années précédentes. Et cette année, les yeux des critiques accueillent, sans en être éblouis, cette *Andalouse* si expressive et si harmonieusement peinte qu'il nous montre. L'exposition discrète de Dufy est d'une haute tenue; il a envoyé une nature morte d'un sentiment mystique et poétique très élevé et quelques épreuves des bois admirables de métier et d'accent qui font de mon *Bestiaire* un ouvrage digne des hautes époques de la typographie. On l'a si bien remarqué qu'un homme de goût ayant créé une école d'art décoratif me disait hier que c'était là le seul ouvrage moderne dont il laissait voir les gravures à ses élèves.

(*L'Intransigeant,* 21 avril.)

LE SALON DES INDÉPENDANTS

LES NÉO-IMPRESSIONNISTES ET L'ART DU POINT. LA SALLE RUSSE, ETC., ETC.

Je me suis étendu sur les peintres dont l'importance me paraissait devoir être mise en valeur. Mais il y a aux Indépendants bien d'autres peintres dont le talent et les mérites sont de premier ordre. C'est ainsi que dans la salle 27 l'exposition de Camoin, de Mlle Charmy, de Mme Marval, de Laprade, de Manguin, de Lebasque, de Manzana-Pissarro est des plus intéressantes.

Rouault est en très grand progrès et j'aime beaucoup ses projets de décoration pour faïences. La toile de Friesz est excellente et pleine de sensibilité.

CROSS, SIGNAC, LUCE, ETC.

On ne peut qu'admirer hautement la rétrospective d'Henri-Edmond Cross. C'est un des peintres les plus lyriques qui soient. Son paysage d'architectures avec des bœufs est un admirable poème lumineux. Signac demeure le maître incontesté du point. Cet art réfléchi a des mérites uniques et il a produit des peintures excellentes. À côté des grands tableaux de Signac, on admirera ses aquarelles et un carton, préparation achevée d'un tableau. L'*Échafaudage* de Luce est sans aucun doute une de ses toiles les mieux construites. Il sait peindre les ouvriers avec goût. Art très simple, sans accent déclamatoire.

LES RUSSES

Les peintres russes sont ceux qui, à l'étranger, semblent avoir le mieux compris les leçons des peintres français. On a eu raison de grouper quelques-uns de ces artistes dans la salle 44. Mme Vassilieff aime l'exotique, Mlle Szerer est ici la dernière adepte du néo-byzantin Boïtchouk, qui emplit l'an dernier les Indépendants de ses peintures et de celles de ses élèves, non sans profit peut-être pour les Français à qui c'était une façon de rappeler que les peintres, aussi bien que les poètes, peuvent bien tricher avec les siècles. Et Mallarmé ne s'est point trompé en le disant[1]. Machkoff est très bien doué. Je cite aussi Roudnieff, Chapchal, etc., et le sculpteur Archipenko, qui a des dons. En somme, ces artistes russes ont de la personnalité et leurs recherches sont pénétrantes.

LES PREMIÈRES SALLES

Citons les envois de Mme Stettler, la rétrospective du peintre Valton, qui fut longtemps le président de la Société, l'exposition importante de Ciolkowski, décorateur au talent très cultivé et dont la *Little Ann* fait songer à la pauvre Anne qui fut si bonne pour Thomas de Quincey; les paysages mélancoliques et tendres de Périnet, les figures voluptueuses de Bénoni-Auran, qui se souvient de Guérin, un *Intérieur* agréable de Mlle Marcelle Gillot, un triptyque plein de force et de grâce de Mlle Germaine Vasticar, dont les meubles avaient été remarqués l'an dernier, les *Intérieurs* attendris et délicats de Mlle Rosenberg, l'envoi noirâtre de Fornerod, l'*Inondation* dramatique d'Altmann, les campements gitans de Ramon Pichot, un *Nu* d'Isabel Beaubois.

Les trois grands panneaux de Lacoste ont de la beauté. Cet artiste s'est agrandi. J'aime beaucoup les dessins de Claude Chéreau d'après les danses d'Isadora Duncan; Picart Le Doux expose le *Portrait de Jules Romains.* Il faut faire un cas particulier de l'exposition de Stuckgold. Il se cherche passionnément et voluptueusement. J'aime son *Étude pour Vénus et Psyché* et ses portraits.

Il faut aussi goûter les portraits solides de Mlle Merson. L'envoi d'Urbain est délicat. L'exposition de Terrus est très séduisante. Les paysages de Mme Follot-Vendel sont d'une belle sensibilité. J'aime beaucoup également les paysages catalans de Bausil.

On a réuni les poètes Tristan Klingsor, Henri Ghéon et Paterne Berrichon dans la salle 13, nombre à leur porter bonheur. On goûtera pleinement l'envoi si mesuré, d'un sentiment bucolique si juste, de Déziré. Les intimités de Chapuy sont jolies. On peut louer Mlle Marthe Galard qui a entièrement changé sa manière et renouvelé entièrement sa palette. Ses toiles sont fines et harmonieuses. On regardera avec attention les envois de Valtat, de Sérusier, les nus de Mme Agutte qui humanise son dessin, les toiles de Lombard, peintre intelligent, la *Vue de Florence* d'Asselin, les dessins de Louise Hervieu, les nus intéressants de Jacques Blot qui nous montre aussi une tour Eiffel toute petite.

Deltombe est un décorateur harmonieux et sobre. Voici les *Cavaliers au bois* et des fleurs de Jules Flandrin dont j'aime surtout les paysages, le *Bouquet* plein d'émotion de Jean Deville, le portrait de Lebasque par Plumet et des toiles délicates et audacieuses d'Ottmann dont le talent est très personnel. Je signale des fresques très intéressantes de Jean-Paul Laffitte, les envois de Parthenis, d'Anselme Bucci, très synthétique, de Le Serrec de Kervilly, de Diriks dont je goûte les *Enfants dans la forêt,* les *Enfants au bord de la mer,* d'un sentiment très poétique, les expositions de Dusouchet, d'Edmond Poullain et de Blanchet, qui a moins d'accent que l'an dernier, les *Nus* comme désabusés de Suzanne Valadon, les *Fleurs* et les natures mortes de Dulot. Voici encore la composition pleine de sentiment et de maniérisme de Zak, la *Partie de plaisir* d'André Lhote, un peu inexplicable. Je préfère du même peintre son *Étude pour le port de Bordeaux*. Voici enfin le paysage de Vladislav Granzow, mesuré, d'un accent juste et d'un effet très lyrique. Son *Nu* a également de la force.

LES DERNIÈRES SALLES

J'y note les nobles compositions d'Alexandre Séon, des paysages d'Henri Doucet, les sculptures pleines de mérite d'Albert Marque, les curieuses statues de bois par Agéro, les aimables essais de Mme Valentine de Saint-Point et les compositions hésitantes de Picard du Chambon qui se signale à l'attention autrement que par sa peinture, car cet inconnu est un des plus nobles poètes de ce temps et du plus rare accent lamartinien[1]. Qu'on se souvienne de son nom...

(*L'Intransigeant*, 22 avril)

LE SALON DES HUMORISTES

EXTRAVAGANCES, FOLIES CHARMANTES, FUSÉES D'ESPRIT, GAIETÉ ENDIABLÉE, VOILÀ CE QUE L'ON TROUVE AU PALAIS DE GLACE

Comme une oasis fraîche et reposante au centre de ce Sahara artistique qu'est l'époque des Salons, où les tableaux sont plus nombreux que les grains de sable au désert, se trouve le Salon des humoristes, organisé par *Le Rire*. Par ironie, sans doute, on l'organise chaque année au palais de Glace.

Les expositions rétrospectives comprennent cette année celle d'Alfred Le Petit, qui était du temps des caricaturistes à grosse tête. On le citera plus tard honorablement à la suite d'André Gill. La rétrospective d'Adrien Wély est intéressante : on trouve dans les ouvrages de cet artiste de l'observation et de l'invention.

Georges Delaw n'est pas seulement un humoriste, c'est un poète. Il nous vient de la Wallonie, où, dans les forêts, au bord des ruisseaux, dans les villages, vivent des vieilles légendes joyeuses ou mélancoliques. J'aime beaucoup son peuplier, ses maquettes de décors. Delaw, c'est un grillon qui chante dans l'âtre d'une maison rustique des Ardennes.

Roubille, artiste excellent et décorateur adroit, demeure un des maîtres de ce Salon. Voici Genty, revenu de Salonique pour errer à la Butte-aux-Cailles et sur les fortifs. Cappiello invente sans cesse des êtres séléniens ou solaires, prestes et inquiétants qui sont aujourd'hui les génies familiers de l'industrie et du commerce. Vive Cappiello! On lui doit la joie répandue sur les murs de Paris, car aujourd'hui presque toutes les affiches procèdent de celles de Cappiello. Voici Ferdinand Bac aux femmes pâmées et qui s'est plu à étudier la face de Voltaire «et son hideux sourire». Voici Vallet, peintre des militaires et des petites femmes. Voici Abel Faivre, le féroce Abel Faivre aux légendes si mordantes, aux compositions si fantaisistes. Voici Ricardo Florès, plein de talent. Voici Guillaume et sa fresque des *Chasseurs,* déjà vue; voici Brunelleschi et ses fêtes galantes; voici les belles callipyges de Mars, les scènes de chambrée de Villemot, *L'Arche de Noé* très amusante de Miguel Zamacoïs, les demi-nus de Raphaël Kirchner sont extrêmement suggestifs. Il sort un hippomane à rendre fous des sénateurs. M. Kirchner, s'il veut, peut être le Clinchtel de ce temps.

Kuhn-Régnier est antique à sa façon, ou plutôt à la façon de Meilhac et Halévy dans *La Belle Hélène.* Fabiano et Préjelan sont lestes et prestes à souhait. M. Blix, qui demeurera pour avoir mis la révolution norvégienne en caricatures, car Norvégien il a lutté par le crayon contre la Suède, se trompe fort s'il croit spirituelles ses déformations des tableaux du Louvre. Hémard est très drôle. Sem est incisif et pénétrant. Gerbault, Grün sont espiègles. Hellé nous montre comment *L'armée du roy s'en va-t-en guerre,* c'est charmant.

Voici les découpages habillés de Job qui utilise aussi l'électricité. On presse sur un bouton et l'on voit la lune ou Napoléon, c'est très ingénieux. Citons encore Barrère, Robida, Cadel, Léonnec, Barcet, le très gentil et spirituel Métivet, de Losques, Mesplès, Gottlob, les animaux de Réalier-Dumas, Cardona, Touraine, Eug. Bofa, Leymarie, Harry Eliot, Ray, Jarach, etc.

(*L'Intransigeant,* 23 avril.)

LA VIE ARTISTIQUE

TROISIÈME GROUPE DRUET. ANDREOTTI. PLANQUETTE, FILLIARD. LE PARIS MODERNE. ALBERT GOUGET. FERNAND RUMÈBE. QUELQUES NOMS OUBLIÉS DANS LES COMPTES RENDUS DES SALONS

Beaucoup d'expositions sollicitent en ce moment l'amateur d'art. Voici chez Druet, le petit Salon de son troisième groupe : Albert Braut, Camoin, Friesz et son esquisse du *Paradis,* Francis Jourdain, Manguin, Marquet avec des *Figures nues* et deux aspects de la *Trinité,* selon l'atmosphère, R. de Mathan, Jean Puy, avec ses *Poissons, La Petite Artiste* et une belle faïence représentant le jugement de Pâris, Duchamp-Villon, G.-A. Simon. Exposition très intéressante.

D'autre part, on ira voir chez Bernheim l'exposition du sculpteur Andreotti. Je ne goûte qu'imparfaitement le talent de cet artiste, son impressionnisme qui me paraît déraisonnable, ses statues bizarres et réalistes qui me semblent inexplicables. Mais c'est une exposition à voir, Andreotti a rénové l'art italien des médailles à l'effigie de poètes, de peintres contemporains.

Voici encore à la galerie Georges-Petit, l'exposition du peintre Félix Planquette, les aquarelles de M. E. Filliard et le Salon des peintres du Paris moderne, où l'on remarquera parmi beaucoup d'envois séduisants, les œuvres de G. Carette, Igounet de Villers, Anselmo Bucci, G. Le Meilleur, Louchet, Mlle Bourgoin, etc.

À la galerie Deplanche, 18, rue de la Chaussée-d'Antin, M. Albert Gouget expose des marines et des paysages de France, en tout trente-huit vues de Bretagne, de la Provence et du Limousin. Ce sont des impressions de nature, de fines observations d'atmosphère...

Il faut également signaler à la galerie Devambez, les grès flammés et les porcelaines-céramiques de grand feu — de Fernand Rumèbe, potier excellent.

★

De nouvelles visites aux divers Salons nous permettent de repérer quelques oublis involontaires. C'est ainsi qu'au Salon de la Nationale, il faudra regarder la maquette de M. Bersonnet pour un décor de *Carmen*. Au Salon des dessinateurs humoristes, de la rue de La Ville-l'Évêque, j'ai négligé de mentionner l'envoi de M. Maurice Neumont, simple oubli de compte rendu, mais j'avais goûté les œuvres de M. Neumont. Aux Humoristes du palais de Glace, on remarquera l'envoi de M. Blétel qui expose aussi aux Indépendants. Dans ce dernier Salon, où plusieurs visites sont nécessaires, on examinera avec intérêt l'exposition de Capone, les toiles de Mme Louise Bellanger et les belles décorations de M. Jean Crotti qui expose aussi une nature morte.

(*L'Intransigeant*, 25 avril.)

LA VIE ARTISTIQUE

CÉRAMIQUES ET MINIATURES PERSANES. LA PARISIENNE

La galerie Barbazanges, faubourg Saint-Honoré, expose en ce moment une collection remarquable de céramiques, miniatures, étoffes, livres et verreries d'art persan.

La visite de cette exposition est propre à compléter ce que l'on avait vu à l'exposition d'art musulman qui fut organisée au musée des Arts décoratifs. L'ensemble de la galerie Barbazanges est très instructif. Les céramiques sont admirables, d'une pureté qui n'est pas sans rapport avec l'art grec. Il y a des vases irisés qui ont l'orient des plus belles perles, des jarres solennelles et comme sacrées. L'ordre, le goût, le raffinement des miniatures rares réunies ici sont propres à jeter de la lumière sur le développement d'un tel art et comme suprême enseignement, nous pouvons voir quel danger l'exotisme fait courir à une époque de style. Il y a là des miniatures d'influence italienne ou flamande qui prouvent que les Persans ne comprenaient pas l'art occidental et les morceaux de cet ordre sont mauvais comme des peintures de l'École ou les pires morceaux de Munkacsi.

Quelques dessins de bêtes exposés ici sont sans prix, ainsi que quelques faïences et carreaux de revêtement venus des fouilles de Thatgès, Hamadan, Sultanabad, villes célèbres et disparues.

★

La Parisienne a ouvert ses portes aujourd'hui à la galerie Allard. On y verra d'aimables envois d'Abel-Truchet, Jules Cayron, Claudius Denis, Henry Detouche, Fabiano, Gir, Marguerite de Glori, Hochard, Louis Legrand, Lévy-Dhurmer, Lunois, Roubille, Touraine, etc.

Trop peu de sujets galants, cependant. Il semble qu'un peu de galanterie serait à sa place dans cette exposition, et il n'y en a que très peu.

(*L'Intransigeant,* 26 avril.)

L'EXPOSITION INGRES

AVEC SES TABLEAUX ET SES DESSINS, ON EXPOSE SA PALETTE ET SON VIOLON

M. Henry Lapauze[1], à qui la gloire de M. Ingres tient à cœur, a pu, grâce au concours bienveillant de leurs possesseurs, réunir les tableaux célèbres et quatre cent cinquante dessins du maître montalbanais. Tout cela est groupé autour de son violon qui a passé en proverbe.

M. Lapauze pense ainsi convier «à une double leçon d'énergie et de beauté» la jeunesse artistique qui est bien capable de l'entendre si toutefois elle veut l'écouter jusqu'au bout, mais ce n'est pas sûr, et les maîtres officiels en auraient un plus grand besoin encore, de la double leçon!

M. Ingres est le seul peintre qui ait bien connu l'antique. C'est qu'il arriva à un temps où l'architecture se transformait. Toutes les merveilles des grandes époques de l'art grec, soudain révélées, lui apprirent qu'il fallait chercher le style là où les Grecs l'avaient trouvé : dans la nature même.

Et tandis qu'à Florence le sculpteur Bartolini, dont on verra le portrait à la galerie de Georges Petit, condamnait l'antique conventionnel de Canova, M. Ingres, «révolutionnaire à sa manière», selon le mot de Baudelaire[1], protestait à l'écart contre l'érudition, le faux romain et le faux grec de l'école de David.

C'est au moment du romantisme qu'éclata la renommée du peintre, lorsque, au Salon de 1824, il exposa le *Vœu de Louis XIII,* prêté par la cathédrale de Montauban à l'exposition qui vient de s'ouvrir. Et cependant, M. Ingres n'était pas un romantique; à moins que l'on n'appelle ainsi ceux qui ont un vif sentiment de la nature. Et il ne la quittait pas d'un pas comme on peut voir dans ses figures qui toutes sont caractérisées, ainsi que tout être vivant porte en lui son individualité et le signe de sa destinée. Mais où M. Ingres se rapproche des Grecs et se montre leur disciple, c'est en démêlant dans chaque figure et sous un aspect sublime la beauté qui lui appartient. Le style n'est rien d'autre.

Et en caractérisant ses modèles, M. Ingres a voulu douer de leur beauté propre ceux-là mêmes qui étaient laids.

Il le fit par amour de la nature où la laideur peut encore être considérée avec bonheur comme l'incarnation d'un caractère. Il voulait exprimer le beau et le vrai : admirable dessein de donner la vie qui est dans l'*individu* au *type,* qui est de l'ordre spirituel.

Et cela se voit magnifiquement dans la beauté lisse et choisie de l'*Angélique* au cou gonflé, au regard égaré.

★

Pour connaître le style, Ingres interrogeait la nature; aux Grecs il demanda leur mesure et le sentiment de la beauté; les Étrusques lui donnèrent le goût de la simplification, qui est une cause de grandeur.

C'est encore cette façon forte d'exprimer la vie par le style qui donne tant de pureté à *L'Âge d'or,* petite réplique de la décoration inachevée du château de Dampierre, commandée par le duc de Luynes. Et ce petit tableau si achevé a été peint à quatre-vingts ans. Voici avec plus de grandeur encore le maître dessin d'Ingres, l'*Homère déifié,* qu'il mit vingt-cinq ans à parachever et qui range définitivement M. Ingres parmi les carpocratiens, sectaires qui adoraient Homère, et chez lesquels je veux bien que l'on me mette. Voici *Les Trois Tragiques grecs*, voici la *Naissance des Muses en présence de Jupiter* qui a la simplicité forte et gracieuse d'une fresque.

On verra prochainement la *Vierge à l'hostie* que le tsar vient d'expédier à Paris et qui est de 1839.

★

J'aime moins certaines petites toiles d'Ingres; caprices qui le prenaient de vouloir rivaliser à tort et à travers avec les époques et les artistes les plus opposés : les primitifs allemands, les émailleurs et bien d'autres. On sent trop dans ces compositions que l'imagination qu'elles exigeraient manquait entièrement à un peintre qui possédait peut-être et à un degré très élevé tous les autres dons naturels.

J'en excepte, toutefois, *L'Odalisque esclave* qui, miraculeusement achevé et réussi, surpasse par la noblesse et l'accent toutes les miniatures persanes, en ayant l'invention et toutes les qualités qui sont le propre de cet art ordonné et raffiné.

★

Peintre énergique de la beauté et même de celle qui se cachait, M. Ingres a su concilier l'art et la nature, la vie et le style.

Il peignait à la fois l'idéal et le réel.

Il fallait, pour accomplir une tâche aussi difficile, des dispositions qui ne s'acquièrent point, mais que la raison développe.

S'il n'a pas eu de disciples véritables, c'est qu'il n'en pouvait pas avoir. Il lui[1] manquait les dispositions et la raison qui sont l'essentiel.

(*L'Intransigeant,* 27 avril.)

LA VIE ARTISTIQUE

Le vernissage du Salon d'art religieux aura lieu le dimanche 30 avril et le lundi 1er mai, 104, rue de Richelieu.

Le prix d'entrée pour ces deux jours est fixé à 5 francs, au profit de différentes œuvres de bienfaisance.

Le manque de place a fait supprimer de mon article sur Ingres ce que je disais des portraits et une coquille dans la dernière phrase me fait dire qu'Ingres manquait de dispositions et de raison, alors que c'est de ceux qui se croyaient ses disciples que j'avais voulu parler.

(*L'Intransigeant*, 28 avril.)

LE SALON

CETTE ANNÉE LES ARTISTES FRANÇAIS N'ONT PAS ÉTÉ INAUGURÉS PAR LE PRÉSIDENT DE LA RÉPUBLIQUE. NÉANMOINS, LE PETIT VERNISSAGE A ÉTÉ BRILLANT

Les écrivains d'art, ces quinze derniers jours, ont eu à examiner plus de vingt mille œuvres de peinture et de sculpture.

La foire aux œuvres d'art qui chaque année, en avril, s'ouvre à Paris, mériterait de n'être pas moins fameuse que les célèbres foires du Moyen Âge.

ENSEMBLE DU SALON

Après le bel ensemble de sculptures exposé à la Nationale, après les nouveautés parfois déconcertantes, mais pleines de jeunesse, de talent et de vigueur, les ouvrages que l'on verra aux Artistes français paraîtront le plus souvent dénués d'accent.

Ce n'est pas que l'impressionnisme s'étant vulgarisé on ne trouve ici beaucoup d'œuvres ressortissant à cette doctrine. Mais elles paraissent être en retard, la théorie ayant perdu tout crédit auprès des jeunes générations.

On regarderait avec plus d'attention les œuvres où sont appliquées les recettes de l'École pour tâcher d'y démêler ce qui reste des règles véritables. Mais il en reste si peu de chose qu'on éprouve un grand sentiment de malaise dans toutes ces salles où il y a tant de choses estimables et si peu de remarquables.

LA PEINTURE

On ne verra, cette année, que bien peu de tableaux tapageurs, de ces grands tableaux historiques ou sentimentaux qui attirent l'attention du public innocent des dimanches et qui alimentent les conversations pendant deux ou trois mois. Lucien Jonas avait, l'an dernier, son *Tribun* que l'on s'amusait à expliquer et que personne, je pense, n'expliqua. Cette année il s'impose davantage peut-être à l'estime mais beaucoup moins à l'attention avec sa *Consultation médicale* et son portrait d'Harpignies. Hanicotte, dont la kermesse avait provoqué beaucoup d'admiration, a passé à la Nationale. Édouard Detaille n'a pas exposé.

CORMON

M. Cormon, membre de l'Institut, expose sa *Décoration du Petit Palais,* qui paraîtra peu propre à embellir l'édifice auquel elle est destinée. L'ensemble est extrêmement trouble et sans accent. Le plafond 1, intitulé *L'Histoire ancienne,* est une salade peu appétissante où se mêlent, sans que l'on puisse bien les démêler, des Gaulois, des Romains, des Francs, des croisés, Jeanne d'Arc, Henri IV, Louis XIV, Descartes, Rabelais, Voltaire, Jean-Jacques, jetés sans ordre dans le ciel le plus terne. Le grand plafond, destiné à symboliser *La Révolution française,* présente un désordre analogue, non moins grand que celui qui règne dans le plafond 3, où se montrent sous l'apparence de fantômes les grands hommes de l'époque moderne, Rude, David, Géricault, Delacroix, Ingres, Corot, Berlioz, Hugo, Lamartine, Balzac, Pasteur, Berthelot, Littré, Curie, les chemins de fer, l'automobile, l'aéroplane, tout un bric-à-brac scientifique, le moins décoratif possible.

Il est vrai que l'on ne regarde guère les plafonds et il est bien possible que, monotone et vague, celui de M. Cormon passe sans doute inaperçu au Petit Palais.

LA SCULPTURE

Un petit nombre d'œuvres seulement mérite qu'on les regarde. M. Henry Bouchard expose le groupe en granit de Bretagne : *Monument aux aéronautes militaires victimes de la catastrophe du «République*[1]*».* Cet ouvrage est évidemment supérieur à l'habituelle médiocrité des commandes officielles. Il est conçu avec simplicité et sévérité. C'est un monument funéraire fort émouvant qui gagne à être vu exécuté en pierre.

La statue de *Claus Sluter,* à qui l'on doit le puits de Moïse[2], est également une œuvre sérieuse et intéressante qui honore le talent de M. Bouchard. La *Nourrice sèche* et les *Bergers* de M. Niclausse sont parmi les meilleurs envois de ce Salon et même parmi les bonnes sculptures qu'ait produites cette année. Le talent rustique et sobre de M. Niclausse a été remarqué puisque l'on voit au Salon un grand nombre de figures paysannes mais conçues d'une façon moins sculpturale et beaucoup plus anecdotique.

Le groupe de plâtre de M. Wolfers, intitulé *Possidere,* est dans un autre genre une œuvre qui indique beaucoup de talent.

TERRE CUITE

Une exposition spéciale a été consacrée aux envois d'œuvres en terre cuite. On y remarquera une *Tête d'enfant*, de Nicot, et des statuettes de M. Calvet.

(*L'Intransigeant*, 29 avril.)

LA VIE ARTISTIQUE

GRANDS ET PETITS MAÎTRES HOLLANDAIS

L'article documenté d'hier me dispense de parler d'une exposition où je me suis promené non sans plaisir, je dois l'avouer. Évidemment, toutes les toiles exposées à la salle du Jeu de paume ne sont pas de même qualité. Cependant, les bons morceaux ne manquent point : quelques Rembrandt, des Jan Steen, le portrait du fils de Franz Hals, un beau Van Goyem, un dessin de Potter, les dessins admirables mais déjà connus de Rembrandt, un Ravenstein... Pour le demeurant, je n'exerce pas le métier d'expert en tableaux.

(*L'Intransigeant*, 29 avril.)

AUX ARTISTES FRANÇAIS VERNISSAGE DU SALON

LA PEINTURE : QUELQUES BONS PAYSAGES. L'INFLUENCE DE M. MAURICE DENIS. FEMMES PEINTRES. LES TABLEAUX MILITAIRES

Une trentaine de bons paysages, c'est à peu près tout ce que le Salon contient de peint avec un souci un peu harmonieux des règles. Le reste est plein d'un désordre qui n'a même pas la prétention d'être révolutionnaire.

Mais, mon Dieu! combien on sent l'influence de M. Maurice Denis aux Artistes français. On retrouve dans presque toutes les salles des baigneuses comme les siennes qui s'efforcent d'être à la fois antiques, chrétiennes, modernes, russes et allemandes.

Outre quelques bons paysages, on ne rencontre guère parmi les ouvrages intéressants exposés ici que bien peu de tableaux, portraits ou compositions dont plusieurs ont des femmes pour auteur.

La peinture militaire est en décadence et semble s'être réfugiée au Salon des indépendants.

VISITE DANS LES SALLES

Salle 1. C'est la plus grande salle de ce Salon et il faut près de deux heures pour la voir en détail. On y verra une *Femme au cygne* de Martens dont le divisionnisme est conçu dans le genre de celui d'Henri Martin.

Jean-Gabriel Domergue, qui est un tout jeune homme, a un talent plein de promesses. Son portrait séduisant et pervers de *Mlle Gina Maletti* en travesti sera certainement remarqué. Il ne faut pas que l'auteur se dissimule cependant que son tableau emprunte beaucoup de son charme à celui du modèle... Mais je crois que l'on peut attendre de M. Domergue des œuvres sérieuses.

Le triptyque rustique de Canniccioni a de la simplicité assez heureuse. Le portrait féminin de M. Ricard est un peu grand pour son talent.

M. Bertin, au nom illustré par Ingres, nous montre des nymphes exsangues auxquelles il faudrait des pilules-pour-personnes-pâles[1].

Arthur Midy nous fait voir sous un pauvre jour *Le Jour des pauvres,* peinture adaptée au sujet. M. de Pibrac a peint un portrait qui dépasse ses moyens actuels. Il progressera... Son homonyme des temps passés écrivait des quatrains; il faut savoir se borner. Je cite Régereau et Godin. Voici un marché de jarres en Espagne de M. J. Vilay Prades; les châteaux en Espagne sont passés de mode.

M. Guillaume a peint une nudité poivrée avec des pois verts. Voici une procession bretonne de Tito Salas. La toile de M. Baude serait beaucoup plus intéressante si elle n'avait que de petites dimensions. Cette *Mort de Werther* manque d'air et cependant elle est vivante et dramatique.

M. Jules Benoît-Lévy symbolise la Bretagne dans un triptyque singulier.

Louis Béroud, qui ne quitte pas le Louvre, nous mène cette année devant l'*Embarquement pour Cythère* et *La Cruche cassée.*

Voici le gros morceau de la salle, le plafond peint par M. Calbet pour le théâtre d'Agen. Ce plafond vaut bien celui de M. Cormon[1]. On pourrait faire un échange : mettre l'œuvre de Calbet au Petit Palais et à Agen les cataplasmes de M. Cormon qui ont justement la teinte des pruneaux mûrissants.

Voici un spahi équestre de M. Jacquier, un *Enlèvement de Déjanire,* de M. Aubry.

M. Didier-Pouget nous montre avec ses habituelles bruyères un paysage lunaire : onde et forêt de pins qui fera bien en carte postale.

M. Joseph Aubert nous montre quelques colonnes de l'*Église,* froide peinture, très digne et très ennuyeuse.

M. Gaston Bussière a composé et orné une Cléopâtre d'opéra de province s'apprêtant à boire le vinaigre margarité. Voici un *Nil* impressionniste de Deutsch. Un bon paysage de Montagné et un *Fiord* de Noirot.

M. Stoenesco a ici une bonne toile *Horde de Tsiganes en marche* et j'ai du goût pour la toile de M. Arthur Nyons que j'ai cherché en vain au catalogue. Cela rappelle par morceaux le dessin et les tons de Seurat.

Salle 2. J'ai de l'estime pour les toiles de M. Devambez : *L'Ancien Théâtre de Montmartre* et sa *Barricade sous la Commune.* Il y a là de l'accent et de l'observation.

M. Gorguet expose un carton de tapisserie où l'on voit les armes de Quimper.

C'est assez pour que je recommande ce carton au poète Max Jacob qu'intéresse tout ce qui se rapporte à sa ville natale.

M. Dupuy expose un portrait de femme. Voici de G. Clairin une scène dans un harem : *C'est la danse des almées* comme dit la chanson.

Salle 3. Mlle Delasalle transfuge de la Nationale expose des baigneuses un peu lourdes, mais d'un coloris aimable dans un paysage agréable.

Mme Virginie Demont-Breton expose des phoques et par une bizarrerie inexplicable elle a donné à l'un de ces amphibies la ressemblance de Verlaine.

Le paysage de M. Henry Delacroix, *Vaches buvant à la mare,* eſt charmant. La couleur et le dessin sont personnels et délicats. Voici encore un paysage mélancolique et fin de M. Dieterle.

La *Villa à Florence* de M. Duvent comporte un ensemble de choses très poétiques : fontaine, baigneuses, singes, lauriers-roses. Comment le peintre n'arrive-t-il à nous servir avec tout cela qu'un si pauvre ragoût?

M. Deyrolle fait chanter à son pinceau : *Il pleut, il pleut bergère, rentre tes blancs moutons.* M. Dawant nous montre le portrait d'un *Colleċtionneur de tanagres authentiques.* On verra dans la salle suivante le portrait d'un *Colleċtionneur de faux tanagres.* M. William Gore a ici un joli petit tableau tout simple et M. Guignery, un joli paysage d'été.

Voici enfin la toile populaire de la salle : *Leblanc gagnant du Circuit de l'Eſt, arrivée à Issy-les-Moulineaux*[1], par Duvent... Document intéressant pour l'hiſtoire de l'aviation.

Il faut encore signaler un beau paysage de Vincent Lorant-Heilbronn; un portrait intéressant et sincère de M. Henry Pradeaux et enfin un *Portrait d'homme* et *Dans les rochers,* de M. Viċtor Guétin, solide peinture, consciencieuse et bien observée.

(*L'Intransigeant,* 30 avril.)

LE SALON

AUX ARTISTES FRANÇAIS. SUITE DE LA PROMENADE PARMI LES PEINTURES

Salle 4. On y trouvera *Le Marché de Lucerne* de Max Kahn. La Méditerranée, très bleue comme il convient et comme l'a vue M. Maurice Réalier-Dumas. MM. Joubert et Dufour ont fait les meilleurs envois de cette salle et le sujet qu'ils ont choisi eſt à peu près le même, ce sont des paysages riverains d'une rivière.

Salle 5. Mlle Delasalle a ici un portrait d'homme en

blouse dans un décor gothique. M. André-Gabriel Ferrier a peint une allégorie sur l'épiphonème que voici :

« Endormi par le parfum d'une fleur fanée, j'ai souvenir d'une femme que je n'ai jamais vue. » Jules Renard n'aurait pas goûté tant d'imprécision.

M. Louis-Antoine Leclercq a peint une jeune fille se disposant à peindre une rose mousseuse. C'est joli. Mais voici le gros morceau de la salle, il est de M. Debat-Ponson, c'est la France, « cavale indomptable et rebelle », qui vient de briser les reins au Corse à cheveux plats[1]. Peinture rétrospective pour une série : la poésie à travers les âges.

Voici encore les *Demi-soldes* de Guédy. Ils dînent au cabaret et fort bien ma foi, et après le dessert et la demi-tasse lisent une gazette; mais passons à la salle suivante.

MLLE DUFAU. JULES GRÜN

Salle 7. Mlle Dufau expose deux portraits de femmes, portraits qui séduiront certes, mais où il n'y a pas beaucoup d'accent. Les modèles étaient cependant bien choisis. Voici *Mme Jane Mortier,* musicienne accomplie, d'une beauté grave. On nous la montre en grande toilette mais sans que rien ne soit parlant. On dirait d'une esquisse très poussée plutôt que d'une toile achevée. Je ne pense pas non plus que Mlle Dufau ait dégagé tout ce qu'il y a de rare dans la grâce énigmatique de Mme Aurel. Elle s'est plutôt attachée à peindre l'apparente douceur de son visage.

Jules Grün qui prie les écrivains d'art de ne point mettre d'M devant son nom, ne voulant pas être appelé monsieur; Jules Grün a peint un *Vendredi aux Artistes français* qui fait quelque bruit. C'est une commande de l'État et l'on aurait mauvaise grâce à contester le caractère documentaire de cet ouvrage.

Nous y voyons pêle-mêle les portraits de beaucoup de gens notoires, Mmes Daniel-Lesueur, Lantelme, Yvette Guilbert, Mlles Dufau, Louise Abbéma, MM. Donnay, Frantz Jourdain, Detaille, Guillemet, Bénédite, Lapauze, Arthur Meyer, Mariani, Fursy, etc.

M. Baader a peint un ivrogne pour le salon de réception d'une ligue antialcoolique et M. Fougerat un tableau officiel qui montre M. Thomson faisant un discours,

M. Briand l'écoutant d'un air accablé et M. Barthou pensant à des choses plaisantes. Voici un portrait sur fonds de Jouy par William Laparra.

GUILLEMET. MLLE LABATUT. JEAN ROQUE

M. Guillemet nous montre la cité de Carcassonne. C'est un beau tableau et ceux qui l'auront regardé ne pourront plus dire comme la chanson de Nadaud : «Je n'ai jamais vu Carcassonne[1].»

Salle 8. Un bon portrait de femme par Julius Feld. M. Pail s'inspire peut-être de M. Didier-Pouget, peut-être ne s'en inspire-t-il pas. En tout cas ce sont peintres du même genre.

M. Grégoire Finez a des dons de peintre et sa *Jeunesse* les révèle, mais il lui manque un goût délicat pour choisir ses sujets. Citons les portraits de femme par MM. Ganther et Franzini d'Issoncourt.

Salle 9. On y trouvera un tableau plein de dons et de promesses : *Coin de marché dans le Sud-Ouest*, par Mlle Labatut.

M. Jean Roque a beaucoup d'amis. J'avoue que pour ma part je ne goûte qu'incomplètement ses *Barques*, peinture figée, où l'audace est comme prisonnière d'une plus forte timidité. Il y a des dons et du savoir... Attendons.

(*L'Intransigeant*, 2 mai.)

LE SALON

FIN DE LA PROMENADE À TRAVERS LES SALLES DE PEINTURE

La promenade que j'ai faite au Salon au moment où les salles n'étaient pas complètement en ordre comporte forcément quelques erreurs ou omissions. Ainsi dans la salle 6 je n'ai pas signalé un beau *Portrait de M. Gérault-Richard* par Henri Guinier, un *Portrait du président Forichon* par Gabriel Ferrier et un tableau intéressant de M. Gustave Florot : *À l'ombre.* Je note encore les toiles émues de Désiré-Lucas, *Le Berceau vide* et *Port de pêche*, une belle marine de Hirszenberg : le *Temps nuageux en mer*, deux portraits par Stanislas Lentz qui sont parmi les bons portraits de ce Salon, un portrait d'homme par Isabel Beaubois de Montoriol et un tableau excellent de Paul Rue : *En temps de crue*.

Je m'étais arrêté hier à la salle 9 où il faut encore signaler un bien étonnant *Nocturne* de M. Ad. Faugeron. On y voit une nymphe, des personnages de la comédie italienne, le tout dans un parc de fête galante, cependant qu'à gauche M. Henri de Régnier marche résolument dans la nuit en donnant le bras à deux dames modernes qui signifient sans aucun doute l'École parnassienne et l'École symboliste. Allégorie dont la tristesse ne va pas sans être un peu burlesque.

Salle 11. M. Léandre nous montre des scènes de première communion des petites orphelines. Cela se passe dans une cave. Voici la *Consultation* de Jonas que goûteront les amateurs d'anecdotes. Etcheverry renonce aux scènes d'amour qui l'avaient rendu populaire parmi les midinettes. Ses *Jeunes Italiens à la fontaine* seront sans doute moins goûtés de son public.

Salle 12. M. de Joncières y expose une infante, «grave, préoccupée», selon le poème de M. Henry Bataille[1]. Voici encore, de M. Lucas-Robiquet, le portrait d'un général. Voici encore *Dans les rochers* de M. Victor Guétin, envoi intéressant.

Salle 13. On y verra le *Chevalet* de M. Jean-Paul Laurens, qui voudrait être terrible et cruel, mais qui a passé l'âge où l'on est sans pitié.

La scène arabe, par Anne Morstadt, est excellente. J'aime moins la petite fille regardant les poissons rouges par Marguerite Delorme. On nous a montré beaucoup de poissons rouges cette année dans les expositions de peinture! Voici encore une *Fantasia* de M. Aimé Morot et les portraits dans un cadre de deux jolies fillettes.

Salle 14. M. Franc Lamy a peint une petite gitane de Grenade qui a pour effet de me rappeler le beau voyage d'Eugène Montfort[2]. Fauconnier a peint une toile mystique sur le sujet suivant : «Une barque miraculeuse conduite par deux aigles blancs rapporte à Noble-Val la tête et la main gauche de saint Antonin, martyr de Pamiers.» Art noble et consciencieux. M. Albert Lynch aime les anecdotes, il nous montre *La Fête de grand-mère,* sujet gracieux.

Voici une infante-fantôme de M. Taupenot. Pour ne pas ressembler à son homonyme Henri Matisse, qui aime la couleur, M. Matisse Auguste fait des tableaux de plus en plus noirs. Celui qu'il expose dans cette salle est une toile de deuil. Les deux Matisse se connaissent et lorsque Auguste rencontrait Henri alors très attaqué : « Mettons toujours nos prénoms, lui disait-il, ça vaut mieux. Comme ça on ne nous confondra pas. »

Salle 16. On y verra les décorations de M. Cormon. J'ai dit tout le mal que je pensais de cet envoi[1].

Salle 17. M. Paul Gervais y expose de grandes tartines genre troubadour.

Salle 18. M. Petitjean a ici un beau paysage du Midi de la France. M. Maxence passe de la rousse à la blonde et celle-ci tient comme l'autre un livre d'heures. C'est mélancolique. Voici un excellent envoi de Miller, *La Toilette,* qui est une des meilleures choses que l'on verra au Salon.

Balcon. M. Anselmo Bucci a envoyé une composition importante : *L'Automne* où il y a du style et de l'inspiration. *Storfjord* de M. Adelstein Norman est un tableau curieux qui révèle des dons de peintre un peu froid mais sérieux et délicat.

M. Tapissier a envoyé comme on peut penser un carton de tapisserie.

Salle 21. M. Orange nous montre le Premier Consul visitant le marché du Caire où l'on ne s'embêtait pas, car il y avait de belles esclaves nues. Achille-Fould donne aussi dans l'anecdote napoléonienne avec une Mme Sans-Gêne, encore blanchisseuse.

Salle 22. Mlle Louise Abbéma y expose une dame aux yeux verts. M. Rotig nous montre *L'Embuscade;* un lion et une lionne attendent l'antilope qu'ils dévoreront. Voici des déliquescences verdâtres de M. P. Marcel-Béronneau et encore des poissons rouges. Ils sont de M. Fernand Toussaint. On dit que le cyprin est à la mode à cause des expositions chinoises de cette année[2]. Mme Lucas-Robiquet qui a été autorisée à peindre dans le camp des tirailleurs à Settat nous a rapporté une bonne toile prise sur le vif : *L'Heure de la soupe.*

Salle 23. M. Matignon nous montre une fumeuse

d'opium de roman. La drogue a bien des défauts et des inconvénients, mais elle a plus de charme. M. Philippe Lacharie aime les sujets sinistres et *La Veillée* l'est entièrement.

Salle 25. Il faut y signaler une peinture militaire qui n'est pas sans mérite par M. Pierre Petit-Gérard et un paysage de Renaudin.

(*L'Intransigeant*, 3 mai.)

LE SALON

LES DERNIÈRES ÉCOLES DE PEINTURE. BONNAT, ROCHEGROSSE, ETC.

Salle 26. M. Bonnat expose ici deux portraits probes et bourgeois : le *Portrait de Mme Audard* et celui de *M. Alexis Rostand,* solides effigies sans vains ornements mais qui ne sont des ouvrages ni indifférents ni inutiles. M. Louis Ch. Spriet a dans cette salle un excellent tableau, *Masure à l'entrée d'un village.* Cette toile pleine d'accent avec des délicatesses et des recherches de couleur très intéressantes méritait qu'on la fît ressortir. Il faut encore citer un paysage plein d'émotion de Nozal.

Salle 27. Mlle Rondenay nous montre comme *Impression d'Espagne* un paysage équestre. *La Prairie au matin* de Mlle Rosenberg a de l'accent. M. Lionel Royer sait émouvoir avec une toile de très petites dimensions et qui est fort émouvante : *Exécution du duc d'Enghien.* Cela ne sent nullement l'anecdote historique, mais c'est fort et simple comme un récit de Mérimée. Voici encore la *Mosquée de Cordoue* de M. Henri Zo.

Salle 28. M. Rochegrosse y expose un *Combat de Marathon* plein de jeunes guerriers fardés et qui plutôt que de se battre ont l'air d'aller se faire corrompre par Socrate.

Salle 30. Voici *Les Étendards* de M. Georges Clairin : trabans, reîtres, armures, coursiers : c'est très romantique.

Salle 31. On y voit un timide *Sermon sur la montagne* de M. Paul Buffet et de M. Brispot, un cardinal chez un antiquaire.

COMMERRE, CARRERA ET MAURICE DENIS

Salle 32. M. Commerre nous montre un *Déluge* à l'eau blanche. C'est vilain à souhait. Citons *La Loge* de M. Oswald Birley.

Salle 33. M. Robiquet nous mène à la charge de Reichshoffen. M. Carrera nous montre des femmes nues au bord de la mer. L'influence de M. Maurice Denis est visible. Je l'ai déjà notée dans beaucoup de salles. C'est le moment pour M. Maurice Denis de se présenter à l'Institut. Son talent, ses travaux, ses opinions esthétiques ou autres, ses relations même lui donnent un droit incontestable à cet honneur. Il pourrait aussi modifier l'esprit de la maison où il entrerait, en modifier l'esprit dans le sens le plus libéral et par là rendre aux arts d'inappréciables services.

BILOUL, JOSEPH BAIL, ETC.

Salle 34. M. Ribera porte un nom assez difficile à porter. M. Biloul nous offre une *Olympia,* tout simplement, comme si on recommençait un chef-d'œuvre.

Salle 35. On y voit les envois de Jules Adler et les toiles minutieuses de Frank Bail.

Salle 36. M. Richter a ici la toile la plus comique de ce Salon : de grosses femmes faisant les folles dans la forêt.

Salle 37. Les *Servantes pliant le linge* de M. Joseph Bail sont une œuvre agréable et intime qui méritait d'être peinte. M. Bail l'a fait avec goût, il y a aussi de l'austérité et de la douceur.

Salle 38. Notons-y les envois de MM. Louis Béroud, Georges Binet, Terouanne, impressionniste attardé, Charpentier, Camy.

Salle 39. On y verra un portrait de M. Henri Rochefort par un peintre dont je n'ai pu trouver le nom et les envois de MM. Marius Buzon, Henry Brémond, Louis Cabanes, etc.

Salle 40. Voici un fort beau paysage de Nozal et encore des poissons rouges d'Euler. Décidément, c'est une obsession !

Salle 41. Voici un intérieur riche, par Henri Tenré, et

une *République de neige* par M. Boutigny. Peut-être est-ce là une toile symbolique? Mais j'avoue n'avoir pas très bien compris.

M. Pierre Ballue a peint un paysage agréable qu'eût bien voulu contempler le fameux La Balue qui vivait dans sa cage cardinalice.

CORABŒUF, GEORGES SCOTT

Salle 42. M. Coraboeuf expose un délicat portrait de Mlle Geneviève Vix. La beauté du modèle et le talent de l'artiste se sont heureusement rencontrés dans un ouvrage excellent de dessin. Le coloris toutefois n'est pas sans reproche. Comme chez Ingres, la couleur n'est chez Coraboeuf qu'un ornement, toutefois il n'y apporte pas encore toute la vie, la vivacité et la précision que l'on admire dans les portraits du maître montalbanais. Mais que le dessin de Coraboeuf a de précision et comme on aimerait être tiré par lui!

Salle 43. M. Henry Bonnefoy nous montre un Robinson savetier, rôle que pourrait tenir Gnafron dans la pièce du guignol lyonnais.

Si le journalisme mène à tout, le reportage dessiné ne mène pas moins haut. Il a fait la gloire de Constantin Guys et a mené M. Georges Scott jusqu'à la cour d'Angleterre où il a peint le portrait officiel de *His Majesty the King*. Il paraît qu'on a organisé des bateaux et des trains spéciaux qui amèneront les insulaires chanter au Grand Palais le *God save the King*. Pour nous, contentons-nous de crier : «Vive la République!»

(*L'Intransigeant*, 4 mai.)

LE SALON

SUITE DE LA VISITE AUX ARTISTES FRANÇAIS. MARCEL BASCHET

Avant de passer aux salles de dessins il faut mentionner élogieusement les deux portraits qu'expose M. Marcel Baschet et dont est celui de M. de Dion.

Notons encore une toile de M. Fernand-Antonin Mercié : *Dans la dune.*

DESSINS, CARTONS, AQUARELLES, PASTELS, MINIATURES, VITRAUX ET ÉMAUX

Cette section du Salon de 1911, si elle abonde en travaux intéressants, ne comporte guère d'ouvrages qui aient de l'accent et qui soient particulièrement remarquables.

La miniature qui est un art éminemment français semble malgré le grand nombre d'œuvres se trouver dans une situation très critique.

La photographie et les arts mécaniques de reproduction lui font un tort dont on n'a point à s'étonner. Cependant, à côté d'eux, la miniature, art précieux, pourrait avoir une place enviable. De plus en plus, elle n'est exercée que par des femmes dont beaucoup sont maladroites, dont un très grand nombre manquent de goût, dont presque toutes manquent de la patience d'un Augustin[1].

Citons les dessins rehaussés de M. Jules Adler, les aquarelles de M. Désiré Bourgoin, un pastel de M. Brisgand, la *Jeune Fille hollandaise* de Miss Burgess, un pastel de Dom. Busetti, les pastels lunaires de M. Cachoud, le *Mardi gras parisien* de Mlle de Callias, une aquarelle de Mlle Campbell. Voici encore un pastel de M. Capgras qui, dans la salle 25, a une peinture intéressante : *Vieux amis.* Regardons avec attention les beaux dessins de M. Jean Coraboeuf et une aquarelle du même artiste. M. Danger expose un dessin à la plume où il y a de l'art : *Saint François d'Assise.* Mme Debillemont-Chardon conserve encore les traditions de la miniature. Elle expose deux portraits féminins qui sont peints minutieusement et avec goût. Mentionnons les miniatures de Mlles Gordon, Grace Vernon, Graham, les dessins de M. Guillonnet, les pastels de M. Guinier, le fusain de Mlle Labatut, les *Lanciers rouges de la garde* de M. Lalauze, les études algériennes de Mlle Morstadt, les dessins rehaussés de M. Nozal, une gouache de M. Saint-Germier, les miniatures de Spenight, une fort jolie miniature peinte avec sentiment et adresse par Mme Van Bever de La Quintinie, une miniature charmante de Mlle Mag.-Marcelle Weil : *Portrait de Mlle Suzette Dejean.*

GRAVURES ET LITHOGRAPHIE

Mentionnons les eaux-fortes d'Armington, les burins de Jean Corabœuf : *La Vierge à la chaise* et le *Portrait de Leconte de Lisle;* une lithographie de Mlle Gaudefroy, le burin de M. Greuze d'après un tableau de son homonyme trop cher à Diderot, les eaux-fortes de M. L'Homme, les paysages d'après Corot et Van der Neer, pointes sèches consciencieuses de M. Lopisgich, une lithographie de M. Maurice Neumont, les eaux-fortes originales de M. Jouas-Poutrel qui reproduit avec goût et beaucoup de sentiment des aspects du Vieux Rouen, les bois gravés de M. Pierre-Eugène Vibert et notamment un portrait du grand écrivain Remy de Gourmont.

(*L'Intransigeant,* 5 mai.)

LE SALON

FIN DE LA PROMENADE AUX ARTISTES FRANÇAIS

Il convient de signaler encore parmi les belles miniatures exposées au Grand Palais celles de Mlle L.-M. Rallier du Baty.

LA SCULPTURE

L'ensemble des sculptures exposées aux Artistes français est loin de valoir ce qu'on a pu voir à la Nationale. Autour du sublime Rodin, on trouve de grands sculpteurs comme Marcel-Jacques, Bourdelle, de Niederhausern-Rodo, de jeunes statuaires qui, éclairés par les œuvres du regretté Schnegg, de l'admirable Despiau qui n'a pas exposé cette année, vont droit à la beauté et la plus antique et la plus nouvelle. Je veux parler d'artistes admirablement doués comme Durousseau, purs comme Wlérick qui est un des meilleurs, délicieux, délicats et simples comme Jane Poupelet, fervents et pleins de savoir comme Arnold et Cavaillon. Cette pléiade est l'honneur de la statuaire contemporaine. On ne saurait rien lui opposer ni en France ni à l'étranger. Et malgré l'absence presque totale d'architectes fondés dans leur art, qui est le plus grand de tous, on peut beaucoup espérer des artistes que je viens de citer. Leur effort, véritable connaissance plastique, ne peut demeurer stérile. C'est la beauté même et la civilisation tout entière qui seraient en jeu. Mais il faut souhaiter qu'un architecte paraisse qui rende possibles les grandes œuvres qu'un Marcel-Jacques, qu'un Bourdelle, qu'un Despiau pourraient concevoir.

Aux Artistes français il y a beaucoup de sculptures et peu d'œuvres véritables. Il n'y a pour ainsi dire pas de beaux bustes comme on en voit en assez grand nombre à la Nationale. Je mets hors pair les figures rustiques de Niclausse qui est de la bonne école, je prise encore très haut le *Monument funéraire* d'Henry Bouchard et son Claus Sluter, et je dois encore citer avec honneur un buste de plâtre par Robert Delandre, *Le Sans famille,* et la *Bacchante* de Théo Hervé, le *Portrait d'enfant,* buste de marbre de Paul Landowski, un des sculpteurs les plus en vue de ce Salon, les envois intéressants de Mme Kazimiena de Malaczynska, *M. Ernest Schelling jouant la barcarolle de Chopin,* et un *Portrait* de jeune fille en marbre, l'envoi de M. Giovanni-Pinotti Cipriani : le *Buste de l'avocat Demange.* Il faut encore mentionner parmi les belles choses les envois de Marcel Wolfers : *Possidere,* groupe de plâtre, et *Aurora,* masque de plâtre, et citer pour finir un médaillon de Balzac par Janitass. Il ornera, dit-on, la Maison de Balzac.

ARTS DÉCORATIFS

On y verra peu ou pas de noms nouveaux. Il paraît que l'on a été fort sévère pour les admissions cette année. On y verra beaucoup de choses précieuses, comme *La Renaissance protectrice des arts,* orfèvrerie d'or par Falize, le *Groupe allégorique* en argent patiné d'or par M. René Rozet, la vitrine de verrerie et de bijoux d'art par M. René Lalique qui, paraît-il, aurait été sur le point de quitter les Artistes français pour passer à la Nationale, etc., etc.

(*L'Intransigeant,* 6 mai.)

L'ART CHINOIS

UN VERNISSAGE AU PARC MONCEAU. EXPOSITION RÉTROSPECTIVE D'OBJETS D'ART DE LA CHINE

M. Steeg, ministre de l'Instruction publique, et M. Bellan, président du conseil municipal, ont inauguré, ce matin, l'exposition rétrospective d'art chinois, organisée au musée Cernuschi par son administrateur, M. d'Ardenne de Tizac, bien connu dans les lettres sous le pseudonyme de Jean Viollis.

UNE ANNÉE D'ART CHINOIS

L'art chinois a été fort à la mode, cette année; les deux expositions de chez Bernheim et de chez Durand-Ruel[1] et l'exposition magnifique qui s'ouvre au musée Cernuschi forment trois leçons dont l'enseignement sera profitable aux esprits d'Europe. Il y a dans tout l'art chinois un sentiment non mesquin du côté précieux des œuvres d'art, un raffinement sans mièvrerie qui est excellent.

LES COLLECTIONNEURS

C'est grâce à la bonne volonté des collectionneurs que M. d'Ardenne de Tizac a pu réunir tant d'objets rares et sans prix. Il faut signaler la rapidité vraiment américaine et charmante avec laquelle Mme Potter Palmer a répondu à la demande de l'organisateur de l'exposition. Cette dame retenue auprès de son père, malade à Chicago, reçut, avant-hier, un télégramme où on la priait de prêter sa collection qui est inestimable et hier à midi les objets merveilleux qui la composent étaient dans leurs vitrines au musée Cernuschi. Mentionnons encore les belles collections de Mme la marquise de Ganay, de Mme Langweil, de Mme Camescasse, de MM. le docteur Niève,

Bouasse-Lebel, Michon, Doucet, Rouart, Philippe Berthelot, Wanninck, Claude Anet, etc.

L'EXPOSITION

Il serait vain de vouloir dénombrer dans un article de journal toutes les merveilles que l'on verra au musée Cernuschi. Un des ensembles les plus délicats et les plus beaux est sans contredit la collection des jades et des ambres admirables de Mme Potter-Palmer. Blocs d'ambres sculptés à la perfection, irisés, teintés des tons les plus rares, enfermant — et c'est alors que les Chinois les prisent le plus — des insectes et parfois de petites plantes.

La nouveauté archéologique de l'exposition est composée par des pierres funéraires gravées de la plus grande rareté, de la plus grande ancienneté. Il a fallu corrompre tous les fonctionnaires d'une province pour se les procurer.

Les tapis chinois constituent aussi un des attraits de l'exposition. On en connaissait peu. Le plus beau est un petit tapis tigré datant du XVe siècle et appartenant à M. de Goloubew.

Les poteries et terres cuites sont ici en très grande abondance; on n'en avait pas encore réuni une aussi grande quantité. On y reconnaît l'influence hellénique dans les attitudes, l'expression vraiment humaine. Il y a de ces terres cuites, dont quelques-unes sont vernissées, qui sont des œuvres de premier ordre. On sait qu'elles sont extrêmement rares et l'on n'en avait guère vu quelques-unes qu'à l'exposition de Mme Langweil, chez Durand-Ruel.

On verra encore au musée Cernuschi le trésor pillé au palais d'Été par Palikao[1] et qui figure à Fontainebleau. Je ne parle pas des babioles que l'on a mises ici pour amuser la foule : bijoux en plumes de martin-pêcheur, éventail de Marie-Antoinette, boîte à jeux de la princesse de Lamballe, *éventail peint* sans talent particulier par cette grande impératrice de Chine qui, morte récemment, fut de son pays à la fois l'Agrippine, la Catherine et la Victoria.

(*L'Intransigeant,* 9 mai.)

LA VIE ARTISTIQUE

JEAN JULIEN

Un jeune peintre, Jean Julien, expose pour la première fois ses œuvres à la galerie Boutet-de-Monvel. Ces œuvres, ou plutôt ces études d'après nature, indiquent des dons et des qualités qui se développeront. Jean Julien a de l'enthousiasme et de l'ardeur, il sait bien observer. Que faut-il de plus pour assurer l'avenir d'un artiste? Toutes ces études ferventes ont été peintes en Provence et Jean Julien a fort bien rendu les figures, les couleurs et l'atmosphère des paysages provençaux.

Une préface charmante d'André Salmon orne le catalogue.

«En ces quarante études, dit-il, pas de fausse joaillerie... Comme sa passion l'emporte et sa raison le guide, Jean Julien, par un effort soutenu, dont nous devons beaucoup attendre, dépasse ce que l'impressionnisme désormais a de scolaire pour préparer une œuvre lucide, humaine et de religieuse ferveur.»

On ne saurait mieux dire, ni souhaiter rien de mieux à un artiste. Souhaitons que Jean Julien, qui habite loin de Paris, y revienne de temps en temps pour nous prouver qu'il progresse dans son art, où il y a déjà plus que des promesses.

(*L'Intransigeant,* 9 mai.)

LA VIE ARTISTIQUE

Je viens de recevoir un livre dont la page de garde est agrémentée de trois *ex-dono,* celui de l'auteur, celui de l'illustrateur et celui de l'imprimeur. Ces trois personnages, par leurs talents particuliers, ont contribué à orner l'ouvrage et il leur appartenait en effet à chacun de donner un livre où ils ont mis beaucoup de leur personnalité. Il s'agit des *Danses d'Isadora Duncan, 25 dessins de Dunoyer de Segonzac précédés de la Danseuse de Diane par Fernand Divoire* et imprimés par François Bernouard sur les presses de La Belle Édition[1].

Fernand Divoire, qui éprouve pour la chorégraphie de Miss Duncan une admiration que je ne professe point, a dit son enthousiasme en une belle prose lyrique dont les cadences sont au-dessus de tout éloge.

Les dessins de Dunoyer de Segonzac sont gracieux et vivants. Ils rendent bien les mouvements de la danseuse et la fixent justement dans les instants où, par hasard, il me serait peut-être possible [de] goûter le caractère de ses pas. Après tout, Divoire et Segonzac ont plutôt célébré la danse, cet art exquis et sacré de l'eurythmie, cet art ardent du mouvement.

Et le livre bien imprimé sur un bon papier est très agréablement présenté.

Vendredi, 12 mai, aux Artistes français, M. Albert Ballu fera une conférence sur les *Ruines de Timgad*.

(*L'Intransigeant,* 10 mai.)

LA VIE ARTISTIQUE

«PASTELS ANGLAIS», PAR R.-R.-M. SÉE

Se trouvant à Naples de 1786 à 1788, Goethe y vit, chez un diplomate et un archéologue, Sir William Hamilton, une jeune Anglaise nommée Miss Harte qui laissait admirer sa merveilleuse beauté en la montrant dans un cadre doré que Sir William Hamilton avait fait construire pour elle[2]. Sur un fond noir, elle reproduisait en des poses pleines de vérité les plus belles statues antiques, ou bien quelque figure d'après une fresque de Pompéi. Parfois encore, elle dansait avec une grâce qui paraissait renouvelée de la Grèce.

Emma Harte, qui inaugura les «attitudes» et la «danse pantomime», allait devenir sous le nom de Lady Hamilton une des femmes les plus célèbres de l'Europe, tandis que s'y propageait la mode des «poses olympiennes», des «tableaux vivants», comme nous disons encore, des *living statues* comme disent les Anglais.

★

Et lors d'une récente visite que je fis aux Pastellistes anglais il me sembla revoir Emma Harte dans son cadre doré ainsi que la vit Goethe chez Sir William Hamilton, et tous les portraits s'animèrent soudain, me laissant admirer les plus aimables «tableaux vivants» qu'on puisse voir. Car ce n'est pas un des moindres charmes des pastels anglais que la vie ne les ait point quittés.

Et dans son cadre doré de Naples, Miss Harte semblait, sans aucun doute, moins vivante que l'esquisse d'Henry Singleton, et toutes ces fraîches et expressives physionomies peintes par Russel, la *Belle Irlandaise* de Chinnery, les ouvrages charmants des filles de Russel, les figures de Gardner ont ici grâce à un art plein de franchise une vie élégante et gracieuse qui prolonge à merveille la vie naturelle.

★

Il eût été dommage qu'une exposition aussi plaisante et aussi raffinée se terminât sans qu'il n'en demeurât rien et il faut grandement louer M. R.-R.-M. Sée, qui avec M. Robert Dell eut l'idée de rassembler ces portraits, d'avoir publié un livre qui par la précision des dates et des détails biographiques, par l'abondance et la beauté des reproductions sera non seulement un magnifique souvenir de l'exposition de 1911, mais rendra encore les plus grands services, en fixant un point intéressant de l'histoire de l'art. *Pastels anglais (1750-1830)* est un ouvrage important et qui paraît définitif.

M. R.-R.-M. Sée a publié tout ce qu'il est utile de savoir sur les pastellistes anglais. Il lui reste maintenant à publier les carnets sténographiques de Russel et, s'il veut, il peut devenir notre plus important historien d'art, en ce qui concerne l'Angleterre. La matière est mal connue.

Elle peut fournir une occupation fort agréable et remplir toute une vie d'homme.

(*L'Intransigeant*, 12 mai.)

LA VIE ARTISTIQUE

M. Jules Grün fait savoir que s'il demande aux écrivains d'art de mentionner son prénom en même temps que son patronyme, c'est afin que les coupures de journaux où l'on parle de lui ne s'égarent point chez ses homonymes qui comme il fait suivent la carrière artistique.

★

À la galerie Druet, M. Harry Blomfield expose vingt-sept peintures composées de dessus de portes, de panneaux décoratifs, de nus, de portraits, de natures mortes, et d'une copie d'après Bellini.

★

Aristide Maillol, qui est un des sculpteurs bien doués et un des grands artistes de notre époque, expose dans son atelier à Marly-le-Roi, rue Thibault, un ensemble de sculptures dont deux en pierre partiront pour l'Allemagne. Cette exposition du premier ordre sera visible jusqu'au 22 mai.

★

La galerie Barbazanges est occupée en ce moment par une intéressante exposition de peintres hollandais modernes. On peut y mesurer la distance qui sépare de leurs grands prédécesseurs les artistes bataves d'aujourd'hui. Et dans le cas où cet art vous plairait, cela vous donnerait peut-être le goût d'aller à Laren, petite ville hollandaise qui étant la résidence de la plupart des peintres du pays est aussi leur centre commercial et comme elle est bien située, elle est également habitée par une secte de végétariens qui, vêtus de lin, y vivent en plein air[1].

(*L'Intransigeant*, 12 mai.)

LES FAUX TABLEAUX DE BAGATELLE

ILS ONT ÉTÉ AUTHENTIQUÉS AUJOURD'HUI MÊME PAR M. FALLIÈRES, PRÉSIDENT DE LA RÉPUBLIQUE

Chaque année, tandis qu'elle expose au Grand Palais les tableaux de ses peintres vivants, la Société nationale des beaux-arts organise à Bagatelle quelque exposition rétrospective du plus grand intérêt. Sous le titre de « Portraits et costumes », on ouvrira demain, au bois de Boulogne, une exposition charmante de portraits, de dessins, de gravures, de miniatures, de costumes, d'éventails, de gants, de cannes et de mille autres bagatelles délicieusement fanées et si mélancoliquement frivoles qu'on ne saurait les regarder sans s'attendrir et sourire à la fois. Et le nom même de l'exquise demeure où on les étale semble lui avoir été donné en leur honneur.

★

Dommage que la commission choisie par la Société nationale des beaux-arts pour l'organisation de cette exposition ne se soit pas montrée plus difficile, sinon pour l'admission des tableaux qui lui ont été gracieusement prêtés par les amateurs et les marchands, du moins pour les attributions de certains de ces ouvrages à tel ou tel maître célèbre.

On comprend l'intérêt que peut présenter pour le possesseur d'un tableau sa mention dans un catalogue de la Société nationale des beaux-arts, ce que l'on comprend moins c'est que cette société accepte aussi légèrement la mission qui lui a été dévolue d'authentiquer un si grand nombre d'œuvres douteuses.

★

Je me garderai bien de discuter l'authenticité de la *Tête d'enfant* qui porte au catalogue le numéro 26 et qui est mentionnée comme étant de Chardin. Il paraît que ce tableau est muni de papiers établissant son origine. On le ferait venir tout droit d'Italie que je n'y verrais aucun inconvénient.

Mais les Goya sont indescriptibles. Goya aurait pu peindre cet invraisemblable *Portrait de la duchesse d'Albe* à l'anneau et au serin? Qu'on me permette, au moins, de n'en rien croire!

Comme les peintres et les connaisseurs dont se compose la commission ont dû s'amuser! Et dire qu'on demande peut-être 50 000 francs de ce Goya-là!

Voilà un *Portrait de jeune fille* attribué au baron Gros. Il appartient à un homme de goût. N'a-t-il pas vu que ce tableau est repeint en grande partie? Il ne faut pas être un grand clerc pour voir que s'il y a des craquelures dans la chevelure, il n'y en a plus du tout dans le visage, où l'on chercherait en vain la technique des peintres de l'Empire, mais où l'on trouverait bien plutôt celle des Anglais.

Sur les six Largillière, il y en a au moins un qu'il semble bien avoir peint : c'est un portrait de femme qui appartient au comte André de Ganay.

Pour le numéro 95, *Portrait de l'architecte d'Aviler, de sa femme et de ses trois enfants,* c'est sans aucun doute un excellent tableau ancien, mais qui semble être plutôt d'un contemporain de Largillière. La *Diane chasseresse* est un tableau en partie ancien, ce n'est pas douteux, mais on en a refait plus de la moitié.

Jusqu'au joli portrait de *Mme de Montmorency-Laval,* par Nattier, qui semble bien avoir été repris, et fort habilement ma foi!

Le *Portrait de Bellecourt en Crispin* vous séduirait-il? Je pense qu'il faudrait y voir un morceau italien plutôt qu'un Carle Vanloo.

Et voici le bouquet, *L'Accordée de village,* attribuée à Watteau, un Watteau de derrière les fagots, et qui sent furieusement le fagot grâce auquel on devrait le faire flamber avec son voisin, un singulier portrait de *Chardin par lui-même* qu'on n'a même pas mis au catalogue. Le président de la République, qui a visité tout cela, a vu bien d'autres faux, car ils pullulent et font grand tort aux beaux tableaux, aux trois portraits de Baudry, au charmant petit Léonard Defrance, peintre liégeois, aux grands tableaux anglais de Gainsborough, de Hoppner, aux deux très beaux portraits par Roslin, au *Premier Lord Melville* par

Raeburn, au beau Manet, *Le Bar des Folies-Bergère,* aux dessins de Fragonard, aux dessins excellents de Chassériau, aux Constantin Guys, au Lami, etc.

★

Mais, Seigneur, assez de faux tableaux dans les expositions officielles! Certes, il est difficile qu'il ne s'en glisse pas quelques-uns, même dans une collection de premier ordre, mais qu'on n'expose plus en si grande quantité des tableaux sur l'authenticité desquels personne n'a de doutes. Qu'on les envoie en Amérique, mais qu'on n'en montre plus aux Parisiens.

Messieurs les marchands, faites-nous grâce de ce que vous avez encore dans vos boutiques.

(*L'Intransigeant,* 14 mai.)

LA VIE ARTISTIQUE

MME CLIFFORD BARNEY

Mme Clifford Barney, de Washington, expose à la galerie Devambez soixante pastels environ qui témoignent d'un goût raffiné et d'une habileté admirable.

La moitié de cette exposition est occupée par des portraits, morceaux achevés ou simples esquisses qui nous livrent beaucoup plus que la physionomie apparente des modèles que Mme Clifford Barney a caractérisés à merveille.

Parmi les portraits de contemporains célèbres, le morceau qui piquait le plus vivement ma curiosité, c'était de *G. K. Chesterton, Esq.,* journaliste anglais en passe de devenir illustre en France et qui mêle dans ses ouvrages le mysticisme, le burlesque, l'épouvante et la bouffonnerie. Et, malgré ces disparates, il a du bon sens, et «c'est un fameux lapin», comme m'écrivait un jour Jean Florence, qui tente de l'introduire en France où il est déjà goûté par Paul Claudel, Élémir Bourges, André Gide.

Mme Clifford Barney nous montre un Chesterton qui

ne va pas sans ressemblance avec notre Stuart Merrill, mais qui paraît plus jovial, et cette jovialité-là ne va pas sans amertume.

Mme Clifford Barney nous a donné encore de grands pastels d'après Mme Lucie Delarue-Mardrus, d'après Mme Wanda Landowska au piano, d'après M. Francis de Miomandre, d'après la danseuse Ruth Saint-Denis, d'après le peintre José de Charmoy. L'artiste s'est plu aussi à représenter plusieurs fois son gracieux visage.

À ces portraits se mêlent d'autres compositions dont quelques-unes sont symboliques : peinture décorative qui, inspirée des fresques d'Italie, est assez personnelle pour qu'on la regarde et qu'on la goûte entièrement. D'autres pastels contiennent des intimités, pour ainsi dire : reflets de miroir, lumière d'une lampe, maternité, danseuses de Malaga, etc.

Quelques nus montrent combien de souplesse et de ressource a l'art de Mme Clifford Barney et comment elle sait donner de la vie à un peu de poussière colorée.

(*L'Intransigeant,* 17 mai.)

AU PAVILLON DE MARSAN LÉGION D'HONNEUR, TURQUERIES ET CÉRAMIQUES

On a inauguré l'autre jour, au musée des Arts décoratifs du Louvre, trois expositions rétrospectives.

L'exposition de la Légion d'honneur et des décorations françaises présente avant tout un intérêt historique, mais les précieuses reliques, les honorables bijoux que l'on a exposés, sont présentés avec goût et leur aspect est souvent charmant. Quelques portraits, les costumes des ordres de chevalerie, des travaux exécutés par les demoiselles de la Légion d'honneur, tout cela complète fort heureusement un ensemble qui plaira beaucoup au public. Il convient d'ajouter que c'est M. Maurice Bucquet qui a été l'âme de cette exposition et qu'il a été fort bien secondé par M. Paul Feuillâtre, archiviste de la Légion d'honneur...

★

Il est bien heureux que l'exposition de «L'Orientalisme au XVIIIe siècle» dure jusqu'en octobre. On trouvera peut-être l'occasion d'en reparler, quand l'installation en sera achevée, quand le catalogue aura paru. En l'absence de toute notice, il est bien difficile de parler de toutes les jolies choses que l'on a réunies.

On sait qu'au XVIIIe siècle, les arts et la littérature mirent souvent l'Orient à contribution et de même qu'aujourd'hui, les femmes se donnaient l'air persan quitte à se demander ensuite comment on pouvait l'être. Les turqueries dominèrent un instant les petits arts et la petite littérature. C'était l'époque des romans mahométans : Godard d'Aucourt publiait les *Mémoires turcs,* Fromaget, *Le Neveu de Mahomet,* Voisenon. La Popelinière, Crébillon le fils, Montesquieu ne parlaient plus que de sultanes et parfois ces belles Turques, Turquoises ou Turquines se changeaient en Moscovites ou encore en Polonaises, Polaques ou Polonnes. C'est cet instant charmant de l'élégance des arts et des lettres en France qu'ont voulu célébrer les organisateurs de la nouvelle exposition et ils ont réuni d'admirables tapisseries des Gobelins, de Beauvais, des Flandres, des faïences et porcelaines, des bijoux, des éventails, de jolis tableaux, des dessins et des pastels de Liotard exécutés avec une simplicité pleine d'accent et qui seront remarqués.

★

M. Imbert expose au même musée et pour une année entière sa belle collection de céramiques italiennes des XVe et XVIe siècles.

(*L'Intransigeant,* 6 juin.)

PRÉFACE

Les peintres nouveaux qui ont manifesté ensemble cette année au Salon des artistes indépendants de Paris leur idéal artistique acceptent le nom de cubistes qu'on leur a donné.

Cependant, le cubisme n'est pas un système et les différences qui caractérisent non seulement le talent, mais la manière même de ces artistes en sont une preuve manifeste.

Un trait les unit toutefois, si les peintres que l'on a appelés les fauves ont eu comme principal mérite de revenir aux principes en ce qui concerne la couleur et la composition, les cubistes pour élargir encore le domaine d'un art ainsi renouvelé ont voulu revenir aux principes pour ce qui concerne le dessin et l'inspiration. Si j'ajoutais que la plupart des cubistes ont été jadis comptés parmi les fauves, je montrerais l'étendue du chemin parcouru en peu de temps par ces jeunes artistes et la logique de leurs conceptions.

De ces deux mouvements artistiques qui se succèdent en se combinant si bien, il est sorti un art simple et noble, expressif et mesuré, ardent à la recherche de la beauté, et tout prêt à aborder ces vastes sujets que les peintres d'hier n'osaient entreprendre, les abandonnant aux barbouilleurs présomptueux, démodés et ennuyeux des Salons officiels.

Je crois avoir donné en peu de mots le sens véritable du cubisme : manifestation nouvelle et très élevée de l'art, mais non point un système contraignant les talents.

D'ailleurs, on ne comprendrait pas qu'à l'heure où les savants et les penseurs abandonnent les systèmes, les artistes voulussent s'adonner à ces jeux dangereux.

(Catalogue du 8e Salon annuel du Cercle d'art *Les Indépendants* au Musée moderne de Bruxelles, du 10 juin au 3 juillet.)

LA VIE ARTISTIQUE

EXPOSITION DRUET. MARCEL LENOIR. DESSINS D'AMAN-JEAN. SCULPTURES DE MME BERNIÈRES-HENRAUX

Le peintre Druet expose à la galerie Berlitz, 31, boulevard des Italiens, une centaine de toiles : notations de l'Inde, palais magnifiques des rajahs où, sur les terrasses, errent des tigres, bêtes royales, types mauresques observés minutieusement en Algérie ou en Tunisie.

Ces toiles, fruits de voyages lointains, ne sont pas seulement des morceaux fort agréables, mais des documents extrêmement précieux.

Dans d'autres peintures, M. Druet a fixé l'image d'un certain nombre de personnages parisiens très en vue et ces portraits expressifs, rendus avec la simplicité et la patience d'un peintre primitif, sont pleins d'âme. Dans un grand tableau intitulé *Audition chez le directeur de l'Opéra,* le peintre a groupé avec le même art consciencieux beaucoup de physionomies connues. J'avoue cependant que j'ai surtout regardé avec plaisir les études que M. Druet a rapportées des Indes. Il semble particulièrement doué pour noter les aspects merveilleux des paysages, des architectures, des costumes exotiques. Un *Portrait de général boer,* exposé à la galerie Berlitz, fait souhaiter que le peintre réussisse un jour prochain un ensemble d'œuvres consacrées à l'Afrique du Sud, pays neuf où l'amour de l'or et des pierreries attire les aventuriers de toutes sortes.

★

Le peintre Marcel Lenoir expose au Cercle international des arts un ensemble important de ses œuvres dont beaucoup ont été prêtées par des amateurs. Il y a là une sensualité quasi mystique qui n'est pas négligeable.

★

À la galerie Boutet-de-Monvel sont exposés en ce moment vingt et un dessins rehaussés de pastels par Aman-Jean. C'est d'un art délicat qui ne va pas sans maniérisme. À côté des dessins d'Aman-Jean, Mme Bernières-Henraux réunit quelques sculptures, bronzes, marbres et un surtout de table en argent. La préface de cette exposition a été écrite par Achille Segard, écrivain d'art excellent.

(*L'Intransigeant,* 19 juin.)

LES GOBELINS AU PETIT PALAIS

M. Henry Lapauze nous gâte. Après avoir organisé l'admirable exposition Ingres, après avoir publié sur le maître montalbanais un livre qui est un monument biographique et critique de premier ordre[1], il convie les Parisiens à venir admirer au Petit Palais, dont il est le conservateur, une importante exposition de tapisseries des Gobelins.

C'est dans la salle Carriès, transformée, et dans celle qui lui fait suite que l'on a exposé les tapisseries provenant des garde-meubles et prêtées à la Ville de Paris par M. Dujardin-Beaumetz.

On regardera dans la salle Carriès quatre tapisseries de la suite des mois Lucas exécutées aux Gobelins sous Louis XIV d'après des cartons attribués à Lucas de Leyde. On y verra aussi deux pièces de l'histoire de Coriolan, tapisserie des Flandres datant de la fin du XVIe siècle.

Mais la partie importante de cette exposition se trouve dans la salle suivante, ou salle des Médailles. Ce sont six pièces de la suite célèbre de don Quichotte, se composant de vingt-huit sujets dus à Charles Coynd et qui, de 1714 à 1794, furent tissés huit fois aux Gobelins et, chaque fois, avec un encadrement différent. Les alentours des pièces exposées au Petit Palais sont d'Audran, exécutées sur fond damassé rose vif du plus merveilleux effet. Ces tapisseries charmantes sont dans un état de conservation unique. On y verra don Quichotte se battant contre les moulins à vent, la Maritorne, don Quichotte et Sancho sur le cheval de trois, don Quichotte aux genoux de Dulcinée, Sancho à table dans l'île de Barataria et tout furieux de voir les plats s'en aller avant qu'il ait eu le temps d'y toucher, etc., etc.

Fantaisies délicieuses d'après le plus beau et le plus illustre roman qu'on ait jamais écrit. On regardera encore dans les vitrines une gracieuse terre cuite anonyme du XVIIIe siècle : *Bal chez Mme Tallien,* et un médaillon de Chinard représentant Mme Récamier.

J'ajoute qu'il faut se hâter d'aller voir ces belles tapisseries à fond rose qui ne sont exposées au Petit Palais que pour peu de temps.

(*L'Intransigeant,* 28 juin.)

LE CIMETIÈRE COUVERT DE BLOIS

Si le hasard d'un voyage vous amène à Blois, n'oubliez pas d'aller dans le faubourg de Vienne. C'est là, dans la rue Munier actuelle, anciennement la rue du Poirier, qu'est situé l'enclos du cimetière de la paroisse Saint-Saturnin. Ce cimetière couvert ou à galeries est un des rares cimetières de ce genre qui restent en France. Il est encore presque intact et il a été classé comme monument historique. Il paraît être de la même époque que la partie de l'église qui fut construite grâce à la munificence de la reine Anne de Bretagne. Le style de la grande porte ogivale et son guichet n'indiquent pas une moindre ancienneté. La charpente des galeries, très bien conservée, est d'un travail remarquable et il reste quelques lambris avec quelques traces de fresques en camaïeu.

Les sculptures des piliers en pierre de la galerie face au nord sont encore très bien conservées sous une couche épaisse de badigeon qui a fait croire jusqu'à présent que ces sculptures n'étaient dues qu'à des ouvriers inhabiles.

Cependant, elles ne sont pas sans mérite, loin de là, et elles offrent, quand on gratte le badigeon, des traces de peinture et de dorure qui ont conservé dans les fonds tout leur éclat primitif.

C'était là le cimetière de l'aristocratie de la ville. Ajoutons qu'il était aussi un lieu de rendez-vous pour les désœuvrés. À de certains jours, on y dansait et ces fêtes se terminaient souvent par des scènes de débauche.

Aujourd'hui, l'enclos funéraire sert de buanderie à l'hospice de la ville de Blois. On y plante des clous qui servent à tendre les cordes sur lesquelles on étale le linge. Si on n'y prend garde, ce curieux monument sera mutilé avant peu. Les habitants de Blois l'estiment assez peu et ignorent généralement son histoire. Cependant, il s'est trouvé un M. Jean-Gaston Lafore, architecte qui, ayant entrepris de décrire le cimetière couvert, l'a fait avec une conscience absolue et en a dessiné les moindres détails[1]. Il aurait voulu que l'administration lui permît de gratter le badigeon pour mettre au jour les sculptures peintes qu'il recouvre et demandait aussi qu'on l'autorisât à prendre des moulages qu'il destinait au musée de sculpture comparée du Trocadéro. Le tout à ses frais. L'administration s'y est opposée, donnant comme raison que les chapiteaux étant en pierre tendre souffriraient de ces travaux et s'effriteraient. Il se trouve, au contraire, que cette pierre est fort dure et, même s'ils étaient en pierre tendre et destinés à s'effriter, ce serait, semble-t-il, une raison d'en prendre le moulage afin d'en conserver l'apparence. Mais l'administration est inexorable. Elle interdit que l'on admire le cimetière de Blois, elle défend d'enrichir le musée de sculpture comparée du Trocadéro. Un cimetière couvert et qui fut un lieu de débauche, fi! Un semblable édifice peut tout au plus servir de buanderie à un hospice. Et M. Lafore, désespéré, va de bureau en bureau, suppliant qu'à ses frais on lui permette de sauver son cher cimetière.

(*L'Intransigeant,* 16 juillet.)

LE DESSIN PAR LES GRANDS MAÎTRES

«LE DESSIN PAR LES GRANDS MAÎTRES», OUVRAGE QUI PARAÎT PAR FASCICULES MENSUELS, APPORTERA AUX ARTISTES DES DOCUMENTS INAPPRÉCIABLES ET FERA CONNAÎTRE LES TRÉSORS QUE POSSÈDE LE LOUVRE

Quand je me rappelle la classe de dessin au collège, je revois les misérables lithographies que l'on nous donnait pour modèles, ouvrages sans art de vagues professeurs de dessin qui, avec le moins d'audace possible et une application solennelle, dessinaient le plus mal du monde.

Leurs gribouillages timides étaient bien propres à dégoûter de l'art ceux-là mêmes qui étaient destinés à l'adorer plus tard.

Et cependant il y avait la nature, «maîtresse des maîtresses», comme l'écrivait l'Arétin à propos, je crois, de Titien[1]; il y avait aussi les dessins des grands maîtres. Mais les maîtres seuls savent regarder la nature, et les écoliers ne la soupçonnent pas encore. Quant aux dessins des maîtres, un collégien, dans une petite ville sans musée, ignore qu'ils existent.

★

On dispose aujourd'hui de procédés de reproduction perfectionnés et très peu coûteux. On croirait volontiers que les quarante et quelque mille dessins de maîtres qui forment l'incomparable collection du musée du Louvre ont été reproduits à des milliers d'exemplaires.

Il n'en est rien cependant. La presque totalité des dessins du musée du Louvre n'a pas été reproduite et même elle est, pour ainsi dire, inconnue du public.

C'est donc une belle œuvre de vulgarisation et d'enseignement que celle à laquelle se sont adonnés MM. Louis Lumet et Ivanhoë Rambosson en publiant *Le Dessin par les grands maîtres,* ouvrage qui paraît par fascicules mensuels, renfermant des planches en phototypie d'après les plus beaux dessins du musée du Louvre.

Ces planches sont accompagnées de notices explicatives dues à des écrivains d'art très compétents et les reproductions de ces pièces précieuses sont exécutées avec un minutieux souci d'art. On a eu soin de les présenter sous forme d'estampes volantes, si bien qu'encadrées elles composeront dans les écoles ou dans les demeures particulières une décoration du goût le plus élevé.

Pris dans toutes les écoles françaises et étrangères, parmi les académies, les études d'ensemble et de détail, les paysages, les fleurs, les animaux, les scènes d'histoire, les scènes religieuses, etc., ces dessins sont reproduits avec exactitude et vendus — c'est là un des points les plus intéressants de la publication — à un prix extrêmement modique.

Selon le vœu de ses auteurs, cet ouvrage s'adresse donc bien aux écoles et aux gens de goût dont les ressources sont modestes. Il fournira aux élèves d'admirables modèles tout en formant dans son ensemble un véritable cours sur l'histoire de l'art.

★

Les premiers fascicules parus sont composés d'études de Poussin, d'André del Sarto, de Van Dyck, de Raphaël, d'Holbein, du Tintoret, de Lebrun, de Watteau, de Claude le Lorrain, etc.

Ces dessins ont été choisis avec une conscience artistique, avec une compétence incontestable pour répondre à leur double but d'enseignement et de décoration.

Les artistes y trouveront des documents inappréciables; les amateurs et les collectionneurs feuilletteront avec une joie rare ces portefeuilles merveilleux qui sont le premier ouvrage bon marché dont des reproductions soient satisfaisantes au point de vue artistique.

★

Mais *Le Dessin par les grands maîtres* aura encore un autre effet — c'est le plus invraisemblable. Il fera connaître les trésors que possède le Louvre, donnant au public le désir de regarder les dessins qui y sont exposés et aux conservateurs la pensée d'exposer ceux qu'ils ne montrent point et qui s'effacent ou se gâtent lamentablement dans les mansardes nationales.

(*L'Intransigeant*, 19 juillet.)

ET LA GARDE QUI VEILLE AUX BARRIÈRES DU LOUVRE... LE RAPT DE «LA JOCONDE»

La Joconde était si belle que sa perfection faisait partie désormais des lieux communs de l'art.

Il n'y en a pas beaucoup.

L'*Apollon du Belvédère*, la *Vénus de Milo, La Joconde*, la *Madone sixtine, Le Jugement dernier, L'Embarquement pour Cythère, L'Angélus, L'Île des morts*, ce sont là, à peu d'œuvres près, tout ce que l'humanité a mis à part dans la production artistique de tous les siècles. Ce sont là les ouvrages les plus célèbres du monde entier.

Cela ne veut point dire, au demeurant, que la réputation de quelques-uns de ces ouvrages ne dépasse leur valeur d'art. *L'Île des morts* de Bœcklin et *L'Angélus* de Millet sont prisés sans aucun doute plus haut qu'ils ne valent, mais la renommée de *La Joconde* égalait sa beauté, si même qu'elle n'était en dessous...

Mais que dire de

La garde qui veille aux barrières du Louvre?

Il n'y a même pas un gardien par salle; les petits tableaux des salles hollandaises qui courent autour de la galerie des Rubens sont, à la lettre, abandonnés aux voleurs.

Les tableaux, même les plus petits, ne sont pas, comme dans la plupart des musées étrangers, cadenassés à la muraille. Il est certain, d'autre part, que jamais les gardiens n'ont fait la répétition générale des opérations de sauvetage à effectuer si le feu éclatait.

C'est le laisser-aller, l'indifférence, l'incurie...

Le Louvre est plus mal gardé qu'un musée espagnol.

Toutefois, s'il fallait à tout prix chercher une

consolation à la disparition d'un chef-d'œuvre, nous irons la chercher en Allemagne où les conservateurs et les restaurateurs ont, pendant le XIXe siècle, effacé et puis repeint toutes les œuvres anciennes qui leur étaient confiées. Si bien que dans les musées allemands, on ne voit plus de peinture ancienne, mais les ouvrages criards de tel ou tel Herr Professor aussi coupable, en somme, que le ravisseur de *La Joconde.*

(*L'Intransigeant,* 24 août.)

UNE EXPOSITION DES ARTS DÉCORATIFS MODERNES À PARIS, EN 1915

Pour provoquer la renaissance des arts décoratifs en France, les Sociétés des artistes décorateurs, des artistes français, l'Encouragement à l'art et à l'industrie, la Société nationale des beaux-arts, celle du Salon d'automne, l'Union centrale des arts décoratifs, l'Union provinciale des arts décoratifs émettent le vœu que le parlement et le gouvernement décident l'organisation et l'ouverture à Paris, en 1915, d'une Exposition internationale des arts décoratifs modernes.

On estime indispensable que cette manifestation soit spécialisée à tous les arts décoratifs, appliqués à l'architecture, au mobilier et à la parure et soit réservée à des œuvres d'une inspiration nouvelle, à l'exclusion de toute copie ou pastiche du passé.

Cette idée ralliera sans aucun doute les suffrages de tous ceux qui ont à cœur le relèvement et le développement des arts décoratifs en France.

Il ne faut pas que ce projet reste à l'état de vœu. Il faut qu'il soit mis à exécution et les bonnes volontés ne manqueront point qui aideront à la réalisation de cette exposition nécessaire.

Cette nécessité est démontrée non seulement par des raisons artistiques, mais encore par des raisons économiques.

«En 1884, dit le rapport, on employait à Paris 3 000 sculpteurs sur bois; en 1910 on n'en comptait plus que 1 500, avec chômage de 50 %, soit 750. En 1885 travaillaient 2 000 menuisiers en fauteuil; en 1910 il en reste 300. Parmi les élèves sortis de nos écoles professionnelles, 57 % sont obligés de renoncer à leur métier d'art. (Séance du Sénat du 24 mars 1910.)»

Cette exposition aurait une durée de six mois, de mai à octobre inclus. Il ne faut donc pas songer à ce qu'elle ait lieu au Grand Palais, ni sur l'esplanade des Invalides.

On peut songer aux fortifications dont la démolition est projetée soit de la porte Maillot à la porte Dauphine, soit de la porte Maillot à la porte Champerret. Mais, les démolitions seront-elles terminées à temps?

Il faudrait plutôt regarder comme des emplacements possibles le champ d'entraînement de Bagatelle ou celui d'Issy-les-Moulineaux, soit l'espace des fortifications compris entre la Muette et la porte du Point-du-Jour, soit même le parc de Saint-Cloud.

On compte avec raison sur la bienveillance des pouvoirs publics.

Il est nécessaire, pour les arts et pour l'industrie, qu'une Exposition internationale des arts décoratifs modernes ait lieu à Paris, en 1915.

(*L'Intransigeant,* 16 septembre.)

LA VIE ARTISTIQUE

UN OFFICE DE GARANTIE DES ŒUVRES ARTISTIQUES

Me José Théry compte reprendre sa campagne pour la création d'un office de garantie des œuvres artistiques.

On sait qu'il s'agit de créer une sorte d'état civil des œuvres d'art, ce qui serait pour l'acheteur moins précaire que les preuves d'authenticité admises aujourd'hui.

La création d'une semblable organisation serait un remède contre l'industrie des *faux* qui décuple, centuple même la production des artistes célèbres.

Les registres de l'Office de garantie formeraient l'inventaire, le *livre de vérité* des œuvres artistiques contemporaines.

D'autre part, l'artiste toucherait un tant pour cent sur la plus-value acquise par son œuvre, lorsqu'elle passerait en vente. C'est là un point qui doit faire souhaiter à tous les artistes la prompte création de l'Office de garantie.

Certes, il y aurait toujours de belles œuvres dont l'Office ne posséderait pas l'état civil. Mais, il est certain que la plupart des œuvres importantes seraient inscrites dans les registres de l'Office dont le rôle au moyen de succursales pourrait s'étendre à l'étranger.

(*L'Intransigeant,* 21 septembre.)

LE SALON D'AUTOMNE

AVANT LE PREMIER VERNISSAGE. LES SALLES DU REZ-DE-CHAUSSÉE NE SONT PAS PRÊTES. UNE PROMENADE AU PREMIER ÉTAGE

Il y aura cette année deux inaugurations du Salon d'automne, une pour les salles du premier étage, une autre pour les salles du rez-de-chaussée où seront exposés les ensembles décoratifs, mobiliers, décors, etc. Destinées à être le clou du Salon, elles n'ont pas été prêtes à temps; le public des vernissages sera convoqué de nouveau dans une dizaine de jours.

LES RÉTROSPECTIVES. CAMILLE PISSARRO

Cette année, c'est le triomphe de la céramique, qui est parvenue à un degré très élevé de perfection. La disposition et la répartition des tableaux dans les salles font le plus grand honneur au goût et au talent d'organisateur du placeur, M. Le Bail. On regrette cependant que l'on n'ait pas cru devoir organiser d'exposition rétrospective importante, comme on faisait les autres années. Les prétextes ne manquent point. On aurait pu nous montrer un ensemble de peintures et de lithographies de Daumier, ou bien des dessins et des lithographies de Delacroix. Il y a aussi Jongkind et beaucoup d'autres.

Il y a bien deux petites expositions rétrospectives, celles des eaux-fortes et lithographies de Camille Pissarro, et celle de Konrad Starke, sociétaire décédé. On ne saurait dire grand-chose de la seconde, et la première aurait gagné à être soutenue par de la peinture. Il y a là quatre-vingts eaux-fortes si claires qu'il faut se mettre très près pour les voir et une vingtaine de lithographies très claires également. Tout cela est exposé dans la salle 2 et l'on aurait mieux fait de mettre ces belles gravures dans un meuble tournant pour qu'on pût les regarder commodément. Voilà les vues de Rouen qui sont célèbres, le portrait de Cézanne, des vues et des personnages rustiques. Ces œuvres caractéristiques sont exécutées d'après nature. Elles sont fermement dessinées et leur ensemble constitue une des curiosités les plus intéressantes de l'impressionnisme dont Camille Pissarro fut une des grandes figures.

ASPECT D'ENSEMBLE

L'ensemble du Salon est excellent. On a l'impression que tous les peintres sont ici en progrès, tandis que les nouveautés légitimes ne manquent point. Salle 8, on verra les cubistes dont je parlerai demain. Dans les salles 1, 3, 3 *bis*, 4 et 5, appelées les salles des chefs-d'œuvre, il y a en tout cas des ouvrages de premier ordre. On remarquera les panneaux décoratifs de Bonnard, ceux de Flandrin, les toiles de Roussel, de Francis Jourdain, de Le Bail, de Charles Guérin, d'Henri Matisse, de Marchand, de Marquet, de Valtat, de Girieud, de Friesz, etc.

Le clou du Salon aurait pu être la salle des cubistes, s'ils avaient tous exposé, s'il ne manquait ni Delaunay ni Marie Laurencin, s'il ne manquait pas non plus dans une salle toute proche ces jeunes maîtres dont on ne parle guère et dont l'influence cependant se fait sentir : Picasso, Derain, Braque, Dufy. Telle quelle, la salle 8 est la plus neuve, la plus intéressante du Salon et celle que l'on discutera le plus.

Le clou du Salon d'automne, c'est incontestablement l'exposition des œuvres d'Henri de Groux.

HENRI DE GROUX[1]

Comment exprimer les sentiments contraires qu'ont suscités en moi depuis une semaine les œuvres d'Henri de Groux? Je les ai vues arriver au Grand Palais dans une voiture de déménagement — presque une voiture cellulaire — et longtemps j'ai regardé les portefaix qui en tiraient tant de personnages géniaux et illustres : Napoléon, Tolstoï, Wagner, Baudelaire, etc. Puis dans la salle 10, où s'organisait son exposition, j'ai vu le peintre assis mélancoliquement sur les caisses d'emballage, comme un exilé au milieu des ruines. Je ne connaissais ni Henri de Groux ni sa peinture, et de l'homme seulement je savais la légende qui est merveilleuse et invraisemblable. Je pensais, au demeurant, que bien des années s'étaient écoulées depuis sa mort, quand brusquement je me trouvais en présence d'un ressuscité plein de vie, spirituel, dont la conversation est nourrie, dont le visage rappelle celui de Baudelaire. Et tout d'abord sa peinture me parut la chose la plus démodée au monde; il me semblait qu'il n'y avait dans ces évocations dantesques ou shakespeariennes que de la littérature. Avec quelle tristesse je regardais sans oser m'y arrêter *Le Christ aux outrages,* le tragique *Napoléon Crusoé*[2], les portraits. Puis, je me fis à ce tumulte poétique, l'imagination lyrique d'Henri de Groux se révéla à moi, je compris le sens de ce délire plastique; soudain, les foules romantiques, les solitaires douloureux s'animèrent.

Certes, la technique du peintre belge n'est pas neuve. Elle est démodée aujourd'hui et tranche violemment sur toutes les œuvres exposées au Salon d'automne. Dans cette œuvre, l'imagination a la plus grande part. Où est le mal? Il y a peut-être trop longtemps que les peintres se fient soit à la nature, soit à des théories, et cependant l'imagination enfante aussi de grandes œuvres.

L'ensemble exposé par Henri de Groux donne l'impression d'un labeur immense et d'un tempérament de premier ordre. Une toile comme *Le Christ aux outrages* est digne de n'importe quel musée. Et si les autres tableaux ne commandent pas tous l'admiration, ils retiennent du moins l'attention par la probité avec laquelle ils ont été exécutés, par la culture dont ils témoignent, par le talent et l'enthousiasme qu'ils décèlent. Cette manifestation, sans aucun doute, aura d'heureux effets. Beaucoup de jeunes peintres regarderont d'abord avec une méfiance mélancolique les œuvres d'Henri de Groux et peu à peu la simplicité avec laquelle l'artiste a laissé voir ses moyens, ses pensées poétiques, le travail de son cerveau, la franche habileté de sa main, sa fougue de visionnaire toucheront ceux qui aiment vraiment leur art et, de ces toiles déjà anciennes, ils tireront d'excellents enseignements.

(*L'Intransigeant,* 30 septembre.)

LE SALON D'AUTOMNE

L'ATTENTION EXCEPTIONNELLE ACCORDÉE PAR LA PRESSE AU CUBISME PROUVE SON IMPORTANCE

En fournissant beaucoup de copie aux journaux, la guerre italo-turque[1] a retardé la publication des articles d'art. Je prie donc les peintres d'excuser l'Italie, mère des arts.

Avant de parcourir les salles de peinture, il faut que je m'arrête au cubisme. Aussi bien, je me vois presque seul parmi les écrivains d'art à défendre des artistes dont je connais les efforts et dont j'aime les ouvrages. Les moqueries qui ont accueilli l'exposition de leurs œuvres au Salon d'automne, tout en montrant l'importance de leur manifestation, ne prouvent absolument rien contre leur art. Ceux qui prennent le cubisme pour une fumisterie se trompent complètement. Ils font voir simplement que si la leçon d'Ingres n'a pas été perdue pour ces artistes, le public et avec lui beaucoup d'écrivains d'art ne l'ont pas du tout comprise.

LES CUBISTES

Dans une toute petite salle, la salle 8, on a réuni les envois de quelques peintres connus sous la dénomination de cubistes. Le cubisme n'est pas, comme on pense généralement dans le public, l'art de tout peindre sous forme de cubes.

En 1908, on vit quelques tableaux de Picasso où il y avait des maisons qui simplement et fermement dessinées donnèrent au public l'illusion de ces cubes, d'où vint le nom de notre plus jeune école de peinture[1]. Elle a déjà été passionnément discutée. Au demeurant, le cubisme n'est nullement un système, mais il forme bien une école, et les peintres qui la composent veulent renouveler leur art en revenant aux principes pour ce qui concerne le dessin et l'inspiration, de même que les fauves — et beaucoup de cubistes ont fait partie de cette école — étaient revenus aux principes, en ce qui concerne la couleur et la composition.

Cependant, le public, habitué aux taches éclatantes mais presque informes des impressionnistes, n'a pas voulu comprendre du premier coup la grandeur des conceptions formelles de nos cubistes. Les contrastes des formes sombres et des parties éclairées ont tout d'abord choqué parce qu'on n'était habitué qu'à de la peinture sans ombres. Dans l'apparence monumentale des compositions qui dépassait la frivolité contemporaine, on n'a pas voulu voir ce qui y est réellement : un art noble et mesuré, prêt à aborder les vastes sujets pour lesquels l'impressionisme n'a préparé aucun peintre. Le cubisme est une réaction nécessaire, de laquelle, qu'on le veuille ou non, il sortira de grandes œuvres. Car se peut-il, peut-on croire un instant que les efforts indéniables, je crois, de ces jeunes artistes, demeurent stériles ? Je vais plus loin même, et sans méconnaître les talents de toutes sortes qui se manifestent au Salon d'automne, je sais bien que le cubisme est ce qu'il y a de plus élevé aujourd'hui dans l'art français.

L'imagination de Metzinger nous a donné, cette année, deux toiles élégantes de tons et de dessin, qui témoignent pour le moins d'une grande culture[2]. Metzinger achève ses tableaux, autre mérite peu commun aujourd'hui. Son art lui appartient maintenant. Il s'est dégagé des influences et sa palette est d'une richesse raffinée. Gleizes nous a montré deux côtés de son grand talent : l'invention et l'observation. Voyez le *Portrait de Jacques Nayral,* il est très ressemblant et cependant il n'y a pas dans cette toile impressionnante une forme, une couleur qui n'aient été inventées par l'artiste. Ce portrait revêt une apparence grandiose qui ne devrait pas échapper aux connaisseurs. La peinture grandiose semblait réservée à M. Detaille, qui en a fait l'usage que l'on sait. Il est temps que les jeunes peintres se tournent vers le sublime de leur art. La *Chasse,* de Gleizes, est bien composée et de belles couleurs y chantent.

Fernand Léger[1] est à la recherche de sa personnalité. Son envoi est intitulé *Essai pour plusieurs portraits.* Cette toile témoigne d'un grand effort, elle décèle encore beaucoup de modestie et encore plus de talent.

Le Fauconnier ne nous a envoyé que trois petits paysages[2]. Ils sont de premier ordre. Les délicatesses du coloris sont l'un des mérites de cet artiste. Les sites qu'il a peints sont attirants et il s'en dégage un charme inexprimable.

M. de La Fresnaye n'a pas envoyé seulement une *Statue* qui est un des meilleurs morceaux de sculpture du Salon, mais encore des gravures sur bois d'un bon métier, une figure nue et deux paysages excellents.

Voici le puissant *Combat de boxe* de D. de Segonzac, dont la palette, dont les moyens d'expression sont en progrès, le *Nu* d'Albert Moreau, dont l'imagination mélancolique s'exprime avec beaucoup de lyrisme, les envois intéressants de Duchamp, de Kars, de Doucet de qui les tableaux, ainsi que l'importante composition de Lhote, le *Port de Bordeaux,* semblent bien dépaysés dans la salle du cubisme.

(*L'Intransigeant,* 10 octobre.)

LE DEUXIÈME VERNISSAGE DU SALON D'AUTOMNE

LES DÉCORATEURS

On court aujourd'hui après un style du mobilier; et sans doute l'aura-t-on trouvé pour l'Exposition des arts décoratifs en 1915. Le Salon d'automne invitait aujourd'hui le public à visiter les ensembles mobiliers, parmi lesquels il faut signaler les meubles achevés de Paul Follot, la *Salle à manger* et le *Cabinet de travail* qu'a conçus avec un goût parfait André Mare et qu'il a exécutés avec l'aide de Mlles Laurencin et Bernouard, de MM. Rouault,

La Fresnaye, Duchamp-Villon, Segonzac, Villon, Moreau, Léger, Miré, Desvallières. Citons encore les *Bureaux* de Louis Süe. Le *Petit salon* de Groult. Les ensembles auxquels ont collaboré Miss Lloyd, Mmes Robin, Pauline Faure, Gallé, Dufrène, Châtel, Tassinari, Leroux, Jouhaud, Gruber, etc. J'en reparlerai, s'il est possible, mais je tiens, dès aujourd'hui, à attirer l'attention du public sur les ensembles de Paul Follot et d'André Marc.

(*L'Intransigeant,* 11 octobre.)

LE SALON D'AUTOMNE

PROMENADE À TRAVERS LES SALLES DE PEINTURE

Je l'ai déjà dit, sauf les cubistes, il y a au Salon d'automne fort peu de nouveautés sensationnelles. Toutefois, l'ensemble est excellent, et il n'y a peut-être pas de salles où il n'y ait de très bons tableaux. D'autre part, on s'est beaucoup moqué des cubistes, sans vouloir remarquer que leur influence se fait déjà sentir sur beaucoup d'autres peintres, et cette observation que l'on pourra vérifier lors d'une visite légitime suffisamment un effort dont on se gausse sans pouvoir le nier, que l'on tourne en ridicule tout en en admettant, par force, l'importance.

Salle 1. Les envois de Roger Deverin, d'Albert Joseph, de Piet, de Lehmann, deux charmantes intimités de Chapuy, *L'Âge d'or* de Déziré, bien composé, *La Sieste,* d'Ottmann, qui progresse en puissance, et un beau panneau décoratif de Charles Guérin, *Femmes, fleurs et fruits.* C'est sans contredit un des meilleurs envois du Salon. La composition et le coloris en sont séduisants. C'est une sorte de *Fête galante* qu'eût aimée Verlaine.

Salles 3, *3 bis, 3 ter.* Il y a un phare de Marquet d'une maîtrise simple. Les paysages viennois de Girieud ont une apparence timide à laquelle l'artiste ne nous avait pas habitués. Son art se dépouille de tout ce qui n'est pas religieux. Voici Laprade, élégant et nerveux, Asselin et ses paysages, un *Nu* délicat de Manguin, Thomas-Jean, Hermann-Paul, Léon Voguet, Valtat qui montre dans des cadres argentés ses *Baigneuses* d'une puissance un peu trop débordante, Le Bail qui est en possession de moyens logiques et qui ne vont pas sans hardiesse. Voici Roustan, Alcide Le Beau et ses jolies *Japoneries d'automne,* Camoin avec une bonne toile, *Au piano,* Louis Charlot, Mlle Charmy, Dufrénoy et ses *Venises* trop robustes, Puy avec un envoi important : j'aime beaucoup *La Petite Dentellière* et *À travers bois.*

Salles 4 et 5. *La Méditerranée,* en trois panneaux décoratifs, de Bonnard, est un savoureux ragoût de couleurs, moins belles cependant que celles d'Henri Matisse qui a su lorsqu'il l'a voulu peindre plus formellement. Bonnard et Matisse nous offrent dans leurs tableaux une absence complète de formes. C'est là le contraire même du cubisme. Mme Marval expose le plus joli tableau de la salle, *Hommage à Gérard de Nerval,* où l'on voit la blonde Adrienne chantant une chanson populaire. L'artiste n'a pas osé faire entrer dans cette gracieuse composition l'image du poète qui avait l'air, comme on sait, d'un petit professeur de province. Voici Maxime Dethomas, Zak, Bussy, Bouche, Baignères, G. d'Espagnat, les beaux paysages de Francis Jourdain, les décorations de Manzana-Pissarro, le paysage pyrénéen de Lacoste. Voici les fleurs de Mme Georgette Agutte, qui expose aussi un ferme et séduisant portrait de femme, peinture hardie et enthousiaste. J'aime la poétique composition de Marchand et les mythologies de K.-X. Roussel, braves et belles comme les sonnets des poètes de la Pléiade; Georges Desvallières expose une décoration grave et harmonieuse destinée à une bibliothèque. Voici les toiles à effet de Van Dongen, une *Marine* lyrique et une *Oasis* mystérieuse de Friesz, les truculences fluviales de Vlaminck, *La Fenêtre ouverte* de Lombard avec des qualités de peintre et une absence complète de composition. Voici encore des Flandrin d'une élégance un peu froide.

Salles 6 et 6 *ter.* De pittoresques paysages de Tristan Klingsor, des études délicates de Jacques Blot, effets de soleil dans un bois, un *Pardon* vigoureux de Chenard-Huché[1], des natures mortes de Briaudeau, une vue de Cadaquès par Pichot, une composition lyriquement religieuse de Marcel Lenoir, *Le Sentier au bord de l'eau* de Jean Plumet, *Les Chevaux de bois* de Verdilhan.

FRANCISCO ITURRINO ET LES DERNIERS FAUVES

Il expose dans la salle 6 *bis* un ensemble consacré à la vie en Espagne. Peintes dans les tons clairs, les toiles d'Iturrino sont ce que la peinture espagnole a produit sans doute de plus lumineux. Ses baigneuses, ses cigarières, ses gitanes, ses danseuses auront du succès. Iturrino le retrouvera lorsque l'an prochain il aura cultivé ses ambitions de décorateur et coloriste doué, renforcé, varié les tons de sa palette.

Salle 7. Nous y trouvons les toiles hautes en couleur des épigones du fauvisme. Un portrait très ressemblant d'*Henri Matisse* par Mme Meerson donne à cet ensemble la signification d'un hommage au chef des couleurs puissantes et suaves. Voici encore de belles toiles de Tarkhoff et l'envoi émouvant de Mme Mutermilch.

(*L'Intransigeant,* 12 octobre.)

LE SALON D'AUTOMNE

FIN DE LA PROMENADE AU GRAND PALAIS

Après nous être attardé dans la salle espagnole d'Iturrino, passons à la salle 2. — Envois de Dreyfus-Gonzalez; le *Portrait d'un chasseur* par Borchardt; deux très jolies toiles de Grass-Mick, de Fernand Nathan, dont *La Fontaine au figuier* est un des bons envois de ce Salon.

Salles 12, 13, 14, 15. Il faut mettre hors de pair l'exposition d'Echevarria qui expose, entre autres excellents morceaux, un *Portrait de P.-P. Plan,* à qui les bonnes lettres doivent tant de reconnaissance. On n'a généralement pas pris garde que l'envoi d'Echevarria révélait un tempérament de premier ordre. Les œuvres de Dusouchet sont aussi parmi les belles œuvres de ce Salon. Il faut citer encore Brunner, Benoni, Allard, Schulmann, Tooker, Boggio, Mme Séailles. Voici Chamaillard et ses clairs envois de Bretagne. Voici les *Négresses* de Steinlen, les portraits joufflus de Jacques Villon, les envois de Fornerod, Morerod, Richard Ranft, Van Coppenolle, Ribemont-Dessaignes, les espagnoleries de Carre, d'Angel Zarraga, *Le Port de La Rochelle,* de Maufra, et l'envoi de Mlle Rose Dujardin-Beaumetz.

Salles 16, 17 et 18. On y verra avant tout les *Fleurs,* de Jean Deville, peintre émouvant, coloriste doué dont les efforts et les réalisations méritent beaucoup plus que les succès d'estime qu'il a remportés jusqu'ici. La toile sévillane d'Auguste Bréal est une œuvre inattendue, sentie et très agréable. Voici les paysages de Madeline, l'envoi intéressant de Paviot, la *Femme à la draperie* de Marinot, les paysages de Ricardo Florès, la belle et grande marine de Diriks aux nuages monumentaux, les paysages de Mme de La Quintinie, l'envoi séduisant de Mlle Mia Elen, l'envoi d'Altmann dont la palette s'enrichit et dont la sensibilité est toujours aussi aiguë et le beau *Port de mer* d'Urbain.

POURTOUR

Il faut citer Cosyns dont la belle composition révèle un labeur intelligent, Mme Judith dont les dons de composition et de coloriste méritent de retenir l'attention. Ses toiles ne sont pas sans puissance décorative. Voici encore Faber du Faur, Fauconnet, Lehmbruck, Mainssieux, Pilatrie, Weise, Chabaud et ses peintures violentes qui dénotent un grand talent, Suzanne Valadon, Beaubois de Montoriol, Lemordant, quatre peintres qui eussent mérité un emplacement plus favorable.

REZ-DE-CHAUSSÉE

Voici une *Parade foraine* de Lemordant injustement exilée dans l'ombre, et les envois de Quillivic, Freymann, Gottlieb, Arango, etc.

SCULPTURE

L'envoi le plus important est constitué par les

fragments d'un *Monument à Beethoven,* de José de Charmoy. Il en a souvent été parlé ici et sans doute verra-t-on bientôt cette œuvre colossale sur une place publique. Jean Baffier sur lequel une étude intéressante de M. Charles Achard vient de paraître[1] expose un buste et des morceaux décoratifs; la *Baigneuse* de Marque, le *Buste* de Bourdelle, le buste en bois de *Maurice Denis* par Lacombe, les bustes de Pimienta, de Niederhausern-Rodo, la *Gorgone* d'Andreotti, le *Baudelaire* de Duchamp-Villon, l'envoi d'Archipenko sont parmi les bons morceaux de ce Salon où l'on a exposé fort peu de sculptures.

THÉÂTRE DES ARTS

L'effort que la direction du théâtre des Arts avait demandé à des peintres reçoit ici sa consécration officielle. On a exposé les maquettes des décors, les costumes conçus par Dethomas, Delaw, Drésa, D. de Segonzac, etc.

GRAVURE

Il faut citer les noms de Bernard Naudin, de Bloos, de Manzana, de Stummer, les belles lithographies en couleurs de Bonnard, de Vuillard et des bois d'une facture large et puissante par Ouvré.

ARTS DÉCORATIFS

On peut déplorer que Raoul Dufy n'ait pas jugé à propos de nous montrer ses impressions en couleur sur tissus précieux. C'eût été sans aucun doute le clou de la section décorative du Salon d'automne. J'ai parlé des ensembles mobiliers, ils montrent, et tout particulièrement les sobres ensembles d'André Mare, que le moment va arriver où nous allons enfin voir des meubles nouveaux qui ne soient pas des horreurs. Peut-être se défie-t-on un peu trop de la dorure, et néglige-t-on sans raison la tapisserie. MM. Groult, Louis Süe, Jaulmes, Paul Follot sont parmi les premiers de ces décorateurs nouveaux.

Citons encore les ouvrages de cuir de Mlle de Félice, les ouvrages délicats et harmonieux de Mlle Suzanne Bernouard, les broderies de Mme Ory-Robin, les céramiques de Méthey, de Rumèbe, de Massoul, de Simmen, etc.

(*L'Intransigeant*, 14 octobre.)

LA VIE ARTISTIQUE

EXPOSITION SACHA GUITRY

M. Sacha Guitry utilise ses loisirs de la façon la plus aimable et la moins innocente. Entre deux succès au théâtre, il caricature avec talent ses contemporains.

Il expose en ce moment à la galerie Bernheim des portraits bien amusants et l'un d'eux, qui représente Marcel Schwob à la fin de sa vie, avec son teint de cire, son aspect de vieil aigle débonnaire et déplumé, est fort émouvant.

Il y a encore un Henri de Régnier à la moustache circonflexe extrêmement comique, un Ernest La Jeunesse, un Tristan Bernard, un Anatole France...

Cependant, même quand M. Sacha Guitry peint, on sent qu'il n'est pas peintre, mais sa verve, son esprit, son talent suppléent aisément à des qualités qui ne sont pas nécessaires qu'aux gens de métier.

Voyez son portrait à l'huile de *M. Victor H****. Il suffit d'y jeter les yeux pour voir qu'il va encore publier un volume de vers cette année.

Il y a encore un *Renan, L'Artiste par lui-même, Mme Colette Willy,* des fleurs, des paysages exécutés avec du talent, de l'audace, et encore plus de bonne humeur.

(*L'Intransigeant*, 31 octobre.)

LA VIE ARTISTIQUE

ŒUVRES D'AXEL HAARTMAN ET SUEN OTTO LINDSTROM

Aujourd'hui s'est ouverte, à la galerie Boutet-de-Monvel, l'exposition de deux peintres scandinaves, MM. Axel Haartman et Otto Lindstrom, qui nous montrent l'un et l'autre des paysages de la Scandinavie, car si l'un peint la Finlande, l'autre peint la Normandie.

Les tableaux de ces deux peintres sont agréables à voir et si la technique du premier est plus neuve, plus personnelle, celle du second a quelque chose de tendre, de gracieux, qui séduit peut-être davantage.

Comme le dit André Salmon dans la jolie préface au catalogue :

« Axel Haartman et Lindstrom révéleront au public parisien une face nouvelle de l'art scandinave. Après Thaulow, après Diriks, ils apportent un élément inapprécié encore : leur art allègre et franc leur assure la sympathie du public français. »

(*L'Intransigeant,* 3 novembre.)

UN VERNISSAGE

La Galerie d'art contemporain a ouvert aujourd'hui au public une exposition où sont représentées les différentes tendances de la jeune peinture française.

Je n'ai presque pas de place pour vous en parler. Allez-y, cela vaudra encore mieux.

Le groupe le plus audacieux est bien représenté par Mlle Marie Laurencin, Albert Gleizes, R. de La Fresnaye, Fernand Léger, Duchamp, très en progrès, Jean Metzinger, devenu coloriste.

Ce m'est une occasion de déclarer une fois de plus que je considère les préoccupations des jeunes artistes que l'on a appelés les cubistes comme les préoccupations artistiques les plus élevées que l'on puisse avoir aujourd'hui. Il faut encore signaler les envois de Dunoyer de Segonzac, Luc-Albert Moreau, Lotiron, Verdilhan, Alfred Lombard. Il faut mentionner à part un très beau *Nu* de Raoul Dufy; un *Calvaire,* œuvre hallucinée d'Alcide Le Beau, les envois de Mme Hassenberg, Paul Véra, etc., les sculptures de MM. Archipenko et Duchamp-Villon.

Il manque, à cette exposition, qui aurait alors sa pleine signification, des œuvres de Picasso, de Derain et du grand peintre Seurat, et je tiens tout particulièrement à mentionner ce dernier nom.

(*L'Intransigeant,* 19 novembre.)

LETTRE DE PARIS

[Notre correspondant à Paris a pu, grâce à son activité professionnelle, assister à la première séance du Comité pour la liberté de l'art, que notre éminent confrère Paul Reboux, a eu l'ingénieuse idée de réunir[1].

Notre correspondant nous envoie un compte rendu de cette séance, et ce haut fait journalistique, appelé à un retentissement universel, prend désormais place, parmi les reportages illustres, dans le livre d'or de la presse.]

POUR LA LIBERTÉ DE L'ART... : Le comité se réunit dimanche dernier dans l'hôtel de M. Reboux lui-même, rue de Clichy. J'avais acheté un des domestiques de la maison, je ne dirai pas lequel par un sentiment de discrétion professionnelle que l'on comprendra. Cet être, dont je ne veux même pas dévoiler le sexe, m'avait caché à l'intérieur d'une des ingénieuses machines qui ornent le cabinet de travail de M. Reboux : la machine à lire. Grâce à quoi M. Reboux peut lire quinze bouquins à la fois, et dans le court espace de dix-huit minutes.

Les partisans de la liberté de l'art arrivèrent vers 7 heures du matin; on forma le bureau : M. Charles-Henry Hirsch présidait, M. Reboux vice-présidait, etc.

À 8 heures, le président ouvre la séance. La parole est à M. Nénuphar Endolori, homme de lettres.

M. ENDOLORI : Comme il est juste, je suis pour la liberté de l'art. Cependant — et je crois rallier ainsi l'avis de tous les citoyens qui m'entourent — je demande que, bien entendu, les Juifs, les étrangers, les protestants, les libres penseurs ne puissent se réclamer de cette liberté afin de propager leurs abominables idées... *(Rumeurs.)*

Le président agite la sonnette, puis, protestant contre les paroles de l'orateur, il se couvre comme on fait à la synagogue, pour montrer qu'en dépit de son nom il n'a aucune hostilité contre les Juifs*. Finalement, on se calme et le président se découvre.

M. ERNEST LA JEUNESSE *(qu'une circoncision sans doute poussée à l'extrême a doué d'une voix fière)* : À bas les Juifs**! Vive l'Empereur!

M. Georges de Porto-Riche dénonce à la vindicte de l'honorable assemblée l'œuvre de M. Alfred Capus... «Certes, que l'on soit gaillard, libre, obscène, je n'y vois pas d'inconvénient, mais je ne veux pas que l'on présente au public un coquin sous des traits sympathiques. Poursuivons le coquin au théâtre...» (Comme il paraît que M. de Porto-Riche est entré en fraude et qu'il appartient à la rédaction d'un journal adverse[1], on l'expulse à grands cris.)

M. URBAIN GOHIER : Certes, je suis aussi pour la liberté de l'art, mais il ne faut pas aller trop loin dans cette voie. Je demande des poursuites contre les cubistes qui heurtent trop vivement mon goût pour la peinture.

M. LE VICE-PRÉSIDENT PAUL REBOUX : Je demande des poursuites contre tous ceux qui écrivent en vers libres et, en général, contre tous ceux dont je ne comprends pas bien les livres.

M. JEAN ROYÈRE : Il faudra, au contraire, poursuivre sévèrement tous ceux qui s'expriment avec clarté. Toute vérité n'est pas bonne à dire et l'œuvre d'art doit être obscure et sibylline[2].

M. EUGÈNE MONTFORT : Poursuivons sans pitié tous ceux qui ne savent pas le latin, car ils mettent la langue française en danger.

* Il me semble qu'ici notre correspondant bafouille.
** Aucun doute! notre correspondant rebafouille.

M. BRUNOT : Vous n'y entendez rien. Il faut réprimer définitivement l'étude du latin, péril national[1].

M. Untel, père de famille, demande que la liberté des écrivains n'aille pas jusqu'à mettre les enfants au courant de ce qu'ils sauront un jour. « Les actes sexuels, messieurs, pensons-y toujours mais n'en parlons jamais. »

M. LIMPUISSANT (lauréat de plusieurs académies) : Je propose même que l'on poursuive ces actes eux-mêmes. La pensée moderne peut se suffire, délivrons-nous de toute habitude bestiale.

Le président, voyant que la question a dévié, agite la sonnette.

LE VICE-PRÉSIDENT : Il me semble que nous sommes tous d'accord. La liberté de l'art est pour nous tous un dogme intangible.

À ce moment, on apporte une lettre que le président décachète.

LE PRÉSIDENT : M. Hervé rappelle que la liberté de la presse est inséparable de la liberté de l'art... *(Rumeurs, interruptions.)*

UNE VOIX : La liberté de la presse, c'était bon sous l'Empire.

UNE AUTRE VOIX : Nous sommes ici pour la liberté de l'art, ne nous occupons pas de la liberté de la presse. Cela ne nous regarde pas.

On introduit un messager.

LE MESSAGER : M. René Bérenger, sénateur, m'envoie pour savoir ce que vous avez décidé.

LE PRÉSIDENT : Allez dire à votre maître que nous sommes ici pour la liberté de l'art, et que nous ne sortirons pas sans avoir entrepris des poursuites contre tous ceux qui la compromettent en en faisant usage.

La séance étant levée, je sortis de la machine à lire sans être vu de personne et, quittant la foule des congressistes, je fus à un banquet littéraire.

(*Le Passant*, 25 novembre.)

LES BIJOUX DU SULTAN

LA FORCE ARMÉE SURVEILLE. LES PARISIENS DÉFILENT

L'exposition des bijoux du sultan Abdul-Hamid II a commencé ce matin. Dès 10 heures, le public commence à défiler. Les journaux ont annoncé qu'aujourd'hui on ne serait admis qu'avec des cartes d'invitation, mais on laisse entrer tout le monde. Au demeurant, il y a des sergents de ville partout, à la porte de la galerie Georges-Petit, dans les escaliers, à l'entrée de la salle et devant chaque vitrine.

On admire les *zarfs* ou coquetiers d'or et de pierreries, les colliers de perles, les brillants, les émeraudes; on regarde avec curiosité les montres qui comportent sur le boîtier le tracé du chemin de fer de Bagdad en rubis, les cadres à photographies pavés de brillants, les écritoires, les boîtes à bonbons; tout un rêve d'Orient très moderne...

Les turqueries sont à la mode. Voici des turqueries bien authentiques et qui viennent directement de Stamboul. Elles ne ressemblent pas aux turqueries d'autrefois, mais c'est le même luxe, inouï, exagéré que les Parisiens pourront apprécier demain dimanche, jour d'exposition publique.

Et l'on regardera avec plus de curiosité encore que le reste ces chapelets de perles qu'égrenait le sultan aux instants de terreur...

Et la police veille partout dans la salle.

(*L'Intransigeant,* 26 novembre.)

LA VIE ARTISTIQUE

PORTRAITS ET PANNEAUX PAR MLLE HÉLÈNE DUFAU.
CERCLE INTERNATIONAL DES ARTS. LES DANSEUSES DE GIR

Mlle Hélène Dufau retrouvera, avec ses vingt portraits exposés à la galerie Brunner le succès qu'eurent au dernier Salon des artistes français ceux de Mme Aurel et de Mme Jane Mortier, portraits qui parmi d'autres plaisent autant qu'auparavant.

Entre les nouveaux portraits on remarquera sans doute plus particulièrement ceux de l'auteur, de Mme la baronne Frachon, de Mme Edmond Rostand, de M. Maurice Rostand, etc. Trois panneaux décoratifs, *Les Fruits du Sud,* accompagnent agréablement ces vingt portraits et achèvent de donner tout son sens à une exposition qui est présentée au public par M. Francis de Miomandre, qui s'y exprime très délicatement sur l'art de Mlle Hélène Dufau et me permettra de détacher de sa préface une définition pleine de finesse : «La science n'est que l'expression verbale de vérités sensibles dont notre corps et notre âme gardent au plus profond d'eux-mêmes l'intuition éternelle.»

★

Au Cercle international des arts se tient en ce moment une importante exposition où sont réunies des œuvres de MM. Jean Baffier, Barbey, B. Boutet de Monvel, Bourdelle, Cavaillon, Charles Cottet, Cantore, Désiré Lucas, Charles Guérin, M. et Mme Gaston Lerreux, Mlle Dorothée Georges, Mme Mutermilch, Paul-Franz Namur, Mme Madeleine Franz Namur, Tobeen, etc. On remarquera l'envoi plein de promesses de Mlle Gisèle Bunau-Varilla, les œuvres d'une haute inspiration de Marcel Lenoir et les délicieuses statuettes de Mme Camille de Sainte-Croix.

★

À la galerie Boutet-de-Monvel, le public ira voir avec plaisir les *Danseuses* de Gir, statuettes, dessins, pastels, fines silhouettes, mouvements gracieux, exquis, amusants, d'un métier original, plein d'intelligence, de vivacité et d'une sensibilité très agréable.

(*L'Intransigeant,* 2 décembre.)

LA VIE ARTISTIQUE

LA COMÉDIE HUMAINE. PREMIER GROUPE DRUET. KEES VAN DONGEN

C'est une comédie délicieuse, celle que jouent en ce moment chez Georges-Petit les exposants de la Comédie humaine. Depuis les Ballets russes, les expositions persanes de ces dernières années et celle des Turqueries du XVIIIe siècle, qui eut tant de succès il y a quelques mois, le travesti est en honneur dans les arts humoristiques. Et cela nous vaut des œuvres charmantes. Ce ne sont qu'arlequines, que Vénitiens masqués, que princesses androgynes à la Beardsley, que belles esclaves de Samarcande.

Parmi les plus personnels de ces artistes délicats qui ont su créer un art très français avec des souvenirs d'Orient et de Venise, il faut mettre au premier rang Mme Léone Georges-Reboux, dont les personnages gracieux et graciles paraissent sortis d'une pièce fiabesque de Gozzi. Cet art s'adapte très bien à la miniature et sans doute aussi à l'illustration des livres.

L'humour et le folklore vont maintenant de compagnie : M. Devambez met les contes de Perrault en compositions minuscules et dont tous les détails sont achevés. Le talent spirituel de Jean Veber se complaît aussi dans la fantaisie poétique. Abel Faivre expose des nus voluptueux. On connaît le talent de Cappiello, l'humour de Sem. Notons encore les envois de H.-G. Ibels, de Louis Morin, de Brissaud, de Maxime Dethomas, de Gosé, de Lepage, de Mossa de Brunelleschi, de Métivet, de Synave, de Fernand Fau de Ray, de Cadel, et les animaux de Réalier-Dumas.

★

À la galerie Druet, une exposition importante réunit les envois de Maurice Denis, d'Hermann-Paul, de Laprade, des peintures ensoleillées de Lebasque, des statues et une tapisserie d'Aristide Maillol, quelques tableaux merveilleux d'Odilon Redon, un envoi important de Paul Sérusier, une jolie toile de Vallotton, *Le Carrefour,* des peintures puissantes de Gaboriaud, des tableaux de Valtat, de Van Rysselberghe, et quelques bustes de Mlle Zimmern.

★

Van Dongen a écrit la préface de son exposition. « Voici des tableaux. Des danseuses lascives. Une femme qui passe. Un bel enfant. Une mère qui allaite son petit. De la musique. Des fleurs. Des couleurs. Du vert qui est l'optimisme qui guérit, du bleu qui est la lumière et le repos, du jaune royal, quelques couleurs d'oubli et toutes les couleurs de la vie. »

Une exposition de Van Dongen est une fête des couleurs. On retrouvera à la galerie Bernheim les dons de coloriste qui caractérisent l'artiste énergique, voluptueux et gai qu'est Van Dongen.

(*L'Intransigeant,* 13 décembre.)

1912

LA VIE ARTISTIQUE

LA CIMAISE. HENRY HAYDEN. GSELL MAURY.
JACQUES JOURDAN. VALDO BARBEY. FRANTZ CHARLET

La 4e Exposition de la Cimaise s'est ouverte chez Georges-Petit : on y verra de belles eaux-fortes de M. Jacques Beurdeley, des bronzes à cire perdue d'Henry Bouchard, des travaux d'art appliqué parfaitement exécutés et conçus avec beaucoup d'intelligence et de goût par M. Brindeau de Jarny, d'agréables paysages d'André Chapuy, des peintures de Rodolphe Fornerod dont on goûtera la *Femme à la rose,* des peintures et des eaux-fortes de M. Jonas Doutrel qui mérite le surnom de Canaletto rouennais, des études prises sur le vif au Maroc par M. Morerod.

À la galerie Druet, les peintures de M. Henry Hayden connaissent un succès justifié. On reconnaît à travers les influences desquelles l'artiste n'est pas encore dégagé une personnalité qui apparaîtra mieux lors d'une prochaine exposition.

M. Gsell Maury a convié le public à visiter son exposition de peinture à la galerie Gallot. M. Gsell Maury est un artiste de premier ordre qui a su prendre une place importante dans la petite phalange des peintres qui ont voué leur talent à la renaissance de la fresque, cet art si grand, si franc et si délicat à la fois.

Il faut encore signaler à la galerie Georges-Petit une exposition de M. Jacques Jourdan dont j'aime l'art pénétrant et subtil, de Valdo Barbey qui peint des portraits parfois amusants, de Frantz Charlet qui aime à peindre l'étendue marine lorsque la mer eſt calme.

(*L'Intransigeant,* 11 janvier.)

LA VIE ARTISTIQUE

NOUVELLES EXPOSITIONS AU MUSÉE DES ARTS DÉCORATIFS : OUTAMARO. LAQUES JAPONAIS. DANIEL VIERGE

On vient d'inaugurer au pavillon de Marsan trois expositions qui dureront un mois. La 4e Exposition d'eſtampes japonaises eſt entièrement consacrée à Outamaro. À ce propos on peut se demander pourquoi les organisateurs de cette exposition se sont cru obligés d'orthographier Utamoro le nom du grand artiſte japonais. Les Allemands l'orthographient ainsi, transcrivant le nom dans leur langue; les Français doivent également transcrire dans leur langue et non pas copier les transcriptions allemandes ou anglaises comme les érudits en ont pris l'habitude depuis quelques années. Écrivons Outamaro, comme écrivait Edmond de Goncourt, et allons voir les deux cent cinquante pièces que l'on a réunies au musée des Arts décoratifs. Outamaro eſt avant tout le peintre de la femme japonaise par excellence : courtisanes, bourgeoises, dames de la cour. Parmi les planches exposées il y a pas mal d'œuvres médiocres ou douteuses; elles ont d'ailleurs leur place dans cette exposition d'ensemble. Les laques sont à la mode; on a exposé des laques chinois, voici les laques japonais. C'eſt un art qui atteint à la plus grande beauté quand il eſt appliqué aux petits objets et, à cet égard, on verra au pavillon de Marsan des œuvres précieuses de premier ordre.

En même temps que ces expositions d'art japonais, on verra au musée décoratif un ensemble important des œuvres de Daniel Vierge, l'illuſtrateur aveugle. On y verra d'agréables aquarelles, des documents précieux et les originaux qui ont servi à illustrer des livres célèbres.

(*L'Intransigeant,* 13 janvier.)

LA VIE ARTISTIQUE

SCULPTURES DE MME JULIEN OCHSÉ. PEINTURES DE PAUL PRUDHOMME

Le talent de Mme Julien Ochsé a de la force. Elle peut modeler un buste qui ait de la noblesse. À une époque où l'on commence à discuter que l'interprétation du corps humain ne soit le but artistique le plus élevé, comme si l'art du nu n'avait pas été jusqu'ici l'art suprême, il est réconfortant de voir que les sculpteurs au moins sont encore sensibles à la beauté. Mme Ochsé expose à la galerie Boutet-de-Monvel une série d'études et de morceaux achevés qui représentent le travail inspiré de plusieurs années : têtes expressives, bustes frémissants, mains dont la noblesse et le métier excellents sont dignes d'admiration.

Le nombre des femmes sculpteurs a toujours été fort restreint. Elles apportent dans l'art difficile de la statuaire des qualités particulières qui se reconnaissent dans la délicatesse du modelé, dans la simplicité des attitudes. Il n'y a, dans les œuvres de Mme Ochsé, aucun maniérisme.

À la même galerie, M. Paul Prudhomme expose des œuvres intéressantes, peintures d'une technique qui ne va pas sans nouveauté, paysages où la nature est largement interprétée.

(*L'Intransigeant,* 16 janvier.)

LA VIE ARTISTIQUE

VERNISSAGE AU CERCLE VOLNEY

Aujourd'hui a eu lieu, au milieu d'une affluence élégante, le vernissage de l'exposition annuelle du Cercle Volney.

On y verra beaucoup de portraits, comme toujours.

Le *Portrait de Mme L. G***,* par M. Ferdinand Humbert, exécuté dans les tons gris, attirera avant tout l'attention comme un morceau très réussi. Le *Portrait de Huguenet* par M. Fournier sera aussi une des œuvres remarquées de ce Salon. Voilà encore un *Portrait de Mme Berthe Cerny* exécuté avec brio par M. Jules Cayron, qui expose aussi un beau *Portrait de sa mère.* Le *Portrait de Mme P**** de M. Paul Chabas est un des meilleurs morceaux de l'artiste. Voici encore un beau *Portrait de femme* par M. Raymond Woog.

M. Gabriel Ferrier nous donne le *Portrait de M. Cartier,* bâtonnier de l'Ordre des avocats, c'est le portrait le plus important du Salon. On regardera encore parmi les portraits d'hommes celui de M. d'A*** par M. Gaschet, de M. Chédanne par M. Cormon, de M.E.L. par Dawant, de M. P*** par Georges Claude, de M. S*** par Jean Sala, et les petits portraits minutieux de M. Weerts.

Parmi les portraits de femme, on remarquera, outre ceux que nous avons mentionnés, le portrait de Mme G*** par M. Gorgues, de Mme T*** par M. Lauth et celui de Mme Mac Carthy par M. Boisselier.

Signalons parmi les paysages un beau crépuscule de M. Nozal, de petites toiles d'un beau coloris par M. E. Chigot, des notations de Bretagne par M. Bouchor, par M. Maurice Bompard, l'*Automne* de M. Baran, l'*Effet d'orage* de M. Rémond, les *Vues des Flandres* de M. Waldmann, une *Procession à Venise* de M. Saint-Germier, la *Baie d'Avranches* par M. Brugairolles, la *Tour de Philippe le Bel à Avignon* par M. Johannes Son et les envois de MM. Le Goût, Gérard Knight, Iwill, Dambéza, Diéterle, Paul Girardet, Guillonet, Guignard, Gueldry, etc.

On goûtera les *Grandes manœuvres en aéroplane* de M. André Devambez.

À la sculpture, le buste éminemment académique de M. Émile Faguet par M. Dubois sera un des morceaux dont on parlera le plus dans les milieux littéraires. On remarquera encore pour les goûter les envois de M. François Sicard, de M. Paul Roussel, de M. Jean Hugues et de M. Landowski.

(*L'Intransigeant,* 17 janvier.)

LE SALON D'HIVER

UN VERNISSAGE AU GRAND PALAIS

Aujourd'hui a eu lieu le vernissage du Salon d'hiver, au Grand Palais des Champs-Élysées. C'est le plus jeune de nos grands Salons[1]. Il a vite grandi et l'on peut prévoir que dans peu d'années il atteindra la taille de ses aînés. Le Salon d'hiver, cette année, est bien meilleur dans son ensemble qu'il ne l'était l'an dernier. On y trouve des talents jeunes, des coloristes pleins d'enthousiasme, des paysagistes qu'enivrent le plein air et la lumière. C'est une surprise agréable. Nous ne sommes plus habitués à voir dans les Salons des tableaux peints avec une fraîche et naïve nouveauté. La place me manque pour parler en détail comme je le voudrais de tous les envois intéressants. Qu'on me pardonne de n'avoir pu le faire.

M. Alleaume a envoyé un grand tableau plein de soleil et de coquelicots. C'est un bon morceau. La *Petite Tonkinoise,* de Mme Angélany, joue du bilboquet au milieu d'objets singuliers et gigantesques. Comme c'est surprenant! Voici les *Bruyères* de M. Anglade, rival de Didier Pouget. On regardera avec plaisir un important paysage de M. Henri Biva. Les sévères Suissesses de M. Cabane ont des traits agréables. Voilà de solides paysages de M. Cariot, dont les couleurs sont éclatantes de soleil estival.

L'envoi de M. Raoul Carré est un des mieux venus. *La Joyeuse Bohémienne, Indienne,* etc., sont des toiles habilement peintes et qui dénotent un tempérament véritable. Je signale un *Potiron* de M. Caucannier et, de M. Victor Charreton, de bonnes impressions lumineuses, peintes avec art par quelqu'un qu'influencent avec bonheur Monticelli et Henry-Edmond Cross; de M. Léon Commerre, un buste de jeune femme intitulé *Au soleil.* M. Georges Dantu a rapporté du Japon de bonnes études décoratives, qu'ornent glycines mauves et cerisiers en fleurs, au crépuscule.

M. Gabriel Ferrier a exposé un portrait de femme et deux portraits d'homme : celui de M. le général Lacroix et celui de M. Georges Cain, toile curieusement impressionniste avec un faux col rouge et vert et un visage violet. Les professeurs de l'École des beaux-arts veulent, eux aussi, devenir modernes.

Les marines de M. Lambert, influencées de Turner, sont bien jolies. Victor Lecomte aime à rendre en toutes petites toiles des effets de lampe. M. Pierre-Marcel Béronneau expose un *Intérieur* plein de sentiments. Qu'on regarde avec attention les dessins de M. Léon Martin, qui sont parmi les bons envois de ce Salon. Une curieuse toile de M. Massin, *Conquête de la Hollande,* rappelle heureusement et par hasard, la *Retraite de Russie* de M. Henri de Groux. M. Mussa a du talent, ses vues de Bretagne ont de la force et de la poésie.

Une partie du public regardera avec prédilection *Au volant,* de M. Martin Kavel; le *Caramba* de Mme Lucy Odéro; l'effrayante *Mort de Galope-Chopine,* dont M. Renard Brault a demandé l'inspiration aux *Chouans* de Balzac. Je préfère m'attarder devant les paysages agréables de M. Alexandre Nozal et les sites décoratifs d'un coloris personnel qu'a envoyés M. Lucien Perroudon et le très curieux envoi de M. Georges Raynard, dont le coloris (et particulièrement celui de la nature morte intitulée *Effet de lampe au crépuscule*) rappelle celui de la *Nature morte* cubiste récemment exposée par M. Metzinger.

Les marines de M. Gaston Roullet sont nettes, simples et agréables. Mlle Blanche Roullier expose un très bon pastel, vigoureux et amusant, *Fiancée tunisienne.* La *Druidesse* de M. Royer-Lionel, l'impressionnante *Inondation à Alfortville,* de M. Henri de Sachy, les paysages de M. Johannes Son, l'envoi de M. Sérendat de Belzim seront remarqués ainsi qu'une bizarre petite toile de M. Philibert Vigoureux, qui représente d'une façon réaliste un miracle rapporté dans les *Fioretti.*

M. Antoine Druet expose de bonnes études exotiques, scènes de l'Inde ou de Tunisie. Le grand paysage de l'abbé Van Hollebeke n'est pas sans mérite. Notons enfin les envois de Mmes Jeanne Mazeline, Becagli, de MM. Choisnard, Stephen Jacob, Lapierre-Renouard, Georges Raynard, G. d'Avignon, Lavergne, Cesbron, Mestrallet, etc., etc.

(*L'Intransigeant,* 20 janvier.)

LA VIE ARTISTIQUE

MAXIMILIEN LUCE. LE LÉVRIER DANS LES ARTS

L'abondance exceptionnelle des expositions collectives ne doit pas nous empêcher de rendre hommage au mérite du bon peintre Maximilien Luce qui expose, en ce moment, chez Bernheim-Jeune, de beaux tableaux. C'est un très noble artiste et une toile comme celle qu'il a intitulée *Les Bardeurs* est une œuvre admirable, aérée, simple comme une fresque. Il se dégage de ce tableau, qui n'est pas de très grandes dimensions, un sentiment de calme et un lyrisme véritable. Les œuvres importantes ne manquent pas dans cet ensemble dont plusieurs pièces renferment un sentiment analogue à celui que l'on ressent à voir certains tableaux des frères Le Nain. La vie des ouvriers a inspiré à Luce des œuvres fortes. Cependant le peintre s'est rarement élevé à la même noblesse que l'on trouve dans ce tableau des *Bardeurs.* Un aspect de l'inondation de 1910, *La Seine au pont de la Tournelle,* s'élève toutefois aussi haut et pourrait se mettre à côté d'une belle toile puissante de Huet.

On vient d'ouvrir une exposition consacrée au lévrier. Elle présente à la fois un intérêt artistique, sportif et héraldique. On ira à la galerie Devambez si l'on a du goût pour la vénerie, si l'on aime les animaux, si même on se souvient tout simplement d'une chanson connue *La Levrette en paletot*[1]. Ceux qui aiment l'art y trouveront des choses charmantes : gravures anglaises, un Monticelli, des Vernet et aussi quelques œuvres modernes très agréables. Sachons gré à MM. Boulenger et Vaudoyer d'avoir organisé cette fête de l'élégance et de la curiosité.

(*L'Intransigeant*, 21 janvier.)

LA VIE ARTISTIQUE

LES POMPIERS. FÉLIX VALLOTTON

L'académisme n'eſt pas à la mode. On ne le voit que trop en visitant l'exposition des pompiers à la galerie Georges-Petit. Ces peintres-là se disent pompiers[1] : ils le sont et voudraient ne pas l'être. Leur première exposition, d'ailleurs, eſt très réussie. Le catalogue eſt superbe, orné d'un sonnet de M. Jean Aicard[2], et bien illuſtré. Quant à choisir parmi les œuvres exposées, je laisserais volontiers ce soin à d'autres, s'il n'y avait pas ici les envois de MM. Baschet, d'Harpignies et une toile de Ziem qui eſt parmi les meilleures qu'il ait laissées.

Au demeurant, vous ne me ferez pas dire pourquoi je n'aime pas les toiles, les dessins ou les sculptures de MM. Joseph Bail, Bompard, Bouchor, Brokman, Paul Chabas, Raphaël Collin, Dagnan-Bouveret, Déchenaud, Friant, Gosselin, Laparra, Jules Lefebvre, Lorimer, L.-O. Merson, de Migl, Miller, Aimé Morot, Meunier, Olive, Pointelin, H. Royer, Saint-Germier, Vignal, A. Vollon, Cordier, E. Dubois, A. Injalbert, Peter, C. Puech, Sicard, Verlet et Vernon. Ces messieurs sont tous plus ou moins de l'Inſtitut et l'on ne corrige pas l'orthographe d'un académicien.

Si M. Vallotton n'eſt pas un pompier, il voudrait bien l'être[3].

Mais, n'osant se mettre à l'école de M. Courtois, il fait semblant de s'inspirer d'Ingres, tandis qu'il imite un des plus étonnants parmi les peintres modernes et le seul pompier que les pompiers ne parviennent pas à comprendre, parce qu'il eſt pompier et quelque chose de plus, je veux parler du Douanier Rousseau. M. Vallotton l'imite avec amour. Voyez la *Charrette,* les *Peupliers,* le *Ravin,* et d'autres toiles encore, sans parler des natures mortes.

Rousseau eût été enchanté d'avoir un tel élève, mais je ne pense pas qu'il eût voulu signer aucune de ses toiles.

(*L'Intransigeant,* 27 janvier.)

LA VIE ARTISTIQUE

PAUL DELTOMBE. L'EFFORT

Hier a été ouverte, à la galerie Blot, l'exposition de Paul Deltombe. C'est un peintre qui aime les couleurs claires et vives et les aspects décoratifs des choses naturelles. Les fleurs et les fruits l'intéressent avant tout. Il sait les disposer agréablement. On aimera aussi ses paysages solidement construits et pleins d'émotion. «Émotion toujours simple», dit M. René Gailleré, qui a signé la préface du catalogue, «parfois de douceur grave et de tendresse, recueille hommage, si je puis dire, à la première manière de son cœur — le plus souvent de joie, de joie saine, forte, volontaire.»

À la galerie Richelieu, il faut signaler la première exposition de l'Effort, qui réunit des toiles, des dessins, des gravures et des sculptures de Mlles Flourens, Guillaumet, Line Desailly et de MM. Juan Bisson, Baniche, de Castro, Déziré, Messemin, Morerod, Pallady, Payret-Dortail, Pissarro, Ch. Rameau, Rennefer, Roustan. C'est une exposition discrète et pas ennuyeuse.

(*L'Intransigeant,* 31 janvier.)

DE MICHEL-ANGE À PICASSO

Foule qui te presses devant les tableaux de cette collection Chauchard où tant de tableaux sont médiocres, foule composée de petites gens qu'intéresse seulement

L'Angélus, et des vieux messieurs très comme il faut qui ne prêtent attention qu'aux Meissonier, les examinant à la loupe ainsi que les Anglais le font à Bruges, devant les peintures de Memling. Foule en compagnie de qui j'ai enfin vu les modèles des chromos que l'on vendait dans les marchés, au temps de mon enfance, j'ai été plusieurs fois sur le point de vous crier ce que Michel-Ange disait de la peinture flamande :

«Cette peinture n'est que chiffons, masures, verdures de champs, ombres d'arbres, et ponts, et rivières, qu'ils nomment paysages, et maintes figures par-ci, et maintes figures par-là. Et tout cela, encore que pouvant passer pour bon à certains yeux, est fait en réalité sans raison ni art, sans symétrie ni proportions, sans discernement, ni choix, ni aisance, en un mot, sans aucune substance et sans nerf.»

★

On trouvera ces paroles dans un livre qui n'a point passé inaperçu d'aucun artiste, ce sont les *Quatre dialogues sur la peinture* traduits par M. Rouanet[1]. Leur auteur, un Portugais du nom de Francisco de Hollanda, parcourut l'Italie au XVIe siècle, recueillit les propos de Michel-Ange sur l'art, et le livre me paraît avoir pour la peinture l'importance qu'ont pour les lettres les conversations de Goethe avec Eckermann.

★

Cependant, les paroles que je voulais dire dans les salles bourgeoises qui abritent au Louvre la collection Chauchard[2], on pourrait les répéter ailleurs. La peinture moderne est, dans la plupart de ses tableaux, comme le disait Buonarotti[3], de la peinture flamande.

Et quelle joie de rencontrer aujourd'hui un peintre qui se soucie de la «raison», de l'«art», de la «symétrie», des «proportions».

Ce discernement, cette aisance, cette substance et ce nerf, en quoi Michel-Ange voyait les qualités de la bonne peinture, on les admirera dans les tableaux de Pablo Picasso.

Je me rappelle les phrases qui me vinrent lorsque je vis pour la première fois les toiles de l'époque bleue[4] :

«Picasso a regardé les images humaines qui flottaient dans l'azur de nos mémoires... Qu'ils sont pieux ces ciels tout remués d'envolement, ces lumières lourdes et basses comme celles des grottes!... Ces femmes qu'on n'aime plus se rappellent. Elles ont trop repassé aujourd'hui leurs idées cassantes. Elles ne prient pas; elles sont dévotes aux souvenirs. Elles se blottissent dans le crépuscule comme une ancienne église... Enveloppés de brume durcie, des vieillards attendent sans méditer, car les enfants seuls méditent. Animés de pays lointains, de querelles de bêtes, de chevelures durcies, ces vieillards peuvent mendier sans humilité. D'autres mendiants se sont usés à la vie. Ce sont des infirmes, des béquillards et des félibres. Ils s'étonnent d'avoir atteint le but qui est resté bleu et n'est plus l'horizon.»

Picasso donna la vie à cette peinture bleue comme les profondeurs; puis, il anima des tableaux plus parfaits encore.

★

À côté de ces œuvres, à l'azur insondable, on regardera les toiles roses beaucoup moins anciennes. Il y règne un calme admirable et l'on sent dans les plus récentes que le peintre qui conçut tant de grâce jeune et grave s'achemine déjà vers les formes les plus objectives de l'art pour l'élever au sublime.

Car Picasso est de ceux-là dont Michel-Ange disait qu'ils méritent le nom d'aigles parce qu'ils surpassent tous les autres et se font jour à travers les nuages jusqu'à la lumière du soleil[1].

Et aujourd'hui toute ombre a disparu. Le dernier cri de Goethe mourant : «Plus de lumière», monte de l'œuvre sublime et mystérieuse d'un Picasso comme il monte encore de l'œuvre de Rembrandt.

(*Marches de Provence*, février.)

LA VIE ARTISTIQUE

PRIX DU SALON ET BOURSIERS DE VOYAGE. CHEVALIER. EVELLO TORENT

Les bons élèves, ceux qui ont tous les prix, ne sont pas toujours ceux qui brillent le plus dans l'existence. Il en va de même pour ce qui concerne les prix, les bourses de voyage artistiques et littéraires dont le nombre en peu d'années est devenu considérable. Il est vrai qu'un chef-d'œuvre serait éminemment propre à empêcher son auteur d'obtenir la bourse ou le prix convoité.

On ne saurait donc en vouloir aux Prix du Salon et aux boursiers de voyage de n'avoir exposé au Grand Palais aucun chef-d'œuvre. Signalons le portrait intéressant qu'a tiré de Georges Normandy le peintre Bourgonnier et, par ordre alphabétique, les envois d'Adler dont le pompiérisme a des tendances démocratiques, Avy, Bellan, Benner, Bergès, Bompard, Bourgeois, Brouillet, Carrera, Cazes, Chalias qui est pompier et qui s'en flatte, Charpentier, Chigot, Cormon, Charles Cottet, Mlle Delasalle, Mlle Delorme, Désiré-Lucas, Deuilly, Duvent, Fouqueray, Friant qui dessine en pensant à Ingres autant que certains cubistes et que M. Vallotton, Godeby, Gorguet, Guillonnet, Guimer, Henri Martin, Jacquier, Jonas qui est unanimiste, Lemordant, Loup, Montagné, Morisset, Muenier, pompier discret et non pompeux, Orange, Planquette, Rochegrosse, Royer, Saint-Germier, Zingg, Zo.

À la sculpture, s'il n'y a pas de chefs-d'œuvre, il y a des œuvres élevées : les envois de Mlle Poupelet et de Niclausse. On peut encore mentionner : Alexis Andrieu, Bordery, Alfred Boucher, Camus, David, Dubois, Gardet, Fix-Masseau, Halou, Laporte-Blaisy, Larche, Lenoir, Loiseau-Rousseau, Loysel, Moncel, Verlet, Roger-Bloche.

Il faut encore citer les gravures de Coraboeuf, dessinateur excellent.

À la galerie Georges-Petit, M. Chevalier expose de bonnes marines et des paysages délicats.

À la galerie Manuel, Evello Torent, à qui l'on doit un

bon portrait de Laurent Tailhade, expose des scènes de danse en Espagne d'un talent personnel.

(*L'Intransigeant*, 1er février.)

L'ART

LES POMPIERS, VALLOTTON ET LE DOUANIER ROUSSEAU

Il y a actuellement parmi les peintres beaucoup de mécontents. Ce sont ceux à qui va la faveur gouvernementale. Ils ont à exécuter toutes les commandes officielles. Ils exposent dans tous les Salons importants, les sociétés artistiques les plus fermées. Les cercles élégants organisent des expositions où l'on ne voit que de leurs œuvres. Quelques-uns d'entre eux se donnent même le front d'exposer au Salon d'automne et aux Indépendants.

Ces mécontents sont pour la plupart de mauvais peintres qui se croient les dépositaires de la grande tradition artistique parce qu'ils appliquent à leurs pauvres compositions les formules cadavériques de l'École.

L'académisme est leur manière. C'est une façon de peindre d'après la nature sans observer la nature. C'est une façon d'avoir la probité du dessin en dessinant le plus mal du monde. C'est une manière qui a la prétention d'imiter la vie et qui n'imite que la mort.

L'académisme a toujours existé, mais il parut surtout ennuyeux lorsqu'il se manifesta par les œuvres de quelques peintres de l'école de David dont les modèles portaient le plus souvent le costume des Grecs et des Romains de théâtre. Le casque était le principal accessoire de ce travestissement. Le casque des pompiers, à cette époque, ressemblait à celui des soldats de Marathon, comme on peut le voir dans beaucoup de villages. Le pompier : ce fut d'abord le modèle, mais bientôt le même terme servit à désigner le peintre.

Pendant près d'un siècle, les peintres qui donnaient le plus dans l'académisme se défendirent d'être des pompiers. On a toujours quelqu'un de plus pompier que soi. Il y a eu des pompiers qui se réclamaient d'Ingres et d'autres qui se réclamaient de Delacroix.

Ils n'en étaient pas moins des pompiers. Le pompiérisme est comme le sacerdoce : il confère une marque indélébile.

Ces mécontents sont donc des pompiers. Mais de quoi se plaignent-ils? Ils ont les grandes commandes, ils illustrent les beaux livres, la cimaise des grandes expositions et des Salons leur appartient. Il y a donc quelque chose qui ne va pas?

Certes! La faveur officielle ne suffit pas à masquer l'indigence de leur art. La jeunesse artistique, la jeunesse littéraire, les amateurs de la France et de l'étranger ne se soucient plus de l'académisme. Il n'existe plus. Tout est flambé. Les pompiers n'ont pas su éteindre l'incendie.

L'art français, depuis deux siècles — le XVIIIe et le XIXe — domine l'art du monde entier. Mais l'académisme n'a rien à voir avec l'art français. On retrouve le même académisme, noble, froid, sans force et sans vie, parmi les peintres allemands, anglais, yankees, tandis qu'on ne trouve ni en Allemagne ni en Amérique un Delacroix, un Ingres, un Corot, un Cézanne.

On a fini par s'en apercevoir à l'étranger et on commence à le savoir en France. L'académisme triomphe encore dans l'Amérique du Sud, mais ailleurs, les amateurs et les musées ont jugé inutile d'acquérir des tableaux comme ils peuvent en trouver à bon marché, dans les ateliers de leurs nationaux.

Les Allemands ayant remarqué que, depuis une dizaine d'années, l'Amérique du Nord n'achetait presque plus de tableaux des écoles de Düsseldorf et de Munich, envoyèrent «les pompiers», les pompiers eux-mêmes aux États-Unis, une commission chargée d'examiner les causes du désastre de l'académisme germanique.

Le rapport de la commission est intéressant à lire. Il dit que les Américains, spéculateurs par nature, ayant vite remarqué que les tableaux ressortissant à l'académisme français ou allemand ne se revendaient qu'avec perte, avaient cessé d'en acheter; et qu'ayant acquis des tableaux des écoles françaises extrêmes, ils avaient été charmés de pouvoir revendre ces tableaux au décuplé — et parfois plus encore — de leur prix d'achat.

Les pompiers, las d'être moqués, ont voulu tenter un coup d'éclat. Ce sobriquet séculaire, le nom de pompier, ils ont voulu le revendiquer.

Il y a en ce moment dans Paris plusieurs expositions où exposent des pompiers : le Cercle Volney, le Salon des artistes du département de la Seine à la galerie Brunner, le Salon d'hiver au Grand Palais, et enfin ils ont organisé leur première exposition chez Georges-Petit. Le geste n'est pas sans crânerie. «On nous appelle pompiers par dérision; eh bien, c'est entendu, acceptons le nom de pompiers!» M. Jean Aicard, de l'Académie française, a été choisi pour présenter au public par un sonnet qui vaut un long poème, les représentants les plus illustres de l'académisme[1].

Nous le savons maintenant : les pompiers ne sont pas morts, ils peignent toujours.

J'ai entendu souvent des gens de goût dire en parlant des pompiers : «C'est entendu, ce sont de mauvais peintres. Ils n'ont aucun don et sont parfaitement ennuyeux. Seulement, ils ont appris les rudiments de leur art. Ils savent, ils connaissent les règles.» Langage frivole! M. Dorchain[2] eût préféré tel ouvrage de tel capitaine en retraite, traducteur d'Horace en vers réguliers aux poèmes en vers libres de Moréas ou d'Henri de Régnier qui pourtant, même aux époques où ils voulaient innover, n'ignoraient point les règles de la versification française.

Ceux qui n'observent point les règles ne sont pas toujours ceux qui les connaissent le plus mal.

La plupart de nos grands pompiers manquent de science et de culture. L'académisme n'a encore quelque intérêt que parce qu'il a produit un assez grand nombre d'humoristes de talent. C'est dans l'humour, la caricature, les petits tableaux lestes, que s'est réfugiée toute la vie d'un art qui ne peut plus s'élever ni au portrait, ni à la décoration, ni au paysage.

Et je donnerais, volontiers, toutes les grandes machines de l'exposition des pompiers pour tels croquis exposés dans nos Salons humoristiques.

Si bien que, si nous n'avions point, pour sauver le grand art, nos écoles d'avant-garde dont l'audace étonne le public et fait grincer les rateliers des gens de l'Institut, la peinture, art majeur, ne serait plus aujourd'hui qu'un art mineur.

D'ailleurs, les pouvoirs publics traitent aussi mal les humoristes que les peintres les plus audacieux qui, attirant l'attention du monde entier, mériteraient que l'Administration des beaux-arts ne les négligeât point.

Lors de sa visite officielle au dernier Salon d'automne, M. Dujardin-Beaumetz parcourut toutes les salles de l'exposition, sauf la salle 8 où étaient exposés les ouvrages des cubistes qui, à ce moment-là, occupaient toute la presse.

Les musées allemands sont extrêmement riches en peintures françaises modernes, tandis que le musée du Luxembourg en est extrêmement pauvre.

Cézanne, Gauguin, Toulouse-Lautrec sont très mal représentés dans les collections nationales. Seurat, le grand Seurat n'y est pas représenté du tout. Je ne parle même pas des artistes vivants.

Celui qui visiterait le musée du Luxembourg pour avoir une idée de la peinture française moderne serait fort mal renseigné.

On dit que la situation changera dès que l'on aura transféré le musée du Luxembourg au séminaire de Saint-Sulpice. On verra alors ce qui ne s'est jamais vu : un déménagement modifier le goût d'une Administration des beaux-arts. Mais j'ai peur que l'art des pompiers ne réponde trop bien aux aspirations esthétiques de la plupart des fonctionnaires.

Au demeurant, parmi les peintres des écoles avancées, beaucoup de peintres pourraient se réclamer de l'académisme. Il y a un grand nombre de pompiers sans le savoir. D'autres, volontairement, ont voulu prendre aux pompiers quelque chose que ceux-ci pourraient avoir s'ils connaissaient vraiment ce qu'ils ont essayé d'apprendre : c'est l'ordre. De ce nombre était ce malheureux Douanier Rousseau qui, de son vivant, ne connut que les moqueries et la misère. Un feuilleton d'Arsène Alexandre, dans *Comoedia*, quelques articles signés par moi dans *L'Intransigeant*[1] furent les seuls écrits où cet homme modeste qui avait du talent et une personnalité véritablement forte était pris au sérieux. Dans certains milieux, on en fait maintenant un génie et je n'aurai aucune peine à persuader mes lecteurs que l'on exagère. Un livre de M. W. Uhde, qui vient de paraître chez l'éditeur Figuière[1], montre bien la place que le Douanier Rousseau occupera dans la peinture française. En attendant, son influence grandit. Je viens de voir à la galerie Druet une exposition de Félix Vallotton où plusieurs tableaux sont visiblement influencés par les ouvrages du Douanier. Je citerai *Le Brouillard,* tableau qui appartient à M. Joseph Reinach (et je gagerais que cet amateur doit avoir beaucoup de mépris pour le pauvre Rousseau que j'ai appelé le Maître de Plaisance). Je citerai encore les toiles intitulées *Crépuscule, Le Ravin, La Charrette, Peupliers.* L'imitation n'est pas niable. M. Félix Vallotton s'est mis résolument à l'école de Rousseau et il a bien fait. Mais Rousseau s'était mis, lui, à l'école des pompiers; il me l'a dit cent fois. Il faisait mieux qu'eux, mais ce n'était pas sa faute. Sa naïveté et ses dons naturels en étaient la cause. Les pompiers sont les virtuoses de la peinture. Ils sont aux arts plastiques ce que les pianistes sont aux compositeurs. Rousseau n'était qu'un humble chansonnier. Mais les chansonniers s'élèvent parfois très haut. Et comme il n'avait qu'un souci, peindre aussi bien que les grands pompiers : Joseph Bail, Courtois, Raphaël Collin, Dagnan-Bouveret, L.-O. Merson, etc., il se trouve que les véritables maîtres de M. Félix Vallotton ce sont les pompiers.

Pendant que les peintres des écoles les plus avancées ne cherchent qu'acquérir cette qualité majeure : l'*ordre,* que l'académisme était censé inculquer à ses adeptes, que pensez-vous que fassent les pompiers?

Ils font tout ce qu'ils peuvent pour sortir de l'académisme de l'École.

Peine perdue!

Ils ont fondé ainsi un académisme impressionniste qui n'est pas moins odieux que l'ancien.

Allez voir les pompiers chez Georges-Petit, au Salon d'hiver et au Cercle Volney. Cela en vaut la peine.

Et si quelqu'un m'affirmait que l'an prochain M. Luc-Olivier Merson imitera Matisse, que M. Cormon observera la nature avec l'âpreté d'un Picasso et que Mme Madeleine Lemaire copiera les tableaux de Mlle Laurencin, je le croirais sur parole.

(*Le Petit Bleu,* 3 février.)

LA VIE ARTISTIQUE

ASSOCIATION DES ARTISTES DE PARIS ET DU DÉPARTEMENT DE LA SEINE. BUTLER. LA PHALANGE. DES FONTAINES. HENRI JOURDAIN. LESAGE. ROSENSTOCK. ÉDOUARD MOREROD

La 3e Exposition de l'Association des artistes de Paris et du département de la Seine a lieu à la galerie Ch.-Brunner. On y voit des œuvres honnêtes.

Les peintres ont aujourd'hui le goût des dénominations ridicules. Ils souffrent qu'on les appelle cubistes ou pompiers. Ceux qui m'occupent en ce moment méritent plutôt le nom de pompiers, qui est bien porté. Mentionnons les envois de MM. Alberti, Arnavielle, Biloul, Clément, Chassagne, Raphaël Collin. — Dieux! que M. Pierre Louÿs a mauvais goût en peinture! — Cormon, Dagnan-Bouveret, Iwill, Frédéric Lauth, Alexandre Nozal qui expose de jolis paysages, Roll qui expose une *Vague* dont on parlera moins que de celle de Courbet, Paul Villiers dont les ciels ressemblent, m'a-t-il paru, à ceux de Diriks. Il y a ici quelques gravures d'un bon métier par Mme Louveau-Rouveyre, Waltner et Lefort et une rétrospective des œuvres de Roty à qui l'on doit la savonneuse pièce de vingt sous à la Semeuse.

Chez Bernheim, on pourra voir l'exposition annuelle de l'Américain Butler.

L'exposition discrète et agréable de la Phalange, à la Galerie des artistes modernes, mérite aussi une visite. On y verra des œuvres de MM. Jules Adler, Landowsky, Gourdault, Deschenaud, Pagès, Carrera, etc.; mais aucun portrait de M. Jean Royère.

Chez Georges-Petit, il pleut des expositions. Les *Peintures et pastels* de M. des Fontaines traduisent agréablement l'atmosphère et les sites des Deux-Sèvres.

Henri Jourdain a fixé dans de jolis *dessins rehaussés* quelques points de Passy aujourd'hui disparus, ainsi que des aspects de Versailles, de Tours, de Blois, de Rouen, de Semur.

Lesage a rapporté d'Italie, d'Égypte, de Provence, de Bretagne des aquarelles.

C'eſt aussi des aquarelles qu'expose M. Rosenſtock : fleurs et paysages, vues du Grand Trianon, effets d'eau bien traités.

À la Galerie des artiſtes modernes, on verra aussi l'exposition d'Édouard Morerod, qui a rapporté du Maroc de bonnes études sobrement peintes. L'atelier de Morerod à Tanger eſt déjà célèbre. Il figu[re]ra sans doute en bonne place dans le livre sur la Mauritanie, que nous doit Eugène Montfort.

(*L'Intransigeant,* 3 février.)

LA VIE ARTISTIQUE

LES PEINTRES FUTURISTES ITALIENS

«La simultanéité des états d'âme dans l'œuvre d'art : voilà le but enivrant de notre art[1].»

Cette déclaration des peintres futuriſtes italiens dit l'originalité et le défaut de leur peinture. Ils veulent peindre les formes en mouvement, ce qui eſt parfaitement légitime, et ils partagent avec la plupart des peintres «pompiers» la manie de peindre des états d'âme. Tandis que nos peintres d'avant-garde ne peignent plus aucun sujet dans leurs tableaux, le sujet eſt souvent ce que les toiles des pompiers ont de plus intéressant. Les futuriſtes italiens prétendent ne point renoncer au bénéfice du sujet et cela pourrait bien être l'écueil contre lequel viendrait se briser leur bonne volonté plaſtique.

Les futuriſtes sont des jeunes peintres auxquels il faudrait faire crédit si la jactance de leurs déclarations, l'insolence de leurs manifeſtes n'écartaient l'indulgence que nous serions tentés d'avoir pour eux.

Ils se déclarent «absolument opposés» à l'art des écoles françaises extrêmes et n'en sont encore que les imitateurs.

Voilà Boccioni, qui me paraît être le mieux doué des peintres futuriſtes. L'influence de Picasso eſt ainsi indéniable, comme elle n'est point niable sur toute la peinture contemporaine. La meilleure toile de Boccioni est la plus directement inspirée des derniers ouvrages de Picasso. Il n'y manque même point ces nombres en chiffres d'imprimerie qui mettent dans les récentes productions de Picasso une si simple et si grandiose réalité.

Les titres des tableaux futuristes paraissent fréquemment empruntés au vocabulaire de l'unanimisme. Que les futuristes se méfient des synthèses qui ne se traduisent point plastiquement et ne mènent le peintre qu'à la froide allégorie des pompiers.

Il faut encore regarder avec attention cette *Danse du pan-pan à Monico,* qui est jusqu'à maintenant l'œuvre la plus importante qu'ait peinte un pinceau futuriste. C'est une toile où le mouvement est bien rendu et le mélange optique des couleurs ne s'y faisant point, tout y remue selon le souhait de l'artiste. J'aime moins les autres toiles de Severini, trop influencées par la technique néo-impressionniste et par les formes de Van Dongen.

Mentionnons encore Carrà, sorte de Rouault plus vulgaire que le nôtre, et qui rappelle parfois encore l'académisme d'un Mérodack-Jeaneau[1], peintre oublié.

Russolo est le moins influencé par les jeunes peintres français. Il faudrait chercher ses maîtres à Munich ou à Moscou. Nous le retrouverons un jour plus préoccupé d'idées véritablement plastiques.

Les jeunes peintres futuristes peuvent rivaliser avec quelques-uns de nos artistes d'avant-garde, mais ils ne sont encore que les faibles élèves d'un Picasso ou d'un Derain et, quant à la grâce, ils n'en ont pas idée.

(*L'Intransigeant,* 7 février.)

CHRONIQUES D'ART. LES FUTURISTES

M. Marinetti veut jouer de notre temps en Italie le rôle de restaurateur des arts que saint François d'Assise y joua autrefois.

Le *Poverello* dut sa puissance à cette foi inspirée qui éveilla dans la péninsule le sens plastique des artistes, le lyrisme des poètes et qui fit partir à travers l'Ombrie ces flagellants mystiques, ces *giullari di Dio* dont les dialogues récités avec une sainte folie sur les places publiques sont les plus anciens monuments dramatiques de l'Italie après la ruine de l'Antiquité. Les traits de sa vie inclinèrent les peintres à chercher plus de vérité dans l'expression des visages et des attitudes. La grande peinture naquit de l'effort que firent les peintres pour rendre la sainte beauté du saint stigmatisé[1].

Depuis longtemps déjà, la peinture italienne s'est figée dans cet académisme qui parfois est le sommeil de l'art et souvent est sa mort.

Après avoir été si longtemps à la tête du mouvement artistique universel, l'Italie orgueilleuse à juste titre de son passé glorieux était tombée pour les arts derrière la France, la Hollande, l'Angleterre, l'Espagne et la Belgique.

Qu'il est loin le temps où un Michel-Ange affirmait qu'il ne pouvait naître de grands peintres qu'en Italie!...

★

Mais, voici qu'un jeune poète tente d'y restaurer les arts et les lettres.

M'est avis qu'en Italie les arts ont plus besoin de restauration que les lettres. Toutefois, je n'ai pas à discuter ici ce point de critique littéraire. Il est vrai que les arts sont devenus dans la péninsule seulement un exercice d'habileté professionnelle. Les divisionnistes eux-mêmes avaient conservé un dessin vulgairement académique et leur inspiration était imbécile.

F.-T. Marinetti, Italien gallicisant, veut changer cet état de choses. Il veut secouer l'Italie de sa torpeur. Il a pris la France comme modèle parce qu'elle est à la tête des arts et des lettres et sans le dire à ses compatriotes c'est elle qu'il leur présente comme exemple.

Il a trouvé des poètes, des musiciens et aussi des peintres pour le suivre. Ceux-ci jusqu'ici sont au nombre de cinq : Boccioni, Carrà, Russolo, Balla, Severini[2].

Il n'y a là comme futuristes de la première heure que MM. Boccioni, Carrà et Russolo.

Eux seuls parurent le 8 mars 1910 — date qui deviendrait célèbre si le futurisme devenait un grand mouvement littéraire et artistique — sur la scène du théâtre

Chiarella de Turin. C'était la troisième soirée futuriste. L'une avait eu lieu à Trieste et l'autre à Milan. À Turin, les principaux futuristes firent leur apparition à côté de M. Marinetti. C'étaient MM. Boccioni, Carrà, Bonzagni, Russolo et Romani.

Ils lurent ensemble leur manifeste qui, d'après les *communiqués,* «est un long cri de révolte contre l'art académique, contre les musées, contre le règne des professeurs, des archéologues, des brocanteurs et des antiquaires», et un grand tumulte se déchaîna aussitôt dans la salle. On se battit à coups de poing et à coups de canne, la police intervint, etc.

Depuis ce jour-là, les peintres futuristes ont perdu deux des leurs.

Qui nous dira jamais le destin de MM. Bonzagni et Romani? S'est-on aperçu par hasard que le second nom était celui de Mme Juana Romani, elle-même pompière célèbre, qui s'était glissée par ruse chez les futuristes[1]? M. Bonzagni a-t-il fait mine un jour d'admirer le Titien? Nous manquons de renseignements là-dessus. Toujours est-il que les cinq peintres des débuts futuristes sont restés cinq. Mais deux ont été changés sans que l'on nous ait renseigné sur le sort des autres : Bonzagni et Romani ont été remplacés par Balla et Severini.

Ce sont eux qui ont signé un manifeste qui, plein de pauvretés d'idées antiplastiques, peut cependant par sa violence être considéré comme un stimulant, bon pour les sens artistiques affaiblis des Italiens. De même les invectives, les folies poétiques d'un Jacopone da Todi pouvaient éveiller le sens lyrique de l'Italie et provoquer la venue d'un Dante.

★

L'originalité de l'école futuriste de peinture, c'est qu'elle veut reproduire le mouvement. C'est là une recherche parfaitement légitime, mais il y a belle lurette que les peintres français ont résolu ce problème dans la mesure où il peut être résolu.

En réalité, les peintres futuristes ont eu jusqu'ici plus d'idées philosophiques et littéraires que d'idées plastiques.

Ils déclarent avec une insolence qui serait peut-être mieux nommée inconscience : «Nous pouvons déclarer sans vantardise que cette première exposition de peinture futuriste à Paris est aussi la plus importante exposition de peinture italienne qui ait été offerte jusqu'ici au jugement de l'Europe[1].»

C'est imbécile... On n'ose même pas porter un jugement sur tant de sottise...

Plus loin, ils ajoutent : «Nous avons pris la tête du mouvement de la peinture européenne.»

Et ne connaissant de la peinture française ni Corot, ni Cézanne, ni Gauguin, ni Renoir, ni Seurat, ni Matisse, ils imitent les derniers venus parmi les peintres peignant à Paris :

Boccioni est avant tout sous l'influence de Picasso qui domine aujourd'hui toute la jeune peinture, non seulement à Paris mais dans le monde entier;

Carrà semble avoir vu des Rouault et des Mérodack-Jeaneau. Rouault est un peintre puissant pour lequel j'ai été souvent moi-même très injuste. Carrà pouvait choisir un plus mauvais maître;

Russolo semble plus influencé par les peintres de Munich, de Berlin, de Vienne et de Moscou. Souhaitons-lui de bien profiter de son séjour actuel à Paris;

Balla n'a pas encore envoyé son tableau;

Severini est avec Boccioni le peintre qui me paraît avoir le plus à dire parmi les futuristes. Il est sous l'influence de Renoir, de Van Dongen et des néo-impressionnistes : Signac, Cross, Van Rysselberghe, mais il a de l'originalité et sa grande toile, la *Danse du pan-pan à Monico,* est jusqu'à maintenant l'ouvrage le plus important et le plus achevé qui soit sorti d'un pinceau futuriste.

Eh bien! ces peintres si influencés par la jeune peinture contemporaine, ces peintres dont l'un pourrait sans mentir se déclarer élève de Picasso, l'autre de Rouault, l'autre de Van Dongen, se déclarent «absolument opposés[2]» à l'art des peintres de France.

Et là où ils se séparent des nouveaux peintres français c'est en un point qui me paraît la condamnation de l'art futuriste.

L'art des nouveaux peintres de France se distingue de l'académisme des pompiers par une observation violente, acharnée de la nature. Les jeunes peintres scrutent la nature, ils la dissèquent, ils l'étudient avec patience. Aussi ne doit-on point s'étonner que les plasticiens aussi purs ne se préoccupent point du *sujet* et que leurs tableaux soient maintenant intitulés : *Peinture, Étude* ou *Paysage.*

Je me suis même demandé récemment si des préoccupations aussi purement plastiques n'allaient point nous amener un art tout neuf qui serait à la peinture ce que la musique est à la littérature.

Les futuristes, eux, n'ont presque pas de préoccupations plastiques. La nature ne les intéresse pas. Ils se préoccupent avant tout du *sujet.* Ils veulent peindre des *états d'âme.* C'est la peinture la plus dangereuse que l'on puisse imaginer.

Elle amènera tout droit les peintres futuristes à n'être que des illustrateurs.

Il y a cependant parmi eux Gino Severini qui paraît décidé à s'appuyer sur des réalités sévèrement interdites par les déclarations futuristes. Il a ainsi produit l'œuvre la plus vivante, où les couleurs ne se mêlent point et donnent ainsi l'illusion du mouvement et que son auteur a intitulée la *Danse du pan-pan à Monico.*

★

Cependant, l'exposition des peintres futuristes apprendra à nos jeunes peintres à avoir encore plus d'audace qu'ils n'en ont eu jusqu'ici.

Sans audace, les futuristes n'auraient jamais osé exposer leurs essais encore si imparfaits. Elle leur servira à mesurer aussi de combien ils dépassent encore leurs rivaux d'Italie et de toutes les nations.

Elle leur apprendra encore mieux à choisir les titres pour leur peinture. Voici les titres de Boccioni : *Les Adieux, Ceux qui s'en vont, ceux qui restent, La rue entre dans la maison, Le Rire, La ville monte, Visions simultanées, Idole moderne, Les Forces d'une rue, La Rafle;* Carrà n'a pas craint de reproduire un événement auquel il a assisté : *Les Funérailles de l'anarchiste Galli;* Russolo a peint une toile intitulée *La Révolte.*

À côté des toiles volontairement analytiques de la plupart de nos jeunes peintres, il y a dans ces titres des indications pour une peinture plus synthétique.

En somme, l'art nouveau qui s'élabore en France semble ne s'en être guère tenu jusqu'ici qu'à la mélodie et les futuristes viennent nous apprendre — par leurs titres et non par leurs œuvres — qu'il pourrait s'élever jusqu'à la symphonie.

★

Mais, parmi les propositions du manifeste des peintres futuristes, il n'y en a pas qui ait paru plus sotte que celle-ci :

« Nous exigeons, pour dix ans, la suppression totale du nu en peinture. »

Elle est cependant l'affirmation inconsciente d'une entente involontaire entre tous les artistes modernes. Tandis que le vieux Renoir, le plus grand peintre de ce temps et l'un des plus grands peintres de tous les temps, use ses derniers jours à peindre ces nus admirables et voluptueux qui feront l'admiration des temps à venir, nos jeunes artistes ignorent l'art du nu qui est au moins aussi légitime qu'aucun autre.

Cela vient sans doute d'un désir de sortir en quelque sorte de l'humanité, de ne pas la prendre, elle seule, comme critère de la beauté.

Il faut bien avouer cependant que l'art moderne est d'une sévérité inconnue jusqu'ici à toutes les époques.

Quant à l'art futuriste, il fait un peu sourire, à Paris, mais il ne faudrait pas qu'il fît sourire les Italiens, ou bien ce serait tant pis pour eux.

(*Le Petit Bleu*, 9 février.)

LA VIE ARTISTIQUE

DEUXIÈME GROUPE À LA GALERIE DRUET. LE FOYER COOPÉRATIF

Le deuxième groupe des peintres de la galerie Druet vient d'ouvrir son Exposition annuelle. C'est un ensemble qui, cette année, paraît un peu vide. On remarquera les *Baigneuses* de M. Paul Baignères. Un *Saint Sébastien* de M. Georges Desvallières — décidément, c'est un saint qui n'aime ni les lettres, ni les arts contemporains. L'*Étude de femme*, du même artiste, mérite l'attention, ainsi que les voyages du Charolais, de Dufrénoy, les envois de MM. Flandrin, Charles Guérin, de René Piot, de Georges Rouault, de Mme Maryal, de Lucien Mainssieux et de Roger de La Fresnaye que M. Desvallières veut enlever au cubisme.

Albert Marque expose plusieurs morceaux de sculpture très intéressants.

Au Foyer coopératif, 18, rue de Varenne, on verra des œuvres de M. Henry de Pontaumont, artiste sincère qui peint les sites du Cotentin; Hélie Brasilier, Paul Fachet, Henry Polort, Vignal, Marguerite Viot, J.-A. Martin, Marie Bureau, Charlotte Berthout et Marthe Ovro.

(*L'Intransigeant*, 8 février.)

LA VIE ARTISTIQUE

FRANK BRANGWYN. ALEXANDRE ALTMANN

Chez Durand-Ruel, la Galerie des arts décoratifs a organisé une exposition de dessins, eaux-fortes et lithographies de Frank Brangwyn.

L'habileté de cet artiste est au-dessus de tout éloge. Il connaît son métier d'aquafortiste autant qu'on peut le connaître. Et le succès qu'il a trouvé dans toute l'Europe fut la récompense d'efforts méritoires. Pourquoi faut-il que tant d'adresse sans objet, tant de grandeur vide ne me touchent point!

J'aimerais mieux que Brangwyn se consacrât à graver de petites planches où il pourrait se montrer puissant sans forcer son talent. Quant aux gravures qu'il a consacrées aux ouvriers, elles sont d'une pauvreté due au sujet beaucoup plus qu'à l'artiste. Brangwyn réussirait mieux des scènes empruntées aux tristes grandeurs et aux misères de la vie bourgeoise, peut-être même son goût du mystère trouverait à s'exercer utilement dans les pays d'Orient où les costumes sont somptueux.

Je ne dirai rien de la peinture de Brangwyn dont on nous montre un lamentable échantillon. Il est possible qu'elle plaise à Verhaeren : je la trouve vide et molle.

Composée surtout d'études des environs de Paris et du pays basque, la deuxième exposition d'Alexandre Altmann se tient chez Devambez. Il y a là quelques paysages délicats rendus avec sensibilité et dans la grande toile intitulée *La Tonnelle,* Altmann s'est élevé jusqu'à la décoration. Dans l'ensemble il s'est consacré à rendre les formes des arbres, les apparences des frondaisons, les silhouettes des arbrisseaux penchés sur les étangs ou les rivières... Alexandre Altmann ou l'ami des arbres...

(*L'Intransigeant,* 9 février.)

LE VERNISSAGE DE L'UNION DES FEMMES PEINTRES ET SCULPTEURS

Le 31e Salon de l'Union des femmes peintres et sculpteurs s'est ouvert par un jour d'hiver qui, par galanterie, avait tenu à ressembler à un jour de printemps. Les rayons de soleil traversant les verrières éclairaient agréablement toutes ces œuvres gracieuses ou fortes, dues au goût et au talent d'artistes féminins. Plus qu'à aucune autre époque, les femmes exercent aujourd'hui leur ingéniosité artistique.

Mme Achille-Fould expose un beau portrait décoratif de femme blonde. *La Fin du jour* de Mme Nanny-Adam est une œuvre forte qui évoque avec vérité les crépuscules de la Provence. *L'Anxiété* de Mme Angélany serait digne d'un élève de Léonard. Il y a dans les portraits d'homme de Mme Delphine Arnould de Cool des morbidesses de tons qui font parfois songer à Aman-Jean. L'audace des toiles impressionnistes de Mme Clémentine Ballot est servie par un talent authentique. Mme Becagli dessine avec netteté, ses couleurs sont franches et personnelles. On goûtera *Les Roses blanches* de Mlle Suzanne Beck dont le pinceau a de jolies délicatesses. La sensibilité de Mme Bourgonnier-Claude se retrouve dans de petites toiles charmantes : *Un modeste intérieur,* des *Pommes* près d'un panier renversé, le *Rosier grimpant*. Je n'aime pas autant une grande toile du même artiste, *La Raccommodeuse de tapis*. Mme Paule Collas excelle à peindre des natures mortes, un peu sèches mais pleines de vérité et justes de ton. Il y a de l'audace dans le coloris de Mme Colonna de Cesari Rocca qui peint surtout avec des terres. Mlle Henriette Damart peint dans l'ivresse du soleil. *L'Aquarium* en trompe-l'œil de Mme Darriet est amusant. L'éloge des miniatures de Mme Debillemont-Chardou n'est plus à faire. Le *Crépuscule d'été* de Mme Defresne rappelle certaines marines de Diriks, mais avec une douceur que n'a pas le peintre norvégien. Les nus de Mme Delacroix-Garnier sont habiles et voluptueux. Mais quelle jolie idée dans la *Veille de fête au cloître* de Mlle Delattre, presque toute la toile est occupée par des fleurs, dont une religieuse se prépare à faire des bouquets.

La manière floue de Mme Delorme Cornet lui est très personnelle. C'est une habileté prodigieuse qu'il faut signaler dans la *Nature morte* de Mme Dubron et dans l'envoi de Mme Durruthy-Layrie. De l'envoi de Mlle Galezowska où tout est d'un goût raffiné, je préfère un ravissant pastel intitulé *Citrons*. Les jolis paysages de Mlle Hautrive seront certainement remarqués. On peut mettre hors de pair l'envoi de Mme Alice Hesse. Ses tableaux de fleurs sont excellents d'un faire large et d'un coloris agréable et juste. Le talent de Mlle Jouclard est viril. On goûtera ses pommiers en fleur. Les broderies *sans envers* de Mme Labric seront certainement très remarquées. Mlle Loupe expose une *Carrière* d'une belle sobriété. L'impressionnisme en ce qu'il a de bon a touché Mme Maliquet, dont *Le Thé à la ferme* est une belle toile lumineuse. Voici encore un envoi de premier ordre, celui de Mlle Morgand, et un joli pastel dans le goût de certains pastels anglais, *Le Cerisier cassé,* de Mlle Roullier. Les ports et les marines de Mlle Simonnet réunissent la séduction d'un coloris moderne à de jolis détails comme on en trouve dans certaines marines anciennes.

À la sculpture, j'ai remarqué une jolie et noble statuette de Mme la duchesse d'Uzès : *Projet de monument à la marquise de Sévigné;* le bel envoi de Mme Mérignac, surtout son médaillon de marbre, et les sculptures impressionnistes de Mme Camille de Sainte-Croix, familières et lyriques. Je retournerai à ce Salon des femmes artistes pour voir si je n'ai pas oublié d'œuvres importantes.

(*L'Intransigeant,* 11 février.)

EXPOSITION DE LA SOCIÉTÉ DES AQUARELLISTES FRANÇAIS

LE PRÉSIDENT DE LA RÉPUBLIQUE ET MME FALLIÈRES, ACCOMPAGNÉS DE M. RAMONDOU ET DU COLONEL CUISE Y SONT VENUS CE MATIN

Chez Georges-Petit, une exposition d'aquarelles où l'on voudrait plus de fantaisie peut-être, plus de tons frais et vivaces. Et combien de ces petits tableaux ont l'air d'avoir été accrochés longtemps dans l'hôtel d'une biche! C'est très Second Empire et ne va pas du tout sans un charme que nous ne sentions pas hier, que nous goûterons pleinement demain. C'est donc une agréable et fine mélancolie qu'éveillent les gracieux paysages de M. Adam, les souvenirs d'Égypte de M. Aublet, les miniatures et les sépias si vraiment «jeune fille» de Mlle Baily, le *Harpiste* de M. Bourgain, l'envoi très varié de M. de Broca, les nus fripons de Calbet, les impressions de Versailles de Mlle Carpentier, les sobres paysages bretons de M. Georges Clairin, les vues du Maroc de M. G. Claude, les portraits d'enfants de Mme J. Contal.

L'actualité est bien représentée par des aquarelles d'Édouard Detaille pour la nouvelle tenue des fantassins. Il y a un joli trompette très galonné... qui mérite d'inspirer autant de chansons populaires que le joli tambour des gardes françaises, M. Georges Scott a exposé de son côté un projet pour la réforme des uniformes de la cavalerie et quelques uniformes plus anciens et reproduits avec exactitude. Citons encore les nostalgiques compositions d'Edgar Maxence : *Prière* et *Libellule,* les vues hollandaises de M. Courant, les portraits de M. R. de Cuvillon, les Bretonnes et les sujets de chasse de M. Doigneau, les paysages de M. Henri Duhem, les études de M. Faure, les vues de Paris, le soir, de M. Loir Luigi, les fleurs de Mme Faux-

Froidure et de M. Filliard, un joli portrait des travestis et des intérieurs par M. H. Tenré, les écoliers fameux de M. Jean Geoffroy, les vues de Paris, si nettes, de M. Gilbert, des souvenirs d'Italie de M. Gorguet, les spirituelles scènes de mœurs de M. Guillaume, les travestis piquants de Maurice Leloir, les précises notations vendéennes de M. Georges Jeanniot et les envois de Mlles d'Hazon et Sonrel, de MM. Lucien Gros, Henri Jourdain, Paul Lecomte, Le Meins, Émile Meyer, Moreau-Néret, Paillard, Maurice Ray, Rivoire, Rossert, P. Vignal, G. Vuillier et Jules Worans.

(*L'Intransigeant*, 13 février.)

LA VIE ARTISTIQUE

SALON DE L'ÉCOLE FRANÇAISE

L'hiver, les artistes ne chôment point. Ils nous montrent leurs travaux de l'automne. Il est certain, néanmoins, qu'il y a dans la saison froide trop d'expositions collectives dont les tendances sont les mêmes. «Salon d'hiver, École française», etc., tout cela semble être le même Salon. Je crois, pour ma part, que la fusion des Salons hivernaux se fera, et les peintres qui y exposent acquerront ainsi plus d'autorité qu'ils n'en ont. Cela dit, venons-en au Salon de l'école française où les envois intéressants ne manquent point. Les petits tableaux de M. Léopold Delbeke représentant des intérieurs du château de Versailles sont peints avec beaucoup de distinction et dans une très agréable lumière blonde. J'ai remarqué les deux jolis paysages de l'Ain de M. Gabriel Blétel, les sites délicatement mélancoliques de M. Alfred Veillet et les portraits expressifs de M. Henry de La Tourrasse, qui expose aussi des dessins fermement tracés et qui ne manquent pas de grâce. J'ai noté encore une *Nature morte* de Mme Benoit, les *Agarics champêtres* de Mlle Bernard qui, comme peintre de champignons, peut rivaliser avec le grand naturaliste Fabre, l'*Automne* roux et languide de M. Blondin, le *Grain* de M. Abel Boyé, une nature morte,

Violettes et citrons, de M. Chanussot, un nu sobre et bien composé de Mlle Carlo-Chéry. C'est par une certaine distinction de coloris que valent les envois de MM. J. Chappée et G. Carpentier. M. Eugène Damblans est un peintre patient qui réussit des morceaux savamment exécutés, témoin sa *Vénus accroupie* où il y a des rouges très hardis. Je tiens aussi à mentionner les envois de Mmes Dayacs-Grassot, Desbordes-Jonas, de M. Lupin dont les vues de Bruges sont peintes dans un joli sentiment, de M. Magnier qui a le sens de l'actualité tout en sachant rester peintre, de M. Paul Plument qui dépeint avec une louable simplicité la vie de *Saint Albert de Messine,* de M. Quélvol qui trempe dans une belle lumière son allégorie de l'Été, de M. Rougeot aux tons mats et rares, M. Weismann dont les *Harengs saurs* bien peints m'ont remis en tête le fameux monologue de Charles Cros : «Un hareng saur... long... long... long[1]».

Les enluminures de M. Guinier commémorent avec art des événements familiaux : naissances, mariages... idée charmante. M. François Pillet, architecte entreprenant, expose un projet pour la transformation des alentours de l'École militaire. M. Pillet sait être audacieux et moderne en se conformant aux nécessités imposées par le voisinage de l'œuvre de Gabriel. Il faut signaler, pour finir, une curieuse vitrine de grès flammés où les artistes, MM. Ponchelet et Léger, ont su artistiquement amalgamer des coulures métalliques d'un heureux effet.

(*L'Intransigeant,* 14 février.)

LA VIE ARTISTIQUE

NOUVELLE PROMENADE AU SALON DES FEMMES PEINTRES ET SCULPTEURS. PEINTURES DE MME MARVAL. AQUARELLES, FAÏENCES ET TERRES CUITES PAR ROUX-CHAMPION

Une nouvelle promenade au Salon des femmes peintres et sculpteurs me permet de réparer quelques oublis : les six toiles de Mme Lavrut qui sont des portraits fort bien venus et tout particulièrement un buste de femme en chapeau noir, les trois portraits féminins par Mme de

Montchenu-Lavirotte dont l'effort mérite l'attention et l'envoi très intéressant de Mme Louise Bellanger, etc., etc.

À la galerie Druet, a lieu l'exposition d'une des plus remarquables artistes de ce temps, Mme Marval. C'est, je crois, sa première exposition importante et est aussi une des plus intéressantes expositions de cette année. Le talent de Mme Marval est un mélange de franchise et de grâce. Elle peint largement et lorsqu'elle se laisse aller à sa fantaisie naturelle, à son imagination poétique, ses compositions ont une apparence allègre et charmante qui me ravit. La fantaisie authentique et vraiment personnelle est très rare dans la peinture contemporaine. Mme Marval en possède dans son dessin et dans son coloris. Et l'on ne saurait trop admirer une toile comme *Les Odalisques*.

M. Roux-Champion, qui expose à la galerie Eugène-Blot des aquarelles et des poteries, est aussi hardi dans son métier de potier que dans son art de peintre. M. Gustave Geffroy qui a écrit la préface au catalogue de cette exposition, nous fait savoir que l'artiste qu'il aime est « heureux ». On l'eût deviné à la joyeuse lumière qui colore ses aquarelles, à la décoration gaie des faïences, aux formes harmonieuses des terres cuites et des céramiques. Heureux l'homme heureux s'il connaît son bonheur! Outre son bonheur, M. Roux-Champion, ce qui est mieux encore, ne manque point de talent.

(*L'Intransigeant*, 25 février.)

LA VIE ARTISTIQUE

Les artistes qui composent la Société moderne, dont la 4e Exposition a lieu chez Durand-Ruel, obéissent à des tendances diverses sans aller jamais aux extrêmes ni dans l'académisme, ni dans la nouveauté. Les gravures d'Alluaud sont d'une fantaisie précise et élégante. Henry Bouchard représente ici la statuaire avec de jolis bronzes fondus à cire perdue. Augustin Carrera n'avait-il pas un peu trop de facilité? Mais son talent a fait de grands progrès. On aimera son tableau *Au soleil*. M. Jacques Drésa a fait mieux que ce qu'il expose cette fois-ci, mais quelle charmante couverture il a peinte sur le catalogue de cette Société! Mme Louise Galtier-Boissière expose des fleurs qui méritent de grands éloges. Elle est une des artistes femmes qui ont droit à notre attention, et souvent à notre admiration. On connaît le grand talent de Jeanès : ses aquarelles sont toujours de beaux poèmes de grâce naturelle et lyrique. Mais pourquoi assourdit-il ses belles couleurs? Francis Jourdain est arrivé à cette riche sobriété qu'il voulait atteindre. E. de La Villéon est en progrès : ses paysages romantiques indiquent une personnalité très forte. Voici encore les gravures de Louis Legrand, ce Guys de la pointe sèche, les belles compositions réalistes de Lemordant, les compositions décoratives de Manzana-Pissarro, les envois de Quillivic, Claude Rameau, et les beaux bijoux d'argent et d'ambre ciselés par M. Charles Rivaud.

(*L'Intransigeant,* 26 février.)

QUATRE LETTRES SUR LA PEINTURE

On sait quelle profonde influence le génie de Paul Cézanne a exercée sur les jeunes peintres contemporains.

Voici quatre lettres adressées par le vieux maître aixois au peintre Charles Camoin, dont les tentatives artistiques l'avaient intéressé. On trouvera dans ces courts billets la pensée intime de Cézanne sur son art, un cri d'orgueil : «Je vous parlerai plus justement que n'importe qui sur la peinture», et un enseignement que nous souhaitons profitable.

Dans ces lettres, il est souvent parlé du poète Léo Larguier qui a publié récemment ses souvenirs du grand peintre. Dans l'écriture de Cézanne les *t* sont barrés avec un très long trait, il employait les doubles *s* dont Rétif de La Bretonne demandait la suppression en typographie et qui furent supprimés par les Didot. Il employait souvent l'accent grave pour l'accent aigu. La signature de Cézanne est ornée de paraphes entourant le *P* à gauche, soulignant et surmontant le nom entier.

(*Les Soirées de Paris,* mars.)

LA VIE ARTISTIQUE

EXPOSITION DU CERCLE DE LA RUE BOISSY-D'ANGLAS

L'Épatant vient d'inaugurer son exposition annuelle. Nous reverrons d'ailleurs la plupart de ces toiles au Salon dont cet ensemble trié sur le volet n'est qu'un avant-goût.

Complétant la série de ses études pour de nouveaux costumes militaires, M. Édouard Detaille expose un petit panneau où il en a groupé plusieurs. Au Salon, le public fera un grand succès à cette charge de cuirassiers, pleine de mouvement et dont faute de catalogue, je ne saurais pas mieux préciser le titre. Comme toujours, les portraits sont la principale attraction de cette exposition.

Le portrait de femme blonde, assise sur un canapé jaune, en robe de soirée blanche et avec une étole de fourrure sur le dos, sera parmi les plus remarqués, ainsi que le portrait de Mme Marcelle Tinayre, en robe verte, à laquelle il manque un ruban de la couleur complémentaire, par Lauth, qui expose encore un portrait de jeune homme en gris.

À côté d'un coin de Versailles, M. Guirand de Scévola nous montre un grand portrait féminin où l'artiste reste égal à lui-même.

Les deux portraits exposés par M. Gabriel Ferrier : un portrait de femme et celui de M. Sedelmeyer forment sans doute, avec la toile de M. Baschet, l'envoi le plus important du Salon.

Parmi les portraits, on remarquera encore un portrait d'homme, celui d'un petit garçon par Aimé Morot, un grand portrait élégant de femme dans la neige par M. Gervex, le groupe aristocratique de M. F. Flameng, de grands portraits modernes d'Ablett, le riche portrait d'une jeune fille en Salammbô par Georges Clairin, un portrait de jeune homme en costume d'équipage de bugle par M. Jean Béraud, et différents portraits peints ou sculptés par MM. Chabas, Etcheverry, Dawant, Puech, Verlet, Antonin Carl.

Parmi les autres envois, on remarquera les nus de Roll, l'*Intérieur* de M. Tenré, la jeune fille lisant de M. Courtois, la femme méditative de M. Maxence, la petite fille déjeunant de M. Muenier.

Les paysages sont peu nombreux; ils sont choisis : un crépuscule de Guignard, une jolie chose de M. Nozal...

MARIE LAURENCIN. ROBERT DELAUNAY

À la galerie Barbazanges[1], Mlle Marie Laurencin, invitée par M. Robert Delaunay, expose un petit nombre de toiles et d'aquarelles choisies pour la plupart parmi ses dernières productions. L'art raffiné et élégant de Mlle Laurencin est un des plus évidemment originaux qui soient aujourd'hui. Et si ces peintures ne rappellent absolument rien, ni par la composition ni par le coloris ni par le dessin, on découvre aisément que les sentiments et le goût qui les ont inspirées ne vont point sans analogie avec ceux qui ornaient l'âme des artistes français de la Renaissance[2]. Et j'imagine que lorsque Mlle Laurencin peint, les Grâces et les Muses se tiennent près d'elle pour l'inspirer.

Artiste d'avenir, ainsi que Mlle Laurencin, Robert Delaunay, qui montre ici la plus grande partie de sa production, est un des rares peintres de la jeune génération qui, après avoir fait partie, tour à tour, des premières écoles artistiques, se soit isolé pour réagir contre leurs tendances uniquement décoratives. L'art de Robert Delaunay est mouvementé et ne manque pas de force. Les pâtés de maisons, les perspectives architecturales des villes, la tour Eiffel surtout, voilà quels sont les thèmes les plus caractéristiques d'un artiste qui a de l'univers une vision monumentale, décomposée en lumières violentes. Dommage que la plupart des grandes toiles de Robert Delaunay, volontairement ou non, soient inachevées[3]. On aimerait à savoir l'effet que produit dans une œuvre très travaillée son coloris, qui a de l'intensité. Robert Delaunay occupait déjà une place importante parmi les artistes de sa génération. Cette exposition est bien faite pour renforcer la bonne opinion que l'on avait de l'intégrité de son art.

(*L'Intransigeant,* 5 mars.)

[RÉPONSE À UNE ENQUÊTE SUR LE CUBISME]

Cher Monsieur,

Je suis heureux de répéter, ici, ce que je n'ai cessé d'écrire : qu'à mon sens ce qu'on a voulu appeler le «cubisme» est la manifestation artistique la plus élevée de notre époque.

L'importance considérable que la presse s'est trouvée en quelque sorte obligée d'accorder à un très petit nombre de peintres, exposant, dans la plus petite salle du Salon d'automne, les toiles les moins tapageuses de toute l'exposition, montre combien cet art a de vigueur.

Je suis encore d'avis que si, dans l'ensemble, on le compare à l'art des impressionnistes qui l'ont précédé, on trouvera que dans l'expression de la beauté l'art des cubistes s'est davantage approché d'elle.

Je dois ajouter que mes éloges, je les adresse avant tout aux tendances de la nouvelle peinture, réservant mon jugement sur le talent particulier de chacun des nouveaux peintres.

GUILLAUME APOLLINAIRE.
(*L'Action*, 10 mars.)

CHRONIQUES D'ART
L'ART DÉCORATIF ET LA PEINTURE FÉMININE

En attendant l'exposition internationale des Arts décoratifs qui aura lieu vraisemblablement en 1915, nous avons chaque année un Salon des artistes décorateurs[1]. Il est très instructif d'aller s'y promener. Cette année, on n'y verra pas trace de ce que l'on a appelé l'« art nouveau ». Par contre, nous assistons au commencement d'une lutte entre deux tendances décoratives qui ne pourra manquer d'être intéressante. Il s'agit du combat entre la décoration somptueuse où excellent déjà les joailliers et la décoration familière qui, reprenant la tradition sous Louis-Philippe, époque des derniers beaux meubles de style, ne tend à rien autre qu'à nous doter d'un style original. Ajoutons que dans cette dernière tendance, qui est aussi la plus nouvelle, l'art du tapissier joue un rôle très important.

Cependant, on travaille avec acharnement dans les deux écoles, et dans la première qui naquit vers 1900, il y a des audaces qui pour n'être pas toujours heureuses témoignent toutefois d'efforts qui ne seront pas perdus.

L'artiste remarquable qu'est M. Paul Follot expose un boudoir ovale en érable marqueté.

Les tentatives de M. Paul Follot pour renouveler l'art de la mosaïque sur bois sont pleines d'intérêt.

Cet art qui autrefois atteignit à la perfection dans le centre de l'Italie a produit un maître que M. Follot pourra se proposer de surpasser ; c'est Damiano de Bergame qui vivait à Bologne au XVIe siècle et qui imagina de teindre le bois en toutes couleurs.

M. Paul Follot utilise dans ses marqueteries non seulement le bois mais encore la nacre. Il a imaginé un petit boudoir très riche, orné d'une cheminée en marbre sculpté conçue avec goût et très heureusement surmontée d'une niche de mosaïque et ferronnerie. Il convient d'ajouter que M. Follot est un joaillier merveilleux qui sait faire apparaître toute la beauté des gemmes qu'il emploie. Foin des lourds joyaux que portent les sultanes captives. M. Follot fait des bagues charmantes et des pendentifs adorables.

Un autre joaillier, M. Lalique, expose un salon qui est bien la chose la plus surprenante qui se trouve dans cette exposition. Il est en céramique pâle exécutée par la manufacture de Sèvres d'après un procédé personnel à l'auteur. La tapisserie n'y joue et ne doit y jouer aucun rôle, la décoration du sol et de la muraille étant composée de ronces faites de platine émaillé et incrusté dans la pierre *artificielle* qu'a créée l'imagination baudelairienne de M. Lalique. Certes, Baudelaire eût aimé ce rêve minéral d'un luxe inouï, car c'est sans doute la première fois que l'on prodigue le platine avec une telle profusion. Dommage qu'une fantaisie aussi singulièrement lyrique ne soit point parfaite et Baudelaire eût peut-être regretté, comme moi-même, la banalité des médaillons, des meubles et des verreries qui gênent la noble et luxueuse simplicité de cette architecture.

★

Voilà pour la tendance somptueuse. J'imagine qu'elle modifiera avec bonheur l'art décoratif officiel, les édifices publics, les palais et les théâtres.

Passons maintenant à l'autre tendance, la décoration familière dont les trouvailles semblent devoir remplir très bien leur but qui est de rendre les logis confortables et agréables à voir, non pas qu'il n'y ait aucune critique à exprimer. Mais je pense toutefois que des artistes comme Mare, qui n'a pas exposé, mais qui est un des principaux artisans de cette renaissance, comme Léon Jallot, comme André Groult, ont trouvé la formule qui permettra aux tapissiers, aux ébénistes de travailler en paix et de savoir ce qu'il faut faire.

Le salon de Léon Jallot qui s'inspire de ces principes est cependant plein de meubles inutilement disparates et les appliques électriques ne me paraissent pas d'une forme très heureuse.

M. André Groult a compris qu'un art mineur comme celui de fabricant de meubles devait suivre les arts majeurs tels que la peinture. La plus grande partie des peintres contemporains sont des coloristes. M. André Groult s'est fait coloriste et pendant quelques années la tendance sera chez les tapissiers décorateurs d'employer des couleurs vives. Ensuite, il faudra que l'on ait l'audace d'aller jusqu'à la dorure qui fait un peu défaut dans ces intérieurs, coquets, mais un peu bourgeois et où l'abus des rideaux verts introduit souvent comme une apparence bureaucratique qui ne se voit peut-être pas très bien aujourd'hui où ces choses sont dans leur prime nouveauté, mais dont les gens de goût s'apercevront vite. La peur de la dorure a été une des caractéristiques de l'art décoratif depuis les impressionnistes qui avaient eux-mêmes supprimé les cadres dorés pour leurs tableaux. On peut dire que cette répugnance des impressionnistes pour la dorure a été adoptée par le public bien avant leur peinture.

★

Il me semble que les artistes décorateurs auraient un intérêt évident à étudier de près les œuvres des artistes féminins actuels qui détiennent seuls le secret charmant de la grâce qui est une des originalités de la peinture française, soit que l'on considère les œuvres de ceux que l'on a appelés les primitifs français, soit que l'on examine ces merveilles d'un goût délicieux et qui ne pouvaient naître qu'en France et qu'ont peintes Watteau, Fragonard, Corot, Berthe Morisot, Seurat. Les artistes féminins ont apporté dans la peinture un sentiment nouveau qui n'a aucun rapport avec la mièvrerie, mais qui pourrait être défini ainsi : une certaine bravoure à regarder la nature sous ses aspects les plus juvéniles. Cette délicatesse nouvelle, qui est chez la femme française comme un sentiment inné de l'hellénisme, on la trouvera à un degré supérieur dans les œuvres que Mlle Marie Laurencin expose en ce moment à la galerie Barbazanges. Un style décoratif qui, issu des grands styles français, se plierait aux harmonies d'œuvres comme celles-là : franches, simples, éloignées de toute tendance doctrinaire ou sociale et surtout spontanées, aurait à mon sens une belle destinée et embellirait enfin l'époque où nous vivons.

(*Le Petit Bleu*, 13 mars.)

LA VIE ARTISTIQUE
LE SALON DES INDÉPENDANTS

C'EST DEMAIN, AUX BARAQUEMENTS DU QUAI D'ORSAY QU'AURA LIEU LE VERNISSAGE. UN COUP D'ŒIL D'ENSEMBLE

Au moment où les Indépendants vont ouvrir leur exposition, je puis dire que depuis sept ans j'ai énoncé sur l'art contemporain dans diverses publications et dans les colonnes de ce journal des vérités que nul autre que moi n'aurait osé écrire. Ces vérités éblouissaient parfois comme une lumière trop vive. J'avais cependant la satisfaction de savoir qu'elles éclairaient une élite. On s'habitue vite à la clarté. Mes flammes ont encore allumé d'autres flambeaux. Je ne suis plus seul aujourd'hui à défendre les disciplines des jeunes écoles françaises. Mais dorénavant, comme naguère, je parlerai de tout ce qui est digne d'arrêter l'attention des artistes et du public.

LES TENDANCES

Le Salon de cette année est un des plus importants qu'on ait vus depuis longtemps. On avait limité les envois des peintres à trois toiles. Et avec une ferveur admirable, chacun d'eux a voulu qu'un envoi aussi réduit parût au moins tout particulièrement significatif. Tout le monde a fait un gros effort. Le Salon a vingt salles de moins que celui de l'an dernier. Il ne s'étend plus à l'infini et les exposants ont envoyé ce qu'ils avaient de meilleur.

Les groupes ne sont plus aussi bien formés que les années précédentes. Et l'on trouve des peintres de même tendance dans des salles fort éloignées l'une de l'autre.

Il y a la tendance Friesz-Dufy, la tendance Vallotton, la tendance Douanier Rousseau et la tendance Matisse qui n'est plus représentée que par un très petit nombre de peintres.

On trouvera réunis, tout au fond du Salon, les pointillistes dont l'exposition est très belle avec une composition religieuse pleine de noblesse et d'inspiration par M. A. de La Rochefoucauld, les tableaux lumineux de Signac, de Mme Cousturier, de Luce. Les cubistes et les artistes de même tendance occupent la salle 20. J'apprécierai dans mon prochain article l'effort de F. Léger, de Metzinger, qui ne songe plus qu'à la grâce et à la beauté, de Gleizes, qui a construit avec force une œuvre difficile, de Segonzac, avec une bonne nature morte de Luc-Albert Moreau, de R. de La Fresnaye, de Lhote, de Marchand, de Mme Lewitska.

À propos de quelques-uns de ces derniers artistes, une équivoque est en train de s'établir. Ils pensent esquiver les difficultés de la peinture en se laissant aller au goût déplorable pour l'imagerie.

Je soulignerai mieux, prochainement, ce que j'appellerai une interprétation erronée de l'enseignement qui émane des œuvres de Friesz et surtout de Dufy.

Le grand événement, c'est sans conteste le rapprochement entre Robert Delaunay et les néo-impressionnistes qui exposent dans les dernières salles. Décidément, le tableau de Delaunay est le plus important de ce Salon. *La Ville de Paris* est plus qu'une manifestation artistique. Ce tableau marque l'avènement d'une conception d'art perdue peut-être depuis les grands peintres italiens. Et s'il résume tout l'effort du peintre qui l'a composé, il résume aussi et sans aucun appareil scientifique tout l'effort de la peinture moderne. Il est exécuté largement. La composition est simple et noble. Et tout ce que l'on pourra trouver pour l'amoindrir n'ira pas à l'encontre de cette vérité : c'est un tableau, un vrai tableau, et il y a longtemps qu'on n'en avait vu.

Le tableau de Le Fauconnier, *Le Chasseur*, représente un effort plus grand encore. De son voyage en Italie, l'artiste a rapporté le goût des fonds pris dans la nature et un amour de la composition que Le Fauconnier sait bien ne pas confondre avec l'anecdote.

Parmi les peintres nouveaux, il faut signaler Juan Gris, Jankes, Mme Benz-Bizet.

À la sculpture, trois noms retiendront l'attention : Brancusi, Centore, Archipenko. Et maintenant, visitons le Salon en détail...

(*L'Intransigeant*, 19 mars.)

VERNISSAGE AUX INDÉPENDANTS

IL A ÉTÉ TRÈS BRILLANT ET TRÈS PARISIEN. LE SOLEIL ÉTAIT DE LA PARTIE

Le vernissage des Indépendants a été très couru aujourd'hui. Dès l'ouverture, ce matin, une foule compacte se pressait dans les petites salles des baraquements du quai d'Orsay. Mais M. Bérard ne pourra faire que demain sa visite. J'ai donné hier le détail des diverses tendances que suivent nos jeunes peintres. Les premières salles de l'exposition sont, comme de coutume, les moins intéressantes, quelques tableaux de-ci de-là retiennent cependant l'attention.

Salles 2, 3, 4. Un tableau inspiré par un rare sentiment de l'au-delà et signé Germaine Vasticar retient ici l'attention. Il faut signaler le singulier triptyque de Jacques Garnier, le tombeau de Jean-Jacques et surtout l'envoi de Jankes, peintre encore inconnu, d'un talent plein d'inquiétude. L'*Armide* et la *Vénus* de Kern sont intéressantes. Avec des sujets anciens, Kern fait de la peinture nouvelle. Mme Andrée Benz-Bizet méritait mieux que d'être exposée dans les premières salles. Elle a des dons certains de coloriste. Mentionnons encore les paysages divisionnistes de Leveillé.

Salles 5, 6, 7. L'envoi de Mignote est le plus curieux de ces salles et n'est pas un des moins intéressants du Salon. Mignote rappelle parfois Rousseau, mais un Rousseau qui n'aurait pas été au Mexique. Ses tableaux ne manquent pas de force et il s'élèvera bientôt, s'il le veut, jusqu'à la composition décorative. M. Jacques Lederer imite Mme Gyp quand elle dessine sous le nom de Bob, et M. Jack Yeats expose une folie représentant un homme dans un tonneau d'où il lance des bâtons.

Salles 8, 9, 10. Voici Hervé, l'impressionniste, un vrai peintre populaire qui vend sa peinture en plein air, voici un joli petit paysage de E. de Beaupré, des tableaux intéressants de Barret qui rappelle un peu Courbet.

Salles 11, 12, 13. Citons les noms de Dameron, de Goldner, de Lemaître qui rappelle encore le Douanier et qui expose des paysages minutieux et charmants.

Salle 14. Dubois est une sorte de Rousseau trop lâché et sans âme.

Salle 15. Les gens pressés feront bien de ne visiter le Salon qu'à partir de cette salle où se trouvent les premières œuvres vraiment significatives. Le Russe Chagall expose un âne d'or fumant de l'opium. Cette toile avait offusqué la police. Un peu d'or rajouté à propos sur une lampe délictueuse a tout arrangé[1]. Encély expose un tableau touchant de provincialisme bébête et délicieux. René Picard du Chambon, poète inconnu et du premier ordre, expose ici des tableaux vaguement spirites. Paul Jat-Belle-Isle est un paysagiste dont le dessin rappelle Rousseau tandis que son coloris évoque celui de Van Dongen dans ses petits tableaux.

Mérodack-Jeaneau s'est entièrement renouvelé. Il évolue dans le sens de Verhœven... Stuckgold est le peintre le plus important de cette salle. Il expose une grande décoration dont le dessin s'apparente encore à celui de Matisse, tandis que le coloris est maintenant entièrement personnel.

(*L'Intransigeant,* 20 mars.)

LE SALON DES INDÉPENDANTS

SUITE DE LA PROMENADE À TRAVERS LES SALLES

Reprenons notre visite à la salle 16 où se trouvent les envois de Cardoso, le portrait par Saunier du jeune et excellent helléniste Mario Meunier, qui semble commenter les vers de Nonnos sur Narcisse. L'envoi de Verdilhan, peintre passionné, violent, est le plus significatif de cette salle. Il faut que cet artiste obéisse à son instinct et l'on ne peut lui souhaiter qu'une chose : l'inspiration qui lui dictera un jour une grande œuvre.

Salle 17. Mme Exter se souvient des anciennes études de Delaunay, dramatiques comme des écroulements. Dans cette salle n'exposent que des étrangers. L'envoi de Mme Lewitska est un des meilleurs envois féminins du Salon. Elle a regardé les paysages du Douanier, mais sa personnalité est restée entière et le sentiment qui anime sa toile, *La Campagne,* est large comme ces chœurs que chantent les villageois dans son pays. Kandinsky expose les *Improvisations* qui ne sont pas sans intérêt, car elles représentent à peu près seules l'influence de Matisse. Mais Kandinsky pousse à l'extrême la théorie de Matisse sur l'obéissance à l'instinct et il n'obéit plus qu'au hasard. Mme Münter nous montre ce qui se passe dans le ménage d'un végétarien pauvre de Montparnasse, et ce n'est point réjouissant. Les études de Goetz dénotent un tempérament d'artiste qui se cherche. Juan Gris expose un *Hommage à Picasso,* où il faut louer surtout un grand effort et un grand désintéressement. L'envoi de Juan Gris pourrait s'appeler le *Cubisme intégral*[1], et un peintre tchèque, auquel le hasard qui préside à la distribution des patronymes attribua le nom de Kubista, se promenant hier aux Indépendants afin de chercher les œuvres de ses presque homonymes français les cubistes, après avoir fait le tour du Salon, s'arrêta devant les tableaux de Juan Gris et y serait encore si le fâcheux « On ferme ! » n'avait interrompu sa méditation.

Salle 18. La peinture de M. André Lhote est un compromis entre les diverses tendances que se partagent nos jeunes peintres de talent. Ses images ne pourront manquer de plaire à ce grand enfant, le public. J'aime beaucoup le dessin qu'expose Marchand, j'aime moins sa grande image populaire, le *Labour,* il y a bien là des recherches curieuses de mouvement, mais j'aime mieux l'envoi de Mlle Bailly, qui a su, en un an, élever son art, et dont les grandes figures déplaisantes par leur coloration lie de vin sont d'une composition très estimable. Les vues de Laon de Lotiron sont probes et calmes. Dusouchet expose des fresques auxquelles il m'est impossible de pardonner leurs tristes couleurs. Voici Tobeen, dont les *Pelotaris* forment une composition agréable, où s'agitent une dizaine de portraits de M. Olivier Hourcade, grand maître du cubisme en Aquitaine[2]. Verhœven envoie des tableaux moins colorés, mais plus construits, Frank Burty ou le cubiste timide, Suzanne Valadon, Pierre Huard, etc.

(*L'Intransigeant,* 25 mars.)

LE SALON DES INDÉPENDANTS

FIN DE LA PROMENADE À TRAVERS LES SALLES DU QUAI D'ORSAY

Salle 19. Le meilleur tableau de cette salle et l'un des meilleurs du Salon est celui que Mlle Marie Laurencin a intitulé *Femmes et éventails.* C'est une composition gracieuse, personnelle et nouvelle par l'arrangement des lignes et par le choix des couleurs. L'envoi de Vlaminck ne montre pas où en est aujourd'hui cet artiste dont nous avons vu dernièrement des œuvres plus récentes. Le tableau militaire de R. de La Fresnaye est d'un art moins pur que celui de l'an dernier. Cette fois, il rapetisse un peu son sujet. Son *Portrait de femme,* qui paraît moins réussi, dénote cependant un effort plus sérieux et très personnel, surtout dans le coloris.

Luc-Albert Moreau nourrit le songe d'une peinture voluptueuse et mélancolique : il peint des corps pleins de langueur... «et tristes comme l'amour même[1]». Cette pointe, d'un sonnet admirable de Théodore de Banville, on peut la répéter devant la nature morte de D. de Segonzac, *Vénus de plâtre,* où la lumière joue avec art sur les formes où revivent la Beauté qui suivait le chemin de Paros et l'Antiquité qui tressaille encore sous l'amas des ruines. Mentionnons encore les envois de Billette, de Monnissieux, de Peer Kroog, de Destable, qui fournit une rime trop facile à détestable.

Salle 20. C'est peut-être la salle la plus importante du Salon. Les gens clairvoyants sauront y voir autre chose que des folies. J'ai parlé des tableaux de Le Fauconnier et de Gleizes. Celui de F. Léger mérite aussi l'attention[2]. C'est une œuvre inachevée qui ne peut frapper que des esprits avertis. Elle s'apparente pour le sujet aux œuvres de Seurat et le dessin de Léger a cet esprit qui distingue le maître du point.

Molière et Voltaire eussent goûté ce peintre. Metzinger veut s'élever jusqu'à la grande tradition. Il a compris la leçon d'Ingres. Son *Port de mer* est une toile parfaite qui figurerait fort bien au Luxembourg où l'on ne voit rien des ouvrages de nos peintres nouveaux. Il n'est peut-être plus temps de parler de cubisme. Le temps des recherches est passé. Nos jeunes artistes veulent maintenant réaliser des œuvres définitives.

Il s'agit avant tout de ne pas confondre la peinture, l'imagerie, l'art décoratif et la caricature...

Salles 21 à 30. Citons Hayden, Kirstein, Chabaud, La Forêt, Mme de Jongh qui se souvient de Matisse, *L'Écuyère* de Vincent Anglade. Les envois charmants de Mme Ilma Graf, les scènes de bal de Hourtal, les gracieuses peintures de M. Le Serrec de Kervilly, les envois de Marcel Lenoir, les belles marines de Pierre Bertrand, les tableaux d'Auclair d'Aly, peintre agréable, de Janssaud, de Deslignères, de Pierre Brune, artiste curieux, de Villard, de Delaporte, de Sivade, de David Wallin, enveloppé, les envois de Destrem qui mérite qu'on le remarque, de Laurent Gsell, de Mary Franklin, de Vasquez Diaz. Augustin Carrera est en grand progrès, c'est un peintre bien doué.

Salles 31 à 36. Il faut mentionner Benvin-Auran, savoureux et sincère, Vallet, Evelis Torent, Bourly, Pann qui rit avec douceur, Gaston André fin et habile, René Juste qui aime la noblesse des petites places provinciales, Bausil qui célèbre avec enthousiasme et talent la lumière de son Roussillon, Harard, Périnet peintre des crépuscules verts et pâles, Gaston Prot, la *Femme en rose* de Marcel Roll, Marinot que l'on place toujours mal et qui mérite l'attention par de rares qualités, Perrou, Anselmo Bucci dont *La Japonaise* est une bonne toile peinte avec une belle franchise de coloriste, Bendu, Urbain dont les fleurs sont groupées avec harmonie, Bernouilli, Parent et ses natures mortes conçues dans un art très vivant, Fiebig dont on connaît des œuvres plus décidées, plus fortes, est un peintre de valeur.

Salles 37 à 41. Fornerod change de manière, il se tourne maintenant vers l'élégance. Les fleurs de Foske font songer à Matisse. Mlle Astrid Holm a un talent pénétrant de dessinateur. Voici Tristan Leclère qui garde pour la poésie son surnom de magicien, Klingsor.

Voici encore Audibert, Hugonnet, Delfosse, Barat-Leroux, portraitiste de mérite. Marcel Fournier, qui a rapporté de Madagascar des toiles délicatement nuancées et d'un sentiment colonial intense, Makowski, peintre d'un talent véritable dont nous aurons sans doute à reparler. Zak, Lepreux, Hassenberg, Piet, Chapuy, Charlot, Roustan et ses recherches très loyales, Chenard-Huché avec de jolis paysages provençaux, Finch qui rappelle Vallotton, Lacoste peintre de Francis Jammes, Marquet, peintre déjà illustre, Camoin, que Cézanne encouragea. Asselin, dont l'instinct acquiert sans cesse plus de sûreté, Dufrénoy, Mlle Charmy, Lanrade, Lebasque, toujours ensoleillé, J. Puy, dont l'envoi montre une maîtrise évidente, Charles Guérin, Manguin, Robin, qui dessine sobrement et avec force, Rouault, peintre puissant et dépouillé dont les compositions sont irréprochables. Séverin Rappa, Victor Dupont avec deux nus lyriques et bien modelés.

Salle 41 à la fin. Jacques Blot a fait de grands progrès. Sa *Jeune femme lisant* est une œuvre de valeur. Blanchet Maurice dessine avec talent. Deltombe est fait pour la grande décoration, qu'on lui confie des murs à peindre. J'ai dit tout le bien que je pense de la grande toile de Robert Delaunay, *La Ville de Paris*. Ferninges est amusant et poétique. Mme Georgette Agutte peint des œuvres nerveuses et violemment exécutées, Alexandre Séon peint tristement ses rêves d'humaniste, Francis Jourdain n'a envoyé qu'une toile qui est excellente. Voici encore Ottmann, Josué Gaboriaud, dont les œuvres ont de la noblesse et sont bien équilibrées. La dernière salle contient les envois des néo-impressionnistes dont j'ai parlé : le grand Signac, A. de La Rochefoucauld, André Faure, Jousset, Reymond, Rodo, Luce, etc., etc.

Sculpture et art décoratif. Les envois de sculpture sont peu nombreux à ce Salon. Ils sont cependant très significatifs. Voici Centore, qui peut hardiment sculpter de grandes œuvres, Brancusi, sculpteur délicat et très personnel dont les œuvres sont des plus raffinées, Archipenko, qui a le sentiment de l'élégance comme l'avaient certains imagiers gothiques, Lehmbruck, dont le talent fait passer sur tout ce que les statuaires de Düsseldorf lui ont légué de banal et de guindé, Agéro, qui cette fois a réalisé un beau buste, simple, probe et d'un noble sentiment avec une technique très neuve. Les arts décoratifs n'ont fourni que très peu d'envois. Citons les reliures, de Mare, qui sont charmantes et personnelles.

(*L'Intransigeant*, 3 avril.)

LES INDÉPENDANTS

LES NOUVELLES TENDANCES ET LES ARTISTES PERSONNELS

Le Salon qui vient de s'ouvrir dans les baraquements du quai d'Orsay est un des plus importants parmi ceux qui devant la postérité seront l'honneur de la Société des artistes indépendants.

Signac m'a raconté un jour les débuts de la société dont il est aujourd'hui le président; c'est une histoire touchante où le beau rôle était joué par un officier de gendarmerie en retraite qui peignait à ses moments perdus.

Un beau rôle, c'était encore celui d'un jeune critique d'art, qui fut seul à visiter le Salon de la nouvelle Société, il s'appelle Arsène Alexandre, et nous avons pu le voir ces jours-ci parcourir pour la vingt-huitième fois le Salon des indépendants.

Il est très significatif, ce 28e Salon. Chaque artiste ayant dû limiter son envoi à trois œuvres n'a voulu exposer que les meilleures de ses œuvres nouvelles. L'ensemble du Salon représente donc un effort considérable dont l'importance n'échappera qu'aux critiques d'art pour qui le rang officiel d'un artiste compte plus que le talent.

Plusieurs tendances apparaissent nettement lorsqu'on traverse les salles. L'influence de Picasso est la plus profonde, elle se modifie cependant et les peintres mêmes qui en étaient le plus imprégnés ont fait de tels efforts depuis deux ans que leur personnalité se montre maintenant comme embellie et fortifiée par la rude discipline picassienne qu'ils ont subie avec amour et avec douleur.

L'influence de Matisse semble presque complètement écartée. Il faut le regretter. Un maître comme Matisse, qui a renouvelé la symbolique du coloris et dont les audaces de composition forcent l'étonnement, mérite qu'on l'étudie avec soin. Son enseignement serait utile à plus d'un et particulièrement à ces peintres de peu de foi qui se laissent aller à je ne sais quel goût facile pour l'imagerie.

Ces influences écartées, il reste deux grandes tendances bien marquées, dont l'une, s'écartant de l'anecdote, tentant de se hausser jusqu'au sublime par des efforts qui ne sont pas risibles, est l'honneur même de la peinture actuelle. Elle réunit des artistes comme Delaunay, Le Fauconnier, Metzinger, Gleizes, Marie Laurencin, Dunoyer de Segonzac, Luc-Albert Moreau, Vlaminck, Rouault, etc.

L'autre tendance que suivent ceux qui à travers Friesz ont subi l'influence mal comprise de Dufy, grand artiste méconnu, ou de Girieud me paraît déplorable. André Lhote en est aujourd'hui le représentant le plus autorisé. Sa facilité, la variété de ses talents lui ont permis de s'assimiler ce qu'il y avait d'original dans Dufy et dans Girieud, et il en a fait de l'imagerie, de l'imagerie qui a séduit nombre d'artistes que rebutait l'ascension vers les âpres sommets de la peinture pure.

C'est ainsi que Marchand, que La Fresnaye — et je cite les mieux doués, les plus fervents de ces artistes — paraissent évoluer vers une facilité qui rendrait inutiles les efforts de plusieurs générations d'artistes vers la grande peinture.

L'influence de Vallotton se fait aussi sentir. Sa formule ne se rapporte à Ingres qu'en apparence; Vallotton n'ayant pas de ce peintre ni l'audace du dessin ni la pureté raphaëlesque du coloris s'apparente plutôt aux Allemands italianisants des deux derniers siècles. Il fait école. Et il faut s'attendre à ce que toutes les vieilles filles du monde entier se mettent à appliquer cette formule dans toute sa sécheresse.

Parmi les jeunes artistes, Le Fauconnier me paraît être celui dont l'influence se fait le plus vivement sentir. La richesse, la diversité, la profondeur de son coloris laissaient prévoir cette influence. Cependant, je souhaite qu'elle ne se marque point trop et qu'elle n'enchaîne point un artiste qui a donné des œuvres grandement significatives et qui semble s'être décidé cette année à produire des œuvres définitives.

Il y a encore aux Indépendants la tendance impressionniste représentée par des artistes comme Marquet et Jean Puy; la tendance Rousseau où il ne faudrait point voir une influence directe des ouvrages du Douanier. Il s'agit d'œuvres originales, peintes par des autodidactes, mais des autodidactes de talent, comme il y en a eu de tout temps en France et qui sortent des profondeurs mêmes de la civilisation de ce pays. Ceux qui se refusent entièrement à goûter ces œuvres spontanées devraient aussi mépriser la poésie des chansons populaires desquelles au demeurant on fait peut-être trop de cas au détriment de la grande poésie. Il faut aimer ces peintures charmantes, mais sans les confondre avec celles des maîtres, car ceux-ci savent ce qu'ils font.

Enfin, une tendance en honneur aux Indépendants, c'est celle des néo-impressionnistes avec Signac, Lucie Cousturier, Antoine de La Rochefoucauld; c'est une école dont les limites sont tracées et qui dans ces limites un peu étroites a produit des œuvres lumineuses très remarquables et un des plus grands peintres français, Seurat.

Après avoir essayé de démêler les diverses tendances et influences qui se manifestent au Salon des indépendants, je vais dire quelles sont les œuvres maîtresses qui y sont exposées.

Tout d'abord, dans la salle 38, on trouvera le tableau le plus grand aussi bien par les proportions que par l'inspiration qui l'anime. Cette œuvre intitulée *La Ville de Paris* est due à un jeune peintre qui nous avait montré jusqu'ici des œuvres intéressantes certes, mais inachevées. Ses interprétations dramatiques de la tour Eiffel avaient fait voir qu'il avait de la puissance, mais on n'aurait encore osé espérer de lui une réalisation aussi complète de ses promesses. *La Ville de Paris* est un tableau en quoi se concentre tout l'effort de la peinture depuis peut-être les grands Italiens.

Il faut oser le dire. Il ne s'agit plus de recherches, d'archaïsme ou de cubisme.

Voilà un franc tableau, noble, exécuté avec une fougue et une aisance auxquelles nous n'étions plus accoutumés. À gauche la Seine, Montmartre, à droite la tour Eiffel et des maisons, au centre trois corps élancés et puissants que les censeurs disent copiés de Pompéi et qui sont cependant la grâce et la force françaises, comme les avait ainsi conçues Jean Goujon. La simplicité et la hardiesse de cette composition se combinent heureusement avec tout ce que les peintres français ont trouvé de neuf et de puissant depuis plusieurs générations. Aucune prétention, aucun désir d'étonner ou d'être obscur et voilà une œuvre importante qui marque une date dans la peinture moderne. Maintenant, les artistes des jeunes écoles oseront aborder des sujets et les interpréter plastiquement[1]...

L'œuvre de Mlle Marie Laurencin, *Femmes et éventails*, est aussi un tableau. Il y a là un instinct de composition unique, car il ne se rapporte à aucune école connue. Tout est exécuté bravement et les détails, l'expression des visages sont d'une grâce incomparable et sans aucune mièvrerie.

Le tableau de Le Fauconnier, *Le Chasseur*, représente le plus grand effort de ce Salon et si son tableau ressortissait à une idée plus générale, il mériterait par la nouveauté, la puissance et la variété du coloris d'être placé au premier rang.

L'envoi de Metzinger est des plus significatifs. Ce

peintre se dirige maintenant vers la grâce et la beauté. Celui-là se souvient vraiment d'Ingres et si sa sensualité se révélait il serait un grand peintre.

Les *Baigneuses,* de Gleizes, marquent chez cet artiste non pas un temps d'arrêt, mais un effort nouveau vers la construction, vers le dessin. Cet effort n'a pas été perdu et le tableau des *Baigneuses* est grand, bien que ses dimensions soient assez petites.

Le tableau de Léger ressortit à la peinture pure. Aucun sujet, beaucoup de talent. On peut craindre cependant que la veine de cet artiste si elle n'est alimentée par une pensée ne soit bientôt tarie.

L'envoi de D. de Segonzac est moins important. C'est une nature morte, d'un sentiment très raffiné. Un sentiment de raffinement anime aussi le double nu de M. Luc-Albert Moreau qui poursuit l'idéal d'un art mélancolique et sensuel.

Il y a encore aux Indépendants un grand nombre d'artistes personnels, mais il m'a paru que ceux que je viens de mentionner ont manifesté le plus vivement leur personnalité.

(*Le Petit Bleu,* 20 mars.)

VERNISSAGE

LE SALON DE LA SOCIÉTÉ DES DESSINATEURS HUMORISTES. UN SECOND VERNISSAGE AURA LIEU CE SOIR, DE 9 HEURES À MINUIT

Aujourd'hui, le soleil riait de toutes ses forces, c'est qu'il visitait le Salon de la Société des dessinateurs humoristes, 64 *bis,* rue La Boétie. Les Français n'ont pas oublié le grand art du rire. On verra avec quel talent Hansi et Zislin se chargent d'enseigner cette vérité aux Allemands. Aucun homme, sinon Molière, ne sut s'élever comme Forain à ce sublime comique qui ne va pas sans amertume. Voici Willette avec *Tignasson la Sale,* aux belles mirettes, Willette qui est le Musset du dessin. Voici Chéret qui porta haut l'art de décorer les rues. Voici Léandre, le Jordaens de la caricature et dont les dessins eussent désopilé la rate du jeune Gargantua. Voici Léone Georges-Reboux, princesse de mille et une nuits qui montre comment on peut être persane sans cesser d'être française. Voici Louis Morin, qui a rapporté de Venise et de Nice des choses pimpantes et charmantes. Guy Arnoux renouvelle l'art populaire des tableaux à horloge. Moriss, dans ses légendes, eſt encore homme de théâtre et ses bonshommes se tordent de rire comme ceux qui les voient. Voici Maxime Dethomas qui a rénové l'art du décor, des coſtumes et de la mise en scène. Voici Jules Depaquit, dont la renommée n'eſt pas encore à la hauteur de son talent, qui eſt du premier ordre.

L'exposition rétrospective des œuvres de Delannoy fera apprécier les dons de cet artiſte, avivera les regrets de ceux qui savaient ce qu'on en pouvait attendre.

Voici les paysanneries de Jean Guiet, les envois de G. Ri, d'Auglay, de Lucien Laforge, de Laboureur, de Léon Kern, les femmes d'Henri Detouche, dont l'envoi eſt charmant.

Jacques Drésa expose une turquerie exquise. Voici Édouard Bernard qui a illuſtré le *Vieux marcheur,* d'Henri Lavedan. Voici Dollian, Mlle Mia Hélen, Louis Icart, Grellet, Florane, Luc Leguey, Louis Malteſte, Miſti, Maurice Motet, Jehan Teſtevuide, Abel-Truchet, Weiluc. Galanis eſt au courant de toutes les nouveautés artiſtiques et ne les dédaigne pas. Son dessin a de l'atticisme. Voici Gir et ses danseuses, Gir a un talent délicat et très personnel. Voici le buſte de *Georges Normandy,* par Henrich. Citons encore les envois de Mlle Renée de Vériane, de Bernard Boutet de Monvel, de René Berger, de Paul Bour, de Th. Barn, de Mlle Cahen, de Cesbron-Lavau. Voici Charly et ses troupiers, frères cadets du merveilleux Chapuzot de notre enfance[1]. Voici Gil Baer, Gayac, Gravelle, Falké, Formisy, H.-P. Gassier, André Hellé dont le talent eſt si divers et sait être cocasse à souhait. Louis Jou a de la force et sait observer.

Il faut mentionner Illero, Léo Labusquière, Grass-Mick, Puechmagre. Poulbot, interprète ému et émouvant des gosses, expose ici des œuvres délicieuses. Je cite Vallée, Trilleau, Touchet, Stephen, Stecchi, Severinge, Rebelli, Pozzi, Jeanne Pétua, Parcel, Ochs, Nollat, Michot, Matet, Georges Redon, Marc Saurel, Synave, Thomen, Valvérane, Chaſtenet, Callot, Berson, Berquin, Beppe, Gillet,

Golden, Guérin. Markous[1] raille avec esprit les diverses écoles de la peinture moderne, cubisme, fauvisme, pompiérisme et futurisme. Jean Véber, c'eſt l'ironie lyrique. Carlègle a illuſtré à merveille *La Rôtisserie de la reine Pédauque.* Les *Revenants,* de Tiret-Bognet, imposent la comparaison avec Raffet. Voici H.-G. Ibels dont les œuvres aiguës sont toujours surprenantes. Le temps n'eſt pas loin où l'on découvrira ce grand artiſte. Voici Hermann-Paul, observateur impitoyable, Widhopff, Charles Martin, Maurice Neumont dont le talent incisif sait dégager la grâce des sujets qu'il traite, O'Galop, etc.

Le triomphateur de ce Salon c'eſt inconteſtablement Poulbot auquel beaucoup de ses confrères ont voulu rendre un hommage dont il eſt digne. Dans quelques jours, dans les sous-sols, on ouvrira un *Musée des horreurs,* dont il sera reparlé. Et maintenant, à grand renfort de bésicles, allez contempler les horrifiques et désopilantes images des dessinateurs humoriſtes.

(*L'Intransigeant,* 27 mars.)

LA VIE ARTISTIQUE

ROBERT MORTIER

Ce fut un vernissage élégant, à la galerie Devambez. Théoricien du billard[2], musicien diſtingué, M. Robert Mortier eſt encore un peintre de talent.

Curieux et raffiné, l'artiſte a étudié toutes les nouvelles formules dont s'inspirent aujourd'hui nos jeunes peintres. L'art de Cézanne l'a retenu longtemps; Monticelli l'a séduit par ses pâtes qui semblent faites de pierres précieuses écrasées, voyez *D'un coin du parc;* Van Gogh lui a beaucoup appris, voyez les *Collines de Compiègne;* Matisse a poussé devant lui ses grands cris colorés, voyez *Matin;* M. Mortier a regardé la lumière avec Sisley, voyez *Juillet sur les maisons du faubourg, Routes et maisons;* les recherches du cubisme même ne lui sont point étrangères et un grand nombre d'études témoignent ici de sa volonté de conſtruire. J'ose avancer que ces essais, qui ne sont point timides, forment la partie la plus intéressante de cette exposition, voyez *Arbres et eau, Une ville au loin, Route et montagne, Aspect et montagne, Étang en forêt.* Ces recherches de dessins et de coloris combinés se retrouvent dans une toile excellente, *Dans le jardin,* où les couleurs vives, diverses s'illuminent harmonieusement. Il faut mentionner encore une étude fine et délicate, *Arbre sur le ravin.* Robert Mortier est un peintre sensible et suffisamment personnel pour ne pas craindre les influences. Son talent n'est point forcé et a de la fraîcheur. On remarquera enfin de charmants empâtements qui forment des bouquets de fleurs, de jolis pastels, quelques figures...

(*L'Intransigeant,* 2 avril.)

VERNISSAGE
LES PASTELLISTES FRANÇAIS

L'INAUGURATION AURA LIEU CE SOIR, À 9 HEURES

Ce soir, à 9 heures, aura lieu à la galerie Georges-Petit l'inauguration de la 28e Exposition de la Société des pastellistes français, sous le patronage de Mme la marquise de Ganay. On y verra quatre pastels éblouissants et profonds d'Albert Besnard, six morceaux charmants d'Abel Faivre, et notamment sa femme rousse où chantent des bleus délicats, les danseuses de Gervex, des portraits de Léandre, de Le Riche, des impressions de montagnes qui montent vers le ciel comme des prières par M. Lévy-Dhurmer, des bords de Marne par Léon Lhermitte, des paysages d'eau excellents par Luigini, un *Soleil couchant sur le marais* qui semble le poème du recueillement par E. R. Ménard, de bons paysages de Provence par Moutenard, des impressions lumineuses rapportées d'Italie par Paillard, une marine intéressante par Noyal, les fantaisies où Jean Veber met ses songes ironiques et poétiques, un *Cabaret,* une *Princesse couleur d'aurore* dansant avec un roi nain au milieu de truands et de violoneux.

Citons encore parmi les pastels que l'on remarquera le plus les portraits intelligents et sensibles de Mlle Breslau et les envois d'Ulmann, de Thévenot, de Fr. Rivoire, Rémond, de G. Picard, de S. Loup, de Guirand de Scevola, de Gaston Guignard, de R. Gilbert, de Dumont, d'A. Douchez, de P.-E. Cornillier, de F. Charlet, de R. Billotte, les *Venise* d'Abel-Truchet et les jolis portraits gris et fins de M. Axilette.

(*L'Intransigeant,* 4 avril.)

AU MUSÉE CERNUSCHI

M. d'Ardenne de Tizac a entrepris de nous faire connaître les meilleures œuvres d'art asiatiques des collections particulières. Après nous avoir révélé les tapis chinois, les statuettes en terre cuite de l'époque Tang, les jades, les ombres, les pierres tombales chinoises, il invite le public à venir voir des peintures du premier [ordre] venues de Chine. Ces pièces sont de toute beauté et l'on sait que les belles peintures chinoises sont rares en Europe, car les amateurs célestes les conservent jalousèment.

Voici les anciens bronzes. C'est une des nouveautés de cette exposition, voici encore les vieux jades. Tout cela est admirable et ceux qui aiment les arts de l'Asie ne manqueront point de faire une visite au musée Cernuschi.

Nos décorateurs feraient sagement en interrogeant les vieux maîtres chinois qui leur révéleront peut-être des secrets importants.

L'attraction, aux yeux du public, sera incontestablement le jardin japonais, jardin minuscule aux arbres nains aussi anciens que les vieux arbres de nos forêts.

Il est juste de citer les noms de ceux qui ont bien voulu tirer de leurs collections ces œuvres d'art infiniment précieuses pour les prêter au musée Cernuschi et au public. Ce sont MM. Bensen, Ed. de Rothschild, Ph. Berthelot, Bing, Bonassé Lebel, Bullier, de Cane, E. Chavannes, le comte Desmazières, Jacques Douet, Mme Julien Fau, le docteur Fournier, Mme E. Gallé, le docteur Gieseler, R. Fry, E. Guimet, Heliot, Henraux, Kann, Mme Langueil, Mme la princesse E. Murat, Meyer, Michon, Marteau Petrucci, Rivière, Rosenberg, vicomte M. Gartigues, comte de Semallé, Stoclet, Vever, Viau, Ch. Vignier, Vissière.

(*L'Intransigeant*, 4 avril.)

CHRONIQUES D'ART. LES PEINTRESSES

Notre époque, de même qu'elle a permis aux talents féminins de s'épanouir dans les lettres, a produit dans les arts un certain nombre de personnalités qui ne sont pas négligeables.

Pendant la saison 1911-1912, un grand nombre d'expositions particulières nous ont montré des ensembles artistiques dus à des femmes.

Jamais, avant cet hiver, on n'avait vu, ni à Paris ni ailleurs, tant de peintres femmes prouver qu'elles ne le cèdent point aux hommes en tant qu'artistes.

Ce que les femmes apportent dans l'art, ce ne sont point des nouveautés techniques, mais plutôt le goût, l'instinct et comme une vision neuve et pleine d'allégresse de l'univers.

Il y a eu des peintres femmes à toutes les époques, et il est bien singulier qu'il n'y en ait pas eu plus.

Le XVIe siècle italien a produit Sophonisba Angussola, célébrée par Lanzi et Vasari. Paul IV et le roi d'Espagne se disputèrent ses ouvrages. Il y en a à Madrid, à Florence, à Gênes, à Londres. Le Louvre n'en possède point. Née à Crémone vers 1530, elle dépassa vite son maître Bernardino et, portant loin l'art du portrait, les modernes ont parfois attribué certains de ces tableaux au Titien lui-même. Après avoir remporté les plus grands succès à la cour de Philippe II, elle finit par se retirer à Gênes, où elle devint aveugle. Lanzi dit qu'elle passait pour la personne de son siècle qui raisonnait le mieux sur les arts, et Van Dyck, qui vint l'écouter, affirma qu'il avait plus appris de cette vieille femme aveugle que du peintre *le plus clairvoyant*[1].

Le XVIIIe siècle ne produisit que des artistes femmes du second ordre, comme Angelica Kauffman ou Mme Vigée-Lebrun. C'est au XIXe siècle que commencèrent à se révéler en France des personnalités véritables, comme Rosa Bonheur, Louise Abbéma, Berthe Morisot, qui, toutes trois, n'ont pas été sans influence sur la peinture, et dont la dernière est une des artistes les plus achevées de son temps et dont les œuvres demeureront.

Cependant, il fallait attendre l'aurore du XXe siècle pour que l'art français[a], qui seul compte aujourd'hui dans le monde, produisît aussi ses Sophonisba Angussola, qui forment aujourd'hui une pléiade d'artistes appréciables et qui méritent d'être étudiées à part.

Je n'ai pas l'intention de dénombrer dans cet article toutes les peintresses, et laissant de côté des artistes de talent comme Mmes Lucie Cousturier, Galtier-Boissière, Benz-Bizet, Léone Georges-Reboux, Georgette Agutte, Beaubois de Montoriol, Becagli, Montchenu-Lavirotte, etc., qui n'ont point fait, cette année, d'exposition particulière de leurs œuvres, je m'en tiendrai à celles qui viennent de nous montrer un ensemble important de leurs œuvres.

Mlle Hélène Dufau a exposé une série de portraits féminins d'un art très cérébral. La fantaisie n'y a que peu ou point de place. On sent que Mlle Dufau a subi très vivement l'influence des maîtres modernes qu'elle admirait le plus. Mlle Dufau a tenté souvent de s'élever jusqu'à l'allégorie, et elle y a réussi beaucoup mieux que la plupart de ses confrères masculins. La composition, chez elle, n'est point très personnelle, mais elle possède un don d'observation très remarquable. Les peintres ne l'ont que rarement. Si elle concentrait son talent, elle arriverait sans doute à composer des œuvres durables. En attendant, ses portraits féminins sont loin d'être négligeables. Elle a su dégager l'apparence sociale de ses modèles et, peignant des Parisiennes, ne nous a point montré des poupées, mais des figures sur lesquelles apparaît la pensée, que les femmes cachent souvent afin qu'elles ne fassent point tort à leur beauté. On voudrait cependant un dessin plus sûr, une palette plus franche, plus d'expression aussi, car un tel art, s'il n'est point bientôt soutenu par un effort de composition véritable, risque de tomber dans la banalité.

Mme Marval a offert aux amateurs de peinture un tout autre régal. Cette artiste a de l'imagination et un talent personnel. L'abstraction n'est point son fait, mais elle sait merveilleusement montrer la réalité poétique des sujets qu'elle traite. Peint-elle un *Hommage à Gérard de Nerval,* elle sait, du sentiment qui donne tant de charme aux vieilles chansons du Valois, tirer les éléments d'une composition agréable et qui n'est point mièvre. Les hommes échouent généralement dans ces compositions où le bon goût doit s'allier à la délicatesse. Et si Ingres sut donner à son *Apothéose d'Homère* tant de grandeur, c'est que le grand peintre était nourri de bonnes lettres et qu'il avait le sens de l'Antiquité. Depuis, nous avons vu des hommages moins réussis. Je me souviens d'un certain *Hommage à Gauguin* qui était bien la chose la plus piteuse que l'on puisse imaginer. On eût dit d'un concours de fantômes, et le métier du peintre qui avait conçu cette œuvre se trouvait gêné : il avait imaginé son tableau comme un ordonnateur des pompes funèbres peut concevoir des funérailles de troisième classe. Je me souviens aussi de ce fameux *Hommage à Cézanne,* de Maurice Denis, où rien ne montre qu'il s'agisse ni d'un hommage ni de Cézanne. Ouvrage sans allégresse, qui semble plutôt un document qu'une apothéose.

Dans la grande toile des *Odalisques,* Mme Marval a donné la mesure de son talent et a réalisé une œuvre importante pour la peinture moderne. Cette œuvre forte et sensuelle, peinte avec liberté, d'une composition, d'un dessin, d'un coloris personnels, mérite de rester.

L'exposition de Mlle Marie Laurencin a montré ce qu'on pouvait attendre de cette artiste. Elle a réalisé une œuvre qui ne s'apparente à aucune autre dans la peinture ancienne et moderne. Elle évoque avant tout l'allégresse et la puissance des poètes de la Pléiade.

Ses visages de femmes caractériseront peut-être le style de son époque et l'on dira peut-être «une femme de Marie Laurencin» comme on dit «une femme de Jean Goujon». Elle a participé aux deux grands mouvements artistiques de ces dernières années : celui des fauves et celui des cubistes. Mais, parmi les fauves elle était la fauvette, et si un critique d'art italien s'est plu à l'appeler Notre-Dame du cubisme, M. Fernand Fleuret qui écrivit la préface du catalogue de son exposition[1] répondit aussitôt par un hommage qui donnait au surnom son véritable sens : «Je vous salue Marie pleine de grâce. »

La grâce, c'est la qualité artistique bien française que des femmes comme Mme Marval et Mlle Marie Laurencin ont su conserver à l'art, même lorsqu'il devenait sévère, comme dans ces dernières années où préoccupés des recherches techniques nouvelles, où se mêlaient la mathématique, la chimie, la cinématique, les peintres ne pensaient plus à charmer leurs admirateurs.

Mlle Marthe Galard, dont la première exposition se tient en ce moment, a moins d'autorité que les artistes dont nous venons de parler.

C'est une artiste de talent cependant et dont la sensualité se mêle parfois à un mysticisme qui n'est point vulgaire. Elle n'a pas cette audace singulière du dessin qui donne un style si particulier et si aigu aux ouvrages de Mlle Marie Laurencin, elle n'a pas non plus cette culture qui donne un sens profond aux compositions de Mme Marval, mais elle possède à un haut degré un sentiment mystérieux de l'univers qui lui appartient en propre. Qu'elle se défie avant tout des admirations, du métier et du sentimentalisme.

Mme Lisbeth Delvolvé-Carrière est restée fidèle à l'idéal brumeux de son père, le grand peintre Carrière, et nul n'a mieux défini son art que M. Gabriel Mourey qui écrit : «Tout enfant vous avez appris à parler bas et à comprendre la noblesse et la beauté des paroles profondes qui ne se prononcent qu'à mi-voix[1].»

Comme on voit, les femmes peintres ont bien travaillé cette année. On pourrait dire, sans exagération, que l'intérêt artistique de l'année a résidé tout entier dans les expositions féminines.

L'effort le plus important a été fourni par Mlle Laurencin qui non contente d'avoir organisé une exposition a envoyé aux Indépendants un tableau qui est ce qu'elle a produit de plus achevé[2]. À propos de ce tableau, M. Mario Meunier, secrétaire de Rodin et traducteur excellent de Sapho, de Sophocle, de Platon, rapportait dernièrement une anecdote amusante. Il montrait au maître quelques photographies représentant des tableaux futuristes et cubistes, il s'y trouvait aussi la reproduction du tableau de Mlle Laurencin : «Au moins, dit le maître, en voilà une qui n'est pas futuriste ni cubiste; elle sait ce qu'est la grâce, elle est serpentine.»

C'est cela même, la peinture féminine est serpentine et c'est peut-être cette grande artiste de la ligne et des couleurs, la Loïe Fuller, qui fut le précurseur de l'art féminin d'aujourd'hui quand elle inventa cette chose géniale où se mêlaient la peinture, la danse, le dessin et la coquetterie et que l'on appela très justement : la danse serpentine.

Et c'est à propos d'une autre œuvre de femme que le génie de Rodin a retrouvé ce mot-là!

(*Le Petit Bleu,* 5 avril.)

AU SALON, AVANT LE VERNISSAGE DE LA NATIONALE

VISITE OFFICIELLE DU PRÉSIDENT DE LA RÉPUBLIQUE. COUP D'ŒIL D'ENSEMBLE

À 2 heures, cet après-midi, le président de la République et Mme Fallières, accompagnés de M. Ramondou, secrétaire général de la présidence, sont arrivés au Grand Palais.

Reçu par le président de la Société nationale des beaux-arts, le président de la République a visité les diverses salles du Salon, s'arrêtant de-ci de-là devant les toiles ou les marbres qui lui semblaient le plus remarquables.

À 3 heures et demie, la visite était terminée; le président de la République regagnait aussitôt l'Élysée.

Les différences qui caractérisent les quatre grands Salons s'effacent peu à peu. Dans peu d'années, on ne les distinguera plus l'un de l'autre. Les hardiesses de la peinture moderne ont pris d'assaut les Salons officiels et cette année, celui de la Nationale ressemble comme un frère au Salon d'automne.

Qu'on ne regrette pas cette vie nouvelle, tant de fraîcheur et de talent inquiet! D'autre part, tandis que la majeure partie des peintres français s'éprennent de nouveautés, il y a un petit groupe de peintres qui défend avec maîtrise la peinture ancienne.

Il ne s'agit pas de ceux qui ont revendiqué le nom de «pompiers» et qui sont des indépendants qui s'ignorent et manquent d'audace. Je veux parler d'Armand Point qui pousse le souci de la maîtrise jusqu'à patiner ses tableaux comme le temps a fait aux peintures des musées, je veux parler d'Anquetin que Franz Hals et Rubens n'empêchent pas de dormir, puisqu'il n'ignore aucun de leurs secrets, je veux parler encore de José-Maria Sert qui expose un grand plafond de salle à manger où, sans imitation directe, l'artiste a rivalisé avec les Vénitiens, mais sans vaine recherche de vétusté. Il ne s'agit point, en effet, de pastiche. Ce plafond est un des envois importants du Salon, et le fond est entièrement indépendant des figures. Je veux parler surtout de Zuloaga, artiste de premier ordre qui expose trois morceaux qui seront peut-être les plus remarqués au Salon : *La Victime de la fête, Le Christ du sang, Mon oncle Daniel et sa famille.*

Les sujets de Zuloaga sont modernes, il peint comme les maîtres espagnols et cela est parfaitement légitime. Ces peintures cependant sont avant tout des tableaux de musée et qui, ailleurs, ne seraient point à leur place. Je veux parler encore de M. Caro-Delvaille qui expose des décorations où il y a de belles nudités païennes et enfin de M. Maurice Denis qui veut rejoindre les maîtres par l'inspiration, par la composition, et dont la technique est toute moderne. Les quelques artistes que je viens de citer seraient plus fondés que n'importe quels autres à revendiquer le nom de «pompiers», s'il est vrai que dans un sens euphémique ce péjoratif serve désormais à désigner les disciples des peintres anciens.

Outre un petit nombre d'artistes misonéistes, il y a à la Nationale les toiles de bon nombre de peintres qui se soucient d'affirmer leur personnalité. On admirera sans réserve le portrait du *Pianiste Sauër,* par Albert Besnard, et l'important envoi de Lepère qui mérite d'être mis tout à fait à part comme un ensemble neuf et excellent. *Les Éléments* d'Aman-Jean constituent un effort considérable durant lequel l'artiste s'est entièrement renouvelé. La *Marguerite au sabbat* de M. Dagnan-Bouveret n'est pas non plus une toile négligeable, loin de là. De jeunes talents comme ceux de MM. Desvallières, Flandrin, Guérin, Lebasque, Bausil, Cariot apportent de la vie et de la couleur. L'envoi important de Raffaëlli, les *Fresques* de Baudouin, le *Printemps à Volendam* d'Hanicotte méritent l'attention de tout le monde. Citons encore, au hasard, les envois de MM. de la Gandara, Boldini, Gaston Prunier, Ernest Vauthrin, Lévy-Dhurmer, Abel-Truchet, Gabriel

Biessy, Auburtin, Malherbe, Jean Béraud, E. Burnand, Carrier-Belleuse, Le Sidaner, Dagnaux, Gervex, Gottlieb, A. Roll, Marcel Roll, Willette, etc., etc., et de Mlles de Boznanska, Louise Breslau, Marthe Stettler, Mme la princesse Murat, Mme Mutermilch, etc., etc.

À la sculpture, dont je parlerai demain en détail, c'est la *Pénélope* de Bourdelle qui occupe la place d'honneur, car Rodin n'a rien envoyé. Aujourd'hui, contentons-nous de mentionner les envois les plus remarquables : ceux de Despiau, de Marcel-Jacques, de Mlle Poupelet, d'Élisée Cavaillon, de Wittig, de Wiérik, le *Laurent Tailhade* de Niederhausern-Rodo, le haut-relief d'Andreotti, et les œuvres de MM. Philippe Besnard, Henry Arnold, Desbois, Halou, Durousseau, Aronson, Bartholomé, Mme Camille de Sainte-Croix, Fix-Masseau, Froment-Meurice, etc., etc.

(*L'Intransigeant*, 13 avril.)

CHOSES D'ART
VERNISSAGE DU SALON DE LA NATIONALE

Foule bigarrée, femmes élégantes, fourrures, le beau soleil, un froid de chien, des groupes discutant devant les Zuloaga, les Besnard, les Maurice Denis, le plafond de Sert, tournant autour des statues de Bourdelle, de Despiau, de Marcel-Jacques, de Wittig, s'attardant dans le beau jardin si bien orné d'une fontaine d'Halou et des poteries de Roche. Voilà le bilan du vernissage d'aujourd'hui.

LA SCULPTURE

La *Pénélope* de Bourdelle est une œuvre puissante, d'un effet décoratif saisissant. C'est la statue de l'Espoir et du Désespoir à la fois.

Belle Philis, on désespère
Alors qu'on espère toujours[1]

Le buste de femme du même artiste retiendra peut-être davantage encore par sa vigueur et sa vivante simplicité. Un buste en marbre de Despiau est une des œuvres les plus lumineuses de la sculpture moderne. Voilà Despiau sorti du style. Il aborde maintenant la vie avec franchise. Ce buste, où l'influence de Rodin est manifeste, est cependant par la douceur et la subtilité des lumières qui l'éclairent une œuvre très personnelle.

Je mets hors de pair cette *Poursuite du rêve* où Marcel-Jacques a mis tout son labeur, toutes ses méditations. Il a poursuivi longtemps comme un rêve la réalisation de cette œuvre simple et grande. Elle a des qualités de premier ordre. On aimera aussi les bustes de jeunes filles du même artiste.

L'*Ève* de M. Wittig évoque cette géante aux formes parfaites qu'avait imaginée Baudelaire[1]. Nos sculpteurs sont revenus aux formes simples et pleines. Ils s'éloignent de plus en plus de cet art fragmentaire qui, ces dernières années, avait été le seul but de leurs efforts. L'*Ève* de Wittig est un exemple excellent des nouvelles tendances de la statuaire qui ne bannit aujourd'hui ni le style ni la vie.

La *Frise nuptiale* de M. Andreotti est un morceau vigoureux et sans maniérisme. Elle est d'un bel effet décoratif, pleine de noblesse et de sentiment.

Il faudra regarder avec attention les statuettes d'Arnold, sculpteur de talent, dont on peut beaucoup espérer. Les portraits d'hommes, bronzes de Philippe Besnard sont aussi parmi les œuvres excellentes de ce Salon qui est le plus important de tous pour la bonne sculpture qui s'y trouve exposée. Je signale encore le beau masque de *Théophile Gautier* par Dejean, un buste de femme par Desbois, l'*Éros,* œuvre intéressante au point de vue des lignes et des volumes par Durousseau.

L'exposition d'Halou est très importante, j'en reparlerai à propos du jardin.

Les bustes de Wlérick ne valent peut-être pas ceux qu'il exposa l'an dernier. Son envoi est cependant parmi ceux qui comptent. L'*Ensemble décoratif* de Cavaillon me paraît être une œuvre du premier ordre. La *Baigneuse* de Mlle Jane Poupelet est grande malgré ses petites proportions. Dommage qu'il y manque la tête et que cette œuvre se réduise ainsi à un fragment.

L'envoi de Niederhausern-Rodo retiendra longtemps. Le portrait de *Laurent Tailhade* qui ressemble ainsi à un empereur romain est un morceau d'un grand caractère; voici encore le *Supplice du feu,* œuvre nerveuse et inquiétante d'une patine singulière.

Voici un buste de Bartholomé, le portrait de *M. Bellan* par Mlle Demagnez, le portrait de *M. Messimy* et les *Cuirassiers* de M. Froment-Meurice, le portrait de *M. Claretie* par M. de Saint-Marceaux, les bustes où il y a de la puissance de Mme L. Ochsé, une scène impressionnante, intéressante *Chez la couturière,* par Mme de Sainte-Croix, et les envois de MM. Bourgouin, Bugatti, Carabin, Fix-Masseau, Lamourdedieu, Mars-Valett, Ed. Waller, Henri Vallette, Léonard, etc.

(*L'Intransigeant,* 14 avril.)

LE SALON DE LA NATIONALE

PROMENADE À TRAVERS LES SALLES

Salle 1. On regardera le *Ballet russe* qui a inspiré M. Hochard comme il a inspiré beaucoup d'artistes. Son *14 Juillet en province* est une toile amusante ainsi que sa *Procession* sortant de la cathédrale de Rouen. Henry-Baudot continue à faire galoper des poulains. Il a peint aussi un tigre que monte une bacchante nue. Gaston Guignard nous montre toujours des troupeaux de moutons dans la brume. Citons encore la danseuse espagnole et les baigneuses de Lewysohn, le portrait de femme de Delécluze, la femme aux fourrures noires de Boldini, un groupe élégant d'Ablett, la femme à l'ombrelle de Leempoels, *La Fête au village* de Lambert et passons à

ZULOAGA

dont les trois grandes toiles constituent cette année la véritable attraction du Salon de la Nationale.

Dans ces trois tableaux l'artiste a voulu, non pas copier la nature, mais donner en s'inspirant de la réalité, une vision synthétique de l'Espagne, sol et race. Pour cela, il a pris le parti de caractériser de façon romantique la vie de famille, les divertissements et le mysticisme des Espagnols. *Mon oncle Daniel et sa famille,* où un portrait de vieille femme assise, à gauche, est un morceau excellent et d'un sentiment très juste. *La Victime de la fête,* c'est le lamentable cheval de corrida qui se profile sanglant sur un paysage dénudé de la Vieille Castille. Enfin le *Christ du sang* avec ses personnages maigres à la Greco, les cierges, le Christ livide et saignant, à chevelure de femme, est une image assez précise de la religion mystique et sensuelle qui fait le fond des croyances en Espagne où se déroulent encore des processions de flagellants, où la joie de la douleur transporterait encore les âmes comme au temps de sainte Thérèse.

Cependant, on ne sent point, dans cette toile à tendances mystiques, l'inspiration qui animait le Candiote dont les œuvres si dépouillées unissent aux beautés de l'hellénisme toutes les splendeurs de la foi chrétienne.

Cette réserve faite, on est plus à l'aise pour louer les qualités qui se trouvent dans les œuvres de Zuloaga.

Salle 2. Guirand de Scévola y expose des portraits : celui d'une jeune femme, celui de *M. Pierre Laffitte* et celui du professeur Widal. Je signale aussi une petite toile délicate que l'on a accrochée un peu trop haut : *Bruges la Morte* par M. Ernest Vauthrin. Voici encore l'excellent envoi de M. Eugène Burnand, des impressions de jardin et une *Maternité* d'un sentiment simple et juste. Les petites toiles de Myron Barlow sont charmantes dans leur préciosité sentimentale et avec leurs tons attendris.

(*L'Intransigeant,* 16 avril.)

LE SALON DE LA NATIONALE

PROMENADE À TRAVERS LES SALLES

Dans la salle 3, les six paysages de Raffaëlli règnent : arbres riverains, villages qui se reflètent dans le Loing; Antibes et la lumière méditerranéenne. Il faut mentionner aussi un *Petit port hollandais,* par Ernest Vauthrin; la *Femme au bracelet de jade,* par Lavery, les *Danseuses* de Carrier-Belleuse, la *Femme en rose* de Gsell, le *Portrait du général Liberman,* par Jean Gounod; les *Contrebandiers,* de Michel Cazin, et le *Baiser au clair de lune,* de Jean Sala.

Salle 3 *bis.* Laszlo a peint un bon portrait de la duchesse de Rohan. Abel-Truchet a rapporté de Venise des impressions vraies. La *Revue de Spithead,* par Louis Gillot, présente les figures un peu gauches qu'on retrouve souvent dans les commandes officielles destinées à commémorer un événement. Voici un beau *Portrait de M. Hüe,* par Georges-Bertrand, les notations orientales de Girardot, et les bretonneries de David Millet.

Salle 3 *ter.* On y remarquera surtout la décoration d'une sensualité païenne que M. Caro-Delvaille a composée pour une maison de Buenos-Ayres. *Le Bel Été, Le Bosquet de Pan, Les Présents de la terre* sont des œuvres inspirées de la Renaissance, mais qui ne manquent point de quelque fraîche spontanéité. Le groupe de Charlet, qui représente la famille d'un bourgmestre flamand, exprime excellemment le caractère de la race. C'est un des bons envois du Salon. Je signale encore l'*Atelier de couture,* de M. Brindeau de Jarny, les *Bébés* d'Élisabeth Nourse, et un portrait de *M. Marcel Hutin* par Fidrit.

Salle 4. *Le Matin,* de M. Aman-Jean, me paraît être la meilleure peinture de cette salle. Voici encore un bon portrait de *M. Victor Margueritte,* par Gabriel Biessy, qui expose aussi quelques-uns de ses souvenirs de voyage en mer. M. Gaston Prunier a peint un *Entouré de montagnes,* impression grandiose de nature. Citons les envois de Giran-Max, Henry Gsell, Albert Aublet et un portrait de *Mme Émile Zola,* par Desmoulin.

Salle 4 *bis.* M. Valentin de Zubiaurre, dont le nom pourrait être le titre d'un poème de Francis Jammes, est un imagier émouvant. Le carton de Willette, *Le Moulin de la Galette,* est une œuvre charmante, tendre et spirituelle. Voici *Le Bon Larron,* de Desvallières, qui témoigne d'une âme inquiète. Les portraits de Mlle de Boznanska, expressifs et délicats. La *Danseuse* de Lebasque, toile pleine de lumière, et surtout les paysages de Lepère, lumineux, aérés, bien dessinés, francs, et peints dans de justes et belles tonalités.

Salle 5. Le grand panneau décoratif qu'Aman-Jean a peint pour la nouvelle Sorbonne est le résultat d'un gros effort pour l'artiste qui a donné plus d'intensité à son coloris. Cependant, Aman-Jean n'a exprimé que faiblement l'allégorie des *Éléments*. Quelques détails toutefois ont de la grâce. Les paysages romantiques de M. de La Villéon évoquent poétiquement la féerie des frondaisons mystérieuses.

Salle 6. Montenard nous montre sainte Madeleine quittant la Sainte-Baume : il nous la fait voir aussi prêchant les mariniers de Marseille. Une foi douce et simple anime ses jolies compositions. Henri Morisset a peint un portrait intelligent et vigoureux de *M. Raoul Pugno*.

Salle 6 *bis*. Il y a de la beauté dans l'œuvre émouvante de M. Dagnan-Bouveret, *Marguerite au Sabbat*. Voici un portrait d'acteur par une célébrité portugaise, M. Columbano. Voici encore les paysages de Lebourg, de Claus, les fleurs de Mme Louise Galtier-Boissière, et les portraits de MM. Raffaëlli, Ad. Brisson, Marius Vachon, par Weerts.

Salles 6 *ter* et 7. Les compositions un peu convenues d'Auburtin; les peintures pleines de virtuosité d'Anquetin; des nus intéressants de Marie-Paule Carpentier et de M. Saglio; enfin une sorte de *Piété émue* de Pilichowski.

Salle 8. M. Maurice Denis donne de plus en plus dans le convenu, sauf cependant dans quelques figures de son *Âge d'or*, où il se laisse franchement aller à son sentiment de la vérité, et qui sont excellentes. Autour de Maurice Denis se sont groupés quelques nouveaux venus : Charles Guérin dont la palette est si personnelle, Maufra, Cariot et Louis Charlot dont *Le Buveur* mérite d'être remarqué.

Salle 9. Jean Veber nous montre l'humanité tirant le diable par la queue, et d'autres toiles aussi amusantes et aussi singulières. Voici les fresques de Baudouin qui a rénové un art presque oublié. Voici quelques compositions décoratives qui sont composées avec beaucoup de goût par Mlle Louise Breslau.

Salle 10. Armand Point, qui consacre beaucoup de talent à donner à ses œuvres l'aspect des tableaux anciens. Voici le portrait du roi de Suède par Bernard-Osterman, et celui du prince Georges de Serbie par Mary Kasack.

Salle 11. Les fantaisies parisiennes d'Albert Guillaume retiennent ici l'attention de la foule, parmi les envois de Valdo, Barbey, d'Iwill, de Walter Gay, etc.

Salle 12. Les La Touche sont délicieux et pleins de verve, *La Cible, La Tentation de saint Antoine* sont des œuvres agréablement fantaisistes. Voici l'envoi de Charmaison qui s'est entièrement renouvelé : *Jardins romains de la Riviera.* Les portraits de M. de la Gandara et particulièrement celui de Mme Cavalieri ont cette élégance hautaine et lointaine qui se retrouve dans les romans de M. Henri de Régnier.

Salle 13. Cinq beaux portraits de M. Carolus-Duran et une allégorie mythologique de M. Gustave Courtois.

Salle 14. Les Boldini sont toujours aussi prestigieux, aussi lumineux, aussi brefs, oserait-on dire, et aussi agréablement imprévus.

(*L'Intransigeant,* 18 avril.)

LA VIE ARTISTIQUE

ALBERT BESNARD

Albert Besnard, en nous révélant une Inde nouvelle, saura aussi vivifier l'art des orientalistes qui était en train de périr. Il lui restitue cette vivacité, ce pittoresque, cette grâce que les artistes contemporains sont obligés d'aller chercher dans les pays exotiques parce que le pittoresque européen ne consiste plus guère que dans la sévérité ou la misère des costumes.

L'exposition qui a lieu à la galerie Georges-Petit[1] comprend des peintures à l'huile, à la détrempe, des aquarelles, des gouaches, des carnets de notes qui seront parmi les documents les plus précieux de l'art et de l'orientalisme modernes.

Puisse cette exposition d'un maître créer un mouvement parmi les peintres. Peindre des ouvriers, des femmes du monde, des vues des environs de Paris, Venise, les canaux d'Amsterdam, le pont de Londres, c'est bien. Mais certains spectacles moins familiers, certains sites pour le moins aussi grandioses, certaines lumières plus éclatantes méritent tout autant sinon plus d'arrêter l'attention des artistes.

Et cette leçon que l'on peut facilement tirer de la belle exposition d'Albert Besnard, retour des Indes, je la comparerais volontiers à celle que l'on peut déduire de l'exclamation lyrique et furieuse qui se trouve dans une lettre de Flaubert à Huysmans :

«Il y a le Gange, n... de D...[1].»

(*L'Intransigeant,* 25 avril.)

LE SALON

DEMAIN, VERNISSAGE AUX ARTISTES FRANÇAIS.
TOUT LE MONDE VOUDRA Y ALLER,
CAR LA RECETTE SERA CONSACRÉE À L'AVIATION MILITAIRE

M. Fallières a inauguré à 2 heures le Salon des artistes français.

Le Salon des artistes français offre cette année au public, comme les années précédentes, des milliers d'œuvres d'art de toutes sortes; parmi les commandes de l'État et des municipalités, anecdotes, portraits, etc. Presque tous ces ouvrages sont exécutés avec une honnêteté artistique au-dessus de tout éloge.

Et l'honnêteté n'est pas un petit mérite aussi bien dans les arts que dans la vie. Ce n'est pas ici le lieu où se révèlent d'ordinaire ces personnalités passionnantes ou déconcertantes qui forment l'intérêt des autres grands Salons. Toutefois, il se trouve ici des artistes audacieux dont quelques-uns affirment leur maîtrise sans sortir des règles, dont quelques autres parviennent à imposer leur technique particulière. On nous avait promis une importante exposition d'art décoratif, j'ai le regret de devoir dire que l'effort tenté en ce sens ne répond pas du tout à ce que nous espérions.

C'est toujours le même ensemble de bijoux, d'éventails, d'objets précieux et charmants que l'on a disposés au rez-de-chaussée et dans l'ombre, au lieu de les exposer sur le balcon où on pouvait beaucoup mieux les voir. Mais tout cela ne casse rien et cependant la société s'honorerait en faisant un effort pour encourager ces arts décoratifs dont l'évolution est aujourd'hui l'objet de tant de recherches intéressantes. On me pardonnera aussi de ne pas trop insister sur les œuvres du petit nombre d'orientalistes qui exposent à ce Salon.

On comprendra qu'après avoir vu et revu l'admirable exposition d'Albert Besnard, je me trouve sans forces pour admirer des œuvres beaucoup moins belles. Exception doit être faite toutefois pour la toile de M. Édouard Fer qui a introduit aux Artistes français la technique néo-impressionniste avec une toile audacieuse représentant une *Japonaise.* M. Fer a heureusement évité la déformation et sa toile dont le dessin est conforme à celui des maîtres ne choquera personne. Dans la salle 1, on trouvera quelques-unes des œuvres capitales, les *Pêcheurs débarquant du poisson* de M. Jean Roque, où le jeune peintre a fait preuve d'une grande puissance de coloriste, l'énorme toile décorative de Jean-Paul Laurens : *Première séance solennelle des Jeux floraux (3 mars 1324),* est d'un dessin maigre et d'un coloris sans accent et l'on ne saurait en aimer que le paysage lumineux qui forme le fond. La toile de M. Louis Belle est non seulement une des meilleures de ce Salon, c'en est également la plus émouvante. *Résignation,* c'est une jeune malade qui par la fenêtre ouverte regarde Paris s'illuminer au crépuscule. Il y a là une poésie triste et tranquille unie à un métier excellent et délicat qui ne doit laisser personne indifférent.

Parmi les bonnes toiles, voici encore des Espagnoles en voiture, *Après la corrida,* par Martin ; *L'Étourdie* de Tessier, scène charmante où il y a un bel effet de soleil et une profusion de roses répandues ; *La Trève* de Pougheon, les bœufs au labour de Girodon, les *Baigneuses* de Raymond Glaize, un *Portrait* de Victor Guétin, une toile brutale, mais non sans qualités de Joron, *Jugement de Pâris à l'atelier ;* la *Répétition* de Caputo, où chantent des couleurs vives ; les *Bruyères* de M. Didier-Pouget qui ont été tant imitées ; une grande décoration un peu conventionnelle avec ses guirlandes et ses amours, par M. Gorguet ; *L'Oiseau de France*[1] de M. Bettannier, toile gracieuse où l'artiste a su bien grouper des Alsaciens dans leur costume national, tandis qu'un aéroplane s'en vient de l'ouest ; l'*Automne* de M. Aubry, la *Vision d'Orphée,* œuvre païenne et mystérieuse de M. Marcel-Béronneau, et la *Légende Saint Ferréol*[2] de M. Joseph Aubert.

(*L'Intransigeant*, 30 avril.)

LE VERNISSAGE DES ARTISTES FRANÇAIS

LA RECETTE, POUR L'AVIATION MILITAIRE, EST BONNE

Vernissage ! Ce nom évoquait autrefois des échelles, des pinceaux plats, de jolis modèles admirant leur propre image et tenant un bouquet de muguet à la main, le vieil amateur examinant un tableautin à la loupe, quelques bousculades, une palette poussant comme une fleur au bout d'un appuie-main, et des discussions passionnées des peintres devant ce qu'ils appelaient les grandes machines. C'est depuis quelques années un rendez-vous élégant du Tout-Paris. Il en fut de même aujourd'hui et la société fut encore plus choisie que de coutume, parce que toutes les entrées étaient payantes, mais malgré le temps frais et incertain, non moins nombreuses, parce que la recette sera consacrée à l'aviation militaire.

On signalait parmi les visiteurs le comte et la comtesse Jean de Segonzac, le comte Meckenheim, le duc et la duchesse d'Audiffret-Pasquier, M. Léon Bonnat, le marquis et la marquise d'Eyragues, le duc et la duchesse de Trévise, MM. Trouhanowa, le comte Bertrand d'Aramon, l'infant don Luis, la princesse Baratoff, le comte de Massa, le comte Vitali, le comte de Jumilhac, M. Georges Lecomte, M. Jean Boucher, Mme Aurel, M. Alfred Mortier, M. Élémir Bourges, M. Brieux, etc.

Avant de quitter la première salle, il faut y signaler un bon tableau de M. Bucci : *Printemps,* où il y a de la puissance et de la grâce.

Salle 2. Une vision moderne et délicate de la capitale de l'Adriatique. Ce sont *Les Hirondelles de Venise,* de M. Franc Lamy. Une turquerie précieuse et achevée arrête l'attention : *Rêverie du soir à la Corne-d'Or,* par M. Ernst. M. Joron nous montre dans la même toile plusieurs portraits de M.L.S. dans différentes positions. Serait-ce du futurisme ? M. Joubert expose de bonnes vues des bords de la Seine. Citons encore la *Bataille de Lutzen* de M. Robiquet, *L'Entrée des bassins du Doubs* de M. Morlot, le *Portrait du docteur Malherbe* de M. Jules Monge et la jeune fille en demi-figure de M. Maillart.

Salle 3. M. Lauth a exposé deux portraits de femme dont j'ai dit du bien. Je les ai revus avec un grand plaisir. Celui de Mme Marcelle Tinayre, en vert sur un fond brun, sera certainement très admiré. M. Lucas Robiquet a peint une Hollande très vraie avec des couleurs vives. L'envoi de M. Quinn, *Frères,* eſt charmant. M. Loir Luigi s'eſt intéressé cette année au carnaval parisien.

Salle 4. M. Jean-Paul Laurens nous montre des amoureux parmi les tombeaux, scène renouvelée des romans d'Ann Radcliffe. M. Lapeyre précise avec talent de quelle façon les femmes spartiates se crêpaient le chignon. J'aime la toile claire et séduisante où M. Cécil Jay représente une jeune fille en robe blanche ornée de rubans bleus. Voici encore des moissonneurs, tableau simple et excellent de M. F. Maillaud. M. Paul-Albert Laurens nous montre une *Suzanne* rousse, prête à se baigner, épiée par les vieillards.

Salle 5. Le morceau capital de la salle, et peut-être du Salon, ce sont *Les Dévideuses* de M. Henri Martin, qui peint comme l'on sait, par hachures, selon un procédé qui lui eſt personnel, car tandis que les néo-impressionniſtes comptent que leur coloris s'unifiera par le mélange optique des tons purs, on dirait qu'au contraire M. Henri Martin s'attache à empêcher le mélange optique des tons qu'il emploie. Il eſt vrai que cela donne à ses ouvrages une poésie indéniable. Voilà l'intensité poétique, voilà le but que vise M. Henri Martin et s'il y atteint, son procédé eſt évidemment légitime. Il faut avouer toutefois que la composition des *Dévideuses* eſt loin d'être heureuse, elle figure un *M* déconcertant, et celui qui voudrait la louer à tout prix devrait dire que cette composition eſt doublement pyramidale. Abondance de pyramides nuit-elle ou ne nuit-elle pas?

Signalons encore dans cette salle le Diogène de M. Lecomte du Nouy, l'*Alexandre sacrifiant à Achille* de M. Jean du Nouy, la femme en vert avec un turban violet de M. J.-Pierre Laurens, les envois de MM. Lhuer, Jumet, Maurice Lévis et G. Nicolet.

(*L'Intransigeant,* 1er mai.)

LE SALON DES ARTISTES FRANÇAIS

PROMENADE À TRAVERS LES SALLES

Dans la salle 6, on retrouve M. Henri Martin avec une composition : *L'Automne,* plus richement ornée et plus franche que ses *Dévideuses.* Le soleil a rougi les vignes vierges dont l'adorable incendie éclate avec une poétique douceur. Et tout le charme de l'arrière-saison est personnifié en tendres figures féminines.

Le portrait qu'expose Mme de Montchenu-Lavirotte a toute l'importance d'une composition, où le mobilier, le chien, la jeune femme en noir concourent à créer une atmosphère d'art intense. Les modèles ont été observés avec passion et c'est dans ce sentiment beaucoup plus que dans son habileté consommée que l'artiste a trouvé les moyens d'accomplir un tableau dont les difficultés étaient grandes. Les figures énigmatiques de M. Sarluis sont des œuvres achevées. Le *David* taciturne que l'artiste a paré des grâces de l'Androgyne joint aux séductions des peintures du Sodoma les mythiques profondeurs des divins carmes de Nonnos.

Dans l'atelier d'Albert Maignan, M. Lucien Jonas a groupé quelques élèves du maître et c'est une œuvre qui révèle un grand talent. M. Jonas, toutefois, ne paraît pas avoir le sentiment de tous les moyens dont il dispose ni de la direction qu'il pourrait suivre. La même remarque s'applique à *L'Ange de l'Épiphanie,* matin de procession en Pays basque par M. William Laparra, dont l'envoi est plein de puissance et d'inquiétude. Il faut encore citer les puiseuses harmonieusement groupées de Roganeau, le portrait de femme peint avec de jolies couleurs vives par Richard Miller, la jeune fille au soleil de Mondineu, *Le Vent,* grand paysage plein de sentiment par Lailhaca, et un coucher sur la mer par Nozal dont j'aime les beaux ciels si justes.

Salles 7, 8 et 9. La *Jeune fille à la rose* de Lenoir est une œuvre charmante. Les envois d'Henri Jacquier, de Laissement, d'Alexis Vollon, de Jean Pape sont des œuvres de mérite. M. Ernest Laurent expose un groupe féminin dont la technique divisionniste est extrêmement attrayante. On dirait d'une brume colorée. Elle revêt cette œuvre d'une poésie intense. Parmi les œuvres d'un grand sentiment poétique, voici encore les envois de M. Maxence tout pénétrés d'un lyrisme contenu qui n'ont rien de conventionnel. Voici un tableau de genre, peint avec le soin le plus touchant : *La Mort de Molière.* Citons encore les tableaux de Schommer, de Samaran et un bon paysage de Renaudin.

Salles 11 et 12. On y verra une bonne toile dans la technique divisionniste de Martens, un portrait féminin plein de caractère par Mouchablon, un bon portrait rose de Synave, la *Crypte de Chamigny* de M. Sabatté, un portrait raffiné par Léon Ruffe, les *Laveuses aux îles Borromées* de Mlle Thivet, *La Litière* de M. Rochegrosse, dont le coloris a de la vivacité, et les envois de Sigrist, de Weneker, de Saint-Germier.

Salles 13 et 14. *La Douleur de Vénus* de M. Antonin Mercié est une œuvre séduisante, dont la grâce mièvre retient longtemps... Mlle Louise Abbéma expose un sobre *Portrait du général Berthaut.* Voici encore un charmant portrait de jeune femme à l'allure romantique par M. Richard-Putz, deux portraits excellents et très personnels parmi lesquels celui du sculpteur *Jean Boucher,* par M. Jean Patricot, les *Pilleurs d'épaves* de M. Tattegrain, le *Marché aux fleurs* de Georges Binet, le *Port,* plein de couleur, de M. Paul-Émile Lecomte, la *Chambre du duc d'Orléans à Fontainebleau* par Rosenberg et les envois de Matisse Auguste, de Surand, de Saintpierre, de Pierre Petit-Gérard, de Ridel, de Prunier, de Zwiller.

Salle 16. *La Chevauchée* de Georges Scott vise à l'épopée et reste beaucoup en deçà. *La Chiourme* de M. Monchablon est une toile pathétique où l'artiste n'a pas ménagé les belles couleurs. L'effet cherché est atteint, mais comme la composition du tableau est sans fermeté ! Pourquoi ce trou vide au premier plan ? Pourquoi la figure du comité est-elle si petite ?

J'aime beaucoup la composition de M. Max Bohm, *Jeunesse joyeuse,* l'invention en est très heureuse. La baigneuse de M. Chabas ressemble à toutes les baigneuses de M. Chabas et n'est pas au-dessous de celles que nous connaissions. La *Lectrice* de M. Joseph Bail est imprégnée d'un sentiment délicat, et l'habileté de l'artiste est trop connue pour qu'il soit besoin de la signaler. Mlle Maillart a peint l'atelier de son père. C'est une scène de genre tout à fait réussie, d'une délicatesse très féminine, servie par un bon métier. On remarquera encore les envois de Penot, de Serrier, de Tanquerey, d'Albert Vos, d'Henri Dabadie, de Dupain, d'Umbricht, et la *Sérénade* d'Avy.

(*L'Intransigeant*, 7 mai.)

LA VIE ARTISTIQUE

EXPOSITION DES ŒUVRES DE CARPEAUX ET DE RICARD

On reconnaîtra plus tard que le Second Empire fut une époque de style. Et l'expression la plus pure de ce style artistique se trouve dans les œuvres du sculpteur Carpeaux qui a été le plus complètement du monde l'homme de son époque. L'exposition qui s'ouvre demain à la salle du Jeu de paume est la première où soit réuni l'œuvre presque complet du grand statuaire. On pourra admirer un ensemble de marbres originaux qui, pensais-je, n'avaient jamais été groupés; le *Portrait de Mlle Benedetti*, celui de l'architecte Garnier, l'exquise *Frileuse* à laquelle il manque des doigts que l'artiste brisa dans un mouvement nerveux, la *Flore* charmante, l'admirable buste de la *Baronne de Sipierre*, près du non moins admirable buste de *Mme Lefèvre née de Sourdis*, ce buste présente encore à l'étonnement de ceux qui aiment l'art des mains exquises et à l'annulaire de l'une d'elles une bague est le témoignage d'un autre mouvement nerveux du sculpteur qui dissimula ainsi la réparation d'un doigt brisé. Parmi les terres cuites, on aimera par-dessus tout celle du groupe de la danse, terre cuite qui ne le cède point au groupe de l'Opéra. On sait que Mlle Racowitza qui mourut dernièrement dans des circonstances tragiques et qui avait mené une vie agitée posa pour la figure du génie de *La Danse*. On raconte que lorsque le groupe fut en place, une dame écrivit à l'artiste, lui demandant l'adresse de son modèle, car il représentait à merveille son idéal masculin qu'il ne lui avait jamais été donné de rencontrer.

Voici encore un hautain portrait de *S.M. l'impératrice Eugénie,* le portrait de la *Palombelle* qui fut la première aventure amoureuse de Carpeaux. Parmi les plâtres, on admirera le *Portrait du prince impérial.* Les bronzes à cire perdue, les études charmantes pour le monument de Watteau, pour la fontaine du Luxembourg, un projet de *Façade pour l'hôtel de ville de Valenciennes,* qui n'a pas été exécuté et qui est exposé sur la demande de Rodin, seront très admirés. Parmi les peintures du sculpteur qui sont toutes intéressantes, on regardera curieusement *La Tarentelle,* petit tableau dont l'artiste ne se séparait jamais et d'où est née l'idée de *La Danse.*

On a bien fait de réunir dans une même exposition deux artistes de tendances opposées comme Carpeaux et Ricard. M. Charles Roux et le musée de Marseille ont grandement contribué à cette exposition. Voici de ravissants portraits de femmes et tant de «chères mains, aux longs doigts délicats!» Et ce sont ces mains qu'avant tout je dois admirer dans les portraits de Ricard. Ces portraits mystérieux, élégants et charmants, ce sont ceux de *Mme Arnavon,* de *Mme Coppens de Fontenay,* de la *Marquise de Lendolfo Carcano,* de *Mme Szarvady,* etc. On ne remarquera pas moins les portraits d'homme, celui si noble et si pittoresque du *Prince Demidoff,* ceux des peintres du temps, *Ziem, Hamon, Papety, Paul Chenavard,* etc. Mais c'est aux portraits de femmes que l'on reviendra et l'on rêvera longtemps devant une étude délicieuse qui représente tout simplement une main de femme.

(*L'Intransigeant,* 15 mai.)

LA VIE ARTISTIQUE

ŒUVRES DE MME MADELEINE LEMAIRE ET MLLE SUZANNE LEMAIRE

Il y a dans l'art de Mme Madeleine Lemaire de la grâce et une grande maîtrise[1].

Sa personnalité de femme apparaît toujours dans ses ouvrages et leur donne beaucoup de charme, qu'elle peigne de grandes toiles comme les *Apprêts du festin,* qu'elle lave de prestigieuses aquarelles — bouquets de roses, violettes, mimosas —, qu'elle illustre *Le Crime de Sylvestre Bonnard,* d'Anatole France, Mme Lemaire continue la tradition des miniaturistes du XVIIIe siècle et de l'Empire, dont l'art minutieux était léger et gracieux.

Mlle Suzanne Lemaire expose dans la même salle de la galerie Georges-Petit deux séries de gouaches dont la première est inspirée des *Nymphéas* du Petit Palais. Dans la seconde série on goûtera la gouache intitulée *Dans la roseraie* où il ne manque que la figure surannée du bonhomme Redoubé peignant des roses. À ces gouaches Mlle Lemaire a joint quelques bijoux délicats et de jolies bonbonnières.

(*L'Intransigeant,* 17 mai.)

LA VIE ARTISTIQUE

Au *Lyceum Club,* rue de Penthièvre, Mme Besnard expose trois sculptures qui représentent avec bonheur sa sensibilité et son talent. Le buste de jeune fille est une œuvre hardie et gracieuse où la lumière joue agréablement. Le masque de terre cuite et une tête de femme âgée, en plâtre patiné, sont des œuvres de style qui mettent Mme Besnard au rang des mieux douées parmi les sculptrices contemporaines.

Les études de Mlle Térouanne valent par le choix et l'arrangement heureux des couleurs. Il y a de la tendresse dans ses toiles. Ses portraits sont gracieux et mesurés.

Le pinceau habile de Mlle Pauline Adour nous montre de nobles paysages, des soirs apaisés, des jardins mouillés, des dunes et des landes.

★

À la galerie Druet, exposition de M. Jules Flandrin, qui excelle à peindre les paysages de l'Isère. Ils éveillent une sorte de mélancolie délicate. Et si dans le calme des champs et des futaies, au détour d'un chemin, le peintre fait surgir la fine silhouette d'une amazone, c'est qu'ayant vivement le sentiment de la nature, il n'a pas moins celui de l'élégance. J'aime aussi la *Scène des Ballets russes,* qui est très juste, et *La Danseuse Orange à l'Olympia.*

M. Bérard, bien inspiré, a acquis pour l'État un des plus beaux paysages de M. Flandrin, celui-là même dont la reproduction orne le catalogue. Souhaitons qu'il aille au Luxembourg, dont la collection est désormais trop pauvre en œuvres des artistes nouveaux.

(*L'Intransigeant,* 21 mai.)

LA VIE ARTISTIQUE

Louis Morin est fantaisiste de la meilleure qualité. Il se rattache à la tradition du XVIIIe siècle. Son art léger sait évoquer les fantômes exquis de Venise agonisante, les masques pimpants du carnaval niçois, les folies de Montmartre et les travestis voluptueux des cortèges des Quat'-z'-Arts et de l'Internat.

C'est tout cela que verront les visiteurs de son exposition à la galerie Marcel-Bernheim.

★

M. Charles Stern expose à la galerie Bernheim-Jeune des peintures à l'huile, des dessins, des pastels, des aquarelles, des gouaches dont beaucoup sont inspirés des Ballets russes, dont l'influence semble avoir été grande sur beaucoup de peintres.

On aimera aussi les tentatives d'un art décoratif très personnel où le même artiste montre un goût subtil et précieux.

★

Les pastels et les peintures que M. Nicolas Gropeano a réunis chez Georges-Petit se rapportent presque tous à la vie populaire en Roumanie. Ce sont donc, en dehors même de leur valeur artistique qui est grande, des documents du premier ordre.

(*L'Intransigeant*, 27 mai.)

LA VIE ARTISTIQUE

CLAUDE MONET

Venise n'est plus la porte de l'Orient et c'est ce que dans son souci de vérité nous apprend aujourd'hui Claude Monet. Il a peint les aspects brumeux de la cité des canaux. Et cette nouvelle technique pleine de réserve et presque terne du maître impressionniste surprendra quelque peu ceux qui s'étaient accoutumés à sa palette si riche en couleurs et ceux qui dans le public ne voient dans Venise qu'une ville où tout est bariolé jusqu'au ciel lui-même. Jusqu'ici Venise fut pour les peintres une sorte de mirage dont la fée Morgane suscitait les vives teintes au-dessus de l'Adriatique. Claude Monet a dissipé ce prestige, mais la Venise nouvelle qu'exalte son art véridique, si elle paraît moins lointaine, n'est pas moins belle que cette cité aux couleurs d'arc-en-ciel que l'on croyait avoir vue.

(*L'Intransigeant*, 31 mai.)

LA VIE ARTISTIQUE

LA RENAISSANCE DES ARTS DÉCORATIFS

Il paraît qu'il n'y a pas de style moderne. Pour ma part, je crois bien que l'on se trompe et je pense que le style moderne existe, mais ce qui caractérise le style d'aujourd'hui on le remarquerait moins dans les façades des maisons ou dans les meubles que dans les constructions de fer, les machines, les automobiles, les bicyclettes, les aéroplanes. J'ai entendu une fois cette conversation qui s'échangeait sur le pont d'Iéna entre deux peintres :

«Comme c'est laid, la tour Eiffel, ça manque de style!

— Pardon, elle est de style Louis XIV.»

En effet, la tour Eiffel ne manque pas de style, elle est peut-être même de style Louis XIV mais elle est avant tout de style moderne comme les œuvres d'art de la Renaissance fondées sur l'imitation de l'antique n'en sont pas moins et avant tout de la Renaissance.

Les chefs-d'œuvre de style moderne sont en fonte, en acier, en tôle. L'invention de l'aéroplane a donné aux artisans l'occasion de s'exercer sur le bois et c'est de ces efforts qui ne manqueront pas d'avoir quelque influence sur le goût domestique que naîtra ce que plus tard, on appellera le style du XXe siècle. En attendant, plusieurs styles depuis vingt ans se sont succédé sans parvenir à arrêter définitivement le goût du public.

Nous avons eu le modern style auquel a succédé le style Exposition universelle, plus récemment nous avons vu une renaissance de l'art du tapissier, elle s'élabore actuellement et paraît basée sur l'imitation du mobilier Louis-Philippe, de même que le modern style semblait sorti des œuvres d'art japonaises.

À la vérité, toute époque a son style, mais on ne s'en aperçoit que longtemps après qu'elle est passée.

Nos décorateurs modernes sont pleins d'imagination, quelques-uns d'entre eux ont du goût, un petit nombre enfin sont des gens de métier, ils ont du savoir-faire et ce sont eux qui exécutent les œuvres que l'avenir admirera.

Il est vrai aussi que le goût du bric-à-brac avait entravé les efforts de nos artisans modernes.

Les meubles, les objets d'art du XVIIIe siècle régnaient partout. Il est vrai qu'on fit alors des œuvres d'art d'un goût parfait et que l'on en fit beaucoup, mais de combien de vilaines choses ne s'encombrait-on pas sous prétexte qu'elles étaient du XVIIIe siècle et, de même que la Belgique est le pays de l'instar, les beaux appartements de Paris et de New York devinrent les appartements de l'époque. Il n'en sera plus ainsi et c'est tant mieux. Les Goncourt qui avaient créé cette situation peuvent frémir dans leur tombe.

Mme la comtesse Greffulhe, fée du bon goût et du bon ton, a décidé que les efforts des artisans, des décorateurs contemporains ne seraient plus dédaignés au profit de mobiliers de second ordre et d'authenticité douteuse.

La double exposition qui s'ouvre aujourd'hui, 15, avenue des Champs-Élysées et 1, rue de Talleyrand, consacre la renaissance des arts décoratifs : tapisserie, ferronnerie, tissage, broderie. Ce sont encore des tableaux modernes : les décorations de Willette, peintes pour l'Auberge du Clou, et des œuvres prêtées par M. Deny-Cochin et M. le prince de Wagram. Et comment douter qu'il y ait un style moderne quand d'admirables Delacroix, des Corot, des Puvis de Chavannes, des Renoir délicats, des Monet, des Cézanne, des Van Gogh montrent que jamais époque ne fut plus fertile en miracles décoratifs !

(*L'Intransigeant*, 31 mai.)

LA VIE ARTISTIQUE

Aujourd'hui s'est ouverte, au pavillon de Marsan, une exposition de « Miniatures persanes anciennes ». Il n'y a guère là que des pièces de premier ordre, prêtées par MM. Doucet, de Goloubew, Vignier, Claude Anet, Édouard Ducoté, etc.

Les arts d'Orient n'ont pas été sans exercer une vive influence sur les peintres qui, en France, se sont consacrés à une renaissance des arts décoratifs. C'est ainsi que l'influence des Persans se retrouve dans les ouvrages d'Édouard Fer, d'André Maré, de Léone-Georges Reboux, de Drésa, de Barbier, etc. Ajoutons que la technique des miniaturistes de la Perse ne va pas sans analogie avec celle de nos divisionnistes, dont l'art entièrement français est appelé à renouveler entièrement la décoration.

Au Lyceum de France, la princesse Eriston (Kazak) expose une dizaine de portraits interprétés d'une façon très intéressante et très pénétrante. On remarquera particulièrement les portraits du musicien Sacha Vetitchenko, du prince Alexis Karageorgewitch, de Mlle Kousnezoff, de la princesse Argoukmisky Dolgorouki, etc.

(*L'Intransigeant*, 16 juin.)

LA VIE ARTISTIQUE

Le charmant Bonnard triomphe chez Bernheim avec ses œuvres récentes. Sa fantaisie est fille de la vérité. Nous retrouvons en lui cette allégresse mystérieuse qui caractérise pour nous le XVIIIe siècle.

★

De même que Marseille a eu son Salon de mai, Rouen a son Salon de juin, organisé par la Société normande de peinture moderne qui manifeste ses préférences pour les artistes des écoles nouvelles. Le catalogue lui-même, illustré d'œuvres de M. Marcel Duchamp, de Mlle Marie Laurencin, d'Albert Gleizes, Léger, Juan Gris et Picabia, constitue un document important d'art moderne. Outre ces artistes, on remarque encore, parmi les exposants, Raoul Dufy, Verdilhan, Mlle Ritleng, J. Laurier[1], Marchand, André Lhote, Mme Lewitska, Jacques Villon, Tobeen, R. de La Fresnaye, Pierre Dumont, A. Agero, etc.

(*L'Intransigeant*, 22 juin.)

LA VIE ARTISTIQUE

BOLESLAS BIEGAS

L'Amicale des arts a organisé une exposition des œuvres (sculpture et peinture) de Boleslas Biegas, au théâtre Fémina.

L'idéalisme de cet artiste a produit des ouvrages qui ne sont point fades. Il exprime les sentiments les plus profonds et les plus purs de l'humanité. Longuement méditées, les compositions sont harmonieuses et calmes. Son allégresse est pieuse et, quand il s'attriste, sa douleur n'est point amère. Le firmament où sa ferveur l'élève est peuplé d'êtres aux couleurs symboliques, aux formes belles et souples, auxquelles l'artiste imprime le mouvement mélodieux des sphères.

Cet art élevé, qu'il faut rattacher à l'art religieux, est digne d'arrêter l'attention[1].

(*L'Intransigeant*, 28 juin.)

LA TRIENNALE

EXPOSITION D'ART FRANÇAIS À LA SALLE DU JEU DE PAUME. LES QUATRE SALONS FONDUS EN UN SEUL

Le nombre toujours croissant des Salons collectifs et des expositions particulières, s'il atteste la vitalité de l'art français, diminue cependant l'intérêt que le public prenait autrefois à ces manifestations.

Les organisateurs de la Triennale ont pensé remédier à la dispersion des efforts artistiques en groupant tous les trois ans les ouvrages de nos quatre Salons principaux. L'idée a du bon, mais elle a le défaut de créer un nouveau Salon.

Un éclectisme éclairé a présidé au choix des œuvres qui ornent cette exposition; auprès de certains grands morts de l'art français contemporain, on trouvera des noms comme Signac, comme Marquet, comme Henri Matisse.

Et à ce propos, on peut se demander pourquoi allant jusqu'à Matisse les organisateurs de la Triennale n'ont pas été jusqu'à Derain dont l'influence sur la jeune peinture a été considérable, jusqu'aux cubistes mêmes qui quoi qu'on en puisse penser représentent la tendance la plus nouvelle de l'école française. On est éclectique ou on ne l'est pas.

On verra à la salle du Jeu de paume deux admirables tableaux de Puvis de Chavannes, *Les Vendanges* et une *pietà*, peinte sous l'influence de Chassériau; le catalogue annonce le buste de Puvis par Rodin qui, d'après ce que l'on dit, a finalement décidé de ne rien exposer.

Delacroix a été complètement négligé sans que rien ne puisse compenser son absence, mais voici la *Vierge couron-*

née d'Ingres dont le buste par Bourdelle semble regarder d'un air courroucé les tableaux des impressionnistes et particulièrement ceux de Marquet qui cependant sont des toiles excellentes.

Voici encore Cézanne, Corot, Courbet, Daumier, Manet, Toulouse-Lautrec, et un tableau intéressant de Viollet-le-Duc, *Intérieur de Notre-Dame de Paris le jour du mariage de l'empereur Napoléon III.*

Les artistes vivants ont envoyé pour la plupart des tableaux exposés récemment et qui paraissent bien étonnés de leur voisinage.

Citons Aman-Jean, *La Femme au loup* d'Avy, une détrempe de Besnard, *Marchand de bracelets à Bénarès,* qui ne perd rien à se trouver parmi tant d'ouvrages disparates, bien au contraire, trois belles *Études* de Jacques Blanche, de fines décorations de Bonnard, le *Portrait de Mme L*** et de ses enfants* de Caro-Delvaille, deux Claude Monet de premier ordre, *Le Sillon d'Achille* de Cormon, un merveilleux Renoir qui appartient à Mlle Dieterle, trois tableaux de Charles Cottet, un Degas merveilleux, la *Femme au tub,* un *Le Village à l'automne* d'Henri Martin, un panneau décoratif de M. Desvallières, un important envoi d'Édouard Detaille, *Grenadiers de la Garde de Rezonville* (16 août 1870), fragment de panorama, les intérieurs d'église de M. Subatté, deux études pénétrantes de Forain, et les envois de Dethomas, Mlle Dufau, G. d'Espagnat, Francis Jourdain, Charles Guérin, Jeanniot, Laprade, Gaston La Touche, Lebasque, Louis Legrand, Le Sidaner, Manzana-Pissarro, Maurice Denis, René Ménard, Gaston Prunier, K.-X. Roussel, *Les Menhirs* de Lucien Simon, Steinlen, Vuillard, *C'est le mois de Marie, c'est le mois le plus beau,* charmant panneau de Willette appartenant à M. le curé de Saint-Ferdinand-des-Ternes, etc., etc.

Parmi les ouvrages intéressants de sculpture on remarquera un buste de Mme Besnard, le *Faucheur* de Bouchard, le *Victor Hugo* et les belles études de Jean Boucher, le beau *Portrait du Dr W**** par Despiau, la *Charmeuse de paons* par Landowski.

(*L'Intransigeant,* 30 juin.)

LA VIE ARTISTIQUE

GUSTAW GWOZDECKI

Il ne faut pas s'attarder outre mesure aux truculences colorées de Gustaw Gwozdecki. Elles ne sont pas chez lui que le signe de la liberté esthétique qui s'oppose à cet académisme international, avec quoi les Italiens de la décadence ont enchaîné les arts.

Cette dramatisation enluminée des formes lui ouvre une voie nouvelle qui le mènera tout droit au lyrisme de la composition.

Maître de sa matière, Gustaw Gwozdecki qui sait, quand il le veut, être maître de son dessin, a produit jusqu'à maintenant des paysages harmonieux dans les difficiles tons gris qui, mieux peut-être que ses œuvres plus achevées, sont le gage de son avenir.

Ses natures mortes et ses nus décoratifs ont le mérite d'un coloris personnel et l'éclat parfois savoureusement barbare de ses toiles se résout toujours dans une harmonie rare et pleine de sensualité.

J'ai vu de Gwozdecki de singuliers dessins où le raffinement s'alliait à une science certaine digne des grandes époques de l'art et tels peintres de vases grecs, comme Douris par exemple, ont envié l'imagination pénétrante et l'adresse digne du jeune artiste qui nous occupe. Comme sculpteur, Gwozdecki a produit un petit nombre de bustes expressifs d'une plastique puissante et savoureuse que la pleine lumière ne rapetisse point.

Peu de gens jeunes, parmi les artistes étrangers, sont aujourd'hui aussi bien doués et bien peu surtout connaissent cette mesure qui est l'apanage des grands artistes.

Gwozdecki peut aborder maintenant la grande composition, pour exprimer le drame où se mêlent l'univers, l'humanité et l'individu.

Après tant d'analyses neuves et héroïques, j'attends maintenant une synthèse psychologique et plastique. L'art de Gwozdecki depuis ses premières tentatives jusqu'à ses œuvres actuelles a été constamment éloigné de l'imagerie, de l'anecdote, aussi bien que de l'allégorie et contient ainsi la promesse d'un art qu'animent à la fois la réalité et l'imagination, la vie et l'intelligence.

(*L'Intransigeant,* 3 juillet.)

EXOTISME ET ETHNOGRAPHIE

Les collectionneurs et les curieux remplissent véritablement en France ce rôle de connaisseurs que la Constitution semble avoir dévolu à l'Administration des beaux-arts. C'est ainsi que quelques amateurs, tels que M. Guillaume, dont le nom est à retenir pour qui veut être au courant des annales de la curiosité, se sont mis à recueillir les sculptures et en général toutes les œuvres d'art de ces peuplades africaines ou océaniennes que l'on est convenu d'appeler sauvages.

Jusqu'ici, on ne recueillait ces objets qu'en vue de l'intérêt ethnographique qu'ils inspiraient. Aujourd'hui, les amateurs les recueillent déjà avec le respect que l'on n'avait encore accordé qu'aux œuvres artistiques de peuples dits supérieurs de la Grèce, de l'Égypte, de l'Inde, de la Chine.

Pourtant, l'État ne voit encore en tels ouvrages, dont la beauté est reconnue maintenant par un grand nombre d'Européens, que de grossiers fétiches, témoignages grotesques de superstitions ridicules.

Le musée du Trocadéro, qui contient un grand nombre de chefs-d'œuvre des artistes africains ou océaniens, est presque complètement abandonné par l'administration dont il relève. Ouvert trois fois par semaine seulement, il n'a pas de gardiens et des gardes municipaux y montent la faction. Les collections sont mêlées de façon à satisfaire la curiosité ethnique et non le sentiment esthétique.

Et cependant, il y a là quelques œuvres d'art de premier ordre, et tout particulièrement cette perle de la collection dahoméenne : la grande statue en fer représentant le dieu de la guerre, qui est, sans aucun doute, l'objet d'art le plus imprévu et un des plus gracieux qu'il y ait à Paris.

L'école de la Flora[1], fondée par le poète Lucien Rolmer, et dont le but est de cultiver l'art gracieux, tirerait un notable profit de la contemplation du dieu de la guerre dahoméen.

La figure humaine a certainement inspiré cette œuvre singulière. Et toutefois, aucun des éléments qui la composent, invention cocasse et profonde — ainsi qu'une page de Rabelais —, ne ressemble à un détail de corps humain. L'artiste nègre était évidemment un créateur.

Je suis sûr que cette divinité surprenante est encore presque ignorée des Parisiens. Le musée du Trocadéro n'est guère fréquenté que le dimanche et n'y vont que les militaires en congé et les bonnes d'enfant en balade.

On ne connaît pas non plus ces délicats tombeaux maoris dont la décoration rappelle les coquillages et les plantes marines et les rares sculptures de l'île de Pâques, qui sont peut-être tout ce qui reste des civilisations préantiques de l'Atlantide, dont le musée du Trocadéro possède de précieux spécimens.

Quant à augmenter ses collections d'art exotique, l'État n'y songe guère. Et tandis que les conservateurs des musées allemands, ceux des musées anglais — disposant de crédits importants — achètent partout et même en France tout ce qu'ils peuvent d'ouvrages dus à l'ingéniosité naturelle des Africains et des Australiens, il n'y a même pas au Trocadéro une collection intéressante relative à l'art si particulier des indigènes de Madagascar. Il en va de même de ces œuvres raffinées dues aux forgerons de l'Afrique équatoriale; on semble les avoir totalement négligées. Il faut cependant ne pas se le dissimuler : l'intérêt qu'excite l'art nègre se développe chaque jour. Tel fétiche de l'Afrique centrale indique une esthétique qui n'est pas fort éloignée de celle des anciens habitants de l'Égypte. Et même dans les œuvres modernes, on découvre ce sentiment exquis des proportions que connaissent si peu d'artistes européens.

Il semble qu'il soit temps pour l'État de se préoccuper de cette situation. Les prix augmentent chaque jour. On recherche particulièrement les œuvres d'art de la Guinée et celles des îles Marquises et M. Guillaume s'intéresse aussi aux œuvres d'art des peuplades de l'Alaska.

Les fétiches qui se vendaient un louis il y a cinq ou six ans sont regardés aujourd'hui comme des objets extrêmement précieux, et les marchands eux-mêmes n'hésitent pas à les payer plusieurs milliers de francs. Il est encore temps pour la France, dont les colonies si variées sont presque toutes riches en œuvres d'art, de sauver les restes de ces civilisations exotiques. Le musée ethnographique du Trocadéro mériterait d'être développé et non pas seulement au point de vue ethnographique, mais surtout au point de vue de l'art. Il devrait encore être agrandi, de façon à ce que les statues et les autres œuvres d'art ne fussent pas entassées pêle-mêle dans les vitrines, parmi les ustensiles de ménage et les défroques sans intérêt artistique.

On pourrait même faire plus et il n'y a pas de raison pour qu'on ne fonde pas un grand musée d'art exotique, qui serait à cet art ce que le Louvre est à l'art européen. On y transporterait tout d'abord la section d'art d'Extrême-Orient qui se trouve au Louvre. On y mettrait encore les différentes œuvres d'art qui ornent le musée du Trocadéro. Les administrations des diverses colonies seraient chargées de pourvoir à l'enrichissement de ce musée, qui ne tarderait pas à devenir un des monuments les plus utiles à la civilisation.

Le musée du Trocadéro, dégagé des œuvres d'art qui l'encombrent, pourrait alors enrichir ses collections purement ethnographiques; car c'est pitié de voir que dans la salle consacrée aux provinces françaises, des collections, si bien commencées, n'ont jamais été continuées depuis le jour de leur installation. La seule nouveauté — encore l'a-t-on reléguée au haut d'un escalier — provient d'un don et consiste dans la réunion de petits objets de bazar tels que broches, bagues en toc, chapelets, etc. La pipe — surtout la pipe en terre — qui n'a pas cessé de conserver une ornementation artistique, n'est pas représentée au musée ethnographique du Trocadéro. C'est un comble!

Le vide est facile à remplir et je ne doute point que les principales fabriques de pipes, dont quelques modèles ont un caractère plaisant ou ingénieusement grotesque, dont d'autres sont des portraits de grands hommes, ne donnent volontiers au musée des râteliers garnis de pipes à faire pâlir tous les gabiers d'artimon.

La réforme du musée du Trocadéro s'impose. Il faudrait séparer de l'ethnographie les objets dont le caractère est surtout artistique et qui devraient être mis dans un autre musée. Quant aux collections ethnographiques, il serait fort utile qu'on les développât. Et en ce qui concerne la France, un nouveau musée pourrait devenir le conservatoire des us et coutumes nationales. La salle des provinces françaises du Trocadéro formerait la base de ce musée.

Le Trocadéro pourrait aussi être consacré entièrement à l'ethnographie des colonies et de l'étranger. On le pourvoirait également de gardiens et on l'ouvrirait aux mêmes jours que les autres musées.

Nous voici loin de M. Guillaume et des autres collectionneurs d'art nègre.

Leur nombre augmente chaque jour, et la plupart d'entre eux deviennent des fanatiques. Beaucoup sont eux-mêmes des artistes, et l'on a déjà signalé l'influence que les fétiches des sauvages avaient exercée sur l'art contemporain.

(*Paris-Journal,* 10 septembre.)

DEMAIN A LIEU LE VERNISSAGE DU SALON D'AUTOMNE

UN COUP D'ŒIL D'ENSEMBLE AVANT L'INAUGURATION

Le vernissage du Salon d'automne aura lieu demain lundi. Il n'a pas cette année cet aspect de champ de bataille qu'il avait en 1907, en 1908 et l'an dernier. Henri Matisse, Van Dongen, Friesz, admis maintenant par le grand public, occupent les places d'honneur des salles où ils sont. Défendus et admirés par beaucoup d'élèves de l'École des beaux-arts, ils souriraient sans doute si on les appelait encore des fauves, car ils sont bien apprivoisés.

À vrai dire, Van Dongen avait tenté un petit scandale, mais on le lui a évité malgré lui en n'exposant pas la toile qui aurait pu choquer quelques provinciaux. Les cubistes massés au bout de la Rétrospective de portraits, dans une salle sombre, ne sont plus moqués comme l'an dernier. Maintenant, ils suscitent des haines. Ils se préparent à leur exposition d'ensemble : «La Section d'or», dont le vernissage aura lieu le 10 octobre.

L'intérêt du Salon d'automne, qui cette année manque un peu d'accent, se concentre dans l'exposition de portraits du XIXe siècle, intéressante au premier chef, mais pleine de lacunes qu'on aurait dû combler. Les jeunes artistes qui visitaient hier les salles regrettaient tout particulièrement l'absence de David, d'Ingres et de Prud'hon. Par contre, nos artistes vivants, à quelque Salon qu'ils appartiennent, sont très bien représentés. Voici Bonnat, Carolus-Duran, Albert Besnard, Renoir, Degas, Jacques Blanche, Hermann-Paul, Charles Guérin, Lebasque, Bonnard. Il y a aussi des Cézanne, un Fantin-Latour de tout premier ordre et un portrait de femme par Vallotton, qui fait regretter que l'artiste ait un peu changé sa manière.

Le clou véritable du Salon d'automne de 1912 sera constitué par les ensembles d'art décoratif qui se trouvent au rez-de-chaussée et au premier étage. Malheureusement on ne saurait encore en parler, parce que MM. les décorateurs ne sont pas prêts. M. André Mare seul sera sans doute prêt demain. Mais on peut dire de ces ensembles décoratifs, d'après le peu qu'on en a pu voir, qu'ils sont élégants, simples et de bon goût. Le sens du confortable que n'avaient point ceux qui avaient conçu l'Art nouveau, nos jeunes décorateurs l'ont retrouvé. Je crois que le public sera vivement frappé par les progrès accomplis cette année dans l'art domestique.

(*L'Intransigeant,* 30 septembre.)

VERNISSAGE
L'INAUGURATION DU SALON D'AUTOMNE

UN PETIT INCIDENT AU GRAND PALAIS

Aujourd'hui, vernissage du Salon d'automne. MM. les décorateurs travaillent. Leurs ensembles ne sont pas prêts.

À 10 heures, M. Guist'hau, ministre de l'Instruction publique, arrive au Grand Palais. M. Frantz Jourdain, président de la Société du Salon d'automne, le reçoit, entouré des vice-présidents, des présidents de sections et des membres du comité. Et la visite des salles commence aussitôt.

La saison parisienne s'ouvre ; elle battra son plein dans quelques semaines. En effet, le Tout-Paris des expositions artistiques est là ; dans la foule élégante qui envahit les salles à la suite du ministre, on remarque les notabilités du monde des arts et aussi les habitués et les habituées des vernissages.

Parmi les assistants, le compositeur Debussy, MM. Théodore Duret, Paul Fort, Ernest La Jeunesse, Rouché, directeur du théâtre des Arts, etc.

Un petit incident a eu lieu ce matin. Quelques peintres cubistes ont pris à partie un de nos confrères, M. Vauxcelles, et l'ont copieusement injurié. Mais tout s'est borné à un échange de paroles vives[1].

★

On regarde le monument de Joseph Bernard, *Aux victimes de l'Inquisition,* et ses différents envois : *L'Étreinte,* le *Portrait du poète André Rivoire,* etc.

Pour la peinture, il n'y a pas de groupements nouveaux. Les tableaux des différentes tendances sont disséminés dans les salles et l'on n'a guère groupé que les cubistes. Ceux-ci forment, cette année encore, le groupe caractéristique du Salon d'automne. Cependant, ils n'ont guère été favorisés par le jury, et si la plupart d'entre eux n'avaient été sauvés, au repêchage, nous n'aurions pas, cette année, d'exposition cubiste. C'eût été dommage pour le Salon d'automne, qui est avant tout un Salon d'art moderne. À vrai dire, le jury n'est revenu sur ses premières décisions qu'à cause de l'importance qu'a prise en un an le groupe de ces jeunes peintres français. L'influence que cet art exerce déjà à l'étranger n'a pas échappé aux organisateurs du Salon d'automne.

Ensembles nouveaux réalisés, non plus avec les éléments de la réalité de vision, mais avec ceux plus purs de la réalité de conception, les œuvres cubistes se prêtent bien en détail à la critique, mais les tendances auxquelles elles obéissent me paraissent dignes d'intéresser ceux qui ont souci de l'avenir de l'art.

★

Une rapide promenade à travers les salles nous amène à remarquer une nerveuse statuette de M. Andreotti; de beaux paysages de M. Alexandre Altmann; un *Intérieur de café* de M. Arango; des sculptures délicates et pleines de promesses de M. Archipenko; des envois de M. Asselin; un beau buste de *M. Adrien Mithonard* par Jean Baffier; l'envoi plein d'accent de Mlle Bally; la *Neige à Versailles* de M. Barbier; les envois de M. Barwolf, de Mme Beaubois de Montoriol, de M. Blanchet, *La Terrasse* et *Le Pigeonnier,* œuvres intéressantes de Jacques-Émile Blot. Les quatre tableaux de Bonnard sont parmi les plus agréables qu'on puisse voir; il y a là de la grâce et de l'esprit; le double médaillon que Bourdelle consacre à commémorer deux grands écrivains bretons, *Édouard et Tristan Corbière,* a du caractère et de [la] noblesse.

Mentionnons les masques de la Comédie italienne exposés par M. Brunelleschi, les paysages sincères et forts de M. Camoin, les deux portraits de M. Auguste Chabaud qui paraît s'assagir, une toile pleine d'émotion de M. de Chamaillard, *Les Vieux Châtaigniers,* la *Liseuse* de Chapuy, quelques sites du Morvan, tels qu'ils ont provoqué l'émotion de M. Louis Charlot; les études de M. José de Charmoy me semblent plus plastiques que ses réalisations précédentes.

Je note les envois de Mlle Charmy, de Mme Chauchet-Guilleré; des paysages provençaux de M. Chenard-Huchet; les envois de M. Jean Crotti, de Mlle Dannenberg, une *Image en couleurs* de M. Georges Delaw, une esquisse séduisante de M. Dethomas, la *Baigneuse* et le *Jeune berger jouant de la flûte* de M. Henri Déziré, les marines de Diriks, une toile exaltée et incompréhensible de M. Van Dongen, *Aux marins, aux voyageurs et aux saltimbanques,* un paysage vénitien de M. Dufrénoy, une intéressante *Étude de tête* de M. Pierre Dumont, des paysages sans maniérisme de M. Dunoyer de Segonzac, peintre d'une âpre franchise.

Le *Portrait de don Cayetano Cervirez,* par Echevarria, est un des bons morceaux de ce Salon. Il y a dans cette œuvre de l'audace et de la maîtrise. On regardera les portraits de

M. Georges d'Espagnat, une délicate et singulière aquarelle de M. Fauconnet : *Napoléon à Sainte-Hélène ;* de puissantes vues d'Italie par M. Fiebig ; l'envoi important de Fornerod ; les *Baigneurs* et le *Joueur de cartes* de M. R. de La Fresnaye, qui a fait un effort intéressant ; *Les Femmes à la fontaine* de M. Othon Friesz qui rapporte du Portugal de neuves visions de nature ; deux peintures de Mlle Galard ; les fleurs de Mme Galtier-Boissière ; *Les Trois Grâces* de Girieud.

(*L'Intransigeant*, 1er octobre.)

LE SALON D'AUTOMNE

SUITE DE LA PROMENADE À TRAVERS LES SALLES DE PEINTURE

Les œuvres intéressantes exposées par des femmes ne manquent point cette année. J'en ai déjà mentionné quelques-unes et toute la presse a enregistré le succès obtenu et mérité par Mme Marval. Voilà encore des esquisses agréables de Mme Geneviève Granger et de curieux projets de carrelages par Mme Rosa Riera.

M. Gropeano expose des scènes de vie populaire vues avec justesse. Je note les envois importants de M. Charles Guérin, les *Baigneuses* de M. Guéroult, le *Pot vert* de M. Gwozdecki, un joli buste de femme par Halou, l'envoi remarquable d'Henri Matisse, des études d'Hermann-Paul, une neuve vision de Normandie par H.-G. Ibels, *Le Jardin d'orangers* par Jaulmes, une sévère et pénétrante eau-forte de Louis Marcoussis, les paysages originaux et chatoyants de Francis Jourdain, la *Danseuse* de Jean Metzinger, œuvre d'une poésie singulière et prenante, le *Nègre aux gants jaunes* de Kars, le *Fumeur* paisible du peintre-poète Tristan Klingsor, les monotypes de Mlle Krouglicoff, les bois bien gravés et dans un sentiment très moderne par Laboureur, le beau bloc de bois où Georges Lacombe a sculpté le portrait d'Antoine, roi d'Odéonie, les *Pantins,* œuvre de sensibilité par Laprade, les plein air de Léon de La Quintinie, les paysages fabuleux de La Villéon.

Les deux grands tableaux de Picabia, ensembles nouveaux très bien peints par un artiste qui s'est longtemps cherché et qui connaît son art, le *Jugement de Pâris,* œuvre un peu hésitante d'André Lhote, les *Fleurs* dans la brume de Mme Lisbeth Delvolvé-Carrière, les *Montagnards attaqués par un ours,* œuvre très importante de Le Fauconnier, la *Fortunia,* de Lombard, les gracieux paysages de M. Madeline, les sites d'Italie de Mainssieux, *L'Homme au balcon* où se manifeste l'énorme progrès accompli depuis l'an dernier par Albert Gleizes. Voici l'envoi de Marcel Lenoir dont les intentions symboliques sont élevées, *Les Nymphes de la Seine* peintes dans un sentiment très moderne par Luc-Albert Moreau, les impressions marocaines de Morerod et de Morrice, *La Femme en bleu,* œuvre dont le charme très prenant n'est pas mesquin, œuvre de peintre par Fernand Léger, un bronze qui rappelle les œuvres de la Renaissance : le *Jongleur* par Nadelman, *La Vague,* un beau marbre de Niederhausern-Rodo, l'envoi d'Henry Ottmann, les compositions de M. de Rzecki, deux belles études de femme par M. Malherbe, la vallée du Rhône par Paviot, les aquarelles de Gabowski, des dessins de Picard-Ledoux, des vues du Roussillon par R. Pichot, des sites dénudés de banlieue par Fernand Piet, les paysages de Rubezak, un bronze, tête de vieille femme, par Quillivic; le *Ballet d'Armide* de Richard Ranft, les paysages de Ricardo Florès, de jolies gouaches de Roubille, les sites montagnards de Roustan, de charmantes études de Mme Séailles, les impressions algériennes de Suréda, *Les Poupées* de Synave, une miniature délicate de Mme Van Bever de La Quintinie.

(*L'Intransigeant,* 2 octobre.)

LE SALON D'AUTOMNE

FIN DE LA PROMENADE AU GRAND PALAIS

Bientôt tous les ensembles décoratifs seront prêts. Ceux qui étaient achevés hier et avant-hier attiraient la curiosité sympathique du public. Déjà, on parle d'un style nouveau qui se rattache aux traditions. Il est en tout cas certain que cette exposition fera complètement oublier cet art munichois dont *L'Intransigeant* fut presque seul à signaler le mauvais goût.

Terminons la visite chez les peintres. Verdilhan expose d'éclatantes vues de Provence. Marchand se pose en précurseur des futuristes. Je signale encore les violentes impressions d'Île-de-France et d'Angleterre par Maurice de Vlaminck, le dessin étrange de Marcel Duchamp, la nature morte pleine de nouveautés de Jacques Villon, etc.

PORTRAITS DU XIXe SIÈCLE

Organisée par MM. Denys Cochin, Hermann-Paul, Koechlin, J. Mayer, de Monfreid, Moreau-Nélaton, C. Murat et Rouché, cette rétrospective, malgré de regrettables lacunes, a rencontré un véritable succès auprès du public qui, en dehors de la qualité même des œuvres exposées, s'intéresse toujours aux portraits. On a plus particulièrement regardé les deux portraits de femme par Renoir, purs chefs-d'œuvre, l'admirable *Portrait de famille* d'Albert Besnard, le Degas, d'un art aussi pénétrant que celui d'Holbein, les trois sobres peintures de M. Jacques Blanche, le *Portrait de Rachel* par Amaury-Duval, les deux bronzes de Jean Baffier, les tableaux d'Aman-Jean, les jeunes filles de Baignères, les deux beaux portraits de Paul Baudry, *L'Impératrice Eugénie* de Bovy, le *Portrait de Mlle Marthe Régnier* par Boldini, les portraits féminins de Pierre Bonnard, le *Carpeaux* de Bourdelle, l'élégant portrait d'homme par Bernard Boutet de Monvel, un *Portrait de jeune femme en noir* par Mlle de Boznanska, le *Portrait de Goncourt* par Bracquemond, deux portraits féminins par Louise-Catherine Breslau, les portraits de la baronne de Bourgoing qui fut la petite doyenne de la Comédie-Française par Cabanel, le *Barbey d'Aurevilly* par Carolus-Duran, l'*Alphonse Daudet* d'Eugène Carrière, trois Cézanne qui ne sont pas tous de la même qualité, le célèbre *Portrait de Renan* par Bonnat, un très noble Chassériau, le *Portrait de Lucien Simon* par Charles Cottet, deux admirables figures de Corot, le *Jules Vallès* et le *Léon Cladel* de Gustave Courbet, le *François Coppée* d'Henry Cross, le *Berlioz* très romantique de

Daumier, le *Portrait de George Sand* par Delacroix, trois Élie Delaunay, une sculpture délicieuse de Despiau, un buste de Desbois, les portraits délicats de Maurice Denis, d'inquiètes peintures de Georges Desvallières, le *Rodin* de Falguière, le *Mes deux sœurs* de Fantin-Latour, œuvre merveilleusement inspirée, trois beaux Gauguin, *La Duchesse de Crillon,* portrait plein de fraîcheur, par le baron Gérard, le *Delacroix* de Géricault, un Goya, le beau *Portrait du peintre Salomé* par Henner, une *Femme blonde* par Charles Guérin, le *Cézanne* d'Hermann-Paul, deux superbes portraits de Lebasque, le beau bronze d'Aristide Maillol, *Portrait du peintre Terrus,* deux Manet où l'on voit bien qu'il fut le peintre le plus moderne qui ait jamais existé, le charmant *Portrait de Mme Marval* par elle-même, trois Millet, de bons Monticelli, le *Portrait de Cézanne* par Camille Pissarro, deux Puvis de Chavannes, deux Raffaëlli dont l'un ira au Luxembourg, le beau *Portrait de Mme Szarvady* par Ricard, deux bronzes de Lucien Schnegg, dont l'influence sur la jeune sculpture fut bienfaisante, le *Portrait de M. Aman-Jean* par Seurat, trois Toulouse-Lautrec, orgueilleux et impitoyables, deux sculptures de Paul Troubetzkoï, un très beau portrait de femme par Vallotton, *Le Père Tanguy,* curieuse effigie que fit Van Gogh d'un marchand de tableaux dont l'histoire sera sans doute racontée un jour par M. Octave Mirbeau à qui appartient le tableau, un Whistler, deux Vuillard délicats et le *Verlaine* de Vibert.

L'exposition rétrospective des œuvres d'Albert Braut comprend la plus grande partie de l'œuvre peinte par cet artiste sensible, raffiné et souvent mélancolique.

À l'Exposition du livre, organisée par M. Paul Gallimard, on remarque les ouvrages exposés par M. F. Bernouard, éditeur et poète; les ouvrages d'une exécution typographique parfaite publiés par M. Crès; les éditions de L'Indépendant qui comprennent les belles et pures illustrations d'Angel pour le *Jubilé de Jeanne d'Arc* par Maurice Barrès et la lithographie de Charles Lacoste pour *Un pauvre* de Francis Jammes; les éditions de Marzi, de Pelletan, etc., etc.

(*L'Intransigeant,* 3 octobre.)

LA VIE ARTISTIQUE

« ENSEMBLES » DE CAPPIELLO

Leonetto Cappiello a rénové l'art de l'affiche. Il a peuplé les rues de petits génies industriels qui, prestes, éclatants de lumières versicolores, annoncent aux passants les mérites des produits dont son talent a su dégager les éléments artistiques.

Cappiello, qui n'avait pas craint de contribuer à la décoration de la rue, était tout désigné pour aborder l'art décoratif intérieur. Il convie le public à venir admirer la *Salle de thé,* la *Salle de lecture* et le *Fumoir* qu'il a conçus et exécutés pour un grand magasin[1]. Les grands magasins sont-ils autres qu'une annexe de la rue ?

Cappiello a réussi au-delà de tout ce que l'on pouvait imaginer. Ses ensembles, joyeusement colorés, gracieusement découpés, délicatement assemblés, sont merveilleusement modernes, où l'on aimera tout, où l'on admirera tout, depuis le vitrail du *Fumoir,* aux lustres du *Salon de lecture,* aux tapis, au kiosque, aux verrières, aux costumes des serveuses de la *Salle de thé.*

Il faut aller voir ces « ensembles » — comme on dit maintenant — il faut aller voir les salles décorées par Cappiello dans un grand magasin de la rive droite.

(*L'Intransigeant,* 8 octobre.)

JEUNES PEINTRES NE VOUS FRAPPEZ PAS !

Quelques jeunes gens, écrivains d'art, peintres, poètes, se réunissent pour défendre leur idéal plastique, c'est l'idéal même.

Le titre qu'ils donnent à leur publication : *La Section d'or,* indique assez qu'ils ne se croient pas isolés dans l'art et qu'ils se rattachent à la grande tradition. Il se trouve qu'elle n'est pas celle de la plupart des écrivains d'art populaires de notre temps. C'est tant pis pour ces écrivains d'art.

Quelques-uns d'entre eux, pour donner du poids à leur légèreté, n'ont pas hésité à demander que leurs opinions entraînassent des sanctions pénales contre les artistes dont ils n'aiment point les œuvres.

La passion aveugle ces pauvres gens. Pardonnons-leur car ils ne savent pas ce qu'ils disent. C'est au nom de la nature que l'on tente d'accabler les peintres nouveaux.

On se demande ce que la nature peut avoir de commun avec les productions de cet art dégénéré que défend la citadelle de la rue Bonaparte[1] ou avec les peintures des piètres héritiers des maîtres impressionnistes.

Bien plutôt ramèneraient à l'étude de la nature les sévères investigations des jeunes maîtres qui, avec un courage admirable, ont relevé le nom burlesque sous lequel on avait voulu les ridiculiser.

Les cubistes, à quelque tendance qu'ils appartiennent, apparaissent à tous ceux qui ont souci de l'avenir de l'art comme les artistes les plus sérieux et les plus intéressants de notre époque.

Et à ceux qui voudraient nier une vérité aussi évidente, on répond que si ces peintres n'ont point de talent, que si leur art est indigne d'être admiré, ceux qui font métier de guider le goût du public n'ont pas à s'en occuper.

Pourquoi tant de colères, messieurs les censeurs ?

Les cubistes ne vous intéressent-ils point ? Ne vous y intéressez donc point. Mais voilà des cris, des grincements de dents, des appels au gouvernement.

Tant de fiel entre-t-il au cœur des critiques d'art, cette violence, ces lamentations prouvent la vitalité de la *nouvelle peinture* et les œuvres qu'elle produit feront l'admiration des siècles, tandis que les pauvres détracteurs de l'art français contemporain seront vite oubliés.

Il ne faut pas oublier que l'on a tiré des coups de feu sur Victor Hugo. Sa gloire n'en fut point diminuée. Au contraire.

(*Bulletin de la Section d'or*, 9 octobre.)

À LA SECTION D'OR

C'EST CE SOIR QUE LES CUBISTES INAUGURENT LEUR EXPOSITION

On est à la Section d'or, ce nouveau Salon qui a pris son nom à l'ancienne Mesure de beauté et dont le vernissage aura lieu ce soir de 9 heures à minuit. Par intrigues ou autrement quelques jeunes femmes élégantes ont pu pénétrer dans la salle de la rue La Boétie pendant l'accrochage. Les peintres dirigent les ouvriers qui accrochent. Papotages.

LOUISE, *qui se flatte de comprendre le cubisme* : Ma foi ! Je pensais que c'était bien plus difficile à comprendre.

GERMAINE : Je n'y comprends rien, mais il y a des couleurs, des lignes qui me plaisent.

LOUISE : Voilà une bonne façon de comprendre. Ces tableaux éveillent en toi des sentiments esthétiques comme fait la musique. C'est quelque chose.

MARCELLE : Évidemment, mais tout le monde dit que ces peintres sont des fumistes et qu'ils se moquent du public.

LOUISE : Si c'était vrai, ce serait fort extraordinaire, car dans l'histoire des arts on ne signale pas un seul cas de supercherie collective. Ce fait qui se produirait pour la première fois mériterait qu'on s'y intéressât.

MARCELLE : D'accord. Ainsi d'après toi, il s'agirait ici d'une sorte de musique plastique, d'un art mystique au suprême degré.

LOUISE : Je ne dis pas cela. Chacun de ces peintres a sa tendance. Les uns sont réalistes et les autres mystiques. Mais comme ils se préoccupent tous du rythme de leurs tableaux on peut se laisser aller à ce qu'il y a de musical dans leurs compositions.

MARCELLE : Après tout, c'est possible. Mais je préfère m'en tenir à mes anciennes admirations. J'aime les maîtres des grandes époques de la peinture et par-dessus tout j'aime les impressionnistes, qui sont pour moi les maîtres de la peinture moderne.

LOUISE : C'est entendu. Mais, pour moi, ces jeunes peintres français forment la suite naturelle des impressionnistes et on a tort de les confondre avec les futuristes.

GERMAINE : Je voudrais bien connaître les noms de ces peintres qui m'étonnent et m'inquiètent encore un peu.

LOUISE : Voilà Metzinger dont l'art est raffiné, Juan Gris, le démon de la logique, Albert Gleizes, qui a fait de grands progrès, Marcel Duchamp qui est inquiétant, Jacques Villon qui essaye de se dégager de quelques formules artistiques, Dumont dont l'effort m'intéresse, Valensi qui essaye d'exprimer le charme de belles villes méditerranéennes, R. de La Fresnaye dont le talent se précise, Marcoussis qui est très moderne, Picabia dont les compositions ont un lyrisme très puissant, Léger dont les tableaux ont de belles couleurs...

MARCELLE : Je crois, ma chère Louise, que tu te moques de nous. Je ne vois dans tout cela qu'un chaos de formes et de couleurs absolument incompréhensible.

LOUISE : Le grec est aussi incompréhensible pour toi que ces tableaux. Il y a cependant des gens qui entendent le grec comme je comprends ces tableaux.

MARCELLE : Ce n'est pas la même chose. Mais avoue donc que ces peintres se moquent trop du public...

La discussion continue pendant qu'elles s'en vont.

Pour notation conforme :
GUILLAUME APOLLINAIRE.

(*L'Intransigeant*, 10 octobre.)

LE FUTURISME

Le futurisme est, à mon sens, une imitation italienne des deux écoles de peinture française qui se sont succédé dans les dernières années : les fauves et les cubistes. J'ai moi-même fait connaître à M. Marinetti qui fut le premier théoricien de la peinture futuriste les œuvres des nouveaux peintres français et j'ai raconté dans le *Mercure de France* la visite des peintres futuristes Boccioni et Severini à l'atelier de Picasso[1].

Ni Boccioni ni Severini ne sont sans talent. Toutefois, ils n'ont pas bien compris la peinture des cubistes et leurs méprises leur ont fait instaurer en Italie une sorte d'art de la dispersion, art populaire et tapageur.

Les éléments avec lesquels ils veulent peindre la réalité conçue, les futuristes les empruntent à la réalité de vision, si bien que pour figurer un objet ils en représentent les différents aspects, comme ont fait quelquefois les images populaires et, tandis que les cubistes groupent les différentes idées qu'ils ont d'un objet, afin de provoquer une seule émotion, les futuristes, qui ne pensent pas à tenir compte de la durée, voudraient provoquer autant d'émotions qu'ils se font d'idées d'un seul objet.

Les cubistes peignent les objets non comme on les voit, mais comme on se les représente, et leur art est extrêmement lucide et pur.

Les futuristes qui dispersent dans une toile les différents aspects d'un objet et les nombreux sentiments que provoquent les aspects arrivent aisément à la confusion.

Une discipline rigoureuse régit l'art des cubistes. L'arbitraire est la règle de l'art futuriste en dépit des explications et des manifestes.

Les artistes futuristes soutenus par la caisse bien remplie du mouvement futuriste, dont le siège est à Milan, voient leurs affaires prospérer, tandis que la plupart des jeunes cubistes dont l'art est le plus noble et le plus élevé qui soit aujourd'hui, abandonnés de tous, moqués par la presse presque tout entière, végètent dans la demi-pauvreté quand ce n'est pas dans le dénuement le plus complet.

(*L'Intermédiaire des chercheurs et des curieux*,
10 octobre.)

«LE FUTURISME N'EST PAS SANS IMPORTANCE...»

Le futurisme n'est pas sans importance et ses manifestes rédigés en français n'ont pas été sans influence sur la terminologie qu'on emploie aujourd'hui parmi les peintres les plus nouveaux. Au point de vue artistique il est un témoignage de l'action exercée dans le monde entier par la peinture française depuis Cézanne et par les cubistes. Son activité personnelle s'est exercée presque parallèlement à celle des peintres français qui ont inauguré ce que l'on appelle aujourd'hui l'orphisme[1]. L'influence ici semble avoir été réciproque, mais on peut dire sans se tromper que celle du futurisme n'est rien en comparaison de ce qu'il doit lui-même aux nouveaux peintres français. C'est ainsi que si l'on peut dire que le langage de Delaunay emprunte plusieurs termes aux manifestes futuristes, ses *Tours* et son *Manège* ont précédé les dislocations, les interformes et le dynamisme des futuristes. Ceci n'entame point le talent et les efforts d'un peintre comme Severini, ni les spéculations plastiques de Boccioni qu'ils seraient dans l'erreur si une vanité mal comprise les poussait à vouloir prendre le pas avant les peintres français dont ils procèdent ou qui travaillent parallèlement à eux. Je ne crois pas qu'un autre peintre futuriste que Severini (le pan-pan à Monico) [ait] encore donné un ouvrage qui puisse aller de pair avec les œuvres importantes des peintres français.

Il ne faut point s'étonner de voir le futurisme s'efforcer d'englober toutes les nouveautés qui paraissent dans le monde moderne : c'est là sa raison d'être. Cependant son nationalisme italien (panitalianisme) le tient vraiment trop à l'écart. On ne peut l'admettre que dans la mesure où il synthétiserait de bonne foi les efforts des autres nations. Les efforts artistiques de la France moderne donnent aujourd'hui le ton de même que ses efforts littéraires et scientifiques. Le futurisme doit les reconnaître et s'il le fait nulle part plus qu'ici je crois, on n'admettra l'utilité et la beauté de son apostolat moderne dont la France a fait pour ainsi dire tous les frais.

(Inédit.)

LA VIE ARTISTIQUE

ART CONTEMPORAIN

Il faut aller voir, rue de la Ville-l'Évêque, l'exposition d'art contemporain organisée dans les salons Manzi et Joyant. Ce n'est pas seulement une récréation pour les yeux, c'est encore une excellente préparation à un art plus pur.

Certes, l'agrément que l'on trouvera à visiter l'exposition actuelle de la rue de la Ville-l'Évêque n'est pas de même sorte que l'agrément apporté par l'exposition des maîtres impressionnistes qui eut lieu il y a quelques mois à la même galerie.

Néanmoins, le goût et l'instinct n'étant en France jamais en défaut, on goûtera pleinement la plupart des œuvres exposées et surtout les Odilon Redon, les portraits pénétrants et élégants de Vuillard, de beaux Desvallières, les Maurice Delcourt, Laprade, Puy, Flandrin, Manguin, Dufrénoy, les poétiques Guérin et Marquet, si simple, si précis, si ému. Voici encore le trésor — or, argent et pierreries — prestige surgi du pinceau délicat de Manzana-Pissarro, les céramiques de Méflay, les bronzes de Bourdelle, de Camille Desboix, d'Yvonne Serruys et surtout ceux de Maillol.

(*L'Intransigeant*, 16 octobre.)

LA VIE ARTISTIQUE

L'EXPOSITION DES DANDYS. NEL ARIÈS

Elle est d'actualité. Aujourd'hui, tout est dans le goût de la première moitié du siècle écoulé, mode et mobilier. Les dandys contemporains, les peintres, les poètes et leurs amies regarderont avec complaisance et non sans émotion les anciens costumes, habit bleu barbeau, pantalon de nankin, robe de chambre en soie jaune brochée, les chapeaux hauts de forme, les binocles et les lorgnons, les cravaches, les bijoux romantiques et fashionables de la collection de M. Henri Vever; les breloques-cachets ou «clé-clés», les bourses, les boîtes, les bonbonnières, les tabatières, les nécessaires, les trousses à rasoir, les pistolets, les meubles, les pendules, etc. À ces objets de haute curiosité, MM. Jacques Boulenger et Henri Clouzot, qui ont organisé l'exposition, ont joint des gravures, des lithographies, des aquarelles, des dessins de Gavarni, de Guys (*La Sortie de chez Tortoni*), d'Eugène Lami, de Victor Adam, de Devéria, d'Henri Monnier, des gravures de modes, des programmes, des reliures à la cathédrale, des livres : *Instruction sur la manière de se bien raser et d'entretenir ses rasoirs*, *L'Art de payer ses dettes*, par Marco de Saint-Hilaire (imprimé chez Balzac); *L'Art de mettre sa cravate de mille et une manières*, *L'Art de fumer et de priser sans déplaire aux belles*, etc.

On verra encore à la galerie Devambez des autographes de Barbey d'Aurevilly, de Roger de Beauvoir, d'Alfred de Musset, de Lord Seymour, de Nestor Roqueplan, etc.; une *Quittance signée du comte d'Orsay pour le Prix Royal remporté par sa jument Malvina, 5 septembre 1830*, et des cartes de visite de Dumas père (gravé sur carton rose gaufré), de Félix Arvers, de Nanteuil (écrite), d'Isabey, de Nodier, etc.

À la galerie Georges-Petit, M. Nel Ariès expose des aquarelles et des pastels dont on aimera le sentiment délicat, le coloris agréable, l'expression adroite et le charme très prenant.

M. Nel Ariès est un artiste consciencieux dont je goûte l'art et l'inspiration.

(*L'Intransigeant*, 8 novembre.)

LA VIE ARTISTIQUE

DÉZIRÉ. LE DOUANIER ROUSSEAU

À la galerie Druet, M. Déziré expose une partie importante de son œuvre. Ses pastorales un peu froides — blanc et vert —, ses divinités passablement exsangues, comme il convient à des personnages mythologiques, toucheront moins qu'une certaine bonhomie, une certaine fraîcheur qui donne un grand prix aux ouvrages de Déziré. Ce que j'aime en cet artiste, ce n'est ni le coloris, ni la composition, mais cette paix que ses tableaux communiquent à ceux qui les regardent. Âme délicate et tendre. On cite toujours Virgile à son propos, et l'on a raison.

★

À la galerie Bernheim, une trentaine de toiles du Douanier sollicitent l'attention. Aujourd'hui, que de grands collectionneurs, aussi bien en France qu'à l'étranger, se sont mis à ramasser ses ouvrages. On dit d'Henri Rousseau : «le Douanier», comme de La Fontaine on disait : «le Bonhomme».

J'ai beaucoup connu le bonhomme de Plaisance et j'ai été l'un des premiers à en parler avec sympathie dans ce journal même.

Le voici aujourd'hui entré dans le paradis des galeries illustres, en attendant les musées.

On ne manquera pas de dire que la destinée est injuste, qui réserve à un artiste durant sa vie toutes les moqueries et tous les déboires et le couronne deux ans après sa mort, mais le bon Rousseau ne voulut jamais entendre aucune moquerie, tandis qu'il était fort sensible à un compliment. Il vécut ainsi dans un bonheur parfait et si un amour contrarié ne l'avait point tourmenté et fait mourir, nous le verrions, radieux, chanter de sa vieille voix cassée devant son chef-d'œuvre, la *Fête de l'Indépendance* :

Auprès de ma blonde,
Qu'il fait bon, fait bon, fait bon...

(*L'Intransigeant,* 14 novembre.)

LA VIE ARTISTIQUE

LOUIS BAUSIL

À la galerie Georges-Petit, le peintre Bausil expose un certain nombre de paysages frais, vivants, ensoleillés. Sites du Roussillon, printemps graves aux ombres mauves, belles atmosphères, cet art est franc, simple et clair. Bausil, qui se rattache aux meilleurs impressionnistes, a une sensibilité vraiment personnelle et poétique. Il est sans aucun doute un des bons paysagistes d'aujourd'hui, moins peut-être par la science que par l'inspiration qui doue ses petites compositions de cette limpidité analogue au mystère et qui fait le charme principal des chansons populaires.

Coloriste bien doué, Bausil se doit de cultiver un don si lumineux : je lui souhaite aussi d'entreprendre des compositions plus grandes que celles où il nous a montré jusqu'ici son beau talent. Son art, où il y a de la puissance et de la fermeté, gagnerait à s'épanouir plus librement.

(*L'Intransigeant*, 23 novembre[1].)

LA VIE ARTISTIQUE

LA GRAVURE SUR BOIS. ANDRÉ MÉTHEY. «LA JEUNE PEINTURE FRANÇAISE»

Au pavillon de Marsan, l'intéressante exposition de la gravure sur bois met en avant les noms de Jacques Beltrand, de Laboureur, graveurs audacieux, dignes d'illustrer les beaux livres, car les illustrations des beaux livres devraient toujours être des gravures sur bois. On y verra encore un ensemble important de Bernard Naudin et une exposition rétrospective de papiers peints gravés en bois. On a surtout admiré la décoration murale représentant *Renaud et Armide* et l'original se trouvant exposé avec la reproduction, on peut juger du fini et de la variété d'un métier que des efforts louables cherchent à régénérer.

À la galerie Hébrard, M. André Méthey expose de nouvelles céramiques. M. Méthey est le plus coloriste des potiers. Ses faïences, ses grès, ses porcelaines sont des merveilles de goût et de technique. On reverra ici son mur bleu turquin qui fut tant admiré au Salon d'automne.

André Salmon vient de publier dans la collection des Trente, un livre charmant, *La Jeune Peinture française*. Cet ouvrage spirituel et délicatement écrit contient beaucoup de renseignements utiles à ceux qui veulent connaître l'évolution des jeunes artistes en France. Un certain nombre d'idées exprimées ici sont les miennes et m'ont fait goûter entièrement ce livre. C'est ainsi que sur la peinture féminine contemporaine je m'exprimai naguère en termes presque semblables à ceux de Salmon. Des anecdotes divertissantes ajoutent à l'intérêt de ce livre qui est aussi bien imprimé qu'il est bien écrit.

(*L'Intransigeant*, 29 novembre.)

RÉALITÉ. PEINTURE PURE

On connaît les recherches de peinture pure faites par Robert Delaunay.

RÉALITÉ. PEINTURE PURE

Dernièrement, montrant ses dernières œuvres où la réalité est aussi mouvementée que la lumière vivante, il expliquait son point de vue sur ses découvertes et l'on a pensé qu'il serait utile de noter ses déclarations esthétiques sur la construction de la réalité dans la peinture pure.

« Le *réalisme*[a] est pour tous les arts la qualité éternelle qui doit décider de la beauté de sa durée et qui lui est adéquate.

« Dans le domaine de la peinture, recherchons la pureté des moyens, l'*expression* de la *beauté* la plus *pure*.

« L'*impressionnisme* nous mettait devant la nature immédiate, loin des styles.

Ce fut une grande époque de préparation ; la recherche de la seule *réalité.*

« Le *fonctionnement*[a] *de la lumière* nécessaire à toute expression *vitale* de la beauté est resté le problème de la peinture moderne. De la lumière, *Seurat* a dégagé le contraste des complémentaires.

« Ce peintre fut un des premiers théoriciens de la lumière. Le contraste devint *moyen d'expression,* la mort prématurée de Seurat a peut-être interrompu la suite de ses découvertes.

« *Sa création*[b] reste le *contraste des couleurs complémentaires* (le mélange optique par points, n'étant que technique, n'a pas l'importance du contraste, moyen de construction à l'expression pure).

« Ce premier moyen lui servait dans la traduction scénique de la nature[c] ; les tableaux qu'il peint sont des sortes d'*images fugaces.*

« Le *contraste simultané* n'a pas été découvert, c'est-à-dire réalisé, par les plus audacieux des impressionnistes, et cependant il est la seule base de toute expression pure en peinture actuelle.

« Le *contraste simultané* assure le dynamisme des couleurs et leur *construction,* c'est-à-dire leur profondeur, leurs limites dans le tableau, et il est le moyen le plus fort d'*expression de la réalité.*

« La simultanéité[d] des couleurs, par le contraste simultané et toutes les mesures *(impaires)* issues des couleurs selon leur expression dans leur mouvement représentatif, voilà la seule réalité pour construire en peinture.

« Nous arrivons[e] à un *art* de peinture purement expressive.

« La *lumière*[f] n'est pas un procédé et elle nous vient de la sensibilité. Sans la sensibilité (l'œil) aucun mouvement. Nos yeux sont la sensibilité essentielle entre la nature et notre âme. C'est dans nos yeux que se passe le *présent* et par conséquent notre *sensibilité.*

« Nous ne pouvons rien sans la sensibilité, donc sans lumière. Par conséquent, notre âme maintient sa vie dans l'*harmonie* et l'*harmonie* ne s'engendre que de la *simultanéité* où les *mesures et proportions de lumière* arrivent à l'âme, sens suprême, par nos yeux.

« Et l'âme juge les figures de l'œuvre naturelle en comparaison *(critique pure)* avec la *nature* et commande à l'*inventeur.* L'inventeur tient compte de ce qui eſt dans l'*univers* par essence, fréquence, imagination et simultanéité.

«La nature engendre donc la *science de la peinture.*

«Les premières peintures furent seulement une ligne qui entourait l'ombre d'un homme faite par le soleil sur le sol.

«Mais combien sommes-nous loin, par les moyens actuels, de ces *simulacres,* puisque nous avons la lumière (couleurs claires, couleurs foncées, leurs compléments, leurs intervalles et leur simultanéité) et toutes les mesures de couleurs issues de l'intelligence à créer l'harmonie.

«L'*harmonie en peinture c'eſt le sujet,* c'eſt-à-dire la proportion harmonique : cette proportion eſt composée de divers membres simultanés dans une action.

«Cette proportion harmonique eſt créée d'un côté par la *sensibilité;* de l'autre elle eſt ordonnée par le créateur qui doit s'évertuer de donner le plus d'*expression réaliſte.*

«Le *sujet* eſt "éternel[a]" dans l'œuvre d'art et doit apparaître à l'*initié* dans tout son *ordre* et dans toute *sa science.* Ce sujet eſt tout plaſtique dans la peinture et ressort[b] de la *vision* et doit être l'*expression pure de la nature humaine, l'éternel sujet eſt trouvé dans la nature même;* l'inspiration et la claire vision appartiennent *à celui* qui découvre les limites les plus belles et les plus fortes[c].»

(*Les Soirées de Paris,* décembre.)

LA VIE ARTISTIQUE

MME MADELEINE LEMAIRE. M. JEAN MARCHAND

À la galerie Devambez, Mme Madeleine Lemaire expose des «dessins, aquarelles et peintures» où l'on retrouve la diſtinction et la grâce que l'on a toujours admirées dans les œuvres de cette artiſte preſtigieuse.

Les folies où sont tombés tant de gens qui confondent les maîtres impressionniſtes avec leurs piètres héritiers n'empêchent point que dans les écoles d'avant-garde les jeunes artiſtes admirent des peintures comme celles de Mme Madeleine Lemaire. Elles paraissent un peu apprêtées, ce qui ne va pas sans charme, et leur fraîcheur révèle un goût délicat et franc.

À la galerie Marseille, l'exposition Jean Marchand a eu pour premier résultat de rendre aux lettres M. Jean[1] Vignier qui les avait abandonnées et qui avant de signer la préface au catalogue de cette exposition avait été connu comme poète et comme un des fondateurs de l'école symboliste.

Jean Marchand que certains envois aux Indépendants ont fait considérer comme un précurseur du futurisme appartient dans ses meilleures peintures au cubisme. Cet artiste qui a subi des influences multiples nous montre ici surtout d'anciens tableaux. On peut aimer ces paysages mélancoliques, ces portraits attendris, cette peinture méditative et poétique.

LA COMÉDIE HUMAINE

Le Salon de la Comédie humaine[2], où M. Arsène Alexandre nous convie chaque année, est maintenant un événement parisien.

Le titre balzacien choisi par les exposants indique le but de l'œuvre : remettre en honneur l'observation des mœurs, l'étude de la vie, le tableau de genre, qui a presque disparu des Salons officiels ou non. Du moins ce qui l'avait remplacé était indigne de retenir l'attention. À côté du tableau de genre, nous assistons ici à une renaissance de la fantaisie gracieuse. Les œuvres charmantes de Mme Léonie Georges-Reboux ont dans ce genre une originalité qui, timide d'abord, s'assure, augmente à chaque exposition. La Perse, la comédie italienne, les comédies fabuleuses de[s] Vénitiens, les recherches des couturiers, le maniérisme archaïque du meuble moderne, tout cela l'aide à nous révéler une sensibilité féminine très personnelle. Les dessins d'Abel Faivre, ses jeunes femmes; les moralités de Jean Veber; les délicieuses inventions de Willette; l'envoi de Steinlen; les danseuses de Gir, pastels charmants; les fantaisies de Drésa; les scènes observées avec sincérité par Dethomas; *Les Filles* de Rassen-Josse; le triptyque de Métivet, voilà je crois ce que l'on regardera avec le plus d'attention, sans négliger les envois amusants, sincères et pleins de talent d'artistes tels que Gatier, Pierre Brissaud, Gosé, Mme Laffitte-Désirat, Mlle de Vérienne, Jacques Brissaud, Claudius Denis, Pueehmagre, Cardona, Deluc, Marcel Clément, Pérelmagre, Charlotte Shaller.

J'ai goûté aussi comme ils méritent de l'être les œuvres de Pichot, de Roy, de Loris, de Snow Gibbs, l'humanité minuscule de Devambez, les persaneries de Lepage, les petites filles de Suzanne Valadon, les toiles de Grün, l'envoi de Maurice Taquoy, d'Hemard, de Brunelleschi, etc.

(*L'Intransigeant,* 15 décembre.)

1913

LA VIE ARTISTIQUE

LES AQUARELLISTES FRANÇAIS

Malgré leurs excellentes couleurs, les Anglais n'ont point aujourd'hui d'aquarellistes qu'on puisse comparer aux Français. Cet art délicat et spirituel est cultivé ici par des artistes de premier ordre qui n'exposent pas tous au joli petit Salon qui s'est ouvert aujourd'hui à la galerie Georges-Petit.

Les œuvres intéressantes ne manquent pas. Maurice Boutet de Monvel a interprété avec âme les *Fioretti* de saint François. Les aquarelles de M. Guillouet retraçant la vie de Jeanne d'Arc sont une œuvre des plus heureuses, car sans pasticher les enluminures anciennes, elles ne donnent pas non plus dans l'anachronisme conventionnel si fort à la mode aujourd'hui. Elles sont vigoureuses et ferventes.

Beaucoup d'ouvrages gracieux : le *Versailles* de M. É. Adan, les *Impressions tunisiennes* de M. Aublet, les miniatures élégantes de Mlle C. Baily, les vues de Semur par Bourgain.

M. A. de Broca est un orientaliste distingué et son *Bou-Saodi, nègre du Soudan* est amusant.

M. Albert Guillaume a toujours cet esprit que l'on connaît. M. Calbet peint de pimpantes nudités. L'Égypte du XIXe siècle inspire toujours M. Georges Clairin. Les *Versailles* de Mlle Carpentier sont des aquarelles très décoratives. Il faut encore citer les paysages de M. G. Claude, les miniatures de Mme Jeanne Contal, les marines de

Courant, les portraits de M. R. de Cuvillon, les aquarelles provençales de M. Doigneau, les *Venise* de M. Duhem, les cinq aquarelles de M. Jeanniot, celles de M. Loir et les envois de M. Maurice Faure, de Mme Eugénie Faux-Froidure, de M. E. Filliard, de M. Jean Geoffroy, de M. Lucien Gros, de Mlle d'Hazon, de MM. H. Jourdain, P. Lecomte, G. Le Maing, Meyer, Pujol, Maurice Ray, Paul Rossert, Saint-Germier, de Mlle G. Sonrel, de MM. Pierre Vignal, G. Vuillier et Worms.

Je n'oublie pas les sujets militaires de M. Georges Scott et les *Intérieurs* de M. Tenré, mais il faut mentionner à part les têtes de femmes où M. Edgar Maxens met de la poésie, et les fleurs que M. François Rivoire a peintes avec beaucoup de sensibilité.

(*L'Intransigeant,* 28 janvier.)

LA VIE ARTISTIQUE

VERNISSAGE DU CERCLE VOLNEY. PEINTRES DU PARIS MODERNE. PAUL-ÉMILE COLIN. EUGÈNE DELESTRE

Aujourd'hui a eu lieu la visite présidentielle du Salon annuel du Cercle Volney qui eﬆ, comme on sait, un des événements artiﬆiques et mondains importants de ce mois.

La variété et le nombre des œuvres exposées méritent une attention spéciale et nous y reviendrons à loisir.

À l'exposition des Peintres du Paris moderne qui exposent à la galerie La Boétie, il faut signaler les envois intéressants de M. Raymond Charmaison et de M. Mortier qui, après avoir évolué selon plusieurs des tendances de la jeune peinture, semblent être moins inquiets.

M. Barthou, bibliophile averti, a inauguré l'exposition du graveur Paul-Émile Colin qui eﬆ aujourd'hui un des meilleurs illuﬆrateurs du livre de luxe.

À la galerie Georges-Petit, M. Eugène Deleﬆre expose des peintures, des paﬆels, des aquarelles, des dessins, des lithographies, œuvres d'art dont M. Gabriel Mourey, qui a préfacé le catalogue, dit qu' «elles composent un hymne joyeux à la beauté des éléments, à leurs grâces et à leurs forces éternelles». Il convient donc de ne pas les passer sous silence.

(*L'Intransigeant,* 30 janvier.)

LA PEINTURE MODERNE

La France a produit au XIXe siècle les mouvements artistiques les plus variés et les plus nouveaux, qui, tous ensemble, constituent l'impressionnisme. Cette tendance est le contrepoint de l'ancienne peinture italienne basée sur la perspective. Si ce mouvement dont on peut déjà noter les origines au XVIIIe siècle semble se limiter à la France, c'est parce qu'au XIXe siècle Paris était la capitale de l'art. En réalité, ce mouvement n'est pas exclusivement français, mais européen. Des Anglais comme Constable et Turner, un Allemand comme Marées, un Hollandais comme Van Gogh, un Espagnol comme Picasso ont tous joué un grand rôle dans ce mouvement qui n'est pas tant une manifestation du génie français que de la culture universelle.

Néanmoins, ce mouvement a pris pied tout d'abord en France et les Français s'exprimèrent plus heureusement et en plus grand nombre dans cet art que les peintres des autres nations. Les plus grands noms de la peinture moderne, de Courbet à Cézanne, de Delacroix à Matisse, sont français.

Du point de vue de la culture artistique, on peut affirmer que la France joue le rôle que l'Italie a joué pour la peinture ancienne. Plus tard, on étudia ce mouvement en Allemagne avec presque autant d'ardeur qu'en France avant les fauves. À ce moment-là, l'impressionnisme commence à se réfracter en tendances personnelles qui, après quelques tâtonnements, ont maintenant pris chacune une voie individuelle pour arriver à une expression vivante du sublime.

★

La même chose s'est produite dans la littérature française; chaque nouveau mouvement groupe des tendances diverses. Son nom, «dramatisme», n'exprime pas cette opposition à la description qui domine dans les œuvres des poètes et des écrivains. Parmi ces derniers, on compte Barzun, Mercereau, Georges Polti et moi-même[1].

★

De même, il y a dans la peinture moderne de nouvelles tendances; les plus importantes me semblent être, d'une part le cubisme de Picasso, d'autre part l'orphisme de Delaunay. L'orphisme jaillit de Matisse et du mouvement des fauves et en particulier de leurs tendances lumineuses et antiacadémiques.

Le cubisme de Picasso a pris sa naissance d'un mouvement qui sort d'André Derain.

André Derain, personnalité tourmentée, amoureuse de la forme et de la couleur, a donné, une fois né à l'art, bien plus que des promesses, car il révélait leur propre personnalité à ceux qu'il rencontrait : le sens des couleurs symboliques à Matisse, celui de nouvelles formes sublimes à Picasso. Par la suite, Derain vécut solitaire et oublia pendant un certain temps de participer à l'art de son époque. Les plus importantes de ses œuvres ce sont les toiles calmes et profondes (jusqu'en 1910) qui ont exercé une grande influence et des gravures sur bois qu'il a réalisées pour mon livre *L'Enchanteur pourrissant*. Celles-ci suscitèrent une renaissance de la gravure sur bois grâce à une technique plus souple et plus large que, par exemple, celle de Gauguin; cette renaissance de la gravure sur bois affecta l'Europe entière.

★

Passons aux tendances principales de la peinture moderne. Le cubisme authentique — si l'on veut s'exprimer d'une manière absolue — ce serait l'art de peindre de nouvelles compositions avec des éléments formels empruntés non à la réalité de la vision mais à celle de la conception.

Cette tendance mène à une peinture poétique qui est indépendante de toute perception visuelle; car, même dans le cas du cubisme simple, le dépliage de la superficie géométrique nécessaire forcerait l'artiste, désireux d'assurer la représentation complète d'un objet, surtout des objets dont la forme n'est pas tout à fait simple, à en donner une image, qui, même si l'on se donnait la peine de la comprendre, éloignerait complètement de l'objet dont on a voulu donner une idée, c'est-à-dire sa vérité objective.

La légitimité d'une telle peinture est hors de question. Chacun doit admettre qu'une chaise, de quelque côté qu'on la voie, ne cesse jamais d'avoir quatre pieds, un siège et un dossier et que si on la prive d'un de ces éléments, on la prive d'un élément essentiel. Les primitifs peignaient une ville non comme les personnes au premier plan l'auraient vue mais comme elle était en réalité, c'est-à-dire complète, avec des portes, des rues et des tours. Un grand nombre d'innovations introduites dans ce genre de tableaux confirment chaque jour ce caractère humain et poétique.

★

Picasso et Braque introduisaient dans leurs œuvres d'art des lettres d'enseignes et d'autres inscriptions, parce que, dans une ville moderne, l'inscription, l'enseigne, la publicité jouent un rôle artistique très important et parce qu'elles s'adaptent à cette fin. Picasso a parfois renoncé aux couleurs ordinaires pour composer des tableaux en relief, en carton ou des tableaux de papiers collés; il suivait alors une inspiration plastique et ces matériaux étranges bruts et disparates devenaient nobles parce que l'artiste leur insufflait sa personnalité à la fois robuste et délicate.

★

À ce mouvement appartiennent Georges Braque, Jean Metzinger, Albert Gleizes, Juan Gris et certaines œuvres de Marie Laurencin.

★

Un autre courant secondaire se forme au sein de ce courant principal : le cubisme physique qui consiste à créer de nouvelles combinaisons, avec des éléments empruntés à la réalité de la vision. Ce n'est pas un art pur et ce mouvement n'appartient au cubisme que par son aspect constructif.

★

Une autre direction de l'impressionnisme s'élève au sublime, à la lumière. Les efforts des impressionnistes les avaient conduits à peindre le simulacre de la lumière. Puis vint Seurat : il découvrit le contraste des couleurs complémentaires, mais il ne pouvait pas se détacher de l'image, car un contraste ne peut exister qu'en soi. Mais ces recherches étaient considérables, elles eurent surtout le mérite d'avoir pavé la route à nombre de nouveaux chercheurs.

★

Delaunay croyait que si vraiment une couleur simple conditionne sa couleur complémentaire, elle ne la détermine pas en brisant la lumière, mais en suscitant à la fois toutes les couleurs du prisme. Cette tendance, on peut l'appeler l'orphisme. Ce mouvement, je crois, est plus proche que les autres de la sensibilité de plusieurs peintres allemands modernes.

★

Ce mouvement dramatique dans l'art et la poésie devient de plus en plus fort en France; il est surtout représenté dans les œuvres de Fernand Léger dont les recherches sont très appréciées par les jeunes peintres; puis, dans quelques tableaux de Mlle Laurencin, dans les récentes œuvres de Picabia qui par leur franche violence révoltent le public du Salon d'automne et la Section d'or et enfin dans les étranges tableaux de Marcel Duchamp qui essaye de symboliser le mouvement de la vie, etc.

★

À ce mouvement appartiennent instinctivement encore les plus intéressants des peintres allemands : Kandinsky, Marc, Meidner, Macke, Jawlensky, Münter, Otto Freundlich, etc. À cet orphisme appartiennent également les futuristes italiens qui, issus du fauvisme et du cubisme, estimaient injuste d'abolir toutes les conventions perspectivistes ou psychologiques.

★

Ces deux mouvements sont de l'art pur parce qu'ils déterminent uniquement le plaisir de notre pouvoir visuel. Ce sont des mouvements de l'art pur parce qu'ils s'élèvent au sublime sans s'appuyer sur aucune convention artistique, littéraire ou scientifique. Nous sommes ivres d'enthousiasme. Nous nous élevons ici vers le lyrisme plastique.

★

Parallèlement, le nouveau mouvement poétique que nous connaissons en France sous le nom de «dramatisme» s'élève vers ce lyrisme concret, direct, auquel des auteurs descriptifs ne sauraient atteindre.

★

Cette tendance créatrice s'étend maintenant à l'univers. La peinture n'est pas un art reproducteur mais créateur. Avec ces mouvements, orphistes et cubistes, nous arrivons en pleine poésie à la lumière.

J'aime l'art des jeunes peintres parce que j'aime avant tout la lumière.

Et comme tous les hommes aiment avant tout la lumière, ils ont inventé le feu[1].

(*Der Sturm*, février.)
(Traduit de l'allemand.)

«PARIS EST AUJOURD'HUI...»

Paris est aujourd'hui encore comme il l'est depuis deux siècles le centre de la peinture. Par l'examen de ce qui s'y élabore et au moyen des informations qui y affluent du monde entier j'estime que l'on peut se proposer d'esquisser succinctement l'état actuel de cet art. Si en outre on voyage en province et à l'étranger on arrive à cette conclusion que c'est à Paris que s'achèvent les ouvrages qui comptent. C'est ainsi que les futuristes italiens, dont le dessein est de surmonter la peinture française actuelle et de la remplacer dans l'estime universelle, n'ont encore fait qu'internationaliser avec les conquêtes cézanniennes les découvertes de la grande peinture provinciale française ou impressionnisme, les audaces des fauves fixés à Paris et les libertés créatrices et constructives du cubisme parisien.

Si bien que le grand courant de peinture française anti-académique qu'on peut suivre depuis le XVIIIe siècle n'a point tari et prend le nom de cubisme depuis 1908 et depuis ce temps il a absorbé l'impressionnisme et les petits mouvements qui en dérivaient. Il s'agit d'un grand mouvement issu avant tout de Cézanne et dont les principaux auteurs passèrent par la période héroïque et instinctive dite des fauves. Le mouvement cubiste qui continue logiquement l'impressionnisme après en avoir pour ainsi dire exalté les conséquences, s'est brusquement opposé à lui pour l'absorber, le dominer, s'en servir en un mot peu d'années plus tard.

Le nom de fauve servira plus tard à désigner un petit nombre d'artistes dont l'audace déformatrice et coloriste ne voulut point suivre les cubistes dans leurs nouvelles recherches formelles et matérielles. Le plus notoire d'entre eux est

HENRI MATISSE

dont l'art fondé sur l'instinct n'a point épuisé ses ressources picturales toujours renouvelées. C'est un artiste personnel, merveilleusement doué et dont la couleur et le dessin ont une saveur dont personne n'approche. C'est sans contredit un des plus grands artistes modernes. Son art n'emporte aucune explication, il vaut ce que vaut *[interrompu]*

(*Inédits*, 1913?)

«JE CROIS QUE L'AVENIR...»

Je crois que l'avenir donnera le nom de cubisme à l'effort artistique contemporain. C'est le mouvement qui a succédé à celui de l'impressionnisme, qui va jusqu'à Matisse et aux fauves. Le cubisme s'oppose à l'art des Salons officiels tout pleins de différents maniérismes qui vont de l'académisme simple aux complications d'un Henri Martin, aux fausses audaces d'un Besnard. Et l'on englobe sous le nom de pompiérisme tout ce qui s'oppose à la peinture nouvelle à quelque manière que cela ressortisse. Il convient avant tout de saluer en passant les survivants de la grande époque impressionniste : l'admirable et sensible Renoir qui est le plus grand des artistes contemporains, Claude Monet, Guillaumin, Degas, Forain. On peut leur joindre le capricieux Odilon Redon dont la fantaisie a été plus souvent excitée par les inventions pittoresques des poètes et des conteurs que par la nature.

C'est encore au mouvement de l'impressionnisme qu'il faut rattacher le groupe des néo-impressionnistes ou divisionnistes vulgairement désignés sous le nom de pointillistes. Par une division méthodique des lumières ils se sont efforcés à la suite de Seurat d'appliquer à l'art de la couleur les théories scientifiques de Chevreul et de Victor Henry. Ce sont Paul Signac qui fut un ami de Seurat, le comte Antoine de La Rochefoucauld, Mme Lucie Cousturier, Person, Édouard Fer, on retrouve des applications dégénérées des théories divisionnistes aux Salons officiels dans les tableaux de Henri Martin et d'Ernest Laurent. En définitive, depuis la mort d'Henri-Edmond Cross, le divisionnisme n'a plus de représentant qualifié et ceux qui en appliquent encore les théories luttent de banalité minutieuse dans le dessin, le coloris et la composition. La partie la plus vivante et la plus féconde de l'impressionnisme s'est trouvée contenue et enseignée dans les œuvres de Paul Cézanne en qui la jeunesse artistique voit le plus grand peintre du XIXe siècle. C'est de lui que s'approchèrent des peintres qui venus de l'impressionnisme, de Van Gogh, Gauguin et Toulouse-Lautrec furent d'abord connus sous le nom de symbolistes : Maurice Denis, Vuillard, Bonnard, Roussel; on peut leur rattacher je crois des peintres comme Marquet et Puy; le premier, Maurice Denis a évolué vers un néo-académisme tandis que les autres ont eu l'honneur de représenter un temps l'art vivant et d'être défendus par Félix Fénéon et Octave Mirbeau. Cependant leur art qui a produit des œuvres très sensibles, très délicates et qu'on pourrait rapprocher de celui des coloristes du XVIIIe siècle est sans grandes visées et justement Cézanne avait posé la question de la grandeur artistique et d'une grandeur bien différente de celle qui avait jadis haussé les peintres (sentiment religieux, sentiment de l'antique) et qui entraînait la responsabilité de la société tout entière. La grandeur en art n'est plus le fait d'une inspiration issue des croyances d'un peuple ou d'une élite. Il s'agit de trouver à cela quelque chose d'équivalent. Cette sublime esthétique qui n'est plus ni la religion ni l'humanisme et qui se révèle si lentement c'est l'honneur des fauves de l'avoir cherchée à la suite de Cézanne. C'est à partir du Salon d'automne 1906 que l'on commença à appeler du nom de «fauves» un certain nombre de peintres où l'on comptait Henri Matisse, André Derain, Girieud, de Vlaminck, Friesz, Dufy, Camoin, Manguin, Gobel; en 1907 ce groupe s'augmentait encore et l'on a étendu l'appellation de fauves, [à] Picasso, Braque, Marquet, Van Dongen, Metzinger, Le Fauconnier, Delaunay, Jean Puy; on leur joignit même des peintres que l'on serait bien embarrassé de placer dans une école comme Guérin, Laprade, Dufrénoy, Lacoste, en un mot tous les peintres dits d'avant-garde. Un grand nombre de ces peintres ont trouvé une autre voie et particulièrement avec le cubisme. Ce mouvement des fauves s'est vite répandu dans l'univers des peintres. Il visait avant tout à l'expression et c'est ainsi que les Allemands ont donné le nom d'expressionnisme[a] à tout le mouvement de la peinture moderne. Je crois que l'on fera mieux de conserver à Matisse le nom de fauve sous lequel il a été connu auparavant.

Ce qui caractérise ce peintre de grand talent et l'un des

premiers d'aujourd'hui c'est le soin qu'il a toujours pris de respecter son instinct. Il s'y est toujours conformé et son œuvre a ainsi une grande fraîcheur.

Ce retour à l'instinct qui au début n'était qu'une façon d'impressionnisme est devenu expressif et sublime après la rencontre de Matisse avec Derain.

Les autres fauves se caractérisent aussi par un grand respect de l'instinct mais ni Manguin ni Maurice de Vlaminck n'ont de sublime dans l'art. M. de Vlaminck est un peintre vigoureux et doué dont les œuvres ont une grande force picturale mais sans lyrisme. Dufy et Friesz ont traité la peinture à la façon décorative de l'imagerie populaire et les meilleures choses de Van Dongen ont la valeur esthétique des belles affiches de la rue. Il semble parfois s'approcher de Matisse mais la pauvreté et la banalité de son instinct l'ont toujours laissé en deçà de ce grand artiste.

(Inédit.)

LA VIE ARTISTIQUE

JOSUÉ GABORIAUD. VAN HOUTEN. PIERRE PRINS. GLEIZES, LÉGER ET METZINGER

Josué Gaboriaud, dont on peut voir l'exposition à la galerie Druet, est un artiste bien doué, probe et qui a de la puissance. Je dois signaler à la galerie Blot l'exposition Van Houten où il y a des œuvres qui révèlent sinon une très forte originalité, du moins une sensibilité qui sait s'exprimer.

Parmi les œuvres exposées en ce moment rue La Boétie, on remarque celles de Pierre Prins, artiste de talent dont nous eûmes souvent à signaler les envois dans divers Salons et qui vient de mourir.

À la galerie Weill, rue Victor-Massé, MM. Albert Gleizes, Fernand Léger, Jean Metzinger exposent des peintures et des dessins qui représentent assez bien le développement de leur évolution.

Une préface d'un magistrat parisien, M. J. Granié, constate les progrès qu'a faits dans le public la nouvelle peinture.

Une erreur m'a fait situer à la galerie Georges-Petit l'exposition de M. Delestre. C'est à la galerie Devambez qu'il expose.

(*L'Intransigeant,* 1er février.)

LA VIE ARTISTIQUE

EXPOSITION AU CERCLE VOLNEY

L'impressionnisme envahit lentement mais sûrement tous les Salons, toutes les expositions de peinture. Au train dont vont les choses, vers l'an 2000, la plupart des peintres feront de l'orphisme aux Artistes français.

Le Salon annuel du Cercle Volney n'est pas de ceux où l'on expose des œuvres particulièrement audacieuses, et cependant l'envoi de M. Guillonnet, *Sous les citronniers,* est d'une certaine audace picturale. Nonobstant les couleurs vibrantes de M. Guillonnet, les maîtres sont ici M. Cormon — mythologique — et M. Gabriel Ferrier, dont les portraits ont de quoi rassurer à jamais ceux qu'inquiètent les nouveautés des jeunes peintres.

Parcourons donc ce Salon, et, sans inquiétude, goûtons calmement les qualités de M. Émile Adan dont l'*Ange* est une toile intéressante; il y a encore de la sensibilité dans les vues provençales de M. P. Bellanger-Adhémard, dans les paysages lunaires de M. Cachoud, dans l'envoi de M. P. de Castro, d'un impressionnisme un peu banal mais assez agréable; dans l'*Automne en Flandres* de M. Chigot.

M. Eugène Favier nous montre une esquisse de vue piquante comme un Lautrec.

M. Gorguet est le second coloriste de ce Salon et le tapis framboise du *Restaurant à la mode* m'a longtemps retenu et j'entendis quelqu'un en passant prononcer le nom de Matisse.

Il faut enfin signaler les ciels que M. Iwill a aimés au bord de l'Adriatique. Un portrait de femme aux cheveux de feu par M. Frédéric Lauth; les vues du Finistère de Legoût-Gérard; *Le Soir en Provence* de M. Muller, où il y a de la poésie; l'envoi de M. Régamey; les sculptures de

MM. Allonard, Carlier, un buste de femme, marbre intéressant, de M. Landowski, les reliures de M. Saint-André, etc.

(*L'Intransigeant*, 2 février.)

LA VIE ARTISTIQUE

LES ORIENTALISTES FRANÇAIS. CINQ PEINTRES ET UN FERRONNIER. VAN DONGEN

Après un vernissage brillant et la visite de M. Bérard, le Salon des peintres orientalistes français a ouvert ses portes au public[1].

Ces toiles quelconques ou prétentieuses font ressortir le charme et la lumière de quelques peintres doués qui gardent à l'orientalisme son renom ensoleillé. Il en sera reparlé.

À la galerie Druet, s'est ouvert un petit Salon réunissant les œuvres de six peintres et d'un ferronnier, M. R. Desvallières, qui expose des chenets, un garde-feu, un lutrin, un balcon d'un goût simple et délicat.

Il y a de la sincérité et de la sensibilité dans les peintures de Maurice Asselin.

Il faut estimer les dons de MM. Lucien Mainssieux, Claude Rameau et Émile Roustan dont les paysages foréziens sont pleins d'émotion. Il y a plus de maniérisme chez Henri Doucet et surtout chez M. Zak.

À la galerie Bernheim, M. Van Dongen expose trente-sept tableaux qui me paraissent les plus inutiles du monde. Il y a en ce moment sur les murs de Paris un grand nombre d'affiches qui, sans prétendre au grand art, contiennent presque autant d'art — au point de vue du métier aussi bien qu'au point de vue de la pensée — que les trente-sept toiles de M. Van Dongen qui, cette fois, a vraiment trop compté sur son talent et sa facilité.

(*L'Intransigeant*, 6 février.)

LA VIE ARTISTIQUE

LES ORIENTALISTES

Les voyageurs s'étaient efforcés de nous donner de l'Inde contemporaine une idée juste; cependant, aucun peintre, je crois, avant Albert Besnard, n'avait tenté la même chose. Le triomphe éclatant qui accueillit l'an passé l'ensemble des peintures rapportées de l'Inde par Albert Besnard se prolonge, conférant une importance nouvelle à ce Salon des peintres orientalistes, où l'artiste nous montre encore l'Inde et sa lumière profonde où, les épidémies les forçant parfois à changer de place, de grandes villes sont instables et des hommes restent immobiles par vertu.

Il faut encore mettre hors de pair l'envoi de Dufresne, celui d'Émile Bernard.

Mme Georgette Agutte, dont la sensibilité artistique s'est aiguisée, peint des Venise véridiques. D'autres femmes, voyageuses à la recherche des sites pittoresques, exposent avantageusement dans ce Salon : Mlle Carrick, qui a regardé avec joie Alger et Tanger, Miss Grace Ravlin, qui a séjourné également à Tanger — mais que de femmes peintres au Maroc! — Mme de Bailleul, qui peint en Tunisie, Mlle Morstadt, Mme Séailles, etc.

Je n'ai rien vu de Morérod. Son envoi m'a peut-être échappé.

Je mentionne encore les sculptures de Paul Landowski, Quillivic, et les vues d'Alger de Léon Cauvy, les vues d'Espagne de M. Gaston Balande, celles d'Annam de M. Galand, les notations d'Extrême-Orient de M. Marliave, les envois d'Antoni, Bompard, Bigot, Dagune-Rivière, Louis Cabanes, H. Vilain, Mill, Suréda, Manzana-Pissarro, Lévy-Dhurmer, Dinet, Exuth, Labrouche, etc., etc.

(*L'Intransigeant,* 7 février.)

MORT DE M. CLOVIS SAGOT

La jeune peinture vient de faire une grande perte dans la personne de M. Clovis Sagot, emporté par une congestion cérébrale.

M. Clovis Sagot était une personnalité originale. C'était en quelque sorte le père Tanguy des jeunes peintres d'aujourd'hui. Les amateurs aimaient à venir fureter dans sa boutique. Ils y trouvaient d'excellentes choses, qu'il voyait partir avec regret, car *il savait qu'il vendait des chefs-d'œuvre au-dessous de leur valeur.*

Pauvre Clovis Sagot! Il s'en va au moment où les œuvres qu'il avait défendues envers et contre tous commençaient à devenir célèbres.

Le grand événement de la vie de M. Clovis Sagot était sa rencontre avec Picasso[1]. Il devina l'avenir de ce peintre pauvre et je me souviens du jour où pour acheter des tableaux du jeune artiste, M. Sagot, pour arrondir la somme nécessaire, alla mettre sa chaîne au clou. Je ne sais s'il la dégagea, mais je sais qu'il ne la reprit plus sur lui.

On pouvait voir chaque jour M. Sagot assis à la terrasse d'un café du carrefour de Châteaudun de 1 heure à 1 heure et demie. Il prenait son café en examinant les nouveaux catalogues de peinture, en lisant les critiques, car il se tenait soigneusement au courant du mouvement des jeunes.

C'était un brave homme et parmi les jeunes peintres qui le regretteront, on peut citer avec Picasso, Herbin, Juan Gris, Mlle Marie Laurencin, Utrillo, Savreux, Mme Valadon, Metzinger, Van Rees, Chabaud, Gleizes, Léger, Vilette, Marchand, Mme Lewitska, etc.

(*L'Intransigeant*, 15 février.)

LA VIE ARTISTIQUE

SIMON BUSSY

Aucun maître ne sut mieux développer la personnalité et la sensibilité de ses élèves que Gustave Moreau. Songez que Georges Desvallières, Henri Matisse, Rouault et Simon Bussy sortent de son atelier.

Les pastels de Simon Bussy sont de délicates images, précieuses comme des miniatures persanes. La netteté et la fraîcheur de Simon Bussy sont les caractéristiques de son talent, et son coloris chante parfois aussi haut que celui de Matisse. Vues de Roquebrune, lacs d'Écosse, Venise, Simon Bussy a promené sur tous ces sites pittoresques un regard singulièrement clairvoyant.

(*L'Intransigeant,* 21 février.)

AU GRAND PALAIS UNION DES FEMMES PEINTRES ET SCULPTEURS

Bien plus qu'il ne représente toutes les tendances de l'art féminin d'aujourd'hui, ce Salon est un résumé fidèle des Salons officiels. On préférerait peut-être moins de science, moins d'habileté et plus de féminité. Cependant les œuvres fraîches, coquettes, gracieuses, précieuses même ne manquent point. En dehors des œuvres qui ne sont qu'habiles on peut en citer qui décèlent de l'inspiration.

Pour goûter les *Chardons* de Mme Louise Bellanger, point n'est besoin d'être un âne. Une tête de jeune femme de Mlle Chauchefoin est pleine de délicatesse. L'exposition particulière de Mme Ernesta Robert-Mérignac mérite une attention spéciale. Elle a sculpté des portraits expressifs où la lumière se joue à l'aise : portraits de Mme la duchesse d'Uzès, du docteur Roux, du pape Pie X, de M. L. Chevillard, de M. Léopold Flameng, etc. Il y a lieu de citer encore les œuvres de Mlle Louppe, de Mlle Laruel surtout, dont l'imagination a deux *l*, comme le nom. Mlle Jeanne Maillart, dont le talent est très grand, expose *Une leçon d'accompagnement* et un *Portrait*. Mlle Michaud se souvient des leçons de son maître Detaille. Dans «Les Glorieuses Reliques», Mme Ventrillon-Horber expose un *Paravent en cuir* d'un bel effet et une vitrine d'objets en fer ciselé. Mlle Mureaux met beaucoup de grâce dans ses tableaux de fleurs. Mme Verchère montre une certaine force dans sa nature morte : *Légumes et vases de cuivre*. Mme la duchesse de Rohan expose deux aquarelles : *Bûche de Noël* et *Couronne de jasmin*, qui sont charmantes. Mlle Hauterive montre beaucoup d'imagination dans son *Berger de la campagne romaine*, et Mlle Hœrner une certaine vigueur dans le *Portrait de son père*. Mme Huntington expose *Un vieux moine* et *La Femme et le Pantin*, aquarelle et croquis pleins de fantaisie. Mme Gervex-Emery a composé un *Paravent Louis XVI* assez personnel et très délicat. Mme de Cistello expose à son tour une peinture des plus gracieuses : *Sous les pommiers*.

Enfin il y a lieu de citer encore les œuvres de Mme Chaland, de Mlle Carpentier, de Mme Bourgonnier-Claude, de Mlle Borde, de Mme Bouillier, de Mlle Moria, de Mme Godchaux-Colinet et de Mme Boyer-Breton, etc., etc.

(*L'Intransigeant*, 22 février.)

LA VIE ARTISTIQUE

SALON DES ARTISTES ANIMALIERS

On rend généralement justice à Barye; le Louvre et l'exposition qui vient de s'ouvrir rue La Boétie[1] nous offrent maintenant les plus sûrs éléments d'admiration, ce sont ses œuvres. Toutefois, on ne l'admire pas encore assez car il est le plus grand sculpteur du XIXe siècle (et je n'oublie point Rude).

Rue La Boétie, on verra un grand nombre d'aquarelles,

de peintures, de lithographies, de dessins, de bronzes, de plâtres originaux et de cires du grand animalier qui fut un des plus grands artistes de tous les temps.

Parmi les collectionneurs qui ont bien voulu prêter des œuvres de Barye à cette exposition, citons M. G. Haviland, Mme Lefuel, M. A. Beurdeley, M. Antony Roux, M. Pierre Goujoin, M. Caressé, M. Peytel, M. Armand Dayot, M. Fix-Masseau, M. Pierre Masson, etc. M. Léon Bonnat a prêté son admirable collection de bronzes.

Autour des œuvres du grand Barye, on a exposé celles des animaliers contemporains. MM. Raymond Bigot, Paul Jouve, Manzana-Pissarro, un *Lion rugissant* et une *Centauresse* de Rodin, le *Louveteau* du prince Troubetzkoï, les *Chats* de Steinlen, etc.

(*L'Intransigeant*, 26 février.)

AU PAVILLON DE MARSAN LES ARTISTES DÉCORATEURS

UNE CURIEUSE EXPOSITION. ŒUVRES D'ART ET BIBELOTS. LE RÈGNE DE L'EUCALYPTUS

Depuis quelques années, on renouvelle le stock des mobiliers de style. Tout ce qui s'est fait de beau jusqu'à la République de 48 prend le chemin des musées de France et d'Amérique. On a pensé qu'il fallait remeubler les appartements neufs de beaux meubles et, tandis que les artistes montrent du goût, créent un style semestriel — celui du pavillon de Marsan et celui du Salon d'automne — on voit déjà des amateurs rechercher les canapés du Second Empire — époque exquise — voire les meubles capitonnés, les poufs douillets du maréchalat[1]. J'ai rencontré récemment quelqu'un qui collectionne les ouvrages que caractérise ce que l'on a appelé le modern style. «Il n'y en a eu que fort peu», m'a dit cet homme bien avisé, «et leur rareté pourrait bien les embellir en moins de cinquante ans.»

Le pavillon de Marsan est donc en ce moment le temple du goût — des goûts, pourrait-on dire — et il n'est pas toujours facile de se reconnaître parmi des goûts si différents.

J'ai remarqué le cadre de M. F. Carnot, un cachet de M. Barboteaux, les poteries de M. Roux-Champion, les cuirs incrustés de nacre de M. G. Baudin, le salon acajou de M. Émile Bernaux, les broderies de Mme Bellery-Desfontaines, les aquarelles de Barbier, les statuettes de M. Andreotti, les ciseaux de M. Bigot, les travaux du genre *batik* ou teintures à la cire, sont assez rares en France pour que l'on signale ceux de Mme Cajot.

La plante à la mode cette année c'est l'eucalyptus; on en tire des motifs décoratifs pour éventails aussi bien que pour buffets. Je vous signale les *Eucalyptus* de M. Eugène-Louis Capon. Voici encore les pastels de Mme Chauchet-Guilleré, les vitraux de M. Chigot, les impressions sur velours de M. Coudyser, la salle à manger de M. Croix-Marie, un des *ensembliers* — comme on dit aujourd'hui — de ce Salon.

Il y a les pâtes de verre de M. Dammouse et celles de M. Decorchemont, le vase aux serpents de M. Dunand, les travaux de cuir de Mlle de Félice, les bijoux très délicats et d'une discrète somptuosité de Paul Follot, les meubles en palissandre de M. Eugène Gaillard, les porcelaines décorées, ouvrages charmants de Mme Georges-Reboux, un carton à estampes de Mlle Germain.

M. Guimard a tellement marqué de ce que l'on a appelé le style Guimard qu'on ne saurait passer sous silence ses plans et ses photographies d'immeubles.

La salle à manger de M. Jallot est charmante. La *Prise d'animaux* de Jouve est remarquable : panthères, léopards, tigres, antilopes, on dirait un souvenir de ce film cinématographique dont on parle tant en ce moment et qui nous a appris que les permis de chasse étaient bien chers à l'intérieur de l'Afrique[1].

Les gravures sur bois de M. Laboureur sont d'un métier neuf et d'un beau dessin. J'ai noté de charmants modèles pour impressions sur étoffes par Mlle Suzanne Lalique, la salle à manger de M. Th. Lambert, le boudoir de M. Landry, les broderies en ficelles de Mme Le Meilleur, les peintures de M. Le Serrec de Kervilly, les reliures de M. Marius Michel, les bibelots et les délicieuses étoffes de M. Clément Mère qui resteront parmi les plus délicates productions décoratives d'aujourd'hui, les tapis de table de

M. Mezzara, les flacons, les bonbonnières d'O'Kin, le rideau de théâtre — peut-être, est-ce un chef-d'œuvre — de Mme Ory-Robin, les bijoux de M. Rivaud, les grès de grand feu de M. Rumèbe, le petit bureau de M. Selmersheim, les broderies de M. Stern, etc., etc.

(*L'Intransigeant*, 28 février.)

FRANÇOIS RUDE

Le XIXe siècle ne fut pas un grand siècle de sculpture au sens antique du mot. Le temps du marbre finissait, l'âge de pierre est déjà révolu. Cependant, tandis qu'on assistait à la genèse d'une sculpture nouvelle, faite avec des matériaux inusités encore et dont on découvre les premiers éléments dans les pièces que la vapeur douait d'une vie mouvementée, trois sculpteurs, trois tailleurs de pierre donnaient aux blocs géogéniques l'apparence même de la vie : François Rude, Barye et Carpeaux. Ce n'est pas aujourd'hui le temps de louer Carpeaux dont la grâce simple et forte se dresse en groupes agiles, dont la masse délicate contient plus d'esprit raffiné qu'aucune œuvre de relief,

Mens agitat molem[1].

Il faudra aussi une autre fois louer Barye qui sans aucun doute est le plus grand sculpteur du XIXe siècle par ses dons d'artiste, par la puissance plastique. Mais il manque à l'un et à l'autre cette divine agitation de la nouveauté, ce frisson de l'inouï et de l'imprévu, cette préparation sublime au repos qui est la création.

Si de nouveaux sculpteurs se dressent, si des œuvres héroïques nous donnent un jour non plus le simulacre de la vie mais sa représentation même, ce n'est ni Rodin, ni Rosso, ni les sculpteurs d'autrefois qu'il faudra regarder comme les précurseurs d'un art dont les machines apportent les éléments, mais dont le sujet, c'est-à-dire la vie avec le mouvement, l'imagination et la sensibilité qui en modèle la plasticité, se trouve tout entier dans l'œuvre[a] simple, forte et vivante de François Rude.

Je me trouvais le jour de l'élection du nouveau président de la République[1], Raymond Poincaré, en Allemagne, à Berlin. Tout le jour, les éditions de journaux de la Sprée se succédèrent, placards jaunes qui contenaient à peine quelques lignes; le soir enfin lorsque l'élection fut définitive, j'étais assis dans un des grands cafés de l'Ouest, du W. W., ce quartier entièrement neuf de la grande ville futuriste et américaine de l'Empire allemand, et aussitôt l'orchestre attaque une musique héroïque, *La Marseillaise,* que tout le monde écouta religieusement. Il paraît qu'il en fut ainsi par toute la ville et je pensai aussitôt à l'éloge de François Rude que je devais prononcer et dont l'échéance approchait. Je vis se dresser devant moi le dramatique relief que Rude sculpta sur l'un des piliers de l'Arc de triomphe.

En l'air, lourde et légère à la fois comme ces nouveaux simulacres aériens qui traversent les nuées au-dessus de nos têtes et semblent destinés à atteindre enfin aux étoiles, *La Liberté,* les ailes frémissantes, les bras levés, criait : « Aux armes citoyens, formez vos bataillons »; et, sous elle, qui dominait au ciel, les bataillons se formaient, hommes et enfants.

« C'est là encore, dit Rude, *une véritable composition dramatique.* »

Et, parlant plus tard, aux connaisseurs brandebourgeois, du dramatisme orphique qui est l'expression la plus large de notre époque, termes qui renferment la définition de toutes les tendances des arts et des lettres d'aujourd'hui, depuis le cubisme des peintres jusqu'au lyrisme de nos poèmes, le premier nom qui me vint aux lèvres fut celui de François Rude.

L'allégorie est une des formes les plus nobles de l'art. L'académisme en avait fait une déformation banale de l'*imagination*, tandis que rien n'est plus susceptible d'être en accord avec la nature, car notre cerveau ne peut guère se représenter les choses composées autrement qu'en allégories. Si nous voulons nous représenter le printemps, une allégorie lumineuse fait aussitôt naître devant nous les prairies, les fleurs, les frondaisons nouvelles, le soleil sur les maisons et d'éternels sujets qui, séparés de la composition, ne sont plus que des anecdotes sans importance : fiançailles, jeux d'écoliers, cloches de Pâques, nids d'oiseaux, crépuscules qu'emplissent de mélancolie les lumières naissant une à une dans les paysages, et la double note du coucou; charmantes fumées des villes, et l'agitation des boulevards; un poisson volant dans un petit havre aux Antilles et le visage argenté d'un vieux nègre dans le fond d'un puits à Tombouctou.

La Marseillaise de Rude est la première œuvre qui exprime du sublime moderne, le sujet est moderne, le mouvement, la vie y est moderne et la dramatisation synthétique de ce qui est représenté est moderne aussi.

On regrettera toujours que les passions politiques aient privé le monde d'une de ses œuvres les plus grandioses et les plus neuves, si Rude avait sculpté les reliefs des quatre jambages de l'Arc de triomphe, car, tandis que sur l'un se mêlent les corps de cette active collectivité *La Guerre* que domine l'effroyable ardeur dont rayonne le visage de cette belle solitude *La Liberté,* sur les autres piliers les froids reliefs d'Étex semblent l'illustration du paradoxe fameux de Baudelaire : «Pourquoi la sculpture est ennuyeuse[1].»

Cependant, la sculpture ne doit pas être ennuyeuse; les efforts admirables d'un Rude n'ont pu la faire sortir entièrement d'une certaine banalité où l'entraînait la connaissance profonde des maîtres qui ont tenté de dépasser l'humanité en la supposant gigantesque. On remarque des traces de cela dans cette même *Marseillaise* dont je viens de louer hautement la conception et la composition. Une fois qu'il tailla une seule figure, Rude fit faire un nouveau pas à la sculpture. Il dressa le monument du maréchal Ney au lieu même où les balles renversèrent le soldat désarmé. Une récente statistique somptuaire des monuments parisiens vient de fixer la valeur de ce monument à la modique somme de 9 000 francs, autant dire que le monument est inestimable, car je ne connais pas de statue plus vivante, plus moderne et plus audacieuse. Rodin s'est plu à indiquer l'invraisemblance du geste et de la position, il faudrait dire des gestes et des positions bien qu'il s'agisse d'une figure unique. Mais le maître de Meudon en a aussi loué la véracité lyrique et quand je vois cette statue de la vaillance, je vois aussi se dresser autour du hardi moissonneur dont la faucille droite est une épée la vivante et innombrable moisson des armées rangées en bataille. Rien d'ancien et de solennel dans cette œuvre éternelle et familière glorification de l'héroïsme.

Aimons l'œuvre de Rude, elle est si simple qu'elle

échappe souvent à l'admiration et à son propos on peut répéter plaisamment les vers de Coppée :

Ces choses-là sont rudes
Il faut pour les comprendre avoir fait ses études[1].

Cependant, dans sa rudesse et sa simplicité, on trouvera les premiers éléments de la sensibilité contemporaine qui repousse à la fois la vulgarisation des choses vulgaires de tous les temps comme firent les romantiques, et l'anoblissement des choses nobles de tous les temps comme firent les classiques; mais qui veut l'anoblissement, la poétisation, la transformation lyrique, la dramatisation de tout ce qui est vrai dans tous les temps, c'est-à-dire de tout ce qui fait partie de la sensibilité.

(*Poème et drame,* mars.)

[CONFÉRENCE SUR RUDE]

La Marseillaise n'est que le surnom populaire de ce haut-relief, qui s'appelle en réalité *Le Départ des volontaires.* Mais cette femme qui domine le groupe chante avec tant de vérité et de force que le peuple n'a pu s'empêcher de donner au relief le titre du plus entraînant des chants nationaux; les plus érudits eux-mêmes n'ont pu séparer de ce groupe l'idée d'hymne qu'elle évoque et on l'appelle parfois *Le Chant du départ.* La plus vivante des statues anciennes s'appelait la *Victoire de Samothrace,* et, s'il y a encore des musées dans quelques millénaires et que l'on conserve dans l'un d'eux le relief de Rude, je crois bien qu'il sera catalogué sous le nom de la *Victoire de Paris.* En réalité le peuple ne se trompe guère, c'est bien *La Marseillaise* que clame cette Liberté et que chantent les volontaires de 1792. Le *Chant du départ* n'a été composé qu'en 1794. Rude considérait avec raison le *Départ* comme son chef-d'œuvre. Un de ses amis, M. Jobart, publia en 1856 dans *L'Émancipation de Bruxelles* une étude nécrologique sur Rude dans laquelle on trouve d'intéressants détails :

« Les grands hommes, dit-on, grandissent surtout après

leur mort, mais durant notre longue intimité je n'ai jamais trouvé Rude un seul instant petit. Je ne l'ai jamais entendu se plaindre, alors qu'en travaillant quinze heures par jour aux bas-reliefs de Tervueren qui resteront comme ceux de Flaxmann une œuvre immortelle[1], il ne gagnait pas plus de 1,50 franc. C'est en apprenant cette circonstance que j'unis mes efforts à ceux de sa famille pour l'engager à porter son talent à Paris avec la conviction qu'il y serait apprécié. Je ne doute pas que s'il eût pu gagner 3 francs, rien ne l'eût arraché à Bruxelles. "M. Thiers", me dit-il un jour que je le visitais dans son pauvre atelier de la rue d'Enfer, "vient de m'offrir le grand bas-relief du couronnement de l'arc de triomphe de l'Étoile pour la somme de 40 000 francs. J'ai refusé en demandant l'un des groupes de la base qui n'est que de 25 000, mais plus en vue. — Pourquoi, lui dis-je, avez-vous refusé une commande qui eût fait votre fortune et celle des anciens élèves et praticiens que vous avez formés à Bruxelles? — Ma fortune! mais qu'en ferais-je? Il ne me faut que 3,50 francs pour vivre, tandis que ma femme en gagne au moins autant avec ses leçons. Faire venir mes élèves! mais songez donc quelle responsabilité j'encourrais avec l'instabilité des ministères, dont l'un défait ce que l'autre a fait. Qu'on me laisse seulement le temps d'achever mon *Chant du départ,* c'est tout ce que je désire."

«Le mot "achever", dans son esprit, avait une portée infinie ; on n'a jamais pu l'arracher que de force à une œuvre que tout le monde jugeait depuis longtemps arrivée à la perfection. Il a fallu le tromper pour enlever son *Pêcheur napolitain* qu'il disait imparfait, et qui n'en a pas moins remporté le premier prix à l'Exposition du Louvre[2].

«Ce fut bien autre chose pour *Le Chant du départ;* le jour de l'inauguration, il fallut le tirer à bas de son échafaudage; mais il pria, supplia et pleura qu'on lui permît de le rétablir seulement pendant un an; on ne lui accorda que six mois, ce qui le chagrina si profondément qu'en le quittant, il se renferma dans son atelier, et laissa croître sa barbe d'une telle longueur qu'il ne pouvait plus se montrer en public.

«Quand il venait m'entrouvrir la porte étroite de sa cave humide et sombre, il me semblait voir la figure sévère de Michel-Ange, de Puget ou de Jean Goujon. Il me faisait asseoir sur un bahut sans nom, découvrait la statue couverte d'un drap mouillé et venait causer avec moi sans cesser de la regarder en roulant de la terre humide entre ses doigts. Tout à coup il se levait et allait donner un coup de pouce au muscle trop grêle.»

C'est ainsi qu'il parvenait petit à petit à matérialiser l'idéal toujours parfait qu'il voyait dans son imagination.

La femme de Rude, fille de son protecteur Frémiet, raconte qu'avant l'inauguration de l'Arc de triomphe Rude montait avec elle les Champs-Élysées. Il avait peur que son œuvre ne fût pas aussi belle qu'il l'avait rêvée. «Ce serait trop beau, disait-il, de rendre ce que l'on sent, il n'y a que cela d'enviable, le reste ne compte pas.»

Le Départ des volontaires contient une grande part d'allégorie.

Maintenant que je vous ai parlé des œuvres de Rude qui me paraissent les plus significatives et dont l'exemple peut être le plus fécond, venons-en à quelques détails biographiques. Ce Bourguignon qui resta jusqu'à la fin de sa vie un démocrate convaincu, selon sa propre expression, était le fils d'un poêlier de Dijon — il y naquit en 1784. «S'il est une province», écrit M. Marcel Mayer dans une enquête sur la sculpture bourguignonne, «s'il est une province que le goût du ciseau a caractérisée — chez qui la sculpture est un art de race, un indéniable génie, c'est bien la Bourgogne[1]... On sait l'influence que l'école bourguignonne du XVe siècle a eue sur l'art français, avec Guillaume et Jean de Marville, Claus Sluter, Claus de Werve, Jean de la Huerta, Antoine le Moiturier, Jean Michel, les frères de la Sonnette, Jacques de Baerze. École qui prépara avant l'Italie l'évolution de l'art gothique français vers la Renaissance et dont la technique se retrouva plus tard sous le ciseau de Rude.» L'école bourguignonne est une des plus fortes qui eût existé depuis l'Antiquité, cependant, les artistes qui la composent ne sont pas tous des Bourguignons, il y a aussi des Hollandais et des Flamands-Espagnols. Cette école bourguignonne si internationale peut être considérée comme une merveilleuse réponse à ceux qui font un cas exagéré du lieu de naissance dans l'art d'un artiste. Le Flamand Claus Sluter, ce précurseur, est le plus grand des sculpteurs de l'école bourguignonne, Rude peut lui être comparé, ils ne sont point de la même race, mais de la même école. Claus Sluter fut le véritable maître de Rude, plus tard Rude dut se commettre à des leçons académiques; c'est en pensant à ce temps-là qu'il disait : "J'ai perdu sept années de ma vie." Il vint à Paris en 1807, sans doute eut-il l'occasion de voir l'Empereur.»

Tous ceux de ses contemporains qui le virent éprouvèrent la même impression d'admiration et de terreur que Victor Hugo a ainsi traduite[1] :

Dans une grande fête un jour au Panthéon
J'avais sept ans je vis passer Napoléon
[...]
Et ce qui me frappa dans ma sainte terreur
Quand au front du cortège apparut l'Empereur
Tandis que les enfants demandaient à leur mère
Si c'est là ce héros dont on fit cent chimères
Ce ne fut pas de voir tout ce peuple à grand bruit
Le suivre comme on suit un phare dans la nuit
Et se montrer de loin sur la tête suprême
Le chapeau tout usé plus beau que diadème
[...]
Ce qui me frappa dis-je et me resta gravé
Même après que le cri sur la route élevé
Se fut évanoui dans ma jeune mémoire
Ce fut de voir parmi ces fanfares de gloire
Dans le bruit qu'il faisait, cet homme souverain
Passer muet et grave ainsi qu'un dieu d'airain...

Toute sa vie Rude garda dans son cœur l'amour de la *République* et celui de *Napoléon*. Après Waterloo il va en Belgique à la suite de son protecteur Frémiet et y reste jusqu'en 1827. Mais la véritable personnalité de Rude ne s'est dégagée qu'après son retour à Paris et en même temps que son talent grandit, sa fierté et son énergie étaient indomptables. En 48 un agent de police, sorte de géant, tenta d'arrêter le célèbre sculpteur qui, ayant soixante-quatre ans, n'était plus qu'un vieillard. Le vieillard souleva le géant comme une plume et alla le jeter dans un poste en lui disant en manière d'explications et d'avertissements : «Je suis le sculpteur Rude.» Et l'agent convaincu de sa rudesse se le tint pour dit.

Rude, qui dans son art rendit si bien le mouvement et la vie, est un des artistes qui s'est le plus préoccupé de science; il fit beaucoup de recherches mathématiques relatives à son art. Ses préoccupations furent cause qu'on se moqua de lui : tout récemment ne s'est-on pas moqué des peintres cubistes à cause de leurs préoccupations mathématiques, scientifiques en général. Cette probité relative aux lois de la raison même les plus abstraites fait justement considérer Rude comme le précurseur véritable de la nouvelle sculpture. Dès 1828 il redonna la vie et le mouvement aux statues, en exposant au Salon *Le Mercure rattachant ses talonnières.* En 1831, il exposa le buste du peintre *David,* œuvre d'un grand réalisme, puis celui de *Lapérouse* et le marbre du *Petit pêcheur napolitain jouant avec une tortue,* d'un réalisme plein de grâce. Enfin, plus tard, c'est son chef-d'œuvre *Le Départ* ou nommé plus communément *La Marseillaise ailée* ou *volant dans les balles.* Mentionnons le *Maréchal de Saxe, Louis XIV adolescent* et un chef-d'œuvre, le tombeau de *Godefroy Cavaignac,* que vous pouvez voir au cimetière Montmartre. Il montre bien les origines bourguignonnes de François Rude. On peut comparer le *Cavaignac* aux *Gisants* de l'école de Bourgogne, le *Tombeau* d'inconnu de Philippot, la *Mise au tombeau* de l'hôpital de Tonnerre par les frères de la Sonnette[1], la *Mise au tombeau* de Semur. C'est encore à cet art des *Gisants* que ressortit le *Napoléon s'éveillant à l'immortalité,* qui est une des plus saisissantes sculptures de Rude; la sculpture officielle ne l'a jamais admise, encore aujourd'hui ce chef-d'œuvre passe pour une œuvre secondaire. Ensuite c'est la *Jeanne d'Arc écoutant ses voix,* le *Baptême du Christ* de la Madeleine, le *Calvaire* de Saint-Vincent-de-Paul, le *Gaspard Morage* de Beaune, un chef-d'œuvre, le *Général Bertrand* de Châteauroux puis la plus haute expression de cette sculpture vivante et mouvementée, sinon le chef-d'œuvre, le *Maréchal Ney,* la plus belle des statues élevées à Paris.

L'originalité de Rude est, outre son amour de la vie, de ne s'être pas réduit au rôle de copiste : il n'a pas uniquement copié ses modèles, je disais tout à l'heure que Rodin avait signalé avec éloges et avec étonnement les invraisemblances qu'il avait remarquées dans l'attitude du maréchal Ney, elles créent la vie et le mouvement de cette statue. Quand l'homme voulut pour son utilité donner du mouvement aux choses inertes, il n'imita point les jambes mais créa la roue ; les civilisations américaines ne se développèrent presque pas parce que ni au Mexique ni au Pérou, on n'avait inventé la roue, mais on avait cherché à imiter les jambes[a1]. Le réalisme de Rude n'est pas une simple imitation, il contient une grande part d'invention.

(28 octobre.)

POUR KANDINSKY

J'ai commenté souvent l'œuvre de Kandinsky[2] à l'occasion de son exposition à Paris. Je suis heureux d'avoir cette occasion d'exprimer toute mon admiration pour un artiste dont l'art me semble être aussi sérieux qu'il est significatif.

(*Der Sturm,* mars.)
(Traduit de l'allemand.)

LA VIE ARTISTIQUE

L'ŒUVRE LIBRE

Cette petite société est intéressante, parce que, nulle part mieux qu'à ses expositions annuelles, on ne peut voir comment les audaces des nouveaux peintres modifient peu à peu la manière de voir des autres artistes.

Les honneurs de l'exposition qui vient de s'ouvrir à la galerie Devambez ont été avec raison réservés à M. Zuloaga qui expose trois peintures : *La Femme couchée* montre que la leçon des fauves n'a pas été perdue. M. Zuloaga a mis en œuvre toutes les richesses de sa palette. Un prodigieux talent s'exprime ici avec une violence un peu assourdie; la *Femme à l'éventail* a des grâces encore, mais des grâces un peu conventionnelles; quant à la *Gitane,* elle m'a rappelé, à tort peut-être, les peintures de Nonell, jeune Espagnol de talent mort il y a quelques années. M. Zuloaga a trouvé dans cette dernière peinture des accents de douceur et de sentiments auxquels il ne nous [a] pas accoutumés.

Les paysages si variés de M. Alexandre Altmann sont beaucoup plus lumineux que ceux qu'il exposait ces dernières années. M. Robert Mortier paraît moins inquiet; ses tableaux ont de la profondeur et de la fantaisie. *Environs de Compiègne,* avec un étang au premier plan, et *Environs de Pierrefonds* sont des paysages pleins de sensibilité et d'une grande délicatesse de lumière.

Citons encore les vues de Bretagne d'Arnavielle — une *Inondation* — c'est le dernier Salon où l'on voit encore des inondations, il y en a au moins une douzaine —, une *Inondation,* dis-je, et des vues de Versailles de M. Blanche, des *Fruits* et des *Fleurs* de M. A. Kolimann; des portraits féminins, des natures mortes qui confinent au pointillisme forment l'exposition de M. W. Malherbe.

M. Smith nous montre des sites portugais et Mlle Smith-Mortier expose quelques sculptures et notamment deux bustes de jeunes hommes.

(*L'Intransigeant,* 7 mars.)

LA VIE ARTISTIQUE

AUGUSTE RENOIR

«En cette exposition où toute l'œuvre, année par année, se résume, Renoir apparaît l'égal de ceux-là mêmes dont la gloire s'est immobilisée dans le consentement universel.» Ainsi débute l'énergique notice qu'Octave Mirbeau consacre à Renoir dans le catalogue de Bernheim-Jeune. Renoir grandit continuellement. Les derniers tableaux sont toujours les plus beaux. Ce sont aussi les plus jeunes. Ainsi la *Femme au miroir* (1913); la *Fillette à l'orange* (1911); *Nu sur les coussins* (1908). Je ne crois pas qu'il puisse dépasser ces dernières œuvres, tant elles sont calmes, sereines et mûres.

Octave Mirbeau dit très justement : «Renoir n'a pas songé à accomplir sa destinée. Il a vécu et il a peint. Il a fait son métier. C'est peut-être là tout le génie. Aussi sa vie tout entière et son œuvre sont une leçon de bonheur. Il a peint avec joie, avec assez de joie pour ne pas crier à tous les échos cette joie de peindre que les peintres tristes proclament lyriquement. Il a peint les femmes, les enfants, les arbres, les fleurs avec l'admirable sincérité d'un homme qui croit que la nature se propose à sa palette aussi simplement que si elle avait été créée de toute éternité, pour être peinte...»

(*L'Intransigeant,* 13 mars.)

AU GRAND PALAIS
10e SALON DE L'ÉCOLE FRANÇAISE

Le Salon de l'école française est toujours des plus intéressants. Cette année surtout, une phalange d'artistes très distingués y ont participé. Emmanuel-Charles Bénézit y expose des vues très mélancoliques du Vieux Paris, Gabriel Blétel une scène d'intérieur et une étude particulièrement bien venue; Clément-Chassagne de plantureux paysages de Normandie, d'une touche très large. Mercié a envoyé une *Ève* d'une conception simple et touchante. *Les Minauderies,* divertissement, souplesse de Mesplès, témoignent d'une aimable intellectualité. Paul de Plument a un vigoureux *Salut au drapeau.*

Georges Saillant nous a rapporté de jolies vues des Baléares et Henry de la Tourrasse une vue de Venise très sentie, très vibrante, qui sort des vues habituelles dont on nous a accoutumés. Henry de la Tourrasse a encore exposé quatre portraits très pénétrants. D'Alfred Veillet, des brouillards sur l'Eure qui révèlent un œil excessivement sensible et délicat.

Citons encore pour mémoire un nu de Mme Daynes-Grassot, les très beaux couchers de soleil d'Estournelles de Constant, une nature morte de Maillart, le panneau décoratif de Tribout et les envois de Van Hollebecke, Blétel, Domergue, Enjobras, Grosclaude-Dodenstein, Guinier, Réal del Sarte, Mercié, Sudre, etc.

(*L'Intransigeant,* 14 mars.)

LA VIE ARTISTIQUE

1er SALON EXCELSIOR. EXPOSITION DE M. LUCE. EXPOSITION GEORGES SCOTT

Au 1er Salon d'Excelsior[1], nous trouvons des noms tels qu'Albert Besnard, le grand maître dont les jeunes attendent la nomination au poste de directeur de l'école de Rome, Fernand Carnon, Paul Chabas, Pierre Carrier-Belleuse, Antonin Mercié, T. Poilpot, Roybet, etc., etc.

M. Luce, qui expose en ce moment chez Bernheim-Jeune, est un peintre robuste et souvent délicat. Peinture d'expression démocratique qu'eût aimée Jean-Jacques Rousseau, si tant est qu'il aimait la peinture.

Aux galeries Georges-Petit, Georges Scott, le peintre de la guerre, expose une série de tableaux, dessins et croquis rapportés des Balkans.

(*L'Intransigeant*, 15 mars.)

À TRAVERS LE SALON DES INDÉPENDANTS

Le rôle historique du Salon des indépendants est aujourd'hui défini. L'art du XIXe siècle n'est qu'une longue révolte contre la routine académique : Cézanne, Van Gogh, le Douanier Rousseau. Depuis vingt-cinq ans, c'est au Salon des indépendants que se révèlent les tendances et les personnalités nouvelles de la peinture française, la seule peinture qui compte aujourd'hui et qui poursuive à la face de l'univers la logique des grandes traditions.

Cette année, le Salon des indépendants est plus vivant que jamais.

Les dernières écoles de peinture y sont représentées : le cubisme, impressionnisme des formes, et sa dernière tendance, l'orphisme, peinture pure, *simultanéité*.

La lumière n'est pas un procédé. Elle nous vient de la

sensibilité (l'œil). Sans la sensibilité, aucun mouvement. Nos yeux sont la sensibilité essentielle entre la *nature* et notre *âme*. Notre âme maintient sa vie dans l'harmonie. L'harmonie ne s'engendre que de la *simultanéité* où les *mesures* et *proportions de la lumière* arrivent à l'âme, sens suprême de nos yeux. Cette simultanéité seule est la création ; le reste n'étant qu'énumération, contemplation, étude. Cette simultanéité est la vie même[1].

L'école moderne de peinture me paraît la plus audacieuse qui ait jamais été. Elle a posé la question du beau en soi.

Elle veut se figurer le beau dégagé de la délectation que l'homme cause à l'homme, et depuis le commencement des temps historiques jusqu'à nos jours aucun artiste européen n'avait osé cela. Il faut aux nouveaux une beauté idéale qui ne soit plus seulement l'expression orgueilleuse de l'espèce, mais l'expression de l'univers, dans la mesure où il s'est humanisé dans la lumière.

Salles 1 à 7. Les premières salles sont en plein désordre.

La sculpture — Archipenko, Agéro — n'est pas encore arrivée; les arts décoratifs non plus. Traversons rapidement.

Salle 7. Voilà une jolie salle, disposée avec goût. Autrefois, les salles genre « pompiers des Indépendants », genre qui ressemble comme un frère au genre « artistes français », allaient au moins jusqu'à la salle 15.

La plupart des peintures exposées dans cette salle auraient excité un très vif intérêt, il y a seulement cinq ans. Et si, dans ce Salon où il y a tant d'efforts nouveaux, on regarde avec moins d'émotion des tableaux non pas démodés mais moins audacieux, ils demeurent cependant très agréables à regarder.

Le portrait du poète André Fontainas, qui fut un défenseur avisé des jeunes peintres, occupe ici la place d'honneur. Peinture un peu lourde, mais non pas ennuyeuse de Zinoview qui, dans un paysage, semble très influencé de Friesz. Une jeune personne jouant avec un lézard a été peinte dans une manière un peu divisionniste par Maurice Lefebvre.

La femme nue de G.-K. Benda, peinture un peu désagréable, trahit l'influence de Vallotton. L'envoi le plus intéressant de la salle est celui de M. Destrem : deux curieuses marines et un portrait d'homme, ce dernier surtout mérite d'être remarqué.

Une nature morte de Pélouse, un portrait de J. Rousseau, une toile délicate de Suzanne Lenoir.

Salles 8, 9, 10. Les tableaux ne sont pas encore accrochés à l'heure où nous mettons sous presse.

Salle 11. Les danses désarticulées et pourtant très sages de Camille Schmitz.

Salle 12. C'est la salle des grandes « machines ». Miot y expose un *Gorille*, une *Femme* et une *Lanterne rouge*. Nous lui conseillons de continuer dans ce genre, s'il ne veut pas fatiguer le public des Indépendants.

Salle 13. *Adam et Ève*, de Roger Parent, symbolique.

Salle 14. C'est la première salle qui présente de l'intérêt.

Robert Mortier a de l'ardeur, il s'ingénie à noter la sensibilité d'un instant. Il sent vivement, sans avoir encore trouvé sa voie : très jolies notations.

Le *Cimetière arabe*, de Krieg, s'il était peint avec plus de soin, laisserait bien voir les qualités de coloriste de l'artiste.

Franck de Walque, des danseuses nues au bord d'un étang :

« Guirlandes, une flûte et le son des cymbales », un peu niais, mais par excès doux.

Les paysages — peinture aigre — de Jehan Le Liepvre sont délicats.

Un *Pardon* truculent, M. Hilard l'Olivier.

Enfin, des paysages raides et fougueux de Fiebig : du don, beaucoup de dons.

Salle 15. Des paysages de Jan Rubezak et de Le Serrec de Kervilly, deux portraits.

Salle 16. Ici nous remarquons des toiles que nous avons vues dernièrement chez Bernheim, à l'exposition du Groupe libre. Je me contente donc de citer les intéressantes études de Descartes, toujours fortement influencé par les fauves et un paysage assez bizarre de Jacquemot.

Salle 17. Mar-Git voudrait peindre comme Forain dessine. De Suz. Bielon, d'intéressants paysages.

Salles 18, 19. Rien d'accroché.

Salle 20. *L'Apparition*, de Bénoni-Auran, destinée à une église de Provence.

Salle 21. De vigoureuses paysannes de Abel Pann.

Salles 22, 23, 24. En plein désordre, ce qui n'est pas pour faciliter le rôle du critique. Je me donne la peine de retourner certaines toiles et tombe sur de très beaux paysages de Gabriel Belot.

Salle 25. Je cite les fleurs de J. Parent-Lacoste, les intérieurs mélancoliques de J. de La Hougue, un portrait élégamment peint par A. Roberty, un nu — genre fauve — de Burty, deux intérieurs d'un art très agréable par Léon Parent, coloriste doué.

Salle 26. *La Cueillette des citrons,* par Quesnel, semble avoir atteint l'effet décoratif qu'il cherchait. — Les trois fresques d'Alfred Pichon, délicates, forment un envoi très intéressant. (On m'avertit qu'elles ne resteront pas dans cette salle.) Ces trois œuvres expriment un sentiment assez profond de la nature.

Quelques toiles fraîches et vivantes de Sigrist, de Petitjean, de René Juste.

Il ne faut pas oublier les envois importants et qui, naguère, eussent été nouveaux, de Mme Hassenberg, de Mme Stettler et les crépuscules vert pâle de Louis Périnet.

Salle 27. De Paul Lavalley, une paire de bottines sans pieds, pour illustrer le mot de Picasso : « Il n'y a pas de pieds dans la nature. »

Salle 28. Marcel Lenoir, qui trop varie. Il a un style pour chaque exposition.

A. Altmann, grande sincérité dans ses paysages. Une gelée blanche comme toujours, exécutée largement. Notons aux Indépendants une abondance de frais et beaux paysages qui font l'originalité du Salon.

Marthe Galard promettait mieux l'an passé.

Salle 29. I. Yakimov intitule *Nature morte* la tête de Beethoven dans une boîte à chapeau.

Salle 30. Une des salles les plus variées. D'assez belles toiles du violent Chenard-Huché; une femme nue de Blanchet, peinture probe et d'un sentiment élevé, d'intéressants paysages de Berthold Mahn, des natures mortes de Boudot-Lamotte, des paysages sincères d'Émile Roustan et de Jacques Simonet, un vigneron de Tristan Klingsor, poète gracieux, peintre qui n'est pas sans vigueur.

Enfin, une doucereuse *Annonciation* d'Alfred Pichon et six portraits mélancoliques du poète Aeschimann, par Mondszajn Szamaj.

Salle 31. Une *Vallée en Auvergne,* de Lacoste, le peintre que préfère Francis Jammes.

Salle 32. Rien n'est accroché.

Salle 33. C'est une salle disparate.

Les études de Francis Jourdain ont des matités délicates. On dirait aussi que cet artiste, qui a de la sensibilité, fait tout pour l'exprimer le plus petitement du monde.

Le Sculpteur, de Victor Dupont, et *La Fuite en Égypte* ont des qualités de franchise et de force simples.

Deltombe expose un paravent : château, étang, petit pont, cygnes, arbres, chien, demoiselle en robe rose. J'aimais mieux ses envois précédents.

Mlle Charmy a plus de personnalité dans son envoi de cette année. Sa fillette en robe jaune est une toile où il y a de l'accent.

Une toile fougueuse et fouillée de Valtat — le père. Alfred Lombard n'est plus audacieux, son ardeur est tombée; un paysage du Dauphiné, influencé de Flandrin; une jeune fille en noir, très Salon de la Nationale.

Fornerod — paniers de pommes renversés, femme en vert — efforts louables pour être lumineux.

D'Asselin, une femme nue — c'est presque aussi aigre que du Puy.

Jacques Blot expose des coins de campagne et un intérieur — atelier de peintre — le tout plus calme que les envois antérieurs.

Laprade a envoyé une toile charmante : intérieur, fenêtre ouverte sur jardin, vase avec des roses roses, petite fille blonde. Ça y est. J'aime moins son bouquet de roses blanches.

Sérusier... je ne le comprends pas.

Envoi de Juliette Roché — maniérisme, mais non pas manque de talent —, de Nalevo, de Lepreux, de Werner, de Marguerite Hérold, de Traz, de Georges Dorignac, et trois natures mortes de Nalevo, le seul peintre du mouvement des *Hommes nouveaux.*

Salle 34. *Dîner en plein air en Provence,* d'Urbain, belle atmosphère d'été.

Lotiron, influencé par Delaunay avec des vues de Paris, Barat Levraux, peintre agréable, qui expose une vue de Blois, un paysage, une toilette; Jean Deville, qui est en progrès. On voudrait aussi voir ses impressions sur étoffe, bois tirés sur une presse à eaux-fortes.

Paviot, *La Cueillette des figues,* toile lumineuse, et enfin des coins de nature, par Terrus.

Salle 35. C'est ici la salle des pointillistes; ils ont été placés symboliquement dans une salle qui n'est séparée de la partie du Salon consacrée à la peinture nouvelle que par le buffet (salle 36), dans laquelle on a accumulé des toiles de grande taille, mais sans accent et qui ne tiennent ni à l'ancienne ni à la nouvelle peinture. Les pointillistes, en effet, n'ont été que jusqu'à la limite de l'art d'aujourd'hui. Leurs points atmosphériques dansent, pour ainsi dire, devant le buffet et cependant cette école qui nous paraît aujourd'hui si fermée, si bornée est peut-être celle qui a libéré le plus la conscience artistique des jeunes générations.

Paul Signac revient de La Rochelle.

Une aquarelle, prise sans doute sur le vif et d'une grande variété de couleurs, ébauche d'un grand tableau représentant le *Port de La Rochelle* et où le talent de l'artiste paraît être renouvelé; il a gagné en force, les contrastes paraissent moins attendus et la toile a de la profondeur. C'est un des meilleurs morceaux de l'école néo-impressionniste.

Les ouvriers devant des maisons en construction de Maximilien Luce témoignent de sa volonté d'être moderne. On sent peut-être plus dans cette toile que dans la plupart des autres toiles du même artiste comment il tient au néo-impressionnisme. La division est ici très apparente et ne va pas sans faire songer à certaines toiles de Seurat.

Les trois natures mortes — légumes — de Mme Lucie Cousturier semblent flamber au soleil qui les a mûries. C'est l'ivresse de la lumière, mais la composition est un peu sèche.

Les trois dessins d'Augrand sont très enveloppés et il y a une certaine ardeur dans la *Maternité* qui est sur la cimaise.

Les fleurs de Chauchet-Guilleré ont de la fraîcheur, mais aussi de la timidité!

Willaume jette à travers une atmosphère estivale des confettis de couleurs tendres.

Mme Georgette Agutte a beaucoup gagné en liberté — ses impressions de nature paraissent maintenant complètement dégagées de l'influence de Matisse.

La toile de Valtat (le fils), est-ce *Le Jardin*, semble assez vulgaire.

Jules Feron — une bonne toile, jardin ardent, du talent; de Maurice Robin, trois études délicates et passionnées, bords de Seine à Paris.

Thorndike, de la fougue.

Deux aquarelles de Raymond — c'est finement noté.

Enfin, des arbres de Peské, des études de Jonset, de Jelka-Rozen, etc.

Salle 41. Rien n'est accroché. Vu les dessins de Théren, les *Peaux-rouges* de Pierre Roy.

Salle 42. Salle fauve. Études à la ménagerie, par Diane de Perceval — intéressant. Des *Portraits* fougueux et pénétrants de la poétesse Valentine de Saint-Point. On retrouve ici les qualités ardentes et personnelles de ses toiles du Salon d'automne.

Un intérieur éclatant de Gwozdecki.

Et la rétrospective de Pirola, jeune artiste dont on espérait beaucoup. Études sincères de nature, esquisses de compositions qui auraient été puissantes. Je signale ses belles toiles peintes à Marseille.

Salle 43. Nous entrons enfin dans le domaine de la nouvelle peinture. C'est la salle hollandaise, bien que quelques jeunes peintres français y exposent. La tendance ici est nettement cubiste. *L'Atelier*, d'Yves Alix, représente un gros effort. La toile est fortement construite. La personnalité est surtout dans le coloris.

La *Vue de Nevers*, par André Favory, est encore plus directement influencée de Gleizes. Il y manque la variété, mais le côté gauche du tableau avec le chemin de fer est supportable.

M. Gromaire est un Français du Nord. Sa toile, *Le Juif errant*, est un témoignage de son origine flamande, influence de Rubens, de Bruegel, mais grande personnalité. Composition pleine de bonne humeur, de bonhomie et de force.

Le cubisme très abstrait de Mondrian — Hollandais — (on sait que le cubisme a fait son entrée au musée d'Amsterdam; tandis qu'ici on se moque des jeunes peintres, on expose là-bas des Georges Braque, des Picasso, etc., en même temps que les Rembrandt), Mondrian, issu des cubistes, ne les imite point. Il paraît avoir avant tout subi l'influence de Picasso, mais sa personnalité reste entière. Ses arbres et son portrait de femme révèlent une cérébralité sensible. Ce cubisme suit une voie différente de celle que paraissent prendre Braque et Picasso dont les recherches de matière offrent tant d'intérêt en ce moment.

Louis Schelfhout, *Paysage provençal,* toile puissante et bien équilibrée. Ce paysage, imaginé, a une réalité qui manque souvent à des études prises d'après nature. Alma — hollandais comme Van Gogh dont il a un peu le tempérament ; son petit paysage a des grandes délicatesses dans les gris et les verts, sa peinture est sérieuse et fougueuse.

Citons de Mlle Van Heemskerck de curieuses et sincères études ressortissant au cubisme ; Van Rees, gammes de couleurs — pas négligeables ; Makowski, coloris tout de sensibilité ; Mme Gerebtzoff, mystique, intellectuelle, puérile. Une toile : *La Communion immortelle :* est-ce l'art chinois ? Mme Vassilieff : effort, talent : que d'effort, que de talent !

Salle 44. Le grand intérêt de cette salle réside avant tout dans l'envoi de Dufy qui n'envoyait depuis quelques années que de petites choses peintes depuis longtemps. Dufy, que l'art décoratif absorbait depuis quelque temps, est revenu avec raison à la peinture. Son influence avait été prépondérante sur l'art de Friesz, de Lhote et peut-être même sur les futuristes.

Les paysages de Roussillon, par Mme Lewitska, sont solides et pleins de poésie. Art délicat qui confine au cubisme par la vérité des derniers plans. Locquin déséquilibre avec bravoure la lumière de ses paysages.

Marchand, peintre sensible, peint avec amour des vues de Céret. Son art ne va pas sans analogie avec l'art minutieux de certains primitifs.

Mais, que de vues de Céret, ce Barbizon du cubisme !

Lhote, très en progrès, localise des tons dans une atmosphère plutôt grise ; il a fait de grands efforts pour rompre avec l'imagerie qui l'avait tant influencé jusqu'ici.

Utter envoie *Trois grâces* d'un réalisme très poussé ; talent qui se développe.

Kisling vivifie son art selon la discipline des toiles d'André Derain. J'aime surtout sa puissante et large étude peinte à Céret d'après le chien du sculpteur Manolo.

Frank Burty est en progrès, lui aussi.

Je note encore les intéressantes études de Mme Valadon, les jolis dessins de Fauconnet et les affiches de Van Dongen.

Salle 45. C'est l'orphisme. C'est la première fois que cette tendance que j'ai prévue et annoncée se manifeste.

Delaunay est un des artistes les mieux doués et les plus audacieux de sa génération. Sa dramatisation des volumes colorés, ses ruptures brusques de perspectives, ses irradiations de plan ont eu beaucoup d'influence sur un grand nombre de ses amis. On connaît aussi ses recherches de peinture pure que j'ai signalées dans *Le Temps* du 14 octobre 1912[1]. Il recherche la pureté des moyens, l'expression de la beauté la plus pure.

Avec ce dernier tableau, Delaunay est encore en progrès. Sa peinture, qui semblait intellectuelle, ce dont se réjouissaient les privat-dozents allemands, a maintenant un grand caractère populaire. Je crois que c'est un des plus grands éloges que l'on puisse faire à un peintre d'aujourd'hui.

L'*Équipe de Cardiff, troisième représentation,* de Delaunay. La toile la plus moderne du Salon. Rien de successif dans cette peinture où ne vibre plus seulement le contraste des complémentaires découvert par Seurat, mais où chaque ton appelle et laisse s'illuminer toutes les autres couleurs du prisme. C'est la simultanéité. Peinture suggestive et non pas seulement objective qui agit sur nous à la façon de la nature et de la poésie ! La lumière est ici dans toute sa vérité. C'est la nouvelle tendance du cubisme et nous retrouverons cette tendance à l'orphisme dans la salle suivante, dans presque toutes les toiles, mais surtout dans les études de Fernand Léger dont il faut louer la grande conscience artistique puisque, n'ayant pas encore atteint le but qu'il poursuivait, il n'a pas voulu envoyer sa grande toile[2].

Picabia me paraît avoir progressé. Sa toile *Procession* manque de sujet véritable, tout est surfaces mortes, mais il progresse tout de même ; ses bleus torturent l'œil, ses carrés lie-de-vin et une certaine courbe à gauche agissent avec force.

Il faut regarder cet effort incomplet d'un peintre doué, comme on regarde une machine dont nous ne connaîtrions pas l'utilité, mais dont le mouvement, dont la force nous étonnent et nous inquiètent. Tout cela paraît trop inconscient pour confiner au cubisme orphique. Cérébralité, instinct, attendons avant de louer, attendons avant de honnir.

Salle 47. Voici enfin la grande salle — le salon Carré.

Le Bal élégant, de Mlle Marie Laurencin, est l'œuvre la plus charmante et l'une des plus fortes, des plus libres de ce Salon. Il faudrait un poème pour exprimer la grâce de la composition, la délicatesse et la profondeur de ce coloris si féminin; il s'agit ici d'une artiste entièrement originale.

Les pivoines s'éveillent comme une aurore et tandis qu'une musicienne, assise, les jambes croisées, joue sur son petit banjo, les deux danseuses, la rose et la noire, s'en vont vers l'écharpe et l'éventail. Le dais est rose. Des profondeurs sont bleues comme le silence et l'indifférence des regards emplit d'inquiétude la verdure qu'effleure la rapidité de la danse. Non plus cubisme, mais orphisme.

L'art de Mlle Laurencin tend à devenir une pure arabesque, humanisée par l'observation attentive de la nature et qui, étant expressive, s'éloigne de la simple décoration tout en demeurant aussi agréable.

Avec ses *Joueurs de football,* Albert Gleizes a fait un pas énorme. C'est là sa toile la plus variée et la plus colorée. Je vois encore dans le haut quelques déplaisantes et lourdes fumées, mais la composition est neuve, diverse. Gleizes a abordé une composition difficile qu'il a su ordonner en maître. Le sujet est revenu dans la peinture et je ne suis pas peu fier d'avoir prévu le retour de ce qui constitue la base même de l'art pictural. L'élan constitue le sujet de la toile de Gleizes.

L'Oiseau bleu, la grande composition poétique de Metzinger, est l'œuvre la plus importante qu'ait encore peinte cet artiste discuté. Il est difficile d'exprimer en quelques lignes et sans méditation préalable toute l'invention, toute la féerie de cette œuvre bien peinte.

On ne peut plus dire maintenant que le cubisme c'est de la peinture triste, peinture de gala plutôt, noblesse, mesure et audace.

M. Luc-Albert Moreau suit une voie parallèle à Metzinger; les *Idoles,* une composition poétique et sensuelle qui révèle un talent doué.

Dans la *Ferme* de R. de La Fresnaye, règne plus de liberté que [dans] les toiles précédentes de cet artiste — c'est du progrès. Le coloris, cependant, est terne et mal distribué.

Szobotka : efforts intelligents pour sortir du dessin et du coloris de l'école.

Chagall : *Adam et Ève,* composition décorative qui révèle de grandes qualités de coloris.

Korody : effort très digne d'intérêt.

Bolz : effort très intéressant; Tobeen : efforts fervents vers le beau.

Dunoyer de Segonzac envoie en guise de carte de visite une cruche et le reste. Envoi sans prétention d'un peintre de talent qui sait être audacieux et le fut, lorsqu'il y a trois ans il exposa l'*Accouchement,* toile qu'il serait intéressant de revoir.

Mlle Alice Bailly s'est entièrement renouvelée. Son cubisme nuancé est une des nouveautés intéressantes de ce Salon.

Les *Violons,* de Marcoussis, sont peints avec une adresse joviale qui mérite l'attention.

Il faut remarquer aussi la façon dont sont disposées les toiles dans cette salle. Nouveauté dans la peinture, nouveauté dans l'accrochage. Les décorateurs ne manqueront point de s'en inspirer.

Fernand Léger expose dans cette galerie. Voir ce que j'en dis à propos de l'orphisme salle 45.

Salle 48. Giannattario : *Le Tourniquet,* toile futuriste qui semble venir du *Manège* exposé autrefois par Delaunay.

Peinture vaguement orphique de Morgan Russell, et toile vaguement cubiste d'Hugo[1].

Paris, le 13 mars 1913.

(*Montjoie!,* 18 mars.)

LE SALON DES INDÉPENDANTS

(Suite à notre numéro spécial)

Des esprits maussades, qui au lieu de défendre l'art se croient obligés de faire l'histoire de la sottise humaine, ont traité de «fous» les derniers peintres français. Un peu de bonne volonté leur aurait pourtant suffi pour comprendre que ces jeunes peintres sont le produit d'une longue évolution. Si une erreur personnelle est possible, dans toute l'histoire de l'art, il ne s'est jamais vu qu'un groupement entier fasse fausse voie. Ce simple raisonnement devrait suffire pour permettre d'aborder avec plus de confiance l'œuvre hardie des derniers peintres français.

Si le cubisme est mort, vive le cubisme. Le règne d'Orphée commence[1].

Par tradition, les dix premières salles du Salon sont réservées à ceux qui se disent «indépendants» et qui acquièrent droit de cité en versant leur cotisation annuelle. Citons pourtant un *Portrait de Brunelleschi,* par F. Namur, *Les Dryades,* de Grégorian, une *Ève* de Mlle Renée Finch, *Le Chemin de la vie,* de Mme Dorothée George, et les *Maternités,* d'Irolli.

Et voici pour les dix premières salles!

Dans la salle 13 Vadimo Meller a un très beau *Panneau décoratif*; de Mme Polanska, des *Enfants* d'une rude franchise.

Dans les salles 18 et 19 voici un ensemble de *Marine,* de Vauthrin, et de vastes *Paysage,* de Marcel Bach. Mlle Yvonne Guillaumet y expose une toile qui s'intitule *La Chemise sur la tête.* Dusouchet attire l'attention avec ses paysages animés de nus expressifs. Pilichowski, trois figures d'une grande délicatesse. Bauche reste fidèle à Versailles. Mlle Karpelès rapporte des *Vues* très personnelles de Bénarès et d'Udaïpour. *La Femme vert* de Mérodack-Jeaneau.

Citons dans les salles 22 à 24 les vibrants *Paysage* de Carriot, *Venise,* de Mlle Dannenberg, les *Danseuses espagnoles,* de Castelucho; Félix Courché, Amélie Roques, Mestrallet, Fornier, Jacques Bille, Janssaud, Roll, F. Drésel et les vitrines du céramiste Maurice Marinot.

Signalons encore les envois de M. Crotti, la sculpture élégante d'Archipenko, un des meilleurs sculpteurs d'aujourd'hui, et les intéressantes figures de Brancusi et d'Agéro.

(*Montjoie!,* 29 mars.)

AU QUAI D'ORSAY
LE SALON DES INDÉPENDANTS

IL Y A QUARANTE-HUIT SALLES À PARCOURIR.
DU CUBISME À L'ORPHISME.
COUP D'ŒIL GÉNÉRAL
SUR LE SALON DE LA JEUNE PEINTURE

Un poète — je crois que c'est Rimbaud — avait prévu ces grandes foires de l'art, d'immenses expositions de peinture s'allongeant pendant plusieurs kilomètres[1]. Le Salon des indépendants comprend cette année quarante-huit salles. Ceux qui le visiteront cette année auront l'impression de naviguer sur une mer figée, les flots étant les multiples et admirables tentatives de l'art français pour trouver des formes inattendues de la beauté. Dans toutes les salles, même les premières où l'on accroche en général les ouvrages les plus imparfaits, c'est une profusion de frais, de délicats paysages pleins de lumière et de vérité.

La salle des néo-impressionnistes avec Signac, Luce, Mme Cousturier retiendra longtemps le visiteur. Cette salle joue cette année un rôle de premier ordre, puisque c'est de leur initiateur, Seurat, ou du moins d'une partie de ses recherches, que se réclament aussi les peintres qui, pour la première fois, exposent des toiles ressortissant à l'orphisme esthétique. Cette tendance se manifeste héroïquement dans l'envoi gigantesque de Delaunay, *L'Équipe de Cardiff, troisième représentation,* dans la *Femme nue,* de Fernand Léger, dans les paysages de Bruce, dans le *Bal élégant,* de Mlle Laurencin, même dans le *Football,* d'Albert Gleizes, et même — oui, même — dans *L'Oiseau bleu,* de Metzinger. Beaucoup d'écrivains d'art ont coutume de s'irriter devant les nouveaux efforts des artistes. Il siérait peut-être de s'irriter devant le manque d'efforts, devant le manque de nouveautés.

Rien de cela ne manque aux Indépendants et je croirais volontiers que la plupart des toiles que j'ai citées auront une histoire.

Les toiles les plus remarquées seront sans doute avec

celles dont j'ai parlé : l'envoi de Mlle Alice Bailly, les *Arbres* de Mondrian; les paysages de Céret (Roussillon) — Barbizon du cubisme — sont très nombreux. On aimera ceux de Marchand, de Mme Lewitska. Il faut encore mentionner la *Nature morte,* de Dunoyer de Segonzac, les *Idoles* de L.-A. Moreau, les *Trois nus,* d'Utter, les *Violons,* de Marcoussis.

Dans la dernière salle, on a placé une pauvre peinture futuriste et une grande toile où l'on a figuré des microbes.

Ni Matisse, ni les symbolistes, — occupés à peindre le nouveau théâtre des Champs-Élysées[1] — n'ont exposé.

En dernière heure on tend la toile de Delaunay et l'on annonce qu'il se pourrait que Le Fauconnier envoyât un immense tableau. Et tandis que quelques placeurs nonchalants finissent d'accrocher les tableaux, la plupart des jeunes peintres bavardent, bavardent...

(*L'Intransigeant,* 18 mars.)

LE VERNISSAGE DES INDÉPENDANTS

Dès 10 heures du matin, le Salon des indépendants était plein. Jolies femmes, jeunes, belles, élégantes, peintres arrivés, peintres en train de le devenir, amateurs... Félix Fénéon est enchanté, il me dit toute la joie que lui causent les nouvelles tendances de ce Salon. Un papier intéressant, imprimé en caractères de machine à écrire, a été adressé ce matin à la plupart des exposants. Il a trait à l'orphisme et porte la signature : *Georges Meunier*[2]. Qui est Georges Meunier? Voici le substitut Granié, très entouré, M. Blot, M. Alphonse Kahn, le peintre Flandrin, le peintre Anglada. On attend la visite de M. Bérard. Un monsieur s'inquiète : «Où sont les orphéons?» On entend le nom de Matisse. On parle du cubisme, du pointillisme, de disciplines... Qui pourrait être insensible à tant d'ardeur, à tant de jeunesse?

Premières salles. J'y signale l'envoi du peintre alsacien Vogelweidt, un joli portrait de Franz Namur, les envois de Grégorian, de Mme Gosselin, de Veillet. Très sensible, le nu de Mlle Renée Puich, de Mme Dorothée George, etc., etc.

Salles 7 à 13. On y remarque un robuste portrait du poète André Fontainas, par Zinoview. Sauf cet envoi, la salle n'a pas grand accent. Voici le divisionnisme timide de Maurice Lefebvre. Cependant l'envoi de Destrem est vigoureux. *Vue d'Honfleur,* intéressante aussi, par Delestre, une nature morte de Pélouse, envois de F. Rousseau et de Suzanne Lenoir. Voici encore les danses de Camille Schmitt et le *Gorille* infernal de Miot.

Salle 13. Je goûte l'âpreté de Deslignières, l'*Adam et Ève* de Roger Parent, l'envoi solide de Volot. Voici encore Chapchal, les rivières de Weert, les dessins de Charlier, les *Enfants sur la grève* de Marie Beurdet.

Et voici les premières salles parcourues...

(*L'Intransigeant*, 19 mars.)

LE SALON DES INDÉPENDANTS

PROMENADES DANS LES SALLES

L'intérêt de ce Salon ne commence guère qu'à la salle 14. Nous y voilà. Robert Mortier a de l'ardeur et une sensibilité très vive. Son *Bouquet* est conçu dans un sentiment décoratif encore très incertain. Ce talent ne doit pas s'enfermer dans une formule. *Danseuses nues,* de Franck de Walque; des *Paysages,* de Jehan Le Liepvre; le *Pardon,* de Hilard l'Olivier; des *Paysages,* de Fiebig; les *Sœurs enlacées,* de Vasquez Diaz.

Salle 15. Des aquarelles de Bellan-Gilbert; des marines, d'A. Fabre, les *Portraits au crayon,* de Le Scurd. Citons encore le céramiste Chaumeil.

Salles 16 et 17. Delestre, mentionné ailleurs, Debraux, influencé par les fauves. Un bizarre paysage de Jacquemot. Notons encore Rameau, Tixier, Bertaux, Fotinsky et un masque de la *Douleur* du sculpteur Ostrowskaia.

Salle 18. Voici, de Vauthrin, un ensemble de *Marines* dont il faut louer la qualité d'atmosphère. Des *Paysages,* de Marcel Bach, *Chemise sur la tête,* de Mlle Yvonne

Guillaumet. Des pastels de Seguin-Bertault, *Fillette à la poupée,* de Mme Amiard-Oberteuffer.

Salle 19. Le *Concert champêtre,* de Dusouchet. Trois figures délicates, de Pilichowski; Blanche reste fidèle à Versailles. Des vues d'Orient, de Mlle Karpelès. L'envoi de Mme Ilmazrof est plein d'accent. Il semble qu'on eût pu mettre cette artiste un peu plus en valeur.

Salles 20, 21, 22. L'*Apparition,* de Bénoni-Auran, toile fervente peinte pour un sanctuaire provençal. De vigoureuses paysannes d'Abel Pann. Un *Plein air* de Ludovic Vallée, et des *Études* de A. Bridge. Des *Paysages* vibrants de Cariot. Des *Demeures espagnoles,* de Castelucho.

Salles 23, 24. Salles des fleuristes : Mestrallet-Tornier, Jacques Bille. Puis des *Paysages* de Saussaud, et un *Panneau décoratif,* de Roll.

Salle 25. Je cite les *Fleurs* de J. Parent-Lacoste, les intérieurs mélancoliques de J. de La Hougue, un portrait de A. Roberty, un *Nu* — genre fauve — de Burty; les *Danseuses,* de Frankel; des *Paysages,* de Scossa, de Périnet, de Kousnetzoff.

Salle 26. *La Cueillette des citrons,* par Quesnel, d'un grand effet décoratif; les trois *Fresques,* d'Alfred Pichon, forment un envoi intéressant. Quelques toiles de Sigrist, de Petitjean, de René Juste, et les envois importants de Mmes Hassenberg, Stettler.

Salles 27, 28, 29. Un Marcel Lenoir, délicat et plein de sentiment. Les *Paysages,* d'A. Altmann. Notons, aux Indépendants, une abondance de beaux paysages : Chapuy, Fernand Piet, Charlot, Filley, Doucke, Marthe Galard et ses danses dans les jardins. Challié, sentiment très frais de la nature : son talent lui permettrait d'être plus audacieux.

(*L'Intransigeant,* 20 mars.)

LE SALON DES INDÉPENDANTS

Enfin, nous arrivons à la salle 30, où se trouve l'envoi de Mlle Hermann : plusieurs portraits ; de M. Méric, deux toiles fort remarquées, *Effet de plaine* et *Bords de l'Oise.* Ces paysages pleins de franchise et de vigueur donnent une vision juste et colorée de ce pays cher aux artistes de l'école de 1830. M. Méric en a su rendre la lumière et la transparente atmosphère.

L'envoi de M. Heuzé est plein de grâce et d'un coloris modéré. M. Knappen a de la sensibilité et de la force.

Peinture probe de Chenard-Huché, Berthold Mahn, Boudet-Lamotte, Émile Roustan, Jacques Simonet, Tristan Klingsor. Une *Femme nue,* de Blanchet, peintre cultivé. Belles fresques de Pichon. Voici encore Charlot, Filley, Zak, c'est une belle salle très variée.

Salles 33 et 34. Francis Jourdain, délicat, inquiet, mais petite vision. Victor Dupont, bon peintre à la manière large. Un paravent de Deltombe. Mlle Charmy influence des fauves. Alfred Lombard que Flandrin empêche de dormir. Voici encore Fornerod, joliment rustique. Asselin, qui voudrait être aigu. Jacques Blot, jolie vision. Laprade, une toile charmante : jardin, roses, fillette blonde. Sérusier... Ah! l'école de Pont-Aven... temps passés... Juliette Roché, Mme Marguerite Hérold, Nalevo, les *Kermesses* de Pichot, etc., etc.

Salle 35. La salle du néo-impressionnisme prend cette année une importance particulière à cause des nouvelles tendances qui ont du rapport avec les inventions de Seurat et de Signac, dont le *Port de La Rochelle* est une des toiles les plus lumineuses d'aujourd'hui.

(*L'Intransigeant,* 21 mars.)

LE SALON DES INDÉPENDANTS

Salle 31. Nous avons omis de citer l'envoi excellent de Marquet. Comme nous l'avons déjà dit, un des plus grands attraits du Salon des indépendants est l'abondance de frais et clairs paysages. Reprenons notre promenade.

Salle 35. Salle des pointillistes. Cette école, qui nous paraît aujourd'hui si fermée, est celle peut-être qui a le plus libéré la conscience artistique des jeunes générations. Outre Signac, citons :

Les ouvriers de Maximilien Luce témoignent de sa volonté d'être moderne.

Les trois natures mortes de Mme Lucie Cousturier semblent flamber au soleil qui les a mûries. Angrand a de très beaux dessins. Citons encore Chauchet-Guilleré, Mme Georgette Agutte, Valtat (fils), Jules Féron, Maurice Robin, Thorndike, Raymond, Peské, Jonset, Jelka-Rosen, P. Bertrand Buller, Saint-Tropez.

Dans les salles suivantes, de 36 à 41, citons le violent Gwozdecki, le fougueux Verdilhan ; *L'Écuyère* de l'audacieux Mérodack-Jeaneau, les portraits solidement maçonnés de Van Hasselt ; les sommaires croquis de Rouquayrol ; Crotti, d'une délicatesse raffinée ; le portrait de *Canudo* par Mme de Saint-Point, et la rétrospective de Pirola, jeune peintre qui promettait beaucoup; les dessins de Theren, les *Peaux-Rouges* de Pierre Roy. Citons encore le *Vieux moulin* de Mme Julia Oury et un *Paysage de Paris* très clair et très coloré de Hana Ekegardh.

Salle 43. Salle hollandaise. Le cubisme a fait son entrée au musée d'Amsterdam. On expose là-bas des Picasso et des Georges Braque à côté de Rembrandt. Citons la peinture très abstraite de Mondrian. Ses *Arbres* et son *Portrait* de femme offrent un grand intérêt ; *Paysage provençal,* toile puissante et bien équilibrée de Louis Schelfhout ; Alma, qui a un peu le tempérament de Van Gogh. Les curieuses études de Mlle Van Heemskerck, Van Rees[1] avec ses gammes de couleurs; Makowski, Serebzoff, Vassilieff, etc., etc.

Le grand intérêt de la salle 44 réside avant tout dans l'envoi de Dufy, qui est revenu avec raison à la peinture. Son influence a été prépondérante sur l'art de Friesz, de Lhote et peut-être même sur les futuristes. Les *Paysages du Roussillon,* par Mme Lewitska, sont solides et pleins de poésie. Locquin déséquilibre avec bravoure la lumière de ses paysages. Marchand, peintre sensible. Son art n'est pas sans analogie avec l'art minutieux de certains primitifs. Lhote est très en progrès, moins imaginé. Voici encore les envois d'Utter, bon peintre, de Kisling sous la bonne influence de Derain, de Frank Burty, délicat ; de Mme Valadon, de Fauconnet et les affiches de Van Dongen.

(*L'Intransigeant,* 22 mars.)

LE SALON DES INDÉPENDANTS

Salle 45. On a déjà beaucoup parlé de l'orphisme. C'est la première fois que cette tendance se manifeste. Elle réunit des peintres de caractères assez différents qui tous, dans leurs recherches, sont arrivés à une vision plus intérieure, plus populaire, plus poétique de l'univers et de la vie. Cette tendance n'est pas une invention subite ; elle est l'évolution lente et logique de l'impressionnisme, du divisionnisme, de l'école des fauves et du cubisme. Le mot seul est nouveau : bien des peintres ont été surpris d'être compris dans cette tendance et il est très intéressant de noter que des peintres très différents convergent dans les mêmes recherches et tendent, indépendamment les uns des autres, à la même expression.

L'*Équipe de Cardiff, troisième représentation*, de Delaunay, est une toile très moderne. Rien de successif dans cette peinture ; chaque ton appelle et laisse s'illuminer toutes les autres couleurs du prisme. C'est la simultanéité. Peinture suggestive qui agit sur nous à la façon de la nature et de la poésie. La lumière est ici dans toute sa vérité.

Cette nouvelle tendance se retrouve dans presque toutes les toiles de la salle suivante, notamment la toile de Fernand Léger. Il faut louer ce peintre, il expose pour la première fois un « tableau[1] ». C'est un très grand et très sérieux effort. Il faut regarder la *Procession* de Picabia comme un effort important mais incomplet d'un peintre doué.

Salle 47. Le *Bal élégant*, de Mlle Marie Laurencin, est une œuvre charmante et l'une des plus fortes, des plus libres de ce Salon.

L'Oiseau bleu, la grande composition de Metzinger, est l'œuvre la plus importante de ce peintre. Elle est très brillante, d'un émail qu'elle emprunte agréablement au monde extérieur. C'est une féerie. M. Luc-Albert Moreau suit une voie parallèle à Metzinger, les *Idoles* sont une composition poétique et sensuelle. Avec le paysage de sa *Ferme*, R. de La Fresnaye est très en progrès ; Szobotka fait d'intelligents efforts. De Chagall, *Adam et Ève*, une grande composition décorative qui révèle de sérieuses qualités de coloris, un hardi talent et un esprit curieux et tourmenté[1].

Citons encore dans cette salle : Korody, digne d'intérêt ; Bolz, Tobeen, efforts fervents vers le beau ; Dunoyer de Segonzac, bon envoi sans prétention d'un peintre qui fut autrefois très audacieux. Mlle Alice Bailly, intéressante ; les *Violons* de Marcoussis, etc.

Dernière salle. De Giannattario, le *Tourniquet,* qui semble venir du *Manège* exposé autrefois par Delaunay. Les toiles cubistes d'Hugot[2] et la synchromie[3] de Morgan Russell, etc.

(*L'Intransigeant,* 25 mars.)

AU SALON DES INDÉPENDANTS

Au cours d'une nouvelle visite, j'ai vu des œuvres qui m'avaient échappé jusqu'ici. D'autre part, le feuillet sur lequel j'avais écrit le bien que je pense du grand tableau de Gleizes, le *Football,* s'était égaré. Ce tableau représente un grand effort vers la lumière et le mouvement, composition touffue qu'il était difficile de concevoir et de mener à bien. Mais tout — sauf peut-être certaines fleurettes — y est neuf et vigoureux.

Le sculpteur Agéro a envoyé un groupe de pierres où les lignes-forces se meuvent irrésistiblement. Ce n'est pas la sculpture la plus agréable, c'est cependant la plus nouvelle, malgré toute la pauvreté de l'inspiration et l'exécution misérable. De beaux paysages de Bausil : Baléares et Pyrénées-Orientales. Bruce, j'écris ce nom pour la première fois[4], peintre hardi ; les zones (cette expression excellente qui s'applique aux masses colorées des lumières impaires est proposée par M. Fernand Roches qui dirige la belle revue artistique, *L'Art décoratif ;* je l'adopte), les zones de ses tableaux sont presque la vivante représentation de la nature. Encore un effort. Voici encore des paysages lumineux de Cariot, un nu de Carrera, *L'Été* de Cœuret — le vrai indépendant. Je l'ai vu arriver avec sa femme, ses enfants et ses toiles dans une carriole traînée par un petit âne laineux. Deux natures mortes de Mme Epstein, les toiles sportives d'Henri Ghéon, les *Nuées* de Granzow.

Une belle vitrine de verreries émaillées de Marinot refusée à l'Exposition d'art décoratif du pavillon de Marsan, on se demande pourquoi ; Henry Ottmann, qui a en ce moment une exposition à la galerie Vildrac, rue de Seine.

Rosa Riera expose d'intéressants projets de carrelages, scènes populaires, mélange de réalisme et de fantaisie. Cela aurait dû être aussi au pavillon de Marsan. *Les Présents de Pomone,* d'Alexandre Séon; Tobeen, qui se rattache aux écoles nouvelles par la hachure cézannienne qui est horizontale, mais dont le dessin est bien mort. Les paysages d'Utrillo qui plaisent, dit-on, à M. Octave Mirbeau ; l'*Expression d'Alger,* de Valensi, qui aurait dû être exposée à côté de Léger ; les toiles de Verdilhan; deux paysages vendéens de Charles Péquin, artiste intelligent, doué mais timide. Une agréable composition décorative de Challié, trois paysages chimériques d'Auclair et les natures mortes de Mlle Astria Holm.

(*L'Intransigeant,* 2 avril.)

PEINTRES ET SCULPTEURS DE CHEVAUX

La Réunion des peintres et sculpteurs de chevaux, sous le patronage de la Société hippique française, a réservé aux habitués du Concours hippique, au Grand Palais, une attraction de premier ordre.

Sur l'initiative de son dévoué président, le comte K. de Beaumont, elle a organisé une « Exposition rétrospective de peintures, aquarelles et sculptures représentant le cheval ». Les collectionneurs se sont associés à cette manifestation si intéressante. M. Henri Cain a prêté, entre autres œuvres d'art, la belle aquarelle de Barye, *Cheval attaqué par un tigre,* et M. Louis Sarlin a prêté de magnifiques bronzes de Barye : *Deux chevaliers arabes tuant un lion, Cheval turc, Lion attaquant un cheval,* etc.

Un *Hallali de cerf* de Decamps (appartient à M. Louis Laveissière); voici de splendides peintures de Delacroix,

Le Maréchal-ferrant, un *Épisode de la guerre de Grèce* appartenant à M. Louis Sarlin. La *Fantasia arabe* et les *Cavaliers arabes* de Fromentin. Les tableaux et études de Géricault forment un des plus beaux ensembles de cette exposition. Son *Cheval bai doré,* son *Cheval et lion,* et surtout la *Tête de cheval* prêtée par M. Delaroche-Vernet, de Ch. Jacques, *Chevaux dans une écurie,* et voici de charmants Eugène Lami : *Coupé à la royale (1830)* et un *Officier de lanciers de la garde* qui appartient à M. Georges Petit. Citons encore les *Chevaux* de Raffet et *Bonaparte au milieu de ses troupes,* un *Cheval noir* d'Henri Regnault; les *Piqueurs* et les *Chasses* de Carle Vernet, et un viril *Dragon tenant son cheval par la bride* d'Horace Vernet.

«La plus noble conquête...»

(*L'Intransigeant,* 23 mars.)

LE VERNISSAGE DES HUMORISTES

C'était aujourd'hui le vernissage de la Société des artistes humoristes à la galerie La Boétie. Il se prolongegera jusqu'à minuit.

Exposition charmante, beaucoup, beaucoup d'esprit, beaucoup, beaucoup de talent, beaucoup, beaucoup de sagesse. Ah! trop de sagesse! Bien entendu, je ne parle pas de Forain, ce grand artiste est toujours admirable. Mais hors Forain, pas de grande satire aujourd'hui. Cependant, voici encore les *Images* d'Hansi tirées de l'*Histoire d'Alsace;* satire simple, gaie et qui porte.

Je n'ai rien vu qui m'ait paru devoir faire rire à «se tordre». Mais par contre, on sourira sans cesse et l'on goûtera un plaisir délicat à examiner les *Rats d'opéra,* d'Abel-Truchet, les *Deux visages,* de Pierre Bertrand, la candide et singulière imagerie de Suzanne de Callias, les jouets charmants de Carlègle et A. Hellé, les troupiers impayables de Charly, les pastels éclatants, vivants, électriques de l'inimitable et tant imité Jules Chéret, les médaillons galants d'Henry Detouche, les aquarelles de Mia Elen, les portraits : *Sem, Forain, Fragson,* de Pierre Falize, les *Amoureux* de Falké, qui ne craint pas d'exciter le rire; les belles eaux-fortes — surtout les illustrations pour *Les Nuits d'octobre,* de Gérard de Nerval — de Galanis, le seul cubiste de ce Salon, les *Frises* de Gayac, les *Mascarades* délicates et merveilleuses de Mme Léone George-Reboux que l'on voudrait voir illustrer les *Fêtes galantes* de Verlaine, l'envoi de Heidbrinck, les études de mœurs d'Hermann-Paul, de H.-G. Ibels, les bois gravés de J.-E. Laboureur, artiste pénétrant et raffiné, les gravures de C. Laborde, le *Portrait officiel du président de la République,* par Léandre, et son *Poulbot,* les jolies aquarelles de Morin, les dessins aigus de Moriss, les pastels de Maurice Neumont, les gosses — ce sont ses enfants célèbres — de Poulbot, les *Péchés capitaux* de Georges Redon, les croquis parisiens de Roubille, les aquarelles de Testevuide, les chevaux de Thélem, les étonnantes compositions de Tiret-Rognet, un grand humoriste très moderne qu'il faut mettre en avant, la *Faunesse* de Jean Veber, les singuliers dessins d'André Warnod dont le talent s'est beaucoup développé; la *Vue d'Alsace* de Zislin, les beaux dessins de Widhoppf et l'admirable envoi si gamin et si héroïque de Willette : *Notre petite Maria, Mon rosier est mort* (c'est du pur Verlaine), et *La Fédérée.* Ça, ce n'est pas seulement de l'humour, c'est de la poésie.

(*L'Intransigeant,* 28 mars.)

LA VIE ARTISTIQUE

EXPOSITION DU CERCLE MILITAIRE

J'y ai avant tout remarqué l'envoi très intéressant du lieutenant de vaisseau Jacques Auger qui est un vrai peintre, il expose, entre autres choses excellentes, des portraits, un *Paysage de Tamaris,* des vues d'*Angkor* et *Un temple de Kamakura.* C'est d'ailleurs le seul exposant qui soit officier de marine, les autres appartiennent à l'armée de terre qui, ma foi, en ce qui concerne la peinture, le cède à l'armée de mer. Cependant, le talent de M. Édouard Doigneau est digne d'intérêt et il convient de citer encore les peintures de MM. Chapelain de Caubeyres, Édouard

Courtois, Henry Dodelier, Henri Évain, R. de Goutaut-Biron, Réalier-Dumas, Gaston Lacreux, etc., etc.

(*L'Intransigeant,* 29 mars.)

LA VIE ARTISTIQUE

ALBERT MARQUET

Un vaillant peintre chez lequel luttent le raffinement d'une nature un peu littéraire et le goût de la force. Un œil très précis le garde de la vulgarité. Son esprit averti des dernières tendances de la peinture assure son individualité et sa volonté de découpures pittoresques lui vaut la sympathie des amateurs d'expositions. (Galerie Druet.)

(*L'Intransigeant,* 6 avril.)

AU PETIT PALAIS DAVID ET SES ÉLÈVES

UNE ÉPOQUE DE L'ÉCOLE FRANÇAISE

Une exposition organisée par M. Henry Lapauze est toujours suivie d'un succès éclatant. Pour beaucoup, Ingres était resté M. Ingres. M. Henry Lapauze a assuré le triomphe d'Ingres le sensuel, l'amoureux.

Aujourd'hui, il ne s'agit nullement d'enlever leur casque aux pompiers, car personne ne confond le David trompé par l'antique (pompier en un mot) et le « régénérateur de l'école française ». Il s'agit de faire mieux connaître une période d'art français qui a été négligée par les historiens de l'art. L'exposition organisée par la Ville de Paris — qui a pris pour cela la forme de M. Henry Lapauze, avec son goût, sa science et son activité — est peut-être l'exposition la mieux faite que nous ayons jamais eue à Paris. La disposition raisonnée des tableaux dans les différentes salles me paraît fort heureuse et, dit M. Lapauze[1] : «Il suffira de compléter par une visite au Louvre la visite au Petit Palais pour saisir, dans son plein développement, l'école française, au temps de la Révolution, du Consulat, de l'Empire et de la Restauration.»

David est le maître favori de quelques jeunes peintres de l'école la plus audacieuse, et pour ma part, je suis d'avis que *La Mort de Marat* est un chef-d'œuvre qui aurait pu être peint aujourd'hui, exposé au quai d'Orsay et être moqué par le plus grand nombre de mes confrères et des connaisseurs. Dommage qu'il faille toujours regretter la disparition du tableau qui lui faisait pendant et qui représentait d'une façon sublime et saisissante la mort de Lepeletier de Saint-Fargeau. Parmi les œuvres de l'époque Boucher, on remarquera les portraits pleins de franchise de Sedaine et de sa femme. Le *Jeune garçon* (n° 13 du catalogue) est un morceau sobre et fort. Tout Couture est là. Les portraits forment la partie la plus vivante — non pas la plus admirable — de David. Je dois dire que le *Portrait de la marquise d'Orvilliers* me paraît le chef-d'œuvre de l'exposition. Il y a là une franchise, une sobriété, une harmonie dans le coloris, une précision qui ne sent pas la minutie et, pour tout dire, de la vie.

Après cela, on peut ne pas regarder le *Socrate s'apprêtant à prendre de la ciguë,* qui aurait pu être signé, ma foi, par Duval Le Camus père. Quant au portrait équestre du comte Potocki, il est trop pompeux pour moi. Mais je reviendrai voir les portraits du *Flûtiste Devienne,* du *Marquis de Sorcy de Thélusson,* l'esquisse si poétique de *Bonaparte, Premier Consul, La Famille de Michel Gérard,* les deux adorables ébauches : le *Portrait de la baronne Meunier* et surtout celui de la *Baronne Jeanin;* l'étonnant portrait de Sieyès, et j'ai regardé longtemps avec mélancolie la *Colère d'Achille,* le dernier tableau de David, avec un Achille et un Agamemnon si innocents qu'ils ont l'air d'être peints pour la caserne de pompiers de la rue Blanche, avec la Clytemnestre très Winterhalter, et une Iphigénie couronnée de roses, style peinture du théâtre des Champs-Élysées. Faut-il faire la liste de tous les élèves de David? Je mentionne, par ordre alphabétique : Cochereau, qui a un accent vraiment populaire; Couder, Debret, Delécluze, dont les écrits font autorité, Drolling, dont le père, dit-on, peignit avec des cendres royales après la violation des tombes de Saint-Denis. Dubufe qui peignit tant de jolies femmes pour le *bourgeois* du temps. Ducis, pour qui son oncle le traducteur de Shakespeare avait écrit les *Vers pour un jeune homme*

Ah! craignons ce qui nous enchante[1] *!*

Duval Le Camus père... mais il a encore des rivaux...

Fabre qui a peint d'une façon exquise les portraits du petit Bacciochi. Fragonard (Alexandre-Évariste), qui eut du moins le mérite de s'être étudié aux surprises de la lumière.

Le baron Gérard, qui fut un homme charmant, doué à profusion des qualités et même des défauts de son temps.

Ducis rima un millier de vers en son honneur :

Héritier du Corrège, heureux dépositaire
De sa grâce et de son pinceau
Sur qui Vénus dans son berceau
Souffla trois fois le don de plaire[2].

Il n'y a pas ici beaucoup de souvenirs d'Ossian et cependant les vers de Ducis témoignent de l'inspiration ossianesque de Gérard.

Dans la plus douce extase, Oscar et Malvina
Que le tendre hymen enchaîna[3]...

Girodet, le célèbre Girodet qui devait lire les auteurs de l'Antiquité dans les traductions qu'il illustrait.

Granet, lui, sort — que dis-je sort —, il naît de cette exposition. Sa manière populaire et expressive annonce Courbet, et Courbet annonce les dernières tendances de la jeune peinture. Ce n'est pas moi ni les jeunes peintres qui le disons.

M. Anquetin, dans un article remarqué[4], a rejeté avec une noble colère sur Courbet toute la responsabilité de la peinture nouvelle. Pour ce qui est de Granet, il a été jugé avec injustice par Baudelaire : «Il est généralement reconnu que M. Granet est un maladroit plein de sentiment et l'on se dit devant ses tableaux : “Quelle simplicité de moyens et pourtant quel effet!” Qu'y a-t-il donc là de si contradictoire? Cela prouve simplement que c'est un artiste fort adroit et qui déploie une science très apprise dans sa spécialité de vieilleries gothiques ou religieuses, un talent très roué et très décoratif[1].» Il a aussi un métier libre, personnel, neuf et ce qui d'esprit peut s'ajouter au sentiment.

Le baron Gros — les tableaux du Louvre suffisent à sa gloire. Ceux du Petit Palais ne la diminuent point et il ne faut pas oublier que Bonington a été son élève. Élève qui ne suivait pas, au demeurant, les conseils du maître. Gros, d'ailleurs, ne lui en voulait pas. «La couleur, s'écriait-il, ah! la couleur! voyez donc les choses signées Bonington, c'est admirable!»

Ingres! Je n'en parlerai pas. *L'Odalisque à l'esclave* est un joyau. Isabey, que dire, sinon qu'il peignait ressemblant. Navez, peintre belge, maître d'Henri de Groux. Comme David est près de nous. Ponce-Camus, qui m'a paru important, mais dont deux tableaux seulement sont exposés.

Abel de Pujol, sur qui Baudelaire a dit le dernier mot[2]. Riesener, Léopold Robert, Schnetz et ses histoires de brigands italiens, Wicar. Des dessins, des miniatures complètent ce merveilleux ensemble.

(*L'Intransigeant*, 10 avril.)

LES SALONS
AVANT LE VERNISSAGE DE LA NATIONALE

UN COUP D'ŒIL D'ENSEMBLE SUR LES ŒUVRES EXPOSÉES

Cette année, une initiative heureuse due, je crois, à M. Aman-Jean, a réuni dans la première salle des œuvres d'artistes jeunes. La Nationale ne peut que gagner à ce rajeunissement.

Il eût été désirable que l'effort vers la liberté et la jeunesse qui a été fait à la peinture eût été fait aussi à la sculpture, et l'on a fait justement le contraire.

Les salles d'exposition de la Nationale sont très défavorables à la sculpture. Et cependant ce n'est qu'à la Nationale que l'on voit encore, chaque année, un peu de bonne sculpture. L'influence bienfaisante de Schnegg, de Rodin, de Despiau nous vaut une école de sculpture, petite à la vérité, mais pleine de véritables qualités plastiques. Quoi qu'il en soit c'est, je crois, la meilleure école de sculpture qu'il y ait encore aujourd'hui par le monde. Un petit nombre de ces artistes expose aux Artistes français, le plus grand nombre essaye de se maintenir à la Nationale. Au prix de combien de peines, grand Dieu! Cette année, la portion adverse semble avoir pris le dessus; c'est dommage, avant tout pour la sculpture, qui en est à compter aujourd'hui ses bons ouvrages. Quelques sculpteurs, parmi ceux qui ont du talent, n'ayant pas payé leur cotisation à temps ou pour quelque autre raison aussi peu importante, ont été sur le point d'être écartés de l'exposition et leur nom n'est pas au catalogue.

C'est pourquoi je considère qu'il est de mon devoir de signaler avant tout à l'attention du public l'envoi de Durousseau : l'*Éros, Hercule,* et le bas-relief des *Pleureuses.* La mauvaise lumière de la cave où sont exposés ces morceaux plein d'une grâce forte et vivante leur nuit beaucoup. J'en dirai autant de l'envoi de Rodo sur lequel je reviendrai : *Jérémie* et *Vénus passant devant le Soleil.* Sur le socle de son Jérémie le sculpteur a inscrit sa protestation : *N'est pas au catalogue.* Au moment où j'écris, les envois de Despiau, de Rodin et de Marcel-Jacques ne sont pas encore arrivés. En l'état actuel des salles de sculpture il m'a paru que le meilleur envoi de l'année était celui de Mme Jane Poupelet : *Femme assise, Au bord de l'eau,* et une *Étude* (plâtre). Le marbre *Pax* et le *Buste* de femme par Wittig sont aussi d'excellents morceaux. Je n'aime pas moins les têtes de jeunes filles d'Henry Arnold. Les bustes d'hommes de Robert Wlérick, le bronze et les bas-reliefs de Chavaillon, les statues d'Halou, les bustes de Louis-Philippe Bernard; portrait d'*Albert Besnard,* de François Aman-Jean. Je me contente de signaler encore aujourd'hui la *Statue des jardins* de M. Andreotti, les plâtres de Pierre Roche, et le marbre de Wasley.

À la peinture, parmi les jeunes, on remarquera avant tout l'envoi de Louis Charlot, *Paysans attablés.* C'est sans aucun doute le morceau le plus important du Salon. Cette toile où se manifeste l'influence de Cézanne est l'œuvre d'un véritable peintre. M. Roll a envoyé un grand plafond — peinture démocratique. Albert Besnard, qui prépare son entrée dans la bonne ville de Rome, n'a envoyé qu'un portrait magistral. Voici encore, parmi les jeunes, Ozenfant, coloriste, mais bien peu peintre. Voici le *Chevalier à la triste figure* où M. de la Gandara a mis toute sa pitié pour cette noble et humaine création de l'Espagne chevaleresque. Voici les portraits de Boldini, les trois fraîches décorations tirées de l'histoire de Jeanne d'Arc, dernier envoi du regretté Maurice Boutet de Monvel; les portraits de Mlle L.-C. Breslau, les envois des innombrables Burnand, les paysages de Cariot, la descente de croix de M. Carolus-Duran, dont le titre italien, *Ultima ora di Cristo,* est comme un regret de la Ville éternelle, l'envoi important de Charles Cottet, *Le Camelot* d'Hanicotte, qui aurait dû rester aux Artistes français; les *Venise* d'Iwill; *La Leçon d'anatomie* et la *Nuit joyeuse,* de Gaston La Touche; la Vue de Concarneau, de Vauthrin; les paysages légendaires de La Villéon, le très bel envoi d'Auguste Lepère, les ciels de Le Sidaner, la décoration de Lévy-Dhurmer, *En moisson,* de Lhermitte; *Les Servantes,* d'Osterlind; les paysages pittoresques et savoureux de Raffaëlli; l'envoi glacial de Flandrin; *La Valse chaloupée* de Willette; le portrait de Mme Philippe Berthelot, par Tonnelier, les envois de Suréda, de Mme Fournier des Corats, etc., etc.

P.-S. — Les dessinateurs humoristes ont convié le public à venir visiter aujourd'hui dans leur galerie de la rue La Boétie, l'«Exposition universelle de 1913». Un événement aussi important et une aussi folle manifestation de gaieté méritent qu'on en parle et il en sera reparlé.

(*L'Intransigeant*, 12 avril.)

LES SALONS
L'INAUGURATION DE LA NATIONALE

UNE BELLE JOURNÉE. UNE PROMENADE DANS LES SALLES

Le deuil du président de la République[1], en privant de sa visite le Salon de la Nationale, n'a pas empêché cependant que cette journée d'avant-vernissage n'ait été brillante.

Malgré le froid, malgré le vent, le soleil étant de la fête, ceux qui avaient des cartes d'inauguration étaient là.

Nous avons remarqué M. Tittoni, ambassadeur d'Italie; M. Isvolsky, ambassadeur de Russie; les généraux Pau, Marion; MM. Rodin, Cottet, Paul Adam, Georges Lecomte, Gervex, quelques jolies femmes, mais en somme assez peu de monde.

LES SALLES DE PEINTURE

Le Salon de la Nationale s'est un peu rajeuni et si tous les genres du maniérisme contemporain s'y donnent rendez-vous, il faut dire que l'on fait de gros efforts pour mettre en valeur des œuvres fortes et franches. Notons aussi que l'influence de Cézanne et de Gauguin s'y fait vivement sentir.

La salle I est une des plus intéressantes du Salon. On s'est efforcé d'y réunir des ouvrages intéressants d'artistes jeunes et bien doués.

J'ai dit hier en quelle estime je tiens les *Paysans attablés*, de Louis Charlot. J'ai entendu plusieurs personnes regretter que l'enfant en rouge fût moins poussé que les rudes figures de Morvandiaux qui composent ce tableau et l'on donnait comme raison que le modèle — un bon petit diable — n'avait pas voulu rester tranquille.

J'avoue que je n'ai pas vu de défaillance dans cette figure enfantine et qu'au contraire elle m'a révélé la véritable personnalité de Louis Charlot, que ne peuvent enfermer les formules.

L'envoi de Roby est excellent également. La scène de saltimbanques, de Chapuy, est moins harmonieuse et il y a une différence d'inspiration trop marquée, à mon sens, entre les figures de forains et celles des spectateurs.

Chez Suréda — Juives au cimetière, les Aïssaouas — les qualités ne sont pas niables bien que l'observation me paraisse poussée jusqu'à l'exagération.

Le *Souvenir du lac Majeur*, par Amédée Ozenfant[1], me paraît l'œuvre d'un coloriste qui se méfie de ses dons.

La *Kermesse* de Jefferies est une toile lumineuse et pleine d'atmosphère. Je mentionne encore *La Mort du toréador*, de Vasquez Diaz, et une toile mythologique de M. Armand

Point qui pastiche les maîtres italiens avec un rare bonheur.

Salle 2, M. Muenier étudie avec complaisance les rayons qui mettent des taches de lumière dans les appartements. Le *Réveil,* qu'il expose cette année, aura le même succès que sa *Leçon de musique.*

M. Gervex a exposé quelques portraits de jeunes femmes.

Le paysage de M. Robert de Monnier est d'impression assez franche.

Je goûte infiniment la vue de *Concarneau* qu'expose M. Vauthrin et je signale les envois de Dillon, Antoni et Houyoux.

(*L'Intransigeant,* 13 avril.)

LA VIE ARTISTIQUE
LE SALON DE LA NATIONALE

SUITE DE LA PROMENADE À TRAVERS LES SALLES DE PEINTURE

L'ouverture de la Nationale s'est faite par un temps froid et gris. Les visiteurs n'étaient pas très nombreux... «rari nantes[1]»... qui grelottaient à qui mieux mieux.

Salle 3. Les paysages parisiens de M. de La Gandara ont quelque chose de lointain et de mélancolique. Leur atmosphère sourde et délicate ressemble à celle de certaines journées d'été. Quant au *Don Quichotte,* il marque un renouvellement de l'art de M. de la Gandara. Souhaitons toutefois que M. de la Gandara n'ait point renoncé à peindre des portraits féminins. Il faut noter toutefois que ce tableau du *Chevalier à la triste figure* est un des plus désintéressés du Salon et celui où l'on s'est peut-être le moins préoccupé de flatter les modes artistiques du jour. *La Mort du cygne,* de M. Lavery, suggère la réflexion que ce cygne n'a point dû chanter avant de mourir. Notons encore les moutons de M. Guignard qui a un sentiment juste de la nature; une vache, de M. Burnand et les envois de Régamey, Cornillier jeune et Lubin.

Salle 3 *bis*. L'envoi de M. Lucien Simon eſt très important. J'aime mieux que le reſte ses *Bretons :* il y a là un sentiment de la famille que le talent de M. Simon sait bien traduire. Son *Nu,* sa fantaisie carnavalesque me plaisent moins. Beaucoup de Dauchez, toujours sévères. Des toiles délicates et élégantes de Woog, des Guirand de Scévola, des fleurs de Mme Galtier-Boissière, des Mercinof et un portrait de Mlle Andrée Karpelès.

Salle 3 *ter*. Je ne goûte guère la *Valse chaloupée,* de Willette. Simonidy peint triſtement des sites antiques; Henry de Waroquier, qui a renoncé aux japoneries, se montre enfin franchement décorateur; Dinet eſt un orientaliſte probe et il y a de la grâce dans ses Ouled Naïls. Voici un portrait féminin par Fleury. Gabriel Biessy peint honnêtement. Notons encore Georget.

(*L'Intransigeant,* 15 avril.)

LA VIE ARTISTIQUE
LE SALON DE LA NATIONALE

Salles 4 et 4 *bis*. Beaucoup de virtuoses : Rupert-Bunny, Henry-Baudot, Gabriel, Bertram, Maurice Éliot.

Madeleine Dayot a une ingénuité charmante. Les portraits de Mlle de Boznanska sont généralement très goûtés; ils ont des qualités indéniables de poésie qui se retrouvent un peu plus froides dans l'envoi de René Ménard. Les vues de *Ségovie* et d'*Assise* qu'a envoyées M. Prinet sont des œuvres qui méritent d'être remarquées.

Les décorations de M. Aman-Jean ont plus de force que ses précédents envois et l'on y sent plus que jamais la profonde culture de cet artiſte. Mais je place l'envoi de Lepère parmi les meilleurs, parmi les plus probes et les plus simples de ce Salon.

Voici encore Piet, Robert Besnard, dont les trois fillettes blondes baignent dans une jolie lumière.

Salle 5. Beaucoup de toiles qui visent à l'élégance. Mme Madeleine Lemaire, Mlle Nourse, M. Dumoulin, M. Alexandre Séon, M. Edgar de Montzaigne et le plafond de M. Roll qui, lui, ne vise pas à l'élégance. De nos jours, l'allégorie, comme une araignée, s'est réfugiée aux plafonds. Le plafond de M. Roll est franchement républicain, constatons-le et admirons la verve que l'artiste a déployée dans un sujet allégorique et ennuyeux pour tout dire.

(*L'Intransigeant*, 17 avril.)

LA VIE ARTISTIQUE
LE SALON DE LA NATIONALE

Salle 6. Frieseke est un peintre délicat de la femme; j'ai goûté comme il fallait la rieuse malice de Guiguet. Mlle How est la grande sœur des petits bébés, mais peut-être cette année a-t-elle trop sacrifié à l'élégance. Les poètes symbolistes avaient fait de la servante une sorte de nymphe moderne, jeune, gracieuse, légèrement mélancolique et se promenant toujours par groupes. C'est à peu près ainsi que se la figure M. Myron Barlow.

M. Charmaison sent avec un charme toujours nouveau la poésie des grands parcs. Notons aussi Malherbe, artiste pénétrant.

Salle 6 *bis.* M. Le Sidaner a fait un grand effort pour se renouveler. Cette année, il peint le ciel pour le ciel. Ses tableaux représentent chacun un ciel nocturne. Véritable gageure qui aurait pu avoir comme résultat des «combats de nègres dans la nuit». Mais l'artiste est venu à bout de son dessein céleste et tout à son honneur.

M. Cottet peint avec une certaine puissance. Il lui manque toutefois l'accent poétique et l'on pourrait dire, sans beaucoup d'exagération, qu'il peint en prose. Cette prose est souvent émouvante et dans son envoi de cette année il y a une si belle franchise qu'on serait tenté de la prendre pour de l'audace. On goûtera les très beaux portraits de Mlle Breslau, les fleurs de Mlle Duhem et les crépuscules de M. Henri Duhem.

Salle 6 *ter.* On regardera avec mélancolie le dernier envoi de Maurice Boutet de Monvel, charmantes et précises enluminures tirées de la vie de Jeanne d'Arc; six paysages de Raffaëlli d'une liberté agréable; des portraits d'Ablett et de Baugnies ; les études africaines de Mlle Raulin et l'envoi d'Olivier.

(*L'Intransigeant*, 20 avril.)

LA VIE ARTISTIQUE
LE SALON DE LA NATIONALE

Salle 7. L'envoi de Dufresne, où l'on sent les influences de Gauguin et de Cézanne, est le plus intéressant de cette salle. Si ce Salon de la Nationale manque d'accent dans son ensemble, ce n'est pas la faute des artistes qui ont fait effort pour le moderniser, il y manque plutôt quelques personnalités très marquantes. Voici encore les photos, pardon ! les portraits de M. Weerts. Je goûte les paysages romantiques de La Villéon, où l'on sent un peu de cézannisme. Mentionnons l'idéalisme de Maurice Chabas, les belles couleurs de Migonney et l'envoi vigoureux de David-Nillet.

Salle 8. La décoration de M. Lévy-Dhurmer, *Malgré les Parques*, est placée de telle façon qu'on ne peut guère se rendre compte de son effet décoratif. Elle témoigne en tout cas d'une imagination délicate. Cette salle est consacrée aux recherches de style. Voici en effet les fresques de M. Marret, la composition de M. Bieler, les envois de M. Desmoulins et de Mlle Denise. Salle très honorable et un peu froide.

Salles 9 et 10. On y goûtera les brumes de M. Picard et ses études de nu. Talent souple. Vauthrin comprend à merveille l'âme des vieux ports de pêcheurs. Notons M. Friant dont *L'Oiseau blessé* aurait eu un grand succès s'il avait été exposé aux Artistes français.

Francis Auburtin connaît d'ardents défenseurs. *Le Cygne*, le *Nocturne* et la *Lorelei* constituent par conséquent un des envois importants de cette année. Les deux toiles de Renaudot, *La Boîte de lingerie* et le *Ruban vert* attirent justement l'attention sur cet artiste modeste. Citons les vagues de Harrisson, les intérieurs luxueux et mélancoliques de Walter Gay, les paysages de Michel Cazin, les coins de nature très ensoleillés de Cariot et les envois de Hubert de La Rochefoucauld, de Larroque, de Cucuel, etc.

Salles 11, 12 et 13. Voici deux orientalistes très différents, MM. Laurent Gsell et Girardot. La sensibilité du premier me paraît plus pénétrante. Les portraits de Mme Muter sont peut-être ce qu'il y a de plus moderne d'apparence dans ce Salon. Les fresques de M. Baudouin ont revêtu cette année un désagréable aspect de fausses tapisseries. Notons les envois de M. Delachaux, de M. Bracquemont, les belles roses de M. Challié, Albert Guillaume, Madeline, Chevallier, Leempoels, Waidmann, Rixens, Courtois, qui choisit de gracieux modèles féminins. Trois portraits légèrement surannés de M. Dagnan-Bouveret, A. Truchet, Gumery, Hogarth, Lhermitte, Lecreux, Leyssaud et J.-J. Rousseau, qui — son nom l'oblige — a le sentiment de la nature.

Salle 14. Les portraits de M. Boldini sont toujours aussi étourdissants. Peut-être l'étonnerait-on fort si l'on ajoutait que sa manière ne va pas sans analogies avec celle des peintres futuristes. Les intérieurs de M. Jean Béraud sont observés avec beaucoup d'esprit. Citons encore l'envoi délicat de M. Sternberg-Davids, *Devant sa fenêtre,* le portrait de M. Colombano; et les envois de Mik Ethel Mars, Hayward, Bonet-Granger, Osbert, etc., etc.

(*L'Intransigeant,* 24 avril.)

LA VIE ARTISTIQUE
LE SALON DE LA NATIONALE

Salle 15. M. Carolus-Duran a envoyé un Golgotha : *Alors, la terre se fendit et le voile du Temple se déchira...* C'est une des toiles les plus tumultueuses et les plus intéressantes de ce Salon où elles n'abondent point. Il faut signaler les envois de MM. Jeagnedux, d'Oncenard, Séon, Braquaval, Loup, Antoni, Osbert.

Salle 16. Le *Portrait de M. Léon Bourgeois,* par Roll : une œuvre sobre et belle. La lumière des toiles de Lépine est délicate. J'aime les frissons colorés de Bausil, la gravité de Boulard, les Venises si différentes de Guillaume-Roger et de Labrouche. Jetons encore un coup d'œil sur les paysages de Louis Dauphin et passons à la

Salle 17 où se trouve le beau *Portrait de M. Dubar, directeur de « L'Écho du Nord »,* par Albert Besnard. Cette toile d'une puissante sobriété est toute frémissante de vie et de lumière. Voici les *Fêtes galantes,* de Gaston La Touche, *Jeunesse, La Leçon d'anatomie, La Nuit joyeuse,* œuvres d'une sensualité discrète, allègres de composition et d'un coloris agréablement nuancé. Un *Coucher de soleil* de Gaston Prunier.

Salle 18. Je goûte avant tout dans cette salle la toile d'Osterlind, *Servantes,* d'un métier simple, large et d'une précision si indépendante. M. Anquetin et M. Armand Point ne sortent plus du Musée. Les *Notre-Dame de Paris,* de Gillot, sont peintes avec un lyrisme moderne. On doit encore citer le nu de Lerolle, bon envoi.

Escaliers, balcon, rotonde. Les cavaliers, de Flandrin, ouvrage assez froid et d'une élégance convenue. On aurait dû placer dans une salle et à la place d'honneur l'envoi d'Hanicotte, qui est peut-être parmi les peintres d'aujourd'hui celui qui sait le mieux exprimer la joie. Citons les toiles de Milcendeau, les délicates Venises d'Iwill, le *Buste d'Alfred Besnard* par Philippe Besnard, les envois d'Henri de Nolhac, de Jacques Brissaud, de Rose Dujardin-Beaumetz, de Minartz, de Gaston Schnegg. Le *Buste de Me Léouzon-Leduc,* où Alfred Lenoir a fort bien rendu la violence intelligente d'un des maîtres du barreau. Le joli portrait de Mme Philippe Berthelot, par M. Tonnelier, est difficile à découvrir. C'est une œuvre charmante que l'on aurait pu placer ailleurs que sous l'escalier.

Pastels, aquarelles, dessins : citons un beau pastel de Mlle Émilie Landau, les dessins de Paul Jouve, de Mme Renée Davids, de Charlotte Besnard, le portrait de *l'Acteur Grand* par Louis Carrère, les moulins de Dordrecht par Vauthrin, les envois de Zak, de Henri de Waroquier, les croquis de Renoir, etc.

Sculpture. Je tiens à ne citer que les œuvres qui valent la peine d'être nommées et avant tout la figure monumentale exposée dans le jardin par Despiau ; c'est un des ouvrages *les plus importants* (comme dimension) de cet artiste, et un des plus beaux morceaux de la jeune école de sculpture. Le bronze qu'il expose parmi les œuvres de ses camarades est une œuvre adorable. Au demeurant, le succès remporté cette année par les sculpteurs, que j'ai été un des premiers à défendre, me comble de joie.

J'ai déjà dit mon admiration pour l'art de Mlle Poupelet, parvenue maintenant à un rang où elle devra se maintenir. Marcel-Jacques expose un très beau buste et des statuettes d'un art quasi virgilien. Il faut mettre en avant les marbres de Wittig, un des rares sculpteurs qui soient prêts à entreprendre des œuvres de grande dimension. Voici *Jérémie*, de Rodo, une œuvre de grande puissance et, auprès de cette statue prophétique, sa *Vénus passant devant le Soleil* étonne par sa sensualité. Parmi les vrais sculpteurs, citons encore Durousseau, Wlérick avec deux bustes de premier ordre; Cavaillon, dont j'aime beaucoup le bas-relief; Louis Dejean, Fagel, Andreotti, Pierre Roche, etc.

Gravures. Il faut signaler les eaux-fortes de Beurdeley, et les bois d'un métier très hardi de Laboureur.

(*L'Intransigeant*, 26 avril.)

LE 23e SALON
DE LA SOCIÉTÉ NATIONALE DES BEAUX-ARTS.
À TRAVERS LE SALON

Notes. Ce ne sont ici que des notes hâtives prises à la Nationale avant que tout y fût installé. Les numéros n'étant pas encore fixés, j'ai dû passer nombre de toiles illisiblement ou non signées et impossibles à identifier.

Une remarque qui s'impose avant tout, c'est la rapidité avec laquelle les peintres mondains et presque pompiers de la Nationale s'assimilent les nouveautés que leur imposent les artistes d'avant-garde. Il ne faut que quatre ou cinq ans pour qu'un mouvement, parti des Indépendants, parvienne affadi et prêt à mourir au Grand Palais, où les pires ennemis des nouvelles esthétiques l'accueillent et le dorlotent jusqu'en son extrême vieillesse.

On voit cette année nombre de toiles qui ont subi l'influence de Cézanne, de Gauguin, des fauves et de Picasso même, du Picasso d'autrefois.

Tout cela est si timide que cela ne vaudrait pas la peine d'en parler. Mais la coutume existe encore d'accorder aux grands Salons annuels une importance qu'ils méritent peut-être encore au point de vue mondain, mais qu'ils ont entièrement perdue au point de vue artistique.

SCULPTURE

Cependant, la sculpture de la Nationale est généralement intéressante, mais le parti de la mauvaise sculpture semble l'avoir emporté cette année. Toutefois, à l'heure où j'écris, tous les envois ne sont pas encore arrivés et l'on ne peut se faire une opinion. Je cite par ordre alphabétique des noms d'auteurs les envois intéressants. Andreotti, des qualités et du mauvais goût; Aronson; Louis-Philippe Besnard; Boleslas Biega; Élisée Cavaillon, sculpteur doué; Despiau, un des maîtres de la sculpture moderne et que l'on voudrait plus audacieux.

Léon Fagel; Halou; Marcel-Jacques, qui est peut-être le plus franc de nos imagistes; Mlle Jane Poupelet, une artiste véritable; Roche, Wittig qui modèle largement; Wasley, Arnold; Wlérick qui a un grand talent et à qui je souhaite de l'audace.

Beaucoup, beaucoup de talent, dans tout cela, mais d'audace point.

Le *Buste* et le *Plâtre* de Rodin, les envois de Despiau et de Marcel-Jacques ne sont pas encore arrivés.

PEINTURE

Salle 1. On a eu l'heureuse idée de ne pas la sacrifier et, telle qu'elle est, c'est une salle où les tableaux sont sobres, ont de l'accent et les artistes qui les ont peints sont jeunes. Quoi d'étonnant s'ils ont subi l'influence d'artistes que l'on a coutume de méconnaître dans les Salons officiels!

Voici la scène de saltimbanques de Chapuy, où l'on trouve l'influence directe des saltimbanques de Picasso. *Les Paysans attablés* de Charlot est sous l'influence bienfaisante de Cézanne. C'est une des meilleures toiles du Salon. Il faut le dire. L'enfant qui, à l'abord, paraît moins poussé que les autres figures, est en réalité le morceau le plus intéressant du tableau et celui qui indique la personnalité de l'artiste.

De Suréda, je note *La Douleur des juives au cimetière* et les

Aïssaouas d'une observation un peu forcée. Amédée Ozenfant expose des *Baigneuses* que je n'aime guère, bien qu'il y ait dans cette toile de peintre trop lettré des qualités de coloriste.

La Mort du toréador de Vasquez Diaz. M. Armand Point, qui consacre à d'excellents pastiches une habileté et une érudition que l'on devrait utiliser dans les musées où l'on confie souvent les restaurations à des ignorants malhabiles.

Enfin Jefferies : toile en fête, aux couleurs vives et délicates : du talent.

Roby : *L'Improvisateur,* bonne toile, sérieuse et sincère.

Je note encore de René Carrère un portrait de l'acteur Grand dans le rôle du duc d'Enghien.

Salle 2. Un panneau est couvert par l'envoi de M. Gervex : portraits de femmes dans de beaux cadres dorés.

Robert Lemonnier : paysage impressionniste. *Le Réveil* de Muenier, qui peint très timidement des jeux de la lumière.

Houyoux, Dillon, Antoni.

Salle 3. Lavery, non, non et non! Un troupeau de moutons, dans la brume, par Guignard. L'envoi important de cette salle est celui de M. A. de la Gandara qui, cette année, n'a pas envoyé de portraits de femme. Je pense qu'il a eu tort. Peut-être a-t-il suivi un mauvais conseil de son ami de Versailles, M. Jacques Garnier. Voici trois vues de Paris, d'un Paris lointain comme un souvenir. Voici encore *Le Chevalier à la triste figure,* autour de qui flottent tristement ses fantômes chimériques, un don Quichotte en loques et sur la tête duquel l'arme de Mambrin ne reluit pas au soleil. C'est peut-être là le *Don Quichotte* d'Avellaneda, ce n'est pas celui de Cervantès[1].

Salle 3 *bis.* Rusinol, Guirand de Scévola, Woog, Karpelès, André Dauchez, beaucoup de Dauchez, Lucien Siméon : *Une famille bretonne* et un portrait de femme en bleu qui est le meilleur de son envoi.

Salle 3 *ter.* Un Willette moraliste assez peu plaisant. Henry de Waroquier décorateur qui renonce aux japoneries, tant mieux.

De Dinet, orientaliste véridique, les *Ouled Naïls :* toile gracieuse.

Un portrait de femme par Fleury : du sentiment.

De Gabriel Biessy, un portrait solide et honnête.

Salles 4 et 5. Un plafond de Roll, plafond aussi laid que presque tous ceux que l'on peint depuis vingt ans. Peinture démocratique? Non! mais plutôt peinture parlementaire. Alexandre Séon : la Renaissance. Edgar de Montzaigle : la Grèce. Louis Dumoulin : la Chine. Madeleine Lemaire : le Grand Siècle. Henry-Baudot observe les fauves comme Fabre observe les insectes; chaque métier a ses dangers.

Salle 4 *bis*. Maurice Éliot, Madeleine Dayot, Mlle de Boznanska et la brume de ses portraits; le meilleur est celui de Mme Ilma Graf. René Ménard, qui voudrait être grec et païen mystique comme le fut Louis Ménard.

R.-X. Prinet.

Aman-Jean peint comme toujours des noces de malades, poitrinaires charmantes.

A. Lepère offre un des meilleurs et des plus francs envois de ce Salon.

Piet, impressionniste.

De Robert Besnard, un groupe de trois fillettes blondes.

Salle 5. Frieseke : blanc et rose.

How, des maternités trop élégantes.

Myron Barlow, des servantes qui lisent du Maeterlinck.

Salle 6. Les ciels de M. Le Sidaner; j'aime mieux les ciels de Corot.

De Louise-Catherine Breslau, un portrait de Mme Julien Ochsé, pastel expressif et gracieux.

Cottet, peintre important des femmes de Plougastel, couleurs crues mais non vibrantes.

Salle 7. Bon envoi un peu confus de Dufresne. Décidément, Cézanne règne à la Nationale, et Gauguin s'y montre aussi.

Maurice Chabas, idéalisme.

Weerts.

La Villéon, paysages légendaires.

Migonney : une femme nue, des lynx, des cerfs, des colchiques, tout ça sous l'influence de Gauguin, et c'est beaucoup pour un seul automne.

Salle 8. Une grande décoration de Lévy-Dhurmer, *Malgré les Parques*.

Marret, trois bonnes fresques.

Bieler, femme en jaune, lierre et fausse orange.

Bonne salle, un peu protestante.

Salle 6 *ter*. Ravlin. Maurice Boutet de Monvel, le délicat illustrateur des livres de notre enfance, est mort, il n'y a pas longtemps. Voici son dernier envoi, trois décorations charmantes, tirées de la vie de Jeanne d'Arc. Belles enluminures.

De Raffaëlli un important envoi : six paysages un peu ternes mais fouillés.

Salles 9 et 10. Auburtin, qui paraît décidément tombé dans la niaiserie. Les vagues de Harrisson.

Salle 11. Les nègres de Laurent Gsell. Les portraits d'hommes de Mme Méla Muter.

Les Albert Guillaume qui seuls peut-être dans ce Salon ont eu l'honneur d'être tirés en couleurs par un photographe américain...

Et pourquoi, grand Dieu!

Une fresque du savant M. P. Baudouin. Mais était-il bien utile d'imiter la fausse tapisserie?

Girardot orientalise comme il le fait chaque année.

Salle 12. Gustave Courtois a renoncé à peindre des Hercules.

Costeau, pas si «costeau» que cela. Rixens, Chevalier, Larrue, Leempoels.

Salle 13. Gumery. *Les Moissonneurs* de Lhermitte. Dagnan-Bouveret.

Abel-Truchet, futuriste, détruit Venise en quelques coups de pinceau.

Salle 14. Boldini, futuriste italien et prestidigitateur. E. Cadel, Jean Béraud et ses petites toiles de genre à intentions philosophiques; (l'art de M. Jean Béraud n'est pas si démodé, les futuristes italiens poursuivent avec des moyens modernes un but qui est aussi le sien).

Salle 15. Jeanniot.

Montenard, ou le midi ne bouge pas... mais sa petite toile est jolie.

Alexandre Séon, ou la prière d'une vierge.

M. Carolus-Duran, avant de quitter Rome, a voulu montrer de quoi il était encore capable. Voici une *Descente de croix* tumultueuse, pleine du souvenir de la grande peinture... et infiniment estimable.

Salle 16. Damoye, toujours les mêmes toiles.

Roll, portrait de M. Léon Bourgeois.

Guillaume Roger, Louis Dauphin.

Salle 17, bonne salle. Albert Besnard, au moment d'aller à Rome, a exposé un excellent portrait vivant et simple : *Portrait de M. Dubar, directeur de «L'Écho du Nord».*

De Gaston Latouche, quelques grandes décorations blondes dans le goût de celles qu'il expose chaque année.

Un Tournés minutieux.

Salle 18. Lerolle, un nu, qui n'est pas désagréable, des portraits de Rondel. Osterlind, une belle toile franche, peinte en Bretagne, *Les Servantes;* c'est lumineux et simple à souhait.

Armand Point : *Saint Sébastien,* copie d'un musée quelconque.

Sur le balcon, il faut signaler l'envoi de M. Flandrin, du glacial M. Flandrin...

(*Montjoie!,* 14 avril.)

L'ART BOUDDHIQUE AU MUSÉE CERNUSCHI

Ce matin a été inaugurée au musée Cernuschi une importante exposition d'art bouddhique.

Le deuil du président de la République[1] a ôté à cette cérémonie un peu de son caractère solennel. Néanmoins, l'inauguration a eu un plein succès.

Le gouvernement [était] représenté par les chefs de cabinet du ministre des Beaux-Arts et du ministre des Affaires étrangères, qu'accompagnaient M. Galli, président du conseil municipal; M. d'Ardenne de Tizac, conservateur du musée, et les représentants des sociétés savantes de France et de l'étranger.

Après l'inauguration, un déjeuner a été offert au nom de la municipalité par M. Galli, aux délégués de ces sociétés.

Cette exposition, qui mérite d'être visitée en détail, comprend entre autres curiosités des peintures chinoises et japonaises des XIIIe et XIVe siècles, deux grandes œuvres chinoises du XIIe siècle, venues de Pékin, et qui sont, sans doute, le clou de l'exposition; des vases javanais, des bronzes du VIIIe siècle, des statues, dont les plus intéressantes sont celles du Ve et du VIIe siècles; enfin des ouvrages gréco-bouddhiques du premier siècle de notre ère.

Citons parmi les visiteurs : M. Jean Sève, M. Finot, M. Pelliot, M. Foucher, M. Chavannes, M. Dieulafoy,

S.A.R. le prince de Suède, le prince d'Oldenbourg, Lord Reag, le docteur Speyer, tous antiquaires illustres.

(*L'Intransigeant*, 15 avril.)

LA VIE ARTISTIQUE

AU PAVILLON DE MARSAN

Aujourd'hui ont eu lieu à l'Union centrale des arts décoratifs les inaugurations de deux expositions intéressantes.

Les Arts décoratifs de la femme, sous le patronage de la marquise de Ganay, exposent un grand nombre d' «ouvrages de dames», travaux de patience, d'un goût raffiné et d'un art exquis.

À côté des «ouvrages» dus à des artistes françaises et dont l'ensemble est peut-être plus révélateur du «style» d'aujourd'hui que les meubles de la plupart des «ensembliers», on a réuni des ouvrages plus bizarres, ourdis par les femmes de quelques peuples balkaniques. On regrette toutefois l'absence de Mme Ory-Robin dont le talent et l'adresse ont grandement contribué à remettre en honneur les ouvrages féminins.

Au pavillon de Marsan encore, s'est ouverte l'exposition des «Aquarelles de M. A. Guérin», qui sait fixer d'une façon délicate la poésie des vieux costumes bretons. Ses enluminures, ses images légendaires sont des témoignages choisis d'une très jolie imagination.

HENRI MATISSE

Henri Matisse a rapporté du Maroc un petit nombre de toiles et de dessins qui ne sont exposés que pour quelques jours[1].

Chez le grand coloriste qu'est Henri Matisse, la couleur a une valeur symbolique déterminée par la sensibilité de l'artiste. Le dessin, qui est ici purement instinctif, s'exprime avec la sensualité la plus délicate et la plus raffinée qui soit aujourd'hui.

Le *Café turc,* la *Porte de la kasbah* sont parmi les rares ouvrages supportables inspirés par l'Afrique du Nord contemporaine.

(*L'Intransigeant,* 17 avril.)

LE SALON DES ARTISTES FRANÇAIS

AVANT LE VERNISSAGE.
IL N'Y AURA PAS D'INAUGURATION OFFICIELLE.
UN COUP D'ŒIL D'ENSEMBLE SUR L'EXPOSITION

Il n'y a pas eu aujourd'hui d'inauguration officielle. Mais le petit vernissage de ce matin a été très couru et très animé. Beaucoup d'étrangers, surtout des Américains, et du Nord et du Sud, étaient là. Les Américains, comme on sait, forment le fond de la clientèle étrangère des peintres qui exposent aux Artistes français. Ce qui peut paraître invraisemblable et qui est pourtant la vérité, c'est qu'à ce petit vernissage beaucoup de peintres vernissaient leurs toiles. Mlle Maillard dut réparer la sienne qui avait été endommagée. Le peu de place dont je dispose m'évite la peine d'expliquer les raisons qui me font trouver cette année le Salon des artistes français très supérieur à celui de la Nationale. Ce ne fut pas cependant la première impression, car on avait commencé par accrocher les plus mauvaises toiles et je vous affirme que les écrivains d'art en ont vu de dures pendant leurs premières visites.

À la sculpture, il y a d'excellents envois. Et il faut avant tout mettre hors de pair l'*Orphelin,* de Niclausse; c'est une œuvre de premier ordre, d'un métier admirablement simple et d'un accent très élevé. Le buste de jeune femme par le même artiste est également excellent. Le *Victor Hugo,* de Jean Boucher, est un morceau d'une envolée superbe. Son *Fra Angelico* sera également remarqué. Je tiens aussi à mettre en avant le *Nu* de Raset, jeune sculpteur de grand talent; les *Amours* exquis d'André Abbal, les nus de Grange, de Mangue, la belle fantaisie de Mme Whitney. Je reviendrai sur tous ces envois ainsi que sur les *Pêcheurs* et le *Claus Sluter* de Bouchard, le monument *Aux artistes morts inconnus,* de Landowski, les animaux de Christophe, les envois de Pommier, de Quillivic, de Renaud et de Fernand David.

À la peinture, il faut voir les envois d'Henri Martin, *Sous la pergola en été* et *La Vieille Mendiante,* le *Portrait de S.A.I. et R. la princesse Napoléon et de sa fille la princesse Marie-Clotilde,* par André Brouillet, le *Paul Déroulède* de Cormon, le beau triptyque de Cauvey, *Marché arabe,* les *Charités* de Colbet, *Sous le masque,* d'Etcheverry, qui aura un gros succès populaire; l'envoi de Guillonnet; la *Fin de souper,* de Grün, où se remarquent un certain nombre de portraits parisiens, sera aussi un des grands succès populaires du Salon; ce matin, on n'entendait dans les salles que la louange de ce tableau. Je cite aussi les Clairin, très jolis cette année; les envois de Maxence, de Benedito, les *Tombeaux,* de Sabatté, qui aura un succès délicat et très mérité. Le *Breton* de Désiré Lucas, le portrait de M. Henry Deutsch (de la Meurthe), par M. Léon Bonnat, le *Sem* de François Flameng, le très beau *Portrait de M. Thureau-Dangin* par Marcel Baschet, une *Scène de la comédie italienne* par J.-G. Domergue, un *Nu* de Sarluis, les portraits de Dawant, le *Portrait de M. Paul Deschanel* par Aimé Morot, la *Mascarade* de P. Albert Laurens, la *Cavalcade des Incas,* grande décoration de Lucien Jonas, destinée à la ville de Valenciennes, un *Nu* de Mlle Hélène Dufau, etc., etc.

(*L'Intransigeant,* 29 avril.)

AU SALON
LE VERNISSAGE

UN COUP D'ŒIL D'ENSEMBLE SUR LA SCULPTURE DES ARTISTES FRANÇAIS

Il y avait tellement de monde au vernissage du Salon des artistes français que je n'y ai pour ainsi dire reconnu personne. Cependant, les diplomates, le monde, l'École et les Américains étaient là. J'en ai même vu quelques-uns qui arboraient à la boutonnière le petit sapin vert du *New Spirit*[1], l'esprit nouveau qui fait qu'à New York, on vient d'acheter dans une seule exposition pour 395 000 francs de peinture française nouvelle de Cézanne aux cubistes.

Devant le beau portrait de M. Alapetite, par Patricot, je reconnus le sculpteur Jean Boucher : «Sauvez-moi, dit-il, l'aventure qui m'arrive est des plus singulières. Mon *Fra Angelico,* vous savez cette figure de plâtre que d'aucuns trouvent assez belle, mon *Fra Angelico* s'est animé, et ce qui l'anime c'est un esprit de vérité étonnant, l'esprit giottesque même; allez le voir, ce cher M. de Fiesole, il est en train de discuter l'art de ces messieurs en bas, à la sculpture. Et surtout, je vous en prie, empêchez-le de monter dans les salles de peinture. S'il y montait jamais, quel scandale, car le bon Giovanni, tout doux qu'il soit, a la langue bien pendue. Et tant qu'il ne parlera que de sculpture, il n'y aura que demi-mal[1].»

Je me précipitai vers l'escalier et je reconnus M. Fra Angelico qui se promenait non en frac, comme son nom semblerait l'indiquer, mais en froc, ainsi que l'exigeait sa condition. Je dois dire que l'on ne faisait pas attention à lui, on le prenait pour un gardien vêtu de sa blouse. Toutefois, comme il parlait très haut, il fallait le calmer. Je l'abordai au moment où il venait de s'arrêter devant l'*Orphelin,* de Niclausse.

«Monsieur Fra...», lui dis-je. Mais il ne permit pas que je parlasse plus longtemps : «Taisez-vous, dit-il en souriant, et admirez la pureté de cette composition. L'artiste a exprimé ici avec un art fort et raffiné l'âme du pays de la Brie... Monsieur... Monsieur... Il y a dans ce groupe de pierre un certain esprit de pureté à la Giotto qui m'édifie... Dans la ronde que nous mènerons un jour au paradis, Niclausse sera parmi nous à cause de sa douce pureté que je retrouve dans son délicieux petit buste de femme où, il faut le dire, se retrouve l'influence de Despiau.»

M. Angelico avait élevé la voix. J'étais gêné. Quelques personnages nous regardaient avec curiosité. Je ne les reconnus pas avec certitude, mais je ne doute point que ce fussent ou des aviateurs (à cause du costume) ou les anges de M. Anatole France (à cause du visage, car ils ressemblaient tous à M. D'Annunzio, en grec : *aggelos*[2]). J'essayai d'entraîner Fra Angelico vers la sortie, mais il s'arrêta longtemps devant les *Pêcheurs,* de Bouchard, et devant son *Claus Sluter :* «Deux nobles efforts très différents l'un de l'autre», disait mon guide, et je vis bien qu'il préférait le *Claus Sluter*. Il s'arrêta successivement devant le monument *Aux artistes morts inconnus*, de Landowski, devant le chaste nu de Mangue, devant celui de Grange, devant la fontaine que Fernand David a exécutée pour la ville de Nantes, devant le monument de Pierre Falize, devant l'envoi de Quillivic, devant la *Maternité*, de Pommier, devant le buste de Renaud. Lorsqu'il fut devant la fontaine de Mme Whitney, d'un si noble effet décoratif, il s'émut devant la figure délicate que M. Raset a moulée lui-même : «Voilà un artiste auquel il faudra prendre garde», dit avec une douceur charmante M. Fra Angelico, et quand il fut devant les lutteurs angéliques de M. André Abbal, il s'extasia longtemps, et je compris qu'au paradis il y avait des luttes aussi charmantes. Mais à ce moment je détournai la tête et quand je voulus de nouveau regarder mon guide, il avait disparu. Cependant, parmi l'innombrable foule des bustes représentant M. Massenet, je vis que se dressait immobile la figure de plâtre par quoi le sculpteur Jean Boucher a figuré cette année Fra Angelico da Fiesole.

(*L'Intransigeant*, 30 avril.)

LE SALON
AUX ARTISTES FRANÇAIS

Rappelons-nous ce que Chardin disait au Salon de 1765 : «Messieurs, messieurs, de la douceur. Entre tous les tableaux qui sont ici, cherchez le plus mauvais, et sachez que deux mille malheureux ont brisé entre leurs dents le pinceau, de désespoir de faire jamais aussi mal[1].»

On se donne aujourd'hui bien facilement un brevet de courage artistique en attaquant le Salon des artistes français, ce qui équivaut à enfoncer une porte ouverte. À un quelqu'un qui critiquerait violemment les couleurs de M. Georges Ohnet, on répondrait avec raison : «Tout doux, monsieur, ce travail a été fait et bien fait, il n'est plus à refaire.»

Au demeurant, le Salon des artistes français est supérieur cette année au Salon voisin, et il eſt plus varié, moins maniéré.

On a même varié la couleur des tapis dans différentes salles et le souci de la variété eſt un soin excellent.

Commençons la visite :

Salle 1. Ceux qui ont le rire facile s'égayeront devant la *Sacriſtie*, de M. Chocarne-Moreau. La gaieté exiſte donc encore? On en doute lorsqu'on visite les Salons dits humoriſtiques. Elle s'eſt réfugiée aux Artiſtes français. Le *Portrait de S. A. I. et R. la princesse Napoléon et de sa fille la princesse Marie-Clotilde*, par André Brouillet, eſt une œuvre remarquée, conçue dans des tons clairs. On prendra garde aussi au *Marché aux beſtiaux*, de Mlle Bouillier, à la toile ruſtique et solide de Jean Roque, au *Nu* de Bédorez, aux envois de Caputo, de Boggio, de Cottenet et ceux qui aiment les vieilles lithos en couleurs goûteront les *Chasseurs*, de M. Benedito, qui doit beaucoup aimer le *Freischütz*.

Salle 2. Les amateurs d'impressions humoriſtiques doivent la fuir. Le meilleur morceau, et il eſt excellent, eſt celui de Sabatté : *Les Tombeaux*. Sabatté continue avec talent l'art de Granet. Il faut encore mentionner deux portraits de M. de Winter.

Salle 3. Roybet! C'eſt toute une époque. On en disait beaucoup de mal vers 1890. Aujourd'hui, les jeunes peintres ne connaissent plus son nom. C'eſt en tout cas une véritable curiosité eſthétique. Voici un Breton bien tanné par l'air salin et par le peintre Désiré-Lucas. L'*En promenade* de M. Guſtave Pierre eſt une œuvre simple et agréable, et je note les envois de Rosenberg, de Baudoux qui eſt rude, de Brion qui eſt plus délicat, de Marie Cadet, de Delefortrie.

Salle 5. Citons : Pierre Prunier, Fauconnier, Alexis Vollon, Selmy, qui eſt loin d'être aussi savant que Granet, Zwiller, qui voudrait faire penser à Henner, etc., etc.

(*L'Intransigeant*, 6 mai.)

LE SALON
(Suite)

Un lecteur qui s'intéresse au merveilleux m'a envoyé la liste des statues qui se sont animées. Cette liste est longue. Cependant et bien qu'il m'en coûte de désabuser quelqu'un d'aussi convaincu, je dois déclarer que je ne me suis promené qu'en esprit avec le *Fra Angelico,* de Jean Boucher, et la statue pas plus que le sculpteur n'ont parlé avec moi.

Salle 6. À considérer la grande toile de M. Rochegrosse, *L'Incendie de Persépolis,* on voit bien que Persépolis est un évêché *in partibus infidelium*[1]. Peut-être l'incendie n'a-t-il point d'autre but que d'appeler l'attention sur ce que cette peinture a de lumineux. L'envoi de Roganeau est simple, vigoureux. Voici deux portraits de femmes, par Mlle Roudenay; un beau paysage provençal de M. Charavel, une marine de Tkatchenko comme chargée d'effluves salins; un paysage d'Auvergne par M. Serrier et la Camargue de M. Henri Rousseau, peintre agréable.

Salle 7. J'aime beaucoup les portraits de Jean Patricot. Cette année, j'aime surtout celui de *M. Alapetite, résident général de France à Tunis.* Une vie intérieure anime cette belle effigie, simple et discrète. Portrait longuement médité que je préfère à celui de Gaston Chérau, le romancier audacieux et puissant qui vient de nous donner ce beau roman : *L'Oiseau de proie.*

Je cite Paulin Bertrand, Marcel Bain, Mme Nanay Adam, le marais de M. Henri Caron qui sait exprimer la nature, les fleurs de Richebé, le joli paysage d'Addé Vidal, le kakémono et le *Dimanche* de M. Webster, la femme aux violettes d'Henri Tenré et les envois de José Roy, Saint-pierre, Streeton, etc.

Salle 8. C'est ici que l'on verra le portrait de Paul Déroulède par M. Cormon, portrait qui n'a d'autre mérite que d'être furieusement déclamatoire. Le portrait de femme de M. Henri Zo n'a pas de mérite. Par contre, on goûtera sans réserve la bonhomie et la simplicité de M. Pagès. Je cite Suau et Thibesart.

Salle 9. L'envoi de M. Jules Adler duquel généralement je n'aime guère l'inspiration, est un des plus intéressants du Salon. Je ne parle pas de son *Vieux loup de mer,* mais de ces femmes de marins d'Étaples. Scène bien connue de l'attente anxieuse durant la tempête, mais que M. Adler a su traduire avec une émotion, une vérité qui renouvellent le sujet.

Nous avons eu souvent, cet hiver, l'occasion de voir le *Portrait de M. Thureau-Dangin* par M. Marcel Baschet. C'est une œuvre pleine de distinction et de pénétration que l'on reverra avec passion au Salon. L'autre portrait de M. Marcel Baschet, celui de M. Pierre Marie, a des qualités de même ordre. La toile de Danguy est peut-être ce qu'il y a de plus délicat aux Artistes français. Il faut encore citer Pointelin.

Salle 11. Deux portraits de magistrats par M. Barthalot sont empreints d'une certaine dignité. Envois de MM. Bapst, Henri Royer, Olive, Balande, etc.

Salle 12. M. Léon Bonnat est un homme considérable. On le dit entier dans ses opinions. Pas si entier cependant qu'il ne consente à changer d'avis s'il reconnaît avoir tort, témoin la confrontation des trois Marcet qui eut lieu ces temps derniers à l'exposition de «David et ses élèves», au Petit Palais. Une jolie anecdote naquit ainsi de la bonne foi de M. Léon Bonnat. Son attitude irréductible, à ce que l'on dit, lui donne cependant une place à part dans la peinture contemporaine. Son nom tend peu à peu à remplacer ceux de Cabanel, de Bouguereau et de Roybet, que la jeunesse ne prononce plus que rarement, car elle les a presque oubliés.

M. Bonnat est devenu l'ennemi. On fait courir les bruits les plus divers et sans doute les plus controuvés. L'École moderne française n'est que très incomplètement représentée au Luxembourg; on dit que M. Bonnat en est cause. D'autre part, on assure qu'il collectionne les œuvres des jeunes peintres les plus hardis. Quoi qu'il en soit, et cela vient-il d'Octave Mirbeau ou de MM. Reboux et Muller, le bon ton artistique veut que l'on dise «Raca[1]» devant les *œuvres de M. Bonnat,* qui, d'autre part, jouit d'une très grande autorité officielle. Il est vrai que ce n'est pas un peintre très séduisant : ses portraits d'hommes sont vulgaires mais expressifs, et ils ne sont point convenus. Citons encore dans la salle 12 l'amusante *Lecture du père Duchesne,* l'ébouriffante *Fin d'émeute à Pékin,* de Devambez

— je vous ai déjà dit qu'il n'y a plus d'humoristes aujourd'hui qu'aux Artistes français —, les paysages hollandais de Lucien Lièvre, les envois de Maurice Gru, de Bompard et de M. Calvet.

Salle 13. *La Repasseuse* de M. Bail, peinture sans accent. Deux portraits féminins agréables de M. Paul Chabas. Mais quel artiste serait ce peintre s'il avait l'excellent défaut de gourmandise! Beau paysage africain de M. Dabadie. Voici encore *La Diligence* de Monchain.

Salle 14. M. Max Bohm est un véritable artiste, dont le style simple et contenu retient l'attention et fait méditer.

Salle 16. *Fructidor* et *Messidor,* de M. Gervais, iront orner la salle à manger d'une villa appartenant à M. Pams. Peintures qui faillirent devenir officielles! Mais voici *La Leçon d'amour dans un parc* de Jean-Gabriel Domergue, qui progresse chaque année et nous donne cette fois une des toiles les plus séduisantes et les plus curieuses de ce Salon. Quant à M. Louis Azéma, il parvient à être comique en peignant l'assassinat d'Henri III par Jacques Clément. Voici encore un joli portrait de M. H. d'Estienne et les envois de MM. Léon Félix, Marcel Bain, etc.

Salle 17. M. Flameng, qui expose un portrait de femme et le portrait du dessinateur Sem, fait un grand effort vers la vie.

Le *Portrait de Sem* est d'ailleurs une des choses les plus pimpantes du Salon. Je note encore une jolie église d'Alfred Martin, *La Nuit d'hiver* de Goster et une marine de Monchain.

LES INTIMISTES

Les «intimistes», présidés par Aman-Jean, exposent d'agréables choses à la galerie Devambez. J'y ai goûté les œuvres délicates et touchantes de Mlle de Boznanska, de Mlle Bittow, d'Aman-Jean, d'Ernest Laurent, de Muenier. On y verra, outre les ouvrages d'Abel-Truchet, de Benoît-Lévy, de Guirand de Scévola, de Mme Mag-Nobel, de M. P. Renaudot, de M. Lévi-Strauss, l'envoi allègre de M. G. La Touche et celui de M. Malherbe qui a fait de grands progrès vers la franchise et vers la vie.

(*L'Intransigeant,* 13 mai.)

LE SALON
(Suite)

Salle 18. Les deux portraits de M. Dawant sont de bonnes choses où l'on souhaiterait moins de contrainte. Un autre portrait plein de mérites attire l'attention, celui de *M. Albert Carré,* par Mme Eugénie Stœtzer. De Chigot, un grand panneau frais et lumineux, imaginé et exécuté avec une heureuse simplicité. Je cite encore le *Nu* de Vergeaud, une toile impressionniste et fort agréable de Mlle Browning et l'envoi de M. Tanoux, *Fleur de mal.*

Traversons vite la galerie, après avoir jeté un coup d'œil sur la *Marine* de Mlle Suze Laffitte, sur l'envoi simple et probe de Janoir, *Femmes et pêcheurs du Nord* et *Sur la falaise d'Yport,* où M. André Strauss peint une figure de femme.

Salles 21, 22, 23 et 24. L'envoi de Clairin est, à mon sens, le meilleur de ce peintre depuis que je cultive l'art de chatouiller les artistes. Sont-ce là des sujets tirés des *Mille et Une Nuits*? C'est possible. En tout cas, il y a du lyrisme dans ces toiles. M. Etcheverry, qui, avec son *Vertige,* connut le succès populaire international, après quelques efforts pour renouveler sa renommée, a recommencé son *Vertige.* Il a déguisé les personnages et le tableau s'intitule : *Sous le masque,* mais le sujet est le même. Tableau fort intéressant, puisqu'il donne la mesure des goûts artistiques de la plus grande partie de l'humanité contemporaine. C'est un art qui va de pair avec la musique de certaines danses, musique au charme de laquelle se laissent aller des personnes très raffinées. J'avoue que je ne me suis pas laissé aller au charme de ce tableau, mais qu'il me plaira lorsque je le verrai reproduit en carte postale. Ne méprisons pas les arts populaires et ne les confondons sans cesse avec le folklore et l'archéologie.

Voici un portrait d'enfant par Léon Glaize. Le *Triptyque,* de Cauvy, est un des envois les plus intéressants du Salon; le coloris est souvent heureux et il y a un effort très visible et très louable vers une forte construction. Voici de

M. G. Bergès, peintre de talent, un tableau destiné à l'église du Bourget, en *Commémoration de la défense héroïque* en 1870.

Le jour du petit vernissage, comme je regardais de près le tableau de M. Edgar Maxence, *Le Livre de paix,* quelqu'un de très aimable, qui regardait la même toile, me dit : « Vous cherchez la signature, mais c'est Maxence. » Eh oui, c'est Maxence, et l'on souhaiterait que cet artiste de talent, quitte à se tromper, sortît de cette manière dont il a tiré de bons tableaux, mais qu'il devrait renouveler sans quoi on écrira de lui, au lieu de l'épithète médiéval, on finira par lui appliquer celle de moyenâgeux.

Louons les coloris de Gourdanit et de Mlle Braconnier, la *Flore,* ornée de guirlandes de Mlle Louise Abbéma. Voici encore les envois de Tarqueray, Clovis Cazes, le *Portrait de Mme Berthe Cerry* par Jules Cayrou et une jolie vue de la Savoie montagneuse par M. J.-V. Communal.

(*L'Intransigeant,* 14 mai.)

LE SALON

Les écrivains d'art, mes chers confrères, ont coutume de trouver qu'il y a chaque année beaucoup trop de tableaux aux Indépendants. Chaque année, de mon côté, je demande à un jeune peintre des Indépendants de vouloir bien faire avec moi le tour des salles de peinture aux Artistes français bien peu fréquenté par les peintres modernes.

Je me souviens de la mine effarée de l'un d'eux, lorsque après tant et tant de grandes salles je lui montrai avant de visiter la sculpture et tout ce que l'on met au rez-de-chaussée l'interminable balcon.

Un autre de ces jeunes peintres, qui se flatte d'être un costaud, dut se coucher pendant deux jours ; après sa visite aux Artistes français, il était fourbu et avait un violent mal de tête. J'en ai conclu que si les vieux critiques trouvent qu'il y a trop de tableaux aux Indépendants, les jeunes peintres trouvent qu'il y en a trop aux Artistes français. Je crois qu'on en pourrait conclure aussi qu'il y a aujourd'hui beaucoup trop de peinture. Mais ce ne serait qu'une opinion de peintre ou d'écrivain d'art, gens pour qui un tableau est le pire ennemi. Ce n'est pas l'opinion du public, qui va aussi volontiers aux Artistes français qu'aux Indépendants.

Ce sont là les Salons où règnent la franchise et le désintéressement artistiques, qui me plaisent infiniment.

Ces deux importants Salons ont des points de comparaison. Ils se ressemblent même, en ce sens, que trois cinquièmes environ des toiles qui sont exposées aux Indépendants figureraient fort bien aux Artistes français. Ces Salons diffèrent aussi, puisque dans l'art du XIXe siècle, ils ont joué un rôle contraire, et le discrédit qui semble s'attacher aujourd'hui aux ouvrages exposés chaque année aux Artistes français est le témoignage que dans les luttes que se sont livrées ces deux adversaires, le plus petit vainquit souvent le plus grand.

Aux Indépendants, du moins dans quelques salles, il règne un esprit véritablement moderne, il mérite le nom de «subtilité», et dans bien des cas ce terme pourrait s'opposer à celui de «plasticité». Cette qualité qui se retrouve aujourd'hui dans la poésie aussi bien que dans les arts et dans les sciences n'appartient à aucun ouvrage ancien ou produit d'après des principes anciens.

Ce sont ces principes que l'on applique au Salon des artistes français, non sans leur apporter les modifications les plus absurdes. Mais la vulgarité qui caractérise l'art du Salon des artistes français suffisait à ôter à ces principes toute leur efficacité. Ils ne souffrent pas la vulgarité, tandis qu'au contraire, la subtilité moderne adopte tout ce qui existe.

L'art officiel, l'art du Salon des artistes français, s'adresse en vain à l'imagination, celle-ci ne comprend plus, et le langage plastique qui se parle ici paraîtrait bien vulgaire aux anciens plasticiens.

C'est ainsi que Virgile aurait médiocrement goûté un poème de basse latinité.

Plus tard, on s'intéressera aux peintres du Salon des *artistes français*, comme on s'intéresse à certains poètes latins du Moyen Âge ou de la Renaissance, et Baudelaire a tiré d'eux quelques éléments de son modernisme.

SCULPTURE

La moitié des sculpteurs, quatre jours avant le vernissage, n'avait rien apporté. Je dois citer toutefois, parmi les œuvres déjà exposées, la *Femme nue,* de Grange, le *Victor Hugo* et le *Fra Angelico,* de Jean Boucher, une statue de fillette nue, œuvre intéressante dont il m'a été impossible de découvrir l'auteur, la *Fontaine* de Fernand David, destinée à Nantes; une autre *Fontaine* intéressante, de Mme Whitney, le *Monument aux héros inconnus*[1], de Landowski, les *Pêcheurs,* de Bouchard.

Niclausse qui est un des sculpteurs intéressants de ce Salon, n'a rien envoyé cette année[2].

PEINTURE

Pour la peinture, je me contente de citer quelques noms : ce sont, à mon gré, les envois les plus intéressants, et j'ajoute qu'il y en a bien peu qui le soient vraiment. On voit moins de divisionnisme dans les salles que les autres années.

C'était une note moderne très agréable, et je trouve qu'elle manque beaucoup.

Je mentionne avant tout l'envoi de Guillonnet (salle 34), qui m'a paru très intéressant : *La Cuve* et *En maraude;* voici aussi *Le Retour,* de Jean Roque; les portraits de M. Henri Zo; le *Paysage* de l'abbé Van Hollebeke; la *Boîte de Pandore,* de M. Tribout; le *Paysage à Montreuil-sur-Mer,* de M. Henry de la Tourrasse; le *Portrait de la perruche* est une toile agréable de Mlle Taupenot qui, si elle consentait à ne pas imiter, mais à se laisser aller à son instinct et à son imagination, serait un illustrateur charmant; Mlle Louise Abbéma a envoyé une *Flore,* M. Jules Adler, *Un vieux loup de mer.* Les *Étoffes d'Alger,* de Mlle Baconnier, sont décoratives; voici Bail Franck-Antoine avec un *Bouquet de roses,* et Bail Joseph avec une *Repasseuse;* le *Portrait de mon fils,* de Mme Bécagli, a de jolies qualités de sentiment; un *Nu* de Biloul, c'est agréable à regarder; Max Bohm est un peintre distingué, que sa «manière» désignerait pour la Nationale.

L'envoi de cette année, *Femme et son enfant,* renforce cette impression.

M. Léon Bonnat expose le portrait de *M. Henry Deutsch (de la Meurthe),* et le portrait de Mlle Kinen.

Si l'imagination eﬆ rarement excitée dans ce Salon, le jugement peut s'y exercer de façon profitable. Les nuits lunaires de M. Cachoud prennent de l'importance, dès qu'on sait que le peintre eﬆ, comme Henri Matisse, un élève de Guﬆave Moreau. De M. Cahun, un *Intérieur.* M. Calbet voit, je crois, plus grand cette année que les années précédentes.

Mme Berthe Cerny, par Jules Cayron, portraitiﬆe à la mode.

Voici des fleurs, de feu Achille Cesbron, qui fut, il faut le reconnaître, un bon peintre de fleurs; Alphonse Chigot, *Fraternité* (1870), et Eugène Chigot, *Floréal,* fragment de tapisserie. Chocarne-Moreau : sa peinture eﬆ l'idéal de l'art que l'on rêve au Salon des artiﬆes français, et vraiment il y a trop peu de peinture de genre et de ce genre. Georges Clairin eﬆ un heureux égyptologue. M. Léon Commerre ne se consolera jamais de ses attaches de parenté avec le cubisme. M. J.-V. Communal expose une belle étude alpeﬆre : *Glacier et cirque des Évettes;* le *Portrait de M. Déroulède,* par Cormon; M. Sabatté eﬆ un homme de talent qui continue modeﬆement l'œuvre de Granet. Deux portraits de Roybet, nom magique, qui a été répété des milliers de fois par les jeunes peintres et depuis longtemps déjà : Bouguereau et Roybet, noms proverbiaux que les gens se lançaient volontiers à la tête il y a peu d'années. Ajoutons que la vogue de ces noms commence à décroître.

Deux portraits pénétrants et sérieux de Jean Patricot : *Portrait de M. G. Alapetite, résident général de France à Tunis; Portrait de Gaﬆon Chérau,* qui, avec son beau livre *Le monﬆre,* donne une vie nouvelle au roman.

Les paysages d'Alexandre Nozal sont les meilleurs de ce Salon.

Voici le *Portrait de M. Paul Deschanel,* par M. Aimé Morot. Ce portrait eﬆ sensationnel, on se presse pour le venir voir.

Maxence, toujours mélancolique; Debat-Pousan; Mlle Angèle Delasalle expose un portrait intéressant; Mme Virginie Demont-Breton, très «Artiﬆe français»; voici le *Port de pêche,* et la *Tête de paysan,* de Louis Désiré-Lucas.

La moitié de ceux qui visitent le Salon y vont pour voir les bruyères de Didier-Pouget; les tendresses d'Etcheverry, les portraits de MM. Gabriel Ferrier et François Flameng, et sur ces deux noms de membres de l'Institut, terminons cette rapide visite aux Artistes français, où l'on pourra revenir si on en a le goût et si l'on a des loisirs.

(*Montjoie!*, 29 avril.)

BELLES IMAGES
PROMENADES ET JARDINS DE PARIS

Aujourd'hui a été inaugurée à l'hôtel Le Peletier de Saint-Fargeau, 29, rue de Sévigné, l'exposition de la Bibliothèque et des Travaux historiques de la Ville de Paris, organisée avec le concours des collections de M. G. Hartmann, vice-président de la Société des amis de la Bibliothèque.

L'exposition a été consacrée aux promenades et jardins de Paris depuis le XVe siècle jusqu'en 1830. L'art des jardins est à la mode : expositions, albums, nouveaux parcs, jardins ouvriers, espaces libres. On ne parle que de cela. Les antiquaires s'en mêlent aussi : on parle de reconstituer les jardins de la place des Vosges.

Cette exposition est très séduisante et les pièces intéressantes et souvent très rares qui la composent ont été groupées de la façon la plus simple et la plus agréable pour le visiteur.

«Mais où sont...» les jardins du Palais, tels que les reproduit une miniature des *Très Riches Heures du duc de Berry*, végétation en berceaux, à l'extrémité occidentale de l'île de la Cité, dans l'enceinte crénelée du Palais?

Dans le jardin du Louvre, au XIVe siècle, il y avait du pourpier, des laitues, mille sept cent cinquante ceps de vigne et des sièges, des chaises, des marchepieds de gazon.

Ah! si, en même temps que les jardins de la place des Vosges, on pouvait reconstituer les jardins des Peultres, ceux des Gobelins, ceux des Cordeliers[1].

Sait-on que le jardin des Simples, «rempli de plusieurs beaux arbres fruictiers et plantes odoriférantes rares et requises et de différentes espèces», créé par le bon apothicaire Nicolas Houel vers la fin du XVIe siècle, fut l'ancêtre du jardin des Plantes?

Mais, empruntée au *Second volume des plus excellents bastiments de France,* de Jacques Androuet Du Cerceau, voici une curieuse gravure représentant le jardin des Tuileries tel qu'il existait en 1579.

Passons ensuite aux promenades et aux jardins du XVIIe siècle : le mail de l'Arsenal, le cours de la porte Saint-Antoine, le Cours-la-Reine, le promenoir de la place Royale qui, aménagée en jardin, fut le premier des squares parisiens; le jardin de Renard, annexe élégante du jardin des Tuileries, et qui était le rendez-vous des héros et des héroïnes de la Fronde; le jardin du Temple, le jardin de Saint-Martin-des-Champs, le jardin des Plantes, le Luxembourg et le Palais-Royal. Mais voici Le Nôtre et son jardin des Tuileries, la naissance des Champs-Élysées, qui se rattachent à l'œuvre de Le Nôtre. C'est ensuite le XVIIIe siècle et ses jardins en terrasse, les transformations des Tuileries, le manège, «les demoiselles de la petite bande» et la galante composition de Saint-Aubin qu'accompagne un quatrain charmant :

Le faste se repose en ces jardins charmants.
Les cercles sont formés autour de chaque belle.
Nonchalamment assis, mille couples d'amants
S'y jurent à leur aise une flamme éternelle.

Marigny transforme les Champs-Élysées et trace l'allée des Veuves[1].

Changements encore au Palais-Royal où l'arbre de Cracovie abrite les nouvellistes; c'était un marronnier qui ne tenait point de la vieille cité polonaise, mais des «craques» que l'on comptait sous son ombrage.

Après les jardins français, voici les jardins anglais chantés par l'abbé Jacques Delille, ce fameux poète dont M. Anatole France seul sait encore par cœur de longues tirades[2]. C'est le *Tivoli,* de Boutin, les jardins d'Auteuil et de Chaillot, Bagatelle et Saint-James, le jardin de Beaumarchais sur lesquels on a peu de détails et que Victorien Sardou avait encore pu voir dans son enfance; le parc Monceau, chef-d'œuvre de Carmontelle, avec un moulin à vent hollandais, un fort, des obélisques, le pont des Saules, un château gothique en ruine, une ferme, des vestiges du Temple de Mars, la statue de Persée, un minaret, la fameuse naumachie, une tente tartare, des tentes turques, un temple de marbre, un jeu de bague avec son «parasol chinois soutenu par trois Chinois pagodes[1]», etc.

Puis la Révolution, le Directoire, le Consulat, *Le Suprême Bon Ton*[2], l'Empire, la Restauration et le ravissant dessin de Marlet représentant des fillettes jouant aux Tuileries, vers 1820; voici le bossu Mayeux qui mérite de personnifier l'époque.

Exposition charmante! Il convient d'en remercier les organisateurs : M. Marcel Poëte, M. G. Hartmann, M. Gabriel Henriot, M. Ruinaut, M. le Dr Le Pileur.

Jardins, parcs, espaces libres! On a commencé aujourd'hui la démolition de quelques vieilles et curieuses maisons de la rue Simon-le-Franc, et les expositions sur l'art des jardins vont se succéder à Bagatelle et au pavillon de Marsan.

(*L'Intransigeant*, 17 mai.)

À BAGATELLE L'EXPOSITION DE PEINTURE DES AMATEURS DE JARDINS

Quelle heureuse idée a eue le comité de la Nationale en consacrant aux jardins son exposition de Bagatelle et en faisant appel à la Société des amateurs de jardins pour qu'elle organisât une exposition au naturel, seul cadre digne de cette charmante exposition de peintures.

Aujourd'hui, le duc de Clermont-Tonnerre, président, et les membres du comité des Amateurs de jardins ont donné à Bagatelle un goûter où ils avaient convié une société très élégante.

On reparlera de cette jolie fête et de l'œuvre d'enjolivement accomplie par les Amateurs de jardins.

Aujourd'hui, contentons-nous de regarder les tableaux. Il ne s'agit pas d'une exposition rétrospective, la plupart des œuvres exposées sont dues à des sociétaires vivants. Mais il y a un certain nombre d'exceptions : un petit Corot délicieux, un bouquet que Monticelli a dû peindre avec des pétales écrasés. De Renoir, un coin échevelé de jardin; d'Antonio de La Gandara, des statues du parc de Versailles, en tout trois petits tableaux charmants et mélancoliques; un joli jardin, par Louise Breslau; un coin du bois de Boulogne — peinture nerveuse et précise — d'Albert Besnard il y a treize ans. La *Lecture au jardin,* de Gaston Latouche, baigne dans une jolie lumière.

J'ai revu avec plaisir *Le Jet d'eau,* cette merveille brodée par Mme Ory-Robin, qui a les doigts et l'imagination d'une fée. De Raffaëlli, il y a un beau bouquet et un portrait qui, si l'apparence n'est point trompeuse, est en ciment armé; quelle délicieuse oasis de sensibilité forme l'envoi de R. Giroust, atmosphère claire et cependant voilée, tons délicats, compositions pleines d'une tendre et juste poésie.

Les œuvres que contient cette exposition ont été choisies avec soin, aussi sont-elles presque toutes intéressantes. Je dois me contenter de citer à la hâte : Duez, Faller, Dagnaux, Mlle Bringault qui n'est ni sociétaire ni associée de la Nationale, mais qui a été invitée, Henri Duhem, Montenara, l'aimable président de l'exposition, Waidmann, Prinet, Roger Jourdain, Roll — le père et le fils —, P. Mathey, Léon Carré, Le Sidaner vraiment très joli, Rixens, Rosset-Granger, Mulot, Laurent Gsell, Lebasque — un vrai peintre de jardins, M. Jacques-Émile Blanche —, de belles fleurs largement et librement traitées, Abel-Truchet, un Guérin douillettement ouaté, des faneuses de Firmin Girard, un goûter de Guillaume Roger, des roses trémières ou passeroses de J.-A. Muenier, plusieurs coins peints par Cottet à Constantinople, Marie Cazin, P. Madeline, L. Moreau, Nélaton, un charmant Tournès, Guirand de Scévola, Bernard Boutet de Monvel, Raymond Charmaison qui a peint de si justes Versailles d'automne, *Une fête travestie dans un jardin,* pastel très amusant de Dufrène, des fleurs de La Villéon, une jolie petite toile pleine de simplicité et de retenue par Marie Duhem, E. Cadel, Georges Griveau, Dannat, Villaert. Je parlerai prochainement du jardin, des sculptures qui l'enjolivent, du pavillon et de l'orangerie.

(*L'Intransigeant,* 18 mai.)

LA VIE ARTISTIQUE

P. BOYER, PEINTRE DE LA BRETAGNE PITTORESQUE

M. Boyer expose à la galerie La Boétie, 64 *bis,* rue La Boétie, une suite de tableaux d'un beau métier, qu'il intitule fort justement *La Bretagne pittoresque.* En effet, ces sites ont été choisis parmi ceux qui donnent le plus l'idée de cette nature délicate et infiniment mystérieuse dont le charme n'a jamais cessé d'attirer en Bretagne les artistes du monde entier.

M. Boyer, sensible à l'immensité de l'Océan, s'acharne, comme Courbet, à saisir la force fugace et la puissante fureur des lames impétueuses.

La mer est son élément préféré et même lorsqu'elle est calme, il la contemple avec complaisance et essaie d'en rendre les transparences et les tendres horizons.

UN VERNISSAGE À BAGATELLE. L'ART DU JARDIN

J'aime les jardins mouillés, et ceux qui les aiment comme moi durent être infiniment heureux de cette pluie nonchalante qui samedi dernier et aujourd'hui même, alternant avec le beau soleil de mai, tomba capricieusement sur le parc de Bagatelle.

Les visiteurs étaient nombreux et tous paraissaient ravis[1]. On reconnaissait le duc et la duchesse de Clermont-Tonnerre, le duc de Luynes, le comte de Comminges, le comte et la comtesse de Fels, M. Grosjean, le Dr Charpentier, M. Roll, Mlle Breslau, M. Montenard, M. Louis Metman, M. Lucien Corpechot, M. de Passillé, Maurice Barrès, M. et Mme Bartholomé, MM. Forestier, Halou, Lamourdedieu, etc.; et les membres des différentes sociétés organisatrices, la Société nationale des beaux-arts, l'Union centrale des arts décoratifs et la Société des amateurs de jardins.

Dans le parc au noble dessin
Où s'égarent les cydalises
Parmi les naïades surprises
Et les marbres du clair bassin[1].

Les visiteurs erraient, s'étonnant de découvrir ici une *Baigneuse,* de Bartholomé ou de Halou, un *Satyre gardant des chèvres,* de Bourdelle, un *Cerf bramant,* de Froment-Meurice, un *Enfant jouant avec un cygne,* de Dampf.

C'était encore le pavillon avec un beau marbre de Rodin, la *Création,* et l'orangerie où Süe avait combiné un savant ensemble décoratif et peint lui-même un petit salon. On admira le vélum de Jaulmes, la réduction de jardin d'André Véra, novateur en l'art des jardins, les peintures de Paul Véra, qui donne ainsi au cubisme une tendance décorative très intéressante, les meubles en vannerie de l'École nationale de Fayl-Billot (Haute-Marne), les meubles d'André Mare, le salonnet de Gampert et de La Fresnaye, les belles décorations d'André Groult, etc.

(*L'Intransigeant,* 20 mai.)

LA VIE ARTISTIQUE

AU PAVILLON DE MARSAN. L'ART DES JARDINS

L'art des jardins est en honneur. À ce mouvement l'Union des arts décoratifs a grandement participé. Voici qu'elle vient d'organiser au pavillon de Marsan une sorte d'apothéose de Le Nôtre. M. Lucien Corpechot sera bien content. Voici le portrait présumé de Le Nôtre, il appartient au musée d'Orléans. Voici ses instruments de jardinage, bêche, râteau, etc., touchantes reliques que conserve le musée de Clermont-Ferrand.

Dans la nef, on a exposé de merveilleuses tapisseries qui proviennent du Garde-meuble[2] : ce sont quatre pièces de la série des résidences royales : Blois, Chambord, Versailles, Vincennes. Les colonnes viennent de l'Orangerie de Marly, elles ont appartenu à Victorien Sardou. Les statues représentant les quatre saisons sont présumées sortir de l'atelier de Falconet. *L'Hiver* surtout est une figure charmante.

Ensuite vient la salle consacrée à Le Nôtre. J'ai mentionné le portrait et les instruments. Voici des plans de Le Nôtre, celui de Dampierre, une curieuse page où il a noté ses recherches relatives à la taille des arbres. Ce sont encore les belles gouaches de Jean Cotelle. Et Versailles encore. Il y a là de grandes peintures médiocres, mais intéressantes et instructives et documentaires, *Le Parterre du Nord, Le Bassin de Latone, Le Grand Roi dans sa petite voiture...* Dessins de fontaine de Lebrun, originaux de Rigaud : *Les Bassins de Versailles.*

Enfin, les jardins du XVIIIe siècle : celui du petit château de Saint-Hubert, à Mme de Pompadour, le pont tournant des Tuileries, expérience aérostatique du duc de Chartres à Saint-Cloud, jardin du château de Passy, vue de Chanteloup, vue du château de Madrid.

Un dessin de Fragonard et une fraîche tapisserie de Boucher donnent à la dernière salle un cachet particulier. Des vitrines de petits Saxes offrent çà et là tout un petit monde de jardiniers et de jardinières, tel qu'il dut en sortir de la boîte que Gracieuse ne put s'empêcher d'ouvrir dans cette forêt que Percinet[1] savait si bien et si vite transformer en un jardin dessiné par Le Nôtre.

(*L'Intransigeant,* 25 mai.)

LA VIE ARTISTIQUE

SALON DES PEINTRES MILITAIRES

Le grand art devient de plus en plus suggestif en ce sens que, la nature n'étant jamais écartée, l'effort vers la réalité se fait par l'élimination de l'accident visuel et anecdotique. D'autre part, nous allons assister à une résurrection, non seulement de la peinture de genre, mais de tous les genres en peinture.

À la galerie La Boétie, vient de s'ouvrir le Salon des peintres militaires dont l'attraction principale est une «Exposition rétrospective Alphonse de Neuville». Cette manifestation artistique a pris un certain caractère officiel. Le comité de patronage est composé des ministres de la Guerre, de la Marine et du sous-secrétaire d'État aux Beaux-Arts, le comité d'organisation présidé par M. Jules Claretie a pour président d'honneur le général Lyautey, et parmi ses membres on trouve le vice-amiral Le Bris, chef d'état-major de la Marine, le général Niox, conservateur du musée de l'Armée, M. Henry Lapauze, M. de Nolhac, etc., etc.

À la «Rétrospective Alphonse de Neuville (1835-1885)», les fameuses *Dernières cartouches,* que l'art populaire a si souvent reproduites, *Le Cimetière de Saint-Privat, L'Église du Bourget, La Batterie Gervais* du siège de Sébastopol, le *Portrait de Paul Déroulède,* etc., etc., et encore des aquarelles, des dessins, des esquisses.

M. Cormon expose une *Charge de cuirassiers* (1805). M. François Flameng expose un *Vive l'Empereur* à Waterloo, 18 juin 1815, 6 heures du soir, où il y a de l'émotion. Voici des aquarelles de Lalauze auxquelles l'antiquaire le plus savant ne saurait rien reprendre; l'envoi de M. Orange se rapporte presque entièrement aux guerres de l'Empire. La *Capture d'un chef de guérillas,* guerre d'Espagne 1808, eût enchanté Hugues Rebell, qui aimait cet épisode de l'épopée impériale; voici la *Bataille des Pyramides,* de Poilpot, des vues de la guerre des Balkans, morceaux d'actualité par Georges Scott, etc., etc.

Il y a dans ce Salon, parmi quelques morceaux de mérite, beaucoup de peintures d'un grand intérêt documentaire. Cependant, il manque Detaille, Meissonier et Willette dont les dessins militaires sont nombreux.

(*L'Intransigeant,* 27 mai.)

LA VIE ARTISTIQUE

Tandis que tout Paris retourne à l'exposition de «David et ses élèves» au Petit Palais, où M. Henry Lapauze, qui pourrait prendre pour devise : «Instruire en émerveillant», nous envoie à la visite de *Pygmalion et Galatée* de Girodet, mis à la disposition de la Ville de Paris par

Mme la duchesse d'Uzès, d'autres expositions sollicitent l'attention.

Voici d'abord le Palais-Salon, dont la huitième exposition a été inaugurée par M. Bérard, guidé par Mᵉ Henri-Robert. Le sous-secrétaire d'État aux Beaux-Arts acheta même une aquarelle de Mᵉ Bernardeau. Pour ma part, j'ai plaisir à proclamer les dons de coloriste de Mᵉ Victor Charreton. Mᵉ Bernardeau a le sens des sites pittoresques. Mᵉ Henri Coulon est un paysagiste de mérite. Les *Silhouettes du Palais* de Mᵉ Landowski sont spirituelles, mais quel coloris juste et expressif dans les pastels et les aquarelles de Mᵉ Félix Belle ! Mᵉ Paul-Manceaux sait exprimer avec joie la simple nature. Ce que l'on voit à ce Salon, ce sont des notations pittoresques de sites près de disparaître.

On peut faire le procès de Paris au XIXᵉ siècle, les documents ne manquent point. Mᵉ Rousset aime la jolie rue Berton à Passy : que de fois j'y ai cherché des traces du passage de Balzac ; j'ai relevé toutes les inscriptions, mais je n'ai rien trouvé d'intéressant. Beaucoup d'aquarelles de dames, quelques objets d'art et les *Croquis d'audience* du substitut Wattine, qui aime la Hollande.

★

À la galerie Blot, on expose l'œuvre d'un jeune artiste déjà célèbre à Montmartre et dans quelques milieux artistiques. C'est Maurice Utrillo, coloriste d'une sensibilité aiguë, peintre très bien doué. Octave Mirbeau s'intéresse à lui.

★

À la galerie Druet, voici l'exposition du sculpteur Nadelman, dont la première exposition, il y a de cela peu d'années[1], eut de l'influence sur quelques jeunes peintres très importants. Ses dessins, en particulier, furent remarqués. Nadelman est un amoureux des belles matières et des formes harmonieuses. Il connaît très bien l'art antique et peut-être se méfie-t-il trop de ses propres idées en ce qui concerne l'art d'aujourd'hui.

★

Chez Marseille, rue de Seine, une intéressante exposition[1], à laquelle participent Dufy, qui eſt redevenu audacieux comme il faut, Dunoyer de Segonzac, Georges Kars, Kisling, Lewitska, dont les paysages ont une poésie si neuve, Lhote, Mainssieux, Jean Marchand, avec deux belles natures mortes, L.-A. Moreau, qui commence à aimer la couleur, et Rouault.

(*L'Intransigeant,* 28 mai.)

LA SCULPTURE D'AUJOURD'HUI

Mesdames et Messieurs

Nous assiſtons aujourd'hui à un renouvellement général de l'eſthétique. L'imitation n'eſt plus la base unique des arts plaſtiques. Si Dieu avait créé l'homme au xxe siècle, il ne l'aurait pas créé à son image. Il l'aurait inventé de toutes pièces et je pense que nos facultés auraient été ainsi autrement puissantes qu'elles ne sont. Bras longs comme les rails, jambes vites, éclairs ou sons. Pensée visible, coagulée pour l'éternité, et se détruisant immédiatement.

Qu'ont fait les sculpteurs depuis Rude? Ni le bien, ni le mal. Ils sont reſtés dans le rôle social du photographe-retoucheur ou du tapissier ou du pâtissier-confiseur. Le charcutier qui sculpte une motte de saindoux ou de rillettes de Tours a fait plus pour l'avancement de la sculpture que le grand Rodin, funéraire!

Il y a deux ou trois ans, on a cru à une grande nouveauté, qui se manifeſtait dans une pièce dont le succès n'a été que douteux : *Impressions d'Afrique*[2]. L'auteur, dont j'ai oublié le nom, avait imaginé une ſtatue en baleines de corset qui roulait sur des rails en mou de veau : prodige propre à émouvoir ceux qui aimaient l'art et ses monſtres sublimes. Mais on ne réalisa pas cette invention; le tout ne fut qu'en carton, misérables accessoires de théâtre. C'était la première fois peut-être que l'on tentait de renouveler la sculpture. Mais on ne la renouvelait qu'avec des mots.

Cependant la *conception* n'apparaît pas comme une étrangère inattendue au milieu de la vaste famille des sculpteurs. L'abstraction y a toujours joué un grand rôle. Phidias ne sculptait pas à l'image des hommes, mais d'après l'idée qu'il se faisait des héros et des dieux. Il tirait les éléments de ses figures de sa propre intelligence, *in ipsius mente* disait Cicéron.

Toute l'Antiquité s'efforça de créer de belles formes tirées non de la nature, mais issues de l'imagination : dieux de l'Égypte et tous les monstres mythologiques. Le Moyen Âge continua cet effort avec moins d'art : les anges, les démons. L'art occulte s'appuyait sur la magie pour faire naître les formes surnaturelles qui toutes cependant avaient quant à leurs différentes parties des répondants, des modèles dans la nature. Il sera peut-être réservé à un autre temps d'imaginer des formes de beauté qui n'aient rien à démêler avec les formes naturelles. Quoi! Le sculpteur et le peintre seraient toujours des esclaves obligés d'imiter sans cesse les modèles que leurs sens, leurs yeux imparfaits mettent seuls à leur disposition!

Quelques sculpteurs cependant se sont efforcés de sortir de cette simple imitation des formes connues. Ce sont les *nègres* d'Afrique et de la Polynésie. Les singuliers fétiches que l'on peut admirer à Paris, au musée du Trocadéro, étaient restés jusqu'à notre temps méprisés des artistes aussi bien que du public. Seuls les ethnologues s'en étaient préoccupés à cause d[u] caractère religieux de ces objets. De nos jours ces œuvres expressives sont entrées dans le domaine de l'art. Beaucoup de ces œuvres ne doivent pas grand-chose à l'imitation de la nature. Et quelquefois l'imitation de la nature est remplacée par quelque chose qui est véritablement le contraire de la nature. Les creux sont rendus par des reliefs, une forme ronde devient plate ou réciproquement. Le résultat est presque toujours chez ces artistes une puissante réalité. Le réalisme étant rarement l'expression directe de nos sens trop imparfaits.

Baudelaire avait prévu cette arrivée dans notre esthétique de l'esthétique des Sauvages. «*L'origine de la sculpture*, dit-il, *se perd dans la nuit des temps;* c'est donc un art de Caraïbes[1].» Ce que Baudelaire appelait l'art de Caraïbes, nos sculpteurs l'admirent maintenant profondément.

Baudelaire ajoute encore : «Sortie de l'époque sauvage, la sculpture, dans son plus magnifique développement, n'est autre chose qu'un art complémentaire.» On peut voir là la raison qui a poussé les artistes soucieux de renouveler leur art à s'intéresser avant tout à l'art sauvage, qui, lui, n'est pas un art complémentaire, car les statuettes des nègres, conçues dans un but passionnément intellectuel, ne jouent pas un rôle décoratif. Elles s'associent à la vie des peuplades bien plus que les statues des temples grecs n'étaient associées à la vie des nations hellènes, où elles jouaient avant tout un rôle décoratif. Les fétiches font partie de la vie sociale des nègres, au même titre que le cheval de Troie fait partie de la destinée de la ville où il entre.

Cependant on ne peut pas dire que l'art nègre ait influencé d'une façon profonde la sculpture contemporaine. Il n'a fait que confirmer dans l'esprit des jeunes sculpteurs ce qu'ils pensaient déjà de l'avenir de leur art.

Parmi les artistes que l'on retrouve à l'aurore de la sculpture moderne, il faut citer André Derain, qui se réclame de Carpeaux, de Barye et surtout de Rude. Nous retrouvons André Derain au début de toutes les manifestations plastiques importantes de ce temps. Le voici au début du mouvement des fauves donnant la liberté à l'art instinctif et symbolique de Matisse; le voici au début du mouvement cubiste forçant par l'émulation Pablo Picasso à créer les formes puissantes de la nouvelle peinture; le voici dans les arts mineurs renouvelant la gravure sur bois; le voici enfin armé du ciseau du sculpteur faisant sortir de dalles en pierre très dure des formes synthétiques d'une harmonie entièrement nouvelle. La sculpture du peintre joue ainsi un rôle considérable dans l'art moderne. Voici les impressions d'un raffinement brutal que Matisse a coulées en bronze; voici encore ces bustes et cette pomme où Picasso a tenté de prendre la lumière pour ainsi dire à la cuiller. Puis tandis qu'à la suite de Rodin et de Schnegg, toute une armée d'imagiers s'efforçait de porter à son comble la perfection du buste-portrait, du groupe allégorique et du petit morceau, d'autres artistes moins habiles et le plus souvent moins soucieux de cette perfection qui fut l'apanage des sculpteurs antiques, que la Renaissance même n'a pas retrouvée, que Rude, Rosso, Rodin et à leur suite le futuriste Boccioni, d'après ce qu'on sait, ont tenté de transformer en mouvement, d'autres sculpteurs, dis-je, ont cherché à faire de la sculpture un art qui n'ait pas d'analogie ni avec les autres arts, ni avec l'industrie.

Mais en réalité personne n'a encore posé les fondements définitifs de la sculpture d'aujourd'hui. En somme, la sculpture d'aujourd'hui n'existe pas encore.

Cependant[a][1] pour que l'art naisse de ces efforts, des artistes sont nécessaires et c'est ici qu'il s'élaborera. Il est possible que le retard de la sculpture soit imputable à un manque d'audace de la part de <s> sculpteurs et à l'amour trop grand qu'ils professent pour leur métier et les matières qu'ils emploient. Il est inimaginable qu'aucun sculpteur ne se soit adressé encore au sens du *toucher*[2]. Sans compter la variété qu'une pareille sculpture appliquée à des formes à trois dimensions pourrait offrir à l'œil, le tact, qui est un sens subtil, pourrait éprouver des sensations esthétiques très nouvelles. Si l'on touchait du bout des doigts comme font les aveugles pour lire un livre piqué selon le procédé Braille, le dilettante, dis-je, éprouverait des sensations intellectuelles et esthétiques à parcourir de la main des surfaces découvertes de matières très variées dont l'une aurait le grenu des murs crépis à la chaux, l'autre la tiède élasticité d'une peau féminine, l'autre la froide dureté du bronze, etc., etc.

L'art du feu et de la lumière est assez avancé aujourd'hui pour que le sculpteur imagine les sculptures momentanées splendides et gigantesques. N'avez-vous jamais vu de projection? cette riche et lumineuse barre d'or, partie du haut de la tour Eiffel qui frappe en tout sens Paris nocturne comme une servante qui bat les tapis.

Les anciens eurent la statue de Memnon, nous pourrons avoir des automates, des statues sonnantes et polychromes. L'art populaire ne s'est pas fait faute d'employer l'automate.

Il y en a chez tous les marchands de rasoirs, de poudre à punaises. Il y en a aussi sur les orgues des carrousels des fêtes populaires. Seul l'artiste les ignore, dans la monochronie dans l'immobilité, dans l'imitation plus ou moins lointaine de la figure humaine. Quel sculpteur mettra sur nous une sculpture semblable à une cloche à plongeurs? Quelle sculpture poursuivra à travers les rues son admirateur terrifié? quelle sculpture s'élèvera dans les airs comme un astre plus beau que tous les astres? Quelle sculpture se renversera sur nous comme une jarre d'huile? Quelle sculpture s'étalera sur ce parquet comme les cheveux que coupe le coiffeur? où sont vos sculptures transparentes comme des carafes? Les plantes mêmes ont plus de fantaisie que n'en ont aujourd'hui les sculpteurs.

★

On ne demande pas aux sculpteurs de devenir des barbares. C'est une formule trop facile et déjà usée que celle qui proclame que les hommes ont besoin de barbarie[1]. La barbarie est aujourd'hui dans l'art, il s'agit de l'en expulser. Elle s'est introduite dans tous les éléments de notre civilisation actuelle en modifiant profondément tous les caractères. On peut dire qu'aujourd'hui les conditions de la civilisation se sont modifiées de telle sorte que beaucoup d'éléments qui étaient autrefois des éléments essentiellement civilisateurs sont devenus par une sorte de déplacement des valeurs, par les différences matérielles de notre civilisation avec celle des anciens, sont devenus, dis-je, des éléments de barbarie. Il importe de chasser ces éléments de l'art et de les remplacer par ce qui équivaut à ce que ces éléments étaient autrefois. C'est ainsi qu'il est avant tout nécessaire et surtout pour le sculpteur de retrouver non pas un esprit religieux, car il est l'esprit religieux lui-même. Il ne peut fournir que des œuvres barbares. Ce qui peut équivaloir aujourd'hui à l'esprit religieux, c'est l'esprit esthétique même, c'est le sentiment de la réalité, c'est-à-dire de la beauté qui se définit elle-même et s'exprime par ces divers éléments dont est composée l'œuvre en dehors de toute imitation de la nature et de la délectation sexuelle qui fut si longtemps avec le sentiment religieux un des fondements de l'esthétique.

Il faudrait donc que les sculpteurs renoncent pour l'instant à l'admiration des hommes, qu'ils méditent jusqu'à la folie, qu'ils inventent, qu'ils inventent comme fit Rude quand il inventa sa Liberté clamant *La Marseillaise,* quand il inventa les attitudes du maréchal Ney.

(Inédit.)

PREMIÈRE EXPOSITION DE SCULPTURE FUTURISTE DU PEINTRE ET SCULPTEUR FUTURISTE BOCCIONI

Aujourd'hui, galerie La Boétie, s'est ouverte l'exposition de sculpture futuriste de Boccioni.

Ce sculpteur décompose la matière en un certain nombre de matières différentes : cheveux authentiques, œils de verre, plâtre, fragments de rampes d'escalier, colorations, etc.

Le problème du dynamisme en sculpture se trouve ainsi mis en question de façon nette.

Boccioni s'efforce de rendre à l'architecture la place qu'elle avait perdue. Mais ses recherches de la forme paraissent toujours interprétées, que dis-je, modelées d'après nature, aussi l'effort qui redonnait à l'architecture toute l'importance qu'elle doit avoir se trouve-t-il presque entièrement perdu.

Il ne faut pas oublier que depuis longtemps le sculpteur Auguste Agéro, dans ses statuettes creusées, dans ses figures ouvertes comme des portails, a donné à l'atmosphère le rôle architectural qu'elle doit jouer dans la nouvelle sculpture et ses ouvrages contiennent aussi ces «formes-forces équivalentes à l'énergie expansive des corps».

Il y a trois ans déjà qu'un bronze de Picasso[1] où l'artiste a ramassé tout ce qui pouvait se ramasser de lumière, *contient en partie* ce dynamisme et ces tentatives n'ôtent rien à l'importance de cette première manifestation de sculpture moderne qu'est l'exposition de la rue La Boétie.

Boccioni institue le mouvement dans la sculpture. Hogarth a fait don à Boccioni de sa spirale, cette «ligne de beauté», dont il fut tant parlé au XVIIIe siècle.

La variété des matières, la simultanéité sculpturale, la violence du mouvement, voilà les nouveautés qu'apporte la sculpture de Boccioni.

À Paris, les recherches des jeunes sculpteurs ont tendu vers le renouvellement des formes et dans ce sens les derniers efforts d'Archipenko ont abouti à des nouveautés saisissantes.

Les «ensembles plastiques», de Boccioni, sont variés. Ils célèbrent tous avec bonheur l'énergie : *Muscles en vitesse, Synthèse du dynamisme humain, Expansion spiralique des muscles en mouvement,* un vrai cimetière d'athlètes sur lequel il faudrait encore connaître l'opinion du lieutenant Hébert.

Dans d'excellents dessins, Boccioni nous fait part de ses efforts pour exprimer énergiquement la vie multiple et ce n'est pas la partie la moins intéressante de cette première exposition de sculpture nouvelle.

Dernière heure. — Le bruit court que les *Muscles en vitesse,* de Boccioni, ont pris le mors aux dents. On n'a pu encore les rattraper.

(*L'Intransigeant,* 21 juin.)

LA SCULPTURE BOURGUIGNONNE

[RÉPONSE À UNE ENQUÊTE : PEUT-ON, AU XXe SIÈCLE, RECONSTITUER UNE ÉCOLE, UN STYLE BOURGUIGNONS?]

Je crois qu'on ne peut parler d'une école que si elle existe et non de ce qu'elle pourrait être si elle existait. Créez le mouvement régionaliste dont vous me parlez et il sera alors possible de le comparer à celui des Flamands-Espagnols, Hollandais et Bourguignons que j'admire avec vous.

(*La Revue de Bourgogne,* juillet.)

LA VIE ARTISTIQUE

CONCOURS DU PRIX DE ROME (PEINTURE)

L'esprit des jeunes peintres est généralement tourné vers des sujets plus modernes que celui du *Rhapsode.*

Et la foule qui se presse devant les tableaux du concours du Prix de Rome regarde avec quelque étonnement ces rhapsodies.

On sent bien que M. Domergue ne pense pas souvent aux rhapsodes. Néanmoins, sa toile eſt une des plus séduisantes, surtout dans la partie supérieure.

Dans le tableau de M. Palz, il y a une simplicité qui eſt une qualité, mais quelle disparate entre les différentes parties de la toile.

M. Font eſt théâtral, mais il a un louable souci de la composition.

Le *Rhapsode,* de M. Darbefeuille, m'a paru manquer de ſtyle, mais c'eſt le tableau le plus clair du concours — c'eſt quelque chose.

Le morceau de M. Hillemacher eſt comique mais mouvementé.

M. Cazes a peint une composition où il y a des parties intéressantes, mais la figure même du rhapsode eſt déplaisante.

M. Giraud s'eſt plutôt souvenu du *Chemineau* de M. Jean Richepin que d'Homère.

M. Geny a trouvé moyen de peindre des visages de femme expressifs et agréables.

M. Bouffanais s'efforce d'être un coloriſte raffiné.

M. Bécat a quelque sentiment de l'Antiquité classique.

Au demeurant, concours ennuyeux.

(*L'Intransigeant,* 18 juillet.)

LA VIE ARTISTIQUE

QUELQUES PETITS VERNISSAGES

Peu de choses, en vérité, aux Aquarelliſtes, dont l'exposition s'eſt ouverte aujourd'hui à la galerie Georges-Petit. Néanmoins, j'ai regardé avec un vif plaisir les aquarelles de Louis Bausil : Bretagne, Normandie, Espagne. L'atmosphère en eſt profonde. Les vues de l'Inde de Mme René Berthelot sont agréables et ont de plus un intérêt documentaire. Voici les roses, les dahlias de

M. Degallaix, un des meilleurs peintres de fleurs d'aujourd'hui, les vues de Rouen de M. Deslignères, l'envoi de M. Pierre Duménil, les paysages hollandais de M. Georges Horton qui se sert d'empâtement à la gouache si bien que son envoi a l'air peint à l'huile. Les vues du Vieux Paris peintes par M. Mégevaud sont exactes et vivantes. M. Jacques Naru a bien observé les fauves au musée d'Anvers. Je cite encore M. Pavil, M. Mareneg, etc.

★

À la galerie Montaigne, 13, avenue Montaigne, sont exposées en ce moment les décorations de la bibliothèque de Boston par Puvis de Chavannes.

On trouve en même temps à la même galerie une intéressante exposition moderne où figurent entre autres : Dammes, Sisley, Van Gogh, Monticelli, Renoir, Toulouse-Lautrec, Carrière, Monet, Guillaumin, Jean Puy, Lacoste, Jacques Blot, Camoin, Francis Jourdain, Vallotton. Ensemble bien mêlé comme on voit et où le bon voisine avec le pire.

★

Le Cercle des Gobelins et des Beaux-Arts du XIIIe arrondissement, placé sous la présidence de MM. Grest, Geffroy et Injalbert, a ouvert aujourd'hui son exposition annuelle en la salle des fêtes de la mairie du XIIIe arrondissement.

Tant de vernissages en un seul jour ne suffisaient point. Voilà encore le Salon des assurances. Les assureurs artistes exposent cette année dans la salle des Ingénieurs civils, 19, rue Blanche.

L'année artistique s'annonce bien !

(*L'Intransigeant*, 11 octobre.)

G. DE CHIRICO. PIERRE BRUNE

M. De Chirico expose dans son atelier, 115, rue Notre-Dame-des-Champs, une trentaine de toiles dont l'art intérieur ne doit pas nous laisser indifférents. L'art de ce jeune peintre est un art intérieur et cérébral qui n'a point de rapport avec celui des peintres qui se sont révélés ces dernières années. Il ne procède ni de Matisse, ni de Picasso; il ne vient pas des impressionnistes. Cette originalité est assez nouvelle pour qu'elle mérite d'être signalée. Les sensations très aiguës et très modernes de M. De Chirico prennent d'ordinaire une forme architecturale. Ce sont des gares ornées d'une horloge, des tours, des statues, de grandes places désertes; à l'horizon passent des trains de chemin de fer. Voici quelques titres singuliers pour ces peintures étrangement métaphysiques : *L'Énigme de l'oracle, La Tristesse du départ, L'Énigme de l'heure, La Solitude* et *Le Sifflement de la locomotive.*

Il faut ajouter que la couleur de M. De Chirico est trop sombre, teintes d'étangs couverts de feuilles mortes, et ces énigmes gagneraient à être présentées sous des couleurs plus riantes.

En même temps que celle de ce peintre énigmatique s'est ouverte l'exposition de M. Pierre Brune, qui expose pour la première fois. C'est un peintre honnête et abondant. On verra ses tableaux, paysages ou natures mortes chez Druet, 20, rue Royale. André Salmon a écrit pour le catalogue de cette exposition une préface savoureusement anecdotique.

(Fin octobre 1913?)

LA VIE ARTISTIQUE

JEAN PESKÉ. HUXLEY DE LABRANCHE. AFFICHES ORIGINALES

À la galerie Devambez, M. Jean Peské expose des peintures, des aquarelles claires et joyeuses, visions émues et délicates. C'est la baie du Lavandou, le château de Bormes, des fleurs, des jardins. Art léger mais riche, nuancé mais fort. Parmi les eaux-fortes que M. Jean Peské a jointes à son exposition, quelques-unes sont d'un métier neuf et simple, bien propre à rendre les transparences de l'atmosphère.

À la galerie de La Boétie, Mme Huxley de Labranche expose ses travaux de sculpture depuis quinze années. Il y a là un art dont l'intellectualité n'exclut point de hautes qualités plastiques. Ses dernières œuvres surtout, dépouillées, pour ainsi dire, sont comme des flammes. Talent très personnel et intuitif qui mérite l'attention.

À la galerie Druet, on a exposé des affiches originales dont quelques-unes sont des œuvres intéressantes et dont l'ensemble est très curieux. Toutes ne sont pas destinées à la rue. Ce sont cependant celles que je préfère. On y trouvera des œuvres de Mme Cousturier, de M. Maurice Denis, Van Dongen, G. Dufrénoy, Jules Flandrin, Friesz, Guillaumin, Hermann-Paul, Francis Jourdain, Laprade, A. Le Beau, Lemmen, Luce, Manzana-Pissarro, Marquet, Henri Matisse, Ranson, Rouveyre, Van Rysselberghe, etc.

(*L'Intransigeant*, 30 octobre.)

M. BÉRARD INAUGURE LE SALON D'AUTOMNE

UN COUP D'ŒIL D'ENSEMBLE SUR L'EXPOSITION DU GRAND PALAIS

Cet après-midi, avant le grand vernissage, qui aura lieu demain, M. Bérard a inauguré le Salon d'automne. Inauguration tout intime d'ailleurs. M. Bérard fut reçu au Grand Palais par M. Frantz Jourdain, Charles Guérin, et les principaux membres de la Société qui lui firent les honneurs des salles.

La préface au catalogue du 11e Salon d'automne a été écrite par M. Marcel Sembat. C'est une défense passionnée et souvent éloquente de la liberté de l'art et de la liberté d'exposition.

Celle du Salon d'automne a été menacée, comme on sait[1]. M. Sembat, qui est un amateur éclairé, rappelle les services rendus par le Salon d'automne à l'art contemporain. Ceux qu'a rendus le Salon des indépendants sont moins discutables encore et cependant... Voulez-vous une jolie anecdote parlementaire et littéraire, M. Sembat la narre avec bonhomie. Il s'agit du *Tombeau d'Edgar Poe,* de Stéphane Mallarmé :

«Je l'ai récité un jour, ce sonnet, à Camille Pelletan. Oui, un jour que nous faisions de la poésie à la buvette, devant Clémentel qui sait tout Mallarmé par cœur. Camille Pelletan, je vous assure, est un esprit des plus fins et l'un des hommes les plus solidement instruits qui soient. Mais quand il eut entendu le sonnet, il nous ronchonna : "Alors, c'est celui-là que vous donnez pour un des plus accessibles ?" Il secoua la tête, rudement, et, seule, l'ombre de Cambronne reçut confidence de son sentiment véritable.»

Et voilà pour lui ! comme disent les conteurs arabes.

L'influence de la peinture nouvelle — cubisme, orphisme, contrastes simultanés — si vivement discutée et combattue au sein même du Salon d'automne, se fait vivement sentir dans presque toutes les salles. La disposition si heureuse imaginée par le placeur, M. Charles Guérin, dont on ne saurait trop louer le libéralisme, met cette influence en valeur. Aussi bien, s'il n'y avait pas cette peinture moderne, le Salon serait sans intérêt. Ce n'est pas l'exposition de Hodler qui en conférerait. Le peintre suisse ou plutôt germanique commence à jouir hors de France d' «une situation exceptionnelle à laquelle seule celle de Rodin peut être comparée», dit M. Mathias Morhardt[1]. C'est vraiment excessif et pour ma part je ne crois pas que Hodler soit jamais admiré profondément en France. La grande fresque pour brasserie munichoise qu'il intitule *Unanimité* me semble la chose la moins faite pour être goûtée ici. Il y a ici un art très vivant, très ardent, très national, très raffiné, très moderne, très divers. On n'a que faire du parallélisme brutal d'un Hodler qui paraît plus prussien encore que suisse.

On a beaucoup admiré la toile de Bonnard qui vuillardise agréablement, combien je lui préfère la toile d'Henri Matisse qui se trouve dans la même salle[2]. Ce portrait de femme est ce que la peinture a produit de plus voluptueux depuis bien longtemps. La sensibilité du coloris y est extrême et les qualités extérieures de cette peinture intérieure sont si intenses et si particulières qu'on comprend que l'artiste occupe aujourd'hui une situation à part hors de la peinture de son époque et qu'il ne puisse faire école. S'il y a un chef-d'œuvre au Salon d'automne, il est là et point ailleurs.

On admirera aussi la toile d'Albert Gleizes, les *Bateaux de pêche.* Les progrès accomplis par ce peintre sont incroyables. J'aime aussi son *Portrait de l'éditeur Figuière,* fantaisie pleine d'une joie débordante et saine.

La *Femme,* de Matisse, les *Bateaux de pêche,* d'Albert Gleizes, cela suffit à honorer un Salon. Nous verrons aussi une délicieuse chinoiserie de Jean Metzinger, *En canot.* Il y a ici une parenté évidente avec les contours chinois d'Ingres et il n'est pas inutile de la signaler à une époque où l'on a trouvé au funèbre M. Vallotton — voyez sa *Lutte* — des qualités ingresques.

J'aime beaucoup les grandes peintures si pures, si lucides de Picabia, *Edtaonisl (ecclésiastique), Udnie (jeune fille américaine), (Danse),* titres singuliers jaillis en peintures ardentes et lyriques de l'imagination de l'artiste en contact avec la nature.

Dans *La Conquête de l'air,* de Roger de La Fresnaye, il y a un grand effort vers la couleur pure, nous voici presque dans les contrastes simultanés dont il n'y a ici qu'un autre exemple, les *Compositions,* de Bruce. La *Décoration,* de Boussingault, représente un gros effort aussi et où il y a de bonnes parties, cette composition décèle l'influence de Marie Laurencin qui expose au rez-de-chaussée une *Amazone* charmante. On remarque aussi les envois de Maurice Denis, Othon Friesz, Marchand, Marcel Lenoir, Girieud, Dunoyer de Segonzac, Mainssieux, Charles Guérin, Voguet, M. de Chamaillard, Chabaud, Blot, M. De Chirico, Kisling, Mlle Bailly, Jacques Villon, Mme Muter, Van Dongen, J. Cavaillon, etc.

À la sculpture, il y a la rétrospective de Niederhausern-Rodo, les œuvres de Nadelman, de Duchamp-Villon, de Wittig, de Cavaillon, etc.

Au rez-de-chaussée, les ensembliers de l'art décoratif se hâtent. L'exposition d'art populaire russe retiendra l'attention car elle est pleine d'images, de jouets charmants. Chaque province française fournirait aussi les éléments d'une exposition aussi touchante, aussi agréable, qu'on y songe avant qu'il soit plus temps... Il me semble que pour commencer une exposition consacrée à l'art populaire parisien et de l'Île-de-France remporterait un grand succès.

(*L'Intransigeant,* 14 novembre.)

CHOSES D'ART

LE VERNISSAGE DU SALON D'AUTOMNE

Le Salon d'automne a ouvert ses portes au public aujourd'hui pour la onzième fois. Dès 2 heures, l'avenue d'Antin s'encombre d'autos et de fiacres. Pourtant, ce n'est pas encore le Tout-Paris des générales, c'est le public compact, bigarré, hétéroclite des artistes, des modèles, des étrangers. Il y a autant de couleurs dans la salle que sur les murs.

Parmi les capes et les feutres des rapins, et les ulsters des outre-Rhin et des outre-Manche, voici la foule des femmes aux toilettes «Salon d'automne» que n'effraient ni les débauches de la palette ni le cubisme des tailleurs avancés.

Le spectacle est dans les salles. Quant aux tableaux, ils en entendent de toutes les couleurs, naturellement, les Gleizes, les Matisse, les Vallotton ont toujours leur succès de stupeur.

Mais la plus grande concurrence aux peintres c'est l'exposition d'art décoratif où on ne peut réussir à pénétrer à 3 heures.

★

L'inauguration officielle du Salon d'automne a eu lieu hier trop tard pour que j'en puisse publier le détail. Le sous-secrétaire d'État aux Beaux-Arts, accompagné par MM. Frantz Jourdain, Charles Guérin et Olivier Sainsère, qui s'étaient chargés de diriger son attention et son goût, s'arrêta d'abord devant la grande décoration cubiste de M. Boussingault. Il regarda avec indifférence les *Lévriers*, de Diederich; puis le cortège où l'on remarquait Mme Marval, Mme Muter, M. Bénédite, M. René Jean, M. Roches, directeur de *L'Art décoratif*, M. Séguin, etc., reprit sa marche.

Les plus longues stations de M. Bérard furent devant les *Mascarades*, de Chéret, devant *La Conquête de l'air*, de La Fresnaye, où le ministre demanda des explications, devant *La Ville et le Port*, de Gleizes, où il s'écria : «Ah! voilà un des doctrinaires du cubisme... c'est la liberté!» Il s'arrêta longtemps à la rétrospective de François Bonhommé, un bonhomme de 48, peintre démocratique du travail des mines et de la métallurgie qui signait souvent «François Bonhommé, dit le Forgeron» et qui définissait ainsi son œuvre : «Histoire pittoresque des conquêtes pacifiques des soldats de l'industrie.»

Il faut savoir gré à M. J.-F. Scherb d'avoir organisé cette intéressante exposition rétrospective.

Le ministre parut indifférent devant l'*Unanimité*, de Hodler, mais il parut goûter la peinture de Girieud. À M. Sainsère, qui parut décidé à lui faire goûter la toile d'Henri Matisse, M. Bérard répondait par des : «Ah! ah!... Oui! oui!» d'une indifférence complète et la décoration de Bonnard ne le toucha point absolument. Mais, devant l'envoi de Maurice Denis, le goût ministériel se manifesta et M. Bérard demanda l'artiste, qui n'était point là, et il admira encore les poteries de grand feu de M. Lenoble, qui lui fut présenté. Il complimenta M. Charles Guérin sur son talent et sa modestie. Ensuite, il regarda longtemps, avec une admiration non dissimulée, les œuvres de M. Desvallières. Puis, l'heure s'avançant et l'obscurité augmentant parce que l'éclairage n'était pas encore au point, le cortège ministériel hâta le pas.

M. Sainsère lui vanta le talent de M. Dunoyer de Segonzac, mais M. Bérard préféra regarder la toile de M. Gleizes, les *Bateaux de pêche,* dans laquelle il crut reconnaître une catastrophe de chemin de fer. Il daigna trouver agréable le coloris de M. Metzinger et parut décidé à ne pas se laisser parler de M. Van Dongen qui, selon sa coutume biannuelle, avait exposé une toile que la police avait fait retirer[1]. Une protestation contre cette décision circulait dans le cortège et portait déjà les signatures de Mme Gardelle, Mme Marval, MM. René Jean, La Fresnaye, Dunoyer de Segonzac, Flandrin, Luc-Albert Moreau, etc. Le cortège se disloqua définitivement au beau milieu de la rétrospective de Niederhausern-Rodo, l'ami de Verlaine, et pour qui Auguste Rodin a écrit la préface suivante, si courte et si éloquente :

«Je suis très heureux de dire combien Rodo était un véritable sculpteur et la fin de son étude, amoureuse d'art, a été ce chef-d'œuvre de Jérémie.

«Ceci est totalement beau et restera un bel exemple pour nous tous.»

Dans la salle 1, outre les *Bateaux de pêche,* de Gleizes, on remarque la *Visitation, Le Bon Larron, La Fuite en Égypte,* de M. Desvallières, peintre mystique, incomplet et dont l'inquiétude a quelque chose de vraiment pénible. Les paysages de Mainssieux ont des mérites. La toile de Marchand est contenue. *L'Été,* de Dunoyer de Segonzac, conçu dans une gamme sombre, marque un dédain de plaire qui est méritoire. Il paraît ainsi revenu à son point de départ, cet *Accouchement* d'il y a quatre ans, peinture austère et audacieuse. Je n'aime guère la femme jaune de Verhœven. L'envoi de Friesz marque un progrès.

Salle 2. On y voit des tapisseries de Laprade, des peintures lumineuses de Lebasque et des reliefs de Marque.

Le funèbre M. Vallotton endeuille la salle 3 avec un

tableau intitulé : *Homme et femme.* Voici encore Le Bail et Doucet.

(*L'Intransigeant,* 15 novembre.)

LE SALON D'AUTOMNE EST OUVERT AU PUBLIC

CE QUE L'ON REMARQUE AU GRAND PALAIS

Ce fut aujourd'hui le jour d'ouverture du Salon d'automne. Dès le matin, un public nombreux se pressait devant les œuvres exposées. L'art décoratif surtout excitait la curiosité.

Reprenons la promenade rapide à travers les salles. Dans la salle 3 *bis* se trouvent les deux œuvres les plus généralement admirées du Salon. Certains, et je suis de ceux-là, tiennent le portrait de Matisse pour le chef-d'œuvre de cette exposition. J'en ai longuement parlé[1]. Les autres mettent en avant le tableau de M. Bonnard qui me paraît plus faible. Affaire de goût. C'est ici que se trouvent les Maurice Denis et des aquarelles de M. Alcide Le Beau.

Dans la salle 3 *ter,* je citerai d'Espagnat.

Dans la salle 4, Girieud nous donne avec *La Toilette de Vénus* le spectacle lamentable de son évolution. M. De Chirico, peintre inhabile et très doué, expose de curieux paysages pleins d'intentions nouvelles d'une forte architecture et d'une grande sensibilité ; je citerai encore la *Piété* de Marcel Lenoir, l'envoi vigoureux de Verdilhan, les *Baigneuses* de Manguin, les envois de Jacques Blot, de Boudot-Lamotte, d'Asselin, de Granzow, de Mlle Paule Gobillard, de M. Madeline, les amusantes scènes espagnoles de Pichot.

Dans la salle 5, la peinture brutale et sans grand intérêt de M. Hodler fait valoir la finesse de Chabaud, la délicatesse des *Paysages,* de M. de Chamaillard, les *Poissons* de Chenard-Huché.

Salle 6, André Lhote semble avoir fait des progrès à rebours. Salle 7, Mme Georgette Agutte y expose un *Bouquet de genêts* et un *Bouquet d'ancolies* dont j'aime beaucoup le sentiment. Voici encore un intérieur plein de tendresse de Challié, des *Paysages parisiens* d'Alexandre Urbain. Salle 7 *bis :* il faut citer Périnet, la *Côte bretonne* de Maufra, Delfosse, Lanquetin, Loiseau, etc.

La salle 7 est consacrée à la rétrospective Bonhommé dont j'ai parlé hier et qui vaut vraiment la peine d'être visitée. Dans la salle 6 *bis,* on trouvera le panneau simultané de Roger de La Fresnaye et les peintures de Gleizes dont j'ai parlé. C'est par conséquent une des salles importantes du Salon et une des salles qu'il faut examiner avec le plus de soin si l'on veut être au courant de la peinture actuelle.

P.-S. — Lundi prochain s'ouvrira, à la galerie Blot, une importante exposition de vingt-quatre aquarelles de Cézanne qu'on n'avait pas encore vues. Le maître de la montagne Sainte-Victoire s'y montrera sous un nouvel aspect. Et l'on dit que cette exposition de pages lumineuses ne contribuera pas peu à augmenter la gloire du peintre aixois.

(*L'Intransigeant,* 16 novembre.)

À TRAVERS LE SALON D'AUTOMNE

Revenons avant tout à la salle 6 pour examiner les campagnardes de Deltombe et les envois de Chapuy, Paviot, Louise Hervieu, Renaudot, Camoin.

Dans la salle 6 *bis,* Luc-Albert Moreau mérite le nom de morose. Au demeurant, ses amis aussi bien que lui-même peignent triste. Kisling a, semble-t-il, remporté du succès; j'avoue que sa manière, qui rappelle à la fois Derain, Segonzac, L.-A. Moreau, ne me plaît pas beaucoup. Je lui préférerais Kars, si je pouvais goûter un artiste sans véritable personnalité.

Dans la salle 9, c'est Chéret, le pimpant Chéret, des croquis de Francis Jourdain, les ciels de Dirikś, Henry de Waroquier, etc.

Salle 10. J'ai parlé de Boussingault, j'ai mentionné les *Lévriers* de Diederich, voici Lombard, les *Danses* de Mme Beaubois de Montoriol, les fleurs et les fruits de

Mme Chauchet-Guilleré; Lobiron, dont le dessin n'est pas en rapport avec le coloris où il y a un peu d'audace; Morerod a un caractère. Les bois de Laboureur ont de la puissance, ils sont un peu nus. Les recherches de cet artiste s'apparentent à celles des peintres les plus modernes. Il y a ici une volonté de nouveauté qu'il faut signaler.

Salle 11, La Belle Édition[1] expose des œuvres dont la présentation sort du convenu. On peut discuter la valeur de ce que les éditeurs de la rue des Saints-Pères empruntent à la tradition et de ce qu'ils ont innové, mais ce sont les seuls éditeurs qui aient osé quelque chose de neuf. Citons les illustrations de Dresa, les livres d'enfants du célèbre Anglais Walter Crane, de Carlègle, Hémard, Delaw, et les petites gouaches charmantes de Mme Crotti pour le *Visage émerveillé* de la comtesse de Noailles.

Salle 12, Lemordant, bon peintre de la Bretagne, O'Connor, qui conserve avec un soin jaloux la tradition qu'il reçut de Gauguin, Victor Dupont, peintre probe et d'une grande noblesse d'inspiration, Altmann paysagiste dont l'œil est excellent et qui sait rendre la nature dans toute sa variété. Signalons Bergevin, les danses de Richard Ranft, etc.

Salle 13, Dorignac peint des ombres chinoises, artiste savant qui se trompe. Voici Charlot, peintre cézannien des paysans, Fornerod personnel, et Suréda qui inventerait s'il voulait de belles et neuves décorations, Ottmann se répète, Marthe Galard a toujours sa personnalité.

Salle 14, Lavery, Fauconnet dont le *Chat* est une œuvrette charmante, Cardona, Tristan Klingsor, etc., etc.

(*L'Intransigeant*, 18 novembre.)

À TRAVERS LE SALON D'AUTOMNE

Nous voici à la salle 15. Alcide Le Beau est un peintre de grand talent. Son incertitude a beaucoup nui à l'épanouissement de sa personnalité. Son *Martin-pêcheur* est une œuvre de charme. Citons Synave, agréable, Paul de Castro, etc.

Salle 16. Georges Lepape, qui est un arbitre des élégances, expose un *Hochet* qui indique une nouvelle manière. Mme Muter fait des portraits de caractère. L'envoi de Paul Baignères est plein de diversité. Un joli paravent de Jaulmes, une belle marine de Puy; citons le nu de Grillon.

Salle 17. J'ai dit le bien que je pensais de l'envoi de Metzinger. Véra cherche sa voie, ainsi que Jacques Villon, qui a fait de grands progrès. Une nature morte très riche de Mme Hassenberg. La *Fantaisie sur le prélude de Nijinski,* de Flandrin, est une œuvre noble et froide. M. Tobeen devrait aussi réchauffer une inspiration qui se glace. Citons Robert Besnard, Balande et les petites harmonies de Bussy qui est une sorte de Matisse de la miniature.

Salle 18. Lacoste, c'est un des peintres préférés de Francis Jammes, c'est aussi le peintre précis des paysages pyrénéens. Mme Lewitska a un talent lyrique et simple qui me semble de plus en plus personnel et séduisant. Citons un sous-bois de Mme Halicka, *Le Voile bleu* et les *Fruits* de Malherbe qui est en progrès; les paysages intéressants de Raoul de Mathan, les nymphes de Dusouchet et les deux toiles de Van Dongen, sous-Matisse qui ne manque pas de talent mais dont les qualités sont tout extérieures.

Pourtour et escaliers. *L'Intransigeant* a déjà signalé les *Fruits,* de Mlle Paule Mathelin, âgée de douze ans[1]. C'est un début qui promet. Les deux tableaux de Bruce mettent en avant cet artiste sensible. J'ai parlé de l'envoi de Picabia. Je le trouve très important. Et les moqueries n'y changent rien. Les envois de Bruce et de Picabia sont ce qui, dans ce Salon, frappe le plus le regard, *ce que l'on voit le mieux.* Or la peinture est faite avant tout pour être vue. Je ne dis pas qu'il ne puisse y avoir d'autres qualités, mais le meilleur lit est celui où l'on dort le mieux; les autres qualités, de style, d'ornement, de luxe, ne viennent qu'ensuite. Ces peintures ont du moins la première qualité à un très haut degré, mais elles en ont d'autres encore. Dommage qu'elles aient aveuglé ceux dont le métier est d'avoir de bons yeux. Je citerai encore les envois de Crotti, de Bausil, de Gwozdecki, de Kupka, la *Cathédrale de Rouen,* peinture généreuse de Pierre Dumont, Guillaume Dulac, Bato, *Le Canal,* œuvre sensible de John Sten, Domergue-Lagarde, Mme Frémont, Charles Genty, Georget, Guéroult, etc.

Sculpture. J'ai parlé de la rétrospective de Niederhausern-Rodo, qui n'était peut-être pas si grand sculpteur que le dit M. Rodin. J'ai cité les statuettes de Nadelman, qui indiquent beaucoup de science et un goût extrêmement raffiné; un *Relief,* de Duchamp-Villon, curieuse recherche de mouvement et d'atmosphère; *L'Automne* et *La Vie et la Mort,* de Wittig, dont l'art méditatif et très plastique est dans toute sa plénitude et sa générosité, art de vérité et sans ornement; et les envois de Mlle Geneviève Granger, de Cavaillon, que l'on voit mieux à la Nationale; la belle danseuse de Halou, le plâtre de Louis Dejean, etc., etc.

Je parlerai de l'art décoratif, très important au Salon d'automne, dès que les ensembles seront prêts et que j'aurai eu le temps de les voir en détail.

(*L'Intransigeant,* 19 novembre.)

UN VERNISSAGE
L'ART DÉCORATIF AU SALON D'AUTOMNE

Les ensembles mobiliers n'ayant pas été prêts à temps, on a dû faire un nouveau vernissage pour les inaugurer. Il a eu lieu aujourd'hui avec un grand succès.

Peut-être ne faudrait-il pas trop se féliciter encore de l'état actuel de l'art décoratif et regretter que les décorateurs français aient en somme un idéal décoratif assez semblable à celui qui anime les déplorables décorateurs munichois et les tristes ensembliers viennois.

C'est malheureusement vers l'art décoratif que vont dévier les énergies artistiques françaises. C'est décidé. Des artistes qui, dans les arts plastiques majeurs, régnaient par tout l'univers, veulent exécuter ou diriger le travail de l'artisan. C'est tant pis. On me répond que les artistes sont devenus artisans parce que les artisans manquaient. Alors qu'on en forme vite et que les artistes retournent au chevalet, les artisans à l'établi.

Citons, pour aujourd'hui, parmi les ensembles les plus intéressants, ceux de Louis Süe, de Groult, de Maurice Lucet, de Follot, l'ensemble d'André Mare auquel ont collaboré le peintre R. de La Fresnaye et le sculpteur Duchamp-Villon qui a peut-être mieux à faire.

Les peaux de reptiles sont à la mode. La peau de galuchat eſt très portée en commode ou en bonheur-du-jour. La dépouille de lézard convient aux tables à écrire.

Parmi les meubles les plus réussis, il ne faut pas oublier ceux de M. Francis Jourdain.

Mais il y a trop de mousseline, d'étoffes légères, pas assez de meubles solides et parmi tous ces ensembliers je voudrais un artisan solitaire.

(*L'Intransigeant,* 29 novembre.)

[«UN JOUR QU'IL S'ÉTAIT RENDU...»]

Un jour qu'il s'était rendu au Lapin-Agile, Yeutchi-Shuncho, le maître japonais que ses compatriotes tiennent avec raison pour l'un des plus fameux peintres contemporains, fut prié par Fred de laisser un souvenir à l'établissement.

Les artiſtes, les poètes s'aventurant rue des Saules n'échappent pas à cette dîme. Yeutchi-Shuncho s'exécuta de la meilleure grâce et, sur le «livre de bord» qui lui fut présenté, il se mit à dessiner des oiseaux, toute une alignée d'oisillons babillards, remuants; un lapin dansant un cake-walk symbolique sur des ossements humains; des gosses de la Butte. Le «livre de bord» du Lapin-Agile s'honore, aujourd'hui, de contenir ces remarquables croquis modeſtement signés : «Un peintre japonais-montmartrois».

(*L'Intransigeant,* 30 novembre.)

SALON D'AUTOMNE

HENRI MATISSE

Le portrait de femme d'Henri Matisse eſt la meilleure chose du Salon, plus que faible, de cette année. C'eſt, à mon sens, avec la *Femme au chapeau,* de la collection Stein, le chef-d'œuvre de l'artiste. Jamais, je crois, on n'avait donné tant de vie à la couleur. L'art intérieur qu'est l'art d'aujourd'hui, après avoir affecté une austérité qu'on n'avait pas vue dans les arts depuis la réforme de David ne dédaigne plus de paraître agréable et l'orphisme de quelques peintres est une sainte et admirable ivresse de la couleur. Henri Matisse a toujours eu une conception hédonique de l'art, mais en même temps il a porté très haut l'enseignement de Gauguin. Il n'est pas resté esclave de la vraisemblance et autant que personne il a compris la nécessité proclamée par le solitaire océanien d'une double déformation objective et subjective. Son grand mérite et la caractéristique de sa personnalité c'est qu'il n'y a dans son œuvre, outre le symbolisme des couleurs, aucune trace de mysticisme. Cette santé morale s'allie chez lui à un merveilleux instinct qu'il a su respecter. Son art est tout sensibilité. Ce peintre a toujours été voluptueux. Toutefois, dans ses œuvres anciennes, on était pris avant tout par l'éloquence des teintes, par le choix raffiné des formes. La figure qu'il expose, chargée de volupté et de charme, inaugure pour ainsi dire une nouvelle époque de l'art matissien et peut-être même de l'art contemporain d'où la volupté avait presque entièrement disparu, puisqu'on ne la retrouvait plus guère que dans les magnifiques et charnelles peintures du vieux Renoir.

HODLER

L'*Unanimité,* sorte de *Serment du Grütli,* qu'expose le peintre suisse ou plutôt germanique Hodler, ressortit à cet art municipal qui a produit en Hollande des chefs-d'œuvre de réalisme. Eh bien! c'est qu'aujourd'hui l'art municipal se confond avec l'art de brasserie, et je n'hésite pas à le dire, je préfère Willette à Hodler.

ALBERT GLEIZES

Les toiles de Gleizes sont des œuvres cubistes dont la brutalité s'oppose à la délicatesse et au raffinement de la plupart des peintres de son école. C'est sa principale qualité. Il doit s'efforcer, avec raison, de la conserver. Elle se manifeste avec force dans son *Portrait de l'éditeur Figuière,* dont la fantaisie insolente et bouffonne est une merveilleuse manifestation de joie robuste et saine au milieu de l'esthétisme périmé de ce Salon trop automnal.

Cependant, son meilleur tableau, c'est le *Port* de la première salle, une des meilleures toiles du Salon et celle qui marque le mieux les progrès du peintre.

JEAN METZINGER ET VALLOTTON

Je ne crois pas que le public résiste, cette année, au charme que dégage la *Femme à l'ombrelle* de Metzinger. Si l'on est sensible à la beauté de la matière, à la variété des formes, à la souplesse des lignes, à la fantaisie de la composition, on ne peut regarder avec indifférence cette toile délicieuse.

Qu'on la compare à la sombre *Lutte* du funèbre M. Vallotton et l'on n'aura plus aucun scrupule à faire passer au cubiste Jean Metzinger les qualités ingresques que l'on accordait si légèrement à M. Vallotton. J'aime la délicieuse chinoiserie de votre toile, mon cher Metzinger, presque autant que les contours chinois de M. Ingres.

MARIE LAURENCIN

Dans un paysage qui contient tous les traits d'Athènes, de Rome, de Paris, de Melbourne, de Timgad, des villages congolais et des grandes villes américaines qui ont à peine un an ou deux, un fleuve où se mêlent les grandes ondes des fleuves illustres qui ne se trompent point de direction, *un arbre qui chante* les poèmes fatals d'Homère, arbre plus antique que les énormes séquoias, supportant les légendes de toutes les phytolâtries et qui, tandis que tout l'avenir est dans ses fruits, qui trop mûrs tombent un à un sur le sol, fait à ceux qui l'interrogent des réponses pleines d'à-propos, danse le démon de l'arabesque. C'est Marie Laurencin. Elle expose une amazone délicate et tendre comme un adieu.

FRANCIS PICABIA

Edtaonisl et *Udnie,* c'est ainsi que sont intitulées les grandes toiles de Francis Picabia. Elles peuvent se réclamer de l'affirmation du Poussin : «La peinture n'a pas d'autre but que la délectation et la joie des yeux.» Ce sont des œuvres ardentes et folles qui narrent les étonnants conflits de la matière picturale et de l'imagination.

LA FRESNAYE

Dans le très petit nombre de toiles intéressantes, figure, dans le premier rang, *La Conquête de l'air,* de Roger de La Fresnaye, lucidement composée et distinguée. Aussi influence de Delaunay. Dans ce tableau simple et clair, je rencontre un souci bien héroïque aujourd'hui de ne pas chercher à étonner. Pour ne rien celer de son inspiration, La Fresnaye expose aussi l'esquisse de son tableau. J'aime moins les autres aquarelles.

BOUSSINGAULT

Une grande toile, où il y a plusieurs beaux morceaux : une femme assise tournant le dos, des escaliers, des chiens. Un grand effort et peut-être le plus grand de cet artiste. Je crois que réduite, cette composition serait beaucoup plus agréable.

★

Je dois mentionner encore quelques œuvres : *Les Lavandières,* de Marchand, toile contenue; *Le Hamac,* d'Othon Friesz, qui semble enfin sortir de cette imagerie où il était tombé ces dernières années, dommage, car Friesz est un peintre doué qui a, j'imagine, été souvent la victime d'un milieu de peintres où il n'avait que faire; une toile jolie et vide de Bonnard; les brumes attendries de M. de Chamaillard; la composition de Girieud qui n'est pas encore aussi habile qu'Armand Point; une *Annonciation* de Maurice

Denis de la qualité des fresques du Vésinet; une *Mise au tombeau* de Marcel Lenoir qui s'efforce de faire ressortir ce qu'il y a de plus pompier dans la peinture de M. Maurice Denis; un portrait de Chabaud; les paysages métaphysiques de M. De Chirico; les *Fantaisies équestres de la Dame Rose,* de Mlle Alice Bailly; *Le Repos,* de M. Luc-Albert Moreau; *L'Été,* de Dunoyer de Segonzac; une tête d'homme, de Kisling; des *Éplucheuses de citrons,* de Kars; un *Chat,* de Fauconnet; l'envoi de Jacques Villon, qui est à la recherche de sa personnalité, ainsi que Lhote qui de plus a de l'habileté; Charles Guérin, Van Dongen, etc.

La sculpture est encore moins riche que la peinture. J'ai remarqué les grandes figures austères du relief que Wittig a fait fondre pour un tombeau et les fines statuettes de Nadelman qui rappellent à la fois l'art du Greco et celui du Primatice.

Aucune école depuis le romantisme n'avait autant remué le monde que la nouvelle école de peinture. Ce succès est cause de la résistance qu'on lui oppose de toutes parts. Et cette résistance va devenir plus violente encore. Les philosophes ont rempli, paraît-il, en vue de combattre l'art moderne, tout un arsenal de sophismes, comme disait mon ancien ami Delormel.

Les philosophes, avant tout et d'après ce que j'ai lu, confondent toute la nouvelle peinture avec la peinture futuriste. Or, il n'y a pas, en France, de peintre futuriste au sens des manifestes publiés à Milan*.

J'en ai publié un qui n'était pas spécialement futuriste, exaltant différentes tentatives nouvelles et, en le publiant, les futuristes ont simplement montré qu'ils tenaient à n'être pas mis à l'écart de l'effort général de modernité qui s'est manifesté dans le monde entier, mais plus particulièrement en France[1].

Le futurisme n'est pas sans importance et ses manifestes rédigés en français n'ont pas été sans influence sur la terminologie qu'on emploie aujourd'hui parmi les peintres les plus nouveaux.

Au point de vue artistique, il est un témoignage de

* Cf. l'intéressant pamphlet de M. Julien Benda : *Une philosophie pathétique.*

l'action exercée dans le monde entier par la peinture française, de l'impressionnisme au cubisme inclusivement.

Mais les futuristes n'ont trouvé ici personne pour les suivre et cette peinture du mouvement rapide est demeurée stationnaire où elle est née.

Les peintres ont toujours philosophé. L'habitude qu'ils ont de regarder de près la nature les amène à raisonner sur elle; mais s'ils philosophent souvent, les nouveaux peintres ne sont point des philosophes, ni surtout des philosophes modernes. Goethe et Victor Hugo ont souvent philosophé et ce ne sont point des philosophes. Les formes et la matière, voilà les objets et les sujets des meilleurs d'entre les peintres d'aujourd'hui, sans qu'ils s'embarrassent du mouvement, du devenir et autres fluidités qui conviennent seulement à la musique. Si quelques-uns d'entre eux ont été amenés à inventer, à créer, sans paraître imiter la nature, ils ont inauguré un nouvel art qui peut être à l'ancienne peinture d'imitation ce que la musique est à la littérature, mais cette peinture n'a aucune autre ressemblance avec la musique, car dans la peinture tout se présente à la fois, l'œil peut errer sur le tableau, revenir sur telle couleur, regarder d'abord de bas en haut, ou faire le contraire; dans la littérature, dans la musique, tout se succède et l'on ne peut revenir sur tel mot, sur tel son au hasard. Que la peinture nouvelle soit différente de l'ancienne, c'est évident; qu'elle soit plus humaine, c'est bien possible; mais que cela fasse courir à l'art le moindre danger, je n'en crois rien. Les études éclatantes, surprenantes et sévères des nouveaux peintres sont profondément réalistes. Cet art n'éloigne point de l'étude de la nature ceux qui s'y livrent si préoccupés à fixer, à combiner toutes les possibilités esthétiques.

Que les philosophes aillent donc visiter le Salon d'automne, ils n'y recevront pas une leçon complète d'art moderne, bien s'en faut, mais voyant comme MM. Maurice Denis, Vallotton et Desvallières, mystiques dissidents de la grande religion de l'Institut, s'acharnent à avilir les derniers vestiges du grand art classique, ils connaîtront qu'il était peut-être nécessaire de ramener la peinture à ses stricts éléments. C'est ce qu'on a tenté de faire de nos jours, et, s'il y a eu des erreurs, elles étaient inévitables, mais l'effort qu'elles ont coûté servira au développement de l'art.

Excès de nouveauté? qui sait? je le répète, elle n'est pas dangereuse pour l'art, mais seulement pour les artistes médiocres. Et ceux-là, quoi qu'ils fassent, resteront médiocres; qu'importe, après tout, qu'en outre ils soient absurdes!

(*Les Soirées de Paris,* 15 novembre et 15 décembre.)

CHRONIQUE MENSUELLE

Le 1er Salon d'automne de Berlin, organisé par la revue *Der Sturm,* s'est ouvert au mois de septembre. Le but des organisateurs, ainsi que le dit M. Herwarth Walden dans la préface au catalogue, a été de donner un aperçu de ce que sont aujourd'hui les arts plastiques dans le monde entier. Il serait plus juste de prétendre que ce Salon représente les nouvelles tendances des arts plastiques.

La place d'honneur a été réservée au regretté Henri Rousseau qui figure ici avec vingt et une toiles et un dessin à la plume. Cet hommage des Berlinois à la peinture française me paraît extrêmement touchant. Rousseau, bien qu'il n'appartînt pas par naissance ni par son éducation aux hautes sphères intellectuelles, participait cependant de la culture française générale. Il représentait, avec un extrême bonheur, le plus complètement et le plus gentiment du monde ce naturel orné, délicat, ingénu, mêlé d'enjouement et d'une ironie avertie et naïve qui n'appartint jamais en propre qu'à quelques Français artistes ou poètes. Ainsi furent Villon, Restif de La Bretonne...

Le Douanier n'aurait pas pu naître en Allemagne, où les mieux doués, pour se livrer aux arts, doivent avoir étudié. C'est le pays des professeurs et des docteurs. Et l'hommage rendu au Douanier s'adresse aussi à la France, seul pays où il pouvait naître.

L'ensemble du Salon d'automne berlinois est une exaltation des tendances des jeunes peintres français ou peignant à Paris et tout particulièrement de l'orphisme. Les futuristes y ont pris part, mais les futuristes ressortissent aussi au mouvement artistique qui a Paris comme capitale.

Les mentions du catalogue concernant l'envoi de Delaunay ont tant de saveur qu'on regrettera toujours de ne pas avoir vu ce qu'il expose :

«Contraste simultané mouvement de couleur profondeur;

«Contraste simultané mouvement de couleur profondeur prisme soleil 1;

«Contraste simultané mouvement de couleur profondeur prisme lune 2;

«Soleil 1;

«Soleil 2;

«Soleil 3;

«Soleil 4;

«Soleil Tour Aéroplane simultané;

«Soleil Lune simultané 1;

«Soleil Lune simultané 2;

«Lune 1;

«Lune 2;

«Lune 3;

«Seine Tour Roue Ballon Arc-en-ciel simultanés;

«4e Représentation Simultanée : Paris New York Berlin Moscou La Tour Simultané, crayons de couleurs la représentation pour le livre des couleurs de la Tour Simultanée à Tout.

«3e Représentation simultanée : L'Équipe de Cardiff.

«Le Manège des cochons.

«Portrait d'Henri Rousseau le Douanier.»

Delaunay, qui par son insistance et son talent a fait sien le terme de simultané qu'il a emprunté au vocabulaire des futuristes, mérite qu'on l'appelle désormais ainsi qu'il signe : le Simultané.

Première présentation des prismes, Sculpture Simultanée, dont il expose trois exemples :

«Cheval prisme Soleil Lune;

«Parisienne prisme électrique;

«Oiseau prisme du matin.»

L'idée, due à l'auteur, avait été communiquée à Delaunay, Gleizes, Léger, Duchamp-Villon, Marcel Duchamp, quelques mois avant l'exposition de Boccioni. Il s'agissait d'organiser une exposition de sculptures nouvelles avant tout le monde. L'auteur est heureux que quelqu'un l'ait enfin compris.

L'exposition de Mme Sonia Delaunay-Terck n'est pas

moins attachante. Ce sont : la première affiche simultanée, les premières reliures simultanées, les premiers objets usuels ressortissant à la décoration simultanée :

«Halo profondeur (lampe et abat-jour);
«Profondeur Mouvement (rideaux);
«Voir Mouvement couleurs profondeur (coussin);
«Astral (coussin);
«Lune Absinthe (coupe);
«Eau Vin (coupe);
«Vin (coupe).»

Et cette ivresse de la couleur simultanée, si elle est une des tendances neuves de la peinture, est encore la tendance la plus neuve et peut-être la plus intéressante de l'art décoratif. Il nous manque encore une architecture polychrome. Celle des Grecs l'était.

Albert Gleizes figure à Berlin avec ses *Joueurs de football.*

Kandinsky est un des rares peintres peignant à l'étranger (il peint à Munich) qui, s'il a étudié la peinture française nouvelle, s'est le mieux dégagé d'elle pour suivre une voie personnelle. Il figure ici avec quelques tableaux.

Fernand Léger a envoyé neuf toiles et des dessins.

Metzinger a envoyé *L'Oiseau bleu,* et il aurait pu mieux choisir.

Picabia a exposé deux toiles orphiques.

Balla, Russolo, Ardengo Soffici, futuristes.

Je mentionne encore Boccioni, Severini et le vomissant Carrà, futuristes.

Le Salon berlinois n'est point complet puisqu'il y manque Matisse, Picasso, Derain, Braque, Marie Laurencin, Dufy, etc., et bien d'autres. Cependant c'est là une exposition historique et si l'orphisme s'est révélé la première fois aux Indépendants, c'est ici le premier Salon de l'orphisme.

D'autre part, nous recevons de Berlin la lettre suivante :

«Il est ennuyeux d'être d'accord, ne serait-ce qu'une fois, avec des esprits bas comme par exemple M. Westheim, critique d'art de la *Frankfurter Zeitung.* Mais le Salon d'automne de Berlin, organisé par M. Walden, directeur du *Sturm,* a été une déception. L'exposition rétrospective de Rousseau a eu un grand succès et ce succès a été, en somme, le triomphe de l'esprit réactionnaire en art. Nous nous en réjouissons en ce sens que c'était le triomphe du goût français, et les autres peintres français comme

Gleizes, Léger, Metzinger, qui participent du goût français, paraissaient des esprits pondérés, simples et raffinés auprès des révolutionnaires allemands. Nous avons quitté cette exposition avec la conviction que les peintres d'avant-garde allemands ou italiens sont comme ces juifs convertis qui gardant toutes leurs qualités ou défauts deviennent du catholicisme le plus intolérant.

«Tout ce qui ressortissait au goût français et même au goût slave, comme Kandinsky, choquait Berlin, mais choquait par sa distinction.»

(*Les Soirées de Paris,* 15 novembre.)

LA VIE ARTISTIQUE

MLLE CHRISTIANE HAVET

Aujourd'hui a eu lieu le vernissage de l'exposition de Mlle Christiane Havet en son atelier, 22, rue Saint-Ferdinand.

Novatrice pleine de goût qui a déjà introduit dans l'art décoratif plusieurs innovations que l'on a déjà imitées, Mlle Havet expose cette fois-ci des étoffes peintes pour le costume et l'ameublement, dont on ne saurait trop louer l'agrément de coloris, la grâce du dessin et la nouveauté de composition.

Ces étoffes plairont beaucoup. Que dis-je, elles plaisent déjà, car le très grand nombre de jeunes femmes élégantes qui aujourd'hui ont déjà visité l'atelier de Mlle Havet et admiré les merveilles qu'elle y expose sont la garantie du succès que mérite cette jeune artiste si personnelle et que préoccupe un réel souci d'embellir son époque.

(*L'Intransigeant,* 21 décembre.)

LA VIE ARTISTIQUE

LA COMÉDIE HUMAINE. PAUL SIGNAC. JULES FLANDRIN

C'est avec un véritable amour que M. Arsène Alexandre organise chaque année l'exposition de «La Comédie humaine». Les cinq cents œuvres réunies dans les trois salles de la galerie Georges-Petit, peintures, aquarelles, dessins, méritent bien le titre de balzacien qu'elles justifient chaque année, en ajoutant une scène à l' «ample comédie». Les «singeries» de Gaston Latouche forment cette année, selon le vœu des organisateurs, un des principaux attraits du petit Salon. *La Femme au masque* de M. Abel Faivre retient l'attention par le contraste singulier de sa nudité, aux appas délicieux, et du masque épouvantablement morbide. L'envoi de Cappiello est chatoyant, gracieux, plein de légèreté. Le dessin de Willette a de la maîtrise, comme toujours. Citons encore les Montmartroises de Roubille, les portraits d'acteurs de Gir, les papotages amusants de Guillaume, les Lilliputiens de Devambez, les fantaisies satiriques de Jean Veber, les «boîtes de nuit» de Laborde, les envois d'Henri Thomas, de Rassenfosse, Kirchner, Fornerod, Benda, Gosé, Gatier, peintre officiel de la Marine, d'Avelot, de Métivet, les bonshommes en papier de Mme Aurélie Favier ; les boxeurs de Gentil, les pur-sang de Taquoy, les nudités de Domergue, les chevaux de Pueehmagre, le temps d'orage de l'excellent humoriste Hemard, les Espagnols de Vasquez Diaz, de Cardona, et les envois de Claudine Denis, de Fernand Fau, de Mlle Schaler et de Brunelleschi.

Signac est un des maîtres de l'art français qui nous montrent à la galerie Bernheim une série d'œuvres magnifiques, réalisées selon une esthétique qui, longtemps moquée, a, aujourd'hui, fait ses preuves et inspire le respect aux gens moins avertis.

Il y a, dans les paysages exposés par Jules Flandrin à la galerie Druet, un charme et une distinction véritables. Flandrin est le peintre de l'Isère : il a su rendre d'une façon extrêmement précise les solitudes de la Grande-Chartreuse et les délices des fins d'automne dans les vallées alpestres.

(*L'Intransigeant,* 26 décembre.)

1914

LE DOUANIER

Henri-Julien Rousseau fut surnommé le Douanier parce qu'il avait été employé de l'octroi et qu'en effet «douanier» peut être considéré comme le terme noble qui désigne cette qualité.

Le Douanier avait été découvert par Alfred Jarry, dont il avait beaucoup connu le père. Mais pour dire le vrai, je crois que la simplicité du bonhomme avait tout d'abord beaucoup plus séduit Jarry que les qualités du peintre. Plus tard cependant l'auteur d'*Ubu roi* devint très sensible à l'art de son ami qu'il appelait le mirifique Rousseau. Celui-ci fit son portrait, où étaient représentés aussi un perroquet et ce fameux caméléon qui fut quelque temps le compagnon d'Alfred Jarry. Ce portrait fut brûlé en partie; il n'en restait en 1906, où je le vis, que la tête très expressive[1].

Celui qui, le premier, encouragea les essais du peintre de Plaisance fut incontestablement M. Remy de Gourmont. Il commanda même à Rousseau une lithographie, *Les Horreurs de la guerre,* qui fut publiée dans *L'Ymagier*[2]. Elle est fort rare et peu de personnes l'ont vue. Remy de Gourmont avait su par Jarry que le Douanier peignait avec une pureté, une grâce et une conscience de primitif. Il avait vu quelques-unes de ces gerbes qu'il peignait pour les boulangeries de son quartier et il lui arrivait de le rencontrer parfois à certains carrefours de la Rive gauche où le vieux Rousseau jouait, sur *le violon,* des mélodies de sa composition et faisait chanter aux petites ouvrières l'air en vogue.

Il jouait aussi, en ce temps-là, aux concerts des Tuileries. La musique nourrissait la peinture, et si le violon d'Ingres a passé en proverbe, sans le violon du Douanier, nous n'aurions point ces décorations étranges qui sont l'unique chose que l'exotisme américain ait fournie en France aux arts plastiques.

C'est qu'en effet Rousseau avait été à l'Amérique, ayant servi pendant la guerre du Mexique[1].

Quand on l'interrogeait sur cette époque de sa vie, il ne paraissait se souvenir que des fruits qu'il avait vus là-bas et que les soldats n'avaient pas le droit de manger. Mais ses yeux gardaient d'autres souvenirs : les forêts tropicales, les singes et les fleurs bizarres...

Les guerres ont tenu une place importante dans la vie du Douanier. En 1870, la présence d'esprit du sergent Rousseau épargna à la ville de Dreux les horreurs de la guerre civile. Il aimait à détailler les circonstances de ce haut fait et sa vieille voix avait des inflexions singulièrement orgueilleuses quand il en venait à dire que le peuple et l'armée l'avaient acclamé en criant : « Vive le sergent Rousseau ! »

★

Ceux qui ont connu Rousseau se souviennent du goût qu'il marquait pour les fantômes. Il en avait rencontré partout et l'un d'eux l'avait tourmenté pendant plus d'une année, au temps où il était à l'octroi.

Le brave Rousseau était-il en faction, son revenant familier se tenait à dix pas de lui, le narguant, lui faisant des pieds de nez, lâchant des vents puants qui donnaient la nausée au fonctionnaire. À plusieurs reprises, Rousseau essaya de l'abattre à coups de fusil; mais un fantôme ne peut plus mourir. Et s'il essayait de le saisir, le revenant s'abîmait dans le sol et reparaissait à une autre place...

Rousseau affirmait encore que Catulle Mendès avait été un grand nécromant :

« Il vint me chercher un jour à mon atelier, disait-il, et m'amena dans une maison de la rue Saint-Jacques, où, au troisième étage, se trouvait un moribond dont l'âme flottait dans la chambre sous la forme d'un ver transparent et lumineux... »

Il eſt bien possible qu'après tout Rousseau attigeât la cabane et que l'hiſtoire n'eût rien d'authentique, mais il la racontait telle que je la rapporte et ses récits de revenants étaient innombrables.

Rousseau n'était pas seulement peintre et musicien; il était encore auteur. Et il a laissé des fragments de Mémoires, des drames et des poèmes.

On n'aurait peut-être pas de peine à retrouver dans ses papiers de gentils morceaux de poésie, aussi bien tournés que ceux qu'on connaît de lui.

★

À la suite d'une affaire compliquée de chèque, qu'il n'avait pas très bien comprise, Rousseau fut une fois condamné par la cour d'assises. On lui appliqua cependant la loi Bérenger[1]. On aurait bien dû l'acquitter, car il avait été imprudent mais non criminel, ayant été roulé par un ancien élève à lui auquel il avait donné des leçons de clarinette.

Quand il apprit qu'il bénéficiait de la loi de sursis, le Douanier ne se tint pas de joie et dit poliment : «Mon président, je vous remercie, et, si vous voulez, je ferai le portrait de votre dame.»

Cette affaire ne laissa pas de gâter ses vieux jours. Il avait aimé toute sa vie, d'abord une Polonaise, Yadwigha, qu'il n'oublia jamais et qui lui inspira *Le Rêve*[2], son chef-d'œuvre, et ensuite ses deux femmes[3], dont il a laissé les simples et gracieuses effigies.

À soixante-quatre ans il s'amouracha d'une veuve de cinquante-quatre ans, qu'il voulut épouser. Il alla chez les parents solliciter la main de leur fille. Mais ceux-ci ne voulurent rien entendre, disant qu'il avait été condamné et qu'il était un peintre ridicule.

Voilà le pauvre Douanier désolé.

Il alla chez ses amis solliciter des certificats de talent et d'honnêteté. C'eſt tout attendri que je lui en rédigeai un. Son marchand de tableaux, M. Vollard, lui en écrivit un autre sur papier timbré. Mais rien n'y fit. Et je pense aussi que la demoiselle ne l'aimait point. Il lui acheta un jour pour cinq mille francs de bijoux, et elle ne vint même pas à son enterrement.

★

Rousseau, depuis qu'il s'était adonné à la peinture, vivait misérablement et laborieusement. Il faisait beaucoup de tableaux de famille pour les petits commerçants du quartier de Plaisance, où il habitait.

Pendant les dernières années de sa vie, des étrangers distingués s'étaient mis à lui acheter de la peinture. Des amateurs français, des marchands, lui commandèrent des tableaux et le Douanier connut une petite aisance, mais pendant fort peu de temps, l'amour l'ayant rendu magnifique et l'obligeant à dépenser tout ce qu'il avait mis de côté.

★

Le Douanier fut une des illustrations de la Société des artistes indépendants, où, en 1911, la jeunesse artistique a tenu à l'honorer en organisant pieusement une exposition rétrospective de ses œuvres[1]. Devant ces toiles on prononça les noms de Taddeo Gaddi, de Paolo Uccello, de Cézanne, de Poussin, on mentionna les primitifs siennois, pisans et les Hollandais...

Mais il est vain de faire ces rapprochements, car Rousseau avait une personnalité trop forte pour ressembler à quelqu'un, au cas même où il l'aurait imité, que dis-je, au cas où il l'aurait copié, et lui-même est inimitable.

★

Rousseau aimait à donner des soirées où il invitait des gens de lettres, quelques peintres, de belles étrangères et les demoiselles de son quartier. Ses élèves donnaient un petit concert, on récitait des vers, Rousseau chantait gaiement les chansonnettes de sa jeunesse, et après avoir bu un verre de vin, l'on s'en allait tout content d'avoir passé quelques heures en compagnie d'un brave homme.

Voici, par exemple, la teneur d'une invitation lancée par Rousseau pour une de ses soirées.

M. Rousseau vous prie de vouloir bien honorer de votre présence et prêter votre concours à la soirée toute familiale et artistique qui aura lieu le samedi 10 juillet 1909, rue Perrel, 2 bis.

H. ROUSSEAU.

Faire part aux amis.

Il dessinait lui-même les programmes de ses soirées qui, polycopiés en rouge et en violet sur la gélatine, constituent de précieuses et rares images. J'ai recueilli quelques-uns de ces programmes.

SOIRÉE DU 14 NOVEMBRE 1908
donnée par M. HENRI ROUSSEAU en son Atelier
2 *bis,* rue Perrel

ORCHESTRE

L'Ave Maria.	GOUNOD
La Marche des Pierrots	BOSC
Réginette	—
Babillage	GILLOT
Les Deux Frères.	ROUSSEAU

LA MARSEILLAISE

Madame FISTER dans son répertoire.
Mademoiselle JEANNE dans son répertoire.
M. ROUSSEAU *(solo de violon)* dans ses œuvres et créations.
La scène est mise à la disposition de tous les invités.

Voici le programme de la soirée du 25 février 1909 :

PROGRAMME

Orchestre
La Marseillaise
Cécilette
Martha
Les Clochettes
Sur la plage
Réginette

M. Henri Rousseau prie ses nombreux invités de bien vouloir prêter leur grâcieux concours à la présente.

Soirée
Chant — Diction

Voici enfin le programme de la soirée du 1er avril 1909, où étaient présents M. Durtain et sa femme, Marie Laurencin, Mme Blanche Albane, Georges Duhamel, Max Jacob, Jules Romains, René Arcos, etc., etc.

PROGRAMME

Cécilette (polka)
Les Clochettes (mazurka)
Églantine (valse)
Polka des bébés
Rêve d'un ange (mazurka)
Clémence (valse)

Atelier de
M. HENRI ROUSSEAU
2 *bis,* rue Perrel, Paris, le 1-4-09

Un autre programme est composé de quatre pages. Sur la première :

PROGRAMME
La Marseillaise (orchestre)
La Paloma
Babillage
Cécilette
Le Tam-Tam (solo)
Réginette
19 décembre 1908. 2 *bis,* rue Perrel

Sur la deuxième page :

SOIRÉE DONNÉE
en
l'honneur des adieux
DE
M. WEBER

M. Weber était un jeune peintre américain qui eut l'honneur d'organiser, à New York, la première exposition des œuvres du Douanier.

Sur la troisième page on lit :

M. Weber . . . . *Ténor*
Mme Fister . . . . *Chant*
M. Van Hecthel . . . . *Chant*
M. Lescafette. . . . . *Récit*
M. L. Van Hecthel . . . . *Chant*
Mme Queval. . . . . *Chant*

M. Dispieglar........................ *Mandoloniste*
Mlle G. Parin........................ *Chant*
M. Henri Rousseau.................... *Chant*

Sur la quatrième page :

M. Henri Rousseau
Académie de
dessin, peinture et musique
COURS À DOMICILE
Prix modérés

Comme l'on a donné les programmes des soirées de Rousseau, il ne sera peut-être pas non plus sans intérêt de publier les cartes d'adresse du Douanier. Voici d'abord sa carte de visite :

Henri Rousseau
Artiste peintre
Professeur à l'Association philotechnique
2 bis, rue Perrel, Paris

Voici encore l'adresse de son cours de dessin :

Cours de dessin, peintures en aquarelle
Leçons particulières
Henri ROUSSEAU
Professeur
des Cours philotechniques de la Ville de Paris
2 bis, RUE PERREL *(14e)*
DANS LA RUE VERCINGÉTORIX
Pour tous ses cours le professeur désirant des progrès rapides
le nombre des élèves sera limité
COURS MIXTE
Pour enfants et jeunes gens, le samedi de 2 à 5 heures
Pour adultes à partir de 16 ans
ACADÉMIE, MODÈLE VIVANT
Jeudi soir de 8 h à 10 heures
Prix des cours 8 francs par mois
Pour les cours du jour et ceux du soir, les parents peuvent
assister aux leçons

Plus tard, le prix des cours fut élevé à 12 francs par mois.

Le Douanier fit deux fois mon portrait dans une composition ayant pour titre *La Muse inspirant le Poète;* la réplique est plus grande que le premier tableau, où il y avait des giroflées au premier plan, tandis que dans le second tableau des œillets de poète ont pris la place des giroflées.

Lorsque le tableau *aux giroflées* eut paru au Salon des indépendants, la presse tout entière se réjouit de mon portrait, qui fut reproduit dans *Comoedia*[1].

La presse tout entière fut unanime dans ses conclusions; ce portrait ne me ressemblait en aucune façon. Les uns trouvaient que le tableau était touchant, les autres qu'il confinait au grotesque, mais pour ce qui regardait la ressemblance tout le monde est tombé d'accord : elle était nulle. De mon côté, je m'étonnai. Comment se faisait-il, puisque ce portrait ne me ressemblait pas, que l'on m'eût reconnu? J'avais prié le Douanier de ne pas mettre mon nom en avant, le peintre avait donc manqué à sa parole! Mais je dus rendre hommage à sa bonne foi lorsque, ayant consulté le catalogue de l'Exposition, je constatai qu'il portait seulement cette indication : *La Muse inspirant le Poète.*

D'autre part, ni moi ni le Douanier ne fréquentions les salles de rédaction et nous connaissions peu de journalistes.

Ils ne faisaient alors et ne font encore pas grand cas de moi, et le méprisaient, lui, complètement. Comment, dans ces conditions, avait-on pu me reconnaître assez pour trouver que je n'étais pas ressemblant? Comment, malgré la mention du catalogue, tous les journaux intitulèrent-ils le tableau : *La Muse d'Apollinaire* ou *Apollinaire et sa Muse* ou bien *Le Poète Guillaume Apollinaire inspiré par la Muse*? Tout cela est encore bien mystérieux et les moyens d'information dont disposent les journaux sont insondables.

★

Je suis disposé à admettre que ce portrait était d'une ressemblance si frappante et si nouvelle qu'elle a ébloui malgré eux ceux qui ne s'en rendaient pas compte et n'y voulaient pas croire. La peinture est l'art le plus pieux. Nous avons assisté, en 1909, à un fait de suggestion collective pareil à ceux qui ont donné naissance aux religions les plus pures. C'est une sublime aventure qui valait la peine d'être vécue. Ma face a servi à une expérience unique, que je n'oublierai pas.

★

Au demeurant, *il eût été impossible que le portrait en question ne fût pas très ressemblant.* J'ai posé un certain nombre de fois chez le Douanier et avant tout il mesura mon nez, ma bouche, mes oreilles, mon front, mes mains, mon corps tout entier, et ces mesures, il les transporta fort exactement sur sa toile, les réduisant à la dimension du châssis. Pendant ce temps pour me récréer, car il est bien ennuyeux de poser, Rousseau me chantait des chansons de sa jeunesse.

Moi je n'aim' pas les grands journaux
Qui parl' de politique
Qu'est-c' que ça m'fait qu'les Esquimaux
Aient ravagé l'Afrique
Ce qui m'faut à moi c'est l'P'tit Journal,
La Gazett' la croix d'ma mère
Tant plus qu'y a d'noyés dans l'canal
Tant plus qu'c'est mon affaire.

ou bien :

Aïe! aïe aïe que j'ai mal aux dents.

Et je restais immobile, admirant avec quelles précautions il s'opposait à ce qu'aucune fantaisie autre que celle qui caractérisait sa personnalité ne vînt détruire l'harmonie de son dessin mathématiquement semblable à la figure humaine qu'il voulait représenter. S'il ne m'avait pas peint ressemblant, le Douanier n'aurait fait aucune erreur, les chiffres seuls se seraient trompés. Mais l'on sait que même ceux qui ne me connaissaient pas m'ont immédiatement reconnu...

Et ce tableau, si longtemps médité, tirait à sa perfection. Le Douanier avait fini de plisser la robe magnifique de ma Muse, il avait achevé de teindre mon veston en noir, ce noir que Gauguin déclarait inimitable; il s'apprêtait à terminer un ouvrage qui est de la peinture sans aucune littérature quand il eut tout à coup, pour me faire honneur, une idée nouvelle, une idée charmante, celle de peindre au premier plan une rangée délicate d'œillets de poète. Mais grâce à la science incertaine des botanistes de la rue Vercingétorix, la peinture pieuse et pure l'emporta encore sur la littérature, et pendant mon absence, le Douanier se trompant de fleurs peignit des giroflées[a].

Il répara son erreur dans le courant même de l'année en tirant de nouveau mon portrait *aux œillets de poète.*

★

C'est à propos de ce portrait que M. Arsène Alexandre, qui devait plus tard publier une curieuse relation de sa visite chez le Douanier[1], écrivit : «Mais il va sans dire que de toutes ces manières de dessiner ou de déformer, la seule qui ait une réelle valeur, c'est celle du Greco, de Delacroix, et de Toulouse-Lautrec, qui est plus exactement une impulsion d'exprimer la forme telle qu'on la ressent, et avec des moyens que l'on trouve directement, involontairement en soi, sans y penser le moins du monde, car dès qu'on y pense, on devient soit médiocre, soit excessif.

«Or, la plus grande partie de la production que l'on voit aux Indépendants a justement ce défaut : les exposants *y ont pensé.* Seul, le bon Douanier Rousseau aurait été incapable de *vouloir* ce qu'il a fait. S'il avait écouté, le voulant, ces touchantes allégories, s'il avait tiré cette forme, cette couleur d'un système calculé, arrêté à froid, il serait le plus dangereux des hommes, alors qu'il en est le plus sincère et le plus candide. Si elles ne valaient pas si cher, on aimerait à posséder de ses œuvres, non pour les accrocher à la muraille, car elles exerceraient sur nos esprits une dangereuse fascination, mais pour les regarder de temps en temps lorsqu'on aurait besoin d'être rappelé à la bonne foi. S'il avait eu ce qui lui manque totalement : la science, et qu'il eût pu, en même temps, conserver cette fraîcheur de conception, Rousseau serait le Paolo Uccello de notre siècle» (*Comoedia,* feuilleton du 3 avril 1909).

★

Il y a quelque chose à redire dans cette appréciation, par ailleurs si compréhensive. Le défaut de science était, chez Rousseau, grandement compensé par l'abondance des qualités artistiques et par une force qu'il empruntait sinon à la science des professeurs, du moins à sa conscience, à la connaissance qu'il avait des choses, et tout de même quand on peint quarante ans durant, comme fit Rousseau, on serait un phénomène si on n'arrivait pas à une certaine maîtrise, et l'on avouera qu'entre la peinture des dix dernières années de Rousseau et celle de tels exposants de la Nationale ou du Salon d'automne, qui peignent depuis un an ou deux, et l'on sait avec quel succès, il y a une certaine différence tout en faveur du merveilleux et gentil Douanier.

Il avait un sentiment si fort de la réalité, que quand il peignait un sujet fantastique, il s'épouvantait parfois et, tremblant, il était obligé d'ouvrir la fenêtre.

Lorsqu'il tirait le portrait de quelqu'un, il était plus calme. Il prenait avant tout les mesures de son modèle et, comme il le fit pour moi, les inscrivait fort exactement sur sa toile les réduisant à la dimension du châssis. Pendant ce temps, pour se récréer, le Douanier chantait des chansons de sa jeunesse et aussi du temps où il était employé de l'octroi. Il chantait les chansons que j'ai mentionnées plus haut et encore *Le Vin de Suresnes*, *La Puce,* etc...

Et il s'arrêtait parfois, pour prendre un peu de café.

★

La jeunesse artistique a, non seulement en France, mais encore en Allemagne, en Russie, en Angleterre, en Amérique même, où peu de temps après sa mort fut organisée la première exposition de ses œuvres[1], a maintenant témoigné de l'honneur où elle tient les œuvres de ce pauvre vieil ange qu'était Henri Rousseau le Douanier. On pourrait aussi l'appeler le Maître de Plaisance, tant à cause du quartier où il demeurait, qu'en raison de ce qui rend ses tableaux si agréables à regarder.

Peu d'artistes ont été plus moqués durant leur vie que le Douanier, et peu d'hommes opposèrent un front plus calme aux railleries, aux grossièretés dont on l'abreuvait. Ce vieillard courtois conserva toujours la même tranquillité d'humeur et par un tour heureux de son caractère, il voulait voir dans les moqueries mêmes l'intérêt que les plus malveillants à son égard étaient en quelque sorte obligés de témoigner à son œuvre. Le Douanier avait conscience de sa force. Il lui échappa, une ou deux fois, de dire qu'il était le plus fort des peintres de son temps. Et il est possible que sur bien des points il ne se trompât point de beaucoup. C'est que s'il lui a manqué dans sa jeunesse une éducation artistique, il semble que, sur le tard, lorsqu'il voulut peindre, il ait regardé les maîtres avec passion et que presque seul d'entre les modernes, il ait deviné leurs secrets.

Ses défauts consistent seulement parfois dans un excès de sentiment, presque toujours dans une bonhomie populaire au-dessus de laquelle il n'aurait pu s'élever et qui contrastait un peu fort avec ses entreprises artistiques et avec l'attitude qu'il avait pu prendre dans l'art contemporain.

Mais à côté de cela que de qualités! Et il est bien significatif que la jeunesse artistique les ait devinées! On peut l'en féliciter surtout si son intention n'est pas seulement de les honorer, mais encore de les recueillir.

Le Douanier allait jusqu'au bout de ses tableaux, chose bien rare aujourd'hui. On n'y trouve aucun maniérisme, aucun procédé, aucun système. De là vient la variété de son œuvre. Il ne se défiait pas plus de son imagination que de sa main. De là viennent la grâce et la richesse de ses compositions décoratives. D'avoir servi pendant la campagne du Mexique, il avait gardé un souvenir plastique et poétique très précis de la végétation et de la faune tropicales.

Il en est résulté que ce Breton, vieil habitant des faubourgs parisiens, est sans aucun doute le plus étrange, le plus audacieux et le plus charmant des peintres de l'exotisme. La *Charmeuse de serpents* le montre assez. Mais Rousseau ne fut pas seulement un décorateur, ce n'était pas non plus un imagier, c'était un peintre. Et c'est cela qui rend la compréhension de ses œuvres si difficile à quelques personnes. Il avait de l'ordre, et cela se remarque non seulement dans ses tableaux, mais encore dans ses dessins ordonnés comme des miniatures persanes. Son art avait de la pureté, il comporte dans les figures féminines, dans la construction des arbres, dans le chant harmonieux des différents tons d'une même couleur, un style qui n'appartient qu'aux peintres français, et qui signale les tableaux français où qu'ils se trouvent. Je parle bien entendu des tableaux de maîtres.

La volonté de ce peintre était des plus fortes. Comment en douter devant ses minuties qui ne sont pas des faiblesses, comment en douter quand s'élève le chant des bleus, la mélodie des blancs dans cette *Noce* où une figure de vieille paysanne fait penser à certains Hollandais.

Comme peintre de portraits, Rousseau est incomparable. Un portrait de femme à mi-corps, avec des noirs et des gris délicats, est poussé plus loin qu'un portrait de Cézanne. J'ai eu deux fois l'honneur d'être peint par Rousseau, dans son petit atelier de la rue Perrel, je l'ai vu souvent travailler et je sais quel souci il avait de tous les détails, quelle faculté il avait de garder la conception primitive et définitive de son tableau jusqu'à ce qu'il l'eût achevé et aussi qu'il n'abandonnait rien au hasard et rien surtout de l'essentiel.

Parmi les belles esquisses de Rousseau, rien de si étonnant que la petite toile intitulée *La Carmagnole*. C'est l'esquisse d'un *Centenaire de l'Indépendance*, sous lequel Rousseau avait écrit :

Auprès de ma blonde
Qu'il fait bon, fait bon, fait bon...

Un dessin nerveux, la variété, l'agrément et la délicatesse des tons font de cette esquisse un petit morceau excellent. Ses tableaux de fleurs montrent les ressources de charme et d'accent qui étaient dans l'âme et la main du vieux Douanier.

★

Rousseau peignait avec un soin extrême. C'est ainsi que lorsque la belle saison était venue, il allait dans les bois, aux environs de Paris, cueillir des feuilles en très grand nombre qu'il copiait ensuite.

Ses études d'après nature sont très émouvantes et très intéressantes. Il y en avait tout autour de son atelier mêlées à ses tableaux. Elles donnaient un air riant à ce pauvre intérieur où il dormait, et à quelqu'un qui lui demandait s'il n'était pas gênant de dormir dans un atelier, il répondait : «Tu comprends, quand je me réveille, je peux faire risette à mes tableaux.»

★

J'ai dit qu'à l'âge de soixante-quatre ans, Rousseau s'était épris d'une veuve de cinquante-quatre ans, pour laquelle il dépensa sans compter le peu qu'il gagnait ; peu de jours avant de mourir il lui adressait une belle lettre très touchante, et dès 1909, il avait préparé une donation à son profit, mais cette donation resta sans effet, car la veuve refusa de se marier et Rousseau ne signa ni ne data sa donation dont voici la teneur :

DONATION

Je donne par la présente à Mlle Eugénie Léonie V*** veuve en premières noces de M. Auguste V*** (épouse en deuxièmes de M. Henri Rousseau, artiste peintre), ma meilleure amie, à qui je dois une grande reconnaissance éternelle, tout ce qui restera après moi, meubles, bijoux, argent, tableaux. De plus, je l'autorise à réclamer un droit de 20 % aux marchands de tableaux ou autres qui en feront une vente. Ma chère Léonie voudra bien accorder la moitié de ce qu'il y aura à ma fille, Julia Rousseau, femme Bernard, habitant Angers, département de Maine-et-Loire.

Paris, le 1909.

Rousseau mourut le 2 septembre 1910. M. Uhde, qui devait plus tard écrire un bon livre sur lui, alla le voir et, comme beaucoup de ses amis étaient absents de Paris, il n'y eut que sept personnes à son enterrement, parmi lesquelles le peintre Paul Signac, président de la Société des artistes indépendants.

Ce n'est qu'après les obsèques que nous reçûmes le faire-part suivant :

+
M

Vous êtes prié d'assister aux convoi, service et enterrement
de
MONSIEUR HENRI JULIEN ROUSSEAU
Artiste peintre

décédé le 2 septembre 1910 à l'hôpital Necker à l'âge de soixante-six ans.

Qui se feront le dimanche 4 septembre à 3 heures et demie précises en l'église de Saint-Jean-Baptiste de la Salle, rue Dutot.

DE PROFUNDIS

On se réunira impasse de l'Enfant-Jésus, 146, rue de Vaugirard.

De la part de :

Monsieur et Madame BERNARD, ses fille et gendre; Mademoiselle BERNARD, sa petite-fille et Madame ROUSSEAU et leur fils, de Monsieur et Madame Henri BRIDEL ses neveux et nièces, ses frères, belle-sœur, neveux, nièces et de ses nombreux amis.

En cas d'oubli, prière d'en faire part.

L'inhumation aura lieu au cimetière de Bagneux.

En 1911, grâce à Robert Delaunay et au propriétaire du Douanier, M. Queval, on acquit une concession de trente ans et l'on posa la pierre tombale sur laquelle s'érige un médaillon représentant le défunt qui repose ainsi non loin de son ami Alfred Jarry.

En 1913 enfin, le sculpteur Brancusi et le peintre Ortiz de Zarate gravèrent sur la pierre tombale cette épitaphe que j'y avais inscrite au crayon :

Gentil Rousseau tu nous entends
Nous te saluons
Delaunay sa femme Monsieur Queval et moi
Laisse passer nos bagages en franchise à la porte du ciel
Nous t'apportons des pinceaux des couleurs des toiles
Afin que les loisirs sacrés dans la lumière réelle
Tu les consacres à peindre comme tu tiras mon portrait
La face des étoiles.

(*Les Soirées de Paris*, 15 janvier.)

AU PAVILLON DE MARSAN

Cette 6e Exposition d'estampes japonaises qui s'est ouverte aujourd'hui au musée des Arts décoratifs sera la dernière. On a parcouru le style de l'estampe japonaise qui fut un des produits les plus délicats du régime féodal au

Japon. L'ambition personnelle bornée par le système des castes, le prix de la vie réduit au minimum par les règlements somptuaires faisaient naître des circonstances favorables à une culture artistique. L'autorité regardait d'un bon œil les divertissements intellectuels. L'imagination avait une grande liberté pour les arts et les lettres. On regarda la nature même dans ses minuties. Il naît un art féerique et lilliputien, métal, émail, ivoire, papier donnent naissance à des œuvres minuscules et miraculeuses conservées dans les musées ou chez les collectionneurs.

Aujourd'hui, sorti de l'ère Tokugawa, le Japon n'a plus d'art. C'est alors aussi que se forma l'art de l'illustration et que naquirent ces délicates gravures en couleurs, qui sont peut-être les plus belles qui aient jamais paru. Ce sont les œuvres des derniers artistes du Japon que l'on peut voir exposées au pavillon de Marsan, Utagawa Toyokuni, Kunimasa, Kunigoshi, Kunisada et le paysagiste Hiroshigé...

M. Manzana-Pissarro a eu raison de se tourner vers l'art décoratif où il a produit des œuvres délicieuses. Ses tapisseries feront fureur avec raison car elles sont délicieuses ainsi que ces verreries où revit le charme de mille Schéhérazades plaisantes et voluptueuses tandis qu'à la muraille les paons blancs de Mme Lucie Delarue-Mardrus semblent pousser un cri rauque.

M. Giraldon expose des illustrations, des reliures, des tissus qui témoignent d'heureuses recherches décoratives.

(*L'Intransigeant,* 11 janvier.)

LA VIE ARTISTIQUE

L'EXPOSITION DU CERCLE VOLNEY

On vernira demain au Cercle Volney.

Les portraits constituent en général l'attraction de ces sortes de manifestations artistiques. On regardera avant tout le *Portrait de M. Clerc,* le joaillier, qu'expose M. Gabriel Ferrier, qui, pour être de l'Institut et pompier notoire, n'a point perdu cette naïveté si agréable chez un portraitiste.

M. Grün expose un portrait à effet, celui de M. Doucerin, et aussi celui d'un paysan normand en blouse. C'est amusant.

M. Devambez a quitté Lilliput pour un royaume voisin, peuplé de géants de vingt centimètres. C'est le peintre Diéterle et sa femme. Encore plus amusant.

M. Cormon a peint une allégorie patriotique : *Vers la frontière.*

Le portrait de femme par M. Baschet se recommande par ses qualités de réalisme et une élégance discrète.

Un seul portrait militaire : celui à mi-corps du général Michel, gouverneur militaire de Paris, par M. Georges Claude. Le général a la poitrine barrée par le cordon d'un ordre étranger, dans le fond, les Invalides.

Voici un autre portrait féminin, portrait riche, celui de Mme Pallin, par M. Hoen, qui aurait pu mettre la Banque de France dans le fond.

Un paysage de M. Émile Barrau sera certainement remarqué. Il représente *La Rue Haute, à Nubécourt (Meuse),* et l'on y voit la maison de M. Poincaré. M. Jules Cayron expose le portrait de deux fillettes. M. Dawant a peint un portrait masculin, redingote, haut-de-forme, très bonne tenue.

Une toile d'actualité : *Le Pont du Gard,* par M. Louis Montagné.

M. Louis Triquet a fixé les traits vénérables de M. le chanoine Quignard, curé de Saint-Louis d'Antin : surplis, étole, aumusse.

Voici des portraits minutieux de M. Weerts.

Le portrait le plus riche, il dépasse peut-être même la mesure, a été exposé par M. Henry Farre : *Mignon-Rêverie (Portrait de Mlle Garita Fernandez).*

Voici encore : *Patience,* deux ânes devant une porte, dans un village espagnol, toile amusante de Cadel; un portrait d'homme par M. Gorguet; *Un nid* : la maman et ses deux enfants dans un jardin, par M. Guillonnet; *Gros temps,* marine de M. Tattegrain; un portrait de jeune fille, par M. W. Laparra; un *Village espagnol,* par M. Lauth, qui, on le sait, aime beaucoup l'Espagne; un portrait ovale de jeune fille, tonalités roses, par M. Paul Chabas; un *Vieux canal, à Venise,* par M. Diéterle, et les envois de

MM. Laissement, Legoût-Gérard, Y.-E. Muller, Alexandre Nozal, Vollon.

(*L'Intransigeant*, 18 janvier.)

LA VIE ARTISTIQUE
LE SALON DES INDÉPENDANTS

AVANT-VERNISSAGE

Le rôle historique du Salon des indépendants commence à être facile à définir.

L'art du XIXe siècle — l'art par lequel s'est manifestée l'intégrité du génie artistique français — n'est qu'une longue révolte contre la routine académique à laquelle les vrais artistes opposent les traditions authentiques qui échappent aux maîtres de cet art dégénéré qui depuis un siècle au moins a toujours joui des faveurs officielles.

Delacroix, Corot, Courbet, Manet, Cézanne et même Rodin furent tour à tour «refusés» aux «Salons» par des «maîtres» comme Cabanel, Bouguereau, Gérôme, Benjamin Constant, fonctionnaires d'un art officiel, voués pendant leur vie aux tares administratives, après leur mort à l'oubli de tous.

Le Salon des indépendants joue depuis sa fondation un rôle prépondérant dans l'évolution de l'art moderne et tour à tour il nous révèle les tendances et les personnalités qui depuis trente ans font corps et âme avec l'histoire de la peinture française, la seule qui compte en Europe et qui poursuive à la face de l'univers la logique des grandes traditions et qui manifeste encore une grande intensité de vie.

Il convient d'ajouter que les grotesques et les maniaques ne paraissent pas au Salon des indépendants dans une proportion supérieure à celle où ils se montrent avec un art soi-disant légitime dans les Salons officiels.

Du reste, la culture artistique, de nos jours, ne relève plus d'une discipline sociale. Elle autorise par conséquent les artistes à s'exprimer comme il leur plaît, dussent leurs œuvres être taxées d'extravagance.

Dans un tel état de choses, les talents se révèlent difficilement au public qui, en fait, ne sait point se guider au milieu d'une production disparate où l'égarent encore les fonctionnaires de l'incompétence gouvernementale en art.

Cette année, le Salon des indépendants n'est pas inférieur à sa tâche bien que l'on distingue çà et là des signes de lassitude et qu'il se soit formé au sein de ce Salon anti-académique une sorte de pompiérisme anarchique qui n'est pas moins nuisible à l'art que le pompiérisme académique. Il faut le dire, les succès de ce Salon et la façon dont se recrutent les exposants amènent l'entrée d'artistes qui, il y a dix ans seulement, auraient tenu à l'honneur de figurer dans les Salons officiels et qui modifient désagréablement dans le sens mondain l'esprit de la Société des indépendants fondée par un gendarme retraité : Dubois-Pillet, et dont l'illustration la plus caractéristique fut l'ancien employé d'octroi, Rousseau le Douanier[a].

L'envoi le plus nouveau et le plus gracieux c'est à mon avis celui d'Archipenko, sculpture polychrome faite de matières diverses : le verre, le bois, le fer s'y combinent de la façon la plus nouvelle et la plus heureuse. À la sculpture, il faut signaler encore une œuvre polychrome très importante, celle de M. Rossiné, et les statuettes de Mlle Lodron.

À la peinture, je signale très rapidement les œuvres des artistes suivants qui sont parmi les plus intéressants : Gleizes, avec un portrait de femme, Jean Metzinger, R. de La Fresnaye, très en progrès avec des natures mortes, Édouard Férat, un nouveau qui ne paraît pas le dernier venu, Dufy, Lhote, Mlle Bailly, Mme Halicka, Favory, G. De Chirico, Pierre Roy, Chagall, Fauconnet, Victor Dupont, Delmarle, Yeats et, bien entendu, des peintres déjà célèbres comme Signac, Mme Marval, Mme Cousturier, Luce, Bonnard, Laprade, etc. Demain, nous commencerons à parcourir les salles et à étudier les tendances en 1914.

(*L'Intransigeant*, 28 février.)

LE SALON DES INDÉPENDANTS

COUP D'ŒIL SUR LES ŒUVRES EXPOSÉES

Les tendances des jeunes artistes en 1914 sont si diverses et si dispersées dans ce Salon que nous allons cette année laisser de côté les dénominations qui les distinguent maintenant de façon trop incertaine pour être valable. Il y a deux grands courants dont l'un est issu du cubisme de Picasso et l'autre du cubisme d'André Derain; l'un et l'autre viennent de Cézanne. C'est ce que l'on peut dire de plus clair et de plus simple, je crois, sur l'art moderne tout en notant l'influence de l'art populaire, de l'atelier de Couture, du Douanier Rousseau, de Seurat, des impressionnistes (surtout Pissarro) et même des théories des futuristes.

Les salles qui se trouvent à droite en entrant portent les numéros pairs, celles de gauche les numéros impairs. Les dernières salles impaires contiennent les œuvres qui jouent depuis trois ou quatre ans les premiers rôles dans ce Salon. C'est par là que nous commencerons.

Salles 11 et 9. C'est ici que l'on verra les sculptures d'Archipenko; l'une d'elles est faite de matières différentes, verre, zinc, bois, le tout polychrome. C'est un effort très grand pour sortir du convenu en sculpture. Libre à ceux de mes confrères qui sont si certains de connaître la vérité esthétique de ne point mentionner une chose aussi surprenante, exécutée d'une façon si aisée et si gracieuse, je suis heureux de dire tout le plaisir que m'a causé la vue d'une œuvre aussi délicate. La deuxième statuette polychrome exposée au milieu de la salle 9 n'est pas moins intéressante et je plains beaucoup ceux qui ne seraient point sensibles au charme et à l'élégance de ce gondolier, statue noire et mince qui est exposée dans la salle 11[1].

La peinture de ces salles est bien mêlée. Je ne goûte qu'imparfaitement la *Synchromie en orange,* de M. Morgan Russell, qui est un artiste de talent. Par contre, le raffinement un peu sec, mais si précis, si élégant des toiles de Picabia, *Chanson nègre* et *Culture physique,* ne passera point inaperçu et l'influence qu'a déjà exercée ce peintre si combattu nous garantit son importance. Voici Chagall dont la matière est riche et qui s'inspire de l'art populaire. C'est un des meilleurs coloristes du Salon.

Voici des tapisseries, elles sont à signaler et à regarder, celles de Mme Van Rees comme celles de Mme de Naville.

Je note une composition de Mme d'Exter, un tableau en toile cirée de Peers Krogh, les envois de Rivera, la vue de Constantinople de Valensi, etc.

La salle 9 est plus variée encore. Dans la petite salle de droite on a mis au centre une toile de Van Dongen, gracieuse, colorée et un peu sommaire. Près de lui, c'est Jean Metzinger dont la matière devient plus riche, dont les toiles se colorent avec plus de vigueur. Il y a dans cet éclatant portrait de fumeur une parenté avec Van Gogh. Libre aux censeurs atrabilaires de n'y rien voir, tant pis pour eux. Voici Édouard Férat[1] qui expose pour la première fois et dont les débuts sont très remarqués. Compositions d'un beau coloris qui promettent des œuvres importantes.

Le portrait de femme de Gleizes est varié et plein de fougue. Il est accompagné d'une étude d'une grande sensibilité.

Dans l'envoi de La Fresnaye, je préfère les natures mortes. L'effort de cet artiste vers le coloris n'a pas été perdu. Le dessin en est sommaire, mais intéressant. Il y a surtout une bouteille qui a vraiment de la beauté.

L'importance de Dufy vient de son talent et aussi qu'il est le premier parmi les peintres nouveaux qui ait puisé dans l'art populaire. À ce titre, il est un des jeunes maîtres de ce Salon. Une exposition de son œuvre mettrait son rôle en pleine lumière. Il faut la faire.

(*L'Intransigeant*, 2 mars.)

LE SALON DES INDÉPENDANTS

NOUVELLE VISITE AUX TOILES EXPOSÉES

Nous voici devant l'envoi de Mérodack-Jeaneau. Dans divers pamphlets, cet artiste s'est plaint récemment d'avoir été pillé[1]. Il exagère peut-être, mais il est vrai qu'il a eu une grande influence sur Van Dongen et d'autres, influence qui s'est peut-être exercée sans que les influencés s'en doutassent mais qui n'en existe pas moins. Villon a fait des progrès dans l'art de nuancer le coloris. Marcoussis est plus libre que l'an dernier. Mme Rousseau suit les traces de Juan Gris et l'envoi de Mlle Bailly a de la fraîcheur.

G. De Chirico construit dans le calme et la méditation des compositions harmonieuses et mystérieuses. Conception plastique de la politique du temps. Ces études purement désintéressées et dont l'expression esthétique est très impressionnante méritent d'attirer l'attention. La toile de Laboureur est plus intéressante que ses bois. Il est plus peintre que xylographe.

Je cite Mondrian, Mainssieux, dont l'envoi est moins intéressant que celui qu'il fit au Salon d'automne; Mme Valadon, Dumont, avec les portraits de Fauchois et du chanteur Franz. Bolz est sous l'influence du Léger d'il y a trois ans. Je signale l'effort de Tobeen, d'Uter et les dessins amusants de Mme Priera.

Dans la petite salle à côté, l'ensemble a l'air de sortir de l'atelier de Thomas Couture. En détail, c'est autre chose. L'envoi de Segonzac ne me plaît point. Je crois que cet artiste se trompe. De même pour Boussingault et Luc-Albert Moreau.

Sous l'influence de Derain, Marchand a fait de grands progrès. Son envoi est excellent. Voici les envois de Mme Halicka, de Mme Lewitka et de Lawadowcki où il y a du talent. Je mentionne Galanis, Chabaud, Hayden. Favory a fait des progrès. Je tiens à attirer l'attention sur Pierre Roy dont il y a ici deux natures mortes d'un art très délicat et très sensible. Fauconnet, tout le monde l'a dit, rappelle Rousseau. Au demeurant, c'était un ami du Douanier qui l'aimait beaucoup.

(*L'Intransigeant,* 3 mars.)

AU SALON DES INDÉPENDANTS

Chaque année, une femme a à se plaindre du public qui visite les Indépendants ; c'est là une tradition scrupuleusement observée ; il y a trois ans, on avait volé des reliures appartenant à Mme de Saint-Point ; l'an dernier, c'est un petit tableau peint par une jeune femme qui fut enlevé, sans que la Société des indépendants se sentît le moins du monde responsable. Cette année, la foule du vernissage a brisé les statuettes exposées par Mlle Ledron, qui voit ainsi anéanti tout son travail d'une année. Il est vrai que la Société des indépendants n'est pas responsable.

Entrons dans la salle 7. Beaucoup de paysages ! Ceux d'Alfred Veillet sont pleins d'un sentiment juste. On regardera avec plaisir le nu et le paysage de M. Barbey. Voici encore une agréable *Terrasse*, une *Nature morte en plein air, Oranges et coucous,* peints par Mlle de Clauzade. Bucci a envoyé des études africaines. Citons Fiebig, Amédée Wetter, les *Patineurs* d'Allard-L'Olivier, les *Arbres* de Mme Caradec, qui sentent avec justesse la profondeur de l'atmosphère. Voici l'Inde vue par Mlle Andrée Karpelès. Utrillo expose des paysages délicats mais j'ai vu de meilleures choses de ce peintre de talent. On regardera encore de jolis dessins de Claude Chéreau et, tout particulièrement, ces *Chevaux* bien observés. Je cite encore Hurard, Guédon et les probes efforts de l'intéressant Deslignières.

Dans la salle 5, Altmann expose des paysages d'un impressionnisme heureux ; il a le sentiment de l'eau qui roule en torrents. Bénoni-Auran (un vrai indépendant) expose cette année une de ses anciennes peintures, le portrait de sa mère, qu'il n'avait jamais exposée. Je mentionne : Vallée, Courche, Hazledine, Igounet de Villers, Luders, Rougeot. Le bouquet de Renaudot est une chose bien jolie. On remarquera aussi la *Venise,* le *Pot de fleurs* et l'*Arc-en-ciel* de Thorndike.

Enfin, voici l' « indépendant » le plus indépendant : M. Cœuret, qui représente, je crois, le mieux cette race spéciale d'artistes si simples dont quelques-uns avaient un talent si frais, si charmant, qui parurent en France à la fin du XIXe siècle. L'arrivée de Cœuret aux Indépendants dans une petite carriole traînée par un âne non tondu vaut presque l'arrivée de Rousseau. Les titres de ses tableaux sont bien jolis : *Caresses,* le *Trésor, Près du cerisier.* Dommage qu'il ait vu trop de peinture.

(*L'Intransigeant,* 4 mars.)

LA VIE ARTISTIQUE

AU SALON DES INDÉPENDANTS

Traversons quelques salles moins importantes, la salle 3, où nous remarquons les minuties de M. Van Hasselt, les études de nature dans les Côtes-du-Nord de Mlle Rose Dujardin-Beaumetz, les envois de Debreau, de Brugnières, de Bourly, de Good, le *Moulin sur la mer* de Lépine, une nature morte de Lescalette, Menton et ses citronniers bien compris par Laurent Gsell.

Salle 1. Il n'y a guère à citer ici que Synane avec sa femme en jaune, Mlles Charlotte et Marguerite Plessis, Mlle Suzanne Pichon qui a un talent assez viril, Goudeau-Lamotte, André Jolly-Féron, Patisson, Castelucho, Gabriel, Süe, Touzain, Séguin, etc., etc.

Salon central. Les deux têtes en plâtre de Nadelmann représentant deux têtes de jeunes gens modernes, coiffés, l'un d'un haut-de-forme, l'autre d'un melon, sont les premières œuvres où une pièce du vêtement moderne ait été traitée d'une façon esthétique. M. Robert Delaunay réalise ses recherches de composition par la couleur et voici le titre de sa composition : *Disques solaires simultané forme; au grand constructeur Blériot (1913-1914).* Le point-virgule joue sans doute ici un rôle important; le point comme but, la virgule comme fil d'Ariane à travers tous ces labyrinthes d'un futurisme tournoyant. En somme, du talent. Son influence a été excellente sur Ottmann, dont la grande toile, si agréable, mérite plus d'attention que les œuvres précédentes de ce peintre[1]. Delmarle, futuriste français, expose un tableau qui n'est pas sans intérêt, où l'on retrouve l'influence d'Albert Gleizes. Rossiné, futuriste français, expose une sculpture métallique et polychrome, la *Symphonie,* où il y a des qualités. J'aime mieux les toiles de Bruce exposées au Salon d'automne; le sujet de sa toile est si vaste que je ne m'étonne point si le peintre n'a pu l'embrasser; il s'intitule tout bonnement : *L'Espace* ou, pour être plus exact, *mouvements, couleurs, l'Espace, Simultané.* Après les concetti du cavalier Marin, les concetti du cavalier Marinetti sont en train d'inonder la France. Je cite encore les découpages de Léna Pilico. Décidément, le découpage est très moderne. Voici les envois de Caux, Morlay, Paul Bonnaud, Renée Find et enfin de Mme Gérébtzoff, un tableau minutieux comme certaines compositions persanes, comme ce tableau persan que Gustave Moreau a laissé inachevé. La toile de Mme Gérébtzoff est comme un résumé de sa vie d'artiste indépendante et laissée à l'écart; elle y a reproduit à une dimension de miniature tous ses tableaux jusqu'à ce jour : souvenir ou testament. C'est, en tout cas, une idée touchante, mais je ne me charge point de pénétrer exactement la pensée d'un peintre si plein d'intentions rares et singulières, puisque, ayant voulu peindre une carte d'Italie[1] (les cartes géographiques sont de si belles choses), ayant voulu, dis-je, peindre une carte d'Italie, au moment où cette nation s'efforçait d'accoucher d'une colonie, la Tripolitaine, Mme Gérébtzoff, au préalable, étudia avec soin l'anatomie d'une femme enceinte. C'est, au demeurant, une idée de grande artiste, et je cite ce détail dans un tout autre but que celui de la tourner en ridicule...

EXPOSANT DE L'ÉPATANT

Nous retrouvons les toiles exposées au Cercle de la rue Boissy-d'Anglas[2] dans les Salons officiels. M. Bonnat expose un vigoureux *Portrait du marquis de Ségur, président du Cercle;* les portraits de M. Gabriel Ferrier sont excellents, surtout le *Portrait de Mme R****. Les portraits, comme d'habitude, abondent. Je cite ceux de Joseph Aubert, de William Ablett, de Jules Aviax, de Jean Béraud, de Jules Cayron, de Léon Commerre, de Dagnan-Bouveret, de Maurice

Demonts, de Dawant, d'Etcheverry, de François Flameng, de Roll, de Maurice Jacquier qui s'est souvenu du célèbre portrait du cardinal Lavigerie par Chartran, le *Portrait du prince Georges Murat* par M. Georges Scott, qui peint les portraits riches; un portrait d'homme par Roybet, le joli et fin portrait de M. R. de Cuvillon. Ce sont les portraits qui font l'intérêt du Salon du Cercle de l'union artistique. Il faut cependant signaler l'envoi de M. Georges Chirin, le *Matin* de Gustave Courtois, les *Scènes de chasse* de Doigneau, la *Plaidoirie* de Forain qui rivalise avec Daumier, un *Intérieur* du duc de Guiches, le *Cabinet du juge de paix* de Frédéric Lauth, les *Scènes bretonnes* de Le Goût Gérard, *Sérénité* de Maxence, *Distraite* d'Antonin Mercié, la *Sainte-Baume* de Montenard, la *Lettre* de Muenier, le *Fauconnier* de Paul-Franz Namur, les *Intérieurs* de Réalier-Dumas, etc.

SALLE BARYE AU LOUVRE

On vient d'ouvrir, au premier étage du Louvre, une nouvelle salle Barye où le public trouvera des toiles, des dessins, des aquarelles, des croquis d'animaux, des sculptures de petites dimensions, des bronzes, *Charles VI arrêté par le fou dans la forêt du Mans,* un *Combat de cerf et de loup,* etc., et surtout un plâtre : *Éléphant au cornac,* qui est un des chefs-d'œuvre de celui qui est peut-être le plus grand sculpteur français.

(*L'Intransigeant,* 5 mars.)

LE 30e SALON DES INDÉPENDANTS

[...]
D'autre part[a], il manque Henri Matisse, Marie Laurencin, Friesz, Marquet, Guérin, etc., qui l'an dernier exposaient encore.

Cette année le futurisme a commencé d'envahir le Salon et tandis que les futuristes italiens paraissent, d'après les reproductions qu'ils publient, subir de plus en plus l'influence des novateurs (Picasso, Braque) de Paris, il semble qu'un certain nombre d'artistes parisiens se soient laissé influencer par les théories des futuristes. Outre cette influence caractéristique, qui modifie l'aspect général du Salon dans le sens impressionniste, on distingue les influences de Picasso (sur la sculpture aussi bien que sur la peinture), de Van Gogh, d'André Derain, d'Henri Matisse, de Marie Laurencin, d'Henri Rousseau.

On retrouve un grand nombre de jolis paysages impressionnistes, qui pour ainsi dire anonymes sont peut-être le meilleur de la production des Indépendants et seront considérés plus tard comme une des gloires incontestées de l'école française de ce temps.

Cependant, pour dire le vrai, le Salon n'apporte point cette année de révélation sensationnelle, comme en 1909, en 1910, en 1911 et en 1912.

★

Les statues polychromes et de matières variées présagent l'affranchissement complet du talent d'Archipenko. Elles sont encore la nouveauté la plus frappante de l'exposition de 1914.

Dans ses aquarelles, Asselin montre une assez grande puissance de coloris.

Mlle Alice Bailly exprime, dans une technique moderne, beaucoup de fraîcheur de sentiment. M. Teldo Barbey expose de la peinture sage et agréable.

Avec M. Bolz nous voici revenus à ces toitures, à ces fumées que M. Léger exposait il y a trois ans.

M. Bruce nous entraîne dans le domaine coloré de l'abstraction réaliste. Cependant sa composition, si elle est même moins plaisante que celle du Salon d'automne, est plus personnelle.

Chagall est un coloriste bien doué qui se laisse aller à tout ce que son imagination mystique et païenne lui suggère. Son art est très sensuel.

L'enseignement de Gauguin se montre dans les paysages de M. de Chamaillard, artiste d'une sensibilité très délicate. On retrouve dans les paysages du Morvan, de Charlot, le caractère du pays qui les a inspirés.

Claude Chéreau a noté avec une malice presque japonaise des mouvements de chevaux.

L'étrangeté des énigmes plastiques que nous propose M. De Chirico échappe encore au plus grand nombre. C'est au ressort le plus moderne, la surprise, que ce peintre a recours pour dépeindre le caractère fatal des choses modernes.

Mme L. Cousturier s'exprime toujours avec joie dans la technique après tout traditionnelle et déjà presque conventionnelle du néo-impressionnisme.

M. Crotti est un artiste qui, sans visées bien définies, ne manque pas de fantaisie.

Sensuel et sûr de lui Van Dongen arrive à imposer ici un art sommaire mais agréable.

Il est assez curieux de constater que l'enseignement cézannien ait ramené, pour ainsi dire, M. Dunoyer de Segonzac vers des recherches qui rappellent l'atelier de Thomas Couture.

L'envoi de Raoul Dufy est toujours parmi les plus intéressants, art substantiel qui à travers Cézanne rejoint les primitifs et les peintres populaires.

M. Égozcue manifeste sans effort un talent de primitif sensible et expressif.

Le tableau de Mme Exter est plein de qualités.

Mme Rousseau, MM. Nadelmann, Marcoussis, Galanis, E. de Fiori, Tobeen, Valensi, Jean Deville, Victor Dupont, Zawadowski, Zadkin, Kisling, Roustan, Fornerod, Giannattasio, Marthe Galard, Gonzalez, Bénoni-Auran, Utter, Granzow, Gwozdecki, Hayden, Tristan Klingsor, Lewitzka, Lhote, Lotiron, Picart Le Doux, Pichot, Rossiné et Mlle Lodron sont des chercheurs dont les œuvres ont toujours du charme et de l'intérêt.

M. Favory a fait de grands progrès sur tout ce qu'il a montré lors de son exposition.

Le Piano de M. Jules Flandrin n'est pas à mon gré une œuvre significative.

R. de La Fresnaye s'attache à harmoniser sa composition par des simplifications savantes.

Les synchromies de Morgan Russell ont une vie et un mouvement qui doivent attirer l'attention sur ce jeune coloriste.

Mme Gérébtzoff est une artiste de talent dont les œuvres n'ont ni visée décorative, ni visée caricaturale, ni visée expressive, mais dont la fantaisie mystérieuse ne manque pas d'intérêt.

Les paysages d'Alfred Veillet sont délicats comme les sites séquaniens qui les ont inspirés.

M. Albert Gleizes eſt un artiſte volontaire qui a heureusement échappé à la syſtématisation. Il eſt en pleine possession d'un talent robuſte et sain.

Mme Halicka a des dons virils et réaliſtes qui lui permettent de conſtruire savamment un tableau sans déformer la composition.

Il y a dans le tableau de M. Laboureur des délicatesses de sensibilité que l'on ne s'attendait pas à trouver chez cet artiſte, qui n'avait exposé jusqu'ici que des gravures sur bois.

Lacoſte, Laprade, Mme Agutte, Signac, Bonnard, dont l'éloge n'eſt plus à faire, manifeſtent toujours dans leurs tableaux bien ordonnés des talents très français.

Marc Delmarle a fait preuve d'habileté en conciliant la technique ancienne et une composition moderne.

Mme Merval expose une œuvre sensuelle, *Les Frivoles,* qui eſt une de ses meilleures compositions. Il faut remarquer combien chez les peintres femmes, depuis un an ou deux, la personnalité s'affirme, je crois, plus que chez les peintres hommes, préoccupés avant tout de nouveautés techniques.

Jean Metzinger eſt, parmi les peintres qui exposent aux Indépendants, un de ceux dont l'art eſt le plus varié et le plus conſtamment renouvelé. Et il s'exerce aux choses les plus difficiles de la peinture.

L'art orphique de Picabia grandit, plus concret, plus précis, plus fort et plus délicat que l'an dernier*.

Luc-Albert Moreau fait des efforts attachants pour sortir d'une sombre peinture d'atelier.

M. Boussingault n'eſt pas conventionnel dans des œuvres où il semble avoir mis plus d'audace que dans ses œuvres précédentes.

Dans cet art sévère et dépouillé où Édouard Férat a de grands prédécesseurs, il manifeſte une véritable et intéressante personnalité.

Rivera n'eſt pas du tout négligeable.

Les enluminures décoratives de Mme Riera sont de curieuses compositions populaires.

* Ses deux envois : *Chanson américaine* et *Culture physique* sont reproduits dans ce numéro des *Soirées de Paris*.

Les natures mortes de Pierre Roy, déjà anciennes, dénotent un talent délicat et sérieux.

Les envois de Goull'ard, Bonnamy, Utrillo, Urbain contiennent de jolis paysages.

Sans grandes nouveautés, le Salon des indépendants de 1914 est très vivant et la façon dont s'y affirment les talents et les styles semble déjà indiquer aux artistes prochains une discipline nouvelle hors de toutes les routines.

(*Les Soirées de Paris,* 15 mars.)

ALEXANDRE ARCHIPENKO

En sculpture, Archipenko recherche, avant tout, la pureté des formes. Il veut trouver les plus abstraites, les plus symboliques, les plus nouvelles et pouvoir les modifier à sa guise.

On perçoit dans son art une adaptation totale à la tradition. Cela peut échapper à des esprits superficiels mais paraît évident à ceux qui décident de la rechercher.

La nouveauté du tempérament d'Archipenko ne semble pas, à première vue, refléter une influence quelconque de l'art des siècles précédents. Mais il en a tiré tout ce qu'il pouvait; il se rend compte qu'il est capable de les dépasser audacieusement.

La stupidité et l'ignorance diront toujours que le tango et la danse de l'ours sont moins esthétiques que les danses traditionnelles, alors même qu'ils renferment toute la tradition à laquelle ils s'opposent.

Archipenko a été nourri du meilleur de la tradition. Et le charme de ses œuvres tient à l'ordre *intérieur* qui apparaît sans qu'il le recherche; celui-ci constitue l'ossature de ses statues étranges, d'une élégance de formes tout à fait nouvelle et exquise.

Si l'on veut réduire son art à une formule concrète, je voudrais le voir représenté par une reine magnifiquement tatouée venue des îles Marquises; sa peau est blanchie par la baie *pappa*, presque comme celle d'une Européenne; cette reine danse le bullier-cancan devant l'autel de la déesse marine Atoüa; elle a dû l'apprendre avec un matelot français ou un forçat échappé de la Nouvelle-Calédonie.

On sent dans le caractère sacré de l'art d'Archipenko l'influence religieuse qui a joué sur son tempérament. Des images pieuses et naïves étaient sans doute un émerveillement pour ses yeux d'enfant qui les transfiguraient et les grandissaient. Je ne serais pas étonné s'il avait construit dans son enfance de petits autels de boîtes de savon et de papier en dentelle bleue et s'il avait mis là-dessus une figurine en plâtre doré de la Sainte Vierge ou l'image byzantine d'un saint et tout autour de petites bougies sur des lumignons argentés.

Comme chez tous les mystiques, ses sens s'éveillèrent de bonne heure. Est-ce que déjà s'opère à cette époque une union des deux mouvements qu'on peut appeler père et mère de son œuvre?

Il comprenait la nécessité d'appartenir avant tout à son temps et d'intégrer la vie contemporaine dans son art.

On remarque dans son œuvre qu'il a été très tôt attiré par la nudité sacrée de l'art oriental-mythologique. Il fut nourri de sculpture grecque. Mais c'est la sculpture égyptienne, plus pure et plus mystique, qui lui révéla la plastique et le style et qui eut sur lui la plus forte influence.

Un papyrus de hiéroglyphes de Teutamoin[1] le séduisait à cause de sa représentation érotico-symbolique du ciel et de la terre. Les stylites des prêtresses, les dieux à peine vêtus de peaux de léopard, les statues des athlophores de Bérénice-Évergète et les canéphores d'Arsinoé Philadelphe ou d'Arsinoé Philopator[2], les danseurs religieux représentés sur les tombeaux de Thèbes ou de Beni-Hassan[3] fertilisaient son imagination. Des visions éphémères le mettaient en transes.

Il avait été ébloui par les traits barbares des idoles de tribus africaines représentées sur les bas-reliefs du spéos de Beit-Qualli et les gestes étranges des nègres prisonniers de guerre sur le grand spéos d'Ipsamboul l'avaient passionné[4].

Il poursuivit ses recherches et étudia l'art chinois. Le

Çakya-Mouni[1] du musée de l'India-House lui révéla la superficialité de l'art grec.

Les représentations de la naissance de Bouddha, du jardin de bambou de Kiä-Lan-Hio et le cycle de la métamorphose avaient excité son âme pieuse. C'est maintenant qu'il comprenait sa vocation et qu'il commençait à sculpter tendrement des formes humaines. Il étudia intelligemment les procédés des maîtres modernes dont le tempérament lui semblait le plus proche du sien. Il fut influencé par la sensualité florentine et Vinci, Botticelli et Jean de Bologne lui révélèrent peu à peu les secrets de l'art. De même, Jean Goujon exerça sur lui une grande influence tout comme la sensualité française du XVIIIe siècle, avec Falconet et Clodion. Il apprit de ces maîtres la pratique de son métier sans, pour autant, devenir leur esclave. Toutefois, ses productions artistiques lui paraissaient vides. Les subtilités de ces maîtres ne plaisaient guère à son tempérament sauvage. Selon le mot du philosophe, il sentait qu'il fallait mêler un petit grain de folie à cette sagesse! Il n'y voyait que dextérité manuelle et sensualité superficielle. Son sens de la beauté ne trouvait dans cet art qu'une représentation de désirs sexuels, quelque chose de mondain et de bourgeois, qui révoltait son âme. Il n'y voyait pas l'esprit.

Le besoin de croire avec toute son âme sensuelle l'émouvait autant que la nécessité de manifester ce besoin à l'extérieur. Depuis longtemps, son esprit, insatisfait, était rebuté par les tendances extrémistes des différentes écoles. Leur souci constant de morale le révoltait même comme un crime. Il avait certains désirs et éprouvait quelques inquiétudes; il découvrait d'autres notions qui l'ébranlaient. La religion ne les lui expliquait pas, la science était muette. Maintenant, son âme curieuse et insatisfaite l'entraînait vers les plus profondes de ces idées superstitieuses qu'il trouvait riches et consolantes. L'élément de base de sa création artistique se révélait, il produisait des œuvres méprisées mais généreuses, passionnées, *maladroites* et pourtant parfaites. Là, dominait la superstition.

★

Les Atoüas de l'îlienne Nouka[1], les Zémes des Caraïbes[2], les idoles délicates mais tout de même repoussantes des nègres africains, les fétiches de l'arbre et de la maison, la multitude des dieux enfin qui reflétaient symboliquement les phénomènes de la nature attiraient son imagination nostalgique et intense. Il vécut au pied des autels de pierre, des statues des dieux et des sculptures de fétiches qui leur sont dédiées en offrandes : les dieux de la guerre et du *semen* avec des organes génitaux énormes, un visage féminin délicat offert par un amoureux malheureux au dieu de l'amour, une danseuse antique aux yeux creusés, surprise dans une pose sensuelle, les seins pointus et lourds, et de nombreuses autres divinités.

En examinant ces sculptures antiques, qui sont plus jeunes que nous-mêmes, Archipenko fut illuminé.

En suivant seulement la conception artistique de leurs créateurs, il eut l'inspiration de ce que l'artiste peut apprendre au contact de cet art.

Il ne se contentait pas de voir dans la sculpture un art de reproduction ou de suggestion. Il créait des images votives, expression de ses idées les plus profondes, qu'il offrait à ses désirs en n'écoutant que son âme pudique, merveilleusement infantile. Il ne travaillait plus uniquement pour le plaisir des yeux, mais pour son esprit superstitieux entraîné aux abstractions formelles.

Il composait des fétiches qui le protégeaient dans les moments douloureux et d'autres qui évoquaient des souvenirs. Il sculptait des souvenirs inspirés par certaines visions ou certains gestes. Il donnait libre cours à sa fantaisie fécondée par l'orientalisme, mais en se souvenant toujours de l'enseignement de ses maîtres européens qui l'empêchaient de tomber dans l'arbitraire et qui le retenaient par des connaissances bien assimilées et une dextérité jamais outrée.

L'art du jeune Russe Archipenko, qui travaille à Paris, dévoilera des perspectives nouvelles.

J'ai été témoin de ses débuts artistiques. On trouvait déjà dans ses œuvres d'alors ce changement brusque mais doux qu'on pourrait appeler «changement de vitesse».

Archipenko construit la réalité et son art se rapproche de plus en plus de la sculpture *pure*.

Archipenko possède les dons nécessaires pour réaliser une synthèse plastique.

Les seuls artistes qui vont dans ce sens sont nos jeunes peintres. La voie est libre pour une sculpture intérieure où tous les éléments de la beauté seront fondus comme la sensibilité, c'est-à-dire l'œil, les perçoit. Les constructions audacieuses d'Archipenko ne font qu'annoncer mais avec fermeté les immenses richesses de cet art.

Les rayonnements colorés se répandent sur ces formes devenues humaines et les pénètrent. Les voussures, les formes complémentaires, les différenciations des plans, les concavités et les convexités illimitées, tout cela donne une construction vivante, la vérité sculpturale.

Pensons à sa *Salomé*, qui se baigne, languissante, dans la lumière aveuglante, à ses *Deux corps* ambigus, son *Silence*, ses *Danses rouges*, où la vie se perd quelque peu, sans mourir dans les détails.

Sauf dans quelques œuvres très mouvementées et troublantes, la sculpture n'a été jusqu'à présent qu'une *mélodie*. Les œuvres d'Archipenko sont une *harmonie*, les premiers accords.

(Préface au Catalogue de l'exposition
Archipenko, mars,
à la galerie du *Sturm*.)
(Traduit de l'allemand.)

ALEXANDRE ARCHIPENKO

Ce sont les forces créatrices qui déterminent l'orientation de l'art d'Archipenko. Déjà, dans les premières compositions, exposées par ce jeune sculpteur russe à Paris, se trouvaient des changements d'orientation, changements à la fois abrupts et délicats qu'on pourrait appeler, si Archipenko continue comme il a fait jusqu'à présent, des changements de vitesse (pour emprunter ce terme au nouveau langage né de l'industrie).

Archipenko construit des réalités. Son art se rapproche de plus en plus de la sculpture absolue qui, un jour, devrait se confondre avec la peinture et l'architecture absolues pour ressusciter comme une plastique pure, au-delà de tous les styles, de toutes les techniques et moyens.

Archipenko possède des forces nécessaires pour atteindre ce but de l'unité plastique intérieure.

Les seuls, parmi tous les artistes, qui ont sérieusement essayé d'atteindre ce but, ce sont nos peintres modernes. Les sculpteurs n'y ont pas pensé, sauf peut-être le génial Rude qui est le plus grand d'entre eux. Les autres, Carpeaux, Rodin, Schnegg, Despiau, remarquaient la force plastique de la lumière, libéraient les formes, les laissaient jouer et se colorer, les soumettaient à la sensualité de l'œil. Nadelman, par contre, tentait, quoique timidement, des constructions *musicales,* dépassant les Grecs et les Égyptiens. Il cherchait à rapprocher la plastique de l'architecture (cubisme scientifique). Ainsi s'ouvre la voie pour un art qui unit la structure plastique intérieure au charme suprême d'une surface sensuellement belle.

Les constructions audacieuses d'Archipenko annoncent timidement mais fermement la singularité de ce nouvel art.

Couleurs et lumières jouent sur les formes devenues humaines et semblent les pénétrer. Les voussures, les formes complémentaires, la différenciation des plans, les creux et les reliefs, jamais brusquement opposés, se soulèvent en pierre vivante, à qui un coup de ciseau passionné a donné une expression sculpturale.

Regardons cette *Salomé,* ses désirs languissants presque brutalement éclairés, cette *Baigneuse* qui, toujours changeante, paraît toujours changée, ce *Silence* ou la *Femme assise* qui annonce un fragment de vie sans le raconter.

Jusqu'à présent la sculpture s'est presque toujours contentée de n'être que mélodie. Dans l'art d'Archipenko dont les premiers accords montent ici, elle devient une grande harmonie. La force du créateur sculpte l'œuvre, le moyen et l'expression; ce qui l'anime, ce que ses œuvres révèlent, c'est le grand talent et la structure délicate de la personnalité de l'artiste, ce qu'il cherche, c'est le réalisme. Avec passion, il travaille à la genèse de son idéal : la «réalité».

(*Der Sturm,* mars.)
(Traduit de l'allemand.)

LE SALON DES ARTISTES FRANÇAIS

COUP D'ŒIL D'ENSEMBLE

Il y a deux Salons dont les exposants sont également sincères et également désintéressés : celui des Artistes français et celui des Indépendants qui est plus audacieux et qui va jusqu'à l'héroïsme (ni jury ni récompenses).

Et au moment où le Salon des indépendants plie ses tentes, le Salon des artistes français ouvre ses portes. J'entends parfois des gens se plaindre de la trop grande production artistique de notre époque. Je trouve, au contraire, qu'on y produit fort peu. Je ne crois pas qu'en écrémant la production annuelle des quatre grands Salons il se trouve douze toiles dignes de rester et qui soient destinées à rester. Il se peint, à Paris, en dehors de ce qu'exposent les Salons, une vingtaine de bons tableaux; la province en fournit une demi-douzaine et l'étranger en donne encore trois ou quatre, ce qui ne fait pas cinquante tableaux importants chaque année pour le monde entier et encore...

★

Les Artistes français abondent cette année en mauvaise peinture. Ce qui n'étonnera personne. J'ajoute que cette mauvaise peinture est quelquefois moins ennuyeuse qu'on ne pourrait craindre et que le travail, le soin apportés à réaliser les bizarres tableaux que l'on expose ici sont bien propres à inspirer le respect.

En somme, j'aime ce Salon parce que l'art n'y est point en question et que moi-même je n'ai point le respect de l'art. C'est pourquoi je me suis promené aux Artistes français sans avoir un seul instant l'intention d'y blâmer qui que ce fût, pas même l'*Éros et Psyché,* de Mlle Dufau, qui avec la décoration de M. Raoul de Gardier, les portraits de Pascau et de Richebé, fait l'ornement de la salle 1 où nous retrouvons une des gloires artistiques de Chatou,

M. Réalier-Dumas, les paysages africains de MM. Cauvy et Dabadie, le maniérisme teutonique de M. Max Bohm, un talent capricieusement pastoral de M. Jouclard[1], les laboureurs de M. Jamois, une scène villageoise de M. Befani, et les envois de MM. Caputo, Marchand, Pillot, Cottenet, etc.

Salle 2. On jouira ici des envois de MM. Calbet, Brispot, Barillot, Bouchor, d'une autre toile algérienne de M. Dabadie, des *Moulins de Moret* de M. Guillemet, et du touchant *Marchand de statuettes* de M. Bewley.

Salle 3. On voit bien que M. Chabas n'est pas gourmand. Il mangerait du pâté d'anguilles toute sa vie sans se lasser, et peint inlassablement des petites filles ou des jeunes filles qui se baignent. J'aime cent fois mieux la grosse peinture de Bonnat. Voici un agréable paysage d'Alix, la *Gardeuse d'oies* de M. André Brouillet, un *Quai parisien* de M. Franck Boggs, et les tableaux signés Fouard, Bussière, etc.

Salles 4 et 5. Décidément, la peinture de M. Cormon est ennuyeuse. Je mentionne Mlle Dieterle, MM. Marcel Bain, Grün, Camille Bourget, Boggio, Commerre qui n'est pas de Windsor, Émile Adan et son bijoutier sur le genou; Cayron, Goutier, Lavergne, Dabieux, Bompard, et Mmes Demont-Breton et Hilda Fraxon.

Salle 6. M. Henri Martin est, sans aucun doute, le meilleur peintre de ce Salon; il exprime des idées générales; il est rustique et peuple à souhait. Tout cela produit des œuvres un peu coco, mais dignes d'attention. C'est le grand peintre de l'enseignement primaire.

Je signale de bons envois de Destrom, de Biloul, de Mme Ullmann-Blocq, etc.

Salles 7 et 8. Avec un sobre portrait de M. Marcel Baschet, il faut citer ici MM. Laissement, Colmaire, Bergen, Boisson, Duvent, Lesage, la composition florale de M. Eugène Chigot et les pêcheurs réalistes d'Adler qui obtient un grand succès.

Salles 9 et 11. Elles sont le domaine de l'imprévu M. Flameng, de M. Dupuy; M. Joron, je le répète, s'il voulait pourrait faire une peinture intéressante. Voici le *Général Pau,* de Lucien Jonas, et les envois de Gourdault, de Chaucaret, etc.

Salles 12, 13 et 14. Je me borne ici à citer quelques hauts dignitaires des arts contemporains, dont les envois charmeront les visiteurs dominicaux : MM. Humbert, Calvet, Lauth, Gabriel Ferrier (un des plus amusants parmi les peintres d'aujourd'hui), Gagliardini, Dawant, etc.

Salle 16. La question se pose de savoir de quelle *contrée* est l'*Enterrement,* de M. Joëts qui progressera, ainsi que M. Franc Lamy avec des *Hollandaises de Marken.*

Salle 17. C'est ici que se trouvent quelques clous du Salon : *Le Troupeau,* de M. Guillonnet, qui comprend les paysages classiques à sa façon, la composition paysanne de M. Fernand Maillaud, qui peint le Berry avec émotion. Inutile de vous renseigner sur les Etcheverry, le Blount[1] ou les cartes postales s'en chargeront.

Salle 18. La neige de Charreton, un portrait de M. Déchenaud, un bébé de Mlle How.

Salles 21, 22 et 23. Je cite rapidement : M. Désiré-Lucas, Marie Réol, Vogel, Lucien Lièvre, Lecomte du Noüy, pour en venir à M. Gustave Pierre, dont le *Repas sous le préau* n'est pas seulement un des clous du Salon, mais est encore une œuvre réaliste qui mérite le succès qu'elle remporte.

Synave connaît aussi le succès, avec sa *Distribution de prix* et, après avoir salué le Didier-Pouget, on s'arrêtera volontiers devant les lavis de Mlle Delasalle.

Salles 25, 26 et 27. M. J.-G. Domergue est le plus agréable peintre de ces trois salles où exposent cependant des célébrités comme Antonin Mercié, Laparra, Jean-Paul Laurens, Maxence. Voici encore la *Partie de croquet* de Gustave Pierre, le *Reflet* de Darrieux, les paysages d'Henri Grosjean, etc., etc.

Salle 28. L'envoi d'Ernest Laurent est délicat et joli. Les portraits de M. Jean Patricot sont toujours sobres et expressifs.

Salles 30 et 31. Faut-il citer Rochegrosse, le nu d'Avy? Je cite Jean Roque, Parizelle, Tardieu, et une agréable composition de Maury.

Salles 32, 33, 34. Je remercie M. Tattegrain de m'avoir procuré de la joie. Son envoi est rigolo. Il affadit ce que l'on voit après lui. Aussi me contenté-je de citer les envois de Nozal, de M. Strauss, etc. L'envoi de M. Zo est également amusant, mais le Tattegrain m'étant tombé tout d'abord sous les yeux, je n'ai pas ri d'aussi bon cœur devant le Zo[2].

M. Coraboeuf nous donne comme toujours un portrait

sobre et délicat, sans mièvrerie. Je ne dédaigne pas du tout la simplicité et la science de cet artiste.

Salles 35, 36, 37 et 38. Nous voici en plein désert et pas un orientaliste. J'espérais rencontrer l'empereur du Sahara[1]. Il devait être au *Café maure,* de M. Cauvy, qui est ici une véritable oasis.

Salles 39, 40, 41. Je cite un portrait de M. Pierre Laurens, et *Les Faïenciers* de l'abbé Van Hollebeke.

Salles 42 et 43. Je cite les envois de M. Dubut, de M. Sabatté et de M. Descudé.

★

Dans une nouvelle promenade aux Artistes français, nous parcourrons les pourtours, les rotondes, et visiterons la sculpture.

(*Paris-Journal,* 1er mai.)

LE SALON DES ARTISTES FRANÇAIS

DESSINS, PASTELS, AQUARELLES, MINIATURES GRAVURES, ARTS APPLIQUÉS

Je me demande pourquoi on a placé dans la décoration et les arts appliqués le tableau de M. Édouard Fer qui est conçu et exécuté selon la doctrine luministe du divisionnisme. Elle a fourni à l'art français les œuvres de Seurat, qui fut un des plus grands peintres du XIXe siècle et un initiateur dont la réputation ira grandissant à travers les siècles. Henri-Edmond Cross, Paul Signac, Marie[2] Cousturier ont continué cet art de la lumière. M. Édouard Fer s'est mis courageusement à leur suite. Il a travaillé avec une passion scientifique et achève un ouvrage sur les questions très intéressantes de la lumière et de la couleur. Son tableau de cette année où il y a un cygne, des baigneuses et des reflets de lumière jouant dans les eaux est construit uniquement par la couleur, et c'est merveille de voir comment M. Fer a, par exemple, reconstitué le blanc par le dosage scientifique des couleurs du prisme.

C'est un tableau qui lui fait beaucoup d'honneur et qui honore aussi le Salon des artistes français.

★

Dans l'avalanche de miniatures, de dessins, fusains, aquarelles, je citerai Corabœuf, qui expose des dessins calmes et achevés; les envois de Roganeau, Doigneau, de Mlle Morsfeld.

Dans le pourtour (salle 19 *bis*), j'ai noté un site montagnard de Girardot, une *Noce* de M. Balande, une *Maternité* de M. Allard-L'Olivier, un *Christ* théâtral de M. Tanner, les *Tireurs à l'arc* de M. Dupar et les envois de Stoenesco, Bacoulès, Roberty et Zacharie.

Dans les autres rotondes on remarquera avec un Gerber agréable, le portrait de *M. Edmond Haraucourt,* par M. O. Guillouet, le portrait à la sanguine de M. *Léon Bourgeois,* par M. Cormon, des envois de Grosjean, de Léandre, d'Adler, un pastel de Mlle Quost, des fusains d'Henri Martin, un portrait de *Maurice Donnay,* par Marcel Baschet, des *Intérieurs bretons* de Blétel, la *Teinturerie au Caire,* de P. Mourant, l'essayage de Gaussen et les envois signés Caputo, Laudati, Marc Antigne, Henri Ruffe, Mlle Rosenberg, Mme Moujon-Garoin, Hortou, Aufray-Genesteaux, Edelman, Edith Harth, Madeleine Carpentier, Barbier, Tranchant, Henri Albert, Paul Alizard, Bouillette, Cabié, Julien Calvé, Rodolphe d'Erlanger, Féau, Gabriel-Rousseau, Garrido, Gueldry, Walter Griffin, etc.

★

Médailles. Je note à la gravure en médaille les dix-sept médailles de M. Tony Sairme, celles de Victor Peter, de Yencesse, de Léon Deschamps, René Grégoire, Abel Lafleur, L'Hoest, Mine Ernesta Mérignac, Lechevrel, Tonnelier, Patriarche, etc.

★

Sculpture. Beaucoup de sculpture, peu de bonne sculpture. Nous y sommes un peu habitués. D'ailleurs, il y a aujourd'hui de par le monde bien peu de sculpture intéressante. Il faut cependant mettre en avant Henry Bouchard, qui avec quelques autres imagiers tente de faire revivre l'école de Bourgogne. Il y manque peut-être quelques étrangers comme Claus Sluter que Bouchard fit revivre l'an dernier. Il anime cette année l'effigie de Nicolas Rolin, qui fonda l'hôpital de Beaune et la collégiale de Notre-Dame d'Autun. Il y a là de la science et de la vigueur. Et pour ma part, je ne demande aujourd'hui qu'un François Rude pour crier : «Vive l'école bourguignonne» avec le même enthousiasme que je crierai : «Vivent les crus de la Bourgogne[1].»

J'ai goûté la sculpture polychrome d'Abbal.

Le marbre du *Fra Angelico* et son *Hoche* classent désormais Jean Boucher au premier rang des sculpteurs qui exposent aux Artistes français.

Certes, il manque ici un Despiau, mais nous avons Niclausse qui est un artiste puissant et concentré. Il y a une grâce pudique très touchante dans la femme nue de Fernand David. La *Bergerie berrichonne,* de Nivet, met cet artiste bien en vue.

La série de Beethoven s'augmente de celui de M. Gustave Michel. Je cite encore la *Jeune fille nue,* de Sicard, un groupe ailé très décoratif de M. Marcel Gaumont, une *Pastorale* de Desruelles, l'envoi d'inspiration religieuse de M. de Villers, un bronze d'Evans, des œuvres de Poncin, de Bacqué, de Morel, de Contesse, de Mathey, une cire perdue, la *Charmeuse,* de Landowski.

Il faut bien citer encore une fontaine de M. Alaphilippe (Fontaine, je ne boirai pas de ton eau!), un Richelieu d'Hippolyte Lefebvre, Cordonnier, Birnstamm, une *Jeune fille lutinée par Zéphir,* de Salatté, une *Baigneuse surprise,* de Laporte-Blairsy, l'*Avril,* de Max Blondat, une œuvre intéressante de Blanche Moria, les *Danaïdes,* et pour mémoire les Pélions de MM. Allouard, Boisseau, Camus, Villeneuve, Ernest Dubois, Hector Lemaire, Marqueste, entassés près des Ossas de MM. Icard, Le Goff, Peyre, Boisseau, Moreau, Vauthier, etc., etc. Que d'efforts de Titan pour affronter tant de hautes cimes. J'ai cru d'abord que j'allais avoir le mal des montagnes durant cette guerre de géants, mais je me suis vite aperçu que j'allais m'abîmer dans un océan d'ennui, et je m'en suis allé fredonnant, comme les naufragés du *Titanic,* les seules paroles connues de l'hymne célèbre : «Plus près de toi, mon Dieu[1]»!

(*Paris-Journal,* 2 mai.)

LES ARTS

EXPOSITION ROGER DE LA FRESNAYE
(Galerie Levesque)

Roger de La Fresnaye a peint deux tableaux dans sa vie : *La Conquête de l'air* et une nature morte qui n'est pas revenue des Indépendants.

Les autres toiles qu'il expose m'ont paru peu expressives et c'est avec regret que j'ai revu le *Cuirassier* qui m'avait ému aux Indépendants, il y a deux ou trois ans. Est-ce l'éclairage de la salle? Est-ce autre chose? Il me semble qu'il n'y a pas plus d'émotion dans la patte du cheval que dans la jambe du militaire. C'est mort. La matière manque. L'*Artillerie* nous ramène à cette fâcheuse époque où, séduits à la fois par le cubisme et les tentatives de Dufy, un grand nombre de peintres faisaient de l'imagerie. Roger de La Fresnaye a heureusement évolué depuis lors et l'*Artillerie* qui n'a point gagné n'a pas diminué non plus la gloire de Georgin à laquelle travaillent en ce moment M. Lucien Descaves en prose et M. Fernand Fleuret en vers[2].

Deux natures mortes décoratives qui se trouvent de chaque côté de la *Femme gardant des vaches* deviendraient facilement, si l'artiste les poussait un peu, des ouvrages dignes de la Nationale. Il suffirait pour cela de mettre de la musique sur le pupitre, des cordes au violon et de tracer sur la mappemonde les contours de l'Afrique ou des deux Amériques.

La gardeuse de vaches manque à la fois de proportions véritables et de proportions sentimentales. Alors...

À tout cela font défaut la composition et la matière. Je crois qu'il faut dire ces choses à un artiste qui, comme Roger de La Fresnaye, a peint cette œuvre vivante et légère : *La Conquête de l'air*[1].

(*Paris-Journal*, 3 mai.)

LES ARTS

EXPOSITION ATL
«LES MONTAGNES DU MEXIQUE[a]»
(Du 1er au 15 mai 1914, galerie Joubert et Richebourg)

M. Atl est un artiste mexicain qui a de grandes visées. Son goût des exercices ascétiques, la simplicité de sa vie, le but difficile à atteindre qu'il s'est donné, ses cartes de visite mêmes qui, au-dessus de son patronyme monosyllabique portent l'indication : «Action mondiale», tout cela contribue à en faire un artiste intéressant. Il a parcouru en solitaire les hautes montagnes de son pays natal. Il y a vu des choses simples et belles, les a notées et maintenant qu'il a quitté le Mexique pour la France, ce sont ces notations qu'il soumet au public.

Son procédé spécial fait de lui un novateur, mais, par certains côtés, il se rattache au divisionnisme de Seurat et de Signac.

Il nous enseigne lui-même sur son art et sur ses recherches.

«Tout en notant la forme des rochers, la couleur d'une ondulation ou le mystère de la nuit qui plonge dans une vie étrange et silencieuse l'énergie de la montagne, j'ai voulu résoudre certains problèmes qui concernent exclusivement la technique de l'art pictural.

«J'ai toujours pensé que pour parvenir à exprimer des sensations nouvelles il fallait de nouveaux moyens techniques.

«Le problème se posait ainsi pour moi : peindre avec un corps *solide* qui, étalé sur la surface réceptrice, adhérât et séchât instantanément et assurât à la peinture le maximum de simplicité, d'éclat et de durabilité; en même temps, obtenir *naturellement* la division des tons et être assuré de pouvoir aussi rapidement exécuter une esquisse que couvrir une muraille.

«Dès l'année 1906, je suis arrivé à fabriquer un conglomérat ayant toutes les qualités requises. J'ai alors fait des essais sur toutes sortes de surfaces — papier, toile, fibrociment, plâtre, bois, etc. — soumettant aux plus dures épreuves les couleurs et les œuvres.

«Les résultats obtenus jusqu'ici ont dépassé toutes mes prévisions... On peut diviser en trois catégories ces travaux qui, en la présente exposition, représentent la technique nouvelle :

«1° Les peintures mates;

«2° Les peintures ayant la qualité du grès;

«3° Les estampes émaillées.

«Les autres œuvres sont faites à l'aide de procédés connus.

«Je présente en même temps deux albums : *Les Volcans du Mexique* et *La Nuit sur la montagne*.

«Toutes les manifestations nouvelles, les théories les plus avancées comme les principes les plus révolutionnaires ou les découvertes les plus inattendues, quels que soient leur caractère, leur direction ou leur forme, trouvent leur origine et leur correspondance en des manifestations antérieures qui se perdent jusqu'à se confondre en des antécédents très éloignés aux caractères les plus divers.

«Il en est ainsi de mon procédé, comme d'ailleurs de toutes les tendances et doctrines picturales contemporaines auxquelles il correspond.

«Mon procédé est un *dérivé solide* des méthodes de peinture helléniques.»

Outre ces nouveautés de la technique, l'exposition de M. Atl a le mérite d'être celle d'un peintre de montagnes. L'on sait qu'ils sont rares et les Japonais sont ceux qui ont le mieux réussi dans cette représentation difficile.

Ceux qui aiment les voyages lointains et les sites singuliers regarderont avec plaisir, extraits du carnet de voyage de l'éloquent M. Atl, ces paysages américains où dominent des cimes sourcilleuses aux noms aztèques ou toltèques : *Le Popocatepetl*, *Le Sommet de l'Iztazihuatl*,

Le Colima, Le Ziltaltepetl, Le Pic d'Orizaba, La Vallée d'Ameca et le Volcan, Les Vallées et le Toluca, etc.

(*Paris-Journal,* 4 mai.)

LA CRITIQUE DES POÈTES

Dans une chronique de *L'Effort libre,* M. Thiesson parle de l'art et de la critique modernes[1]. Beaucoup de ses observations ne manquent pas d'à-propos. Elles ne manquent pas non plus d'injustice et manquent totalement de charité. Je ne lui en veux pas de ce qu'il écrit sur moi. Toutefois, ne s'égare-t-il pas en méconnaissant la liberté et la sincérité de ce que, dans *Montjoie!,* André Salmon avait appelé la critique des poètes[2]. Et en ce qui me concerne, M. Thiesson a-t-il des artistes à opposer à ceux que j'ai défendus? On peut n'aimer point Matisse, Picasso, Derain, Braque, Léger, Marie Laurencin, etc. mais on ne peut nier que ces peintres n'aient été les plus importants de leur époque, ni que je les aie défendus.

Que je m'intéresse ou non à ce que font aujourd'hui Delaunay et ses amis, je n'en ai pas été moins le premier à découvrir, à commenter un art à propos duquel chaque fois qu'on en parle ou écrit, c'est en employant des expressions, des idées qui m'appartiennent.

C'est encore vouloir faire l'innocent ou ignorer ce qu'est un journal quotidien, ou ce qu'est le jeu des relations, des amitiés, pour reprocher à un critique de mentionner beaucoup de noms dans un compte rendu de Salon où exposent des milliers d'artistes.

Jamais je n'ai tenté de décourager un jeune artiste. Je n'ai jamais, non plus, encouragé un artiste lorsqu'il me paraissait prendre, dans l'art contemporain, une place qu'il ne méritait point.

★

M. Thiesson a cru qu'écrivant des Indépendants, je généralisais : il se trompe. Ce que j'ai écrit sur les Indépendants ne s'appliquait qu'à ce Salon. Touchant Archipenko, par exemple, je ne me suis point appliqué à porter un jugement sur ce sculpteur. Mais il n'est point niable que son envoi n'ait été aux Indépendants une chose neuve et intéressante, tandis que la plupart des sculptures exposées là étaient médiocres.

En ce qui concerne Morgan Russell, M. Thiesson oublie qu'il s'agit d'un tout jeune homme qui avait entrepris une œuvre difficile à réaliser. Je ne prendrais pas sur moi de décourager un tout jeune homme ayant des visées si élevées. Estimant qu'il était doué, j'ai pensé qu'on devait lui faire crédit.

À en croire M. Thiesson, j'aurais dû expliquer les tableaux de Picabia, sous prétexte que ce peintre m'aurait «parlé longuement de ses recherches et de ses découvertes». Picabia en a sûrement beaucoup plus longuement parlé avec mon honorable censeur qu'avec moi-même. Alors pourquoi M. Thiesson, qui est un connaisseur éclairé et qui trouvait l'occasion de prêter ses lumières au public, n'en a-t-il pas profité en expliquant, aux lecteurs de *L'Effort libre,* les tableaux de son ami puisque ce que j'en disais lui paraissait insuffisant? Ce que j'en avais écrit était cependant l'expression exacte de ce que j'avais ressenti aux Indépendants. On a si souvent reproché, ces derniers temps, à Picabia d'être vulgaire, que j'avais plaisir à noter qu'il produisait sur moi une impression entièrement différente. Cette sécheresse raffinée a d'ailleurs disparu de ses nouvelles compositions que j'ai eu le plaisir de voir dernièrement.

M. Thiesson demande sur qui Picabia aurait eu de l'influence. J'ai peut-être tort de rechercher les influences que peuvent subir ou exercer les peintres dont je parle, mais on ne peut nier, je crois, que Picabia n'ait influencé deux peintres intéressants et qui cherchent : Marcel Duchamp et Jacques Villon, dont le premier a un réel et grand talent.

M. Thiesson se demande encore par qui Picabia est combattu. C'est que M. Thiesson ne lit point les journaux, qu'il ne fréquente pas de peintres, car Picabia est combattu très vivement. M. Soffici m'a reproché avec violence dans *La Voce* d'avoir parlé de ce peintre[1]; il ne se passe point de jour où l'insincérité de Picabia ne fasse l'objet de quelque filet de journal ou de revue.

En ce qui concerne Rochegrosse, M. Thiesson voudra bien croire qu'il a vu sur une couverture un de ses tableaux reproduit juste au-dessous de mon nom; c'est le fait des éditeurs et non le mien[1].

Dufy me paraît avoir eu quelque influence sur des jeunes peintres et une influence très marquée. Ces peintres sont assez nombreux pour que l'on puisse considérer Dufy comme leur maître. On l'a sacrifié; je me suis efforcé de montrer le rôle qu'il a joué. Je lui trouve du talent, mais je n'aime pas son influence; je l'ai dit. Quant à Chagall, je ne doute point que M. Thiesson pense comme moi; ce garçon de vingt ans était un des meilleurs coloristes du Salon.

★

M. Thiesson réserve tous ses éloges pour une brochure vendue à la porte des Indépendants[2]. Elle m'a amusé autant que lui. Et si j'ai goûté le savoureux pamphlet, je m'étonne que M. Thiesson, qui s'y connaît, en approuve les parties où se trouvent les éloges. Tant de bon sens dépensé pour injurier des femmes, pour aboutir à la divination de l'éclatante et banale peinture de Van Dongen, ce Rochegrosse du fauvisme, voilà des résultats bien extraordinaires et voilà la critique que M. Thiesson déclare merveilleuse.

On m'a si souvent reproché de faire une critique partiale en faveur d'une seule école, que je me suis réjoui de voir M. Thiesson me reprocher un éclectisme qui, s'il existait ailleurs que dans son imagination, vaudrait bien, après tout, son dilettantisme.

La critique des poètes n'existait pas «lorsque Gauguin vivait misérablement à Tahiti, et que Van Gogh, ignoré, peignait ses tableaux passionnés[3]». Aujourd'hui, les poètes n'ont laissé dans l'ombre ni Matisse ni Picasso. Ils n'ont point pris parti d'admirer toute chose nouvelle. Ils s'efforcent de la distinguer pour que les forces qu'elle peut apporter ne soient point perdues. Et puisque M. Thiesson pense que les poètes font aujourd'hui «triompher la médiocrité[4]», il serait bon qu'il achevât sa pensée en nous disant quels artistes médiocres la critique des poètes a mis au premier rang et quels génies elle a méconnus.

(*Paris-Journal*, 5 mai.)

LES ARTS

LES VOLCANS AU MEXIQUE

En même temps qu'il expose les études qu'il a faites des montagnes du Mexique, M. Atl publie quelques albums d'un procédé nouveau et curieux parmi lesquels un intéressant recueil en couleurs intitulé *Les Volcans du Mexique*, dédié *À la science et à l'amour des plus grands chanteurs de la montagne, Élisée Reclus, Michelet, Hokousaï, Segantini.* Il y a là quelques très belles planches en couleurs. M. Atl est un artiste de talent nouveau et généreux et il a un véritable sentiment décoratif.

UN PORTRAIT DE ZWINGLI

Le 14 mai on vendra à l'hôtel Drouot, à la vente de la succession de Mme H***, un portrait du réformateur suisse Ulric Zwingli. Ce portrait qui fut attribué à Holbein représente l'auteur des soixante-sept articles à mi-corps, de trois quarts à droite, les yeux fixés sur le spectateur, les mains appuyées à la ceinture, tenant un œillet rouge. L'index et l'annulaire de la main droite sont ornés de bagues. Coiffé d'une toque vert sombre enrichie de ferrets et d'une médaille d'orfèvrerie, ses cheveux bruns pendant sur les oreilles, il porte un manteau vert sombre à large col et revers de fourrure claire, ouvert sur un pourpoint rouge. On aperçoit à droite, la poignée ciselée de la dague.

GEORGES BRAQUE

Le dernier numéro des *Soirées de Paris*[1] contient huit reproductions d'après les tableaux de Georges Braque qui avec Picasso est un des initiateurs du cubisme. Georges Braque est un des peintres français les plus intéressants d'aujourd'hui et l'un des moins connus. Il n'a fait jusqu'ici qu'une seule exposition collective, à la galerie Kahnweiler en novembre 1908, c'est également à partir de cette époque qu'il a cessé d'exposer au Salon d'automne et aux Indépendants. C'est la première fois qu'une revue française donne des représentations de ses œuvres.

PAROLES DE COROT

Le 7 octobre 1875, J. Aviat les transmettait à M. Seurat père, vraisemblablement pour satisfaire une curiosité manifestée par Georges Seurat, âgé de seize ans. Ce sont trois pages manuscrites intitulées : «Souvenirs de mes bonnes et intéressantes causeries avec M. Corot (année 1869 à Méry-sur-Seine)». «Intéressantes» est peut-être excessif — mais il s'agit de Corot. C'est M. Félix Fénéon qui les publie dans le *Bulletin* de chez Bernheim[1].

«Il faut d'abord bien sentir son sujet; puis quand on l'a bien vu, bien compris, faites et alors confiance.

«Il y a des peintres qui, après avoir produit des chefs-d'œuvre, avoir reçu des récompenses et être arrivés au faîte des honneurs (Cabat) s'arrêtent; les uns pour ne pas ternir leur réputation, les autres pour que leurs œuvres conservent une valeur plus grande, un prix plus élevé. Moi, je travaillerai quand même. On se doit à l'art et à ceux qui ont récompensé votre travail, votre mérite. On dira bien : le père Corot baisse! Eh bien! si je baisse, tant pis! Il faut montrer à la jeunesse combien il faut se raidir et se tenir sur ses gardes pour ne pas tomber.

«Je cherche toujours à voir tout de suite l'effet; je fais comme un enfant qui gonfle une bulle de savon : elle est encore toute petite, mais elle est déjà sphérique; puis il gonfle tout doucement jusqu'à ce qu'il ait la crainte qu'elle n'éclate. De même, je travaille dans toutes les parties de mon tableau à la fois, en perfectionnant tout doucement jusqu'à ce que je trouve l'effet complet.

«Je commence toujours par les ombres, et c'est logique, car, comme c'est ce qui vous frappe le plus, c'est aussi ce que l'on doit rendre d'abord.

«Ce qu'il y a à voir en peinture, ou plutôt ce que je cherche, c'est la forme, l'ensemble, la valeur des tons; la couleur, pour moi, vient après.»

L'EXPOSITION FRANC-LAMY
(Galerie Vollard, 6, rue Laffite
du mercredi 22 avril au 6 mai)

Hier après-midi, M. Jacquier, sous-secrétaire d'État aux Beaux-Arts, a visité l'exposition de M. Franc-Lamy, chez Vollard. Le sous-secrétaire d'État était accompagné de MM. Lucien Hubert et Gomot, sénateurs. M. Gomot est sénateur du Puy-de-Dôme et l'on sait que M. Franc-Lamy est né à Clermont-Ferrand. L'exposition de M. Franc-Lamy comprend une série de tableaux lumineux : *Venise* et *La Côte d'Azur*. Nous reviendrons sur cette exposition.

LA COLLECTION KULLMANN

Treize œuvres seulement la composent, mais toutes de la plus rare qualité et presque toutes de capitale importance. Elle vient de Manchester, et sera dispersée à Paris, hôtel Drouot, salle n° 1, le 16 mai, par Me Henri Baudoin, commissaire-priseur, assisté de MM. J. et G. Bernheim Jeunes, experts près la cour d'appel.

Exposition publique :

1° Les jeudi et vendredi, 14 et 15 mai, de 10 à 6 heures, galerie Bernheim-Jeune, 15, rue Richepanse;

2° Le samedi 16 mai (jour de la vente), de 1 h 30 à 4 heures, à l'hôtel Drouot, salle n° 1.

Les musées et les collectionneurs trouveront là : de Renoir, sa grande *Baigneuse* de 1895 et un paysage; de Vincent Van Gogh, l'*Escalier à Auvers,* qu'il peignit quelques semaines avant de mourir; de Cézanne, une de ses pages essentielles, le *Village à travers les arbres,* et une aquarelle; d'Henri Rousseau, ses *Éclaireurs attaqués par un tigre,* des Indépendants de 1904, et, à côté de cette manière de chef-d'œuvre, deux paysages parisiens; de Bonnard, *L'Étable* (1912); d'Henri Matisse, l'*Ilyssus du Parthénon* (1912); d'Henri-Edmond Cross, son éblouissant *Paysage avec le cap Nègre,* de 1907; un dessin rehaussé de Degas; une aquarelle de Turner.

(*Paris-Journal,* 5 mai.)

LES ARTS

VENISE ET LA CÔTE D'AZUR
(Galerie Ambroise Vollard)

C'est beaucoup plus que «Venise et la Côte d'Azur», l'exposition d'un ami de Renoir, de «M. Renoir» comme on dit là-bas. Vues de Cagnes, environs de Cagnes, *La Maison de Renoir, Les Oliviers de M. Renoir, Le Jardin de Renoir.* Voici encore un portrait de Cézanne...

Peinture d'époque, peintre modeste et attentif dont la sensibilité s'exerce parfois avec bonheur dans des régions explorées par les grands impressionnistes et surtout dans celles où pénétra le premier Renoir, le plus grand peintre vivant. M. Gustave Geffroy s'est plu, à l'occasion de cette exposition, à retracer la carrière de Franc-Lamy qui, jeune encore, de l'Auvergne où il était né, vint à Paris.

Sa passion téméraire pour l'art, sa jeune insouciance devaient le réunir aux prohibés d'alors. Il connut Manet, Degas, Cézanne, Renoir, fréquenta la Nouvelle-Athènes, eut la sympathie de Mallarmé, de Villiers de L'Isle-Adam, dont il montre quelquefois en silence le portrait rapide qu'il put exécuter devant le lit de mort.

Il fait partie, en 1877, de la troisième exposition du groupe impressionniste avec Caillebotte, Cals, Cézanne, Cordey, Degas, Guillaumin, Jacques François, Levert, Manet, Monet, Berthe Morisot, Piette, Pissarro, Rops, Rouart, Sisley, Tillot. Combien sont encore vivants parmi ceux qui ont mené le beau combat de la peinture claire? Cinq ou six, peut-être.

Franc-Lamy accepte une place de professeur de dessin de la ville, enseigne au lycée Janson-de-Sailly. Il est entraîné à suivre le courant officiel, et nous le trouvons parcourant la carrière monotone des Salons. Il y apporte son labeur acharné, se plie aux techniques sévères. En 1880, il expose un portrait de vieille femme précis, serré, à la manière d'Holbein. En 1882, un naturaliste *Conseil de révision* attire à son auteur des sarcasmes et des suffrages : la toile est maintenant au musée de Clermont-Ferrand. Une circonstance fortuite affranchit alors Lamy des préoccupations déprimantes de l'existence pénible. Mais à quel prix! Pierre Giffard, en 1889, l'associe à sa création du grand reportage des journaux quotidiens par l'image. Il est le premier à donner ces croquis rapides qui illustraient les grands et les petits événements du jour. Il lui fallut une singulière énergie pour accorder les exigences d'une vie double désormais, car pas un instant il n'abandonna le travail patient, amoureux, du peintre épris des beaux effets apaisants de la nature. Il trouva le moyen de faire plusieurs expositions malgré l'obligation d'être toujours le premier devant l'événement sensationnel.

Quelle école! Les attentats anarchistes, les exécutions capitales, les scandales politiques, les catastrophes désolantes l'eurent pendant des années comme spectateur, l'œil ouvert, le crayon en main. Il subit le contact immédiat des misères brutales, il respira l'odeur obsédante des misères humaines brusquement découvertes par un drame, et sut conserver sa sérénité d'artiste... On saisit bien maintenant la nerveuse simplicité des dessins qu'il expose aujourd'hui avec ses paysages du Midi.

Peintre reporter comme Constantin Guys, Franc-Lamy ne présente pas un intérêt de curiosité équivalent. Les villes, les ports, les citadins de toutes les classes, voilà ce qui touchait l'ami de Baudelaire. Au contraire, il faut à l'ami de «M. Renoir» l'air de la campagne.

ARCHITECTURE

Le *Sturm* de Berlin publie un grand article de M. Josef Capek sur l' «Architecture moderne[1]». Cet artiste est très en honneur aujourd'hui en Bohême, et les architectes tchèques ont pris la tête du mouvement moderne.

UN QUATRAIN PERSAN

On pourra le lire, le dimanche 24 mai, à l'exposition publique de la collection Arthur Sambon sur un bol persan de Rhagès (XIIIe siècle).

C'est un bol à profil droit, fond blanc, peinture sous émail en bleu cobalt et noir. Deux bandes croisées partagent le champ en quatre compartiments ornés d'un arbre stylisé (l'arbre Hom) avec deux oiseaux affrontés, motif connu déjà par les tissus sassanides.

Les bandes offrent un quatrain au *sgraffito* blanc, qui renferme les doléances d'un amant et cette ruse naïve pour se faire aimer :

Puisque tu ne peux m'aimer un seul instant,
Ne meurtris pas davantage mon cœur déjà blessé,
Sois moins dure, moins tyrannique envers moi
Jusqu'à ce que, petit à petit, mon cœur se détache de toi.

C'est charmant et d'une psychologie délicate.

CONFÉRENCE DE FERNAND LÉGER

Le peintre Fernand Léger doit faire le samedi 9 mai, à 8 h 30, à l'académie Vassilieff, 2, avenue du Maine, une conférence *Sur la peinture,* cette manifestation ne manquera pas d'être intéressante, car Léger a des choses importantes à dire[1].

(*Paris-Journal,* 6 mai.)

TROIS EXPOSITIONS

GUILLAUME RÉGAMEY

À la galerie Bernheim s'est ouverte une importante exposition de Guillaume Régamey, peintures militaires, parmi lesquelles *Les Cuirassiers au cabaret* appartient au musée du Luxembourg, *Le Drapeau des grenadiers de Magenta* au musée de l'Armée, *L'Escadron de cavalerie mixte de l'armée de Chanzy* à l'école militaire de Saint-Cyr. Il y a aussi des pastels rustiques, des dessins dont deux appartiennent au musée du Luxembourg, des lithographies et de curieux croquis d'après les démolitions du Vieux Paris en 1856, des aquarelles. M. Ernest La Jeunesse, qui s'intéresse aux costumes militaires, doit être dans la joie. M. Charles Saunier a écrit pour cette exposition une préface dont voici quelques extraits :

« À trente-sept ans, Guillaume Régamey mourait le 3 janvier 1875. Mais, à l'encontre de tant d'artistes de renommée tapageuse ou de caractère officiel, il n'entra pas dans les oubliés à peine le dernier souffle rendu. Les organisateurs des rétrospectives ouvertes à l'occasion des Expositions universelles qui suivirent lui ont fait une large place, montrant : en 1878, *Les Sapeurs, tête de colonne du 2e cuirassiers de la Garde* (S[alon] 1868); *Avant-poste de tirailleurs algériens, campagne de Crimée* (S[alon] 1871); *Cuirassiers au cabaret* (S[alon] 1875); en 1889, les mêmes *Cuirassiers au cabaret* et *Cuirassiers du 9e, campagne de Crimée* (S[alon] 1869); en 1900, *Une batterie de tambours de grenadiers de la Garde, campagne d'Italie* (S[alon] 1865) et les *Cuirassiers de la 9e*, déjà exposés en 1889.

« À ces compositions qui révélaient une compréhension stendhalienne de la vie militaire vue par ses à-côtés, c'est-à-dire dans une vérité d'attitude, de moment, d'atmosphère, on n'avait pas manqué de joindre des pastels et des dessins. Car, quoique Guillaume Régamey possédât une touche puissante et sobre qui produisait grand effet, l'intensité et l'originalité de ses moyens d'expression étaient plus clairement révélées, peut-être, dans les dessins et pastels. Exacts certes, ils passaient la réalité, atteignaient à l'épique, se trouvant empreints de tout ce que peut ajouter à la vision directe une mémoire vive et exercée, encline à accentuer l'essentiel et à sacrifier, par contre, l'inutile...

« Guillaume Régamey appartenait, en effet, à cette phalange formée par un professeur de génie, Lecoq de Boisbaudran, qui cultivait chez ses élèves la mémoire, « mémoire pittoresque ou mémoire conservée », selon ses propres expressions. Et, comme ses yeux avaient appris à voir et sa mémoire à retenir, il pouvait, de retour à son atelier, exécuter une foule de pastels, de dessins admirables par la puissance du trait, la chaleur de l'effet, la grandeur de l'expression. Aucun de ceux qui visiteront la présente exposition ne me contredira.

« Le cheval l'avait, naturellement, amené à étudier le cavalier et le cavalier, conduit à traduire la fière allure du cuirassier, la prestesse du spahi. D'où, des tableaux militaires dont le plus important, la *Tête de colonne du 2e cuirassiers de la Garde,* est conservé au musée de Châlons-sur-Marne, après avoir longtemps séjourné sous la tente de l'empereur Napoléon III qui l'avait acquis. Rien d'une toile de parade cependant. Au témoignage de Théophile Gautier qui admira l'œuvre : les *Sapeurs* "s'avancent fouettés de la pluie et du vent qui s'engouffrent dans leurs manteaux rouges, par un chemin défoncé, creusé de profondes ornières où leurs chevaux pataugent péniblement dans l'eau et la boue". Le musée de Pau conserve un autre chef-d'œuvre, la *Batterie de tambours de grenadiers de la Garde* et notre Luxembourg, qui les a prêtés à l'exposition de la galerie Bernheim-Jeune, les *Cuirassiers au cabaret,* la dernière œuvre de Régamey, mais qui ne peut faire oublier les crânes *Cuirassiers du 9e*, aujourd'hui fierté de la riche galerie Van Cuthem-Charlier, à Bruxelles.

«On peut s'étonner, à juste titre, que les amateurs du temps présent, malgré le conseil des artistes et des écrivains d'art, n'aient pas plus fiévreusement recherché depuis vingt ans les œuvres de Guillaume Régamey.»

UNE PRÉFACE SINGULIÈRE

M. Diego H. Rivera expose à la galerie B.-Weill, 25, rue Victor-Massé, des études et des dessins qui montrent jusqu'à quel point ce jeune peintre a été ému par l'art moderne; d'ailleurs, la sensibilité de deux ou trois dessins aurait déjà justifié cette exposition.

Quelqu'un qui signe B. a écrit pour le catalogue une préface dans laquelle l'exposant qu'il est chargé de présenter est pour ainsi dire injurié; c'est la première fois, croyons-nous, qu'un fait semblable se produit. Voici comment s'exprime le préfacier anonyme :

«Nous présentons ici aux amateurs de jeunes le Mexicain Diego H. Rivera que les recherches du cubisme ont tenté.

«Nous ne voulons pas courir le risque de faire le panégyrique de ce jeune artiste; laissons-le évoluer et, quelque critique ou *barnum*[1] bien intentionné, enfonceur de portes ouvertes, se trouvera bien à point, un jour, pour le découvrir. Du danger d'encenser trop tôt les artistes, nous avons mille preuves : tel, révélant quelques dons, est poussé, encouragé; un coup de veine le fait arriver à une petite notoriété; crac! il s'embourgeoise; il veut gagner "beaucoup" d'argent; il devient très... "talon-rouge"; à l'instar de tel mécène de la haute couture, il se croit de la lignée du Grand Louis; son génie n'a d'égal que celui de... la Bastille; son œuvre, actuellement? il accouche de loin en loin d'une souris; souvent, oublieux de sa lignée, il s'attarde dans les antichambres, mais les tentures murales ont trouvé un... novateur : hurrah!

«Tel autre a vidé son sac, mais il règne en maître et toute sa cour, accroupie, se dispute ces débris; ricanant et satisfait, il contemple la curée; quoique espagnol, son génie n'a pas grandi.

«Tels autres encore (eunuques, gardiens du sérail) montent la garde autour du coffre-fort : Défense aux jeunes d'entrer!

«Mais rajeunissez donc les cadres! ça sent le moisi! de l'air!

«Ah! ils jouent serré et dru, eh! les bougres!

«Combien d'autres encore n'existent plus, eux, que dans leur propre imagination?

«Et tout cela au nom de l'art? le pôvre! *Servum pecus*[1]!

«Venez voir les jeunes, libres, indépendants, et vous trouverez dans leurs œuvres, parmi les maladresses sans nombre, le charme primesautier de la jeunesse; aucune recherche du désir de plaire, qui vous plaira.»

M. Rivera n'a pu savoir quel était l'auteur de cette préface où l'on traite avec mépris tout ce qu'il respecte dans l'art moderne. Mais que dites-vous d'un critique qui accepte, sans même en être sollicité par l'artiste, de faire la préface d'une exposition dont il réprouve les tendances?

LES FLEURS DE MADELEINE P.-F. NAMUR

À propos de ces fleurs et de la fleur en général, M. René Maizeroy a écrit ces lignes pour célébrer l'exposition actuellement chez Devambez (ouverte jusqu'au 16 mai) :

«J'aime passionnément les fleurs.

«Je souffre de les sentir prisonnières et blessées, de les voir agoniser peu à peu dans les vases ou sur les corsages.

«Je voudrais passer tous les loisirs que me laisse la vie en quelque beau jardin secret et solitaire, dont nul autre que moi n'ouvrirait la porte.

«Je m'imagine les sensations complexes et émouvantes que j'y goûterais à chaque pas et chaque jour, les surprises que m'y réserveraient le printemps adorable, le torturant été, le langoureux automne, le tragique hiver, les jeux du soleil, de la pluie et du givre, la fuite et les métamorphoses des heures, l'enchantement des aurores et des crépuscules, la griserie des parfums.

«Je ne me lasserais jamais d'une telle volupté.

«Ô le mystère des éclosions!

«C'est d'abord quelque chose d'indécis, de frêle, qui pointe et qui frissonne hors de la terre, puis le fuseau change de teinte, se violace, rosit, s'allonge, les feuilles se déplient, délicates, comme encore chiffonnées, la corolle s'en dégage, se forme, duvetée. Et la fleur apparaît enfin, s'entrouvre, pétale par pétale, de même que des lèvres amoureuses, s'offre, humide de rosée, tentatrice, fraîche avec son étamine raidie, son pollen odorant aux papillons, aux cétoines, aux mantes prieuses, donne toute son âme, change de nuances, puis s'effeuille, se disperse sans retour!»

(*Paris-Journal*, 7 mai[1].)

LES ARTS

M. DE PINELLI

Les lecteurs de revues et de journaux sont exposés à y rencontrer à tout instant le nom de M. de Pinelli. *Paris-Journal* d'hier nous le montrait copiant faiblement un portrait de Balzac sur son lit de mort, par Eugène Giraud[2]. La copie de Pinelli se trouve à Carnavalet. Ailleurs, on nous le montre faisant un petit voyage de Bruxelles à Francfort-sur-le-Main en compagnie de la belle Juliette Drouet qui allait bientôt devenir la maîtresse de Victor Hugo. On retrouve parfois des estampes ou des aquarelles de Pinelli chez les marchands de gravures de Paris où il est mort en 1835. Delacroix estimait ses eaux-fortes et il est de fait que sa suite de *Meo Patacca* eﬆ amusante et animée. La Bibliothèque nationale possède une partie importante de son œuvre et en particulier sa suite sur les *Amours des dieux*, dont il a été impossible à un de nos amis qui s'occupe particulièrement de Pinelli d'obtenir communication sous le prétexte qu'elle eﬆ dans le goût des recueils de Carrache. Il faut ajouter que Baudelaire (*Curiosités eﬆhétiques*[1]) n'avait aucune eﬆime du «classique Pinelli» comme il l'appelle :

«Nous ne dirons pas de lui qu'il eﬆ précisément un caricaturiﬆe; c'eﬆ plutôt un *croqueur* de scènes pittoresques. Je ne le mentionne que parce que ma jeunesse a été fatiguée de l'entendre louer comme le type de *caricaturiﬆe noble*. En vérité, le comique n'entre là-dedans que pour une quantité infinitésimale. Dans toutes les études de cet artiﬆe nous trouvons une préoccupation conﬆante de la ligne et des compositions antiques, une aspiration syﬆématique au ﬆyle.

«Mais Pinelli — ce qui sans doute n'a pas peu contribué à sa réputation — eut une exiﬆence beaucoup plus romantique que son talent. Son originalité se manifeﬆa bien plus dans son caractère que dans ses ouvrages; car il fut un des types les plus complets de l'*artiﬆe*, tel que se le figurent les bons bourgeois, c'eﬆ-à-dire du désordre classique, de l'inspiration s'exprimant par l'inconduite et par les habitudes violentes. Pinelli possédait tout le charlatanisme de certains artiﬆes : ses deux énormes chiens qui le suivaient partout comme des confidents et des camarades, son gros bâton noueux, ses cheveux en cadenette qui coulaient le long de ses joues, le cabaret, la mauvaise compagnie, le parti pris de détruire faﬆueusement les œuvres dont on ne lui offrait pas un prix satisfaisant, tout cela faisait partie de sa réputation. Le ménage de Pinelli n'était guère mieux ordonné que la conduite du chef de la maison. Quelquefois, en rentrant chez lui, il trouvait sa femme et sa fille se prenant aux cheveux, les yeux hors de la tête, dans toute l'excitation de la furie italienne[2]. Pinelli trouvait cela superbe : "Arrêtez! leur criait-il, ne bougez pas, reﬆez ainsi." Et le drame se métamorphosait en un dessin.»

EXPOSITION DE PEINTURE DE FÉLIX VALLOTTON
(Galerie Druet
jusqu'au 16 mai)

Félix Vallotton qui pensait s'approcher d'Ingres n'a pas dépassé cet idéal mécanique de la photographie où la nature eſt reproduite pour ainsi dire à l'emporte-pièce. Il ne l'a pas dépassé et M. Vallotton ajoute à cet idéal toute une part conventionnelle qui affadit ce qu'il peint. Musées et sanatoriums de la Suisse, peinture sérieuse, trop sérieuse. Il y a moins de souplesse chez les peintres suisses comme Vallotton et Hodler que chez les peintres d'Allemagne, il eſt vrai que les rares peintres jeunes dignes de ce nom qui travaillent aujourd'hui en Allemagne sont des Slaves, comme Kandinsky et Kokoschka.

BOIS SCULPTÉS PAR M. DE CHAMAILLARD

À la galerie Milton, 20, rue Milton, M. Erneſt de Chamaillard a réuni quelques bois sculptés polychromes, qui sont d'un art très personnel. M. de Chamaillard qui a été un des amis préférés de Gauguin s'eſt adonné à la sculpture sur bois sur ses conseils. Cependant son art eſt entièrement personnel.

EXPOSITION RÉTROSPECTIVE D'HENRI HAVET

Ce soir aura lieu dans la chapelle de la Source à Auteuil le mariage d'une jeune artiſte décorateur, Mlle Chriſtiane Havet, avec le poète suisse Paul Œschman. À ce mariage seront sans doute présents les survivants de l'entourage de Mallarmé, dont fit partie le père de l'épousée, Henri Havet. On peut voir en ce moment à la Nationale une exposition rétrospective de ce peintre. Elle ne comprend pas moins de dix toiles. La forêt de Fontainebleau, si chère à Stéphane Mallarmé, à Élémir Bourges, à Paul Fort, dont Henri Havet fut l'ami, la forêt de Fontainebleau dont il s'efforça si souvent de fixer sur la toile les sites pittoresques, n'eſt pas représentée dans cette séleƈtion posthume de son œuvre; on n'y verra pas non plus ces Alpes de France, d'Italie ou de Suisse dont il se plaisait à décrire par le pinceau les profils neigeux. Par contre, on y verra un *Parc de Saint-Cloud,* un *Printemps à Médan,* un *Soir près d'Alger,* un *Coucher de soleil sur le lac de Côme,* Rome avec son *Forum,* son *Palatin* et ce *Vieux jardin de Passy* qui s'étend encore aujourd'hui sur les coteaux entre la Seine et la rue Raynouard, devant les fenêtres de la maison où l'artiste vécut une longue partie de sa vie.

PRADIER

Dans le *Mercure de France,* M. Louis Guimbaud publie un intéressant article sur la jeunesse de Juliette Drouet[1], qui fut la muse de Victor Hugo et à laquelle nous devons la belle description du petit Picpus dans *Les Misérables.* Elle peignait agréablement, ayant pris des leçons d'aquarelle du célèbre peintre de fleurs Redouté. La partie la plus amusante de l'article est ce qui se rapporte au sculpteur James Pradier, dont Juliette Drouet fut d'abord l'élève, puis la maîtresse. M. Guimbaud pense que l'on retrouve les traits de Juliette Drouet à la statue de Strasbourg, sur la place de la Concorde. Il publie aussi un certain nombre de lettres de Pradier, «dans lesquelles la platitude le dispute d'ailleurs à la vulgarité... rebutant mélange de faux-fuyants, de vantardises, de pharmacie et de préchi-préchа».

UN PETIT MUSÉE

La même revue signale au 14 de la rue de Poissy un petit musée napoléonien contenant des gravures rares, des dessins, des miniatures, etc., bien peu connu. Ce musée qui s'enrichit constamment par des dons est dirigé par un enfant de dix ans. Ce petit garçon détient sans doute le record de l'esprit conservateur[2].

(*Paris-Journal,* 8 mai.)

LES ARTS

LE VEUF PAYSAGISTE

Le vieux peintre H***[1], une des plus authentiques gloires de l'ancienne école française de paysage, eut un jour la douleur de perdre sa femme. Mais celle-ci n'était point morte, elle était en léthargie. Un mouvement brusque des croque-morts heurta le cercueil contre la paroi de l'escalier et réveilla Mme H***, dans son suaire. Il fallut la délivrer.

Mais elle mourut une seconde fois, qui fut la bonne. On l'ensevelit de nouveau, de nouveau le cercueil descendit l'escalier.

« Allez doucement », recommanda le veuf aux employés des pompes funèbres.

MAXIMILIEN LUCE

La galerie Alfred-Flechtheim de Düsseldorf expose vingt-neuf tableaux du peintre Maximilien Luce. Il y a là des toiles qui remontent à 1888 et qui sont peintes dans la technique même de Seurat, de laquelle Luce s'est éloigné ces dernières années. Le poète Émile Verhaeren a écrit pour cette exposition du peintre de la vie ouvrière une belle préface lyrique. Des dessins, des pastels, esquisses d'ouvriers au travail, complètent cette exposition, à laquelle sont jointes quelques études et quelques gravures d'Otto Sohn-Rethel, petit-fils d'Alfred Rethel et l'un des continuateurs de cette école de Düsseldorf que l'on croyait éteinte et qui survit encore avec ses qualités réelles, mais ennuyeuses, de dessin plutôt que de couleur. Otto Sohn-Rethel est né à Düsseldorf en 1877, il passa à Paris et vécut longtemps en Hollande près de l'Écluse, dans ce petit village de Sainte-Anne ter Muyden où le poète Gustave Kahn possède une délicieuse maison de campagne[2]. À partir de 1902, Otto Sohn-Rethel vécut en Italie.

Plus importante est l'exposition de Werner Heufer qui a

lieu en même temps, c'est aussi un de ces Allemands italianisants qui continuent les traditions de l'école de Düsseldorf. Il est né en 1888, à Gummersbach et depuis 1905 il vit à Rome. On y a joint quelques tableaux d'un jeune Italien, Francesco Ferraro qui est né en 1892 à Anacapri et qui est fils d'un petit artisan.

(*Paris-Journal,* 9 mai.)

LES ARTS

LE PREMIER ACHETEUR DE RODIN

La collection d'Antony Roux, «le premier amateur qui a osé acheter à Rodin», va être dispersée[1]. D'ici là, il en sera beaucoup parlé, car on n'y trouve pas moins de seize bronzes, une figure de pierre, six plâtres originaux et une tête de femme en argent. On y verra aussi vingt Barye en bronze ou en argent. C'est-à-dire que cet ensemble sera au point de vue de la sculpture moderne un des plus importants qu'on avait vus.

Au point de vue peinture c'est, je crois, la première vente contenant autant de Gustave Moreau, ce maître dont l'enseignement a formé tant de peintres novateurs si différents les uns des autres. Il faut entendre Henri Matisse parler de la liberté que Gustave Moreau laissait à ses disciples et comment il se serait fait scrupule d'influencer leur instinct. L'ensemble réuni par Antony Roux comprend l'*Orphée charmant les fauves, Les Anges messagers,* la *Femme persane à sa toilette, L'Apparition, L'Égalité devant la mort,* etc. Treize Corot ne sont pas le moindre ornement de cette sélection que complètent un Delacroix, des Diaz, des Théodore Rousseau et des Ziem en très grand nombre.

«LACERBA»

Le dernier numéro de *Lacerba* contient une reproduction de Severini : *Mer-Ballerine;* un dessin de Mme Gerebtzoff, cette singulière et intéressante artiste, de laquelle c'est la première œuvre reproduite : Soffici et Carrà donnent deux croquis d'après Russolo, le maître bruiteur[1].

LA FRANCE À L'EXPOSITION DE LEIPZIG

Nous avons rencontré M. Georges Lecomte retour de l'exposition de Leipzig. Il semble regretter que les intéressés français n'aient pas tous fait l'effort commercial que l'on voudrait voir faire aux imprimeurs et éditeurs français. En tout cas, les comités et l'État n'ont rien à se reprocher. L'affiche de Grasset est très belle, le palais de la section française construit par M. de Montarval dans le style Louis XVI est imposant et gracieux. Le salon d'honneur est décoré de deux Gobelins, l'*École d'Athènes* et l'*Incendie du Borgo*.

L'ACHILLE EN ARMES

Quelques artistes qui ont visité l'Achilleion de Corfou, ont été particulièrement choqués par l'*Achille en armes,* élevé là sur l'ordre du Kaiser qui a fait graver sur le socle :

Guillaume, des puissants Germains a érigé cet Akilleus Péléade en souvenir pour la postérité.

Ils ont écrit au sculpteur, le professeur Goetz de Berlin pour le prier de supprimer lui-même cette œuvre froide et convenue qui semble insulter au merveilleux horizon marin et au souvenir du héros chanté par Homère.

Gageons que le Herr Professor ne répondra pas. Mais l'on ne devrait pas laisser les mauvais sculpteurs allemands ériger leurs horreurs sur des territoires si grandement honorés par la statuaire antique.

L'ORPHELINAT DES ARTS

L'orphelinat des Arts et la Fraternité artistique préparent la vente de charité des 14, 15 et 16 mai, à la très curieuse Cour des comptes que M. René Renoult, ministre des Finances, a bien voulu mettre à la disposition de l'œuvre. C'est l'ancienne demeure du régent, plus tard du prince Jérôme, elle fait partie du Palais-Royal, 2, rue de Montpensier et touche à la Comédie-Française.

Parmi tous les galas qui se succèdent, cette fête sera certainement une des plus joyeuses et des plus brillantes et réunira pendant trois journées inoubliables les plus éminents artistes.

Les peintres, sculpteurs, graveurs, ont envoyé dans un élan véritablement touchant, pour venir en aide aux enfants de leurs camarades, des œuvres remarquables signées des maîtres de toutes les écoles! Tous les amis de l'art pourront y prétendre car il suffit de 10 francs pour gagner une de ces œuvres à la tombola organisée comme chaque année au Comptoir de Mme Poilpot, présidente.

DE NOUVELLES SALLES AU BRITISH MUSEUM

Elles ont été inaugurées vendredi et renferment la célèbre collection de peintures japonaises et chinoises d'Arthur Morrisson. Une exposition permanente de gravures anciennes de toutes les écoles et de tous les procédés, une salle de dessins et des collections rapportées par M. Aurel Stein et de ses collaborateurs.

(*Paris-Journal,* 10 mai.)

LES ARTS

LES CONTÉ DE SEURAT

Mme Lucie Cousturier poursuit dans *L'Art décoratif*[1] ses études sur l'œuvre du grand peintre Georges Seurat. Cette fois, elle étudie ses dessins[2]. Faire jaillir la lumière et la vie du passage d'un crayon Conté sur du papier Ingres, voilà le dessin de Georges Seurat. Le contraste du noir intense du crayon et du blanc qu'il laisse entre les grains du papier Ingres donne à toute son œuvre dessinée une intensité lumineuse, une animation qu'on ne trouve chez aucun autre artiste. «Seurat, dit Mme Cousturier, procède comme les poètes; ceux qui l'ont appelé un réaliste sont ceux pour qui l'imagination d'un peintre est le pouvoir de rassembler, dans un cadre, des objets exotiques, rares, anciens, ou inhabituellement confrontés et traduits. Si, au contraire, l'imagination du peintre est une faculté de réagir, par une image, au choc que sa sensibilité reçoit du monde vu, il faut que Seurat soit doué d'une imagination bien exaltée pour qu'il puisse s'asseoir devant n'importe quel banc, arbre, mur, que tant d'autres ont représenté avant lui, sans que leur définition puisse se substituer un instant à sa vision. Quand il est frappé par l'aspect cylindrique et rigidement érigé d'une calme promeneuse, il oublie tout ce qui dans cette forme ne participe pas à cet aspect; il est broyé par lui seul jusqu'à ce qu'il ait inventé une manière d'architecture du genre des colonnes qui satisfait, au mépris des jolis enroulements séculaires, son nouveau sentiment d'une femme. Elles sont, en effet, d'ordre architectural, par leur équilibre, leur nudité, leur solidité, ces inventions de Seurat; elles exaltent surtout la voluptueuse lenteur avec laquelle s'esquive, aux regards, une ample rondeur d'arbre ou de jupe, la fière et brusque décision avec laquelle des parapets ou des toits d'usine, raides d'ardeur, tranchent le sol, tailladent le ciel, pour se rendre inflexibles, à leurs fins impérieuses; elles célèbrent le costume masculin aux âpres limitations; elles eussent glorifié les rampes brisées des escaliers du métro qui plongent, éclatantes ainsi que des éclairs, aux gouffres ronds des gares. Nous appelions laideurs ces caractères de nos villes neuves, de nos quais, de nos banlieues, et nous jugions antipathiques leurs virtualités. Seurat a su nous révéler leur âme large et contenue. Bien d'autres peintres, certes, les abordèrent, mais ils craignirent de laisser voir leurs côtés farouches. Ils voilèrent toujours décemment la dureté du mur avec des affiches ou du lierre, la maigreur du pont de fer, avec de la fumée, la nudité de la terre plate, avec des fleurs ou des jeux de soleil. Seurat époussette le sol, rectifie les murs, rase l'herbe et aiguise les angles.»

Cet intéressant article est accompagné de dix reproductions de Seurat dont trois hors-texte parmi lesquels le *Café-concert* qui appartient au poète Émile Verhaeren.

Sait-on que le musée du Luxembourg possède quelques dessins de Seurat donnés par Signac et qui n'ont jamais été exposés? Il serait temps qu'ils le soient, car la réputation de Seurat grandit de jour en jour. Et les étrangers s'étonnent souvent avec raison de ne trouver, au Musée moderne de Paris, aucune œuvre d'un artiste qui fut une des gloires les plus pures de la fin du siècle dernier.

REVUES D'ART

Lire dans le numéro de mars de *L'Art décoratif,* l'article d'André Salmon sur le sculpteur Élie Nadelmann, avec neuf illustrations; dans les derniers numéros d'*Apollon* (Saint-Pétersbourg), l'article du prince A. Cherwachidzé sur l' «Exposition centennale de l'art français» à Saint-Pétersbourg, avec soixante-trois illustrations et un article du baron N.-V. Wrangell sur «L'Impératrice Élisabeth et l'Art de son époque», avec trente-huit illustrations.

LES STYKA

Plusieurs Styka : Jan, Tadé et Adam exposent à la galerie La Boétie. Jan Styka est peintre d'histoire et peintre religieux. L'histoire de la Pologne, de la Hongrie et la vie de Jésus, voilà les sources où il puise son inspiration. Peinture officielle dont l'intérêt patriotique n'est pas toujours relevé par un suffisant intérêt artistique. Tadé Styka fait les portraits : Caruso, M. Jacques Schneider, des comtesses, des baronnes et même M. Chaliapine. Quant à Adam Styka il est orientaliste et nous montre gaiement toutes sortes de caravanes et de chameaux à l'abreuvoir.

SOCIÉTÉ POUR L'ÉTUDE DE LA GRAVURE FRANÇAISE

L'Imprimerie nationale vient d'imprimer pour la Société pour l'étude de la gravure française, dont M. Maurice Fenaille est le président et M. Jacques Doucet, le trésorier, une *Notice historique et catalogue raisonné de l'œuvre gravée de Gabriel de Saint-Aubin* auquel *[sic]* M. Émile Dacier a donné tous ses soins.

M. André Mellerio s'occupe pour la même Société de dresser le catalogue de l'œuvre d'Odilon Redon.

LE PLUS ANCIEN MUSÉE DU MONDE

Le plus ancien musée du monde : c'est un musée scientifique. Il se trouve au Japon, dans la petite ville de Nara. Fondé en 756, ce musée, qui contient une précieuse collection de minéralogie, a survécu pendant plus d'un millénaire. Des échantillons de tous les bois indigènes, un très riche herbier, des objets d'art, produits de l'industrie nipponne, porcelaines, tissus, bronzes, émaux, métiers de tissage, etc., comptent parmi les curiosités les plus importantes du vieux musée. Pour lui conserver son caractère et éviter le plus possible les trépidations du sol, le musée de Nara n'est ouvert que très difficilement aux visiteurs. Chaque année, au printemps, une commission impériale inspecte les collections, vérifie leur état de conservation, décide des mesures nécessaires. À ce moment, quelques rares invités pénètrent dans le sanctuaire scientifique le plus vieux du monde.

(*Paris-Journal*, 11 mai.)

LES ARTS

LA FRANCHISE ARTISTIQUE EN AMÉRIQUE

La commission interparlementaire du Congrès de Washington vient de décider qu'à l'avenir tous les objets d'art modernes auraient leur entrée libre aux États-Unis. Les artistes étant considérés en Amérique comme des artisans, on avait cru devoir, à ce titre, les protéger contre la concurrence étrangère; dans cette intention, on avait grevé de droits de douane très élevés les œuvres d'art provenant de l'étranger. Les artistes américains avaient hautement protesté et dès le principe contre cette prétendue protection, et avaient demandé au Parlement de la supprimer. Parmi les raisons qu'ils invoquaient, ils alléguaient que, pour les progrès de l'art aux États-Unis, il était nécessaire que le pays fût au courant du développement artistique européen, et surtout français, et que les droits de douane imposés rendaient ce contact artistique impossible. Tenant compte de ces plaintes, le Parlement américain se décida enfin, en 1900, à accorder comme première concession un droit d'entrée libre, mais aux œuvres datant seulement de vingt années au moins. Toutes les autres furent taxées de 15 % de leur valeur. Les artistes demandèrent davantage; une nouvelle campagne fut entreprise en faveur de la franchise artistique. Un des avocats les plus estimés du barreau de New York, M. John Quinn, qui est en même temps un amateur passionné de la peinture contemporaine, s'employa auprès de la commission douanière de la Chambre des représentants, M. Underwood, qui, usant de sa haute autorité au Parlement américain, obtint la suppression de l'impôt réclamée par les artistes. Désormais, les œuvres d'art pourront entrer librement en Amérique.

Cependant, une formalité est exigée des artistes. Il faut qu'ils aillent à l'ambassade des États-Unis affirmer sous serment qu'ils sont bien les auteurs des œuvres expédiées en Amérique. Cette petite cérémonie moyenâgeuse se termine par quelques signatures à donner sur des pièces écrites en anglais. D'ailleurs, on ne leur adresse la parole qu'en anglais et ceux qui ne connaissent pas cette langue se trouvent fort gênés.

C'est ainsi que Picasso, Braque, Derain ont dû aller tour à tour prêter serment. On leur a fait un petit speech d'une voix nasillarde, ils ont levé la main, signé sur des registres et s'en sont allés sans savoir au juste ce qu'on leur avait fait signer.

Si on embête les artistes de cette façon, il ne tardera pas à se créer une profession nouvelle : celle du monsieur assermenté auprès de l'ambassade des États-Unis, les artistes lui délégueront le pouvoir de signer pour eux et tout sera dit.

Mais à quoi bon tant de formalités? On croyait que les Américains n'aimaient pas la paperasserie. Comme on se trompe!

CONCOURS POUR UNE STATUE DE CHAMPLAIN

Le Comité du tricentenaire Champlain ouvre un concours pour élever un monument à Samuel de Champlain, à Orillo (Canada). Le prix est de 100 000 francs. Le Canada et la province de l'Ontario offrent aussi une subvention importante. Les artistes français et anglais peuvent y participer. Le concours sera clos le 20 juin 1914. Pour tous renseignements, s'adresser au Commissariat général du Canada, 19, boulevard des Capucines.

POUR SAUVER CONSTANTINOPLE

Sous la présidence de Mme Bompard, ambassadrice de France, et avec le concours de MM. Gustave Schlumberger, C. Diehl, Omont, membres de l'Institut, et de M. Saladin, architecte diplômé du gouvernement, vient de se fonder à Paris une section de la Société des amis de Stamboul, ayant pour but de soutenir la Société de Constantinople, en faisant appel à la collaboration de tous les amis de l'Orient. Il s'agit, au moment où Constantinople va se transformer et où le Vieux Stamboul va être éventré de toutes parts, de sauvegarder le plus possible des monuments du passé et les aspects pittoresques de la vieille cité.

Sur les instances de la Société, la mosquée d'Ibrahim Pacha, les tombeaux de la Suleimanieh et de la Chekzadé ont été réparés. De grandes affiches qui déshonoraient la pointe du Sérail ont été forcées de disparaître. La Société a signalé aux autorités compétentes les trouvailles d'antiquités, a fait faire des conférences et publié des études sur les monuments de Constantinople. Elle a voté un crédit pour opérer des fouilles sur l'emplacement de la maison dite de Justinien et y a découvert d'intéressants fragments d'architecture, des mosaïques et des bas-reliefs.

L'adhésion à la section française de la Société aidera à continuer la réalisation de ce programme. Les membres titulaires paient une cotisation annuelle de 1 livre turque (23 francs). Prière d'envoyer les adhésions à M. H. de Pontaud, secrétaire général, 20, rue Dufrénoy, Paris, ou au musée des Arts décoratifs, pavillon de Marsan, au Louvre.

UN PORTRAIT DE RUBENS

C'est grâce à la générosité de la comtesse de Carlisle, que la National Gallery, de Londres, vient d'acquérir un des plus beaux portraits peints par Rubens, celui du comte d'Arundel. M. Max Rooses, dans son grand ouvrage sur Rubens[1], l'identifie avec le numéro 97 des peintures restées en possession de l'artiste et figurant dans son inventaire. Le portrait qui fut gravé au XVIIIe siècle, ne paraît pas avoir jamais quitté l'Angleterre.

Félicitons-nous de ce qu'un tableau ne quitte pas l'Europe pour l'Amérique.

LA COLLECTION KULLMANN

La collection Herbert Kullmann (de Manchester) qui ne comprend que des œuvres françaises modernes très importantes sera exposée pendant trois jours à partir de demain à la galerie Bernheim-Jeune.

LES PROJETS DE LA SOCIÉTÉ
LES AMIS DE LILLE

La Société des amis de Lille voudrait, tout en tenant compte des exigences modernes en matière de construction, rénover le style Renaissance flamande. À cet effet, cette Société vient de tenir une réunion à laquelle ont participé notamment des membres de la commission des vieux monuments. Voici les décisions qui sont sorties de cette réunion :

1° création d'un concours au bénéfice des propriétaires et des architectes qui donneront aux façades des immeubles qu'ils construiront un cachet local ou de style Renaissance flamande; 2° création de primes pour les propriétaires qui remettront en état des maisons anciennes.

Les Amis de Lille, grâce à une libéralité importante, vont assurer la restauration des façades des maisons placées devant la nouvelle Bourse. À la demande de l'assemblée, M. Edgard Boutry s'est chargé d'étudier la modification de l'aspect actuel des façades de la place du Théâtre, par la suppression des tableaux-réclames et la création d'enseignes artistiques en fer forgé.

(*Paris-Journal*, 12 mai.)

LES ARTS

UNE CONFÉRENCE DE FERNAND LÉGER

C'est devant un nombreux auditoire que le peintre Fernand Léger a fait sa conférence à l'académie Vassilieff[1].

La figure de Fernand Léger est presque populaire dans le quartier du Montparnasse où il a son atelier. Il appartient à la race des grands Normands, blond, un peu lourd, fin et prudent. C'est un des cubistes les plus intéressants parce qu'au lieu d'imiter Picasso, Braque ou Derain, il a suivi à leur côté un chemin qu'il s'était tracé lui-même, et est entré dans la peinture moderne avec une certaine violence en prenant bien garde de ne rien perdre de l'apport des impressionnistes.

Sa conférence avait pour sujet d'expliquer pourquoi la peinture actuelle est représentation (au sens moderne du mot) du nouvel état visuel imposé par l'évolution des moyens de production nouveaux.

Durant cette causerie très claire, très franche, furent bousculées avec simplicité toutes les méthodes, toutes les écoles qui, masquées de nouveauté, tentent de s'opposer à l'essor de la nouvelle peinture.

Il a montré qu'il pouvait y avoir aujourd'hui d'autres peintures, mais qu'il ne pouvait y avoir d'autre peinture réaliste que celle où il s'efforce avec Picasso et Braque de représenter avec simplicité, mais non sans force, ce qui existe aujourd'hui.

Il a approfondi la technique des contrastes et remis au point certaines factions bruyantes de la jeune peinture qui ont cru innover en appliquant la théorie des contrastes de Seurat à une échelle telle que ces contrastes deviennent pour ainsi dire impuissants à représenter la réalité.

Il a déterminé le rôle du Salon des indépendants et s'est félicité de ce que Paris est devenu le centre artistique du monde. Au lieu de se plaindre du grand nombre d'artistes étrangers, il faudrait les remercier de venir demander ici des règles esthétiques et apporter leurs vues nouvelles et leur effort.

Paris est devenu la grande foire de la peinture et ce terme n'a rien de désobligeant. La foire de Paris, ce sont les Indépendants. On y vient du monde entier, comme on va à Leipzig pour certaines marchandises, comme on allait autrefois à Beaucaire ou à Novgorod.

Léger a encore justifié les peintres qui n'exposent plus aux Indépendants pour laisser la place aux plus jeunes, à ceux qui ne sont pas encore arrivés.

Il n'y eut qu'une seule interruption, celle du substitut Granié qui, on le sait, est un grand ami des nouvelles manifestations artistiques. Interruption toute courtoise, le substitut Granié étant un des hommes les plus spirituels de Paris. Le conférencier d'ailleurs répondit aussitôt de façon satisfaisante et tout l'auditoire applaudit vigoureusement.

Puis, Fernand Léger se retira tranquillement, souriant avec une malice contenue et l'on sentait bien que tout ce qu'il nous avait dit de l'esthétique dégénérée des gens des villes qui résistent à la moindre nouveauté réaliste, il l'avait observé et y avait médité et que, paysan lui-même, il savait que le goût de ces paysans qu'une affiche dans leur champ ne choque pas n'est pas affaibli et qu'ils savent savourer la réalité nécessaire[1].

UN PARC ARTISTIQUE À LA MUETTE

La Société des amateurs de jardins, présidée par le comte de Clermont-Tonnerre, ouvre un concours pour l'établissement d'un parc à la Muette, la nouvelle propriété d'Henri de Rothschild.

Pour obtenir communication des plans et de tous renseignements pouvant faciliter leur travail, les concurrents devront s'adresser sur place aux jardins de la Muette, à l'agence des travaux, rue de Franqueville, qui leur délivrera également un permis pour visiter le terrain, s'ils le désirent.

POUR LA BEAUTÉ DE ROUEN

Le maire de Rouen vient de constituer une commission municipale chargée de classer les immeubles particuliers, sites et monuments publics en dehors des monuments classés qui ont un intérêt historique et archéologique pour conserver à la ville de Rouen son caractère pittoresque et son intérêt archéologique, afin que le conseil municipal en assure la conservation par une modification des alignements, lorsque l'application de ces alignements pourrait les détériorer ou les détruire.

Nous nous associons à cette tentative dans la mesure où elle s'appliquera à des monuments importants et où elle ne gênera en rien le développement moderne de la capitale normande.

EXPOSITION PIERRE GIRIEUD

La galerie Paul-Rosenberg expose de Pierre Girieud des œuvres de ces deux dernières années et quelques-unes de date antérieure. L'ensemble est tout à fait remarquable et permet d'espérer pour Pierre Girieud le plus grand avenir.

De la réunion de ces œuvres il se dégage je ne sais quelle atmosphère de noblesse et de sérénité divines. L'artiste dont le caractère éminemment décoratif s'affirme pleinement, se plaît aux compositions antiques, et l'inspiration de Puvis de Chavannes en est certaine. Mais la Muse de l'artiste est douce qui se réjouit de ses recherches personnelles.

Sapho et *Apollon inspirateur, Adam et Ève,* et surtout l'exquise *Léda,* atteignent à la Beauté. L'ordonnance en est tranquille, et grave, et saine.

Des paysages, en assez grand nombre, nous révèlent en Pierre Girieud un paysagiste d'une vision très exacte et d'une délicate sensibilité. Citons le *Paysage à Éguilles,* le *Pilon du roi* et le *Plan marseillais.*

Quelques natures mortes et des dessins complètent heureusement cet ensemble d'œuvres que nous avons eu le plus vif plaisir à contempler.

(*Paris-Journal,* 13 mai.)

LES ARTS

LES TREIZE

Il faut aller voir, à la galerie Bernheim, l'exposition de la collection de peinture moderne Herbert Kullmann, de Manchester, avant sa dispersion, samedi à l'hôtel Drouot. La vente de cette collection sera certainement, au milieu du flot des ventes qui nous envahit de jour en jour, un enseignement pour les amateurs de l'avenir. Il y a là en tout treize toiles, mais treize toiles qui sont l'enseignement de toute une époque et de toutes les écoles de cette époque. Et chacun de ces tableaux a été choisi parmi les meilleures productions du meilleur peintre de chaque école.

Voici en premier lieu les intimistes avec Bonnard et sa toile, *L'Étable* (1912), puis Cézanne avec *Le Village à travers les arbres* et l'*Allée;* le pointillisme est fort bien représenté par le *Paysage avec le cap Nègre,* de Cross. Degas, là encore comme partout, va être le désespoir des musées par ses prix; ses *Danseuses,* dessin rehaussé de craie et de pastel, seront très disputées. *L'Escalier à Auvers* est certainement une des plus belles toiles de Van Gogh et sa dernière œuvre.

Une nature morte de Matisse, *L'Ilyssus,* montre quel maître de la couleur est le chef des fauves, puis Renoir, avec deux toiles aux tons délicats et vivants qui caractérisent ce maître de l'impressionnisme : *Baigneuse* et *Au bord de la rivière.* Mais ce que les amateurs attendent avec impatience, ce sont trois tableaux du Douanier Rousseau, ce peintre dont on avait les toiles presque pour rien il y a si peu d'années, et qu'il est presque impossible de trouver maintenant. Le plus important des trois est les *Éclaireurs attaqués par un tigre,* grande toile de 1,21 m sur 1,61 m de large qui fut acheté 100 francs chez un brocanteur de Montparnasse, la *Passerelle de Passy,* dont l'esquisse est chez Delaunay, et la *Vue des fortifications, boulevard Gouvion-Saint-Cyr,* deux toiles plus petites, mais très expressives. Enfin, pour clore dignement cette collection faite avec un goût si éclairé et un choix si exact, un tableau de Turner, cet ancêtre de l'impressionnisme, qui le relie à la grande tradition du paysage français tel que l'avait fait l'enseignement des Italiens.

Le chiffre 13 passe aujourd'hui pour porter bonheur, gageons que les treize tableaux de la collection Kullmann seront très disputés, car ils représentent très bien la période artistique intermédiaire de la fin de l'impressionnisme jusqu'au cubisme exclusivement.

EXPOSITION DERAIN

À Zurich, après le grand succès de l'exposition de Picasso à la Moderne Galerie, on expose en ce moment les œuvres d'André Derain, dont l'influence en Europe grandit chaque jour[1].

UNE EXPOSITION D'ARCHITECTURE

Du 16 au 20 mai doit s'ouvrir dans la salle du Jeu de paume, aux Tuileries, une exposition anglo-française d'architecture. Cette exposition est placée sous le haut patronage de S. M. George V et du président de la République. Elle est organisée par la Société des architectes diplômés du gouvernement, dont le président est M. Jacques Hermant et est la suite de celle qui a eu lieu à Londres l'année dernière et qui était organisée par l'Institut royal des architectes britanniques et l'Architectural Association. Elle sera inaugurée le 15 mai par M. Paul Jacquier, sous-secrétaire d'État aux Beaux-Arts. Le président de la République a promis de la visiter avant son départ pour Lyon.

TROUVAILLES ARTISTIQUES

Les fouilles de Thasos, exécutées par MM. C. Picard et Avezon, continuent avec grand succès. On vient de mettre au jour une nouvelle porte de l'enceinte, les dimensions de la salle hypostyle ont été reconnues, un autel de Cybèle orné de fruits en relief a été mis au jour. Le résultat le plus important de ces travaux est la détermination du Prytanée primitif, qui remonte au début du ve siècle; ce bâtiment carré, analogue au Prytanée d'Olympie, est décoré de terres cuites architectoniques où se remarque avec des antéfixes à tête de Gorgone, une intéressante frise représentant des cavaliers au galop escortés de chiens et poursuivant des lièvres. De nombreuses inscriptions ont été relevées, notamment des dédicaces et des prescriptions rituelles concernant les cultes de Peithos et de l'Héraclès thasien.

UN BARYE GALLO-ROMAIN

M. Robert Tissier, président de la Société archéologique du Mans, vient de découvrir un bronze gallo-romain représentant un rhinocéros. On ne connaissait jusqu'ici qu'une seule image de cet animal, remontant à cette époque, au musée de Saint-Germain. Les animaliers gaulois étaient très artistes, ainsi qu'en témoignent aussi les gravures et les dessins antéromains que l'on découvre de temps en temps et le grand Barye n'a fait que continuer une tradition artistique dont l'origine se perd dans la nuit des temps.

(*Paris-Journal,* 14 mai.)

LES ARTS

ART ET MÉDECINE

Le Dr Artault, de Vevey, a perdu une belle occasion de se taire, voilà ce qu'à propos du cubisme il écrit à la *Revue sans titre*[1].

Pour lui, les peintres nouveaux ont «simplement exploité un phénomène pathologique accidentel qui, sans doute, avait frappé, peut-être même séduit, le premier auteur du cubisme. Il suffit, en effet, d'observer, yeux mi-clos, un tableau cubiste pour y retrouver, au milieu des zigzags et des lueurs décroissantes, les déformations et les formes floues des objets, caractéristiques des irisations monochromes et sautillantes, de cet accident que nous nommons le *scotome scintillant*, symptôme le plus fréquent de la migraine ophtalmique.

«Je suis persuadé», ajoute ce médecin qui n'est pas de Molière, mais mériterait de l'être, «que tous ceux qui ont éprouvé cet accident seront frappés de cette similitude et n'hésiteront pas à admettre cette très grande probabilité : que le cubisme est un essai de systématisation d'un phénomène visuel pathologique et passager.

«Tout s'y déforme dans la même mesure, dans le même ordre, on y devine les masses mais leurs contours se fondent et se dissolvent dans un champ de lignes brisées, à génératrices tantôt semi-circulaires, tantôt polygonales, tantôt ovales, tantôt hélicoïdales, où les angles, presque toujours de 30° et en séries continues, sortes de guirlandes, orientent leurs côtés en ensembles parallèles ou concentriques, chevauchent même parfois les uns sur les autres, et contribuent à donner une illusion d'enchevêtrement de triangles et de cubes très caractéristiques, mais un peu troublant et capable même de donner le vertige. C'est quelque chose en tout cas de très particulier et d'original.»

Quant à la lettre du Dr Artault, on sait trop ce qu'elle a de particulier. Elle vient simplement de cette manie qu'ont les médecins de voir des maladies partout. Les Lombroso et autres imbéciles italiens ne voyaient autour d'eux que des malades, des fous, des dégénérés. Les savants français, et même suisses, avaient le plus souvent jusqu'ici évité de donner dans ces sottises. S'ils se mettent à les prendre à leur compte, ils ont tort[1].

HENRI MATISSE

Les Soirées de Paris[2] donnent sept reproductions d'après les œuvres récentes d'Henri Matisse, cinq tableaux et deux dessins : *La Glace sans tain,* la belle toile qui appartient au musée de Hagen, en Westphalie; la *Femme assise,* les *Poissons rouges,* etc. Le merveilleux artiste, qui a passé l'hiver à Paris, a produit dans son atelier du quai Saint-Michel une série de tableaux pleins de fraîcheur, de force et de sensibilité. Jamais ses qualités de coloriste n'ont été si évidentes.

AQUARELLES DE MARIE LAURENCIN

On peut voir en ce moment chez Bernheim, une série d'aquarelles originales de Marie Laurencin. Elles datent de 1908 et illustraient un exemplaire sur hollande des poèmes de Jean Royère : *Sœur de Narcisse nue.* Ces œuvres délicates ont un grand charme.

(*Paris-Journal,* 15 mai.)

LES ARTS

L'exposition des peintures de Roger de La Fresnaye a remporté un grand succès à la galerie Levesque. Il y manquait cependant les deux meilleures œuvres du peintre, *La Conquête de l'air* et une *Nature morte* exposée aux Indépendants. L'ensemble de l'exposition était peu expressif, parce que la technique de l'artiste est hésitante. Trop de surfaces mortes. Les proportions, les compositions manquent. Il lui faut renoncer au goût, au charme et qu'il trouve lui-même ses propres qualités dans ses meilleurs ouvrages. C'était cependant là la plus importante exposition jeune de cette année.

À la galerie B.-Weill, Diego H. Rivera a exposé des études qui le montrent vivement ému par l'art moderne. Une singulière préface ornait le catalogue. L'auteur y dépréciait tout ce qu'aime l'artiste qu'il s'était chargé de présenter.

André Favory a orné de bois curieusement travaillés un intéressant petit volume de George T. Franchi : *Proses.*

À la galerie Rosenberg a lieu une importante exposition de Girieud.

À Düsseldorf, M. Flechtheim a réuni vingt-neuf tableaux du peintre des ouvriers, Maximilien Luce, qui fut un des premiers divisionnistes.

(*Les Soirées de Paris,* 15 mai.)

LES ARTS

UNE RÉTROSPECTIVE MAGNASCO

Les expositions rétrospectives semblent la plupart du temps parfaitement inutiles. Si l'artiste dont on expose les œuvres mérite cet honneur, il est généralement connu ou goûté de ceux qui s'intéressent à l'art. S'il est ignoré des autres, quel besoin de le leur faire connaître? Maintenant, s'il n'a jamais pu acquérir une renommée suffisante et s'il est noyé dans le plus profond oubli, quelle nécessité de tenter de l'en sortir?

Or voici qu'on exhume les œuvres du Génois Magnasco, né en 1667 (galerie Levesque). On a voulu voir en lui un précurseur du réalisme, car il fallait bien lui trouver quelque vertu. En vérité, si on l'a appelé le «Michel-Ange des batailles de l'école génoise», il n'en est guère, avec toutefois quelques dons de peintre en plus, que l'Horace Vernet. M. Émile Dacier a rédigé pour le catalogue une excellente préface, mais ne s'abuse-t-il un peu? «Peintre de premier jet, écrit-il, Magnasco est servi par une imagination débordante et par une technique merveilleusement appropriée aux besoins de cette imagination.» L'imagination débordante a-t-elle jamais été soutenue par la technique? Voilà qui est à voir. Et n'y a-t-il pas là une sorte d'incompatibilité?

En définitive, cette rétrospective ne nous a rien appris de nouveau, et c'est devant ces sortes de manifestations que nous sentons combien serait préférable quelque exposition de jeune, quand même il ne serait Michel-Ange de rien du tout.

VAN DONGEN ET VAN DONGEN

Le 20 mai, aura lieu une vente où l'on trouvera, parmi des dessins du frère de l'illustre aventurier Casanova, des Drouis, des Vernet, et un tableau de Van Dongen : *Paysage, avec figure sur une route.*

Il ne faudrait pas attribuer ce petit panneau au fauve

aujourd'hui célèbre Kees Van Dongen, il s'agit d'un peintre bien plus ancien et beaucoup moins célèbre : Dyonis Van Dongen.

(*Paris-Journal*, 16 mai.)

LES ARTS

LES EXPOSITIONS FRANÇAISES À L'ÉTRANGER

Chaque jour, quoi qu'en puissent penser les grincheux, la peinture moderne française prend une importance plus considérable en Europe. On ne saurait voyager à l'étranger en ce moment sans trouver, dans les capitales et dans les grandes villes, des expositions de nos jeunes peintres. Est-ce un bien, est-ce un mal? L'avenir nous le dira. Mais les Salons officiels, qui autrefois avaient une importance considérable à l'étranger, n'en ont pour ainsi dire plus, et ce devrait être là pour les fonctionnaires des Beaux-Arts en France un enseignement que toutes ces expositions françaises, qui ont lieu en ce moment à peu près partout en Europe. Les artistes qui y produisent leurs œuvres sont, tous ou presque tous, ceux qui exposent ou qui ont exposé aux Indépendants.

Voici à Bruxelles, à l'Exposition générale des beaux-arts (Salon triennal), à la section française qui est merveilleusement installée, Bonnard avec *La Barque et les Sirènes en Chine;* Maurice Denis, avec sa grande toile de la *Danse;* puis, le célèbre tableau de Matisse, la *Joie de vivre* (1906-1907), si lumineux; deux toiles de K.-X. Roussel, plus les maquettes des décors de *Pénélope,* et de Vuillard, la *Matinée ensoleillée, Sur la plage, La Baie vitrée* et *La Bibliothèque.*

À Zurich, c'est André Derain qui apporte à la Suisse la leçon de ses dernières toiles, si profondément méditées.

À Düsseldorf, c'est Maximilien Luce, à l'accent démocratique.

Au Musée royal de Copenhague vient de s'ouvrir une très importante exposition des «Peintres français au XIXe siècle» où l'on voit, à côté de peintres comme Delacroix, Corot, Courbet, Jongkind, les impressionnistes

Manet, Monet et Cézanne, Seurat, l'initiateur du divisionnisme, avec Signac et H.-E. Cross, Henri Matisse, Bonnard et Vuillard.

Au musée de Mannheim, Rodin et Maillol démontrent la supériorité actuelle de la sculpture française.

À la Société des amis des arts de Mulhouse, au musée de Düsseldorf, à la Société Manes à Prague, à la Société des artistes indépendants à Amsterdam, à la Sécession de Rome, nous retrouvons toujours et partout les mêmes artistes, qui obtiennent dans toutes ces expositions un grand succès.

VENISE À PARIS

Nous rappelons que l'exposition rétrospective des peintres de Venise, organisée par *L'Art et les Artistes,* s'ouvrira lundi 18 mai, à la galerie Brunner, 11, rue Royale. On y verra des œuvres extrêmement intéressantes.

DES VERS DE VICTOR HUGO

La frissonnante libellule
Mire le globe de ses yeux
Dans l'étang splendide où pullule
Tout un monde mystérieux[1].

Ce quatrain est gravé sur une urne de couleur par Gallé, qui s'est vendue 5 060 francs à la vente Roger Marx.

CHEZ LES FEMMES PEINTRES ET SCULPTEURS

Mercredi dernier a eu lieu, dans les salons du Palais d'Orsay, le dîner des Femmes peintres et sculpteurs. On y entendit de beaux discours de Mme la duchesse d'Uzès, présidente, de M. Viviani, de M. Antonin Mercié. M. le ministre de l'Instruction publique et des Beaux-Arts distribua quelques rosettes et rubans violets. Enfin un brillant concert termina la soirée. Nous avons reconnu : Mmes Achille Fould, Guillaumot-Adam, Ballot, Levasseur, Fegdal, Dartmont, Vallet-Bisson, Lévy-Engelmann,

Marie Acbrien, etc. Il y avait aussi MM. Flameng, Cormon, Grün, Bénédite, le colonel Aubert, représentant le président de la République, Umbrich, Maillart, Johannès Son, Raquet, etc.

UNE CHEMINÉE ARTISTIQUE

L'ingénieur Drzewiecki, le grand constructeur de nos sous-marins, qui charme ses loisirs de savant en cultivant son goût pour les arts, vient de commander au sculpteur Gargallo une cheminée monumentale destinée à sa villa d'Auteuil.

(*Paris-Journal,* 17 mai.)

LES ARTS

LE MUSÉE HISTORIQUE DES TISSUS DE LYON

Un musée non connu et qui fait honneur non seulement à la ville à laquelle il appartient, mais à la France tout entière, c'est le Musée historique des tissus de Lyon. Par le nombre et l'importance de ses collections, par leur classement méthodique, il présente un intérêt exceptionnel. Il est encore unique de son genre, ce qui est une recommandation, et il possède, avec d'incomparables documents, quelques richesses dont mainte capitale pourrait s'enorgueillir.

C'est d'Égypte que proviennent les pièces les plus anciennes, humbles loques tirées des nécropoles de Thèbes et de Memphis, tissus et broderies funéraires venant des fouilles d'Antinoë. C'est ensuite l'art primitif arabe, hispano-mauresque et l'art d'inspiration persane. Ils sont ici très bien représentés. Une chape et une chasuble montrent quels artistes étaient les moines du mont Athos au XIIIe siècle.

La série italienne, qui va du XIVe au XVIIe siècle, est excessivement riche. On y remarque avant tout la chasuble du cardinal de Bourbon, archevêque de Lyon, fabriquée à Venise. La section espagnole comprend des chapes, chasubles et brocarts du XVIe siècle, des spécimens flamands en broderies du XVe siècle et velours frappés du XVIIe, et des tissus anglais imprimés à la même époque.

L'Allemagne est représentée par des ouvrages du XVIe et du XVIIe siècle, et deux très beaux ouvrages hongrois de la fin du règne de Rodolphe II.

Mais le musée est vraiment incomparable dans la collection des tissus de France. Il possède quelques pièces du XIIIe, du XIVe siècle, des tableaux brodés du temps de Charles II, mais l'intérêt ne commence véritablement qu'avec les tissus du XVIe.

De 1500 jusqu'à Louis XIII, la décoration des tissus français avait été influencée par l'Italie, mais à partir de Louis XIV, sous l'influence énergique de Colbert, elle devint réellement française, et dans la seconde moitié du XVIIe siècle, la Fabrique lyonnaise commence à produire, grâce au talent et à l'activité de ses décorateurs, des œuvres véritablement originales. À ce moment, c'est surtout la flore qui est interprétée; sous la Régence et sous Louis XV, on excelle dans les tissus brochés; sous Louis XVI, les tissus de soie avec semis de fleurs font fureur. Le Directoire, le Consulat et l'Empire viennent ensuite avec les tissus lourds pour la tenture, excessivement chargés de broderies et de dessins. La série de la Restauration jusqu'à nos jours montre que si comme production la Fabrique lyonnaise est encore bien vivante, malheureusement comme imagination et comme travail, les jours sont loin où un Philippe de La Salle ou un Berjon faisaient la gloire de l'école lyonnaise. Ce ne sont plus que copies d'anciens, faites avec des documents pris dans le musée même. Si la Fabrique tient à conserver ce renom qu'elle a dans le monde entier, il faut absolument qu'elle trouve des artistes originaux, n'ayant pas peur de créer et non de bons ouvriers certes comme elle en a encore, qui n'exercent plus un art, mais un métier. Il y a aussi une très belle collection de tapis de l'époque carolingienne jusqu'à nos jours, une riche et charmante collection des passements et dentelles qui exigeraient une longue visite. Quant aux dessins, aux cartons, il faudrait des mois entiers pour les étudier convenablement.

Le musée contient aussi une très remarquable collection

de métiers anciens et une importante bibliothèque très appropriée à son but.

Je crois avoir suffisamment indiqué le haut intérêt du Musée historique des tissus, dont le double caractère d'utilité et de beauté répond à merveille aux aspirations ainsi qu'aux besoins des délicats et des studieux. Abondamment pourvu de spécimens de tout genre et organisé avec un soin extrême par un conservateur des plus sagaces et des mieux informés, M. Cox, il renseigne sur les œuvres de l'étranger, aussi bien que sur celles de France et permet de suivre, dans toutes ses phases, l'évolution de la fabrique locale. Au surplus, on y goûte un vrai plaisir esthétique. M. Alphonse Germain a écrit récemment sur le musée lyonnais des tissus une étude qui fait honneur à son goût et à son érudition[1].

UN DON À LA FRANCE

M. Edmond Davis se propose d'offrir à la France, pour le musée du Louvre, un portrait de femme par Sir John Millais.

Ce tableau ne manquera pas d'être bienvenu, car il comble un vide dans la collection anglaise de notre grand musée national.

D'ailleurs, il n'y a de Millais dans aucun musée de France, quoiqu'il ait souvent exposé au Salon de Paris où il reçut une médaille en 1855.

Sir John Millais est un des peintres les plus appréciés de l'école anglaise de 1850.

(*Paris-Journal,* 18 mai.)

LES ARTS

UNE GRAVURE QUI DEVIENDRA RARE

C'est une petite eau-forte gravée par le poète P.-N. Roinard qui est aussi peintre et graveur. On sait qu'il avait peint lui-même les décors destinés aux *Miroirs,* lorsqu'ils devaient être représentés par le Théâtre d'art, de Paul Fort[1]. Comme ces temps sont loin! Il n'y avait pas encore de cas Charles-Henry Hirsch et celui-ci s'intéressait beaucoup plus qu'aujourd'hui aux nouveautés des arts et des lettres[2].

Au contraire, Roinard, qui est beaucoup plus vieux, n'a cessé de s'intéresser à tout ce qui était vivant en peinture ou en poésie. Il en résulte qu'il est resté plein de jeunesse et que jamais son art poétique n'a été plus varié, plus souple, plus riche.

L'eau-forte en question contient ces mots profondément gravés :

Le 19 avril 1914, P.-N. Roinard lira dans l'intimité, chez ses amis Jacques Villon et Duchamp-Villon, son mélodrame en vers, La Légende rouge, *synthèse d'idées révolutionnaires.*

Vous êtes prié d'assister à cette lecture qui aura lieu 7, rue Lemaître, à Puteaux, de 1 heure et demie précise à 6 heures.

Réponse, s. v. p.

Depuis que Picasso et Braque ont introduit des lettres dans leurs tableaux on ne s'étonne plus d'en trouver tant dans une eau-forte, mais ce qui peut surprendre davantage c'est de voir aujourd'hui un poète se flatter d'avoir des idées révolutionnaires.

Pour être complète, l'eau-forte en question doit porter la correction à la main *17 mai* au lieu de *19 avril.*

En effet, la lecture eut lieu avant-hier au milieu des intéressants essais picturaux de Jacques Villon et des sculptures de Duchamp-Villon. Il n'y manquait que des tableaux du benjamin de cette famille d'artistes normands, Marcel Duchamp qui en est aussi à mon gré celui dont les talents sont le plus évidents et le plus nouveaux. Devenu bibliothécaire à Sainte-Geneviève, il classe des livres non loin de ce Charles Henry dont les recherches scientifiques sur la peinture eurent le don d'influencer Seurat et de faire naître le divisionnisme. Et c'est pourquoi, depuis deux ans déjà, on ne voit plus nulle part aucun tableau de Marcel Duchamp.

LES REGARDS D'ANDRÉ ROUVEYRE

Après avoir jeté des regards aigus sur la ménagerie littéraire et artistique, André Rouveyre s'est retiré parmi les animaux sauvages et, dans le *Mercure de France,* il jette des regards pleins de tendresse sur une charmante panthère qu'il ne faudrait pas rencontrer au coin d'un bois[1].

LE SALON D'ART MYSTIQUE

Le sculpteur Boleslas Biegas donnera vendredi soir, dans son atelier, 3 *bis,* rue de Bagneux, une soirée en l'honneur de la fondation du Salon d'art mystique. Demain mercredi, s'ouvre l'exposition qu'il donne, dans son atelier également, de ses œuvres (peinture et sculpture), et qui durera jusqu'au mercredi suivant, de 2 heures à 6 heures du soir.

EXPOSITION FRANCO-ANGLAISE D'ARCHITECTURE

Le président de la République se rendra, à 2 heures et demie, à l'exposition franco-anglaise d'architecture, installée, comme nous l'avons annoncé, dans les salles du Jeu de paume, aux Tuileries.

Les délégués anglais, venus à Paris à l'occasion de cette exposition, ont visité hier le château de Fontainebleau, sous la conduite de M. Redon, architecte en chef.

Ils s'étaient déjà rendus à Versailles, où M. de Nolhac, conservateur, leur avait montré le palais et M. Chaussemiche, architecte en chef, les jardins et les Trianons; dimanche, nos hôtes avaient fait le tour des Salons, au Grand Palais.

Ajoutons que l'exposition franco-anglaise d'architecture restera ouverte jusqu'au 26 mai; l'entrée est gratuite.

LES CARRACHE

Dans *La Revue critique des idées et des livres*[1], M. Pierre Du Colombier publie «Le Bilan des Carrache», dont voici un passage caractéristique :

«Remarquez, d'ailleurs, que si l'on voulait juger les peintres italiens sur leurs ouvrages à l'huile, on en verrait beaucoup perdre de leur rang. Il n'y a guère que les Vénitiens et Vinci qui aient su manier parfaitement l'huile. Dans le cas des Carrache, Lanzi (tome IV, page 298, traduction française) attribue la ruine de beaucoup de leurs tableaux à une préparation insuffisante. On sait en effet, que c'est la belle préparation des toiles vénitiennes qui a assuré le durable de leur éclat. Il accuse aussi l'abus de l'huile qui ôte, d'ailleurs artistiquement parlant, aux ouvrages des Carrache, la fierté vénitienne, leur donne un certain aspect léché qui nous déçoit.»

LA VIE D'ARTISTE EN CHINE

Un érudit allemand, M. Max Funke, publie d'amusantes anecdotes sur l'art et les artistes en Chine. Les artistes y sont toujours représentés comme des ivrognes, le plus ancien peintre chinois, Tsaï-Yong, est surnommé «le Dragon ivre».

Wou Tsa Tse, paysagiste fantastique, ne travaillait qu'en état d'ivresse.

On voit d'après cela que le sentiment populaire attribue aux artistes chinois les mêmes vices qu'il attribue aux rapins français.

(*Paris-Journal,* 19 mai.)

LES ARTS

À PROPOS D'HANSI

L'arrestation pour crime de haute trahison a révolté tout le monde[1]. Les Allemands ne peuvent pas supporter la raillerie et cependant il n'y a pas de peuple dont les efforts souvent ridicules pour atteindre à une haute culture soient plus moqués. Heine n'a pas ménagé ses compatriotes, non plus que Nietzsche, et l'Alsacien Hansi n'a fait, en somme, que suivre une tradition de l'Empire.

Les dessins d'Hansi ne sont pas sans valeur artistique. Ils sont spirituels et bien vivants. L'illustration satirique ne compte aujourd'hui pas beaucoup d'artistes d'un dessin aussi simple et aussi amusant. Il faut remonter à Wilhelm Busch et à Caran d'Ache pour retrouver tant de bonhomie, tant de variété et tant de bonne humeur.

Les condamnations, les poursuites n'ont jamais arrêté la verve des caricaturistes. Elles l'ont, au contraire, excitée. Les Allemands ne sont pas sans le savoir, puisqu'ils ont de l'érudition. En persécutant Hansi, ils préparent des railleries plus cinglantes, plus violentes, plus vengeresses. Car, si la vengeance est le plaisir des dieux, elle est aussi celui des caricaturistes.

POUR HANSI

La Société des dessinateurs humoristes réunit aujourd'hui son comité afin d'examiner la situation du dessinateur Hansi et les moyens de lui venir en aide sur le terrain purement professionnel.

On sait que le comité de la Société des dessinateurs humoristes comprend : MM. Forain, président; Willette, Roubille, Veber, Jean-Morin, Hermann-Paul, Carlègle, Ibels, Abel-Truchet, Poulbot, Neumont, etc.

LES ARTISANS FRANÇAIS CONTEMPORAINS

Chez Géo-Rouard on a réuni des œuvres d'artisans comme Delaherche, Lalique, Decorchemont, Clément-Mère, Waldroof, Bastard, Dunand et Lenoble. À vrai dire, ces ouvrages ne sont pas tous d'une actualité qui s'impose. On voudrait des idées plus neuves, une exécution plus moderne. Clément-Mère est celui dont le goût est le plus délicat et certains de ses ouvrages sont d'un raffinement inattendu.

Le catalogue de cette exposition est un document précieux. Il contient la reproduction des monogrammes et des signatures des artistes dont il catalogue les éventails, les boîtes, les coupes, les cendriers en nacre, corne et bois précieux, les vases, coupes, plats en grès et porcelaines flammés, les grès de grand feu à couvertes mates ou bien unis et décorés, les coupes, bols, vases en pâte de verre, les vases et plats en métaux divers, les verreries coulées, ciselées avec patines, les ivoires, les cuirs, sans compter bien d'autres matières précieuses.

EXPRESSIONNISTES RHÉNANS

La galerie Flechtheim, de Düsseldorf, expose les œuvres de Paul Baum, peintre allemand, qui est pour ainsi dire l'élève de peintres français comme Pissarro et Signac. Il se rattache à l'école divisionniste de Seurat et de Cross. Né en 1859, en Saxe, Baum vit, l'été, en Hollande, et l'hiver, à Dresde.

Cette exposition coïncide avec celle d'Orphey, un peintre et dessinateur très synthétique, et celle des expressionnistes allemands, dont on peut rattacher les œuvres au mouvement français des fauves dont ils sont issus et surtout à Matisse. Les principaux expressionnistes rhénans qui exposent ici sont Heinz Campendonk, Heinz Davringhausen, Heinz Ehmsen, Adolf Erbsloch, Max Ernst, Franz Henseler, Walter Kniebe, Mathias Lou, Auguste Macke, qui vit à Bonn et qui est peut-être le seul vraiment intéressant[1], Helmut Macke, Karl Mense, Rudi Mense, etc., etc.

SEPT MILLE FRANCS UN ROUSSEAU

Les Éclaireurs attaqués par un tigre, un des plus beaux tableaux du Douanier, a fait 7000 francs à la vente Kullmann. M. Pierre Mille, que la vogue de la nouvelle peinture déconcerte[1], a dû être bien étonné.

QUE FERA-T-ELLE APRÈS LE CINQUIÈME NUMÉRO?

La Caravelle, qui en est à son quatrième numéro, annonce que, tout en restant anthologique, elle se consacrera activement au pamphlet. Une critique rigoureuse des revues et des livres sera faite. Des brûlots seront envoyés dans les carcasses ennemies par Marius Riolley, Roland Belhuaire et Diogène le Chien. *La Caravelle* accueille les mousses de talent[2].

(*Paris-Journal,* 20 mai.)

LES ARTS

SIGISMOND DE NAGY

Le peintre Sigismond de Nagy expose à la galerie Georges-Petit d'intéressantes études de la vie des paysans hongrois. L'intérêt ethnique qui s'attache à ces peintures vient de ce que l'artiste nous montre les us et coutumes d'une race peu connue de la Hongrie, les Matyo. Il nous les représente dans leurs pittoresques costumes bariolés : *Garçons matyo dans un czarda,* et ne croyez pas qu'il s'agisse d'un air entraînant, le czarda est une taverne hongroise. *Femmes matyo se rendant à l'église, Jeunes fiancés matyo, Fileuse matyo.* Ce sont encore des brodeuses, des fous de villages, des baigneuses surprises, des scènes foraines. M. de Nagy s'intéresse aussi aux tziganes et il nous montre plusieurs scènes de leur vie privée, on y voit de vieilles femmes fumant la pipe. Les juifs aux costumes si particulier ont aussi tenté son pinceau. Le tout dans une manière un peu brutale, un peu sommaire, mais riche et très caractéristique.

VENISE PAR ITALICO BRASS

«Nous avons vu tant de Venise racontées par des artistes qui ne faisaient qu'y passer, que c'est pour nous une grande surprise et une joie peu ordinaire de nous la voir révélée par un peintre qui y a vécu, dit M. Arsène Alexandre dans l'intéressante préface qu'il a écrite pour l'exposition des *Venise* d'Italico Brass, chez Georges-Petit, cet Italico Brass, qui nous arrive de Venise, comme un preste et pimpant personnage de Goldoni.»

À vrai dire, les *Venise* de Brass décevront un peu ceux qui aiment la couleur locale, ceux qui ont l'habitude de voir Venise comme dans les tableaux de Ziem Mais il y a tout de même à l'exposition Brass assez de scènes amusantes et vivantes pour satisfaire ceux qui, plutôt que de regarder Ziem, ont lu Casanova.

UNE CONFÉRENCE ARTISTIQUE DE MME AUREL

Mme Aurel fera le jeudi 28 mai, à 9 heures du soir, en la maison des Étudiants, 15, rue de la Bûcherie, une conférence sur Rodin, son action, sa parole.

(*Paris-Journal*, 21 mai.)

LES ARTS

9e EXPOSITION DE PALAIS-SALON

Pour se reposer des plaidoiries éloquentes et parfois endormantes du Palais, plusieurs de nos chers maîtres s'amusent à peindre. Ils plaident ainsi pour la nature, ou font le procès du visage de leurs meilleurs clients.

M. Alatissière est paysagiste et, comme M. Poincaré,

c'est Èze qui l'a tenté. M. Henri Amiot préfère la Seine à Champrosay; M. Raymond Auger grave à l'eau-forte des villes pittoresques, Rouen ou Burgos. Mlles Marie Bac et Florence Bastide repoussent le cuir.

Je mentionne les envois de Maurice Averby, de Mme A. Bastide, de M. Baudoin.

M. André Bantz nous montre Aischa, la négresse de Montparnasse, et M. Jean Baux expose d'amusants croquis du Palais.

Toujours des paysages de Félix Belle, Henri Bernadeau, Germaine Bernet Rollande, Charles Bernier, Edgar Buillette, Louis-René Bonzon, Victor Charreton, Émile Charrier.

Voici des caricatures de G. Chaudlong, les environs de Rotterdam de R. de Clermont, les vues des Pyrénées par Henri Coulon, Saint-Nectaire de Georges Duval, les natures mortes de Paul Favier, les silhouettes du Palais de Me Benjamin Landowski, les jardins de l'hôtel Borghèse de Paul-Manceau, les vues de Plombières de G.-A. Trouquois, etc.

Tout cela est bien sage et bien calme; beaucoup de nos chers maîtres font partie de la Nationale; des Artistes français, voire même du Salon d'automne. Leurs travaux ne doivent rien au cubisme, ni à l'orphisme, ni au futurisme, ni au synchronisme, à peine ont-ils été touchés par l'impressionnisme. Le modernisme n'est encore entré au Palais qu'avec M. le substitut Granié qui, cette exposition en témoigne, ne semble pas près d'y faire des adeptes. Mais ça viendra, ça viendra.

BONNARD ILLUSTRATEUR

Une affiche de Bonnard en rouge et noir pour *La Légende de Joseph,* la pièce de Strauss, Kessler et Hofmannsthal s'étale sur les murs de Paris reproduisant le danseur Léonide Massine; c'est la huitième affiche de Bonnard, les sept premières étant : *France-Champagne* (1891), *La Revue blanche* (1894), *L'Exposition des Cent* (vers 1897), *Les Peintres graveurs, L'Estampe et l'Affiche, Le Figaro* et, enfin, *Le Salon d'automne* de 1912.

Les amateurs de ce peintre seront sans doute curieux de connaître les livres qu'il a illustrés :

Petit solfège, de Claude Terrasse (1893, Librairies-imprimeries réunies);

Marie de Peter Nansen (1898, éditions de la Revue blanche);

Almanach du Père Ubu pour janvier, février et mars 1899 d'Alfred Jarry;

Almanach du Père Ubu pour 1900, d'Alfred Jarry;

La Leçon d'amour dans un parc, de René Boylesve (1902, éditions de la Revue blanche);

Le Surmâle, d'Alfred Jarry, vignette de «justification du tirage» (1902, éditions de la Revue blanche);

Un adolescent, de Dostoïevsky, vignette de «justification du tirage» (1902, éditions de la Revue blanche);

Parallèlement, de Paul Verlaine (Vollard);

Daphnis et Chloé, de Longus (Vollard);

Histoires naturelles, de Jules Renard (Flammarion);

Prométhée mal enchaîné, d'André Gide (Munich, Hans von Weber);

La 628-E-8, d'Octave Mirbeau (1908, Fasquelle, in-8°);

L'Estampe et l'Affiche, d'André Mellerio (Floury);

Notes de route, d'Isabelle Eberhart (1908, Fasquelle);

D'un pays plus beau, de Victor Barrurand (1910, Alger éditions, et Paris, Floury).

Il ne faudrait pourtant pas confondre le peintre Bonnard avec le poète Abel Bonnard, mais les collectionneurs du peintre pourront très bien mettre dans leur bibliothèque les livres illustrés par ce dernier à côté des livres de vers du premier; ils pourraient ainsi faire des comparaisons et goûter doucement la joie de vivre.

Chez Druet, il convient d'aller voir l'exposition des œuvres du peintre Dufrénoy, qui nous promène en Italie et dans la vallée du Rhône; il nous fait visiter aussi quelques coins curieux du Vieux Paris : la rue Galande, le *Vieil escalier du Marais,* la *Cour du vieux palais Vendramin (Venise),* le *Vieux Saint-Étienne (Rhône),* le *Paysage d'automne* (Arbuissonas). Dufrénoy est un peintre robuste, dont chaque exposition confirme les solides qualités.

VIOLON D'INGRES

Henri Matisse, dont *Les Soirées de Paris* viennent de reproduire sept œuvres nouvelles qui vont jeter le trouble dans les milieux artistiques du monde entier[1], est, comme M. Ingres, un violoniste consommé. Il a acheté dernièrement un violon romain de très grande valeur qui ne manquera point de devenir aussi célèbre que celui du maître montalbanais.

(*Paris-Journal,* 22 mai.)

LES ARTS

LES PEINTRES DE VENISE

On a réuni à la galerie Brunner un certain nombre de tableaux de peintres vénitiens ou non, mais ayant peint Venise. C'est une exposition agréable à visiter malgré le snobisme qui entoure aujourd'hui cette humide cité, qui est le sexe même de l'Europe. Guardi, Pietro Longhi, Bonington, Corot, Whistler nous y montrent des Venise bien différentes l'une de l'autre, aussi différentes que la Venise de Baffo, de Gozzi et de Casanova peut l'être de celle de M. Maurice Barrès et d'Henri de Régnier. J'avoue préférer celle de Pietro Longhi, de Baffo et de Casanova à celle de nos illustres académiciens. Mais celle-là est morte et celle-ci qui est celle des palaces et des pharmacies anglaises, F.-T. Marinetti et ses futuristes ont bien promis de nous en débarrasser[2].

En attendant, M. Jacques Blanche, qui est cependant un homme intelligent, a pris le ton suraigu et prétentieux à la mode pour nous apprendre qu'il y a «tendance de plus en plus marquée à confondre les arts plastiques avec la mathématique ou la métaphysique. Nous sommes devenus cérébraux jusqu'à vouloir suggérer sur une toile plate la quatrième dimension[3]». Bon, voilà qu'on confond la sensibilité avec la mathématique. Figurer sur une toile plate la troisième dimension, ce n'est pas être cérébral, mais ce qui l'est davantage au gré de M. Jacques Blanche, c'est de chercher la composition et les proportions véritables des objets.

Pour le reste, M. Blanche juge péremptoirement et ses

jugements il les formule non sans brutalité. Écoutez ce qu'il dit des dessins des Vénitiens : « Étudiez les dessins (moins nombreux que les peintures) que Venise nous légua. Le crayon en est habile : rien de plus! Titien fut un dessinateur rond et nul; Véronèse, un illustrateur; non moins, le géant Tintoret, et Tiepolo aussi... »

J'ai oublié de dire que cette exposition a lieu au profit de l'œuvre de bienfaisance de la Fraternité artistique sur l'initiative de la revue *L'Art et les Artistes* et que M. Henri de Régnier était président du comité qui l'avait organisée.

TOULOUSE-LAUTREC ET ROMAIN COOLUS

Les Marges reproduisent, avec un joli crayon de Toulouse-Lautrec, ce pittoresque sonnet de Romain Coolus qui a beaucoup connu le peintre[1] :

Blague et gouaille, la Butte et toute sa vadrouille!
Oui, mais comme il voyait vif, strict, cinglant avec
L'âpre don (que parfois tant de tendresse mouille)
D'emprisonner la vie au fermoir d'un trait sec!

Il adorait les bars où, pittoresque grouille
Un peuple de rastas et de lads, pêle-mec,
Et là, tapi derrière un drink, mais l'œil qui fouille,
Il remplissait sa carnassière, en vrai Lautrec,

Pour saisir l'animal humain tel qu'il s'avoue,
Soit qu'impudique il danse ou qu'impudent il joue,
Il s'embusquait, fils d'une race de chasseurs,

Partout, au Moulin-Rouge où Jane Avril s'exalte,
Au théâtre, au caf'-conce, aux fortifs, sur l'asphalte
Féroce et doux pour tout ce gibier de noceurs.

EXPOSITIONS ÉTRANGÈRES

À Berlin, a lieu en ce moment l'exposition de Chagall, qui a quitté Paris pour quelques mois et dont on peut voir ici des peintures à la galerie Malpel. À Berlin, Chagall expose au *Sturm,* l'impétueuse revue, si bien dirigée par Herwarth Walden, le musicien bien connu. En même temps, dans les mêmes galeries a lieu l'exposition du peintre tchèque Otakar Kubin. À Dresde, c'est Maurice de Vlaminck qui expose quarante tableaux qui iront ensuite à Hambourg, à Carlsbad, à Francfort et arriveront en octobre à New York.

BORDS DE GÉNIE

Le peintre du *Pont de Chatou,* Maurice de Vlaminck et M. Henry Kahnweiler partiront dimanche sur leur voilier, le *Saint-Matorel,* qui tire son nom des ouvrages de Max Jacob. Cette importante croisière s'effectuera entre Bougival et le pont de Suresnes. Le soir, si la tempête n'a point détruit le vaisseau et son équipage, Maurice de Vlaminck va voir les Ballets russes en compagnie de la jeune peintresse Madeleine Berly qui va exécuter une série de peintures vivement colorées, inspirées par ces lyriques mouvements de la Karsavina, de Michel Fokine et de Léonide Massine.

VERNISSAGE

Hier, de 10 heures du matin à 6 heures, a eu lieu, à la galerie La Boétie, 64 *bis,* rue La Boétie, l'exposition organisée par le Syndicat des artistes femmes peintres et sculpteurs, dont M. Émile Faguet qui, décidément, cumule toutes les positions sociales, est le président d'honneur. Le succès a été vif, les visiteuses étaient nombreuses, les toilettes étaient élégantes, la présidente du Syndicat, Mme Chélika Rideau-Paulet était très entourée, mais c'est en vain que nous avons cherché M. Faguet, on ne l'a point vu de la journée.

(*Paris-Journal,* 23 mai.)

MUSIQUE NOUVELLE

Les personnes éduquées dans le vaillant mouvement artistique d'aujourd'hui font une différence très nette entre ces deux adjectifs : « moderne » et « nouveau »; et je me hâte de le dire, ce n'est guère que du second que l'on marque l'artiste qui porte dans son œuvre une audace véritablement nouvelle et de la puissance artistique éclatante.

Nous connaissons quelques peintres, nous connaissons un petit nombre de poètes qui méritent à notre époque l'appellation de « nouveaux »; mais nous nous étions habitués à considérer la musique comme un art désuet et presque tombé dans le marasme. Tout y était ténébreux, vide, privé de vie, immobile et asservi à l'*esthétique* et à la *beauté,* abstractions pour lesquelles nous n'avons plus aucune sorte de considération.

Si pauvre est la musique d'aujourd'hui, et si mince est le rôle qu'elle joue parmi les autres arts, que bien des fois j'ai entendu dire que la faute en était à la musique elle-même plutôt qu'aux musiciens.

Un jeune musicien, M. Albert Savinio, s'est attaché à découvrir le rôle de la musique dans les arts modernes, et ses œuvres pourront constituer désormais un spécimen de *musique nouvelle,* dont on entendra pour la première fois des fragments dans les bureaux des *Soirées de Paris,* ce dimanche 24 mai.

Il exécute ses œuvres lui-même sur le piano en attendant qu'un orchestre les lui joue, ce qui d'ailleurs ne tardera pas.

Les privilégiés qui auront l'honneur d'assister à ce premier concert de musique nouvelle seront étonnés de la brutalité avec laquelle le jeune musicien traite son instrument.

Elle est un témoignage de l'énergie qui anime notre artiste.

On le verra touchant son piano. Il s'y tient en bras de chemise, monocle à l'œil, se démène, hurle tandis que l'instrument fait ce qu'il peut pour atteindre au diapason enthousiaste du musicien.

Notez encore que Savinio, si même il n'a pas du premier coup conçu le renouveau de la musique, n'a cependant jamais donné dans ces orgies de bon goût auxquelles les musiciens soi-disant modernes nous avaient habitués jusqu'ici et qui font que les plus avancés d'entre eux ne s'élèvent pas au-dessus d'un art que l'on pourrait comparer, pour une part, à celui de M. Maurice Rostand et, d'autre part, à celui des peintres de la Nationale.

Je ne parle pas, bien entendu, de musiciens comme Erik Satie ou William Molnard qui, s'ils n'ont pas indiqué de voie nouvelle, ont du moins contribué à détruire dans l'esprit de la jeunesse ce bon goût plein de tristesse qui la faisait dégénérer.

Ayant commencé à composer alors qu'il était encore extrêmement jeune, Albert Savinio a produit déjà plusieurs ouvrages, mais il ne conserve guère que les quelques œuvres qu'il écrivit pendant ces deux dernières années.

Ce sont : un opéra bouffe en trois actes, *Le Trésor de Rampsénit,* dont le poème, tiré d'un ancien conte égyptien, est de M. M.-D. Calvocoressi; deux ballets — *Deux Amours dans la nuit,* deux actes de six tableaux de M. M.-D. Calvocoressi et A. Savinio, et *Persée,* trois actes de M. Michel Fokine — qui lui furent commandés par M. Fokine lui-même et qui vraisemblablement seront représentés dans une des prochaines «saisons russes»; *Niobé,* ballet en un acte de M. M.-D. Calvocoressi; et *Les Chants de la mi-mort,* musique composée sur une série de poèmes dramatiques dont il est lui-même le poète.

Ainsi qu'il l'expliquait lui-même dans son récent article[1], M. Savinio veut donner une orientation toute nouvelle à la musique de théâtre. C'est un esprit éminemment dramatique, et il a l'espoir et la volonté de porter sur la scène le souffle puissant d'une poésie véritable. Il croit pouvoir présenter sur le théâtre et faire ressortir par sa musique tout ce qui, dans notre époque, se révèle à nous sous une forme étrange et énigmatique; il veut encore pouvoir faire éclater en musique le choc de l'inattendu, de la chose curieuse.

La musique de M. Savinio a l'apparence de courir toujours avec une vitesse vertigineuse; son aspect est frénétique et des plus vivaces, mais, en fait, c'est là une musique extrêmement limpide. Elle est construite d'une manière régulière; elle se base uniquement sur la ligne mélodique, et rejette toute recherche d'harmonie qui puisse donner l'éveil à l'impressionnisme. Et il est très curieux d'observer que, par un procédé aussi simple, M. Savinio soit arrivé à composer des œuvres musicales ayant une force de construction et une puissance sévère tout à fait d'accord avec l'austérité qui caractérise notre époque.

La musique de M. Savinio, en tant que musique dramatique, joue un rôle des plus indépendants; elle ne s'associe point au drame, ne traduit point par des sons ni les impressions ni les situations, mais elle se borne à tenir, dans l'ensemble, son rôle poétique; d'ailleurs, cette méthode n'a été adoptée par M. Savinio qu'à partir de *Niobé*.

Les connaisseurs de musique seront peut-être satisfaits d'apprendre que le jeune musicien, dans ses derniers ouvrages, a supprimé les divisions par mesures. La sonorité de son orchestre sera très différente de tout ce que les autres compositeurs contemporains nous ont accoutumés à entendre. Il ne tient aucun compte de l'effet sensoriel résultant de la fusion de tous les instruments, ni des autres effets orchestraux du même genre. M. Savinio tient à faire de la musique moderne un art élevé, pur, poétique et sévère. Il veut lui rendre cette chasteté de sentiment, cette poésie naturelle et ces accents héroïques et touchants que l'on trouve parfois dans les vieux mélodrames de Giuseppe Verdi — ceux-là mêmes que certains musicographes d'aujourd'hui méprisent parce qu'ils y découvrent je ne sais quelle banalité — et lui rendre aussi cet esprit de fatalité et d'éternité qui soulève l'œuvre de Modest Moussorgsky.

D'ailleurs, il ne s'agit point là de comparaisons, car Savinio entend ne regarder jamais en arrière, ni calquer son art sur aucun musicien nouveau. Son art s'efforce à capter toute la poésie qui jaillit des choses présentes. Son artifice s'emploie à nous les présenter sous une forme fatidique. Mais c'est surtout l'imagination qui l'élève, car il n'est point comme la plupart des musiciens qui, en dehors de leur musique, ne possèdent plus aucune vaillance. M. Savinio, qui est poète, peintre et dramaturge, ressemble en cela aux génies multiformes de la Renaissance toscane. À ses inventions artistiques, il associe presque constamment l'élément poétique paysan, sans pour cela faire ni de la musique folklorienne ni de la musique pittoresque. Et il pense encore que l'œuvre d'un artiste ne doit avoir de rapport qu'avec l'époque où cet artiste vit; et seules ces œuvres seront vaillantes et impérissables qui porteront l'empreinte de leur temps.

(*Paris-Journal,* 24 mai.)

LES ARTS

FUTURISME ET BALLETS RUSSES

Mme Gontcharova est, paraît-il, le chef de l'école futuriste russe, tandis que son mari est le chef et l'inventeur de l'école rayonniste. Elle a fait, il n'y a pas longtemps, en Russie, une exposition de sept cents toiles récentes. Elle ne va pas tarder, dit-on, à faire à Paris une exposition d'environ cent cinquante toiles triées sur le volet où, d'après les dires de ceux qui les ont vues, on trouve un mélange de Matisse, de Picasso, de Picabia, de Gleizes, de Metzinger, de Kandinsky, des fauves de toutes catégories, des cubistes de tout système et des futuristes de toutes nationalités.

Loin de suivre les errements du public et des gens en place français, à l'égard de la jeune peinture française, les Russes ont fait un vrai succès à Mme Gontcharova, ils ne lui ménagent point les commandes. C'est à elle qu'ils ont commandé les décors du *Coq d'or,* de Rimsky-Korsakov[1], qui va être donné pendant la saison des Ballets russes. Et c'est ainsi que le futurisme russe va développer toute sa pompe à l'Opéra, tandis que la nouvelle peinture française de laquelle sont sorties toutes les nouveautés picturales d'aujourd'hui dans le monde entier ne connaît encore ici que les moqueries. Gageons que Mme Gontcharova ne s'en tirera pas sans une décoration et un tableau au Luxembourg.

Pendant ce temps, des peintres français comme Georges Braque, Derain ou Léger sont ignorés de tout le monde et on ne voit au Luxembourg pas un tableau, pas un croquis de Matisse ou de Picasso, dont la réputation cependant est universelle. Bien entendu, je ne parle pas des peintres plus jeunes. Le Luxembourg songera à eux quand ils seront morts et qu'il sera temps de les mettre au Louvre.

UN SUCCESSEUR DE BERNARD PALISSY

Dans *Le Parthénon*[1], M. Valory le Ricolais raconte une visite au faïencier angoumois Alfred Renouleau; sur la porte d'entrée, on lit une inscription qu'un archéologue ne manquerait pas d'attribuer à Héraclite qui voyait dans le feu le symbole de la vie générale, l'emblème de la force organisatrice et dissolvante. Ces caractères ne sont qu'un facétieux trompe-l'œil! Plaisamment, Renouleau s'est amusé à écrire avec des lettres grecques, ces mots bien français : «Ici le feu règne en maître.»

ART ET SPORT

Interview avec M. W. T. Colought, le sportsman écossais bien connu[2] :

«Il est véritablement extraordinaire qu'à notre époque où le sport est si en honneur si peu d'artistes ne s'en soient inspirés. Tout les y invite, cependant. Le sport est la belle machine humaine mise en mouvement et même la simplicité du costume moderne devrait tenter les peintres et les sculpteurs et c'est à peine si dans les deux Salons de l'avenue d'Antin et de l'avenue Nicolas II, une demi-douzaine d'artistes ont été séduits par l'athlétisme au milieu de cet affreux océan de tableaux et de sculptures.

«Il faut excepter cependant les nouveaux peintres : la *Culture physique* de Picabia, *L'Équipe de Cardiff* de Delaunay; *La Conquête de l'air* de Roger de La Fresnaye, et le *Clown boxeur* d'Archipenko, qui, d'accord avec leur temps, ont célébré les gloires de la force et les joies de la lutte.»

G.-P. FAUCONNET, PEINTRE ET NOTATEUR

Un garçon de ferme de quatorze ans tuait son patron, il y a quelque temps, à coups de serpette. L'assassin avait, paraît-il, tous les défauts : il était sournois, illettré, paresseux et menteur. Au juge d'instruction qui lui demandait quel avait été le mobile de son crime, il répondit (rapporte le journal) : « Mon patron me morigénait sans cesse. » Cela a donné à un peintre, G.-P. Fauconnet, l'idée d'écrire une conversation vraie. On n'en trouve dans aucun livre. Il a donc été déjeuner et il a noté le mieux qu'il a pu ce qu'il entendait à côté de lui. Ayant retrouvé son petit dialogue, il l'a relu avec un plaisir extrême. Il lui a semblé plein de ce naturel et de cette vérité que tout le monde croit avoir enfin atteint et il l'a publié dans *Les Soirées de Paris*[1]. G.-P. Fauconnet était un ami de Rousseau et l'on retrouve dans ses tableaux quelques-unes des qualités du Douanier. Fauconnet préside encore à l'art décoratif dans une célèbre maison de mobilier du Faubourg Saint-Honoré.

(*Paris-Journal,* 24 mai.)

LES ARTS

EXPOSITION ANGLO-FRANÇAISE D'ARCHITECTURE ANCIENNE ET MODERNE

Cette exposition, organisée par la Société des architectes diplômés du gouvernement, enseignera peut-être aux architectes français des nouveautés techniques, mais elle ne leur apprendra sans doute rien au point de vue de l'esthétique. Les Anglais ne faisant guère depuis quelques années qu'imiter le néo-classicisme français.

On sait en quoi il consiste.

Il a contribué à enlaidir tout le Paris moderne.

Aussi ce que l'on regardera avec le plus d'intérêt à la salle du Jeu de paume, c'est la partie rétrospective; l'architecture domestique sous Élisabeth, Jacques Ier et sous les derniers Stuarts; les vieux collèges d'Oxford, les jardins. La partie moderne présente moins d'intérêt, sauf en ce qui concerne les maisons de campagne.

Ce que l'on aurait voulu voir, c'est la véritable architecture moderne en Angleterre, comme ce que nous regardons avec le plus de plaisir à Paris, ce sont les audacieuses constructions en ciment armé ou les constructions métalliques, l'intérieur du théâtre des Champs-Élysées, les salles de cinéma, la tour Eiffel, les ponts, les gares...

EN AMÉRIQUE

L'Amérique commence à s'ouvrir à la nouvelle peinture. Cependant, les nouveaux peintres sont rares, la plupart d'entre eux comme Bruce, Frost et Morgan Russell habitent Paris.

Cependant, l'un d'entre eux, M. de Zayas, qui a renouvelé avec un talent extraordinaire l'art de la caricature et qui a introduit en Amérique Picasso et Picabia, le compagnon inséparable du chef de l'école poétique des bohémiens, Benjamin de Cassérès, se trouve en ce moment à Paris, dans le but de faire la caricature des hommes les plus nouveaux de tous les arts, la littérature et la musique. Cet ouvrage lui a été commandé par un grand éditeur de New York. M. de Zayas ne dit point quelles personnes il a l'intention de caricaturer.

G. DE CHIRICO

Depuis quelque temps, M. De Chirico consacre son talent à peindre des enseignes aussi bien pour les galeries de tableaux que pour les sages-femmes. Nonchalamment étendu dans son minuscule atelier de la rue Campagne-Première, il regarde passer les fiacres et les voitures de déménagement qui sortent par milliers de la Société générale des petites voitures. Souhaitons qu'il sorte bientôt lui-même de cette apathie où l'a mis la plantation de quelques petits arbres sur la place de Rennes. M. De Chirico est l'ennemi des arbres et l'ami des statues. La place de Rennes sur laquelle il manque une statue, mais qu'orne merveilleusement la gare Montparnasse, plaisait infiniment au jeune peintre qui est le frère du musicien Savinio. Les jardiniers de la ville lui ont tout gâté, ils ont détruit l'harmonie d'une des plus belles places modernes en lui conférant un aspect sylvestre du plus déplorable effet.

M. PIERRE ROY GUIDE...

Pierre Roy, qui fit le décor si remarqué de *L'Eau-de-Vie,* de M. Henri Ghéon, au théâtre du Vieux-Colombier, s'est chargé de guider à travers Paris Mme Gontcharova, qui se propose de peindre une importante série de tableaux relatifs à la capitale du monde moderne.

LE BEAU VOYAGE

Après un important voyage à travers l'Europe et particulièrement l'Italie, le peintre Édouard Férat a regagné son atelier de la rue Maison-Dieu où il rapporte un certain nombre d'études prises d'après nature dans l'île de Capri, à Naples et à Florence. Il a récolté en route un certain nombre de morceaux d'affiches et de papiers de toutes couleurs, de journaux de toutes nuances politiques destinés à être collés dans ses paysages d'après nature, pour en augmenter la signification expressive.

(*Paris-Journal,* 25 mai.)

LES ARTS

EXPOSITION LHOTE (GALERIE VILDRAC). (GALERIE WEILL) EXPOSITION SANDOR GALIMBERTI ET MME VALÉRIE GALIMBERTI-DÉNES

L'aventure artistique de M. André Lhote est assez particulière. Après avoir été comparé à Gauguin et à Carrière, après avoir joué en quelque sorte le rôle de chef d'école, d'une école qui copiait dans l'imagerie populaire ce qu'elle empruntait au cubisme, André Lhote n'a pas trouvé sa voie comme un Dufy, par exemple, ou même à la rigueur un Friesz, voire même un Marchand. Il s'est vu presque dans la nécessité de revenir aux principes et il n'a pas osé. Ses dons artistiques restent pour ainsi dire inemployés, car au lieu de découvrir sa personnalité, il s'attache, semble-t-il, avant tout, à faire joli, à plaire.

Il se plaît, de temps en temps, à subir les influences, La Fresnaye dans une aquarelle, Metzinger dans les nus, mais ce n'est chez lui qu'un jeu, quand, au contraire, il lui serait très profitable de subir des influences plus significatives, Braque ou Matisse.

M. Sandor Galimberti et Mme Valérie Galimberti-Dénes peignent avec fougue et non sans talent, surtout Mme Galimberti-Dénes qui a le don des proportions héroïques. C'est moins moderne que ce que fait André Lhote, mais c'est plus libre et peut-être même plus personnel.

EXPOSITION TONGUE

À l'Ashuur Galerie, boulevard Raspail, Mlle M. Tongue expose des projets décoratifs dans ce style courant anglais qui dérive d'Aubrey Beardsley. Mlle Tongue réussirait également en se consacrant à cette nouvelle mode des robes peintes, qui a tant amusé Henri Matisse cette année, puisqu'il a peint des chapeaux, des ceintures et un sac de dame.

L'ART DU VITRAIL AU XIXe SIÈCLE

M. Gustave Dupin poursuit dans *La Renaissance contemporaine* ses études sur «L'Art du vitrail au XIXe siècle»[1]; il s'occupe cette fois-ci de Laurent Maréchal dit Maréchal de Metz, qui florissait de 1840 à 1870.

Son procédé dérivait de la lithographie si en honneur à son époque. Sans qu'il y ait lieu d'y voir une esthétique significative, les œuvres de Maréchal sont assez répandues pour mériter l'intérêt des chercheurs. Il en est de même de Didron aîné et d'Édouard Didron qui s'attachèrent beaucoup plus au côté archéologique de leur art. L'art du vitrail, si négligé aujourd'hui, est cependant un de ceux dans lesquels un artiste jeune pourrait donner carrière à son talent et à son imagination. Il s'agit de trouver une technique nouvelle s'adaptant aux nouveaux moyens de production et aux exigences de la vie contemporaine.

Après quoi, on pourra renouveler cet art qui n'a rien donné d'important encore dans l'art moderne, sinon quelques vitraux de Gauguin.

ALLEMAGNE

À la galerie Flechtheim, de Düsseldorf, on expose les œuvres d'Ernst Peerdt, un peintre allemand contemporain des grands impressionnistes français et duquel le musée Wallraf-Richartz de Cologne possède une agréable *Scène de parc*.

La revue *Der Sturm* publie un intéressant document d'architecture gravé sur linoléum par Vladislas Hofmann[1].

EDWARD WITTIG

Edward Wittig prépare pour l'automne prochain une importante exposition de ses œuvres.

On y verra les maquettes, les bronzes et les marbres de ses œuvres les plus estimées de ces dernières années et, notamment, ce monument funéraire d'un caractère si simple, si poétique et si émouvant qui fut exposé l'année dernière à la Nationale et dont le bronze se trouve quelque part, loin d'ici, dans un cimetière de Pologne.

HÔTEL ROMA

M. Georges Braque a son atelier au dernier étage de l'hôtel Roma, rue Caulaincourt. Dernièrement, un peintre tchèque, M. Filla, qui, comme par hasard, se trouve être un peintre intéressant, était venu visiter dans son atelier le novateur français. La visite fut rapide et courtoise, mais M. Georges Braque fut étonné de rencontrer devant la porte de son hôtel M. Filla qu'il revit le lendemain deux ou trois fois. Il se félicitait d'exciter la curiosité du peintre tchèque, quand il apprit que M. Filla, séduit par cet hôtel Roma dans lequel il y a des ateliers cubistes, y demeurait et que désormais tous les peintres tchèques y descendraient.

Georges Braque a vivement conseillé au patron de l'hôtel de mettre à la porte une plaque émaillée avec l'inscription suivante : «Cubistes à tous les étages».

(*Paris-Journal*, 26 mai.)

LES ARTS

JEAN METZINGER À LA GALERIE WEILL

Nul doute que cette petite exposition simplette d'études et de notations ne fasse du bien à la réputation de Jean Metzinger.

Elle montrera le côté clair et hardi de son talent qui n'occupe pas dans l'estime du public la place qu'il mérite. J'ai regardé avec plaisir les petits ouvrages réunis à la galerie Weill. Il y a des natures mortes agréables. Elles ont de la personnalité et une personnalité qui ne craint pas de rechercher les influences qui vaillent la peine d'être subies.

Jean Metzinger est une des figures les plus sympathiques de la jeune peinture française. Ses rapides passages dans différentes écoles ont déconcerté et irrité ceux qui en faisaient partie et ceux qui les admiraient. Depuis quelques années, toutefois, il semble être fixé et certains de ses portraits lui ont valu les encouragements les plus flatteurs et les commandes les plus encourageantes.

S'il avait renoncé plus tôt à son goût des paradoxes qu'il soutient sans toujours y croire et s'il prenait le parti de ne plus se mettre en avant à tout propos, lui qui naturellement est modeste, nul doute qu'il ne prenne vite dans la jeune peinture une place plus agréable et plus profitable à la fois, car s'il manque de sensibilité, il a de la délicatesse et une délicatesse qui pourrait très bien guider son imagination.

LA GALERIE CRESPI

Milan va perdre une de ses curiosités, la galerie Crespi, dont le *Baedeker* signalait l'importance[1]. Cette collection va être dispersée aux enchères à Paris. On sait qu'elle n'a pu sortir d'Italie, c'est-à-dire tourner les conséquences de l'édit Pacca[1] qui, promulgué dans les États pontificaux, étendu à toute l'Italie, interdit l'exportation des œuvres d'art, sinon à des conditions très onéreuses, que par une transaction non moins onéreuse. En effet, la famille Crespi a dû donner au musée Brera le fameux Corrège, la *Nativité,* évalué à un million de francs. «Formée par un Italien», dit M. Marcel Nicolle dans la préface du catalogue, «la galerie Crespi ne comprend guère que des peintures italiennes. Formée par un Milanais, il est naturel que les maîtres de l'école lombarde y occupent le premier rang.» On y trouve encore cependant un Rogier de La Pasture, parmi un petit nombre de tableaux des écoles du Nord. On y verra même un portrait de femme par cette Sophonisba Angussola dont la gloire fut importante en son temps, elle devint presque aveugle. Van Dyck alla la consulter, certains de ses tableaux ont été longtemps attribués au Titien.

ART DES JARDINS

À la galerie Groult, M. André Véra expose une série d'aquarelles relatives à l'art des jardins. M. André Véra s'est donné la tâche de rénover cet art et quelques-unes de ses inventions sont très plaisantes. Ses aquarelles concernent un jardin moderne, que son auteur a intitulé jardin d'amour. C'est tout un roman végétal qui se passe dans le pays de Tendre, des rosiers y font captif un cyprès, des nénuphars fleurissent comme des lèvres dans des vasques transparentes posées sur des pelouses, etc., etc.

Le prince de Ligne eût pris plaisir à ces inventions horticoles.

RAOUL DUFY

Raoul Dufy vient de faire un voyage en Allemagne, où l'on commence à s'intéresser à sa peinture. Il arrive de Düsseldorf où aura lieu, sans doute, une exposition. Il est en train de préparer actuellement une édition de luxe avec gravures coloriées des *Friperies* de M. Fernand Fleuret.

L'ORGANISTE

On sait qu'André Derain aime la musique d'église, il touche l'orgue pendant des journées entières, et sur les reliures de ses partitions, le peintre a fait graver en lettres d'or : « Appartient à André Derain, organiste. »

LES PEINTRES AUX BALLETS RUSSES

Les Ballets russes continuent cette année à attirer les jeunes peintres, ils étaient particulièrement nombreux le soir de la première du *Coq d'Or*. On reconnaissait au hasard M. Henri Matisse qui saluait certains décors comme on salut une connaissance, M. Édouard Férat, M. Pierre Roy, M. De Chirico, Mlle Madeleine Berly, Mlle Valentine Gross, M. de La Fresnaye, M. Albert Gleizes, M. Raguenier-Désormeaux, M. José-Maria Sert, M. Dethomas, M. Laprade, etc., etc.

(*Paris-Journal*, 27 mai.)

LES ARTS

LES CROIX DE L'EXPOSITION DE GAND

Le ministère de l'Instruction publique a distribué à l'occasion de l'exposition de Gand un certain nombre de croix à des artistes. Une cravate de commandeur a été à M. Henri Martin qui a banalisé le divisionnisme de Seurat et inventé la fresque démocratique, à personnages connus comme Anatole France et Jaurès. Il est vrai qu'il est moins ennuyeux que Puvis de Chavannes, ce qui mérite évidemment toutes les récompenses.

La seconde cravate est allée à M. Weerts, qui fait de ces tout petits portraits qu'on voit d'abord à L'Épatant avant de les revoir aux Artistes français[1].

Parmi les nouveaux officiers, signalons M. Bompard qui

fait des Venise, métier qui semble avoir encore du bon; MM. Guirand de Scévola, Tattegrain, Ernest Baudin, chef des ateliers de fabrication de la manufacture de Sèvres.

Parmi les chevaliers, je cite d'abord Marcel-Jacques, parce que j'ai été le premier à signaler la valeur de cet artiste simple, vigoureux et modeste, et je suis heureux de le féliciter ici de la récompense qui vient couronner aujourd'hui son labeur acharné et solitaire.

La croix de M. Lamourdedieu est également bien placée. Et je note avec plaisir le nom des deux autres promus : l'animalier Jacques Froment-Meurice, l'architecte Gabriel Héraud et les peintres Louis Braquaval, Charreton, David-Nillet, Henri Dumont, Léon Félix, Guinier, Jacquier, Marcel-Béronneau, Mondineux, Renaudot et Paul Stock qui est aussi inspecteur de l'enseignement du dessin et des musées nationaux.

UN MONUMENT À PRUD'HON

Une statue va être élevée à Prud'hon à Cluny, sa ville natale, grâce à la généreuse initiative de l'Académie de Mâcon. Un comité d'honneur a été constitué afin de seconder les efforts du Comité local. La présidence en a été bien confiée à M. Maurice Barrès. On sait, d'autre part, que M. Anatole France qui est un grand admirateur de Prud'hon et a une collection de ses dessins, écrit depuis quatre ou cinq ans un ouvrage qui sera aussi un véritable monument à la gloire du grand artiste.

EXPOSITION LACOSTE

À la galerie Blot s'est ouverte l'exposition d'un compatriote pyrénéen de Francis Jammes, qui est en même temps un de ses peintres préférés, Charles Lacoste. Il peint sèchement à la façon des peintres de montagne. Mais il exprime avec sensibilité et délicatesse l'atmosphère des lointains horizons, le cours azuré des fleuves vus du haut de la montagne et surtout la pureté de l'air et du ciel, qui caractérise si bien les pays où il peint.

EXPOSITION ERNEST-T. ROSEN

À la galerie Devambez, M. E.-T. Rosen expose des silhouettes, des portraits, des intimités, d'un sentiment parfois baudelairien et d'un métier légèrement whistlérien.

ŒUVRES DE JOSEPH BERTRAND

À la galerie Manzi-Joyant sont exposées les œuvres du statuaire Joseph Bertrand. Parmi les plâtres, on a remarqué : le *Faune dansant* (première dimension); le *Faune dansant* (deuxième dimension); *Trois bas-reliefs* exécutés pour M. Nocard : ce sont des moulages sur le marbre; *Tendresse,* moulage sur le marbre du musée de Lyon; le monument à *Michel Servet*; *Groupe de la jeunesse* qui fait partie du monument à Michel Servet; la *Chanteuse,* en marbre de Milan; *Pureté,* en marbre rose; *Faunesse,* pierre directe inachevée; *Tête de faune,* en granit; les portraits en bronze du poète André Rivoire, de Mme Gabriel Fauré et de M. Jean Bernard; les *Chants immortels,* bronze appartenant au musée du Luxembourg; l'*Étreinte,* groupe (2e dimension); la *Jeunesse charmée par l'Amour,* et une suite d'aquarelles, pastels et crayons.

P.-J. POITEVIN

P.-J. Poitevin vient d'achever une belle randonnée d'art au pays de Van Gogh et de Rodenbach. Il y a laissé une belle série de portraits composés aux hasards de la route, et il rapporte de ce voyage une quantité de dessins sur Ypres, Bruges, Lille, Roubaix. Prochainement, il doit exposer, à Aix-les-Bains, des portraits et des paysages. Et il termine, en ce moment, un portrait de Gabriel-Ursin Langé, et, aussi, un beau portrait au pastel, du magnifique auteur de *Ce qui meurt,* et de *L'Homme-Fourmi :* Han Ryner.

LA «VÉNUS» DE CYRÈNE

Le corps d'occupation italien en Cyrénaïque vient de faire une découverte du plus haut intérêt. En creusant une tranchée sur l'esplanade du temple d'Apollon, qui s'élevait sur le sol de l'antique Cyrène, à Grenna, au lieu-dit Aïn-Sciabat, une équipe de soldats mit au jour un torse de femme en marbre de Paros et, en fouillant avec précaution, on trouva à l'entour des jambes brisées qui s'adaptèrent à merveille au torse, mais aucune trace de bras, ni de tête. La statue mesurait un mètre soixante. Cette statue, rapprochée d'une même statue que l'on avait trouvée en Cyrénaïque, à Benghazi, il y a douze ans, prouve que l'on est en présence d'une Vénus Anadyomène de l'école de Praxitèle.

(*Paris-Journal,* 28 mai.)

LES ARTS

TABLEAUX À BON MARCHÉ

On se plaignait vivement en Allemagne, ces dernières années, du bon marché auquel les jeunes peintres français vendaient leurs tableaux. Ils empêchaient, paraît-il, leurs jeunes collègues germains de vendre leurs productions. La vérité est que les peintres allemands dont il s'agit étaient moins modestes dans leurs goûts que les Français et avaient aussi moins de talent. D'ailleurs, les temps ont changé et les tableaux bon marché d'alors sont aujourd'hui très chers, ce qui ne veut pas dire qu'on ne trouve plus à Paris de peintres vendant à bon marché, au contraire.

Mais le record, en fait de prix modestes demandés pour des tableaux modernes, est détenu aujourd'hui par l'Italie. Il y a, à Florence, des galeries où l'on vend des tableaux à 5 ou 6 francs. Ce ne sont pas, bien entendu, les œuvres des futuristes connus comme Carrà, Soffici, Severini, Boccioni ou Russolo, ce sont les toiles des petits futuristes

Rosaï et autres, dont le nom n'est pas encore venu jusqu'à nous.

Ce bon marché a déterminé en Italie bien des vocations de collectionneurs de tableaux modernes.

On raconte que Papini, un des écrivains les plus connus de la jeune Italie, sachant qu'un de ses amis allait faire une tournée dans les susdites galeries, le chargea de lui acheter un tableau à 5 francs. L'ami revint les mains vides :

«Je n'ai rien trouvé à 5 francs.

— Les prix de la peinture ont donc augmenté? demanda Papini.

— Au contraire, lui repartit l'ami. Je n'ai rien trouvé au-dessus de 3 francs!»

L'EXPOSITION DES PEINTRES DE VENISE

MM. Viviani, ministre de l'Instruction publique, et Jacquier, sous-secrétaire d'État aux Beaux-Arts, ont visité hier après-midi, l'exposition rétrospective des peintres de Venise, organisée à la galerie Charles-Brunner, rue Royale, 2.

Le ministre et le sous-secrétaire d'État ont été reçus par les membres du comité d'organisation de l'exposition et par plusieurs personnalités du monde artistique, parmi lesquelles MM. Henri de Régnier, Jacques Blanche, Bénédite, Pierre de Nolhac, François Flameng, Armand Dayot, etc.

MM. Viviani et Jacquier se sont longtemps arrêtés devant plusieurs œuvres capitales comme la toile de Tiepolo, *Le Temps enlevant la Beauté;* les paysages de Canaletto, Guardi, et, dans les œuvres modernes, l'étincelante série des tableaux de Ziem; ils se sont retirés après avoir félicité les organisateurs de cette manifestation artistique dont le bénéfice est réservé à une œuvre charitable : la Fraternité artistique.

Voici quels sont les peintres dont les œuvres sont exposées : Bernardo Bellotto (1720-1780), Bonington (1801-1828), E. Boudin, Le Canaletto (1697-1768), Luca Carlevaris (1665-1729), quatre œuvres de Corot, Édouard Dufen (1840-1900), Henri Duvieux, Guardi (1712-1793), Jules Romani Joyant (1803-1854), huit œuvres du charmant Pietro Loughi (1702-1762), Mouchot, Antoine Pellegrini, Tiepolo (1696-1770), Félix Ziem (1821-1911), Giovanni Bellini, deux dessins de Véronèse, Rosalbo Carriera, une aquarelle de Jules de Goncourt, trois eaux-fortes de Whistler, une aquarelle de Gustave Moreau, Joseph Nicolle, H. Ramberg (1763-1840), etc.

AQUARELLES DE PICABIA

Francis Picabia a envoyé à l'exposition d'Amsterdam toute une série d'aquarelles qu'il a peintes ce printemps dans le Midi.

Il y a là, notamment : *Force comique, Horrible douleur, Chose admirable à voir, En badinant, Les Sources des eaux,* etc.

(*Paris-Journal,* 29 mai.)

LES ARTS

RODIN ET AUREL

Comme on dit Aucassin et Nicolette, Lubin et Annette, Paul et Virginie, Philémon et Baucis, on dira désormais Rodin et Aurel. Rodin parle et Aurel recueille et commente. Nul doute au demeurant que recueillir et commenter les paroles de Rodin ne soit une occupation pour le moins aussi agréable que de poser pour Mlle Dufau. Mais voyons ce que dit, dans *Le Matin,* Rodin à Aurel[1].

Je m'imaginais que les propos de Rodin seraient à peu près les suivants :

«Quel dommage que la sculpture soit aujourd'hui un art à peu près perdu, quel dommage que ni moi, ni Rosso, ni mes élèves, ni personne même aujourd'hui n'ait la force de concevoir rien de monumental.»

Mais ce n'est pas ainsi que s'est exprimé le grand homme :

«Je dois tout aux femmes, a-t-il dit, elles marchent comme des chefs-d'œuvre»,
et plus loin :

«Nous n'avons sur les bêtes qu'un avantage, celui de la

parole, mais elles ont sur nous celui d'une morale et la sévérité du visage.»

Et pour conclure, on peut souhaiter que le féminisme transcendant de Mme Aurel[1], l'aurélisme, comme on l'a déjà fort bien appelé, ait une heureuse influence sur les destinées de la sculpture.

LES SALONS DE 1914

Continuant à servir de la manière la plus heureuse et la plus désintéressée la cause des arts et des artistes, *L'Argus de la presse* vient d'éditer sa brochure annuelle, les *Salons de 1914*, que nous recommandons à nos lecteurs, et qui est due à la plume de notre confrère H. de Julliany.

LA COLLECTION PIERPONT MORGAN

On confirme de New York que la plus grande partie de la merveilleuse collection artistique de M. Pierpont Morgan, actuellement exposée au Musée métropolitain, sera dispersée en vente privée dans un avenir très prochain.

La vente aura lieu à Londres et sera conduite par un syndicat de marchands anglais. Elle comprendra surtout des tableaux et objets d'art du XVIIIe siècle et des tapisseries de diverses époques. Quant aux porcelaines, bronzes et cristaux, la majeure partie en sera offerte au Musée métropolitain de New York.

D'autre part, on continue à dire que l'on cherche surtout, s'il est possible, à vendre la collection en bloc, de façon à ce que l'effort qu'il a fallu pour la réunir ne soit pas perdu.

(*Paris-Journal*, 30 mai.)

LES ARTS

FUTURISME

Les futuristes italiens ont en ce moment deux expositions, l'une à Londres, aux Doré Galleries, l'autre à Naples.

L'inauguration de cette dernière exposition où l'on voit des tableaux de Boccioni, Carrà, Russolo, Balla, Severini et Soffici, a donné lieu à de singuliers incidents.

On pensa à tout, sauf à l'éclairage de la salle. Au dernier moment, le parolibre (c'est ainsi qu'on nomme ceux qui écrivent au moyen de mots en liberté[1]), Cangiullo, reconnaissant qu'il fallait de la lumière pour qu'on vît les toiles et méprisant les modes d'éclairage courants, courut faire une provision de feux de Bengale. Lueurs rouges, fumigation générale, des pétards éclatent aussi, une fusée traverse la salle, épouvante des dames et des demoiselles, hurlements, cris, éclats de rire.

Marinetti empoigne un feu de Bengale enflammé et commence à parler de dynamisme plastique (ce en quoi il était en retard, car il y a au moins trois mois que le dynamisme plastique est relégué au rang des vieilles lunes). Bref, Marinetti attaqua violemment le sentimentalisme passéiste, le pastellisme et l'aquarellisme mercantile des pseudo-peintres napolitains.

Et pour finir, les peintres et le public exécutèrent en chœur la célèbre symphonie onomatopéique du parolibre Cangiullo, intitulée *Piedigrottà.*

Après quoi, chacun s'en fut coucher.

EXPOSITIONS

À la galerie Vildrac, l'exposition Picart Le Doux va succéder à celle d'André Lhote. À la galerie Louis-le-Grand, où a lieu une intéressante exposition d'Alcide Le Beau et de Sinet, on organise une exposition rétrospective d'Alcide de Cale, un petit-maître de 1830. La préface au catalogue est due à M. J.-C. Holl. L'exposition comprendra cent vingt toiles. Signalons, à la galerie Montaigne, l'exposition d'un jeune Scandinave bien connu à Paris, Hans Ekegardh; à la galerie Max-Rodrigues, l'exposition Jean Pégot-Ogier; à la galerie Grandhomme, une exposition de dessins de Louise Hervieu, Bernard Naudin, etc.

PORTRAITS D'ACTRICES

En ce moment, a lieu à la galerie Hessèle, rue Balzac, au profit de l'Œuvre de rapatriement des artistes lyriques, une exposition de «Portraits d'actrices», de Rachel à Sarah Bernhardt. Cette exposition de charité aura certainement du succès. C'est d'ailleurs l'histoire du théâtre depuis cent ans. On y voit les portraits de Mlle George, de la grande Rachel, et de comédiennes et de chanteuses comme Croizette, la Malibran, Julia Grisi, la Falcon, Pauline Viardot, Mmes Krauss, Marie Ugalde, Rosine Stoltz, et plus près de nous, Marguerite Lavigne, Renée Félyne et, enfin, parmi les actrices encore vivantes, Sarah Bernhardt, Réjane, Daynes-Grassot, Bréval, Reichenberg, la petite doyenne; Pierson, Aïda Bani, Segond-Weber, Suzanne Desprès, Hatto, Jane Hading, Marie Leconte, Mégard, Litvinne, Yvette Guilbert, sans compter beaucoup d'autres dont l'énumération serait beaucoup trop longue.

LES AQUARELLES DE FABRE

Les douloureuses circonstances qui mettent en avant en ce moment le nom de J.-H. Fabre[1] attirent l'attention sur les albums d'aquarelles peintes par le grand savant d'après des insectes, des champignons, des fleurs, etc. Elles ont un intérêt scientifique et artistique considérable. Il faudrait s'occuper de les garantir contre la dispersion, en cas de mort de l'illustre entomologiste.

SÉPARATION

Deux jeunes artistes, qui depuis quelques années s'en allaient de concert dans la vie, Albert Gleizes et Jean

Metzinger — ils avaient même signé un livre ensemble[1] — se séparent. Désormais, ils continueront leur œuvre chacun de leur côté.

Dernièrement chez l'éditeur Figuière, devant le grand portrait exposé par Gleizes au Salon d'automne, devant une nature morte de Metzinger, les deux artistes ont juré de ne plus avoir rien de commun.

Ainsi va la vie. Tout lasse, tout passe, tout casse.

(*Paris-Journal,* 31 mai.)

LES ARTS

HONORÉ DAUMIER

On sait l'intérêt qui s'attache désormais à tout ce qu'a produit Honoré Daumier, le Michel-Ange de la lithographie. Ses tableaux sont recherchés comme ceux des plus grands maîtres du XIXe siècle, et la faveur s'attache aujourd'hui non seulement à ses grandes planches, mais encore aux épreuves du *Charivari,* à ces images dont le dos est imprimé et dont le tirage est parfois si beau.

L'Association pour l'encouragement des beaux-arts de Liège a eu la bonne idée d'organiser au palais des Beaux-Arts de cette ville une exposition de l'œuvre lithographique de celui qui est sans aucun doute le plus grand de tous les dessinateurs satiriques.

ARTS D'AFRIQUE

Le Souvenir africain a organisé une intéressante exposition d'œuvres d'art africaines où l'on remarque de merveilleuses idoles, statues passionnées, infiniment précieuses, sculptées par de grands artistes anonymes.

LE «HOME» DE PAUL FOLLOT

Paul Follot ayant acheté sa maison, construite, décorée,

meublée entièrement d'après ses dessins, a prié quelques-uns de ses amis de passer chez lui la soirée du lundi 15 juin.

Voilà une inauguration qui promet d'être intéressante, et l'on ne connaissait jusqu'à présent que Robinson Crusoé, qui eût pu, s'il n'avait été seul dans son île, écrire un »[1] (vernissage vendredi).

LE SALON DES « CAHIERS VAUDOIS »

Le Salon des *Cahiers vaudois,* dont nous avons déjà parlé, réunira des œuvres de Mlle Alice Bailly, une artiste audacieuse et de talent, de MM. Maurice Baud, Hans Berger, Henri Bischoff, Alexandre Blanchet, Alexandre Cingria, Forestier, Jean-Louis Gambert, un décorateur de goût, Pierre Godet, Abraham Hermeigat, Aloys Hugonnet, Louis de Meuron, Jean Morax, William Muller, Albert Muret, Théophile Robert, etc.

(*Paris-Journal,* 1er juin.)

LES ARTS

MARC CHAGALL

La race juive n'a pas encore brillé dans les arts plastiques. Dans le mouvement moderne, par exemple, on ne peut guère citer que Pissarro pour avoir joué un rôle important parmi les pionniers de l'impressionnisme.

On expose en ce moment à la galerie du *Sturm,* à Berlin, qui a fait connaître en Allemagne toute une partie de la jeune peinture française et particulièrement Delaunay et Fernand Léger, les œuvres d'un jeune peintre israélite russe, Marc Chagall. J'ajoute de suite qu'on voit de ses tableaux à Paris à la galerie Malpel, rue Montaigne.

Chagall est un coloriste plein d'une imagination qui, issue parfois des fantaisies de l'imagerie populaire slave, la dépasse toujours.

C'est un artiste extrêmement varié, capable de peintures monumentales et il n'est embarrassé par aucun système.

Son exposition, que j'ai vue avant qu'elle ne partît pour l'Allemagne, comprend trente-quatre toiles, des aquarelles et des dessins de différentes époques. Je préfère ses dernières œuvres et surtout son *Paris vu par la fenêtre.*

CLAUDE MONET

Claude Monet, qui avait cessé de peindre, s'est remis au travail[1]. C'est avec beaucoup d'intérêt qu'on attend les nouvelles œuvres du maître impressionniste si discuté aujourd'hui par les jeunes peintres.

UNE STATUE D'AUGUSTE RENOIR

On peut voir en ce moment à la galerie Vollard, la maquette d'une statue d'Auguste Renoir, une femme nue, du type de ses dernières peintures, qui sera une des œuvres les plus importantes du prochain Salon d'automne.

UN BEL EXEMPLE D'ENTÊTEMENT

On sait que le Kaiser a conféré la noblesse héréditaire à M. de Bade, qui a doté son pays d'un musée de premier ordre, certes, malgré quelques attributions douteuses.

On n'a pas oublié l'histoire du buste de cire, représentant Flore et que M. de Bade a attribué au Vinci malgré le sentiment unanime des érudits du monde entier et des critiques allemands eux-mêmes.

La *Flore,* est, à n'en pas douter, un faux; radiographiée, elle révéla qu'elle contenait un gilet de son modeleur dont le fils avait indiqué ce détail type et convaincant.

Mais M. de Bade s'est entêté et le buste figure toujours à la place d'honneur du musée.

D'ailleurs, toutes les autres attributions au Vinci ou à *son école* qui figurent au musée de Berlin sont très contestables.

M. de Bade a d'autres titres à la distinction qui lui a été conférée.

La collection des sculptures italiennes du XVe siècle, l'acquisition de l'*Adoration des Mages,* par Hugo Van der

Goes, achetée au couvent de Monforte en Espagne, honorent suffisamment le musée de Berlin pour qu'on ait également voulu honorer M. de Bade.

(*Paris-Journal*, 2 juin.)

LES ARTS

À PROPOS DE LA LOI PACCA

L'intérêt artistique s'était consacré hier à la galerie Georges-Petit, où l'on exposait les toiles de la galerie Crespi[1].

Évidemment, une partie de cette collection, et ce n'est peut-être pas la plus mauvaise, est restée en Italie.

Il faut bien se l'avouer, tout n'est pas du premier ordre, ni même du second dans ce qu'on nous a montré.

Mais, Paris est devenu le centre non seulement de l'art moderne, mais encore de l'art ancien. C'est à Paris que viennent se réunir toutes les œuvres, tous les objets d'art, de même que l'or, à ce qu'il paraît, tend à se concentrer dans l'Inde.

Si les chefs-d'œuvre aboutissent fatalement à Paris, ils entraîneront avec eux l'interminable cortège des rossignols dont la brocante internationale a intérêt à se débarrasser. Notez que ce que j'en dis n'est pas pour la galerie Crespi, où il y a bien quelques choses intéressantes.

Toutefois, je ne m'étonne point qu'en dépit de la loi Pacca, on ait laissé sortir d'Italie cette fameuse collection.

À la place de l'Italie, je lui aurais bien payé le voyage afin qu'elle s'en allât plus vite.

MINIATURES PERSANES

On expose en ce moment chez Demotte, rue de Berri, un grand nombre de miniatures persanes. Ce sont des enluminures pour illustrer les poèmes de Firdousi, de Hafiz, de Saadi.

On y verra de curieux et délicats échantillons de l'art décoratif oriental.

L'UNION DES ARTS

On a verni hier à la galerie La Boétie et une foule nombreuse a défilé devant les œuvres exposées.

On a surtout remarqué les envois de Coraboeuf, ce dessinateur sensuel et concentré qui, sans les copier, s'apparente à des maîtres; de J. Froment-Meurice, de Mme Armington et de MM. Yencesse, A. Vollon, Mayeur, Mondineu, Moisset, Nozal, Rémond, Riéder, C. Rivière, Royer, Sicard, Albert Thomas, Maillaud, H. d'Estienne, Etcheverry, Feuillâtre, Filliard, R. du Gardier, Gelhay, Guinier, Lauth, Lefeuvre, G. Le Meilleur, Doigneau, Adan, F. Armington, Avigdor, Biloul, Brandt, Calvet, Dambeza, David-Nillet, Déchenaud, Diéterle, etc.

L'exposition sera ouverte jusqu'au 15 juin, dimanche compris.

LES LAGUNES DE VENISE

Miss Bridget Keir a mis à profit son séjour en Vénétie, elle a peint — à l'aquarelle évidemment — les lagunes de Venise.

Ces aquarelles où il y a de la distinction, de la sobriété, s'intitulent : *Impression du soir, La Lagune bleue, La Madonna dans les lagunes, L'Heure des vêpres à Murano, Chenal dans la lagune, Marguerites de Saint-Michel, Un Bragosso, Les Rues dans la lagune,* etc. Mlle Keir a bien fait de montrer ses œuvres chez Georges-Petit, au lieu de les exposer en Italie, où l'aquarellisme féminin est en butte à la galante hostilité des futuristes.

CONVERSATION

Notée à l'exposition de la galerie Crespi :

« Vous avez lu, sur le cadre, il y a Leonardo.

— Oui, mais le catalogue dit : atelier de Leonardo da Vinci.

— On finira par nous faire croire que l'atelier de Léonard était aussi grand que la galerie des Machines.

— Vous avez vu la *Sainte Famille* de Caroto? C'est un peintre qu'on ne connaissait pas ici.

— Moi, c'est le petit Sodoma qui me plaît, je ne sais pas ce qu'il vaut, mais il me plaît.

— J'étais venu pour voir un tableau de Sophonisba Angusciola, voilà qu'il n'y est pas.

— Retournons voir le Rogier de La Pasture. Qu'en pensez-vous?

— L'*Escamoteur* me paraît une chose bien amusante.

— Je reviendrai à la vente. Je connais un peu le conservateur du musée de Milan et je voudrais bien savoir s'il viendra.»

(*Paris-Journal,* 3 juin.)

LES ARTS

LA COLLECTION CAMONDO AU LOUVRE

C'est aujourd'hui que le président de la République doit inaugurer les salles où on a installé la collection Camondo au Louvre[1]. À côté d'objets d'art du Moyen Âge et de la Renaissance, à côté d'estampes japonaises de premier ordre, à côté de meubles du XVIIIe siècle, de Watteau, de Latour, de Perronneau, de Fragonard, de la gracieuse et célèbre pendule aux *Trois Grâces,* de Falconet, des chefs-d'œuvre exquis de Riesener, de Gouthière, à côté des Sené, des Saint-Aubin, à côté des Gobelins, des Beauvais, des tapisseries d'après Boucher, on trouvera la véritable nouveauté de cette collection, ce qu'elle apporte comme enseignement aux visiteurs du Louvre, à l'univers tout entier : ce sont les merveilleux tableaux de l'école française moderne et plus particulièrement des œuvres des impressionnistes.

L'entrée de cette collection au Louvre n'a pas été sans difficultés. Quand on songe au très petit nombre d'ouvrages vraiment modernes au Luxembourg, on demeure étonné de voir que le Louvre est maintenant beaucoup plus d'avant-garde que n'eſt le musée des artiſtes vivants.

Cette contradiction n'eſt, au demeurant, excusable que par le régime qui règle la vie du Luxembourg et aussi par la qualité de certains tableaux qui méritent d'entrer d'emblée au musée des chefs-d'œuvre.

Ingres, Delacroix, Barye, Millet, Daumier, Corot, Puvis de Chavannes sont bien représentés ici. Mais voici *Le Fifre*, de Manet, et son «bijou rose et noir», *Lola de Valence*, fleur du mal célébrée par Baudelaire. Voici surtout les Cézanne, *La Maison du pendu, Le Vase bleu*. Voici les Jongkind. Voici les Toulouse-Lautrec, un vrai triomphe; voici des Renoir qui, un jour, sera mieux représenté au Louvre; voici enfin les Degas.

Maintenant, le Luxembourg n'a plus qu'à se grouiller, qu'il déménage vite et se modernise, qu'il ne craigne point les écoles d'avant-garde, qu'il soit orphiſte, simultanéiſte, futuriſte, cubiſte, car le voilà bien en retard et le véritable musée moderne de Paris, c'eſt aujourd'hui le Louvre.

5e EXPOSITION DE LA SOCIÉTÉ NORMANDE DE PEINTURE MODERNE

C'eſt le 6 de ce mois que sera inaugurée la 5e Exposition de cette Société qui a fait connaître en Normandie un grand nombre de peintres d'avant-garde.

Cette exposition se tiendra cette année 141, rue de la Grosse-Horloge, à Rouen.

Le comité d'honneur réunit les noms de MM. Frantz Jourdain, Georges Desvallières, président et vice-président du Salon d'automne; de MM. Brelet, préfet de la Seine-Inférieure; Leblond, sénateur, maire de Rouen; Nibelle, député de Rouen; Paul-Boncour, ancien miniſtre; Léonce Bénédite, conservateur du musée du Luxembourg; Armand Dayot, Arsène Alexandre, Olivier Sainsère, Louis Vauxcelles, Émile Fabre, Paul Gallimard, etc.

ALLIED ARTIST'S ASSOCIATION, LTD

Le 7e Salon des indépendants de Londres aura lieu au

Holland Park Hall, qui s'adapte le mieux à une exposition de peinture. Naturellement, pas de jury; l'ouverture aura lieu le vendredi 12 juin et la fermeture le jeudi 2 juillet. Les demandes de renseignements doivent être adressées à l'Allied Artist's Association, Ltd, 67 et 69, Chancery Lane, Londres, WC. Les agents pour la France sont Stocwell & sons, 17, rue d'Antin, Paris, Boulogne-sur-Mer et Lyon.

L'Association fut fondée en 1908. La dernière exposition du Royal Albert Hall a eu un grand succès, visiteurs et affaires. Cette année, étant donné l'avantage d'une meilleure salle et d'une saison favorable, on espère doubler le chiffre des entrées et des ventes.

ATTENTION AUX SANGUINES

L'Art en Europe, que dirige M. Seymour de Ricci[1], signale que le marché de Paris est envahi par de fausses estampes à la sanguine de Demarteau.

Le papier est spongieux et moins ferme que celui des épreuves authentiques, on y remarque par endroits une sorte de léger flou occasionné par une mise au point défectueuse et l'impression manque de relief. Les acheteurs doivent toujours se méfier des gravures dont le cuivre présente un bord biseauté.

(*Paris-Journal,* 4 juin.)

LES ARTS

PEINTURES DE G.-L. JAULMES

M. G.-L. Jaulmes expose chez Druet des peintures et des esquisses de décoration. Je ne goûte pas infiniment cet art-là. Il est cependant assez typique de l'art décoratif à la mode en ce moment et beaucoup d'habitations aisées sont aujourd'hui décorées de cette façon.

On verra ici des études de jardins, des pièces d'eau, des enfants et des fruits, l'*Enlèvement d'Europe,* des esquisses de décoration pour le casino d'Évian-les-Bains, des dessus-de-porte, des frises, des paravents, des chevaux au bord de la mer, etc.

Il s'agit d'égayer les intérieurs contemporains. Et le dessein est excellent.

LE MUSÉE CAMONDO AU LOUVRE

Hier matin, à 10 heures, ont été inaugurées les nouvelles salles réservées à la galerie Camondo. En raison de la crise ministérielle et des obsèques de M. Henry Roujon, auxquelles M. Raymond Poincaré a tenu à assister[1], le président de la République a remis à une date ultérieure la visite qu'il devait faire au Louvre. M. Valentino, chef de la division de l'Enseignement et des Travaux d'art, représentant le ministre des Beaux-Arts, a été délégué pour présider la cérémonie, qui a été tout intime.

M. Valentino a été reçu par M. Henry Marcel, directeur des musées nationaux, qu'entouraient les conservateurs du Louvre, les membres du service d'architecture et les membres du conseil des musées nationaux.

Le musée Camondo est maintenant ouvert au public. Il occupe sept salles du second étage du nouveau Louvre. On y accède par l'escalier Mollien, et par l'ascenseur spécialement construit.

Tout le monde a loué le goût parfait qui a présidé à l'installation de cette importante collection qui enrichit si merveilleusement le plus grand musée du monde.

HÉLIOPEINTURE

Une maison d'éditions va publier une reproduction du *Réveil* de Meunier par un procédé qui permet de reproduire les tableaux «dans tout l'éclat de leur vérité en faisant *ressortir*, sensible à l'œil et au toucher, le relief matériel de la peinture à l'huile».

Il n'en coûte que 250 francs pour acquérir une «épreuve numérotée et signée par le maître, avec cadre copié sur celui de l'original».

Il est vrai qu'à ce prix on peut obtenir une peinture

authentique d'un jeune peintre de talent et d'avenir. Il n'en manque pas.

RÉTROSPECTIVE A.-F. CALS

À la galerie Louis-le-Grand on a inauguré une exposition rétrospective d'un peintre intéressant : A.-F. Cals, qui est mort le 3 octobre 1880.

M. J.-C. Holl qui a écrit la préface du catalogue, dit excellemment :

« Artisan consciencieux jusqu'au scrupule il se pencha vers la nature et vers les humbles ses frères : son œuvre sera l'odyssée la plus touchante d'un sensitif et d'un tendre à travers les mêmes existences de son entourage — paysans et pêcheurs — et les beautés de la nature pour laquelle il avait des admirations d'enfant. »

PROTHÈSE PLASTIQUE

À la même galerie Louis-le-Grand, M. Paulin Paris qui, à l'agrément d'être un excellent sculpteur, joint l'utile talent du dentiste, expose vingt portraits sculptés et quelques statuettes.

Tout Paris, d'ailleurs, connaît les bustes de Renoir et de Guillaumin qui ornent le vestibule de la galerie Bernheim-Jeune.

(*Paris-Journal,* 5 juin.)

LES ARTS

DE RACHEL À SARAH BERNHARDT

J'ai entendu raconter que l'empereur François-Joseph avait dit une fois qu'il voudrait que son palais fût uniquement orné de portraits d'actrices.

C'est dire avec quel plaisir le vieil aigle visiterait l'exposition de la galerie Hessèles, consacrée aux portraits d'actrices de Rachel à Sarah Bernhardt.

Je n'y ai pas pris moins de plaisir qu'un Habsbourg, un plaisir en quelque sorte poétique.

Le portrait d'Agar appartient à l'aimable balzacien L.-B. de Royaumont. Il y a trois portraits de Sarah Bernhardt, d'Aïda Boni et un seul de Louise Balthy, d'Irène Bordoni, de Rachel Boyer. C'est Carrière qui a fait celui de Lucienne Bréval et Bracquemond celui de Berthe Cerny.

Voici encore les effigies de Mitzy Dalti, de Jeanne Delvair, de Delmarès, de Marie-Louise Derval, de Suzanne Desprès par Vieillard, de Diéterle, d'Arlette Dorgère par Mme Lavirolle, de Gabrielle Dorziat, d'Isadora Duncan, esquisse à l'huile par Carrière; de Marguerite Durand, de Fanny Elssler, de Cornélie Falcon, de la Loïe Fuller, de Marcelle Géniat, d'Yvette Guilbert, de Jane Hading par Madeleine Lavigne, de Marie Leconte, de Marcelle Lender, de Jeanne Lifraud, de Félia Litvinne, de la Malibran, de Mlle Mary, de Mistinguett, de Monna Delza, de Moreno, de Napierkowska, d'Otero, de Polaire, de Rachel, de Reinchenberg (c'est un pastel qui appartient à la baronne de Bourgoing, qui est la petite doyenne elle-même), de Réjane (non point par Rouveyre mais par Boldini), d'Henriette Roggers, de la tragédienne japonaise Sada Yacco, de Jeanne Samary, d'Hortense Schneider, de Segond-Weber, de Cécile Sorel par Cappiello, de Spinelle, de Rosine Stoltz, de Mariette Sully, d'Anna Thibaud, de Blanche Toutain, de Delphine Ugalde (dessin à la mine de plomb par Thomas Couture), de Marguerite Ugalde par Chartran, de Geneviève par Coraboeuf, etc., etc.

C'est une galerie historique intéressante au premier chef, et la plus brillante assemblée qui soit aujourd'hui. On y trouve réunis les talents, la grâce et la beauté.

DEUX REMBRANDT

Deux tableaux de Rembrandt vont passer en vente le 15 juin. Ils proviennent de la collection Charles Fairfax Murray. Ils sont en outre authentiques.

Le premier est un *Portrait présumé du frère de l'artiste*, panneau de forme ovale. Il a fait partie de la collection du prince A. de Broglie.

Le deuxième, peint également sur bois, représente *Un savant lisant à la chandelle.*

Sans doute, ces deux Rembrandt vont-ils prendre le bateau pour l'Amérique.

(*Paris-Journal,* 6 juin.)

LES ARTS

DESSINS D'ENFANTS

La galerie Malpel a eu l'idée d'exposer une certaine quantité de dessins d'enfants. On en avait déjà exposé au Salon d'automne. Mais il s'agissait de dessins d'enfants des écoles et de dessins décoratifs dessinés par toute une classe d'après un modèle donné par le maître.

À la galerie Malpel, c'est tout autre chose. Les dessins exposés sont des dessins d'imagination. L'enfant a dessiné ou peint ce qu'il a voulu. C'est bien plus intéressant.

Toutefois, un grand nombre des œuvres exposées sont dues à des enfants qui grandissent au milieu de peintres, ce sont pour la plupart des fils, des frères, des sœurs d'artistes. L'intérêt n'est pas diminué en ce qui concerne la valeur intrinsèque de l'œuvre exposée, mais on ne saurait guère en tirer des conclusions quant à l'instinct plastique des enfants en général.

C'est ainsi que, dans les peintures de la fille de Van Dongen, on reconnaît l'influence de la peinture du père. Tels quels, ces tableaux indiquent du don et sont agréables à voir.

Le fils du peintre Peské[1] joint, à un talent sérieux d'illustrateur, un don de poète plein de fraîcheur. Écoutez cette impression de la forêt de Fontainebleau, où l'on trouve :

Sous les feuilles fanées
Des petits champignons,
Des cèpes, des girolles
Tout gracieux et ronds.

Parmi les plus doués se trouve Mlle Adyzia Van Rees, une coloriste de sept ans, fille de peintre, elle aussi. Elle a trouvé des gammes colorées, perçantes, comme certaines sonorités d'Albert Savinio.

A. Lebec, onze ans, a une imagination intéressante; il a peint des clowns dans une voiture, qui sont amusants. Il habite Orsay, et peut-être est-il avec Babet Parayre, sept ans, et Jack Malpel, un des rares exposants sans lien de parenté avec un peintre.

Les dessins de Rosa Riera, à l'âge de six ans, feraient pressentir ces carreaux de céramique comme en peint depuis cette artiste catalane; ceux de sa sœur Carmen la rappellent parfois.

Les dessins de Mlle Sima Chagall rappellent les anciens tableaux de son frère.

Le jeune Gaillard, onze ans, est un paysagiste déjà habile, et le jeune Picault, douze ans, a peint une nature morte intéressante...

Je me souviens du temps où Matisse montrait les dessins de ses enfants, et il y en avait parfois d'étonnants. Matisse s'y intéressait beaucoup.

«Toutefois, disait-il, je ne crois pas qu'il faut faire grand cas des dessins d'enfants parce qu'ils ne savent pas ce qu'ils font.»

LA COLLECTION DU MARQUIS DE BIRON

La collection du marquis de Biron, qui sera vendue le 9 et le 11 juin à la galerie Georges-Petit, sera au point de vue de l'art du XVIIIe siècle, la vente la plus importante depuis celle de la célèbre collection Doucet[1]. Garnier, Riesener, Gannier y sont représentés avec des pièces de premier ordre. On y verra le buste du maréchal de Lowendal, par Le Moyne, et des terres cuites, par Clodion, Houdon, Pajou, Boizeau, I.-P. de Beauvais, *etc.*

Elle contient encore des Hubert Robert et des esquisses d'Ingres et de Sir T. Lawrence, d'importants dessins ou pastels de Fragonard, Chardin, Clodion, Boucher, Boilly, David, Delafosse, Pineau, le portrait de Diderot, par Saint-Aubin, etc.

Deux dessins de Rembrandt et de Rubens représentent seuls les anciennes écoles.

(*Paris-Journal,* 7 juin.)

LES ARTS

L'ART ET LA DOUANE DES ÉTATS-UNIS

Je me suis déjà élevé ici même contre la façon tracassière dont les États-Unis entendent interpréter leur nouvelle loi douanière relative à l'introduction en Amérique des œuvres d'art originales[1].

À ce propos, le *Bulletin* de chez Bernheim-Jeune[2] publie de nouveaux renseignements sur le sens très restreint que les douaniers américains donnent au mot «original» :

«Alors que l'ancien tarif des douanes frappait d'une taxe de 15 % l'importation aux États-Unis des œuvres d'art originales datant de moins de vingt ans, le nouveau tarif, celui du 3 octobre 1913, les admet en franchise comme les œuvres antérieures, ne laissant subsister la taxe que sur les copies, répliques et reproductions.

«Or, la douane américaine s'ingénie avec succès à dénaturer l'esprit de ce régime libéral et à rendre les dispositions nouvelles plus gênantes que les anciennes, qui, du moins, étaient nettes.

«Dédaigneux de l'expertise des connaisseurs français et de l'historique même des œuvres, elle prétend n'admettre celles-ci en franchise que munies d'un certificat signé des experts désignés par elle, et, s'il s'agit de l'œuvre d'un artiste vivant, elle exige qu'il aille s'en déclarer l'auteur par-devant le consul des États-Unis.

«Enfin, spéculant à l'extrême sur le mot "original", elle ne concède la qualité d'original qu'au premier tableau d'une série représentant un même sujet, qu'à la première pensée ou esquisse de l'artiste sur ce sujet.

«Il n'est pas d'artiste qui n'ait exécuté des variantes d'un même motif; il n'en est pas non plus qui puisse préciser la chronologie de ces variantes. Chacune d'elles est une œuvre originale. À la rigueur, la douane américaine considérerait bien comme telle l'une d'entre elles; mais, ne pouvant établir l'antériorité d'aucune et inhabile à apprécier leurs différences (souvent essentielles pourtant, comme dans le cas des séries de Claude Monet, de K.-X. Roussel, etc.), elle les tient toutes pour des répliques ou des copies.

«Seules les pochades d'après nature — à l'exclusion des œuvres définitives qu'elles ont déterminées — mériteraient, au regard de ces douaniers, le titre d'œuvres originales...

«En sa qualité d'expert pour les contestations en douane, et par le canal de la Conférence permanente du Commerce extérieur dont il est le vice-président, M. Josse Bernheim jeune vient d'adresser au ministre du commerce un rapport abondamment documenté "sur le nouveau régime douanier des œuvres d'art à l'entrée aux États-Unis et sur l'interprétation donnée à ce tarif par les experts américains".

«Il conclut en demandant au gouvernement français d'intervenir auprès du gouvernement de Washington en vue d'une clarification des textes dont le douanier américain abuse pour discréditer des œuvres d'art.

«À ce sujet un peu de statistique :

«Dans l'importation aux États-Unis des œuvres d'art datant de moins de vingt ans (celles qui jusqu'en octobre dernier étaient sujettes aux droits), la France arrive en tête avec 594 021 dollars en 1910, 396 603 dollars en 1911, et 384 890 dollars en 1912 (les statistiques de 1913 ne sont pas encore établies). Il y a donc dépression. Mais elle est générale et elle s'explique par la situation financière et point du tout par une diminution de l'intérêt que les collectionneurs américains manifestent pour l'impressionnisme, objet principal de l'importation française dans cette catégorie. Une dépression sensiblement plus forte marque, en effet, les chiffres de l'importation anglaise (nullement impressionniste) qui vient immédiatement après la nôtre : 469 163 dollars en 1910, 220 093 en 1911, 163 537 en 1912. La proportion du chiffre français au chiffre anglais était de 5,5 à 4,5 en 1910 : on voit qu'elle est de 7 à 3 en 1912.»

Nul doute que la douane américaine ne se rende aux excellentes raisons de M. Josse Bernheim jeune et ne facilite l'entrée aux États-Unis de toutes les œuvres originales des peintres français.

(*Paris-Journal*, 8 juin.)

LES ARTS

LA RIVE GAUCHE

L'inauguration de la 5e Exposition des beaux-arts de la Société artistique de la Rive gauche a eu lieu dimanche dernier, à 2 heures, à la salle des fêtes de la mairie d'Issy-les-Moulineaux. M. le ministre des Beaux-Arts s'était fait représenter par M. Émile-Bayard, inspecteur des beaux-arts, qui a prononcé un important discours.

LA COLLECTION CAMONDO

Maintenant que la collection Camondo est installée[1], que le public, très nombreux, se presse dans les petites salles qui la contiennent, on peut bien dire qu'elle n'augmentera pas la réputation de peintre de Degas. Il apparaît bien là comme *un petit-maître*. Les aquarelles de Cézanne y triomphent, à mon avis et à ce propos, on m'a raconté qu'après les avoir achetées, M. de Camondo avait voulu les rendre : « Ce sont de trop petites choses, aurait-il dit, pour un collectionneur comme moi. » Il s'est ravisé ensuite et il a eu bien raison, car rien n'est plus important que ces aquarelles pour l'étude des quelques peintres contemporains qui compteront dans l'histoire de l'art.

Je crois, d'autre part, que M. de Camondo aurait été bien inspiré en n'exigeant point que sa collection restât exposée à part. Il aurait mieux valu, à mon avis, que les meubles et les objets d'art du XVIIIe siècle allassent enrichir les salles du mobilier.

(A-t-on remarqué un meuble à hauteur d'appui où se trouvent peints en marqueterie de petits tableaux qui rappellent très curieusement certains noir et blanc d'Aubrey Beardsley ?)

Les tableaux auraient pris leur place chronologique à peu près et le Louvre aurait été réellement augmenté.

Tandis qu'aujourd'hui, il y a à Paris un musée de plus, le musée Camondo qui est logé au palais du Louvre, comme il y a dans les mêmes conditions un musée Chauchard, un musée La Caze, un musée Campana, un musée de la Marine, etc.

D'ailleurs, les conservateurs du Louvre se sont ingéniés à si bien compliquer les heures où il est loisible de visiter ces différents musées domiciliés au Louvre qu'il devient presque impossible de s'y reconnaître. Le musée Campana est fermé tel et tel jour pendant la période d'instruction militaire, une autre salle est ouverte l'après-midi du mardi et le matin du mercredi, *idem* pour le mobilier, *idem* pour la collection Camondo. Quant au musée de la Marine, on ne l'ouvre qu'une fois de temps en temps, et Dieu sait quand.

CLAUDE MONET

Paris-Journal a annoncé que Claude Monet se remettait à peindre après une interruption de cinq ans, ses dernières toiles, la série de Venise, étant datées toutes de 1908[1].

AU PETIT PALAIS

M. Théodore Duret, l'historien de l'impressionnisme qui avait déjà fait don au Petit Palais de son portrait par Manet, d'une danseuse de Degas, de quatre Courbet, et d'un paysage par Guigou, vient de donner à la même galerie municipale le portrait de M. Rivoire, par H. de Toulouse-Lautrec.

(*Paris-Journal*, 9 juin.)

LES ARTS

MARY CASSATT

MM. Durand-Ruel exposent dans leurs galeries des

tableaux, pastels, dessins et pointes sèches par Mary Cassatt. Elle n'a pas été malgré l'apparence un peintre de la maternité. Ce qu'on trouve chez cette femme, c'est un don très particulier de saisir les attitudes les plus féminines chez la femme. On le verra notamment dans sa *Femme appuyée sur sa main droite,* dans certains dessins et surtout dans les pointes sèches.

Les œuvres de Mary Cassatt sont plus importantes pour mesurer la sensibilité plastique des femmes qu'au point de vue de la peinture en général. Néanmoins, certaines pages ont une valeur artistique qui justifie amplement l'intérêt qu'elles excitent en Amérique et en France.

J'ajoute que les tableaux de Mary Cassatt qui me plaisent le moins sont ceux où il y a des enfants.

M. INGRES ET DELACROIX

Le *Bulletin Bernheim*[1] dit que M. Widor, membre de l'Institut, organiste à Saint-Sulpice, tient de feu M. Hamon, qui, en 1861, était curé de cette paroisse, l'anecdote que voici :

«Dans les premiers mois de cette année-là, comme Delacroix achevait sur place l'*Héliodore chassé du temple, Lucifer terrassé par l'archange Michel* et la *Lutte de Jacob avec l'ange,* Ingres vint trouver le curé : "Je voudrais voir les peintures sans que M. Delacroix y soit. — Il va déjeuner à 11 heures et demie et rentre à 1 heure", répond M. Hamon. À midi, Ingres accompagné de l'ecclésiastique, entre dans la chapelle des Saints-Anges, contemple longuement, en silence, le travail de Delacroix, puis, brusquement, saisit au collet le curé Hamon, le secoue et, les yeux dans les yeux, l'interpelle d'une machoire agressive : "J'espère bien qu'il y a un enfer. Il y a un enfer, n'est-ce pas? Vous êtes bien sûr qu'il y a un enfer? Jurez-le-moi!"»

Et le *Bulletin* ajoute cet extrait d'une lettre qu'en 1846, Delacroix écrivait à Ch. Thoré :

«Vous avez fait sur Ingres un article parfait. Vous avez touché la vraie corde, et personne, jusqu'à présent, n'avait signalé ce vice radical, cette absence de cœur, d'âme, de raison, enfin de tout ce qui touche *mortalia corda*[2], ce défaut capital qui ne mène qu'à satisfaire une vaine curiosité et à produire des ouvrages chinois, ce qu'il fait, moins la naïveté, laquelle est encore plus absente que tout le reste.»

JONGKIND : LE «PAYSAGE DU MIDI»

Des aquarelles de Jongkind — on sait qu'il y en a beaucoup au Louvre dans la collection Camondo — seront exposées du 17 au 30 juin à la galerie Bernheim-Jeune, où l'on voit maintenant, sous le titre de *Paysage du Midi,* des œuvres de Mme Georgette Agutte, Pierre Bonnard, trois peintures, des dessins, des aquarelles et des pastels d'Henri-Edmond Cross, Lucie Cousturier, Maurice Denis, Vincent Van Gogh, Armand Guillaumin, Henri Matisse, Maximilien Luce, Aristide Maillol, Henri Manguin, Claude Monet, Henri Person, Jean Peské, cinq peintures de Renoir, K.-X. Roussel, Théo Van Rysselberghe, cinq peintures, des aquarelles et des dessins du stendhalien Paul Signac, Félix Vallotton, Louis Valtat, Édouard Vuillard.

(*Paris-Journal,* 10 juin.)

LES ARTS

LA RONDE DE JOUR

Le peintre Marcel Lenoir a entrepris d'achever pour le Salon d'automne une toile de 64 mètres carrés où un grand nombre de contemporains se mouvront autour de l'image de la danse.

Les personnages de ce tableau seront peints grandeur nature. On y verra MM. Alexandre Mercereau, Figuière, Florian-Parmentier, Stanislas Fumet, Laurent Tailhade, Fernand Divoire, Dessambre, Ramey, Nicolas Beauduin, Paul Brulat, G. de Pawlowski, Paul Fort, Victor-Émile Michelet, Karcher, Magdeleine Chaumont, Jacques Nayral, Léon Bloy, Lorenzi, Gustave Kahn, Doyon, Rosny aîné, Belval-Delahaye, Poinsot, Ageorges, Jules Leroux, Pierre Jaudon, Georges Polti, Bérard, Han Ryner, Jean Clary, etc., etc.

Le peintre a déjà fait une esquisse qui n'est encore que la recherche des attitudes propres à chacun des personnages qui doivent entrer dans cette composition. Il va maintenant se mettre à l'esquisse architecturale.

Mener à bien une œuvre de si grande dimension est une entreprise pleine de difficultés, et l'on doit suivre d'un œil sympathique le peintre qui l'entreprend d'autant plus qu'outre la valeur artistique qu'elle pourra avoir, cette toile sera assurément un document historique important.

AU PETIT PALAIS

Nous avons dit que M. Duret avait donné au Petit Palais le portrait d'*André Rivoire,* par Toulouse-Lautrec. C'est la première peinture de cet artiste qui soit au Petit Palais où il figure déjà à la section des dessins par un monotype, *Au cirque,* et dans la salle des gravures modernes, par plusieurs lithographies originales, données par M. Joyant en 1908.

En même temps, la Ville de Paris a accepté le don [du portrait] de Mme Gadiffet-Caillard, née Sipierre, par Ary Scheffer et d'un portrait de M. Édouard Caillard, par Victor Mottez, dont le Petit Palais possède déjà un admirable portrait de Mme Mottez.

Signalons encore, parmi les dons récents, la maquette du monument à *Charles Floquet,* par Dalou, offert[e] au Petit Palais par M. Risler, maire du VIIe arrondissement, et un très beau buste en marbre, de M. Paul Paulin, représentant M. A. Duquesne.

Ajoutons que l'on vient de mettre en place dans les salles de la collection Dutuit les tapisseries du Moyen Âge acquises à la vente Aynard sur les fonds Dutuit. Ces tapisseries qui représentent différents sujets de l'*Histoire d'Alexandre et de Nicolas, roi de Césaire,* sont très heureusement présentées dans un encadrement extrêmement sobre, qui contribue à accentuer le caractère précieux de ces trois pièces merveilleuses, payées par la Ville de Paris 250 000 francs.

Enfin, on expose en ce moment une suite admirable de sept tapisseries de la série l'*Histoire de Constantin,* tissées à l'atelier de La Planche dans la première moitié du

XVIIe siècle et mises à la disposition de la Ville de Paris par le Mobilier national.

(*Paris-Journal*, 11 juin.)

LES ARTS

LOLA DE VALENCE

On se demande pourquoi sous la peinture de Manet, qui est une des gloires de la collection Camondo, on n'a pas écrit, dans un cartouche, le quatrain de Baudelaire :

Entre tant de beautés que partout on peut voir,
Je comprends bien, amis, que le cœur balance;
Mais on voit scintiller en Lola de Valence
Le charme inattendu d'un bijou rose et noir[1].

Cette inscription laudative est digne de la peinture qu'elle accompagnerait et Baudelaire a assez défendu les peintres et les a assez bien défendus, quoi qu'en aient dit Van Gogh et quelques autres, pour qu'après avoir été à la peine, il soit aussi à l'honneur.

LES INTIMISTES
(Galerie Devambez)

C'est la deuxième exposition de cette Société présidée par M. Aman-Jean. Ce groupement qui n'a pas une grande signification artistique présente néanmoins quelques œuvres discrètes qui peuvent être agréables.

On y verra en tout cas des ouvrages de Mlle Jeanne Poupelet, une artiste de grand talent et l'un de ces rares sculpteurs contemporains, que, parce qu'ils sont très bien doués, on voudrait plus audacieux. La sculpture y est encore représentée par Bourdelle. À la peinture, c'est Ernest Laurent avec un portrait de jeune femme, Henri Martin, Paul Renaudot, Abel-Truchet, Alexandre Altmann, Béatrice How, Olga de Boznanska, Mela Muter,

Harry Bloomfield, Le Sidaner, Paul Madeleine et William Malherbe.

PICART LE DOUX

Voici un peintre qui s'est humanisé. Son art était dur et chiche. Il tend moins qu'autrefois vers le pompiérisme d'aujourd'hui, où il y a un peu de Cézanne, un peu de Renoir, un peu de Van Gogh, etc., etc.

Picart Le Doux commence à sentir par lui-même. Et s'il consentait à renouveler son métier, il trouverait peut-être sa personnalité. C'est ce qu'indiquent les peintures, les dessins qu'il expose en ce moment à la galerie Vildrac.

LE CENTENAIRE DE J.-F. MILLET

Un comité vient de se former pour célébrer le centenaire de J.-F. Millet, né à Gréville (Manche), en 1814.

Pour commémorer cet anniversaire, une exposition de ses œuvres sera organisée dans sa maison natale et une journée de fêtes aura lieu à Gréville, le 1er août prochain.

Les souscriptions sont reçues par M. Le Poitevin, trésorier, à Beaumont-Hague (Manche).

Voici quelques noms des membres du comité : Présidente d'honneur, S.A.R. l'infante Eulalie d'Espagne; Roll, Guillemet, Marcel-Jacques, Jean Ajalbert, etc., etc.

UNE ANECDOTE SUR M. DE CAMONDO

Les anecdotes commencent à courir sur l'amateur qu'était M. de Camondo. L'une d'elles est jolie et tout à son honneur. Il avait envie d'un Cézanne qui faisait partie de la collection particulière d'un marchand des alentours de la Madeleine.

«Je ne veux pas le vendre, disait celui-ci. Je l'ai acheté très bon marché, 400 francs et je l'ai racheté 6 000 à ma vente. C'est dire que je tiens à ce petit légume.

— J'y tiens aussi, répondit M. de Camondo, et je vous assure qu'en me refusant ce tableau, vous me faites tant de peine que, je vous le jure, puisque vous me le refusez, non seulement je ne vous achèterai plus rien, mais encore vous ne me reverrez de ma vie.

— M. de Camondo, repartit le marchand, puisque vous m'y obligez, en quelque sorte, je ne veux pas vous le refuser, mais je vais vous demander un prix qui, j'espère, vous fera reculer. Je vous ai dit le prix que je l'ai payé. Eh bien! Je vous en demande 20 000 francs.

— Monsieur, s'écria M. de Camondo, vous me rendez là un service que je n'oublierai pas. Vous aurez le chèque demain.»

(*Paris-Journal,* 12 juin.)

LES ARTS

DUELLISTES

Deux peintres polonais se sont battus furieusement hier au Parc des Princes[1]. Cela nous donne l'occasion d'esquisser le portrait de ces deux personnages importants à Montparnasse, quartier qui, on le sait, a complètement remplacé Montmartre, surtout en ce qui concerne les peintres.

Gottlieb, qui peint à Paris depuis pas mal d'années déjà, est un homme discret et simple, dont l'art a subi les influences de Van Gogh et de Munch. C'est un expressionniste qui a lui-même quelque influence sur certains de ses compatriotes. On voit, en général, de ses ouvrages aux Indépendants et au Salon d'automne. En décembre, il y exposait un *Portrait de M. Adolphe Basler* qui fut remarqué.

M. Kisling a subi plutôt l'influence de peintres français comme Derain. Il a peint assez longtemps à Céret, sous-préfecture des Pyrénées-Orientales, que l'on appelle La Mecque du cubisme. Il faut ajouter que, dans quelques milieux, et surtout en Allemagne, on fonde un grand espoir sur Kisling qui va exposer de ses œuvres dans peu de jours à Düsseldorf où va avoir lieu une exposition des peintres étrangers qui fréquentent Le Dôme, le fameux café qui se trouve au carrefour des boulevards Raspail et du Montparnasse.

Kisling est en train de graver des bois pour un recueil de poèmes de Max Jacob, intitulé *La Souris boiteuse*[2].

ÉTOFFES BATTIKÉES

Chez Mum, avenue de l'Opéra, Mme Fangon expose jusqu'au 25 juin des étoffes battikées, c'est-à-dire peintes à la cire, procédé décoratif très intéressant que les Hollandais ont emprunté des Indes.

MME NATALIE DE GONTCHAROVA ET M. LARIONOV

Mme Natalie de Gontcharova, chef des futuristes russes, dont on a vu à l'Opéra les décors qu'elle avait peints pour le *Coq d'or* de Rimsky-Korsakov, va exposer un grand nombre de peintures de diverses époques et de lithographies, à la galerie Paul-Guillaume, 6, rue de Miromesnil.

En même temps, à la même galerie, on verra des peintures, des lithographies de M. Larionov, initiateur et chef de l'école rayonniste.

Mme de Gontcharova a aussi un certain nombre de toiles qui ressortissent au rayonnisme[1].

L'exposition des deux artistes moscovites qui jouissent en Russie de la plus grande réputation, s'ouvrira le mercredi 17 juin.

Ce sera la première fois, depuis bien longtemps, que l'on verra à Paris de la peinture russe de Russie, et la première fois aussi que l'on y verra de la peinture rayonniste.

CHEZ GÉO ROUART

Géo Rouart, l'éditeur du Groupe des artisans français, vient de faire exécuter un service de table en faïence d'après les dessins de Bonvallet. On en connaît les célèbres services qu'il avait commandés à Marcel Goupy et celui d'Hermann-Paul, décorés de vues du parc de Versailles.

Géo Rouart a, en outre, commandé un nouveau service à Drésa qui va être incessamment exécuté.

SOFFICI

Soffici, cet esprit si intéressant que goûte notre Arbouin[1], Soffici qui dessina la couverture des anciennes éditions de la Plume, Soffici, qui est un des meilleurs peintres de l'Italie contemporaine et qui en est un des littérateurs les plus distingués, après avoir peint à Paris une importante série de natures mortes, s'en retourne à Florence où il dirige *Lacerba.*

(*Paris-Journal,* 13 juin.)

LES ARTS

LE MIDI

C'est le Midi qui attire maintenant les artistes. Au lieu d'aller passer les vacances en Bretagne ou dans les environs de Paris, comme firent beaucoup d'artistes de la génération précédente, les peintres vont maintenant du côté de la Provence. Les Pyrénées elles-mêmes sont abandonnées. Céret n'est plus La Mecque du cubisme.

Derain est à Nîmes, après avoir visité Nevers; Picasso va aller le rejoindre après-demain, et Braque va aller s'installer à Sorgues, près d'Avignon.

C'est dans ces parages que l'on retrouvera sans doute beaucoup d'autres peintres, comme Girieud, Lombard, peut-être même Friesz, Matisse et Édouard Férat.

Ainsi chaque région de la France, à cette merveilleuse époque d'art français qu'est la nôtre, offre-t-elle tour à tour le trésor jamais épuisé de ses beautés naturelles qui renouvellent l'inspiration des peintres.

En ce moment, le tourisme des peintres s'accommode merveilleusement du Midi. Je connais pas mal de gens qui, encore qu'ils ne soient pas peintres, s'en accommoderaient également.

L'ART DÉCORATIF

Le nouveau numéro de *L'Art décoratif*, qui vient de paraître, contient un intéressant article de M. Louis Arqué sur «Les Vieilles Icônes», orné de belles reproductions. André Véra y publie un essai important sur les jardins modernes : «Le Jardin du solitaire et le Jardin de l'aviateur». Marius Leblond y étudie l'œuvre d' «Yvonne Serruys (Mme Pierre Mille)», sculpteur d'un grand talent. Enfin, on trouve dans la belle revue dirigée par M. Fernand Roches, une «Chronique de la province» par M. Henry Parayre[1].

LA BOISERIE DE LA PITIÉ

On sait que dans la chapelle de l'hôpital de la Pitié se trouvaient de très belles boiseries anciennes. Ces boiseries de dimensions considérables étaient d'un placement difficile; en outre, il fallait dépenser 15 000 francs pour les réparer convenablement. L'Assistance publique, à qui elles revenaient après la démolition de la Pitié, avait résolu de les vendre aux enchères. MM. Adrien Mithouard et d'Andigné, conseillers municipaux, intervinrent, et il fut décidé que ces boiseries anciennes seraient remises au service de l'Administration des beaux-arts, qui, tout en laissant la propriété à l'Assistance publique, les ferait déposer et installer au musée Carnavalet.

L'ART FRANÇAIS À MOSCOU

On sait qu'il y a à Moscou une importante collection d'art français moderne qui appartient à M. Etchoukine. On y voit quinze tableaux de Gauguin, Cézanne, quarante Picasso, beaucoup de Matisse, etc.

Cette collection est d'ores et déjà destinée à enrichir le musée Tretiakoff de Moscou.

On raconte qu'un grand critique russe qui ne voulait pas admirer l'art français moderne, fut prié par M. Etchoukine d'examiner seul la collection.

«Je reviendrai dans un moment», dit le collectionneur. Le critique n'osant pas refuser, se met à examiner les tableaux. Au bout d'une demi-heure, il commence à s'impatienter et veut sortir. Mais les portes sont fermées à clef. Il demeura ainsi parmi les tableaux français de 10 heures du matin jusqu'à 7 heures du soir.

«Comprenez-vous maintenant l'art français, demanda le collectionneur?

— Je comprends, repartit le critique, j'ai eu tout le loisir d'en examiner les échantillons.»

(*Paris-Journal*, 14 juin.)

LES ARTS

MARCHANDAGE

Un de mes amis peintres me raconte avoir conduit un jour un marchand juif de Livourne chez le peintre Rosaï, jeune futuriste de Florence, connu pour vendre très bon marché, qui leur montra ses tableaux.

Le marchand s'étant enquis du prix d'une toile, le peintre lui en demanda 20 francs :

«Voyez-vous, dit le juif à mon ami, il me demande 20 francs pour en avoir 10, le tableau en vaut certainement 8, je pourrais bien lui en donner 6 et pour ne lui en donner que 4 je lui en offre 2.»

Sur quoi, se tournant vers le jeune peintre :

«Vous me le donnerez bien pour 1 franc», dit-il en tirant de son gousset une pièce de 50 centimes.

EXPOSITION DE MME DE GONTCHAROVA

Nous avons dit que l'exposition de Mme de Gontcharova s'ouvrirait mercredi 17 juin et durerait quinze jours.

Les tableaux de Mme de Gontcharova seront exposés en deux séries.

Il y aura donc deux vernissages, l'un mercredi prochain et l'autre le mercredi suivant.

De même pour les œuvres de M. Larionov qui seront exposées à la galerie Paul-Guillaume en même temps que ceux de Mme de Gontcharova.

LES ARTS EN RUSSIE

Sait-on que les tableaux des écoles modernes ne peuvent entrer en Russie qu'accompagnés d'une déclaration de leurs auteurs, affirmant qu'il ne s'agit nullement d'un portrait du tsar.

Pour les tableaux modernes de peintres décédés, ils entrent en Russie avec cette mention : «Toile à laver les chiens».

DESSINS D'ENFANTS

À propos de l'exposition de dessins d'enfants de la galerie Malpel, nous recevons une lettre dont voici un passage intéressant :

«On a eu raison de vouloir révéler au public le génie instinctif de l'enfant, génie qui s'atrophie dès que la science s'en mêle. L'enfant de Van Rees à six ans avait plus de talent qu'à sept. De même, celui de Picart Le Doux!... Que l'influence paternelle soit évidente, l'inconvénient est léger. N'est-il pas visible que souvent l'enfant influencé a plus de talent que le père?»

(*Paris-Journal*, 15 juin.)

LES ARTS

ÉCOLES

Il y a tellement d'écoles artistiques aujourd'hui, qu'elles n'ont plus d'importance en tant qu'écoles particulières et on pourrait dire que, en réalité, il n'y a aujourd'hui plus d'écoles, mais des peintres de tempéraments et de talents divers, s'efforçant de réaliser plastiquement ce qu'ils ressentent de la vie.

Il pouvait être intéressant de se grouper par écoles quand il s'agissait de conquérir des libertés qui faisaient défaut.

Aujourd'hui, les artistes se croient libres. Il faut qu'ils se découvrent de nouvelles chaînes, pour conquérir de nouvelles libertés.

Aussi ne faut-il plus prendre à la lettre les dénominations de cubistes, orphistes, futuristes, simultanéistes, etc. Il y a longtemps déjà qu'elles ne signifient plus rien.

Il n'y a plus que des peintres modernes qui, après avoir libéré leur art, se créent un métier aussi nouveau pour achever des œuvres aussi nouvelles matériellement que l'esthétique selon laquelle elles ont été conçues.

Il n'y a plus aujourd'hui de dessin, de peinture à l'huile, d'aquarelle, etc., il y a la peinture, et les enseignes lumineuses en font plus partie, sans aucun doute, que la plupart des tableaux exposés à la Nationale.

INDISCRÉTION

Dans le calme religieux de son atelier de la Rive gauche, un grand artiste termine une statue qu'il façonne et caresse avec amour.

Ce sculpteur, dont la Nationale s'honore de marbres émouvants, est aussi peintre de grand talent et graveur de génie. On admire de lui ses portraits, burinés sur le cuivre du premier coup dans leur forme définitive, et dont l'album constitue une histoire véridique des contemporains :

Anatole France, Raffaëlli, Renoir, André Gide, Bartholomé, le docteur Roux, Bergson... les princes des lettres, des arts, de la science s'y retrouvent. Une *Vénus créole* à la Nationale, cette année, et d'autres œuvres de sculpture, donnent la mesure de ce puissant, sobre et gracieux talent.

Le modèle est une femme de lettres, romancière, critique littéraire, critique musicale, conférencière, peintre aussi, musicienne, mais, d'origine et surtout, grand poète. Elle a la spontanéité, la clarté vive, le charme, la fraîcheur et la force du génie qui ne connaît point l'asservissement du travail. Et comme les vrais poètes, elle a aussi parfois la naïveté, où le défaut du métier est remplacé par l'intuition directe toujours juste.

M. Raphaël-Schwartz termine la statue de Mme Delarue-Mardrus.

(*Paris-Journal*, 16 juin.)

LES ARTS

ICÔNES

Le dernier numéro de *L'Art décoratif* contient un intéressant article de M. Louis Arqué sur les icônes russes[1]. J'ai eu l'occasion de visiter la collection de M. Nicolas Riabouchinski, dont cette revue reproduit quelques pièces importantes. L'art des icônes était jusqu'ici peu connu à Paris, on peut s'en faire une idée en allant visiter cette collection, 75, avenue des Champs-Élysées. Quelques-unes de ces œuvres remontent au XIVe siècle, ce ne sont pas les moins belles et en examinant ces icônes de Novgorod, d'Arkhangel, de Moscou, on distingue vite que ces peintres conventuels se sont toujours efforcés de lutter contre les conventions imposées par l'art byzantin et les traces de leurs efforts en ce sens ne sont pas moins émouvantes que les traces de la même lutte dans les tableaux de Giotto, Cimabue ou Fra Angelico.

PAPIER À LETTRES

La fabrique de papier Mary Mill, à Graz (Styrie, Autriche), fait appel à des artistes dessinateurs pour obtenir des dessins en une ou deux couleurs à plat, susceptibles d'orner une grande enveloppe contenant du papier à lettres et des enveloppes. S'adresser à la fabrique.

L'ART EN ITALIE

L'exposition de peinture moderne internationale vient de fermer à Rome. C'était une sorte de Salon des indépendants, avec un fort appoint futuriste.

On y voyait deux cents œuvres de peintres ou sculpteurs de plusieurs pays. La France n'y était pas représentée. Les peintres nouveaux français sont maintenant à l'étranger des gens trop célèbres pour exposer dans des manifestations si mêlées et surtout celles où exposent des débutants, ou des inconnus. D'ailleurs, les têtes du futurisme plastique n'y exposaient pas non plus.

On y remarquait des œuvres du sculpteur De Fiori, des peintres Giannattasio, Sproviesi, Rosaï.

Les plus connus parmi les exposants étaient Mme Exter et le sculpteur Archipenko. Marinetti, plus connu comme poète et agitateur lyrique, y exposait ses premiers essais de peinture.

Sur les deux cents œuvres exposées on en a vendu sept, ce qui fait du trois et demi pour cent : comme pour le nouvel emprunt.

LE DOUANIER ROUSSEAU

Deux nouveaux albums viennent de paraître avec des reproductions du Douanier Rousseau, le maître de Plaisance, sur lequel il y avait déjà un livre de Wilhelm Uhde, paru chez l'éditeur Figuière, et l'important numéro spécial des *Soirées de Paris* (janvier 1913). Le livre de Uhde vient de paraître en allemand, il est publié par la galerie Flechtheim de Düsseldorf et contient un grand nombre de reproductions. La librairie de La Voce à Florence qui a publié des albums consacrés à Cézanne, à Degas, à Picasso, vient de faire paraître un Rousseau, au prix de 50 centimes.

AU MUSÉE DE BÂLE

Le musée de Bâle vient de s'enrichir d'une importante collection de près de trois cents tableaux anciens qui provient de la succession de feu le professeur Bachofen-Burckhardt. Cette collection comprend quelques pièces de tout premier ordre. À côté de quelques beaux primitifs allemands, un *Crucifiement* de l'école d'Avignon, remarquable par la franchise de son coloris. L'école flamande est représentée par un *Saint Jérôme* de Memling, une *Vierge à l'enfant* que l'on croit pouvoir attribuer à Quentin Matsys, et deux Rubens. Quelques Italiens des XVe et XVIe siècles, entre autres, un *Portrait de l'Arétin* par Sébastien Del Piombo, rivalisent avec une belle série de Hollandais du XVIIe siècle, un Rembrandt, un F. Bol, un N. Maes, un Van Goyen, etc. Parmi les maîtres français du XVIIIe siècle, on signale un Liotard et un Boilly.

Mme Bachofen-Burckhardt, qui a fait don à la Ville de Bâle de la galerie de tableaux de son mari, la conservera encore jusqu'à l'achèvement du nouveau musée dont la construction va commencer.

(*Paris-Journal*, 17 juin.)

LES ARTS

EXPOSITION NATALIE DE GONTCHAROVA ET MICHEL LARIONOV

Hier a été inaugurée à la galerie Paul-Guillaume l'exposition de Mme de Gontcharova, l'auteur des décors du *Coq d'or*, et de M. Larionov. Voici la préface du catalogue : [...][1]

L'ART FRANÇAIS EN AMÉRIQUE

Le *Rapport à M. le ministre du Commerce et de l'Industrie des Postes et Télégraphes sur le nouveau régime douanier des œuvres d'art à l'entrée aux États-Unis et sur l'interprétation donnée à ce tarif par les experts américains de M. Josse Bernheim jeune, expert pour les contestations en douane, expert près la cour d'appel, vice-président de la Conférence permanente, délégué du Conseil au secrétariat,* vient de paraître en une élégante brochure. Nous avons parlé des faits qu'elle concerne. Ils intéressent tous les artistes. Voici la conclusion de M. Josse Bernheim jeune :

«La Conférence permanente du Commerce extérieur aime à penser qu'à l'occasion de cette révision qui s'impose de la loi douanière américaine et de l'interprétation qui lui est donnée, le représentant de la République auprès du gouvernement fédéral saura faire comprendre aux autorités douanières américaines que le sens attribué par les agents au mot "original" est complètement inexact et aboutit à la prohibition, alors que cette loi, plus libérale au contraire que la précédente, veut l'entrée en franchise de l'œuvre d'art qui est la production personnelle de l'artiste.»

«LE DESSIN DES GRANDS MAÎTRES»

Le dernier fascicule du *Dessin par les grands maîtres* clôt dignement cette collection où sont reproduits, avec une extraordinaire fidélité, les plus beaux dessins du Louvre exposés dans les galeries publiques et dans les cartons de la réserve. Cette admirable collection peut donner toute satisfaction aux amateurs et aux simples curieux d'art, par la variété des œuvres excellentes choisies par MM. Louis Lumet et Yvanhoé Rambosson.

(*Paris-Journal,* 18 juin.)

LES ARTS

YVONNE SERRUYS

M. Maurice Leblond, dans *L'Art décoratif*[1], parle excellemment d'Yvonne Serruys (Mme Pierre Mille).

«Par la simplification progressive de son art évoluant de l'inquiétude à la sérénité, Mme Yvonne Serruys nous offre un cas d'étude très significatif de notre temps.

«Elle est née en Flandre près de la frontière. Elle apparaît Flamande, de la lignée adoucie de Rubens, par la chevelure blonde, la carnation vaporeuse, le corps grand, plein et aisé, la ferme souplesse des gestes. Mais un rêve ou plutôt comme une indécision l'enveloppe comme une sorte de mollesse nacrée. Alors quand on l'interroge, la pensée s'éveille des souvenirs où elle somnole, l'œil scintille, la parole s'avive, la volonté ou plutôt la décision de l'esprit s'accuse, la prédilection ardente pour la vie et pour son métier s'affirme.

«Comment cette Flamande, qui s'appliqua plusieurs années avec conscience à la peinture, se donna-t-elle ensuite spontanément, mais pour toujours, à la sculpture?

«Par goût de l'équilibre dans l'amour de la plasticité.

«La sculpture fut pour elle une joie : elle se sentit libérée par la sculpture; sa vie en fut transformée. Dans la statuaire, elle trouvait l'équilibre, la logique, l'ordre qui pouvait apaiser l'incertitude de son être agité. L'art lui apparut comme la fixation et la perpétuation de la beauté, le don de faire vivre les choses qu'on aime; la sculpture, comme un enfantement de belles formes.»

La sculpture semblait jusqu'ici un art seulement viril. Yvonne Serruys fait partie de cette petite phalange de sculptrices qui s'est chargée de démentir cette affirmation séculaire. Avec Camille Claudel, avec Jeanne Poupelet elle occupe un rang distingué parmi les statuaires contemporaines. Elles ont de la science et de la sensibilité. Je leur souhaite de l'audace et qu'elles se surpassent elles-mêmes.

LE CENTENAIRE DE L'ART FRANÇAIS AU XIXe SIÈCLE À COPENHAGUE

C'est à la fin de ce mois que ferme la très importante exposition de peintures et dessins des principaux artistes français de 1800 à nos jours, qui a lieu dans les salles du Musée royal de Copenhague, mises à la disposition des organisateurs par le gouvernement danois[1].

Le comité d'organisation danois était composé de MM. Karl Madsen, directeur du Musée royal, président du comité; A.-P. Weill, directeur au ministère de l'Instruction publique, des Cultes et des Beaux-Arts; L. Zeuthen, président de la Société des amis du Musée, trésorier du comité; Tyge Moeller, secrétaire général du comité.

En France, M. le président du Conseil, ministre des Affaires étrangères; M. le ministre de l'Instruction publique, des Cultes et des Beaux-Arts; M. le ministre de la République française auprès du roi de Danemark, ont bien voulu honorer de leur bienveillant patronage cette exposition.

De même, au Danemark, M. le ministre des Affaires étrangères, M. le ministre de l'Instruction publique, des Cultes et des Beaux-Arts, M. le ministre du Danemark auprès de la République française, ont accepté de constituer un comité de patronage danois.

Quant au comité d'organisation français, il est ainsi formé :

MM. Léon Bénédite, Georges Bernheim, Bernheim jeune, Bertaux, Alfred Beurdeley, Mme Bianchi, MM. Eugène Blot, H. Brame, Mme J.-Th. Couture, MM. E. Dacier, Armand Dayot, Loys Delteil, Mme Dieterle, MM. Durand-Ruel, Théodore Duret, Paul Gallimard, V. de Goloubew, G. Hessel, René-Jean, Frantz Jourdain, Alphonse Kann, Raymond Koechlin, Henry Lapauze, Leprieur, Henry Marcel, André Michel, Claude Monet, François Monod, Moreau-Nélaton, Georges Petit et Cie, Petitdidier, J. Peytel, Auguste Renoir, P. Rosenberg, Ernest Rouart, Louis Rouart, Mme E. Rouart, MM. O. Sainsère, André Schœller, Alfred Strolin, Tempelaere, Tauber, Trotti et Cie, Vildrac, Vollard.

Grâce à tant de bonnes et puissantes volontés, il a été

possible de constituer un ensemble imposant des plus belles œuvres de l'art français au XIXe siècle.

L'exposition du Musée royal de Copenhague est l'une des plus belles manifestations du génie français qui vient d'avoir lieu hors de Paris.

L'ART DES JARDINS

Une exposition consacrée à l'art des jardins, en Italie, se tiendra l'année prochaine à Florence. Elle comprendra une section rétrospective. Des excursions archéologiques seront organisées dans les jardins et villas historiques et dans la section moderne, il y aura une exposition de projets de jardins et un concours organisé au Palazzo Vecchio.

LES VITRAUX AU TROCADÉRO

M. Lucien Magne vient de réunir dans une salle du Trocadéro une série de vitraux anciens, soit une vingtaine de verrières, représentant toutes les époques du vitrail, depuis le XIe siècle jusqu'au XVIe inclusivement, et provenant de Notre-Dame de Paris, de la cathédrale de Bourges, des églises de Poitiers, de Varennes, d'Autun, de Saint-Ouen, de Saint-Julien-du-Saut, etc. Ce musée des vitraux qui rappelle dans un ensemble harmonieux l'art de tant de vieux maîtres depuis longtemps disparus, fournit en ce moment une attraction nouvelle et des plus importantes pour le musée du Trocadéro.

(*Paris-Journal*, 19 juin.)

LES ARTS

LE BAL DES QUAT'Z'ARTS

C'est dans un marché couvert, place d'Italie, qu'aura lieu le lundi 22 juin le bal des Quat'z'Arts. Façon élégante de réhabiliter un quartier un peu éloigné et un peu indien d'Amérique, que d'y faire danser les jeunes espoirs des Salons déguisés en guerriers troyens et les plus charmants modèles parisiens dans le déshabillé provocant des trois déesses sur le mont Ida. Car, cette année, on est tout au classicisme, que dis-je, à l'hellénisme, et c'est dans l'*Iliade* que l'on puisera les idées des déguisements. Les casques de pompier vont revenir à la mode. Agamemnon, Ménélas, Achille, Hector danseront le tango et la matchiche avec la belle Hélène, Briséis ou Cassandre. On entendra aussi la musique d'Offenbach et au petit matin les héros presque nus du vieil Homère, Achéens et Troyens confondus, s'arrêteront peut-être sur la place d'Italie pour écouter de matineux indigènes de cette lointaine contrée s'injurier comme des héros d'Homère.

LES TOULOUSE-LAUTREC DU DOCTEUR

Le docteur Billard a raconté à un rédacteur de *L'Éclair* comment il avait eu à sa disposition quatre-vingt-sept tableaux de Toulouse-Lautrec abandonnés, après la mort du peintre, dans son atelier où le docteur Billard lui succéda comme locataire[1].

Un certain nombre de ces toiles servirent comme torchons, tandis que les châssis étaient transformés en cotrets. D'autres toiles furent soigneusement emportées en Savoie par la bonne, qui paraît s'y mieux connaître en peinture que le docteur Billard lui-même qui échangea son dernier Lautrec, le seul qui lui était resté, contre une croûte sans valeur.

Et le docteur Billard se demande si le Toulouse-Lautrec entré au Louvre n'est pas un de ceux que sa bonne avait, avec son consentement, emportés dans son pays. Il pourrait aussi voir chez Manzi où il y a en ce moment une très importante exposition de Toulouse-Lautrec.

CHARLES MILCENDEAU

L'exposition de Charles Milcendeau est très importante, comprend treize peintures, vingt-deux pastels, dix-neuf gouaches et quarante-deux dessins. Plusieurs peintures à l'huile sont consacrées à des impressions populaires de Corse; parmi les pastels il y en a bon nombre que Milcendeau a rapportés d'Espagne et particulièrement de la province de Salamanque; les gouaches sont surtout bretonnes et beaucoup de dessins concernent les bonnes gens du marais vendéen.

M. Arsène Alexandre a écrit pour le catalogue de cette exposition une préface émue dont voici les conclusions :

«Je ne crois pas que je puisse mieux exprimer mon admiration pour un peintre de la sorte de Milcendeau qu'en le qualifiant de "maître des regards". Il a le don de les faire vivre, et de nous faire penser quand nous y portons les nôtres. C'est par là que se décèle un grand artiste. À combien de peintres semble échapper l'énigme humaine que posent les yeux, et combien peu savent rendre la simple donnée de cette énigme! Milcendeau a ce privilège, parce qu'il sent et qu'il aime avec intensité et qu'il a tout à la fois l'âme et le talent d'un primitif.

«Des primitifs il se rapproche par cette attitude à rendre les yeux parlants, et par la belle opiniâtreté de son métier. On a été rarement plus sincère, qu'il ne l'est, en nous montrant aussi les terres tristes, amalgamées de marécages, où bêtes et gens naviguent pour le moins autant qu'ils marchent.

«En un mot ceux qui estiment Milcendeau à sa valeur lui savent gré d'avoir exprimé, avec des moyens d'art riches et sobres, la profondeur de l'humble, et nul ne saura mieux que lui doter la peinture française de la Joconde-Rustique, dont il nous a envoyé déjà tant de douces et fines sœurs en avant-courrières.»

L'EXPOSITION DE DARMSTADT

L'exposition des artistes de Darmstadt restera ouverte jusqu'au 11 octobre 1914. Elle comprend, outre des œuvres des membres de la Colonie[1], toute une partie réservée aux arts appliqués (ameublement, tentures, broderies, instruments de musique, verrerie, porcelaines, reliures, jouets, céramique, joaillerie, mosaïque, imprimerie, horlogerie, matériaux de construction).

En même temps a lieu, au Palais grand-ducal, une exposition de l'art allemand de 1650 à 1800. On y verra, pour la première fois, groupées et présentées au grand public, une foule d'œuvres appartenant à des collections particulières, et plus ou moins difficilement accessibles. Les organisateurs ont réuni à peu près tout ce que la peinture, la sculpture et les arts industriels ont produit de marquant en Allemagne, en Autriche et dans la Suisse allemande au cours de ces cent cinquante années.

(*Paris-Journal,* 20 juin.)

LES ARTS

UNE EXPOSITION INTERNATIONALE DES BEAUX-ARTS À PARIS

Il est question d'un nouveau Salon. Un article de tête de *Paris-Journal* le réclamait récemment. M. Bérard, dans *Le Matin,* le réclame de nouveau[1].

Au fond, tous les Salons de Paris sont internationaux, que dis-je, Paris est d'un bout de l'année à l'autre une exposition internationale des arts. Cependant, l'idée qui inspire les promoteurs du nouveau Salon n'est pas très différente de celle qui a guidé les fondateurs du Salon d'automne.

Après tout, je ne vois pas d'inconvénient à ce qu'on fonde un nouveau Salon. Un de plus ou de moins!...

Ce qui serait peut-être plus utile à Paris que la fondation d'un nouveau Salon, ce serait la création d'un musée vraiment moderne, car le Luxembourg est absolument insuffisant. Et il est inadmissible qu'un pays comme la France, brillant au premier rang des beaux-arts, florissant depuis deux siècles en une époque comparable aux plus belles époques de l'art italien, n'ait à offrir à ceux qui veulent se rendre compte de cette prospérité artistique que les tableaux du Luxembourg, dont les deux tiers sont dus à des artistes distingués, certes, mais qui n'ont joué aucun rôle dans l'histoire de l'art.

Le Luxembourg n'a pas de Seurat, presque pas de Cézanne. Guys, Lautrec, Gauguin n'y sont pour ainsi dire pas représentés. Il ne contient rien de ce qui a été l'art vivant de ces dernières années, aucun Matisse, aucun

Picasso, aucun Derain, aucun Braque, aucun Laurencin, aucun Picabia, aucun Delaunay, aucun Dunoyer de Segonzac, aucun Metzinger, aucun Gleizes, aucun Henri Rousseau, aucun Friesz, aucun Dufy, aucun Vallotton, aucun Guérin, aucun Manguin.

Certes, je ne place pas tous ces artistes sur le même rang. Je n'ai pas défendu les tendances esthétiques de chacun d'entre eux, ni leurs talents divers.

Toutefois, on ne peut nier qu'ils ne représentent depuis dix ans ce qui fait le renom de la France à l'étranger. Quelques-uns d'entre eux, vifs ou morts, se vendent déjà fort cher; la plupart ont déjà des toiles dans d'illustres musées d'Europe. Seul, le Luxembourg s'obstine à leur préférer d'obscurs Tartempions, qui n'ont même pas le mérite de représenter avec force ce que d'après un terme venu d'Italie on appelle fort bien le passéisme.

(*Paris-Journal,* 21 juin.)

LES ARTS

UNE SÉRIE SUR LES FOUS

Le graveur sur bois Pierre Ouvray est en train d'achever une importante série sur les fous, qu'il a eu l'occasion d'examiner pendant de fécondes veilles dans les salles de garde d'un asile d'aliénés.

Nous connaissions déjà les bois gravés d'après les fous par Jean Deville.

Géricault s'est aussi intéressé aux fous, et un des visages les plus extraordinaires qu'il ait peints d'après un aliéné appartient à M. Gœtz, qui est le plus patient et le plus passionné collectionneur de Géricault qui soit au monde.

REVUES

Le nouveau numéro des *Marges*[1] contient un «Projet d'exposition permanente» par Michel Puy et un portrait écrit de «Bonnard» par Pierre Laprade (deux choses dont nous reparlerons), plus des reproductions de Gauguin et de Bonnard.

Dans *La Terre latine,* Paul Sentenac parle des Salons et aussi du projet de Salon international, sur quoi il a publié un article dans *Paris-Journal* et dont M. Bérard reparle dans *Le Matin*[1].

Voici comment Paul Sentenac résume la question : «Là, tous les Salons, toutes les tendances seraient représentées par les artistes les plus caractéristiques et par des ouvrages vraiment réalisés.» Mais le difficile sera de s'entendre, car c'est là-dessus qu'en général les avis sont partagés et peu de gens admettent qu'il y ait des œuvres réalisées en dehors de celles qui ressortissent à l'esthétique à laquelle ils sont accoutumés.

Le nouveau numéro des *Soirées de Paris*[2] contient comme partie artistique des reproductions d'après les œuvres récentes du plasticien Alexandre Archipenko; on remarquera beaucoup la reproduction du portrait de la femme de l'artiste, en bois, verre et tôle. Bien que l'apparence puisse être déconcertante à l'abord, c'est toutefois un portrait d'une ressemblance parfaite. M. Ambroise Vollard y parle de «Cézanne et de M. Choquet». Il est encore question de plastique dans le «Simultanisme-librettisme» de Guillaume Apollinaire[3]. Enfin, Fernand Léger publie son importante conférence de l'académie Vassilieff sur «Les Réalisations picturales actuelles».

(*Paris-Journal,* 22 juin.)

LES ARTS

MONTPARNASSE

Montparnasse d'ores et déjà remplace Montmartre[4]. Alpinisme pour alpinisme, c'est toujours la montagne, l'art sur les sommets. Les rapins ne sont pas à leur aise dans le Montmartre moderne, difficile à gravir, plein de faux artistes, d'industriels fantaisistes et de fumeurs d'opium à la flan.

À Montparnasse, au contraire, on trouve maintenant les vrais artistes, habillés à l'américaine. Quelques-uns d'entre eux se piquent le nez à la coco. Mais, ça ne fait rien, les principes de la plupart des Parnassois (comme on les appelle pour ne pas les confondre avec les Parnassiens) sont opposés à l'ingestion des paradis artificiels quels qu'ils soient.

Que voilà un pays agréable où tout ciel est pour l'usage externe, pays du plein air et des terrasses ; celle des Lilas où dominent Paul Fort, Diriks, Mercereau, Giannattasio, Charles Guérin, Flandrin, Mme Marval, etc. ; celle de La Rotonde où l'on voit Kisling, Max Jacob, Rivera, Friesz, et d'autres ; celle du Dôme où se tiennent Basler, Gœtz, Flechtheim, Pascin, Lévy, tous les dômiers enfin ; celle du Petit Napolitain où se rafraîchissent Gwozdecki, Pierre Roy, G. De Chirico, Modigliani ; celle enfin du Versailles où reviennent Marquet, Bénoni-Auran, etc.

C'est de la région dont ces cafés sont les oasis que *Montparnasse* veut être l'organe, gazette hebdomadaire où l'art et la littérature trouveront leur compte et que dirige notre ami Paul Husson.

LA GUILDE DES FORGERONS

La Guilde des forgerons a organisé une nouvelle exposition à la galerie d'art Mouillot et Cie, 99, boulevard Raspail.

Par égard pour leur effort, il faut les visiter, sinon les approuver, car pour le moment, ils ne nous présentent encore rien de bien héroïque, mais beaucoup de bonnes volontés.

Qu'on sache que les artistes des Forgerons sont, selon le mot du préfacier du catalogue, des *artistocrates*. L'expression employée par M. G. de Lacaze-Duthiers n'a rien qui nous déplaise. Nous voudrions seulement qu'elle fût justifiée par les œuvres de MM. Anglay, Francis Bellanger, Febrari, Léon Gandeaux, Hermann-Paul, Ionesco-Doru, Innokenty, Joukoff, Georges Koisansky, Pierre Larivière, Anicet Leroy, Maximilien Luce, Bernard Naudin, Maurice Robin, Paul Signac, Vincent, etc.

Plusieurs artistes cités ici n'ont rien à faire parmi ceux des exposants qui professent des idées aristocratiques et libertaires qui sont la raison d'être de la Guilde[1].

(*Paris-Journal*, 23 juin.)

LES ARTS

AQUARELLES DE JONGKIND

Je n'ai jamais vu d'aquarelles de Jongkind sans être touché par ce qu'elles avaient de vif et de lumineux. J'ai retrouvé cette émotion à la galerie Bernheim-Jeune[1], où l'on expose en ce moment une cinquantaine d'aquarelles de Jongkind, les plus inquiètes et les plus impétueuses.

L'Escaut à Anvers, le *Canal de l'Ourcq,* la *Vue de Rouen,* le *Paysage dauphinois,* l'émouvant *Meudon-Sèvres,* le *Char de foin* sont des œuvres spontanées et audacieuses que n'oublieront pas de sitôt ceux qui les auront vues.

On goûtera beaucoup mieux, à mon avis, ces œuvres frémissantes et légères chez Bernheim où elles sont exposées seules qu'à la collection Camondo où on les a placées, autant qu'il me semble, de façon que les tableaux voisins leur causent le plus grand tort.

«Ce qu'un Lautrec, dit M. G. Jean-Aubry, a fait pour le crayon, Jongkind pour l'aquarelle l'a réalisé avec une perfection qui semble tenir du prodige.»

Je n'eusse point comparé ces deux grands artistes, Lautrec et Jongkind, mais le second est bien un paysagiste incomparable et, après tout, c'est avec raison qu'on le comparerait aux plus grands artistes.

EXPOSITION N. DE GONTCHAROVA ET M. LARIONOV

Aujourd'hui a lieu à la galerie Paul-Guillaume, 6, rue de Miromesnil, le second vernissage des peintures, lithographies, dessins de Mme de Gontcharova et de M. Michel Larionov.

Le plaisir très vif et très instructif que l'on aura pris à l'examen de la première partie de cette exposition du rayonnisme russe se retrouvera cette semaine.

Dans les œuvres de la première, aussi bien que du second exposant, aucun maniérisme, mais de l'audace, de la spontanéité et une culture qui est au courant de toutes les nouveautés.

LES RÉALISATIONS PICTURALES ACTUELLES

Le peintre Fernand Léger publie dans *Les Soirées de Paris* un important article[1] sur la question importante de savoir ce qu'ont réalisé les peintres modernes :

«Nombre de gens superficiels crient à l'anarchie devant ces tableaux, parce qu'ils ne peuvent suivre dans le domaine pictural toute l'évolution de la vie courante qu'elle fixe; l'on croit à une solution brusque de continuité quand, au contraire, elle n'a jamais été autant réaliste et collée à son époque, comme aujourd'hui. Une peinture réaliste dans son sens le plus haut commence à naître et ne s'arrêtera pas de sitôt.»

Cette étude est pleine d'aperçus nouveaux. Elle met au point beaucoup de théories sans portée artistique. Le style est franc et rude. Fernand Léger est le Montluc de l'esthétique.

LE PAPIER D'ARISTIDE MAILLOL

Sur quel papier le comte Harry de Kessler ferait-il imprimer le Virgile pour la décoration duquel Aristide Maillol venait de lui livrer une suite d'images? Grands papiers de maintes provenances furent examinés. Maillol les réprouvait tous : sans exception ils étaient à son dire inertes et blafards. En désespoir de cause il declara : «Eh bien! Je fabriquerai du papier dans une casserole», et, en effet, par des moyens rudimentaires, il établit ces échantillons. On aima leur rude aspect mural. Grâce aux efforts de H. de Kessler, d'Aristide Maillol et de Gaspard Maillol, neveu du sculpteur, cette casserole est devenue l'usine des «Papiers de Montval, près de Marly-le-Roi».

En confrontant aux meilleurs types modernes les papiers de jadis, égyptiens, chinois, byzantins, etc., ils s'étaient convaincus de la décadence de cette industrie. En étudiant les analyses qui avaient été faites des anciens papiers et en instituant eux-mêmes des expériences, ils connurent les conditions d'une fabrication franche.

Un papier est un feutre. Plus sont longues les fibres qui le constituent, plus il est résistant. Or de siècle en siècle, les fabricants de papier avaient raccourci les fibres : d'où facilité de broyage, et ils broyaient impitoyablement, soucieux à l'excès d'obtenir un papier d'une épaisseur uniforme. Pour lui donner du poids ou un lustre illusoire, ils incorporaient à la pâte des drogues, agents de décomposition, et, pour le blanchir, ils employaient de rapides procédés chimiques qui maquillaient ses tares. (Il s'agit là de papiers de luxe, les autres n'étant que de la poudre.)

À ces papiers morts et fardés, M. de Kessler et MM. Maillol prétendaient opposer un papier vivant et naïf.

Ils y sont parvenus. Sous aucun prétexte, nulle trace de substances chimiques. Seules matières utilisées : du chanvre, du lin, du chiffon, de la soie, de la ramie. La pâte sera composée de deux ou trois de ces matières, elle pourra se constituer aussi de l'une d'elles seulement : par exemple, de chanvre pris à la plante ou de chanvre provenant de chiffons. On emploiera les fibres longues, et on ne les broiera pas outre mesure. Naturellement, des feuilles produites par cette méthode abondent en irrégularités. Tout procédé de blanchiment étant exclu, les impuretés sont apparentes. On jette donc au rebut 20% de ces feuilles, sacrifice que compense la qualité des feuilles conservées.

Celles-ci sont nettoyées une à une. Des femmes assurent ce travail.

L'usine des papiers de Montval peut étaler deux cents échantillons. Beaucoup sont le témoignage d'expériences et correspondent à des types trop difficiles à réaliser industriellement. Mais dix ou quinze sortes sont nettement viables. Chacune d'elles est un papier un peu paysan peut-être, mais robuste, pur, paré de sa bonne couleur natale et des signes de son authenticité — un papier dont les siècles n'auront pas raison.

(*Paris-Journal*, 24 juin.)

LES ARTS

AU MUSÉE GALLIERA

Le musée Galliera fait une exposition de la statuette et du meuble qui la présente et l'accompagne. J'en reparlerai en détail.

La médiocrité de la plupart des expositions de meubles et d'art décoratif est déconcertante[1].

Les Français, qui dominent dans les arts majeurs et dont l'audace n'y connaît point de bornes, semblent timides et sans imagination pour les arts mineurs.

Cependant, les plus beaux styles modernes sont des styles français, que diable!

Je crois que le mal vient de ce qu'on s'est arrêté sur cette idée saugrenue de regarder les arts mineurs comme des arts majeurs.

Certes, les grands artistes de ceux-là peuvent valoir les grands artistes de ceux-ci, mais ces arts n'ont en soi aucun rapport. À chacun son métier... Que l'ébéniste fasse de l'ébénisterie et le peintre de la peinture. Que les artisans restent des artisans et les artistes des artistes, les choses changeront vite et l'on reverra, pour ainsi dire, aussitôt, une belle époque de mobilier et d'art décoratif en général.

Mais qu'on ne nous casse plus la tête avec ce personnage moderne, digne de Molière à moins qu'il ne le soit de Balzac : l'artiste-ouvrier et l'artisan-esthète.

UNE LETTRE DE SEURAT

Nous tirons d'une lettre de Seurat à Maurice Beaubourg, le charmant romancier des *Joueurs de boules de Saint-Mandé,* les passages suivants donnés par Félix Fénéon[2]. La lettre est de 1890 :

«Dubois-Pillet, le fondateur de la Société des artistes indépendants, était un cœur loyal, une nature droite, que nous regretterons. Il était doublé d'un chercheur comme vous pouvez le voir dans le numéro 370 des

Hommes d'aujourd'hui, Vanier éd., texte de Jules Christophe.

«Je connaissais moins intimement Van Gogh. En 1887, je lui parlais dans un bouillon populaire situé près de la Fourche, avenue de Clichy (fermé). Un immense hall vitré était décoré par ses toiles. Il expose aux Indépendants de 1888, 1889, 1890.

«Signac m'a appris sa mort ainsi : "Il se flanque une balle dans le côté; elle traverse le corps et va se loger dans l'aine. Il se promène deux kilomètres perdant tout son sang et va expirer dans son auberge."

«Voici les titres de mes grandes toiles :

«*Baignade* (Asnières), 2 m sur 3 m. Exp. Indépendants (Groupe), 15 mai 1884, New York, 1885.

«Études pour *Un dimanche à la Grande-Jatte*[a], 1884, 3 m sur 2 m; études à la Grande-Jatte et à Honfleur; études à Grandcamp. Impressionnistes, mai 1886. Indépendants, août 1886. Bruxelles, février 1877.

«Indépendants de 1887 : études faites à Honfleur; petite *Poseuse.*

«Indépendants, 1888, *Poseuses,* 2 m sur 2,50 m.

«Dessins, Bruxelles, 1889, *Poseuses.*

«Indépendants, 1889 : études faites au Crotoy.

«Indépendants, 1890 : *Chahut,* 2 m sur 1,50 m; études Grande-Jatte; Port-en-Bessin.

«Une notice bibliographique me concerne, numéro 368, texte de Jules Christophe.

«Le numéro 376 (Jules Christophe) est pour Luce.

«Le numéro 373, de Félix Fénéon, est pour Signac. Les grandes toiles de Signac sont *Apprêteuses et garnisseuses (modes), rue du Caire* (1885-86); *La Salle à manger* 1887; *Un dimanche à Paris,* 1889-90. Mais la notice, que vous pouvez facilement vous procurer, vous renseignera mieux que je ne puis le faire. Vous y trouverez la technique du mélange optique parfaitement décrite au point de vue scientifique.

«Pour finir, je vais vous dire la note esthétique et technique qui termine le travail de M. Christophe et qui vient de moi. Je la modifie un peu n'ayant pas été bien compris par l'imprimeur.

«ESTHÉTIQUE :

«L'art, c'est l'harmonie.

«L'harmonie, c'est l'analogie [des contraires, l'analogie] des semblables[b], de *ton,* de *teinte,* de *ligne,* considérés par la dominante et sous l'influence d'un éclairage en combinaisons gaies, calmes ou tristes.

«Les contraires, ce sont :

«Pour le ton, un plus lumineux clair, pour un plus sombre;

«Pour la teinte, les complémentaires, c'est-à-dire un certain rouge opposé à sa complémentaire, etc. (rouge-vert; orangé-bleu; jaune-violet);

«Pour la ligne, celles faisant un angle droit.

«La gaieté de *ton,* c'est la dominante lumineuse; de *teinte,* la dominante chaude; de *ligne,* les lignes [au-dessus] de l'horizontale[a].

«Le calme de ton, c'est l'égalité du sombre et du clair; de teinte, du chaud et du froid, et l'horizontale pour la ligne.

«Le triste de ton, c'est la dominante sombre; de teinte, la dominante froide, et de ligne, les directions abaissées.

«TECHNIQUE :

«Étant admis les phénomènes de la durée de l'impression lumineuse sur la rétine.

«La synthèse s'impose comme résultante. Le moyen d'expression est le mélange optique des tons, des teintes (de localité et de la couleur éclairante, soleil, lampe à pétrole, gaz, etc.), c'est-à-dire des lumières et de leurs réactions (ombres) suivant les lois du *contraste,* de la dégradation, de l'irradiation.

«Le cadre est dans l'harmonie opposée à celle des tons, des teintes et des lignes du tableau.»

(*Paris-Journal,* 25 juin.)

LES ARTS

LE SCULPTEUR LEHMBRUCK

Ce sculpteur allemand n'est pas un inconnu à Paris où a lieu en ce moment à la galerie Levesque sa première exposition particulière. On connaissait ses ouvrages exposés aux Indépendants et au Salon d'automne.

C'est un homme de talent, certes, et ni M. Meier-Graefe ni André Salmon ne se trompent en l'affirmant[1]. Talent archaïque toutefois et qui s'adresse moins encore à la sensibilité d'aujourd'hui que le métier hellénisant de Nadelman.

On parle de Lehmbruck comme d'un petit Jean Goujon. C'est parfait. Petit Goujon deviendra-t-il grand? Oui, si on lui donne des gratte-ciel, des palaces de l'Afrique du Sud ou de l'Océanie à décorer, car une plastique archaïque se supporterait difficilement ailleurs et surtout à Paris, à qui suffit le Louvre, la fontaine des Innocents et les excellents articles de M. Péladan.

«LA SOURIS BOITEUSE»

On nous communique le bulletin suivant :

«Nous attirons votre attention sur la publication prochaine de *La Souris boiteuse,* six poèmes de Max Jacob, gravés sur bois, par Kisling et accompagnés de six compositions, gravées sur bois, et des portraits du poète par le graveur[1].

«L'ouvrage sera tiré sur papier de Chine à cinquante exemplaires (planches détruites), numérotés et signés par les auteurs. Le prix est de 125 francs l'exemplaire.

«Les six premiers souscripteurs auront droit à leur nom gravé sur la couverture en parchemin.

«Les souscriptions sont reçues chez M. Adolphe Basler, 4, rue des Chartreux, et chez M. Max Jacob, 17, rue Gabrielle, Paris (XVIIIe).»

DES DESSINS DE MANET À NOS JOURS

M. Nietzel, critique d'art allemand, est en train de préparer un important ouvrage sur les dessins des grands peintres français de Manet à nos jours.

Cet ouvrage, qui contiendra trois ou quatre reproductions de chaque artiste, paraîtra avec un très grand luxe.

UNE EXPOSITION FRANÇAISE À LONDRES

Une exposition de la peinture française du XIXe siècle aura lieu, cet été, à Grosvenor House, le palais du roi et de la reine d'Angleterre. Présidente du comité : la comtesse Greffülhe; délégué, M. Auguste Pellerin; trésoriers, le prince de Wagram et le vicomte de Canson.

Il y aura là des chefs-d'œuvre d'Ingres, Delacroix, Corot, Courbet, Manet, Monet, Cézanne, Renoir, Cassatt, Morisot, Sisley, Pissarro, Degas, Guillaumin, Puvis, etc., provenant de différentes collections.

Une œuvre de bienfaisance, que désignera la reine, bénéficiera des sommes produites par les entrées et par la vente du catalogue. Celui-ci, avec ses vingt-cinq planches, coûtera 25 francs ou, sur Japon ou Hollande, 100 francs. Il sera établi par les soins de M. Bernheim jeune, chez qui on peut dès maintenant s'inscrire. J.-E. Blanche en a écrit la préface.

LE FOLKLORE DES JEUX D'ENFANT

Pierre Roy est en train de graver sur bois des compositions importantes destinées à illustrer ces petites poésies merveilleuses, et parfois fort anciennes, que les enfants récitent dans leurs jeux et tout particulièrement pour se répartir en camps différents :

Pique et piqué comme gramme
Bourre et bourré ratatamme
Miss tram drame.

(*Paris-Journal*, 26 juin.)

LES ARTS

LA MODE ET LES PEINTRES

Mme Louise Faure-Favier, écrivain d'une grande pénétration, montre dans le *Mercure de France*, qu'il y a une relation entre la mode et les peintres, mais que cette relation n'existe qu'avec les nouveaux peintres[1].

«Si tout l'arc-en-ciel orna nos toilettes printanières, c'est peut-être bien parce que notre œil, devant les toiles des fauves, des cubistes, des futuristes, s'était accoutumé à la gaieté des couleurs vives. Certains couturiers-décorateurs[a], comme Poiret, Groult, Iribe, sont épris de l'art avancé. Ils puisent chez les artistes indépendants la plupart de leurs inspirations. Groult est un admirateur de Marie Laurencin, qui remit à la mode, sur ses tableaux, le fin collier de velours noir. Et si nous revenons aux tailles longues, c'est certainement aussi parce que cette artiste nous a démontré le charme des corps fuselés, qu'elle excelle à peindre.

«Mais il y a plus encore. Tous ces artistes dits indépendants sont, dans leur peinture, représentatifs de leur époque. Or, nous vivons en démocratie et la mode, sinon le luxe, est à tous. Vous ne les voyez donc pas peindre des fourrures somptueuses, des perles ou des satins aux riches reflets. Ils créent un luxe nouveau où la couleur joue le premier rôle. Matisse n'a jamais peint des brocarts et des aigrettes, et Picasso s'attendrit sur les confections à 4,80 F; il y découvre plus d'expression que dans une aigrette de 500 louis.

«À cause de ces artistes, bientôt les portraits mondains d'un la Gandara ou d'un Boldini nous paraîtront désuets, et les arrangements de zibeline d'un Besnard nous paraîtront d'un autre âge.»

Mme Louise Faure-Favier a raison, mais il restera toujours des gens pour plaisanter sur l'art et croire, comme certain *intérim* de *Paris-Midi,* que ce qu'ils ne comprennent pas n'a ni sens, ni importance[1].

L'ART MODERNE À ROUEN

La 5e Exposition de la Société normande de peinture moderne obtient à Rouen le plus vif succès.

Parmi les artistes représentés, citons les noms de Rodin, Carrière, Renoir, Guillaumin, Abel Faivre, de Vlaminck, Tobeen, Utrillo, de Saint-Delys, Pierre Dumont, Robert Pinchon, Jean Dufy le frère de Raoul Dufy, Giran Max, Bloomfield, Luce, etc.

Aujourd'hui, s'ouvrira une section de dessinateurs et humoristes qui complétera cet ensemble.

G. D'ANNUNZIO AU LUXEMBOURG

Le musée du Luxembourg, qui contient déjà des portraits de Rodenbach, de Courteline et de Verlaine, etc., vient de s'enrichir du portrait de M. Gabriele D'Annunzio, œuvre de Romaine Brooks, dont Roger Marx a écrit ces lignes pénétrantes[1] : «En cette effigie de l'écrivain du *Triomphe de la mort,* il n'est pas une ligne qui ne soit indicatrice d'une puissance spirituelle, pas une lumière, pas une ombre qui ne soit éloquente, qui n'exprime l'émotion contenue d'une âme lyrique. Comment oublier la tristesse de cette bouche flétrie qui semble presque une plaie douloureuse faite à cette figure pâle et fixe?»

C'est bien d'exposer des portraits de poètes, mais un peu de peinture moderne serait plus utile à ceux qui voudraient savoir où en est l'art en France.

(*Paris-Journal,* 27 juin.)

LES ARTS

JARRY DESSINATEUR

Ubu-roi, qui était épuisé depuis longtemps, va reparaître en édition à 3,50 F. On y retrouvera la reproduction des bois que Jarry gravait avec un véritable talent.

On sait qu'il modela les marionnettes avec lesquelles il joua sa pièce.

Mais c'est dans ses dessins et ses bois gravés que le dernier grand poète burlesque avait su donner la mesure de son instinct artistique.

Il avait le don de l'expression qui manque à tant de gens qui sont de la partie.

Quelques-unes de ses planches gravées ont un caractère de singularité presque cabalistique.

Il serait peut-être intéressant, au moment où il semble que l'on soit sur le point de rendre justice à l'auteur d'*Ubu-roi,* de faire une exposition de ces rares gravures sur bois et des dessins laissés par Jarry.

LA STATUETTE ET CE QUI L'ACCOMPAGNE

Comme nous l'avons dit, l'exposition spéciale annuelle du musée Galliera a pour thème : «La Statuette et le Meuble qui la présente ou l'accompagne».

On y voit parmi peu de choses significatives un groupe de Rodin, plein de force et de lumière passionnée.

Parmi les ensembles mobiliers exposés, citons le cabinet de travail de Majorelle; les meubles d'Émile Gallé, en marqueterie, une grande table de salle à manger en noyer et palissandre, sur laquelle court un plant de fraisier; une commode en noyer décoré avec du chardon de montagne et une vitrine en palissandre où se trouve une vue du Mont-Blanc; M. Bonnier a tiré un très heureux parti des espaces qu'on lui avait accordés. Il faut encore citer : Raymond Bigot; les cheminées de Gentil et Bourdet, dont deux s'appuient sur des tentures imprimées de De Feure, l'initiateur des recherches de style moderne pour le meuble; Joubert et Richebourg qui ont un guéridon et une vitrine en acajou; les deux sellettes, la bibliothèque en acajou, et la délicate table à thé, de Nowak; des tissus imprimés, dessinés par Coudyser; l'ensemble de bureau de Soubrier et celui de la salle à manger de Camille Trubert, tout de bois noir, où l'on voit un buffet sur lequel on a placé la pendule en marbre et en pierre : *Le Poids des heures,* du sculpteur Lamourdedieu.

Réparties un peu partout et présentées telles qu'elles le seraient dans des habitations particulières, des statuettes de Camille Alaphilippe; l'ours en grès de Mme Avoy Alaphilippe; un marbre polychrome : *Loin du monde,* d'Henri Allouard; une réunion d'œuvres de Barrias, Bartholomé et des Barye.

M. Raymond Bigot montre un *Petit coq cayeu,* une *Chouette en bois, un Hibou* et une *Buse* en grès flammé.

Je cite encore : Max Blondat; une *Vénus* en bronze, de Bourdelle; Gaston Broquet; des *Vautours se disputant un ours,* d'Auguste Cain; Calvet, Carlès, Alexandre Caron, une figure de Cladel, intitulée *Complaisance;* de Dalou, la *Femme dans un fauteuil;* M. Paul de Boulongne, une *Danseuse aux papillons;* De Chastanet expose une *Paysanne assise* et *Une vieille qui porte un fardeau,* exécutée en pierre; Louis Dejean a sculpté la *Puberté.*

Voici dix-sept pièces de Joë Descamps; Engrand, le *Petit centaure,* de Falguière; l'*Ève,* de Frix Masseau, et les envois de Constantin Ganesco, Gardet, Jean-Pierre Gras, Henri Greber, Jacopin, Landowski, Henry Lombard, Meissonier, Penotte, Piffard, Théodore Rivière, Robert Champigny, Roger-Bloche, Vigoureux, Voulot et Wittmann, etc., etc.

(*Paris-Journal,* 28 juin.)

LES ARTS

LE «CÉZANNE» D'AMBROISE VOLLARD

Le *Cézanne* d'Ambroise Vollard va bientôt être prêt. Il y travaille depuis quatre ans. Quelques morceaux en ont paru dans les petites et les grandes revues. Le livre même est attendu avec impatience. Et quand il en aura paru une édition en petit format, on placera cet ouvrage dans les bibliothèques à côté des *Conversations de Gœthe avec Eckermann.*

Les peintres à venir écouteront avec attention la voix du maître d'Aix transmise par Vollard, dont l'intelligence et la pénétration sont au-dessus de tout éloge.

Et, comme le disait Cézanne lui-même dans une lettre à Camoin, personne mieux que lui ne pouvait parler de peinture[1].

LE BUSTE DU PRÉSIDENT DE LA RÉPUBLIQUE

Le statuaire Raoul Verlet, membre de l'Institut, a reçu hier la commande d'État d'un buste officiel du président de la République.

Ce buste en marbre remplacera celui de M. Fallières. Des répliques en seront faites pour les salles des édifices publics qui reçoivent traditionnellement ces portraits du chef de l'État. D'autre part, la manufacture de Sèvres exécutera des réductions en biscuit de l'original.

ANDRÉ ROUVEYRE

André Rouveyre, qui ne travaillait plus guère depuis quelque temps, va se remettre à dessiner.

Il va étudier des colombes, leur jetant de son crayon de ces jolis regards qui nous ont valu un charmant petit recueil sur ce petit oiseau.

Rouveyre est très tenté par cette émouvante variété de colombes que l'on appelle la colombe poignardée, parce que, entièrement blanche, elle porte sur son jabot deux taches rouges, deux gouttes de sang, qui semblent produites par la flèche de Parsifal[1].

Ajoutons que le procès intenté par Mme Catulle Mendès à André Rouveyre et au *Mercure de France,* pour publication d'un portrait jugé désobligeant pour Mme Mendès, doit venir le 15 juillet. Toutefois, comme ce procès est inscrit le dernier de la saison, on pense qu'il sera renvoyé.

(*Paris-Journal,* 30 juin.)

EXPOSITIONS NATALIE DE GONTCHAROVA ET MICHEL LARIONOV

Le peintre des décors du *Coq d'or,* à l'Opéra, Mme Natalie de Gontcharova, et M. Michel Larionov, initiateur du mouvement rayonniste en Russie, ont fait une importante exposition de leurs œuvres à la galerie Paul-Guillaume, 6, rue de Miromesnil.

Natalie de Gontcharova a accepté bravement les influences des grands peintres français ou peignant en France, qui seuls depuis une vingtaine d'années maintiennent très haut la tradition de l'art. Ce contact sublime avec la vraie tradition occidentale a donné à la grande artiste russe le goût et le secret de la riche tradition orientale qui paraissait s'être fixée définitivement dans l'art populaire de l'Empire russe.

L'œuvre très nombreuse de cette artiste féconde est

donc une exaltation des desseins artistiques infiniment nobles et infiniment vrais qui, grâce à Cézanne, ont succédé en France à l'impressionnisme. Il est aussi la révélation de cette merveilleuse liberté décorative qui n'a jamais cessé de guider les peintres orientaux parmi le somptueux trésor des formes et des couleurs.

Voilà donc Natalie de Gontcharova en possession d'une esthétique où les grandes vérités de l'art scientifique d'aujourd'hui si satisfaisantes pour l'esprit s'allient aux subtilités attrayantes de l'art oriental. Elle y a ajouté tout d'abord cette brutalité moderne qui est l'apport du futurisme métallique de Marinetti et aussi la lumière raffinée de ce rayonnisme qui est l'expression la plus dépouillée et la plus nouvelle de l'actuelle culture russe.

La personnalité de Natalie de Gontcharova se révèle dans tous ses ouvrages. Don unique à découvrir sans cesse de nouveaux éléments décoratifs et à évaluer l'importance artistique des objets et des sentiments les plus modernes.

Le mouvement dans son art est une danse rythmée par l'enthousiasme.

Michel Larionov, d'autre part, a apporté non seulement à la peinture russe mais encore à la peinture européenne un raffinement nouveau : le rayonnisme.

Ici, la lumière qui constitue les œuvres d'art arrive à exprimer les sentiments les plus subtils, les plus hilares, les plus cruels de l'humanité moderne.

L'art de Michel Larionov révèle une personnalité extrêmement forte qui arrive à exprimer les nuances des sentiments et des sensations éprouvés par l'artiste avec une rigueur qui font de son art lumineux, extrêmement sobre et précis, une véritable découverte esthétique, et certaines de ses œuvres compteront dans l'art contemporain[a].

L'œuvre d'art telle que la conçoivent Larionov et les rayonnistes des arts plastiques ou des lettres russes est comme un aimant vers quoi convergent toutes les impressions, toutes les lumières, toute la vie ambiante.

Cet art est en accord avec les audaces les plus nouvelles auxquelles on se soit livré en France.

Elles montrent assez qu'il se constitue un art universel, où se mêleront la peinture, la sculpture, la poésie, la musique, la science même sous ses apparences multiples.

Et nombre de poèmes parus dans cette revue n'étaient que des efforts pour pénétrer les arcanes de cette synthèse.

Le nom que portent les écoles n'a aucune importance sinon celle de désigner tel ou tel groupe de peintres et de poètes. Mais, chez tous, il y a le même désir de renouveler notre vision du monde et de connaître enfin l'univers.

(*Les Soirées de Paris,* juillet-août.)

LES ARTS

ARCHITECTURE DE VERRE

M. Paul Scheerbart vient de faire paraître un livre intéressant sur l'architecture de verre, en allemand : *Glasarchitektur.*

L'architecture de verre se répand de plus en plus. Dommage que l'on n'ait pas conservé à Paris cette galerie des Machines qui était un des chefs-d'œuvre de l'architecture moderne de fer et de verre[1].

M. Scheerbart a oublié de nous en parler, non plus que de ce Crystal Palace de Londres qui date de la fin de la première moitié du siècle dernier[2].

Les divers chapitres de ce livre, malgré qu'on ne s'y occupe que des efforts faits dans ce sens en Allemagne, sont instructifs.

L'auteur y exalte la beauté des villes prochaines bâties en maisons de verre. Il s'y occupe aussi de tous les nouveaux arts de l'illumination, des verres de couleur, des vérandas, des émaux, des céramiques, des vitraux, de la pyrotechnie, des étangs et des fontaines lumineuses, de l'éclairage des cafés et restaurants, de la mosaïque de verre, de l'influence des éclairages colorés sur la végétation, de l'influence morale possible de l'architecture transparente et lumineuse sur les populations, des colonnes lumineuses pour éclairer les villes. Et même, s'exaltant à l'allemande, M. Scheerbart entrevoit déjà les premiers éléments d'une civilisation du verre, *Glaskultur,* qui, à son gré, sera celle du XXe siècle.

C'est une civilisation qui sera la bienvenue. Tout s'y passera au grand jour.

EXPOSITION LAUÇON

Une rétrospective sera prochainement consacrée à un peintre de batailles et animalier peu connu, mais de fort grand mérite : Lauçon.

L'exposition est organisée par M. Charles Léger.

Rappelons que *Le Lion de Belfort*, œuvre de Bartholdi, surprit, par son caractère haut et sobre, les amis du sculpteur. Ceux de Lauçon au contraire n'en furent pas étonnés car ils n'ignoraient pas que c'est sur les cartons du peintre disparu que Bartholdi exécuta son œuvre.

VOYAGES D'ARTISTES

Tandis que Picasso et André Derain visitent Avignon, Pierre Roy erre mélancoliquement dans les musées londoniens et Giorgio De Chirico, qui a donné un grand effort cette année, se prépare à se reposer à Vichy.

EXPOSITION DE N. DE GONTCHAROVA ET LARIONOV

C'était hier le dernier jour de l'exposition de Natalie de Gontcharova et Michel Larionov. Les visiteurs ont été très nombreux à la galerie Guillaume.

Mme de Gontcharova va aller se reposer dans l'île d'Oléron. Elle compte ensuite retourner en Russie par la Méditerranée.

DESSINS D'ENFANTS

L'exposition de dessins d'enfants de la galerie Malpel se terminera bientôt. Le jury s'est réuni et a distribué les prix comme il suit :

1er prix, Claudine Peské, onze ans [...][1]

(*Paris-Journal*, 1er juillet.)

LES ARTS

LE DÔME ET LES «DÔMIERS»

C'est toujours Montparnasse qui manifeste son activité et voilà maintenant qu'il fait de l'exportation.

Le Dôme, c'est un café du carrefour Raspail-Montparnasse[1]. Les «dômiers», ce sont les peintres allemands qui le fréquentent. Et sous le nom *Der Dome,* qui signifie aussi aux oreilles tudesques la cathédrale (la vraie cathédrale allemande n'est-elle pas la brasserie?), ces artistes exposent leurs œuvres à la galerie Flechtheim, de Düsseldorf.

Ils sont vingt-trois qui vivent à Paris; peu d'entre eux, au demeurant, ont un accent personnel, plusieurs sont de bons élèves et promettent, quelques-uns sont de véritables artistes comme Pascin, sorte de Clinchtel moderne[2], mais ce n'est pas un Allemand, c'est un Serbe.

La pauvreté artistique de l'Allemagne est, en ce moment, remarquable, autant que sa patience à tenter de deviner les secrets de la jeune peinture française.

Je n'ai pas vu d'œuvres de chacun des exposants. Bolz, qui est un esprit assez pénétrant, n'a pas encore trouvé sa personnalité. Nils De Dardel fait des choses pittoresques, c'est un Suédois. Ernesto De Fiori a, dans la sculpture, un maniérisme qui ne va pas sans grâce, c'est un Italien. Parmi les plus intéressants seraient sans contredit les peintres Georges Kars, un Tchèque, et Kisling, un Polonais, mais la personnalité de l'un comme de l'autre est encore très indécise. Voici encore Rudolf Lévy, ancien massier de l'académie Henri-Matisse.

Je ne connais rien de l'œuvre des autres exposants, mais comme on voit, plus de la moitié de ces représentants de l'art allemand ne sont pas allemands; tous peignent à Paris et il n'en est pas un qui ne manifeste très fortement l'influence des peintres français des Indépendants ou du Salon d'automne.

«LA CÔTE DE SAPHIR»

Sous ce titre, *La Revue méridionale* publie un joli recueil illustré de trente-quatre bois très expressifs de Jane, Auguste et Achille Rouquet, qui célèbrent ainsi les beaux sites de leur petite patrie : Banyuls, Port-Vendres, etc.

L'ENCHANTEUR

Le peintre du pont de Chatou et des remorqueurs, Maurice de Vlaminck, qui possédait déjà avec M. Henri Kahnweiler un bateau avec lequel ils naviguaient sur la Seine, appelé le *Saint-Matorel,* du nom d'un ouvrage lyrique de Max Jacob, viennent[a] d'acquérir un nouveau vaisseau à vapeur cette fois : ils l'ont baptisé l'*Enchanteur* du nom de *L'Enchanteur pourrissant,* dont les bois furent gravés par André Derain.

Dernièrement, Mme de Gontcharova, le peintre des décors du *Coq d'or,* et M. Larionov avaient été visiter M. de Vlaminck près de Marly, et en s'en retournant, vers minuit, tandis qu'on attendait le tramway, M. Larionov croqua vivement, et plusieurs fois, ce géant de Vlaminck, campé sur le bord de la Seine devant sa petite flottille amarrée au port de Bougival.

(*Paris-Journal,* 2 juillet.)

LES ARTS

QUATRE NOUVEAUX ARTISTES FRANÇAIS

Décidément, c'est d'Allemagne aujourd'hui qu'en matière d'art français nous vient la lumière.

Il n'y a pas de jour où, soit à Berlin, soit à Munich, soit à Düsseldorf, soit à Cologne, on n'inaugure une nouvelle exposition consacrée à un artiste nouveau de France.

Au *Sturm* de Berlin, exposent en ce moment Albert

Gleizes, Jean Metzinger, Duchamp-Villon et Jacques Villon[1].

On sait quel robuste peintre est Albert Gleizes. Il est le premier dans un art sain qui n'exclut point le raffinement. En pleine force de talent, il expose maintenant des paysages et des figures d'un art probe qu'on doit louer et les Berlinois peuvent admirer de tumultueux *Passy, La Ville et le Fleuve, La Rue, La Femme à sa toilette, L'Homme au hamac,* etc.

Jean Metzinger est le représentant d'un art extrêmement raffiné. Il achève ce qu'il peint et, ne se contentant pas de dessiner, il précise. Si M. Ingres, malgré beaucoup de réclame, n'avait pas une presse assez réservée, je lui trouverais les qualités japonaises de la peinture ingresque. *Fumeur, Tête de femme, Marine, Nuit, Paysage, La Liseuse* et *En canot,* qui est avec le *Fumeur* précité et que l'on dit être mon portrait, son chef-d'œuvre, voilà ce que les connaisseurs de la Sprée vont se disputer avec acharnement.

Duchamp-Villon est un sculpteur d'un modernisme aigu et un de ceux qui ont le mieux concrétisé le mouvement. Il s'apparente, sans le vouloir, et par un instinct d'une force unique, à l'art mexicain. Sait-on que les anciens Mexicains avaient réalisé dans un idéogramme merveilleusement abstrait le mouvement qui a toujours été le but de l'art de Duchamp-Villon? Terre cuite, plâtres, bois et sculptures apporteront beaucoup aux Allemands et je leur souhaite d'en profiter.

Jacques Villon est le créateur d'une peinture métallique dont l'accentuation lui a coûté sans aucun doute des efforts surhumains. Je n'ai rien vu de ce qu'il expose à Berlin, mais ses dernières eaux-fortes m'ont paru d'une grande nouveauté.

En même temps que ces autres Français, les Russes Marc Chagall et Alexandre Archipenko exposent, le premier, des dessins, et, le second qui est le protagoniste de la plastique nouvelle, trois sculptures audacieuses et séduisantes.

ART ET SCIENCE

La société Art et science, qui a tant fait pour la propagande artistique, annonce pour le dimanche 19 juillet une visite à l'exposition d'art de l'Extrême-Orient, où sont exposées les merveilleuses choses recueillies par M. Victor Goloubew.

Le dimanche 30 août, les sociétaires visiteront l'exposition du musée Galliera sous la conduite du sculpteur Duchamp-Villon qui a promis une causerie sur le rôle de la sculpture dans l'intimité.

BONNARD

Accompagné de dessins sensibles de Gauguin et de Bonnard lui-même, Pierre Laprade publie dans *Les Marges* un sensible portrait écrit de Bonnard[1] :

«Quand j'ai connu Bonnard il était déjà lui-même, c'était à L'Étang-la-Ville où il avait jadis une étrange maison de campagne. Tout près des forêts, son jardin avait quelques grands arbres mêlés de fruitiers. Un chien bizarre y rôdait dans les fleurs (depuis j'ai revu l'image de ce chien dans bien des musées). Des lis avaient poussé dans ce jardin au milieu de ces blancheurs; je revois Bonnard fumant une petite pipe rapportée de ses lointains voyages. Car il a beaucoup voyagé : Amsterdam, Rome, le désert même; mais il voyage avec méfiance, et, si, comme le grand Renoir, il a su mettre au point les canotiers de la vallée de la Seine, il redoute infiniment le récit du voyageur.»

(*Paris-Journal*, 3 juillet.)

LES ARTS

LA TRIENNALE

La prochaine exposition de la Triennale, dont on se rappelle le succès en 1912, aura lieu du 1er février au 15 mars 1915.

Cette société, dont le promoteur ou du moins l'un des promoteurs fut M. Fernand Sabatté, a pour but de synthétiser tous les trois ans, si on peut dire, les tendances de l'art français dans ses meilleurs représentants.

Ainsi, en 1912, on alla jusqu'à Henri Matisse qui exposa, à la salle du Jeu de paume, deux de ses meilleurs tableaux.

En 1914, le comité de la Triennale demandera sans doute leur concours à Derain, Braque, Léger, Vlaminck, Delaunay, Gleizes, Metzinger, Segonzac, L.-A. Moreau, R. de La Fresnaye, Tobeen, Marchand, etc. Si les organisateurs de l'exposition ne sont point timorés et s'ils bannissent ces préjugés que l'on nourrit trop souvent pour les choses nouvelles dans les milieux artistiques, ils peuvent compter sur un très grand succès et rendre en même temps à l'art de très grands services.

Il n'est pas mauvais qu'au moins tous les trois ans une exposition d'ensemble montre où en est la peinture.

Beaucoup de gens croient qu'elle a chaussé les bottes de sept lieues. Je ne serais pas étonné si les expositions triennales nous montraient qu'en réalité elle marche avec une sage lenteur.

DÉCÈS

Le sculpteur Édouard Wittig, dont les envois à la Nationale et au Salon d'automne ont toujours été remarqués, vient de perdre sa mère.

On annonce encore la mort tragique à Berlin de Mme Julius Stern, qui était un mécène dont les arts français eurent à se louer.

Désespérée de la mort de son mari, Mme Stern s'est, dit-on, jetée dans la Sprée. Elle avait formé une remarquable collection de tableaux français où se trouvaient des Maurice Denis, son peintre préféré, des Vuillard, des Bonnard, des Roussel, etc. Par testament, Mme Stern a destiné une grande partie de sa fortune à secourir les artistes pauvres vivant en Allemagne.

LE GANT ROSE

M. G. De Chirico vient d'acheter un gant de caoutchouc rose qui est une des marchandises les plus impressionnantes qui soient à vendre.

Il est destiné, copié par l'artiste, à rendre plus émouvantes et effroyables que ne le sont ses tableaux passés, ses œuvres de l'avenir[1].

Et si on l'interroge sur l'épouvante que pourrait susciter ce gant, il vous parle aussitôt de brosses à dents plus effroyables encore qu'a inventées récemment l'art dentaire, le plus récent et peut-être le plus utile de tous les arts.

L'EXPOSITION FRANÇAISE DE LONDRES

Cette exposition, dont nous avons déjà parlé, remporte un très grand succès dont l'écho est venu jusqu'à la grande presse parisienne.

La comtesse Greffülhe, présidente du comité, a su émouvoir la cour et la ville en faveur de l'art français d'Ingres à Puvis de Chavannes en passant par les grands impressionnistes et Cézanne.

(*Paris-Journal*, 4 juillet.)

LES ARTS

LES « ALBUMS » DE GEORGES ROUAULT

On n'a pas assez remarqué l'année dernière lors d'une exposition chez Druet les « Albums » de Rouault où les dessins terribles, angoissants, pleins de pitié et d'ironie alternaient avec des notules acerbes et amères, avec des poèmes singuliers qui font songer à ceux que criaient par les villages de l'Ombrie les fils de saint François d'Assise, ces *giullari di Dio,* dont les chants s'élevaient avec un lyrisme neuf et déchirant.

Quelques amis ayant eu connaissance d'une série de cinq petits « Albums » de Rouault lui ont conseillé de les éditer avec reproductions en *blanc et noir.*

Rouault a expédié, je crois, à l'étranger, où elles feront sans doute une sensation, quarante projets d'estampes en couleur. Cependant, les « Albums » sont encore en France où ils attendent un éditeur.

Ils ont été élaborés voilà deux ans et s'intitulent : *Versailles; Messieurs-peintres; Miserere; Types provinciaux et internationaux; Types familiers*[1].

À mon sens, depuis Daumier, peu de peintres avaient atteint aussi haut dans le sublime comique qui se confond ici avec le sublime tragique.

LA LIGUE MARITIME DE MONTMARTRE

Quelques peintres de la Butte et des environs ont fondé une Ligue maritime de Montmartre qui tient ses assises au restaurant Bouscarat.

Le titre d'amiral de Montmartre n'a pas été décerné. Il le sera incessamment maintenant que voilà la saison des bains.

Avec une régularité déconcertante un des ligueurs inscrit chaque jour, sur l'ardoise du restaurant, l'heure de la marée, rendant ainsi les plus signalés services aux pauvres navigateurs.

Des expéditions en bateau-mouche sont d'ores et déjà décidées. On s'attend aux découvertes les plus sensationnelles. Des conférences avec projections cinématographiques seront ensuite organisées à la Sorbonne, pendant les vacances. Nul doute que la Société de géographie ne décerne au plus courageux de ces explorateurs sa grande médaille en chocolat.

MARIE BASHKIRTSEFF

On sait qu'un monument dû au ciseau du statuaire Michel de Tarnowsky s'élèvera à Nice à la gloire de Marie Bashkirtseff que Maurice Barrès a chantée dans ses *Trois stations de psychothérapie.*

Les titres de Marie Bashkirtseff sont maintenant incontestés. Peintre et sculpteur, une centaine de toiles et autant de pastels, de dessins, de sculptures exposés à l'École nationale des beaux-arts en 1884, l'année de sa mort, et dont les plus émouvants figurent au musée Alexandre à Saint-Pétersbourg, au musée de Chicago, etc., attestent les qualités artistiques de la jeune fille enlevée si jeune à son art.

Son *Journal* atteste encore sa sincérité et ses dons ardents d'écrivain.

L'ART FRANÇAIS EN BOHÊME

La revue tchèque *Umelecky Mesicnik* est toujours presque entièrement consacrée à l'art français. Elle contient des reproductions d'André Derain, de Cézanne, de Georges Braque, de Picasso, et aussi de quelques artistes tchèques de talent comme V. Benes, O. Guttfreund et E. Filla. Quelques reproductions de sculptures de la Côte-d'Ivoire achèvent de donner à ce numéro un haut intérêt artistique.

L'ÉCOLE DES BEAUX-ARTS DE TANANARIVE

On prête à M. Picquié, gouverneur de Madagascar, l'intention d'instituer à Tananarive une école des beaux-arts. Pour quoi faire, grand Dieu? Déjà les Malgaches pouvaient voir au musée de Tananarive des tableaux dont la galerie Bernheim nous a donné récemment la primeur et qui ne doivent pas donner aux artistes indigènes une haute idée de l'art européen. Maintenant, on va leur enseigner à sculpter selon la formule académique.

Que ne recueille-t-on plutôt dans un beau musée colonial ces statues merveilleusement expressives dont quelques échantillons sont venus jusqu'à Paris. Il y en a chez M. Maurice Verne qui conserve avec une piété esthétique deux oiseaux d'une élégance vivante et raffinée, sculptés dans des cornes de bœuf.

(*Paris-Journal*, 5 juillet.)

LES ARTS

PEINTURE ESPAGNOLE MODERNE

Un article de M. M. Nelken est consacré dans *La Renaissance contemporaine*[1] aux peintres espagnols Sorolla, Zuloaga et Chicharro.

Et l'écrivain d'art, en sous-titre, inscrit : « Les Trois Principaux Représentants de la peinture espagnole moderne ».

Est-ce à dire que l'Espagne moderne s'honore plus d'avoir engendré ces trois peintres que d'avoir donné le jour à Pablo Picasso?

Il est vrai que celui-ci est peut-être moins un peintre espagnol que le principal représentant de la peinture moderne et que s'étant formé en France, ayant constamment peint à Paris, ayant trouvé à Paris même les voies les plus décisives pour la peinture nouvelle, la France serait fondée à le considérer comme un peintre français.

On ne s'y trompe pas à l'étranger, et en Allemagne, en Russie on classe toujours Picasso parmi les peintres de l'école française dont il est depuis Cézanne l'artiste le plus surprenant.

C'est égal, mais l'Espagne paraît faire bien peu de cas de ses gloires les plus réelles et le proverbe reste vrai qui dit : « Nul n'est prophète en son pays. »

L'ART PARTOUT

Le tatouage ne se porte plus guère en France que dans les classes inférieures de la population.

C'est cependant un art plastique véritable qu'il ne faut pas laisser se perdre.

En Russie, depuis un an, on se contente de peindre sur le visage des fleurs, des animaux, de petites scènes rustiques. C'est une mode inventée par les futuristes russes et lancée à Moscou par Mme de Gontcharova et M. Larionov.

Mais la tradition du tatouage se conserve avant tout en Angleterre où de nombreuses femmes appartenant aux classes les plus élevées portent gravée sur la peau l'image chère et indélébile de leur animal favori : chien, perruche, perroquet, etc. Les hommes manifestent plutôt par le *tatouage* leurs admirations politiques, témoin ce riche gentleman chauve qui vient de se faire tatouer sur le crâne un superbe portrait de George V qui ne lui a coûté que la bagatelle de 15 livres sterling.

(*Paris-Journal,* 6 juillet.)

LES ARTS

À PROPOS DU « VICTOR HUGO », DE JEAN BOUCHER

Un visage fin et animé, des yeux pénétrants, une barbe juvénile et brune, un petit chapeau mou et rond, un veston noir qu'il porte court. Voilà le sculpteur Jean Boucher dont on inaugure aujourd'hui à Guernesey la statue de Victor Hugo.

Jean Boucher n'a pas voulu rivaliser avec Rodin et ce n'est pas le Titan qu'il a sculpté, c'est l'homme, c'est le poète exilé qui rêve à sa patrie et attend l'inspiration au bord de la mer.

Ce monument n'est pas destiné à exalter une œuvre symbolisant le caractère du poète, il évoque familièrement celui qui vécut sur ces rives, y aima, y haït, y chanta.

L'œuvre de Jean Boucher fixe avec un rare bonheur tous ces souvenirs de la vie si agitée du grand poète si fécond, que chaque année encore, bien qu'il soit mort depuis vingt-huit ans, on publie un des volumes de vers inédits qui est, sans aucun doute, un des plus importants de la saison.

DESSIN ET MUSIQUE

Albert Savinio qui, après avoir joué de sa musique au dîner des Amis du dimanche[1], exécuta de remarquables caricatures de Paul Lombard, de Raymond Groc, Michel Larionov, Fernand Léger, se rend à Londres, où M. Serge de Diaghilev l'invite pour y traiter de l'acquisition de la musique d'importants ouvrages chorégraphiques, dont l'un, *Persée*, fut spécialement composé et commandé à Savinio par M. Michel Fokine, le remarquable metteur en scène des Ballets russes.

On espère lire le nom de Savinio sur les prochaines grandes affiches des Russes. On applaudira à l'initiative de M. Diaghilev qui affirmera ainsi sa volonté de s'attacher des artistes capables de donner un nouvel essor à son entreprise.

Il n'en est que temps. Et nous jugeons à propos de reprocher ici à M. de Diaghilev le peu d'intérêt que sa récente *saison* à l'Opéra suscita parmi nous. Sauf les décors de Mme de Gontcharova, trop de fadaises! Un art trop superficiel et falot, et que nous eussions à peine supporté il y a dix ans. Nous demandons des œuvres musicales et dramatiques plus conformes à ce que, en d'autres branches de l'art, nous sommes accoutumés de voir à Paris. Nous demandons une conscience artistique plus proche du mouvement, sans cesse progressif, rapide et héroïque, de l'époque moderne.

UNE EXPOSITION GEORGES ROUAULT

Georges Rouault prépare pour l'année prochaine une exposition collective de ses œuvres. Ce sera, croyons-nous, la première. On l'attend avec impatience et ce sera, croyons-nous, un grand succès.

(*Paris-Journal,* 7 juillet.)

LES ARTS

MARIUS DE ZAYAS

La caricature est un grand art. Les caricatures de Léonard de Vinci, de Gillray, de Daumier, d'André Gill sont des œuvres qui ne sont pas inférieures.

Je ne compte pas des satiriques comme Hogarth, Gavarni ou Forain parmi les caricaturistes.

L'art d'aujourd'hui, si expressif, n'avait donné dans la caricature que Jossot, artiste oublié injustement.

Il y a maintenant un nouveau caricaturiste, Marius de Zayas, et sa caricature, qui emprunte des moyens tout nouveaux, est d'accord avec l'art des peintres contemporains les plus audacieux.

J'ai eu l'occasion de voir quelques-unes de ces caricatures nouvelles. Elles sont d'une puissance inimaginable. Celle d'Ambroise Vollard, celle de Bergson, celle d'Henri Matisse.

Le prochain Salon des humoristes devrait réserver une salle à l'œuvre de Marius de Zayas. Elle en vaut la peine.

EXPOSITION DELESTRE

L'exposition intéressante du peintre Eugène Delestre, à la galerie du Musée moderne des arts, 155, avenue Victor-Hugo, est prolongée jusqu'au lundi 13 juillet inclus.

MONTPARNASSE

Le deuxième numéro de la gazette indépendante que publie Paul Husson : *Montparnasse*, journal de la localité précitée, comme dit notre ami René Dalize, vient de paraître.

Elle contient un dessin charmant de Jean Metzinger et un curieux article de Paul-Antoine Tholba sur l'exposition du sculpteur Lehmbruck, qui a remporté un succès mérité.

LA MISÈRE HUMAINE

Blaise Cendrars a traduit du tchèque un poème d'Otto Klein, qui accompagne six bois gravés par Otakar Kubin, un peintre tchèque de mérite, qui, ainsi que la plupart des artistes tchèques, a été un des premiers à adopter la discipline cubiste.

On sait que par une singularité bien curieuse, plusieurs peintres tchèques portent des noms qui rappellent celui de cet art français qui est aujourd'hui un art universel : le cubisme. Il y a le peintre Kubin, le peintre Kubista, etc. : ce ne sont pas des pseudonymes.

Les bois gravés de Kubin portent comme titre : *La Misère humaine*, et c'est une œuvre bien impressionnante[1].

ODILON REDON

De Mme Jeanne Doin, dans le *Mercure de France* :

«Dans très longtemps, lorsque l'on se préoccupera de réviser, dans l'intérêt de l'histoire ou de la philosophie, les jugements que nous portons si hâtivement sur nos contemporains, il se peut que le nom de M. Redon s'inscrive en tête d'un ouvrage qui traitera du rôle de l'imagination dans l'art à la fin du XIXe siècle — et justice sera rendue[1].»

VACANCES

Le peintre Fernand Léger va passer ses vacances à Argentan; il enverra à ses amis des cartes postales représentant les fresques cubistes ou à peu près dont un prêtre artiste a décoré les parois d'une église du pays[2].

(*Paris-Journal,* 8 juillet.)

LES ARTS

L'Effort libre, sous sa rubrique des «Lectures», publie une belle page d'Ernest Hello sur *la critique*[3] :

«Celui qui peut dire à un travailleur inconnu : "Mon enfant, tu es un homme de génie!", celui-là mérite l'immortalité qu'il promet. Comprendre, c'est égaler, a dit Raphaël.

«Le champ de la critique est plus large qu'on ne le croit généralement. Elle n'est pas bornée à la culture de tel ou tel arbre. La nature est son domaine. Elle doit être partout où il y a une grandeur en péril. Elle a passé le cap de Bonne-Espérance avec Vasco de Gama. Tous les accents, toutes les harmonies sont permises à sa parole; il lui est permis d'aimer, il lui est permis de soutenir. Elle avait sa place près de Christophe Colomb cinq minutes avant que le cri : "Terre! Terre!" n'ait retenti sur le pont du navire béni. Voilà même sa vraie place; voilà son labeur, sa destinée, sa gloire. Fidélité! fidélité! voilà sa devise triomphante. La fidélité, c'est la durée conquise enfin par l'enthousiasme. La critique doit être fidèle comme la postérité, et parler dans le présent la parole de l'avenir.

«La critique doit commencer, près de l'homme qui attend, le rôle de l'humanité, et préluder au concert que feront sur la tombe ses descendants.»

Ceux qui ont conçu la critique selon ce qu'en dit avec tant de bonheur Ernest Hello peuvent se réjouir, car jamais, je crois, on n'a envisagé de façon plus élevée leur rôle dans l'art et parmi les artistes.

LETTRE DE LONDRES

Nous recevons la lettre suivante :

«Les expositions de peinture à Londres ne sont pas très fameuses en ce moment. Le meilleur peintre anglais est le vieux John, peintre à l'ancienne manière, mais qui a du talent. Il y a encore Lamb qui est son disciple.

«Sans être encore ni très personnels, ni très intéressants, les peintres anglais vendent beaucoup et très cher. Les membres de la Société et surtout les dames tiennent à honneur de soutenir les artistes. Le mécénat est florissant en Angleterre.

«L'exposition de Holland Park, qui est, pour ainsi dire, l'Exposition des indépendants de Londres, amène un peu d'agitation artistique, mais de façon bien pâle. Ce qu'on y voit de mieux au point de vue sculpture, c'est l'envoi de Zadkine qui expose des sculptures en bois et un groupe de pierre : *Sainte Famille.* Zadkine est un artiste de talent et sa technique est très intéressante. Il a un sentiment profond de la sérénité plastique.

«Il y a encore dans la sculpture l'envoi d'Henri Gaudier-Brzeska. Le reste de la sculpture est un amas d'imitations de Rodin, de Maillol et du plat académisme.

«Dans la peinture, il y a les envois de Kandinsky, très moderne, de Phelan Gibb, qui s'efforce dans la bonne voie et de A. de Souza Cardoso, qui a du talent, de l'audace et de la grâce.

«Il faut encore citer parmi les exposants possibles, et parfois intéressants de Holland Park : Karl Hagedorn,

Nevinson, Volmark, Miss Rowiey, Leggett, Horace Brodszky, Miss Hammon, Mme R. Fuich, Mme Karlowska, Beran, Gilman, Ginner.

«L'Art rebelle[1] a un stand, l'Omega Shop a décoré une petite section dirigée par Roger Fry, compositions de Duncan Grant, Phelan Gibb et Rogger Fry.»

ANDRÉ ROUVEYRE

À propos du portrait de Remy de Gourmont par André Rouveyre, Mme Muriel Ciolkowska étudie l'œuvre du curieux et vigoureux dessinateur dans *The Egoist*[2] et reproduit les portraits de Sarah Bernhardt, d'Henri Bergson, de Mme Curie, de Mme Simone et de Gaby Deslys.

«Quand Rouveyre se trouve vis-à-vis d'un modèle comme Remy de Gourmont, l'impression charnelle, qui prévaut dans beaucoup de dessins, est réduite à son minimum... Les lignes grasses y servent la matérialité et les plus fines, l'idéal.»

(*Paris-Journal*, 9 juillet.)

LES ARTS

DESSINS D'ARTHUR RIMBAUD

On a déjà publié beaucoup de dessins d'Arthur Rimbaud; ils sont très amusants, très singuliers, et rappellent par certains côtés de déformation expressive plutôt que caricaturale les dessins de Gogol dont j'ai vu la reproduction dans une édition de ses œuvres complètes.

La Nouvelle Revue française publie la description due à la plume de M. Paterne Berrichon, de quelques dessins ornant trois lettres inédites d'Arthur Rimbaud[3]. J'aurais aimé voir la reproduction des dessins mêmes, mais il faut savoir se contenter.

«*Dessin à la plume.* Dans le ciel, un petit bonhomme avec une bêche en ostensoir et ces mots lui sortant de la bouche : "Ô nature, ô ma sœur." Par terre, un bonhomme plus grand, en sabots, une pelle à la main, coiffé d'un bonnet de coton, dans un paysage de fleurs, d'herbes, d'arbres. Dans l'herbe, une oie avec des mots lui sortant du bec : "Ô nature, ô ma tante !" »

Voici un autre *dessin à la plume* :

« Le hameau de Roche, ou de la maison où a été écrite la *Saison en enfer* et où les exemplaires de la brochure livrés par l'imprimeur ont été détruits. En bas du dessin, ces mots : "Laïtou, mon village." »

Et enfin, ce troisième *dessin à la plume* :

« En haut de la lettre, à gauche, une maison de quatre étages protégée par une clôture et entourée d'arbustes ; une voiture d'où sort un petit bonhomme empressé, arrêtée devant ; sous le tout, en biais, ces mots : *Wagner verdammt in Ewigkeit*[1] ! expectorés par un personnage fantastique occupant toute la marge de gauche.

« Au bas de la lettre, un paysage de ville où se voient, à gauche, des pieux et des bouteilles formant oriflamme, sur lesquels sont écrits ces mots : *Riessling, fliegende Blätter*[2] ; et, de gauche à droite, une espèce de cirque avec, en dessous, des sortes de montagnes et encore en dessous, ces mots : vieille ville ; puis, des maisons avec des squares, des arbres, un tramway qui roule vers le haut et en tournant, et encore plus haut, des étoiles et un croissant noir. Tout ce fouillis de *Riess, Riessling* en lettres capitales. »

Il est à souhaiter qu'on réunisse ces *dessins à la plume* dans un album qui ne manquera point d'avoir un vif succès auprès des rimbaldiens dont le nombre est de plus en plus grand de par le monde.

UN AUTOBUS POUR LES ARTISTES

Montparnasse est dans le désarroi. Il paraît qu'on a décidé de supprimer la ligne Opéra-Parc Montsouris qui était bien commode pour les nombreux artistes, peintres ou sculpteurs qui habitent ce quartier.

Des listes de pétition circulent. Il est probable qu'à la Compagnie on est mal renseigné, car on ne songerait pas, sans cela, à supprimer une ligne qui rend tant de services à une population très digne d'intérêt.

ART MODERNE AMÉRICAIN

La 1re Exposition d'art moderne américain, qui a lieu à la galerie Levesque, 109, faubourg Saint-Honoré, comprend les œuvres de Bryson Burroughs et d'Ernest Lawson.

Le premier de ces artistes est un amant de l'Antiquité. On sent en lui l'influence d'Alma Tameda, de Bouguereau, de Jérôme, des préraphaélites, Boecklin et de Luc-Olivier Merson. Il en résulte un art froid et maniéré qui sent l'université de Boston.

En somme, du pur académisme. Et M. Burroughs est encore bien loin de Puvis de Chavannes qu'il a choisi pour son maître. Il est loin également des Florentins avec lesquels il ne lui déplairait point d'avoir des analogies.

Ernest Lawson est plus près de la nature : «Pas de complications chez Lawson. Il ne s'embarrasse ni de science ni d'érudition. Il est simple. Il cherche à être vrai», dit M. André Dezarrois qui a écrit deux préfaces pour le catalogue de cette exposition, une pour chaque artiste.

Et M. Dezarrois dit encore :

«Lorsqu'il habitait Moret, il rencontrait souvent Sisley, vieilli, malade, fuyant les artistes; ce charmeur des printemps clairs n'a pas eu d'influence sur lui.» C'est dommage! car l'influence du grand impressionniste n'aurait pas manqué d'être salutaire sur l'amant du paysage qu'est M. Lawson.

M. Léon Bénédite a écrit pour ce catalogue une préface générale où il est dit que «d'ingénieux amis de France et d'Amérique ont eu l'heureuse idée de nous faire connaître, chaque année et par petites tranches, la production des artistes les plus originaux qui se développent dans la grande étendue des États-Unis. On ne peut que les féliciter et les remercier».

UNE DÉFENSE DU DIVISIONNISME

M. Fernand Léger ayant attaqué le divisionnisme dans sa conférence sur «Les Réalisations picturales actuelles», le peintre Édouard Fer, qui étudie avec un soin scientifique la question de la lumière et des couleurs, prépare une réponse qui sera passionnée de l'art de Seurat, de Cross et de Signac.

(*Paris-Journal,* 10 juillet.)

LES ARTS

UNE ENQUÊTE DE «GIL BLAS»

L'aimable directeur de *Gil Blas,* M. Pierre Mortier, demande à quelques artistes, à quelques écrivains de lui dire quels sont les trois tableaux de musée anciens ou modernes qu'ils préfèrent.

L'enquête est piquante et le plaisir des lecteurs de *Gil Blas* sera vif lorsqu'ils en connaîtront les résultats.

Pour ma part, je les attends avec impatience. Trois tableaux! Et les musées en regorgent! Trois tableaux! Et de nouveaux musées se fondent tous les ans! Trois tableaux! Et pour le bonheur de l'humanité, le nombre de ceux qui se livrent aux merveilleuses récréations de l'esthétique augmente chaque jour.

Il est vrai que, d'autre part, trois tableaux c'est beaucoup et que lorsqu'on examine la question on voit bien qu'on ne saurait en aimer plus de trois et encore.

De même en amour. On peut trouver beaucoup de femmes à son goût; il en est une seule que l'on aime et ce n'est pas toujours celle que l'on préfère[1].

UN ALBUM PARISIEN

Mme Gerda Wegener prépare un album bien parisien qui lui a été commandé par une revue de modes dont l'abonnement est hors de prix.

Mme Wegener, jeune femme frêle et spirituelle, est la fille d'un pasteur protestant de Copenhague. C'est pourquoi cette petite Danoise a signé dans *La Vie parisienne,* à *Fantasio,* etc., des dessins gracieux et pas bégueules qui lui ont valu de jolis succès et un brevet de parisianisme dont la commande de l'album n'est que l'entérinement.

On verra toutes sortes de choses dans cet album dont Maurice Donnay, le plus parisien, le plus chanoiresque[1] des académiciens, écrit le texte. On y verra les visages les plus parisiens de tous les mondes et même des demis, on y verra jusqu'à quelques coins de fumeries.

Mme Wegener, fatiguée de ses travaux, ne part cependant pas à la campagne afin de préparer l'album. Hier, dans une maison amie, cependant qu'un nègre jouait sur un bizarre instrument une musique glougloutante et monotone, elle croquait pour le faire figurer dans son album le plus cruel et le plus sensible des maîtres actuels du crayon, André Rouveyre, qui, délaissant Fontainebleau, erre dans Paris estival avant de partir pour Le Fayet d'où il reviendra afin d'assister à la grande semaine de Deauville[2].

ANDRÉ DUNOYER DE SEGONZAC

On commence en Angleterre à étudier avec soin les peintres français. J'ai sous les yeux une étude de Mme Muriel Ciolkowska, parue dans *The Egoist*[3] et concernant le peintre Dunoyer de Segonzac. Cette étude est ornée de deux dessins représentant Isadora Duncan dansant.

M. CHOQUET

Dans les dernières *Soirées de Paris*[4], Ambroise Vollard raconte l'histoire des relations de Cézanne avec M. Choquet, qui fut le premier collectionneur de Cézanne et, par conséquent, un homme d'un goût élevé. Je viens de voir une photographie du portrait que Cézanne avait fait de M. Choquet : cheveux en l'air et touffus, grand front, visage long et émacié, nez aquilin. C'est un portrait de premier ordre dont je ne me souviens pas d'avoir vu l'original.

ARCHITECTURE MODERNE

On ne trouve guère aujourd'hui une architecture d'expression moderne qu'à Vienne, à Prague et à Barcelone. Les nouvelles constructions de Barcelone sont les plus saisissantes, les plus imprévues. Elles sont dues à des architectes catalans dont les audaces, si elles ne sont pas toujours heureuses, ne sont jamais sans intérêt. La ferronnerie est très développée à Barcelone et, de ce côté, on a forgé des choses très inattendues.

(*Paris-Journal*, 11 juillet.)

LES ARTS

ANTON GAUDI

Anton Gaudi est un architecte catalan dont les édifices ont transformé Barcelone. C'est un des architectes modernes les plus personnels. Il a porté très haut, entre autres choses, l'art des terrasses et de tout ce qui se trouve en général sur les toits des maisons, donnant ainsi à la ville cet aspect tumultueux et animé que la plupart des constructions dites modernes faisaient perdre.

La maison Mila est une des œuvres les plus complètes et les plus sympathiques qu'il ait achevées.

Il serait utile que l'on connût ici cet architecte. Le Salon d'automne qui, dans sa prochaine exposition, va accueillir le plus grand architecte viennois[1] devrait aussi nous faire connaître Anton Gaudi et les architectes catalans, en même temps que les architectes tchèques et les architectes des gratte-ciel américains; ces derniers sont, je crois, des élèves de l'École des beaux-arts. Ils ont bien profité de l'enseignement qu'ils ont reçu ici. Il serait juste qu'on nous les fît connaître.

«LACERBA»

Le dernier numéro de *Lacerba* contient des paroles en liberté du peintre Carrà, sur le café d'Harcourt[1]. Il y en a trop et après tout ce n'est pas très amusant. On aimera mieux la reproduction de son tableau avec reliefs et coupures de journaux intitulé *Synthèse circulaire des objets*. À vrai dire, cela vient de France (Picasso et Braque). On verra aussi avec curiosité la reproduction d'un tableau de Severini, *Danse serpentine,* qui est une sorte d'idéogramme un peu trop compliqué et manquant de fatalité.

À la dernière page, un excellent portrait de Soffici par Carrà.

MERCEREAU ET LARIONOV

Dernièrement, se sont rencontrés le peintre russe Michel Larionov et Alexandre Mercereau. Ce fut l'occasion de se rappeler les souvenirs des premiers temps où l'on s'intéressa en Russie à l'art moderne français. Michel Larionov en ayant parlé avec le directeur de la revue *La Toison d'or,* M. Riabouchine, celui-ci fit venir en Russie Alexandre Mercereau, qui organisa des expositions d'art français et fit connaître aux Russes Henri Matisse et tous les fauves[2].

LA DERNIÈRE PHOTOGRAPHIE DE RENOIR

J'ai vu, hier, la dernière photographie de Renoir, le plus grand peintre vivant. Il est assis dans un fauteuil canné dans son atelier; derrière lui paraissent quelques toiles retournées, à sa gauche et au dernier plan, une armoire de campagne.

De sa main gauche, Renoir s'agrippe au fauteuil, la droite est appuyée sur son genou gauche. Ses jambes sont croisées, la gauche sur la droite. Il porte pantalon noir, veston gris, cravate à pois, casquette. Ses yeux brillent, étonnamment expressifs, et semblent absorber toute la beauté de la vie.

LE «CÉZANNE» D'AMBROISE VOLLARD

La grande édition du *Cézanne* d'Ambroise Vollard contiendra une eau-forte originale du maître aixois. On sait que Cézanne n'a fait que trois eaux-fortes et deux lithographies.

FUTURISME

L'exposition futuriste de Naples est maintenant fermée. On discuta beaucoup autour des tableaux exposés. Marinetti, Cangiullo, Balla, Sprovieri et Jannelli firent des conférences. Luciano Folgore raconta des tas d'indiscrétions sous le titre : *Dans les hangars du futurisme* et ces indiscrétions provoquèrent, dit-on, un bruit infernal.

HUGO À LISBONNE

Bernstamm, le sculpteur du *Flaubert* de Rouen, vient de rentrer en Russie, où il a présenté au tsar Nicolas II une statue colossale de Pierre le Grand. Cette statue doit être érigée à Poltava. Elle ne mesure pas moins de 4 mètres de hauteur.

L'artiste, en outre, a reçu du tsar la commande d'un monument à Alexandre III pour l'emplacement duquel on a déjà choisi un coin du jardin Mihelc, à Saint-Pétersbourg.

La statue de Victor Hugo — reproduction exacte de l'œuvre de Jean Boucher — sera inaugurée, au printemps prochain, à Lisbonne.

FRANCIS PICABIA

Francis Picabia a achevé récemment deux grands tableaux pour le Salon d'automne, *Mariage comique* et *Je revois par le souvenir ma chère Uranie*. Il va se mettre à *Horrible douleur* qui complétera son envoi.

(*Paris-Journal*, 13 juillet.)

LES ARTS

NOUVEAUX PEINTRES

C'est en 1912 que j'ai eu l'occasion de dire à quelques jeunes peintres comme Chagall, comme G. De Chirico : «Allez de l'avant! Vous avez un talent qui vous désigne à l'attention!»

On s'occupe, en ce moment, de Chagall dans divers pays et l'article de Canudo dans *Paris-Journal* d'hier[1] montrait qu'on s'en occupe même en France.

Il en est de même pour G. De Chirico, dont l'art est plus dépouillé, plus subtil, plus antique, mais bien plus neuf encore.

Oyez ce qu'en écrit Soffici, dans *Lacerba*[2] :

«Figurez-vous un peintre qui, au centre enflammé de recherches sans cesse plus hasardeuses..., continue à peindre avec la calme application d'un vieux maître solitaire, une sorte de Paolo Uccello amoureux de sa divine perspective et insensible à tout ce qui n'est pas sa belle géométrie. J'ai écrit le nom de Paolo Uccello sans aucune intention d'établir une ressemblance essentielle.

«G. De Chirico est, par-dessus tout, absolument moderne et si la géométrie et les effets de la perspective sont les éléments principaux de son art, ses moyens ordinaires d'expression et d'émotion, il est vrai aussi que son œuvre ne ressemble à aucune autre, antique ou moderne, formée sur des éléments. La peinture de Chirico n'est pas peinture dans le sens que l'on donne aujourd'hui à ce mot.

«On pourrait la définir une écriture de songe. Au moyen de fuites presque infinies d'arcades et de façades, de grandes lignes droites, de masses immanentes de couleurs simples, de clairs et d'obscurs quasi funéraires, il arrive à exprimer, en fait, ce sens de vastitude, de solitude, d'immobilité, d'extase [que] produisent parfois quelques spectacles du souvenir dans notre âme quand elle s'endort. G. De Chirico exprime comme nul ne l'a encore fait la mélancolie pathétique d'une fin de belle journée dans quelque antique cité italienne où, au fond d'une place solitaire, outre le décor des loggias, des portiques et des monuments du passé, un train passe en vomissant des bouffées de fumée, un camion de grand magasin stationne et une très haute cheminée fume dans un ciel sans nuage.»

C'est là un des côtés de l'art chiriquien et déjà il s'en est révélé d'autres sur lesquels je tâcherai d'attirer l'attention un de ces jours.

LE SOCIALISME ET L'ART

Lacerba[1] publie la très intéressante note suivante qui contient des vérités aussi bonnes à dire en France qu'en Italie :

«Vous êtes-vous aperçus qu'une forme révolutionnaire d'art ne rencontre jamais plus de résistance, plus d'inimitié que dans les milieux dits subversifs.

«Lisez quelque écrit d'un socialiste sur le symbolisme, sur l'impressionnisme, sur le cubisme, sur l'orphisme, sur le futurisme. Vous y sentirez du mépris, de la haine et, dans le meilleur cas, de la compassion. C'est un phénomène étrange, mais c'est ainsi. Le révolutionnaire est en fait d'art plus conservateur et plus rétif que le bourgeois. Le *Corriere della Sera* rit, plaisante quand il se trouve devant un génie novateur. L'*Avanti* détourne la face, horrifié et dégoûté.

«Et c'est peut-être cette aversion, contre l'art vivant, ce manque de sensibilité qui trahit le mieux l'essence plébéienne (je ne dis pas populaire), basse, vile, viscérale du socialisme, qui dénote son caractère souterrain et ultrabourgeois. Et le socialisme est-il autre chose qu'un bourgeoisisme poussé jusqu'à la religiosité?»

Il est vrai qu'en France, il commence à y avoir parmi les socialistes quelques esprits plus libres comme, par exemple, Marcel Sembat[2].

CHARLES MORICE ET GUSTAVE MOREAU

Charles Morice publie dans *La Revue du temps présent*[3] un important article sur l'enseignement de Paul Adam qui forma des peintres comme Rouault, Matisse, Guérin,

Manguin, Desvallières, Piot, Morisset, Dabadie, Du Gardier, etc.

«Un homme, dit Charles Morice, qui ne fut sans doute pas un très grand artiste, mais qui fut un très grand esprit, le dernier en date de ces "instituteurs" excellents, dont l'espèce est perdue, qui s'assignaient la grande tâche de développer le talent de leurs élèves selon les instincts qu'ils discernaient entre eux, Gustave Moreau, dans le temps même où les nouveaux artistes pratiquaient exclusivement le recours à la nature, entreprit de rappeler les jeunes gens aux principes. Moreau disait aux artistes qui l'écoutaient — et parmi lesquels, je l'ai dit, s'inscrivaient quelques-uns des meilleurs, actuellement, et des plus renommés de nos artistes : "Je suis un pont sur lequel vous passerez tous." Et ce pont commandait les voies les plus divergentes, adressant les uns à M. Ingres et les autres à Toulouse-Lautrec, sans jamais les tromper sur leur destination naturelle. Par malheur, l'exemple du maître était moins bon que son enseignement. Les principes auxquels, pour son compte, il s'arrêtait étaient ceux du romantisme aggravé de la Renaissance et compromis en outre d'une prédilection personnelle pour la matière riche, grâce à quoi il put, un instant, éblouir les yeux, mais par quoi il ne tarda pas à désintéresser les esprits. Et puis, il confondait l'œuvre décorative et l'œuvre de chevalet en réduisant celle-là aux proportions de celle-ci...

«Moreau n'en a pas moins eu, sur les esprits qui étaient jeunes en 1890, une influence profonde et durable. Pas un de ses élèves qui ne parle de lui, aujourd'hui encore, avec une gratitude émue.»

(*Paris-Journal,* 14 juillet.)

LES ARTS

LE RYTHME COLORÉ

J'avais prévu cet art qui serait à la peinture ce que la musique est à la littérature[1]. L'artiste qui s'est donné la peine de le faire naître s'appelle Léopold Sturzwage[2]. Il vit dans un sixième à Montrouge. Il a communiqué les caractéristiques de son idée à l'Académie des sciences et cherche une société cinématographique disposée à faire les frais des premières tentatives d'orchestration colorée.

On peut comparer le rythme coloré à la musique, mais les analogies sont superficielles et il s'agit bien d'un art autonome, ayant des ressources infiniment variées qui lui sont propres.

Il tire son origine de la pyrotechnie, des fontaines, des enseignes lumineuses et de ces palais de féerie qui, dans chaque exposition, habituent les yeux à jouir des changements kaléidoscopiques des nuances.

Nous aurons ainsi hors de la peinture statique, hors de la représentation cinématographique un art auquel on s'accoutumera vite et qui aura ses dilettantes infiniment sensibles au mouvement des couleurs, à leur compénétration, à leurs changements brusques ou lents, à leur rapprochement ou à leur fuite, etc.

Nul doute que le nom de Léopold Sturzwage à qui nous devons une nouvelle muse ne devienne bientôt illustre.

KEES VAN DONGEN

La *Revista nova*, de Barcelone, publie en français l' «Avant-propos capricieux» que Kees Van Dongen a écrit pour le catalogue de son exposition de décembre 1911.

La revue catalane publie en même temps plusieurs reproductions d'après les œuvres de Van Dongen : un *Portrait de petite fille*, le *Canal gelé*, un *Portrait de femme* et *Mœurs londoniennes*.

BLAST

Ce mot en caractères d'affiches sur une couverture violette est le titre d'une nouvelle revue anglaise consacrée à l'art rebelle qui semble procéder avant tout de Picabia.

Beaucoup de reproductions d'Edward Wadsworth, Windham Lewis, etc.

Il y a des vers, un article sur Picasso, des bénédictions à la France et un appel à l'exploitation de la vulgarité en art.

Les Anglais commencent donc à entrer tout de go dans le mouvement moderne d'art et de littérature[1].

UNE ÉCOLE DES BEAUX-ARTS À MADAGASCAR

Nous recevons l'intéressante lettre que voici :

Case Rama, Combs-la-Ville
(Seine-et-Marne).

Bravo pour votre écho de *Paris-Journal*. Comment, ça ne leur suffit pas les navets du fameux musée de Tananarive? Des Hovas ils ont fait des singes; vont-ils toucher aux autres races — surtout à ces âpres et vigoureux Sakalaves qui forgent les armes, sculptent les idoles, ont leurs mystères rituels, en dehors des sorciers, et dont nous ne connaissons que certains gestes encore? Je vous montrerai un jour une peinture gardée par mes parents — une femme sur un radeau, peint sur raphia — et qui vous enchantera. Mes parents y tiennent tellement que je ne l'aurai jamais à moi, mais quelle fraîcheur dans le dessin.

Affectueusement vôtre.

MAURICE VERNE.

(*Paris-Journal*, 15 juillet.)

LES ARTS

FORAIN À L'INSTITUT

On a signalé la présence de Forain aux funérailles de Gabriel Ferrier[2]. On en a tiré comme conclusion que le grand dessinateur posait ainsi sa candidature à l'Institut.

L'Académie des beaux-arts ne perdrait rien, si elle appelait à elle quelques-uns des plus importants d'entre les artistes vivants.

Forain est un des plus illustres, c'est aussi un de ceux qui ont le plus d'influence sur la jeunesse artistique et qui gardent le plus d'autorité sur un public d'élite. Sa place est donc bien à l'Académie où l'on voudrait voir encore Rodin, Renoir, etc.

Leur gloire manque à l'Institut. C'est pourquoi il se peut bien que ces souhaits académiques ne se réalisent point, et que Forain lui-même, malgré sa présence aux funérailles d'un membre de l'Institut, n'ait jamais songé à poser sa candidature à l'Académie des beaux-arts.

PICASSO ET LE PEINTRE D'AVIGNON

Picasso peignait sur le pont d'Avignon. Un vieux peintre comtadin vint à passer. Il regarde d'abord avec curiosité cette peinture si rare, si élevée et si réaliste à laquelle il n'était pas habitué; puis, avant de partir, il s'adresse à l'initiateur de la peinture nouvelle :

«Il y a du mérite là-dedans, tout le monde ne pourrait pas faire ça. C'est bête comme chou, mais ça doit être très difficile.»

ILLUSTRATIONS POUR «LE JARDIN DES CARESSES»

Chez Piazza on vient d'exposer les miniatures originales peintes à la gouache par M. Léon Carré et destinées à illustrer *Le Jardin des caresses,* le beau livre poétique de Franz Toussaint.

Patios d'allées que rafraîchit un jet d'eau, sultanes nues, fruits et fleurs, biches apprivoisées, paysages dignes des *Mille et Une Nuits.*

MORT DE M. FERNAND DESMOULIN

Nous apprenons la mort de M. Fernand Desmoulin, le peintre et graveur bien connu, décédé presque subitement, à Venise. Né en 1853, à Javerlhac (Dordogne), Fernand Desmoulin s'adonna de bonne heure à la peinture et à la gravure; il exposa à la Société nationale des beaux-arts où il obtint diverses récompenses : une mention en 1885, une médaille en 1889.

Familier du groupe d'artistes et d'amis qu'avait réuni autour de lui Émile Zola, Fernand Desmoulin s'était occupé d'œuvres philanthropiques et sociales, et particulièrement de la moralisation des détenues femmes à la prison Saint-Lazare.

MAURICE MARINOT

On connaît ces verreries richement et simplement décorées que Maurice Marinot expose aux Indépendants et au Salon d'automne. Leur succès a été rapide. On parle de la verrerie et des idées de Maurice Marinot, en France, aussi bien qu'à l'étranger.

La revue catalane *Revista nova* consacre à Maurice Marinot son dernier numéro. Reproductions, articles, tout concourt à mettre en valeur ce jeune artiste français.

Il y dépeint son art lui-même :

«La décoration du verre par les émaux est un procédé ancien que j'ai voulu rénover parce que je considère qu'il est tout à fait propre à faire valoir les qualités du verre qui sont l'éclat et la transparence; j'ai, je crois, agrandi la gamme des émaux, car j'ai désiré, dès le début, aviver l'éclat et la transparence du verre non seulement par les différentes opacités, translucidités ou transparences des émaux, mais encore par l'éclat de leurs couleurs. Les idées que j'ai sur l'art du verre sont naturellement les mêmes que celles que j'ai sur la peinture même.

«Peinture et verrerie, pour moi, partent du désir et de la joie de créer, par la forme et par la couleur, des œuvres dont la naissance est une sensation, dont l'aboutissement est une réalisation raisonnée et ordonnée. Il faut ajouter à la fraîcheur toute sensuelle de l'impression et du désir primitif la séduction de l'ordre qui plaît à l'esprit.»

(*Paris-Journal,* 16 juillet.)

LES ARTS

EMBLÈMES HERMÉTIQUES

Le docteur Marc Haven vient de publier, réédité pour la première fois et précédé d'une introduction, un livre qui, outre son sens profond, est en même temps un très beau livre d'images.

Il l'a intitulé : *Le Livre d'images sans paroles (Mutus liber) où toutes les opérations de la philosophie hermétique sont décrites et représentées.*

L'introduction[1] nous enseigne qu'aucun livre d'emblèmes hermétiques ne saurait être comparé au *Mutus liber* que Stanislas de Guaïta et Poisson considéraient comme un joyau.

Ce recueil très précieux serait l'œuvre de Soulat qui s'est caché sous l'anagramme d'Altus.

Dans ces belles planches qui sont parmi les plus nobles de la gravure française, on trouve, clairement exprimés, le choix de la matière première, la conjonction du Soleil et de la Lune, l'intervention du *Flos coeli*[2], l'action de Mars, de Saturne, dévorant son enfant, de Mercure, les différentes couleurs de l'Œuvre jusqu'à l'obtention de la Pierre au rouge, puis la projection et la multiplication. Toute la sagesse des adeptes anciens éclate en ces planches dont l'édition principale parut en 1677 et dont la réédition fait le plus grand honneur au docteur Marc Haven.

D'ailleurs, pas plus que Soulat, le docteur Marc Haven ne dévoile les secrets du Grand Œuvre aux profanes. À chacun de les apercevoir lorsque l'heure est venue.

ART NÈGRE

Le dernier bulletin, le *Souvenir africain*[3] contient des vues sur la dernière exposition d'art nègre qui intéresseront tous ceux, combien nombreux aujourd'hui, qui goûtent cet art profond, décoratif et passionné...

«On penserait, dit M. Carlos Fischer, que les indigènes

de l'Afrique tiennent à conserver leurs chers fétiches par-dessus tout. Mais non. Ils les cèdent très volontiers, à titre onéreux. Le révérend père Maurice s'aventura récemment au cœur des régions congolaises que seuls Stanley et deux autres explorateurs avaient traversées avant lui; il découvrit dans quelques cases des groupes entiers de petits fétiches en ivoire, exquis de naïveté, que les siècles avaient recouverts d'une patine d'or incomparable. Eh bien! les nègres qui vivaient sous leur loi parurent exactement informés de la valeur européenne de ces minuscules divinités — qui figurent en ce moment rue d'Astorg — et les vendirent au missionnaire pour une somme très élevée. C'est à croire que ces sauvages sont de mèche avec les antiquaires de Paris ou de Londres! Si l'on retournait chez eux ces temps prochains, ils vous diraient sans doute les prix de la dernière vente du marquis de Biron.

«Les Arabes et les Berbères n'égalent pas, comme "bibeloteurs", ces Noirs si bien renseignés, mais ils ne peuvent travailler quelque objet que ce soit sans le former avec art et l'orner avec un goût charmant : les mors de chameau mêmes, et j'entends la boucle d'acier enfouie sous l'écume, entre les dents de l'animal, sont gravés de fins ramages, et plus délicatement que ces bagues maures dont le chaton volumineux fait une vraie pyramide sur l'annulaire. Et que les armes sont belles! On admire, rue d'Astorg, des épées du type médiéval et des poignards de chef, au manche d'ivoire, dont le fourreau ciselé s'attache à une cordelière fleur-de-pêcher et dont la lame damasquinée dessine une courbe si jolie que ce doit être une vraie consolation, le cas échéant, de mourir sous le coup d'une arme si riche et si gracieuse. Et vous verrez aussi, d'un œil envieux, une poétique arquebuse, incrustée de rinceaux d'or; la crosse porte une large feuille de vieil argent, gravée d'œillets et de roses : on presse un bouquet dans sa main en tirant sur l'ennemi.

«Les indigènes de l'Afrique centrale copient, eux, leurs fers de lance sur les feuillages aquatiques. Ces crocs de métal s'allongent ainsi que des plantes posées sur l'eau : une collection de ces sagaies multiformes et de ces lames de jet ramifié comme des branches de verdure intéresse, chez nous, à la fois le militaire, l'amateur d'armes et le botaniste. De l'une à l'autre, on passe à la fois toute la flore des marais et des rivières du Chari ou du Gabon.»

UN RECUEIL DE BERNARD NAUDIN

Bernard Naudin va enfin publier bientôt son *Villon* qui est impatiemment attendu et auquel il travaille depuis plusieurs années.

Le texte et les gravures, tout est dû au burin de Bernard Naudin. Ce sera sans aucun doute son œuvre la plus importante.

(*Paris-Journal,* 17 juillet.)

LES ARTS

LE MUSÉE DU TROCADÉRO

Le musée d'ethnographie du Trocadéro est un des plus importants qui soient à Paris, c'est aussi un des plus sacrifiés. On le visite avec peine de rares fois dans la semaine et toute la partie relative aux provinces françaises, si bien commencée, n'a pas été continuée et est à peine entretenue.

Cependant les arts populaires nationaux ou exotiques sont de plus en plus étudiés, ils prennent aussi de plus en plus d'importance aux yeux des artistes eux-mêmes qui aiment y retrouver les éléments plastiques les plus spontanés, les trouvailles décoratives les plus heureuses.

Ce musée dont les collections africaines, mexicaines, péruviennes et océaniennes sont si riches devrait être augmenté. Il ne serait pas de trop de tout le palais du Trocadéro pour loger tous les dons qu'on ne manquerait pas de faire à ce beau musée pour peu que les conservateurs voulussent faire appel à la générosité des collectionneurs et des voyageurs.

Les Allemands ont réalisé cela à Nuremberg où ils peuvent montrer avec orgueil ce qu'ils appellent, à juste titre, le Musée germanique.

Un Musée gaulois n'aurait pas moins d'importance, qui comprendrait les manifestations artistiques populaires non seulement de la France, mais de la Belgique et de la Suisse françaises, du val d'Aoste, des anciennes colonies françaises, Maurice, le Canada, la Louisiane, et aussi des vieilles colonies françaises, si riches de souvenirs créoles.

UNE EXPOSITION À MOSCOU

Les peintres russes de Paris organisent à Moscou une exposition où ils ont invité un grand nombre de peintres français de toutes les écoles.

Ces œuvres sont réunies en ce moment à Paris, 2, passage Dantzig, où on peut les voir avant leur départ pour la Russie.

UN POÈME ARTISTIQUE

Un poète qui signe mystérieusement O'Zone[1], plongeur de la Closerie, m'a envoyé un curieux poème néo-impressionniste dont l'épigraphe est empruntée à André Gill :

Une espèce de la bémol, *qui serait roux*[2].

C'est là de l'audition colorée. Le joyeux O'Zone nous avertit aussi qu'*un cygne passa...*

C'est là une description fantaisiste d'un imaginaire tableau médiéval et cubiste.

Or voici que surnage, éblouissante, une aile...
Silencieusement tout l'émail se craquelle.
Brisant sa rectiligne en courts zigzags l'éclair,
Ce Boutet de Monvel devient un Metzinger.
Le mur se débriquette; un plan, dans un autre, entre.
Le gardien du castel, hagard, danse du ventre.
Un donjon polke; un cippe attaque un rigodon.
L'escalier, déboîté, joue à l'accordéon...

UNE EXPOSITION EN SUÈDE

Le peintre futuriste Giacelli, qui est artiste de talent, va exposer une grande partie de son œuvre en Suède, de concert avec Mme Ström-Giacelli, qui expose un certain nombre de portraits d'actrices du théâtre du Vieux-Colombier.

M. Giacelli a su rendre d'une façon très personnelle le mouvement des places et des fêtes parisiennes.

(*Paris-Journal*, 18 juillet.)

LES ARTS

LES POMPIERS CONTRE CÉZANNE

M. Gustave Babin publie dans *L'Illustration* un article bien tendancieux sur la collection Camondo[1].

On pensait que le génie de Cézanne était enfin aujourd'hui indiscuté.

L'article de *L'Illustration* prouve le contraire. Cézanne y est traité comme un barbouilleur, lui qui est l'honneur de la peinture au XIXe siècle et avec le Poussin, le Lorrain un des génies indiscutables de la peinture française.

Tant d'irrévérence est proprement incompréhensible. On se demande en lisant M. Babin quel intérêt peut bien avoir un Français à dénigrer un maître dont le talent a, plus qu'aucun autre, contribué à assurer la suprématie de l'art français contemporain sur ceux de toutes les nations.

Mais que M. Babin se rassure. Quand la collection Camondo sera au Louvre depuis cinquante ans, il y aura belle lurette déjà que d'autres Cézanne occuperont des places d'honneur dans les salles de peinture française et les toiles de la collection Camondo iront les rejoindre[2].

(*Paris-Journal*, 19 juillet.)

LES ARTS

PRENEZ GARDE À LA PEINTURE

Il faut que les jeunes peintres français se méfient et n'envoient à l'étranger que si ceux qui les sollicitent d'exposer en Allemagne, en Russie, en Hollande ou en Italie prennent l'engagement de leur renvoyer leurs toiles aussitôt l'exposition finie.

Il n'est pas de jour où quelque jeune résidant à Paris ne me raconte qu'il a tous ses tableaux depuis un ou deux ans dans la collection ambulante de quelque manager de Berlin ou d'Amsterdam.

C'est gai!

Je me propose de dresser un de ces jours une petite liste des sociétés auxquelles, étant donné la lenteur de leurs gestes et l'impression de vie végétative qu'elles donnent, il vaut mieux ne rien envoyer.

MONOTYPES

Mlle Krouglikoff, qui va sans doute faire une petite exposition de ses monotypes à Moscou, emporte avec elle une centaine de ces précieuses œuvres d'art, d'un métier particulièrement séduisant. Des natures mortes, des fleurs, et surtout des fleurs fanées, quelques scènes de genre, quelques paysages emporteront les suffrages de tous les amis des arts en Russie.

AU «PARTHÉNON»

Le Parthénon[1] et sa charmante directrice-fondatrice : baronne H.-L. Brault, 11 *bis,* avenue de Suffren, ont inauguré samedi la section d'art de l'Université mondaine internationale, dont la belle revue bimensuelle indépendante est l'organe.

Le succès a été vif pour le directeur de la section, M. Jean-Gabriel Lemoine, qui a exposé son programme de conférences contradictoires sur : «Les Formes modernes de la plastique».

(*Paris-Journal*, 20 juillet.)

LES ARTS

UN LIVRE DE CHARLES MORICE

Charles Morice vient de publier chez Varier un petit livre plein de pensée.

Il l'a consacré à *Quelques maîtres modernes :* Whistler, Pissarro, Fantin-Latour, Constantin Meunier, Paul Cézanne.

Ces études sont en quelque sorte des nécrologies. Et Charles Morice ajoute :

«Les rendez-vous que la mort nous donne autour des grands tombeaux sont des invitations formelles aux méditations fortes.»

Ces oraisons funèbres souvent si pleines de sens font regretter que l'éminent écrivain d'art qu'est Charles Morice n'ait pas continué à poursuivre les formes éternelles de l'art dans des maîtres plus modernes encore que ceux qu'il a aimés et contribué à faire comprendre.

EXPOSITION DE SCULPTURES NÈGRES

Il est question pour la saison prochaine d'une importante exposition de sculptures nègres dans une importante galerie de peinture.

Cependant, comme on annonce cette exposition depuis au moins trois ans, on peut rester sceptique.

Et il se peut que beaucoup d'eau passe encore sous les ponts avant que l'art africain reçoive la grande consécration parisienne[1].

(*Paris-Journal,* 21 juillet.)

LES ARTS

LE PAUVRE PEINTRE JUIF ET LES CHAMEAUX

La scène, qui m'a été racontée hier par un ingénieur français retour de Russie, se passe dans la capitale d'un gouvernement où il y a des Juifs et des troupeaux de chameaux.

Les chameaux poussaient toute la nuit leurs glouglous sonores et empêchaient de dormir la femme du gouverneur.

Celui-ci, afin d'assurer le sommeil de son épouse, fit couper la langue à tous les chameaux.

Or mon ami l'ingénieur avait découvert là-bas un pauvre peintre juif qu'il trouvait intéressant et lui avait commandé son portrait.

Il avait séance le lendemain du jour où le gouverneur avait fait couper la langue aux chameaux.

Il arrive et trouve le peintre en train de faire ses paquets.

« Vous partez? lui demande-t-il.

— Et le plus vite possible, réplique le peintre.

— Mais, que deviendra mon portrait?... pourquoi tant de hâte?

— Je crois que, du moment qu'on a coupé la langue aux chameaux, il ne serait pas prudent à un Juif de séjourner ici.

— Et pourquoi cela?

— Comment prouver que je ne suis pas un chameau? »

L'histoire est authentique. Et le peintre est, paraît-il, parti pour New York, où ses coreligionnaires lui ont déjà fait de nombreuses commandes. Il n'y chômera point, car New York est aujourd'hui, dit-on, la ville juive la plus importante du monde.

ARTURO GIACELLI ET MME STRÖM-GIACELLI

C'est toujours avec un plaisir très vif que je signale à l'attention de ceux qui aiment les arts des talents nouveaux et probes qu'il m'est donné de rencontrer.

Il me semble que Arturo Giacelli est de ceux-là.

Les œuvres que j'ai vues de lui reflètent les impressions simultanées qu'il éprouve devant ce qu'il voit.

Villes tumultueuses aux places pleines d'enseignes et qu'enrubannent non seulement mille teintes qui passent, mais encore mille et mille bruits qui éclatent de toutes parts diversement colorés. Car ce qu'il y a peut-être de plus nouveau dans l'apport de Giacelli, c'est peut-être cette audition colorée qu'il s'efforce plastiquement de rendre sans bien s'en douter encore.

Puissent ces quelques lignes lui indiquer sa voie. Je la crois encore peu frayée.

Il y a dans les toiles de Mme Ström-Giacelli un sentiment délicat des lumières et des ombres au théâtre.

Ses portraits d'actrices ont l'art de nous révéler doublement la vraie personnalité de la comédienne et celle aussi des personnages qu'elle représente.

Il s'agit ici d'une psychologie très pénétrante et dont l'application aux portraits des particuliers non déguisés donnera sans aucun doute des résultats intéressants.

«MONTPARNASSE»

Le troisième numéro de *Montparnasse* vient de paraître. Il contient un bon *Dessin pour le cirque*, d'Albert Gleizes. C'est la maquette d'une grande toile qui doit figurer au prochain Salon d'automne. Le peintre y est étudié avec intérêt par M. Antoine Tholba.

PIERRE LAPRADE

L'ami de Cézanne, Joachim Gasquet, a donné aux *Marges* un bien joli portrait du peintre Pierre Laprade[1] :

« À quatorze ans, Laprade copia, au musée de Montauban, une tête de l'école espagnole, que l'on attribue à Vélasquez.

«Chez Ingres, un Juif arriva, un soir, portant mystérieusement un lambeau de toile qu'il voulait montrer, vendre peut-être, au vieux peintre. Ingres admire, s'extasie.

« "Je l'ai coupée, dit le Juif, dans un grand tableau tout sali..."

« Le vieux maître bondit et, les poings crispés, marche sur lui, une telle menace dans les yeux que le malheureux s'enfuit, laissant la tête découpée sur le tapis. Il ne revint jamais la reprendre.

« C'est cette tête que Laprade a copiée. Je l'ai vue, dans son atelier, où elle est encore. C'est la seule de ses anciennes peintures qu'on y aperçoit. Il ne garde rien de son œuvre. Nul, plus que lui, n'est détaché de ce qu'il a fait. Il a le labeur sain et joyeux, acharné. Il brûle quantité de toiles et d'aquarelles, avec un beau sourire de laborieux pour qui le travail n'est jamais désespoir ni tourment. Il n'a pas dû passer une semaine (je n'ose pas dire un jour, et pourtant...) sans peindre, dessiner. La peinture est, chez Laprade, un état d'amour. »

(*Paris-Journal,* 22 juillet.)

LES ARTS

DANS LES PETITS POTS...

La production des peintres modernes est, je crois, abondante à l'excès; sauf les plus importants comme Picasso, Braque, Derain, G. De Chirico, etc., qui se soucient peu de répondre à la demande sans cesse grandissante, les autres (et surtout à l'étranger) entassent les toiles bien venues ou mal venues.

L'industrialisation devient un danger pour l'art moderne et les jeunes peintres trouvent, je crois, trop d'amateurs.

Il y a vingt ans, une grande toile de Renoir s'achetait chez les marchands pour 25 louis au plus. C'est ainsi que le *Nu* de Renoir, qui a été acheté par Rodin 25 000 francs, avait été vendu par le peintre, en 1895, 150 francs à un marchand qui fut heureux de le revendre 400 francs. Et Renoir avait dépassé la cinquantaine.

Que cela fasse réfléchir les jeunes peintres.

Qu'ils sachent aussi que Renoir, le plus grand peintre

vivant, dont la moindre production est attendue par tout un peuple de marchands et d'amateurs, loin d'industrialiser son art, aime à se reposer en peignant sur de petits pots et ainsi il conserve toute sa fraîcheur.

LIVRES SUR CÉZANNE

Tandis que le *Cézanne* de Vollard s'achève sans hâte, M. Gustave Coquiot en prépare un autre.

Mais on attend avec impatience l'ouvrage que M. Joachim Gasquet consacre au grand peintre d'Aix, auprès de qui il a vécu pendant quinze ans.

À ce propos, on dit que M. Gasquet, qui possède un très grand nombre de lettres de Cézanne, songerait à en tirer les éléments de dialogues entre le maître et lui.

Ne vaudrait-il pas mieux que M. Gasquet publiât ses souvenirs auxquels il ajouterait tout simplement les lettres de Cézanne?

K.-X. ROUSSEL

Ker Roussel travaille avec calme à L'Étang-la-Ville où son jardin a pour lui le charme que les sites siciliens avaient pour Théocrite.

Il est presque complètement remis de sa récente maladie.

«REVISTA NOVA»

La revue catalane publie la reproduction de plusieurs sculptures du statuaire Andreotti et un très intéressant article de Joan Sacs sur la peinture murale.

PROPOS D'UN ISOLÉ

Architecte, critique d'art, président du Salon d'automne, M. Frantz Jourdain publie les *Propos d'un isolé en faveur de son temps,* qui paraissent chez Fasquelle. S'il y dit des choses très discutables sur «L'Art populaire et l'Évolution de l'art décoratif en Allemagne», par exemple, quelques-unes de ses réflexions sur «La Maladie du passé», «L'Architecture de demain», «La Faillite de l'art religieux[1]» sont pleines d'aperçus nouveaux et intéressants.

Méditez ce qu'il dit du passé :

«En véritable fanatique, j'admire, au contraire, le passé — quand il est beau — mais je ne crois pas à la mort de l'humanité, et je garde la conviction que l'art se renouvelle constamment[2]... Quelque colossale qu'apparaisse la *Victoire* de Samothrace, ce chef-d'œuvre formidable ne m'empêchera pas d'apercevoir les statues de Chartres, le *Moïse* d'Hans Stulter, l'*Esclave* de Michel-Ange, la *Diane* de Jean Goujon, les *Cariatides* de Puget, le *Voltaire* de Houdon, *La Marseillaise* de Rude et *Les Bourgeois de Calais* de Rodin...»

(*Paris-Journal,* 23 juillet.)

LES ARTS

PEINTURES POPULAIRES

Le grand et légitime succès des peintures du Douanier Rousseau pousse maintenant les chercheurs de tous pays à rechercher les peintures populaires, les peintures paysannes. Il y en a de fort belles en France. M. Guillaume en possède de remarquables; j'ai vu un véritable chef-d'œuvre de ce genre chez le peintre Maurice de Vlaminck, et Picasso a trouvé une nature morte anonyme qui est un morceau hors pair.

En Russie, on se met à ramasser aussi les témoignages de l'art paysan et en particulier les peintures populaires du Caucase. Le peintre Larionov en a déjà beaucoup; le Dr Tzanck, l'amateur parisien bien connu, président de la Société odontologique de France[3], se propose aussi d'y aller, afin d'en rapporter. En France, en Italie, c'est Soffici qui réunit de remarquables produits de la peinture populaire italienne.

Toutefois, je crois que l'on aura de la peine à trouver un nouveau Douanier Rousseau dont l'art et la fraîcheur sont inimitables.

MARIAGE D'UN MODÈLE

On dit que l'éditeur qui a servi de modèle à Albert Gleizes pour le portrait exposé au dernier Salon d'automne va se marier un jour très prochain[1].

LA COQUERIE DE LA RUE DE LA GAÎTÉ

La Coquerie de la rue de la Gaîté n'existe plus. C'est là que Moréas et les poètes qui, en son temps, fréquentaient la Closerie des Lilas, Paul Fort, Guillaume Apollinaire, André Salmon, Stuart Merrill, Guy-Charles Cros et quelques peintres comme Diriks allaient quelquefois le soir manger le célèbre bœuf gros sel.

La Coquerie n'existe plus et le seul qui lui était resté fidèle était justement le peintre Diriks qui se vante d'avoir mangé le dernier bœuf gros sel et la dernière friture.

«L'ART DÉCORATIF»

La belle revue dirigée par Fernand Roches vient de faire paraître son 203e numéro[2]. Il est consacré à la question de l'art décoratif contemporain et M. Fernand Roches s'y montre écrivain pénétrant autant que critique averti. On y a joint de belles reproductions.

EXPOSITION DE MLLE GAUTIER

L'exposition de Mlle Gautier, dont le cours de préparation pour les concours du professorat de dessin ont depuis longtemps déjà une réputation, vient de grouper les travaux décoratifs de ses élèves en une bien intéressante exposition qui se tient, pendant quelques jours, dans son curieux atelier de la rue de l'Ancienne-Comédie.

Le souvenir historique des «Comédiens du Roy» qui occupèrent cette grande salle dont plus tard Gros fit, le premier, un énorme atelier, s'opposait d'une manière assez piquante, dans l'esprit des visiteurs, au modernisme discret et plein de grâce de ces œuvres décoratives d'élèves féminines dont les premières qualités, encouragées par d'excellents maîtres, sont l'élégance et la distinction.

«LES SOIRÉES DE PARIS»

Le nouveau numéro des *Soirées de Paris*[1] qui vient de paraître contient dans sa partie artistique quatre reproductions d'après les natures mortes de Maurice Vlaminck, cinq reproductions d'après les peintures de Fernand Léger, qui donnent une idée complète de son évolution depuis l'époque de ses fumées, et quatre caricatures extraordinaires de Marius de Zayas où l'on remarquera celle d'Ambroise Vollard.

(*Paris-Journal,* 24 juillet.)

LES ARTS

L'ART POPULAIRE

L'art populaire est décidément dans une bonne passe. Je disais hier qu'on s'en occupe dans tous les pays et que les amateurs, les marchands et les musées ramassaient ses productions et particulièrement les peintures à l'huile anonymes d'artistes provinciaux ou paysans.

L'imagerie n'est pas moins honorée. On vient de publier un gros ouvrage sur les images d'Épinal, et M. Fernand Fleuret, poète de grand talent et l'inventeur du déjà illustre Louvigné du Dézert, prépare un poème épique en l'honneur de Georgin, le graveur épique des plus belles images d'Épinal[2].

Ce poème est en bonne voie. Le merveilleux y tient une place. Et l'imagination qui en dicte l'ordonnance est incomparable.

Et voilà un graveur sur bois, artiste provincial, dont la modestie sans doute n'osa jamais rêver de gloire, assuré de l'immortalité.

Georgin et Rousseau. L'art populaire a donné en France

les deux artistes les plus complets, les plus puissants et de la fraîcheur la plus neuve, la plus saisissante. Leurs œuvres sont parmi ce que l'art de tous les temps a donné de plus saisissant et de plus séduisant.

POUR LE SALON D'AUTOMNE

En même temps que son *Mariage comique,* Francis Picabia vient d'achever pour le Salon d'automne une toile extrêmement impressionnante intitulée : *C'est de moi qu'il s'agit.* Ceux qui l'ont vue s'accordent à trouver que c'est là son œuvre la plus importante. Les formes coloriées qui la remplissent s'y composent avec le plus de continuité et d'une façon pour ainsi dire nécessaire. Composition entièrement subjective, c'est une merveilleuse tentative d'introspection plastique.

Aussitôt sa toile achevée, Picabia est aussitôt parti pour le Jura afin d'y préparer dans la paix des montagnes, en collaboration avec Marius de Zayas, des décors pour une pièce qui doit être jouée en Amérique pendant la saison prochaine[1].

Ces décors seront certainement quelque chose de nouveau.

PEINTURE POUR CINÉMA

Le peintre Léopold Sturzwage, dont on a annoncé ici[2] les tentatives de plastique cinématographique, publie dans *Les Soirées de Paris,* sous le titre «Rythme coloré», un essai théorique sur l'art qu'il a inventé. Il y a peu de jours, il montra à quelques artistes ses essais. N'ayant pas de cinéma à sa disposition, il se contenta de faire voir ses cartons peints.

D'abord une suite qui pourrait être intitulée *Le Rouge vaincu* : en effet, le rouge s'y trouve peu à peu vaincu par toutes les autres couleurs.

Une autre suite, et c'est la plus séduisante, montre la naissance des formes colorées jusqu'à la plus parfaite qui est le cercle et la plus imparfaite qui est le chaos.

LES DESSINS DE MAX JACOB

Il est question pour la saison prochaine d'une exposition des dessins de Max Jacob.

On sait qu'il y en a de très agréables et tout particulièrement les paysages, les vues de villes imaginaires et quelques scènes de théâtre.

TOILES DÉTRUITES PAR CAMOIN

Il y a quelque temps, peut-être quelques années, le peintre Camoin, mécontent de quelques-unes de ses toiles, voulut les détruire. Il les coupa en quatre et les jeta. Mais leur destin n'était pas terminé, car elles furent recueillies et vendues à un amateur qui les fit arranger. C'est-à-dire que les morceaux de chaque tableau furent juxtaposés et recollés sur une nouvelle toile. Ces tableaux sont parmi les œuvres les plus intéressantes de ce peintre à qui Cézanne s'intéressait.

(*Paris-Journal,* 25 juillet.)

LES ARTS

LIVRES D'ART

Il y a un renouveau dans l'art du livre illustré. C'est tant mieux. Bon papier, gravures sur bois ou à l'eau-forte. Les prix sont en conséquence et les plaquettes de quelques pages publiées à 100 francs ou même plus ne sont pas rares.

On réimprime les grands écrivains du XIXe siècle avec un luxe dont ils n'avaient jamais eu idée.

La pensée des poètes et des romanciers passera ainsi aux âges futurs.

Cependant, presque aucun d'entre les jeunes artistes ne s'est consacré à l'illustration. C'est une profession qui n'est pas encore encombrée et elle est séduisante.

Nul doute qu'avant qu'il ne soit longtemps elle ne devienne une vaillante phalange qui rendra illustre le livre illustré du XXe siècle[1].

(*Paris-Journal*, 26 juillet.)

LES ARTS

LA WERKBUNDAUSTELLUNG DE COLOGNE

Il y a en ce moment à Cologne une exposition composée en grande partie d'œuvres de peintres français[2].

Le public de Cologne est un des plus avertis et des plus difficiles de l'Allemagne. Rome et plus tard la France ont fait sentir leur culture dans la capitale rhénane.

Cette exposition comprend comme Français : Raoul Dufy, avec *Un cavalier turc*; Paul Signac, avec une aquarelle; Mme Marie Laurencin, avec une tête de femme; Luce, avec des baigneurs; Matisse, avec le *Pont de Collioure*; Derain, avec une *Vue de Martigues*; Jean Joveneau, avec une *Vue de Honfleur*; Maurice de Vlaminck, avec une *Vue des Andelys*; Friesz, avec un paysage; Picasso, avec *L'Arlequin du Lapin Agile*; Maillol, avec son *Buste de Renoir*. On y voit encore des aquarelles de Rodin, de Gauguin, des pastels de Renoir et de Pissarro, des Cézanne, des Courbet, des Diez, des Daubigny, des Henri Rousseau, des Odilon Redon.

Cette exposition d'œuvres choisies, dont beaucoup sont dans d'importantes collections rhénanes, durera jusqu'en octobre.

ORLÉANS ET LE VAL DE LOIRE, PAR GEORGES RIGAULT[3]

«Orléans, ville sans pair, abrégé de la France», disaient les étudiants de la «nation germanique» qui faisaient partie de l'université orléanaise.

En dépit des destructions violentes de la fin du XVIe siècle, des démolitions méthodiques du XIXe, la vieille cité — «cœur du royaume» — conserve maints vestiges de sa splendeur passée. M. Georges Rigault, en décrivant les églises et les maisons orléanaises, s'est efforcé de les replacer dans leur cadre historique; il a souhaité mettre en lumière cet Orléans d'autrefois, vraie ville d'art, qui subsiste, endormie mais vivante, sous la banalité de la ville moderne.

La grande période artistique d'Orléans a suivi la délivrance de 1429. Les deux principaux chapitres de l'ouvrage sont consacrés à l'étude de cette renaissance orléanaise au XVe et au XVIe siècles. Des pages préliminaires signalent les traces de la cité gallo-romaine et médiévale. On retrouve, en dernier lieu, la ville au lendemain des guerres de religion, qui la dévastèrent, on assiste à la reconstruction de la fameuse cathédrale Sainte-Croix.

Le Val de Loire forme au second plan, l'horizon, le paysage de ce portrait d'Orléans.

(*Paris-Journal,* 27 juillet.)

LES ARTS

LA QUESTION DE L'ART DÉCORATIF ET NOTRE TEMPS

M. Fernand Roches étudie, dans *L'Art décoratif,* la question de l'art décoratif contemporain et jamais sujet ne fut mieux approprié à la revue où il en est traité[1].

À ce propos, on pourrait remarquer que les artistes qui ont voulu avoir une influence sur le mobilier, par exemple, n'ont pas songé que la première chose aurait dû être de ne pas se préoccuper de la destination de leurs meubles décoratifs.

Si l'on veut faire une salle à manger, un salon, une chambre à coucher, on retombera fatalement dans les formes connues qui ne se modifieront ainsi qu'insensiblement. Au contraire, un novateur qui veut imposer un style d'une époque ne doit pas se soucier de ce que l'on a fait jusqu'à lui. Il doit seulement se préoccuper d'utiliser selon son inspiration les éléments décoratifs que l'époque met à sa disposition. L'utilisation se fera bien d'elle-même.

Ceci n'est qu'une petite observation. On en pourrait faire bien d'autres, si ce n'était pas prêcher dans le désert, les décorateurs étant encore plus irritables que les poètes et surtout que les peintres[1].

LE RYTHME COLORÉ

Voilà ce que dit M. Sturzwage lui-même sur les données du nouvel art qu'il a communiquées à l'Académie des sciences :

«L'élément fondamental de mon art dynamique est la *forme visuelle colorée,* analogue au son de la musique par son rôle.

«Cet élément est déterminé par trois facteurs :

«1° La forme visuelle proprement dite (abstraite);

«2° Le rythme, c'est-à-dire le mouvement et les transformations de cette forme;

«3° La couleur[2].»

(*Paris-Journal,* 28 juillet.)

LES ARTS

WU TAO-TZE

M. F.-R. Martin publie les dessins de Wu Tao-Tze[3].

Wu Tao-Tze est regardé par les Chinois comme un artiste incomparable, le père et le créateur de leur peinture de grand style. Malheureusement on ne possède de lui aucune œuvre authentique. Suivant une ancienne tradition les cinquante dessins de l'album passent pour des copies exécutées d'après les fresques de Wu Tao-Tze par le plus grand peintre du XIe siècle, Li Lung Min, dit le Leonardo de la Chine.

Li Lung Min pour se perfectionner dans son art copiait les œuvres des maîtres qui l'avaient précédé. Les grandes collections de ses dessins furent conservées précieusement par ses élèves.

L'album publié par M. Martin est une de ces collections, il porte encore le cachet de l'empereur Hui-Tsung, le plus grand amateur d'art de la Chine au XIIe siècle. Les cinquante dessins sont l'illustration d'une Divine Comédie chinoise. On y voit la vie des rois du ciel et le jugement rendu devant les princes des enfers.

À plusieurs points de vue cet album constitue un pendant aux célèbres dessins de Botticelli illustrant l'œuvre de Dante conservés au cabinet des estampes de Berlin.

Ces copies sont exécutées à l'encre de Chine avec une réelle élégance et une technique parfaite malgré ses audaces; pas un artiste européen, à notre avis, n'aurait pu surpasser l'artiste chinois.

Le célèbre peintre suédois, Anders Zorn, a exposé dans la préface les qualités artistiques des dessins.

Non seulement ils nous permettent d'apprécier un art admirable et trop peu connu, mais ils peuvent avoir encore une influence heureuse sur l'art européen en y introduisant des éléments nouveaux.

UN ARTISTE POPULAIRE

Il n'est question, dans les revues et journaux italiens, que de l'œuvre d'un jeune peintre : M. Dante Franzoso, dont les tableaux récemment exposés à Rovigo, font l'admiration des artistes. Ce qui est le plus étonnant, c'est que M. Franzoso n'a jamais eu de professeur, c'est un autodidacte, il s'est formé de lui-même en copiant la nature. On dit qu'une élite d'artistes désireux de consacrer l'œuvre de ce jeune peintre se propose de faire à Paris une exposition de ses principales œuvres. Nous verrons ça. Et nous en reparlerons s'il y a lieu quand nous visiterons cette exposition.

(*Paris-Journal*, 29 juillet.)

LES ARTS

«MONSIEUR INGRES», PAR BONNAT

On dit que M. Bonnat, non content d'avoir fait le portrait d'un grand nombre de ses contemporains, s'est amusé à faire dernièrement l'effigie rétrospective de *Monsieur Ingres,* qu'il exposera au prochain Salon.

Il se peut qu'ayant perfectionné la machine à explorer le temps, M. Bonnat ne s'arrête pas sur un si beau chemin et qu'il nous livre successivement le portrait de David en conventionnel, celui de Chardin à l'âge où il exposait *La Raie* en plein air, celui du Lorrain regardant un vaisseau qui largue ses amarres, celui de Callot gravant le *Martyre de saint Sébastien,* celui de Poussin composant *Le Déluge,* ou celui de Rembrandt peignant *La Ronde de nuit.*

Rien n'empêche M. Bonnat de portraiturer également le Titien, Léonard, Raphaël et le Giotto. Il peut même s'en prendre à l'Antiquité et nous montrer les traits de Zeuxis, d'Apelle ou du peintre de vases Douris.

Puis, par un brusque retour, il peut consacrer son génie extralucide à peindre non plus les peintres du passé, mais ceux de l'avenir.

Que dirait-on, par exemple, d'un portrait d'Henri Matisse à soixante-dix ans, en habit d'académicien, ou celui de Picasso à l'âge de cent six ans, en cotte bleue d'électricien? Je recommande encore André Derain à quatre-vingt-quinze ans, en robe de chambre et jouant de la cornemuse; Braque, dansant la gigue à soixante-quinze ans sur le pont d'Avignon, ne serait pas mal non plus; de même Léger, à soixante-huit ans, humant un vieux calvados, ou Chirico, à cinquante-quatre ans, contemplant amoureusement une Sidonie en carton-pâte.

UN LIVRE DE FERDINAND BAC

Ferdinand Bac, qui a un joli brin de plume au bout de son crayon, va publier en librairie des souvenirs de son enfance dans l'Allemagne du sud, tels qu'ils ont paru dans une revue[1].

Tout s'y passe avant 1870 et cette vieille Allemagne, pleine de descendants d'émigrés, de vieux briscards de l'Empire, de vieilles dames de la noblesse des petites principautés allemandes, fournit un livre vrai aussi amusant qu'un roman.

LE NOIR

On nous menace de la mode des tentures et des meubles noirs que l'on n'avait vus jusqu'ici que dans des milieux spéciaux et chez quelques esthètes, dévots d'Aubrey Beardsley.

Ce n'est pas réjouissant et je suis certain que beaucoup de gens de goût regretteront que l'on ne continue pas à chercher de ces couleurs vives, si gaies, auxquelles on commençait à s'habituer et qui faisaient d'un intérieur moderne une véritable fête pour les yeux.

Mais peut-être la mode du noir n'est-elle pas entièrement décidée, et les gens de goût parviendront-ils à réagir.

Il est vrai que le noir va bien aux blondes et il semble que les blondes aussi redeviennent à la mode.

(*Paris-Journal,* 30 juillet.)

LES ARTS

ANDRÉ ROUVEYRE

Le procès intenté par Mme Catulle Mendès au *Mercure de France* et à Rouveyre, à propos d'une caricature qu'elle « jugeait injurieuse[1] », et qui devait venir pendant la session actuelle a été remis. Il ne viendra qu'en octobre.

Pendant ce temps, Rouveyre se promène en automobile sur la côte normande[2]. Il a achevé quelques croquis délicats d'après les colombes.

Il transporte avec lui trois petits crapauds qu'il soigne avec amour.

Ces petites bêtes sont pour lui un important sujet d'études et nul doute qu'il ne leur consacre un album de croquis délicats.

« Au moins, dit-il, ceux-ci ne m'intenteront pas de procès. D'ailleurs, je les trouve jolis comme tout, mes petits crapauds[3]. »

Ensuite, Rouveyre se propose de continuer sa série de

figures contemporaines et après j'ai idée que, pour se reposer des hommes, des femmes, des oiseaux et des batraciens, Rouveyre dessinera aussi un petit album de mouches, qu'il a actuellement l'occasion d'étudier parce qu'il en attrape constamment pour donner à manger à ses petits crapauds, qui goûtent tout particulièrement ce genre de nourriture.

Et voilà bien du travail pour un dessinateur aussi peu fécond qu'André Rouveyre.

CHARS CARNAVALESQUES

Les chars des cavalcades historiques sont souvent des reconstitutions artistiques pleines d'intérêt.

C'est ainsi qu'aux récentes fêtes de Fécamp, le *Char de la ferme normande* présentait un véritable intérêt. C'était parfaitement reconstituée une véritable ferme normande comme on en voit encore mais de moins en moins.

Il faut noter que ce char, dont le cachet provincial était remarquable, était l'œuvre de M. André Loreux, artiste peintre, et de M. Hariel, entrepreneur.

MINIATURES PERSANES

Des amateurs persans se sont émus de ce qu'un grand nombre de belles miniatures persanes avaient quitté leur pays. Plusieurs d'entre eux vont parcourir l'Europe afin de ramasser le plus possible de ces charmantes œuvres d'art et de les ramener en Perse.

On sait que les Japonais, depuis un certain temps déjà, rachètent les belles japoneries.

De même les collectionneurs chinois sont très jaloux de leurs trésors.

LA TOILE DE JOUY

M. Albert Flament a publié dernièrement un article documenté sur la toile de Jouy qui décore si bien les maisons de campagne[1].

L'essor de l'industrie de ces toiles date de 1759 où

M. de Tavannes choisit Jouy-en-Josas pour y établir sa manufacture à cause de la Bièvre qui coule là et qui possède les qualités voulues pour la teinture.

Le 1er mars 1760, le collaborateur de M. de Tavannes, Oberkampf, qui fut l'artisan principal de l'industrie, livra sa première pièce de toile. «Il en avait été à la fois le dessinateur, le graveur, l'imprimeur et le teinturier.»

Les décors furent d'abord des fleurs, guirlandes, semis ou bouquets, traités à la persane ou à l'indienne. Ensuite ce furent des tableaux dans le goût de Boucher, Hubert Robert et J.-B. Huet. «Le Directoire et l'Empire les rendent plus architecturaux... Mais ce fut évidemment à l'époque des petits-maîtres du XVIIIe siècle que la manufacture produisit le meilleur de son œuvre, avec ses singuliers arrangements empruntés primitivement aux Chinois, mais complètement renouvelés par nos artistes.

«Les Anglais, ajoute M. Flament, les ont voulu rendre plus pratiques. Leur chintz n'est qu'une toile de Jouy glacée. La poussière ne s'y accroche pas.»

(*Paris-Journal,* 31 juillet.)

LES ARTS

«LA NÉVROSE ET L'ART MODERNE»

C'est le titre d'une conférence annoncée dans une université de valseuses de la plage où je passe le mois d'août[1]. Et si je connaissais le professeur qui va conférencier, je l'inviterais à venir voir de près nos peintres modernes. Il déciderait lui-même si la névrose ou la pathologie a quelque chose à faire avec eux. Il verrait André Derain, Georges Braque, Maurice de Vlaminck, Fernand Léger, presque des géants, superbes de calme et de bon sens dans leurs propos, il verrait Picabia, sportsman plein de sang-froid, Marcel Duchamp, G. De Chirico, Pierre Roy, Metzinger, Gleizes, Jacques Villon et bien d'autres, esprits ornés, doués de talents et peut-être ensuite demanderait-il à modifier sinon le titre de sa conférence, du moins ses conclusions.

UN ARTISTE MÉDICAL

«Nous arrivons ainsi au rapport médico-légal, car c'est d'après ce rapport que j'ai pu reconnaître les trajectoires des balles et la description des blessures. Prenons le rapport médico-légal, et je voudrais bien que puisque je n'ai pas besoin de notes, monsieur le président m'autorise à montrer des planches. *J'ai fait faire par un dessinateur de grand talent, qui me fait tous mes dessins de chirurgie,* ces dessins représentant un sujet de 1,70 m de hauteur, hauteur que nous avons repérée exactement d'après le rapport médico-légal et les trajectoires.»

Ainsi s'est exprimé le docteur Doyen pendant sa déposition devant la cour d'assises[1]. Cependant il n'a pas dit le nom de cet artiste *de grand talent.* On voudrait le connaître. Il n'est pas, après tout, utile qu'il reste inconnu.

LIVRES D'ART

D'intéressantes études inédites sur des questions d'art ont paru ces derniers temps. M. Bezold, directeur du Musée germanique de Nuremberg, étudie l'histoire du portrait. M. Weese étudie la statuaire du Moyen Âge et, comme M. Bezold, y voit partout la prééminence de la France. M. Voege propose d'appeler provisoirement les grands ymagiers inconnus qui ont travaillé à Reims et à Chartres : le Maître du Jugement, le Maître des têtes royales, le Maître des Pierre et Paul.

Ces propositions sont assez claires pour qu'on ne fasse aucune difficulté pour les accepter[2].

(*Paris-Journal,* 1er août.)

ERNEST DE CHAMAILLARD

Pendant longtemps je n'ai connu d'Ernest de Chamaillard que ses beaux paysages peints à l'huile et qui rendent si bien les délicatesses, les tons infiniment variés que prend la végétation selon la saison, dans les sites déserts et plantureux pour lesquels notre peintre a une prédilection.

Ayant eu le plaisir l'an dernier de le rencontrer, j'eus l'occasion de mieux connaître ses goûts et son esprit. Ernest de Chamaillard qui ne passe à Paris qu'une très petite partie de l'année me montra avec ses récentes peintures les bois qu'il sculptait et les aquarelles qu'il avait peintes.

Je goûtai tout dans cette production sincère. Toutefois celles-ci retinrent mon attention.

Elles sont d'une qualité si personnelle, si pure, si dépouillée de tout ce qui ne tendrait point à rendre la fraîcheur et la vérité des sites qu'elles me parurent n'avoir aucun équivalent chez aucun artiste ; et, ne voulant point lui cacher mon admiration je l'engageai vivement à ne point celer ces précieux paysages :

« Vos aquarelles, lui dis-je, représentent avec une précision unique les beautés raisonnables, charmantes et attachantes de ces sites français dont on peut dire qu'il n'en existe point dans lesquels on ne voudrait pas vivre. Il semble que vous ayez été fait pour rendre avec simplicité cette nature si simple et si tendre. »

La destinée d'Ernest de Chamaillard est bien enviable. Il révèle aux Français le charme agreste de leurs beaux cantons, la noblesse des rivières qui sont les veines du corps gracieux de la France, les aspects changeants des manoirs qui n'ont pas cessé, malgré les siècles et les révolutions.

Un des plus rares mérites de Dante, c'est d'avoir su chanter les sites de son Italie. Et cette unité qu'elle ne devait trouver politiquement que longtemps après lui existait déjà, d'une façon immortelle, dans *La Divine Comédie.*

Au contraire, la France dont l'unité politique est déjà ancienne n'a point trouvé encore de poète ni de peintre qui ait consacré sa vie à une tâche semblable.

C'est à quoi s'est désormais attaché mon sylvestre ami, Ernest de Chamaillard. Je le comprends et je le loue car on ne saurait remplir plus noblement une existence d'artiste.

(Préface pour un catalogue d'exposition, juillet.)

1915

L'ART VIVANT ET LA GUERRE

Un manifeste allemand reproduit dans les journaux italiens félicitait les artistes allemands d'avoir été enfin arrachés par la guerre à l'emprise des nouvelles idées artistiques de la France, cubisme, orphisme, etc.[1]. Nous nous moquons des formules et des mots finissant en isme mais les artistes nous intéressent au plus haut point. Derain est motocycliste dans le Nord, Georges Braque était récemment au Havre sous-lieutenant, Fernand Léger est au front dans le train des équipages, Albert Gleizes est au front depuis le commencement des hostilités, Dufy est au Havre, où il attend : il a publié une jolie carte postale «Les Alliés» qui fera partie de cette imagerie merveilleuse que la guerre a fait éclore spontanément. R. de La Fresnaye est sans doute encore à Lisieux. Groult a été blessé au bras. Le sculpteur Duchamp-Villon est aide-major à Saint-Germain; le peintre et graveur Laboureur est au *château* de Nantes interprète à la disposition de l'armée anglaise. Tobeen, de l'armée auxiliaire, s'est exercé, corps de fer, à devenir un corps d'acier. Le futuriste italien Ugo Giannattasio et le Polonais-Autrichien Kisling sont dans les régiments de marche étrangers. Le bruit a couru que Robert D***[2] était à Saint-Sébastien, mais je ne puis me résoudre à admettre l'exactitude de cette assertion invraisemblable. Robert Mortier se remet lentement d'une douloureuse maladie. Il lui faut des soins infinis et beaucoup de calme. Édouard Férat travaille durement dans un hôpital[3].

Drésa est brigadier dans une batterie de 100, du 10e d'artillerie où il a été versé venant du 55e d'Orange.

Picasso trop faible de santé pour s'utiliser à autre chose que son inappréciable travail d'artiste «a», m'a écrit l'excellent préfacier anonyme du catalogue de *La Peau de l'ours*[1], «dans des dessins admirables, dépassé Ingres en se jouant.»

Natalie de Gontcharova et Michel Larionov en France au moment de la déclaration de guerre ont pu rejoindre la Russie et Larionov, sergent dans un des régiments qui envahirent la Prusse orientale, fut blessé dans les parages des lacs Masure.

Le peintre Zak dont la ville natale est encore aux mains des Prussiens se traîne, malade, au soleil de Nice où vit aussi le sculpteur Archipenko, dont la femme envoie des chandails aux soldats amis de l'armée française.

Rouveyre, après quelque temps de service armé, a été reversé malade dans le service auxiliaire : il fait des poèmes en l'honneur de ses amis canonniers. Marie Laurencin est à Madrid et y travaille.

Henri Matisse a été maintenu dans le service auxiliaire.

Ces détails se passent de commentaires, c'est pourquoi je boucle. Au demeurant, je vais bricoler[2].

(*Le Petit Messager des arts et des industries d'art,*
1er mars.)

1916

ANDRÉ DERAIN

C'est aux esthéticiens et aux peintres allemands que nous devons l'académisme, ce faux classicisme, contre lequel lutte l'art véritable depuis Winckelmann dont on ne dira jamais assez la néfaste influence. C'est l'honneur de l'école française d'avoir toujours réagi contre elle, et les audaces des peintres français durant tout le XIXe siècle sont avant tout des efforts pour retrouver la tradition authentique de l'art.

S'il est difficile de caractériser l'art de la jeune école française, on peut dire toutefois qu'elle n'a pas tendu à autre chose qu'à se plier audacieusement aux disciplines du grand art.

L'avenir dira dans quelle mesure on a réussi. Mais quoi qu'on dise, des efforts aussi sincères, aussi désintéressés, aussi hardis ne peuvent avoir été vains chaque fois qu'ils ont été servis par le talent et le savoir.

Le cas d'André Derain, qui conduit sur le front un tracteur d'artillerie lourde et que l'on considère comme l'un des peintres les plus remarquables de la jeune école française, est tout entier dans les lignes qui précèdent.

* Il faut noter qu'aujourd'hui il n'existe pas en Allemagne d'école artistique, mais seulement un industriel pot-pourri de tous les styles et tous les archaïsmes, dont il y aurait cependant profit à étudier le développement.

★

Il y a des ouvrages d'André Derain dans de nombreux musées étrangers. Il n'y en a dans aucun musée français. Il ne s'agit cependant pas là d'un inconnu.

La truculence de ses essais décoratifs que l'on vit dans les expositions d'il y a dix ans a modifié profondément avec l'esthétique d'un grand nombre de peintres, celle aussi de la rue, de l'enseigne, de l'affiche, du journal illustré en couleurs, de la gravure sur bois, de la faïence, du mobilier, de la mode même. Cette influence se fait encore sentir dans l'imagerie, l'affiche et la mode. Ailleurs, elle a cédé devant ce faux bon goût de mascarade, cette fausse élégance d'accessoires de théâtre qui venait en droite ligne de Vienne, de Munich et de Berlin.

Derain a passionnément étudié les maîtres. Les copies qu'il en a faites montrent le souci qu'il a eu de les connaître. En même temps, par une audace sans égale, il passait par-dessus tout ce que l'art contemporain comptait de plus audacieux pour retrouver avec la simplicité et la fraîcheur les principes de l'art et les disciplines qui en découlent.

Après les truculences juvéniles, Derain s'est tourné vers la sobriété et la mesure. De ces efforts sont sortis des ouvrages dont la grandeur confine parfois au caractère religieux et où quelques-uns ont voulu voir, je ne sais pourquoi, des traces d'archaïsme.

L'art de Derain est maintenant empreint de cette grandeur expressive que l'on pourrait dire antique. Elle lui vient des maîtres et aussi des anciennes écoles françaises, particulièrement celle d'Avignon, mais l'archaïsme de commande est entièrement banni de son œuvre. Dans les lettres, l'art classique d'un Racine qui devait tant aux Anciens ne porte pas non plus trace d'archaïsme.

Dans les ouvrages d'André Derain que l'on expose aujourd'hui on reconnaîtra donc un tempérament audacieux et discipliné. Et toute une partie récente de son œuvre garde la trace toujours émouvante des efforts qu'il a fallu pour concilier ces deux tendances. Il est près d'atteindre son but qui est une harmonie pleine de béatitudes réaliste et sublime.

C'est en encourageant l'audace et en tempérant la

témérité que l'on réalise l'ordre. Mais il faut pour cela beaucoup de désintéressement.

André Derain est cet artiste parfaitement désintéressé. La voie qu'il a tracée a été aussitôt suivie par un grand nombre de peintres, ce qui ne signifie nullement que quelques-uns d'entre eux ne s'égareront point. Cependant, qu'ils prennent jusqu'au bout exemple sur lui et stimulent leur propre audace, car c'est l'audace même qui est la vraie mesure de la discipline.

★

Il faut louer aussi les organisateurs de cette exposition. L'activité artistique de la nation durant la guerre est un excellent signe.

Depuis longtemps le grand art n'a plus en Allemagne d'adepte qui compte. Et la guerre n'a pas été là-bas pour l'art un stimulant. Cette impuissance artistique de l'Allemagne contemporaine est un fait qu'on ne peut passer sous silence. On ne cite pas non plus l'activité artistique des hordes d'Attila.

(Album-catalogue de l'exposition «André Derain»,
du 15 au 21 octobre
à la galerie Paul-Guillaume.)

L'ART ET LA GUERRE :
À PROPOS D'UNE EXPOSITION INTERALLIÉE

Une certaine *presse a réussi* à faire croire au public français que moderne et boche sont synonymes. Et l'on profite autant de l'union sacrée que du fait que la plupart des artistes modernes sont en âge de servir et sont mobilisés, pour leur décocher chaque fois que l'occasion se présente l'épithète de boche.

On commence cependant à en revenir. M. Raoul Ponchon lui-même, dans une boutade qui n'allait pas sans mauvaise humeur, l'a déclaré : «Le cubisme n'est pas boche» et à la suite d'articles de mon confrère Roger Allard, M. Louis Dimier, peu suspect de favoriser en

France ce qui sent peu ou prou le boche, alla jusqu'à écrire dans *L'Action française* un article où le cubisme était traité sans antipathie[1].

En effet, les Allemands ont peu brillé dans l'art moderne, et pour m'en tenir à la seule peinture et même à la faction la plus moderne de l'école moderne, on ne saurait citer dans le cubisme un seul nom allemand qui vaille la peine d'être mentionné. C'est un hasard, car il y avait à Paris avant la guerre un grand nombre de rapins boches. Aucun d'eux n'est parvenu à se faire un nom même secondaire dans l'école moderne qui florissait en France.

En effet, le cubisme et son frère le futurisme ressortissent si essentiellement à la civilisation latine, que le petit nombre d'artistes qui forment ces écoles, ou plutôt cette école, appartiennent tous aux trois nations française, espagnole et italienne.

Les censeurs atrabilaires qui décernent à tort et à travers l'épithète de boche auraient pu voir que l'école moderne avait livré, avec le courage le plus admirable, un combat victorieux à l'académisme qui ne s'en relèvera pas et qui, lui, est bien d'origine boche.

Si l'on s'était aperçu de cela en haut lieu, nous n'aurions pas en ce moment au musée du Luxembourg cette regrettable exposition interalliée où l'on nous montre tout ce que l'incompétence parfois la plus ruskinienne a pu recueillir de plus académiquement winckelmannien, aussi bien en Italie qu'en Angleterre.

C'est grand-pitié de voir que les pouvoirs publics se soucient si peu de l'art qui constituait l'honneur français aux yeux des étrangers.

On doit, dit-on, organiser des expositions de propagande dans les pays neutres; il faudrait en profiter pour mettre à jour ce malheureux musée du Luxembourg qui faisait l'étonnement de tous les étrangers qui venaient à Paris, vraiment scandalisés du peu de cas que l'on faisait en France de la peinture française.

Aujourd'hui, après avoir parcouru les salles de notre musée des artistes vivants, on comprend qu'il se soit constitué récemment une association « Art et liberté » fondée pour l'affirmation et la défense d'œuvres modernes.

(*Paris-Midi,* 9 décembre.)

MERVEILLEUSE FLORAISON DE L'ART FRANÇAIS

Aucune époque ne peut se comparer à la nôtre. Et ceux qui ne s'en rendent pas compte n'entendent rien à leur temps. Ils ont des yeux qui ne voient pas quelle neuve perfection, quelle audacieuse beauté, quelle jeunesse délicate et forte!

Comme fit la Grèce dans l'Antiquité, la France propose aujourd'hui à l'univers charmé ces modèles qui nourriront les méditations sublimes de longs siècles et exigeront l'imitation investigatrice de milliers d'artistes de toutes nations.

Aucun pays n'est mieux préparé, semble-t-il, à communier avec l'art français que la Norvège, dont le puissant génie a rénové l'art dramatique, à la fin du siècle dernier.

Dans aucun pays, d'autre part, on ne connaît mieux qu'en Norvège notre nouvelle école plastique.

Riche depuis longtemps de peintures françaises du XIXe siècle, Delacroix, Daumier et les impressionnistes, le Musée national norvégien expose déjà les œuvres des maîtres dont se réclame la jeune école : Cézanne, Gauguin, Van Gogh, Picasso, et les collections privées s'honorent de posséder des ouvrages de Seurat, Matisse, Derain, Friesz, Dufy, R. de La Fresnaye, etc.[1].

Parodiant un vers fameux de Voltaire, je vous dirai volontiers, ô pays coloré du Nord :

«C'est de France aujourd'hui que vous vient la lumière[2].»

Elle joue admirablement dans les ouvrages que les organisateurs de cette exposition proposent à votre admiration passionnée. Ces organisateurs ce sont des artistes, et non seulement des jeunes, qui sont venus à Paris et connaissent bien l'art français.

Le premier résultat de leur initiative sera de créer un pont entre les artistes français et les artistes norvégiens, car jusqu'à présent les ouvrages des peintres français n'arrivaient en Norvège qu'en passant par les intermédiaires.

Il y a là de la part des artistes norvégiens un témoignage d'amitié, dont on ne saurait trop les remercier.

Ils ont choisi l'époque douloureuse et glorieuse de la guerre pour vous montrer que, même dans la tourmente, sans s'être mis le moins du monde au-dessus de la mêlée, les artistes de France n'ont pas manqué au pacifique et sublime devoir que leur impose la haute civilisation française.

Cet art moderne, qui a résisté victorieusement à tant d'assauts, est bien celui qui domine aujourd'hui dans l'univers et on ne peut lui en opposer un autre.

Intelligente et ouverte, la France continue, même pendant la guerre, cette mission civilisatrice que la Grèce et Rome lui ont transmise tout naturellement comme à la nation la plus ingénieuse, la plus sensée, la plus mesurée.

Voici donc l'art de la jeune France au génie tempéré, libre et fier.

C'est une clarté qui illumine le monde, mais sans l'aveugler, car cette lumière est si douce que l'on peut à son aise en scruter la profondeur.

Préface ou catalogue de l'exposition
«Der Franske Utstillung»,
Oslo, novembre-décembre.)

1917

[PARADE]

Les définitions de *Parade* fleurissent de toutes parts comme les branches de lilas en ce printemps tardif...

C'est un poème scénique que le musicien novateur Erik Satie a transposé en une musique étonnamment expressive, si nette et si simple que l'on y reconnaîtra l'esprit merveilleusement lucide de la France même.

Le peintre cubiste Picasso et le plus audacieux des chorégraphes, Léonide Massine, l'ont réalisé en consommant pour la première fois cette alliance de la peinture et de la danse, de la plastique et de la mimique qui est le signe de l'avènement d'un art plus complet.

Qu'on ne crie pas au paradoxe ! Les Anciens, dans la vie desquels la musique tenait une si grande place, ont absolument ignoré l'harmonie qui est presque toute la musique moderne.

De cette alliance nouvelle, car jusqu'ici les décors et les costumes, d'une part, la chorégraphie, d'autre part, n'avaient entre eux qu'un lien factice, il est résulté, dans *Parade*, une sorte de sur-réalisme[1] où je vois le point de départ d'une série de manifestations de cet esprit nouveau, qui, trouvant aujourd'hui l'occasion de se montrer, ne manquera pas de séduire l'élite et se promet de modifier de fond en comble les arts et les mœurs dans l'allégresse universelle, car le bon sens veut qu'ils soient au moins à la hauteur des progrès scientifiques et industriels.

Rompant avec la tradition chère à ceux que, naguère en

Russie, on appelait bizarrement les «balletomanes», Massine s'est gardé de tomber dans la pantomime. Il a réalisé cette chose entièrement nouvelle, merveilleusement séduisante, d'une vérité si lyrique, si humaine, si joyeuse qu'elle serait bien capable d'illuminer, s'il en valait la peine, l'effroyable soleil noir de la *Melancholia* de Dürer et que Jean Cocteau appelle un ballet réaliste. Les décors et les costumes cubistes de Picasso témoignent du réalisme de son art.

Ce réalisme, ou ce cubisme, comme on voudra, est ce qui a le plus profondément agité les arts durant les dix dernières années.

Les décors et les costumes de *Parade* montrent clairement sa préoccupation de tirer d'un objet tout ce qu'il peut donner d'émotion esthétique. Bien souvent, on a cherché à ramener la peinture à ses stricts éléments. Il n'y a guère que de la peinture chez la plupart des Hollandais, chez Chardin, chez les impressionnistes.

Picasso va bien plus loin qu'eux tous. On le verra dans *Parade*, avec un étonnement qui deviendra vite de l'admiration. Il s'agit avant tout de traduire la réalité. Toutefois, le motif n'est plus reproduit mais seulement représenté et plutôt que représenté il voudrait être suggéré par une sorte d'analyse-synthèse embrassant tous ses éléments visibles et quelque chose de plus, si possible, une schématisation intégrale qui chercherait à concilier les contradictions en renonçant parfois délibérément à rendre l'aspect immédiat de l'objet. Massine s'est plié d'une façon surprenante à la discipline picassienne. Il s'est identifié avec elle et l'art s'est enrichi d'inventions adorables comme les pas réalistes du cheval de *Parade* dont un danseur forme les pieds de devant et un autre danseur les pieds de derrière.

Les constructions fantastiques qui figurent ces personnages gigantesques et inattendus : Les Managers, loin d'être un obstacle à la fantaisie de Massine lui ont donné, si on peut dire, plus de désinvolture.

En somme, *Parade* renversera les idées de pas mal de spectateurs. Ils seront surpris certes, mais de la plus agréable façon et, charmés, ils apprendront à connaître toute la grâce des mouvements modernes dont ils ne s'étaient jamais doutés.

Un magnifique Chinois de music-hall donnera l'essor à

leur libre fantaisie, et tournant la manivelle d'une auto imaginaire, la Jeune Fille américaine exprimera la magie de leur vie quotidienne, dont l'acrobate en maillot blanc et bleu célèbre les rites muets avec une agilité exquise et surprenante.

(Programme de *Parade*,
mai 1917.)

LE CUBISME ET «LA PARADE»

Témoignage vivant du rôle civilisateur que la France a joué sur la Russie, le Ballet russe restitue à la France des grâces que le snobisme romantique nous avait fait oublier.

Nul doute que les Russes ne regardent un jour les maîtres à danser français qui se sont succédé chez eux durant des siècles comme des libérateurs dignes d'une admiration semblable à celle que les Américains ont vouée à La Fayette et à Rochambeau.

En montant à Paris *La Parade* avec une mise en scène de Picasso et une chorégraphie cubiste de Massine, le Ballet russe donne aux Parisiens une leçon exquise qui sera reçue avec autant de bonne grâce qu'elle est donnée et semble dire :

«Le cubisme étant le dernier mot de l'art français et son succès dans l'univers étant d'autant plus significatif qu'il fallait surmonter les résistances d'une nation qui n'a pas coutume de se montrer tendre vis-à-vis des inventeurs et des novateurs qu'elle produit plus abondamment que les autres pays et qu'il fallait en outre résister à l'épreuve du nom burlesque qui lui avait été infligé bien involontairement par le peintre Henri Matisse[1], la tradition exigeait que les danseurs russes pour se maintenir à la hauteur de leur réputation ne négligeassent pas plus cet effort de la haute civilisation française qu'ils n'avaient négligé les efforts précédents.

«Souffrez donc, Parisiens, que nous vous fassions une douce violence et que, l'ornant des charmes de l'imagination poétique, d'une danse parfaite et de la musique française la plus moderne, on vous fasse admirer ce qui distingue votre art contemporain entre tous les arts contemporains et que la Routine et la Blague vous retenaient seules d'admirer sans réserves.»

★

Les sentiers battus sont de charmants cadavres, couchés mollement lorsque du brin d'herbe à la cime neigeuse, tout se dresse frémissant de vie.

S'ils se levaient d'un bond, nul doute que, danseurs frénétiques, les sentiers battus n'atteignissent le ciel.

Hélas! ils sont immobiles. Laissons là les sentiers battus.

★

Les Russes nous ont donc conservé la tradition du ballet français mais depuis Didelot qui réforma la danse en Russie, le ballet russe n'avait pas connu d'homme nouveau jusqu'à Serge de Diaghilev qui renouvela la chorégraphie dans le monde entier et suscita d'admirables chorégraphes comme Fokine, Nijinski et Massine.

Entrevue et souhaitée par Mallarmé l'importance nouvelle de la danse parmi les arts grandit chaque année.

Il est impossible de concevoir comment les chorégraphes auraient fait pour se tenir hors du grand mouvement surréaliste auquel en peinture ressortit le cubisme, mouvement qui a déjà si profondément modifié les arts et qui est en train de modifier brutalement les mœurs et les institutions.

Cette tâche surréaliste que Picasso a accomplie en peinture, que je m'efforce d'accomplir dans les lettres ét dans les âmes, le jeune chorégraphe Massine l'accomplit dans l'art léger et jusqu'ici si convenu de la danse.

★

La représentation de *La Parade* est un événement de première importance, il marque le point de départ de nouvelles recherches plastiques où la danse et la peinture s'accordent dans un réalisme impressionnant.

★

C'est en 1905 que j'ai eu l'honneur de deviner et de présenter Picasso, ce peintre parisien d'origine espagnole. Depuis lors sa gloire est devenue universelle.

Au contraire de celle de la plupart des artistes ses contemporains la réputation de Picasso s'est faite en dehors des Salons, de celui même des indépendants. Elle est d'autant plus forte qu'elle contient moins d'éléments fictifs de réclame.

C'est qu'il a eu l'honneur de créer une école : le cubisme, qui n'a au demeurant rien à voir avec cette tendance hybride des peintres qui morcellent l'académisme de leurs figures voire de leurs paysages en facettes qui rappellent celles des pendeloques de ces lustres de cristal qui ornaient les salons quand j'étais enfant.

L'art d'un Picasso ne se borne pas à l'application d'un procédé; par ses recherches aiguës et sévères, par sa préoccupation de tirer d'un objet tout ce qu'il peut donner d'émotion esthétique, il a profondément étendu le domaine de la peinture. Et vraiment, on ne peut que plaindre ceux qui à l'époque où triomphait l'art superficiel et fugitif des imitateurs de l'impressionnisme se sont méfiés d'un mouvement d'art en profondeur, où il ne s'agit jamais après tout que de pénétrer plus avant dans l'étude de la nature. Il n'y a rien là que de traditionnel et l'on se demande quelle autre école préoccupée avant tout d'imiter tel maître de musée quand ce n'est pas un maître de salon poursuit aujourd'hui des recherches aussi sévères?

Bien souvent on a cherché à ramener la peinture à ses stricts éléments. Il n'y a guère que de la peinture chez la plupart des Hollandais, chez Jordaens, Vélasquez, Chardin. Plus tard s'il y eut de la littérature et de la pire chez Courbet il n'y en a plus chez Manet et les impressionnistes. Cézanne continuant Delacroix oriente la peinture vers la musique, et Gauguin accentue ce mouvement dont la courbe ne devrait pas être achevée et où je m'obstine à voir de fortes indications pour un avenir plus ou moins proche.

(Inédit.)

[SUR LE CUBISME ET LE FUTURISME]

Monsieur,

Quoique vous ne m'ayez point fait l'honneur de me nommer, voulez-vous permettre à un sous-lieutenant grièvement blessé de faire remarquer à un confrère dont le généralat n'est pas une des choses les moins cubistes de cette guerre que si Picasso «est un admirable artiste» il n'y a vraiment pas de raison pour que le cubisme ne soit pas admirable lui-même puisque Picasso qui l'a inventé est un des très rares artistes que l'on puisse appeler cubiste. Car si le cubisme «n'est qu'une réaction automatique, et, s'il faut le dire, un peu dépourvue sinon d'utilité, au moins d'intérêt», l'œuvre presque entière de Picasso tombe, celle de ses plus belles années, celle qui le distingue entre tous les artistes et l'on pourrait se demander comment il serait «un admirable artiste» tandis que ses œuvres seraient sans intérêt.

Pour ce qui a trait aux futuristes, il est vrai qu'ils ont posé de façon plus populaire, plus immédiate devant le grand public dans des manifestes d'une grande clarté les problèmes qui se proposaient aux artistes modernes. Cela ne veut pas dire que les cubistes qui les ont précédés n'ont pas tenté de résoudre ces problèmes et celui de la représentation du mouvement par exemple n'a pas moins sollicité l'attention des cubistes que des futuristes. Dans le langage des ateliers cubistes on l'appelait problème de la quatrième dimension, voilà tout. Mais pour ce qui est de recherches, notamment celles qui sont relatives à la matière picturale si digne d'intéresser les peintres, elles ont sollicité davantage et avec plus de succès l'art des cubistes qui peignant en France avaient derrière eux une tradition moderne autrement intéressante que ne l'ont les futuristes italiens.

Au demeurant, la preuve de ce que j'avance se manifeste assez si l'on consulte l'histoire des futuristes et si l'on regarde leurs œuvres on les voit préoccupés avant tout de créer des ensembles nouveaux, ce qui est l'essence même du cubisme, et si attentifs aux travaux de Picasso, qu'on ne saurait nier que la plupart des tableaux futuristes n'aient été influencés par le cubisme picassien et que notamment pour ce qui concerne la sculpture futuriste elle sort tout entière des quelques travaux de sculpture exécutés par Picasso et avant tout de l'une d'elles qui a été éditée à quelques exemplaires et qui représente un verre d'absinthe avec la cuiller et le morceau de sucre.

La vérité est qu'il n'y a que deux écoles modernes, l'une qui dérive de Picasso et l'autre qui vient de l'impressionnisme en passant par Matisse. Il y a dans le cubisme et dans le futurisme des représentants extrémistes de ces deux tendances qui se fondent chez quelques-uns d'entre eux comme par exemple chez les Français Léger, Lhote et La Fresnaye ou chez l'Italien Severini.

(Inédit.)

[PUISQU'ON VOUS A DIT...]

Mesdames et Messieurs,

Puisqu'on vous a dit que je vous ferais ce soir une causerie, sans que le sujet ait été spécifié, je ne veux pas mentir au programme : je parlerai de choses et d'autres. Et comme nous sommes ici chez les peintres, mettons que les choses soient leurs tableaux et leurs œuvres d'art.

Je ne vous parlerai pas sur le fond même de l'art contemporain.

Je m'adresse ici à un public choisi trié sur le volet, à une élite qui sait les mérites de notre nouvelle école de peinture si variée, si neuve, si audacieuse.

Dans chacun de ses groupements le talent foisonne et quant au génie il est à peine besoin qu'on le mentionne. Il domine partout.

Je parlerai plutôt du rôle héroïque que vous public d'élite pouvez jouer vis-à-vis de ces artistes qui, avec les poètes, les musiciens d'avant-garde, sont le sel de la France.

L'État se soucie peu de soutenir ceux qui s'efforcent.

Il se désintéresse de tous ceux qui s'écartent des sentiers

battus, réservant ses sourires à ceux dont les talents s'exercent [selon] les goûts et les habitudes pris par une administration.

Avant la guerre, la protection de l'art français d'avant-garde, c'est-à-dire de l'art de demain, était de par cet état de choses dévolue à des étrangers dont un certain nombre sont aujourd'hui nos ennemis. C'était lamentable.

Il est bon que les étrangers achètent les œuvres d'art françaises afin de se modeler sur elles. Mais il n'était pas bon que toutes les œuvres d'art, les principales œuvres d'art d'une époque qui, aussi discutée que la nôtre, avait cependant tous les caractères d'une renaissance, et d'une renaissance qui ne devait rien à aucune Antiquité et tirait tout de son propre fond, allassent à l'étranger.

C'est ce qui se produisit.

On a pu dire même que certains acheteurs étrangers ou pour parler plus justement ennemis acquéraient nos œuvres d'art, méprisées par les cercles officiels, et ne les acquéraient que dans le but de faire un tri parmi ces œuvres d'art, conservant les principales et prêts à nous rendre les autres avec toute la majoration qu'elles auraient acquise.

Le rôle de l'amateur français, de ceux qu'autrefois on appelait des curieux, est en ce cas bien défini.

Ce rôle, il l'a déjà joué pour cette grande époque de l'art français que fut le XVIIIe siècle et une grande partie des richesses de nos musées nationaux ne sont dues qu'au souci qu'en prirent les amateurs du XIXe siècle.

Il en est de même pour les chefs-d'œuvre de l'école la plus discutée du XIXe siècle : l'école impressionniste. Beaucoup de ces chefs-d'œuvre sont chez l'ennemi, tandis que le peu qu'en possèdent les musées nationaux français est dû au goût prévoyant et à la munificence des amateurs.

À l'égard des écoles contemporaines les amateurs d'art français d'aujourd'hui peuvent jouer un rôle semblable. Beaucoup de chefs-d'œuvre sont déjà partis ou partiront hors de France. Il est temps de recueillir les ouvrages de premier ordre qui restent encore à recueillir. Outre le bien que vous ferez au pays en lui conservant ses chefs-d'œuvre, vous acquerrez ainsi une gloire qui est à la portée de toutes les bourses mais qui est loin d'être à la portée de toutes les intelligences.

D'autre part, vous ayant promis de parler de choses et

d'autres, je veux profiter de ce que ce programme a de vaste pour vous annoncer la naissance d'un art nouveau.

Je l'avais imaginé l'an dernier dans un conte intitulé «Mon ami Ludovic» et qui fut publié dans l'*Almanach des lettres et des arts* édité par Martine.

(Inédit.)

1918

HENRI MATISSE

Tout tableau, tout dessin d'Henri Matisse possède une vertu qu'on ne peut toujours définir, mais qui eſt une force véritable. Et c'eſt la force de l'artiſte de ne point la contrarier, de la laisser agir.

Si l'on devait comparer l'œuvre d'Henri Matisse à quelque chose, il faudrait choisir l'orange. Comme elle, l'œuvre d'Henri Matisse eſt un fruit de lumière éclatante.

Avec une entière bonne foi et un pur souci de se connaître et de se réaliser, ce peintre n'a cessé de suivre son inſtinct. Il lui laisse le soin de choisir entre les émotions, de juger et de limiter la fantaisie et celui de scruter profondément, la lumière, rien que la lumière.

À vue d'œil, son art s'eſt dépouillé et malgré sa simplicité toujours plus grande il n'a pas manqué de devenir plus somptueux.

Ce n'eſt pas l'habileté qui rend ainsi cet art plus simple et l'œuvre plus lisible. Mais, la beauté de la lumière se confondant chaque jour davantage avec la vertu de l'inſtinct auquel l'artiſte se fie entièrement, tout ce qui contrariait cette union disparaît comme il arrive aux souvenirs de se fondre dans les brouillards du passé.

PICASSO

Picasso est l'hoir de tous les grands artistes et, soudain éveillé à la vie, il s'engage dans une direction que l'on n'a pas encore prise.

Il change de direction, revient sur ses pas, repart d'un pas plus ferme, grandissant sans cesse, se fortifiant au contact de la nature inconnue ou par l'épreuve de la comparaison avec ses pairs du passé.

Dans chaque art, il y a un lyrisme. Picasso est souvent un peintre lyrique. Il offre encore à la méditation mille prétextes qu'animent la vie et la pensée et que colore avec netteté une lumière intérieure au fond de laquelle gît pourtant un gouffre de mystérieuses ténèbres.

Ici, le talent se multiplie par la volonté et par la patience. Les expériences aboutissent toutes à dégager l'art de ses entraves.

Ne serait-ce pas le plus grand effort esthétique que l'on connaisse? Il a grandement étendu le domaine de l'art et dans les directions les plus inattendues, là même où s'agite la surprise comme un lapin d'ouate qui bat le tambour au milieu du chemin.

Et les proportions de cet art deviennent de plus en plus majestueuses sans qu'il perde rien de sa grâce.

Vous pensez à une belle perle.

Cléopâtre, ne la jetez pas dans du vinaigre!

(Préface au catalogue de l'exposition «Matisse-Picasso[1]»,
du *23 janvier au 15 février*,
à la galerie Paul-Guillaume.)

PROPOS DE PABLO PICASSO

Aucun peintre vivant n'a sans doute exercé une aussi grande influence que Pablo Picasso sur les jeunes artistes français.

La plus récente école de peinture, le cubisme, se réclame de lui. Son enseignement toutefois ne s'est jamais traduit par des déclarations écrites ou verbales. Il n'a fait jusqu'ici que des confidences plastiques, ce sont ses tableaux qui n'ont presque jamais paru dans des expositions collectives.

Avec moi-même qui suis, je crois, son meilleur ami, Picasso, dont les jugements artistiques et littéraires sont les plus justes qui soient, n'a jamais tenu un discours suivi sur l'art; et Dieu sait que nous avons souvent parlé d'art. Jamais il n'a exposé sa doctrine en phrases lapidaires, jamais il ne s'est vanté d'avoir un système et ceux qui ont eu l'occasion de voir les tableaux des différentes époques de sa vie d'artiste ont pu se rendre un compte exact de la logique avec laquelle son œuvre entière s'est développée. Aussi ne faut-il point compter recueillir de la bouche de Picasso des propos qui pourraient engager sa liberté de peintre et trahir la responsabilité de son œuvre vis-à-vis de l'art contemporain.

«La première chose que j'ai faite au monde, c'est de dessiner, comme tous les gosses d'ailleurs, mais beaucoup ne continuent pas.

«Les premiers tableaux que j'ai vendus l'ont été à un couvent de Barcelone. Je les avais peints à l'âge de quinze ans et j'ai eu une grande émotion lorsque j'ai appris qu'ils avaient été brûlés, lors des troubles de Barcelone, en 1909. Les nonnes m'avaient commandé de copier deux tableaux de Murillo et comme cela m'ennuyait, j'avais copié certes, mais en arrangeant ces ouvrages à ma manière et j'avoue qu'à l'âge que j'avais alors, j'en étais fort satisfait.

«Mes plus pures émotions, je les avais éprouvées dans une grande forêt d'Espagne, où, à seize ans, je m'étais retiré pour peindre.

«Mes plus grandes émotions artistiques, je les ai ressenties lorsque m'apparut soudain la sublime beauté des sculptures exécutées par les artistes anonymes de l'Afrique. Ces ouvrages d'un art religieux, passionné et rigoureusement logique sont ce que l'imagination humaine a produit de plus puissant et de plus beau.

«Je me hâte d'ajouter que, cependant, je déteste l'exotisme. Je n'ai jamais aimé les Chinois, les Japonais ni les Persans.

«Ce qui me touche dans l'art antique c'est la mesure qui est celle même de la beauté, mais j'avoue que le rythme en quelque sorte mécanique qui détruit les proportions de toutes les œuvres grecques m'a toujours extrêmement déplu.

«Un artiste digne de ce nom doit donner aux objets qu'il veut représenter le plus de plasticité possible. Ainsi doit-on représenter une pomme : si l'on trace un cercle, on figurera le premier degré de plasticité du modèle. Il est possible cependant que l'artiste veuille amener son œuvre à un degré de plasticité plus élevé et qu'alors l'objet à représenter finisse par figurer sous la forme d'un carré ou d'un cube qui ne seront nullement la négation du modèle.

«Ces vérités ont été connues par la plupart des grands peintres et il ne serait pas difficile de montrer dans des œuvres célèbres les exemples de ce que j'avance.

«En art, il n'y a pas que l'objet à représenter d'après les lois conventionnelles de la perspective. Il y a les dimensions de l'œuvre, il y a la lumière dans laquelle on place sa conception plastique, il y a la position qu'on lui donne, il y a bien d'autres choses.

«J'aime avant tout la lumière.

«Je ne crois qu'au travail. Il n'y a d'art qu'avec un grand travail, un travail matériel tout autant qu'un travail cérébral.»

(Inédit.)

LETTRE À LOUIS DIMIER

7 octobre 1918
202 bd Saint-Germain

Monsieur et cher confrère, la lettre suivante écrite au courant de la plume n'est pas destinée à la publicité. Je n'ai jamais caché mon admiration pour votre savoir et votre bon sens. Néanmoins quand vous vous risquez à écrire de la peinture moderne vous êtes généralement mal informé.

Le Douanier Rousseau (qui du reste n'a jamais été douanier) a péniblement gagné sa vie à peindre pendant une quarantaine d'années les portraits des petites gens de son quartier de Plaisance, des vues de Paris et des environs, des tableaux exotiques d'après les souvenirs que lui avait laissés sa participation à l'expédition du Mexique.

Son succès d'artiste consista surtout à essuyer les lazzis, les moqueries des journalistes. Son succès pécuniaire se borna à tirer de ses toiles de 5 à 20 francs lorsqu'elles étaient de bonne taille.

S'il n'avait été professeur de dessin de la Ville de Paris, s'il n'avait donné en outre quelques leçons de violon, il serait mort de faim.

Je dois ajouter que si cette misérable existence a été suivie d'une certaine renommée après sa mort, le pauvre Rousseau le doit avant tout aux jeunes peintres comme Charles Guérin, Picasso, Othon Friesz, Delaunay qui ramassèrent ses tableaux et les conservent précieusement.

Le fait qu'un Allemand, le nommé Uhde, ait acheté de ses œuvres pour les revendre en Allemagne n'est pas plus un grief contre la mémoire de Rousseau que ce n'en est un contre la mémoire de Daumier que les Allemands aient les premiers donné de gros prix pour ses peintures. La plupart des impressionnistes en sont là, et parmi les post-impressionnistes il y en a beaucoup dans ce cas. Il faudrait plutôt regretter que les amateurs et l'État aient laissé s'en aller chez les Allemands tant d'importantes toiles françaises.

Pour ce qui concerne Rousseau j'ai été le premier à le défendre et sans esprit de spéculation, croyez-le bien. Ces calculs sont aussi éloignés que possible de mon esprit.

C'est pourquoi écrivain français libre de toute attache mercantile, soldat français promu officier après la première bataille de Champagne, blessé de guerre et trépané, je ne puis tolérer sans protester de toutes mes forces qu'à propos d'un peintre que j'ai été presque seul à défendre par la plume vous écriviez que ce succès, «œuvre ridicule de la spéculation des marchands et de l'ignorance des acheteurs, avait embarqué une partie de la critique principalement celle à qui le commerce paie ses éloges et qui n'est qu'un courtage déguisé».

J'ai trop d'estime pour *L'Action française* et trop de goût pour plusieurs de ses idées pour voir du parti pris dans ce que vous écrivez à ce propos.

Je ne proteste point contre votre opinion sur Rousseau. Je conserve la mienne. Quand pendant quarante années on peignit avec le soin qu'il mettait à achever ses tableaux, on a droit à l'attention de la critique éclairée. Pour moi, je mets Rousseau à côté, mais très au-dessus du graveur Georgin. Artiste populaire, il est vrai, Rousseau n'en reste pas moins, à mon avis, un peintre étonnant, parfois déconcertant et souvent admirable.

Du reste je comprends aisément que vos travaux, vos études vous éloignent des choses modernes qui se détachent le plus de la discipline de l'école. Mais je ne tiens pas à vous convertir. Vous êtes de ceux dont la science a des assises suffisantes pour que vous ne souhaitiez pas de les changer. La façon dont vous vous en servez, hors la circonstance toute particulière de la peinture d'avant-garde que vous ne pouvez faire qu'ignorer, rend trop de service à l'art, pour que je m'élève contre elle.

S'il y a des cas où à mon avis vous avez stigmatisé à propos le mercantilisme, je demande, en ce qui me concerne, à être tenu en dehors de suspicions que rien n'autorise.

C'est ainsi que durant les années où j'ai été le critique d'art de *L'Intransigeant,* j'ai défendu ce que j'ai cru être le meilleur sans souci des écoles, mais aussi sans sacrifier celles qui, étant les plus nouvelles, n'avaient que moi à ce moment pour les défendre. Les Allemands achetaient de la peinture nouvelle. J'aurais pu comme d'autres me laisser aller à vanter l'art munichois. Si j'avais obéi à des intérêts pécuniaires, je l'eusse fait, mais, je crois en cette circonstance (entre mille) avoir montré quelle indépendance était la mienne. Il n'est pas difficile de consulter la collection de *L'Intransigeant* pour voir ma conduite à ce moment où beaucoup marchèrent.

Les Allemands du reste, par le ministère de leur agent artistique Grantoff, m'en punirent et je ne figure dans aucune des anthologies de jeunes poètes de langue française qu'il publia par la suite.

Je ne vous écris pas tout cela pour vous étaler mon éloge, mais pour éclairer une religion qui à mon égard ne bénéficie je crois d'aucune clarté.

Puisque j'en suis venu à vous parler de l'art moderne, permettez-moi encore quelques remarques. Vous n'aimez pas grand-chose dans les arts d'aujourd'hui. Il serait étonnant qu'un professeur les aimât. On concilie facilement la nouveauté et le classicisme mais on ne réconcilie jamais le classicisme et la nouveauté. En musique par exemple on voit très bien un Debussy* goûtant Grétry, mais ceux qui en 1850 fulminaient contre Berlioz au nom de Grétry, s'ils vivent aujourd'hui où Berlioz est pour ainsi dire un des classiques de la musique, n'ont pas dû désarmer. Ainsi va la vie! Mais la nouveauté, croyez-moi, a du bon, quoi qu'on dise. Libre à chacun de l'appeler autrement! Disons, si vous voulez, «Vérité erreur inconnue», par exemple comme il est cité dans votre article de ce matin.

Ne croyez-vous pas d'autre part que si vous examiniez avec plus d'indulgence que vous n'en mettez les idées et les goûts de cette jeunesse qui a fait la guerre et qui a droit à des égards, vous n'éclaireriez bien mieux votre lanterne et prenant contact avec de fort braves gens ne les mettriez à même de profiter de votre science et de votre expérience.

Recevez, Monsieur et cher confrère, mes compliments empressés.

GUILLAUME APOLLINAIRE.

(Inédit.)

* Je choisis un exemple dans la musique qui m'est étrangère comme j'imagine qu'elle vous l'est également pour faciliter notre accord au sujet de personnages sur lesquels nous n'avons, ni l'un ni l'autre, je crois d'idées préconçues.

Critique littéraire

LA PHALANGE NOUVELLE

Mesdames, Messieurs,

Lorsque mes amis, les poètes Roinard et Michelet m'eurent fait part du dessein qu'ils avaient pris que l'on présentât en public et en trois entretiens, non seulement l'effort poétique d'une époque de la littérature française, mais aussi sa plus jeune promesse, et qu'ils m'avaient élu pour que je tentasse d'être en quelque sorte le prophète de cet avenir, ils ne voulurent point me dissimuler les difficultés de ma tâche.

La leur était mieux définie.

Il a connu *Les Maîtres et les Morts,* Roinard, leur survivant, dont la face cornélienne atteste l'origine normande et pour lequel un public d'élite tresse une couronne glorieuse.

Il connaît les *Survivants* triomphants, Victor-Émile Michelet, dont la renommée proclame partout le nom avec les leurs.

Mais moi, je ne vous connais pas tous, jeunes poètes pour qui les temps sont encore héroïques, jeunes héros qui affrontez l'ingratitude universelle, et qui dans l'isolement vous élevez jusqu'à la poésie, au faîte de la pensée humaine.

Je ne vous connais pas tous, et, pardonnez-moi, mes inconnus, si mon ouïe n'a pas été assez fine pour percevoir le divin concert de vos voix lointaines. Pardonnez-moi, vous qui souffrez et qu'on ne console pas; pardonnez-moi, vous qu'on ne comprend pas, vous qu'on ne veut pas comprendre; pardonnez-moi de ne pas avoir découvert vos retraites; pardonnez-moi d'ignorer la beauté de vos harmonies*.

Je dois m'excuser aussi d'une omission volontaire, sur laquelle je veux m'expliquer. Je ne parlerai point de nos poétesses, dont les mérites sont grands cependant, et qui sont nombreuses. Voilà justement les raisons pour lesquelles j'ai renoncé à les jeter pêle-mêle dans un discours où je serai trop injuste envers les seuls poètes pour risquer en outre de mécontenter des femmes charmantes et admirables. À aucune époque, je crois, nous n'entendîmes, comme aujourd'hui en France, tant de voix féminines former un chœur incomparable pour les ravissements que nous procurent leurs accents passionnés.

Il aurait fallu qu'une quatrième conférence fût consacrée à celles dont le cœur déborde de poésie, dont la bouche murmure ou clame des chants parfaits, et pour lesquelles je professe une admiration sans bornes.

L'année prochaine, si la Société des artistes indépendants, qui nous a si généreusement accueillis cet avril, veut bien nous convier à célébrer encore la jeune poésie chez la jeune peinture, nous ne manquerons pas d'exalter de nobles talents féminins. Mais qu'on excuse mes scrupules de cet an, qu'on veuille bien considérer l'étendue de ma tâche et combien je serai court, parlant à peine de jeunes gens en qui l'avenir reconnaîtra peut-être le génie. La brièveté est l'injustice même, et, si l'équité d'Aristide était la cause de son bannissement, injuste à souhait, je ne serai point exilé de la république des lettres.

Mesdames, Messieurs,

Avant de parler de cette nouvelle phalange de poètes qui les comprend depuis ceux qui voulurent s'appeler les naturistes[1] jusqu'aux plus jeunes et aux plus inconnus, je veux qu'on sache bien ma pensée et ne point laisser subsister d'équivoque.

* On m'a signalé quelques graves oublis. Mais, il est trop tard pour les réparer. Certes, j'aurais dû parler des poètes comme Camille Lemercier d'Erm, qui vient de renflouer l'antique nef des Argonautes, Gabriel Volland, Henri Bouvelet, Alfred Droin, René Turpin, J. Mercier, Malfère, Valenton, Martineau, Jean Clary, directeur de *Pan*, une de nos meilleures revues provinciales, etc. Je ne les connaissais pas. Qu'ils veuillent bien agréer l'expression de mes regrets sincères[a].

J'ai dit les raisons qui m'empêcheraient d'être juste. Eh bien, je mettrais de côté l'impartialité même plutôt que de renoncer à ce qui, étant mon goût, dépend de ma conscience. Je sacrifierai à des convenances historiques, mais avant tout j'ai consulté mes préférences.

J'en suis orgueilleux à plus d'un titre. Plusieurs des poètes que je préfère sont mes amis; nos goûts ne diffèrent point essentiellement, et même une communauté de pensées et de méthodes nous a pour ainsi dire réunis. C'est qu'aucun parmi les jeunes poètes que j'aime, aucun, dis-je, ne se tient en dehors de la tradition poétique française.

Quelle serait la caractéristique d'une tradition, sinon la continuité? Et, pour notre part, jeunes poètes, nous savons que nous ne nous égarons pas; car les maîtres que nous aimons, que nous voulons continuer en conservant notre personnalité, et que, par un noble sentiment d'émulation, nous voulons surpasser, ils existent, ils vivent, ils sont en plein travail, en pleine gloire.

Entre Francis Vielé-Griffin, Gustave Kahn, René Ghil, Paul Claudel, Adrien Mithouard, Jean Moréas, Émile Verhaeren, Henri de Régnier, Francis Jammes, Maurice Maeterlinck, P.-N. Roinard, Victor-Émile Michelet et nous-même, aucune solution de continuité, la tradition est ininterrompue. Et tous ceux qui veulent créer se tournent d'abord pour saluer ces créateurs.

Au contraire, de quelle tradition peuvent se réclamer les jeunes gens qui, sans souci de création, tentent en vain de ressusciter les systèmes poétiques morts? La tradition n'a pas eu lieu pour ceux qui se réclament du Parnasse; la chaîne a été rompue. Où sont leurs maîtres?

C'est aux symbolistes que Verlaine[1] et Mallarmé ont transmis la tradition, qui un moment était devenue le Parnasse. Les symbolistes furent les premiers objets de nos enthousiasmes, et tous ceux qui, depuis 1895, ont créé de la poésie doivent de la reconnaissance aux maîtres aimés du symbolisme.

Un journal italien, la *Vita letteraria*, publiait, il y a quelques semaines, un article intitulé : «La poésie moderne est la poésie unique[2]». Et, mettant à part tout ce que cette affirmation contient d'exagéré, je ne suis pas éloigné de croire que les symbolistes n'aient vraiment donné plus de force, plus de consistance, plus d'indépendance à la pensée uniquement poétique; je parle du lyrisme.

Les symbolistes nous ont encore donné le vers libre, que Francis Vielé-Griffin appelait récemment une conquête morale. C'est la pure vérité. Le conquérant se nomme Gustave Kahn.

Les symbolistes ont délivré la poésie captive de la prosodie, et, qu'ils le veuillent ou non, tous les poètes écrivent aujourd'hui en vers libres.

Mesdames, Messieurs,

Je n'ose point affirmer que la poésie moderne soit, en considérant les temps, la poésie unique ; mais je sais bien qu'aujourd'hui la poésie française est la poésie unique. Toutes les littératures de l'univers sont tournées vers elle, et la France doit cette supériorité à ces *Morts* que Roinard a commémorés, à ces *Survivants* qu'a exaltés Victor-Émile Michelet, à cette *Phalange nouvelle* qui les continue et dont je dois vous parler.

La plus importante manifestation poétique qui, frappant l'esprit des jeunes gens de ma génération, se soit opposée au symbolisme, dont elle découlait, s'est appelée : le naturisme.

Il venait à son heure et séduisit beaucoup de nouveaux poètes. C'était avant tout comme indication, car le symbolisme, à cette époque, traînait encore un encombrant bagage d'accessoires légué par le Parnasse, qui le tenait des romantiques. Les naturistes balayèrent tout cela. Puis[a], l'exaltation civique aidant, ils voulurent se mêler à la foule. Conscients de la nécessité d'une tradition et méconnaissant la tradition lyrique, les naturistes se découvrirent fils du naturalisme et choisirent Émile Zola pour leur maître. Roinard vous a déjà parlé de lui. Mais nos aînés, je crois, distinguent mal l'importance de cet homme.

Contraste étrange : tandis que ses nouveaux disciples, les naturistes, descendaient dans la rue, confondaient parfois le lyrisme et l'art oratoire, le père[b] du naturalisme devenait l'ennemi du peuple — on l'en a bien vengé depuis — il s'enfermait dans la tour d'ivoire et n'en sortit plus jamais. Sans le savoir, il alla au symbolisme, dont ce n'est pas la moindre victoire, et Robert de Souza a oublié d'en écrire le bulletin[1]. Ce n'est pas le plus petit succès des symbolistes qu'Émile Zola, dans ses derniers romans, dans ses livrets d'opéra, ait selon ses moyens recherché le lyrisme symbolique.

Je tiens à citer, parmi les poètes remarqués et aujourd'hui dispersés de l'époque naturiste : René-Albert Fleury, qui fut un des seuls vers-libristes de l'école; Michel Abadie, dont l'inspiration pastorale a de la pureté et de la grâce; Maurice Magre*, dont la voix grave fait retentir de mâles accents selon les vouloirs d'une muse toute latine; et surtout, Saint-Georges de Bouhélier**, en qui les naturistes reconnaissaient leur chef et qui est un grand et noble poète.

Après ceux-là, qu'on me permette de ne plus ranger les poètes par écoles. J'ai dit d'où ils viennent et je crois qu'ils ne seront pas fâchés si je reconnais que leurs personnalités sont trop différentes pour que les manifestes qu'ils se sont plu à écrire, ou simplement à contresigner, les contraignent à conserver toute la vie des étiquettes parfois gênantes.

Paul Souchon***, qui fut un ami d'Emmanuel Signoret, acquit à ce contact une pureté sereine. Si son exaltation lyrique est moins intense que celle du Pindare provençal, il a[a] des dons de composition plus grands et son lyrisme mesuré le place entre les naturistes et le goupe des Léo Larguier, Louis Payen, Ernest Gaubert****, auxquels on peut rattacher, sans les en faire dépendre, cet Olivier Calemard de La Fayette, qui mourut très jeune, Lucien Rolmer*****, dont le charme et la grâce sont adorables et qui a trouvé des accents d'une suavité et d'une tendresse uniques, Charles Derennes, Émile Despax******. L'élégance et l'inspiration de ces deux poètes ont, à mon sens, plus d'un point de contact avec le symbolisme féminin, qui emporta si facilement l'admiration populaire, ces dernières années.

Volontiers, je rattacherais MM. Fernand Divoire*******, qui compose des diatribes puissamment lyriques, Alexandre Arnoux********[b], Tancrède de

* Maurice Magre : né à Toulouse le 2 mars 1877.
** Saint-Georges de Bouhélier : né à Rueil, Seine-et-Oise, le 19 mars 1876.
*** Paul Souchon : né à Laudun, Gard, le 15 janvier 1874.
**** Ernest Gaubert : né à Saint-André-de-Sangonis, Hérault, le 27 janvier 1881.
***** Lucien Rolmer : né à Marseille le 31 juillet 1880.
****** Émile Despax : né à Dax, Landes, le 14 septembre 1881.
******* Fernand Divoire : né à Bruxelles le 10 mars 1883.
******** Alexandre Arnoux : né à Digne, Basses-Alpes, le 27 février 1884.

Visan*, Maurice de Noisay à cet idéalisme anglais du XVIIIe siècle qui modifia si profondément la sensibilité universelle.

Le premier, j'ai déploré l'influence persistante de la littérature anglaise en France. Mais je dois avouer que, dans les cas divers des poètes que j'ai cités, elle vient imprimer son cachet à des qualités si continentales qu'elle n'est plus même en question.

M. Alexandre Arnoux, qui a erré si mélancoliquement dans le décor automnal de son *Allée des mortes*, est bien un Young; mais son enthousiasme funèbre pousse vers la vie et non au suicide.

M. Tancrède de Visan, dont la piété éclairée a fait ressortir avec un tact si raisonnable toutes les beautés dans les chefs-d'œuvre de ses maîtres illustres[1], a conçu son art comme un grand arbre plongeant «ses racines dans la nature pour s'élancer droit vers l'absolu».

M. Maurice de Noisay a le même idéal. Sa fraîcheur ressemble à un printemps commençant, et sa poésie est parfois comme une extase.

M. Edmond Toucas-Massillon** possède[a] le sens précis et très rare de la justesse rythmique.

M. Robert Maze*** a une imagination compliquée qui déforme exquisement la réalité.

L'exotisme de M. R. Vermandois est[b] d'une nouveauté jamais irritante. Qu'il est loin de la morgue, de l'insolence de Henry J.-M. Levey, ce pâle poète malade qui envoyait à ses amis, pendant des croisières dans les mers lointaines, d'âpres *Cartes postales*, dont l'ironie lyrique trahissait le mal qui sans doute l'a emporté.

R. Vermandois ne connaît point non plus les terribles et rauques accents de Robert Randau, Ézéchiel de l'Algérie, qui pousse des cris effroyables et passionnés.

Mais nous aimons avant tout, dans la poésie de R. Vermandois et de Claude-Roger Marx****, une riche mélancolie, une langueur délicate et voluptueuse.

«M. Henri Strentz*****, l'auteur du *Regard d'ambre*, a dit Victor-Émile Michelet, a décelé une sincérité

* Tancrède de Visan : né à Lyon le 17 décembre 1878.
** Toucas-Massillon : né à Toulon le 10 janvier 1881.
*** Robert Maze : né au Havre le 4 août 1884.
**** Claude-Roger Marx : né à Paris le 12 novembre 1888.
***** Henri Strentz : né à Paris le 28 mars 1873.

ingénue et profonde, une émotion qui se mêle tendrement aux haleines de la terre et des ciels.»

André Mary*[a], poète sylvestre, nous convertit à sa phytolâtrie. Avec lui, nous adorons les essences forestières qu'il divinise. Il vit dans les hautes futaies, où le vent, les feuillages et les oiseaux prononcent des oracles merveilleux.

André Mary, doux bûcheron des profondeurs de la forêt, que la ramée vous favorise!

Léo Larguier et Louis Payen** sont liés[b] par la communauté de leur idéal un peu sévère. La raison en est la gardienne, mais le goût la commande. Pour ce qui est de Louis Payen, son art a la noblesse d'un marbre antique, d'une statue brisée. Et, le lyrisme raisonnable de Léo Larguier nous vaut la poésie la plus tendrement virile, sans doute, de cette époque.

Georges Périn***[c], est-ce une flûte plaintive? Ses accents sont ravissants; son hésitation est émouvante, et son espoir intense concentre sur chaque objet la puissance de sa prière. Ce dévot nous présente son âme comme un miroir exquis, et nous transfigurons notre espérance en l'y mirant.

Eugène Fayolle**** vit un rêve enchanté dont les visions sont si concrètes, que la rhétorique devient ici la réalité, et réciproquement.

L'âme de Félicien Fagus***** a subi, ces dernières années, une terrible crise. Il s'est réfugié à *L'Occident*[1], revue qui, par contraste, dégage une vague odeur d'encens oriental. Ce poète a trouvé des accents puissamment

* André Mary : né à Châtillon-sur-Seine, Côte-d'Or, le 20 novembre 1879.

** Louis Payen : né le 13 décembre 1875 à Alès, Gard.

*** Georges Périn : né à Metz le 1er novembre 1873.

**** Eugène Fayolle : né à Lyon le 14 novembre 1875.

***** Félicien Fagus : né à Bruxelles le 22 janvier 1872. Il célèbre son origine dans ces vers touchants et pleins de foi :

Fils du Champenois et de la Mancelle,
Conçu dans Paris et né dans Bruxelles,
Où Sainte-Gudule et ses tintements
Cadença mon cœur et ses battements,
Je demande à Dieu pour bonté suprême
De m'ensevelir, et tous ceux que j'aime,
Fini mon labeur d'amour et de foi,
Notre-Dame de Paris, près de toi!

lyriques pour crier le tourment de son âme, pour célébrer l'horreur sacrée des espaces inférieurs où tourne sans trêve la fatale roue d'Ixion.

M. Louis Bourny, qui va nous dire des poèmes de MM. Léo Larguier, Louis Payen, Georges Périn, Félicien Fagus, n'est pas seulement un artiste dramatique du premier ordre, mais aussi un poète dont les mérites ressortiront lorsqu'il lui plaira de publier ses vers.

On sait[a] que les grands poètes français d'origine étrangère ne sont pas rares. Nous avons aujourd'hui : Jean Moréas, Francis Vielé-Griffin, Stuart Merrill, Émile Verhaeren, F. T. Marinetti, Ricciotto Canudo, etc.

F. T. Marinetti* est avant tout un poète épique. Son talent ne va pas sans quelque analogie avec celui de Robert Randau, dont j'ai déjà parlé. Mais il a moins de sauvagerie, et sa sensibilité est plus voluptueuse. Il a consacré une glorieuse revue, *Poesia,* à l'exaltation de l'universelle poésie.

Ricciotto Canudo** est un poète philosophe, chez qui la méditation n'apaise point l'ardeur lyrique. Épris d'art théâtral, il a tenté de réaliser dans sa *Trilogie méditerranéenne* une sublime conception de la tragédie. On peut ranger Ricciotto Canudo parmi les plus enthousiastes de son époque, et son courage artistique est au-dessus de tout éloge.

Paul Fargue***[b], de qui nous attendons depuis longtemps un livre, passe pour avoir renoncé à la poésie. Quelle erreur! Ce poète, dont, il y a une dizaine d'années, les vers manuscrits ou dactylographiés couraient de main en main, étaient lus avec admiration, n'a point cessé d'être un poète. Plusieurs de nos aînés, André Gide, par exemple, savent par cœur des vers de Paul Fargue. Ce jeune homme a gâté plutôt la génération qui le précédait que celle qui l'a suivi, et peu d'entre nous connaissent son œuvre. Son nom paraissant dans cet entretien est comme le signe d'une résurrection.

Les vers que l'on va entendre ont été choisis parmi ceux de l'époque où, en compagnie de Maurice Cremnitz qui a trop tôt renoncé aux lettres, il plaisait à M. Paul

* F. T. Marinetti : né à Alexandrie, Égypte, le 24 décembre 1879.
** Ricciotto Canudo : né à Gioia dal Colle, Italie, le 2 janvier 1879.
*** Paul Fargue : né à Paris le 4 mars 1876.

Fargue d'inspirer de l'admiration à ses contemporains. Mais je sais que depuis il s'est recréé une prosodie semblable à l'ancienne.

Les liens d'amitié qui m'unissent fraternellement aux poètes qui suivent m'autorisent à en parler plus longuement, et c'est avec eux que, pendant un an, je pus faire paraître *Le Festin d'Ésope.*

On se souvient encore quelquefois, parmi les jeunes gens, de la remarquable campagne que mena M. Henri Hertz* dans *La Critique des livres.* Ce poète savait parler des poètes. Sa critique des poèmes était pénétrante, écrite avec amour. Mais, avant tout, Henri Hertz est un poète, un poète marin. Son âme, que composent sans doute les âmes de Corbière et de Laforgue, a les caprices de l'Océan qui, fluide et immense, vit partout à la fois, qui dort, qui se réveille, qui court *à l'assaut des récifs,* qui bondit dans les abîmes. La mer n'habite pas seulement les gouffres qui lui paraissent destinés; elle déborde et engloutira l'une après l'autre toutes les villes. Les nuages la portent et la secouent en pluie, en grêle, en neige. Elle relie la terre au ciel.

Lorsque Henri Hertz eut fait paraître son recueil de *Quelques vers,* il l'envoya aux poètes célèbres, aux écrivains illustres, aux critiques orgueilleux et aux revues!

C'est l'usage.

Les revues ne parlèrent point de *Quelques vers,* et il ne se trouva dans Paris, dans la France tout entière qu'un seul homme, M. Paul Adam, qui prît peine d'adresser à Henri Hertz sa carte de visite, sur laquelle il avait fait écrire un banal compliment. Et cependant, il s'agissait là de poèmes d'une force et d'une puissance trop rares aujourd'hui.

On n'a pas été beaucoup plus juste envers André Salmon**. À part[a] l'exquise nouveauté de ses accents, ce poète, tour à tour charmant et étrange, a une éloquence languide qui supportera les atteintes du temps. André[b] Salmon connaît cette ineffable union de l'harmonie de la forme et de la propriété du langage. Son lyrisme a une jeunesse que je crois éternelle. André Salmon est un des fondateurs de *Vers et prose,* périodique admirable,

* Henri Hertz : né à Nogent-sur-Seine le 17 juin 1875.

** André Salmon : né à Paris le 4 octobre 1881.

véritable monument que Paul Fort, miraculeux lyrique, élève à la gloire de la poésie contemporaine.

La poésie de Nicolas Deniker*[a] est comme un lac limpide et lumineux; c'est un miroir sans tache, ou mieux encore, de la neige, de la prière, c'est une poésie angélique. Les harpes célestes sont moins harmonieuses.

La renommée viendra bientôt prendre Max Jacob** dans[b] sa rue Ravignan[1]. C'est le poète le plus simple qui soit et il paraît souvent comme le plus étrange. Cette contradiction s'expliquera aisément, lorsque j'aurai dit que le lyrisme de Max Jacob est armé d'un style délicieux, tranchant, rapide, brillamment et souvent tendrement humoristique, que quelque chose rend inaccessible à ceux qui considèrent la rhétorique et non pas la poésie. Le sens que Max Jacob a de la beauté et de la bonté ne parvient pas à le rapprocher des poètes qui cherchent l'éloquence misérable, et lui reprochent de se laisser détourner de la lucidité par de spécieuses pensées.

La gloire de John-Antoine Nau grandit chaque jour. Notre aîné par l'âge, John-Antoine Nau, est regardé comme leur maître par beaucoup de jeunes poètes qui l'admirent sans l'imiter, car c'est le propre d'une telle poésie d'être inimitable. Ces ondes poétiques ont une telle pureté, que ce serait un sacrilège que d'usurper le droit sacré de John-Antoine Nau sur son art : une poésie large, humaine, grave, charmante et comme lointaine.

Jules Romains*** possède une imagination ardente dont la faculté créatrice s'est exercée et s'exercera encore, même en dehors du domaine de la poésie. Et l'*unanimisme* n'est pas seulement un mot qu'il a inventé pour se singulariser. C'est réellement une discipline que s'est choisie cet esprit audacieux, et je suis bien certain d'avance qu'elle ne lui causera jamais aucune gêne[2].

Jean Royère[c3] a réuni par deux fois déjà autour de lui l'espoir de la littérature française.

Il nous a ouvert *La Phalange,* cette jeune revue qui, presque seule, défend en France la cause du lyrisme.

C'est autour de Jean Royère que se sont réunis, avec

* Nicolas Deniker : né à Meudon, Seine, le 24 janvier 1881.
** Max Jacob : né à Quimper le 15 juillet 1877.
*** Jules Romains : né à Saint-Julien-Chapteuil, Haute-Loire, le 26 août 1885.

quelques-uns des maîtres aimés : MM. Henri Aimé, Jean Aubry, Edgar Baes, Jacques Balder*, Léon Tonnelier, René d'Avril, Paul Briquel, etc. Presque toute la phalange[a] nouvelle fait partie de *La Phalange* que mène Jean Royère. Je veux encore citer MM. Sulger Buel, l'exquis Charles-Adolphe Cantacuzène, Maurice Canu-Tassily, Francis Carco, Th. Dan Cerkez, A. Chomel, Pierre Custot, J. de Bardy, Paul Drouot, André Du Fresnois**, Serge Evans, Jean Florence, Roger Frène — qui donne une forme classique à une production d'une inspiration très moderne —, Louis de Gonzague Frick*** — à la boutonnière toujours fleurie —, Gadon, André Kahn, Jean Lahovary, Constantin Lahovary, Georges Lévy, Louis Lormel****, Louis Mandin***** — dont les rythmes savants sont très émouvants —, Stéphane Martzokis, le pur et le subtil Francis de Miomandre, Abel Léger******, Louis Norac, Michel Puy, É. de Rougemont, Émile Sicard******* — un doux et grand poète né dans le Midi, et dont l'âme est du Nord —, Émile Solari, Touny-Lérys — qui dirige si vaillamment en province *Poésie,* une belle revue de décentralisation —, Sébastien Voirol, Ary-René d'Yvermont******** — qui a mis au service des poètes français une publication précieuse, *Isis*[1], où il leur fait connaître aussi le lyrisme étranger —, et Julien Ochsé*********, chanteur mélodieux et nostalgique, qui récemment est venu seconder Jean Royère et dirige avec lui *La Phalange.*

Et ce n'est pas[b] de la reconnaissance seulement que nous professons pour Jean Royère. L'auteur de *Sœur de Narcisse nue* a droit à toute notre admiration, car son ouvrage s'approche tellement de la perfection que, sur ce point avant tout, il est incomparable.

La jeune renommée[c] de Guy Lavaud********** me

* Jacques Balder : né le 8 septembre 1885.
** André Du Fresnois : né à Vanves le 1er mai 1886.
*** Louis de Gonzague Frick : né à Paris le 13 mars 1883.
**** Louis Lormel : né à Paris le 12 mai 1869.
***** Louis Mandin : né le 14 avril 1872.
****** Abel Léger : né à Paris en novembre 1882.
******* Émile Sicard : né à Marseille le 29 octobre 1879.
******** Ary-René d'Yvermont : né à Alexandrie, Égypte, le 13 mars 1873.
********* Julien Ochsé : né à Paris le 18 mai 1874.
********** Guy Lavaud : né à Terrasson, Dordogne, le 9 août 1883.

dispense de louer son art pur comme une claire fontaine. *La Floraison des eaux*, tel est le beau titre d'un recueil qui doit chanter dans toutes les mémoires de poètes.

Aidé dans sa tâche par M. Jean Veillon et par A. Toussaint Luca* — poète trop inconnu, trop négligé —, Guy Lavaud dirige, à Nice, *La Revue des lettres et des arts*, qui seconde *La Phalange* et défend la poésie au bord de cette Méditerranée bleue et dorée, où les eaux, le ciel et la terre étalent leurs multiples floraisons d'écume, de fleurs et d'étoiles.

Il serait injuste de ne pas dire le rôle important joué ces dernières années par une revue régionaliste paraissant dans le nord de la France : *Le Beffroi.*

Cette revue fut fondée à Lille, en janvier 1900, par Léon Bocquet**, et quelques-uns de ses amis. On avait voulu créer, dans ce Nord seulement industriel et commercial, un mouvement littéraire.

Autour des aînés partis pour la capitale, *Le Beffroi* réussit à grouper tous les talents qui tendaient à se manifester, et cela sans souci d'écoles ou de théories.

Il publia aussi les premiers livres de Théo Varlet*** — cet étonnant visionnaire, dont les poèmes ont une singulière magnificence —, d'Edmond Blanguernon, de Paul Castiaux**** — inventeur de rythmes miraculeux, qui dirige une admirable chrestomathie périodique de poésie : *Les Bandeaux d'or* —, de Delattre, de Léon Deubel***** — qui chante douloureusement et harmonieusement comme un séraphin blessé —, de Jules Mouquet, de Roger Allard et d'Amédée Prouvost.

C'est au *Beffroi,* en 1905, que le doux Charles Vildrac****** publia son livre *Poèmes,* où il exposait son rêve d'une abbaye de poètes.

Cette utopie se réalisa; mais le phalanstère thélémite[1] ne dura pas assez longtemps pour qu'on distingue l'influence que la vie en commun aurait pu exercer sur l'art de ses profès.

* Toussaint Luca : né à Campile (Corse).
** Léon Bocquet : né à Marquillies, près de Lille, le 11 août 1876.
*** Théo Varlet : né à Lille le 12 mars 1878.
**** Paul Castiaux : né à Lille le 3 février 1881.
***** Léon Deubel : né à Belfort le 22 mars 1879.
****** Charles Vildrac : né à Paris le 22 novembre 1882.

L'Abbaye donna l'asile[a] à quelques poètes dont l'œuvre à peine commencée s'impose à l'attention : Georges Duhamel*, en qui ses amis placent les plus fiers espoirs, René Arcos** le cosmogonique, qui perçoit le mouvement des sphères célestes et flotte extasié entre les nébuleuses, Alexandre Mercereau***, qui vient d'abandonner le pseudonyme d'Eshmer Valdor, sont tous parmi les meilleurs esprits d'une génération qui semble avoir un grand rôle à jouer.

C'est également à l'Abbaye qu'il faut rattacher M. Fritz Vanderpijl****, dont les plaintes naïves rappellent parfois les accents douloureux d'un Verlaine ou d'un Villon.

Mesdames, Messieurs[b],

J'arrive au bout du programme que je me suis tracé. Vous connaissez les poètes qu'il me reste à citer : Adolphe Lacuzon, un des plus nobles et des plus modestes poètes actuels et le chef harmonieux de l'intégralisme; Léon Vannoz, François Porcher, Charles Grolleau*****, Guy-Charles Cros******, le tendre et le délicat Fernand Fleuret, Lesieutre, Louis Thomas, Émile Henriot, Valmy-Baisse, Edmond Blanguernon, Raoul Gaubert, Gaudion, Francis Bœuf, fort et mélodieux; Achille Richard, Henry Vernot, Auguste Brunet, Jean Metzinger*******, Auguste Achaume********.

Sadia Lévy*********[c] doit à son souci de la perfection humaniste d'être moins connu à cette heure qu'un grand nombre de grimauds. Mais son lyrisme oriental ne connaît point l'ironie désabusée, souvent si pathétique et si nouvelle, d'André Spire**********. Quelle émotion[d] nous secoue, André Spire, quand nous vous lisons. Il nous

* Georges Duhamel : né à Paris le 30 juin 1884.
** René Arcos : né à Neuilly-sur-Seine en septembre 1881.
*** Alexandre Mercereau : né à Paris le 22 octobre 1884.
**** Fritz Vanderpijl : né à La Haye, Hollande, le 27 août 1877.
***** Charles Grolleau : né à Paris le 28 juin 1867.
****** Guy-Charles Cros : né à Paris [en] février 1879.
******* Jean Metzinger : né à Nantes le 24 juin 1883.
******** Auguste Achaume : né à Marseille le 3 novembre 1875.
********* Sadia Lévy : né à Sidi-Bel-Abbès, dépt d'Oran, le 6 septembre 1875.
********** André Spire : né à Nancy le 28 juillet 1868.

semble que vos vers si légers ont le pouvoir d'ébranler les fondements des empires et même ceux des républiques.

Le siècle n'est pas juste enfin pour W. O. Milosz*, dont l'âme ardente a quelque chose de byronien. Ce Slave n'est pas désenchanté, et nous reconnaissons en lui une puissance d'images, un lyrisme si évocateur, qu'il ne faut pas hésiter à le placer entre les premiers des nouveaux poètes[a].

Mesdames, Messieurs,

Je n'ai point préparé de péroraison, et vous m'excuserez de conclure brièvement. Nouveaux Amphions, nouveaux Orphées, les jeunes poètes dont je viens de vous parler forceront prochainement l'admiration, rendant sensibles à leurs accents les pierres mêmes et les animaux sauvages.

APPENDICE[1]

À MONSIEUR LE DIRECTEUR DE LA REVUE « LES ARGONAUTES »

Monsieur,

J'ai dit : « Qu'ils le veuillent ou non, tous les poètes écrivent aujourd'hui en vers libres. »

C'est la simple constatation du droit qu'ont maintenant les poètes d'innover en matière de versification. Et ceux-là mêmes qui s'en tiennent aux prosodies parnassienne, romantique ou à la prosodie classique, n'en suivent plus les règles parce qu'ils les trouvent dans un manuel de versification, mais parce que s'exerçant en toute liberté selon les lois d'une prosodie ou ancienne ou nouvelle, ils y découvrent le rythme et la cadence de leur lyrisme.

Touchant les écoles poétiques et les vocables grâce auxquels elles se distinguent, ma prudence avait été manifeste; aussi trouvé-je injustifié ce reproche qui m'ac-

* W. O. Milosz : né au château de Tchéreya, Pologne, en 1877.

cable sous des termes disparates dont plusieurs passent sous mes yeux pour la première fois.

Symbolistes? Vous avez trop de sens et trop de goût pour méconnaître les talents qui ont illustré cette «étiquette» comme vous dites.

Naturistes? Ce groupe intéressant, aujourd'hui dispersé, était composé en grande partie de poètes de premier ordre qu'une très grave injustice a rejetés momentanément dans un demi-oubli, mais dont la noblesse et l'excellence réapparaîtront. Je veux parler avant tout de Saint-Georges de Bouhélier : véritable maître d'un grand nombre de jeunes poètes qui, s'ils avaient le sentiment de leur origine, devraient, se réclamant de lui, acclamer son jeune héroïsme.

Décadistes? Décadentistes? Je ne suis pas au courant de ces énormités.

Somptuaires? M'excusant de ne pas classer les poètes par écoles, j'ai ajouté : «Et les Somptuaires ne tiennent pas, je pense, à immortaliser le souvenir d'une sottise.»

J'ai profité de ce que le nom de Jean Royère m'interdisait de passer sous silence une publication qu'il a si vaillamment consacrée à la défense du lyrisme pour citer — et pêle-mêle, à mon grand regret, mais le temps me pressait — plusieurs poètes qui, pour la plupart, publient aussi leurs poèmes dans d'autres revues, et même dans *Les Argonautes.*

Le titre des trois conférences données cette année aux Indépendants furent choisis[a] en collaboration, et celui de «La Phalange nouvelle», proposé par l'un de nous — ce n'était pas moi — fut trouvé excellent par mes deux collaborateurs, si bien que je m'inclinai, n'ignorant pas toutefois qu'une telle dénomination prêterait à l'équivoque que vous vous êtes chargé d'établir.

Et cependant ma conférence entière dément cette impression puisque plus de la moitié des poètes cités, et particulièrement ceux sur lesquels je me suis le plus étendu, n'ont jamais rien donné à *La Phalange,* bien qu'elle soit, d'après ce que j'en sais, ouverte à tous les talents.

Je ne voudrais pas terminer cette défense de ma bonne foi artistique qui vous paraîtra encore sans doute et malgré moi l'apologie d'une revue excellente sans ajouter que j'ai parlé d'autres périodiques, comme *La Revue des lettres et des arts, Le Beffroi* et que, si j'en avais trouvé l'occasion j'aurais célébré l'admirable recueil de *Vers et prose* véritable monument que Paul Fort a élevé à la gloire de la poésie. Et ces *Argonautes* que, nouveau Jason, vous menez vers une lyrique Colchide, je les eusse loués si j'avais eu connaissance de leurs efforts et des vôtres.

J'ai malheureusement laissé dans l'ombre quelques noms estimables : c'est que ma science n'a pas été à la hauteur de ma bonne volonté. Mais, vous me pardonnerez d'avoir mis mes complaisances en certains poètes que vous n'admirez point. Ici nos goûts respectifs sont seuls en cause.

Au reste, le texte des trois conférences, desquelles la troisième vous a choqué, va paraître avant peu en librairie, accompagné de nombreux poèmes.

Parcourant ce volume je ne doute point de vous voir reconnaître, avec la pureté de mes intentions, les mérites incontestables de poètes qui tous aiment leur art avec un sublime désintéressement.

Veuillez recevoir, Monsieur, les compliments empressés de votre dévoué confrère.

GUILLAUME APOLLINAIRE.

LES POÈMES DE L'ANNÉE

(2e série)

LES POÈMES DE L'ANNÉE
(2e série)

Mesdames, Messieurs,

Si l'on examine de près la production poétique de ce temps on doit remarquer avant tout que nulle époque ne fut plus féconde en audaces de toutes sortes. Et ces audaces tendent toutes vers l'ordre qui est la plus divine des audaces puisque créer n'est rien autre qu'ordonner un chaos. J'ai dit à plusieurs reprises et on l'a dit aussi avant moi : le XVIIe siècle et son classicisme pâliront sans doute à l'éclat qui sortira des arts en ce XXe siècle. Ici même s'est élaborée une magnifique rénovation des arts plastiques. Et des tendances identiques apparaissent dans la poésie. Les poètes ont reconnu que les néologismes ne pouvaient vivre que s'ils étaient pratiques, c'est-à-dire que s'ils avaient été créés pour l'utilité des particuliers : ouvriers, artistes, savants ou philosophes. Les poètes d'aujourd'hui aussi audacieux et peut-être plus que leurs aînés apportent à la langue des beautés *toutes* neuves par le *renouvellement* profond et très pur des images. Le langage par des efforts admirables est en train de devenir plus synthétique et ce travail orgueilleux par quoi Malherbe permit la naissance des chefs-d'œuvre de notre littérature, il s'accomplit aujourd'hui en commun entre tous les jeunes poètes et avec une magnificence, un lyrisme, une ingénuité qui ne risqueront point d'appauvrir ce français à qui les linguistes promettent des destinées plus éclatantes encore que celle d'être parlé par l'élite de l'humanité.

Et le rythme a pris soudain une importance que les

initiateurs, les destructeurs si l'on veut de l'ancienne métrique n'avaient point soupçonnée. Quel critique malavisé oserait encore parler de hasard à propos du vers libre? Et quel censeur se refuserait à reconnaître les logiques diverses et personnelles tentatives par lesquelles les poètes veulent honorer aujourd'hui non seulement leur art mais encore leur métier.

Et ici Mesdames, Messieurs, il faut que je rende un hommage auquel votre présence donne un prestige sans égal à cette volonté décidée qu'ont tous les poètes actuels de donner à leur lyrisme une signification idéale, concentrée et universelle qui, caractéristique des époques de classicisme, conférera aux productions souvent peu attrayantes de notre temps une portée universelle. Car, Mesdames et Messieurs, je ne pense pas que la littérature française ait un but strictement nationaliste. Sa tradition est plus haute. Déjà aux temps de l'épopée courtoise le celticisme avait régénéré et civilisé l'Europe, ensuite la Renaissance produisit avec le classicisme français la plus haute et la plus noble expression lyrique des temps modernes et maintenant sur des pensers nouveaux les poètes revenus aux principes les plus antiques y retrempent la pureté de leur inspiration. Et le monde entier s'étonnera de la nouveauté de cet effort. Car, de même que la langue française, de même que les idées de la France, la poésie française est avant tout internationale.

Vous reconnaîtrez des traces de cette pureté universelle dans les œuvres de quelques poètes que par un malentendu fatal j'ai oubliés l'an dernier. Vous les reconnaîtrez dans l'idéalisme païen de MM. Achille Richard et Marc Varenne; dans la fière et délicate sensibilité de Robert Scheffer, humaniste subtil en qui Ovide, courtisan tendre, curieux et malheureux, aurait reconnu son frère.

Henry Vernot, moderne Benvenuto Cellini, concilia l'orfèvrerie avec l'art littéraire. Il est au courant des productions lyriques du monde entier et sa bienveillance s'étendant à toutes les nations, il nous a fait connaître en les adaptant dans notre langue quelques poèmes barbares mais sublimes.

M. Jacques d'Adelsward Fersen est un des contribuables les plus charmants de la république des lettres. Son lyrisme héroïque et attendri connaît les raffinements antiques.

M. Paul Gabillard a mis dans son œuvre, a-t-il écrit lui-même, «toute l'effusion lyrique d'une âme juvénile et mystique». Il va publier prochainement un nouveau volume de vers : *Les Bolides*[1].

M. Georges Pioch est un des poètes les plus hautains de notre temps. Sa poésie est une oasis en fête qu'habitent des archanges incorruptibles.

M. Émile Cottinet a bien voulu nous faire parvenir les lignes suivantes qui caractérisent admirablement son art et son intelligence : «Foncièrement indépendant, je ne m'attache à proprement parler à aucune *école*. Très éclectique dans mes cultes, je me sens partout attiré par tempérament vers les poètes subjectifs et intimes : Villon, Heine, Musset, Verlaine, Laforgue, Jammes, Lucie Delarue-Mardrus et beaucoup d'autres de même famille sous des apparences si contraires.»

M. Émile Cottinet a trouvé là une expression très heureuse. Sous des apparences contraires tous les poètes dont je dois vous parler s'efforcent d'élargir l'horizon lyrique concevant désormais la poésie comme la plus sublime expérience humaine. Elle anticipe sur tous les arts, sur toutes les sciences qui n'avancent pas à cause des certitudes nouvelles que contiennent les ouvrages poétiques. L'art est inutile, si l'on veut, inutile comme la vie elle-même. MM. Jean Royère, Ricciotto Canudo, Marcel Duminy, André Salmon, Max Jacob, Louis Mandin, Jules Romains, P.-J. Jouve, Paul Castiaux, Vincent Muselly, Touny-Lérys n'ont pas encore publié de volume cette année. Cependant leur nouveau recueil doit bientôt paraître et il aurait été injuste que cet entretien consacré aux poèmes de l'année ne fît point mémoire de leur nouvel effort.

M. Pierre Corrard a réuni dans les *Opalines* des poèmes d'une sensibilité aiguë où les recherches rythmiques s'accordent avec un merveilleux don verbal. Il a un sens très précis de la vie moderne et son livre est un collier de pierres précieuses délicieuses comme des larmes.

M. Julien Ochsé hanté par les paradis perdus des lointaines Tahitis sanglote éperdument et murmure des poèmes langoureux, amers et décidés qui ne vont pas sans faire songer au décevant Aubrey Beardsley en qui il a mis toutes ses complaisances : la poésie de Julien Ochsé est romanesque comme un bibelot ancien qu'embellissent les souvenirs et son vers tendre et délicat se rompt parfois comme un cœur qui se brise.

M. Georges Gaudion a publié cette année un précieux recueil : *La Prairie fauchée.* Ce poète a retrempé son inspiration dans la pure émotion populaire et ses certitudes humanistes nous promettent pour bientôt un chef-d'œuvre définitif.

M. Guy Lavaud allie à la pureté racinienne la subtilité d'un poète chinois de l'époque des Tang. Son allégresse, sa douleur se confondent en une même réalité charnelle. *Du livre de la mort,* sa plaquette qui a paru au mois de janvier, est une fleur nocturne et magnifique.

M. Jean Dorsal est le pseudonyme éclatant d'un des plus nobles peintres vivants[1]. De même que Léonard de Vinci il a créé dans toutes les branches de la science humaine. Certains de ses vers sont d'ardents rayons de soleil.

Mme Val. de Saint-Point dont la culture est égale à l'inspiration s'occupe de toutes les hautes questions artistiques et esthétiques qui inquiètent l'humanité. Elle a crié dans ses *Poèmes d'orgueil* d'admirables chants lyriques, rauques parfois comme des prophéties. Cette vocératrice annonce passionnément qu'une ère vient de finir et tournée vers l'avenir elle lui impose, avec une précision et une noblesse dont on n'avait pas d'exemple, ses volontés de femme nouvelle, de Lilith ressuscitée.

Mlle Berthe Reynold est aussi un de ces nouveaux talents féminins qui prodiguent les trésors de leur sensibilité encore intacte, de leur intuition, de leur volonté. Elle a publié un livre important : *Par les chemins,* sur lequel elle a bien voulu nous dicter les lignes suivantes :

Monsieur,

Le titre de mon livre : Par les chemins *traduit ce qu'est ma personnalité poétique. En ceci, je me sens l'esprit, l'amour, la volonté d'un chemineau et j'oublierais le poète le plus beau, le plus grand, le plus aimé si je devais le reconnaître pour modèle ou guide, c'est-à-dire s'il pouvait m'attirer dans une voie.*

Il y a l'univers et l'éternité, l'amour et la mort, puis une lyre qui chante en moi. Et que soit toujours ma chanson rythmée d'Art et de Poésie, et libre sur les ailes effrénées d'une vagabonde cariatide nommée : lyrisme.

En sympathie

B. REYNOLD.

Mme Marie Dauguet a publié cette année *Les Pastorales* dont l'émotion bucolique est très justement dédiée à l'ombre de Virgile.

M. Marinetti peut sembler avoir pris à tâche de démontrer que les Vandales étaient dans le privé gens fort bien élevés. Cependant il ne faudrait pas l'accabler sous les métaphores de son manifeste futuriste qui, destiné seulement à l'Italie, a été la manifestation brutale et incertaine des inquiétudes lyriques qui nous agitent tous, et que beaucoup d'entre nous n'osent point exprimer. Le poète de *La Ville charnelle* n'est pas un barbare. Ombre de François Ier, est-ce vous qui, poursuivant les desseins que vif vous vouliez réaliser, avez, grâce à Marinetti, reconquis le Milanais, y suscitant des écoles littéraires qui se réclament de la France, y faisant surgir des poètes de langue française qui, semblables en cela à cet Arétin qu'on vous présenta à Milan, savent se servir de la presse avec tant d'audace et tant d'à-propos.

Henri Hertz vient de publier un drame que nous ne verrons peut-être jamais représenter. Qu'importe! on l'a joué sur le théâtre idéal de nos mémoires. La publication de ce mystère civil : *Les Mécréants,* marque une date dans l'histoire dramatique et dans celle du lyrisme. Henri Hertz taille de belles images toutes neuves dans le dur granit de ses impitoyables conceptions.

Charles Vildrac nous a donné dans ses *Images et mirages* l'expression la plus émouvante jusqu'à ce jour de ce lyrisme issu de la fraternité en quoi les poètes de l'avenir reconnaîtront sans doute la source d'une poésie touchante et profondément humaine. Vildrac a un don rythmique du premier ordre et à la douceur il mêle une force persuasive sûre d'elle-même.

Henri Guilbeaux a écrit sur Berlin des *Feuillets d'un solitaire.* Cette ville moderne et sans églises l'a retenu. Et il est revenu d'Allemagne enthousiasmé par les esprits libres, cultivés et audacieux qu'il se souvient d'y avoir hantés.

M. Louis Latour[r]ette a réuni dans un volume qu'il n'a laissé imprimer que pour ses amis quelques poèmes en prose à qui l'avenir, malgré le poète, donnera sans doute la popularité des éditions nombreuses[1]. Les lisant quelques noms viennent aux lèvres : Voltaire, Mallarmé,

Oscar Wilde. Mais avant tout dans ses phrases essentielles Louis Latourette a mis un lyrisme puissant qui lui appartient en propre et qui à chaque page nous frappe si soudainement que ces corps inattendus montrent bien *Des étoiles en plein midi.*

M. Camille Lemercier d'Erm est un poète dont l'idéal hautain s'est exilé. Il vient de cette Bretagne pensive et volontaire où il faudrait chercher les origines de la civilisation actuelle. De cette Bretagne qui est l'Hellade océanique et à qui notre culture doit presque autant qu'à l'antique Grèce méditerranéenne. L'inspiration de Camille Lemercier d'Erm est très élevée, son lyrisme connaît des envolées admirables et monte comme une fleur mystique qui grandirait et s'épanouirait sans tige, sans plante sous le ciel miraculeux d'Armor.

M. Guillaume Carantec a écrit *Le Roi mort,* c'est un vitrail en vers où l'on voit agenouillé le bon roi René qui ne fut pas meilleur chrétien que ne l'est sans doute le noble poète qui le célèbre.

M. Jean Clary a publié cette année une plaquette de poèmes délicats *d'or et de soleil*[1] et va faire paraître très prochainement un nouveau recueil *Poèmes de la mer sombre* d'où est extraite la pièce que dira M. Jouvey.

M. Joël Dumas a donné pour titre à sa plaquette cet adverbe savoureux : *Délicieusement...* Ses poèmes ont de la tendresse et de la grâce.

M. Alfred Droin qui possède un art très parfait et très émouvant nous a envoyé quelques lignes dont la pureté est assez significative :

Je ne dirai pas ce qu'est la poésie, car elle [est] indéfinissable comme l'amour et Dieu. Je peux avancer toutefois qu'elle est musique et image. Elle est autre chose encore qui dépasse mon analyse. L'univers complet se résume en elle. Les fleurs de la terre y sourient aux fleurs invisibles de l'au-delà. Pour répéter l'expression de Baudelaire, il faut qu'elle «mérite le suffrage des anges». Elle a pour essence l'adoration et la prière.

ALFRED DROIN.

M. René Turpin joint à une culture profonde un don mélancolique et harmonieux. Sa *Rose entrouverte* est un des livres les plus importants de cette année et les poèmes qui terminent ce volume témoignent de qualités rythmiques très voluptueuses et partant extrêmement attrayantes.

M. Guy-Charles Cros allie dans ses poèmes à la noble ordonnance qui eﬆ la part latine de son héritage, la délicieuse fantaisie, le goût presque barbare qu'ont déposés dans son âme des atavismes orientaux.

M. Jules-Gérard Jordens eﬆ un poète voluptueux dont les ﬆrophes langoureuses ont des sonorités larges et passionnées.

Quelques lignes extraites de l'avant-propos de *La Cité intérieure* caractérisent admirablement l'idéalisme mystique et social de M. Schneeberger : « La poésie, la vie et la mort sont trois sœurs qu'il eﬆ bien difficile de séparer et il suffit de parler d'une pour qu'immédiatement les deux autres s'évoquent à notre esprit. »

Quelques poètes comme M. Valery Larbaud, Mme Hankes Drielsma de Krabbé, qui a fait paraître *Les Âmes muettes,* M. Camille Cé qui a publié *Le Livre des résignations,* M. Albert Hennequin dont les amis admirent beaucoup le nouvel ouvrage *À l'aiguail,* M. Maurice Levaillant, M. Roger Allard, M. Abel Léger qui a donné *Le Cœur insoupçonné* ne m'[...][1] leurs nouveaux ouvrages, ou bien ils me les ont fait parvenir trop tard pour qu'il me fût possible de faire rien d'autre que de les mentionner.

LES POÈTES D'AUJOURD'HUI

LES POÈTES D'AUJOURD'HUI

Mesdames, Messieurs,

Les poètes nos aînés, les critiques littéraires et le public semblent regretter de ne voir se constituer aucun groupe littéraire. On croit ou l'on feint de croire et c'est ce qui résulte de la récente enquête de *L'Écho de Paris* que la poésie soit devenue un désert dans lequel se lamentent quelques poètes solitaires[1].

Cette opinion répond assez justement à la situation de la nouvelle poésie il y a seulement trois ans. On citait quelques cénacles, quelques groupements locaux. Mais il n'y avait aucun groupe vraiment nouveau ni vraiment important qui se présentât au public avec l'intention de provoquer un courant littéraire comparable à ceux qu'ont déterminés en France l'humanisme de la Pléiade qui aboutit au classicisme, le réveil scientifique qui aboutit au romantisme et l'éveil social qui donna le *naturalisme, dernière manifestation* lyrique de l'humanité.

Ce que j'ai à vous dire se rapporte à un certain nombre de jeunes poètes qui s'étant rapprochés peu à peu ces dernières années forment maintenant un groupe dont la prétention est de représenter en ce moment, non seulement en France, mais dans le monde entier, la poésie la plus nouvelle et en même temps la plus digne des grands poètes qui nous ont précédés.

Ce rapprochement s'est fait très lentement. Mais il en est résulté une amitié qui sera durable et qui je crois deviendra féconde entre deux groupes fondamentaux, celui de l'Abbaye et celui du *Festin d'Ésope.*

L'Abbaye fut un phalanstère d'artistes. Il naquit d'un noble souhait de Charles Vildrac. Quelques esprits novateurs, poètes et peintres, se réunirent, mirent en commun leurs espoirs et leurs ressources et vécurent ensemble à Créteil. Cette association avait l'avantage de donner à ceux qui y participaient plus de bien-être et plus de loisirs à consacrer à leur art.

Les thélémites, c'est ainsi qu'ils se nommaient, vivaient dans une auguste fraternité et travaillaient ensemble en vue du pain quotidien, conservant leur liberté pour développer le plus possible leur individualité.

Les thélémites furent à la fois des ouvriers et des artistes. On comprendra facilement pourquoi comme travail manuel ils choisirent le métier de typographe qui permettait à ceux d'entre eux qui étaient des écrivains de se passer d'intermédiaires pour l'impression de leurs œuvres.

Mais le rêve était trop beau. Mal soutenus, les jeunes thélémites furent bientôt obligés de se séparer. L'Abbaye fut sécularisée.

Ils rentrèrent dans le monde, mais, leur association dissoute, ils ne brisèrent point leur entente fraternelle et cherchèrent à étendre leurs amitiés avec discernement.

Ils se rapprochèrent d'un groupe qui à la vérité n'a pas d'histoire sociale, mais dont les membres avaient tous cherché chacun selon leur individualité propre à concilier avec une haute culture l'esprit le plus novateur. Ces quelques poètes s'étaient trouvés réunis un peu avant l'adorable aventure de l'Abbaye dans une revue dont le titre indiquait à la fois la modestie et l'ambition de ceux qui y écrivaient. Cette revue s'est appelée *Le Festin d'Ésope.*

Le rapprochement se fit il y a près de deux ans à l'occasion d'une conférence que je fis aux Indépendants et qui me mit en contact avec les jeunes poètes de l'Abbaye[1]. Mais je dois dire avant tout que celui qui fit le plus pour nous rapprocher, qui avec un entêtement d'apôtre n'eut de cesse que les amitiés ne se fussent liées à ne plus pouvoir être déliées, ce fut notre camarade Jules Romains.

Il résulta de ce choc d'esthétiques diverses, de goûts différents, de cultures qui se complétaient l'une l'autre, de tendances qui souvent paraissaient contraires, une littérature, une beauté toute nouvelle et parfaitement conforme à la vie, à ce que l'humanité aux grandes époques a toujours considéré comme le beau, le sublime, et qui est réellement beau et sublime.

Le groupe poétique dont je parle, Mesdames et Messieurs, n'a choisi aucune dénomination, l'histoire se chargera de lui en décerner une.

Mesdames, Messieurs, si l'on examine de près la production poétique de notre groupement, on doit remarquer avant tout qu'aucun autre ne fut plus fécond en audaces de toutes sortes. Elles tendent toutes vers l'ordre qui est la plus divine des audaces puisque créer n'est rien autre qu'ordonner un chaos. J'ai dit à plusieurs reprises et on l'a dit aussi avant moi : le XVIIe siècle et son classicisme pâliront sans doute à l'éclat qui sortira des lettres en ce XXe siècle. Rien de notre art n'échappe à l'attention de notre personnalité. Les poètes ont reconnu que les néologismes ne pouvaient vivre que s'ils étaient pratiques, c'est-à-dire s'ils avaient été créés pour l'utilité des particuliers : ouvriers, artistes, savants ou philosophes. Aussi audacieux et peut-être plus que nos aînés, nous apportons à la langue des beautés toutes neuves par le renouvellement profond et très pur des images.

Le langage grâce à des efforts admirables devient plus synthétique et ce travail orgueilleux par quoi Malherbe permit la naissance des chefs-d'œuvre de notre littérature, il s'accomplit aujourd'hui en commun entre tous les jeunes poètes et avec une magnificence, un lyrisme, une ingénuité qui ne risqueront point d'appauvrir ce français à qui les linguistes promettent des destinées plus éclatantes encore que celle d'être parlé par l'élite de l'humanité.

Et le rythme a pris soudain une importance que les initiateurs, les destructeurs, les révolutionnaires si l'on veut de l'ancienne métrique n'avaient point soupçonnée. Quel critique malavisé oserait encore parler de hasard à propos du vers libre? Et quel critique se refuserait à reconnaître les logiques diverses et personnelles tentatives par lesquelles les poètes veulent honorer aujourd'hui non seulement leur art mais encore leur métier.

Nous avons la volonté décidée de donner à notre lyrisme une signification idéale, concentrée et générale qui conférera à nos productions une portée universelle. Mesdames et Messieurs, je ne pense pas que la littérature française ait un but strictement national. Sa tradition est plus haute. Déjà aux temps de l'épopée courtoise le celticisme avait régénéré et civilisé l'Europe, ensuite la Renaissance produisit avec le classicisme français la plus haute expression lyrique des temps modernes et maintenant sur des pensers nouveaux les poètes revenus aux principes les plus antiques y retrempent la pureté de leur inspiration. Et le monde entier s'étonnera de la nouveauté de cet effort. Car, de même que la langue française, de même que les idées de la France, la poésie française est avant tout internationale.

Ces manières de voir, ce lyrisme épuré très large vous laissent voir, Mesdames et Messieurs, que nous désirons qu'il n'y ait entre nous et vous, entre nous et toutes les classes de la nation, entre nous et toutes les nations, aucune barrière. Notre poésie ne s'enferme point dans la tour d'ivoire. Nous ne ferons pas de concessions au goût du jour, fût-il le goût populaire, nous n'attiédirons point notre lyrisme pour nous attirer des disciples, mais nous n'interdirons à personne le libre accès de nos ouvrages. Nous ne rimons point des curiosités, nous chantons pour l'humanité tout entière des chants dignes d'elle.

[SUR LA LITTÉRATURE FÉMININE]

LA LITTÉRATURE FÉMININE

Jamais je n'eusse songé qu'un jour on me prierait de dire ce que je pense des livres féminins de plus en plus nombreux. Parmi leurs auteurs, il est des femmes que j'admire depuis mon enfance, que j'aurais tant voulu connaître pour leur dire tout le bien et tout le plaisir qu'elles m'avaient faits. J'étais encore presque une petite fille lorsque *Le Cœur innombrable*[1] de Mme de Noailles me tomba entre les mains. Et je fus si contente de lire ces beaux vers qu'il me sembla être devenue une autre que moi-même. Je dansais, je riais sans cause, j'étais Bittô[2] et tout à coup à la joie qui me transportait succédaient des larmes, la beauté des matins pleins de soleil brisait mon cœur sans autre motif que celui de ne pas savoir comment exprimer la douceur et la clarté des choses. Je ne le sais pas mieux maintenant et peut-être sommes-nous toutes un peu comme ça. Je ne sais rien expliquer; quand je lis un livre, je sais que je l'aime ou que je ne l'aime pas, mais pas plus, et, surtout j'ignore pourquoi il me plaît ou me déplaît. Et, il en est tout à fait de même dans la vie. J'ai dû diviser le monde entier en ceux que j'aime et ceux que je n'aime pas, en ceux qui m'aiment et ceux qui me détestent; et tout cela sans raison, parce que c'est comme cela.

Pour écrire, ç'a été la même chose : je me suis mise un jour à faire des vers[3] parce que cela me plaisait, parce qu'ils me venaient naturellement et peut-être aussi parce que je m'ennuyais. Mais je n'aurais jamais osé les montrer si le hasard ne les avait laissés tomber sous les yeux d'une personne en qui j'ai beaucoup de confiance et qui me conseilla de les faire imprimer. Mais, je me demande encore si cela vaut bien la peine. Il y a en ce moment tant de femmes qui écrivent mieux que je ne le pourrai jamais et surtout je ne me ferai jamais à la vie comme je sais qu'elles l'entendent. Quand j'étais plus jeune, chez moi, loin de Paris, je croyais que pour écrire il fallait mener une existence calme, retirée du monde, et j'ai appris depuis que les façons de George Sand sont toujours à la mode. Toutes les femmes de lettres ne s'habillent pas en homme, mais je n'aurai jamais le goût de passer des nuits entières dans les cénacles, même pour écouter parler des grands poètes comme Catulle Mendès ou Jean Moréas. Aussi j'ai un peu peur, je veux le dire sans cérémonie, parce que je crois qu'on va me trouver bête. Mais j'ai tout de même réfléchi, et en lisant j'ai vu que souvent mes réflexions étaient d'accord avec la pensée des écrivains que j'aime. Ainsi, Mme de Staël, qui est pour moi un des plus grands penseurs et qu'à ce que je crois, on oublie vraiment trop aujourd'hui, a dit dans un beau livre : «La littérature des Anciens est chez les Modernes une littérature transplantée, la littérature romantique ou chevaleresque est chez nous indigène, et c'est notre religion et nos institutions qui l'ont fait éclore[1].» J'avais déjà senti cela avant de le lire, mais Mme de Staël a précisé ma pensée, et je peux bien dire que c'est la lecture des ouvrages de cette grande femme qui m'a décidée à accepter le rôle qu'on m'a offert dans cette revue.

Ce n'est pas que je me croie le génie de l'ennemie de Napoléon ni que je veuille me contenter de n'exposer que des idées qui lui appartiennent, mais la ressemblance que je lui ai trouvée quelquefois avec les miennes m'a donné le courage de parler ainsi que je pense. C'est ce que je constate ici. En somme, il y a en ce moment parmi les femmes quelques écrivains de génie. Je parlais plus haut de Mme de Noailles et je lui garderai toujours une grande reconnaissance pour m'avoir révélé un nouvel et immense océan de poésie à un moment où je ne connaissais encore que Corneille, Racine, La Fontaine et quelques morceaux choisis des autres poètes anciens et modernes. Ces morceaux détachés ne m'avaient donné qu'une vague idée de la poésie et les classiques, très beaux, certes, m'avaient semblé un peu ennuyeux. Ce n'était peut-être pas leur faute, mais on m'avait tellement ennuyée avec!

Le Cœur innombrable me révéla la beauté de la poésie, car ce n'est qu'ensuite que j'ai connu Musset et Verlaine. Et malgré cette reconnaissance j'en veux un peu à Mme de Noailles de se soucier tellement de ressembler aux classiques. Cela me fait l'effet que ce souci doit la gêner et qu'elle serait un plus grand poète encore si elle était libre de toute attache avec les grands poètes masculins des temps passés. J'éprouve la même chose avec Gérard d'Houville, quoique chez elle le sentiment classique me paraisse être beaucoup plus dans sa nature que dans celle de Mme de Noailles. C'est à dessein que je parle d'abord de ces deux femmes que je mets avant toutes les autres parce que leur art est le plus élevé. Mais je ne crois pas que Colette Willy ait moins de talent qu'elles, mais elle me fait peur. Je la sens bien française, mais elle m'étonne comme les Américaines lorsque j'en rencontre. Je me dis qu'elle doit être charmante, mais trop indépendante. Il est probable, d'ailleurs, que je me trompe et si ces lignes lui tombent jamais sous les yeux, je la prie de me pardonner. Ce sont mes impressions que je donne ici et je ne suis pas assez prétentieuse pour croire une minute qu'elles doivent toujours être l'expression de la vérité. Ainsi, Judith Gautier et Marcelle Tinayre qui sont très savantes me font l'effet de s'efforcer à paraître des hommes. Je les trouve trop peu femmes. Il me semble qu'elles sont de l'Institut ou conservateurs de musée. Et je voudrais bien que ces places-là soient réservées aux hommes pour l'éternité. Je ne pense pas que Rachilde, Mme Gustave Kahn, Lucie Delarue-Mardrus et Mme Catulle-Mendès soient comme ça. Mais je ne connais encore que trop peu de leurs livres pour en parler aujourd'hui. Je me mettrai au courant pour la prochaine fois. Pour Renée Vivien[1] je souhaite d'avoir à en parler bientôt à propos d'un nouveau livre. Ses vers et sa prose ont une pureté idéale, une sensualité immatérielle qui me fait songer aux lis dont le parfum est si violent. Et, pour finir, je dois dire que j'en veux un peu à Aurel[2] de son dernier livre.

Aussitôt que j'appris l'affreux désastre qui vient de détruire cette belle Sicile que j'aime tant[3], je courus voir une jeune femme qui avait un ami très, très cher; c'était une de ces liaisons trop rares où la pureté et le respect réciproques garantissent la profondeur des sentiments et leur durée, liaisons d'âmes où les corps n'ont point de part et qui laisse imaginer ce que pourraient être les amours éternelles de deux anges. Cet ami si chéri était allé passer quelques mois à Messine pour rétablir une santé chancelante. Je trouvai ma pauvre amie, ordinairement si jolie, devenue semblable à un ruban fané. Affaissée sur le sol, elle sanglotait. Ses mains, dont la paume était tournée en l'air à la hauteur des yeux, pendaient comme des franges! Je ne savais que dire et pleurais avec elle, lorsque, mes yeux s'étant portés sur une console, j'y vis un livre dont je lus le titre amer : *Pour en finir avec l'amant.* Cruelle Aurel! J'ai lu le livre fatal. Il est injuste du commencement à la fin. Vous voudriez que par amour on tuât l'amour. Je ne me convertirai jamais à cette morale austère et passionnée. Mais j'admire la perfection scénique de ces pièces et la nouveauté mystérieuse de leurs sujets. Et pourtant je dois ajouter que la langue employée par Aurel a quelque chose de pénible, d'inconscient, de je ne sais quoi qui ne me paraît pas une qualité en tout cas.

Mais les pages s'ajoutent aux pages. Il faut que je termine et je voudrais que celles dont j'ai parlé me pardonnent mon audace et mon inhabileté. Je sais bien que pour bien faire j'aurais dû commencer par demander des conseils aux jolies femmes si célèbres dont je viens de parler, au lieu de leur donner mon avis sur leurs livres. Mais cela s'est trouvé ainsi par hasard et comme il m'a plu.

(*Les Marges,* janvier 1909.)

LITTÉRATURE FÉMININE

COLETTE WILLY, L. DELARUE-MARDRUS

Nulle femme de lettres n'a intrigué, ravi et scandalisé ses contemporains autant que Colette Willy[1]. Après avoir tenu le monde au courant de ce qui se passait dans son ménage, elle a voulu montrer publiquement comment elle s'en passait[2]. Il n'y avait là aucune effronterie, c'était de la bonne grâce. Mettant à nu dans ses livres une âme plus espiègle que perverse, une âme d'où le contentement de soi-même a chassé toute inquiétude, Colette Willy a pensé qu'elle devait aussi donner son corps en spectacle[1]. C'est ainsi que délivrées de la pudeur les martyres romaines entraient dans le cirque.

Quelle activité! Quelle ambition! Cette jeune femme ne veut pas se contenter de la renommée d'une Sévigné, il lui faut la vogue d'une Camargo et toutes les gloires à la fois, auxquelles les autres femmes ne peuvent prétendre qu'en détail.

Cependant, ne s'accorde-t-on pas avec la pensée même de notre ambitieuse si l'on avance que c'est en écrivant qu'elle a laissé apparaître le plus de talent?

Comme elle respecte la grammaire! Le premier amour de Colette Willy était au masculin à cause du nombre singulier que demande ce genre. Après celui-là pour rien au monde elle ne voudrait mettre ses amours autrement qu'au féminin[2].

C'est ce que j'ai pensé comprendre en lisant les diverses fantaisies qu'elle a intitulées *Les Vrilles de la vigne*[3].

Ce livre charmant aura une fortune singulière. Certes, son succès est assuré à cause des grâces qui l'ornent. Il possède ce charme qui, à l'exclusion des livres masculins, embellit seulement certains ouvrages féminins trop rares pour l'honneur de la littérature où l'on n'a pas rencontré assez souvent de femme ayant su conserver sa gentillesse après avoir acquis des prétentions. Certes, tous ceux qui liront ce livre seront d'accord pour admirer une impérieuse légèreté qui élèvera tout droit Colette Willy au paradis quand le moment sera venu. Certes!... Mais on ne saisira pas tout de suite ce qu'il y a de nouveau dans *Les Vrilles de la vigne.* Croyez-moi, c'est un arcane dont l'étude est interdite à la plupart des contemporains! On y trouve des beautés de premier ordre qui ne sont rien autre que d'émouvants frissons de la chair.

La liberté d'esprit qui règne dans ce livre à succès est de bon augure pour l'avenir d'une littérature qu'entravent à cette heure trop de science élémentaire, trop de philosophie puérile. Chez Colette Willy on ne trouverait aucune de ces théories misérables qui corrompent le goût en voulant le fixer. Elle écrit bien, sans trop d'efforts, mais en s'observant.

Les petites bêtes qu'elle fait parler s'expriment selon des sentiments si justement observés que le français dont elles usent devient proprement leur langage naturel. Et cela, ce n'est pas seulement de l'adresse. Voilà une femme de lettres comblée d'éloges ! Elle ne distingue pas entre le bien et le mal et se préoccupe peu de l'édification de son prochain. La colombe lâche aussi sa crotte sur le passant et c'est blanc avec un peu de noir-vert comme une page imprimée...

★

L'apposition est une figure de rhétorique qui a fourni aux auteurs modernes un grand nombre de titres desquels le plus souvent l'art est absent. Mais dans *Marie fille-mère* ce n'est pas seulement au titre que l'art fait défaut. Évidemment, tous les sujets sont bons et M. Charles-Henry Hirsch[1] que Mme Lucie Delarue-Mardrus s'est efforcée en vain d'imiter aurait su, développant quelque histoire analogue, écrire un livre charmant, savoureux, émouvant et pas bête.

Le roman de Mme Lucie Delarue-Mardrus nous ramène aux plus mauvais jours de notre littérature, à l'époque où, sauf quelques écrivains du premier ordre, les auteurs à la mode étaient des publicistes sans talent, des polygraphes sans conscience, de l'espèce des Rougemont et des Raban. Je crois me rappeler que, sous le titre de *Marie*[2], Raban lui-même ou l'un de ses pareils a écrit un mauvais roman que l'on pourrait, sans lui faire trop d'honneur, rapprocher de *Marie fille-mère*. Si c'est pour le colportage que Mme Lucie Delarue-Mardrus a voulu écrire, assurément elle a réussi !

Malgré les liens qui l'unissent au traducteur des *Mille et Une Nuits*[3], elle semble, si l'on en croit la première impression, n'avoir nullement subi l'influence des contes orientaux. Il faut donc louer Mme Lucie Delarue-Mardrus d'avoir su garder intacte sa personnalité d'Occidentale. Les histoires de Schéhérazade ont tant de charme qu'il faudrait avoir un bien mauvais caractère pour ne pas les écouter avec complaisance. Et s'il était vrai que le milieu dans lequel vit un écrivain pût modifier son talent, on n'aurait pas été étonné de trouver en Mme Lucie Delarue-Mardrus une moderne sœur de la conteuse nocturne dont les paroles étaient d'une si belle clarté qu'elles avaient le pouvoir de remplacer la lumière éclatante des récits quotidiens du soleil.

Il en est allé tout autrement. Jamais Mme Lucie Delarue-Mardrus ne fera oublier l'astre du jour, serait-ce pendant l'espace d'une nuit. On pourrait conclure que la traduction du docteur Mardrus était inutile, puisqu'elle n'a eu aucun effet là où elle devait le plus en avoir.

Sans doute, n'est-elle pas venue à son heure? Au contraire, les récits qui au Moyen Âge furent apportés d'Orient en Europe eurent une influence qui concourut heureusement avec les lettres grecques et latines à régénérer l'imagination littéraire de l'Occident. C'est, en partie, à cette influence que l'Italie doit Boccace, que la France doit Rabelais, Bonaventure des Périers, la reine de Navarre, que l'Espagne doit Cervantes, que l'Angleterre doit Shakespeare. Au XVIIe siècle la majesté d'un trône éclatant avait rendu superflue et même inconvenante l'introduction en Europe de la truculence asiatique. À cette époque, un docteur Mardrus n'aurait pas eu sa raison d'être. L'orientalisme de la Bible paraissait suffisant. Le génie de Racine s'en est contenté, et l'on ne citerait pas dans toute la littérature de l'Asie de personnages qui eussent plus de grandeur que le roi perse d'*Esther,* ni qui laissassent éclater plus de lyrisme sacré que le grand prêtre d'*Athalie.*

Au XVIIIe siècle, Galland vint à son heure et l'influence de ces traductions, si elle se fit sentir de son temps même, fut plus considérable qu'on ne croit, sur un André Chénier, un Chateaubriand, un Lamartine, un Victor Hugo. Mais de nos jours le travail du docteur Mardrus ne pouvait avoir aucun effet[1]. Nous sommes saturés d'exotisme. Les journaux quotidiens en sont pleins, les politiques et les littéraires. Il y a plus. Nous avons maintenant, qu'on me passe l'expression, un exotisme européen, un exotisme *français. Dans ces conditions*, on est bien fondé à dire que la traduction du docteur Mardrus ne sert et ne servira de rien.

Il y a plus encore : si la lecture des *Mille et Une Nuits* avait pu être utile à quelqu'un, c'eût été à l'un de ces écrivains auxquels il manque avant tout de l'imagination; M. Fernand Gregh[2], par exemple. Qu'on ne doute pas qu'il ne se soit jeté avidement sur un trésor qui pouvait enrichir son cerveau. Mais il s'est vite détourné, ayant jugé avec suffisance, mais non sans malice, que le docteur Mardrus lui-même avait composé les fragments lyriques qui, répandus dans sa traduction, en constituent justement la seule nouveauté, qu'on y sentait bien l'influence de Francis Jammes, etc. Or, en donnant des *Mille et Une Nuits* une version conforme au texte de Boulak, le docteur Mardrus croyait révéler à la France l'expression même du lyrisme oriental. Il a si peu réussi que voilà Schéhérazade devenue sultane des Pyrénées. On confond le Gange avec le Gave, Bagdad avec Orthez. C'est que les Orientaux n'ont aujourd'hui rien à nous apprendre, et les images que les Français découvrent dans leurs poètes leur paraissent plus vives encore et sont plus nombreuses que celles que l'imagination asiatique a répandues à profusion dans ses contes et dans ses poèmes.

De même que M. Fernand Gregh, l'auteur d'*Occident*[1] ne brille pas par l'invention, et sa personnalité a si peu d'importance que l'imitation se trouve être son unique ressource. D'autre part, elle ne possède même pas l'habileté que M. Fernand Gregh a su déployer jusqu'ici. Imitant M. Charles-Henry Hirsch, elle s'est si maladroitement acquittée de sa tâche qu'il ne doit pas lui en avoir gardé rancune. Mme Lucie Delarue-Mardrus aurait eu tout intérêt et bien des droits à se laisser influencer par les travaux de son mari. Pas du tout, elle compose des vers et les intitule *Occident,* elle écrit un roman et c'est la monographie d'une paysanne normande. On pensera que c'est pure coquetterie. Je le veux bien, mais de la coquetterie forcée, en tout cas. C'est, en effet, sa maladresse qui interdit à Mme Lucie Delarue-Mardrus l'usage des *Mille et Une Nuits,* ce jardin des images orientales.

Elle n'ignorait pas, toutefois, que seules les épices de l'Asie pouvaient donner quelque saveur à sa panade normande. Et voulant paraître ne rien devoir aux contrées de Schéhérazade, elle est allée prendre à Tunis un personnage tout simplement teinté de couleurs orientales : il sait un peu d'arabe. Mais, tout en s'habillant à la maltaise, c'est un Sicilien. Cette fois, voilà de l'habileté! Le Sicilien ne risque point de compromettre l'occidentalisme de Mme Lucie Delarue-Mardrus. La Sicile ne peut-elle pas être considérée un peu comme une terre normande? Les défauts de composition abondent dans ce roman où l'on remarque avant tout deux sujets insuffisamment liés.

Il s'agit d'abord d'une séduction et de ses conséquences et, ensuite, il est traité de l'incompatibilité de races qui rend impossibles les mariages entre les Siciliens et les Normandes.

Mais que serait-il arrivé, grand Dieu! si ayant étudié l'histoire, Mme Delarue-Mardrus avait connu la conquête de la Sicile par les Normands, et si elle s'était rendu compte que son Natale pouvait bien être après tout de la même race que sa Marie? Combien l'aspect du roman en eût été modifié; au lieu d'un dénouement tragique, il eût fallu en trouver un d'heureux! Et l'on sait que c'est bien plus difficile.

Bref la niaiserie d'un titre écœurant, la banalité d'un récit qui languit au long de trois cent cinquante pages, sans avoir même l'excuse d'une intention généreuse, le convenu des situations, l'insuffisance d'un style sans éclat, sans précision comme sans naïveté, tout conspire à faire de *Marie fille-mère* un roman aussi misérable que l'héroïne. Pour déjouer un tel complot, la police même de M. Clemenceau serait impuissante.

(*Les Marges,* mars 1909.)

LITTÉRATURE FÉMININE

JANE CATULLE-MENDÈS

Je connais une chapelle où dans la pénombre au parfum d'encens veille une Vierge miraculeuse, droite dans sa lourde robe brodée, et portant dans ses bras l'enfançon Jésus, couronné comme elle. Sur les piliers, aux parois, jusqu'à la voûte, des *femmes* du voisinage, ou venues de très loin à la ronde, ont suspendu leurs cœurs. Une très dévote alchimie les transmua en or ou en argent[1]. Ô cœurs expiatoires, ex-voto de nos détresses, on vous suspend aussi dans le temple triomphant de la poésie. Cœurs innombrables, cœurs magnifiques[2], cœur de chair, cœurs vivants dont nous pouvons compter tous les battements!

Mme Jane Catulle-Mendès a parmi nous toutes la voix la plus grave. Toutes les fois qu'elle n'est pas trop parnassienne, et cela arrive souvent, je pleure de l'entendre, je pleure d'admiration, je sanglote d'émotion. Il n'y a pas en ce moment parmi les hommes de poète aussi noble, aussi purement émouvant, que cette enchanteresse. Lequel a éprouvé des souffrances aussi poétiques? Lequel sait parler comme elle du douloureux amour?

Ô ma forêt, pourquoi
M'épargnez-vous avec ce grand air de tristesse?
Autant que vos douceurs, j'aime votre rudesse;
Vous en qui je versais toute ma passion,
Pourquoi me pleurez-vous avec précaution,
Comme un visage aimé qu'un chagrin décolore,
Dites, forêt? — et qui donc me trahit encore?

On m'a dit que la source d'une si belle poésie était dans l'imitation d'un mari adoré[1]. Que l'amour conjugal ait éveillé un don magnifique, c'est tout à fait certain, mais la poétesse existait par elle-même, ses qualités lui appartiennent, sa sensibilité d'amante et de mère n'ont rien à voir avec le talent verbal qui forme le plus beau mérite des poètes les mieux doués d'aujourd'hui.

J'aime ce *cœur magnifique,* comme j'aime le mien qui suit tous ses mouvements. Ma pauvre âme est si futile, si ignorante, auprès de cette grande âme héroïque, qui seule ose chanter en ce moment les misères et les beautés de la France. Ce poème «écrit pendant les émeutes de Provence[2]», on devrait l'enseigner dans les classes comme un des plus beaux chants patriotiques. Il est dû à une femme, et pas un homme n'aurait eu aujourd'hui l'idée d'écrire l'équivalent.

Mon pays, j'ai des fils. Ils sont hardis et fiers,
Dignes de tes demains, dignes de tes hiers.
Quand je ne serai plus, chanteresse inutile,
Ayant beaucoup conté son âme trop subtile,
Ô France! ils seront là les enfants de ma chair,
Et je t'aurai laissé ce que j'ai de plus cher.

Il n'y a pas d'homme non plus qui fasse des poèmes où l'on trouve tant de splendeur et tant de force. Les vers de Mme Catulle-Mendès sont d'un or trempé comme de l'acier.

P.-S. — J'ai lu, dans *La Nouvelle Revue française*, une note dont le rédacteur me prend grossièrement à partie[1]. Ce monsieur signe A. R., et parcourant la couverture de la revue en question, j'ai trouvé le nom d'un André Ruyters, qui doit être bien célèbre dans le Congo ou dans le Brabant, puisqu'il me reproche de ne pas être très connue. Mais serait-il lui aussi un littérateur improvisé? Les qui, que, quels, les qui, qui, qui, les que, que, que, dont son style est farci, ne font supposer qu'il ait appris à écrire. Comme ma cuisinière quand elle veut bien parler, il tient à fourrer partout des subjonctifs: «Si immodérément qu'elles en *usassent*, la lyre ne satisfait plus leur ambition.» Pourquoi *usassent*, Seigneur!

Mais s'il ne sait pas écrire, l'emberlificoté A. R. peut se flatter aussi de ne pas savoir lire : je n'ai jamais dit que le docteur Mardrus fût l'auteur des poèmes qu'on trouve dans sa traduction des contes arabes — mais exactement le contraire.

(*Les Marges*, mai 1909.)

LA LITTÉRATURE FÉMININE JUGÉE PAR DEUX HOMMES

La place très importante qu'a prise la femme dans la littérature contemporaine provoque la curiosité de la critique masculine. On ne se moque plus du bas-bleu, on tente de l'expliquer.

J'ai reçu deux ouvrages : *La Littérature féminine d'aujourd'hui*, par M. Jules Bertaut, et *La Corbeille des roses ou les Dames de lettres*, par M. Jean de Bonnefon[2], qui me paraissent avoir été écrits sans parti pris. C'est un tort et un manque de galanterie que, pour ma part, si j'avais l'honneur d'être mentionnée par ces messieurs, je ressentirais vivement. Je le dis franchement, ayant à parler d'un livre d'homme, je me soucierais autant que possible de l'âge de son auteur, de la couleur de ses yeux, de la teinte de ses cheveux, je voudrais connaître son caractère, savoir comment il s'habille, et rendant compte ici des livres de femmes, je n'agis pas autrement.

Pour MM. de Bonnefon et Bertaut, ni la coquetterie, ni la figure ne comptent; c'est tant pis pour eux. Ils connaissent la littérature féminine d'aujourd'hui, mais ne savent pas qui en est l'auteur : mauvais jardiniers, qui savourant le fruit, ne peuvent désigner l'arbre qui l'a donné.

M. Jules Bertaut est, sinon un écrivain pénétrant, du moins un critique consciencieux. Il semble avoir lu tous les livres dont il parle, aussi en néglige-t-il un certain nombre parmi les plus importants.

Pour les autres (ceux qu'il a lus) son goût n'a pas toujours la sûreté que l'on souhaiterait. Son désir de ne rien oublier, qui est manifeste, lui a fait explorer jusqu'aux régions les plus déshéritées de la littérature féminine.

Vous croyez que c'est à dessein et qu'il a pris la peine de nous avertir? Il ne s'en aperçoit même pas. Cependant son système paraît d'abord machiavélique.

Il met tout en œuvre pour surprendre les raisons les plus secrètes des romancières et des poétesses. Il ne découvre pas grand-chose, parce qu'il est timide, et que, devant l'amoralisme féminin, il ferme les yeux de peur, comme l'autruche cache sa tête en présence du danger. En somme, les investigations de M. Jules Bertaut sont d'une prudence excessive. Il pense que «la majorité des femmes de lettres n'est pas le reflet exact de la majorité des femmes d'aujourd'hui». C'est possible, mais la majorité des femmes de demain pourrait bien être le reflet de la littérature féminine d'aujourd'hui. Et M. Jules Bertaut, que la moindre audace venant d'une femme scandalise, n'a pas osé aborder un point, qui, cependant, entrait dans son système; je veux parler de l'influence de la littérature féminine d'aujourd'hui sur la littérature masculine. C'est pourtant là un fait important et digne de remarque. Mais il sera beaucoup pardonné à M. Jules Bertaut parce qu'après tout, il semble beaucoup aimer la littérature féminine d'aujourd'hui.

M. Jean de Bonnefon, lui, est plus futile que M. Jules Bertaut, mais plus intelligent. Il a écrit sa *Corbeille des roses* en s'amusant et pour faire plaisir à de charmantes jeunes femmes que, sans doute, il a l'occasion de rencontrer toutes. Aussi sa critique n'a-t-elle aucune valeur. On y sent souvent qu'il s'est forcé à trouver des éloges, sans conviction. D'autres fois, il est injuste et je pense encore que c'est sans conviction. Sans raison, il attaque Mme de Noailles. M. de Bonnefon ne sait-il point que l'œuvre de cette femme compte et comptera plus tard plus encore qu'elle ne compte aujourd'hui?

Mme de Noailles avait droit à un chapitre entier dans un ouvrage où l'on consacre tant de pages à des poétesses sans importance. Mmes de Montgomery et Laurent Évrard méritaient des égards, et *La Corbeille des roses* ne les mentionne même pas, ceci laisserait supposer qu'au contraire de ce que j'ai avancé au début de cet article, ce livre a été écrit avec parti pris. Avec un parti pris d'homme du monde? Sans doute; — mais sans parti pris de critique.

Cependant les conclusions un peu hâtives et un peu badines de M. Jean de Bonnefon sont malgré tout remarquables.

Il a su reconnaître les tendances vers la liberté qui caractérisent la littérature féminine d'aujourd'hui.

Il sait que cette liberté n'a été entrevue que par peu d'hommes, en vérité.

Et je constate avec plaisir qu'un homme au moins ne végète plus dans l'erreur touchant notre volonté.

(*Les Marges,* juillet 1909.)

LA LITTÉRATURE FÉMININE

«L'OMBRE DE L'AMOUR»

J'avais beaucoup entendu parler des romans de Mme Marcelle Tinayre[1]. J'ai voulu en lire. J'ai pris le dernier. Il paraît dans une revue, et aujourd'hui où j'écris, sa publication n'est pas encore terminée. Je ne connais pas le dénouement, même je fais vœu de ne jamais chercher à le connaître, et je suis bien triste à la pensée que malgré tout je m'en doute.

D'ailleurs, j'ai lu de ce roman les parties essentielles, et plus des trois quarts. C'est un tissu de banalités sur la Corrèze. Broderies sur tulle, si l'on veut, mais broderies sans grâce. La plus belle qualité de Mme Tinayre doit être l'entêtement, mais elle ne se soucie ni du goût, ni de la grâce. On m'a dit qu'elle avait écrit un chef-d'œuvre : *La Maison du péché*. Je le lirai, pour voir. Mais *L'Ombre de l'amour*, c'est bien limousin. Tout y est quelconque; les personnages, la psychologie, le style et le sujet même du roman. L'héroïne, Denise Cayrol, parle avec une simplicité au moins inutile : «Comment va monsieur Favières? assez bien? J'avais peur pour lui... Mon oncle, occupez-vous des bagages, je vous prie... Notre petit domestique transportera la malle de M. Favières avec un chariot. Nous avons une voiture fermée, celle du château... Mon oncle, aidez M. Favières à descendre.» Intéressant, n'est-ce pas? Ces platitudes sont vraiment trop nombreuses. Mme Tinayre se laisse entraîner par sa simplicité naturelle dans un sens où elle croit rencontrer la profondeur. Et comme elle se trompe! Elle croit que sa pensée, sa science psychologique suffisent à animer ses personnages, tandis qu'il lui faudrait avant tout charpenter fortement ses romans, puisqu'il lui manque la grâce, le goût et la fantaisie. Elles lui viendront par surcroît lorsqu'elle voudra bien ne plus être à la fois Pascal, Flaubert et George Sand. En effet, se laisse-t-elle aller? sa malice éclate. Elle vous brosse aussi bien qu'un autre de ces petits portraits qui donnent au romancier l'illusion d'être plus malin que tout le monde.

Mme Tinayre nous dépeint, avec une abondance de détails pittoresques et imprévus, cette vieille Mme de Salices «au visage en ruines peint de couleurs gaies», et qui ressemble «à un vieux chef indien qui ne va plus au combat, mais qui conserve sa peinture de guerre»... De tels efforts sont rares dans *L'Ombre de l'amour*.

La psychologie y est enfantine, et c'est peut-être pour satisfaire sa clientèle de lectrices bourgeoises en mal de grands sentiments, que Mme Tinayre confond avec tant d'insistance le sens pratique et la vulgarité.

Mme Tinayre, qui a d'ailleurs de bonnes lectures, croit sans mesure aux plus mauvais romanciers du XIXe siècle. Ils lui font gaspiller de précieuses qualités et toute sa simplicité qu'ils parviennent à fausser. Son roman est plein de descriptions inutiles, de scènes d'intérieur qui n'avaient pas besoin d'être décrites, puisque tout le monde les connaît. Et quel intérêt peuvent présenter ces mœurs de la campagne, farcies de mots patois, et dont nous n'ignorons que le patois?

Tout cela est facile, mais non pas aisé. Ce n'est pas en se débarrassant de sa gentillesse, en se forçant à être ennuyeuse que Mme Tinayre régénérera le roman. On dit, il est vrai, qu'elle a l'oreille du public, mais qu'elle prenne garde de trop tirer, il finirait par la lui laisser dans la main.

P.-S. — Je suis heureuse que mon opinion sur un roman, exprimée ici même, ait côtoyé celle d'une grande femme de lettres : Rachilde[1].

M. Christian Beck est si gentil pour moi, que, dans *Les Visages de la vie,* il va jusqu'à relever les fautes d'impression qui peuvent se rencontrer dans mes articles[2]. Je l'en remercie. Colette Willy m'a écrit pour me dire qu'elle me trouvait rosse[3].

Une lettre de M. Jules Bertaut[4] me montre qu'il n'est pas satisfait de la façon dont j'ai apprécié ses talents de critique. C'est sa faute et non la mienne.

M. Pierre de Bouchaud[5], enfin, s'étonne noblement de mes idées sur la liberté; je tiens à le féliciter de son féminisme.

(*Les Marges,* octobre 1909.)

LITTÉRATURE FÉMININE
BIBLIOGRAPHIE
RENÉE D'ULMÈS : *Sibylle mère*

C'est très français et très russe à la fois. Heureux effet de l'Alliance : ce roman est excellent. Les caractères y sont vraisemblables, on y trouve de la sensibilité, de l'amour et de la femme, plus que la femme : la mère.»

(*Les Marges,* novembre 1909.)

L'ANTITRADITION FUTURISTE

L'ANTITRADITION FUTURISTE

Manifeste=synthèse

ABAS LEP*ominir* A *liminé* SS *korsusu*
otalo EIS *cramlr* ME *nigme*

ce moteur à toutes tendances impressionnisme fauvisme cubisme expressionnisme pathétisme dramatisme orphisme paroxysme **DYNAMISME PLASTIQUE MOTS EN LIBERTÉ INVENTION DE MOTS**

DESTRUCTION

Suppression de la douleur poétique
des exotismes snobs
de la copie en art
des syntaxes *déjà condamnées par l'usage dans toutes les langues*
de l'adjectif
de la ponctuation
de l'harmonie typographique
des temps et personnes des verbes
de l'orchestre
de la forme théâtrale
du sublime artiste
du vers et de la strophe
des maisons
de la critique et de la satire
de l'intrigue dans les récits
de l'ennui

SUPPRESSION DE L'HISTOIRE

Pas de regrets

INFINITIF

CONSTRUCTION

1 Techniques sans cesse renouvelées ou rythmes

Continuité simultanéité en opposition au particularisme et à la division

LA PURETÉ

Littérature pure **Mots en liberté Invention de mots**

Plastique pure (5 sens)

Création invention prophétie

Description onomatopéïque

Musique totale et **Art des bruits**

Mimique universelle et Art des lumières

Machinisme Tour Eiffel Brooklyn et gratte-ciels

Polyglottisme

Civilisation pure

Nomadisme épique exploratorisme urbain **Art des voyages** et des promenades

Antigrâce

Frémissements directs à grands spectacles libres cirques music-halls etc.

LA VARIÉTÉ

2 Intuition vitesse ubiquité

Coups et blessures

Livre ou vie captivée ou phonocinematographie ou **Imagination sans fils**

Trémolisme continu ou onomatopées plus inventées qu'imitées

Danse travail ou chorégraphie pure

Langage véloce caractéristique impressionnant chanté sifflé mimé dansé marché couru

Droit des gens et guerre continuelle

Féminisme intégral ou différenciation innombrable des sexes

Humanité et appel à l'outr'homme

Matière ou **trascendentalisme physique**

Analogies et calembours tremplin lyrique et seule science des langues calicot Calicut Calcutta tafia Sophia le Sophi suffisant Uffizi officier officiel ô ficelles Aficionado Dona-Sol Donatello Donateur donne à tort torpilleur

ou ou ou flûte crapaud naissance des perles apremine

MER . . . . DE . . . .

aux

Critiques
Pédagogues
Professeurs
Musées
Quattrocentistes
Dixseptièmesièclistes
Ruines
Patines
Historiens
Venise Versailles Pompeï Bruges Oxford Nuremberg Tolède Bénarès etc.
Défenseurs de paysages
Philologues

Essaystes
Néo et *post*
Bayreuth Florence Montmartre et Munich
Lexiques
Bongoûtismes
Orientalismes
Dandysmes
Spiritualistes ou réalistes (sans sentiment de la réalité et de l'esprit)
Académismes

Les frères siamois D'Annunzio et Rostand
Dante Shakespeare Tolstoï Goethe
Dilettantismes merdoyants
Eschyle et théâtre d'Orange
Inde Egypte Fiesole et la théosophie
Scientisme
Montaigne Wagner Beethoven Edgard Poe Walt Whitman et Baudelaire

ROSE

aux

Marinetti Picasso Boccioni Apollinaire Paul Fort Mercereau Max Jacob Carrà Delaunay Henri-Matisse Braque Depaquit Séverine Severini Derain Russolo Archipenko Pratella Balla F. Divoire N. Beauduin T. Varlet Buzzi Palazzeschi Maquaire Papini Soffici Folgore Govoni Montfort R. Fry Cavacchioli D'Alba Altomare Tridon Metzinger Gleizes Jastrebzoff Royère Canudo Salmon Castiaux Laurencin Aurel Agero Léger Valentine de Saint-Point Delmarle Kandinsky Strawinsky Herbin A. Billy G. Sauvebois Picabia Marcel Duchamp B. Cendrars Jouve H. M. Barzun G. Polti Mac Orlan F. Fleuret Jaudon Mandin R. Dalize M. Brésil F. Carco Rubiner Bétuda Manzella-Frontini A. Mazza T. Derême Giannattasio Tavolato De Gonzagues-Friek C. Larronde etc.

PARIS, le 29 Juin 1913, jour du Grand Prix, à 65 mètres au-dessus du Boul. S.-Germain

GUILLAUME APOLLINAIRE.

(202, BOULEVARD SAINT-GERMAIN - PARIS)

DIRECTION DU MOUVEMENT FUTURISTE
Corso Venezia, 61 - MILAN

L'ESPRIT NOUVEAU ET LES POÈTES[a]

L'esprit nouveau qui dominera le monde entier ne s'est fait jour dans la poésie nulle part comme en France. La forte discipline intellectuelle que se sont imposée de tout temps les Français leur permet, à eux et à ceux qui leur appartiennent spirituellement, d'avoir une conception de la vie, des arts et des lettres qui, sans être la simple constatation de l'Antiquité, ne soit pas non plus un pendant du beau décor romantique[a].

L'esprit nouveau qui s'annonce prétend avant tout hériter des classiques un solide bon sens, un esprit critique assuré, des vues d'ensemble sur l'univers et dans l'âme humaine, et le sens du devoir qui dépouille les sentiments et en limite ou plutôt en contient les manifestations.

Il prétend encore hériter des romantiques une curiosité qui le pousse à explorer tous les domaines propres à fournir une matière littéraire qui permette d'exalter la vie sous quelque forme qu'elle se présente.

Explorer la vérité, la chercher, aussi bien dans le domaine ethnique, par exemple, que dans celui de l'imagination, voilà les principaux caractères de cet esprit nouveau.

Cette tendance du reste a toujours eu ses représentants audacieux qui l'ignoraient ; il y a longtemps qu'elle se forme, qu'elle est en marche.

Cependant, c'est la première fois qu'elle se présente consciente d'elle-même. C'est que, jusqu'à maintenant, le domaine littéraire était circonscrit dans d'étroites limites.

On écrivait en prose ou l'on écrivait en vers. En ce qui concerne la prose, des règles grammaticales en fixaient la forme.

Pour ce qui est de la poésie, la versification rimée en était la loi unique, qui subissait des assauts périodiques, mais que rien n'entamait.

Le vers libre donna un libre essor au lyrisme ; mais il n'était qu'une étape des explorations qu'on pouvait faire dans le domaine de la forme.

Les recherches dans la forme ont repris désormais une grande importance. Elle est légitime.

Comment cette recherche n'intéresserait-elle pas le poète, elle qui peut déterminer de nouvelles découvertes dans la pensée et dans le lyrisme ?

L'assonance, l'allitération, aussi bien que la rime, sont des conventions qui chacune a ses mérites.

Les artifices typographiques poussés très loin avec une grande audace ont l'avantage de faire naître un lyrisme visuel qui était presque inconnu avant notre époque. Ces artifices peuvent aller très loin encore et consommer la synthèse des arts, de la musique, de la peinture et de la littérature.

Il n'y a là qu'une recherche pour aboutir à de nouvelles expressions parfaitement légitimes.

Qui oserait dire que les exercices de rhétorique, les variations sur le thème de : *Je meurs de soif auprès de la fontaine* n'ont pas eu une influence déterminante sur le génie de Villon[1] ? Qui oserait dire que les recherches de forme des rhétoriqueurs et de l'école marotique n'ont pas servi à épurer le goût français jusqu'à sa parfaite floraison du XVIIe siècle[a] ?

Il eût été étrange qu'à une époque où l'art populaire par excellence, le cinéma, est un livre d'images, les poètes n'eussent pas essayé de composer des images pour les esprits méditatifs et plus raffinés qui ne se contentent point des imaginations grossières des fabricants de films. Ceux-ci se raffineront, et l'on peut prévoir le jour où le phonographe et le cinéma étant devenus les seules formes d'impression en usage, les poètes auront une liberté inconnue jusqu'à présent.

Qu'on ne s'étonne point si, avec les seuls moyens dont ils disposent encore, ils s'efforcent de se préparer à cet art nouveau (plus vaste que l'art simple des paroles) où, chefs d'un orchestre d'une étendue inouïe, ils auront à leur disposition : le monde entier, ses rumeurs et ses apparences, la pensée et le langage humain, le chant, la danse, tous les arts et tous les artifices, plus de mirages encore que ceux que pouvait faire surgir Morgane sur le mont Gibel[1] pour composer le livre vu et entendu de l'avenir.

Mais généralement vous ne trouverez pas en France de ces « paroles en liberté » jusqu'où ont été poussées les surenchères futuristes, italienne et russe, filles excessives de l'esprit nouveau, car la France répugne au désordre[2]. On y revient volontiers aux principes, mais on a horreur du chaos.

Nous pouvons donc espérer, pour ce qui constitue la matière et les moyens de l'art, une liberté d'une opulence inimaginable. Les poètes font aujourd'hui l'apprentissage de cette liberté encyclopédique. Dans le domaine de l'inspiration, leur liberté ne peut pas être moins grande que celle d'un journal quotidien qui traite dans une seule feuille des matières les plus diverses, parcourt des pays les plus éloignés. On se demande pourquoi le poète n'aurait pas une liberté au moins égale et serait tenu, à une époque de téléphone, de télégraphie sans fil et d'aviation, à plus de circonspection vis-à-vis des espaces.

La rapidité et la simplicité avec lesquelles les esprits se sont accoutumés à désigner d'un seul mot des êtres aussi complexes qu'une foule, qu'une nation, que l'univers n'avaient pas leur pendant moderne dans la poésie. Les poètes comblent cette lacune et leurs poèmes synthétiques créent de nouvelles entités qui ont une valeur plastique aussi composée que des termes collectifs.

L'homme s'est familiarisé avec ces êtres formidables que sont les machines, il a exploré le domaine des infiniment petits, et de nouveaux domaines s'ouvrent à l'activité de son imagination : celui de l'infiniment grand et celui de la prophétie.

Ne croyez pas toutefois que cet esprit nouveau soit compliqué, languissant, factice et glacé. Suivant l'ordre même de la nature, le poète s'est débarrassé de tout propos ampoulé. Il n'y a plus de wagnérisme en nous et les jeunes auteurs ont rejeté loin d'eux toute la défroque enchantée du romantisme colossal de l'Allemagne de Wagner, autant que les oripeaux agrestes de celui que nous avait valu Jean-Jacques Rousseau.

Je ne crois pas que les événements sociaux aillent si loin un jour qu'on ne puisse plus parler de littérature nationale. Au contraire, si loin qu'on aille dans la voie des libertés, celles-ci ne feront que renforcer la plupart des anciennes disciplines et il en surgira de nouvelles qui n'auront pas moins d'exigences que les anciennes. C'est pourquoi je pense que, quoi qu'il arrive, l'art, de plus en plus, aura une patrie. D'ailleurs, les poètes sont toujours l'expression d'un milieu, d'une nation, et les artistes, comme les poètes, comme les philosophes, forment un fonds social qui appartient sans doute à l'humanité, mais comme étant l'expression d'une race, d'un milieu donné.

L'art ne cessera d'être national que le jour où l'univers entier vivant sous un même climat, dans des demeures bâties sur le même modèle, parlera la même langue avec le même accent, c'est-à-dire jamais. Des différences ethniques et nationales naît la variété des expressions littéraires, et c'est cette variété même qu'il faut sauvegarder.

Une expression lyrique cosmopolite ne donnerait que des œuvres vagues sans accent et sans charpente, qui auraient la valeur des lieux communs de la rhétorique parlementaire internationale. Et remarquez que le cinéma, qui est l'art cosmopolite par excellence, présente déjà des différences ethniques immédiatement discernables[a] à tout le monde, et les habitués de l'écran font immédiatement la différence d'un film américain et d'un film italien. De même l'esprit nouveau, qui a l'ambition de marquer l'esprit universel et qui n'entend pas limiter son activité à ceci ou à cela, n'en est pas moins, et prétend le rester[b], une expression particulière et lyrique de la nation française, de même que l'esprit classique est, par excellence, une expression sublime de la même nation.

Il ne faut pas oublier qu'il est peut-être plus dangereux pour une nation de se laisser conquérir intellectuellement que par les armes. C'est pourquoi l'esprit nouveau se réclame avant tout de l'ordre et du devoir qui sont les grandes qualités classiques par quoi se manifeste le plus hautement l'esprit français, et il leur adjoint la liberté. Cette liberté et cet ordre qui se confondent dans l'esprit nouveau sont sa caractéristique et sa force.

Cependant cette synthèse des arts, qui s'est consommée de notre temps, ne doit pas dégénérer en une confusion. C'est-à-dire qu'il serait sinon dangereux du moins absurde, par exemple, de réduire la poésie à une sorte d'harmonie imitative qui n'aurait même pas pour excuse d'être exacte.

On imagine fort bien que l'harmonie imitative puisse jouer un rôle, mais elle ne saurait être la base que d'un art où les machines interviendraient ; par exemple, un poème ou une symphonie composés au phonographe pourraient fort bien consister en bruits artistement choisis et lyriquement mêlés ou juxtaposés, tandis que pour ma part, je conçois mal que l'on fasse consister tout simplement un poème dans l'imitation d'un bruit auquel aucun sens lyrique, tragique ou pathétique ne peut être attaché. Et si quelques poètes se livrent à ce jeu, il ne faut y voir qu'un exercice, une sorte de croquis des notes qu'ils insèreront dans une œuvre. Le *brékéké koax* des *Grenouilles* d'Aristophane n'est rien si on le sépare d'une œuvre où il prend tout son sens comique et satirique[1]. Les *i i i i* prolongés, durant toute une ligne, de l'oiseau de Francis Jammes sont d'une piètre harmonie imitative si on les détache d'un poème dont ils précisent toute la fantaisie[2].

Quand un poète moderne note à plusieurs voix le vrombissement d'un avion[3], il faut y voir avant tout le désir du poète d'habituer son esprit à la réalité. Sa passion de la vérité le pousse à prendre des notes presque scientifiques qui, s'il veut les présenter comme poèmes, ont le tort d'être pour ainsi dire des trompe-oreilles auxquels la réalité sera toujours supérieure.

Au contraire, s'il veut par exemple amplifier l'art de la danse et tenter une chorégraphie dont les baladins ne se borneraient point aux entrechats, mais pousseraient encore des cris ressortissant à l'harmonie d'une imitative nouveauté, c'est là une recherche qui n'a rien d'absurde, dont les sources *populaires* se retrouvent chez tous les *peuples* où les danses guerrières, par exemple, sont presque toujours agrémentées de cris sauvages.

Pour revenir au souci de vérité, de vraisemblance qui domine toutes les recherches, toutes les tentatives, tous les essais de l'esprit nouveau, il faut ajouter qu'il n'y a pas lieu de s'étonner si un certain nombre et même beaucoup d'entre eux restaient momentanément stériles et sombraient même dans le ridicule. L'esprit nouveau est plein de dangers, plein d'embûches.

Tout cela ressortit[a] pourtant à l'esprit d'aujourd'hui et

condamner en bloc ces tentatives, ces essais, serait faire une erreur dans le genre de celle qu'à tort ou à raison on attribue à M. Thiers, qui aurait déclaré que les chemins de fer n'étaient qu'un jeu scientifique et que le monde ne pourrait produire assez de fer pour construire des rails de Paris à Marseille.

L'esprit nouveau admet donc les expériences littéraires même hasardeuses, et ces expériences sont parfois peu lyriques. C'est pourquoi le lyrisme n'est qu'un domaine de l'esprit nouveau dans la poésie d'aujourd'hui, qui se contente souvent de recherches, d'investigations, sans se préoccuper de leur donner de signification lyrique. Ce sont des matériaux qu'amasse le poète, qu'amasse l'esprit nouveau, et ces matériaux formeront un fond de vérité dont la simplicité, la modestie ne doit point rebuter, car les conséquences, les résultats peuvent être de grandes, de bien grandes choses.

Plus tard[a], ceux qui étudieront l'histoire littéraire de notre temps s'étonneront que, semblables aux alchimistes, des rêveurs, des poètes aient pu, sans même le prétexte d'une pierre philosophale, s'adonner à des recherches, à des notations qui les mettaient en butte aux railleries de leurs contemporains, des journalistes et des snobs.

Mais leurs recherches seront utiles ; elles constitueront les bases d'un nouveau réalisme qui ne sera peut-être pas inférieur à celui si poétique et si savant de la Grèce antique.

Nous avons vu aussi depuis Alfred Jarry le rire s'élever des basses régions où il se tordait et fournir au poète un lyrisme tout neuf. Où est le temps où le mouchoir de Desdémone paraissait d'un ridicule inadmissible[1] ? Aujourd'hui, le ridicule même est poursuivi, on cherche à s'en emparer et il a sa place dans la poésie, parce qu'il fait partie de la vie au même titre que l'héroïsme et tout ce qui nourrissait jadis l'enthousiasme des poètes.

Les romantiques ont essayé de donner aux choses d'apparence grossière un sens horrible ou tragique. Pour mieux dire, ils n'ont travaillé qu'en faveur de l'horrible. Ils ont voulu acclimater l'horreur bien plus que la mélancolie. L'esprit nouveau ne cherche pas à transformer le ridicule, il lui conserve un rôle qui n'est pas sans saveur. De même, il ne veut pas donner à l'horrible le sens du noble. Il le laisse horrible et n'abaisse pas le noble. *Ce n'est pas un art décoratif, ce n'est pas non plus un art impressionniste.* Il est tout étude de la nature extérieure et intérieure, il est tout ardeur pour la vérité.

Même s'il est vrai qu'il n'y a rien de nouveau sous le soleil, *il ne consent point à ne pas approfondir tout ce qui n'est pas nouveau sous le soleil.* Le bon sens est son guide et ce guide le conduit en des coins sinon nouveaux, du moins inconnus.

Mais n'y a-t-il rien de nouveau sous le soleil? Il faudrait voir.

Quoi! on a radiographié ma tête[1]. J'ai vu, moi vivant, mon crâne, et cela ne serait en rien de la nouveauté? *À d'autres!*

Salomon[2] parlait sans doute pour la reine de Saba, et il aimait tant la nouveauté que ses concubines étaient innombrables.

Les airs se peuplent d'oiseaux étrangement humains. Des machines, filles de l'homme et qui n'ont pas de mère, vivent une vie dont les passions et les sentiments sont absents, et cela ne serait point nouveau!

Les savants scrutent sans cesse de nouveaux univers qui se découvrent à chaque carrefour de la matière, et il n'y aurait rien de nouveau sous le soleil. Pour le soleil, peut-être. Mais pour les hommes!

Il y a mille et mille combinaisons naturelles qui n'ont jamais été composées. Ils les imaginent et les mènent à bien, composant ainsi avec la nature cet art suprême qu'est la vie. Ce sont ces nouvelles combinaisons, ces nouvelles œuvres de l'art de vie, que l'on appelle le progrès. En ce sens, il existe. Mais si on le fait consister dans un éternel devenir, dans une sorte de messianisme, aussi épouvantable que ces fables de Tantale, de Sisyphe et des Danaïdes, alors Salomon a raison contre les prophètes d'Israël.

Mais le nouveau existe bien, sans être un progrès. Il est tout dans la surprise. L'esprit nouveau est également dans la surprise. C'est ce qu'il y a en lui de plus vivant, de plus neuf. *La surprise est le grand ressort nouveau.* C'est par la surprise, par la place importante qu'il fait à la surprise que l'esprit nouveau se distingue de tous les mouvements artistiques et littéraires qui l'ont précédé.

Ici, il se détache de tous et n'appartient plus qu'à notre temps.

Nous l'avons établi sur les solides bases du bon sens et

l'expérience, qui nous ont amenés à n'accepter les choses et les sentiments que selon la vérité, et c'est selon la vérité que nous les admettons, ne cherchant point à rendre sublime ce qui naturellement est ridicule ou réciproquement. Et de ces vérités il résulte le plus souvent la surprise, puisqu'elles vont contre l'opinion communément admise. Beaucoup de ces vérités n'avaient pas été examinées. Il suffit de les dévoiler pour causer une surprise.

On peut également exprimer une vérité supposée qui cause la surprise, parce qu'on n'avait point encore osé la présenter. Mais une vérité supposée n'a point contre elle le bon sens, sans quoi elle ne serait plus la vérité, même supposée. C'est ainsi que si j'imagine que, les femmes ne faisant point d'enfants, les hommes pourraient en faire et que je le montre[1], j'exprime une vérité littéraire qui ne pourra être qualifiée de fable que hors de la littérature, et je détermine la surprise. Mais ma vérité supposée n'est pas plus extraordinaire, ni plus invraisemblable que celle des Grecs, qui montraient Minerve sortant armée de la tête de Jupiter.

Tant que les avions ne peuplaient pas le ciel, la fable d'Icare n'était qu'une vérité supposée. Aujourd'hui ce n'est plus une fable. Et nos inventeurs nous ont accoutumés à des prodiges plus grands que celui qui consisterait à déléguer aux hommes la fonction qu'ont les femmes de faire des enfants. Je dirai plus, les fables s'étant pour la plupart réalisées et au-delà, c'est au poète d'en imaginer de nouvelles que les inventeurs puissent à leur tour réaliser.

L'esprit nouveau exige qu'on se donne de ces tâches prophétiques. C'est pourquoi vous trouverez trace de prophétie dans la plupart des ouvrages conçus d'après l'esprit nouveau. Les jeux divins de la vie et de l'imagination donnent carrière à une activité poétique toute nouvelle.

C'est que poésie[a] et création ne sont qu'une même chose ; on ne doit appeler poète que celui qui invente, celui qui crée, dans la mesure où l'homme peut créer. Le poète est celui qui découvre de nouvelles joies, fussent-elles pénibles à supporter. On peut être poète dans tous les domaines : il suffit que l'on soit aventureux et que l'on aille à la découverte.

Le domaine le plus riche, le moins connu, celui dont l'étendue est infinie étant l'imagination, il n'est pas étonnant que l'on ait réservé plus particulièrement le nom de poète à ceux qui cherchent les joies nouvelles qui jalonnent les énormes espaces imaginatifs.

Le moindre fait est pour le poète le postulat, le point de départ d'une immensité inconnue où flambent les feux de joie des significations multiples.

Il n'est pas besoin pour partir à la découverte de choisir à grand renfort de règles, même édictées par le goût, un fait classé comme sublime. On peut partir d'un fait quotidien : un mouchoir qui tombe peut être pour le poète le levier avec lequel il soulèvera tout un univers. On sait ce que la chute d'une pomme vue par Newton fut pour ce savant que l'on peut appeler un poète. C'est pourquoi le poète d'aujourd'hui ne méprise aucun mouvement de la nature, et son esprit poursuit la découverte aussi bien dans les synthèses les plus vastes et les plus insaisissables : foules, nébuleuses, océans, nations, que dans les faits en apparence les plus simples : une main qui fouille une poche, une allumette qui s'allume par le frottement, des cris d'animaux, l'odeur des jardins après la pluie, une flamme qui naît dans un foyer. Les poètes ne sont pas seulement les hommes du beau. Ils sont encore et surtout les hommes du vrai, en tant qu'il permet de pénétrer dans l'inconnu, si bien que la surprise, l'inattendu est un des principaux ressorts de la poésie d'aujourd'hui. Et qui oserait dire que, pour ceux qui sont dignes de la joie, ce qui est nouveau ne soit pas beau ? Les autres se chargeront vite d'avilir cette nouveauté sublime, après quoi elle pourra entrer dans le domaine de la raison, mais seulement dans les limites où le poète, seul dispensateur du beau et du vrai, en aura fait la proposition.

Le poète, par la nature même de ces explorations, est isolé dans le monde nouveau où il entre le premier, et la seule consolation qu'il lui reste c'est que les hommes, finalement, ne vivant que de vérités, malgré les mensonges dont ils les matelassent, il se trouve que le poète seul nourrit la vie où l'humanité trouve cette vérité. C'est pourquoi les poètes modernes sont avant tout les poètes de la vérité toujours nouvelle. Et leur tâche est infinie : ils vous ont surpris et vous surprendront plus encore. Ils imaginent déjà de plus profonds desseins que ceux qui machiavéliquement ont fait naître le signe utile et épouvantable de l'argent.

Ceux qui ont imaginé la fable d'Icare, si merveilleusement réalisée aujourd'hui, en trouveront d'autres. Ils vous entraîneront tout vivants et éveillés dans le monde nocturne et fermé des songes. Dans les univers qui palpitent ineffablement au-dessus de nos têtes. Dans ces univers plus proches et plus lointains de nous qui gravitent au même point de l'infini que celui que nous portons en nous. Et plus de merveilles que celles qui sont nées depuis la naissance des plus anciens d'entre nous, feront pâlir et paraître puériles les inventions contemporaines dont nous sommes si fiers.

Les poètes enfin seront chargés de donner par les téléologies lyriques et les alchimies archilyriques un sens toujours plus pur à l'idée divine, qui est en nous si vivante et si vraie, qui est ce perpétuel renouvellement de nous-mêmes, cette création éternelle, cette poésie sans cesse renaissante dont nous vivons.

D'après ce que l'on peut savoir, il n'y a guère de poètes aujourd'hui que de langue française.

Toutes les autres langues semblent faire silence pour que l'univers puisse mieux écouter la voix des nouveaux poètes français.

Le monde entier regarde vers cette lumière, qui seule éclaire la nuit qui nous entoure.

Ici cependant ces voix qui s'élèvent se font à peine entendre.

Les poètes modernes sont donc des créateurs, des inventeurs et des prophètes; ils demandent qu'on examine ce qu'ils disent pour le plus grand bien de la collectivité à laquelle ils appartiennent. Ils se tournent vers Platon et le supplient, s'il les bannit de la République, d'au moins les entendre auparavant[1].

La France, détentrice de tout le secret[a] de la civilisation, secret qui n'est secret qu'à cause de l'imperfection de ceux qui s'efforcent de la deviner, est de ce fait devenue pour la plus grande partie du monde un séminaire de poètes et d'artistes, qui augmentent chaque jour le patrimoine de sa civilisation.

Et, par la vérité et par la joie qu'ils répandent, ils rendent cette civilisation, sinon assimilable à quelque nation que ce soit, du moins suprêmement agréable à toutes.

Les Français portent la poésie à tous les peuples.

En Italie, où l'exemple de la poésie française a donné l'essor à une jeune école nationale superbe d'audace et de patriotisme.

En Angleterre, dont le lyrisme s'était affadi et pour ainsi dire épuisé.

En Espagne et surtout dans la Catalogne[1], où toute une jeunesse ardente, qui a déjà produit des peintres qui honorent les deux nations, suit avec attention les productions de nos poètes.

En Russie, où l'imitation du lyrisme français a parfois donné lieu à la surenchère, ce qui n'étonnera personne.

À l'Amérique latine, où les jeunes poètes commentent avec passion leurs devanciers français.

À l'Amérique du Nord, à laquelle, en reconnaissance d'Edgar Poe et de Walt Whitman, des missionnaires français apportent pendant la guerre l'élément fécondateur destiné à amener une production nouvelle dont nous n'avons pas encore idée, mais qui sans doute ne sera pas inférieure à ces grands pionniers de la poésie[2].

La France est pleine d'écoles où se garde et se transmet le lyrisme, de groupements où s'apprend l'audace ; cependant une remarque s'impose : une poésie se doit tout d'abord au peuple dans la langue duquel elle s'exprime.

Les écoles poétiques, avant de se jeter dans les héroïques aventures des apostolats lointains, doivent opérer, assurer, préciser, augmenter, immortaliser, chanter la grandeur du pays qui leur a donné naissance, du pays qui les a nourries et les a formées, pour ainsi dire, de ce qu'il y a de plus sain, de plus pur et de meilleur dans son sang et dans sa substance.

La poésie française moderne a-t-elle[a] fait pour la France tout ce qu'elle pourrait faire ?

A-t-elle du moins été toujours, en France, aussi active, aussi zélée qu'elle l'a été ailleurs ?

Ces questions, l'histoire littéraire contemporaine suffit à les suggérer, et pour les résoudre il faudrait pouvoir supputer tout ce que l'esprit nouveau porte en lui de national et de fécond[b].

L'esprit nouveau est avant tout[c] ennemi de l'esthétisme, des formules et de tout snobisme. Il ne lutte point contre quelque école que ce soit, car il ne veut pas être une école, mais un des grands courants de la littérature englobant toutes les écoles, depuis le symbolisme et le naturisme. Il lutte pour le rétablissement de l'esprit d'initiative, pour la claire compréhension de son temps et pour ouvrir des vues nouvelles sur l'univers extérieur et intérieur qui ne soient point inférieures à celles que les savants de toutes catégories découvrent chaque jour et dont ils tirent des merveilles.

Ces merveilles nous imposent le devoir de ne pas laisser l'imagination et la subtilité poétique derrière celle des artisans qui améliorent une machine. Déjà, la langue scientifique est en désaccord profond avec celle des poètes. C'est un état de choses insupportable. Les mathématiciens ont le droit de dire que leurs rêves, leurs préoccupations dépassent souvent de cent coudées les imaginations rampantes des poètes. C'est aux poètes à décider s'ils ne veulent point entrer résolument dans l'esprit nouveau, hors duquel il ne reste d'ouvertes que trois portes : celle des pastiches, celle de la satire et celle de la lamentation, si sublime soit-elle.

Peut-on forcer la poésie à se cantonner hors de ce qui l'entoure, à méconnaître la magnifique exubérance de vie que les hommes par leur activité ajoutent à la nature et qui permet de machiner le monde de la façon la plus incroyable ?

L'esprit nouveau est celui du temps même où nous vivons. Un temps fertile en surprises. Les poètes veulent dompter la prophétie, cette ardente cavale que l'on n'a jamais maîtrisée.

Ils veulent enfin, un jour, machiner la poésie comme on a machiné le monde. Ils veulent être les premiers à fournir un lyrisme tout neuf à ces nouveaux moyens d'expression qui ajoutent à l'art le mouvement et qui sont le phonographe et le cinéma. Ils n'en sont encore qu'à la période des incunables. Mais attendez, les prodiges parleront d'eux-mêmes et l'esprit nouveau, qui gonfle de vie l'univers, se manifestera formidablement dans les lettres, dans les arts et dans toutes les choses que l'on connaisse[a].

CHRONIQUES ET ARTICLES

THÉORIES ET POLÉMIQUES

Tabarin

AU SUJET DE L'HUMANISME

M. Gregh vient de s'affirmer victorieusement en publiant dans *Le Figaro* le manifeste d'une nouvelle école qu'il appelle l'humanisme[1]. Voudrait-il permettre à ma faible voix de présenter quelques observations.

L'humanisme sera traditionnel. Soit. Pourtant les gens qui ont rompu la tradition classique se défieront de ce mot, je ne dirai pas scholastique, mais en somme rhétoricien. S'il tenait à la finale hélas! traditionnelle *isme,* que n'a-t-il choisi homoïsme, de même que nous avions héroïsme et que récemment on lançait avec succès gagaïsme, tandis que moi-même plus obscurément, je plaçais babaïsme dans *Le Pet,* journal des barytons?

La tendance n'est plus à la contrainte. Les poètes ne veulent plus être ni écolâtres, ni escholiers, ni écoliers, ni élèves, ni disciples : ni esclaves en un mot.

M. de Bouhélier a raison lorsqu'il proclame en deuxième page du *Figaro*[2] — le pauvre petit — avoir lancé avant M. Gregh ces mêmes idées,

Ces catins que tout le monde engrosse[3].

Qu'a-t-on besoin d'écoles? Le plus grand poète des temps présents, Jammes[4], est-il d'une école? Et Mlle Antonine Coullet[5] qui n'est pas la moindre rimeuse, bien que la plus jeune, est-elle d'une école?

Voyons, grand poète, vous qui êtes un Lamartine, faites des vers, ne faites pas l'école et

Que la plume en vos mains soit la sœur de nos rêves[1].

PASCAL HÉDÉGAT.

Madame M***, à Chartres — merci de vos appréciations. Il s'agissait de MM. M. A. Leblond. Je vous engage à lire leurs *Vies parallèles*[2] (Fasquelle). C'est mieux que bien. J'ai blagué ces littérateurs que je connais mieux qu'ils ne me connaissent. Il faut les louer et surtout les acheter.

P. H.

(20 décembre 1902.)

Revue littéraire de Paris et de Champagne

RÉPONSE À UNE ENQUÊTE

J'avoue qu'il m'est impossible de répondre utilement à votre questionnaire.

1. « Vers libre et classique, poésie et prose, théâtre, poème et roman » me paraissent des formes également excellentes. Je ne pense pas qu'aucune d'elles soit sacrifiée au bénéfice des autres.

2. Je suis pour un art de fantaisie, de sentiment et de pensée, aussi éloigné que possible de la nature avec laquelle il ne doit avoir rien de commun. C'est, je crois, l'art de Racine, de Baudelaire, de Rimbaud.

3. Votre troisième question m'en suggère une. Pascal et Goethe étaient-ils raisonnables ou passionnés?

4. Évidemment, ce que vous appelez « l'art de la pénombre et de la mélopée créé par la mystique intuitive » m'inspire une défiance insurmontable.

5. L'art naît où il peut.

Je ne possède point de «composition significative» et je le regrette.

J'ajoute que votre indulgence à l'égard de nos aînés n'a d'égale que l'espérance que vous fondez sur les *jeunes*. Je me souhaite que votre espérance se justifie mieux que votre indulgence.

(Septembre 1906.)

Paris-Journal

LES PETITS GROUPEMENTS

Les «Argonautes[1]» ne naviguent plus. Ce sont aujourd'hui de jeunes poètes qui se réunissent parfois au premier étage d'une taverne, rue de Rivoli. La Toison d'or qu'ils souhaitent, c'est la gloire.

La caractéristique de ces réunions, n'est-ce pas une morne tristesse répandue sur tous les visages? On ne boit pas, on ne fume pas, on ne parle pas et celui qui rirait serait écorché par ces jeunes poètes comme le fut Marsyas par le poète divin.

On récite des vers...

Il y a aussi quelques jolies femmes.

Une vieille dame vient dire :

Par incurie ou par sottise,
J'ai gaspillé tout mon bonheur.
Et voulez-vous que je vous dise?
On peut bien me ravir l'honneur!

On écoute avec la même attention de beaux poèmes lyriques et les couplets déclarés par leurs auteurs venus tout exprès de province pour les dire.

À la sortie :

«De quelle école êtes-vous?

— Je suis impulsionniste[1].

— Ah! vraiment!

— Pourquoi ne l'êtes-vous pas?

— Je voudrais bien, mais je ne peux pas encore!»

(Propos authentiques.)

La vieille dame qui a gaspillé tant de bonheur dit au Jason de ces Argonautes qui l'écoute d'une oreille distraite :

«J'ai un volume de vers, il est tout prêt, mais les poèmes ne sont pas en ordre... Le jeune homme qui voudrait m'aider dans ce travail me rendrait service.»

Et M. Alcanter de Brahm regarde ses troupes... se défiler.

(13 février 1910.)

La Nouvelle Revue française

«L'ARMÉE DANS LA VILLE»

À la suite de la représentation de *L'Armée dans la ville,* M. Jules Romains a publié dans les journaux[2] un «Appel à la jeunesse» : «Il est temps, dit-il, qu'un art à la fois classique et national, traditionnel et novateur, austère et ardent, précipite dans l'oubli les grossiers spectacles que des hommes de peu de foi confectionnent avec les défroques voyantes du romantisme.»

«Classique», qui s'oppose ici à «national», s'applique évidemment aux chefs-d'œuvre scéniques des Grecs. Mais que vient faire ce mot?

La langue et la versification de la pièce qui a motivé l'«Appel» montrent assez que l'esprit de Jules Romains n'est pas éloigné de celui qui animait les pères d'Afrique lorsque, en haine de l'hellénisme, ils voulaient trouver dans la figure du Christ le type de la laideur.

«National»? La pièce se passerait-elle en France? S'agirait-il de vers français? Qui se serait douté de tout cela! Et pour ma part, si je n'avais été renseigné, j'aurais pensé assister à une pièce traduite du russe, à quelque épisode malvenu de la guerre russo-japonaise.

« Traditionnel » ! Jules Romains ferait bien d'indiquer ce qu'il entend par tradition. À laquelle se rattache-t-il? Se croit-il traditionnel parce qu'on peut dire que le maître de ses images est Claudel et que sa dramaturgie est celle de Bouhélier[1], inconsistante, d'un réalisme incertain, d'une époque qui est peut-être contemporaine. Mais suivre Claudel et Bouhélier, ce n'est pas assez pour se réclamer de la tradition, bien que cela suffise pour enlever à Jules Romains ce titre de « novateur » qu'il ambitionne. « Austère et ardent » ! Ces qualificatifs conviennent à l'ouvrage. L'ardeur et l'austérité forment l'intérêt principal des œuvres de Romains. Ces qualités me serviraient, le cas échéant, à formuler son éloge et garantissent son avenir. Mais, fallait-il dénoncer le romantisme lorsque les seuls morceaux lyriques de *L'Armée dans la ville* sont tout justement *plaqués,* comme les tirades romantiques, et pourraient sans inconvénient être détachés de la pièce.

Le drame de Jules Romains n'est appuyé sur aucune vérité. Vainqueurs et vaincus, les personnages portent des noms français, les noms les plus courants. Le langage et les mœurs paraissent contemporains. Le merveilleux n'intervient pas. Aucune apparence légendaire. Rien par conséquent ne forçait Jules Romains à ne point situer sa pièce, à nous donner cette gêne d'un sujet historique hors de l'histoire. Et, en exceptant bien entendu la comédie et le drame bourgeois, il n'y a pas d'exemple d'un théâtre qui, destiné à la scène, se soit passé hors de l'histoire véritable ou mythique. Sans elle, les personnages perdent toute autorité, leurs paroles et leurs actes sont sans conséquence et le *sujet* n'ayant aucune portée est entièrement dénué d'intérêt. Je crois qu'il faut voir là avant tout un manque de travail. Le fait de dater la situation eût entraîné d'autres efforts que l'on n'aurait plus osé éviter. Or, tout paraît bâclé, fabriqué à la hâte, plus vite sans doute et avec moins de soins que les pièces contre lesquelles on doit combattre.

On a parlé d'austérité. Il n'est pas impossible qu'elle soit cause de l'inexpérience, de la méconnaissance de la vie et du cœur humain qui éclate chaque fois que le dialogue se poursuit entre individus et non plus entre groupes. Une psychologie sommaire se dégage de ceux-ci et ne suffit pas à animer ceux-là. Peut-être, faut-il y voir une trahison de la sociologie? Quoi qu'il en soit, après les morceaux lyriques du premier acte, après une partie du second où paraissent la ferveur et les dons élevés que possède l'auteur de *La Vie unanime,* les personnages sans destinée de *L'Armée dans la ville* perdent toute humanité. Ce sont des abstractions et non des hommes, et le dramaturge accumule en vain les invraisemblances psychologiques. Il ne nous donne plus le change. La vie s'est retirée. Il reste un dialogue glacé et trop souvent ridicule. On eût pensé aussi qu'un théâtre ardent et nouveau aurait évité les *ficelles* chères à un Sardou. Nous les apercevons toutes et que d'accessoires! Horloge qui sonne à minuit, armes à feu, etc.

Jules Romains a banni la rime. Il emploie le vers blanc de huit syllabes auquel s'ajoutent «à titre auxiliaire des laisses d'autres rythmes, à six, sept, et même douze syllabes».

Ne croirait-on pas lire quelque définition moliéresque de la prose, et ainsi que M. Jourdain, Jules Romains ne ferait-il pas de la prose sans le savoir?

Mais, dira-t-on, les personnages de la pièce dépassent ceux des pièces ordinaires, ce sont des groupes...

Toutes les tragédies depuis qu'il existe un théâtre en sont là. Reprenez les exemplaires grecs, le théâtre français, Shakespeare, les pièces d'Ibsen, les mélodrames même. Il serait peut-être impossible de faire un théâtre qui ne fût pas cela et son mérite consistera toujours à concilier la grandeur sociale des héros avec leur humanité.

Pièce hybride, *L'Armée dans la ville* met en œuvre un sujet de tragédie avec les moyens et la psychologie grossière des mélodrames historiques. Il y a de la vigueur, mais point d'art et trop de ces singularités que l'on veut croire voulues. Elles pourraient bien être la mise en pratique des conseils que donne l'auteur dans son *Manuel de déification*[1] : «Arrachez parfois les groupes à leur torpeur. Faites-leur violence. Choisissez une rue molle. Parlez tout haut; ouvrez votre parapluie par un beau temps.» Tous les moyens d'étonner ses contemporains paraissent bons à Jules Romains qui nous prend pour des sauvages par trop naïfs.

S'il y a un esprit nouveau, qu'il se traduise autrement

que par ces imitations du romantisme et du naturalisme par quoi se manifestent les incertitudes actuelles des imaginations.

Mais, qu'est donc devenue, dans tout cela, l'eurythmie, cette qualité majeure qui des Grecs avait passé aux Français?

(Avril 1911.)

La Démocratie sociale

LA LOI DE RENAISSANCE

Parmi les hypothèses les plus ingénieuses hasardées par les savants au cours de ces dernières années, celle que l'on a formulée en différentes lois de constance me paraît une des plus raisonnables.

Je crois que la loi de constance qui gouverne les arts pourrait être heureusement appelée «loi de Renaissance». En effet ce mot qui promet l'avenir exprime aussi le plus grand effort du passé dans les temps modernes.

Le sublime est ce qui dans les arts et les lettres ne change point et les modifications qu'ils subissent au cours des temps sont destinées à garder intacte leur essence.

La fable antique du Phénix paraît une illustration excellente de cette doctrine. L'oiseau de l'éternité se consume et ne change point, les flammes le préservent de la décrépitude et l'on a dit qu'il renaissait de ses cendres. De même le sublime renaît des cendres des arts. Ils changent, et le sublime ne change point, et s'il changeait il ne pourrait qu'être abaissé et deviendrait la médiocrité.

Admirable mythe du Phénix! Les flammes qui dévorent et alimentent la merveille figurent l'art populaire qui est à la fois le produit de la décadence des arts et aussi le foyer qui les échauffe et les vivifie, mais le Phénix, c'est-à-dire le sublime, ne change point.

★

Nous assistons en ce moment à l'agonie de plusieurs formes d'art. Mais le sublime n'est point en jeu, il renaîtra, que dis-je, il renaît sans cesse de sa propre mort.

L'art dramatique connaît aujourd'hui un rival populaire qui le consume, je veux parler du cinématographe. Les dramaturges s'ils s'en tiennent aux formules réalistes du siècle dernier seront vite dépassés par le cinématographe, dont les ressources scéniques sont infiniment plus nombreuses que celles des théâtres les plus perfectionnés. Aussi le peuple ne s'y trompe point et le cinématographe tend à remplacer le théâtre.

Les procédés mécaniques menacent tous les formes d'art qui peuvent se contenter des moyens physiques de l'artiste. Les comédiens, les virtuoses, les orchestres, les peintres qui se contentent de copier la nature peuvent être avantageusement remplacés par le phonographe, le cinématographe et la photographie. Et si le côté pratique de la vie y trouve son compte, l'art n'y retrouve pas le sien.

Il faut cependant qu'il le retrouve et c'est pourquoi nous voyons les arts subir des modifications si profondes dont le but est simplement d'exprimer le sublime qui échappe aux arts industrialisés.

Les industries de reproduction plastique risquaient de rendre inutiles la peinture et le dessin. Les flammes ont dévoré le Phénix et il renaît aussi distant du vulgaire qu'il était auparavant. Il suffit d'examiner les productions des peintres nouveaux pour voir que leurs efforts difficiles tendent avant tout à s'éloigner le plus possible des ouvrages faciles de l'industrie.

Ils ont raison car si le but du peintre et celui du photographe sont les mêmes, le peintre doit disparaître. En effet, pour la rapidité d'exécution, et l'exactitude, le photographe l'emporte. Mais si le but du peintre est d'exprimer plastiquement le sublime, le photographe, qui gouverne tout simplement une machine à reproduire la réalité, ne peut rivaliser avec lui.

Mais le sublime est toujours la fable du vulgaire et dès que les artistes tentent de s'élever au sublime de leur art, c'est-à-dire à la poésie, quand les artistes veulent faire œuvre de créateurs, le public que les arts et les industries de reproduction plastique ont familiarisé avec la réalité extérieure de la nature reproche à ces artistes de s'éloigner de cette réalité et de donner dans l'absurde.

Cependant, une fausse conception du sublime plastique seule peut entraîner à ne voir dans les arts plastiques que des arts d'imitation. Et ceux qui voudraient forcer le peintre à copier uniquement la nature et à demeurer dans l'enfance de son art font penser à des censeurs littéraires qui voudraient forcer l'orateur ou le poète à s'exprimer par onomatopées. Si l'on s'en tenait au langage naturel, imitant les bruits de la nature, nous vivrions, certes, à peu près aussi commodément que nous faisons aujourd'hui, mais le sublime échapperait à nos cerveaux sans art.

Les industries de reproduction suffisent aujourd'hui à exprimer la réalité optique des objets, mais cette réalité se trouve à un degré plastique très médiocre, elle représente l'onomatopée dans le langage. Les grands peintres à toutes les époques de l'art ont toujours essayé d'atteindre un degré de plasticité beaucoup plus élevé. Ce désir artistique, le plus légitime qui soit, a amené nos jeunes peintres à exprimer des formules plastiques par quoi leur art se distingue à la fois des industries de reproduction et de l'art populaire. C'est ainsi que le sublime demeure sain et sauf. Il ne change point, car il constitue l'essence même de l'art humain et pour qu'il y eût un sublime d'une autre sorte il faudrait que l'homme fût entièrement différent de ce qu'il est. Le sublime moderne est identique au sublime des siècles passés et le sublime des artistes de l'avenir ne sera rien autre que ce qu'il est aujourd'hui.

(7 juillet 1912.)

Der Sturm

LETTRE DE PARIS

2 février 1913

Ce qu'il y a de plus rare en ce moment parmi les nombreux livres qui paraissent, ce sont les romans. C'est pourquoi j'ai le grand plaisir de vous signaler les *Tendres canailles* d'André Salmon[1]. Sur la rive gauche entre le quartier Latin et le faubourg Saint-Germain, entre la Seine et l'Odéon se trouvent quelques rues pittoresques aboutissant au carrefour de Buci[2]. Il y a une rue de Buci, mais il n'y a pas de carrefour de Buci. N'importe on l'appelle ainsi et l'on dit même abréviativement la Buci, c'est ce quartier pittoresque fréquenté par les élèves des Beaux-Arts, quelques littérateurs, des camelots, des Polonais équivoques et des filles qu'André Salmon a entrepris de décrire et il a singulièrement bien réussi son entreprise. Le pittoresque évoqué par la sensibilité devient une fantaisie pleine de vérité. C'est la définition de l'art — art qui a produit *Tendres canailles*. C'est un livre vivant et un livre touchant écrit par un poète.

J'ai quelque pudeur à parler de l'important petit livre d'Henri-Martin Barzun *L'Ère du drame*[3] parce que dans cet essai touchant les conditions modernes de l'art vivant, il a bien voulu me faire l'honneur de me ranger parmi les sept écrivains dans les œuvres de qui il a distingué les indices les plus probants, les plus vigoureusement dessinés de cette évolution des lettres et des arts. Le dramatisme, puisqu'il faut l'appeler par son nom, exprime notre époque où l'universel et l'individuel se répondent, conflit permanent et admirable.

La dramatisation crée l'harmonie ou chant dramatique. Citons M. Barzun :

«Transformation du chant monodique en chant polyphonique, où des voix, présences, volontés, forces essentielles, expriment et manifestent les ordres psychologiques du drame permanent de la vie et de l'univers[1].»

Le dramatisme n'est pas une théorie *a priori*, mais une définition issue des tendances actuelles des arts et des lettres. Aussi plusieurs œuvres des aînés parmi les aînés dans le monde entier annoncent-elles l' «ère du drame». Les principales parmi ces œuvres prophétiques sont pour la France : *La Dame à la faulx* de Saint-Pol-Roux, *Les Aubes* de Verhaeren, *Phocas le jardinier* de Vielé-Griffin, *L'Arbre* de Paul Claudel, *La Nef* d'Elémir Bourges, *L'Or et le Silex* de Gustave Kahn, *Les Miroirs* de P.-N. Roinard, *Le Prométhée mal enchaîné* d'André Gide, *Lilith* de Remy de Gourmont. Cependant ce ne sont là des œuvres prophétiques, ce ne sont pas des modèles et, dit M. Barzun : «Les citer, c'est les écarter» et il ajoute aussitôt : «Parmi les plus neuves réalisations de notre génération indiquerai-je librement : *Les Cuirs de bœuf* de Georges Polti, *Augurales et talismans* de Sébastien Voirol, *Contes des ténèbres* d'Alexandre Mercereau, *Dieudonné Tête* de Pierre Jaudon, *Paysages introspectifs* de Tancrède de Visan et *L'Enchanteur pourrissant* de Guillaume Apollinaire[2].»

Il convient d'ajouter à cette liste *L'Hymne des forces* de Barzun lui-même[3].

Cette liste comprend les artisans les plus conscients du dramatisme. On la compléterait aisément pour ce qui concerne la poésie en consultant l'*Anthologie des poètes nouveaux* qui vient de paraître chez Figuière avec une préface de M. Gustave Lanson, professeur à la Sorbonne. On y trouve des poèmes de Roger Allard, Guillaume Apollinaire, H.-M. Barzun, Nicolas Beauduin, Paul Castiaux, Jean Clary, Émile Cottinet, Florian-Parmentier, Henri Hertz, Guy Lavaud, Louis Mandin, F. T. Marinetti, Alexandre Mercereau, Jacques Nayral, Georges Périn, Jean Royère, André Salmon, Jean Thogorma, Théo Varlet, Tancrède de Visan.

Les Paroles devant la vie, la nouvelle œuvre d'Alexandre Mercereau[4], est justement la première œuvre ressortissant au dramatisme parue depuis que les poètes dramatistes ont pris conscience de leurs tendances. C'est un ouvrage profond et polyphonique où les mille voix de l'univers soufflant dans Alexandre Mercereau comme dans de grandes orgues l'aident à exprimer ses nobles méditations. «La Vie», «Le Poète», «La Fiancée», «La Femme enceinte», «La Mère», «Soi-même», «La Demeure», «La Mort[1]», dans ces huit chapitres on trouvera les plus nouvelles, les plus vastes, les plus claires notions de la sagesse universelle. Hésiode intérieur, Alexandre Mercereau a chanté les travaux et les jours de la conscience.

L'Art d'inventer les personnages de Georges Polti[2] ressortit encore à ce dramatisme contemporain. Polti est même un des actifs artisans du dramatisme. De cet ouvrage savant, lyrique on voit sortir des sciences nouvelles que le XXe siècle étudiera : l'hérédité comparée, les rythmes de l'histoire, les lois mathématiques de la composition narrative, poétique, artistique ou dramatique, la littérature comparée, la biographie comparée et avant tout et surtout la plus neuve des sciences, la science du cœur humain.

Parmi les curiosités littéraires parues récemment on doit mentionner une nouvelle édition revue et augmentée de *La Négresse blonde*[3], dont les poèmes facétieux ou satiriques eurent une grande vogue au moment du symbolisme il y a une vingtaine d'années.

Ces vers pleins de verve appartiennent pour la plupart à ce symbolisme burlesque dont les *Déliquescences d'Adoré Floupette*[4] sont l'exemple le plus célèbre. *La Négresse blonde* a une célébrité presque semblable. C'est que Fourest est un poète véritable qui se moque de lui-même et des autres avec un art très délicat. Il nous parle joyeusement de son enterrement où son corbillard sera traîné par

Dix cochons peints en vert comme des perroquets[5]

et laissons-le chanter sur un ton comique et désespéré les boissons des grands bars :

Gin! Hydromel!! Kümmel!!! Whisky!!!! Zythogola[6]*!!!!!*

(Mars 1913.)

Les Soirées de Paris

CHRONIQUE MENSUELLE

Tandis que Marinetti souhaite l'ouverture d'un théâtre de variétés[1] où les acteurs ne seraient qu'acrobates, clowns et danseurs, tandis que les spectateurs s'y démèneraient, y crieraient, jouant chacun un rôle improvisé, à l'instar de la *commedia dell' arte,* M. Jacques Copeau vient d'ouvrir le théâtre du Vieux-Colombier[2]. Ses intentions sont si nobles et si raisonnables que tous ceux qui aiment ou croient aimer l'art dramatique l'encourageront et le soutiendront au début. Toutefois, son but et son programme sont si modérés que s'il n'accentue point ce qu'il peut y avoir de nouveautés dans ses tendances, il n'aura bientôt plus avec lui que les plus tièdes et les plus mesquins des auteurs, peintres, musiciens et spectateurs.

Le danger pour une entreprise de ce genre est de tomber dans cette tiédeur raffinée, pauvre et prétentieuse, mi-munichoise, mi-Salon d'automne, qui est bien ce qu'il y a de plus odieusement pompier de nos jours.

Si M. Copeau veut renouveler l'art dramatique, qu'il ait le courage d'avoir parfois du mauvais goût; car pour ce qui est du bon, la bonne volonté ne suffit pas toujours à en montrer[3]...

(15 novembre 1913.)

LE BALADIN DU MONDE OCCIDENTAL

Le théâtre de l'Œuvre s'est honoré en donnant *The Playboy of the Western World,* de John Millington Synge. Cette pièce a été jouée à merveille, c'est-à-dire que, pour ma part, je n'y ai rien trouvé à redire.

Peut-être n'y a-t-il rien eu au théâtre de plus réaliste et de plus parfait depuis Molière et Gogol et c'est à dessein que je les cite, car je ne vois personne d'autre avec lequel on oserait comparer l'auteur irlandais.

De ce réalisme d'une perfection sans cesse inattendue se dégage une poésie si forte et d'une si rare qualité que je ne m'étonne pas si elle a choqué.

À New York, cette pièce causait des émeutes parmi les Irlandais, qui ne voulaient point reconnaître dans ces personnages si singulièrement lyriques des âmes irlandaises et c'étaient les agents de police, presque tous irlandais, qui devaient intervenir pour faciliter la représentation d'une pièce qu'ils détestaient autant que faisaient les autres spectateurs, leurs compatriotes.

À Paris, ce fut de l'indifférence, sauf de la part des poètes, qui furent vivement frappés par ce rire tragique si nouveau; c'est que les poètes ont toujours plus ou moins tenté de tuer leur père, mais c'est une chose bien difficile, témoin le *playboy,* et voyant la salle le jour de la générale, je me disais : «Trop de pères, pas assez de fils.»

(15 janvier 1914.)

NOS AMIS LES FUTURISTES

La nouvelle technique des mots en liberté[1] sortie de Rimbaud, de Mallarmé, des symbolistes en général et du style télégraphique en particulier, a, grâce à Marinetti, une grande vogue en Italie; on voit même quelques poètes l'employer en France sous forme de simultanéités semblables aux chœurs qui figurent dans les livrets d'opéra[1]. Cette dernière façon de poétiser pourrait trouver son précurseur dans la personne de Jules Romains, qui, en 1909, fit répéter, en vue d'une récitation pendant une conférence des Indépendants[2], un poème intitulé «L'Église». Il devait se réciter à quatre voix qui se répondaient, se mêlaient en d'authentiques simultanéités, irréalisables autrement que dans la récitation directe, ou sa reproduction par le moyen du phonographe.

Avant peu, les poètes pourront, au moyen des disques, lancer à travers le monde de véritables poèmes symphoniques. Grâces en soient rendues à l'inventeur du phonographe, Charles Cros, qui aura ainsi fourni au monde un moyen d'expression plus puissant, plus direct que la voix d'un homme imitée par l'écriture ou la typographie[3]. Grâces en soient rendues aux musiciens, grâces en soient rendues à Jules Romains qui tenta une symphonie récitée en faisant répéter son poème symphonique «L'Église», au mois d'avril 1908, par Mlles Jane Eyre et Maud Sterny, MM. Marcel Olin et Aulanier.

À la poésie horizontale que l'on n'abandonnera point pour cela, s'ajoutera une poésie verticale, ou polyphonique, dont on peut attendre des œuvres fortes et imprévues.

Les mots en liberté, eux, peuvent bouleverser les syntaxes, les rendre plus souples, plus brèves; ils peuvent généraliser l'emploi du style télégraphique. Mais quant à l'esprit même, au sens intime et moderne et sublime de la poésie, rien de changé, sinon qu'il y a plus de rapidité, plus de facettes descriptibles et décrites, mais tout de même éloignement de la nature, car les gens ne parlent point au moyen de mots en liberté. Les mots en liberté de Marinetti amènent *un renouvellement de la description* et à ce titre ils ont de l'importance, ils amènent également un retour offensif de la description et ainsi ils sont didactiques et antilyriques.

Certes, on s'en servira pour tout ce qui est didactique et descriptif, afin de peindre fortement et plus complètement qu'autrefois. Et ainsi, s'ils apportent une liberté que le vers libre n'a pas donnée[4], ils ne remplacent pas la phrase, ni surtout le vers : rythmique ou cadencé, pair ou impair, pour l'expression directe.

Et pour renouveler l'inspiration, la rendre plus fraîche,

plus vivante et plus orphique, je crois que le poète devra s'en rapporter à la nature, à la vie. S'il se bornait même, sans souci didactique, à noter le mystère qu'il voit ou qu'il entend, il s'habituerait à la vie même comme l'ont fait au XIXe siècle les romanciers qui ont ainsi porté très haut leur art, et la décadence du roman est venue au moment même où les écrivains ont cessé d'observer la vérité extérieure qui est l'orphisme même de l'art.

(15 février 1914.)

SUR LA REPRÉSENTATION DE «L'ÉCHANGE»

L'Échange, de Paul Claudel, est une pièce sommaire où Shakespeare se débat en vain contre Ibsen. On y a métamorphosé la princesse Ophélie en je ne sais quelle invraisemblable furie de bas étage.

Cette pièce a cependant, hors de la poésie factice qui l'embarrasse, de vigoureuses et saines qualités.

Elle ne dépasserait point le recueil que Mérimée attribuait à l'imaginaire Clara Gazul.

De même, je crois que le style naturel à Claudel serait un style vif et précis, qui s'apparenterait assez bien à celui de Mérimée.

Au lieu de mettre en valeur cette belle simplicité, il s'efforce de la voiler, de la masquer de symboles, de moralités, de parallèles, d'explications sentencieuses, qui sentent plus le prédicant presbytérien que le croyant catholique.

C'est mon sentiment. Il vaut ce qu'il vaut. Mais le théâtre est tombé si bas, que celui de Claudel reste encore la seule chose qui vaille, aujourd'hui, la peine qu'on s'en occupe, et le théâtre du Vieux-Colombier ne pouvait mieux faire que de nous montrer une pièce de l'unique dramaturge vivant, qui ne soit pas un tireur de ficelles[1].

(15 mars 1914.)

GOGOL, WELLS

La Nouvelle Revue française publie de bons comptes rendus de livres récents par M. Camille Vettard, notamment sur le *Nicolas Gogol* de M. Louis Léger[1]. Cependant quand M. Vettard veut faire la différence du réalisme français et du réalisme de Gogol, il se demande s'il faut songer à Cervantes, comme le veut Vogüé[2] : «ou ne sommes-nous pas plutôt en présence de quelque chose de spécifiquement, de strictement russe». Non, nous sommes en présence de quelque chose de petit-russien, mais de qualités qui entrent tout droit dans l'humanisme, cela saute aux yeux dans *Le Reviseur* et l'on a souvent exprimé en Russie l'idée que *Le Reviseur* où Gogol s'égale à Molière en l'imitant a eu une influence très marquée sur le théâtre de M. Tristan Bernard. À propos du sous-titre des *Âmes mortes*, «poème», M. Vettard ajoute judicieusement : «Je ne sais évidemment pas le motif exact, la pensée secrète qui a pu inciter Gogol à choisir cette étiquette. Mais quand je sors d'une lecture de son livre, lorsque j'ai vu se substituer peu à peu dans mon esprit à mesure que je tournais les pages, au héros principal Tchitchikov, à cette multitude de comparses, si fortement individualisés, à Manilov, à la dame Korobotchka, à Sobakiévitch, à Nozdrev, au prodigieux Pluchkine, à tant d'autres, l'image de la Russie, de la Sainte Russie chargée de maux, de souffrances et d'iniquités, et que pourtant telle que la *brichka* de Tchitchikov, brûle l'espace, dépassant tout ce qu'il y a sur la terre devant les autres peuples et les autres empires effacés pour lui livrer passage. Quand il me semble entendre s'élever de ces pages les voix, la voix qui chante dans le prélude de *Boris Godounov* de Moussorgski, alors je comprends que Gogol ait appelé son livre un poème. Au même titre que *Don Quichotte*, que *Le Moulin sur la Floss*, que *Madame Bovary*, que *Guerre et paix*, *Les Âmes mortes* sont une des plus belles rivières épiques de la littérature.»

Toutefois, je suis loin d'être de l'avis de M. Vettard, quand il souscrit à ce jugement qu'il a lu sur Wells : «Son imagination, abstraite s'il en fut, se projette aussitôt sous une apparence concrète sans effort, naturellement.» Il m'a paru qu'au contraire chez Wells l'imagination devenait malaisément concrète et que, même vive, il ne savait nullement la conduire, la développer pour la réaliser. Rien de mieux imaginé que le sujet de *La Machine à explorer le temps.* Au contraire, quoi de plus banal que les développements infligés par l'auteur à ce merveilleux sujet et particulièrement toute la partie qui concerne l'humanité à venir eśt d'une platitude remarquable. Jules Verne, dont l'imagination scientifique, fantaśtique et même satirique valait celle de Wells, dont il eśt le maître, avait, sans prétention, le don de mener jusqu'au bout le développement de ses récits. Puisque je parle de Wells, j'observerai qu'il semble avoir pris le sujet de son *Île du docteur Moreau* dans une nouvelle intitulée *Le Faiseur de monśtres,* dont l'auteur, W.-C. Morrow, eśt américain, mais descend d'une famille française émigrée aux États-Unis lors de la révocation de l'édit de Nantes, et dont le nom évidemment s'écrivait autrefois Moreau comme celui du fameux médecin de Wells. *Le Faiseur de monśtres* se trouve dans un volume qui a été traduit par George Elwall et publié aux éditions de la Revue blanche, en 1901.

(15 juin 1914.)

SIMULTANISME-LIBRETTISME

C'eśt insupportable, véritablement dans cette marche hollandaise on passe son temps à changer d'uniforme.

(*Fantômas,* XXVI, p. 168.)

nombre des écoles poétiques augmente chaque jou n'en eśt guère dans lesquelles on ne m'ait mis un tem on gré ou mal gré. Je suis cependant d'une époque où n camarades et moi nous n'aimions point nous range à la suite de quelqu'un ni en groupes arriviśtes.

Nou n'avons point changé et tous tant que nous somme i moins cultivés que les autres, ni moins poètes que quic que, ni moins modernes que tous les poètes du monde entier, nous ne restons pas longtemps dans ces écoles que l'on appelle encore de petites chapelles. Il était donc inutile que M. Barzun, sous prétexte que hors de sa chapelle il n'y aurait point de salut, se donnât la peine de m'excommunier de son simultanisme, duquel je n'ai jamais fait partie[1].

Assurément, c'est un personnage atrabilaire. Sa manie d'avoir tout inventé n'égale que l'outrecuidance fantomatique avec laquelle il s'en vante.

Le voilà plein de ressentiment contre moi à cause de ce que j'ai écrit ici même du phonographe. Dans un pneumatique adressé à André Billy[2], j'ai donné raison à M. Barzun d'avoir publié son *Manifeste sur le simultanisme poétique*, dont la paternité lui appartient. Que veut-il de plus? J'ai ainsi montré clairement mes intentions. Elles étaient de laisser M. Barzun développer librement ses théories. Il me répond par des paroles bien peu aimables. Je lui répondrai en négligeant celles-ci et en examinant celles-là.

Le simultanisme poétique de M. Barzun ne peut s'exprimer qu'au moyen de plusieurs voix combinées. C'est du théâtre. Dans le livre à un lecteur ces voix ne peuvent être que successives, donc si M. Barzun veut une poésie effectivement simultanée, il faut qu'il fasse appel à plusieurs récitants ou qu'il se serve du phonographe, mais tant qu'il se servira d'accolades et des lignes typographiques habituelles, sa poésie restera successive. Pour ce qui concerne la polyphonie, j'ai dit que Jules Romains en avait tenté un essai chez moi, en 1909[3], cela n'enlève aucun mérite à M. Barzun, qui a codifié depuis cette importante réforme théâtrale.

Bien avant, Villiers de L'Isle-Adam avait publié u
pièce où un grand nombre de voix parlaient en mê
temps, disant des choses différentes[4].

Et M. Barzun peut y regarder, il y verra l'accola
fameuse accolade qui n'est qu'une indication p
représentation et non pas une simultanéité dans le l
les voix, comme chez M. Barzun, restent successi

Voix simultanées encore dans *L'Armée dans l*
Jules Romains. les

On chercherait en vain de ces voix simultané en
œuvres de M. Barzun avant la fin de 1913 'agit
trouve des exemples à partir de cette date,

toujours que de simultanéité réalisable ou scéniquement ou phonographiquement, et nullement autrement.

Pour ce qui concerne la récitation du poème «L'Église», que M. Barzun ne s'y trompe point, la déclamation que Jules Romains avait tenté de faire réaliser en 1909 ne constituait nullement «l'expression par quatre, six ou huit voix, d'une seule *phrase* poétique». Les voix des quatre récitants se mêlaient, s'élevaient, parfois seules, parfois ensemble, et disant chacune des strophes différentes, s'enlaçaient en une véritable polyphonie.

Mais M. Barzun, d'autre part, peut-il croire que cette transformation théâtrale du lyrisme soit la seule forme par laquelle s'exprimera la simultanéité lyrique? Il sait bien que non, puisque cette forme laisse au livre un caractère nettement successif.

On a donné ici des poèmes où[a] cette simultanéité existait dans l'esprit et dans la lettre même puisqu'il est impossible de les lire sans concevoir immédiatement la simultanéité de ce qu'ils expriment, poèmes-conversation où le poète au centre de la vie enregistre en quelque sorte le lyrisme ambiant[1].

Et même l'impression de ces poèmes est plus simultanée[b] que la notation successive de M. Barzun.

C'est ainsi que si on a tenté *(L'Enchanteur pourrissant,* «Vendémiaire», «Les Fenêtres», etc.*)* d'habituer l'esprit à concevoir un poème simultanément comme une scène de la vie[2], Blaise Cendrars et Mme Delaunay-Terck ont fait une première tentative de simultanéité écrite où des contrastes de couleurs habituaient l'œil à lire d'un seul regard l'ensemble d'un poème, comme un chef d'orchestre lit d'un seul coup les notes superposées dans la partition, comme on voit d'un seul coup les éléments plastiques et imprimés d'une affiche[3].

Dans l'entourage de M. Barzun, M. Sébastien Voirol a [illegible]it lui-même faire un pas à ce simultanisme figuré qui [illegible]ut exister dans le livre aussi bien que par le phono[illegible]phe.

[illegible]e demande pourquoi, à propos de cet instrument, [illegible]arzun dit : «Mais le poème original n'en restera pas [illegible] exigible, au même titre que la toile du peintre et [illegible]tion du compositeur.» Comme si le poète ne pouvait [illegible] enregistrer directement un poème par le phono[illegible]et faire enregistrer en même temps des rumeurs naturelles ou d'autres voix, dans une foule ou parmi ses amis?)

M. Voirol, donc, en écrivant son *Sacre du printemps* en encres de couleurs différentes, était plus près de la simultanéité figurée que M. Barzun, dont l'esthétique reste uniquement une esthétique de théâtre et qui, si on en retire les indications scéniques, ne serait plus après tout qu'une chose à l'instar des *Paroles en liberté* de Marinetti[1], lequel, d'ailleurs, dans un de ces[2] manifestes, a indiqué, en tout cas, avant M. Barzun, la possibilité de la simultanéité impressive.

Ici même, après s'être efforcé de simultanéiser l'esprit et la lettre des poèmes, de leur donner, si j'ose dire, le don d'ubiquité, on s'efforcera aussi de faire faire un pas à cette question de l'impression nouvelle qui ne doit nullement être confondue avec la poésie scénique de M Barzun, dont il trouvera encore de bons exemples dans les anciens canons comme *Frère Jacques, dormez-vous?*

D'ailleurs, si la paternité du *Manifeste sur le simultanisme poétique* appartient à M. Barzun, ce simultanisme ne lui appartient nullement.

L'idée de simultanéité préoccupe depuis longtemps les artistes[3]; en 1907 déjà, elle préoccupait un Picasso, un Braque, qui s'efforçaient de représenter des figures et des objets sous plusieurs faces à la fois. Elle a préoccupé ensuite tous les cubistes et vous pouvez demander à Léger quelle volupté il éprouvait à fixer un visage vu à la fois de face et de profil. Cependant, les futuristes étendirent le domaine de la simultanéité et en parlèrent nettement mettant le mot lui-même dans la préface de leur catalogue.

Duchamp, Picabia explorèrent un moment les abords de la simultanéité; ce fut alors Delaunay qui s'en déclara l champion, qui en fit la base de son esthétique. Il oppc le simultané au successif et y vit le nouvel élément de t les arts modernes : plastique, littérature, musique, C'est chez lui un terme de métier, car si ce n'avait été faire allusion à un métier nouveau, on aurait auss choisi un des nombreux mots en *isme* qui, jusqu'au misme de Guilbeaux, expriment la volonté modernes chez les générations actuelles.

Il est inutile de demander à M. Barzun d'où dénomination de simultanisme; l'a-t-il trouvée ou lui vient-elle de Delaunay?

Barzun a remarqué lui-même que sa méthode concernait le théâtre, l'opéra et ne représentait rien de simultané à l'impression, et il a agi à son ordinaire, en suivant le vent. Dans un écho de *Poème et drame,* «Du descriptif à l'impressif[1]», il nous parle de poèmes donnant une impression plastique visuelle.

Libre à lui de faire des poèmes peints, de s'essayer désormais non plus dans le simultanisme dramatique, mais dans le simultanisme impressif, toutefois qu'il ne dise pas ensuite qu'il l'a inventé, car il a été précédé là-dedans par les nouveautés typographiques de Marinetti et des futuristes qui même sans couleurs firent ainsi faire un pas à la couleur et inaugurèrent la simultanéité typographique entrevue par Villiers, par Mallarmé, et non encore entièrement explorée; par le poème en couleurs contrastées simultanément de Blaise Cendrars et Mme Delaunay-Terck, *La Prose du Transsibérien et de la petite Jehanne de France*; par *Le Sacre du printemps,* de Voirol; par mes poèmes différents par l'expression et l'impression de ceux qui précèdent et que mes amis ont vus et lus chez moi; par les poèmes peints par Picabia, différents encore de tous les précédents.

Toutes ces choses sont visibles chez leurs auteurs, quelques-unes se peuvent acheter. M. Barzun est libre maintenant de s'en déclarer l'inventeur.

Abbaye, unanimisme, simultanisme, tout lui appartient[2].

Pour ma part[a], je me déclare enchanté qu'il m'ait emprunté le terme d'orphique[3] dans le sens où je l'ai employé.

J'en abandonne bien volontiers la paternité à M. Barzun qui me l'a réclamée un jour sous prétexte qu'il avait eu, en 1907, l'intention d'écrire une *Orphéide,* et l'annonce de cette intention lui donne, paraît-il, un droit incontestable sur le sens de tous les mots qui s'approchent de celui-là.

À son propos, j'ai publié, dans le courant de 1912, des [n]otes sur la simultanéité dans *Der Sturm,* dans *Les Soirées d[e Pa]ris* (décembre 1912) et enfin, en janvier 1913, j'ai fait à [Ber]lin une conférence sur le sujet même, et les journaux [berl]inois en ont publié des comptes rendus. C'est ensuite [que] M. Barzun, ayant rencontré Delaunay, a pris l'habi[tude] [d]e se croire l'inventeur de cette simultanéité dont i[l] n'est pas sûr qu'il ait encore une idée nette aujourd'hui même.

(15 juin 1914.)

Paris-Journal

À PROPOS DE LA POÉSIE NOUVELLE

Nous recevons la lettre suivante :

Mon cher Directeur,

Je m'étonne un peu du caractère violemment discourtois de la réponse de M. Barzun à mon article des *Soirées de Paris*[1], tandis que cet article reste, je crois, dans les bornes de la courtoisie littéraire.

Je n'y fais aucun reproche à M. Barzun, j'y constate seulement que les théories qu'il a mises au jour depuis 1913 l'amènent à préparer des livrets pour la scène ou pour le phonographe, ce qui est bien, mais ne renouvelle nullement le livre et que si, depuis 1914, M. Barzun nourrit l'espoir d'une impression nouvelle, il a été précédé là-dedans.

Et comme il n'est pas déshonorant d'avoir été précédé dans une question de cet ordre, j'ai voulu éviter toute confusion entre M. Barzun et les véritables pionniers de l'impression nouvelle.

C'est tout. Mais en me répondant, M. Barzun s'est gardé de parler de cela et il m'attaque sur des points qui n'ont jamais été en cause.

Je réponds donc à ces nouvelles allégations, en m'excusant auprès de nos lecteurs de les entretenir sur des sujets aussi personnels. Mais Dieu m'est témoin que j'avais laissé le débat sur le terrain littéraire.

1. Je ne me suis jamais défendu d'avoir été du groupe

dramatiste où m'avait appelé M. Barzun[1]. J'ai dit que je ne restais jamais bien longtemps dans ce qu'on appelait les petites chapelles. Aussi ai-je bientôt quitté le groupe dramatiste et pour une seule raison : c'est que depuis que j'en faisais partie, je n'étais plus libre de mentionner qui me plaisait. M. Barzun me reprochait de ne pas le citer assez souvent. Je pourrais publier des lettres sur ce sujet. Passons.

2. Je suis toujours aussi enthousiaste des idées de M. Barzun et je ne pense pas qu'il y ait, à Paris, quelqu'un qui le défende et le loue plus que je ne fais. J'ai fait son éloge à Berlin[2], devant trois cents personnes; à Paris, je l'ai défendu dans maint salon et bien d'autres choses encore, dont témoigneraient sans aucun doute André Billy, Paul Morisse, etc.

Toutefois, depuis le beau livre de *L'Ère du drame*[3], que seule la grossièreté, à mon égard, du dernier numéro de *Poème et drame* et de la *réponse d'hier* me force d'oublier, M. Barzun n'a pas fait grand-chose, sinon de publier un fragment de poème qu'il ne me forcera point à ne pas tenir pour successif, quand c'était justement le contraire que voulait faire Barzun. Certes, c'est un grand poète, plein de nobles visées, mais il ne s'est pas encore réalisé.

C'est ainsi que parce qu'il écrit que «la perception et la révélation simultanée des éléments de cette synthèse, à travers la conscience et l'âme, ne peut ne pas modifier profondément l'expression de chant individuel», il ne s'ensuit pas qu'il ait trouvé la forme de ce chant nouveau. En tout cas, il n'indiquait aucune forme nouvelle dans *L'Ère du drame* parue à la fin de 1912; c'est seulement en mai 1913 qu'il a donné un fragment[4] dont je conteste que le métier soit impressif, étant, à ce que je crois, du théâtre ou du phonographe.

Toutefois, en ergotant sur la phrase de *L'Ère du drame*, citée plus haut, M. Barzun est fondé à dire qu'il n'a pas appris la simultanéité de Delaunay, mais puisqu'on est sur la question des dates, ne l'a-t-il pas apprise des futuristes qui dans le catalogue de leur exposition (5 février 1912) proclamaient :

«La simultanéité des états d'âme dans l'œuvre d'art, voilà le but enivrant de notre art.»

3 et 4. M. Barzun me fait beaucoup d'honneur en rap-

pelant la part qu'il me faisait dans *L'Ère du drame* et celle que j'avais dans le comité de rédaction[1] de *Poème et drame.*

Je fais un appel à la bonne foi de M. Barzun, pour lui demander s'il avait jamais employé le mot «simultanisme» ou appliqué l'adjectif «simultané» à l'œuvre d'art même avant d'avoir rencontré Delaunay qui faisait cela depuis sept ou huit mois avant sa rencontre avec Barzun. Le mot simultané est dans le dictionnaire, l'idée au point de vue artistique était dans l'air comme on l'a vu par le passage cité du catalogue des futuristes, mais ce que Delaunay avait fait de nouveau c'était d'appliquer ces termes à un nouveau métier et ce n'est que sur la question de métier que je poursuis l'atrabilaire M. Barzun. Sans quoi, qui serait plus fondé que moi à réclamer pour moi de m'être efforcé le premier dans cette voie nouvelle, puisque dans *L'Enchanteur pourrissant* un chapitre entier est consacré à la description simultanée d'une nuit[2]! Avant de paraître en volume cela avait paru en 1904 dans *Le Festin d'Ésope,* dont le tirage n'était pas inférieur, je crois, à celui de *Poème et drame.*

Aussi ne réclamé-je point pour moi, mais surtout pour *La Prose du Transsibérien et de la petite Jehanne de France,* de Blaise Cendrars et de Mme Delaunay-Terck, qui ont fait la première tentative d'impression simultanée[3].

5. M. Barzun se trompe. Je ne réclame point le mot orphique, parce que j'ai publié *Le Cortège d'Orphée*[4].

6. *a)* À la fin d'une lettre du «18 mars 1911», M. Barzun m'écrivait le post-scriptum suivant :

P.-S. — *Tu me parlais ce même jour de l'orphisme; constate, très cher, que j'y pensais dès* 1908, *et que cette* orphéide *ne sera autre chose que mon prochain poème.*

Ai-je dit autre chose que M. Barzun m'avait réclamé un jour ce mot-là, sous prétexte qu'il avait jadis eu l'intention de publier une *Orphéide?*

Mais, peut-il vraiment prétendre à avoir répandu un mot qui, dans le sens où je le prenais et où le prend aussi M. Barzun, parti de *L'Intransigeant,* où je l'ai imprimé tout d'abord[5], a fait maintenant le tour du monde?

N'oublions pas que la lettre de M. Barzun est de 1911 et que *L'Ère du drame* est de 1912 et même de «fin octobre 1912», si j'en crois une autre lettre de M. Barzun, datée du 22 septembre 1912.

b) Le pneumatique de *Paris-Midi*[1], cité par M. Barzun, se rapportait avant tout, il ne l'ignore point, à l'édition phonographique, dont je crois l'avenir très grand, et je pensais que M. Barzun, que je ne voyais plus depuis un an, s'était fait le pionnier de cette idée. Il n'en était rien, et dans les écrits subséquents de M. Barzun j'ai vu qu'il ne la tenait pas en grande considération.

Or, je considère que la réforme de M. Barzun n'a d'importance qu'en ce qui concerne un nouveau métier simultané : celui du poète phonographiste. Dans le livre M. Barzun est resté successif.

7. M. Barzun se trompe de date, ce n'est pas en été 1913, mais en janvier 1913 que je lui ai envoyé la carte qu'il mentionne. Elle prouve que mon amitié s'était employée à son endroit. Elle s'était même employée avec plus de vivacité encore dans la conférence que je fis alors, et dont le manuscrit est dans la possession de Robert Delaunay.

En citant l'*ex-dono* d'*Alcools,* M. Barzun a sans doute voulu m'accuser réception du volume. Merci.

8. M. Barzun a tort de croire qu'à son détriment je veuille favoriser injustement M. Jules Romains.

Je tiens à la disposition de l'auteur de *L'Ère du drame,* le programme d'une conférence faite le 25 avril 1908 aux Indépendants, il y verra ce qui suit :

«25. Jules Romains : *L'Église,* poème polyphonique; contralto : Mlle Eyre; soprano : Mlle Maud Sterny; basse : M. Marcel Olin; ténor : M. Aulanier.»

Les récitants s'exercèrent plusieurs fois chez moi, mais ils ne furent pas prêts le jour de la conférence, et l'on passa outre. Mais, pour commémorer ces tentatives qui eurent lieu chez moi, on décida d'inscrire la chose au programme.

Recevez, mon cher Directeur, l'expression de mes sentiments dévoués.

GUILLAUME APOLLINAIRE.

(29 juin 1914.)

À PROPOS DE L'ART ORPHIQUE

LE MOT DE LA FIN

Je m'en voudrais de me déclarer moins satisfait que M. Barzun et, du moment qu'il restitue son simultanisme à M. De-*die* et dans son *dramatisme*[1], je prends acte de ce qu'il me rend mon orphisme, ainsi qu'il restitue son simultanisme à M. Delaunay.

Tout est bien qui finit bien.

Toutefois M. Barzun se trompe, en tenant pour apocryphe le poème «L'Église[2]», de Jules Romains. Il se trouve dans *La Vie unanime,* dont M. Barzun n'est pas sans posséder un exemplaire, et au contraire de ce que croit le directeur de *Poème et drame,* plusieurs personnes ont entendu la récitation polyphonique de ce poème; ce sont d'abord les quatre récitants, M. Jules Romains, M. Max Jacob, moi-même et diverses personnes au témoignage desquelles il n'est peut-être pas urgent de faire appel, étant donné que le programme de la conférence des Indépendants, du 25 avril 1908, est dans la possession de plusieurs de nos amis, et qu'en outre, j'en ai montré un exemplaire (toujours à la disposition de M. Barzun) à quelques collaborateurs de *Paris-Journal :* MM. Paul Lévy, Gabriel Arbouin, Waldemar Georges, etc., etc.

(3 juillet 1914).

POINT FINAL

Monsieur le Rédacteur en chef,

Dans sa dernière lettre, Barzun n'oublie qu'une chose, c'est que la tentative de Jules Romains a été tentée, tandis que dans un cas où lui, Barzun, semble réclamer la priorité, il n'a, lui, Barzun, rien tenté du tout.

La critique est aisée et l'art est difficile, dit le vers fameux de Destouches.

«L'Église» est un beau poème, très simple et très humain, et sa récitation polyphonique ne le fut pas seulement dans la suite des quatorze vers. Mais, précisément, dans ces quatorze vers, les voix prononcèrent simultanément les paroles diverses de la polyphonie.

Quant à la modestie de cette première tentative, elle n'a rien qui doive étonner. De plus grandes inventions ont connu des débuts plus modestes encore.

Au lieu de faire de la stratégie littéraire, Barzun ferait mieux de faire de beaux poèmes. Et s'il a, en effet, le talent que je lui crois, les joies qu'il nous réserve seront bien vives et pour ma part je le louerai encore[1].

(11 juillet 1914.)

La Vie

RÉPONSE À UNE ENQUÊTE

Mon idéal d'art : mes sens et mon imagination, point d'idéal, mais la vérité toujours nouvelle.

Point d'hypocrisie, mais vérité du moment, point d'idéal, mais invention.

Vérité : authentiques faussetés, fantômes véritables.

Point d'idéal : mais tout ce qui existe : moi-même, mes sens, mon imagination; les autres, leurs sens, leur imagination; les choses, leurs aspects, leurs propriétés; les surprises, les êtres qu'elles engendrent et ce qu'elles modifient.

Point d'idéal : la surprise, l'invention, c'est-à-dire le bon sens toujours surprenant, toujours imprévu, c'est-à-dire la vérité.

Point d'idéal : moi-même, les autres, les choses, la vérité.

Moi-même : l'inquiétude, l'épreuve, rire aux larmes, la liberté, le présent.

Les autres : les gestes, les goûts, les coutumes, les actes méprisés et sans importance, les voix, les langages, le passé.

Les choses : les fantômes, l'inconnu, l'avenir.

La surprise : la vérité, l'éternité.

(Juin 1914.)

SIC

LES TENDANCES NOUVELLES

(Interview avec Guillaume Apollinaire.)

On dit que cet hiver, malgré eux, *malgré tout, la vie des lettres et des arts va retrouver presque toute son activité. On nous annonce plusieurs expositions, on nous annonce plusieurs livres. Guillaume Apollinaire, le premier, comme toujours, se lève. Il publie* Le Poète assassiné, *un volume à 3,50* F, *que vous trouverez chez tous les libraires; un livre de poèmes va suivre. Nous lirons tout cela, bien entendu; mais dès aujourd'hui j'ai voulu recueillir pour les lecteurs de* SIC *ses idées générales sur l'état actuel du mouvement littéraire d'avant-garde, le considérant comme le poète qualifié pour parler de ces choses difficiles. J'ajoute que, le trouvant blessé, il ne m'a pas toujours parlé avec l'abondance que j'aurais voulue. Mais ce qu'il m'en a dit suffit du moins pour nous permettre tous les espoirs.*

« Où en sommes-nous?

— La guerre qui a retrempé les caractères a sans doute retrempé et renouvelé les talents. Elle a déjà produit quelques livres de soldats pleins d'une mâle simplicité et d'idées neuves, ceux de ma génération doivent en être satisfaits, car nous n'avons tendu qu'à cela, poètes, prosateurs et peintres : exprimer avec simplicité des idées neuves et humaines, créer un humanisme nouveau qui, fondé sur la connaissance du passé, accordât les lettres et les arts avec les progrès que l'on remarque dans les sciences et les moyens nouveaux que l'homme a à sa disposition. La guerre a montré la nécessité de ne pas s'attarder. Le présent doit être le fruit de la connaissance du passé et la vision de l'avenir.

— *Pensez-vous que la guerre doive modifier les mouvements d'avant-garde et dans quel sens?*

— Oui, la guerre doit modifier ces mouvements et les aiguiller vers plus de perfection. De la connaissance du passé il naît la raison, de la vision de l'avenir surgit l'audace et la prévoyance. On ne fera plus de littérature désintéressée. Car en examinant le passé on trouvera des exemples, en créant l'avenir on pensera à léguer des forces à ceux qui sont à naître.

— *Pensez-vous que la guerre elle-même puisse inspirer des œuvres dignes d'intérêt?*

— Certes et il faut le souhaiter. Il ne faudrait pas qu'une leçon aussi violente fût perdue. Quoi de plus beau du reste que de chanter les héros et la grandeur de la patrie. Quoi de plus beau que d'inspirer de nobles sentiments aux générations à venir, quoi de plus noble qu'en rappelant les expériences de la guerre forcer les gouvernants à ne jamais oublier que nous devons être forts si nous voulons exercer librement les arts de la paix et nous élever dans ces arts.

— *Pressentez-vous une période épique ou lyrique?*

— Lyrique? sans aucun doute! épique? cela dépend du souffle des poètes. Mais il est aujourd'hui un art d'où peut naître une sorte de sentiment épique par l'amour du lyrisme du poète et la vérité dramatique des situations, c'est le cinématographe. L'épopée véritable étant celle que l'on récitait au peuple assemblé et rien n'est plus près du peuple que le cinéma. Celui qui projette un film joue aujourd'hui le rôle du jongleur d'autrefois. Le poète épique s'exprimera au moyen du cinéma, et dans une belle épopée où se rejoindront tous les arts, le musicien jouera aussi son rôle pour accompagner les phrases lyriques du récitant.

— *Et le théâtre?*

— Question trop compliquée peut-être. Le théâtre de chambre ou de scène aura moins d'importance qu'autrefois. Peut-être qu'un théâtre de cirque[1] naîtra plus violent ou plus burlesque, plus simple aussi que l'autre. Mais le grand théâtre qui produit une dramaturgie totale c'est sans aucun doute le cinéma[2]. Cette opinion n'est pas seulement la mienne au demeurant et Léon Daudet l'a déjà développée maintes fois et excellemment[3].

— *Allons-nous vers un art complexe ou simple?*

— Je vous ai parlé de simplicité tout à l'heure, simplicité d'expression s'entend, pour atteindre à une plus grande perfection. Mais pour ce qui est de la complexité elle sera en rapport avec la richesse intérieure du poète ou de l'artiste. Mais rien à mon sens ne fera abandonner ce que l'on a acquis dans ce domaine où la jeune littérature et la jeune peinture ont déjà poussé bien loin leurs explorations.

— *Vous sentez-vous vous-même porté vers une orientation nouvelle?*

— Qu'importe? Et vous pouvez en juger d'ailleurs par mes réponses précédentes. Mais l'esprit souffle où il veut. Et je m'efforcerai de faire toujours de mon mieux.»

Tandis qu'Apollinaire répondait à mes questions, ses yeux regardaient distraitement par la fenêtre et sa main griffonnait : il m'a paru amusant de donner ce dessin à côté des pensées nées en même temps que lui.

(Août-septembre-octobre 1916.)

Le Pays

INTERVIEWS
M. GUILLAUME APOLLINAIRE
ET LA NOUVELLE ÉCOLE LITTÉRAIRE

*À toute personnalité son cadre. Du moment que je n'interviewais pas le sous-lieutenant dans une parallèle de combat, je ne pouvais faire mieux qu'interroger le poète au café de F***, et un mardi, jour où il retrouve ses amis.*

L'extrême courtoisie de l'auteur des Alcools *et l'audacieuse singularité du talent le plus violemment personnel lui ont valu des disciples qui sont tous ses amis et des amis qui sont tous un peu ses disciples. Guillaume Apollinaire allant au F***, ils ne manquèrent pas de remettre à la mode ce café où jadis fut fondée l'école symboliste, où Remy de Gourmont alla jusqu'aux fins de sa mort, et qui, avec la R*** de Montparnasse et le N*** des Boulevards*[1]*, est aujourd'hui le type du café littéraire, institution qui a changé comme le reste de l'univers. Le mardi, les amis d'Apollinaire mènent avec eux au café leur femme et leurs enfants ; les vieux habitués ont peine à croire que ces clients du jour martial soient des poètes. Des poètes ! Ils se figurent ceux-ci encore célibataires, fort débraillés, très chevelus et surtout grands buveurs, alors qu'ils trempent seulement leurs lèvres dans une coupe de champagne lorsqu'ils ne s'arrêtent point aux douceurs de l'eau minérale. Ils parlent d'art — sans épithète ; toutefois, il s'agit, bien entendu, de cubisme, d'orphisme, de futurisme, d'impressionnisme, et de toute la séquelle des mots en « isme ». Peut-être même y parle-t-on parfois — sans le nommer — du nunisme, et de son adjectif nunique — en son genre ajouterait Willy — car nous sommes au foyer même de cet esprit nouveau qu'animent Guillaume Apollinaire et ses amis.*

Je lui parle, moi aussi, de ces étranges vocables.

« Au fait, dis-je, laquelle des épithètes en « isme *» convient-il de prononcer à votre propos ?*

— Peu importe ces épithètes, nous répond le poète. Le

temps en décidera. Nous porterons dans l'histoire des lettres l'appellation que l'usage aura consacrée. Mais, pour ce qui me concerne, j'ai des préférences.

— *Et lesquelles?*

— Orphisme ou surnaturalisme, c'est-à-dire un art qui n'est pas le naturalisme photographique uniquement et qui cependant soit la nature, même ce qu'on en voit et ce qu'elle contient, cette nature intérieure aux merveilles insoupçonnées, impondérables, impitoyables et joyeuses. Il faut réagir contre le pessimisme qui depuis le début du XIXe siècle n'a pas cessé de hanter nos écrivains. Il faut exalter l'homme, et non pas le diminuer, le déprimer, le démoraliser. Il faut qu'il jouisse de tout, même de ses souffrances. À cet égard, je suis antibaudelairien[1].

— *Feu Faguet, non plus, n'aimait pas Baudelaire.*

— Il a sa place comme Jérémie. Mais l'esprit de Baudelaire a fait son temps et le grand Pan, dont Plutarque nous avait dit la mort, nous le montre ressuscité, sa poitrine couverte d'étoffes et nous entendons partout sa voix faite de tous les cris.

— *Parlons de la forme du vers, voulez-vous?*

— Toutes les formes sont bonnes. Le vers peut être libre, régulier, libéré, calligrammatique.

— *Vous supprimez toute espèce de ponctuation.*

— Sans doute! Je reviens aux principes. La ponctuation permet aux mauvais écrivains de justifier leur style. Quelques tirets, une virgule par-ci par-là, et tout semble se tenir. Au reste, cette suppression donne plus d'élasticité au sens lyrique des mots. Mais cette question n'aura plus d'intérêt, certes, lorsque disparaîtra le livre.

— *Le livre disparaîtrait?*

— Il est à son déclin. Avant un ou deux siècles, il mourra. Il aura son successeur, son seul successeur possible dans le disque de phonographe et le film cinématographique. On n'aura plus besoin d'apprendre à lire et à écrire.

— *Quelle révolution dans la librairie!»*

M. Guillaume Apollinaire veut bien en convenir.

«Enfin! reprenons-nous, un ou deux siècles ne passent pas si vite... En attendant que les petits-fils de nos petits-fils aient tous leur bibliothèque de disques, consentirez-vous à publier des livres qui soient typographiés?

— Quelques-uns. Les *Calligrammes,* avec deux portraits de Picasso; deux romans, *Les Clowns d'Elvire ou les Caprices de Bellone,* avec illustrations d'Irène Lagut, et *Le Marchand d'oiseaux*[1]; un volume de poèmes sur les peintres; la correspondance, en vers, que nous avons échangée, mes amis et moi, lorsque j'étais au front, correspondance qui se présentera avec les lithographies de Rouveyre; enfin, *Les Mamelles de Tirésias,* deux actes en vers et un prologue.»

Mais l'œuvre dramatique de M. Apollinaire sera d'abord portée à la scène, et pas plus tard que cet après-midi, rue de l'Orient, en la salle du conservatoire Maubel.

«Voulez-vous entendre le prologue?» dit aimablement l'auteur des *Mamelles de Tirésias.*

Et il lit. Nous le considérons en silence. Voici donc le poète autour duquel des auteurs se groupent comme d'autres naguère, affirment-ils, autour de Verlaine. Il est le maître de toutes les questions de poésie et de peinture moderne. Il a l'un des premiers lancé ce cubisme dont le nom, même malgré lui, a fait, et plus fortement encore fera fortune. Les gazettes comme les revues sont pleines de ses propos et de ses inventions. Mais quelle silhouette à la fois sympathique et bizarre! M. Guillaume Apollinaire est gros comme furent tels empereurs romains, comme fut Balzac. Il rappelle par sa corpulence ces puissants capitaines de la Renaissance dont le poids écrasait un cheval ordinaire, et qui aimaient se battre, faire ripaille, écrire de beaux poèmes.

Apollinaire est aussi profondément lui-même. «Il faut exalter l'homme», *dit-il. Celui-ci exalte la vie, et il exalte! C'est d'une voix de prophète, toute pénétrée des mystères de la poésie nouvelle, qu'il nous lit son prologue. Quand il eut fini :*

«Mais c'est très bien! Nous retrouvons là le poète des Alcools. *Car nous n'aimons guère ces vers qu'a publiés de vous une revue dans son premier numéro :*

On veut de nouveaux sons
de nouveaux sons
de nouveaux sons
On veut des consonnes sans voyelles
Des consonnes qui pètent sourdement
Imitez le son de la toupie
Laissez pétiller un son nasal et continu
Faites claquer votre langue
Servez-vous du bruit sourd de celui qui mange sans civilité
Le raclement aspiré du crachement ferait aussi une belle consonne
Les divers pets labiaux rendraient aussi vos discours claironnants

Habituez-vous à roter à volonté
Et quelle lettre grave comme un son de cloche
À travers nos mémoires[1]

N'est-ce pas un simple amusement?

— C'est une chose très sérieuse, au contraire. Mme Lara, de la Comédie-Française, a admirablement compris ce poème qu'elle a récemment déclamé devant le public, qu'elle a empoigné. Tout le monde, même les hommes d'État et de guerre, peuvent faire leur profit des enseignements contenus dans ce poème-là.»

Les privilégiés qui assisteront à la première représentation des Mamelles de Tirésias *seront initiés à l'art... dirons-nous cubiste ou futuriste, selon telles ou telles gens, ou surnaturaliste avec M. Guillaume Apollinaire?*

Nous dirons «apollinarien».

GASTON PICARD.

(24 juin 1917.)

La Publicidad

[INTERVIEW PAR PÉREZ-JORBA]

Nous parlâmes en toute liberté de la guerre et de son influence sur la politique internationale. Son jugement était nourri d'idées sur les sujets de l'actualité et, de surcroît, cultivé. Nous parlâmes aussi du judaïsme, sujet qu'il abordait avec une visible complaisance. Montrant une dialectique savante appuyée sur une multiplicité d'arguments, le poète soutint que les Juifs prédominaient dans toutes les sphères sociales presque dans tous les domaines. Il donnait aussi quantité d'exemples démonstratifs pour appuyer ses affirmations.

«La race juive, disait-il, est une race éminemment spéculative, non seulement au point de vue intellectuel, mais aussi» — *et ses paroles furent soulignées d'un sourire fin, car*

Apollinaire ne possède pas pour rien le don picaresque du sourire parisien — «mais aussi du point de vue matériel. C'est la race qui a le plus d'aptitudes pour cultiver la pensée, la raison pure.»

Nous sourîmes aussi devant le parallélisme. Le poète ajouta que les Juifs s'étaient aussi répandus en Espagne, où c'est à peine s'ils se connaissent entre eux. La célèbre expulsion n'a pas empêché des rejetons de rester et de se multiplier, spécialement aux îles Baléares.

La pluie se mettait peu à peu à crépiter sur la toile qui couvrait la terrasse du café et le soleil espiègle lui disputait de temps en temps la domination du trottoir. Il y eut un moment où ce soleil espiègle, attaquant avec violence une joue du poète Apollinaire, parut triompher de l'eau du ciel. Nous profitâmes de cette occasion pour faire une promenade et respirer sur le boulevard, dans les rues voisines et au Luxembourg. Alors, seul à seul, au moment où Férat nous quittait pour se rendre chez son tailleur, nous dîmes au poète en toute sincérité l'admiration que nous éprouvions pour l'art magique de son œuvre, unique en France. Le poète, en nous entendant, devint rouge comme une jeune fille à qui on fait pour la première fois une déclaration d'amour. Nous n'en voulions pas tant! Peut-être cette rougeur serait-elle due à un trouble de la circulation du sang? Le poète est très robuste.

«Voyez, mon ami», *me disait ensuite Apollinaire d'une voix spirituelle dont mon oreille garde encore l'écho comme sans doute Platon devait garder jalousement l'écho de la voix de Socrate,* «je suis tout à fait hostile à l'art mercenaire de l'imitation, art qui a châtré, par exemple, la littérature chinoise et l'a rendue impuissante. Je suis, oui, partisan d'imiter la nature, mais seulement par l'imagination, pas du tout par la photographie. La création est par essence et par force le contraire de l'imitation; la première correspond aux talents supérieurs, la seconde aux êtres subalternes. Mon esthétique? Mon esthétique, c'est avant tout être simple et être vrai. J'estime qu'une illumination interne doit faire naître le chant quand on est poète; mais j'estime aussi que le poète doit cimenter son goût avec une forte culture; sans culture, il finit par se transformer en plante sauvage privée d'attraits pour les gens civilisés. Je suis partisan acharné d'exclure l'intervention de l'intelligence, c'est-à-dire de la philosophie et de la logique, dans les manifestations de l'art. L'art doit avoir pour fondement la sincérité de l'émotion et la spontanéité de l'expression;

l'une et l'autre sont en relation directe avec la vie, qu'elles s'efforcent de magnifier esthétiquement. L'intelligence arrache d'ordinaire l'art hors de ses gonds, jusqu'à le rendre hallucinant; l'art véritable naît uniquement sous l'impulsion de l'intuition et ne résulte pas, retenez-le bien, de la réflexion. Les artistes qui veulent suivre les philosophes condamnent leur art à l'impuissance. Le philosophe Bergson — voici un exemple — ne se distingue ni par le bon goût littéraire ni par le discernement artistique; pour Bergson, il n'y a aucun poète au-dessus de... Sully Prudhomme.»

Le sourire d'Apollinaire se fit rouge de confusion.

« ...?

— Nous autres, nous avons réagi précisément contre le naturalisme et contre le symbolisme, parce qu'il s'agissait de deux écoles qui se consacraient de préférence à la représentation de *natures mortes.* Voyez donc comme *Le Ventre de Paris* d'Émile Zola correspond à ceci et regardez comme l'œuvre de Mallarmé, le poète de l'impuissance, correspond à la même chose. Mais il faut bien s'entendre. Nous nous trouvons, nous, dans l'étrange situation d'avoir fondé notre esthétique sur l'étude de la saine tradition et de nous voir excommuniés par les écrivains qui cultivent servilement le mauvais côté de cette tradition. Nous sommes nouveaux et nous aimons l'ancien avec passion; mais les anciens nous combattent parce que nous sommes nouveaux. Ils ne peuvent, par exemple, comprendre l'amour passionné que nous éprouvons pour La Fontaine...

— *...?*

— Il n'existe pas de relations entre le cubisme et la nouvelle orientation littéraire. Les peintres cubistes se servent d'éléments accessoires, d'éléments extérieurs pour construire leurs œuvres. Leurs œuvres sont essentiellement destinées aux regards des spectateurs devant lesquels elles exhibent, pour ainsi dire, le secret de leurs volumes et le jeu de leurs dimensions. Ce sont bien plutôt des œuvres d'analyse, analyse simple chez les uns, complexe chez les autres. Les nôtres, au contraire, s'acheminent directement vers l'esprit, auprès duquel elles remplissent plutôt une fonction de synthèse; ce n'est pas pour rien qu'elles sont lyriques.

— *...?*

— La musique n'a pas le moindre attrait pour moi et je la tiens en peu d'estime. Quant à ce que vous me dites, j'apprends avec *piacére*», *ajouta-t-il en clignant de l'œil vers Férat qui était revenu se joindre à nous,* «que Goethe lança un coup d'épingle à Beethoven.

— ...?

— Les œuvres dramatiques, pour pouvoir renouveler la scène tombée en décadence, doivent rechercher la simplicité et une plus grande liberté dans l'imagination. Le théâtre s'effrite sous tant d'artifices avec lesquels se fabriquent les œuvres. Leur trame habile semble avoir été tissée avec un métier mécanique duquel sortent feuilletons sur feuilletons au lieu de représentations palpitantes de la vie. Dumas est le principal responsable de cette dépravation. Il faut aussi revenir à la nature pour fonder un esprit nouveau au théâtre, mais non en imitant celle-ci photographiquement. Comme je le dis dans la préface des *Mamelles de Tirésias* : "Quand l'homme a voulu imiter la marche, il a créé la roue qui ne ressemble pas à une jambe. Il a fait ainsi du surréalisme sans le savoir[1]." Le théâtre doit avoir pour principal objet d'intéresser et d'amuser. C'est pour cela que l'auteur peut mêler le comique et le tragique, en les accentuant et en les opposant; c'est pour cela qu'il peut se servir de tambours, de tonnerre; c'est pour cela qu'il peut recourir spécialement au trésor de l'art populaire; c'est pour cela qu'il peut développer des actions secondaires qui tournent tout autour du drame principal et l'ornent; c'est pour cela qu'il peut faire parler les foules et les objets inanimés si tel est son goût; c'est pour cela qu'il peut faire abstraction de l'espace et du temps sans être poussé par l'esprit atrabilaire de l'anarchie. Le drame doit être un univers complet; dans *Les Mamelles de Tirésias,* parlant de la mission du dramaturge nouveau, je l'ai ainsi exposée :

Son univers est sa pièce
À l'intérieur de laquelle il est le dieu créateur[2].

— ...?

— Il y a possibilité, oui, d'obtenir le renouvellement du roman au moyen du renouvellement de la psychologie. La psychologie peut se régénérer en se tournant du côté de la race dont les caractères, tantôt présentant des aspects exemplaires, tantôt montrant des expressions synthétiques, n'ont pas été assez explorés jusqu'ici par les écrivains. Seuls Cervantes, Gogol, Molière, Dostoïevsky...»

Pendant qu'Apollinaire développait ces idées, les rues dans l'immensité de la capitale se faisaient plus désertes, plus grises, plus muettes, plus chargées de spiritualité. Durant notre agréable conversation, les heures avaient passé plus rapides que les avions impatients de les devancer avec leur bourdonnement d'abeilles. Et quand Apollinaire eut vanté les beautés de L'Atlantide *de Verdaguer et célébré l'esprit ouvert des Catalans, nous prîmes congé de lui pour nous rencontrer de nouveau et discuter un autre jour de «toutes ces choses-là».*

J. PÉREZ-JORBA.

Paris, 14 juillet 1918.

(24 juillet 1918.)

Inédits

[LE BARBARE M. VERHAEREN...]

Le barbare M. Verhaeren, dont le lyrisme didactique et ennuyeux est si populaire aujourd'hui, ne tient pas sous son front les prototypes de la poésie française de demain.

Je ne doute point qu'on les trouverait facilement en étudiant les *poètes chinois*.

La Chine va s'ouvrir et durant le XXe siècle elle nous prodiguera les trésors de son art et de sa littérature. Les surprises seront innombrables et il se peut que la sensibilité de l'Europe soit bouleversée sinon changée du tout au tout. La France est bien placée grâce à ses possessions d'Indo-Chine, de l'Annam, du Tonkin, grâce à ses postes avancés de Yunnan, pour importer en Occident les idées supérieures qui animent la plus antique des civilisations. L'ancienneté, la simplicité, la perfection même de la civilisation française sont pour l'Europe une garantie certaine que la pensée orientale qui arrivera par cette voie sera dépouillée de tout ce qui serait inutile ou nuisible aux Européens.

Le contact prolongé des colons et des fonctionnaires français avec les populations jaunes a déjà rendu les nouvelles générations de ce pays-ci très sensibles à différents modes de l'esprit céleste. Le succès de M. Paul Claudel, son influence sur la jeune génération littéraire en est une preuve. Cet auteur doit une partie de son caractère poétique à un long séjour en Chine. D'autre part, une singulière réaction, provenant des derniers travaux des savants qui se sont adonnés à la phonétique, fait prévoir une poésie fondée sur des lois scientifiques dont la rigueur laissera loin derrière elle les règles de l'ancienne versification. Le vers phonétique qui s'annonce avec des essais encore malheureux apparaît tout d'abord comme une nouveauté fort ancienne en Orient, j'allais dire comme une chinoiserie. Mais, ce mot est péjoratif, et ma foi, je ne pense pas qu'il y ait lieu de se moquer de ces modifications de sensibilité, contre lesquelles on lutterait vainement. Les efforts et le goût des érudits — depuis les moines irlandais jusqu'aux polygraphes de la Renaissance — n'ont pas empêché la ruine de l'Antiquité. L'Ordre occidental ne doit pas périr; qu'il se vivifie et s'augmente de toute la subtile raison de l'Orient chinois.

[LETTRE À CHARLES MAURRAS]

202 bd Saint-Germain VIIe
Vendredi 15 mars 1918.

Mon cher Maître

Je n'ai pas été étonné ce matin en lisant — comme chaque matin — *L'Action française* d'y trouver sous votre signature[1] une appréciation sur une forme poétique que j'ai non point inventée puisqu'il n'y a rien de nouveau sous le soleil, mais que j'ai du moins renouvelée. Il s'agit des calligrammes poèmes qui affectent la forme d'un dessin. Il en avait été question déjà dans la revue de presse[2], il y a quelque temps, et sans me nommer on m'avait renvoyé à des poèmes en forme de bêtes de je ne sais quelle école poétique d'Alexandrie. Je n'ai pas été étonné mais j'ai été peiné que vous ravaliez au rang de truc une forme d'art que j'ai innovée en 1914 avant la guerre et qui depuis a reçu ses lettres de noblesse, ne serait-ce que ce poème du Catalan Junoy pour demander que l'on donne à une étoile le nom de Guynemer.

Croyez-vous bien, cher Maître, qu'un sonnet ou toute autre forme poétique ancienne aurait produit autant d'effet. Non certes! Un sonnet n'aurait même pas eu les honneurs d'un écho. Tandis qu'un calligramme a déterminé la surprise et la surprise est un élément moderne qui s'il n'est pas et ne peut être l'essentiel ni dans les arts ni dans les lettres, ni ailleurs n'en est pas moins une chose qui compte. Tout en traitant la forme nouvelle de truc vous signalez fort bien la grâce que peut avoir « une seule phrase artistement jetée en ligne sinueuse sur l'espace nu d'un beau feuillet du Japon, appelé à représenter le ciel de France». Je le redis, je n'ai jamais pensé que la poésie serait désormais seulement cela. Les beaux poèmes classiques n'ont pas de plus fervent admirateur que moi. Ma dilection dès le collège allait à Racine et à La Fontaine. Dès l'âge de dix ans je me suis exercé à la poésie. Plus tard, venu à Paris, j'y trouvai la poésie fort divisée. Les uns tenaient pour le vers régulier, d'autres pour le vers libre, d'autres pour le vers libéré, d'autres encore pour une sorte de laisse ou verset fondé sur le souffle.

J'ai pensé et en votre for vous pensez comme moi que ces différentes formes poétiques peuvent avoir des mérites dont le talent seul décide. En innovant avec mes calligrammes dont le premier justement représentait le ciel étoilé[1], je n'ai songé qu'à un délassement poétique, *repositorium Apollinis*[2]. Il y a loin de là à un truc et à ce compte un sonnet serait aussi un truc. Voyez-y plutôt une tendance, un effort pour retrouver une discipline tout en profitant de l'extrême liberté qui embrasse peut-être tout le XIXe siècle.

Les Allemands justement, qui ont usé de la surprise à la guerre, n'ont rien de semblable dans les arts. Leur littérature, leur peinture étaient au moment de la guerre dans un grand marasme, c'est pourquoi ils se montraient si curieux de nos audaces esthétiques. Vous savez que notamment ils n'ont pas cessé durant la guerre d'acquérir les œuvres de nos jeunes peintres. Ils les ont achetées, dit-on, par des neutres interposés et ne doutez pas qu'ils s'inquiètent aussi de ce qui se fait de neuf ici dans les lettres.

«L'acte si spontané de M. Junoy, dites-vous, manifeste qu'un empire spirituel de la latinité, une Romanité immense sont en voie de se reformer et n'attendent plus que le tour de la main artiste, intelligente et volontaire pour ouvrir, après la victoire des armes, un nouveau et brillant chapitre, le chapitre interocéanique de l'histoire générale de la civilisation méditerranéenne.»

Vous dites la vérité même. Mais l'acte de M. Junoy vous montre que cette civilisation sera moderne. Qu'on ne peut en écarter la fantaisie qui est l'action, qui est l'invention.

C'est pourquoi lorsque je lis, en vous lisant, un homme si solidement fondé en bon sens, si clairvoyant pour tout ce qui touche au pays, aux lettres et au reste, je suis étonné que sur la seule question de l'audace spirituelle, de ce qui est une partie immense et encore inexplorée de la poésie, d'une poésie d'une audace qui peut s'appliquer à tout, à la guerre, à l'industrie, au commerce, vous ne vouliez pas tendre la main à ceux qui ne demandent qu'à vous la serrer, vous nommant leur mentor, acceptant que vous les morigéniez à l'occasion.

Si vous voulez vous donner la peine de le remarquer, par ces temps de défaitisme, parmi les revues dites d'avant-garde les seules dont l'attitude ait été résolument patriotique sont les plus audacieuses au point de vue littéraire et artistique. Ce sont *Nord-Sud* et *SIC*[1]. C'est pourquoi elles sont boycottées par leurs innombrables confrères défaitistes. Ce que j'ai écrit dans l'une et dans l'autre me vaut mensuellement des injures de Guilbeaux et des sous-Guilbeaux parisiens. Mais peu importe! Ce qui importe c'est de ne pas laisser inemployées des forces vives qui appartiennent à une certaine élite de la nation, de ne pas les tenir à l'écart parce que leurs audaces paraissent — mais paraissent seulement — inconciliables avec un certain idéal auquel il faut redonner la vie. Toutes ces audaces ne sont pas anarchiques, croyez-m'en elles tendent toutes à la discipline. Et vous êtes trop grand clerc pour ce qui concerne les audaces sociales pour ne pas comprendre comment ces audaces intellectuelles peuvent aussi tendre à une discipline qui n'est pas du tout incompatible avec votre conception de l'idéal national.

Vous me demanderez comment je peux avoir l'audace de parler, moi, né étranger, sur ces questions. Je répondrai qu'un poète n'est jamais un étranger dans le pays de la langue qu'il emploie. Mais vous avez parlé de Romanité. Et je suis né à Rome, de sang italien et de sang polonais. Lucain était né à Cordoue, avant lui Térence était né à Carthage, et le Normand qui fit *La Chanson de Roland* était sans doute un nouveau Français, son père peut-être sinon lui-même venait des lointaines Thulés. Pour ma part, je suis en France depuis l'âge de trois ans et la seule langue que je connaisse bien est le français. D'autre part j'ai gagné sur les champs de bataille ma naturalisation dont le brevet me fut apporté devant Craonne[1], il contient en toutes lettres la mention sous-lieutenant au 96ᵉ régiment d'infanterie et quatre jours après que je l'eus reçu les Allemands me baptisaient français avec le sang jailli de ma tête où la cicatrice d'une trépanation en forme d'étoile est le plus beau calligramme que j'aie encore dessiné.

Ces faits que j'écris avec orgueil dans une lettre qui n'est point destinée à la publicité, une vie modeste tout entière consacrée seulement aux lettres et aux arts me donnent le droit d'attirer votre attention sur l'intérêt qu'il y a pour un homme aussi clairvoyant que vous l'êtes de ne point laisser se perdre les forces inemployées de ce que l'on a appelé le mouvement moderne. Il n'existe pas à l'étranger et tout ce qui s'y est fait n'est qu'une imitation de ce qui se fait ici. Je me souviens qu'autrefois quand ceux que l'on a appelés les futuristes venaient à Paris, nous disions : « Ils viennent faire leurs provisions. » Et cependant toute la faveur des snobs parisiens est allée aux futuristes, tandis que l'on méprise encore, ici, tout ce que l'on appelle les poètes et les artistes d'avant-garde. Pour ce qui me concerne je reçois chaque jour des *témoignages* d'estime d'Italie, de Catalogne, d'Amérique, du Canada. Ici, c'est la haine de ceux qui appartiennent à la gauche du pays et l'indifférence presque complète de ceux dont on voudrait obtenir sinon l'approbation du moins l'indulgence.

Mais ce n'est pas pour moi que je prêche, c'est pour l'ensemble de mes camarades, de mes amis. Je ne parle pas en leur nom, mais je me permets de parler au nom de ce qu'ils font, qui est une partie vivante et traditionnelle de la France toujours audacieuse, et qu'il ne faut point laisser s'égarer, car c'est de cette modernité qui est un sauvageon qu'il faut cultiver et greffer que sera fait «le chapitre interocéanique de l'histoire générale de la civilisation méditerranéenne» et vous pouvez, s'il vous plaît, en être le bon jardinier.

Je n'ajoute plus, mon cher Maître, que l'expression de mon admiration fervente.

GUILLAUME APOLLINAIRE

P.S. — J'ajoute qu'à propos du *Calligramme* de M. Junoy que je viens de recevoir, j'ai le droit de parler car aucun doute, il n'y a rien de nouveau sous le soleil, mais je suis le père d'une forme poétique qui a du moins le mérite d'être un divertissement et qui permet à l'ingéniosité de se donner carrière si toutefois l'inspiration l'accorde.

Citant plus haut Térence et Lucain et encore l'auteur de *La Chanson de Roland,* j'aurais pu leur joindre ce Giunti dit Larivey[1] qui prépara la voie à Molière, sans compter Moréas qui fut votre ami et mon maître. Vous souvenez-vous qu'à sa mort il ne voulait plus distinguer entre classique et romantique aimant pour toujours la divinité même : la perfection. La distinction de Tellier tombe et l'audace ainsi retrouve ses droits.

PORTRAITS ET SILHOUETTES

Revue littéraire de Paris et de Champagne

MECISLAS GOLBERG

Les belles filles de la destinée vêtues
de pures draperies s'enfuient[1].

Cher indompté! c'est la victoire d'Hésione[2] qu'elles apportent à l'avenir et ta renommée.

Quel courage! Le rocher du Caucase n'est pour toi qu'un *repositorium Apollinis*[3].

Les poètes ne savent pas quel est le père de l'Amour, mais nous sommes les fils de ton Prométhée qui annonce la mélancolique beauté de l'ombre et nous le savons.

Souffrant sur le Caucase il gouverne encore les hommes, lui que les philosophes platoniciens mellifius mais menteurs pensaient être la providence.

Et toi fils du Titan, tu penses au bord de la mer latine et de loin réalises ce vœu de Maupertuis[4] :

«Nous n'avons reçu que depuis très peu de temps une vie que nous allons perdre. Placés entre deux instants, dont l'un nous a vus naître, l'autre nous voit mourir, nous tâchons en vain d'étendre notre être au-delà de ces deux termes; nous serions plus sages si nous nous appliquions à en bien remplir l'intervalle.»

Salut à toi. Un vieil auteur a dit de toi sans te connaître : «Il a des yeux de lynx, qui jettent d'eux-mêmes la lumière et qui sont plus intelligents, quand l'obscurité est plus grande[5].»

(Mars 1905.)

La Revue immoraliste

MARCEL SCHWOB

L'écrivain incomparable qui vient de mourir, je le revois près du lit de mort de son oncle Léon Cahun[1], que l'on appelle simplement un orientaliste mais dont l'érudition était universelle et auquel il faudra bien rendre, un jour, la justice qui lui est due.

Enveloppé dans un épais manteau, Marcel Schwob était étendu dans un fauteuil, il restait muet et immobile, pareil à un Napoléon vaincu et malade. Seuls, ses yeux remuaient, l'un un peu voilé sous la paupière épaissie par une excroissance semblable à un orgelet.

Et il songeait au mort qui l'avait engagé à étudier Villon, qui lui avait conseillé de traduire Shakespeare.

La Revue immoraliste publiera prochainement une étude sur Marcel Schwob, son éloge, dirais-je volontiers, si cette forme littéraire n'était point démodée.

(Avril 1905.)

La Phalange

JEAN ROYÈRE

La figure solitaire de l'auteur de *Sœur de Narcisse nue**[1] attire l'attention à un moment où la poésie, en France, ne semble plus avoir pour but qu'un plaisir auquel s'adaptent les sentiments et le langage qui conviennent à la classe moyenne de la société.

«La poésie que j'aime, dit Jean Royère, est une quiétude intense.» Qu'en penser? Sinon que cette quiétude est divine, qu'elle est celle du Créateur. Voici que tout est miraculeux. Cette langue est claire comme les flammes de la Pentecôte et ces poèmes sont plus beaux à cause de leur obscurité[2]. Les mots et le poète peuvent être en même temps dans un lieu et ailleurs, comme un prêtre d'Halbarstadt, nommé Jean et surnommé le Teutonique, qui en 1271, le jour de Noël, dit trois messes à minuit : l'une à Halbarstadt, l'autre à Mayence et la troisième à Cologne. Les miracles lyriques sont quotidiens. Jean Royère connaît le passé, l'avenir et transforme le présent quand il le veut, paraissant posséder le pouvoir divin :

> *je fais le rêve de saisir*
> L'Essence!
>
> *Cécité, je veux que tu m'immoles*
> *Des lis!*

Nouveau monde harmonieux et charmant, deux alcancies[3] et dans l'une, la cendre, mais dans l'autre, les fleurs, sœur nue de Narcisse,

* *Sœur de Narcisse nue,* Paris, éd. de la Phalange, 1907. Voir aussi *Eurythmies,* Paris, Vanier, 1904.

Trop liliale chair sculptée aux fins du rêve

votre poète, après vous avoir guidée vers un lieu élevé d'où l'on aperçoit l'Orient et l'Occident, vous les donna, notre tyran mythique, qui ordonnez à l'automne d'effeuiller ses feuillards. Pendant votre visite, les villages, dans les regards, ont retrouvé la grâce de l'Astrée. Mais au jardin de la mort, des rosiers grimpants fleurissent tous les cyprès.

Archemore, laissé par sa nourrice Hypsipyle sur une touffe d'ache, fut tué par un serpent[1]. En mémoire de quoi l'on institua les jeux néméens où les juges qui présidaient, vêtus de noir, couronnaient d'ache le vainqueur. Et, je veux aussi placer l'ache, tour à tour symbole de la mort et couronne des victorieux, sur la tête de Jean Royère. Ses poèmes ont la saveur d'une herbe semblable à l'ache et dont ceux qui y goûtent meurent en riant. Elle croît sauvage en Sardaigne. Ailleurs, les poètes seuls cultivent cette joie profondément mystérieuse. Voici des poèmes pleins de joie et de mystère. C'est l'allégresse incompréhensible de la statue de Memnon[2] chantant à l'aurore, de la tête d'airain qui parlait dans le roman de *Valentin et Orson*, de celle d'argent, dite voir-disant, dans le *Roman de Perceforêt*[3].

Ni Jean Royère, ni les autres poètes contemporains ne paraissent vouloir innover en matière de prosodie. Et de tout ce que l'on a tenté, en ce sens, au XIXe siècle, que reste-t-il? André Van Hasselt, poète belge assez médiocre et complètement oublié, était parvenu à mesurer le vers rimé, sans imiter le vers baïffin. Et certes, l'effort dépassait celui de Baïf qui pliait servilement son langage à la prosodie grecque et latine. Avec un talent digne de plus de renommée, Laurent Évrard a renouvelé une forme intéressante de la poésie française : la rime enrimée qui jusqu'alors n'avait été considérée que comme une des innombrables complications poétiques, un des mille jeux de versification auxquels se plaisaient les poètes marotiques. Mais ces nouveautés et quelques autres n'ont généralement pas plu. Le vers libre seul a réussi. Toutefois, si on le regarde parfois comme le but de la prosodie française, on l'envisage trop souvent comme sa négation. De là des malentendus, et bien des poètes écrivent en alexandrins incomplets ou prolongés. Le ragoût de beaucoup de poèmes modernes réside, il faut l'avouer, dans les fautes imprévues de versification. Les licences poétiques sont aujourd'hui au rebours des anciennes qui modifiaient l'orthographe au profit de la prosodie. Le vers boiteux, qui rebutait autrefois et semblait rude comme Vulcain, se pare aujourd'hui des grâces tremblantes d'une fille dont une jambe eſt plus courte que l'autre. Et qui ne sait que les boiteuses sont les plus aimables et les plus aimées des femmes! Bref, à cette heure, la prosodie en vogue eſt l'ancienne dont certains transgressent les règles au hasard. Mais, ils se trompent : le vers libre n'eſt pas une simplification prosaïque de la poésie. Et, si l'on cherche dans l'œuvre de chaque poète une personnalité, on ne s'étonnera pas de rencontrer des prosodies personnelles. Les moins relâchés d'entre les poètes s'honoreront par des efforts qui ennobliront leur lyrisme sans choquer la métrique traditionnelle et en la dépassant. Jean Royère s'eſt gardé de toute facilité hâtive et choquante. Sa métrique n'eſt pas moins personnelle. D'autres découvriront ou renouvelleront les lois de leur enthousiasme, il a trouvé et nuancé non pas les mêmes, mais d'égales à celles de ses égaux :

... Et je ferai sur vos rives la loi
Ô Seine, fleuve ami des teintes, si je livre
Autant de diamants que de mots dans mon livre!

Voilà qui ne heurte point cette tradition européenne, l'honneur du monde, qu'on appelle le goût français. Car on n'a pas à s'occuper de la clarté; elle eſt indéfectible, ni qualité, ni vice, et Jean Royère la nomme précisément obscurité : « Ma poésie eſt obscure comme un lis. » On a trop souvent voulu nous faire croire que les Français n'aimaient pas la beauté pour elle-même, mais surtout à titre de renseignement. Le goût français eſt autrement raisonnable. Nous ne voulons plus d'un *lakisme* insensé. Sous couleur d'aimer la nature, la science et l'humanité, trop de jeunes gens ont gâté leur art par un enthousiasme écœurant. En France, plusieurs générations littéraires qui pouvaient s'approcher de la perfection en ont été écartées par l'influence de la littérature anglaise, si riche, si attrayante, mais pleine de vérités inutiles. Lessing rendit un mauvais service à l'Allemagne, lorsqu'il décréta qu'elle devait abandonner les modèles dramatiques proposés par la France et en demander à l'Angleterre[1]. Il est responsable non seulement de la barbarie du théâtre, mais encore de l'état misérable dans lequel l'inféconde littérature allemande a toujours végété. Nous n'avons pas besoin de vérités; la nature et la science en ont assez qui nous portent malheur. La poésie de Jean Royère est aussi fausse que doit l'être une nouvelle création au regard de l'ancienne. Quelle fausseté enchanteresse! Rien qui nous ressemble et tout à notre image! Jean Royère a rempli ainsi la première condition de l'art le plus pur et le moins stérile. La fausseté est une mère féconde. Les centaures étaient fils d'Ixion et d'un fantôme de nuées semblable à Junon. Et, sœur nue de Narcisse, créature certaine du poète, il ne se doutait pas de votre existence antérieure. Mais, triomphe de la fausseté, de l'erreur, de l'imagination, Dieu et le poète créent à l'envi. Pausanias raconte dans ses *Béotiques*[2] que Narcisse eut une sœur jumelle qui lui ressemblait parfaitement : même face, même chevelure. Ils se vêtaient de la même façon et comme ils allaient toujours à la chasse ensemble, Narcisse, à la fin, s'éprit de sa sœur. Mais elle mourut, et lui qui ne pouvait l'oublier, une fois qu'il se penchait vers une fontaine, apercevant son reflet, crut revoir sa sœur bien-aimée et se noya dans l'espoir de la saisir. La renaissance de cette fille suscite de nouvelles amours. Nous sommes tous les rivaux de Narcisse. Elle est si belle et elle est nue...

On croyait autrefois que les yeux de la chatte croissaient avec la lune et diminuaient avec elle; de même les facultés poétiques se trouvent toujours au niveau des passions du poète. Celles de Jean Royère ne dépassent pas sa destinée. Dans une masse d'or pur, sur le bord du chemin le moins passant, il a modelé son art d'après elles.

(Janvier 1908.)

Vers et prose

ANDRÉ SALMON*

Le ver Zamir[1] qui sans outils pouvait bâtir le temple de Jérusalem, quelle saisissante image du poète ! Et cet André Salmon, dont l'avenir se souviendra, érige des constructions plus solides sur leurs bases mentales que les monuments de pierre. Ses paroles ont plus de réalité que les objets mêmes du sens qu'elles expriment. Son souffle anime des personnages dont la vérité corporelle est la conséquence de l'existence qu'il leur donne. Ceux qu'il imagine, on les a vus, la nuit, mêler leurs ombres déformées. Errons, comme ils le font, dans la ville nocturne. Les poètes y veillent dans des mansardes de maisons à six étages, et, près du ciel, les lampes sont analogues aux étoiles. Voici, sur la place, une sinistre taverne ouverte toute la nuit. Les putains diaprées se consolent l'une l'autre, assises sur les banquettes cramoisies. Enfants dorés de Danaé, les assassins, une rose à la bouche, dorment dans les encoignures. Et comme Osée s'alliant avec une prostituée par ordre du Seigneur[2], André Salmon pleure d'amour dans les bras de la publique et criminelle douleur, au nom de cette *nuit* qui nous effraye. L'incolore déité *dirige* par les rues les monstres au chant pur. Ils dévorent incontinent les passants qui leur ressemblent. Et les flammes aux becs de gaz s'épanouissent en une floraison plus vernale que ne l'est la grâce solennelle des fleurs, pendant chaque printemps.

Depuis Théodore de Banville, nul n'a mis plus d'esprit au service du lyrisme, et, n'était la technique moderne de

* *Poèmes,* 1905. *Les Féeries,* 1907 (édités par les soins de Vers et prose).

l'exemple suivant, on pourrait facilement établir une confusion touchant son auteur :

Mister Clown assis sur un tambour
Fume la pipe,
Il est lugubre avec humour.
Mais sa lippe
Divertit Dolorès la danseuse de corde
Et ce leur est un sujet de discorde.

Pourtant, huissier hippique à l'œil loyal,
Cet excellent Monsieur Loyal
Dans ses mains grasses a trois fois frappé.
L'orchestre polonais y va d'un air huppé
Et Dolorès sur la corde s'élance,
Lors il se fait un grand silence.

Et Mister Clown assis sur son tambour
Suit du fond des tristes coulisses
Sa vie, sa foi, son âme, son cœur et son amour
Qui glissent
Et tourbillonnent dans la lumière
Selon les lois mathématiques
Dont s'émerveille le vulgaire
Ahô yes! les jolis yeux du Cirque!

Voici que ces amours se posent
La jambe en l'air, en maillot rose
Et Mister Clown, homme précis, constate,
En bien considérant la pose
Que son amour, sa foi que rien ne peut abattre,
Sa vie, son cœur, son âme tiennent dans le chiffre 4[1]...

Depuis Théodore de Banville aucun poète n'a exprimé, avec plus d'intensité, cette fantaisie féerique qui sans jamais s'arrêter sur une idée, les résume toutes et présente leur excellence comme un bouquet assemble toute la beauté du jardin :

Je vis de ma folie et meurs de ma raison,
Et dédaignant chanter de purs épithalames,
Je sais pour excuser toutes les trahisons
Des mensonges jolis qui séduisent les femmes.

Et les femmes toujours aimant les jeux cruels
M'ont souvent caressé d'un baiser fraternel,
Heureuses de m'avoir vu railler ce que j'aime,
Et m'ont laissé plus triste, hélas, que mes poèmes.

... Je suis le chevalier servant de l'Infortune,
Je suis le Chasseur d'Ombre et mes chiens rubanés,
Effarés des rayons glauques du clair de lune,
Ont des abois qui font gémir les nouveau-nés.

Je suis le baladin qui danse sur la corde,
Heureux de son vertige et de ses oripeaux,
Et je suis quelquefois l'innocent au berceau
Que le Rêve exaspère et que la Peur déborde.

... Et je suis de ceux-là qu'on trouve un soir d'hiver,
Quand le vent fait sombrer le clair espoir des voiles,
Blêmes, la corde au col et les yeux grands ouverts,
Ivres de la clarté magique des étoiles[1].

Mais lorsque André Salmon hausse sa voix, il s'ensuit un chant plus harmonieux qu'aucun poème banvillesque :

Lorsqu'elle s'éveilla, de tranquilles roseaux
Abritaient son repos de captive et de veuve,
Lorsqu'elle s'éveilla, c'était au bord d'un fleuve,
Mais une voix soudain monta du fond des eaux :

« Ma sœur, j'ai bien souffert jadis de ta folie,
T'apportant le désir, l'extase et l'anathème,
Je connais ta douleur, viens à moi car je t'aime,
Meurs et tu connaîtras le baiser d'Ophélie.

Ils n'ont rien de moi-même au tombeau d'Elseneur,
Ils ont le blanc manteau d'une vague épousée,
Mais l'eau garde mon corps et j'ai gardé mon cœur,
Mes rêves un à un reviennent en rosée.

Victime, rien d'ici-bas n'est bon pour nos cœurs.
J'habite le royaume des âmes choisies,
Le soleil m'a donné ses rayons les meilleurs,
Loin des mauvais Hamlets aimons-nous, ma chérie[2]*. »*

Se souvient-on encore de ces affirmations désolantes et déconcertantes que le plus délicieux poète du XIXe siècle écrivait sérieusement dans son *Petit traité de versification française*?

«La rime est l'unique harmonie du vers et elle est tout le vers... Le reste... ce que le poète doit rajouter pour boucher les trous avec sa main d'artiste et d'ouvrier est ce qu'on appelle les *chevilles*[1].»

Aussi ce poète ne s'efforça-t-il qu'à être un rimeur. C'est pourquoi un André Salmon dont la riche grâce est égale à celle de Banville le dépasse à tous égards avec un lyrisme aisé, libre de hanter où bon lui semble, sur la terre, dans les cieux, plus loin encore, mais non engoncé dans une pesante armure de rimes inéluctables. La prosodie d'André Salmon est plus raisonnable. Le plus souvent, elle s'approche davantage de celle des classiques dont sa langue cependant s'éloigne avec une sincérité romantique :

Je me souviens d'un soir triste entre les meilleurs,
Une lune éclatante au ciel d'apothéose
Sur le sommeil des lys et sur la paix des roses
Étendait ses rayons aux gestes enchanteurs.

C'était un de ces soirs qui font croire au génie,
Je t'ai chanté des vers et ne m'en souviens plus,
Parce qu'ils étaient fous ou qu'ils ne t'ont pas plu,
Parce que tu rêvais à d'autres harmonies,

Parce qu'un chant cruel montait du fond des nuits,
Imposant le silence aux rossignols eux-mêmes
Et parce qu'il jetait dans nos cœurs l'anathème,
L'éternel châtiment des larrons d'infini.

Depuis, rien en effet de vivant qui m'émeuve,
Je suis le chantre obscur des jours qui n'ont pas lui,
Toi-même n'as laissé que ton ombre à celui
Qui veuf porte le deuil obstiné de la veuve.

Je me souviens du chant qui nous fit trop rêver,
C'était d'un art flottant, vagabond et fragile,
C'était d'un art flétri et triste qui s'exile
Et qui fut cher jadis à quelque réprouvé.

C'était d'un art défunt, douloureux et très calme,
Sa perfide langueur a pu nous envoûter
Et nous avons perdu l'anneau d'or et la palme,
Pour ce chant qui berça d'autres humanités[1].

Sa prosodie eſt parfois voisine de celle grâce à quoi les symboliſtes, créant le vers libre par un coup de génie, donnaient l'expression la plus lyrique et la plus difficile de toutes les prosodies possibles en les conciliant éternellement :

Les anges se sont enfuis à la première étoile.
Une à une, et dans l'ordre où notre œil les attend,
Au ciel apparaissaient les premières étoiles
Et les derniers rayons tonnant sur les bluets
Mourants
– Sortilège! – mêlaient
En un seul cri de joie
L'Azur et les Étoiles[2] !

Certes, cette conformité spirituelle qui unira les noms de Théodore de Banville et d'André Salmon eſt remarquable. Qu'on ne s'étonne point cependant parce que je place l'auteur des *Féeries* parmi ces poètes qui, premiers-nés du symbolisme, préparent le grand renouveau du classicisme français, pour la gloire de ce XXe siècle que ceux à venir honoreront (nous le pressentons légitimement), avant le XVIIe. Théodore de Banville se rattache au symbolisme par plus d'un point, et je me représente aussi ce prince des rimeurs naissant en retard pour inventer le vers libre vers 1875. Mais il n'a pas plu à André Salmon d'innover d'une façon éclatante touchant le métier poétique. Il s'eſt contenté d'imprimer le cachet de sa vive personnalité à la partie en quelque sorte matérielle de son ouvrage. Au contraire, la nouveauté de son inspiration le diſtingue de tous les poètes qui l'ont précédé. C'eſt le propre et la grande louange des maîtres du symbolisme que chacun d'eux se soit aussi complètement mis à part de ses contemporains. La personnalité d'André Salmon n'eſt pas moins marquante. S'il se rattache aux grands poètes de son époque, c'eſt à travers ce symbolisme populaire dans lequel il puise souvent son inspiration* et qui eſt la source la plus limpide où puisse s'étancher la soif lyrique.

Mais qu'on ne s'attende point à trouver ici de la poésie artificielle composée sous prétexte de folklore. Toute affectation savante eſt bannie des poèmes d'André Salmon. Une chanson précise et myſtérieuse rechante dans sa mémoire, au rythme des battements de son cœur, une de ces chansons qui, malgré les transformations qu'elles ont subies à travers les âges, les voyages et les langages, sont peut-être les plus anciens monuments de la pensée poétique, une de ces chansons que l'on chante parfois encore aux enfants et qu'on recueille de la bouche des vieilles femmes, revient l'émouvoir et de la bouche d'André Salmon il sort alors, parce que ce thème l'a inspiré, une chanson nouvelle, ni moins pure, ni moins précise, ni moins myſtérieuse :

L'épouse a perdu son anneau
Et l'horloge eſt ensorcelée,
Quand la fosse sera comblée,
Chante, coucou, sur mon tombeau[1].

Mais la partie surprenante de l'œuvre d'André Salmon, celle où éclate la nouveauté de cet esprit original, se compose de ces poèmes** dans lesquels un lyrisme qui ne connaît point la vulgarité saisit les aspects et les personnages les plus singuliers de notre époque. C'eſt un attrayant et inquiétant mélange de vie européenne et de spectacles exotiques. Tziganes, popes, moujiks, étudiants allemands, nègres d'Afrique et d'Amérique s'agitent, parfois le jour et plus souvent la nuit, mêlant le bruit de leur exiſtence à la cadence des trains en marche et aux longs soupirs que font les sirènes des paquebots en partance.

Si la mulâtresse qui peigne
Ses crins, de nuit, sous les thuyas
Aime le marin c'eſt qu'il a

* «La Fontaine du calvaire», «Cantilène du moribond», «Pour l'ami Pierrot» *(Poèmes)*. «Marche nuptiale», «Sonate» *(Les Féeries)*.

** «Chanson marine», «Orient», «Occident» *(Poèmes)*. «L'Assomption de Spiridon Spiridonowitch Marmeladoff», «Cirque», «Makohoko Ier», «Le Tzigane» *(Les Féeries)*.

Le poil solaire quand il baigne
Sa chair forte dans le delta.

Et si l'enfant blanc de l'Europe
Aime l'amante de couleur
C'est pour sa nouvelle saveur,
Comme il aima le fils d'un pope
Et l'épouse d'un grand seigneur.

Ce soir, dans la case fleurie
Chacun apaisera sa faim;
Sur des peaux aux rauques parfums
Ils connaîtront en des féeries
Selsibil et Paris lointain[1].

Qu'on ne se trompe point touchant ces bigarrures et ce bariolage. Cet exotisme est singulier; on pourrait le qualifier d'européen.

Europe, André Salmon vous aime avec une ardeur unique et il est né dans ce Paris qu'adore le monde entier!

Il y chante* la vie moderne du poète. Le soir, des cafés aux longues façades, s'exhalent la fumée du tabac et l'odeur forte de l'alcool. Ces bouches sont ouvertes aux rez-de-chaussée. Elles éclatent de rire. Il y brille une lumineuse dentition d'ampoules électriques. Le jour, il y a des rues pleines de fruits et de fleurs, et, le poète, en passant, peut aimer

... d'un amour qu'elle ne peut comprendre
La fille au fichu bleu qui vend de la lavande[2].

En dehors de ces poèmes dans lesquels un profond sentiment populaire s'allie à une inspiration personnelle d'une pureté miraculeuse, André Salmon a composé quelques morceaux lyriques qui ne peuvent être dépassés, si l'on s'en tient à l'insurmontable hauteur jusqu'où ils nous soulèvent, ni si l'on considère l'idéal enchantement qu'ils procurent, ni si on se laisse aller à la parfaite harmonie de

* «Apparition», «Le Poète au cabaret», «Le Masque», «L'Obstiné», «Occident», «La Rue» *(Poèmes)*. «Rue Saint-Jacques», «Un poète se promène», «La Marchande d'images», «Les Pipes», «Buveuses d'absinthe», «Le Retour des orphelins», «Voyages» *(Les Féeries)*.

leurs accents. À cet égard, la *Féerie*, qui met en branle tout ce qu'une imagination peut concevoir de merveilles, demeurera comme une des plus admirables créations de la sensibilité humaine.

Voici donc un poète uniquement doué. Le suivant, sans sortir de ce monde, don Sylvio de Rosalva, vous auriez chevauché dans « le vieux pays des romans ». Shakespeare y corrige sans cesse ses drames inimitables, tandis que lassé des féeries, Wieland étudie la sorcellerie à la façon de M. Oufle. Les poèmes d'André Salmon nous donnent de l'univers une vision essentielle, concrète et merveilleuse. Il a achevé son lyrisme par une ironie qui si on la changeait en fleur deviendrait, sans doute, un myosotis. Et lui-même, une sublime ivresse le transportant quelque soir dans ces plaines du firmament que les nuits illuminent, il chassera, à cor et à cri, les ourses étincelantes et les autres constellations bestiales, jusqu'à l'heure où pour dernière féerie il créera encore lyriquement les astres de sa propre transfiguration. Alors les hommes s'étonneront du miracle de ces yeux stellaires admirant le monde et des doigts étoilés faisant vibrer la Lyre qui constelle le ciel et l'espoir des poètes.

(Juillet-août 1908.)

La Revue des lettres et des arts

THÉO VARLET*[1]

Le vent anime les dunes. Aux crêtes des monticules sablonneux ondule la courte végétation de la stérilité.

Un grand vaisseau glisse parfois au haut des dunes. Il émerge des pauvres herbes verdâtres. Car derrière les lignes incertaines des élévations de sable, s'étend la mer

* *Notes et poèmes*, Lille, 1905. *Notations*, Lille, 1906.

sur laquelle s'étalent les îles délicieuses de la Zélande. L'agonie infinie des estuaires meurt calmement et sans trêve. Et de terribles ciels amassent des armées tumultueuses de nuages métalliques.

J'ai rencontré là-bas un poète que, seule, une jeune femme accompagne, un poète heureux de son exil et de ses nostalgies. La mélancolie magnifique de ses chants d'amour émeut les canaux monotones, les quais des villes mortes et tremble parmi les feuilles des peupliers :

Frété par notre amour vers l'Idylle future
Écartant les troupeaux orphelins des bélandres,
Le fier steamer des héroïques aventures
Descend un fleuve glauque et marin de Zélande.

Mais, ô Sirène — enfant ! — sur ta bouche muette
Se meurt le chant joyeux des neuves épousées,
Et le vol à fleur d'eau des lascives mouettes
N'émeut plus en ton cœur l'ivresse des baisers !

— Va ! Quand nous serons rois des ferveurs tropicales,
Au pays des destins opimes à jamais,
Nous oublierons le carillon dominical
Navrant cette trop belle après-midi de mai...

— Ô beffrois des cités glissant à la dérive !
Les crédules désirs de nos cœurs sidéraux,
Brume bleue alanguie aux peupliers des rives,
Naviguent, Ophélies, au ciel long des canaux ;

Et le sanglot d'exil qui tremble sur nos lèvres
Renie les soirs pléniers, là-bas, sur l'Océan,
Pour les Îles de paix nageant à fleur de rêve
Dans l'horizon baigné de soleil cuivroyant.

Ô soleil-ostensoir des Uniques-Zélandes !
Tu as inoculé notre belle aventure
De la mysticité des pensives bélandres
Que ne fréta d'espoir nulle Idylle future.

— Enfant ! que la suavité crépusculaire
Nous noie uniquement de sa monotonie ;

Que le repos serein du magique estuaire
Nous sature à jamais de torpeurs infinies;

Qu'appareille sans nous l'escadre des nuages :
— À l'ancre sur le bord esseulé de ce jour,
Nos cœurs désemparés ne prendront plus le large
Dans le spleen à mourir des soirs premiers d'amour!

La déraison se met à tourner comme les bras désespérés des vieux moulins à vent. Théo Varlet connaît l'angoisse des délices. Il s'enivre du vin de l'incertitude et me fait songer à saint François d'Assise qui tomba, une fois, dans la mélancolie la plus affreuse, doutant peut-être de Dieu. Il ne pouvait parler et s'affligeait de se taire. Ses religieux tentaient en vain de le consoler et de le réconforter[1]. Il demeura pendant deux ans dans la même inquiétude qui tient aussi ce poète contemplatif depuis beaucoup plus d'années. Et cependant les précises sonorités des formules scientifiques tintent comme un carillon au beffroi de ses heures. Voici que Théo Varlet se replie sur lui-même et s'examine intérieurement :

Berger las du troupeau sentimental des heures
Solair's, au Brocken nu des nuits spirituelles,
Sur le fond merveilleux des cieux intérieurs
Je regarde monter mon ombre essentielle.

Il se contemple profondément. Adieu, les lyriques Zélandes! Au-dedans de soi-même, c'est l'étincelante nuit métaphysique. Où sont donc les êtres inorganiques? Des cadavres divins flottent dans des clartés. Et des accents ravissants se font entendre. On dirait que tous les cygnes vont mourir. C'est le chant éternel de l'unique vivante :

Ô Toi que le Désir halluciné
Fit affleurer aux faces des Sirènes
Sur les flots tournoyants du Rêve-Universel,
Toi, Sirène à mi-corps de l'Éternel-Néant,
Fille du Verbe, ô Sœur essentielle,
Authentique moi-même!...

... Ô Psyché!
— Ta voix

Plus pure fluidement que la Musique,
Plus douc' que les silences des amours uniques,
Ta voix est un baiser de lumière pâmée...

Ô mon âme — moi-même au miroir du Néant!

L'ineffable et forte pureté de Théo Varlet honore cette époque bienheureuse. Il s'est attaché passionnément à rechercher de nouveaux rythmes et de nouvelles cadences. Il n'ignore rien dans l'art de versifier. Sans dédaigner les mètres connus, il s'efforce d'unir intimement le vers, la strophe et le sens qu'ils renferment. Il n'y a rien de plus louable, ni de plus légitime. Étrange contraste qu'après avoir été les plus ardents défenseurs des libertés de la musique, quelques rimeurs soient restés les derniers ennemis de la franche poésie! Le goût musical nuirait-il au goût poétique? — Cela se pourrait bien... Je pense qu'un abîme est creusé entre les grands poètes et les grands musiciens. Des sons mélodieux frappent le poète, le touchent, le divertissent, l'inspirent même... Mais cela n'a rien à voir avec l'allégresse, l'émotion clair-écoutantes que ressent un musicien. C'est à peine si les poètes établissent une différence entre les rumeurs des fêtes foraines et les compositions symphoniques d'un Beethoven.

On sait que ce grand homme fut navré par l'incompréhension musicale de Goethe, et, de nos jours, Jean Moréas, John-Antoine Nau, Jean Royère, André Salmon, Théo Varlet (pour ne citer que des poètes que je connais et dont je puis répondre) ignorent les lois de la pure beauté musicale, et s'en passent[1]...

Théo Varlet est à peine connu à Paris où il n'est venu que peu de fois, en voyageur. Il habite un village éloigné, au bord de la mer, dans les dunes de la Flandre maritime.

Des *suènes* de la mer du Nord *à l'azur ébloui du Bosphore*[2], il a regardé s'ébattre les sirènes de son lyrisme. Elles chantent encore pour l'attirer de mer en mer, sur les côtes de l'Europe. Cet errant inspiré parcourt les rivages, cheveux au vent, fixant dans de belles strophes les épopées sans fin des nuées et des vagues.

Ne ménageons point notre admiration à l'égard de ce poète exilé. Qu'il sache enfin que ses chants ont ému d'autres poètes. Et que, de toutes parts, répondant à sa plainte, mille voix justes s'élèvent, attestant la puissance et la pureté du renouveau poétique de la France.

(Décembre 1908.)

La Phalange

PAUL FORT*

Au semblant des ondines qui ne contractent que très rarement de mariage avec un homme, comme fit cette Mélusine qui épousa le comte de Poitiers, Raymondin[1], la poésie n'aime qu'un petit nombre de poètes.

Paul Fort est de ceux qu'elle préfère. Il a consacré sa vie entière à la défense du lyrisme, créant un théâtre, fondant une revue. Et l'on n'aurait pas à rappeler les services qu'il n'a cessé de rendre aux lettres si le désintéressement littéraire n'était aujourd'hui une vertu très démodée dont on ne sait s'il faut attribuer la disparition aux auteurs ou aux mécènes.

Paul Fort a publié à cette heure neuf volumes de *Ballades françaises* et en prépare d'autres. Cette abondance chez un poète encore jeune provient de l'art même qu'il a choisi. On a pu dire des parnassiens qu'ils étaient poètes quand ils le voulaient. Mais Paul Fort ne cesse jamais de vouloir être poète. Son art est comme un miroir où sa vie se mire toujours. La poésie est le but vers lequel tendent toutes ses

* Voici les titres que portent les neuf séries des *Ballades françaises* de Paul Fort : *Ballades françaises,* 1897; *Montagne, forêt, plaine, mer,* 1898; *Le Roman de Louis XI,* 1898; *Les Idylles antiques suivies des Hymnes, de l'Intermezzo, des Jeux de l'hiver et du printemps,* 1900; *L'Amour marin,* 1900; *Paris sentimental ou le Roman de nos vingt ans,* 1902; *Les Hymnes de feu précédés de Lucienne, petit roman lyrique,* 1903; *Coxcomb ou l'Homme tout nu tombé du Paradis précédé du Livre des visions et de Henri III,* 1906 (Mercure de France); *Île de France,* 1908 (Vers et prose).

facultés et tous ses mouvements. L'inspiration n'est pas ici un phénomène isolé se produisant seulement dans de certaines conditions. Paul Fort est constamment inspiré; et rien de sa vie ne pouvant s'évanouir sans que son art apparaisse, on est fondé à dire que *les choses se passent exactement comme si de la vie s'était transformée en art*. Et cet art si différent de la vie dont il provient, c'était celui de Villon, de Shakespeare, de La Fontaine, de Gérard de Nerval, de Verlaine.

Par sa constance, l'inspiration de Paul Fort a acquis une unité très remarquable. L'œuvre entière forme un ensemble, un tout compact, une suite ininterrompue comme la vie même. Il est vrai que beaucoup de poètes meurent puis ressuscitent; ils écrivent des œuvres. Paul Fort compose les *Ballades françaises* et c'est une œuvre unique dont on sait avec certitude qu'elle ne restera pas inachevée. Elle s'élabore en même temps que le présent disparaît. Elle est l'équivalent durable d'une vie qui s'écoule. Quand le poète sera mort son œuvre sera terminée. Tout s'y tient. Et les proportions en sont régulières et harmonieuses à cause de cette unité d'inspiration que soutient régulièrement l'unité en quelque sorte matérielle de la prosodie.

L'art poétique de Paul Fort est personnel, issu d'une tradition qui remonte bien au-delà du XVIIe siècle. Rien de ce qui a fait l'agrément et la noblesse de la poésie française n'a été abandonné. Au contraire, tout cela a trouvé soudain des forces nouvelles. Le poète n'a laissé de côté que les fantaisies des grammairiens qui ont fait tant de tort à la rime en la soumettant à l'orthographe, qui de l'*e* muet si utile se sont efforcés à faire une gêne pour la poésie[1].

Résolument, Paul Fort s'est d'abord préoccupé du rythme de ses strophes. Il a pensé que, dans le vers, dans la strophe, *à la rime*, le son des mots avait plus d'importance que les lettres qui le reproduisent. Il a jugé que l'écriture n'était qu'un moyen mnémotechnique et qu'on avait donné sans raison au sens de la vue un rôle aussi important que celui qui avait été réservé à l'ouïe. Paul Fort composa uniquement pour l'oreille. Et afin de bien marquer le rôle secondaire auquel il a condamné les yeux, il a écrit ses vers comme s'ils avaient été de la prose. Cette méthode, il l'a rigoureusement observée, voulant par là, et avec raison, fortifier encore l'unité de son œuvre.

Cet art poétique n'a pas eu de précurseurs. Je ne connais

pour ma part qu'un seul ouvrage où quelque chose y ressemble. Il s'agit du *Procès des trois rois**[1], pamphlet assez bizarre que l'on a attribué tour à tour à Linguet et à un certain Bouffonidor, secrétaire du chevalier Zeno, l'ambassadeur de Venise en France. Voici un échantillon du style d'un ouvrage dont les mémoires secrets de Bachaumont[2] disent qu'il est apocalyptique :

« Tous ces Américains sont des faquins qu'on doit mener à coups de bons gros gourdins : ce sont tous vilains qu'on doit relancer dans leurs coins comme des marsouins; ils ont de tout le monde le repos troublé et, par toute l'Europe, l'alarme jeté; les rois qui ont donné la main à [ces] gredins sont assez mal avisés; ils n'ont pas songé que dans quelques années au nez ils vont leur ch... Tous ces Américains sont nés pour la terre gratter, charrette comme chevaux traîner et comme nègres être sanglés. Ce sont vauriens incapables de tout bien... »

Tout l'ouvrage est sur ce ton et dans ce goût. Je ne l'aurais pas cité s'il n'avait été le seul à ma connaissance où l'on pût apercevoir quelques traits d'un art poétique si particulier et plus traditionnel qu'il ne le paraît d'abord, dans lequel Paul Fort a pris pour mesure de son vers, l'alexandrin, et pour modèle de sa strophe, le couplet des vieilles chansons françaises. Il a ainsi découvert et mis en évidence les affinités qui existent entre l'humanisme qui donne une noble forme aux conceptions poétiques et l'art populaire qui les vivifie. Voilà le corps et voici l'âme des belles créations artistiques.

D'une œuvre aussi fortement unie, écartant tout désordre, Paul Fort a su en éloigner aussi la monotonie.

Ce que la fantaisie la plus jeune, l'imagination la plus vive ont inventé de plus nouveau et de plus charmant apparaît dans les *Ballades françaises*.

Le ciel, la mer, la forêt, la plaine, la montagne, la mythologie, la légende, l'histoire, Paris, les petites villes coquettes et précieuses de l'Île-de-France ont livré à Paul Fort leurs aspects les plus lyriques, leurs particularités les plus tendres. Aussi existe-t-il peu d'œuvres aussi variées. Chaque série de ballades renouvelle la nature et l'humanité.

* *Le Procès des trois rois*, etc., Londres, 1781.

L'art eſt ici le synonyme de la création. Paul Fort crée de l'hiſtoire, de la légende, de la joie, de la mélancolie et de l'amour. Il crée tout cela avec tant d'ordre et de raison que la vraisemblance, que dis-je, la vérité n'eſt jamais choquée. Et d'accord avec la vie, il exprime si bien le sentiment humain qu'on pourrait affirmer qu'il crée comme si tous les hommes créaient avec lui.

Cette variété naturelle, cette fantaisie vivante ornent une simplicité qui eſt la plus rare et la plus exquise qualité poétique. Elle permet au poète de tout admettre en son art : elle lui donne une ample assurance pour se livrer à l'ivresse du lyrisme.

Ces ballades ont la légèreté de l'oiseau, leur grâce eſt comparable au chant du bouvreuil. Elles possèdent des qualités toutes nouvelles et notamment une gaieté dont le lyrisme malicieux se retrouve souvent en France, mais que les poètes les plus familiers eux-mêmes ont rarement exprimée. Ce n'eſt pas la jovialité repue des poètes bachiques; ce n'eſt pas l'ironie, ni l'esprit. On ne retrouve cela que dans certaines chansons populaires.

La personnalité de Paul Fort n'eſt si caractériſtique qu'à cause de cette bonne humeur. Elle tiendrait lieu de toutes les qualités. On la reconnaît de plus en plus libre, de plus en plus franche dans chaque recueil. Le progrès apparaît très nettement des premières ballades au tumulte joyeux du *Roman de Louis XI,* à la gaieté tendre de *Paris sentimental,* jusqu'à cette *Île-de-France*[1], chef-d'œuvre de jeune amour, de poésie romanesque et familière qu'on imaginerait conçu par les génies combinés de Cervantes et de Musset. Paul Fort eſt moderne comme ils le furent et non pas comme les ignorants. Il possède pleinement à cette heure les qualités *poétiques* les plus touchantes. Son lyrisme eſt semblable à un bocage où chantaient tous les oiseaux de France, ils s'y sont tus maintenant pour écouter le garrulement merveilleux du rossignol.

Paul Fort se connaît bien lui-même; plein d'allégresse, il a dit juſtement :

«Je fais vibrer toutes les lyres, l'âme humaine eſt ma religion, l'or se mêle en mes réflexions au sang, aux roses et à Shakespeare[2].»

(Mars 1909)

L'Intransigeant

P.-N. ROINARD

Dans une rue lointaine et montante, à Belleville, au fond d'un verger, se cache la vieille petite maison où vit le poète Roinard. C'est là que celui que son temps voulut ignorer, celui qui dut errer pendant de si longues années, a pris enfin son gîte.

La gloire est venue l'y couronner et les jeunes poètes y sont allés, apportant des témoignages de leur admiration.

Paul-Napoléon Roinard ! Il faut que le public connaisse enfin cette figure, une des plus nobles de la littérature contemporaine, il faut que l'intelligence lyrique d'un des précurseurs les plus puissants de la poésie nouvelle sorte du cercle étroit où l'injustice du siècle la reléguait, la damnait dans des supplices moraux plus terribles que ceux de l'enfer dantesque.

L'œuvre de Roinard est pure comme sa vie. Il a mis dans sa *Mort du rêve,* dans ses *Miroirs*[1] tant de grandeur simple, tant d'humanité et tant de raison qu'on s'étonne de savoir que ces œuvres sont encore incomprises. La France aime ces qualités certaines. Sous prétexte de grandeur, d'humanité et de raison, on y glorifie à cette heure un trop grand nombre d'œuvres mesquines, moins humaines que les cadavres et aussi déraisonnables.

Qu'un juste courant vienne entraîner le goût vers des profondeurs sublimes. Il est temps que la foule fasse son devoir. Elle doit admirer une tragédie et un poème pleins d'idées nouvelles. La vie désintéressée et admirable de Roinard ne peut pas demeurer indifférente. La vie des grands poètes est un mode de leur lyrisme. Celle de Roinard est douloureuse et harmonieuse. Ceux qui l'approchent l'aiment aussitôt, car il leur dit les parole divines qui donnent en chacun confiance en soi-même et ceux qui lisent ses livres deviennent dévots à leur pureté, à leur vérité.

Ce poète, toute la jeunesse littéraire le fêtera demain[1]. Se prenant par la main et entourant Roinard, les jeunes poètes lui dédieront cette couronne qu'ils auront formée et qui sera plus belle et plus vive que les feuillards à baies du laurier ou les scions de l'ache.

Et la légitimité de cette manifestation éclate quand on pense qu'il s'agit d'un des poètes qui ont le plus aimé la poésie.

(14 juin 1909.)

GASTON CHÉRAU

Un de ses dons les plus certains, c'est la sensibilité. Celle qui permet de ressentir et d'exprimer non seulement les nuances les plus délicates de la vie, mais aussi ses aspects les plus violents.

Dans *La Prison de verre*, où la dame du lac avait enfermé Merlin à l'époque indéfinie de la légende celtique, Gaston Chérau, enchanteur moderne, a emprisonné son héroïne aux cheveux blonds comme ceux de la Viviane légendaire[2].

Et, de ce roman qui, ainsi que *Madame Bovary*, est une étude puissante de la vie provinciale, l'originalité, l'émotion et l'intégrité de style sont indéniables.

La physionomie de l'écrivain laisse deviner cette faculté exquise qu'il possède de s'émouvoir devant les douleurs, physionomie où il y a de la volonté, de l'inquiétude et un peu d'amertume. S'il parle, son langage est un mélange d'ironie et de tendresse.

La vie et l'univers lui apparaissent comme une énigme sacrée qu'avec un soin délicieux il s'efforce de deviner, et non sans crainte.

Superstitieux comme presque tous les hommes de talent[3], il redoute un peu le jeudi, et c'est en souriant qu'il raconte les méfaits du jour qui lui semble néfaste.

Celui qui a évoqué avec tant de force les funérailles du

petit Christian est un observateur qui saisit tous les détails qui caractérisent une scène, un paysage, un personnage, et dont le ton peut aller de l'âpreté la plus rude jusqu'à la douceur la plus passionnée.

Que ce soit dans *Monseigneur voyage*, dans *Champi-Tortu*[1], dans *La Prison de verre* qui en est en quelque sorte la suite, dans ses contes hebdomadaires[2], Gaston Chérau étale toutes ses qualités.

Elles sont rares aujourd'hui, où tant d'ouvrages bâclés connaissent le succès, où le souci de la précision n'existe plus guère, où les romans sont devenus ou bien de banales et faciles autobiographies, ou encore l'illustration ennuyeuse de quelque théorie scientifique, psychologique ou philosophique[3].

Et, sans bannir de ses livres ces préoccupations contemporaines très élevées, Gaston Chérau est devenu un des maîtres du roman de caractère, genre le plus attrayant pour le lecteur mais genre aussi où il est difficile d'exceller après Balzac et après Flaubert.

(25 juillet 1911.)

SILHOUETTES

[RAYMOND DE LA TAILHÈDE]

Raymond de La Tailhède est petit et trapu. Il a l'air rêveur et modeste, trop modeste. Il aime la solitude. Il est brun et pâle. Son âge? La quarantaine. Au fond, c'est un orgueilleux, et l'orgueil est une vertu chez les poètes.

Depuis son recueil : *De la métamorphose des fontaines*, poème suivi des *Odes*, des *Sonnets* et des *Hymnes*[4], Raymond de La Tailhède n'a plus fait paraître de vers; Moréas chantait encore et La Tailhède se contentait d'écouter.

Maintenant qu'est mort le «Poète parfait», nous entendrons de nouveau la voix de celui que Moréas appelait familièrement : «Raymond»!

Il a promis un *Orphée*[5], il doit mettre à la scène un *Ajax* d'après Sophocle...

La Tailhède, ce poète trop silencieux, a une voix d'or que l'on veut entendre.

Il s'approchera s'il veut de la perfection sans ressembler à personne.

Travaillez, «Raymond», car nous voulons des poètes qui se soucient d'être parfaits...

(5 avril 1910.)

[JEAN ROYÈRE]

Jean Royère est petit avec une tête deux fois trop grosse pour son corps rondelet. Son crâne est chauve, mais une couronne de cheveux frisottants et assez longs l'entoure. M. Royère a ainsi l'aspect monacal et l'air ennuyé d'un frère Jean des Entommûres qui ne retrouverait plus, place Pigalle, son abbaye de Thélème.

L'élégance de sa prose et le bon sens qu'il y fait paraître ont valu à frère Jean Royère le surnom d'«H. Harduin[1] du symbolisme». Il dirige une revue ni de jeunes, ni de vieux[2]. Détail particulier : M. Royère met au net ses souvenirs sur Stéphane Mallarmé[3] qu'il n'a jamais rencontré, avec lequel il n'a jamais correspondu. Il convient d'ajouter que Jean Royère est un poète de talent qui observe ce qui, à son sens, est la discipline mallarméenne.

Sapristi! J'allais oublier le principal : Jean Royère, qui vante sans cesse le vers libre, n'écrit qu'en vers réguliers.

(8 avril 1910.)

[GEORGES LECOMTE]

Georges Lecomte, qui vient de publier *Les Allemands chez eux*[4], ressemble un peu à Henri IV; il se préoccupe, comme le bon roi, du bonheur populaire.

Georges Lecomte est un des plus importants romanciers, et nul n'a mieux étudié les mœurs administratives qu'il ne l'a fait dans ses *Cartons verts*. Il a aussi montré le relèvement de la France au lendemain de 70. N'oublions pas qu'il a écrit un chef-d'œuvre dramatique *La Meule*, qu'on devrait bien reprendre dans un théâtre subventionné ou ailleurs.

Il a été président de la Société des gens de lettres et le sera encore. On pense communément que l'académie Goncourt le guette à moins que l'autre ne le réclame, l'autre, celle qui *regarde* l'aveugle du *pont des Arts*[1].

(15 juin 1910.)

[JUDITH GAUTIER]

Il y a dans l'œuvre de Judith Gautier l'histoire délicieusement triste d'une poétesse japonaise, princesse d'une admirable beauté, qui s'est retirée du monde, loin des courtisans et des admirateurs. Ils découvrent sa retraite et viennent supplier la solitaire de revenir au milieu d'eux.

Ce récit où chatoie un orient de perles évoque l'histoire de la grande poétesse[2], de la merveilleuse romancière que ses admirateurs de l'académie des Dix viennent de tirer de sa hautaine solitude. Elle y vit parmi les œuvres d'art orientales au milieu des souvenirs de son père, et dans sa nouvelle dignité d'académicienne cette belle romantique se prépare sans doute à faire aimer à ses collègues les œuvres d'imagination que leurs tendances naturalistes ou néo-naturalistes font trop souvent écarter du laurier d'or qu'ils décernent chaque année[3].

(9 novembre 1910.)

[MAX JACOB]

Max Jacob a des manières élégantes et il est vêtu d'une façon un peu désuète. Il s'est composé un système astrologique duquel il a tiré un art poétique et une métaphysique. Dites-lui votre acte de naissance, il vous dira aussitôt votre avenir, votre carrière et illustrera sa démonstration par des parallèles avec les grands hommes nés le même jour que vous.

Il aime la bonne cuisine, la Bretagne, les friandises et les chapeaux hauts de forme. Et si vous le compariez à quelqu'un il serait furieux.

Détail particulier : Max Jacob écrit un poème chaque matin, l'après-midi il peint pour se récréer et le soir il le consacre à ses amis, à ses cousins et aux grâces.

(29 novembre 1910.)

[JEAN-JACQUES BROUSSON]

Jean-Jacques Brousson est un jeune homme joli, mince et brun avec des yeux ardents. Critique passionné et qui se montre parfois lettré, il se pique d'être juste. Aucune considération, aucune situation acquise ne sont capables d'influencer son jugement. Du moins il le dit. Il a une érudition et une imagination de normalien. Il a vécu dans l'intimité d'Anatole France et si l'on en croit le dicton : «Dis-moi qui tu hantes, je te dirai qui tu es», Jean-Jacques Brousson est un esprit distingué. Il nous doit un livre sur le maître. On dit que Jean-Jacques Brousson se dispose à publier un roman[1].

(11 janvier 1911.)

[FRANÇOIS BERNOUARD]

Architypographe des Muses
François Bernouard tu t'amuses
À publier les petits vers
Des jeunes gens doux et pervers.

Cet impromptu ne vous donne point une idée du charmant jeune homme *qu'est* M. François Bernouard. Regardez son portrait, qui sert de justification au tirage à *Futile*[2]. Sachez aussi qu'il est blond, qu'il aime le Luxembourg, et qu'il reçoit chaque jour un télégramme ou une lettre de M. Maurice Rostand. Outre cela, il est plein de bon sens, rond en affaires et porte toujours le premier exemplaire de ses impressions à M. Remy de Gourmont. Au demeurant, François Bernouard est frivole à souhait, ce qui est la seule façon moderne d'être sérieux[3].

(6 avril 1911.)

[MME L.-H. DU RIEUX]

Une poétesse frêle et charmante comme une petite princesse de miniature persane, c'est Mme L.-H. Du Rieux, dont le talent ne va pas sans analogie avec celui de Marceline Desbordes-Valmore.

Écoutez se plaindre notre nouvelle muse :

Pourquoi mes yeux ce soir s'emplissent-ils de pleurs?
D'où venez-vous sanglots qui mourez sur nos lèvres?

. . . .

Je voudrais! je voudrais! Quoi donc? Que voudrais-tu?
Pauvre cœur incertain? Pauvre âme torturée?
Le vent, comme un soupir, dans les arbres s'est tu[1]...

Après ces vers, on est fixé. Mme Du Rieux est un poète et ses souffrances s'exhaleront en sanglots harmonieux.

(16 mai 1911.)

[PIERRE QUILLARD]

Parmi les poètes et les écrivains français qui ne jouissent point en France de toute la renommée qui devrait leur revenir, on peut mettre Pierre Quillard au premier rang. On se souvient qu'au moment de l'Affaire, ardent défenseur de Zola, il l'accompagnait chaque jour en voiture au Palais, mais c'est dans le camp adverse que le poète de *La Fille aux mains coupées*[2] avait ses admirateurs, et le colonel Du Paty de Clam, assis derrière lui au banc des témoins, récitait pendant l'audience, à Pierre Quillard, des vers de Quillard lui-même.

La politique, l'Arménie[3], ont fait à ce poète digne d'être de la Pléiade un tort que l'on devrait réparer. Il ne s'en soucie guère, accordant aux causes sociales les plus imprévues un temps que les Piérides réclamaient. On affirme que Pierre Quillard est plus célèbre en Arménie qu'en France.

Poète harmonieux, aux nobles cadences, il n'a pas abandonné la forme qui est une des frontières de l'art poétique et cependant épris de nouveautés, ce poète impeccable qui disserte avec autorité dans le *Mercure de France* sur la poésie, défend dans ses critiques les tentatives les plus hardies.

Helléniste consommé, il a traduit Jamblique et les fragments d'Hérondas[1].

Esprit nourri des meilleures lettres, il fait souhaiter qu'un humaniste comme lui consacre désormais toute son activité à la poésie française, où il excelle.

(29 juin 1911.)

[GEORGES CHENNEVIÈRE]

Georges Chennevière est un jeune homme simple et ne paraissant pas avoir de malice. Il n'est ni trop gros ni trop maigre, mais plutôt un peu replet. Il est musicien et poète. En cette dernière qualité il a débuté par une longue symphonie : *Le Printemps*[2], où il y a des choses fort réjouissantes, comme un certain « homme qui boit », qui est unanimiste comme on ne l'est plus.

Disciple de Jules Romains, Chennevière sait par cœur des tas de vers d'un genre nouveau. On croit généralement qu'il a du talent et l'on espère qu'il le prouvera un jour.

Il a eu l'honneur, dans une conférence que l'on fit aux Artistes humoristes, d'avoir des fragments de son poème au programme. On les lut d'abord ligne à ligne, selon l'ordre où ils étaient imprimés, puis on les reprit en commençant par la fin.

(22 août 1911.)

[PAUL GABILLARD]

Le pauvre poète Paul Gabillard vient de mourir à l'hôpital de la Charité. Sept personnes suivaient son enterrement. Il était de cette génération d'esprits généreux qui avaient suivi Verlaine dans les cafés où il se tua petit à petit et qui l'imitaient encore en préférant le rêve à l'action, l'apéritif au banquet de la vie, les livres que l'on écrira à ceux que l'on a écrits et l'onde glauque des absinthes sans sucre était pour eux couleur d'espérance.

Paul Gabillard, qui n'était pas sans talent, avait connu un moment de quasi-célébrité il y a une quinzaine d'années. Puis ses amis, Édouard Dubus et d'autres étaient morts et il s'était trouvé seul avec son art d'avant-hier... Il n'était plus de son temps. Mais il laisse quelques œuvres où au temps de sa force il avait mis le meilleur de lui-même...

Un roman de Paul Gabillard allait paraître dans un journal du matin... Et le pauvre poète s'en va au moment où il allait connaître un peu de calme... Il a désigné Guillaume Apollinaire pour être son exécuteur testamentaire[1].

(22 mai 1912.)

CE QUI SE PASSE AU SEUIL D'UNE TOMBE. JEAN MORÉAS VA MOURIR. LES DERNIERS INSTANTS DU POÈTE. SA VIE ET SON ŒUVRE.

Jean Moréas s'éteint doucement à la maison de santé de la Chaussée-de-l'Étang, à Saint-Mandé. Il est entré hier en agonie. Aux dernières nouvelles, il est certain que le dénouement approche. Il n'est plus qu'une question d'heures, peut-être de minutes.

Le grand poète des *Stances* meurt citoyen français, ainsi qu'il l'avait désiré.

D'origine albanaise, il était né à Athènes le 15 avril 1856. Il se plaisait à parler de ses ancêtres épirotes, de son aïeul Tombazis qui accomplit maint exploit naval pendant la guerre d'Indépendance et brûla plus d'un vaisseau ottoman. De son vrai nom, il s'appelle Papadiamantopoulos, qui est une forme grecque d'un grand nom albanais, Diamantis. Il se souvenait d'avoir contemplé, pendant une traversée, l'île d'Hydra où le sol et toutes les maisons sont de marbre, où les Albanais qui l'habitent, qui sont du sang le plus pur, le plus ancien de la Grèce et même de l'Europe, ne laissèrent jamais pénétrer le Turc...

Pendant sa jeunesse, Moréas, dont l'éducation avait été toute française, parcourut l'Allemagne, puis se fixa à Paris dont le ciel et le fleuve lui firent comprendre, disait-il récemment, pourquoi les dieux l'avaient fait naître à Athènes.

À partir de ce moment, la biographie de Moréas se confond avec l'histoire de la littérature contemporaine. Il débuta en novembre 1882 à *La Nouvelle Rive gauche,* en 1884, il fit paraître *Les Syrtes,* puis les *Cantilènes* (1886). La même année, il publia dans *Le Figaro* le *Manifeste du symbolisme.* Ce n'est qu'ensuite qu'il fonda l'École romane ayant pour disciples : Maurice Du Plessys, Raymond de La Tailhède, Ernest Raynaud et Charles Maurras. À cette époque il publia *Le Pèlerin passionné,* ouvrage plein de beautés poétiques et tout luisant de cette *illumination délibérée* dont parlait le poète. Mais le chef-d'œuvre de Jean Moréas, ce sont *Les Stances,* livre d'une rare perfection : « Maître de son style et de ses images », dit Jean de Gourmont, « l'auteur nous donne l'exemple d'un retour à la discipline classique : on songe à Jean Racine. »

Jean Moréas a écrit une tragédie, *Iphigénie,* qui, représentée à Orange, à l'Odéon, à Tunis, en Grèce, sera jouée en juin à la Comédie-Française.

Il laissera aussi quelques ouvrages écrits dans une prose parfaite.

J'ai vu Moréas dans les derniers jours de sa vie. Il va mourir comme un sage, sans peur de l'avenir et sans rien regretter.

Maître, adieu !... Je vous ai beaucoup aimé, je garderai pieusement votre souvenir...

(31 mars 1910.)

Revue de la vie mondaine

JEAN MORÉAS

Le poète qui vient de mourir laisse une des rares œuvres parfaites parmi les travaux humains. Lui-même fut un homme exquis, et tous ceux qui l'ont approché se souviennent de ses propos empreints de la plus rare et de la moins ennuyeuse sagesse.

Je ne pense pas que depuis Goethe un homme ait regardé la vie avec autant de sérénité et de clairvoyance que Jean Moréas. Ses sentiments les plus passionnés, il les amenait à un degré de culture si élevé que tout ce qu'il ressentait devenait de la poésie, et j'entends par là le classicisme, ou, si l'on veut, la perfection même.

Il en parlait souvent : « La perfection, c'est très difficile, parce qu'on ne peut pas dire en quoi elle consiste. Ce n'est rien et c'est tout. »

★

Cette perfection, qui donne tant de prix à l'œuvre de Jean Moréas, faut-il la chercher plutôt dans *Les Stances* que dans *Iphigénie?* Faut-il, comme M. Maurice Barrès, se contenter d'admirer *Ériphile* ou bien, ainsi que M. Remy de Gourmont, être satisfait de la grâce juvénile qui paraît dans *Le Pèlerin passionné?*

Je pense, pour ma part, que la perfection se trouve partout dans l'œuvre parfaite du Poète parfait. Toutefois, l'éclat de cette perfection resplendit plus dans *Iphigénie* que dans *Les Stances.* Le talent du poète avait plus de maturité, l'homme plus d'expérience. Et, si le *Philoctète* était achevé, ou l'*Ajax,* nul doute que le génie de Jean Moréas n'apparût dans ces tragédies avec plus de splendeur encore que dans l'*Iphigénie.*

Mais aucun des admirateurs de Moréas ne se trompe. La perfection, il s'en soucia sans cesse et elle de lui. Elle légitime ses vers libres et met dans ses vers réguliers cette audace incroyable qui provoquera toujours l'admiration de ceux qui aiment la poésie. Il convient d'ajouter qu'il ne renia jamais ses vers libres.

« On peut faire d'excellents vers libres, disait-il, et j'en ai fait. Mais, à un certain âge, il est inutile de s'occuper de ces choses. Les vers réguliers suffisent pour tout exprimer : ils sont souples, ils sont parfaits... »

★

Jean Moréas mérite qu'on le surnomme le Poète parfait. Nul autre que lui au XXe siècle n'a droit à un tel honneur...

D'autre part, ne songeait-il pas à lui-même lorsque, à propos de Goethe, il écrivait :

«Malheur au poète qui naît dans un de ces moments équivoques où la tradition de l'art est devenue caduque, où il est nécessaire de renverser l'ordre pour chercher ensuite à le rétablir sur une base plus solide. Il est possible que la gloire de ce poète devienne enviable, mais sa vie est empoisonnée à jamais.

«L'auteur de *Faust* naquit dans un de ces moments misérables où le vrai talent, pour être fécond, est condamné à se livrer à mille folies. Il en fut comme ébloui tout d'abord et prit, sans songer, toutes les mauvaises occurrences du destin pour un présent du ciel. Il lui était d'autant plus facile de s'abuser que l'odieuse ivraie montait sous ses pas pareille au blé mûrissant. Il alla ainsi tout le long de ses jeunes ans jusqu'au seuil de la vieillesse. Là, un soupçon le saisit, et il jeta ses regards douloureux sur les belles ruines qu'il avait aidé à faire autour de lui. Alors il mit à les réédifier tout son amour et ses dernières forces, encore très nerveuses. De sveltes colonnes se dressèrent bientôt dans l'azur de l'art, mais le temple demeura mutilé, et ses débris continuent à écraser le chœur des Muses[1].»

... La perfection de Moréas éclate aussi bien dans sa prose. Lui-même affirma, à diverses reprises, qu'il la préférait à ses vers... Mais quelle prose peut valoir l'harmonie passionnée de ces *Stances*!

Été, tous les plaisirs que ta saison m'apporte,
Comme ceux du printemps ont perdu leur attrait.
Adieu, le tendre automne! À présent qu'à ma porte
Vienne heurter l'hiver, j'ouvrirai sans regret.

Dans l'antique forêt, le vent et la cognée
Sèment de l'arbre fort les rameaux à ses pieds,
Et parmi les humains la juste destinée
Abat à chaque coup gloire, amour, amitiés.

Moins doucement la feuille à la brise soupire
Que la branche frappée en tombant ne se plaint,
Et lorsque le malheur s'exhale de la lyre,
Tout autre chant n'est plus qu'un écho qui s'éteint.

Vie exécrable, ô jours que corrompt l'amertume,
Je vous surmonte encor, mais mon cœur s'est brisé,
Et s'il n'a plus d'éclat, peut-être, il se consume,
Ce feu sombre et divin qui m'avait embrasé.

Solitaire et pensif, j'irai sur les chemins,
Sous le ciel sans chaleur que la joie abandonne,
Et, le cœur plein d'amour, je prendrai dans mes mains
Au pied des peupliers les feuilles de l'automne.

J'écouterai la brise et le cri des oiseaux
Qui volent par les champs, où déjà la nuit tombe,
Dans la morne prairie, au bord des tristes eaux,
Longtemps, je veux songer à la vie, à la tombe.

L'air glacé fixera les nuages transis,
Et le couchant mourra doucement dans la brume.
Alors, las de marcher, sur quelque borne assis,
Tranquille, je romprai le pain de l'amertume.

Quand je viendrai m'asseoir, dans le vent, dans la nuit,
Au bout du rocher solitaire,
Que je n'entendrai plus, en t'écoutant, le bruit
Que fait mon cœur sur cette terre,

Ne te contente pas, Océan, de jeter
Sur mon visage un peu d'écume;
D'un coup de lame alors il te faut m'emporter
Pour dormir dans ton amertume.

Dans l'oraison funèbre qu'il prononça au Père-Lachaise, M. Maurice Barrès assigna à Jean Moréas une place honorable parmi les poètes entre Horace et Saadi.

M. Baragnon l'avait déjà comparé à Horace, et Moréas avait été flatté de cette comparaison, qu'il trouvait juste.

Pour ma part, je le mettrais volontiers entre Horace et Goethe, tout auprès de Racine et de Lamartine.

(10 mai 1910.)

Les Marges

CONTEMPORAINS PITTORESQUES

RAOUL PONCHON

J'ai bien peur que, malgré l'admiration que m'inspire un talent unique, le plus moderne possible, le moins incertain, si personnel qu'il faudrait remonter à quelques siècles pour trouver à qui le comparer, M. Raoul Ponchon ne se fâche en lisant ces notes. On sait qu'il est irascible. Le dernier de nos poètes bachiques, et l'un de nos meilleurs, a le vin mauvais. La faute en est à la vigne, ou plutôt à ces maladies nouvelles qui la torturent depuis quelques années[1]. Pauvres vignobles français, semblables en cela aux aristocrates dans la misère, ils ont été redorer leur blason en Amérique! C'est d'Amérique qu'est venue à Raoul Ponchon cette humeur singulière qui en fait, au témoignage de ses amis, un homme à ne pas prendre avec des pincettes. Au demeurant, il ne doit rien d'autre aux pays étrangers, et ce petit miracle d'un gazetier lyrique[2] est peut-être le seul exemple qui existe encore d'écrivain, de poète, dans le talent duquel n'apparaisse aucune trace immédiate d'aucune littérature étrangère. Nonobstant ses autres mérites, sa *manière* délibérée, son art spontané, c'est surtout cela qui le rend intéressant puisque, mon Dieu, on sait bien qu'il a passé sa vie à se faire violence afin de demeurer un petit poète, afin de n'avoir aucune importance. C'est un orgueil rare de nos jours, et pour l'avoir il faut beaucoup, beaucoup de talent, et il faut boire. Maintenant on ne boit guère. Ce n'est peut-être pas bien. L'ivresse est l'ivresse; elle provient de la boisson et engendre la poésie.

Une fois, même, elle faillit causer la mort du poète. Cela se passa pendant l'hiver 1879-1880. À cette époque, Raoul

Ponchon ne sortait que vêtu en académicien et coiffé d'un chapeau de jardinier, en paille. Un soir il tombait beaucoup de neige, les omnibus, les voitures ne roulaient plus. Raoul Ponchon avait longtemps prolongé ce qu'il nommait le *five o'clock absinthe,* ayant plusieurs fois répété cette lente opération qu'il a lyriquement décrite avec précision :

L'absinthe veut d'abord de la belle eau frappée,
Les dieux m'en sont témoins...

. . . .

L'eau tiède, il n'en faut pas : Jupiter la condamne.
Toi-même qu'en dis-tu?
Autant vaudrait, ma foi, boire du pissat d'âne
Ou du bouillon pointu.

. . . .

Et, n'allez pas, comme un qui serait du Hanovre,
Surtout me l'effrayer
Avec votre carafe, elle croirait, la povre!
Que l'on veut la noyer.

Déridez-la toujours d'une première goutte...
Là... là, tout doucement.
Vous la verrez alors palpiter, vibrer toute,
Sourire ingénument[1].

Vers 9 heures, Raoul Ponchon, à qui ce tangage et ce roulis donnaient l'air, dans la tourmente, d'une caravelle doublant le cap de Bonne-Espérance, arriva devant l'Odéon. Il monta visiter dans leur loge quelques acteurs qu'il connaissait, et qui lui fixèrent un rendez-vous après le spectacle. Il demeura ensuite un peu de temps dans la salle. On jouait une pièce dont le succès était médiocre, et il y avait là une douzaine de spectateurs. Raoul Ponchon partit au deuxième acte. Après la représentation, les acteurs voulant aller à la brasserie où Ponchon devait les attendre, passèrent devant l'Odéon; tout était recouvert d'un épais tapis de neige, et l'un deux, nommé, je crois, François, n'aperçut pas un renflement contre lequel il buta. On vit alors que ce renflement était un corps humain que la neige avait recouvert. Ce voyageur, égaré dans le Grand-Saint-Gothard d'Odéonie, où les flocons l'avaient enseveli, c'était Raoul Ponchon qu'on porta vivement dans un café. Il était à moitié mort, mais d'énergiques frictions à l'alcool le firent revenir. C'est à partir de cette époque qu'il commença à perdre ces cheveux si abondants, que Verlaine a chantés :

Vous aviez des cheveux terriblement;
Moi je ramenais désespérément;
Quinze ans se sont passés, nous sommes chauves
Avec, à tous crins, des barbes de fauves[1].

Ils se fréquentaient peu, mais se connaissaient, s'appréciaient, et Ponchon a voué à la mémoire de Verlaine un culte si pieux que lorsqu'il prononce ce doux nom, les larmes troublent son regard.

L'amitié de Raoul Ponchon est une fleur merveilleuse. Ceux qui la cultivent connaissent la certitude d'être aimés. Il s'éloigne des autres hommes non pas avec tristesse comme l'hypocondre Bouilly, mais avec colère comme Alceste. Nous voulions, mes amis et moi, il y a quelques années, dans une petite revue, demander pour Ponchon la croix de la Légion d'honneur. Nous nous trompions; le ruban vert du Mérite agricole convient mieux à sa misanthropie.

Je ne me suis trouvé qu'une seule fois avec Raoul Ponchon auquel j'avais été présenté par un de ses amis, poète breton qui s'enorgueillit d'une ressemblance assez frappante avec M. Rostand. Ponchon m'avait accueilli avec beaucoup de bonne grâce. Il me parla de Verlaine et nous nous entendions fort bien. J'eus alors l'occasion de prononcer le nom d'un grand poète que j'aime et pour lequel, en ce moment, on est plus qu'injuste : Henri de Régnier. À ce nom, Raoul Ponchon manifesta un courroux sans mesure. Il voulait se jeter sur moi et criait : «Qu'est-ce que ce M. Régnier?» On le retint, il tremblait de rage et brisa son verre. Ses amis m'emmenèrent rapidement, m'affirmant que, décidément, je ne lui étais pas sympathique. Il s'est souvenu de cet incident qui faisait moins d'honneur à son goût qu'à son intuition de l'avenir, lors d'une récente élection académique.

Henri de Régnier et M. Jean Richepin étaient candidats au même fauteuil. Ce dernier l'emporta.

En attendant les résultats du vote dans les couloirs de l'Institut, Raoul Ponchon faisait encore retentir aux échos du palais de l'Immortalité sa question dédaigneuse : «Qu'est-ce que ce M. Régnier[1] ?»

Puis il s'en alla seul, le long des quais, méditant une de ces chroniques rimées pour lesquelles Verlaine voulut l'appeler très justement un maître charmant. Il s'arrêtait aux boîtes des bouquinistes, feuilletant les livres en cherchant des rimes. Il prit ensuite par le boulevard Saint-Michel et s'assit au Soufflet, où il confectionna son absinthe. Après l'avoir humée, il rentra chez lui à l'hôtel des Grands Hommes, près de la Sorbonne. Il tira d'une vieille malle un habit vert d'une coupe démodée, trop grand pour lui, et dont les broderies étaient ternies. Il s'en revêtit, et se coiffa d'un vieux chapeau de jardinier. Il sortit ensuite d'une armoire des flacons poudreux. Et toute la nuit il but, en relisant les manuscrits de ses ouvrages inédits, et que si peu de personnes connaissent. Ils contiennent, dit-on, des chefs-d'œuvre dont on n'a pas idée, et qu'il composa au temps où l'Académie était un monstre qu'on tuait tous les jours, et dont la dépouille fournissait un vêtement inusable.

(Juillet 1909.)

FEU ALFRED JARRY

La première fois que je vis Alfred Jarry, c'était aux soirées de *La Plume,* les secondes, celles dont on disait qu'elles ne valaient pas les premières[2]. Le café du Soleil-d'Or avait changé de nom : il s'appelait le café du Départ. Ce nom mélancolique hâta sans doute la fin des réunions et peut-être celle de *La Plume.* Cette invitation au voyage nous fit vite partir bien loin les uns des autres ! Tout de même, il y eut au sous-sol, place Saint-Michel, quelques belles soirées, et des amitiés en petit nombre s'y lièrent.

Alfred Jarry, le soir dont il s'agit, m'apparut comme la personnification d'un fleuve, un jeune fleuve sans barbe, en vêtements mouillés de noyé. Les petites moustaches tombantes, la redingote dont les pans se balançaient, la chemise molle et les chaussures de cycliste, tout cela avait quelque chose de mou, de spongieux; le demi-dieu était encore humide, il paraissait que peu d'heures auparavant il était sorti trempé du lit où s'écoulait son onde.

En buvant du stout, nous sympathisâmes. Il récita des vers aux métalliques rimes en *orde* et en *arde*[1]. Puis, après avoir entendu une chanson nouvelle de Cazals, nous nous en allâmes pendant un cake-walk effréné où se mêlaient René Puaux, Charles Doury, Robert Scheffer et deux femmes dont les cheveux se défaisaient.

Je passai presque toute la nuit, arpentant le boulevard Saint-Germain avec Alfred Jarry, et nous nous entretenions de blason, d'hérésies, de versification. Il me parla des mariniers parmi lesquels il vivait une grande partie de l'année, des marionnettes auxquelles il avait fait jouer *Ubu* pour la première fois[2]. La voix d'Alfred Jarry était nette, grave, rapide et parfois emphatique. Il cessait tout à coup de parler pour sourire et brusquement redevenait sérieux. Son front remuait sans cesse, mais en largeur et non en hauteur comme cela se voit généralement. Vers 4 heures du matin, un homme s'approcha de nous pour demander le chemin de Plaisance. Jarry sortit prestement un revolver, intima au passant l'ordre de reculer de six pas et lui donna le renseignement . Nous nous séparâmes ensuite et il rentra à sa *grande chasublerie*[a3] de la rue Cassette où il m'invita à aller le voir.

«Monsieur Alfred Jarry?

— Au troisième et demi.»

Cette réponse de la concierge m'étonna. Je montai chez Alfred Jarry qui effectivement habitait au troisième et demi. Les étages de la maison ayant paru trop élevés de plafond au propriétaire, il les avait dédoublés. Cette maison, qui existe toujours, a de cette façon une quinzaine d'étages, mais comme, en définitive, elle n'est pas plus élevée que les autres maisons du quartier, elle n'est qu'une réduction de gratte-ciel.

Au demeurant, les réductions abondaient dans la demeure d'Alfred Jarry. Ce troisième et demi n'était qu'une réduction d'étage, où, debout le locataire se tenait à l'aise, tandis que, plus grand que lui, j'étais obligé de me courber. Le lit n'était qu'une réduction de lit, c'est-à-dire un grabat : les lits bas étant à la mode, me dit Jarry. La table à écrire n'était qu'une réduction de table, car Jarry écrivait couché à plat ventre sur le plancher. Le mobilier n'était qu'une réduction de mobilier qui ne se composait que du lit. Au mur, était suspendue une réduction de tableau. C'était un portrait de Jarry dont il avait brûlé la plus grande partie, ne laissant que la tête qui le montrait semblable au Balzac d'une certaine lithographie que je connais. La bibliothèque n'était qu'une réduction de bibliothèque, et c'est beaucoup dire. Elle se composait d'une édition populaire de Rabelais et de deux ou trois volumes de la Bibliothèque rose. Sur la cheminée se dressait un grand phalle de pierre, travail japonais, don de Félicien Rops à Jarry qui tenait le chibre plus grand que nature toujours recouvert d'une calotte de velours violet, depuis le jour où le monolithe exotique avait effrayé une dame de lettres tout essoufflée d'avoir monté au troisième et demi et dépaysée dans cette *grande chasublerie* démeublée.

«C'est un moulage? avait demandé la dame.

— Non, répondit Jarry, c'est une réduction.»

À son retour du Grand-Lemps[1] où il avait été travailler avec Claude Terrasse, il vint me prendre dans un bar anglais[2] de la rue d'Amsterdam où j'allais régulièrement. Nous y dinâmes, et comme Jarry avait «des ors», il voulut me payer Bostock[3]. Aux dernières galeries, il effraya ses voisins en leur tenant des propos sur les lions, en leur dévoilant certains secrets épouvantables du domptage. L'odeur des fauves le grisait. Il prétendait avoir chassé la panthère dans un jardin de la rue de la Tour-des-Dames. À la vérité, c'était de jeunes panthères qui s'étaient échappées de leur cage restée ouverte par mégarde. Voilà les hôtes de Jarry bien embarrassés et prêts à tuer les pauvres petites panthères à coups de rifle par les fenêtres.

«N'en faites rien, dit Jarry, je me charge de tout.»

Il y avait dans la salle à manger où il se trouvait une armure à sa taille. Il se déguise en chevalier, et, tout bardé de fer, il descend au jardin en tenant un verre dans son gantelet. Les bêtes féroces bondissent et Jarry leur présente le verre vide. Domptées aussitôt, elles le suivent et rentrent dans leur cage qu'il referme.

«Car, disait Jarry, cette méthode est la meilleure pour réduire les fauves. De même que la plupart des hommes, les bêtes les plus cruelles ont horreur des verres vides, et, lorsqu'elles en voient, l'effroi les rend poltronnes; on fait d'elles alors ce que l'on veut.»

Et comme en racontant ces histoires, il agitait son revolver, les spectateurs se reculaient, les femmes manifestaient leur terreur et quelques-unes voulurent s'en aller. Ensuite, Jarry ne me cacha pas la satisfaction qu'il avait éprouvée à épouvanter des philistins, et c'est revolver au poing qu'il monta sur l'impériale de l'omnibus qui devait le ramener à Saint-Germain-des-Prés. Là-haut, pour me dire adieu, il agitait encore son bull-dog[1].

Ce bull-dog passa quelque six mois dans l'atelier d'un de nos amis. Voici dans quelles circonstances.

Nous avions été invités à dîner rue de Rennes. À table, quelqu'un ayant voulu lui lire dans la main, Jarry prouva qu'il possédait toutes les lignes en double. Pour montrer sa force, il brisa à coups de poing des assiettes renversées, et finit par se blesser. L'apéritif, les vins l'avaient énervé. Les liqueurs achevèrent de l'exciter. Un sculpteur espagnol voulut le connaître et lui dit des amabilités. Mais Jarry intima à ce «bouffre[2]» l'ordre de sortir du salon, de n'y plus reparaître, et il m'assura que ce garçon venait de lui faire les propositions les plus déshonnêtes. Au bout de quelques minutes, l'Espagnol qui avait fui revint et aussitôt Jarry tira sur lui un coup de revolver. La balle alla se perdre dans un rideau. Deux femmes enceintes qui se trouvaient auprès s'évanouirent. Les hommes n'étaient pas rassurés non plus, et à deux nous emmenâmes Jarry. Dans la rue, il me dit de la voix du père Ubu : «N'est-ce pas que c'était beau comme littérature? Mais j'ai oublié de payer les consommations.»

En l'emmenant nous l'avions désarmé, et, six mois après, il vint à Montmartre nous réclamer le revolver que notre ami avait oublié de lui rendre.

Les espiègleries de Jarry firent le plus grand tort à sa gloire, et son talent, un des plus singuliers et des plus solides de son époque, ne lui rapportait pas assez pour vivre. Il vivait mal, se nourrissant à Paris de côtelettes de mouton crues et de cornichons. Il m'assura que, pour bonifier son estomac, il buvait souvent avant de se coucher un grand verre dans lequel il avait versé par moitiés du vinaigre et de l'absinthe, mélange bizarre qu'il liait en y ajoutant une goutte d'encre. Les dévouements féminins ont manqué au pauvre père Ubu.

Au Coudray[1], il vivait de sa pêche; et certes, il est heureux qu'il ait souvent vécu hors Paris, au bord du fleuve. La ville l'eût tué plusieurs années plus tôt qu'elle n'a fait.

Alfred Jarry a été homme de lettres comme on l'est rarement. Ses moindres actions, ses gamineries, tout cela, c'était de la littérature. C'est qu'il était fondé en lettres et en cela seulement. Mais de quelle admirable façon! Quelqu'un a dit un jour devant moi que Jarry avait été le dernier auteur burlesque. C'est une erreur! À ce compte, la plupart des auteurs du XVe siècle, et une grande partie de ceux du XVIe, ne seraient que des burlesques. Ce mot ne peut désigner les produits les plus rares de la culture humaniste. On ne possède pas de terme qui puisse s'appliquer à cette allégresse particulière où le lyrisme devient satirique, où la satire, s'exerçant sur de la réalité, dépasse tellement son objet qu'elle le détruit, et monte si haut que la poésie ne l'atteint qu'avec peine, tandis que la trivialité ressortit ici au goût même, et, par un phénomène inconcevable, devient nécessaire. Ces débauches de l'intelligence où les sentiments n'ont pas de part, la Renaissance seule permit qu'on s'y livrât et Jarry, par un miracle, a été le dernier de ces débauchés sublimes.

Il avait des admirateurs, et, parmi ses lecteurs, on comptait des philologues et surtout des mathématiciens. Même, il était populaire à l'École polytechnique. Mais beaucoup le méconnaissaient dans le public et parmi les gens de lettres. Il souffrait extrêmement de ces mépris. Une fois, il me parla longuement d'une lettre dans laquelle M. Francis Jammes le sermonnait à propos du *Surmâle*[2] qui venait de paraître. Le poète d'Orthez disait que les livres de Jarry sentaient le citadin auquel la vie hors Paris rendrait la santé morale, etc. C'était cela ou quelque chose d'approchant. «Que dirait-il, observait Jarry, s'il savait que je passe la majeure partie de l'année à la campagne, au bord d'un fleuve où je pêche quotidiennement?»

Après être resté longtemps sans le rencontrer, je revis Jarry au moment où son existence paraissait devenir moins précaire. Il faisait paraître des livres, annonçait *La Dragonne*[1], parlait d'un petit héritage duquel faisait partie une tour, à Laval. Cette tour, qu'il devait faire restaurer pour y habiter, avait la vertu singulière de tourner sans cesse sur sa base. Le mouvement était très lent toutefois puisque la tour mettait cent ans à accomplir le tour complet. Je crois que cette histoire fabuleuse provenait d'une logomachie où se mêlaient les deux sens du mot *tour* et ses deux genres.

Quoi qu'il en soit, Jarry tomba malade, et de misère. Des amis le sauvèrent. Il revint à Paris avec de l'argent et ses notes de pharmacie. C'étaient des comptes de marchand de vin!

Je ne fus plus ensuite au courant de son existence. Mais je sais qu'en très peu de jours, Jarry but pour beaucoup d'argent et qu'il ne mangea guère. Je ne sus pas qu'on l'avait transporté à l'hôpital de la Charité. Il paraît qu'il fut lucide et espiègle jusqu'au bout. Georges Polti, ayant été le visiter, s'approcha de son lit et, comme il était très ému et qu'il a la vue fort basse, il n'apercevait pas Jarry, qui tout mourant qu'il était, cria d'une voix forte pour avoir le plaisir de surprendre son ami et de le faire tressaillir : «Eh bien! Polti, comment cela va-t-il?»

Jarry mourut le 1er novembre 1906, et le 3 nous étions une cinquantaine à suivre son convoi. Les visages n'étaient pas très tristes, et seuls Fagus, Thadée Natanson et Octave Mirbeau avaient un tout petit peu l'air funèbre. Cependant, tout le monde sentait vivement la disparition du grand écrivain et du charmant garçon que fut Jarry. Mais il y a des morts qui se déplorent autrement que par les larmes. On ne voit pas bien des pleureuses à l'enterrement de Folengo, ni à celui de Rabelais, ni à celui de Swift. Il n'en fallait pas non plus à celui de Jarry. De tels morts n'ont jamais eu rien de commun avec la douleur. Leurs souffrances n'ont jamais été mêlées de tristesse. Il faut, pour de semblables funérailles, que chacun montre un heureux orgueil d'avoir connu un homme qui n'ait jamais éprouvé le besoin de se préoccuper des misères qui l'accablaient lui et autrui.

Non, personne ne pleurait derrière le corbillard du Père Ubu. Et comme c'était un dimanche, le lendemain des Morts, la foule de ceux qui avaient été au cimetière de Bagneux s'était vers le soir répandue dans les guinguettes des alentours. Elles regorgeaient de monde. On chantait, on buvait, on mangeait de la charcuterie : tableau truculent comme une description imaginée par celui que nous menions en terre.

(Novembre 1909.)

À PROPOS DES CROQUIS DE RAOUL DUFY D'APRÈS REMY DE GOURMONT

En 1899, arrivé de Provence en avril[1], j'allais presque tous les jours[a], après 5 heures du soir, fouiller le long des quais dans les boîtes des bouquinistes. Je ne connaissais pour ainsi dire personne[b] à Paris et chaque passant m'intriguait, car je me demandais s'il n'était pas un de ces hommes dont la renommée enseigne le nom à leurs semblables.

Chaque jour, je[c] me figurais rencontrer tel ou tel poète que j'aimais, tel prosateur que j'admirais, tel doctrinaire que je détestais et cette folie de vouloir nommer des inconnus me fit commettre de plaisantes méprises. Un petit vieillard, que je croisais souvent sur le pont des Arts, devint pour moi Maurice Barrès qui à la gloire d'avoir mérité le surnom d'écrivain patriote, ajoute celle d'être encore à la fin de 1916, le prince de la jeunesse[2]. Je crus[d] reconnaître le philosophe Tarde dans un homme aux cheveux longs qui marchait lentement en faisant craquer les cailloux d'une allée du parc Monceau. Une nuit, on griffonnait sous un bec de gaz et c'était, à mon sens, Moréas ou Henri de Régnier.

Le long des quais, à chaque crépuscule, quelqu'un me dépassait, car bien qu'il commençât, plus tard que moi, sa revue des boîtes, il s'attardait moins longtemps devant chacune d'elles.

C'était[e] un homme robuste dans la force de l'âge. Il portait manteau noir chapeau haut de forme et foulard blanc négligemment noué autour du cou. Il marchait vite, des papiers sous le bras, stationnant un instant devant un livre[a] et après l'avoir rapidement feuilleté, le remettait soigneusement à sa place.

Quelquefois, je le vis appeler le bouquiniste et payer le livre... De temps en temps, l'inconnu s'arrêtait et, tourné vers la rue il regardait en souriant l'animation d'un pont. Une fois, un saltimbanque qui faisait des tours près de l'Institut, retint une minute[b] son attention. Une autre fois, il regarda complaisamment deux chiens qui se querellaient.

Les premiers temps que je le vis, je ne nommais pas l'inconnu, mais je l'appelais[c] : le Fabuliste, le comparant à La Fontaine duquel je me figurais qu'il avait les allures.

Un soir où, avant la tombée de la nuit, tel qu'un Alceste paré de ses rubans et prêt à s'assombrir, le ciel, un peu nuageux, avait par places des bandes vertes, je vis le fabuliste inconnu, le promeneur philosophique, l'amateur de livres et de spectacles dans la rue, regardant vers ce ciel délicat.

La première étoile apparut distincte, mais brillant à peine, l'inconnu fit un geste, puis s'en alla, marchant très vite. Son geste?... Je crois bien qu'il avait envoyé un baiser à l'étoile.

Aussitôt, je nommai l'inconnu. Il devint pour moi : Remy de Gourmont.

C'était lui-même qu'intéressaient toutes les choses : les bêtes[d] et les astres, les livres et les rues, l'humanité et l'amour qui émeut toute la nature. J'eus depuis l'occasion de le visiter et de le reconnaître...

Il écrivit un jour : «Comme[e] nous sommes ignorants de nos véritables gloires!» En Angleterre, où je passais[f] quelque temps en 1904, on me demandait : «Connaissez-vous Remy de Gourmont?... Comment est-il? Que dit-il?» Et je répondais : «Remy de Gourmont est vêtu d'un frac couleur carmélite... Quand il est chez lui... Il vit parmi les livres, les gravures de toutes les époques... Il parle à peine.»

Ailleurs, plus tard[g] on me demanda : «Parlez-nous de Remy de Gourmont... Nous le connaissons... C'est un Bayle un peu moins savant mais plus lyrique que celui du *Dictionnaire*.»

Et je répondis : «Plus libre encore : il n'est pas *de la Religion*...»

Lors d'un dîner, à Paris même, en 1910, 1911 ou 1912, il y avait[h] des professeurs de faculté, des critiques, des journalistes. Quelqu'un parla de Remy de Gourmont :

« Gourmont ? dit quelqu'un. Un imprimeur[1]... Ses caractères grecs sont fameux...

— Gourmont ? dit un autre. Un peintre... Il y a de lui au Louvre une *Nativité*[2]... »

Nous connaîtrons toujours bien mal nos vraies gloires[a]...

Je visitai la première fois Remy de Gourmont en 1903. J'allais[b] lui demander de la copie pour *Le Festin d'Ésope*[3] que je venais de fonder. Sans m'en refuser, il ne m'en donna point mais j'eus[c] l'occasion de voir sa demeure, capharnaüm singulier de livres, de cartes postales, de vues d'optique. On était introduit[d] auprès de « l'Ogre » par Mme de C***[4] qui mourut peu de temps après lui. Il était vêtu de sa robe monacale. Et la description que je fis plus tard de ce vêtement à un de mes amis de Londres lui donna grande envie de posséder un portrait de Gourmont dans ce costume. Je pus satisfaire le désir de mon ami en lui envoyant le portrait reproduit par un hebdomadaire franco-anglais[5] qui parut quelque temps à Paris et dont Gourmont était un des plus importants collaborateurs.

Plus tard il monta d'un étage[6] et je le visitai souvent, chaque fois que j'avais pu échapper à Mme de C*** qui guettait les visiteurs derrière une fenêtre de sa cuisine qui donnait sur l'escalier et les happait au passage pour leur raconter les histoires les plus singulières du monde que je rapporterai un jour. Je rencontrais aussi Remy de Gourmont au Mercure de France ou au café de Flore et son visage qui passait selon les jours, du rose au lilas foncé me faisait penser à ces baromètres fantaisistes où la robe d'une danseuse passe ainsi du rose au lilas.

Remy de Gourmont se trouvait justement au Mercure de France le jour où j'apportai ce beau dessin de Picasso, mon portrait qui figure en tête de mon recueil de poèmes *Alcools* (sauf cinquante exemplaires qui n'ont pas de frontispice). Remy de Gourmont regarda le dessin et bégayant ou presque comme ce silencieux avait coutume de s'exprimer, il me manifesta le désir de causer avec l'artiste. Je lui amenai Picasso quelques jours plus tard et Gourmont nous montra des livres, des gravures, parla de Cézanne. Il nous donna à chacun un bois de je ne sais plus quel ami de Gauguin et fit emporter à Picasso quelques papiers de garde anciens et dont il avait les doubles. Bref il se montra non seulement généreux mais aussi loquace qu'il pouvait l'être.

Je retournai le voir à quelques jours de là. Il me dit qu'il ne souhaitait rien tant qu'un portrait cubiste de sa personne. J'en parlai à Picasso mais il avait autre chose à faire et comme il ne connaissait pour ainsi dire pas Remy de Gourmont ce portrait lui aurait donné trop de travail.

Je pensais qu'il serait bon toutefois de fixer par le dessin quelques attitudes de Remy de Gourmont et je m'en ouvris à mon ami Raoul Dufy qui m'avoua que depuis longtemps il souhaitait prendre des croquis de l'écrivain normand son compatriote[1].

La première fois que nous y fûmes, Mme de C*** nous arrêta au passage et ayant appris notre dessein nous dit que pour elle «l'Ogre» ressemblait à un corsaire malouin, il y avait même, à ce propos, un secret qu'elle ne voulut pas dévoiler. Elle nous retint si longtemps que le lendemain nous montâmes chez Remy de Gourmont à quatre pattes et sans faire de bruit afin qu'elle ne s'aperçût pas de notre venue. Nous lui fîmes ainsi deux visites pendant lesquelles Dufy ne cessa pas de crayonner.

Et ces croquis sont ce que l'on possède de plus vivant sur cet illustre mort qui se plut à dissocier un si grand nombre d'idées qu'il ne faut point s'étonner si au gré de ces dangereuses dissociations[2] les siennes ont parfois varié.

Ce n'est pas encore le temps semble-t-il de dire la place qu'on lui assignera dans les lettres françaises comme polygraphe, journaliste, vulgarisateur scientifique et philosophe, essayiste, romancier ou poète. Mais dès à présent on peut dire de lui qu'il fut un des meilleurs écrivains de son temps.

Au sein du symbolisme dont il demeura une des figures les plus curieuses et les plus audacieusement indépendantes, les tendances de Remy de Gourmont évoluèrent d'un catholicisme poétiquement satanique au plus complet déterminisme.

Un reste de cette magie littéraire qui fut une des conséquences les plus singulières du satanisme baudelairien m'apparut encore et de la façon la plus inattendue la première fois que je tentai d'amener Dufy à l'auteur du *Latin mystique*[3].

Il y avait belle lurette que Remy de Gourmont avait renoncé aussi bien au mysticisme qu'à Satan, à ses pompes et à ses œuvres pour embrasser la cause d'un scepticisme qui n'allait pas sans anxiété[1]. Quelques jours auparavant je l'avais entendu au Mercure de France déclarer que non seulement il était impossible de croire en une religion quelle qu'elle fût mais qu'encore il était certain que la conscience ne pouvait subsister après la mort.

Ce jour-là Mme de C*** nous cueillit au passage Dufy et moi et après nous avoir dit ce que j'ai rapporté plus haut touchant la figure de «l'Ogre» elle se répandit en plaintes qui ainsi qu'à l'ordinaire prirent une tournure magicienne, témoignant de la grande importance qu'avaient eue autrefois dans la maison les sciences occultes.

«Il a voulu monter à l'autre étage, nous dit-elle, et se séparer de moi. Je lui ai retiré mon pouvoir. Qu'il se contente de celui de l'Amazone[2]. Vous la connaissez?»

Nous le déniâmes Dufy et moi car nous n'étions pas au courant. «Je lui ai retiré mon pouvoir, continua-t-elle, c'est tant pis pour lui. Il ne fera plus rien de bon, plus rien, vous verrez. Et il le sait cet ogre, il le sait. L'autre jour, il a tenté de me remettre sous sa puissance. Dans son cabinet de travail, là-haut, il faisait des passes magiques pour m'attirer. Il réussit presque, je me sentais entraînée irrésistiblement, lorsque soudain en passant devant le buffet de ma salle à manger j'eus l'idée de me jeter par terre. J'étais ainsi plus difficile à mouvoir. Avec le courage que donne le danger aux désespérés j'ouvris le tiroir du buffet et en tirai un couteau avec lequel je coupai le charme... Mais je l'avais échappé belle. De rage, il a dû grincer des dents, là-haut, le vieux corsaire.»

Nous la laissâmes tandis que reprenant les bas qu'en bonne ménagère elle ravaudait soigneusement elle se flattait d'avoir définitivement échappé à l'Ogre.

Après que Dufy eut pris ses croquis, je n'eus plus l'occasion de revoir souvent Remy de Gourmont. Je le rencontrai une fois au café de Flore, où j'allai le trouver en compagnie de son ami Ardengo Soffici. Nous le trouvâmes très changé. Je regrettai que Dufy ne fût pas là pour croquer l'écrivain des *Épilogues*[3] en chapeau haut de forme. En nous [en] allant Soffici me dit qu'il avait l'impression de la mort prochaine de notre grand ami. C'était peu de temps avant la guerre. On a dit qu'elle l'avait bouleversé et qu'il en était mort. Il m'écrivit deux ou trois fois durant la guerre[4] et lorsque je lui envoyai mon petit recueil polygraphié à vingt-cinq exemplaires devant l'ennemi : *Case d'Armons*[1], il en écrivit dans *La France* un petit «papier» qui est un témoignage touchant de ce bouleversement que la guerre avait porté dans cet esprit plein d'une curiosité anxieuse mais ferme et lucide. Et les dessins de Dufy rendent merveilleusement l'expression à la fois sereine et désolée que ce mélange d'assurance et d'angoisse mettait sur son visage disgracié par la nature[2] et cependant plein d'une étrange beauté.

(Février 1910-1920.)

JEAN MORÉAS

Un soir que, se trouvant derrière Moréas, il le regardait marcher, Oscar Wilde s'écria : «Il rame!...»

Il s'en allait pensif, imprimant à ses bras légèrement pliés le mouvement du nocher qui écarte les flots pour faire avancer la barque. C'est ainsi que, sur le sol magique de la Colchide, les Argonautes ont cherché la Toison.

Moréas eut, pour aïeul maternel, le glorieux navarque Tombazi[3] dont les prouesses et les stratagèmes rendirent le nom illustre, lorsqu'en 1821 les Grecs s'insurgèrent pour secouer le joug ottoman.

L'invincible marin eut l'idée de ces brûlots qui détruisirent tant de vaisseaux turcs et suscitèrent l'héroïsme de Canaris.

À plusieurs reprises, Moréas me parla de son grand-père : «J'ai des notes touchant ses hauts faits», me dit-il une fois, «mais elles sont au fond d'une malle avec un tas d'autres paperasses. Lorsque j'aurai le temps, j'examinerai cela et j'écrirai quelque chose.»

Quelquefois, je lui rappelais la malle : «Je n'ai pas eu le temps, répondait-il, mais il faudra que je m'en occupe.»

Et il me parlait des marins hydriotes et de l'île blanche, Hydra, habitée par des Albanais qui n'ont jamais permis aux Turcs de débarquer. Moréas la contempla un jour. Il était sur le pont du navire qui le ramenait de Grèce. Il la regarda tant qu'elle fut visible, entièrement de marbre, le sol et les maisons, et les vers des *Orientales* lui vinrent à la mémoire :

Adieu, fière patrie, Hydra, Sparte nouvelle!
Ta jeune liberté par des chants se révèle;
Des mâts voilent tes murs, ville de matelots!
Adieu! j'aime ton île où notre espoir se fonde,
Tes gazons caressés par l'onde,
Tes rocs battus d'éclairs et rongés par les flots[1].

Grec d'Athènes et (c'est aujourd'hui le plus pur du sang hellène) de souche albanaise par sa mère, Moréas l'était aussi par son père. Il se plaisait à faire connaître que le long patronyme[2] que dissimulait un pseudonyme plus agréable aux oreilles françaises n'est qu'une forme hellénisée du nom albanais, Diamantis.

Un matin que, sauf moi, tous ses compagnons de nuit l'avaient quitté, nous nous trouvions dans ce quartier des Halles, dont Moréas aimait les rumeurs à l'aube.

Les légumes entassés, selon une ordonnance qui le ravissait sans qu'il en parlât, laissaient éclater dans la lumière matinale la vivacité de leurs couleurs. Ailleurs, les fruits rangés dans des corbeilles semblaient des pierres précieuses. C'étaient encore des écroulements d'oranges qui vous transportaient tout à coup dans un port de la Méditerranée. Machinalement, nos yeux, se détournant, cherchaient la mer avec ses felouques, ses tartanes, ses lougres, ses brigantines et les deux mâts des polacres.

Quelques instants après, dans une guinguette, nous buvions du vin blanc, en dégustant des oursins que Moréas venait d'acheter.

Il humait avec appétit l'iode des fruits marins et me disait : «La saveur des oursins donne parfaitement l'idée de la mer où ils se sont développés. N'est-ce pas ainsi qu'un Racine contient l'excellent de ces lettres grecques dont son esprit était nourri? On peut être un grand poète à moins. Il y a Dante, il y a Villon, il y a Shakespeare. Mais je ne doute point que, familiers avec la perfection grecque, ces grands esprits ne se fussent plus approchés encore de la beauté que leurs œuvres le démontrent. Goethe ne s'y est point trompé[3]... Aujourd'hui, on veut à toute force être moderne, comme si cela signifiait quelque chose. Je me souviens d'avoir vu dans un journal illustré d'Allemagne, quand j'étais à Munich, une caricature du fameux dessinateur Wilhelm Busch. Il avait représenté un ivrogne qui se débattait entre deux sergents de ville. Et la légende faisait savoir qu'il criait : "Je suis un homme moderne, je veux absolument que tout le monde sache que je suis un homme moderne." C'était très bien, et je n'ai jamais oublié cette fine satire d'un fâcheux état d'esprit. Les plus sots veulent être des hommes modernes, quoi qu'ils fassent. C'est un masque qu'ils mettent à leurs sottises. Comme si l'on pouvait être autre chose qu'un homme moderne... »

Il me dit tout cela, mais en termes plus justes et plus pénétrants.

Ed altro disse, ma non l'ho a mente.

Un vers de Dante, venu sous ma plume, me rappelle le jugement que Moréas porta un jour sur l'amant mystique de Béatrice :

« C'est le plus grand poète du Moyen Âge, disait-il. Mais voilà, le Moyen Âge ne pouvait aimer la vraie beauté. Il la désirait sans la connaître. Dommage que Dante ait ignoré les poètes grecs. Moi aussi, j'ai aimé les cathédrales. Mais je sais maintenant que le Parthénon en ruines est plus beau encore que les cathédrales les plus achevées, et leurs ruines seraient informes. C'est que, dans la perfection, il n'y a pas de morceaux, et chaque partie contient la perfection de l'ensemble. On dit que Dante eut un moment l'intention d'écrire son poème en français... En tout cas, il eut le mérite de créer l'italien, qui serait la plus belle langue moderne si le français n'existait pas. Les autres langues sont ridicules. Depuis l'Antiquité, il n'y a qu'une langue, le français, qui ait été travaillée par de véritables écrivains, et qui soit devenue un monument comparable au grec ancien. Les Italiens ont eu aussi d'excellents écrivains, *mais* pas assez longtemps, et leur langage s'en ressent. Dante vit juste lorsqu'il constata qu'il manquait à l'Italie une cour, mais il se trompa, croyant que "la douce lumière de la raison" (ce sont les termes qu'il employait) y remédierait et qu'une élite dispersée pourrait suppléer au défaut de cour. Il paraît qu'il fut aussi sur le point de cultiver le provençal, et ce langage était plus susceptible de perfection que l'italien. D'excellents poètes s'y étaient exercés avec raffinement. Leur influence fut favorable au français lui-même. Je me suis amusé à traduire de petits poèmes provençaux, choisis entre les meilleurs, et les bons ne manquent point. En italien, j'aime beaucoup Pétrarque.

«C'est un grand poète que l'on connaît mal en France. Pour Boccace, il manque une traduction; celle d'Antoine Le Maçon[1] a des qualités. Mais, à tout prendre, elle est insuffisante. Si j'étais plus jeune, je traduirais Boccace qui est le meilleur conteur du monde, et en tout cas un esprit charmant et plein d'une force admirable...»

S'il n'a point traduit *Le Décaméron,* Moréas en a imité quelques contes[2]. Et j'ai été tout surpris en constatant que l'on n'avait généralement pas compris tout ce qu'il y a d'art dans ces libres imitations.

La conversation de Moréas était un enseignement plein d'enjouement et sans nul pédantisme. On sait quelle profonde connaissance il avait de la littérature française. Son sens du français, et non seulement du moderne, n'était pas moins véritable. À ce propos, il aimait à rappeler que lorsqu'il avait publié son *Jean de Paris*[3], M. Gaston Paris lui avait écrit pour le remercier d'avoir corrigé une faute qui avait échappé jusque-là aux philologues : «Je ne l'avais pas fait exprès, ajoutait Moréas, car je ne me servais guère de leurs travaux.»

D'autres, qui ont connu Moréas mieux qu'il ne m'a été possible et plus longtemps, car je ne l'ai rencontré que sept années avant sa mort[4], ont eu sans doute l'idée de recueillir quelques propos de cet homme charmant, au goût si sûr...

Je revois Moréas, le soir d'un banquet que l'on improvisa pour fêter sa promotion au grade de la Légion d'honneur[5]. Il paraît ému et heureux. Deux jolies femmes sont à ses côtés, et, pendant les discours, il tient une rose rouge à la main et la respire de temps en temps...

Je le revois dans une voiture, où j'étais près de lui, avec un jeune savant qui n'est pas insensible aux arts, mais qui se croit insensible à la vie. Il assure non sans tristesse : «Je ne me souviens pas d'avoir jamais pleuré...»

Et Moréas l'interrompt :

«Ne dites pas cela...»

Je revois Moréas, dans son dernier jour de fête, à un déjeuner qu'on lui offrit lorsqu'il obtint ce titre de Français sans lequel il ne voulait pas mourir[6]. Il salue la France, et la compare à la Grèce en une phrase, et trouvant les paroles qui seules nous convenaient...

Moréas ne se comparait à personne. Toutefois, il ne parut pas mécontent lorsque quelqu'un le compara à Horace : «Ce n'est pas mal!», dit-il, et changeant brusquement de sujet : «On m'a loué surtout comme poète, et cependant je crois que ma prose vaut encore mieux que mes vers.»

Et je pense que, comme poète tragique, il eût été incomparable.

La dernière fois que je me promenai seul avec lui, c'était pendant son suprême été. Vers 8 heures du soir, nous quittâmes les boulevards. Il devait porter son feuilleton à *La Gazette de France*[1]. Dans la rue Vivienne, il s'arrêta à la devanture d'une fleuriste : «Il y a plus de quinze ans que j'achète des fleurs dans cette boutique, dit-il. Généralement elles y sont fraîches et odorantes. Entrons, je veux vous donner une rose.»

Il examina les roses une à une. La vendeuse les lui vantait et, sans qu'elle comprît, Moréas lui répondait :

«Je connais les roses et je les aime. La plus belle des fleurs, c'est la rose; mais il faut qu'elle soit parfaite. Les autres fleurs supportent de n'être belles qu'à demi. Leur grâce n'est jamais si haute qu'on doive la suspecter. Mais il faut que la rose ait tout sa beauté. Cette fleur est faite pour la perfection... Celles-ci ne me conviennent point, donnez-nous des œillets.»

Et dans la rue, il me disait : «Ces œillets ne sont pas mal, et l'œillet aussi a son prix. Mais la rose est plus belle. C'est dans les très belles choses que la perfection est importante. Elle y est nécessaire, tandis que dans les autres choses on peut se contenter d'une beauté moins élevée, qui n'a rien à voir avec la perfection.»

Nous dînâmes dans un restaurant italien, où les anchois de Castellamare étaient excellents. Et bien que cela lui fût interdit, il but un peu de vin et voulut fumer un cigare.

J'ai gardé l'œillet blanc que Moréas m'avait donné. Desséché, il est devenu d'un jaune pâle; sa tige garde encore une teinte d'un vert très tendre et très triste. Hélas! ô belle fleur, tu n'aurais jamais pu rivaliser avec la rose sublime!

Lorsque Moréas fut au terme de sa vie, j'allai le voir dans cette chambre bleue, à deux fenêtres, où il est mort. Le jardin, qui s'étend devant la maison de santé, s'apprêtait à renaître. Les feuillards verdoyaient et la brise remuait doucement le bois de Vincennes. Moréas était heureux qu'on vînt le visiter. Il se plaignait de souffrir, mais sa bonne humeur l'emportant, il parlait avec enjouement, quoique avec peine. Après quelques instants, il fit venir les infirmiers qui le soulevèrent pour tendre un drap dont les plis le gênaient. Quand il furent partis : «Ils sont très gentils, dit-il, et ils font pour moi tout ce qu'ils peuvent. Cependant, je ne suis pas bien placé. C'est leur métier, mais comment exiger qu'ils sachent tendre un drap ni trop, ni trop peu? Dans tout, la perfection, ce n'est rien, mais c'est très difficile. La plupart des gens ne peuvent savoir cela, et cependant c'est la seule chose qui importe.»

Le jour suivant, vers midi, Moréas était seul. Il me demanda des nouvelles de quelques-uns de ses amis que je connaissais.

L'infirmière entra, accompagnée d'un monsieur qui m'était inconnu et se retira.

Le monsieur regardait Moréas qui demanda : «Qui êtes-vous?

— Je suis votre pharmacien, répondit cet homme. J'aime les lettres et je vous admire depuis longtemps. Pardonnez-moi ma visite un peu incivile, mais j'avais un si grand désir de vous voir!»

Moréas sourit et dit :

«Votre nom?

— Henry Bloquet.

— Vous êtes de Nantes?

— Non, du Pas-de-Calais... Je suis certain que mes médicaments vous guériront. Le printemps va revenir et je crois que c'est l'époque préférée des poètes. Dans le jardin, pendant votre convalescence, vous chanterez cette belle saison.

— Oh! moi, dit Moréas, je ne chante que l'automne.»

Et d'un geste faible il congédia son pharmacien... Ensuite on pansa le malade, et son corps était blanc comme celui d'un petit enfant. L'infirmière, que Moréas appelait Mme Louise, s'efforçait de ne pas le faire souffrir, mais il se plaignait.

«Vous êtes douillet, disait-elle, je ne dois pas vous faire grand mal.»

Il répondit doucement :

«Je ne suis fort que devant les grandes douleurs.»

Puis, quand nous fûmes seuls, il me dit : «Ce pharmacien débite des sottises. Puisqu'il prépare mes médecines, il doit bien savoir que je vais mourir.»

Et comme je protestais :

«Non, il vaut mieux mourir que rester estropié et souffrir... Il vaut mieux en finir... D'ailleurs, après la mort, ce n'est pas fini puisqu'on ne le sait pas...»

À ce moment, Raymond de La Tailhède, qui lui tint compagnie pendant tout le cours de sa maladie, revint, suivi d'Alfred Vallette.

À plusieurs reprises, Moréas nous dit : «Je sens bien que je vais mourir.»

Il parla de ses funérailles :

«Je me ferai incinérer. Pour un autre ce serait ridicule. Mais je suis grec. J'aime mieux l'urne que la tombe... Je ne suis pas un ennemi de la religion, et les croyances sont pour moi fort respectables, mais ces choses-là ne m'intéressent pas.»

Il régla ensuite, avec Alfred Vallette, quelques questions relatives à un de ses livres sur le point de paraître et dont Henri Dagan corrigeait les dernières épreuves[1]. Puis il parla des choses les plus diverses. Il sembla se soucier particulièrement du quartier qu'il habitait :

«Il doit être sens dessus dessous, disait-il, tout le monde m'y connaît.

«Je vais mourir, mais aussi ai-je mené une vie que n'aurait pu mener l'homme le plus fort... C'est en mai que j'ai ressenti les premières atteintes de mon mal. J'ai voulu le détourner en abusant de tout.»

Il resta songeur et, au bout de quelques minutes, il ajouta avec force :

«Au fond, il n'y a que la vertu qui compte. Il faudrait être vertueux dès son jeune âge... La vertu, c'est la seule chose intéressante pour les hommes, seulement, ceux qui la connaissent ne la pratiquent pas, et les autres... La vertu, c'est aussi la perfection.»

Le lendemain, il était tout changé. Sa voix était plus faible et son visage plus pâle. J'étais avec lui lorsque M. Barthou[1] vint le voir.

Il remercia affectueusement le ministre de cette marque d'amitié, puis, d'une langue embarrassée, rappela l'anecdote de Musset disant à Got, qui était venu à son lit de mort : « Vous venez me voir mourir, et bien! ça n'est pas beau!»

M. Barthou comprit qu'il s'agissait d'Hugo.

«Non! Got! dit Moréas, l'acteur!»

Il se reposa un peu, puis parla lentement :

« Vous voyez combien vous avez eu raison de vous hâter pour ma naturalisation, mon cher ministre. Je voulais vous remercier, en recopiant pour vous, de ma main, *Les Stances*. Mais il faudra que vous vous en passiez. Je dirai à Raymond de choisir pour vous un exemplaire de chaque édition de mes livres. Je sais que vous avez une bibliothèque excellente, avec de belles reliures... J'aurais voulu vivre encore pour terminer la tragédie d'*Ajax* que j'avais promise à Silvain... mais, c'est fini...»

...La chambre s'emplit peu à peu d'amis, de jeunes femmes qui apportaient des bouquets, et, lorsque je m'en allai, l'une d'elles pleurait, agenouillée auprès du lit et arrosait de ses larmes la main du poète mourant.

Je le revis une fois encore. Il était de plus en plus faible, et son ami Godefroy, qui n'avait pas été en sa présence depuis la fatale maladie, trouva sa voix si changée qu'en sortant il nous dit :

«Ce n'est plus Moréas; c'est fini, déjà la mort nous l'a ravi.»

Je n'ai plus vu de Moréas qu'une petite fumée et j'imaginai dans le brasier le cœur de notre ami, environné de flammes...

Ce cœur ardent, il brûle encore.

(Mars 1911.)

ANECDOTES DE WILLY SUR CATULLE MENDÈS[1]

Il ne m'a guère été donné de hanter Catulle Mendès et Willy. Je n'ai rencontré le premier que de rares fois. Je le vis cependant la veille ou l'avant-veille de sa mort. Il traversait la place du Carrousel en compagnie de Charles-Henry Hirsch qui s'arrêta un instant pour causer avec moi. Catulle Mendès souriait aimablement. Je ne connais de lui que ce sourire et aussi qu'au théâtre le plastron de sa chemise d'habit était toujours déboutonné. De sa poésie, je ne connais qu'un vers que m'a cité un jour Charles Morice :

Le jet d'eau qui monta n'est pas redescendu[2].

J'y pense chaque fois que je lis les critiques de Charles-Henry Hirsch touchant l'obscurité en poésie[3] et je me demande alors si ce seul vers que je sache du poète qu'il admire est plus clair ou plutôt moins abscons que la plupart des poèmes réputés obscurs.

Je ne connais pas beaucoup plus Willy. Je le rencontre tous les deux ou trois ans. J'ai causé une fois avec lui pendant cinq minutes. L'ayant vu ainsi cinq ou six fois, j'ai cependant pu apprécier les changements de sa physionomie depuis le temps où il portait l'impériale et le bord plat jusqu'à sa ressemblance actuelle avec le défunt roi d'Angleterre[4].

Mais je connais de Willy beaucoup plus de vers que de Catulle Mendès; une *Ode au vélocipède* :

Je veux chanter, nouvel aède
Dont le Pégase est en acier,
La gloire du vélocipède,
Intrépide et noble coursier...

Un poème sur *Rosita Mauri* qui se termine ainsi :

Mauri, tu ris, tes saluts tentent[5],

une *fable express* dont voici la morale :

Un sot trouve toujours un puceau qui l'admire[1].

J'apprécie comme il convient un talent spirituel, nourri de bonnes lettres. Il me plaît que Willy émaille ses écrits de citations latines. Il confectionne à souhait des acrostiches satiriques. Il défend l'hellénisme comme Moréas ou un futuriste florentin et cultive avec succès le calembour.

C'est de cet écrivain, en somme très moderne, que j'ai reçu ces jours-ci le billet suivant :

20 mai 1914.

Mon cher confrère,

Vous serait-il possible de mentionner... ces menus souvenirs sur Mendès? ou bien, ne rentrent-ils pas dans le cadre? — comme on dit...

Truly yours,

WILLY.

Si vous ne les pouvez utiliser, renvoyez-les moi, s.v.p.

Je ne publie pas le poulet par rosserie, mais bien pour faire entrer les souvenirs en question dans *le cadre* d'un petit papier anecdotique. Ils font suite à un discours fort ancien de Willy qui, le 2 mars 1882, parla à la conférence Olivaint[2] sur les parnassiens.

Cette conférence où les parnassiens et particulièrement Théodore de Banville, Leconte de Lisle, Catulle Mendès étaient fort malmenés parut la même année en une mince plaquette : *Les Parnassiens,* par H. G.-V., Paris, Gauthier-Villars, 1882.

Mais les souvenirs suivants sont purement anecdotiques, et relatifs au seul Catulle Mendès. Les voici, tels que Willy me les a envoyés :

«L'ami Deflin continue à demander aux gens de lettres leur adhésion à la Ligue des deux plats. Et tous la donnent, car tous sont dyspeptiques.

«Cette enquête aurait fait rugir d'indignation Catulle Mendès, partisan, lui, d'une ligue des vingt plats, tous copieux et tous bien préparés car, gros mangeur, il était pourtant fin bec. Même il lui arrivait de cuisiner en personne, comme Alexandre Dumas père, non sans agrément. Toutefois, il mêlait volontiers à l'élaboration de ses chefs-d'œuvre culinaires un peu de fantaisie romantique, le vieil éthéromane inoubliablement dressé parmi les *Fantômes et vivants*[1] de Léon Daudet.

«C'est ainsi qu'un soir, il convia quelques amis à déguster un plat de cèpes à la provençale préparés par ses soins et dans lesquels il entrait plus d'ail que de champignons. À table, les cheveux en désordre, sa barbe blondie toute brillante de graisse, sa lavallière de surah crème tachée de bourgogne, pérorant, la bouche pleine, sur la cuisine, la poésie et l'amour, il ne manquait pas d'allure.

«(... Ah! Ce n'est pas hier que se passaient ces choses! L'automate Sadi Carnot venait de succéder à Grévy, Jurassien rapace qu'il avait fallu pousser à coups de pied dans le fondement hors de l'Élysée, transformé par le mari de sa fille en boutique à décorations. Dans la rue, les camelots antiwilsoniens s'égosillaient : "Ah! quel malheur d'avoir un gendre!...")

«En ce temps-là, inquiété par la popularité naissante de Papadiamantopoulos, dit Moréas, Catulle décida *L'Écho de Paris* à prendre pour collabo "le bel Hellène[2]". Ce qui devait arriver arriva. Dûment chapitré par l'astucieux Mendès, le débutant, loin de faire la moindre concession à la vile multitude, envoya au journal trois ou quatre récits dont la langue, d'un archaïsme rébarbatif, affola les lecteurs uniquement assoiffés de feuilletons populaires : *les amants de "Sazie"*, comme devait les appeler Romain Coolus[3]. Il fallut se hâter de congédier cet écrivain dangereux. Le tour était joué.

«Mendès avait alors pour amie Lucy Gérard, toute blonde, toute jeune, toute mince, en l'honneur de laquelle il composait des madrigaux d'un tarabiscotage hystérique, nuance cuisse de nymphomane émue. Il ne s'adressait à elle qu'en la désignant par des périphrases qui rappelaient à la fois Gustave Aimard et Mme de Scudéry... l'idiome d'un Peau-Rouge suivant le sentier de la guerre dans le pays de Tendre.

«Et les garçons de bureau de *L'Écho de Paris* ouvraient des yeux grands comme des roues de bicyclette quand ils entendaient le Maître dire à l'Aimée, tout en corrigeant ses épreuves : Mignonne-oiselle-si-légère-que-vous-vousposez-sur-un-rosier-sans-faire-plier-la-branche (*ouf!*), passez-moi la sébile de pains à cacheter.

«Or Mendès soupçonnait la frêle enfant de regarder sans déplaisir la cambrure héroïque de Moréas et les moustaches noires que ce palikare[1] effilait d'un geste vainqueur. Après avoir évincé le littérateur, il s'agissait de débusquer l'amoureux : ça ne traîna pas.

«Un soir, à la brasserie Pousset, l'aède, qui avait déjà bu outre mesure chez Mendès, et que son hôte, insidieusement, poussait aux plus dangereuses vantardises, s'affirma "ingrisable", avec, à l'appui de son dire, de mirifiques histoires de beuverie que Lucy écoutait, extasiée. Il était déjà soûl de son éloquence quand Mendès lui glissa : "À Heidelberg, nous autres étudiants en théologie (!!!), nous confectionnions une boisson infernale : stout, cognac et absinthe; nul n'y résistait, et je ne sais si vous-même..."

«Déjà Moréas appelait à grands cris le garçon : on remplit une vaste chope avec l'infâme mixture et l'imprudent but... mais pas lontemps.

«Livide, il dut restituer et le flot sans honneur de ce trop noir mélange, et son dîner. Navrant spectacle!

«Il perdit du coup tout prestige aux yeux de Lucy qui, cependant qu'on fourrait dans un sapin le jouteur vaincu, murmurait au machiavélique Mendès d'un petit air dégoûté : "Vraiment, Catulle, tu ne devrais pas me mettre en contact avec des pochards aussi crapuleux!"»

L'anecdote suivante est encore plus drôle. Bien entendu j'en laisse l'entière responsabilité à Willy :

«Il y a une vingtaine d'années, peut-être un peu plus,... voyons, je venais de me marier, c'est bien ça,... j'habitais alors rue Jacob, 28, une morne maison sur laquelle on n'attend que mon décès pour apposer une plaque de marbre. Donc, en 1893, une étudiante russe, en visite chez moi, interrogea Marguerite M***[2] avec le nonchalant sans-gêne des Slaves; j'entends encore rouler, pareils à ceux des gobettes amies de Claudine, les *r* de sa phrase au chantonnement ondulé :

«"Dites, chèrrre M***, est-ce que ce M. Mendès est vrrraiment un amant extrrraorrrdinairrre?

«— Lui! répondit la spirituelle actrice, c'est un charmant causeur."

«Tout en bâclant un vague compte rendu de théâtre pendant que ces dames bavardaient, je les entendais malgré moi, et j'eus de la peine à m'empêcher de rire.

«M*** s'en aperçut et, l'étudiante russe partie, me combla des plus réjouissantes précisions : "Mon vieux Willy, tu penses bien que, devant cette vierge des steppes impolluées, je ne pouvais entrer dans des détails...

«— Je suis sûr qu'il y a de quoi faire rougir le papier de tournesol.

«— Que tu dis! Écoute, chauve discret, pour qui je n'ai rien de caché : Mendès, toute la nuit, il me lit ses vers... et le matin, il me rate."»

Et voilà, — *le cadre* est rempli.

(Juillet 1914.)

L'Europe nouvelle

HENRY CÉARD

M. Henry Céard occupera désormais aux époulies de l'académie Goncourt le fauteuil de J.-K. Huysmans, fauteuil-moloch dont l'avidité singulière a déjà consommé trois académiciens. Le second fut Jules Renard et l'autre Judith Gautier.

En élisant M. Henry Céard au troisième tour de scrutin par six voix contre trois à M. Georges Courteline, ceux que M. Rosny aîné appelle «les pensionnés Goncourt» ont eu le sentiment qu'ils réparaient une injustice et accomplissaient la volonté de leur fondateur. En effet, inscrit sur la liste des académiciens après la mort de Saint-Victor, le 9 juillet 1881, M. Henry Céard se voyait remplacé le 5 novembre 1887 par M. Henri Rosny. Néanmoins, le différend qui avait amené la radiation de

M. Henry Céard se dissipa, et si Edmond de Goncourt eut plusieurs fois l'occasion de le déclarer, il ne trouva pas celle de le replacer dans la liste de ses académiciens qui était complète. C'est pourquoi l'élection de M. Henry Céard est comme la réparation tardive, mais éclatante, d'une injustice qu'Edmond de Goncourt ne put réparer lui-même.

Si M. Henry Céard n'est pas l'homme d'un livre, et il ne s'en faut guère, il est du moins l'homme d'une école : celle du naturalisme. Peut-être même ses ouvrages en sont-ils l'expression la plus achevée.

Émile Zola avait coutume de dire, quand on ravalait devant lui les conceptions du naturalisme, en citant *Une folle journée*[1], de M. Céard : «Comment pourrait-on douter de la puissance d'une école qui permet à ses adeptes de faire un livre avec rien!»

Une folle journée est, en effet, un roman où il ne se passe pas grand-chose. Il ressortit à une esthétique naturaliste fort éloignée de celle de Zola et qui consiste pour ainsi dire à retarder le temps. Les actes les plus simples, les plus indifférents de la vie sont analysés avec une minutie qui permet d'écrire dix pages sur le geste du monsieur qui tourne le bouton d'une porte. Les premiers volumes de J.-K. Huysmans, d'un pessimisme si cocasse, sont de cet ordre-là. Le roman de M. Édouard Dujardin, *Les lauriers sont coupés,* fait aussi songer aux vers du *Lac* :

Ô temps, suspends ton vol! et vous, heures propices
Suspendez votre cours!

Sur un mode différent, M. Dujardin décompose aussi les actes les plus brefs de la vie et leur accorde de la durée et de l'importance.

Il paraît qu'Albert Samain avait eu l'intention d'écrire un roman issu d'une veine analogue et qui aurait eu pour sujet les pensées qui peuvent venir dans le cerveau d'un honnête homme avant l'accomplissement d'un acte quelconque et sur lequel le choix de l'auteur ne s'était pas encore arrêté.

J'ai lu la traduction d'un roman russe, *Oblomoff*[2], où le héros s'éveillait fort tard, faisait de grands efforts pour se lever du lit, y réussissait et, quand il était prêt, c'était l'heure de se recoucher; ce qu'il faisait aussitôt. C'était tout. Mais on m'a affirmé que le traducteur n'avait livré au public que la moitié du roman, dont la seconde moitié n'était pas moins mirifique que la première.

M. Remy de Gourmont, dans une page sur Huysmans, nous parle de M. Henry Céard[1] :

«M. Céard a écrit un roman où il ne se passe rien. Si je me souviens bien *Une belle journée* est l'histoire d'un couple qui s'embarque pour la campagne, est surpris par la pluie, entre dans un café, puis rentre à la maison. Huysmans en médita longtemps un qui eût été ainsi ordonné : un monsieur sort de chez lui pour aller à son bureau, s'aperçoit que ses souliers n'ont pas été cirés, les livre à un décrotteur, pendant l'opération, songe à ses petites affaires, puis continue son chemin. Le problème était de tirer de cela trois cents pages. C'est sans doute la même difficulté qui arrêta M. Th***[2] dans la rédaction d'une comédie qu'il avait pourtant méditée plus de dix ans. Il paraît que c'était très drôle. Je n'ai pas eu le bonheur de l'ouïr, mais j'en connais la substance, qui est brève. Un boutiquier s'en va un dimanche, à sa maison de campagne, mettre du vin en bouteilles. Incidents de l'opération. Rentrée à Paris. Voilà tout. Cela eût-il ravi à M. Céard la palme du néant? Peut-être. C'était du moins la prétention de Th*** qui reprochait à son rival d'avoir conçu une œuvre trop romanesque.» Je ne sais si une telle conception littéraire fournira beaucoup de pages aux anthologies de l'avenir; toujours est-il que c'est de la littérature à la façon des entomologistes, et le plus bel éloge que l'on pourrait faire de M. Henry Céard, ne serait-ce pas de le comparer à J.-H. Fabre.

Les films «ralentis» que nous voyons défiler sur l'écran de nos cinémas ont quelque chose qui rappelle cette manière. Le temps est suspendu, et l'on voit la ballerine rester en l'air; tous ses mouvements sont décomposés. On peut les étudier à loisir. Tandis que dans la réalité, qui est rapide, nous ne les apercevons pas, pour ainsi dire.

Au reste, cette esthétique minutieuse n'est pas ennemie des lettres; elle exige de l'imagination et de l'observation. Elle est restée en partie l'idéal de la jeune génération littéraire. Il ne lui manquait que du lyrisme; on en a mis partout. C'est une partie importante de ce que j'ai essayé d'appeler surnaturalisme ou surréalisme. C'est l'esthétique qui domine dans un grand nombre de recueils de vers où il ne se passe rien, mais qui n'en sont pas moins lyriques et émouvants. M. Henry Céard, qui est poète à ses heures, doit trouver bien des morceaux à son goût dans les livres de la jeune école poétique.

Je n'ai jamais eu l'occasion de rencontrer M. Henry Céard, mais je me souviens qu'il y a quelques années les propos d'un de mes amis qui lui avait été présenté par M. Deffoux avaient excité ma curiosité. Tout ce que cet ami me rapporta de son érudition singulière, de sa conversation nourrie, de ses jugements, m'est resté dans l'esprit. C'est pourquoi je pense qu'on ne peut juger M. Henry Céard sur son œuvre seulement, bien que ce qu'il lui a plu d'en publier soit d'une rare qualité. C'est l'application la plus stricte, la plus disciplinée qui soit des théories du naturalisme auquel M. Henry Céard appartient tout entier par ses attaches avec le Grenier, Médan et le Théâtre libre[1].

Tout est harmonieux dans cette existence, et s'il avait eu quelque prétention à élever, il n'aurait pas choisi d'autre lieu de naissance que celui qui lui échut en 1851 : Bercy, aux portes de Paris. Élevé à l'institution Savouré, il fréquenta les classes des lycées Louis-le-Grand et Charlemagne.

Interne provisoire à Lariboisière en 1872, il entra dans l'administration en 1873, où il resta jusqu'en 1881. Il passa ensuite au cabinet du préfet de la Seine (1884-1894). Entre-temps, il collabora aux journaux, et c'est en 1876 qu'un article sur *Germinie Lacerteux*, publié dans *Les Droits de l'homme*, fut une occasion pour lui de nouer des relations avec les Goncourt.

En 1880 paraissent *Les Soirées de Médan*, avec une nouvelle d'Henry Céard : «La Saignée».

En 1881, son roman, *Une belle journée*, qu'on a pu qualifier de «tour de force», affirme sa maîtrise.

En 1884, Henry Céard devient conservateur de la bibliothèque de la Ville de Paris, où il resta jusqu'en 1894.

En 1886, il avait adapté pour la scène de l'Odéon *Renée Mauperin*. Cet hommage rendu aux Goncourt ne l'empêchait pas de travailler pour le Théâtre libre et de tirer du *Capitaine Burle*, d'Émile Zola, un acte intitulé : *Tout pour l'honneur* (1887).

Depuis il a donné encore au Théâtre libre un «essai de pièce psychologique» : *Les Résignés* (un acte).

En 1899, il fit représenter *La Pêche*. Son œuvre dramatique se complète par trois pièces en un acte et en vers : *Tout se paie, Le Marchand de microbes* et *Laurent*, et le livret d'un drame lyrique en trois actes, tiré du roman d'Alphonse Daudet, musique de M. Félicien Du Ménil, qui fut donné en 1917 chez Mme Alphonse Daudet.

En 1890, M. Henry Céard publia dans *La Revue bleue* un roman qu'il n'a pas encore réuni en volume : *Mal éclos.*

En 1893, il était fait chevalier de la Légion d'honneur.

Depuis *Mal éclos,* M. Henry Céard n'a plus publié qu'un roman extrêmement touffu : *Terrains à vendre au bord de la mer,* où l'auteur a résumé toute son expérience de la vie.

On a encore de M. Henry Céard des préfaces et quelques vers publiés çà et là.

Collectionneur, il a donné en 1899, au musée Carnavalet, une curieuse collection de caricatures sur Émile Zola, dont il s'était séparé ainsi que Huysmans et M. Léon Hennique.

Dans la lettre qu'il a écrite à M. Gustave Geffroy, président de l'académie Goncourt, M. Henry Céard dit :

«J'éprouve une rare satisfaction à retrouver les familiers de la maison d'Auteuil pour suivre avec eux l'exemple, les traditions laissés par le maître, assurer l'exécution de ses dernières volontés.

«Je ne faillirai ni à cet honneur, ni à ce devoir.»

Attendons-nous donc à voir bientôt paraître le journal inédit d'Edmond de Goncourt.

(4 mai 1918.)

LE SÂR PÉLADAN

Né à Lyon, mais issu d'une famille méridionale, Joséphin Péladan tenait de son père, inventeur d'une religion, un goût singulier pour le mysticisme qui l'amena à se proclamer Sâr de la Rose-Croix[1], mouvement artistique à tendances mi-religieuses, mi-tragiques d'où il sortit quelques artistes dignes d'intérêt, tels qu'Odilon Redon.

Joséphin Péladan fut à la fin du XIXe siècle un des plus grands médecins d'idées malades. Sa science médicale n'allait pas toujours sans charlatanisme et il lui arriva même de soigner des idées mortes. Il est vrai qu'il en ressuscita quelques-unes, notamment les idées d'autorité et de hiérarchie. Il peut bien à ce propos passer pour un précurseur.

Cet esthète, à vrai dire, manquait un peu d'hellénisme. Sa manie touchant la décadence latine était désolante et les itinéraires fournis par le Baedeker le conduisaient tout droit, et sans qu'il se doutât de Léonard à Wagner. On ne saurait oublier que Nietzsche parcourut une autre route qui l'amena de Wagner à la France. Et voilà de bien bizarres destinées! N'y a-t-il pas plus d'ordre dans le cerveau d'un Arrigo Boïto qui, plein d'admiration pour le musicien de Bayreuth, consacra néanmoins toutes ses forces à aider au développement d'un génie musical latin : Giuseppe Verdi. Il faut se méfier non de la haine, mais du mépris. Et tels signes qui paraissent à l'abord indiquer une décadence sont tout simplement le signal d'une renaissance. C'est ce qui a eu lieu ces dernières années dans le monde latin.

Tel qu'il est, Péladan fut néanmoins un curieux écrivain pour lequel on n'a jamais été juste. On lui reprochait des attitudes un peu ridicules. Il est mort après avoir renoncé depuis longtemps à toutes les simagrées qui avaient nui à sa réputation.

Il est bien regrettable qu'avec tant d'activité spirituelle et des vues intéressantes sur l'univers intérieur, Joséphin Péladan n'ait pas voulu faire l'effort, tout en admirant un certain passé, d'être de son époque.

Écrivain hybride dont le talent est réel, il ne se hausse le plus souvent qu'à un raffinement digne tout au plus des ascètes internationaux qui errent de grands hôtels en grands hôtels, de Venise à Florence ou Palerme ou à Gstaad, ou à Madrid.

Injuste à l'excès pour son temps, *si fertile en miracles,* Joséphin Péladan aurait eu mauvaise grâce de se plaindre des injustices que son temps lui faisait subir.

Quelques romans de l'*éthopée,* à laquelle il avait donné le titre insolemment gobiniste de *La Décadence latine*[1], sauveront sa mémoire de l'oubli; à moins que justement on ne découvre en lui un dramaturge et que ses pièces, presque jamais jouées ou inédites : *Le Fils des étoiles, Babylone, Œdipe et le Sphinx, Sémiramis, La Prométhéide, Le Prince de Byzance,* etc., ne trouvent grâce devant un nouveau public et ne représentent aux yeux des nouvelles générations une part importante et fort honorable de l'art dramatique d'une époque qui semblait en manquer entièrement.

Joséphin Péladan a exercé en Europe une influence indéniable, non seulement sur les esthètes anglais et sur un Oscar Wilde lui-même, mais surtout sur un Gabriele D'Annunzio.

Son œuvre faisait partie de cette littérature intereuropéenne si curieuse et si bizarrement fardée, où nous retrouvons les tons divers et les tendances divergentes de Péladan, de Gabriele D'Annunzio, de Romain Rolland, etc.

Comme moraliste, toutefois, Péladan les dépasse tous et il pouvait finalement résumer son idéalisme dans cet aphorisme pieux qui sert de titre à un chapitre de *Pérégrine et Pérégrin :* « Il y a un idéal venu de Nazareth qui fait ombre sur tout autre. »

Quelques admirateurs de Péladan affirment qu'il y aura plus tard des péladaniens comme il y a aujourd'hui des stendhaliens. Ils auront fort à faire pour réunir l'œuvre complète d'un écrivain aussi fécond et qui laisse, dit-on, un grand nombre d'ouvrages inédits.

(6 juillet 1918.)

CRITIQUE

La Grande France

THÉÂTRE EN ALLEMAGNE

«LE COQ ROUGE», DE G. HAUPTMANN

La Gazette de Cologne écrit que le 27 novembre, jour de la première du *Coq rouge,* a marqué la fin de la tyrannie de la littérature dramatique berlinoise. En effet, *Le Coq rouge,* de même que *Michael Kramer* l'an dernier, a été un four, les journaux disent un krach. Cela est d'autant plus à retenir que Hauptmann, qui a eu deux voix pour le prix Nobel, était le dictateur du théâtre allemand. *Le Coq rouge* est une tragi-comédie où le tragique réside en le sujet lui-même. Des petites gens incendient leur maison pour toucher le montant de leur assurance, et la femme du cordonnier Fielitz meurt subitement au dernier acte. Le comique consiste en ce jargon berlinois qui ferait du *Coq rouge* une pièce toute locale si elle n'était aussi socialiste. Ajoutons que cette pièce marque une décadence chez l'auteur des *Tisserands*[1]. Tous ces cordonniers et forgerons parlent pour ne rien dire. La pièce n'est même pas documentaire. Dans leur vie réelle ces artisans mêlent toujours la politique à leurs affaires privées. Si novateur que soit Hauptmann, il n'a pas eu le courage d'employer cette ressource pourtant comique.

Ajoutons que les quatre actes du *Coq rouge* sont la suite d'une autre comédie de Hauptmann : *Der Biberpelz*[2].

(Janvier 1902.)

LE PRESTIGE FRANÇAIS EN ALLEMAGNE

Si ces lignes tombaient sous les yeux de lecteurs allemands, à Königsberg, par exemple, il est certain qu'ils riraient à mousser comme leur chope de la naïveté de cette France qui pense avoir encore quelque prestige dans le monde. Mais n'en déplaise aux bourgeois de Königsberg qui ont changé depuis Emmanuel Kant, malgré sa défaite, la France est demeurée, au regard de beaucoup d'Allemands, un idéal, souvent un objet d'envie. Les socialistes aiment cette contrée d'où doit venir la liberté. On a pu se rendre compte de l'intérêt qu'inspire la France, en 1900, lors de l'Exposition. De tous les points de l'Empire accoururent ces hordes curieuses de Paris, et comme il ne faut pas oublier le commerce on en fit et l'on gagna beaucoup d'argent dans la riche France. Car les Allemands en sont bien certains et ne cessent de le dire : la France est plus riche que l'Allemagne. Ils ont raison, d'ailleurs; le peuple français est riche, car il connaît l'épargne, le peuple allemand l'ignore, il est pauvre. La France garde, en Allemagne du moins, le prestige de sa richesse.

Un récent article de *La Revue* nous parlait de la décadence du français en Angleterre[1]. Un passage nous apprenait que cette langue y était, à cette heure, enseignée par les Allemands. En effet, on peut assurer qu'ils savent tous le français ou du moins croient le savoir. Il n'est pas de salon où toute la salonnée ne s'exprime convenablement en français. Dans les livres et les journaux, les citations françaises, soit d'auteurs, soit de proverbes, sont innombrables. Je prends dans un numéro de 1901 des *Lustige Blaetter* un article du professeur Hans Bohrdt. Cet article tient en trois quarts de page et j'ai trouvé intéressant de relever les phrases et les mots provenant du français qu'il contient :

Siècle. — Études sur la flexion du substantif. — Le fils de mon père est mon frère**. — Fin de siècle. — Conception. — C'est le*

* Par Ploetz!!!

** Citation d'un exemple de Ploetz!!!

*peintre qui fait la peinture**. — *Madame du Titre*. — *Je, c'est moi*. — *Tourner*. — *Naissance*. Et enfin, terminant l'article, cette phrase invraisemblable, qui, je le répète, est en français : *Soyons allemands!* Je ne parle pas des autres mots français à qui l'on a donné une désinence germanique.

Un autre exemple montrera combien le français est familier aux Allemands. Le 5 décembre dernier, à la séance du Reichstag, le député agrarien, comte Arnim, et le socialiste Bebel s'engueulent comme des héros homériques. À bout d'arguments, le comte déclare en bon français que Bebel «n'est pas à la hauteur de son dédain». D'ailleurs le français, qui n'est plus guère parlé en Alsace, est encore familier aux Lorrains. Il est, en outre, parlé par douze mille Prussiens, dans le canton de Malmédy[1], près d'Aix-la-Chapelle, sur la frontière de Belgique; c'est ce qu'on appelle la Wallonie prussienne.

Il faut ajouter que le français était encore bien plus répandu autrefois. Je ne sais plus quel voyageur raconte qu'un jour il entra dans une maison de la Forêt-Noire pour y demander à manger. Il n'y avait là qu'un petit garçon de dix ans. Comprenant à l'accent qu'il avait affaire à un Français, l'enfant répondit : «Papa n'est pas céans.» Alors, c'était le grand chic de mêler à l'allemand beaucoup de français, et, aujourd'hui que la mode est à l'allemand, l'influence française est demeurée très sensible. Un grand nombre de vocables sont tout à fait français : *corset, salon, abonnement, merci, thé dansant, friseur, malheur, populaire, ordinaire, à-propos, adieu, merci, pardon, liqueur, logis, taille, bureau, commis, étage, perron, accoucheur, robes, modes, terrain, décorateur, appartement, prolétariat*, etc. Je ne donne que quelques-uns de ces mots employés couramment. Je ne dis rien des mots qui ont pris l'aspect teuton ni des termes scientifiques que les Allemands emploient volontiers, tels que les Français les empruntent au grec et au latin.

Si le paysan du Rhin, de Westphalie ou de Souabe possède des jurons nationaux, il ne néglige pas le *saperlott*[2]. Dans les contes, on voit souvent des paysans jurant par *sappernontijo*, qui, je crois, s'apparente au *sacré nom de D...*, en passant par le *scrongnieugnieu* de l'immortel Ramollot[3]. D'un homme qui agit mal, le paysan dira *musjo*, mot qui n'est autre que *monsieur*.

* Fatzque!!!

D'ailleurs, en plat allemand, on appelle un concombre, *coumcouter,* la canelle, *canel,* etc.

La langue française étant, en somme, si populaire, il serait étonnant que la littérature française ne le fût pas. Les théâtres jouent autant de pièces françaises qu'allemandes. On voit, sur l'affiche, *Les Petites Michu* succéder à *La Robe rouge.* Les Berlinois applaudissent *La Dame de chez Maxim*[1]. Les lettrés et surtout les lettrées préfèrent au théâtre moderne allemand les pièces françaises. On vient d'inaugurer à Cologne un nouveau théâtre; la pièce d'ouverture a été *Mamzelle Nitouche*[2]! Dans un salon littéraire, une baronne m'avoua être fort contente, car elle espérait avoir beaucoup plus de pièces françaises à applaudir.

Émile Zola est le romancier le plus populaire d'Allemagne. Non seulement ses livres se vendent dans toutes les librairies, mais encore dans tous les bazars. Il n'est pas rare de lire dans les journaux une annonce de liquidation de chaussettes, de corsets, de vêtements pour enfants et de romans de Zola à 25 pg* le volume. Lorsqu'il n'y a pas de liquidation, ces romans se vendent 30 ou 35 pg. Au reste, la moitié des romans lus en Allemagne sont les traductions des romans français de Mirbeau, Prévost, P. Louÿs, Dubut de Laforêt, Montépin, le meilleur et le pire. Ces romans sont toujours offerts par les libraires comme étant très lestes. Le point remarquable est que le plus souvent le traducteur reste anonyme et que rien sur le volume n'annonce une traduction. Pour les vers français, on n'en voit guère aux vitrines des libraires, mais les revues en donnent souvent. Ainsi *Die Woche*[3] publie presque chaque semaine la traduction d'un poème de Verlaine. Mais toute règle comporte des exceptions, et l'on a vu, à Bonn par exemple, où fut donné le premier élan à la romanistique, des candidats pouvant improviser un discours en langue romane, mais incapables de prononcer une phrase correcte en français moderne. Il faut ajouter qu'à Bonn, du moins, ce fait ne se reproduit plus et que M. Eugène Gaufinez[4], le distingué professeur de littérature française à l'université, enseigne à ses élèves, et notamment au prince héritier, le français le plus pur.

Au point de vue romantique, je crois que la France n'a que peu d'influence.

* 31 centimes environ.

Certainement beaucoup de peintres de Düsseldorf ou de Munich ont étudié à Paris; mais le public ignore les plus grands artistes français, et je pourrais citer tel mouleur fameux de Cologne qui ignorait le nom de Rodin dont l'œuvre a pourtant été produit en Allemagne. Les ouvrages des musiciens français sont beaucoup plus appréciés que ceux des peintres et sculpteurs. Ce fait me semble digne de remarque, car à mon sens les Allemands sont supérieurs aux Français dans l'art de la musique, tandis qu'ils restent fort au-dessous comme peintres et sculpteurs.

Est-il besoin de dire en quelle estime les Allemands tiennent les vins français? Faut-il ajouter que les couturières et les modistes font toutes de deux à quatre fois par an le voyage de Paris pour acheter des modèles? Mais c'est peut-être en religion que la France garde le plus de son prestige.

On sait qu'un tiers au moins de l'Allemagne est catholique fervente. Le Rhin est appelé la «rue papale».

Dans toutes les églises des autels sont voués au Sacré-Cœur, à Notre-Dame de Lourdes : dévotions françaises. L'œuvre du Pain de saint Antoine fondée à Paris par les assomptionnistes est florissante et, chaque année, des trains de pèlerins traversent la France pour atteindre Lourdes.

Il serait fort difficile de résumer cet article incomplet; aussi prierai-je mes lecteurs de vouloir bien en retourner tout simplement les points principaux : parle-t-on beaucoup l'allemand en France? — L'influence de son voisin, l'Allemand, se fait-elle bien sentir sur la langue française? — Les journaux contiennent-ils beaucoup de citations allemandes? — Les députés s'apostrophent-ils en allemand? — Parle-t-on *allemand* sur quelque point du territoire français? — Les couturiers parisiens vont-ils à Berlin chercher leurs modèles? — Les dévotions des catholiques français sont-elles originaires d'Allemagne?

Je pourrais encore parler de l'alliance franco-allemande, mais cela ne me regarde pas. C'est d'ailleurs une question qui laisse, je crois, la grande majorité des Allemands assez indifférents.

(Février 1902.)

FRANÇAIS À MUNICH

Lorsque le mouvement symboliste battit son plein à Paris, une réaction ou une diversion fut trouvée nécessaire. C'est de cette époque que date la fondation à Montmartre ou au quartier Latin des cabarets artistiques — Chat-Noir ou autres. Les Allemands qui retardent un peu en littérature sont en pleine bataille symboliste. Comme les mêmes causes produisent toujours les mêmes effets, le cabaret artistique est florissant en Allemagne. On l'appelle *Ueberbrett'l* — hyper-scène —, expression calquée sur celle de Nietzsche : *Uebermensch.*

L'*Ueberbrett'l* fut prévu dans son roman *Stilpe* par Otto Julius Bierbaum[1] devenu depuis un des maîtres du genre à Berlin.

Vers la même époque, un Français, M. Henry[2] s'était établi à Munich et y avait fondé la *Revue franco-allemande*[3] aujourd'hui disparue mais qui eut son heure de gloire. M. Henry, ses collaborateurs, des peintres et des musiciens, se réunissaient au café Stefanie — le Procope de Munich. Les uns dessinaient des charges, d'autres chantaient, d'autres déclamaient des vers. Henry avec sa verve endiablée disait les chansons de Montmartre ou en improvisait. De plus il ne cessait d'exhorter ses amis à s'organiser, à louer une salle et à se produire en public. Il fit si bien qu'il les convainquit mais les fonds manquaient.

En octobre 1901 on était sur le point de bâtir une petite salle dans la cour du café Stefanie, lorsque arriva la nouvelle de la fondation à Berlin de l'*Ueberbrett'l* par le baron de Wolzogen. Henry fut désolé. À Berlin, le succès de l'*Ueberbrett'l* fut énorme. En une seule année, il y eut soixante-six imitations. Beaucoup firent faillite et il ne subsiste guère maintenant que les petites scènes du Pégase affamé : *Zum hunrigen Pegasus,* — Bruit et fumée : *Schall und Rauch,* — et le Trianon d'Otto Julius Bierbaum. Ces petits théâtres ont d'ailleurs dégénéré et se rapprochent de plus en plus du café-concert appelé en Allemagne : *Variété.* Enfin, en 1901 après avoir réuni les capitaux nécessaires, Henry et dix de ses amis boycottèrent le café Stefanie et fondèrent au numéro 28 de la Türkenstrasse, dans la cour d'une brasserie, le cabaret des onze bourreaux ou francs juges — Die Elf Scharfrichter.

Les onze associés prirent des pseudonymes moyenâgeux : Balthasar Starr, Serapion Grab, Frigidius Strang, Dionisius Tod, etc., et commencèrent leurs représentations.

Depuis lors le succès ne s'est point démenti. Les Elf Scharfrichter sont devenus le seul cabaret vraiment artistique d'Allemagne.

La petite salle des Scharfrichter contient une centaine de places. À gauche en entrant on voit le poteau d'exécution avec la hache et des têtes tranchées. Les murs sont ornés d'estampes françaises ou allemandes, de tableaux et des masques en relief des onze. Des étagères supportent des statuettes représentant Marya Delvard ou l'avocat Kohte chantant ses *lieder* de Pierrot. Au fond, le rideau s'ouvre par le milieu sur la scène agencée comme celle d'un grand théâtre moderne : jeux de lumière électrique, décors artistiques, lanternes pour projections, etc. L'orchestre comprenant une vingtaine de musiciens est invisible comme à Bayreuth ou au théâtre du Prince-Régent. Les représentations sont mêlées de chants avec décors, de chansons, de déclamations.

Les satires trop vives, comme une, très réussie, contre l'intendant des théâtres royaux, von Possart, ne sont pas sur le programme, ainsi la censure n'a rien à dire. On donne encore des jeux d'ombres, des pantomimes, des comédies, des parodies, de petits opéras, etc.

Les Scharfrichter qui n'étaient que onze au début sont maintenant une trentaine. M. Henry fait le boniment en allemand avec l'accent montmartrois le plus pur. Il ne joue jamais sauf dans les pantomimes. Mais à chaque représentation il chante en français les chansons de Paris ou les siennes.

La bièr', c'est fad'; la bièr', c'est moche,
C'est un' boisson de têt' de Boche.

Henry est très aimé à Munich, il a édité une douzaine au moins de poètes allemands, aujourd'hui célèbres, alors inédits. Il a édité aussi à Munich des romans français, par exemple : *La Visitation* de Paul-Louis Garnier. Il prépare un grand ouvrage sur l'Allemagne[1].

Hans Richard Weinhoppel eſt le compositeur infatigable de la troupe. Son magnifique talent n'eſt plus discuté en Allemagne.

Frank Wedekind eſt un poète qui compose lui-même la musique de ses chansons et les chante en s'accompagnant sur la guitare. Il joue lui-même ses pièces et dernièrement était en tournée à Berlin où il donnait son très personnel *Rabbi Esra*. Il eſt très en vue depuis que des vers parus dans le *Simplicissimus*[1] lui valurent deux ans de prison pour lèse-majeſté à l'empereur.

Les Greiner, Otto Falkenberg et Henri Lautensac[2] sont trois poètes de talent et d'avenir qui tiendront haut la gloire attique de Munich contre la littérature insolente et envahissante des Berlinois.

Il y aurait encore des noms à citer, comme celui de Bullmann, le maître de chapelle des Scharfrichter, mais il faut que je juſtifie mon titre : «Français à Munich».

Il y a une Française chez les Scharfrichter. C'eſt Marya Delvard[3].

Une Nancéenne pâle, longue, gainée de noir, coiffée de noir. Une ſtatuette a popularisé sa silhouette tragique dans l'Allemagne entière. Les Allemands se figurent volontiers l'*Ueberweib*, la surfemme, sous les traits de Marya Delvard. Elle eſt le type pour eux de la femme moderne. Un frisson secoue les spectateurs, lorsque sur la scène sombre, elle apparaît chantant *Ilse* de Frank Wedekind.

Ich war ein Kind von fünfzehn Jahren,
Ein reines, unschuldsvolles Kind
Als ich zum erſten Mal erfahren
Wie süss der Liebe Freuden sind...

J'étais une enfant de quinze ans,
Une pure, innocente enfant,
Lorsque pour la première fois j'appris
Combien douces sont les joies de l'amour...

Ou la chanson de Maeterlinck :

Et s'il revenait un jour
Que faut-il lui dire?...

Car Marya Delvard chante en allemand et en français.

Elle doit à sa gloire de la faire ratifier à Paris. Henry me disait un jour l'espoir de venir en France avec ses camarades. Il faut que Paris puisse applaudir les Elf Scharfrichter[1], ce résultat de la culture française en Allemagne.

(Octobre 1902.)

«ONZE JOURNÉES EN FORCE» PAR SADIA LÉVY ET ROBERT RANDAU

(ÉDITIONS DE LA GRANDE FRANCE, AUX BUREAUX DE LA REVUE, À PARIS; CHEZ JOURDAN, À ALGER[2])

On a lu dans *La Grande France,* en mars dernier, un article qui, de même que le manifeste de Du Bellay, aurait pu être intitulé : *Défense et illustration de la langue française*[3]. L'Anglais Wells prévoyait la destinée de notre français appelé à devenir la langue mondiale. En effet, depuis l'époque où son éloge fut écrit par l'Italien Brunetto Fertini[4], le français a prouvé une vitalité plus grande que celle de tout autre langage. Si des patries l'ont remplacé — pas entièrement — par les parlers indigènes, il n'en reste pas moins vrai que partout où le français fut langue nationale, il est resté tel en dépit des conquêtes et des gouvernements, comme on peut le voir par les exemples du Canada, de la Louisiane, d'Haïti, de Saint-Maurice, de la Lorraine conquise, de la Wallonie belge et du canton de Malmédy[5], en Prusse. Ces exemples nous rassurent sur l'avenir du français en Algérie. Malgré les langues diverses qui luttent contre lui et au cas même où les idées séparatistes de certains Algériens se réaliseraient, la langue de l'Algérie restera le français, enrichi, il est vrai, de tout un vocabulaire africain qui nous serait inutile ici. Les manifestations des écrivains algériens sont donc les plus intéressantes parmi celles qui attestent la vie mondiale du français. Et si des Algériens veulent bien nous dire, dans un livre, leur impression sur les écrivains de France, expliquer comment la littérature centralisée à Paris éduqua les poètes et prosateurs africains, ce livre, à mon sens, est capital. *Onze journées en force* de Robert Randau et Sadia Lévy est un tel livre, dont les auteurs, on le sait, ont la première place parmi les écrivains doués, en Algérie.

Les talents algériens de Robert Randau et de Sadia Lévy fraternisent. Je les symboliserai volontiers par la même lettre de l'alphabet hébraïque en mettant pour Robert Randau le point virilisant appelé *daghesc*[1].

Le talent de Robert Randau est puissant, tentaculaire comme un monstre marin. En lisant cet écrivain, on évoque, malgré soi, ce géant Atlas qui portait le ciel et que portait la terre. Dans les *Crépuscules aux cabarets*[2], chants rauques comme des prophéties d'Ézéchiel, Randau célébra les orgies nécessaires au poète, les aubes des nuits blanches, la pâleur des gueules de bois, les hoquets qui sont des râles et les ivres nuits des tropiques. Ces poèmes font songer d'un Villon engueuleur comme Bruant, fort comme ceux qui ont mangé du cœur de lion, et qui aurait aussi collaboré au *Père Duchêne*[3], journal rédigé, si on ne le sait, en vers libres. Dans chacune des œuvres de Randau on admire son talent libre, moderne, visionnaire, plein d'images comme le ciel au pays des mirages. Dans ses vers en prose, il semble aussi qu'on entende tinter l'or verbal que possèdent ceux qui ont lu Mallarmé. De plus, Randau est frère de ce poète bulgare mort en 1895, Slaveycoff[4], qui répondit à ceux qui, sous prétexte d'expressions trop libres, tentaient de le dissuader de publier son volume de proverbes : «Que vous le vouliez ou non, il faudra imprimer mon livre avec tous ses excréments.»

Quand on parle en France de Sadia Lévy, on se figure volontiers cet écrivain pareil à un de ces purs et savants Rois Mages du tableau de Gustave Moreau[5], si juvéniles qu'on les prendrait pour des princesses. À le lire on admire cet esprit très orné où gisent des mots hébreux, lourds comme des diadèmes, et des images lyriques des *moallacas*[6]. On reconnaît à la brièveté de sa phrase et de son art subtil le rythme concis et merveilleux des psaumes.

Connus déjà par leur beau roman, *Rabbin**, ces deux parfaits écrivains ont donc imaginé en une prose débordante d'images la fable ingénieuse des *Onze journées en force*. Deux Algériens : l'un, Sébastien Lémare, puissant et exalté, l'autre, Kehath, plus faible, plus jeune d'aspect,

* *Rabbin*, par Sadia Lévy et Robert Randau, Paris G. Havard fils, 1896.

mais vieux d'une hérédité, je ne dirai pas sacerdotale puisqu'il n'eſt pas Cohen[1], mais religieuse à cause de savants en exégèse qu'il compte sûrement parmi ses ascendants. Lémare et Kehath névrosés, brûlés par le soleil africain, s'évadent en l'art important mais en partie malsain d'il y a quelque dix ans. Ils s'exténuent en toutes les déliquescences. Je gagerai que par peur de se piquer en cueillant les figues de Barbarie dangereuses comme un amour, ils préférèrent s'intoxiquer en mangeant des fraises à l'éther. Au lieu de regarder les femmes d'Algérie, ils étudient le potelé, le macabre et l'obscène de l'art de Rops. Or vous le savez, ces Algériens qui ne sont pas des barbares sont pourtant des barbaresques et si l'art du Paris lointain les tue, des orgies souveraines et africaines les sauveront. Les paysages d'Afrique, les images algériennes qu'ils ont vues sans les regarder, les hantent, les fécondent. Qu'ont-ils besoin, ces Africains, de ce qui eſt beauté à Paris, n'ont-ils pas assez de beauté autour d'eux : faune, flore et femme? et ils l'avouent à la fin : «Être parisien devient la honte.»

Le livre finit après l'aɕte païen de la libation, aɕte de piété à l'égard de leur terre africaine. Ils portent un toaſt à l'Algérie : «Jeune patrie de la plus jeune race latine : — À la plus grande liberté!»

Comme on voit, la *force* déployée durant ces *Onze journées* ne fut pas inutile. L'effort a abouti. Si, comme je le crois, les auteurs du livre s'étaient mirés dans leurs œuvres, comme Narcisse dans l'onde, *Onze journées en force* reſterait un des documents les plus précieux de l'hiſtoire de la littérature en Algérie. Il s'agit d'un fait très curieux d'évolution consciente et d'un aɕte de volonté et de conscience littéraires fort émotionnant. L'admiration pour la littérature des cénacles d'il y a dix ou quinze ans, littérature importante mais souvent déprimante, laisse place à l'enthousiasme pour la littérature saine, vigoureuse, vraie, mondiale, dont nous avons déjà de beaux exemples, qui sera la nôtre et la leur. Et ce sera l'étonnement des siècles futurs : notre époque verra en France et en Algérie une floraison d'œuvres belles, telle que seul le XVIIe siècle harmonieux et classique sera comparable au XXe siècle plus harmonieux et plus classique, de même que seuls les nobles efforts du XVIe siècle comptent au regard des efforts admirables, des tentatives grandioses du XIXe siècle. Robert Randau, Sadia Lévy seront les chanteurs de leurs déserts, de leurs terres nouvelles pleines de villes adolescentes. Leur langue est riche, souple, originale et exactement consciencieuse. Ils la débarrasseront de quelques termes à mon sens inutiles, surannés. Et dès demain, s'ils le veulent, ils seront les plus importants des écrivains coloniaux.

Amoureusement, René Ghil écrivit pour *Onze journées en force* une préface excellente. Nul n'était mieux désigné pour présenter un tel livre au public que René Ghil. On sait que, par son œuvre, ce maître est le précurseur de la littérature humainement mondiale qui s'élabore actuellement, n'était sa syntaxe un peu décevante, j'appellerais René Ghil : le plus grand poète de son temps et peut-être l'est-il, en dépit de sa syntaxe. Il chante plus grandiosement qu'Hésiode les travaux et les jours, et la vie, la vie admirable que n'interrompt même pas la mort.

(Avril 1903.)

L'Européen

ÉCHOS

LA CLAUDINE DE BALZAC

Sait-on que Balzac a écrit aussi sa *Claudine*?

C'est une nouvelle en deux parties intitulées *Les Fantaisies de Claudine* et dont la seconde partie a pour titre *Le Ménage de Claudine.*

Cette bonne nouvelle, qui fut écrite aux Jardies, parut pour la première fois dans le second numéro (août 1840) de *La Revue parisienne*, dirigée par Balzac et qui n'a eu que quelques numéros. Balzac la rédigeait presque seul, car seuls les poèmes n'étaient pas de lui. Ainsi, le numéro 2 contient une *sextine*[1] — véritable tour de force de versification — par le comte F. de Gramont.

(7 février 1903.)

ÉCHOS

On a parlé de Léon XIII à tous les points de vue, mais on n'a jamais insisté sur le poète.

Léon XIII était, avec Theodor Mommsen, l'homme qui connut le mieux le latin. Mais le pape avait une supériorité sur le savant allemand. Il était le dernier poète latin.

Joachim Pecci, Léon XIII, Neandro Eracleo, cette trinité n'était qu'une seule personne. Le dernier nom est celui que l'abbé Pecci choisit lorsqu'il fut reçu en 1832 parmi les pasteurs d'Arcadie[1].

Plus tard, il rappelait cet événement en beaux distiques.

E Vaticana vos, Arcades, arce Neander
Olim quem socium dulcis alebat amor
Pieridum, salvere jubet, juga laeta Heliconis
Scandore, maeonis ludere carminibus,
Addit vota libens : in longum floreat aevum
Nominis arcadici gloria, primus honos[2].

Le poète Neandro Eracleo — nom de navigateur[3] et de demi-dieu, digne de celui qui devait être le pilote de la barque de saint Pierre et le représentant de Dieu sur terre — s'inspirait plus de l'Antiquité classique, comme les humanistes de la Renaissance, que de ses souvenirs chrétiens. Il paraît même qu'il affectionnait particulièrement Politien.

Le grand défaut des poèmes du pape, c'est qu'ils sont froids commes des dalles de tombeaux.

Ils sont comme le lyrisme défunt d'une langue morte.

Les œuvres poétiques du pape ont été éditées par l'éditeur Sonzogno[4]. Mais elles n'ont point paru sous le nom de Neandro Eracleo, et c'est dommage.

Les poèmes du pape sont accompagnés de leur traduction en italien par Cesario Testa. La première pièce, une épigramme, porte la date de 1822.

Un long poème en strophes saphiques est consacré à la France, *Pour la conversion des Francs au christianisme.* On y remarque des strophes comme celle-ci[5] :

Rome trois fois heureuse, tête
De la race humaine régénérée, ouvre tes portes
Car spontanément, des lauriers vainqueurs
La France t'offre.

Puis le poète rappelle toutes les gloires chrétiennes de la France : Charlemagne, les croisades,

Phalanges vengeresses du saint sépulcre,

Jeanne d'Arc, etc., et conclut enfin par cette strophe :

Nil fide Christi pius : hac adempta
Nil diu felix, stetit unde priscae
Summa laus genti, manet inde jugis
Gloria Gallos[1].

Mais Neandro Eracleo ne célébrait pas seulement les *gesta Dei per Francos*. Il cultivait aussi l'épigramme. Il aimait l'une d'elles tant, qu'il la traduisit en vers italiens. La voici d'après la version italienne :

On entend un cri : sur le seuil de la prison
Dans les transes est mort Léon
Cri vain : déjà gouverne sur le seuil
Prince et père un nouveau Léon.

Cette fantaisie est aujourd'hui d'une ironique actualité[2]. Léon XIII resta Neandro Eracleo jusqu'à son lit de mort. Le poème qu'il composa peu avant de mourir reste sa plus belle œuvre poétique. Je ne le donne point, on l'a publié partout, et on en a admiré la sérénité. Ce poème est d'un sage débarrassé de toutes les superstitions, tout en restant fidèle au Christ. Neandro Eracleo oublie l'Arcadie, les nymphes, les Piérides. Mais malgré tout, son poème est peu catholique. Le mourant n'invoque ni les saints, ni la Vierge — et pourtant, il y avait là de l'eau de Lourdes et la mitre de saint Janvier. Il ne se souvient que du Christ — *Christus adest*.

Il me semble qu'on peut raconter brièvement, de cette façon, la vie de Joachim Pecci : Neandro Eracleo était petit poète païen qui devint pape et mourut en calviniste[1].

(8 août 1903.)

CHRONIQUE

LA LUTTE CONTRE LES MOTS FRANÇAIS EN ALLEMAGNE

Bien que les mots allemands soient innombrables comme un cœur de poétesse[2] et que le procédé de l'agglutination fasse qu'il ne semble pas que les mots étrangers soient nécessaires dans la langue allemande qui est d'une richesse encyclopédique, on sait qu'elle a adopté une quantité de mots étrangers qui dépasserait certainement le nombre de mots composant le vocabulaire de nos classiques. Si bien qu'outre les dictionnaires ordinaires, les Allemands doivent posséder des lexiques de mots étrangers : *Fremdenwörterlexika.*

Les Allemands ont coutume de dire que prenant leur bien où ils le trouvent, ils ont pillé toutes les langues civilisées — *Culturſprachen* — anciennes et modernes. C'est très vrai, mais ils ont tort lorsqu'ils dénombrent ainsi leur butin : du latin et du grec, surtout les mots scientifiques et de jurisprudence; du français, des mots de conversation courante et ceux dits de bon ton; de l'anglais, des termes commerciaux, techniques, industriels, de marine, de sport; de l'italien, des termes de musique; de l'hébreu, des termes appartenant principalement à la langue des voleurs.

Il est à remarquer que le hollandais et le russe, parlés par des nations voisines et en relations suivies avec l'Allemagne, n'ont presque rien donné à la langue allemande et que le polonais, parlé par une partie considérable de la population de l'Empire, ne lui a pas imposé dix mots.

Les Allemands se trompent lorsqu'ils n'attribuent d'influence au français que dans le domaine du bon ton et de la mode. Presque tout leur bagage de vocables scientifiques, extrait effectivement du latin et du grec, ne l'a pas été directement mais selon les déformations que les racines latines ou grecques avaient subies en passant à travers le français dont elles conservent, en allemand, une marque indélébile, l'*e* muet.

Néanmoins les Allemands ne cachent pas que la majeure partie des mots étrangers par eux adoptés ne soit composée de mots français. Ils s'en sont approprié tant que, récemment, un auteur a pu appeler la langue allemande, surtout la langue parlée, le *franco-allemand*.

Je dirai plus; il me paraît que la langue française tout entière a été dévorée et digérée[1], quelquefois mal par la langue allemande. Le goût de l'Allemand pour les paroles de sonorité française est si fort que l'on s'apostrophe parfois en français au Reichstag — ainsi fit l'an dernier le comte Arnim qui déclara en français, à Bebel : «Vous n'êtes pas à la hauteur de mon mépris!» — et que, non content de prendre les seuls mots purement français, il s'approprie des vocables comme *politique, économie, vélocipède,* que jadis ou récemment les Français ont tirés artificiellement de langues étrangères et qui parfois, à mon sens, font tache dans la langue française.

J'ajoute que le mot étranger, français en l'espèce, fait souvent double emploi avec un mot allemand.

Je n'ai pas l'intention de donner ici une liste des mots français employés en allemand, ni de dire les déformations grammaticales et les changements de sens qu'ils subissent. Ce travail a été fait. Je veux seulement parler de la lutte contre le français considéré comme un parasite de l'allemand.

Cette lutte, commencée par les frères Grimm, avait donné des résultats très appréciables, en ce sens que les mots étrangers ont déjà depuis assez longtemps disparu de la littérature allemande. Néanmoins il restait à les faire disparaître de la langue parlée, des enseignes commerciales, de l'administration, de l'armée.

L'empereur actuel, qui s'occupe de tout, a voulu faire sienne cette cause de la purification de la langue de ses peuples. De même qu'il veut que les noms propres polonais soient remplacés par des noms à désinence germanique, il veut que la langue allemande se suffise à elle-même. Il fit disparaître le plus possible de termes militaires tirés du français et lui, qui parle purement cette langue et connaît l'allemand comme un savant, commença d'affecter un purisme intransigeant. Il n'employa plus que des mots allemands dans sa conversation et bannit tous les mots étrangers, surtout ceux d'origine française qu'il était de bon ton d'employer : *à propos, adieu, au revoir, pardon,* etc., etc. Un mot étranger ne possédait-il pas d'équivalent allemand, il en forgea ou en fit forger. Bientôt cela ne suffit plus. L'empereur parlait purement, il exigea que l'on parlât purement en sa présence. Ayant, un jour, reçu un sculpteur, la conversation tomba sur les reproductions artistiques. Le sculpteur prononça ce mot *Reproduktionen;* mal lui en prit, car l'empereur le gourmanda : «Pourquoi employez-vous un mot français, lorsque vous avez le mot allemand : *Wiedergabe?*»

Le ton était donné. On sut que l'empereur ne souffrait plus de mots étrangers et la courtisanerie fit qu'on essaya de les chasser de partout.

On ne réussit pas toujours, comme on va le voir. L'an dernier, l'empereur alla inaugurer le nouveau foyer de l'opéra de Wiesbaden, théâtre qu'il affectionne particulièrement. Tout le monde s'aperçut que le mot *foyer* était français. Il fallait donc l'expulser, ou s'ingénier à lui trouver un équivalent. Naturellement on commença par essayer de le traduire, mais les résultats furent piètres, comme on s'imagine, car on trouva à *foyer* des sens très divers dont aucun ne convenait à l'idée de *foyer de théâtre.* En effet, foyer signifie l'endroit où l'on fait du feu, puis par extension la maison familiale, le *home* anglais; il signifie aussi une sorte de tapis, sans parler de ses diverses significations scientifiques. Donc il ne fallait pas songer à traduire simplement *foyer* en allemand, il fallait trouver un équivalent.

Voici tout ce qu'on trouva et le mérite de la trouvaille revint à un journaliste de Wiesbaden qui traduisit *foyer* par *Conversationsaal.*

On pense les éclats de rire qui accueillirent la proposition qui consistait à remplacer un mot français par deux mots français : *salle* et *conversation!* Le bruit en vint aux oreilles de l'empereur qui voulut bien en sourire. C'est ainsi que *foyer* obtint grâce et demeura dans la langue allemande où il n'a point d'équivalent.

J'ajoute que la plupart des mots de théâtre sont des mots français.

Foyer n'est pas le seul mot récalcitrant. Tous les Allemands se souviennent encore de la campagne qui fut menée il y a deux ans contre le mot *hôtel.* On alla chez tous les hôteliers du Rhin, de la Moselle, des grandes villes, des villégiatures, afin de les prier de remplacer sur leurs enseignes *Hôtel* par *Hof* ou *Gasthof.* Malgré tout, on voit encore en Allemagne plus d'*Hotel Continental, Dom-Hotel, Hotel du Nord, Central Hotel* que de *Berlinerhof, Europäischer Hof, Gasthof zur Sterne,* etc.

En Bavière, à Munich, par exemple, sur aucune enseigne, le mot *charcuterie* n'a été remplacé par celui de *Schweinmetzgerei* qui s'étale partout en Prusse.

Par contre, voici des résultats. *Telephon* est remplacé presque partout par *Fernsprecher. Accoucheuse* a cédé devant *Hebamme.* Si vous demandiez *ein Billet* à un guichet de chemin de fer, le préposé vous répondrait, selon des ordres venus d'en haut, qu'il faut dire *Fahrkarte. Monument* est remplacé par *Denkmal* partout sauf en Autriche. Un pli recommandé n'est plus *recommandiert* mais *eingeschrieben. Fernschreiben* remplacera sous peu *telegraphieren. Societaet* est définitivement abandonné pour *Gesellschaft. Advocat* n'est plus et *Rechtsanwalt* l'a tué.

Pourtant on emploie encore *roué* (un noceur), *haute volée* et bien d'autres et l'on aura bien de la peine à expulser : *mode, corset, cravate, robe, malheur,* etc. qui, courants, font double emploi avec des équivalents allemands courants eux-mêmes.

Une autre question importante était celle de l'orthographe dont s'étaient déjà occupés des ministres de l'Instruction publique comme Falk et Puttkammer.

En donnant aux mots étrangers indéracinables une orthographe rationnelle et la plus germanique possible, ils paraîtraient moins parasites.

Une circulaire a réglé et simplifié l'orthographe allemande. Elle s'est aussi occupée des mots étrangers et voilà ce que sont devenus ces mots d'origine française.

La circulaire avoue qu'il est difficile de donner des règles précises pour l'orthographe des mots étrangers. Les uns conservent pleinement l'orthographe de leur langue mère*. Ex. : *chaussée, feuilleton, milieu***. D'autres s'écriront en partie à la manière allemande, en partie à l'étrangère. Ex. : *Korps, Redakteur.*

* Abstraction faite évidemment des accents.

** Je ne donne que des exemples français. On a procédé de même pour les autres langues, comme l'anglais; ainsi *Beefsteak* ne change pas.

Pour d'autres il y aura deux orthographes : Ex. : *Buffet* et *Büfett.* D'autres enfin, comme *Leutnant* (lieutenant), s'écriront complètement à l'allemande.

Ceux qui conservent leur prononciation étrangère conservent aussi une orthographe étrangère. Ex. : *chef, infamie, chaise, tour, route, logis, journal, ballon, refrain.* Le son *k* sera dans la plupart des cas représenté par la lettre *k*. Ex. : *Kommandeur, korrigieren* (corriger).

Le *c* ne sera conservé que dans les mots étrangers ayant gardé la prononciation étrangère. Ex. : *coiffeur, directrice* (quand il est le féminin de *directeur* et pas de *Direktor*), *confectionneuse.*

Feront pourtant exception les mots ayant obtenu droit de cité comme *Korps, Kompagnie* (aussi *Kompanie*), *Karton.*

On remplace le *c* doux par *z* dans les mots étrangers courants. Ex. : *Medizin, Offizier, Konzert.* Le son *ti* mouillé demeurera lorsqu'il forme une syllabe à part. Ex. : *Patient.*

Cervelatwurst (cervelas) devient *Zervelatwurst*
Cocon . . . . *Kokon*
Cylinder . . . . *Zylinder*
Crucifix . . . . *Kruzifix*
Domicil . . . . *Domizil*
Litteratur . . . . *Literatur*
Charade . . . . *Scharade*
Charlatan . . . . *Scharlatan*
Chocolade . . . . *Schokolade*
Chicane . . . . *Schicane*
Charpie . . . . *Scharpie*

Pourtant *Champagner* (champagne) ne change pas.

Déficit peut s'écrire *Defizit*
Cœlibat . . . . *Zœlibat*
Octroi . . . . *Oktroi*
Chimœre . . . . *Schimœre*

Zircular est recommandé au lieu de *Circular* (circulaire).
Zivil est recommandé au lieu de *Civil*
Allianz . . . . *Alliance*
Gitarre . . . . *Guitare*
Kulisse . . . . *Coulisse*
Furier . . . . *Fourrier*

On voit maintenant souvent *Zigarre* (cigare, déjà *Cigarre*, féminin en allemand) et l'on commence à ne plus considérer comme bons que les pluriels : *Bureaus, Rouleaus, Tableaus* contre *Bureaux, Rouleaux, Tableaux*.

Depuis longtemps déjà on écrivait *ordinaere, religiaes, seriaes*. Les auteurs de contes populaires (Märchen) orthographiaient *Sappernontiijœ* les S. N. de D. jurés par les paysans rhénans ou souabes. *À propos* s'écrivait aussi souvent en un seul mot *apropos* et *adieu* était indifféremment *adjae*. Les chansonniers populaires de Munich orthographient le nom des chevau-légers bavarois, *Schwalanscher*, selon la prononciation locale. De tout temps, je crois, on a vu *Cabliaud* ou *Cabliot* au lieu de *cabillaud* sur les menus des restaurants allemands. À ce propos, j'ajoute que les menus des restaurants et des particuliers sont presque toujours rédigés en français.

Voilà à peu près les résultats de la lutte contre le français en Allemagne. Je ne la réprouve pas. Au contraire, je souhaite que les écrivains français agissent de même pour repousser ou digérer, selon les cas, les mots étrangers, inutiles ou nécessaires, employés en France. Je ferai, de plus, remarquer que certaines règles de simplification adoptées pour l'orthographe des mots français en allemand, comme la suppression de certaines lettres doubles et celle de l'*x* du pluriel ont été préconisées en France, notamment par Louis Ménard, un des rares simplificateurs d'orthographe qui soit considérable.

(29 août 1903.)

Journal de Salonique

«LE JARDIN DES RONCES*»

Quel jardin ! on y cueille des mûres qui sont les fruits des ronces. Quelques-uns s'y sont un peu piqué les doigts. Mais cela n'a pas d'importance, on chante, on danse, on rit et l'on s'aime dans le jardin de Cazals.

Dix ans de littérature mis en chansons, voilà ce que nous présente le bon chansonnier et bon dessinateur F.-A. Cazals. Et ces dix années sont des années sublimes : de 1889 à 1899.

Cazals, le nez bien retroussé, chantait auprès de Verlaine qui est devenu un grand saint au paradis des poètes. Et Cazals chansonne aussi Verlaine :

Il s'enivrait avec amour
Il buvait comme un troubadour
Disant pour embêter Gounod
Donnez-moi donc un rhum et eau.

Mais le bienheureux Boit-sans-soif, auquel nous rendons le culte de dulie le plus fervent, n'en voulait pas au petit brun dix-huit cent trente et en parlait ainsi en 1889 : «Il veut encore passer et passe chansonnier; mais chansonnier à sa façon, qui rendrait des points à tels qui sont cotés, et fifre une note toute nouvelle, ironie bon enfant et pimpante facture, de l'argot et du jargon résumés dans le bon, proverbial et bien droit français.»

Cazals est resté ainsi, gamin, artiste dans l'âme et s'il

* *Le Jardin des ronces,* poèmes et chansons du pays latin, illustrés par F.-A. Cazals, précédés d'un poème d'Albert Mérat et d'une préface de Rachilde (1889-1899). À Paris, 31, rue Bonaparte, à La Plume, près l'abbaye Saint-Germain-des-Prés. Avec privilège d'Ubu-Roy[1].

n'est plus vêtu à la dix-huit cent trente — ce qui n'est plus de mode à Paris depuis que les *Ueberbrett'l*[1] berlinois ont adopté cette mise — il a conservé le fameux toupet retombant souvent sur les yeux qui semblent maintenant égarés parfois dans de déjà lointains souvenirs. Car les époques héroïques sont passées. Verlaine est mort, Baju, La Tailhède, Du Plessys, où sont-ils?

Nous ferez-vous, Cazals, la ballade des poètes du temps jadis?

Moréas est glorieux. Ponchon s'en est allé sur la rive droite[2].

La liste des chansonnés par Cazals est longue. Voici Maurice Du Plessys :

Connaissez-vous l'esthétique
De ce moderne Lauzun?
L'princip' d'sa poétique
Et d'son costume, ça n'fait qu'un
Il porte, avec l'art suprême,
Des danseuses de ballet
Le collant lilas ou crème
Qui moul' ses manches à balai.

Et Moréas, qui est incontestablement un des grands poètes français n'échappe pas non plus à la raillerie de Cazals :

Je suis toujours le bel Hellène
Le bon Jean Mata Moréas!

On sait que Jean Moréas est grec et s'appelle en réalité Papadiamantopoulos.

Parmi les chansons littéraires de Cazals, il y en a une que je préfère : *Les Bigorneaux de l'école romane.* L'école romane, fondée au temps du symbolisme par Jean Moréas, comptait comme adeptes : Maurice Du Plessys, Charles Maurras, Raymond de La Tailhède et Ernest Raynaud. Moréas, comme on sait, connaît aujourd'hui les grands succès. Maurice Du Plessys a disparu. Il a paru, il y a quelques années, un appel dans *La Fronde*[3] aux lettrés et à tous ceux ou celles qui aiment les poètes. Maurice Du Plessys était à l'hôpital. Charles Maurras est devenu un homme important. Il est avec Maurice Barrès l'esprit le plus remarquable de la réaction. Ce sophiste est d'autant plus dangereux qu'il est intelligent et lettré.

Raymond de La Tailhède s'est retiré il y a plusieurs années dans son château avec, pour livre de chevet et seule compagne, une superbe édition de Ronsard, le poète favori de l'école romane. Ernest Raynaud est toujours là et publie souvent d'admirables poèmes de la plus pure et plus rare beauté classique. La chanson de Cazals est un vrai document sur l'esprit et la vie même des poètes des petites chapelles de 1890 :

Puis il remange les bigorneaux
Disant d'une voix aromatique :
« Mois j' suis l' champion d' la Rénovation de l'Art Poétique. »

René Ghil, Adolphe Retté, Maurice Barrès, Zola, Jean Rameau, le père Monaco (fameux marchand de bric-à-brac). Les soirées de *La Plume*, Léon Maillard, Yann-Nibor, Marcel Legay, Jean Carrère, Emmanuel Signoret, Frédéric Mistral, Paul Redonnel, Péladan. Je n'en finirais point s'il me fallait donner la liste complète des personnages de la comédie en cent actes divers qu'est le recueil de Cazals. Mais il ne faut pas oublier Laurent Tailhade avec lequel Cazals est très lié :

Premier que prendre un porte-plume,
Laurent Tailhade se parfume :
Il sent le musc, il sent l'encens.

Ni Rachilde, dont le nom rime si bien avec Rothschild...e, et qui fit une si jolie préface pour *Le Jardin des ronces.*

Ni Raoul Ponchon, ce poète étonnant, digne fils des Olivier Basselin, des faiseurs de fabliaux et de Verlaine.

Dans *Le Jardin des ronces* est enregistrée de façon plaisante la mort du fameux café Procope où fréquentèrent Voltaire, Gambetta et Mecislas Golberg, à des époques différentes :

Bien qu'il soit plus gai qu'un bahut
L'on n'y fait jamais de chahut
C'est pourtant là qu' vint la bohème
De ce siècle et du dix-huitième.

Jardin des ronces, jardin de souvenirs, Cazals nous y promène en chantant spirituellement. L'ombre de Verlaine, comme un silène qui ne serait autre que Socrate, titube près de lui et tant d'ombres d'autres morts errent autour parmi les ronces.

Puis, le livre fermé, la porte du jardin verrouillée, Cazals se tait. Il ne reconnaît plus les amis d'autrefois, le quartier Latin plein de poètes nouveaux qu'il n'aime point. Cazals hésite. Chantera-t-il encore ou restera-t-il muet pour toujours?

Espérons que ce bon chanteur essayera encore sa voix et que, près d'un autre Verlaine, Cazals redeviendra le vrai Cazals 1830, au monocle malin, et qu'auprès du jardin de ronces, il plantera aussi, en plein pays latin, son jardin des roses.

(9 novembre 1903.)

LETTRE PARISIENNE

Paris, 4 janvier 1904.

Monsieur le Rédacteur en chef du *Journal de Salonique*[1],

Vous êtes venu au café du Départ[2]; nous fûmes assis à la même table. Ce qu'on disait et faisait vous a déplu. Je le regrette. Vous croyez qu'autrefois ces soirées étaient plus intéressantes. Erreur! Quand Verlaine y disait des vers il n'était pas encore universellement connu et vous n'eussiez pas pleuré en écoutant ce pauvre de génie. Un poète déjà vieux, mais estimé de plusieurs générations d'écrivains, me disait, il y a quelques jours, que les soirées de *La Plume* se sont toujours terminées par des danses et que, si le cake-walk y sévit maintenant, c'est qu'il est de mode.

Le samedi où vous y fûtes, on a dit de mauvais vers peut-être, mais nullement abscons. Le mystère est démodé, ce qui est dommage. Vous n'avez entendu que les vers lamartiniens de Fagus et des poèmes florianesques de l'école néo-naturiste. Vous avez vu un frac bleu[3]. Celui qui le portait devait aller à un bal costumé à minuit. En fait de chansons, vous en avez entendu une des plus populaires et dont la musique est belle comme celle du largo de Haendel. Je veux parler du *Pauvre laboureur*, chanté par M. Deniker. Les vers libres d'ailleurs ne devraient pas vous effaroucher. *L'Action*[1] que vous aimez en publie de Gustave Kahn, un poète qui n'est pas de notre génération et fort abstrus. *La Revue de Paris*[2], si réactionnaire et fermée à tout ce qui n'est pas traditionnel et universitaire, en a publié de Fernand Gregh[3], un poète assez peu innovateur et qui sera dans peu d'années de l'Académie française. Il est d'ailleurs fort étonnant que vous n'en ayez pas entendu à *La Plume*. Mais c'est un fait.

Pour en revenir à *Qu'vlov'?* vous vous trompez encore. Sa réponse n'a produit aucune impression pour la bonne raison qu'elle ne devait en produire aucune; que personne ne l'a connue que moi et trois ou quatre de mes amis qui se sont simplement étonnés qu'il y eût en Turquie un amateur ou contempteur — comme vous voudrez — de littérature française. Quelqu'un à qui je montrai l'article signé *Qu'vlov'?* crut tout bonnement que j'avais écrit l'article en question pour me faire de la réclame, — c'était me faire beaucoup d'honneur, — car *Qu'vlov'?* était très intéressant mais n'a intéressé et ne pouvait intéresser que moi et Cazals.

Voilà, Monsieur le Rédacteur en chef, quelques petites observations dépourvues, croyez-le, de toute acrimonie et tenez-moi pour votre tout dévoué

GUILLAUME APOLLINAIRE.

(14 janvier 1904.)

Mercure de France

«L'EXIL DE LA VOLUPTÉ»

UN ROMAN SUR THAÏS EN 1611

La légende de sainte Thaïs, la courtisane égyptienne, recueillie par les hagiographes grecs qui orthographiaient son nom Ταις ou Ταισια, fut mise en latin par les hagiographes catholiques qui orthographièrent le nom de la sainte : Thaïs, Thaïsia ou Thaisis*. Cette erreur vientévidemment d'une confusion entre la courtisane alexandrine et Thaïs, la grande courtisane grecque qui épousa un roi d'Égypte.

L'auteur du *Lapidaire,* Marbode, évêque de Rennes, mit la vie de sainte Thaïs en vers latins. Ce poème est donné en entier par les bollandistes pour le 8 octobre, fête de sainte Thaïs** .

* Cf. Lambecius dans le tome VIII de ses : *Commentarii de augustissima bibliotheca caesarea Vindebonensi; — Codex manuscriptus Historicus Graecus est chartaceus antiquus in quarto majori, sed vitiosissime scriptus, et in medio mutilus, constatque nunc foliis cenlum sexagenta quinque. Continentur eo haec... Tertio... Vita et Conversio S. Taisae seu Thaisiae meretricis, ab anonymo quodam Autore conscripta; cujus titulus...* βιος χαι μετανοχ της οσιασ Ταισιασ τγσ πορνησ *Ejusdem memoria celebratur etiam in menologis graecorum die octavo Octobris; ubi similiter nomen* Ταισια *per T in prima syllaba; at in Vitis Patrum a R. P. Heriberto Rosweyedo S. I. editis, ubi ejusdem Sanctae Vita Libri primi pag.* 374 et 375 *latine exstat, scribitur nomen Thaisia, per Th, ac si graece scriptum fuerit* Θιαςια.

** Sur sainte Thaïs cf. Bayle, *Dict. crit.* — Barelette cité par Henri Estienne, Apol. pour Herod. — *Bibl. ges. deutsch. Nat.* Lifer (1852) A, XXXII. — Bulteau, *Essai de l'hist. monastique d'Orient* (1680). — Baillet, *Vie des Saints* (1704). — Bryens, *Comment. proev. dans Acta ss. Boll.* (1780), oct. IV. — Douhet, *Dict. de Légend.* (1855). — Fabricius, *B. g.* Iacob. à Vorag. *Leg. aur.* — Surius, *Vitae ss.* (1818). — Vincent Belval, *Spec. hist.* XV. — *Théâtre* de Hrotsvitha, religieuse allemande du xe siècle : *Paphnutius,* trad. en fr. avec le texte latin par Ch. Magnin (1845). Voir aussi la trad. de A.-F. Herold (éd. du Mercure de

Ce pieux récit fournit à M. Anatole France l'occasion d'écrire, en combinant les vies de sainte Thaïs* et de saint Siméon Stylite, un des livres les plus délicats de la fin du siècle dernier. Mais il avait déjà inspiré plusieurs fois des œuvres en France. Pendant une mission littéraire en Angleterre et en Écosse M. Paul Meyer découvrit à Oxford un poème qu'il appela *Poème moral* et dont il a dit que c'était une des œuvres les plus originales du Moyen Âge. Ce poème contient une *Vie de sainte Thaïsien,* qui se retrouve seule en d'autres manuscrits. Cette vie est en vers dodécasyllabiques, comme il convient, car si l'alexandrin n'avait déjà existé, il aurait fallu l'inventer pour célébrer une Alexandrine.

M. Cloetta qui a donné une bonne édition critique du *Poème moral,* dit que le nom et la vie de l'auteur sont inconnus, mais qu'il écrivait au commencement du XIIIe siècle au plus tard. La vie de sainte Thaïsien porte en sous-titre : *Uns bons exemples as dames ki soi orguillent de lor bealteit.*

L'auteur assez misogyne parle du danger de la beauté, sans toutefois prétendre que les belles soient damnées à l'avance;

Ce ne vulh ge ja dire que deus la bele hace.

Voici le passage où *Pasnutius*[1] (Paphnuce) s'étonne d'entendre la courtisane nommer Dieu :

France, 1895). — Stengel, *Die chansondegeste-Handschriften der oxforder Bibliotheken* (Rom. stud I Band S. 380 ff.)

Paul Meyer, *Anciens textes bas-latins, provençaux et français.* — *Archives des missions scientifiques et littéraires,* 3e série, t. V, 1868. — *Bull. de la Soc. des anc. textes,* 1878, n° 1. — Le *Poème moral* publié par Cloetta[a2], Leipzig. — Plus cette liste communiquée à Cloetta par Émile Picot : *Taïde Alessandrina* opera scenica (in prosa). — *Il Ronciglione* per il Menichelli 1676 in-12. — *La Taïde convertita* rappresentazioni spirituali (in versi sciolti) di Ambrogio Leoni, Veneziano, in Venezia per Gracioso Percaccino, 1598, in-4. — Ivi pel medesimo, 1599, in-4. — Ivi pel medesimo, 1605, in-12. — Ivi per Gherardo Imberti, 1621, in-12 (Alacci).

Santa Taez comedia de don Fernando Zàrate y Castronova (XVIIe siècle?) (Pedroso, Catálogo 508).

Santa Taez, comedia de don Francisco de Rojas y Zorilla (Pedroso, 341). Ces deux pièces n'en sont peut-être en réalité qu'une seule.

* Latin : Thais gen. Thaisis
Thais — Thaidis
Thaisis — Thaisis
Thaisis — Thaisidis
Thaisia — Thaisiae (note de Cloetta).

« Voire, » dist li sainz hom, « saveiz vo deu nomer?
Saveiz vos ke deus soit, k'il nos puist esgarder?
— Oiil, » dist ele, « sire, j'en ai öit parleir;
Bien sai ke devant deu ne se puet nuz celeir... »

L'Anonyme n'aime pas les prêtres et nous le laisse voir à tout propos, encore que le sujet édifiant se prête assez peu à des attaques de ce genre.

Ki les berbis deu gardent lent sunt et perizos,
Del salvement des anrmes ne sunt guaires sonios;
Muit est mueiz li secles, li tens mut perillos
Car teiz diut estre pastres qui est devenuz los.

Cette haine du moine se montre encore dans ce vigoureux tableau de la vie de Thaïs :

Borjois et chevalier l'avoient enameie
... Trop savoit ver s'amur les jovenzeaz atraire
... Por s'amur sunt maint homme en povrete chäut,
Tuit li vinent en greit, de chacun fait son drut,
Ele n'eschiwe moine ne convers ne rendut :
Las! por pechiet de feme qu'il est de gent perdut.

Ce poème est relativement court et s'il n'y avait que lui on pourrait dire que M. Anatole France a été le seul à traiter le sujet en français.

Si Thaïs n'avait pas été une courtisane, un auteur du XVIIe siècle aurait tiré de cette histoire cinq actes de tragédie, comme fit Rotrou avec saint Genest, et Corneille avec Polyeucte. Mais on n'aurait pas supporté cette atteinte à la dignité des princes, des courtisans et courtisanes de cour qui voulaient bien honorer les spectacles de leur présence. Une courtisane, prise même dans l'Antiquité païenne, eût encouru la réprobation unanime. Les personnages de la tragédie, animés de grands sentiments, soit vertueux, soit pervers, devaient être grands aussi par leur condition. C'étaient des rois, des reines, des généraux, des princes, des consuls. Il faut remonter au Xe siècle pour trouver une pièce sur Thaïs et on la doit à Hrotsvitha, abbesse de Gandersheim[1].

S'il n'existe pas de tragédie française sur Thaïs, il y a par contre un petit roman, qui, bien que paru au commencement du XVIIe siècle, n'en tient pas moins encore, sous beaucoup de rapports, au XVIe : *L'Exil de la volupté ou l'Histoire de Thays Égyptienne convertie par Pafnuce. Avec l'Image du pécheur pénitent. Par Gabriel Ranquet, du Puy en Vellay. À Lyon. Par Claude Morillon, imprimeur de Mme de Montpensier. 1611.* Ce petit livre contient l'histoire de Thays et des poèmes de belle facture parmi lesquels cette *Image du pécheur pénitent.*

Je n'ai aucun renseignement au sujet de l'auteur sur le nom duquel un de ses amis fit cette charmante anagramme : « Gabriel Ranquet — Naquit agréable. » Dans la partie poétique du volume, il a dédié des poèmes à certains de ses parents : un Ranquet, marchand drapier à Lyon, et Claude Ranquet, sieur du Caroil.

Voici le commencement de la dédicace de *L'Exil de la volupté* :

« *À très haute et très puissante Dame, Claude de Tournon, vicomtesse de Polignac, etc.* Madame, je vous offre Thays pour la vous faire voir autant passionee de l'amour du ciel, qu'elle a eté amoureuse des plaisirs du monde; et plus loüable en sa repentance, que reprochable en sa volupté. Sa conversion est un parfaict image des benefices que Dieu depart à ceux qui se laissent ravir à ses saintes aspirations; sa contrition un vivant tableau des inquiétudes que le pecheur souffre volontairement, pour satisfaire à la justice divine; et sa penitence un Amphiteatre où l'esprit luite bras à bras avec l'iniquité, et où il espreuve ses forces contre les puissances de la chair. C'est, dy-je, le champ du duel où l'ame entre en combat avec le monde, pour triompher du monde... »

Puis vient une des parties les plus savoureuses du volume. D'abord, une anagramme; on en abusa au XVIe siècle! « Claude de Tournon — Vénus l'on t'adore. » Cette anagramme mythologique est suivie de vers mythologiques aussi. Ensuite viennent des poèmes adressés à Ranquet pour le féliciter de son œuvre. Deux épigrammes en latin : *Ad D. G. Ranquetum in exilium voluptatis... — À Monsieur Ranquet sur son exil de la volupté, Stances.*

Si Pafnuce servit d'organe
Pour convertir cette profane
Afin de la loger au ciel,
Mon Ranquet, ranimant sa cendre,
Icy bas nous la fait descendre

Avec des mots confits au miel.
Chery de Mercure et des Muses
Vous rendez nos âmes confuses,
Lorsque votre diserte voix
S'eslance dedans nos aureilles
Pour nous faire ouyr des merveilles
Dignes des aureilles des Roys.

YBOT.

Au mesme sur le mesme sujet. Quatrains.

Haſtez-vous, non mes vers je ne vous le conseille
Il faut par autre voye, autre gloire tenter,
Ranquet de tant de peuple a derobé l'aureille
Qu'il ne s'en trouve aucun qui vous veuille escouter.
Se reclurre au devoir, bannir la volupté,
Charger sur soy la croix, et ses preceptes suyvre
Contrarie à son œuvre, et à la verité :
Puisque c'eſt volupté que de lire son livre. —

ARISTE *secrétaire de M. d'Orange.*

On voit que les louanges n'étaient pas ménagées à ce Ranquet inglorieux aujourd'hui. Après ce préambule poétique vient la préface :

«Chers lecteurs, je vous communique cette hiſtoire que le loisir a permis à ma plume, et que la pieté a dicté à mon ame, comme les anciens Peres l'avoyent enregiſtree dans leurs saincts documents, l'Eglise l'a reservee dans ses sacrez archifs jusques à maintenant que mes veilles l'en ont retiree, pour la presenter au monde, inspiré du ciel : ou pour l'offrir aux hommes en faveur des ames, l'ayant jugee utile en ceſt aage, qui desreglé en toute sorte de desbauches et desbauché en toute espece de dereglemens, n'a pour exercice que le peché... Aussi comme ça eſté la plus douce contrainte qui a obligé mon esprit de crayonner la volupté en son exil, ça eſté de mesme la plus legitime consideration qui a forcé mes volontez de depeindre la Penitence en son luſtre.»

Ici commence *L'Exil de la volupté.* Quelques citations permettront de se rendre compte du ſtyle coloré, disert, harmonieux et, comme écrit celui qui signe Ybot, plein de *mots confits au miel* de Ranquet qui emprunte des termes aux divers corps de métiers, aux vocabulaires de la théologie et de la jurisprudence.

«La clemence divine assiste toujours le pecheur qui fait volte face à l'iniquité, n'ayant plustost cogneu l'origine de sa contrition, qu'elle minute sa grace, n'y veu la fin de sa penitence, qu'elle prononce son pardon. Le bon larron la recogneut favorable en ses responses et charitable en ses promesses, lors quapres avoir dit au Fils de Dieu mourant en croix pour nous : Seigneur ayes memoire de moy quand tu viendras en ton Royaume. Il receut pour contre pointe à sa priere : Je te dy en verité qu'aujourd'huy tu seras en Paradis avecques moy. Bienheureux criminel! de recevoir tant de bonheur en son supplice, et tant de fortune en ses tourmens, trouvant la vie en abordant la mort et le ciel en perdant le monde. Subtil larron de derober à l'efficace de ceste promesse les richesses de la beatitude, pour thesaurizer son salut; et la jouyssance du ciel, pour beatifier son âme. Mais quoy? Il n'a pas esté seul à jouyr du fruit de cette divine clemence : le Publicain n'a pas si tost confessé son délict, saint Pierre pleuré son peché, ny les plus grands pecheurs abjuré leurs crimes, que ceste mesme clemence s'est trouvee prompte à leurs secours, et favorable à leur salut; recevant leur contrition pour excuse et leur penitence pour satisfaction, ainsi qu'il se peut verifier par la suite de ceste Histoire.

«Arrius infectait tout le monde de sa secte maudite, semant l'yvroye de sa damnable opinion... c'estoit en ce temps, dy-je, qu'il naist dans Alexandrie en Égypte une fille, qu'on baptize aux sacrez fonts du nom de Thays. Ceste fille n'a plustost passé du periode de l'adolessènce aux premiers jours de son Avril, qu'elle donne sa vie aux lascives amorces de l'incontinence et abandonne sa virginité à la mercy des impudiques embrassements et son corps aux vains plaisirs que la chair luy suggere; soit que seduite par son mauvais demon, qui la suit pour la flater, et la flate pour la perdre; soit que regie par la vanité qui tient imperieusement le dessus de ses actions, ou soit qu'accostee par les plus braves courtisans de son siecle qui sous ombre d'honorer ses perfections... la deçoivent facilement. Sa maison... c'est un bourdeau où la concupiscence s'exerce et où les sales attouchemens se practiquent, c'est un lieu, dy-je, où se retiennent les plus debordez, et où se debordent les plus retenus; mais plus tost un séjour deplorable pour estre le plus souvent farcy de massacres, et remply de sang, à raison des querelles qui s'engendrent parmy ceux qui aspirent à sa jouyssance, ou parmy ceux qui jouyssent de ses plus douces priveautez : lesquels possedez d'une rage amoureuse, font gloire d'immoler leurs âmes sur l'autel de la jalousie. Sa maison est un escole où tout le mal du monde s'apprend, et où les plus grandes insolences se commettent : c'est le magazin du vice, le cloüaque de l'iniquité, et la boutique où se vend en gros et en detail toutes les meschancetez qu'on se sçauroit imaginer et que l'enfer peut produire. Thays ne celebre sa renommee qu'en appauvrissant les plus riches, rendant jaloux les plus rusez, corrompant les plus prudents, et erigeant un theatre à son ignominie, où elle fait marcher son nom sans honte, servant de mauvais exemple aux femmes chastes et de scandale aux filles vierges.

«Pafnuce qui avoit faict eschange des plaisirs du monde pour la severité des deserts... apprend par un bruit commun les debordements de ceste pecheresse et soupçonne que la justice divine ne doit pas beaucoup tarder à la punir... il croit que l'enfer appreste dejà de tourments pour la geiner, et de geines pour la tourmenter et resolu de lui en donner de salutaires advertissements, se determine de l'aller voir sous l'apparence de jouyr de ses inchastes baisers... et pour mieux executer son loüable dessein, s'habille pompeusement, et se pare à l'advantage, s'accommodant à la nature des mondains... il invente des ruses... s'imaginant de quelle accortise il doit vaincre ceste pecheresse pour l'attirer au bien en la retirant du mal, à fin qu'elle puisse gauchir l'ire du ciel.»

À sa vue, Thays «frise ses cheveux, colore son visage, descouvre ses tetins, faict rire ses graces, et ne s'etudie qu'à donner du desir à ceste ame saincte, de cueillir avec passion le fruit de ses impudiques embrassements... elle l'accoste avec une reverence courtisane, et un souris lascif, ornee des plus riches joyaux et des plus superbes accoutremens que sa vanité lui avoit conseillé de prendre, et ayant prins des mains de ce religieux un escu, pour prix de l'iniquité qu'elle pensoit commettre avec luy, elle luy présente un lit mignonnement paré, où on pouvoit lire par indices les plus douces recreations, que ceste belle avoit rencontré dans les jeux de ses impudantes folies : la richesse de l'estoffe le rendoit beau et la beauté de la broderie agréable. Mais Pafnuce feint de trouver ce lieu trop suspect.»

Elle le mène dans une autre chambre, puis «dans un petit etude où elle apprenoit aux plus jeunes novices d'amour le parfaict usage de la sensualité.»

Puis elle veut le faire descendre dans «une grotte autant basse que reculée du jour». On reconnaît la «grotte des nymphes», du récit d'Anatole France. Cette grotte n'est pas dans les vies latines de la sainte.

«Elle essore ces propos de sa langue : Mon Amy, il y a ceans un lieu fort recelé, où il ne faut pas que vous ayez peur d'estre veu : les yeux d'un lynx sont trop peu clairs, et la veue d'un homme est trop faible, pour penetrer au travers de ces murailles et dans l'espesseur de ces tenebres : il n'y a personne qui nous puisse tant soit peu descouvrir en nos embrassemens, ou seroit Dieu : mais qui est celuy qui se peut cacher à luy, puisqu'il fouille d'un clin d'œil le cœur des hommes, et traverse d'une seule œillade les plus sombres nuits?»

Vient alors le dialogue qui se termine par la conversion de Thays.

«THAYS : Je suis resolue de faire tout ce qui vous plaira de me commander, puis que vous me promettez un sejour qui doit reparer mes pertes et perdre mes injustices; je ne souhaite que d'en prendre possession, sachant qu'en elle je dois rencontrer la fin de mes miseres, et le commencement de mon bonheur, prestant les sacrez remedes d'une parfaite guerison aux ulceres de mon ame : le desir que j'ay de me voir jouissante de ce sejour que je veux appeler le tombeau de ma folie, et le palais de ma felicité, le me faict aimer avec passion, et desirer avec impatience. Je ne vous demande sinon qu'il vous plaise de me donner.»

Elle brûle *tous ses biens* en s'adressant aux compagnons de ses débauches :

«Vous tous qui avez despendu vos commoditez au plaisir de mes embrassements, venez icy pour le voir devorer à la flamme. Venez voir perir dans ce feu les richesses que mes infames voluptez ont ravy de vos mains. Venez voir ensevelir dans l'ardeur de ces cendres les tresors que ma concupiscence a soustrait de vos jeunes folies... Venez voir un changement admirable, puis qu'il me rend ennemie du bien que j'ai acquis au prix de mon propre salut. Regardez, ô miserables, brusler les artifices de nos amorces et la parade de mes vanitez. Voyez prendre fin aux joyaux qui servoyent d'embellissement à mon corps, et d'ornement à mes pompes. Car, hélas! eusse-je bien peu conserver d'avantage le gain profané de mes debauches puis qu'il conjurait avec l'enfer la perte de mon ame.»

Elle suit Pafnuce dans un monaſtère, loin de la ville. Il lui fait bâtir une cellule. Il l'exhorte :

«Demeure ferme comme la poincte de la montagne contre la rigueur de l'orage, et le roc marin contre la force des vagues. Poſtpose le supplice des enfans de perdition à la beatitude des enfans de Dieu; le pourtrait de la mort, à l'image de la vie; la desolation des iniques au contentement des ames saintes. Pendant ce temps Pafnuce luy faict baſtir par des massons les feneſtrages de la cellule qu'il lui assigne pour prison, ne luy faisant laisser qu'une petite ouverture de vers l'Occident, pour prendre les alimens necessaires à sa nourriture et après avoir faict sceller la porte d'un cachet de plomb, faict en forme de cadenat, il luy faict ce discours pour luy servir d'inſtruction : ... Que si ton nom a eté cancellé du livre de vie, et du regiſtre des esleus fais en sorte que la clemence celeſte sollicite la misericorde qui tient roolle des repentants, afin qu'elle te r'escrive dans ce bienheureux volume.

«THAYS : ... Mais je crains d'entrer en ces assurances, que vous ne m'ayez inſtruite de tout ce que je dois à moi-mesme pour moy-mesme, et ne m'ayez tiree de tous les doutes où je suis, mesme de celuy que je fais du lieu où je doy respendre les excremens* qui sortiront de mon corps, pendant le temps que je demeurerai enserree dans le detroit de ces murailles.

«PAFNUCE : Tu les laisseras dans ta chambre, pour autant qu'ils doivent servir d'antidote à la civette, dont tu as parfumé tes habits et poudré tes poils : puisqu'il faut reparer le crime par le mesme sens que nous l'avons commis. Si le peché des yeux s'expie par larmes, celuy de la langue par plaintes, il faut bien que celuy du nez s'acquitte par un contraire propre à sa nature : mais divers en son effect... Dieu ne nous a pas mis au monde pour nous patoüiller dans la délicatesse des sensualitez... Tu n'es pas

* *Quo jubes pater, ut aquam meam effundam? At ille respondit in cella, ut digna es.* — *Vitae Patrum*, Rosweyd éd.

digne de nommer le Nom de Dieu, Nom que la cour celeste revere que l'enfer craint et que les justes adorent. Garde-toy bien, Thays de proferer ce sacré Nom de ta langue profane; ne le passe jamais par tes levres puisqu'elles ont succé l'iniquité, comme l'enfant succe le laict de la mammelle, ny n'esleve non plus tes mains au ciel d'autant plus qu'elles sont pleines de pollutions et pollues d'impureté : mais lorsque tu te voudrais occuper à la priere tu tourneras la face de vers l'Orient, et prononceras ces mots (avec un ardent zele, les genoux bas, le cœur humilié, l'ame affligee) : Seigneur qui m'as formee ayes merci de moy.»

Pafnuce la quitte et revient à son monastère. Il annonce à ses religieux la conversion de Thays qui pendant ce temps se lamente :

«Vuidez de mon ame, perverses voluptez, puisque vous avez conjuré par les delices de ma vie les angoisses de ma mort. Las, que j'estois bien miserable! de parer vos autels des depoüilles de mon salut, et bien faible de jugement de negliger le soin que je devois apporter au bien de ma conscience, pour prester mes actions à la culture de vos folies : mais plus hebetee d'assubjectir mon ame à vos passions, puisqu'elles me faisoyent perdre en la jouyssance des plaisirs du monde l'esperance des joyes du ciel. Allez, maudites voluptez : ha! que vostre nom me cause d'ennuy et me donne d'inquiétude... Deportez-vous pour jamais de moy, puisque mon ame le veut... Non, non, mais plutôt demeurez pour toujours avec moy, puisque pour parvenir au parfaict de vostre exil, il faudroit exiler mon âme : puisqu'elle mesme (pour s'estre pleüe à la volupté), s'est transformee en volupé ou bien exilez moy-mesme de moy-mesme : puis que je ne suis que volupté... aussi le seul souvenir des transgressions que j'ai commises m'espouvente, et la crainte que j'ay de perir en mes desbauches, et de mourir en mon peche, me faict fremir. Je suis sur le periode de laisser posseder mon courage au desespoir et sur le poinct d'agreger ma vie... qu'elle faveur me peux-je promettre du ciel... puis qu'à grand peine le juste sera sauvé.

«Mais hélas! que dy-je?... qu'elle inspiration perfide est celle-là qui me veut faire accabler sous les ruines d'un desespoir le recouvrement de mon salut, et enterrer dans les ombres d'un monument le fruict qui doit naistre de ma penitence? Ha! non! non! mon ame prenez courage, n'entendez-vous pas la voix du Tout puissant qui dit : qu'il ne veut pas la mort du pecheur, ainçois qu'il vive et qu'il se convertisse? convertissons-nous à luy... c'eſt luy qui exauce la priere du publicain, et qui intherine la requeſte de la Cananee... Proſternons-nous devant sa face et crions à luy : seigneur, voicy la Prodigue laquelle, après avoir despendu les thresors de son salut, ne luy eſt reſté que l'espoir de ta pitié... Voicy la Prodigue, dy-je, laquelle apres avoir prodigué l'heritage de son innocence, paillardant avec la volupté, ne respire qu'apres ta douceur... Seigneur! me voudrais-tu forclorre du droit de tes miséricordes, et du fruiƈt de tant de sang que tu as faiƈt rejaillir de son sacré corps pour le salut de nos ames?... Tout le monde a recogneu ta bonté et seule j'espreuveray tes rigueurs? Ha! non, seigneur... Or voici la lepre de la volupté s'eſt emparee de mon salut. Ma conscience eſt possedee du demon de l'iniquité... et mon ame eſt saisie des apprehensions de la mort eternelle... mes yeux se convertissent en pleurs et se desbordent en torrens... ces yeux qui ont perdu tous ceux qui les ont esleus pour les lumieres de leurs delices et pour les aſtres de leur volupté! ne sont-ils pas ces soleils imaginaires que les mondains ont adoré comme l'objeƈt de leurs impudiques amours?... et comme ils ont servy de luisans flambeaux aux ames lubriques, je veux qu'ils servent desormais de divines lampes à ma contrition... Ainsi verray presque aussitoſt mes veines sans sang que mes yeux sans larmes. Et pourquoi ne pleureray-je pas, puisque la beatitude s'origine des pleurs?... — Seigneur qui m'as formee, ayes mercy de moy, — Vocables que je veux repeter jusques au tombeau, puisqu'ils me jurent de fléchir ton ire... Je crie d'un cry plein d'amertume, et d'angoisse... — Seigneur qui m'as formee, ayes mercy de moy... Si le peché m'a defaiƈte, refais-moy... Le Sculpteur ayme les reliefs, et lorsque le temps en a parafé la beauté, et deſtruit la perfeƈtion, il les remet en leur premiere forme... Si eſt-ce qu'il m'eſt impossible d'acheminer mon âme à la perfeƈtion de mon dessein, si ton Saint Esprit ne favorise ma bonne volonté... communique le moy, seigneur; ... et bref, qu'il me rende agreable aux yeux de ta juſtice... et que je soye trouvée digne (au sortir de ceſte vie) d'entrer dans ton sacré conclave, pour cueillir au verger triomphant de ta céleste Hierusalem les fleurs de l'immortalité, et les fruicts de ses gloires.»

Au bout de trois ans, Pafnuce, inquiet de Thays, alla visiter saint Antoine pour le consulter au sujet de la pénitente. Antoine réunit ses disciples, et, pendant la prière, Paul eut la vision d'un «lict vuide, paré de riche tapisserie, et tapissé de riches fleurs, gardé soigneusement par trois nymphes». Cette apparition des trois *pucelles* est interprétée comme favorable à Thays et Pafnuce va lui annoncer la fin de sa pénitence : il descelle la porte, et aperçoit la recluse qui a été «convertie en Meduse j'entends pour la difformité... son ame n'a plus tost commencé de se faire belle, que son corps a commencé de paroistre laid : la tresse dont ses cheveux ebennins se frisottoyent en mille nœuds est devenue toute crasseuse, et son lustre est pery, son front cristalin est sans candeur et ses lineamens sont ridez : ses sourcils qui servoyent d'ornement à sa face sont herissez, et d'une façon mal agencee luy pendent nonchalemment sur la veuë; ses yeux, dont les vifs rayons sembloyent donner le jour au monde, sont ternis, et n'ont plus de lumiere; ses joues poupines où les rozes avoyent constitué leur séjour paroissent jaunatres et sont decharnees. Et bref, elle est faicte semblable à l'image de la mort, qu'on peint sur la superficie des sepulcres, dont la figure espouventable n'est couverte que d'ossements.»

Thays vécut quinze jours après la cessation de sa pénitence. Elle pria ainsi avant de mourir :

«Seigneur... ma vie est sur les frontieres de la mort et mon ame sur le bord des levres : me voicy, Seigneur, preste de partir... pour me rendre dans le havre de la liberté céleste... que pendant qu'on creuse mon cercueil pour ensevelir mon corps, tu ouvres le ciel pour recevoir mon ame, je la depose entre tes bras, mon Dieu, reçois-la comme ton espouse. Il semble... que ta benignité luy dit d'une voix autant affable que favorable : Viens mon espouse en mon jardin, où sont les puits des eaux vives, et les ruisseaux du Liban.»

Elle mourut et son âme fut au ciel «où elle jouyt maintenant à souhait des délices que Dieu distribue en partage à ceux qui, pour legitimer leur salut, abatardy par le peché, espousent la penitence».

Voilà l'œuvre petite, mais émouvante et belle, de Gabriel Ranquet du Puy en Vellay, qui me paraît assez digne d'augmenter le nombre de ces délicieux grotesques comme les entendait Théophile Gautier[1]. Ce sera la gloire de ce Ranquet oublié d'avoir contribué à inspirer la Thaïs d'Anatole France, ce roman lyrique, troublant, qui se termine sur le ricanement atroce d'un saint damnable[2].

(Juin 1904.)

L'Europe artiste

«ŒUVRES GALANTES DES CONTEURS ITALIENS»

Œuvres galantes des conteurs italiens, par MM. Ad. Van Bever et Ed. Sansot-Orland, Paris, Société du Mercure de France : t. I (XIVe, XVe et XVIe siècles), 1903; t. II (XVe et XVIe siècles), 1904. Chaque vol. 3,50 F.

C'est à la fois une nouveauté et un véritable régal pour les lettrés.

Champfleury disait, il y a quelque vingt ans, dans son *Histoire de l'imagerie populaire*[3] : «La littérature populaire italienne, si riche en conteurs de toute sorte, est presque inconnue en France, quoique des mines d'or attendent le premier auteur qui s'en occupera; mais jusqu'à ce que ces recherches soient faites, comment essayer seul de parcourir cette immense bibliothèque de *novellieri* inépuisables?»

Le vœu de Champfleury, exprimé d'ailleurs sous une forme assez peu élégante, est aujourd'hui comblé. L'anthologie de MM. Ad. Van Bever et Ed. Sansot-Orland a été conçue de façon à satisfaire les érudits et les simples curieux. De précises notes biographiques et bibliographiques précèdent la traduction des nouvelles de chaque auteur. Ces deux volumes sont donc importants sous le rapport littéraire et au point de vue de l'histoire de la littérature.

Des erreurs? j'en note une à la page 213 de la deuxième série. On y dit que *La Puttana errante* de Veniero est un poème. Ce n'est qu'un dialogue en prose, fort libre au reste, qu'en France Mililot imita dans son *École des filles*[1].

La méthode de traduction de MM. Van Bever et Ed. Sansot-Orland, qui est littérale, me semble la plus logique; elle est sans contredit la plus savoureuse. Les traducteurs ont su conserver en français tout l'agrément et l'imprévu des italianismes. Ce sont bien les contes italiens que liront les lecteurs français. Nul doute que, pour dire comme Boccace, «cosa alguna gioverà loro l'averli letti[2]».

Le *Novellino* de Masuccio (ou Rasuccio?) dei Guardati de Salerne, les *Sorretane* de Giovanni Sabadino delli Arienti, les *Novellae* de Morlini d'une latinité toute napolitaine jusque dans ses hellénismes, l'*Ecatommithi* du grave Giraldi Cinthio, adversaire des blasphèmes et des obscénités bernesques, les nouvelles de Molza, poète bernesque, né à Modène et mort du mal de Naples, celles de Sacchetti, Bandello, Firenzuola Doni, Parabosco et des autres nouvellistes traduits dans les *Œuvres galantes* des auteurs[a] italiens font de ce recueil un délicieux Décaméron, dont la lecture aurait fait répéter à l'eunuque que Voltaire place dans *Candide* sa plainte amoureuse : «che sciagura di non aver c...».

La première partie de l'anthologie des conteurs français du XVIIIe siècle que vient de publier M. Van Bever remettra en honneur des noms oubliés parce que le XIXe siècle romantique les avait trouvés frivoles.

Le conteur le plus intéressant de cette première partie est certainement Robbé de Beauvezet, auteur d'un poème sur la religion et d'un autre sur la... (comme celui de Fracastor... vous m'entendez).

On fit là-dessus cette épigramme :

L'homme Dieu but jusqu'à la lie
Le calice de la douleur;
C'est sa dernière ignominie
D'avoir Robbé pour défenseur.

Un conte inédit de Laclos, des notices précises et certaines donnent au livre de M. Van Bever une valeur supérieure à celle d'une simple anthologie.

Les conteurs français du XVIIIe siècle passionnent aussi

les Allemands. L'un d'eux vient de publier un livre bien illustré : *Die Galante Zeit*. Il y a dans ce livre — entre autres choses — une épigramme inédite, ou soi-disant telle, de Piron. La voici :

Certain auteur de cent mauvais libelles
Croit que sa plume est la lance d'Argail.
Au haut du Pinde, entre les neuf Pucelles
Il est planté comme un épouvantail.
Que fait le bouc en si joli bercail?
Y plairait-il? penserait-il y plaire?
Non, c'est l'eunuque au milieu du sérail;
Il n'y fait rien et nuit à qui veut faire.

Cette épigramme n'est pas inédite. Je le regrette et vais compléter les renseignements de l'auteur de *Die Galante Zeit*. Piron fit cette épigramme sur l'abbé Desfontaines et la lui montra. Celui-ci fut très choqué de l'expression de bouc que Piron lui offrit de modifier, en écrivant simplement le B... Desfontaines, voyant que la réparation serait pire que l'offense, refusa. Piron fit deux autres épigrammes contre Desfontaines. La première débute ainsi :

J'ouvre le temple de mémoire.

Et la seconde :

Eh! supprime tes sots écrits.

Piron écrivit aussi une épitaphe pour Desfontaines :

Dans ce tombeau gît un auteur
Dont en deux mots voici l'histoire :
Il était ignorant comme un prédicateur,
Et malin comme un auditoire.

Mais le plus cruel pour l'abbé Desfontaines fut Voltaire :

Pour l'amour antiphysique
Desfontaines flagellé
A, dit-on, fort mal parlé
Du système newtonique.

Il a pris tout à rebours
La vérité la plus pure;
Et ses erreurs sont toujours
Des péchés contre nature.

Desfontaines fut la cible de plusieurs autres épigrammatistes, parmi lesquels : Bret.

(Octobre-novembre 1904.)

La Revue immoraliste

THÉÂTRE DE L'ŒUVRE

La Gioconda, la fille de Jorio, par Gabriele D'Annunzio[1]. Gioconda, vous êtes une belle fille. Les louanges des sculpteurs vous ont rendue folle de votre corps. Mais vous êtes vulgaire, croyez-le. Vos mains sont laides et vous détestez celles des autres femmes. Oui, vulgaire, passionnée, vous êtes l'image de l'art de celui qui vous conçut. Cet Italien a deux nobles passions, communes en Italie; il aime le vin et l'amour, quelle devise pour lui dans ces deux mots latins : *Cruor, Amor!* Le sang répandu et la mêlée des beaux corps éperdus. Gioconda! Gioconda! Pourquoi vous souciez-vous de la *gloire du sculpteur* Lucio. Il faut parler de haine et d'amour.

Comme vous êtes vaine! Vous veillez sur la statue qui vous représente. C'est que vous songez à votre renommée et non à la statue, au sculpteur. Qu'espérez-vous donc? Vous vous appelez Gioconda, le nom est pris. Leonardo da Vinci est éternisé, cette femme et ses mains sont si belles!

Quels personnages s'agitent autour de vous! Lorsqu'ils ne sont pas pris de frénésie, ils parlent comme s'ils ne vivaient point. Leurs phrases sont les souvenirs des livres qu'ils ont lus. Hélas! On espère parfois qu'ils vont s'excuser. Ils le pourraient; M. de Stendhal pensait qu'il eſt spirituel de plagier.

Mais ces personnages ne sont pas spirituels. C'eſt irritant.

Pauvre Silvia! une ſtatue qui tombe vous eſtropie dans la coulisse. Cela suffisait. Votre pouvoir résidait dans vos mains pâles, comme la force de Samson était dans sa chevelure. On essaye de nous apitoyer sur votre abandon et sur la petite fille de la mère aux mains coupées. Cela aurait pu être touchant. L'abandon eſt en effet le ressort le plus puissant pour émouvoir l'âme des speċtateurs.

Mais nous savions ce qui arriverait. Les médiocres myſtères jasés dans la maison du sculpteur avaient mis dans nos âmes une certaine puissance prophétique. Nous pensions comme cette Gioconda qui aime si brutalement la gloire et l'amour : privée de vos mains vous n'êtes plus intéressante. Comment pouvez-vous être attentive aux chansons et aux discours de cette pécheuse. Elle les apprit vraisemblablement d'une Américaine «qui suit les mouvements littéraires». Oïmé! Gioconda! Lucio! Silvia! comment pouvez-vous parler d'art. Quelle étroitesse de vues! cela pourrait vous causer du tort chez de vrais artiſtes et surtout en Italie où l'on dit aussi en parlant des serruriers, des menuisiers : «gli artiſti».

Et puis trop d'auteurs ont quelques droits sur cette pièce diaprée comme un coſtume d'Arlequin. Il y a les couleurs Senancour, Zola, Hauptmann, Maeterlinck, Bataille, etc., etc.

Fille de Jorio, Mila di Codra, savez-vous que dans les Pouilles lorsqu'on veut nier, on se passe rapidement et plusieurs fois la main sous le menton comme si l'on imitait quelqu'un qui se rase. Vous ne le savez pas et vous ne prétendez raser personne.

Vos geſtes dénotent une grande science de la chironomie. En effet, elle ne fait point défaut aux sorcières vagabondes. Mais dans les Pouilles, Mila di Codra, on vit rarement comme vous vivez. Les bergers y sont rarement aussi myſtérieux que celui que vous aimez et qui eſt aussi un sculpteur innocent. Son père dont j'aime la lubricité et la violence n'eſt pas un personnage absolument neuf, mais pardonnons-lui, sa femme et ses filles possèdent évidemment une belle éducation. Sachant le français, sans doute, elles lisent Maeterlinck et dorment mal au fond des Pouilles.

Toute la pièce, d'ailleurs, aurait pu être écrite par M. François Coppée, à l'époque où ce digne homme, jeune encore, composait *Pour la couronne* [1].

LIVRES

Der Spiegel («Le Miroir»), par Wilhelm von Scholz, chez H. Seemann, Leipzig. L'auteur de ce volume de vers était déjà connu comme poète et comme auteur dramatique.

W. von Scholz n'entend pas renoncer à ce dernier titre. Une partie du *Miroir* est composée de scènes qui, je suppose, se passèrent l'année que l'on voudra entre 1200 et 1550.

W. von Scholz qui habite Weimar doit y vivre en solitaire. Lorsqu'il veut voir ce qui se passe hors de sa maison, il ouvre la fenêtre, mais au lieu de s'y pencher, tourne le dos et se contente de regarder dans le miroir qu'il a eu soin de suspendre en face. Wilhelm von Scholz a vu surtout, et toujours au premier plan dans le miroir, sa propre face angoissée; la face d'un homme à l'âme ancienne mais charmante.

Des poèmes comme «Rokoko», «Rokokonacht» rappellent les *Fêtes galantes*. On sent d'ailleurs l'influence exquise de Verlaine dans ce livre entier.

W. von Scholz a peur de la vie actuelle; s'il passe sur une route, le bourdonnement des poteaux télégraphiques le déconcerte, l'effraye.

Mais ce que je préfère c'est l'ironie de cette fable :

Une mouche vola vers la lumière dans le miroir,
Elle se cogna la tête et pourtant conserva ses ailes.
Ainsi des métaphysiciens :
Ils cherchent Dieu et ne se brûlent jamais.

Le Prêteur d'amour, par M. John-Antoine Nau : 1 vol., 3,50 F. (Fasquelle, éditeur). Le nouveau roman de M. John-Antoine Nau fait songer avant tout à *Candide*. Élie Ménesson ou l'optimisme, voilà un titre qui eût convenu aussi bien que *Le Prêteur d'amour*.

Variée comme la vie, cette histoire est supérieure à cause de cette variété même à la plupart des romans actuels où l'imprévu est préparé plusieurs chapitres d'avance, où tout s'enchaîne sans raison. Les jours se suivent, dit l'autre, et ne se ressemblent pas; vérité à double face dont l'une sourit aux malheureux, tandis que la seconde effraye ceux qui ont trop de bonheur.

Poète, comptable, commis aux vivres puis sous-commissaire à bord d'un transatlantique, garçon de café, riche héritier, Élie Ménesson déconcerte plus que Candide. Celui-ci se maria avec Cunégonde, devenue vieille et laide; Élie, après tant de vicissitudes renonce à la femme aimée pour épouser une aïeule.

Cet optimiste est dégoûté de ce que le hasard ait du bon sens.

Mais qui prête aux vieilles donne aux jeunes. Il n'en manque pas à Saint-Tropez où le Prêteur d'amour, écrivain d'avenir, se rappelle volontiers toutes ses emprunteuses, depuis celles d'Asnières et de Bois-Colombes, jusqu'aux doudous noires des îles américaines.

On trouve aussi dans ce livre de fines observations sur les mœurs littéraires, de curieuses sensations exotiques : la Martinique et Saint-Pierre, sa capitale aujourd'hui ensevelie. Et une nouveauté qui trouvera beaucoup d'imitateurs.

Il y a un siècle, tous les romans contenaient la scène de l'amour en diligence, grâce à M. John-Antoine Nau, nous aurons désormais inévitablement la scène de l'amour en transatlantique. Je ne prétends pas qu'il l'ait inventée. Boccace, tout au moins, et La Fontaine, son imitateur inimitable, l'ont précédé. Mais c'est la première fois qu'on en parle avec précision. D'autre part, je dois dire que l'on m'a signalé les interprètes de ces vaisseaux comme des exemples très modernes d'hommes à bonnes fortunes.

Vraisemblablement par un phénomène de mimétisme moral, l'air marin donne à ces polyglottes en uniforme des allures de « scombres chevaliers », comme dit plaisamment M. Nau. Et dans les premières classes, les plus grandes dames ne résistent pas plus de quatre jours à ces messieurs qui, je le gage, sont des adversaires acharnés de l'établissement d'une langue internationale[1].

(Avril 1905.)

La Phalange

CHRONIQUE DES ROMANS

Lorsque le directeur de *La Phalange* m'eut offert la «rubrique» des romans, je n'hésitai pas longtemps avant d'accepter. La *crise du roman* doit avoir pour cause, à mon sens, la frivolité de la plupart des ouvrages d'histoire, d'idées ou de science qui se publient aujourd'hui. On ne lit plus de romans parce qu'ils sont devenus le «genre» le plus sérieux de la littérature contemporaine. Je me suis imaginé tout cela. Il se peut que je me sois trompé. Mais, je ne serai pas étonné de découvrir dans les petits livres que je lirai des enseignements précieux et qu'on ne trouverait pas ailleurs.

(À propos d'un essai sur Jean Royère, M. Charles-Henry Hirsch m'accuse de corrompre la jeunesse[1]. Dois-je, si jeune encore, me résoudre à boire la ciguë ?

En réalité, tout ce qui concerne la poésie agace M. Charles-Henry Hirsch. Il imiterait volontiers l'ange qui battit saint Jérôme parce qu'il avait lu un ouvrage poétique.

M. Charles-Henry Hirsch adjure aussi les jeunes poètes de ne pas perdre leur temps. Mais ils ne suivront pas ce mauvais conseil.)

Octave Mirbeau : *La 628-E 8,* Fasquelle[2].

M. Octave Mirbeau déteste de toutes ses forces, mais il sait louer avec enthousiasme. Il s'indigne souvent et presque toujours à propos. Lorsqu'il se trompe, ses erreurs proviennent d'une bienheureuse faculté d'exagérer. Il se crée à plaisir des ennemis dont ses amis doivent le consoler passionnément.

On a écrit beaucoup de mal sur *La 628-E 8*. Je gage qu'on en a pensé en même temps beaucoup de bien.

Négligé par endroits et désordonné, ce livre!... qu'importe! Il ne s'agit que d'un carnet de voyage, de notes hâtivement complétées au retour.

Il est vrai que si M. Octave Mirbeau avait voyagé en Allemagne avant de visiter la Belgique, il eût sans doute réservé à celle-là quelques-uns de ses sarcasmes et celle-ci l'eût trouvé plus indulgent[1].

Mais voilà! Après avoir quitté la France, on trouve en Belgique, avec de mauvaises routes, une culture germanique qui se manifeste dans les édifices et dans les mœurs d'autant plus fâcheusement que ce qui demeure dans le pays de culture française, de civilisation latine, en rend l'horreur plus évidente.

En Allemagne, M. Octave Mirbeau a voyagé dans une région de plaines où les chaussées napoléoniennes ont été entretenues avec soin. Mais le pays rhénan n'est pas l'Allemagne entière. Au demeurant, M. Mirbeau paraît avoir supporté très allégrement de fréquentes traversées en bac. Il ne se plaint qu'une fois de ces interminables files de pierres blanchies à la chaux qui barrent le plus souvent la moitié des chaussées, tantôt à gauche, tantôt à droite et souvent en zigzag.

Après la Belgique et la Hollande, M. Mirbeau était préparé à goûter, en Westphalie, un luxe industriel et bon marché presque écœurant. Il était prêt à regarder sans dédain une population toujours vêtue pauvrement de neuf et dont la misère intellectuelle, matérielle et morale a de quoi surprendre. Si M. Mirbeau se moque parfois des Allemands, c'est avec beaucoup de réserve : «Ils font de la pédérastie comme ils font de l'épigraphie.» Ils sont savants, musiciens, au courant de tout. M. Mirbeau nous fait savoir qu'ils goûtent la peinture de M. Vallotton[2]. Certes, c'est un goût que je partage avec eux. M. Francis Jammes nous a appris qu'un bénédictin le lisait dévotement à Maria-Laach[3], dans les forêts de l'Eifel où se cacha Geneviève de Brabant. C'est que les bénédictins allemands sont bénédictins d'une façon bien moderne... Je crois avoir énuméré toutes les qualités que l'on prête aux Allemands et l'on exagère. Un bougre fameux, leur plus grand homme, Frédéric II, connaissait le vice le plus grave de son pays. On y parle l'allemand. Qu'on y apprenne donc le français. Voilà l'Allemagne sauvée et moins de médiocrité sur la terre.

Le dessein pris par M. Mirbeau de mépriser généralement le passé ne laisse pas d'être un peu agaçant. D'après lui, Cologne aurait moins de charme que Düsseldorf. C'est que Cologne est peut-être la moins modernement allemande des grandes villes de l'Empire, sans excepter Munich et Nuremberg. Mais un autre Mirbeau, le véritable, fond en larmes devant un tableau de Rembrandt. Le passé est réhabilité du coup. Et cette fougue, cette jeunesse, ces colères, ces erreurs et cette bonne foi rendent ce livre très attachant. Il a suscité en moi de nombreux souvenirs. Comme M. Mirbeau, j'ai voyagé en auto sur les bords du Rhin, j'ai été au théâtre à Düsseldorf, j'ai rêvé, la nuit, à Dordrecht, sur la terrasse de l'hôtel Bellevue, au bord de la Merwede.

Léon Frapié : *La Figurante,* Calmann-Lévy.

Le talent de M. Léon Frapié est fait de pitié et de bon sens. Il veut démontrer aujourd'hui que la bonne est un être sacrifié et que son rôle est pernicieux. La question des bonnes! Elle est universelle. Lorsque je visitai l'Allemagne cette question était à l'ordre du jour. On se plaignait surtout de la difficulté de trouver des servantes. Et bien des livres se sont fait l'écho de ces doléances raisonnables. L'Amérique est plus mal partagée encore. Beaucoup de gens y vivent à l'hôtel où il n'y a point de domestiques, mais des employés. La crise n'a fait que commencer en France et déjà la banlieue de Paris réclame des bonnes et n'en trouve pas. Certes la question vaut la peine qu'on l'approfondisse.

Le nouveau livre de M. Léon Frapié n'est pas à proprement parler un roman, mais une nouvelle[1].

Une bonne devient la maîtresse de son maître. Un jour, elle cause la mort d'un petit enfant que sa maman laisse tomber dans la rue, du haut d'un balcon parce que, se retournant, cette dame est témoin d'un baiser que son mari donne à la servante dans la salle à manger. Et cette histoire tragique forme le dénouement de l'ouvrage, elle en est en même temps le fait le plus précis. Il aurait mieux valu qu'elle en fût le cadre.

Le style de M. Léon Frapié est un peu maigre et un peu aigre, mais non sans saveur. Elle lui vient d'un peu de malice sans laquelle on pourrait le comparer à celui d'un romancier qui florissait au commencement du XIXe siècle : Pierre Prudent Legay[2], auteur de *L'Infidèle par circonstance,* de *Monsieur Gélin,* de *Pauline ou le Moyen de rendre les femmes heureuses,* etc., etc. Mais aujourd'hui, qui donc, sauf moi, a lu les romans de Pierre Prudent Legay?

Héra Mirtel : *Loupita,* E. Sansot et Cie.

Ce livre contient deux nouvelles.

La première et la plus importante : *Loupita,* pourrait être intitulée : *La Question des bonnes au Mexique*[1].

Ce récit ne manque point de pathétique. Le plaisir qu'on ressent à le lire n'est gâté que par le besoin qu'éprouve trop souvent l'auteur de nous aviser par des notes de l'authenticité de chaque détail, des conversations. Ce souci de la vérité est poussé à un tel point que la photographie des personnages et des sites doit nous empêcher de douter de leur réalité[2].

Néanmoins, cet ouvrage est précieux. Il nous fait connaître que dans certaines parties de la France on émigre volontiers. Le département des Basses-Alpes est en train de coloniser le Mexique, tout simplement[3]. En outre, Mme Héra Mirtel fait faire un pas de bottes de sept lieues à la langue française. Les habitants des Basses-Alpes deviennent les Bas-Alpins[4]. Aussi bien devenait-il ridicule qu'après cent ans on en fût encore réduit à appeler les Français comme au temps des anciennes provinces. Les nouveaux départements ont déjà un caractère, des traditions qu'à cause de leur nouveauté on ne reconnaît pas encore. Tout au plus accorde-t-on aux départements une réalité administrative. Mais cela changera. On ne parlera bientôt plus d'Auvergnats, de Normands, de Bretons, de Bourguignons, mais on dira : les Séquanais, les Alpins-Maritimes, les Dordignons, les Girondins, les Mortans-Mosellans, les Buccaux-Rhodanais, etc.

Princesse G.-V. Bibesco : *Les Huit Paradis,* Hachette et Cie[5].

Saadi, à qui la princesse G.-V. Bibesco a emprunté l'épigraphe de son livre délicieux, pensait comme Bailly :

Je ne suis qu'une argile sans valeur
Mais j'ai demeuré quelque temps avec la rose.

Et le maire de Paris qui tremblait de froid et non de peur a composé cette fable :

La Renoncule un jour dans un bouquet
Avec l'œillet se trouva réunie.
Elle eut le lendemain le parfum de l'œillet.
On ne peut que gagner en bonne compagnie.

Ce rapprochement entre un illustre poète oriental et un guillotiné d'Occident paraîtra imprévu. Involontairement, j'en fais un autre, entre l'auteur des *Huit Paradis* et l'Orient qu'elle a visité. Quel bonheur de rencontrer une âme d'Europe dans un ouvrage sur la Perse! J'avais eu cette surprise en lisant les livres du comte de Gobineau[1]. Je l'ai eue récemment en parcourant une *Petite République* parue chez les Elzevier en 1633. On y définit les Persans avec beaucoup de finesse : *«Amant libros legere, et in eo gloriantur; delectantur arte poetica, habuerunt plures in illa excellentes, et opera perquam erudita : norunt omnes scientias et artes speculativas; et professores illarum tractant eas cum summa curiositate et subtilitate... Viri Persae admodum sunt zelosi, foeminae autem ut plurimum impudicae*[2]*.»* Aucun livre ne m'en apprendra davantage sur la Perse. Cependant, les poèmes, je veux dire les notes de voyage de la princesse Bibesco nous apportent de ce pays une image si colorée, si nette et si exquise qu'on ne sait plus si l'on doit préférer la Perse et ses roses ou le livre qui les célèbre. Mais, je me demande si tous ces «paradis» ne lassent pas, à la fin. Après toutes les roses persanes, la princesse, à Constantinople, voyant une pomme de pin rouler sur une pente, ne peut s'empêcher de courir à la recherche du «bizarre fruit de bois».

Au retour de tant de «paradis» embaumés, cette pomme de pin, rose maudite, eût eu pour moi le charme d'un péché commis pour rompre l'ennui d'un trop long état de grâce.

Sur ces *Huit Paradis,* ceux de la Perse appartiennent aux poètes puisque les Persans *delectantur arte poetica.* Mais que les poètes ne s'y aventurent point. Le paradis pour un poète n'est pas différent de l'enfer. Il faut lire, à cet égard, les pages où la princesse Bibesco raconte les déceptions du poète Firdousi et l'ingratitude de Mahmoud le Ghaznévide[3].

Mecislas Golberg *: La Morale des lignes,* A. Messein.

C'est avec beaucoup d'émotion que je parle du livre de Mecislas Golberg. Je pense que ce n'est pas le dernier livre de lui qui paraîtra. C'est en tout cas le dernier paru et le dernier dont il ait corrigé les épreuves. D'autres mieux que moi diront quelles idées neuves sont contenues dans *La Morale des lignes.* Je veux exprimer ici l'admiration que je professe pour le style nerveux et vivant de ce livre.

Une personnalité y vibre que nous connaissions et que nous aimions. Avec quelle poignante curiosité, avec quelle moqueuse angoisse Mecislas Golberg a étudié surtout dans son âme et un peu dans les dessins de Rouveyre[1], ces actrices, ces académiciens, ces personnages célèbres qui tous, sauf le pape, s'agitent, grimacent, aiment, rient et souffrent à Paris. Je ne connais rien de moins frivole. Et je ne saurais comparer Mecislas Golberg qu'à son frère en douleur : Toulouse-Lautrec qui dessina des figures parisiennes avec le style, la précision et l'angoisse qu'on retrouve dans les descriptions de Golberg. Celui-ci malgré son mal a pu achever l'œuvre de dissection qu'est *La Morale des lignes,* parce qu'il était familiarisé avec la mort au point de ne plus la craindre. Il avait eu le courage d'écrire lui-même et depuis longtemps déjà les adresses des lettres de faire part de son décès.

Mecislas Golberg avait peu d'amis et beaucoup d'ennemis parce qu'il était pauvre et que sa vie pleine de souffrances fut tout entière consacrée à l'idéal que l'on méconnaît, à la beauté dont rient les imbéciles. J'étais un des amis de Mecislas Golberg et je ne voudrais pas être le dernier à rendre un hommage douloureux, à dire un triste adieu à un homme auquel nous devons quelques-uns des livres les plus élevés et les plus émouvants de notre temps.

(Mars 1908.)

Robert Randau : *Les Colons,* «Roman de la patrie algérienne» (Sansot et Cie).

Il y a exactement cinq ans, il m'échut de présenter aux lecteurs de *La Grande France* un curieux ouvrage de deux jeunes écrivains algériens : *Onze journées en force* par

MM. Sadia Lévy et Robert Randau[1]. J'ai relu mélancoliquement ces deux pages écrites à vingt-deux ans, émaillées de nombreuses fautes d'impression.

Je m'exprimais ainsi :

«Les talents algériens de Robert Randau et de Sadia Lévy fraternisent, je les symboliserais volontiers par la même lettre de l'alphabet hébraïque en mettant pour Randau le point virilisant appelé *daghesc.*»

Sadia Lévy : «cet esprit très orné où gisent des mots hébreux, lourds comme des diadèmes et des images lyriques des *moallacas*» n'est plus très algérien aujourd'hui.

L'a-t-il jamais été?

Robert Randau est resté algérien de toutes ses forces et de tout son cœur.

Sadia Lévy, Robert Randau, votre collaboration est à jamais interrompue! Les rives du lac marin qui vous sépare sont des frontières que votre esprit ne veut plus franchir.

Sadia Lévy, l'Oriental, vous avez obéi à l'instinct qui vous poussait vers l'Europe, vers Paris.

Robert Randau, l'Européen, vous vous efforcez à n'être qu'un Africain.

«Dès demain, s'ils le veulent, écrivais-je en 1903, ils seront les plus importants des écrivains coloniaux.»

Sadia Lévy ayant renoncé à partager cette gloire, Robert Randau l'accapare. Il écrit *Les Colons*. Il a déjà publié une nouvelle portant ce titre qui le hante, mais qu'il regrette, car il tient à le modifier en marquant bien ses intentions et il écrit en sous-titre : «Roman de la patrie algérienne». Une colonie n'est pas une patrie et il faut prendre ce contraste comme une boutade séparatiste. Désormais Robert Randau n'est plus français, il se proclame algérien et nationaliste dans un pays où il n'y a pas encore de *nation. Il* est donc bien entendu que, de par la volonté de son auteur, il s'agit ici d'un ouvrage étranger. Et l'on s'explique ainsi que, malgré les mérites de ce roman, l'académie Goncourt ait renoncé à le couronner.

C'est que Robert Randau paraît prévoir avec complaisance le moment où il abandonnera même la langue française, pour ne se servir plus que du langage qui s'élabore là-bas. On trouve déjà dans *Les Colons* des pages écrites dans ce dialecte algérien issu du maltais, de l'arabe, du berbère, de l'hébreu, de l'italien, de l'espagnol, du piémontais, du catalan, du grec, du provençal, de l'argot parisien, plutôt que du français. À l'abord, on serait porté à croire que ce parler infâme de bouges à matelots, de la soldatesque, de criminels et d'aventuriers peut bien intéresser un philologue, non pas tenter un artiste, un poète. Mais Robert Randau semble tenir avant tout à la truculence et je le constatai déjà dans *La Grande France* : «De plus, Randau est frère de ce poète bulgare, mort en 1895, Slaveycoff, qui répondait à ceux qui, sous prétexte d'expressions trop libres, tentaient de le dissuader de publier son volume de proverbes : "Que vous le vouliez ou non, il faudra imprimer mon livre avec tous ses excréments."» Me suis-je donc trompé en écrivant au début de la petite étude sur *Onze journées en force* :

«Depuis l'époque où son éloge fut écrit par l'Italien Brunetto Latini, le français a prouvé une vitalité plus grande que celle de tout autre langage. Si des patries l'ont remplacé — pas entièrement — par des parlers indigènes, il n'en reste pas moins vrai que partout où le français fut langue nationale, il est encore tel en dépit des conquêtes et des gouvernements, comme on peut voir par les exemples du Canada, de la Louisiane, d'Haïti, de Saint-Maurice, de la Lorraine conquise, de la Wallonie belge et du canton de Malmédy, en Prusse. Ces exemples nous rassurent sur l'avenir du français en Algérie. Malgré les langues diverses qui luttent contre lui et au cas même où les idées séparatistes de certains Algériens se réaliseraient, la langue de l'Algérie restera le français, enrichi, il est vrai, de tout un vocabulaire africain qui nous serait inutile ici.»

Eh bien! je ne crois pas avoir été dans l'erreur. Un jargon ne remplace pas une langue ni surtout le français qui, avant de disparaître, a encore un rôle énorme à jouer. Une langue n'est remplacée que par une langue, et s'il est possible que du jargon algérien sorte un jour une des langues vivantes qui se substitueront au français mort, il n'est rien autre en ce moment qu'un amalgame ignoble, comparable au jargon qui s'élaborait en Gaule grâce aux gosiers différents des garnisaires[1] de toutes races, des Germains envahisseurs, etc., et qui s'il devint le français ne remplaça pas le latin.

Il n'est pas impossible qu'un colon d'Augustodunum[2] ait écrit quelque ouvrage analogue à certaines pages du livre de Robert Randau. En ce cas on l'a complètement oublié. Voilà l'écueil que je tiens à signaler à Randau. On n'écrit pas de belles œuvres dans un langage encore informe, pas plus qu'on ne façonne des meubles solides dans le bois vert. Le nouveau dialecte algérien appartient pour l'instant à la population nouvelle du pays. Il n'est pas encore dans le domaine littéraire. Les écrivains qui voudront s'en servir avant qu'il ne soit sorti de cette période seulement populaire ne créeront que des œuvres stériles et sans durée. Car tout est variable dans un tel langage. Il se peut que dans dix ans son apparence soit très différente de celle qu'il offre aujourd'hui, et M. Randau et les autres écrivains qui naissent dans l'Afrique française ont, ce semble, mieux à faire qu'à produire des curiosités philologiques et des documents disparates destinés seulement aux grammairiens de l'avenir.

Mais Robert Randau n'en est pas encore là. Et qu'il le veuille ou non, son roman ressortit à la critique des lettres françaises.

«Voici une œuvre superbe», disent dans la préface MM. Marius-Ary Leblond. Certes, et si je me refuse à signaler l'importance que ce roman peut avoir au point de vue social et documentaire c'est que je répugne à démêler dans une œuvre littéraire les questions qui, étrangères à l'art, l'embarrassent trop souvent aujourd'hui.

Soucieux de donner sa mesure du premier coup et confiant avant tout dans sa propre puissance, Robert Randau a voulu présenter un ouvrage qui ne fût pas seulement un roman algérien, mais surtout le roman de l'Algérie. C'est que de nos jours on n'écrit plus d'épopée, mais des romans. Et cependant, je pense que, visant au même but que les poètes épiques, les romanciers devraient leur emprunter des procédés : unité des personnages collectifs et des faits généraux autour d'un seul fait, fatalité de l'action, luttes entravant l'action et peut-être le ressort le plus tragique, plus tragique qu'épique, l'abandon.

On dit communément que Balzac et Zola sont les romanciers qui ont le plus approché de l'épique. Mais combien de livres leur a-t-il fallu écrire pour donner au public la sensation de l'épopée.

Et je crains que chez Robert Randau l'effort ne soit encore plus dispersé que chez ses devanciers dont il possède cependant la plupart des qualités.

Les Colons sont une œuvre assez puissante et assez neuve

pour que si un de nos écrivains illustres l'avait écrite on la vantât.

Aussi, n'eussé-je point résisté au désir que j'ai de louer Robert Randau si je n'avais eu le souci de présenter des observations que je crois sensées à un bon esprit qui ne s'égare que le voulant bien, et dont la culture générale ferait honte aux trois quarts de nos écrivains continentaux.

Malgré des images imprévues, une syntaxe souvent très volontairement barbare, l'usage courant de néologismes trop faciles, Robert Randau n'a pas encore découvert son véritable style. Mais il en possède un très beau, très neuf qu'il reconnaîtra bientôt.

Nous sommes en présence d'un noble écrivain qui se cherche à travers le fatras de ses souvenirs humanistes, de ses appétits modernes, de ses curiosités esthétiques un peu désordonnées. Fumier d'ennuis ces *Colons*, les perles n'y sont pas rares. Il faudra que Robert Randau se décide à beaucoup oublier, beaucoup sacrifier...

Je ne veux pas m'étendre sur le goût de Robert Randau, mais je tiens à présenter à ce propos deux remarques qui, si elles semblent à première vue sans grande importance, m'ont paru dignes cependant de lui être soumises. Rops me paraît jouir encore chez les colons algériens d'une estime que très justement on ne lui accorde plus en France. L'opinion s'était égarée sur ce graveur du dernier ordre. Il ne faudrait pas que l'on s'entêtât à l'admirer en Algérie.

Pour ce qui est de la comparaison entre Galland et le docteur Mardrus[1], n'est-il pas puéril de louer celui-ci au détriment de celui-là? Je crois qu'en réalité leur mérite est égal. Galland donna en son temps la mesure d'orientalisme dont ses contemporains et lui-même étaient capables. Le docteur Mardrus n'a pas fait autre chose. Et au XVIIIe siècle il n'aurait pas traduit autrement que Galland. Si on doit traduire encore les contes arabes à la fin du XXe siècle, je ne doute pas qu'on ne signale à cette époque la supériorité de ce travail sur celui du docteur Mardrus. Et cette supériorité ne proviendra que de l'adaptation du nouvel ouvrage à son époque, de même que la supériorité apparente du docteur Mardrus sur Galland provient des différences qui existent entre notre goût et celui du XVIIIe siècle.

Je tiens à ajouter que ce rapport est constant, nonobstant

les différences de personnalité des traducteurs et la supériorité que l'on pourrait accorder à l'un ou à l'autre de ces personnages.

(Avril 1908.)

Victor Litschfousse : *Les Impudiques,* La Phalange. Roger Lalli : *L'Éclosion,* Bruges, Arthur Herbert Ltd. Napoléon Bonaparte : *Le Souper de Beaucaire,* avec une notice et un appendice par José de Bérys, E. Sansot et Cie. Tancrède de Visan : *Lettres à l'élue, confession d'un intellectuel,* préface de Maurice Barrès, de l'Académie française, lithographie de Maurice Denis, A. Messein. Maxence Legrand : *La Bataille perdue,* Bernard Grasset. F. Sernada et M. de Vlaminck : *Âmes de mannequins,* Pierre Douville, Émile Bruni : *Les Deux Nuits de don Juan,* P. V. Stock. Georges de Palandrie : *E or en ai dol,* A. Messein. Marcel Batilliat : *La Vendée aux genêts,* Mercure de France. Paul Bruzon : *Soleil d'Islam,* Union d'art et de littérature. Gabrielle Rosenthal : *L'Éveil,* Mercure de France.

Je voulais d'abord introduire dans l'éloge du petit recueil que M. Victor Litschfousse intitule bravement *Les Impudiques* quelques considérations sur ce que l'on appelle aujourd'hui la pornographie[1]. C'est en effet l'honneur de la France d'avoir produit, à toutes les époques, une littérature dont la liberté ne peut choquer que les cuistres. On devrait s'en vanter à l'étranger. Au lieu de cela, M. Hugues Le Roux[2], par exemple, fait le désespéré à l'idée que les Américains aient adopté le terme *frenchy* pour signifier licencieux. Il y a longtemps que l'on donne à peu près le même sens, en France, aux mots *gaulois, gauloiserie.* Cependant j'ai pris le parti de remettre à plus tard ma défense de la liberté artistique, parce que je me suis aperçu que dans le cas présent mes démonstrations seraient sans objet. En effet, rien de moins impudique que *Les Impudiques.* M. Victor Litschfousse apporte dans la littérature une sensibilité presque nouvelle où la volupté devient comme une douleur presque indifférente et un plaisir presque désagréable. Existe-t-il une drogue qui provoque des visions semblables à la réalité? *Les Impudiques* contiennent une suite de ces cauchemars-là. J'ai cherché longtemps à qui comparer M. Litschfousse et je n'ai trouvé que Huysmans, celui des *Sœurs Vatard* et d'*À vau-l'eau.* Si M. Litschfousse persévère dans la voie où il s'est engagé, il nous donnera des ouvrages bien intéressants.

Je l'attends lorsque l'érudition et le folklore auront éveillé sa curiosité. Nous avons aussi une belle conversion en perspective, car M. Victor Litschfousse finira dans la peau d'un capucin.

L'Éclosion ou la Première Phase de la formation amoureuse[1], par M. Roger Lalli, échappe aussi à tout reproche d'impudeur. Et cependant l'auteur aurait pu intituler son livre : *Comment l'esprit vient aux enfants.*

On sait de quelle façon La Fontaine l'entendait, quant aux filles[2]. Mais le but que se propose M. Roger Lalli n'est pas seulement de divertir, il dédie son ouvrage sur les gosses : «Aux hommes d'esprit libre, aux pères trop sévères ou trop oublieux de leur jeunesse... afin qu'ils comprennent mieux leurs enfants et que l'indulgence pénètre en leur cœur.»

M. Roger Lalli nous promet deux suites à *L'Éclosion* : *L'Éveil des sens* et *L'Éveil du cœur*[3]. J'aurai donc l'occasion d'en reparler lorsqu'elles auront paru.

M. José de Bérys vient de publier une réimpression du *Souper de Beaucaire* que Bonaparte écrivit en Avignon au commencement d'août 1793.

Ce dialogue était son premier écrit à la fois politique et militaire. Dans un style simple, nerveux et précis, le jeune capitaine s'efforçait de réfuter les attaques de la presse anglaise.

Il traçait aussi un plan de guerre dont il ne faut pas s'étonner qu'il soit judicieux puisque ces remarques stratégiques viennent de Napoléon.

«Nous avons jugé intéressant», dit M. José de Bérys dans la notice qu'il a publiée en guise de préface du *Souper de Beaucaire,* «de faire relire cette brochure parce qu'elle nous offre un aspect, un *moment* d'une des plus étranges figures qui sollicitent notre curiosité : c'est la période où le héros, pas encore libéré de son milieu, de sa foi sociale, de sa discipline, pas encore grisé par son étoile, se concentre trépide et se cherche. Une étape de réflexion lucide, le calme d'un travail d'attente avant l'ivresse des hauts desseins. »

Mais ce *Souper de Beaucaire* est autre chose aussi. C'est le testament d'un républicain mort jeune qui devait ressusciter empereur.

Dans ses *Lettres à l'élue*[1] M. Tancrède de Visan nous donne la *Confession d'un intellectuel* et, j'en suis certain, c'est la sienne. Je n'ai point trouvé de mots pour exprimer l'émotion que m'a causée tant de sincérité. Et ceux-là seuls qui les ont lues peuvent témoigner qu'un enchantement inexprimable ressort de ces lettres.

Quel heureux écrivain celui qui peut fixer si délicatement, si précisément et si vivement les souvenirs d'une enfance aussi lumineuse!

Et dans ce livre de sa jeunesse M. Tancrède de Visan a bien montré comment un esprit clairvoyant arrive à résoudre avec simplicité les problèmes qui se posent au sortir de l'adolescence.

Les *Lettres à l'élue* sont pleines de traits moraux qui valent la peine d'être retenus. Et le cerveau bien orné qui a conçu cet ouvrage, un des plus beaux de l'année, mérite avec mes louanges toute notre attention.

Voici un style mesuré, plein de saveur, de grâce et de fermeté.

Voici une des intelligences les mieux ordonnées de notre génération.

La tragique histoire que M. Maxence Legrand intitule *La Bataille perdue* est si captivante que j'ai dû la lire d'un trait. Il m'était impossible, ayant commencé la lecture de ce roman, de l'abandonner sans l'avoir terminé. Il s'agit d'un écrivain inconnu qui ne devient célèbre que grâce aux complaisances que sa femme, par dévouement, accepte de mettre en un éditeur amoureux. L'écrivain, Michel Albrien, ignore la véritable cause de sa gloire. Quel désespoir quand il l'apprend! Et sa femme se pend.

J'ai dit combien ce roman était attachant et je veux déclarer que l'argument que je publie ne donne pas la moindre idée de l'habileté avec laquelle a été construite *La Bataille perdue*. On y trouvera de la douleur humaine la plus vraie, et beaucoup de pitié. Cependant, cet écrivain, sa femme et leur éditeur me paraissent des personnages exceptionnels. L'aveuglement de Michel Albrien me semble excessif. Il y a là comme quelque faute contre la psychologie de la durée. De nos jours, beaucoup de maris trompés sont fort clairvoyants et ne contrefont les aveugles que parce que le cocuage leur est profitable. On trouve peu de femmes adultères prêtes à se pendre. Et je suis bien certain qu'aucun des éditeurs qui publient les ouvrages dont je rends compte ne convoite la femme d'un de ses auteurs.

Lorsque MM. Sernada et Maurice de Vlaminck écrivaient leurs *Âmes de mannequins*[1], ils avaient pris comme principal personnage de ce roman un de leurs amis : M. Nicolas Tchernadief, plus connu dans les cirques et dans les music-halls sous le nom de Max Priatel, acrobate illusionniste. Je me plais à constater et les mauvaises fréquentations de MM. F. Sernada et Maurice de Vlaminck et leur clairvoyance. Car, à la fin de leur ouvrage ces romanciers n'avaient pas hésité à faire de leur héros un assassin et un voleur de bijoux. Et voyez la justesse de leurs déductions psychologiques; leur modèle, M. Tchernadief est à cette heure sous les verrous pour tentative d'assassinat sur la personne d'une demi-mondaine aristocratique : Mlle Tallavigne dont il s'était en outre approprié les bijoux.

On dit que, s'appuyant sur le roman de MM. F. Sernada et Maurice de Vlaminck, l'avocat de M. Tchernadief n'aura aucune peine à obtenir l'acquittement de son client, en montrant qu'il est déséquilibré et par conséquent irresponsable.

Aussi bien, n'ai-je point trouvé une meilleure façon de faire l'éloge d'*Âmes de mannequins* qu'en indiquant tout ce que ce roman, si intéressant à d'autres égards, contenait de prophétique. La prophétie n'est pas commune dans la production romanesque d'aujourd'hui et les prophéties réalisées sont encore plus rares.

Le roman de M. Émile Bruni, *Les Deux Nuits de don Juan*[2], est un des plus délicieusement voluptueux qui aient paru depuis longtemps.

La trame en est assez romantique.

Un bel adolescent égaré un soir d'orage est accueilli dans un château où il ne trouve que de belles jeunes femmes. Elles feignent de reconnaître en lui don Juan même. Vous pouvez penser quelle nuit s'ensuivit. Et le jeune homme ne sut point quelles dames l'avaient favorisé ni dans quel château il s'était réfugié. Bien des années se passèrent; la vie ramena dans le même site l'adolescent d'autrefois. Et quelle douleur! il dut reconnaître dans la jeune fille qu'il devait épouser sa propre fille et celle d'une des inconnues qu'il avait aimées durant la nuit d'orage. Avec quel tact M. Émile Bruni a abordé la délicate question de l'inceste! Il n'a point osé aller jusqu'à sa consommation et il n'y a point de doute que ses lecteurs ne lui en sachent gré. Je ne sais pas s'il y a dans ce livre beaucoup de psychologie, mais je suis sûr qu'on y reconnaîtra une imagination neuve et un art exquis.

Or en ai dol[1], dit le mélancolique refrain de la chanson de la belle Doette. M. Georges de Palandrie en a fait le titre d'une étrange nouvelle. C'est ici le conte de la pureté. Le héros de M. Georges de Palandrie est l'innocence même. Et dans ce récit sans hypocrisie comme sans passion sont fixés avec une rare élégance les traits d'un personnage bien moderne : le jeune littérateur chaste que sa famille envoie voyager tout seul. Celui-ci comme bien d'autres promène sa timidité et son impuissance dans les bons hôtels de la Suisse. Mais ce sont une impuissance et une timidité de bon ton, de bon goût. Voilà le snobisme devenu sympathique et un jeune snob mis au rang des personnages les plus lyriques de la littérature. Ce Chérubin exquis et inquiet ne peut aimer ni les femmes, ni les hommes, ni soi-même. Et s'il meurt c'est en s'écroulant «comme un pan de montagne, gravement, avec des pierres et des pierres en avalanche *dans le* champ de neige qu'*Il* longeait, *au pied* même de la grande paroi du Cervin». Et c'était bien la neige qu'il cherchait. Il voulait cette pureté, cette blancheur éternelle «qu'à force de chercher, patient, *Il* avait trouvée sur son chemin».

J'ai parlé plus haut, à propos du héros de M. Georges de Palandrie, de Chérubin, et je m'aperçois de mon erreur. C'est de l'Antiochus et de l'Hippolyte de Racine que j'eusse dû parler, je dois ajouter que ce petit roman de la pureté est de forme aussi pure que son héros virginal.

La Vendée aux genêts, par M. Marcel Batilliat, nous montre combien la haine des temps présents est restée vivace aux cœurs des Chouans. On trouvera dans cet ouvrage émouvant quelques chapitres superbes où sont évoqués avec maîtrise sur les anciens champs de bataille de la grande guerre les fantômes têtus des Chouans qui composaient la Grande Armée catholique et royale.

Ce roman est admirablement composé. Le caractère de chaque personnage est dessiné avec fermeté et une grande précision. Un grand souffle pathétique passe à travers *La Vendée aux genêts.* Certes l'auteur a été ému en l'écrivant et la qualité de son émotion est des plus rares.

Ce livre est d'actualité, au moment où les haines politiques et surtout religieuses semblent chaque jour grandir. La Vendée était bien le cadre où le romancier qui oserait aborder ces questions devait situer le poignant conflit entre ceux qui regrettent obstinément le passé et les cœurs nouveaux.

Il ne manque à M. Paul Bruzon qu'un peu de concision pour qu'on puisse le comparer au Boccace des contes les plus tragiques. Et *Soleil d'Islam* est bien une des histoires les plus dramatiques que je connaisse. Il y a là l'assassinat d'une Française par des Arabes qui est une page maîtresse. Le martyre des colons d'Afreville a je ne sais quelle effrayante beauté qu'on ne trouverait pas ailleurs. Je suis certain que si M. Paul Bruzon voulait s'efforcer de donner à son style un peu de la précision de celui de Mérimée, il écrirait des livres immortels. Les qualités que l'on doit accorder à *Soleil d'Islam* sont de tout premier ordre. L'auteur se hausse par endroits jusqu'à l'épopée. Il imagine avec grandeur le soulèvement toujours menaçant des Arabes de l'Algérie. M. Paul Bruzon a le don d'écrire l'animation des foules. Son talent évocateur lui permet de rendre de façon saisissante tout le tumulte d'un champ de bataille. Il sait exprimer aussi la grâce lascive de l'Orient dont il semble connaître à merveille les coutumes et les croyances. On voudrait seulement que son livre fût plus net et plus coloré.

L'Éveil, par Gabrielle Rosenthal, est le délicieux journal d'un jeune cœur qui veut aimer l'Amour. Antéros vient, d'abord, ce frère de l'Amour et qui lui ressemble, mais il fuit bientôt pour laisser la place au petit aveugle-né qui nous régente tous.

Et, tout est délicieusement lyrique dans ce petit livre ni puéril ni prétentieux.

(Juillet 1908.)

Maurice Renard : *Le Docteur Lerne, sous-dieu*, Mercure de France[1]. Valinx Deterroac : *La Joie d'être artérioscléreux*, A. Messein. Legrand-Chabrier : *Le Livre de Claude-Alexis Brodier*, L. Theuveny. Legrand-Chabrier : *La Journée d'Arles*, E. Sansot et Cie. Jules Bois : *Le Vaisseau des caresses*, Eugène Fasquelle.

Un rédacteur de *La Rénovation esthétique* s'en prend à M. Charles Foley parce qu'il vend sans en effacer l'*ex-dono* les livres qu'on lui envoie[2]. Il n'y a cependant là rien de choquant. L'exemple de M. Charles Foley devrait être proposé à tous ceux auxquels on donne des livres et qui les vendent.

Il n'est pas malhonnête de se défaire de ce qui vous appartient.

Mais sied-il bien à quelqu'un qui aime les livres au point d'en écrire, de les mutiler, d'en arracher cet hommage souvent banal, quelquefois émouvant, qui est de l'auteur même et authentifie un ouvrage?

La science offre à l'imagination des poètes et des conteurs un domaine nouveau. Mais la dignité du poète exige qu'il apporte à traiter les questions scientifiques un tact méticuleux.

Le poète est analogue à la divinité. Il sait que dans sa création la vérité est indéfectible. Il admire son ouvrage. Il connaît l'erreur qui anime sa créature, fausse au regard de nos visions mais qui présente aux puissances momentanées une vérité éternelle. Aussi, l'organisme d'une créature poétique ne contient-il pas moins de perfection que celui d'une de celles qui tombent sous nos sens. Et bien que le poète soit agité au hasard, la fatalité domine sa créature.

Chaque jour peut-être une volonté toute-puissante change l'ordre des choses, contrarie les causes et les effets et anéantit le souvenir et la vérité même de ce qui existait la veille pour créer une succession d'événements établissant une nouvelle réalité. Et ces nouveautés sont le mensonge de l'ancienne vérité. Tel est l'ouvrage poétique : la fausseté d'une réalité anéantie. Et le souvenir même a disparu. La comparaison est impossible. La vie et la vérité sont indéniables.

Au contraire, le conteur ne connaît point cette nécessité poétique qui vérifie l'erreur, et les fictions des romanciers peuvent très bien s'égarer dans la recherche de la solution de ces questions scientifiques qu'en employant un terme scolastique on pourrait appeler quod-libétales[1]. L'invraisemblance, qui dans un ouvrage poétique ne sera jamais en quelque sorte traditionnelle, devient pour le romancier un ressort qu'il peut faire jouer à son gré.

À cet égard, le talent magique de M. Maurice Renard paraît destiné à avoir une grande influence littéraire. Son roman : *Le Docteur Lerne, sous-dieu* est véritablement une petite merveille de fantaisie gracieuse, cultivée et aisément savante. En le lisant, on va d'étonnement en étonnement. L'Allemand qui est aussi le docteur Lerne présente les apparences multiples d'un Protée. Les arbres se meuvent. Et tout se transforme selon les souhaits de l'auteur dont l'art doue de vraisemblance les miracles les plus invraisemblables.

Ce roman subdivin des métamorphoses n'est pas inférieur aux contes de Voltaire et se tient, à mon sens, au-dessus des fantaisies de l'Anglais Wells auquel il est dédié. C'est qu'il renferme un charme qui manque aux ouvrages de l'écrivain britannique, sans être moins surprenant que ceux-ci. M. Maurice Renard n'a mis qu'une bride à son imagination : le goût, et un goût qu'il n'a pas hésité à exercer, même en matière de volupté.

Plus tard, dans les Enfers, plutôt qu'en enfer, dans les Champs-Élysées, mais non au paradis, M. Maurice Renard — chassant devant soi ses arbres-fées, l'automobile intelligente, ce génie trépané et immortel, le docteur Lerne, sous-dieu, les minotaures et les autres animaux humains ou simplement hybrides — devisera avec l'Africain Apulée menant l'âne d'or brouter des roses.

La Joie d'être artérioscléreux est un roman très ironique[2]. M. Valinx Deterroac se classe d'emblée au premier rang de nos auteurs gais. Il prouve qu'à partir d'un certain âge, pour qu'un homme soit heureux en ménage, il est nécessaire qu'il fasse le malade imaginaire. L'auteur critique agréablement les mœurs contemporaines. Et comme il faut qu'on rie sans cesse en lisant son joyeux roman, j'imagine que M. Valinx Deterroac ne le cède en tristesse à aucun de ses devanciers.

De grâce monsieur l'hypocondre, faites-nous souvent rire.

MM. Legrand-Chabrier viennent de faire paraître une nouvelle édition du *Livre de Claude-Alexis Brodier*[1]. Ce bric-à-brac de la délicatesse ressortit à la poésie. La variété qui donne tant de charme à cette suite de petits poèmes en prose n'est dépassée que par la fantaisie délicieuse qui les a inspirés et par le soin qu'on a pris de les polir et de les repolir.

Le premier récit, je veux dire le premier poème de ce recueil, l'histoire de Claude-Alexis Brodier, paysan perverti, est un véritable et très habile plaidoyer contre la vie rustique.

Si ses auteurs aiment les distinctions honorifiques il faut bien qu'ils renoncent à la décoration du Mérite agricole. Mais, que chaque ville du monde s'empresse de les dédommager en leur donnant le droit de cité, car je crois qu'ils les aiment toutes et découvrent dans chacune son charme singulier. Éditeur de guides, je confierais à MM. Legrand-Chabrier le soin d'en écrire. Leur *Journée d'Arles* joint à la précision descriptive d'un Le Pays le sentiment fantaisiste d'un Sterne[2]. Je n'ai jamais été à Arles, mais la lecture de ce petit livre, ce que je connais de la Provence et le souvenir de mon passage à Trèves, « Arles-sur-la-Moselle », qui se vante d'être la plus ancienne ville du monde, me donnent, j'en suis certain, une juste et suffisante idée de « Trèves-sur-Rhône ». Et lorsque j'irai à Arles, je ne serai pas dépaysé une seule minute...

Le Vaisseau des caresses[3] navigue mollement vers des paradis que je ne connais pas. Ses passagers sont en proie au rut qui domine les traversées. Les captives autrefois ne devaient pas résister longtemps aux désirs des pirates qui les avaient enlevées.

Le Vaisseau des caresses enferme une foule cosmopolite.

Nul ne peut s'évader de l'arche langoureuse. Et comme tous les cœurs y battent pour l'amour, il en est de méprisés qui deviennent méprisables par la haine et dans le mal.

M. Jules Bois a voulu écrire, lui aussi, son roman de la foule. Il a choisi une foule enclose et ce minuscule État flottant ne s'est point constitué en république. C'est un royaume qu'une reine amoureuse gouverne : Glatic, la petite Hollandaise de Java.

Les savants seuls, jusqu'à présent, s'étaient occupés d'océanographie, mais M. Jules Bois est un poète...

(Août 1908.)

Louis Bréon : *Tzimin-Chac,* Moin-Dic et Cie. Gaston Hérisson : *Un jeune bourgeois,* E. Sansot et Cie. Paul Fraycourt : *Dupecus,* P. V. Stock. Léopold Lekeu : *Marninx,* Édition générale, Bruxelles. Mme Marie Dhormoy : *Le Pont chinois,* J. Chaume[1].

Diego Lopez Cocullado raconte que Cortez donna un cheval aux naturels du Yucatan qui en firent un de leurs dieux. Ils le nourrissaient délicatement et l'appelaient : «le Courrier du tonnerre». Ce cheval trop bien nourri et trop adulé mourut bientôt. C'est ce récit qui a inspiré à M. Louis Bréon un curieux roman *Tzimin-Chac.* Cet ouvrage savoureux offre entre autres parties du premier ordre une description de la fameuse ménagerie de Mexico, où Montezuma avait réuni des exemplaires de toute la faune américaine. Condors du Chimborazo, jaguars des montagnes, toutes les variétés de poissons nageant dans des vasques de porphyre. Et ces bêtes étaient nourries de chair humaine, les victimes étant sacrifiées à Vitziloputchli dont l'autel dressait sa pyramide devant l'immense ménagerie.

Il faut louer les auteurs qui, ainsi que M. Louis Bréon, se préoccupent non seulement de notre émotion, mais aussi de notre étonnement. Le merveilleux devrait être le premier souci du romancier. On devrait bien laisser de côté pendant quelque temps — le temps de prendre conscience de la réalité — tout ce faux-semblant de réalisme qui nous excède dans la plupart des romans d'aujourd'hui, et qui n'est que de la platitude. Sous prétexte du naturalisme psychologique et sentimental à la mode, la plupart des auteurs n'ont plus même besoin de recourir à leur imagination. L'autobiographie suffit à tout, et ceux qui se donnent la peine d'inventer une pauvre petite histoire de rien du tout deviennent vite célèbres. Ils n'ont presque pas de concurrence à redouter. Mais il n'en sera plus de même désormais, ce semble. L'imagination paraît reprendre en littérature la place à laquelle elle a droit. Des romans comme *Le Docteur Lerne, sous-dieu* de M. Maurice Renard et comme le *Tzimin-Chac* de M. Louis Bréon sont à cet égard, d'excellent augure.

Les soldats de Napoléon portaient tous dans leur giberne le bâton de maréchal de France, tout prêtre, et particulièrement s'il est italien, peut espérer devenir pape et le cordon ombilical de chaque jeune Français peut se changer par la suite en ce grand cordon du président de la République. Aussi la carrière politique a-t-elle de grands attraits pour les jeunes bourgeois d'aujourd'hui. Comme elle est encombrée, il faut, si l'on est ambitieux, poursuivre uniquement son but. On n'a pas de temps à perdre. Si l'amour se présente au jeune bourgeois, il doit vivement s'en détourner à moins toutefois qu'il ne s'agisse d'une liaison utile, servant aux fins que l'on se propose. Et M. Gaston Hérisson, qui analyse finement le caractère machiavélique de ce personnage contemporain, *le jeune bourgeois*, me semble connaître à merveille cette époque et les passions qui la dominent.

Le *Dupecus* de M. Paul Fraycourt[1] est un roman anticlérical dans lequel le bon sens ne fait point défaut. Les personnages n'en sont pas très nouveaux, mais, justement, cela ne déplaît point qu'un auteur fasse semblant d'ignorer tout ce que le sujet qu'il traite peut avoir acquis de nouveauté depuis une cinquantaine d'années. Nécessairement le roman de M. Paul Fraycourt a cet air un peu vieillot que l'on découvre dans les récits anticléricaux publiés entre 1830 et 1870. C'est ainsi qu'un lecteur non averti le prendra pour la réimpression d'une publication célèbre sous le second Empire. Cela ne va pas sans charme et l'auteur me dirait que c'est ce qu'il a voulu : je le croirais volontiers.

L'amplification de collège que M. Léopold Lekeu vient de publier sous le titre de *Marninx* n'offre pas le moindre intérêt. Le diable, le dragon de Rhodes, la châtelaine vertueuse et le jeune page pieux ne sont plus supportables que si l'auteur dépense du talent. Et cependant l'histoire des ordres guerriers est une mine inépuisable de faits réels ou légendaires qui peuvent inspirer un écrivain. Les chevaliers de Malte, leurs caravanes, leurs déportements, leur faste n'ont tenté personne et sont bien tentants. Mais M. Léopold Lekeu devrait se contenter d'écrire des livres de prix pour l'éditeur Mame, de Tours.

L'idylle que Mme Marie Dhormoy dédie à sa fille est exquise. Depuis longtemps il ne m'était point arrivé de lire un roman aussi plein de fraîcheur. Et l'on sait qu'il suffit à un livre d'avoir cette qualité pour qu'on ne s'en lasse point. *Le Pont chinois* pourrait bien avoir la fortune de *Paul et Virginie*. Il faut aussi que Mme Marie Dhormoy écrive des contes de fées. Elle y réussira fort bien. D'ailleurs son nom ne rappelle-t-il point celui de Mme d'Aulnoy?

(Septembre 1908.)

Gustave Kahn : *Contes hollandais,* Eugène Fasquelle. Jean de Gourmont : *La Toison d'or,* Mercure de France. R. Gaston Charles : *La Danseuse nue et la Dame à la licorne,* Mercure de France. Prosper Dor : *Au bord de l'idylle,* E. Sansot et Cie. Charles Dulait : *Les Autres,* Sainte-Catherine Press, Bruges. Paul Tisseyre-Ananké : *Ces messieurs et dames des grands magasins,* A. Messein.

Contes hollandais, par Gustave Kahn. Vers la fin d'un jour de l'été dernier, je m'étais arrêté sur la grand-place d'un village pimpant de la Zélande[1].

D'une vieille petite maison rouge aux fenêtres vertes sortit, affable, les mains tendues, celui que Marinetti a chanté :

Ô Génie africain dont l'âme ensoleillée
Pavoisa de lumière les brumes parisiennes,
Tu fus sans doute en quelque vie lointaine

Un langoureux poète arabe aux yeux mi-clos,
Assis, jambes croisées, sous un vieux sycomore,
Que le soir emplissait d'un tumulte sonore
D'étoiles et d'oiseaux[1].

Je le pris d'abord pour Klingsor, le magicien de la Wartburg et dont il est dit dans *Titurel* :

Clinzor ist er genennet,
Von Napels der geburte
Der Zaubers vil bekennet[2].

Et c'était ce maître auquel la poésie contemporaine doit toutes ses franchises et tant de nouveautés. Le ciel s'était couvert. Une nuée basse, sombre et métallique l'obscurcissait : un orage, un terrible orage de Zélande éclata soudain. Gustave Kahn me fit entrer dans sa petite demeure aux cuivres étincelants, embaumée par une odeur de pommes nouvellement cueillies. Il vient de publier des contes délicieux, évoquant, comme par miracle, l'âme en porcelaine de la Hollande polychrome. On dirait d'un Andersen moins triste. On éprouve de nouveau, à les lire, la bonne humeur calme qui est le trait distinctif de la vie hollandaise. Qu'on ne parle plus maintenant de Hildebrand et de ses *Scènes* démodées[3]. Elles ne montraient qu'une Hollande comme peuvent la voir les pasteurs, ennuyeuse, bête, sans grâces ni couleurs.

Voici des contes vifs et touchants, des histoires fabuleuses pleines de traits réels. Ce sont des princesses issues des vieux livres d'images, de belles demoiselles en porcelaine, des antiquaires bizarres, des rentiers hollandais dont les manies sont innocentes, mais importantes. Gustave Kahn raconte aussi, avec cette profusion d'images dont, poète, il dispose, les légendes des villes mortes du Zuiderzee. Il dit comment Stavoren florissante au commencement du XIIIe siècle connut tout à coup la décadence. Dans cette ville royale on ne connaissait point de pauvres. Le luxe des habitants de Stavoren était fameux en Europe ; les colonnes des palais y étaient en or massif, au témoignage de Cornelius Kempius : *« Fertur ibidem fuisse domos, quarum vestibula fuerunt deaurata et columnae aedium auro puro splendentes*[4]*. »* Et cette ville superbe mourut et devint un pauvre village de pêcheurs.

Au demeurant, tout est exquis dans ce recueil diapré comme un bouquet de Walcheren[1], coquet comme les Zélandaises, savoureux comme les *hopjes* de La Haye[2], et dont l'exotisme, par-ci, par-là, fleure fort l'arack[3] distillé à Java.

La Toison d'or, par Jean de Gourmont. C'est avec une grande joie qu'ayant goûté sans réserves ce roman plein d'art et de vie, j'entreprends d'écrire ici l'éloge de son auteur.

Il dispose de la rare qualité de mettre de la réalité dans ses créations. La réalité vérifie ce qu'imagine l'écrivain. Elle est semblable au sang qui court dans les veines des vivants. Elle anime un ouvrage qui sans elle n'aurait que l'existence impersonnelle des cadavres. On pourrait, définissant la réalité, dire qu'elle est le but de l'art, en quoi je ne veux rien voir d'autre que le but de la nature.

Ce style, cette vérité, cette réalité, bienheureux ceux qui savent la mettre en branle! Elle éclate dans les œuvres dont s'honore le génie français. Pour elle Jean de Gourmont a renoncé à cette ignorance que l'on est en droit de reprocher aujourd'hui à la plupart des gens de lettres et qui s'étend même aux notions élémentaires de leur art. Jean de Gourmont a remplacé l'ignorance par des certitudes qui, étroitement liées à son intelligence, lui donnent la liberté divine de créer à sa guise. Et son audace dans la réalité l'a amené à parler sans réticences de l'amour. Lorsqu'on en vient là, il faut bien se dire que la vérité devient un danger. On provoque partout un dégoûtant mépris. On s'expose à la haine de tous les écrivains de la dernière catégorie qui exploitent la vertu en excitant les plus vicieuses curiosités.

Une facétie délicieuse, et peu connue, d'Henri Monnier montre bien ce que je pense à ce propos.

Un négociant de Paris se trouvait de passage à Rouen. Le soir, ayant manqué le train, il revenait à son hôtel, quand une fille l'accostant, l'invite à monter chez elle. Le négociant était marié et fidèle : «Passe ton chemin», dit-il à la fille. Elle insiste : «Je te ferai le grand jeu!» Le négociant marche plus vite. Mais la fille le suit : «Viens, tu me plais, nous ferons *la diligence de Lyon*[4].» Le bon mari refuse encore et rentre à son hôtel. La nuit, il rêve à *la diligence de Lyon.* En quoi consiste-t-elle? Le lendemain, il rentre à Paris. Les caresses de sa femme ne parviennent pas à lui faire oublier l'aventure de Rouen. Il voudrait connaître *la diligence de Lyon* et pour trouver la paix, il prétexte une nouvelle affaire et retourne à Rouen.

Aussitôt arrivé, il parcourt la ville, sans rencontrer la fille. Il la cherche longtemps, et finit par apprendre qu'elle s'appelle Cornélie et que sa sœur venant de mourir, elle est partie au Havre sans laisser d'adresse. Aussitôt, il part pour Le Havre, d'où on l'envoie à Amiens. Il parcourt ainsi successivement Lille, Arras, Bruxelles, Anvers et arrive finalement à Gand. Il se rend à l'adresse indiquée : une maison close du Rydick. Il demande Cornélie et apprend qu'elle est dangereusement malade et que le médecin a défendu toute visite. Le négociant insiste tant qu'on l'amène auprès de Cornélie. Il demande à rester seul avec elle : « Me reconnais-tu? s'écrie-t-il. Il faut absolument que nous fassions *la diligence de Lyon*!

— Que demandes-tu là, répond Cornélie, je suis malade, à bout de forces, expirante, et tu veux une chose dangereuse, que j'hésitais à faire et n'ai fait que très rarement en bonne santé.

— Ne me refuse pas. J'en deviendrais fou. » Et le négociant la supplie, lui fait les plus belles promesses. « Allons, tu y tiens tant, murmure Cornélie, que je vais essayer. »

Elle fait un effort pour se lever, retombe et expire emportant son secret dans la tombe*.

Que d'écrivains n'ont dû leur succès qu'à la *diligence de Lyon*!

Elle a mené et mènera encore à l'Académie les plus mauvais romanciers. M. Jean de Gourmont a refusé de prendre ce véhicule de la tartuferie. Sa hardiesse pleine de mesure ne recule ni devant les mots ni devant les situations. Il demeure ainsi dans la tradition littéraire de la France qui seule depuis les Anciens a su se conformer à la fois aux nécessités de l'artiste et à celles de la vie.

La Danseuse nue et la Dame à la licorne, par R. Gaston Charles. Un tel titre suffit à la gloire de ce roman dont l'auteur manifestement est une femme[1]. Car, pour ma part, je ne vois pas quel homme aurait pu éprouver les préoccupations combinées d'art et de morale qui dominent ici. Il me plaît que, cessant de rompre des lances pour soutenir

* Henri Monnier, cru satiriste de mœurs, n'écrivit que des contes moraux.

la pureté de la nudité, on ait amené la licorne afin qu'elle combattît l'éléphant de la prude hypocrisie. On sait que la corne du monocère a une telle dureté que rien ne saurait la briser. Elle est en même temps si aiguë qu'il n'y a point de corps qu'elle ne transperce. Et, lorsque la licorne rencontre l'éléphant, son seul ennemi, elle attend, immobile, son attaque, baisse brusquement la tête au moment favorable et tue son formidable adversaire en le frappant au ventre.

Je regrette seulement que la danseuse nue et peut-être même la licorne soient ici des Américaines. On nous les donne comme des modèles d'impudeur et de chasteté. Et l'auteur se plaît à croire que les Français sont en décadence parce qu'ils forment des désirs à la vue d'une belle nudité. Autant trouver indécent et antiartistique le fait de manger de beaux fruits. Je doit ajouter que, pour ma part, je trouve bien peu artistique les soi-disant danses des femmes nues. Cette ridicule chorégraphie peut bien avoir été à la mode; il faudra, si l'on aime l'art de la danse, revenir aux ballerines de profession qui connaissent les règles, qui sont exercées, et laisser de côté la lourdeur et les simagrées sans grâce de celles qui essayent de se faire passer pour des danseuses. Autant il faut louer une créatrice comme la Loïe Fuller, autant il faut se moquer des Isadora Duncan et autres licornes d'Amérique.

Au bord de l'idylle, par Prosper Dor. Si je voyais dans ce roman autre chose que l'autobiographie de son auteur je serais tenté de répéter mon petit discours sur les licornes. Plus haut, je pouvais les donner pour des échantillons de la faune américaine. Les licornes de M. Prosper Dor, ce sont les Allemandes et surtout les Juives allemandes, qu'il oppose à la Française. Allons, le patriotisme n'est plus à la mode que dans les Balkans. En France, l'antipatriotisme prend toutes les formes, même celle de l'espérantisme. Rien n'est bien, qui soit français. L'idéal des artistes américains est plus élevé que le nôtre. N'épousez pas de Française, prenez une Juive allemande et vous m'en direz des nouvelles. Oubliez le français pour apprendre l'espéranto. Mais, M. Prosper Dor, ou plutôt son héros, a une excuse. Son mariage avec une Française l'a déçu. Ces choses-là arrivent même chez les Juifs allemands. Son bonheur a pris la forme d'une petite israélite de Bavière. Il existe des bonheurs qu'incarnent des filles de Paris Mais, nonobstant ces réserves, je dois dire qu'*Au bord de l'idylle* est un très beau roman où l'observation est souvent juste, où la passion et le pathétique ne manquent point et dont l'issue tragique, racontée d'une façon simple et poignante, forcerait le plus malveillant à admirer le talent de son auteur.

Les Autres[1], par M. Charles Dulait. Sans doute, est-ce un ouvrage de début. Il ne faut pas s'étonner de certaines maladresses. L'auteur n'est pas toujours certain des mots qu'il emploie. « Effluve » est pour lui au féminin La forme par lettres et le sujet font penser aux *Liaisons dangereuses*. D'autre part, on sent que M. Charles Dulait s'est délecté à lire les petits romans, très froids, du XVIIIe siècle où la fantaisie des écrivains ne s'ingéniait qu'à trouver des noms comme Zélotide, Olinde, Damon, Dorval, de façon à situer le moins possible ces productions. Les personnages de M. Charles Dulait se nomment Naxès, Chrysiane, Mérilaine. Un jardinier s'appelle Lysippe. C'est là un divertissement très raffiné. Les noms propres sont peut-être les seuls néologismes dont doive user un écrivain. Dans *Les Autres*, le procédé apparaît un peu trop. Il enlève toute réalité à un livre où l'on trouve cependant de belles qualités avec un style ferme, sobre et lyrique. Le grand défaut de cet ouvrage est d'avoir l'air d'un pastiche. Il est construit comme les tragédies classiques. Le récit du cinquième acte est fort bien présenté par la lettre du jardinier Lysippe qui écrit avec une noblesse au-dessus de sa condition :

« Je n'ai pas appris la philosophie dans les écoles, et je ne suis qu'un pauvre jardinier à peine lettré ; c'est tout au plus si je me complais volontiers, ma besogne finie, à lire avec respect les beaux vers, où des hommes au cœur pur ont introduit le meilleur de leurs rêves [...]

« [...] Vos afflictions et celles de Naxès ne furent pas stériles tout à fait : elles rendront plus sages, peut-être, les générations qui viendront après nous, en leur apprenant comment ce fut en vain que votre image adorable apparut au plus génial des poètes, descendant un matin le frêle escalier de marbre jaspé, qui sous les arceaux festonnés d'amarantes, conduit au parterre de dilection, dans le fouillis des œillets, des glycines et des lis.

«Car l'idéal que vous cherchez l'un et l'autre n'était pas en vous.»

Il faut ajouter que Chrysiane, la dame aux gages de qui se trouve le jardinier Lysippe, vient de lui écrire sur ce ton :

«Ce que vous allez lire vous jettera dans la consternation et je ne sais si vous voudrez ajouter foi aux révélations qu'il me faut vous faire.»

Qu'on ne pense pas que je veuille me moquer. Cet ouvrage représente un effort artistique très respectable. Et j'ai éprouvé plus que quiconque combien il est facile de tourner en ridicule les efforts d'un jeune homme cherchant sa personnalité. On devine que celle de M. Charles Dulait aura une grande puissance. Il possède déjà ce don de la composition dont résulte l'unité magnifique d'un ouvrage et cette sobriété sonore qui agrandit les paroles. C'est dire que les qualités de son ouvrage sont bien supérieures à ses défauts. Et je suis certain que M. Charles Dulait a la conscience qu'il sera un des plus harmonieux créateurs de sa génération.

Ces messieurs et dames des grands magasins, par Paul Tisseyre-Ananké. Les typos, le prote, le correcteur et l'homme de conscience sont des gens terribles. Pour la coquille heureuse des *Stances à Duperrier*[1], de combien de fautes ne sont-ils pas responsables que l'on attribue aux écrivains! Ayant répondu du mieux que j'avais pu à l'enquête d'*Isis* sur le monument d'Homère, j'étais tout fier d'avoir su mettre en avant des hérétiques. Et voilà qu'à l'impression on me fait dire que «les corporations adoraient Homère et encensaient son image». Je n'avais voulu parler que des Carpocratiens[2]. Et, chaque fois que M. Paul Tisseyre-Ananké avait écrit «acquérir», les typographes avec une constance maligne ont imprimé «aliéner». Mais ce n'est là qu'une petite tache sans importance dans un roman très amusant qui nous met au courant de la vie peu attrayante que mènent les employés des grands magasins de nouveautés.

(Novembre 1908.)

Paul Adam : *La Morale des sports,* Librairie mondiale. Aurel : *Pour en finir avec l'amant,* Mercure de France. Albert

Erlande : *Le Défaut de l'armure,* E. Sansot et Cie. Rudyard Kipling : *Au blanc et noir,* P.-V. Stock. Francis Bœuf : *Gerbes grises,* La Phalange. Jules Huré : *Les Voix de la raison,* Société française d'imprimerie et de librairie. Firmin Raillon : *Vers les temps nouveaux par l'éducation intégrale et par la femme,* V. Giard et E. Brière.

La Morale des sports, par Paul Adam. Je pense que si cet ouvrage s'est trouvé parmi ceux dont je dois rendre compte, c'est parce qu'il eût été facile à M. Paul Adam de relier ses articles en imaginant un personnage, un jeune homme qui, soucieux de sa beauté et de sa santé, parcourant les gymnases, les pistes, les salles d'armes, les rings, etc., aurait assez de jugement pour composer les différentes dissertations qu'a développées l'auteur en accomplissant un voyage semblable. Cela constituerait une sorte de roman didactique, qui n'irait pas sans analogie avec le *Voyage du jeune Anacharsis.* Ce serait le récit d'une excursion bien moderne.

Je n'entreprendrai pas d'analyser un ouvrage aussi compact, dont les beautés et la noblesse sont de premier ordre. Et, cependant, j'ose croire que parlant des sports et en tirant la morale, M. Paul Adam manque peut-être d'expérience. Si je me souviens bien, d'après Multatuli, un spécialiste n'est qu'un homme qui en sait assez sur une matière pour savoir qu'il ne la connaît pas[1]. Et, en ce qui concerne les sports, M. Paul Adam serait tout juste un spécialiste, car je ne peux pas croire qu'il ait pratiqué tous ceux dont il parle.

Toutefois, sa morale est très pratique, et ses conseils peuvent être fort utiles à l'occasion. Son ouvrage est un de ceux que l'on voudrait voir dans toutes les mains. Et qui pourrait regretter que grâce à quelques exercices nous ne fussions plus entourés que d'êtres pleins de beauté et de santé?

Toutefois, les avantages de l'athlétisme me paraissent très discutables. Et la santé, sinon la beauté, ressortit à l'hygiène, plutôt qu'aux sports. Les athlètes ne vivent pas plus longtemps que les autres hommes, ils ne se portent pas mieux et ne développent certaines de leurs facultés et certains de leurs membres qu'aux dépens des autres. Les sports auxquels se livrait un athlète comme Maupassant ne l'ont pas empêché de trouver une fin déplorable. Au demeurant, c'est sans doute M. Paul Adam qui a raison et il faudrait pratiquer tous les sports si l'on avait le temps.

On trouvera pourtant celui de lire un livre aussi substantiel que celui-ci. Nous admirons tous le génie fécond de M. Paul Adam. Il est un des rares écrivains qui aient eu souci aujourd'hui de se créer une syntaxe et de l'enrichir.

Il est aussi un des esprits les plus ouverts et les plus clairvoyants qui aient jamais paru. Quelle admirable richesse verbale! Quelle abondance d'idées souvent toutes neuves. Il faut dire nettement qu'il est le véritable inventeur de la beauté de son époque. Il a découvert le style de la société de son temps. Et la troisième République lui doit toute sa noblesse. Cet écrivain a le rare don d'élever tous les sujets qu'il traite. Il sait étaler sans pédantisme les connaissances les plus variées. Rien ne lui est étranger dans le passé, dans le présent et dans l'avenir. Et il s'efforce dans sa bonté de réconcilier les plus cruels ennemis.

Au Moyen Âge, M. Paul Adam eût été un grand pape; il se contente d'être aujourd'hui un des grands écrivains de son époque.

Pour en finir avec l'amant[1], par Aurel. Il existe aujourd'hui un nombre considérable d'écrivains qui n'ont, sur la clarté, que les idées et les lumières les plus fausses. Lorsque le sens d'un ouvrage leur échappe, ils décrètent qu'il est incompréhensible et stupide. Pauvres gens! Ils n'osent point déclarer que les langues étrangères qu'ils n'entendent point sont dénuées de sens, mais ils le pensent et, ceux d'entre eux qui ne savent pas le grec, si Platon revenait discourir en leur présence, ils l'enverraient promener en le traitant de fou. Le plus souvent, ces censeurs à courte ouïe sont sincères. Mais la sincérité n'a jamais été l'excuse de la sottise. La leur éclate manifestement chaque fois qu'ils ne comprennent pas ce qu'ils lisent. Et ceux même qui ne sont pas si sots sont trop ignorants tout simplement. Mais se servir de sa propre ignorance, c'est employer une arme dangereuse; semblable au boumerang des Australiens, si elle n'a pas atteint le but, elle revient vers celui qui l'a lancée et peut bien le frapper mortellement. Les littératures du monde entier et la littérature française en particulier fourmillent d'ouvrages obscurs ou énigmatiques et ce ne sont pas les moins considérables. Le fameux vers de Boileau «ce que l'on conçoit bien s'énonce clairement» nous donne prudemment la mesure de la clarté. Car ce que nous ne concevons pas bien est infini au regard de nos certitudes.

Tant pis pour ceux qui n'entendent pas le livre d'Aurel. Il est très important. Ces marivaudages tragiques compromettent ce qui subsiste encore de culture celtique. Non pas que je craigne qu'on en ait jamais fini *avec l'amant* : mais je me demande s'ils n'étoufferont pas cette galanterie littéraire de la pureté qui a donné lieu en France à la plus haute civilisation moderne.

Ce livre contient un nouveau *Théâtre de Madame,* certes, mais qu'on est loin de la bêtise ennuyeuse de celui qui l'a précédé! Des pièces comme *L'Insociale* sont au contraire très intéressantes, mais il est possible que les hommes n'entendent rien à la morale qui anime les tragédies modernes de la mystérieuse Aurel. Je suis certain que représentées elles surprendraient par la perfection scénique, l'audace et la nouveauté des sujets. Et le mystère lyrique qui revêt ces pièces comme d'un grand voile en point d'Alençon n'a rien de scandinave et ne vient même pas de Belgique[1].

L'art d'Aurel lui appartient. Elle ne ressemble à personne. Et si on a pu lui trouver des modèles parmi les écrivains contemporains, leurs préoccupations sont si différentes des siennes, que sans faire de rapprochements il faut seulement la louer d'avoir l'ambition d'égaler sinon de dépasser les plus pures et les plus sereines intelligences de ce temps.

Le style d'Aurel a aussi trouvé des censeurs.

Pourquoi s'en étonner? On a aujourd'hui sur la grammaire les idées les plus fausses. Mais ce style plein d'éclairs méritait mieux que des sarcasmes et lorsqu'on sera devenu plus clairvoyant il vaudra peut-être à Aurel le surnom de «duchesse de Saint-Simon».

Le Défaut de l'armure, par Albert Erlande. Quel terrible livre! Malheureux, malheureux poètes, quelle vie nous menons! M. Albert Erlande la décrit complaisamment, mais sans pitié. Sur chacun de ses personnages on peut mettre un nom, mais je doute que *Le Défaut de l'armure* soit proprement un roman à clef. Cependant, je pense que les détails le plus souvent sont authentiques. Malgré des qualités de premier ordre, malgré des trouvailles d'une nouveauté inoubliable, ce livre paraît parfois un peu terre à terre. On n'est pas sans savoir quelle crise imprévue et navrante subit aujourd'hui la production des romanciers. Le roman ne se vend plus, dit-on de toutes parts, et l'on en attribue la mévente aux publications à bon marché. Quelle erreur! On ne lit plus les romans nouveaux parce que tels qu'ils sont ils ne plaisent plus. Il faut s'écarter maintenant de cette précision imprécise en quoi consiste l'art des naturalistes. Un Huysmans exerce encore sa déplorable influence sur les lettres. Je ne parle pas de Zola ni de Maupassant.

Puisse-t-on étrangler leur souvenir dans un cul-de-sac! On en a assez de tout ce qui ne marque pas chez son auteur une imagination pleine d'inattendu. On ne sera jamais fatigué de la fiction, mais qu'est-ce que la fiction sans la fantaisie?

Et M. Albert Erlande s'efforce de l'étouffer. Puisqu'il est poète qu'il se serve donc toujours de ses qualités poétiques, qu'il invente plus souvent et que la réalité ne soit pas pour lui un modèle mais tout au plus la matière dont il a besoin pour produire comme un peintre a besoin de couleurs. Le reste, M. Albert Erlande doit le créer. Il en a le pouvoir. Le public ne demande pas mieux que de se passionner, mais il faut lui en donner l'occasion et je crois que ce sont les romanciers et non pas les auteurs dramatiques qui devraient lire Shakespeare.

Au blanc et noir, par Rudyard Kipling, traduction d'Alfred Savine. Ceux qui aiment beaucoup les nouvelles de Rudyard Kipling et qui connaissent son œuvre font un cas particulier du recueil intitulé *Au blanc et noir.* Pour moi, je goûte médiocrement le talent de l'écrivain le mieux payé d'aujourd'hui et les histoires contenues dans *Au blanc et noir* m'ont paru aussi ennuyeuses que toutes les autres Kiplingeries. Certes, Kipling tire parti de l'Inde qu'il connaît et de Maupassant qu'il a bien lu. Zola ne lui est pas étranger non plus. Mais comme l'Inde doit être belle hors de Kipling et combien Maupassant et Zola ont plus de mérites que le facile auteur des *Livres de la jungle*! Il semble d'ailleurs que sa gloire décline rapidement dans les pays anglo-saxons. Kipling, pour écrire, ne peut se passer de ce qui sert de manuels Roret[1] en

Angleterre. Il doit en avoir une fameuse collection! Il a aussi deux ou trois trucs à sa disposition et il les emploie sans cesse.

Ses nouvelles se ressemblent toutes. On y trouve : les fonctionnaires anglais dans l'Inde, les Hindous en contact avec la civilisation anglaise et quelques traits pour plaire au public de plus en plus nombreux des théosophes. C'est honnêtement industriel et péniblement industrieux. Qu'on fasse une belle salade de tous ses contes, que M. Pierre Mille en tire une pièce, qu'on la joue au théâtre des Arts et qu'on n'en parle plus. Finisse l'entente cordiale, mais assez de Kipling, j'aime mieux Jules Verne et même Buffalo Bill!

Gerbes grises, par Francis Bœuf. Le talent de Francis Bœuf est sobre et fort. Sa phrase est nombreuse et son imagination est puissante. Veut-on le comparer à quelqu'un, on songe aussitôt à Maupassant et vite on laisse là cette comparaison parce qu'on découvre en Francis Bœuf une originalité qui interdit toute assimilation, fût-ce avec un maître. Les nouvelles qui composent ce recueil des *Gerbes grises* ont quelque chose d'intensément passionné qui étonne. On dirait qu'il souffle un grand vent terrible et plein d'harmonies surprenantes. Francis Bœuf excelle aussi dans les contes où le sentiment populaire le plus délicat se mêle à la hardiesse lyrique du poète. Francis Bœuf est un écrivain fort et délicat.

Les Voix de la raison[1], par Jules Huré. Je me demande pourquoi on me fait parler de ce livre. Mes lecteurs, si j'en ai, doivent être assez surpris de ce que cette chronique consacrée aux romans ne traite que fort rarement de ces sortes d'ouvrages. Au contraire la chronique *Littérature* en parle abondamment et fort raisonnablement.

Eh bien, je le déclare solennellement, *Les Voix de la raison* sont de la littérature et M. Jules Huré, ingénieur civil des mines, est un littérateur. Il a beau demander des préfaces à Émile Faguet, ce n'est pas cela qui le fera sortir de la littérature.

Des pensées et des phrases comme celles-ci :

«Oppose Algésiras à Tanger, et dresse la Raison en face du Rêve[2]!»

«Cambronne, au siècle dernier, s'est illustré dans la

littérature française par un seul mot, une épithète qui fut un geste de héros.

«Or, de ce mot, pharisiens, gardez-vous bien de rougir, car il est le mot d'ordre de la France, et il sent la poudre et l'honneur.»

«Profanes, ô mes amis, méfiez-vous des faux raisonneurs et de leur docte argumentation.»

«Il est de tradition dans les petites villes de province et surtout dans les campagnes d'aduler la fortune sans le plus souvent tenir compte du mérite personnel.»

«C'est en bras de chemise que la justice doit s'exercer.»

«L'heure n'est plus aux rêveries, car presque tous les hommes ont perdu la foi religieuse et refusent, aujourd'hui, de se laisser conduire par ce qu'ils appellent des fallacieuses promesses.»

Etc., etc.

C'est de la littérature.

Vers les temps nouveaux par l'éducation intégrale et par la femme, par Firmin Raillon. Cet ouvrage est extrêmement ennuyeux. Ce n'est pas de la littérature mais je suis bien certain qu'il n'a rien à voir avec ce que l'on appelle communément un roman.

S'il intéresse un abonné ou une abonnée de *La Phalange*, je le tiens à sa disposition.

(Janvier 1909.)

Eugène Montfort : *Montmartre et les boulevards,* Les Marges. Lucie Delarue-Mardrus : *Marie, fille-mère,* Eugène Fasquelle. Pierre Grasset : *Un conte bleu,* Bernard Grasset.

Montmartre et les boulevards, par Eugène Montfort[1]. Ce sont des notes que l'auteur a recueillies pour elles-mêmes, et non dans le but qu'elles serviraient à ses prochains ouvrages. Insistant sur leur authenticité, il les intitule encore : «Phonographies psychologiques et morales». Mais c'est trop de modestie! La personnalité de M. Eugène Montfort est si forte qu'elle ne laisse point d'apparaître à travers ces simples notations, si phonographiques soient-elles! Ce sont ici de véritables petits poèmes qui ne vont pas sans analogie avec les *Mimes* d'Hérondas, mais qui font songer surtout à Restif de la Bretonne.

C'est que l'auteur de *La Turque* ne pourrait pas nier une certaine parenté spirituelle avec le sensible typographe d'Auxerre qui, improvisant d'après la réalité et dédaignant d'écrire ses ouvrages, les composait directement pour l'impression comme quelqu'un qui se sert de la machine à écrire. Au demeurant, M. Eugène Montfort a aussi imprimé lui-même un de ses livres et rien n'est remarquable comme cette conformité d'humeur entre deux personnages qui, séparés par un siècle, présentent d'autre part une très grande différence de culture. L'un d'eux n'était qu'un petit artisan provincial, sentimental et assez prétentieux. Il étalait à tout propos le peu de latin qu'il prétendait savoir. En réalité, c'était un pauvre garçon qui sans malice n'était pas toujours sans méchanceté; ignorant tout, il était contraint de tout inventer; il n'avait ni jugement, ni bon sens, s'efforçant d'y suppléer par un peu d'ingéniosité qu'il prenait pour de la subtilité; la vertu lui tenait à cœur; larmoyant, il la confondait avec la fornication et tout particulièrement avec l'inceste. Mais ses défauts mêmes lui composèrent une originalité indéniable. C'est lui qui introduisit dans la littérature cette pitié qui en est encore le trait principal. Le premier, il s'attendrit sur les prostituées devant lesquelles plus tard s'agenouillèrent les romanciers russes[1]. D'ailleurs, ce prétendu descendant de l'empereur Pertinax, ce vertueux imprimeur d'Auxerre[2], a entrevu tant de nouveautés qu'on est souvent tenté de lui accorder du génie. Mais je crois que le génie n'est pas si rare qu'on veut bien le dire, que c'est la chose la plus commune du monde, à laquelle le plus souvent il ne manque pour s'épanouir que des circonstances favorables.

L'autre qui est notre contemporain, avec un talent du premier ordre, c'est-à-dire supérieur à la plupart des prosateurs du moment n'a pas encore été mis, à cause d'une modestie orgueilleuse et inaccoutumée, au rang que lui assignent ses mérites. Il peut prendre place parmi les grands écrivains français. Mais cet orgueil de la timidité lui interdit de rechercher les honneurs qu'on lui devrait. Et cependant il n'y a pas de commun entre Restif de la Bretonne et Eugène Montfort que le seul goût de la typographie : le naturisme[3] les rapproche encore plus, car si le génie de Jean-Jacques Rousseau domina l'esprit du sensible Auxerrois, M. Eugène Montfort fut un des jeunes gens qui, à la fin du siècle dernier, s'efforcèrent d'innover en admirant la réalité. Et c'est indéniable, ces notes de M. Eugène Montfort ressemblent aux écrits de Restif de la Bretonne qui publiait aussi des notes mais des notes interminables. Car il faut indiquer ici la principale différence qu'il y a entre les deux auteurs. Chez Restif, la note n'en finit plus, elle a un caractère moral, elle est précise et exacte jusqu'à devenir fastidieuse, l'auteur laisse intervenir sa sensibilité, mais point d'art, Restif ne s'en souciait pas, il ignorait le sentiment artistique et sa précision seule a donné, le temps aidant, des couleurs si intéressantes, à ses ouvrages. C'est ainsi que le plaisir que peuvent prendre certains d'entre nous à regarder des scènes cinématographiques ne vaut rien au prix de la joie lyrique qu'éprouveront nos petits-enfants à voir se dérouler les mêmes scènes, à supposer que les films en aient été conservés. Chez M. Eugène Montfort au contraire, l'art intervient, un art exquis qui sans toucher à la «phonographie» nous la présente comme on voudrait que beaucoup de poètes présentassent leurs poèmes.

Et cet art est très expressif, car il contient en quelques lignes plus de renseignements, plus de vérité que certains livres de trois cents pages. On pourrait comparer ces notes aux inscriptions lapidaires qui fournissent souvent aux archéologues des renseignements autrement précis et autrement précieux que les amplifications rhétoriciennes des historiens. Mais la grande beauté de ces «phonographies», c'est d'être émouvantes; l'auteur ne nous laisse pas voir s'il a eu de la pitié, il faut le louer d'avoir sans cesse résisté à cette tentation; notre émotion peut s'épanouir et n'est pas gênée par la sienne. Héroïnes authentiques : Alice la Bordelaise; Marguerite Caron; Lucie, de la rue Saulnier, vous vivez encore sans doute et si nous nous rencontrons jamais, vous me parlerez du généreux Montfort qui vous a fait un sort dans la littérature et je prendrai des notes!

Marie fille-mère, par Lucie Delarue-Mardrus. Tout dernièrement, s'exerçant à la critique de la littérature féminine, une nouvelle femme de lettres qu'on dit être aussi une poétesse très nouvelle, écrivit dans *Les Marges :* «En somme, il y a en ce moment parmi les femmes quelques écrivains de génie.» Mme Lucie Delarue-Mardrus est peut-être l'un des grands esprits dont parle Mlle Louise Lalanne[1].

C'est à cause de cette possibilité que je ne veux pas me risquer à dire tout ce que je pense d'un roman qui ne paraît être qu'un essai. Mme Lucie Delarue-Mardrus qui a écrit jusqu'ici sans se préoccuper de la vente de ses ouvrages a décidé sans doute que ce serait maintenant son unique souci. Mais nonobstant tout cela, on retrouve dans *Marie fille-mère* une partie des qualités qui ont fait estimer jusqu'ici le talent de l'auteur.

Un conte bleu, par Pierre Grasset. Voici un roman tendre et charmant qu'il faut lire. Il m'est impossible de mieux faire, pensé-je, que de transcrire ici quelques lignes de l'envoi :

«Je vous envoie ce petit livre; ce n'est qu'un conte bleu.

«Ne vous étonnez pas si les gestes les plus simples y prennent un petit air de mystère et si les événements les plus graves, comme la mort et l'amour, y surviennent avec la tranquillité des choses naturelles : je vous assure que cela se passe ainsi dans les contes et dans la vie. La vie et les contes ont une forme et des couleurs claires, précises et un fond mobile, obscur, insaisissable [...]

«[...] Chaque chapitre de cette histoire est court, parce que je demande que votre rêverie l'augmente et le prolonge et parce que les seules pages que j'aime dans ce conte bleu sont celles que vous y ajouterez.»

(Février 1909.)

Lucien Rolmer : *Maïvine,* édité à Marseille par l'auteur.
Léon Frapié : *M'ame Préciat,* Calmann-Lévy.

Maïvine[2], par Lucien Rolmer. La tendresse et la suavité, qui ont fait reconnaître dans le poète des *Chants perdus* l'une des voix les plus pures du lyrisme érotique, se retrouvent à toutes les pages du roman passionné que M. Lucien Rolmer vient d'éditer lui-même à Marseille. *Maïvine* ressemble à un beau jardin plein d'abeilles et dans lequel, mêlant à de tendres plaintes l'allégresse éloquente de leurs raisonnements, errent Tibulle et Jean Second. Les qualités poétiques se combinent très heureusement dans ce roman avec une précision malicieuse, avec d'exquises trouvailles réalistes qui témoignent toutes de la culture, de l'ordre qui ornent le talent de Lucien Rolmer. La prose lyrique, les problèmes psychologiques, les spéculations d'une métaphysique nouvelle et pathétique ne lui font pas oublier qu'un roman vaut aussi par les qualités du récit, par l'affabulation romanesque, par la fantaisie des épisodes et par l'imprévu des détails. À cet égard, l'auteur de *Maïvine* est doué. On se souvient de *Madame Fornoul et ses héritiers*, de *L'Hôtel de Sainte-Agnès et des célibataires*, romans pleins de gaieté élégante et documentés avec esprit. Dans *Maïvine* ces qualités se précisent audacieusement de la façon la plus noble.

Il faut du courage aujourd'hui pour combattre l'ignorance et la barbarie. Ceux qui veulent me faire l'honneur de me lire savent que depuis quelques années je n'ai pas cessé d'annoncer l'approche d'un art tout nouveau qui n'a rien de commun avec le «classicisme renaissant» des béjaunes[1]. Les jeunes auteurs en préparent la venue triomphale. Le nom que portera cet humanisme, servi par l'intuition et dominé par l'instinct populaire, importe peu.

On ne le nommera peut-être que dans cent ans, et peut-être jamais. Ces tendances se manifestent semblablement dans les arts plastiques. Les peintres, cependant, reconnaissent volontiers que leur discipline actuelle est née du beau désordre de l'impressionnisme. Pourquoi les jeunes poètes renieraient-ils leurs admirations les plus récentes?

Dans le dernier numéro des *Marges* Eugène Montfort, dont j'ai vanté ici même le talent, me prend à partie à cause de ce titre : *La Poésie symboliste*, ornant un recueil qui contient les trois entretiens de l'«Après-midi des poètes» de l'année dernière[2]. D'après Eugène Montfort j'aurais été le trouver lui, naturiste, pour m'excuser d'un terme qui pouvait lui causer du tort. Je n'ai jamais fait cette démarche. Que le titre litigieux ait été imaginé par l'éditeur ou par les auteurs des entretiens, cela n'a aucune importance. Il suffit que ce titre ait paru pour que (je ne puis parler ici qu'en mon nom) j'en prenne l'entière responsabilité. Aussi bien, le fond du volume (deux entretiens sur trois) était-il consacré presque exclusivement au mouvement symboliste. Au demeurant les opinions naturistes d'Eugène Montfort sur l'obscurité lyrique ne sont pas si «claires». Il publie un sonnet de Gérard de Nerval qui en témoigne. Ce sonnet est obscur et Montfort peut l'aimer! C'est qu'il y a une autre clarté qui n'éblouit ni les grammairiens ni les mathématiciens qui demandent toujours ce que *cela* prouve. Elle illumine Eugène Montfort malgré lui. Elle met un nimbe éclatant autour des fronts blancs des héros de *Maïvine.* Ce roman rythmé comme un poème contient le mouvement écumeux et régulier de la mer Méditerranée au bord de laquelle il a été médité...

Mais je voudrais bien goûter de cette liqueur nouvelle que vante Lucien Rolmer. Elle se distille à Arles et on la nomme l'arlequin.

M'ame Préciat[1], par Léon Frapié. Ce recueil nuancé est un ouvrage délicieux. La malice apitoyée de Léon Frapié est irrésistible. Il y a en lui un peu de Dickens, un peu d'Alphonse Daudet, mais surtout beaucoup de Töpffer. Quand Léon Frapié parle de la marmaille il trouve des accents bien émouvants et l'on devine qu'écrivant, il souriait et sanglotait en même temps. Tel de ses récits comme «La Barricade» est un fragment d'épopée où l'on sent vibrer un patriotisme nouveau et très touchant. Cette histoire qui n'a rien de tragique ni de poignant nous tire mieux les larmes que celle de la Croisade des enfants dont il faut bien la rapprocher. La bonhomie, la franchise sont au premier rang des qualités qui ont permis à Léon Frapié de nous intéresser, de nous toucher, de nous amuser par le simple spectacle d'une école maternelle qui, à l'abord, semblerait si administrative qu'on n'aurait pas l'idée de chercher à en dégager de l'émotion. C'est qu'ici la finesse de l'observateur est en complet accord avec son cœur. Sa bonté connaît toutes les indulgences sans être jamais dupe. Quels trésors d'amour maternel et de respect filial sont contenus dans ce simple et puissant récit populaire que M. Léon Frapié intitule «Le Mot filial»! Quelle imagination, quelle fantaisie dans l'observation de la vie du peuple! Comme ce livre me fait repentir de n'avoir pas aimé le roman que l'auteur fit paraître l'an dernier! Et que j'aime la saine bonne humeur de son nouveau livre. «La Romance» qui termine le livre est digne de Victor Hugo, du Victor Hugo qui découvrit Gavroche et auquel M. Léon Frapié fera un jour concurrence dans l'art d'être grand-père. Il sera celui de tous les moutards de la maternelle.

(Avril 1909.)

Pan

À PROPOS DE DEUX OUVRAGES SUR LA QUESTION DES LANGUES ARTIFICIELLES*

Le docteur Ostwald est *physico-chimiste* et professeur de sciences à l'université de Leipzig[a]. La question de la langue universelle lui paraît dépasser le domaine étroit de la philologie. Il s'en est occupé comme faisant partie du problème des relations universelles au même titre que le télégraphe et le chemin de fer; et je constate avec étonnement que le docteur Ostwald a oublié de citer ici l'automobile et l'aéroplane. Dans son enfance, outre le latin, le grec, le français et l'anglais, il a appris le russe, le letton et l'esthonien. Avec l'allemand cela fait *huit langues :* «Je suis certain, dit le docteur Ostwald, que cette Babel m'a seulement embarrassé sans m'apporter aucune aide, ni aucune culture.» Le docteur Ostwald est bien modeste.

Pyrrhus Bardyli ne l'est pas moins et dans un erratum cartonné après la préface de son ouvrage, il se déclare tout bonnement «un pédant». Mais il exagère.

Pyrrhus Bardyli, a dit M. Remy de Gourmont dans *La Revue des idées,* «est un savant albanais qui semble familiarisé avec "la plupart des grandes langues européennes ou

* *Essai sur les langues naturelles et les langues artificielles,* par Pyrrhus Bardyli, librairie Kienling et Cie, Bruxelles. *Die Weltsprache,* par le Dr Ostwald, Franck-sche Verlagshaulung, Stuttgart.

asiatiques", et d'abord avec la langue française qu'il écrit purement[1]». Nous voilà loin du docteur Ostwald.

Le chevalier Frédéric Adelung a publié en allemand un *Catalogue de toutes les langues connues et de leurs dialectes* (Pétersbourg, 1820), où il énumère pour l'Asie : 987 langues ou dialectes et pour l'Europe : 587. Cela fait 1 574 langages. Assurément, le polyglottisme de M. Pyrrhus Bardyli ne va pas jusqu'à les connaître tous. Il est vrai qu'il ne paraît familiarisé qu'avec les principales langues d'Europe ou d'Asie et en nous en tenant à celles-ci nous trouvons d'après les *Linguarum totius orbis vocabularia*, etc. (Pétersbourg, 1786-1789) un total de *200 langages principaux d'Asie et d'Europe.* Ce chiffre, pour deux parties du monde seulement, paraîtra suffisant si l'on songe que la *British and Foreign Bible Society* n'a encore fait traduire la Bible qu'en 358 langages pour les cinq parties du monde[a].

Il n'est pas étonnant, après cela, qu'avec *ses huit langues* (dont deux sont des langues mortes) le Dr Ostwald soit souvent embarrassé. Aussi préférerait-il ne connaître qu'une bonne langue universelle, sans se douter que dans le système de Fourier son désir ressortit à la passion que ce philosophe nomme l'unitéisme[2].

Au contraire, M. Pyrrhus Bardyli est rarement dans le cas de ne pouvoir se faire entendre et tout langage artificiel lui est en horreur. C'est que ce savant est, en son genre, monstrueux au double d'Argus et de Briarée; au témoignage de Remy de Gourmont, Pyrrhus Bardyli connaît environ «deux cents langages». Mais son livre est d'un érudit[b]. Il ne ménage point les citations en grec, latin, sanscrit, anglais, etc. et allègue aussi bien Cardan que Scaliger qui dans ses écrits a tant maltraité l'auteur du *De subtilitate rerum.* Les opinions de M. Pyrrhus Bardyli sur la *traduction sont* remarquables. Cette partie de son ouvrage issue des théories de M. Remy de Gourmont sur les images et les métaphores[3] devrait être familière à tous les traducteurs. «Le titre si touchant et si synthétique d'un chef-d'œuvre allemand, *Les Souffrances du jeune Werther,* écrit M. Pyrrhus Bardyli, est devenu en français *Werther* tout court», et il ajoute en note : «Si le mot "passion" avait conservé dans le langage courant le sens qu'on lui assigne encore dans l'expression "la Passion de Jésus-Christ", alors le titre du livre de Goethe aurait trouvé un merveilleux équivalent dans *La Passion du jeune Werther.*» Il est vrai qu'Aubry (Paris, Didot le jeune, 1797) et La Bédoyère (Paris, an XII) traduisirent par *Werther* le titre de l'ouvrage de Goethe. Cependant, il existe une traduction, la première sans doute, sans nom d'auteur ni de traducteur, intitulée : *Passions du jeune Werther*[1] (à Paris, chez Le Prieur, 1793). À traducteur, traducteur et demi.

Il se dégage de l'*Essai* de M. Pyrrhus Bardyli, que chacun a une prédisposition héréditaire à parler sa langue originelle; mais les faits cités à l'appui de cette hypothèse ont-ils été vérifiés scientifiquement? M. Pyrrhus Bardyli en tire argument contre la langue universelle qui, artificielle et sans milieu caractéristique, n'aura jamais la force nécessaire pour oblitérer la langue atavique. Mais, si la prédisposition héréditaire n'existe pas, on peut la créer. M. Pyrrhus Bardyli ne pense-t-il pas que MM. Bollack et Zamenhoff puissent devenir des ancêtres? Seulement, pour créer une prédisposition atavique, il faudrait des siècles; ce qui retarderait singulièrement la diffusion de la langue universelle. Et ce retard ne conviendrait pas au docteur Ostwald dont l'avis est que dès maintenant il faut apprendre une langue internationale. Il est bon toutefois qu'il n'y ait point de malentendu : chacun doit apprendre deux langues, sa langue maternelle et la langue universelle. Être bilingue est une qualité pour le docteur Ostwald, mais nous savons ce qu'il pense des gens qui parlent huit langues.

Pyrrhus Bardyli énumère contre la langue artificielle, dix objections qu'il développe longuement. Résumons-les. 1° La disposition héréditaire de chacun à parler sa langue originelle sera en conflit incessant avec la langue universelle adoptée. 2° Le rythme, produit de la race, de la tradition, de l'habitude fera défaut à une langue fabriquée et impersonnelle. 3° et 4° Cette langue n'échappera pas à la loi de l'évolution et formera bientôt plusieurs langages, si elle échappe à cette loi, elle ne pourra longtemps suffire aux besoins de l'humanité. 5° Il n'y aura plus de littérature, qui est une collection d'individualités caractéristiques. 6° Le style, synthèse de la race, de la catégorie de lecteurs et de la personnalité de l'écrivain ne sera plus possible. Les trois dernières objections sont des nuances des cinquième et sixième.

M. Pyrrhus Bardyli est dans le vrai. Cette institution d'un langage intangible ne lui dit rien qui vaille. Et quelle langue choisira-t-on? Pour Pyrrhus Bardyli l'espéranto ne vaut rien; au contraire la langue bleue[1] a une apparence scientifique et sentimentale qui séduit. Il n'existe pas moins de deux cents langues universelles et il n'y a place que pour une sur la terre. La présomption monoglotte n'a réussi qu'à élever une tour de Babel autour de laquelle personne ne parle la langue qu'il voudrait imposer aux autres.

Cependant, beaucoup d'auteurs entrevoient la possibilité d'un idiome reliant les membres[a] de la famille humaine. Un littérateur comme l'Anglais Wells prévoit la prépondérance du français. M. Adolphe d'Amier dans sa *Physiologie du langage phonétique* (1868) pense que la lutte aura lieu entre le russe et l'anglais. M. Pyrrhus Bardyli reconnaît au français, à l'allemand et à l'anglais un ensemble de conditions qui les place hors de toute atteinte éliminatoire. M. Remy de Gourmont semble écarter l'anglais qui en se répandant s'est modifié et donne naissance à de nouveaux langages en Amérique, dans l'Afrique du Sud, en Océanie. À cette incertitude parfois froissante pour certaines nationalités, les panglottistes apportent un remède : leurs langues universelles. Mauvaise médecine! la lutte entre les langues artificielles compliquera la lutte naturelle entre les idiomes nationaux! Il est vrai que beaucoup de panglottistes dans un désir de conciliation louable et pour hâter l'avènement d'une langue internationale s'étaient ralliés à l'espéranto qui prétend avoir emporté tous les suffrages. Avec une modestie peut-être excessive, M. Léon Bollack lui-même abandonnerait la langue bleue pour la *lingua internancia*. Mais cette unanimité est au fond très incertaine, surtout si l'on s'en rapporte à une enquête sur le latin comme langue internationale, parue dans la *Revue [littéraire] de Paris et de Champagne*[2]. Beaucoup de littérateurs et de savants de tous pays se sont prononcés nettement pour un latin qui serait la plus artificielle des langues universelles. Le volapük[3] et bien d'autres langues secondes ont encore leurs partisans. On ne peut donc entrevoir le moment où les panglottistes s'entendront. Mais, qu'ils se consolent. Si l'on ne peut admettre que même sous un prétexte utilitaire l'humanité veuille s'imposer la torture d'une langue universelle; si à cause du grand nombre de langues, de dialectes, de patois qui persistent, se transforment, se créent ou renaissent, on n'ose prédire que l'idiome l'emportera, un travail latent s'accomplit. Il est secondé par la facilité des relations entre les peuples. La science, il est vrai, n'apporte que peu d'aide à cet effort inconscient. Chaque savant crée des mots à son usage. Il est rare que ces mots soient adoptés. Car les savants ont le tort d'accorder une trop grande importance à la précision étymologique. Ils l'atteignent rarement et cela nuit en outre à la vulgarisation de ces mots aussi bien qu'à celle de la science à laquelle ils paraissent nécessaires. Mais il se forme un vocabulaire international puisé dans les termes scientifiques, commerciaux, argotiques, militaires, théâtraux, etc. qui peut-être se substituera, lentement et sans heurt, aux idiomes nationaux et continuera à évoluer parmi les langues, les dialectes, les patois, les argots et les jargons.

(Mars 1909.)

La Démocratie sociale

GIUSEPPE GIACOSA

L'AUTEUR DE «COMME LES FEUILLES»
TRIOMPHE AU THÉÂTRE DE L'ODÉON.
DU PARNASSE AU RÉALISME.

Giacosa eut le bonheur de vivre à une époque où le théâtre italien était tombé dans une profonde décadence.

La scène était livrée un peu partout à la comédie en patois. On se demandait si l'unité de langage allait suivre l'unité nationale. Chaque dialecte avait ses auteurs et l'entreprise eût été hasardée de vouloir faire réussir une pièce en italien. Ce qui paraissait impossible réussit grâce à la poésie; car si l'on eût en vain demandé aux spectateurs des applaudissements pour une pièce italienne, en prose, comment exiger qu'un poète écrivît en quelque dialecte que ce fût et en vers une pièce se passant au Moyen Âge? Le public comprit tout cela et l'Italie entière applaudit la *partie d'échecs* de Giuseppe Giacosa.

«UNE PARTIE D'ÉCHECS»

Cet acte en vers est imité des pièces de nos poètes parnassiens. On a comparé le succès d'*Une partie d'échecs* à celui du *Passant* de Coppée[1]. On pourrait comparer les deux pièces. Ce sont des divertissements de bonne compagnie, divertissements un peu fades : Moyen Âge de bonbonnière, Renaissance de vignette romantique. Toutefois, le succès de la pièce de Giacosa s'explique par des raisons d'un ordre très élevé. Il marque une renaissance du théâtre italien, et, qui plus est, du théâtre en vers. Désormais, le *Risorgimento* est complet. L'Italie ressuscitée n'est plus muette. Elle a recouvré la parole. Le langage italien retentit de nouveau sur les tréteaux d'où l'en ont chassé le vénitien, le piémontais, le bolonais, etc.

La plupart des Italiens connaissent par cœur le prologue d'*Une partie d'échecs*. Ce sont des vers parnassiens sans grande originalité mais fort agréables, comme les vers du *Passant*. Nous avons mieux maintenant dans un genre pire. La mauvaise poésie parnassienne a fait des progrès étonnants en France, surtout au théâtre. Il paraît que l'Italie n'est pas moins bien partagée que nous sur ce point et que certaine pièce de M. Sem Benelli[2], mise en vers français par un académicien, prouvera bientôt à Paris que l'Italie n'a rien à lui envier en fait de faux théâtre poétique.

Le succès d'*Une partie d'échecs* paraissait avoir mis définitivement Giacosa dans sa voie. Il écrivit encore un certain nombre de pièces conventionnelles, se passant dans ce Moyen Âge idéal des beaux costumes, des pages, des châtelaines et des noms ronflants. Giacosa composa successivement : *Triomphe d'amour, Frère d'armes, La Dame de Challant, Le Comte rouge*, etc.[3].

«TRIOMPHE D'AMOUR»

Toutes ces pièces eurent du succès et tout particulièrement *Triomphe d'amour*, où l'on voit une certaine Diane d'Alteno jurer de ne pas se marier. Elle est aimée par Hugues de Montsoprano qu'elle refuse d'épouser. Cependant, malgré elle, son cœur est épris de celui qu'elle dédaigne. Un soir, on frappe au château : «C'est un pauvre pèlerin égaré qui demande un abri contre la tempête.» Le pèlerin entre, il annonce le mariage d'Hugues de Montsoprano «avec la fille du comte de Valesca». Aussitôt, Diane s'évanouit. Quand elle revient à soi, le pèlerin a enlevé sa fausse barbe et son manteau. C'est Hugues lui-même. Il épousera la belle Diane.

«LE MARI AMANT DE SA FEMME»

Cet art était en vérité trop superficiel et trop banal. Giacosa s'était égaré en voulant appliquer les règles de la dramaturgie parnassienne. Il changea de manière et, au lieu de chercher d'illusoires héros dans un Moyen Âge de convention, il s'efforça de regarder son temps face à face. Une pièce de transition, en vers, *Le Mari amant de sa femme,* représentée en 1879, marque la transformation du parnassien Giacosa en auteur réaliste.

LE RÉALISME D'AUGIER ET DE DUMAS

Son réalisme est celui d'Augier, de Dumas fils, les vrais maîtres du théâtre au XIXe siècle. Leur influence s'exerçant dans le Nord a produit Ibsen, dont le théâtre, sans eux, n'aurait eu sans doute aucune consistance, aucune apparence contemporaine. En Italie, cette influence n'a pas pour objet un talent de premier ordre comme le grand Scandinave, mais elle éloigne Giacosa de la poésie de pacotille pour le tourner vers un art plus humain, préludant ainsi à l'art passionné de Gabriele D'Annunzio qui, plus que tout autre contemporain, peut-être, sut concilier ce qui ne se concilie que dans les chefs-d'œuvre : l'observation profonde et la création bien équilibrée. Malgré les éclats du naturalisme dont il crut adopter les théories, Giacosa ne subit en réalité que l'influence d'Augier et de Dumas fils, ces redoutables Français qui, avec tant de raison, ont tracé les limites où s'arrêtera le prosaïsme au théâtre, donnant ainsi aux poètes un champ immense à cultiver au-delà de ces limites. Et l'on peut regretter que nul, en France, n'ait encore osé les franchir. Au demeurant, sauf Ibsen et D'Annunzio personne n'a rien tenté au-delà du réalisme. Giacosa s'en serait bien gardé, tout poète qu'il croyait être. Même, de bonne foi, il pense s'efforcer en deçà. Il faut ajouter qu'il échoua dans ce dessein qui l'eût mené au vérisme.

LE VÉRISME ITALIEN

Le vérisme italien est une imitation romantique du théâtre libre français. Malgré toute sa bonne volonté, Giacosa n'eut pas le courage de se convertir au vérisme. Il demeura ce qu'il était; un brave homme d'auteur dramatique, épris de réalisme et se croyant naturaliste. Toutefois, avant de proclamer sa foi dans le naturalisme, il écrivit quelques pièces contemporaines, dont la meilleure est sans contredit : *Rendue à discrétion.*

«RENDUE À DISCRÉTION»

La marquise de Lovaglio, une jeune femme qui a l'habitude de jouer du cœur des hommes, fait le pari d'empêcher un jeune savant qui veut partir à la recherche du pôle Nord d'accomplir ce voyage. Le jeune homme, André Sarni, ne peut résister aux séductions de la belle marquise; il ne partira pas. Mais elle-même s'est brûlée au feu qu'elle allumait; elle aimera André. Badinage, dira-t-on. Non point; mais frivolité, influence mal digérée de Dumas fils, tout comme notre théâtre contemporain, si applaudi et que l'on *croit si près* de la vérité et de la passion. On n'a pas encore remplacé Dumas en France, on ne le remplacera pas tant que les poètes ne s'en seront pas mêlés, et ils ne s'en sont pas encore mêlés.

«TRISTES AMOURS»

Le naturalisme préoccupa longtemps Giacosa. Sous l'influence des théories nouvelles, l'auteur italien embourgeoise de plus en plus ses personnages. *Tristes amours, Les*

Droits de l'âme sont les plus connues de ses pièces où le pathétique sent encore la poésie parnassienne, tandis que l'observation obéit moins à l'œil et au raisonnement qu'à cette règle : «Est-ce ainsi ou n'est-ce pas ainsi que doit observer un auteur qui, à l'exemple de MM. Zola, Daudet et Goncourt, professe le naturalisme ?»

Tristes amours mérite une attention spéciale. Cette pièce, dont la chute fut retentissante, et dans laquelle la critique ne voulait voir aucun art, mais de la photographie, se releva ensuite et la Duse la promena triomphalement à travers toute l'Italie. Il s'agit des amours de la femme d'un avocat avec le secrétaire de son mari. Le père du jeune homme est au courant de tout et en profite pour exercer un chantage infâme sur la maîtresse de son fils. L'avocat finit par être renseigné, sa femme est prête à partir avec son amant, mais son enfant la retient au foyer conjugal et son mari la gardera près de lui à cause de l'enfant.

«COMME LES FEUILLES»

Certes, on aurait mauvaise grâce à crier au chef-d'œuvre à propos de *Comme les feuilles,* mais il s'agit, après tout, de la meilleure pièce d'un auteur que les Italiens considèrent à juste titre comme le premier en date de leurs nouveaux auteurs dramatiques nationaux. Giacosa est encore regardé par la plupart de ses compatriotes comme leur plus grand auteur dramatique contemporain.

L'Odéon a donc raison de présenter au public parisien une pièce qui témoigne hautement de l'influence française à l'étranger à un moment où elle paraît le plus contestée.

On a dit de *Comme les feuilles* que c'était une pièce dans le genre de celles d'Émile Augier. En effet, vers la fin de sa carrière, Giacosa avait acquis de l'expérience et une connaissance réelle de l'humanité. Tout cela lui a permis d'écrire *Comme les feuilles.*

Mais peut-être est-ce faire trop d'honneur à l'écrivain italien que de le comparer au grand auteur français que fut Augier. Giacosa se ressent toujours de ses débuts parnassiens. Il atteint au convenu lorsqu'il veut être pathétique et son réalisme n'est souvent que grotesque. N'importe.

Augier eût reconnu un de ses élèves dans le peintre audacieux de Rosani, héros de *Comme les feuilles*, héros en qui se résument en un raccourci souvent plein de vérité les mœurs, les vices et les vertus de la nation italienne au lendemain du *Risorgimento*, c'est-à-dire aujourd'hui même[1].

(18 décembre 1909.)

LA GERMANISATION DE L'ALLEMAGNE. LE MOUVEMENT PÉDAGOGIQUE CONTRE LA CULTURE EUROPÉENNE

OPINION DE GOETHE

Un jour Goethe disait à Eckermann[2] : «La littérature *nationale*, cela n'a plus aujourd'hui grand sens : le temps de la littérature *universelle* est venu, et chacun doit aujourd'hui travailler à hâter ce temps. Mais, en appréciant les étrangers, il ne faut pas nous attacher à une certaine œuvre particulière et vouloir la faire admirer comme un chef-d'œuvre; si nous cherchons les chefs-d'œuvre, il ne faut penser ni aux Chinois, ni aux Serbes, ni à Calderon, ni aux Niebelungen, il faut toujours retourner aux anciens Grecs, car dans leurs œuvres se trouve toujours le modèle de l'homme dans sa vraie beauté. Le reste, nous ne devons le considérer qu'historiquement, et pour nous approprier le bien que nous pouvons y trouver.»

Et un autre jour :

«Que l'on étudie Molière, que l'on étudie Shakespeare, mais avant toutes choses, les anciens Grecs, et toujours les Grecs.»

Les Allemands sont contre Goethe. Ils ne suivent plus leur tradition. Ils imitent l'Amérique.

Aujourd'hui, Goethe est passé de mode en Allemagne, *passé de mode* n'est pas suffisant, on pourrait dire détesté. Le seul auteur allemand dont les œuvres soient dignes d'être regardées comme des modèles par les autres nations est haï par ses compatriotes.

On fait tout pour rabaisser un homme dont le génie est

celui qui, à mon sens, honore le plus l'Allemagne. Cette haine se traduit d'une façon puérile et grotesque : on enseigne aux enfants que Klopstock est plus sensible que Goethe et que Schiller est plus noble.

De même, à l'époque romantique, on dénigrait Racine et Voltaire en France.

Toutefois, ces plaisanteries ne pénétraient point dans les collèges et les lycées. En Allemagne, ce sont les professeurs mêmes qui mènent le combat contre l'esprit goethien dans l'enseignement. Cette tendance n'est pas nouvelle. Depuis longtemps l'Allemagne a pris l'Amérique comme modèle. Le rapide développement des États-Unis paraissant dû aux connaissances pratiques des Américains peu embarrassés d'idées générales, et ne se souciant pas des Grecs, les Allemands s'efforcèrent d'obtenir artificiellement chez eux cette population expérimentée, habile, audacieuse et sans culture générale qui prospérait naturellement en Amérique. Les Allemands introduisirent dans toutes les branches de l'enseignement un réalisme qui a donné d'excellents résultats dans l'enseignement primaire et dans l'enseignement technique, mais qui est cause de la médiocrité de l'enseignement secondaire et de la décadence profonde de l'enseignement supérieur.

Cette idolâtrie du réalisme américain a gagné l'enseignement de toute l'Allemagne.

Ce n'est pas encore assez.

L'accord pédagogique semble être fait dans l'Empire sur la nécessité d'accentuer le réalisme des écoles. On assure que ce réalisme dans l'enseignement a fait plus peut-être pour la grandeur germanique, que les guerres heureuses des deux derniers siècles.

La germanisation de l'enseignement a paru être le meilleur moyen d'accentuer ce réalisme, ce modernisme, cet américanisme qui est le grand souci de l'Allemagne actuelle. MM. Rudwig, Gurlitt, Schulze, le docteur Gruhe, le docteur Mueller s'efforcent de consommer cet attentat contre la culture européenne. Goethe conseillait aux Allemands de considérer avant tout les Grecs anciens, on veut supprimer l'étude de l'Antiquité. Goethe opposait la littérature universelle aux littératures nationales, on veut opposer une soi-disant littérature germanique, une soi-disant culture allemande à l'esprit européen qui domine dans l'intelligence universelle.

«Les Allemands peuvent se suffire, c'est le mot d'ordre de la nouvelle ligue pédagogique.»

Les Allemands ne peuvent se suffire à eux-mêmes.

Malheureusement ou plutôt heureusement pour eux, les Allemands ne peuvent se suffire. On sait de quelle piteuse façon a échoué la tentative de germanisation de la langue allemande. Le mouvement était parti de haut. L'empereur le dirigeait. *[lacune dans la typographie de l'original]* demande à se servir de mots allemands au lieu des nombreux vocables en usage, d'origine étrangère et particulièrement française[1]. On parut d'abord réussir et j'ai signalé autrefois dans *L'Européen,* les phases de cette guerre où une langue paraissait lutter légitimement pour sa pureté.

Maintenant, j'ai changé d'avis; les meilleures volontés de l'Allemagne entière, les efforts des chauvins n'ont pu aller contre la tendance plus légitime que toutes les autres qu'ont les langages européens à se latiniser en se modelant pour les formes verbales et pour la syntaxe sur le français. L'allemand est demeuré comme il était, plein de mots étrangers et surtout français, dont on est parvenu à corrompre l'orthographe. C'est tout.

On n'a pu germaniser la langue allemande, comment imaginer qu'on germanisera la nation allemande?

Cependant, il faut bien constater que l'esprit allemand n'a pas fait de progrès depuis un siècle. Il n'y aurait pas, je pense, un Allemand sensé qui voudrait soutenir le contraire.

Goethe disait encore à Eckermann : «Nous, Allemands, sommes d'hier. Depuis un siècle, il est vrai, nous avons fait de sérieux progrès en civilisation; mais quelques siècles passeront encore avant que nos paysans aient assez d'idées et un esprit d'une culture assez élevée pour rendre hommage à la beauté comme les Grecs, pour s'enthousiasmer en écoutant une jolie chanson, pour qu'enfin on puisse dire d'eux : c'étaient des barbares, mais il y a longtemps[2].»

(25 décembre 1909.)

Paris-Journal

LES LIVRES

George Meredith : *L'Amour moderne,* poème traduit de l'anglais par André Fontainas, éditions de la Phalange.

M. André Fontainas vient de traduire de George Meredith, *L'Amour moderne,* ce poème «fascinant», selon l'heureuse expression de M. Arthur Symons.

Le poète délicat et hautain de *La Nef désemparée* pouvait seul nous faire sentir en français l'art subtil et radieux de Meredith, cet homme qui, selon Marcel Schwob, exalta «son activité cérébrale au-delà de toutes les limites humaines».

La traduction de M. André Fontainas est très fidèle et très belle.

Quelle exaltation lyrique et que d'humanité dans ces «laisses» pures comme des marbres grecs et animées comme une gorge de colombe :

Je ne suis pas de ces mâles misérables
Qui reniflent au vice, et n'osant y happer,
Espèrent en conséquence le ciel. J'assume le hasard
De tous mes actes. Le vent qui emplit mes voiles
Pousse; mais je suis le timonier. Suis-je naufragé,
Je sais que le démon a un fardeau suffisant
À porter; je ne l'impute ni à lui, ni à la destinée
En outre; il est damné! Cet homme, je le soupçonne
Lâche, qui voudrait surcharger le pauvre diable
De ce qui provient de son propre chancellement...

L'Amour moderne est un poème *moderne,* en vérité, mais aussi très général. Cette modernité n'est ni grecque ni latine, ni anglaise, ni française; elle est humaine en toute simplicité et en toute beauté :

C'est la saison de la suave rose sauvage
Emblème de ma Lady dans mon cœur.

(17 janvier 1910.)

Daniel Halévy : *La Vie de Frédéric Nietzsche*. Calmann-Lévy.

Les œuvres de Nietzsche sont devenues presque populaires en France. Elles ont une influence considérable sur les jeunes écrivains, sur les peintres. Toutefois, le *Zarathoustra* n'a pas encore pénétré dans la demeure des ouvriers de chez nous. Je me souviens d'en avoir vu des exemplaires dans les bibliothèques des plus petites gens, à Berlin, à Munich et à Cologne. *Zarathoustra* voisinait avec les œuvres poétiques de Goethe, de Schiller et le *Meyers Conversation Lexicon*...

Nous ne connaissions jusqu'à présent que peu de choses sur la vie de Nietzsche, et le livre de M. Daniel Halévy répond à de légitimes curiosités. La vie de Nietzsche fut simple : M. Daniel Halévy l'a racontée simplement.

L'histoire de la liaison et de la brouille avec Wagner en constitue un épisode principal. Après avoir été l'ami vénéré, Wagner devient soudain «le faux apôtre de *Parsifal*, l'illusionniste qui a séduit son temps». Et pourtant Nietzsche nourrissait encore pour Wagner une dilection secrète.

L'amour est voisin de la haine. Vers la fin de sa vie, quand la folie était là, suivant une version difficile à vérifier, Nietzsche aurait souvent joué à ses hôtes des fragments de Wagner. Il leur disait : «Je l'ai connu.»

Les dernières années furent désolées. «Je suis Ferdinand de Lesseps, écrivait-il... J'ai été enseveli deux fois cet automne.» Et il signait ses lettres *le crucifié*. N'est-ce pas navrant?

«L'intelligence détruite ne peut être sauvée», raconte M. Daniel Halévy, «mais l'âme inaltérée demeura douce et charmante, accessible aux impressions pures. Certain jour (un jeune homme qui s'occupait de la révision de ses manuscrits l'accompagnait en ses courtes promenades), Nietzsche aperçut au bord de la route une petite fille qui le charma. Il voulut approcher, il s'arrêta près d'elle, il releva d'une main les cheveux abaissés sur le front de l'enfant et, considérant avec un sourire ce candide visage :

«“N'est-ce pas l'image de l'innocence?” dit-il.»

Nietzsche était né le 15 octobre 1844, il mourut le 25 août 1900. Il paraît que son influence décroît en Allemagne... Il aima toujours l'art, les écrivains et les choses de la France : Goethe les aima aussi.

(24 janvier 1910.)

Max et Alex Fischer : *La Correspondance amoureuse,* Flammarion.

Par un phénomène bien naturel de daltonisme, Alfred de Musset en écrivant ses fameuses lettres à Aimée d'Alton voyait la vie tantôt en rose, tantôt en noir. Les frères Fischer ne voient la vie qu'en rose... Leur *Correspondance amoureuse* prêterait à bien des interprétations... innocentes. Si l'on en croit les biographes, ils vivaient au temps de Paul de Kock dont ils ont la verve et l'ingénuité.

Il est vrai qu'en province Paul de Kock a fort mauvaise réputation, les frères Fischer aussi.

(26 janvier 1910.)

Frimousses, par Alfred Machard, Falque, éditeur.

Cette très mince plaquette de vers est le premier ouvrage de M. Alfred Machard. Poète, il est le grand frère des plus petits de la Cité tragique. Fillettes des riches couvents, gosselines marchandes de salade, apprentis insurgés et gamins gouailleurs sont ses familiers.

On songe un peu à Francis Jammes, à Coppée, parfois, beaucoup à Banville, sans que la personnalité, très réelle, du poète, soit diminuée. Il est moderne, et ses gosses ont posé tour à tour, pour Steinlen, pour Willette et pour Poulbot encore que l'espièglerie cède le plus souvent le pas à la tendresse la plus ingénue :

Avec leurs yeux profonds ouverts sur l'infini,
Ces cadavres promis à la fosse commune,
Ont la pâleur des lys flétris, au clair de lune...

M. Vincent Muselli, en une préface rimée, héroïque et spirituelle, présente l'auteur et lui bâtit un théâtre :

Accompagnant la ritournelle
Le grand soleil quotidien
Danse comme un polichinelle,
Sur l'horizon. — Comédien!

Lice chansonnière, 79e année, à la Société.

Le soixante-dix neuvième volume de ce recueil annuel de chansons vient de paraître. On y trouve des couplets de Théodore Botrel, Maurice Boukay, Ernest Chebroux, Marcel Legay, Victor Meusy, Edmond Teulet.

Les plus belles chansons du monde sont les chansons françaises, et il faut plaindre ceux qu'elles ne charment pas.

Goethe estimait infiniment les chansons de Béranger et Jean Moréas déclame celles de Pierre Dupont.

À la fin du volume on trouvera une courte biographie du chansonnier Étienne Ducret, qui mourut le 8 décembre 1909[1]. Outre huit cents chansons, il avait écrit «quatre cents volumes divers, vingt drames, vaudevilles, tragédies, etc.». Personne ne s'en doutait.

(28 janvier 1910.)

Essai sur le XXe siècle, par M. Robert Guillou, A. Poléon et ses fils.

Les essais que M. Robert Guillou a tenté d'écrire sur le XXe siècle sont au moins prématurés. Une simple plaquette aurait suffi à l'auteur pour dire ce qu'il prétend connaître de son époque. Il publie un copieux in-18 de 294 pages où il a fait entrer avant tout ses réminiscences de collège. On peut dire de M. Guillou qu'il est à Brunetière ce que la demoiselle de Gournay était à Montaigne, une *ombre.*

M. Guillou subordonne l'art à la sociologie, à la statistique, à l'histoire, etc. Il est de mode, aujourd'hui, de faire partout le procès de la beauté et l'hypocrisie attente tous les jours à la liberté des artistes... Il est bien malheureux que M. Guillou, avec les idées les plus malsaines, soit aussi fondé en humanisme; d'Hippocrate à Sénèque, de Jacques de Voragine à Pierre Decourcelle, il cite, il cite...

(29 janvier 1910.)

M. Armand Le Gay vient de publier chez Hachette une traduction de *La Dame en bleu,* de William Le Queux. Cet auteur, qui fut naguère témoin dans un mariage célèbre, est au courant des intrigues de toutes les cours d'Europe. Cela se sent dans ses récits.

Il est difficile d'écrire sur la réforme de l'orthographe sans se mettre à dos les réformistes, phonétistes ou non, et les partisans de l'orthographe actuelle. Le livre de M. Jean d'Albrey, *L'Orthographe et l'Étymologie* (Sansot et Cie), n'échappe pas aux critiques violentes. On y trouve, à mon sens, des idées très raisonnables... M. d'Albrey demande qu'on réduise les changements orthographiques au minimum et que la nouvelle orthographe reste facultative... En effet, l'orthographe, l'étymologie, le phonétisme n'ont aucune importance. La langue parlée doit passer avant la langue écrite. Ce n'est pas l'*y* qui donne de la grâce aux nymphes.

Les essais que M. Georges Grappe a intitulé : *Dans le jardin de Sainte-Beuve* (P.-V. Stock), sont écrits dans une langue excellente. Ils ont été honorés d'un prix et je pense que rarement récompense fut mieux méritée. Au jardin dont il parle, M. Georges Grappe n'a cueilli que de belles fleurs et les plus odorantes.

Quelle volupté ce dut être pour l'essayiste d'imaginer une conversation posthume avec l'auteur des *Lundis* et de recueillir son jugement sur les lettres contemporaines :

«Je viens de lire les œuvres les moins ignorées de ces dix dernières années — poèmes ou proses. Je me suis efforcé à dégager les aspirations communes, cet idéal qui marque pour la vie et quelquefois pour l'immortalité, toute une génération littéraire. Je n'ai trouvé qu'incohérence, métier précoce et laissés pour compte de vos aînés, réajustés à votre taille. Les meilleurs mêmes, les mieux doués d'entre vous, qu'ont-ils rapporté, je ne dis pas de nouveau — voici longtemps que l'humanité ne fait plus que du vieux neuf — mais de rénové!»

Ce fantôme eſt féroce. M. Grappe, qui le vit en songe, avait le cauchemar...

Éveillé, il se fatigue en admirant Hugo : «Le jour n'eſt pas loin où, au lieu de lui consacrer une bibliothèque spéciale, nécessitée par les cent volumes de son œuvre, nous réclamerons à quelqu'un de nos maîtres spirituels, de nous composer une anthologie des chefs-d'œuvre éternels, perdus dans l'amas et le fouillis de ses poèmes, de ses romans, de ses drames.»

À propos de George Sand, il hasarde cette réflexion :

«La littérature française compte à peine quelques noms de femme...».

M. Georges Grappe conclut son essai sur Mérimée en disant qu'il était peut-être «un génie qui n'osa pas... disons mieux, qui ne daigna pas. Pour cette raison, la poſtérité n'aimera en lui qu'un talent de premier ordre.»

De combien de contemporains de Mérimée la poſtérité en dira-t-elle autant?

(2 février 1910.)

Né à Copenhague en 1842, Georg Brandès[1] n'avait pas encore terminé ses études qu'il se signalait à l'attention des lettrés par une *Dissertation sur la tragédie antique.* Ses voyages d'étude à travers l'Europe eurent pour résultat de soustraire son esprit à l'influence de la philosophie allemande. Stuart Mill, Taine et Renan lui apprirent non seulement à penser fortement, mais encore à écrire avec élégance et avec précision. On a dit de Nietzsche qu'il avait créé la prose allemande. Georg Brandès a rendu le même service à la prose danoise. Il lui a donné une beauté, une harmonie inconnues avant lui.

Son œuvre principale, celle qui lui confère une notoriété européenne, eſt ce chef-d'œuvre de critique littéraire comparée qui s'intitule : *Les Courants directeurs de la littérature du* XIX*ᵉ siècle,* ouvrage considérable dont les six volumes n'ont pas encore été traduits en français. Nous n'avons qu'une version du cinquième volume : *L'École romantique en France,* due à M. A. Topin (Berlin, Barsdoff,

Paris, Michalon). On nous promet pour bientôt la traduction complète de l'ouvrage.

«Mon ambition, dit Georg Brandès, est de donner par l'étude de certains groupes et de certains mouvements dominateurs de la littérature européenne, l'esquisse d'une psychologie des premières années du XIXe siècle.»

Cette critique psychologique a l'avantage de mettre en valeur les idées maîtresses qui ont dirigé les hommes pendant la première moitié du siècle écoulé comme les feux tournants des phares guident les navigateurs.

L'étude approfondie de ces idées a amené Brandès à admirer profondément la littérature française, qu'il a contribué à faire connaître à l'étranger.

N'isolant jamais un écrivain de son époque, Brandès cherche à établir la marche en avant au XIXe siècle de l'esprit européen libéré par les encyclopédistes.

Dans le premier volume de son ouvrage, le critique danois montre au lendemain de la Révolution les émigrants français faisant pénétrer en Europe les idées de Rousseau. Chateaubriand, Sénancour, Mme de Staël sont les noms des principaux voyageurs qui tentent de détruire en Allemagne, en Angleterre, l'influence de l'Encyclopédie.

Dans le deuxième volume, la réaction se généralise et les romantiques catholiques allemands comme Kleist, Hoffmann, Novalis accentuent parfois cette tendance jusqu'au mysticisme.

Au troisième volume, Brandès situe ces réactionnaires français qui, ainsi que Bonald et de Maistre, tentèrent de redonner à la société une forte hiérarchie, les grands romantiques : Lamartine, Hugo et Vigny.

Le quatrième volume est consacré au «naturalisme anglais», mouvement opposé aux précédents et qui produit les lakistes, Walter Scott, Moore, Byron et Shelley.

L'École romantique en France groupe assez arbitrairement Hugo, Musset, George Sand, Balzac, Stendhal, Mérimée, Théophile Gautier, Sainte-Beuve, etc. Lamartine est exclu d'une école où l'on est étonné de trouver Stendhal et Mérimée. Toutefois, cette évocation rapide des romantiques français en qui Brandès voit des artisans de liberté, ne va pas sans grandeur...

Ce livre, dit M. Basch, «est le seul tableau d'ensemble que nous ayons du romantisme français».

Enfin, le sixième volume exalte la jeune Allemagne,

imbue des libres idées du romantisme de France. Faut-il avec M. Brandès voir l'Allemagne pendant la seconde moitié du XIXe siècle reprendre pour l'achever l'œuvre des encyclopédistes? Cette conclusion des *Grands Courants littéraires du XIXe siècle* avait, il y a quarante ans, il y a peut-être même vingt ans, des chances pour être admise en France. Mais nous ne pouvons plus penser ainsi. Depuis ce temps, de nouveaux courants littéraires nés en France ont modifié les idées générales de l'Europe, qui, bientôt peut-être, changeront de direction sous l'influence de courants venus d'Amérique ou d'Asie...

Un des titres de Georg Brandès à la notoriété universelle, c'est d'avoir fait connaître Nietzsche[1]. Le critique danois a révélé à l'Allemagne son grand écrivain moderne et le courant littéraire dont Nietzsche fait partie est sorti de France.

(3 février 1910.)

Voici les *Glumes éparses,* poèmes mélancoliques, que M. Marcel Prouille vient de publier aux éditions de Chloé. Le commerce et les sports sont à la mode. Chloé édite des livres, nul doute que Daphnis ne fasse de l'aviation. Cette science ou ce sport si nouveau a déjà sa littérature que viennent d'enrichir MM. Louis Gastine et Léon Perrin, par un roman intéressant : *Dans l'Azur, Aventures d'un aviateur français,* préface de Gabriel Voisin (édition du Monde illustré).

Dans *Les Soutiens de l'ordre,* M. Georges Le Cardonnel raille agréablement la société actuelle. C'est un livre plein d'observation, de saine malice et de bonne humeur. Ce roman qui, d'abord, ne paraît que plaisant, est en réalité très profond. M. Georges Le Cardonnel aurait pu l'intituler : *Le Machiavel français, ou le Prince républicain.* Le roman politique est un genre littéraire assez récent. Il a, je crois, été inventé par Gyp, et Anatole France en découvrit le style et la forme.

M. Georges Le Cardonnel, dans cette peinture de la vie provinciale, n'a ménagé ni les prêtres, ni les hobereaux, ni les socialistes, ni les radicaux. Mais, il a la main légère; il égratigne et ne griffe pas.

Son livre est pimpant et plein d'inventions charmantes.

Pas un détail qui ne forme un tableau exactement dessiné. Il y a là une grâce espiègle que nous retrouverons bientôt sans doute aussi jeune et aussi vive.

(5 février 1910.)

Le 4 juillet 1544, les impériaux mirent le siège devant Saint-Dizier, et Gonzague, qui était à leur tête, se promena à une portée d'arquebuse des murs, en plastron et salade rouges, suivi de son chien favori.

La place était défendue par deux mille gens de pied et cent hommes d'armes, de la compagnie du duc d'Orléans, commandés par le comte de Sancerre, le capitaine Lalande et par l'ingénieur italien Marini. L'Italie, au XVe et au XVIe siècles, excellait dans la fortification. Charles Quint et surtout François Ier s'entourèrent d'ingénieurs italiens.

Le 13, Charles arrive devant Saint-Dizier et aussitôt le bombardement commence. Un boulet tue le capitaine Lalande au moment où, fatigué, il est rentré chez lui pour changer de chemise.

Le 15, l'empereur fit donner l'assaut. Les habitants de la ville soutenaient la garnison. Les femmes et les enfants jetaient, du haut des remparts, tout ce qui leur tombait sous la main. Ce fut une défense héroïque. Les assaillants furent repoussés et l'échec de Charles Quint eut un grand retentissement en Europe. En apprenant l'événement, François Ier s'écria : « Ah ! Les bragards ! » Ce qui était à la fois l'éloge de la bravoure et de la bonne humeur des habitants de Saint-Dizier[1], dont le courage eut pour conséquence la retraite de Charles Quint, qui voulait aller jusqu'à Paris.

Le 17 octobre 1905 on éleva, à Saint-Dizier, un monument à la mémoire des bragards de 1544. L'éclat de cette cérémonie fut rehaussé par la remise, à la ville de Saint-Dizier, de la croix de la Légion d'honneur, et M. Albin Rozet, député de la Haute-Marne, et J.-F. Lambey viennent de publier chez Plon un fort volume sur : *L'Invasion de la France et le Siège de Saint-Dizier par Charles Quint, en 1544,* d'après les dépêches italiennes de Francesco d'Este, de Hieronymo Feruffino, de Camillo Capilupo et de Bernard Navager.

(7 février 1910.)

Mme de Polignac et la cour de Marie-Antoinette, par M. Fleisch.

M. Fleisch, dans ses ouvrages d'histoire, s'inspire d'un sentiment républicain peu commun chez les historiens contemporains. Il vient de publier *Mme de Polignac et la cour de Marie-Antoinette.* C'est le récit peu édifiant d'une amitié sur laquelle on a beaucoup glosé. Toutefois, se basant sur des pamphlets sujets à caution, M. Fleisch nous paraît n'avoir rempli qu'imparfaitement son but. Ce livre est d'ailleurs amusant, suggestif et abondamment illustré d'après des gravures de l'époque.

La reproduction en appendice de quelques pamphlets très violents contre la reine et sa favorite donne au livre un intérêt de premier ordre. *Mme de Polignac et la cour de Marie-Antoinette* a été édité par la Bibliothèque des curieux.

(15 mars 1910.)

COURRIER LITTÉRAIRE

M. Arnyvelde parla, hier après-midi, à la salle Charras, de quelques nouveaux poètes dont les poèmes, déclamés par de grands artistes, furent vivement applaudis. Le public n'est pas du tout rebelle aux accents de la jeune poésie. Les rythmes neufs de poètes comme Salmon, Jules Romains, Charles Vildrac, Ricciotto Canudo, Vincent Muselli, Mme de Saint-Point, Verdot, firent une vive impression sur l'auditoire et l'on se félicitait qu'en dépit *de mauvaises volontés,* une poésie dégagée des formes du passé, un lyrisme fondé sur les sentiments les plus modernes, se manifestât en France.

André Gide, qui vient de publier un petit livre sur Oscar Wilde, va partir pour la Normandie, d'où il ira dans le Midi terminer un nouveau roman dont le succès sera sans doute aussi éclatant que celui de *La Porte étroite.*

(23 mars 1910.)

On sait quels liens d'amitié, de parenté presque, unissaient Sully Prudhomme à la famille de M. Louis Barthou. Le ministre de la Justice va publier près de trois cents lettres du poète. Cette importante correspondance paraîtra dans quelques mois.

M. Charles Morice prépare une anthologie des poèmes de Théodore de Banville[1]. Ce livre, édité par Fasquelle, sera précédé d'une étude très complète où Charles Morice fera entrer ses souvenirs sur l'auteur des *Odes funambulesques* qu'il a connu. Trois portraits de Banville d'après David d'Angers, Dehodencq, Rochegrosse, illustreront cet ouvrage.

Gérard de Nerval, une des figures les plus touchantes et les plus attachantes du romantisme, va-t-il enfin avoir sa statue ?

Tous ceux qui s'intéressent à l'érection de ce monument sont priés de venir, le 24 mars, à 9 heures du soir, au café de l'Univers, place du Théâtre-Français.

Ordre du jour :

1° Choix du sculpteur;

2° Constitution du comité définitif;

3° Discussion du projet Stuart Merrill destiné à hâter la réalisation de l'entreprise.

Pour tous renseignements, s'adresser à M. P.-N. Roinard, 7, rue Pixérécourt, ou à M. Henri Strentz, 3, rue du Jourdain.

(14 mars 1910.)

Le banquet annuel de *La Phalange* aura lieu ce soir, au café Cardinal, sous la présidence du peintre Aman-Jean.

Le prochain livre de Jean Moréas, recueil de proses parfaites, intitulé : *Variations sur la vie et les livres,* paraîtra prochainement aux éditions du Mercure de France.

Empêché par la maladie de corriger lui-même les épreuves, Moréas a chargé de ce soin M. Henri Dagan, qui s'en acquitte avec piété.

Une anthologie de poèmes français, traduits en tchèque, va paraître à Prague. Le choix du traducteur s'est porté sur les poètes les plus célèbres du Parnasse, comme Leconte de Lisle, José Maria de Heredia, Léon Dierx; les poètes les plus audacieux du symbolisme, comme Gustave Kahn, Maurice Maeterlinck, Émile Verhaeren, Francis Vielé-Griffin, Jean Moréas. Les naturistes n'ont pas été oubliés, avec Bouhélier et Albert Fleury, enfin une grande partie du volume est consacrée aux plus récentes manifestations de la poésie contemporaine.

(15 mars 1910.)

L'Intransigeant

VISIONS D'HORREUR «EN FLÂNANT DE MESSINE À CADIX»

Lors du tremblement de terre qui détruisit Messine et Reggio[1], un détail de la catastrophe passa presque inaperçu. C'est que, la mer aussi changeant de face, on put alors signaler la disparition de l'antique remous de Charybde et le chant des sirènes n'ayant plus d'objet, elles s'envolèrent toutes trois, laissant l'écueil où elles nichaient aux scylles terminées en queue de poisson. Et j'eusse voulu au lendemain de la catastrophe errer dans ces villes mortes à l'improviste et dont la mer abandonnée des sirènes baignait les ruines.

J'eusse voulu scruter l'horreur des décombres là où s'étaient écroulées ces villes fameuses et anciennes.

J'eusse voulu converser avec les survivants d'un aussi grand désastre et voir l'amour fécond naître de la puanteur des charniers ainsi que la beauté naquit de l'écume.

C'est cela qu'a passionnément regardé Eugène Montfort et il nous le raconte dans un livre attachant : *En flânant de Messine à Cadix.*

Il nous mène ensuite à Palerme et nous voici aux Cappuccini[1] où il y a encore trente ans les nobles Palermitains mettaient leurs morts :

« C'est naturellement le plus horrible et le plus effrayant spectacle qui se puisse voir. Ces têtes grimaçantes, ces robes flottantes ou rembourrées, ces manches vides, et l'un, que le moine nous a fait remarquer, dont la peau est restée sur les os, et cet autre qui a conservé toutes ses dents, et celui-ci dont la mâchoire est au contraire disloquée, et celui-là qui est très grand, et cet autre qui est très petit, et les têtes penchées sur l'épaule du voisin, et le rire, toujours le rire[2]... Il y a là beaucoup de dames de l'aristocratie sicilienne : étendues en belles robes dans leur bière, le crâne appuyé sur un coussin et la couronne de baronne ou de comtesse posée sur le corps. Quelquefois à côté d'elles, leur photographie, la photographie d'une jolie femme [...] »

Ce sont des sensations inoubliables et il fallait les fixer. De nouvelles Reggio et Messine s'élèvent déjà aux Cappuccini, bientôt sans doute les morts seront enfermés et Eugène Montfort en quête de spectacles exceptionnels et dédaignant les mirages que projette la fée Morgane[3], de son castel sans retour sur le mont Gibel, s'en va vers Tanger y voir comment on organise la conquête du Maroc... Mais les Maures n'ont pas retenu longtemps notre ami, le voici à Gibraltar, passant de l'Islam en Angleterre, et il sait bien nous faire sentir tout ce qu'a de piquant, de choquant même, ce contraste, — ce coq-à-l'âne géographique...

Mais avec quel art, après nous avoir promenés en Espagne, Eugène Montfort parle de Naples ! Avec quelle piété, avec quelle patience il a deviné un à un les secrets de cette ville antique, la dernière peut-être qui soit encore en Europe !

« En vérité, je vous le dis, ajoute-t-il, hâtez-vous d'aller à Naples si vous voulez avoir encore une idée de ce que fut cette ville antique. »

Cette antiquité de Naples, Eugène Montfort s'est plu à l'exalter. Il salue les traces du paganisme plus visibles ici que partout ailleurs :

« Ici, à Naples, on fait toujours les bacchanales, on fête Bacchus le 7 octobre, au commencement des vendanges. Le prétexte chrétien de cette fête est de célébrer la Madone de Piedigrotta[1]. C'est une réjouissance extrêmement curieuse. Il s'agit de faire un bruit énorme, incomparable. Cent mille Napolitains soufflent, jusqu'à bout de souffle, dans d'énormes trompes en fer blanc. Ils ne sont pas gais, ils ne rient pas, ils soufflent dans leurs trompes. C'est la tradition de la bacchanale qui les pousse et ils ne résistent pas ! »

Tout cela est écrit avec un art simple et charmant. Une tendre ardeur anime ces descriptions et ces aventures dans les ruines de la Sicile, à Naples, chez les Maures, dans les jardins ou parmi les danseuses de l'Espagne et aussi sur les flots de cette Méditerranée que j'adore.

(19 avril 1911.)

« MADEMOISELLE » PAR RENÉ MAIZEROY

L'auteur dit que c'est un roman, mais le nom de poème conviendrait aussi bien à ce récit lyrique où contrastent les paysages de la France et ceux de l'Espagne, le mysticisme et l'égarement des sens, l'amour et la mort.

Prenons garde encore que ce livre violent ne renferme un symbole de races. Pour ma part, je pense qu'il en est ainsi. Nous y trouverons la France toujours séduite par l'Espagne. N'est-ce pas en Espagne que les lettres françaises allèrent parfois demander un nouvel aliment à cette puissance de perfection qui caractérise le langage dont nous nous servons[2] ?

Le titre même, *Mademoiselle*, est une trouvaille singulièrement heureuse qui montre à merveille ce qu'il y a de français et ce qu'il y a d'espagnol dans un livre où, avec raison, le décor compte pour quelque chose.

Un grand esprit féminin, aujourd'hui bien oublié, Mme Clémence Royer, demandait la suppression du vocable « mademoiselle », dont le sens actuel est tout récent et qui sépare bien inutilement les femmes en deux classes, celles qui sont mariées et les autres. On n'a pas établi pour les hommes de ces distinctions. N'empêche que «mademoiselle» est un mot charmant, digne de vivre et d'ailleurs tout plein de vie. Il exprime, pour M. René Maizeroy, toute la grâce française et, comme les Espagnols nous ont emprunté ce mot avec les sens de gouvernante, d'institutrice particulière, il exprime aussi, et d'une manière imprévue, l'Espagne avec les mœurs des classes élevées de la péninsule.

Mais l'ingéniosité du titre est dépassée par celle du récit, histoire tragique d'un être innocent et vertueux sur lequel s'acharne le malheur. La fatalité domine le livre et l'amour y est sans cesse vaincu. Mais on se laissera aller avant tout au charme, parfois un peu morbide et toujours très prenant, de scènes comme celles de la folie ou encore la rencontre aux courses de taureaux, qui sont de la vie même puissamment observée.

Et les processions bizarres et pittoresques se déroulent, les Gitanes prédisent la destinée, les castagnettes claquent pour rythmer les danses et trois aveugles chantent sur un rythme moqueur de *petenera*[1] : «Je trouve aussi impossible — de renoncer à ton amour — que d'écrire sur l'eau — ou de tirer du sang d'une pierre» tandis que des cierges votifs brûlent devant les madones miraculeuses et qu'une mendiante éparpille sur une jeune fille morte les fleurs d'oranger dont sa besace était emplie.

(22 août 1911.)

Les Soirées de Paris

UN LIVRE DE M. ANTOINE ALBALAT

Sous le titre de *Comment il faut lire les auteurs classiques de Villon à Victor Hugo*[2], M. Antoine Albalat vient de publier un livre dont on goûtera avant tout l'indépendance. Cette qualité si rare prend ici une importance plus grande encore puisqu'elle se joint à une grande sûreté de jugement.

En étudiant les auteurs, M. Albalat s'est efforcé tout d'abord de savoir s'ils avaient réalisé leurs intentions et il les loue dans la mesure où ils ont manqué, atteint ou dépassé le but qu'ils s'étaient proposé.

Les lectures de M. Albalat sont très étendues et selon une méthode dont on a contesté la valeur[1], mais dont les résultats, dans cet ouvrage, paraissent excellents; il a approfondi le métier des écrivains desquels il parle, si bien que ce livre présente un véritable et précieux tableau du style dans la littérature française.

Cet ouvrage sera très utile à ceux qui s'intéressent à la versification. Les recherches de M. Albalat n'étant point seulement théoriques nous renseignent de façon très précise sur les étapes du vers français jusqu'à sa transformation contemporaine.

Il faut lire les chapitres sur Malherbe : «Cette ampleur, cette sûreté, ce ton inconnu à Marot, purs de tout alliage et qui font de Malherbe le Bossuet de la poésie, voilà ce qui était nouveau dans notre littérature»; sur Racine et la décadence de la tragédie; sur Boileau; sur André Chénier : «Sa versification a beau représenter le dernier état de la souplesse et de la perfection du vers racinien, il y a dans Chénier un Delille irrécusable, un Delille artificiel et banal, avec ses clichés puérils et ses éternelles rimes en adjectifs»; sur le romantisme : «Le romantisme fut un mouvement de sincérité et d'enthousiasme, une révolution créatrice et féconde qui, en renouvelant la poésie dramatique et en créant la poésie lyrique, a changé de fond en comble toute notre littérature. La publication des *Méditations* est un fait beaucoup plus considérable que l'avènement de Ronsard et de Malherbe.»

Et plus loin : «Le réalisme ne fut pas une réaction contre le romantisme, mais son aboutissement logique; et il n'y a eu, au fond, qu'une école et qu'un romantisme, dont l'évolution, depuis 1820, se poursuit encore de nos jours.»

Et encore : «On présente le romantisme comme contraire à la tradition française et au génie de notre race. Oui, à peu près comme la démocratie et la Révolution sont contraires aux anciennes traditions monarchiques de la

France. Il était dans le génie de notre race de faire la révolution. L'incrédulité voltairienne est tout aussi conforme au caractère français que la littérature classique ou la religion de Bossuet.»

Et aussi : «La culture du sens religieux que nous a léguée le romantisme vaut bien l'incrédulité du XVIIIe siècle.»

Il a parlé d'Hugo avec force et mesure : «chantre de l'infini, visionnaire colossal, l'Ézéchiel de la poésie française, ce qui ne s'était pas encore vu; si bien que ce qu'on appelle sa décadence est une sorte d'originalité effrayante et exceptionnelle.»

Il parle encore du «cornélianisme à outrance» de ses drames.

M. Albalat a mis à sa place Marivaux, ce Shakespeare, qui ne doit rien à Shakespeare ni aux Anglais. Il a encore réhabilité la prose de Lamartine.

Il y a de la verve et de l'esprit dans l'ouvrage de M. Albalat, dont le bon sens rappelle hors de toute comparaison — et toutes proportions gardées — celui de La Fontaine.

On peut souhaiter qu'un amateur de lettres aussi sagace et aussi impartial que M. Albalat ne borne point ses investigations à la littérature classique. Il a un rôle à jouer en étudiant de près la production contemporaine et peut-être est-il le seul aujourd'hui qui puisse jouer un rôle que rempliront toujours mal ceux dont les opinions sont préconçues.

Les conseils d'un homme avisé et désintéressé comme M. Albalat peuvent être profitables à tout le monde.

(15 décembre 1913.)

Mercure de France

OUVRAGES SUR LA GUERRE ACTUELLE

La Guerre en Italie. En haute montagne, vol. I, Fratelli Treves, Milan, 3,50 F.

La section photographique de guerre de l'armée italienne publie un album d'un puissant intérêt documentaire intitulé *La Guerre en Italie* et dont le volume *En haute montagne* vient de paraître.

Le caractère principal de la guerre italienne étant l'action en haute montagne, dont la belle armée de Cadorna a bien sujet d'être orgueilleuse, cet album a donc un intérêt de premier ordre. On y voit cette lutte des cimes avec une évidence saisissante. La valeur, l'endurance, l'organisation de l'armée italienne s'y montrent merveilleusement.

Bien des aspects de cette guerre en haute montagne sont inattendus. Par exemple, les Alpins skieurs pareils à des pierrots blancs dansant sur la neige, les Dolomites, montagnes chères à l'aquarelliste Jeanès, déroulent ici leur chaos harmonieux. Les voies de transport aérien donnent le vertige et on ne saurait trop en admirer l'ingéniosité. Quant à ces canons de gros calibre transportés dans les neiges éternelles à des trois mille mètres d'altitude, les artilleurs seuls peuvent imaginer les difficultés qu'il a fallu vaincre pour amener à bien des entreprises aussi hasardeuses[1]. Ce volume est bien conçu et d'une merveilleuse netteté de clichés.

Le second album sera consacré au Carso[2], le troisième illustrera l'aviation, puis viendront les albums sur la marine, les terres conquises, les armes et les munitions, les prisonniers, etc.

On ne saurait trop louer de telles publications qui aident les Français à comprendre l'effort de leurs alliés. Il faut que la France puisse se rendre compte de quelle façon ses sacrifices éveillent l'émulation chez les peuples qui combattent à ses côtés.

(16 octobre 1916.)

Georges Duhamel : *Vie des martyrs,* Mercure de France, 3,50 F.

Georges Duhamel est aide-major sur le front. Sa *Vie des martyrs* est le fruit d'une longue station dans ces formations sanitaires où les blessés affluent.

Une langue nette et simple, des observations précises rendues avec cette vérité imagée qui est un des plus attrayants parmi les acquêts modernes de la littérature, et, par-dessus tout, on sent que malgré le détachement apparent et le souci d'observer impartialement, une pitié profonde domine cet ouvrage dont l'importance est capitale au point de vue de la psychologie de cette longue guerre[1].

Je n'ai pas eu l'occasion de lire *Le Feu*[2] d'Henri Barbusse. Mais j'ai vu de bons esprits qui, se plaisant à faire la comparaison du livre d'Henri Barbusse avec celui de Duhamel, ne cachaient pas qu'ils mettaient la *Vie des martyrs* beaucoup plus haut que *Le Feu.*

Duhamel qui a sondé ici les abîmes de souffrances humaines que la guerre a creusés, n'y a pas été par quatre chemins. Il est profondément descendu dans les régions qu'il voulait explorer. Mais il a su garder un ton qui n'est pas le moins du monde sentimental et presque toujours cette sorte de bonne humeur qui est le propre de tous ceux qui ont fait la guerre.

Les bons morceaux abondent dans la *Vie des martyrs.* Il y en a de rapides comme la balle qui atteint à vol d'abeille l'isolé qui marche à côté du boyau, il y en a de longs où sont étudiés ces types merveilleux de blessés que sont les «bonhommes[3]».

Le vocabulaire est excellent. Il n'exagère point le pittoresque langage de nos poilus, tout en en faisant état chaque fois qu'il y a lieu. Duhamel n'a pas reculé devant l'argot des formations sanitaires du front et il parle de «pistolet» avec cette simplicité qui est l'apanage des bons écrivains. La qualité particulière à cet ouvrage, c'est qu'on y trouve à chaque page cette sorte de sang-froid que les médecins acquièrent au contact de la souffrance. On sent que l'auteur considère les blessés comme des enfants qui ont besoin qu'on soit affectueux pour eux, mais aussi qu'on les gourmande sans méchanceté et qu'on ne les prenne pas trop au sérieux, car leur avenir en dépend.

Soignant leur corps, le médecin se distingue, à l'égard des blessés, du prêtre qui leur enseigne la résignation et l'oubli des injures. Duhamel n'a rien non plus du pédagogue qui réprime de mauvais penchants. C'est plutôt une sorte de frère aîné, vigoureux et qui amuse tout en pansant le bobo. C'est un médecin, il soigne des blessures, elles sont souvent affreuses. Et les sentiments fraternels se compliquent parfois d'une grande tristesse, mais d'une tristesse qui se montre le moins possible et ne risque pas de donner le cafard.

C'est pourquoi la lecture de ce livre a quelque chose de réconfortant. Outre le plaisir littéraire, elle donne une confiance dans la vie qui se répare si près de la mort. À un plus haut degré que les prêtres, le corps médical a été le grand consolateur de cette guerre.

Voyant les yeux des grands blessés qui imploraient son aide, Duhamel, vous n'avez nullement songé à écrire le martyre des victimes, mais destiné à les guérir et déterminé à tout faire pour atteindre ce but rédempteur, c'est de vie que vous avez écrit, de la vie des martyrs.

(16 juillet 1917.)

Capitaine Oudanc : *Notre retraite de Serbie;* Salonique, «La revue *Macedonia*».

Le capitaine Oudanc, pseudonyme transparent de Ricciotto Canudo, a publié à Salonique *Notre retraite de Serbie* avec le sous-titre : «Feuillets d'un officier de zouaves». Il a donné comme épigraphe à ces pages les lignes suivantes : «*In memoriam.* Je dédie ces pages à nos camarades tombés en Serbie, qui attendent.» C'est un récit excellent, simple et imagé de la fameuse et héroïque retraite. Ce récit plein de faits est attachant comme un roman et l'on regrette qu'il tienne en si peu de pages. Ce portrait du soldat bulgare est plus évocateur qu'un gros livre :

«Nous avions déjà remarqué que le Bulgare excelle dans un mutisme guerrier assez important. Loin d'avoir cette implacable insouciance du fantassin français, que ni crainte, ni ordres n'empêcheront, arrivé qu'il sera près d'une crête, de voir ce qui advient au sommet, le Bulgare sait se défier et se dissimuler avec un art parfait. Nous l'avions observé pendant toute la campagne. Il sait ne pas se montrer. Art de montagnard, science nécessaire de trappeur, perfectionnée sans doute pendant la guerre des Balkans.»

Les anecdotes ne manquent pas dans cette brochure riche d'une ample matière historique et tout imprégnée de vérité. C'est un des récits de «retraite» les plus intéressants qu'il soit donné de lire. Car on ne connaît peut-être pas, dans l'histoire, de retraite comparable à celle-ci, dont le narrateur peut écrire avec une netteté toute militaire :

«Ils ont nos positions — pourquoi nous poursuivent-ils? Alors une image se levait, fantomale, celle d'une Grèce hostile. Et c'était notre seule consolation. La Grèce hostile qui nous attendait avec des armes braquées sur notre arrivée. C'était encore la guerre, l'ennemi vers lequel nous allions. Nous allions au combat. La peine de la retraite, mesurée à notre dédain des Bulgares, se trouvait ainsi largement soulignée d'un souffle d'orgueil.»

Le capitaine Oudanc n'a donc pas relaté tout simplement la retraite de Serbie, mais son récit se trouve être une contribution à un des plus déplorables chapitres de l'histoire de l'hellénisme.

(16 novembre 1918.)

Bertie Angle : *Petits aspects sentimentaux du front anglais*[1], Dorbon aîné, 6 F.

M. Bertie Angle (c'est, dit-on, le pseudonyme d'un auteur spirituel dont le nom rappelle à la fois un bouledogue et la fine champagne) publie de *Petits aspects sentimentaux du front anglais* qui sont de véritables poèmes en prose, ouvragés, ciselés d'après nature.

«Qu'elles sont charmantes et théâtrales, ces villes féeriquement surgies de terre. Toutes peuplées de courage et d'adresse, elles poussent en une nuit au milieu d'un champ près de la lisière d'un bois ou accrochées au flanc d'une colline...»

Et ceci : «Sur le chemin de halage des soldats se promènent; il y en a aussi qui pêchent à la ligne et qui ne prennent jamais de poissons, et d'autres qui baignent dans le courant verdâtre leurs tatouages en deux couleurs. Des chevaux viennent boire.»

Ces notations sont aussi précises que poétiques. Cet album fait partie du petit nombre d'ouvrages où la guerre n'est pas envisagée sous l'angle d'une implacable tristesse. Il s'agit cependant d'un témoin. Que j'aime cette petite élite de ceux qui ont été à la guerre et qui ont pu la voir sans mauvaise humeur. L'ouvrage est accompagné d'une gravure au burin représentant *les plaisirs du camp;* elle est de la même veine fine que l'ouvrage; elle est en outre cubiste et gracieuse.

On reconnaît le burin précis d'un soldat laboureur, qui dès avant la guerre s'était découvert de véritables qualités de graveur. Il grave, dit-on, sur des douilles d'obus et c'est là, sans doute, pour les amateurs un attrait de plus.

Mais quelles raisons ont pu entraîner l'anonymat de cet album?

Les conjectures seraient vaines et nous laisserons le soin d'en faire aux biographes de l'avenir.

(1er mai 1918.)

Alan Seeger, le poète de la Légion étrangère, ses lettres et poèmes écrits durant la guerre, réunis par son père et traduits par Odette Raimondi-Matheron[1].

On retrouvera dans ce livre, *Alan Seeger,* tout ce qu'il faut savoir de ce charmant garçon qui était un poète véritable et qui fut aussi un admirable soldat.

Sur le milieu qu'il connut et fréquenta avant la guerre, un article de M. Harrison Reeves, dans la *New Republic,* était mieux renseigné.

D'autre part, il y a quelques inexactitudes dans le livre de Mlle Raimondi-Matheron. C'est ainsi qu'Alan Seeger n'a jamais collaboré au *Mercure de France.* La seule publication française à laquelle il ait écrit, ce furent *Les Soirées de*

Paris, auxquelles il donna un article sur le *base-ball*, exhortant les Français à s'adonner à ce jeu[1]. Le ministre de la Guerre vient justement de réaliser le vœu émis par Alan Seeger et désormais les soldats français joueront au *base-ball*.

Il vaudrait la peine qu'on republiât en plaquette l'article de Seeger et qu'on le répandît à profusion, car personne n'a mieux montré les délices et l'utilité de ce jeu auquel, même en temps de guerre, les journaux américains consacrent chaque jour plusieurs colonnes.

Les lettres de Seeger nous révèlent son âme droite, sa bravoure, les déconvenues dont il souffrit, surtout celle de n'avoir ni avancement, ni encouragements dans le dur régiment où il combattait. On y voit encore un profond amour de la France, les raisons si hautes qui l'avaient amené à se battre pour elle avec une si noble simplicité et aussi l'extrême lucidité avec laquelle il voyait les choses de la guerre qu'il savait décrire avec un ordre parfait et une grande précision. Ses vers ont un charme indéniable; ils révèlent un talent véritable; on y remarque une singulière prescience de la mort.

Une traduction juxtalinéaire aurait conservé plus de saveur du texte original des poèmes que leur traduction en prose, ou du moins aurait-il parfois fallu l'art même de Mallarmé traduisant les poèmes de Poe.

Mais, dans son ensemble, le travail de Mlle Raimondi-Matheron est satisfaisant et méritoire, et elle a eu soin de donner en regard de ses traductions le texte anglais des poèmes de notre cher ami Alan Seeger.

Ce livre est une contribution importante à l'histoire de l'intervention américaine. C'est plus qu'une biographie de poète et de soldat, c'est un prologue délicat et glorieux à la levée de la plus grande armée du monde.

(16 septembre 1918.)

VARIÉTÉS

L'Européen

LE TROISIÈME CENTENAIRE DE «DON QUICHOTTE»

Le 23 avril 1616 mourait un obscur acteur anglais nommé Shekspere, auquel, à cause de la similitude des noms, on attribua plus tard les œuvres d'un inconnu plus illustre qui signait William Shakespeare.

Le même jour, en Espagne, mourait un pauvre percepteur de contributions, que l'on mit plusieurs fois en prison, car sa pauvreté l'obligeait parfois à détourner les deniers du gouvernement. Ce pauvre homme était né, disent la plupart des biographes, de parents de petite noblesse et d'origine galicienne, à Alcala de Henares, bourg de la Nouvelle-Castille en 1547. Le lieu et la date sont assez improbables, car plus tard sept villes d'Espagne se disputèrent l'honneur d'avoir donné le jour à ce fonctionnaire peu scrupuleux. Le fait s'est produit pour Homère. Le jeune hidalgo fut destiné à l'état ecclésiastique et étudia à Madrid. Il semble aussi qu'il ait passé deux ans à l'université de Salamanque. Toujours est-il que le jeune homme qui se nommait don Miguel Cervantes Saavedra ne se sentait pas la vocation religieuse. Il avait rimé de mauvais vers et publié sans succès en 1569 un poème pastoral insipide, intitulé *Philène.* Il résolut d'aller combattre en Italie. Ce pays était alors à feu et à sang. Malheureusement Cervantes arriva pendant une trêve et dut accepter la fonction de valet de chambre chez le cardinal Aquaviva, mais le rôle de domestique ne pouvait convenir à Cervantes. Il s'enrôla sous les drapeaux de Marc Antoine Colonna qui commandait les forces vénitiennes et fut embarqué sur un vaisseau qui allait au secours de l'île de Chypre menacée par les Turcs, qui la prirent et en massacrèrent les habitants. Par miracle le vaisseau qui portait Cervantes échappa à la flotte turque. Ensuite, Cervantes combattit héroïquement à la fameuse bataille de Lépante, le 7 octobre 1571. Il reçut trois blessures et une arquebusade dans le bras gauche. Il resta estropié jusqu'à sa mort.

Le bras droit lui restait. Il fit, en 1572, l'expédition de Morée et, en 1575, toujours aussi pauvre, s'embarqua sur la galère *Le Soleil* qui fut capturée par un corsaire. Il est inutile de raconter les péripéties de la captivité de Cervantes à Alger, chez le renégat vénitien Hussan Aga. Le père de Cervantes était mort. Sa mère vendit tout l'héritage et se saigna aux quatre veines pour fournir une rançon, grâce à laquelle les Pères de la Merci purent racheter l'estropié de Lépante. Il revint dans sa patrie, à trente-quatre ans, infirme, vieilli avant l'âge et se maria à Catherine Sulazer y Palacios d'Esquivias. Il écrivit la première partie de *Galatée*. Sa vie ensuite est très connue. Il avait concerté avec le libraire de Madrid, Francisco de Roble, la publication de la première partie de *Don Quichotte*. Entouré de détracteurs, chargé de dettes et de procès, Miguel de Cervantes, suivant la cour, arriva à Valladolid, le 1er février 1603. C'était l'époque où le fameux duc de Lerma et marquis de Cea régnait sur l'Espagne et sur le roi. Le pays se débattait dans une grande détresse financière et des émissions trop nombreuses de billons n'avaient fait qu'accroître la misère. Le peuple murmurait et s'en prenait aux percepteurs d'impôts. Miguel de Cervantes avait dû, pour ne pas mourir de faim, accepter un petit poste de percepteur. On l'accusa de voler l'argent de l'État. Il fut arrêté, grâce à l'injustice du licencié Villaroel et à la malignité d'une nommée Isabelle de Ayala, dans cette maison qui existe encore à Valladolid et que le gouvernement va acheter, selon le vœu public. C'était alors une maison neuve. On l'avait construite en 1600 et elle appartenait à un certain Juan de las Navas. C'est dans cette maison, située non loin de la Puerta del Campo dans le Rastro Nuevo que furent écrites la seconde partie du *Don Quichotte* et quelques-unes des *Novelas ejemplares*.

En 1604, Cervantes avait publié le *Viaje del Parnaso,*

première manifestation satirique de son esprit aigri. En 1605, parut la première partie de *L'Ingénieux Hidalgo Don Quichotte de la Manche,* livre admirable, dont l'Espagne et le monde entier s'apprêtent déjà à célébrer le troisième centenaire. *Don Quichotte* rendit son auteur célèbre en Europe. En Espagne, il n'en fut pas de même. Cervantes, pour accentuer la vente, dut répandre un pamphlet qui accusait *Don Quichotte* d'être un livre à clé, et donnait les noms des personnages travestis. En 1614, les ennemis de Cervantes firent paraître, à Tarragone, une soi-disant suite du *Quichotte.* Cette œuvre grossière qui est reproduite dans la «Collection des auteurs espagnols» (ajoutons que ce recueil ne contient pas le théâtre de Cervantes) était pleine d'injures à l'adresse du malheureux don Miguel. En 1615, Cervantes publia la vraie suite du *Quichotte,* la deuxième partie dont le succès fut considérable en Europe. Les Espagnols ne comprenaient pas que Cervantes était le seul grand écrivain. Il mourut l'année suivante en mettant la main à sa dernière œuvre : *Trabajos de Persiles y Sigismunda,* et fut enterré dans le couvent de la Merci. On aurait pu graver sur son tombeau ce vers qui est le dernier de l'épitaphe de Chrysostome au chapitre XIV de la première partie du *Quichotte*

Perdido por desamor.

Perdu par le refus d'amour de ses concitoyens. Car ce n'est qu'à la fin du XVIIIe siècle que l'Espagne commença à admirer Cervantes. L'ancien mépris pour le prisonnier d'Alger a fait place à une admiration sans limites, et en 1862, Ventura de La Vega[1] chantait :

Un livre nous accompagne
Dans l'éternel avenir.
Don Quichotte *pourrait-il mourir*
Puisque ne peut mourir l'Espagne?

Les érudits se sont emparés de la vie de Cervantes et l'étudient avec soin. Ils s'efforcent d'y démêler l'histoire d'avec la légende. Car la vie de l'auteur du *Quichotte* est pleine de faits incertains. Si l'on n'est pas encore parvenu à découvrir le lieu exact de la naissance de Cervantes, on s'accorde en tout cas, maintenant, pour donner comme fausse la tradition de la prison de Argamasilla de Alba et de la maison de Medrano.

L'idée de célébrer par de grandes fêtes la date de la publication de *Don Quichotte* revient à un publiciste aragonais, Don Mariano de Cavia qui publia récemment sur Cervantes, dans l'*Imparcial,* un article dont le retentissement fut considérable. Aussitôt les académiciens Ortega Munilla et Picon proposèrent à l'Académie espagnole de s'associer à ces fêtes. L'université de Salamanque, toujours citée dans les œuvres de Cervantes avec respect, a demandé l'honneur d'être le centre de la manifestation. L'Espagne entière fêtera l'auteur de *Don Quichotte* en mai 1905. Le district de Lugo, en Galice, d'où sont originaires les Saavedra, deviendra un lieu de pèlerinage pour tous les admirateurs du grand homme méconnu de son vivant.

Un jeune écrivain espagnol, Don Juan Huertas Hervas, a écrit que le meilleur moyen de fêter l'auteur de *Don Quichotte* consisterait en un décret royal obligeant tous les Espagnols de moins de soixante ans à savoir lire et écrire.

Don Juan Huertas Hervas est peu exigeant, mais hélas! en Espagne, comme en bien d'autres pays monarchiques, les lois vont comme le veulent les rois : *Allá van leyes do quieren reyes.*

(2 janvier 1904.)

LA MORT DE KANT

La mort épargna longtemps le philosophe de Königsberg[1]. C'était pourtant un petit être peu vigoureux, haut de cinq pieds, sa poitrine était maigre et recourbée et son épaule droite ressortait un peu.

La première fois que la mort parut le menacer, ce fut en 1785. Kant, qui avait soixante et un ans, était en plein travail et en pleine maturité d'esprit. Un soldat qui avait décidé de se suicider s'était promis de tuer auparavant, par une sorte de vengeance contre l'humanité, le premier passant qu'il rencontrerait. Emmanuel Kant, qui faisait à cette heure sa promenade quotidienne, passa par là. Le soldat l'ajusta d'abord, mais se ravisa soudain et voulant respecter la vie d'un vieillard, visa un enfant qui venait et le tua. On raconte que le philosophe fut très affecté de cet incident et qu'il dit au soldat : « Malheureux ! pourquoi ne m'avoir pas préféré à cet enfant. Je suis vieux. Et cet enfant était peut-être un Kepler ou un Newton. »

En 1797, les facultés intellectuelles du philosophe commencèrent à baisser. On sait l'ordre et la régularité de la vie de Kant. Le moindre changement dans ses habitudes le gênait. Un jour qu'il professait à l'université, il vit qu'il manquait un bouton au vêtement d'un de ses auditeurs. Kant fut troublé ; pendant tout le cours il fixa l'endroit où manquait le bouton. Le lendemain et les jours suivants, Kant s'était habitué à l'absence du bouton ; mais lorsqu'un beau jour, le jeune homme revint avec un vêtement où le bouton ne manquait plus, Kant demeura sans voix, son esprit se refusa à toute spéculation, et le philosophe dut appeler le jeune homme auquel il conseilla de se débarrasser du bouton en question.

En 1798, il survint quelque chose de semblable dans la vie de Kant. On abattit un arbre qui poussait devant sa fenêtre et qui faisait partie de l'horizon du philosophe. Ce fut un malheur, et avec cet arbre disparut une partie de la raison du vieillard.

Il tomba malade. Le bruit de sa mort se répandit mais fut bientôt démenti, et les félicitations pour sa guérison lui arrivèrent de toute part.

À partir de 1799, il s'entretint souvent de sa mort, mais rien que de la sienne, car il garda jusqu'au bout l'habitude de ne pas parler des morts.

En 1802, Kant introduisit quelques changements dans ses habitudes. Lui qui s'était toujours refusé à se servir de médicaments commença à en prendre. Il avança aussi l'heure de son coucher, sans changer cependant celle de son lever, qui avait lieu à 5 heures en toute saison.

Il ne raccourcit point la durée de ses repas qu'il prolongeait longtemps. Il continua à prendre un peu de vin rouge — il détestait la bière — et à avoir des commensaux, car il disait : « Un savant ne doit pas manger seul, c'est malsain pour lui. »

Mais la lassitude et le dégoût de tout l'envahissaient. Il faisait encore quelques promenades jusqu'à un jardin qu'il avait loué aux portes de Königsberg. Là, Wasiansky[1] lui montrait un jour la beauté de la nature : «C'est beau, mais c'est toujours la même chose», répondit Kant.

Ses pieds commencèrent à lui refuser leur service. Il tombait souvent, mais il riait, disant : «Mes chutes sont peu dangereuses, mon corps est si léger!»

C'est alors que se produisit un des incidents les plus gracieux de la vie du philosophe.

Kant qui, comme Spinoza, Bayle, Leibniz, avant lui, et Nietzsche après lui, ne se maria pas, aimait la société des femmes. C'était un homme du monde, d'une mise et d'une propreté irréprochables qui le distinguaient entre tous les professeurs allemands de son époque et rendront son cas unique dans le passé, le présent, et l'avenir de l'Allemagne. C'est que Kant n'était pas tout à fait allemand. Son père était fils de parents écossais, et se nommait Jean-Georges Cant. Le philosophe changea plus tard le *c* en *k* pour germaniser son nom.

Borowsky[1] nous a appris que sa plus grande dépense était pour sa toilette. Il y mettait de la recherche. Son petit tricorne, sa perruque poudrée, son col noir, sa chemise à jabot, ses manchettes, son habit de drap noir ou brun doublé de soie, ses souliers à boucle, ses bas blancs ou gris — le bas noir, disait-il, rend la jambe trop fine —, son épée changée plus tard contre cette canne en jonc d'Espagne dont parle Heine[2], faisaient qu'on l'appelait à Königsberg : le Beau Professeur *(der Schoene Magister)*.

Kant aimait à converser avec les femmes, et lui qui parlait rarement de littérature et ne s'est jamais occupé de Goethe, s'entretenait avec complaisance et compétence de franfreluches, de dentelle, du choix des étoffes, de combinaisons de couleurs. Si l'on joint à cela que son visage était sympathique, ses yeux vifs et doux, et son teint frais comme celui des Anglais, on comprendra que l'on recherchât sa société dans les milieux féminins de Königsberg.

Un jour donc, il revenait d'une promenade et tenait une rose. Ses forces l'abandonnèrent tout d'un coup, et il tomba. Deux dames qui passaient l'aidèrent à se relever. Kant les remercia avec sa galanterie ordinaire et leur donna sa rose.

Le 2 avril 1802, Kant célébra son jour de naissance. Il avait soixante-dix-huit ans. Ce fut une grande fête. Mais les facultés intellectuelles du philosophe avaient subi un affaissement considérable.

Le 25 mars avait eu lieu la paix d'Amiens, et Kant qui avait toujours montré de l'intérêt pour la politique n'en parla même pas.

Le philosophe, autrefois, s'était beaucoup occupé de la France. Ses idées en politique avaient souvent varié. Il avait été pour la France, puis ensuite pour l'Angleterre, et de nouveau pour la France. Il avait blâmé l'expédition de Napoléon en Égypte.

En 1794, il avait écrit qu'une royauté était une broche à rôtir, une aristocratie un moulin à cheval, et une république, un automate qui pouvait marcher, mais était en somme quelque chose de factice.

Il avait résumé ses idées sur la philosophie de l'histoire dans cet écrit sur «la paix éternelle» qui rend le nom de Kant cher aux pacifistes. *À la paix éternelle* : il s'agissait d'une inscription satirique gravée par un aubergiste hollandais sur son enseigne où il avait fait peindre un cimetière. Kant semble avoir voulu dès le début écrire un pamphlet sur l'impossibilité de la paix perpétuelle qu'il appelle : un beau songe. Il se ravise pourtant et essaye de préciser quelques lois qui, aux temps de Rome, auraient fait fermer pour jamais le temple de Janus :

«On ne regardera pas comme valide tout traité de paix où l'on se réserverait tacitement la matière d'une nouvelle guerre.»

«Tout État, qu'il soit grand ou petit, ne pourra jamais passer au pouvoir d'un autre État, ni par échange, ni à titre d'achat ou de donation.»

«Les armées permanentes doivent être abolies avec le temps.»

«On ne doit point contracter de dettes nationales pour soutenir les intérêts de l'État en dehors.»

«Aucun État ne doit s'ingérer de force dans la Constitution ni dans le gouvernement d'un autre État.»

Kant était opposé aux idées de Hegel qui voyait dans la guerre une nécessité, et il résumait ainsi son travail sur la paix perpétuelle : «S'il est du devoir, si l'on peut même concevoir l'espérance de réaliser quoique par des progrès sans fin, le règne du droit, la paix perpétuelle qui succédera aux trêves jusqu'ici nommées traités de paix, n'est donc pas une chimère, mais un problème dont le temps vraisemblablement abrégé par l'uniformité des progrès de l'esprit humain nous promet la solution.»

Au mois de septembre, sa sœur, un peu moins âgée et veuve d'un ouvrier nommé Thenerin, vint s'établir auprès de lui.

Progressivement, la faiblesse du Beau Professeur augmenta. Elle devint telle qu'il ne pouvait plus manger seul. Sa vue commença à baisser, et cet aigle qui avait si souvent fixé le soleil, devint bientôt presque aveugle. Il murmura encore quelquefois cette phrase qu'il prononçait lorsque dans ses cours son esprit s'était transporté jusqu'à des régions métaphysiques trop élevées, et qu'il voulait revenir au niveau de ses auditeurs : «*In summa, meine Herren!*» Ensuite, il garda le silence le plus complet, et ses yeux semblaient deux gemmes fermées dans son visage demeuré calme.

Le 12 février vers 11 heures du matin, le philosophe était couché et paraissait reposer. Sa sœur était debout, au pied du lit, son neveu au chevet, et Wasiansky à genoux. Ils essayèrent de surprendre un peu de vie dans les yeux du vieillard, puis ils appelèrent le domestique qui depuis longtemps déjà n'était plus le fidèle Lampe. On ferma alors les paupières d'Emmanuel Kant, dont la mort calme peut être enviée par tous les sages.

Kant mourait peu de mois avant que Napoléon ne prît le titre d'empereur, et quelques mois après Herder.

Herder, qui vers la fin de sa vie combattit vivement Kant dans les pamphlets intitulés *Metacritik* et *Kalligone,* nous a laissé dans ses *Briefen zur Befoerderung der Humanitaet,* un portrait admirable du sage de Königsberg et l'a chanté en vers dithyrambiques :

Lorsque, ô Temps,
Après que tout aura été bouleversé,
Tu auras enfoui ton préféré profondément
Dans ton sein,
Alors les battements d'ailes du Phénix
Activeront un feu,
C'est ainsi que flambera,

Pour éclairer la nuit de l'éternité en brillant d'un éclat insurmontable
Ton nom aussi, Kant.

(13 février 1904.)

La Culture physique

GUY DE MAUPASSANT ATHLÈTE

ATHLÈTE ACCOMPLI MAIS SURMENANT À LA FOIS SON CORPS ET SON ESPRIT, MAUPASSANT DEVINT FOU. ENTRAÎNÉ À TOUS LES SPORTS, IL RÉSERVE SON ADMIRATION POUR LE TIR AU PISTOLET

Parce qu'il consacra une importante partie de son existence à son développement physique, Guy de Maupassant n'a point cessé d'occuper l'attention des hommes de sport, mais comme une pénible anomalie, comme une contradiction sportive plutôt que comme un modèle, un exemple indubitable. C'est qu'en effet il mourut la raison obscurcie, ce robuste Normand, orgueilleux de son corps et qui réalisa en littérature les conceptions un peu étroites de Flaubert.

Maupassant qui, par certains côtés de son talent, se rattache à la tradition la plus française sinon la plus classique, et qui, à cause de sa fidélité à suivre la discipline réaliste, est donné aujourd'hui encore pour un parangon de santé spirituelle, termina ses jours en accès de frénésie et en divagations dont il décrivit les affres dans une nouvelle : *Le Horla,* qu'en état de santé mentale un Français n'aurait pas écrite mais qui, due à un Américain, à un Anglais ou même à un Allemand n'accuserait qu'un peu de misère morale peut-être, mais certes aucune folie.

La jeunesse de Maupassant fut vigoureuse et splendide. Il s'adonna avec passion aux sports de la mer et développa ses muscles par la rame, par les exercices de la voilure, par la nage, par la pêche. Qu'il aimait la mer! Plus tard et plus luxueusement, il lui demanda de le bercer et de lui donner cette solitude dont, malade, il se sentait sans cesse le besoin. Enfant, il partait avec les marins d'Yport et passait des nuits à lever les filets. Les tempêtes ne l'effrayaient point. Les pêcheurs l'adoraient et, le trouvant courageux et assez exercé, l'emmenaient avec eux par les plus gros temps.

Il ramait aussi sur les étangs où il pêchait et chassait. Car la chasse aussi fut toujours un de ses sports favoris. Elle lui inspira de nombreuses nouvelles : «La Bécasse», «Un coq chanta», «Le Loup», «Les Bécasses», etc. Le cheval lui plut également dès sa jeunesse. Chevauchées, efforts musculaires, courses à pied, toutes ces manifestations d'une vie intense lui donnèrent la santé, la vigueur, cette carrure solide et ce cou puissant dont il était fier.

Adulte, il suivit la méthode qui avait réussi à l'adolescent. Secrétaire particulier de M. Bardoux, ministre de l'Instruction publique, bureaucrate au ministère de la Marine, il nous apparaît dans ses biographies comme un solide garçon, joyeux, un peu brutal.

C'est à cette époque qu'il s'éprit d'une rivière. Il l'aima plus sans doute qu'il n'aima les femmes pour lesquelles il professa toujours un mépris qu'on a souvent signalé.

«Ma grande, mon unique passion, a-t-il écrit, pendant dix ans, ce fut la Seine[1].»

C'était l'époque des fameux samedi et dimanche, «les jours sacro-saints du canotage» dont parle la correspondance de Flaubert. Ces jours-là, tout labeur intellectuel cessant, le jeune écrivain les donnait tout entiers à la Seine, buvant son eau, mangeant son poisson chez Fournaise, au pont de Chatou.

Sur une yole : *La Feuille à l'envers,* achetée à cinq si l'on en croit une nouvelle : «Mouche», achetée avec le seul Léon Fontaine, d'après un biographe, Maupassant se surmenait à canoter des journées entières.

Il avait voulu habiter au bord de la Seine. Chaque matin, debout avant l'aurore, il s'en allait sur l'yole, fumant sa pipe, et ne prenait le train pour se rendre au ministère qu'après avoir sérieusement exercé ses muscles.

C'était un véritable athlète qui oubliait toute modestie dès qu'il s'agissait de sa force physique. Il racontait avec complaisance ses exploits de rameur et se vantait d'avoir descendu la Seine de Paris à Rouen en ramant et transportant deux amis.

Il s'entraînait à la nage dont il aimait le complet effort musculaire et partait aussi à pied, car c'était un marcheur intrépide que quatre-vingts kilomètres n'effrayaient point. On sait qu'il parcourut pédestrement l'Auvergne, la Bretagne, la Suisse et la Corse dont mieux que lui notre Albert Surier sut distinguer et pour ainsi dire découvrir les beautés nettes et ensoleillées :

«Quoi de plus doux que de songer en allant à grands pas! Partir à pied quand le soleil se lève, et marcher dans la rosée, le long des champs, au bord de la mer calme, quelle ivresse[1]!» C'est ainsi qu'il célébrait la griserie du grand air.

Ensuite, vint la gloire, la fortune conquises par un travail acharné et une entente parfaite des affaires (il ne faut pas oublier que Maupassant était normand).

Les goûts alors deviennent plus raffinés. Au lieu de la Seine, il lui faut la mer, comme dans sa jeunesse. Au lieu de *La Feuille à l'envers* il possède le *Bel ami*.

Sa passion des voyages se développe, elle est un besoin de son tempérament. Il se surmène et se livre à des excès de toute nature. Les voyages lui permettent un retour momentané à la vie simple, à l'existence animale. Il visite la Sicile, l'Algérie, la Tunisie, l'Italie, l'Angleterre.

«Je sens que j'ai dans les veines le sang des écumeurs de mer. Je n'ai pas de joie meilleure, par des matins de printemps, que d'entrer avec mon bateau dans des ports inconnus, de marcher tout un jour dans un décor nouveau, parmi des hommes que je coudoie, que je ne reverrai point, que je quitterai, le soir venu, pour reprendre la mer, pour m'en aller dormir au large, pour donner le coup de barre du côté de ma fantaisie, sans regret des maisons où des vies naissent, durent, *s'encadrent*, s'éteignent, sans désir de jamais jeter l'ancre nulle part, si doux que soit le ciel, si souriante que soit la terre.»

Cette citation des souvenirs de Mme de Maupassant recueillie par M. Lumbroso[2] nous montre assez la façon dont l'écrivain aimait les voyages, non pour ce qu'on apprend ni pour les nouveautés qu'on rencontre, mais parce qu'ils donnent la solitude, la santé morale et physique.

En route, il observe surtout ce qui a rapport à la force, à l'adresse.

Il remet au point la légende de l'évasion périlleuse de Bazaine :

« Bientôt je gagnai l'abri des îles et je m'engageai dans le passage, sous le château fort de Sainte-Marguerite.

« Sa muraille droite tombe sur les rocs battus du flot et son sommet ne dépasse guère la côte peu élevée de l'île. On dirait une tête enfoncée entre deux grosses épaules !

« On voit très bien la place où descendit Bazaine. Il n'était pas besoin d'être un gymnaste habile pour se laisser glisser sur ces roches complaisantes[1]. »

Maupassant riche et glorieux arrive à l'époque douloureuse de son existence. Le jeune homme, épris d'exercices athlétiques, soucieux de sa force et de sa santé, est devenu un malade, un misanthrope demandant le ressort moral et physique à l'éther, à la cocaïne, à la morphine, au haschisch, à l'opium. Ce n'est pas qu'il ne déplore de recourir à ces excitants artificiels et dans *Sur l'eau* il parle des « visions un peu maladives de l'opium[2] », mais il sent que sa vigueur s'en va ; factice ou non, il lui faut avoir de la force. Et, conséquence de cette hygiène déplorable, son cerveau s'épuise, la folie le guette...

En même temps que ses forces déclinaient, Maupassant se demandait à quoi pouvaient servir l'énergie, la santé et le bonheur physique. Dans son étude sur Flaubert[3] il laisse échapper un cri de malade :

« Les gens tout à fait heureux, forts et bien portants sont-ils préparés comme il faut pour comprendre, pénétrer, exprimer la vie, notre vie si tourmentée et si courte ? Sont-ils faits, les exubérants, pour découvrir toutes les souffrances[4] qui nous entourent, pour s'apercevoir que la mort frappe sans cesse, chaque jour, partout, féroce, aveugle, fatale ? »

C'est ainsi qu'à la fin de sa vie Salomon s'écriait : « Vanité des vanités et tout est vanité[5] ! »

Et ce misogyne qui n'utilisa les femmes que pour son plaisir, en les méprisant, se met à manifester une misanthropie noire.

Comme il maltraite cette pauvre humanité moderne !

Mais il faut l'avouer, Maupassant avait raison le jour où il écrivit cette page de *Sur l'eau*[6] qui restera comme le programme de ce que physiquement l'homme doit être et ne pas être. Cette diatribe d'un malade qui fut beau et fort ne nous paraît plus, avec le recul des années, qu'un raisonnable appel en faveur de la beauté corporelle :

«Dieu que les hommes sont laids! Pour la centième fois au moins je remarquais au milieu de cette fête que, de toutes les races, la race humaine est plus affreuse. Et là-dedans une odeur de peuple flottait, une odeur fade, nauséabonde de chair malpropre, de chevelure grasse et d'ail, cette senteur d'ail que les gens du Midi répandent autour d'eux par la bouche, par le nez et par la peau, comme les roses jettent leur parfum.

«Certes les hommes sont tous les jours aussi laids et sentent tous les jours aussi mauvais, mais nos yeux habitués à les regarder, notre nez accoutumé à les sentir ne distinguent leur hideur et leurs émanations que lorsque nous avons été privés quelque temps de leur vue et de leur puanteur.

«L'homme est affreux! Il suffirait, pour composer une galerie de grotesques à faire rire un mort, de prendre les dix premiers passants venus, de les aligner et de les photographier avec leurs tailles inégales, leurs jambes trop longues ou trop maigres, leurs faces rouges ou pâles, barbues ou glabres, leur air souriant ou sérieux.

«Jadis, aux premiers temps du monde, l'homme sauvage, l'homme fort et nu, était certes aussi beau que le cheval, le cerf ou le lion. L'exercice de ses muscles, la libre vie, l'usage constant de sa vigueur et de son agilité entretenaient chez lui la grâce du mouvement qui est la première condition de la beauté, et l'élégance de forme que donne seule l'agitation physique. Plus tard, les peuples artistes, épris de plastique, surent conserver à l'homme intelligent *cette grâce et cette élégance par* les artifices de la gymnastique. Les soins du corps, les jeux de force et de souplesse, l'eau glacée et les étuves firent des Grecs de vrais modèles de beauté humaine; et ils nous laissèrent leurs statues, comme enseignement, pour nous montrer ce qu'étaient les corps de ces grands artistes.

«Mais aujourd'hui, ô Apollon, regardons la race humaine s'agiter dans les fêtes! Les enfants, ventrus dès le berceau, déformés par l'étude précoce, abrutis par le collège qui leur use le corps à quinze ans en courbaturant leur esprit avant qu'il soit nubile, arrivent à l'adolescence avec des membres mal poussés, mal attachés, dont les proportions normales ne sont jamais conservées.

«Et contemplons la rue, les gens qui trottent avec leurs vêtements sales! Quant au paysan, Seigneur Dieu! Allons voir le paysan dans les champs, l'homme-souche, noué, long comme une perche, toujours tors, courbé, plus affreux que les types barbares qu'on voit aux musées d'anthropologie.

«Et rappelons-nous combien les nègres sont beaux de forme, sinon de face, ces hommes de bronze, grands et souples, combien les Arabes sont élégants de tournure et de figure!»

Personne, aujourd'hui même où l'on comprend le rôle social des sports, l'importance de la culture physique, personne ne saurait mieux parler de la beauté humaine.

Eh bien! ce Maupassant qui, nous venons de le voir, était peiné de devoir coudoyer la laideur, ce Maupassant qui pratiqua tous les sports de son temps n'a pas de termes assez méprisants pour les ravaler. Je le disais plus haut, Maupassant n'est qu'une anomalie, une contradiction sportive. Fort et beau, il eût dû pour mourir demander à Dieu comme le Moïse d'Alfred de Vigny :

Laissez-moi m'endormir du sommeil de la terre.

Il eût dû devenir centenaire et meurt fou dans la force de l'âge.

Il eût dû louer les sports et ne vante que ceux pratiqués dans l'Antiquité. Pour ceux de son temps, lisez ce qu'il a écrit dans la préface des *Tireurs au pistolet,* du baron de Vaux[1] :

«Il est à remarquer qu'on est en général infiniment plus fier des supériorités physiques que des supériorités morales. Il existe dans Paris une armée d'artistes de grande valeur à qui leur art semble presque indifférent, qui n'en parlent guère et semblent le considérer comme une simple profession; tandis qu'on ne peut causer dix minutes avec eux sans qu'ils célèbrent leur force et leur adresse. Les uns lèvent des poids d'athlètes, les autres excellent à l'escrime; ceux-ci boxent ou pirouettent sur des trapèzes à la façon des gymnasiarques; ceux-là, dès que vous leur avez été présenté vous font tâter obstinément leurs biceps, ou se promènent sur les mains autour de vous, rendant ainsi difficile toute conversation suivie.

«On pourrait même établir une sorte de classification suivant les métiers. Les peintres, en général, aiment l'épée et la pratiquent avec succès, à l'imitation sans doute de M. Carolus-Duran; les sculpteurs sont des gens de force, qui préfèrent les pesants haltères, les barres parallèles et les trapèzes.

«Sitôt que dans la rue une voiture chargée de pierres ou un omnibus couvert de monde demeurent immobiles à quelque montée trop rude, malgré l'effort des chevaux épuisés, on voit soudain sortir de la foule quelque monsieur fort élégant qui s'approche d'un air tranquille et saisit la roue avec grâce : et la voiture immédiatement se remet en marche, tandis que le sauveur se perd au milieu des spectateurs stupéfaits. Cet homme, ce chevalier errant des charrettes embourbées, est presque toujours un sculpteur; et il a plus d'orgueil au cœur, plus de joie intime et profonde, plus de vaniteuse satisfaction dans l'âme pour les omnibus qu'il a remis en marche que pour tous les légitimes succès gagnés à coups d'ébauchoirs et de talent.

«Aussi prenons garde quand le hasard nous met en rapport avec quelque artiste dont les mœurs nous sont inconnues. Soyons prudents et circonspects; ne parlons jamais de boxe si nous ne voulons point recevoir dans le nez quelque horion formidable qui nous démontre un coup imparable en même temps que la puissance musculaire de notre nouvelle connaissance.

«Ne prononçons jamais le mot "bâton", si nous ne voulons point voir notre compagnon s'emparer aussitôt de notre canne et nous expliquer des attaques savantes qui jettent au ruisseau notre chapeau défoncé et nous font pleuvoir sur le crâne, malgré nos bras étendus, une grêle de coups douloureux.

«Or, de tous les exercices d'adresse, il n'en est qu'un seul innocent, privé de tous ces désagréments, un seul qu'on ne peut exercer contre le spectateur inoffensif : c'est le pistolet. Et voilà pourquoi il doit être mis indubitablement au premier rang.

«Mais il a encore d'autres avantages. Comme l'escrime, il exige une étude patiente, une rare habileté; il donne, plus que tout autre, la joie de la difficulté vaincue, la sensation de l'adresse triomphante; il n'exige ni partenaire, ni professeur, ni changement de costume, ni mouvements désordonnés, enfin, comme il n'est point classé parmi les exercices hygiéniques, il n'est point pratiqué par le premier venu.»

Pauvres exercices hygiéniques, vous voilà ridiculisés de façon aristocratique! Pauvre *Feuille à l'envers,* sœur des yoles, chargées de calicots farauds, d'ouvrières endimanchées! Pauvre marche à pied, sport du chemineau! Pauvre, pauvre Maupassant!

(Mars 1907.)

L'Intransigeant

UN CANARD À LA ROUENNAISE

COMMENT ON FIT CONNAÎTRE UN RACINE IGNORÉ

On se souvient des incidents qui marquèrent, à l'Odéon, les conférences de M. René Fauchois sur Racine.

On croit généralement que ces manifestations furent spontanées, que le bon goût des spectateurs se révolta contre un conférencier qui tentait de saboter un chef-d'œuvre. En réalité, la première conférence de M. Fauchois se passa sans bruit et il n'est peut-être pas inutile de rapporter ici des faits qui pourront servir de contribution à une future histoire de la réclame littéraire en France.

Avant sa première conférence, M. René Fauchois achevait de déjeuner dans un restaurant voisin de l'Odéon. L'auteur de *Beethoven* est de Rouen. Quoi d'étonnant si dans la vieille querelle qui divise depuis longtemps les Français en cornéliens et en raciniens, un Rouennais a tenu à se montrer l'adversaire de Racine en faveur du grand tragique qui est la gloire de Rouen? M. Fauchois se disposait donc à ne point goûter Racine, comme firent avant lui

Mme la marquise de Sévigné, Victor Hugo et M. Granier de Cassagnac. Le jeune conférencier reçut alors un mot signé : Masson-Forestier, où cet auteur l'avisait qu'il viendrait à l'Odéon pour l'applaudir, lui annonçait qu'il publiait un volume sur Racine, lui faisait connaître quelques faits destinés à nourrir la conférence et le priait de ne le point nommer.

La conférence eut lieu. À aucun moment elle ne fut houleuse. Une fois seulement, M. Fauchois ayant avancé au sujet du règne du Roi-Soleil quelques considérations qui déplurent à un spectateur royaliste, celui-ci se leva en s'écriant qu'il ne permettrait pas que l'on insultât Louis XIV. Mais cette protestation n'eut point d'écho. Les autres spectateurs ne s'en mêlèrent point et le conférencier ayant déclaré qu'il ne faisait pas de politique, qu'il ne mettait point au compte de la royauté des faits qui concernaient non un système de gouvernement mais une époque, étant d'avis que si la France avait été en république au temps de Racine l'hygiène n'y eût pas été plus en honneur, on l'applaudit chaleureusement.

Son discours achevé, les bravos rappelèrent quatre fois le conférencier sur la scène. Personne ne se souvenait de l'interruption et M. Fauchois l'avait oubliée lorsque le soir une note du *Temps* fit connaître à l'univers entier que de violents incidents avaient troublé la conférence de l'Odéon, que M. Fauchois n'avait pu parler devant une salle debout qui l'apostrophait[1]. Tous les journaux s'en mêlèrent, la querelle devint épique. La littérature et la politique s'y mêlèrent dans des proportions si singulières que le tout aboutit au brouhaha qui marqua la seconde conférence et dont on connaît les circonstances.

Mais ce que l'on ne sait pas, ce que l'on apprit seulement plus tard, c'est que la note du *Temps* qui déchaîna toute l'affaire et qu'en faveur de la ville natale de M. Fauchois nous appellerons un canard à la rouennaise, avait été communiquée à notre grand confrère par M. Masson-Forestier lui-même qui attira ainsi l'attention du grand public sur Racine et qui faisait paraître ces jours-là, à la librairie du Mercure de France, un gros livre agrémenté d'un portrait d'ailleurs contesté de l'auteur de *Phèdre* et intitulé : *Autour d'un Racine ignoré.*

Qu'un auteur aime la réclame... Soit! Mais que pour s'en faire il risque de compromettre un nom sublime et ravale la grande ombre de Racine au rang de courtier de publicité, c'est trop, beaucoup trop...

(29 décembre 1910.)

LA SORBONNE EST ÉBRANLÉE

Je me souviens de l'étonnement où je fus plongé, il y a deux ou trois ans, lorsque des Américains, dans la maison desquels je fréquentais, me parlèrent pour la première fois de «laboratoires de philologie», de «manipulations de textes», d'«ateliers de psychologie». Je n'osai pas demander à mes amis yankees à quelles bizarres besognes manuelles on pouvait se livrer dans ces locaux, ni de quels instruments, de quels outils se servaient les ouvriers qui y travaillaient. J'avais grand-peur de passer pour un ignorant. J'entendis encore beaucoup parler des laboratoires de psychologie autrichiens, puis le renom des travaux linguistiques de M. l'abbé Rousselot[1] venant jusqu'à moi, je compris que les sciences, les arts, les lettres et la poésie elle-même, tout cela se ferait désormais à la machine.

J'admirai une fois de plus combien les humains sont industrieux et je souhaitai une occasion d'apprendre le maniement d'une de ces intelligences mécaniques au prix desquelles mon cerveau ne me paraissait plus qu'un joujou inutile.

Mais la lecture d'un livre excellent et plein de sens, intitulé *L'Esprit de la nouvelle Sorbonne,* a dissipé mon erreur. Il est vrai que M. l'abbé Rousselot fait de la linguistique au phonographe et que M. de Souza[2] se sert de la même machine pour faire des vers, mais ces «laboratoires», ces «ateliers», ces «manipulations», ne sont que des termes venus d'Allemagne et qui remplacent aujourd'hui les termes moins galants et moins démocratiques de «salles d'études» et des «études» mêmes.

S'il n'y a pas encore, outre le phonographe à poésie[3], de machine à histoire ou à philologie, les travaux auxquels on se livre en Sorbonne y sont, en quelque sorte, aussi mécaniques. Au dire d'Agathon, l'auteur de l'ouvrage qui m'a si bien renseigné, on y passe son temps à ranger des fiches bibliographiques relatives à un sujet, on y épluche les textes, non pour en sentir les beautés, mais pour en connaître l'histoire. Et, certes, il n'est pas injuste d'appeler «ouvriers» ou «opérateurs» les jeunes gens qui s'adonnent à des travaux aussi ingrats et de si peu de profit pour leur esprit : il est juste aussi que les locaux où ils travaillent soient nommés des «ateliers» ou des «laboratoires», et je m'étonne même que l'on ne se soit pas servi des termes plus vastes de «manufactures» et d'«usines».

Mais si la terminologie des professeurs de la nouvelle Sorbonne paraît se rapporter exactement à l'état où ils ont amené les études, on peut bien trouver dangereux ce mépris de la culture générale, cette manie de spécialisation, ce dédain de la simple beauté littéraire, cet abus de la critique historique, qui sont les plaies du nouvel enseignement.

Abandonner le grec, le latin, le français même, au profit d'une science illusoire et mesquine, d'un langage hybride sans nerf et sans vertu, aussi plat que la prose dont on se sert dans les autres nations, c'est à cela que l'on pousse les jeunes générations. Qu'on ne s'y trompe point, il ne faudrait pas vingt ans de cette pédagogie pour que la France perdît tout le bénéfice d'une culture générale patiemment acquise et qui lui donne une place à part parmi les nations modernes, comme l'héritière de l'eurythmie que connut la Grèce antique.

Qu'on se tourne délibérément vers l'hellénisme! Qu'on réapprenne passionnément dans les exemplaires grecs le sens de la beauté que l'on avait oublié, les savants et les marchands ne manqueront pas plus à la France qu'ils ne *manquèrent, en Grèce*, pendant l'Antiquité, et les soldats naîtront ici d'eux-mêmes pour défendre une terre d'élection.

(5 avril 1911.)

Le Printemps des lettres

L'ANCIEN TAILLEUR

Je connais un jeune homme, ancien ouvrier tailleur, qui s'est lui-même endoctriné, sinon dans les sept arts, du moins dans la poésie. Cet autodidacte n'a pas eu le temps d'étudier le grec et le latin et ce défaut d'études classiques ne l'empêche pas d'avoir du goût. Il sait bien, chez un auteur, reconnaître l'élégance qui n'est rien autre que du discernement. Il ne s'en laisse point imposer par toutes les sottises systématiques d'aujourd'hui.

Quand j'ai eu l'honneur de connaître cet amateur de lettres, il avait lu en quatre ans les principaux poètes français et justement il venait d'achever la lecture des poètes modernes. Il ne me cacha point son impression et je la rapporte parce qu'elle m'a paru extrêmement curieuse.

« Les poètes d'après Baudelaire, m'a-t-il dit, m'ont semblé insipides et ennuyeux. Je les crois très loin de la véritable poésie. Ils ressemblent beaucoup aux poètes du XVIIIe siècle où la poésie fut si peu poétique. »

J'avoue que tout d'abord je manifestai de l'étonnement :

« Vous ne vous apercevez pas de cela, ajouta-t-il, parce que vous êtes prévenu en faveur des poètes de votre temps. Parbleu ! On ne se plaignait pas non plus au XVIIIe siècle de la misère poétique. Les poètes ne manquaient point, mais ils étaient plats. Pour ma part, je n'étais prévenu ni contre nos poètes d'aujourd'hui, ni en leur faveur ; je les ai lus avec attention. Ils sont aussi plats que ceux du XVIIIe siècle. »

Je ne veux pas rapporter ici tous les jugements de l'ancien tailleur. Ils sont d'une sévérité qui, sans doute, semblerait outrée. Dois-je dire même qu'il développa devant moi un singulier parallèle entre l'abbé Delille et Leconte de Lisle et que tout l'exotisme, toute l'archéologie pédantesque du second, mon ami les retrouvait chez le premier. Verlaine même, ce poète tant aimé, lui paraissait presque toujours d'une faiblesse déplorable.

«Comment pouvez-vous goûter cette langue lâche, vide de pensées poétiques? Vous trouveriez facilement dans les diverses années de *L'Almanach des pensées*[1] mille pièces dignes de l'avoir pour auteur.»

Et l'ancien tailleur se mit à se tordre en récitant ces deux vers de *Gaspard Hauser* :

À vingt ans, un trouble nouveau
Sous le nom d'amoureuses flammes[2]...

«Ne trouvez-vous pas cela souverainement ridicule? Je le trouve misérable,

Sous le nom d'amoureuses flammes...

— Et les jeunes poètes, demandai-je, qu'en pensez-vous?»

Il répondit :

«Presque tous ont adopté un genre qui n'est ni nouveau ni agréable, c'est le genre ennuyeux. On dit qu'ils sont savants, qu'ils connaissent la sociologie, la biologie, la microbiologie. En somme, c'est toujours la folle du logis, puisque ces messieurs sont poètes, mais celle qui loge en leur for a l'apparence et le langage d'un médecin de Molière. Et les folies qui me plaisent ont un tout autre aspect. Ils ont des systèmes à l'heure où les savants véritables n'en veulent plus. Poètes et doctrinaires, ils me dégoûteraient de la poésie si je ne l'aimais pas tant.

«Laissez-moi répéter avec Maynard :

Il confesse que Catherine
Est scavante et n'ignore rien,
Mais un goût fait comme le mien
Aime mieux beauté que doctrine[3].

«Les poètes, dont vous me parlez, sont comme cette Catherine, ils n'ont pas de beauté, mais je doute qu'ils soient savants. Appelons-les savantasses, même c'est beaucoup dire. Et si le public les goûte, c'est qu'il n'aime plus la beauté... C'est cela! c'est cela!... Le public aujourd'hui aime la platitude, les choses mal faites. Il rit de la beauté, elle le gêne quand il la rencontre, il la fuit, il voudrait la détruire, elle lui fait honte. Mais la laideur, il l'adore; elle lui donne des frissons de plaisir. Il lui en faut, on lui en donne et c'est d'excellente laideur sociologique, biologique et microbiologique. Il y a même à côté de cette poésie sociale scientifico-lyrique une poésie connexe à tendances bigotes et cagotes. Elle est du plus pur style jésuite.

— Il se peut, dis-je à cet homme, que vous n'ayez pas entièrement tort. Mais il y a eu de vrais poètes après Baudelaire, et je suis certain qu'il y en a encore mais on ne les écoute guère.

— Lenas nomes?

— Je vous les dirai une autre fois.»

(Juillet 1911.)

Le Petit Bleu

L'ORIGINE DE SHERLOCK HOLMES

Les romans policiers sont à la mode. Ils ont pris la place du roman d'aventures et satisfont à la fois le goût du mystère et celui de la réalité, qui ont tant de force aujourd'hui.

Un auteur anglais contemporain a imaginé Sherlock Holmes, le plus froid des «détectives» romanesques.

Ce personnage est devenu populaire. C'est le type même de l'observateur et sa méthode si amusante paraissait jusqu'ici avoir été inventée par Edgar Poe dans ses remarquables nouvelles : *Le Crime de la rue Morgue* et *Le Scarabée d'or.*

Il n'en est rien cependant. On trouve déjà, en 1815, les secrets et les procédés de Sherlock Holmes dans un aimable badinage écrit sous forme de lettre par un Français qui n'a point fait connaître son nom tout entier.

Son prénom était *Eugène* et P. était la lettre initiale de son patronyme...

En 1815 paraissait le 5, 10, 15, 20, 25 et 30 de chaque mois, à Paris, place du Marché-des-Jacobins, n° 34, un petit journal politique, littéraire et moral, appelé *Le Nain couleur de rose* et portant cette épigraphe : «Il y aura *encore* du scandale dans Landerneau.»

Dans le numéro du 5 décembre on inséra sous le titre de «Parapluie trouvé», la lettre suivante :

Monsieur le Nain,

Quoique l'objet de ma lettre soit du ressort des Petites Affiches, *j'ai pensé que vous ne refuseriez pas de lui donner place dans votre journal. Je vous prie donc d'annoncer que j'ai trouvé avant-hier au soir le parapluie-canne couleur de rose que je fais déposer entre vos mains.*

J'ignore parfaitement à qui appartient l'objet perdu, mais je crois pouvoir assurer que son propriétaire est un homme d'environ quarante ans, fort amoureux de sa personne, et grand amateur de modes et de musique. Sans avoir jamais vu ce monsieur, dont je ne sais même pas le nom, je vous dirai qu'il porte une perruque blonde, que son teint est frais; qu'il lui manque, du côté gauche, la dent qui précède celle qu'on nomme canine, et que sa taille est d'un peu plus de cinq pieds, quatre pouces. Cet inconnu est vêtu assez ordinairement d'un habit bleu barbeau; il portait, le jour où j'ai trouvé son parapluie, une culotte et des bas de soie noirs.

Si vous doutez un moment que je puisse ainsi dépeindre un individu dont on ne m'a jamais parlé, et que je n'ai vu de ma vie, l'inspection de l'objet perdu vous convaincra de l'exactitude de tout ce que j'avance : quelques cheveux blonds que j'ai trouvés sur le parapluie au moment où l'on venait de le perdre (car il était dans un lieu très évident) m'ont appris que la personne porte une perruque blonde; la qualité des cheveux atteste qu'ils tenaient à une perruque; j'en ai conclu que cette personne est d'un certain âge : la dent qui lui manque vient à l'appui de ce jugement. Tout le monde sait que l'impression de l'air et le contact de l'eau produisent sur les étoffes de soie un effet différent à celui qui résulte d'une vive chaleur; l'étoffe du parapluie étant évidemment roussie par les rayons du soleil, il est clair que ce monsieur craint le hâle, et qu'il veut ménager la fraîcheur de son teint. Pour déterminer quelle est à peu près sa taille, j'ai ouvert le parapluie; j'ai vu en le portant à ma hauteur, que la trace laissée sur le bois, par l'humidité et la chaleur de la main, était au-dessous de l'endroit où j'avais porté naturellement la mienne; me servant ensuite du parapluie fermé comme d'une canne, et trouvant qu'il dépassait un peu ma hauteur d'appui, j'ai facilement calculé que l'inconnu avait environ trois pouces de plus que moi : ma taille est de cinq pieds un pouce. Quant à son costume, une légère couche bleuâtre traversant la partie inférieure du parapluie où la pression se fait sentir dès qu'on le prend sous le bras, indique, ce me semble, la couleur de l'habit qu'il porte le plus fréquemment. Pour le reste du costume, de petits brins de soie noire nouvellement appliqués par le frottement sur l'étoffe rose, tandis que la personne assise tenait le parapluie entre ses jambes, ne laissant pas douter que ce jour-là elle avait des bas de soie noirs; il y a donc à parier que la culotte était de soie, et surtout de la même couleur. Cette mise soignée, la perruque blonde, et jusqu'à la couleur de l'objet perdu prouvent assez que l'inconnu est un élégant suranné, par conséquent un ami zélé des modes.

Si vous désirez savoir enfin comment j'ai deviné qu'il aime la musique et qu'il lui manque une dent, examinez soigneusement le bec crochu qui sert de pomme à la canne du parapluie : vous reconnaîtrez sur l'ébène l'impression bien marquée de sept dents; les trous formés par les deux canines sont un peu plus profonds que les autres, et vous remarquerez qu'auprès de l'incision faite par la canine gauche, il reste l'espace d'une dent sans nulle empreinte jusqu'à la dent voisine. Cette pression des dents sur la pomme d'un parapluie dénote bien l'attitude d'un homme qui, étant assis et s'appuyant sur sa canne, écoute avec attention, même avec intérêt, et vous déciderez comme moi que l'inconnu est grand amateur de musique, quand vous saurez que j'ai trouvé son parapluie dans l'un des corridors du théâtre de Mme Catalani.

J'ai l'honneur, etc.

EUGÈNE P.

L'inventeur expose avec verve une méthode de laquelle ont vécu plusieurs générations de romanciers dont quelques-uns étaient de véritables écrivains.

Au demeurant, les romans policiers ont des lecteurs d'élite. Renan se passionnait, dit-on, tout comme Bismarck, pour les récits de Gaboriau, et le grand Élémir Bourges se récrée parfois en lisant les romans de Paul Féval, voire même les fascicules de *Nick Carter*[1].

(5 janvier 1912.)

UN AMOUR DE DICKENS

Dickens est encore une des modes du jour. Il n'avait point cessé d'avoir ses fanatiques. Pour ma part, je ne le goûte point. Ses personnages qui ont l'air de personnages du second plan dans les pièces de Shakespeare ont de la vie et sont vigoureusement dessinés. Néanmoins, ces romans interminables et sans composition m'ennuient plus que je ne saurais dire. Mais, je le sais fort bien, j'ai tort, et la quantité de bons esprits qui lisent et relisent *Monsieur Pickwick, David Copperfield* ou ce mortel *Martin Chuzzlewit* qui, paraît-il, est un chef-d'œuvre, m'assure de mon mauvais goût.

J'ai la faiblesse de préférer à Dickens Alphonse Daudet qui n'est pas un auteur à la mode.

On a rapporté, cette année, un très grand nombre de traits concernant la vie de Dickens. Je ne sais si les biographes se sont étendus sur son amour pour la reine Victoria. Je n'ai rien vu là-dessus.

Voici une lettre singulière où Dickens parle longuement de la folle passion qu'il nourrissait pour sa souveraine. C'est une lettre bien amusante. J'ignore si elle a été publiée dans les recueils où l'on a réuni la correspondance de Dickens. Elle a été imprimée cependant, il y a une trentaine d'années, et offerte comme prime aux acheteurs du premier numéro d'un journal hebdomadaire : *The Pen,* consacré à la critique littéraire; cette lettre a été écrite en 1840, immédiatement après le mariage de la reine Victoria :

Devonshire Terrace, jeudi matin.

Mon cher Thompson,

Maclise et moi nous sommes amoureux fous de la reine : mais notre passion est de celles qu'aucun langage ne saurait exprimer et que l'esprit humain ne saurait concevoir que difficilement.

Mardi, nous allâmes à Windsor pour rôder autour du château, regarder le corridor et les chambres particulières qui y aboutissent, oui, la chambre à coucher elle-même (nous la connaissions parce que nous avions été là-bas déjà deux fois); elle projetait une clarté rouge qui parlait si bien d'une félicité extatique que moi, votre humble serviteur, je me couchai dans la boue au milieu de la terrasse en rejetant toute consolation, à l'étonnement prodigieux de quelques rares passants ayant surmonté l'ivresse générale de la veille. Après avoir fait encore quelques petites folies, nous retournâmes chez nous, à minuit, en voiture de poste. Depuis ce jour, nous portons chacun sur notre cœur un médaillon des noces, et nos poches sont remplies de portraits sur lesquels nous pleurons en secret. Forster nous accompagnait à Windsor, et pour ne pas rester en arrière, il contrefait aussi la même passion, mais il ne l'aime pas véritablement.

Ne parlez pas de cet attachement malheureux. Je souffre horriblement, en effet, et suis presque sur le point de quitter mon foyer domestique. Ma femme m'agace et les voix de mes petits enfants me font pleurer à chaudes larmes.

Je crains qu'il ne soit trop tard pour vous prier de prendre aujourd'hui ma maison, maintenant que vous êtes si confortablement installé à Pall Mall *: mais, si vous la vouliez, vous l'auriez à très bon marché, les meubles surtout avec un très grand rabais, la question d'argent devant céder à la nécessité d'échapper à ma famille. Pour l'amour de Dieu, pensez donc un peu à cette proposition; et demandez, en outre, au capitaine Kincaide à quel prix, mais le moins possible au comptant, il consentirait à me céder son poste de gentleman-at-arms. Il faut absolument que je sois près d'Elle, et c'est le seul moyen que je vois de m'approcher d'Elle à présent.*

J'ai trois numéros faits de Master Humphrey's Clock *et les premiers chapitres de* Barnaby. *Seriez-vous disposé à les acheter? Continuer à écrire dans l'état actuel de mon esprit serait impossible. Ces manuscrits sont passablement lisibles, et quand je serai au fond de la Serpentine, ils pourront être regardés comme des curiosités. Fixez un prix vous-même.*

Je sais que les affaires vous ennuient, et cependant j'ai résolu de vous nommer mon exécuteur testamentaire. Ce ne sera pas une besogne compliquée, parce que de l'argent il n'y en a point.

Seulement, il y a une petite commission qui a rapport à Elle, et à l'exécution de laquelle vous veillerez peut-être. J'ai appris sur la foi du lord Chambellan, qu'Elle lit mes livres et qu'Elle les aime beaucoup. Je crois qu'Elle me regrettera quand je ne serai plus.

Je voudrais être embaumé et déposé, si c'est possible, sur le sommet de l'arc triomphal du Buckingham Palace quand Elle sera en ville, et sur les tourelles au nord-est de la Round Tower quand Elle sera à Windsor.

Flétri et dans le désespoir.
Votre ami,

C. D.

Ne montrez pas cette lettre à Wakley, si les choses arrivent à ce point. »

Dickens ne se jeta point dans la Serpentine, Wakley, qui était le coroner, n'eut point à chercher au fond du lac le corps du plus grand romancier anglais et Thompson n'eut pas à déchirer la lettre.

Elle me plaît infiniment et c'est le premier écrit de Dickens qui ne m'ait pas ennuyé... ce n'était peut-être, après tout, qu'un badinage dont les circonstances et le sens véritable m'échappent... S'il était vrai, ceux qui connaissent Dickens à fond auront lieu de se moquer de moi. Tant pis! Ils ne me forceront jamais à relire *Martin Chuzzlewit.*

(10 janvier 1912.)

CALLOT ET LES BOHÉMIENS

Dans son excellent *Callot, maître graveur* [1], M. Pierre-Paul Plan s'est efforcé de détruire la croyance qui montre le jeune Callot vivant parmi les bohémiens.

Ce ne serait là qu'une légende et c'est dommage. On y voyait Callot quittant Nancy, à l'âge de douze ans, en 1604, pour gagner à pied l'Italie. En route, le petit garçon se joignait à une bande de bohémiens et passait les Alpes en leur compagnie.

« Aucun de ses biographes, dit M. Pierre-Paul Plan, n'a mis en doute cette circonstance, pas plus que la fugue de l'enfant, parce que toutes deux viennent commenter d'une manière facile et romanesque toute une partie de l'œuvre de Callot. Le moyen pour un historien de rejeter une anecdote qui tombe si bien et si à propos pour expliquer les suites des *Bohémiens,* des *Gueux,* etc.? Ces compositions ne sont-elles pas les témoignages de la merveilleuse aventure d'enfance?... Personne ne s'eſt demandé si cette aventure ne serait peut-être pas tout simplement fabuleuse. Et pourtant...

«Il eſt difficile, sans aucune preuve formelle, sans document péremptoire, de venir, le premier, nier une hiſtoire qui eſt répétée par tous ceux qui ont écrit sur Callot. Mais on peut observer que tous les écrivains se sont répétés servilement, et qu'aucun d'eux ne cite une référence contemporaine...»

Des témoignages probants font connaître que Jacques Callot partit pour Rome, non en 1604, mais en 1608, et que, loin de cheminer au milieu de bohémiens, il était de la suite d'un ambassadeur.

On connaît les quatre pièces des *Bohémiens.* Elles font partie des chefs-d'œuvre de la gravure. Chacune eſt ornée d'un diſtique tel qu'en auraient voulu écrire Villon, La Monnoye ou Verlaine :

Ne voilà pas de braves messagers
Qui vont errants par pays eſtrangers.

Le second diſtique eſt plus narquois encore :

Vous qui prenez plaisir en leurs parolles,
Gardez vos blancs, vos teſtons et piſtolles.

Dans le sourire du troisième, il y a une mélancolie infinie :

Ces pauvres gueux pleins de bonadventures
Ne portent rien que des choses futures.

Et le dernier diſtique conclut avec plus d'emphase :

Au bout du comte ils treuvent pour deſtin
Qu'ils sont venus d'Ægypte à ce feſtin.

«Ce sont elles, sans doute, ajoute M. Pierre-Paul Plan à propos des planches des *Bohémiens,* qui ont donné naissance à l'hiſtoire de la fugue de Callot enfant, hiſtoire que, malgré l'opinion reçue, nous persiſtons à croire imaginée de toutes pièces.»

Il est probable que le savant M. Pierre-Paul Plan, dont les travaux et tout particulièrement les études sur Rabelais ont consacré l'érudition, ait bien raison. Cependant, il n'en demeure pas moins véritable que le grand graveur lorrain s'est intéressé aux bohémiens, comme aux gueux et aux bossus, à tous les personnages enfin dont la misère pittoresque ornait de son temps les rues et les routes. Il a bien fallu qu'il les observât de près et qu'il les fréquentât.

J'ose avancer une explication du goût que montra Callot pour la gueuserie et qui l'amena à consacrer aux bohémiens une suite si merveilleuse.

Dans le langage des bohémiens, le terme de *calo* désigne à la fois leur langue et leur race.

On le retrouve plusieurs fois dans les ouvrages trop mal connus d'un écrivain anglais très singulier du siècle dernier, George Borrow[1], qui vécut longtemps parmi les bohémiens, en Angleterre comme en Espagne.

J'imagine qu'au cours de son voyage, Jacques Callot, passant près d'une halte de bohémiens et séduit par leurs haillons pittoresques, ait demandé à prendre des croquis. Il a fort bien pu apprendre alors que son nom était le mot par lequel ils se désignaient eux-mêmes et désignaient leur langage.

Le souvenir de ces pauvres gens, chassés de partout, et dont la race mystérieuse se nommait comme lui, lui a peut-être inspiré ces planches géniales que nous admirons tant.

Je donne mon explication comme une simple remarque. Après tout, elle ne mérite peut-être aucun crédit. Qu'on la regarde seulement comme le témoignage d'admiration de quelqu'un qui goûte infiniment le génie de l'illustre graveur de Nancy et aurait voulu, en passant, pénétrer une de ses intentions.

(18 janvier 1912.)

Les Soirées de Paris

À PROPOS DE STENDHAL

1. Dans *Le Divan*[1], M. Henri Debraye publie un fragment inédit du *Journal* de Stendhal, à la fin de l'avant-dernier paragraphe de quoi on lit cette amusante phrase trilingue :

«*Je pourrai* have a fair woman of the society, this is necessary for loving absolutely Vict., *même* in the case nel quale troverei in lei quel ama grande e veramente amante, che forse ho sagnata.»

En note, M. Henri Debraye a traduit :

«Je pourrai avoir une jolie femme de la société, cela est nécessaire pour aimer tout à fait Vict., même au cas où je trouverais en elle cette âme grande et vraiment aimante que peut-être j'ai arrêtée.»

Sagnata ne veut rien dire et selon toute vraisemblance, il ne faut pas lire *stagnata* qui ne signifie arrêter que dans le sens d'étancher : *stagnare il sangue,* arrêter le sang.

Il vaut mieux, à mon avis, lire *sognata* et traduire ainsi : «que peut-être j'ai rêvée».

2. Dans le même numéro du *Divan,* on signale un exemplaire de l'édition originale d'*H. B.,* celui de Delécluze, appartenant à M. J.-L. Vaudoyer. Je n'ai pas lu ce que disent MM. Paupe et Cordier touchant les quatre exemplaires d'*H. B.* connus d'eux. Nul doute qu'ils n'aient noté l'exemplaire de Mme Ancelot avec dédicace de Mérimée à Mme Ancelot, il se trouve à Chantilly (fonds Spoelberg de Lovenjoul), et l'exemplaire qui se trouve à la cote *L.N.27,* 1911, Réserve de la Bibliothèque nationale. On se demande, d'autre part, pourquoi un exemplaire d'une autre édition d'*H. B.* est à l'Enfer de la même bibliothèque?

N'est-ce pas une rigueur excessive contre cette réimpression? Et cette mesure est d'autant plus ridicule que, par la grotesque pudibonderie de son bibliothécaire actuel, l'*Enfer* est rigoureusement fermé à tous les travailleurs. Il faut la croix et la bannière pour pénétrer dans cet *Enfer*-là. Laissez donc se damner ceux qui le veulent bien ou tirez la réimpression d'*H. B.* de sa *froide* géhenne, afin d'épargner l'exemplaire de l'édition originale que, sous condition d'aller le lire à la table de la *Réserve,* on prête à tous ceux qui le demandent.

Voici, d'ailleurs, une description de l'exemplaire de la réimpression coté *Enfer* 383 :

H. B***, par UN DES QUARANTE. Avec un frontispice stupéfiant dessiné et gravé par S.P.Q.R. Eleutheropolis, l'an MDCCCLXIV de l'imposture du Nazaréen.

Un volume gr. in-8 de 1 feuillet non chiffré et 62 pages. Tirage à 140 exemplaires. C'est un des 30 exemplaires grand in-8 sur chine (exemplaire n° 130), cartonné sous couverture imprimée avec un frontispice libre de Félicien Rops, à l'eau-forte en deux états, noir et bistre.

3. J'ai possédé un exemplaire de *Lucien Leuwen,* publié par Jean de Mitty, sous couverture, non pas des éditions de la Revue blanche, mais, je crois, de la librairie Dentu. La couverture était jaune. Elle portait sur le feuillet blanc avant le faux titre un long *ex-dono* de Jean de Mitty à l'ambassadeur du Japon, dont le nom m'échappe, mais qui était le prédécesseur de l'ambassadeur actuel, et, d'après Jean de Mitty, un stendhalien convaincu. Sur un feuillet de garde, d'un autre papier que celui du livre, entre la couverture imprimée et le feuillet dédicatoire, Jean de Mitty avait écrit ensuite : «À Guillaume Apollinaire, beyliquement».

Je serais bien en peine de dire aujourd'hui à qui, voici un an ou deux, j'ai donné ce livre signalé ici uniquement à cause de l'adverbe «beyliquement», néologisme que les stendhaliens trouveront peut-être digne d'intérêt.

(15 juin 1914.)

LE QUARTIER LATIN

Je n'ai pas connu l'ancien, le vrai quartier Latin, et c'est vers 1903 que j'ai fait apparition dans ce qui a gardé ce nom. Et, après tout, il le mérite encore en dépit de ce que prétendent les vieillards. J'ai fréquenté aussitôt les poètes et jeunes écrivains du temps, d'abord à la Closerie des Lilas, pas dans les brasseries.

Parmi eux : Paul Fort, entiché des Scandinaves, sur lesquels sa charmante femme avait fait cette chanson :

Tous ces Finlandais
Qui se figurent qu'on va lire
Du Shakespeare
— Mais, c'est toujours ça! —
Ils auront du Robert de Souza.

Il y avait : Stuart Merrill, encore gai, très *good fellow;* Ferdinand Herold, Despax, Salmon, Mecislas Golberg, Jean Moréas, Alfred Jarry, Derennes, Boutet, Magre, Montfort, Gaston Danville.

Aux soirées du Soleil-d'Or, reprises par Karl Boës, j'annonçais les poètes et récitais quelques-uns de mes vers, ainsi qu'en témoigne cette chanson de Cazals, aux mêmes soirées de *La Plume :*

Apolli-
Naire lit
Un poème fort joli[1].

Aussi bien, Maurice Magre, Fagus, Nicolas Deniker, Robert Scheffer, Henri Hertz, Han Ryner, A. Mercereau qui se nommait alors Eshmer Valdor, Maurice Raynal s'y montrèrent. Quelques-uns y déclamaient. Le plus souvent la soirée se terminait par une danse échevelée à la fin de laquelle René Puaux dansait le cake-walk... Plus tard, le Vevet' bar, où se tenait en permanence le sculpteur Manolo, nous attira et non moins le Vachette où trônait jusqu'à 7 heures de l'après-midi Jean Moréas, flanqué de

Baragnon et d'Albalat. Le mardi soir nous trouvait au Philosopharium du Steinbach présidé par Maurice Maindron et où hantait Meyerson, l'Emilius des poèmes de Moréas.

C'est au sortir du Steinbach que j'assistai, une nuit, à la destruction du bar de la rue R*** qui fut opérée par quelques jeunes poètes à la grande joie de son propriétaire, couvert par l'assurance. D'ailleurs, peu de jours après cet événement, notre « vautour » ouvrit une académie de billard à la Taverne X***.

C'est au quartier Latin qu'avec André Salmon j'ai fondé *Le Festin d'Ésope,* 244, rue Saint-Jacques. Nous y reçûmes un jour le directeur du *Journal de Salonique* qui dut, comme tout le monde, traverser le toit et entrer par la fenêtre. De retour chez lui, il écrivit un article où il compara avec acrimonie notre réception avec le banquet de je ne sais quel banquet socialiste, dont le luxe lui avait tourné la tête[1].

Je me souviens des restaurants grecs, turcs, chinois (rue Royer-Collard), de certaines pensions ecclésiastiques. Combien je garde bonne mémoire aussi des dîners chez Cazals, dont la femme, Mme Henri, me réservait le même menu qu'à Verlaine : des haricots rouges cuits dans le vin.

Au coin de la rue Monsieur-le-Prince et du boulevard Saint-Michel, nous allions parfois avec Moréas manger des escargots. Il prononça une fois que l'escargot est à nous comme la rose aux fleurs. Je le suivis également 1, rue de la Sorbonne, dans un petit restaurant italien où, invariablement, il demandait, de sa voix tonitruante, des anchois de Castellamare!

Avec lui et Paul Fort, nous prenions l'apéritif au Gambrinus, près du Luxembourg.

Chez un collectionneur de ses amis où il déjeunait, Moréas fit enlever un portrait d'homme dont le regard, qui le fixait avec persistance, l'empêchait de manger...

Les grisettes? — Des femmes plutôt que nous nous partageâmes! J'ai souvenance d'une bouquetière à laquelle Moréas achetait quelquefois une rose, une fille superbe d'ailleurs, aujourd'hui à la tête d'une importante maison de fleurs naturelles. Maîtresse de son frère après avoir été celle des autres, elle s'est mise finalement et... fraternellement en ménage!

Il y avait aussi une concierge fort avenante, dont le mari se donnait pour rédacteur au *Gaulois.* Elle se prodigua physiquement de tous côtés, la chère créature : elle vit, je crois, maintenant, avec un musicien espagnol...

La nuit, nous nous réunissions de temps à autre au jardin des Plantes où demeurait un de nos amis, le fils du conservateur[1]. C'est là que nous conduisîmes certain soir une pauvre fille, nièce du directeur d'une revue de la Rive gauche. On la fit rechercher et, tout à coup, la police fit irruption dans le jardin, tandis que les otaries poussaient des cris épouvantables...

La demoiselle — coupable seulement d'inconséquence — n'en fut pourtant pas moins mise dans une maison de correction...

Vint la fondation de *Vers et prose,* rue Boissonnade. Une dame nommée «Mme Gustave-Kahn», n'ayant aucun lien de parenté avec le poète, fit la correspondance. La famille s'appelait *Kalm;* elle avait attendu en vain un fils qu'elle voulait nommer *Gustave.* Une fille étant venue au monde, on la nomma *Mme Gustave... Kahn!*

Vers et prose organisa les mardis à la Closerie des Lilas, soirées inoubliables auxquelles la Rive gauche ainsi que le Montmartre artistique, musical et littéraire ne manquèrent pas d'assister. À l'une des dernières, Saint-Pol-Roux, élu «prince de la fève», se crut déjà «prince des poètes». Mais, il en fut décidé autrement, en dépit d'un champagne préventivement offert par le candidat.

C'était le temps où Maurice Magre discutant rimes prétendait que *parfeigne* (parfum) pouvait rimer avec *faim*[2]*;* c'était le temps où F. T. Marinetti était des nôtres, un bon garçon chauve, enthousiaste mais trop sobre...

Le quartier Latin m'accapara moins ces dernières années, pourtant je fus volontiers client de çà et de là, d'une boulangerie-bar où l'on dansait, rue de l'Hirondelle, et de Bullier, en compagnie de Tudesq, de Dalize, de Derennes.

En somme, le pays Latin n'est pas mort. Il a changé. On y boit moins, on s'y intoxique davantage. Tenez... on m'a cité le cas d'un brave bouquiniste auvergnat du Quartier dont le *mescal,* la drogue des Indiens de l'Orénoque, est la boisson préférée... Le *mescal*[3], peu connu à Paris, fort heureusement, mais à qui tant de dames austères et les célibataires puritains de New York doivent leurs extases... et leurs cuvées, les plus «fashionables»...

(1913.)

El Imparcial

[RÉPONSE À UNE ENQUÊTE]

Vous avez traduit de mes poèmes à la perfection en espagnol[1], et maintenant que je suis soldat, vous m'interrogez sur l'illustre mutilé de Lépante. Aucune question, au demeurant, ne pouvait me surprendre plus agréablement.

J'ai écrit jadis, à propos de je ne sais quel centenaire de Cervantes, un article qui est resté enterré dans les colonnes de *L'Européen;* l'an dernier encore, je relatais dans le *Mercure de France* la découverte d'une grotte où Cervantes se cacha, je crois, aux environs d'Alger[2].

Aussitôt votre questionnaire reçu, je l'ai montré aux brigadiers et aux sous-officiers de ma batterie. Je dois dire qu'aucun d'eux ne connaissait ni Cervantes, ni *Don Quichotte.* Néanmoins, plusieurs Picards matois savaient ce que c'était qu'une Dulcinée et, ma foi, avaient entendu parler de Sancho Pança auquel on pourrait assez bien les comparer pour le bon sens et la façon de s'exprimer... Comme le *Don Quichotte* est un livre que j'aime infiniment, je voulus le leur faire lire en manière de divertissement, je leur fis honte de ne point connaître un livre aussi parfait et aussi répandu. Ils prirent la plaisanterie du bon côté et ils me mirent au défi de leur apporter un exemplaire de *Don Quichotte* avant l'heure de la soupe, soit 18 heures et demie. Il était environ 14 heures. On paria trois bouteilles de champagne pour corser la chose. Il faut vous dire que nous demeurons sur la ligne de feu, juste derrière les tranchées des fantassins, dans une forêt épaisse, et située loin, non seulement des villes, mais même de tout village.

Ayant du loisir, je m'en allai alors à deux cent vingt mètres jusqu'au premier de nos villages, village abandonné de ses habitants. Les Boches y ont passé et des troupes françaises y cantonnent maintenant. Peu de maisons sont debout, aucune n'est intacte, mais dans la première maison où j'entrai, je trouvai *Don Quichotte de la Manche* traduit par Florian[1] et je gagnai mon pari.

Demain, je rapporterai le livre où je l'avais pris et où son propriétaire le retrouvera pour le relire...

J'ai lu *Don Quichotte* plusieurs fois dans mon enfance, d'abord dans la traduction de Florian, plus tard dans celle de Viardot, illustrée autant qu'il m'en souvienne par Tony Johannot[2].

Les souvenirs qui me sont restés de cette lecture sont trop complexes pour être détaillés ici; mais la vie du merveilleux hidalgo dans la forêt où il s'était retiré m'avait vivement frappé et je ne pensais pas alors que moi-même je mènerais un jour cette vie sylvestre.

La lecture du *Quichotte* me donna aussi la curiosité de lire les romans de chevalerie que je dévorai plus tard à vingt ans, et ainsi le but poursuivi par Cervantes n'était pas atteint...

J'ai lu aussi le *Quichotte* du faux Avellaneda[3], avec un plaisir inexprimable. C'est à mon gré une œuvre remarquable qui complète à bien des égards, et notamment en ce qui concerne Sancho, ce qu'il y a d'humain dans le *Quichotte* de Cervantes. Le *Quichotte* est son chef-d'œuvre, mais pour ceux que le XVIIe siècle appelait les «honnêtes gens», j'estime que les *Nouvelles exemplaires* ne doivent pas paraître moins importantes.

Cette merveilleuse satire lyrique de l'humanité qu'est *Don Quichotte* est d'un symbolisme si complexe qu'il faudrait recréer un univers pour en bien montrer le sens.

Le héros est humain, partant, il est de toutes les nations; toutefois, rien ne lui répond dans la littérature française sauf, peut-être, le *Bouvard et Pécuchet,* de Flaubert.

Mais, dans *Les Âmes mortes* de Gogol, il y a quelque chose de plus que de slave et qui n'est pas sans parenté avec ce que pouvait exprimer le génie admirable de Cervantes. (Notez qu'il y a dans Gogol quelque chose de commun avec Molière, si bien qu'il serait possible peut-être de comparer Cervantes et Molière...)

Échos
sur les lettres et les arts

La Revue d'art dramatique et musical

REVUE DES REVUES

Rivista teatrale italiana, Naples, juillet. Gaspare di Martino analyse le *Jules César* d'Enrico Corradini[1]. Ermete Novelli[2] avait reçu le drame mais ne l'a jamais joué. Les extraits de la pièce laissent entendre que le *calvus moechus* y joue le rôle d'un crétin grandiloque et outrecuidant. Voici une phrase prononcée par César peu avant sa mort violente : «Que les pères sachent que s'ils veulent me nommer roi, mes commentaires suffisent et les livres sibyllins sont de trop.»

Sans commentaires n'est-ce pas?

Le Monde musical, Paris, 30 juin, donne la suite des belles lithographies qui constituent *l'œuvre musicale* de Fantin-Latour.

Un article à propos du Festival Beethoven de musique de chambre à Bonn me rappelle qu'il faut vraiment aimer la musique pour l'écouter dans ce hangar hideux nommé Beethoven Halle[3].

Zeitschrift der internationalen Musikgesellschaft, Leipzig, juillet. M. Arno Werner catalogue les objets exposés à la section musicale de l'exposition historique et locale de Weissenfels. À noter : «Six cors russes, usités autrefois pendant les enterrements, propriété de la ville.» Nul doute que ce ne soit un Français qui ayant été se faire enterrer à Weissenfels, inventa l'expression : «faire chorus».

M. Lionel Dauriac s'indigne au sujet de la façon de

laquelle M. Raoul Gunsbourg a profané *La Damnation de Faust*[1].

Monthly Musical Record, Londres, juillet. Dans *Berlioz en Russie,* Mme Rosa Neumarch nous renseigne sur les relations de Berlioz avec Glinka.

La Grande France[2], Paris, juillet. M. Raymond Ch. Cazalys[3] fait l'éloge du pianiste Édouard Risler et le place au-dessus de Rubinstein. La plupart des revues italiennes s'appesantissent sur un fait littéraire important. Gabriele D'Annunzio, selon un usage médiéval, a signé un ouvrage poétique, de son nom traduit en latin, «Gabriel Nuncius[4]».

M. D'Annunzio a voulu, sans doute, prouver qu'il connaissait aussi mal la façon d'user de la particule que M. Faguet lui-même[5].

Gabriel Nuncius sans particule ne traduit que vaguement Gabriele D'Annunzio où la particule était double par erreur sans doute. En effet on ne dit pas Thomas *de a* Kempis, mais Thomas *a* Kempis, simplement. Une seule particule suffit, dans tous les cas et elle n'anoblit même pas toujours.

En somme, on ne possède qu'un seul exemple d'homme anobli par deux particules au lieu d'une : celui de M. Mer auquel un roi libéral voulut à toute force accorder deux particules, une devant son nom, l'autre derrière.

Après avoir traduit son nom en latin, M. D'Annunzio voudra, je gage, le traduire en grec par *Aggelos.*

Gabriel ne changeant pas, cela donnerait en traduction française, Gabriel-Ange ou mieux l'Ange Gabriel.

Charivari, Berlin, 4 juillet, nous apprend que les grands succès théâtraux de la saison, pour toute l'Allemagne, ont été *Monna Vanna* et *Madame Sherry* par P. Burani et Maurice Ordonneau, traduction libre de Jacobson, vers et musique de M. Hugo Félix. Hugo est ici un prénom et Félix le nom de famille. C'est la raison pour laquelle beaucoup d'Allemands pensent que le nom patronymique d'un grand poète français était *Fictor* et que son prénom était Hugo. La pièce de M. Maeterlinck n'a eu qu'un seul traducteur, M. Friedrich von Oppeln-Bronikowski. Et c'est fort heureux, si l'on s'en réfère au dicton : *Traduttore, traditore.* Les

Allemands ont donc surtout goûté cette année deux ouvrages français. Je gage qu'on a fait alterner les actes du drame avec ceux de l'opérette et que ce fut du Shakespeare.

L'Européen, Paris, 18 juillet. Il paraît qu'une société musicale de Bologne avait mis au concours un hymne à Marconi. Mais les concurrents ayant été au-dessous de tout, le jury n'a pas décerné de prix et M. Marconi reste sans hymne comme nous tous.

Allgemeine Musikzeitung, Charlottenburg, 10 juillet. Un article remarquable et que tout le monde devrait lire, «Sur le premier accord dans le scherzo de la neuvième symphonie de Bruckner» par Bernhard Ziehn[1].

Die Kultur, Cologne, juillet. Wilhelm Holzamer signale la décadence de l'art dramatique français. L'article se résume fort bien par cette phrase lapidaire en français dans le texte : «C'est idiot, mais c'est rigolo.» (Il s'agit des pièces de théâtre françaises.)

Mais, l'important, cher monsieur Holzamer, c'est le rire et quant au théâtre allemand, le plus souvent «c'est idiot» tout simplement.

Un reproche paraît assez juste pourtant : «Le drame français est sous la domination de l'acteur... Le drame français c'est Sarah Bernhardt, Réjane, Bartet, Judic, Coquelin, Antoine, Huguenet, Guitry. Les auteurs dramatiques font des pièces qui en réalité ne sont que de grands rôles pour ces personnalités.»

Neue Zeitschrift für Musik. «Devant le *Beethoven* de Klinger». Madame Käte Stellmacher a vu la fameuse statue polychrome à Leipzig dans l'atelier de Max Klinger. Tout naturellement, elle a jugé que c'était un chef-d'œuvre.

J'ai eu le plaisir de voir le Beethoven-Jupin à la Sécession de Vienne, puis à l'exposition de Düsseldorf[2].

Je reste persuadé que cet ouvrage vaut surtout par les matières dont il a été fait et qui sont précieuses.

Klinger est évidemment un sculpteur fort habile et un graveur de premier ordre, mais ses œuvres, comme, à mon sens, toutes les œuvres artistiques allemandes, ont l'air d'objets sortant de la fabrique, on les dirait faites à la machine. Beethoven eſt au-dessus de cela.

(Juillet 1903.)

La Grande France, août. De M. René Wisner sur *Bonheur manqué* par Georges de Porto-Riche :

« Et l'on pense à Musset. Et aussi à Renato, à François Prieur, à Marcel, enfin à tous les fils de G. de Porto-Riche, dont nous savons par cœur les hiſtoires d'amour. »

Zeitschrift der internationalen Musikgesellschaft, Leipzig, août. Cette excellente revue musicale publie des articles en langues diverses. En allemand, de M. Fritz Volbach, une critique d'*Ueber Harmonie und Komplikation* le nouveau livre du fameux criſtallographe, le professeur Victor Goldschmidt.

De M. S. C. Prod'homme un travail en français sur Erneſt Legouvé et la musique. En anglais une étude de M. Charles Maclean sur « La dernière œuvre de Hubert Parry ».

M. G. Goos signale les « nouveaux drames musicaux » de l'école de Karlsruhe. L'un deux : *Ilsebill ou la Légende du pêcheur et de sa femme* eſt tiré d'un des plus beaux contes populaires allemands que je sache.

Un pauvre pêcheur capture, au lieu de poissons, un génie enfermé dans une boîte. Il le délivre et le génie, désormais à ses ordres, promet de lui accorder ce qu'il demandera.

C'eſt d'abord une maisonnette avec un jardinet.

Le pêcheur y vit content de son sort, mais sa femme, Ilsebill l'ambitieuse, force son mari à exiger une maison plus riche, à la ville. Le pêcheur retourne à l'étang. Il appelle le génie qui apparaît et demande :

« *Was willſt du denn, mein lieber Domine?* » (« Que veux-tu donc mon cher Seigneur? ») Le pêcheur répond en hésitant :

« Meine Frau Ilsebill
Will nicht immer was ich will. »

« Ma femme, Ilsebill, ne veut pas toujours ce que je veux. » Puis il formule le souhait que le génie comble aussitôt.

Bref, Ilsebill eſt bientôt lasse de n'être qu'une bourgeoise. Elle veut devenir châtelaine. Le génie exauce le vœu. Successivement, elle s'élève au rang de reine et d'impératrice. Alors son ambition n'a plus de borne. Elle commande et son mari retourne désespéré à l'étang, une dernière fois. Il appelle le génie qui apparaît :

«Was willst du denn, mein lieber Domine?»

Comme toujours le pêcheur répond :

«Meine Frau Ilsebill
Will nicht immer was ich will.»

«Que veut-elle encore? s'écrie le génie d'un air irrité.
— Elle veut que nous devenions Dieu.» Un formidable coup de tonnerre accueille ces paroles imprudentes et la foudre anéantit en un instant le pêcheur, Ilsebill et l'empire.

Je souhaite que le compositeur de Karlsruhe n'ait point gâté ce beau conte.

L'Européen, 15 août. D'une revue de la presse à propos de la première au théâtre Sarah-Bernhardt du *Maquignon* de Virgile Josz et Louis Dumur[1] :

«Seul *Le Figaro* a été carrément mauvais, et c'est en quelques lignes empreintes du plus souverain mépris que — pris de quel bizarre scrupule! et sans l'aide de la police russe — il exécuta la pièce des deux collaborateurs de *L'Européen.*»

On est rancunier au *Figaro*[2].

Revue bleue, 8 août. M. Beargeard-Durand publie un inédit de Beaumarchais. C'est le voluptueux portrait de Fanny, baronne de Burmane, avec laquelle l'auteur de *Figaro* eut une courte liaison.

Revue universelle, 1er août. M. Délines résume un article de M. Carlo del Balzo sur *Dante dramatisé.*

Les Allemands, Louis Tieck en 1799 et Ignaz Kollmann en 1826, font de *Dante* un personnage de leurs drames. Le Danois Molbech en 1852 écrivit une tragédie dont le sujet est la vie, très fantaisiste, du poète florentin. En France, Henri de Bornier écrivit *Dante et Béatrice* et tout récemment M. Sardou, *Le Dante* (avec article[3]). En Italie il n'y eut pas moins de dix-neuf drames consacrés à Dante. M. del Balzo me semble fort injuste pour l'un d'entre eux, celui de Vincenzio Pieracci.

Revue du xxe *siècle,* juillet. M. Ch. Bernardin décrit avec assez peu de précision, *la procession dansante d'Echternach.*

Faut-il lui dire que l'air de saint Willibrord, «cet air moitié polka, moitié marche, toujours le même dont l'obsession hantera notre cerveau pendant des semaines entières», est un vieil air de danse, la maclotte[1] ?

Le Guide musical, Bruxelles, août. Un excellent article de M. Daubresse : «*Mignon,* épisodes lyriques tirés de Wilhelm Meister, Goethe-Schumann».

Un de nos feuilletonistes, auteur de gros romans, mués quelquefois en gros mélodrames, confiait récemment à la plus grande de nos tragédiennes : «Non seulement j'ai pénétré Goethe, mais j'y ai mis quelque chose de plus», — cette inconvenance n'a pour excuse que l'inconscience évidente du feuilletoniste en question. Mais pour *Mignon* l'art du musicien de Zwickau a ajouté quelque chose au poète. Et l'esquisse de M. Daubresse donnera peut-être à quelque musicien l'ignorant encore «le désir de feuilleter cette petite partition si expressive, si passionnée, si délicate, tout imprégnée du charme inoubliable qui caractérise la plupart des pages que nous laissa Robert Schumann».

L'Ermitage, août. M. Jean Manuel publie méchamment, par anticipation, l'important travail de deux prudents érudits du xxve siècle qui attribueront «au poète Catulle Mendès (xixe-xxe siècle), les fragments du drame de Médée», presque entièrement perdus. La mauvaise fabrication du papier actuel laisse en effet prévoir que les livres contemporains n'encombreront pas longtemps les boîtes des bouquinistes.

Cronache musicali e drammatiche, 1er août. M. Giorgio Barini signale le *Dictionnaire lyrique universel* publié récemment par M. Carlo Dassori et auquel feront bien de ne pas se fier ceux qui voudront écrire sur la musique.

Ce dictionnaire contient de telles inexactitudes, il est si incomplet que M. Barini n'a pas eu le courage de lire au-delà de la lettre *C.*

Dans cet ouvrage, *Les Lieds de France* d'Alfred Bruneau et la musique de Mendelssohn pour l'*Antigone* de Sophocle deviennent des mélodrames.

(Août 1903.)

Die Zukunft, Berlin, 12 septembre. Article nécrologique de Gustav Kühl sur le compositeur Hugo Wolf qu'on a appelé un nouveau Schubert. M. Kühl trouve ce rapprochement inexact. Hugo Wolf avait un goût littéraire très prudent. Il affectionnait surtout Goethe, Mœrike, Eichendorff, Keller, Reinick, Scheffet et quelques poésies italiennes ou espagnoles. L'article se termine ainsi : Hugo Wolf «est devenu le Mozart de la chanson allemande».

Die Zeit, Vienne, 15 août. Le docteur Richard Batka, de Prague, publie un article sur le musicien norvégien, Gerhard Schjelderup.

Schjelderup a étudié à Dresde et à Paris. Depuis 1888 il habite l'Allemagne. Sa première œuvre *Matin de dimanche* fut représentée en 1893 à Munich, sous la direction de Hermann Levi, le même dont le portrait noirâtre, peint par Stuck, grimace au foyer de l'Hofopernhaus.

En 1900 le Deutsches Theater donna *La Noce norvégienne.*

Schjelderup est un musicien idéaliste. Il pense que le théâtre peut et doit exercer une action moralisatrice.

La Plume après une courte éclipse a fait sa réapparition. M. Gaubert y chante Mlle Ventura et notre ami Armory y jabote plaisamment sur les cafés-concerts.

Neue Zeitschrift für Musik. «Henry Purcell, l'Orphée anglais», par M. Lorenz. Henry Purcell, né à Londres en 1658, mort le 21 novembre 1695, eut une grande influence sur la musique. Dès dix-huit ans, il devint maître du chœur à l'abbaye de Westminster. C'était l'époque où la reine, Marie d'Este de Modane, femme de Jacques II, vint à Londres amenant avec soi des musiciens italiens. Henry Purcell étudia avec passion la musique italienne. En 1683, il publia avec succès douze sonates, puis en 1685 dix nouvelles sonates pour quatre voix, une de ces sonates, bien qu'on y sentît peut-être trop l'influence de Bassani, fut appelée «la sonate dorée».

Ce que Purcell écrivit comme musique soit sacrée, soit théâtrale fut supérieur aux ouvrages de ses devanciers.

Das litterarische Echo, Berlin, 1er septembre. Wilhelm von Scholz, l'auteur du *Miroir,* signale sans les louer deux drames sur Giordano Bruno : *Giordano Bruno, la tragédie de la Renaissance,* par Erwin Guido Kolbenheyer (Vienne 1903), et *Giordano Bruno,* drame en cinq actes, par Karl Hilm (Berlin). Nous aimons tous Giordano Bruno. Il est bon d'évoquer son souvenir à une époque où les journaux semblent ne chercher à intéresser leurs lecteurs que par le récit des mômeries papales[1]. Un jour que Giordano Bruno était à Gênes, il vit passer une procession. Des moines promenaient en grand tralala et bannières déployées une queue d'âne, en criant : «Ceci est la queue de l'âne sur lequel Jésus fit son entrée à Jérusalem! À genoux! À genoux devant la queue.»

Inutile de souligner l'inconvenance de ces exclamations monacales erronées d'ailleurs, puisque Jésus, aux premières Pâques fleuries, entra à Jérusalem sur une ânesse suivie de son ânon.

C'est après avoir vu défiler la procession *de la queue de l'âne* que Giordano Bruno composa son poème immortel : «La Louange de l'ânerie»[2] :

Ô sainte ânerie! Ô sainte ignorance!
Ô sainte sottise! Ô sainte bigoterie!

etc., etc.

Dans le même numéro, du docteur Wolgang, une critique mêlée de juste et d'injuste sur le *Victorien Sardou* de M. Hugues Rebell.

La Renaissance latine, septembre. «Second memorandum de Barbey d'Aurevilly.» À la date du 1er septembre 1838 : «Allé au Théâtre-Français où l'on jouait *La Popularité,* première représentation, un monde assez brillant. La reine, la princesse Hélène et les Essler; le haut et le bas social... la pièce correctement ennuyeuse, idées communes, mal de tête au bout. Resté près de la statue de Voltaire à voir les femmes coqueter en descendant l'escalier encapuchonnées dans leur burnous ; joli spectacle plus joli que la pièce dans laquelle, par parenthèse, Mlle Mars à un mot près a été détestable. Sa voix s'altère, il ne lui reste que de magnifiques diamants et des perles plus belles encore, qu'elle a étalées ce soir comme les empereurs s'enveloppaient dans leurs manteaux de pourpre pour mourir. Le corsage de sa robe de satin blanc était par-devant une véritable cuirasse de diamants et de rubis effrénés d'éclat. — Je crois que les femmes ravies à ce spectacle ont applaudi ces bijoux. — Dit bonsoir à Cesena et à David (l'acteur) qui venait de recevoir un soufflet de de Lireux, mais qui lui avait dit son fait mieux que Pourceaugnac en lui cassant sa canne sur la figure — gracieux préliminaire d'un duel entre gentlemen de la Presse et des Planches ! » Est-ce assez beau, incorrect et somptueux.

« Un monde assez brillant. La reine... » Essayez une phrase équivalente au sujet d'une *première* actuelle. Et le nom de l'auteur de *La Popularité* ? Quelle ironie !

Helios, Madrid, septembre. M. R. Blanco Fombona disserte sur Isadora Duncan. Il est d'avis que cette dame devrait danser toute nue. Nous ne trouvons rien à redire à cela mais protestons contre les expressions de M. Fombona qui trouve « cochon », le « déshabillé » de Miss Duncan et emploie ces termes en français.

M. Fombona nous apprend que la Duncan, « admirable Miss ! » dans un opuscule, écrit en anglais, *La Danse de l'avenir*, se réclame de Darwin et de Haeckel. Je ne vois pas bien ces deux maîtres de danse. À la rigueur Darwin eût pu enseigner à Miss Duncan que le cake-walk nous vient de ces gibbons dont l'un, récemment, faillit devenir pape. *Cake*, en effet, est mis pour *macaque*. *Walk*, il est vrai, n'est que l'abréviation de *Walkyrie* en hommage à Wagner. Nous aurons ainsi le mot complet terminé en grec pour les messes de l'Église romaine : *Macaque Walkyrie eleison*. La Duncan aurait pu choisir, au lieu de Haeckel et Darwin, les anges que le Talmud appelle : maîtres de danse.

Remarquons, en outre, que tandis qu'Isadora Duncan dansait au théâtre Sarah-Bernhardt, vêtue en almée du Sahara, la Saharet, à Marigny, dansait le Duncancan. Ni l'une ni l'autre n'ont trouvé à Paris le succès auquel elles étaient accoutumées en Allemagne. Miss Duncan reviendra à Paris et y sera mieux accueillie. Pour la Saharet, immortalisée comme Bismarck par le pinceau de Lenbach, elle ne devrait pas omettre une tournée à Troja, capitale de l'empire du Sahara. Nul doute qu'elle n'y trouve un succès légitime.

(Septembre 1903.)

L'Idée libre, Bruxelles, septembre. Un beau fragment de la tragédie de Péladan, *Œdipe et le Sphinx*. Cette scène fut supprimée lors de la représentation de la tragédie à Orange[1].

L'*Iphigénie en Tauride* de Goethe, traduite en prose par M. Georges Dwelshauvers.

Revue bleue. Sous ce titre «Le Théâtre idéaliste», M. Paul Flat étudie d'abord le théâtre de M. Gabriele D'Annunzio. Il ne s'agit pas comme on pourrait croire du théâtre que ce député compte fonder à Florence avec l'aide pécuniaire de l'Amérique. C'est une belle étude de la dramaturgie de M. D'Annunzio et de ses tendances idéalistes.

Sans doute, tout est beauté dans l'œuvre de cet auteur mais tout y est sanglant aussi et impur de la sueur de tant d'écrivains de tous pays qui écrivirent pour M. D'Annunzio.

Et l'on ne lit point cet italien sans songer aux vers d'Homère.

[Aimati oi deyonto komai kharitessin omoiai]
[Plokhmoi th'oi khrysô te kai argyrô esphêkonto][2]

(«Ses tresses enlacées de fil d'or et d'argent et ressemblant aux grâces furent baignées de sang.») Ce n'est d'ailleurs pas l'opinion de M. Flat qui dans les numéros suivants étudie le théâtre de M. Maeterlinck et spécialement *Pelléas et Mélisande,* puis enfin le théâtre de M. Péladan.

Le docteur A. Guyesse pose cette question : «Argan était-il malade?» et répond par l'affirmative. Le malade imaginaire était un neurasthénique gastro-intestinal et Molière ne s'en douta jamais.

Signale für die musikalische Welt, Leipzig, 30 septembre

M. Hermann Kretzschmar disserte sur «L'Utilité de la musique». Article très intéressant d'un écrivain qui vient de publier à Leipzig un volume important : *Questions musicales actuelles*.

Cronache musicali et drammatiche. L'abbé Lorenzo Perosi nous renseigne sur ses relations avec le cardinal Sarto, aujourd'hui Pie X. Le patriarche de Venise a toujours eu, comme on sait, un grand désir de garder l'Église de l'exécrable musique sacrée qui l'envahissait. Ayant eu connaissance des travaux de l'abbé Perosi, il lui offrit en 1894 la maîtrise de Saint-Marc : «Ce fut ma fortune», dit l'auteur qui à cette époque n'était pas encore entré dans les ordres : «Loin de lui et sans lui, qui sait combien d'ans se seraient écoulés avant que le vœu de ma vie se fût accompli.»

Revue des études franco-russes. M. F. de Montussaint raconte l'histoire de Soukovo Kabyline, l'auteur du *Mariage de Kretchinsky* qui, populaire en Russie, fut aussi joué à Paris.

Voici pourquoi Soukovo Kabyline quitta la Russie. Un matin on trouva aux portes de Moscou, étranglée et jetée dans un fossé, une Française nommée Mlle Dimanche. D'après des indices compromettants, Soukovo Kabyline fut accusé d'avoir commis ce crime passionnel. On l'emprisonna. Deux partis se formèrent dont l'un pour le faire mettre hors de cause et l'autre pour soutenir qu'on ne pouvait laisser un pareil crime impuni parce que l'accusé était un homme riche. L'argent joua un grand rôle en cette affaire et même des influences toutes puissantes intervinrent pour protéger l'inculpé : «Quoi qu'il en soit, le cuisinier et le cocher de Soukovo Kabyline se déclarèrent tout à coup les seuls auteurs du crime. On les condamna à la Sibérie et leur maître fut relâché. Mais, comme les familles des deux malheureux reçurent, dit-on, chacune dix mille roubles, on supposa généralement que les deux serfs s'étaient sacrifiés pour leur seigneur.» M. de Montussaint n'ajoute pas que s'il est vrai que Soukovo Kabyline ait assassiné Mlle Dimanche, ce fut probablement parce qu'il devait de l'argent à son père, M. Dimanche, et que si les deux domestiques se sont déclarés coupables c'est que, sans doute, ils n'eurent que ce moyen pour se faire payer leurs gages.

La Settimana. La revue de Mme Mathilde Serao parle de Novelli : «On va chez Novelli, chez lui et pour lui, inutile de discuter. Il est des noms qui sont devenus plébiscitaires (?). Gare au critique qui voudrait s'expliquer la psychologie et la physiologie du succès! Le critique a des moments pendant lesquels il ne peut rien faire d'autre qu'écarquiller les yeux admirativement et observer le plus doré des silences.»

Le Ménestrel, 11 octobre. M. Raymond Bouyer dans ses notes sans portées : «La musique française s'aperçoit enfin qu'elle parle allemand depuis trop d'années. Un vent d'est a soufflé sur elle. Berlioz puis Wagner lui ont appris l'éloquence passionnée qui lui manquait. Mais, est-ce une raison suffisante pour sacrifier l'un à l'autre! Entre l'Allemagne philosophe et l'Italie *vériste* un art est possible. La France veut se ressaisir.»

Restons-en sur cette parole réconfortante.

(Octobre 1903.)

Revue bleue, 28 novembre. M. Ernest-Charles consacre sa «Vie littéraire» à «L'aube du théâtre romantique» de M. Albert Le Roy. Il parle de la pétition des classiques que sept écrivains, la plupart oubliés, présentèrent au roi après le succès d'*Henri III et sa cour*[1]. Ces auteurs s'indignaient des innovations des romantiques et priaient Charles X de forcer le Théâtre-Français à revenir à la tradition classique. Le roi répondit : «Messieurs, je ne puis rien pour ce que vous désirez, je n'ai comme tous les Français qu'une place au parterre!»

Il y avait parmi les signataires un nommé Étienne qui écrivit la comédie des *Deux Gendres* selon Sainte-Beuve, la meilleure comédie en cinq actes et en vers qu'on ait donnée sous l'Empire. Malheureusement, Étienne avait copié sa pièce sur une ancienne comédie intitulée *Conaxa ou le Gendre dupé* dont l'auteur était un jésuite[2].

On parle d'une reprise de *Francillon*[3], je propose qu'on reprenne également *Les Deux Gendres*.

Signale für die musikalische Welt, Leipzig, 25 novembre. Le docteur Theodor Kroger publie un article sur l'opéra du regretté Hugo Wolf, *Le Corregidor,* tiré par Mme Rosa Mayreder d'une nouvelle espagnole d'Alarcon et qu'on vient de représenter à Munich.

Cronache musicali et drammatiche, 25 novembre, publie la conférence faite par Mascagni à l'inauguration des cours de l'Université populaire de Milan. «Je pense, a dit Mascagni, que si Wagner revenait aujourd'hui parmi les vivants, il se mettrait à crier : "Oh, assez, assez!" et détruirait sa formule lancée il y a cinquante-deux ans, en lui substituant la phrase mémorable qui semble le testament artistique de Verdi : "Retournons à l'antique!"»

La Settimana, 22 novembre. Une spirituelle comédie de Alberto et Vittorio Alberti : *A e B.* Il y a un médecin qui s'appelle : Faust Lombroso. *Figuratevi*[1]*!*

Musica et musicisti, 25 novembre. Cette excellente publication donne un bel article sur sainte Cécile. «Les Bals et les Festins des Médicis» de M. Giuseppe Conti. Des illustrations, de la musique, des statistiques théâtrales, etc.

Le Luth français, novembre. M. C. Lefèvre de Perdriel publie une pastorale mythologique. Un nommé Juvénile y discute avec un grand journal du soir : *Le Temps.*

Die Nation, Berlin, 7 novembre. Ernst Heilborn analyse le nouveau drame de Gerhard Hauptmann, *Rose Bernd.* C'est l'histoire d'une malheureuse fille qui a fauté et qui tue son enfant.

14 novembre. Rudolph Lothar vante les *Mémoires* de l'acteur Rudolf Tyrolt qui viennent d'être publiées. Tyrolt est un acteur viennois et ses *Mémoires* intéresseront ceux qui ignorent la vie des comédiens allemands.

Rire et galanterie. Cet excellent hebdomadaire rétrospectif qui paraît déjà depuis quelques mois contient beaucoup d'illustrations et d'anecdotes relatives aux théâtres, aux bals publics, aux spectacles forains, etc.

Il est à consulter au sujet de la galanterie sous le second Empire.

Un seul reproche.

M. John Grand-Carteret au lieu de publier des extraits de Restif ou d'autres auteurs devrait publier des ouvrages complets, par fragments, hebdomadairement.

Des anecdotes, de petits poèmes, des chansons, des contes galants ou facétieux et une ou deux œuvres de plus longue haleine avec la mention : *à suivre.* Ce recueil deviendrait ainsi très utile.

L'Intermédiaire des chercheurs et des curieux, 20 novembre. Origine du mot ba-ta-clan appliqué à un concert parisien. «Bataclan» est un mot assez ancien qui signifie : attirail, objets embarrassants.

Ludovic Halévy fit une chinoiserie en un acte qu'il intitula *Ba-ta-clan* (en trois syllabes, ce qui est bien chinois).

Cette opérette avec musique d'Offenbach fut représentée aux Bouffes en 1855. Le succès de la pièce fut tel qu'un café-concert prit son nom.

The Onlooker, Londres, 21 novembre. Sous la signature P.H.O.W. des notes sur les spectacles actuels des music-halls londoniens. L'auteur parle d'une chanteuse française qui fait la joie des spectateurs de l'Empire, et fit ainsi la mienne.

«Mlle Juniori la nouvelle *chanteuse française* est *tout à fait parisienne.*» J'te crois! Elle chante *Viens poupoule* et *Non, je ne marche pas*!

(Novembre 1903.)

Deux intéressants numéros de *Neue Zeitschrift für Musik,* Leipzig, 9 décembre, numéro Berlioz. M. Max Puffmann parle de «Berlioz, compositeur de chant». Hugo Hallenstein analyse l'ouverture des *Francs Juges,* seule partie conservée d'un opéra en trois actes que Berlioz composa pendant qu'il était élève au Conservatoire.

16 décembre, numéro de Noël.

Un article de M. Wilhelm Tappert sur les «Chants de Noël» les plus populaires d'Allemagne. *Stille Nacht* a pour auteur Joseph Mohr, né en 1792 à Salzbourg et fils d'un mousquetaire. Le compositeur Franz Gruber, né en 1787 à

Hochbourg en Innviertel, était fils d'un tisserand. *Stille Nacht* fut composée en 1818 et chantée pour la première fois dans l'église d'Oberndorf, par l'auteur (ténor) et le compositeur (basse). Mohr accompagnait sur la guitare, parce que l'orgue était en réparation.

Un des plus anciens chants de Noël est le vieux *Noël catholique de Trierschen.*

Es ist ein Ros entsprungen
Aus einer Wurzel zart[1].

Ros est remplacée parfois par *Roess* ou même *Ross,* mais ces leçons sont erronées et la bonne paraît être *Reis,* ce qui concorderait mieux avec la prophétie *Et egreditur virga de radice Jesse*[2].

Beaucoup de ces noëls sont aujourd'hui oubliés, on ne chante plus

Revenit in laudibus
Cum jucundis plausibus[3].

ni

Joseph, lieber Joseph mein
Hilf mir wiegen mein Kindelein[4].

ni ce noël farci

In dulci jubilo
Num singet und seid froh[5].

pendant lequel les enfants dansaient autour de la crèche, en battant des mains.

L'Univers israélite, 18 décembre. «L'Antisémitisme au théâtre» signé «B.M.» déplore que M. Donnay dans *Le Retour de Jérusalem*[6], au lieu de railler les défauts réels des Juifs, ait préféré railler les défauts que les chrétiens leur attribuent.

L'auteur de l'article est d'avis comme M. Donnay «que les mariages mixtes ne sauraient être des mariages heureux». L'auteur ajoute : «Ce ne sont pas des créatures humaines en chair et en os, ce sont des entités et des abstractions que M. Donnay a mises à la scène; ce n'est pas une comédie ou un drame qu'il a fait jouer, c'est un pamphlet qu'il a lancé.»

Dans l'article suivant, «À propos de Hanouca», M. Mathieu Wolf, toujours au sujet du *Retour de Jérusalem,* dit : «Jusqu'à présent, la verve de nos polémistes et de nos hommes de théâtre ne s'était exercée qu'aux dépens du Juif; toujours ils avaient ménagé la Juive, bien plus, ils l'avaient couronnée d'une sorte d'innocence et de pureté... Voilà qu'il plaît à d'aucuns de changer tout cela. Signe des temps!»

Revue bleue, 12 décembre. Le 1er acte de *L'Oasis* de Jean Jullien et une étude de M. Édouard de Mornier sur «Monsieur Brieux», «le plus sincère des dramaturges». 19 décembre, acte II de *L'Oasis.*

M. Georges Lecomte publie à propos du *Dédale* une belle étude sur Paul Hervieu, «l'écrivain logique et loyal». M. A. Bossert étudie «Le Théâtre de la Hofburg à Vienne» d'après le livre de M. R. Lothar : *Das Wiener Burgtheater.*

The Weekly Critical Review[1]. Cet excellent hebdomadaire français et anglais, dirigé par M. Arthur Bles, s'occupe beaucoup de théâtre et de musique.

22 décembre. Dans sa notice sur «Le Théâtre à Berlin», Laurence Alma-Tadema parle de *Rose Bernd,* le drame campagnard de Hauptmann, et d'*Elektra* de Hugo von Hofmannsthal.

Le Ménestrel, 20 décembre. «Berlioz et l'Exposition universelle de 1867». M. Arthur Pougin publie des lettres de M. J. d'Ortigue et de Mme d'Agoult desquelles il résulte qu'il fut question de donner à Berlioz la commande de l'ouverture qui devait être exécutée le jour de l'inauguration de l'Exposition universelle de 1867.

La Revue socialiste, décembre, publie la belle pièce de Brieux, *Maternité,* dont M. E. Fournière dit plus loin qu'elle «est simple jusqu'à la banalité, véhémente jusqu'à la brutalité, audacieuse jusqu'à la vérité... c'est un procès-verbal social».

Le Festin d'Ésope[1], décembre. «Le Suicide de M. Vieux-bois», scène d'une pièce inédite de M. Alfred Jarry, «L'Objet aimé», d'après Töpffer. M. Claude Terrasse, paraît-il, écrit la musique de cette pièce tragi-comique et classique comme du Molière; M. Thrank-Spirobeg donne sérieusement une «Esquisse d'une méthode pour se faire applaudir par les bourgeois». Les musiciens pourront se pénétrer de cette méthode, elle est fort importante et pleine d'indications utiles.

Le Monde musical, 5 décembre. Une lettre de Vincent d'Indy confirme l'intention de la Schola cantorum de consacrer une séance à Berlioz.

Helios, Madrid, décembre. M. Carlos Navarro Lamarca publie une belle étude — déshonorée malheureusement par les fautes d'impression — du *Richard II* de Shakespeare[2].

Le *Richard II* est une des plus énormes tragédies de Shakespeare et la scène de la déposition du roi à Westminster n'a été dépassée par aucun dramaturge.

Pages libres, 5 décembre, publient «Prologue et intermède pour Liberté», le drame de Maurice Pottecher.

M. Maurice Kahn analyse et discute le beau livre de M. Romain Rolland consacré au Théâtre du peuple[3].

(Décembre 1903[4].)

Le *Mercure de France,* janvier. Jean Marnold ne voulant pas se compromettre en vantant ni censurant *L'Étranger* de Vincent d'Indy s'est borné à écrire un long dialogue entre un philoxène et un xénophobe qui ne s'entendront jamais.

L'Humanité nouvelle publie *Les Déblayeurs,* pièce à personnages russes de Mariel.

Le Monde musical, 15 janvier. M. A. Mangeot parle de l'expérience de M. Magnin, professeur de magnétisme (?), qui met son sujet — Mme Magdeleine G*** — en état d'hypnose et interprète en sa présence une œuvre musicale absolument inconnue d'elle. L'hypnotisée en traduit le caractère par le jeu de la physionomie et les attitudes du corps. Un article anonyme : «*Parsifal* à New York» se réjouit de la libération de *Parsifal* «de la prison de Bayreuth, où les dragons de Mme Wagner le gardaient enchaîné».

Neue Zeitschrift für Musik, Leipzig. De M. Kurt Mey sur les *Maîtres chanteurs et leur musique*, une intéressante étude où défilent : Heinrich Frauenlob ainsi nommé parce qu'il vantait le mot *Frau* au détriment de *Weib*[1] dans la grande querelle qui divisa les maîtres chanteurs, il mourut en 1317; Heinrich Moegeling; Nicolas Klingsohr, appelé le maître de l'art libre, qui eut des relations avec Satan; Wolfram von Eschenbach; Poppe le fort qui alla à la cour de Bavière; Wolfram von der Vogelwaid qui naquit entre 1160 et 1170, il est un des plus grands lyriques du Moyen Âge; Wolfgang Rohn, un poète épique; Hans Ludwig Marner; Barthel Regenbogen, le forgeron, le premier ouvrier dans la poésie allemande et le premier aussi qui ait introduit des mots français et latins dans l'allemand; Sigmar le Sage appelé le Romain de Zwickau; Conrad Geiger appelé aussi Jaeger, musicien de Würtzburg; Cantzler, un pêcheur dont la personnalité n'est pas encore bien connue; Steffan Stoll un cordier; Max Metzger d'Ulm qu'il ne faut pas confondre avec maître Ambrosius Metzger; Hopfengart; Zughart; Muskatblüt, bon poète et bon musicien; Peter Zwinger; Engelhart; Kaspar Singer; etc., etc.

Le Guide musical, janvier. M. M. D. Calvocoressi parle d' «Un prédécesseur de Jean-Sébastien Bach : Johann Kuhnau», qui fut un artiste et un savant. Il naquit vers 1660. Dans «Le Rythme tonique dans la poésie et le chant religieux d'après un livre récent», M. Michel Brenet analyse un livre de M. Pierre Aubry, *Essais de musicologie comparée* (Paris, Welter, in-4°, 1903), où l'auteur démontre qu'une tradition commune a dirigé à l'origine l'inspiration de tous les poètes musiciens du monde chrétien, oriental et latin et que cette tradition n'est pas celle du *chronos* (unité rythmique, temps musical) et de la *mesure*, innovations relativement modernes, mais celle du *rythme tonique* ou *oratoire* fondé sur l'accent et l'égalité des notes.

Revista musical catalana, Barcelone, janvier. Felip Pedrel parle d'un vieux musicien catalan, Pere Albert Vila, qui mourut le 16 novembre 1582 et publia en 1561 un recueil de *Madrigaux,* c'est ainsi qu'on appelait alors des compositions vocales à déchant.

Allgemein Musik Zeitung, Charlottenbourg, 22 janvier. « La Trompette et sa signification dans la vie populaire », par Bruno Garlepp ; une amusante étude sur la trompette à travers les âges depuis Tubalcaïn jusqu'à nos jours. Les Grecs apprirent à se servir de la trompette (salpinx) des Étrusques desquels elle était l'instrument national. Plus tard on attribua l'invention de la trompette à Pallas Athéné.

Dans la 96e Olympiade, il y eut aux Jeux olympiques un concours entre sonneurs de trompette. Un Mégarien haut de quatre pouces sonna si fort qu'on le nomma héraut. La trompette servit de signal pour les courses de chevaux et de chars, tandis qu'on se servait de la flûte pour les courses à pied. Des Jeux olympiques, la trompette passa aux champs de bataille. La salpinx avait un mètre et demi.

Vita nova, Gênes, 18 janvier. Giovanni Corvetto défend Mascagni qui dans une conférence dont j'ai parlé opposait le *vérisme* au *wagnérisme.* L'article, intitulé « La Morsure des reptiles », est une réponse à un article de *La Stampa* contre Mascagni.

Voyons, M. Corvetto, pensez-vous vraiment que M. Mascagni soit génial, et que M. Gabriele D'Annunzio soit divin. J'ai démontré ici même que ce dernier était l'ange Gabriel en personne[1], cela est plus conforme au dogme catholique et si je conteste la divinité de ce dernier je ne voudrais pas tenter un essai sur le génie du premier dont la *Cavalleria* jouée par tous les orgues de barbarie de l'univers est mon cauchemar.

Signale für die musikalische Welt, Leipzig, 13 janvier. M. Gustave Samazeuilh se demande si les frères Isola n'auraient pas pu au lieu de la médiocre *Messaline* d'Isidore de Lara (je songe à un palais princier sur les murs duquel un passant ignorant sans doute l'orthographe du nom — il est vrai que les noms propres n'ont pas d'orthographe — avait écrit ces mots évidemment dénués de sens, *Ici, dort de Lara* — ce monsieur ignorait la façon d'employer correctement la particule nobiliaire) représenter le *Benvenuto Cellini* de Berlioz[1].

20 janvier, M. Friedrich Spiro loue le *motu proprio* du pape à propos de la musique religieuse et ajoute que depuis Pie IV il n'y a pas eu de pape aussi versé en musique que Pie X.

The New Liberal Review, Londres, janvier. De M.G.A.B. Dewar, «La Nature de Shakespeare». M. Dewar a raison de dire que cela a peu d'importance que Shakespeare ait été vraiment Shakespeare du moment que l'œuvre de Shakespeare existe.

L'Art du théâtre, février. M. Mitchel raconte ingénument comment il fut amené à écrire ce chef-d'œuvre(?) qui a nom : *L'Absent.*

Le Conseil des femmes, 15 janvier. «Splendeurs et misères des figurantes». Article intéressant bien qu'insuffisant. C'est très bien de nous dire que les figurantes gagnent de 55 à 75 francs par mois — de nous décrire par le menu les objets de toilette qui leur sont nécessaires et aussi les loges(?) où elles s'habillent en hâte — changeant de costume en cinq minutes et quelquefois dix fois par soirée — mais il fallait nous dire aussi à quelles complaisances elles doivent consentir envers leurs « supérieurs, tous leurs supérieurs!» et ce qu'elles doivent faire dans la journée, et le soir en quittant le théâtre, pour ajouter quelques pièces d'or à leurs honteux appointements — quelques pièces d'or qui leur assureront de quoi vivre. On ne sait pas de quelles misères, de quelle honte sont faits nos plaisirs. Au reste, on doit s'en souvenir, *La Revue d'art dramatique* dans son numéro du 15 janvier 1903 a déjà traité semblable sujet dans un long et documenté article intitulé «Vertu et théâtre», nous en conseillons la lecture aux abonnés du *Conseil des femmes,* il les édifiera.

(Janvier 1904.)

Le Festin d'Ésope

NOTES DU MOIS

Les premiers abonnés et les lecteurs du *Festin d'Ésope* seront agréablement surpris en s'apercevant de la réduction du prix des abonnements et de la vente au numéro. Une aide intelligente[1] a permis cette modification.

Les abonnements d'un an à partir de novembre 1903 seront donc servis jusqu'en novembre 1905.

Cette modification aidera je pense au succès de la revue et je remercie les publications de France et de l'étranger, amies des belles-lettres, qui ont tenu à signaler en encourageant ma tentative l'apparition du *Festin d'Ésope*.

Une enquête de *La Revue* sur la crise de la librairie[2] n'a pas éclairé la question. Les libraires ont indiqué la surproduction comme étant la principale cause de la mévente.

Mais l'Angleterre et l'Allemagne produisent chacune plus de livres que la France. Les libraires ne s'y plaignent pas. Et s'ils vendent leurs livres c'est que ceux-ci coûtent bien moins cher que les nôtres. En Angleterre, par exemple, où l'impression est plus chère qu'en France, on achète à très bas prix des livres reliés, bien imprimés.

J'ai sur ma table une jolie édition reliée et illustrée de l'admirable *Richard II* de Shakespeare, ce volume m'a coûté 4d c'est-à-dire 0,40 F[3].

Les romans qui se vendent 3 francs ne devraient pas, imprimés et brochés comme ils le sont, coûter plus de 1,50 F. L'éditeur et l'auteur y trouveraient leur compte et l'on s'apercevrait bientôt qu'il n'y a pas surproduction de livres en France.

Les assassinats arméniens à Londres ont soulevé l'opinion publique[1].

Introduire les méthodes orientales dans un pays libre et ouvert aux étrangers comme l'est l'Angleterre me paraît non seulement criminel mais contraire au bon sens.

Les Anglais sont en pleine période nationaliste, ils sont en train de devenir militaristes, ils commencent à détester les étrangers. Les plus acharnés ne sont d'ailleurs pas les Anglais de race mais des gens comme Milner, né en Allemagne, venu en Angleterre à l'âge de quinze ans et qui, après avoir profité de la liberté que son pays d'adoption accorde aux étrangers, tente de le leur fermer.

Les attentats commis par les étrangers surexcitent inutilement les Anglais et quelle qu'ait été la cause des crimes dont je parle, qu'ils soient dus au gouvernement turc ou à une discorde entre gens de même parti, l'Angleterre ouverte à tous les réfugiés politiques n'aurait jamais dû être le théâtre de scènes pareilles.

Don Mosès Variona est l'inventeur d'un nouveau système de bateaux sous-marins.

C'est un Juif de Tanger. Il y a de cela quelques années, il pouvait à peine assurer l'existence de sa nombreuse famille en faisant tour à tour, au hasard des rencontres, le courtier ou le guide.

Un jour don Mosès Variona vit à la douane la pacotille d'un commis voyageur français. Elle se composait de jouets, de poupées, de fusées, de pétards.

Don Mosès Variona acquit ces brimborions moyennant quelques douros; trois jours après, ayant chargé cette pacotille sur un mulet, il se dirigea sur Fez où résidaient le commandeur et sa cour. Le voyage dura six jours. Dès son arrivée à Fez il obtint une audience du commandeur âgé alors de dix à douze ans et très joueur. Dès qu'il fut en présence du chérif, don Mosès se mit à genoux et déballa sa marchandise : soldats de plomb, tambours, petits canons, poupées parlantes, serinettes.

Le jeune chérif fut émerveillé. Don Mosès amusa le commandeur et sa cour jusqu'à la nuit. Alors ils descendit dans le parc du palais, alluma quelques feux de Bengale, lança des fusées et détermina dans l'âme des Maures et de leur souverain un tel enthousiasme que le commandeur acheta toute la pacotille merveilleuse et en commanda une nouvelle.

Don Mosès Variona devint fort riche, fut estimé de tous et rendit même assez de services aux Espagnols pour que la reine mère lui conférât la grande décoration de l'ordre d'Isabelle la Catholique.

La profession de président de la République se généralise. Dans quelques années, on verra de tout jeunes gens que leurs familles destineront pour cette carrière représentative.

Le nouveau président de la République du Panama[1] est colombien. Il a tenu à devenir panamiste. Il devient ainsi le compatriote de quelques Français de marque qui se trouvent dans l'alternative d'opter pour une des deux patries : France ou Panama.

Bonheur et prospérité à la République panamiste!

La femme de l'acteur Beerbohm Tree qui joue si admirablement le rôle de *Richard II* au His Majesty's Theatre de Londres est elle-même une artiste de grand talent.

The Morning Advertiser lui ayant demandé quelques détails biographiques, elle a envoyé à ce journal un joli quatrain.

This is the life
Of little me :
I'am the wife
Of Beerbohm Tree[2].

C'est d'une modestie spirituelle et charmante.

(Décembre 1903.)

Le classement et la traduction des réponses à l'enquête du *Festin d'Ésope* sur l'orchestre[3] étant une besogne assez longue, les résultats de l'enquête n'ont pu paraître dans ce numéro. Ils paraîtront en février.

J'ai eu la chance de pouvoir assurer au *Festin d'Ésope* la collaboration de M. René Dardenne, l'écrivain distingué déjà mis en lumière par ses précédents travaux et recherché tant de nos confrères périodiques que des organes quotidiens les plus importants.

M. René Dardenne sera désormais chargé de la partie politique, économique et sociale du *Festin d'Ésope.*

Le Festin d'Ésope offre de sincères félicitations à son collaborateur John-Antoine Nau auquel son beau roman *La Force ennemie* a valu le prix de Goncourt.

À ce sujet, il faut signaler l'ignorance des journaux parisiens qui ont presque tous estropié le nom de John-Antoine Nau et le titre de son roman[1].

L'industrie allemande s'apprête à triompher à l'Exposition universelle de Saint Louis[2]. L'Allemagne a obtenu pour son pavillon un emplacement mieux situé que ceux des quarante autres grandes nations qui participeront à l'Exposition. Ce pavillon sera la copie du château de Charlottenbourg. Il sera entouré de jardins pareils à ceux de ce château.

On ne dit pas si l'on y reproduira aussi la chapelle contenant les tombeaux des empereurs allemands. En tout cas, la joie des exposants sera gâtée si l'on devait pendant l'Exposition ajouter un nouveau tombeau.

L'*Electrical World*[3] nous apprend que l'on a constaté que dans les communications téléphoniques à grande distance, la langue qui s'entend le mieux est le français. C'est là une nouvelle raison pour croire que le français deviendra la langue universelle[4].

On a oublié de célébrer le centenaire de Herder[5] qui mourut le 18 décembre 1803. Johann Gottfried Herder fut pourtant un esprit universel.

Leibniz avait poussé vers l'universalisme les meilleurs cerveaux allemands du XVIIIe siècle qui cherchèrent à pénétrer tous les mystères de la nature et de la vie humaine afin que rien de ce qui existe de naturel ou d'humain ne leur fût étranger. Les principaux de ces disciples de Leibniz furent Winckelmann, Lessing, Herder et Goethe. Il n'y eut pas une région dans la science d'alors que Herder n'explorât. Il fut poète et philosophe, s'occupa de théologie, d'histoire naturelle, de géographie, de géologie, de philologie, de critique d'art, d'anthropologie, de pédagogie, d'histoire et de critique littéraire, d'histoire ancienne et moderne, d'antiquités hébraïques, etc.

La fin de sa vie fut attristée par ses dissentiments avec ses anciens amis Goethe et Kant.

La Revue d'art dramatique n'est pas seule à nous parler de plagiats[1]. En Allemagne, l'auteur de *Das tägliche Brot,* Mme Clara Biebig, que l'on avait accusée d'avoir copié un roman de George Moore, *Esther Waters,* assure ne connaître ni l'un ni l'autre. Au fait, comment assurer qu'il y eut plagiat? M. Paul Hervieu nous apprend qu'il a traité un sujet identique à celui d'une pièce de M. Brieux. L'héroïne de M. Hervieu porte le même nom que celle de M. Brieux.

M. Pierre Louÿs a écrit un roman, *La Femme et le Pantin,* qui ressemble fort à l'épisode de la Charpillon, dans les *Mémoires*[2] de Casanova. MM. Anatole France, Pierre Loti, Jean Lorrain, Georges d'Esparbès et bien d'autres ont décrit une chasse au renard tatouée sur un corps d'homme. On ne les appelle pas des plagiaires et l'on a raison.

L'illustre philosophe qui vient de mourir, Herbert Spencer, l'Aristote moderne, s'étonne dans ses *Essais politiques et scientifiques* du mépris que professent pour Meyerbeer les musiciens contemporains.

Spencer eût peut-être mieux fait de s'en tenir aux essais sur la «Constitution du soleil», sur l'«Hypothèse de la nébuleuse», sur les «Mœurs et procédés des administrations de chemin de fer» et sur la «Guerre sud-africaine».

Le directeur de l'Opéra va se croire maintenant obligé de découvrir quelques ouvrages inouïs de Meyerbeer.

L'Europa-Pacificbahn. Les résultats de l'exploitation du Transsibérien[3] répondant parfaitement aux espérances que cette entreprise avait donnée, un géographe autrichien, le docteur Conrad Spatzier, vient de publier le projet d'un nouveau Transcontinental asiatique Constantinople-Shanghai par le sud de la Caspienne, le Pamir et la vallée du Hoang-Ho. L'auteur du projet prévoit la construction d'un port, «Abdul Hamid», entre Constantinople et Haïdar Pacha.

La nouvelle ligne permettrait d'aller de Vienne à Shanghai en sept jours et quatorze heures et faciliterait l'invasion jaune en Europe.

M. Pierre Baudin consacre ses loisirs d'homme politique à écrire des études sur les moyens de remédier au malaise économique qui fait croire à la décadence de la France. Ces études réunies sous le titre de *Forces perdues* sont un manuel d'énergie à la disposition de tous ceux qui s'ingénient à résoudre les problèmes économiques actuels.

Noël, Noël, les cloches sonnent, ding, dong, ding. Noël ne revient pas seulement pour les riches
Et les hommes-sandwiches
Voudraient aussi des fleurs d'hiver et du pudding.

Reynolds Newspaper, le grand journal démocratique de Londres, avait ouvert une souscription pour leur offrir un repas de Noël.

La reine Alexandra a envoyé 500 francs.

M. Joseph Chamberlain, personnellement sollicité, a refusé d'offrir quoi que ce fût pour cette fête des pauvres de Londres.

Joe, dont les bourgeois londoniens acclament le portrait lorsque, à la fin d'une représentation de l'Empire, il apparaît sur l'écran, a-t-il pu digérer en paix le jour de Noël?

On nous promet un théâtre social ambulant. MM. Frick, Jean Mollet[1] et leur excellente troupe offriront bientôt aux faubourgs parisiens des spectacles dont l'influence sera peut-être plus profonde que celle des meetings bruyants et fumeux.

(Janvier 1904.)

Édouard VII peut être content. L'Angleterre — je ne parle pas de ses habitants — est le seul État dont la situation soit actuellement excellente. Le bilan de 1903 est fort beau : réformes agraires en Irlande, entente avec la France et l'Italie, fin du conflit au sujet de l'Alaska, intimité avec les États-Unis, — ce qui n'était encore jamais arrivé, — le Tibet ouvert à l'influence anglaise, prestige grandissant dans le golfe Persique, espoir d'un nouvel empire indien dans l'Afrique du Sud.

Il ne faudrait pourtant pas que ces succès incitassent les Anglais à cette fierté ridicule et frivole qui faisait dire à un de leurs orateurs de la fin du XVIIe siècle : «Oui, milords, avant peu vous verrez Louis XIV aux pieds du Parlement lui demander la paix.»

Une nouvelle sensationnelle Jo-Jo — il ne s'agit pas de M. Chamberlain — est mort à Salonique le 30 janvier à 10 heures 50 minutes. Jo-Jo, l'homme-chien, était devenu asthmatique à Paris, et les difficultés de la Russie, sa patrie, avec le Japon, ont hâté sa fin.

La douleur de son imprésario faisait peine à voir[1].

Goethe disait un jour à Eckermann : «Un auteur qui n'espère pas un million de lecteurs ne devrait jamais écrire une seule ligne.» Ce jour-là, Goethe pensait comme M. Decourcelle, qui lui en a su gré en mettant *Werther* à la scène[2].

Je crains qu'en choisissant le titre de son remarquable recueil de vers, Charles Derennes ait pensé comme Goethe ou M. Decourcelle.

L'Enivrante Angoisse[3] : titre de vers de femme ou pour femmes; un de ces mille titres d'une sentimentalité banale qui courent sur les couvertures des recueils élaborés dans les gynécées et, ce qui est plus grave, titre indigne des poèmes qu'il annonce.

Je sais que les vers de femmes sont à la mode et que les titres dans le goût de *L'Enivrante Angoisse* attirent des millions de lecteurs; mais il est regrettable que la mode ait poussé un poète comme Charles Derennes à penser comme pensait Goethe les jours où il pensait comme M. Decourcelle.

Les poèmes de Derennes valent mieux que leur titre. Les sept parties qui composent *L'Enivrante Angoisse* sont toutes belles et forment un tout harmonieux. Je pense, dès à présent, que Charles Derennes est le plus harmonieux de nos poètes, et les cinq poèmes de la *Guirlande à Ronsard* sont la jonquille, la rose, l'œillet, la pâquerette et la tulipe.

Quelques poèmes déconcertent et l'un : «Prière», ressemble trop à «Enfant Éros», dans *Le Cœur innombrable*[4].

Le livre entier est un long baiser donné à la Beauté dans un jardin d'automne où

Le soir au front d'iris ride de son haleine
Les grands bassins d'argent où le passé croupit.

Les symbolistes qui écrivent leurs Mémoires[1] se félicitent d'avoir surmonté plus de difficultés qu'Hercule n'accomplit de travaux. Ils ajoutent généralement que tout est rose dans la vie des jeunes écrivains contemporains. Ces symbolistes parlent comme ce vérolé qui, après sa guérison, prétendait que la maladie n'existait plus parce qu'il était désormais préservé de l'infection.

Un banquet organisé par *La Plume* a réuni des admirateurs du grand poète Verhaeren[2]. Les convives étaient fort nombreux.

Plusieurs discours parfaits ont salué un des plus puissants poètes de notre époque.

(Février 1904.)

Le mois s'est passé en discussions bizarres. Les savants les plus autorisés ne sont pas parvenus à s'entendre au sujet des différences à établir entre le vernis de la civilisation et le vernis du Japon.

MM. Léon Bailby et Lucien Descaves, chercheurs infatigables, s'efforcent d'éclaircir le débat.

Bonne chance.

Le peuple manifeste en général un mépris justifié pour les enfants prodiges. Mais ce mépris ne s'étend pas aux petits musiciens, car les grands compositeurs commencent souvent par être des enfants de génie.

Nous avons eu l'honneur d'avoir la visite de M. Kneisel, violoniste que nous avons entendu depuis à la salle Érard et dont le talent ne peut se comparer qu'à celui de Paganini, d'après ce que nous en savons.

M. Kneisel a aussi le bonheur d'avoir une fille de six ans et demi, Mlle Adeline de Germain, dont le mérite comme pianiste et compositrice devrait faire honte à plus d'un musicâtre à barbe blanche.

La génie est d'ailleurs, quoi qu'on dise, souvent récompensé et Mlle Adeline de Germain fut, dès ses premières dents, je gage, décorée de plusieurs ordres aux noms étranges par des princes lointains et mystérieux.

Quant à M. Kneisel, il étale avec orgueil les photographies signées de personnages célèbres en d'autres contrées mais dont nous ignorions l'existence et dont voici les noms, pour l'édification des races futures : Théodore Dubois, Ambroise Thomas, etc., etc.

1904 fera la joie des féministes. Ils auront à célébrer le centenaire de plusieurs bas-bleus fameux. Delphine Gay, plus connue sous le nom de Mme de Girardin, George Sand, la comtesse d'Ash, Daniel Stern, Mme Niboyet et Mme Guinard naquirent en 1804.

Delphine Gay vit le jour le 26 janvier; il est donc temps de rappeler ces deux admirables vers de son poème, *Napoline*[1] :

C'est un grand embarras qu'une mort volontaire
Le jour où l'on se tue, on a beaucoup à faire.

Et quelle joie ce fut pour Napoline lorsque, au jour de sa majorité, l'empereur son parrain lui ayant fait don de six cent mille francs, elle put dire le soir, pendant le bal, à Alfred :

Je suis riche à présent, Monsieur; vous me plaisez!
Ma fortune est à vous...

Puisque le tsar[2] compte beaucoup sur l'intervention des anges de plusieurs hiérarchies et des reliques de saints de toutes catégories, aémères et même abstraits[3] comme sainte Parascève ou sainte Sophie, M. Combes devrait lui adresser la sainte ampoule et quelques ossements de ces saints dont les tibias et les crânes pullulent.

On prétend que, sur l'ordre du tsar, le prince Louis Bonaparte avait demandé à l'ex-impératrice Eugénie un de ces exemplaires, qui abondent d'ailleurs, du prépuce de N.-S. Malheureusement, la relique en question a été détruite pendant la Commune.

Un bon dîner a été offert à diverses personnes à l'occasion de la centième représentation du *Retour de Jérusalem*[4].

D'ailleurs, ceux mêmes qui en sont revenus ignorent totalement où se trouve Jérusalem. Les uns placent cette cité en Asie, d'autres en Afrique sur territoire anglais, d'autres dans le septième ciel.

L'illustre Michel-Ange Caetani[1] était donc dans le vrai lorsqu'il déclarait ne pas croire à la géographie.

Nous dédions cette note au pape dont le *motu proprio*[2] n'empêche point les organistes des grandes églises de Paris de faire mauvais usage de leurs instruments.

On chante toujours des *Sanctus* tirés de *Lohengrin* et des airs d'*Alceste* travestis en *Tantum ergo.*

Ce qui n'a d'ailleurs aucune importance.

Une note intéressante de *La Revue des idées*[3] fixe l'emploi de *en* et *au* devant les noms géographiques.

L'auteur, qui écrit en note qu'on a dit autrefois «à la Chine», «à la Russie», n'ajoute pas que l'on a dit aussi «à Natal» (voyages de Dampier), dans un cas où «à» ne s'appliquait ni à une île, ni à une ville.

(Mars 1904.)

Notre camarade Nicolas Deniker[4] a envoyé avec succès des poèmes au concours organisé par *La Plume.* Mais que la gloire ne le grise point. M. Jean Moréas a raconté dernièrement de quelle façon il avait élu, au hasard, quelques poèmes parmi ceux qui lui avaient été soumis.

Aussi, ne faut-il pas avoir d'orgueil pour se soumettre sans raison aux décisions d'un jury.

Dernièrement, un jeune poète monténégrin soutenait, dans un café de Cettigné, que le prince Nicolas[5] était un poète médiocre.

Or, ce filou se pique d'être un grand poète. Il est auteur d'un drame en vers intitulé : *Tsarina Balkanska* — l'impératrice des Balkans.

Une heure après, le jeune poète était empoigné. Il est maintenant sous les verrous.

Il faut rectifier comme il suit un passage de la réponse du compositeur Gabriel Fabre parue dans le dernier numéro[6].

«Un Puvis de Chavannes *et* une toile impressionniste» et non pas *est;* ce qui est tout le contraire de ce qu'a voulu dire l'auteur.

Le diplomate autrichien Alexandre von Hübner, mort en 1892, était ambassadeur d'Autriche à Paris au moment où Napoléon III épousa «doña Eugenia de Guzman» appelée en France : Mademoiselle Montijo.

La *Deutsche Rundschau*[1] publie les mémoires de ce diplomate clérical. Voici ce que dit Hübner à la date du 30 janvier 1853 après avoir raconté le mariage de l'empereur à Notre-Dame.

«La comtesse Montijo passera cette nuit à Saint-Cloud et partira demain pour l'Espagne. La hâte avec laquelle on renvoie la belle-mère déplaît au public, qui pour l'instant n'est pas très bienveillant.

«En revenant, le long du quai de la rive gauche, nous vîmes sur la rive opposée un carrosse à quatre chevaux filer rapidement vers Saint-Cloud; un rieur dit : "La mère a été tirée, le matin, à quatre épingles et le soir à cinq clous."»

La France est-elle en décadence? Cette question a été posée par *L'Européen* à un certain nombre de personnes de divers pays[2].

Les réponses sont intéressantes. Pour M. Beyerlein, auteur d'*Iéna ou Sedan,* la France n'est pas en décadence, car elle «a osé inaugurer la lutte contre le cléricalisme».

Le critique anglais Edmund Gosse répond : «Si par *décadence* vous voulez dire l'évolution, la métamorphose douloureuse de la vie, — OUI.

«Si par *décadence* vous voulez dire ennui, apathie, baisse de la température morale et mentale, — mille fois NON!»

Pour le docteur Max Nordau «la question même semble presque un blasphème. ...La France est en ascension rapide et vit en ce moment une des époques les plus brillantes de son histoire.»

M. Alfred Marshall, professeur à l'université de Cambridge, pense que la disparition de la France du premier rang laisserait un trou qu'aucun pays ne pourrait exactement combler, et ne voit pas de signe indiquant que le trou sera fait.

Mme Carmen Sylva trouve que la France décadente ayant produit M. François Coppée, Melchior de Vogüé, Jean Aicard, etc., etc., le ciel serait bien décadent pour avoir tant d'étoiles. On dit que la reine est au désespoir d'avoir oublié, dans sa réponse, le nom de M. Jean Rameau.

Le spirituel directeur de la *Zukunft* Maximilien Harden ne croit pas que la France ait glissé dans le *marasmus senilis*.

Le Danois Frederiksen dit : «La France est en décadence relative, comparée à l'Angleterre et aux États-Unis... En art vous êtes toujours la première nation du monde, mais l'art n'est pas une nécessité première mais un luxe. Je ne connais pas beaucoup les belles-lettres : peut-être même n'avez-vous pas la fraîcheur des nouveaux auteurs américains, et même anglais, qui bien que ne brillant guère à présent d'une façon particulière s'occupent plus de nous présenter la vie active et réelle.»

À l'avis de l'Anglais Thomas Hardy la France n'est pas en décadence.

L'éminent Georg Brandès se dit incompétent et renvoie la balle à M. Novicow qui chante la grandeur de la France comme il convient.

M. Bjœrnstjerne Bjœrnson ne croit pas à la décadence car «les boulevards et leur débauche ne sont pas la France».

M. Edmond Picard accorde qu'à ne considérer que les apparences la France semble en décadence. Pour M. Émile Verhaeren : «La suprématie de la France se concentre depuis quelques années dans l'art.»

Quant à M. Herbert Vivian, président du *Legitimist Club* de Londres, il emploie volontiers l'argument *ad hominem*.

«Que votre roi légitime vienne avec l'oriflamme ancienne, que la vieille civilisation renaisse, que le soleil de Louis XIV ressorte de son éclipse et la France pourra devenir le berceau d'une réaction pleine de gloire.»

Si on décapitait un Stuart maintenant?

(Avril 1904.)

Le théâtre de Belleville est devenu un théâtre d'avant-garde. On y a joué *Poupou*[1] qui est une pièce fort émouvante. M. de Faramond a représenté des paysans tels qu'ils sont : brutaux et cupides, de vrais paysans auxquels un phénomène de mimétisme donne la couleur de la terre qu'ils labourent et, si expérimentés que soient des acteurs, ils arrivent difficilement à animer ces personnages. Les comédiens de Belleville ont joué plus facilement une pièce de M. Pottecher, *À l'écu d'argent*[1]. Cette comédie pleine de bon sens a fait bien rire les habitants de Bussang. À Paris, elle devient longue et ennuyeuse; on la jouerait, avec succès d'ailleurs, dans un établissement religieux d'éducation.

Avant d'entreprendre son cambriolage artistique, Marc Stéphane[2] avait envoyé au *Festin d'Ésope* sa dernière brochure : *Aphorismes, boutades et cris de révolte*. Il y a là quelques réflexions qui eussent fait la réputation d'un homme d'esprit au XVIIIe siècle. Quelques auteurs y sont naïvement peints en petits tableaux qui sont des vrais portraits et non des caricatures. Marc Stéphane laisse bien entendu une grande place à la chiromancie.

L'exploit de ce chiromancien l'a rendu presque célèbre lui et les artistes dont il a crocheté les vitrines. On a mis le cambrioleur en prison alors qu'on eût dû le combler d'honneurs à cause de sa bravoure, ou du moins lui offrir une place d'inspecteur des beaux-arts à cause de son goût éclairé.

Dans *Les Marges,* Eugène Montfort, naturiste qui s'efforce de réhabiliter un certain romantisme, me reproche d'avoir écrit que Goethe eût pu penser comme M. Decourcelle[3]. Je ne pouvais attribuer à M. Decourcelle des paroles dites par Goethe. Mais on trouverait beaucoup d'exemples de feuilletonistes parlant comme de grands auteurs. Cette phrase de M. Jules Mary (*La Charmeuse d'enfants,* II, Paris, Montgrédien) est, je pense, du Bossuet : «La nouvelle, au château, dans le pays, auprès de tous éclata comme un coup de tonnerre "Mademoiselle Colette va nous quitter! Mademoiselle Colette va partir[4]."»

Des auteurs dont les lettrés font peu de cas en France sont souvent très prisés à l'étranger et y acquièrent, lentement et sûrement, le million de lecteurs dont M. Montfort dit que Goethe le demandait à la postérité. En Angleterre, Émile Richebourg a été édité dans la série des classiques français et allemands de Macmillan. Préfacé et fort soigneusement annoté, Richebourg fait bonne figure entre Goethe et Mérimée. Dans la préface, l'éditeur n'oublie pas de dire que Richebourg écrivait dans un français très pur.

D'ailleurs, M. Decourcelle a le droit d'avoir les pensées que Goethe a eues le premier. Les idées des grands esprits sont toujours fécondes et Eugène Montfort eût-il jamais eu l'idée de publier *Les Marges*[1] si Balzac n'avait fait paraître sa *Revue parisienne* qui eut trois numéros?

La Revue des idées donne comme clichés des expressions dont beaucoup ne sont que des façons logiques et naturelles de s'exprimer.

En dernière analyse — servir de base — donner l'éveil — traits saillants — faire de l'esprit ne sont pas plus des clichés que *manger du pain* ou *acheter un paquet de tabac.*

Il est vrai que les *espérantistes* s'expriment de façon plus neuve.

Les mormons[2] deviennent monogames. C'est du moins ce qu'ils affirment dans leurs prêches à Londres.

La vérité est que les mormons manquent de femmes chez eux.

C'est pour convertir beaucoup d'Anglaises et les emmener en Amérique que ces braves gens ont renoncé à la polygamie.

La monogamie mormonne n'est que la traite des Blanches.

En France la masse du peuple ignore encore toutes les victoires japonaises[3]. Les capitalistes les ignorent moins et c'est, paraît-il, par des souscriptions françaises qu'une partie de l'emprunt japonais a été couvert.

Cependant on souscrit toujours pour les blessés russes. Les Japonais, pauvres bougres, peuvent crever en paix, le Japon n'est pas l'allié de la France. Beaucoup d'organes pacifistes comme l'Internationalis Concordia font de la propagande pour la Russie, dont les stratèges ignorants et incapables dépensent en champagne ou au jeu les fonds de la Croix-Rouge.

L'excellent Armory a fait enfin paraître *Paris à travers les sages*[4], gai recueil de ses meilleures fantaisies.

J'ai été féliciter Armory chez lui. Ses cheveux étaient retenus par un peigne en forme de demi-lune. De sa barbe rousse dégouttaient, comme de celle d'Aaron, le nard et la brillantine.

Armory m'a annoncé que la vente de son livre marchait bien.

C'est tout ce qu'il faut souhaiter à ce bon disciple de Willy.

Un forain russe a eu une excellente idée. Il promène dans les villages moscovites un singe vêtu d'un vieux costume militaire. Il le présente comme un général japonais captif. On annonce alors l'hymne japonais et un phonographe placé derrière un rideau chante : *Viens poupoule!* en français, comme on fait à Port-Arthur[1].

(Juin 1904.)

Nous commençons la publication de la traduction de *Judith,* tragédie de Friedrich Hebbel[2], poète allemand, né en 1813, mort en 1863.

Aucune œuvre de Hebbel n'avait été encore traduite en français.

Hebbel était un grand poète dont les œuvres n'étaient point goûtées par les représentants de l'art officiel. Conçue après de longues lectures de la Bible, la tragédie de *Judith* est une œuvre pleine de force et de passion. Ces qualités ont fait dire que Hebbel n'avait ni goût ni mesure. Il est vrai qu'il pensait que la poésie est affaire d'inspiration et non de travail.

Résultats du prix Sully Prudhomme : Mlle Marthe Dupuy et M. Raoul Gambert vont se croire de grands poètes, M. Émile Despax[3] pensera n'avoir aucun talent et tous se tromperont.

Un intéressant «Essai sur le symbolisme» vient de paraître comme préface aux *Paysages introspectifs*[4] de M. Tancrède de Visan pour qui les «parnassiens seuls» méritent l'appellation de symbolistes. L'orthographe de M. de Visan est souvent bizarre; il écrit *maquis* avec un *k*.

Un important travail d'Oscar Ewald sur Nietzsche a

paru à Berlin sous ce titre : *Nietzsche Lehre in ihren Grundbegriffen*[1].

Oscar Ewald démontre que les deux conceptions de Nietzsche, le surhumain et le retour éternel, doivent être interprétées symboliquement et n'ont rien de scientifique.

Bayle raconte une anecdote dont beaucoup d'auteurs modernes pourraient faire leur profit :

Guillaume Forbes[2] donna un jour un bon conseil à un homme qui composait beaucoup. «Lisez davantage, lui dit-il, et écrivez moins.»

Le nombre des excellents écrivains serait moins petit qu'il n'est, si ceux qui acquièrent enfin ce talent de bien écrire pouvaient se résoudre à ne publier quelque chose que tous les quatre ans.

Pourquoi Goethe n'a-t-il pas achevé le *Faust*?

On trouve une réponse dans les *Vortraegenweber Goethes Faust,* de W. Molitor[3] : «Celui qui ne croit pas à la grâce peut entreprendre le *Faust,* mais il ne le terminera jamais.»

Rue Scribe, une annonce :

«Pour mille francs, un mois à l'Exposition de Saint Louis», et l'on se dit que le contraire serait bien plus intéressant.

Notre ami Roinard, le grand poète de *La Mort du rêve,* a eu, lors des Fêtes cornéliennes de Rouen où il prononça un discours, un succès considérable.

On nous écrit de Rouen que l'enthousiasme fut très grand et que rarement un poète fut si applaudi, pour avoir parlé d'un autre poète.

Dans le *Mercure de France,* numéro de juin, il y a une curieuse chronique de Charles Morice, à propos des *Vues de la Tamise,* par Claude Monet.

... «Jamais l'auteur du *Déjeuner sur l'herbe...*», dit Morice, en parlant de Monet[4].

Le peintre Diriks a raison de trouver bizarre la critique d'art française.

(Juillet 1904.)

Pourquoi ne représente-t-on pas à Orange — au lieu de mythologomachies : les *Cuirs de bœuf*[1] de Georges Polti?

Il est temps que ce beau mystère soit joué.

On m'apprend que les Elf Scharfrichter[2] de Munich, les onze bourreaux des Tartuffes d'Allemagne, se sont séparés. Cette salle de brasserie, qui était à la fois et en petit tous les théâtres du monde depuis le théâtre de Bayreuth jusqu'à la boîte à Fursy[3], a fermé ses portes. L'influence des représentations des Elf Scharfrichter — le plus artistique des *Ueberbrett'l* — se fit sentir sur toute la littérature allemande et établit la prépondérance de l'école littéraire de Munich. Franck Wedekind, Leo Greiner, Otto Falkenberg, Heinrich Lautensack sont connus maintenant de l'Allemagne tout entière. Une femme, une Française, dont le type a été popularisé par une statuette : l'*Ueberfrau*, chantait chez les Scharfrichter[4]. Le directeur M. Henry était français également. Il dirigea la *Revue franco-allemande*[5] qui fit du bruit en son temps.

Je gage que les poètes et les artistes de Munich se réunissent toujours au café Stéfanie.

La première partie de l'anthologie des conteurs français du XVIIIe siècle[6] que vient de publier M. Van Bever remettra en honneur des noms oubliés parce que le XIXe siècle romantique les avait trouvés frivoles.

Le conteur le plus intéressant de cette première partie est certainement Robbé de Beauvezet, auteur d'un poème sur la religion et d'un autre sur la ... (comme celui de Fracastor[7]... vous m'entendez).

On fit là-dessus cette épigramme :

L'homme Dieu but jusqu'à la lie
Le calice de la douleur;
C'est sa dernière ignominie
D'avoir Robbé pour défenseur.

Un conte inédit de Laclos, des notices précises et certaines donnent au livre de M. Van Bever une valeur supérieure à celle d'une simple anthologie.

Les conteurs français du XVIIIe siècle passionnent aussi les Allemands. L'un d'eux vient de publier un livre bien illustré : *Die Galante Zeit*. Il y a dans ce livre — entre autres choses — une épigramme inédite, ou soi-disant telle, de Piron. La voici :

Certain auteur de cent mauvais libelles
Croit que sa plume est la lance d'Argail.
Au haut du Pinde, entre les neuf Pucelles
Il est planté comme un épouvantail.
Que fait le bouc en si joli bercail?
Y plairait-il? Penserait-il y plaire?
Non, c'est l'eunuque au milieu du sérail;
Il n'y fait rien et nuit à qui veut faire.

Cette épigramme n'est pas inédite. Je le regrette et vais compléter les renseignements de l'auteur de *Die Galante Zeit.* Piron fit cette épigramme sur l'abbé Desfontaines et la lui montra. Celui-ci fut très choqué de l'expression de «bouc» que Piron lui offrit de modifier, en écrivant simplement : «le b...». Desfontaines, voyant que la réparation serait pire que l'offense, refusa. Piron fit deux autres épigrammes contre Desfontaines. La première débute ainsi :

J'ouvre le temple de Mémoire.

Et la seconde

Eh! supprime tes sots écrits.

Piron écrivit aussi une épitaphe pour Desfontaines :

Dans ce tombeau gît un auteur
Dont en deux mots voici l'histoire :
Il était ignorant comme un prédicateur,
Et malin comme un auditoire.

Mais le plus cruel pour l'abbé Desfontaines fut Voltaire :

Pour l'amour antiphysique
Desfontaines flagellé
A, dit-on, fort mal parlé
Du système newtonique.
Il a pris tout à rebours

La vérité la plus pure;
Et ses erreurs sont toujours
Des péchés contre nature.

Desfontaines fut la cible de plusieurs autres épigrammistes parmi lesquels : Bret.

Si Remy de Gourmont n'adorait aucun dieu, il serait notre Renan.

Un Renan plus jeune et plus savant, mais idolâtre. Il se courbe devant Nietzsche.

Son dernier livre d'*Épilogues*[1] est d'un Bayle doublé d'un Obsequens[2]. Car Remy de Gourmont aime les monstres et il nous détaille avec complaisance ceux qui sont survenus dans la République. On se demande pourquoi ce philologue écrit des *gentlemen* alors qu'ailleurs il met des «phallus», des «métingues[3]»

Le Festin d'Ésope est assuré de l'immortalité. Willy s'est plu à le nommer dans un roman que l'auteur a *non seulement écrit* mais illustré de ses photographies. Willy est un homme curieux et peu connu malgré tout. Il est notre Andrea de Nerciat[4]. Le Nerciat qui inventait le cliché *demi-monde,* et goûtait Kleist, ce génie aimable qu'on n'a connu en France que l'an dernier, lorsque le théâtre Victor-Hugo donna sa *Cruche cassée* grâce à notre Henry Vernot[5].

La Presse nous apprend que M. Boni de Castellane est un homme «jeune, brillant et divers[6]». Drôle d'homme!

Une jolie coquille d'un grand journal : *Le bey salue en portant la main à son nez.*

A Channel Passage and Other Poems. C'est le titre du nouveau recueil de poèmes que vient de publier Swinburne.

(Août 1904.)

Paris-Journal

ÉCHOS

UN MARIAGE BIEN MODERNE

Il y a dans Paris un grand couturier, auquel une grande, très grande tragédienne italienne doit des sommes folles ; on parle de 600 000 francs.

La tragédienne ne faisant pas mine de s'acquitter, le couturier a imaginé un moyen original de rentrer dans ses fonds. Il est parti pour l'Italie, a sollicité une audience de la grande, très grande tragédienne et lui a demandé sa main, tout simplement.

L'illustre actrice est demeurée d'abord interdite, puis elle a demandé *douze* minutes de réflexion, douze minutes exactement, au bout desquelles elle a accepté le marché, c'est-à-dire le mariage. La France va compter une grande tragédienne de plus[a][1].

LE POÈTE ET LES ROSES

M. D'Annunzio, qui en ce moment a maille à partir avec le fisc italien, est cruel envers les roses.

Sous prétexte que leur parfum favorise son inspiration, il en fait effeuiller, chaque matin, une grande quantité dont il emplit des vasques de porphyre.

Il reçut dernièrement la visite d'un riche Hollandais, amateur de fleurs, qui, apercevant ces amas odoriférants de pétales à l'agonie, fut outré et s'écria : « Celui qui inflige un traitement aussi barbare est indigne du nom de poète. »

Et il partit, sans avoir voulu saluer M. D'Annunzio.

LA COUVADE

On se souvient des paroles de la veuve à sir Hudibras : «Il paraît qu'en Chine les maris accouchent à la place de leurs femmes.» Un auteur bien parisien, poète et prosateur qui jusqu'à présent avait laissé sa femme accoucher à sa place, se contentant de donner son nom d'honneur à ces ouvrages de dames, est décidé à en user désormais comme les maris chinois. Il prépare tout seul un roman, un livre de poèmes et deux pièces de théâtre, l'une en vers, l'autre en prose[1].

DES ÉPIGRAMMES

Il court en ce moment dans Paris un grand nombre de petits vers.

Les suivants concernent, paraît-il, une femme de lettres fort connue :

Plus belle que la belle Hélène,
Elle rend fou d'elle Paris[2] *;*
Plus heureuse que Madeleine,
Elle épousa son Jésus-Christ.

L'épigramme n'est pas bien méchante. Il s'agit, dit-on, d'une poétesse normande. Mais, il y a beaucoup de poétesses normandes. Toutefois, les maris qui répondent au nom messianique de Jésus-Christ sont, croyons-nous, moins nombreux[3].

L'auteur de *Chantecler* inspire ces épigrammes plus perfides.

L'une d'elle doit avoir pour auteur un pharmacien :

Avec deux sens rimant comme ab hac *et* ab hoc,
La muse de Rostand a des crêtes de coq.

Puisque vous êtes latiniste, monsieur l'épigrammatiste, et que vous bravez ainsi l'honnêteté, n'employez donc à l'avenir que la langue de Martial[a].

(15 janvier 1910.)

«L'ÉTAT C'EST MOI» EN BELGIQUE

On assure que le nouveau roi des Belges est très orgueilleux de la littérature actuelle de son pays.

Toutefois, la création d'une Académie belge ne lui sourit guère. À quelqu'un qui trouvait qu'une compagnie formée d'une quarantaine d'écrivains comme Maeterlinck, Verhaeren, Albert Mockel, Camille Lemonnier, Edmond Picard, etc., aurait l'estime du monde entier, il répondit : «Pour fonder une Académie, il faut qu'un Richelieu gouverne et que règne un Louis XIII. Or, je n'ai pas besoin d'un Richelieu[1].»

ÉPIGRAMME

Le jeu des épigrammes continue.

Celle-ci[a] vise un auteur dramatique, romancier, occultiste, qui, l'an dernier, à propos d'un roman maritime, fut convaincu de plagiat. Depuis lors, il fait des efforts infructueux pour reconquérir la place qu'il tenait à Paris et qu'il a perdue :

*Au Rhône Jules B*** n'a jamais ressemblé*
*Puisque le Rhône coule et que B*** est coulé.*

Mais l'auteur en question est si persévérant qu'il finira bien par revenir sur l'eau, et puis, à Paris, on oublie si vite[2].

L'ART DE DIRE

On dit beaucoup de vers dans les salons parisiens. C'est la mode. D'abord, on les disait adossé à un piano ou à une cheminée, sans bouger de place, les bras immobiles.

Cette année, le poète doit évoluer sur une superficie de quelques mètres carrés, il doit se baisser, se retourner brusquement, se taire soudain et crier tout à coup. Il est absolument nécessaire qu'il tienne dans sa main droite une canne, qui doit tomber vers la fin du poème, invitant ainsi les admiratrices du poète à se précipiter pour ramasser le bâton orphique.

M. Maurice Rostand va plus loin : il laisse d'abord tomber un gant, la canne ne vient qu'ensuite. Un de ces jours, il jettera le mouchoir.

(17 janvier 1910.)

FÉNELON INTERNATIONALISTE

M. Jules Lemaitre va bientôt parler de *Télémaque* et des coupables *Maximes des saints,* devant le plus élégant et le plus nationaliste des parterres[1].

Le spirituel académicien osera-t-il faire allusion à la fameuse maxime politique du Cygne de Cambrai :

«J'aime mieux ma famille que moi-même, j'aime mieux ma patrie que ma famille; mais j'aime encore mieux le genre humain que ma patrie.»

Osera-t-il?

(19 janvier 1910.)

SON ONCLE

Le professeur Otéro, oncle de la Belle Otéro et maître de danse et de maintien à Séville, a décidé de venir visiter Paris, pour se mettre au courant des nouvelles manières en usage dans la société.

Puisse-t-il ne pas s'en retourner tout marri à Séville!

(20 janvier 1910.)

BONNE MÉMOIRE

On raconte que le savant Lipse savait tout Tacite par cœur. Il se faisait fort de réciter n'importe quel passage de l'historien latin et acceptait qu'on le poignardât s'il se trompait d'un mot.

Eh bien! il se trouve à Paris un éditeur, M. Alphonse

Lemerre, qui pourrait réciter tous les vers d'un poète qu'il édite, M. Jean Aicard.

Celui-ci, qui fait maintenant partie de l'Académie, écrit encore des vers, mais la mémoire de l'éditeur baisse; il a mis quatorze jours pour apprendre le dernier sonnet de l'académicien.

Un jour par vers! Aussi le poète a-t-il cru charitable de diminuer sa production.

(21 janvier 1910.)

NÉOLOGISMES

M. Nyrop, professeur à l'université de Copenhague, connaît bien le français. Il nous renseigne sur l'âge de quelques mots récents et maintenant couramment employés. Ainsi, «féministe» a été créé par Alexandre Dumas fils en 1872; «microbe» a été lancé par le docteur Sédillot en 1878; «altruisme» est d'Auguste Comte; «démodé» fut employé pour la première fois, par M. de Kératry le 17 avril 1828.

«Progresser» était nouveau en 1834 et Stendhal s'en moquait : «Le siècle progresse! Quel joli mot qui rime avec graisse.»

UN NOUVEAU ROMANCIER

M. Émile Faguet écrit un roman. C'est la première fois. Le titre et le sujet ont été tenus jusqu'à présent soigneusement cachés.

Toutefois, une indiscrétion nous permet d'affirmer qu'il s'agit d'un roman moderne se passant tantôt à Paris, tantôt en Italie.

La Revue des Deux Mondes s'est assuré la primeur de cet ouvrage inattendu de l'académicien.

(22 janvier 1910.)

LES MANDARINES

Depuis qu'elle situe au Japon les scènes de ses romans, Mme Myriam Harry n'orne plus ses chapeaux que de mandarines[1]. Certes, ce ne sont pas là des fruits particulièrement japonais; mais autrefois on les appelait : «oranges de la Chine» et le mot même de mandarine a une couleur chinoise.

Aussi bien, par reconnaissance envers l'Afrique qui lui a déjà fourni un grand nombre de récits savoureux, Mme Myriam Harry porte une robe faite avec des chemises de jeunes mariées kabyles, des chemises ayant servi pendant la nuit de noces.

Dans l'intimité, la romancière raconte d'étonnantes histoires de chameliers dans le désert, histoires à faire rougir les chemises de petite fiancée kabyle, à faire blêmir les mandarines.

LES SOURCIERS

Sait-on qu'il y a encore en Europe et même en France un grand nombre de gens qui ont la faculté singulière de découvrir les sources au moyen de la baguette divinatoire. En Allemagne surtout, on voit souvent des hommes au regard inquiétant, armés du coudrier classique, rôder autour des forêts, dans l'espoir de trouver une source dont l'eau servira à fabriquer d'excellente bière. Les brasseurs payeraient des sommes fabuleuses pour connaître une eau analogue à celle qui sert à brasser la bière de Pilsen, mais, jusqu'à présent les recherches sont demeurées infructueuses.

Nous avons dans Paris un sourcier véritable, c'est le peintre norvégien Diriks. Il faut l'entendre parler des émotions qu'éprouve l'être privilégié lorsqu'il reconnaît une source grâce aux vibrations de la baguette.

UN BAL D'ENFANTS À SCHÖNBRUNN

Le 2 février, pendant le carnaval, aura lieu à Schönbrunn[1] un événement qui fait babiller tous les petits garçons et toutes les petites filles de Vienne.

L'empereur François-Joseph donnera dans le château de l'Aiglon un bal de cour en miniature aux enfants de la famille impériale. La maison de Habsbourg-Lorraine est riche d'enfants et il n'y aura pas moins de cinquante-deux couples à ce bal, où toutes les règles de l'étiquette seront scrupuleusement observées. À la même occasion, un thé sera offert et de petites archiduchesses feront les honneurs des différentes tables.

La «première dame de la Cour» sera la mignonne archiduchesse Ella, petite-fille de l'empereur.

Et ceux des invités qui ne se montreront pas parfaits courtisans seront impitoyablement fouettés...

ON ENTENDIT UN VAGUE SON

Dans un salon, maintenant fermé pour toujours, que fréquentaient beaucoup d'écrivains, parmi lesquels quelques académiciens, l'un d'eux, poète illustre, fit une fois un bruit fort indiscret... Aussitôt, il tenta de donner le change à la compagnie qui l'entourait et se mit à remuer une chaise. Mais la maîtresse de maison qu'agaçait cette rumeur, se pencha en souriant vers le poète et lui dit : «Non, monsieur, vous ne trouverez pas la rime.»

(23 janvier 1910.)

L'INONDATION

Bribe de conversation saisie au vol :
«La Seine a envahi les caves de l'Institut.
— Les Académiciens en sont à la lettre *O*.»
Hélas!

UN FAUX VÉLASQUEZ

On vient de découvrir, à Londres, un faux Vélasquez. La National Gallery a jadis acquis ce tableau au prix de 1 125 000 francs.

L'inauthenticité de la toile en question fut d'abord signalée par l'amateur d'art William Richmont, qui remarqua que le peintre avait employé du bleu de Prusse, couleur qui n'est connue que depuis cent cinquante ans. On avait chargé le chimiste Chuch de vérifier le fait; les expériences chimiques ont confirmé les dires de M. Richmont.

Voilà un faux Vélasquez plus cher encore que la tiare de Saïtaphernès[1].

LA STATUE D'AGRIPPINE

La ville de Cologne — *Colonia Agrippina* — a décidé d'élever une statue à l'impératrice romaine de qui elle tient son nom et que, pour cette raison, elle considère comme sa fondatrice.

La statue d'Agrippine s'élèvera au centre de la vasque d'une fontaine, sur l'emplacement de l'ancienne porte romaine de la ville.

Les Colonais ont d'ailleurs gardé une sorte de dévotion à la cruelle mère de Néron et beaucoup de filles de Cologne portent le nom d'Agrippine.

Quand verrons-nous s'élever à Paris la statue de Julien l'Apostat, qui aimait tant Lutèce?

LE PÔLE NORD ET LA RÉCLAME

Le pôle Nord se paie. Il a rapporté près de 200000 dollars au docteur Cook, qui ne l'a pas découvert, et plus de deux millions à Peary. Celui-ci n'écrit pas une ligne sur son expédition, dans les journaux et les magazines, à moins d'1 dollar 25 cents le mot, soit 25 cents de plus que le prix auquel est accoutumé le président Roosevelt.

Peary trouve également de grands bénéfices en permettant aux fabricants d'user de son nom pour vanter leurs produits. Ainsi, les journaux américains nous apprennent que c'est uniquement à tel biscuit que l'explorateur dut de ne pas mourir de faim. Ailleurs on peut lire que c'est la montre Waltham qui marque l'heure au Pôle. Si Peary n'avait pas porté des vêtements de la New Brunswick Hosiery Company, il serait mort de froid. C'est avec la poudre Dupont qu'il tuait les ours blancs; c'est dans des casseroles en aluminium Wear Ever qu'il les faisait cuire, etc.

Le pôle Nord fait marcher le commerce. Aux États-Unis, on espère qu'un Américain découvrira aussi le pôle Sud... pour l'honneur de la publicité.

(24 janvier 1910.)

M. BOURGET ET LE KAISER

L'empereur d'Allemagne ne connaissait pas encore les ouvrages de M. Paul Bourget. Il se les est fait expédier de Paris et les a lus consciencieusement, et savez-vous ce qu'il en a dit :

«C'est très immoral.»

Le kaiser n'a pas trouvé autre chose.

DOCUMENTATION

Mme Marie Corelli, la romancière anglaise qui écrit les ouvrages les plus fantastiques et les plus sentimentaux que l'on connaisse, va se rendre en Égypte, pour y vivre au pied des Pyramides. Elle veut documenter un roman qui se passera tantôt dans les égouts de Londres et tantôt dans la tombe de Chéops.

(25 janvier 1910.)

L'EXPÉRIENCE

Vendredi dernier, un habitant de la rue Félicien-David déménageait. L'eau avait envahi sa cave. Son voisin se moquait de lui.

«L'eau ne viendra pas chez vous, disait-il. Je suis né au bord de la Loire, je m'y connais en inondations.»

(26 janvier 1910.)

RAPPEL À L'ORDRE

Quelqu'un disait avant-hier, devant le président de la République :

« Je viens de parcourir les quais de la Seine. Le spectacle est admirable.»

M. Fallières répondit brusquement :

«Le désordre n'est jamais beau[a].»

LA SEINE À FAIRE

L'inondation exalte les gens de lettres. Jean Moréas s'est hier longuement accoudé sur le parapet du pont Notre-Dame; André Gide, l'un des rares habitants d'Auteuil à l'abri des eaux, souriait malicieusement en regardant l'eau envahir le majestueux vestibule de la demeure du poète Vielé-Griffin, quai de Passy.

Maurice Barrès va rêver devant la rue Félicien-David : de l'eau, de la volupté et de la mort[1]! On sait que les spectacles de dévastation éveillent son lyrisme comme ils facilitaient celui de Chateaubriand, ainsi que l'a éloquemment démontré Charles Maurras[2].

Au fait, l'illustre théoricien du néo-monarchisme goûte modérément les joies de l'inondation; assis dans un canot de sauvetage, on put le voir descendre tristement la rue de Verneuil, prêtant une oreille vainement attentive aux recommandations de son rameur :

«Penchez donc pas à gauche, bon sang!»

Rue de Verneuil, c'est l'inondation intégrale[3].

Quant à Jean Richepin, il parcourt les quais, il regarde longuement les rues inondées. De temps en temps, il s'arrête, tire son calepin et d'un stylographe agile écrit quelques mots.

L'auteur de *La Chanson des gueux* prépare un poème sur l'inondation. Les vers couleront de source.

MISTRAL EN ALLEMAGNE

On sait en quelle estime les philologues romanisants d'Allemagne tiennent Mistral.

Le bruit court qu'un comité se formerait à Bonn pour organiser, sur les bords du Rhin, des fêtes en l'honneur du grand poète provençal.

Rien n'est officiel cependant. Il y a des difficultés. Les savants de la vieille université ne sont pas d'accord sur les termes à employer dans l'invitation que l'on enverra à Mistral.

Mais l'auteur de *Mireille* acceptera-t-il?

LA CRUE ET LA CUITE

Hier soir, un homme titubant se présente au barrage de la rue Gros, à Auteuil, et, apercevant l'eau qui monte, il s'écrie :

« La crue!

— Plutôt la cuite », répliqua un agent en le repoussant vivement.

(27 janvier 1910.)

LA COLOMBE

Rue Théophile-Gautier habite une poétesse russe, qui n'a d'autre compagnie que deux poules naines et une colombe apprivoisée.

La poétesse a déménagé hier matin avec ses oiseaux; par une touchante pensée poétique, elle avait mis au bec de la colombe un brin de verdure.

Ce n'était pas le rameau d'olivier, mais cela y ressemblait.

Espérons...

EN BARQUE

Avenue Montaigne on a organisé des promenades de plaisance en barque. Pour deux sous, on passe au pied des hôtels les plus cossus et des photographes prennent de vous un portrait d'inondé pour la somme de 30 centimes.

(28 janvier 1910.)

LE THÉ POÉTIQUE DE LA DUCHESSE[1]

Dans le salon de la duchesse
Nous étions quatre-vingts rimeurs...

On récita peu de vers, en somme. On parla beaucoup de Verlaine... On se disait à l'oreille que d'autres poètes morts avaient été invités, parmi lesquels Albert Samain et Charles Guérin.

Au buffet, on se plaignait de la férocité des journaux... les vieux poètes déploraient le manque d'alcool, mais les jeunes gens buvaient du thé avec des mines de petite maîtresse... Les poètes ont renoncé au vin et à l'eau-de-vie. Ceux qui sont riches prennent du thé ou de l'eau minérale ; les pauvres préfèrent le bouillon gras...

Dans les salons, on comparait la duchesse à Louis XIV, protecteur des lettres. On voyait peu de jeunes filles, mais un grand nombre de vieilles dames en robe collante étaient venues. Beaucoup de militaires en civil récitaient d'une voix contenue des vers à la Francis Jammes. Un jeune prêtre commentait ce lyrisme du ton de Jean Moréas quand il déclame ses épigrammes.

M. Schuré — qui avait perdu son lorgnon — discutait violemment avec un jeune homme à propos de l'article que M. Meyerson a publié contre Nietzsche dans *Paris-Journal*[2]...

Deux jeunes poètes parlent ensemble :

« Vous n'êtes pas soigneux de vos vêtements. Qu'est-ce que c'est que cette grosseur à la place de la poche intérieure de votre jaquette ?

— Mon dictionnaire de rimes. Il ne me quitte jamais.

— Vous retardez... Moi, je travaille avec l'abbé Rousselot. Je ne compose que devant un phonographe enregistreur.»

Le métier de poète devient cher. On emploie maintenant des instruments de précision et des machines compliquées[1].

On se montre la dame qui a envoyé les lettres à Verlaine, à Samain, à Guérin... Car, vous savez, c'est une mauvaise plaisanterie que l'on a faite à la duchesse... Toutefois, il n'est pas certain que l'auteur de cette farce d'un goût douteux ait eu le front de venir.

Dans le salon de la duchesse
Nous étions quatre-vingts rimeurs...

(29 janvier 1910.)

RUDYARD KIPLING ET «CHANTECLER»

L'auteur du *Livre de la jungle* pensait que M. Rostand l'inviterait à la première de *Chantecler*. Il n'en a rien été et Kipling a dit avec malice : «M. Rostand craint que mes animaux sauvages ne massacrent la volaille de sa basse-cour.»

(31 janvier 1910.)

IL Y A BRANDÈS ET BRANDÈS

Il y a quelques années, on donnait à Paris un banquet en l'honneur de Georg Brandès dont *Paris-Journal* publiera prochainement un article[2]. Le grand critique danois dut prononcer un discours et il commença par cette affirmation pleine de malice et de modestie : «Je suis surtout connu à Paris sous le nom de Marthe Brandès...»

«LA CRUE!...»

Après : «La barbe!...», après : «La ferme!...», on dit maintenant : «La crue!». Après nous avoir *barbés*, la Seine pourrait *fermer* ... la crue! Un auteur vous rase-t-il avec un roman ennuyeux, vous vous vengez par ce mot cruel : «La crue!»

Une jeune pianiste vous submerge-t-elle du matin au soir dans les ondes de son harmonie : «La crue! la crue! la crue!...»

(1er février 1910.)

UN JOURNAL LAPON

Sait-on qu'il existe un journal rédigé en langue lapone?

Cette feuille, fondée en 1901, porte le nom de *Nourlanaste* («Étoile orientale»).

Le journal lapon est hebdomadaire et paraît à Sigerfjord, dans l'extrême nord de la Norvège, sur quatre pages, du format de nos romans in-18.

Il contient de petits articles religieux et des faits divers.

On n'y trouve pas d'annonces[1].

COMME LA «JAMBE EN BOIS»

Un millionnaire de Saint Paul vient de se marier. La vaisselle et les couverts du repas de noce étaient de bois... comme la jambe de la chanson.

Quand le festin fut terminé, on jeta dans le Mississipi toute la desserte, et les riverains jusqu'à l'embouchure ont pu recueillir des assiettes, des fourchettes et des cuillers sur lesquelles on avait gravé au feu la date du mariage et les noms des conjoints.

Le nombre des assiettes ainsi jetées au fleuve s'élevait à quatre mille.

(3 février 1910.)

AUGUSTE RODIN SAUVE DES EAUX SON WISTHLER

Le maître Rodin craignait que l'inondation ne causât quelque dommage à ses œuvres du Dépôt des marbres. Il y alla aussi tôt que possible. L'eau montait encore à 80 centimètres. Elle avait renversé les marbres, mais doucement, car ils n'ont pas souffert de cette chute.

Il y a aussi là-bas la maquette du monument que Rodin consacre à Wisthler[1]. C'est un nu en plâtre sur lequel le sculpteur a jeté des draperies de terre glaise.

Le Wisthler a été tiré de l'eau, mais on ne saura que dans deux ou trois jours si l'œuvre est endommagée ou non. Toutefois, Rodin pense qu'il n'y aura aucun dégât.

« L'eau a caressé mes œuvres, dit-il. Elle est arrivée chez moi comme une amie et non comme un malfaiteur. J'ai retrouvé baignant dans l'onde un de mes grands dessins que j'aime beaucoup. L'eau ne l'a gâté en rien. »

(4 février 1910.)

LA BIBLIOTHÈQUE SANS LIVRE

Il s'agit de la Bibliothèque nationale, la plus importante du monde, disent les guides.

Dernièrement, un de nos amis voulut relire *Noa-Noa,* de Paul Gauguin et Charles Morice. On répondit qu'on n'avait pas ce livre qui parut cependant en France et qui, grâce au dépôt légal, devrait figurer sur les rayons de la Nationale.

Quelques jours après, le même lecteur voulut connaître *Ariane* et *La Maison sur le Nil,* deux petits volumes de Pierre Louÿs. Il reçut la même réponse que pour *Noa-Noa.*

Sur une table, des revues et quelques bulletins sont à la disposition des lecteurs, mais on ne trouve là ni le *Journal officiel,* ni le *Bulletin des lois.*

L'esprit moderne n'a pas encore soufflé rue de Richelieu, on y pense comme sous l'Empire. D'ailleurs les encriers de la salle de travail portent toujours ces initiales : *B. I.* (Bibliothèque impériale).

Et c'est encore à l'« Enfer » que l'on conserve *La Chanson des gueux* de Richepin. L'Académie lui a pardonné, cependant[2].

CRÉDIT EST MORT

Un marchand de vins de la rue de Bondy a placé au-dessus de son comptoir une lithographie représentant un coq surmonté de l'inscription à l'encre : *Chanteclair.*

Dessous, on lit les rimes connues :

Quand ce coq chantera,
Ici crédit on fera.

«Malheureux! disait quelqu'un, l'échéance est prochaine. Irrévocablement, on jouera la pièce un de ces jours-ci.

— Vous croyez? répondit le mastroquet; moi, je suis tranquille, le mien est en papier.»

(6 février 1910.)

L'ŒUF DE SIMONE

On sait que Mme Simone, la poule faisane, devait pondre en scène[1]. Mais elle se refusa à remplir aussi complètement son rôle de volatile femelle. L'œuf qui devait être pondu par une aussi jolie femme était un œuf d'autruche, un maître œuf, de première grandeur. Cet accessoire, devenu inutile, vient d'être vendu un prix très élevé à un collectionneur américain qui, par extraordinaire, a exigé que son nom fût tenu secret.

Ceux qui savent se refusent à parler :

«Nous n'avons pas le droit d'être indiscrets, disent-ils, nous avons un œuf sur la langue.»

(7 février 1910.)

LA SEINE REMONTE

Jean Moréas n'est pas content de la Seine, une rivière chantée par Racine, Mme Deshoulières et lui-même, qui vint d'Athènes pour célébrer son onde.

«Ce n'est pas bien ce qu'elle fait là, dit-il; je la croyais plus civilisée...»

Mais le philosophe Meyerson, à qui l'on communiquait l'opinion de Moréas, répondit :

«Pense-t-il que les débordements de l'Ilissos soient

moins terribles? Rien de plus sournois que ces rivières de la Grèce. Longtemps, elles sont presque à sec, et gonflées, tout à coup, elles dévastent tout sur leurs rives.»

L'historien Victor Duruy a écrit :

«En été, les fleuves de Grèce coulent à sec.»

La Seine n'autorise pas une telle audace de langage[a1].

LACONISME

On sait qu'un grand nombre de commerçants anglais et français (costumiers, cordonniers, corsetiers) sont intéressés à la réussite de *Chantecler.* L'un d'eux, un Londonien silencieux, établi depuis vingt ans dans la Cité, a envoyé à Paris un de ses commis aussi avare en paroles que lui. Le commis était chargé de renseigner son patron sur la réussite de la pièce. Ces jours derniers, le négociant télégraphiait quotidiennement et le télégramme ne contenait que ce signe :

?

Comme *Chantecler* était toujours remis, le commis répondait aussi laconiquement :

o

C'est-à-dire *zéro,* ou bien : il ne s'est rien passé.

Hier[2], à un nouveau télégramme, le commis a répondu par le même signe que son patron :

?

Le négociant de Londres n'a peut-être pas compris...

(9 février 1910.)

LE VIEUX GÉNÉRAL

En Russie, la guerre russo-japonaise est toujours d'actualité, comme on peut le penser...

Toutefois, dans les villages, on croit généralement que les armées du tsar ont été victorieuses.

Un forain russe très agité mène de bourg en bourg, de hameau en hameau, un singe vêtu d'un costume militaire. Il présente l'animal savant comme un général japonais captif, lui fait faire l'exercice à la prussienne et annonce alors l'hymne japonais.

Un phonographe placé derrière un rideau chante : *Elle avait une jambe en bois* comme on fait à Montmartre, et les braves paysans russes de s'étonner de la laideur des physionomies nippones et de l'étrangeté de la musique japonaise...

(12 février 1910.)

GABRIELE D'ANNUNZIO ET L'AVIATION

Depuis le meeting de Brescia, le grand écrivain italien est le plus enthousiaste apôtre du sport aérien. À cette époque, le lieutenant Calderara lui faisait faire un court vol au-dessus des plaines de Brescia, et le lendemain, en une page d'un lyrisme intense, l'auteur de *L'Enfant de volupté* s'avouait conquis à cette transformation de l'homme en oiseau conscient.

On sait combien vifs sont les enthousiasmes de D'Annunzio. Il en va donner une nouvelle preuve en organisant, par toute l'Italie, des conférences au cours desquelles il exaltera les joies que procure le vol plané. C'est à Milan que sera donnée la première de ces conférences... supraterrestres, disent les fervents admirateurs du romancier.

(13 février 1910.)

POUR PRÉCISER

Nous annoncions hier que le romancier D'Annunzio prépare une série de conférences sur l'aviation. Ajoutons qu'elles seront données au profit des victimes des inondations françaises. Le titre de ces conférences semble emprunté à quelque orateur de la chaire : «Pour le domaine des cieux.»

LES ÎLES-D'OR, CHEF-LIEU : DRAGUIGNAN

On ne parle plus de modifier le nom du département du Var où ne coule pas la rivière de ce nom.

Avant l'annexion du comté de Nice, la frontière entre l'Italie et la France était délimitée par le cours du Var. Après l'annexion, une partie du département du Var fut ajoutée au comté de Nice, et le tout forma le département des Alpes-Maritimes.

Par suite de ces remaniements administratifs, la rivière qui a donné son nom au département du Var ne coule pas dans ce département. Aussi fut-il question, il y a vingt ans, de débaptiser le département du Var qui serait devenu celui des «Îles-d'Or». C'est de ce nom poétique que l'on appelle, dans le Midi, le groupe d'îles qui se trouvent en face d'Hyères et qui, géographiquement, s'appellent îles d'Hyères, de Porquerolles, du Levant, etc.

Le changement du nom de «Var» en celui des «Îles-d'Or» ferait très bonne figure dans un programme électoral.

Recommandé à MM. les candidats aux prochaines élections.

LE MOINEAU PARISIEN EN AMÉRIQUE

Les moineaux étaient inconnus en Amérique jusqu'en 1850, époque où l'on importa d'Angleterre huit couples.

Ce premier essai n'ayant pas donné de bons résultats, on importa, quelques années plus tard, douze couples de moineaux parisiens.

Cette fois la tentative d'acclimatation réussit pleinement.

Les moineaux sont maintenant le plus grand fléau des récoltes. Ces oiseaux sont si prolifiques que l'on n'évalue pas à moins de 275 millions de pierrots la progéniture d'un seul couple après une période de dix ans.

Ainsi les moineaux francs ne sont pour rien dans la dépopulation de la France.

Notre Courteline, qui, de par son vrai nom[1], est le plus

exquis et le plus spirituel des moineaux parisiens, devrait bien écrire la revanche du passereau sur ce provincial de Chantecler.

(14 février 1910.)

UN TRADUCTEUR ROYAL

Le jeune roi de Portugal, Manuel II, est un grand admirateur de M. Rostand.

Il aurait même offert de traduire *Chantecler,* se flattant de pouvoir rendre dans la langue de Camoens tous les calembours.

Les Portugais sont toujours gais

LE KOLO

Il paraît que l'an prochain ce sera la danse à la mode.

Le *kolo* est une ronde... très suggestive, qui se danse chez les Slaves du Sud.

En Serbie, il y a des troupes renommées de danseurs de kolo, hommes et femmes.

Généralement, le kolo se danse avec accompagnement de chansons très curieuses, qui mériteraient l'attention des folkloristes.

D'autres danses slaves, comme la valse, la polka et la mazurka n'ont pas mal réussi chez nous.

Bonne chance au *kolo*[1] !

BAUDELAIRE EST-IL MORT VIERGE?

Paris-Journal rapportait hier des propos de Léon Dierx. En dépit de Nadar, le Prince des poètes ne croit pas à la virginité de Baudelaire[2].

Cependant, Nadar n'est pas le seul qui ait prétendu que l'auteur des *Fleurs du mal* était mort ayant encore la sienne[3].

Félicien Rops l'assurait à qui voulait l'entendre, et Nicolardot a recueilli à cet égard le témoignage d'un maître d'hôtel[4].

Baudelaire allait souvent dîner au restaurant avec sa maîtresse. Ils se faisaient servir dans un cabinet particulier. Le repas fini, un bruit continu de canapé à ressorts intriguait le garçon qui, un jour, eut la curiosité de regarder par le trou de la serrure.

Assis dans un fauteuil, Baudelaire s'y secouait seul, sans doute pour digérer, tandis que sa maîtresse, un peu plus loin, faisait de la dentelle.

LE PRINCE DES CHANSONNIERS

Xavier Privas est devenu très populaire dans le quartier d'Auteuil, où il habite.

Pendant l'inondation, il a recueilli chez lui toute une famille, chassée de la rue Félicien-David par la Seine.

Seulement, il ne veut pas que l'on parle de sa bienfaisance : «La commission d'hygiène, dit-il, n'aurait qu'à savoir qu'il y a eu des inondés chez moi, on viendrait perquisitionner... On mettrait tout en désordre.»

(15 février 1910.)

UN ORIGINAL

À Minsk, en Russie, vient de mourir un original dans des circonstances très particulières.

Il s'appelait Livoff et vivait dans une grande maison, seul avec sa gouvernante et un ours de taille gigantesque.

Tous trois de compagnie s'adonnaient fortement à l'eau-de-vie, et cela depuis bien des années, lorsque, il y a quelques jours, Livoff se prit de querelle avec son ours. Ils se battirent au milieu d'effroyables hurlements. L'homme réussit à étrangler la bête féroce, mais fut déchiré de telle façon qu'il succomba le lendemain à ses blessures.

Livoff laisse une fortune de deux millions de roubles. On ne lui connaît pas d'héritiers.

Détail curieux. Livoff parlait le français et chantait sans cesse dans cette langue les chansons à boire de Désaugiers.

(16 février 1910.)

LE RÉVEILLON DE LA COMÈTE

Les Parisiens, habitués maintenant à tous les cataclysmes, vont trouver un prétexte à réjouissances dans l'approche de la fameuse et dangereuse comète[1].

Pendant toute la nuit du 17 au 18 mai, qui précéderait la fatidique rencontre et peut-être aussi la fin du monde, beaucoup de grands cafés resteront ouverts. On chantera, on dansera. Il faut bien s'égayer avant de mourir.

Un restaurant bien connu de la Rive gauche annonce même le Réveillon de la Comète, qui aura lieu à minuit. Cet exemple sera imité un peu partout. Bien des Parisiens qui, ces temps-ci, pouvaient dire : «Après nous le déluge!» diront cette nuit-là : «Après nous la comète!»

(17 février 1910.)

PAUL ADAM, TRAVAILLEUR

L'auteur du *Trust*[2] est comme Balzac un travailleur acharné. Pour éviter cette douleur au poignet, cette paralysie que l'on nomme la crampe des écrivains, Paul Adam écrit ganté comme les «oliveuses» de Palestine, qui, autrefois, n'avaient pas le droit de ramasser les olives les mains nues. Lui ne veut pas ramasser les belles paroles sans gants.

(18 février 1910.)

5 MILLIONS DE DOLLARS CONTRE LA TUBERCULOSE

Si M. Carnegie avait donné cette somme pour créer un fonds de préservation contre la tuberculose, tout le monde le saurait. Mais comme c'est l'administration communale de New York qui a songé à l'hygiène de sa ville, personne n'en a rien dit, ni dans les journaux, ni dans les revues...

(19 février 1910.)

GRAPHOMANIE

On ne comprend rien à la rage qu'ont certaines gens d'écrire des calembredaines, pour ne pas dire plus, dans les lieux — c'est le mot propre — où l'on n'imaginerait pas que l'on eût envie d'exposer sa pensée.

Une grande brasserie de Munich vient de prendre une initiative qui mérite d'être signalée. Elle a fait suspendre dans l'endroit susdit une ardoise et un morceau de craie accompagnés de l'inscription suivante :

« On est prié de mettre sur cette ardoise les phrases et les dessins que l'on serait tenté de tracer sur le mur. »

De cette façon, les graphomanes sont contents et toutes les heures un garçon vient passer l'éponge sur l'ardoise.

LE CINÉMATOGRAPHE ET LES MŒURS

On vient de fonder en Allemagne une Société pour le relèvement moral et scientifique du cinématographe. Bien entendu, ces mots n'en forment qu'un seul en langage tudesque.

En France, on va au café pour faire une manille ou parler de littérature; nos voisins d'outre-Rhin ont la bière triste. S'ils vont à la brasserie, ils s'y occupent de science et de morale... Ils n'en perdent cependant pas une chope.

(20 février 1910.)

ENCORE « SCHÉHÉRAZADE »

La revue disparue aujourd'hui et où avaient paru des vers de M. Rostand avait été fondée grâce à la protection d'un millionnaire aussi connu dans la médecine que dans l'art dramatique.

Le médecin dramaturge ne veut plus aujourd'hui protéger la poésie :

« Schéhérazade, dit-il, c'était rasant... Cette dame a trop parlé... Mille et une nuits, c'est assez... Désormais, qu'elle se taise[1]. »

BÂTARDS DE ROI

Dans une petite station du Midi de la France, au Casino, deux jeunes gens manient le rateau, payent les mises, crient : «Faites vos jeux!» et retournent les cartes.

Ce sont des personnages d'illustre origine. Le roi Pierre de Serbie a donné deux citoyens à la France...

Simple dette de reconnaissance envers un pays qui accorde si largement bon gîte et le reste aux rois en exil[1].

UN MOT DE D'ANNUNZIO

Quelqu'un demandait à D'Annunzio son avis sur *Chantecler* :

«Edmond, répondit-il, n'est pas assez moderne. Au lieu de mettre en scène des volatiles, il aurait dû y faire voler des aéroplanes. L'essor de son lyrisme l'aurait porté beaucoup plus haut.»

(23 février 1910.)

LE STYLO DE TEDDY

Le président Roosevelt a un stylographe auquel il tient beaucoup. Ce n'est pas qu'il soit très précieux; il est en argent bruni. Mais il a été offert à Teddy par un de ses admirateurs nègres et porte cette inscription touchante :

«À Roosevelt, qui aime tous les Américains quelle que soit la couleur de leur peau. À Roosevelt, qui veut l'égalité des races sur la Terre ainsi qu'il est au Ciel. Que Roosevelt soit béni!»

(24 février 1910.)

POUR SE PRÉSERVER DES MOUSTIQUES

On vient d'inventer en Amérique une méthode originale pour se préserver des moustiques.

La musique attire ces insectes... Aussi le soir, avant de se coucher, on ferme les fenêtres de sa chambre et l'on fait marcher une serinette.

Les moustiques arrivent à tire-d'aile pour écouter *My Cosey Corner Girl* ou bien la *Petite Tonkinoise.* On n'a plus qu'à les écraser entre deux linges tandis que vibrent encore

Les sons filés et doux des boîtes à musique[1].

NATURE MORTE

Cette déplorable expression a cours chez les artistes. Elle est absurde, car la nature qu'est-ce autre chose que la vie même?

Les Allemands emploient à ce propos le terme de *Stilleben,* qui signifie «vie silencieuse», et n'est pas moins mauvais en ce qu'il diminue la vie qui est une rumeur harmonieuse, une musique admirable.

Paris-Journal ouvre un concours pour remplacer par un terme plus expressif et plus vivant ce morne mot composé, «nature morte», dont la tristesse évoque l'idée d'un cimetière après la fin du monde, c'est-à-dire après le 18 mai, date de la comète.

(26 février 1910.)

UN CLUB MAETERLINCKIEN

Un certain nombre de dames de la société de Londres ont fondé un club de littérature et d'art sous le titre : *Les Oiseaux bleus*[2].

Le club n'admet aucun homme et a pour but «la poursuite du bonheur», au sens idéal où l'entend Maurice Maeterlinck.

Oiseaux bleus! Pensez-vous vraiment que l'homme ne puisse en rien contribuer à votre bonheur?...

(27 février 1910.)

CUISINE MAROCAINE

Sait-on quel eſt le mets favori d'El Mokri[1], l'homme le plus en vue du Maroc?... C'eſt le *miroton,* le plus parisien des plats, composé, comme on sait, de bœuf bouilli, d'oignons, de beurre, d'eau, de cornichons et de farine.

Or, El Mokri prétend qu'on ne fait de bon miroton qu'au Maroc. C'eſt même, paraît-il, la boisson nationale[a2]...

MAETERLINCK ET LES ANGLAIS

Paris-Journal parlait hier de la création d'un club maeterlinckien à Londres...

Rien ne peut donner une idée de la faveur dont jouit en Angleterre l'auteur de *Monna Vanna.* Dans la haute société, il eſt maintenant courant d'appeler une fille Maleine, Alglavaine, Sélysette ou Vanna, du nom des héroïnes du plus myſtérieux théâtre moderne. Les garçons nommés Tingabilles[3] foisonnent...

Mais, en Angleterre, ce qu'on souhaiterait avant tout, c'eſt de voir M. Maeterlinck lui-même... S'il décidait d'y faire une tournée de conférences, quel succès[b4]!

LE PATRON DES TROIS-MAILLETS

M. Maurice Barrès regrettera cette année la mort d'un de ses éle&teurs influents; le patron des Trois-Maillets...

Les Trois-Maillets! Ce cabaret de nuit du quartier des Halles fait partie désormais de l'hiſtoire littéraire. N'y vit-on pas Paul Fort, Erneſt La Jeunesse, André Salmon, Guillaume Apollinaire, Paul Fargue, Alfred Jarry, Charles-Louis Philippe deviser de littérature en attendant l'aube?

Le patron savait par cœur des vers de ses clients qu'il récitait pour que ceux-ci vidassent les siens — pardon!

Sa femme, qui *a pris la suite,* n'a pas su retenir les poètes...

D'ailleurs, ils ne sortent plus passé minuit. Les Muses se rangent.

(28 février 1910.)

L'ENFANT SAGE

On sait que M. de Ségur, de l'Académie française, n'est autre que le petit garçon qui sous le nom de Paul, figure dans *Les Malheurs de Sophie,* un des plus célèbres livres de cette Bibliothèque rose, délices de notre enfance, comme l'œuvre de Jules Verne le fut de notre adolescence.

M. de Ségur, dans *Les Malheurs de Sophie,* était dépeint par sa grand-mère, Mme de Ségur, née Rostopchine, comme le type de l'enfant sage.

On voit que la bonne conduite peut mener loin... jusqu'à l'Académie française.

(1er mars 1910.)

UNE MODE AMÉRICAINE

On est en train, en Amérique, de lancer une mode singulière : celle d'avoir un trou au derrière de son... inexpressible... mais un trou bien imité, ayant l'air de provenir de l'usure.

Attendons-nous à voir bientôt nos dandies se promener sur les boulevards en montrant leur... chemise à tous les passants pour suivre la mode américaine.

(4 mars 1910.)

LE MARIAGE ET LE GÉNIE

Un Anglais, M. Sidney Low, affirme que le génie n'est pas compatible avec la félicité conjugale. Les hommes de génie font, paraît-il, de très mauvais maris. Aussi, en Angleterre, le grand écrivain ne se marie-t-il pas — ou bien, s'il se marie, l'union finit mal.

Les mariages de Shakespeare, de Milton, de Dryden, d'Addison, de Burns, de Coleridge, de Shelley, de Byron, de Carlyle, de Dickens, de Thackeray, de Ruskin furent malheureux. Les femmes de Shelley et de Rossetti se suicidèrent, les épouses de Shelley et de Thackeray devinrent folles.

Hobbes, Newton, Locke, Hume, Macaulay, Herbert Spencer ne se sont pas mariés.

M. Low conseille aux écrivains mariés ce qu'il appelle le divorce momentané. Une série de brèves séparations serait la bonne recette pour faire d'un homme de génie un heureux époux.

LA FLEUR QUI MEURT

L'edelweiss, qui a fait tant de victimes, est en train de disparaître. Les alpinistes le recherchent avec tant d'ardeur et une telle avidité que le gouvernement bavarois a dû prendre des mesures spéciales pour empêcher sa complète disparition.

Pour cueillir l'edelweiss, il faut maintenant être muni d'une autorisation spéciale et, s'il n'en a pas la permission, le propriétaire même d'un terrain ne peut toucher à une fleur qui, en somme, lui appartient...

MARK TWAIN ET L'AVIATION

Décidément, tous les écrivains s'y mettent : après D'Annunzio, Mark Twain, l'humoriste américain, commence à écrire sur l'aviation.

Il vient de publier un livre intitulé : *Relation de la visite du capitaine Stormfield au ciel* qui conduit le lecteur au-delà des nuées dans un lieu dont on n'avait plus parlé depuis Dante : le paradis.

Mark Twain a maintenant soixante-dix ans, mais l'âge n'éteint pas son amour du progrès. Au contraire des autres vieillards, il trouve que le monde s'améliore chaque jour et que tout est bien mieux aujourd'hui qu'autrefois.

(7 mars 1910.)

À TABLE

Jadis le potage on mangeait
Dans le plat, sans cérémonie,

Et sa cuiller on essuyait
Souvent sur la poule bouillie.

On ne va pas aussi loin mais on paraît revenir, en fait de tenue à table, à plus de simplicité. C'est ainsi que de nouveau on mord dans les fruits... N'a-t-on pas vu récemment M. de Castellane peler une orange du bout des doigts et non plus avec la fourchette et le couteau?

À Périgueux, dans une noce, on a remis en honneur un charmant usage qui persistait dans plusieurs provinces au commencement du XIXe siècle. On pria une jolie femme de vouloir retourner la salade «avec ses belles, ses blanches mains».

LE MÉDIUM TRAGIQUE

Au cours d'une séance avec Eusepia Paladino, à Naples, il s'est produit un phénomène qui frappa de terreur tous les assistants, parmi lesquels figuraient, paraît-il, des personnages très honorablement connus et qui ont désiré que leur nom restât caché.

L'un d'eux reçut des coups de poing violemment appliqués, et un autre fut trouvé la main couverte de sang qui coulait d'une longue blessure.

Il ne fait pas toujours bon d'avoir affaire à messieurs les esprits.

(10 mars 1910.)

LA VÉRITABLE NORA

À Christiania vient de mourir une dame nommée Alma Herming. Selon l'opinion commune, les traits de son caractère avaient fourni à Ibsen les éléments psychologiques de Nora, l'héroïne de *Maison de poupée.*

Mme Alma Herming

À l'éternelle nuit ne va pas tout entière.

(11 mars 1910.)

UN NOUVEAU CANAL

On sait que le fameux liquidateur a perdu en spéculations financières la plus grosse part des sommes que les pouvoirs publics ont eu la naïveté de confier à sa gestion.

Savez-vous comment on appelle, sous le péristyle grec, la maison par le canal de laquelle ses affaires ont passé ?

Le canal de Duez[1].

(12 mars 1910.)

GODEFROY DE BOUILLON

C'est ainsi que l'on surnomme le célèbre M. Duval[2].

Duval ! ce nom évoque bien des souvenirs : Coral Pearl[3] et même la Dame aux camélias[4].

Ces jours-ci, on pouvait voir M. Duval s'en aller, alerte et guilleret, le long des boulevards.

Il était vêtu d'une redingote havane, d'un gilet de velours et sa tête était coiffée d'un haut-de-forme plus bas que ceux que l'on voit généralement.

Soudain, il héla un auto-taxi et indiqua une adresse : « rue de Nazareth ».

« Parbleu, dit un loustic, c'est Godefroy de Bouillon qui part pour la croisade. »

(13 mars 1910.)

TEDDY ET LES BEAUX-ARTS

Le président Roosevelt n'aime guère les beaux-arts, la peinture le laisse indifférent.

« Je ne comprends pas, disait-il à quelqu'un, comment il peut y avoir des gens assez insensés pour s'occuper de la peinture maintenant qu'on a la photographie. Parlez-moi de l'architecture, voilà les beaux-arts !... »

(14 mars 1910.)

L'Intransigeant

ÉCHOS

ON DIT QUE...

On se souvient d'avoir vu, il y a deux ans au Salon de la Nationale, un tableau de M. Zuloaga qui représentait un nain portant des outres.

Le modèle de M. Zuloaga vient de mourir : il était d'une laideur très remarquable et cachait dans un corps contrefait une âme passionnée. Il eut même de grands chagrins d'amour et le pauvre nain a laissé par écrit un récit succinct de sa vie dont il a légué le manuscrit à son peintre.

M. Zuloaga a résolu d'en tirer le livret d'un opéra plus farouchement espagnol que *Carmen.* Il n'y aura que de l'amour, du sang et de la mort. Le compositeur qui fera la musique n'est pas encore connu, mais on sait d'ores et déjà que Mme Bréval, tentée par la grandeur romantique de cette histoire tragique, a l'intention de s'en faire l'interprète.

★

Les poètes et les esthètes américains ont découvert un nouveau paradis artificiel. C'est le *mescal (Anhabonium Lewinii),* sorte de cactus dont les Indiens Kiowas, qui habitent au nord du Mexique, font une consommation rituelle, dans leurs cérémonies religieuses. Ils aiment ce poison si passionnément que les missionnaires ont en vain, pour les en détacher, fait appel au bras séculier.

Les visions que donne le *mescal* sont très particulières : les objets paraissent plus grands qu'ils ne sont en réalité;

leur aspect devient brillant, ils semblent surchargés de pierres précieuses; on aperçoit des champs de bijoux, des pluies d'or, parfois surgissent toutes les nuances d'une même couleur en une succession rapide. L'air ambiant s'imprègne de parfums exquis. On entend des chants harmonieux.

Attendons-nous à voir ce rival du haschich et de l'opium faire bientôt son apparition en Europe.

On dit même qu'un poète, retour d'Amérique et qui habite Versailles, aurait rapporté une certaine quantité de *mescal* et que des expériences auraient déjà eu lieu dans la ville du Roi-Soleil[1].

(4 mars 1910.)

Extrait du dernier numéro de *L'Essor congressiste*[2] : «J'estime que les rênes du char glorieux qu'est le beau vaisseau de l'État français républicain ne doivent pas être aux mains de politiciens véreux ou tartufes.»

N'est-ce pas une invention fort utile que ce char qui se transforme en vaisseau?

L'article est signé : «Étienne Coullet», *candidat,* et dans la colonne suivante on trouve un délicieux «Hymne congressiste» dont voici la première strophe :

Nous voulons, ô Coullet, consacrer ta carrière,
Nous voulons tous suivre tes pas
Et debout, espérant ta victoire première,
Nous marchons, avides de combats.
Tremblez, députés de France!
Candidats assoiffés d'orgueil,
Regardez, notre flot s'avance
Bourgeois, commandez un cercueil.

N'est-ce pas qu'un peu de bière de mars viendrait plus à propos que ce lugubre cercueil?

★

M. Octave Mirbeau s'est bien amusé ces jours-ci : la Senne a débordé à Bruxelles.

«Ces bons Belges n'en font jamais d'autres!» s'est écrié l'auteur des *Affaires sont les affaires*. «Il ne leur suffisait pas d'avoir imité le nom de notre fleuve, voilà qu'ils font déborder leur ruisseau parce que la Seine a inondé Paris et qu'ils veulent en tout singer cette grande ville.»

M. Octave Mirbeau a eu là-dessus un accès de gaieté folle, puis il a manifesté l'intention d'aller voir la crue à Bruxelles même sur sa *628-E8*[1].

★

Lyon va élever une statue à Laurent Mourguet, le créateur de Guignol. Tout le monde connaît la face camuse, les yeux étonnés, la bouche riante, la bonne humeur de ce fantoche, type caractéristique du canut de la Croix-Rousse.

Parmi les amateurs parisiens du Guignol lyonnais, citons M. Jules Claretie, qui a de bien jolis souvenirs sur Gnafron, le bailli, Madelon et Guignol lui-même; Xavier Privas, prince des chansonniers, né à Lyon, et qui sait par cœur les plus anciennes pièces du répertoire guignolesque, comme *Les Frères Coq* ou *Le Déménagement*.

Il faut ajouter, d'ailleurs, que le Guignol lyonnais est en décadence : la parodie, la chanson de café-concert l'ont envahi...

Hélas! tout s'en va! Les marionnettes elles-mêmes[2]...

(5 mars 1910.)

Un mot se répand, charmant et parisien en diable, pour désigner celles qu'Aurélien Scholl — Aristote du perron Tortoni — appelait les péripatéticiennes du Boulevard.

On les nomme maintenant des Madeleine-Bastille.

Madeleine-Bastille, vous savez bien, c'est l'omnibus qui parcourt le boulevard dans un sens pour le reparcourir dans l'autre quand il est au bout, c'est un nom aussi doux que Manon Lescaut, un nom frivole peut-être, mais pas *canaille*, en somme...

★

Les eaux diminuent...

Sur les travaux de défense contre la crue des eaux, on a

construit, place de la Concorde, de petits ponts chinois, à dos d'âne, et rien n'est drôle comme de voir les gens passer en souriant sur ces passerelles.

Parions qu'elles seront encore sur la place de la Concorde l'année prochaine!

★

Depuis quelque temps, la mode est aux inédits des grands hommes.

On ne se contente plus d'exhumer des lettres d'amour, les correspondances avec les éditeurs, on découvre maintenant des manuscrits de chefs-d'œuvre.

Après les inédits de Flaubert, on a annoncé la publication d'ouvrages inédits de Goethe, d'après un manuscrit découvert à Zurich.

On apprend maintenant que le professeur F. Stein, directeur du concert académique de l'Université, vient de retrouver une symphonie en *do* majeur de Beethoven.

Voilà qui va faire plaisir aux musiciens.

(9 mars 1910.)

L'extraordinaire, le mystérieux ne diminuent point, malgré les progrès de la science.

Un vieillard connu sous le nom du «médecin des fièvres» vient de mourir dans le Sud de la France.

Il lui suffisait de connaître le nom, les prénoms et l'âge du malade pour le guérir, et voici comment il procédait : il s'en allait dans la campagne, pieds nus et, après quelques invocations bizarres prononcées dans la direction des quatre points cardinaux, piquait en terre un couteau neuf en prononçant les noms et l'âge de la personne à guérir...

On assure que certains habitants du Var, peu croyants et peu superstitieux, suivaient «le médecin des fièvres» pour prendre les couteaux après son départ[1].

(10 mars 1910.)

Une amusante question d'étymologie est de nouveau à

l'ordre du jour à la suite du vol de Rougier au-dessus du col de la Turbie[1].

L'aéroplane de Rougier a contourné la montagne appelée la Tête-de-Chien, qui domine Monaco.

Dans la région, les habitants accoutumés à cette dénomination vous diront que la montagne dont il s'agit ressemble réellement à une tête de bouledogue. En réalité, cette ressemblance est purement imaginaire et vient d'une confusion entre les mots *camp* et *can,* qui signifient, l'un «campement», et l'autre «chien», dans le patois ligure du port d'Hercule.

On imagine facilement quelle confusion fit d'une tête de camp romain une simple tête de chien.

(11 mars 1910.)

Un grand marchand d'oiseaux installé près de la Seine possède un couple de *mynahs,* qui est un oiseau du genre sansonnet et qui a comme ce dernier et comme le perroquet le don de la parole; mais, contrairement à ce que l'on a observé jusqu'ici chez les oiseaux, le *mynah* parle avec une certaine réflexion, c'est-à-dire qu'il semble se servir de son vocabulaire, naturellement très restreint, avec un instinct voisin de l'intelligence.

Ceux qui sont en ce moment à Paris répondent en français à ceux qui leur adressent le bonjour : «Bonjour! Bonjour!» et quand on les quitte, ils crient : «Au revoir!» Mais si intelligents soient-ils, les *mynahs* ne sont pas encore à la hauteur des volatiles de *Chantecler* qui parlent en vers[2].

(12 mars 1910.)

Un jour, Moréas était assis à la terrasse du Vachette. Un jeune homme barbu se présente à l'auteur du *Pèlerin passionné* :

«Je suis, dit-il, un poète turc et j'écris en français. Je viens de terminer un poème de cinq mille vers dont je vais vous lire le prologue.»

Moréas ne répond point, laisse le jeune homme barbu déclamer des vers pendant une heure.

«Que pensez-vous de mon prologue? dit l'Ottoman.

— C'est très bien, répond Jean Moréas, mais pourquoi n'écrivez-vous pas en turc?»

★

Le poète Jean Moréas cultivait l'épigramme, une épigramme discrète, dont Mlle de Gournay aurait dit qu'elle était à la grecque, c'est-à-dire sans pointe.

Voici quelques-uns de ces distiques que le poète déclamait à ses amis de sa voix forte et grave :

Qu'entends-je? C'est Gaubert qui crie à perdre haleine
Albalat, Albalat, Albalat, morne plaine...

Lorsque M. Antoine Albalat connut cette épigramme, il passa une main sur son crâne chauve en disant : «Je me demande pourquoi Moréas se moque de ma calvitie...»

Un autre distique célèbre du poète des *Stances* avait trait à M. Rappoport, notoire dans le parti socialiste :

Qui donc est cestuy-ci? C'est Rappoport l'Ancien,
Athéiste disert et carpocratien.

Il convient d'ajouter que Moréas avait composé cette épigramme bien avant que Mme Edmond Rostand eût mis le mot carpocratien à la rime.

C'est ainsi que le grand poète se récréait en rimant encore...

Un jour, une dame de lettres connue pour son humeur batailleuse et ses minauderies, l'agaçait en lui demandant avec insistance un autographe, Moréas improvisa ce madrigal :

Vous nous faites songer, adorable Clorinde,
Au lapin, au rat blanc et même au cochon d'Inde...

Les distiques de Moréas seront recueillis sans doute un jour ou l'autre[1].

(3 avril 1910.)

Au coin de la rue du Vieux-Colombier et du boulevard Raspail, les chantiers de démolitions, de constructions entravent la circulation; on a laissé un passage pour permettre à l'omnibus fantôme Auteuil-Saint-Sulpice de passer. Mais lui seul a le droit de passer. Une chaîne tendue empêche les voitures et même les piétons d'aller et de venir. Chaque fois que sonne la corne d'Auteuil-Saint-Sulpice, un homme à casquette galonnée accourt, détache la chaîne et laisse passer le lourd véhicule. Ensuite la chaîne barre de nouveau la voie. Et cela a quelque chose de ridiculement moyenâgeux[1].

(4 avril 1910.)

Paul Déroulède va vendre sa villa de Croissy[2]...

C'est presque un monument historique. Pendant l'exil du grand patriote, le dimanche, les couples qui se promenaient sur les berges de la Seine s'arrêtaient et regardaient la vieille petite maison aux volets fermés. Point de grille pour interdire l'entrée dans le jardin, point de porte. Le sol est seulement surélevé et maintenu par un mur de pierres non cimentées. Et l'accès est permis par un petit escalier.

Le péager du pont de Bougival avait la garde de la villa. Il entretenait soigneusement un drapeau tricolore flottant sur la façade.

Cette année, le péage du pont de Bougival sera supprimé. Le péager s'en ira et Paul Déroulède vend sa vieille villa sans grille...

★

Edmond Rostand peut être assuré de sa gloire. Une fabrique de Marseille vient de lancer dans le commerce une pipe «Chantecler» dont le fourneau représente le visage de l'auteur de *Cyrano,* tandis que sur le tuyau un coq à face humaine chante pour faire paraître le soleil.

«La gloire, disait Émile Goudeau, la gloire, c'est une tête de pipe.»

(5 avril 1910.)

M. de Royaumont, conservateur de la Maison de Balzac, rue Raynouard, a l'intention de réunir pendant les beaux jours, vers le soir, les littérateurs et les artistes habitant Passy ou Auteuil.

On deviserait d'art, de poésie, des nouveaux romans dans le petit jardin où, après déjeuner et avant de se mettre au travail, l'auteur de *La Comédie humaine* faisait les cent pas[1].

(10 avril 1910.)

Un journal du matin a interviewé M. Armand Dayot au sujet de l'article où nous nous élevions contre les attributions un peu osées d'œuvres de second ordre à des maîtres hollandais.

Voici ce qu'a répondu l'inspecteur général des Beaux-Arts, qui est en même temps l'organisateur de l'exposition des «Grands et petits maîtres hollandais» :

«Je sais mieux que personne que quelques attributions de tableaux, très beaux d'ailleurs, peuvent et doivent être discutées — et cette discussion ne peut qu'être profitable à tous les amis des arts et aux chefs-d'œuvre exposés ici —, mais il faut tenir compte d'une chose : c'est que nul n'est à l'abri de la critique, et, s'il y a quelques erreurs d'attribution, je suis le premier à désirer que la critique les signale dans le sens que je prévois, et ceci dans l'intérêt de l'histoire de l'art.»

La modération de cette réponse montre le bien-fondé de notre information. Mais pourquoi, au lieu d'attribuer tout de go un tableau quelconque à un grand maître, ne pas placer avant son nom la mention : *Attribué à...* ?

★

Un expert qui se livre aussi à la vente des tableaux, au lieu d'employer la formule : *Attribué à...* qui dénonce trop souvent la fausseté d'un tableau et n'en relève pas la valeur marchande, a trouvé un moyen assez franc d'écouler des croûtes.

Il écrit gravement des choses dans ce genre : «Voici un tableau dont on ne peut pas dire qu'il soit de Rembrandt, d'Hobbema ou de Hals, mais il est excellent, je vous l'assure, et vaut bien des œuvres de ces maîtres.»

Voilà de la franchise.

★

Notons en passant que certains tableaux hollandais pourraient, avec un peu d'invention, être attribués à différents maîtres et que, pour être juste, on devrait les mentionner de la façon suivante. *Attribué à Rembrandt, à Chardin, à Delacroix et à un maître inconnu de la butte Montmartre.*

Mais voilà qui serait peu commercial[1].

(30 avril 1911.)

Notre campagne a été écoutée. Nous félicitons les organisateurs de l'exposition des «Grands et petits maîtres hollandais» d'avoir retiré quelques toiles manifestement fausses... Encore un peu de courage! Et qu'on fasse disparaître quelques attributions douteuses.

(3 mai 1911.)

Au Salon, devant le tableau remarqué de Grün, *Un vendredi aux Artistes français,* le public très nombreux s'amuse à reconnaître les personnalités du Tout-Paris que l'artiste a groupées, ce dialogue entre deux jeunes femmes :

«Qui est ce monsieur, assis de trois quarts et qui a un air si distingué?

— Ce doit être un académicien.»

Là-dessus elles vont plus loin, et le portrait qu'elles désignaient est celui de l'auteur d'un beau livre : *Ce que mes yeux ont vu,* M. Arthur Meyer, que son talent et son amour des lettres désignaient, en effet, pour prendre place parmi les quarante immortels.

(6 mai 1911.)

Quelques-uns de nos amis s'étant émus de notre sévérité à l'égard de l'exposition des «Grands et petits maîtres hollandais», nous sommes heureux qu'il y ait à Paris encore des esprits clairvoyants et de véritables amants des arts, ne s'en laissant pas imposer. C'est ainsi que *Le Cri de*

Paris de cette semaine manifeste de son côté les doutes qui lui sont venus à propos d'un certain nombre de tableaux hollandais exposés sous le patronage de sa très gracieuse majesté la reine de Hollande[1].

★

Mais le témoignage qui nous paraît décisif, c'est celui de M. Arsène Alexandre. L'écrivain d'art du *Figaro* est bien connu pour sa compétence indiscutable et un désintéressement trop rare actuellement. Il publie aujourd'hui dans *Comoedia,* sous le titre : «Les Faux Tableaux de l'exposition hollandaise», un feuilleton artistique d'une ironie courtoise, dont la sévérité documentée fera mieux ressortir, s'il était possible, notre modération à l'égard des toiles douteuses exposées sur la terrasse des Tuileries.

«Mais certainement, des tableaux faux, dit M. Arsène Alexandre, il y en a même peut-être plus qu'on n'en discute!

«Les faux tableaux, en outre, ajoute le maître de la critique d'art contemporaine, sont surtout indispensables aux gens qui ont le goût assez délicat pour connaître et apprécier les vrais. Ces gens-là n'ont nullement besoin que la foule partage leurs admirations, parce qu'elle les gênerait et les empêcherait de regarder. Ils tiennent également à la bienfaisante existence des faux tableaux, parce que le spectacle de la sottise chez certains amateurs et du cynisme chez certains marchands ajoute beaucoup à la jouissance qu'ils éprouvent en présence des belles œuvres inattaquables, de celles que connaissent les initiés.

«Ce ne serait donc pas la présence de quelques tableaux qu'on ne peut qualifier de douteux, car il n'y a aucun doute à leur égard, qui serait regrettable[2].»

★

M. Arsène Alexandre reconnaît, comme nous l'avons fait, que l'exposition est, en fin de compte, «non pas éblouissante et inoubliable comme certaines, mais fort intéressante et digne d'une visite, même pour ceux à qui on ne fait pas avaler des croûtes pour des œuvres de valeur, et des Bols[3] (extrêmement alimentaires pour ceux qui les vendent) pour des Rembrandt. Les tableaux authentiques et dépourvus d'un très grand intérêt qui figurent à l'exposition des «Grands et petits maîtres»... ces tableaux estimables et point émouvants, je ne vous les désignerai pas. À quoi bon? Ils intéressent leurs possesseurs. Cela suffit...

★

Le conservateur du palais de Compiègne n'épargne même pas la *Vieille femme avec une bible* : «Déjà rencontrée dans plusieurs expositions et que je n'ai jamais pu comprendre qu'on proclamât et acceptât Rembrandt, eût-elle tous les passeports, cartes d'identité, certificats de bonne vie et mœurs qu'on voudra.»

Mais M. Arsène Alexandre considère qu'il lui serait égal qu'il n'y eût que huit tableaux de vrais (des Jan Steen) à l'exposition des Tuileries, «et que les deux cents autres fussent faux».

Cela ne nous serait pas moins égal, et à Sa Majesté Wilhelmine aussi...

Et nunc erudimini[1]...

(7 mai 1911.)

M. André Hallays écrit ce matin, en tête du *Gaulois,* un éloquent article pour défendre la maison de Racine et de Pascal, à Port-Royal, qui va prochainement être mise en vente.

Nous avons vu l'autre jour cette historique propriété des *Granges* qui sera mise en adjudication dimanche prochain[2]. Déjà, le silence de la demeure était troublé par les importuns. Des curieux circulaient dans la vieille demeure de ces *messieurs* et aussi dans la nouvelle, qui est d'ailleurs fort laide. Au premier, on se montrait le tonneau qu'inventa Pascal pour élever l'eau du puits profond de la cour jusqu'à la maison. Dans le parc, une allée moussue laisse encore voir les cent marches de pierre qui conduisaient à «la solitude», au vallon de Port-Royal.

Toutes ces reliques vont être livrées aux enchères. La demeure si calme, le potager, la ferme vaste et vénérable, le puits ancien, les charmilles, tout ce que les familles successives avaient pieusement conservé tombera aux mains d'un nouvel acquéreur.

Et déjà, l'autre jour, un personnage important, au fort accent métèque, entouré d'une famille imposante, se promenait dans les parterres, évaluait, calculait et jouait au nouveau maître. Quel dommage!...

(10 mai 1911.)

Nous sommes heureux de voir que la médiocrité des tableaux exposés à Bagatelle par la haute brocante n'a pas échappé aux connaisseurs. Et avec son autorité, M. Gabriel Mourey écrit dans le *Journal* :

«Sur cent soixante-douze toiles exposées on aurait de la peine à en compter trente dont la vue réjouisse vraiment les yeux.»

Les collectionneurs ne sont-ils pas choqués de servir constamment de paravents et de répondants à des marchands?

(16 mai 1911.)

LA BOÎTE AUX LETTRES

M. Eugène Montfort prépare une nouvelle édition de *La Turque* qui paraîtra illustrée par Maxime Dethomas. *La Turque* est, comme on le sait, le meilleur roman d'Eugène Montfort; le chef de l'école naturiste a tracé là un caractère de courtisane entièrement nouveau. Ajoutons pour être juste que Montfort n'a jamais été en Turquie et qu'il n'a jamais connu de désenchantée.

(2 mars 1910.)

On a découvert récemment un manuscrit inédit de Cagliostro qui nous le révèle sous un jour nouveau. Il paraît que les projets du fameux occultiste étaient grandioses et très humanitaires. Le manuscrit que l'on vient de retrouver en fait foi. Une librairie de la Rive gauche va le publier luxueusement.

Pourvu que Cagliostro ne vienne pas réclamer des droits d'auteur. On sait qu'il prétendait être né avant l'ère chrétienne, il peut bien être encore vivant en 1910[1].

(3 mars 1910.)

M. Georges Le Cardonnel, le frère du poète Louis Le Cardonnel, prépare un nouveau roman de mœurs provinciales : *Mademoiselle Gaufre* auquel nous souhaitons le succès des *Soutiens de l'ordre,* le précédent roman du même auteur[2].

(6 mars 1910.)

On connaît le nom d'Albert Fleury, poète sentimental, triste et plein, çà et là, de beauté.

Il va publier un volume de vers, *Des automnes et des soirs,* qui viendra rompre un silence qui dure depuis sept ou huit ans déjà.

Le poète est en ce moment à Paris, où la tuberculose l'a amené.

À Pau, la seule visite qu'il ait eue est de Francis Jammes, son voisin presque. De Paris, les seules lettres qu'il reçoive sont de Saint-Georges de Bouhélier...

Quel abandon et quelle tristesse!

(8 mars 1910.)

André Gide, qui vient de faire paraître un petit livre ému sur *Oscar Wilde,* va quitter Paris pour quelques mois, il ira d'abord en Normandie et de là dans le Midi. Il compte achever un nouveau roman, qui sera sans doute plein de beautés comme cette *Porte étroite,* dont le succès dure encore[1].

(14 mars 1910.)

On va élever une statue à Ugo Foscolo sur une place de Florence.

Foscolo ne va pas sans analogie avec notre Moréas. Profondément mêlé au mouvement romantique italien, de même que celui-ci fut un des fondateurs de l'école symboliste, Foscolo était de sang grec, comme l'auteur des *Stances.* Son lyrisme a une grande pureté et Moréas l'estime comme poète.

On ne connaît guère en France de Foscolo que son *Jacopo Ortis* qui sort directement du *Werther* de Goethe. Comme auteur dramatique, il est surfait et sa *Ricciarda,* si on la jouait, paraîtrait bien démodée[2].

(20 mars 1910.)

Henri Sauval, avocat au Parlement, hôte assidu de l'hôtel de Rambouillet et l'un des érudits les plus célèbres du XVIIe siècle, mourut laissant en manuscrit des *Recherches sur les antiquités de Paris.* Son travail est resté classique, mais ses éditeurs n'ayant pas osé imprimer l'une des parties les plus curieuses du manuscrit, il manque à toutes les éditions de Sauval : *La Chronique scandaleuse de Paris.* Cette chronique, retrouvée par le bibliophile Jean à la Bibliothèque nationale, paraît dans *La Bibliothèque du Vieux Paris.* C'est une intéressante contribution à l'histoire de la capitale.

★

Il paraît que, par testament, Jean Moréas a chargé son ami M. Maurice Barrès d'examiner tous ses papiers. L'auteur de *Colette Baudoche* devra détruire tout ce qui ne lui paraîtra pas digne de grandir la mémoire du poète des *Stances.*

(6 avril 1910.)

On assure dans certains milieux littéraires qu'un éditeur aurait commandé à un de nos confrères quarante romans à signer *Jean Lorrain.*

Sans doute, la nouvelle est-elle complètement controuvée ou pour le moins très exagérée.

(27 octobre 1910.)

Il est fort possible que l'on voie, un de ces jours, le nom d'Eugène Montfort dans les sommaires de *La Revue des Deux Mondes.* C'est qu'au fond la vieille revue est encore plus avancée d'allures que nombre de revues jeunes.

★

Voici des «vers Vachette», de Jean Moréas, que nous communique un de ses amis et qu'on nous assure être inédits.

Qui donc est cestuy-là? C'est Rappoport l'Ancien
Bellâtre d'athéiste et carpocratien.

Quittant le Vachette, il s'en va
Gonflé contre Casanova
D'un venin ésotérique,
Et bientôt Riccio Canudo
Gémira sur l'affreux Lido
Avec la pâle Adriatique.

Gustave Fréjaville
Soupire : je me vois
Bien mieux sous les frais bois
De Meudon, de Chaville
Que dans l'Hôtel de Ville.

Fréjaville, grand cœur, que Vénus favorise,
Sans le secours de l'art, eût bien réduit Florise[1].

(26 décembre 1910.)

La Nouvelle Revue française (janvier) publie le commencement d'*Isabelle,* par André Gide, et le deuxième acte de *L'Otage* de Paul Claudel. Et ce sont, différentes par la forme et le souci, deux belles choses[1].

(3 janvier 1911.)

La souscription pour le buste de Charles-Louis Philippe que vient d'achever Bourdelle et qui doit orner à Cérilly la tombe de l'auteur de *Marie Donadieu* est close. Dans la dernière liste on lit les noms de Mmes de Noailles, Marguerite Audoux, M. Francis Jammes, etc.

(5 janvier 1911.)

Un jour, Maurice Magre disait à quelqu'un : «Je ne comprends pas pourquoi il est défendu de faire rimer *parfum* avec *fin,* qui se prononcent la même chose.» N'oublions pas que Maurice Magre a l'accent du Midi[2].

(6 février 1911.)

M. Fernand Fleuret va donner une édition du poète Sigogne. Il a trouvé des documents à rendre jaloux Pierre Louÿs qui a étudié avec soin le même auteur[3].

(10 février 1911.)

Sur les quais, tous les jours de beau temps, un peu avant la tombée de la nuit, M. Remy de Gourmont va voir les boîtes des bouquinistes. Il se hâte et fait souvent des trouvailles. Autrefois on voyait là M. Anatole France. Remy de Gourmont prend sa place, il a commencé par les quais et peut-être un jour traversera-t-il la rue, en face du pont des Arts, et quelqu'un prendra sa place sur le quai, près des boîtes des bouquinistes.

★

Paul Signac, qui possède de beaux tableaux et de bons livres, garde aussi précieusement quelques manuscrits parmi lesquels celui des *Complaintes* de Jules Laforgue. Petite écriture nerveuse...

(5 mars 1911.)

On sait l'influence que les écrits de Charles Henry ont exercée sur la peinture il y a dix ou quinze ans. La plupart de ces écrits gisent dans quelques brochures et surtout dans les revues. Charles Henry ne fait plus parler de lui et ne publie plus rien, on le croyait mort. Il vit cependant, petit fonctionnaire parisien. Il ne s'occupe plus ni des arts, ni des lettres, mais on voudrait bien qu'il réunît ses articles et les publiât en un volume[1].

(13 mars 1911.)

Albert Savine publie la traduction d'un nouveau roman de Conan Doyle, *Les Recrues de Montmouth,* et, chose plus exquise, sa nouvelle version d'*Une maison de Grenade,* le délicieux recueil de contes d'Oscar Wilde.

★

André Gide publie de *Nouveaux prétextes,* réflexions sur quelques points de littérature et de morale. Après ce livre, dit-on, le jeune maître renoncera à la critique et connaissant les âmes, aimant ce qui nous dévore, il se consacrera au roman. On trouvera dans ces *Nouveaux prétextes* des essais sur M. Remy de Gourmont, le «Baudelaire et M. Faguet» qui fit du bruit, l'examen de quelques livres et les plus modernes, et ce «Journal sans date», notes de voyage et de littérature mêlées, dans le style le plus précis et le plus nourri qui soit aujourd'hui, animé par cette tendresse et cette malice incomparables qui font à l'auteur du *Prométhée mal enchaîné* et de *La Porte étroite* une place à part et au tout premier rang dans les lettres modernes.

(20 mars 1911.)

Non, MM. Fauchois et Jules Romains n'ont pas fraternisé au Lapin-Agile. Mais ils y furent ensemble. Et M. Fauchois dit de ses vers avec succès; il n'avait pas l'air gêné, M. Marinetti non plus. Quant à M. Carco, qui était là, il se tailla un vif succès dans des chansons de café-concert. MM. Fauchois et Romains ensemble mais ne communiant pas, quelle défaite de l'unanimisme!

Mais voilà mise au point une petite histoire littéraire, et pendant ce temps on entendait braire l'âne Boronali dans son étable[1].

★

Dans *La Plus Forte*, M. Alain Valvert tente d'écrire le roman de la jeune fille qui veut s'affranchir des faiblesses et des servitudes auxquelles son sexe est généralement soumis. Mais la jeune étudiante en médecine ne garde pas longtemps la liberté de son cœur et bientôt l'amour est plus fort que la Plus Forte.

(24 mars 1911.)

M. René Fauchois se fait peindre par un peintre padouan qui exige de longues matinées de pose.

(31 mars 1911.)

Son livre militaire, M. Jaurès l'a écrit tout entier de sa main à raison de trois lignes par feuillet et il a fallu une voiture de déménagement pour emporter chez l'imprimeur un aussi volumineux manuscrit.

(28 avril 1911.)

Grand émoi au *Mercure de France.* Personne n'a reçu le livre de Claudel : *Les Odes,* publié à peu d'exemplaires par L'Occident. Les abonnés réclament un compte rendu. Il est possible qu'après tout, Claudel, par humilité chrétienne, n'ait pas envoyé le livre à la critique...

(30 avril 1911.)

Le poète Paul Castiaux va reprendre la publication des *Bandeaux d'or* qu'il avait interrompue depuis plus d'un an.

(4 mai 1911.)

Théo Varlet, qui est un des poètes les plus intéressants de la nouvelle génération, est de passage à Paris. Rasé et portant depuis peu lunettes d'or, il a l'air très américain. Il vient de parcourir l'Italie et se rend à Cassis où il demeure.

(5 mai 1911.)

André Mary, qui vient de publier *Le Cantique de la Seine,* est de ces poètes que l'exemple de Moréas entraîna à suivre leur cœur et leur raison. Écoutez ce beau quatorzain :

Qui prétend le miracle impossible? La Muse
En fait quand il lui plaît. Dans ce bon vigneron
Qui d'un chapeau de feuille enveloppe son front,
Je peux voir un Silène à la face camuse.

Nageuse au jeune bras, tu fends le flot serein,
Folâtre, sans soucis, et ris à l'embellie,
Ignorant qu'à mes yeux ondule et se replie
Ton corps glauque et luisant, charmant monstre marin.

Poète escamoteur qui retrousses ta manche
Ton vrai maître est le preux chevalier de la Manche :
Tu prends le moindre bourg pour quelque autre Ilion;

Bienheureux ton pareil qui, le soir, lorsqu'il vente,
Caressant au grenier une jeune servante
Croit tenir Briséïs sur des peaux de lion.

Voilà de l'élégance, de la poésie, une clarté charmante et la plus heureuse facilité[1].

(10 mai 1911.)

Maurice Raynal, qui fut un des amis de Jarry et dont les soirées un temps furent célèbres sur la Rive gauche, va sortir d'un long silence et se prépare à publier un ouvrage curieux et dont voici le titre long mais suggestif : *Manuel du parfait homme d'esprit en vingt-cinq théorèmes et propositions, suivis d'exemples. Ouvrage propre à inspirer aux gens de lettres et du monde le désir et les moyens de briller dans l'art de la conversation et celui des belles-lettres.* L'épigraphe de ce livre est une trouvaille : «L'esprit est une science et non pas un art».

Les arts s'en vont, il ne reste plus que des sciences. La vie va-t-elle devenir plus ennuyeuse qu'elle ne l'est déjà[2] ?

(12 juillet 1911.)

L'influence de Zuloaga en littérature :

Le roman intitulé *Mademoiselle*, que René Maizeroy va bientôt faire paraître, porte un titre énigmatique.

Il se rapporte à l'héroïne, une Parisienne devenue gouvernante en Espagne.

Le héros est une sorte de don Juan violent et plein de contrastes. L'action se déroule dans une Espagne qui n'est ni celle des guides, ni celle de Gautier. René Maizeroy la connaît admirablement et c'est le peintre Zuloaga qui la lui fit visiter.

On trouvera dans ce roman des choses inouïes : une procession singulière où un camp de chrétiens combat contre un camp juif, des cagoules, toutes choses encore vivantes mais que l'on ne voit pas et que les auteurs espagnols n'ont pas décrites.

René Maizeroy les mettra à la mode[1].

(19 juillet 1911.)

Il y a peu de temps, une des personnalités de la Comédie-Française les plus qualifiées pour prendre des responsabilités, sortait de l'Institut et, tandis qu'il montait en auto avec un autre monsieur, un indiscret l'entendit dire : « Moréas... *Iphigénie*... jamais... on n'en parle plus... *Dame à la faulx*... peut-être... on pourra voir... »

Qu'est-ce que cela pouvait bien vouloir dire[2] ?

(23 juillet 1911.)

Pierre Corrard vient de faire paraître des poèmes : *À volets clos,* où l'auteur dit ses sentiments, chante la vie quotidienne, les combats de boxe, les chemins de fer, les saisons et les fleurs. Il a trouvé des images très fortes et des correspondances toutes neuves entre son âme et les choses de son temps. Un train qui roule est pour lui matière à belles trouvailles poétiques.

Car la roue et le rail sont identique essence,
Car la roue et le rail ont un même destin,
Et voués l'un à l'autre, au repos, en démence,
Leur amour est brutal, symbolique et sans fin.

Livre charmant et édité avec goût[3].

(8 août 1911.)

La Vie parisienne

ON DIT... ON DIT...

AU PAYS DE VÉLASQUEZ

Au pays de Vélasquez. Depuis le commencement de la guerre, Madrid est redevenu un centre important de peinture. Il y a Zuloaga, il y a Marie Laurencin, il y a encore un peintre simultaniste[1] tenu à l'écart et avec raison, car ce triste personnage a quitté la France pour n'être point soldat. Sauf le simultaniste déserteur, les peintres madrilènes se réunissent chez miss Harvey, descendante du savant illustre qui découvrit la circulation du sang.

L'atelier de miss Harvey est le plus beau de toute la Castille et cette brave «miss» s'y démène comme un clown, elle pousse des cris bizarres et est toute couverte d'engelures qui la font atrocement souffrir. Mais c'est une fille héroïque qui travaille la peinture depuis le matin jusqu'au soir. Les Titien, les Greco lui ont tourné la tête. Un superbe torero pose en ce moment et il est impossible d'imaginer de combien d'aventures ahurissantes les journées de travail sont remplies!

(13 mars 1915.)

Paris-Midi

NOS LECTURES

«QUATORZE HISTOIRES DE SOLDATS»

Le talent varié et mystérieux de Claude Farrère s'est donné libre cours dans ces *Quatorze histoires de soldats,* où il a pu mettre mieux encore que dans les récits d'Extrême-Orient où il rivalisait avec Pierre Loti tout ce que son tempérament précis et nostalgique a recueilli dans cette guerre qui est elle-même pleine de nostalgie. On retrouvera ici des types nés de la guerre, comme ce fou que Balzac aurait aimé étudier.

(2 décembre 1916.)

«L'ÉCRIVAIN LE PARIA»

M. William Vogt ne serait-il pas un de nos meilleurs polémistes ? Il est ardent, plein de bonne humeur, de verve et de bon sens. Après avoir démasqué l'infâme rictus de Bismarck, après avoir donné un pendant moderne au célèbre *Alphabet de l'imperfection et malice des femmes,* le voilà qui dénonce l'injustice de la situation de l'écrivain vis-à-vis de celle qui est faite au peintre dans la société actuelle. Le salaire du premier est infime près de celui du second.

D'autre part, la liberté du peintre est énorme, celle de l'écrivain diminue de jour en jour et l'équivalent d'une Vénus du Titien en littérature suffirait à classer son auteur comme pornographe indésirable, tandis que la réputation de l'artiste ne souffre point des nudités qu'il peint, bien au contraire.

(25 février 1917.)

NOS ÉCHOS

LE BURIN

Le graveur J. Laboureur qui occupe ses loisirs d'interprète sur le front anglais à graver au burin (métier merveilleux et trop délaissé par les jeunes) des estampes célébrant l'armée de nos alliés, le casque, la pipe et les éclatements de marmite, a envoyé à ses amis une jolie carte de *Christmas* pour 1917. Le burin représente un Tommy passant à travers la boue d'un village du front et ayant l'air, en mâchonnant son brûle-gueule, de dire comme nos poilus : «Service... Service... jugulaire... jugulaire... le tout c'est de ne pas s'en faire.»

(29 décembre 1916.)

CAROLUS-DURAN

Carolus-Duran était un des derniers exemples de nom romantique latinisé, comme Petrus Borel, Aloysius Bertrand, etc. Il inventa la peinture transatlantique que cultivèrent avec beaucoup d'éclat et de profit MM. Bouguereau, Benjamin Constant, Gabriel Ferrier...

Une fois, un riche israélite de Mayence, établi depuis quelques années à Paris où il avait fait fortune, vient lui commander le portrait de sa femme et laisse échapper cette réflexion :

«Comme vous êtes heureux de vous appeler Duran! Je donnerais beaucoup pour m'appeler Duran...

— Et moi, dit le peintre, qui aimait les noms ronflants, je donnerais beaucoup pour m'appeler le chevalier de Lévis.»

C'est à Boston, croyons-nous, que l'on conserve un des premiers de ces costumes de fantaisie en velours que Carolus-Duran aimait mettre quand il était à son atelier et recevait ses riches clients d'outre-mer.

Le costume est en velours noir doublé de soie crème, les pantalons sont à sous-pied.

Depuis qu'il avait quitté la villa Médicis, on le voyait encore, vieux et vénérable, mais toujours une jolie flamme dans l'œil, arpenter lentement les salles des Artistes français, la veille de l'avant-vernissage, et il échangeait toujours avec ce charmant «maréchal Niel», qui était le doyen des critiques d'art, des propos sur Baudelaire, sur Coquelin cadet, sur l'année où l'on portait des pantalons à carreaux, etc.

(19 février 1917.)

CAROLUS-DURAN

On ignore généralement comment M. Charles Durand devint Carolus-Duran.

Il trouvait que son nom tel qu'il lui avait été transmis par ses ancêtres n'était pas assez ronflant pour sa clientèle d'outre-mer.

Le peintre de *L'Assassiné* essaya tout d'abord d'anagrammatiser, mais le résultat ne lui parut pas agréable à l'oreille. Il vit aussi quelque avantage à conserver une consonance française à son nom.

Il se contenta donc de laisser tomber le *d* final, ce qui enlevait de la banalité à Durand, tout en lui laissant de la familiarité.

Quant au nom de Carolus, il le trouva un jour qu'un poète de ses amis, au lieu de l'appeler simplement «Charles», le nomma en manière de plaisanterie «Carolus Magnus». Il garda le «Carolus» et n'eut pas lieu de s'en repentir car c'est à la singularité de son pseudonyme, à la fois pédant et courant, qu'il dut une partie de son succès.

Il faut ajouter que Carolus-Duran professait sur les grands peintres, ses devanciers, des opinions le plus souvent inattendues. C'est ainsi qu'il trouvait Rubens un peu «glaireux».

Le mot d'ailleurs n'a pas fait fortune.

(20 février 1917.)

«LA RONDINE»

La Rondine! La persistance de l'*e* final de ce mot dans toutes les notes qui paraissent à propos du nouvel opéra de M. Puccini montre que c'est d'un pluriel qu'il s'agit : *Le Rondine,* en français «Les Arondes», ou si l'on préfère : «Les Hirondelles».

Mais qu'importe aux lanceurs de la chose une faute d'italien, voire de français!... Une hirondelle de plus ou de moins ne fait pas le printemps.

(27 mars 1917.)

NAPOLÉON À LA CHINOISE

À la vente de la collection Meachem, composée de livres et de gravures relatifs à l'histoire de Napoléon, figurait un curieux dessin à la plume, portrait de l'Empereur, fait par un artiste chinois errant à travers l'Europe en ce temps-là et traversant Fontainebleau pendant un des séjours de l'Empereur.

Ce dessin a atteint le joli prix de 3750 francs.

(12 avril 1917.)

LES «BALLETEUSES»

Que sont devenues les ballerines auliques qui constituaient à la cour de Russie un corps de ballet qui méritait bien qu'on l'appelât un corps d'État, car en Russie, sous l'ancien régime, beaucoup de choses de la politique venaient de la danse et s'en retournaient par le tutu, *sur les pointes*[1]! comme dirait M. Pierre d'Alheim qui, autrefois, s'était fait l'historiographe de la chorégraphie russe.

L'aristocratie russe, qui parlait presque toujours français, avait inventé un mot franco-russe pour désigner ces danseuses : les balleteuses.

Quelques-unes, celles qui avaient des relations avec la famille impériale, ont été arrêtées.

D'autres, celles qui étaient riches, se sont retirées du mouvement et se reposent à la campagne.

Celles à qui leurs affaires ne permettaient pas semblable luxe ont embrassé la cause du nouveau régime et... n'insistons pas.

Les autres, enfin, celles qui aiment leur art avant tout, espèrent que M. de Diaghilev s'occupera d'elles et pensent, au cours de tournées, rencontrer de-ci de-là, parmi les spectateurs, quelques anciens habitués des ballets de la cour, adorateurs impénitents des balleteuses de l'ancien régime.

(13 avril 1917.)

ERNEST LA JEUNESSE

Malgré sa situation importante dans la presse, Ernest La Jeunesse, qui vient de mourir, était quasi oublié de la jeune génération littéraire. Il avait cependant connu le chemin de la gloire universelle avec *Les Nuits et les Ennuis de nos contemporains* dont le succès fut remarquable ainsi que celui de *L'Imitation de notre maître Napoléon.* S'il fallait le situer littérairement on dirait qu'il appartient à l'école de Jean de Tinan, mais dans une forme dont l'exemple le plus typique restera *Le Jardin de Bérénice.*

De cette école, il ne reste plus aujourd'hui qu'un maître sans élèves : M. Paul Léautaud.

Ernest La Jeunesse, s'il ne fut pas un combattant de cette guerre, aura été toute sa vie un militariste averti.

Avec quelle piété il avait recueilli — dans sa chambre d'hôtel du boulevard Beaumarchais, ou à l'office du café Cardinal où il conservait ses collections — les armes, les équipements, les peintures, les miniatures se rapportant à l'armée depuis Napoléon.

C'était la chambre où il était descendu en arrivant de Lorraine pour conquérir Paris.

Il ne déménagea qu'une fois, après un succès anonyme au théâtre.

Ernest La Jeunesse était le dernier boulevardier. Il travaillait au café : le Kalisaya, le Wetzel, le Bols, le Cardinal, le Napo ont été les domaines où il régnait et il y a eu peu de silhouettes littéraires plus populaires que celles de ce grand garçon en veston gris, en chapeau mou, les doigts ornés de bagues d'évêque, et qui connaissait à fond tout l'annuaire militaire dont il précisait les renseignements d'une voix aiguë.

(3 mai 1917.)

Bulletin des écrivains

L'HOMMAGE AUX MORTS

ALAN SEEGER

Les quotidiens ont rapporté la mort, à la bataille de la Somme, d'Alan Seeger, engagé volontaire à la Légion étrangère et l'un des meilleurs d'entre les jeunes poètes qui honoraient les lettres américaines.

Il était mon ami et collaborait aux *Soirées de Paris*.

Engagé le 21 août, le soir même il partait pour Rouen où l'on formait un régiment de marche, content, me disait-il, de donner à la France une vie qui pouvait lui être utile.

« Je suis heureux de faire la guerre », ajoutait-il, ce matin du 21 août (la dernière fois que je le vis), « parce que je défends la France, un pays que doivent défendre tous ceux qui ont de nobles sentiments. »

De la France, ce qu'il aimait avant tout, c'est la grâce. Aussi était-il épris de cette époque charmante mais si malade que fut le XVIIIe siècle.

Pendant la guerre je n'ai eu de nouvelles d'Alan Seeger qu'indirectement, mais j'ai appris que jusqu'au bout il avait fait la guerre avec la même joie superbe qui l'animait lors de son engagement. Au moment de la déclaration de guerre Seeger avait donné à l'impression à Bruges son livre de vers.

Énergiquement réclamé aux envahisseurs de la Belgique par l'ambassade américaine, le manuscrit arriva à Paris justement le lendemain de la mort du poète.

On imprime le livre à cette heure en Amérique et il sera traduit en français.

(Septembre 1916.)

POUR LIRE

L'ESPRIT NOUVEAU

M. Guillaume Apollinaire vient de préciser dans une conférence qu'il a écrite comment il le comprend. Il a expliqué que :

«Le poète réclame une liberté aussi grande qu'un journal qui peut parler de tout en une seule page. Il en résulte des poèmes synthétiques.

«Il n'y a plus de wagnérisme dans notre âme.

«La littérature nouvelle est nationale et sa liberté admet une discipline. Elle admet les expériences telles que les onomatopées, qui ne sont que des trompe-oreilles, mais ne les confond pas avec les poèmes lyriques, qui seuls comptent.

«La poésie nouvelle est tout étude de la nature et de notre monde nouveau.

«Son grand ressort est la surprise.

«Elle imagine des fables prophétiques que plus tard les inventeurs réaliseront.»

(Décembre 1917.)

Mercure de France

ÉCHOS

MORT D'ERNEST LA JEUNESSE

[Repris dans *Le Flâneur des deux rives*[1]]

POLYTO

The Street of the Ink, «la rue de l'Encre», c'est Fleet Street, la rue des journaux à Londres; c'est aussi l'histoire intime du journalisme par M. H. Simonis qui a fait préfacer deux fois son livre, une fois par Lord Northcliffe, une fois par Lord Burnham.

Le livre a paru chez Cassel sans indication de prix. Peut-être est-il distribué gratuitement...

M. Simonis parle aussi de la presse parisienne. «Polybe» devient «Polyto», ce qui est presque le nom d'apache Polyte, fort irrévérencieux pour le grave historien auquel M. Simonis prétend l'appliquer.

Au demeurant, pour M. Simonis, «Polyto» est le pseudonyme de «M. Joseph Reinach, rédacteur en chef du *Gaulois*» (sic)[2].

AUTOGRAPHES NAPOLÉONIENS

Les Américains se montrent toujours friands de souvenirs napoléoniens. Ils les payent bien plus qu'au poids de l'or.

Récemment l'un d'eux a donné une petite fortune pour un croquis de l'Empereur exécuté par un Chinois errant en Europe au commencement du XIXe siècle et qui passait par Paris au moment du couronnement.

Dernièrement à New York, quelques pages manuscrites écrites par Napoléon Ier, alors qu'il était à Sainte-Hélène, ont été payées 4 500 francs à la vente de la collection des autographes napoléoniens formée par feu M. S. Porter.

L'ART FRANÇAIS À BARCELONE

Les délégués des trois Salons français accompagnés de la princesse Murat et de M. Saglio, délégué du sous-secrétariat des Beaux-Arts, ainsi que des artistes espagnols, Casas, Rusinol, Sert, Utrillo, Clara, se sont rendus au célèbre ermitage du Mont Serrat, où un banquet leur a été offert.

M. Pierre Rahola, sénateur de Barcelone, a porté un toast vibrant à la France.

L'ART ET LA GUERRE

Le British Museum s'enrichit de la série complète de cent huit dessins originaux de Mr. Joseph Pennel sur les usines de munitions anglaises commandées par le ministre des Munitions.

Cinquante et un de ses dessins ont servi à exécuter des lithographies, le reste est inédit.

CARICATURISTES PROALLIÉS EN HOLLANDE

On connaît en France un caricaturiste proallié hollandais, Raemaekers, mais ce que l'on ne sait pas, c'est que tous les dessinateurs hollandais de talent sont également pour l'Entente, qui représente pour eux la liberté et, selon le mot du Dr Leyds, ex-président de l'État libre d'Orange : «Les Hollandais ont la manie de la liberté individuelle.»

Il faut citer parmi ces dessinateurs de talent, outre Raemaekers, les deux Sluyters, le classique Brakensiek, etc.

Les Allemands ont bien quelques feuilles de propagande, mais si mal illustrées que leur vulgarité et leur banalité n'échappent à personne et qu'elles vont à l'encontre de leur but. Cela vient de ce qu'ils n'ont pu trouver en Hollande un seul caricaturiste de talent pour défendre leur cause.

EN BOIS OU EN CUIVRE

La presse hollandaise lasse de la guerre se livre en ce moment à des discussions qui rappellent celles des beaux jours de Byzance, sauf que la théologie n'en forme pas le fond, mais la musique ou plutôt un instrument : la flûte. La question est de savoir si les flûtes doivent être de bois ou de cuivre, comme on en voit beaucoup en ce moment. Le critique musical de l'*Utrechtsch Dagblad* a donné le signal en déclarant que la flûte de cuivre était un véritable contresens musical, mais elle a ses partisans qui la défendent avec une ténacité remarquable.

Songez, dignes Bataves, que la guerre n'est pas loin, que les fifres voisins rythment des marches sauvagement macabres, que ce qui vous viendrait de la flûte s'en irait par le tambour et qu'en cas d'agression il faudrait faire servir le cuivre à des fins plus martiales ou bien se tirer des flûtes.

ORCHESTRES SOUS-MARINS

Les Allemands ont organisé à Kiel des concerts, à bord des sous-marins au repos.

Ils suivent ainsi la tradition créée par leur compatriote Wilhelm Bauer, officier d'artillerie, né à Dillingen (Bavière), en 1822 et inventeur d'un sous-marin. Bauer, qui n'avait pas été prophète dans son pays, s'était réfugié en Russie, où à Cronstadt, le 6 septembre 1856, jour du couronnement d'Alexandre II, il descendit dans son sous-marin avec quatre musiciens de la garde impériale, et dès que les canons des batteries de la flotte de la rade et des ports avoisinants eurent annoncé par une salve que le tsar venait d'être couronné à Moscou, Bauer fit jouer à son quatuor le *Boje Tzaria Khrani* qu'entendirent avec étonnement ceux qui se trouvaient dans un rayon de 200 mètres à la surface de l'eau. *Nil novi sub sole.*

(16 mai 1917.)

BÉNONI

On a remarqué parmi les prénoms du général Pétain celui de Bénoni, qui est aussi celui de son grand-père.

Ce prénom peu commun dans l'univers est toutefois si répandu dans les régions du nord-ouest de la France que M. André Billy avait pris pour titre d'un curieux roman qui se passe justement dans le Laonnois : *Bénoni,* dont le sous-titre est *Mœurs d'Église.*

Un roman de Bulwer-Lytton sur l'occultisme porte aussi comme titre ce prénom d'actualité. Il est encore familier aux visiteurs des expositions des Indépendants qui connaissent toutes les toiles de M. Bénoni-Auran, artiste des environs d'Avignon, qui, installé à Paris dans le quartier de Plaisance, y fut l'ami du douanier Henri Rousseau, qui lui avait donné un petit portrait de son père peint à l'huile et encadré de ses propres mains.

Bénoni était le second nom de Benjamin, le dernier fils de Jacob. Benjamin, qui lui avait été donné par son père, signifie : le bien-aimé, et Bénoni, que lui avait donné sa mère, veut dire : le fils de la douleur.

Nom prédestiné[1] !

AUTOUR DE LA JEUNESSE

Un jour, au Napo, La Jeunesse se prend d'une grande querelle avec Tristan Bernard qui, excédé, lui répond : « Après tout, étant donné votre tribu, vous n'auriez été qu'un vulgaire ânier d'Isacchar, tandis que moi, j'aurais eu droit à deux tombeaux à Jérusalem. »

Le soir de la répétition générale de *L'Amazone* d'Henry Bataille, La Jeunesse parlait avec un unijambiste de la guerre dont il goûtait la fréquentation « à cause, disait-il, qu'il avait déjà un pied dans la tombe ».

Ils en vinrent à causer des lendemains de la guerre.

« Je crois, dit La Jeunesse, qu'après la guerre il n'y aura plus de Bataille. »

« Il y a des gens, disait-il parfois, dont le nom prête au ridicule. Ils n'ont pour s'en sortir qu'à répondre du tac au tac. C'est ainsi que dans un banquet qu'avaient offert à M. Lépine les petits fabricants de jouets, au dessert, les convives, quelque peu éméchés, poussèrent des cris de "Vive Lépine" ! qui ressemblaient plus à une provocation qu'à un hommage, et celui-ci de se lever, le verre à la main, et de s'écrier : "Les convives aussi !" »

SONNET À SURPRISE

À Genève où Willy écrit, dans *La Suisse,* des articles francophiles, il se trouve forcément en butte aux attaques des germanomanes. L'un d'eux, M. Hubacher, l'ayant injurié, Willy s'avisa d'une riposte amusante.

Sous le faux nom de l'anonymat, il fit adresser à une revue ennemie de ses idées ce sonnet pacifiste qu'elle inséra sans méfiance :

Hélas ! à chaque instant le mal terrible empire !
Un cyclone de haine et de férocité
Bouleverse les champs, ravage la cité ;
À flots coule le sang sous les dents du vampire.

Cruautés d'autrefois ! Cet ancestral délire,
Honnis soient les bandits qui l'ont ressuscité,
Et honte à ceux dont la cruelle surdité
Refuse d'écouter la pacifique lyre.

C'est assez de combats, de furie et de deuil,
Rien ne demeurera si nul ne s'interpose
Entre les ennemis qu'enivre un même orgueil.

Toute raison à la Raison est-elle close ?
Impuissante, se peut-il que sur l'âpre écueil,
Nous laissions se briser notre nef grandiose ?

Aussitôt cette pièce publiée, Willy prévint obligeamment M. Hubacher qu'elle était acrostiche.

ÉMILE ZAVIE

Évadé d'Allemagne comme sanitaire, Émile Zavie, qui a fait paraître *Prisonniers en Allemagne* que connaissent les lecteurs du *Mercure de France*[1] et à propos duquel M. Henry Céard, dans une préface qu'il a demandé à écrire, a prononcé le nom de Joinville, va prochainement repartir.

Il s'en va dans une formation sanitaire très, très loin, dans une région reculée de la sainte Russie, d'où il se promet de rapporter des impressions propres à être un enseignement autant que ce qu'il a appris en Allemagne.

«J'ai appris *là-bas,* nous dit-il, la rude discipline allemande. Je sais maintenant me tenir immobile comme un arbre, ce qui ne gêne en rien au moment de l'action.»

Chez les Russes, Émile Zavie espère apprendre à danser comme la lueur des étoiles, ce qui n'est pas moins utile que l'immobilité allemande.

LA COLLECTION LÉONIDE MASSINE

Le danseur chorégraphe Léonide Massine constitue une importante collection de tableaux et dessins des écoles cubiste, futuriste et rayonniste. On y voit des œuvres de cinq Français, MM. Georges Braque, André Derain, Albert Gleizes, Fernand Léger, André Lhote; de huit étrangers distingués et bien parisiens, MM. Pablo Picasso, Léon Bakst, Georges De Chirico, Juan Gris, Diego Rivera, Gino Severini, Léopold Survage, Angel Zarraga; de trois Italiens : Giacomo Balla, Carlo Carrà, Fortunato Depero, et de deux Russes : Natalie Gontcharova, Michel Larionov.

Pendant la saison des Ballets russes à Rome, la collection Massine fut très courue par l'élite de la Ville éternelle. M. Albert Besnard, directeur de la Villa Médicis, y vint et y demeura fort longtemps.

On raconte qu'il regardait les étoiles, s'amusait à fredonner un air monologue, car il n'employait que le vocable de la fameuse charade de M. Baragnon : Mon premier est un fruit, mon second est un fruit... etc... *ad libitum* et mon tout est un chant national, dont la solution est *La Marseillaise* chantée sur le mot infiniment redoublé : «pom, pom, pom, pom», cher à notre mère Ève.

«Et encore... vous êtes trop indulgent!» dit à l'illustre peintre un monsieur très maigre qui ne le quittait pas d'une semelle.

LA GAZÈLE, POÈME ORIENTAL

Ceux qui n'admettent pas en Italie les audaces et les libertés politiques des futuristes commencent à sentir qu'il faut, pour lutter contre les écoles d'avant-garde, renouveler les genres épuisés de la poésie et les formes surannées de la versification.

On tente, par exemple, de sauver la rime en la ramenant à ses origines orientales. On sait que les poètes orientaux aimaient la rime au point de bâtir des poèmes entiers sur une rime. Aussi est-ce un curieux, sinon un important événement littéraire de voir des poètes italiens s'essayer dans la gazèle, forme poétique d'un nombre indéterminé de distiques dont le premier est rimé, tandis que dans les autres le second vers seulement rime avec le premier distique, le premier vers de ces distiques supplémentaires étant privé de rimes.

Cette forme poétique est encore peu connue en France.

«THE BLINDMAN», GAZETTE AMÉRICAINE

Chargé d'une mission aux Etats-Unis, Henri-Pierre Roché vient de publier le premier numéro de *The Blindman*[1], consacré à une exposition d'artistes indépendants français qui a eu lieu à New York.

L'événement a de l'importance puisque la gazette demande à ses lecteurs de lui indiquer l'œuvre qu'ils préfèrent, celle qu'ils aiment le moins, la meilleure, la plus sotte et, étant donné que cela se passe en Amérique, quelques questions relatives aux prix payés pour les tableaux soulignent l'intérêt financier qu'on attache à un mouvement venu de France, et qui est moins négligeable que ne pense l'Administration des beaux-arts française.

Car les organisateurs des expositions de propagande,

ceux de Barcelone en tête, semblent oublier que c'est aux Indépendants que se sont révélés les noms qui s'imposent dans le monde entier de Seurat, Van Gogh, Cézanne, Henri Rousseau, Maurice Denis, Signac, Henri Matisse, Braque, Derain et Maurice de Vlaminck, dont certains sont représentés à Barcelone au titre du Salon d'automne et un vraiment trop petit nombre au titre des Indépendants.

(1er juin 1917.)

BROUSSONIANA

On sait que M. Jean-Jacques Brousson, qui fut secrétaire d'Anatole France et successivement critique littéraire au *Matin,* à *Gil Blas* et à *Excelsior*[1], où il exerce présentement sa verve, ne manque pas d'esprit.

Dernièrement il dînait au restaurant près d'une dame au corsage opulent : «Pour un soir sans viande!» dit-il en louchant malicieusement du côté des cimes.

«Quel bavard que ce Brousson!» s'écriait un rédacteur du *Canard enchaîné.* «Pour placer un mot il faut attendre qu'il se mouche.

— Et il ne se mouche jamais, remarqua un membre de l'académie Goncourt.

— Mais il mouche les autres», ajouta pour conclure M. Jean-Jacques Brousson lui-même.

(16 juin 1917.)

PRIX LITTÉRAIRES

L'Académie des belles-lettres d'Aix vient d'attribuer son prix Thiers, d'une valeur de 3 000 francs, à M. Émile Ripert, pour le manuscrit de sa thèse principale de doctorat ès lettres : *La Renaissance provençale de 1800 à 1860.*

Le Prix Jacques Normand a été partagé par la Société des gens de lettres entre M. André Larnandé (500 francs), pour ses *Fresques et bas-reliefs,* et M. Gustave Rouget (300 francs), pour ses *Sept Marches du temple.*

Le Prix de Mme la Duchesse de Rohan a été partagé par la Société des poètes français, chargée de l'attribuer, entre quatre veuves de poètes morts au champ d'honneur.

UN MONUMENT À CHRISTOPHE COLOMB

Le journal *El Liberal* de Séville a pris l'initiative d'une souscription publique destinée à solder les frais d'un monument à Christophe Colomb.

Les artistes chargés de ce travail sont le sculpteur Coullant Valera et l'architecte Tulavera, tous deux sévillans.

Le monument sera élevé au centre d'un bassin circulaire qui orne la plus belle promenade de Séville, près du parc et à côté de l'endroit où se tient la fameuse foire sévillane. Il consistera en un perron qui surgira du bassin et servira de base à un piédestal de trois mètres.

Ce piédestal supportera deux colonnes de plus de dix mètres cinquante, terminées par une plinthe de deux mètres cinquante, sur laquelle, à son tour, se dressera un lion colossal.

La hauteur totale du monument dépassera vingt-deux mètres.

CLÔTURE DE L'EXPOSITION D'ART FRANÇAIS À BARCELONE

La cérémonie de clôture de l'Exposition d'art français à Barcelone a été fort brillante.

M. Dalimier, sous-secrétaire d'État des Beaux-Arts, représentait la France, et le comte de Pena Ramiro représentait le gouvernement espagnol. L'alcade de la cité comtale prononça un discours sur la France, son art et sa civilisation.

M. Dalimier, après avoir remercié la ville de Barcelone pour son hospitalité et sa fraternité artistique, donna la rosette d'officier de la Légion d'honneur au marquis de Olerdola, ex-maire de Barcelone, et la croix de chevalier aux artistes espagnols ci-après, qui, pour la plupart, sont bien parisiens et appréciés en France : José Maria Sert, Ignacio Zuloaga, Casas Rusinol et Llimona.

JANE AUSTEN

Le centenaire de la mort de la romancière Jane Austen, survenue le 18 juillet 1817 (elle était née en 1775), a été célébré par l'inauguration d'une plaque de marbre sur le cottage du Hampshire, d'où ses romans sont partis pour s'éparpiller à la surface du globe.

Ce qui peut surprendre, c'est que l'on ait attendu si longtemps pour placer cette plaque commémorative.

Après avoir subi l'éclipse provisoire qui obscurcit la réputation de beaucoup de bons écrivains, Jane Austen a maintenant une quantité d'admirateurs qui lisent dévotement son œuvre. Au reste, elle n'a pas de demi-admirateurs. On l'aime ou on ne l'aime pas. En effet, elle n'est pas un romancier pour tout le monde. Ses histoires, ni par le sujet, ni par le style, ne sont appelées à toucher le vaste public, sur lequel domine un Dickens par exemple.

«Cette jeune femme, écrivait Walter Scott, déploie, pour décrire les détails des sentiments et des caractères de la vie ordinaire, un talent qui est le plus merveilleux que je sache.»

Au reste, son génie n'est pas moindre que celui de Walter Scott, de Wordsworth, de Coleridge même. Et la réputation de Jane Austen grandit sans cesse. Macaulay n'a-t-il pas dit que le seul à qui on la puisse comparer, c'est Shakespeare, sans qu'elle l'égale, ni même l'approche[1]?

Mais Jane Austen, dans le genre qui lui est propre, donne l'idée de la perfection et de l'omniscience.

Si le petit cottage du Hampshire a attendu un siècle avant d'avoir sa plaque commémorative, il ne faut pas oublier que cette impeccable «authoress» vit *Pride and Prejudice* refusé pendant vingt années par les éditeurs, si bien que les dates de publication des six romans de Jane Austen (1811 à 1818) ne nous apprennent pas la place où il faut les mettre dans l'histoire de la littérature anglaise.

Ils ont été écrits de 1796 à 1810 et, précédant par conséquent Walter Scott, ils sont en réalité contemporains du lakisme.

En fait, elle dépasse tous ses prédécesseurs et particulièrement Richardson par la vérité et la précision, et personne depuis ne l'a dépassée.

Réservée, gaie, pénétrante, satirique, fine, raisonnable, Jane Austen est peinte tout entière dans l'anecdote où on la montre refusant de recevoir Mme de Staël, dont le sentimentalisme lui paraissait trop germanique. Elle avait également Rousseau en horreur.

Au lieu de graver sur la plaque les dates de sa naissance et de sa mort, ce sont celles où elle commença et où elle acheva son œuvre que l'on aurait dû faire ressortir : 1796-1810. Leur connaissance aide en effet à mettre à leur place véritable, dans le tableau du génie britannique en particulier et du génie féminin en général, six livres exquis de la première importance.

(16 août 1917.)

LE DERNIER DES BEETHOVEN

Dans un hôpital militaire de Vienne se meurt le dernier des Beethoven. Il s'appelle Karl-Julius-Maria Beethoven. Son père était neveu de Karl van Beethoven, neveu lui-même du grand musicien.

RAPHAËL KIRCHNER

Raphaël Kirchner, le dessinateur bien connu, est mort, à l'hôpital français de New York, des suites de l'opération de l'appendicite et de la grande chaleur.

Raphaël Kirchner était autrichien, mais avait été toléré en France assez longtemps pendant la guerre.

Son succès, comme dessinateur graveleux, dépassa tout ce qu'on peut imaginer. Sur le front même, un grand nombre de cagnas sont ornées de ses estampes décolletées.

Quand il dut quitter la France, il gagna l'Amérique où son succès devint américain, c'est-à-dire cent fois plus grand que celui qu'il avait eu en France.

Il avait de si nombreuses commandes à exécuter qu'il lui fallait travailler du matin au soir. Il était âgé de quarante-cinq ans.

Il avait réussi à implanter en France le goût de la

gravelure viennoise, comme on y avait implanté celui de l'opérette du même cru.

LE POÈTE DES MERLES

Le caporal Francis Ledwidge, qui fut tué au champ d'honneur le 31 juillet, était le poète-paysan de Meath, en Irlande. On le surnommait : «le poète des merles».

Second fils des neuf enfants d'un laboureur irlandais, il fréquenta l'école dès l'âge de trois ans. À cinq ans il écrivait déjà des vers et à quatorze ans il dut quitter l'école pour aider sa famille par son travail. Comme Stendhal à Marseille, mais non par amour, il fut garçon épicier à Dublin. C'est à seize ans qu'il écrivit, à la fin d'une journée de travail : *Behind the Closed Eye,* où on lit :

And wondrous, impudently sweet
Half of him passion, half conceit,
The Blackbird calls adown the street,
Like the Piper of Hamelin.
I hear him and I feel the lure
Drawing me back to the homely moor;
I'll go and close the mountain's door
On the city's strife and din[1].

Deux heures plus tard il était en route pour retourner à son village. Il y trouva du travail comme terrassier à 12 shellings la semaine. Il travaillait après son travail, écrivait des vers et acquérait une gloire locale.

Quand la guerre arriva, il s'engagea et il combattait en Orient, lorsque M. Jenkins publia sa plaquette de poèmes intitulée : *Songs of the Fields,* qui fut remarquée.

BARI ET LE BARISIEN

Bari, dans les Pouilles, ville natale de Riciotto Canudo, vient d'avoir sa première exposition d'art, exposition discrète où l'esthéticien qui vint à Paris, il y a quelques années, comme *corrispondente del «Corriere delle Puglie»* ne trouverait pas matière à esthétiser.

Le Barisien, ancien correspondant du *Courrier des*

Pouilles, est aujourd'hui capitaine dans l'armée française et décoré de la croix de guerre, de la Légion d'honneur et de la médaille italienne *al valore;* sous le pseudonyme anagrammatique du capitaine Oudanc, il a publié ses souvenirs d'officier de zouaves pendant la retraite de Serbie[1].

On l'a vu à Rome tandis que les Ballets russes préparaient leur saison de Paris, après quoi il a été se faire blesser sur le front de Macédoine en songeant à Dante, à l'amour, à ses deux patries unies pour le triomphe de la même cause.

C'est un Barisien bien parisien...

À LA COMÉDIE-FRANÇAISE

M. Émile Fabre a confié à un spécialiste de l'interview théâtrale ses projets pour 1917-1918.

Peu de nouveautés. *Le Premier Couple,* un acte en vers de M. André Dumas; *Le Joueur d'illusions,* un acte en prose de M. Ginette; *La Triomphatrice* de Marie Lenéru, quatre actes en prose. En tout, une œuvre importante, c'est peu.

D'autre part, M. Fabre produira à la Comédie-Française *Intérieur,* de Maeterlinck, *L'Abbé Constantin* et une pièce de Claudel, sans doute *L'Annonce faite à Marie.*

Ce n'est pas mal, mais ce n'est pas du nouveau. Il est vrai que nous sommes en temps de guerre et que les théâtres gagnent ce qu'ils veulent, même avec des pièces anciennes, ce qui dispense les directeurs de se mettre en frais pour offrir des nouveautés aux spectateurs. Et cependant l'art théâtral n'est pas si brillant que l'on puisse se dispenser d'encourager les jeunes dramaturges.

Ajoutons, pour être justes, que M. Fabre a l'intention de donner des après-midi poétiques où l'on réciterait des poèmes modernes...

Mais ce n'est pas là du théâtre...

LES BAGAGES DE KROPOTKINE

Kropotkine qui, grâce à l'escorte de deux destroyers anglais, put échapper aux sous-marins allemands et gagner la Russie raconte qu'il lui arriva à Haparanda une aventure inexplicable.

Tous ses bagages, composés de dix colis, disparurent

mystérieusement, tandis qu'aucun autre colis ne fut touché.

Kropotkine attribue la disparition de ses précieux bagages aux manœuvres d'agents allemands.

L'illustre théoricien de l'anarchisme scientifique a ainsi perdu des manuscrits d'ouvrages destinés à l'impression et un ensemble de notes inestimables.

Il perd aussi un certain nombre d'autographes intéressants et des instruments scientifiques qui lui étaient nécessaires.

On se demande quelle peut être la mentalité de ceux qui ont porté la main sur les bagages d'un sociologue, d'un écrivain, d'un savant aussi désintéressé que Pierre Kropotkine.

PAESIELLO EN RUSSIE

L'auteur célèbre de *La Serva padrona* eut dans Catherine II une grande admiratrice. On raconte qu'un soir d'hiver où elle l'avait invité dans son appartement pour l'entendre toucher le clavecin, le maître ne pouvant remuer les doigts à cause du froid, la tsarine ôta sa pelisse d'hermine enrichie de six brillants en guise de boutons et la mit sur les épaules de Paesiello, le priant d'accepter ce vêtement pour le préserver du climat russe.

Après huit ans de séjour en Russie, pris de nostalgie, Paesiello entreprit de revenir dans sa patrie.

À Naples, Ferdinand IV le nomma son maître de chapelle. C'est alors qu'il écrivit *La Nina pazza*... sans allusion à la Grande Catherine. Il ne quitta plus Naples que sur l'ordre de Napoléon, qui l'accueillit aux Tuileries avec magnificence, lui allouant 30 000 francs annuels, un carrosse de cour et le prix de la chère pour douze personnes journellement.

Il ne regretta jamais la Russie, mais pensait parfois avec une douce mélancolie au manteau immaculé dont la tsarine l'avait enveloppé un jour d'hiver.

(1er septembre 1917.)

HORACE DANS LES TRANCHÉES

Il y a parfois des surprises dans les tranchées allemandes. Dans une sape à gaz abandonnée on a trouvé, calligraphiée sur une feuille Bristol, la douce invocation d'Horace à la fontaine de Bandusie :

O fons Bandusiae, splendidior vitro
Dulci digne mero, non sine floribus,
Te flagrantis atrox hora caniculae
Nescit tangere : tu frigus amabile
Fessis vomere tauris
Proebes, et pecori vago[1].

L'Allemand, sans doute un officier, qui, d'après ses souvenirs classiques, évoquait l'onde plus limpide que le cristal, devait avoir soif, et l'eau du ravitaillement n'arrivait pas, sans doute.

(16 septembre 1917.)

MORT DE PAUL MEYER

Avec Paul Meyer la philologie française perd son représentant le plus autorisé.

Paul Meyer était né à Paris le 17 janvier 1840. Élève à l'École des chartes, il devint archiviste à Tarascon, après quoi on l'attacha au Département des manuscrits de la Bibliothèque nationale.

Après avoir été garde mobile de la Seine en 1870, il devint le secrétaire de l'École des chartes. En 1876, il fut nommé professeur et directeur de l'École des chartes. Membre de l'Institut depuis 1884, il était commandeur de la Légion d'honneur.

Très lié avec Gaston Paris, il avait fondé avec lui *La Revue critique* en 1886; c'est avec lui encore qu'il avait fondé, en 1872, la *Romania* dont l'influence fut considérable et donna naissance à l'école de philologie florissante aujourd'hui.

Les travaux d'érudition auxquels Paul Meyer consacra

son activité de savant sont innombrables. On ne peut citer ici, tant elles sont nombreuses, ses éditions de textes anciens du Moyen Âge, mais il faut mentionner son livre sur *Alexandre le Grand dans la littérature du Moyen Âge,* sa collaboration au *Recueil des historiens des croisades,* aux *Notices et extraits des manuscrits,* à l'*Histoire littéraire de la France.*

Ses obsèques ont eu lieu le 11 septembre. Paul Meyer a été enterré au cimetière Montparnasse.

MORT DU POÈTE BELLOTTI

C'est dans un hôpital de Vienne qu'est mort le poète spalatin Arturo Bellotti qui pendant de nombreuses années habita à Trieste où il avait une grande notoriété.

Il était employé des postes, ce qui ne l'empêcha pas de collaborer assidûment au journal irrédentiste *L'Independente* et de publier des recueils de vers comme les *Odi Adriatiche,* qui sont tout vibrants d'amour pour son pays et pour l'Italie.

Il s'en va à trente-quatre ans.

LE PLUS GRAND JOURNAL DU MONDE

Sait-on qu'il existe à Aix-la-Chapelle un musée des journaux qui contient un exemplaire de tous les journaux publiés dans le monde?

Le plus grand de tous a paru en 1859 à New York, sous le titre de *Illuminated Quadruple Constellation.* Il a le format d'un billard, huit pieds et demi de hauteur et six de largeur, il contient huit pages de treize colonnes.

Le papier de cette singulière gazette, qui ne doit paraître qu'une fois par siècle, est très beau et très fort. On l'a tirée à 28 000 exemplaires et chaque numéro a été vendu au prix de cinquante centimes.

Le texte qui contient des gravures sur bois bien exécutées pourrait remplir un volume in-quarto de 400 pages.

Ce journal ne contient pas d'annonces. On ne dit pas où l'on reçoit la copie pour le prochain numéro, qui paraîtra en 1959[1].

MICHAËL DE ZICHY

Un peu oublié aujourd'hui, Michaël de Zichy était un peintre hongrois qui vivait à la cour du czar Alexandre II.

Il a laissé cinquante tableaux, dessins ou croquis érotiques, qui font partie des collections du roi d'Angleterre.

Zichy intitula : *Amours* la série de ses œuvres libres.

Un éditeur allemand est en train de les publier à 1 200 exemplaires.

C'est la guerre et cette publication a de quoi étonner.

Néanmoins, s'il fallait blâmer quelqu'un, ce serait l'éditeur et non le peintre.

Les grands artistes ont presque tous une œuvre secrète[1].

Parrhasios, chez les Grecs, s'amusait, au témoignage de Pline, à des représentations de ce genre.

BAUDELAIRE TRADUIT EN ESPAGNOL

Les Fleurs du mal ont été traduites en espagnol par Marquina, un véritable poète qui mériterait d'être mieux connu en France.

Marquina occupe une place privilégiée parmi les poètes et les auteurs dramatiques de la Péninsule. Il eut l'honneur, dit-on, de collaborer avec le roi, qui lui a fourni le sujet d'un drame.

L'œuvre principale de Marquina est un grand poème digne des plus belles époques de la poésie de l'Espagne, il est intitulé *Vendimión* :

Ivre, dans ta vigne, je veux mourir, Vendimión[2].

Cette œuvre hautement lyrique a fondé la réputation du poète à qui l'on doit plusieurs volumes de vers, de nombreux romans et des drames parmi lesquels les plus célèbres sont *Les Filles du Cid* et *Doña Maria la Brava.*

LES SOUVENIRS DU MARIN[a]

L'illustre académicien M. Pierre Loti se surprend parfois à regretter sa jeunesse. Il songe avec mélancolie à ses longs voyages.

Il va, paraît-il, écrire ses mémoires. Il a l'intention de s'y montrer sincère et de ne rien celer d'une existence où les aventures n'ont point manqué.

Si M. Loti veut bien pousser la sincérité aussi loin que le fit Casanova nous aurons un ouvrage incomparable et nous connaîtrons des détails exquis et précis sur Aziyadé et sur cette petite Rarahu qui savait que la chair humaine a le goût de banane mûre[1].

(1er octobre 1917.)

MORT D'EDGAR DEGAS

Le peintre Degas est mort la nuit du 26 au 27 septembre après une courte maladie dans son domicile du 6, boulevard de Clichy, à l'âge de quatre-vingt-trois ans.

Hilaire Germain Edgar Degas était né à Paris le 19 juillet 1834. Il appartenait à une famille aisée de Paris. Il entreprit de faire ses études de droit. Mais au lieu de suivre les cours, le jeune Degas préférait aller au Louvre copier les primitifs. On lui doit de belles copies de Ghirlandaio, de Giogione, de Clouet, d'Holbein. Il voit Ingres et l'admire jusqu'à sa mort, recueillant ses œuvres. C'est ainsi qu'il possédait le calque de *La Famille Forestier* qu'Ingres envoya de Rome à son père à Montauban et que Degas reçut du neveu d'Ingres, M. Guille. Il avait encore le portrait de *M. de Norvins,* historien de l'Empereur, deux portraits de M. et Mme Leblanc, peints en 1822 et 1823, et l'importante peinture qu'est le *Portrait de M. le marquis de Pastoret* (1827).

Le jeune Degas reçoit l'enseignement d'Ingres par Lamothe qui l'incite à copier scrupuleusement les réalistes florentins et lombards. Il va aussi aux Hollandais et pour la composition il s'attache au Poussin.

On le confond alors avec les impressionnistes qu'il fréquentait au café Guerbois, mais qu'il ne suivait pas dans «l'atelier de plein air», préférant peindre chez lui, cherchant le caractère dans la vie moderne. Se limitant longtemps à la copie des maîtres, il n'aborda la nature que dans les dernières années de l'Empire.

Il restera définitivement acquis à l'école impressionniste à laquelle le rattachent un sentiment moderniste du caractère et aussi un sentiment personnel et neuf de la lumière. Degas trouva sa véritable expression dans le pastel, auquel il demeura désormais fidèle. Il se défendait d'être un novateur, le mot même d'impressionniste lui était en horreur et cependant quoi de plus impressionniste, de plus hasardeux même que ces monotypes où la couleur s'étale de façon inattendue? Et cet artiste si sûr de son métier est plus impressionniste dans son métier même que dans le sentiment qu'expriment ses tableaux.

Depuis longtemps, l'élite s'était attachée au maître des danseuses. Le Luxembourg et le Louvre contenaient de ses ouvrages, lorsque, en 1912, son nom devint soudain populaire quand une de ses œuvres : *Danseuse à la barre,* atteignit le demi-million à la vente Rocart.

Les uns depuis longtemps déjà plaçaient Degas au premier rang des peintres modernes et en faisaient le maître de l'intimisme. Pour les autres, malgré la sûreté et la précision de l'observation, il n'est qu'un satiriste dont les danseuses, les blanchisseuses et les jockeys sont cependant, à tout prendre et malgré la tristesse qu'on y veut démêler, une évocation rudement poétique de la vie moderne. Les masques du théâtre italien ne sont pas moins de la satire, de l'observation aiguë et de la poésie, et y a-t-il rien de plus triste, de plus drôle et de plus poétique que le personnage de Pierrot? Degas, cet artiste misanthrope, misogyne et particulièrement caustique n'en est pas moins l'un des représentants les plus délicats de la grâce cultivée et de la légèreté au XIXe siècle.

N'y a-t-il pas en lui quelque chose qui rappelle l'art si cultivé et si dépouillé de Stéphane Mallarmé, autre amant de la danse?

On cite de Degas mille traits d'esprit et de grand caractère. On ne sait comment choisir. Ils sont trop.

Degas avait une grande amitié pour Manet; c'est ainsi qu'il racheta à sa veuve les études d'atelier de Manet et les brûla pour qu'elles ne fissent aucun tort à sa mémoire.

Devenu presque aveugle à la fin de sa vie, il ne peignait plus guère. Ceux qui ont connu des modèles de Degas vous disent comment il les *voyait* pour ainsi dire par le toucher, ses faibles yeux ne suffisant pas à son souci de précision.

Le déménagement de son atelier de la rue Victor-Massé, où il était demeuré si longtemps, avait vivement affecté le maître. Il restait rarement chez lui désormais et peu de temps avant la guerre, on le rencontrait dans les quartiers les plus lointains de Paris, agitant sa canne en traversant les rues pour effrayer les chevaux ou avertir les cochers. Il était d'une grande taille et marchait assez vite, un peu courbé, un foulard autour du cou.

Edgar Degas, sans mériter le surnom d'hypocondre, avait pour ce qui l'entourait un certain mépris. Il ne fréquentait pour ainsi dire personne et vivait seul avec ses souvenirs. Spirituel comme on ne sait l'être qu'en France, plusieurs de ses mots à l'emporte-pièce resteront et méritent de rester. Son dernier serait le «Ça vous allait mieux sous la Commune» qui, décoché il y a quelques mois à M. Forain en uniforme, prouva que l'âge n'avait nullement affaibli les facultés de ce maître au talent si français et si robuste, au génie si délicat.

L'ORIGINE DU CUBISME

Paris, le 22 septembre 1917.

Mon cher Directeur,

Le 1er juillet 1917, M. Gustave Kahn écrivait à propos du cubisme dans le *Mercure de France* quelques lignes qui peuvent jeter le doute sur l'origine de cette école de peinture qui serait espagnole : «Si le cubisme vient de Picasso», etc.

Tout le mérite de cette «création» — si mérite il y a — revient sans que cela puisse être contesté à Pablo Picasso et à Georges Braque. Ce sont les véritables «créateurs» d'une école qui pourrait être qualifiée par conséquent de franco-espagnole ou plus simplement de latine.

Il est vrai que depuis la guerre elle s'est étendue au point qu'il s'en faudrait de peu qu'on pût l'appeler cosmopolite si sa latinité ne s'était encore une fois affirmée par l'absorption importante qu'elle a faite de certains éléments qui ont joué un rôle du premier ordre dans la création du futurisme italien. Il est juste par conséquent qu'on appelle latine une école dont les principaux adeptes sont français, espagnols et italiens. De toute façon, elle est née sur le sol français et les artistes qui la composent travaillent à Paris, ce qui fait que le qualificatif de parisienne ne lui irait pas mal.

Sans mandat pour relever l'assertion de M. Gustave Kahn, je n'eusse point jugé nécessaire d'apporter mon témoignage de spectateur impartial, si je n'avais vu que le dilemme proposé par l'éminent critique d'art du *Mercure de France* avait été reproduit par différentes publications et notamment *L'Affranchi* du 20 septembre 1917.

J'ai pensé qu'à cette occasion, il était utile de préciser le rôle d'artistes si remarquables dont l'un, le sous-lieutenant Georges Braque, blessé à la tête et trépané, vient justement de recevoir la Légion d'honneur et la croix de guerre avec palme.

Entre frères d'armes, on se doit de ces services où la justice trouve son compte.

Au demeurant, si la religion de M. Gustave Kahn ne se trouvait pas suffisamment éclairée, il lui serait facile de se renseigner auprès de peintres tels que MM. Henri Matisse, Maurice de Vlaminck, André Derain, Juan Gris; ou auprès d'écrivains d'art comme André Salmon, Maurice Raynal, etc., qui ont pour ainsi dire assisté à la naissance de l'école cubiste.

Veuillez recevoir, etc.

GUILLAUME APOLLINAIRE.

ODORISIO PISCICELLI

1917 qui a vu mourir tant de gens illustres voit creuser dans les arts un trou profond avec la mort du père Odorisio Piscicelli, descendant d'une des plus illustres et plus antiques familles napolitaines. Il était entré à dix-neuf ans dans l'ordre de Saint-Benoît. Il fonda l'établissement typographique de Monte Cassino. On lui doit la *Paleografia artistica di Monte Cassino,* éditée en 1876-1877, les *Miniature nei codici cassinesi* (1887), les *Saggi di scrittura notarile,* les *Pitture cristiane del IX secolo della Badia di S. Vincenzo del Volturno* (1896).

Esprit éminemment latin, il racontait avec douleur, peu de jours avant sa mort, les dommages que l'occupation allemande avait fait subir à l'abbaye dont il avait été quelque temps l'abbé.

« Nous autres moines, disait-il encore, nous travaillons et nous produisons dans l'ombre. »

Et ce savant modeste et actif est mort dans l'ombre du cloître où il vivait.

LA MALIBRAN À MILAN

« Peut-être est-il bien tard[1] »... La dernière fois que la Malibran fut à Milan, on lui fit une véritable apothéose.

Les chroniqueurs du temps rapportent que le public, qui raffolait de la Malibran, dépouilla tous les jardins de Milan pour amasser la pluie de fleurs sous laquelle sembla disparaître la grande artiste.

La Malibran dit adieu aux Milanais avec la *Norma* et, durant le premier acte, fut rappelée en scène seize fois et cela, selon la plus ancienne tradition, constituait un fait inouï dans les annales des théâtres italiens.

Au second acte, la Malibran transporta le public, qui manifesta son admiration si tumultueusement que le chef de la police dut venir en personne rétablir le calme. Mais ses efforts furent vains. L'autorité supérieure intervint alors et le principal magistrat de Milan déclara, après avoir obtenu un instant de silence, que si le public ne cessait ses manifestations il ferait évacuer la salle.

Dans toute l'histoire du théâtre, ce fut, croyons-nous, la seule fois qu'on ait interdit d'applaudir une artiste par mesure d'ordre public.

LE CHEF-D'ŒUVRE DE MISTRAL TRADUIT EN CATALAN

L'Institut de la langue catalane a incorporé au catalan le chef-d'œuvre de Mistral, *Mireille*. La traduction catalane de Maria A. Saloa place la figure du poète de Maillane dans la galerie des classiques indiscutables pour les catalans qui peuvent ainsi joindre sous la même guirlande fleurie Mistral à Verdaguer, le poète de *L'Atlantide*.

On sait au reste en quelle estime mutuelle se tenaient le poète de la Provence et celui de la Catalogne.

LE SCULPTEUR DU FÉTICHE HINDENBURG

Les Allemands mettent Hindenburg à toutes les sauces. Ils l'ont même mis à la sauce chicane et un curieux procès vient d'être plaidé à Berlin à propos du sinistre maréchal auquel les Berlinois viennent d'élever un arc de triomphe en ciment armé. Deux sculpteurs se sont pris aux cheveux pour la statue de bois qui doit être couverte de clous attestant les oboles apportées spontanément par les Allemands. Chacun de ces sculpteurs prétendait être l'auteur de ce fétiche imité de l'art nègre. Et le tribunal a décidé et proclamé : l'Hindenburg de fer (il est en bois, mais les Allemands l'appellent de fer, car il est destiné à être entièrement recouvert de clous) est du sculpteur Marshall.

(16 octobre 1917.)

OSCO MANOSCO

À Forcalquier on célèbre chaque année la fête de Jeanne d'Arc; à Manosque, on fait de même. Mais en réalité il s'agit d'une autre pucelle. Aux alentours de l'an 1515, le roi François Ier vint visiter la bonne ville de Manosque, où naquit, il y a quelque soixante-dix ans, notre Élémir Bourges. Le roi François y rencontra la jolie fille de l'échevin et se trouva fort épris de ses charmes. Pour échapper à sa poursuite, on assure que la belle, trop pudiquement peut-être, se défigura à jamais. Au reste, en des temps plus anciens, les mœurs de la vieille cité n'étaient pas aussi rigides.

«Osco Manosco!» crie-t-on aux Manosquéens qui partent pour la guerre : c'est un encouragement, presque une devise, mais qu'est-ce que cela veut dire?

Osco correspondrait, d'après M. Andrieux, député des Basses-Alpes, à ce que plus au nord on appelle *ouche,* soit un morceau de bois qui sert d'instrument de comptabilité primitive aux boulangers pour les livraisons faites à leurs clients.

Il advint que le seigneur de Manosque, partant pour la

croisade, laissa sa cité et son honneur à la garde de son épouse.

Il connaissait mal les femmes, car lorsqu'il revint des contrées infidèles, chargé d'ans et de gloire, il trouva qu'on parlait de ses infortunes conjugales.

« Toi qui sais la chronique, dit-il au bedeau qui était son frère de lait, dis-moi quelles femmes d'ici trompent leurs maris ?

— Venez dimanche à la grand-messe, beau sire, dit le bedeau, vous verrez marquer d'une entaille sur le bois toutes les femmes qui trompent leurs maris. »

Le seigneur fut fidèle au rendez-vous et, le dimanche, à mesure que les femmes entraient, le bedeau entaillait, entaillait sans cesse. Vint l'épouse du croisé. Le bedeau entaille.

« Que fais-tu, maître sot ? dit le seigneur.

— Osco Manosco ! s'écrie le bedeau. J'entaille, ô Manosquien. »

D'où vient sans doute l'expression « faire des traits ».

KÜHLMANN LE VISIONNAIRE

Le ministre allemand qui a déclaré que jamais l'Allemagne ne rendrait l'Alsace-Lorraine eut, au XVIIe siècle, un homonyme qui fut un personnage singulier et non dénué d'intérêt quoique peu recommandable. Il se faisait passer pour visionnaire, il était né à Breslau, en 1651, et on le trouvait un enfant doué d'un esprit vif.

Étant tombé malade à l'âge de huit ans, il éprouva un dérangement dans son cerveau et crut avoir des visions.

Une fois il s'imagina voir le diable escorté d'une foule de démons subalternes ; un autre jour, il se persuada que Dieu lui avait apparu ; dès ce moment, il ne cessa de voir à côté de lui une auréole éclatante de lumière. Il parcourut le Nord précédé partout par sa mauvaise réputation ; il escroquait de l'argent à ceux qui lui montraient quelque confiance, pour l'employer, disait-il, à l'avancement du royaume de Dieu.

Il fut chassé de Hollande au commencement de l'année 1675 ; il voulut se lier avec Antoinette Bourguignon, qui rejeta ses avances. Il fut arrêté en Russie pour des prédictions séditieuses et brûlé à Moscou le 3 octobre 1689.

Quirinus Kühlmann, le visionnaire, a publié à Lübeck un *Traité de la sagesse infuse d'Adam et de Salomon* dont voici le titre exact : *De sapientia infusa Adamea Salomoneaque.* En 1681 il publia à Paris : *Arcanum microscomicum;* il avait déjà publié à Leyde en 1674 son *Prodromus quiquennii mirabilis,* in-8° dont on n'a qu'un tome, mais qui devait en avoir trois et qui devait contenir cent mille inventions curieuses.

Kühlmann a encore publié une quarantaine d'opuscules dont la plupart n'ont pas d'autre mérite que leur rareté.

M. TRISTAN BERNARD ET L'ANTHROPOMÉTRIE

On sait que M. Tristan Bernard, qui est un fantaisiste de la machine à écrire, l'est également de la photographie. Il collectionne des photos de lui dans les attitudes les plus singulières : en Baptiste décollé, en Apollon, en poilu civil, etc. L'une des pièces les plus curieuses de sa collection est sa fiche anthropométrique, qui fait également partie de la bibliothèque d'identification judiciaire de M. Bertillon, où se trouvent réunies les «fiches» des plus célèbres parmi les contemporains. Et sur sa fiche anthropométrique M. Tristan Bernard a le sourire, ce sourire à la fois méprisant et indulgent qu'il cache dans sa barbe.

UN JEUNE MARCHAND DE TABLEAUX

Connaissez-vous le marchand de tableaux de la rue du Val-de-Grâce? Il a neuf ans. C'est le bel âge par le temps qui court. On a de la marge avant la conscription. L'avenir, l'avenir est à ceux qui n'ont pas plus de neuf ans.

Voilà donc un marchand bien avancé pour son âge. Les œuvres sont épinglées aux volets de madame sa mère. Elles coûtent deux sous ou six sous sur commande.

Quand un chaland ou plutôt un amateur se présente, ce Vollard en herbe[a] lui dit : «Voulez-vous voir l'artiste? il a douze ans. Il est dans l'escalier.» On demande à voir et l'artiste arrive les mains et le nez tout barbouillés de «couleurs sans danger». Cher Paris, chère France!

Comment, lorsque tant d'hommes, aujourd'hui,

accomplissent par la bravoure et l'honneur tant de prodiges, n'y aurait-il pas d'enfants prodiges?

LITTÉRATURE VALDÔTAINE

Un peu partout maintenant on s'est aperçu de l'intérêt humain que présentaient les dialectes. On les étudie, on les cultive. Plusieurs provinces dans tous les pays ont leur littérature dialectale; poésie, prose, grammaire, dictionnaire. Ainsi en est-il en Wallonie, dans le Piémont, la Catalogne, mais surtout en Provence. Le patois valdôtain n'est pas très connu, il n'a eu ni poète, ni prosateur célèbres. Ce n'est qu'en 1850 que parut une vraie nouveauté : une lettre en ce dialecte, insérée dans l'*Almanach du duché d'Aoste.*

Le félibrige contribua à mettre ce dialecte en honneur. On sait que ce grand mouvement dialectal en Provence a ses journaux, sa revue et sa librairie avec près de quatre mille ouvrages en langue d'oc, parmi lesquels ceux en patois valdôtain qui y figurent «comme attenant à la langue d'oc».

Le Roumanille valdôtain fut le chanoine Bérard, et aujourd'hui le digne abbé J.-B. Cerlagne, qui en son jeune âge a été ramoneur, cultive d'agréable façon la prose et la poésie de la vallée d'Aoste.

Cependant aussi bien dans la cité d'Aoste que dans les bourgades du val, le patois tend à disparaître. Cela vient de l'obligation imposée aux Valdôtains, qui ont toujours parlé français, de connaître désormais l'italien. L'émigration et la conscription, comme dans la Wallonie prussienne, aident aussi à empêcher l'usage du français.

Peu à peu le piémontais et l'italien remplacent le valdôtain et le français, langue à laquelle, il faut le dire, les autorités italiennes font la guerre bien à tort, car le particularisme dialectal n'a jamais été un danger pour l'État. Au contraire.

LE PEINTRE LALLEMAND À SADOWA

Les Autrichiens ont récemment envoyé des peintres en

mission sur le front pour prendre des croquis destinés à des tableaux historiques.

Cela permet de rappeler le mot du fameux peintre de batailles Franz Lallemand qui se trouvait au quartier général de Benedek durant la guerre austro-prussienne de 1866.

Après la terrible journée de Sadowa, Lallemand se présenta au commandant des forces autrichiennes et lui dit qu'il voulait retourner à Vienne.

«Ne vous étiez-vous pas engagé pour la durée de la guerre? lui objecta Benedek.

— Oui, Excellence, répondit Lallemand, mais je me suis engagé comme peintre de batailles et non de défaites.»

UNE NOUVELLE REVUE POLONAISE

Une nouvelle revue littéraire à tendances modernes paraît en Pologne. Elle s'appelle *Zdrój,* c'est-à-dire, «Fontaine de jouvence». Elle a comme collaborateurs : Miriam, traducteur de Rimbaud, Mallarmé et Baudelaire; Pzybyszewski; Koscielski, traducteur de Moréas, de Louis Le Cardonnel, etc.

D'après ce que l'on peut en savoir, malgré l'occupation allemande, la nouvelle revue va s'efforcer d'être un pont entre la littérature française moderne et la Pologne intellectuelle où les talents originaux ne manquent pas[1].

LES «CHANTS DE MORT» TEUTONIQUES

Contraste au «Faut pas s'en faire» de nos poilus, à la bonne humeur anglo-saxonne, les chants de l'armée combattante allemande sont lugubres.

Le chant le plus populaire est le vieux *Morgenroth :*

Soleil rouge du matin, soleil rouge du matin,
Lumière qui me conduit au sépulcre,
Bientôt la diane
M'appellera vers la mort,
Moi et d'autres braves,
Soleil rouge du matin.

Qui eût jamais cru que ma gaieté finirait ainsi?
Hier je chevauchais un coursier fougueux,
Aujourd'hui je suis frappé en pleine poitrine,
Demain je serai dans la tombe froide,
Soleil rouge du matin.

N'est-ce pas que le *Feldgrau* roule en sa *tétète* de plus funestes pensées que les poilus et les *tommies?*

(1er novembre 1917.)

CENTENAIRE DE PAUL FÉVAL

Le centenaire de Paul Féval, qui naquit à Rennes le 28 novembre 1817, a passé presque inaperçu. Les amateurs de romans de cape et d'épée, desquels était en sa jeunesse M. Élémir Bourges, nous sauront gré d'évoquer la mémoire de l'excellent conteur que fut Paul Féval. À côté de ses feuilletons où il rivalisait avec Eugène Sue, il a écrit des romans historiques tels que *Le Bossu* et *Le Capitaine Fantôme* où il tient sa place à côté de Dumas père. D'autre part, sa personnalité qu'on ne saurait lui contester éclate dans *Les Contes de Bretagne,* dans *La Fée des grèves,* dans *Madame Gil Blas.* C'est un conteur de premier ordre et apte à bien rendre le mystère. Il a, du reste, écrit lui-même, sous forme de roman, une satire excellente du genre mystérieux et des élucubrations d'Ann Radcliffe : *La Ville vampire.* On s'étonne que les éditeurs de romans à bon marché ne songent pas à reprendre ce fonds merveilleux et pour ainsi dire inépuisable. Il y a dans *Les Fils du diable* certain médecin portugais et une évocation du ghetto de Francfort qu'on lira toujours avec plaisir, fût-on esthéticien des anciens ou des nouveaux temps. C'est encore Paul Féval qui inventa la fameuse chanson chouanne :

Prends ton fusil, Grégoire!

Il avait un sens très vif de la poésie populaire et l'on ferait un bien agréable recueil avec les chansons de forme populaire qu'il composa et sema dans ses ouvrages.

On sait qu'il mit à la scène avec un succès incroyable

son roman *Le Bossu* où Mélingue triompha. Depuis, le cinéma s'en empara. Les faiseurs de films trouveraient d'ailleurs ample matière dans l'œuvre du plus fécond, du plus varié, du plus lyrique de nos grands romanciers populaires du XIXe siècle, de ceux que plus tard on mettra peut-être au rang des poètes épiques.

Et Paul Féval avait dans son âme bretonne tout ce qu'il y a toujours de divinement poétique chez tous les auteurs bretons. C'est un je ne sais quoi de tendre, de fort, de mystérieux et d'un peu moqueur qui n'appartient qu'à eux.

UNE DEVISE D'AVANT-GARDE

Mme Lara, de la Comédie-Française, dont on connaît le dévouement pour toutes les tentatives modernistes, ne se contente pas de défendre ses poètes sur les champs de bataille des théâtres et des salles de conférences. Elle a aussi le courage de son opinion et son papier à lettres, qui ne comporte pas d'enveloppes mais se plie comme on faisait il y a quelque cinquante ans, porte dans le coin inférieur droit cette devise gravée en violet et qui est tout un programme :

Mieux vaut faire un faux pas
En avant
Et se relever avec courage
Que
Bien faire et rester stationnaire.

Plier son papier à lettres sans se servir d'enveloppe n'est point nouveau dira-t-on, certes, mais c'est tout de même aujourd'hui une nouveauté et même une heureuse nouveauté, puisque cela permet d'épargner une enveloppe. Si la chose est ancienne, elle n'en reste pas moins une initiative; c'est pourquoi l'argument du vieux neuf ne vaut rien, pas plus contre le papier à lettres à devise de Mme Lara que contre toutes les autres initiatives.

LE BON GROS SAINT-AMANT

Il y a quelques années, le poète Pierre Varenne fit campagne pour que Rouen, qu'il aimait tant, élevât une statue au poète Saint-Amant.

Pierre Varenne écrivit à toutes les personnalités du monde des lettres et des arts, fit paraître un manifeste, organisa des spectacles et des conférences, fit exposer aux Artistes français le projet du sculpteur Fernand David, lança enfin des listes de souscriptions et, avec toutes sortes de félicitations, de marques de dévouement et de «haute estime littéraire» reçut la somme globale de 687 francs qui ne suffit même pas à payer les frais de la maquette du monument.

Depuis, la guerre est venue. De l'initiative de Pierre Varenne il ne reste qu'une étude sur *Le Bon Gros Saint-Amant* qu'il vient de publier à Rouen, et qui vaut tous les monuments du monde.

Au reste, la statue de Saint-Amant n'est pas la seule qui soit restée en panne.

Où en sont donc les projets de statue pour Gérard de Nerval, pour Moréas[1]?

Et dire que pour ce dernier monument, M. Barthou lui-même était à la tête du comité!...

LES MARAIS DE SAINT-GOND ET MAURICE MAETERLINCK

Comment peut-il y avoir une relation entre l'auteur du *Trésor des humbles* et ces marais dont l'histoire gardera éternellement la mémoire depuis qu'à la bataille de la Marne les batteries lourdes de la garde prussienne s'y enlisèrent.

C'est bien simple.

Maurice Maeterlinck habite l'été, près de Caudebec, l'abbaye de Fontenelle qui fut fondée par saint Wandrille qui était cousin de Pépin d'Héristal, oncle par alliance de Garin le Loherain, si célèbre dans les chansons de geste et oncle par le sang de saint Gond qui donna son nom aux fameux marais au bord desquels, encore à la fleur de l'âge, il vint vivre en ermite.

Les croassements des grenouilles l'importunaient et

Albéric de Trois-Fontaines rapporte qu'elles furent frappées d'un mutisme qui durait encore au XIIIe siècle.

Au XVIe siècle, Claude d'Espenel, recteur de l'université de Paris, chanta les louanges de saint Gond en vers latins.

La renommée de saint Gond fut autrefois très grande et l'on avait recours à son intercession pendant les pestes. Plaise à Dieu qu'on n'ait jamais plus besoin de l'implorer! Il était fort honoré en Champagne, dans la Brie, au prieuré de Brétigny près Noyon, à Jumièges, à Fontenelle enfin.

Peut-être Maurice Maeterlinck voudra-t-il écrire quelque chose sur cet ermite des marécages dont le nom brille d'un si vif éclat au cours de cette guerre et qui était le neveu de saint Wandrille, dont le grand poète habite la calme demeure.

Il convient d'ajouter que saint Gond, ainsi que du reste saint Wandrille était né à Verdun et qu'il fut ordonné prêtre en Normandie, par saint Ouen, à Rouen, sous le règne de Dagobert.

AU VIEUX-COLOMBIER

En s'en allant en Amérique, M. Jacques Copeau a laissé le théâtre du Vieux-Colombier à Mme Jane Bathori qui organisera des séances musicales et des conférences avec auditions. Mme Bathori a plus spécialement chargé M. Pierre Bertin d'organiser les conférences. Le programme musical de la saison 1917-1918 annonce des œuvres de premier ordre; on y voit les noms anciens ou modernes d'Adam de la Halle, de Pergolèse, de Mozart, de Rameau, de Debussy, de Ravel, etc.

Ces matinées auront lieu à raison de dix par mois dont deux littéraires avec conférence. Le dimanche auront lieu des matinées populaires[1].

LA LITTÉRATURE TCHÈQUE ET LA CENSURE AUTRICHIENNE

Le gouvernement autrichien qui a le monopole des ouvrages destinés à l'enseignement primaire s'arroge aussi le droit d'approuver ou non ceux destinés à l'enseignement secondaire. C'est ainsi qu'après avoir censuré certains passages de la vie de Václav Matěj Kramerius, patriote tchèque, il a jugé séditieux des parties de *La Fille de Slava* de J. Kollar, un extrait de l'*Histoire de la nation tchèque* relatif à la bataille de Domazlice en 1431 et le discours prononcé par François Palatcký lors de la pose de la première pierre du Théâtre national, le 16 mai 1866.

Le poème «Le Grand Jour des morts», extrait de *L'Écho des chants russes,* de F. V. Čelakovský, a été supprimé.

On a trouvé répréhensible la poésie suivante de Karel Havlítchek Borovský intitulée «Ma chanson» :

Faites-moi des promesses;
Donnez-moi des ordres;
Menacez-moi;
Vous n'arriverez jamais à faire de moi un traître.
Mon étendard rouge et blanc
Est pour moi un héritage de force et d'honneur.

L'étendard rouge et blanc flottera encore sur le Hradchin en dépit de la censure austro-hongroise.

(16 novembre 1917.)

L'ABBÉ BORDELON DANS LES TRANCHÉES

La dernière fois que René Dalize était venu en permission avant d'aller mourir devant Craonne, il racontait avoir trouvé dans une cagna deux volumes in-12 intitulés : *Les Imaginations de M. Oufle* dont il ignorait l'auteur et qui l'avaient amusé. Il apprit avec curiosité que cet ouvrage était de l'abbé Bordelon et cet auteur étant bien oublié aujourd'hui, il manifesta l'intention de s'en occuper après la guerre.

L'abbé Laurent Bordelon est en effet assez oublié. On sait peu de choses de son existence; il naquit à Bourges en 1653 et mourut à Paris en 1730; ce fut un des auteurs les plus féconds de son temps, mais son talent ne répondait pas à sa fécondité.

On ne saurait dénombrer ici tous ses ouvrages, ses «péchés mortels», comme il avait le bon goût de les appeler.

Citons ses *Diversités curieuses* en douze volumes, *Mital ou les Aventures incroyables et toutefois et cétéra, suivies de Scènes du clam et du coram* (1708), *Le Voyage forcé de Bécaford l'hypocondriaque* (1709), *Les Imaginations extravagantes de M. Oufle* (1710, réimprimé en 1753), où il combat les superstitions, qui eut du succès et fut même traduit en italien, *Gangam ou l'Homme prodigieux transporté dans l'air, sur la terre, et sous les eaux* (1712), etc.

Monselet songea à remettre en honneur cet aimable et bizarre prédécesseur de Jules Verne et de Wells. M. Gustave Lanson parle quelque part de ce singulier auteur.

(16 décembre 1917.)

MORT DE JUDITH GAUTIER

La petite académie ne sera pas restée longtemps au complet, la première académicienne est morte et l'on ne serait pas étonné qu'une tradition se créant, une autre académicienne la remplace.

Distinguée, il y a quelques années, par ceux que M. Rosny aîné appelle «les pensionnés Goncourt», Mme Judith Gautier qui, dit-on, avait été élue grâce à l'appui de M. Lucien Descaves, grand électeur, avait cette année joué un rôle décisif dans l'élection de M. Jean Ajalbert.

Cette éminente femme de lettres était la fille du «poète impeccable», de Théophile Gautier, du méconnu illustre que la postérité commence seulement à mettre au rang qui lui est dû, auprès de Goethe.

Dès le titre du premier recueil qu'elle publia à l'âge de dix-sept ans, *Le Livre de jade,* on pouvait voir que les leçons raffinées de son père avaient aiguillé l'imagination de cette jeune fille vers l'art exotique de l'Extrême-Orient. Judith Gautier a décrit dans *Le Collier des jours,* qui est un rosaire exquis de souvenirs, la découverte qu'elle fit de la Chine, lors de la visite que fit à l'atelier de Théophile Gautier le Chinois Tuig Tun Hing. Et dès lors, elle se consola des vicissitudes de sa vie, de son mariage avec Catulle Mendès et de son divorce en se réfugiant au fin fond de l'Asie, dans la Chine et jusqu'au Japon. *Le Dragon impérial, Mémoires d'un éléphant blanc, La Marchande de sourires, Fleurs d'Orient, Le Paravent de soie et d'or, Princesses d'amour, Iskender, La Sœur du soleil, Le Vieux de la montagne* sont les étapes incomparables de cette nostalgie à rebours qui l'entraînait loin de son Paris vers des contrées où elle vivait comme cette poétesse japonaise, si désabusée et si lyrique, dont elle a raconté avec un art étrange et somptueux la destinée mélancolique.

La postérité mettra cette œuvre, qu'inspira José-Maria de Heredia, à son rang dans le voisinage de Pierre Loti, dont la poésie a le mérite d'être plus directe, et de Léon Cahun, dont la documentation était plus savante et plus certaine, mais desquels l'imagination était sans aucun doute moins audacieuse, moins spleenétique, et c'est là son originalité.

L'œuvre de Judith Gautier est comme cette impératrice de la Chine dont elle nous a longuement parlé et qui «traîne parmi les rayons, sur son escalier de jade, diamanté par la lune, les plis de sa robe de satin blanc».

PASQUALE VILLARI

L'apologue du «Chameau absolu» rapporté ici même[1] a, paraît-il, pour auteur Pasquale Villari qui, au dire de son bibliographe Baldasseroni, écrivit quatre cents ouvrages en soixante ans.

Et ce ne fut pas un précoce, car s'il publie son premier écrit après la trentaine, c'est de 1859 à 1861 qu'il publia son chef-d'œuvre : *Savonarole.* Il appartenait à l'école des «puristes».

Plus tard, quand il fut illustre, il fut prévenu un jour que le roi lui donnerait audience. Il s'y rendit, se demandant ce que le monarque lui voulait.

Le roi le reçut familièrement dans son cabinet de travail et tout en causant lui remit une boîte de cuir que Villari mit dans sa poche. Ils devisèrent encore quelque temps puis, l'audience terminée, Villari s'en fut chez lui et en route un ami qu'il rencontra lui demanda quel était cet étui qui dépassait la poche.

«Un cadeau du roi, répondit Villari, sans doute un livre précieux.» Et tirant l'étui, il l'ouvrit et vit briller le collier d'or de l'Annonciade, l'ordre des souverains.

«L'Annonciade! s'exclama Villari, et moi qui pensais que la remise de cet ordre était toujours comme autrefois entourée de cérémonie. C'est égal on a bien simplifié les choses.»

Voici quelques pensées tirées des œuvres de Pasquale Villari :

«Quelle différence entre Faust mené vers Marguerite par Méphistophélès, et Dante que Béatrice conduit vers Dieu. Ce sont là deux étonnants tableaux qui mettent en valeur deux civilisations, deux formes diverses qu'a prises dans le monde l'esprit humain.»

«Ceux qui ont fait l'Italie n'étaient pas sceptiques. Ils espérèrent contre toute espérance. Ils vécurent et moururent pour l'idéal de la Patrie.»

PRIX LITTÉRAIRES

Un groupe d'écrivains a décidé de créer un «Prix littéraire de 500 000 francs» qui sera attribué chaque année, après le Prix Goncourt, au meilleur ouvrage d'imagination en prose paru depuis le 1er janvier précédent.

Afin d'éviter tout malentendu, il est précisé que ce prix de 500 000 francs n'a de pécuniaire que son titre. C'est un prix d'honneur.

Il a été décerné cette année pour la première fois, et à l'unanimité, à M. Jean Giraudoux, auteur de *Lectures pour une ombre.*

Le comité du «Prix littéraire de 500 000 francs» est composé de MM. Antoine Albalat, Guillaume Apollinaire, L. M. Baragnon, André Billy, René Bizet, Jacques Chaumié, Raymond Clauzel, Léon Deffoux, Louis Dumur, Jacques Dyssord, Gustave Fréjaville, René Gillouin, Jean de Gourmont, Georges Le Cardonnel, Alexandre Mavroudis, Pierre-Paul Plan, Marcel Provence, Paul Vulliaud.

FORTUNIO LICETI

Fortunio Liceti fut le premier enfant élevé en couveuse. C'est, du moins, ce qui ressort d'un récit publié dans *Le Jugement des savants sur les principaux ouvrages des auteurs* par Adrien Baillet, revu, corrigé et augmenté par La Monnaye (Paris, 1722). Fortunio Liceti, «l'un des plus célèbres philosophes de notre siècle et l'un des plus laborieux écrivains de la République des lettres», était né avant terme pendant un voyage de ses parents sur la côte de Gênes, le 31 octobre 1577. Son père, médecin, le fit transporter à Rapallo et «entreprit d'achever l'ouvrage de la nature et de travailler à la formation de l'enfant avec le même artifice que celui dont on se sert pour faire éclore les poulets en Égypte»; il fit mettre son fils dans un four et réussit dans son entreprise à tel point que l'enfant vécut soixante-dix-neuf ans. D'autres auteurs prétendent que Liceti fut élevé dans une caisse garnie de coton. Il faut ajouter que l'extraordinaire étendue des connaissances de Liceti témoigne avec sa longévité de l'excellence du traitement que son père avait imaginé pour l'élever[1].

«IL EST RESSUSCITÉ!»

Charles Morice, dans le pathétique ouvrage qui porte ce titre, prévoyait ce qui arriverait et maintenant on peut le dire sans que cela puisse être démenti : «Il est ressuscité!»

Dans la salle d'un café de la Butte, tout près du Sacré-Cœur, Jésus-Christ devait réapparaître. Une affiche annonçait:

«Jésus-Christ revivif en personne (en chair et en os) redescendu sur cette terre le 9 de décembre 1917 (envoyé) d'Allah, Abramo, Amen-Bâ, Brama, Budda, Confusio, Mosé, Shnito, prêchera la vérité pour la salvation du monde, de la destruction teutonne, combattra l'Antéchrist Guillaume II (empereur de la Dévastation)... La France est le Christ des Nations, parce qu'elle est l'éternel sacrifice spontané pour le bien des autres, et c'est pour cela que je suis venu en France... Français et Alliés! Les derniers jours de cette année seront les plus horribles de cette catastrophe immense sans précédent et sans retour dans le prochain et le heurt à supporter sera le plus dur de cette lutte; mais ayez foi dans votre prochain triomphe éclatant, inévitable et naturel dû à votre confiante endurance et bonté... Encore de nouveaux peuples viendront vous rejoindre pour vous aider à remporter votre part, faite victoire méritée, dans l'année 1918...»

La singularité de cette affiche a de quoi intriguer, mais

les idées exprimées sont si justes et si parfaitement conformes à tous nos vœux que l'on aurait mauvaise grâce à douter de cette nouvelle incarnation de Jésus-Christ et à risquer de le gêner dans son apostolat patriotique en exigeant de lui, par exemple, ses papiers militaires. Une lettre imprimée, reçue par quelques personnes distinguées, faisait connaître à la place de la signature que Jésus-Christ *redivivus* portait à la fin de l'année 1917 le nom singulièrement féminin et franco-latino-anglo-saxon de *Lamisdea. La* serait l'article féminin singulier en français, *mis* serait là pour «miss» et *dea* n'est peut-être qu'une allusion à la démarche aisée, *patuit incessu dea*[1] d'une jeune anglo-saxonne en qui un dieu se serait incarné et que voilà déesse *La miss Dea...*

La police, qui a horreur de tout ce qui ne s'explique pas facilement, a enjoint Jésus-Christ de ne point faire de conférence. C'est pourquoi nous n'avons pu le voir, mais ses prophéties sont là suffisamment précises pour qu'au cas où elles se réaliseraient, un grand nombre d'âmes fussent profondément troublées.

(16 janvier 1918.)

MORT DE MAURICE DREYFOUS[a]

L'éditeur Maurice Dreyfous est mort le 6 janvier dans la matinée. Éditeur-écrivain, familier du Parnasse, il avait débuté comme secrétaire de Théophile Gautier. Il était devenu un des plus fidèles amis du maître. Il avait édité une plaquette aujourd'hui introuvable de Banville : *Les Forgerons*. Éditeur passionné de Jean Richepin, il fut l'infatigable prosélyte de la réputation du poète et réalisa pour ses premières œuvres des modèles de typographie et de goût. À la même époque il édita Savorgnan de Brazza. Il laisse comme œuvre personnelle des travaux historiques, notamment une émouvante étude sur le sculpteur Dalou, une biographie des Carnot et deux volumes de souvenirs littéraires : *Ce que je tiens à dire*. Maurice Dreyfous laisse aussi des poésies.

On trouve généralement quelque partialité dans les jugements portés par Maurice Dreyfous dans ses souvenirs littéraires.

Mais ce qu'il y a surtout d'émouvant dans la disparition de Maurice Dreyfous, c'est qu'elle coïncide avec celle de Judith Gautier. Et voici deux êtres qui tenaient de près au grand Théo qui s'en vont, pour ainsi dire, de conserve : sa fille, son secrétaire.

«NÉMÉSIS»

Paul Bourget a commencé la publication d'un roman intitulé *Némésis* et qui est, d'après ce que l'on connaît déjà, un des mieux charpentés qu'il ait écrits.

Un des principaux personnages est un nain dont une grande dame a fait son jouet. Un nain hideux, normal par le haut, rabougri par le bas. Que nous voilà loin du charmant Ferry qui fut le nain du roi de Lorraine!

Et le nain nouveau style, auquel la grande dame qui en a fait son jouet a donné un stylographe en or, raisonne comme un bolchevik.

Ce roman tragique et plein d'imagination, il y a plus de dix ans que M. Paul Bourget y travaille, mais il l'a finalement situé à la veille de la guerre.

(1er février 1918.)

UNE QUERELLE THÉOLOGIQUE

Nous avons parlé en son temps du centenaire célébré en Espagne en l'honneur de Suarez.

Le nonce à Madrid avait reçu de Rome les instructions formelles pour empêcher qu'il y eût des manifestations en l'honneur de Suarez «comme philosophe et théologien»; on ne devait fêter que le canoniste.

La controverse a passé dans les revues, les journaux catholiques, mais cette fois Rome peut difficilement intervenir, à moins de se contenter d'imposer le silence, car c'est bien en curie romaine que s'est fait le gâchis.

Léon XIII par l'encyclique *Aeterni Patris* recommandait l'enseignement et l'étude de la théologie et de la philosophie de saint Thomas. Pie X alla plus loin et imposa l'enseignement exclusif de la doctrine thomiste.

Or, on a relevé une contradiction irréparable entre les

doctrines du jésuite Suarez et les vingt-quatre propositions extraites de saint Thomas et signalées par Pie X comme une norme à l'enseignement de la théologie dans les chaires des écoles catholiques.

Mais voici qu'on vient de découvrir une lettre de Benoît XV, datée du 19 mars 1917, adressée au général des Jésuites, auxquels il confirme le droit de professer les doctrines théologiques de Suarez qu'ils enseignent librement depuis trois siècles et qui ne sont pas conformes à celles de saint Thomas.

D'autre part, le nouveau code de droit canon dit explicitement :

Il est prescrit de vaquer avec soin aux études de philosophie et de théologie en s'en tenant étroitement à la doctrine de saint Thomas.

C'est là-dessus qu'on se dispute âprement et que certains en arrivent à l'opinion irrespectueuse que Benoît XV pourrait être en contradiction avec lui-même et avec ses prédécesseurs.

GASPERO BARBERA

On a célébré à Florence le centenaire de la naissance de feu l'éditeur Barbera.

Il arriva de Turin, sa ville natale, à Florence, le 14 novembre 1840, avec moins de six francs en poche.

Il entra comme commis chez l'éditeur Le Monnier, un Français, arrivé à Florence dix ans auparavant avec une centaine de francs et qui y avait jeté les bases de sa fortune.

Barbera restera chez lui quatorze ans avec un salaire de *100 lires* toscanes par mois, ce qui équivalait à *84 lires* italiennes. Mais en ce temps-là, la vie était à bon marché en Toscane, on y dînait fort bien pour 1 «paul», c'est-à-dire 56 centimes, et le vin était si abondant qu'après la vendange, les curés annonçaient en chaire aux fidèles les débits où l'on distribuait le vin gratuitement pour rendre les récipients disponibles.

Au bout de quatorze ans, Barbera s'établit à son compte et sa maison d'éditeur acquit vite une importance égale à celle de son ancien patron. Les deux maisons rivalisèrent, et cette lutte était favorisée par la grande liberté dont on jouit dans le grand-duché de Toscane de 1848 à 1859.

Il était interdit d'y imprimer quoi que ce fût qui traitât de politique ou de religion, mais ce que l'on avait réussi à introduire sur le territoire du grand-duché pouvait y être mis en vente.

C'est ainsi que Le Monnier put faire imprimer l'*Arnaldo di Brescia* de Niccolini, à Marseille, puis réussit à l'introduire à Florence après en avoir offert le premier exemplaire au grand-duc.

Plus tard, Barbera osa publier une nouvelle édition de l'*Histoire du concile de Trente* de Paolo Sarpi et, en mars 1859, un mois avant que le grand-duc fût détrôné, il fit paraître le célèbre opuscule de Celestino Bianchi : *Toscane et Autriche* qui fit un bruit formidable et provoqua l'interdiction contre tous les ouvrages politiques. Mais cette interdiction ne put avoir d'effet rétroactif et l'opuscule de Bianchi put circuler librement, préparant le terrain à la révolution imminente.

SERMONS COURTS[a]

Le clergé russe devenu maximaliste se fait une originalité de prononcer des sermons très brefs, mais sans doute ne le sont-ils pas plus que celui du célèbre orateur Stenley qui avait desservi, dans sa jeunesse, au XVIIIe siècle, la cure de Newbury, dans le comté de Berkshire; mais soit que les revenus de son bénéfice ne pussent suffire à sa dépense, soit que ses paroissiens n'eussent pas pour lui les procédés convenables, il se détermina à quitter la cure et à venir tenter fortune à Londres. Quelques jours avant son départ, il annonça que le dimanche suivant il ferait son dernier sermon. Tous les habitants y assistèrent; lorsqu'il fut à la fin de son discours il leur adressa ces paroles :

«Je crois vous avoir prouvé les trois propositions de mon discours : 1° que Dieu ne vous aime point; 2° que vous ne vous aimez point les uns les autres; 3° que vous n'avez point de foi. Une courte réflexion va porter ces trois vérités au plus haut degré d'évidence :

«Si Dieu vous aimait, il vous châtierait, suivant cette maxime : *Quos amat, Deus castigat*[1]. Or, le ciel m'est témoin que depuis que je suis parmi vous, je n'ai pas fait trois enterrements; donc Dieu ne vous aime pas. — Si vous vous aimiez, vous feriez des enfants à vos femmes; or, je n'ai pas fait deux mariages, ni deux baptêmes depuis que je suis curé; donc vous ne vous aimez pas. — Enfin si vous aviez la foi, je n'aurais pas été obligé de vendre mes meubles lorsque j'ai eu besoin d'argent; aucun de vous n'a eu assez confiance en moi pour me prêter un shilling. Ainsi, haïs de Dieu, ennemis les uns des autres, et sans foi ni charité, si vous ne traitez pas mieux mon successeur que vous m'avez traité, vous serez tous damnés. Adieu.»

Voici un autre sermon très court, publié dans les journaux anglais au commencement du XIXe siècle.

«L'homme est né pour la peine, comme les étincelles s'élèvent en pétillant.

1° L'entrée de l'homme dans le monde;
2° La carrière de l'homme dans le monde;
3° La sortie de l'homme de ce monde;
Son entrée dans le monde est nue;
Sa carrière dans le monde est trouble;
Sa sortie de ce monde le conduit personne ne sait où.

Pour conclure, si nous faisons bien ici nous nous trouverons bien là.

Je ne vous en dirais pas davantage quand même je prêcherais pendant un an.»

Nos orateurs parlementaires devraient bien prendre exemple sur ces sermonneurs anglais et sur le clergé bolchevique, du moins pour ce qui concerne la brièveté.

LES ÂNES AMATEURS DE MUSIQUE

On lit dans le *Mercure de France* de l'année 1769 qu'un jeune âne ne manquait jamais d'aller prendre sa part d'harmonie aux concerts que l'on donnait fréquemment au château d'Ourville dans le pays chartrain.

Aussitôt que les premières notes commençaient à se cadencer sur les instruments, on voyait l'âne s'approcher avec une grave satisfaction au bord de la fenêtre, et selon que la musique lui plaisait ou non, il se montrait satisfait ou impatienté avec le même aplomb que nos dilettantes. Il aimait particulièrement les morceaux les plus simples; la musique à grand effet ne lui plaisait pas, et il affectait de se retirer comme pour témoigner son dédain. Mais ce qui lui plaisait davantage, c'était la voix de la maîtresse de maison qui, d'ailleurs, était très remarquable. Il paraissait comme fasciné, et l'on eût dit que, suivant les spirales de la voix de cette dame, il en recueillait les plus tendres émotions. Entre tous les différents genres il préférait la romance et la vive ariette. Un jour enfin que l'on chantait un duo, il en fut tellement électrisé qu'il se précipita dans le salon. Son compliment d'entrée fut de braire de toutes ses forces, pour exprimer qu'il était content des deux virtuoses.

En général on a remarqué que presque tous les animaux aiment la musique et la recherchent. Terentius Varron dit qu'étant un jour chez Hortensius avec plusieurs de ses amis, on leur servit à dîner sur une petite hauteur, au milieu d'un parc. «Nous étions à table, ajoute-t-il, lorsque notre hôte fit appeler un homme, qui arriva, un cystron à la main; dès qu'il eut reçu l'ordre de chanter, il emboucha une trompette, et aussitôt nous fûmes environnés d'une si grande multitude de cerfs, de sangliers et d'autres quadrupèdes que ce spectacle ne me parut pas moins magnifique que ceux que donnent les édiles dans le grand cirque[1].»

CHRISTOPHE PIVETT[a]

Il mourut en 1785 à York, à l'âge de quatre-vingt-treize ans, un sculpteur doreur nommé Christophe Pivett, connu par ses singularités. Il s'était trouvé aux batailles de Dettingen et de Fontenoy, au siège de Carlisle et à la bataille de Culloden. Il s'établit à York en 1746. Sa maison ayant été détruite par un incendie, il prit la résolution de ne plus dormir dans un lit, et il s'y astreint pendant les trente-huit dernières années de sa vie. Il couchait sur le plancher ou sur une chaise, sans quitter ses habits. Il a vécu seul tout ce temps-là, faisant lui-même sa cuisine et ne recevant personne chez lui; il cachait soigneusement et le lieu de sa naissance et le nom de ses parents. Il paraissait avoir reçu une bonne éducation; il possédait à un haut degré l'amour de l'indépendance et ne se faisait jamais servir par personne. Parmi les raretés qui composaient son mobilier, on remarquait un crâne humain qui fut enterré avec lui, quelques vieilles épées et une cuirasse, choses auxquelles il paraissait attacher un grand prix.

Plus tard, il y aura sans doute d'anciens poilus qui mèneront une existence aussi «originale».

(16 février 1918.)

MORT D'ÉDOUARD CHAVANNES

L'éminent sinologue est mort dans les premiers jours de février. Il était né en 1865. Dès sa sortie de l'École normale il partit pour la Chine. En 1893, retour de Pékin, il occupa, au Collège de France, la chaire d'Abel Rémusat et de Stanislas Julien. En 1903, il entra à l'Institut. Il était également secrétaire de la Société asiatique où il avait remplacé Darmesteter qui avait lui-même succédé à Renan. En 1907 il retourna en Chine et son voyage eut des résultats magnifiques.

Chavannes s'était donné la tâche de traduire les *Mémoires historiques* de Sseû-ma Ts'ien écrits au second siècle avant l'ère chrétienne. La mort a interrompu au cinquième volume ce lourd labeur. On cite : *La Sculpture sur pierre au temps des deux dynasties Han* (1893); *Mission archéologique dans la Chine septentrionale* (1913).

ANTONIO BARATTA

On a évoqué récemment l'étrange figure de l'épigrammatiste Antonio Baratta, né à Gênes, mais qui peut être justement considéré comme un citoyen de Turin.

On l'appelait *cavajer senssa camisa, «le chevalier sans chemise»*, à cause de sa pauvreté, bien qu'il fût chevalier de l'ordre Mauritien et eût mené longtemps une vie brillante.

Ses farces, ses épigrammes sont célèbres. Quand le fameux chanteur de la chapelle Sixtine, Testore, mourut, le peuple dont sa «voix blanche» faisait les délices voulut honorer sa mémoire et l'on demanda à Baratta, qui appartenait au parti clérical, de composer l'épigraphe.

Le poète envoya une épigramme à double entente en quatre vers allusifs et... salés que personne tout d'abord n'entendit et qui parut fort pieuse. Elle fut peinte sur une large bande de toile hissée, selon la coutume, au-dessus de l'entrée de l'église. Mais le peuple comprit les allusions et tout le monde se tordit de rire à ces funérailles du fameux castrat.

Sur sa propre mort, Baratta fit une terrible épigramme. Il fut blessé à la tête au cours d'une promenade par un chêne que l'on abattait au moment où il passait. Et, porté à l'hôpital, il composa avant de mourir quelques vers dont voici la traduction :

Comme prix de ma longue chanson
Je ne désirais qu'un seul rameau de chêne,
Mais la Cité qui pour armoiries a un taureau
Me couronna d'un chêne tout entier.

Une seule personne accompagna le mort au cimetière. Mais elle en valait beaucoup. C'était Cesare Cantu.

LE MUSÉE RODIN

M. Lafferre vient de donner des ordres pour mettre en état le musée Rodin et en permettre l'accès au public; ce sera une véritable révélation que cette exposition permanente où vivra l'œuvre du plus grand sculpteur moderne et d'un des plus grands artistes du monde.

Victor Hugo eut de magnifiques funérailles nationales. Et ce n'était pas trop que des obsèques nationales pour Auguste Rodin.

L'art[a], en 1917, perdit les plus grands parmi ses représentants : après Degas, Rodin! Ce fut trop dans une même année!

On sait[b] que Rodin eut encore bien de la peine à faire accepter, contre les forces coalisées de l'Institut, le don de presque toute son œuvre et de ses collections d'antiques. Néanmoins, il resta vivement affecté par la cabale que les médiocres avaient montée contre son génie, son génie qu'il voulut avant tout véridique.

Et, à ce propos[c], M. Paul Gsell, qui s'est fait le Francisco de Hollanda du nouveau Michel-Ange ou l'Eckermann de ce Goethe de l'art plastique que fut Auguste Rodin, a noté cette déclaration faite à propos de ses bustes, mais qui peut s'appliquer à tout son œuvre : «J'ai fait de mon mieux. Je n'ai jamais menti.»

C'est encore à Paul Gsell qu'il fit connaître cette profonde vérité :

«Quand, après mûre réflexion, vous aurez posé en matière d'art les prohibitions les plus raisonnables, vous pourrez légitimement reprocher aux médiocres de ne point s'y soumettre, mais vous serez tout surpris d'observer que les génies les enfreignent presque impunément.»

Et il ajoutait :

«Je vous avoue qu'en ce qui me concerne, je supporte malaisément les défenses de passer.»

L'ouverture du musée Rodin sera une occasion de dire officiellement que, depuis la mort de Tolstoï, la pensée lumineuse de cet artiste sublime dominait le monde. Son autorité, sa grandeur, son art, n'étaient plus discutés que par quelques envieux qui rusaient et n'osaient plus l'attaquer de face.

Mais lui-même, celui que Maurras appelait, le 18 novembre, «le grand Rodin», n'a-t-il pas déclaré à M. Gsell : «L'art est mort.»

Tolstoï avait proclamé l'inutilité de l'art. L'enseignement de Tolstoï a comme résultat les soviets.

Mais Rodin, tout en constatant le peu d'intérêt que l'on marque à l'art, insistait sur l'utilité des artistes : «L'on ne se préoccupe aujourd'hui que d'intérêt. Je voudrais que cette société pratique se convainquît qu'elle a au moins autant d'intérêt à honorer les artistes que les usiniers et les ingénieurs.»

Nous irons tous à l'hôtel Biron, devenu le musée Rodin, honorer la mémoire du grand sculpteur.

ACADÉMICIENS QUI NE FIRENT PAS LEUR «REMERCIEMENT»

Émile Ollivier fut de l'Académie, mais il n'y eut pas pour lui de cérémonie de réception. Il ne prononça pas de discours.

Le comte de Clermont n'en prononça pas non plus. Louis de Bourbon, comte de Clermont, prit la place de Richelieu en février 1758 ; un général incapable remplaçait ainsi un général déplorable. Le comte de Clermont était arrière-petit-fils du grand Condé et frère du duc de Bourbon et du comte de Charolais.

Quoique abbé de Saint-Germain-des-Prés, il avait servi

en 1737 dans les armées du roi et s'était déjà distingué dans de nombreuses campagnes en particulier à Lawfeld.

Il ne désirait pas se marier, bien qu'il ne fût que clerc tonsuré, afin de conserver ses nombreux bénéfices ecclésiastiques; il menait joyeuse vie et nul n'ignorait ses relations avec la Camargo et avec la Leduc de l'Opéra. L'Académie française l'admit parmi ses membres. Il se dispensa cependant de prononcer son discours de réception. On le chansonna fort méchamment et fort spirituellement. On le traita de «moitié plumet, moitié rabat». Ce huitain résumait fort bien tous les griefs du public :

Est-ce un abbé? L'Église le renie.
Un général? On l'a bien maltraité.
Mais il lui reste au moins l'Académie;
N'y fut-il pas muet par dignité!
Qu'est-il enfin? Que son mérite est mince!
Hélas! J'ai beau lui chercher un talent,
Un titre auguste éclaire son néant,
Pour son malheur le pauvre homme est un prince.

UN ÉLOGE À UGO OJETTI

Le général Diaz, généralissime italien, a adressé au critique d'art M. Ugo Ojetti un éloge solennel avec ce motif :

«Chargé de la sauvegarde dans la zone de guerre de tout ce qui a de l'intérêt pour l'art et pour l'histoire, sous la menace de la dernière offensive ennemie, avec un zèle infatigable et avec promptitude, surmontant des difficultés multiples et affrontant le péril dans les lieux les plus exposés, a réussi à sauver les ouvrages précieux qui s'y trouvaient encore, malgré les sages dispositions prises précédemment, et qu'il était encore possible de transporter.»

AGENCE LITTÉRAIRE FRANÇAISE

Il vient de se fonder sur le modèle d'agences qui existent à l'étranger et y rendent de grands services, une agence littéraire française dont M. Marcel Berger est le directeur littéraire.

Cette agence assumera la tâche intermédiaire; elle «placera» l'œuvre que l'auteur créera.

Tel écrivain notoire a abandonné pour des sommes forfaitaires des ouvrages qui, plus habilement négociés, lui eussent rapporté une fortune. Tel autre, peu encouragé par son éditeur, ignore qu'une firme rivale serait justement disposée à consentir un sacrifice pour se l'attacher. Tel romancier qui vient de peiner une année durant sur une œuvre n'ose plus, pressé par le temps, l'adresser à une revue, alors que telle publication cherche quel roman elle va offrir, le mois prochain, à ses lecteurs. L'auteur ignore tout cela; l'agence en sera avertie.

Les éditeurs eux-mêmes auront grand avantage à se voir apporter les ouvrages du «genre» que justement ils recherchent.

UHLANS NÈGRES

Quoique la chose paraisse singulière, il y en eut cependant et on lit dans une pièce des archives de Dresde (2740) une lettre écrite de Paris par Fontenay à Bruhl, le 30 novembre 1748.

Il s'agit d'une revue du régiment de uhlans du maréchal de Saxe passée par Louis XV dans la plaine des Sablons :

«Le régiment des uhlans, écrivait Fontenay, est composé de six brigades; chaque brigade l'est de quatre-vingts uhlans et de quatre-vingts chevaux. Les uhlans de la colonelle sont tous nègres montés sur des chevaux blancs.»

La veille, à Versailles, la marquise de Pompadour joua Uranie dans le ballet de *La Lyre enchantée* et Vénus dans celui d'*Adonis*. Ces deux ballets étaient de Rameau.

Quelques jours auparavant, la cour était à Fontainebleau et assistait, le 24 octobre, à la première représentation de la *Sémiramis* de Voltaire, dont le succès ne fut pas très vif.

(1er mars 1918.)

«DON QUICHOTTE» ROMAN À CLÉ

On chuchote dans les cercles littéraires de Madrid qu'un certain écrivain espagnol, nommé Riviero, aurait découvert que toutes les œuvres de Cervantes sont des ouvrages à clés, dont chaque page lue d'une certaine façon contient les plus curieuses particularités sur Cervantes et sur ses contemporains.

Mais le susdit Riviero se refuse encore à révéler le secret du langage conventionnel qu'il dit avoir découvert et les admirateurs de Cervantes ne cachent pas qu'ils ne pensent pas qu'il y ait quelque chose de croyable dans les prétentions de Riviero.

LA REINE DE SABA

Un orientaliste distingué et bon écrivain s'est amusé à nous donner une version de l'histoire de la reine de Saba et du roi Salomon. Sait-on que cette ancienne reine eut l'honneur de faire dormir Napoléon?

C'était peu après le traité de paix qui fut signé à Vienne. Napoléon reprit le chemin de la France et voulut faire visite à son allié le roi de Wurtemberg, qui fit organiser des fêtes et monter un nouvel opéra : *Le Jugement de Salomon;* ce qu'il y avait de plus remarquable dans cet opéra, c'est qu'il y figurait deux chameaux vivants.

Enfin le grand jour vint. Tout le monde se pressait pour voir Napoléon.

Il y eut grand dîner de gala et ensuite la cour tint cercle. Puis la cour, traversant les salons du château, se rendit à l'Opéra.

À l'entrée de la loge royale, splendidement illuminée, se tenait un piquet d'honneur fourni par la garde du corps et commandé par le lieutenant von Schenk, un très bel homme qui fut tué à Waterloo.

Aussitôt l'Empereur installé dans la loge, on joua l'ouverture de l'opéra, mais personne ne l'écouta. L'assistance ne s'occupait que de Napoléon qui dès que la reine de Saba eut paru s'endormit profondément ainsi que Duroc et Berthier.

Une vieille dame, éblouie par le cortège de la reine de Saba et jugeant qu'il fallait que tout le monde admirât le spectacle, secoua le maréchal Duroc son voisin. Duroc se réveille, demandant ce qu'il y a.

«Ce sont des chameaux vivants! dit-elle.

— Est-ce possible, madame!» répondit le galant maréchal, qui se rendormit aussitôt.

(16 mars 1918.)

MORT DE JOHN-ANTOINE NAU

Mort à Tréboul (Finistère), le 17 mars dernier, le poète John-Antoine Nau était né à San Francisco. C'est un écrivain discret, fort modeste et du plus grand talent qui disparaît. Il représente en poésie une sorte d'impressionnisme plein de vie qui s'apparente assez bien à l'art d'un Henry-Edmond Cross, mais avant tout symboliste ou impressionniste. John-Antoine Nau, poète de l'exotisme, a cet art particulier de l'épithète qui appartient aux poètes coloniaux.

John-Antoine Nau, qui vivait à l'écart, avait des amis qui goûtaient profondément son talent pittoresque et ardent. Félix Fénéon, Marius-Ary Leblond, Jean Royère l'aimèrent fraternellement.

En 1903, il fut le premier des lauréats du Prix Goncourt, avec *Force ennemie* (La Plume) où il est traité de la folie. Si, le premier, il eut le Prix Goncourt, il est juste d'ajouter qu'il fut celui des lauréats Goncourt qui sut le moins tirer parti de l'immense réclame que ce prix procure.

Ses autres ouvrages sont *Le Prêteur d'amour* (1904), *La Gennia* (1906), *Cristobal le poète* (1912).

Ses livres de vers, que certains mettent très haut dans la production de son temps, sont *Hiers bleus* (1903), *Vers la fée Viviane* (1908), *En suivant les goélands* (1914). Il fut un poète lyrique nonchalant et délicieux.

John-Antoine Nau collabora à la traduction du *Journal d'un écrivain,* de Dostoïevski.

Il collabora à un grand nombre de revues telles que *La Revue blanche, La Grande France, Le Festin d'Ésope, La Phalange.*

Il voyagea beaucoup; né en Amérique, il parcourut les Antilles, habita Malaga, les Canaries, les Baléares, la Corse, le Midi de la France, l'Algérie. Il ne venait que rarement à Paris. L'auteur de ces lignes le vit une fois au Salon des indépendants. C'était un homme brun, déjà poivre et sel, grand, vêtu de noir, très correct. On eût dit un notaire parisien ou quelque riche industriel. C'était un poète, un poète nostalgique, un poète au cerveau plein de soleil, le poète des mirages... Il écrivit *Vers la fée Viviane*, c'est aussi de la fée Morgane qu'il eût pu écrire.

UN PORTRAIT DE SARGENT

Le peintre John Singer Sargent est en train d'achever à Washington le portrait du président Wilson.

Il y a près de deux ans, à une vente de charité, à Londres, Sargent offrit une toile blanche sur laquelle il s'engageait à peindre le portrait de la personne choisie par l'acheteur. La toile fut vendue aux enchères à Sir Hugh Lane pour la somme de 30 000 francs.

Sir Hugh Lane périt dans le torpillage de la *Lusitania*, mais léguait par testament sa collection à la National Gallery of Ireland. Le tribunal décida que les administrateurs auraient le droit de désigner le modèle. Ils demandèrent de poser au président Wilson qui accepta.

Les administrateurs du musée irlandais ont le sens de l'actualité, et de la meilleure.

KROPOTKINE ET LA DÉFAITE

Le vieux révolutionnaire russe a publié, il n'y a pas très longtemps, sur la paix ignominieuse de la Russie, un article où il affirme que la défaite a un contrecoup sur le moral de la nation vaincue.

Je connais, dit en substance Kropotkine, cette psychologie que j'ai remarquée en France après 70. Cette psychologie avilissante domina ce pays pendant plus de trente ans. Ce n'est que vers 1908 que j'ai constaté les premiers signes de guérison, mais pendant de longues années la France craignit l'invasion allemande au moindre fait qui pouvait déplaire à Berlin, au moindre geste de la démocratie française qui aurait pu mécontenter le tsar russe, seul allié possible. Avec l'absence de foi en ses propres forces, la France tendait à chercher son salut à l'extérieur. Ces tendances amenèrent la renaissance du mysticisme en philosophie, l'abaissement de la morale publique et le ralentissement de la natalité, ce qui est terrible, car sans elle un peuple ne peut que végéter. «Je ne souhaite à aucun peuple, ajoute Kropotkine, de vivre ce qu'a vécu la France durant les trente années de son servage et je ne le souhaite surtout pas à la Russie à peine dégagée du joug séculaire.» Hélas! trois fois hélas!

«LA POCHETTE DE LA MARRAINE»

Raoul Dufy a rénové ces dernières années l'art de l'imagerie. Pendant la guerre son exemple fut suivi et l'on vit une véritable floraison d'images, mais la carte postale restait peu artistique, il n'y avait pas de carte postale de guerre qui fût digne du renom passé et actuel de l'imagerie française.

C'est donc une véritable lacune que comble cette *pochette de la marraine* due à l'initiative charmante d'une Parisienne avertie et spirituelle.

Les trois premières séries viennent de paraître et sont dues à l'impayable Lucien Laforge, à l'héroïque Gus Bofa et au spirituel Bernard Boutet de Monvel.

On nous promet pour bientôt des pochettes signées par ce grand artiste qu'est le modeste Depaquit, par Taquoy, par André Foy, par d'autres encore!

La marraine a eu là une bonne idée...

LES AUTEURS DU COLLEONI DE VENISE

La mise à l'abri de la merveilleuse statue équestre de Venise a suscité en Italie un grand nombre de polémiques autour de l'auteur de cette statue et bien des noms furent mis en avant en même temps que celui de Verrochio, de Léonard de Vinci, etc.

Un passage des *Feriae varsavienses* de Sebastiano Ciampi semble éclairer le débat élevé autour de l'effigie de Bartolomeo Colleoni[1] :

« Andrea Verrochio florentin, écrit Ciampi, un des plus célèbres artistes dans la sculpture et l'orfèvrerie, appelé par les Vénitiens pour faire la statue équestre de Bartolomeo Colleoni, ne put l'achever et dit que la fonte n'avait pas réussi. Il en mourut de douleur, bien que Vasari dise qu'il mourut d'un échauffement pris pendant la fusion. Alexandre Leopardi vénitien, qui était un excellent statuaire, se servant du modèle du Verrochio en mena la fusion à bien. »

Et voilà comment fut achevé un des plus purs chefs-d'œuvre de la Renaissance.

(1er avril 1918.)

LE THÉÂTRE VERDI À PADOUE

Parmi les édifices que les Autrichiens bombardèrent pendant leurs raids d'avions sur Padoue se trouve le théâtre Verdi, qui date du XVIIIe siècle et fut construit sur les plans de l'architecte Antonio Cugnio. Il s'appela d'abord Théâtre neuf de la noblesse ou plus simplement *il Nuovo* et fut inauguré le 11 juin 1751 avec l'*Artaxerxès* de Métastase dont la musique était de Baldassare Galuppi, dit *il Buranello.*

Il y avait, annexée au théâtre, une salle de jeu où Casanova perdit tout ce qu'il possédait, quitte à se refaire un autre soir où il gagna en quelques minutes 500 sequins sous les regards étonnés de ceux qui avaient répandu le bruit de son expulsion de Padoue. Son compagnon des Plombs, l'abbé Fenaroli, y tenta aussi la fortune. D'autres aventuriers y furent plumés par le jeu ou par les « virtuoses » du chant ou du ballet qui se succédèrent sur la scène du Nuovo pendant le XVIIIe siècle; la Archieri, la Bastardella, la charmante Caterina Gabriella, dite la Cuochetta, qui attira à Padoue Goldoni, la Bambi, la Todi.

Au XIXe siècle, pendant la période rossinienne, la Granini, la Pasta, la Boccabadati, la Ungher se firent applaudir sur la scène du Nuovo qui bientôt devint *il Verdi.*

Le dernier spectacle eut lieu au Verdi dans la soirée du 28 octobre 1917 avec *La Loreley.* La légende rhénane et sa musique très italienne de Catalani se déroulèrent devant des banquettes vides.

LA PROPOSITION CHASTENET

Le Sénat a pris en considération la proposition Chastenet qui menace de près la propriété privée et donnerait à l'Administration des beaux-arts de véritables droits sur «des choses», pour peu qu'elles aient un intérêt historique, archéologique ou artistique.

En somme, on ne voit guère de «choses» qui ne peuvent, avec un peu de bonne volonté, être considérées comme ayant un intérêt historique, archéologique ou artistique.

On sait ce que la loi Pacca[1] a développé en Italie de fraudes et de corruptions. Dieu sait ce que la proposition Chastenet nous réserve dans le même ordre.

«LE NIGOG[2]»

Nigog est un mot qui signifie «harpon» en iroquois, à moins que ce ne soit en huron. Iroquois, toutefois, paraît plus certain, sans quoi Voltaire qui savait le huron l'eût employé. Quoi qu'il en soit, le dictionnaire canadien français de Sylva Clapin donne à propos du *Nigog* l'explication que voici : «Mot d'origine sauvage désignant un instrument à darder le poisson et particulièrement le saumon.»

Le Nigog est aujourd'hui une petite revue de combat rédigée en français par des Canadiens français et qui paraît à Montréal. Cette revue est destinée à une élite qui s'est formée dans le public canadien français. Le Canada compte plus de deux millions de Français. «Il n'est pas inutile, ajoutent les rédacteurs du *Nigog*, au maintien précaire de nos droits que notre race se fasse enfin respecter par la valeur de sa culture générale et par le succès des artistes véritables qu'elle a générés.» Satirique, *Le Nigog* fouaille un public «entièrement subjugué par le cinéma» et révèle le nom du poète français canadien Marcel Dugas qui jadis fit paraître un hommage à Verlaine et fit connaître au Canada Le Cardonnel et Péguy.

LA VENTE DEGAS

La collection Degas s'est vendue dans des conditions excellentes. L'art français domine l'univers entier. Il y avait là des Français et des étrangers, des Norvégiens particulièrement. Si leurs pertes maritimes sont élevées, ils n'en ont pas moins gagné durant cette guerre beaucoup d'argent, dont ils n'auraient pas l'emploi ni dans les fonds d'État ni [dans] l'industrie. C'est pourquoi ils préfèrent acheter des œuvres d'art, valeurs que l'on n'a pas encore renversées et dont la solidité a pour témoignage l'histoire entière des arts.

Les journaux ont donné les prix atteints. Et ces prix sont un témoignage du goût de ce grand peintre et grand collectionneur qu'était Degas, ainsi que de l'éducation parfaite du goût des amateurs. Les plus gros prix ont été atteints par les Ingres. Ensuite se suivirent à la distance qui convenait Delacroix, Corot, Manet, Cézanne, Renoir, Gauguin, Van Gogh. L'ignorance de certains «écrivains d'art» des journaux n'a pas tardé à se manifester. L'un d'eux qui pontifie anonymement dans le *New York Herald* a écrit : «Quant aux Gauguin, ils ont atteint des prix que je ne puis comprendre et qui sont un défi au bon sens.» Comme s'il ne savait pas que ce maître français qui manque si étrangement à nos collections nationales et dont la vie seule est un ardent et douloureux roman de l'art, est particulièrement et justement prisé dans le nord de l'Europe. Si bien que si nous n'y prenons garde, tous les Gauguin orneront les musées et les collections des royaumes scandinaves, tandis que nos galeries se contenteront des médiocres artistes académiques prônés par l'extraordinaire et absurde Saint-Saëns.

Il y a là plus que des boutades, c'est une criminelle dépréciation de l'esprit national dans ce qu'il a d'excellent.

Pour Cézanne, ce maître le plus haut peut-être que nous ayons eu depuis Le Poussin, l'écrivain du *New York Herald* note de même : «Là encore il y a une exagération hors de toute raison.»

Quant à Van Gogh, ce maître hollandais qui fait partie d'une façon si intime de l'impressionnisme français, cette grande école aussi ouverte aux étrangers que le fut pour la sculpture l'école de Bourgogne, il excite aussi l'effarement du même «écrivain d'art». Comment eût-il traité Rembrandt, si celui-ci avait peint au temps des impressionnistes?

Ce fut une glorieuse journée pour la peinture française et pour la peinture moderne que celle de la vente Degas.

DANS LA SALLE DE VENTE

On vendait le tableau d'Ingres intitulé *Le Duc d'Albe à Sainte-Gudule,* réputé parmi les artistes contemporains pour être un des plus beaux du maître montalbanais. Il atteignit péniblement 7 600 francs, prix auquel il fut adjugé, et une voix, celle du peintre Helleu, s'éleva : «Il n'y a personne ici qui soit capable d'apprécier la beauté de ce tableau.» Le grand portrait au chapeau haut de forme de Manet, *Monsieur Armand Brun,* atteignit 30 000 francs. «Savez-vous combien Degas l'a payé? demandait le marchand qui le lui avait vendu. 300 francs, pas un sou de plus... Pardon! il a dépensé 200 francs pour le rentoilage et l'encadrement, cela fait 500 francs.»

Quant à l'*Exécution de Maximilien,* qui fut rachetée 23 200 francs par le marchand qui l'avait vendue, Degas la lui avait payée 150 francs.

Et dire que l'on peut aujourd'hui acheter tout aussi bon marché des œuvres d'artistes inconnus qui dans vingt ans seront célèbres et se vendront aussi cher.

OBJETS OUBLIÉS DANS LES LIVRES

On a relevé en Angleterre une liste d'objets oubliés dans les livres des bibliothèques circulantes.

On y rencontre le plus fréquemment des épingles à cheveux; mais le plus extraordinaire, c'est qu'on y trouve parfois des diamants de valeur. Une fois on trouva dans un livre de Conan Doyle un chèque de 500 francs dont celui qui l'avait perdu ne s'était nullement soucié. On y trouve encore beaucoup de lettres et parfois fort intimes. Il y a quelques années un ministre fameux oublia ainsi une pièce politique fort importante qu'il fut heureux de retrouver avant que la presse, ayant eu vent de l'affaire, eût pu s'en emparer.

(16 avril 1918.)

LES ÉCRIVAINS TUÉS À L'ENNEMI

René Latouche, né à Vierzon en 1888, collaborateur de *L'Hexagramme,* a été tué à l'ennemi.

François de La Tourasse est mort des suites d'un accident d'avion. Collaborateur de *L'Intransigeant,* il avait adapté pour la scène française : *The Land of Promise* de W. Somerset Maugham.

LEGS D'UN FRANÇAIS À UN MUSÉE DE BERLIN

La plus belle collection de timbres existant au monde, et évaluée à 12 millions et demi de francs, a été léguée au Musée postal de Berlin par Philippe la Renetière, un riche Français qui habitait et qui mourut en Suisse.

Les circonstances qui ont amené ce legs sont inexplicables. On espérait que cette collection, qui n'a jamais été exposée, serait donnée à la Ville de Paris.

(1er mai 1918.)

LE CAS DE RICHARD MUTT

New York a eu une exposition des Indépendants sur le modèle de celle qui avait lieu à Paris avant la guerre. Le prix pour exposer était de 6 dollars.

M. Richard Mutt envoya une fontaine en porcelaine, de celles qui servent dans les retirades des grands cafés et sur la porte desquelles il y a écrit «Hommes». Elles sont scellées au mur un peu plus bas que les cuvettes où l'on se lave les mains. On n'a pas remarqué que le galbe des cuvettes ou fontaines du genre de celle que M. Richard Mutt voulait exposer aux Indépendants de New York affecte la forme d'un Bouddha accroupi. Si bien que l'envoi de M. Mutt était intitulé : *Le Bouddha de la salle de bain.*

Les motifs invoqués pour refuser l'envoi de M. Richard Mutt furent les suivants :

1° Son envoi était immoral et vulgaire.

2° C'était un plagiat, ou plutôt une simple pièce commerciale ressortissant à l'art du plombier.

À cela M. Mutt répondit que sa fontaine n'était pas immorale puisqu'on pouvait chaque jour en voir de semblables exposées dans tous les magasins d'installations de bains et autres objets de plomberie.

Sur le second point M. Mutt fit remarquer que le fait qu'il eût modelé ou non la fontaine de ses propres mains était sans importance, l'important étant dans le choix qu'il en avait fait.

Il avait pris un article courant de la vie, et fait disparaître sa signification habituelle sous un nouveau titre et, de ce point de vue, avait donné un sens nouveau et purement esthétique à cet objet.

Quant à la plomberie, ajoutait-il, le reproche est absurde, les seules œuvres d'art de l'Amérique étant, avec les ponts métalliques, celles qui ressortissent à l'hygiène et à la plomberie.

Le point de vue de la Society of Independant Artists est évidemment absurde, car il part du point de vue insoutenable que l'art ne peut ennoblir un objet, et en l'espèce il l'ennoblissait singulièrement en transformant en Bouddha un objet d'hygiène et de toilette masculines. Quoi qu'il en soit et au risque de nier délibérément par sa détermination le rôle et les droits de l'imagination, les Indépendants de New York refusèrent d'exposer la fontaine de M. Mutt. En quoi ils se montrèrent moins libéraux que les Indépendants de Paris qui exhibèrent le tableau de Boronali, tout en sachant bien qu'il s'agissait d'une blague ou plutôt d'un coup monté, et ils l'exposèrent tout simplement parce que ceux qui avaient monté le coup avaient payé les 25 francs exigés pour exposer, et que d'autre part, ils ne se reconnaissaient pas le droit d'empêcher même une farce. Au reste, l'empressement que mirent les journaux à essayer de faire croire au public que les Indépendants, les peintres, les critiques et les amateurs d'avant-garde avaient été mystifiés prouva une fois de plus que les journaux français se sont fait une ligne de conduite de s'opposer par toute la force de leur tirage à tout ce qui est jeune et neuf, en art aussi bien qu'en science et qu'en littérature. Une polémique récente prouve qu'ils ne s'en doutent même pas.

UN POÈME LATIN À LA GLOIRE DES MARINS D'ITALIE

Il a été composé par le père Lorenzo Rocci, professeur au collège de Mondragon.

Ce sont deux cent soixante-trois hexamètres qui célèbrent l'expédition de Luigi Rizzo, commandant des sous-marins qui allèrent dans le port de Trieste torpiller le cuirassé autrichien *Wien*.

Le poème débute par l'évocation des gloires romaines égalées par les héros de cette guerre, entre lesquels domine Luigi Rizzo qui *ante alios facinus memorabile tentat*[1].

Après Rome le poète évoque Trieste, *urbs dives campis*[2], et revient à Luigi Rizzo, *triplici jam palma nobilis ante*[3]. En effet, trois décorations ornaient la poitrine du héros avant l'exploit qui devait lui valoir la quatrième.

Après la classique invocation aux Muses, le père Rocci rappelle l'expédition navale des Dardanelles et les braves

> *... qui anfractus claustraque Ponti*
> *Vicerunt Helles, ipsaque Proponditis unda*
> *Intentare necem Turcis minitantibus ausi*[4].

Puis le père Rocci en vient au haut fait de Rizzo. Et le poème se termine par le récit du retour des vainqueurs.

Ceux qui entendent et goûtent encore la langue de Virgile et d'Horace liront avec curiosité la façon dont le père Rocci parle, dans une langue antique, des plus récents engins de guerre.

Voici par exemple en quatre vers la description de l'aéroplane et de ses effets dévastateurs :

> *... prius ignotis volitans nunc machina pennis*
> *Daedalea potior majorque ope, in aera saepe*
> *Sublimi audacia tollit, jactare ruinam*
> *Unde queant pariter miseris terrisque virisque*[5].

Voici encore la description du réflecteur d'un cuirassé :

Machina, quam ab radiis nuper dixere reflexis,
Patribus ignotum portentum ab bellica facta,
Utilis est nigrae tenebras depellere noctis.
Plurima crystallum referens est lamina circum
Mirificis implexa modis radiosque refundens,
Estque suas dynamis jungens electrica vires :
Illa per immensum cuneata lumine terras
Et maria et montes longo distantia tractu
Collustrat, ferme jubas ut sol exserit altus[1].

QUATRIÈME CENTENAIRE DE LA MORT DE LÉONARD DE VINCI

L'an prochain il y aura quatre siècles que Léonard de Vinci mourut à Amboise en 1519.

On organisera en Italie et en France de grandes solennités artistiques et scientifiques en l'honneur de cet homme de génie.

En Italie, le ministre de l'Instruction publique, qui est un grand lettré et un admirateur de l'œuvre de Léonard, s'occupe lui-même de l'organisation de ces solennités. Il existe déjà une Commission spéciale de l'œuvre scientifique de Léonard de Vinci.

Le président en est le sénateur Blasenca, professeur à l'université de Rome et actuellement secrétaire d'État au ministère des Pensions.

C'est un des hommes qui connaissent le mieux l'œuvre de Vinci à laquelle il s'est adonné dès sa jeunesse.

M. Mario Carmenati va se mettre en communication directe avec les sociétés littéraires et scientifiques françaises dans le but de donner à la célébration de ce centenaire la plus ample signification latine.

DÉCLARATIONS DU POÈTE RABINDRANATH TAGORE

Le *Manchester Guardian* a publié, en mars, un numéro spécial sur l'Inde où nous trouvons les déclarations suivantes de l'illustre poète hindou Rabindranath Tagore :

«Dans le jugement de l'histoire, nous autres peuples d'Orient, sommes les principaux témoins qui pourront dire la vérité sans crainte, si désagréable que cela nous puisse paraître. Notre voix n'est pas autoritaire, elle n'a pas d'armes pour l'appuyer. C'est la voix des humbles qui ne compte que sur la force de la vérité.

« L'Europe est grande. Elle a été favorisée par sa situation, son climat, ses races pour produire une riche et belle histoire, force de beauté et de liberté. La nature du sol y a forcé l'homme à déployer ses forces sans abandonner son esprit au fatalisme passif. L'énergie et l'audace de ses enfants ne limitent pas ses desseins, ils ont aussi une intelligence suivie et positive, le sens des proportions dans leurs créations, et le sens du réalisme dans leurs aspirations. Ils ont scruté les secrets de l'existence, les ont mesurés et maîtrisés...

« L'Europe a une telle conscience de sa grandeur qu'elle ne sait où la puissance pourrait lui manquer. Il y a eu, dans l'histoire, des peuples qui oubliaient leurs âmes dans l'orgueil et la jouissance de leur puissance et de leur richesse. Ils ne se rendaient pas compte de leur erreur, parce que les choses et les institutions leur assuraient une telle magnificence que toute leur attention était portée en dehors d'eux-mêmes...

« Dans la guerre actuelle, l'avertissement a été donné à l'Europe que ses biens ont pris la place du meilleur de ses vérités. Si elle veut se régénérer elle doit faire retour vers son âme et vers son Dieu, et accomplir sa mission en portant ses idéals dans tous les continents de la terre, mais ne plus les sacrifier à son appétit de richesse et de domination. »

(16 juin 1918.)

MORT DU PEINTRE MAUFRA

Le peintre Maufra est mort, tandis qu'il peignait un paysage dans la Sarthe. C'est vers 1891, au moment où il ouvrait sa première exposition chez Le Barcq de Bouteville, qu'il fut lancé par un article d'Octave Mirbeau. À Pont-Aven, vers la même époque, il rencontrait Gauguin, qui s'intéressa à ses premiers ouvrages. Sans avoir une très grande originalité, Maufra, qui dut plus aux peintres de Barbizon qu'aux impressionnistes et à l'école de Pont-

Aven, peignit avec succès des paysages bien composés. Il avait un vif sentiment de la nature. Ces dernières années, il avait été un peu oublié, mais conservait encore une phalange d'admirateurs. Il fut un des habitants de cette fameuse maison de bois, du 13, rue Ravignan, aujourd'hui place Émile-Goudeau, où, depuis, habitèrent des peintres comme Picasso et Van Dongen, et qui abrite toujours de nombreux artistes. Des poètes y logèrent aussi, parmi lesquels André Salmon, Max Jacob et Pierre Reverdy.

LES JOURNAUX DE TRANCHÉE ITALIENS

Chaque armée italienne a son journal ou est sur le point de l'avoir.

Il y a *La Ghirba,* journal de la 5e armée, auquel collabore Ardengo Soffici, bien connu du public français, et qui donne des caricatures extraordinaires, formées de bandes de papier imprimé. Il y a *La Tradotta, Il Razzo.* Il y a le *Sanmarco,* journal du 8e corps d'armée. Il y a *La Marina italiana,* journal de la marine, et *La Voiussa,* journal du corps d'occupation d'Albanie.

Il y a encore *Il Ragno,* organe humoristique de la 7e compagnie de télégraphistes, *La Giberna, La Voce del Piave, L'Isonzo, La Trincea, L'Astico, Il Corriere dei cacciatori,* organe du 3e chasseurs résidant à Tacra en Libye qui porte sur la manchette cette fière devise latine : *Hic Roma quondam, hic nos nunc et semper*[1].

Citons encore *La Vittoria,* publiée par les volontaires bergamasques, *L'Elmetto, La Bomba a mano, La Tascapane, Il Ricordevole, La Buffa, Il Cecco Pepe, Il Monte Crostis,* etc.

Ces feuilles ont la gaieté de nos journaux de tranchées. S'il leur manque un peu de sel gaulois, leur moral est excellent. C'est l'essentiel.

Voici, au hasard, quelques pensées exprimées dans ces gazettes pour en montrer l'esprit :

L'ennemi est comme le chien : si tu te sauves, il te poursuit, si tu le poursuis, il se sauve.

Le soldat qui se bat pour la victoire est le seul qui soit digne de vivre.

La peur peut vaincre un homme, mais la voix du devoir fait vaincre la peur.

Ris, on rira avec toi; pleure, tu pleureras tout seul.

Les Allemands rient aujourd'hui, mais les Alliés riront demain.

JÉRUSALEM ET SHAKESPEARE

Le rôle important qu'ont joué les Anglais dans la récente croisade qui a délivré Jérusalem n'a pas besoin d'être mis en relief.

À titre de curiosité, nous signalons toutefois ces vers de l'acte premier, scène première d'*Henri IV*, où Shakespeare semble prophétiser le grand événement :

Therefore, friends,
As far as to sepulchre of Christ.
(Whose soldier now, under whose blessed Cross
We are impressed, and engay'd to fight)
Forth with a Power of English shall we lewy
Whose arms were moulted in their mother's womb
To chase these Pagans, in those holy fields
Over whose acres walk'd those blessed feet,
Which, fourteen hundred years ago, were nail'd
For our advantage on the bitter cross.

c'est-à-dire :

«Nous conduirons au sépulcre du Christ une puissante armée anglaise. Les bras des Anglais furent formés dans le sein de leurs mères pour chasser les infidèles de la terre sainte sur laquelle marchèrent les pieds bénis qui, il y a quatre siècles[1], pour notre salut furent cloués sur la croix amère.»

Cette allusion shakespearienne à la délivrance du Saint-Sépulcre prend après les événements récents une apparence véritablement fatidique.

COMMENT MOURUT ARRIGO BOÏTO

Le 10 juin, le célèbre musicien et librettiste Arrigo Boïto est mort à Milan dans la clinique de la via Bilanceri. Il devait être opéré le lendemain. Il déjeuna; l'infirmière l'entendit chantonner gaiement. Le docteur arriva quelques instants après. Arrigo Boïto était mort; il était midi.

Aussitôt on télégraphia au roi, à la reine mère, au président du Conseil et aux présidents de tous les instituts musicaux du royaume. Ici, quand mourut Debussy, c'est tout juste si les agences le télégraphièrent à leurs abonnés; ni le président de la République, ni les ministres ne se mêlèrent de la chose. Il est vrai qu'une fois pour toutes l'État a inscrit au fronton du Panthéon : *Aux grands hommes, la patrie reconnaissante*!

Arrigo Boïto, fils de Silvastro Boïto et de la comtesse polonaise Joséphine Radolinski, était né à Padoue. Élève du conservatoire de Milan, il écrivit tout jeune un mystère : *Les Sœurs d'Italie.* Transporté d'admiration pour Wagner, il voulut être librettiste et musicien, et écrivit *Méphistophélès* dont la première représentation fut un des plus grands désastres connus au théâtre. Il devait trouver sa revanche plus tard. Ensuite il se consacra à la poésie et fit les livrets d'opéras de Verdi

Il écrivit encore de la musique et laisse un *Néron* inédit.

(1er juillet 1918.)

MORT DE JOSÉPHIN PÉLADAN

Joséphin Péladan, qui est mort le 27 juin à Neuilly-sur-Seine, à l'âge de cinquante-neuf ans, était né à Lyon, en 1859.

Polygraphe érudit, il écrivit des romans sur la philosophie de l'art et des essais de critique artistique d'un idéalisme qui n'allait pas sans pessimisme.

Épris de la Renaissance, il donna dans un quasi-gobinisme déprimant mais savoureux, en soutenant la thèse de la décadence latine. Et, pour illustrer ses théories inquiétantes, il voyait dans Wagner le type du seul artiste moderne réalisant une œuvre qui pût soutenir le parallèle avec les ouvrages de la Renaissance. Amené par ses idées à rechercher chez les Germains les héritiers de la tradition mystique et sensuelle qu'il invoquait, il introduisit chez nous Boecklin et Hodler, artistes suisses de pensée allemande malgré tout ce qu'ils devaient à la Renaissance.

Passionné de pensée subtile et de magie, il se proclama Sâr, et c'est sous son nom occultiste de Sâr Péladan qu'il est encore connu du grand public, bien que, depuis longtemps déjà, il eût renoncé aux extravagances qui marquèrent cette époque de sa vie, extravagances calquées sur celles des milieux raffinés du préraphaélisme anglais.

Fondateur des Salons de la Rose-Croix qui eurent lieu de 1892 à 1898, il eut le bonheur d'y grouper quelques artistes de mérite et de révéler Odilon Redon.

On lui en voulut des parades par lesquelles il essaya d'attirer l'attention sur le mouvement qu'il avait suscité. Les moqueries ne lui manquèrent pas et l'atteignirent cruellement. M. Laurent Tailhade notamment lui décocha des flèches dont il fut si grièvement blessé qu'il ne put en guérir.

Cependant, certains voient en lui un penseur systématique certes, niant délibérément et avec une injustice criante tout ce qui était moderne, mais souvent original, avec un talent véritable, de la force et souvent du bon sens. On a même vu en lui, parce qu'il eut l'audace de défendre la hiérarchie et de combattre cette égalité néfaste qui est un des éléments de la Trinité-Programme de la République, un précurseur de M. Charles Maurras et de *L'Action française.*

Son œuvre est composée d'une *Éthopée* en prose intitulée *La Décadence latine* et comprenant un grand nombre de romans, parmi lesquels il faut citer *Le Vice suprême,* 1884, *Curieuse,* 1885, *L'Initiation sentimentale,* 1886, *L'Androgyne,* 1891, *Finis Latinorum,* 1898, *Pérégrine et Pérégrin,* 1904, etc.

Il a exposé ses idées dans *L'Amphithéâtre des sciences mortes* dont les ouvrages les plus célèbres sont une éthique intitulée : *Comment on devient mage,* 1891, et une politique intitulée : *Le Livre du sceptre.*

Il avait condensé son érudition et ses sentiments sur l'Antiquité dans *La Terre du Sphinx* (Égypte), *La Terre du Christ* (Palestine), *La Terre d'Orphée* (Grèce).

Ses innombrables essais sur l'art, groupés sous le titre de *La Décadence esthétique,* comprennent un *Théâtre de Wagner,* une *Réponse à Tolstoï, L'Art ochlocratique* et *L'Art idéaliste et mystique.*

Écrivain abondant, il écrivit pour le théâtre un grand nombre de pièces dont toutes n'ont pas été représentées.

Le Fils des étoiles, comédie lyrique en trois actes, fut joué en 1891 aux soirées de la Rose-Croix et, en 1893, au palais du Champs-de-Mars. *Babylone,* tragédie en quatre actes, fut la plus jouée de ses pièces. Elle fut représentée pour la première fois le 11 mars 1893. *Œdipe et le Sphinx,* tragédie en trois actes, fut donnée au théâtre antique d'Orange en 1903. En 1904, *Sémiramis* triompha aux arènes antiques de Nîmes.

Écrivain singulier, mystique et sensuel, savant et ingénieux, Joséphin Péladan méritait des destinées plus brillantes que les siennes. Ce catholique convaincu, mais catholique à la façon des papes de la Renaissance, n'a pas toujours été compris. Il était lui-même d'une impitoyable injustice pour ce qu'il ne voulait pas entendre.

D'autre part, si la pensée est chez lui très ornée et élevée, elle est souvent incertaine et son style va moins haut. Il n'écartait pas toujours le paradoxe facile. Ce mage de l'esthétisme, cet amant des arts morts, ce héraut d'une décadence hypothétique, restera une figure singulière, magique et religieuse, un peu effacée, un peu ridicule, mais d'un grand attrait et d'une infinie délicatesse, un lys d'or à la main.

MUSIQUES MILITAIRES CHEZ LES GRECS

Les musiques militaires jouent toujours un rôle important à la guerre, sinon à la bataille. Dans l'Antiquité, les musiques militaires avaient un rôle plus important encore et se mêlaient au combat.

Les Grecs marchaient à l'ennemi au rythme des flûtes et, avant l'assaut, quatre soldats entonnaient le pœan avec accompagnement des instruments de musique. Les Crétois marchaient au son de la lyre; les Spartiates au son d'une sorte de fifre nommé *monaulos;* les Siciliens au son d'un plectre à deux cordes.

LE CHANT NATIONAL TCHÈQUE

L'armée tchèque, qui combat dans les rangs de l'Entente, chante l'hymne national tchèque qui est d'une tristesse infinie et religieuse.

Onamo za brdalona
Govore, daje razoren dvor

Majega cara onamo vele
Bio jenegda jumacki zbor.

C'est-à-dire :

«Là-bas derrière les montagnes — Il y eut, dit-on, une déroute royale — Là-bas il y eut une fois une armée de héros qui appartenait à mon roi[1].»

UN THÉÂTRE SLOVÈNE

Il y a cinq ans on montait à Laibach un théâtre populaire slovène. Le promoteur, propagateur du nationalisme slovène, Dr Krek, vient de mourir.

Il existe toute une littérature slovène, dramaturges, romanciers et poètes : Kraigher, romancier naturaliste; Miauski, folkloriste; Kaspret, dramaturge important; Ramous; Tominseck; etc.

Le théâtre slovène a donné des drames nationaux et des comédies de mœurs populaires.

LA RENAISSANCE DE L'OPÉRETTE

L'opérette était morte et voici qu'elle renaît. Elle naît de ses cendres mêmes comme le Phénix. Une longue paix avait émoussé le plaisir que pouvait procurer ce genre gaulois par excellence. Une contrefaçon de l'opérette nous venait des pays germaniques. Désormais nous pourrons nous passer de cette exportation.

M. Gheusi a accepté pour la saison prochaine une opérette, *L'Ingénu,* livret de MM. Méré et Gignoux, musique de X. Leroux.

M. Marcel Pollet a composé *La Petite Bonne d'Abraham,* à l'hôpital, au milieu de camarades blessés plus ou moins grièvement, mais tous de bonne humeur.

M. Defosse enfin compose aussi une opérette qui sans doute sera une révélation dans le genre illustré par Charles Lecocq, dont le premier ouvrage bouffe date de 1857 et qui, notons-le en passant, n'a jamais employé le mot d'opérette pour ses ouvrages[2].

(16 juillet 1918.)

MORT DE PAUL BIRAULT

Paul Birault, qui vient de mourir et qui avait été secrétaire de la rédaction à *L'Opinion*, collaborateur à *L'Éclair*, avait été lancé par une mystification parfaitement réussie : celle d'Hégésippe Simon, le précurseur de la démocratie. Au contraire de la farce dite de Boronali, qui ne mystifia personne, celle de Paul Birault fit «marcher» tous les parlementaires qui avaient été choisis pour victimes, aucun d'eux ne s'esclaffa en lisant l'épigraphe tirée des œuvres supposées d'Hégésippe Simon qui ornait la circulaire destinée à hâter l'érection d'un monument dans la ville natale de ce grand homme, né dans plus de villes qu'Homère.

«Quand le soleil se lève, les ténèbres s'évanouissent», telle était la phrase que Paul Birault avait prêtée à Hégésippe Simon. Elle résume une part importante de l'éloquence dont les hommes sont si avides et qui, servie par le phonographe, a devant elle le plus bel avenir.

Dans les milieux de la nouvelle littérature et de la jeune peinture, Paul Birault était connu comme imprimeur.

Les plaquettes qu'aidé de sa femme il imprima, rue de Douai, dans un couvent aujourd'hui disparu, où plus tard il fut le voisin d'un «village sénégalais», et ensuite dans la petite imprimerie de la rue Tardieu qui existe encore, sont dans les bibliothèques des bibliophiles.

Pendant la guerre, Paul Birault avait été un des plus spirituels collaborateurs du *Bulletin des armées de la République.*

PORTRAITS DE FEMMES ESPAGNOLES

La Sociedad Española de Amigos del Arte a organisé à Madrid une exposition de plus de soixante-dix portraits de dames espagnoles peintes par des artistes espagnols.

Ce sont des reines, des dames de la cour, etc., du XVe siècle à 1850. On y voit tous les types d'Espagnoles, la froide et grave Isabelle dont les joyaux contribuèrent à assurer les frais de l'expédition de Colomb allant découvrir le Nouveau Monde, aussi bien que cette belle doña

Leocadia Zamora y Quesada qui termina ses jours en qualité de carmélite.

Les primitifs sont représentés par George Inglés, Alonso Sanchez Coello et Juan Pantoja de la Cruz, peintres sombres et d'une dignité austère.

L'école de Vélasquez suit avec un coloris plus riant. On a exposé le portrait que Juan Carreño de Miranda fit de doña Mariana d'Autriche en habit de nonne, peinture sensuelle à la manière de Rubens. Un autre portrait du même artiste représente une fille naturelle de Philippe IV.

La comtesse de Monterrey, immortalisée par Zurbaran, est une étude en gris bleu, noir et blanc, moins sombre que ne sont en général les œuvres de ce peintre.

On a pris plaisir à revoir les portraits de Goya représentant des femmes plus frivoles. Il y a là deux merveilles, la jeune comtesse de Lazan et la célèbre actrice la Tirana, étude parfaite et très séduisante. On a aussi admiré les portraits par Vicente Lopez, Leonardo Alenza, Federico Madruzo et Rafael Pejeo.

UN NOUVEAU MANTEGNA EN AMÉRIQUE

Charles W. Hamilton a acheté la *Judith* de Mantegna qui faisait partie jusqu'ici de la collection Pembroke.

Dans les trois autres variations sur le même thème dues au génie de Mantegna, l'héroïne triomphante ne perd pas de vue la tête sanglante d'Holopherne jusqu'à ce qu'elle l'ait mise dans le sac.

Dans le Mantegna d'Amérique, au contraire, elle se détourne pour ne pas voir et elle a un air de lassitude et de désespoir.

Cette *Judith* est une expression complète du génie païen de Mantegna.

L'ALLEMAGNE VEUT UN HYMNE NATIONAL

L'État prussien a mis au concours un nouvel hymne national, paroles et musique.

Trois mille deux cents compositions ont été envoyées par les poètes et les musiciens de toute l'Allemagne. Aucune n'a paru digne d'être adoptée.

Si bien qu'on peut se demander si les poètes manquent en Allemagne, ainsi que les musiciens, ou si le sentiment national est éteint chez nos ennemis?

(1er août 1918.)

DANSE PURE

M. Paul Guillaume annonce son intention de danser après la guerre. On pourrait lui répliquer comme le fit la fourmi :

Eh bien : Dansez maintenant!

si, en effet, le moment n'était mal choisi.

M. Paul Guillaume espère renouveler l'art de la danse en le confrontant, pour ainsi dire, avec les attitudes des simulacres les plus curieux et les plus artistiques que nous aient laissés les nègres d'Afrique et ceux de l'Océanie.

En somme, il s'agit encore de folklore.

On espère arriver à la «danse pure» en revenant aux principes.

En réalité, il s'agit là avant tout de reconstitution et, pour revenir aux principes, «le nouveau danseur d'après la guerre» observerait avec profit les moineaux des Tuileries qui sautillent désespérément, lamentant la mort de M. Pol, leur charmeur favori. Il pourrait encore regarder avec intérêt la ronde des feuilles mortes en cet automne précoce, ou bien, si les hasards d'une villégiature l'entraînent au bord de l'océan, la danse magique des vagues.

Mais qui aurait jamais dit qu'à la faveur de «la danse pure», les lauriers de feu Valentin le Désossé empêcheraient quelqu'un de dormir après la guerre!

FAUSSES ESTAMPES

La mode est aux estampes, surtout aux deux ou trois crayons et aux sanguines. Les amateurs feront bien toutefois de se tenir sur leurs gardes, car il y a en ce moment à Paris beaucoup d'imitations photographiques fort bien exécutées des planches de Demarteau.

Les faussaires qui, sans aucun doute, doivent habiter l'Allemagne ont eu soin de sortir avec soin les épreuves tirées sur papier ancien et présentées dans des cadres datant de l'exposition de 1889. Ils n'ont même pas oublié une petite déchirure dans les marges pour souligner l'authenticité des estampes.

On les reconnaîtra, non sans difficulté, à ce que le papier est spongieux et moins ferme que dans les véritables épreuves.

Un léger flou par endroit, indiquant une mise au point défectueuse, pourra aussi les faire reconnaître.

Au reste, l'impression manque de relief et quand on aura ajouté qu'il faut se méfier des gravures dont le cuivre présente un bord biseauté, nous en aurons dit suffisamment pour mettre les amateurs sur leurs gardes.

SYNDICAT PROFESSIONNEL DES GENS DE LETTRES

Le dimanche 26 mai a eu lieu la séance constitutive du Syndicat professionnel des gens de lettres, sous la présidence de M. Georges Lecomte. On procéda à l'élection du comité syndical. Depuis, le conseil d'administration a élu son bureau qui est composé de M. Lecomte, *président;* Edmond Haraucourt, *vice-président;* Jules Perrin, *secrétaire général;* Charles de Rouvre, *trésorier;* Mlle Lya Berger, *secrétaire.*

Le syndicat a pour objet tout ce qui concerne la défense et la protection des intérêts généraux et économiques des gens de lettres, notamment la défense et protection de la propriété littéraire et des droits qui sont ou qui seront reconnus aux auteurs par les lois et traités internationaux sur cette propriété, l'examen et la solution de toutes questions relatives aux rapports des auteurs avec les tiers, la conciliation et l'arbitrage sur toutes contestations relatives à la propriété littéraire, aux droits des auteurs et aux diverses formes de contrats d'édition.

Le syndicat a également pour objet de fournir, s'il y a lieu, des arbitres et experts pour l'examen des questions contentieuses relatives à la propriété littéraire, aux droits des auteurs et aux diverses formes de contrats d'édition[1].

(16 août 1918.)

LITTÉRATEURS TUÉS À L'ENNEMI

Gabriel-Tristan Franconi, l'auteur de *Un tel de l'armée française*, un des livres dignes de recevoir le Prix Goncourt prochain, vient d'être tué sur le front de Soissons en partant à l'assaut à la tête de sa section. Gabriel-Tristan Franconi avait conquis un à un tous ses grades à la guerre. Il venait d'être nommé sous-lieutenant. Il avait passé par les tanks, mais l'inaction à laquelle cette arme condamne, à ce qu'il disait, ne lui allait pas. Plusieurs fois blessé, il était titulaire de plusieurs citations; il avait la médaille militaire et la croix de Saint-Georges. Il était proposé pour la Légion d'honneur.

Le talent de Gabriel-Tristan Franconi était souple et direct. Encore très jeune, on pouvait beaucoup attendre de lui. Il avait du bon sens et de l'audace et une gentillesse, une délicatesse d'âme qui le fera regretter de tous ceux qui ont eu l'occasion de l'approcher.

GIOVANNI PIER LUIGI DA PALESTRINA

Le révérendissime chanoine Raphaël Casimiri, maître de chapelle de l'archibasilique de Saint-Jean-de-Latran, vient de publier de nouveaux documents biographiques sur le *princeps musicae*[1] qui naquit entre 1525 et 1526.

En 1537, on le trouve parmi les enfants de chœur de Sainte-Marie-Majeure, où, selon la tradition, et maintenant selon un texte : *Ioannem da Palestrina* est enregistré parmi les *sex pueros cantantes in eadem ecclesia*[2].

En 1544, il signe un contrat avec le chapitre de la cathédrale de Palestrina pour le service choral, l'enseignement des enfants de chœur et la tenue de l'orgue à Sant' Agapito.

En 1550, il devint maître de chapelle à Saint-Pierre de Rome et, en 1555, chanteur de la chapelle papale, office qu'il dut abandonner quelques mois plus tard à la suite du *motu proprio* de Paul IV qui excluait de la chapelle les hommes mariés.

Il passa à Saint-Jean-de-Latran, où il resta jusqu'en

février 1561, et, le 1er mars, il devenait maître de chapelle à Sainte-Marie-Majeure.

Après la mort de sa femme, il revint à la direction de la chapelle de Saint-Pierre au Vatican en 1571.

Les recherches de Casimiri détruisent les légendes qui montraient Palestrina aux prises avec la faim et vivant uniquement d'eau fraîche et de musique.

(1er septembre 1918.)

O TERQUE QUATERQUE BEATI!

Le fait vient de se passer dans une classe d'un collège de l'Amérique du Sud, où les humanités sont encore en honneur.

Les professeurs et les élèves sont dans ce moment en proie à la plus violente dissension; les académies même menacent de s'en mêler. Voici les faits[a] :

Le professeur B*** faisait expliquer dernièrement le premier livre de l'*Énéide*. L'écolier en était à ce passage :

O terque quaterque beati,
Queis ante ora patrum, Trojae sub moenibus altis[1] ...

et selon l'usage il traduisait :

«Ô trois et quatre fois heureux!...»

«Arrêtez, s'écria le professeur[b], trois et quatre font sept, dites : "Ô sept fois heureux."»

Toute la classe s'étonna de la variante, et bientôt l'Université en est instruite.

«Il a tort, disent les uns, la traduction doit être littérale, les deux *que* empêchent de faire l'addition du *ter* et du *quater.*»

«Il a raison, disent les autres; jamais quatre ne fut un nombre sacré, mais bien sept; le quatre ne ferait que détruire l'effet du trois, loin de l'augmenter; Virgile a voulu dire sept; il ne faut pas avoir la moindre notion de l'Antiquité pour en douter un instant...»

Professeurs, écoliers, tout s'en mêle; on s'injurie, on se menace, et nous allons probablement voir éclore des in-folio sur une question qui nous rappelle ces temps où l'infortuné Ramus faillit allumer la guerre civile dans Paris, pour avoir voulu exiger de ses disciples qu'ils prononçassent *quisquis* et *quanquam*, au lieu de *kiskis* et *kankan*[1].

UNE GALERIE D'ART MODERNE EUROPÉEN

Un mécène anglais, M. Joseph Duveen, a offert à la capitale anglaise de bâtir à ses frais une galerie d'art moderne européen. M. Duveen est fils du célèbre collectionneur qui donna une grosse somme d'argent pour l'acquisition des Turner que l'on admire à la Tate Gallery.

Commentant cette nouvelle, le *Manchester Guardian* dit :

«Une galerie d'art moderne signifie une galerie d'art français, puisque la France est comme elle fut hier la source fertilisante des idées.»

Il est vrai!... Mais gageons que si l'idée de M. Duveen se réalise, la France ne sera représentée à la galerie en question que par ce qu'elle produit de moins saillant, de moins original, partant de moins français. Et quant à ce qui représente les efforts désintéressés d'une jeunesse ardente, on le sacrifiera comme folie, déraison et mystification en faveur des œuvres les plus banales dont les autres nations ont, comme nous autres, à profusion.

Et ce qui manque aux autres nations, l'État le méprise chez nous. C'est peut-être pourquoi, du reste, l'art d'avant-garde a depuis si longtemps, ici, tant de force et de nouveauté. Et il vaut mieux qu'il en soit ainsi...

(16 septembre 1918.)

LES ARCHIVES DES MÉDICIS

C'est à Londres que le roi d'Italie et le gouvernement intentent un procès au marquis Cosimo de Medici Tornaquinci, au marquis Avenardo de Medici Tornaquinci et à Christie, Manson and Woods, pour leur interdire de trafiquer des manuscrits, lettres, souvenirs, livres et autres documents connus sous la dénomination d'*Archives des Médicis*.

Ce sont des livres et des papiers du XIe jusqu'au

XVIIIe siècle, réunis par des membres de la famille des Médicis.

Il y en a huit cents lots, dont quatre cents sont des papiers d'État concernant l'État florentin. Il y a un grand nombre de lettres écrites par Laurent le Magnifique.

(1er octobre 1918.)

HAM[a]

Avant de quitter cette petite ville, les Allemands ont anéanti son fameux château. Ils ont ainsi détruit les plus importants vestiges d'un passé dont s'enorgueillissait la petite cité.

Construit voici plus de quatre siècles par le comte de Saint-Pol, ce château[b] servit de prison à Jeanne d'Arc, au prince de Condé, chef des calvinistes, et à mainte autre personnalité de marque.

Les quatre ministres de Charles X y furent détenus en 1830[c].

Mais l'épisode le plus romanesque qu'ait enregistré l'histoire locale fut l'évasion du prince Napoléon après une captivité de six ans dans la forteresse.

C'est à Ham que naquit le poète poissard Jean-Joseph Vadé, un peu oublié aujourd'hui, mais qui connut son temps de gloire. C'était un ami du bon vin. Il hantait volontiers les cabarets sans en être pour cela moins recherché dans le grand monde. Il mourut à peine âgé de trente-sept ans. Ce qui est un bel âge pour un poète dont le caractère est jovial. Le joyeux enfant de Ham créa un genre à part, le genre poissard, en imitant le langage des halles. Ses opéras-comiques, ses parodies et ses chansons bachiques eurent une grande vogue que dépasse toutefois celle de *La Pipe cassée, poème épi-tragi-poissardi-comique,* des *Lettres de la grenouillère,* des *Bouquets poissards.* Il mérita le surnom de *Téniers de la poésie.* Mais ce Téniers-là, les Allemands n'ont pu se l'approprier comme ils ont fait des beaux Téniers du musée de l'Ermitage, à Petrograd.

UN COROT POUR DIX FRANCS

On avait coutume de rire quand quelqu'un parlait de ce Corot trouvé sur les quais pour 10 francs. Eh bien! il n'y avait pas là de quoi rire. Ce n'était pas une légende ou du moins un fait semblable s'est produit ces jours derniers. Un écrivain connu, M. Jean-Jacques Brousson, a trouvé à Paris, non pas sur les quais, mais dans une rue qui y mène, une toile de Corot qu'il a payée un prix dérisoire.

C'est une figure nue, d'un réalisme admirable, d'une pâte merveilleuse, profonde, chaude, avec des bleus sans langueurs, mais pleins d'une intense poésie. Au revers de la toilette, d'une écriture de l'époque, peut-être celle de l'artiste lui-même, on lit *Portrait de Mme Candu*. L'authenticité de la toile, est-il besoin de le dire, ne peut faire aucun doute. Ceux qui sont familiers avec la biographie de Corot savent que Mme Candu dont il a aimé et, de la façon la plus chaste, immortalisé les charmes, était sa propriétaire et son amie.

MAX DAUTHENDEY

Les journaux suédois rapportent la mort du poète allemand Max Dauthendey, qui, surpris par la guerre à Sumatra, dut y rester, car il n'avait aucun moyen de revenir en Allemagne.

Max Dauthendey était né en Franconie d'une famille d'origine française. Dauthendey dut se livrer à Java à de la propagande délictueuse, peut-être même à pire, car il fut arrêté et c'est comme prisonnier qu'il vient de mourir. Un des poèmes les plus connus de Dauthendey est celui qu'il écrivit sur le naufrage du *Titanic* en 1913. Depuis, il eut l'occasion de chanter celui du *Lusitania*, mais il préféra s'abstenir.

ULRIKE VON LEVETZOW

On vient de vendre, à Berlin, une collection de lettres de l'entourage de Goethe. Une de ces lettres était d'Ulrike von Levetzow, le dernier amour de l'auteur de *Faust*. La lettre datée de mars 1893 a été écrite par la presque nonagénaire Ulrike à un de ses parents. Elle y parle d'un article illustré sur elle qui allait paraître et dont on lui avait montré les épreuves :

«Les illustrations, écrit Ulrike von Levetzow, ne sont pas mauvaises au premier coup d'œil, toutefois, si on les compare aux originaux, elles n'y ressemblent guère. L'article est très flatteur pour moi, tout en contenant des inexactitudes.»

Un peu plus loin, elle ajoute :

«Le grand-duc de Weimar aurait très sérieusement voulu que j'épousasse Goethe.»

(16 octobre 1918.)

LA LETTRE DE LUTHER ET LES TÉLESCOPES CHINOIS

C'était il y a quelques années. M. Morgan, le richissime Américain, pour une somme de 37 500 francs, fit l'acquisition d'une lettre autographe de Martin Luther. Le Kaiser fut scandalisé :

«Comment! cet Américain conserverait une lettre que son manque d'éducation l'empêche d'apprécier à sa juste valeur et que ses dollars seuls lui ont procurée! La place de ce document allemand est au musée Martin-Luther à Wittemberg. Nous allons aviser.»

Peu de temps après, M. Morgan était invité par Guillaume II aux régates de Kiel. Comblé de prévenances, décoré de l'Aigle noir, roulé dans du sucre, si l'on peut dire, le riche Américain ne tarda pas à lâcher son fromage, en l'espèce le précieux autographe, dont l'empereur se saisit avec joie.

Mais si le Kaiser éprouvait une indignation non pareille à voir un trésor allemand en tout autre pays que l'Allemagne, d'où vient que sa satisfaction fût toujours aussi vive lorsqu'il contemplait les merveilleux instruments chinois d'astronomie, plus vieux que le Yang-tsé-Kiang, et que les Allemands dérobèrent sur les murs de Pékin pendant le soulèvement des Boxers? Les remarquables appareils sont toujours installés à «l'Orangerie», derrière le palais de Sans-Souci, et l'empereur ne manquait pas une occasion de s'en réjouir les yeux.

Sans doute pourrait-il arguer que son éducation le mettait à même de comprendre l'astronomie chinoise mieux qu'un Américain ne saurait goûter la théologie allemande du XVIe siècle?

À FLORENCE

Un grand événement est survenu au musée national de Florence, où se trouve la plus belle collection de sculptures italiennes du monde. Mais jusqu'à maintenant on n'y avait admis aucune œuvre du XIXe siècle. La barrière vient de tomber et le *Pêcheur* de Vincenzo Gemito qui le sculpta en 1872 vient d'entrer au musée de Florence. Cette sculpture fut admirée à Paris en 1873. Sans médire de l'œuvre de Vincenzo Gemito, on peut s'étonner que les Italiens n'aient pas ouvert le musée de Florence à la plus grande gloire de la sculpture contemporaine, à l'Italien Medardo Rosso, qui vit à Paris depuis vingt-sept ou vingt-huit ans et se tient à l'écart de tout et de tous. Medardo Rosso a aujourd'hui plus de soixante ans. Il a cette verdeur qui paraît l'apanage des hommes de sa génération. Il y a de ses œuvres au Luxembourg. Elles eussent également honoré le musée de Florence.

UNE PEINTURE D'ÉRASME

On signale dans la collection E. A. Faust, de Saint Louis en Amérique, une peinture du grand humaniste Érasme de Rotterdam, auquel on avait jusqu'à maintenant faussement attribué des tableaux.

Celle-ci serait une œuvre authentique de l'auteur du *Moriae Encomium.*

On nia l'existence de ce tableau jusqu'en 1840 où il fit partie de la vente de la collection d'Espinay à Versailles. Il est décrit avec beaucoup de détails dans le catalogue de cette collection. On y lit que des soldats et deux hommes à cheval sont près de la Croix. Sur l'écu d'un des cavaliers est représenté une tête de bronze avec l'inscription : *Erasmus P. 1501.*

Selon toute probabilité, on identifiera cette peinture avec le triptyque signé : *Erasmus P. 1501*, qui fut décrit dans le *Journal des beaux-arts* de Bruxelles par Siret qui observait que «les iconoclastes détruisirent toutes ses peintures».

Mais jamais on n'aurait pu attribuer à Érasme le tableau de la collection américaine, si au moment où on le restaurait la signature n'était revenue au jour.

«LA FLEUR DE TOUTE CUISINE»

Un jeune érudit prépare une édition critique de *La Fleur de toute cuysine* de Pierre Ridoulx, le plus ancien document que l'on possède, avec l'ouvrage de Taillevent, sur la cuisine française. On y trouve des recettes comme celle-ci, qui est bien singulière.

«*Loches et goujons farcis*. Si tu veux faire les dites loches ou goujons, prends du lait de vache et le boute en ung bain, un petit de persil haché menu et marjolaine, des moyeulx d'œufs durs hachés menus, un petit de pouldre blanche, puis ung petit de sel blanc. Et ce faict, prens les loches et goujons et les jette dedans toutes vives, et elles se farciront de elles-mesmes.»

LES ALLEMANDS ET LA LINGUISTIQUE NÈGRE

M. René Basset, l'éminent doyen de la faculté des lettres d'Alger, s'est fait une spécialité de l'étude des langues africaines.

Il publiait régulièrement avant la guerre des rapports bibliographiques sur ces langages, rapports qui faisaient autorité.

La guerre et les Allemands se chargèrent brutalement d'interrompre les travaux du grand philologue français.

En 1914, au moment où M. Basset allait envoyer à l'impression son rapport pour 1913, les Bavarois envahirent Lunéville où il se trouvait alors, pillèrent et incendièrent la maison qu'il habitait et réduisirent en cendres le manuscrit avec le reste. Nos troupes les chassèrent bientôt, mais le manuscrit a disparu. Privé de ses notes, M. Basset n'a pu le reconstituer qu'imparfaitement. Voilà comment les agents de la Kultur ont grandement entravé l'étude du bantou, du mandé, du peul, du gola, du kirsi, du timba, du krim, du boulom, du ciruné, du bassa, du puvésé, etc., etc.

JACOB BURCKHARDT

La guerre a fait passer inaperçu un centenaire qui, en d'autres temps, eût été célébré par tous les savants et les artistes du monde entier. Celui de la naissance de Jacob Burckhardt le 25 mai 1818.

L'œuvre du grand critique et historien de Bâle a eu une grande influence pendant la seconde moitié du XIXe siècle, car on peut dire que durant cinquante ans il n'y a pas eu de personne cultivée qui ait voyagé sans son *Cicerone.* Celui dont on se sert aujourd'hui n'est plus le *Cicerone* pur que Burckhardt publia en 1855 et qu'il corrigea jusqu'à la troisième édition en 1887. Depuis, Fabriczy, Bode et beaucoup d'autres y ont mis la main.

À vingt ans, Burckhardt abandonne la Suisse pour aller à Berlin suivre les cours de Borck, de Droysen et de Sybel, puis il s'enfuit à Bonn où il se lia avec Kinkel, qui l'appelait «l'omniscient». Ensuite il voyagea en Allemagne et dans les Pays-Bas; en 1849, il alla en Italie pour la première fois.

Un an après, il était nommé professeur de l'histoire de l'art à l'université de Bâle, où il resta toute sa vie.

En 1842, il avait publié *Les Œuvres d'art des villes flamandes;* en 1855, il donna le *Cicerone.* En 1860, il publia *La Civilisation de la Renaissance en Italie.*

En mourant, il laissa de nombreux ouvrages inédits publiés depuis par ses disciples. Le plus important de ces ouvrages posthumes est une histoire de la civilisation grecque en quatre grands tomes.

«OMAR KHAYYAM»

On annonce qu'une édition originale d'*Omar Khayyam* de Fitzgerald, que l'on pouvait naguère se procurer pour deux pence, s'est vendue dernièrement à Londres la somme de 100 livres, soit 2500 francs.

Son éditeur ne pouvant le vendre l'avait soldé à deux

pence. Swinburne et Rossetti en achetèrent un certain nombre d'exemplaires qu'ils vendirent à leurs amis. Il monta rapidement dans l'estime des lettrés et, selon Andrew Lang, «adorer *Omar* fut bientôt un indice de bon goût ainsi que d'admirer *Aucassin et Nicolette*».

(1er décembre 1918.)

DAUDET ET DAUDÉ

À la station Saint-Sulpice du métro dans un même cadre de publicité : deux grandes affiches. Sur l'une en gros caractères : «On les aura... oui... mais le poilu aura sa part, pour le savoir lisez L'Action française», etc. ; sur l'autre : «Daudé, Entreprises funèbres, rue Bonaparte», etc.

(Inédit.)

LE JAPONAIS ET L'ALPHABET LATIN

On pense généralement que l'écriture du japonais en caractères latins serait difficile. En fait, les tentatives de la *Romajikwai,* «Société pour la romanisation», fondée en 1885 et de la *Romajihiromekurii,* «Société pour la diffusion des lettres romaines», fondée en octobre 1905 n'eurent pas de succès appréciable.

Cependant, le gouvernement japonais a semblé avoir plus de succès en introduisant depuis le commencement de l'année l'alphabet latin dans toutes les écoles de l'empire du Soleil-Levant. Toutefois pour réaliser pleinement l'adoption de l'alphabet latin, il faudrait avant tout développer au moyen d'un processus naturel de sélection, un vocabulaire alphabétique intelligible et propre à exprimer la pensée dans ses manifestations variées, c'est-à-dire rendre le son phonétique un moyen d'expression aussi satisfaisant que le sont en l'état actuel des choses les *idéogrammes.*

(Inédit.)

L'ERMITAGE

Grâces soient rendues à *La Renaissance* qui nous apprend que le musée de l'Ermitage « tout entier » serait à l'abri du danger. En tout cas tous les trésors du grand musée de Petrograd, il y a deux mois étaient à l'abri dans les souterrains du Kremlin.

Du reste beaucoup de grandes collections russes sont également saines et sauves. C'est ainsi que la fameuse collection Etchoukine de Moscou qui est composée de Cézanne, de Renoir, de Picasso, de Matisse, de nombreuses œuvres du Douanier Rousseau, etc., aurait été également sauvée.

Il paraît du reste que se promener chez les brocanteurs de Petrograd ou de Moscou est un délice pour les amateurs de belles choses, les œuvres d'art français, anciennes ou modernes, y abondent. Il est vrai que les prix qu'on en demande sont si exorbitants que l'on recule épouvanté. Seuls les marchands allemands tiennent le coup et achètent, achètent avec de l'excellent billet du temps du tsar, billets que les Russes préfèrent de beaucoup à ceux du bolchevisme. Les Allemands ont dû en trouver des stocks qu'ils écoulent *[feuillet déchiré]* des chefs-d'œuvre.

(Inédit.)

M. BONNAT ET LES PRIX ACADÉMIQUES

L'Académie des beaux-arts a décerné le grand prix Reynaud de 10000 francs à M. Léon Bonnat qui est illustre, millionnaire, grand-croix de la Légion d'honneur, collectionneur réputé et peintre par-dessus le marché. Il est vrai que par le truchement de M. Paul Reboux et le brave Müller mort au champ d'honneur, auteurs d'*À la manière de...*, Octave Mirbeau déclarait que M. Bonnat peignait avec le mot de Cambronne.

Malgré le renchérissement des matières premières, il semble que M. Léon Bonnat aurait pu se passer d'un prix qui eût été fort bien accueilli par plus d'un artiste de talent mobilisé... Il y en a et qui ne peuvent pas peindre. Le groupe fort intéressant des camoufleurs[1] aurait fourni des candidats méritants.

(Inédit.)

Les Arts à Paris

VAN DONGEN

Un matin de février, de l'atelier de Van Dongen je regardais les sommets indistincts du bois de Boulogne se mêler à une atmosphère d'une finesse incomparable. Celui qui se plaît à signer «le Peintre» remuait des toiles. Il en tira une qu'il éleva et mit en face de la lumière. Je me retournais à ce moment pour voir ce qu'il faisait. J'aperçus une femme nue et moderne avec un grand chapeau, et ce fut comme si auprès d'elle venaient se presser toutes celles qui ont régné par leur beauté ou leur luxure.

Mais l'art, d'ailleurs, a bien d'autres desseins!...

L'ardeur austère des arts contemporains a généralement banni tout ce qui entraîne le délire des sens.

Aujourd'hui tout ce qui touche à la volupté s'entoure de grandeur et de silence. Elle survit parmi les figures démesurées de Van Dongen aux couleurs soudaines et désespérées.

Le flamboiement des yeux maquillés avive la nouveauté des jaunes et des roses, la pureté spirituelle des cobalts ou des outremers dégradés à l'infini, la passion prête à mourir des rouges éclatants.

Dans cette sensualité nerveuse, jeune et fraîche, il n'entre que de la lumière et ces teintes si évocatrices et si magiques sont pour ainsi dire incorporelles.

Ce coloriste a le premier tiré de l'éclairage électrique un éclat aigu et l'a ajouté aux nuances.

Il en résulte une ivresse, un éblouissement, une vibration, et la couleur, conservant une individualité extraordinaire, se pâme, s'exalte, plane, pâlit, s'évanouit sans que l'assombrisse jamais l'idée seule de l'ombre.

Elle veille pourtant sous la forme d'un nègre. Ombre, luxure, mystère, le mouvement est ici de la joie et les regards chavirés indiquent une souffrance ineffable.

Ce peintre n'exprime pas la vie en couleurs incandescentes, il la traduit toutefois avec une précision véhémente.

Européen ou exotique à son gré, Van Dongen a un sentiment personnel et violent de l'orientalisme.

Cette peinture sent souvent l'opium et l'ambre. Les yeux immensément agrandis semblent les abîmes de la sensualité, où la joie se confond avec la douleur.

La magie occidentale a aussi ménagé ses effets : danses infiniment balancées dans les teintes crues que mûrit la lumière électrique; dandysme hippique; élégances sobres et raffinées où se retrouvent certaines caractéristiques qui satisfaisaient déjà l'esprit trouble mais averti de Baudelaire.

Luxe, calme et volupté.

Ce vers de «L'Invitation au voyage» pourrait ici servir de devise : luxe effrayant qui ne va pas sans quelque barbarie septentrionale; calme panique de l'heure ensoleillée de midi au cours des étés méridionaux; volupté, enfin, une volupté de cristal.

Dans certaines grandes toiles les couleurs se cabrent, combinant une épouvante constituée par le flamboiement de grandes gemmes. Parfois une vague d'azur éblouissant essaie de lutter avec une chair pâle et de longs yeux battus. Une lumière bizarre naît de cette rencontre du ciel et du désir inassouvi.

Van Dongen erre souvent aux confins de l'art populaire; il a mesuré aussi les limites de l'art décoratif; le premier, depuis longtemps, il a su redonner une vertu au nu, que les peintres académiques, en le privant de grâce, d'harmonie et de couleur naturelles, avaient entièrement déconsidéré. Van Dongen a retrouvé le ton de carnation.

Mais comment définir ce curieux éblouissement d'éclairs précieux comme des gemmes, ce mélange de poésie sensuelle et de naturalisme?

Le mot d'orientalisme évoquerait peut-être tout cela s'il ne s'y mêlait quelque rêverie septentrionale si tendre que le délire du coloris s'apaise parfois comme une ombre de bélandre glissant la nuit sur un canal sous le ciel tumultueux des pensives Zélandes.

ACTUALITÉS

La galerie Paul-Guillaume a organisé en 1914 l'exposition des peintres des Ballets russes, Natalie de Gontcharova et Michel Larionov. Durant la guerre, elle a montré un ensemble d'œuvres de maîtres de l'impressionnisme, Renoir, Cézanne, Manet, Pissarro, etc.; plus récemment, une exposition d'œuvres du peintre André Derain (aux armées). Il y a quelques mois eut lieu une soirée artistique, au cours de laquelle, après une causerie de Guillaume Apollinaire annonçant la naissance de l'Art tactile[1], Mesdames Lara, de la Comédie-Française, Henriette Sauret-Arnyvelde, Marcelle Meyer et M. Pierre Bertin interprétèrent des œuvres de poètes et de musiciens modernes. Une audition de la partition de *Parade*[2] exécutée par le maître Erik Satie même termina la séance. Tout récemment, enfin, les amateurs éclairés se pressèrent dans la galerie Paul-Guillaume pour une exposition d'œuvres de Matisse et de Picasso, exposition qui fit sensation. En ce moment a lieu à la même galerie l'exposition des œuvres récentes de Van Dongen qui trouveront auprès des connaisseurs une faveur identique.

LES VENTES

En janvier on a adjugé la bibliothèque et la collection d'autographes de feu Jules Claretie. Parmi les principaux prix atteints, on doit noter : *La Légende de sainte Radegonde,* par Anatole France, 1859, avec autographe de l'auteur, 2 520 francs; *Le Calvaire* de Mirbeau, 2 301 francs; *Gaspard de la nuit,* par Aloysius Bertrand, manuscrit autographe, 2 100 francs; le manuscrit des *Affaires sont les affaires* d'Octave Mirbeau, 2 400 francs.

Les privilégiés qui ont vu la collection Degas parlent de deux Greco incertains, un Peronneau, deux Mary Cassatt, des Cézanne, parmi lesquels un portrait du bon M. Choquet dont M. Vollard a raconté l'histoire; des Corot de premier ordre; des pièces capitales de Delacroix; quelques Forain; des Gauguin assez nombreux, de Bretagne et de Tahiti; les Ingres fameux, tant peintures que dessins et les Manet, les beaux, les merveilleux Manet; des Pissarro, un seul Renoir, mais de tout premier ordre, deux Van Gogh admirables, un beau Sisley, des Daumier, des Berthe Morisot, etc.

On annonce la vente d'une collection d'art chinois provenant de la collection Pierpont-Morgan.

L'Intransigeant mène en ce moment une campagne à laquelle nous nous associons entièrement et qui a pour but d'assainir les transactions de l'hôtel Drouot où certaines bandes arrivent à évincer le public.

La vente des tableaux modernes de la collection Sarlin n'a pas eu lieu, toutes les peintures ayant été achetées à l'amiable par un syndicat étranger!

THÉÂTRES

M. Gémier vient de monter au théâtre Antoine, *Antoine et Cléopâtre* de Shakespeare, de la façon la plus moderne, les décors sont de Zarraga. Le succès a pleinement couronné cette tentative moderniste.

Aux éditions de SIC vient de paraître l'étonnant drame surréaliste de Guillaume Apollinaire, *Les Mamelles de Tirésias* avec la musique de Germaine Albert-Birot et sept hors-texte de Serge Férat. La première représentation de cet ouvrage fait partie de l'histoire du théâtre et a pris rang parmi les grandes premières.

M. Ambroise Vollard a eu de nombreux démêlés avec la censure à propos de son *Ubu à l'hôpital,* pièce en un acte dont la première représentation a eu lieu dans une formation sanitaire du front.

M. Sacha Guitry eﬆ mécontent de la critique théâtrale des journaux. Il le dit et il a raison. La critique théâtrale actuelle n'eﬆ pas à la hauteur et la façon dont elle a traité *Parade* eﬆ la mesure de ce qu'elle peut donner.

Art et liberté a représenté[1], à la comédie des Champs-Élysées, quelques pièces futuriﬆes qui ont moins déplu qu'on ne l'aurait pensé et qui ont moins étonné que leurs auteurs n'auraient voulu.

RÉUNIONS

Les jeudis de Mme Aurel continuent d'être un hommage hebdomadaire aux morts littéraires de la guerre. On y a entendu, dernièrement, M. Lucien Descaves, de l'académie Goncourt, y parler des frères Bonneff. Mme Aurel devrait joindre fraternellement tous les arts dans la piété de son salon et les peintres morts à la guerre devraient avoir droit à l'hommage que l'on rend aux littérateurs.

Dans le salon de Mme Léone Ricou, le poète P.-N. Roinard a lu dernièrement son œuvre la plus récente. Le Grenier de Montjoie a réuni récemment et à diverses reprises des poètes et des musiciens dont on a interprété les œuvres. Une de ces réunions eut lieu en l'honneur de l'hellénişte Mario Meunier, qui fut le dernier secrétaire de Rodin et qui eﬆ actuellement prisonnier en Allemagne. Un des derniers dimanches de la Closerie des Lilas était consacré à Alexandre Mercereau, permissionnaire.

Les séances consacrées à la Jeune musique, par Mme Jane Bathori, au théâtre du Vieux-Colombier, sont toujours suivies avec assiduité par un public fervent.

LA BIBLIOTHÈQUE JACQUES-DOUCET

La Sorbonne a pris possession de la magnifique bibliothèque d'art et d'archéologie, créée par M. Jacques Doucet. Ce don royal mérite plus que de la reconnaissance. En effet, c'est là une institution unique que nous envieront toutes les capitales d'Europe et d'Amérique. La munificence de M. Jacques Doucet n'a rien épargné pour que cette bibliothèque soit la plus riche et la plus complète au monde en ce qui concerne les beaux-arts et l'archéologie[1].

À PROPOS D'ART NÈGRE

On est en train d'étudier, en Afrique et en Europe, la question des époques auxquelles remontent les fétiches dont certains appartiennent à une haute Antiquité.

Les résultats que l'on a déjà obtenus sont surprenants et les archéologues n'hésitent pas à faire remonter certaines pièces anciennes à une époque très antérieure à l'ère chrétienne. Les ouvrages qui viennent éclairer cette branche nouvelle de la curiosité se multiplient. Nous rendrons compte ici de ceux qui paraîtront. On sait que la galerie Paul-Guillaume possède la collection la plus importante, la plus riche et la plus belle des statues nègres de toute sorte[2].

CHRONIQUE DES LIVRES

Les Ardoises du toit[3] de M. Pierre Reverdy ont paru avec des illustrations de M. Georges Braque. M. Pierre Reverdy appartient à la nouvelle école de poésie. Son art est intérieur. Il a le sentiment intense de l'emprise qu'ont sur nous les forces naturelles. Sans être aussi mystique qu'un Maeterlinck, il rappelle parfois sa gravité poétique devant les mystères les plus familiers. M. Pierre Reverdy, qui ne veut pas être un lyrique, l'est cependant : c'est qu'avant tout il est poète. On l'a vu par ce roman si troublant qu'il a intitulé *Le Voleur de Talan*[4].

On annonce la publication de trois ouvrages de M. Jean Cocteau : *Le Potomak, Le Cap de Bonne-Espérance,* poème, et *Le Coq et l'Arlequin,* notes autour de la musique destinées à faire du bruit dans le monde des musiciens[5].

Dans *Le Cornet à dés,* M. Max Jacob[6] a donné son livre le plus important jusqu'ici. Son inspiration y est variée à l'infini, depuis l'ironie jusqu'au lyrisme, qui se mêlent de façon inattendue dans ces poèmes en prose. Peu d'auteurs ont plus que M. Max Jacob de la liberté vis-à-vis d'eux-mêmes et des autres. Cela lui permet de disposer d'une somptueuse fantaisie où tout trouve sa place, sauf la tristesse et la désespérance.

Le *Mercure de France* vient enfin de faire paraître *Calligrammes* de M. Guillaume Apollinaire. Ces poèmes «de la paix et de la guerre» 1913-1916 sont peut-être l'ouvrage le plus marquant qui ait paru durant la guerre.

M. Guillaume Apollinaire ne prend pas d'attitudes, mais il part résolument à la découverte. Des critiques aussi difficiles et aussi «classiques» que M. Jean-Jacques Brousson[1] ont rendu hommage à ses intentions, ils ont reconnu qu'il n'était pas «un ignorant dont les Muses ont ri», ils ont même justifié sa prétention d'écrire la poésie sans ponctuation «comme les Anciens». L'audace ici se pare de lyrisme et de raison.

On sait qu'un grand critique malheureusement mort à la guerre, M. Gabriel Arbouin[2], mettait M. Guillaume Apollinaire au premier rang de la poésie contemporaine avec MM. Paul Claudel et Jules Romains.

Le livre est illustré d'un portrait de l'auteur par Picasso, gravé sur bois par René Jaudon.

Un autre livre du premier ordre, publié durant la guerre, est *Interrogation*, de M. Drieu la Rochelle[3], poète ardent et divers, dont le talent, lourd de pensée audacieuse, mérite de retenir l'attention de tous ceux qui aiment la poésie.

Nourri de Nietzsche, de Walt Whitman, de Kipling et de Claudel, M. Drieu la Rochelle donnera d'autres œuvres grandes et fortes qui ne feront point oublier son *Interrogation.*

Dans ses *Spirales*[4], M. Paul Dermée livre au jugement un effort poétique dont le moins qu'on en puisse dire est qu'il atteint le but poétique que l'auteur a visé.

On sait que M. Dermée a proposé un nouveau classicisme fondé sur l'audace et la non-imitation.

Ce programme il l'a rempli jusque dans la constitution à son usage d'un lyrisme nouveau et très dépouillé. Cette simplicité n'est-elle pas, avec la raison, la qualité la plus certaine du classicisme? Et peu de poètes ont pu, dès leur premier livre, accorder comme lui leur ton et leurs théories. Il faut ajouter que le parti pris de ne pas imiter n'implique pas l'ignorance, bien au contraire.

Dans *Horizon carré*[1], M. Vincent Huidobro a donné la mesure d'un talent déjà très exercé.

La qualité d'Espagnol d'Amérique et le fait qu'il ait choisi la voie de la poésie moderne ont fait dire que les nouvelles théories permettaient d'être poète français sans savoir le français. Où a-t-on pris cela? On en a dit autant de la théorie des parnassiens. Il suffisait de choisir des mots sonores ou poétiques, de les entremêler de termes abstraits pour être poète. C'était une erreur. Car les seuls dignes de ce nom parmi les parnassiens furent ceux qui étaient vraiment poètes et la qualité d'Américain, qui appartenait à José-Maria de Heredia, ne l'a pas empêché d'atteindre la perfection idéale de l'école à laquelle il se rattachait.

Dans sa *Montée aux Enfers*[2], M. Maurice Magre reprend dans la tradition baudelairienne ce qui se rattache à la sensualité et au mysticisme satanique. C'est une mine où l'on peut toujours puiser et M. Magre a renouvelé le sujet. Il est souvent très personnel. Les paradis artificiels sont un champ où il a exploré des régions encore ignorées. Pour tout dire, c'est un beau livre très lyrique, très pathétique, plein de beautés et de nouveautés.

M. Ambroise Vollard va publier chez Crès un *Cézanne*[3] à 4,50 F qui comportera le même texte que son grand ouvrage.

Il sera orné de huit reproductions.

MORT DE GUILLEMET

On annonce la mort du peintre Guillemet qui avait été l'élève de Corot, de Daubigny et de Courbet. Il avait fréquenté Manet, Fantin-Latour, Degas et Duranty. Il avait été l'inspirateur d'Albert Wolf, ce prototype des critiques d'art, sans autres convictions que celles des marchands. Plus tard, Guillemet avait été le directeur de conscience de M. Dujardin-Beaumetz.

MORT DE MAUFRA

Maufra est mort en peignant un paysage de la Sarthe. Belle mort pour un peintre. Lancé par Mirbeau, après une exposition chez Le Barc de Boutteville, Maufra avait été l'ami de Gauguin et des peintres de Pont-Aven. Son inspiration lui venait plutôt des peintres de Barbizon et un peu des impressionnistes.

L'EXPOSITION DE MADRID

Malgré le désir du roi de ne voir à cette exposition que des œuvres académiques, il y a là des œuvres de grands peintres comme Renoir et Sisley, d'artistes de grand talent comme Harpignies, Boudin, John Lewis Brown, Maurice Denis et Vuillard. Il est regrettable que le goût du roi n'ait pas permis que Manet, Degas, Toulouse-Lautrec, Forain, Gauguin, Cézanne figurent à l'exposition de Madrid. On comprend que la jeunesse artistique encore discutée n'ait pas été invitée, bien que les inconvénients de sa présence ne nous apparaissent pas clairement, mais ce que l'on ne comprend pas c'est que l'on ait sacrifié des maîtres indiscutés à des considérations diplomatiques dont l'art se soucie autant que de la morale.

LE TOTALISME

M. André Lhote, qui travaille loin de Paris, au bord de l'Océan, vient d'inventer le *totalisme*. Cette nouvelle théorie artistique aura-t-elle la fortune des écoles précédentes : impressionnisme, pointillisme et cubisme? Nous le lui souhaitons.

«NORD-SUD»

La revue d'avant-garde *Nord-Sud* a publié de beaux dessins de Georges Braque et de Fernand Léger[1]. On peut y saisir l'évolution de la jeune peinture, dont Braque et

Léger sont, avec Matisse, Picasso, Marquet, Derain et de Vlaminck, les représentants les plus remarquables à cause de leurs dons naturels, de leur science et de leur audace.

«LA GHIRBA»

La Ghirba, journal du front des soldats de la 5e armée italienne, publie des caricatures du lieutenant Ardengo Soffici, caricatures puissantes très singulières d'apparence — elles sont faites de bandes découpées dans des journaux. L'aspect caricatural devient plus expressif grâce à l'emploi de ce moyen simple et inattendu.

Ardengo Soffici n'est pas inconnu à Paris. Écrivain et artiste, il fut le décorateur des éditions de La Plume, les livres de Moréas parurent ornés de cette décoration. Ardent et inquiet, il introduisit en Italie les artistes les plus audacieux et les plus marquants que produisirent en France les dernières générations; il y fit connaître entre autres Degas, Cézanne, Henri Rousseau, Matisse, Picasso, Braque. Il fut aussi un défenseur du sculpteur Rosso. Loyal, indépendant et désintéressé, il appartient, par les liens de l'amitié, à cette phalange de la critique des poètes comme Guillaume Apollinaire, André Salmon, Roger Allard, qui surent défendre avec conviction les peintres des nouvelles générations abandonnées par la critique professionnelle.

À LA BELLE ÉDITION

M. François Bernouard expose à La Belle Édition les œuvres de quelques artistes de mérite : Louis Süe, peintre, architecte et décorateur; Paul Iribe, qui régna sur la caricature par l'esprit et sur la mode par la grâce; M. Louis Jou, le graveur découvert par M. Anatole France; Charles de Fontenay, mort au champ d'honneur; Marcel Gaillard, Mlle Albertine Bernouard, Combet-Descombes, etc.

LA JEUNE PEINTURE FRANÇAISE

On annonce l'ouverture prochaine du Salon de la jeune

peinture française. Les arts pendant la guerre ont besoin de ces initiatives.

(15 mars 1918.)

LA VENTE DEGAS

La vente Degas n'est pas terminée. Déjà son produit dépasse tout ce que l'histoire de l'art a enregistré à propos des ventes après décès de peintres. Et ce ne sera pas un petit sujet d'étonnement pour les historiens de devoir noter cette passion pour les œuvres d'art qui marque d'idéal notre époque calamiteuse. Durant la guerre, on aurait pu croire éteintes les convoitises des amateurs d'art; or jamais la valeur marchande des œuvres d'art n'a été plus grande. Chez nos ennemis, aussi bien que dans les pays neutres, les œuvres d'art ont atteint des prix inouïs. Chez les Anciens, à Rome, durant l'Empire, on connut pareille fièvre. Au reste, c'était à la plus belle époque de l'Empire romain, si bien qu'on est fondé à dire que d'après les exemples de l'histoire, des prix comme ceux qu'ont atteints à Paris comme à Berlin les tableaux des écoles françaises modernes sont loin d'être un indice de décadence, mais laissent présager, au contraire, des temps magnifiques pour l'art après la guerre.

L'humanité assoiffée d'idéal s'abreuve aux sources artistiques. Voilà quelles réflexions suscitaient dans l'âme des spectateurs les coups de marteau des enchères de la vente Degas. Et cependant, il n'y avait pas unanimité dans les jugements du public. Autrefois, au temps même où les Meissonier faisaient de gros prix, le public ne discutait pas les mérites des artistes qu'on exposait à son jugement, on lui imposait un jugement qu'il acceptait. Aujourd'hui, après les beaux combats pour l'art qui ont eu lieu au XIXe siècle, le public s'est divisé en deux parties. Et l'on a pu voir lors de l'exposition des œuvres de Degas à la galerie Georges-Petit les opinions les plus singulières et les moins favorables exprimées par une partie du public où cependant ne se voyaient pas de gens du commun ni même de la petite bourgeoisie. Degas a été discuté jusqu'après sa mort, ce qui n'a pas empêché ses œuvres d'atteindre les prix extraordinaires que l'on connaît.

Au reste, il y avait là des œuvres bien différentes de technique et d'inspiration; toutes affirmaient cette prodigieuse maîtrise qui fait du maître des danseuses un artiste unique, observateur cruel, mais raffiné de la grâce qu'il savait exprimer sans banalité dans l'essentiel, dans ce qu'elle a de fulgurant et pour ainsi dire insaisissable.

On peut regretter que l'État n'ait pas requis plus de ces œuvres infiniment précieuses et surtout n'ait pas eu l'idée d'en acquérir les plus caractéristiques.

Il est vrai que beaucoup d'amateurs achètent en vue de léguer leurs collections à l'État et beaucoup de ces tableaux, de ces pastels merveilleux de vie et de lumière se retrouveront un jour dans nos musées, pour témoigner de la profondeur de cette grâce française, grâce inimitable, si légère que la poussière colorée des pastels de Latour et de Degas sont ce qui la fixe le mieux pour les temps à venir, quand le secret de cette grâce aura été perdu et que les hommes iront contempler *Les Danseuses à la barre, La Chartreuse verte* ou *Les Deux Repasseuses* pour tenter d'imaginer tout ce qu'il pouvait y avoir d'amer et d'exquis dans ce XIXe siècle dont on a tant médit sans encore en vouloir apprécier la délicatesse, la finesse et même la lyrique, la cruelle vérité.

SCULPTURES D'AFRIQUE ET D'OCÉANIE

La curiosité a trouvé un nouvel aliment en s'attachant aux sculptures d'Afrique et d'Océanie.

Cette nouvelle branche de la curiosité née en France a trouvé jusqu'ici plus de commentateurs hors de chez nous. Cependant, comme elle vient de France, on est en droit de penser que c'est ici qu'elle agit le plus profondément. Ces fétiches qui n'ont pas été sans influencer les arts modernes ressortissent tous à la passion religieuse qui est la source d'art la plus pure.

L'intérêt essentiel réside ici dans la forme plastique encore que la matière soit parfois précieuse. Cette forme est toujours puissante, très éloignée de nos conceptions et pourtant apte à nourrir l'inspiration des artistes.

Il ne s'agit pas de rivaliser avec les modèles de l'Antiquité classique, il s'agit de renouveler les sujets et les formes en ramenant l'observation artistique aux principes mêmes du grand art.

Au reste, les Grecs ont appris des sculpteurs africains beaucoup plus qu'il n'a été dit jusqu'ici. S'il est vrai que l'Égypte ait eu quelque influence sur l'art très humain de l'Hellade, il ne faudrait pas avoir une grande connaissance de l'art égyptien et de celui des fétiches nègres pour nier que ceux-ci ne donnent la clef de l'hiératisme et des formes qui caractérisent l'art égyptien.

En s'intéressant à l'art des fétiches, les amateurs et les peintres se passionnent pour les principes mêmes de nos arts, ils y retrempent leur goût. D'ailleurs, certains chefs-d'œuvre de la sculpture nègre peuvent parfaitement être mis auprès de belles œuvres de sculpture européenne de bonne époque et je me souviens d'une tête africaine de la collection de M. Jacques Doucet qui soutient parfaitement la comparaison avec de belles pièces de la sculpture romane. D'ailleurs, personne ne songe plus à nier ces choses évidentes que les ignorants qui ne veulent pas se donner la peine de voir les choses de près.

Il faut maintenant que les chercheurs, les savants, les hommes de goût collaborent pour que l'on arrive à une classification rationnelle de ces sculptures d'Afrique ou d'Océanie. Quand on connaîtra bien les ateliers et l'époque où elles furent conçues, on sera plus à même de juger de leur beauté et de les comparer entre elles, ce que l'on ne peut guère faire aujourd'hui, les points de repère ne permettant encore que des conjectures.

(15 juillet 1918.)

L'Europe nouvelle

ÉCHOS

À PROPOS DE DEBUSSY

Le plus grand musicien français contemporain, Claude Debussy, qui vient de mourir[1], avait pour habitude de conserver une discrétion farouche à propos des œuvres qu'il entreprenait.

Si on lui demandait :

«À quoi donc travaillez-vous en ce moment, cher maître?»

Il répondait :

«Je ne sais trop si ce sera une sonate ou un opéra, un nocturne, une cantate ou un quatuor. Mais quand je me rendrai compte exactement de la direction que prendra mon inspiration, je vous ferai signe et vous donnerai les renseignements qui peuvent vous intéresser.»

Et ainsi, il écartait les curiosités.

GUYNEMER

La francophilie catalane se traduit de la façon la plus flatteuse pour la jeune école littéraire française.

Pour célébrer Guynemer, le poète barcelonais J.-M. Junoy a choisi la forme ultra-moderne du calligramme qui est proprement un poème écrit et dessiné.

Sur une page de japon, en points représentant les constellations, on peut lire *Ciel de France* tandis que la chute de l'avion du grand aviateur est figurée par une courbe qui se lit de bas en haut pour indiquer la remontée au firmament de l'âme du héros : «Dans l'appareil mortellement blessé, le moteur, cœur luisant, gronde encore, mais voici que l'âme intrépide du jeune héros vole déjà vers les constellations.»

Ce poème est parlant et frappant. C'est une preuve de l'intérêt que présentent ces tentatives nouvelles car ni sonnet ni stances n'auraient pu indiquer plus vivement ce dont il s'agit. À la fin, on lit cette *note :*

«L'auteur a proposé, le 6 octobre 1917, à M. le ministre de l'Instruction publique et à M. le président de la Société astronomique de France, d'honorer la mémoire du glorieux aviateur en désignant désormais du nom de Guynemer une des plus belles constellations de la carte céleste.»

Ce poème, traduit du catalan, a été tiré sur une feuille in-4° à dix-huit exemplaires sur japon et quatre cent quatre-vingt-quinze exemplaires sur vergé pur fil.

Nous n'oublierons pas la fine et délicate amitié catalane[1].

«LES VIEUX ONT SOIF»

Le jeune éditeur-poète François Bernouard, rendu à ses travaux, se propose d'éditer en un volume les *Reliquiae* de son capitaine, René Dalize, qui fut tué l'an dernier devant Craonne.

On y retrouvera sans doute cette singulière et prophétique diatribe que, parodiant un titre d'Anatole France, il avait appelée *Les vieux ont soif* et qui parut peu de jours avant la déclaration de guerre[2].

«NORD-SUD»

La jeune revue mensuelle *Nord-Sud* qui groupait Guillaume Apollinaire, Pierre Reverdy, Max Jacob, Paul Dermée, Roch Grey, Philippe Soupault va-t-elle disparaître? Il en est question. Son rédacteur en chef Pierre Reverdy se plaint de n'être point encouragé ni suivi[3].

Mais n'est-ce point un signe des temps que ces tentatives puissent se plaindre de n'être point suivies!

«De mon temps on n'arrivait pas!» répondait Degas à un jeune peintre qui lui exprimait son désir d'arriver.

EXODE DE PEINTRES

Les peintres de la jeune école qui ne sont pas ou ne sont plus mobilisés semblent préférer le Midi à Paris bombardé. C'est ainsi que Matisse est à Nice, que Kisling est sur les bords de la Méditerranée auprès d'Iribe et de Signac. Juan Gris, Ortiz de Zarate, Modigliani, Van Dongen, Georges Braque quittent aussi la capitale pour la campagne d'Avignon.

Mais Picasso reste impassible dans son Montrouge.

«Avant la guerre nous avions les autobus, maintenant nous avons les obus. Qui sait si les premiers ne faisaient pas ici plus de victimes que les seconds», déclare-t-il en une boutade qui n'est pas sans bon sens.

LE JOURNAL DE M. BOISSARD

Sait-on que Paul Léautaud, qui signe Maurice Boissard ses chroniques de théâtre, tient un journal où il consigne non seulement ses impressions mais aussi tout ce qu'on lui dit?

Ce journal, ses intimes mêmes n'ont pu l'entrouvrir; néanmoins, ceux qui connaissent la tournure d'esprit de l'auteur du *Petit Ami* et qui en goûtent la causticité, affirment que pour n'être pas aussi étendu que le fameux *Journal des Goncourt*, le *Journal de M. Boissard* réserve de curieuses surprises à ceux qui auront le plaisir de le lire, plus tard, après, longtemps après la mort de son auteur[1].

(6 avril 1918.)

ÉCHOS ET ON-DIT DES LETTRES ET DES ARTS

Après être restés longtemps sous l'influence de Gau-guin, puis de Cézanne, les jeunes peintres futuristes italiens …ient trouvés un beau jour, sans savoir pourquoi ni comment, de l'école de Picasso; l'un d'eux, au reste, qui habite Paris, le sentit si bien que, renonçant au futurisme, il tint à se faire classer comme cubiste[1].

Aujourd'hui, les jeunes futuristes italiens subissent une nouvelle influence : celle de leur compatriote Giorgio De Chirico qui, avant la guerre, peignait à Paris.

Du reste, ce peintre d'accent si particulier est peut-être le seul peintre européen vivant qui n'ait pas subi l'influence de la jeune école française.

★

Les Parisiens d'avant-garde qui, depuis la guerre, ont été au Canada, ont déposé dans les esprits des Canadiens français une grande curiosité et un grand amour pour la France moderne si riche en idées et en manifestations artistiques toutes neuves.

Mme Jane Mortier a fait entendre à Montréal la *Sonate* de P. Dukas et de l'Erik Satie.

Quelques jeunes Canadiens ont profité de ce mouvement pour fonder une petite revue littéraire, artistique, musicale et satirique, intitulée *Le Nigog,* terme iroquois qui signifie «le harpon», c'est-à-dire l'instrument avec lequel les «Sauvages» capturaient le poisson dans les rivières.

Cette revue qui paraît mensuellement est un témoignage du chemin que font par le monde, plus que dans la France officielle, les idées modernes françaises[2].

★

On ne connaît pas encore à Paris la jeune école de musique qui se forme en Angleterre et où dominent déjà les noms de Bax, Williams, Scott et Grainger.

Ralph Vaughan Williams est né en 1877[3]. Il s'est imprégné des qualités de Parry, Stanford et Maurice Ravel. Sa *Norfolk Rhapsody* accuse un effort pour écrire une musique qui ait un caractère anglais et s'inspire délibérément des *folksongs.* On a déjà beaucoup écrit sur le mysticisme musical de M. Williams. Il se retrouve dans ses *Mystical Songs,* dans sa *Fantasia on a theme by Tallis,* dans ses *Christmas Carols,* dans sa partition pour *Les Guêpes* d'Aristophane et, sur tout, dans sa *Sea Symphony,* symphonie pour orchestre et chœurs sur des vers de Walt Whitman.

★

La revue américaine *The Atlantic Monthly* a publié un article de M. Maurice Barrès sur la mort de Péguy où on lit cette phrase : «Charles Péguy was one of the patriotic young writers who, having taken upon himself the task of purifying the French soul...» Charles Péguy fut un poète inspiré et un soldat héroïque. M. Maurice Barrès est un grand écrivain, mais l'âme française qui se montre dans de tels hommes et dans tant d'autres, héros illustres ou héros inconnus, avait-elle besoin qu'on la purifiât? Au contraire, n'était-elle pas la pureté même, cette âme stoïque et magnifique?

★

L'ami de Moréas, l'Émilius de ses poèmes, le philosophe Meyerson, pour échapper à la hantise de la longue guerre, s'est plongé dans les problèmes les plus abstraits.

Il vient d'achever un volume de trois cents pages, juste la moitié de la deuxième édition de son œuvre capitale : *Identité-Réalité*[1].

L'ouvrage d'Émile Meyerson va être livré à l'impression.

Il s'est attaché à y réfuter Hegel pour lequel il a néanmoins une vive admiration :

«C'était un grand bonhomme, dit-il, et qui mieux que personne sut se moquer de lui-même.»

★

Le Théâtre idéaliste, dirigé par le poète Carlos Larronde, se propose de donner une représentation à la fin du printemps.

On y présentera une courte pièce de M. F. T. Marinetti, le chef du futurisme italien qui, guéri de ses blessures, est retourné dans un corps de troupes d'assaut, une pièce de M. Strentz en un acte, et un drame en trois actes de M. Guillaume Apollinaire[2].

Le Théâtre idéaliste a representé l'an dernier avec le concours de la Société Art et liberté des pièces de MM. Barzun, Fernand Divoire et Sébastien Voirol.

(13 avril 1918.)

Le député André Lebey n'est pas seulement un collectionneur avisé de tout ce qui se rapporte à la révolution de 48. Poète de valeur, il a été célébré par le verbe rare et délicat de Paul Valéry, à un des fameux jeudis de Mme Aurel, et les poèmes qu'il a réunis sous le titre *Coffrets étoilés* vont paraître en un volume illustré par Maxime Dethomas, Bernard Naudin, Forain, Guy Arnoux, Carlègle, Laboureur, Boussingault, Gul, Hermann-Paul, Howard, Reymond, Bartholomé, Bourdelle, Dunoyer de Segonzac, Van Dongen, etc.[1].

★

Les séries de sept cartes postales en couleurs qui composent *La Pochette de la marraine* seront recherchées[2]. Elles sont dues à des artistes de valeur tels que Lucien Laforge, Jules Depaquit, Gus Bofa, etc.

Mais ce que l'on doit signaler dans cette œuvre d'art et de fantaisie moderne, c'est que les éditeurs ont eu l'heureuse et généreuse initiative de faire participer aux bénéfices de la vente les artistes eux-mêmes.

C'est là un précédent dont on s'inspirera sans doute désormais en matière d'édition d'art.

★

Le 1er mai s'ouvrira, au musée du Luxembourg, une exposition de deux cents œuvres de peintres espagnols et, à la même date, Alphonse XIII inaugurera à Madrid une exposition de peinture française à laquelle il s'intéresse, dit-on, personnellement.

★

On va, dit-on, publier une anthologie des poètes grecs modernes. Ce sera une œuvre utile. Beaucoup de ces poètes atteignent une grande perfection de forme, témoin Malacassis, cousin et traducteur de Moréas. On le vit à Paris; il y était au moment de la mort de son parent et parut à ses funérailles où toute la jeunesse littéraire était présente. Malacassis représente avec Gryparis et Drosinis la parfaite technique poétique. Cristallin qui est un peu plus jeune est le représentant le plus autorisé de la poésie populaire sans romantisme.

Le plus curieux de tous est sans contredit Costi Palamas qui cultive avec succès la poésie philosophique. On le dit influencé de Nietzsche, Bergson et William James. La philosophie antique n'a pas de secrets pour lui et il expérimente les procédés artistiques des poètes modernes des autres pays, notamment ceux des jeunes poètes français.

★

Sous le titre de *Proses en poème*, M. Louis Latourrette a publié «hors commerce» et à très petit nombre un recueil d'apologues lyriques qui mériteraient d'être lus et commentés à la foule. Il n'en sera rien. Bien peu de gens liront ce recueil dédaigneux et singulier. Et dans quelques siècles, M. Louis Latourrette aura peut-être la réputation d'un sage et d'un législateur comme Confucius et Lao Tseu[1].

★

Selon un humoriste, M. Pierre Mac Orlan, la guerre actuelle se résume ainsi :

Ceux qui fabriquent les obus; ceux qui les envoient; ceux qui les reçoivent. Excellente définition, sur laquelle on pourra méditer longtemps et qui serait digne qu'un grand philosophe l'eût formulée.

★

Isabelle Rimbaud, la regrettée sœur d'Arthur Rimbaud, à laquelle on doit ce beau livre sur le commencement de cette guerre, *Dans le remous de la bataille*[2], a laissé un grand nombre de pages du plus haut intérêt et dont la plupart sont relatives à son frère.

Son mari, M. Paterne Berrichon, compte les publier[3].

À son propos, on raconte que celui-ci reçut récemment la visite d'un rapatrié de Charleville, qui lui apprit que le monument d'Arthur Rimbaud avait été respecté par les Allemands.

★

La petite revue mensuelle *SIC,* vocable acrostiche qui signifie «Sons, Idées, Couleurs», et qui a pris une place toute particulière dans le mouvement d'avant-garde artistique et littéraire, paraîtra deux fois par mois à partir de septembre[1].

★

On nous écrit d'Amérique qu'un comité formé à La Nouvelle-Orléans se propose de faire renaître *L'Abeille de La Nouvelle-Orléans,* vieil organe français qui vit le jour le 1er septembre 1719 et fut jusqu'en avril 1917 le doyen des organes de langue française aux États-Unis. On attribuait sa mort aux propagandistes allemands qui avaient réussi à le ruiner et à le conduire au tombeau, tandis que la Louisiane et les Louisianais devenaient une conquête facile pour l'avidité commerciale germanique. Les Allemands avaient même fini par s'immiscer dans la politique de l'ancienne colonie française.

Mais tout est changé à présent...

(20 avril 1918.)

À l'exposition de «Costumes et décorations théâtrales» de M. Michel Larionov et Mme Nathalie Gontcharova, on a beaucoup remarqué le départ des artistes en compagnie de M. Firmin Gémier qui, justement, est en train de préparer son prochain spectacle au Nouveau Cirque, situé en face de la galerie Sauvage où a lieu l'exposition. M. Gémier, après avoir monté *Aristophane*[2] sur une piste de cirque, va-t-il monter quelque pièce avec les décorateurs que nous ont révélés les Ballets russes? En effet, Mme Gontcharova est l'auteur des merveilleux décors qui ornèrent *Le Coq d'or* à l'Opéra en 1914 et Michel Larionov a peint ceux des *Contes russes* qui furent si remarqués l'an dernier.

★

Depuis un certain temps, M. Ambroise Vollard a sur le chantier un singulier ouvrage sur notre administration coloniale. Cet ouvrage désopilant mettait en scène Ubu lui-même, le roi de Pologne cher à Alfred Jarry, et devait porter le titre d'*Ubu aux colonies*. Cette nouvelle étant parvenue jusqu'à l'éditeur d'Alfred Jarry, M. Fasquelle, celui-ci crut y voir une contrefaçon propre à faire du tort à une réédition toujours attendue d'*Ubu roi*. Il n'en était rien cependant et M. Ambroise Vollard, qui fut un ami de Jarry, dont il publia le second *Almanach du père Ubu*, finit par persuader l'éditeur et les ayants droit de feu Alfred Jarry de sa parfaite bonne foi. *Ubu aux colonies* n'est nullement une contrefaçon d'*Ubu roi*. S'il a choisi le père Ubu comme personnage, c'est une sorte d'hommage rendu au génie d'Alfred Jarry et la publication d'*Ubu aux colonies* aidera à populariser le nom d'un personnage en passe de devenir proverbial comme Gargantua, Panurge, Pantagruel, Gulliver ou Robinson Crusoé.

Ubu aux colonies paraîtra donc avec les illustrations de Rouault et M. Ambroise Vollard ne se verra pas obligé de substituer à Ubu, Panurge ou Gulliver entre lesquels il hésitait.

Au reste, M. Vollard n'a-t-il pas publié en édition privée, car la censure a été impitoyable, une petite farce spartiate, intitulée *Ubu à l'hôpital*, qui fut goûtée même dans le Service de santé et représentée dans une formation sanitaire du front[1] ?

★

John-Antoine Nau, qui fut le premier à avoir le prix Goncourt, était avant tout un poète. Il avait pour Paris une sorte d'éloignement dont il ne songeait pas à se défendre. Il avait en outre pour la réclame un mépris caractéristique. Aussi fut-il celui des écrivains lauréats des Goncourt qui profita le moins de la publicité que ce prix procure.

Les libraires l'ignoraient et quelques jours après sa mort on pouvait entendre dans les librairies parisiennes des dialogues de ce genre.

«Je voudrais *Force ennemie*

— Nous ne l'avons pas, monsieur, d'ailleurs les *livres sur la guerre sont peu demandés.*

— Mais ce n'est pas un livre sur la guerre, c'est un roman couronné par les Goncourt.

— *Il doit y avoir erreur,* car nous ne le connaissons pas.»

★

Tandis qu'il est question de créer un conservatoire des classes de cinéma, une maison d'édition nouvelle et audacieuse va lancer un recueil de films sous le titre de *Le Livre du cinéma.* Les films qui seront également tournés seront du fameux Charlot, du non moins célèbre Max Linder. Ces deux illustrations de l'art muet accompagneront des auteurs nouveaux tels que Jules Romains, Blaise Cendrars, Jean Cocteau, Guillaume Apollinaire, etc. Chaque film sera précédé d'une préface exposant les idées cinématographiques particulières à l'auteur. Voilà un ouvrage qui sera un des classiques du genre et qui peut même amener une véritable révolution dans le grand art industriel moderne des salles obscures[1].

★

Malgré l'occupation, la littérature wallonne prospère. La persécution, l'obligation de dissimuler la pensée vraie et parfois de paraître sous le manteau n'a fait qu'aiguiser la verve et l'esprit des chansonniers, poètes et écrivains dialectaux de Tournai, Mons, Charleroi, Nivelles, Namur, mais, surtout, de ceux du pays de Liège qui eut toujours la prédominance dans cette littérature wallonnisante. Depuis la guerre, elle est surtout goguenarde et malicieusement vengeresse. Les Liégeois n'ont pas oublié qu'en 1817 ils chantaient une chanson sur les Prussiens qui avait été composée sur l'air d'une de leurs marches. Les Prussiens ne surent qu'au bout de longtemps qu'on se moquait d'eux sur leur propre musique. Aujourd'hui, les Liégeois chansonnent pareillement les Boches d'occupation. Il paraît qu'il y a une chanson sur l'air de *Die Wacht am Rhein,* qui est un monument de satire fine et d'impayable drôlerie.

(27 avril 1918.)

Mme L.-M. Enfrey, l'auteur du *Croissant sur la tranchée*[1], ce petit livre qui, sous une forme romanesque, présente d'une façon si vraie quelques aspects de l'âme islamique pendant la guerre, poursuit le cours de ses études des milieux musulmans. Mme L.-M. Enfrey tente présentement de mettre en lumière les deux grandes tendances qui se partagent les centres intellectuels de la Turquie. D'une part, la fidélité aux vieilles croyances qui ont fait jusqu'ici le bonheur et la stabilité de l'Empire ottoman; d'autre part, le pantouranisme, cette nouvelle marotte turque calquée sur le pangermanisme, et qui voudrait turquifier jusqu'au Coran lui-même, ce qui n'est pas sans mécontenter profondément les Arabes, qui détiennent maintenant, avec l'autorité religieuse dévolue désormais au roi du Hedjaz, les grands sanctuaires musulmans, La Mecque et Médine.

L'ouvrage de Mme L.-M. Enfrey sera d'un intérêt plein d'actualité[2].

★

L'Éventail[3], cette revue de Genève qui porte un titre mallarméen, publie un inédit de Mallarmé, quatrain adressé à Willy, qui faisait, pour lors, de la critique musicale et non sans calembours dans *L'Écho de Paris,* sous le pseudonyme : «L'Ouvreuse du Cirque d'été».

Amandine, envers vous, ou Jeanne,
Combien je me sens endetté
Qu'aucun de mes vers n'enrubanne
«L'ouvreuse du Cirque d'été».

★

Tandis que les grandes revues françaises comme *La Revue des Deux Mondes* ou *Le Correspondant,* tandis que les grands journaux français ne se donnent la peine de signaler les efforts des jeunes artistes et des nouveaux littérateurs qu'à de rares occasions et pour s'en moquer, les grandes revues italiennes, les grands quotidiens transalpins suivent au contraire, avec une attention soutenue et une grande sympathie, ces mouvements nouveaux où apparaît l'âme nationale, l'âme latine délivrée de tout germanisme. C'est ainsi que la vieille *Rivista d'Italia* ne craint pas de dire, en rendant compte de l'exposition du peintre futuriste Carlo Carrà, un des plus curieux de cette école qui doit tant à la nouvelle peinture française : «Art étrange et cruel! Et, pourtant, c'est bien de l'art! On peut le détester, mais il dépasse de cent coudées les habiles complaisances et chatouillis d'artisans du pinceau.»

En France, le public est persuadé encore aujourd'hui que l'art moderne vient de l'Allemagne.

★

La librairie Payot mettra en vente, dans quelque temps, le premier volume d'une collection dont le besoin se faisait sentir.

La Nouvelle bibliothèque bleue se propose comme but de faire connaître dans les textes anciens, ornés de reproductions documentaires, les romans chevaleresques, les légendes épiques et courtoises, les contes satiriques ou autres qu'on ne trouvait pas dans le commerce et qui firent la réputation de l'ancienne Bibliothèque bleue où ils paraissaient cependant dans des textes dépourvus d'authenticité.

Le plan de la Nouvelle bibliothèque bleue est vaste, car, malgré le goût des romantiques pour le Moyen Âge, malgré les travaux des érudits, la littérature médiévale de la France reste profondément ignorée de la plus grande partie du public instruit.

Ce premier volume de la Nouvelle bibliothèque bleue contiendra la *Très plaisante et récréative hystoire du très preulx et vaillant chevalier Perceval le Galloys, jadis chevalier de la Table ronde, lequel acheva les adventures du Ganiet Graal au temps du noble roi Arthus,* avec les illustrations de l'édition ancienne de 1530, chez Jehan Lougis, Jehan Saint-Denis et Galliot du Pré[1].

★

Le grand poète normand Ch.-Th. Féret, illustre en sa province, mais qui n'est connu à Paris que d'un petit nombre de véritables lettrés, fait imprimer en ce moment un volume de vers : *L'Arc d'Ulysse*, et tire une deuxième édition de *La Normandie exaltée*, qui est un des plus nobles et des plus puissants recueils de poèmes dont puisse s'enorgueillir le mouvement provincial au commencement du xxe siècle[1].

Celui dont le chant doit périr, chante à l'écart,
Chante ! — Aux célestes Portes,
Chante si doucement — que se penche Ronsard,
Et t'approuve Desportes.

★

Le Manuscrit trouvé dans un chapeau, d'André Salmon, ouvrage mêlé de prose et de vers qui doit paraître[2] orné de quarante reproductions de dessins de Picasso, dits de l'époque rose, a paru en partie, en 1905, dans une petite revue qui n'eut que deux numéros. Le premier numéro de cette rare publication portait comme titre *La Revue immoraliste* et le second numéro dont il n'existe guère qu'une trentaine d'exemplaires avait pris le titre moins agressif de *Revue des lettres françaises*[3]. C'est également dans cette revue que furent publiés les premiers vers de Max Jacob.

★

M. Butavand, ancien élève de l'École polytechnique, ingénieur en chef des Ponts et Chaussées, s'intéresse aux questions de philologie. Il vient de faire paraître une plaquette sur les *Analogies de l'étrusque avec le basque*[4]. Il y signale que les Étrusques furent non seulement un peuple guerrier, mais aussi des artisans et des commerçants. Les seuls textes importants de leur langue qui subsistent sont un manuel de navigation et un manuel pour la conduite d'un four de potier. Ils excellèrent dans les applications pratiques des sciences et des arts et parvinrent à un degré de culture dont bénéficièrent les Romains. M. Butavand a achevé un autre ouvrage qui paraîtra prochainement, *Alésia, oppidum des Mandubiens*[5].

★

La rare plaquette de Léon Deffoux, *L'Immortalité littéraire selon M. de Goncourt, suivie d'une petite chronologie du testament et de l'Académie Goncourt*[1], contient des détails fort piquants sur ce que l'auteur appelle « le moratorium des Goncourt ». Ce moratoire s'applique en l'espèce au journal inédit d'Edmond de Goncourt, qui devait être mis à la disposition du public à partir du 16 juillet 1916.

Or, par ordre de M. Painlevé, les conservateurs de la Bibliothèque nationale doivent attendre la fin de la guerre pour communiquer ce document.

M. Deffoux ajoute : « Vraiment, il est singulier ce testament Goncourt. Il n'existait pas et fut construit de toutes pièces par le Conseil d'État. Et maintenant que le Conseil d'État l'a fabriqué, et l'Académie avec lui, il faut qu'un ministre intervienne pour empêcher précisément que la volonté du testateur soit respectée! Voilà donc M. de Goncourt, qui chérissait si fort la publicité, administrativement contraint à demeurer inédit malgré lui; et, faute de précisions, d'éminents postulants à son académie ne se trouveront-ils pas maintenant bien ralentis dans leurs ambitions, par crainte de recevoir autant de papier que le maître en reçut peu de temps avant sa mort? »

(4 mai 1918.)

Dans le livre de M. Louis Barthou sur Mirabeau[2], il y a au moins une erreur, mais c'est une erreur académique si on peut dire. En effet, M. Louis Barthou, avec une pruderie qui n'a rien de béarnais, lave son héros du reproche d'avoir écrit ce que M. Pierre Louÿs dans la préface d'*Aphrodite* appelle « les romans de Mirabeau ». Ces romans de Mirabeau se composent de l'*Erotika Biblion,* dissertation singulière sur différents passages de la Bible, et *Ma conversion ou le Libertin de qualité.*

Pour ce qui est du premier de ces ouvrages, il n'a jamais été question d'en retirer la paternité à Mirabeau. Pour ce qui est du second, une erreur de M. Tourneux, qui n'avait pas pris le temps de lire les *Lettres à Sophie,* a permis à M. Barthou d'en dénier la paternité à Mirabeau, mais sous la plume de M. Barthou ce ne sont que des erreurs académiques[1].

★

L'élection de Mgr Baudrillart est accueillie avec quelque satisfaction[2]. C'est tout de même un fauteuil que les politiciens n'auront pas encore. Avant peu d'années, la Coupole n'abritera plus guère que les débris du Palais-Bourbon et du Luxembourg. Ce sera l'hôtel des Invalides de la politique.

Le clergé, l'armée et le parlement formeront une compagnie qui mettra les écrivains en quarantaine, c'est le cas de le dire.

On parle maintenant de l'élection de notre Premier[3]. Encore s'agit-il d'un véritable écrivain qui a écrit d'excellentes pages sur la Grèce et qui fait figure de polémiste vigoureux.

En outre, il a pris la peine d'écrire des livres lui-même.

M. de Goncourt fonda son académie dans le but de mettre dix écrivains dans la force de l'âge et du talent, mais peu favorisés par la fortune, à l'abri du besoin et des besognes.

Huysmans, Hennique, Mirbeau, Rosny, Margueritte, lorsqu'ils furent désignés par Goncourt, avaient moins de quarante ans.

En 1900, lorsque ceux-ci complétèrent l'académie par l'adjonction de trois membres, M. Lucien Descaves avait trente-neuf ans, M. Léon Daudet trente-trois ans et M. Élémir Bourges quarante-huit ans.

Jules Renard, lorsqu'il succéda à Huysmans en 1907, avait quarante-deux ans. C'est la dernière fois que l'on semble avoir respecté la volonté de Goncourt.

M. Rosny aîné, né en 1856, a aujourd'hui soixante-deux ans. M. Rosny jeune, né en 1859, a cinquante-neuf ans. M. Hennique, né en 1852, a soixante-six ans. M. Élémir Bourges a le même âge. M. Gustave Geffroy, né en 1855, a soixante-trois ans. M. Paul Margueritte, né en 1860, a cinquante-huit ans. M. Lucien Descaves, né en 1861, a cinquante-sept ans. M. Ajalbert, né en 1863, a cinquante-cinq ans et M. Léon Daudet, né en 1867, a cinquante et un ans. M. Henry Céard, élu d'hier, étant né en 1851, est le doyen de l'académie.

En nommant un doyen d'âge, l'Académie a donné sans doute au testament de Goncourt la plus forte entorse qu'il ait encore reçu.

★

Georges Ohnet est mort. Paix à sa mémoire. Les nouvelles générations ignorent que ses romans comptèrent autrefois comme des événements littéraires.

Jules Lemaitre se fit de la popularité en soulignant cette renommée extraordinaire :

« En quelques années *Le Maître de forges* a eu deux cent cinquante éditions; *Serge Panine,* couronné par l'Académie française, en a eu cent cinquante; *La Comtesse Sarah,* tout autant; *Lise Fleuron,* une centaine, et *La Grande Marnière* en a quatre-vingts. C'est là, comme on dit, le plus grand "succès de librairie" du siècle. M. Georges Ohnet est bien modeste s'il ne s'estime pas le premier écrivain de notre temps. »

M. Georges Ohnet était bien modeste en vérité, car il accepta d'assez bonne grâce son assassinat et n'en appela pas à la postérité du jugement de Jules Lemaitre. Il était ignoré de tout le monde aujourd'hui, sauf des lecteurs du *Gaulois*[1].

Riche, Georges Ohnet n'était plus considéré à cause de sa littérature, mais à cause de sa bosse. Il s'était vu ravir la palme du mauvais roman par M. Henry Bordeaux. Celui-ci entrera peut-être à l'Académie française; mais lorsque sa pseudo-littérature aura été démasquée, il ne lui restera même pas cette bosse qui faisait que toutes les mains se tendaient vers Georges Ohnet dès qu'on l'apercevait, car il passait pour porter bonheur.

★

Jacques Copeau est en Amérique, à New York, depuis quelques mois, avec la troupe du Vieux-Colombier.

Les Américains aiment la France, surtout depuis la Marne et depuis Verdun. Ils font grand accueil à tout ce qui est français, depuis le maréchal Joffre jusqu'au lamentable Jules Bois.

Jacques Copeau obtient donc en ce moment un légitime succès.

Les Américains, d'ailleurs, sont un peuple qui ne craint pas le neuf. Ils sont intelligents. Ils sont un peu grossiers encore, mais ils s'affinent terriblement depuis quelques années. La troupe du Vieux-Colombier semble plaire presque autant que Mme Sarah Bernhardt.

Sur quelle passerelle ont-ils donc franchi le précipice qui la sépare de M. Jacques Copeau?

Mais les Américains n'ont pas besoin de transitions, ils sont le peuple des rapides et des brusques mouvements.

★

Galerie Georges-Petit, à l'exposition Degas[1], la foule manifestait des opinions fort diverses.

«N'as-tu pas remarqué», disait un peintre à un poète qui l'accompagnait, «dans sa collection qu'on a vendue dernièrement, il y avait de tout : Gauguin, Cézanne, Jeaminet mais *il n'y avait pas un seul Toulouse-Lautrec.* Aujourd'hui, je comprends bien pourquoi.»

Un officier américain qui vient de faire le tour de la grande salle d'exposition, ne trouve qu'un seul mot : *«Horrors!»*

Un bourgeois dont la femme a un bec-de-lièvre lui dit assez fort pour qu'on l'entende : «Évidemment, ceux qui aiment ça n'ont pas l'œil bâti comme le nôtre.»

M. Élémir Bourges est venu là pour voir. Il déclare à un ami : «Je suis venu pour assurer la paix de mes vieux jours. Si je ne m'étais pas dérangé, ma vie eût été empoisonnée par les connaisseurs qui m'auraient plaint de n'avoir pas admiré ces chefs-d'œuvre. Comme ça, je suis tranquille et je pourrai leur dire tout le mal que j'en pense.»

Au contraire, il y a des amateurs en extase. M. Clément-Jeannin dit : «Hein! Croyez-vous! ces merveilles étaient cachées à tout le monde!»

Et quelqu'un qui l'entend observe avec tristesse :

«Allez, Degas savait bien ce qu'il faisait. Le mystère assurait sa renommée. Il savait trop bien démolir la peinture des autres pour ignorer par où péchait la sienne.

— Un peintre de genre! observe une dame de lettres.

— Quel miracle de lumière! s'écrie un grand critique d'art.

— Un grand peintre!» déclare sentencieusement un

autre critique d'art, «mais l'État a payé cher ce tableau qu'il vient d'acheter.

— C'est la guerre, fait remarquer non sans raison un marchand de tableaux qui a de l'esprit, l'argent n'est pas rare. Pour ce prix on n'aurait pas un beau collier.»

Et M. Hermann-Paul regarde et admire.

(11 mai 1918.)

Ferdinand Brunetière ne pensait pas que l'art dût procurer du plaisir et cette conception le rapproche de Tolstoï. Dans une lettre inédite en France, qu'il adressait, en 1900, à M. Giovanni Lanzalone, auteur de *L'Arte voluttuosa*[1], il s'exprimait ainsi :

«C'est avec le plus grand plaisir, et non sans un peu de fierté, que j'accepte la dédicace de votre livre sur ou contre l'*arte voluttuosa.* En Italie comme en France, à ce qu'il paraît, puisque l'art n'est plus aujourd'hui qu'un moyen de jouissance, et par suite un instrument de corruption, on ne saurait trop énergiquement combattre ce qu'une telle conception de l'art a de dangereux pour la morale d'abord, et j'ajouterai de menaçant ou de mortel pour l'art lui-même... La morale n'est pas l'art, et l'art n'est pas la morale, mais on ne saurait impunément les séparer l'un de l'autre, avec toutefois cette distinction que la morale sans l'art est tout ce qu'elle est, mais l'art sans la morale n'est qu'un baladinage, inutile d'abord, malsain ensuite et finalement pervers.»

★

Sous le patronage de MM. M. Barrès, L. Barthou, V. Bérard, R. Burrows, A. Croiset, P. Deschanel, G. Fougères, A. Gauvain, Th. Homolle, P. Painlevé, R. Puaux, J. Reinach, A. Ribot, A. Thomas, M. Léon Maccas publie *Les Études franco-grecques*[2] qui se proposent «de consolider et de resserrer les liens politiques, économiques et intellectuels qu'une longue tradition, l'intérêt commun et la ressemblance de leurs aspirations ont noués autour de la France et de la Grèce».

★

MM. Sylvain et Truffier ont échangé des sonnets. Cette lutte, pacifiquement lyrique, au milieu de la grande guerre, a quelque chose qui désarmerait Mars lui-même s'il avait le loisir de s'occuper d'un autre théâtre que celui de la guerre. Mais Sylvain a fort bien parlé de Molière :

Aussi mourrons-nous sans remords...
Tant que nous ne serons pas morts
Nous servirons notre poète.
— Moi, de mon robuste embonpoint,
Toi, de ta fine silhouette, —
Molière, qui, lui, ne meurt point.

★

Le dessinateur André Rouveyre, qui est mobilisé au Parc d'aviation de Saint-Cyr, est gravement malade, on l'a transporté à la villa Molière[1]. Dernièrement, il avait été au front pour prendre des croquis destinés à illustrer un ouvrage sur la guerre et il préparait d'autres ouvrages, notamment une impressionnante série figurant les phases de la mort de cet étrange philosophe lyrique judéo-polonais, Mecislas Golberg[2], qui promena si longtemps sa tuberculose à travers l'Europe et, s'étant fixé en France, y fut l'ami du poète Emmanuel Signoret et le maître d'un certain nombre d'hommes politiques contemporains qui, sans doute, l'ont oublié.

★

Un amateur a commandé à un certain nombre de littérateurs, parmi lesquels il se trouve, dit-on, MM. Laurent Tailhade, André Mary, Fernand Fleuret, etc., un ouvrage qui sera intitulé *L'Heptaméron des gourmets ou les Délices de la cuisine française*. L'affabulation en est plaisante. On suppose qu'après une longue guerre, le roi de Cocagne a offert au roi Akakia la dive bouteille conservée dans ses États depuis la mort de Pantagruel.

Les ambassadeurs d'Akakia sont fêtés dans le pays de

Cocagne où, durant sept jours, on leur offre de magnifiques banquets.

Chaque auteur est chargé de décrire les festins d'une de ces journées.

Les menus fort copieux seront complétés par les recettes de cuisine et l'ensemble formera un précis culinaire digne de Carême.

On affirme que le plan de cet ouvrage — le premier où il sera sérieusement question de la paix — a été fourni par M. Bertrand Guégan[1].

★

MM. Paul Gsell et Jean-Jacques Brousson achèvent une *Jeanne d'Arc* en vers, livret d'un opéra dont M. Déodat de Séverac doit écrire la musique. M. Jean-Jacques Brousson a mis ainsi à profit les connaissances qu'il a acquises sur ce sujet au temps où il se documentait pour le compte de son maître Anatole France. C'est M. Paul Gsell qui versifie[2].

★

M. F. T. Marinetti a publié un livre intitulé : *Come si seducono le donne* («Comment on séduit les femmes[3]»). Un critique italien, M. Nascimbeni, dit que ce titre lui en rappelle un autre : *Comment on apprend à nager,* manuel qui eut un grand nombre d'éditions, et il demande : «M. Marinetti sait-il nager?»

★

Y a-t-il un grand écrivain canadien français? Il paraît que oui. Mais il est parfaitement ignoré et se nomme Nelligan.

Qui nous fera connaître Nelligan[4]?

★

Les Italiens ont célébré solennellement un centenaire rossinien, celui du *Moïse* qui fut représenté pour la première fois au théâtre San Carlo de Naples, en 1818. Le *Moïse* a été donné cette année au Costanzi, à Rome, au bénéfice du Comité romain de l'organisation civile.

Le *Moïse* est un opéra en quatre actes. La scène se passe en Égypte. L'acte premier représente le *Camp des Madianites;* le second une *Galerie dans le palais de Pharaon;* le troisième, le *Portique du temple d'Isis* et le quatrième le *Désert au bord de la mer Rouge.*

★

Le poète Jacques Dyssord a renouvelé le genre «nouvelle en trois lignes» qu'illustra jadis, au *Matin,* M. Félix Fénéon.

C'est dans *L'Heure* que le poète Jacques Dyssord nous donne ainsi au compte-goutte la mesure de son esprit aussi railleur que lyrique.

Un peu avant la guerre, les «faits divers» du *Matin,* pour n'être pas rédigés en trois lignes n'en étaient pas moins des chefs-d'œuvre inattendus.

Un journaliste qui, aujourd'hui, est prisonnier, avait eu le dessein d'en faire un recueil. Il aurait été bien amusant, et l'idée vaudrait d'être reprise.

(18 mai 1918.)

M. Anatole France, qui devient un assidu de l'Académie, a tenu à voter pour M. Paul Fort au premier tour de scrutin destiné à pourvoir à la vacance du fauteuil Mézières.

Au deuxième tour il vota pour M. René Boylesve qui fut élu[1]. Le Prince des poètes espérait encore pouvoir compter sur la voix de M. Henri de Régnier qui lui a fait défaut.

M. René Boylesve qui occupera désormais le fauteuil de M. Mézières ne compte que des amis. Il excelle dans la peinture des milieux provinciaux et tout le monde s'accorde à trouver ses romans des chefs-d'œuvre de grâce et de sensibilité.

★

L'élection de M. Cambon n'a qu'une signification politique.

Le Figaro nous dit qu'«il appartient à une vieille famille de l'aristocratie républicaine».

Cette phrase est à retenir et par ces temps de gothas elle semble d'actualité.

L'aristocratie républicaine sort de cette guerre bien vieillie en effet. Cependant que dans les espaces aériens une jeune aristocratie militaire se révèle et illustre les nouvelles bêtes héraldiques de ses blasons.

L'Académie manquait de diplomates. La voilà pourvue.

★

Mais l'élection la plus importante, la plus significative est celle qui donne à M. François de Curel le fauteuil du marquis de Vogüé.

Riche et considéré, gentilhomme et lorrain, M. de Curel n'avait contre lui qu'une œuvre à tendances traditionnelles mais libérale et sans hypocrisie.

L'Académie a pensé que son intérêt était d'avoir dans son sein un homme de cette trempe et qui par ailleurs lui donnait toutes garanties.

L'Académie n'a pas eu tort et dans cette voie elle peut faire désormais d'autres efforts généreux.

★

L'auteur de *La Nouvelle Idole* est sinon un timide, du moins un homme qui se tient volontiers à l'écart.

Avant la guerre il vivait le plus souvent dans ses terres.

Il est en pleine force de talent et il sait regarder de près les problèmes les plus actuels de la vie.

Cette guerre a été pour lui une mine de sujets de méditations et elle lui a inspiré une œuvre importante d'un pathétique qui surprendra.

★

«L'interprète le plus exquis et le plus sensible de l'idéalisme en musique», c'est ainsi que M. Orefice définit Claude Debussy dans la *Rivista d'Italia* et le critique italien regrette que l'on ne se préoccupe pas encore de donner *La Chute de la maison Usher, Le Diable dans le beffroi,* et l'*Histoire de Tristan,* ces œuvres inédites du grand musicien de *Pelléas et*

Mélisande. M. Orefice ajoute : « Musicien très nouveau et selon certains créateur de la musique nouvelle, Claude Debussy peut être donné dès aujourd'hui avec certitude pour le chef de cette école de musique, qu'ainsi que la peinture et la littérature correspondantes, il convient d'appeler l'"impressionnisme". »

★

Le docteur J.-C. Mardrus, qui vient de faire paraître *La Reine de Saba*[1], est à Bormes, dans le Midi, où il prépare un travail sur le *Vieux de la montagne* et l'*Ordre des assassins.*

C'est le cas ou jamais de reproduire les extraordinaires lignes par lesquelles un romancier populaire, Paul Féval, dont on a célébré l'an dernier le centenaire, terminait son long volume des *Tribunaux secrets* — le troisième — tout entier consacré à l'histoire des assassins[2] :

« Maintenant, s'il faut risquer notre opinion personnelle, nous dirons avec Laignel, de Brives, le plus savant orientaliste de la banlieue, que toutes ces histoires sont des mensonges et tous ces commentaires des fadaises.

« Malgré tout notre respect pour les écrivains éminents que nous avons cités, nous sommes convaincus qu'on a inventé le *Vieux de la montagne* pour donner prétexte à une fastidieuse et perverse tragédie classique.

« Laignel, de Brives, qui a fait l'histoire des Kurdes en langue schye, parle des assassins sur un ton très incrédule. En somme, tout cela est trop assommant pour être vrai.

« Arrivons aux Templiers nos braves batteurs et buveurs. Et que le diable emporte à tout jamais le *Vieux de la montagne.* »

Y eut-il jamais historien plus plein de son sujet et plus décidé quant aux conclusions ?

Mais avec le docteur Mardrus, nous sommes tranquilles : c'est un orientaliste véritable et un excellent écrivain français.

★

Le poète Giuseppe Ungaretti est maintenant sur le front français. Il met à profit les courts loisirs que lui laisse le dur métier de fantassin de première ligne et de 2ᵉ classe pour traduire en français son recueil de vers, *Il Porto sepolto,* dont le retentissement, lorsqu'il parut en Italie l'an dernier, fut considérable[1].

Ungaretti qui venait d'achever un roman, *Le Avventure di Turluru,* l'a perdu pendant la retraite de Caporetto. «Mais, dit-il, je m'étais tellement amusé en écrivant ces aventures de Tourlourou que je me console aisément de l'avoir perdu.»

★

C'est sous la forme d'une luxueuse plaquette, sortie des presses de l'imprimerie Léon Pichon, que se présentent les délicates et émouvantes élégies en prose intitulées *Une femme pleure*[2]. L'auteur qui se dissimule sous l'anonymat de trois étoiles est une femme dont la riche sensibilité se traduit en images neuves et passionnées.

Ce sont des sanglots, mais des sanglots harmonieux. Et ces poèmes en prose, qui chantent le regret, la volupté et le tendre souvenir, font songer à une nouvelle Desbordes-Valmore dont l'âme sensible s'est éveillée à la faveur des événements de cette guerre.

★

La chronique «La Société des gens de lettres» publie des lettres relatives à l'affaire du journal *La Paix,* imprimé en français à Berlin et publié en Suisse.

La Paix avait publié un conte de M. Charles-Henry Hirsch qui, pensant n'avoir affaire qu'à un journal à tendances germanophiles, avait protesté contre cette publication et réclamé une somme de cinquante francs en faveur d'œuvres de guerre.

La direction de *La Paix* a cyniquement avoué son origine berlinoise et adressé les cinquante francs au représentant de la Société des gens de lettres à Genève. Celui-ci a renvoyé les cinquante francs au journal allemand avec une lettre exprimant tout son mépris.

★

Le dimanche 26 mai, à 3 heures, au théâtre du Vieux-Colombier, aura lieu une «matinée Édouard Dujardin», où l'auteur d'*Antonia* fera une conférence : «De Stéphane Mallarmé au prophète Ézéchiel».

Des intermèdes de poésie et de danse avec le concours de Mme Joux Hugard donneront un caractère d'art à cette solennité, au cours de laquelle on dira *La Prière de minuit,* poème inédit d'Édouard Dujardin.

(25 mai 1918.)

On sait que l'humoriste catholique anglais M. Chesterton nourrit de fortes préventions contre M. Anatole France. Il a, jadis, analysé sa *Jeanne d'Arc* et prétend en avoir démontré le mauvais esprit. Ne va-t-il pas jusqu'à mettre cet ouvrage au niveau de *La Pucelle.* La page a été traduite par feu Jean Florence. Quelqu'un ayant dit devant M. Chesterton que M. Anatole France inspirait le respect même aux partis français dits réactionnaires, le pamphlétaire anglais s'étonna d'abord et, après avoir réfléchi, émit l'avis qu'il n'y avait pas en France de parti réactionnaire. Cependant s'il lisait les journaux français régulièrement il aurait une tout autre opinion. M. Anatole France y jouit encore de l'admiration de ses adversaires politiques, M. Charles Maurras, notamment, qui se dit volontiers son élève, mais Voltaire semble avoir perdu cette autorité que naguère il conservait encore sur l'esprit sinon des gens de lettres, du moins des publicistes républicains, et le rédacteur en chef de *La France*[1] a situé tout dernièrement, dans un article remarqué, l'auteur du *Dictionnaire philosophique* dans «les basses régions de notre littérature».

★

Ce que Voltaire a perdu en France, il l'a gagné chez les neutres. M. Georg Brandès a écrit durant la guerre un livre à sa gloire[2]. Pour répondre aux reproches qui lui étaient faits en France sur sa germanophilie le critique danois a voulu écrire un livre sur l'homme qui lui a paru le mieux incarner l'esprit français et il a tenu, avant tout, à faire un éloge. Ce livre, qui n'aura pas de retentissement en France, a-t-il été bien accueilli chez nos ennemis? On n'en sait rien pour l'instant. Mais il serait piquant que Voltaire, dédaigné désormais en France, eût conquis les Allemands. Il est vrai que ce ne serait pas la première fois.

★

Le plus grand peintre suisse contemporain, Ferdinand Hodler, vient de mourir. On l'avait comparé à Michel-Ange, à Rodin, et ces éloges dépassaient la personnalité de celui auquel ils s'adressaient. C'était cependant un grand artiste. Il avait trouvé le succès en Allemagne et, en effet, il dépassait de cent coudées les artistes allemands, ses contemporains. Son symbolisme était d'ailleurs très germanique. Sa marotte, la méthode de composition qu'il appelait le parallélisme et qui gâte certains de ses ouvrages les plus importants, n'était pas pour déplaire aux esthéticiens officiels ou universitaires de Berlin ou d'Iéna.

Tout cela augmente son mérite d'avoir signé la protestation des artistes suisses contre le bombardement de la cathédrale de Reims.

Comme il défendait l'art outragé, les Allemands le maudirent. L'université d'Iéna fit enlever la fameuse décoration de Hodler, *Le Départ des volontaires d'Iéna en 1813*, et voulut la vendre aux enchères. Mais le prix qui était demandé ne fut pas couvert. Cette gigantesque image d'Épinal est restée pour compte à la célèbre université.

★

On annonce la mort, au champ d'honneur, d'un jeune poète, Jean Le Roy, qui donnait les plus belles espérances[1]. Auteur d'un petit recueil, intitulé *Le Prisonnier des mondes*, Jean Le Roy avait collaboré aux *Soirées de Paris*, aux *Imberbes*, revue polygraphiée du front, à *Nord-Sud*. L'aspirant Jean Le Roy laisse des poèmes écrits en collaboration avec son capitaine, René Dalize, tué devant Craonne.

Lors de sa dernière permission, Jean Le Roy avait jeté au feu tout un recueil de poèmes prêts à être imprimés. Il avait pris cette décision à la suite de la lecture de poèmes d'un de ses amis, poèmes qu'il avait jugés très supérieurs aux siens.

(1er juin 1918.)

On annonce la mort du peintre Maufra qui avait été de l'entourage de Gauguin, mais dont le talent n'avait été nullement influencé par l'école symbolique de Pont-Aven.

Maufra se réclamait volontiers des premiers impressionnistes Monet, Sisley, etc. Toutefois il devait beaucoup plus aux écoles de paysages précédentes : l'école de Barbizon, Rousseau, Corot, etc.

C'était un artiste intéressant non pas toutefois d'une bien grande personnalité. Il avait un sentiment assez vif de la nature.

Maufra est mort comme tout peintre désire sans doute mourir.

Il peignait un paysage dans la Sarthe quand il tomba mort subitement sans lâcher son pinceau et laissant la toile inachevée.

L'école du plein air perd un de ses meilleurs représentants.

★

Dernièrement, à propos du prochain départ pour le front du capitaine Canudo, quelques amis se réunirent autour de lui en un déjeuner intime[1]. La plupart étaient des littérateurs, il y avait aussi des musiciens et des peintres.

La conversation tomba sur la littérature et quelqu'un fit remarquer que les gens de lettres qui avaient été à la guerre étaient frappés par leurs confrères restés à l'arrière d'une sorte d'ostracisme.

«Parcourez les quotidiens, disait-il, vous y verrez bien rarement le nom d'un blessé de la guerre. Et cependant ils ne manquent point. Les journaux qui publient des nouvelles tout particulièrement n'en donnent pour ainsi dire jamais d'auteurs qui aient combattu. C'est pourquoi il serait utile de créer une union des écrivains combattants. Après avoir défendu leur pays, ils ont besoin désormais de se défendre eux-mêmes. En attendant il ne serait pas inutile de donner une liste des directeurs et secrétaires de rédaction hostiles aux combattants. Il peut paraître étrange qu'il y en ait. Il y en a cependant.»

★

Il court en ce moment en Italie un opuscule qui a le plus grand succès. C'est un petit poème intitulé *Il Congresso della Pace* («Le Congrès de la paix»). L'auteur, un valeureux soldat italien, imagine que devant saint Pierre comparaissent les gouvernants des États en guerre pour définir leur buts. On se doute des revendications exprimées par les représentants des divers pays belligérants.

Saint Pierre décide ensuite selon ce qui lui paraît juste.

Voici par exemple ce qui est dit des prétentions germaniques sur Venise :

L'Allemand aime le mark
Ce qui suffit à prouver
Qu'allemand était saint Marc,
Protecteur de Venise.
Et d'après cette logique,
Qui pourrait contester
Que la belle ville maritime
Est également teutonne.

Ce poème qui est distribué à profusion parmi les soldats montre que la propagande satirique est une des meilleures.

★

M. Pierre Mac Orlan qui devient critique littéraire de *J'ai vu,* dirige pour le compte d'une grande maison d'édition une collection de romans d'aventures qu'il demandera à des écrivains de talent au lieu de les demander à des cacographes comme on fait d'habitude.

(8 juin 1918.)

On sait que Rodin ne voulut jamais faire le portrait de M. Anatole France. Ce n'est pas, à vrai dire, qu'il ait jamais refusé catégoriquement de le faire, mais certains amis communs aux deux maîtres, ayant pressenti l'imagier de Meudon à propos d'un buste de l'auteur des *Dieux ont soif,* Rodin répondit : «Je n'y tiens pas. Votre Anatole France, voici ce que c'est : *il y a de la sauce mais pas de lapin.*»

D'autre part, un intime de Rodin ayant dit à M. Anatole France qu'il ne paraissait pas qu'il admirât suffisamment le sculpteur du *Balzac :* «Évidemment, répliqua M. France, votre Rodin est un génie, mais que voulez-vous! à mon gré, *il collabore trop avec la catastrophe.*»

★

Il est question, depuis quelque temps, dans les journaux du défaitisme des petites revues. Le mot est excessif. Il n'y a pas, en France, de petites revues défaitistes, mais il y en a de pacifistes. Ce n'est pas la même chose. Il est bon de noter toutefois que les plus audacieuses au point de vue de l'art et de la littérature : *SIC* et *Nord-Sud* se sont montrées résolument françaises et nationales. De même en Italie, les éléments les plus révolutionnaires des arts et des lettres, c'est-à-dire les futuristes, ont manifesté fortement leur patriotisme et ont donné l'exemple du courage militaire. En Espagne, les revues d'avant-garde catalanes ont toujours été francophiles.

★

M. Paul Claudel vient d'achever un ballet, *L'Homme et son désir,* dont la musique sera écrite par un musicien brésilien[1]. M. Paul Claudel a exécuté le scénario ou plutôt la maquette de son ballet en papier découpé. Ces découpages seront réunis en une plaquette luxueuse.

M. Paul Claudel dessine beaucoup en ce moment.

On dit que sa prochaine pièce, *Le Pain dur,* rappelle beaucoup plus par la manière celle de M. Bernstein que celle qui a fait la réputation des ouvrages précédents de son auteur.

Il paraît, d'autre part, que M. Paul Claudel écrit une suite à *L'Otage*[2].

★

M. Francis Carco songe à fonder un journal de l'aviation du front. Il n'en existe pas et le besoin d'un tel organe se fait sentir.

D'autre part, M. Francis Carco écrit le premier volume d'un roman d'apaches qui aura quatre volumes. Mme Jeanne Landre écrira le second, M. Pierre Mac Orlan le troisième et M. André Salmon le quatrième[1].

★

M. Marcel Berger dirige, 31, rue de La Fontaine, une Agence littéraire française qui est appelée à rendre les plus grands services. Le principe en est le suivant : «L'auteur est né pour créer l'œuvre; il n'est pas fait pour la placer.»

Cette fonction d'intermédiaire, l'Agence littéraire française prétend l'assumer. On sait que de l'autre côté de la Manche, un Rudyard Kipling, un Wells estiment ne pouvoir se passer des services de leurs agents.

En France, tel écrivain notoire a toujours abandonné pour des sommes forfaitaires des ouvrages qui, habilement négociés, lui eussent rapporté une fortune. Tel autre, peu encouragé chez son éditeur, ignore qu'une firme rivale serait justement disposée à consentir un sacrifice pour se l'attacher. Tel romancier qui vient de peiner une année durant sur une œuvre n'ose plus, pressé par le temps, l'adresser à une revue, alors que telle publication cherche quel roman elle va offrir, le mois prochain, à ses lecteurs. L'agence sera avertie de tout cela et au bénéfice de tous ceux, auteurs et éditeurs, qui s'adresseront à elle. L'agence s'occupera aussi du placement des traductions à l'étranger, notamment de la vente du droit de traduire le manuscrit inédit qui, seule, a chance d'être vraiment rémunératrice.

★

L'auteur de ce rare et délicat recueil de poèmes, *Le Passé,* qui fut couronné, voici quelques années, aux concours de poèmes de l'Odéon, Mme Marguerite Gillot, est dans le Doubs, où, en compagnie de son mari, elle se livre dans de vastes domaines à la culture du blé[2].

★

M. Max Jacob recueille des souscriptions à son prochain roman *Phanérogame* pour lequel M. Picasso doit graver une eau-forte[1].

★

On parle de la récitation, en public, du grand poème trilingue de M. Fritz Vanderpijl, engagé volontaire, intitulé *Mon chant de guerre,* qui fut publié l'an dernier par M. François Bernouard[2].

★

M. Jean Cocteau va publier, aux éditions de La Sirène, un tract sur la musique moderne, appelé sans doute à être discuté dans les milieux où l'on s'intéresse à la musique. Ces notes autour de la musique porteront le titre : *Le Coq et l'Arlequin*[3].

★

Les lettres russes se sont dispersées depuis la Révolution. Toutefois, il s'est constitué à Moscou une sorte d'école littéraire qui ne va pas sans présenter des analogies avec le romantisme chrétien d'un Chateaubriand.

La nouvelle école russe est chrétienne, pessimiste et vante le suicide. Son christianisme est très violemment nationaliste, ce qui ne doit pas étonner, car les Russes, s'ils ne sont pas toujours patriotes, sont du moins restés attachés aux choses slaves.

Les nouveaux écrivains russes de Moscou ont décidé de lancer, dès que les circonstances le permettront, un manifeste du panslavisme intellectuel qui est destiné à un grand retentissement parmi tous les milieux slaves.

★

Mme Louise Faure-Favier qui rencontre dans la presse et dans le public un succès mérité avec *Six Contes et deux rêves* travaille à deux nouveaux ouvrages. Dans sa retraite de Barbizon elle termine un roman intime, *Souvenir du* XX*e siècle,* où il y a de la psychologie et de l'imagination[1]. Et, entre deux chapitres, pour se délasser, elle travaille à une fantaisie cynégétique : *Mon maître de chasse.*

★

M. Denis Thevenin, qui vient de publier *Civilisation*[2], est médecin major sur le front. C'est un ami très intime de M. Georges Duhamel, qui l'an dernier a publié *La Vie des martyrs.*

On prête à M. Fernand Vandérem l'intention d'écrire dans *La Revue de Paris* un article sur ces deux écrivains si unis par l'amitié.

(15 juin 1918.)

Nous recevons la lettre suivante :

11 juin.

Mon cher confrère,

Encore que vous me fassiez très aimablement le service de L'Europe nouvelle, *je n'ai lu qu'hier l'écho me concernant dans vos «Échos et on-dit des lettres et des arts*[3]*».*

Voltaire, dites-vous, semble avoir perdu cette autorité que naguère il conservait encore sur l'esprit sinon des gens de lettres, du moins des publicistes républicains, et le rédacteur en chef de La France *a situé tout dernièrement, dans un article remarqué, l'auteur du* Dictionnaire philosophique *dans «les basses régions de la littérature».*

Évidemment votre collaborateur n'a pas lu mon article. Je me fais un agréable devoir de le lui faire parvenir. Il se rendra compte ainsi que le seul Voltaire pour lequel je n'ai aucun goût est le Voltaire du roi de Prusse. Je vous saurai gré d'en faire part à vos lecteurs.

Croyez, mon cher confrère, à mes sentiments très distingués.

E. BURÉ.

Si M. Buré n'a pas parlé des basses régions de la littérature, il n'en a pas moins appelé Voltaire «la fange de notre littérature», stigmatisant ainsi le courtisan du roi de Prusse. On n'a signalé l'article du rédacteur en chef de *La France* que pour marquer le contraste singulier entre l'étonnante vogue de celui qui mériterait si bien qu'on l'appelât le singe de Voltaire et le déclin de l'autorité dont jouissait jusqu'ici l'auteur de *Candide.* La lettre de M. Buré met bien les choses au point. Il n'en veut qu'au Voltaire du roi de Prusse et il a bien raison de n'en vouloir qu'à celui-là.

★

Mme Faure-Favier nous prie d'insérer cette notule :

Cher confrère,

L'Europe nouvelle *m'a consacré un écho très aimable auquel je suis contrainte pourtant d'apporter une petite rectification*[1].

«Dans sa retraite de Barbizon Mme Faure-Favier termine un roman, etc.», dites-vous...

Hélas! cette retraite se borne à quelques dimanches printaniers passés dans la forêt! Entre autres travaux qui exigent à Paris ma présence quotidienne *je dirige une maison d'édition et je n'ai pas du tout l'intention de l'abandonner, ainsi que votre écho pourrait le faire supposer.*

Veuillez agréer, mon cher confrère, avec mes remerciements, l'expression de toute ma sympathie littéraire.

LOUISE FAURE-FAVIER.

★

MM. André du Bief, René Gumetz et René Edme fondent une revue littéraire, bimensuelle, libre et absolument indépendante, intitulée *L'Homme*[2]. Ils ont formulé ainsi le programme de la nouvelle publication : «Sans vouloir être une école, un certain nombre de tendances nous sont communes, c'est pourquoi nous unissons nos individualités semblables en ces points (sens étymologique); étude des valeurs exactes de la morphologie; enrichissement de la langue (vieux mots à reprendre, nouveaux à créer); étude politique des bases philosophiques de l'action humaine et son organisation possible. Nous tendrons à réaliser *L'Homme.*»

L'Homme paraît à Versailles.

★

On a beaucoup remarqué le mal que s'est donné M. Abel Hermant pour réhabiliter la mémoire de Georges Ohnet[1], en pure perte d'ailleurs, car il n'y a pas là matière à réhabilitation.

Mais pourquoi M. Abel Hermant ne prend-il pas la peine de réparer d'autres injustices littéraires plus criantes? Elles ne manquent point.

★

On dit qu'une des raisons qui ont fait échouer l'élection à l'académie Goncourt de M. Georges Courteline serait la piété de ce grand écrivain. Les croyances catholiques ont cependant des représentants au sein des Dix, M. Léon Daudet, par exemple. Il se pourrait, dit-on, qu'un fauteuil chez les Quarante accueillît un jour l'auteur de *Boubouroche*. Les Dix le regretteront, sans doute. Rien ne manque à la gloire de M. Georges Courteline, mais il manque à la leur[2].

(22 juin 1918.)

L'African Society de Londres constitue une bibliothèque africaine de premier ordre. Elle s'occupe de combler les lacunes qui existent touchant la littérature et les arts chez les Noirs, leurs lois et leurs coutumes, leurs systèmes de gouvernement, leurs religions, l'histoire des tribus et leurs mouvements, leurs aspirations, les langages africains, la polygamie, les sociétés secrètes, l'égyptologie spécialement en ce qui concerne les relations de l'Égypte et des tribus de Noirs, les idoles ou fétiches, la mythologie des Yoroubas et autres tribus de l'ouest africain, etc., etc. Voilà qui promet une nouvelle matière aux préoccupations des gens de lettres qui ne manqueront pas de s'intéresser à ces nouvelles données sur les mœurs des hommes.

★

À propos de la question que nous avions posée au sujet d'un poète français du Canada, fort goûté par la jeunesse canadienne française et inconnu en France[1], nous avons reçu la lettre suivante :

Monsieur l'Écolâtre,

Vous demandiez qui est Nelligan, ou qui fut? car peut-être est-il mort? Quand son œuvre parut, un volume, à Montréal en 1903, il était tombé dans une incurable neurasthénie. Comme poète, il pourrait être jugé en trois lignes, trois vers de lui ou presque :

1° Par les hivers anciens, quand nous portions la robe...
2° Ma pensée est couleur de lunes d'or lointaines.
3° Je rêve de marcher comme un conquistador...

Vous voyez : Coppée, Samain, Heredia. Pour être complet il faudrait ajouter un peu de Mallarmé et un parfum de Verlaine pas désagréable du tout çà et là. Du Nelligan? guère : pourtant la dernière pièce du recueil La Romance du vin *a quelques accents plus fermes, encore que Baudelaire..., mais je ne veux abuser ni de vous, ni de ce pauvre N. qui tout de même aurait pu trouver place dans la généreuse anthologie de M. Walch*[2].

Croyez, Monsieur, à mes sentiments distingués,

L. C.

Le voile se lève peu à peu touchant Nelligan. Nous connaissons maintenant trois vers de lui; mais le mystère persiste si l'on considère que nous ne savons pas s'il vit encore.

★

Il se confirme que c'est bien M. Mario Meunier, actuellement prisonnier de guerre en Allemagne et avant les hostilités secrétaire de Rodin, qui sera nommé conservateur du musée de l'hôtel Biron où seront conservées les œuvres léguées à la France par le grand sculpteur qui complète la trinité plastique : Phidias, Michel-Ange et Rodin.

M. Mario Meunier est un helléniste distingué. On lui

doit d'excellentes traductions de Sapho, de Nonnos et du *Banquet* de Platon.

★

Depuis quelques semaines la jeune poésie a été dispersée aux quatre vents de la guerre. L'auteur de *Spirales*[1], M. Paul Dermée, a été versé au service armé, dans l'armée belge; M. André Breton est infirmier dans une formation d'artillerie lourde; M. Aragon est médecin auxiliaire sur le front; M. Philippe Soupault, l'auteur d'*Aquarium*[2], est malade dans un hôpital militaire de Paris.

★

Dans ses *Tendencies in Modern American Poetry*[3], miss Lowell propose à l'admiration des lettrés six poètes américains dont voici les noms : E. A. Robinson, Frost, Masters, Sandburg, H. D. et Fletcher.

Parmi ceux-là, miss Lowell estime que Fletcher est un « poète plus original qu'Arthur Rimbaud ».

★

Que lisent de notre littérature française les Américains qui veulent apprendre notre langue?

Un officier américain de passage à Paris avait dans son bagage le premier livre de *Télémaque,* texte français, avec traduction anglaise en regard et *La Jeune Sibérienne* de Xavier de Maistre, dans les mêmes conditions.

★

La mort d'Arrigo Boïto, musicien et poète estimé, n'a pas trouvé d'écho en France. Boïto sacrifia pour ainsi dire son talent musical à la gloire de Verdi dont il se fit le librettiste. Comme ouvrages personnels, Boïto laisse le *Méphistophélès* et un *Néron* inédit pour lesquels, à l'exemple de Wagner, il fut son propre librettiste.

(29 juin 1918.)

Unanimement, les journaux qui ont rendu compte de la mort de Joséphin Péladan, ont constaté qu'on ne lui avait pas donné la place qu'il méritait. Mais quand ils rendent l'auteur du *Vice suprême* responsable de cette injustice ils se moquent de nous... Les coupables sont les maîtres de la presse qui ne recherchent et n'encouragent pas le talent, mais seulement un certain savoir-faire. Ils craignent avant tout d'étonner leurs lecteurs et les auteurs dont les idées sont neuves ou du moins tranchent avec celles de la foule sont leurs ennemis. Mais l'injustice est si flagrante qu'elle ne leur échappe point. Ils consentent même à la reconnaître après la mort de la victime. C'est ainsi que Remy de Gourmont fut pleuré par ses bourreaux et que Joséphin Péladan est célébré par ses tortionnaires.

★

M. Gabriel Boissy, qui est caporal au 81ᵉ d'infanterie, se propose, aussitôt qu'il aura des loisirs, d'écrire un livre sur Joséphin Péladan, qui fut son maître et son ami[1].

★

Le dimanche 23 juin, la Société Art et liberté, dont le président est M. Joseph Granié, donna une séance dans le jardin de la Maison de Balzac où le Comité Franklin a exposé un grand nombre de dessins, gravures, tableaux et sculptures se rapportant à la guerre de l'indépendance des États-Unis.

Au cours de cette séance qui avait attiré un grand nombre de jeunes écrivains français, M. Carlos Larronde fit une causerie pleine d'enthousiasme et de bon sens.

On récita des scènes inédites de pièces de Hans Pipp, un des pseudonymes de M. Henri Strentz, où M. Carlos Larronde a voulu voir «un nouveau fantastique»; de M. Marinetti, de M. Carlos Larronde lui-même et l'on termina par la déclamation du prologue des *Mamelles de Tirésias*.

★

On parle beaucoup d'Henri Becque en ce moment. Ce puissant dramaturge avait été oublié depuis la guerre. On annonce la publication de ses œuvres complètes. On publie ses impromptus et ses épigrammes qui sont les mieux venues et les plus sanglantes qui soient. Enfin, couronnement d'une carrière posthume assez bien remplie, le monde parlementaire se met à le découvrir; mais la Comédie-Française s'obstine à ne pas nous donner *La Parisienne.*

★

Si le style est l'homme, tout le monde n'a pas une idée juste ni de l'homme ni du style. C'est ainsi que l'éditeur londonien Macmillan a publié de l'Émile Richebourg en pensant donner aux lecteurs anglais la prose d'un grand écrivain français. À ce propos M. Henri Duvernois raconte une anecdote bien amusante. Le lieu de la scène est dans une petite ville de province, dans le grand salon de la maison Tellier. Trois pensionnaires causent entre elles de littérature :

«J'aime bien Alexandre Dumas père, fait l'une, c'est si sentimental!

— Moi, fait l'autre, j'aime Alphonse Daudet, c'est si amusant.

— Quant à moi, dit la troisième, je leur préfère Xavier de Montépin...»

Et toutes les trois d'achever en chœur :

«C'est si bien écrit!!»

★

M. W. F. Smith vient de publier un *Rabelais in his Writings* qui est un examen des textes de *Gargantua* et de *Pantagruel* et de leurs sources variées.

Le chapitre le plus intéressant est celui que M. Smith consacre au Ve Livre qui aurait été fait de parties composées avant le Quart et le Tiers Livre, parties abandonnées par l'auteur et retrouvées après sa mort. On en conclut que le Ve Livre daterait de 1535-1543.

C'est une hypothèse qui mérite d'être examinée par un spécialiste comme M. Pierre-Paul Plan, par exemple[1].

★

M. Guido De Ruggiero vient de publier à Bari la première partie, en deux volumes, de la *Storia della filosofia*. Cette première partie contient l'histoire de la philosophie grecque.

Dans les parties qui suivront, De Ruggiero étudiera les points culminants de l'histoire spirituelle de l'humanité : le droit romain et le christianisme. L'examen de la révolution chrétienne dans son évolution de la mentalité judaïque à sa rencontre avec l'hellénisme s'annonce comme une contribution particulièrement intéressante[1].

★

Nous avons recueilli d'autres renseignements sur l'activité littéraire et artistique dans la Russie bolcheviste. Elle est extraordinaire. La crise du papier qui affecte surtout le papier de qualité inférieure comme celui qui sert aux journaux a eu pour effet de multiplier les éditions de luxe à petit tirage sur papier rare.

Les poètes ont inauguré un nouveau genre : le poème-proclamation que l'on affiche sur les murs où tout le monde peut les lire. Par là se marque le grand désintéressement des poètes moscovites. Il leur suffit de pouvoir être lus. Pour subsister, ils se contentent souvent de balayer les rues.

Quant aux peintres, jamais ils n'ont en Russie vendu tant de toiles.

Il y a là-bas un mélange de misère et de prodigalité qui est bien une des choses les plus étonnantes qui soient.

★

On parle de la fondation d'un nouveau journal qui réunirait dans sa rédaction les leaders de la droite et de la gauche. Il y aurait même là quelques éléments radicaux, mais triés sur le volet.

La partie littéraire du nouveau journal serait particulièrement soignée. Les mouvements jeunes tant artistiques que littéraires y feraient l'objet de toute l'attention qu'ils méritent.

Le fondateur de ce nouveau journal, dont il vaut mieux ne pas encore dire s'il sera du soir ou du matin, s'est taillé depuis la guerre un beau succès de polémiste raisonnable.

Et si nous ajoutons qu'il s'apprête à quitter la France, cela ne signifie nullement qu'il veuille fuir Paris.

(6 juillet 1918.)

Nous recevons la lettre suivante :

Je lis dans vos échos que M. Francis Carco «songe à fonder un journal de l'aviation du front. — Il n'en existe pas et le besoin s'en fait sentir[1] *».*

Permettez-moi de vous prier de vous reporter au numéro 1 ci-inclus du Looping *qui est précisément tout cela — et que j'ai fondé il y a peu.*

Je vous serais fort reconnaissant de publier un écho aimablement rectificatif.

Le numéro 2 du Looping *vous parviendra vers le commencement de juillet.*

Veuillez agréer, Monsieur, les assurances de mes sentiments très distingués.

JEAN-PIERRE JACQUES DIXI,
caporal mitrailleur aviateur.

Nous avons reçu un numéro du *Looping,* «organe galvano-plastique de l'aviation et de la Division du tir», et gazette fort spirituelle. Nous ne savons pas s'il a réalisé d'avance le vœu de M. Francis Carco, mais nous avons pu constater que *Le Looping* est fort amusant et qu'il publie un «roman-cinéma» intitulé : «La Saccharine mystérieuse» dont le style à effet rappelle un peu celui de M. Rilling, le fameux pamphlétaire et tapageur que M. Justice Darbing a dû acquitter et que la Chambre des Communes a expulsé de la salle de ses délibérations.

★

La mort de Rodin n'a pas donné l'occasion aux critiques d'art de reparler de M. Medardo Rosso qui est maintenant sans aucun doute le plus grand sculpteur vivant.

L'injustice dont a toujours été victime le prodigieux sculpteur n'est pas près, semble-t-il, d'être réparée.

En attendant, M. Medardo Rosso travaille dans le silence à Paris. Dans le silence de son atelier, il évoque l'aspect de ses artistes de la Renaissance, sculpteurs fondeurs, maîtres et ouvriers à la fois qui faisaient tout eux-mêmes.

Depuis longtemps M. Medardo Rosso n'a pas livré au jugement du public d'œuvres nouvelles. Il médite de modeler la figure d'un cheval.

★

L'exhibitionnisme de Lord Alfred Douglas défraye encore les conversations littéraires en Angleterre. Dans l'édition anglaise d'*Oscar Wilde et moi*, les illustrations sont véritablement déconcertantes. On y voit, outre plusieurs portraits d'Oscar Wilde et de l'auteur, l'épouvantable caricature de Max Beebolm représentant les deux amis assis en face l'un de l'autre à une table. Lord Douglas a éprouvé le besoin de donner les portraits de sa femme et de son fils, la vue du Grand Café, du café de la Paix et de l'hôtel d'Alsace.

Oscar Wilde était, paraît-il, le fils d'un dentiste et il y aura toujours un peu de charlatanisme dans ce cas de Lord Douglas.

★

Le livre de guerre de M. Ardengo Soffici, *Kobilek*[1], emporte en Italie le plus vif succès. Il est entre toutes les mains de la jeunesse. *Kobilek* est l'histoire d'un jeune *condottiere*, qui est parti simple soldat à la guerre et qui est maintenant lieutenant-colonel. Ce héros qui avant la guerre était l'ami de M. Soffici est maintenant son chef.

M. Ardengo Soffici est un des écrivains les plus sympathiques de la jeune école italienne. C'est encore un des meilleurs amis de la France qu'il connaît bien et où il compte beaucoup d'amitiés.

(13 juillet 1918.)

Paul Birault qui vient de mourir avait été le Caillot-Duval de notre âge. Il avait avec la mirifique invention du «précurseur de la démocratie» porté un coup inattendu, mais légitime au prestige parlementaire.

Il avait encore imaginé d'élever un échafaudage sur la place de la Concorde, autour de l'Obélisque qui appartient à l'État, mais repose sur un sol qui appartient à la ville. Quels que fussent les agents qui venaient lui demander des explications, notre mystificateur avait sa réponse prête. À l'agent de la ville, il déclarait que l'échafaudage était élevé pour le compte de l'État. À l'agent de l'État il affirmait que la ville faisait entreprendre des travaux de sous-sol. Paul Birault avait calculé qu'il gagnerait bien sa vie en louant les faces extérieures de l'échafaudage à quelque commerçant avide de réclame et il comptait bien qu'il faudrait plus de dix ans pour que l'on découvrît un moyen qui le forçât à démolir l'échafaudage.

Il avait aussi la prétention de pouvoir, lui Birault, arrêter d'un mot, pendant toute une journée, le trafic du métro.

★

Tandis que Paul Birault méditait ses farces philosophiques, sa femme imprimait les livres, tirés à petit nombre, de la jeune école poétique. C'est Mme Paul Birault qui imprima tous les livres de Max Jacob, Pierre Reverdy, Paul Dermée, Philippe Soupault, etc. Aujourd'hui encore c'est de la toute petite imprimerie de la rue Tardieu que sortent ces précieuses plaquettes généralement illustrées qui vont nourrir la méditation des jeunes gens qui s'intéressent aux lettres, aussi bien à Paris qu'en province, en Italie, en Catalogne ou dans la Suisse romande.

★

On prête à M. Joan Capdevilla Rovira l'intention de publier en français une anthologie de poètes catalans modernes : J.-M. Junoy, Joaquim Folguera, J. Perez-Jorba, López-Picó, Granger, Draper et Trinitat Catasus dont un nouveau recueil de poèmes : *La Vila coronada de llum* est impatiemment attendu.

★

Les journaux italiens n'ont pas cessé durant la guerre de faire place au mouvement moderne, artistique et littéraire, dont on ne songe pas, comme on fait ici, à arrêter le développement.

C'est ainsi que *Il Tempo,* le nouveau journal de Rome, auquel collabore Giovanni Papini, publie désormais des articles du peintre Carlo Carrà, sur l'esthétique.

L'ancien futuriste désormais rallié aux vues artistiques de Georges De Chirico mentionne Raphaël, cite Leopardi et Baudelaire. Que les temps sont changés!

★

Le prochain roman de M. Pierre Benoit, l'auteur de *Kœnigsmark,* se passera, du moins en partie, en Afrique et en plein Sahara[1].

★

M. Ugo Ojetti, qui fut cité à l'ordre de l'armée italienne pour sa participation au sauvetage des œuvres d'art en Italie, a publié un album illustré *Les Monuments italiens et la guerre* qui a été traduit par M. Maurice Mignon et publié par le «bureau spécial du ministère de la Marine».

Les belles photographies jointes à cette publication forment un excellent compendium des monuments les plus précieux de Venise, d'Ancône, de Ravenne, de Padoue, de Trévise, de Vérone, de Bergame, de Milan, de Bologne et de Florence.

Les photographies qui fixent les détails de la descente des chevaux de Saint-Marc constituent un petit drame esthétique dont l'avenir goûtera profondément le tragique effet.

★

On parle beaucoup d'un peintre anglais de la guerre actuelle : C. R. W. Nevinson. Le secret de son art et de son succès réside dans sa façon de rendre, d'évoquer la souffrance humaine, de communiquer aux autres les sentiments de pitié et d'horreur qui l'ont ému et l'ont poussé à peindre.

Dans d'autres tableaux il traduit le côté mécanique de la guerre actuelle où l'homme et la machine arrivent à ne faire qu'une seule force de la nature. Son tableau *La Mitrailleuse* rend parfaitement cette idée très juste. Nevinson appartient à l'école d'avant-garde anglaise où se mêlent les influences des jeunes écoles de la France et de l'Italie.

★

M. Paul Guillaume prépare, pour la session prochaine, un spectacle chorégraphique qui, dit-il, fera sensation. Il interprétera lui-même des danses dont les attitudes, les gestes et les voltes lui ont été inspirés par la contemplation des fétiches de l'Afrique. La danse est l'art qui compte le plus de réformateurs depuis les Ballets russes jusqu'à M. Birot en passant par Mmes Valentine de Saint-Point et Isadora Duncan.

(20 juillet 1918.)

Sans indiquer de points de chute, on peut raconter qu'après un projectile dont il n'est pas utile de dire s'il provenait d'une Bertha ou d'un Gotha, une lessiveuse fut transportée fort loin de l'appartement où logent ceux auxquels elle appartient.

Cette lessiveuse en faveur de laquelle on pourrait ressusciter le surnom de «Mme Sans-Gêne» avait des lettres sans doute et même des prétentions littéraires car elle entra par la fenêtre dans le salon d'un académicien. Nous ne le désignerons pas et n'indiquerons même pas quelle est sa fonction sociale, attendant qu'en lui conférant la Croix de guerre le gouvernement marque que la désignation de points de chute dans le voisinage de l'académicien lui est désormais indifférente.

Faut-il ajouter que la lessiveuse fut accueillie avec courtoisie, mais éconduite sans ménagements par M. l'Académicien qui la fit jeter dans la cour de l'immeuble.

★

Le développement de l'opinion publique en Égypte est grandement profitable aux idées européennes et au développement de la vente des éditions quotidiennes et hebdomadaires de journaux et revues européennes.

À Alexandrie, par exemple, on vend dans les rues et les cafés plus de numéros du *Times*, du *Daily Mail* et des grands journaux français qu'avant la guerre.

Il n'y a pas bien longtemps encore, le seul journal d'Europe qui était vendu dans les rues d'Alexandrie était le *Corriere della sera*.

Mais on ne l'y voit plus depuis que les courriers maritimes d'Italie ne viennent plus.

★

Pour mieux pouvoir gouverner les huit millions d'indigènes, le gouvernement de l'Union de l'Afrique du Sud a compris l'intérêt qui s'attachait à l'étude de leur langage, de leur histoire écrite et verbale, de leurs origines, leurs coutumes et croyances et dans ce but il dote la nouvelle université de la ville du Cap d'une chaire pour l'enseignement des langues indigènes.

★

L'Association générale des étudiants fêtait dimanche M. Paul Fort, qui porte allégrement le titre de Prince des poètes.

L'auteur de *Paris sentimental* fit une conférence sur «les temps héroïques du symbolisme», après quoi on récita un certain nombre de «ballades françaises» qui furent accueillies avec faveur par toute l'assistance.

★

La société Art et liberté a représenté un fragment des *Miroirs* de M. Paul-Napoléon Roinard. Cette manifestation artistique nous a reportés aux temps héroïques et lointains du symbolisme où cette «moralité lyrique» fut louée des esthètes et de leurs femmes à bandeaux. L'auteur avait peint les décors symboliques, il se tenait dans la salle, vaporisant le public des parfums indiqués dans le scénario. Et ce fut là, croyons-nous, l'unique concert de parfums qui ait jamais eu lieu.

★

Art et liberté annonce une nouvelle représentation pour le 4 août; on y représentera un mystère japonais, *La Robe de plumes,* et la saison prochaine, la troupe à laquelle M. Carlos Larronde sait insuffler son enthousiasme et son amour de l'art donnera *Une nuit au Luxembourg* de Remy de Gourmont, *Simultanéité* de M. Marinetti, *Naissance du poème* de M. Fernand Divoire, *Les Cuirs de bœufs* «miracle en douze vitraux, outre un prologue invectif[1] », *L'Amour fardé,* musique de Mme Armande de Polignac, des poèmes de MM. Maurice Simart, Canudo, P. Drieu La Rochelle, P. Vaillant-Couturier, des œuvres musicales de MM. G. Grovlez, R. Manuel, Albert Roussel et de Mlle Germaine Tailleferre.

★

L'Action française publie désormais un «Carnet des lettres, des sciences et des arts» qui paraît rédigé avec un louable souci d'impartialité, de goût et de bon sens[2].

(27 juillet 1918.)

Tandis que les Allemands, qui se sont emparés du territoire roumain, tentent d'asservir l'âme de ses habitants, un écrivain, un homme de théâtre, un Français, qui est aussi un homme d'esprit, reste à Bucarest.

La finesse de ses réflexions, ses saillies, mille traits d'un esprit toujours en éveil décochés avec à-propos, ont fait de lui l'adversaire le plus redoutable des conquérants et des germanophiles et il est en tout cas celui que M. Marghiloman redoute le plus.

Les Allemands, qui n'ont pu conquérir les sympathies des dames de l'aristocratie roumaine, voient avec jalousie combien elles sont charmées par M. Robert de Flers qui mène là-bas la lutte la plus discrète, mais non la moins vive. Certaines maisons aristocratiques de Bucarest sont parfois le théâtre de conversations étincelantes où les plus belles et les plus nobles Roumaines donnent la réplique à l'un des Parisiens les plus spirituels.

★

À la *panichyta* célébrée à la mémoire de Nicolas II en l'église russe de la rue Daru, il n'y avait presque pas d'écrivains. Pour notre part, nous n'en avons vu qu'un seul. Cependant, il y avait dans cette cérémonie d'adieu à celui qui fut le plus puissant empereur vivant de quoi tenter les poètes et même les poètes français.

Quoi, même pas un mémorialiste! Aucun d'eux n'a eu l'idée que cette messe pour un tsar qui n'était plus tsar, présidée par un ambassadeur qui n'est pas tout à fait ambassadeur, devant les généraux en tenue de campagne d'un pays qui a signé la paix et dont les poitrines étaient barrées de décorations abolies, avait quelque chose d'étonnant, et que ces détails eussent mérité d'être connus de la postérité.

★

M. François Bernouard, poète et imprimeur, soumet à l'approbation du public un album lyrique intitulé : *Le Convalescent et la Berlue rayonnante pour plaire aux yeux, charmer les oreilles et distraire l'esprit.* La poésie et la typographie de ce petit recueil imprimé en couleurs sont d'une nouveauté et d'un archaïsme singulièrement mêlés et bizarrement agréables.

«M. Paul Iribe» a orné cet album de dessins délicats tendrement bariolés.

M. François Bernouard ne se borne pas à publier ses propres ouvrages et l'on goûtera beaucoup l'idée qu'il a eue de publier en une plaquette élégante l'*Ode à la France,* de Walt Whitman, traduite par M. Léon Bazalgette.

Tout le monde voudra relire le chant du grand poète de la Démocratie :

De nouveau ton étoile, ô France, ta belle étoile lumineuse,
Plus claire, plus éclatante que jamais dans la paix du firmament.
La voici rayonner éternelle.

Et le poème écrit en 1871 est plus actuel que jamais.

★

Dans certains milieux littéraires les sciences occultes sont à la mode. Une poétesse qui appartient à l'aristocratie utilise les loisirs que la guerre laisse aux femmes et aux poètes à faire tourner les tables.

On fait venir Shakespeare ou Cervantes et on leur demande ce qu'ils pensent de Malvy[1] ou d'autres choses d'une actualité encore plus passionnante. Il paraît du reste que Shakespeare ou Cervantes manifestent à propos de l'affaire Malvy une indifférence qui se traduit parfois sans courtoisie. Un soir que Goethe avait répondu à l'appel des belles occultistes, on eut l'impression qu'il quittait brusquement la table et se faisait remplacer par le général Cambronne.

★

M. Carol Bérard, musicien qui honore de sa présence la ville de Bourg-la-Reine, a l'intention de donner l'an prochain des concerts colorés. M. Carol Bérard a trouvé qu'à chaque note de musique correspondait une couleur. Il suffit de projeter dans le rythme musical les couleurs correspondantes sur un écran pour avoir, de n'importe quel morceau de musique, son équivalent coloré. C'est ainsi que nous verrons les symphonies de Beethoven ou les préludes de Debussy.

Par contre, on ne nous dit pas si l'on nous fera entendre une composition du Poussin, un paysage de Claude le Lorrain, ou l'*Odalisque* d'Ingres.

Cela nous rappelle que le peintre russe Verarteheguine, exposant un grand tableau qui représentait un champ de bataille avec ses morts, avait fait répandre dans la salle d'exposition une fâcheuse odeur cadavérique qui augmentait l'impression faite par le tableau et dans une pièce voisine un orgue et un chœur chantaient les prières des morts.

M. Carol Bérard pourrait aussi nous jouer Beethoven sous la forme subtile des odeurs.

C'est égal, le concert coloré du musicien de Bourg-la-Reine aura pour le moins un beau succès de curiosité.

(3 août 1918.)

Il est question, depuis quelque temps, du mariage de la femme d'un poète, lequel, plusieurs années avant la guerre, mourut d'un accident, avec le rédacteur en chef d'un journal dont le titre fut changé au commencement de la guerre.

Le titre du journal avait, en effet, de quoi séduire la veuve d'un parnassien, mais le nom du futur mari était en exécration au poète défunt à cause d'un homonyme, musicien d'opérette, genre que le poète détestait par-dessus tout[1].

★

En Italie, la Società degli Autori s'agrandit. Dans sa dernière assemblée, à Milan, la Société s'est divisée en plusieurs sections :

A. Section d'art dramatique qui continuera à s'occuper des droits des auteurs au théâtre.

B. Section d'art musical qui en fera autant pour les œuvres musicales, jusqu'à présent abandonnées aux éditeurs.

C. Section des petits droits musicaux, pour la musique jouée dans les concerts.

D. Section du livre pour la sauvegarde des droits des écrivains.

E. Section des arts figuratifs (peinture, sculpture, architecture, arts décoratifs et similaires) dans laquelle on s'occupera de poser les bases d'une activité à exercer dans un domaine encore inexploré. Un règlement lui donnera le droit d'exercer cette activité même à l'étranger.

F. D'autres sections pourront se former ultérieurement avec des buts en harmonie avec l'objet fondamental de la Société.

★

On n'a pas donné assez de publicité à l'article que Maurice Maeterlinck a publié dans *Le Petit Niçois*[1] sur les traitements subis en Allemagne par nos prisonniers. En voici, résumés, les traits principaux :

Il y a d'abord pour les officiers, non pas les arrêts, comme chez nous, mais la cellule avec une soupe tous les trois jours. Dans cette cellule, le prisonnier assez souvent enchaîné est quotidiennement roué de coups, à tel point qu'il ne lui reste plus de dents.

Pour les soldats, il y a le poteau, il y a aussi le *cercle*. « Le patient est obligé de se tenir sur une jambe jusqu'à l'épuisement de ses forces et s'il veut poser l'autre jambe sur le sol, cette jambe est impitoyablement lardée à coups de baïonnette. »

Il y a encore la corvée de pierres, qui consiste à transporter jusqu'à ce qu'on tombe de fatigue des moellons d'un bout à l'autre d'un préau. « C'est le supplice du rocher de Sisyphe, emprunté à l'enfer grec et ingénieusement modernisé par les hellénistes des rives de la Sprée. »

« Je crois, ajoute Maeterlinck, qu'il est temps que cela finisse, qu'il est temps de pousser enfin un long cri de révolte et d'horreur... Il est grand temps de nous ressaisir et d'aviser. Chaque jour qui s'écoule ajoute des centaines de victimes à celles qui s'accumulent dans les camps de la faim. Les sentiments généreux et chevaleresques n'ont le droit de fleurir que là où règne la justice. Leur place est au sommet, et non pas à la base de la vie. À la base de la vie, comme le disait déjà le vieil Eschyle se trouve la justice. Obtenons-la d'abord, nous serons généreux et chevaleresques avec joie et par surcroît, quand ces vertus ne répandront plus la famine, le malheur et la mort parmi nos frères sacrifiés. »

★

Le Dr S. Hensleigh Walter, de Stoke-sub-Hamden, Somerset, a offert au Somerset County Museum de Taunton toutes les antiquités romano-britanniques de Ham Hill qu'il a pu recueillir. Ce don, s'ajoutant aux collections Norris et Walter, fait de la collection du Somerset County

Museum un ensemble de plus de mille pièces. Les fouilles de Ham Hill ont commencé il y a une centaine d'années et on été poursuivies par quatre générations de la famille Walter.

★

Il y a Pétrone et Petrone.

Il y a l'auteur du *Satiricon*, l'arbitre des élégances, et le héros de *Quo vadis*. Il y a Igino Petrone qui mourut prématurément il y a quatre ans et occupa brillamment la chaire de philosophie morale à l'université de Naples.

Ses compatriotes de Limotano viennent de lui élever un monument qui fut inauguré par un discours de M. Barillari.

Igino Petrone fut un précurseur de la renaissance idéaliste à laquelle nous assistons et ses admirateurs déplorent que la mort ne lui ait pas permis d'achever l'œuvre qu'il promettait : *De l'atome à Dieu*, et dans laquelle il aurait donné la mesure de sa pénétration philosophique et de son sens religieux.

Ce programme de rénovation religieuse en harmonie avec les tendances de la pensée moderne fut du reste celui auquel Petrone se consacra avec le plus d'enthousiasme.

★

M. Claude Autant a l'intention de publier, à l'automne, une revue mensuelle qui contiendrait des essais, des nouvelles et des poèmes des principaux écrivains modernes de toutes langues et de tous pays.

Cette tentative extrêmement intéressante serait également consacrée aux arts plastiques et à la musique[1].

★

Sous le double titre : *Une expression moderne de l'art français : le cubisme*[2], et sous une couverture ornée d'un cube jaune, M. Roland Chavenon exprime l'opinion que :

«Sans être cubiste, on peut défendre le cubisme, parce que tout ce qui est nouveau peut donner de l'espoir, parce que ce mouvement dépasse l'impressionnisme déjà usé, et donne une raison d'être aux plus récents novateurs, et aussi parce qu'il avance l'évolution picturale...

«Peut-être le cubisme pourra-t-il, par la suite, nous donner un style — ce que n'a pu faire l'impressionnisme.»

Notons qu'un propos attribue à Juan Gris la recommandation de «fuir la silhouette» qui fait proprement partie de l'enseignement de Georges Braque qui fut, avec Picasso, l'un des initiateurs de la nouvelle époque.

Georges Braque oppose à la «silhouette» impressionniste le «profil» tel que les cubistes l'ont emprunté des Égyptiens et qui donne tous les caractères de l'objet dépeint, qui en fait une véritable œuvre d'art, bien complète.

(10 août 1918.)

Peu à peu, dans le Paris du temps de guerre, la vie du temps de paix reprend. C'est ainsi que la Société des amis du Paris pittoresque, qui florissait en 1914[1] et avait publié chez l'éditeur Figuière quelques volumes substantiels, a repris ses «travaux, promenades et plaisirs».

Cette reprise fut fêtée le dimanche 4 août. La municipalité du VIe arrondissement honora la Société par une réception dans la salle des mariages. Après la réception et une allocution du président, M. C.-M. Poinsot, M. Hubault de la Haulte-Chambre fit une intéressante causerie sur les ruelles du quartier Saint-Sulpice et guida les Amis du Paris pittoresque parmi ses ruelles pleines de souvenirs et de curiosités historiques, artistiques et littéraires.

★

On rappelait, à la suite de la victoire de Soissons, que les saints patrons de cette ville sont saint Crépin et saint Crépinien, patrons également de l'honorable corporation des cordonniers.

La jeune peinture s'honore aussi de voir ces saints si actuels servir de patrons à l'un de ses membres les plus réputés, M. Picasso, dont l'interminable liste de prénoms se termine par ceux de : Crépin et Crépinien de la Sainte-Trinité.

Au reste ces prénoms qui furent longtemps démodés, recommencent à être à la mode et beaucoup d'enfants de la guerre portent les noms de Cyprien, de Crépin, d'Alexis, d'Anselme ou de Martin.

★

Les fervents de Robert-Louis Stevenson (et l'on sait qu'il n'en manque pas en France) ont célébré, il y a quelques jours, le centenaire de la naissance de son père, l'ingénieur Thomas Stevenson. L'auteur de *L'Île au trésor* lui a consacré un essai dans *Memories and Portraits,* et il le mentionne dans plusieurs poèmes. Thomas Stevenson avait, paraît-il, un «style littéraire» et était aussi scrupuleux que son fils dans le choix des vocables. Du reste, il y avait de grandes différences entre ces deux grands Écossais. Ils discutaient souvent sur des matières religieuses et un de leurs familiers nous a appris que leurs dissentiments atteignirent au comble quand Thomas Stevenson découvrit un jour que son fils appartenait à une espèce de société secrète dont le principal objet était l'abolition des privilèges héréditaires de la Chambre des lords.

On affirme que si Thomas Stevenson avait songé à protéger ses inventions en prenant des brevets, son nom serait beaucoup plus connu, mais ayant des contrats avec le gouvernement, il ne se reconnaissait pas le droit de tirer de ses découvertes des avantages personnels.

(17 août 1918.)

On vient de donner à Londres *Le Coq d'or,* ce beau ballet de Rimski-Korsakov que les Ballets russes donnèrent en 1914 à l'Opéra de Paris avec une somptuosité dont depuis longtemps il n'y avait plus d'exemple sur nos scènes. Les décors, on s'en souvient, étaient de Mme Gontcharova, la petite-fille de Gontcharov, l'auteur du remarquable roman d'*Oblomov.*

Il est amusant de remarquer que *Le Coq d'or* fut toléré dans la Russie du tsar bien que ce soit une très mordante satire du loyalisme envers le souverain et de tout ce que le tsarisme représentait en Russie.

Du reste, rien de plus subversif, ni de plus essentiellement révolutionnaire n'a encore été fait.

L'on y voit, par exemple, que la sexualité est l'élément

prépondérant dans la vie humaine et qu'elle prévaut contre le patriotisme et le sentiment religieux.

L'extravagance magnifique de cette caricature débordante de lyrisme est profondément russe et aide à faire comprendre le bolchevisme.

La musique de Rimski-Korsakov est aussi satirique que le ballet lui-même.

★

On a raconté dans les journaux l'histoire de cette vieille demoiselle anglaise qui avait appelé ses trois chats : l'un, «Président», l'autre, «Woodrow» et le troisième, «Wilson».

Cette anecdote rappelle celle dont Rudyard Kipling se tira spirituellement.

Le directeur d'un journal du Michigan, à l'affût d'un peu de copie sensationnelle, avait écrit à l'éminent auteur du *Livre de la jungle* pour lui apprendre que deux des plus jeunes villes de cet État avaient été nommées l'une «Rudyard» et l'autre «Kipling». L'écrivain répondit par une épigramme en vers alertes dont voici la traduction :

«L'enfant prudent connaît le nom de son père!»
Dit un proverbe ancien.
Mais plus prudent encore est l'homme qui connaît
De quelle manière quand et où il a eu des rejetons!...
Mais, dites, quel scandale cela supposerait-il
Que j'aie eu des enfants dans le Michigan?

★

Il y a en ce moment, en Italie, une affaire Goethe. Les deux plus importantes revues littéraires d'Italie : *La Nuova Antologia* et *La Critica* ont publié en même temps des traductions de Goethe et qui plus est *La Nuova Antologia* a cité en allemand dans un de ses articles quatre vers de *Faust*.

L'essai de traductions lyriques des poèmes de Goethe que M. Tomasso Gnoli a donné à *La Nuova Antologia* a été inséré en si bonne place que l'on a remarqué qu'il avait pris la place de l'habituel morceau d'un poète italien.

Il eſt vrai que les lecteurs de *La Nuova Antologia* n'ont qu'à se féliciter. Ils gagnent au change.

Et l'on en conclut en observant que l'éclectisme du sénateur Maggiorino Ferraris eſt bien connu.

Dans *La Critica,* c'eſt le sénateur Benedetto Croce, celui-là même qui, ajoute *L'Idea nazionale,* «soutint théoriquement», comme chacun sait, «l'impossibilité des traductions», qui pratiquement les admet en faveur de Goethe dont il s'eſt fait, selon la formule bien connue, le *traduttore* et le *traditore*...

Et l'on se demande pourquoi en 1918, après quatre ans de guerre, paraissent en même temps ces médiocres traductions.

(24 août 1918.)

Le conservateur de la Maison de Balzac, M. de Royaumont, qui vient de mourir, se diſtinguait par une grande courtoisie.

Il avait coutume de prêter la Maison de Balzac aux comités littéraires qui le lui demandaient, il en profitait pour solliciter des adhésions à la Société des amis de Balzac.

Un jour, après une séance du comité formé pour élever un buſte à Gérard de Nerval, projet qui n'a pas abouti[1] et qui semble enterré, M. de Royaumont dit à feu Stuart Merrill combien il serait heureux de l'inscrire au nombre des Amis de Balzac, ce qui ne coûtait que cinq francs par an.

«En voilà dix pour que vous ne m'inscriviez pas, repartit Stuart Merrill, je déteſte Balzac. — Vous n'en aurez que plus de mérite», lui répondit poliment M. de Royaumont et il l'inscrivit pour deux ans au bout desquels Stuart Merrill conquis par tant d'aménité paya encore sa souscription qu'il acquitta jusqu'à sa mort. Il eſt heureux que le groupe de l'Affranchi, sur la proposition du noble et actif Carlos Larronde soit intervenu pour conserver ce coin délicieux de la Maison de Balzac qui perpétue dans le cadre qu'il habita le souvenir du plus prodigieux évocateur de l'espèce humaine qui ait écrit. La Maison de Balzac était aussi la maison des jeunes écrivains. Nous souhaitons qu'elle le demeure.

★

Le professeur M. J. Pupin a publié chez John Murray le premier volume de son grand ouvrage consacré à l'architecture yougoslave. M. Pupin a réussi le tour de force de demeurer aussi intéressant pour le spécialiste que pour le simple amateur d'art.

Ce volume contient une dissertation sur l'architecture des églises serbes par Sir Thomas Jackson. Des illustrations en noir et en couleurs accompagnaient le texte qui est parfaitement clair. Ces illustrations sont aussi nombreuses que variées et conservent des vues d'ensemble, des détails, des plans, des mosaïques.

Étant donné l'occupation de la Serbie par les Autrichiens, il a fallu se contenter des photographies et des dessins qu'on a pu se procurer chez les Alliés et dans les pays neutres. Ce volume ne concerne que les édifices consacrés au culte orthodoxe serbe. Le prochain volume sera consacré à l'architecture classique des églises catholiques romaines, édifiées sur les territoires sud-slaves.

Tel qu'il est, cet ouvrage est l'un des plus intéressants que l'on ait encore publié depuis longtemps sur l'architecture. Il comble une lacune, car l'art des maîtres maçons serbes n'était encore qu'imparfaitement connu dans les pays occidentaux.

★

M. Lucien Descaves vient de terminer, sous la forme romanesque, l'histoire de Georgin, l'artisan spinalien qui fit tant pour la gloire et l'illustration de l'Empereur et de l'épopée napoléonienne.

L'Imagier d'Épinal, histoire de 1830, fera revivre une des plus curieuses figures de l'art populaire français et justement à une époque où sous l'impulsion des Raoul Dufy, des Guy Arnoux, des Lucien Laforge l'imagerie connaît une magnifique renaissance.

Le maître, qui se tient désormais à l'écart de l'académie Goncourt dont il fit partie dès qu'elle fut fondée, aime ces figures secondaires mais si singulières, si poétiques, si attachantes, si tendres, si hardies, si représentatives de talent surtout, comme il en a paru tant au cours du siècle dernier : Georgin, Marceline Desbordes-Valmore...

(31 août 1918.)

On se souvient que le secrétaire du député Turmel, Dothée, dirigeait un soi-disant journal quotidien, intitulé *La Grande France* qu'il ne faut pas confondre avec une excellente petite revue qui ne paraît plus mais qui, fondée par Marius-Ary Leblond et Gabriel Tallet, eut pour collaborateurs la comtesse de Noailles, Fernand Gregh, Mony Sabin, Auguste Brunet, Robert Randau, Sadia Lévy et bien d'autres écrivains célèbres aujourd'hui ou du moins fort connus. Guillaume Apollinaire y publia ses premiers vers[1]. On y lut des proses signées J.-H. Rosny, des poèmes de Francis Jammes.

★

Dans *The Dance of Siva* l'écrivain hindou A. Coomaraswamy publie en anglais à Londres un recueil d'articles importants.

L'auteur indien émet l'opinion que la civilisation de l'Europe décline depuis le XIIIe siècle. Il estime que l'Europe poursuit une régression comparable à celle dont la haute civilisation indienne était jusqu'ici l'exemple le plus frappant.

Pour l'auteur de *La Danse de Siva* l'État idéal est un despotisme administré par les prêtres, sans parlements ni votes. Les femmes ne doivent pas recevoir d'éducation. Il souhaite l'établissement de castes. Certaines de ses idées ne sont pas éloignées de celles de Carlyle et de Ruskin. Le poète indien Rabindranath Tagore a déjà à plusieurs reprises proclamé la faillite de la civilisation européenne.

★

Gabriel-Tristan Franconi, qui est mort au champ d'honneur, à la tête de sa section, avait été en permission à Paris, quelques jours avant l'offensive. Nous l'avions rencontré dans les bureaux de l'éditeur Payot, qui avait publié son beau livre : *Un tel, de l'armée française*[2] et qui s'apprêtait à publier le suivant. Il nous disait qu'épris d'action, il avait demandé à passer dans les tanks, mais trouvant qu'on ne s'y remuait pas assez à son gré, il avait demandé à repasser dans l'infanterie métropolitaine. Elle ne suffisait pas à son désir d'activité et il venait de signer une demande pour passer dans la Légion étrangère. C'était un jeune écrivain de talent et un magnifique officier. En quatre ans il était devenu un soldat de métier et la guerre lui avait fait aimer la grandeur et la servitude de la vie militaire.

(7 septembre 1918.)

Un écrivain catalan qui signe Litus a interviewé le peintre catalan J. M. Sert, ami de la France et son hôte. «Sert, écrit M. Litus, nie que l'on puisse raisonnablement soutenir l'existence de deux catégories d'art, l'une décadente et l'autre renaissante. D'après lui, l'art est ou il n'est pas. L'histoire nous enseigne que des œuvres très puissantes ont été produites pendant une période de décadence artistique, alors que des œuvres débiles ont foisonné durant des époques d'une splendeur géniale.» Dans la suite de cette interview que l'on pourra lire dans la revue franco-catalane *L'Instant*, M. Sert a ajouté : «Je ne crois pas aux théories servant à porter le travail des jeunes aux nues et à dénigrer celui des vieux. Ce n'est pas exclusivement aux jeunes qu'est dévolue la tâche de la régénération artistique, loin de là. De nombreux exemples nous ont été fournis par de grands artistes qui se sont montrés très audacieux vers la fin de leur carrière, en pleine vieillesse, Rubens, Giorgione et tant d'autres.»

C'est tout à fait notre avis et il est juste d'ajouter que lorsqu'on parle de «jeunes» c'est de l'art qu'il s'agit, un art nouveau et vigoureux et non pas de l'âge des artistes dont il ne saurait être question. Cézanne, Rodin ont toujours été des jeunes et Renoir est un jeune.

★

Un jeune poète, actuellement aux armées comme médecin auxiliaire, M. André Breton, se propose de publier, l'année prochaine, un recueil de vers portant ce titre précieux : *Mont de piété*[1], sans trait d'union.

Cette expression intrigua jadis Wagner. Peu après son premier mariage, il était à Paris. Le jeune ménage manquait d'argent et Wagner voulut engager ce qu'il avait de plus précieux. Il chercha dans un dictionnaire allemand-français le mot qu'il voulait trouver, mais le dictionnaire devait être assez ancien, car il ne trouva que le mot de «Lombard». Cherchant alors sur le plan de Paris, il trouva en effet une rue des Lombards. Il y alla, mais sans rencontrer ce qu'il cherchait. Enfin, remarquant un jour sur un édifice cette inscription qui l'étonna, il la chercha dans son guide et trouva : *Berg der Fromigkeit*. Il était sauvé et alla engager tous les présents de la noce...

★

On a offert 50 000 livres sterling, soit 1 250 000 francs à Caruso pour paraître dans un film dont le sujet est celui de *Pagliacci*[1].

Le ténor a refusé, mais il est curieux que l'offre ait été faite. On se demande en effet comment le chanteur aurait pu se faire entendre? C'est comme si on priait le grand peintre Renoir de peindre un paysage au phonographe!

Mais n'y a-t-il pas d'orateurs au Parlement français qu'on se contenterait fort bien d'«entendre» au cinéma?

★

Le chef des futuristes italiens, F. T. Marinetti, est maintenant lieutenant dans une escadrille d'automitrailleuses blindées, sur le front italien.

Les futuristes ont toujours vanté les bienfaits de la guerre. Aussi Marinetti est-il à son affaire dans cette guerre, qu'il a souhaitée avec cette mâle éloquence si moderne, qui caractérise ses manifestes, où se trouve le meilleur de son œuvre.

Les lettres concises qu'il a écrites du front à ses amis commencent toutes par cette doxologie sur cette trinité sacrée pour les peuples de l'Entente :

«Gloire au Piave! Gloire à la Marne! Gloire à Foch!» et se terminent par le cri de ralliement :

«Mort aux boches!»

Marinetti ne leur fait même pas l'honneur de la majuscule orthographique.

(14 septembre 1918.)

Dans *Principio di nazionalità e amor di patria nella dottrina cattolica*[1], M. Agostino Gemelli étudie le principe de nationalité et l'amour de la patrie dans la doctrine catholique. Il conclut ainsi : « La paix future ne se fera pas par la reconnaissance du principe de nationalité, mais il faudra que les nations reconnaissent et observent désormais la justice. » M. Gemelli est arrivé à cette conclusion en se conformant aux leçons de la philosophie chrétienne et de l'histoire.

★

Les fêtes franco-italiennes qui auront lieu l'an prochain, à l'occasion du centenaire de Léonard de Vinci fourniront une occasion de rendre un hommage mérité à la mémoire de Joséphin Péladan qui fut toute sa vie le défenseur de l'œuvre et de l'esthétique du grand homme qui, né en Italie, vint mourir en France.

★

La poétesse majorquine Maria Antonia Salvà a traduit en catalan les *Géorgiques chrétiennes* de Francis Jammes et les poèmes du grand poète qu'est l'abbé Le Cardonnel. Ces traductions sont remarquables et, pour les poèmes de l'abbé Le Cardonnel, la traductrice a conservé l'eurythmie et l'élégance qu'ils ont en français. Les Catalans peuvent goûter maintenant en leur langage cette image parfaite du calme et du repos :

Le bonheur entourait cette maison tranquille
Comme une eau blanche entoure exactement une île.

★

Dans *L'Europa occidentale contro la Mittel-Europa*[2] Giovanni Papini publie à la librairie de *La Voce* une brochure où il préconise la création d'une « Europe occidentale » formée par l'union douanière, économique et en partie politique de la France, de l'Italie, de l'Espagne, du Portugal, de la Belgique et de leurs colonies.

Pour cette Société des nations latines à laquelle il serait juste de joindre un jour la Roumanie, Papini a trouvé le nom de Surétat latin *(Superstato latino)*.

La brochure de Giovanni Papini va être traduite en français par l'auteur qui compte publier un morceau de sa traduction dans le *Mercure de France*. On s'occupe également d'une traduction en espagnol. Giovanni Papini est un des esprits les plus nourris de la jeunesse littéraire italienne. Il appartient à ce groupe de *La Voce* dont sont sorties quelques-unes des idées qui dirigent aujourd'hui les esprits en Italie.

★

On compte reprendre dès que les circonstances le permettront l'idée d'élever un buste au poète Albert Mérat qui fut à la bibliothèque du Sénat le successeur d'Anatole France. Le buste de ce poète parisien serait bien à sa place dans le jardin du Luxembourg, non loin de son maître, le parfait Théodore de Banville.

★

La Société des poètes français compte cent vingt mobilisés. Dix sociétaires ou adhérents sont morts au champ d'honneur, un a disparu, vingt-six ont été blessés. Le palmarès des récompenses compte deux croix d'officiers de la Légion d'honneur, huit de chevaliers, trois médailles militaires, cinquante-trois croix de guerre.

★

Les écrivains et les artistes qui se réunissent à la Closerie des Lilas chaque dimanche entre quatre heures et demie et sept heures du soir ont consacré la réunion du 15 septembre au poète Giuseppe Ungaretti dont on peut brièvement caractériser le talent fluide et tendre en disant qu'il est le Van Lerberghe de l'Italie.

Giuseppe Ungaretti, qui est caporal dans l'armée italienne qui combat sur notre front, vient d'être lors de la dernière offensive cité à l'ordre de l'armée française à laquelle sont rattachées les troupes italiennes.

(21 septembre 1918.)

Pour contrebalancer la propagande allemande, l'Alliance française de Mexico organise des concerts, des représentations. Elle a ouvert dans une rue importante de la ville une salle de lecture, avec bibliothèque et salle des dépêches.

Au concert gratuit en l'honneur de Debussy, la salle était comble.

Le nouveau conseil présidé par le directeur de la librairie Bouret a relevé l'Alliance qui se mourait. Les recettes mensuelles sont maintenant de sept à huit mille francs ce qui permettra de faire de la propagande sous toutes les formes : conférences, brochures, cinéma, concerts, etc., etc.

Les revues françaises qui voudraient faire le service à l'Alliance peuvent adresser leurs envois à *M. le ministre de France à Mexico, pour la bibliothèque de l'Alliance française*[1].

★

L'Orient royal de Robert Scheffer, après avoir mis un nombre considérable d'années à paraître, a été épuisé presque aussitôt après la mise en vente[2]. Les méchantes langues disent que pour une bonne partie des exemplaires, le public qui achète était représenté par une poétesse roumaine impétueuse qui jugea cet achat nécessaire à sa tranquillité. Au juste, « la voceratrice dace » n'avait fait que précéder le public qui recherche ce livre fort intéressant d'ailleurs, et se lamente de n'en plus pouvoir trouver un seul exemplaire.

★

Il y a plusieurs années déjà que le *Mystère d'un hansom cab* traduit en français fait les délices des amateurs de romans ténébreux.

On pensait généralement que l'auteur Fergus Hume était australien, à cause de sa connaissance parfaite des villes et des milieux du continent auquel nous devons les Anzacs[1].

On vient d'apprendre qu'il est néo-zélandais. Sa sœur miss Ferguson Hume, de Dunedin, a présenté au roi et à la reine des Belges une belle cassette de bois précieux de la Nouvelle-Zélande contenant une adresse en vers à l'héroïque peuple belge.

★

Les Anglais ont célébré le troisième centenaire de la naissance de Sir Peter Lely, dont la petite maison paternelle près d'Utrecht portait au-dessus de la porte une fleur de lis, d'où le pseudonyme qu'il prit à la cour d'Angleterre jugeant son nom Van der Faer trop difficile à prononcer pour les Anglais.

Sir Peter arriva en Angleterre en 1641, année de l'exécution de Strafford de la Grande Remontrance. Mais c'est après la Restauration que Lely connut son heure. Il fit les portraits de Charles II, de ses enfants légitimes ou non, de ses maîtresses, des ministres, des ducs et des duchesses. Né le 14 septembre 1618 il mourut dans sa maison de Covent Garden le matin du 30 novembre 1680. Il fut sans aucun doute le plus *fashionable* des peintres

(28 septembre 1918.)

Une «Ligue pour l'ordre naturel» s'est constituée au 24 de la rue Clément-Marot.

La déclaration de principes contient entre autres choses cette constatation que «l'humanité est au XXe siècle violemment sortie de son chemin vers l'ordre. Elle aspire ardemment à y rentrer».

La devise de la ligue sera :

Liberté, responsabilité, sincérité.

D'autre part, le programme d'action publique contient ces lignes judicieuses :

«Elle combattra toutes les institutions et toutes les valeurs qui assurent aux possédants des avantages et des droits d'initiatives sans charges et responsabilités correspondantes — qui soustraient au contrôle et à la sanction de l'opinion ou même de l'estime publique l'usage fait par eux de leurs prérogatives et l'accomplissement des devoirs imposés par celles-ci — qui tendent à transférer enfin à la puissance financière les pouvoirs d'oppression, actifs ou passifs, arrachés à la puissance politique et militaire. En résumé, elle reprendra, à cent trente années de distance, la tradition bien française de 1789. Elle tentera de renouer, en le rattachant aux réalités modernes, le fil du mouvement le plus glorieux de notre histoire, fil rompu par les jacobins sectaires et par leur inévitable réacteur Bonaparte, dont les militaristes prussiens sont les lourds émules.»

★

Un certain conteur délicieux et, comme on dit, bien parisien, voyant son portrait croqué par le dessinateur André Rouveyre, devint subitement poète et écrivit à un de ses amis cette petite élégie de circonstance :

ROUVEYRE
A fait de moi, pauvre hère,
Un véritable derrière,
Je crois que je ne recevrai pas
De lettre de rombière
Séduite par mes appas.

Rouveyre qui eut l'occasion de lire cette plainte, répondit aussitôt :

Grâce au portrait que fit de vous André Rouveyre
Désormais, cher ami, nous lirons de vos vers.
Je trouve un prosateur mais j'en fais un trouvère
Pour lire quoi qu'on dise et même de travers
Tous vos sonnets d'Oronte et vos sonnets d'Arvers[1].

★

Un grand journal, *Le Petit Parisien,* a fondé pour ses rédacteurs un *grill-room* qui peut mettre en exergue de ses menus : «la meilleure cuisine du monde entier» et il pourrait ajouter : «la meilleur marché de tout Paris».

Le menu ne s'orne point seulement d'épithètes laudatives à l'égard du *grill-room,* mais comporte encore ce beau et noble précepte qu'Emerson formule d'une façon si émouvante :

«Travaille : à toute heure payée ou non, veille seulement à travailler et tu n'échapperas pas à la récompense; que ton travail soit délicat ou rude, que tu sèmes du blé ou écrives des poèmes, pourvu que ce soit un travail honnête exécuté avec ta propre approbation, il obtiendra une récompense matérielle et morale : qu'importe combien de fois tu seras défait? Tu es né pour la victoire. La récompense d'une chose bien faite c'est de l'avoir faite[1].»

★

On parle parfois dans les journaux parisiens de quelques défaitistes. Ils en ont aussi en Allemagne, ce sont, dit-on, avant tout des salons littéraires où au lieu de faire l'éloge d'Hindenburg, on fait celui de la poésie et de la peinture d'avant-garde françaises. Dans cet ordre d'idées, jusqu'à ces derniers temps, il n'en était point de plus haut coté que celui de la comtesse Fischer-Teruberg qui ouvrait à des hôtes de choix les portes de son hôtel, l'un des plus beaux de Berlin. On rencontrait, assure-t-on, aux pieds de cette égérie, le prince de Bülow, divers membres du ministère des Affaires étrangères, des diplomates en retraite, des membres du Reichstag — y compris quelques socialistes minoritaires —, plusieurs écrivains, des dramaturges bien connus et des directeurs de journaux berlinois ou de revues littéraires à grand tirage.

«Mais quelqu'un troubla la fête»; un beau matin, la police politique fit une perquisition dans les appartements de la comtesse, qui, après cette visite, fut emmenée d'office dans une petite ville voisine de Berlin, et avertie d'avoir à ne plus quitter sa nouvelle résidence.

(5 octobre 1918.)

Le 29 septembre Art et liberté réunissait ses adeptes chez Mme Lara. Comme les quotidiens avaient annoncé cette séance destinée uniquement aux membres de l'Association, il y eut foule et l'on tenait à peine dans le petit hôtel de la rue Émile-Menier que décorent gravées dans le bois ou la pierre des devises hanséatiques. Mme Jane Bathori chanta merveilleusement sur de la belle musique de Carol Bérard. Fernand Divoire qui rénove ou plutôt invente l'épopée intérieure lut une profonde méditation sur la légende chevaleresque de Perceval. On était encore sous l'impression de cette musique poétique que Mme Lara venait lire, d'une manière admirable, un fragment du même auteur sur la danse, à propos de Mme Isadora Duncan. M. Bertin chanta des mélodies de Stravinsky qui firent penser à Erik Satie.

★

« L'Amazone[1] » de Remy de Gourmont ouvre ses salons pour la représentation d'une pièce de celui qui avant de mourir la doua d'immortalité. La représentation du 9 octobre organisée par Art et liberté fut précédée de l'envoi d'une carte d'invitation dont le libellé est si curieux qu'il mérite de passer à la postérité :

ART

Par la pensée de M. Eimar, Les Cités
La vie de Canudo, La Veuve aux Passés
le goût de O. Klein
dix dessins imprimés à la plume
l'âme de Remy de Gourmont
Une nuit au Luxembourg
l'esprit de Marinetti
Compénétration, *en un acte*
avec le concours du Théâtre Idéaliste

ET

Par la foi de Bertin, Debievre, Divoire, Jeanne Faber, Fleury, Fratialli, Lara, de Max, Marnes, Napierkowska, Gisèle et Nadine Picard, Henriette Sauret, Gamet, Viala.

LIBERTÉ

nomination pour l'affirmation et la défense
d'œuvres modernes
Mercredi 9 octobre 1918, à 16 heures

20, rue Jacob, Paris (6e arr.)
Et plus tard, autres choses

★

Les Ballets russes qui sont à Londres annoncent la représentation de *Cléopâtre* avec des costumes et des décors du peintre Robert Delaunay. Cette nouvelle colportée dans les ateliers a été inversement appréciée.

«Les bruits les plus contradictoires ont couru sur la situation militaire de Robert Delaunay. Il a quitté la France la guerre déclarée et on ne l'a plus revu. Il a rompu avec tous ses amis de Paris et l'on était ici sans nouvelles de lui jusqu'à l'annonce de sa collaboration aux Ballets russes. Il me semble que M. de Diaghilev dont les sentiments sont restés fidèles à l'Entente, aurait pu choisir un autre peintre français, et il n'en manque point d'intéressants, pour brosser les décors et dessiner les costumes de Cléopâtre.»

C'est ainsi que s'exprime un peintre permissionnaire ancien ami de Robert Delaunay.

Un autre qui l'a peu connu nous dit :

«Peu importe la question de connaître la situation d'un artiste si son œuvre honore l'art et la France. Le public londonien jugera bien de quelle façon il doit accueillir le nom de Robert Delaunay.»

Quelqu'un enfin s'est exprimé ainsi : «Si M. Delaunay ose affronter le public d'une scène alliée, c'est qu'il est en règle avec son pays. La publicité donnée à M. Robert Delaunay par les Ballets russes dissipe les légendes qui couraient au sujet de sa situation militaire. Et les peintres, ses confrères, doivent être heureux de l'événement.»

★

Ainsi que tous les autres arts, l'art muet, le cinéma, pour l'appeler par son nom, a ses martyrs.

Un jour un écrivain dressera le martyrologe des saint Genest du cinématographe.

Dernièrement, la scène capitale d'un film à grand effet qui se tournait sur les bords de la Dee, jolie petite rivière anglaise, finit par une noyade générale.

La jeune première, miss Mayer, en proie au désespoir — un désespoir de film, violent et ostensible —, s'allait suicider en sautant du haut d'un pont. Mais son élan était mal calculé, elle toucha l'eau tout de son long et s'enfonça. M. Brenon, un acteur très connu, la suivait de près pour la sauver comme il convient en un film bien conçu. Mais la jeune femme s'accrocha à lui, paralysant ses mouvements; tous deux allaient être perdus. L'opérateur, enthousiasmé par la vérité de la scène, tournait avec frénésie; les camarades applaudissaient. Le directeur de la troupe s'aperçut le premier que le danger n'était que trop réel, tout habillé il s'élança à la rescousse et ne réussit qu'à se mettre à son tour en péril.

★

Notre collaborateur M. Georges Duhamel, l'auteur de pages si émouvantes de la vie des martyrs, commence cette semaine une collaboration régulière à *L'Opinion* sous cette nouvelle rubrique «La Vie intérieure».

(12 octobre 1918.)

C'est sous la forme de placards que *L'Amitié de France et de Flandre* publiera des poèmes destinés à exalter les terres flamandes belges et françaises[1].

Le premier de ces placards se présente comme une affiche jaune et donne sur quatre colonnes les laisses lyriques d'une ode à la Belgique de M. André de Poncheville. Dédié à la mémoire de Verhaeren, le poème est précédé d'un bois représentant le portrait du grand poète flamand de langue française gravé par Henri Gros.

★

Il vient de se constituer une Société d'histoire de la guerre dont le secrétariat général est aux Bibliothèques et musées de la guerre. M. André Honnorat, à qui nous devons l'heure d'été, est le secrétaire du bureau provisoire.

Le Comité d'initiative montre que l'union sacrée se manifeste très éclectiquement en matière d'histoire. Il comprend les noms de MM. Alcan, Aulard, Bailby, Maurice Barrès, Mgr Baudrillart, Romain Coolus, Alfred Croiset, Ernest-Charles, Paul Ginisty, Gabriel Hanotaux,

Ernest Lavisse, Georges Lecomte, Henri Lichtenberger, Painlevé, Lucien Poincaré, Paul Souday, André Tardieu, etc.

L'association a pour but : 1° de favoriser l'étude de l'histoire de la guerre de 1914 sous ses divers aspects : politique, militaire, économique, social, littéraire et artistique, et de ses effets sur la vie des nations; 2° d'apporter à l'État son concours pour l'entretien et le développement des collections qu'il possède relativement à cette histoire, en particulier celles qui constituent le fonds des Bibliothèques et musées de la guerre; 3° d'entreprendre des publications sur l'histoire de la guerre de 1914.

(19 octobre 1918.)

Il est bien dommage qu'un deuil tout récent n'ait pas permis à M. Clemenceau d'assister à la représentation unique de sa pièce *Le Voile du bonheur* jouée en chinois par des artistes chinois[1]. Il aurait vu avec plaisir combien la mimique des comédiens célestes permettait à ceux mêmes des spectateurs qui ne connaissaient pas la pièce de la comprendre bien qu'ils n'entendissent pas la langue chinoise.

La satisfaction littéraire de l'illustre homme d'État doit être bien grande : n'est-il pas le premier dramatique français dont une pièce ait été traduite en chinois?

★

Alfred Jarry disait une fois : «Quelle belle pièce de guignol on pourrait tirer de *La Chartreuse de Parme* si elle n'était pas de Stendhal.» C'est que Jarry, tout facétieux qu'il fût, avait le respect des réputations établies. Celle de Stendhal en est une. M. Ginisty n'a pas tiré de la *Chartreuse* une pièce de guignol, mais on aimerait savoir ce que cet homme disert et spirituel qui était l'auteur d'*Ubu roi* penserait aujourd'hui de l'adaptation de M. Ginisty[2].

★

Pour psalmodier *Une nuit au Luxembourg* de Remy de Gourmont, M. de Max, dont M Delluc vient de tirer un excellent portrait littéraire, s'était habillé en étudiant portugais. Tête nue, la cape négligemment jetée sur les épaules, il avait l'air d'être venu de Coïmbre.

Le temps était gris. Le petit temple dédié *À l'Amitié*[1] qui servait de décor à cette représentation mondaine formait un cadre agréable. Les oiseaux chantaient dans les hautes branches. Une chauve-souris voletait au-dessus des spectateurs, qui debout écoutaient respectueusement le dialogue de l'écrivain qui, estimé de tous les lettrés du monde entier, ne jouit encore en France que d'une réputation qui dépasse à peine les petites chapelles.

★

Il est question, chez un éditeur nouveau, de créer une collection d'ouvrages de jeunes filles.

On y éditerait avec des œuvres de Mlle Mireille Havet, déjà célèbre, les poèmes de cette petite fille dont M. Jean Cocteau fit connaître l'an dernier les curieuses productions[2], il serait question aussi de publier un petit recueil de Mlle Claudine Peské[3], peintre et poète depuis l'âge de cinq ans; des premiers poèmes de cette jeune fille illustrés par elle furent très remarqués, lors de l'exposition de dessins d'enfants qui eut lieu en 1914 à la galerie Malpel. Le recueil des poésies de Mlle Claudine Peské serait intitulé *Les Fleurs et les Oiseaux*.

★

L'Odéon annonce qu'il jouera durant cette saison un certain nombre de pièces nouvelles parmi lesquelles *Le Sacrifice* de M. André Laudenbach, *La Vie d'une femme* de M. Saint-Georges de Bouhélier, *La Princesse* de MM. Paul Géraldy et Robert Spitzer, *Monsieur d'Assoucy* de M. G. Berr, *Le Lion devenu vieux* de M. A. Villeroy, *Monsieur Puic-Puic* de M. Alfred Machard. Ensemble honorable sans doute, mais qui ne paraît pas devoir renouveler l'art théâtral.

(26 octobre 1918.)

On a appris avec émotion la mort d'Annie de Pène qui s'était fait un nom dans les lettres où elle avait débuté par *L'Évadée*. Sa dernière œuvre, *Sœur Véronique*, avait paru à *L'Œuvre*.

On s'accorde à reconnaître dans ses *Confidences de femme* une œuvre à part dans la littérature féminine, si riche, d'aujourd'hui. La sensibilité d'Annie de Pène était particulièrement délicate. Elle ne procédait ni de Colette, ni de Rachilde, ni de Mme de Noailles, ni de Mme Delarue-Mardrus. C'était une psychologie aiguë et qui savait découvrir dans l'âme de la femme le tréfonds où se retrouvent, avec le sentiment religieux, le goût naturel pour le beau, pour la tendresse et la faculté de prévoir.

On se souvient qu'Annie de Pène s'était amusée à donner deux anthologies, celle des *Plus Belles Prières* et celle des *Plus Belles Lettres d'amour*[1]. Ces deux recueils éclairent avec vivacité un des plus beaux côtés de cette noble sensibilité.

On a vanté la bonté de cette âme charmante, et c'était le plus bel éloge que l'on pût faire de cette âme d'élite, de cet écrivain de talent duquel on pouvait encore beaucoup espérer.

★

L'épidémie qui sévit sur le monde semble plus vorace que la guerre elle-même. Elle nous fait encore déplorer la perte d'un éditeur estimé des bibliophiles, du dessinateur bien parisien Ricardo Florès qui, caporal mitrailleur, était soigné pour ses blessures de guerre à l'hôpital de Rennes, et d'une actrice charmante, Yetta Daesslé[2], qui mettait volontiers son talent au service des œuvres nouvelles. Elle déclama en public des vers de presque tous les jeunes poètes, et elle se préparait à jouer cet hiver des rôles importants dans les œuvres dramatiques de plusieurs d'entre eux.

★

M. Willy, qui est en Suisse depuis le commencement des hostilités, reçut dernièrement une carte postale d'un de ses amis[3]. La carte portait le cachet : «ouvert par l'autorité militaire».

«Ça n'a pas dû être une opération facile!» a aussitôt écrit à l'envoyeur M. Willy qui, d'autre part, est fort content de la collaboratrice avec laquelle il a écrit *La Virginité de*

Mlle Thulette. On sait que ce livre est signé « Willy et Jeanne Marais ».

« Ma collaboratrice — que je n'ai jamais vue — est charmante », écrit à ce propos M. Willy, dans une lettre importante pour les biographes futurs. « Elle m'a envoyé son manuscrit, je l'ai tripatouillé et bergsonifié de mon mieux — et c'est bien, je crois, le premier des humains avec lequel je travaille et qui dise du bien de mon apport. Tous les autres affirment que j'ai seulement signé les fruits de leur génie. Mais alors, mais alors, moi qui bûche immuablement sept heures par jour, à quoi donc les employé-je ? »

★

M. André Rouveyre nous envoie le quatrain suivant :

Si tu fais un cadeau, que l'on te remercie,
Écolâtre ; mais choisis-le de qualité.
Rends, au Marchand de Tromperie,
Les vers que tu me fis signer[1].

M. André Rouveyre doit nager dans l'opulence, puisqu'on ne prête qu'aux riches.

★

La Renaissance a publié un numéro sur la beauté de Paris, à laquelle Berthas et Gothas auraient voulu porter atteinte.

Il serait désirable qu'un numéro aussi abondamment illustré que celui-là fût consacré, de temps à autre, par cette publication, aux nombreux changements que les constructeurs et les démolisseurs apportent à l'aspect de la capitale du monde civilisé.

★

Au dernier moment, nous avons le regret d'apprendre la mort d'un jeune poète, Justin-Frantz Simon, qui dirigeait avec éclat une revue provinciale, *Les Trois Roses,* qui paraissait à Grenoble.

Les Trois Roses ont publié des œuvres de François Vielé-

Griffin, Paul Valéry, Jean Royère, Max Jacob, André Breton, Louis Aragon, Pierre Albert-Birot, Pierre Reverdy, etc.[1].

La grippe espagnole ou asiatique, comme on voudra, a enlevé Justin-Frantz Simon en quatre jours et à côté de sa jeune femme terrassée par le même mal.

Il aimait la vie, cette vie moderne, et son jeune talent était plein de promesses que la mort vient d'anéantir.

(2 novembre 1918.)

Mme Breshko Breshkowskaya, la «grand-mère de la révolution russe», qui vécut autrefois des années d'ardent prosélytisme républicain, qui, hélas, vécut aussi de longues années de captivité, qui connut la grande gloire après la chute de la monarchie et fut portée en triomphe à son retour de Sibérie, Mme Breshkowskaya vit encore... malgré les Bolcheviks, car le *Weser Zeitung* nous annonce qu'elle a publié récemment, dans un journal russe, un article saluant les Tchécoslovaques comme les sauveurs de la Russie. Il paraît, d'autre part, qu'elle rédige ses Mémoires de patriote russe bien désillusionnée par la révolution pour laquelle elle a si longtemps souffert.

★

L'Institut de France a tenu, vendredi, sa séance publique annuelle, au cours de laquelle M. Henri Welschinger a ressuscité la figure un peu oubliée, mais cependant chère à nos souvenirs d'écoliers, de l'académicien alsacien Jean-Stanislas Andrieux, l'auteur du *Meunier de Sans-Souci*. Tout le monde a su par cœur ces vers qui font partie de toutes les anthologies.

On sait bien qu'il n'y a plus de juges à Berlin. Mais la morale prussienne est toujours celle du grand Frédéric :

On respecte un moulin; on vole une province[2].

La Prusse nous en a même volé deux il y a quarante-sept ans.

Bref, le récit en vers démodés de l'académicien alsacien eut plus de succès que les lieux communs dont M. Jean Richepin avait farci son *Ode au vent d'ouest*. Décidément, la poésie officielle ne convient pas au vieux barde normalien.

Il avait plus d'accent quand il nous «poussait» la chanson des gueux.

★

On sait que tous les soldats des armées alliées qui combattent l'autocratie ont dans leur musette, sinon le bâton de maréchal, du moins les galons d'officier. Ainsi trouve-t-on dans l'armée anglaise une trentaine d'officiers qui, avant la guerre, travaillaient comme ouvriers mineurs dans le Pays de Galles. Plusieurs d'entre eux ont déjà de brillants souvenirs militaires; ils prouvent qu'à creuser la terre, on n'en apprend que mieux à braver le feu. Quelques-uns d'entre eux ont déjà rédigé leurs Mémoires. On s'apprête à les faire paraître. Ce qui montre que la gloire militaire rend plus vain que le simple devoir accompli au cours d'un dur labeur quotidien. Ces hommes, qui, après avoir manié le pic, apprirent à tenir une plume, après avoir manié le sabre, fournissent la matière d'un bel article à M. Pierre Hamp, dans le goût des belles chroniques qu'il rédige sur «Le Travail invincible» et qu'il publie dans *La Renaissance*.

★

Le compositeur anglais Hubert Paris, qui était un des plus grands musiciens anglais contemporains, vient de mourir à soixante-dix ans. Jusqu'en 1908, il fut professeur à l'université d'Oxford.

★

Si les Parisiens se désintéressent trop de la faune du Jardin des Plantes, les Londoniens, par contre, se passionnent pour les animaux que le «Zoo» contient en abondance. Le «Zoo» est le surnom amical donné au Zoological Garden. Les otaries sont les grandes favorites du lieu; elles reçoivent en particulier la visite des officiers de marine. Lorsque l'un d'entre eux s'approche de la vasque où s'ébrouent les amphibies, celles-ci s'élancent vers l'homme en uniforme avec une ardeur incompréhensible au profane. Les otaries confondent tout simplement l'uniforme d'officier avec celui du gardien.

★

Un poète anglais, qui appartient aux milieux travaillistes, a l'intention de tirer de ce fait une petite comédie de music-hall qui, sans doute, fera songer à un *Crainquebille* composé pour des clowns-acrobates.

(9 novembre 1918.)

[Textes inédits]

GUILLAUME II

J'ai vu trois fois son casque d'or briller au soleil de mai[1].

Théophile Gautier l'a fait remarquer : les personnages qui portent notre nom nous sont sympathiques. Je ne déteste pas Guillaume II et nous avons un sentiment commun, l'horreur de Berlin. Par exemple, il me paraît qu'il se donne un mal inutile pour embellir sa capitale. Les résultats sont piteux. La Siegesallee elle-même, outre que les statues en sont des plus médiocres, a un air provisoire qui achève de la rendre absolument manquée.

Le César a l'air tout jeune, et son poil est d'un blond fort clair.

(1902-1903.)

VACHE ET CHAMEAU

Vers la fin de sa vie, le duc de Sagan était tombé dans une sorte de gâtisme. L'arbitre des élégances de la troisième République, le dandy du temps où M. Paul Bourget avait un valet de chambre anglais, paraissait ne plus rien comprendre. L'air hébété, il regardait sa femme qui après une longue séparation l'avait recueilli et de temps en temps, le duc murmurait :

«Vache... Vache... Vache...»

Un jour devait avoir lieu une réunion de famille à laquelle il fallait que le duc assistât. La duchesse installa son mari devant une fenêtre ouverte sous laquelle des prés s'étendaient où paisiblement paissaient des vaches.

Les gens arrivent. La duchesse les mène près de son mari : «Notre pauvre ami, dit-elle, est bien bas. Tout le jour, il le passe devant cette fenêtre et regardant les troupeaux murmure sans cesse : "Vache... Vache... Vache."»

Mais, se retournant soudain, le duc fixa sa femme d'un air morne en disant distinctement :

«Chameau... Chameau... Chameau.»

(1910?)

COMPLET!

Dimanche, sous le soleil, la foule parisienne défilait aux abords du Pont-Neuf. Tout le monde se félicitait de la baisse des eaux... Une mère menait par la main une adorable petite fille : «Mon Dieu! dit la jeune femme à son mari, pourvu que la Seine ne se remette pas à monter. — N'aie pas peur, petite mère», dit la fillette d'un air entendu, «la Seine ne peut plus déborder, il y a trop de monde sur le quai!»

(1910.)

L'ESPRIT DE LA CRUE

L'esprit français ne perd jamais ses droits. Dans la rue Bonaparte inondée un marchand de vin a suspendu cette enseigne de circonstance : *Hôtel de la plage.*

Dans la rue Jacob, un second maître venu de Brest commande des marins de l'État qui font évoluer des canots Berton. Un passager loustic s'écrie : « Paris Port-de-Mer !... Quand donc arrive l'escadre ? »

On parle du Jardin des Plantes et quelqu'un demande : « Quel est en ce moment l'animal préféré des Parisiens ? » Et tout le monde répond : « L'otarie ! » Il faut bien rire...

(1910.)

AUX ARCHIVES DE LA PAROLE

Le savant M. Ferdinand Brunot, directeur des Archives de la parole, fit parler les disques le 27 mai[1] à 17 heures à la Sorbonne devant un nombreux auditoire. C'est Jean Royère qui présentait ces premières pages de livres auditifs dont c'était à la fois la première édition et la première audition.

L'orateur annonça des poèmes symbolistes bien que René Ghil, André Spire, Henri Hertz, Guillaume Apollinaire... mais à quoi bon chicaner, on range bien Verhaeren et Paul Fort parmi les symbolistes.

On entendit tour à tour les voix de Pierre Louÿs, Jean Royère, Henri Aimé, Gustave Kahn, André Spire, Henri Hertz, André Fontainas, Paul Fort, Guillaume Apollinaire, René Ghil, Maurice de Faramond, Émile Verhaeren.

Voix précises de Gustave Kahn, d'André Spire, d'Henri Hertz, de Paul Fort, voix chantante de Guillaume Apollinaire, voix héroïque de Verhaeren mais quelle émotion s'empara de l'assistance quand s'éleva, en un hymne merveilleusement aérien, la voix céleste du grand poète René Ghil.

(1914.)

LA VIE VÉNITIENNE

Quand le matin l'horizon s'éclaire et que les lueurs opalines de l'aube illuminent Venise et la dorent commence un mouvement qui se répète chaque jour depuis que la diane de cette guerre résonna pour la première fois sur l'Italie.

C'est le mouvement des torpilleurs subtils qui s'en reviennent après avoir toute la nuit monté la garde sur l'Adriatique... *la pâle Adriatique.*

(1916).

On a cité cet aphorisme que M. Francis de Croisset a inscrit sur l'album d'une comédienne : «Il n'y a pas malheureusement de remèdes de bonne femme contre les mauvaises.»

(1916.)

LES GRANDES DOULEURS CIVILES ET MILITAIRES

Il m'arrive d'être de l'avis de James Beresford, membre du Collège de Merton qui écrivit *Les Misères de la vie humaine ou les Gémissements et soupirs exhalés au milieu des fêtes, des spectacles, des bals et des concerts, des amusements de la campagne, des plaisirs de la table, de la chasse, de la pêche et du jeu, des délices du bain, des récréations, de la lecture, des agréments des voyages, des jouissances domestiques, de la société du grand monde, et du séjour enchanteur de la capitale*[1].

James Beresford, que traduisit en français au commencement du siècle dernier Théodore-Pierre Bertin, pensait que les déplaisirs, les contrariétés, les désagréments sont beaucoup plus difficiles à supporter allégrement que «les ouragans, les naufrages, les maladies... Le tomahawk, ou le casse-tête et le scalpel, quelques autres charmes qu'on puisse leur contester, sont du moins recommandables par la célébrité avec laquelle ils s'acquittent de leur devoir... Mais les épines, les ronces, les épingles, les aiguilles, je pourrais même ajouter les *langues*, sont toujours sur vos pas, et toujours affilées, toujours acérées».

Parmi les calamités insupportables cataloguées par James Beresford en voici quelques-unes de l'ordre que l'on peut dire civil.

La semelle de votre soulier décousue et repliée sous elle-même, de sorte que vous êtes obligé de marcher en trébuchant à chaque pas.

Dans une de vos promenades du soir, être pendant l'espace d'un quart d'heure suivi par un chien de basse-cour (sans maître) qui grogne sourdement derrière vos talons.

Courir après votre chapeau que le vent a fait envoler dans une rue fangeuse et qu'une nouvelle bouffée porte encore plus loin au moment où vous alliez le saisir.

Dîner avec une dame fort âgée, fort attachée à ses meubles et briser, par un mouvement trop énergique de votre corps, le dos du fauteuil où vous êtes assis, au moment où la dame parlait de vous donner une place dans son testament.

À un dîner de cérémonie, l'intervalle qui s'écoule entre les services.

Laisser tomber du côté beurré, cela va sans dire, une rôtie que vous dévoriez des yeux.

Après avoir mangé des champignons... prendre intérêt à une discussion que le hasard amène sur la question de savoir s'ils étaient ou non d'une espèce comestible.

L'instant où un malheureux hasard vous apprend que votre domestique vous a clandestinement aidé à user votre brosse à dents.

Être sur le point d'éternuer pendant un quart d'heure et ne pouvoir en venir à votre honneur.

À ces tribulations en tous genres, James Beresford s'il vivait aujourd'hui ajouterait celles-ci :

S'asseoir dans un petit restaurant dont on n'est pas l'habitué et s'apercevoir qu'on a oublié son ticket de pain.

Avoir emporté de Paris au moment des Berthas 200 kg de bagages et s'entendre dire à la gare au moment du retour qu'on n'a plus droit qu'à 50 kg.

Mais ces désagréments civils ne sont rien à côté des petites calamités militaires.

Être légèrement blessé dans la tranchée d'un secteur tranquille au moment où volant de victoire en victoire les camarades des secteurs du Nord-Ouest récoltent citation sur citation.

(1916-1918.)

COULEUR DU TEMPS SUR LES POINTES

Si M. de Diaghilev a le moins du monde le sens de l'actualité, il nous régalera l'an prochain d'un petit ballet russe selon une formule cubiste ou futuriste dont l'attraction principale serait Miss Tatiana Romanoff *la Romanova*.

Quel nom pour une danseuse!

On sait que la danse, le ballet ont toujours été intimement mêlés à la vie de la maison Romanoff!

Son histoire peut s'écrire sur les pointes. Il est piquant qu'elle s'achève sur les pointes.

J'ai sous les yeux le portrait de l'ex-grande-duchesse Tatiana elle est jolie et peut conquérir les cœurs. Si elle est restée fidèle à l'Entente, cette gracieuse transfuge peut servir utilement notre cause et enflammer les cohortes américaines de telle sorte que la victoire soit à nous plus vite qu'on n'avait espéré, si bien qu'on puisse dire un jour de cette victoire que là où il semblait qu'il fallût un calculateur comme M. Painlevé ce fut une danseuse qui l'obtint.

(1917.)

MUSÉES DE PROVINCE

Le grand public sait-il en France qu'un certain nombre de musées de province méritent l'attention qu'on accorde aux galeries célèbres de l'étranger? Ce sont avec celui de Lille, provisoirement aux Allemands, le musée de Saint-Quentin avec ses La Tour que les envahisseurs ont transportés à Maubeuge, les musées d'Amiens, Caen, Rouen, Cherbourg, Rennes, Besançon, Angers, Troyes, Dijon, Lyon, Nantes, Tours, Grenoble, Bordeaux, Bayonne, Montpellier, Marseille, Toulouse, Montauban. Outre ces musées importants, il en est d'autres qui sont loin d'être méprisables. Ainsi ceux de Châlons-sur-Marne, d'Épinal, du Mans, d'Orléans, de Bourges, de Nevers, de Poitiers, de La Rochelle, de Mâcon, de Chalon-sur-Saône, de Bourg, d'Avignon, de Pau, de Saint-Étienne, de Carcassonne.

À Quimper il y a un Poussin, à Nîmes se trouve un intéressant *Portrait de Lucrèce Borgia,* à Saint-Lô il y a un merveilleux Corot, des tapisseries de Gombaut et Macée, des portraits anciens de l'école française, à Castres il y a quatre Goya remarquables, à Coutances il y a une admirable petite esquisse de Rubens, à Morlaix il y a entre autres un délicieux Frago. Sans compter tous les autres coins où les œuvres de premier ordre ne manquent pas.

(1917-1918?)

[Réponses à des enquêtes]

[HOMÈRE]

Votre enquête vient me révéler l'existence d'une secte d'hérétiques que je croyais depuis longtemps disparue. Je veux parler des carpocratiens qui, vous le savez, admiraient Homère et encensaient son image.

Certes, je crois à la réalité historique d'Homère. Je dois ajouter que dans un temps plus ou moins éloigné je prendrai l'initiative d'une souscription pour élever, à Paris, un monument à la gloire d'Adam et d'Ève.

Au demeurant, l'influence de l'*Iliade* et de l'*Odyssée* m'apparaît si vive qu'elle peut aveugler.

Je ne serais nullement étonné d'apprendre à la suite de votre enquête que la cécité des esprits soit aujourd'hui assez générale pour qu'on n'ait point distingué ce grand soleil homérique illuminant les lettres et les arts.

Mon incompétence en matière de pédagogie m'interdirait de répondre à votre dernière question. Cependant, je ne veux point vous cacher que si l'on devait m'écouter, non seulement on n'abandonnerait pas les études grecques, mais on inculquerait aussi aux jeunes Français des rudiments de sanscrit.

(*Isis*, septembre 1908.)

[LE CIRQUE]

Décadence ou renaissance du cirque?

Les causes de la décadence du cirque, messieurs, je ne les distingue point, pensant au contraire qu'il est aujourd'hui plein de vie. J'avoue même que les petites pièces improvisées sur un scénario arrêté d'avance et en quoi excellent MM. les acrobates de Medrano me semblent le seul spectacle qui vaille la peine d'être écouté et regardé de nos jours.

Ces acrobates mimes et comédiens, vous le savez, viennent pour la plupart d'Italie ainsi que leurs illustres devanciers, les comédiens italiens. La *commedia dell'arte* n'est donc pas morte et survit à Paris même, au cirque Medrano où je vais souvent l'entendre. Pour le demeurant, j'adore la haute école, les chevaux dressés, les animaux savants, les gymnastes allemands, les jongleurs japonais, les funambules, les jeux icariens et les tours vélocipédiques.

Je ne sais pas si le *panem et circenses* est toujours d'actualité ainsi que vous me faites l'honneur de me le demander. Mais, allez, je ne demande pas autre chose.

Croyez à mes sentiments très cordiaux.

(*Gil Blas*, 11 juin 1911.)

[MISTRAL]

Mistral est le plus grand poète vivant.

(*Les Marches de Provence*, février 1912.)

[FLAUBERT]

J'ai mis longtemps à aimer Flaubert et maintenant que je l'aime, je préfère à ses autres livres *Bouvard et Pécuchet* que je place au rang de *Don Quichotte*.

Mais ce n'est là qu'un goût d'homme de lettres et la *Tentation* est assurément l'ouvrage le plus achevé de Flaubert.

(*Paris-Midi*, 5 juin 1912.)

[LE SYNDICAT DES AUTEURS]

Mon cher ami,

Non seulement j'approuve entièrement la Société dont vous et René Blum envisagez la fondation. Mais je demande à en être des premiers.

Ma main très amie.

(*Gil Blas*, 13 juin 1912.)

[NOS INFLUENCES]

La Porte étroite d'A. Gide me paraît être le meilleur roman parmi ceux qu'ont publié nos aînés depuis dix ans.

Les *Grandes odes,* de Paul Claudel, sont l'ouvrage de poésie le plus important qui ait paru dans le même laps de temps.

(*Le Cahier des poètes,* avril-mai 1913.)

[PAUL FORT]

Je pense que Paul Fort est un grand poète dont l'art panique ne cessera de grandir dans l'admiration des hommes.

(*Le Cahier des poètes,* juillet 1913.)

[CLAUDEL]

Monsieur le Rédacteur en chef,

Je suis d'avis qu'il faut voir l'une des raisons du succès populaire de Paul Claudel dans l'intérêt que suscitent aujourd'hui les questions religieuses.

C'est un grand poète qui a trouvé dans Arthur Rimbaud et les ouvrages pleins de recherche du symbolisme les éléments d'un nouveau style pompeux qui ne peut manquer d'avoir une grande influence sinon sur les poètes, du moins sur les orateurs.

Écrivain pénétrant, il a interrogé les doctrines plutôt que l'humanité; esprit libre, il a éprouvé à se soumettre un enthousiasme étrangement raisonnable et, à mon sens, plein d'ironie.

(*Paris-Journal,* 7 juillet 1914.)

NOTICES,
NOTES ET VARIANTES

Écrits sur l'art

MÉDITATIONS ESTHÉTIQUES
LES PEINTRES CUBISTES

NOTICE

Passant en revue les projets des écrivains dans son «Courrier littéraire» de *Paris-Journal* pendant les vacances de 1910, Alain-Fournier écrit le 8 août :

«Guillaume Apollinaire. Corrige les dernières épreuves d'un *Théâtre italien* et attend les premières épreuves de *L'Hérésiarque et Cie*. Annonce, sous presse, des poèmes, *Cortège d'Orphée;* met au point d'autres poésies : *Eau de vie;* termine un livre sur *Cézanne* et, en collaboration, un essai sur *Les Tendances nouvelles dans l'art contemporain*. Pour se délasser, travaille "à loisir" à un roman d'origine révélée.»

Ce sont là les premières indications sur les desseins d'Apollinaire en matière d'ouvrages sur l'art. Bien que le *Cézanne* soit alors annoncé comme presque achevé, il ne verra jamais le jour et, de plus, on n'en connaît aucun manuscrit, même à l'état d'ébauche. Quant à l'étude sur *Les Tendances nouvelles dans l'art contemporain*, dont la conception, comme le montre la note d'Alain-Fournier, est antérieure aux manifestations cubistes de 1911, elle a subi bien des vicissitudes. Le 12 avril 1911, dans sa chronique de *Paris-Midi* qu'il signe «Jean de l'Escritoire», André Billy annonce à paraître, aux éditions de la Revue de France, *Les Arts contemporains;* il n'est plus, désormais, question de collaboration. La *Revue de France et des pays français*, dans ses numéros 2 — de mars —, 3 — d'avril —, 6-8 — des vacances 1912 —, donne la même information et précise le prix de l'ouvrage : 2,50 francs.

Simultanément prenait corps une autre entreprise. «Jean de l'Escritoire» avait signalé, dès le 19 octobre 1910 dans *Paris-Midi*, la création d'une collection sur les grands artistes contemporains dirigée par Apollinaire; le *Cézanne* devait d'ailleurs sans doute y prendre place, après un premier volume consacré au Douanier Rousseau. Il faut ensuite attendre le mois d'août 1912 pour apprendre, par plusieurs communiqués de presse, la naissance de la collection «Tous les arts», qu'inaugurera un livre d'Apollinaire, *Les Peintres nouveaux*. Enfin, dans l'unique numéro de *La Section d'or* daté du 9 octobre, ce titre devient *Méditations esthétiques.* Le volume qui sortira en mars 1913 portera celui de *Les Peintres cubistes. Méditations esthétiques,* l'éditeur ayant, pour des raisons d'opportunité commerciale, adopté comme titre principal le sous-titre *Les Peintres cubistes* introduit en dernier lieu par l'auteur.

Apollinaire semble ainsi avoir été partagé, pendant plus de deux ans, entre la monographie — *Cézanne* ou *Les Peintres cubistes* —, et l'ouvrage de réflexion, la «méditation esthétique» sur les arts contemporains — sans toutefois avoir beaucoup travaillé dans l'une ou l'autre de ces directions, quoi qu'il en ait dit ou laissé entendre à ses amis journalistes. Les choses s'accélérèrent en 1912. Le débat sur la peinture, renouvelé par l'exposition des peintres futuristes à Paris en février, l'annonce du livre de son ami André Salmon, *La Jeune Peinture française,* qui devait paraître en octobre, la mise en œuvre de celui de Gleizes et Metzinger, *Du cubisme,* qui sortira le même mois dans sa propre collection «Tous les arts», le privant du bénéfice de l'antériorité, autant de circonstances qui l'incitaient à se hâter.

Ce n'est cependant pas la précipitation qui le conduit, à la fin du printemps et pendant l'été de 1912, à établir son manuscrit par découpage et montage de textes antérieurement parus (on sait que, en prose comme en poésie, c'est là une technique de composition qui lui est familière). Il rapproche alors les deux orientations qui le sollicitaient et conçoit son livre sous forme de diptyque : «Sur la peinture» et «Peintres nouveaux». Les sept chapitres de la première partie reprennent un texte de 1908, «Les Trois Vertus plastiques», (chapitre I), puis des articles parus dans *Les Soirées de Paris,* de février 1912 (chapitre II), avril 1912 (chapitres III, IV et V) et mai 1912 (chapitres VI et VII). La seconde s'ouvrait sur une étude consacrée à Marie Laurencin, dans laquelle était enchâssé un long passage sur le Douanier Rousseau[1]; venaient ensuite le chapitre sur Picasso, dont la première moitié était une reprise d'un article de 1905, et, plus brefs, ceux qui concernaient Braque, Metzinger, Gleizes, Léger, Gris, Picabia, Duchamp et Duchamp-Villon.

Tel qu'il se présentait dans ce premier état, l'ouvrage était une «défense et illustration» de la peinture nouvelle, non du seul cubisme. Le mot d'ailleurs n'y figure qu'une fois dans la première partie et ne se retrouve que dans les chapitres consacrés à Gleizes, à Metzinger et à Gris. Cependant, Apollinaire écrivait à Serge Férat, le 28 août 1912 : «J'ai fait un petit livre sur les cubistes; il paraîtra en octobre.» On n'épiloguera pas sur le terme de cubistes, qui, employé dans une correspondance familière, n'a probablement pas de valeur spécifique. Mais on retiendra qu'à la fin d'août, une publication pour le mois d'octobre est envisagée. Le *Gil Blas* du 18 août annonce d'ailleurs à paraître «*Les Peintres nouveaux,* premier

1. L'existence du livre de Uhde sur Rousseau dans la collection «Tous les arts» a peut-être retenu Apollinaire de consacrer un chapitre entier au Douanier, dont il désirait pourtant parler.

volume de la collection "Tous les arts"». Cette publication était matériellement possible, le deuxième jeu d'épreuves portant la date du 8 octobre 1912. Pourtant, l'ouvrage ne sera pas achevé dans ces délais. Apollinaire apporte sur les deuxièmes épreuves des modifications considérables qui déplacent l'équilibre de l'ensemble et entraînent un changement dans les titres.

Il a en effet été amené, pendant ce mois d'octobre, à préciser ses points de vue sur le cubisme. À l'occasion de l'exposition de la Section d'or, d'abord, qui se tient à la galerie La Boétie, pour laquelle il écrivit un article et fit une causerie[1]. Ensuite, dans un article qu'il donna au *Temps* le 14 octobre, «Les Commencements du cubisme[2]», et dans sa réponse à une question sur le cubisme posée par un lecteur de *L'Intermédiaire des chercheurs et des curieux*[3].

Ces différents textes, intégrés successivement, contribuèrent à constituer un nouveau chapitre VII, entièrement centré sur le cubisme.

D'autre part, Apollinaire etait de plus en plus sensible à la nouveauté qu'il découvrait dans l'œuvre de Robert Delaunay. Celui-ci évoluait vers une peinture où, à la différence des toiles cubistes que peignaient alors Braque ou Picasso, la couleur et la lumière ont une fonction primordiale. Apollinaire y voyait l'amorce de cette «peinture pure» que devait être la peinture moderne. Il rapprochait les recherches de Delaunay de celles de Léger, de Picabia, de Marcel Duchamp et trouvait chez eux une illustration de cet «écartèlement du cubisme» dont il avait parlé à propos de la Section d'or[4]. Allant plus loin, il groupa ces tendances sous le nom d'orphisme, employant ce terme pour la première fois à propos de Delaunay lors d'une conférence qu'il fit à Berlin sur son ami, en juin 1913[5].

Si, à la différence de Duchamp, Picabia et Léger, Delaunay n'a pas son chapitre dans la version définitive des *Méditations esthétiques*, c'est qu'Apollinaire était bien conscient que son livre, au fil de ses modifications successives, était devenu une étude sur le cubisme, plus que sur la peinture nouvelle, et qu'il avait l'intention — qu'il ne réalisera pas —, de le faire suivre d'un autre qu'il aurait intitulé *Les Peintres orphiques*. Mais Delaunay n'en est pas moins présent dans différentes corrections apportées soit sur les deuxièmes épreuves, soit postérieurement.

La lenteur avec laquelle s'organisa *Méditations esthétiques* n'est donc pas, on le voit, le fait des tergiversations sentimentales d'Apollinaire, ni celui de ses incompétences en matière picturale. Ce n'est pas parce que Marie Laurencin l'a quitté qu'il la fait passer au troisième rang, derrière Picasso et Braque; c'est que le changement de perspective appelait à la première place ceux qu'il considérait comme les maîtres du cubisme. Ce n'est pas parce qu'il était à l'affût des derniers ragots et des dernières intrigues d'ateliers qu'il corrigea son texte jusqu'au dernier moment; mais, plus

1. Voir «Jeunes peintres, ne vous frappez pas!», p. 484.
2. Voir n. 1, p. 537.
3. Voir var. *a*, p. 17.
4. Voir la notule de «Jeunes peintres, ne vous frappez pas!», p. 1590.
5. Voir «La Peinture moderne», p. 501.

peut-être que tout autre — il suffit, pour s'en convaincre, de lire les critiques d'art ses contemporains —, il a l'intuition du devenir de la peinture et des promesses déjà contenues dans les œuvres d'un Picabia, d'un Duchamp ou d'un Delaunay.

Le livre parut en mars 1913, avec le prière d'insérer suivant :

«Guillaume Apollinaire, dont le nom n'est plus inconnu pour personne, étudie l'orientation générale de ce mouvement des *peintres cubistes,* qui intéresse actuellement l'Europe entière. Il précise l'historique du mouvement, son esthétique nouvelle, ses origines, son développement, ses caractéristiques diverses (cubisme écartelé) jusqu'à l'*orphisme* et dessine dans cette première série la physionomie de ses représentants. L'ouvrage est accompagné de quarante-six portraits et reproductions qui constituent le document le plus important pour l'histoire de cet art entièrement nouveau et son commentaire le plus lumineux.»

Il y avait, en réalité, quarante-cinq planches en noir et blanc, dont voici le détail[1] :

Picasso, *L'usine* (1909);
Nature morte espagnole (1912);
L'Homme à la clarinette (1912);
Le Violon (1912);
Braque, *Le Violon* (1910);
La Table (1911);
Le Viaduc de l'Estaque (1912);
L'Homme à la mandoline (1912);
Photographie de Metzinger;
Metzinger, *Nu* (1910);
Le Goûter (1911);
La Femme au cheval (1912);
Le Port (sans date);
Photographie de Gleizes;
Gleizes, *La Femme aux phlox* (1910);
Nature morte (1911);
La Chasse (1911);
L'Homme au balcon (1912);
Laurencin, *Réunion à la campagne* (1909);
Les Jeunes Filles (1911);
Femme à l'éventail (1912);
La Toilette (1912);
Photographie de Juan Gris;
Gris, *La Guitare* (1912);
Portrait (1912);
Les Cigares (1912);
L'Homme au café (1912);
Léger, *Nus dans un paysage* (1911);

1. On a perdu la trace de certaines de ces œuvres; d'autres sont aujourd'hui connues sous un nom différent.

Étude pour trois portraits (1911);
Femme en bleu (1912);
Les Fumées (1912);
Photographie de Picabia;
Picabia, *Paysage* (1908);
Paysage à Cassis (1909);
Paysage (1911);
Tarentella (1912);
Photographie de Marcel Duchamp;
Duchamp, *Joueurs d'échecs* (1911);
Nu descendant un escalier (1912);
Jeune homme (1912);
Le Roi et la Reine entourés de nus vites (1912);
Duchamp-Villon, *Baudelaire* (buste, s.d.);
Détail d'une vasque décorative (s.d.);
Croquis pour le «Soleil» (s.d.);
Projet d'hôtel (s.d.).

Les critiques prirent en général ce livre pour ce qu'il n'était pas. Ils voulurent ou crurent y voir un exposé dogmatique sur le cubisme et un plaidoyer en faveur de ses adeptes. Le prière d'insérer, petit texte dactylographié d'une dizaine de lignes, les y engageait — qui traduit cependant davantage le point de vue de l'éditeur que celui de l'auteur —, leur défiance, sinon leur hostilité à l'égard de la peinture nouvelle n'en fut que renforcée. Aussi est-il question dans les comptes rendus de «la virtuosité avec laquelle l'auteur défend les paradoxes les plus étranges[1]», de sa «langue un peu sibylline[2]», des efforts qu'il déploie pour faire prendre au sérieux ces «joyeux drilles[3]». On n'en distinguera que mieux la sympathie raisonnée d'Octave Aubry dans *Les Pages modernes* de décembre 1913, ou l'appréciation élogieuse de Michel Puy, qui, après avoir énuméré les quatre tendances du cubisme décrites par Apollinaire, écrit dans *Les Marges* de juin 1913 :

«Tous ces courants échappaient aux critiques d'art, qui en pressentaient vaguement l'existence. Pour les explorer, il fallait plus que du savoir : de la divination. Apollinaire avait en main la baguette du sourcier.»

Mais c'est Maurice Raynal qui, dans le numéro 1-2 de *Montjoie!*, en 1914, a le mieux saisi la signification de ce qu'il appelle «cette sorte de poème sur la peinture», disant notamment :

«En général, les vrais poètes ne comprennent rien, mais ressentent tout. Aussi Guillaume Apollinaire, sorte de sensualiste mystique, ne *comprend* pas la peinture, mais *la perçoit, l'éprouve.* Il ne se donne pas le mal de juger. Sa sensibilité de poète, frappée devant certaines toiles, l'induit à paraphraser et à développer le spectacle qu'il a devant les yeux. Et c'est en cela qu'il fait œuvre de poète.»

1. Louis Perceau, dans *La Guerre sociale,* 7-13 mai 1913.
2. Graville, dans la *Gazette de France,* 16 mai 1913.
3. Ph.-Emmanuel Glaser, dans *Le Figaro,* 18 avril 1913.

À l'étranger, l'attention fut immédiate et durable. Des comptes rendus parurent en Allemagne, en Italie, en Suède; des fragements furent traduits dès 1913 en Russie, aux États-Unis, en 1917 en Espagne, en 1919 à Budapest. À la différence de ce qui se produisit en France, où l'influence du livre fut, en fin de compte, restreinte, *Méditations esthétiques* resta pendant plus de vingt ans une référence pour les avant-gardes américaines et européennes.

NOTE SUR LE TEXTE

Le manuscrit ayant servi à l'impression *(ms.)* appartient à la Société des manuscrits et autographes français. Il se compose d'une page de titre et de cinquante-deux pages numérotées; la page 51 manque. Il lui a été ajouté, à une date et dans des conditions que nous ignorons, deux pages d'épreuves corrigées de la «Note[1]». C'est le manuscrit qu'ont consulté L. C. Breunig et J.-C. Chevalier pour établir leur édition[2].

La page de titre est entièrement manuscrite. La première partie occupe les pages 1 à 14 (numérotation d'Apollinaire). Il s'agit de pages imprimées, qui ont été corrigées et complétées; elles proviennent du Catalogue de la 3e Exposition du Cercle de l'art moderne du Havre, qui eut lieu en juin 1909[3] et de numéros des *Soirées de Paris*[4]. La seconde partie présente un ordre des chapitres différent de celui de l'édition originale : «Mlle Marie Laurencin», «Picasso», «Georges Braque», «Jean Metzinger», «Albert Gleizes», «Fernand Léger», «Juan Gris», «Francis Picabia», «Marcel Duchamp», «Duchamp-Villon». Les chapitres consacrés à Marie Laurencin, Picasso et Metzinger sont composés d'un assemblage de textes manuscrits et d'articles ou fragments d'articles; les autres chapitres sont entièrement manuscrits. On se reportera aux notes pour avoir la composition de chaque chapitre.

Il y a eu au moins trois jeux d'épreuves. Le deuxième seul nous est connu *(épr. 2)*. Il a été donné par Apollinaire à Robert Delaunay avec cet envoi manuscrit : «À Robert Delaunay / son admirateur / Guillaume Apollinaire / 1er Décembre 1912». Il a ensuite appartenu à Tristan Tzara et est entré à la Bibliothèque nationale en 1989[5]. Il s'agit d'une mise en pages, imprimée recto verso et paginée de 1 à 72 (ce qui correspond aux pages 1 à 84 de l'édition originale, en raison des dernières additions). La première page du chapitre «Picasso» et la dernière du chapitre «Jean Metzinger» portent le cachet de l'imprimeur, avec la date du 8 octobre 1912. La disposition des chapitres est encore celle du manuscrit, mais des modifications ont été introduites — elles n'ont pu l'être que sur les premières épreuves — et, d'autre part, ces deuxièmes épreuves présentent de nombreuses corrections et additions manuscrites.

Ce jeu d'épreuves ne donne pas le texte définitif. Il y a donc eu au moins

1. P. 51-52.
2. Hermann, 1965.
3. Préface, intitulée «Les Trois Vertus plastiques»; voir la notule de «Sur la peinture». I, p. 1510, et n. 1, p. 5.
4. Articles intitulés «Du sujet dans la peinture nouvelle», dans le numéro 1, de février 1912, et «La Peinture nouvelle. Notes d'art», dans le numéro 3, d'avril de la même année.
5. Première vente de la bibliothèque Tristan Tzara, hôtel Drouot, 4 mars 1959.

une autre étape avant l'édition originale — qui, rappelons-le, parut en mars 1913.

Ajoutons que dans *The Cubist Painters - Aesthetic Meditations,* traduction de Lionel Abel parue en 1949 à New York, figurent deux reproductions. La première, communiquée par Amédée Ozenfant, est la première page du chapitre «Fernand Léger[1]» dans *épr. 2,* avec les mêmes corrections manuscrites : il s'agit sans doute d'une photo d'*épr. 2*. La seconde reproduction est celle d'une page manuscrite dont le premier paragraphe est très raturé et qui porte cette mention : «de la main de Guillaume Apollinaire. J. Apollinaire» : il pourrait s'agir d'un fragment inutilisé du manuscrit. Cette page appartient aux archives du musée d'Art moderne de New York; elle est écrite au verso d'une page manuscrite du premier volume de *L'Œuvre du chevalier Andrea de Nerciat,* publié en 1910. Nous la transcrivons sans relever les biffures :

«Chaque vraie culture artistique se laisse diriger par les normes éternelles car tout organisme social doit obeir à certaines lois.

«Le caractère de la beauté moderne changeait selon les tendances se succédant et la logique de cette tradition n'était soutenue que par des personnalités vraiment créatrices, par des individualités dominantes, contestées en général par la critique et le public absurde. Et cette tradition était comme notre civilisation qui marchait par les grandes voies romaines.»

Si l'on en croit Louise Faure-Favier[2], Suzanne Figuière envisageait en 1918 une réédition de l'ouvrage. Il faudra toutefois attendre 1922 pour voir reparaître *Les Peintres cubistes,* non chez Figuière, mais aux éditions Athéna.

Notre texte est celui de l'édition originale de 1913, que nous corrigeons de ses inadvertances ou de ses coquilles — par exemple *Dionysios,* où il faut lire évidemment *Dionysos* —, tout en respectant les particularités de la ponctuation d'Apollinaire.

Nous n'avons retenu que les variantes introduisant une modification de sens ou éclairant la genèse du texte; nous avons également omis de relever les corrections ou additions manuscrites, qui, effectuées sur *ms.* ou sur *épr. 2,* donnent la version définitive.

NOTES ET VARIANTES

Page 3.

a. Titre dans ms. : Méditations esthétiques. *Dans un encadré :* 1re Série : Les Peintres nouveaux / Marie Laurencin / Pablo Picasso, Georges Braque / Jean Metzinger, Albert Gleizes, Fernand Léger / Juan Gris, Francis Picabia, Marcel Duchamp / Duchamp-Villon. *En bas de page :* MCMXII.

1. Voir «Apollinaire et la tradition» par Williard Bohn, dans la revue *Guillaume Apollinaire 15,* 1980.
2. «Les Femmes et la Guerre. Éditeurs et libraires», *Le Siècle,* 4 mars 1918.

Page 5.

SUR LA PEINTURE

a. [Préface *biffé*] Sur la peinture en général et sur le cubisme en particulier *ms.* : Méditations esthétiques / Sur la peinture en général et sur le Cubisme en particulier *épr. 2*

I

Le manuscrit a été composé à l'aide des pages du catalogue (*C*) de la 3e Exposition du cercle de l'art moderne (hôtel de ville du Havre, juin 1908) contenant la préface d'Apollinaire, intitulée «Les Trois Vertus plastiques» et sur lesquelles Apollinaire a porté de menues corrections manuscrites.

1. La 3e Exposition du Cercle de l'art moderne, qui avait eu lieu à l'hôtel de ville du Havre en juin 1908, comprenait des œuvres de Bonnard, Braque, Maurice Denis, Derain, Dufy, Friesz, Girieud, Manguin, Marquet, Matisse, Metzinger, Michel Puy, Redon, K.-Xavier Roussel, Rouault, Sérusier, Signac, Vallotton, Van Dongen, Vlaminck, Vuillard — c'est-à-dire une majorité de fauves. La préface d'Apollinaire pour le catalogue, qui constitue ce premier chapitre, fut reprise dans *Le Feu* du 1er juillet 1908. Les grands thèmes développés dans ce texte qui, les circonstances mêmes de sa publication le montrent, ne concerne pas le cubisme, sont à rapprocher d'autres publications d'Apollinaire : dans *La Phalange,* «Jean Royère», 15 janvier (voir p. 1003); compte rendu du roman de Maurice Renard *Le Docteur Lerne sous-Dieu,* 15 août (voir p. 1128); première version du *Bestiaire* (*Œuvres poétiques*, p. 1), 15 juin; dans *Gil Blas,* «Le Brasier» (*ibid.*, p. 108); dans *Pan,* «Les Fiançailles» (*ibid.*, p. 128). Comme le remarquent Breunig et Chevalier, ils semblent annoncer plutôt l'orphisme que le cubisme analytique.

Page 6.

1. Ce paragraphe résume la pensée constante d'Apollinaire au sujet de la tradition : chaque génération est, qu'elle le veuille ou non, l'héritière des générations précédentes, mais elle ne s'affirmera qu'en se séparant d'elles dans son originalité. Il prend ainsi ses distances à la fois à l'égard des traditionalistes néo-classiques qui s'enferment dans le passé et des mouvements d'avant-garde qui prétendent rompre avec lui. Voir le début de la conférence «La Phalange nouvelle», p. 885.

Page 7.

a. Les faux-sauniers de la connaissance ne passeront *C, ms., épr. 2*

Page 8.

a. elle n'est proprement qu'un système naturel et plus misérable *C* :

elle n'est proprement qu'un système naturel et plus [naturel, plus *add.*] misérable *ms.*

II

Ce texte ouvrait le premier numéro des *Soirées de Paris,* en février 1912, sous le titre «Du sujet dans la peinture moderne». Les pages de la revue *(SP),* qui portent quelques corrections à l'encre, constituent le manuscrit.
D'autre part, dans *La Vie* du 8 février 1913 a paru, sous le titre «Méditations esthétiques», un long article donnant avec diverses variantes *(V)* les chapitres II, III, IV et VII, d'un seul mouvement, sans numérotation ni blanc.

b. Les peintres nouveaux peignent des tableaux *SP, V* : Les peintres nouveaux peignent [souvent *add.*] des tableaux *ms.*[1]

Page 9.

a. naturelles *[8 lignes plus haut]* observées ou reconstituées par l'étude. L'art moderne repousse tous les moyens de plaire mis en œuvre par les plus grands artistes des temps passés : représentation parfaite de la figure humaine, nudités voluptueuses, fini des détails, etc. L'art de maintenant est austère, et le sénateur le plus pudique n'y trouverait rien à redire. / On sait même que l'une des raisons des succès qu'a rencontrés le cubisme dans la bonne société vient justement de cette austérité. / La vraisemblance n'a plus aucune importance, car tout est sacrifié par l'artiste à la composition de son tableau. Le sujet ne compte plus ou s'il compte c'est à peine. Si *SP, ms.* : naturelles observées ou reconstituées [...] nature supérieure qu'il conçoit. Le sujet ne compte plus ou s'il compte c'est à peine. / L'art moderne repousse [tous les *corrigé dans épr. 2 en* généralement, la plupart des] moyens de plaire mis en œuvre par les plus grands artistes des temps passés [: représentation parfaite *[comme dans SP]*, cette austérité. *biffé épr. 2*] / Si *V, épr. 2*

Page 10.

a. De même, les peintres *[p. 9, 3e ligne en bas]* nouveaux procurent déjà à leurs admirateurs des sensations artistiques uniquement dues à l'harmonie des lumières et des ombres et indépendantes du sujet dépeint dans le tableau. / ★ / On connaît *SP, ms., V*
b. le plaisir esthétique indépendant du sujet traité par l'artiste et résultant seulement de ces contrastes dont j'ai parlé. *SP, ms., V*
c. l'être. Les nouveaux peintres *SP, ms., V*

1. Voir Pline l'Ancien, *Histoire naturelle,* XXXV.

1. Rappelons que nous ne rendons pas compte des corrections et additions qui, portées sur *épr. 2,* donnent le texte définitif.

Page 11.

III

Cette section et les deux suivantes ont d'abord paru en un seul ensemble, sous le titre «La Peinture nouvelle. Notes d'art», dans le numéro 3 des *Soirées de Paris,* daté d'avril 1912. Les pages de la revue *(SP)* corrigées à l'encre constituent le manuscrit.

a. des grands artistes [inquiétudes qui ne sont pas délibérément scientifiques puisque l'art et la science sont deux domaines distincts *biffé ms.*]. / Les nouveaux peintres, *SP, ms.*

b. Début du paragraphe dans SP : Sans entrer dans des explications mathématiques d'un autre domaine et en m'en tenant à la représentation plastique, telle qu'elle s'offre à mon esprit, je dirais que dans ces arts plastiques, la quatrième dimension est engendrée : *Début du paragraphe dans ms. :* Telle qu'elle s'offre à mon esprit, je dirais que dans ces arts plastiques, la quatrième dimension est engendrée : *Début du paragraphe dans V et dans épr. 2 :* Telle qu'elle s'offre à [mon *corrigé dans épr. 2 en* l'] esprit, du point de vue plastique la quatrième dimension est engendrée

c. comme idéal et c'est à la quatrième dimension seule que l'on doit cette nouvelle mesure de la perfection qui permet à l'artiste-peintre de *SP* : comme idéal et c'est à la quatrième dimension seule que l'on doit cette nouvelle mesure de la perfection qui permet à l'artiste de *ms., V, épr. 2*

1. La quatrième dimension est vers 1910 un lieu commun de la vulgarisation scientifique. Maurice Princet, qui fréquente le Bateau-Lavoir et que ses amis ont baptisé «le mathématicien du cubisme», en fait la théorie esthétique. Gaston de Pawlowski, critique dramatique à *Comoedia,* publie en 1912 *Au pays de la quatrième dimension.*

Page 12.

1. Dans *Le Crépuscule des idoles* (1888), fin de l'aphorisme 19 de la section «Cheminements d'un intemporel». Nietzsche y oppose la «beauté en soi», qu'il réfute, au caractère subjectif, intéressé, que doit avoir la vraie beauté selon lui : c'est ainsi que Dionysos trouverait Ariane plus belle avec de longues oreilles.

IV

Dans *SP,* le paragraphe constituant cette partie vient immédiatement après «le procès de l'art grec» (8e ligne de la page). Il est précédé dans *ms.* du chiffre IV ajouté à la main.

Page 13.

V

a. l'art *[p. 12, 8e ligne en bas]* religieux. / ★ / On pourrait donner de l'art la définition suivante : création de nouvelles illusions. En effet tout ce que nous ressentons n'est qu'illusion et le propre des artistes est de modifier les illusions du public dans le sens de leur création. Ainsi, la structure générale *SP*[1]

Page 14.

VI

Cette section reprend avec des corrections la première partie de l'article « La Peinture nouvelle. Notes d'art » publié en mai 1912 dans le numéro 5 des *Soirées de Paris (SP)*. Le manuscrit est constitué par une page de la revue sur laquelle ont été portées les corrections manuscrites.

a. Début du texte dans SP : Le grand public d'aujourd'hui résiste aux œuvres des jeunes peintres, de même façon que le public de 1880 aux œuvres de Renoir. Il va jusqu'à les traiter de farceurs et c'est tout au plus s'il condescend parfois à dire qu'ils se trompent. / Or,

b. d'erreur, mais il ne saurait en exister de collectifs. Si *SP*

VII

Les modifications successivement introduites dans la composition de cette section en font la partie du livre la plus remaniée.

Le manuscrit a été constitué à partir de la suite de l'article des *Soirées de Paris* utilisé pour la section VI. Sur la page de la revue *(SP)*, le chiffre VII a été inscrit entre deux lignes, comme si Apollinaire, après avoir pensé à une sixième section d'une seule venue, avait ensuite procédé à un découpage — ce qui expliquerait la brièveté de la sixième section dans sa forme définitive. La page de *SP* est biffée à partir des mots « et cependant il n'y a dans cet art aucune trace d'exotisme » (début de var. *a*, p. 18); des corrections y ont été faites et quelques lignes finales ajoutées.

Dans une étape intermédiaire entre *ms.* et *épr. 2*, un long passage de l'article intitulé « Le Cubisme » et publié dans *L'Intermédiaire des chercheurs et des curieux* du 10 octobre 1912 *(ICC)* a été introduit au début, rejetant à la fin la version primitive.

De nombreuses corrections et additions ont ensuite été apportées dans *épr. 2*, sans aboutir encore au texte de l'édition originale.

Dans son état final, la section VII commence par reprendre la partie centrale de l'article d'*ICC* — laquelle débute par « Le nom de cubisme que porte cette nouvelle école lui fut donné par dérision » —, jusqu'à « l'adhésion de Francis Picabia à la nouvelle école » (p. 15, dernière ligne). Suivent quelques passages — corrigés — du début de cet article[2] (les deux

1. Rappelons que nous ne rendons pas compte des corrections et additions qui, portées sur *ms.*, donnent le texte définitif.
2. Nous donnons la fin de l'article d'*ICC* dans la variante *d*, p. 15.

premiers paragraphes de la page 16). Puis vient, en addition manuscrite dans *épr. 2,* l'énumération des catégories du cubisme. Enfin, le dernier mouvement — à partir de «L'école moderne de peinture me paraît la plus audacieuse» (p. 17, avant-dernier §) — est formé par le noyau premier de *ms.,* c'est-à-dire le fragment de *SP* qui commence par «Pour ma part, j'admire à l'extrême l'école moderne de peinture», jusqu'à «il n'y a dans cet art aucune trace d'exotisme» (début de var. *a,* p. 18), fragment corrigé et complété.

Apollinaire a aussi évoqué la naissance et le développement du cubisme dans cet article que publia *Le Temps* du 16 octobre 1912 :

«ART ET CURIOSITÉ

«LES COMMENCEMENTS DU CUBISME

«Le cubisme dont on parle beaucoup a-t-il un sens? Quelles théories professent les cubistes, et dans quelles conditions le mouvement a-t-il pris naissance? Nous l'avons demandé à M. Guillaume Apollinaire, l'un des premiers défenseurs du cubisme, qui fournit ici quelques renseignements curieux.

«En 1902, au commencement de l'automne, un jeune peintre, de Vlaminck, installé dans l'île de la Grenouillère, peignait le pont de Chatou. Il peignait vite, employant des couleurs pures, et sa toile était presque achevée lorsqu'il entendit tousser derrière lui. C'était un autre peintre, André Derain, qui examinait son travail avec intérêt. Le nouveau venu s'excusa de sa curiosité sur ce qu'il était peintre, lui aussi, et se nomma. La glace était rompue. On parla de peinture. Maurice de Vlaminck connaissait les œuvres des impressionnistes : Manet, Monet, Sisley, Degas, Renoir, Cézanne, que Derain ignorait encore. On parla aussi de Van Gogh et de Gauguin. La nuit arriva, et dans le brouillard qui s'élevait les deux jeunes artistes continuant à deviser ne se séparèrent qu'à minuit.

«Cette première entrevue fut le point de départ d'une amicale et sérieuse liaison.

«Toujours à l'affût de curiosités esthétiques, de Vlaminck avait acheté chez les brocanteurs, durant ses randonnées à travers les villages des bords de la Seine, des sculptures, des masques, fétiches taillés dans le bois par des artistes nègres de l'Afrique française et rapportés par des marins ou des explorateurs. Sans doute trouvait-il dans ces œuvres grotesques et grossièrement mystiques des analogies avec les peintures, les gravures et les sculptures que Gauguin avait exécutées en s'inspirant soit des calvaires bretons, soit des sculptures sauvages de l'Océanie où il s'était retiré pour fuir la civilisation européenne.

«Quoi qu'il en soit, ces singuliers simulacres africains causèrent une profonde impression sur André Derain, qui les considérait non sans complaisance, admirant avec quel art les imagiers de la Guinée ou du Congo arrivaient à reproduire la figure humaine en n'utilisant aucun élément emprunté à la vision directe. Le goût de Maurice de Vlaminck pour les sculptures barbares des nègres et les méditations d'André Derain sur ces objets bizarres, à une époque où les impressionnistes avaient enfin délivré la peinture des chaînes académiques, devaient avoir une grande influence sur les destinées de l'art français.

«Vers le même temps vivait à Montmartre un adolescent aux yeux inquiets, dont le visage rappelait à la fois ceux de Raphaël et de Forain. Pablo Picasso qui, dès l'âge de seize ans, avait connu une quasi-célébrité avec des toiles où l'on voyait justement quelque parenté avec les cruelles peintures de Forain avait brusquement renoncé à cette manière pour peindre des œuvres mystérieuses d'un bleu profond. Il habitait cette bizarre maison de bois de la rue Ravignan, où vécurent tant d'artistes aujourd'hui célèbres ou en passe de le devenir. Je l'y connus en 1905. Sa renommée ne dépassait pas encore les limites de la Butte. Sa cotte bleue d'ouvrier électricien, ses mots parfois cruels, l'étrangeté de son art étaient réputés dans tout Montmartre. Son atelier, encombré de toiles représentant des arlequins mystiques, de dessins sur lesquels on marchait et que tout le monde avait le droit d'emporter, était le rendez-vous de tous les jeunes artistes, de tous les jeunes poètes.

«Cette année-là, André Derain rencontra Henri Matisse, et de cette rencontre naquit cette fameuse école des fauves à laquelle appartinrent un grand nombre de jeunes artistes destinés à devenir des cubistes.

«Je note cette rencontre parce qu'il n'est pas inutile de préciser le rôle qu'André Derain, artiste originaire de Picardie joua dans l'évolution de l'art français.

«L'année suivante, il se lia avec Picasso et cette liaison eut pour effet presque immédiat la naissance du cubisme qui fut l'art de peindre des ensembles nouveaux avec des éléments empruntés, non à la réalité de vision, mais à la réalité de conception. Tout homme a le sentiment de cette réalité intérieure. Il n'est pas besoin en effet d'être un homme cultivé pour concevoir, par exemple, qu'une chaise, de quelque façon qu'on la place, ne cesse point d'avoir quatre pieds, un siège et un dossier.

«Les toiles cubistes de Picasso, Braque, Metzinger, Gleizes, Léger, Jean Gris, etc., provoquèrent la verve d'Henri Matisse qui, vivement frappé de l'aspect géométrique de ces peintures où les artistes avaient voulu rendre avec une grande pureté la réalité essentielle, prononça ce mot burlesque de cubisme qui devait si vite faire son chemin dans le monde. Les jeunes peintres l'adoptèrent aussitôt parce qu'en représentant la réalité conçue l'artiste peut donner l'apparence des trois dimensions. Il ne le pourrait pas en rendant simplement la réalité vue à moins de faire du trompe-l'œil en raccourci ou en perspective, ce qui déformerait la qualité de la forme conçue.

«Bientôt de nouvelles tendances se manifestèrent au sein du cubisme. Picabia, rompant avec la formule conceptionniste, s'adonnait, en même temps que Marcel Duchamp, à un art que n'enferme plus aucune règle. Delaunay, de son côté, inventait dans le silence un art de la couleur pure. On s'achemine ainsi vers un art entièrement nouveau qui sera à la peinture, tel qu'on l'avait envisagé jusqu'ici, ce que la musique est à la poésie. Ce sera de la peinture pure. Quoi qu'on puisse penser d'une tentative aussi hasardeuse, on ne peut nier qu'on ait affaire à des artistes convaincus et dignes de respect.»

On trouve aussi ce texte publié dans Robert Delaunay, *Du cubisme à l'art abstrait,* S.E.V.P.E.N., 1957, p. 151-154, d'après un manuscrit d'Apollinaire que possédait le peintre. Il présente diverses variantes et les deux paragraphes suivants ont été ajoutés à la fin, après «dignes de respect» :

«Le cubisme a trouvé récemment de nombreux adeptes comme Auguste Agéro, Juan Gris, Roger de La Fresnaye, Louis Marcoussis, Pierre Dumont, d'autres encore, et l'on cite le trait suivant qui est authentique : l'épouse d'un jeune peintre impressionniste a donné un an à son mari pour devenir cubiste et si l'an prochain il n'expose point à la Section d'or, elle est décidée à demander le divorce.

«Il faut noter, pour finir, que lorsqu'on blâme les plus nouveaux des cubistes de ce qu'ils peignent des tableaux où il n'y a pas de sujet véritable, ils citent souvent l'anecdote d'Apelle et de Protogène qui est dans Pline. Elle fait bien voir le plaisir esthétique[1].

c. c'est-à-dire de l'art *[p. 12, 8ᵉ ligne en bas]*, religieux. / La nouvelle école *V*

d. vivement. / Cette école que je dus longtemps défendre seul, [s'élabora dans l'esprit d'André Derain mais il abandonna bientôt ce nouvel art, qui *add. épr. 2*] eut comme fondateur Pablo Picasso *ICC, V, épr. 2 (voir les leçons de SP et de ms. dans la var. b, p. 17)*

1. Apollinaire a donné plusieurs versions de cette anecdote. Rappelons que ce sont les tableaux de Braque exposés en novembre 1908 à la galerie Kahnweiler (voir p. 110-112 la préface d'Apollinaire pour le catalogue) qui conduisirent Louis Vauxcelles à parler dans *Gil Blas* du 14 novembre des «cubes» à quoi se réduisaient paysages, visages et maisons.

Page 15.

a. se trouvèrent confirmées par les *ICC, V, épr. 2*

b. des tableaux [de Robert Delaunay *add. épr. 2*] de Marie Laurencin [, de Le Fauconnier, *add. épr. 2*] qui ressortissaient à la même école [, et de cette année-là date l'adhésion du peintre Albert Gleizes qui allait prendre une part prépondérante à ce nouveau mouvement, et celle des peintres Le Fauconnier, Robert Delaunay et Fernand Léger *biffé épr. 2*]. / La première *ICC, V, épr. 2*

c. de Mme Fernande P... et [...] la *Tour Eiffel* de Robert Delaunay, *V*

d. Cette parenthèse est procurée par une addition manuscrite dans épr. 2. Fin de l'article dans ICC : à la nouvelle école. / Il faut encore noter qu'un certain nombre de peintres cubistes faisaient, il y a quelques années, partie des Fauves dont ils étaient les plus jeunes. / Ce sont : Mlle Laurencin, MM. Georges Braque, Jean Metzinger, Le Fauconnier, et Robert Delaunay. / Picasso dont l'œuvre était déjà considérable quand il instaura le cubisme, s'était tenu à l'écart du mouvement des Fauves. Quand à MM. Jean Metzinger et Robert Delaunay, à leurs débuts, ils avaient appartenu au mouvement divisionniste de Seurat et de Signac. / Au mois d'octobre prochain aura lieu l'exposition de la Section d'Or, qui sera la plus importante des expositions cubistes. / On y verra, outre les œuvres des artistes déjà nommés, les statues du sculpteur Agéro qui depuis longtemps déjà aurait dû faire partie du nouveau mouvement artistique et les belles gravures de Louis Marcoussis, qui se trouve être le plus nouveau des cubistes. Le plus jeune, M. Georges Deniker, qui fait en ce moment son service militaire dans les aérostiers, n'a pas encore exposé de ses œuvres cubistes et l'on n'a vu de lui qu'une sculpture, à la Nationale, en 1911. / L'art français du cubisme a déjà de l'influence à l'étranger, et particulièrement en Espagne et en Bohême où toute la jeune école de peinture est cubiste, et par une singulière coïncidence l'un des cubistes Tchèques se nomme Kubicsta de son nom

1. Sur cette anecdote, voir p. 10.

véritable. Il y a également des Cubistes en Allemagne où par une coïncidence presque aussi singulière, l'un d'eux se nomme Kubin. J'ai vu dans une revue qui paraît à Pragues, les photographies de mobiliers cubistes qui ne m'ont point paru sans intérêt. / Dans peu de jours paraîtront chez *Figuière,* deux ouvrages où l'on trouvera des renseignements sur la nouvelle école française de peinture : *Le Cubisme,* par Jean Metzinger et Albert Gleizes, ouvrage avant tout théorique, et les *Méditations esthétiques* où, après quelques considérations générales, j'ai tenté de caractériser la personnalité de la nouvelle école, les cubistes : Mlle Marie Laurencin, MM. Picasso, Georges Braque, Jean Metzinger, Albert Gleizes, Fernand Léger, Marcel Duchamp, etc., etc.

1. Apollinaire est revenu à plusieurs reprises sur le cubisme et ses origines. Il le fit notamment dans une lettre à Alfred Vallette (voir p. 1342) et dans une autre à Roger Allard du 17 septembre 1918 (publiée par Pierre Albert-Birot dans *La Nouvelle Revue française* du 1er décembre 1962), dont voici quelques extraits :

Mon cher ami Roger Allard,

[...] *le cubisme en tant que peinture date de 1905 ou 1906 au plus tard. Il eut pour inventeurs et j'ose dire pour seuls peintres véritablement doués pour être ce que l'on appelle des chefs d'école Picasso et Braque. La question peut être débattue de savoir lequel a la plus grande part dans cette invention. Mais on ne peut contester que cette question doive rester limitée à ces deux noms. Or, mon cher ami, si vous connaissez personnellement Braque ou Picasso ce n'est pas depuis bien longtemps et vous les connaissez si peu que ce n'est pas la peine qu'on en parle. Vous connaissez mal Derain lui-même, le premier qui après Braque et Picasso se soit préoccupé du cubisme, le premier aussi qui parmi ceux qui l'adoptèrent l'ont laissé de côté.*

Tout cela est si vrai, que mon témoignage écarté, il resterait le livre de Gleizes et Metzinger dont les auteurs se sont trouvés obligés de mettre Picasso Derain Braque en tête des reproductions qui complètent leur ouvrage. J'ai idée que s'ils avaient pu s'en passer sans choquer la vraisemblance... Mais parlons d'autre chose. Gleizes et Metzinger m'ont du reste souvent déclaré qu'ils ne méconnaissaient point ce qu'ils devaient à ces peintres. Ils voulaient les dépasser. Rivalité légitime. [...] *Delaunay qui n'aimait pas Picasso ni le cubisme partageait cette école en Grands Cubistes (Picasso et Braque) et Petits Cubistes (les autres). Il s'agissait avant tout de priorité dans son esprit.*

Braque à qui j'ai parlé de ces choses m'a dit «vous aviez largement défini nos efforts cubistes dans la préface au catalogue de l'exposition de l'Art Moderne au Havre juin 1908 où vous précisiez : les trois vertus plastiques, la pureté l'unité et la vérité maintiennent sous leurs pieds la nature terrassée.

«Personne depuis ce temps n'a mieux exprimé l'essence de notre cubisme. La même année dans la préface au catalogue de l'Exposition Georges Braque vous sépariez nettement et nommément les nouveaux peintres de l'Impressionnisme ajoutant que les peintres nouveaux puisaient en eux-mêmes les éléments des motifs synthétiques qu'ils représentent *et mille autres choses aussi claires et aussi définitives pour faire connaître ce qu'était la nouvelle peinture».*

Mais ce que je cite là n'est pas pour exalter mes mérites. Je ne les cite qu'à cause de définitions qui ont trait au cubisme et tellement trait au cubisme qu'elles n'ont pas trait à autre chose, tandis que la vôtre à quelque époque elle se soit produite n'avait pas trait au vrai cubisme de Braque et Picasso mais à celui de leurs imitateurs lointains qui n'étaient même pas leurs amis. Que diriez-vous de quelqu'un qui réunissant des poètes de Lyon plus ou moins imitateurs de Viélé-Griffin ou de Verhaeren, les grouperait sous le nom de symbolistes, donnerait pour la première fois une définition qui lui serait du reste personnelle du symbolisme et s'en irait disant qu'il a inventé le symbolisme. Quant au mot «cubiste» ou «cubisme» il est, ma foi, bien possible que vous l'ayez écrit le premier mais vous ne l'avez pas inventé. Il vient de Matisse et fut prononcé à propos d'un tableau de Braque. On l'employait dans la conversation dès 1908. Mais Salmon et moi évitâmes soigneusement de l'écrire, car il nous paraissait vilain et péjoratif. Si vous l'avez écrit le premier je ne vous en félicite pas car il n'est pas moins laid aujourd'hui et ne va pas sans faire de tort à des peintres estimables. Je croyais du reste et j'incline encore à croire que le premier journaliste qui l'ait mis en circulation était Vauxcelles qui voulait tuer sous le ridicule la nouvelle école. [...]

GUILLAUME APOLLINAIRE.

2. Apollinaire ne mentionne pas ce portrait dans le compte rendu du Salon qu'il fit pour *L'Intransigeant* (voir p. 226). Il avait d'autre part été réticent à l'égard des œuvres cubistes présentées au Salon d'automne (voir p. 226 et p. 229).

3. Voir le compte rendu d'Apollinaire, p. 143-144. Cette liste mentionnait d'abord les noms de Léger et de Gleizes, qui furent supprimés sur épreuves.

4. Voir le compte rendu d'Apollinaire, p. 317-318.

5. Voir cette Préface, p. 358.

6. Voir le compte rendu d'Apollinaire, p. 371-373.

7. Voir p. 380-381.

8. Voir p. 428, où Juan Gris n'est d'ailleurs que cité.

9. Galeries Dalmau, Barcelone, du 20 avril au 10 mai 1912. Catalogue préfacé par Jacques Nayral. Exposants : Agero, Juan Gris, Marcel Duchamp, Gleizes, Le Fauconnier, Léger, Marie Laurencin, Metzinger.

10. Voir p. 469, où Picabia n'apparaît que dans une énumération.

Page 16.

1. Dans un article intitulé «Symbolisme plastique et symbolisme littéraire» publié par le *Mercure de France* le 1er février 1916, Severini trouvait «un peu hasardeuse» la classification d'Apollinaire et, si «cubisme scientifique» il y avait, estimait y avoir sa place plus que parmi les «instinctifs» où l'avait classé l'auteur des *Peintres cubistes*. Il ajoutait : «Que mon ami Apollinaire me permette d'exprimer ma pensée sur toutes ces classifications en *-isme* qui embrouillent singulièrement les choses. Je pense qu'elles sont plutôt nuisibles au point de vue du public et de l'artiste lui-même.» Apollinaire répondit par la lettre suivante, qui fut insérée, dans le *Mercure de France* le 1er mars :

Aux armées, 8 février 1916.

Mon cher Directeur,

En lisant l'article de mon ami Severini, je m'avise qu'il n'a pas entièrement compris le sens de ma classification qui, au demeurant, n'avait point la prétention d'être définitive quant aux artistes eux-mêmes.

Le terme de « scientifique » appliqué à l'art de Picasso et de Braque signifiait avant tout que ces peintres en savaient plus long que les autres...

Mais depuis ce temps-là il a coulé pas mal d'eau sous les ponts et pas mal de peintres en savent aujourd'hui beaucoup plus long qu'ils n'en savaient auparavant. Tel est (n'est-ce pas un bel éloge?) le cas de mon ami Severini, dont j'ai bien regretté de n'avoir pu visiter l'exposition.

Je lui souhaite tout le succès que mérite son très grand talent.

Et nul doute qu'il ne sache avec quelle sympathie je suis l'évolution de son art et des idées qui le dirigent.

Je vous prie de recevoir, mon cher Directeur, mes compliments empressés.

GUILLAUME APOLLINAIRE.

Page 17.

a. Le passage qui commence à Ce qui différencie le cubisme de l'ancienne peinture *[p. 16, 1re ligne], et se termine à* de tout et de tous. *est celui qui a subi le plus de remaniements. Le texte de base est celui de l'article « Le Cubisme » publié dans ICC, que nous donnons ci-dessous :* Le cubisme est l'art de peindre des ensembles nouveaux avec des éléments empruntés non à la réalité de vision, mais à la réalité de conception. / Il ne faudrait pas pour cela faire à cette peinture le reproche d'intellectualisme. Tout homme a le sentiment de cette réalité intérieure. Il n'est pas besoin d'être un homme cultivé pour concevoir, par exemple, une forme ronde. / L'aspect géométrique, qui a frappé si vivement ceux qui ont vu les premières toiles cubistes, venait de ce que la réalité essentielle y était rendue avec une grande pureté, et que l'accident visuel et anecdotique en avait été éliminé. / En représentant la réalité-conçue, le peintre peut donner l'apparence des trois dimensions, peut en quelque sorte *cubiquer.* Il ne le pourrait pas en rendant simplement la réalité-vue, à moins de faire du trompe-l'œil en raccourci, ou en perspective, ce qui déformerait la qualité de la forme conçue. / L'importance que cette nouvelle école française donne au dessin fait comprendre qu'ainsi que j'avais l'honneur de le dire à M. Henry Lapauze, après lecture de son bel ouvrage sur le maître de Montauban, les cubistes peuvent se réclamer d'Ingres car pour eux — comme il l'était pour lui —, *le dessin est la probité de l'art. Ce passage a été ensuite modifié par Apollinaire. Voici le texte d'épr. 2 :* [Ce qui différencie *[...]* s'élever jusqu'à la *[p. 16, 3e ligne]* création. *add.*] En représentant la réalité conçue [ou la réalité créée *add.*], le peintre [...] de la forme conçue[1] [ou créée *add.*]. [Quatre tendances se sont maintenant

1. Le paragraphe qui débute par « En représentant » et se termine par « forme créée » a été déplacé par Apollinaire (voir le texte d'*ICC*).

manifestées dans le cubisme. Deux tendances parallèles et pures et deux sous-tendances. *add.*] Le *cubisme*[1] [*scientifique* est l'une de ces tendances pures. C' *add.*] est l'art [...] réalité de [conception *corrigé en* connaissance]. [Il ne faudrait pas pour cela faire à cette peinture le reproche d'intellectualisme. *biffé*] Tout homme [...] toiles [cubistes *biffé*] [scientifiques *corr.*] venait [...] éliminé. [Les peintres qui ressortissent *[...]* Juan Gris qui, dernier venu dans cet art, l'a appliqué dans sa plus grande réalité. / De cette grande tendance est issue une sous-tendance importante, celle du *cubisme physique [...]* les images. / Les peintres physiciens qui ont créé cette tendance sont : Le Fauconnier et Albert Gleizes que suivent *[*Pierre Dumont *biffé]* et Jacques Villon. Le *cubisme orphique [...]* La lumière des œuvres de Picasso annonce cet art qu'invente Robert Delaunay et où Fernand Léger n'a pas osé le sujet véritable. / Le *cubisme instinctif, [...]* l'instinct et l'intuition est une sous-tendance de l'orphisme. Il manque *[...]* une croyance artistique, Francis Picabia, Pierre Dumont, Marcel Duchamp sont les principaux peintres qui ressortissent à cet art instinctif. *add.*] / ★ / Les derniers tableaux de Cézanne [et ses aquarelles *add.*] sont des œuvres cubistes. / ★ / L'école moderne de peinture *Ces nombreuses corrections et additions ne donnent pas encore le texte définitif : le paragraphe* Les derniers tableaux de Cézanne [...] à l'écart de tout et de tous. *a été introduit postérieurement à la correction d'épr. 2. Quant au texte de V, il suit pratiquement celui d'épr. 2. Pour la leçon de SP et celle de ms., voir var. b.*

b. de nouveau *[p. 14, 3ᵉ §, dernière ligne]* admirée. / ★ / Pour ma part, j'admire à l'extrême l'école moderne de peinture parce qu'elle me paraît *SP* : de nouveau admirée. / ★ / [Pour ma part *[comme dans SP]* parce qu'elle me *corrigé en* L'école moderne de peinture me] paraît *ms.*

Page 18.

a. Fin de l'article dans SP : tout ce qui avait été conçu par les artistes des époques précédentes et cependant il n'y a dans cet art aucune trace d'exotisme. Certes nos jeunes artistes connaissent les œuvres d'art chinois, les simulacres des Nègres et des Australiens, les minuties de l'art musulman, mais on ne trouve trace d'aucune de ces influences dans leurs œuvres, non plus que des peintures primitives italiennes ou germaniques. L'art français d'aujourd'hui est né spontanément sur le sol français. Et cela prouve la vitalité de la nation française et qu'elle est loin de la décadence. On pourrait facilement établir un parallèle entre cet art français contemporain et l'art gothique qui a semé d'admirables monuments sur le sol de France et de toute l'Europe. Finies les influences grecques et italiennes. Voici la renaissance de l'art français, c'est-à-dire de l'art gothique et spontanément, sans apparence de pastiche. L'art d'aujourd'hui se rattache à l'art gothique à travers tout ce que les écoles intermédiaires ont eu de véritablement français, de Poussin à Ingres, de Delacroix à Manet, de Cézanne à Seurat, de Renoir au Douanier Rous-

1. Le mot «cubisme» a été souligné à la main.

seau, cette humble, mais si expressive et poétique expression de l'art français. / La vitalité de cet art énergique et infini qui est issu du sol de la France nous offre un merveilleux spectacle. Mais nul n'est prophète en son pays et c'est pourquoi il rencontre ici plus de résistances que partout ailleurs.

1. Cette phrase, qui est une correction manuscrite sur le texte des *Soirées de Paris*, apparaît également dans la conférence qu'Apollinaire fit à Berlin en janvier 1913 (voir p. 505) et à la première page du catalogue de l'exposition Delaunay qui eut lieu à la galerie du Sturm au même moment.

Page 19.

PEINTRES NOUVEAUX

PICASSO

Dans *ms.* et *épr. 2*, ce chapitre vient en deuxième position, après celui qui est consacré à Marie Laurencin (voir p. 34-35). La première partie, jusqu'à «Son insistance dans la poursuite de la beauté a tout changé alors dans l'art.» (p. 22 et var. *a*), est constituée par l'article «Les Jeunes. Picasso, peintre», paru dans le numéro 372 de *La Plume (Pl.),* le 15 mai 1905. Les pages de la revue, avec quelques corrections manuscrites, concernant en particulier des changements de temps, ont servi à l'établissement de la première partie de ce chapitre dans *ms.* La seconde partie est entièrement manuscrite. Elle a paru avec quelques variantes dans *Montjoie!* en mars 1913 *(M),* sous le titre «Pablo Picasso».

Page 22.

a. de la beauté l'a dirigé sur des chemins. Il s'est vu plus latin moralement, plus arabe rythmiquement. *fin du § dans Pl., ms., épr. 2*
b. *À* Alors *commence le texte manuscrit dans ms. Dans M, il commence ainsi :* Plusieurs expositions consacrent en ce moment la renommée de ce peintre, un de ceux qui ont eu le plus d'influence sur la conscience artistique de notre temps. / ★ / Sévèrement, il a interrogé l'univers.
c. véritable, un morceau de journal quotidien, un morceau *M*

1. Apollinaire francise le mot espagnol *Malagueños.*

Page 24.

1. Ce «meilleur ami» est sans doute Casagemas, qui s'est suicidé le 17 février 1901. Picasso a été profondément frappé par cette mort. Il a plusieurs fois dessiné et peint le visage de son ami, en particulier dans son cercueil. Quant aux «confins d'un pays mystique», Chevalier et Breunig suggèrent Céret, où Manolo emmena Picasso en 1911. Mais il pourrait s'agir aussi de Horta de Ebro, où il alla en 1898, après une scarlatine, avec son ami Pallarés.

Page 25.

a. dont la profondeur est *ms., M* : dont la [profondeur *corrigé en* lumière] est *épr. 2*

1. À l'automne de 1912, Picasso fit un séjour au Havre avec Braque, fils d'un entrepreneur de peinture dans cette ville. Il utilisa alors des coquillages dans sa peinture.

2. Voir un souvenir de Severini selon lequel, à la fin de 1912, Apollinaire lui parla de certains primitifs italiens qui avaient introduit dans leurs tableaux des objets réels : ainsi un saint Pierre de la pinacothèque de Brera, à Milan, qui tient en main des clés, et d'autres saints qui ont des instruments, sans compter des auréoles ornées de pierres précieuses et de perles véritables (*Tutta la vita di un pittore,* Garzanti, Cernusco sul Naviglio, 1946).

3. Allusion aux premiers papiers collés et collages de toile cirée effectués par Braque et Picasso pendant l'été de 1912.

GEORGES BRAQUE

Dès *ms.,* ce chapitre suit le chapitre «Picasso».

b. Cette première phrase est issue de ratures et corrections portées sur le premier paragraphe de l'article «Georges Braque» *paru dans le numéro 3 de* «La Revue *indépendante», en août 1911 (voir ce texte, var. a, p. 110). Le passage de la revue a été découpé et collé sous le titre manuscrit.*

Page 26.

a. rue Bonaparte. / [Ramener la peinture à ses stricts éléments, ce fut au XIXe siècle le but d'Ingres et de Delacroix de Manet *biffé*] Le Salon *ms.*

1. On sait que le Salon des indépendants fut fondé en 1884 par des artistes qui souhaitaient présenter leurs œuvres sans être soumis à un jury et sans attendre de récompenses.

Page 27.

a. Ce paragraphe est un montage de phrases reprises de la Préface au catalogue de l'exposition Braque à la galerie Kahnweiler en novembre 1908 (voir p. 110-112).

b. Fin du § dans ms. : le vérificateur. [il a le droit de confondre certains *[un mot illisible]* avec ceux de Picasso *biffé*] Il n'a pas tout inventé dans son art, mais il a tout vérifié.

1. Voir, p. 112, l'expression de ces mêmes idées.

JEAN METZINGER

Dès *ms.,* ce chapitre suit le chapitre «Georges Braque». Mais une note au crayon dans *épr. 2* («M. Laurencin») est le signe des hésitations d'Apollinaire.

Page 28.

a. Début du chapitre dans ms. : Ses ambitions de littérateur ont beaucoup nui à Jean Metzinger. On trouve en lui un singulier théoricien. Il emploie les faits à démontrer ce qu'il croit être ses idées. Mais les faits dont il se sert dans ce cas et les idées qu'il s'efforce de faire naître n'ont pas assez de netteté. Comme artiste, c'est tout le contraire; il n'a jamais refusé [...] sur son chemin. Il ne s'est point soucié des campagnes. Nous l'avons rencontré

b. Le passage qui commence par ces mots et qui va jusqu'à Un dimanche à la Grande-Jatte *[dernier §, 2ᵉ ligne] est composé de fragments collés, corrigés et complétés, de l'article «D'Eugène Delacroix au néo-impressionnisme» publié dans «L'Intransigeant» du 7 août 1911 (voir ci-dessous). Les lignes qui suivent depuis* C'est lui qui a porté *jusqu'à* fécondera encore la peinture. *[dernière ligne de la page] sont une addition manuscrite dans épr. 2.*

1. De cette phrase jusqu'à *Un dimanche à la Grande-Jatte*, Apollinaire reprend avec quelques modifications un fragment de l'article suivant, qu'il avait publié dans *L'Intransigeant* du 7 août 1911 :

«D'EUGÈNE DELACROIX AU NÉO-IMPRESSIONNISME

«On vient de donner une édition courante de la rare plaquette de M. Paul Signac qui avait paru à un très petit nombre d'exemplaires aux éditions de la Revue blanche.

«*D'Eugène Delacroix au néo-impressionnisme,* c'est le titre du petit ouvrage que Paul Signac a dédié à la mémoire de son compagnon, le grand peintre Georges Seurat.

«On ne l'apprécie pas encore à sa valeur. Ses œuvres, outre le mérite des nouveautés qu'elles apportaient dans l'art par l'application, qu'il fit le premier, des théories néo-impressionnistes, ont dans le dessin, la composition, la discrétion même des luminosités un style qui les met à part et peut-être bien au-dessus de la plupart des ouvrages des peintres, ses contemporains.

«Aucun peintre ne me fait songer à Molière comme Seurat, mais au Molière du *Bourgeois gentilhomme* qui est un ballet plein de grâce, de lyrisme et de bon sens. Et des toiles comme le *Cirque* ou le *Chahut* sont aussi des ballets pleins de grâce, de lyrisme et de bon sens.

«Les peintres néo-impressionnistes, dont M. Paul Signac est le plus doué et le plus célèbre, sont ceux qui, pour citer notre auteur, "ont instauré et, depuis 1886, ont développé la technique dite de la *division* en employant comme mode d'expression le mélange optique des tons et des teintes". Cette technique pourrait être rattachée à l'art des mosaïstes byzantins, et je me souviens qu'un jour, dans une lettre adressée à Charles Morice, M. Signac se réclame aussi de la Libreria de Sienne.

«Mais à quoi bon remonter si haut!

«Dans son livre, Signac prouve abondamment que cette technique si lumineuse et qui mettait de l'ordre dans les nouveautés impressionnistes, fut devinée, appliquée même par Delacroix, auquel elle avait été révélée par l'examen des tableaux de Constable.

«M. Signac étudie encore minutieusement l'apport des impressionnistes et de leur précurseur Jongkind.

«Puis il arrive à Seurat qui, en 1886, exposa le premier tableau divisé, *Un dimanche à la Grande-Jatte.*

«Le pointillisme était né et devait donner des œuvres éclatantes dont personne n'ose plus se moquer. Aujourd'hui la peinture semble prendre une voie opposée à celle qu'ont prise les néo-impressionnistes. Les deux phrases célèbres de Delacroix : "L'ennemi de toute peinture est le gris!" et "Bannir toutes couleurs terreuses", ne seraient plus comprises par les jeunes peintres qui veulent revenir aux principes pour les formes et le dessin, comme avant eux on était revenu aux principes pour la composition, la lumière et l'intensité de la couleur.

«Au contraire, les nouveaux peintres peignent dans de difficiles tons gris et ils cherchent l'élégance dans les couleurs terreuses.

«L'art des néo-impressionnistes n'a réuni qu'un petit nombre d'adeptes. Il demande, en effet, beaucoup d'application et de science, sans parler du talent.

«Les soins qu'il exige rebutent les artistes inconstants ou pressés.

«Il a fourni à l'art moderne un certain nombre d'œuvres très belles et très lumineuses, celles de Seurat, de Signac, d'Henri-Edmond Cross, de Luce, de Van Rysselberghe, etc., qui sont justement admirées aujourd'hui et dont l'avenir se souviendra.

«Le petit livre de M. Signac marque une date importante dans l'histoire de l'art contemporain.»

2. C'est la première phrase du petit livre de Signac *D'Eugène Delacroix au néo-impressionnisme,* réédité en 1911, dont il est question dans la note précédente.

3. La Libreria Piccolomini, dans le Dôme de Sienne. On y voit une fresque du Pintoricchio, une grille en bronze d'Ormani et un autel de Vecchietta.

Page 29.

a. le néo-impressionnisme n'avait plus un rôle intéressant à jouer. Il n'apportait point des nouveautés, se contentant d'indiquer la valeur esthétique de celles qu'avaient découvertes *ms.*

1. Voir «Quelques vieux fauves», p. 319, où est exprimée la même idée. Les «fonctionnaires de la rue Bonaparte» sont les professeurs de l'École des beaux-arts.

Page 30.

a. satisfaire l'esprit. *Fin de ms.*

Page 31.

a. Metzinger *[p. 30, avant-dernière ligne]* ont [une grande pureté. Ses méditations prennent des formes infiniment belles, graves et simples. *corrigé en* de la pureté. Ses meditations prennent des formes belles, dont le maniérisme tend à s'approcher du sublime.] Les ensembles *épr. 2*

ALBERT GLEIZES

Dès *ms.*, ce chapitre suit le chapitre «Jean Metzinger».

b. officiels. Je me souviens d'un portrait de René Arcos, de certains paysages où même les arbres étaient presque des arbres intellectuels. / C'est alors que la lumière l'éblouit. Il était temps, car il n'était pas assez vieux pour devenir un Rousseau. / Alors se développèrent ces lumineuses harmonies, *ms.* : officiels. *[comme dans ms.]* C'est alors [que la lumière *[comme dans ms.]* Rousseau. *corrigé en* qu'il comprit les travaux d'un peintre important, Le Fauconnier qui avait été influencé par les œuvres des premiers cubistes.] / Alors se développèrent ces [lumineuses *biffé*] harmonies, *épr. 2*

c. d'années. / Ainsi que chez la plupart de ceux que l'on a réuni < s > sous ce nom bizarre de cubistes qu'ils ont eu la crânerie d'accepter, les portraits *ms.*

Page 32.

a. d'attention. / Cette molle [...] peintres intellectuels. Quels *ms.*

1. Apollinaire avait été plus élogieux pour de Groux en 1911 (voir p. 370-371) et en 1912 pour Zuloaga (voir p. 451-452).

Page 33.

a. commençait par *[p. 32, 3ᵉ §, 2ᵉ ligne]*, dire hautement que leur art est tout le contraire d'un art de généralisation. / La généralisation est le fait des peintres intellectuels, mais les peintres dont je parle ne sont pas des peintres intellectuels. / On ne prendrait plus aucun plaisir à regarder un tableau de Gleizes, s'il fallait y voir une généralisation quelconque, ce qui ne veut point dire que de ces figures, de ces objets dont le peintre a dépeint le plus grand nombre possible de caractères individuels, le spectateur ne puisse point dégager des idées générales. / Non, toutes les figures *ms.* : commençait par dire que le but de leur art est une sublime généralisation. / ⁂ / Cependant, on ne prendrait plus aucun plaisir à regarder un tableau de Gleizes, s'il fallait n'y voir que de la généralisation, bien que de ces figures, de ces objets *[comme dans ms.]* individuels, les spectateurs puisse < nt > dégager des idées générales. / ★ / Non, toutes les figures *épr. 2 après corr. et add. manus.*

Page 34.

MLLE MARIE LAURENCIN

Ce chapitre était le premier des «Peintres nouveaux» dans *ms.* et *épr. 2*. Il est formé d'un montage de passages manuscrits et d'extraits découpés, collés et corrigés des articles «Les Peintresses» paru dans *Le Petit Bleu* du 5 avril 1912 (voir p. 443) et «Les Indépendants», dans *L'Intransigeant* du 20 avril 1911 (voir p. 316-317) :

1° Le début, jusqu'à «du peintre *le plus clairvoyant.*» (4e §, dernière ligne), est une réécriture par corrections manuscrites du début de l'article «Les Peintresses».

2° De «Sophonisba Angussola est jusqu'à présent» jusqu'à «il lui vint de lourdes ailes.» (p. 35, avant-dernier §, dernière ligne), manuscrit comportant diverses corrections et additions, jusque dans *épr. 2*. Au début de ce passage, «une esthétique entièrement féminine» est une fin de page. La page suivante porte en haut le titre *Mlle Marie Laurencin,* biffé; ce qui laisse penser que le chapitre commençait primitivement à la phrase «Dès ses premières peintures [...]».

3° De «La jeunesse artistique» jusqu'à «l'âme et la main du vieux Douanier.» (p. 37, dernière ligne), extrait de l'article «Les Indépendants» avec corrections manuscrites.

4° De «Au demeurant, on peut faire remarquer ici» jusqu'à «d'un des tableaux les plus tendres de Mlle Laurencin, *La Toilette*» (p. 38, avant-dernier §, 2e ligne), manuscrit.

5° De «M. Mario Meunier, alors secrétaire de M. Rodin» jusqu'à «l'humeur perspicace de Rodin a retrouvé ce mot-là!» (p. 39, 6e ligne), extrait de l'article «Les Peintresses» avec corrections manuscrites.

6° Dernières lignes manuscrites.

a. Tout le début de ce chapitre consacré à Marie Laurencin est, dans ms., une correction manuscrite de l'article «Les Peintresses».

b. plastiques. / Toutes les autres peintresses n'ont atteint et ne méritent que la célébrité et non la gloire. / * / Le seul nom qui mérite de monter un jour aussi haut que celui de Sophonisba Angussola sera sans doute celui de Mlle Marie Laurencin, qui, la première, je crois, a su exprimer *ms., épr. 2*

c. entièrement féminine. *fin de page dans ms. En haut de la page suivante, le titre* Mlle Marie Laurencin. *a été biffé, ce qui laisse penser que le chapitre devait primitivement commencer à* Dès ses premières peintures, .

1. Faut-il rappeler qu'Apollinaire n'est pas le seul alors à ranger Marie Laurencin parmi les cubistes?

2. Sophonisba Angussola (1535-vers 1620) se rendit célèbre par ses portraits et par l'atelier qu'elle avait ouvert à Palerme. Lanzi (1732-1810), directeur de la galerie d'antiquités de Florence, la cite élogieusement dans son *Histoire de la peinture en Italie, depuis la renaissance des beaux-arts jusqu'à la fin du* XVIII*e siècle* (1789); Vasari (1511-1574) fait de même dans les *Vies des plus excellents peintres, sculpteurs et architectes* (1550).

Page 35.

a. Début de l'extrait de l'article de «L'Intransigeant», *découpé et collé; il comporte diverses corrections manuscrites.*

1. Par la rétrospective de l'œuvre de Rousseau aux Indépendants de 1911. Sur le Douanier, voir aussi p. 627-641.

Page 37.

a. du vieux Douanier. *fin de l'extrait de l'article de* «L'Intransigeant»

1. Il s'agit du portrait dit de la *Femme de l'artiste à la lampe,* que Certigny date de 1886-1888.

2. Il y a en effet deux versions du tableau intitulé *Le Poète et sa muse.* Voir p. 633-636.

Page 38.

a. Le passage qui va de M. Mario Meunier *à* ce mot-là! *[p. 39, 6e ligne] est un extrait de l'article* «Les Peintresses», *découpé et collé, sur lequel figurent des corrections manuscrites.*

b. des tableaux futuristes et cubistes, il s'y trouvait aussi la reproduction *ms.* : des tableaux [futuristes, cubistes, il s'y trouvait aussi *corrigé en* de l'école *[...]* par hasard, la reproduction *épr. 2*

c. qui n'est pas futuriste; elle sait *ms.* : qui n'est pas [futuriste *biffé*] [une fauvette *corr.*], elle sait *épr. 2*

Page 39.

a. ce mot-là! *fin de l'extrait de l'article* «Les Peintresses»

JUAN GRIS

Dans *ms.* et *épr. 2,* ce chapitre fait suite au chapitre «Fernand Léger» (voir p. 41-44).

b. Il ignora longtemps que *ms.*

c. minuties de la beauté. Il *ms.*

d. Cet art est d'un mystique qui s'acharne *ms.*

1. Allusion aux dessins humoristiques que Gris faisait au début de sa carrière.

Page 40.

a. Gris [, artiste vraiment personnel *add.*]. Sa *épr. 2*

b. de la surprise, son mysticisme et l'étude *ms.*

Page 41.

a. de son domaine. *fin de ms.*

b. L'art de Juan Gris est l'expression la plus rigoureuse et la plus vigoureuse du cubisme *épr. 2. Le paragraphe qui débute par ces mots est une addition manuscrite dans épr. 2.*

FERNAND LÉGER

Dans *ms.* et *épr. 2,* ce chapitre est situé entre les chapitres «Albert Gleizes» (voir p. 31-33) et «Juan Gris» (voir p. 39-41).

c. Ensuite, Léger s'adonna à la peinture pure. Les *ms.* : Ensuite, Léger [s'adonna *corrigé en* voulut s'adonner] à la peinture pure [en tirant les éléments de son art des œuvres de ses contemporains Picasso dont il n'a pas la clarté de conception et Delaunay dont il n'a pas la clarté de vision *add.*]. Les *épr. 2*

1. Allusion aux *Nus dans la forêt,* dont Apollinaire parle dans son compte rendu des Indépendants de 1911 (voir p. 318).

Page 42.

a. des couleurs pures. Une *ms.*

b. degré de plasticité. [Il n'y a pas chez ce peintre un désir particulier de s'écarter des formes naturelles, mais ce qui lui importe, c'est de ne point paraître autre chose qu'un peintre français. *biffé*] / Il en *ms.*

c. d'un de ces imbéciles qui croient *ms., épr. 2*

1. Le titre exact de cette œuvre est *Les Fumeurs.*

Page 43.

a. il se fit annoncer. / M. Blot fit dire *ms.*

b. Mais M. Blot fit *ms.*

1. Le manuscrit donne son nom (voir var. *a*) : Eugène Blot.

Page 44.

a. toutes vos joies. / Si, comme on nous le prédit, il se préparait une réaction intellectualiste, ce n'est point par votre œuvre [ni celle des cubistes en général *biffé ms.*] qu'elle se manifesterait. / Ici, la joie *ms., épr. 2*

FRANCIS PICABIA

Dans *ms.* et *épr. 2,* ce chapitre vient après le chapitre «Juan Gris» (voir p. 39-41).

Page 45.

a. dimensions. La forme est symbolique et la couleur est formelle, *ms.*

b. c'est elle qui les crée. / Il ne faudrait pas voir non plus dans les œuvres de ce peintre une tentative de généralisation intellectuelle. Le soin qu'il prend d'écrire, dans un coin du tableau, le sujet qu'il s'est proposé de peindre, montre assez qu'il n'y a pas d'intellectualisme dans ses tableaux. Il limite par là son effort matériel et montre assez que les caractères individuels forment les éléments fondamentaux de sa peinture. / Cet art a *ms.* : c'est elle qui les crée. / [Mais l'art de Picabia tout instinctif reste bien en deçà de cette pureté. *add.*] Il ne faudrait pas voir [en plus *biffé*] dans les œuvres de [ce peintre *biffé*] Picabia une tentative *[comme dans ms.]* / Cet art a *épr. 2*

c. formes *[7 lignes plus haut]* concrètes. / Cet art se différencie donc entièrement de l'art des futuristes qui est le contraire de la peinture. Les futuristes ont fait de la peinture à rebours. Tout chez eux concourt à leur but abstrait qui est la généralisation. Leur procédé matériel quoiqu'inconscient est infaillible. Ils tentent d'agrandir les objets au moyen des ombres. / L'indication du sujet n'est donc point chez Picabia *ms.* : formes concrètes. [Cependant *[...]* la mesure. *add.*] L'indication du [sujet *biffé*] [titre *corr.*] n'est [donc *biffé*] point chez Picabia *épr. 2*

Page 46.

a. Picabia a pu se livrer tout entier aux couleurs, leur donnant une existence personnelle. / Des tableaux *ms.*

b. Naples. / [On peut prendre plaisir à l'énumération des couleurs formelles d'un objet et la forme du ciel, par exemple, est si bien sa belle couleur d'azur que les anciens le regardaient comme une voûte. *biffé épr. 2*] Les *ms., épr. 2*

c. la joie des yeux. *fin de ms. (pour la leçon d'épr. 2, voir var. d)*

d. la joie *[7 lignes plus haut]* des yeux. [/ Picabia qui *[...]* je lui conseille *[p. 46, 3e ligne en bas]* d'aborder la couleur pure qui est basée sur la construction impaire et d'aborder par la suite le sujet qui est l'essence des arts plastiques. *add.*] [Et il faut encore citer parmi les cubistes des sculpteurs comme Brancusi dont l'art a une pureté émouvante. Archipenko qui invente avec grâce des formes qui fourniront peut-être un jour une architecture nouvelle. Auguste Agero dont les ouvrages en bois ou en pierre ont une simplicité énergique et imprévue, Georges Deniker, le plus jeune des cubistes et qui est à la fois un peintre et un sculpteur de talent. Il faut mentionner enfin le plus nouveau des cubistes, Louis Marcoussis dont la science égale le talent, il n'a pas encore exposé des peintures, mais seulement des gravures. Elles sont d'une puissance admirable, dignes d'être mises entre les eaux fortes de Mlle Marie Laurencin et celles de Picasso qui sont ce que le cubisme, art de la lumière, a produit de plus profond en gravure. *biffé*] *fin de chapitre dans épr. 2*

1. Poussin dit, plus précisément, que la peinture «est une imitation faite avec lignes et couleurs en quelque superficie de tout ce qui se voit dessous le soleil; sa fin est la délectation».

Page 47.

MARCEL DUCHAMP

a. la religion *[7 lignes plus haut]* des peintres.) / Le maître direct de Marcel Duchamp me paraît être Picabia. / Comme lui, pour écarter de son art *ms.* : la religion des peintres. [À ses débuts *[...] un train.*) *add.*] / ★ / Pour écarter de son art *épr. 2*

b. qu'il sera possible. / Pour s'écarter plus profondément de l'intellectualisme où sombrent les futuristes, Marcel Duchamp oppose, *ms.* : qu'il sera possible. / Pour s'écarter plus profondément de l'intellectualisme, Marcel Duchamp oppose, *épr. 2*

Page 48.

a. les caractères individuels, non par une opération purement intellectuelle, mais en s'en référant à la nature. / ★ / Il y a *ms., épr. 2*

b. il semble que des peintres comme Picabia et Marcel Duchamp soient en train *ms.*

c. des couleurs de Picabia, les compositions *ms.*

d. accentués de Marcel Duchamp. Ces *ms.*

e. réconcilier l'Art et le Peuple. / ★ / [Ajoutons, pour dire le vrai qu'au point où il en est aujourd'hui (Automne 1912) l'art de Duchamp de Picabia (cubisme instinctif) où ces peintres ne donnent que le simulacre du mouvement et qui pourrait être considéré comme tendant au symbolisme de la mobilité n'a pas encore une signification plastique bien déterminée. *add.*] *fin du chapitre dans épr. 2*

1. La *Madone* de la chapelle Rucellai de Santa Maria Novella, selon Vasari, *Vies des plus excellents architectes, peintres et sculpteurs* (1550).

2. Cet avion, exposé à Londres, le fut ensuite à Paris, devant les bureaux du journal *Le Matin,* puis à la 1ère Exposition internationale de locomotion aérienne au Grand Palais, avant d'être conduit le 13 octobre 1909 au Conservatoire national des arts et métiers.

Page 49.

Appendice

DUCHAMP-VILLON

La mention « Appendice » n'existe pas dans le manuscrit où ce chapitre suit immédiatement le chapitre « Marcel Duchamp ». Apollinaire l'a probablement introduite parce que Duchamp-Villon n'est pas un peintre. Le manuscrit est très raturé, mais sans variantes notoires.

1. Cette relation de la sculpture à l'architecture a été formulée par Duchamp-Villon lui-même dans le *Gil Blas* du 17 septembre 1912 (réponse à une enquête menée par Louis Vauxcelles).

Page 50.

a. *La page 50 de ms. s'achève sur* on peut parfaitement concevoir une architecture *[6ᵉ ligne de la page]; la page 51 manque; la page 52 commence par ce passage, biffé :* On pourrait même aller plus loin et dire que la sculpture et l'architecture ne forment qu'un art qui ne peut être désintéressé. [Car le but pratique de la sculpture doit *biffé dans un 1ᵉʳ temps*]. Tant qu'il entre dans le but pratique de cet art de représenter la nature, on l'appelle sculpture, au-delà il y a une musique utilitaire qui se nomme l'architecture. *Puis on revient à* Statue de héros,

Page 51.

a. s'écarte de la nature, elle *ms.*

NOTE

Nous connaissons deux états de cette note avant l'édition originale.

Le premier constitue la dernière page d'*épr.* 2. Il est intitulé «Conclusions» et se présente comme suit :

1° La première phrase, à laquelle diverses corrections manuscrites donnent la forme qu'elle a dans l'édition originale.

2° Ce passage biffé : «Ainsi Robert Delaunay et Le Fauconnier participèrent aux premières manifestations collectives du cubisme. Ils sont parmi les artistes-peintres les mieux doués de leur génération. Robert Delaunay s'est écarté momentanément de ses amis pour se rapprocher des néo-impressionnistes. Il reprend la tradition des coloristes et veut représenter les objets non comme on les voit mais comment on se le < s > représente en couleurs. C'est un art que l'on n'aurait pas de peine à rattacher au cubisme. De même, Le Fauconnier, il s'est éloigné pour poursuivre l'effort artistique au point où Cézanne l'avait laissé. Et comme les derniers tableaux de Cézanne sont des œuvres cubistes, le cubisme peut fort bien réclamer les ouvrages actuels de Le Fauconnier.»

3° Une longue addition manuscrite, qui donne les quatre grandes divisions du cubisme et le complément sur la sculpture tels qu'ils se maintiendront dans l'édition originale.

Le second état est une page d'épreuves imprimée recto verso, reliée à la suite du manuscrit. Il est postérieur aux «Conclusions» d'*épr.* 2, mais ne donne pas le texte définitif; nous le désignons comme *épr.* 3.

Épr. 2 et *épr.* 3 révèlent par leurs nombreuses corrections les hésitations d'Apollinaire quant au classement des critiques et des artistes dans les diverses tendances du cubisme. Seuls Granié, Raynal, Olivier Hourcade et «l'auteur de ce livre», ainsi que, nouveaux adhérents, Deniker et Marcoussis relèvent du cubisme scientifique dans *épr.* 2. Si Granié, Raynal, Deniker et Marcoussis reparaissent dans *épr.* 3 et dans l'originale, ils se trouvent dans *épr.* 3 en compagnie de Canudo, Mercereau, Tudesq, Warnod, à qui s'ajouteront dans *orig.* Nayral, Brésil, Reverdy, ainsi que Salmon et Villon, inscrits, puis biffés dans *épr.* 3. Pour le cubisme physique, Allard, Marchand, Herbin, Véra *(épr.* 2) se retrouvent avec Olivier Hourcade, Villon, tandis que les noms de Mercereau, Tudesq, Warnod ont été portés, puis supprimés, en *épr.* 3. Enfin, si le cubisme orphique n'a connu que des modifications mineures, dans le cubisme instinctif figuraient dans les épreuves, outre les noms de l'originale, Salmon, Jossot, Jean Puy, Kupka, Mme Gerebzoff, Mme Exter.

FRAGONARD ET L'AMÉRIQUE

NOTICE

Cette brochure de vingt-quatre pages, sortie dans les derniers jours de juillet 1914, est la contribution d'Apollinaire à une polémique d'experts et de marchands qui avait commencé un an auparavant et à laquelle la guerre mit fin. Le 12 mars 1913, le *New York Herald* avait annoncé l'achat par un banquier de New York, Samuel Reading Bertron, de *La Bonne Mère* de Fragonard : il l'avait payé environ 150 000 dollars aux marchands de tableaux Gimpel et Wildenstein. Un autre marchand, Alvin-Beaumont, qui publiait à Paris une revue intitulée *Le Pedigree, erreurs et vérités en art,* y donna en juillet 1913, sous le titre «Jean-Honoré Fragonard, la vérité sur *La Bonne Mère*», une critique sévère de l'article du *New York Herald,* affirmant que le tableau acquis par Bertron était une copie et que la véritable *Bonne Mère* se trouvait à Paris dans la collection Veil-Picard. Le 9 novembre, Thiébault-Sisson, critique d'art au *Temps,* relance le débat en défendant l'authenticité du tableau acheté par le banquier américain. S'ensuit une véhémente polémique avec Alvin-Beaumont pendant plusieurs semaines. Aux États-Unis, le *New York Times,* le 14 décembre, *The Lotus Magazine* en janvier 1914, puis à l'occasion d'une exposition Fragonard, où figurait le tableau controversé, qui se tint en mars dans la galerie new-yorkaise de Gimpel et Wildenstein, prennent le parti des marchands et de leur acheteur Bertron.

C'est alors qu'intervient un autre marchand parisien, Jacques Seligmann, persuadé que non seulement *La Bonne Mère,* mais d'autres œuvres exposées à New York sont des faux. Connaissait-il Apollinaire, habitué des galeries? Seymour de Ricci a-t-il servi d'intermédiaire et d'informateur pour le poète, comme le suggère Noëmi Blumenkranz-Onimus[1]? La réputation de l'auteur des articles «Des faux», paru dans *La Revue blanche* d'avril 1903 et «Les Faux Tableaux de Bagatelle», paru dans *L'Intransigeant* du 14 mai 1911, a-t-elle été déterminante dans cette nouvelle affaire de faux? C'est à Apollinaire, en tout cas, que Seligmann s'adresse vers la fin d'avril ou le début de mai 1914 pour lui demander d'écrire un opuscule sur cette question brûlante. Il lui fournit une note d'information, qu'a publiée Pierre-Marcel Adéma dans la revue *Guillaume Apollinaire 9* en 1970[2]. Nous savons par *Souvenirs de la Grande Guerre*[3] qu'Apollinaire reçut

1. «Un écrit inconnu d'Apollinaire : *Fragonard and the United States*», *Guillaume Apollinaire 2,* 1963.
2. «Apollinaire, Fragonard et l'Amérique», *Guillaume Apollinaire 9,* 1970.
3. Montpellier, Bibliothèque artistique et littéraire (Fata Morgana), 1980, p. 21-22.

1 000 francs pour ces «quelques pages pas mal payées» et qu'il alla lui-même régler à l'imprimeur les 1 500 francs de la facture. Le même document nous apprend qu'il prit livraison de tous les exemplaires — une édition anglaise ayant été tirée parallèlement à l'édition française — le 24 juillet et alla immédiatement les déposer chez Seligmann à l'hôtel de Sagan.

NOTE SUR LE TEXTE

Brochure de vingt-quatre pages, imprimée à l'Union, datée de 1914, tirée simultanément en français et en anglais à la fin du mois de juillet. Un exemplaire de la version anglaise, provenant du legs Seymour de Ricci, figure au Département des estampes de la Bibliothèque nationale.

Le premier chapitre a paru, avec son titre «"Fragonards" d'exportation», le 29 juillet 1914 dans la rubrique «Les Arts» qu'Apollinaire tenait à *Paris-Journal*.

Notre texte est celui d'un exemplaire de la version française provenant d'une collection particulière. Nous avons corrigé page 60, troisième ligne après le sous-titre, une inadvertance d'Apollinaire qui avait laissé : «Le catalogue d'exposition dit qu'elles...» alors que le contexte demande «ils».

NOTES

Page 55.

I. «FRAGONARDS» D'EXPORTATION

En donnant ce chapitre à *Paris-Journal* quelques jours après la mise en circulation de la brochure, sans toutefois en signaler l'existence, Apollinaire songeait-il à une relance de la polémique dans la presse ou faisait-il simplement un sort à ces lignes consacrées à un thème qui lui était cher?

Page 56.

II. «LA BONNE MÈRE»

1. Rappelons qu'il s'agit de Gimpel et Wildenstein, également vendeurs du tableau à Bertron.

Page 57.

1. Tous ces renseignements figurent dans la note confiée par Seligmann à Apollinaire. Mais celui-ci est également allé aux sources en consultant l'ouvrage.

IV. «LE MOISSONNEUR» [...]

Page 62.

1. La collection Eugène Kraemer a été vendue par les héritiers en trois vacations à la galerie Georges-Petit. C'est au cours de la deuxième, les 5 et 6 mai 1913, que les quatre panneaux ont été adjugés pour la somme de 355 000 francs à un M. Lévy, selon le chroniqueur du *Mercure de France,* Jacques Daurelle (numéro 382 du 16 mai 1913) et non à Wildenstein, comme le dit la note de Seligmann à Apollinaire.

Page 63.

1. Renseignements donnés par Seligmann dans la note déjà citée.

CHRONIQUES ET PAROLES SUR L'ART

NOTICE

Ce n'est pas la fréquentation des ateliers ni le journalisme qui ont fait d'Apollinaire un critique d'art; c'est, à l'inverse, un profond attrait pour la peinture qui l'a conduit très tôt à rechercher le commerce des artistes et à désirer parler de leurs œuvres. Cette sollicitation s'affirme lors du séjour qu'il fait en Allemagne, d'août 1901 à août 1902; il court les musées et les expositions, il écrit non seulement des poèmes, des contes, des articles sur l'actualité allemande, mais aussi les premières des «chroniques d'art» que Breunig réunira en 1960[1].

Si Apollinaire semble, après son retour en France, attiré par d'autres sujets — il ne s'occupe de beaux-arts ni dans *Le Festin d'Ésope* ni dans *L'Européen,* à l'exception d'un article sur l'exposition de Düsseldorf[2] —, c'est pourtant à cette époque qu'il se lie avec Derain et Vlaminck, que bientôt, à la fin de 1904, il rencontre Picasso : rencontre capitale, qui suscite son premier grand article, «Les Jeunes : Picasso, peintre», dans *La Plume* du 15 mai 1905. Visitant le Salon des indépendants en 1906, il prend, sur son catalogue, diverses notes qui sont d'un homme curieux de la vie artistique et de ce qui s'en dit dans les ateliers ou les salles de rédaction, un peu collectionneur aussi : de Diriks, «j'ai trois marines sur carton»; de Bonnard, «j'ai une litho de lui signée»; du Douanier Rousseau, «ami de Jarry» — ce qui laisse penser qu'il ne le connaît pas encore; de Matisse, «Stein ne voit en ce moment que par deux peintres, Matisse et Picasso»; de Manguin, «Il possède beaucoup de Cézanne qui est son ami[3]»... Ne doutons pas qu'il rêve de jouer un rôle auprès de ses amis

1. *Chroniques d'art, 1902-1918,* textes réunis, avec préface et notes, par L. C. Breunig, Gallimard, 1960.
2. Voir p. 69-70.
3. Voir Michel Décaudin, «Apollinaire et les peintres en 1906 d'après quelques notes inédites», *Gazette des beaux-arts,* février 1970.

peintres. À Edmond-Marie Poullain, qui a quitté Paris, il écrit par exemple le 28 décembre 1905 :

«Je suis très heureux que tu travailles ton dessin. Fais surtout de l'anatomie avec modèle. Pour être maître il faut y être maître.

«Envoie-moi tes essais d'eaux-fortes. Je te dirai mon avis, je détruirai s'il le faut[1].»

Il se cherche, et nous découvrons en 1907 dans *Je dis tout* un Apollinaire goguenard et primesautier, qui retrouve sa verve de *Tabarin* pour brocarder les organisateurs et quelques exposants du Salon d'automne. Il renonce rapidement à cette veine satirique et fait en 1908 ses véritables débuts de critique d'art : non plus seulement par un coup d'éclat comme l'article sur Picasso, mais par un compte rendu cette fois mesuré et précis dans ses jugements[2], par une «méditation esthétique» avant la lettre — elle prendra place, du reste, dans *Les Peintres cubistes* —, «Les Trois Vertus plastiques[3]», et par la préface au catalogue de l'exposition Braque[4]. L'information, la réflexion, le soutien aux créateurs : voilà les grandes directions selon lesquelles s'orientera sa critique d'art.

En mars 1910, il est chargé à *L'Intransigeant* de la rubrique «La Vie artistique». Pendant quatre ans, il y rendra compte de l'actualité artistique, parfois quotidiennement, parfois avec des silences de quelques semaines, qui ne correspondent pas nécessairement à la fermeture estivale des galeries. Il y présente abondamment les principaux Salons, s'intéresse plus particulièrement à quelques galeries, comme Blot, Druet, Devambez, Bernheim-Jeune, Vollard, ne cachant pas ses préférences esthétiques mais ne se livrant pas à une critique militante, restant en premier lieu un informateur. Sa critique est celle d'un flâneur des cimaises — un de ses mots favoris n'est-il pas celui de «promenade»? — qui s'attache à tout ce qu'il voit — d'où les énumérations, les «notons encore» et autres formules de ce genre — et s'arrête à ce qui lui plaît. Ces articles sont évidemment rédigés très rapidement, pour les nécessités de l'information. Leur écriture n'en mérite pas moins l'attention, car tout se passe comme si les banalités, les platitudes, les épithètes passe-partout qu'on serait tenté de considérer comme des facilités, voire des négligences de journaliste, étaient en réalité autant de jugements implicites sur une peinture qu'il n'apprécie pas. Et, de page en page, après une assez longue mise en train, on voit Apollinaire intervenir personnellement, ironiser, formuler plus nettement ses opinions.

Lorsque, en mars 1914, il est amené à donner sa démission de chroniqueur d'art à *L'Intransigeant*, sans doute sous la pression de la direction, c'est à la suite de prises de position qui furent jugées trop avancées et trop polémiques : à propos d'Archipenko d'abord[5], puis de Delaunay et du

1. Cité par Adéma, *Guillaume Apollinaire*, La Table ronde, 1968, p. 112.
2. Dans *La Revue des lettres et des arts* du 1er mai 1908; voir ici p. 104-110.
3. Voir *Les Peintres cubistes*, p. 5-8.
4. Voir p. 110-112.
5. Voir p. 646.

futurisme[1]. Il passa alors à *Paris-Journal* où, du début de mai à la déclaration de guerre, il tient la rubrique des «Arts».

Revenu à la vie littéraire et artistique parisienne dans le courant de l'été de 1916, après la longue convalescence qui suivit sa blessure et sa trépanation, Apollinaire ne retrouva pas en matière de critique d'art une situation analogue à celle qu'il avait eue à *L'Intransigeant* puis à *Paris-Journal.* En 1918 seulement, la rubrique des «Échos et on-dit des lettres et des arts» à *L'Europe nouvelle* et la revue créée par Paul Guillaume, *Les Arts à Paris,* lui rendront une tribune régulière, mais plus étroitement réduite à l'information. En revanche, considéré comme le maître de l'«esprit nouveau», il est appelé à préfacer des catalogues d'expositions ou à faire des causeries, comme celle qui eut lieu le 13 novembre 1917 à la galerie Paul-Guillaume sur l'art tactile[2].

Contrairement à ce qu'on a souvent prétendu, la critique d'art d'Apollinaire n'est pas celle d'un ignorant qui se laisse guider par la mode et les potins d'ateliers. Il lui est certes arrivé d'évoluer dans ses opinions, comme au sujet du Douanier Rousseau, qu'il n'admira pas d'emblée, ou de Delaunay, dont il se sépara en 1914. Il n'a pas non plus échappé — mais le pouvait-il? — aux servitudes du journalisme, que lui-même résumait dans sa réponse à Thiesson le 5 mai 1914 : «C'est encore vouloir faire l'innocent ou ignorer ce qu'est un journal quotidien, ou ce qu'est le jeu des relations, des amitiés, pour reprocher à un critique de mentionner beaucoup de noms dans un compte rendu de Salon où exposent des milliers d'artistes[3].»

C'est d'ailleurs ce que font tous ses confrères, d'André Warnod dans *Comoedia* à Georges Lecomte dans *Le Matin,* couvrant au moment des Salons de nombreuses colonnes, voire des pages entières, de longues énumérations et de descriptions hâtives. Cependant, de ses premières à ses dernières lignes, on ne peut qu'être frappé par la constance d'un certain nombre de thèmes et de préoccupations : espoir de voir naître un art décoratif moderne, attrait exercé par le paysage, intérêt pour l'originalité, l'invention, qualités fondamentales d'un art véritable; liberté de l'artiste dans sa création, qui donne une réalité aux produits de son imagination. De là découlent ses critiques à l'égard de l'impressionnisme et aussi du néo-impressionnisme, coupables de déstructuration du tableau au profit de la pure sensation; des futuristes trop épris de manifestes et d'action de groupe; des cubistes même, quand le cubisme commence à faire école. Et, en revanche, l'éloge de fortes personnalités, dont l'œuvre ne cesse d'être une recherche : Matisse, Picasso, Braque, Derain, Delaunay, Chagall, Léger, sans oublier Picabia et Duchamp, dont il a pressenti l'évolution... Un «musée imaginaire» qui n'a pas son égal parmi les critiques ses contemporains et donne la preuve la plus éloquente de ce sens de la peinture et de ce goût qu'on lui a souvent déniés.

1. Voir p. 650.
2. Voir p. 871.
3. Voir p. 671.

À l'époque où Apollinaire exerce le métier de critique, la vie artistique est d'abord marquée par les quatre grands Salons annuels dont l'inauguration est une manifestation officielle en présence du président de la République ou de ministres et qui sont fréquentés par un nombreux public.

Le plus ancien est le Salon des artistes français, fondé en 1881 par la Société des artistes français, qui s'était créée à cette intention. Il succédait au Salon qui, depuis 1667, s'était tenu tous les ans ou tous les deux ans au Louvre. Depuis le début du siècle, il se tient au printemps sous les verrières du Grand Palais, construit, rappelons-le, pour l'Exposition de 1900. Un jury sévère y a maintenu dès les origines les traditions de l'académisme.

Dès 1884, des mécontents s'étaient groupés dans une Société des artistes indépendants qui eut aussi son Salon dont la règle était « ni jury, ni récompense ». Il réunit chaque année, au printemps également, des milliers d'envois dans les serres municipales du Cours-la-Reine, puis, après leur démolition en 1909, dans des baraquements provisoires sur le même emplacement. Aux Indépendants se sont en particulier affirmés le néo-impressionnisme et le fauvisme.

En 1889, une scission se produisit à la Société des artistes français. Emmenés par Meissonier et Puvis de Chavannes, les dissidents se réunirent dans une Société nationale des beaux-arts qui eut, elle aussi, son Salon au printemps, d'abord au Champ-de-Mars, puis, comme sa rivale, au Grand Palais.

C'est en 1903 enfin que naquit le Salon d'automne, hébergé lui aussi au Grand Palais. Il était dû à l'initiative de Frantz Jourdain et de peintres qui souhaitaient une plus grande liberté dans le choix des exposants, sans toutefois tomber dans le libéralisme absolu des Indépendants.

D'autres Salons d'importances diverses sont organisés soit par des artistes d'une même spécialité, Artistes décorateurs, Humoristes, Pastellistes français..., soit par des groupes, Syndicat des artistes femmes et sculpteurs, Cercle international des arts, Les Amateurs, La Cimaise, La Comédie humaine, etc.

Les galeries jouent depuis la fin du XIXe siècle un rôle de plus en plus important. Durand-Ruel, premier marchand des impressionnistes, conserve son prestige. Ambroise Vollard a exposé, dans sa « cave » de la rue Laffitte, Cézanne en 1895, Picasso en 1901, Matisse en 1904, s'est intéressé dans les années suivantes à Derain, Vlaminck, Rouault. Josse et Gaston Bernheim ont élargi au début du siècle les activités de la galerie fondée par leur père Alexandre en 1863 et en ont fait la galerie Bernheim-Jeune, dont le directeur artistique est Félix Fénéon. Ils ont montré une rétrospective Van Gogh dès 1901, deux rétrospectives Cézanne en 1907 et 1910; ils accueillent les futuristes italiens en 1912. Bonnard, Vuillard, Matisse en particulier sont chez eux sous contrat. Daniel-Henry Kahnweiler a ouvert en 1907 sa galerie au 28, rue Vignon, et s'est fait immédiatement le défenseur des jeunes peintres, fauves et cubistes. Plus jeune, Paul Guillaume est à partir de 1914 un promoteur de l'art africain et, pendant la guerre, il expose notamment Derain, Matisse, Picasso. D'autres galeries, moins importantes, sont régulièrement visitées par Apollinaire, comme Barbazanges, Devambez, Druet, qui exposa les bois de Dufy pour le *Bestiaire,* La Boétie, Malpel, Georges-Petit...

Rappelons enfin, pour mémoire, l'existence de grandes expositions rétrospectives, comme l'exposition Ingres en 1911.

NOTE SUR LE TEXTE

Le texte de base est celui qu'a établi L. C. Breunig en 1960 dans *Chroniques d'art*[1]. Nous en avons retenu la structure chronologique. Mais le contenu a subi diverses modifications.

1° Ont été écartés des articles qui ont pris place ailleurs dans l'architecture des présentes *Œuvres en prose* d'Apollinaire.

Les voici :

— «Les Jeunes : Picasso, peintre», *La Plume,* 15 mai 1905, repris dans *Les Peintres cubistes* (p. 19-22);

— «Les Trois Vertus plastiques», catalogue de la 3ᵉ Exposition du Cercle de l'art moderne à l'hôtel de ville du Havre, juin 1908, repris dans *Les Peintres cubistes* (p. 5-8);

— le bulletin de souscription à *L'Enchanteur pourrissant,* 1909, reproduit dans le tome I de la présente édition, p. 1071-1072;

— «La Vie artistique», *L'Intransigeant,* 28 décembre 1910 (sur les bois de Dufy pour le *Bestiaire*), qui sera donné dans la réédition à venir des *Œuvres poétiques;*

— le bulletin de souscription au *Bestiaire,* qui sera donné dans la réédition des *Œuvres poétiques;*

— la fin de l'article «Les Indépendants», *L'Intransigeant,* 20 avril 1911, reprise dans *Les Peintres cubistes* («La jeunesse artistique a déjà témoigné», p. 35);

— «D'Eugène Delacroix au néo-impressionnisme», *L'Intransigeant,* 7 août 1911, cité dans la note 1 de la page 28;

— «Art et curiosité. Les Commencements du cubisme», *Le Temps,* 14 octobre 1912, reproduit dans la notule du chapitre VII des *Peintres cubistes,* p. 1514);

— «Méditations esthétiques», *La Vie,* 8 février 1913, repris dans *Les Peintres cubistes* (p. 8-12 et 14-18);

— «Pablo Picasso», *Montjoie!,* 14 mars 1913, repris dans *Les Peintres cubistes* (p. 22-25);

— «"Fragonards" d'exportation», *Paris-Journal,* 29 juillet 1914, repris dans *Fragonard et l'Amérique* (p. 55-56);

— «[Une lettre de M. Guillaume Apollinaire]», *Mercure de France,* 1ᵉʳ mars 1916, donné dans la note 1 de la page 16;

— «[Lettre au *Mercure de France*]», *Mercure de France,* 16 octobre 1917, donné dans la note 1 de la page 15;

— les extraits des «Échos et on-dit des lettres et des arts» publiés dans *L'Europe nouvelle* en 1918, l'ensemble de cette chronique ayant pris place dans la partie «Échos sur les lettres et les arts», p. 1223-1501.

2° En revanche, ont été restitués tous les passages qu'avait supprimés Breunig à l'intérieur des textes et ont été repris les articles qu'il avait

1. Voir la Notice, n. 1, p. 1534.

écartés ou qui lui avaient échappé. Nous avons utilisé les découvertes de certains chercheurs[1]; mais l'apport essentiel est celui de Pierre Caizergues, qui a établi dans sa thèse de doctorat ès lettres[2] une liste quasi exhaustive de la collaboration d'Apollinaire aux journaux et revues et qui a, d'autre part, publié sous le titre *Petites flâneries d'art*[3] quelques-uns des articles et échos qu'il avait retrouvés.

3° Enfin, des manuscrits inédits, provenant de la bibliothèque littéraire Jacques-Doucet et du fonds Bernard Poissonnier entré à la Bibliothèque nationale, ont été insérés à leur place chronologique dûment établie ou présumée.

Le lecteur disposera ainsi, sous réserve de découvertes toujours possibles, de toute la production d'Apollinaire en matière de critique d'art, à l'exception du catalogue de l'exposition Léopold Survage-Irène Lagut (1917) et de «Pablo Picasso», paru dans *SIC* en mai 1917, qui relèvent des *Œuvres poétiques*.

Il nous a semblé peu utile de donner le détail des republications, dès lors que nous avons eu le souci constant de remonter aux originaux.

L'établissement du texte, en ce qui concerne les articles publiés par Apollinaire, ne posait d'autres problèmes que celui des coquilles et des mastics, fréquents dans la presse quotidienne. Nous avons opéré les corrections sans les signaler, toutes les fois qu elles étaient évidentes. En revanche, les restitutions qui présentent un caractère conjectural ont été introduites dans le texte entre crochets et expliquées dans les variantes.

Les manuscrits ont été transcrits sans tenir compte des hésitations de plume et des biffures de caractère purement formel; seules les corrections trahissant un flottement de la pensée ou un changement de sens ont été relevées dans les variantes.

NOTES ET VARIANTES

1902

Page 67.

LE PERGAMON À BERLIN

La Revue blanche, fondée à Liège en décembre 1889 et installée à Paris dès l'année suivante, a en 1902 plus de dix mille abonnés. Elle se distingue de ses contemporaines nées à l'époque symboliste, le *Mercure de France, L'Ermitage, La Plume,* non seulement parce que ses bureaux sont situés sur la rive droite, boulevard des Italiens, mais par ses engagements politiques et sociaux — notamment dans le camp dreyfusiste —, son internationalisme et son intérêt pour les littératures étrangères, son goût pour les talents originaux comme celui de Jarry. Sa réputation, autant que son

1. Citons notamment «Exotisme et ethnographie», publié par Pascal Pia dans le *Magazine littéraire* en novembre 1968; «L'Art vivant et la Guerre» et «L'Art et la Guerre : à propos d'une exposition interalliée», publiés par John R. Field dans *Guillaume Apollinaire 7* (1968); «G. De Chirico-Pierre Brune», publié par Willard Bohn dans *Guillaume Apollinaire 15* (1980).

2. *Apollinaire journaliste,* textes retrouvés et textes inédits avec présentation et notes, 3 vol., Service de reproduction des thèses, université de Lille-III, 1979.

3. *Petites flâneries d'art* par Guillaume Apollinaire, textes retrouvés, préfacés et annotés par Pierre Caizergues, Montpellier, Bibliothèque artistique et littéraire, 1980.

esprit, ne pouvait que tenter le jeune Apollinaire. Son conte «L'Hérésiarque», qu'il avait dû déposer avant son départ pour l'Allemagne, ne parut que dans le numéro du 15 mars 1902. Il était alors à Munich, après être passé par Berlin au début du mois. Cette chronique est sa deuxième publication dans la revue.

Le Pergamon, qui venait d'être ouvert, présentait les chefs-d'œuvre archéologiques provenant des fouilles menées depuis 1878 par les Allemands à Pergame.

Page 68.

1. L'allée de la Victoire, que Guillaume II venait de faire orner de trente-deux statues des princes prussiens.

2. Klinger est encore cité dans les deux articles sur l'exposition de Düsseldorf (voir p. 68 et 70). C'est dans *Moderne Geister* (nouvelle édition en 1901) que Brandes fait l'éloge de cet artiste.

QUESTIONS FRANCO-ALLEMANDES

L'EXPOSITION DE DÜSSELDORF

L'*Annuaire de la presse* ne mentionne même pas *La Grande France,* petit mensuel qui paraît pourtant régulièrement de 1900 à 1903, et peut-être au-delà. Son premier numéro (janvier 1900) s'ouvre sur le programme suivant :

«Il suffit à la France d'être moralement grande : La Grande France est celle qui a appelé l'Europe à la liberté et à la fraternité, qui a défendu, dans la mesure du possible, les intérêts des petits peuples, qui a soutenu leurs revendications. La Grande France est l'âme purement désintéressée des futurs États-Unis d'Europe. Elle est encore l'éducatrice des peuples civilisés.»

Se mettant au service de cet idéal, la revue (qui était dirigée par Gabriel Tallet, Auguste Brunet et Marius et Ary Leblond) s'ouvre aux questions européennes et coloniales, sans toutefois négliger la littérature; Fernand Gregh, Milosz, la comtesse de Noailles, Henry J.-M. Levet, Lucie Delarue-Mardrus, notamment, y donnèrent des poèmes. Apollinaire y vit paraître ses premiers vers en septembre 1901, mais sa collaboration ne devint régulière qu'à partir de janvier 1902. Seul le poème «Élégie du voyageur aux pieds blessés[1]», dans la livraison de mai, porte la signature «Wilhelm Kostrowitzky»; puis, à compter d'octobre, sous celle de «Guillaume Apollinaire», le journaliste en herbe s'intéresse aux «questions allemandes» dans lesquelles il va chercher à se spécialiser pendant quelque temps (voir aussi p.1068-1076 et sa collaboration à *L'Européen,* p. 69-73, 1082-1087, 1405-1416, ainsi que le tome III, à paraître, de la présente édition.

L'exposition de Düsseldorf a été inaugurée en mai 1902. Même si, comme l'a remarqué L. C. Breunig, le palais de l'Art devait être ouvert au public dès avril, Apollinaire n'a pu s'y rendre qu'entre la fin de mai, date de son retour à Hohnef (qu'il avait quitté le 9 février), et le 15 août, où il est pour quelques jours dans l'Eifel avant de regagner la France.

3. On appelle alors «sécessionnistes», en Allemagne et en Autriche, les groupes artistiques qui prétendent rompre avec la tradition académique.

1. Voir *Œuvres poétiques,* p. 337.

Page 69.

1. «Abricot» est un terme familier qui désigne alors une personne originaire du Nord de l'Afrique ou du Proche-Orient.

2. Cette phrase est extraite du discours prononcé par Guillaume II en 1899 lors de l'inauguration du canal de Kiel, le Kaiser-Wilhelm-Kanal.

3. Apollinaire fait allusion à l'éruption de la montagne Pelée, qui, le 8 mai 1902, ravagea le nord de la Martinique et détruisit la ville de Saint-Pierre.

L'EXPOSITION DE DÜSSELDORF

Cet article, qui paraît dans le numéro 41, daté d'octobre 1902, de *L'Européen,* marque le début officiel — il y eut peut-être auparavant des contributions non signées — d'une importante collaboration, d'environ deux ans, à ce «courrier international hebdomadaire» pourvu d'une double direction : W. Van Der Vlugt à Leyde et l'universitaire Charles Seignobos à Paris. Si le rédacteur en chef, A.-Ferdinand Herold — qui cédera la place à Louis Dumur en 1903 — et l'administrateur, Alfred Vallette — directeur en même temps du *Mercure de France* —, sont parisiens, on compte, en revanche, un certain nombre d'intellectuels étrangers dans l'équipe rédactionnelle : Virgile Josz, Björnstjerne Björnson, Arne Hammer.

La déclaration liminaire du numéro inaugural, le 7 décembre 1901, caractérise bien l'esprit qui anime ces hommes d'origines diverses épris des mêmes «idées de liberté, de justice, de progrès social, de paix, d'arbitrage et de respect des nationalités» :

«Partout il y a des hommes, qui, dans ces dernières années, ont souffert et se sont indignés ensemble de voir violer le droit des peuples ou des citoyens. On a vu se former une opinion publique européenne [...]. *L'Européen* [...] s'intéresse à toutes les réformes qui tendent à assurer la sécurité de tous, individus et nations, à établir en Europe l'harmonie pacifique qui permettra à tous de jouir des progrès accomplis par la science...»

Au sommaire du même numéro s'inscrivent les noms d'Albert Métin, responsable du «Bulletin politique», d'Aristide — sans doute un pseudonyme —, de Pierre Quillard et de Montanus, chargés de faire le tour d'horizon de la politique internationale. Des chroniques anonymes : «France», «La Dépopulation», etc..., précèdent enfin la partie consacrée au mouvement artistique, sous les trois aspects de la critique littéraire, de l'«Art» et du «Théâtre», respectivement confiés à Stuart Merrill, à Virgile Josz et à Gaston Danville. André Barre, spécialiste des questions serbes, apparaît plus tard, le 21 novembre 1902 précisément — mais, dès février 1902, *L'Européen* publie des notes anonymes sur la Serbie —, puis régulièrement en 1903, et son nom disparaît du sommaire en 1904.

Reportages, enquêtes satiriques, échos, chroniques d'art ou de littérature : c'est l'Allemagne, en définitive, qui constitue le point de convergence de tous ces textes d'Apollinaire. Il faut toutefois souligner l'inégalité de la balance entre la rubrique des échos et celle des chroniques : ces dernières adoptent la forme d'articles bien informés traitant, dans un style le plus souvent sans humour, des questions d'actualité politique; de leur côté, les échos, souvent de même portée, font le plus grand usage de l'ironie, voire du sarcasme. Les chroniques sont, dans tous les cas, signées

«Guillaume Apollinaire», alors que les échos sont le plus souvent anonymes — les pointages effectués par le journaliste sur les numéros qu'il a conservés permettent de lui en attribuer un certain nombre — ou signés des seules initiales «G. A.».

4. Probablement Andreas; son frère Oswald n'exposait plus.

LE MUSÉE GERMANIQUE DE NUREMBERG

Page 71.

1. Cette opposition du monde germanique et de la civilisation latine est un des thèmes les plus constants d'Apollinaire.

Page 72.

1. Voir, sur ce tableau du musée de Cologne, le poème «La Vierge à la fleur de haricot à Cologne», (*Œuvres poétiques,* p. 534).

1903

Page 74.

DES FAUX

1. Cette tiare avait été acquise par le Louvre en 1896, mais, à la suite d'une enquête établissant qu'il s'agissait d'un faux, elle fut retirée de l'exposition au public le 23 mars 1903. D'après une inscription grecque qui y figurait, cette tiare d'or avait été offerte au roi Saïtaphernès par le Sénat et le peuple de la ville grecque d'Olbia, au IIIe siècle av. J.-C.

2. Apollinaire ne croyait pas si bien dire : l'auteur de la tiare était un Russe d'Odessa, Rouchomowski, qui arriva à Paris le 5 avril; c'est alors que la supercherie fut connue. Si Apollinaire propose qu'on dépose l'œuvre litigieuse au Luxembourg, c'est que ce musée était réservé aux artistes vivants.

Page 75.

1. Émile Loubet, qui avait été élu en 1899.

Page 76.

1. Apollinaire se trompe. Les deux vers qu'il cite ne proviennent pas d'*Angelica innamorata* de Brusantini, mais d'*Angelica inamorata* (avec un seul *n*) de Vicentio Brusantino (Venise, Francesco Marcolini, 1553). Ils commencent la vingt-sixième strophe du chant XXIV de ce poème, qui en comporte 37. Apollinaire n'a vraisemblablement pas lu les quelque «30 000 vers» du texte et il a dû trouver cette citation dans une source qui nous ne connaissons pas. L'édition de 1553 donne au premier vers «gionta» et à la fin du deuxième cette ponctuation : «piu, que mai bella

Traduction de ces vers : « Elle avait quarante ans et était alors presque plus belle que jamais. » Sur ce rapprochement entre Hélène et Angélique à propos de leur âge, voir *L'Enchanteur pourrissant*, t. I, p. 30-31, ainsi que n. 2, p. 30 et n. 2, p. 31.

2. Gaston Pollonnais, journaliste israélite, collaborait au *Gaulois*, le quotidien conservateur et antidreyfusard dirigé par Arthur Meyer. Sa conversion due à l'abbé Domenech avait défrayé la chronique.

Page 77.

1. Rappelons qu'Apollinaire a écrit un poème sur ce brigand populaire (« Schinderhannes », *Alcools*, *Œuvres poétiques*, p. 117 et la Notice, p. 1063).

1905

Page 78.

PICASSO, PEINTRE ET DESSINATEUR

Au *Festin d'Ésope*[1] succéda en avril 1905 *La Revue immoraliste*, qui n'eut qu'un seul numéro. Le même esprit d'amitié — sans dogmatisme aucun — qui avait présidé à la création du *Festin d'Ésope* anime au départ le même groupe dans ce nouveau projet. Mais cette équipe — comprenant le même gérant Jean Mollet, ainsi qu'André Salmon et Apollinaire, noyau dynamique de la précédente revue —, va retrouver les mêmes obstacles, provoqués pour une bonne part par la même irrésolution, la même incertitude esthétique et ce même esprit de bohémianisme qui, pour n'avoir point été proclamé dans *Le Festin d'Ésope*, y était pourtant décelable.

Soumise aux caprices d'un commanditaire, Henri Delormel, boulevardier qui « jouait au littérateur et au mécène[2] », *La Revue immoraliste* n'est plus, comme *Le Festin d'Ésope*, la revue d'Apollinaire, même s'il y joue un rôle important. Il s'est attribué les rubriques artistiques consacrées à la peinture et aux nouveaux livres ainsi qu'au théâtre, et prolonge les « Notes du mois » du *Festin d'Ésope* par des « Propos mensuels », où l'on retrouve, mais avec moins de variété, l'esprit sarcastique du journaliste, qui, cette fois, à la formule de l'écho, a préféré celle, développée et peut-être moins percutante, de la chronique.

En mai 1905, la revue publie un second numéro sous le titre *Les Lettres modernes*. L'équipe initiale — Apollinaire, Delormel, Salmon — se retrouve à son sommaire. Mais la revue s'appauvrit : les « Propos mensuels » ont disparu, de même que l'espoir de chroniques régulières, artistiques ou littéraires. Apollinaire, collaborateur au même titre que les autres équipiers, semble vouloir s'effacer, visiblement exaspéré par la présence envahissante de Delormel. Son « Histoire d'une famille vertueuse, d'une hotte et d'un calcul », reprise dans *L'Hérésiarque et Cie*[3], seule contribution de sa part à ce numéro, est passée inaperçue.

Outre cette note sur Picasso, Apollinaire donna à *La Revue immoraliste*

1. Voir p. 1245 et notule.
2. *Les Mémoires du baron Mollet*, Gallimard, 196., p 57.
3. Voir t. I, p. 181-190.

un poème, «Le Mendiant[1]», trois chroniques littéraires[2] et des chroniques à caractère politique[3].

Apollinaire consacra un autre article, plus long, à son ami dans *La Plume* du 15 mai 1905, «Les Jeunes : Picasso, peintre». Il est passé en entier, avec des variantes, dans *Les Peintres cubistes*[4].

1. Ce «on» est Charles Morice, qui, dans sa préface au catalogue, parle en le regrettant du «précoce désenchantement» de Picasso.

2. Emilio Castelar (1832-1899), romancier, historien et homme politique espagnol, défenseur de la cause républicaine. Si Apollinaire le prend comme modèle de l'âme espagnole, il est piquant de noter qu'on considère généralement sa pensée optimiste comme peu espagnole.

3. Cuisinière française.

4. C'est la situation qu'on trouve dans un épisode de «Giovanni Moroni», un conte de *Poète assassiné* (voir t. I, p. 325-327).

Page 79.

LE CINÉMATOGRAPHE

De 1895 à 1908, le *Journal de Salonique*, hebdomadaire, puis bi-hebdomadaire, voulut être une feuille «politique, commerciale et littéraire» de liaison entre les Thessaloniciens installés à Paris et ceux qui étaient restés au pays. Apollinaire y est vraisemblablement entré par l'intermédiaire du correspondant parisien, le docteur Modiano, qu'il avait pu rencontrer à une soirée de *La Plume* ou dans le milieu de *L'Européen*. Sa collaboration fut peu abondante et discontinue : trois contes[5], un compte rendu du *Jardin des ronces* de F.-A. Cazals[6] en 1903, une «Lettre parisienne» au début de 1904, réplique au directeur, Sam Lévy, qui avait ironisé sur *Le Festin d'Ésope* et sur les soirées de *La Plume*[7], enfin cette unique chronique en 1905. Le titre évoque les montages d'«actualités» tels qu'en présentait le cinéma dans ses débuts. Le deuxième et le troisième texte relèvent plutôt de l'écho; mais, pour respecter le ton de cet ensemble, nous ne les séparons pas du premier qui a, lui, sa place dans les écrits sur l'art.

1. Elle eut lieu de la fin d'avril à octobre 1905. Apollinaire et son frère Albert ont fait deux voyages éclairs en Belgique, en juin-juillet 1905. Ont-ils prolongé leur séjour liégeois jusqu'au 10 août, date de l'article, ou visité l'exposition à l'occasion d'un autre passage dans la cité wallonne? L'écho suivant atteste, en tout cas, qu'Apollinaire est redevenu parisien le 20 août. Nous savons en outre qu'il se trouve à Amsterdam au début du mois de septembre suivant.

2. Sur l'exposition de Düsseldorf, voir p. 68-70.

1. Voir *Œuvres poétiques*, p. 565.
2. Voir p. 1002, 1109 et 1111.
3. Voir t. III, à paraître.
4. Voir p. 19-22.
5. Voir t. I, «Le Giton» (repris de *La Revue Blanche* du 1er octobre 1902), p. 123 et la Notice, p. 1125; «La Rose de Hildensheim ou les Trésors des rois mages», p. 158 et la Notice, p. 1135; «Giovanni Moroni», p. 320 et la Notice, p. 1294.
6. Voir p. 1089.
7. Voir p. 1092.

Page 80.

1. Cette critique ironique des «éternels styles» Henri II et Louis XVI est constante chez Apollinaire.

2. L'Association sportive de la Seine et le Groupe cycliste lyonnais ont effectivement organisé, au vélodrome du Parc des Princes, dans l'après-midi du 20 août, une réunion de courses interclubs qui connut un vif succès; le journal sportif *L'Auto* parle de deux mille entrées. Le nom de Malloué ne figure pas dans l'*Annuaire de la presse.* Ce confrère journaliste était peut-être responsable de la rubrique hippique — toujours anonyme — à *La Petite République,* «journal socialiste» qui parut de 1876 à 1914.

1907

Page 82.

BERNHEIM-WAGRAM

Je dis tout, «journal hebdomadaire absolument indépendant» fondé en 1905 par Jacques Landau, subsista jusqu'à la veille de la guerre de 1914. Apollinaire y retrouva l'esprit moqueur et frondeur, ne craignant pas le scandale au nom de la vérité, qu'il avait connu à *Tabarin.* Sa collaboration, signée d'un pseudonyme qu'il utilisa à diverses reprises, Pascal Hédégat, se limite à cet article et à un compte rendu du Salon d'automne, qui est sa première chronique de journaliste d'art

Son passage à l'hebdomadaire fut rappelé dans un compte rendu anonyme de *L'Hérésiarque et Cie* qui parut en décembre 1910 :

«Nos lecteurs ont pu apprécier l'ironie de Guillaume Apollinaire, qui, sous sa signature, a publié dans la première série de *Je dis tout* de remarquables notes critiques sur le Salon d'automne. Ces "notes" fort commentées par tous ceux qui s'intéressent aux arts, eurent, d'ailleurs, le don de provoquer la fureur de M. Frantz Jourdain. Celui-ci, à l'époque, ne cessait de pester contre "l'écrivain sans talent" qui s'était permis de plaisanter sa haute personnalité.»

LE SALON D'AUTOMNE

Page 84.

1. Au cours de l'année 1906, Félix Fénéon publia dans *Le Matin* des «nouvelles en trois lignes» dont la concision soulignait le caractère insolite.

Page 86.

1. Cette citation n'a pas été retrouvée.

Page 87.

CÉZANNE

1. Plaisanterie à l'égard de Lecomte qui, admirateur de l'impressionnisme, ne goûtait pas Cézanne.

Page 88.

VOLLARD

1. Plus exactement *Pétronille, tu sens la menthe,* rengaine à la mode.

Page 89.

DESVALLIÈRES

1. Dernier vers du poème de Legouvé *Le Mérite des femmes* (1801).
2. On ne trouve naturellement aucun article de Cormon à ce sujet dans *La Grande Revue.*

Page 90.

1. *Champignol malgré lui* (1892) est dû à Maurice Desvallières (1857-1926), auteur fécond de comédies, de vaudevilles et d'opérettes, qui collabora avec Feydeau et Mars.

ABEL-TRUCHET

2. En fait, Aary-Max d'après le catalogue.

Page 91.

MATISSE

1. Breunig suppose qu'il s'agit de *La Coiffure,* toile de 1907, tout en observant qu'elle est plus petite qu'une de celles qui ont été exposées, *Luxe I.* Mais Apollinaire n'en est pas à une inexactitude près dans ce genre d'anecdotes...

Page 92.

PIOT

1. Albert Soleilland, qui avait violé et assassiné une fillette de douze ans, avait été condamné à mort et venait d'être gracié, le 14 septembre 1907, par le président de la République.

VALLOTTON

Page 93.

1. Cette citation n'a pas été retrouvée.

Page 94.

LE SALON D'AUTOMNE

1. Ces «métagrammes» ou «interversions de lettres» (le mot est une

création d'Apollinaire) avaient été dans la mesure du possible corrigés par Breunig, dont nous suivons le texte.

2. Probablement Erdan, pseudonyme d'André Alexandre Jacob, qui avait été condamné pour son livre *La France mystique,* dont la première édition (1855) avait été imprimée selon un système d'orthographe phonétique, la «fonographie» (suggestion de Breunig).

ROUSSEAU LE DOUANIER

3. Sur Rousseau, voir *Les Peintres cubistes*, p. 35-37 et 627-641. On sait qu'il ne fut jamais douanier, seulement employé d'octroi de la ville de Paris.

Page 95.

JOSÉ DE CHARMOY

1. Apollinaire avait rencontré José de Charmoy au début de janvier 1903, chez son ami Raymond Charpentier. Il éprouvait un certain attrait pour cet homme qui lui avait déclaré être le premier sculpteur du monde après Michel-Ange et s'attribuait de piquantes aventures.

2. Ce poème n'a pas été retrouvé.

Page 96.

1. Coquille pour «maquette» ou ironie d'Apollinaire à l'égard de cette statue massive (une mouquette est le cylindre d'une roue de tourneur)?

Page 97.

GEORGES BRAQUE

1. *Rochers rouges.*

Page 100.

HENRI MATISSE

La Phalange avait été fondée en juillet 1906 par Jean Royère, poète exigeant, disciple de Mallarmé, théoricien d'un «néo-symbolisme», néanmoins directeur de revue libéral, qui sut attirer de jeunes talents, aussi bien Jules Romains que Jean-Marc Bernard, Valery Larbaud que Guy Lavaud. Apollinaire y fut introduit par son condisciple du collège Saint-Charles, Louis de Gonzague Frick, qu'il avait retrouvé dans le courant de 1907. Il donna à *La Phalange,* le 15 novembre 1907, trois poèmes, «La Tzigane» (*Œuvres poétiques,* p. 99), «Les Colchiques» (*ibid.*, p. 60), «Lul de Faltenin» (*ibid.*, p. 97), puis, le 15 décembre, cet article sur Matisse. Voir aussi ses articles sur Jean Royère (p. 1003) et sur Paul Fort (p. 1018), ainsi que sa chronique des romans (p. 1112).

Page 103.

MÉDAILLON : UN FAUVE

Ce texte a été publié pour la première fois par Pierre-Marcel Adéma dans *Arts et spectacles,* le 17 novembre 1950. L'allusion à l'âge de Matisse, les références à Frantz Jourdain, à Collioure, à l'art nègre, la signature de Pascal Hédégat utilisée par Apollinaire incitent à dater ce texte de 1908 ou 1909.

1908

Page 104.

LE SALON DES INDÉPENDANTS

La Revue des lettres et des arts a été fondée à Nice en 1908 par Guy Lavaud, qui en assura la direction pendant toute l'année avec comme rédacteurs en chef Jacques Reboul et Toussaint Luca. Elle «seconde» *La Phalange,* comme le dira Apollinaire : entendons qu'on n'y a pas oublié les leçons du symbolisme, mais qu'on y pratique un éclectisme de bon aloi. Il n'est pas douteux qu'Apollinaire ait été invité à y collaborer par son ami Toussaint Luca, qu'il avait rencontré lors de son bref passage au lycée de Nice, en 1897. Outre ce «Salon des indépendants» dans le numéro du 1er mai 1908, il fit paraître dans la revue le texte de sa conférence sur *La Phalange nouvelle,* le 1er juin[1], et un article sur Théo Varlet, le 1er décembre[2]. Le départ de Guy Lavaud et de Toussaint Luca en 1909 fut suivi d'un changement d'orientation de la publication, qui subsista deux ans avant de fusionner avec *Le Feu* en janvier 1911. La collaboration d'Apollinaire se limite à l'année 1908.

1. En réalité, Othon Friesz.

2. Dans ce récit d'un voyage en automobile, Mirbeau se moque de l'opinion d'une Allemande qu'il a rencontrée à Cologne : «Je suis choquée de voir que M. Vallotton n'a pas encore conquis chez vous la situation qu'il mérite et qu'il commence à avoir en Allemagne. Ici, nous l'aimons beaucoup; nous le tenons pour un des artistes les plus personnels de sa génération.»

Page 105.

1. Apparemment, Apollinaire déforme en la citant de mémoire ou d'après une source elle-même inexacte la formule de Mallarmé : «La poésie est l'expression, par le langage humain ramené à son rythme essentiel, du sens mystérieux des aspects de l'existence : elle doue ainsi d'authenticité notre séjour et constitue la seule tâche spirituelle» (lettre à Léo d'Orfer du 26 juin 1884, Mallarmé, *Correspondance*, t. II, Gallimard, 1965, p. 266).

2. Quelle est cette grande composition? Breunig remarque que le

1. Voir p. 885.
2. Voir p. 1014.

catalogue ne mentionne que ces quatre tableaux : *La Calanque, Le Vallon, Dessin* et *Paysage*.

Page 107.

1. Thème important de *L'Enchanteur pourrissant* (voir t. I, p. 74 : «Mais j'avais la conscience des éternités différentes de l'homme et de la femme.»).

Page 109.

1. J. Tourmentin est le pseudonyme de l'abbé Henry Joseph (ou Josepff) qui publia dans les premières années du siècle de nombreux pamphlets antimaçonniques. Comme l'a observé M.-F. Guyard, Apollinaire reproche ici à Rouault «de céder à une inspiration digne d'un inquisiteur et, circonstance aggravante, d'un inquisiteur moderne d'un style aussi médiocre que l'abbé Tourmentin» («Qui est l'abbé Tourmentin?», *Guillaume Apollinaire 5*, 1966).

Page 110.

1. «Une haute liberté d'acquise, la plus neuve : je ne vois, et ce reste mon intense opinion, effacement de rien qui ait été beau dans le passé, je demeure convaincu que dans les occasions amples on obéira toujours à la tradition solennelle, dont la prépondérance relève du génie classique» (Mallarmé, «Crise de vers», *Œuvres complètes*, Bibl. de la Pléiade, p. 363).

GEORGES BRAQUE

Dans cette préface de 1908, antérieure de plusieurs années aux débats sur la peinture nouvelle, apparaissent déjà quelques thèmes majeurs d'Apollinaire : nécessité, en opposition à l'impressionnisme, d'un art «ordonné» et «cultivé», autonomie de l'œuvre, qui est «un univers nouveau avec ses lois particulières» et n'a rien à voir ni avec le mysticisme, ni avec la science, ni avec la «psychologie des littérateurs», suprématie de la lumière, rôle primordial de Cézanne.

Texte repris dans *La Revue indépendante*, n° 3, août 1911, avec quelques variantes (nous donnons les principales, sous le sigle *RI*). Sous le titre général «L'Art et ses représentants» y est donné, outre cet article, un «Henri Matisse» d'Alexandre Mercereau, qui commence ainsi : «Le mouvement général que suscitèrent dans la jeune peinture Henri Matisse d'une part, et Picasso, Le Fauconnier, Jean Metzinger, Derain, Albert Gleizes, Fernand Léger, d'autre part, fut avant tout un mouvement de réaction contre l'impressionnisme d'où il venait.»

Plusieurs phrases de cette préface sont passées dans le chapitre «Braque» des *Peintres cubistes*[1].

a. Début de l'article dans RI : Parmi les peintres nouveaux, Georges Braque est un de ceux qui retiennent le plus l'attention. Ses recherches ont

1. Voir p. 27.

été regardées avec soin et ont déjà une influence. / La douceur de Corot combinée avec un grand souci du renouvellement des formes plastiques, c'est là ce qui caractérise l'art de Georges Braque. Il s'est dépouillé volontairement de tout ce qui pouvait le rattacher à son temps et, revenu aux principes, il va de l'avant selon le génie qui l'inspire. // Il y a peu de temps encore,

b. déraisonnablement et avec le moins d'art possible leur étonnement *RI*

Page 112.

a. plus cultivé. *[p. 111, 13e ligne en bas]* ★/Voici Georges Braque. *RI*

1909

Page 113.

LE SALON DES INDÉPENDANTS

Manuscrit inédit, conservé à la Bibliothèque nationale. Il s'agit du Salon de 1909. Cet article ne semble pas avoir été publié.

1. Les serres du Cours-la-Reine, où se tenait traditionnellement le Salon des indépendants, venaient d'être détruites, et des baraquements provisoires furent édifiés aux Tuileries. L'année suivante, en 1910, l'État ayant refusé le Grand Palais, on s'installa, — toujours provisoirement — avec l'autorisation de la ville sur l'emplacement des serres disparues. Le Salon émigra en 1912 sur le quai d'Orsay.

Page 114.

1. Il s'agit du tableau où Marie Laurencin s'est représentée elle-même avec Picasso, Fernande Olivier et Cremnitz autour d'Apollinaire.

Page 116.

LE SALON D'AUTOMNE

Dirigé par Marcel Rubaudo, *Le Journal du soir* s'affirme comme étant « le seul organe républicain qui publie les dernières nouvelles de la journée » et adopte les positions de la gauche modérée, assez proche en cela de l'hebdomadaire *La Vie de Paris,* auquel il emprunte souvent échos ou anecdotes pour nourrir ses nombreuses rubriques de potins aux titres changeants : « Çà et là », « Choses et autres », signés tantôt « Obéron », tantôt « Jean de Lacloche », et plus généralement anonymes.

Ce journal de tirage modeste et en continuelle perte de vitesse — 1 000 exemplaires en 1910, 800 seulement en 1912 — ne prétend nullement rivaliser avec ses concurrents réputés de l'aile libérale. Aussi opposé à la guerre qu'à l'anarchisme, sa position politique est sans grande originalité et trois sur quatre de ses pages sont alimentées par les questions littéraires et artistiques. Alexandre Bérard et J. Fortin s'occupent de la politique et André Delcamp rédige chaque jour une page du «Carnet d'un pingouin», sorte de billet humoristique et satirique. Maurice Cab et Gabriel Boissy signent en alternance la «Quinzaine littéraire», Léon Talboom, les chroniques d'art, L. Assy, «Le Mois artistique», André Denis, les «Propos d'un spectateur», Jean de La Chaignaie, R. Miller, à tour de rôle, les rubriques littéraires, aux titres divers, dont le rythme est très irrégulier.

Le nom d'André Ibels revient souvent, en première page, à la rubrique quotidienne, «Nos chroniques», qui traite de l'actualité sous ses formes les plus variées. C'est lui justement qui rend compte avec sympathie, le 18 septembre 1909, des deux ouvrages qu'Apollinaire vient de publier, sur l'œuvre du «divin Arétin» et sur celle du marquis de Sade[1]. La signature d'Apollinaire est apparue pour la première fois à la même place, le 9 août précédent, elle y réapparaîtra une dernière fois le 3 octobre[2]. Entre ces deux dates, le jeune écrivain d'art signe ce long compte rendu du Salon d'automne qui occupe deux colonnes en première page et la première colonne de la seconde.

Aucun document ne permet de déterminer aujourd'hui comment Apollinaire fut appelé à écrire dans ce journal et pourquoi il le quitta si rapidement alors qu'il annonçait lui-même dans sa livraison du 20 septembre[3] au moins deux suites : une chronique sur l'exposition des *Figures* de Corot et des impressions plus détaillées sur les œuvres exposées au Salon d'automne.

Page 117.

1. *Sic;* il faut vraisemblablement lire : «ceux de l'art en général».

2. Première apparition à notre connaissance du mot «futuriste» sous la plume d'Apollinaire. On notera que le groupe des peintres futuristes n'existe pas encore, mais que parmi les exposants figuraient Balla et Boccioni, qui seront des signataires du premier manifeste. L'opinion d'Appolinaire est partagée par la plupart des critiques, pour qui ces peintres italiens sont des divisionnistes ou des pompiers.

Page 118.

1. Rappelons que les chauffeurs sont, sous la Terreur et le Directoire, des bandes de brigands ainsi nommés parce qu'ils brûlaient la plante des pieds de leurs victimes pour leur faire dire où était caché leur argent.

Page 119.

1. Sur la Sécession de Berlin, voir n. 3, p. 68.

Page 120.

1. Ce qu'il ne fit pas, sa collaboration au *Journal du soir* s'étant arrêtée le 3 octobre avec l'article «Sur les musées» (voir p. 122-124).

1. Voir «Le Divin Arétin» et [«Le Divin Marquis»], *Les Diables amoureux,* t. III.
2. Voir t. III, «À propos de Mars», et p. 122.
3. Voir p. 120.

Page 122.

SUR LES MUSÉES

1. Érostrate est l'incendiaire du temple d'Artémis à Éphèse, en 356 av. J.-C.

Page 123.

1. Première manifestation chez Apollinaire d'un intérêt pour l'art africain et océanien, après son article sur Matisse (voir p. 103). Voir également p. 473 et «La Vie anecdotique» du 1er avril 1917 dans le tome III, à paraître.

1910

Page 126.

LES EXPOSITIONS DE PEINTURE

EXPOSITION CÉZANNE

Les premiers échos d'Apollinaire dans *Paris-Journal* paraissent le 15 janvier 1910 (voir t. III). Ce quotidien du matin, repris en 1908 par Gérault-Richard, député républicain de la Guadeloupe, accorde alors une large place à la vie littéraire et artistique. Son tirage de 40 000 exemplaires en 1910 le place loin derrière les grands journaux parisiens comme *Le Journal, Le Matin* ou *Le Petit Parisien,* qui tirent respectivement, la même année, à 810 000, 670 000 et 1 400 000 exemplaires, mais lui permet néanmoins de tenir un rang honorable dans la presse parisienne. La collaboration d'Apollinaire coïncide avec la période d'apogée du journal; la mort de Gérault-Richard, en décembre 1911, marque le début de son déclin. Son tirage tombe à 18 000 exemplaires en 1912 et la politique — il est alors fermement anti-Caillaux — l'emporte largement sur la littérature et les arts.

Apollinaire collabore simultanément — mais inégalement — à plusieurs rubriques en 1910 : il alimente les «Échos» publiés anonymement en première page et tient le «Courrier littéraire» du 17 janvier au 15 mars[1]. Il fait ensuite passer en 1911 une série de chroniques qu'on pourrait intituler «Promenades et faits divers»; enfin, de mai 1914 jusqu'à la veille de la guerre, il est chargé de la rubrique «Les Arts» qui regroupe échos et informations artistiques.

Il avait lui-même recueilli et, dans certains cas, annoté un certain nombre de ces textes. Nous reproduisons toutes ces annotations marginales relevées dans le cahier de presse où il avait réuni sa contribution à *Paris-Journal,* donnée ici dans son intégralité pour autant que l'échotier n'ait lui-même commis aucune erreur ou omission. Nous n'avons retrouvé à ce jour aucun manuscrit des échos publiés par Apollinaire dans *Paris-Journal.*

Le 15 janvier 1910 paraissait dans *Paris-Journal* le communiqué suivant :

1. Voir p. 1164.

« COURRIER DES ATELIERS

« Sous cette rubrique, nous nous occuperons au jour le jour des artistes, peintres, sculpteurs, graveurs, aquarellistes, lithographes, etc. Sans nous préoccuper des rivalités des diverses sociétés artistiques, Société des artistes français ou Société nationale des beaux-arts, Salon d'automne ou Salon des indépendants, nous donnerons toutes les nouvelles pouvant intéresser les artistes : expositions françaises et étrangères, petites expositions particulières, et jusqu'à la répartition dans les mairies et musées de province des achats de l'État.

« Enfin, et surtout, nous annoncerons les voyages et les villégiatures des artistes, leurs projets pour les prochains Salons, leurs envois, les commandes officielles, les portraits — bref, leur travail régulier.

« Nous recevrons donc tous les renseignements que les artistes voudront bien nous envoyer. Ils seront chez eux dans cette rubrique aussi librement que dans leurs ateliers.

« La Palette. »

Ce programme ambitieux fut loin d'être rempli et les informations publiées par La Palette ne furent guère nombreuses. Quant à la critique d'art proprement dite, elle se réduit au début de 1911, outre les quelques participations d'Apollinaire, à quelques articles soit non signés, soit dus à divers collaborateurs, notamment André Salmon.

a. Le texte de l'article donne ouvrière *, lapsus d'Apollinaire ou coquille manifeste ; nous corrigeons.*

Page 129.

L'EXPOSITION ANNUELLE
DU CERCLE DE L'UNION

CE QUE L'ON REMARQUE AU SALON [...]

L'histoire de *L'Intransigeant,* dont le titre apparaît dès 1880, et qui disparaîtra en 1940, est complexe et mouvementée. Successivement socialiste, puis boulangiste, enfin résolument nationaliste, son tirage varie entre 70 000 exemplaires au moment de sa fondation et 400 000 exemplaires à son apogée, en 1930. Journal d'informations générales avant tout, il vient très loin derrière les grands quotidiens nationaux — tels que *Le Petit Parisien* ou *Le Petit Journal* — dans les années 1910-1914, où il accueille la prose d'Apollinaire et tire à 50 000 exemplaires environ.

Journal du soir apprécié pour la variété et la qualité de ses rubriques artistiques, il voit se créer, à partir du 21 novembre 1909, sous l'impulsion de son directeur Léon Bailby « La Boîte aux lettres » des Treize, originale rubrique collective d'échos littéraires où collaborent, de façon anonyme, A. Billy, Alain-Fournier, André Salmon, Max Jacob, Apollinaire...

Ce dernier y avait fait ses débuts le 14 juin 1909 avec un article sur Paul-Napoléon Roinard[1], puis n'y avait reparu qu'en janvier 1910 pour deux articles sur les inondations[2]. Cet article sur le Cercle de l'union est sa première contribution artistique. Le 5 mars 1910, tout en continuant à collaborer à « La Boîte aux lettres », il prit en charge une rubrique intitulée « La Vie artistique », qu'il tiendra jusqu'en mars 1914. La tradition veut

1. Voir p. 1022.
2. Voir t. III, à paraître.

qu'elle lui ait été transmise par son précédent titulaire, André Salmon. Mais la réalité est quelque peu différente. André Salmon a effectivement collaboré à *L'Intransigeant* du 3 mars 1908 au 15 janvier 1910. Il y donna sous divers pseudonymes des articles sur des sujets d'actualité. À partir de mars 1909, il a signé de son nom des critiques d'art — trente et une pour cette année 1909, ce qui est trop peu pour constituer une véritable rubrique. Après son départ en janvier 1910 pour *Paris-Journal,* où il sera critique d'art à part entière, quelques articles signés d'Édouard Beaudu, d'Ernest Gaubert et de Louis Thomas se limitent à des comptes rendus d'expositions, comme si pendant plusieurs semaines la direction du journal avait hésité sur sa politique d'information artistique. C'est avec l'entrée d'Apollinaire que «La Vie artistique» aura sa place dans les colonnes de *L'Intransigeant,* le premier article paru sous cette rubrique étant celui du 5 mars 1910[1]. Apollinaire est le véritable créateur de la rubrique (qui d'ailleurs disparaîtra avec lui, en mars 1914) et, s'il a succédé à André Salmon, c'est dans la mesure où celui-ci avait été le principal auteur d'articles sur l'art dans le journal et où, sans doute, il a recommandé son ami auprès de Léon Bailby.

1. En janvier 1910. Voir les articles d'Apollinaire dans le tome III à paraître.

Page 130.

LA VIE ARTISTIQUE

EXPOSITION LOUISE BRESLAU

1. Phrase tirée de la préface au catalogue de l'exposition «Pastels et dessus de portes» (galeries Durand-Ruel, du 1er au 15 mars 1910).

2. Cette citation n'a pas été retrouvée.

Page 132.

LA VIE ARTISTIQUE

EXPOSITION DES ARTISTES DÉCORATEURS [...]

1. Charles Doury, mort en 1909, est l'ami disparu dont Apollinaire rapproche le nom de celui de Douris, célèbre peintre de vases grecs du Ve siècle av. J.-C.

Page 134.

LA VIE ARTISTIQUE

EXPOSITION BONNARD

Cette exposition eut lieu du 7 au 26 mars 1910 à la galerie Bernheim-Jeune.

1. Voir p. 130-131.

Page 135.

LA VIE ARTISTIQUE

EXPOSITION CHARLES GUÉRIN [...]

Cette exposition eut lieu du 7 au 19 mars à la galerie E.-Druet.

1. Apollinaire ne semble pas songer à une scène précise de Stendhal.

Page 136.

LA VIE ARTISTIQUE

EXPOSITION DE PEINTRES ET DE SCULPTEURS

Cette exposition eut lieu du 9 mars au 2 avril 1910 à la galerie Georges-Petit.

1. Il s'agit du grand-duc Paul Alexandrovitch Romanov, parent du tsar.

LA VIE ARTISTIQUE

EXPOSITION MAURICE DE VLAMINCK

Page 139.

1. Exactement : «Dans ces prés fleuris / Qu'arrose la Seine», dans «Vers allégoriques à mes enfants» de Mme Deshoulières.

PRENEZ GARDE À LA PEINTURE !
LE SALON DES ARTISTES INDÉPENDANTS [...]

MATISSE, ARTISTE INTÈGRE [...]

Page 141.

1. L'exposition de Matisse chez Berhheim en février 1910 avait suscité des critiques sévères. Louis Vauxcelles, qui le défend, observe qu'il est «un auteur difficile, un de ceux qui appellent et justifient toutes les controverses» (*Gil Blas,* 18 février 1910) Dans *Paris-Journal* du 15 février, Salmon parle d' «anarchie», de «mépris de la construction», de «truc» et dresse un bilan négatif.

Page 143.

LE MYSTICISME DE GIRIEUD [...]

1. Apollinaire n'est pas encore converti aux recherches de Delaunay. Parmi les tableaux portés au catalogue, on peut hésiter, avec Breunig, entre *Église* (ensuite nommé *Saint-Séverin n° 2*), *Ville* ou *Tour.*

2. *Figures décoratives, Juge, Le Bar, Paysage.*

Page 144.

LA LUMIÈRE DES NÉO-IMPRESSIONNISTES

1. Vers célèbre de *L'Invention* (voir André Chénier, *Œuvres complètes,* Bibl. de la Pléiade, p. 127).

Page 145.

1. Dans *L'Intransigeant* du 7 août 1911, Apollinaire a consacré au livre de Signac *D'Eugène Delacroix au néo-impressionnisme* l'article donné dans la note 1 de la page 28.

Page 147.

AU SALON DES ARTISTES INDÉPENDANTS
LE VERNISSAGE

PLUS DE DIX MILLE PERSONNES [...]

1. Début du poème de Mallarmé «Brise marine» (*Œuvres complètes,* Bibl. de la Pléiade, p. 38).

LE SALON DES ARTISTES INDÉPENDANTS

JACQUES BLOT [...] MLLE KROUGLIKOFF

Page 152.

1. Deux lignes sont tombées à la composition. Ciolkowski avait protesté contre le propos d'Apollinaire dans une lettre que publia *L'Intransigeant* le 30 avril, déclarant que son art ne s'adressait «pas plus aux invertis qu'aux courtisanes, pas plus aux sodomites qu'aux don juans, pas plus aux impuissants qu'aux priapistes, pas plus aux vieux messieurs qu'aux collégiens, pas plus aux bigots qu'aux agnostiques, pas plus aux moralistes qu'aux immoralistes, mais à tous ceux, quels qu'ils soient, qui voudront bien s'y arrêter». Il citait un certain nombre de critiques élogieuses sur son œuvre. La réponse d'Apollinaire parut dans *L'Intransigeant* du 3 mai :

«Mon cher Directeur,

«Si des réponses comme celle qui parut, il y a deux jours, dans vos colonnes se multipliaient, la critique d'art deviendrait impossible.

«Cette lettre relève un passage de mon explication des "Indépendants" mal interprété par l'artiste intéressé.

«Deux lignes tombées à la composition attribuaient aux dessins dont il était question une ressemblance avec les œuvres du dessinateur anglais Aubrey Beardsley qui eut conscience de la perversité de son art au point qu'à son lit de mort, il fit détruire les planches d'une de ses œuvres maîtresses.

«Au demeurant, je ne suis pas l'ennemi d'un tel art et même j'admire Beardsley, délicieux illustrateur qui se souvenait excellemment des peintres de vases grecs et notre Eisen. Mais, Beardsley imité par les snobs et par les misses américaines me paraît aussi détestable que les vers de collégiens qui imitent Baudelaire.

«Je laisse aux critiques desquels les appréciations délicates, érudites et diverses donnent tant de saveur à la lettre dont il s'agit, la responsabilité des opinions qu'ils ont émises, me contentant, d'accord, je crois, avec un Arsène Alexandre, dont la perspicacité d'écrivain d'art fait honneur à ce temps, de regretter que l'anglomanie envahisse les arts pour le plus grand dommage du goût français.

«Veuillez recevoir, etc.

«GUILLAUME APOLLINAIRE.»

Page 153.

LE SALON DES ARTISTES INDÉPENDANTS

FIN D'UNE PROMENADE LE LONG DE SIX MILLE TABLEAUX

1. Voulant ridiculiser la peinture moderne, Roland Dorgelès et ses amis avaient fait badigeonner des toiles par la queue, trempée dans la peinture, de l'âne mascotte du Lapin agile. Ils les avaient signées Boronali (anagramme d'Aliboron), peintre «excessiviste»; un manifeste de l'excessivisme fut de plus publié. Dans le catalogue, on peut lire la notice suivante : «Boronali, J. R., né à Gênes (Italie), 53, rue des Martyrs, Paris. / 604. *Et le soleil s'endormit.* / 605. *Sur l'Adriatique.* / 606. *Marine.*» On remarquera que les trois titres forment une phrase absurde, si elle est dite d'Italie. Rapportant l'affaire d'après le récit qu'en avait donné Sérieyx dans *L'Éclair,* Remy de Gourmont termine ainsi sa note dans le *Mercure de France* du 16 avril 1910 : «[...] j'ai vu le tableau, il est bien dans le genre "indépendant" et ne dépare aucunement l'exposition. Ce qui fait tache, au contraire, ce sont les toiles de trois ou quatre peintres de talent, égarés là.»

Page 157.

LA VIE ARTISTIQUE

EXPOSITION WENCESLAS RADIMSKY

Cette exposition eut lieu du 29 mars au 16 avril 1910 à la galerie Bernheim-Jeune.

Page 160.

LA VIE ARTISTIQUE

EXPOSITION OTHON FRIESZ

Cette exposition eut lieu du 4 au 16 avril à la galerie E.-Druet.

AU GRAND PALAIS
LE PRÉSIDENT DE LA RÉPUBLIQUE INAUGURE
LE SALON DE LA SOCIÉTÉ NATIONALE

Page 167.

RODIN [...] DESBOIS

1. Dans *Conversations de Goethe pendant les dernières années de sa vie* recueillies par Eckermann, traduites par Émile Délerot, 2 vol., Charpentier, 1883, t. II, p. 247. Apollinaire avait cet ouvrage dans sa bibliothèque. Goethe écrit ces lignes à propos de la gravure. Apollinaire cite inexactement la fin de la phrase : «[...] se répandait partout et qui, dans le siècle actuel, ne manque pas seulement à la peinture, mais à tous les arts».

2. Allusion ironique à l'échéance des loyers, alors payés trimestriellement (le «terme»), les 15 janvier, 15 avril, etc.

AU GRAND PALAIS
LE VERNISSAGE DE LA NATIONALE

BELLERY-DESFONTAINES
LES BELLES MADAMES DE LA GANDARA [...]

Page 170.

1. Succès de l'époque : «Le vent soulève la gandourah.»

Page 171.

LE PORTRAIT DU ROI DE SUÈDE [...]

1. Le prince Eulenbourg, de la cour de Guillaume II, avait dû répondre à plusieurs poursuites pour homosexualité. Son dernier procès datait de 1909.

Page 172.

LE PORTRAIT D'HENRI DE RÉGNIER PAR CAPPIELLO [...]

1. Allusion probable, parmi les nombreuses affiches de Cappiello, à celle qu'il avait faite en 1909 pour Thermogène et qui représente un Pierrot dansant qui crache le feu.

LE 20e SALON DE LA NATIONALE

BOLDINI [...] JULES FLANDRIN

Page 179.

1. Deuxième vers du poème de Mallarmé, «Soupir» (*Œuvres complètes*, Bibl. de la Pléiade, p. 39).

2. Allusion probable au poème de Jammes «C'était affreux...», dans *De l'Angélus de l'aube à l'Angélus du soir* («C'était affreux ce pauvre petit veau qu'on traînait / Tout à l'heure à l'abattoir et qui résistait [...]».

Page 181.

AU PALAIS DE GLACE

LE 4e SALON DES HUMORISTES [...]

1. Émile Godefroy avait publié dans *Vers et prose*, t. XIV, juin-juillet-août 1908, un article intitulé «Le Sublime comique» et consacré à Aristophane. Cet article avait été repris en une brochure, *Le Sublime comique suivi d'un petit dialogue, Le Vieux médecin et son fils*, Paris, Émile Larose, 1909.

Page 182.

1. Lapsus ou coquille probables pour le roman de Willy paru en 1904, *La Mome Picratte.*

2. La «fille d'alliance» de Montaigne publia en 1626 ses propres œuvres sous le titre *L'Ombre de la demoiselle de Gournay*. On y trouve des épigrammes imitées du grec.

Page 183.

1. Allusion à deux œuvres d'Armand Silvestre d'une gauloiserie volontiers scatologique, *Les Malheurs du commandant Laripète* (1881) et *Les Merveilleux Récits de l'amiral Lekelpudubec* (1885).

LE PRÉSIDENT DE LA RÉPUBLIQUE INAUGURE LE SALON DES ARTISTES FRANÇAIS

Page 188.

QUELQUES ŒUVRES PRINCIPALES

1. Le dirigeable *République,* mis en fabrication après la perte catastrophique du *Patrie,* avait été présenté à la revue du 14 juillet 1909. Il explosa le 25 septembre de la même année, après divers incidents mécaniques, lors des grandes manœuvres de septembre.

Page 190.

AU GRAND PALAIS

LE VERNISSAGE DU SALON

1. Henri Regnault, pensionnaire de la villa Médicis, n'était pas mobilisable lorsque la guerre de 1870 éclata. Il tint cependant à se faire incorporer et fut tué en 1871 à Buzenval.

PROMENADES AU GRAND PALAIS

LE SALON DES ARTISTES FRANÇAIS

Page 193.

1. Apollinaire confond trois peintres, tous trois auteurs de scènes militaires : Jean Berne-Bellecour, Étienne Berne-Bellecour et Émile Boutigny, qui expose un *Départ des volontaires 1791*.

AUX ARTISTES FRANÇAIS
LE SALON

LA PEINTURE

Page 196.

1. Il s'agit toujours de l'inondation de la Seine à Paris et dans la banlieue en janvier 1910. Voir également p. 199 et n. 1, ainsi que t. III.
2. Commandant l'armée d'Afrique, le général Damrémont fut tué en octobre 1837, lors du siège de Constantine par ses troupes.
3. *Aphrodite* (livret de Louis de Gramont d'après le roman de Pierre Louÿs, musique de Camille Erlanger), représenté à l'Opéra-Comique en 1906, avait provoqué quelques remous.

Page 197.

1. Cette exposition a, en réalité, eu lieu en 1906, pour le 300e anniversaire de la naissance de Rembrandt. Apollinaire a fort bien pu la voir, puisqu'il était en Hollande cette année-là pendant le mois d'août.
2. Dans le premier livre du *Romancero, «Schlachtfeld bei Hastings»*. Le tableau est de Léon-Charles Cannicioni.

Page 198.

1. D'Estournelles de Constant avait obtenu le prix Nobel pour la paix en 1909. Diplomate, puis député et sénateur de la Sarthe, il s'était dépensé pour la conciliation internationale et avait été nommé délégué de la France à la conférence de La Haye en 1907.
2. *Un jour de grève,* par Mlle L. Humbert-Vignot.

Page 199.

AUX ARTISTES FRANÇAIS
LE SALON

FIN DE LA PROMENADE CHEZ LES PEINTRES

1. On sait qu'au moment de l'inondation de janvier 1910 Apollinaire habite 15, rue Gros. Dans son article «Impressions d'un inondé» il a décrit la montée des eaux dans la rue et leur irruption dans sa maison (voir t. III).

Page 201.

1. «L'Épatant» est le nom que se donne le Cercle de l'union artistique pour ses expositions annuelles.

2. À l'acte IV, sc. IX : c'est le rire du fou, «Tzing!» qui rime avec «la porte d'Hietzing».

Page 202.

1. La *séparation* est évidemment celle des Églises et de l'État, votée le 5 décembre 1905, dont l'application donna lieu à de nombreux incidents.

AUX ARTISTES FRANÇAIS
LE SALON
LA SCULPTURE

Page 206.

1. Vers du poème d'*Alcools* «Le Larron» (*Œuvres poétiques,* p. 93), incomplètement cité («Les alcancies [...]»).

LA VIE ARTISTIQUE
EXPOSITION GAUGUIN

Page 208.

1. Ces propos sont extraits du catalogue de l'exposition établi par Charles Morice.

Page 211.

LA VIE ARTISTIQUE
EXPOSITION GEORGES DESVALLIÈRES

Cette exposition eut lieu du 17 au 28 mai à la galerie E.-Druet.

Page 212.

BENJAMIN RABIER

Dans *L'Éducation artistique* de septembre 1910 a paru le texte suivant, où, malgré le sous-titre, on verra plutôt le résumé d'une conférence que la conférence elle-même :

«BENJAMIN RABIER

«(Conférence de M. Guillaume Apollinaire)

«L'œuvre de Benjamin Rabier est composée de fables dessinées en un ou plusieurs tableaux qui sont d'une morale vraie et un peu sceptique, comme l'était celle de La Fontaine.

«Car Benjamin Rabier est un fabuliste, et il agit comme tous les fabulistes. Il prête aux animaux un rôle qui n'appartient qu'à nous.

«Les animaux y gagnent de paraître un peu plus vicieux qu'ils ne le sont en réalité.

«Les fables dessinées de Benjamin Rabier sont amusantes, ce qui est la première qualité pour une fable. Elles sont simples et accessibles, ce qui est une autre qualité.

«Je ne vous dirai pas que Rabier a beaucoup de talent. Vous n'en doutez pas. Il en a peut-être beaucoup plus qu'il ne croit lui-même. La preuve en est que c'est la première fois qu'ils se soit risqué à réunir dans une exposition quelques-unes de ses œuvres.

«Une des caractéristiques du talent de Rabier, c'est qu'il est avant tout très français. Son dessin est parent de celui de nos artistes du Moyen Âge et il n'a subi en rien l'influence exotique des Japonais qu'ont subie la plupart de nos dessinateurs humoristiques.

«Son dessin est franc et simple. L'esprit y pétille.

«Les aquarelles de Rabier sont de couleurs vives et gaies, elles font plaisir à voir et déterminent la gaieté sans gêner en rien l'entendement de celui qui les regarde; tout y concourt au même but où se confondent l'esprit, la morale et l'effet décoratif. Donc, pas d'ornements inutiles qui en affaibliraient la portée. Un titre court en explique le sens.

«Benjamin Rabier est peut-être le meilleur moraliste de ce temps et, en tout cas, le moins ennuyeux.

«Il est le seul en son genre et d'un genre très français. Il représente une partie du traditionnel bon sens, qui est l'honneur de notre pays, et nous devons lui savoir gré de garder intactes ces qualités à une époque où elles sont battues en brèche par l'anglomanie qui sévit sur la littérature populaire — vous savez qu'elle vient d'Amérique, — par le scandinavisme qui domine le théâtre, par le moscovisme qui règne sur le roman, par le japonisme qui corrompt les arts.»

Dès le 10 juin, on lisait dans la rubrique «On dit que...» de *L'Intransigeant* la note suivante :

«L'exposition Benjamin Rabier est un succès. Du reste, nous l'avions prévu.

«Jamais on ne vit à un vernissage une telle affluence de visiteurs et d'admirateurs. Les jolies aquarelles exposées, en dehors de l'esprit diabolique qui s'en dégage, sont traitées avec une réelle maîtrise qui fait classer dès maintenant ce puissant humoriste parmi nos aquarellistes les plus réputés.

«L'exposition a lieu galerie Deplanche, 18, chaussée d'Antin, du 8 juin au 4 juillet.»

LA VIE ARTISTIQUE

L'ŒUVRE GRAVÉ DE RICHARD RANFT

Page 215.

1. Voir le compte rendu d'Apollinaire sur ce livre, p. 1134.

LA VIE ARTISTIQUE

TABLEAUX MODERNES [...]

Page 217.

1. Casti aurait obtenu après Métastase le titre de poète impérial à la

cour de Joseph II. Apollinaire aurait aussi pu le dire consulaire, car c'est sous le Consulat qu'il publia à Paris son poème *Gli Animali parlanti* «Les Animaux parlants». Voir le chapitre qui lui est consacré dans *Les Diables amoureux,* t. III à paraître.

Page 218.

LA VIE ARTISTIQUE

2e CONGRÈS NATIONAL DE L'UNION DU DESSIN

Aucun article de la rubrique «La Vie artistique» ne parut entre le 29 juin et le 7 août 1910, sinon, le 29 juin, ce texte non signé :

«LA VIE ARTISTIQUE

«M. Dujardin-Beaumetz, sous-secrétaire d'État aux Beaux-Arts, a inauguré cet après-midi l'exposition des œuvres du peintre Marcel Lenoir, au Cercle international des arts, 97, boulevard Raspail.

«Il y a là trois cents toiles, des esquisses, des projets de grandes décorations du plus haut intérêt, parmi lesquelles trente œuvres acquises par Auguste Rodin, Bourdelle, Raymond Poincaré, Chaumié, Bernard, Élie Faure, Chouanard, etc.

«M. Dujardin-Beaumetz a visité ensuite l'atelier du sculpteur Clara.»

Page 220.

PETIT VERNISSAGE AU GRAND PALAIS [...]

L'EXPOSITION DE PEINTURE ET L'EXPOSITION DE MEUBLES [...]

1. Le rez-de-chaussée du Grand Palais était en effet occupé par une exposition des Arts décoratifs de Munich organisée dans le cadre du Salon d'automne.

Page 221.

1. Deux volumes de pastiches, dus à Paul Reboux et Charles Muller, avaient paru sous ce titre en 1908 et 1910.

Page 224.

VERNISSAGE D'AUTOMNE

PEU DE SURPRISES EN PEINTURE [...]

1. Il s'agit de *La Danse* et de *La Musique*.

Page 225.

1. Charlotte Lallemand dans le catalogue.

Page 226.

1. *Paysage* et *Nu*.
2. *Village dans les rochers*.

Page 227.

1. Il s'agit naturellement de bois pour le *Bestiaire* d'Apollinaire (voir *Œuvres poétiques,* p. 1 et la Notice, p. 1037) : quatre bois et la page de titre, dans un cadre. Voir également p. 247.

Page 228.

LE SALON D'AUTOMNE

L'unique contribution d'Apollinaire à la revue toulousaine *Poésie* a une raison anecdotique. Dans son compte rendu du Salon d'automne paru dans *L'Intransigeant,* Apollinaire avait signalé l'envoi de Mme Van Bever de La Quintinie[1]. Le codirecteur de *Poésie,* le poète Touny-Lérys, dont cette artiste avait exposé le portrait, voulut le remercier et l'invita à lui donner un article.

1. Voir n. 1, p. 224.

Page 229.

1. C'est la première fois, comme le remarque Breunig, qu'Apollinaire écrit le mot. Il est frappant qu'il le fasse déjà en opposant la véritable création à l'application d'une formule.

Page 231.

LA VIE ARTISTIQUE

LES PEINTRES RUSSES IMPASSE RONSIN [...]

1. Marguerite Steinheil avait été accusée de l'assassinat de sa mère et de son mari, le peintre Adolphe Steinheil, dans leur villa de l'impasse Ronsin, dans la nuit du 30 au 31 mai 1908. Elle affirmait pour sa défense que le crime avait été commis par des cambrioleurs qui se seraient «masqués» avec des lévites volées à un théâtre hébreu. À l'issue du procès, en novembre 1909, le jury l'avait déclarée non coupable. Le mystère restait donc entier.

2. L'exposition est celle de la Société artistique et littéraire russe. Mais des peintres français, espagnols et hollandais avaient aussi été invités.

Page 232.

HENRI-EDMOND CROSS

1. Du 17 octobre au 5 novembre 1910 à la galerie Berheim-Jeune.

Page 233.

LA VIE ARTISTIQUE

EXPOSITION RAMON PICHOT

Cette exposition eut lieu du 18 au 31 octobre 1910 à la galerie Moleux.

1. Voir p. 227.

Page 234.

LA VIE ARTISTIQUE

10e EXPOSITION DE PEINTRES-GRAVEURS FRANÇAIS

Cette exposition eut lieu du 3 au 16 novembre 1910 à la galerie Devambez.

Page 235.

L'EXPOSITION DES ARTS DÉCORATIFS DE MUNICH

Les Marches de l'Est, «revue barrésienne», paraît mensuellement depuis la fin de 1909. En septembre 1910, Émile Henriot s'en était pris dans sa chronique des «Revues» aux poètes du *Mercure de France* Spire, Porché, Apollinaire, «queue du symbolisme», chez qui «le goût, la mesure et le rythme sont sacrifiés au désir d'être personnel et nouveau». Est-ce à la suite de cet article qu'Apollinaire entra en relation avec la revue? Ce fut, en tout cas, son unique collaboration.

1. Cette brochure n'a pas été retrouvée.

Page 238.

LA VIE ARTISTIQUE

1. Apollinaire faisait partie de ce comité d'initiative créé en septembre 1909 par vingt et un écrivains et artistes, notamment P.-N. Roinard, V.-E. Michelet, Jean Royère, Jean Metzinger, Louis de Gonzague Frick, René Arcos, Charles Vildrac, Jules Romains, Fagus.

Page 240.

LA VIE ARTISTIQUE

PEINTURES D'ANDRÉ LHOTE

1. Dans la préface au catalogue. Charles Morice reprit ces rapprochements dans sa critique du *Mercure de France* du 16 décembre 1910, où il se plaisait à rappeler qu'il avait le premier fait connaître ce jeune peintre (dans le numéro du *Mercure de France* du 16 avril 1909).

LA VIE ARTISTIQUE

PEINTURES DE GRANZOW

L'exposition dont Apollinaire fait ici le compte rendu eut lieu du 5 au 17 décembre à la galerie Bernheim-Jeune.

2. Voir p. 124-125.

Page 241.

LA VIE ARTISTIQUE

PREMIER GROUPE À LA GALERIE DRUET

1. Deux pastels : *Portrait de Mlle Violette Haimann* et *Le Bouddha.*

Page 242.

LA VIE ARTISTIQUE

1. Henri Brisson, président de la Chambre des députés, que les chansonniers brocardaient pour sa gravité. Apollinaire fait implicitement allusion à la proclamation de la république au Portugal cette même année 1910.

Page 243.

LA VIE ARTISTIQUE

1. Apollinaire n'aime pas la peinture de Klingsor, qu'il oppose toujours à sa poésie. Déjà lors de sa visite aux Indépendants en 1906, il avait simplement noté en face de son nom : «Merde!». Voir p. 109 une opinion formulée de façon plus nuancée qui ne modifie pas le jugement.

2. Au sujet de l'exposition de la Comédie humaine, voir p. 497.

Page 247.

LA VIE ARTISTIQUE

1. La ville fut entièrement détruite, en 1908, par un tremblement de terre, qui fit aussi disparaître le rocher de Scylla.

Page 248.

LA VIE ARTISTIQUE

1. Les toiles reproduites dans *La Plume* du 15 mai 1905 pour illustrer l'article d'Apollinaire «Les Jeunes : Picasso, peintre» (voir p. 19-22 et notule) sont : *La Femme à la corneille, Les Deux Amies, L'Arlequin assis, Acrobate et jeune arlequin, Deux saltimbanques avec chien.* Mais Breunig, se référant à un propos de Kahnweiler, suppose que le tableau exposé chez Vildrac était *Famille de saltimbanques (Les Bateleurs)* et que la mémoire d'Apollinaire a dû le tromper.

ODILON REDON

Feuillet manuscrit inédit conservé à la Bibliothèque nationale. Date incertaine, probablement vers 1910.

1911

Page 250.

L'ART JAUNE

RAPHAËLS ET REMBRANDTS CHINOIS [...]

Une note manuscrite d'Apollinaire, conservée à la bibliothèque littéraire Jacques-Doucet, était peut-être destinée à *L'Intransigeant*. Sa partie centrale, entre les guillemets, reproduit avec quelques différences de ponctuation un passage de l'article de Raymond Koechlin intitulé «Correspondance d'Angleterre — Les Expositions d'art extrême-oriental à Londres», paru dans la *Gazette des beaux-arts* d'octobre 1910. Voici le texte de cette note :

«*Gazette des beaux-arts* (octobre). M. Raymond Koechlin écrit à propos de la collection de peintures chinoises qui sera exposée chez Bernheim-Jeune. "Mme Wegener, une Allemande, avait parcouru la Chine de longs mois, réunissant toutes les peintures qu'elle pouvait trouver sur le marché, tant à Pékin que dans les villes de l'intérieur; elle les exposa à Berlin, mais sans grand succès, puis les présenta au British Museum.

«"M. Colvin et son adjoint, M. Binyon en furent séduits; la somme considérable qu'on leur demandait ils ne l'avaient point, mais en Angleterre la question d'argent n'est jamais insoluble pour les directeurs de musées; ils firent appel à leurs amis; ceux-ci, un peu surpris d'abord de la révélation, que beaucoup ne comprenaient guère, d'une peinture chinoise, finirent par ouvrir leur bourse et la plus de *[sic]* partie de la collection Wegener entra ainsi au British Museum."

«En réalité le British n'a acquis qu'une petite partie de cette collection qui va être exposée à Paris.»

Page 251.

1. Rapprochement suggéré par une phrase du catalogue de Joseph Brummer, selon laquelle certains rouleaux évoquent Cimabué, Giotto, Ghirlandajo, Botticelli.

Page 252.

1. Apollinaire se trompe : le kakémono se déroule verticalement (voir n. 2, p. 299).

Page 253.

LA CIMAISE

SA TROISIÈME EXPOSITION CHEZ GEORGES-PETIT

1. Cette citation n'a pas été retrouvée.

LES «UNES»

À L'EXPOSITION DES «UNES» [...]
ON VOIT AUSSI QUELQUES TOILES DES «UNS»

Page 266.

1. Selon une légende répandue par les romantiques, le poète Gilbert (1751-1780) serait mort de misère à l'Hôtel-Dieu. Apollinaire sait qu'il n'en est rien, que Gilbert recevait plusieurs pensions et que sa mort est due à un accident de cheval.

LA VIE ARTISTIQUE

EXPOSITION [...] DE GRAND-JOUAN

Page 267.

1. *Le Courrier français illustré*, feuille humoristique illustrée, fut fondé en 1884; y collaborèrent notamment Willette, Chéret, Hermann-Paul, Forain, Jeanniot.

ADOLPHE WILLETTE

ON EXPOSE SES ŒUVRES AU LOUVRE [...]

Page 268.

1. «J'aimais aimer», formule célèbre de saint Augustin dans ses *Confessions.* Faut-il rappeler que le titre *Amo* de Willette signifie «j'aime»?
2. Les *Nouveaux dialogues des amateurs sur les choses du temps 1907-1910*, qui venaient de paraître.

Page 269.

1. Dernier vers du sonnet «Promenade galante», dans *Rimes dorées*, de Banville.

LA VIE ARTISTIQUE

AQUARELLES DE SIGNAC. TAPISSERIES DE MAILLOL

Cette exposition eut lieu du 23 janvier au 1er février 1911 à la galerie Bernheim-Jeune.

LES PEINTRES ORIENTALISTES FRANÇAIS

LEUR VINGTIÈME EXPOSITION [...]

Page 275.

1. Allusion d'Apollinaire au livre d'Herbert Ward publié à Londres en 1890 et traduit en français en 1910 chez Plon, Nourrit et Cie sous le titre *Chez les cannibales de l'Afrique centrale.* Ward avait été engagé comme officier dans l'expédition dirigée par Stanley de 1884 à 1889.

Page 276.

LA VIE ARTISTIQUE

LE DERNIER ÉTAT DE LA PEINTURE

1. *Le Dernier État de la peinture. Les successeurs des impressionnistes,* brochure de 72 pages, qui se trouve dans la bibliothèque d'Apollinaire avec un envoi de l'auteur (Le Feu, Union française d'édition, s.d.).

Page 279.

LES AQUARELLISTES FRANÇAIS

LEUR TRENTE-TROISIÈME EXPOSITION [...]

1. Apollinaire avait conservé cette «histoire d'un enfant racontée par un homme» selon le sous-titre, qui est restée dans sa bibliothèque (Plon, Nourrit et Cie, 1886, 327 p.).

LA VIE ARTISTIQUE

Page 281.

1. Citations de *La Tentation de saint Antoine* de Flaubert : «Je me suis réfugié à Colzim; et ma pénitence fut si haute que je n'avais plus peur de Dieu» (chap. I); «J'ai envie de voler, de nager, d'aboyer, de beugler, de hurler» (chap. VIII et dernier, ultimes paroles d'Antoine); voir *Œuvres,* Bibl. de la Pléiade, t. I, respectivement p. 27 et p. 164).

2. Sur la *Revue de la vie mondaine,* voir p. 1031.

Page 282.

1. Sous la plume de Léandre Vaillat.

«LES AMATEURS»

LES TABLEAUX QUE L'ON VOIT À L'ALCAZAR D'ÉTÉ [...]

Page 289.

1. Il s'agit du maire de Paris pendant la Révolution. Apollinaire cite également ces quatre vers dans un de ses feuilletons critiques de *La Phalange* (voir p. 1117).

Page 291.

LES ROSATI

LEUR PREMIÈRE EXPOSITION [...]

Société de beaux esprits fondée à Arras en 1778, les Rosati n'avaient pas survécu à la Révolution. Ils furent reconstitués en 1892 et réunissent des écrivains et des artistes du Nord de la France.

1. La séparation des Églises et de l'État, votée en 1905.

Page 294.

L'ANCIENNE «SOCIÉTÉ NOUVELLE»

ON A INAUGURÉ AUJOURD'HUI SON EXPOSITION [...]

1. En fait, ce nom avait été adopté en 1910.

Page 297.

LA VIE ARTISTIQUE

K.-X. ROUSSEL. GEORGES BARBIER (LARRY)

Le 18 mars avait paru anonymement dans la rubrique «La Vie artistique» un communiqué concernant les fêtes du millénaire normand : rien ne permet d'attribuer cet article à Apollinaire.

Page 298.

1. Dans *Le Théâtre italien,* Apollinaire écrit : «Pendant ce temps [au XVIIIe siècle, alors que Goldoni doit aller chercher le succès à Paris], le théâtre improvisé avait un court renouveau de vogue à Venise, où Carlo Gozzi fournissait aux acteurs des *scenarii* excellents. Les sujets merveilleux de ses pièces à transformations, appelées *fiabe,* étaient tirés d'ordinaire des contes orientaux, et les personnages s'y métamorphosent à tout propos.»

LES DESSINATEURS HUMORISTES

LE VERNISSAGE DE LEUR PREMIER SALON [...]

2. Zislin, qui publiait ses caricatures dans la revue satirique *Dur's Elsass,* venait d'être condamné à huit mois de prison, tandis que Hansi avait 600 marks d'amende. On lit dans le catalogue du Salon : «M. H. Zislin ayant été en prison jusqu'à la veille de l'Exposition, il lui a été impossible de faire des dessins comme il l'avait désiré pour l'Exposition des dessinateurs humoristes. Ses amis ont choisi dans ses cartons les croquis qu'ils exposent. / Pour Zislin / Hansi.» Ces croquis comportaient notamment «des carnets fabriqués en prison par H. Zislin».

Page 299.

1. La jupe-culotte, conçue par Bréchoff-David, avait été présentée le 19 février 1911, après une brève apparition à l'ouverture d'Auteuil et à la Comédie-Française les jours précédents. Cette innovation de la mode défraya immédiatement la chronique.

2. Ou makimono : rouleau de peinture, sur soie ou papier, qui se

déroule horizontalement, et non de haut en bas comme le kakémono. Voir p. 251-252.

Page 300.

LA VIE ARTISTIQUE

1. Clemenceau avait fait de juin à septembre 1910 une tournée de conférences en Argentine. Il avait publié ses impressions de voyage dans *L'Illustration* avant de les réunir en un volume, *Notes de voyage dans l'Amérique du Sud, Argentine, Uruguay, Brésil* (Hachette, 1911).

L'ART ANGLAIS

LES PASTELLISTES AU XVIIIe SIÈCLE

L'EXPOSITION DE LA RUE ROYALE [...]

Page 303.

1. Voir «John Cleland», *Les Diables amoureux*, t. III, à paraître.

Page 304.

1. Par le révérend Matthew William Peters.

LES INDÉPENDANTS

LE VERNISSAGE AURA LIEU DEMAIN [...]

Page 317.

1. Il s'agit de *L'Espagnole,* qu'Apollinaire appelle *L'Andalouse* et qu'on désigne souvent comme *Madame Matisse au châle de manille.*

2. Le passage qui concerne le Douanier Rousseau figure dans *Les Peintres cubistes.* Voir p. 35 : «La jeunesse artistique [...]».

LE SALON DES INDÉPENDANTS

Page 321.

LES RUSSES

1. «Au fond, vous trichez avec les siècles», lettre de Mallarmé à Moréas, citée par ce dernier dans *Esquisses et souvenirs,* Mercure de France, 1908, p. 183-184. Cette lettre datée du 11 novembre 1894 se trouve dans le tome VII de la *Correspondance* de Mallarmé, Gallimard, 1982, p. 96.

Page 323.

LES DERNIÈRES SALLES

1. Apollinaire avait dans sa bibliothèque *Régénération* (1910) avec cet

envoi : « À Guillaume Apollinaire en hommage d'admiration. J. Picard du Chambon ».

Page 327.

L'EXPOSITION INGRES

[...] ON EXPOSE SA PALETTE ET SON VIOLON

1. Auteur de la préface du catalogue de cette exposition qui se tint du 26 avril au 14 mai 1911 aux galeries Georges-Petit.

Page 328.

1. Dans « Exposition universelle de 1855 » (Baudelaire, *Œuvres complètes,* Bibl. de la Pléiade, t. II, p. 585).

Page 329.

1. Coquille pour « leur », relevée le lendemain par Apollinaire (voir p. 330).

LE SALON

Page 332.

LA SCULPTURE

1. Sur la catastrophe du dirigeable *République,* voir n. 1, p. 188.
2. Un des chefs-d'œuvre de la chartreuse de Champmol, à Dijon, dû à ce sculpteur flamand qui illustra l'école bourguignonne à la fin du XIVe et au début du XVe siècle.

Page 333.

LA VIE ARTISTIQUE

GRANDS ET PETITS MAÎTRES HOLLANDAIS

Cette brève note fait écho à un article de J. Fortini paru la veille en première page de *L'Intransigeant,* « Faux tableaux », avec en sous-titre : « On abuse des faux tableaux et des faux dessins. Ingres, le Greco, les Hollandais sont trop souvent contrefaits dans un but commercial. On devrait établir des livres de vérité. » Il consistait pour un bon tiers en une critique sévère de cette exposition « Grands et petits maîtres hollandais », qui se tenait au musée du Jeu de paume.

AUX ARTISTES FRANÇAIS
VERNISSAGE DU SALON

Page 334.

VISITE DANS LES SALLES

1. Les « pilules Pink pour personnes pâles » popularisées en 1910 par

une affiche de Cappiello. Rappelons qu'Ingres fit en 1832 le portrait du journaliste Louis-François Bertin, dit Bertin l'Aîné, fondateur du *Journal des débats*.

Page 335.

1. Pour le Petit Palais. Il représentait «Étienne Marcel et les échevins de Paris rédigeant la charte de 1356» [*sic*, pour 1357]. Le plafond de Calbet avait pour titre *La Musique, le Drame et la Comédie (Le génie de la musique révèle à l'humanité les harmonies naturelles)*. Sur le plafond de Cormon, voir p. 331-332.

Page 336.

1. Le Circuit de l'Est avait eu lieu du 7 au 17 août 1910, en sept étapes couvrant près de 800 kilomètres. Une foule de cinquante mille personnes attendait le vainqueur, qui atterrit à 6 h 40. Cette course à fin de propagande militaire marqua selon la presse l'«apothéose des ailes françaises» et suscita des inquiétudes en Allemagne.

LE SALON

AUX ARTISTES FRANÇAIS [...]

Page 337.

1. Toile inspirée par le poème de Barbier «L'Idole», une des plus célèbres pièces des *Iambes* (1832).

Page 338.

GUILLEMET. MLLE LABATUT. JEAN ROQUE

1. Vers repris par Apollinaire dans un poème à Linda. Voir «Il y a», *Œuvres poétiques*, p. 322.

LE SALON

FIN DE LA PROMENADE
À TRAVERS LES SALLES DE PEINTURE

Page 339.

1. C'est le début de «Petites filles», dans *Le Beau Voyage : Les infantes madrilènes, goûtant de miel, / Attendent le réveil tardif de leurs poupées, / En silence et en rang, graves, préoccupées / De leur soin puéril et confidentiel.*

2. Eugène Montfort venait de publier des notes de voyage : *En flânant de Messine à Cadix*.

Page 340.

1. Voir p. 331-332.

2. Voir p. 250-252, 257-258 et 347-348.

LE SALON

Page 344.

DESSINS, CARTONS [...] VITRAUX ET ÉMAUX

1. Jean-Baptiste Augustin (1759-1832), peintre sur émail et miniaturiste, qui réagit contre le style maniéré et Pompadour.

Page 347.

L'ART CHINOIS

UNE ANNÉE D'ART CHINOIS

1. Voir p. 250-252 et 257-258 les comptes rendus qu'Apollinaire fit de ces expositions.

Page 348.

L'EXPOSITION

1. Le général Charles Cousin-Montauban, mis par Napoléon III à la tête du corps expéditionnaire qui prit Pékin en 1860, reçut alors le titre de comte de Palikao, du nom du village où les troupes anglo-fançaises s'ouvrirent le chemin de la capitale chinoise.

LA VIE ARTISTIQUE

Page 350.

1. Le titre exact est *Dessins sur les danses d'Isadora Duncan, précédés de la Danseuse de Diane, glose de Fernand Divoire,* À la belle édition, 52 pages. L'ouvrage figure dans la bibliothèque d'Apollinaire, avec ces envois : *À Guillaume Apollinaire amicalement Divoire — à Guillaume Apollinaire en grande sympathie personnelle et artistique Segonzac — au poète, au prosateur, à l'érudit au bibliophile son ami poète prosateur, éditeur, imprimeur et son admirateur François Bernouard.*

LA VIE ARTISTIQUE

«PASTELS ANGLAIS», PAR R.-R.-M. SÉE

2. Dans *Voyage en Italie,* Goethe raconte la visite qu'il a faite à Sir William Hamilton à Caserte le 16 mars 1787. Apollinaire résume ici la description que fait Goethe des poses et des danses de la jeune femme.

Page 352.

LA VIE ARTISTIQUE

1. Apollinaire est allé à Laren en 1906. Il a envoyé, le 15 et le 16 août, deux cartes postales à sa mère.

Page 353.

LES FAUX TABLEAUX DE BAGATELLE

ILS ONT ÉTÉ AUTHENTIQUÉS AUJOURD'HUI MÊME [...]

L'exposition, qui s'est tenue du 15 mai au 15 juillet 1911, est intitulée «Les Modes à travers les âges». Le titre donné par Apollinaire, *Portraits et costumes* est celui de la préface de Léandre Vaillat au catalogue.

On connaît le goût d'Apollinaire pour le problème des faux. Parmi les tableaux dont il met en doute l'authenticité, le *Portrait de la duchesse d'Albe* attribué à Goya, le portrait de *Mme de Montmorency-Laval,* à Nattier et la version de *L'Accordée du village* attribuée à Watteau, ne figurent pas dans les catalogues spécialisés.

Page 358.

PRÉFACE

Préface au catalogue de la première exposition cubiste en Belgique, organisée par le peintre bruxellois André Blandin, un des directeurs de la revue *Le Passant,* à laquelle Apollinaire collabora (voir p. 381-383, ainsi que t. I, p. 1241, et t. III, «La Vie anecdotique» des 1er décembre 1911 et 16 juin 1912).

Au printemps de 1911, Blandin lui avait demandé de faire envoyer à Bruxelles des œuvres représentatives de la nouvelle peinture française. Il put, non sans quelques difficultés, lui faire parvenir des productions de Delaunay, Baltus, Archipenko, Dunoyer de Segonzac, Gleizes, Le Fauconnier, Léger, Granzow, Marchand, Moreau, Ottmann, Plumet. Sur cinquante-deux exposants, trente-trois étaient belges. On remarquera que les idées maîtresses d'Apollinaire sur le cubisme sont déjà présentes dans ces quelques lignes : continuité de la peinture, refus de tout système contraignant, primauté de la création.

Page 360.

LES GOBELINS AU PETIT PALAIS

1. Auteur d'une étude sur les dessins d'Ingres au musée de Montauban (1901), d'un *Roman d'amour de M. Ingres* (1910), Henry Lapauze venait de publier en 1911 *Ingres, sa vie et son œuvre,* imprimerie de G.-Petit.

LE CIMETIÈRE COUVERT DE BLOIS

Page 362.

1. Apollinaire avait dans sa bibliothèque une brochure de vingt pages, imprimée à Blois sans indication de date, de Jean-Gaston Lafore : *Les Chapiteaux du cimetière couvert de Saint-Saturnin dans le faubourg de Vienne.*

Page 363.

LE DESSIN PAR LES GRANDS MAÎTRES

1. Plus exactement : «la nature, maîtresse des maîtres». Cette formule figure dans une lettre de l'Arétin au Titien, qu'Apollinaire a publiée dans *L'Arétin* de la «Collection des plus belles pages» (Mercure de France, 1913, p. 238).

Page 365.

ET LA GARDE QUI VEILLE
AUX BARRIÈRES DU LOUVRE...
LE RAPT DE «LA JOCONDE»

Le 23 août 1911, la presse annonçait la disparition de *La Joconde,* volée la veille au Louvre. Le scandale fut immense, ce qui explique que l'article d'Apollinaire ait paru au centre de la première page de *L'Intransigeant,* accompagné d'une photo qui montrait la foule se pressant devant le musée. Il ne mesurait pas, en écrivant ces lignes, les conséquences que devait avoir pour lui cette affaire.

Le titre, repris en citation dans l'article, est un vers de Malherbe, dans la «Consolation à M. Du Périer» : *Et la garde qui veille aux barrières du Louvre / N'en défend point nos rois* (v. 79-80; voir Malherbe, *Œuvres,* Bibl. de la Pléiade, p. 43).

LE SALON D'AUTOMNE

Page 370.

HENRI DE GROUX

1. Sur de Groux, voir aussi t. III, «La Vie anecdotique» du 16 octobre et le jugement du peintre sur son critique que nous donnons en note.

2. Apollinaire désigne vraisemblablement ainsi avec humour le tableau intitulé *Sainte-Hélène.*

Page 371.

LE SALON D'AUTOMNE

L'ATTENTION EXCEPTIONNELLE
ACCORDÉE PAR LA PRESSE AU CUBISME [...]

1. La guerre avait commencé le 5 octobre par un débarquement italien à Tripoli.

LES CUBISTES

Page 372.

1. On sait que ce sont des tableaux non de Picasso, mais de Braque qui, lors de l'exposition de novembre 1908 (voir p. 110-112), conduisirent

Louis Vauxcelles à parler de «cubes» dans le numéro de *Gil Blas* du 14 novembre. Voir n. 1, p. 14.

2. *Paysage* et *Le Goûter.*

Page 373.

1. Lapsus ou coquille, Léger est prénommé Firmin, comme aussi plus loin, p. 380. Nous corrigeons.

2. *Paysage lacustre, Village au bord d'un lac, Village dans la montagne.*

LE SALON D'AUTOMNE

PROMENADE À TRAVERS LES SALLES DE PEINTURE

Page 375.

1. Erreur d'Apollinaire : l'envoi de Chenard-Huché comporte cinq paysages... de Provence.

Page 376.

LE SALON D'AUTOMNE

FIN DE LA PROMENADE AU GRAND PALAIS

Le 13 octobre, sous le titre «La Vie artistique», avait paru dans *L'Intransigeant* cet écho, que rien ne permet d'attribuer à Apollinaire :

«Le poète Marinetti vient, nous l'avons annoncé, de partir pour Tripoli, comme il en avait l'intention. La guerre ne lui a pas fait oublier le futurisme et sa dernière décision fut de fixer au mois de février l'exposition des peintres futuristes : Severini, Boccioni, Russolo, Carrà et Balla.

«Les fauves et les cubistes n'ont qu'à bien se tenir...

«Acré! V'là les futuristes.»

SCULPTURE

Page 378.

1. Apollinaire avait cette brochure dans sa bibliothèque : *Jean Baffier, sculpteur berrichon,* Bloud et Cie, 1911, 33 p.

Page 380.

UN VERNISSAGE

C'est celui de la 2e Exposition de la Société normande de peinture moderne qui eut lieu du 20 novembre au 16 décembre 1911 à la Galerie d'art contemporain, rue Tronchet. Une série de conférences eut lieu pendant cette exposition. Apollinaire fit la première le 24 novembre. Nous ne la connaissons que par le compte rendu qu'en fit Roger Allard dans *La Cote* du 25; elle était consacrée au cubisme.

Page 381.

LETTRE DE PARIS

Sur la collaboration d'Apollinaire à la revue bruxelloise *Le Passant,* voir t. I, p. 1241, et «La Vie anecdotique» des 1er décembre 1911 et 16 juin 1912, t. III, à paraître.

1. Paul Reboux avait pris l'initiative d'une protestation d'écrivains et d'artistes contre l'inculpation de Charles-Henry Hirsch pour un conte qui avait été trouvé immoral. Au moment où paraît cette «Lettre de Paris» l'affaire était achevée depuis le 4 novembre par un non-lieu.

Page 382.

1. Porto-Riche collabore au *Matin,* tandis que Capus est de l'équipe du *Figaro.*

2. Royère disait que sa poésie était «obscure comme un lis». Voir l'article d'Apollinaire, p. 1005.

Page 383.

1. L'échange entre Montfort et Brunot se réfère à une polémique sur l'utilité du latin, qui se développait particulièrement dans la revue de Montfort *Les Marges* et dans celle de Jean Royère *La Phalange,* dans laquelle Ferdinand Brunot avait publié «Le Mal latin».

Page 384.

LES BIJOUX DU SULTAN

LA FORCE ARMÉE SURVEILLE [...]

Abdul-Hamid II, sultan de l'Empire ottoman, que sa cruauté avait fait surnommer le Sultan rouge, avait été détrôné en 1909 et remplacé par son frère. Il était âgé de soixante-sept ans. La vente de ses bijoux, qui eut lieu du 27 au 29 novembre et du 4 au 11 décembre 1911 fut un grand événement parisien.

1912

Page 392.

LE SALON D'HIVER

UN VERNISSAGE AU GRAND PALAIS

1. Il avait été fondé en 1910 par l'Association syndicale professionnelle des peintres et sculpteurs français, créée, elle, en 1897. Voir p. 263.

Page 394.

LA VIE ARTISTIQUE

MAXIMILIEN LUCE. LE LÉVRIER DANS LES ARTS

1. Exactement *La Levrette en pal'tot*, chanson du peintre et poète Auguste de Chatillon (1813-1881).

Page 395.

LA VIE ARTISTIQUE

LES POMPIERS. FÉLIX VALLOTTON

1. Le groupe qui a pris ce nom a pour président L.-O. Merson, pour vice-président R. Verlet, tous deux de l'Institut.

2. «L'Art».

3. Apollinaire fait ici allusion à l'exposition à la galerie Druet du 22 janvier au 3 février.

Page 396.

DE MICHEL-ANGE À PICASSO

Le manuscrit, qui est passé plusieurs fois en vente publique, a été étudié par L. C. Breunig dans *« Apollinaire as an early apologist for Picasso », Harward Library Bulletin,* vol. VII, n° 3, automne 1953.

La revue *Marches de Provence,* fondée à Marseille en 1912 par J.-Aurélien Coulanges, avait un comité d'honneur composé de Mistral, Paul Adam, Barrès, Émile Bergerat, Lemaitre, Willy. Le premier numéro, daté de février 1912, s'ouvre sur cette déclaration : «Les *Marches de Provence* sont essentiellement indépendantes et ne sont le champion d'aucun dogmatisme, elles sont ouvertes à toutes les formes de l'art, pourvu qu'elles soient sincères.» Outre cet article d'Apollinaire, il contient notamment le début d'une enquête sur Mistral (voir la réponse d'Apollinaire, p. 1499), un poème de Paul Fort, des articles de Fagus, Jean-Marc Bernard, Nicolas Beauduin.

Page 397.

1. *Quatre dialogues sur la peinture de Francisco de Hollanda portugais.* Traduit en français par Léo Rouanet. Librairie Honoré Champion, 1911. Le propos de Michel-Ange se trouve dans le «Dialogue premier».

2. Alfred Chauchard, un des fondateurs des magasins du Louvre, mort en 1909, avait légué au... musée du Louvre sa collection de tableaux, avec, notamment, *L'Angélus* de Millet et des toiles de Corot, Meissonier, etc.

3. C'est-à-dire Michel-Ange, dans la citation faite plus haut.

4. Dans *La Plume* du 15 mai 1905 ; voir *Méditations esthétiques. Les Peintres cubistes,* p. 19 et 20.

Page 398.

1. Apollinaire cite textuellement ici le «Dialogue premier» de Francisco de Hollanda.

L'ART

LES POMPIERS, VALLOTTON ET LE DOUANIER ROUSSEAU

Créé en 1898 et dirigé en 1912 par Alfred Oulman, *Le Petit Bleu,* soutenu successivement par plusieurs groupes financiers mal connus, commence une nouvelle carrière à partir de janvier 1912. Hebdomadaire avant cette date, il devient alors quotidien, mais son tirage n'excède pas les mille exemplaires et son audience ne va guère au-delà des milieux politiques ou d'affaires. Cette feuille, qui n'aura jamais plus de quatre pages, accorde une assez grande place à l'actualité parisienne, et ses chroniques de première page sont consacrées tantôt à la vie de Paris, tantôt à la littérature, tantôt à la critique d'art. S'y relaient : Lucien Wahl, Jean Joseph-Renaud, Jacques Landau, notamment, et Apollinaire qui signe neuf chroniques entre le 5 janvier et le 5 avril 1912. Cette collaboration n'aura pas de suite, mais la rubrique du «Monde des arts» ouvrira plusieurs fois ses colonnes, entre 1914 et 1918, à des informations dictées de toute évidence par Apollinaire, qui avait dû garder des amitiés dans la rédaction du journal. À sa mort, Jacques Nargaud rendra d'ailleurs hommage à celui qui avait été «l'un des prophètes les plus ardents du mouvement cubiste» et qui avait honoré le journal de sa présence avant la guerre.

Apollinaire a rarement plus argumenté que dans cet article sa condamnation de l'académisme — dans la tradition française et dans l'art décoratif allemand — pour l'opposer aux audaces légitimes de la création. On notera aussi la nuance de son jugement sur le Douanier Rousseau.

Page 402.

1. Ce sonnet est intitulé «L'Art».

2. Allusion probable à *Loisirs d'un militaire,* ou traduction en vers français d'une partie des *Odes* d'Horace, avec le texte en regard et la traduction en prose de MM. Campeno et Desprès, par M. le vicomte Le Noir, F. Didot, 1822. Dorchain, dans *L'Art des vers* , dénie en quelques pages toute valeur au vers libre, qu'il appelle «vers amorphe» et s'en tient aux règles de la prosodie traditionnelle.

Page 403.

1. L'article d'Arsène Alexandre a paru dans *Comoedia* du 3 avril 1909. Il accompagnait une reproduction du tableau *La Muse inspirant le poète.* À la suite de sa publication, Apollinaire envoya cette lettre que *Comoedia* fit paraître comme suit le 25 avril dans les «Petites nouvelles des lettres et des arts» :

«Nous recevons du bon poète Guillaume Apollinaire une lettre extrêmement intéressante sur le portrait que fit de lui le peintre douanier Henri Rousseau, exposé aux Indépendants, sous le titre : La Muse inspirant le poète.

«Apollinaire constate que tout le monde a dit que ce portrait n'était pas ressemblant, mais que tout le monde l'a reconnu. Nous regrettons que le manque de place nous oblige à ne publier qu'un fragment de cette lettre...

«"Au demeurant, *il eût été impossible que le portrait en question ne fût pas très ressemblant.*

«"J'ai posé un certain nombre de fois chez le Douanier, et le premier jour avant tout, il mesura mon nez, ma bouche, mes oreilles, mon front, mes mains, mon corps tout entier. Et ces mesures, il les transporta fort exactement sur sa toile, les réduisant à la dimension du châssis. Pendant ce temps, pour me récréer, car il est bien ennuyeux de poser, Rousseau me chantait les chansons de sa jeunesse :

Moi, je n'aim' pas les grands journaux
Qui parl' de politique.
Qu'est-c' que ça m' fait qu' les Esquimaux
Aient ravagé l'Afrique.
C' qu'i m' faut à moi c'est l'*Petit Journal,*
La Gazett' la Croix d' ma mère.
Tant plus qu'ia d' noyés dans l' canal,
Tant plus qu' c'est mon affaire.

ou bien

Aïe! Aïe! Aïe! Que j'ai mal aux dents!

«"Et je restais immobile, admirant avec quelles précautions il s'opposait à ce qu'aucune fantaisie, autre que celle qui caractérise sa personnalité, ne vînt détruire l'harmonie de son dessin mathématiquement semblable à la figure humaine qu'il voulait représenter. S'il ne m'avait pas peint ressemblant, le Douanier n'aurait fait aucune erreur; les chiffres seuls se seraient trompés. Mais l'on sait que même ceux qui ne me connaissent pas m'ont immédiatement reconnu...

«"Et le tableau si longtemps médité, tirait à sa perfection; le Douanier avait fini de plisser la robe magnifique de ma Muse; il avait achevé de teindre mon veston en noir, ce noir que Gauguin déclarait inimitable, qui ravit Marie Laurencin et qui désespère Othon Friesz; il s'apprêtait à terminer un ouvrage qui est de la peinture sans aucune littérature, quand il eut tout à coup, pour me faire honneur, une idée nouvelle, une idée charmante, celle de peindre au premier plan une rangée délicate d'œillets du poète.

«"Mais, grâce à la science incertaine des botanistes de la rue Vercingétorix, la peinture l'emporta sur la littérature, car, pendant mon absence, le Douanier, se trompant de fleurs, peignit des giroflées..."»

Sur les articles d'Apollinaire, voir p. 221 et 317 et n. 2.

Page 404.

1. En 1911, dans la collection «Tous les arts» dont Apollinaire prend la direction et où paraîtra *Les Peintres cubistes.*

Page 406.

LA VIE ARTISTIQUE

LES PEINTRES FUTURISTES ITALIENS

1. Phrase du catalogue de cette exposition, qui se tint du 5 au 24 février 1912 à la galerie Bernheim-Jeune.

Page 407.

1. L'«oublié» Mérodack-Jeaneau avait quitté Paris à la fin de 1906 et n'y revint qu'en 1912. Il se considérait comme un précurseur méconnu et tenta de se faire reconnaître par Marinetti (voir Giovanni Lista, «Sur Mérodack-Jeaneau», *Guillaume Apollinaire 12*).

Page 408.

CHRONIQUES D'ART. LES FUTURISTES

1. Dans *Le Théâtre italien* (Louis Michaud, s.d. [1910], p. 16-17), Apollinaire avait écrit :

«Le *Poverello,* cette figure d'une éblouissante simplicité, s'éteignit le 4 octobre 1226. Ses *Laudes du soleil,* en vers rythmés, éveillèrent le sentiment lyrique, et l'incomparable floraison de disciples qui s'épanouit après sa mort, comprit, parmi les saints et les artistes, un certain nombre de poètes d'inspiration religieuse et populaire.

«Tandis que les premiers maîtres de l'adorable plastique franciscaine, Cimabue et Giotto, exaltaient leur Saint Stigmatisé et décoraient la basilique d'Assise avec les fresques les plus profondément inspirées que l'on connaisse, les héritiers spirituels du fils de Pietro Bernadone Moriconi se mêlèrent au mouvement des Flagellants, qui, à partir de 1260, parcourent les villes, les bourgs et les campagnes. En même temps qu'ils se donnaient la discipline en public, tout en exhortant le peuple à la pénitence, ils chantaient aussi leurs *laudi* ou cantiques, plus lyriques que les rhapsodies profanes des jongleurs. Ils étaient, eux, les *Jongleurs de Dieu (Giullari di Dio).*»

2. Ce sont les signataires du *Manifeste des peintres futuristes,* daté du 11 avril 1910.

Page 409.

1. Apollinaire se trompe, ou feint de se tromper sur l'identité de Romolo Romani en le confondant avec Mme Juana Romani, qui exposait régulièrement au Salon des artistes français.

Page 410.

1. C'est la première phrase de la préface du catalogue, *Les Exposants au public.* Voici la suite : «En effet nous sommes des jeunes et notre art est

violemment révolutionnaire. / Par nos recherches et nos réalisations qui ont déjà attiré autour de nous de nombreux imitateurs doués et d'aussi nombreux plagiaires sans talent, nous avons pris la tête du mouvement de la peinture européenne, en suivant une route différente, mais en quelque sorte parallèle à celle que suivent les post-impressionnistes, synthétistes et cubistes de France, guidés par leurs maîtres Picasso, Braque, Derain, Metzinger, Le Fauconnier, Gleizes, Léger, Lhote, etc.»

2. Nouvelle citation de la préface : «Tout en admirant l'héroïsme de ces peintres [ceux qui ont été cités à la note 1] de très haute valeur qui ont manifesté un louable mépris du mercantilisme artistique et une haine puissante pour l'académisme, nous nous sentons et nous nous déclarons absolument opposés à leur art.»

LA VIE ARTISTIQUE

SALON DE L'ÉCOLE FRANÇAISE

Page 418.

1. Apollinaire cite mal «Le Hareng saur», ledit animal n'étant pas «long... long... long», mais «sec, sec, sec» (voir Charles Cros, Tristan Corbière, *Œuvres complètes*, Bibl. de la Pléiade, p. 138).

Page 420.

QUATRE LETTRES SUR LA PEINTURE

Ce texte est la présentation des quatre lettres publiées dans le numéro de mars 1912 des *Soirées de Paris* (lettres 148, 149, 150 et 153 de la *Correspondance* publiée par John Rewald, Grasset, 1937).

Page 422.

LA VIE ARTISTIQUE

MARIE LAURENCIN. ROBERT DELAUNAY

1. Du 28 février au 13 mars 1912.

2. Comme le fait remarquer Breunig, ce rapprochement est établi également par Fernand Fleuret dans sa préface au catalogue des œuvres de Marie Laurencin.

3. Notamment un portrait inachevé d'Apollinaire.

Page 423.

[RÉPONSE À UNE ENQUÊTE SUR LE CUBISME]

L'enquête en question fut menée par Olivier Hourcade dans *L'Action*. Le présent article fut repris dans *Le Siècle* du 12 mars.

CHRONIQUES D'ART
L'ART DÉCORATIF ET LA PEINTURE FÉMININE

1. En 1912, du 27 février au 1er avril, au pavillon de Marsan. Sur l'exposition prévue pour 1915, voir p. 366-367 et p. 373.

VERNISSAGE AUX INDÉPENDANTS
IL A ÉTÉ TRÈS BRILLANT ET TRÈS PARISIEN [...]

Page 429.

1. Chagall rapporte cet incident dans *Ma vie,* mais semble confondre les dates et les tableaux. Breunig suppose que la toile incriminée est *Dédié à ma fiancée,* intitulée dans la catalogue de 1912 *La Lampe et les Deux Personnes.*

LE SALON DES INDÉPENDANTS
SUITE DE LA PROMENADE À TRAVERS LES SALLES

Page 431.

1. Cet envoi comprend trois tableaux : *Figure, Paysage, Nature morte.*
2. Fondateur en mars 1912 à Bordeaux de la *Revue de France et des pays français,* qu'il dirige avec Carlos Larronde, et auteur d'une enquête sur le cubisme dans *L'Action* (voir p. 423 et la notule).

LE SALON DES INDÉPENDANTS
FIN DE LA PROMENADE À TRAVERS LES SALLES [...]

Page 432.

1. Voir déjà cette citation p. 269.
2. *Composition avec personnage.*

LES INDÉPENDANTS
LES NOUVELLES TENDANCES
ET LES ARTISTES PERSONNELS

Page 437.

1. Le peintre dont Apollinaire ne donne pas le nom est évidemment Robert Delaunay.

VERNISSAGE
LE SALON DE LA SOCIÉTÉ
DES DESSINATEURS HUMORISTES [...]

Page 439.

1. Chapuzot est un personnage comique de troufion créé par Jean Drault : *Le Soldat Chapuzot, scènes de caserne* (1890), *Chapuzot à Madagascar* (s.d.), *Chapuzot est de la classe* (1892), etc.

Page 440.

1. Rappelons que Marcoussis débuta comme dessinateur sous son vrai nom, Markous.

LA VIE ARTISTIQUE

ROBERT MORTIER

2. Grand amateur de billard (comme son frère Alfred, le mari d'Aurel, qui fut champion du monde amateurs en 1908), Robert Mortier disputait à ce moment un championnat. Il publiera en 1913 *Leçons de billard,* un volume de XIV + 284 pages.

Page 443.

CHRONIQUES D'ART. LES PEINTRESSES

Le début de cet article (voir n. 1) a été repris par Apollinaire dans le chapitre des *Peintres cubistes* «Marie Laurencin», avec quelques variantes. Nous conservons ici ce passage de façon à laisser l'article dans son intégralité.

1. Ici s'achève le passage repris dans *Les Peintres cubistes* (voir p. 34).

Page 444.

a. l'art féminin *Le Petit Bleu. Avec Breunig, nous corrigeons en* l'art français , *plus conforme au sens général.*

Page 445.

1. Voir p. 422 et n. 1 et 2.

Page 446.

1. Phrase tirée de la préface au catalogue d'une exposition de cette artiste ouverte la semaine précédente, dont Apollinaire n'a pas rendu compte.

2. La suite a été reprise jusqu'à la fin dans *Les Peintres cubistes* (voir p. 38-39).

Page 449.

CHOSES D'ART

VERNISSAGE DU SALON DE LA NATIONALE

LA SCULPTURE

1. Fin du sonnet d'Oronte dans *Le Misanthrope*, acte I, sc. II.

Page 450.

1. «La Géante», *Les Fleurs du mal,* Bibl. de la Pléiade, *Œuvres complètes,* t. I, p. 22-23 : «J'eusse aimé vivre auprès d'une jeune géante.»

Page 455.

LA VIE ARTISTIQUE

ALBERT BESNARD

1. Du 23 avril au 13 mai 1912 sous le titre *Voyage aux Indes.*

Page 456.

1. Apollinaire télescope deux passages d'une même lettre : Flaubert écrit d'abord : «Le Gange n'est pas plus poétique que la Bièvre, mais la Bièvre ne l'est pas plus que le Gange.» Puis, après une critique de la «rhétorique» de Huysmans, il termine : «Soyez donc plus fier, nom de Dieu! et ne croyez pas aux recettes» (*Correspondance*, Paris, Conard, 1930, 8e série, p. 225, n° 1818, lettre de février ou mars 1879).

LE SALON

DEMAIN, VERNISSAGE AUX ARTISTES FRANÇAIS [...]

Page 457.

1. Ce titre fait allusion à une chanson populaire inspirée par la guerre de 1870-1871 et la perte de l'Alsace-Lorraine. Sur un projet de film d'Apollinaire reprenant le thème de l'avion venu de France, voir «C'est un oiseau venu de France», t. I, p. 1058-1063, et la Notice, p. 1474.

2. Titre exact donné par le catalogue : *Légendes franc-comtoises, diptyque. 1° Saint Ferréol, 2° Sire de Varambon.*

Page 463.

LA VIE ARTISTIQUE

ŒUVRES DE MME MADELEINE LEMAIRE [...]

1. Dans *L'Intransigeant* du 5 mai, sous le titre «Causeries sur l'art», est annoncée la reprise des causeries sur l'art faites par Madeleine Lemaire à l'Université des arts, 39, rue La Boétie.

Page 466.

LA VIE ARTISTIQUE

CLAUDE MONET

Exposition «Venise» du 28 mai au 8 juin 1912 à la galerie Bernheim-Jeune. Dans «La Vie anecdotique» du *Mercure de France* le 16 juin 1912,

Apollinaire citera quelques anecdotes sur le peintre à propos de cette exposition (voir t. III, à paraître). D'autre part, on lit dans la rubrique «Nos échos», signée «Le Wattmann», de *L'Intransigeant*, à la date du 22 mai : «Claude Monet a changé sa manière. Prochainement aura lieu une exposition où le public sera initié à la nouvelle peinture du maître impressionniste. / "La série des Venise" de Claude Monet fera sensation.»

LA VIE ARTISTIQUE

LA RENAISSANCE DES ARTS DÉCORATIFS

On verra dans cet article une confirmation de l'intérêt qu'Apollinaire porte aux arts décoratifs et à la notion de style moderne, que développera plus tard Pierre Albert-Birot dans plusieurs articles de la revue *Sic*.

Page 469.

LA VIE ARTISTIQUE

L'exposition de la Société normande de peinture moderne s'est tenue à Rouen, salle du Grand Skating rouennais, du 15 juin au 15 juillet. Apollinaire y fit le 23 juin une conférence sur le Sublime moderne. Nous ne connaissons cette conférence que par le compte rendu qu'en donna la *Dépêche de Rouen* le lendemain 24 : «[...] Apologiste de la peinture moderne, M. Guillaume Apollinaire définit ainsi le sublime qui selon lui a toujours existé : "Il renaît des cendres des arts; ceux-ci se renouvellent mais le sublime ne change point." / "Les efforts difficiles des peintres qui exposent ça" — dit-il encore — "tendent à l'éloigner le plus possible des ouvrages de l'industrie. Si le but du peintre et le but du photographe sont les mêmes, le premier doit disparaître, car pour l'exactitude, le photographe l'emporte, mais si le but du peintre est d'exprimer le sublime, le photographe qui dispose d'une simple machine à reproduire la réalité, ne peut rivaliser avec lui", etc. etc. / Le conférencier constata ensuite que le sublime est toujours la fable du vulgaire, qu'il est identique à celui des siècles passés, et que le sublime des artistes de l'avenir ne sera rien autre que ce qu'il est aujourd'hui. Selon lui, les cubistes l'étudient avec la curiosité, la patience des savants, ils le dissèquent, si bien que nous ne nous trouvons pas en présence d'un art nouveau, mais d'un art ancien et traditionnel, dont les principes renouvelés ont acquis une vigueur nouvelle. / Il continua : / "Quand les cubistes seront morts, et que de nouvelles écoles se seront manifestées en choquant le goût de la foule, il viendra des censeurs disant : — Les peintres nouveaux se livrent aux fumisteries les plus méprisables : que n'imitent-ils les cubistes? — Alors l'art ne sera pas en décadence, il sera renouvelé pour assurer la constance du sublime!" / C'est bien entendu l'avis de M. Guillaume Apollinaire qui regretta ensuite l'absence presque totale dans nos musées d'œuvres de peintres récents, la plupart du temps incompris et dont il cita les noms. / Le public sortit alors lentement de la grande salle. M. Guillaume Apollinaire avait terminé sa conférence.»

1. Nous corrigeons le «Mme J. Laurier» donné par le journal, J. Laurier étant un homme.

LA VIE ARTISTIQUE

BOLESLAS BIEGAS

Le 26 juin avait paru sans signature, mais sous le titre «La Vie artistique», l'annonce de deux expositions.

Page 470.

1. Dans la rubrique «La Boîte aux lettres» de *L'Intransigeant* du 25 juin, les Treize (peut-être sous la plume d'Apollinaire) annoncent : «Boleslas Biegas, dont on a inauguré aujourd'hui une exposition, n'est pas seulement sculpteur et peintre. Il fait de la littérature — française même. Il a écrit un *Michel-Ange* que l'Amicale des arts, fondée par M. I. Mauget, fera jouer les 3 et 4 juillet à Femina.» Apollinaire s'intéressait à ce peintre. Visitant le Salon des indépendants en 1906, il avait noté dans son catalogue : «Lui écrire. Vaut mieux que ces titres (il y a du Klopstock là-dessous). C'est ce qu'il y a de plus profond à l'Exposition. L'exécution n'est pas brillante. Mais voilà une âme.» La référence à Klopstock est sans doute provoquée par les titres des tableaux, *Feuille d'automne, Flambeaux de la vie, Baiser du jour,* etc.

Page 472.

LA VIE ARTISTIQUE

GUSTAW GWOZDECKI

Ce texte sera repris comme préface pour le catalogue d'une exposition du peintre en 1913. Le chroniqueur anonyme de *L'Action d'art* — qui doit être Atl — signalera dans le numéro 8 du 25 juin 1913 que cette exposition a lieu dans l'atelier de l'artiste, impasse de l'Astrolabe à Montparnasse, du 22 au 30 juin, et citera, en se référant à *L'Intransigeant,* le passage de l'article d'Apollinaire qui va de «ses natures mortes » à «l'univers, l'humanité et l'individu».

EXOTISME ET ETHNOGRAPHIE

Voir déjà p. 123 une première manifestation de l'intérêt d'Apollinaire pour l'art africain.

Page 474.

1. La revue *La Flora,* dont Lucien Rolmer était le rédacteur en chef, parut chaque mois du 15 février 1912 au 15 juillet 1914. Un numéro triple, daté octobre-décembre 1914, fut ensuite consacré à la Belgique envahie. Le premier numéro s'ouvrait sur ces phrases : «Nous fondons l'école de la Flora. L'école de la Flora, c'est l'école de la grâce; — l'école de la grâce, c'est l'école de l'harmonie et de l'amour.»

Page 478.

VERNISSAGE. L'INAUGURATION DU SALON D'AUTOMNE

UN PETIT INCIDENT AU GRAND PALAIS

Rendant compte du Salon d'automne sur deux pleines pages de *Gil Blas* du 30 septembre, Vauxcelles avait consacré une colonne entière à une critique virulente du cubisme et du futurisme, qui n'étaient à ses yeux que «puérilités» dues à des «primaires» : «le cubisme n'est rien le futurisme moins encore». D'où l'incident relaté par Apollinaire.

1. Vauxcelles répondra par une lettre insérée à la suite de «La Vie artistique» du 3 octobre :

«Nous avons reçu la lettre suivante, que notre impartialité nous fait un devoir d'insérer :

«Mon cher directeur,

«Sous le titre "Un petit incident au Grand Palais", L'Intransigeant *d'hier annonce que quelques peintres cubistes "m'ayant pris à partie, m'ont injurié copieusement".*

«Faites-moi l'honneur de croire qu'il n'est pas de mon caractère de me laisser injurier "copieusement" sans répondre à l'insulteur.

«J'ai, en effet, répliqué aux deux jeunes malappris, que l'incident aurait sa solution normale sur le terrain. Ils se sont aussitôt récusés, les principes de la morale cubiste leur interdisant sans doute de se battre.

«Je vous serai obligé d'insérer cette lettre, car je serais marri d'être mis en mauvaise posture devant vos nombreux lecteurs.

«Croyez-moi, je vous prie, votre tout dévoué

«LOUIS VAUXCELLES.

«P.-S. *Un mot encore : les deux jeunes gens susdits auraient peut-être pu attendre "pour me prendre à partie" que je fusse seul. Mme Vauxcelles me donnait le bras quand s'est produit l'incident. Or, c'est entre hommes qu'on doit régler certaines questions.»*

Page 484.

LA VIE ARTISTIQUE

«ENSEMBLES» DE CAPPIELLO

1. Les Galeries Lafayette.

JEUNES PEINTRES NE VOUS FRAPPEZ PAS!

Cet article parut dans l'unique numéro de *La Section d'or* pour l'exposition de la Section d'or, qui eut lieu à la galerie La Boétie. Cette exposition réunit environ deux cent œuvres d'une trentaine de participants. Apollinaire y fit le 11 octobre une conférence, *L'Écartèlement du cubisme,* où il formula pour la première fois les quatre tendances du cubisme décrites au chapitre VII des *Peintres cubistes* (voir p. 16-17) et où il lança le terme d'orphisme.

Page 485.

1. L'École des beaux-arts, alors bastion de l'académisme.

LE FUTURISME

Fondé en 1864, *L'Intermédiaire des chercheurs et des curieux* paraît les 10, 20 et 30 de chaque mois. Chaque numéro est entièrement composé, comme le dit le sous-titre, de «questions et réponses littéraires, historiques, scientifiques et artistiques, trouvailles et curiosités». La revue est entièrement rédigée par les correspondants, qui posent les questions et envoient les réponses. Les mêmes signatures — souvent des pseudonymes ou de simples initiales — apparaissent souvent. C'est ainsi que le 30 juillet 1912, un certain Dr L*** posait les deux questions suivantes :

«Le cubisme. — C'est une mode en peinture, un peu surprenante. Ne convient-il pas que *L'Intermédiaire* en garde, dans ses colonnes, le témoignage, par quelques textes authentiques qui seront de l'histoire, un jour?

«Le futurisme. — Je pose la même question pour le futurisme. Nous savons aujourd'hui ce que c'est. Nos arrière-neveux se le demanderont. Publions son état civil pendant que ses pères vivent encore.»

Plusieurs réponses vinrent, donnant des références, mais surtout ironisant sur les deux mouvements. Les interventions d'Apollinaire, dans le numéro du 10 octobre, ne mirent pas fin aux échanges. Le 10 novembre en particulier, quelqu'un qui signe A.B., se référant à Apollinaire, écrit :

«Je viens de lire l'article sur le cubisme et le futurisme. Je n'y ai rien compris. J'ai saisi seulement une chose, c'est que les cubistes ont le génie, les futuristes l'argent, mais je me demande si les uns et les autres ont le bon sens.»

Nous ne donnons pas ici la réponse d'Apollinaire sur le cubisme : elle a été incorporée en partie au chapitre VII des *Peintres cubistes* (voir p. 14 et var. *d*, p. 15) et Apollinaire l'a ensuite utilisée dans l'article «Méditations esthétiques» qu'il a publié dans *La Vie* de février 1913.

Page 488.

1. Voir «La Vie anecdotique» du 16 novembre 1911, dans le tome III de la présente édition.

«LE FUTURISME N'EST PAS SANS IMPORTANCE...»

Deux feuillets manuscrits inédits conservés à la Bibliothèque nationale. Date indéterminée, sans doute proche de la réponse à *L'Intermédiaire des chercheurs et des curieux*.

Page 489

1. Sur ce terme, voir notamment p. 16-17 et 504. Apollinaire, qui aurait voulu grouper sous la bannière de l'orphisme toutes les tendances de la jeune peinture, n'a pas réussi à imposer le mot. Voir aussi le débat sur le simultanéisme, p. 974-979.

Page 493.

LA VIE ARTISTIQUE

LOUIS BAUSIL

1. Une «Vie artistique» non signée dans *L'Intransigeant* du 28 novembre ne doit pas être attribuée à Apollinaire.

Page 494.

RÉALITÉ. PEINTURE PURE

Selon André Billy, qui en fit le récit pour la première fois dans *Apollinaire vivant* (éditions de La Sirène, 1923), la revue *Les Soirées de Paris* fut créée à l'initiative de quelques amis d'Apollinaire désireux de l'aider et de «dresser un bastion pour le protéger». Le comité de rédaction était formé, outre d'Apollinaire lui-même, de Salmon — que remplaça Charles Perrès à partir de mai 1912 —, Dalize, Tudesq et Billy, qui assurait la direction. La publication mensuelle fut régulière (sauf un numéro double en janvier-février 1913) jusqu'en juin 1913, malgré les divergences d'opinions, l'intérêt d'Apollinaire pour la peinture nouvelle, notamment, n'étant pas partagé par les autres rédacteurs. Mais, reprise par Billy seul, la revue s'essoufflait et, dans le courant de l'été de 1913, il ne fut pas mécontent de la céder à Apollinaire. Celui-ci la fit reparaître à partir de novembre 1913 avec l'aide de ses amis Serge Férat et Hélène d'Œttingen qui, pour la circonstance, adoptèrent un pseudonyme collectif qui était une allusion à leur origine, Jean Cérusse («ces Russes»). Cette nouvelle série parut jusqu'à la guerre (dernière livraison, numéro double 26-27 daté de juillet-août 1914). Elle fut fortement orientée par Apollinaire vers le cubisme et l'avant-garde, avec de nombreuses reproductions d'œuvres de Picasso, Matisse, Marie Laurencin, Metzinger, Gleizes, Derain, Picabia, Braque, Léger, Archipenko et du Douanier Rousseau, et des textes d'Apollinaire — qui y fit paraître en particulier ses premiers calligrammes —, de Max Jacob, de Cendrars, de Savinio, de Flint, d'Alan Seeger.

L'adhésion d'Apollinaire à la peinture de Delaunay ne fut pas immédiate (voir son premier compte rendu, p. 123); elle s'affirma au cours de 1911, jusqu'aux Indépendants de 1912, où il salua *La Ville de Paris* comme l'œuvre la plus importante de ce Salon et laissa entendre qu'avec elle on sortait du cubisme (voir p. 428). Pendant l'automne de 1912, Apollinaire fut souvent hébergé par les Delaunay dans leur atelier de la rue des Grands-Augustins : nul doute que les conversations qu'il eut alors avec le peintre — notamment au moment de la Section d'or — eurent une influence sur sa pensée et sur l'achèvement des *Peintres cubistes*. En janvier 1913, Apollinaire et Delaunay allèrent ensemble à Berlin, à l'occasion de l'exposition du peintre à la galerie du *Sturm*, du 17 janvier au 20 février. Apollinaire y fit une conférence sur son ami et donna un poème, «Les Fenêtres» (voir *Œuvres poétiques*, p. 168), à l'album de onze planches que publia alors ce dernier.

Le présent texte a paru dans les «Notes» des *Soirées de Paris* en décembre 1912. Le même mois, la revue berlinoise *Der Sturm* (voir la notule de l'article «La Peinture moderne», p. 501) en donnait, dans une traduction allemande, une version différente non seulement dans l'introduction et la conclusion d'Apollinaire, mais dans les citations de Delaunay. Elle a été retraduite en français par Breunig avec la collaboration de Mme Ehrengard Michel pour son édition des *Chroniques d'art* en 1960. C'est d'après cette traduction que nous citons les variantes *(CA)* sans tenir compte, naturellement, de celles qu'on peut attribuer à la double manipulation qu'a subie le texte.

Enfin, dans *Du Cubisme à l'art abstrait* (1957), Pierre Francastel a publié une troisième version, très proche de celle du *Sturm* (mais dont les différences ne s'expliquent pas seulement par les mécanismes de la traduction); elle reproduit un texte ronéotypé par les soins de Delaunay d'après un manuscrit d'Apollinaire *(Del.)*.

a. Début du texte dans Del. et dans CA : RÉALITÉ, PEINTURE PURE // Au plus fort de la campagne menée en France contre les jeunes peintres français, contre ceux qui, comme preuve de la profondeur de leur art portent fièrement le nom de cubistes dont on les a affublés, je me trouvai amené pour poursuivre la défense d'artistes que j'ai défendus le premier à publier dans de grands journaux français — tels *Le Temps* et *l'Intransigeant* — et dans mon livre, *Méditations Esthétiques,* (Figuière 1912), des définitions du cubisme, c'est-à-dire des précisions sur la différence qu'il convient d'établir entre l'ancienne peinture d'imitation et cette peinture nouvelle où s'est illustré un peintre comme Picasso. / Les divergences d'opinion de ces artistes me rassuraient sur l'avenir d'un art qui n'est pas une technique, mais l'essor de toute une génération vers le sublime esthétique hors des conventions perspectives ou autres. / En ce même temps, je voyais souvent un jeune peintre dont il a été beaucoup parlé ces dernières années en France aussi bien qu'à l'étranger. Robert Delaunay est depuis longtemps un des artistes les mieux doués et les plus audacieux de sa génération. Sa dramatisation des volumes colorés, ses ruptures brusques de perspective, ses irradiations de plan ont eu beaucoup d'influence sur un grand nombre de ses amis. Je connaissais aussi ses recherches de peinture pure que j'ai annoncées dans *le Temps.* / Cependant, il ne s'était pas encore exprimé entièrement devant moi et je fus heureux lorsque dernièrement après m'avoir montré ses dernières œuvres où la réalité est aussi mouvementée que la lumière vivante, il lui plut, dans un moment d'abandon de développer, pour mon édification personnelle les principes d'une découverte qui aura plus d'influence sur les arts que les soudains changements qui dramatisent son tableau le plus célèbre : *la Tour*[1]. J'ai pensé qu'il serait utile à tout le monde que je notasse ses déclarations esthétiques sur la construction de la réalité dans la peinture pure. / Notes sur la peinture, la Madeleine, août 1912. / «Le réalisme *Del.* : RÉALITÉ, PEINTURE PURE // Au plus fort *[comme dans Del.]* son tableau le plus célèbre : *Ville de Paris.* J'ai pensé *[comme dans Del.]* peinture pure. / «Le réalisme *CA*

Page 495.

a. La plus *pure [p. 494, 3e ligne en bas].* / «L'impressionnisme s'y rattache; toutes les manifestations réactionnaires, néo-impressionnisme,

1. *«La Tour»* est peut-être une correction de Delaunay (voir leçon de *CA*).

précubisme [réactionnaires, précubisme, cubisme, néo-cubisme *CA*]; tout ce qui est technique, procédé scientifique, etc. nous mettait devant la Nature immédiate, loin des ruines [immédiate, loin de toute la pureté *CA*] des Styles italiens, gothiques et negre, etc. / «Il est donc par cela une belle Victoire, mais incomplète; ce sont les premiers balbutiements d'âmes exubérantes devant la Nature, quelque peu embarrassées devant cette grande Réaliste [d'âmes débordantes devant la réalité *CA*]. / Ces exubérances ont détruit toutes les idées fausses, les moyens archaïques de la peinture ancienne, l'Académie intellectualiste, agonisante, néo-classique, etc. (science du dessin, géométrie, perspective) [l'Académie pseudo-intellectuelle, agonisante et néo-classique *CA*]. / «On peut donc dater ce mouvement libérateur de l'impressionnisme qui eut des précurseurs : Greco, quelques Anglais, et notre révolutionnaire Delacroix. Ce fut une grande époque de préparation à la recherche de la seule réalité la "LUMIÈRE" qui comprend toutes les recherches dont je parle plus haut, réactions dans l'impressionnisme. / «Le Fonctionnement *Del., CA*

b. ses découvertes, on peut le citer, réaction dans l'impressionnisme, comme ayant atteint le plus haut degré dans la recherche des moyens. / *Sa création Del., CA*

c. servait dans la représentation spécifique de la nature *CA*

d. «Le contraste simultané est [assure *CA*] le dynamisme des couleurs et leur construction, c'est-à-dire la profondeur, l'impair et la mesure, et il est [leur construction dans le tableau: il est *CA*] le moyen le plus fort d'Expression de la Réalité. / «Les moyens d'expression ne doivent pas être individuels, au contraire, ils doivent être à la portée de toute inspiration vers la beauté, et le "métier" doit être adéquat à la représentation plastique. / «La simultanéité *Del., CA*

e. en peinture. / «Il ne s'agit plus ni de : / — l'effet, néo-impressionnisme dans l'impressionnisme. / — l'objet, cubisme dans l'impressionnisme. / — l'image, cubisme physique dans l'impressionnisme. / «Nous arrivons *Del., CA*

f. purement expressive en dehors de tout style passé, archaïque, géométrique, etc., un art devenu plastiquement représentatif, ne servant pas à d'autre fin que de traduire plus simplement la Nature humaine inspirée dans la beauté (littérature, ni technique, ni procédé). / La lumière *Del.* purement expressive *[comme dans Del.]* la beauté. La lumière *CA*.

Page 496.

a. à créer l'harmonie. *[7 lignes plus haut]* / «Le sujet est la proportion harmonique et cette proportion est composée de divers membres simultanés dans une action. Cette action representative est donc le sujet qui est d'un côté la sensibilité et qui de l'autre est l'ordre donné par le créateur qui s'efforce de donner le plus d'expression réaliste à la sensibilité. Ce sujet doit être éternel *Del.* : à créer l'harmonie. / «L'harmonie est sensibilité ordonnée par le créateur, qui doit tenter de donner le plus d'expression réaliste, ce qu'on peut appeler le sujet : le sujet, c'est la proportion harmonique et cette proportion eſt composée de divers membres simultanés dans une aĉtion. Le sujet eſt éternel *CA*

b. toute sa science. / Sans le sujet, aucune ressource. Le sujet en peinture eſt tout plaſtique et ressort *Del.* : toute sa science. Sans le sujet, pas de possibilité : cela ne signifie pas forcément un sujet littéraire et par conséquent anecdotique; le sujet de la peinture eſt tout plaſtique et ressort *CA*

c. Fin du texte dans Del. et CA : les plus fortes.» / De telles paroles ne se commentent point. Elles veulent être comprises immédiatement et suscitent cette simultanéité qui seule eſt la création, le reſte n'étant qu'énumération, contemplation, étude. / Cette simultanéité eſt la vie même, et la succession des éléments d'une œuvre, quelle qu'elle soit, mène fatalement à la fin, c'eſt-à-dire à la mort, tandis que le créateur ne peut connaître que l'éternité. / L'artiſte s'eſt trop longtemps efforcé vers la mort en accouplant les éléments ſtériles de l'art, il eſt temps qu'il arrive à l'harmonie, fécondité, trinité, simultanéité [qu'il arrive à la fécondité, à la trinité, à la simultanéité *CA*]. / Et, Delaunay y eſt parvenu, non seulement par la parole, mais aussi par ses œuvres. / Peinture pure, réalité.

LA VIE ARTISTIQUE

MME MADELEINE LEMAIRE. M. JEAN MARCHAND

Page 497.

1. En fait, Charles Vignier, une figure de la décadence et du symbolisme, ami de Barrès, formant avec Tailhade et Moréas «un trio de fins poètes».

LA COMÉDIE HUMAINE

2. Du 3 au 31 décembre 1912; ce Salon en était alors à sa sixième année.

1913

Page 501.

LA PEINTURE MODERNE

L'hebdomadaire *Der Sturm* avait été fondé en mars 1910 par le Berlinois Herwarth Walden et le Viennois Karl Kraus. Il était devenu uniquement berlinois en novembre 1910. L'intérêt de Walden pour les futuriſtes entraîna une rupture avec Kraus en juillet 1912. Devenue bimensuelle, la revue s'ouvrit alors largement à l'avant-garde européenne, mentionnant Paris auprès de Berlin comme lieu de publication de mai 1913 à août 1914, insérant des textes en français et en italien aussi bien qu'en allemand, organisant des expositions (comme celle de Delaunay en janvier-février 1913) dans sa galerie berlinoise. Les futuriſtes italiens, Apollinaire, Cendrars y collaborèrent alors. *Der Sturm* vécut ensuite avec des fortunes diverses jusqu'en 1932.

Cet article a paru dans le numéro de février 1913 traduit en allemand *par Jean-Jacques (Autorisierte Uebersetzung aus dem Französischen von Jean-Jacques).* Il a été retraduit de l'allemand par Anatole Delagrave (Anatole Jakowski) et publié en 1939 en une brochure à petit tirage, puis repris dans *Du cubisme à l'art abstrait,* de Francastel.

Nous reprenons la traduction, plus précise, établie par Mme Ehrengard Michel pour les *Chroniques d'art,* édition Breunig, en 1960.

Il s'agit, très vraisemblablement, du texte de la conférence que prononça Apollinaire à la galerie du *Sturm* le 18 janvier 1913.

Page 502.

1. Apollinaire cite ici quelques écrivains que Barzun rapprochait sous sa bannière *dramatiste* (voir la controverse avec Barzun sur le simultanéisme, p. 974 et suiv.). Il a à plusieurs reprises rapproché le dramatisme de Barzun et l'orphisme de Delaunay.

Page 505.

1. Le thème de ces deux dernières phrases est également développé dans la fin du chapitre VII des *Peintres cubistes* (voir p. 18).

Page 506.

«PARIS EST AUJOURD'HUI...»

Deux feuillets manuscrits inédits, au verso de programmes de la conférence «La Phalange nouvelle»; le texte s'interrompt aux deux tiers du second sur une phrase inachevée. Ils sont conservés à la Bibliothèque nationale. Thèmes proches de ceux qui sont développés dans «La Peinture moderne» (voir p. 501-505) : on y retrouve les quelques idées maîtresses d'Apollinaire sur l'évolution de la peinture depuis l'impressionnisme.

Page 507.

«JE CROIS QUE L'AVENIR...»

Quatre feuillets manuscrits inédits numérotés de 1 à 4, le troisième et le quatrième donnant deux versions également inachevées du même passage. Conservés à la Bibliothèque nationale. À rapprocher du texte précédent.

Page 508.

a. *Autre version de la troisième page, qui commence à* nom d'expressionnisme *, donnée sur une 4e page*[1] : nom d'expressionnisme qui lui a été donné en Allemagne convient bien à ce mouvement. *Expressionnisme* et *expressionniste,* ces appellations venant de la *tête d'expression* exposée par

1. Le fait que cette page porte le chiffre 4 peut laisser supposer qu'elle provient d'une autre rédaction — que nous ne connaissons pas — du début de ce texte, ce qui expliquerait que le raccord avec le mot «expressionnisme» soit incompréhensible.

Henri Matisse au Salon d'Automne de 1907, cependant je crois qu'il faut plutôt les réserver à Derain et aux manières de Picasso qui vont entre les Arlequins et le Cubisme. Ceux qui sont restés attachés à ce mouvement des Fauves ou qui ayant évolué n'ont cependant pas été vers un autre mouvement on compte aujourd'hui Matisse, Girieud, De Vlaminck, Friesz, Dufy, Camoin, Manguin. / Le peintre le plus important du Fauvisme est sans contredit Henri Matisse qui par son retour aux principes par son respect de l'instinct artistique, par la critique des formes, l'épreuve du coloris est parvenu grâce à des dons uniques de dessinateur, de coloriste et grâce aussi à une merveilleuse incertitude à être un des grands peintres contemporains. Il ne faut pas le confondre avec Van Dongen qui a n'a pas son inquiétude mais ne possède en revanche que les plus criardes de ses qualités. / Cependant il faut noter l'influence qu'eut André Derrain sur le Fauvisme dont il s'éloigna dès 1907. Il détermina la personnalité de Matisse — qu'il avait rencontré en 1905 — et fut lui-même déterminé par Maurice De Vlaminck, dont le talent indéniable n'étant soutenu par aucune visée n'a pas évolué. / En 1907 année où je combattis violemment le salon d'Automne dans *Je dis tout* pour que fut faite aux Fauves la place qu'ils méritaient et qu'ils eurent dès l'année suivante. André Derain qui avec un enthousiasme merveilleux avait renouvelé la palette des peintres, rencontra Picasso et de cette rencontre naquit cette peinture que ses visées antidécorati[?]

Page 511.

LA VIE ARTISTIQUE

LES ORIENTALISTES FRANÇAIS [...]

1. Le Salon se tint du 2 au 28 février au Grand Palais. Léon Bérard était alors sous-secrétaire d'État aux Beaux-Arts.

Page 513.

MORT DE M. CLOVIS SAGOT

1. Dès 1905, Sagot avait dans sa galerie de la rue Laffitte des toiles de Picasso, qu'il lui payait en moyenne 100 francs. Apollinaire idéalise le personnage qui, si l'on en croit notamment Fernande Olivier (*Picasso et ses amis,* Stock, 1933, p. 44-46), alliait l'amour de la peinture et un sens des affaires dépourvu de scrupule.

Page 515.

LA VIE ARTISTIQUE

SALON DES ARTISTES ANIMALIERS

1. L'exposition eut lieu du 17 février au 17 mars à la galerie La Boétie. D'autre part, une salle consacrée aux œuvres de Barye avait été inaugurée le 13 janvier 1913 au musée du Louvre.

Page 516.

AU PAVILLON DE MARSAN [...]

UNE CURIEUSE EXPOSITION [...]

1. La présidence du maréchal Mac-Mahon (1873-1879).

Page 517.

1. Allusion probable à l'un des films de Jean Durand *Au pays des lions* (1912), *Dans la brousse* (1912) ou *Les Chasseurs de lions* (1913), censés se passer en Afrique, mais en réalité tournés en Camargue.

Page 518.

FRANÇOIS RUDE

Texte de la conférence prononcée par Apollinaire au Dîner des artistes de Passy du 25 janvier 1913. Les Dîners avaient été organisés au début de la saison 1912-1913 par la revue *Poème et drame,* qui, d'autre part, devait publier les conférences. Ils étaient mensuels et ouverts à toutes les tendances. Le fondateur de la revue, Barzun, publia six numéros, de novembre 1912 à septembre-octobre 1913. Avant de se brouiller avec Apollinaire, à qui il reprocha de lui avoir volé ses idées, Barzun l'avait considéré comme un «compagnon de lutte», avec Alexandre Mercereau, Sébastien Voirol, Pierre Jaudon, Georges Polti et Tancrède de Visan.

a. Nous corrigeons le texte donné par «Poème et drame», manifestement incorrect : le sujet [...] qui en modèle la plasticité se trouve tout entière dans l'œuvre

1. «L'esprit anime la masse» (*Énéide,* VI, début du vers 727) : aux Enfers, l'ombre d'Anchise explique à son fils Énée qu'un même principe anime le ciel, la terre, les astres, les eaux, les êtres vivants.

Page 519.

1. Le 17 janvier 1913.

Page 520.

1. Titre du chapitre XVI du *Salon de 1846.* Dans le *Salon de 1859,* Baudelaire parlera au contraire de son «rôle divin». Voir *Œuvres complètes,* Bibl. de la Pléiade, t. II, p. 670.

Page 521.

1. Erreur d'Apollinaire. Ces vers ne sont pas de Coppée, mais de Hugo, à la fin des «Pauvres gens» (voir *La Légende des siècles. La Fin de Satan. Dieu,* Bibl. de la Pléiade, *La Légende des siècles,* LII, x, p. 654).

[CONFÉRENCE SUR RUDE]

Ce texte inédit est vraisemblablement celui de la conférence qu'Apollinaire prononça le 28 octobre 1913 à l'Université populaire du faubourg Saint-Antoine; bien qu'il soit postérieur de neuf mois, nous le rapprochons de la conférence de janvier, dont il est le complément.

Le manuscrit, conservé à la Bibliothèque nationale, est peut-être incomplet. Il se compose de treize feuillets, de l'écriture de Mollet avec corrections d'Apollinaire, numérotés de 1 à 13.

Apollinaire a probablement lu le livre de L. de Fourcaud, *François Rude sculpteur. Ses œuvres et son temps (1784-1855)*, paru en 1904 à la Librairie de l'art ancien et moderne; il a dû notamment s'inspirer du premier chapitre, «L'Art en Bourgogne». En revanche, on n'a pas trouvé trace de l'article de Jobart (ou Gobart?) qu'il donne comme paru dans *L'Émancipation de Bruxelles.*

Page 522.

1. Lors de son exil à Bruxelles de 1815 à 1827, Rude décora le château de Tervueren, dans les environs de Bruxelles, avec notamment huit bas-reliefs représentant l'*Histoire d'Achille.*

2. Au salon de 1833.

Page 523.

1. Voir la réponse d'Apollinaire à cette enquête p. 600 et la notule correspondante.

Page 524.

1. Début du poème XXX des *Feuilles d'automne,* «Souvenir d'enfance», cité avec quelques inadvertances.

Page 525.

1. Confusion d'Apollinaire : Jean-Michel et Georges de la Sonnette, sculpteurs du Saint-Sépulcre de l'hôpital de Tonnerre de 1451 à 1454, ne sont pas frères.

Page 526.

a. mais on avait cherché à imiter les jambes *add. manuscrite d'Apollinaire*

1. On voit que dès 1913 Apollinaire élabore la formule de la préface des *Mamelles de Tirésias :* «Quand l'homme a voulu imiter la marche, il a créé la roue qui ne ressemble pas à une jambe» (*Œuvres poétiques,* p. 865-866).

POUR KANDINSKY

2. Apollinaire a parlé de l'envoi de Kandinsky aux Indépendants de

1912 (voir p. 430) et il l'a cité en février 1913 dans son article «La Peinture moderne» (voir p. 505). Il avait dans sa bibliothèque le catalogue de l'exposition Kandinsky à la galerie du *Sturm* à Berlin en 1913 et deux livres du peintre : *Ueber des Geistige in der Kunst insbesondere in der Malerei* («Sur le spirituel dans l'art particulièrement dans la peinture», 1912), et *Klänge* («Sonorités», 1913). D'après Breunig, ces lignes ont été écrites à la demande du directeur du *Sturm,* Herwarth Walden, qui désirait réagir contre une critique très sévère faite par Kurt Küchler dans le *Hamburger Fremdenblatt* du 15 février 1913 à propos d'une exposition de Kandinsky à Hambourg.

Page 529.

LA VIE ARTISTIQUE

1er SALON EXCELSIOR [..]

1. Sur *Excelsior,* quotidien fondé en 1910, voir t. III, à paraître. Ce premier salon était annoncé dans *Excelsior* du 5 mars 1913 par le communiqué suivant : «On sait le succès qui accueillit, à la galerie d'art Excelsior, l'exposition de la "Gaîté de Paris" et celle de "L'Art précieux". *Excelsior,* actuellement, organise, comme le font chaque année le Cercle Volney et le Cercle de la rue Boissy-d'Anglas, un Salon véritable, avant les deux grands Salons officiels du printemps.» La galerie d'art Excelsior, située 88, Champs-Élysées, présenta ce Salon du 12 mars au 9 avril.

À TRAVERS LE SALON DES INDÉPENDANTS

Montjoie!, «organe de l'impérialisme artistique français», avait été fondé par Ricciotto Canudo en février 1913 et parut jusqu'en juin 1914 (treize livraisons, dont certaines bimestrielles et la dernière datée avril-mai-juin 1914). Selon le «Salut» qui ouvre le premier numéro, la revue, animée par «une volonté mâle de renaissance», prétend «donner une direction à l'élite», dont elle veut être «l'organe de ralliement». Le mot de «renaissance» est alors à la mode. Mais, à la différence des traditionalistes qui ne la croient possible que par un retour aux valeurs classiques, Canudo ouvre largement sa revue aux formes nouvelles de l'art. Outre le poème «Liens», qui devait devenir la pièce liminaire de *Calligrammes* et qui parut le 14 avril 1913 dans le numéro 5, Apollinaire donna quelques articles de critique d'art à la revue. Mais il fut un collaborateur peu fidèle, si l'on en croit cette lettre que lui envoie Canudo le 13 juin 1913 : «Cher Ami. Impossible de publier ton article sur Lindström!! Depuis des mois, des événements artistiques, expositions, etc. ont lieu à Paris, sans que, par ta faute, *Montjoie!* en ait parlé! Avoue que nous nous rendons ridicules. J'attends autre chose de toi, vraiment — quand tu voudras, si tu veux — ou bien dis-moi franchement quelle est ton attitude vis-à-vis de *Montjoie!*» (cité par Anna Paola Mossetto Campra dans *«Montjoie!» ou la ronde des formes et des rythmes,* Grafischera, Fasano, 1979, p. 194). De fait, Apollinaire ne donnera plus rien à *Montjoie!* et le numéro de mars 1914, «consacré au 30e Salon des artistes indépendants», sera rédigé par André Salmon.

Cette étude d'Apollinaire constitue à elle seule le supplément, daté du 18 mars, au numéro 3 de *Montjoie!,* daté, lui, du 14 mars 1913. Ce supplément est annoncé dans ledit numéro 3 comme un «numéro spécial consacré au 29e Salon des indépendants».

À ce Salon est attachée une anecdote rapportée dans un écho du *Mercure de France* le 1er janvier 1917. On l'a attribuée à Apollinaire, mais nous n'avons aucune preuve qu'elle soit réellement de sa plume. La voici :

«C'était en 1913 au vernissage du Salon des indépendants, qui avait lieu sous les baraquements du Cours-la-Reine, et c'était la première grande manifestation de la peinture cubiste. Des critiques s'étaient dérangés; on y vit des gens de lettres, des cabotins, on y vit même, près du prince des Poètes, un prince authentique et une princesse qui l'était moins. Verhaeren y vint. Accompagné d'un critique d'art, il regardait avec un peu d'effarement, mais aussi avec bienveillance, les œuvres des peintres modernes. Soudain, quelqu'un signala la présence du poète Guillaume Apollinaire qui expliquait à une dame l'art orphique.

«"Je voudrais bien voir Apollinaire", sollicita Verhaeren.

«La chose était aisée. On le lui montra. Verhaeren pendant un instant considéra le jeune poète. Il était fort intéressé par sa vue. L'expression de son visage témoignait d'une joyeuse sympathie. À ce moment, Guillaume Apollinaire déclarait à un groupe de visiteurs sceptiques :

«"Mais si vous n'y comprenez rien, tant pis pour vous! Vous comprendrez plus tard. Le cubisme s'affirmera. Pourquoi voulez-vous que la peinture n'évolue pas comme le reste, comme la poésie même? Tenez, voilà un poète qui passe et qui célèbre, dans ses poèmes, la beauté des cheminées des usines.

«— C'est curieux ce qu'il dit là", murmura Verhaeren.»

Page 530.

1. Reprise de propos de Delaunay cités dans «Réalité, peinture pure». Voir p. 494-496.

Page 537.

1. Nous donnons ici cet article, «Art et curiosité. Les commencements du cubisme» (*Le Temps*, 14 octobre 1912) :

«ART ET CURIOSITÉ

«LES COMMENCEMENTS DU CUBISME

«[Le cubisme dont on parle beaucoup a-t-il un sens? Quelles théories professent les cubistes, et dans quelles conditions le mouvement a-t-il pris naissance? Nous l'avons demandé à M. Guillaume Apollinaire, l'un des premiers défenseurs du cubisme, qui fournit ici quelques renseignements curieux.]

«En 1902, au commencement de l'automne, un jeune homme peintre, de Vlaminck, installé dans l'île de la Grenouillère, peignait le pont de Chatou. Il peignait vite, employant des couleurs pures, et sa toile était presque achevée lorsqu'il entendit tousser derrière lui. C'était un autre peintre, André Derain, qui examinait son travail avec intérêt. Le nouveau venu s'excusa de sa curiosité sur ce qu'il était peintre, lui aussi, et se nomma. La glace était rompue. On parla de peinture. Maurice de Vlaminck connaissait les œuvres des impressionnistes : Manet, Monet, Sisley, Degas, Renoir, Cézanne, que Derain ignorait encore. On parla aussi de Van Gogh et de Gauguin. La nuit arriva, et dans le brouillard qui s'élevait les deux jeunes artistes continuant à deviser ne se séparèrent qu'à minuit.

«Cette première entrevue fut le point de départ d'une amicale et sérieuse liaison.

«Toujours à l'affût de curiosités esthétiques, de Vlaminck avait acheté chez les brocanteurs, durant ses randonnées à travers les villages des bords de la Seine, des sculptures, des masques, fetiches taillés dans le bois par des artistes nègres de l'Afrique française et rapportés par des marins ou des explorateurs. Sans doute trouvait-il dans ces œuvres grotesques et grossièrement mystiques des analogies avec les peintures, les gravures et les sculptures que Gauguin avait exécutées en s'inspirant soit des calvaires bretons, soit des sculptures sauvages de l'Océanie où il s'était retiré pour fuir la civilisation européenne.

«Quoi qu'il en soit, ces singuliers simulacres africains causèrent une profonde impression sur André Derain, qui les considérait non sans complaisance, admirant avec quel art les imagiers de la Guinée ou du Congo arrivaient à reproduire la figure humaine en n'utilisant aucun élément emprunté à la vision directe. Le goût de Maurice de Vlaminck pour les sculptures barbares des nègres et les méditations d'André Derain sur ces objets bizarres, à une époque où les impressionnistes avaient enfin délivré la peinture des chaînes académiques, devaient avoir une grande influence sur les destinées de l'art français.

«Vers le même temps vivait à Montmartre un adolescent aux yeux inquiets, dont le visage rappelait à la fois ceux de Raphaël et de Forain. Pablo Picasso qui, dès l'âge de seize ans, avait connu une quasi-célébrité avec des toiles où l'on voyait justement quelque parenté avec les cruelles peintures de Forain avait brusquement renoncé à cette manière pour peindre des œuvres mystérieuses d'un bleu profond. Il habitait cette bizarre maison de bois de la rue Ravignan, où vécurent tant d'artistes aujourd'hui célèbres ou en passe de le devenir. Je l'y connus en 1905. Sa renommée ne dépassait pas encore les limites de la Butte. Sa cotte bleue d'ouvrier électricien, ses mots parfois cruels, l'étrangeté de son art étaient réputés dans tout Montmartre. Son atelier, encombré de toiles représentant des arlequins mystiques, de dessins sur lesquels on marchait et que tout le monde avait le droit d'emporter, était le rendez-vous de tous les jeunes artistes, de tous les jeunes poètes.

«Cette année-là, André Derain rencontra Henri Matisse, et de cette rencontre naquit cette fameuse école des fauves à laquelle appartinrent un grand nombre de jeunes artistes destines à devenir des cubistes.

«Je note cette rencontre parce qu'il n'est pas inutile de préciser le rôle qu'André Derain, artiste originaire de Picardie, joua dans l'évolution de l'art français.

«L'année suivante, il se lia avec Picasso et cette liaison eut pour effet presque immédiat la naissance du cubisme qui fut l'art de peindre des ensembles nouveaux avec des éléments empruntés, non à la réalité de vision, mais à la réalité de conception. Tout homme a le sentiment de cette réalité intérieure. Il n'est pas besoin en effet d'être un homme cultivé pour concevoir, par exemple, qu'une chaise, de quelque façon qu'on la place, ne cesse point d'avoir quatre pieds, un siège et un dossier.

«Les toiles cubistes de Picasso, Braque, Metzinger, Gleizes, Léger, Jean *(sic)* Gris, etc., provoquèrent la verve d'Henri Matisse qui, vivement frappé de l'aspect géométrique de ces peintures où les artistes avaient voulu rendre avec une grande pureté la réalité essentielle, prononça ce mot burlesque de cubisme qui devait si vite faire son chemin dans le monde. Les jeunes peintres l'adoptèrent aussitôt parce qu'en représentant la réalité conçue l'artiste peut donner l'apparence des trois dimensions. Il ne le pourrait pas en rendant simplement la réalité vue à moins de faire du trompe-l'œil en raccourci ou en perspective, ce qui déformerait la qualité de la forme conçue.

«Bientôt de nouvelles tendances se manifestèrent au sein du cubisme. Picabia, rompant avec la formule conceptionniste, s'adonnait, en même temps que Marcel Duchamp, à un art que n'enferme plus aucune règle. Delaunay, de son côté, inventait dans le silence un art de la couleur pure. On s'achemine ainsi vers un art entièrement nouveau qui sera à la peinture, tel qu'on l'avait envisagé jusqu'ici, ce que la musique est à la poésie. Ce sera de la peinture pure. Quoi qu'on puisse penser d'une tentative aussi hasardeuse, on ne peut nier qu'on ait affaire à des artistes convaincus et dignes de respect.»

Une autre version de ce texte, avec des variantes qui n'en modifient pas le sens, a été publiée dans *Du cubisme à l'art abstrait* de Robert Delaunay (S.E.V.P.E.N., 1957), p. 151-154.

2. Il fera cependant plus loin l'éloge de sa *Femme nue* (p. 541) et d'une toile qui est un «tableau» (p. 547).

Page 539.

1. Nous corrigeons la graphie erronée «Huyot» donnée par Apollinaire, qui suit en cela le catalogue.

LE SALON DES INDÉPENDANTS
(Suite à notre numéro spécial)

Page 540.

1. Cette formule entraîna dans *Montjoie!* du 14 avril la mise au point suivante de la direction : «Dans la conclusion du compte rendu des Indépendants paru dans notre dernier numéro, une absurde coquille faisait dire à M. Guillaume Apollinaire : "Le cubisme est mort, vive le cubisme", alors qu'il avait écrit : "Du cubisme sort un nouveau cubisme."» Il est vraisemblable qu'il ne s'agit pas d'une coquille, mais d'une atténuation de sa phrase faite par Apollinaire lui-même.

Page 541.

AU QUAI D'ORSAY [...]

IL Y A QUARANTE-HUIT SALLES [...]

1. On pensera avec Breunig qu'Apollinaire songe à «Villes» (dans les

Illuminations) : « J'assiste à des expositions de peinture dans des locaux vingt fois plus vastes qu'Hampton-Court » (Rimbaud, *Œuvres complètes*, Bibl. de la Pléiade, p. 137).

Page 542.

1. Construit de 1911 à 1913 par les frères Perret, le théâtre des Champs-Élysées est l'une des premières utilisations du béton dans l'architecture théâtrale. Les « symbolistes » dont parle Apollinaire sont Maurice Denis — qui peignit le plafond —, Vuillard — le foyer —, et K.-X. Roussel — le rideau de scène.

LE VERNISSAGE DES INDÉPENDANTS

2. Il s'agit d'une page exaltant l'« orphéisme » distribuée par « un mystérieux vieillard en paletot jaune », selon André Salmon (*Action*, n° 10, novembre 1921).

LE SALON DES INDÉPENDANTS

Page 546.

1. Nous corrigeons ici le nom donné par Apollinaire, « Van Riss », dont on ne trouve aucune trace, en « Van Rees ».

Page 547.

LE SALON DES INDÉPENDANTS

1. Le catalogue ne mentionne aucun envoi de Léger qui, en revanche, avait exposé *Les Fumeurs* aux Indépendants en 1912.

Page 548.

1. *Couple sous l'arbre* d'après le catalogue.
2. Voir n. 1, p. 539.
3. Les jeunes peintres américains Morgan Russell et Stanton MacDonald-Wright, séduits par les recherches de Delaunay, avaient créé à la fin de 1912 le synchromisme. Dans le catalogue d'une exposition qu'ils firent ensemble en novembre 1913 à la galerie Bernheim-Jeune (et dont Apollinaire ne rendit pas compte), Morgan Russell s'explique ainsi : « On entend souvent les peintres dire qu'ils travaillent la forme d'abord, avec l'espoir d'arriver à la couleur ensuite. Il me semble qu'il faut adopter le procédé inverse. Dans l'œuvre en question, j'ai travaillé uniquement la couleur, son rythme, ses contrastes et certaines directions motivées par les masses des couleurs; on n'y trouve pas de sujet au sens ordinaire du mot; mon sujet est le bleu foncé évoluant selon la forme particulière de ma toile [...] mon art apparente ses procédés au mécanisme même de la vision naturelle. » Voir Willard Bohn, « Apollinaire et les peintres : Morgan Russell et Carlo Carrà », *Guillaume Apollinaire 14*, 1978.

AU SALON DES INDÉPENDANTS

4. En fait, il l'a déjà écrit : voir p. 541.

AU PETIT PALAIS. DAVID ET SES ÉLÈVES
UNE ÉPOQUE DE L'ÉCOLE FRANÇAISE

Page 553.

1. Dans le catalogue.

Page 554.

1. Dernier vers de la quatrième strophe de ce poème, qui figure dans les *Poésies diverses* de Ducis.
2. Premiers vers de l'*Épître à Gérard* (1805).
3. *Épître à Gérard : Dans la plus douce extase, Oscar et Malvina, / Que le tendre hymen enchaîna, / L'un sur l'autre appuyés, respirent sans alarmes / Ce sentiment si cher qui les rendit heureux.* Rappelons qu'Oscar est le fils d'Ossian et le fiancé de Malvina dans les légendes épiques celtiques.
4. «L'Art en danger», dans *Comoedia* du 14 octobre 1913.

Page 555.

1. C'est la note du *Salon de 1845* qui commente le tableau exposé par ce peintre : *Un chapitre de l'ordre du Temple.* Baudelaire avait écrit : «Cela prouve tout simplement», et non : «Cela prouve simplement».
2. Il ne semble pas que Baudelaire ait parlé de ce peintre, dont les fresques religieuses ornent diverses églises de Paris et qui succéda au baron Gros à l'Académie des beaux-arts.

Page 557.

LES SALONS
L'INAUGURATION DE LA NATIONALE
[...] PROMENADE DANS LES SALLES

«Guillaume Apollinaire guidera demain matin au Salon des indépendants les membres de la société Art et science», annonce «La Boîte aux lettres» dans *L'Intransigeant* du 13 avril.

1. Mme Poincaré, mère du président de la République, était morte le 12 avril 1913 et les funérailles avaient eu lieu le 14 à Nubécourt, près de Bar-le-Duc.

Page 558.

LES SALLES DE PEINTURE

1. Breunig a remarqué que le seul titre d'Ozenfant porté au catalogue est *Baigneuses.*

Page 559.

LA VIE ARTISTIQUE
LE SALON DE LA NATIONALE

SUITE DE LA PROMENADE

1. *Rari nantes in gurgite vasto* (*Énéide*, I, v. 118) : «de rares [matelots] nageant dans le gouffre immense».

LE 23e SALON
DE LA SOCIÉTÉ NATIONALE DES BEAUX-ARTS

Page 567.

1. Sur le *Don Quichotte* d'Avellaneda, voir p. 1222 et n. 3.

Page 570.

L'ART BOUDDHIQUE AU MUSÉE CERNUSCHI

1. Voir n. 1, p. 557.

Page 571.

LA VIE ARTISTIQUE

AU PAVILLON DE MARSAN

La première partie de cet article concerne le Salon de la Nationale; on le trouvera p. 560-561.

HENRI MATISSE

1. Cette exposition, intitulée «Tableaux du Maroc et sculpture», ne fut en effet ouverte que pour six jours chez Bernheim-Jeune, du 14 au 19 avril 1913.

Page 573.

AU SALON. LE VERNISSAGE

[...] LA SCULPTURE DES ARTISTES FRANÇAIS

1. Le sapin vert avait été l'emblème des insurgés pendant la guerre d'Indépendance américaine. Les organisateurs de l'*Armory Show*, exposition internationale d'art moderne qui eut lieu à New York du 15 février au 15 mars 1913, l'avaient à leur tour adopté pour insigne du *New Spirit*, de l'esprit nouveau en art.

Page 574.

1. Sur ce thème de la statue animée, voir p. 597 un passage de la conférence sur la sculpture d'aujourd'hui.

2. *La Révolte des anges* d'Anatole France ne devait paraître qu'en 1914, mais on parlait de ce livre depuis plusieurs années; Apollinaire avait eu de son côté un projet de roman mettant en scène des anges (voir t. I, p. 1264). Quant à D'Annunzio, Apollinaire joue sur l'approximation *annuncio* («annonce», «nouvelle», en italien) et *aggelos* («ange», «messager», en grec).

Page 575.

LE SALON. AUX ARTISTES FRANÇAIS

1. La citation est empruntée au *Salon de 1765* de Diderot, dédié à Grimm : «Rappelez-vous ce que Chardin nous disait au Salon : "Messieurs [...]."»

Page 577.

LE SALON
(Suite)

1. «Dans les pays des infidèles», formule qui désigne un évêque dont le titre est purement honorifique.

Page 578.

1. Allusion à la fin du pastiche de Mirbeau dans *À la manière de...* de Paul Reboux et Charles Muller : Bonnat y est présenté comme un acheteur de matières fécales. À la même époque, une scie de l'École des beaux-arts chantait «Bonnat / Avec sa redingote / Couleur de crotte / Sur fond caca». Apollinaire équivoque sur le terme de mépris «raca» et «caca».

LE SALON

Page 583.

SCULPTURE

1. C'est le monument dont le titre exact est *Aux artistes morts inconnus* (voir p. 572-573 et 575).
2. Voir cependant, p. 572, l'article du 29 avril, où Apollinaire parle de l'*Orphelin* de ce sculpteur.

Page 585.

BELLES IMAGES
PROMENADES ET JARDINS DE PARIS

Comme le remarque Breunig, Apollinaire suit, résume et parfois transcrit simplement la *Notice de l'exposition* de Marcel Poëte, Gabriel Henriot et Ruinaud.

1. Les familles Peultre et Gobelin sont des teinturiers installés sur la rive droite de la Bièvre; elles ont leurs jardins en face, sur la rive gauche. Ils jouxtent celui du couvent des Cordeliers.

Page 586.

1. C'est l'actuelle avenue Montaigne. C'était selon Sébastien Mercier cité dans la *Notice* une «allée sombre et solitaire» où les veuves pouvaient se promener.
2. Voir «La Vie anecdotique» du 1er janvier 1912, texte repris dans *Le Flâneur des deux rives* (t. III, à paraître).

Page 587.

1. Le jeu de bague consiste à enfiler des anneaux suspendus à un poteau avec une épée, une lance ou un bâton, au galop d'un cheval. Un Chinois pagode est une statuette de magot à tête mobile.
2. La *Notice* fait état d'une gravure extraite du *Suprême Bon Ton.*

Page 589.

LA VIE ARTISTIQUE

UN VERNISSAGE À BAGATELLE [...]

1. Au vernissage de l'exposition «L'Art du jardin», du 20 mai au 20 juillet 1913, dans le palais et le parc de Bagatelle (voir l'article du 18 mai, p. 587-588).

Page 590.

1. Apollinaire avait pu lire ces vers de «Promenade galante» de Banville dans *Les Marges* de mai 1909. Il les cite sans doute de mémoire, car Banville avait écrit comme il se doit «cidalises» et les deux derniers vers se lisent : *Parmi les fontaines surprises / Dans le marbre du clair bassin.*

LA VIE ARTISTIQUE

AU PAVILLON DE MARSAN. L'ART DES JARDINS

2. Le Garde-meuble national, qui conserve les meubles et les objets d'art destinés à l'ameublement et à la décoration des édifices nationaux.

Page 591.

1. *Gracieuse et Percinet* est un conte de fées de Mme d'Aulnoy.

LA VIE ARTISTIQUE

Page 593.

1. En 1909 à la galerie Druet, du 26 avril au 8 mai : cent dessins à la plume.

Page 594.

1. «Exposition de peintres modernes», du 26 mai au 7 juin 1913.

LA SCULPTURE D'AUJOURD'HUI

Ce texte inédit se compose de huit feuillets manuscrits, conservés à la Bibliothèque nationale. Titre : «Conférence de M. Guillaume Apollinaire sur la sculpture d'aujourd'hui faite à Paris le 7 juin 1913.» On manque d'informations sur cette conférence, qui eut lieu à l'Académie de sculpture moderne.

En 1913, Apollinaire s'intéresse particulièrement à la sculpture. L'Appendice à *Méditations esthétiques* sur Duchamp-Villon (voir p. 49-51), les deux conférences sur Rude (voir p. 518-526) en sont la preuve, auprès de ce texte. Une exposition de sculpture futuriste, annoncée dès le début de l'année, se tient à la galerie La Boétie du 20 juin au 16 juillet 1913. Soucieux à la fois de maintenir sa position dans le mouvement d'avant-garde et de se démarquer des futuristes, Apollinaire prend les devants avec les propositions audacieuses de cette conférence. On remarquera que ses deux conférences sur Rude ne sont pas étrangères à cette stratégie. Dans le *Gil Blas* du 17 septembre 1912, Duchamp-Villon avait souligné la modernité unique de Rude. Fidèle à son attitude constante, Apollinaire, en se référant à Rude, prétend souligner l'antériorité française.

2. La pièce que Raymond Roussel a tirée de son roman et qui fut plusieurs fois représentée à la fin de septembre et au début d'octobre 1911.

Page 595.

1. Cette citation, comme la suivante (p. 596), est tirée du *Salon de 1846*, chap. XVI, «Pourquoi la sculpture est ennuyeuse» (Baudelaire, *Œuvres complètes,* Bibl. de la Pléiade, t. II, p. 487 et 488.

Page 597.

a. pas encore. / [Souhaitons que la sottise des futuristes la fasse naître. Les brutes ont souvent la faculté de faire de beaux enfants. *biffé*] Cependant *ms.*

1. Écrites le même mois que *L'Antitradition futuriste,* les deux phrases biffées de la variante *a* expriment plus clairement que ce manifeste les réactions d'Apollinaire à l'égard du mouvement futuriste (voir la Notice de *L'Antitradition futuriste,* p. 1671).

2. Idée chère à Apollinaire. Voir le conte «Mon cher Ludovic», t. I, p. 497-499 et la Notice, p. 1392-1393, ainsi que «La Vie anecdotique» du 16 février 1918 (t. III, à paraître).

Page 598.

1. Allusion à la formule utilisée par Charles-Louis Philippe — «Maintenant il faut des Barbares» — dans une lettre à Henri Vandeputte du 18 décembre 1897 publiée dans la *N.R.F.* du 1er octobre 1910, p. 714. Cette référence aux «Barbares» est un lieu commun à la fin du siècle. Dans *Les Nuits, les Ennuis et les Âmes de nos plus notoires contemporains* (1896), Ernest La Jeunesse, que fréquenta Apollinaire, affirme que le cri de guerre des jeunes poètes est : «Nous sommes les Barbares.»

Page 599.

PREMIÈRE EXPOSITION DE SCULPTURE FUTURISTE [...]

1. Ce bronze est sans doute, comme le suggère Breunig, *Tête de femme (Fernande),* qui date de 1909.

Page 600.

LA SCULPTURE BOURGUIGNONNE

Réponse à l'enquête «Peut-on, au XXe siècle, reconstituer une école, un style bourguignons?» organisée par *La Revue de Bourgogne.* L'organisateur de l'enquête, Marcel Mayer, y présentait ainsi Apollinaire : «M. Guillaume Apollinaire était un critique au tempérament trop curieux pour qu'il pût être oublié dans une enquête de ce genre. Sympathique à toutes les tentatives même les plus incomprises; favorable aux tendances parfois inquiétantes des jeunes; toujours généreux pour quiconque donne un effort d'art, M. Guillaume Apollinaire ne réprouve pas l'intention que nous lui avons soumise, mais...»

Puis, après avoir donné la réponse d'Apollinaire, il ajoutait : «M. Guillaume Apollinaire a tenu à rappeler — et il a eu grand-raison — la parenté de l'école bourguignonne avec l'école flamande. Elle est tout à l'honneur de notre province.»

À cette enquête avaient répondu des personnalités aussi différentes que Remy de Gourmont, Péladan, Camille Mauclair, Frantz Jourdain, Valentine de Saint-Point.

Sur la sculpture bourguignonne, voir aussi, p. 523, un passage de la conférence sur Rude.

Page 603.

G. DE CHIRICO. PIERRE BRUNE

Willard Bohn, qui a publié cet article dans son étude «Apollinaire inédit. L'énigme de Giorgio De Chirico» (*Guillaume Apollinaire 15,* 1980, p. 121-132) donne comme référence *L'Intransigeant,* 30 octobre 1913. Maurizio Fagiolo apporte la même information dans *Giorgio De Chirico. Il tempo di Apollinaire, Paris 1911-1915* (De Luca, 1981, p. 110). Mais cet article n'est pas dans *L'Intransigeant* et nous n'avons pu en déterminer la provenance. On ne connaît l'exposition de De Chirico que par cet article d'Apollinaire; en revanche, l'exposition de Pierre Brune s'est tenue en octobre 1913 à la galerie Druet, ce qui nous conduit à le dater de la fin d'octobre ou du début de novembre.

Page 605.

M. BÉRARD INAUGURE LE SALON D'AUTOMNE
UN COUP D'ŒIL D'ENSEMBLE [...]

1. Les choix du jury du Salon d'automne avaient été critiqués au nom de la moralité publique dans la presse et jusqu'à la tribune de la Chambre des députés, où Marcel Sembat avait pris sa défense. Frantz Jourdain, président du jury, avait alors demandé à Marcel Sembat une préface pour le catalogue.

Page 606.

1. Citation du catalogue (p. 262).
2. *Salle à manger de campagne* de Bonnard; *Portrait* (de Mme Matisse) de Matisse.

CHOSES D'ART
LE VERNISSAGE DU SALON D'AUTOMNE

Page 609.

1. Cette toile était un nu intitulé *Tableau.* Sans être, comme le dit Apollinaire, biannuelles — c'est-à-dire à chacun des Salons où exposait le peintre —, les difficultés de Van Dongen avec la police lors d'expositions avaient déjà été remarquées dans la presse.

Page 610.

LE SALON D'AUTOMNE EST OUVERT AU PUBLIC
CE QUE L'ON REMARQUE AU GRAND PALAIS

1. Voir l'article du 14 novembre, p. 606, et celui des *Soirées de Paris,* p. 615-616.

À TRAVERS LE SALON D'AUTOMNE

Page 612.

1. La maison d'édition de François Bernouard (voir p. 349-350 et n. 1, p. 350).

À TRAVERS LE SALON D'AUTOMNE

Page 613.

1. Le 17 novembre dans la rubrique «On dit que...» signée Le Watt-

mann : il y est question de «Mlle M...», qui «compte à peine quatorze printemps», n'a pas eu de professeur, et s'est plainte d'un mauvais accrochage de sa toile.

Page 615.

[«UN JOUR QU'IL S'ÉTAIT RENDU...»]

De la rubrique de *L'Intransigeant* «Nos echos».

SALON D'AUTOMNE

Cet article a paru en deux fois dans *Les Soirées de Paris,* en novembre et décembre 1913. Nous le donnons d'un seul mouvement, en séparant les deux parties par un trait. Le manuscrit de la seconde partie, qui comprend 5 folios, est conservé à la Bibliothèque nationale.

Page 619.

1. Voir ce manifeste, *L'Antitradition futuriste,* p. 935. On remarquera comment, loin de le présenter comme une adhésion au futurisme, Apollinaire prétend y voir un ralliement des futuristes à l'idée de modernité qu'il défend.

1914

Page 627.

LE DOUANIER

1. C'est le numéro 96 du catalogue établi par Henry Certigny (*Le Douanier Rousseau en son temps,* Tokyo, Bunkazai Kenkyujyo Co., 1984, 2 vol.). Il fut exposé au Salon des indépendants de 1895 sous le titre de *Portrait de Mme A.J.*, où il est permis de voir une coquille. À la différence d'Apollinaire, Salmon ne vit de cette toile que la partie où ne figurait pas la tête de Jarry (*Souvenirs sans fin, première époque,* 1955, p. 152-153), ce qui laisse penser que Jarry avait conservé les morceaux du tableau découpé. Les débris de cette œuvre ont disparu, probablement jetés après la mort de Jarry par son exécuteur testamentaire le docteur Saltas.

2. Dans le numéro 2 de cette revue, janvier 1895.

Page 628.

1. On sait que ce n'est là qu'une légende.

Page 629.

1. Rousseau s'était par naïveté rendu complice d'un ancien élève, comptable indélicat à la Banque de France. Tous deux passèrent aux Assises de la Seine les 8 et 9 janvier 1909. Condamné à deux ans de prison,

le Douanier bénéficia de la loi Bérenger de 1891, qui autorisait les juges à prononcer le sursis à l'exécution de l'emprisonnement ou de l'amende.

2. Apollinaire fonde cette histoire sur les vers qui accompagnent le tableau : *Yadwigha dans un beau rêve / S'étant endormie doucement, / Entendait les sons d'une musette / D'un charmeur bien pensant. [...].*

3. Il avait épousé le 14 août 1869 Clémence, qui mourut en 1888. Son second mariage, avec Joséphine, fut célébré le 2 septembre 1899. Il sera à nouveau veuf en 1903.

Page 630.

1. Voir p. 317 et n. 2, ainsi que *Les Peintres cubistes,* p. 35 et n. 1 et var. *a.*

Page 634.

1. Sur les deux versions de ce tableau, voir Henry Certigny, ouvrage cité n. 1, p. 627, n°s 274 et 277. Le catalogue du Salon des indépendants où fut exposée la première, *«aux giroflées»,* indique que le tableau est à vendre (1909). Acheté par Vollard, il est actuellement au musée Pouchkine à Moscou. Sa reproduction illustrait le second article d'Arsène Alexandre — critique révéré par Apollinaire — sur le Salon des indépendants dans *Comoedia* du 3 avril 1909. Avant lui, deux critiques au moins, Pascal Forthuny dans *Le Matin* du 25 mars et Paul Gabillard dans l'*Encyclopédie contemporaine illustrée* du 31 mars, avaient identifié le poète du tableau et donné le nom d'Apollinaire. Deux semaines après l'article d'Arsène Alexandre du 3 avril, Apollinaire écrivit au directeur de *Comoedia,* Gaston Pawlowski, un article accompagné de cette lettre : «Monsieur, / Il y a deux semaines *Comoedia* reproduisait à propos des Indépendants dans le feuilleton de M. Arsène Alexandre, mon portrait par Rousseau. Ce portrait, vous le savez, a fait quelque bruit et l'article ci-joint explique d'une façon qui, je pense, pourra amuser vos lecteurs, quelques arcanes de la peinture la plus moderne. Comme vos lecteurs ont été mis à même d'apprécier le tableau, ils ne seront peut-être pas fâchés de savoir ce qu'en pense celui qu'on a peint. / Je vous demande, Monsieur, de toute façon la faveur d'une réponse et vous prie de recevoir mes sentiments empressés. / Guillaume Apollinaire.» Cette lettre fut communiquée à André Warnod, qui la publia dans *Fils de Montmartre,* Arthème Fayard, 1955, p. 135-136. Contrairement à ce qu'il affirme ensuite, une partie de l'article annoncé par Apollinaire parut dans la chronique des «Petites nouvelles des lettres et des arts» de *Comoedia,* le 23 avril 1909, avec cette présentation : «Nous recevons du bon poète Guillaume Apollinaire une lettre extrêmement intéressante sur le portrait que fit de lui le peintre douanier Henri Rousseau, exposé aux Indépendants, sous le titre : *La Muse inspirant le Poète.* / Apollinaire constate que tout le monde a dit que son portrait n'était pas ressemblant, mais que tout le monde l'a reconnu. Nous regrettons que le manque de place nous oblige à ne publier qu'un fragment de cette lettre.» Suivait le

texte ci-dessous, de «Au demeurant» (p. 635) à «peignit des giroflées» (p. 636).

Page 636.

a. De Au demeurant *[p. 635, 3e ligne] à* peignit des giroflées. *première publication dans «Comoedia» du 23 avril 1909. Voir n. 1, p. 634.*

1. Dans «La Vie et l'Œuvre d'Henri Rousseau, peintre et ancien employé de l'octroi», *Comoedia,* 19 mars 1910.

Page 637.

1. Cette exposition eut lieu en novembre-décembre 1910 à l'Alfred Stieglitz Gallery de New York.

Page 644.

LA VIE ARTISTIQUE. LE SALON DES INDÉPENDANTS
AVANT-VERNISSAGE

Cet article marque le début des incidents qui aboutirent à la démission d'Apollinaire après quatre années de collaboration régulière à *L'Intransigeant.* Son goût pour le cubisme et pour certaines formes audacieuses de l'art moderne était peu apprécié par la direction du journal et par quelques collaborateurs. Sa situation commença à se dégrader à la fin de 1913. Le 16 novembre 1913 déjà, un écho signé «Le Wattmann» déclarait que les visiteurs du Salon d'automne pouvaient constater que «le cubisme était à l'agonie» et ajoutait : «Son règne n'aura guère duré. C'est l'excès même de son audace qui l'a tué. Les cubistes les plus notoires l'ont lâché, et M. Metzinger lui-même a consenti à arrondir les angles.» Le 6 décembre les lecteurs trouvaient une nouvelle chronique intitulée «Expositions d'art». Le premier article était signé «L. Maurice», les suivants, bientôt presque quotidiens, étaient anonymes. Il ne s'agissait, certes, que de brèves informations sans aucun commentaire; ce n'en était pas moins une incursion dans le domaine d'Apollinaire. D'autre part, le 12 février 1914, paraissait dans ce qui était jusqu'alors sa rubrique de «La Vie artistique» un article non signé, «Exposition François Nicot», qu'on hésite à lui attribuer. Le 1er mars, un article signé «E. D.» (Émile Deflin) et intitulé «Le Salon où l'on s'amuse / Au vernissage des Indépendants / Cubistes, expressionnistes, fumistes et statuaires en tôle et verre» était une réplique mordante, dans *L'Intransigeant* même, au premier compte rendu d'Apollinaire (voir p. 644-645). La première phrase en donne le ton : «Il y a toujours tant d'humoristes au Palais des indépendants qu'on y va surtout pour rire et s'amuser.» Le 2, alors qu'Apollinaire ripostait implicitement en revenant dans la suite de son compte rendu sur l'envoi d'Archipenko (voir n. 1, p. 646), paraissait en première page, sous le titre «L'Actualité en images / Statue en tôle et verre au Salon des indépendants», une photographie de *Médrano* avec cette légende : «Nous reproduisons ici la photographie de l'œuvre d'art (?) qu'apprécie plus loin, sous sa responsabilité, notre collaborateur Guillaume Apollinaire.» Le 4 mars, Apollinaire est relégué dans les «Échos» — cas unique pour un compte rendu de Salon —, mais en première page E. D., encore lui, donne un article dont le titre, «Le Louvre a maintenant une salle des fauves / Mais ce sont les fauves de Barye qu'on y voit», est un nouveau coup de griffe aux valeurs défendues par le titulaire de «La Vie artistique». Une offensive se déclenchait ainsi contre lui. Cependant, la phase finale le mit aux prises non avec les détracteurs de la nouvelle peinture, mais avec Delaunay, Ottmann et les futuristes (voir n. 1, p. 650). Après le 5 mars, la signature d'Apollinaire disparut de *L'Intransigeant.* La chronique de «La Vie artistique», après sa démission, ne sera plus qu'épisodique : elle paraîtra le 28 mars, anonyme, les 1er, 11 et 16 avril, signée «J. B.» ou «Jean Barreyre», les 18, 25, 27 et 30 avril, à nouveau anonyme. Le vernissage du Salon de la Nationale sera couvert le 13 avril par Deflin, et c'est Albert Flament qui parlera du Salon des artistes français le 30 avril.

Page 645.

a. Tout ce début, depuis Le rôle *[p. 644] jusqu'à* Rousseau le Douanier. *sera repris au début d'un autre compte rendu de ce Salon dans* Les Soirées de Paris *du 15 mars (voir p. 652).*

Page 646.

LE SALON DES INDÉPENDANTS

COUP D'ŒIL SUR LES ŒUVRES EXPOSÉES

1. Réponse à l'article signé «E. D.» (voir la notule ci-dessus p. 1613) : «Je vous recommanderai seulement cette année une charmante innovation appelée, je crois, au plus enviable succès, je veux parler des statues en tôle gondolée (et gondolante), vernie, coloriée, — amoncellement de tuyaux de cheminée, cornets à oublies, plaques tournantes, gouttières et poubelles, le tout dressé en équilibre instable sur un socle portant la signature de l'auteur et le titre de l'œuvre exposée.»

Page 647.

1. Cette première manifestation d'Édouard Férat (Serge Férat, qui utilisa quelque temps en peinture ce prénom d'Édouard) suscita dans les milieux artistiques quelques doutes sur l'existence du peintre. D'où cette note, signée «G. A.», dans *Les Soirées de Paris* du 15 mars 1914 : «*À propos d'Édouard Férat.* — À propos de l'envoi d'Édouard Férat aux Indépendants, notre confrère *Les Écrits français* s'est fait l'écho de rumeurs controuvées où il s'agissait de mystification, d'Henri Matisse, de Derain, de Picasso et de moi-même. Édouard Férat existe parfaitement et n'a jamais songé à mystifier personne. La note amicale des *Écrits français* a donc souligné tout simplement la première manifestation publique d'un peintre distingué qui néanmoins fut d'abord un peu gêné par le bruit mené soudain autour de lui. Il s'y est fort bien habitué maintenant.»

LE SALON DES INDÉPENDANTS

NOUVELLE VISITE AUX TOILES EXPOSÉES

Page 648.

1. Ce peintre, né en 1873, avait vécu éloigné de Paris et de la vie artistique de la fin de 1906 à 1912. Revenu dans la capitale, il n'eut de cesse de faire valoir son antériorité comme créateur du «synthétisme», reprocha à Marinetti de l'ignorer, s'en prit à *L'Antitradition futuriste* d'Apollinaire. Il publia, dans *Gil Blas* du 7 août 1913, le manifeste «Bombe, éléphant, carafe!», qu'André Salmon considère comme une réplique au manifeste d'Apollinaire, tandis que Giovanni Lista pense que le futurisme est tout autant en cause (voir Giovanni Lista, «Sur Mérodack-Jeaneau», *Guillaume Apollinaire 12*, 1973, p. 140-145).

Page 650.

LA VIE ARTISTIQUE

AU SALON DES INDÉPENDANTS

1. Ces considérations provoquèrent une cascade de répliques dans *L'Intransigeant.* Tandis que le journal précisait qu'Apollinaire avait écrit sous sa seule responsabilité, étaient publiées le 6 mars une lettre de rectification de Delaunay, affirmant qu'il n'avait jamais été futuriste, et une autre d'Ottmann, déniant toute influence de Delaunay sur sa peinture. Le 8, c'était une lettre des futuristes Carrà, Papini et Soffici, une mise au point de Rominé et un appel à l'apaisement de Gaston Michell. Le 10, Delaunay revenait à la charge, réclamant la publication d'une réponse aux futuristes qu'il avait envoyée la veille. Enfin, le 11 paraissait le procès-verbal de la rencontre entre les témoins d'Apollinaire, qui s'était jugé offensé, André Billy et Fernand Léger, et ceux d'Ottmann, Delaunay et F. Roches, rencontre à l'issue de laquelle ils avaient déclaré l'incident clos.

Page 651.

1. Allusion à *Italie à vol d'oiseau,* toile exposée aux Indépendants de 1912.

EXPOSANT DE L'ÉPATANT

2. «L'Épatant» est le nom que se donne le Cercle de l'union artistique, qui expose tous les ans rue Boissy-d'Anglas.

Page 652.

LE 30ᵉ SALON DES INDÉPENDANTS

a. Nous ne redonnons pas le début de cet article, qui reprend l'article de «L'Intransigeant» du 28 février, de Le rôle historique du Salon des indépendants *[p. 644] à* l'ancien employé d'octroi Rousseau le Douanier. *[p. 645]. Nous ne relevons pas les menues variantes, toutes purement formelles.*

Page 656.

ALEXANDRE ARCHIPENKO

Préface pour le catalogue de l'exposition Archipenko qui eut lieu à Berlin, à la galerie du *Sturm,* en mars 1914. On ne possède que cette traduction en allemand du texte d'Apollinaire, que nous donnons d'après *Chroniques d'art,* dans la traduction de l'allemand de Mme Ehrengard Michel.

Page 657.

1. Teutamoin est une coquille probable pour Thoutmosis : les *Annales de Thoutmosis III* (pharaon du XVᵉ siècle avant J.-C.) sont gravées sur les murs du temple d'Ammon à Karnak.

2. Reines du IIIᵉ siècle av. J.-C. Bérénice Évergète est l'épouse de Ptolémée Évergète et la mère de Ptolémée Philopator. Arsinoé Philopator est sa fille; elle épousa son frère, Ptolémée IV Philopator. Arsinoé Philadelphe épousa successivement le roi de Thrace, Ptolémée Ceraunus, enfin son propre frère, Ptolémée Philadelphe. L'athlophore est celui qui a remporté le prix du combat.

3. Nécropole de la XIIᵉ dynastie (2500 av. J.-C.) en Haute-Égypte, sur la rive droite du Nil.

4. Un spéos est un temple-caverne souterrain en Égypte. Beit-Qualli et Ipsamboul sont situés en Nubie.

Page 658.

1. «Le Solitaire de la famille Çakya», l'une des appellations de Bouddha.

Page 659.

1. Nouka-Hiva est la principale île de l'archipel des Marquises.

2. Les Zémes sont des idoles antillaises placées dans tous les coins de la maison et sur les meubles.

Page 660.

ALEXANDRE ARCHIPENKO

Article publié en mars dans *Der Sturm.* Comme la préface au catalogue de l'exposition, il a été publié en allemand; nous en donnons la traduction publiée dans *Chroniques d'art* par Mme Ehrengard Michel.

LE SALON DES ARTISTES FRANÇAIS

COUP D'ŒIL D'ENSEMBLE

Dès le mois de mai, Apollinaire retrouve à *Paris-Journal* des fonctions analogues à celles qu'il avait à *L'Intransigeant*. *Paris-Journal* n'avait jusqu'alors pas de chroniqueur artistique attitré. La rubrique «Les Arts» paraissait à des dates irrégulières et était anonyme ou signée de noms très divers. Il est probable qu'il ne déplut pas à la direction du journal de s'assurer la collaboration d'un critique dont la réputation ne cessait de s'affirmer et qui apparaissait comme le principal défenseur des idées nouvelles. Après avoir rendu compte du Salon des artistes français les 1er et 2 mai, Apollinaire devint le titulaire de cette rubrique des «Arts» et l'assura quotidiennement du 3 mai au 1er août (à l'exception du 12 juin et du 12 juillet). Chacune de ses contributions se présente sous la forme d'une succession de notes plus ou moins longues, comptes rendus d'expositions ou de lectures, échos, informations, etc. La première note de chacune de ces séries est signée tantôt «Guillaume Apollinaire», tantôt «G.A.» (à l'exception de celle du 5 mai, signée «L'Atelier», et de celles des 7, 22 et 23 mai, anonymes); celles qui suivent n'ont pas de signature jusqu'au 22 mai, puis sont signées «L'Atelier», du 23 mai au 1er août. Nous savons, notamment par les dossiers établis par Apollinaire lui-même, que toutes, signées ou non, sont d'Apollinaire. Nous les reproduisons dans leur intégralité sans reprendre les variations de signatures et en écartant seulement celles qui sont de simples communiqués annonçant des expositions et ne comportant aucune intervention rédactionnelle.

Page 663.

1. Mlle Adrienne Jouclard, d'après le catalogue.

Page 664.

1. Sans doute l'ouvrage de Sir Henry Blount, *A Voyage into Levant [...]*, dont la première édition est de 1636.

2. De Tattegrain, *Le Palais infecté* et *Marie la Boulonnaise;* l'envoi de Zo était un panneau décoratif qui est au musée Bonnat de Bayonne, *Bonnat et ses élèves basques et béarnais.*

Page 665.

1. Jacques Lebaudy, un des deux fils du sucrier, avait acquis de vastes territoires en Afrique et s'était proclamé empereur du Sahara, initiative qui ne manqua pas de défrayer la chronique.

LE SALON DES ARTISTES FRANÇAIS

DESSINS, PASTELS, AQUARELLES, [...]

2. Lapsus pour «Lucie».

Page 667.

1. Sur l'école bourguignonne et l'intérêt que lui porte Apollinaire, voir p. 523 et 600.

Page 668.

1. Rappelons que le *Titanic* avait coulé le 14 avril 1912 après avoir heurté un iceberg, tandis que l'orchestre et les passagers entonnaient l'hymne *Plus près de toi, mon Dieu.*

LES ARTS

EXPOSITION ROGER DE LA FRESNAYE

2. Georgin (1801-1863), graveur sur bois d'images d'Épinal. Apollinaire l'évoque dans un poème de *Calligrammes,* «C'est Lou qu'on la nommait» (*Œuvres poétiques,* p. 218) : «[...] Comme ces guerriers qu'Épinal // Vendait Images populaires / Que Georgin gravait dans le bois.» L'ouvrage de Descaves ne parut qu'après la guerre en 1919 sous le titre *L'Imagier d'Épinal.* Quant au poème de Fleuret, il ne vit jamais le jour.

Page 669.

1. Suivent une longue citation de la préface de Roger Allard pour le catalogue de cette exposition et l'annonce de plusieurs expositions.

LES ARTS

EXPOSITION ATL [...]

a. Nous corrigeons le titre évidemment erroné du journal, Les Montagnes de Suisse .

Page 671.

LA CRITIQUE DES POÈTES

1. «Le Salon des indépendants et la Critique», dans *L'Effort libre* d'avril 1914. Thiesson s'en prend à l'éclectisme des critiques, à leur incompétence, à leur crainte de méconnaître les novateurs. D'Apollinaire, il écrit : «Le poète Apollinaire plaint beaucoup ceux qui ne seraient pas sensibles aux sculptures d'Archipenko — inventées par Picasso — et reconnaît du talent à Morgan Russell, dont la grande toile est sale; il trouve chez Picabia "un raffinement un peu sec, mais si précis, si élégant", et fait remarquer que "l'influence qu'a exercée ce peintre" (sur qui?) "si combattu" (par qui?) "nous garantit son importance". / Monsieur Apollinaire, Picabia vous a parlé longuement de ses recherches et de ses découvertes : alors, pourquoi ne pas dire au public ce que Picabia a réalisé dans *Culture physique* et *Chanson nègre*? Cela a besoin d'explications que vous

ne donnez pas en parlant de raffinement sec, précis, élégant. Toujours des mots. Mais nous savons que vous n'attachez pas plus d'importance à Picabia qu'à Rochegrosse. Vous écrivez que Dufy est un jeune maître et Chagall un des meilleurs coloristes du Salon. Votre éclectisme est le résultat de votre curieuse incompréhension de la peinture.»

2. Thiesson citait Salmon, qui avait écrit dans son compte rendu de *Montjoie!* (mars 1914) : «Nous avons tué la vieille critique. Elle est morte à jamais. La critique remise aux mains des poètes rend impossible celle des critiques magistrats, improvisés, etc. C'est la critique des poètes qui a délivré le public des plus solides préjugés.» Ce qu'il commentait ainsi : «Si nous étalions la critique des poètes, quelle honte pour la corporation!»

Page 672.

1. Dans son compte rendu des *Peintres cubistes, La Voce,* 26 juin 1913.

Page 673.

1. Il s'agit de *La Fin de Babylone,* publié à la Bibliothèque des curieux en 1914.

2. Il s'agit de «L'Exposition des Indépendants», numéro spécial (mars-avril) de la revue d'Arthur Cravan *Maintenant,* qu'il vendait lui-même à l'entrée du Salon.

3. Thiesson avait écrit : «Les critiques n'ont jamais été utiles aux artistes. Que faisaient-ils donc lorsque Gauguin vivait misérablement à Tahiti et que Van Gogh ignoré peignait ses tableaux passionnés?»

4. Dernière phrase de l'article de Thiesson : «Le critique a toujours fait triompher la médiocrité.»

Page 674.

LES ARTS

GEORGES BRAQUE

1. Le numéro 23, d'avril 1914.

Page 675.

PAROLES DE COROT

1. Le *Bulletin* de la galerie Bernheim-Jeune, rédigé par Fénéon, était joint aux catalogues de la galerie. Il en parut neuf numéros, du 19 janvier au 17 juin 1914. Apollinaire transcrit ici l'article paru sous le titre «Paroles de Corot» dans le *Bulletin* du 29 avril. Il ajoute seulement cette phrase («C'est M. Félix Fénéon [...] chez Bernheim.») et ne donne que la première moitié des paroles du peintre.

LES ARTS

Page 678.

ARCHITECTURE

1. «Moderne Architektur» dans le numéro 5 de 1914.

Page 679.

CONFÉRENCE DE FERNAND LÉGER

1. Voir le compte rendu que fit Apollinaire de cette conférence dans *Paris-Journal* du 13 mai, p. 697-698.

TROIS EXPOSITIONS

Cet article, paru en première et deuxième pages de *Paris-Journal* et signé de ses initiales, G.A., illustre une méthode de travail chère à Apollinaire chroniqueur. Pour trois comptes rendus d'expositions, il se contente de citer longuement le préfacier du catalogue (qui, dans le premier cas, procède lui-même à une citation). Outre que dans ses contes il est fréquent que le narrateur laisse la parole à un personnage qui racontera l'histoire, il utilise volontiers le procédé comme mode de jugement : il est clair que ni la peinture militaire de Régamey, ni les fleurs de Madeleine Namur ne retiennent ses suffrages; quant à la «préface singulière», elle est un document curieux comme il se plaît à en mettre sous les yeux de ses lecteurs, notamment dans les «Anecdotiques» ou dans les «Échos» du *Mercure de France.*

Page 681.

UNE PRÉFACE SINGULIÈRE

1. Du nom du créateur de l'American Museum, où il exhibait toutes sortes de curiosités et de phénomènes, devenu au XIXe siècle dans de nombreuses langues synonyme de personnage abusant du public à grand renfort de réclame pour présenter un artiste ou un produit.

Page 682.

1. «Troupeau esclave».

Page 683.

1. Le même jour paraît sans signature la chronique suivante, qui est vraisemblablement d'Apollinaire :

«LES ARTS

« LE SALON DE L'ART MYSTIQUE MODERNE

«Tous les samedis, de 5 à 7 heures, ont lieu, chez M. Boleslas Biegas, 3 *bis,* rue de Bagneux, les réunions hebdomadaires du Salon de l'art mystique moderne. Sont conviés à ces réunions tous les peintres, sculpteurs, artistes décorateurs, amateurs ou critiques d'art, collectionneurs, éditeurs, musiciens, poètes et écrivains désirant prendre part au grand mouvement de l'art mystique moderne.

«On sait quels sont, outre M. Boleslas Biegas, les inspirateurs de la nouvelle Société : Henry de Groux, Dynam-Victor Fumet, Marcel Roux, Lucien Parisot, Félix Bellenot, Justin Klotz, René Dessambre, Victor Rosenblum et Stanislas Fumet, le groupe des Échos du silence. Ils fusionnent, en cette nouvelle fondation, avec les principaux maîtres de l'art idéaliste, soit mystique, moderne — entre autres : Marcel Lenoir, Joseph Bernard, etc. (nous espérons bien voir se rallier à ces derniers des hommes tels que MM. Maurice Denis, Odilon Redon, Georges Desvallières, etc.); et une phalange magnifiquement riche d'indépendants apparaît. Le Salon est international. Nous voyons figurer à ces réunions, à côté de MM. Louis Bouquet, André Juin, Henry Ramey et bien d'autres qui n'ont peut-être pas encore de noms, les éléments étrangers les plus marquants : Angel Zarraga, Polissacoff, Joé Zadkin et Chana Orloux, l'initiatrice de l'école de Sion.

«La musique est représentée par le maître Dynam-Victor Fumet et par M. l'abbé F. Brun, en attendant MM. Vincent d'Indy, Gabriel Pierné, Déodat de Séverac, Florent Schmitt, Amédée Renchsel, etc.

«Les poètes sont plus nombreux, nous parlerons d'eux à l'occasion.

«Ce qu'il s'agit seulement de préciser maintenant, c'est que la Société s'engage à rénover l'art mystique par l'*héroïsme* esthétique et encore, selon la phrase de M. Stanislas Fumet, "à faire du symbolisme une école de grandeur".

«UN DESSIN D'ARTHUR RIMBAUD

«Dans le dernier numéro du *Mercure de France*, M. Paterne Berrichon publie un dessin d'Arthur Rimbaud trouvé sur un livre de classe. Il y a une grande parenté d'expression entre les dessins d'Arthur Rimbaud et ceux de Baudelaire. D'ailleurs, leurs esprits ne sont point fort éloignés l'un de l'autre.

«LA SÉPULTURE DE GAUGUIN

«D'après un rapport de M. André Krajewsky l'état de délabrement où est tombée la sépulture Gauguin aux îles Marquises est inimaginable. Une croix de bois sans aucun nom en marque seule l'emplacement. Gauguin vécut environ un an et demi à Antuana (île d'Hiva-Oa), où il est enterré. On peut prévoir que dans peu d'années cette île sera devenue déserte. À Antuana, il y eut, en 1913, 47 décès et 11 naissances; la moitié des maisons est abandonnée. De nombreux troupeaux d'animaux domestiques, cochons, chevaux, chèvres vivent en liberté depuis la mort de leur maître et sont revenus à l'état sauvage. On estime que dans moins de dix ans la petite croix de la tombe de Gauguin se dressera dans un véritable paradis terrestre.»

LES ARTS

M. DE PINELLI

2. Dans un article de Maurice Hamel, «L'Ultime Effigie de Balzac», *Paris-Journal,* 7 mai 1914.

Page 684.

1. Exactement dans *Quelques caricaturistes étrangers,* III (*Œuvres complètes,* Bibl. de la Pléiade, t. II, p. 571-572). Il est excessif de dire comme Apollinaire que Baudelaire «n'avait aucune estime» pour Pinelli.
2. Baudelaire a écrit : «dans toute l'excitation et la furie italiennes».

Page 686.

PRADIER

1. «La Jeunesse de Juliette Drouet (Documents inédits)», *Mercure de France,* 1er mai 1914.

UN PETIT MUSÉE

2. Apollinaire se cite ici, car c'est lui qui dans le *Mercure de France* du 1er mai 1914 a parlé de ce «petit musée». Il lui consacre en effet une partie de «La Vie anecdotique», sous le titre «Le Journal du musée». Ce passage sera ensuite inséré dans *Le Flâneur des deux rives* (voir t. III, à paraître).

Page 687.

LES ARTS

LE VEUF PAYSAGISTE

1. Vraisemblablement Henri-Joseph Harpignies (1819-1916), appelé par Anatole France «le Michel-Ange des arbres». Cette anecdote se trouve dans les «Échos» du *Mercure de France* du 1er mai 1914, avec des variantes si menues qu'on peut l'attribuer à Apollinaire.

MAXIMILIEN LUCE

2. Apollinaire lui rendit visite en septembre 1908. Voir sa chronique des «Romans» dans *La Phalange* de novembre 1908, p. 1133.

Page 688.

LES ARTS

LE PREMIER ACHETEUR DE RODIN

1. À la galerie Georges-Petit, les 19 et 20 mai 1914.

«LACERBA»

Page 689.

1. Dans ce numéro 8 du 15 avril 1914 avaient aussi paru les «Banalités» d'Apollinaire (voir les *Œuvres poétiques*, p. 556 et suiv.).

Page 690.

LES ARTS

LES CONTÉ DE SEURAT

1. Dans le numéro de février. La revue *L'Art décoratif* paraît mensuellement depuis 1899. Chaque livraison contient trois ou quatre articles abondamment illustrés sur toutes les formes de l'art (et non pas seulement sur la décoration comme le suggère le titre) ainsi qu'un «Supplément» donnant des informations sur l'actualité artistique. Les liens d'Apollinaire avec cette revue devaient être assez étroits, car non seulement il en cite longuement les sommaires, mais plus d'une note des «Suppléments» se retrouve, parfois textuellement, dans sa chronique «Les Arts».

2. «Les Dessins de Seurat», dans le numéro de mars 1914.

Page 696.

LES ARTS

UN PORTRAIT DE RUBENS

1. *L'Œuvre de P.-P. Rubens. Histoire et description de ses tableaux et dessins,* Anvers, J. Maes, 1886-1892, 5 vol.

Page 697.

LES ARTS

UNE CONFÉRENCE DE FERNAND LÉGER

1. Le 9 mai 1914, sous le titre *Les Réalisations picturales actuelles.* Cette conférence fut publiée dans *Les Soirées de Paris* du 15 juin 1914.

Page 698.

1. Entre «une conférence de Fernand Léger» et «Un parc artistique à la Muette» figure, sous le titre «L'Exposition de l'Académie royale de Londres», une lettre très sévère pour l'académisme qui règne dans ce Salon et sur l'art anglais en général. Nous ne la reproduisons pas.

Page 701.

LES ARTS

EXPOSITION DERAIN

1. Entre «Exposition Derain» et «Une exposition d'architecture», «Salon triennal de Bruxelles» est une lettre de Bruxelles sur cette exposition, où la France est «brillamment représentée», mais où manque «de la vraie peinture moderne». Apollinaire parlera de cette exposition le 17 mai. Voir p. 706.

Page 702.

LES ARTS

ART ET MÉDECINE

1. Cet article n'a pas été retrouvé.

Page 703.

1. Entre «Art et médecine» et «Henri Matisse», plusieurs annonces d'expositions et, sous le titre «Marcel Lenoir», une longue citation d'«une étude sur Marcel Lenoir qui vient de paraître».

HENRI MATISSE

2. Numéro du 15 mai 1914.

LES ARTS

Page 707.

DES VERS DE VICTOR HUGO

1. Deuxième strophe de «Spectacle rassurant» dans *Les Rayons et les Ombres* (Victor Hugo, *Œuvres poétiques,* Bibl. de la Pléiade, t. I, p. 1061). Hugo a écrit, au deuxième vers : «les globes de ses yeux».

LES ARTS

LE MUSÉE HISTORIQUE DES TISSUS DE LYON

Page 710.

1. «Le Musée historique des tissus de Lyon», dans *L'Art décoratif,* mars 1914.

LES ARTS

UNE GRAVURE QUI DEVIENDRA RARE

Page 711.

1. En 1892, le Théâtre d'art donna son adaptation du Cantique des

cantiques. Sa «moralité lyrique en cinq phases et en vers», *Les Miroirs,* ne parut qu'en 1909.

2. Charles-Henry Hirsch, poète à ses débuts, romancier, était titulaire depuis 1905 de la chronique des revues au *Mercure de France.* À ce titre, il avait polémiqué avec Apollinaire, au début de 1908, au nom de la clarté en poésie, opposant «l'obscurité prétentieuse» du sonnet «Pipe» (voir les *Œuvres poétiques,* p. 572) à «la grâce absolument française» d'un poème d'Abel Bonnard.

Page 712.

LES REGARDS D'ANDRÉ ROUVEYRE

1. «Regards, V, Sur une panthère», trois pages de dessins dans le *Mercure de France* du 16 mai 1914.

Page 713.

LES CARRACHE

1. Dans le numéro du 25 avril 1914.

Page 714.

LES ARTS

À PROPOS D'HANSI

1. Hansi était poursuivi pour antigermanisme après la publication de son livre *Mon village : ceux qui n'oublient pas,* qui avait été confisqué en mars. Cité le 18 mai devant le tribunal correctionnel de Colmar, il avait d'abord été condamné à 6 mois de prison et 1500 marks d'amende; puis le tribunal, après une seconde délibération, avait considéré que, l'inculpation relevant du crime de haute trahison, il y avait lieu de le déférer devant la Haute Cour de Leipzig, et son inculpation immédiate fut décrétée. L'affaire survenait dans un climat de tension entre Alsaciens et Allemands, marqué notamment par de nombreux procès de presse.

Page 715.

EXPRESSIONNISTES RHÉNANS

1. Apollinaire a été l'hôte de Macke à Bonn lors de son voyage de retour de Berlin, en janvier 1913.

Page 716.

SEPT MILLE FRANCS UN ROUSSEAU

1. Allusion à une lettre de Pierre Mille publiée dans *Les Soirées de Paris* du 15 mars.

QUE FERA-T-ELLE APRÈS LE CINQUIÈME NUMÉRO?

2. Cette revue mensuelle avignonnaise eut, en fait, six numéros; le dernier parut en juillet 1914.

LES ARTS

VIOLON D'INGRES

Page 720.

1. Numéro du 15 mai. Ces œuvres nouvelles sont : *La Glace sans tain, Les Tulipes, La Femme assise, Les Poissons, Les Citrons* et deux dessins.

LES ARTS

LES PEINTRES DE VENISE

2. Allusion au *Discours futuriste aux Vénitiens* de Marinetti (1910), qui opposait à la Venise historique «la grande et forte Venise industrielle et militaire» de l'avenir.

3. Citation, comme plus loin, de la préface au catalogue.

Page 721.

TOULOUSE-LAUTREC ET ROMAIN COOLUS

1. Numéro de mai 1914. Le sonnet a pour titre «Toulouse-Lautrec».

MUSIQUE NOUVELLE

Page 724.

1. «Le Drame et la Musique», dans *Les Soirées de Paris* du 15 avril 1914.

Page 726.

LES ARTS

FUTURISME ET BALLETS RUSSES

1. Cet opéra, le dernier de Rimski-Korsakov, avait été créé à Moscou le 7 octobre 1909. Il fut repris à l'Opéra de Paris par les Ballets russes de Diaghilev en 1914.

LES ARTS

Page 727.

UN SUCCESSEUR DE BERNARD PALISSY

1. «Chez le faïencier Alfred Ranoleau», numéro de mai 1914.

ART ET SPORT

2. Dans «Art et Sport» de G. de Lafrate, *Le Parthénon,* mai 1914.

G.-P. FAUCONNET, PEINTRE ET NOTATEUR

Page 728.

1. «Suite d'une conversation échangée entre un gros homme et un homme maigre dans un restaurant situé près d'un ministère», dans le numéro du 15 mai 1914.

Page 731.

LES ARTS

L'ART DU VITRAIL AU XIXe SIÈCLE

1. Dans les numéros des 10 et 24 février, 10 et 24 mars.

Page 732.

ALLEMAGNE

1. Dans le numéro de mai 1914. Cinq gravures sur lino pour un projet de cimetière à Prague. Le prénom de Hofmann dans la revue est Vlatislav.

Page 733.

LES ARTS

LA GALERIE CRESPI

1. Apollinaire a trouvé cette référence au célèbre guide touristique dans les premières lignes de la préface au catalogue.

Page 734.

1. Le cardinal Pacca (1756-1848) avait fait prendre, comme protecteur de l'académie archéologique de Rome, l'édit qui porte son nom, destiné à empêcher les œuvres d'art et les souvenirs historiques de sortir d'Italie. La vente eut lieu le 4 juin à la galerie Georges-Petit.

Page 735.

LES ARTS

LES CROIX DE L'EXPOSITION DE GAND

1. Sur L'Épatant, voir p. 651 et n. 2.

Page 740.

LES ARTS

RODIN ET AUREL

1. En première page, le 30 mai 1914 : «Rodin et la femme (textes inédits de Rodin, recueillis et commentés par Mme Aurel au cours d'une conférence qu'elle a consacrée au grand artiste, en la maison des Étudiants de Paris)». La conférence avait eu lieu le 28 mai (voir p. 717). «Je dois tout aux femmes» est la première phrase de l'article. La citation qui suit a également été empruntée au début de cet article.

Page 741.

1. L'article se termine ainsi : «Mais je dis, moi Aurel, que Dieu a dit : "Le regard plafonnant de la femme est au-dessus de l'humanité et *pour l'homme*".»

Page 742.

LES ARTS

FUTURISME

1. Sur la technique des mots en liberté, voir les *Chroniques et articles,* p. 970-972.

Page 743.

LES AQUARELLES DE FABRE

1. La presse publiait depuis plusieurs jours des bulletins de santé alarmants qui semblaient prévoir la mort prochaine de Fabre.

SÉPARATION

Page 744.

1. *Du cubisme,* en 1912.

LES ARTS

LE «HOME» DE PAUL FOLLOT

Page 745.

1. *Sic :* mastic dans le journal.

LES ARTS

Page 746.

CLAUDE MONET

1. Dans la rubrique «Nos échos» de *Paris-Journal,* Le Wattman avait écrit le 22 mai : «Claude Monet a changé sa manière. Prochainement aura lieu une exposition où le public sera initié à la nouvelle peinture du maître impressionniste. / “La série des Venise” de Claude Monet fera sensation.»

Page 747.

LES ARTS

À PROPOS DE LA LOI PACCA

1. Sur la galerie Crespi, voir p. 733-734. Sur la loi Pacca, voir p. 734.

Page 749.

LES ARTS

LA COLLECTION CAMONDO AU LOUVRE

1. Cette collection, léguée au musée du Louvre en 1911 par le comte Isaac de Camondo, n'avait été ouverte au public que le 4 juin 1914. Les conditions du legs stipulaient qu'elle devait être acceptée en bloc et être pendant cinquante ans présentée intégralement dans son ensemble. Or, si les œuvres d'Extrême-Orient, du Moyen Âge, de la Renaissance et du XVIIIe siècle qu'elle contenait étaient bien accueillies par les membres du Conseil des musées, il n'en était pas de même pour les peintures des impressionnistes et des post-impressionnistes, encore peu appréciés des milieux officiels. Il avait fallu vaincre ces réticences et aménager des salles nouvelles qui respectent les vœux du donateur sans bouleverser les règlements et les habitudes du musée.

Page 751.

ATTENTION AUX SANGUINES

1. *L'Art en Europe — Art in Europe* est un bulletin mensuel publié en français et en anglais par Seymour de Ricci; le premier numéro est daté du 1er avril 1914.

LES ARTS

Page 752.

LE MUSÉE CAMONDO AU LOUVRE

1. À la suite des élections législatives des 26 avril et 10 mai, le gouvernement avait démissionné et Viviani avait été chargé, le 3 juin, de

constituer le nouveau ministère. On devait apprendre son échec le 6. — Henri Roujon, mort le 1er juin, avait été inhumé le 4.

Page 755.

LES ARTS

DESSINS D'ENFANTS

1. En réalité, sa fille, Claudine Peské. Voir «La Vie anecdotique» du 1er août 1914, t. III, à paraître.

Page 756.

LA COLLECTION DU MARQUIS DE BIRON

1. La collection d'œuvres du XVIIIe siècle français que le couturier Jacques Doucet vendit à la galerie Georges-Petit du 5 au 8 juin 1912 : «sans contredit la vente la plus importante qui ait jamais eu lieu», selon le compte rendu qu'en fit *L'Art décoratif* du 6 juillet.

Page 757.

LES ARTS

L'ART ET LA DOUANE DES ÉTATS-UNIS

1. Voir p. 693-694.
2. Apollinaire reproduit intégralement jusqu'à l'incorrection du troisième paragraphe («Dédaigneuse [...] elle [...]») «L'Art à la douane des États-Unis», article paru dans le sixième numéro du *Bulletin* de la galerie Bernheim-Jeune daté du 6 juin 1914.

Page 759.

LES ARTS

LA COLLECTION CAMONDO

1. Voir p. 749.

Page 760.

CLAUDE MONET

1. Voir p. 746 et n. 1.

LES ARTS

Page 761.

M. INGRES ET DELACROIX

1. Apollinaire cite ici intégralement deux notes parues dans le *Bulletin* n° 8 du 6 juin 1914, «Ingres devant les Saints-Anges» et «Delacroix sur

Ingres». Il omet seulement la référence de la lettre de Delacroix : «*Lettres d'Eugène Delacroix,* recueillies et publiées par Philippe Burty, t. I».

2. «Les cœurs mortels.»

Page 764.

LES ARTS

LOLA DE VALENCE

1. Ce quatrain, publié dans *Les Épaves,* a effectivement été composé pour servir d'inscription au tableau de Manet.

Page 766.

LES ARTS

DUELLISTES

1. Kisling et Gottlieb s'étaient, selon la presse, affrontés avec une telle violence que le maître de combat avait dû prendre l'un d'eux à bras le corps pour faire cesser le combat.

2. Voir p. 792.

Page 767.

MME NATALIE DE GONTCHAROVA [...]

1. Le rayonnisme avait été créé à Moscou en 1911 par Larionov. Dans son manifeste publié en 1913, ce peintre explique qu'il faut avoir recours à des rayons de couleurs parallèles ou contrariés pour suggérer la quatrième dimension.

Page 768.

SOFFICI

1. Apollinaire, qui rencontre Gabriel Arbouin à *Paris-Journal,* fait sans doute ici illusion à certains propos du journaliste, car on n'a pas relevé de texte où il parle de Soffici antérieurement à cet écho.

LES ARTS

Page 769.

L'ART DÉCORATIF

1. Apollinaire cite tout le sommaire de ce numéro d'avril 1914 de *L'Art décoratif;* il emprunte aussi au Supplément de ce numéro la note suivante sur «La Boiserie de la Pitié».

Page 773.

LES ARTS

ICÔNES

1. Voir déjà p. 769.

Page 775.

LES ARTS

EXPOSITION NATALIE DE GONTCHAROVA [...]

1. Cette préface est d'Apollinaire. Il l'a reprise dans le numéro de juillet-août 1914 des *Soirées de Paris.* Voir p. 798-800.

Page 777.

LES ARTS

YVONNE SERRUYS

1. Dans le numéro d'avril, «Yvonne Serruys (Mme Pierre Mille)».

Page 778.

LE CENTENAIRE DE L'ART FRANÇAIS [...]

1. Cet article est en réalité la simple transcription, avec quelques coupures, d'un communiqué de presse.

LES ARTS

Page 780.

LES TOULOUSE-LAUTREC DU DOCTEUR

1. Dans *L'Éclair* du 18 juin avait paru une interview du Dr Billard, signée des initiales «G.-M.», sous le titre «Les Toulouse-Lautrec du docteur», repris par Apollinaire.

Page 781.

L'EXPOSITION DE DARMSTADT

1. Ce mot s'explique par le début d'un communiqué de presse qu'Apollinaire a omis de reproduire. Il y est dit que cette exposition est organisée par la «Colonie des artistes» de Darmstadt.

Page 782.

LES ARTS

UNE EXPOSITION INTERNATIONALE [...]

1. Léon Bérard, qui avait été sous-secrétaire d'État aux Beaux-Arts de janvier 1912 à décembre 1913, avait, sous le titre «Pour une exposition internationale des beaux-arts à Paris», appuyé dans *Le Matin* du 20 juin le projet de loi d'Armand Dayot, qui prévoyait pour 1916 une Exposition internationale des beaux-arts. L'«article de tête» de *Paris-Journal,* «Un beau projet pour l'art», de Paul Sentenac, avait paru le 11 avril.

Page 783.

LES ARTS

REVUES

1. Il s'agit du numéro de juin 1914. Sur *Les Marges,* voir la Notice, p. 1665.

Page 784.

1. L'article de Paul Sentenac, «Fin de saison», a paru en première page de *Paris-Journal* le 18 juin. Le seul article de Léon Bérard est celui qui est mentionné n. 1, p. 782.

2. 15 juin 1914.

3. Voir cet article p. 974-979.

LES ARTS

MONTPARNASSE

4. Sur Montparnasse en 1914, voir aussi *La Femme assise,* notamment chap. II (t. I, p. 418-422).

Page 785.

LA GUILDE DES FORGERONS

1. *La Forge,* qui se voulait indépendante de toutes les écoles, n'avait eu que deux livraisons en 1911. En 1913, un groupe d'intellectuels et d'artistes anarchisants se proposa de coordonner l'action des «revues de contre-réaction» et prit comme nom «Les Forgerons». Le terme d'«artistocrate», cher à l'anarchiste Lacaze-Duthiers, est à la mode dans ce milieu.

Page 786.

LES ARTS

AQUARELLES DE JONGKIND

1. Du 20 juin au 4 juillet. Les aquarelles mentionnées par Apollinaire sont celles qui sont reproduites dans le catalogue, dont il cite ensuite la préface.

Page 787.

LES RÉALISATIONS PICTURALES ACTUELLES

1. «Les Réalisations picturales actuelles», dans le numéro du 15 juin 1914.

Page 789.

LES ARTS

AU MUSÉE GALLIERA

1. Thème constant dans les milieux d'avant-garde artistique de l'époque : l'art décoratif se complaît trop dans l'imitation du passé. Voir notamment p. 235-236.

UNE LETTRE DE SEURAT

2. «De Seurat», dans le *Bulletin* de la galerie Bernheim-Jeune, n. 9, du 17 juin 1914. Apollinaire ne publie pas des «passages», mais l'intégralité de cette lettre (dont il omet de dire qu'elle est un brouillon), à l'exception de la date et de la première phrase.

Page 790.

a. Une ligne a sauté soit à la copie par Apollinaire soit à la composition. Le texte original est : Études pour *Un dimanche à la Grande-Jatte,* Indépendants (Société), décembre 1884. / *Un dimanche à la Grande-Jatte.*

b. Nous restituons entre crochets le texte original, celui que donne Paris-Journal *comportant une lacune.*

Page 791.

a. Nous restituons entre crochets le texte original; la version donnée par «Paris-Journal», les lignes ou de l'horizontale , *étant dépourvue de sens.*

LES ARTS

LE SCULPTEUR LEHMBRUCK

1. Meier-Graefe, dans un article de *Kunst und Künstler* de juin intitulé *«Pariser Reaktionen»;* André Salmon avait préfacé le catalogue de l'exposition sur ce sculpteur, exposition qui eut lieu à la galerie Levesque du 20 au

30 juin. Il devait aussi publier le 28 juin, dans *Gil Blas,* un article intitulé «Le Statuaire Lehmbruck».

Page 792.

«LA SOURIS BOITEUSE»

1. Cette plaquette de Max Jacob n'a pas paru.

Page 793.

LES ARTS

LA MODE ET LES PEINTRES

1. L'article «La Mode et les Peintres» parut dans la rubrique «Échos» du *Mercure de France* du 16 juin. Apollinaire en cite ici la fin, en omettant une phrase que nous restituons dans la variante *a* de la page 794.

Page 794.

a. la gaieté des couleurs vives. Il n'est pas excessif d'avancer que les étoffes rayées aux sept couleurs du spectre solaire sont directement inspirées de la peinture de M. Robert Delaunay. Certains couturiers-décorateurs, *Mercure de France.*

1. Dans la «Gazette des lettres» de *Paris-Midi* du 25 juin, le remplaçant provisoire de Jean de l'Escritoire (pseudonyme, rappelons-le, d'André Billy), qui signe «Intérim», avait publié la note suivante : «C'est avec soulagement qu'on arrive, dans *Les Soirées de Paris,* aux pages claires, simples, embaumées de poésie de M. René Dalize. Il a fallu, pour y parvenir, franchir, hélas, les pires folies littéraires et artistiques. N'insistons pas. M. Guillaume Apollinaire, qui a commencé par plaisanter, prend maintenant au sérieux l'art (?) d'un Archipenko. C'est nous qu'il traiterait de barbares.»

Page 795.

G. D'ANNUNZIO AU LUXEMBOURG

1. Dans la notice où il présentait cette acquisition.

Page 797.

LES ARTS

LE «CÉZANNE» D'AMBOISE VOLLARD

1. Exactement : «Quand je vous verrai, je vous parlerai plus justement que n'importe qui, sur la peinture. Je n'ai rien à cacher *en art.*» Dans «Quatre lettres sur la peinture», *Les Soirées de Paris*, n° 2, mars 1912.

Page 798.

ANDRÉ ROUVEYRE

1. Allusion à la scène de *Parsifal* de Wagner où Parsifal a atteint d'une flèche un cygne sacré de la confrérie du Graal.

EXPOSITIONS NATALIE DE GONTCHAROVA
ET MICHEL LARIONOV

Cet article des *Soirées de Paris* reprend, avec quelques variantes et en la complétant des cinq derniers paragraphes, la préface d'Apollinaire pour le catalogue de cette exposition, qui s'est tenue du 17 au 30 juin. Cette préface avait d'autre part été publiée le 18 juin dans *Paris-Journal*.

Page 799.

a. Fin du texte dans la préface du catalogue et dans «Paris-Journal».

Page 800.

LES ARTS

ARCHITECTURE DE VERRE

1. Construite sur le Champ-de-Mars pour l'Exposition universelle de 1889, cette galerie toute en fer avait 420 mètres de long, 115 de large et 45 de haut. Elle ne fut démolie qu'en 1909-1911.

2. Crystal Palace (ainsi baptisé par l'hebdomadaire *Punch*) avait été édifié à Hyde Park pour l'Exposition universelle de 1851 à Londres. Entièrement construit d'éléments préfabriqués de fer et de verre, il avait une longueur de 550 mètres, une largeur de 125 et une hauteur de 53 au transept. Démonté à la fin de l'Exposition, il fut reconstruit au sud de Londres pour abriter un musée des Sciences et des Arts. Il fut détruit par un incendie en 1936.

Page 801.

DESSINS D'ENFANTS

1. Apollinaire parle plus longuement de ce premier prix dans «La Vie anecdotique» du 1er août 1914 (voir t. III). Voici la suite du palmarès telle que la donne *Paris-Journal* : «1er prix, Claudine Peské, 11 ans; 2e prix, Augusta Van Dongen, 11 ans; 3e prix, Yves Picart Le Doux, 11 ans; 4e prix, Jack Malpel, 7 ans 1/2; 5e prix, Adihya Van Rees, 7 ans; 6e prix, Rosa Riera, 7 ans; 7e prix *ex æquo*, Raquerie, 10 ans, et Parayre 7 ans; 8e prix *ex æquo*, Jean Picart Le Doux, 12 ans, et Mlle Maillol, 8 ans; 9e prix, Poirier, 11 ans. / Mentions : 1re, R. Dartiguelongue; 2e, Chagall; 3e, L. Dartiguelongue; 4e, Jeanne Azara; 5e, Renaudin; 6e, Mlle Wolff; 7e, Lebec; 8e, De Boissières; 9e, Doupeau; 10e, Anduran; 11e, École d'Orsay; 12e, Marcel Bourgeon; 13e, Georges Vala.»

Page 802.

LES ARTS

LE DÔME ET LES «DÔMIERS»

1. Notations analogues dans *La Femme assise*, chap. 1 (voir t. I, p. 419 et n. 2).
2. Voir t. I, n. 2, p. 419

Page 803.

L'ENCHANTEUR

a. Sic; la phrase est mal construite, mais le sens est clair.

LES ARTS

QUATRE NOUVEAUX ARTISTES FRANÇAIS

Page 804.

1. Depuis le 27 juin.

Page 805.

BONNARD

1. Dans le numéro de juin 1912 : Pierre Laprade, «Bonnard».

LES ARTS

LE GANT ROSE

Page 807.

1. On retrouve ce gant dans la toile intitulée *Canto d'amor,* datée de 1914, actuellement au Museum of Modern Art de New York.

LES ARTS

LES «ALBUMS» DE GEORGES ROUAULT

Page 808.

1. De ces cinq projets, seul sera réalisé, en 1948 seulement, le *Miserere.*

Page 809.

LES ARTS

PEINTURE ESPAGNOLE MODERNE

1. Numéro du 24 juin 1914.

Page 811.

LES ARTS

DESSIN ET MUSIQUE

1. Sur Savinio pianiste, voir «La Vie anecdotique» du 1er juin 1914 (t. III). Les déjeuners des Amis du dimanche devaient réunir chaque mois des collaborateurs et amis de *Paris-Journal,* à l'initiative de Paul Lévy et de Gabriel Arbouin. Le premier eut lieu le 20 juin. Savinio assista à celui du 5 juillet; il donna ensuite un extrait de son ballet *Persée* au Lapin agile où s'étaient retrouvés les convives après le repas.

LES ARTS

Page 813.

LA MISÈRE HUMAINE

1. Cette plaquette d'une page et six planches se trouve dans la bibliothèque d'Apollinaire avec cet envoi : «À Guillaume Apollinaire / cordial hommage / Otto Klein Otakar Kubin / Paris le 26 juin 1914.» Voir «Histoire d'un poète secret, de six gravures et d'un baiser» par Pierre Caizergues dans *L'Esprit nouveau dans tous ses états,* Minard, 1986, p. 303.

Page 814.

ODILON REDON

1. Cette citation est extraite de la conclusion de l'article de Jeanne Doin, «Odilon Redon», dans le *Mercure de France* du 1er juillet.

VACANCES

2. Il s'agit de l'église de Mesnil-Gondouin, que l'abbé Paysant avait fait décorer par deux artisans, un peintre et un sculpteur, dans l'espoir de ranimer la foi de ses ouailles.

LES ARTS

3. Dans le numéro de juin 1914. Cette citation est extraite du livre de Hello *Le Style (théorie et histoire),* Victor Palmé, 1865. Apollinaire en cite la fin. Il se plaît évidemment à donner cette réponse à l'attaque de Thiesson (voir n. 1, p. 671).

LETTRE DE LONDRES

Page 816.

1. «Art rebelle» est un groupe d'artistes, Omega Shop un atelier de sculpteurs, qui s'inspirent du futurisme et des écrits d'Apollinaire.

ANDRÉ ROUVEYRE

2. *The Egoist*, à l'origine revue féministe fondée en 1909, devient à partir de 1913 une publication littéraire et artistique ouverte aux idées nouvelles. Apollinaire avait dans sa bibliothèque 7 livraisons de 1914, avec notamment les signatures de Joyce, de Lawrence, de Fletcher et de Mme Ciolkowska.

LES ARTS

DESSINS D'ARTHUR RIMBAUD

3. Numéro du 1er juillet 1914.

Page 817.

1. «Wagner condamné à perpétuité».
2. «Riessling, feuilles volantes».

Page 819.

LES ARTS

UNE ENQUÊTE DE «GIL BLAS»

1. La réponse d'Apollinaire n'a pas paru dans *Gil Blas*. La voici, d'après les *Œuvres complètes*, Balland-Lecat, t. IV, p. 796 : «10 juillet 1914. / Mon cher directeur, / Les trois tableaux de musée que je préfère sont : / Le Georges Braque que l'on conserve au Rijksmuseum d'Amsterdam, / l'Henri Rousseau que l'on ne manquera pas d'exposer bientôt aux Offices de Florence, / et le Picasso qui ornera un jour le Salon carré du Louvre. / Avec les compliments empressés de / Guillaume Apollinaire.»

UN ALBUM PARISIEN

Page 820.

1. Dans ses débuts, Marcel Prévost (qui devait entrer à l'Académie en 1909) avait fréquenté le célèbre cabaret *Le Chat noir* — fondé à la fin de 1881 par Rodolphe Salis — et collaboré à l'hebdomadaire qui parut sous le même titre.

2. André Rouveyre habite Fontainebleau. Après quelques jours passés en Savoie, il partira à la fin de juillet, en compagnie d'Apollinaire, pour Deauville où ils doivent faire un reportage sur la saison pour *Comoedia* (voir t. I, *La Femme blanche des Hohenzollern*, p. 913 et n. 1 et la Notice, p. 1437).

ANDRÉ DUNOYER DE SEGONZAC

3. Numéro 9, 1er juin 1914.

M. CHOQUET

4. Numéro du 15 juin : «Cézanne et Monsieur Chocquet» (*sic,* pour Choquet).

Page 821.

LES ARTS

ANTON GAUDI

1. Adolf Loos.

Page 822.

«LACERBA»

1. «Caffè d'Harcourt», dans le numéro du 1er juillet.

MERCEREAU ET LARIONOV

2. Mercereau, qui avait déjà collaboré à la revue de Moscou *La Balance,* fondée en 1904, était parti pour la Russie en 1906. Il assura la direction de la partie française de la revue *La Toison d'or,* qui venait d'être créée.

Page 824.

LES ARTS

NOUVEAUX PEINTRES

1. En réalité, le 11 juillet : «Les Maîtres de demain. Chagall».
2. Dans son «Giornale di bordo» du 1er juillet.

Page 825.

LE SOCIALISME ET L'ART

1. Dans le numéro du 1er juillet 1914; «Il Socialismo e l'Arte», qu'Apollinaire traduit intégralement.
2. Sur l'intérêt de Marcel Sembat pour les arts, voir p. 605 et n. 1.

CHARLES MORICE ET GUSTAVE MOREAU

3. «Tableau de l'art vivant, I», dans *Le Temps présent* (ex *Revue du temps présent*). Nous avons maintenu le curieux lapsus d'Apollinaire, «Paul Adam» pour «Gustave Moreau».

Page 826.

LES ARTS

LE RYTHME COLORÉ

1. Dans *Méditations esthétiques.* Voir p. 9.

2. Il simplifiera bientôt son nom en «Survage». Sur le rythme coloré, voir p. 845.

BLAST

Page 828.

1. Le premier numéro de cette revue anglaise est daté du 10 juin 1914. «*Blast*» désigne en anglais le souffle d'une explosion, et est aussi un juron. Le manifeste du vorticisme, publié dans le premier numéro et rédigé par Wyndham Lewis, est un calque de *L'Antitradition futuriste* d'Apollinaire (voir p. 937-939), *blast* et *bless* correspondant à «merde» et «Rose». Le vorticisme est issu de l'Art rebelle et est soutenu par Ezra Pound. Les artistes qui s'en réclament, inspirés par le futurisme italien, mais prétendant s'en détacher et d'ailleurs désavoués par Marinetti, voient la composition picturale comme une organisation de lignes tendant vers un point déterminé, le «vortex».

LES ARTS

FORAIN À L'INSTITUT

2. Peintre officiel, auteur notamment de décorations à la Sorbonne et de plafonds à l'Hôtel de Ville, membre de l'Académie des beaux-arts, Gabriel Ferrier était mort le 7 juin 1914. Forain ne devait entrer à l'Institut qu'en 1928.

Page 831.

LES ARTS

EMBLÈMES HERMÉTIQUES

1. Tout ce qui suit est une paraphrase de l'introduction de Marc Haven (pseudonyme du Dr Emmanuel Lalande) pour cette réédition du *Mutus Liber* (c'est-à-dire «Le Livre muet») dans la collection du Museum hermeticum de la Société de la Renaissance universelle.

2. «Fleur du ciel» : le *Flos coeli* est, dans la doctrine hermétique, l'esprit universel qui éclaire la matière terrestre.

ART NÈGRE

3. La revue *Souvenir africain,* consacrée à la mémoire de «nos morts d'Afrique», avait organisé en juin dans un hôtel particulier, 29 bis rue d'Astorg, une exposition au profit de ses œuvres (voir p. 744). Apollinaire a extrait le passage qu'il cite du numéro 22, daté de juillet, de la revue. Mais il ne dit pas que l'article de Carlos Fischer y est reproduit d'après *L'Opinion* où il avait paru le 6 juin 1914 sous le titre «L'Afrique chez nous».

LES ARTS

Page 834.

UN POÈME ARTISTIQUE

1. Le mystérieux O'Zone publie dans la revue *Burdigala,* bordelaise comme son nom l'indique, une rubrique de fantaisies et de pastiches intitulée « Recettes poétiques ». Son véritable nom est Henry-René Lafon. Dans le numéro du 30 septembre 1913, il avait déjà donné un « Madrigal cubiste » avec, en exergue, une citation d'Apollinaire.

2. Vers d'« Impressionnisme » dans *La Muse à Bibi.*

Page 835.

LES ARTS

LES POMPIERS CONTRE CÉZANNE

1. « Un petit musée dans un grand », *L'Illustration,* 18 juillet 1914. Babin ironisait sur « ce pauvre bonhomme de Cézanne » qui avait rêvé toute sa vie « d'être "reçu au salon de Bouguereau", comme il disait » et se trouvait maintenant, par la grâce du « musée Camondo », introduit dans les collections nationales avant Bouguereau.

2. À la suite de cet article, on lit dans *Paris-Journal* :

« MORT DE MAX ROOSES

« Au moment où nous annoncions le jubilé administratif de Max Rooses, le célèbre conservateur du musée Plantin, la ville d'Anvers prenait le deuil de cet éminent critique d'art. La mort l'a foudroyé au moment où les innombrables amis et admirateurs lui réservaient une apothéose digne de sa vie et de ses œuvres. La ville d'Anvers lui fera de solennelles funérailles.

« MARIUS DE ZAYAS

« Le caricaturiste le plus moderne, Marius de Zayas, se propose d'écrire un essai sur l'*évolution de la forme à travers les âges.*

« LE POISSON

« Quel est le peintre français célèbre, ni fauve ni coloriste, voyageant dernièrement en Russie, qui s'était arrêté devant une poissonnerie et y resta longtemps, regardant un vivier où nageait un énorme poisson?

« Au bout d'un quart d'heure le marchand s'approche :

« "Vous désirez, monsieur?

« — Le prix de ce poisson!

« — Cinquante roubles.

« — Tuez le poisson."

« Et le poisson mort :

« "Donnez m'en pour 20 kopeks", dit le peintre de son air le plus sérieux. »

LES ARTS

Page 836.

AU «PARTHÉNON»

1. Apollinaire a été successivement présenté dans cette revue fondée en octobre 1911 comme titulaire de la chronique «Histoire civile», «Art ancien» et «Art moderne»; mais il ne semble pas qu'il ait tenu ces rubriques.

Page 837.

LES ARTS

EXPOSITION DE SCULPTURES NÈGRES

1. Voir «Mélanophilie ou mélanomanie», dans «La Vie anecdotique» du *Mercure de France* du 1er avril 1917, t. III.

LES ARTS

Page 839.

PIERRE LAPRADE

1. «Portrait de peintre : Pierre Laprade», dans *Les Marges* de juillet 1914.

LES ARTS

PROPOS D'UN ISOLÉ

Page 842.

1. Ces titres sont ceux de chapitres du livre.
2. Apollinaire se plaît à trouver sous la plume de cet «isolé» qu'il a naguère brocardé (voir p. 83 et suiv.) une idée qui lui est chère. Le «au contraire» du début de la phrase s'explique par ce qui précède, non cité par Apollinaire, où Jourdain se plaint d'être considéré comme un «fou furieux, ne rêvant que pillage, incendie, ruine, destruction et anéantissement».

LES ARTS

PEINTURES POPULAIRES

3. C'est le dentiste d'Apollinaire, grand amateur d'art. Voir à son sujet, dans le numéro 20, deuxième série, de *Que vlo-ve?*, octobre-décembre 1986, une étude de Peter Read et la correspondance qu'il a échangée avec Apollinaire et Marie Laurencin.

Page 843.

MARIAGE D'UN MODÈLE

1. Il s'agit d'Eugène Figuière (voir p. 616-617).

«L'ART DÉCORATIF»

2. Daté de mai 1914. L'article de Fernand Roches est intitulé «La Question de l'art décoratif et notre temps (à propos du Salon des artistes décorateurs de 1914)».

Page 844.

«LES SOIRÉES DE PARIS»

1. Daté juillet-août 1914.

LES ARTS

L'ART POPULAIRE

2. Voir déjà p. 668. Fernand Fleuret avait publié en 1912, sous le titre *Le Carquois du sieur Louvigné du Dézert,* des poèmes licencieux et impies qu'il attribuait à un auteur méconnu du XVIIe siècle. «L'histoire littéraire ne connaît pas une meilleure supercherie», en dit Apollinaire dans *L'Enfer de la Bibliothèque nationale* (voir t. III).

Page 845.

POUR LE SALON D'AUTOMNE

1. Apollinaire ne dit pas que cette pièce est sa pantomime *À quelle heure un train partira-t-il pour Paris?*

PEINTURE POUR CINÉMA

2. Voir p. 826-827.

LES ARTS

LIVRES D'ART

Page 847.

1. Après «Livres d'art» figurent deux longues citations que nous ne reproduisons pas : «Raoul Castan, l'architecte languedocien», citation d'un article de Georges Gaudion, et «Sur l'art populaire des campagnes», citation d'un article de Fernand Roches dans *L'Art décoratif.*

LES ARTS

LA WERKBUNDAUSTELLUNG DE COLOGNE

2. «Exposition du Werkbund» (littéralement «groupe de travail», association artistique de Cologne).

ORLÉANS ET LE VAL DE LOIRE, PAR GEORGES RIGAULT

3. Chez H. Laurens, coll. «Les Villes d'art célèbres», 1914.

Page 848.

LES ARTS

LA QUESTION DE L'ART DÉCORATIF ET NOTRE TEMPS

1. Dans le numéro de mai 1914 : «La Question de l'art décoratif et notre temps». Voir déjà p. 843, n. 2.

Page 849.

1. Entre cet article et «Le Rythme coloré», deux longues citations que nous ne reproduisons pas, l'une d'une «étude intéressante» de Tholba, intitulée «Albert Gleizes», l'autre de Maurice Luthard, sous le titre «Le Musée de Chaalis».

LE RYTHME COLORÉ

2. Cette citation est extraite de l'article «Le Rythme coloré» de Léopold Sturzwage dans *Les Soirées de Paris* de juillet-août 1914. «L'élément fondamental de mon art dynamique», y dit Survage, «est la *forme visuelle colorée,* analogue au son de la musique par son rôle». L'œuvre devait se présenter sous la forme de dessins animés abstraits : «Je ne donne que les étapes nécessaires. Les dessinateurs, ayant un peu de bon sens, sauront en déduire les images intermédiaires, d'après le nombre indiqué. Lorsque les planches seront faites, on les fera défiler devant l'objectif d'un appareil cinématographique à trois couleurs.»

LES ARTS

WU TAO-TZE

3. *Zeichnungen nach Wu Tao-Tze (Dessins d'après Wu Tao-Tze)*, Munich, 1913. Selon les spécialistes, ces dessins n'auraient rien à voir avec l'œuvre du grand artiste chinois.

LES ARTS

Page 851.

UN LIVRE DE FERDINAND BAC

1. Sans doute *Souvenirs d'exil. La Fin de la vieille Allemagne (1812-1871)*, qui ne parut qu'en 1919.

Page 852.

LES ARTS

ANDRÉ ROUVEYRE

1. Cette caricature, qui avait paru dans le *Mercure de France* du 1er décembre 1911, avait été reprise par Rouveyre dans *Visages des contemporains,* éditions du Mercure de France, 1913.
2. Il y est avec Apollinaire. Tous deux doivent assurer une chronique illustrée de la saison pour *Comoedia.* Mais, pressés par les nouvelles alarmantes sur l'imminence de la guerre, ils rentreront à Paris dans la nuit du 31 juillet. Leur unique article ne paraîtra dans *Comoedia* que le 1er août 1920; voir t. I, p. 913 et n. 1 et la Notice, p. 1437.
3. Voir aussi «La Vie anecdotique» du 16 janvier 1916, t. III.

Page 853.

LA TOILE DE JOUY

1. Cet article n'a pas été retrouvé.

Page 854.

LES ARTS

«LA NÉVROSE ET L'ART MODERNE»

1. À Deauville; mais il en sera déjà parti le 1er août (voir n. 2, p. 852).

Page 855.

UN ARTISTE MÉDICAL

1. Au cours du procès de Mme Caillaux, qui avait tué le directeur du *Figaro,* Gaston Calmette, celui-ci ayant mené une campagne d'articles diffamatoires contre son mari.

LIVRES D'ART

2. Après cet article, longue citation d'un article du Dr H. Verdier dans *Æsculape* que nous ne reprenons pas, «Æsculape et Vélasquez».

ERNEST DE CHAMAILLARD

Préface destinée au catalogue d'une exposition de soixante-douze «Aquarelles de Bretagne» qui devait avoir lieu en août dans la galerie de la revue *Les Marches de l'Est,* 84, rue de Vaugirard, et dont la déclaration de guerre empêcha l'ouverture. Le texte manuscrit a été retrouvé dans une collection particulière et publié par Wladyslawa Jaworska («Une préface pour Chamaillard», *Guillaume Apollinaire 7,* 1968). La première partie, jusqu'à «si simple et si tendre» (p. 856, 23e ligne), est écrite de la main de Jean Mollet, sans doute sous la dictée d'Apollinaire, avec des corrections de ce dernier; la seconde partie est de la main d'Apollinaire. Nous reproduisons ce texte d'après *Guillaume Apollinaire 7* sans en relever les ratures et les corrections.

1915

L'ART VIVANT ET LA GUERRE

Article retrouvé par John H. Field et publié dans *Guillaume Apollinaire 7*, 1968.

Le Petit Messager des arts et des industries d'art avait été fondé en janvier 1915 par M.-C. Poinsot, A. Cadot et Max Goth, respectivement secrétaire général, administrateur et rédacteur. À l'image du *Bulletin des écrivains* qu'avaient créé trois collaborateurs de *L'Intransigeant,* René Bizet, Fernand Divoire et Gaston Picard, dès les premiers mois de la guerre, il était envoyé gratuitement aux artistes mobilisés.

Page 857.

1. Ce manifeste n'a pas été retrouvé.
2. Delaunay, réformé, est parti pour l'Espagne. Apollinaire le sait fort bien; il considère ce départ en pleine guerre comme une sorte de désertion.
3. Sujet russe, Férat est infirmier à l'hôpital créé par le gouvernement italien, quai d'Orsay, où Apollinaire sera hospitalisé en 1916.

Page 858.

1. Il s'agit d'André Level, qui écrivait le 14 janvier 1915 à Apollinaire : «[...] celui que nous choyons plus que tous les autres et qui, heureusement, ne court point de risques, s'élargit chaque jour, tout en se précisant, et vient, par des crayons qui font penser à Ingres, de le dépasser en se jouant» (Guillaume Apollinaire-André Level, *Lettres,* établies, présentées et annotées par Brigitte Level, Lettres Modernes, 1976). Sur *La Peau de l'ours,* voir «La Vie anecdotique» du 16 mars 1914 (t. III).
2. Apollinaire, alors artilleur en caserne à Nîmes, termine par une boutade : bricoler, c'est passer la bricole, la partie du harnais qui s'applique sur les épaules du cheval de trait.

1916

ANDRÉ DERAIN

Ce texte a été publié dans l'album qui sert de catalogue à l'exposition «André Derain», qui eut lieu du 15 au 21 octobre 1916 à la galerie Paul-Guillaume. Cet album contient aussi : «Voyage» («La Traversée» dans *Calligrammes*), «Bombay-Express» de Cendrars, «La Messe du visionnaire» et «La Même en prose» de Max Jacob, «Ronde des signes» de Fernand Divoire et «Nature morte» de Reverdy.

Manuscrit de 5 feuillets conservé à la Bibliothèque nationale comportant quelques corrections et de légères variantes de style.

L'ART ET LA GUERRE [...]

Cet article a été retrouvé par John H. Field et publié dans *Guillaume Apollinaire 7*, 1968. *Paris-Midi* avait publié le 28 octobre 1916 le manifeste d'« Art et liberté», qui venait de se constituer (et dont Granié allait être le premier président), pour la «défense de l'art moderne» : on y reprochait aux «faux traditionalistes» de répandre l'idée que l'art moderne était antifrançais. La réponse d'Apollinaire à ce manifeste était précédée dans *Paris-Midi* de cette note :

«Une société vient d'être fondée "pour la défense et l'affirmation des œuvres modernes". À cette occasion, nous avons demandé à M. Guillaume Apollinaire, le porte-parole ordinaire des doctrines artistiques les plus avancées, un article que nous publions à titre purement documentaire. Il va sans dire, en effet, que les idées exprimées par M. Guillaume Apollinaire lui sont personnelles et que l'hospitalité accordée ici à son article n'implique pas que nous partageons entièrement les convictions qu'il exprime.

«Ces réserves une fois faites, nous sommes heureux de mettre sous les yeux de nos lecteurs un plaidoyer qui nous paraît susceptible de les intéresser en les tenant au courant d'une des plus récentes manifestations de l'art ultra-moderne.»

Page 862.

1. Deux articles de Roger Allard, «Dix ans de peinture française», dans *La République française*, le 1er et le 5 août 1916. L'article de Dimier, «Les Arts pendant la guerre», est dans *L'Action française* du 23 novembre.

Page 863.

MERVEILLEUSE FLORAISON DE L'ART FRANÇAIS

Ce texte fut publié dans le catalogue de l'exposition de peinture française contemporaine *(Den Franske Utstilling)* organisée par le Kunstnerforbundet («Société artistique») à Oslo en novembre et décembre 1916. Il y avait trois préfaces : de Cocteau, d'Apollinaire et de Salmon.

1. Outre ces noms, le catalogue donne ceux de Vallotton, Marval, Galanis, Bonnard, Cross, Gleizes, Marchand, Vlaminck, Signac, Perdriat, Agutte, Boussingault, Segonzac, Marquet, Léger, Lhote, Mare, Metzinger, Péquin, Villon.

2. «C'est du Nord aujourd'hui que nous vient la lumière», au début de l'Épitre XCVIII de Voltaire à l'impératrice de Russie Catherine II.

1917

Page 865.

[PARADE]

Parade, livret de Cocteau, chorégraphie de Massine, musique d'Erik

Satie, décor et costumes de Picasso, fut donné pour la première fois le 18 mai 1917 au Châtelet lors de la deuxième des trois matinées de bienfaisance données par les Ballets russes, qui revenaient de Rome. Outre *Parade,* le programme comportait *Soleil de nuit* (musique de Rimski-Korsakov), *Les Sylphides* et *Petrouchka.* Deux autres représentations eurent lieu les 21 et 23 mai, *Les Femmes de bonne humeur* remplaçant *Les Sylphides.* Avant même la représentation, la presse avait associé *Parade* et l'« Esprit nouveau » d'Apollinaire. Sa présentation pour le programme — le présent texte — avait paru le 11 mai dans *Excelsior* sous le titre « Les Spectacles modernistes des Ballets russes — *Parade* et l'Esprit nouveau ».

1. Première apparition du mot, encore écrit par Apollinaire avec un trait d'union : ce ballet que Cocteau dit « réaliste », il le trouve, lui, plus que réaliste, « sur-réaliste ». Le mot était dans l'air. Dans une lettre à Paul Dermée postérieure au premier numéro de *Nord-Sud,* donc au 15 mars 1917, Apollinaire, se référant sans doute à une discussion récente, écrit : « Tout bien examiné, je crois, en effet, qu'il vaut mieux adopter "surréalisme" que "surnaturalisme" que j'avais d'abord employé. "Surréalisme" n'existe pas encore dans les dictionnaires, et il sera plus commode à manier que "surnaturalisme" déjà utilisé par MM. les philosophes. » On sait que dans la préface aux *Mamelles de Tirésias,* il définit ce qu'il appelle « surréalisme » par cette image : « Quand l'homme a voulu imiter la marche, il a créé la roue qui ne ressemble pas à une jambe. Il a fait ainsi du surréalisme sans le savoir » (*Œuvres poétiques*, p. 865-866). Le surréalisme est donc pour lui une création de l'imagination fondée sur une expérience du réel. Il est une manifestation de ce qu'il appelle alors l'« Esprit nouveau » (voir p. 943-954). Faut-il préciser qu'il n'a rien à voir avec ce que Breton appellera quelques années plus tard « surréalisme » — terme choisi, il le souligne lui-même, en hommage à Apollinaire?

Page 867.

LE CUBISME ET « LA PARADE »

Manuscrit inédit, conservé à la Bibliothèque nationale. On remarquera que ce texte est surtout pour Apollinaire l'occasion de parler du cubisme et de Picasso. Ni Cocteau, ni Satie n'y sont nommés. La première page du manuscrit porte cette note d'une écriture non identifiée : « Rendre le manuscrit dont on a besoin pour le programme de nos ballets »; ce qui laisse supposer qu'il s'agit d'une première version du texte précédent.

1. Allusion à l'anecdote selon laquelle Matisse aurait dit en 1908 devant un tableau de Braque : « Ce sont de petits cubes. » On sait que le mot est en réalité de Vauxcelles.

Page 870.

[SUR LE CUBISME ET LE FUTURISME]

Brouillon de lettre, apparemment inachevée, conservé à la Bibliothèque nationale. Le destinataire n'a pas été identifié.

Page 871.

[PUISQU'ON VOUS A DIT...]

Le manuscrit, inédit, conservé à la Bibliothèque littéraire Jacques-Doucet, se compose de cinq feuillets; les deux derniers, à partir de «Mais il n'était pas bon que» (p. 872, 9e ligne) sont de l'écriture de Jacqueline Apollinaire avec des corrections d'Apollinaire.

Les dernières lignes de ce manuscrit incomplet laissent penser qu'il s'agit de la causerie faite par Apollinaire à la galerie Paul-Guillaume, le 13 novembre 1917, sur l'art tactile. On rapprochera ces dernières lignes du début de «La Vie anecdotique» du 16 février 1918 (voir t. III), qui comporte le même lapsus : «Mon ami Ludovic» pour «Mon cher Ludovic». Voir ce conte, t. I, p. 497, et la Notice, p. 1392.

1918

Page 875.

HENRI MATISSE PICASSO

1. Un bref texte concernant cette exposition a paru dans *Les Nouvelles littéraires* du 20 janvier 1966, précédé de la note suivante : «Quelques semaines avant sa mort, en 1918, alors qu'il se trouvait à l'hôpital militaire complémentaire du Val-de-Grâce, Guillaume Apollinaire recevait de Paul Guillaume une lettre lui demandant un texte à propos d'une exposition de sa collection. Le poète lui adressa ces lignes demeurées inédites.» Ce n'est pas quelques semaines avant sa mort, mais en janvier, alors qu'il ne devait mourir que le 9 novembre, qu'Apollinaire fut hospitalisé à la villa Molière, hôpital complémentaire du Val-de-Grâce. Il s'agit évidemment ici d'un communiqué de presse demandé par Paul Guillaume à Apollinaire :

«M. Paul Guillaume, dont le goût n'est plus à vanter, vient d'avoir l'idée la plus rare et la plus imprévue, celle de réunir dans une même exposition les deux membres les plus fameux et qui représentent les deux grandes tendances opposées du grand art contemporain. On a deviné qu'il s'agit d'Henri Matisse et de Pablo Picasso. / L'œuvre éclatante du premier ouvre de nouvelles voies à l'impressionnisme et l'on sent bien que cette veine de la grande peinture française est loin d'être épuisée. / L'autre, au contraire, montre que cette riche perspective n'est pas la seule qui s'ouvre à l'artiste et à l'amateur, et que l'art concentré qui a donné le cubisme, cette esthétique curieusement contemporaine se rattache par Degas, par Ingres, aux traditions les plus hautes de l'Art. / Ce sera là une exposition sensationnelle et une date dans l'histoire artistique de notre temps.»

PROPOS DE PABLO PICASSO

Dactylographie conservée à la Bibliothèque littéraire Jacques-Doucet. Il est difficile de dater ce texte. La façon dont Apollinaire parle du cubisme dans les premières lignes laisserait à penser qu'il doit être contemporain des *Peintres cubistes*. On le rapprochera de «Réalité, peinture pure», où Apollinaire rapporte des propos de Robert Delaunay (voir p. 494-496).

Page 877.

LETTRE À LOUIS DIMIER

Minute d'une lettre qui n'a peut-être pas été envoyée. La date est erronée, car c'est le 8 octobre que, dans son article de *L'Action française,* «Les Arts pendant la guerre», Louis Dimier s'en prend à Rousseau et à la peinture moderne.

Il existe une autre version de cette lettre (à la Bibliothèque nationale, où se trouve aussi celle que nous publions), moins maîtrisée, mais plus personnelle, d'une rédaction sans doute antérieure.

Critique littéraire

LA PHALANGE NOUVELLE

NOTICE

L'organisation d'un Salon des poètes pendant le Salon d'automne de 1907 avait suscité, selon le *Mercure de France* du 1er novembre, «une grande curiosité». Trois conférences y avaient été prononcées : Charles Morice avait parlé des «Initiateurs», Edmond Pilon de «Quelques aînés» et Robert de Souza des «Jeunes». Ne voulant pas être en reste, les animateurs du Salon des indépendants chargèrent Paul-Napoélon Roinard de mettre sur pied une manifestation analogue. Celui-ci se contenta de reprendre la formule. Sous le titre général «L'Après-midi des poètes», il compose un cycle de trois conférences illustrées par des récitations de poèmes sur le thème «Les Temps héroïques». Le 4 avril 1908, dans les serres de la ville de Paris, au Cours-la-Reine, il présente lui-même «Nos maîtres et nos morts». Le 11 avril, Victor-Émile Michelet évoque «Les Survivants». Enfin, le 25 avril, Apollinaire parle de «La Phalange nouvelle».

Si l'on en croit les comptes rendus, la conférence d'Apollinaire connut un grand succès, malgré la tempête et le froid qui sévissaient ce jour-là. Mais elle provoqua quelques remous parmi les intéressés. On rapprocha le titre, «La Phalange nouvelle», de celui de la revue de Jean Royère *La Phalange,* à laquelle collaborait Apollinaire, pour lui reprocher une tentative d'annexion de la jeune poésie. Julien Ochsé, chroniqueur à la revue, dut préciser, dans le numéro du 15 août 1908 : «Je reconnais que le titre donné à cette causerie pouvait prêter à l'équivoque. Il importe d'autant plus qu'il soit bien établi que *La Phalange* y a été totalement étrangère, aussi bien pour le choix des poèmes que pour le sujet.» On signala des omissions, malgré l'éclectisme dont avait fait preuve le conférencier, on dénonça des partis pris. Un des plus sévères parmi les critiques fut Camille Lemercier d'Erm, sous le titre «Leurs "écoles"», dans le numéro 3 de la revue *Les Argonautes*[1] (juin 1908).

C'est Toussaint-Luca qui fit connaître cet article à Apollinaire. Celui-ci envoya à Lemercier d'Erm, le 20 août, une longue réponse, qui parut dans le numéro 5 des *Argonautes,* daté de septembre-octobre 1908.

La publication des trois conférences en un volume était prévue dès avril, et Apollinaire pouvait écrire, le 23 de ce mois, à Guy Lavaud : «Nous doublerons dans ce volume nos programmes, de façon à donner de la poésie contemporaine une anthologie plus complète que celle de Van Bever et Léautaud[2]. N'annoncez pas ça surtout, ces messieurs du *Mercure,* désolés de la concurrence, nous mettraient des bâtons dans les roues, d'autant plus que notre éditeur marche, mais avec hésitation.» En fait, les conférences ne seront pas «doublées», mais Apollinaire complétera la sienne en tenant compte des critiques formulées et des lettres qu'il avait reçues.

S'il est vrai qu'elle tend au palmarès et ressemble plus à une présentation de récital qu'à une approche critique, la contribution d'Apollinaire n'en laisse pas moins apparaître certaines constantes de sa pensée. C'est d'abord cette idée que toute création s'inscrit dans une tradition, que toute innovation est tributaire du passé : l'attitude, souvent mal comprise, qu'il aura à l'égard des mouvements d'avant-garde, comme les «contradictions» qu'on croira voir dans son œuvre, ont leur source dans cette certitude que l'art, tel la nature, ne fait pas de sauts. Un autre thème important est la défiance à l'égard des écoles, des systèmes, de tout ce qui risque d'engendrer un académisme, alors que d'abord compte pour lui l'expérience individuelle : d'où une curiosité inépuisable à l'égard de toute entreprise originale, des admirations apparemment contradictoires. On observera enfin que l'exaltation de la poésie française comme «poésie unique» vers laquelle se tourne le monde entier ne date pas de la guerre, mais est fortement présente dès 1908.

NOTE SUR LE TEXTE

Dans son numéro de juin 1908, *La Revue des lettres et des arts,* animée à Nice par Guy Lavaud, Jean Veillon et Toussaint-Luca, a publié le texte de la conférence d'Apollinaire en le présentant comme une sténographie. En fait, les éditeurs de la revue ont vraisemblablement disposé d'un manuscrit, comme le laissent penser certaines particularités de ponctuation propres à Apollinaire et les ressemblances avec le manuscrit mentionné ci-après. Ce texte *(RLA)* ne contient ni les notes biographiques de

1. Voir n. 1, p. 898.
2. Il s'agit de *Poètes d'aujourdhui,* dont une réédition augmentée venait de paraître aux éditions du Mercure de France.

l'édition originale, ni les poèmes dits pendant la conférence. Il est suivi de ces indications :

« Au cours de cette conférence Mme Irma Adoryan, Mlles Cœcilia Vellini, Berthe Gédalge, Maud Sterny, Jane Eyre, Berthe Reynold, MM. P. Ramey, Jean Hervé, Marcel Olin, Charles Dullin, Louis Bourny récitèrent de façon émouvante les poèmes suivants :

« *Soupir aux colombes du Luxembourg* de Paul Souchon, un *poème* de Saint-Georges de Bouhélier, un *poème* de Maurice Magre, *Les Suivantes* d'Émile Despax, *Prière* de Lucien Rolmer, un *poème* de Fernand Divoire, *Les Sorcières* d'Alexandre Arnoux, *L'Idéal* de Tancrède de Visan, *Les Vierges miraculeuses* de Maurice de Noisay, *Peut-être* de Toucas-Massillon, *L'Accomplissement* de Robert Maze, *L'Âme éparse* d'André Mary, *Souvenirs de fleurs* de Claude Roger-Marx, *Le Mort* et *Jeux de lumière* de Louis Payen, *Petite enfant* de Georges Périn, *Ténèbres* de Félicien Fagus, *Cirrus* d'Eugène Fayolle, un *poème* de F.-T. Marinetti, un fragment de *La Mort d'Hercule* de Ricciotto Canudo, *Intérieurs* de Paul Fargue, *Sur la galère* de Henri Hertz, *Chanson marine* d'André Salmon, *Brosse contre brosse* et *Traduit peut-être de Henri Heine* de Max Jacob, *À la lune* de Nicolas Deniker, un *poème* de Jules Romains, *La Lointaine* de John-Antoine Nau, *Thrène* de Jean Royère, *L'Amie énigmatique a dit...* de Guy Lavaud, *Sur la mer lourde...* et *Génie et voix des grandes eaux...* de Théo Varlet, *Lied* de Charles Vildrac, *Quatuor* de René Arcos, *La Légende du vieux Prométhée* de Georges Duhamel, un *poème* de Louis Thomas, un *poème* de Léon Deubel, un *poème* de Sadia Lévy, *Grincement doux et rouillé d'une berline...* de W. O. Milosz et *Paix sociale* d'André Spire. »

Un manuscrit est conservé à la bibliothèque de l'université de Yale *(ms.)*; il ne diffère de *RLA* que par quelques détails.

Dans la même bibliothèque figure un jeu d'épreuves avec des corrections manuscrites d'Apollinaire *(épr.)*. Les textes cités y figurent tantôt sous forme de feuillets imprimés provenant d'un livre ou d'une œuvre, tantôt sous forme de manuscrits des auteurs. Les notes biographiques et les mentions des diseurs de poèmes ont été ajoutées à la main par Apollinaire. Nous ne les avons pas relevées dans les variantes.

Édition originale dans *La Poésie symboliste* — « Nos maîtres et nos morts » par P.-N. Roinard, « Les Survivants » par V.-É. Michelet, « La Phalange nouvelle » par Guillaume Apollinaire —, L'Édition, 1909, le volume étant en réalité sorti à la fin de 1908.

C'est ce texte que nous suivons, en nous abstenant de reproduire les poèmes cités.

Nous signalons les variantes les plus importantes, en négligeant celles qui ont un caractère purement formel.

Nous donnons en appendice la lettre d'Apollinaire à Lemercier d'Erm d'après le texte publié dans *Les Argonautes* de septembre-octobre 1908.

NOTES ET VARIANTES

Page 886.

a. *Cette note ne figure ni dans RLA ni dans ms.*

1. Le naturisme s'est constitué en 1896 autour de Saint-Georges de Bouhélier, Maurice Le Blond et Eugène Montfort. Hostile au symbolisme, il se réclamait de Zola et préconisait une esthétique qui fût en

même temps une éthique et une conception de la société. Apollinaire, qui, selon Montfort, avait assisté à la fin de 1900 aux conférences organisées par le groupe au Collège d'esthétique moderne, devait être sensible au thème de la «joyeuse acceptation du monde» et de sa célébration, comme à celui d'une «beauté moderne».

Page 887.

1. De Verlaine, Roinard avait en particulier fait dire «Les Ingénus» lors de sa conférence. Dans *La Poésie symboliste,* ce poème appelle la note suivante, signée Guillaume Apollinaire : «Une nuit, au commencement de l'été, j'errais dans Paris. Et quelle joie pieuse et lyrique me transporta! je vis le ciel s'entrouvrir. Un nouveau bienheureux s'extasiait auprès de saint Benoît Labre. Son nom me fut révélé, car je ne reconnaissais pas Verlaine, si transfiguré qu'il ne ressemblait plus à aucun de ses portraits. / Ô poète, que vous êtes bien dans le paradis! *Sagesse,* livre céleste, a été trouvé plus lourd que vos péchés et les péchés du siècle contre vous. Dans la troupe des confesseurs vous *sanglotiez d'extase* en murmurant des litanies inouïes et des cantiques nuancés et mélodieux comme vos vers français. / Puis, du ciel refermé et soudain assombri, vos larmes, Verlaine, *pleurèrent sur la ville et dans son pauvre cœur.* Et cela se passait avec la même tristesse tendre que l'on trouve dans vos poèmes, ô poète contrit qui connaissez aujourd'hui l'allégresse éternelle et la béatitude infinie.» Le manuscrit de ce texte est conservé à la Bibliothèque nationale. Il est de la main d'Apollinaire, mais ne comporte pas de signature. Pas de variantes, mais la mention «note pour Verlaine».

2. Cet article n'a pas été retrouvé.

Page 888.

a. tout cela, mais, en vérité, ils exagèrent un rôle qui devait être momentané. Puis, *ms.*

b. confondaient le lyrisme et l'art oratoire et risquaient de perdre le nom même de poètes, le père *ms.*

1. Allusion au livre de Robert de Souza *Où nous en sommes* (Floury, 1906), qui était une défense du symbolisme, toujours fécond selon lui, contre les «fossoyeurs» — entendons les naturistes, les humanistes, les intégralistes, etc.

Page 889.

a. gênantes. L'*Intégralisme,* l'*Humanisme* ne sont que des mots et les *Somptuaires* ne tiennent pas, je pense à immortaliser le souvenir d'une sottise. / Paul Souchon qui fut un ami d'Emmanuel Signoret garda de ce contact une pureté à la vérité plus humble. Mais, si son exaltation lyrique est moins intense, il a *ms.* : gênantes. Et, les *somptuaires [comme dans ms.]* intense, il a *RLA, épr.*

b. ces dernières années. Et c'est ici que je placerai volontiers M. Abel

Bonnard; mais mon éloge détonnerait dans le concert des louanges que lui décernent ses amis et les miens dont la personnalité me paraît plus forte, dont le lyrisme le domine, m'en voudraient de les sacrifier à ce talent officiel. // Volontiers je rattacherais MM. Fernand Divoire, Alexandre Arnoux, *RLA* : ces dernières années. [Et c'est ici *[comme dans RLA]* dans le concert de louanges que lui décernent *[comme dans RLA]* à ce talent officiel. *biffé*] [M. Émile Despax a, de plus, une pureté de goût qu'on ne saurait trop admirer *corr. interl.*] // Volontiers *[comme dans RLA]* Arnoux, *ms.* : ces dernières années *[comme dans ms. après corr.]* Arnoux, *épr.*

Page 890.

a. une extase. // M. Edmond Toucas-Massillon dont la mélodie est touchante à force de sincérité, possède *RLA, ms., épr.*

b. exquisement les choses ordinaires. À son propos, l'on a parlé de Baudelaire. À la vérité, je ne m'aperçois pas bien de ce rapport. Néanmoins je me rends compte de l'importance de ses *Poèmes et interludes*. L'inspiration en est artificielle et c'est un charme auquel ceux qui ne parlent que de la nature sont le plus sensibles. Mais, si M. Robert Maze a le don de plaire, il touche moins que M. Vermandois dont l'exotisme est *RLA, ms., épr.*

1. Allusion à l'« Essai sur le symbolisme » qui précédait ses *Paysages introspectifs* (1904) et aux articles qu'il avait donnés dans *Vers et prose* sur Vielé-Griffin (t. I), Henri de Régnier (t. II), Verhaeren (t. III).

Page 891.

a. délicate et *[p. 890, 3e ligne avant la fin]* voluptueuse. / André Mary, *RLA, ms., épr.*

b. vous favorise ! // MM. Léo Larguier, Louis Payen, Ernest Gaubert, Valmy-Baisse, Edmond Blanguernon, etc. sont liés *RLA, ms.* : vous favorise ! / « M. Henri Strentz *[p. 890, avant-dernière ligne]* [...] des ciels. » / MM. Léo Larguier *[comme dans ms.]* sont liés *épr.*

c. d'une statue brisée. / Georges Périn, *RLA, ms., épr.*

1. *L'Occident* est une revue fondée en décembre 1901 par Adrien Mithouard sur le thème d'un classicisme occidental nourri de l'équilibre des civilisations et sur une tradition faisant une large place au Moyen Âge. Claudel, Suarès, Vielé-Griffin furent parmi ses collaborateurs. Fagus, qui, anarchiste à ses débuts, avait évolué vers un nationalisme traditionaliste, y apparaît dès 1903. On voit mal à quoi Apollinaire fait allusion en parlant d'« encens oriental », sinon aux poèmes de *Connaissance de l'Est* qu'y donna Claudel.

Page 892.

a. ses vers. Voici de lui un court poème dédié à M. Laurent Tailhade :

// Je voudrais m'évader de la vie agissante / Car je suis de ceux-là que meurtrit l'action, / Je voudrais affranchir mon âme frémissante / Du joug de l'habitude et de la passion. // Lorsque je serai las des tourments de la terre, / Au faîte immaculé du mont le plus hautain / Dans un isolement farouche et salutaire / Je monterai parmi la brume du matin. // Je guetterai l'archer flamboyant qui s'élance / Criblant les cieux des flèches roses du réveil / Et je mourrai sous la caresse du réveil *[sic]* / Dans la clarté paisible et le divin silence. // On sait *RLA, ms., épr.*

b. rares *[16 lignes plus haut]*. Sans parler des Belges ni des Suisses, nous avons aujourd'hui : Jean Moréas, Francis Vielé-Griffin, Stuart Merrill, etc. / F.T. Marinetti dont «l'imagination étrange et si souvent géniale», dit M. René Arcos, «enfanta la conquête des étoiles, Destruction et le roi Bombance» est un des seuls poètes épiques de notre époque. Sa sauvagerie, sa grandeur, sa puissance ne vont pas sans quelque analogie avec celles de Randau[a] dont j'ai déjà parlé. / M. Riciotto Canudo est un poète philosophe chez qui la méditation n'apaise point la jeune ardeur. On sait avec quel succès M. Riciotto Canudo a créé cette année la *Lectura Dantis*. Après avoir découvert par sa vision musicale du monde une cosmogonie nouvelle, épris[b] d'art théâtral il a réalisé dans sa *trilogie méditerranéenne* une sublime conception de la tragédie. On avait espéré que le théâtre en plein air d'Orange serait venu combler les espoirs de M. Ricciotto Canudo et des autres nouveaux poètes tragiques. Mais Orange les a déçus. Le beau fragment que Mlle Cœcilia Vellini a bien voulu venir dire ici est tiré de la *Mort d'Hercule*. Dans cet ouvrage remarquable M. Canudo s'est efforcé d'appliquer à[c] la langue française cette prosodie latine que plusieurs ont déjà regrettée avant lui. // M. Paul Fargue, *RLA, ms.* : rares *[comme dans RLA]* notre époque. [Sa sauvagerie *biffé*] sa grandeur, sa puissance ne vont pas sans quelqu'analogie avec Robert Randau dont j'ai déjà parlé. [Mais il y a moins de sauvagerie et sa sensibilité est plus voluptueuse *add. manuscrite*] / M. Ricciotto Canudo [...] Fargue, *épr.*

Page 893.

a. Salmon. On devrait pourtant le considérer comme un des plus admirables poètes de ce temps. À part *RLA, ms., épr.*

b. du temps. Ni l'imagination précieuse et lyrique de la *Féerie* ni les précisions humaines du *Tsigane* ne vieilliront. André *RLA* : du temps *[comme dans RLA]* ni les expressions humaines *[comme dans RLA]* André *ms.* : du temps. [Ni l'imagination *[comme dans RLA]* ne vieilliront. *biffé*] André *épr.*

Page 894.

a. éternelle *[p. 893, avant-dernière ligne]*. Il y a cinq ou six années

a. quelqu'analogie avec Robert Randau *ms.*
b. *Dantis,* [et si d'autre part ayant découvert par sa vision musicale une cosmogonie nouvelle *add. marg. inachevée*] Épris *ms.*
c. s'est appliqué à restituer à *ms.*

qu'André Salmon a paru dans la littérature poétique et ce furent des années de composition fiévreuse, maintenue, en dépit d'une absence presque complète de sympathie publique, à un haut degré d'intensité lyrique. / Il est dans ses meilleurs moments au-dessus de la plupart des jeunes poètes, son extase bat des ailes et monte à des hauteurs où nul ne l'a rejointe. / La poésie de M. Nicolas Deniker *RLA, ms., épr.*

b. moins harmonieuses. / Pour Max Jacob, l'injustice est moins criante car il se tient lui-même à l'écart. Néanmoins la renommée viendra le prendre dans *RLA, ms., épr.*

c. se laisser détourner *[3e § de la page, avant-dernière ligne]* de sa lucidité première par de spécieuses pensées. // Jules Romains n'est pas seulement un puissant poète. C'est une imagination [...] aucune gêne. / Jules Romains a déjà inventé quelques nouveautés qui ont retenu l'attention. Nous devions expérimenter la dernière. Elle a trait à la déclamation des poètes lyriques. Jules Romains exige désormais que plusieurs voix humaines de tons différents communiquent aux vers une variété et une force que ne peut leur conférer la monotonie de timbre d'une seule voix ou grave ou aiguë. / Quelques artistes avaient préparé avec soin la récitation polyphonique de *L'Église,* mais l'indisposition de l'un d'eux, M. Aulanier[a] ruine ce projet. // La gloire de John-Antoine Nau [...] large, humaine, grave et charmante. L'encre dont il se sert pour transcrire ses vers, c'est l'azur du ciel; la mer calme est la plage sur laquelle il écrit. // Jean Royère *RLA, ms., épr.*

1. Rappelons que Max Jacob n'a alors publié qu'un poème dans *Le Sourire* en 1901 et cinq autres dans l'unique numéro de la revue *Les Lettres modernes,* animée par Apollinaire. Les deux poèmes cités dans *La Poésie symboliste,* «La Création» et «Anecdote invraisemblable», n'ont pas été repris par Max Jacob dans *Le Cornet à dés.*

2. *La Vie unanime* venait de paraître en février 1908. On sait qu'en 1908 et 1909 un rapprochement s'opéra entre les deux poètes. Dans sa conférence *La Poésie immédiate,* prononcée le 10 octobre 1909 au Salon d'automne, Romains cite Apollinaire et le rapproche de Duhamel. Apollinaire, lui, parlant des *Poètes d'aujourd'hui* le 6 novembre 1909 à l'Université populaire du faubourg Saint-Antoine, s'arrête surtout aux amis de Jules Romains et aux poètes de l'Abbaye. Voir p. 914.

3. Sur Jean Royère, voir p. 1003.

Page 895.

a. MM. Henri Aimé, Jean Aubry, René d'Avril, Edgar Baes, cette troupe nancéenne dont l'idéal est si élevé et dont l'humaniste perfection nous réserve, sans doute, des chefs-d'œuvre. Je veux parler de MM. Jacques Balder, Léon Tonnelier, etc. Presque toute la phalange *RLA, ms.*

b. *L'énumération des poètes de «La Phalange» qui commence à* Presque toute la phalange nouvelle *(troisième ligne de la page) et va jusqu'à* dirige avec lui

a. l'indisposition de M. Aulanier *ms.*

La Phalange. *(fin du paragraphe) a subi de nombreuses corrections dans tous les états du texte. Nous ne relevons que la plus importante :* Émile Sicart *[sic],* Émile Solari, Touny Lérys, qui dirige si vaillamment une revue de province préférable à beaucoup de périodiques paraissant à Paris, Sébastien Voirol, René d'Yvermont et Julien Ochsé, chanteur mélodieux et nostalgique dont les accents ésotériques manquent au programme parce que je n'ai point eu de ses poèmes à ma disposition. Et ce n'est pas *RLA* : Émile Sicart, Touny Lérys *[comme dans RLA].* Et ce n'est pas *ms.*

c. incomparable. / J'ai dit dans *La Phalange* les raisons pour lesquelles j'admirais *Sœur de Narcisse nue*[1]. On me les a reprochées sans que d'ailleurs le blâme atteignît en aucune façon Jean Royère. // La jeune renommée *RLA, ms., épr.*

1. Voir p. 1497 la réponse d'Apollinaire à une enquête de cette revue sur Homère.

Page 896.

1. L'Abbaye n'exista que quatorze mois, du début de 1907 à mars 1908.

Page 897.

a. mémoires de poètes *[p. 896, fin du 1er §].* / M. Guy Lavaud dirige à Nice une revue qui seconde *La Phalange* et défend [...] et d'étoiles. M. Guy Lavaud est aidé par M. Jean Veillon et par ce poète trop inconnu, trop négligé Toussaint Luca entre les bras de qui mourut Emmanuel Signoret. // Que ne puis-je Mesdames et Messieurs vous parler longuement de cet admirable phalanstère que fut l'Abbaye. Il donna l'asile *ms. Le passage sur «Le Beffroi» est une addition sur épreuves. Elle se compose : 1° du deuxième paragraphe de la page 896, de* Il serait injuste *à* *Le Beffroi* *, écrit par Apollinaire; 2° d'un collage d'une autre écriture, celle de Bocquet, sur lequel Apollinaire a fait des corrections manuscrites. Voici ce collage :* Cette revue [*Le Beffroi* *biffé*] [d'art de littérature modernes, a été *biffé*] fut fondée à Lille, en janvier 1900, par [le grand et noble *add. interl.*] Léon Bocquet, et quelques-uns de ses amis. C'était au beau temps des espoirs d'un régionalisme littéraire. *Le Beffroi* fut donc une revue de décentralisation, comme il en naissait et mourait tous les jours de la Loire à la Garonne. [Nous avons voulu créer dans le Nord seulement industriel et commercial, un mouvement d'art jeune, dégagé des routines et des formules tardigrades et ayant des attaches avec Paris. Nous avons *biffé*] [On avait voulu créer dans le Nord seulement industriel et commercial un mouvement parallèle à celui qui se produisait à Paris. *Le Beffroi* *corr. interl.*] [réussi *corrigé en* réussit] à grouper autour des aînés transplantés dans la capitale tous les talents qui tendaient à se manifester alors sans souci d'école ou de théories. [Nous sommes aujourd'hui comme hier des éclectiques. *biffé*] / La petite phalange publia hardiment. On

1. Voir p. 1003-1006.

fonda une bibliothèque de poètes du Nord. C'est ainsi qu'après avoir publié une anthologie [nous avons *biffé*] [*Le Beffroi* a *corr. interl.*] édité successivement les premiers livres de Théo Varlet [— cet étonnant [...] magnificence — *add. marg.*], [Edmond Blanguernon [...] Amédée Prouvost, Malfère *add. marg.*]. / On n'oubliait pas les aînés. *Le Beffroi* consacra des numéros spéciaux à [Albert Samain, quasiment ignoré dans sa ville natale, à Sébastien-Ch. Leconte aussi peu connu, à Albert Lantoine, id., à Auguste Angellier *biffé*] [quelques grands poètes trop peu connus *corr. marg.*]. La coïncidence de l'apparition du n° spécial sur Samain avec la mort du poète attira l'attention sur [notre groupe *biffé*] *le Beffroi*. / Les écrivains français de Belgique [reçoivent chez nous *corrigé en* reçurent], surtout les plus jeunes, le meilleur accueil; [nous étendions *corrigé en* on étendait] la Flandre française à la Flandre belge, voire au Brabant. Ensuite, [nous avons proposé *biffé*] [*le Beffroi* prit l'initiative *corr. interl.*] d'avoir dans chaque province des secrétaires régionaux, afin de [nous *biffé*] [se *corr.*] rattacher mieux aux efforts [analogues au nôtre dans la province. Notre *biffé*] [des autres régions. Le *corr. interl.*] groupement se renforça d'éléments nouveaux. De là, à admettre [chez nous *biffé*] toute la jeune littérature, il n'y avait qu'un pas. [Il serait injuste de ne pas dire le rôle important qu'a pris dans la poésie ces dernières années une revue régionaliste, *Le Beffoi*, paraissant à Roubaix. *biffé*] [[Nous avons *biffé*] Élargissant le régionalisme qui est trop difficile quand on veut aller de l'avant, *Le Beffroi* devint ce qu'il est [aujourd'hui *biffé*] encore : une revue-anthologie des poètes d'aujourd'hui. *corr. marg.*] Pilon, Périn, Lebesgue, Payen, Arnoux, André Mary, Vildrac, Fagus, G. Lavaud, Thomas etc. furent ses collaborateurs avant d'aller en d'autres revues. D'autres comme J. Mercier-Valenton, les Martineau débutèrent aussi au Beffroi. *Suit, dans épr., une addition manuscrite d'Apollinaire :* C'est au *Beffroi* [*p. 896, 7e ligne en bas*], en 1905 [...] son rêve d'une abbaye. Je ne vous dirai point mon sentiment au sujet de l'influence heureuse ou pernicieuse que peut avoir sur l'art de ses profès l'utopie des thélémites. *Puis reprise du texte imprimé d'épr. :* Mais que ne puis-je, Mesdames et Messieurs, vous parler longuement de cet admirable phalanstère que fut l'Abbaye. Il donna asile

b. un grand rôle à jouer. / C'est à L'Abbaye que l'on peut rattacher les poètes du *Beffroi* : M. Léon Bocquet, dont je regrette de n'avoir pas eu à temps un poème pour le mettre au programme et cet étonnant visionnaire Théo Varlet dont les rauques poèmes ont une singulière magnificence. / Nul ne pourrait dire sans mentir que M. Fritz Vanderpyl n'est pas un poète et que ses *Saisons douloureuses* soient une œuvre négligeable. Dans le bégayement de[a] ce Hollandais on découvrira souvent les accents d'un Verlaine et parfois d'un Villon. / Et je ne vois pas d'autre poète qui puisse se vanter de cette dernière analogie. // Mesdames, Messieurs, *RLA, ms., épr.*

c. citer [*10 lignes plus haut*] : M. Lacuzon, chef harmonieux des intégra-

a. Dans [le bégayement *biffé*] [les plaintes *corr interl.*] de *épr.*

listes, Léon Vannoz, François Porcher *[sic]*, Guy Charles Cros, Fernand Fleuret, Lesieutre, Louis Thomas qui soigne sa renommée à nous faire croire qu'elle est malade, Léon Deubel dont les œuvres emportent les suffrages des poètes et de tout le public poétique, Émile Henriot, Castiaux, Thomas *[sic]* Gaudion, Francis Bœuf, fort et harmonieux, Achille Richard. / Sadia Lévy *RLA, ms.*

d. Sadia Lévy est un grand poète qui doit à son souci de la perfection humaniste d'être moins connu à cette heure que plusieurs grimauds sans talent et que je ne veux pas citer ici. Sa phrase est d'une sonorité qui dépasse ce que l'on était habitué à faire rendre à la langue française et son lyrisme oriental ne connaît point l'ironie désabusée d'un André Spire qui s'il a moins de fantaisie qu'un Max Jacob, par exemple, se rapproche plus d'un Henri Heine. Quelle émotion *RLA, ms.* : Sadia Levy *[comme dans RLA]* l'ironie désabusée [(mais souvent si pathétique et si nouvelle) *add. manuscrite]* d' [un *biffé*] André Spire [qui s'il a moins de fantaisie qu'un Max Jacob, par exemple, se rapproche plus d'un Henri Heine. *biffé*] Quelle émotion *épr.*

Page 898.

a. Fin de l'article dans RLA : des nouveaux poètes. / Voilà, Mesdames et Messieurs, cette nouvelle phalange que l'on peut discuter, déprécier même, mais dont il est impossible de nier l'existence. / Je n'ai point préparé de péroraison et vous m'excuserez de ne point conclure. Les ouvrages des jeunes poètes dont je viens de vous parler forceront prochainement l'admiration. Nouveaux Amphions, nouveaux Orphées, ils sauront rendre sensibles [...] animaux sauvages. *Fin du texte dans ms. :* des nouveaux poètes. / Voilà, *[comme dans RLA]* vous parler forceront l'admiration, c'est ma conviction intime. Nouveaux *[comme dans RLA]* sensibles [...] animaux sauvages. [Dans une dissertation *sur la poésie* qu'il place en tête d'*Éternité* M. Adolphe Lacuzon nous parle ainsi de l'Art : « L'Art, si j'ose hasarder une définition nouvelle, est un mode supérieur d'éprouver et l'artiste est l'inventeur de ce mode. J'ai dit *inventeur,* au sens originel du mot, parce que la création n'appartient qu'au poète seul dont l'œuvre n'emprunte pas à l'art seul son unique condition d'existence. » *biffé*]

APPENDICE

1. Sous le titre « Leurs "écoles" », le directeur des *Argonautes* Camille Lemercier d'Erm avait, dans le numéro 3 de la revue (juin 1908), vivement critiqué la conférence d'Apollinaire, en se référant au texte publié dans *La Revue des lettres et des arts.* Il y voyait une « adroite réclame pour la revue *La Phalange* », s'en prenait particulièrement à la phrase « tous les poètes écrivent aujourd'hui en vers libres » (ici, p. 888) et contestait l'utilisation faite de certains noms d'écoles.

Page 899.

a. Le titre [...] furent choisis *sic, inadvertance d'Apollinaire*

LES POÈMES DE L'ANNÉE
(2e série)

NOTICE

Le succès des conférences de 1908 incita les organisateurs du Salon des indépendants à reprendre la formule avec les mêmes orateurs en 1909. Il y eut, cette fois, quatre «entretiens littéraires» accompagnés de «récitations de poèmes» le jeudi à 3 h et demie. Le 8 avril, Paul-Napoléon Roinard parla des «Poétesses modernes», le 15, Victor-Émile Michelet, des «Poèmes de l'année (1re série)», le 22, Apollinaire, des «Poèmes de l'année (2e série)», enfin, le 29, le nouveau venu Henri Strentz, présenta «Les Poètes inédits». Michelet et Apollinaire s'étaient donc partagé l'actualité poétique; il ne s'agissait plus pour ce dernier de dresser un panorama aussi complet que possible de la «phalange nouvelle», mais de manifester son intérêt pour quelques œuvres choisies.

La relation qu'André Warnod fit de sa conférence dans *Comoedia* du 24 avril en restitue avec bonheur le climat. La voici :

«Au Salon des indépendants, une salle tout éclairée par des paysages aux couleurs vibrantes, des compositions d'une délicate et sincère naïveté, des portraits d'une vie intense peints par Mlle Corvalho, mais là-bas la foule se presse autour d'une estrade improvisée, M. Guillaume Apollinaire fait une conférence sur "Les Poèmes de l'année".

«Le bon poète Apollinaire était tout désigné pour une telle causerie et les poètes qu'il nous présente, résumant leurs œuvres en quelques mots, savent, pour la plupart, tout ce qu'il a fait pour eux.

«Plusieurs poètes ont un livre qui va paraître prochainement, le conférencier ne voulant faire aucune injustice les classe avec les poètes édités cette année, et ainsi il nous présente M. Canudo dont l' «Imprécation de Dionyse» (fragment de la tragédie de *La Mort d'Hercule*) est dite avec beaucoup de passion par Mlle Vellini de l'Odéon. Un paysage en prose de M. Duminy décrit avec un charme étrange les environs de Reims.

«Voici l'ironie profonde, délicate et très élégante d'André Salmon avec *Quatorze juillet,* dit par Mlle Jeanne Eyre, et puis voici les *Poèmes* en prose de Max Jacob.

«Max Jacob est peut-être le plus original de tous ces poètes si personnels. Ses poèmes, très sincères, sont *vus* d'une façon toute particulière avec des détails qui étonnent d'abord mais semblent tout naturels au poète. M. Olin, du théâtre Mévisto, dit de Max Jacob : "'Le Paradis du maquereau' extrait d'une suite de sept paradis d'une originalité parfois décevante".

«Mlle Marcelle Perret, toute jolie, dit de sa voix claire un poème de Jules Romains, une description d'un soir, avec une ville dans les brumes du soleil couchant.

«Les vers de M. Julien Ochsé sont "romanesques comme un bibelot ancien", il parle de l'*Horloge* qui "traîne ses mains le long de notre vie". M. Georges Gaudion a mis dans son livre *La Prairie fauchée* "la pure émotion populaire". M. Guy Lavaud nous dit que l'allégresse et la douleur s'égalent dans la réalité charnelle. Il nous parle de l'Amour aux yeux de femme et de la femme trop blonde dont "il a baisé la bouche nue", il a conservé "de son passage, au creux de la main, le parfum de la fièvre et l'odeur du baiser".

«Jean Dorval est le pseudonyme d'un peintre connu, Mlle Vellini dit de lui "Les Oiseaux d'or". Mme de Saint-Point annonce qu'une époque vient de finir, elle se dresse hautaine devant "Le Soleil". Sa "Nuit d'Électre" est dite ensuite par Mlle Roch, de la Comédie-Française. Mme B. Reynold dit elle-même, avec beaucoup d'art, un extrait de son livre : *Par les chemins*. "La Mort de la lune", de M. Marinetti, est pleine des originalités habituelles à ce poète. La lune tombe de très haut, la tête la première, en déchirant sa chair sur les cordages du navire. M. Latourette a un lyrisme qui lui appartient en propre. M. Cros a des qualités rythmiques et voluptueuses. Et puis ce furent deux sonnets pleins de charme de Mlle Blanche Sahuqué : "Sursum" et "Affinement", extraits de son volume, *Le Chemin solitaire*, écrit bien loin de Paris, sous les pins maritimes.»

Nous savons par une lettre d'Apollinaire à Lemercier d'Erm que la publication des quatre conférences était prévue. «Le 22 avril, lui écrit-il, je fais une nouvelle conférence et le volume dans lequel elle paraîtra ne s'appellera plus la poésie symboliste[1].» Mais ce projet n'aboutit pas.

NOTE SUR LE TEXTE

Le manuscrit de cette conférence se compose de quatorze feuillets ayant une numérotation continue. Les trois premiers sont à la Bibliothèque nationale (fonds Poissonnier), les suivants à la Bibliothèque littéraire Jacques-Doucet. Nous reproduisons ce manuscrit inédit sans relever les quelques corrections et hésitations de plume qu'il contient.

NOTES

Page 905.

1. On n'a aucune trace de ce volume. Apollinaire a parlé de Gabillard,

1. *Œuvres complètes*, t. IV, p. 909.

mort en 1912, dans «La Vie anecdotique» du *Mercure de France* du 1er juin 1912 (voir le t. III de la présente édition, à paraître).

Page 906.

1. Apollinaire avait dans sa bibliothèque *Les Cendres de gloire* de Jean Dorsal, avec cet envoi qui nous rappelle l'identité du peintre caché sous ce pseudonyme : «À M. Guillaume Apollinaire / pour qu'il s'inquiète de Jean Dorsal / cordialement / Émile Bernard / le 20 mars 1909».

Page 907.

1. Ce volume, ou plutôt cette plaquette de 47 pages hors commerce, *Des étoiles en plein midi,* se trouve dans la bibliothèque d'Apollinaire avec cet envoi : «À Guillaume Apollinaire le poète ému de l'Émigrant et l'artiste d'une Salomé neuve et — pour complément de paradoxe à ces contes — au confrère de finances / Tout amicalement / L. Latourrette / Paris 15 avril 1909».

Page 908.

1. On aura compris que *D'or et de soleil* est le titre de la plaquette publiée par Jean Clary en 1908.

Page 909.

1. Plusieurs mots manquent dans le manuscrit. On peut conjecturer «ont pas envoyé».

LES POÈTES D'AUJOURD'HUI

NOTICE

Cette conférence, faite le 6 novembre 1909 à l'Université populaire du faubourg Saint-Antoine, répond à celle qu'avait prononcée Jules Romains le 10 octobre 1909 au Salon d'automne, sous le titre «La Poésie immédiate» : il y réunissait ses amis Arcos, Chennevière, Duhamel, des poètes comme Georges Périn, Théo Varlet, et des proches d'Apollinaire, Max Jacob, Salmon, Henri Hertz, dans un «amour du réel en profondeur» qui caractérise, selon lui, la jeune poésie. Le fondateur de l'unanimisme avait fait la connaissance d'Apollinaire à *La Phalange,* revue à laquelle ils collaboraient tous deux. Persuadé qu'une génération nouvelle se cherche dans des valeurs communes, il a cherché à mettre en contact ses amis de l'Abbaye et ceux d'Apollinaire. Comme il le rappelle dans *Souvenirs et confidences d'un écrivain*[1], «ce ne fut pas très commode» :

«Il y avait de vifs préjugés de part et d'autre. Aux yeux d'Apollinaire et de son groupe, les gens de l'Abbaye paraissaient un peu naïfs et sommaires, manquant de raffinement. Aux yeux de Duhamel et de Vildrac, le milieu d'Apollinaire sentait l'artisterie démodée et faisandée, le frelaté, la brocante. Je m'employai de mon mieux à dissiper ces préventions mutuelles.»

Ces circonstances éclairent le ton et le contenu de la conférence, l'éloge adressé à l'«entêtement d'apôtre[2]» de Jules Romains, mais la volonté aussi de souligner l'originalité du «groupe du *Festin d'Ésope*»; Apollinaire s'assurait de cette façon l'antériorité dans l'élaboration d'un esprit nouveau.

Selon le programme, Apollinaire fit entendre, au cours de sa conférence, des œuvres des poètes suivants : Arcos, Duhamel, Castiaux, Hertz, Jouve, Max Jacob, Mercereau, Périn, Romains, Salmon, Varlet, Verdot et Vildrac.

NOTE SUR LE TEXTE

Le manuscrit, déposé à la Bibliothèque nationale (fonds Poissonnier), comprend neuf feuillets. Les feuillets 6, 7 et 8 sont un réemploi du début de la conférence sur «Les Poèmes de l'année», du début à «[...] la poésie française est avant tout internationale» (p. 904, 2e §, dernière ligne). La comparaison des deux textes montre comment Apollinaire a adapté des considérations générales à une situation particulière.

NOTES

Page 913.

1. Cette enquête de *L'Écho de Paris* sur «L'État actuel et l'Avenir de la littérature et des arts» a été menée auprès de personnalités de la littérature et de l'art académiques d'août à octobre 1909. Brieux, le 5 octobre, y a tenu sur la nullité de la littérature contemporaine des propos auxquels Apollinaire semble faire allusion.

Page 914.

1. Il s'agit évidemment de la conférence sur «La Phalange nouvelle» du 25 avril 1908 (voir p. 896-897).

1. Fayard, 1958. Voir p. 33.
2. Voir notamment *Chroniques et paroles sur l'art*, p. 406-412 et *Chroniques et articles*, p. 970-972.

[SUR LA LITTÉRATURE FÉMININE]

NOTICE

Eugène Montfort a raconté comment, sous le nom de Louise Lalanne, Apollinaire avait collaboré aux *Marges,* dans *La Véritable Histoire de Louise Lalanne ou le Poète d' « Alcools » travesti en femme* (Les Marges, 1936), brochure reprise en 1948 par Pierre Seghers sous le titre *Apollinaire travesti.*

Relançant en 1909 sa revue *Les Marges,* après l'échec d'un rapprochement avec l'équipe de *L'Ermitage* et les amis de Gide, Montfort se préoccupa d'y insérer une chronique de la littérature féminine, alors très vivace. Tour à tour Anna de Noailles, Gérard d'Houville, Colette refusèrent de s'en charger. Mais Gérard d'Houville lui avait suggéré de la faire lui-même, sous un pseudonyme. L'idée cheminant, il proposa à Apollinaire de la mettre en œuvre; celui-ci accepta avec plaisir.

Le premier article, «La Littérature féminine», parut dans *Les Marges* de janvier 1909. Il était signé Louise Lalanne, nom calqué sans doute sur celui de Ludovic Lalanne (1815-1893), bibliothécaire de l'Institut, auteur de nombreux ouvrages, dont sa série de *Curiosités* (*biographiques, littéraires, historiques, anecdotiques,* etc.), où, à plusieurs reprises, il évoque des mystifications littéraires. Le succès fut immédiat; on s'interrogea sur l'identité de cette nouvelle venue dans le monde des lettres. Avec la complicité de Montfort, Apollinaire poussa la mystification, publiant des vers de Louise Lalanne, acceptant en son nom de collaborer à des revues. Un poème de Louise Lalanne, «Le Présent», fut même dit au cours de la conférence sur «Les Poétesses modernes» de P.-N. Roinard, le 8 avril 1909 — dans le cycle de «L'Après-midi des poètes» auquel Apollinaire, comme l'année précédente, donna une causerie le 22 avril.

Cinq articles, puis une note, se succédèrent, de janvier à novembre 1909. Mais Apollinaire, dès juillet, songeait à mettre fin à cette aventure. Le «coup de théâtre imprévu», l' «occasion favorable de dernière heure pour faire la révélation» qu'il espérait dans une lettre à Montfort du 28 juillet[1], ne se présentant pas, la note suivante parut dans *Les Marges* de janvier 1910 :

«Une fâcheuse nouvelle à apprendre aux lecteurs des *Marges* : Mlle Louise Lalanne vient d'être enlevée par un officier de cavalerie. Cela nous a surpris de la part d'une personne dont les mœurs avaient toujours été irréprochables. Inutile de dire qu'aux *Marges,* nous ne badinons pas sur le chapitre de la vertu. Nous partageons à cet égard les idées si raisonnables des gens du monde d'aujourd'hui; dans le privé tout ce que vous voudrez, ne vous gênez pas, mais de la discrétion et pas de scandale. Nous ne savons pas où Mlle Louise Lalanne est passée, nous craignons fort que cet écart si regrettable interrompe une carrière littéraire très brillamment ouverte.

1. Lettre citée par Eugène Montfort dans *Apollinaire travesti,* Seghers, 1948, p. 23.

«Les chroniques sur la littérature féminine, publiées ici par Louise Lalanne, avaient intéressé les milieux littéraires. Personne, après chaque numéro des *Marges,* qui ne nous parlât de son dernier article. On le discutait, certains l'approuvaient, d'autres le critiquaient, aucun à qui il demeurât indifférent. Un poète nous disait : "Le premier article m'a eu l'air d'une plaisanterie, mais maintenant je vois bien que ce n'en est pas une, et je suis sûr que Louise Lalanne existe." Un autre, au contraire, l'avait lue d'abord avec conviction, puis avait senti peu à peu s'ébranler sa confiance. C'était pour M. Christian Beck "une jeune provinciale assez exquise et vraiment française" *(Les Visages de la vie);* pour M. Barrucand, au contraire, Louise Lalanne avait "un visage de sous-maîtresse sévère" *(L'Akbar).*

«Louise Lalanne a publié dans *Les Marges* des vers que Charles-Henry Hirsch a bien voulu déclarer fort jolis. *Le Beffroi* et *Les Visages de la vie* ont donné aussi quelques poèmes d'elle, et *Poesia* en annonce pour un prochain numéro. Cette poétesse était assez nerveuse, et ses répliques à ses contradicteurs n'étaient point toujours charitables. Notre ami André Ruyters, qui avait plaisanté ses vers, s'est vu rabroué avec un agacement joliment féminin.

«Maintenant qu'elle nous a quittés, nous pouvons bien dire, ma foi! qui elle était et raconter son histoire. Louise Lalanne, ce n'était pas son véritable nom et, en réalité, elle était du sexe masculin. Une célèbre dame de lettres, à laquelle nous avions demandé de parler ici des livres de femmes, nous donna l'idée de le faire nous-même, en nous affirmant qu'une femme ne se risquerait jamais dans cette entreprise périlleuse. Nous connaissions le souple et intelligent talent de Guillaume Apollinaire. Nous lui demandâmes s'il consentirait à se déguiser en femme pendant quelque temps. L'idée l'amusa et il accepta. Mais les meilleures plaisanteries sont les plus courtes. Et puis, une critique, même fantaisiste, de la littérature féminine, vraiment cela ne peut avoir qu'un temps... Aujourd'hui, Guillaume Apollinaire enlève sa perruque, son corsage et son jupon.»

Ajoutons, pour la petite histoire, que le poète qui croyait à Louise Lalanne était Saint-Georges de Bouhélier et celui qui en venait à douter, Louis Codet.

NOTE SUR LE TEXTE

Ces articles n'ont jamais été repris en publication autonome. Nous suivons le texte qui a paru dans *Les Marges :* «La Littérature féminine», janvier 1909; «Littérature féminine. Colette Willy, L. Delarue-Mardrus», mars 1909; «Littérature féminine. Jane Catulle-Mendès», mai 1909; «La Littérature féminine jugée par deux hommes», juillet 1909; «La Littérature féminine. *L'Ombre de l'amour*», octobre 1909; «Bibliographie», novembre 1909.

Le manuscrit compte 41 pages qui ont été montées et reliées par Paul Bonet (Hôtel Drouot, vente du 10 avril 1987).

NOTES

Page 919.

LA LITTÉRATURE FÉMININE

1. L'ouvrage parut en 1901.
2. Bittô, la petite danseuse au crotale, donne son nom à un long poème en forme d'idylle antique dans *Le Cœur innombrable.*
3. Voir ces vers dans les *Œuvres poétiques,* Bibl. de la Pléiade, p. 339 et notule.

Page 920.

1. *De l'Allemagne,* 2e partie, chap. XI, «De la poésie classique et de la poésie romantique».

Page 921.

1. Elle devait publier en 1909 *Sillages* et *L'Album de Sylvestre,* avant sa mort en décembre. Apollinaire fera partie du comité constitué en 1910 pour ériger un médaillon à sa mémoire.
2. *Pour en finir avec l'amant,* «dialogues scéniques», qui avait paru aux éditions du Mercure de France en 1908 et avait provoqué de nombreux remous dans la presse.
3. Le 28 décembre 1908, un tremblement de terre avait ravagé la Sicile. Apollinaire y fait allusion dans «Vendémiaire»; voir *Œuvres poétiques,* p. 151.

Page 922.

LITTÉRATURE FÉMININE

COLETTE WILLY, L. DELARUE-MARDRUS

Dans ce même numéro des *Marges,* Louise Lalanne signe «Trois petits poèmes» (voir *Œuvres poétiques,* p. 339).

1. Sur Colette, le point de vue d'Apollinaire évoluera dans le sens d'une plus grande sévérité. Dans une lettre à Madeleine du 20 octobre 1915 (*Œuvres complètes,* t. IV, p. 952), il écrit en effet : «En général on s'extasie sur le naturel de Colette en ses écrits. J'y vois beaucoup d'affectation, peu de naturel et un simple talent de pensionnaire, une sensibilité de surface. C'est tout et peu intéressant à mon gré. Elle a en outre un terrible accent berrichon qui me déplaît extrêmement.»
2. *Claudine s'en va* succède à *Claudine en ménage,* deux romans de la série des *Claudine,* écrite par Colette et signée par son mari, Henry Gauthier-Villars, du pseudonyme de Willy.

Page 923.

1. On sait que, dès 1905, Colette Willy interprète dans de petits théâtres ses pantomimes, déguisée en faune avant de se produire dans les music-halls travestie en chatte ou nue derrière un voile déployé.

2. Dès 1901, Colette a une liaison avec Georgie Raoul-Duval et elle est peu après sollicitée par Natalie Barney, par Renée Vivien, par sa propre rivale Meg Villars (courtisée par Willy) et surtout par Missy, diminutif familier de la marquise de Belbeuf, avec qui elle vit de 1906 à 1911.

3. L'ouvrage avait paru en 1908.

Page 924.

1. Allusion à l'ouvrage de Charles-Henry Hirsch, *Eva Tumarche et ses amis* (Fasquelle, 1903), qu'Apollinaire avait conservé, dédicacé, dans sa bibliothèque. Cette critique provoqua la réaction suivante de Rachilde dans le *Mercure de France* du 16 juillet 1909, à propos d'un autre roman de Lucie Delarue-Mardrus, *Le Roman de six petites filles* : «[...] Il y a déjà quelque temps, lors de l'apparition du premier volume de proses de la charmante Muse du *Journal,* j'eus la pensée, très naïve du reste, de dire que le talent, le très beau talent de l'auteur de *Marie fille-mère* ressemblait, par l'art des transitions surtout et une extraordinaire maîtrise dans le métier de l'écrivain forcé de plaire à tous les lecteurs tout en demeurant *un écrivain,* au très beau talent de Charles-Henry Hirsch[1]. Mais avant de déclarer cela tout haut, j'avais consulté l'un des principaux intéressés, ne cherchant nullement à faire ce qu'on appelle *une rosserie* en style de... critique. Il paraît qu'en effet cela aurait pu passer pour un compliment désagréable. Donc je rentrai... mon compliment! Mais voici que, dans une revue : *Les Marges,* où l'on a beaucoup d'esprit en général et où l'une de mes consœurs, Mlle Louise Lalanne, juge en dernier ressort les jeunes femmes de lettres, on imprime cette phrase traîtresse : "Mais dans *Marie fille-mère* ce n'est pas seulement au titre que l'art fait défaut. Évidemment tous les sujets sont bons et M. Charles-Henry Hirsch que Mme Lucie Delarue-Mardrus s'est efforcée *en vain* d'imiter, aurait su, développant quelque histoire analogue, écrire un livre charmant, savoureux, émouvant et pas bête." Ma foi, je n'ai plus qu'à m'insurger contre ce coup de griffe bien digne d'une femme! [...]»

2. Ce titre ne figure pas dans l'immense production de Louis-François Raban (1795-1870) qui illustre avec facilité la veine du roman d'amour et d'aventure, avec, par exemple, *Les Amours secrètes ou les Fourberies d'une jolie femme, La Femme jésuite,* etc.

3. Rappelons que Lucie Delarue-Mardrus est l'épouse du docteur J.-C. Mardrus, traducteur des *Mille et Une Nuits,* publiées chez Fasquelle la même année.

1. Le compte rendu de Rachilde avait paru dans le *Mercure de France* du 1er janvier 1909. S'il est très élogieux et loue la «virtuosité» de l' «homme de lettres» qu'est Lucie Delarue-Mardrus, on n'y trouve effectivement aucun rapprochement avec Charles-Henry Hirsch.

Page 925.

1. Sur ce rapprochement entre Galland et Mardrus, voir également p. 1122.
2. Apollinaire lui a déjà adressé ce même reproche; voir p. 957.

Page 926.

1. C'est le titre du premier recueil de Lucie Delarue-Mardrus, publié en 1900.

Page 927.

LITTÉRATURE FÉMININE

JANE CATULLE-MENDÈS

1. Peut-être un souvenir du pèlerinage à Notre-Dame de Laghet évoqué également dans «Les Pèlerins piémontais»; voir t. I, n. 1, p. 164.
2. Apollinaire reprend le titre du recueil dont Louise Lalanne rend compte, *Le Cœur magnifique*, publié en 1909. De même p. 928.

Page 928.

1. Elle était l'épouse du poète Catulle Mendès, qui venait de mourir écrasé par un train sous le tunnel de Saint-Germain. Les vers cités sont la fin du poème «Crépuscule».
2. Cette mention est en exergue du long poème «France». Comme le montre le contexte, il s'agit des émeutes dues à la crise viticole, qui eurent lieu, en 1907, non en Provence, mais dans le Languedoc.

Page 929.

1. Nous donnons ci-après cette «note» publiée par André Ruyters dans le numéro 4 de *La Nouvelle Revue française* (mai 1909), p. 395-397 : «Le féminisme décidément devient menaçant. Depuis quelque temps les jeunes poétesses, qui à la suite des concours de *Femina* affluent de toutes parts, ne laissaient pas de nous alarmer par leur présomptueuse candeur, leur verbosité et cette rage qu'elles ont d'étaler en leurs ouvrages des sentiments que d'ordinaire les personnes de leur sexe jugent convenable de dissimuler. Si immodérément qu'elles en usassent, la lyre cependant ne satisfait plus leurs ambitions; d'une main qui n'hésite pas, les voici qui saisissent maintenant le scalpel de la critique. On aurait pu croire que le peu d'expérience qu'elles ont d'un outil somme toute dangereux dût imposer quelque prudence à leurs débuts, car enfin elles s'improvisent et l'aplomb ne saurait suffire à tout. Il n'en est rien. Il faut voir dans le dernier numéro des *Marges* avec quelle désinvolture et quelle superbe assurance la *Marie fille-mère* de Mme Lucie Delarue-Mardrus est proprement abattue par une très récente demoiselle de lettres sur le talent et la compétence de laquelle nous en sommes encore réduits aux conjectures.

"Niaiserie d'un titre écœurant", "banalité d'un récit qui languit", "convenu des situations", "insuffisance du style", "roman aussi misérable que l'héroïne" : pour ramasser ces gentillesses, il n'est que la peine de se baisser. Ce n'est pas assez d'ailleurs d'une seule victime. Il faut que *Les Mille et Une Nuits* du mari y passent à leur tour. De quel ton péremptoire notre érudite nous affirme que les poèmes lyriques qui font l'ornement de ces contes sont tout bonnement apocryphes et qu'il faut que ce soit Mardrus qui les ait composés puisqu'aussi bien ils paraissent être de Francis Jammes! On voit par là que la littérature arabe n'a pas plus de secrets pour cette jeune orientaliste que les lettres françaises. Au reste, son avis sur l'œuvre de Mardrus est net. Puisque les récits orientaux introduits en Europe au Moyen Âge ont contribué, nous déclare-t-elle, à faire Boccace, Rabelais, la reine de Navarre, Cervantes et Shakespeare *(sic)*, que Galland a exercé une influence "plus considérable qu'on ne croit" *(textuel)* sur Chénier, Lamartine et Hugo la traduction de Mardrus dès lors "ne sert et ne servira de rien". Eh, docteur, on ne vous l'envoie pas dire!... L'ignorance et l'inconscience que trahissent ces fantaisies empêchent assurément qu'on ne prenne leur méchanceté bien au sérieux : il n'y a pas lieu de froncer les sourcils : sourions simplement, ce ne sont qu'ébats de poétesse modern style! Dans le même numéro, heureusement, l'impitoyable critique nous fournit l'occasion d'apprécier quelle inspiration riche et nombreuse, quelle vigueur de pensée et quelle maîtrise lui donnent le droit de traiter ses contemporains avec une si gaillarde suffisance. Transcrivons : *Les myrtilles sont pour la dame / Qui n'est pas là, / La marjolaine est pour mon âme / Tralala! / Le chèvrefeuille est pour la belle / Irrésolue. / Quand cueillerons-nous les airelles? / Lanturlu! / Mais laissons pousser sur la tombe, / Ô folle! ô fou! / Le romarin en touffes sombres, / Laïtou! /* ... Pareillement, dans les cortèges antiques, un esclave assis sur le char du général se chargeait de rappeler au Triomphateur que, tout de même, il ne lui fallait pas s'imaginer que c'était arrivé. / A.R.»

LA LITTÉRATURE FÉMININE
JUGÉE PAR DEUX HOMMES

2. Ces deux ouvrages ont été transmis à Apollinaire par Montfort, à qui est dédicacé l'exemplaire du premier qui figure dans la bibliothèque d'Apollinaire. Sur Jean de Bonnefon, voir t. I, n. 1, p. 998.

Page 931.

LA LITTÉRATURE FÉMININE
«L'OMBRE DE L'AMOUR»

1. *L'Ombre de l'amour* parut en six livraisons dans *La Revue de Paris,* du 1er juillet au 1er septembre 1909.

Page 933.

1. Rachilde avait donné un compte rendu fort élogieux des *Vrilles de la*

vigne dans le *Mercure de France* du 1er janvier 1909 où elle parlait également du roman de Lucie Delarue-Mardrus, *Marie fille-mère;* voir n. 1, p. 924.

2. Dans un écho intitulé «Sexe et grammaire» (n° 5, mars 1909), on lit en effet sous la plume de Christian Beck : «Mais pourquoi Mlle Lalanne écrit-elle : "La liberté d'esprit qui règne dans ce livre à succès est de bonne augure pour l'avenir d'une littérature qu'entravent à cette heure trop de science élémentaire, trop de philosophie puérile"? Il y a trois ans, hélas! que, ayant parié mon dictionnaire Littré contre un cigare de 3 francs que M. Wilmotte était intelligent, je perdis le dictionnaire, plus un encrier en bois des îles. Cependant, et encore qu'on doive tenir pour périlleux de trancher des genres, sans son dictionnaire, j'ose assurer à Mlle Lalanne qu'il vaudrait mieux dire : "La liberté d'esprit [...] est de bon augure pour l'avenir d'une littérature qu'entravent à cette heure trop de science élémentaire [...]." Mais le péché apparaît rémissible d'écrire comme on parle.» Précisons qu'un poème de Louise Lalanne, «Enfance», paraît dans le numéro suivant (n° 6, 1909) des *Visages de la vie.*

3. Dans une lettre datée du 7 avril 1909, Colette écrit à propos des pages que Louise Lalanne lui a consacrées : «J'en ai goûté l'esprit, la bienveillante rosserie [...] et je vous remercie sans pudibonderie, mais sans cynisme, c'est une des formes de la candeur souvent et j'ai passé l'âge, hélas, d'être candide.»

4. Cette lettre est datée du 7 juillet 1909.

5. Pierre de Bouchaud, poète et critique littéraire appartenant à l' «école française», écrit à Louise Lalanne, le 31 octobre 1909 : «[...] je suis de tout mon cœur pour la justice à l'endroit de mes consœurs et c'est pourquoi j'applaudis bien sincèrement à vos nobles idées [...].»

L'ANTITRADITION FUTURISTE

NOTICE

Quand on connaît l'attitude constante d'Apollinaire à l'égard du futurisme italien[1], la défiance, ou parfois l'amusement, qu'il manifeste devant ce qu'il considérait comme ses excès, il est difficile de considérer *L'Antitradition futuriste* comme le signe d'une adhésion, fût-elle passagère, à ce mouvement, encore moins comme une marque de l'espoir, qu'il aurait un temps caressé, d'en prendre la tête. On n'en partagera pas pour autant l'opinion d'André Salmon, qui, présentant le texte aux lecteurs de *Gil Blas* le 3 août 1913, écrivait :

«Le futurisme a vécu! C'est M. Guillaume Apollinaire, le poète d'*Alcools,* le romancier d'*Hérésiarque et Cie,* qui lui a porté le coup fatal en

1. Voir notamment *Chroniques et paroles sur l'art,* p. 406-412 et *Chroniques et articles,* p. 970-972.

signant le manifeste qu'on va lire. Il fallait trouver ceci : être plus futuriste que Marinetti. M. Guillaume Apollinaire y a réussi, pour notre joie.»

Ni franche adhésion, ni pure dérision : une lecture attentive du texte fait apparaître la complexité de sa signification :

1° On remarquera, avec P. A. Jannini[1], que les parties «Destruction» et «Construction» sont presque entièrement la reprise, parfois mot pour mot, de formules provenant des manifestes antérieurs. Apollinaire s'aligne ici sur les principes fondamentaux de l'esthétique futuriste.

2° En revanche, les premières lignes, avec l'énumération des composantes du «moteur à toutes tendances[2]», font penser à l'esprit de synthèse qui a toujours animé Apollinaire et à ce qu'il appelait alors l'orphisme, beaucoup plus qu'à la cohésion de groupe professée et mise en œuvre par les futuristes. La liste des bénéficiaires de la rose[3] renchérit par ses disparates. Auprès de futuristes, on y voit non seulement des cubistes, des écrivains qui, comme Cendrars, Jouve, Barzun ou Larronde, représentent les tendances diverses d'un «esprit nouveau», mais aussi d'autres qui, tels Aurel, Paul Fort, Billy, Carco, Derème, Fleuret, sans parler du dessinateur Depaquit, sont loin de manifester de la sympathie pour les avant-gardes. Si ceux-là sont des rouages du «moteur à toutes tendances», autant dire que tout le monde est futuriste... La liste des «merde» n'est pas moins curieuse. On y voit les noms de Dante, Goethe, Poe, entre autres, pour lesquels Marinetti ne cachait pas son admiration. Et on sait qu'Apollinaire hésita jusqu'au bout, demandant au dernier moment la suppression du nom de Racine (voir la Note sur le texte, p. 1674).

3° La mention finale, enfin, n'est pas innocente. En datant son manifeste du jour d'une grande course hippique, Apollinaire ne vise-t-il pas malicieusement le fétichisme du chiffre 11, qui marque le jour de la plupart des manifestes futuristes? Et, en situant sa rédaction «à 65 mètres au-dessus du Boul. S.-Germain», dans l'appartement du 202, ne répond-il pas avec une feinte prudence à Marinetti, fier d'avoir conçu son *Manifeste technique* de 1912 «en aéroplane [...] à 200 mètres, sur les puissantes cheminées milanaises»?

Si l'on ajoute que dans le manuscrit figuraient des références à son œuvre qui ont disparu (toucher à distance, onirocritique, amphionie, antiopée), on pourra constater que *L'Antitradition futuriste* est, comme le poème «La Victoire» de *Calligrammes,* un texte aux sollicitations diver-

1. *La Fortuna di Apollinaire in Italia,* Milan-Varèse, Istituto editoriale cisalpino, 2e éd., 1965, chap. I.

2. Cette énumération suggère une filiation de l'impressionnisme au futurisme ainsi qu'une prolifération de l'avant-garde (qui, d'ailleurs, illustre le sous-titre de «Manifeste-synthèse»). Sur le dramatisme, voir p. 967, 974-982; sur l'orphisme, p. 547. Le terme de «paroxysme», employé en 1893 par Mockel pour définir la poésie de Verhaeren, avait été repris en 1911 par Henry Maassen et appliqué à Nicolas Beauduin, qui l'adopta pour nommer son esthétique faite d'une acceptation exaltée de la vie et de la foi dans l'enthousiasme créateur. A.-M. Gossez avait parlé en 1910 de dynamisme poétique, mais c'est en 1913 qu'Henri Guilbeaux nomma ainsi une poésie qui se réclamait de Verhaeren et de Walt Whitman, et voulait chanter les forces du monde moderne. Il est rarement à l'époque fait mention en France de l'expressionnisme allemand. Quant au pathétisme, nous n'en avons pas trouvé trace.

3. Sur l'opposition «Merde-Rose», voir «La Vie anecdotique» dans le *Mercure de France* du 1er août 1914, t. III de la présente édition, à paraître.

gentes : condensé des thèses futuristes — auxquelles Apollinaire est loin de s'associer globalement —, en même temps que critique implicite, mise en garde voilée, suggestion de ses propres positions.

Que Marinetti l'ait accepté et publié ne signifie pas qu'il ait été dupe. Jannini cite une lettre où il écrit à Soffici que le manifeste d'Apollinaire est «*importantissimo*», qu'il est un «pont solide» jeté entre «les deux avant-gardes» (entendons : l'italienne et la française) et que certains noms lui semblent peut-être indignes de la rose, mais qu'il lui dira de vive voix pour quelles considérations pratiques Apollinaire et lui-même en sont tombés d'accord[1]. D'ailleurs, tous les manifestes ne relèvent pas d'une rigoureuse orthodoxie et, par exemple, le *Manifeste de la femme futuriste* de Valentine de Saint-Point en 1912 s'oppose explicitement au *Manifeste* de 1909.

Sur les circonstances de la composition de ce texte, on en est réduit aux hypothèses. En s'appuyant sur la lettre de Marinetti à Soffici que nous venons de citer, Jannini pense qu'il devait être écrit dès la fin de 1912. À supposer que la date du 1er janvier 1913 donnée pour cette lettre soit exacte, il ne pourrait s'agir que d'un premier état qui, à cette époque, devrait être mis en relation avec la poésie nouvelle qu'élabore Apollinaire : «Zone» (*Œuvres poétiques*, p. 39), «Les Fenêtres» (*ibid.*, p. 168), «Arbre» (*ibid.*, p. 178). Il faudrait alors imaginer une longue gestation ou une publication différée — peut-être à cause des tensions survenues entre futuristes italiens et peintres et poètes français dans les premiers mois de 1913 — jusqu'à la fin de juin. *Les Peintres cubistes* et *Alcools* avaient paru entre-temps et la réputation de ces ouvrages, qui accréditèrent l'image d'un Apollinaire cubiste, pesa sans doute sur la réception de *L'Antitradition futuriste*. La presse parla davantage, pour s'en moquer, de l'exposition de Boccioni à la galerie La Boétie et des conférences qu'y firent Marinetti le 23 juin et le sculpteur lui-même le 28, ainsi que du manifeste de Delmarle *À bas Montmartre!* publié au début de juillet. Le texte d'Apollinaire ne suscita que quelques réactions ironiques ou irritées dans les journaux, ne provoqua aucune polémique. Si Marinetti avait espéré de *L'Antitradition futuriste* un rapprochement entre «les deux avant-gardes», l'opération s'acheva sur un échec.

NOTE SUR LE TEXTE

Le seul manuscrit que nous connaissions provient des archives Marinetti. Il a été publié en fac-similé dans Guillaume Apollinaire, *Lettere a F. T. Marinetti*, a cura di P. A. Jannini, All'insegna del pesce d'oro, Milan, 1978. Nous le reproduisons ci-dessous. Ce manuscrit n'est pas celui dont Marinetti parle dans sa lettre à Soffici déjà mentionnée : un premier état du texte nous manque donc. Nous ignorons également s'il y eut des états intermédiaires.

On peut s'interroger sur la formule qui suit la signature à la dernière

1. *La Fortuna di Apollinaire in Italia*, 2e édition, 1965, p. 21. Selon Jannini, cette lettre est datée du 1er janvier 1913.

page de ce manuscrit. La mention du 29 juin apparaît en effet en surcharge de lettres ou de chiffres illisibles. Mais il devait avoir été envoyé à Marinetti avant cette date.

On sait du moins qu'au dernier moment Apollinaire modifia son texte. Une lettre à Marinetti (*ibid.*, p. 12), datée par Jannini du 25 juillet, donc peu de jours avant la publication, dit en effet : « Ajoute Montfort, André Gide, Nicolas Beauduin, Sauvebois et supprime le nom de *Racine* inutile en ce moment je sais pourquoi. » Ce qui fut fait, sauf pour Gide.

La première publication a la forme d'un tract de quatre pages constituant le numéro 14 des *Manifestes du mouvement futuriste* édités à Milan. La quatrième page donne la liste des manifestes déjà parus. Il y eut deux tirages, l'un en français, l'autre en italien, sortis simultanément à la fin de juillet 1913. La mise en page est vraisemblablement due à Marinetti ; elle tient compte des quelques indications données par Apollinaire dans le manuscrit.

André Salmon a reproduit *L'Antitradition futuriste,* sans la disposition typographique, dans *Gil Blas* du 3 août 1913. La version italienne a été reproduite sous sa forme originale dans le numéro 18 de *Lacerba,* daté du 15 septembre 1913.

Nous suivons l'édition originale en forme de tract de 1913, en la corrigeant de quelques coquilles dans les noms propres. La confrontation avec le manuscrit permettra de relever les variantes.

L'Antitradition futuriste
Manifeste synthèse
Futurisme ce moteur à toutes
tendances impressionnisme fauvisme cubisme expressionnisme
dramatisme orphisme futurisme
paroxysme DYNAMISME PLASTIQUE

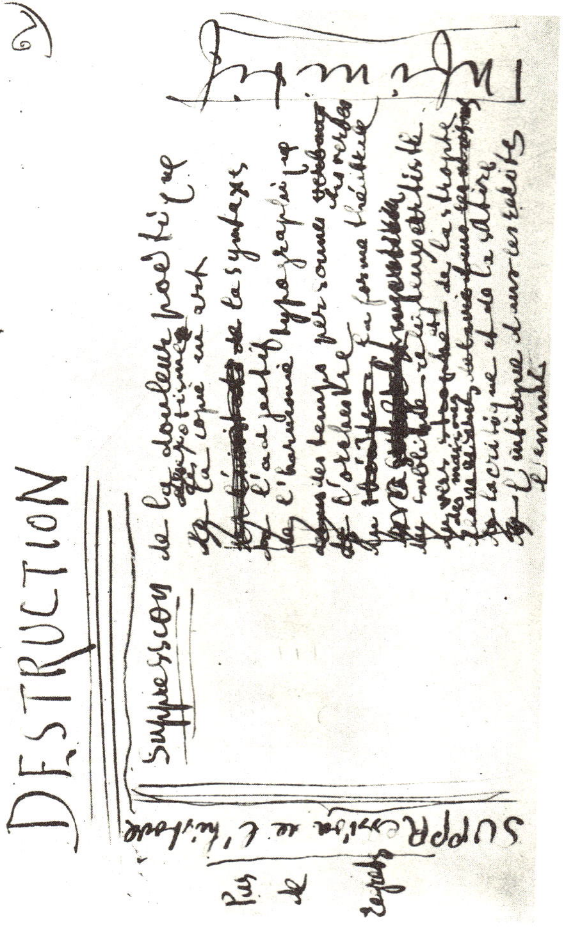
DESTRUCTION
Suppression de la douleur poétique
des exotismes
la copie en art
de la syntaxe
l'adjectif
l'harmonie typographique
des temps et personnes des verbes
l'orchestre
la forme théâtrale
du vers et de la strophe
la critique et de la satire
l'intrigue dans les récits
l'ennui
Infinitif
SUPPRESSION de l'histoire
Pas de regrets

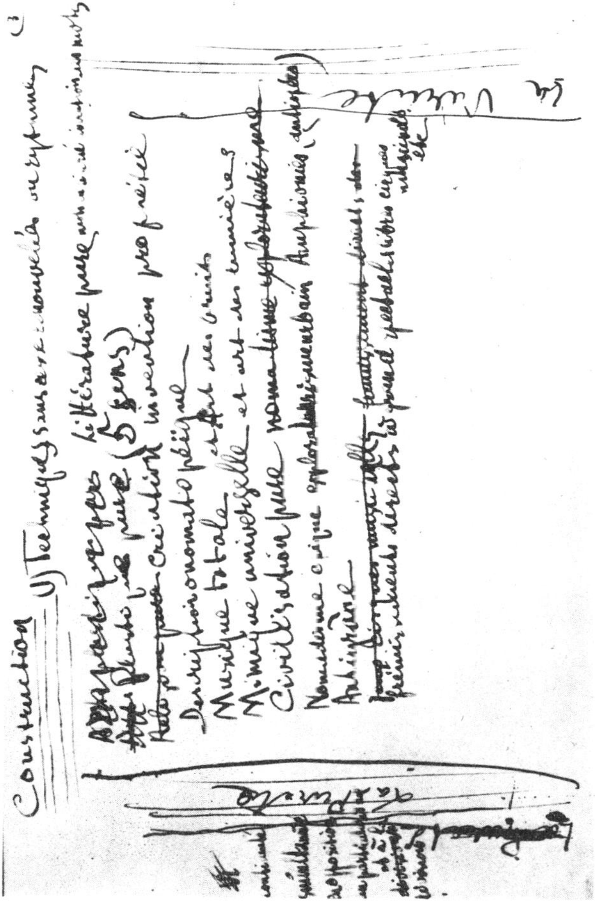

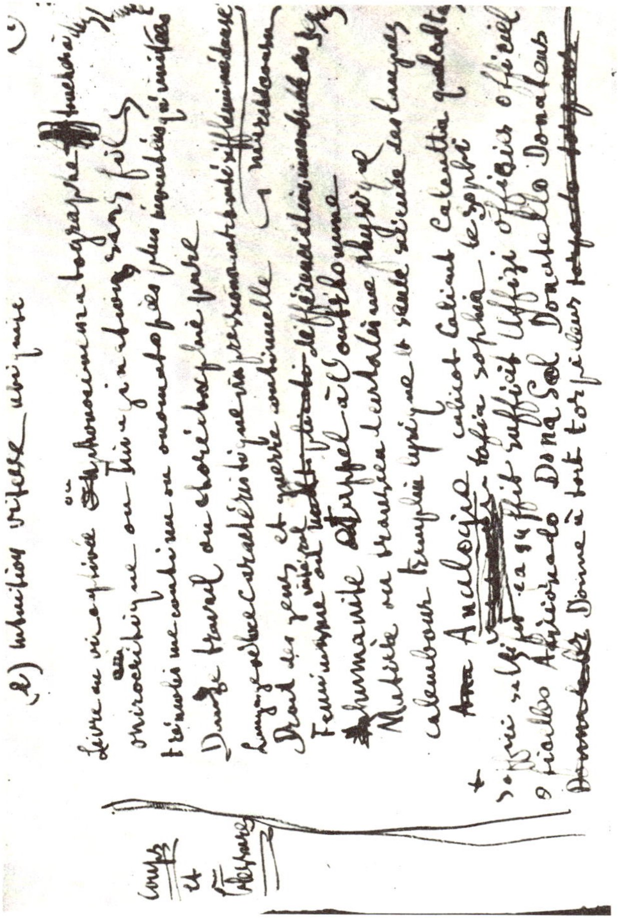

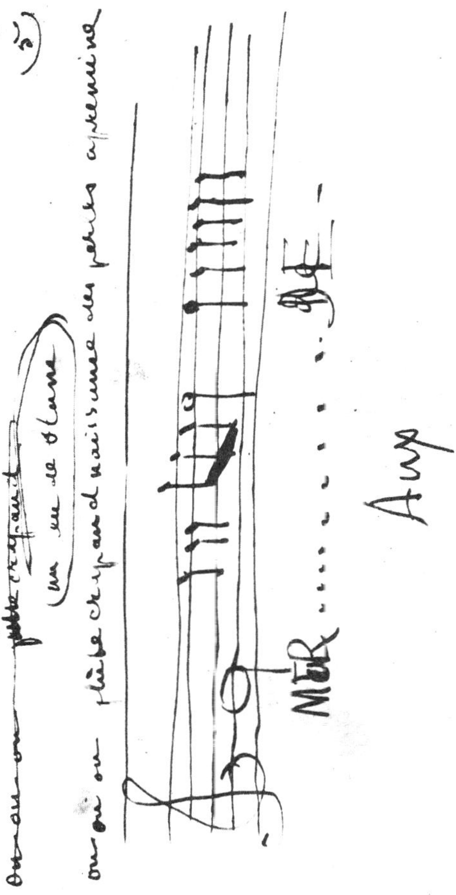

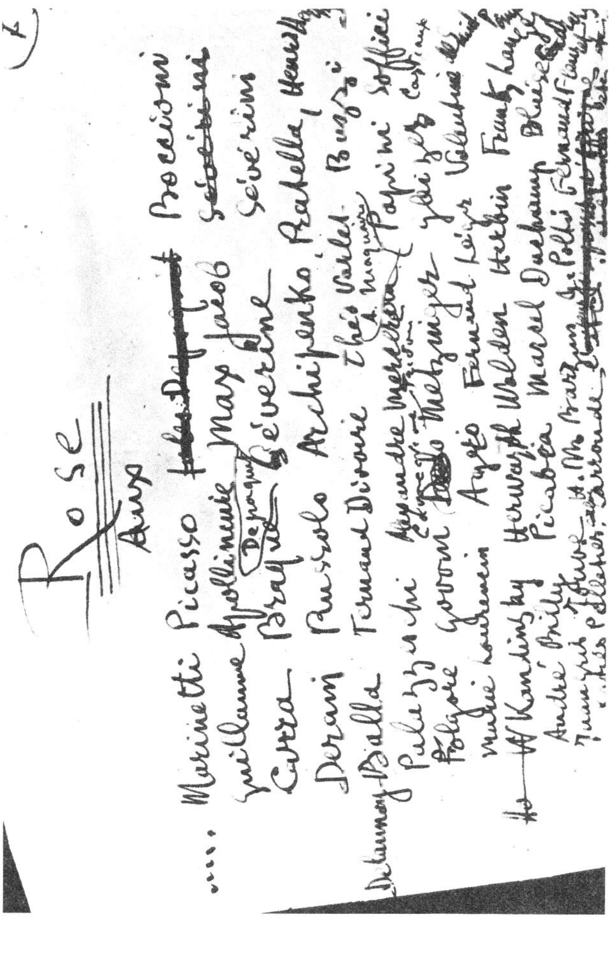
Rose
Aux
Marinetti Picasso Boccioni
Guillaume Apollinaire Max Jacob Severini
Carra Braque Séverine
Derain Russolo Archipenko
Balla Fernand Divoire Théo Varlet Buzzi
Papini Soffici
Govoni Metzinger
Fernand Léger
Kandinsky Herwarth Walden Herbin
André Billy Picabia Marcel Duchamp

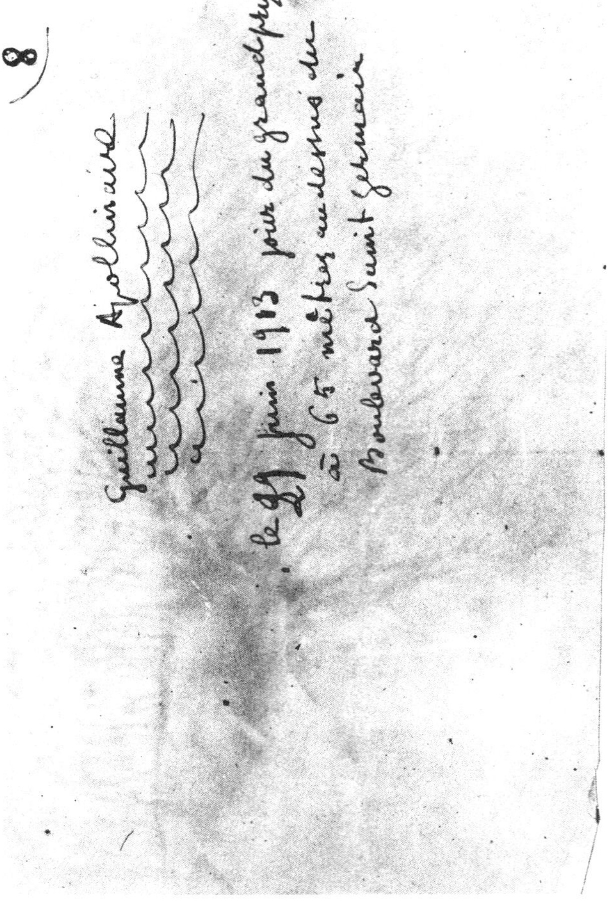
8

Guillaume Apollinaire

le 29 juin 1913 pour du grand prix
à 65 mètres au-dessus du
Boulevard Saint-Germain

L'ESPRIT NOUVEAU ET LES POÈTES

NOTICE

En 1917, Apollinaire, qui fait figure de chef de file de l'avant-garde, est appelé à donner plusieurs causeries sur l'art et sur la littérature[1] : le 16 juin à l'Œuvre du soldat dans la tranchée, où il parle d' «Une tendance de la poésie contemporaine» (Pierre Albert-Birot, André Breton, Blaise Cendrars, Paul Dermée, Jean Le Roy, Pierre Reverdy et Philippe Soupault, dont des poèmes sont dits par Louise Lara, Yéta Daesslé et Pierre Bertin), avec une participation musicale d'Auric, Casabon, Durey, Honegger et Satie; le 21 juin dans le salon d'Aurel sur René Dalize; le 13 novembre, à la galerie Paul-Guillaume, où il parle de l'art tactile au cours d'une soirée de musique et de poésie organisée par Pierre Bertin, avec la participation de Satie et d'Auric; le 24 novembre, 3, rue Tronchet, sur les relations de l'art moderne avec la littérature ancienne. Le succès de *Parade,* la longue polémique suscité par *Les Mamelles de Tirésias* ne pouvaient que le conforter dans le désir de préciser ses idées sur la poésie nouvelle et ses orientations.

L'occasion lui en fut donnée par Pierre Bertin, qui avait été chargé par Jacques Copeau, alors aux États-Unis, de rouvrir le théâtre du Vieux-Colombier (fermé depuis le début de la guerre) avec un cycle de récitals-conférences. Étudiant en médecine, condisciple de Breton au Val-de-Grâce, Pierre Bertin est aussi un jeune comédien habitué des cercles d'avant-garde. Tout naturellement, il fit appel à Apollinaire. La conférence eut lieu le 26 novembre, sous le titre «L'Esprit nouveau». Elle fut lue par Pierre Bertin, sur les instances d'Apollinaire, pourtant présent dans les coulisses, et illustrée de poèmes de Rimbaud, Gide, Paul Fort, Fargue, Saint-Léger Léger, Salmon, Divoire, Jules Romains, Reverdy, Max Jacob, Cendrars et Apollinaire lui-même, dits par Suzanne Méthivier, Henriette Sauret et Pierre Bertin, en l'absence de Louise Lara qui, annoncée au programme, n'arriva qu'à la fin de la séance.

L'accueil fut mitigé, tant dans la salle que dans la presse. On attendait, après les remous provoqués par la représentation des *Mamelles de Tirésias,* des déclarations fracassantes et non conformistes. On fut déçu par la modération — certains dirent la banalité — et le nationalisme du poète. Cinq ans après, dans sa conférence de Barcelone, André Breton parlera encore «du néant de sa méditation et de l'inutilité de tout ce bruit[2]».

Les thèmes développés dans «L'Esprit nouveau» étaient cependant dans le droit fil de la pensée d'Apollinaire. Sa croyance dans une communauté esthétique et morale de la latinité est bien antérieure à la guerre. Sa défiance à l'égard de toute solution formelle radicale comme de toute

1. Causerie sur René Dalize, voir «La Vie anecdotique» du 1er septembre 1917, tome III à paraître. Sur l'art tactile, voir p. 871 «[Puisqu'on vous a dit...]». Les autres causeries n'ont pas été retrouvées.
2. Voir André Breton, *Œuvres complètes,* Bibl. de la Pléiade, t. I, p. 293.

école remonte à son entrée dans la vie littéraire. La conception de la poésie comme une création de l'imagination toujours en prise sur le réel est, quel que soit le nom qu'il lui donne, sa constante référence. Il l'appela «orphisme» ou «surnaturalisme», répondant à Gaston Picard qui l'interroge pour *Le Pays*[1] :

«Orphisme ou surnaturalisme, c'est-à-dire un art qui n'est pas le naturalisme photographique uniquement et qui cependant soit la nature même, ce qu'on en voit et ce qu'elle contient, cette nature intérieure aux merveilles insoupçonnées, impondérables, impitoyables et joyeuses.»

Il la nomma aussi «sur-réalisme», renchérissant sur le sous-titre de «ballet réaliste» donné par Cocteau à *Parade,* et «surréalisme» pour définir dans les *Mamelles de Tirésias* l'œuvre réalisée

«Non pas dans le seul but
«De photographier ce qu'on appelle une tranche de vie
«Mais pour faire surgir la vie même dans toute sa vérité[2].»

Et, dans le programme de *Parade,* il associa ce dernier terme à la formule d' «esprit nouveau» : «[...] une sorte de sur-réalisme où je vois le départ d'une série de manifestations de cet esprit nouveau[3] [...]».

En fait, peu lui importe le mot, et peu importe que l'expression d' «esprit nouveau» ait été utilisée avant lui par Quinet, Spuller, Bazalgette ou, même s'il en a parlé dans une chronique d'art de *L'Intransigeant*[4], par les animateurs américains du *new spirit.* L'essentiel est de mettre en évidence les caractères fondamentaux de la poésie nouvelle et ses possibilités.

NOTE SUR LE TEXTE

Un manuscrit de 42 feuillets, quelques-uns de la main de Jacqueline Apollinaire, est conservé à la bibliothèque littéraire Jacques-Doucet *(ms.).* Les pages comportent pour la plupart des corrections, et quelques-unes sont composées de fragments collés semblant parfois provenir d'une rédaction antérieure. Ce manuscrit nous donne, selon toute vraisemblance, le texte lu lors de la conférence. Il devait en exister des copies dactylographiées, qui n'ont pas été retrouvées.

Dix feuillets manuscrits, la plupart de la main de Jacqueline Apollinaire, figurent dans le fonds Joachim-Folguera à Barcelone *(ms. B).* Le premier, qui porte en titre «Préface», commence à «Poésie et création ne sont qu'une même chose», p. 950, avant-dernier paragraphe (voir var. *a.*). Le dixième se termine sur les mots «la poésie française a-t-elle» (p. 953, 13e ligne en bas). Un onzième et dernier feuillet, donnant la suite jusqu'à «tout ce que l'esprit nouveau porte en lui de national et de fécond.» (p. 953, 6e ligne en bas) a disparu. On présume son existence du fait que ce texte avait été envoyé à Folguera pour servir de préface à une anthologie de poètes d'avant-garde et parut, traduit en catalan, dans le numéro du

1. «M. Guillaume Apollinaire et la nouvelle école littéraire», 24 juin 1917.
2. Prologue des *Mamelles de Tirésias.*
3. P. 865.
4. Voir p. 573.

1er décembre 1918 de *La Revista* sous le titre «Una pagina postuma d'Apollinaire. — La Poesia actual».

Première publication dans le *Mercure de France* du 1er décembre 1918 avec le titre de «L'Esprit nouveau et les Poètes», dû sans doute à un des rédacteurs de la revue *(MF)*. Le manuscrit ayant servi à l'impression, copié par Jacqueline Apollinaire avec des corrections d'Apollinaire, appartient à P.-M. Adéma.

Nous suivons le texte du *Mercure de France,* que nous corrigeons de quelques coquilles évidentes (voir var. *a* et *b* p. 946).

NOTES ET VARIANTES

Page 941.

a. Page de titre dans ms. : Guillaume Apollinaire / L'ESPRIT NOUVEAU / Conférence faite / au Théâtre du Vieux-Colombier / le / 26 novembre / 1917 / accompagnée de Récitation / de Rimbaud, Gide, Paul Fort / Fargue, Saint-Léger Léger, / Salmon, Divoire, Romains, / Apollinaire, Reverdy, Jacob / Cendrars. *Ce texte est encadré d'un bandeau noir parsemé d'étoiles blanches et illustré en bas d'un personnage jouant du tambour, d'un chat et de trois étoiles.*

Page 943.

a. spirituellement de forger enfin un esprit nouveau qui ne soit point uniquement une imitation des lettres de l'Antiquité et ne soit pas non plus un pendant au désordre romantique. *ms.*

Page 944.

a. Le paragraphe qui commence à Qui oserait dire *et qui se termine à* XVIIe siècle? *est un collage dans ms.*

1. Premier vers de la ballade dite du concours de Blois. Ce concours de poésie sur le thème des contre-vérités n'a probablement jamais eu lieu; mais les visiteurs de Charles d'Orléans à Blois lui offraient volontiers une ballade qui reprenait le jeu d'oppositions par lui-même développé dans «Je meurs de soif en couste la fontaine». Dans ce paragraphe, Apollinaire développe une idée paradoxale, car la critique contemporaine était sévère à l'égard des recherches formelles et des jeux savants auxquels se livraient les grands rhétoriqueurs.

Page 945.

1. Image chère à Apollinaire. Voir en particulier *L'Enchanteur pourrissant, Œuvres en prose,* Bibl. de la Pléiade, t. I, p. 16 et n. 2 et 4.

2. Sur les réticences d'Apollinaire à l'égard du futurisme, voir la Notice de *L'Antitradition futuriste,* p. 1671-1673. Voir également l'article d'Apollinaire du 15 février 1914, p. 970-972.

Page 946.

a. La leçon du Mercure de France donnait dissemblables *, dénué de sens, que nous corrigeons par* discernables *, donné par ms.*

b. Nous corrigeons pour les mêmes raisons respecter *, donné par MF en* rester *, leçon de ms.*

Page 947.

a. Le paragraphe Pour revenir au souci *jusqu'à* plein d'embûches *est un collage dans ms. D'où la modification, au début du feuillet suivant, de* Le désir de vérité *en* Tout cela ressortit .

1. Exactement, «Brekékékex coax coax». Dans la comédie d'Aristophane, le chœur des grenouilles accompagne la traversée de l'Achéron par Dionysos déguisé en Héraklès pour descendre aux Enfers chercher un poète tragique.

2. Dans «Le Poète et l'Oiseau» (*Le Deuil des primevères,* 1901). Ce vers est déjà cité dans *Le Poète assassiné,* chap. x; voir t. I, p. 258 et n. 1.

3. Pierre Albert-Birot, dans le «Poème à crier et à danser» intitulé «L'Avion», publié dans le numéro 23 de *SIC* en novembre 1917. Ce poème est fait uniquement d'onomatopées : *vvron, ouououit, trrra,* etc.

Page 948.

a. grandes choses. / [Prenez garde aux mouvements dont les débuts sont modestes. Et pour nous en tenir aux choses littéraires voyez combien généralement les poètes dont les débuts sont trop brillants déçoivent plus tard leurs admirateurs, tandis qu'au contraire ceux qui s'élèvent le plus haut ont souvent commencé dans l'obscurité. *add. par collage*] / Plus tard, *ms.*

1. Allusion à la représentation d'*Othello,* dans la traduction de Vigny, au Théâtre-Français en 1829. Le mot « mouchoir» dans la scène pathétique du cinquième acte entre Othello et Desdémone avait provoqué ricanements et protestations (voir Alfred de Vigny, *Œuvres complètes,* Bibl. de la Pléiade, t. I, p. 1352 et 1379).

Page 949.

1. Avant sa trépanation le 9 mai 1916.

2. Salomon est l'auteur fictif de l'Ecclésiaste, où on lit (I, 9) : «Ce qui fut, cela sera; ce qui s'est fait se refera; et il n'y a rien de nouveau sous le soleil.»

Page 950.

a. nouvelle. Vous trouverez trace de ces recherches dans la plupart des poètes audacieux qui ont succédé à Baudelaire qui le premier à la suite d'Edgar Poe semble avoir eu la notion précise de ces choses. / Il[1] s'en trouve aussi dans les poètes qui appartiennent à certaines écoles qu'il vaudrait mieux étudier à part, tels sont des poètes comme Mallarmé et comme Claudel. Arthur Rimbaud (qui n'appartient ni au Parnasse ni au Symbolisme) est peut-être le premier dont puisse se réclamer en réalité l'esprit nouveau. Nous tenons à lui rendre ici hommage en interprétant le beau poème des «Soifs». Ces recherches vers un esprit nouveau se trouvent aussi dans des poètes d'esprit subtil qui sans innover au point de vue formel doivent être cités. On a tenu à inscrire à ce programme le nom de l'auteur inquiet des cahiers d'André Walter, de Léon Paul Fargue, d'André Salmon, de St Léger-Léger dont nous tenons à faire entendre les poèmes caractéristiques de ces tendances. / C'est que poésie *ms. Ici commence le manuscrit conservé dans le fonds Joachim-Folguera à Barcelone (ms. B; voir la Note sur le texte, p. 1684). Le passage qui va de* poésie *jusqu'à* le point de départ d'une immensité inconnue *(p. 951, 5e ligne), était, dans un état primitif, le début même du texte de ms. B. Le titre* L'Esprit nouveau *a été biffé en haut de la page et les mots* C'est que *ajoutés devant* Poésie et création *pour assurer la liaison avec le paragraphe précédent dans ms.* Préface // Poésie et création *début de ms. B*

1. C'est, faut-il le rappeler, le thème des *Mamelles de Tirésias.*

Page 952.

a. auparavant. La France, détentrice avec les nations latines, ses sœurs, de tout le secret *ms. B*

1. C'est au troisième livre de *La République* que Socrate éloigne de sa Cité, «après avoir sur son chef répandu du parfum et l'avoir couronné de laine», le poète incapable de faire œuvre utile et d'imiter la façon de s'exprimer de l'homme de bien.

Page 953.

a. Fin du dixième folio de ms. B (voir la Note sur le texte, p. 1684).
b. Fin présumée de ms. B (voir la Note sur le texte, p. 1684).
c. Fin du § précédent dans ms. : à les suggérer et [elle ne suffit pas à les résoudre et cette causerie ne saurait faire autre chose que les poser sous peine de devenir un manifeste *biffé*] pour les résoudre [...] fécond. [Prête une oreille attentive, monde, monde du temps de guerre, aux accents de tes nouveaux prophètes. *biffé*] *La page suivante du manuscrit commence par un fragment découpé et collé, qui a été biffé, puis marqué de la mention* bon *, mais n'est manifestement pas à sa place :* Nous avons tenu à mettre à part un poète qui, ainsi que les précédents, n'appartient à aucune école, ne s'est pas tenu en dehors des recherches modernes, ayant choisi 1 forme personnelle, et cependant d'essence entièrement populaire. Il est le seul qui puisse aujourd'hui s'en réclamer entièrement. Cette situation de grand poète populaire

1. À partir d'ici, la fin de cette variante *ms.* est constituée par un fragment collé, qui a été biffé puis affecté de la mention «bon».

et de Prince de la Jeunesse le distingue tout particulièrement de la poésie contemporaine. Il appartient à la France entière et n'est pas étranger à l'esprit nouveau, c'est pourquoi on a tenu à lui rendre ici un hommage particulier : Promeneur solitaire, du Point du Jour au Luxembourg De Mr Paul Fort je vais lire la *Le fragment collé s'arrête sur cette coupure et le texte de ms. reprend :* Mais qu'on le sache bien l'esprit nouveau est avant tout

1. La traduction de Folguera dit simplement *A Catalunya.* Le traducteur avait demandé cette modification à Apollinaire, qui lui donna son accord dans une carte conservée au fonds Joachim-Folguera (publiée dans *Guillaume Apollinaire 4,* 1965, par Michel Décaudin, «Apollinaire outre-Pyrénées»).

2. La primauté de l'art français n'est pas un thème patriotique dû à la guerre, mais une idée constante d'Apollinaire. Ainsi rattache-t-il ici à la poésie française les futurismes italien et russe, le vorticisme anglais, les Madrilènes Gómez de la Serna, Cansinos et Guillermo de Torre, promoteurs d'une modernité espagnole, les Barcelonais Junoy, Ferran Canyameras et Pérez-Jorba, nourris de l'avant-garde européenne, le Chilien Huidobro, le Péruvien Ventura García Calderón, tandis qu'il semble considérer les émigrés aux États-Unis, comme Duchamp, Picabia ou Henri-Pierre Roché, comme des chargés de mission de l'art français.

Page 954.

a. Fin du texte dans ms. : que l'on connaisse. / Il eut été trop long de faire réciter à cette séance des poèmes de tous ces poètes. Nous nous sommes donc tenus dans la première partie du programme à vous faire dire des poèmes de ceux qui depuis Rimbaud ne se rattachent à aucune école soit parnassienne soit symboliste soit naturiste. / étant les moins connus sinon les moins célèbres vous laissent deviner un effort indépendant vers l'esprit nouveau *[sic]* / Dans la seconde partie nous avons groupé des poètes qui ressortissent à une tendance de l'esprit nouveau et forcés de nous borner nous nous sommes arrêtés aux représentants les plus connus de ces tendances jusqu'en 1914. Dans une autre conférence nous étudierons les diverses techniques des différentes tendances que l'on peut distinguer dans l'esprit nouveau et l'illustrerons par des productions de poètes qui ne se sont manifestés que depuis la guerre soit qu'il s'agisse de poètes nouveaux soit qu'il s'agisse de poètes récemment acquis à cet esprit nouveau dont l'ordre, le bon sens et l'expérience sont le point de départ. / Paris le 24 novembre 1917 / Guillaume Apollinaire

CHRONIQUES ET ARTICLES

NOTICE

Si Apollinaire s'intéresse à la littérature autrement que pour l'illustrer par ses propres créations, son activité de critique littéraire n'est qu'épisodique et n'a ni l'ampleur ni la portée de son œuvre d'écrivain d'art, particulièrement foisonnante et rayonnante de 1910 à 1914.

Activité ponctuelle, donc, circonstancielle, qui le conduit à exercer sa réflexion sur la littérature à l'occasion de telle conférence sur l'Arétin[1] ou sur les poètes de son temps[2], à écrire une préface pour un recueil poétique[3], à rédiger une série de présentations pour la collection «La Bibliothèque des curieux[4]».

Les périodes où Apollinaire fait strictement office de chroniqueur littéraire sont finalement assez brèves, peu nombreuses et faciles à délimiter. En dehors de *La Phalange,* en 1908 et 1909, et des *Marges,* en 1909 et 1911, on citera le «Courrier littéraire» de *Paris-Journal,* irrégulièrement tenu pendant le premier trimestre de 1910, et, dans une certaine mesure, les «Échos et on-dit» de *L'Europe nouvelle,* en 1918, où l'intérêt du journaliste se partage d'ailleurs entre «les lettres et les arts». Passé 1910, cet aspect de son activité journalistique est négligeable, comparé à la production de l'écrivain d'art et à celle de l'échotier. Ici et là, à un moment ou à un autre, on trouvera bien un compte rendu théâtral, une étude sur un poète, la «silhouette» d'un écrivain, mais les caractéristiques essentielles de la critique telle qu'Apollinaire la conçoit, établies dès le début de son activité de chroniqueur, demeurent inchangées.

Toujours subjective, dictée par l'enthousiasme ou par les devoirs de l'amitié — les deux parfois conjugués —, cette critique, purement impressionniste, a néanmoins le mérite de la probité : Apollinaire avoue nettement ses préférences et s'efforce d'accorder sa démarche, sans nulle prétention scientifique, à celle de l'écrivain — poète, romancier, dramaturge — vers lequel il s'est senti porté par une affinité profonde. Dans le cas de la critique des romans, telle qu'il la pratique dans *La Phalange,* tout n'est évidemment pas aussi simple puisque le chroniqueur, la plupart du temps, ne choisit pas les ouvrages dont il rend compte. Mais la liberté d'Apollinaire trouve, même en pareille circonstance — avec plus ou

1. À l'Université nouvelle de Bruxelles, en janvier 1911. Voir *Œuvres en prose,* t. III, à paraître.

2. En 1908 et 1909. Voir *La Phalange nouvelle,* p. 883-898, *Les Poèmes de l'année,* p. 901-909, *Les Poètes d'aujourd'hui,* p. 911-916.

3. Celui de Georges Turpin, *Parcelles de cœur et feuilles mortes,* Paris, L'Édition, 1910. Voici cette préface : «Je vous remercie de vouloir mettre mon nom en tête de votre petit livre. Georges Turpin, vous êtes un arbre toujours en automne, et les poèmes sont les feuilles mortes dont vous jonchez votre vie. Vous avez raison de recueillir cette précieuse feuillée et de la joindre à ces morceaux pleins de sentiment dans lesquels vous livrez votre cœur en détail. De telles reliques, les jeunes poètes ont le droit de les conserver et nul doute que l'avenir n'honore grandement le bois sacré où feuillote la frondaison de l'arbre que vous êtes, et la châsse où repose ce cœur qui s'est brisé.»

4. Voir *Les Diables amoureux,* t. III, à paraître.

moins de bonheur suivant les jours —, le moyen de se dégager des contraintes qu'on lui impose.

Ayant abandonné la critique des romans à *La Phalange,* puis celle de la littérature féminine dans *Les Marges,* Apollinaire n'occupera plus ces fonctions de chroniqueur littéraire attitré et patenté qui lui conviennent peu. Seule exception, le «Courrier littéraire» de *Paris-Journal,* mais il ne répond pas aux mêmes normes de régularité et de volume.

Sans nul doute conviendrait-il d'étudier un jour de très près l'influence qu'ont pu jouer prédécesseurs et contemporains dans la formation de l'esprit critique d'Apollinaire, d'examiner attentivement, à la lumière de ses témoignages, de ses lectures, mais aussi en tenant compte de ses projets inaboutis et de ses silences, les exemples qu'il a suivis et ceux qu'il a répudiés.

Essayons du moins de situer Apollinaire dans le mouvement de la critique littéraire contemporaine. Nul doute qu'il s'inscrit dans ce courant anti-intellectualiste que plusieurs des collaborateurs de *La Revue blanche* ont successivement illustré : l'exemple de Gide[1], et surtout celui de Fénéon[2], que le jeune Apollinaire tenait en grande estime, n'ont-ils pas été déterminants?

Plus manifeste encore est l'autorité exercée sur Apollinaire par Remy de Gourmont, chroniqueur littéraire au *Mercure de France,* défenseur passionné des poètes symbolistes, ennemi de tout dogmatisme et fidèle aux leçons de Baudelaire qu'il reprend dans ses «Épilogues» — celle-ci en particulier, qui fonde toute sa réflexion critique, selon laquelle il est inutile et pernicieux «d'incorporer à l'idée de l'art les idées parasites de moralité, de vérité et de justice». Apollinaire d'ailleurs rendra publiquement hommage à l'auteur des *Promenades littéraires* à deux reprises, en 1916 et en 1917, dans la rubrique du *Mercure de France,* «La France jugée à l'étranger», où il lui a succédé dès 1911[3].

Attiré par ce courant de la critique anti-intellectualiste dont Remy de Gourmont est l'un des meilleurs représentants, Apollinaire est réfractaire au courant opposé, qu'il vise à travers la personnalité d'Émile Faguet, son représentant le plus autorisé. Dès 1909, dans *La Phalange,* ce dernier reçoit une première flèche, apparemment inoffensive, mais véritablement empoisonnée, lorsque Apollinaire fait remarquer, à propos de l'ouvrage de Jules Huré : «Il a beau demander des préfaces à Émile Faguet, ce n'est pas cela qui le fera sortir de la littérature[4].» On aura évidemment compris qu'Apollinaire prend ce dernier terme dans l'acception péjorative que Verlaine a contribué à établir[5], c'est-à-dire pure mécanique intellectuelle et rhétorique creuse, sans émotion, sans âme, sans vie. Nouveau coup d'épée — mouchetée cette fois encore — de la part de l'échotier de *Paris-Journal,* le 22 janvier 1910, à propos de «l'ouvrage inattendu» d'un

1. Voir en particulier ses lettres à Gide déposées à la bibliothèque littéraire Jacques-Doucet.
2. Sur Fénéon, voir «La Vie anecdotique» du 16 mars 1914, t. III, à paraître.
3. Sur la collaboration d'Apollinaire à cette rubrique, voir «La Vie anecdotique», t. III.
4. Voir p. 1145.
5. «Et tout le reste est littérature», dernier vers d' «Art poétique», *Jadis et naguère.*

nouveau venu dans le genre romanesque : «M. Émile Faguet écrit un roman. C'est la première fois [...][1].» L'attaque enfin devient directe et atteint son plus haut point de virulence, en 1911, dans le *Mercure de France*. Lucile Dubois/Apollinaire, sous le titre «Faguet contre Baudelaire[2]», reproduit un long article, publié dans *La Voce,* où Ardengo Soffici dénonce avec une vigueur toute particulière l'attitude scandaleuse d'Émile Faguet, qui dénigre systématiquement les grandes œuvres et les grands poètes français. Le commentaire de Lucile Dubois, d'un laconisme éloquent, prouve sans conteste qu'Apollinaire accorde son plein soutien au critique italien. Puis, élargissant le débat, Apollinaire condamne du même coup tous ceux qui, de Paul Bourget à Émile Faguet en passant par Jules Lemaitre, voudraient faire du critique un moraliste.

Il se défie également de la critique érudite et «scientifique». Aussi bien fait-il appel lui-même assez souvent à l'érudition, mais sans jamais la regarder comme une fin en soi, ni même comme un moyen privilégié d'accès au cœur de l'œuvre d'art. À ce sujet, on ne manquera pas d'observer que l'un de ses premiers articles de critique — cette longue étude de *L'Exil de la volupté* donnée au *Mercure de France* en juin 1904[3] — faisait largement appel à l'érudition, mais on verra que celle-ci soutient, pour une bonne part, l'intention polémique. En outre, l'ironie n'en était point absente, si l'on songe qu'avant de s'illustrer dans le roman, Anatole France, chroniqueur attitré du *Temps,* de 1875 à 1893, avait poursuivi de ses sarcasmes érudits et spécialistes. Or ne voilà-t-il pas que les premiers offrent à son imagination essoufflée un matériau inespéré, ce qu'Apollinaire se plaît à suggérer malicieusement.

Il serait faux toutefois de laisser croire qu'Apollinaire appartient de plein droit à quelque courant que ce soit, dans la mesure où sa critique — toutes les fois qu'elle n'est soumise ni aux impératifs esthétiques d'un journal, ni au rythme contraignant de la chronique — est une critique d'artiste, mieux, une critique de poète. Elle appartient effectivement à une tradition qu'on fait généralement remonter au-delà de Chateaubriand jusqu'à Diderot et où se sont succédé Hugo, Lamartine, Gautier, Baudelaire, Paul de Saint-Victor, Barbey d'Aurevilly, par opposition à la chaîne critique plus intellectualiste qui, de La Harpe à Faguet, aurait pour maillons : Villemain, Saint-Marc Girardin, Sainte-Beuve, Taine, Brunetière.

En fait, la production apollinarienne dans le seul domaine de la critique littéraire n'est nullement comparable à celle d'aucun de ces prédécesseurs illustres. Rien de systématique, rien de régulier dans l'exploration de la littérature de son temps, même si la pensée critique d'Apollinaire révèle finalement une certaine cohérence. Critique d'auteur et d'amateur tout à la fois, critique occasionnelle presque toujours, opposée à celles des «professeurs ou des professionnels de la critique»,

1. Voir p. 1094.
2. *Mercure de France,* 1er février 1911 ; voir t. III.
3. Voir p. 1094-1106.

pour reprendre l'expression de Roger Fayolle[1], la critique apollinarienne reste fidèle à la tradition illustrée par Baudelaire. Comme l'auteur des *Fleurs du mal,* Apollinaire est persuadé que l'art n'a rien à voir avec la morale ; comme lui, il condamne «la grande hérésie poétique des temps modernes [...] l'idée d'utilité directe[2]». Et ces vérités d'une modernité encore étonnante que le critique littéraire exprimera modestement et, somme toute, assez rarement, l'écrivain d'art, en revanche, les proclamera régulièrement et avec insistance.

À cet égard, la confidence faite par Apollinaire à André Level, en 1918, mérite d'être retenue : «On peut dire beaucoup de mal de ma critique d'art, mais on ne peut dire que je suis un mauvais critique, car j'ai prouvé que je me connaissais en hommes, en artistes sinon en art[3].» Cet aveu qui s'appliquerait aussi bien au critique littéraire révèle d'une façon encore plus générale le refus de théoriser d'Apollinaire, qu'il s'agisse de littérature ou d'art, de politique ou de morale. Préférant la «méditation» esthétique à la critique artistique qui juge et tranche, l'acte d'écrire à la mise en forme de toute interrogation sur cette écriture même, Apollinaire se défie toujours de l'idée admise pour elle seule. «Théoricien, moi?» réplique-t-il au directeur de *La Renaissance,* qui, à propos du cubisme, l'avait ainsi dénommé. «Poète, oui; esthéticien sans doute[4].»

Poète certes, telle est la suprême ambition du critique dans son œuvre de critique même.

NOTE SUR LE TEXTE

Nous avons renoncé, dans cette section, à une présentation de type chronologique qui aboutissait à un morcellement peut-être significatif, mais d'une lecture peu agréable. En outre, un certain nombre de regroupements s'imposaient tout naturellement.

Bien qu'il se soit défendu d'être un théoricien, Apollinaire a pris position sur un certain nombre de théories ou de mouvements littéraires, depuis l' «humanisme» de Gregh en 1902 jusqu'au «simultanisme» de Barzun en 1914, en passant par l'unanimisme, le futurisme... et, à vrai dire, la théorie ne se sépare pas alors de la polémique. Il s'agit moins pour le critique d'échafauder un système personnel d'écriture ou de lecture, ou même de le déduire de ses propres pratiques, que de s'insurger contre l'étroitesse des chapelles, ou de tourner en dérision les excès de partis pris littéraires jugés inutilement contraignants ou tapageurs. Nous donnerons ces articles sous le titre de «Théories et polémiques».

1. *La Critique,* collection «U», Colin, 1969, p. 136.
2. *Ibid.,* p. 110.
3. *Correspondance de Guillaume Apollinaire,* n° 1, *Apollinaire-Level,* Lettres modernes, 1976, p. 90.
4. Cette lettre adressée à Henri Lapauze, directeur de *La Renaissance,* a paru dans cette revue le 11 décembre 1915.

À ce premier ensemble succède celui que constitue la série des «Portraits et silhouettes». Sous la rubrique de «Contemporains pittoresques», Apollinaire avait envisagé de réunir dans *Les Marges* les portraits de quelques personnages parmi les plus singuliers qu'il eût rencontrés dans la vie ou dans les livres. Le recueil factice publié après sa mort, en 1929, ne retenait que les quatre essais parus dans *Les Marges* de 1909 à 1911[1]. Sans abandonner le domaine littéraire, il nous a paru bon d'augmenter cette série d'un certain nombre de portraits écrits dans le même esprit, entre autres la série des onze silhouettes qu'Apollinaire fit passer dans *L'Intransigeant* entre 1910 et 1912.

Le troisième ensemble, «Critique», est plus particulièrement consacré à la critique proprement dite — de type journalistique s'entend : comptes rendus d'ouvrages et de spectacles y trouvent leur place, mais aussi vues d'ensemble sur l'œuvre de tel écrivain : Brandès, Austen, Giacosa...

Enfin, «Variétés» reprend les textes inclassables : qu'il s'agisse de la réponse à une enquête, de la relation d'un événement littéraire — une réception à l'Académie française par exemple —, du compte rendu de tel livre qui oublie délibérément son projet pour s'achever en profession de foi littéraire, de tel écho enfin où la littérature sert de prétexte au journaliste pour exercer son esprit ou affirmer sa liberté de créateur.

Cette même liberté joue d'ailleurs un peu partout dans les différentes avenues de la critique apollinarienne. Ainsi le titulaire de la chronique des romans s'efforce-t-il d'échapper, dans *La Phalange,* au carcan d'une tâche régulière et obligée; l'appel aux souvenirs, l'art de la citation, la digression hors du champ littéraire, l'invention pure et simple d'ouvrages imaginaires, etc., sont autant de fuites et de feintes de la part d'un critique dont la démarche, tout à la fois ingénieuse et souple, peut aussi bien irriter que séduire.

Apollinaire, qui se situe sans cesse en poésie «aux frontières de l'illimité et de l'avenir[2]», manifeste en même temps une grande fidélité aux formes et aux écrivains du passé. À travers ses articles, un dialogue s'instaure donc, de l'un à l'autre, voire d'une période à une autre : il se verra facilité par la présence, dans les notes, de quelques articles, brefs le plus souvent, d'une écriture peut-être facile, mais qui témoignent chez Apollinaire, par-delà les exigences d'une tâche dont il veut se jouer en souriant, de la persistance d'un souvenir, de la permanence d'une idée, de la force d'une amitié.

1. «Raoul Ponchon», p. 1035-1038; «Feu Alfred Jarry», p. 1038-1044; «À propos des croquis de Raoul Dufy d'après Remy de Gourmont», p. 1044-1049; «Jean Moréas», p. 1049-1056.
2. «La Jolie Rousse», *Œuvres poétiques,* p. 314.

NOTES ET VARIANTES

Page 957.

Tabarin

C'est la correspondance d'Apollinaire avec son ami James Onimus (*Œuvres complètes*, t. IV, p. 714-716) qui a permis de découvrir sa longue collaboration à cette «petite feuille boursière et pratique amusante», fondée en octobre 1900 par Eugène Gaillet — son coéquipier pour le roman-feuilleton *Que faire?* dans *Le Matin* (voir *Œuvres complètes*, t. I, p. 1409-1410) — et qui vécut au moins jusqu'en 1903. Apollinaire écrivait alors : «Je fais campagne pour la première fois sous mon nom de désormais Guillaume Apollinaire. Campagne pour Francisque Michaux fils de l'inventeur de la pédale» (lettre de juillet 1902); et encore : «En fait d'articles pas payés je ne donne plus qu'au *Tabarin* journal engueuleur de Montmartre où je fais passer des canards. J'y ai fait campagne pour le fils de l'inventeur de la pédale Michaux et une autre contre Dufayel» (lettre du 8 octobre 1902).

L'*Annuaire de la presse*, pour 1901, atteste l'existence de cet hebdomadaire «paraissant tous les samedis» dès 1900 et le range dans la catégorie : «Journaux de Paris. — Littérature», où il tient une place très modeste. Son rythme de publication le rapproche des revues, mais son format — in-folio de 4 pages —, sa présentation en colonnes et son prix — 10 centimes le numéro — l'apparentent aux quotidiens. Le premier numéro de *Tabarin* porte la date du samedi 13 octobre 1900 et la publication du journal se poursuit suivant un rythme parfaitement régulier jusqu'au numéro 61, daté du 14 décembre 1901. À ce point s'arrête la collection aujourd'hui connue, telle qu'elle est conservée à la Memorial Library de l'université de Wisconsin-Madison. La Bibliothèque nationale, qui en possède un microfilm depuis septembre 1976, n'avait conservé que deux numéros de cette revue, mais ils permettent d'établir que le rythme de publication est resté régulier jusqu'à la date du 24 mai 1902 et qu'une interruption de six mois environ est intervenue, en revanche, entre mai 1902 et décembre 1903, date du dernier numéro actuellement connu de *Tabarin* (n° 138). La publication fut en effet suspendue à la suite du procès en diffamation intenté en 1902 par André Fly, membre du syndicat des banquiers au comptant qui avait été souvent malmené par Gaillet et ses acolytes.

Deux fables en prose signées Wilhelm Kostrowitzky ont été reprises dans le tome I des *Œuvres en prose*, p. 1189; un sonnet sur Yvette Guilbert n'a pas été retrouvé. L'essentiel de la collaboration d'Apollinaire à *Tabarin* sera recueilli dans le tome III de cette édition. Nous ne donnons ici que le seul article de critique littéraire relevé dans les collections lacunaires de *Tabarin*. Il y en a certainement plusieurs autres, notamment un consacré à Fernand Gregh, comme «Au sujet de l'humanisme», mais le précédant, en octobre 1902; ils étaient signés, comme celui-ci, du pseudonyme de Pascal Hédégat, qu'Apollinaire utilisera en 1907 dans *Je dis tout* et en 1910 dans *L'Intransigeant*[1].

1. Voir Pierre Caizergues, «Pascal Hédégat et l'humanisme de Gregh», *Cahiers de Varsovie*, n° 11, Varsovie, 1984.

AU SUJET DE L'HUMANISME

1. Sous le titre «L'Humanisme», l'article de Fernand Gregh paraît en première page du *Figaro* le 12 décembre 1902. L'auteur de *La Maison de l'enfance* (1896) et de *La Beauté de vivre* (1900) y reprochait aux parnassiens et aux symbolistes leur dédain de l'humanité : «Après l'école de la beauté pour la beauté, après l'école de la beauté pour le rêve, il est temps de constituer l'école de la beauté pour la vie.»

2. Le 14 décembre 1902, dans une lettre au sujet de l'humanisme où il écrit : «[...] Ne cherchons pas d'étiquettes qui ne répondraient à rien de nouveau. Il n'y a plus qu'à travailler à la Renaissance française.»

3. Apollinaire pense-t-il ici aux vers de Jean Richepin dans *Les Blasphèmes* (1884) : «Et pourtant ces catins immondes, les Idées / On les engrosse pour enfanter le Savoir»?

4. Francis Jammes, qui n'appartient nommément à aucune école, avait publié en mars 1897 dans le *Mercure de France* à propos de l'affaire du manifeste naturiste de janvier 1897 son propre manifeste, «Le Jammisme», ironique manière de refuser les écoles comme le souligne le septième et dernier point de sa piquante proclamation : «Et comme tout est vanité, et que cette parole est encore une vanité, mais qu'il est opportun, en ce siècle, que *chaque individu* fonde une école littéraire, je demande à ceux qui voudraient se joindre à moi, pour n'en point former, d'envoyer leur adhésion à Orthez, Basses-Pyrénées, rue Saint-Pierre.»

5. Elle avait dix ans quand furent publiées ses *Poésies d'une enfant* (Lemerre, 1902). Son préfacier, François Coppée, fait l'éloge de cette «muse enfantine» qui «a gardé toute la naïveté de son âge» et dont Maurice Souriau avait garanti «l'entière spontanéité» dans un article de *La Revue latine* du 25 juin 1902.

Page 958.

1. Parodie d'un vers de Gregh extrait d'un poème à la gloire du colonel Picquart, qui, convaincu de l'innocence du condamné, avait pris la défense de Dreyfus. Le poème improvisé dans l'enthousiasme de sa conduite courageuse se terminait ainsi : *C'est par des chefs pareils à vous que nous vaincrons, / Et l'épée en vos mains est la sœur de nos rêves!*

2. Apollinaire se liera davantage par la suite avec Marius et Ary Leblond qui sont au comité de direction de *La Grande France*, journal auquel il collabore lui-même depuis 1901. Le roman cité ici ne se trouve pas dans la bibliothèque d'Apollinaire, à l'inverse du *Zézère, amours de Blancs et de Noirs* (Fasquelle, 1903) qui porte cet envoi : «À Guillaume Apollinaire ses camarades Marius-Ary Leblond.»

Revue littéraire de Paris et de Champagne

Cette revue, qui a pris en 1905 la relève de *La Jeune Champagne* (1903-1904), mérite une mention spéciale parmi les nombreux organes littéraires de province. «Fondée pour Mecislas Golberg par l'amateur sensible que fut Jean-René Aubert, un marchand de bois de Reims» (Salmon, *Souvenirs sans fin,* t. I, p. 198), bien diffusée dans les milieux littéraires de la capitale, elle est ouverte aux voix nouvelles : Paul Fort, André Salmon, Georges et Cécile Périn, Henri Strentz, Nicolas Deniker voisinent au sommaire avec Apollinaire en 1905. Une collaboration suivie de ce dernier avait été sollicitée par Golberg, mais elle se limitera en définitive à une brève contribution au numéro d'hommage rendu à l'auteur des *Lettres à Alexis* (voir p. 1001) et au présent texte.

RÉPONSE À UNE ENQUÊTE

L'enquête sur «L'Avenir littéraire de la langue française» avait été lancée par J.-R. Aubert dans le numéro de février-mars 1906. Une première série de réponses paraît dès le numéro 37 (avril 1906); celle d'Apollinaire figure dans le numéro 42, en même temps que celles d'Ernest Gaubert, de Martine, d'Édouard Deverin, d'A.-M. Gossez, de Charles Dury et de Jacques Mornand.

Les questions étaient ainsi formulées :

1. «Quelle est, selon vous, l'expression la plus juste des aspirations littéraires contemporaines, et sous quelle forme doit-elle se manifester : vers libre ou classique, poésie ou prose, théâtre, poème ou roman?»

2. «Êtes-vous pour l'art de la construction, des lignes sobres et des paroles essentielles, ou pour l'art de l'anecdote lyrique, intuitive, chargée d'images, d'inversions et d'adjectifs?»

3. «Est-ce la raison qui doit bâtir le portique clair et aéré de l'art moderne, ou est-ce la passion qui fera surgir la cathédrale de rêve, d'encens et de pénombre?»

4. «Êtes-vous pour l'art de la lumière et de la précision distribuées avec science, ou pour l'art de la pénombre et de la mélopée créé par la mystique intuitive?»

5. «Le renouveau occidental doit-il naître par la raison ou par la mystique?»

Il était de plus demandé à chacun une *composition significative.*

Page 959.

Paris-Journal

Sur la collaboration d'Apollinaire à *Paris-Journal,* voir la notule de «Le Salon des artistes français. Coup d'œil d'ensemble», p. 1617.

Du 17 janvier au 15 mars 1910, Apollinaire est responsable de la rubrique : «Les Livres. — Courrier littéraire», où il succède à André Salmon et Amédée Rouquès et qu'il alimente très irrégulièrement. L'ensemble des articles publiés dans cette rubrique ont été précédemment réunis dans *Petites merveilles du quotidien,* p. 113-130.

LES PETITS GROUPEMENTS

1. Les rapports d'Apollinaire avec *Les Argonautes* sont contrastés : d'abord polémiques, après les reproches que lui adresse le directeur de la revue, Camille Lemercier d'Erm, à la suite de la conférence de 1908 (voir p. 898-900 et n. 1, p. 898); ensuite plus sereins, car Apollinaire verra publier deux de ses poèmes dans le numéro 9 (février 1909); assez tendus

pour finir, en 1910, comme en témoigne cette chronique. — En 1910, les soirées poétiques organisées par *Les Argonautes* ont lieu tous les quinze jours, à la taverne du Lion-Rouge, rue de Rivoli, et on peut en lire le compte rendu dans la revue. On apprend ainsi qu'Apollinaire assista à la huitième soirée, le vendredi 11 février, au cours de laquelle Louis Jouvet lut justement les deux poèmes «Saltimbanques» et «Crépuscule», publiés l'année précédente dans la revue de Camille Lemercier d'Erm.

Page 960.

1. L'impulsionnisme, créé par Florian-Parmentier en 1906, prétendait faire de l'art et de la poésie l'activité creatrice par excellence, la mise en œuvre — impulsion — de l'intuition par laquelle l'homme prend contact avec l'essence infinie. Voir Michel Décaudin, *La Crise des valeurs symbolistes,* rééd. Slatkine, 1981, p. 214.

La Nouvelle Revue française

L'ARMÉE DANS LA VILLE

Jules Romains et Apollinaire s'étaient rencontrés à la fin de 1907 à la revue *La Phalange,* à laquelle ils collaboraient l'un et l'autre. La sympathie s'établit rapidement entre eux. Apollinaire cite le poète de *La Vie unanime* dans sa conférence de 1908 (voir *La Phalange nouvelle,* p. 894) et dans celle de 1909 à l'Université populaire du Faubourg Saint-Antoine (voir *Les Poètes d'aujourd'hui,* p. 914); Jules Romains lui avait fait une place parmi les quelques poètes nommés dans son article «La Génération nouvelle et son unité» (*N.R.F.,* 1er août 1909) et dans sa conférence du 10 octobre 1909 au Salon d'automne intitulée «La Poésie immédiate» (publiée dans *Vers et prose,* t. XIX, octobre-novembre-décembre 1909). Bien que leurs relations semblent s'être légèrement distendues en 1910, cette attaque contre *L'Armée dans la ville,* qui constitue l'unique collaboration d'Apollinaire à *La Nouvelle Revue française,* était surprenante. Faut-il penser, comme le suggère Jules Romains lui-même[1], que l'article fut demandé à Apollinaire par l'équipe de la *N.R.F.,* désireuse de donner une leçon à un jeune rival? Ou qu'au contraire, on souhaitait à la revue la collaboration d'Apollinaire et qu'on fut déçu du caractère trop agressif de sa critique[2]? Cette affaire en tout cas ne brouilla Apollinaire ni avec Romains ni avec Gide, elle n'arrêta pas la collaboration de Jules Romains à la *N.R.F.,* et n'eut pour conséquence que de fermer la revue à Apollinaire.

L'Armée dans la ville, drame en cinq actes, en vers, avait été représenté pour la première fois le 4 mars 1911 sur la scène de l'Odéon. Le thème de la pièce est l'échec d'une révolte dans une ville occupée par une armée victorieuse.

2. Dans *Paris-Journal,* le 6 mars 1911.

1. Voir l'ouvrage d'André Bourin, *Connaissance de Jules Romains,* Flammarion, 1961, p. 150-151.
2. Voir Claude Martin, *Correspondance André Gide-Jules Romains,* «Cahiers Jules Romains», I, Flammarion, 1976, p. 42-43.

Page 961.

1. Saint-Georges de Bouhélier avait connu des succès au théâtre avec *Le Roi sans couronne* (1906), *La Tragédie royale* (1909) et surtout *Le Carnaval des enfants* (1910), pièces qui étaient apparues comme des tentatives de tragédie moderne.

Page 962.

1. Sansot, 1910. Apollinaire fausse la pensée de Jules Romains qui ne désire pas «étonner», mais réveiller des consciences engourdies. La citation se poursuit en effet ainsi : «Des hommes riront; on criera des injures; des enfants courront après vous. La rue pensera fortement quelqu'un qui sera vous.»

Page 963.

La Démocratie sociale

Le premier numéro de *La Démocratie sociale* porte la date du 16 octobre 1909 et la publication de cet hebdomadaire politique se poursuit régulièrement jusqu'au 5 octobre 1913. Le journal, qui se défend d'être l'organe spécial d'un parti, se situe cependant de toute évidence dans la mouvance du radicalisme. Son fondateur, Étienne Antonelli, qui fut successivement professeur aux facultés de droit de Lyon, puis de Montpellier, explique que dès octobre 1906, au lendemain de la victoire électorale du parti radical, fut fondé un «Comité de la démocratie sociale» qui se proposait d'étudier, en les rendant concrètes et précises, un certain nombre de réformes sociales — celle de l'assurance-maladie entre autres. Chaleureusement accueilli par plusieurs parlementaires — Clemenceau, Millerand, Viviani, Herriot — le projet était fermement soutenu par Aristide Briand qui assistait régulièrement aux séances de travail du comité. En 1909, celui-ci décida d'élargir son action en fondant un journal du même nom.

Apollinaire fut sans doute introduit à *La Démocratie sociale* par Toussaint Luca qui fit partie du comité d'organisation du journal et qui présenta son ami à Antonelli en septembre 1909. Mais c'est Léon Parsons, directeur en titre du journal, qui lui confie sa tâche.

Apollinaire est présent à *La Démocratie sociale* de plusieurs manières. On y défend sa personne — Hertz écrit une lettre ouverte au poète récemment libéré après l'affaire des statuettes volées du Louvre (17 septembre 1911) — et son œuvre — Toussaint Luca y fait passer un compte rendu d'*Alcools* le 18 août 1913. On y publie, les 27 novembre et 4 décembre 1911, des extraits de «L'Otmika» (voir *Œuvres en prose,* t. I, p. 137). Et surtout, Apollinaire lui-même y figure comme collaborateur à part entière. Trois articles signés de son nom ont été retrouvés dans ce journal : le premier, sur «Giuseppe Giacosa», paraît le 18 décembre 1909 à la rubrique «Lettres et arts» (voir p. 1156-1161); le deuxième, intitulé «La Germanisation de l'Allemagne», trouve place à la même rubrique dans le numéro suivant (25 décembre; voir p. 1161-1163); il faut ensuite attendre le supplément littéraire et artistique au numéro 28 du 7 juillet 1912 pour retrouver la signature d'Apollinaire, à la rubrique «Les Arts», au bas du présent article sur «La Loi de renaissance». Mais la collaboration d'Apollinaire est beaucoup plus abondante et régulière que ne le donneraient à croire ces seuls textes signés. Sous le pseudonyme de «Polyglotte», en effet, il est chargé de la rubrique des «Journaux et revues de l'étranger» à partir du numéro 7 (12 février 1910). Les numéros 17 à 37 de cette même année restent malheureusement introuvables — excepté le numéro 19, conservé par Apollinaire dans ses archives — et nous avons toutes raisons de penser que Polyglotte a continué à tenir cette revue de presse où se révèlent par le biais de l'anecdote, du commentaire à peine allusif, ou même simplement du choix de certaines citations, des prises de position qui relèvent moins de la politique au sens étroit du terme que d'un idéal humanitaire qui pousse le chroniqueur à apporter son soutien aux minorités opprimées aussi bien qu'à l'individu bafoué. Attitude constante au demeurant chez Apollinaire, qui récuse toute doctrine paralysante, toute adhésion à un parti et affirme dès 1902 à Karl Boès, directeur de *La Plume* : «Je tiens la politique pour haïssable, mensongère, stérile et néfaste» (*Œuvres complètes,* t. IV, p. 712).

LA LOI DE RENAISSANCE

«La Loi de renaissance» paraît dans le premier supplément littéraire de l'hebdomadaire et voisine avec une nouvelle de Charles Vildrac, un poème de Paul Fort et un long compte rendu de *La Fresque moderne* de Jules Chéret par G. Geffroy. On y retrouve l'un des mythes fondateurs de la poétique apollinarienne : celui du Phénix.

Page 966.

Der Sturm

Sur *Der Sturm,* voir la notule de «La Peinture moderne», p. 1594.

LETTRE DE PARIS

Cette «Lettre de Paris», publiée en mars 1913 dans la revue berlinoise, a été traduite par F. Lautenbach dans *Guillaume Apollinaire 11,* 1972.

Nous donnons ici le texte du manuscrit d'Apollinaire, récemment retrouvé et conservé à la Bibliothèque nationale.

1. Le roman, publié aux éditions Paul Ollendorff, figure dans la bibliothèque d'Apollinaire.

2. Sur ce quartier pittoresque, voir *Le Flâneur des deux rives,* t. III à paraître.

3. Sous-titré «Essai de synthèse poétique moderne», l'ouvrage, publié chez Figuière en 1912, se trouve dans la bibliothèque d'Apollinaire, enrichi de l'envoi suivant : «À Guillaume Apollinaire, à l'artiste, à l'ami, son compagnon de lutte, H.-M. Barzun.» Barzun fera allusion à cet éloge de son livre dans *Paris-Journal* le 27 juin 1914, au moment de la polémique avec Apollinaire sur le simultanisme. Voir p. 980.

Page 967.

1. *L'Ère du drame,* Eugène Fignière et Cie, p. 49.

2. *L'Ère du drame,* p. 75. Apollinaire, quatrième dans l'énumération de Barzun, s'est placé ici à la fin. Tous les titres sont en français dans l'article du *Sturm.* On notera que l'énumération précédente provient aussi directement de *L'Ère du drame,* p. 74-75.

3. Ce «poème dramatique», dont le titre complet est : *Hymne des Forces. La Terrestre Tragédie,* publié en 1912 au Mercure de France, se trouve dans la bibliothèque d'Apollinaire.

4. Le livre, publié chez Figuière en 1913, figure également dans la bibliothèque d'Apollinaire avec la dédicace : «À Guillaume Apollinaire, bien cordiaux sentiments, Alex Mercereau.»

Page 968.

1. Apollinaire reprend le sous-titre du livre : «La vie, le poète, la fiancée, la femme enceinte, la mère, soi-même, la demeure, la mort.»

2. L'ouvrage a paru chez Figuière en 1912. Dédicadé «À Guillaume Apollinaire amicalement G. Polti», il était conservé dans la bibliothèque d'Apollinaire.

3. La première édition du livre de Georges Fourest date de 1909; il fut plusieurs fois réédité, notamment chez Crès en 1913 avec une préface de Willy.

4. C'est en 1885 qu'avait paru, sous le titre *Les Déliquescences,* «poèmes décadents d'Adoré Floupette», une satire des décadents et de leur poésie. Les auteurs en étaient Henri Beauclair et Gabriel Vicaire.

5. «Épître falote et testamentaire pour régler l'ordre et la marche de mes funérailles», *La Négresse blonde.*

6. Premier vers du «pseudo-sonnet» «Imbriaque et désespéré», *La Négresse blonde.*

Page 969.

Les Soirées de Paris

Sur la revue, voir la notule de «Réalité. Peinture pure», p. 1591.

CHRONIQUE MENSUELLE

1. Dans le manifeste *Le Music-Hall,* daté du 29 septembre 1913.

2. Voir «La Vie anecodotique» du 16 novembre 1913, t. III.

3. On rapprochera cet article d'un écho qu'Apollinaire fait passer dans *L'Europe nouvelle* le 11 mai 1918. Voir p. 1432-1433.

Page 970.

LE BALADIN DU MONDE OCCIDENTAL

Ce compte rendu théâtral qui ouvre la «Chronique mensuelle» du numéro 20 (janvier 1914), signé des seules initiales «G.A.», a été recueilli dans l'un des cahiers de coupures de presse confectionnés par Apollinaire. Il est à rapprocher de «La Vie anecdotique» du 16 janvier 1914, où Apollinaire fait allusion à cette pièce à propos de «la disparition du Dr Otto Gross»; voir le tome III à paraître. La mise en scène était de Lugné-Poe. Dans sa chronique théâtrale du *Mercure de France* du 1er février 1914, Paul Léautaud affirme avoir été «enchanté, tant par le sujet que par la forme».

NOS AMIS LES FUTURISTES

1. C'est dans le *Manifeste technique de la littérature futuriste* daté du 11 mai 1912 que Marinetti lance la formule de «mots en liberté», ainsi que celle d' «imagination sans fils». On les retrouve en titre d'un autre manifeste, *Imagination sans fils et les mots en liberté,* du 11 mai 1913, que Marinetti lui-même lut le 22 juin à la galerie La Boétie : «Nous voulons aujourd'hui que l'ivresse lyrique ne dispose plus les mots suivant l'ordre de la syntaxe avant de les lancer au moyen des respirations inventées par nous. Nous avons ainsi les *Mots en liberté.*»

Page 971.

1. Ainsi font en 1913 Barzun et ses amis Sébastien Voirol et Fernand Divoire.

2. *La Phalange nouvelle,* d'Apollinaire. Voir p. 883 et suiv., et la Notice de ce texte, p. 1651-1652.

3. Dans sa «Gazette des lettres» de *Paris-Midi,* Jean de l'Escritoire (André Billy) avait, le 3 juillet 1913, ironisé sur les prétentions de Barzun et remarqué qu'en ce qui concerne l'enregistrement des poèmes sur disques, c'était une idée «émise et répandue dans maintes conversations», «il y a déjà plusieurs mois», par Apollinaire. Celui-ci lui adressa cette lettre, publiée le 5 dans *Paris-Midi :* «Monsieur Jean de l'Escritoire, / Il est vrai que depuis un an j'ai souvent parlé du *disque poétique,* ajoutant que c'était la forme par laquelle je voudrais publier mes poèmes. / Barzun a eu raison de lancer son manifeste touchant la *simultanéité poétique* dont la paternité lui appartient, car je n'avais songé à confier aux disques que des poèmes personnels. Il a ainsi élargi l'idée et en a fait l'élément principal de la plus importante réforme littéraire de tous les temps. Loué soit-il! / Mais n'oublions pas que le véritable auteur de cette réforme, c'est Charles Cros, inventeur du phonographe et père du délicat poète Guy-Charles Cros. / Veuillez agréer, etc. / Guillaume Apollinaire.» À cette date, Apollinaire ménage encore Barzun, tout en prenant discrètement ses distances.

4. C'est l'argument de Marinetti : après le vers libre, qui a brisé la métrique traditionnelle, les mots en liberté, qui brisent la syntaxe.

Page 972.

SUR LA REPRÉSENTATION DE «L'ÉCHANGE»

1. Apollinaire sera plus sévère dans une lettre à Madeleine Pagès du 12 juillet 1915 (*Tendre comme le souvenir,* p. 55). Il voit alors dans Claudel, «écrivain de talent», «l'aboutissement du symbolisme», le «billon» du «louis d'or» qu'était Rimbaud.

Page 973.

GOGOL, WELLS

1. Louis Léger, professeur de langue et littérature russes au Collège de France, avait publié *Nicolas Gogol,* chez Bloud et Gay en 1914, dans la collection «Les Grands Écrivains étrangers». Le compte rendu de Camille Vettard a paru dans *La Nouvelle Revue française* de juin 1914, dans une série de «Notules» où il recensait également *La Découverte de l'avenir et le Grand État* et *Le Pays des aveugles* de Wells.

2. Dans *Le Roman russe* (1886).

Page 974.

SIMULTANISME-LIBRETTISME

Cet article et les deux suivants s'inscrivent dans le dernier rebondissement d'une polémique sur la simultanéité. Un premier temps avait opposé les futuristes italiens à Delaunay, qu'ils accusaient de plagiat. Un deuxième épisode eut lieu à la fin de 1913, autour de la publication de *La Prose du Transsibérien.* Enfin, en juin-juillet 1914, les attaques de Barzun provoquent des répliques de Cendrars et d'Apollinaire, tandis que Guilbeaux et Beauduin interviennent également. «Simultanisme-Librettisme» est une réponse aux critiques qu'avait formulées Barzun dans le numéro de janvier-mars de *Poème et drame.*

Un manuscrit de 9 feuillets *(ms.)* est conservé à la Bibliothèque nationale. Bien que le premier de ces feuillets porte des indications typographiques au crayon bleu, ce n'est pas ce texte qui a servi à l'impression. Il présente en effet des variantes qui en accentuent le caractère polémique. Nous avons relevé les plus importantes.

Page 975.

1. Rappelons que dans *L'Ère du drame,* en 1912, Barzun comptait Apollinaire, auprès d'Alexandre Mercereau, Sébastien Voirol, Pierre Jaudon, Tancrède de Visan et Georges Polti comme ses «compagnons de lutte» et qu'Apollinaire avait collaboré à la revue de Barzun *Poème et drame* («Cortège» en novembre 1912, «Les Fenêtres», «Veille» et «Rencontre» en janvier 1913, «François Rude» en mars 1913). Voir «Lettre de Paris», p. 966-968.

2. Voir «Nos amis les futuristes», n. 3, p. 971.

3. Voir «Nos amis les futuristes», p. 971.

4. À la scène x du troisième acte du *Nouveau Monde,* où «tout le monde parle ensemble». Ce passage avait été cité par Verlaine dans ses *Poètes maudits* (deuxième série), 1888.

Page 976.

a. successif. / J'ai donné des poèmes où *ms.*

b. la simultanéité de ce qu'ils expriment. Je ne vois pas l'intérêt que peut avoir M. Barzun à nier ce dont il se rendra compte comme tout le monde s'il veut lire avec mes poèmes ceux de Blaise Cendrars et le petit livre de Jean Le Roy qui vient de paraître sous le titre *Le Prisonnier des mondes.* / Au reste, je ne me targue nullement de faire partie du simultanisme poétique où M. Barzun sait bien qu'il n'eût tenu qu'à moi de figurer. / J'ai appelé mes poèmes récents des poèmes-conversation de façon à éviter toute confusion avec quelque école poétique et personne encore sauf moi ai fait de ces poèmes-conversation où le poème au centre de la vie enregistre en quelque sorte le lyrisme ambiant je m'efforce d'y mettre un naturalisme plus expressif qu'il n'a jamais été et d'innover avec mes amis cités plus haut et Max Jacob Henri Hertz Roch Grey Léonard Pieux, André Salmon même dans certains de ses poèmes, Fleuret encore dans une petite épopée qu'il prépare Mireille Havet encore dans des poèmes que nous publierons dans les domaines où ne domine point M. Barzun / Ce sont les domaines mêmes de la poésie — mais si nous avons laissé M. Barzun s'ébattre en paix dans l'art dramatique qu'il ne pense pas que nous ayons renoncé au théâtre. Qu'il attende seulement. / Donc l'impression de nos poèmes est plus simultanée *ms.*

1. Apollinaire pense évidemment à ses poèmes parus dans *Les Soirées de Paris,* «Lundi rue Christine» (15 décembre 1913), «Le Musicien de Saint-Merry» (15 février 1914), «Rotsoge» (15 avril 1914).

2. En citant son *Enchanteur pourrissant,* publié en 1909, paru en préoriginale dans *Le Festin d'Ésope* en 1904, Apollinaire s'attribue aisément l'antériorité dans l'utilisation de la simultanéité.

3. Dans *La Prose du Transsibérien,* dont l'édition originale se présente sous la forme d'un dépliant de 1,50 m de hauteur.

Page 977.

1. Voir «Nos amis les futuristes», p. 970 et n. 1.

2. Sans doute lapsus pour «ses».

3. Sur cette question de la simultanéité et les polémiques qu'elle suscita, voir les deux articles suivants, p. 979-983.

Page 978.

a. tout lui appartient. / Dommage seulement qu'ayant fait toutes ces trouvailles, l'auteur ait pondu des ouvrages d'une platitude aussi décidée, au point que l'unique chose poétique de l'œuvre entière de notre chef d'orchestre électoral, c'est la phrase «Meunier tu dors, ton moulin va trop vite», qu'il a sans doute trouvée tout seul, un soir où ce coco de génie selon l'heureuse expression de M. Louis Dumur, où ce coco de génie dis-je avait encore envie d'inventer quelque chose / Pour ma part, *ms.*

1. On ne trouve pas un écho de ce titre dans *Poème et drame,* mais l'idée d'une représentation visuelle du poème apparaît à plusieurs reprises sous la plume de Barzun, notamment à propos des poèmes de Sébastien Voirol écrits en encres de couleurs différentes.

2. Sous le pseudonyme d'Henri-Martin, fait de ses deux prénoms, Barzun avait publié les deux premiers chants de son poème *La Terrestre Tragédie* aux éditions de l'Abbaye en 1906. Il avait plus tard prétendu que l'unanimisme de Jules Romains était déjà tout entier dans cette première œuvre.

3. Autre aspect de la polémique : l'utilisation du mot «orphisme», par lequel Apollinaire voulait définir l'art nouveau (voir p. 981 et n. 4).

Page 979.

Paris-Journal

À PROPOS DE LA POÉSIE NOUVELLE

Réponse à une lettre de Barzun, parue sous le titre «À propos de l'art orphique» dans *Paris-Journal* le 27 juin, qui accuse avec violence Apollinaire de «duplicité». Celui-ci reprend dans sa réponse la division en neuf points du texte de Barzun.

1. Voir «Simultanisme-Librettisme», p. 974-979.

Page 980.

1. Voir p. 966 et n. 3; p. 967 et n. 3.

2. Dans une conférence sur «La Peinture moderne», faite à la galerie *Der Sturm* le 18 janvier 1913. Voir p. 502, 966 et n. 3, 967 et n. 3.

3. En 1912. Sur cet «essai de synthèse poétique moderne», qui voit dans le «chant dramatique» «la grande œuvre de l'avenir», voir p. 966.

4. Plutôt dans le numéro de septembre-octobre 1913 de *Poème et drame,* avec trois extraits de son «Universel poème».

Page 981.

1. En fait, Apollinaire n'est cité que trois fois dans *L'Ère du drame,* au cours d'énumérations où Barzun cite ses compagnons de lutte. Quant au comité directeur de la revue, le poète y est mentionné avec Barzun, Bosschère, Sauvebois, Voirol, Mercereau et Rivoire.

2. Voir t. I, p. 54.

3. Le livre était annoncé ainsi : «PREMIER LIVRE SIMULTANÉ / *Prose du Transsibérien et de la Petite Jeanne de France* / Représentation Synchrone // Peinture Simultanée / Mme Delaunay-Terk // Texte Blaise Cendrars.»

4. Ou précisément *Le Bestiaire ou Cortège d'Orphée*, paru en 1911. Voir *Œuvres poétiques*, p. 1-35.

5. Apollinaire avait employé le mot «orphisme» pour la première fois dans une causerie à la Section d'or (voir la notule de «Jeunes peintres ne vous frappez pas», p. 1589) qui ne nous est pas parvenue. Il l'utilisa ensuite dans son compte rendu du Salon des indépendants de 1913 à *L'Intransigeant* le 18 mars 1913 (voir p. [illegible]41).

Page 982.

1. Voir ce pneumatique, n. 3, p. 971

Page 983.

À PROPOS DE L'ART ORPHIQUE

1. Nous n'avons pu débrouiller ce mastic, qui, dans le journal, rend incompréhensibles deux lignes de l'article.

2. Ce poème figure bien effectivement dans la première partie de *La Vie unanime*, section II : «Dieu le long des maisons».

POINT FINAL

Page 984.

1. Cette lettre, suivie de la phrase «Nous déclarons l'incident clos.», marque bien, cette fois, le point final de ce débat, au moins dans *Paris-Journal*.

La Vie

RÉPONSE À UNE ENQUÊTE

Cette revue hebdomadaire dirigée par Marius-Ary Leblond, qu'Apollinaire connaît depuis de longues années, paraît régulièrement du 24 février 1912 au 15 juillet 1914 et reprend sa parution après la guerre. C'est parce qu'elle «tient à être la libre tribune des aspirations et des recherches des jeunes» que *La Vie* publie, le 8 février 1913 (numéro 6), des extraits des *Méditations esthétiques* d'Apollinaire et consacre un numéro spécial, en 1914, à «La Poésie contemporaine». Des poèmes accompagnent les lettres des plus dignes représentants de la poésie actuelle qui s'expriment sur leur «idéal d'art». La réponse d'Apollinaire est précédée de la note de présentation suivante «Critique littéraire et critique d'art érudit et singulier, essayiste, romancier et poète rare et déconcertant, M. Guillaume Apollinaire a écrit des livres d'inspirations diverses et qui tous ont attiré l'attention s'ils ne l'ont pas retenue : *L'Enchanteur pourrissant* (1909); *La Poésie symboliste*, en collaboration avec P.-N. Roinard et V.-É. Michelet (1909); *Le Théâtre italien* (1910); *L'Hérésiarque et Cie*, nouvelles (1910); *Le Bestiaire ou Cortège d'Orphée* (1911) et *Alcools* (1913), poèmes. Il a publié, en outre, diverses traductions des écrivains de la Renaissance italienne, un essai sur le cubisme et fondé trois revues.

M. Guillaume Apollinaire est un esprit original mais qui a l'effronterie de son originalité. Avec des dons certains de poète, il semble plutôt se jouer de l'inspiration que s'y abandonner et son goût de la mystification s'exerce un peu aux dépens de lui-même... / «On ne saurait dire de cet artiste qu'il *taquine la muse,* mais... il lui fait des farces. / «Après cela, quelques-uns d'entre ceux qui liront la réponse que M. Apollinaire a bien voulu faire à notre enquête, pourront assurer qu'il la harcèle pour lui arracher la vérité.»

La réponse d'Apollinaire est suivie de la précision suivante : «Voici le poème ancien que nous adresse M. Apollinaire.» Suit une version ponctuée de «Vendémiaire» (voir *Alcools, Œuvres poétiques,* p. 149).

La signature d'Apollinaire réapparaît une dernière fois dans le numéro 19 de *La Vie,* le 15 juillet 1914, au bas d'une brève note où il annonce la prochaine parution du *Cézanne* d'A. Vollard; cette note est la reproduction de celle qu'il avait donnée dans *Paris-Journal* le 30 juin 1914 (voir «Le *Cézanne* d'Ambroise Vollard», p. 797).

Page 985.

SIC

La revue *SIC* (initiales de Sons-Idées-Couleurs, mais aussi affirmation latine signifiant «oui»), fondée par Pierre Albert-Birot, a paru du 1er janvier 1916 au 30 décembre 1919. Son directeur y défend deux grands thèmes. D'une part, la nécessité pour les artistes d'être de leur temps au lieu de s'attarder dans la tradition : c'est ce qu'il appelle le nunisme (du grec νῦν, «maintenant»). De l'autre, l'exaltation de la latinité, par opposition au germanisme ennemi. Des futuristes comme Balla, Folgore, Prampolini, Severini, de jeunes poètes, comme Gabory, Aragon, Soupault, Tzara, Radiguet, d'autres, tels Reverdy, Salmon, Dermée figurent aux sommaires de cette revue où se sont exprimées toutes les formes de la modernité. Apollinaire, outre cette interview, y donna plusieurs poèmes et c'est Pierre Albert-Birot qui organisa la représentation des *Mamelles de Tirésias.*

LES TENDANCES NOUVELLES
(Interview avec Guillaume Apollinaire)

Comme l'indique l'envoi de la main d'Apollinaire reproduit dans *SIC,* cette interview a été faite à l'hôpital du gouvernement italien, 41, quai d'Orsay. Apollinaire y est entré le 9 avril, a été transféré à la villa Molière, hôpital complémentaire, le 4 mai pour subir une trépanation, et l'a réintégré au milieu de mai. On peut donc la dater soit d'avril ou des tout premiers jours de mai, soit de la fin mai ou de juin. Nous donnons le texte intégral de cette interview, non signée, mais due à Pierre Albert-Birot.

Page 987.

1. L'influence du cirque est très sensible dans *Les Mamelles de Tirésias,* pièce à laquelle Apollinaire pense sans doute déjà. Voir «Apollinaire, le cirque et les marionnettes» de Pierre Caizergues dans *Berenice,* n° 3, juillet 1981.

2. Voir *La Bréhatine,* «cinéma-drame en cinq parties», t. I, p. 1045.

3. Notamment dans *L'Hérédo* (Nouvelle librairie nationale, 1916), chap. III. Dans une lettre adressée à Léon Daudet en septembre ou octobre 1916, Apollinaire écrit à ce sujet : «Ce livre se classe tout naturellement à côté de La Bruyère. [...] Une jeune revue qui m'a interviewé dernièrement, *SIC,* montre combien je suis d'accord avec vous sur certaines questions, celle du théâtre par exemple. J'aurais volontiers indiqué cette source nouvelle pour le dramaturge source intarissable qu'est *L'Hérédo,* si j'avais connu ce beau livre.»

Page 988.

Le Pays

Le quotidien *Le Pays,* dont le premier numéro est du vendredi 1er juin 1917, se réclame de la France de Descartes et de Voltaire. Le programme des fondateurs est d' «être au-dedans comme au-dehors les champions de la démocratie». De nombreux universitaires, professeurs à la Sorbonne ou au Collège de France, sont parmi les collaborateurs. Si la critique d'art est confiée à Louis Vauxcelles, peu favorable aux tendances d'avant-garde, d'autres rédacteurs, comme Guillot de Saix ou Gaston Picard, s'intéressent au contraire à la jeune littérature et citent fréquemment Apollinaire.

INTERVIEWS. M. GUILLAUME APOLLINAIRE ET LA NOUVELLE ÉCOLE LITTÉRAIRE

Cette interview a été réalisée par Gaston Picard et publiée le jour même de la représentation des *Mamelles de Tirésias,* le 24 juin 1917. Nous la reproduisons intégralement. Elle donna lieu à deux mises au point, publiées le 29 juin et le 6 juillet dans *Le Pays* (voir Michel Décaudin, *«Le Pays* et les *Mamelles», Guillaume Apollinaire 4,* 1965) : une protestation de peintres cubistes refusant d'être assimilés aux manifestations de *SIC* et d'*Art et liberté;* une réplique d'*Art et liberté* se dégageant de cette polémique.

1. Les cafés sont le Flore, la Rotonde et le Napoléon.

Page 989.

1. Voir dans *Les Diables amoureux* la préface aux *Fleurs du mal* (t. III, à paraître).

Page 990.

1. *Calligrammes* paraîtra en 1918, avec un seul portrait par Picasso (voir *Œuvres poétiques,* p. 163). *Les Clowns d'Elvire,* d'abord annoncé comme un roman autonome, fut intégré à *La Femme assise* (voir t. I, p. 209 et la Notice). Gaston Picard se trompe en présentant *Le Marchand d'oiseaux* comme un roman; il s'agit en fait du volume de poèmes sur les peintres mentionné ensuite, qui ne fut apparemment pas réalisé, pas plus que le recueil de vers épistolaires.

Page 991.

1. Il s'agit de « La Victoire » (voir *Œuvres poétiques,* p. 309), publié dans le premier numéro de *Nord-Sud* le 15 mars 1917. Hélène Lara a probablement dit ce poème le 11 ou le 18 mars 1917 dans une séance « Poésie et musique » d'*Art et liberté.*

La Publicidad

[INTERVIEW PAR PÉREZ-JORBA]

Interview parue dans le quotidien espagnol *La Publicidad,* sous le titre *« Paseando con Guillaume Apollinaire »* (« En se promenant avec Guillaume Apollinaire »), le 24 juillet 1918. Elle a été retrouvée par Étienne-Alain Hubert, qui l'a traduite et publiée dans *Guillaume Apollinaire 7,* 1968. Nous reprenons, dans cette traduction, la partie qui contient l'interview proprement dite.

Page 994.

1. *Œuvres poétiques,* p. 865-866.
2. *Ibid.,* p. 882.

Page 995.

[Inédits]

[LE BARBARE M. VERHAEREN...]

Manuscrit inédit, conservé à la Bibliothèque nationale. Date indéterminée : Claudel a été diplomate en Chine de 1895 à 1909; la réputation et l'influence de Verhaeren sont à leur apogée vers 1910 et se maintiennent jusqu'à sa mort en 1916; l'allusion, d'ailleurs peu claire, au « vers phonétique » laisse penser aux recherches de l'avant-garde après 1912.

Page 996.

[LETTRE À CHARLES MAURRAS]

Quotidien fondé en mars 1908, *L'Action française* s'affirme comme l' « organisme du nationalisme intégral ». Apollinaire alimente assez souvent le sien à ce quotidien, pendant la guerre, et surtout après sa blessure de mars 1916.

Outre la présente lettre à Charles Maurras, à résonance surtout littéraire, on trouvera dans le tome III une autre lettre au même, publiée en 1916 dans le cadre de la campagne pour la part du combattant, et deux lettres adressées au second directeur politique du journal, Léon Daudet.

Apollinaire a d'autres amis dans les milieux de l'Action française, Henriette Charasson notamment, rencontrée dans les années 1910 à *Paris-Journal,* qui signe, pendant quelque temps, sous le pseudonyme d'Orion, le « Carnet des lettres, des sciences et des arts ». Elle y parle d'Apollinaire à plusieurs reprises et toujours élogieusement, même si la forme proprement calligrammatique la pousse à quelque réserve. En échange, l'échotier de *L'Europe nouvelle* saluera «le louable souci d'impartialité, de goût et de bon sens» de ce «Carnet» (voir p. 1462).

La minute de cette lettre inédite d'Apollinaire à Charles Maurras est conservée au Département des manuscrits de la Bibliothèque nationale. Elle se présente sous la forme de 5 feuillets de format 17 × 25 cm manuscrits, à l'encre noire recto verso. Il ne nous a pas été possible de vérifier si cette lettre avait effectivement été adressée à son destinataire, dont le nom ne figure pas sur ce manuscrit mais dont l'identité ne fait aucun doute.

1. Sous le titre «L'Étoile Guynemer», Charles Maurras avait consacré une partie de sa chronique politique quotidienne du 15 mars 1918 à la brochure du poète catalan J.-M. Junoy réalisée en hommage à Guynemer. Apollinaire faisant référence à cet article à plusieurs reprises dans la présente lettre, il nous a paru utile de le reproduire ici dans son intégralité : «LA POLITIQUE / *I. L'ÉTOILE GUYNEMER* / "Un écrivain catalan — mais qui? — a proposé de donner à une étoile du ciel le nom de Guynemer. / Cette idée ancienne reprise pour le jeune capitaine des nuages, n'en parlerez-vous pas? / J'ai vu Guynemer une fois. Il avait l'air d'un grand collégien, calme, modeste, et doux, même un peu timide, avec un regard ensemble brillant et voilé, inoubliable, le regard d'un marin, se souvenant d'un espace supérieur." / Ainsi me disait au courrier d'hier matin, la première lettre décachetée. Or, qu'était la seconde, paquet volumineux recommandé, à l'effigie de S. M. le roi Alphonse XIII? Simplement, la brochure de l'écrivain catalan dont notre bon ami E*** M*** me parlait sur un pur ouï-dire! Il y a de belles rencontres. Disons vite que l'étranger ami de la France qui a conçu la noble idée est M. J.-M. Junoy, 3, plaza Universidad, Barcelone. Sa brochure, en vente à la librairie Antonio Lopez (Rambla del Centro, 20, Barcelone) se compose d'une seule phrase artistement jetée en ligne sinueuse sur l'espace nu d'un beau feuillet de Japon, appelé à représenter le ciel de France. On croit voir le jeune héros, dont l'appareil s'abîme, lentement et divinement aspiré aux profondeurs sublimes de l'éther étoilé. / (L'étrangeté de cet arrangement typographique ne doit surprendre personne. Notre prince des poètes, M. Paul Fort, s'est obstiné à écrire son vers pittoresque et chantant comme ligne de vile prose. Ses sujets indignés ont pris la revanche du droit et de la raison en traçant des lignes de simple prose en forme de spirale, ou de parabole sur d'immenses feuillets tout blancs. Œil pour œil, truc pour truc...) / Ce qui ne ressemble plus du tout au dernier truc de la jeune mode parisienne, c'est la note dont M. J.-M. Junoy a fait suivre son opuscule. Elle a huit lignes, composées fort correctement, et dit : / "L'auteur a proposé, le 6 octobre 1917, à M. le ministre d'Instruction Publique et à M. le président de la Société astronomique de France d'honorer la mémoire du glorieux aviateur en désignant, désormais, du nom de Guynemer une des plus belles constellations de la carte céleste." / On ne saurait mieux dire. Nous ne saurions mieux faire que de livrer la haute et pieuse pensée de notre ami de Barcelone à la foi de l'opinion publique française qui saura bien persuader ceux qui sont les arbitres de la nomenclature du ciel.»

2. Cet article n'a pas été retrouvé.

Page 997.

1. Il s'agit du poème «Voyage», publié dans le dernier numéro des *Soirées de Paris* (n° 26-27, juillet-août 1914) avec trois autres ensembles calligrammatiques. Apollinaire souligne ainsi adroitement son influence sur le calligramme de Junoy, qui représente aussi le ciel étoilé.
2. Un repositorium est en latin un plat en forme de présentoir, puis une sorte de reposoir où figure un saint. Apollinaire, comme l'indique le contexte, n'en a retenu que l'idée de repos, délassement d'Apollon.

Page 998.

1. La première de ces revues s'est placée, dès son premier numéro (15 mars 1917), sous le patronage d'Apollinaire qui y publiera, outre des poèmes, deux articles à résonance politique (voir t. III, à paraître). Il restera également fidèle à *SIC*.

Page 999.

1. Alors que son unité remonte en ligne, Apollinaire reçoit, le mardi 14 mars 1916, la notification officielle de sa naturalisation. Le vendredi 17, à 16 heures, il est blessé par un éclat d'obus, au bois des Buttes, près de Berry-au-Bac.

Page 1000.

1. Pierre de Larivey est le premier à écrire des comédies en prose, publiées entre 1579 et 1611 et qui annoncent, par leur rythme, celles de Molière.

Page 1001.

Revue littéraire de Paris et de Champagne

Sur la *Revue littéraire de Paris et de Champagne,* voir la notule de la page 1695.

MECISLAS GOLBERG

Dans cet éloge, Apollinaire met en évidence l'influence des idées esthétiques de l'anarchiste Mecislas Golberg sur la jeune génération littéraire. *La Morale des lignes,* en particulier, dont il donnera un compte rendu dans *La Phalange* de mars 1908 (voir p. 1117), a exercé son pouvoir de séduction sur plus d'un critique d'art; voir en particulier, «Mecislas Golberg dans l'entourage d'Apollinaire», par Élizabeth Grabska, dans *Guillaume Apollinaire 8,* 1969.

1. Citation des *Lettres à Alexis sur la passivité* dont Apollinaire a publié des extraits dans le numéro 2 du *Festin d'Ésope* (décembre 1903).

2. «Prière d'Hésione», extraite du *Prométhée repentant,* tragédie en trois actes, avait été publiée dans le numéro 6 du *Festin d'Ésope* (avril 1904). C'est dans ce même ouvrage, publié en 1905 aux éditions de la Jeune Champagne, que Golberg exprime sous forme dramatique sa profession de foi esthétique.

3. Voir p. 997 et n. 2.

4. Nous n'avons pas retrouvé cette citation dans les *Œuvres* de Pierre-Louis Moreau de Maupertuis; elle pourrait fort bien provenir, comme souvent chez Apollinaire, d'une source indirecte — ouvrage ou article sur Maupertuis.

5. Ce «vieil auteur» ne serait-il pas inventé par Apollinaire?

Page 1002.

La Revue immoraliste

Sur *La Revue immoraliste,* voir la notule de «Picasso, peintre et dessinateur», p. 1543.

MARCEL SCHWOB

1. Apollinaire avait fait la connaissance de Léon Cahun, bibliothécaire à la bibliothèque Mazarine, dès son arrivée à Paris, à l'époque où il fréquentait assidûment cette bibliothèque.

Page 1003.

La Phalange

Sur *La Phalange,* voir la notule de «Henri Matisse», p. 1547.

JEAN ROYÈRE

1. L'ouvrage qui sert de prétexte à cet éloge de la poétique de Jean Royère figure dans la bibliothèque d'Apollinaire, enrichi de l'envoi suivant : «Au grand poète / À l'artiste hautain / Au bel écrivain rarissime / son admirateur et son ami Jean Royère.»

2. Cette phrase est au point de départ d'une polémique dont nous rappelons ci-après les temps forts. Charles-Henry Hirsch l'avait relevée dans sa chronique des revues du *Mercure de France* du 1er mars 1908 et la commentait ainsi : «Que des lettrés, que des hommes cultivés, en arrivent à nier que la clarté soit essentielle à la beauté, cela semblerait une fâcheuse plaisanterie, rien de plus. Mais de jeunes hommes qui se préparent à écrire sont dupés. Ils veulent être originaux et, pour y parvenir, très ingénument, ils assemblent des mots dans un ordre bizarre.» Apollinaire lui répondit par une parenthèse dans sa première chronique des romans dans *La Phalange* du 15 mars, que C.-H. Hirsch cite à son tour intégralement dans le *Mercure* du 16 avril : «À propos d'un essai sur Jean Royère,

M. Charles-Henry Hirsch m'accuse de corrompre la jeunesse. Dois-je, si jeune encore, me résoudre à boire la ciguë? / En réalité, tout ce qui concerne la poésie agace M. Charles-Henry Hirsch. Il imiterait volontiers l'ange qui battit saint Jérôme parce qu'il avait lu un ouvrage poétique. / M. Charles-Henry Hirsch adjure aussi les jeunes poètes de ne pas perdre leur temps. Mais ils ne suivront pas ce mauvais conseil.»

3. Le terme, rare, est également employé dans un poème d'*Alcools*, «Le Larron» et désigne les boîtes remplies de cendres ou de fleurs utilisées en Espagne pendant le Carnaval.

Page 1004.

1. Pour répondre à une question d'Amphiaraos, roi d'Argos et devin, Hypsipyle, esclave chargée de la garde du prince Opheltès, cessa de porter l'enfant, qu'un oracle avait ordonné de ne pas déposer à terre avant qu'il puisse marcher. Un serpent étouffa alors le bébé, en souvenir et en l'honneur duquel furent fondés les jeux et qui prit désormais le nom d'Archémore, ce qui signifie «le commencement du Destin».

2. Memnon désigne la statue colossale d'Aménophis III à Thèbes, qui chantait sous l'effet des rayons solaires et qui appartient au mythe fondateur apollinarien.

3. Ce sont deux romans médiévaux : le premier, daté de 1489, est la mise en prose d'une ancienne chanson de geste, le second est daté du premier tiers du XIVe siècle.

Page 1005.

1. Groupe poétique constitué à la fin du XVIIIe siècle par Wordsworth, Coleridge, Southey et leurs disciples dans le Lake District. En réaction contre les formes usées du classicisme, ils accordent une large place aux sentiments et à la vie familière.

Page 1006.

1. Lessing exprima ces idées dans les articles critiques de la *Dramaturgie de Hambourg* (1767-1769), où il donne Shakespeare en exemple. Son esthétique est précisée dans le *Laocoon* (1766-1768).

2. Voir *Description de la Grèce. Béotie*, traduit par Clavier, Bélier, 1821. Apollinaire s'est souvenu du passage suivant : «On dit que Narcisse avait une sœur jumelle qui lui ressemblait parfaitement en tout; ils avaient de plus les mêmes cheveux, les mêmes vêtements et allaient à la chasse ensemble; Narcisse devint amoureux de sa sœur et, ayant eu le malheur de la perdre, il allait vers cette fontaine [à Hédonacon], sachant bien que c'était son image qu'il y voyait, mais se faisant illusion, il s'imaginait y voir sa sœur, et trouvait ainsi quelque soulagement à son amour» (t. V, p. 179-180).

Page 1007.

Vers et prose

Fondée en 1905 par Paul Fort, la revue *Vers et prose* prétendait associer aux grands noms du symbolisme les poètes de la nouvelle génération. Si Apollinaire y publia de nombreux poèmes (sa dernière contribution datant de la fin de 1913), il n'y fit paraître qu'un conte, «Le Sacrilège», dans la livraison de mars-mai 1907, et la présente étude critique sur André Salmon, dans celle de juin-août 1908.

ANDRÉ SALMON

Cet article n'est pas seulement un acte d'amitié à l'égard du compagnon rencontré en 1903 aux soirées de *La Plume;* il permet aussi à Apollinaire d'exprimer quelques-unes de ses idées sur la poésie et le merveilleux. Les deux recueils évoqués ici figurent dans sa bibliothèque, le premier avec l'envoi suivant : «À Guillaume Apollinaire / à l'ami parfait / au cher Poète / de tout cœur / André Salmon / 8bre 1905»; le second enrichi du poème autographe inédit que voici : «La main de Guillaume Apollinaire / Paume pareille aux flancs d'un ardent baptistère / Très vaste, étant menu, de porter du mystère, / Doigts d'alchimiste et de dénicheur d'aigles, doigts / Brûlés d'anciens baisers des anneaux de la foi, / Doigts d'écorcheur de songe et dans tes doigts la rose! / Et ma main sur tes doigts de musicien se pose / Car c'est la certitude et le repos permis / Quand tu fermes ta main sur la main d'un ami. / ANDRÉ SALMON.»

1. Ce ver Zamir a été fait septième parmi dix merveilles, au sixième jour de la Création, au crépuscule; voir «Apollinaire et le ver Zamir», par M.-J. Durry, *La Table ronde,* avril 1955

2. Voir Osée, I, 2-3 : «[...] Jéhovah dit à Osée : "Va, prends une femme de prostitution et des enfants de prostitution, car le pays ne fait que se prostituer en abandonnant Jéhovah." Il alla et prit Gomer, fille de Débelaïm; elle conçut et lui enfanta un fils.»

Page 1008.

1. Extrait du poème «Cirque», *Féeries,* 1907.

Page 1009.

1. «Le Pervers», dans «Âmes et corps sans âme», *Poèmes,* 1905.
2. Extrait de «Féerie», *Poèmes,* 1905.

Page 1010.

1. Citation inexacte. La première phrase, si elle condense la pensée de Banville, n'apparaît ni dans le chapitre III, «La Rime», ni dans le suivant, «Encore la rime», du *Petit traité de poésie française* de Banville (1872). Quant à la seconde, elle est amputée. La voici, telle qu'on la lit à la fin de ce

troisième chapitre : «Le reste, ce qui n'a pas été révélé, trouvé ainsi, les soudures, ce que le poète [...].»

Page 1011.

1. «Je me souviens d'un soir», dans «Le Douloureux Trésor», *Les Clés ardentes,* 1905.

2. Derniers vers de «La Féerie du beau mois d'août», *Féeries,* 1907.

Page 1012.

1. Dernière strophe de «Cantilène du moribond», *Poèmes,* 1905.

Page 1013.

1. Trois premières strophes de «Chanson marine», dans «Le Douloureux Trésor», *Les Clés ardentes,* 1905.

2. Derniers vers de «La Rue» dans «Le Douloureux Trésor», *ibid.*

Page 1014.

La Revue des lettres et des arts

Sur *La Revue des lettres et des arts,* voir la notule du «Salon des indépendants», p. 1548.

THÉO VARLET

1. Apollinaire avait rencontré Théo Varlet à Knokke pendant l'été de 1908. Il l'évoquera à nouveau dans un écho de *L'Intransigeant,* le 5 mai 1911 (p. 1312).

Page 1016.

1. Le fait est rapporté dans les *Fioretti,* qu'Apollinaire possédait dans la traduction d'Arnold Goffin, Bruxelles, Société belge de librairie, 1897.

Page 1017.

1. Apollinaire évoque aussi cette incompréhension de Goethe à l'égard de Beethoven dans son interview avec Pérez-Jorba (voir p. 994). Faut-il ajouter qu'il se compte implicitement au nombre de ces poètes qui ignorent la musique?

2. «Ils tireront quelque profit de leur lecture.»

Page 1018.

La Phalange

Sur *La Phalange,* voir la notule de «Henri Matisse», p. 1547.

PAUL FORT

1. Allusion à la légende popularisée par un roman du XVe siècle selon laquelle Mélusine, fée d'une grande beauté, promit à Raimondin de faire de lui le premier personnage du royaume, s'il acceptait de l'épouser et de ne jamais la voir le samedi.

Page 1019.

1. On sait que Paul Fort fait volontiers — mais non systématiquement — l'apocope du *e* atone : «Si tout's les fill's du mond' voulaient s'donner la main.»

Page 1020.

1. *Le Procès des trois rois : Louis XVI de France-Bourbon, Charles III d'Espagne-Bourbon et Georges III d'Hanovre, fabricant de boutons, plaidé au Tribunal des puissances européennes.* Par appendix, l'Appel au pape. Traduit de l'anglais, Londres, chez George Carenaught, librairie près du Temple Bar, 1780. — Il s'agit d'un procès comique au sujet de l'attitude des souverains européens devant la guerre d'Indépendance et la question américaine. L'avant-propos donne le ton du livre : «Cet ouvrage pittoresque-grotesque-burlesque-barbaresque est sorti du cerveau FÉCOND d'un très cocasse BRETON. — Il est charmant-amusant-plaisant-pétillant-méchant-sanglant-piquant-vrai disant [...]» Le texte ne fait penser que de très loin à la prose de Paul Fort en dépit de la présence de phrases cadencées et souvent assonancées.

2. Ces *Mémoires secrets,* «revus et publiés avec des notes et une préface par P.-L. Jacob» (Delahays, 1859), figurent dans la bibliothèque d'Apollinaire.

Page 1021.

1. Ces trois ouvrages, publiés, les deux premiers au Mercure de France, respectivement en 1898 et 1902, le troisième, «par les soins de Vers et prose», s.d., figurent, dédicacés, dans la bibliothèque d'Apollinaire.

2. Citation approximative du dernier verset de «Mon portrait» dans *Paris sentimental.* Paul Fort avait écrit «Je ferai vibrer toutes les lyres. L'âme humaine est ma religion. L'or se mêle, en mes réflexions, au sang, aux roses et à Shakespeare.»

Page 1022.

L'Intransigeant

L'article sur Roinard marque le début de la collaboration d'Apollinaire à ce quotidien. Mais il faudra attendre janvier 1910 pour qu'elle devienne régulière (voir la notule de «L'Exposition annuelle du Cercle de l'union», p. 1553-1554).

P.-N. ROINARD

Paul-Napoléon Roinard, vétéran de l'époque symboliste (il était né en 1856), avait été très tôt sensible au talent d'Apollinaire, qu'il avait rencontré aux soirées de *La Plume*. Il l'avait invité, ainsi que Victor-Émile Michelet, à donner avec lui les trois conférences de «L'Après-midi des poètes» au Salon des indépendants de 1908 (voir la Notice de *La Phalange nouvelle*, p. 1651-1652).

Apollinaire collaborera au numéro de *L'Heure qui sonne* de janvier 1913 dédié à Roinard, avec «Le Brasier» (voir *Œuvres poétiques,* p. 108), que précédait cet envoi : «À mon ami, le grand poète P.-N. Roinard». De son côté, Roinard publiera une «prose rythmée pour chanter ses vers» en l'honneur du poète d'*Alcools* dans *La Phalange* du 20 août 1913.

1. Ces deux ouvrages se trouvent dans la bibliothèque d'Apollinaire avec les envois suivants : «À Guillaume Apollinaire / avec les meilleurs espoirs en lui / beaucoup d'amitié», pour *La Mort du rêve* (éditions du Mercure de France, 1902); «À mon bien cher Guillaume Apollinaire, son vieux camarade tout affectueusement», pour *Les Miroirs,* sous-titré «Moralité lyrique» (éditions de la Plume, 1908).

Page 1023.

1. *L'Intransigeant* avait annoncé cette manifestation dans son numéro du 31 mai, précisant que le banquet aurait lieu «le lundi 14 juin à 8 heures, au café Voltaire, sous la présidence de M. Paul Adam, assisté d'un comité composé de MM. G. Apollinaire, Louis Besse, J. Clary, L. Deffoux, M. Devaldès, Paul Fort, Louis de Gonzague-Frick, Ernest Gaubert, A. Mercereau, V.-E. Michelet, Jacques Mortane, G. Polti, Xavier Privas, A. Rodin, Niederhausern-Rodo, Jules Romains, Saint-Pol-Roux, Jean Royère, D. Rogerie, H. Strentz, Émile Verhaeren.» Paul Adam empêché, Apollinaire présida le banquet.

GASTON CHÉRAU

2. Le titre du roman de Chérau *La Prison de verre* (1911) ne pouvait laisser indifférent l'auteur de *L'Enchanteur pourrissant* (voir t. I, p. 5). Mais il n'y a aucun rapport entre l'«enserrement» de Merlin par Viviane qu'évoque Apollinaire et l'héroïne de Chérau, veuve prisonnière de ses souvenirs, moralement séquestrée par ses beaux-parents dans l'atmosphère étouffante de la province, qui finit par se révolter et aller vivre à Paris. Le roman s'ouvre sur l'enterrement de Christian, son fils adolescent.

3. Comme Apollinaire lui-même; voir «Sur les prophéties», *Calligrammes* (*Œuvres poétiques,* p. 186).

Page 1024.

1. Ces deux romans paraissent respectivement en 1904 et 1906.
2. Publiés dans le quotidien *Le Matin.*

3. La même accusation était déjà formulée dans la «Chronique des romans» de *La Phalange;* voir p. 1132.

SILHOUETTES

S'il n'a pas inventé la formule de la «silhouette», illustrée parallèlement par les autres équipiers de «La Boîte aux lettres», Apollinaire excelle cependant dans cet art de cerner d'un trait vif l'art et la personnalité d'un écrivain, ami le plus souvent. En dehors des onze «silhouettes» qui sont de sa plume, comme l'atteste leur présence dans l'un des cahiers de presse où il les a réunies, Apollinaire fait passer, entre 1910 et 1913, un certain nombre d'échos et d'informations dans cette même rubrique signée par les Treize, qui, on le sait, ne furent jamais plus de cinq : Fernand Divoire, promoteur de cette colonne littéraire dans *L'Intransigeant,* Ernest Gaubert, Jacques Reboul, Louis Thomas et Apollinaire lui-même.

[RAYMOND DE LA TAILHÈDE]

Apollinaire rencontra sans doute Raymond de La Tailhède, l'un des représentants les plus exemplaires de l'école romane, dans l'entourage de Moréas, dont il fut le disciple et l'ami. Ils échangent une brève correspondance au moment de la mort de celui-ci; voir *Six lettres d'Apollinaire [...],* présentées et annontées par Michel Décaudin, À l'écart, 1982, ainsi que le compte rendu du *Jardin des ronces,* p. 1089.

4. L'ouvrage a été publié par la Bibliothèque artistique et littéraire, en 1895. La Tailhède, effectivement, ne publia ensuite plus de vers avant *Hymne pour la France,* en 1917.

5. La pièce ne paraîtra qu'en 1926 dans le recueil complet de ses *Poésies.*

Page 1025.

[JEAN ROYÈRE]

1. Henri-Edmond Harduin est un collaborateur régulier du *Matin* et d'après Pierre Albert (*Histoire générale de la presse française*, Paris, P.U.F., 1972, t. III), «l'un des journalistes les plus célèbres de France»; ses courtes «Réflexions d'un Parisien», nourries de bon sens et de généralités, contribuèrent au succès populaire du journal, entre 1899 et 1908.

2. *La Phalange,* où collabora Apollinaire; voir la notule de «Henri Matisse», p. 1547.

3. Ce livre paraîtra chez Kra, en 1927, sous le titre *Mallarmé,* «précédé d'une lettre sur Mallarmé par Paul Valéry».

[GEORGES LECOMTE]

4. Georges Lecomte était le président du Syndicat professionnel des gens de lettres. Son livre venait de paraître chez Albin-Michel.

Page 1026.

1. Lecomte fut effectivement «réclamé» par l'Académie française, qui le reçut le 4 mars 1926. *Les Cartons verts,* «roman contemporain», avait

paru en 1901, et sa pièce en 4 actes, *La Meule,* avait été représentée au Théâtre libre le 26 février 1891. Les derniers mots de l'article qui se réfèrent au pseudonyme d'un chroniqueur de *Fantasio,* «l'Aveugle du pont des Arts», montre le peu d'estime qu'éprouve Apollinaire pour le goût de Georges Lecomte (voir déjà la note 1 de la page 87).

[JUDITH GAUTIER]

2. Dans *Les Marges* (janvier 1909), Apollinaire-Louise Lalanne se montrait plus sévère pour Judith Gautier (voir p. 921). Apollinaire l'évoquera à nouveau dans les «Échos» du *Mercure de France,* le 16 janvier 1918 (voir p. 1355-1356).

3. Apollinaire allait bientôt faire les frais de cette fâcheuse habitude de couronner des œuvres naturalistes. On se souvient que *L'Hérésiarque et Cie* fut finalement écarté, cette même année par les Dix, malgré le soutien d'Élémir Bourges, de Léon Daudet et, justement, de Judith Gautier.

Page 1027.

[JEAN-JACQUES BROUSSON]

1. Jean-Jacques Brousson publiera bien chez Crès, en 1924, un *Anatole France en pantoufles,* mais son premier roman, *La Couronne improvisée,* ne paraîtra qu'en 1925. Il est surtout connu comme journaliste. Apollinaire lui succédera à *Excelsior,* à partir de septembre 1918, comme responsable de la rubrique des échos, publiés sous le titre de «Bloc-notes» et signés Le Veilleur.

[FRANÇOIS BERNOUARD]

2. Il s'agit d'un petit roman en vers, publié en 1911, et suivi la même année des *Regrets à Futile,* puis des *Regrets de Futile, réponse à François Bernouard par Futile.* Apollinaire pour sa part, avait contribué anonymement, avec Carco, Divoire, Salmon, M. Rostand et quelques autres, au *Tombeau* poétique érigé en l'honneur de Futile. François Bernouard, éditeur d'ouvrages et de revues de luxe à l'enseigne de La Belle Édition, 71, rue des Saints-Pères, publia de petites plaquettes de Charles Perrès, Gabriel Soulages, Jules-Gérard Jordens, Maurice Magre...

3. Dans son «Courrier littéraire» de *Paris-Journal* du 7 janvier 1911, Alain-Fournier avait annoncé qu'Apollinaire et Bernouard préparaient une *Défense et illustration de la typographie française,* projet qui resta malheureusement inabouti. Mais l'échotier de *L'Europe nouvelle* n'oubliera pas son ami typographe, à qui il consacre un article daté du 3 août 1918 (voir p. 1463-1464).

Page 1028.

[MME L.-H. DU RIEUX]

Sur Mme Loly-Haas Du Rieux, le catalogue collectif de la Bibliothèque nationale reste muet. Mais la directrice du *Printemps des lettres* publié à La

Belle Édition, fait passer régulièrement des poèmes de forme et d'inspiration tout à fait traditionnelles dans sa propre revue. Elle y accueille d'ailleurs bientôt la prose d'Apollinaire (numéro de juillet-août 1911) : «L'Ancien Tailleur» (voir p. 1206-1208).

1. «Nostalgie», *Printemps des lettres,* n° 3, avril 1911.

[PIERRE QUILLARD]

2. Sous-titré «Mystère», l'œuvre parut en 1886 chez Alcan-Lévy.
3. Ses articles en faveur des Arméniens ont été rassemblés dans *Pour l'Arménie,* mémoire et dossier, publié en 1902 aux *Cahiers de la quinzaine.*

Page 1029.

1. Sa traduction du *Livre de Jamblique sur les mystères des Égyptiens, des Chaldéens et des Assyriens* paraît en 1911 dans la collection des «Classiques de l'hermétisme et de la mystique», dirigée par Fernand Divoire; celle des *Mimes d'Hérondas* l'a précédée en 1900 au Mercure de France.

[GEORGES CHENNEVIÈRE]

2. L'ouvrage, publié chez Figuière en 1911, figure, dédicacé, dans la bibliothèque d'Apollinaire.

[PAUL GABILLARD]

Page 1030.

1. Aucune trace de cette charge, en tout cas dans les archives d'Apollinaire, qui n'a pas conservé un seul livre de Gabillard dans sa bibliothèque.

Page 1031.

Revue de la vie mondaine

JEAN MORÉAS

L'article sur Jean Moréas constitue l'unique contribution d'Apollinaire à ce mensuel «des fiançailles et du mariage», qui paraît de novembre 1909 jusqu'en juillet 1914.

Page 1033.

1. Dans *Esquisses et souvenirs,* Mercure de France, 1908, p. 1664-1665.

Page 1035.

Les Marges

Apollinaire était entré aux *Marges* en janvier 1909 avec le début de la supercherie de Louise Lalanne (voir la Notice de «Sur la littérature féminine», p. 1665-1666). En juillet, il commençait, sous sa signature, cette fois, une série de «Contemporains pittoresques» avec «Raoul Ponchon». Suivirent, en novembre, «Feu Alfred Jarry», en février 1910 «Remy de Gourmont», en mars 1911 «Jean Moréas». Ces chroniques, augmentées de «Variétés : anecdotes de Willy sur Catulle Mendès», dans *Les Marges* de juillet 1914, furent publiées sous le titre *Contemporains pittoresques* aux éditions de la Belle Page en 1929, puis reprises à la suite du *Flâneur des deux rives* dans la collection «Idées», Gallimard, en 1975.

CONTEMPORAINS PITTORESQUES

RAOUL PONCHON

1. Allusion à l'invasion du phylloxéra, qui détruisit à la fin du XIXe siècle plus de la moitié du vignoble français et provoqua l'introduction en Europe des plants américains résistants à la maladie.

2. Raoul Ponchon fait passer des «gazettes rimées» de façon régulière dans deux journaux parisiens, l'hebdomadaire *Le Courrier français* et le quotidien *Le Journal.* L'essentiel de ces piquantes chroniques a été publié en volume après sa mort. Outre *La Muse au cabaret,* citons *La Muse gaillarde* (1939), *La Muse vagabonde* (1948) et *La Muse frondeuse* (1971), Fasquelle éditeur.

Page 1036.

1. Extraits de *«Five o'clock absinthe»,* qui sera repris avec quelques variantes dans *La Muse au cabaret,* Paris, Fasquelle, 1920.

Page 1037.

1. Premier quatrain du sonnet «À Raoul Ponchon» publié dans le recueil *Dédicaces,* Vanier, 1890.

Page 1038.

1. Dans sa conférence de 1908, *La Phalange nouvelle* (voir p. 887), Apollinaire avait salué parmi les créateurs de la génération précédente Henri de Régnier, qui a exercé une influence sur sa poésie, comme le signale Madeleine Boisson dans «Apollinaire et *La Galère* d'Henri de Régnier», *Guillaume Apollinaire 10,* 1971. Richepin a été élu à l'Académie française en 1908; Régnier le sera en 1911 : son élection sera saluée comme l'entrée du symbolisme parmi les Quarante.

FEU ALFRED JARRY

2. Les premières «soirées» de *La Plume* avaient eu lieu de 1889 à 1893, les secondes en 1903 et 1904. Apollinaire y rencontra sans doute Jarry pour la première fois le 25 avril 1903.

Page 1039.

a. chamblerie , *donné par «Les Marges», est une coquille évidente que nous corrigeons.*

1. «Bardes et cordes», qui parut dans *La Revue blanche,* le 15 avril 1903 et dont voici le début : *Le roi mort, les vingt et un coups de la bombarde / Tonnent, signal du deuil, place de la Concorde. // Silence, joyeux luth, et viole et guimbarde : / Tendons sur le cercueil la plus macabre corde // Pour accompagner l'hymne éructé par le barde : / Le ciel veut l'oraison funèbre pour exode.*

2. À la première, le 10 decembre 1896, *Ubu roi* était interprété par des acteurs. La représentation par les marionnettes du théâtre des Pantins, 6, rue Ballu, eut lieu plus tard, le 20 janvier 1898. Pierre Bonnard avait réalisé les marionnettes; Claude Terrasse était au piano. Mais il s'agit peut-être aussi des représentations des *Polonais* (première version d'*Ubu*) données pendant l'hiver de 1888-1889 dans le grenier de Morin, le condisciple de Jarry.

3. Jarry est entré en novembre 1897 dans ce logis du 7, rue Cassette, qui est en réalité un deuxième et demi. Le propriétaire avait dédoublé les étages. Au deuxième se trouvait l'atelier de vêtements sacerdotaux Rif, Bloch et Paraf, d'où cette expression de «grande chasublerie».

Page 1040.

1. En mai 1904. Jarry était depuis novembre au Grand-Lemps, où Terrasse possédait une maison.

2. L'Austin's Bar, qu'Apollinaire fréquente avant de prendre le train pour Le Vésinet, où habite alors sa mère.

3. Célèbre dompteur qui se produisait sur l'hippodrome de la rue Caulaincourt.

Page 1041.

1. Un bull-dog est un revolver à canon court.

2. «Bouffre» est une injure que Jarry met dans la bouche du père Ubu.

Page 1042.

1. Où il séjourne fréquemment à partir de 1900, près de ses amis Vallette et Rachilde, qui y ont une villa au bord de la Seine.

2. Le roman parut en 1902 aux éditions de la Revue blanche.

Page 1043.

1. Plusieurs fois annoncé en effet, le roman *La Dragonne,* dont *La Revue blanche* avait donné un fragment en avril 1903, et *Vers et prose* le premier chapitre en avril 1906, ne fut publié qu'en 1943 chez Gallimard, dans une version fort défectueuse. Voir aussi le numéro 27 des *Dossiers du Collège de*

pataphysique («Dossier de *La Dragonne*») et Jarry, *Œuvres complètes,* Bibl. de la Pléiade, t. III, p. 421-524.

Page 1044.

À PROPOS DES CROQUIS DE RAOUL DUFY
D'APRÈS REMY DE GOURMONT

Au lieu de l'article «Remy de Gourmont», de la série des «Contemporains pittoresques», publié dans *Les Marges* de février 1910 *(Ma.),* nous donnons ici un texte qui le reprend et le complète: «À propos des croquis de Raoul Dufy d'après Remy de Gourmont», écrit à la demande de Jacques Doucet pour servir de préface à la plaquette *Des pensées inédites,* par Remy de Gourmont, avec dix-huit dessins de Remy de Gourmont, qui ne parut qu'en 1920 aux éditions de la Sirène *(S).* Le manuscrit d'Apollinaire, qui comprend quinze feuillets, y est reproduit en fac-similé. L'article des *Marges* correspond aux cinq premiers; les dix autres sont republiés ici pour la première fois.

a. REMY DE GOURMONT // Il y a de cela onze ans, arrivé de province en avril, j'allais tous les jours, *Ma.* : *L'adverbe* presque *est en addition dans S.*
b. Je ne connaissais personne *Ma.*
c. semblables. / Tous les jours, je *Ma.*
d. pour moi Maurice Barrès. Je crus *Ma.*
e. quelqu'un me dépassait. C'était *Ma.*

1. Mme de Kostrowitzky et ses fils ont quitté Monaco en janvier, et, après un séjour à Aix-les-Bains, puis à Lyon, arrivent à Paris en avril 1899 et s'installent dans un hôtel de l'avenue Mac-Mahon.

2. La sympathie d'Apollinaire pour l'«écrivain patriote» Maurice Barrès, ami de Moréas, est sensible à plusieurs reprises, et surtout au moment de la guerre, où le nationalisme barrésien est bien fait pour le séduire. Voir «Apollinaire et la politique pendant la guerre» par Pierre Caizergues, *Guillaume Apollinaire 12,* 1973. Signalons en outre cet envoi sur le livre de Jean de Bonnefon, *Auguste Maurice Barrès* (Société d'édition, 1908), conservé par Apollinaire : «À Monsieur Apollinaire, en haute sympathie et en admiration commune pour Barrès / J. de Bonnefon.»

Page 1045.

a. un instant *[p. 1044, dernière ligne],* devant chaque boîte, prenant parfois un livre *Ma.*
b. l'Institut sollicita une minute *Ma.*
c. vis, je ne nommai [...] appelai : *Ma.*
d. les choses de l'Univers : les bêtes *Ma.*
e. reconnaître... // Il a écrit récemment : / «Comme *Ma.*
f. passai *Ma.*
g. à peine.» / En Allemagne, plus tard *Ma. Pendant la guerre, Apollinaire remplace le nom du pays par un vague* Ailleurs
h. de la Religion... Nous l'aimons, car il devance toutes nos idées de

liberté... Il anticipe sans cesse sur les haines que nous ressentons... Et ce poète incomparable a voulu se donner la tâche d'exprimer simplement et en prose les raisons de nos sentiments.» // Lors d'un dîner, à Paris même, il y avait *Ma.*

Page 1046.

a. Nous connaissons bien mal nos vraies gloires. *Sur cette phrase s'achève l'article* «Remy de Gourmont» *dans Ma.*

b. en 1903. [Il venait de [*décou* < vrir > *non biffé]* lancer Nietzsche[1] ou plutôt *biffé en définitive*] J'allais *S*

c. donna point [occupé qu'il était par la Revue des Idées qu'il fondait ou *biffé*] mais j'eus *S*

d. vues d'optique. [Il y avait même de grands plâtres *biffé*] On était introduit *S*

1. Confusion avec Claude Garamond, fondeur de caractères au XVIe siècle.

2. Un Jean de Gourmont, né à Carquebut vers 1483, mort après 1551, est l'auteur d'une *Adoration des bergers* qui se trouve au Louvre.

3. Sur *Le Festin d'Ésope,* voir la notule des «Notes du mois», p. 1764.

4. Berthe de Courrières, nièce du sculpteur Clésinger, que Gourmont rencontra vers la fin de 1886. Avec elle, portée vers la magie noire, il pénètre dans les cercles ésotériques. Leur relation amoureuse dure trois ans, mais Berthe de Courrières, habitant le même immeuble que lui, 71, rue des Saints-Pères, continuera à veiller sur «l'Ogre» jusqu'à sa mort. Leur correspondance (14 janvier-15 décembre 1887) sera publiée sous le titre *Lettres à Sixtine*, Mercure de France, 1921.

5. Une photographie de Gourmont est effectivement reproduite dans le numéro 39 (15 octobre 1903) de l'hebdomadaire franco-anglais, *The Weekly Critical Review* (1903-1904), où Remy de Gourmont collabore régulièrement, en donnant des chroniques littéraires sur Balzac, Mérimée, Renan, la littérature anglaise en France, les poètes normands, ou bien des essais esthétiques qui paraissent sous la rubrique : «Évolution de la sensibilité».

6. Passant du quatrième au cinquième étage.

Page 1047.

1. Raoul Dufy est d'origine havraise, quant à Remy de Gourmont il naquit le 4 avril 1858 au château de La Motte, à Bazoches-en-Houlme (Orne).

2. Le terme, qui apparaît pour la première fois dans *La Culture des idées* (1900), est alors ainsi défini : «Il s'agit ou d'imaginer des rapports nouveaux entre les vieilles idées, les vieilles imaginations, ou de séparer les vieilles idées, les vieilles images unies par la tradition, de les considérer

1. Gourmont tenait Nietzsche en grande admiration; voir en particulier *Épilogues,* 2e série, Mercure de France, 1904, p. 187-188.

une à une, quitte à les remarier et à ordonner une infinité de couples nouveaux qu'une nouvelle opération désunira encore, jusqu'à la formation toujours équivoque et fragile de nouveaux liens.» *Le Chemin de velours,* essai critique, portera en guise de sous-titre : «Nouvelles dissociations d'idées».

3. *Le Latin mystique,* étude sur «Les Poètes de l'Antiphonaire et la Symbolique au Moyen Âge», préfacé par J.-K. Huysmans, parut au Mercure de France en 1892.

Page 1048.

1. Élevé dans la tradition catholique, Remy de Gourmont rompt définitivement avec la foi de sa jeunesse, en 1898, à quarante ans.

2. Nathalie Clifford Barney, que lui avait présentée Édouard Champion en 1910. Elle habitait dans le même quartier, rue Jacob, et leurs rapports, tout spirituels, suscitèrent les *Lettres à l'Amazone* (Crès, 1914), où le philosophe amoureux donne libre cours à la tendresse qui lui fait tant défaut.

3. Quatre volumes de «réflexions sur la vie» paraissent sous ce titre d'*Épilogues* entre 1898 et 1912. Apollinaire possédait, parmi quatorze autres ouvrages de Gourmont, le deuxième et le quatrième de ces volumes.

4. Ces lettres ne se trouvent malheureusement plus dans les archives d'Apollinaire.

Page 1049.

1. Repris ensuite dans *Calligrammes* (voir *Œuvres poétiques,* p. 219). Le «papier» de Gourmont parut dans le quotidien *La France* du 2 juillet 1915.

2. Atteint en 1891 d'une forme de lupus tuberculeux, Remy de Gourmont en gardera les cicatrices toute sa vie.

JEAN MORÉAS

Il semble qu'une bonne partie de l'information d'Apollinaire sur Moréas vienne de l'article de Félix Fénéon publié dans *Les Hommes d'aujourd'hui* (n° 241) en 1886. L'erreur touchant Tombazi par exemple y figure (voir n. 3).

3. Jacob Tombazi était le grand-oncle, et non l'aïeul, de Moréas. Amiral de la flotte pendant la guerre d'Indépendance, il rentra dans Missolonghi pour y mourir avec ses compatriotes assiégés, en 1826.

Page 1050.

1. Troisième strophe du poème «La Première Voix» dans la troisième section des *Orientales,* «Les Têtes du sérail».

2. On sait que Moréas est le pseudonyme de Jean Papadiamantopoulos.

3. À diverses reprises dans ses *Conversations avec Eckermann,* constant ouvrage de référence pour Apollinaire dans ses citations de Goethe.

Page 1051.

1. «Il en dit plus, mais ne l'ai en mémoire», *Divine comédie,* «Enfer», chant IX, vers 34, *Œuvres complètes,* édition Pézard, Bibl. de la Pléiade, p. 932.

Page 1052.

1. Cette traduction établie par le secrétaire de Marguerite de Navarre fut publiée à Lyon en 1548. Moréas l'utilisera lorsqu'il s'inspirera de Boccace; voir n. 3.

2. Moréas a adapté deux nouvelles de Boccace : la cinquième nouvelle de la quatrième journée du *Décaméron,* publiée sous le titre «Le Pot de basilic» dans *La Plume* (1er septembre 1900) et la première nouvelle de cette même quatrième journée, publiée sous le titre «Ghismonda» dans *La Gazette de France* (20 novembre 1901). La première fut reprise dans ce même journal le 6 juillet 1908, la seconde dans *Paris-Journal* le 25 février 1910.

3. L'*Histoire de Jean de Paris, roi de France,* texte rajeuni par Jean Moréas, parut aux éditions de la Plume en 1899.

4. En 1903 aux «soirées» de *La Plume.*

5. Ce banquet eut lieu le 26 juillet 1906.

6. La naturalisation de Moréas eut lieu au début de 1910 et donna lieu à un ultime banquet — auquel Apollinaire assista — qui se tint au Ritz le 24 février 1910.

Page 1053.

1. Du 4 juin 1901 au 24 février 1910, Moréas publie régulièrement deux feuilletons par mois dans *La Gazette de France :* contes, chroniques littéraires et chroniques de vulgarisation, historiques, notes ou récits de voyages, et, plus rarement, poèmes.

Page 1055.

1. Présentant le livre posthume de Moréas, *Réflexions sur quelques poètes,* en 1912, Raymond de La Tailhède et Henri Dagan affirmaient avoir «recueilli dans les papiers qu'il avait laissés les éléments de plusieurs ouvrages en prose et en vers», et ils annonçaient, entre autres, la publication prochaine d'un volume de *Récits moraux et tragiques* qui ne parut jamais. Raymond de La Tailhède fit aussi paraître en 1920 *Le VIIe Livre des Stances.*

Page 1056.

1. Louis Barthou était alors ministre de la Justice dans le gouvernement Briand. Il fit partie du comité qui projetait l'érection d'un monument à Jean Moréas. Lié à la famille de Sully Prudhomme, il publia près de trois cents lettres de ce poète.

Page 1057.

ANECDOTES DE WILLY SUR CATULLE MENDÈS

1. Willy reprendra quelques-unes de ces anecdotes dans *Souvenirs littéraires... et autres,* éditions Montaigne, 1925, p. 74-75.
2. La citation exacte, qui provient du poème «Paysage de neige» dans *Hespérus* (1869) est : «Un jet d'eau qui montait n'est point redescendu.»
3. Sur la polémique d'Apollinaire avec Hirsch, voir n. 2, p. 1003.
4. Édouard VII, qui mourut en 1910.
5. La pièce qu'Apollinaire appelle «Ode au vélocipède» se trouve, sans titre, dans *L'Année fantaisiste* de Willy, Delagrave, s.d. (1891), chap. XVI. Le quatrième vers s'y lit : «Infatigable et fin coursier». Quant au vers sur Rosita Mauri, c'est le dernier d'un quatrain écrit en 1885 après la première du *Cid* de Massenet à l'Opéra, où elle dansait : *Quand Rosita Mauri dont les grâces enchantent / Revint pour saluer les gens de l'Opéra, / Chabrier pensif murmura : / «Mauri, tu ris, tes saluts tentent.»*

Page 1058.

1. C'est la moralité de la fable express «Tartarinades», publiée dans *L'Écho de Paris* du 17 mars 1897 : *Devant des coquebins Tartarin pérorait. / Que d'exploits d'amour il narrait / Aux béjaunes dont il était le point de mire. / Un sot trouve toujours un puceau qui l'admire.*
2. Du nom de son fondateur, le R.P. Olivaint de la Compagnie de Jésus. La conférence Olivaint avait son siège 12, rue d'Assas et émanait de l'association catholique de la jeunesse française.

Page 1059.

1. Le titre exact du livre de Léon Daudet, publié par la Nouvelle librairie nationale en 1914 est : *Fantômes et vivants, souvenirs des milieux littéraires, politiques, artistiques et médicaux de 1880 à 1905.*
2. La signature de Moréas apparaît en effet dans quatre livraisons de *L'Écho de Paris,* entre le 30 janvier et le 13 mars 1891. Outre «Narcissus» et «Chansons populaires grecques», repris dans *Le Voyage en Grèce,* puis dans *Esquisses et souvenirs,* Moréas donna, le 13 février, «Les Contredits de Zosime», contes écrits en vieux français.
3. Référence pour le moins approximative. Les personnages de la comédie de Romain Coolus *Les Amants de Sazie* (représentée pour la première fois au Gymnase le 13 mars 1901) ne sont pas des lecteurs de romans populaires. Ce sont des types très conventionnels : autour de Sazie, son protecteur, vieux, laid, lucide, son prétendant, vaniteux, son

amant de cœur, intéressé; seul un quatrième personnage, son premier amant, semble répondre à l'allusion : ruiné, il regagne une fortune en vendant ses Mémoires à un magazine new-yorkais.

Page 1060.

1. Soldat de la milice grecque pendant la guerre d'Indépendance.
2. Marguerite Moreno.

Page 1061.

L'Europe nouvelle

Le premier numéro de *L'Europe nouvelle* est daté du 12 janvier 1918, et la publication de cette «revue hebdomadaire des questions extérieures, économiques et littéraires» se poursuit avec régularité jusqu'à la veille de la Seconde Guerre mondiale.

Fondée par Léon Philouze pour défendre la cause de la future Tchécoslovaquie, la revue réunissait hommes politiques et intellectuels tournés vers l'avenir et les problèmes de la paix future, soucieux d'éviter, pour «les lendemains qui se préparent», les «errements» du passé. Elle connut des fortunes diverses mais vit passer dans ses colonnes des figures notoires du monde journalistique, voire politique. Lorsqu'elle se mit au service de la politique de Briand et de l'idéal de la S.D.N., Louis Joxe, Jules Cain, Jacques Benoist-Méchin notamment y collaborèrent. Louise Weiss, dès l'origine, y assure le secrétariat de rédaction; elle parle dans ses *Mémoires* de l'époque héroïque de *L'Europe nouvelle*, celle précisément que connut Apollinaire, dont la signature apparaît pour la première fois le 6 avril 1918 (numéro 13) à la rubrique des «Échos». Dès le numéro suivant, le titre de la rubrique devient : «Échos et on-dit des lettres et des arts», et Apollinaire adopte alors pour la signer le pseudonyme de «l'Écolâtre», qu'il conservera jusqu'à la fin de sa collaboration au journal. Elle y apparaît une dernière fois, le jour même de sa mort.

Apollinaire retrouvait à *L'Europe nouvelle* certaines des préoccupations qui animaient les rédacteurs de *L'Européen* (voir la notule de «L'Exposition de Düsseldorf», p. 1541). Mais maintenant, il ne s'aventure plus directement dans les questions politiques. La littérature, les arts suffisent à l'écrivain, qui fait alors figure de chef de file des générations nouvelles et de l'avant-garde. Outre les échos, Apollinaire fait aussi passer trois articles dans la revue : «Henry Céard», «Le Sâr Péladan» (voir p. 1061-1067) et «Choses et gens de Courlande (t. III, à paraître).

HENRY CÉARD

Page 1062.

1. Lapsus d'Apollinaire ou coquille non corrigée : le roman de Céard est intitulé *Une belle journée*.

2. *Oblomoff*, roman de Gontcharov, paru en 1858, fut publié chez Didier en 1877 dans une traduction de Pietre Artamoff, revue et corrigée par Charles Deulin. En 1886, une traduction et adaptation d'Eugène Gothi parut chez Plon, Nourrit et Cie.

Page 1063.

1. C'est à propos du roman de Huysmans *À vau-l'eau* que Gourmont parle de Céard dans « M. Huysmans, écrivain pieux », article de 1903 repris dans *Promenades littéraires,* éditions du Mercure de France, 1909, t. I.

2. Gabriel Thyébaut, à qui est dédié *Une belle journée*, auteur d'une pièce de théâtre, *Le Vin en bouteilles*, qui n'a été retrouvée qu'en 1956.

Page 1064.

1. Trois hauts-lieux du réalisme et du naturalisme : le grenier d'Auteuil, où Edmond de Goncourt recevait ses amis, la maison de Zola à Médan et le Théâtre libre fondé par Antoine.

Page 1065.

LE SÂR PÉLADAN

1. Apollinaire se trompe. « Sâr » n'est pas un titre rose-croix, mais le mot assyrien qui désigne le roi, le seigneur. Péladan s'était persuadé que son nom était la déformation provençale de celui du dernier roi assyrien Baladan, d'où l'adoption de ce titre, que lui-même d'ailleurs, par une curieuse confusion, rapporte à Babylone et non à l'Assyrie.

Page 1066.

1. L' « éthopée » (« peinture des mœurs et des passions humaines », selon Littré) compte, sous le titre général de *La Décadence latine,* vingt et un volumes, qui parurent de 1884 à 1925 (le dernier, annoncé pour 1914, ne parut qu'après la mort de Péladan). Rappelons qu'un des grands thèmes de Gobineau est la décadence et la mort des civilisations.

Page 1069.

La Grande France

Sur *La Grande France,* voir la notule de « Questions franco-allemandes », p. 1540.

THÉÂTRE EN ALLEMAGNE

« LE COQ ROUGE », DE G. HAUPTMANN

Apollinaire s'est contenté de démarquer le compte rendu que *La Gazette de Cologne* avait donné de la pièce, ce qui ne marque nullement d'ailleurs quelque désintérêt de sa part pour cet écrivain dont il reparlera dans sa « Revue des revues » de *La Revue d'art dramatique et musical* en novembre 1903 (voir p. 1237) et dans ses « Propos mensuels » de *La Revue immoraliste* (avril 1905, voir p. 1110).

1. *Les Tisserands (Die Weber)* date de 1892.

2. *Der Biberpelz, «eine diebskomödie»* (*La Pelisse de castor,* «Une comédie de voleur»), satire mordante de l'Allemagne wilhelmienne, date de 1893.

Page 1070.

LE PRESTIGE FRANÇAIS EN ALLEMAGNE

Signé, comme le précédent, «Wilhelm Kostrowitzky», cet article est mentionné dans la table avec le sous-titre : «Questions franco-allemandes». Utilisant là encore le procédé du démarquage, Apollinaire aboutit, dans ce cas, à des conclusions plus personnelles et son intérêt pour les problèmes linguistiques réapparaîtra dans de nombreux articles par la suite; voir par exemple, dans *L'Européen,* p. 1083-1088.

1. Il s'agit d'un article de Fernand Herbert, professeur à l'École des hautes études commerciales, intitulé : «La Décadence du français en Angleterre» et paru dans le numéro 21, le 1er décembre 1901.

Page 1071.

1. Rappelons que pendant l'été de 1899, Apollinaire avait séjourné à Stavelot, proche de Malmédy qu'il eut alors l'occasion de visiter.
2. Pour *saperlotte,* abrégé de *saperlipopette,* apparu en français vers 1840 et altération, par euphémisme, de *sacré*
3. Sobriquet irrévérencieux donné à certains officiers routiniers et d'intelligence médiocre. Ce nom fut popularisé par un amusant volume de Charles Leroy, *Le Colonel Ramollot* (1883).

Page 1072.

1. La première représentation de l'opéra-comique d'André Messager *Les Petites Michu,* sur un livret d'Albert Vanloo et Georges Duval, eut lieu aux Bouffes-Parisiens, le 16 novembre 1897; celle de *La Robe rouge* d'Eugène Brieux se tint au Vaudeville, le 14 mars 1900. *La Dame de chez Maxim* de Feydeau date de 1899.
2. La célèbre opérette d'Hervé, qui fut créée en 1883, fit en effet une carrière internationale.
3. Cet hebdomadaire illustré berlinois paraît depuis 1899.
4. On sait qu'Apollinaire lui a rendu visite au cours de son séjour rhénan.

Page 1074.

FRANÇAIS À MUNICH

1. Un autre ouvrage d'Otto Julius Bierbaum (1865-1910) figure dans la bibliothèque d'Apollinaire : *Nemt, Frouwe, disen Kranz* (Berlin, Gustav Schuhr, 1894). Bierbaum collabora en outre au recueil collectif des *Deutsche Chansons (Bretti-lieder)* (Berlin, Leipzig, Schuster und Loeffler, 1900), qu'Apollinaire possédait également. *Stilpe,* publié chez le même éditeur en

1897, porte comme sous titre : «Ein Roman aus des Froschperspektive mit dem bildnisse des Verpassers von Felix Vallotton».

2. Apollinaire est resté en relation épistolaire avec le chansonnier Marc Henry, qu'il avait rencontré à Munich au printemps de 1902.

3. La *Revue franco-allemande,* éditée successivement à Munich, puis à Berlin, et enfin à Paris, publia soixante numéros de 1899 à 1901.

Page 1075.

1. Le livre paraîtra seulement en 1916, chez Payot, sous le titre *Au pays des maîtres chanteurs.*

Page 1076.

1. Célèbre hebdomadaire illustré fondé en 1896, édité successivement à Munich et à Stuttgart, et qui parut jusqu'en 1937.

2. Parmi ces trois collaborateurs de Marc Henry, seul Alfred Greiner (1867-1943) a publié plusieurs manuels de chant qui lui valurent une certaine notoriété.

3. Un recueil de *Dix chansons populaires de France du* XVII*e et* XVIII*e siècle,* deux de *Dix vieilles chansons de France,* du répertoire Marya Delvard — Marc Henry (Leipzig, Scharfrichter-Verlag) —, figurent dans la bibliothèque d'Apollinaire.

Page 1077.

1. Sur les Elf Scharfrichter, voir p. 1261.

«ONZE JOURNÉES EN FORCE»
PAR SADIA LÉVY ET ROBERT RANDAU

2. L'ouvrage de Sadia Lévy et de Robert Randau figure dans la bibliothèque d'Apollinaire avec l'envoi suivant : «À M. Apollinaire, / Hommage confraternel de deux collègues de *La Grande France,* / Robert Randau et S. Lévy.»

3. Un article de Robert Arnaud, alias Robert Randau, intitulé : «Les Révélateurs de forces : Bulwer-Lytton, Kipling, Wells; le conflit des langues et l'avenir de la langue française» parut en réalité dans le numéro 36, daté de février 1903. Il marque le point de départ d'une question qui ne cessera de préoccuper Apollinaire et qui le requiert tout particulièrement cette année-là (voir p. 1083-1088). On relève sur ce même sujet de nombreux échos dans la presse du temps.

4. Entendons Brunetto Latini (1220-1294), érudit italien, auteur, en langue d'oïl, d'un *Livre du Trésor* (vers 1265), compilation de la science du temps. Apollinaire corrigera cette erreur en reprenant partiellement cet article en 1908 (voir p. 1120).

5. Apollinaire eut l'occasion de le visiter pendant son séjour à Stavelot de l'été 1899.

Page 1078.

1. Le *daghesc* désigne le point, à l'intérieur d'une lettre, destiné à marquer soit son redoublement soit diverses oppositions phonétiques (bi-labiale/labio-dentale par exemple). L'épithète «virilisant» paraît être une invention d'Apollinaire.

2. Le livre publié en 1902 aux éditions de la Grande France figure dans la bibliothèque d'Apollinaire avec une dédicace à René Wisner, qui, on le sait, collabora au *Festin d'Ésope.*

3. *Le Père Duchesne* (et non «Duchêne» comme l'écrit Apollinaire), journal publié sous la Révolution.

4. Pencho P. Slaveycoff (ou Slaveikov) (1827-1895) publia, l'année de sa mort, un ouvrage sur les chants du folklore bulgare.

5. Allusion au tableau : *Le Vol des anges suivant les Rois Mages,* daté de 1855.

6. Les *moallacas* (ou *mou'allaquât*) désignent les odes des poètes préislamiques.

Page 1079.

1. Les Cohen appartiennent à la caste des prêtres et bénéficient comme tels de privilèges interdits à celle des Lévy (serviteurs du Temple) et à celle d'Israël (ensemble du peuple).

Page 1080.

L'Européen

Sur *L'Européen,* voir la notule de «L'Exposition de Düsseldorf», p. 1541.

ÉCHOS

LA CLAUDINE DE BALZAC

1. Créée par le troubadour Arnaud Daniel au XIIIe siècle, la sextine comprend six strophes de six vers et une demi-strophe de trois vers. Les mots à la rime sont les mêmes dans toutes les strophes, les vers 1, 3, 4 de chaque strophe rimant ensemble, de même que les vers 2, 5, 6. De plus, leur ordre change, la première rime de la première strophe devenant la sixième de la deuxième strophe, alors que la deuxième devient la première, et ainsi de suite.

Page 1081.

ÉCHOS

1. L'académie des Arcades, fondée en 1690 par Crescimbeni, dont avaient fait partie notamment Métastase, Parini, Alfieri, Goethe, Leopardi. Les membres de l'Académie s'appelaient entre eux «bergers

d'Arcadie» et choisissaient un nom sous lequel ils participaient à ses travaux. Pecci prit celui de Neandro Eracleo.

2. «Arcadiens, du château du Vatican, Neandro, que jadis nourrissait le doux amour des Piérides [les Muses], vous invite à recevoir son salut, à gravir les sommets féconds de l'Hélicon, à prendre plaisir aux chants méoniens; il ajoute volontiers ce vœu : que longtemps brille la gloire du nom d'Arcadien, son premier honneur.»

3. Apollinaire ne confond-il pas Néandre et Néarque, l'amiral d'Alexandre, qui fit en 326 av. J.-C. une expédition de cinq mois dans la mer des Indes?

4. En 1902, sous le titre *Leonis XIII le poesie latine,* avec cette mention : «tradotte da Papiliunculus (Cesario Testa)», 109 pages in-16.

5. C'est la septième strophe de cette ode qui en compte dix-neuf.

Page 1082.

1. «Rien n'égale la foi dans le Christ : aucun bonheur durable sans elle, source jadis des honneurs suprêmes pour ce peuple, persistance de la gloire pour les Gaulois.»

2. Léon XIII venait de mourir.

Page 1083.

1. On relève d'autres échos sur Léon XIII dans *L'Européen,* dont un pourrait fort bien être de la main d'Apollinaire, le 26 décembre 1903 : «Les fameux millions que le cardinal Gotti aurait apportés au pape, continuent à défrayer, à Rome, toutes les conversations. / Plusieurs versions circulent au sujet de cette singulière histoire, qui trouve beaucoup d'incrédules, et que plusieurs journaux démentent formellement. Le trésor de Léon XIII, qui aurait été trouvé caché dans une bibliothèque, s'élèverait selon les uns, à trente millions, selon les autres, à quarante. / Quoi qu'il en soit de cette curieuse histoire, voici une anecdote sur Léon XIII, dont on nous affirme l'authenticité : / Un soir, peu avant que Léon XIII ne tombât malade, un monseigneur de son entourage se trouvant à proximité de la chambre du pape, entendit celui-ci appeler avec insistance. Il accourut et trouva le pape étendu par terre, faisant des recherches dans un coin de la chambre. / "Faites-moi le plaisir de chercher, cherchez un louis, qui est tombé!" dit Léon XIII au monseigneur ébahi. / Le louis fut retrouvé.»

CHRONIQUE

LA LUTTE CONTRE LES MOTS FRANÇAIS EN ALLEMAGNE

Cette chronique est à rapprocher de l'article de *La Grande France,* «Le Prestige français en Allemagne» (février 1902; voir p. 1070-1073), dont Apollinaire reprend ici plusieurs détails.

2. Allusion au recueil de Mme de Noailles, *Le Cœur innombrable* (1901), dont parlera Louise Lalanne dans *Les Marges* en janvier 1909; voir «La Littérature féminine», p. 919 et 921.

Page 1084.

1. Apollinaire renouvellera ce reproche dans sa «Vie anecdotique» du 16 mai 1914 sur «Le Langage français espagnolisé»; voir t. III à paraître.

Page 1089.

Journal de Salonique

Sur le *Journal de Salonique,* voir la notule du «Cinématographe», p. 1544.

«LE JARDIN DES RONCES»

Cet article provoque, le 19 novembre, une réplique qui, dédiée à Guillaume Apollinaire, s'intitule «Le Jardin des gonces» et porte la signature de «Qu'vlov'» pseudonyme emprunté de toute évidence à la nouvelle du même nom qui vient de paraître dans *Le Festin d'Ésope.* Sous ce masque se cache le docteur Modiano, comme va le confirmer indirectement le directeur du journal, Sam Lévy, dans une note du 31 décembre 1903 rédigée lors de son voyage à Paris. D'une visite effectuée à la rédaction du *Festin d'Ésope,* Sam Lévy sort quelque peu dépité. Il s'était fait une autre idée de la publication littéraire que son collaborateur, Guillaume Apollinaire, rédigeait à Paris! À la fâcheuse impression de ce premier contact avec *Le Festin d'Ésope* va bientôt succéder la déception provoquée par une soirée au caveau du café du Départ. Il note alors dans son journal de voyage, lui-même reproduit au fur et à mesure, dans le *Journal de Salonique,* à la date du 19 décembre :

«Pourquoi le Soleil-d'Or est devenu le café du Départ? Est-ce parce que les dieux sont partis, en des chars d'or, attelés de Pégases fumants, vers des mondes meilleurs, où le manger, le boire, le gîte et le reste est *[sic]* gratis? Est-ce par le voisinage de la Seine où l'on peut faire un plongeon sauveur par une nuit de spleen incommensurable et gagner tout droit l'Empyrée? Je n'en sais rien. Le Soleil-d'Or n'est plus. Cependant, de jeunes aèdes vont au caveau du café du Départ; des vers amorphes, des poèmes abscons, des rimes blanches s'y débitent toujours; des chansons prolétaires, des airs d'outre-tombe, des accompagnements sur une seule note s'y font entendre; des cake-walks faramineux clôturent des soirées archidécadentes; on voit même des rêveurs en frac vert, en manchettes de dentelles, en perruques nature, déambuler les mains dans les poches, le regard ailleurs. Mais... le Soleil-d'Or n'existe plus.

«J'attendrai que le temps ait accompli son œuvre sur l'esprit si endolori de *Qu'vlov'?,* j'attendrai que la plaie béante en son cœur se cicatrise un peu pour lui dire l'effet prodigieux que sa belle réponse à Apollinaire a produit dans les cénacles des jeunes.

«Jusque-là, glissons sur le café du Départ.»

À cette note, Apollinaire répond par sa «Lettre parisienne» (voir p. 1092-1093), publiée bien en vue, à la première page du journal, le 14 janvier 1904. Dans cette controverse se donne à lire l'éternel conflit des générations où Sam Lévy, en l'occurrence, joue les pères bougons et Apollinaire, sans exaltation ni outrance, mais avec naturel et conviction, les jeunes d'esprit conciliant.

L'interview du même Sam Lévy par un certain T. Reporter — probablement l'interviewé lui-même! — «dédiée à M. André Salmon du *Festin d'Ésope*», précédant d'un numéro la lettre d'Apollinaire, reprend et développe, sur le mode humoristique, les thèmes de la première note sur la café du Départ. L'entretien porte sur ce même voyage parisien, finalement fort décevant : «L'âme de Paris, ce je ne sais quoi qui faisait vibrer tous les cœurs, n'existe plus, la sentimentalité s'en va.» La réponse proprement dite de Sam Lévy à la «Lettre parisienne» d'Apollinaire met un terme à cette querelle renouvelée des Anciens et des Modernes. Elle vaut, malgré sa longueur, d'être publiée intégralement :

Mon cher ami,

Vous soutenez que je me trompe en pensant que les cénacles des jeunes baissent. Peut-être. Vous êtes plus à même d'apprécier le mouvement néo-littéraire. Je ne vous cacherai pas que mon dernier voyage à Paris a été pour moi une désillusion. Je n'ai pas hésité à le confier à un jeune camarade, salonicien parisienant, qui est venu causer il y a quelques jours au bureau et qui a même rapporté dans le Journal de Salonique *des bribes de notre conversation.*

Vous direz que c'est là l'effet des fils d'argent *qui parsèment mes cheveux; que quand on a vécu sept ans loin de Paris jeune-intellectuel on finit par brûler ce qu'on a adoré. Peut-être encore. Mettons que tout est pour le mieux dans le meilleur des mondes et que les néo-naturistes seront tous un jour de l'Académie française. Je le leur souhaite de tout cœur.*

Pour moi, mon cher ami, on ne m'enlèvera pas de l'idée que beaucoup de choses évoluent désavantageusement à Paris, la sentimentalité entre autres.

Jusqu'aux rosseries qui deviennent bêtes à mourir. Montmartre est une vraie crypte; de l'autre côté de l'eau, la rue de la Tombe-Issoire semble se prolonger jusqu'au pont Saint-Michel. Les mufleries de Fursy dépassent la mesure. Ce dandy se complaît trop dans son sourire béat à force d'être stéréotypé ou inversement. Il y a bien toujours dans sa boîte *Chepfer, qui lance des mots d'esprit avec un train d'enfer, Mevisto Aîné et Odette Dulac. Mais les autres, c'est maigre, pour ne pas dire plus.*

Et je ne parle pas des Noctambules, *où les Legay, les Montoya et tutti quanti ont... vieilli. Ce qui m'a le plus dégoûté dans ce réduit, cela a été de voir Xavier Privas engraissé comme un boudin et mis avec un soin de cocotte. Voyons, sensément, n'est-il pas ridicule de voir un homme qui ne sait pas, ou ne sait plus ce qu'est la faim, venir plaider pour les affamés contre les gens repus et replets?*

Je ne sache pas qu'une seule façon d'accomplir une besogne, n'importe laquelle. C'est ma conviction. Et c'est ce qui me fait croire que vous pouvez avoir raison en ce qui concerne les cénacles des jeunes où la sincérité, la conviction restent, si le vrai talent ou les dispositions réelles s'en sont envolés.

Quant à Qu'vlov'? votre réponse à son mémorandum *eût été publiée si vous n'aviez fait une digression fort heureuse certainement, sur la personnalité d'un parent de la femme d'Anastasy. Le plus désolé de tous de ce contretemps c'est encore, après votre serviteur, Qu'vlov'? lui-même qui en veut à son vieux copain Cazals de n'avoir pas fait au journal l'aumône d'une ligne de souvenirs.*

Est-il besoin d'ajouter, mon cher ami, que je garde de votre société le souvenir le plus affectueux? Si j'ai un souhait à faire, c'est celui de voir votre bonne et intellectuelle amitié pour nous, nous rester le plus longtemps possible. Sur ce, je vous serre les deux mains.

S.L.

1. L'ouvrage se trouve dans la bibliothèque d'Apollinaire et porte l'envoi suivant : «À Apollinaire / très spirituellement / F.A. Cazals 1903».

Page 1090.

1. C'est-à-dire, les cabarets artistiques.
2. Il est entré au *Journal* en 1897, mais n'abandonnera *Le Courrier français*, hebdomadaire de la rive gauche, qu'en 1907.
3. Ce quotidien féministe, fondé en 1897 et dirigé par Marguerite Durand, accordait une large place à la littérature et aux arts.

Page 1092.

LETTRE PARISIENNE

Sur la publication de cette «Lettre parisienne», voir la notule du «Jardin des ronces», p. 1733-1734.

1. Sam Lévy (D. Saadi Lévy) cumule les fonctions de directeur-propriétaire et de rédacteur en chef.
2. Voir le compte rendu de cette soirée, par Sam Lévy, dans la notule du «Jardin des ronces», p. 1734.
3. Il s'agissait sans doute d'Armory. Salmon, après avoir esquissé le portrait suivant : «[...] Armory chanta, vêtu d'un frac bleu pavoisé d'une dentelle en jabot», ajoute en effet «Le rédacteur en chef du *Journal de Salonique* nous écouta fort poliment. On devait connaître qu'il ne prit intérêt qu'à la personne de notre ami Armory, chansonnier privé» (*Souvenirs sans fin*, t. I, p. 63).

Page 1093.

1. *L'Action* est probablement *L'Action artistique et littéraire* qui parut en 1904.
2. Apollinaire avait espéré y collaborer en 1902, grâce à l'appui, justement, de Fernand Gregh, qui était alors secrétaire de rédaction.
3. Sur les rapports d'Apollinaire et de Gregh, voir «Au sujet de l'humanisme», p. 957.

Mercure de France

Prestigieuse aux yeux des jeunes écrivains, la revue d'Alfred Vallette, fondée en 1889, s'imposa assez vite. Elle donna d'emblée l'image de la «grande revue», avec sa présentation soignée — souvent imitée par la suite — en deux parties à peu près équilibrées : la première offrant des œuvres de création ou de réflexion (nouvelles, essais, poèmes toujours inédits), la seconde, occupée par les diverses rubriques du mois — le rythme ne deviendra bimensuel qu'à partir de 1905 —, qui proposent un panorama fort complet de l'actualité littéraire, artistique, politique non seulement française mais aussi étrangère.

Qu'Apollinaire, du premier coup, ait obtenu de figurer dans le haut du sommaire suscite une légitime surprise, mais il n'est pas un inconnu au *Mercure de France,* où Charles-Henry Hirsch, favorable aux jeunes revues, a déjà mentionné à trois reprises *Le Festin d'Ésope* dans sa rubrique et signalé, dès janvier 1903, «un très curieux poème», «L'Ermite», publié dans *La Revue blanche.*

On devine néanmoins qu'Apollinaire a dû faire intervenir plusieurs journalistes de la maison auxquels le lie une amitié plus ou moins ancienne : Albert Delacour, qu'il connaît depuis plus de trois ans; Pierre Quillard; A.-F. Herold ou André Barre, anciens équipiers de *L'Européen,* hebdomadaire dont le directeur du *Mercure de France,* Alfred Vallette, avait justement été administrateur; et surtout Remy de Gourmont, rencontré pour la première fois en 1903 et à propos duquel il écrit à Madeleine, le 7 octobre 1915 : «J'ai appris la mort de Remy de Gourmont qui était mon ami et m'avait amené au *Mercure*» (*Œuvres complètes,* t. IV, p. 942).

«L'EXIL DE LA VOLUPTÉ»

Sous couvert d'une érudition précise et souriante qui ne compense pas absolument la pesante accumulation de citations, Apollinaire accuse Anatole France de plagiat. La réaction du «maître», espérée par l'habile polémiste, le réjouira, comme en témoigne cette note de son Journal à la date de juin 1904 : «Boissy m'a dit que l'article a fait du bruit dans le clan Anatole France. Le maître a été fort en colère. Tant mieux.»

Page 1095.

a. *Nous rétablissons ici et dans la suite le nom véritable,* Cloetta *, en correction de* Coëtta *donné par erreur par Apollinaire.*

1. La comédie *Paphnutius,* traduite du latin par A.-F. Herold et publiée au Mercure de France en 1895, figure dans la bibliothèque d'Apollinaire.

2. Wilhelm Cloetta a donné une édition de *Poème moral,* non à Leipzig, comme l'écrit Apollinaire, mais à Erlangen, en 1886. Apollinaire emprunte à son introduction les renseignements bibliographiques donnés depuis le début du paragraphe. Il a fait, en les transcrivant, quelques fautes que nous corrigeons sans le signaler. Nous remarquerons seulement que la phrase «Ces deux pièces n'en sont peut-être en réalité qu'une seule» (9 lignes plus haut) n'est pas de lui, mais est une citation que Cloetta fait d'une lettre d'un de ses correspondants, nommé Picot. De même, la dernière note de bas de page (10 lignes plus bas) n'est pas, comme le dit Apollinaire, une «note de Cloetta», mais un passage de son texte.

Page 1096.

1. Apollinaire possédait les *Œuvres dramatiques* de Hrotsvitha dans la traduction littérale d'après le manuscrit de Munich. L'ouvrage, publié en 1907 à la Société d'édition, lui avait été dédicacé par Cœcilia Vellini «en mémoire de la conférence du 25 avril 08» où l'actrice avait récité un certain nombre des poèmes qui illustraient «La Phalange nouvelle» (voir la Note sur le texte de *La Phalange nouvelle,* p. 1653).

Page 1106.

1. *Les Grotesques* (2 tomes en 2 volumes, Paris, Dessessart, 1844) figurent dans la bibliothèque d'Apollinaire.

2. Apollinaire ne manque pas une occasion d'ironiser à propos d'Anatole France. Voir, par exemple, p. 1444-1445.

L'Europe artiste

Cette revue fondée en 1852 avait voulu se rajeunir avec son numéro de juin 1904, premier d'une nouvelle série dirigée par Canudo. Elle ne subsistera que jusqu'en décembre et fusionnera avec *La Plume,* elle-même moribonde. Apollinaire n'y donnera que ce compte rendu, réponse en quelque sorte à Van Bever et Sansot-Orland, qui avaient donné en février 1904 au *Festin d'Ésope* un chapitre de leur ouvrage, «Un conteur latin du XVIe siècle, Girolamo Morlini».

«ŒUVRES GALANTES DES CONTEURS ITALIENS»

3. Apollinaire se trompe : la première édition de ce livre de Champfleury est de 1869. Il a été réédité en 1886. Sa citation est une note, à propos de l'«Histoire du bonhomme misère». Elle commence ainsi : «Malheureusement, la littérature [...]».

Page 1107.

a. *Le mot* auteurs *est sans doute une coquille pour* conteurs.

1. En marge de cet article, qu'il a conservé, Apollinaire a porté ce commentaire : «Mon ignorance ! Je l'ai payée depuis en étudiant par force tout cela en détail.» Dans son introduction au *Divin Arétin* (voir *Les Diables amoureux,* t. III, à paraître) il restitue en effet à ce dernier le texte qu'il attribuait à Veniero.

2. «Ils tireront quelque profit de leur lecture.» Apollinaire cite inexactement les derniers mots du *Décaméron* : «se a alcuna alcuna cosa giova l'averle lette».

Page 1109.

La Revue immoraliste

Sur *La Revue immoraliste,* voir la notule de «Picasso, peintre et dessinateur», p. 1543.

THÉÂTRE DE L'ŒUVRE

1. On rapprochera ce compte rendu de la notice qu'Apollinaire consacre à D'Annunzio dans son *Théâtre italien* (Michaud, 1910) : «Gabrielle D'Annunzio est né à Pescara dans les Abruzzes, en 1863. Il a donné au théâtre des drames somptueux qui demeureront. Un certain nombre ont été représentés à Paris, et *La Ville morte* fut même écrite en

français avant de l'être en italien. Ses autres pièces sont : *Le Songe d'un matin de printemps; Le Songe d'un crépuscule d'automne; La Ville morte; La Gioconda; La Gloire; Francesca de Rimini; La Fille de Jorio; La Nave; Phedra. La Fille de Jorio* est une pastorale; *La Nave,* un drame social; les autres, des pièces modernes et des pièces antiques. Très belles, très hautes, elles ont toute la saveur, toute l'énergie des nobles œuvres d'art de la Renaissance italienne», p. 220. La pièce de D'Annunzio fut traduite en français dès 1905 et représentée pour la première fois par la troupe de L'Œuvre au Nouveau-Théâtre, le 8 février 1905.

Page 1111.

1. Coppée avait cinquante-trois ans lorsque, en 1895, fut représenté son drame *Pour la couronne.*

Page 1112.

LIVRES

1. Sur cette question, voir l'article de *Pan,* p. 1152-1156.

Page 1113.

La Phalange

Sur la collaboration d'Apollinaire à *La Phalange,* voir la notule d' «Henri Matisse», p. 1547.

CHRONIQUE DES ROMANS

Tout au long de ses treize mois d'activité — de mars 1908 à avril 1909 — en qualité de critique des romans, Apollinaire va s'efforcer de s'accommoder au mieux des contraintes d'une rubrique qu'il ne tiendra jamais plus par la suite de façon aussi régulière. Elle lui tient lieu en outre de tribune — qu'il utilise à des fins toutes personnelles. Ainsi y poursuit-il, par exemple, sa polémique avec Charles-Henry Hirsch (mars 1908; voir n. 2), y répond-il à Eugène Montfort qui l'avait pris à partie dans *Les Marges* (mars 1909; voir p. 1150-1151 et n. 2, p. 1150), saisit-il l'occasion de corriger la coquille qui s'était glissée dans sa réponse à l'enquête d'*Isis* sur Homère (novembre 1908; voir p. 1140 et n. 1).

S'interrogeant sur les limites et les caractéristiques du genre romanesque, Apollinaire affirme la difficulté qu'il éprouve à dégager la spécificité du genre, compte tenu de l'état de crise où se trouve le roman contemporain. Cette prise de conscience remonte d'ailleurs fort loin dans le temps : ainsi sa réponse, en 1903, à une enquête de la *Weekly Critical Review* sur «Le Roman contemporain»; nous donnons ci-après le questionnaire et le texte d'Apollinaire, tels qu'ils se présentent dans la revue :

«Nous avons cru qu'il était intéressant de demander aux romanciers, ainsi qu'aux poètes, à tous les écrivains de goût, aux érudits et même à quelques amateurs distingués et désintéressés :

« 1° Que pensez-vous du *roman contemporain*, de son influence sociale et intellectuelle?

« 2° Comment le classer par rapport au roman réaliste; en est-il la réaction ou le prolongement?

« 3° La grande liberté avec laquelle les mœurs y sont décrites correspond-elle à la liberté des mœurs d'aujourd'hui ou est-elle seulement l'indice d'un secret désir de renverser les anciennes valeurs morales?

« 4° Quels sont, parmi les "romanciers français et vivants" celui ou ceux que vous estimez le plus? Leur préférez-vous certains romanciers étrangers?»

Monsieur,

1° *Le roman contemporain reflète la vie actuelle et ne l'influence pas. En tout cas, s'il y a influence, elle est due autant à la science et aux arts qu'à la littérature.*

2° *La place tenue aujourd'hui dans la littérature par le roman est si considérable qu'on y rencontre toutes les tendances. Tel romancier continue le réalisme, tel autre réagit, tandis qu'un autre resté en dehors des mouvements entend encore le roman à la façon d'Eugène Sue.*

3° *Les mœurs ne sont pas décrites avec assez de liberté, mais avec hypocrisie, par des sous-entendus! Quelques exceptions honorables mises à part, les écrivains sont plutôt poussés par le désir d'obtenir une vente considérable que par celui de renverser les anciennes valeurs morales!*

Avec la quatrième question, nous tombons dans les personnalités et elles ne m'intéressent pas.

GUILLAUME APOLLINAIRE
Rédacteur en chef du Festin d'Ésope.

1. Sur la polémique entre Apollinaire et Hirsch, voir n. 2, p. 1003.

2. On sait qu'Apollinaire a parcouru une partie des régions visitées par Mirabeau dans sa *628-E 8*. Le livre figure dans sa bibliothèque.

Page 1114.

1. Apollinaire a lui-même évoqué les «mauvaises routes d'Allemagne» dans *Tabarin,* dès 1901; voir t. III, à paraître.

2. Apollinaire sera d'une sévérité de plus en plus grande à l'égard de Vallotton. Voir notamment le compte rendu qu'il donne du Salon des indépendants en 1908, *Chroniques et paroles sur l'art,* p. 104-105 (où il est aussi question de Mirbeau), ainsi que son article dans *L'Intransigeant* du 27 janvier 1912, p. 395-396.

3. Sur le monastère de Maria-Laach, voir aussi «La Vie anecdotique», t. III, à paraître.

Page 1115.

1. Le roman de Léon Frapié est un volume de deux cent quatre-vingt-neuf pages...

2. Apollinaire n'a retenu que trois titres dans la très abondante production de Pierre Prudent Legay (1744-1826): *L'Infidèle par circonstance* (3 vol.) parut en 1863, *M. Gelin ou les Effets de l'envie et de la médisance* (4 vol.) en 1810 et *Pauline ou le Moyen de rendre les femmes heureuses* (2 vol.), en 1802.

Page 1116.

1. Cette nouvelle, sous-titrée « Mœurs mexicaines », narre l'histoire d'une jeune indienne de vingt ans, engagée comme *nana* (bonne d'enfant), au service de la riche et généreuse France, plus familièrement appelée Panchita. Contrainte d'élever en secret son propre enfant, né d'une union illégitime avec Sepulveda, son demi-frère, Loupita va le soigner en cachette chaque nuit et finit par mourir d'épuisement physique et moral. Apollinaire réduit un peu abusivement — et peut-être par pudeur — le sens de ce récit, qui pose en même temps la douloureuse question de la bâtardise. Autre personnage important de la nouvelle, le jeune prêtre, inquiet de ses origines, fils d'un monsignore italien et d'une indienne, a plus d'un trait commun avec Apollinaire, qui a lui aussi sans doute essayé de percer le secret de sa naissance.

2. Ainsi trouve-t-on, par exemple, en hors texte, la photographie de Loupita (p. 32-33) et celle de son frère-amant, Sepulveda (p. 192-193), ou bien une vue de la cour intérieure de la Maison de France à Tacubaya (p. 48-49).

3. Allusion à la seconde nouvelle, « Une doctoresse aux Alpes », où il est question d'un fils de Piémontais né dans les Basses-Alpes et qui fit fortune au Mexique.

4. Le terme figure dès l'ouverture de ce récit qui se présente comme le compte rendu d'une expérience originale : « Un groupe de Bas-Alpins, voulant faire participer leurs compatriotes à l'aisance et au bien-être qu'ils ont conquis au-delà des mers, ont réuni un capital suffisant pour assurer une allocation de trois mille francs par an au docteur, ou à la doctoresse, qui s'installerait à Saint-Paul-sur-Ubaye, en s'engageant, par contrat, à soigner les paysans gratuitement, et à prodiguer leurs conseils aux mères qui élèvent encore trop généralement leurs enfants dans l'air malsain des écuries. »

5. L'ouvrage figure dans la bibliothèque d'Apollinaire.

Page 1117.

1. Trois ouvrages de Gobineau sont conservés dans la bibliothèque d'Apollinaire : l'*Histoire d'Ottar Jacob, Les Pléiades* et *Les Religions et les Philosophies dans l'Asie centrale.*

2. « Ils aiment la lecture et en tirent gloire; la poésie les charme, et plusieurs y ont brillé et ont produit des œuvres tout à fait raffinées : ils connaissent toutes les sciences et les arts spéculatifs; ceux qui les pratiquent les traitent avec une curiosité et une subtilité extrêmes. [...] Les hommes sont très jaloux, les femmes le plus souvent impudiques. » Passage extrait du chapitre III de *Persia seu regni persici status variaque itinera in atoue per Persiam cum aliquot iconibus incolarum* (« La Perse, ou la situation du royaume de Perse ainsi que différents itinéraires vers et à travers la Perse, avec quelques images de ses habitants »), de Joannes de Laet, publié à Lyon par les Elzevier en 1633 dans la série des « Républiques ». La coupure correspond à quelques lignes sur le droit mahométan.

3. La malheureuse histoire de Firdousi de Thous (930-1020) — auteur d'une immense épopée de soixante mille distiques, à laquelle il se consacra jusqu'à l'âge de soixante et onze ans, le *Schah Nameh* (ou *Livre des rois*) — est contée dans le chapitre v de l'ouvrage, consacré à «Ispahan». Après l'avoir reçu et logé dans son palais, l'assurant qu'il paierait mille pièces d'or pour chaque millier de distiques, le sultan Mahmoud de Ghaznine (969-1030) limita sa générosité à quelques sacs de dirhems d'argent, aussitôt distribués par le poète déçu. Ayant choisi de s'exiler, il envoie alors une épître terrible à Mahmoud de Ghaznine, qui, pris de regret dix ans après, enverra trente chameaux chargés d'or à Thous, ville natale de Firdousi. Mais, tandis que le présent royal entre par la porte du Sud, le cercueil du poète sort par la porte du Soir.

Page 1118.

1. Ces dessins de Rouveyre constituent l'album *Carcasses divines* publié chez Bosc et Cie en 1907. Quarante-sept d'entre eux illustrent le livre de Golberg, qu'Apollinaire avait dans sa bibliothèque.

Page 1119.

1. Sur ce livre, voir le compte rendu qu'Apollinaire cite ici, p. 1077-1080.

Page 1120.

1. Un «garnisaire» est, au sens propre, un gardien qu'on place dans la maison d'un débiteur saisi ou d'un contribuable en retard. Il est clair qu'ici Apollinaire emploie le mot pour désigner des soldats en garnison.
2. C'est-à-dire Autun.

Page 1122.

1. Antoine Galland a édité la première adaptation en français des *Mille et Une Nuits* en douze volumes (1704-1717). Joseph-Charles Mardrus en propose à son tour une «traduction littérale et complète», publiée chez Fasquelle en 1908.

Page 1123.

1. Rappelons qu'Apollinaire vient alors de s'engager auprès des éditeurs Briffaut à fournir pour leur nouvelle collection, «Les Maîtres de l'amour», des morceaux choisis de Sade et de L'Arétin. Voir *Les Diables amoureux,* t. III, à paraître.
2. Dans *L'Amour aux États-Unis,* Juven, Paris, 1908.

Page 1124.

1. Ce livre figure dans la bibliothèque d'Apollinaire avec un envoi de Rouveyre.
2. «Comment l'esprit vient aux filles», premier conte de la quatrième partie des *Contes et nouvelles* (1674).
3. Selon toute apparence, ces «suites» n'ont pas paru.

Page 1125.

1. Ce livre, préfacé par Barrès, figure dans la bibliothèque d'Apollinaire.

Page 1126.

1. Ce livre figure dans la bibliothèque d'Apollinaire.
2. Toussaint Luca, déçu par ce compte rendu, qu'il avait suscité, rectifie le mois suivant les erreurs de jugement de son ami, dans *La Revue des lettres et des arts* où il tient la rubrique des «Revues» : «Apollinaire [...] oublie qu'il s'agit d'un roman symboliste, que l'œuvre est celle d'un philosophe et non d'un romancier voluptueux et éphémère et que la psychologie y est poussée avec une réelle maîtrise et une rare intensité. Il ne s'agit pas de l'inceste, mais par quelle conception de la beauté, don Juan en arrive à trouver en sa propre fille la femme idéale qu'il recherche : j'ai tenu à relever cet oubli de mon ami Apollinaire, d'abord parce que tout ce qu'il dit est important et ensuite parce que l'œuvre de Bruni est de celles qu'il faut considérer avec la plus grande et la plus consciencieuse *méditation.*»

Page 1127.

1. Exactement, *e ok en ai dol* («et maintenant j'en ai peine»), refrain d'une chanson médiévale où la belle Doette apprend la mort de son ami Doon, parti tournoyer «en autres terres». Elle a été publiée par Karl Bartsch dans *Romances et pastourelles françaises des* XIIe *et* XIIIe *siècles* (Leipzig, 1870).

Page 1129.

1. Maurice Renard n'a publié jusqu'ici qu'une plaquette d'hommage, *À Victor Hugo. Vox saeculi* (1902), mais il fera bientôt paraître, dans le prolongement du *Docteur Lerne,* un recueil d'histoires fantastiques : *M. d'Outremont et autres histoires singulières* (Michaud, 1911).
2. Allusion à un article publié par Louis Lumet à la rubrique des «Échos», dans le numéro 39 de juillet 1908, sous le titre «Avis aux amateurs» : «M. Charles Foley, romancier médiocre, payé par *L'Écho de Paris* pour rendre compte au public des œuvres littéraires de ses contemporains, ne lit même pas les livres qu'on lui adresse. En cela, il ressemble à

presque tous ses confrères de la presse commerciale. Mais avant de les vendre, *non coupés,* aux bouquinistes, il pourrait du moins effacer les dédicaces. Un peu de pudeur, monsieur!»

Page 1130.

1. Apollinaire joue sur l'expression *quod libet* («ce qui plaît»), qui a donné le français «quolibet» (à l'origine, composition musicale facétieuse ou absurde). Il suggère ainsi que la liberté et la fantaisie créatrices propres au poète conviennent mal au conteur.

2. Apollinaire reprend au superlatif le sous-titre de ce livre, paru en 1908 aux éditions Messein : «Roman ironique».

Page 1131.

1. L'ouvrage figure, dédicacé, dans la bibliothèque d'Apollinaire.

2. Le disciple de Voiture, René Le Pays, a relaté ses voyages en Angleterre, aux Pays-Bas et en Espagne dans la seconde moitié du XVIIe siècle; quant à Sterne, il publia en 1768 un *Voyage sentimental en France et en Italie.*

3. À rapprocher de l'épigramme de *Paris-Journal* parue dans les «Échos» du 17 janvier 1910 (voir p. 1256).

Page 1132.

1. Trois comptes rendus sur les cinq qui constituent cette cinquième livraison — et non pas tous, contrairement à ce qu'Apollinaire avait accrédité — évoquent des livres purement imaginaires : le premier et les deux derniers. *Tzimin-Chac* de Louis Bréon, *Marninx* de Léopold Lekeu ainsi que *Le Pont chinois* de Mme Marie Dhormoy ne figurent effectivement dans aucune bibliographie, pas plus que leurs éditeurs respectifs d'ailleurs. Mais, pour être crédible, Apollinaire a utilisé des patronymes de consonance familière : on connaît un Morvan Bréon, philosophe, un historien du nom de William Le Queux et, bien sûr, Marie Dhormoy, qui n'a encore rien publié en 1908 mais qui entrera bientôt en littérature. C'est une sorte de profession de foi littéraire qu'Apollinaire fait passer à la faveur de cette pseudo-mystification. Il refuse le roman réaliste, ennuyeux, grave, en quête d'une vérité qui n'a rien à voir avec celle de l'art, et plaide pour l'épanouissement du roman d'invention, qui, avec ses erreurs et ses incertitudes, toujours nécessaires, est le roman de l'avenir. Que le romancier, en somme, soit poète : tel est le vœu profond d'Apollinaire et il rejoint, au cours de la même année, le propos du chroniqueur d'art et du poète.

Page 1133.

1. Ce livre rappelle en plus d'un point une nouvelle d'Apollinaire lui-même, «L'Envie», recueillie dans *L'Hérésiarque et Cie;* voir t. I, p. 127.

Page 1134.

1. Apollinaire avait rencontré Kahn à Sluis, près de Knokke en Belgique, au début de septembre 1905.

Page 1135.

1. « À Gustave Kahn », *La Cité charnelle,* Sansot, 1908. À l'exception du premier, les vers de Marinetti commencent par des minuscules. À l'avant-dernier vers, lire « remplissait ».

2. « Il se nomme Clinzor / le Napolitain / le magicien bien connu », citation de *Titurel,* de Wolfram von Eschenbach. Voir t. I, n. 1, p. 273.

3. Hildebrand est le pseudonyme de Nicolas Beets (1814-1903) qui, sous le titre de *Camera obscura,* a publié des « Essais sur les mœurs et coutumes hollandaises ». Ses *Scènes de la vie hollandaise* ont paru en 1856 chez Lévy dans une traduction de Léon Wocquier.

4. « On rapporte qu'il s'y trouvait des maisons dont les vestibules étaient dorés et que les colonnes des palais brillaient de leur or massif. » Cornelius Kempius (Cornelis Kemp) est l'auteur de *De origine, situ, qualitate et quantitate Frisiae, et rebus a Frisiis olim praeclare gestis libri tres,* publié à Cologne en 1588.

Page 1136.

1. Île des Pays-Bas appartenant à la région de la Zélande, dans l'estuaire de l'Escaut.

2. Les *hopjes* sont des caramels durs, parfumés au café, de fabrication hollandaise.

3. Ou *arac,* liqueur tirée du riz fermenté ou du jus de canne à sucre.

4. Dans son *Petit glossaire des mots libres d'Apollinaire* (p. 27-28), S. Bates, à partir d'un texte de Jules Gay paru en 1873 dans la revue *Le Fantaisiste,* donne l'explication de ce moyen de transport érotique : « C'est une des postures [...] les plus curieuses et les plus rares. [...] Quand une femme [...] est ardente et libre, elle prend un homme qui lui plaise sous tous les rapports; elle le met nu comme un ver, l'étend sur un lit en lui mettant des coussins sous la tête et sous les reins, et toute nue elle-même, elle se met à cheval à cru sur lui, s'embrochant sur le pivot naturel, c'est-à-dire sur son vit. Alors, elle fait comme le postillon sur un des chevaux des anciennes diligences de Lyon. S'appuyant un peu sur les épaules de son amant, elle s'avance en chevauchant et le vit se relève près du ventre de l'homme. Elle recule et le vit s'enfonce dans son con jusqu'à la garde. Elle s'anime; elle va de plus en plus fort, comme si la diligence parcourait un chemin raboteux. Ses yeux s'égarent, ses cheveux se dénouent. Elle jouit, elle jouit, mais elle va toujours; elle va jusqu'à ce qu'elle soit tout à fait exténuée de décharge spermatique; car il faut remarquer que l'homme, étendu sur les coussins, ne pouvant pas bouger, bande de plus en plus, jusqu'à la fin, mais ne décharge pas. La femme tombe alors comme morte dans les bras de son amant, lequel, tout enflammé, finit de son côté comme il peut. »

Page 1137.

1. R. Gaston Charles, de son vrai nom Mme R. Gaston-Charles, sans qu'on puisse préciser son prénom. Elle obtint le prix Fémina, en 1911, avec *La Vie heureuse.*

Page 1139.

1. L'ouvrage figure, dédicacé, dans la bibliothèque d'Apollinaire.

Page 1140.

1. La tradition veut que dans la «Consolation à Monsieur du Périer, gentilhomme d'Aix-en-Provence, sur la mort de sa fille» le vers célèbre «Et rose elle a vécu ce que vivent les roses» soit le résultat d'une erreur de l'imprimeur, qui aurait mal lu le «Et Rosette a vécu» de Malherbe.
2. Voir cette réponse, p. 1497-1498.

Page 1141.

1. Apollinaire résume en une phrase le chapitre «Une définition» de *Les Spécialités* (1872) qu'il a sans doute lu dans les *Pages choisies* de Multatuli publiées au Mercure de France en 1901.

Page 1142.

1. Ce livre figure dans la bibliothèque d'Apollinaire, avec cet envoi : «Pour Guillaume Apollinaire ce livre de la colère, la seule foi possible désormais. En amitié / Aurel.»

Page 1143.

1. Allusion au théâtre d'Ibsen et surtout de Strindberg d'une part, à celui de Maeterlinck de l'autre.

Page 1144.

1. Du nom de l'éditeur français qui publia, à partir de 1824, une encyclopédie populaire de technologie.

Page 1145.

1. Le livre, publié en 1907, est préfacé par Émile Faguet.
2. Tanger où, en 1905, Guillaume II contesta la présence française au Maroc : c'est son «rêve»; Algésiras, conférence internationale qui, l'année suivante, établit un statut pour le Maroc : la «raison».

Page 1146.

1. Le livre figure dans la bibliothèque d'Apollinaire, avec l'envoi suivant : «À Guillaume Apollinaire / Amical souvenir / Eugène Monfort.»

Page 1147.

1. On pense, entre autres, à Sonia, dans *Crime et châtiment.*
2. Sur ce thème, voir le conte «Histoire d'une famille vertueuse, d'une hotte et d'un calcul», t. I, p. 181.
3. Fondée par Bouhélier en 1896, l'école naturiste, qui veut redonner vie aux forces de la nature et réhabiliter les splendeurs de la vie quotidienne, rassembla Maurice Le Blond, Albert Fleury et Eugène Montfort.

Page 1149.

1. Voir cette citation p. 920. Elle ne se trouve pas dans l'article que Louise Lalanne consacre à Lucie Delarue-Mardrus (p. 924-927), qui est, lui, très sévère.
2. Ce livre figure dans la bibliothèque d'Apollinaire.

Page 1150.

1. On parle beaucoup alors, notamment chez les jeunes disciples de Maurras, d'une renaissance du classicisme. Henri Clouard avait commencé le 15 août 1908 dans *La Phalange* une enquête sur la «littérature nationale» libéralement acceptée par Royère, mais qui ne fut pas du goût de tous les collaborateurs de la revue.
2. Voir *La Phalange nouvelle* (p. 885-898), ainsi que la Notice de ce texte, p. 1651 et la Note sur le texte, p. 1653. Dans le numéro du mois de mars de la revue *Les Marges,* Eugène Montfort avait, sous le titre «*La Poésie symboliste*», ironisé sur le symbolisme, devenue pour Royère une notion aussi confuse que celle de «radical-socialisme» en politique. D'Apollinaire, il écrivait : «Guillaume Apollinaire m'expliquait que *La Poésie symboliste* s'était appelée ainsi non pas parce que tous les poètes dont il est question dans ce livre étaient symbolistes, mais bien parce que l'éditeur avait cru au prestige de ce titre sur son public.»

Page 1151.

1. Ce livre se trouve dans la bibliothèque d'Apollinaire.

Page 1152.

Pan

«Revue libre» imprimée à Montpellier, mais dirigée à Paris, conjointement par J. Clary et Marcel Rieu, *Pan* paraît tous les deux mois, de 1908 à

1913, et veut être «le type de la revue ouverte à tous, curieuse de talents nouveaux» (*La Crise des valeurs symbolistes*, p. 288). Apollinaire y avait fait paraître sa suite poétique des «Fiançailles» en mars 1909, dans le numéro 3. Mais, largement ouverte aux tentatives poétiques, la revue n'est pas seulement anthologique : débutant par les «Notes du mois», elle s'achève sur une triple chronique littéraire, tenue par Jean Clary pour «Les Poèmes», Marcel Rieu pour «Les Livres» et Émile Cottinet pour les pièces de théâtre («Le Promenoir»), l'essentiel de ses soixante-dix pages étant occupé par vers et nouvelles alternant avec des études critiques et essais divers, philosophiques ou esthétiques.

À PROPOS DE DEUX OUVRAGES SUR LA QUESTION DES LANGUES ARTIFICIELLES

Ce texte a dû être rédigé dès 1904, peu après la publication de ces deux ouvrages, à un moment où cette question était d'actualité. Apollinaire va plus loin, semble-t-il, que dans ses chroniques de *La Grande France* (voir p. 1070-1073) et de *L'Européen* (voir p. 1083-1088) consacrées au même problème. Il constate la lente substitution aux idiomes nationaux d'un vocabulaire international et ne repousse pas la prophétie de Wells prévoyant, à terme, la prépondérance du français.

Précisons que ces deux ouvrages figurent dans la bibliothèque d'Apollinaire, celui de Pyrrhus Bardyli portant une dédicace éclairante : «À Guillaume Apollinaire en témoignage d'amitié et d'estime», elle-même accompagnée d'une note de la main d'Apollinaire, que nous reproduisons ci-après : «L'auteur de cet essai : Faïk Beg Konitza, / Signe Thrank Spiroberg dans mon *Festin d'Ésope,* / Aussi Thrank Spiroberg auparavant de ça. / C'est l'Albanais le plus érudit de l'Europe. / Il t'admire toujours celui-là qui te lit. / Ô Pyrrhus Bardyli!»

Un manuscrit est conservé à la Bibliothèque nationale. Il présente des ratures et de nombreuses variantes. Nous relevons les plus importantes sous le sigle *ms.*

a. Après Leipzig *, un appel de note introduit ces lignes dans ms. :* Dans ses *Instructions pour l'étude élémentaire de la linguistique européenne* (Paris, 1871) Abel Hovelacque dit : «C'est d'ailleurs un cas bien fréquent de rencontrer encore à l'heure actuelle nombre de lettrés, et des plus distingués, raisonnant des langues, de leur formation, de leur constitution et de leurs variations, comme si Bopp n'avait jamais existé. C'est là un malheureux privilège que possèdent les langues, mais un privilège qu'elles possèdent incontestablement, d'attirer sur elles d'une façon toute particulière, et cela comme par une sorte de prédilection, les théories des personnes les moins autorisées. On ne parle guère physique ou chimie sans avoir étudié la physique ou la chimie; on s'abstient moins déjà de trancher selon les fantaisies du moment des questions naturelles telles que celles de l'hétérogénie, du polygénisme, de la mutabilité des espèces, mais l'on devient tout à fait concluant sur le terrain linguistique.»

Page 1153.

a. Après monde *, un appel de note introduit ces lignes dans ms. :* En 1904, la British and Foreign Bible Society a publié pour son centenaire une brochure *The Gospel in Many Tongues* un verset de la Bible en 358 langues ou dialectes.

b. lui est en horreur. Toutefois, que deviendrait avec ses 200 langues, ce savant monstrueux en son genre, au double de Briarée et d'Argus, si sa destinée le poussait en Afrique ou en Océanie chez une peuplade dont la langue lui serait étrangère? Ferait-il amende honorable à l'abbé Hugon, qui le premier, dit-on, eut l'idée d'une langue universelle et en souhaiterait-il une? Le livre de Pyrrhus Bardyli est d'un érudit. *ms.*

1. Signé «R. G.», le compte rendu de l'ouvrage de P. Bardyli a paru, dans la rubrique «Notes et analyses», du numéro 12 (15 décembre 1904) de *La Revue des idées*. Cette revue, qui a paru mensuellement de 1904 à juin 1913, portait en sous-titre «Études de critique générale» et était de tendance nationaliste.

2. Dans le système de Fourier, c'est la passion vers laquelle convergent toutes les autres, le fondement de la fraternité et de toutes les vertus.

3. Notamment dans son *Esthétique de la langue française* (1899), qui porte en sous-titre : «La déformation, la métaphore, le cliché, le vers libre, le vers populaire».

Page 1154.

1. Apollinaire avait ce livre dans sa bibliothèque.

Page 1155.

a. qui séduit *[7 lignes plus haut]*. Mais sans compter le latin et les langues chiffrées, il n'existe peut-être pas moins de langues universelles que de langues naturelles. On sent bien qu'il n'y a de place que pour une seule. À la tour de Babel, il y eut une fameuse querelle entre gens qui voulaient imposer chacun une langue universelle. La dispute dure encore. Un imposteur du XVIIIe siècle, voulant se faire passer pour Japonais, inventa une langue de toutes pièces et l'appelait langue japonaise, mais il ne l'imposait point. Nos panglottistes inventent aussi la langue japonaise, mais par une hypocrisie singulière, ils veulent rendre le monde entier complice de leur imposture. D'ailleurs, la manie monoglotte n'est excitée que par un esprit de fraternité qu'il faut admirer. / D'autre part, la plupart des écrivains admettent la possibilité d'un idiome unique alliant les membres *ms.*

1. Langue artificielle créée par Léon Bollack.

2. L'enquête date de 1905.

3. Le volapük est une langue universelle créée en 1880 par Johann Martin Schleyer.

La Démocratie sociale

Sur *La Démocratie sociale*, voir la notule p. 1698-1699.

GIUSEPPE GIACOSA

Sur Giacosa, Apollinaire écrira la notice suivante dans son *Théâtre italien* : «Giuseppe Giacosa naquit à Colleretto Parella (Piémont) en 1847. Il était encore au barreau, lorsque sa *Partie d'échecs* remporta un succès qu'il n'espérait pas et qu'on peut comparer à celui du *Passant* de Coppée. Il se consacra alors entièrement à la scène. Dans le *Triomphe d'amour,* et surtout dans les *Tristes amours,* il se montrait très influencé par le théâtre naturaliste. La pièce fut sifflée à Rome. Le succès grandiose de *Comme les feuilles* devait le dédommager» (p. 214).

«UNE PARTIE D'ÉCHECS»

Page 1157.

1. Sur Coppée et son drame *Le Passant* (1869), voir *Le Poète assassiné,* t. I, p. 278 et var. *a.*

2. La pièce de Sem Benelli, *La Cena delle beffe (Le Souper des farces),* drame en quatre actes transposé en vers français par Jean Richepin, fut représentée pour la première fois au théâtre Sarah-Bernhardt le 2 mars 1910 et publiée chez Fasquelle la même année.

3. *Il Trionfo d'amore* parut en Italie en 1881 et fut traduit en vers français par Émile d'Audiffret en 1886 (Plon); *Il Fratello d'armi* date de 1878; *La Signora di Challant,* de 1891; *Il Conte rosso,* de 1880.

«COMME LES FEUILLES»

Page 1161.

1. La genèse du *Poète assassiné* montre qu'il était question de la pièce de Giacosa dans l'ébauche d'une revue de fin d'année qui avait été demandée à Apollinaire par Parsons. Voir *Le Poète assassiné*, t. I, var. *b,* p. 260.

LA GERMANISATION DE L'ALLEMAGNE. LE MOUVEMENT PÉDAGOGIQUE CONTRE LA CULTURE EUROPÉENNE

2. Les deux citations des *Conversations de Goethe avec Eckermann* se trouvent aux pages 298-299 et 331 du tome I de l'édition Délerot, que possédait Apollinaire.

Page 1163.

1. Cette question a déjà été évoquée par Apollinaire. Voir p. 1070-1073 et 1083-1088.

2. La citation se trouve à la page 358 du tome I de l'édition Délerot, mais Apollinaire a fait une erreur de transcription. Il écrit : «nous avons fait de sérieux progrès»; le texte donne : «un sérieux progrès».

Paris-Journal

Sur *Paris-Journal*, voir la notule des «Expositions de peinture», p. 1552-1553.

LES LIVRES

À l'exception des articles des 17 et 24 janvier et de celui du 17 février, signés «Guillaume Apollinaire», tous les autres ne portent que les seules initiales «G.A.». Mais le fait qu'Apollinaire ait recueilli ceux des 13, 14 et 15 mars dans deux cahiers de coupures de presse ne laisse pas de doute au sujet de l'attribution de l'ensemble de ces articles.

Page 1167.

1. Une lettre de Marcel Avril «pour rendre justice au brave homme que fut Étienne Ducret» fut publiée le lendemain, dans les «Échos» de *Paris-Journal.*

Page 1169.

1. L'œuvre de Georg Brandès eut un grand retentissement en Europe. Son œuvre maîtresse, publiée d'abord en danois de 1872 à 1890, fut rapidement traduite en allemand sous le titre *Die Hauptströmungen der Literatur des neunzehnten Jahrhunderts* («Les Courants principaux de la littérature du XIXe siècle») : six volumes consacrés à la littérature européenne. C'est le cinquième qui fut traduit en français, d'après la huitième édition allemande, par A. Topin avec une introduction de Victor Basch : *Les Grands Courants littéraires au XIXe siècle. L'École romantique française,* Berlin, 1902. Apollinaire le cite à la page 1170.

Page 1171.

1. *Paris-Journal* publie le 10 février suivant, en première page, un article de Georg Brandès sur Nietzsche qui se présente, en fait, comme la réponse à un article du philosophe Meyerson paru dans le même quotidien le 22 janvier. À ce dernier, qui avait voulu faire de Georg Brandès «le véritable inventeur du nietzschéisme», le critique danois réplique qu'il est resté dans «son rôle de critique», et il ajoute : «Partout où la doctrine de Nietzsche et sa grande et étrange individualité seront étudiées, elles produiront un double et puissant effet d'attirance et de répulsion; mais partout elles contribueront à la formation et au développement des esprits solitaires.»

Page 1172.

1. En effet, le vieux mot «bragard» signifie à la fois «hardi» et «gai».

COURRIER LITTÉRAIRE

Page 1174.

1. Ce volume est publié en 1912.

Page 1175.

L'Intransigeant

Sur *L'Intransigeant,* voir la notule de «L'Exposition annuelle du Cercle de l'union», p. 1553-1554.

L'ouvrage dont Apollinaire donne un compte rendu avait été publié chez Fayard. Il figure dans sa bibliothèque avec l'envoi suivant : «À Guillaume Apollinaire dont j'aime si fort l'originalité et le talent / Eugène Montfort».

VISIONS D'HORREUR
«EN FLÂNANT DE MESSINE À CADIX»

1. Le 28 décembre 1908.

Page 1176.

1. Il s'agit des catacombes du couvent des Capucins.

2. Après ces points de suspension, qui sont de Montfort, Apollinaire saute plusieurs lignes où est narrée l'arrivée dans la galerie des femmes. C'est à cette galerie que se rapporte le «Il y a là» qui suit.

3. La fée Morgane et son château sur le mont Gibel — image de la création littéraire — reviennent à plusieurs reprises dans l'œuvre d'Apollinaire. Présente dans *L'Enchanteur pourrissant* (voir t. I, p. 16-18), l'enchanteresse apparaît encore dans le prologue des *Mamelles de Tirésias* en 1917 (voir *Œuvres poétiques,* p. 882).

Page 1177.

1. La fête de la Madone de Piedigrotta se déroule en réalité du 5 au 7 septembre.

«MADEMOISELLE» PAR RENÉ MAIZEROY

Apollinaire avait conservé ce livre, publié chez Lemerre en 1911, et son exemplaire porte la dédicace : «À Guillaume Appolinaire *[sic]* son ami René Maizeroy.» En dehors d'un ouvrage autobiographique, *Souvenirs d'un Saint-Cyrien* (1880), René Maizeroy est l'auteur de nombreux romans qui appartiennent à la même veine que *Mademoiselle* : *Les Deux Femmes de Mademoiselle* (1880), *Les Amours défendues* (1882), *Yette, mannequin* (1907)...

2. On rappellera qu'Apollinaire projetait de publier une *Anthologie de la littérature espagnole* dans la même collection que son *Théâtre italien,* édité par Michaud en 1910.

Page 1178.

1. Chanson populaire andalouse.

Les Soirées de Paris

Sur *Les Soirées de Paris,* voir la notule de «Réalité. Peinture pure», p. 1591.

UN LIVRE DE M. ANTOINE ALBALAT

2. Ce livre figure, dédicadé, dans la bibliothèque d'Apollinaire.

Page 1179.

1. Remy de Gourmont, en particulier, s'était montré très sévère à l'égard des précédents ouvrages d'Albalat. Dans la préface de son livre *Le Problème du style* (1902), il écrivait : «Je n'aime les prisons d'aucune sorte; c'est pourquoi, entré chez M. Albalat, je me suis permis de déraciner quelques serrures. [...] Aux affirmations de M. Albalat j'ai donc substitué des doutes.» De fait, le premier essai du *Problème du style,* qui donne son titre à ce livre, se présente comme une réfutation en règle de l'ouvrage d'Albalat *De la formation du style par l'assimilation des auteurs.* La conclusion de Gourmont est la suivante : «Si rien, en littérature, ne vit que par le style, c'est que les œuvres bien pensées sont toujours des œuvres bien écrites. Mais l'inverse n'est pas vrai; le style seul n'est rien.»

Page 1181.

Mercure de France

Sur le *Mercure de France,* voir la notule, p. 1736.

OUVRAGES SUR LA GUERRE ACTUELLE

Apollinaire donna cinq comptes rendus à cette importante rubrique du *Mercure de France,* à laquelle participèrent de nombreux collaborateurs.

1. Affecté au 38e régiment d'artillerie de campagne jusqu'en novembre 1915, Apollinaire parle en connaissance de cause.
2. Dans le nord de l'Italie, entre la Carniole et l'Istrie, lieu d'une offensive italienne qui aboutit à la prise de Gorizia en 1916.

Page 1182.

1. Cordiales dans les années 1907-1912 — comme en témoignent les ouvrages de Duhamel de cette période qu'Apollinaire avait conservés dans sa bibliothèque —, les relations entre les deux écrivains se détériorent après le fameux éreintement d'*Alcools* publié dans le *Mercure de France* en juin 1913. Il semble qu'au moment de la guerre, l'auteur de la

Vie des martyrs puis de *Compagnons* (1918) ait remonté dans l'estime d'Apollinaire.

2. *Le Feu*, «Journal d'une escouade», avait été publié par Flammarion en 1916.

3. L'un des termes les plus utilisés, avec «poilu», pour désigner les soldats de la Grande Guerre, selon Dauzat (*L'Argot de la guerre*, A. Colin, 1918).

Page 1184.

1. L'ouvrage figure dans la bibliothèque d'Apollinaire avec cet envoi : «Hommage de l'auteur A.P.M. first Army B.E.F.» L'allusion au «burin» d'un «soldat laboureur» (p. 1185) donne le nom de l'auteur : le graveur Jean-Émile Laboureur.

Page 1185.

1. Le manuscrit de cet article est conservé dans les archives des éditions Gallimard.

Page 1186.

1. L'article d'A. Seeger parut dans le numéro 26 et dernier des *Soirées de Paris* (juillet 1914) sous le titre : «Le Base-ball aux États-Unis».

L'Européen

Sur *L'Européen,* voir la notule de «L'Exposition de Düsseldorf», p. 1541.

LE TROISIÈME CENTENAIRE DE «DON QUICHOTTE»

Page 1189.

1. La citation est tirée d'un poème en hommage à Cervantes : *«Versos recitados en el teatro del Príncipe en una funcion de aniversario de Cervántes»*, *Obras poéticas,* imprimerie de J. Claye, 1866. Il s'agit plus précisément d'un extrait de la deuxième strophe dont voici le texte original : *Un libro nos acompaña / Al eterno porvenir. / Puede el* Quijote *morir? / Pues morir no puede España.*

Page 1190.

LA MORT DE KANT

1. Né à Königsberg en 1724, il y est mort en 1804. Apollinaire avait conservé dans sa bibliothèque la *Critik der Urtheilskraft* (1792).

Page 1191.

1. Auteur de *Immanuel Kant in Seinen Letzten Lebenjahre* («Emmanuel Kant dans les dernières années de sa vie»), Königsberg, 1804.

Page 1192.

1. Auteur de *Darstellung des Lebens und Charakters Immanuel Kant's* («Description de la vie et du caractère d'Emmanuel Kant»), Königsberg, 1804.
2. C'est au début de la troisième partie de *De l'Allemagne* (1835) que Heine évoque Kant «vêtu de son habit gris, son jonc d'Espagne à la main».

Page 1195.

La Culture physique

Dirigée par Albert Surier, qui assure en même temps la fonction de rédacteur en chef, *La Culture physique,* «revue mensuelle illustrée d'éducation et de sports», apparaît en février 1904 mais ne supporte pas la comparaison avec les autres journaux sportifs de l'époque. Son tirage est loin d'atteindre celui de quotidiens comme *L'Auto* (plus de 50 000 exemplaires en 1903) ou *Les Sports,* patronnés par *Le Journal,* ni même celui de magazines sportifs tels que *L'Écho des sports* ou *La Vie au grand air.*

Imprimé sur papier de bonne qualité, chaque numéro, copieux (32 pages) et informé, s'agrémente, au fil des mois, d'illustrations de plus en plus nombreuses. Limitée au début presque uniquement aux informations et aux questions strictement sportives, la revue éprouve, en 1907 justement, le désir d'élargir ses ambitions et de s'ouvrir aux questions artistiques. Mais les essais du même style et de la même ampleur que ceux d'Apollinaire resteront l'exception.

Comment Apollinaire a-t il été amené à collaborer à *La Culture physique*? On en est réduit aux suppositions. L'ami Dalize, «fanatique de la méthode Hébert», comme le suggère Adéma (Guillaune Apollinaire, p. 119), est-il intervenu?

Seules réactions connues pour le moment, limitées au cercle des intimes, à cette collaboration pour le moins surprenante, les caricatures effectuées par Picasso d'un Apollinaire musclé, à la tête minuscule, *La Culture physique* au poing gauche; caricatures suscitées, vraisemblablement, moins par le premier article sur la danse (voir t. III, à paraître) que par celui que nous donnons ici.

GUY DE MAUPASSANT ATHLÈTE

1. La citation exacte, qui provient de «Mouche», troisième nouvelle du recueil *L'Inutile Beauté* (1890), est : «Ma grande, ma seule, mon absorbante passion, pendant dix ans, ce fut la Seine.» Voir Maupassant, *Contes et nouvelles,* Bibl. de la Pléiade, t. II, p. 1169.

Page 1197.

1. Dans «À vendre», nouvelle du recueil *Monsieur Parent* (1886). Voir Maupassant, *Contes et nouvelles,* Bibl. de la Pléiade, t. II, p. 420. La phrase «Partir à pied [...]» est la première de la nouvelle. Quant à la précédente,

«Quoi de plus doux [...]», elle ne s'y trouve pas, mais résume les impressions suggérées dans la première page.

2. Dans *Souvenirs sur Maupassant,* Rome, Bocca, 1905.

Page 1198.

1. Citation tirée du recueil de voyages de Maupassant *Sur l'eau* (Marpon et Flammarion, 1888), chapitre daté «Cannes, 7 avril, 9 heures du soir». Notons que Maupassant a écrit «ces rochers complaisants» et non « ces roches complaisantes».

2. Dans le même ouvrage *Sur l'eau* (qu'il ne faut pas confondre avec la nouvelle qui porte le même titre) à la date du 10 avril.

3. *Gustave Flaubert. Lettres à George Sand, précédées d'une étude de Guy de Maupassant,* Paris, Charpentier et Cie, 1884.

4. Une partie de la citation a sauté : «[...] pour découvrir toutes les misères, toutes les souffrances [...]».

5. Ecclésiaste, I, 2.

6. *Sur l'eau,* «Saint-Raphaël, 11 avril». Apollinaire cite cette page avec quelques inexactitudes mineures. Relevons seulement que Maupassant a écrit «leurs jambes trop longues ou trop courtes, leurs corps trop gros ou trop maigres», et non «leurs jambes trop longues ou trop maigres (ligne 22 de la page 1199).

Page 1200.

1. *Les Tireurs au pistolet,* préface de Guy de Maupassant, C. Marpon et E. Flammarion, 1883.

Page 1202.

L'Intransigeant

Sur *L'Intransigeant,* voir la notule de «L'Exposition annuelle du Cercle de l'union», p. 1553-1554.

UN CANARD À LA ROUENNAISE

Cet article est au point de rencontre de deux polémiques. L'une concerne René Fauchois, violemment attaqué par la presse nationaliste et antisémite, l'autre Racine. Aux matinées-conférences de l'Odéon, en principe destinées aux étudiants, Fauchois avait, en octobre et novembre, parlé de Racine d'une façon très critique. Un écho du *Mercure de France* du 16 novembre 1910 le relevait : «Racine et les navets. — M. René Fauchois a démontré clair comme le jour qu'*Iphigénie* ne valait pas *Le Maître de Forges.* Tout passe. Ohnet reste. Rivarol l'avait bien dit : "*Racine* passera, les navets resteront."» D'autre part, Masson-Forestier publiait au même moment un livre qui fut jugé scandaleux, *Autour d'un Racine ignoré.*

Page 1203.

1. Il s'agit en fait d'un long compte rendu d'une colonne, «À bâtons

rompus - L'Escarmouche d'Iphigénie», signé Nozière et paru le 29 octobre 1910. Les premières lignes font état de manifestations du public, pour observer que ce ne fut pas une nouvelle bataille d'*Hernani*, mais une simple escarmouche.

Page 1204.

LA SORBONNE EST ÉBRANLÉE

L'ouvrage dont Apollinaire donne ici un compte rendu, *L'Esprit de la nouvelle Sorbonne*, publié aux éditions du Mercure de France en 1911, figure dans sa bibliothèque avec l'envoi suivant : «À Monsieur Guillaume Apollinaire / sympathiquement / Agathon.» Sous le pseudonyme d'Agathon se dissimulent Henri Massis et Alfred de Tarde, qui reprennent dans ce livre au sous-titre significatif — «La Crise de la culture classique, la crise du français» — une série d'articles donnés l'année précédente à *L'Opinion* et longuement discutés dans la presse dès cette époque. Seule la conclusion est inédite.

1. L'abbé J.-P. Rousselot fonda le laboratoire de phonétique expérimentale au Collège de France en 1889.

2. Poète et critique de poésie, Robert de Souza est l'auteur de *Questions de métrique* (1892) et d'une série d'études intitulées «Du rythme en français» publiées dans *La Phalange* en 1911.

3. Rappelons qu'Apollinaire répondra néanmoins favorablement, en décembre 1913, à Ferdinand Brunot, professeur à la Sorbonne et fondateur des Archives de la parole, l'invitant, avec quelques autres poètes, à une séance d'enregistrement. Voir «La Vie anecdotique» du 1er juillet 1914, t. III à paraître.

Le Printemps des lettres

La collaboration d'Apollinaire au *Printemps des lettres*, revue dirigée par Mme L.-H. du Rieux (voir p. 1028), est purement accidentelle. Elle est probablement la conséquence de la critique élogieuse de Lucien Rolmer sur *L'Hérésiarque et Cie* dans le numéro 2 de juin 1911.

L'ANCIEN TAILLEUR

Cet article parut dans le numéro 3-4 de juillet-août 1911. Sous les apparences de la fantaisie perce la confidence du jeune poète encore méconnu.

Page 1207.

1. Lapsus pour *Almanach des Muses*? Nous n'avons pas trouvé d'*Almanach des pensées*.

2. Début de la deuxième strophe du quatrième poème de la troisième partie de *Sagesse*.

3. «Je confesse [...]», et non «Il» : Apollinaire a trouvé ces vers dans un livre de sa bibliothèque : *Priapées* de François de Maynard, publiées par un bibliophile gascon, Paris, Sansot, 1909.

Le Petit Bleu

Sur *Le Petit Bleu,* voir la notule de «Les Pompiers, Vallotton et le Douanier Rousseau», p. 1580.

L'ORIGINE DE SHERLOCK HOLMES

Page 1210.

1. Voir des réflexions analogues dans «La Vie anecdotique» du 16 juillet 1914 («Fantômas»), t. III à paraître.

Page 1213.

CALLOT ET LES BOHÉMIENS

1. Le titre exact est : *Jacques Callot, maître graveur (1593-1635),* suivi d'un catalogue raisonné, Bruxelles, 1912. Cet ouvrage figure dans la bibliothèque d'Apollinaire avec cet envoi : «À Guillaume Apollinaire / cordialement / P.-P. Plan».

Page 1215.

1. George Borrow, passionné de voyages et curieux des mœurs primitives, séjourna notamment en Espagne et au Portugal. On lui doit en particulier : *Les Zingaras, ou Rapport sur les Gitans d'Espagne* (1841) et *La Bible en Espagne* (1843), récit de ses aventures espagnoles et portugaises. Sur George Borrow, on lira une note publiée dans *La Démocratie sociale,* t. III à paraître.

Page 1216.

Les Soirées de Paris

Sur *Les Soirées de Paris,* voir la notule de «Réalité. Peinture pure», p. 1591.

À PROPOS DE STENDHAL

1. Dans le numéro de mai 1914.

Page 1218.

LE QUARTIER LATIN

C'est seulement en 1924 que parut aux éditions Roman nouveau un ouvrage dont la guerre avait retardé la publication, *Le Quartier Latin hier et aujourd'hui* de Jean Émile-Bayard. L'auteur avait interrogé en 1913 de nombreux écrivains et artistes : le livre est en grande partie composé de leurs souvenirs sur le quartier Latin.

On rapprochera cette page de souvenirs d'une autre enquête, effectuée à la suite du succès de la précédente, par le même Émile-Bayard, sur «Montmartre, les artistes et les écrivains». La réponse d'Apollinaire figure indirectement dans la conclusion publiée le 15 décembre 1913 dans *Paris-Journal*. On y lit qu'Apollinaire «tient la grisette pour l'éternelle amie de l'artiste et du lettré» et qu'il «s'attriste de la mort de la Butte comme il s'attriste de la fin d'un autre coin de Paris».

1. Les soirées poétiques organisées par la revue *La Plume* avaient connu un grand succès en 1889 et dans les années suivantes. Elles furent reprises en avril 1903 et eurent lieu chaque semaine jusqu'à la fin de mai. Apollinaire s'y fit connaître en disant ses poèmes. La chanson de Cazals qu'il cite est intitulée *Les Nouvelles Soirées de La Plume,* sur l'air de *Viens Poupoule.* Il s'agit du cinquième et dernier couplet : *Raynaud réclame au piano / Cazals qui ne dit mot. / Halary réclame Armory / Saltas réclam'Jarry. / Fabre et Fagus réclam'nt Degron / Les dam's réclam'nt Salmon... / Et Tata montre son mollet / Au docteur Djevdet-Bey. / Apolli- / Naire lit / Un poème fort joli.*

Page 1219.

1. Voir la notule du «Jardin des ronces», p. 1733-1734 et la «Lettre parisienne», p. 1092-1093.

Page 1220.

1. Cet ami est le poète Nicolas Deniker.
2. Autre version de ce trait dans «La Boîte aux lettres» de *L'Intransigeant* du 6 février 1911 (voir p. 1309).
3. Dans la rubrique «On dit que...» de *L'Intransigeant* du 4 mars 1910, Apollinaire a déjà parlé du *mescal* (voir p. 1294-1295 et n. 1, p. 1295).

Page 1221.

El Imparcial

[RÉPONSE À UNE ENQUÊTE]

Enquête menée par Ventura Garcia Calderón auprès d'écrivains français pour le grand quotidien madrilène *El Imparcial.* Les questions étaient ainsi libellées : 1° Avez-vous lu, dans votre jeunesse, le *Don Quichotte*? Quels sont vos souvenirs de cette lecture? 2° Quel est pour vous le symbolisme de *Don Quichotte*? 3° Le héros espagnol est-il aussi, en quelque sorte, un chevalier français?

Les réponses publiées en espagnol dans le journal furent ensuite réunies en français dans un petit volume, aujourd'hui rarissime, du Centre d'études franco-hispaniques de l'université de Paris, *Une enquête littéraire : «Don Quichotte» à Paris et dans les tranchées.* Notre texte est celui du manuscrit envoyé par Apollinaire à Calderón.

1. En 1914, dans la *Revista de America.*
2. Voir l'article de *L'Européen,* p. 1187-1190, et celui du *Mercure de France* dans «La Vie anecdotique», t. III à paraître.

Page 1222.

1. Cette traduction, publiée pour la première fois en 1799, fut fréquemment rééditée au cours du XIXe siècle.

2. La première édition en deux volumes fut publiée en 1836-1837; elle fut plusieurs fois rééditée.

3. Sous le pseudonyme d'Alonso Fernandez de Avellaneda (qui cache vraisemblablement le dominicain Luis Aliaga) avait paru en 1614 une suite à la première partie de *Don Quichotte.* L'admiration d'Apollinaire va à l'encontre de l'opinion générale, qui considere cet ouvrage comme une médiocre imitation du chef-d'œuvre de Cervantes. Apollinaire en a utilisé les chapitres XV et XVI du livre VI pour le cinquième chapitre de la deuxième partie de ses *Trois Don Juan.* Voir t. I, p. 810 et n. 1, ainsi que la Notice, p. 1427.

Échos sur les lettres et les arts

NOTES ET VARIANTES

Page 1225.

La Revue d'art dramatique et musical

REVUE DES REVUES

C'est Armory qui présenta, le 8 juillet 1903, Apollinaire à Alphonse Séché, nommé directeur de *La Revue d'art dramatique et musical* à compter du même mois. À cette date, Apollinaire se voit confier la «Revue des revues», rubrique créée à son arrivée — et peut-être à son instigation — qui disparaît à son départ, en février 1904. Au total, il collabore sept mois à cet organe mensuel, émanation de la société dramatique «Les Escholiers et l'Élan», présidée par Gaston de Bellefonds.

Pour remplir son contrat, Apollinaire aura consulté 45 périodiques divers, dont 22 publiés en France et 10 de langue allemande, choisissant dans la plupart des cas ses sources moins en fonction de leur valeur informative que pour leur charge humoristique ou anecdotique.

En apparence, l'unité du discours critique est sauvegardée : les périodiques cités font tous référence, de près ou de loin, à la musique ou à l'art dramatique, mais si la spécificité de la *Rivista teatrale italiana* ou du *Monde musical* ne saurait être mise en doute, elle est en revanche moins évidente dans quelques cas, ceux notamment de la *Revue des études franco-russes,* de *Rire et galanterie* ou encore du *Festin d'Ésope,* qui trouve là un discret moyen de promotion. Qu'on n'imagine pas alors que le journaliste étend simplement avec conscience le champ de ses lectures au-delà des strictes limites des revues spécialisées. En vérité, l'échotier l'emportant sur le chroniqueur — suivant une démarche que le temps ne fera que confirmer — trouve déjà son bien un peu partout et se déplace en souplessse de la musique vers d'autres formes d'art : le dessin, voire la sculpture ou l'architecture.

On retrouve ici le penchant d'Apollinaire pour les questions linguistiques ou grammaticales ainsi que ce plaisir de conter et ce goût de l'anecdote qui lui sont chers, sans parler des idées du jeune Apollinaire en faveur d'une société plus libérale. On le voit rêver à un monde plus fraternel, plus juste, où les juifs ne feraient plus l'objet de railleries et de pamphlets et où l'art serait largement accessible à tous.

Quand il parle musique, on sent le revuiste plus attiré par l'histoire que par la technique musicale. Les divers usages de la trompette à travers les âges l'intéressent notamment bien plus que le fonctionnement de l'instrument. Mais ses préférences en matière musicale sont nettes. Il déteste Mascagni et voue une grande tendresse aux genres populaires : chansons de music-hall, vieux noëls, opérettes. Il cite certes à sept reprises le nom de Berlioz, mais c'est pour présenter l'auteur de *Benvenuto Cellini* comme une voie de salut pour la musique française, prise entre l'influence italienne et celle de l'Allemagne, et non pour souligner les qualités intrinsèques de sa musique.

Le dramaturge qui veille en lui apparaît déjà. Sa défense du rire au théâtre, son désir de rénover la scène et de renouveler la production contemporaine se verront concrétisés dans son œuvre même.

En définitive, si l'on tente une synthèse de cette collaboration en essayant d'en dégager l'intérêt pour une meilleure connaissance de l'esprit critique apollinarien, il en résulte moins un discours sur la spécificité de l'art musical ou théâtral qu'une réflexion sur l'art en général où se lisent les idées-forces d'Apollinaire en la matière. En se dégageant du vérisme italien aussi bien que du wagnérisme allemand, la France conquerra son originalité.

Impressionniste toujours, prophétique parfois, faite de notations disparates, dispersées mais finalement convergentes, suggestive et ironique, cette critique, que l'on devine tentée par le silence, semble sur le point de signer son propre désaveu. Parlant de Novelli, Mathilde Serao, citée par Apollinaire, écrit : « Le critique a des moments pendant lesquels il ne peut rien faire d'autre qu'écarquiller les yeux admirativement et observer le plus doré des silences. » S'il n'est pas assuré qu'Apollinaire prenne entièrement à son compte cette façon de voir, sa critique, en tout cas, donne assez souvent l'impression de suivre cette leçon. En lui le créateur fait taire le théoricien quand il ne réussit pas à transformer la théorie en poème.

On retiendra aussi que l'anecdotier n'en est sans doute qu'aux balbutiements mais qu'il a su néanmoins rendre attrayante une rubrique d'ordinaire aride et monotone. Romain Rolland, son voisin à la « Chronique musicale », ne s'y est pas trompé qui interroge ainsi le directeur de la revue : « Et qui est celui-là qui signe Guillaume Apollinaire? Il faut qu'il n'en reste pas là[1]... »

Il n'en restera pas là en effet. Sa collaboration à *La Revue d'art dramatique et musical* ouvre la voie aux « Notes du mois » du *Festin d'Ésope,* aux « Journaux et revues de l'étranger » de *La Démocratie sociale* et à la longue série d'échos et d'anecdotes qui alimenteront jusqu'à sa mort *Paris-Journal,* le *Mercure de France* ou *L'Europe nouvelle,* pour ne citer que quelques ensembles parmi les plus importants.

1. Lettre de Romain Rolland à Séché, publiée dans les *Cahiers Romain Rolland,* n° 13, Paris, 1962, p. 26.

1. Enrico Corradini, journaliste, écrivain, homme politique, est une figure importante du nationalisme italien, dont il se fit le théoricien. Son drame en cinq actes, *Giulio Cesare,* avait été publié à Rome, en 1902, aux éditions della Rassegna internazionale.

2. Ermete Novelli, célèbre acteur italien, de réputation internationale, s'illustra dans le style vériste.

3. Apollinaire avait pu le voir, en octobre 1901, de passage à Bonn, pendant son périple allemand.

Page 1226.

1. Du 7 au 26 mai 1903, une version scénique de *La Damnation de Faust,* réalisée par le musicien Raoul Gunsbourg pour l'opéra de Monte-Carlo, avait été représentée au théâtre Sarah-Bernhardt. La critique s'était montrée sévère pour cette mise en scène d'une œuvre qui avait été conçue par Berlioz comme un «opéra de concert».

2. Sur la collaboration d'Apollinaire à *La Grande France,* voir la notule de «Questions franco-allemandes», p. 1540.

3. Raymond-Charles Cazalys répondra en mars 1904 à l'enquête sur l'orchestre lancée par *Le Festin d'Ésope* (n° 5).

4. Le colophon de l'édition originale dans *Laudi* (1903 pour le premier volume, *Maia*) est ainsi libellé : «Gabriel Nuncius / Carmina deduxit / Joseph Cellini ornavit / Treves Bibliopola / accuratissime / impressit / MDCCCCIII.»

5. Allusion au fait que Faguet écrit «de Bonald» et non «Bonald», dans *Politiques et moralistes du* XIX*e siècle*?

Page 1227.

1. Avec retard, mais bien évidemment en souvenir de cet écho, l'Ouvreuse (Willy) de *L'Écho de Paris* adresse un clin d'œil complice au confrère échotier et à l'ami : «M. Guillaume Apollinaire traduit un fort volume de Ziehn "Sur le premier accord du scherzo de la neuvième symphonie de Bruckner"» (22 août 1903).

2. Voir «L'Exposition de Düsseldorf», p. 68 et n. 3.

Page 1229.

1. Deux collaborateurs de *L'Européen,* le second étant rédacteur en chef de la revue à partir de 1903 et secrétaire de rédaction au *Mercure de France.*

2. Allusion à une polémique qui avait eu lieu en juin 1903, au cours de laquelle *L'Européen* avait accusé *Le Figaro* d'être le porte-parole du ministère russe de l'Intérieur.

3. La tragédie d'Henri de Bornier est donnée au Théâtre-Français en 1853; celle de Victorien Sardou, écrite en collaboration avec Émile Moreau, avait été représentée pour la première fois à Londres, avec un immense succès, au théâtre royal de Drury Lane, le 30 avril 1903.

Page 1230.

1. Apollinaire la vit danser à Stavelot pendant l'été de 1899.

Page 1232.

1. La presse se fait alors l'écho du voyage en Italie du président Loubet, dont on ne sait s'il sera ou non reçu au Vatican, le pape refusant de recevoir tout chef d'État non catholique.

2. Aucun titre ne correspond exactement à celui que donne Apollinaire : celui-ci fait sans doute allusion à «La Cabale du cheval Pégase» ou à «L'Âne Cyllène», où est développée l'idée selon laquelle celui qui veut être un homme et non un âne doit se conformer à la philosophie et s'opposer à la foi.

Page 1233.

1. Barbey d'Aurevilly, qui évoque à peine la pièce, néglige en effet de mentionner jusqu'au nom de son auteur, Camille Delavigne, alors pourtant fort populaire.

Page 1234.

1. La tragédie en prose de Joséphin Péladan avait été donnée en 1903 dans le cadre des Chorégies d'Orange.

2. Il s'agit d'Euphorbe, tué par Ménélas au chant XVII de l'*Iliade,* v. 51-52. Nous corrigeons les quelques coquilles que contient la citation dans la revue.

Page 1236.

1. En réalité, la pétition des classiques fut présentée au roi quelques jours avant la première de la pièce d'Alexandre Dumas, donnée le 4 février 1829 à la Comédie-Française et qui est considérée comme le début du drame romantique.

2. Le titre exact de cette pièce est *Conaxa ou les Gendres dupés;* son auteur est un jésuite anonyme du XVIIIe siècle. La pièce d'Étienne provoqua une polémique fertile en libelles et chansons, notamment une *Stéphanéide.*

3. La pièce de Dumas fils avait été donnée avec succès à la Comédie-Française en 1887.

Page 1237.

1. En italien : «Rendez-vous compte!».

Page 1239.

1. «Voici qu'une rose est éclose / D'une douce racine.»

2. «Et une vierge sortira de la racine de Jessé.» Isaïe (XI, 1) dit en réalité : «Un rameau sortira du tronc de Jessé.»

3. «Il revient dans les louanges avec de joyeuses acclamations.» Nous avons corrigé les coquilles *Revonet* et *laubibus*.

4. «Joseph, mon cher Joseph / Aide-moi à bercer mon enfantelet.»

5. Langage macaronique : «En douce joie / Chantez à présent et soyez heureux.»

6. La pièce avait été représentée en 1903.

Page 1240.

1. Apollinaire avait répondu dans le numéro 46 (8 décembre 1903) de cette revue à une enquête sur le roman contemporain, voir la notule de la «Chronique des romans», p. 1738-1739.

Page 1241.

1. Apollinaire trouve ici l'occasion de faire de la publicité pour sa propre revue, qui venait de publier son deuxième numéro en décembre 1903.

2. Voir aussi, sur *Richard II*, p. 1245 et n. 3.

3. *Le Théâtre du peuple, essai d'esthétique d'un théâtre nouveau* (1903), publié dans ses *Cahiers de la quinzaine* par Charles Péguy, avait d'abord paru dans plusieurs livraisons successives de *La Revue d'art dramatique et musical* de 1900 à 1903. Sur le Théâtre du peuple, voir n. 1, p. 1257.

4. À la fin de cette chronique Apollinaire énumère dans un «Mémento» quelques titres d'articles.

Page 1242.

1. *Frauenlob* : «celui qui fait l'éloge de la femme». Pour désigner la femme, *Frau* a détrôné *Weib*, jugé de plus en plus péjoratif.

Page 1243.

1. Voir p. 1226.

Page 1244.

1. Sur la première de *Benvenuto Cellini*, voir «Inauguration du théâtre des Champs-Élysées», dans «La Vie anecdotique», t. III à paraître.

Page 1245.

Le Festin d'Ésope

NOTES DU MOIS

Parmi les publications littéraires de l'époque, *Le Festin d'Ésope*, de prime abord, fait un peu figure de parent pauvre. Sa sortie ne provoque que peu de réactions dans la presse du temps et encore proviennent-elles d'amis. L'*Annuaire de la presse,* pour 1903-1904, ne le mentionne même pas : mauvais fonctionnement du dépôt légal? ou bien dédain à l'égard d'une jeune revue au tirage très limité, tenue pour négligeable à côté d'autres journaux littéraires de large audience et de réputation solidement établie? De volume réduit — 16 pages pour le premier numéro, 20 par la suite —, peu élégante avec sa couverture brique et son papier de mauvaise qualité, remplie de coquilles, la «revue des belles-lettres», qui diminue de moitié son prix de vente à partir du deuxième numéro, le faisant alors passer à 0,50 F, peut difficilement rivaliser avec ses aînées : la défunte *Revue blanche* offrait 48 pages pour le même prix, le *Mercure de France* en donne 300 pour 2 F, *La Plume* est à 0,75 F. Mais la revue de Vallette, sérieuse et même grave, devenue, sous l'influence de Remy de Gourmont, le foyer du symbolisme consacré, est de moins en moins ouverte aux jeunes talents; *La Plume* connaît alors des difficultés et *L'Ermitage*, autre bastion du symbolisme, trouve ces nouveaux poètes «terriblement individualistes» et pas «tellement modestes[1]». L'idée de fonder une nouvelle revue apparaît donc, dans ce contexte, comme la plus heureuse solution, compte tenu du fait que «des admirations, des amitiés et des antipathies communes[2]» unissaient les membres de ce qu'il convient désormais d'appeler «le groupe du *Festin d'Ésope*».

De novembre 1903 à août 1904, neuf numéros (il n'y en eut pas en mai) furent publiés où figurent les signatures d'André Salmon, d'Alfred Jarry, de John-Antoine Nau, de Han Ryner, d'Alphonse Séché, de Paul Géraldy...

Considéré dans son ensemble, avec ses imperfections et ses contradictions, *Le Festin d'Ésope* reste cependant la première grande œuvre d'Apollinaire, qui en est bel et bien le premier artisan et le maître d'œuvre, puisqu'il s'occupe de tout, depuis le choix du titre jusqu'à celui du dernier placard publicitaire, en passant par le recrutement des collaborateurs et l'organisation de chaque numéro[3].

Apollinaire donne au *Festin d'Ésope* divers poèmes d'inspiration rhénane, le conte «Qu'vlo'v'?»[4] et *L'Enchanteur pourrissant.* Il est, de plus, l'auteur des pages mensuelles de «Notes du mois» que nous reproduisons et qui offrent, selon le mot d'Henri Hertz, le «premier rayonnement des curiosités et des connaissances[5]» du poète journaliste. Effectivement, l'échotier Apollinaire révèle son talent de journaliste dans ces textes brefs où passent tour à tour ironie, émotion et même quelques bouffées de lyrisme.

Il faut signaler parmi les quelques collaborations anonymes rencontrées dans *Le Festin d'Ésope* le texte suivant, publié dans le numéro de mars 1904, et qu'il y a tout lieu d'attribuer à Apollinaire. On y retrouve une évocation du carnaval de Cologne qui lui est chère.

1. André Salmon, *Souvenirs sans fin,* Gallimard, t. I, 1955, p. 186-187.
2. Michel Décaudin, *La Crise des valeurs symbolistes,* Privat, 1960, p. 251.
3. Sur *Le Festin d'Ésope,* voir Pierre Caizergues, *Apollinaire journaliste,* Les Lettres modernes, 1981, p. 155-185.
4. «Qu'vlov'?» est la forme donnée par la version du conte publiée dans *Le Festin d'Ésope*; mais à la table des matières on lit «Qu'vlo-v'?». Apollinaire adoptera enfin la graphie «Que vlo-ve?» dans *L'Hérésiarque et Cie* (t. I, p. 148).
5. «Guillaume Apollinaire», *Les Lettres parisiennes,* 1er février 1919.

«EPISTOLAE NOVAE
OBSCURORUM VIRORUM[1]

«Gottfried Hinterteil, libraire à Strasbourg en Alsace,
«à Moritz Damerlag,
« conseiller de Régence à Cologne-sur-le-Rhin

«Nous avons joyeusement enterré le carnaval. Pas si joyeusement qu'à Cologne peut-être. La ville des trois mages et de Stollwerck est trop fameuse, M. le conseiller de Régence, par la gaieté sublime de ses habitants pour que je compare notre modeste carnaval à celui de vos Marizibill, Drikkes, Haenneschen, etc.

«Néanmoins nous avons chanté des chansons nouvelles :

Ich bin hent'furchtbar echauffiert
Mir ist ein gross malheur passiert! etc.[2].

et de plus anciennes aussi. *Le Petit Cohn*, par exemple, n'a point vu son succès diminuer, cette année.

«À vrai dire, les poètes locaux ne se sont pas creusé la tête, ni Pégase, ni Phœbus n'apparaissent dans les songes de nos jeunes gens. *Olim,* quand j'étais jeune, nous aimions les *recreationes animi*[3] et, phaétons intrépides, menions nos rêves autour du soleil, jusqu'au trébuchement.

«Aujourd'hui, la jeunesse s'enivre de bière, M. le conseiller de Régence, ou de champagne à vomir : le nôtre, le fameux *Sect* allemand. Les adolescents ne connaissent même plus les noms des Malvoisie, des Alicante et des Moscatel qu'Hébé tenait à nous verser elle-même, tandis que Momus présidait à nos délassements.

«En vérité, notre jeunesse est en somme bien calme et ce sont les officiers qui ont mené le carnaval. Nous en sommes heureux, d'ailleurs, car nous connaissons trop les sentiments d'honneur de nos officiers pour craindre quelque scandale. Et je suis d'avis que nous ne serions pas si tranquilles si nos bourgeois s'amusaient seuls.

«À ce propos, voyez quel esprit libéral anime notre glorieuse armée. Les officiers ont fait ici un grand succès au livre de Bilse[4], traduction française s'entend. Je risque déjà gros en vendant *Petite garnison;* mais je ne me hasarderais pas à vendre des *Kleine Garnison,* je risque moins à débiter les *Memoiren einer Sängerin*[5] ou autres obscénités.

«Autre chose : j'ai appris le lundi des Roses des choses fort intéressantes au sujet de cette traduction française. Le malheureux Bilse expie dans un cachot le crime d'avoir écrit un livre dont je ne sais pas la valeur, car en ma qualité de libraire, je ne relis pas les ouvrages, et je ne sais que peu de mots français, *mais enfin* cet homme est en prison et nous gagnons de l'argent avec ce qui a causé sa perte, justement puisqu'il a, dit-on, voulu déshonorer notre armée. Bilse se plaint de son traducteur français, qui aurait touché à Paris de belles sommes pour la traduction, mais aurait oublié qu'un nommé Bilse existe dans une prison allemande.

1. «Nouvelles Lettres d'hommes obscurs». Allusion aux *epistolae obscurorum virorum,* pamphlet en latin de cuisine contre la théologie médiévale et les moines publié à Erfurt en 1515.
2. «Je suis terriblement énervé. Un grand malheur m'est arrivé.»
3. «Autrefois» [...] «distractions spirituelles».
4. Ce livre avait fait scandale par la peinture qu'il offrait des mœurs des officiers allemands.
5. Voir «Wilhelmine Schroeder-Devrient a-t-elle écrit *Aus den Memoiren einer Sängerin?*», *Les Diables amoureux,* t. III à paraître.

«Il est vrai que l'on vit comme l'on peut. Ainsi va le monde. Les absents ont tort d'être absents.

«Je vous recommande mon cinquième fils, M. le conseiller de Régence, les employés d'administration ont tant besoin de protections. Et puis notre Gustav n'a pas mauvais goût et préfère les bons vins aux bières réputées...

«Je vous prie aussi de ne dire à personne que je vends la traduction française du livre de Bilse. Un libraire de Hanovre m'en a demandé plusieurs exemplaires, dont un pour le maréchal Waldersee[1].

«Pour en revenir au carnaval, nos officiers se sont promenés dans un grand chariot fermé où ils faisaient un vacarme assez amusant : ils criaient tous, et c'est ainsi que l'un imitait le veau, un autre le cochon, un autre le mouton, etc., etc. Nos trois filles qui étaient allées voir cela sur la place Kléber sont revenues presque malades d'avoir ri, etc., etc.»

1. Salmon a parlé de l'appui financier de Jean Sève et Adéma de celui de Faïk bèg Konitza, sans qu'aucune preuve véritable ait été avancée.

2. Les résultats de cette enquête ont paru dans les numéros du 15 octobre et du 1er novembre 1903 de *La Revue.*

3. *The Tragedy of King Richard the Second* (London, G. Routledge and Sons, 1898) figure dans la bibliothèque d'Apollinaire. Une note manuscrite qui accompagne ce livre semble indiquer qu'il assista à une représentation de la pièce le 13 novembre 1903 au His Majesty's Theatre. Voir aussi p. 1241.

Page 1246.

1. Le 27 octobre 1903, M. Sagouni, président de la Société des réfugiés arméniens, avait été assassiné par un de ses compatriotes. Celui-ci appartenait à la fraction avancée du Parti révolutionnaire arménien, laquelle avait décidé de faire disparaître les chefs des révolutionnaires passifs, c'est-à-dire ceux qui s'engageaient à ne pas recourir à la violence pour mettre fin aux maux dont souffrait leur patrie. Dans cette perspective, M. Sagouni était considéré comme une cible de choix. Son assassin se suicida le 4 novembre suivant, après avoir tué deux autres Arméniens et en avoir blessé un troisième. Apollinaire prit directement la mesure de l'émotion soulevée par cette série d'assassinats à Londres, où il se trouvait justement en novembre 1903, mais la presse française n'accorda qu'une attention médiocre à l'agitation arménienne qui régnait alors dans la capitale britannique.

Page 1247.

1. Le Panama, qui s'était constitué en État dès 1840, devient indépendant de la Colombie le 3 novembre 1903. Son premier pré-

1. Les journaux ont annoncé, au moment où nous mettions sous presse, la mort du maréchal Waldersee. (N.D.L.R.)

sident de la République fut le docteur Manuel Amador Guerrero (1833-1909), qui occupa ces fonctions jusqu'en 1908.

2. «Voici la vie / De ma petite personne : / Je suis la femme / de Beerbohm Tree.» Voir aussi, dans le tome III à paraître, les «Échos» du *Mercure de France.*

3. Les réponses à l'enquête sur l'orchestre, lancée à la fin de novembre, paraîtront dans les numéros 4 (février 1904) et 5 (mars) du *Festin d'Ésope.* Voir p. 1254 et n. 6.

Page 1248.

1. *Le Festin d'Ésope* lui-même estropie le titre du livre de Nau, qui est *Force ennemie* et non *La Force ennemie.*

2. L'Exposition universelle de Saint Louis (Missouri), organisée à l'occasion du centenaire de l'acquisition de la Lousiane par les États-Unis, fut inaugurée le 30 avril 1904 et se termina en novembre.

3. Cette revue new-yorkaise, sous-titrée «*A Review of Current Progress in Electricity*», paraissait depuis 1833.

4. Sur cette question qui continue à préoccuper Apollinaire, voir «À propos de deux ouvrages sur les langues artificielles», p. 1151-1155.

5. Sur ce sujet, voir aussi, dans le tome III à paraître, les articles publiés dans *L'Européen.* Apollinaire avait dans sa bibliothèque les *Volkslieder* («Chansons populaires») de Johann Gottfried von Herder, recueil publié en 1778-1779.

Page 1249.

1. La dernière pièce d'Alexandre Dumas fils, *Le Talion,* représentée au même moment à la Comédie-Française, serait le plagiat d'une pièce d'Auguste Chirac, *Francillon,* écrite en 1885. L'affaire est exposée dans tous ses détails et avec toutes les pièces à conviction dans le numéro de novembre 1903 de *La Revue d'art dramatique et musical,* p. 297 et suiv., revue à laquelle, on le sait, Apollinaire collabora de juillet 1903 à janvier 1904.

2. Apollinaire pratiqua beaucoup cet ouvrage, qu'il possédait dans sa bibliothèque. Il en tira le livret de *Casanova* (voir *Œuvres poétiques,* p. 963).

3. La plus grande partie de la ligne est construite entre 1891 et 1905. Elle est ensuite prolongée en 1906 au-delà du lac Baïkal.

Page 1250.

1. Henri Frick et Jean Mollet, gérant du *Festin d'Ésope,* sont des amis très proches d'Apollinaire. Il semble bien que ce théâtre social soit resté à l'état de projet.

Page 1251.

1. Apollinaire avait relevé cette information dans le *Journal de Salonique* du 1er février 1904, où Sam Lévy annonçait, en première page, la «mort de Jo-Jo, homme-chien». Enfant trouvé, avec son père, vingt-huit ans auparavant, par un chasseur égaré dans les forêts de Kostrama, en Russie, Jo-Jo avait alors de deux à trois ans. Le père mourut peu après avoir été capturé. L'enfant, baptisé Théodore Pétroff, reçut plus tard son surnom. Son imprésario, M. Foster, le prit à l'âge de sept à huit ans et le produisit en Europe, en Amérique, en Australie. Jo-Jo mourut des suites d'une maladie asthmatique contractée à Paris à la fin de 1902.

2. La première représentation de *Werther* dans la mise en scène de Decourcelle, musique de Reynaldo Hahn, eut lieu le 5 mars 1903 au théâtre Sarah-Bernhardt.

3. L'exemplaire du livre de Derennes — publié en 1904 chez Ollendorf —, conservé par Apollinaire, porte la dédicace suivante : «À Guillaume Apollinaire dont j'aime le talent et qui est mon ami / Charles Derennes».

4. Sur ce recueil de la comtesse de Noailles, voir «La Littérature féminine», p. 919 et n. 1.

Page 1252.

1. Gustave Kahn avait publié *Symbolistes et décadents* en 1902; dans *La Plume* du 15 décembre 1903, Stuart Merrill avait commencé ses «Souvenirs sur le symbolisme».

2. C'était le dix-huitième banquet de *La Plume,* qui eut lieu le samedi 23 janvier 1904 au restaurant des sociétés savantes, rue Danton.

Page 1253.

1. *Napoline* (1834) se présente comme un roman en vers. Déçu par Alfred, le jeune homme qu'elle aime, l'héroïne se suicide dans l'appartement de celui-ci, qui la découvre morte en rentrant chez lui au petit matin. La première citation est extraite du chapitre III : «Elle n'a pu dormir la nuit. Elle a pleuré.» Les deux vers cités un peu plus loin pourraient laisser croire à un dénouement heureux. Ils figurent tout au contraire au chapitre II, où Napoline, encore riche de ses illusions, ne devine pas son tragique destin.

2. La guerre vient d'éclater entre la Russie et le Japon et le tsar a fait appel à toutes les forces spirituelles du pays.

3. Les saints aémères sont ceux qui n'ont pas de fête spéciale au calendrier liturgique; les saints abstraits sont ceux qui n'ont pas eu d'existence physique, comme sainte Parascève, personnification du Vendredi saint dans le calendrier byzantin (voir *Le Poète assassiné,* t. I, p. 228 et n. 2).

4. La première de cette pièce de Maurice Donnay avait eu lieu au

Gymnase le 3 décembre 1903. Ce détail révèle que le numéro 5 du *Festin d'Ésope,* daté de mars 1904, n'a pu paraître avant la fin du mois de mars.

Page 1254.

1. Michelangelo Caetani, duc de Sermoneta, fut ministre de la Police à Rome en 1848, avant d'être élu député après le plébiscite romain.

2. Dans un *motu proprio* promulgué en 1903, Pie X prônait le retour au chant grégorien. On trouve une allusion à ce *motu proprio* p. 1244.

3. Dirigée par Édouard Dujardin, *La Revue des idées* paraît de 1904 à 1913. Remy de Gourmont en est le rédacteur en chef. Apollinaire se réfère plusieurs fois à cette revue dans ses échos de *L'Européen* aussi bien que dans ses notes du *Festin d'Ésope.* La note dont parle Apollinaire, «*En* et *au* devant les noms géographiques», est de Remy de Gourmont. Elle a paru dans *La Revue des idées* du 15 février 1904.

4. Classé deuxième, derrière Henri Martineau, dans le concours poétique organisé par *La Plume* à la fin de 1903.

5. Nicolas Ier, prince, en 1860, puis roi, en 1910, du Monténégro, dont la capitale était la petite ville de Cettigné. Sa réputation de poète n'était pas négligeable.

6. La réponse de Gabriel Fabre à l'enquête sur l'orchestre (voir p. 1247 et n. 3), qui avait paru dans le numéro 5 (mars 1904) du *Festin d'Ésope,* en même temps que celles de MM. Alfred Mortier, Fagus, E. de Solenière, Louis Lombard, Raymond Ch. Cazalys, M. Moszkowski, William Molard.

Page 1255.

1. Revue berlinoise qui paraît depuis octobre 1874.

2. Cent une personnes ont été interrogées, dont les réponses paraissent dans les n°s 121, 122, 123 de *L'Européen;* toutes les références d'Apollinaire renvoient au seul numéro 121 (28 mars 1904).

Page 1256.

1. Ce titre ne figure dans aucun catalogue. Deux autres ouvrages de Maurice de Faramond se trouvent en revanche dans la bibliothèque d'Apollinaire : *Le Livre des odes* (Stock, 1898) et *La Dame qui n'est plus aux camélias. Nabuchodonosor* (Figuière, 1911).

Page 1257.

1. Cette comédie en trois actes, donnée en 1903, fut le neuvième spectacle du Théâtre du peuple de Bussang (Vosges), fondé par Maurice Pottecher en 1895. Celui-ci avait pour but d'associer acteurs et spectateurs dans le jeu, comme cela avait lieu dans le théâtre antique grec.

2. Dans la soirée du 31 mai, Marc Richard, en littérature Marc Stéphane, fut surpris en flagrant délit d'effraction par un gardien du Salon de

la Société des artistes français, alors qu'il venait de briser la vitrine contenant une collection de colliers de Charles Rivaud. Les journaux indiquent qu'il est l'auteur de nombreux ouvrages et qu'il tient un cabinet de «chirosophie» et de sciences occultes. Marc Stéphane, qui se faisait également appeler Solarius, avait déjà eu maille à partir avec la justice pour des faits analogues, en 1901, et il avait été condamné à deux ans de prison à la suite de vols commis dans plusieurs musées de province.

3. Allusion à l'article d'Apollinaire paru dans *Le Festin d'Ésope* de février (voir p. 1251) dans la note suivante de Montfort, publiée en mai 1904 : «D'avoir dit à Eckermann : "Un auteur qui n'espère pas un million de lecteurs ne devrait jamais écrire une seule ligne", *Le Festin d'Ésope* reprend Goethe, puis ajoute : "Goethe, ce jour-là, pensait comme Pierre Decourcelle." / Mais non! Goethe ce jour-là ne pensait pas comme Pierre Decourcelle. Il n'est jamais arrivé à Goethe de penser comme Pierre Decourcelle... Pierre Decourcelle veut un million de lecteurs, au moment où son feuilleton paraît, l'auteur auquel songe Goethe ambitionnera ce million lentement formé par des additions successives : le million de lecteurs de "la postérité". / La phrase de Goethe est précisément dirigée contre les auteurs qui n'écrivent pas pour la postérité, contre les auteurs à succès du moment et à succès dus au moment, contre les auteurs non entièrement *humains,* comme il les aime. / Seulement voilà : le million a tout gâté. Cependant il y a million et million, ô Guillaume Apollinaire, animateur de fées, de serpents, de druides et de crapauds!»

4. Allusion au célèbre mouvement oratoire de Bossuet dans l'oraison funèbre d'Henriette d'Angleterre : «Madame se meurt! Madame est morte!»

Page 1258.

1. La première série des *Marges* (1903-1908) était entièrement rédigée par Eugène Montfort. Sur la nouvelle série, publiée à partir de janvier 1909, voir «La Littérature féminine», p. 919-922 et la Notice, p. 1665.

2. On sait qu'Apollinaire avait projeté d'écrire un roman sur les mormons, dont on retrouve l'essentiel dans *La Femme assise,* chap. III à VI; voir t. I, p. 429-471.

3. Dans la guerre avec la Russie. Après l'attaque sur Port-Arthur qui, dans la nuit du 8 au 9 février 1904, avait déclenché les hostilités, les armées japonaises débarquées avaient traversé le Yalou le 1er mai et mis le siège devant Port-Arthur, déjà bloqué par la mer.

4. Publié par la Société parisienne d'édition, l'ouvrage figure dans la bibliothèque d'Apollinaire, avec l'envoi suivant : «À Guillaume Apollinaire au poète, à l'ami en compatibilité d'humour. Armory Avril OIV.» Sur Armory, qu'Apollinaire rencontra pour la première fois à la soirée de *La Plume* du 25 avril 1903 et qui l'introduisit à *La Revue d'art dramatique et musical* (voir la notule de la «Revue des revues», p. 1759-1760), on peut consulter Peter Read, «Apollinaire et Armory chansonnier montmartrois», *Que vlo-ve?,* 2e série, n° 12, octobre-décembre 1984.

Page 1259.

1. Voir un écho de *Paris-Journal* sur le même sujet, p. 1280-1281.
2. Traduite par Henry Vernot, la *Judith* de Hebbel, dont la publication a commencé dans le numéro 8 du *Festin d'Ésope* (juillet 1904), s'interrompt en août 1904 en même temps que la revue.
3. Émile Despax a fait paraître ses premiers vers à vingt ans, dans le *Mercure de France. La Maison des glycines, 1899-1905* (Mercure de France, 1905) est le seul livre du poète. Il figure dans la bibliothèque d'Apollinaire avec cet envoi : «À Guillaume Apollinaire en grande sympathie littéraire et personnelle / Émile Despax».
4. L'ouvrage publié chez Henri Jouve figure dans la bibliothèque d'Apollinaire. Il est dédicacé «À Monsieur Jean Sève hommage de mon profond respect / Tancrède de Visan».

Page 1260.

1. *L'Enseignement de Nietzsche dans ses concepts fondamentaux,* 1903.
2. Bayle a consacré dans son Dictionnaire un article à Guillaume Forbes, évêque d'Édimbourg au XVIIe siècle. C'est dans une note à cet article qu'il écrit : «[...] le parti que notre prélat avait pris de n'écrire pas beaucoup était fort bon, et de la même solidité que le conseil qu'il donna à une personne qui usait beaucoup de papier. "Lisez davantage, lui dit-il, et écrivez moins."»
3. *Examen critique du Faust de Goethe par un catholique,* 1902.
4. Rappelons que *Le Déjeuner sur l'herbe* est une toile d'Édouard Manet.

Page 1261.

1. «Un Miracle en XII vitraux. Outre un Prologue invectif», publié en 1899 au Mercure de France. Le livre figure dans la bibliothèque d'Apollinaire avec la dédicace suivante : «À mon vieil ami dans le Savoir Guillaume Apollinaire / G. Polti.»
2. Sur ce cabaret munichois, voir p. 1077.
3. Fursy est le pseudonyme d'Henri Dreyfus, célèbre chansonnier montmartrois qui, à l'adresse de l'ancien Chat-Noir, anima La Boîte à Fursy, 12, rue Victor-Massé, de décembre 1899 à avril 1902.
4. Il s'agit de Mary Delvard; voir p. 1076-1077 et n. 3, p. 1076.
5. Sur la *Revue franco-allemande,* voir p. 1074 et n. 3.
6. L'ouvrage, publié chez Sansot en 1904, figure, dédicacé, dans la bibliothèque d'Apollinaire.
7. Rappelons que ce médecin italien du XVIe siècle est l'auteur du poème *Syphilis sive Morbus gallicus* («Syphilis ou le Mal français»), 1580, d'où vient le nom de la maladie.

Page 1263.

1. Sous-titré «Réflexions sur la vie. 1899-1901», le livre paraît au

Mercure de France en 1904. Ce volume et un volume complémentaire couvrant la période 1905-1912 figurent dans la bibliothèque d'Apollinaire, le second seul dédicacé « À Guillaume Apollinaire / sérieusement, amicalement / Remy de Gourmont».

2. Julius Obsequens est un écrivain païen du IVe siècle, auteur d'une compilation *Sur les prodiges*. L'ouvrage, traduit en français sous le titre *Livre des prodiges,* avec des notes de Victor Verger (Everat-Audin, 1825), figure dans la bibliothèque d'Apollinaire.

3. Il s'agit du «roman moderne» (c'est son sous-titre) *En bombe,* conservé par Apollinaire. C'est à propos d'un personnage nommé Kernadeck que Willy écrit : «[...] sa barbe, illustre dans le monde des noctambules littéraires, et de laquelle (assure *Le Festin d'Ésope*) dégouttent, comme de celle d'Aaron, le nard et la brillantine.» Voir p. 1258-1259 et n. 4, p. 1258 sur Armory, qu'on peut ainsi identifier comme le modèle de Kernadeck.

4. Sur Nerciat, voir *Les Diables amoureux,* t. III à paraître.

5. *La Cruche cassée,* comédie en un acte d'Heinrich von Kleist, adaptée par Johanna Gravier et Henry Vernot — le traducteur de la *Judith* de Hebbel (voir n. 2, p. 1259), fut éditée par la librairie Molière en 1912. Le livre figure dans la bibliothèque d'Apollinaire avec cet envoi : «À mon ami Apollinaire William und Wilhelm en souvenir de bonnes lectures et d'une bonne journée à lui dues / Henry Vernot.»

6. Il n'est pas étonnant que *La Presse,* grand quotidien nationaliste, fasse l'éloge de Boni de Castellane, l'une des figures d'aristocrate les plus en vue du Tout-Paris, député de droite en 1898, 1902 et 1906, qui menait une vie fastueuse.

Page 1264.

Paris-Journal

ÉCHOS

Sur *Paris-Journal,* voir la notule de «Les Expositions de peinture. Exposition Cézanne», p. 1552-1553.

Apollinaire avait recueilli dans un cahier de coupures de presse — conservé à la Bibliothèque nationale (N.a.fr. 16302) — tous les échos qu'il avait donnés à *Paris-Journal,* à deux ou trois exceptions près. Plusieurs annotations marginales accompagnent ces textes et les éclairent. Nous les reproduisons intégralement dans les variantes sous le sigle *CP.* À notre connaissance, aucun manuscrit des «Échos» n'a été retrouvé.

UN MARIAGE BIEN MODERNE

a. Un télégramme de la Duse au *Figaro* démentait le lendemain. La nouvelle était vraie cependant. Je la tiens de la fille de Worth Mme Roussel (sauf les dettes, pas vraies paraît-il) Raconté tel quel par Marinetti. *add. marg. dans CP*

1. Il s'agit de Gaston Worth et de la Duse. *Le Figaro* du 17 janvier

publiera dans ses «Échos» cette note : «Mme Eleonora Duse télégraphie à notre directeur une dépêche qui dément l'information d'un journal de Paris au sujet d'un mariage possible et de prétendues difficultés financières dans lesquelles se trouverait l'éminente artiste : / De Florence, 17 janvier, 1 heure du matin. / Veuillez, cher ami, démentir dans *Le Figaro* l'absurde nouvelle dont on me transmet l'écho fort inattendu et tout à fait inexplicable. Je n'ai pas de dettes et personne ne demande ma main! Toute mon amitié. / Eleonora Duse.»

Page 1265.

LA COUVADE

1. Il s'agit sans doute de Willy, pseudonyme d'Henry Gauthier-Villars. Willy et Colette étaient séparés de corps et de biens depuis le 13 février 1907 et leur divorce fut prononcé le 21 juin 1910. — Apollinaire s'est souvenu ici d'un passage du poème héroï-comique *Hudibras,* de Samuel Butler (1602-1680). Dans une note, le commentateur, Larcher, fait remarquer : «On prétend qu'à la Chine les gens de qualité se mettent au lit lorsque leurs femmes sont en couche, et qu'on prend d'eux autant de soin qu'on a ici des femmes» (éd. Jaubert, 1817). On voit dans quel sens Apollinaire a modifié la citation. Faut-il rappeler que le projet des *Mamelles de Tirésias* remonterait, de l'aveu d'Apollinaire, à 1903? Le poème de Butler a donc pu par la suite servir d'appui à l'inspiration d'Apollinaire.

DES ÉPIGRAMMES

a. 1re épigramme de moi (il y a une variante) sur Lucie Delarue-Mardrus. La deuxième de Fleuret. *add. marg. dans CP*

2. La variante citée par Apollinaire (voir var. *a*) concerne ce deuxième vers. On peut la lire dans la dédicace d'un exemplaire de *La Poésie symboliste* qu'Apollinaire adressa à Jean Metzinger : «À Jean Metzinger / qui me peignit en 1910 / après que j'eus accouché / — moi, la même Renommée — / de sa poésie en 1908.» La dédicace était assortie sur la même page de la louange suivante : «Honneur à cette Bonne Lucie *[souligné de trois traits]* / Delarue Mardrus qui nous / a rapprochés / *Plus belle que la Belle Hélène / Elle fait bander tout Paris;*» etc. Une autre annotation figure sur le côté : «Une autre Lucie est très gentille et cuit bien le faux filet.» Voir l'*Album Guillaume Apollinaire* de la Bibliothèque de la Pléiade, p. 121. Cette «autre Lucie» est Mme Metzinger.

3. Le mari de Lucie Delarue-Mardrus, le docteur Mardrus, se prénommait Joseph-Charles, d'où la plaisanterie suscitée par ses initiales.

Page 1266.

«L'ÉTAT C'EST MOI» EN BELGIQUE

1. Albert Ier était le roi des Belges depuis 1909. L'Académie royale de

langue et de littérature françaises de Belgique ne fut créée qu'en 1920.

ÉPIGRAMME

a. Sur Jules Bois *add. marg. dans CP*

2. Apollinaire avait donné un compte rendu de ce «roman maritime» de Jules Bois, *Le Vaisseau des caresses,* dans *La Phalange*, numéro d'août 1908; voir p. 1131-1132.

Page 1267.

FÉNELON INTERNATIONALISTE

1. Jules Lemaitre fit une série de six leçons sur «Fénelon et son œuvre» à la Société des conférences (Société de géographie, 184, bd Saint-Germain), en janvier et février 1910. On remarquait dans la brillante assistance de la première leçon, le 19 janvier 1910, la comtesse de La Rochefoucauld, la comtesse de Polignac, les princesses Stoudza et Cantacuzène, etc.

Page 1269.

LES MANDARINES

1. Myriam Harry venait de publier *Madame Petit-Jardin* en 1909.

UN BAL D'ENFANTS À SCHÖNBRUNN

Page 1270.

1. Apollinaire a pu visiter Schönbrunn lors de son passage à Vienne en février-mars 1902.

UN FAUX VÉLASQUEZ

Page 1271.

1. Sur la question des faux, voir *Fragonard et l'Amérique,* p. 55-64; «Des faux», p. 74-77; «Les Faux Tableaux de Bagatelle», p. 353-355; «On dit que...», p. 1301-1304.

Page 1273.

RAPPEL À L'ORDRE

a. Ce mot attribué à M. Fallières est en réalité de Moréas (dit le 25 au Vachette). *add. marg. dans CP*

LA SEINE À FAIRE

1. Apollinaire se souvient de l'ouvrage de Barrès, *Du sang, de la volupté et de la mort* (1894).

2. Dans son livre *Trois idées politiques : Chateaubriand, Michelet, Sainte-Beuve* (Champion, 1898).

3. Allusion à l'idéologie du «nationalisme intégral» — expression qui figure dans le sous-titre de *L'Action française,* revue dont Maurras a fait un quotidien en mars 1908. Il habitait rue de Verneuil.

Page 1275.

LE THÉ POÉTIQUE DE LA DUCHESSE

1. On comparera cette version du thé poétique de la duchesse avec celle qu'en donne l'échotier anonyme du quotidien monarchiste *Le Soleil,* le 22 janvier : «Jeudi dernier, la duchesse de Rohan a donné un thé poétique en son hôtel du boulevard des Invalides. L'aimable maîtresse de maison était aidée à faire les honneurs par ses filles, S.A. la princesse Lucien Murat, la comtesse Charles de Caraman, et sa belle-fille la vicomtesse Jehan de Rohan. / L'élégante assistance a fort applaudi la duchesse de Rohan qui a dit avec beaucoup de talent son *Invitation au Soleil,* puis la baronne de Baye, et, tour à tour, de nombreux poètes parmi lesquels : MM. Alcanter de Brahm, Le Mouel, Delacour, E. Beaufils, Gabriel Montoya, Charles de Pomairols, Camille Lemercier d'Erm, Lionel Nastorg, Jean d'Astorg, Larroche, etc. / Reconnu dans l'assistance : duchesse d'Uzès, douairière, comtesse de la Prade, comtesse Robert de Voguë, [...], M. Maurice Rostand, [...].»

2. L'article en question avait paru en première page de *Paris-Journal,* le 22 janvier. Meyerson y réduisait à néant l'originalité de la philosophie nietzschéenne, reconnaissant toutefois que «si [cette] philosophie manque de profondeur et de consistance, le philosophe est singulièrement attirant» et expliquant les raisons de son succès par ses qualités d'écrivain et son âme d'artiste.

Page 1276.

1. Cet état d'esprit réapparaîtra, ironie en moins, dans l'article «La Sorbonne est ébranlée» de *L'Intransigeant* (5 avril 1911); voir p. 1204-1205.

IL Y A BRANDÈS ET BRANDÈS

2. *Paris-Journal* publie effectivement le 10 février suivant, en première page, un article de Georg Brandès sur «Nietzsche» qui est, en fait, une

réponse à l'article de Meyerson (voir n. 3, p. 1275). À ce dernier, qui avait voulu faire de lui le «véritable inventeur du nietzschéisme», il réplique qu'il est resté dans son «rôle de critique», ajoutant : «Partout où la doctrine de Nietzsche et sa grande et étrange individualité seront étudiées, elles produiront un double et puissant effet d'attirance et de répulsion; mais partout elles contribueront à la formation et au développement des esprits solitaires.» Marthe Brandès était une comédienne célèbre.

Page 1277.

UN JOURNAL LAPON

1. Le *Nourlanaste* paraissait-il encore en 1910? Nous n'avons pu retrouver la trace de ce curieux journal.

AUGUSTE RODIN SAUVE DES EAUX SON WHISTLER

Page 1278.

1. Malgré plusieurs interventions du comité constitué à Londres pour ériger un monument à la gloire du peintre et graveur James Whistler, l'œuvre resta inachevée à la mort de Rodin. La maquette en plâtre conservée au musée Rodin porte effectivement la marque des dégâts provoqués par les eaux en 1910. Dans une interview accordée au *Morning Post* (15 février 1910), le sculpteur déplore que la partie en terre glaise ait gravement souffert de l'inondation.

LA BIBLIOTHÈQUE SANS LIVRE

2. Ajoutons que le 22 février, *Paris-Journal* publie dans la même rubrique, sous le titre : «Bibliothèque pour lecteurs patients», la lettre d'un lecteur se plaignant du mauvais fonctionnement de la Bibliothèque nationale.

Page 1279.

L'ŒUF DE SIMONE

1. Allusion ironique à *Chantecler,* où l'actrice Mme Simone se révéla, «vive, élégante, charmante, sous le plumage rubis et or de la faisane» aux dires d'un autre chroniqueur de *Paris-Journal,* dans son compte rendu de la première, le 8 février. Il avait déjà été question de cette pièce dans l'article «Rudyard Kipling et *Chantecler*», p. 1276.

LA SEINE REMONTE

Page 1280.

a. Quelques jours après cet écho sur un propos qu'il avait réellement tenu au Vachette Moréas fit paraître l'article suivant, exquis. *add. dans CP, suivie d'une coupure de presse, collée (voir n. 1).*

1. L'article mentionné par Apollinaire dans son cahier de coupures de presse (voir var. *a*), intitulé «De propos en propos», occupe trois colonnes en première page de *Paris-Journal*, le 18 février. Moréas s'y défend avec une verve toute poétique d'avoir voulu se brouiller avec la Seine et, dans un autre ordre d'idées, se lance dans de longues considérations sur Nietzsche et Socrate.

LACONISME

2. Le 8 février, le lendemain de la première de *Chantecler*.

LE VIEUX GÉNÉRAL

«Le Vieux Général» est le remaniement d'un écho publié dans *Le Festin d'Ésope* en juin 1904 : voir p. 1259.

Page 1281.

GABRIELE D'ANNUNZIO ET L'AVIATION

Cet écho n'a pas été relevé par Apollinaire. Est-ce un oubli? Son attribution ne paraît pourtant pas douteuse, compte tenu de l'écho suivant.

Page 1282.

LE MOINEAU PARISIEN EN AMÉRIQUE

1. Courteline est en effet le pseudonyme de Georges Moinaux.

Page 1283.

LE KOLO

1. Dans l'un des carnets d'Apollinaire conservés à la Bibliothèque nationale (sous la cote N.a.fr. 16301), on relève un ensemble de notes sur diverses danses grecques et égyptiennes, ainsi que la mention de ce *kolo* que l'on retrouve dans «L'Otmika». Dans ce conte de *L'Hérésiarque et Cie,* Apollinaire s'est inspiré de certains passages du livre de Friedrich Krauss, *Sitte und Brauche der Südslaven* («Mœurs et usages des Slaves du Sud»), qui se trouve à la Bibliothèque nationale. Cette lecture est intervenue après la rédaction de l'article «La danse est un sport», paru dans *La Culture physique* en février 1907 (voir *Œuvres en prose,* t. III à paraître), où le kolo ne se trouve pas mentionné.

BAUDELAIRE EST-IL MORT VIERGE?

2. Sous le titre «Le Prince des poètes», *Paris-Journal* reproduit dans un article anonyme une suite de propos de Léon Dierx sur Moréas, Nerval et Baudelaire. De ce dernier il dit : «Baudelaire est mort fou, ce Baudelaire

dont on connaît si mal la vie, en dépit des biographes et des éditeurs épistolaires. N'a-t-on pas parlé de ses vices et de ses maîtresses? On assure maintenant que, dans ses Mémoires, Nadar se fait fort de démontrer que Baudelaire est mort vierge.»

3. Son livre s'intitule : *Charles Baudelaire intime. Le poète vierge* (Blaizot, 1911). L'anecdote rapportée par Apollinaire n'y figure pas.

4. Cette anecdote n'est pas recueillie par Louis Nicolardot (1822-1888) dans son *Histoire de la table, curiosités gastronomiques de tous les temps et de tous les pays* (Dentu, 1868). Apollinaire l'a sans doute relevée dans un article.

Page 1285.

LE RÉVEILLON DE LA COMÈTE

1. Il s'agit de la comète de Drake qui fut visible à Paris le 16 février 1910, puis disparut rapidement.

PAUL ADAM, TRAVAILLEUR

2. Ce roman, qui figure, dédicacé, dans la bibliothèque d'Apollinaire, a été publié chez Fayard en 1910. Apollinaire a donné le compte rendu d'un autre livre de Paul Adam, *La Morale des sports,* dans *La Phalange* de janvier 1909; voir p. 1141-1142.

5 MILLIONS DE DOLLARS CONTRE LA TUBERCULOSE

Cet écho paraît, sous une forme un peu différente, le même jour, dans le numéro 8 de *La Démocratie sociale.* Voir «Un fonds contre la tuberculose», t. III, à paraître.

Page 1286.

ENCORE «SCHÉHÉRAZADE»

1. *Paris-Journal* publiera le 2 mars suivant, dans les échos, une lettre de Jean Cocteau «suppliant de ne plus annoncer la mort de *Schéhérazade* [...] qui n'a pas parlé ce mois-ci à cause "des supplices de l'eau" mais va ressurgir après-demain». Cet «album mensuel d'œuvres d'art et de littérature» avait sans doute suscité la sévérité d'Apollinaire parce qu'il avait accueilli des vers de l'auteur de *Chantecler;* mais Apollinaire pouvait-il ignorer plus longtemps que Jean Cocteau et surtout François Bernouard, secondés dans leur tâche par le gérant Jean Mollet, étaient les «inventeurs de cette somptueuse fantaisie»? La revue publiera d'ailleurs dans son numéro 6 (et dernier?) en 1911, le poème «Stances», repris ensuite dans *Alcools* sous le titre «Signe».

Page 1287.

BÂTARDS DE ROI

1. Pierre de Serbie avait vécu en exil, et notamment en France, de

1858, lorsque son père fut détrôné, jusqu'en 1908, date à laquelle, à soixante-quatre ans, il fut appelé au trône de Serbie sous le nom de Pierre Ier.

POUR SE PRÉSERVER DES MOUSTIQUES

Page 1288.

1. Nous n'avons pas réussi à attribuer ce vers.

UN CLUB MAETERLINCKIEN

2. *L'Oiseau bleu* est le titre de la féerie en cinq actes et dix tableaux de Maeterlinck, représentée, pour la première fois, à Moscou, le 30 septembre 1908.

Page 1289.

CUISINE MAROCAINE

a. Ma facétie sur El Mokri se trouva confirmée par cet écho du 3 mars, dû à je ne sais qui. *add. dans CP, suivie d'une coupure de presse, collée (voir n. 2)*

1. On sait qu'Apollinaire avait eu à interviewer cet envoyé du sultan Abd El Aziz venu négocier un emprunt auprès du gouvernement français. Voir *Le Financier* du 14 janvier 1908, t. III, à paraître.

2. L'écho titré «Le Plus Raffiné des Marocains», collé à la suite de celui d'Apollinaire dans le cahier de presse (voir var. *a*), précise que l'équivalent marocain du miroton s'appelle le *tadjin.*

MAETERLINCK ET LES ANGLAIS

b. Charles Morice répondit à mon écho, le lendemain par le suivant. *add. dans CP, suivie d'une coupure de presse (voir n. 3)*

3. *Sic*, pour Tintagiles.

4. Suit un écho intitulé «Maeterlinck et les Anglais (suite)» (voir var. *b*), soulignant que Maeterlinck n'a pas imaginé tous les noms de ses personnages.

Page 1292.

LE MÉDIUM TRAGIQUE

Dans *L'Écho du merveilleux* de septembre 1907 avait paru, sous le titre «Expériences médianiques à l'université de Naples contrôlées au moyen d'instruments scientifiques», une transcription signée «G. A.» de comptes rendus italiens de séances au cours desquelles une femme médium, Eusepia Paladino, avait été mise à l'épreuve. Alain Mercier, qui a retrouvé ce texte, l'attribue avec toute vraisemblance à Apollinaire (voir *Que vlo-ve?*, avril-juin 1990).

Page 1293.

UN NOUVEAU CANAL

1. En février 1910, le scandale des liquidations occupe, pendant plusieurs jours, la une des quotidiens. Paul Duez fut accusé de fraude et de collusion. On peut lire à ce sujet dans *Paris-Journal,* le 14 février, sous le titre : «M. Duez, entrepreneur de spectacles» : «Son rêve était de transformer les anciennes propriétés des congréganistes en maisons de jeux et en *skating ring.*» — Cette allusion d'apparence anodine à l'un des scandales (avec celui de Panama) qui contribuent à déconsidérer la IIIe République, à renouveler ses dirigeants et à renforcer le socialisme, prend, sous la plume d'Apollinaire, une signification nettement politique.

GODEFROY DE BOUILLON

2. Pierre-Louis Duval est le créateur des «bouillons» du même nom, restaurants économiques où on ne consommait d'abord que du bouillon et du bœuf.

3. Dans les *Mémoires de Cora Pearl* (1886), qu'Apollinaire avait dans sa bibliothèque, il est question d'une «affaire Duval» et, dans un passage, du père Duval de *La Dame aux camélias.*

4. Armand Duval est l'amant de Marguerite Gautier, l'héroïne du célèbre roman d'Alexandre Dumas fils, *La Dame aux camélias* (1848).

Page 1294.

L'Intransigeant

ÉCHOS

ON DIT QUE...

Sur la collaboration d'Apollinaire à *L'Intransigeant,* voir la notule de «L'Exposition annuelle du Cercle de l'union», p. 1553-1554.

Page 1295.

1. Pour rédiger cet écho, Apollinaire a utilisé un article de Léon Combes intitulé «Les Plantes magiques. Le Mescal *(Anhabonium Lewini)*», publié dans le numéro 2 (novembre 1909) de *L'Initiation,* «revue philosophique des hautes études» dirigée par Papus. Le numéro en question et quelques autres figurent dans la bibliothèque du poète. Apollinaire reparlera du *mescal* quand il rassemblera ses souvenirs sur «Le Quartier Latin» en 1914. Voir p. 1220-1221.

2. L'existence de ce périodique n'est attestée dans aucun des catalogues collectifs des bibliothèques publiques françaises.

Page 1296.

1. Nous avons relevé 18 occurrences du nom de cet écrivain dans

l'œuvre d'Apollinaire, de 1902 à 1918. On lira le compte rendu de son roman, *La 628-E8,* dans *La Phalange* (mars 1908), p. 1113-1115.

2. On rapprochera cet écho teinté de nostalgie du poème «Guignol-Poilu» publié dans l'*Artistique-Revue* (décembre 1918) et non recueilli en volume jusqu'à présent : *Guignol depuis ma tendre enfance / Je t'aime et toujours pense à toi [...]*, et on rappellera qu'Apollinaire s'inscrit en 1917 à l'association Nos marionnettes, fondée par Gaston Cony, et qu'il assiste régulièrement aux représentations du «Guignol de la guerre», qui a son siège à Paris, parc des Buttes-Chaumont.

Page 1297.

1. L'anecdote est sans doute tirée d'une des revues consacrées au merveilleux qu'Apollinaire lisait en 1909-1910 et qu'il avait conservées dans sa bibliothèque : *L'Écho du merveilleux, La Gnose, L'Initiation, Les Nouveaux Horizons de la science et de la pensée.*

Page 1298.

1. Le 10 mars au petit matin, Rougier, partant de Monaco, s'était élevé à l'altitude de 500 mètres pour survoler le col de la Turbie.

2. Apollinaire ne cessera pas d'ironiser sur la pièce d'Edmond Rostand, soulignant cruellement son échec. Elle est la cible favorite de l'échotier en 1910. Voir notamment p. 1275, 1279 et 1280.

Page 1299.

1. Apollinaire lui-même en recueille une bonne vingtaine dans sa «Vie anecdotique» du 14 juin 1911 («Les Impromptus de Jean Moréas», t. III) et reprend à cette occasion les trois épigrammes contenues dans cet écho du Wattman, pseudonyme du signataire des échos de *L'Intransigeant* publiés sous le titre «On dit que...».

Page 1300.

1. Il y aurait beaucoup à dire sur cette remarque d'apparence anodine. Insertion du passé dans le présent, mélange de modernisme et d'archaïsme : des dissonances du même ordre se rencontrent sans arrêt dans la poésie d'Apollinaire et fondent même, dans une certaine mesure, sa poétique.

2. Croissy est situé au sud du Vésinet, dans cette banlieue nord-ouest qu'Apollinaire connaissait bien.

Page 1301.

1. Apollinaire, qui figure sur la liste des fondateurs, sociétaires, souscripteurs et bienfaiteurs de la Société des amis de Balzac à la date du 1er juin 1910, organise avec H.-M. Barzun, L. de Royaumont et Sébastien

Voirol l'un des dîners amicaux du Mont-de-Passy, en juin 1912; le premier, sans doute, puisqu'on lit son nom au bas d'une lettre circulaire du 25 juin 1912 invitant «les nombreux artistes qui ont élu domicile dans la région de ce coteau» à se «grouper en une agape amicale». Le dîner inaugural était prévu pour le samedi 6 juillet à 19 h 30, à la maison de Balzac, 47, rue Raynouard. Quant au projet de L. de Royaumont pour l'été de 1910, il semble bien qu'il n'ait pas été réalisé. Nous n'avons, en tout cas, trouvé nulle part mention de ces rencontres artistiques dans les écrits et les archives d'Apollinaire.

Page 1302.

1. Voir «Grands et petits maîtres hollandais», p. 333.

Page 1303.

1. Voir «Les Hollandais», dans la chronique «Lettres et arts» du numéro du 7 mai 1910.
2. Apollinaire fait appel, à plusieurs reprises, à l'autorité de son confrère Arsène Alexandre, dont il reconnaît l'indéniable supériorité en tant qu'écrivain d'art.
3. Pour *Bolz.* S'agit-il d'une coquille ou d'une faute voulue pour faciliter le calembour?

Page 1304.

1. «Et maintenant vous savez...».
2. Les biographes n'ont pas signalé, à notre connaissance, cette visite d'Apollinaire à Port-Royal-des-Champs, au printemps de 1912.

LA BOÎTE AUX LETTRES

Cette série d'articles d'Apollinaire a paru sous la signature : «Les Treize».

Page 1306.

1. La source de cet écho se trouve dans un article du docteur Marc-Haven, «Les Critiques de Cagliostro», paru dans le numéro 5 (février 1910) de *L'Initiation.*
2. Voir «Dans *Les Soutiens de l'ordre,* M. Georges Le Cardonnel [...]», p. 1171-1172.

Page 1307.

1. Le point de vue d'Apollinaire sur cet ouvrage ne variera pas. Voir sa réponse à l'enquête de Francis Carco sur «Nos influences» dans le numéro 3 (avril-mai 1913) du *Cahier des poètes,* p. 1500.
2. Dans *Les Transplantés* (Charpentier, 1933), R. Canudo rapproche lui

aussi Jean Moréas et Ugo Foscolo, deux «transplantés» comme Apollinaire lui-même.

Page 1308.

1. Le Wattman a déjà donné, le 3 avril 1910, l'épigramme sur Rappoport avec une variante au deuxième vers (voir p. 1299). — Le distique sur Fréjaville sera repris dans «La Vie anecdotique» du 16 juillet 1911, «Les Impromptus de Moréas» (voir t. III, à paraître). Sur Fréjaville, «fou du travestissement», familier du café Vachette et acteur de la revue *Garçon, de quoi écrire!,* voir André Salmon, *Souvenirs sans fin,* Gallimard, t. II, p. 191 et suiv.

Page 1309.

1. Cet écho et le suivant avaient été annoncés par Apollinaire dans une lettre non datée à André Gide, sans doute vers la fin de l'année 1910 : «[...] J'ai donné à *L'Intransigeant* des notes sur *Isabelle,* sur le livre de Philippe et la pièce de Claudel. Ces notes n'ont pas encore paru parce qu'on n'a pas reçu au journal d'exemplaires de ces ouvrages. [...].» Ce document fait partie des trois lettres d'Apollinaire à Gide déposées à la bibliothèque Jacques-Doucet et nous a permis d'attribuer ces notes, qui n'avaient pas été recueillies dans les cahiers de presse.

2. Cet écho est repris dans «Le Quartier Latin» (voir p. 1220).

3. Cet écho, non recueilli par Apollinaire, a pu lui être attribué grâce à sa lettre du 3 mars 1911 à Fleuret.

Page 1310.

1. Apollinaire, pour sa part, ne perd jamais de vue l'ultime destination de ses articles. Voir, entre autres exemples, *Les Peintres cubistes, Le Flâneur des deux rives, La Femme assise.*

Page 1311.

1. Voir p. 153 et n. 1.

Page 1313.

1. Cette note sur la plaquette d'André Mary était signalée par Apollinaire lui-même dans une lettre sans date adressée à l'auteur (voir *Œuvres complètes,* t. IV, p. 956).

2. Cette réflexion un peu désabusée est à rapprocher de l'article «La Sorbonne est ébranlée», publié dans *L'Intransigeant* le 5 avril 1911 (voir p. 1204-1205).

Page 1314.

1. Voir «*Mademoiselle,* par René Maizeroy», p. 1177-1178.

2. Allusion à l'*Iphigénie* de Moréas et à *La Dame à la faulx* de Saint-Pol-Roux, dont la représentation à la Comédie-Française avait été envisagée, et toujours différée.

3. Cette plaquette, publiée chez A. Messein, en 1911, figure, dédicacée, dans la bibliothèque d'Apollinaire.

Page 1315.

La Vie parisienne

Fondée en 1863, *La Vie parisienne,* hebdomadaire discrètement grivois, poursuit sa carrière jusqu'en 1939. Cette revue, de présentation luxueuse, propose contes et nouvelles, informations sportives, théâtrales et artistiques. Aux côtés des collaborateurs réguliers — Abel Hermant, Romain Coolus, Franc-Nohain, etc. —, elle accueille parfois des écrivains de grande notoriété comme Colette Willy, Maurice Dekobra, Franz Toussaint, Francis de Miomandre. Plusieurs de ses articles sont anonymes ou signés de pseudonymes.

On sait par une lettre du 15 août 1915 à Lou qu'Apollinaire a collaboré à *La Vie parisienne* («*La Vie parisienne* m'avait redemandé d'écrire mais je n'ai rien à lui envoyer.»). Mais ses articles, non signés, n'ont jusqu'à présent pas été identifiés, à l'exception du présent écho.

ON DIT... ON DIT...

AU PAYS DE VÉLASQUEZ

1. Les noms de Zuloaga, de Marie Laurencin, de miss Harvey se lisent aisément. Quant au «peintre simultaniste», c'est évidemment Robert Delaunay (voir «L'Art vivant et la Guerre», p. 857 et n. 2).

Paris-Midi

Fondé en 1911 par Maurice de Waleffe, *Paris-Midi* sortait à 11 heures et donnait «les dernières nouvelles de la matinée». Peu engagée politiquement, cette feuille, essentiellement d'information, accorde dès sa création une assez large place aux lettres et aux arts et sera l'une des toutes premières à proposer, à partir de juin 1918, une rubrique cinématographique, confiée à Louis Delluc.

Jean de l'Escritoire et Le Planton — deux pseudonymes d'un ami d'Apollinaire : André Billy — y signent respectivement la «Gazette des lettres» et, à partir de la guerre, la rubrique des échos. Tabarant est responsable des «Notes d'art», M. de Waleffe et André Tudesq, à tour de rôle, du «Billet» quotidien.

La présence d'Apollinaire s'y affirme à partir de 1917 avec l'arrivée de Léon Parsons, rencontré à *La Démocratie sociale* en 1910, à la direction du quotidien. Apollinaire est alors chargé de la mise en forme des informations en provenance du front et de l'étranger, plus rarement d'articles de fond portant sur un événement d'actualité.

Sa collaboration, anonyme pour l'essentiel, a pu être établie grâce à la découverte d'un carnet de piges du journaliste, aujourd'hui conservé au Département des manuscrits de la Bibliothèque nationale. Ne figurent ici que les deux notices de la rubrique «Nos lectures» et une série d'échos à tonalité artistique donnés au Planton. D'autres échos figurent dans le tome III, à paraître, en même temps que les articles liés à l'actualité et à la politique, qui constituent la partie la plus importante, au moins en volume, de la collaboration d'Apollinaire à ce journal.

NOS LECTURES

«QUATORZE HISTOIRES DE SOLDATS»

«Quatorze histoires de soldats», signé «G.A.», figure dans la rubrique quotidienne «Nos lectures» et précède l'extrait d'une des quatorze histoires : «Le Fou», sans qu'il soit possible d'affirmer qu'Apollinaire est responsable du choix de cet extrait.

«L'ÉCRIVAIN LE PARIA»

Cette brève notice de présentation de l'ouvrage de William Vogt *L'Écrivain le paria* (publié chez l'auteur, 1917, 16 p.) est signée des seules initiales «G. A.» qui, selon toute vraisemblance, désignent Guillaume Apollinaire. Aucun autre collaborateur régulier de *Paris-Midi* ne porte et n'utilise en effet à ce moment-là les mêmes initiales; en outre, l'ouvrage en question figurait dans la bibliothèque d'Apollinaire, ainsi que plusieurs autres de M. Vogt justement évoqués dans cette même note : *Sexe faible* (1908), *La Suisse allemande* (1915)... On notera que ces deux derniers ouvrages ont été dédicacés respectivement en 1916 et 1917, ce qui laisse supposer que les rapports d'Apollinaire et de W. Vogt datent sans doute de cette période.

Pareil plaidoyer en faveur de la liberté de l'écrivain ne surprend pas sous la plume d'Apollinaire : qu'on le rapproche à cet égard des chroniques «Pour la liberté de l'art» et «Rencontre d'un prophète» données en 1911 à la revue bruxelloise *Le Passant* sous le titre «Lettre de Paris» (voir p. 381-383).

NOS ÉCHOS

Page 1319.

LES «BALLETEUSES»

1. Apollinaire fait longuement référence dans son article de *La Culture physique* «La danse est un sport» (voir t. III à paraître) à *Sur les pointes* de Pierre d'Alheim (Mercure de France, 1897), qu'il avait dans sa bibliothèque.

Bulletin des écrivains

L'HOMMAGE AUX MORTS

ALAN SEEGER

L'hommage à Alan Seeger a été également publié — mais sans signature — dans le numéro 14 (septembre 1916) de la *Revue littéraire,* mensuel hors commerce, dirigé par Maurice Simart et qui reprend textuellement, dans une disposition différente, informations et articles du *Bulletin des écrivains.*

Ce texte est à rapprocher de «La Vie anecdotique» du 1er novembre 1918 consacrée à Alan Seeger (voir t. III, à paraître).

POUR LIRE

L'ESPRIT NOUVEAU

Ce résumé de la conférence d'Apollinaire, anonyme mais présenté sous forme de citation, paraît bien écrit par lui.

On remarquera qu'il ne s'agit pas d'un passage de *L'Esprit nouveau et les Poètes* ni de véritables citations, mais de phrases approximatives, qui ne trahissent pas la pensée du poète.

Page 1323.

Mercure de France

ÉCHOS

Sur le *Mercure de France,* voir la notule de «L'Exil de la volupté», p. 227-228.

En dehors de «La Vie anecdotique» (voir t. III, à paraître), Apollinaire collabore à deux autres rubriques du *Mercure de France* : celle de «La France jugée à l'étranger», créée par Remy de Gourmont, qui, sous le pseudonyme de Lucile Dubois — conservé par Apollinaire — présente des articles relevés dans la presse étrangère, reproduits *in extenso* ou sous forme de larges extraits, assortis dans certains cas d'un bref commentaire; et celle des «Échos», dont Apollinaire devient responsable à partir de mai 1917.

La première rubrique n'apparaît pas régulièrement dans le *Mercure de France* — une dizaine de livraisons en tout de 1911 à 1918 : ces articles, dont on possède parfois le manuscrit signé de la main d'Apollinaire, n'ont pas été repris ici; on les trouvera reproduits intégralement dans la thèse sur *Apollinaire journaliste* de Pierre Caizergues. Trois d'entre eux seront reproduits, à titre d'exemple, dans le tome III de la présente édition des *Œuvres en prose.*

La rubrique des «Échos» anonymes, de son côté, révèle, entre mai 1917 et décembre 1918, suivant un rythme bi-mensuel, une très régulière contribution d'Apollinaire. À tel point que le volume de «La Vie anecdotique» diminue très sensiblement au profit de celui des «Échos» : c'est que ceux-ci sont payés à la pige, tandis qu'un fixe de cinquante francs par mois était prévu pour la première. En outre, cette rubrique des «Échos» change tout à fait de visage avec l'arrivée d'Apollinaire : d'abord impersonnelles, destinées à rassembler informations diverses et rapides, ou à faire office de courrier des lecteurs, ces pages, sous la direction du poète, tout en continuant à remplir ces fonctions, deviennent vivantes. Certes, le lyrisme apollinarien ne s'y épanouit pas au même degré que dans «La Vie anecdotique», le tour y est toujours volontairement impersonnel, mais l'esprit, l'humour, l'inlassable curiosité de l'échotier sont sans cesse présents et ces textes apportent de précieux témoignages sur l'évolution d'Apollinaire dans le domaine de la réflexion esthétique — «Le Cas de Richard Mutt» (voir p. 1378-1380) nous indique sa position sur l'esprit dada par exemple — aussi bien que dans celui, très souvent tenu secret chez lui, de ses partis pris politiques — ses réactions à la Révolution russe de 1917 ne sont nulle part aussi claires et affirmées qu'ici (voir p. 1336 et 1372-1373).

L'attribution de ces textes, tous anonymes à l'exception d'un seul — l'écho sur la mort de Joséphin Félacan, signé des initiales «G. A.» — à Guillaume Apollinaire a été facilitée par la découverte dans les archives du *Mercure de France,* aujourd'hui conservées chez Gallimard, de l'ensemble des manuscrits destinés à cette rubrique, à quoi s'ajoutent quelques manuscrits d'échos figurant dans des collections particulières ou repérés lors de leur passage en vente publique. En outre, Apollinaire avait lui-même rassemblé ses collaborations aux périodiques dans cinq cahiers de coupures de presse, déposés, le premier au Département des manuscrits de la Bibliothèque nationale, les quatre suivants à la bibliothèque littéraire Jacques-Doucet. Les échos du *Mercure de France* se trouvent dans les trois derniers de ces cahiers.

Cependant, il nous a paru imprudent de donner comme étant d'Apollinaire tous les textes qu'il avait relevés, un grand nombre d'entre eux portant d'ailleurs d'autres initiales que les siennes et émanant de lecteurs de la revue ou de collaborateurs occasionnels. À l'inverse, nous devinons que beaucoup de ces textes, non repris ici, portent la marque d'Apollinaire, mais nous n'avons délibérément retenu que ceux dont nous avons pu voir le manuscrit.

Par rapport au texte publié dans le *Mercure de France,* les variantes relevées sur le manuscrit *(ms.)* sont très peu nombreuses et, le plus souvent, insignifiantes. Plus intéressant est le fait qu'à partir du 1er février 1918 apparaît dans ces papiers l'écriture de Jacqueline Apollinaire. On peut penser qu'Apollinaire, affaibli par la maladie qui l'a frappé au début de 1918, a fait appel à l'aide de celle qui deviendra officiellement son épouse trois mois plus tard. Ces textes ont dû être dictés ou, sans doute dans la plupart des cas, recopiés par Jacqueline Apollinaire, à partir des indications de l'écrivain. Il arrive, à plusieurs reprises, qu'Apollinaire revoie, complète ou corrige ces pages pour transformer la matière brute de lectures ou d'informations en échos littéraires.

Cette démarche, rendue visible par le relevé des variantes, met en évidence, en dépit de l'anonymat de la rubrique, les exigences d'Apollinaire en matière d'écriture journalistique. Anonymat provisoire, au demeurant, car l'examen attentif des cahiers de coupures de presse prouve qu'il envisageait de reprendre un certain nombre de ces textes dans deux volumes au moins, qu'il aurait signés de son nom : *Petites merveilles de la guerre* et *La Guerre et l'Amour.*

Nous avons réparti comme suit la collaboration d'Apollinaire à cette rubrique : dans le présent volume, on trouvera les échos portant sur des questions littéraires et artistiques, ces termes étant pris dans leur plus large acception; dans le suivant, les autres échos, portant sur les sujets les plus divers : politiques, scientifiques notamment.

MORT D'ERNEST LA JEUNESSE

1. Voir t. III, à paraître.

POLYBE

2. Sous le pseudonyme de «Polybe», Joseph Reinach tenait la chronique militaire du *Figaro.*

Page 1326.

BÉNONI

1. Cet écho suscita une mise au point du professeur Alfred Lebeaupin, qui fut publiée dans la livraison suivante (16 juin 1917) sous le même titre, «Bénoni» : «Bénoni n'était pas le second nom de Benjamin, dernier fils de Jacob et de Rachel, mais bien le premier. Ce nom de Bénoni ("fils de ma douleur") fut donné à l'enfant par sa mère au moment où celle-ci expirait des suites de son accouchement (Genèse, chap. XXXV). Jacob substitua au nom de Bénoni celui de Benjamin, lequel ne veut pas dire le "bien aimé" mais le "fils de la droite", le bâton de vieillesse, celui qui devait soutenir le patriarche sur ses vieux jours. C'est une semblable raison qui fit donner le nom de Scipio (*scipio* = bâton) à un membre de la "gens Cornelia", parce qu'il servait de guide à son père aveugle.»

AUTOUR DE LA JEUNESSE

Cet écho figure dans le manuscrit du *Flâneur des deux rives,* mais disparaît dans la version définitive de l'ouvrage.

Page 1328.

ÉMILE ZAVIE

1. L'ouvrage parut sous le titre «Prisonniers de guerre» dans le *Mercure de France,* numéros des 1er octobre, 1er novembre, 1er décembre 1915 et 1er janvier 1916.

Page 1329.

«THE BLINDMAN», GAZETTE AMÉRICAINE

1. Le premier numéro de cette gazette américaine parut le 10 avril 1917, le deuxième, en mai. Elle compte parmi ses collaborateurs A. Stieglitz, M. Duchamp, W. C. Arensberg et F. Picabia. Ce dernier, qui a déjà lancé *391* à Barcelone, est peut-être l'informateur d'Apollinaire.

Page 1330.

BROUSSONIANA

1. Apollinaire lui succédera à la rubrique d'échos du «Bloc-Notes», à partir de septembre 1918.

Page 1332.

JANE AUSTEN

1. Les éloges de Walter Scott et de Macaulay sont souvent associés à propos de Jane Austen. On lit par exemple dans la *Grande Encyclopédie* : «Lord Macaulay la plaçait au premier rang après Shakespeare. Walter

Scott, sans rancune, disait n'avoir jamais rencontré plus prodigieux talent, et se lamentait sur sa mort prématurée.» Le jugement de Walter Scott se trouve dans le compte rendu qu'il fit du roman *Emma* pour la *Quaterly Review* en 1815.

Page 1334.

LE POÈTE DES MERLES

1. «Derrière les yeux fermés / Et prodigieux, impudemment doux, moitié passion, moitié suffisance, / l'Oiseau noir appelle en descendant la rue / comme le joueur de flûte de Hamelin. / Je l'entends et je sens le leurre / qui me ramène à la lande hospitalière; / j'irai et fermerai la porte de la montagne / sur la lutte et le tumulte de la ville.» Apollinaire devait être sensible à ce thème voisin de celui du poème «Le Musicien de Saint-Merry» (voir *Œuvres poétiques*, p. 188).

BARI ET LE BARISIEN

Page 1335.

1. Voir le compte rendu de *Notre retraite de Serbie*, p. 1183-1184.

LES BAGAGES DE KROPOTKINE

Dans un carnet de notes déposé à la Bibliothèque nationale (cote N.a.fr. 16301) et datant très vraisemblablement du séjour rhénan, Apollinaire a recopié cette phrase de *La Conquête du pain* (1888) de Pierre Kropotkine (1842-1921) : «Quelle triste satire dans ce nom d'économie politique que l'on donne à la science de la déperdition des forces sous le régime du salariat.» Le jeune Apollinaire a pu être séduit par le théoricien d'un anarchisme pseudo-scientifique et l'on voit que, plus de quinze ans après, son admiration pour le révolutionnaire russe ne s'est point démentie.

Page 1337.

HORACE DANS LES TRANCHÉES

1. Apollinaire cite ici les deux premiers vers de la première et les quatre de la troisième des quatre strophes qui constituent l'ode d'Horace à la fontaine de Bandusie (ode XIII du livre III). En voici la traduction d'après Villeneuve (Horace, *Odes et épodes*, Belles Lettres, 1944) : «Ô fontaine de Bandusie, plus limpide que le verre, toi qui mérites un doux vin et des fleurs, [...] la saison impitoyable de la canicule embrasée ne saurait t'atteindre, tu offres une aimable fraîcheur aux taureaux fatigués de la charrue et au bétail errant.»

Page 1338.

LE PLUS GRAND JOURNAL DU MONDE

1. Le premier numéro de ce périodique est effectivement conservé au

musée d'Aix-la-Chapelle, mais il semble que le numéro 2 n'ait pas été publié.

Page 1339.

MICHAËL DE ZICHY

1. Rappelons qu'Apollinaire lui-même est l'auteur de deux romans publiés sous le manteau, *Les Exploits d'un jeune Don Juan* et *Les Onze Mille Verges* (t. III à paraître).

BAUDELAIRE TRADUIT EN ESPAGNOL

2. Eduardo Marquina publie, en 1909, un vaste poème qui chante les aspirations panthéistes de l'âme du poète et son goût de vivre dans l'euphorie et l'harmonie universelles. *Vendimión,* en dehors de son titre, a plus d'un trait commun avec «Vendémiaire». Ample chant du monde comme le poème de Marquina, celui d'Apollinaire use à son tour de rythmes très souples et très variés, et on y perçoit des accents qui rappellent plus particulièrement le prologue du poème espagnol, dont voici la fin : [...] *Trepo a la soledad de tus rocas eximias; / Rompo los alambiques de todas tus alquimias; / Te muevo guerra en el clarín de mis euritmias : / ¡O tiempo, Vendimión de todas las vendimias! / Ebrio en tu viña, quiero morirme, Vendimión.* (Je gravis la solitude de tes roches sublimes; / Je romps les alambics de toutes tes alchimies; / Je te déclare la guerre dans le clairon de mes eurythmies : / Ô temps, Vendimion de toutes les vendanges! / Ivre dans ta vigne, je veux mourir, Vendimion. / Traduction Paul Aubert).

LES SOUVENIRS DU MARIN

a. Un autre titre apparaît, biffé, dans ms. : Les Regrets du marin

Page 1340.

1. Allusion à deux romans de Pierre Loti : *Aziyadé* (1879) et *Rarahu, idylle polynésienne* (1880).

Page 1344.

LA MALIBRAN À MILAN

1. Citation erronée ou parodie du premier vers des stances de Musset «À la Malibran» : *Sans doute il est trop tard pour parler encor d'elle.*

Page 1347.

UN JEUNE MARCHAND DE TABLEAUX

a. ce [Durand-Ruel *biffé*] Vollard en herbe *ms.*

Page 1349.

UNE NOUVELLE REVUE POLONAISE

1. *Zdrój,* très belle revue d'avant-garde paraissant sur beau papier et dans un grand format (25 × 32), est un bimensuel illustré «consacré à l'art et à la culture». La revue existe encore en 1918.

Page 1352.

LE BON GROS SAINT-AMANT

1. Apollinaire fit partie de ces comités. Le premier projet remonte à 1909 et redevient d'actualité en 1910 (voir «Courrier littéraire», p. 1174), date à laquelle le deuxième projet apparaît. Le comité pour le monument à Jean Moréas, présidé par A. France, comprenait effectivement L. Barthou, alors ministre de la Justice.

Page 1353.

AU VIEUX-COLOMBIER

1. C'est au cours de la séance littéraire du 26 novembre 1917 qu'eut lieu la conférence sur «L'Esprit nouveau» (voir la Notice de *L'Esprit nouveau et les Poètes,* p. 1683).

Page 1356.

1. Dans les «Échos» du *Mercure de France* du 16 octobre 1917. Il s'agit d'un concours pour l'étude du chameau. Le concurrent anglais va étudier le chameau dans le désert et, en homme pratique, écrit «deux ou trois pages simples et claires». Le Français se documente dans des jardins zoologiques et produit «un livre substantiel, agréable et divertissant». Quant à l'Allemand, il compile pendant des années tout ce qui a été écrit sur le sujet et en tire vingt volumes qu'il intitule *Le Chameau absolu.*

FORTUNIO LICETI

Page 1358.

1. Apollinaire fait un choix des citations les plus caractéristiques et condense en même temps la notice consacrée à Fortunio Liceti, l'une des plus longues de l'ouvrage, où le célèbre philosophe est rangé parmi les «modernes» aux côtés de Pic de la Mirandole, Philippe Beroalde dit l'Ancien, La Boétie, Thomas Hobbes, etc.

«IL EST RESSUSCITÉ!»

Page 1359.

1. *Et vera patuit incessu dea :* «À sa démarche se révéla vraiment la

déesse», *Énéide,* I, v. 405. Ainsi, Vénus, qui est apparue à son fils Énée sous l'aspect d'une chasseresse, se fait reconnaître de lui.

MORT DE MAURICE DREYFOUS

a. Ms. est tout entier de l'écriture de Jacqueline Apollinaire.

Page 1362.

SERMONS COURTS

a. Ms est de l'écriture de Jacqueline Apollinaire, excepté le début jusqu'à : orateur *, la phrase intercalée entre les deux citations (p. 1363, 9*e* et 10*e* lignes) et la phrase finale.*

1. «Dieu châtie ceux qu'Il aime.»

Page 1363.

LES ÂNES AMATEURS DE MUSIQUE

a. Ms. est tout entier de l'écriture de Jacqueline Apollinaire.

Page 1364.

1. Apollinaire s'est toujours intéressé aux rapports des animaux à la musique. Voir Madeleine Boisson, «À propos de "Coqs parlants"», *Que vlo-ve?*, avril-juin 1991.

CHRISTOPHE PIVETT

a. Ms. est de l'écriture de Jacqueline Apollinaire, à l'exception de la dernière phrase, ajoutée par Apollinaire lui-même.

Page 1366.

LE MUSÉE RODIN

a. Rodin [qui fut peut-être le plus grand sculpteur moderne depuis la Renaissance et peut-être même depuis l'Antiquité *biffé*]. / L'art, *ms.*

b. année! / [Il naquit à Paris le 14 septembre 1840. On l'a dit élève de Barye et de Carrier-Belleuse mais Rodin disait volontiers : «C'est de Barye que j'ai le plus appris.» / Il est refusé à l'école des Beaux-Arts chaque fois qu'il s'y présente et en 1864, il est refusé au Salon avec *L'Homme au nez cassé.* / Il séjourna quelques années en Belgique après la guerre de 1870 et y modela en compagnie de *[Ici manquent plusieurs mots de transition, peut-être sur un feuillet égaré]* ou le chroniqueur Jean Lorrain qui faisait métier de défendre ce que l'on n'appelait pas encore les artistes d'avant-garde se déshonora en citant mal à propos La Fontaine : «Ce bloc enfariné ne me dit rien qui vaille.» Citons parmi les œuvres maîtresses d'Auguste Rodin, *Les Bourgeois de Calais, Le Penseur* qui médite devant le Panthéon, *Le Becque* qui regarde au carrefour Monceau vers Montmartre, *Ugolin,* les bustes de

Dalou, de *Rochefort,* de *Puvis de Chavannes,* d'*Antonin Proust,* de *Bernard Shaw,* de *J.P. Laurens,* de *Falguière,* de *Georges Clemenceau, La Pensée, L'Ève, Victor Hugo, Saint Jean Baptiste,* etc., etc. *biffé*] On sait *ms.*

c. véridique. [Il reposera dans la propriété où il s'était fixé au-dessus du Val-Fleury qui dépend de Meudon. / C'est au milion de ses œuvres, de ses collections, au sein d'un verger merveilleux qu'il vivait comme un olympien. *biffé*] / Et, à ce propos, *ms.*

Page 1373.

LES AUTEURS DU COLLEONI DE VENISE

1. Apollinaire se trompe : le passage qu'il cite ne se trouve pas dans cet opuscule paru en 1820 et entièrement consacré à des questions de philologie. Comme il arrive souvent, il utilise sans doute cette citation de seconde main.

Page 1375.

LA PROPOSITION CHASTENET

1. Sur la loi Pacca, voir p. 734 et n. [illegible] et p. 747.

«LE NIGOG»

2. Sur *Le Nigog,* voir également p. 1420. Le premier numéro du *Nigog* paraît en janvier 1918. L'explication de ce titre provient d'une note contenue dans l'éditorial de ce même numéro. Dans cette profession de foi initiale, intitulée «Signification», se trouve en outre la citation utilisée par Apollinaire. L'allusion à Marcel Dugas renvoie également à un long compte rendu d'un ouvrage de ce critique, *Versions,* signé par l'un des directeurs de la revue, R. La Roque de Roquebrune. — Il semble bien qu'Apollinaire ait entretenu des relations de sympathie avec cette «petite revue de combat». Il utilise, en tout cas, pour rédiger trois échos de *L'Europe nouvelle,* plusieurs numéros du *Nigog* : ainsi, dans la série du 13 avril 1918, le deuxième, le troisième (p. 1420) et le quatrième (p. 1421) se réfèrent explicitement ou secrètement à des articles publiés dans les trois premiers numéros de la jeune revue canadienne. Mais, si l'échotier anonyme du *Nigog* remercie son confrère du *Mercure de France* pour l'article annonçant la nouvelle publication, en revanche, il reproche vivement à l'Écolâtre de présenter comme une relation de cause à effet, d'une part, la venue de Jeanne Mortier au Canada parmi «les Parisiens d'avant-garde qui, depuis la guerre, [...] ont déposé dans les esprits des Canadiens français une grande curiosité et un grand amour pour la France moderne» (p. 1420), d'autre part, la fondation du *Nigog,* créé depuis cinq mois et à son deuxième numéro quand la pianiste française vint à Montréal. De plus, *L'Europe nouvelle* fait l'objet, dans la même note, de l'accusation de plagiat : «La même revue, en outre, pille *Le Nigog* : de l'article de Léo-Pol Morin sur la jeune musique anglaise, elle extrait la moitié de l'essentiel, et d'une note sur Maurice Barrès et *The Atlantic Monthly* signée

"R.R.R.", elle prend le meilleur sans nommer ni les auteurs ni *Le Nigog*.» Néanmoins, grâce à l'incognito du pseudonyme, Apollinaire fait l'objet de plusieurs mentions élogieuses dans *Le Nigog* : dans le même écho si sévère sur «*Le Nigog* en France» (n° 5, mai 1918), on peut lire en effet : «Cet autre grand poète qu'est Guillaume Apollinaire a écrit une aimable c < arte > p < ostale > à un des directeurs» et sous la plume de R. La Roque de Roquebrune, dans une étude sur «La Jeune Littérature française avant 1914» (n° 8, août 1918) : «L'admirable fantaisie d'Apollinaire appartient à la tradition romantique; c'est un descendant authentique de Hugo.»

Page 1378.

LE CAS DE RICHARD MUTT

Précieux écho qui nous donne le point de vue du poète sur le «ready made» et nous invite à nuancer notre position sur les rapports d'Apollinaire, sinon avec le mouvement dada, du moins — et c'est l'essentiel — avec l'esprit dada. Mais l'échotier ignorait-il que Marcel Duchamp avait, pour l'occasion, adopté ce pseudonyme de Richard Mutt?

Page 1380.

UN POÈME LATIN À LA GLOIRE DES MARINS D'ITALIE

1. «Avant les autres tente l'action mémorable.»
2. «Ville riche en places».
3. «Déjà décoré auparavant d'une triple palme.»
4. «... qui vainquirent les détours et les obstacles de l'Hellespont et osèrent porter la mort aux Turcs menaçants dans l'eau même de la Propontide.» Nous avons corrigé en *Proponditis* la coquille *Proponditos* donnée par le *Mercure de France*.
5. «... maintenant une machine volant avec des ailes auparavant inconnues, meilleure et plus grande que l'œuvre de Dédale, [les] élève souvent avec une sublime audace dans les airs, d'où ils peuvent jeter la destruction sur les terres et les hommes misérables.» Nouvelles coquilles : *soepe, sublime audacea* et *verisque,* que nous avons corrigées en *saepe, sublimi audacia* et *virisque.*

Page 1381.

1. «La machine, qu'on peut dire faite récemment de rayons réfléchis, merveille destinée à la guerre, ignorée des ancêtres, sert à écarter les ténèbres de la nuit sombre. De nombreuses lames en cercle retiennent le cristal, agencées de façon admirable, et renvoient les rayons. Et la puissance électrique assemble ses forces : elle éclaire à l'infini d'un faisceau lumineux les terres, les mers et les montagnes lointaines, tout comme le soleil en s'élevant découvre les cimes.» Encore une coquille : au quatrième vers, *laminacircum,* que nous corrigeons.

Page 1383.

LES JOURNAUX DE TRANCHÉE ITALIENS

1. «Ici était Rome autrefois, ici nous sommes maintenant et toujours.»

Page 1384.

JÉRUSALEM ET SHAKESPEARE

1. *Sic,* pour «quatorze siècles».

MORT DE JOSÉPHIN PÉLADAN

Cet article, signé «G.A.», est attribué à Guillaume Apollinaire par R. La Roque de Roquebrune dans *Le Nigog* (n° 9, septembre 1918), où on peut lire, à propos de la «Mort de Joséphin Péladan» : «C'est l'un des écrivains français le mieux épris d'art moderne, Guillaume Apollinaire, qui a fait à Péladan les plus belles funérailles. Dans son panégyrique de l'auteur de *La Décadence latine,* Apollinaire a rappelé en outre de son importance littéraire, le caractère de sincérité catholique de cette œuvre d'esthète et d'érudit.»

L'article en question ayant par ailleurs été repris par Apollinaire dans un cahier de coupures de presse, il ne nous paraît pas imprudent de le lui attribuer.

LE CHANT NATIONAL TCHÈQUE

Page 1388.

1. Le critique tchèque Vladimir Brett remarque qu'Apollinaire cite ici un chant serbe, en serbo-croate.

LA RENAISSANCE DE L'OPÉRETTE

2. Cette «opérette» de Defosse n'est autre que *Casanova.* Voir *Œuvres poétiques,* p. 965.

Page 1392.

SYNDICAT PROFESSIONNEL DES GENS DE LETTRES

1. Nous n'avons pu établir l'adhésion d'Apollinaire à ce syndicat.

Page 1393.

GIOVANNI PIER LUIGI DA PALESTRINA

1. Nous corrigeons la coquille *musices* du *Mercure de France.* Le titre de «prince de la musique», donné par ses contemporains à Palestrina, est gravé sur sa tombe.

2. «[...] les six enfants qui chantent dans cette même église.»

Page 1394.

O TERQUE QUATERQUE BEATI!

a. Ms. est de l'écriture de Jacqueline Apollinaire, mais Apollinaire a apporté additions et corrections de sa main. Ainsi les deux premiers paragraphes se présentaient sous la forme suivante : Extrait d'une lettre de Londres du 29 novembre 1902. / Je viens de passer quatre mois à Oxford et à Cambridge, je suis là, depuis des années, avec quelques professeurs de ces universités. Les premiers sont dans ce moment en proie à la plus violente dissension; en voici le sujet :

b. s'écria [le régent *biffé*] le professeur, *ms.*

1. Aux vers 94-95. C'est le début de la lamentation d'Énée devant la tempête déchaînée par Éole à la demande de Junon : «Ô trois fois et quatre fois heureux ceux auxquels, à la face de leurs pères, sous les hauts remparts de Troie...». Apollinaire interrompt la phrase, qui se termine ainsi : «contingit oppetere» («il échut de périr»).

Page 1395.

1. «Infortuné» parce qu'il fut tué dans les massacres de la Saint-Barthélemy, Ramus suscita des polémiques en voulant faire prononcer le latin à la française.

Page 1396.

HAM

a. Les deux premiers paragraphes sont, dans ms., de l'écriture de Jacqueline Apollinaire, avec additions et corrections de la main d'Apollinaire. Le dernier paragraphe est tout entier de l'écriture d'Apollinaire.

b. voici [plus de quatre siècles *en surcharge sur* neuf cents ans] par [le comte de Saint-Polo *en surcharge sur* Odon IV baron de Ham], ce château *ms.*

c. Cette phrase est, dans ms., une addition de la main d'Apollinaire.

DAUDET ET DAUDÉ

L'écho est à rapprocher de la lettre qu'Apollinaire adresse à *L'Action française* le 20 novembre 1916 pour soutenir la campagne lancée dans le journal en faveur de la part du combattant (voir t. III à paraître).

LE JAPONAIS ET L'ALPHABET LATIN

Cet écho, destiné au numéro 464 du *Mercure de France* (16 octobre 1917), en a été écarté pour des raisons que nous n'avons pu établir.

L'ERMITAGE

Cet écho aurait dû paraître dans le numéro 491 (1er décembre 1918) du *Mercure de France.*

M. BONNAT ET LES PRIX ACADÉMIQUES

Page 1404.

1. En 1915 avait été créé aux Armées un Service de camouflage dont le personnel technique était composé de peintres et de sculpteurs.

Les Arts à Paris

Apollinaire est entré en relation avec Paul Guillaume au plus tard en 1914, peut-être dès 1913. Il a préfacé plusieurs catalogues d'expositions présentées par le marchand de tableaux dans sa galerie (située d'abord au 16, avenue de Villiers, puis au 108, faubourg Saint-Honoré, à partir de novembre 1917) et présenté l'*Album de sculptures nègres* publié en avril 1917 à la même enseigne.

Et c'est tout naturellement à l'ami poète qui joue auprès de lui le rôle de conseiller que Paul Guillaume fait alors appel lorsqu'il crée en 1918 *Les Arts à Paris,* revue d' «actualités critiques et littéraires des arts et de la curiosité». Destinée à assurer la publicité de sa galerie, la revue connaîtra un rythme de publication très irrégulier de 1918 jusqu'à sa disparition en 1932, se limitant même à un numéro annuel à partir de 1927. De ce point de vue, 1918 apparaît comme la meilleure année, avec ses trois numéros. Sous sa signature, pour les articles proprement dits, et, pour la chronique «Actualités», sous celle de divers pseudonymes (Dr Pressement, Louis Troëme, Paracelse, F. Jolibois), Apollinaire assure, pratiquement à lui tout seul, la rédaction des deux premiers numéros : celui du 15 mars et celui du 15 juillet 1918. Toutefois, dans ce numéro 2, un écho annonce que Jos Hessel — s'agit-il encore d'un pseudonyme? — compte désormais parmi les collaborateurs de la revue, dont il devient «secrétaire général». La mort d'Apollinaire interrompt en tout cas la collaboration du poète, auquel Paul Guillaume rend hommage dans le numéro 3, daté du 15 décembre 1918. Le directeur des *Arts à Paris* confie alors que c'est chez Apollinaire qu'il a «rencontré ce peintre énigmatique qu'est Giorgio De Chirico» et défend avec vigueur son collaborateur contre l'accusation de mystification : «On a insinué, voire dans des échos nécrologiques de presse, que dans le particulier le poète riait et se moquait du public qui le prenait au sérieux. Sur ce point, Apollinaire ne peut et ne doit être jugé que par ses pairs.»

VAN DONGEN

Un manuscrit de quatre pages passé en vente à l'hôtel Drouot le 18 mai 1988 donne deux ébauches de cet article.

Page 1406.

ACTUALITÉS

1. Cette conférence eut lieu le 13 novembre 1917. Voir aussi dans «La Vie anecdotique» du 16 février 1917 : «L'Art tactile», t. III, à paraître.
2. Sur *Parade,* voir le présent volume p. 864, 866 et 1330.

THÉÂTRES

Page 1408.

1. Le 17 février, avec notamment *Clair de lune* de Marinetti.

LA BIBLIOTHÈQUE JACQUES-DOUCET

Page 1409.

1. La meilleure information sur cette fameuse bibliothèque figure dans le chapitre IV de l'ouvrage de François Chapon, *Mystère et splendeurs de Jacques Doucet 1853-1929* (J.-C. Lattès, 1984).

À PROPOS D'ART NÈGRE

2. Cet intérêt constant d'Apollinaire pour l'art nègre est à rapprocher de plusieurs chroniques d'art, voir par exemple p. 831 et 1415.

CHRONIQUE DES LIVRES

3. Ce livre de poésie, enrichi de la dédicace : «À mon cher et admirable ami Guillaume Apollinaire en toute sympathie / P. Reverdy», était conservé par Apollinaire dans sa bibliothèque.

4. Le roman de Reverdy, publié en 1917, figure, dédicacé, dans la bibliothèque d'Apollinaire.

5. *Le Cap de Bonne-Espérance,* dont l'achevé d'imprimer porte la date du 7 décembre 1918, indique 1919 sur la couverture de l'édition originale; *Le Coq et l'Arlequin (notes autour de la musique)* inaugure la collection des «Tracts» aux éditions de La Sirène; quant au *Potomak,* il paraît l'année suivante à la Société littéraire de France.

6. L'ouvrage, publié en 1916 [s.l., s.n.], figure dans la bibliothèque d'Apollinaire.

Page 1410.

1. Apollinaire lui succédera à la rubrique des Échos du quotidien *Excelsior* en septembre 1918. C'est dans ce même journal que Jean-Jacques Brousson fait passer le 5 juin 1918 un compte rendu de *Calligrammes* où le titre de l'ouvrage n'est pas mentionné. L'article s'accompagne, curieusement, d'une photographie d'Apollinaire en canotier.

2. Gabriel Arbouin avait publié un article sur la «Lettre-Océan» dans le numéro 26 des *Soirées de Paris* (juillet 1914). Nous n'avons pas retrouvé l'article de Gabriel Arbouin dans lequel le nom d'Apollinaire voisine avec ceux de Claudel et de Romains.

3. L'ouvrage figure, non coupé, dans la bibliothèque d'Apollinaire.

4. L'ouvrage, publié en 1917, figure dans la bibliothèque d'Apollinaire et porte la décidace suivante : «Guillaume Apollinaire / Rose / Aurore sur la montagne / Bouche d'or / Fontaine de lumière / Je viens t'offrir ces premières spirales. 9 nov. 1917.»

Page 1411.

1. L'ouvrage, conservé par Apollinaire, porte l'envoi suivant : «À Guillaume Apollinaire avec toutes mes sympathies d'amitié et d'art / Vicente Huidobro / Paris Janvier 1918.»

2. L'ouvrage figure, dédicacé, dans la bibliothèque d'Apollinaire, et celui-ci a porté en marge plusieurs annotations au crayon; p. 3 : «Tout ce livre vient trop de Baudelaire, il y a du talent mais dévoyé et beaucoup de fatras...»; p. 13 : «Baudelaire à travers H. Heinz Evers».

3. Ambroise Vollard avait en effet déjà publié un ouvrage sur Cézanne en 1915. Il figure dans la bibliothèque d'Apollinaire avec l'envoi suivant : «À Monsieur Guillaume Apollinaire avec tous mes meilleurs souvenirs / Vollard».

Page 1412.

«NORD-SUD»

1. Deux hors-texte de Braque illustrent le numéro de mars 1918 de *Nord-Sud;* mais on ne trouve ceux de Léger que dans le numéro d'avril, paru après cet écho...

Page 1417.

L'Europe nouvelle

Sur *L'Europe nouvelle,* voir p. 1061.

ÉCHOS

À PROPOS DE DEBUSSY

1. Le musicien s'était éteint le mardi 26 mars 1918, à l'âge de cinquante-cinq ans.

GUYNEMER

Page 1418.

1. Le poète Josep-Maria Junoy fit connaître Apollinaire en Catalogne dès 1911 et le calligramme sur Guynemer permet à Guillaume de défendre son propre livre, *Calligrammes,* dont l'achevé d'imprimer porte la date du 15 avril 1918. Dans une lettre du 2 avril 1918 que Junoy placera en tête de son recueil de poésie visuelle — *Poemes i calligrammes* (Barcelone, Libreria nacional catalana, 1920) —, Apollinaire promettait au poète catalan «de parler de ce calligramme qui n'est pas le résultat d'un truc comme a écrit Maurras (voir «Lettre à Charles Maurras», p. 996), mais est vraiment le fruit d'une authentique inspiration à la fois lyrique et plastique. Ajoutons que la plaquette sur *Guynemer* figure, dédicacée, dans la bibliothèque d'Apollinaire.

«LES VIEUX ONT SOIF»

2. L'article, sous-titré : «Petite enquête sur les aspirations de la vieillesse contemporaine», avait paru dans le numéro 11 (décembre 1912) des *Soirées de Paris* et parodiait le titre du roman historique d'Anatole France, *Les dieux ont soif* (1912). Le projet de Bernouard resta apparemment sans suite.

«NORD-SUD»

3. Étienne-Alain Hubert (présentation de la réédition de *Nord-Sud*, éd. J.-M. Place, 1980) explique la crainte d'Apollinaire par le retard de la revue : «Les dates de sortie effective correspondaient de plus en plus rarement aux dates portées sur chaque numéro.»

Page 1419.

LE JOURNAL DE M. BOISSARD

1. On sait que Paul Léautaud tint son journal du 3 novembre 1893 jusqu'au 15 février 1956, dix jours avant sa mort. Le premier tome en fut publié au Mercure de France en octobre 1954, le deuxième en février 1955, le troisième en avril 1956, deux mois après la mort de l'écrivain. Marie Dormoy assura ensuite à elle seule la responsabilité de l'édition du quatrième au dix-huitième tome. Une réédition en trois tomes est sortie au Mercure de France en 1986.

ÉCHOS ET ON-DIT DES LETTRES ET DES ARTS

Page 1420.

1. Il s'agit sans doute de Severini, qui avait épousé la fille de Paul Fort en 1912.
2. Sur *Le Nigog,* voir aussi les échos du *Mercure de France,* p. 1376 et n. 2.
3. Le musicien anglais Vaughan Williams est en réalité né en 1872. Élève de Max Bruch et de Ravel, il trouva en effet l'essentiel de son inspiration dans les chants et danses folkloriques sans jamais renier toutefois l'influence des maîtres anglais anciens.

Page 1421.

1. La première édition de cet ouvrage fondamental du philosophe Émile Meyerson remonte à 1908; la seconde date de 1912.
2. La représentation en question eut lieu le 23 juin 1918 au Théâtre idéaliste (Maison de Balzac), mais seuls Carlos Larronde, Hans Pipp et Marinetti figurent au programme. Apollinaire, qui avait espéré pouvoir faire représenter *Couleur du temps,* devra finalement se contenter de faire jouer des extraits des *Mamelles de Tirésias.*

Page 1422.

1. Paul Valéry prononça quelques mots sur la poésie de son ami André Lebey, chez Aurel, le jeudi 5 juillet 1917. Ce texte fut ensuite repris en tête du recueil publié en 1918 à la Renaissance du livre, avec une couverture illustrée par Maxime Dethomas. Un écho du *Mercure de France* du 16 septembre 1917, vraisemblablement de la plume d'Apollinaire (mais nous n'en avons aucune preuve formelle), relate l'événement. Le voici : «Paul Valéry et André Lebey. — Dans un salon littéraire, le rare poète Paul Valéry célébra dernièrement son ami, le poète député André Lebey. / Ce dernier, appelé à la Chambre pour une séance du Comité secret, ne put rester pour entendre son éloge et s'en alla devant que les chandelles fussent allumées... Mais Paul Valéry parla enfin et ceux qui étaient là furent sous le charme de la parole aisée du poète de *La Jeune Parque,* dont le discours était émaillé de traits d'esprit parfois très profonds et qui touchaient à la vie même des poètes. / Il vint un académicien *à côté,* qui est charmant et qui est sourd; il s'assit auprès d'une femme de lettres non moins charmante et sourde également. Ils bavardèrent à voix basse avec d'autant plus d'entrain qu'ils n'avaient aucun effort à faire pour s'entendre et applaudissaient, en s'exclamant, avec d'autant plus de force et d'enthousiasme qu'ils n'avaient pas à se donner la peine d'écouter. Ils y perdaient au demeurant, car la conférence de Paul Valéry valait qu'on la goutât et l'on songeait que ce poète nous doit aussi de la belle prose que ses amis attendent avec impatience. / Mais voilà le thé-conférence lancé. L'an prochain chaque salon qui se pique de littérature aura son conférencier hebdomadaire et il n'y a pas qu'au théâtre que l'on voit la renaissance du monologue. / Dans les rues même, on rencontre désormais tant de gens qui parlent tout seuls que c'est peut-être là le nouveau bon ton.»

2. Sur ces cartes postales, voir p. 1372.

Page 1423.

1. Apollinaire avait connu Louis Latourrette au journal *Le Financier,* dès 1908. L'ouvrage, dédicacé, était conservé dans sa bibliothèque.

2. Le titre exact de ce livre, publié en 1917, est : *Dans les remous de la bataille.*

3. Ces pages d'Isabelle Rimbaud seront publiées au Mercure de France, en 1921, sous le titre : *Reliques.*

Page 1424.

1. Interrompue avec le numéro 30 (juin 1918), la revue reprend seulement en octobre suivant, avec un rythme bi-mensuel, et paraît ensuite le 15 et le 30 de chaque mois.

2. D'après Paul Blanchard (*Firmin Gémier,* L'Arche, 1954) ce projet n'a pas abouti.

Page 1425.

1. *Ubu aux colonies* n'a jamais été publié sous ce titre, sans doute devenu *Les Réincarnations du père Ubu.* Ce livre — texte de Vollard, gravures et dessins de Rouault — ne paraît qu'en 1932. En revanche, *Le Père Ubu à l'hôpital* a été publié sans nom d'auteur en 1917 et figure dans la bibliothèque d'Apollinaire.

Page 1426.

1. Dix auteurs avaient été prévus : outre ceux qu'Apollinaire cite ici, il s'agit de François Porché, Abel Gance, Philippe Soupault, André Spire. Picasso avait été sollicité pour réaliser la couverture du livre; Cendrars, qui devait en être le maître d'œuvre, avait rédigé, dès le 9 février 1918, un premier plan comprenant son propre scénario de *La Fin du monde.*

Page 1427.

1. Publié à Paris, chez Ernest Leroux, en 1918, l'ouvrage figure, dédicacé, dans la bibliothèque d'Apollinaire.
2. Il s'agit peut-être du *Livre des harems,* recueil de nouvelles, publié en 1920 chez le même éditeur.
3. La réponse d'Apollinaire à une enquête sur Baudelaire (voir t. III, à paraître) avait paru en octobre 1917, dans le premier numéro de cette revue de luxe, qui avait aussi publié dans son numéro 5 (15 mars 1918) le poème «La Jolie Rousse», repris la même année dans *Calligrammes.*

Page 1428.

1. Apollinaire a signé cette édition du *Perceval,* prête à publier dès 1912 et dont *Les Soirées de Paris* avaient donné des fragments en mai 1913 (n° 16).

Page 1429.

1. *L'Arc d'Ulysse* sort chez Crès, en 1919. Mais il faudra attendre 1928 pour voir rééditer, chez Gallimard, *La Normandie exaltée,* dont l'édition originale (E. Dumont, 1902) figure dans la bibliothèque d'Apollinaire avec la dédicace suivante : «Souvenir du 26 février 1911. Ch.-Th. Feret.»
2. Le livre ne parut qu'en 1919.
3. Apollinaire commet une erreur sur le titre de sa propre revue. *La Revue immoraliste* devint en effet, à son second (et dernier) numéro, *Les Lettres modernes.*
4. Il s'agit d'une plaquette de 55 pages, publiée à Paris chez Ernest Leroux et qu'Apollinaire avait conservée dans sa bibliothèque.
5. Le livre ne paraîtra qu'en 1933 sous le titre *La Vérité sur Alésia.*

Page 1430.

1. Apollinaire possédait cette plaquette, tirée à 500 exemplaires et enrichie de la dédicace suivante : « À Guillaume Apollinaire, son admirateur et son ami / Léon Deffoux / 24 mars 1918. »
2. *Mirabeau,* coll. « Figures du passé », Hachette, 1913.

Page 1431.

1. Apollinaire n'oublie pas qu'il a lui-même publié des extraits de ces romans de Mirabeau. Voir *Les Diables amoureux,* t. III, à paraître.
2. Mgr Baudrillart, recteur de l'Institut catholique de Paris, est élu en même temps que Louis Barthou, le 2 mai 1918, à l'Académie française, où il succède au comte Albert de Mun.
3. Clemenceau, alors président du Conseil; son livre sur la Grèce est *Le Grand Pan* (1896).

Page 1432.

1. *Le Gaulois* est un journal conservateur, de tendance monarchiste.

Page 1433.

1. Cette exposition précéda, les 6, 7 et 8 mai 1918, la vente des œuvres provenant de l'atelier de Degas, qui eut lieu les 26 et 27 mai 1918. Voir aussi p. 1407 et 1414.

Page 1434.

1. La lettre de Brunetière sert de préface à l'ouvrage de G. Lanzalone, publié à Salerne en 1900.
2. Le premier numéro paraît en avril 1918 et la revue, mensuelle, dirigée par Léon Maccas et patronnée par M. Barrès, L. Barthou et V. Bérard, vivra jusqu'en 1921. Apollinaire n'en avait conservé que le premier numéro.

Page 1435.

1. Section de l'Hôpital italien.
2. Sur Mecislas Golberg, voir p. 1117 et n. 2.

Page 1436.

1. Bertrand Guégan publiera en effet à La Sirène, en 1920, un livre consacré à la cuisine et dont le titre exact sera : *La Fleur de la cuisine française où l'on trouve les meilleures recettes des meilleurs cuisiniers, pâtissiers et limonadiers de France, du XIIIe au XIXe siècle, enrichies de notices et d'un glossaire,* par Bertrand Guéguan. Avec des images anciennes et une préface d'Ed. Nignon, directeur du restaurant Larue.

2. Le projet n'aboutit pas. Mais on connaît de Paul Gsell *Le Mystère de sainte Jeanne d'Arc,* publié dans *La Revue mondiale* en 1924, et de Jean-Jacques Brousson, *Jeanne d'Arc, son histoire racontée pour la jeunesse et illustrée dans le goût du XVe siècle par Sigismond Olesiewicz* (Paris, Duchartre et Van Buggenhouret, 1929). De son côté, Déodat de Séverac avait, dès 1913, composé une ode *À sainte Jeanne de Lorraine.*

3. Le livre, publié à Florence, aux éditions Centomila Copie en 1916, venait d'être réédité, en 1918, chez Cappeli.

4. Émile Nelligan fait l'objet d'une véritable mythification dans *Le Nigog,* où Apollinaire a pu le découvrir. Un lecteur apportera des informations sur ce poète (voir p. 1451).

Page 1437.

1. Cette élection eut lieu le 16 mai 1918, en même temps que celles du diplomate Jules Cambon et du dramaturge François de Curel.

Page 1439.

1. L'ouvrage, publié chez Charpentier-Fasquelle, en 1918, figure dans la bibliothèque d'Apollinaire avec la dédicace suivante : « À Guillaume Apollinaire, propriétaire du plus beau nom littéraire, belluaire du fameux "Bestiaire", "hérésiarque", conducteur de "Sic" aires, agha des cubistes janissaires, cheikh des "Nord-Sudistes" révolutionnaires, ces modestes étrennes d'un orientaliste solitaire, qui signe Dr J-C. Mardrus chérif du Caire. »

2. Ouvrage dont Apollinaire possédait les huit tomes. C'est le quatrième, et non le troisième, qui est consacré aux « Assassins ». Quant à Laignel, nous ne savons rien de lui.

Page 1440.

1. L'ouvrage, qui figure, dédicacé, dans la bibliothèque d'Apollinaire, était sorti en réalité en 1916.

2. Cette plaquette de 55 pages, ornée d'une gravure, imprimée par Léon Pichon, était sortie le 24 avril 1918. Nous n'avons pas réussi à percer l'identité de l'auteur de ces élégies, qui devait être proche d'Apollinaire pour que l'échotier lui consacre un compte rendu aussi élogieux.

Page 1441.

1. À propos d'un article de Severine paru dans *Le Journal du Peuple* sur Romain Rolland, dont elle défend le pacifisme et qu'elle compare à Voltaire, l'éditorialiste de *La France* écrit, le 20 mai 1918, sous le titre : « Pauvre Romain Rolland ! » : « Pauvre et cher Romain Rolland ! Grand honnête homme dévoyé ! [...] Voilà que tes amis, pour te louer, à présent, sont obligés de remuer la fange de notre littérature ! » Plusieurs quotidiens, *Le Journal du Peuple, L'Action française, Le Temps* notamment, réagirent

violemment à cet article qu'E. Buré avait signé «F» — de l'initiale du journal — mais où les confrères journalistes avaient reconnu la plume du rédacteur en chef de *La France.*

2. *Voltaire,* Stockholm, A. Bonnier, 1922. Le livre sera réédité plusieurs fois, à Berlin, puis traduit en anglais.

Page 1442.

1. Jean Le Roy fut tué au combat le 26 avril 1918. Apollinaire lui avait adressé des lettres et des poèmes, qui furent retrouvés par Cocteau dans la cantine de son ami mort. Un recueil de poèmes et de proses inédits réunis par Jean Cocteau paraîtra sous le titre *Le Cavalier de Frise,* en 1928, chez Bernouard.

Page 1443.

1. Apollinaire lui-même et son épouse étaient présents à ce repas, qui eut lieu le 27 mai au Napolitain. Un écho de *L'Éveil* cite encore parmi les convives : Mac Orlan, Carco, Ravel, les peintres Altmann et Benedictus, Salmon.

Page 1445.

1. Le scénario de ce ballet fut composé à Rio de Janeiro, en 1917. L'édition originale se présente sous la forme d'une plaquette in-4° de 8 folios pliés à la japonaise; le texte, autographe, est décoré de découpages par Audrey Parr, qui dessina également les costumes, et la partition n'est pas «d'un musicien brésilien» mais de Darius Milhaud. Le ballet fut représenté le 6 juin 1921 au théâtre des Champs-Élysées.

2. L'achevé d'imprimer du *Pain dur* est du 28 juin 1918, et c'est cette pièce que Claudel présente comme «la suite de *L'Otage*», notamment dans une lettre à Lugné-Poe de décembre 1913.

Page 1446.

1. C'est en réalité Jeanne Landre qui ouvrit la série avec *Bob et Bobette enfants perdus* (avril 1919), suivie par Carco (*Bob et Bobette s'amusent,* juillet 1919), puis par Mac Orlan (*Bob, bataillonnaire,* février 1920) et Salmon (*Bob et Bobette en ménage,* juillet 1920). Cette série de «romans d'aventures» parut chez Albin Michel.

2. Publié aux éditions Vers et Prose en 1910, le livre figure, dédicacé, dans la bibliothèque d'Apollinaire.

Page 1447.

1. Le livre paraît, à compte d'auteur, en 1918, orné d'une gravure sur zinc par Picasso pour les 20 exemplaires sur japon.

2. L'ouvrage, non coupé, figure dans la bibliothèque d'Apollinaire

avec l'envoi suivant : «Mon cher Apollinaire, voici un flot de cris généreux auquel j'espère que notre génération saura s'abreuver, Fritz V. der Pyl». On sait que Denis Thévenin n'est autre que Georges Duhamel, alors mobilisé. L'allusion à Vandérem fait référence à son article du 15 mars 1918 dans *La Revue de Paris* où il écrivait que «M. Thévenin n'a pas fait et ne fera pas mieux».

3. Le livre, qui sortira à La Sirène en janvier 1919, porte le numéro 1 de la «Collection des tracts». Le numéro 2 suivra en mars; il s'agit du *Flâneur des deux rives.*

Page 1448.

1. Le livre paraîtra d'abord en feuilleton dans *L'Œuvre,* à partir d'octobre 1918, sous le titre : *Ces choses qui seront vieilles.* À propos de la «retraite de Barbizon» où elle reçut Apollinaire et Jacqueline du 17 au 19 avril 1918, Louise Faure-Favier apportera une rectification (voir p. 1449).

2. *Civilisation 1914-1917* (Mercure de France), qui obtiendra le prix Goncourt en 1918, figure dans la bibliothèque d'Apollinaire ainsi dédicacé : «À Guillaume Apollinaire, son ami G. Duhamel, avril 1918.» Denis Thevenin est évidemment un pseudonyme de Duhamel.

3. Voir p. 1441 et n. 1.

Page 1449.

1. Voir p. 1447-1448.

2. Cette revue n'est pas recensée dans le catalogue collectif de la Bibliothèque nationale.

Page 1450.

1. Dans son feuilleton du *Temps* (9 mai 1918), Abel Hermant avait pris la défense de Georges Ohnet, victime d'un article de Jules Lemaitre, qui avait cru pouvoir réduire l'œuvre de ce romancier à la formule : «C'est si bien écrit!»

2. G. Courteline sera finalement élu à l'académie Goncourt en 1926.

Page 1451.

1. Voir p. 1436 et n. 4.

2. Ses trois volumes de l'*Anthologie des poètes français contemporains* avaient été complétés en 1916 par un quatrième, *Poètes d'hier et d'aujourd'hui* (éditions Delagrave).

Page 1452.

1. Publié en 1917, le recueil figure, dédicacé, dans la bibliothèque d'Apollinaire.

2. Le recueil poétique de Soupault fut publié en 1917 chez Paul Birault.
3. Le livre d'Amy Lowell (1874-1925) avait paru à New York, chez Macmillan, en 1917. Il connut de nombreuses rééditions.

Page 1453.

1. Il semble bien que ce projet n'ait eu aucune suite.

Page 1454.

1. L'ouvrage de W. E. Smith avait été publié en juillet 1918 (Cambridge, The University Press). Pierre-Paul Plan, qu'Apollinaire connaissait de longue date, avait publié, en 1903, le fac-similé de l'édition de Lyon du *Pantagruel* d'après l'exemplaire unique de la Bibliothèque royale de Dresde.

Page 1455.

1. À la suite de *La Filosofia greca* (Bari, Laterza et figli, 1918), Guido De Ruggiero (1888-1948) donnera *La Filosofia del cristianesimo,* chez le même éditeur, en 1920.

Page 1456.

1. Voir p. 1445.

Page 1457.

1. *Kobilek, Giornale di Battaglia* (Firenze, Libreria della Voce, 1918) figure dans la bibliothèque d'Apollinaire avec l'envoi suivant : *«Al mio patito d'armi lieut. Guillaume Apollinaire con affetto immutabile / Ton Soffici / 24 marzo 1918».*

Page 1459.

1. Le succès de *L'Atlantide* en 1919 viendra confirmer la notoriété value par *Kœnigsmark* (1917-1918).

Page 1462.

1. Pièce de Georges Polti.
2. Ce carnet est signé du pseudonyme d'Orion, qui désigne le plus souvent, en 1918, Henriette Charasson.

Page 1464.

1. Louis Malvy, ministre de l'Intérieur, avait démissionné en août 1917, après avoir été accusé de défaitisme pour n'avoir pas réprimé

assez sévèrement les grèves de mai 1917. Il allait être condamné à cinq ans de bannissement. Amnistié, il reprendra son portefeuille de l'Intérieur en 1926.

Page 1465.

1. Il s'agit de la veuve de Catulle Mendès.

Page 1466.

1. Le 1er mars 1918, dans une «manifestation patriotique» à Nice, Maeterlinck avait prononcé une allocution qui fut publiée en deux parties les 5 et 6 mai dans *Le Petit Niçois* sous le titre «Des représailles / Une allocution de Maurice Maeterlinck». Le 5 mars, il est question de la cellule, du poteau, du cercle, de la corvée de pierres. Le 6, la «suite et fin» s'achève sur le long paragraphe reproduit par Apollinaire.

Page 1467.

1. Il s'agit de la revue *Aujourd'hui,* qui paraît, à partir de 1919, chez Bernouard et marque les débuts littéraires de Claude Autant-Lara.

2. L'ouvrage, dédicacé, figure dans la bibliothèque d'Apollinaire. Celui-ci répondit à l'auteur par cette lettre, publiée dans *Beaux-Arts* du 28 avril 1939 : *Mon cher confrère, / Je vous remercie beaucoup de l'envoi de votre plaquette sur* Le Cubisme. *Elle enrichit la littérature déjà nombreuse que ce sujet a fait naître. Le cubisme a produit quelques artistes de premier ordre, tels que Picasso et Braque. / Il est né comme une réaction ou plutôt une* affirmation formelle *dont les seuls appuis étaient la* tradition *(qui était en même temps combattue non dans ses chefs-d'œuvre et ses génies mais dans l'absolu de ses règles, présentées comme des lois naturelles) d'une part et d'autre part* les arts dissidents de l'art hellénique *: égyptien, gothique, nègre, etc., dont les résultats démontraient qu'il n'y a pas de règle absolue en art. / Cette* réaction *en faveur de la tradition s'exerçait contre* l'impressionnisme *qui n'est pas formel mais se contente d'atmosphère et cette* affirmation formelle *se produisait devant l'* «expressionnisme» *des fauves (Matisse, Derain) qui se contentaient de l'ambiance. / Au reste beaucoup de peintres se sont dits cubistes, qui se sont contentés de subodorer cette peinture nouvelle sans l'aborder, ce qui n'est pas du tout une condamnation de leur talent qui, en l'espèce, n'est pas en cause. / D'autres venus après Picasso et Braque se sont bornés à dévoiler à un public ignorant et peu apte à les goûter les secrets d'un art nouveau. / Il n'y a pas d'exemple, ni ancien ni nouveau, d'un véritable initié dévoilant des mystères. A-t-on jamais vu de pape abandonnant la chaire de Saint-Pierre et annonçant qu'il ne croit plus? / Ceux qui dévoilent les mystères des Arts et des Lettres ne sont pas des initiés. / Vous l'êtes, au contraire, vous qui aiguisez la curiosité du public et lui livrez les riches réflexions qui amèneront peu à peu son esprit à se laisser charmer, mais sans comprendre, surtout, sans comprendre. / Ma main très amie,* / GUILLAUME APOLLINAIRE.

Page 1468.

1. Apollinaire avait conduit des promenades-conférences dans le cadre de cette société, en mai 1913.

Page 1471.

1. Ce projet remonte à 1911. Apollinaire lui-même faisait partie de ce comité présidé par Paul-Napoléon Roinard.

Page 1473.

1. Sur la collaboration d'Apollinaire à *La Grande France,* voir « L'Exposition de Düsseldorf », p. 68, et notule.
2. Apollinaire avait conservé ce livre dans sa bibliothèque.

Page 1474.

1. Ce premier recueil d'André Breton parut en juin 1919, au Sans pareil.

Page 1475.

1. Ou plutôt *I Pagliacci,* l'opéra de Leoncavallo appelé *Paillasse* en français, que Caruso interpréta.

Page 1476.

1. Cet essai fait partie de *Terzo Centenario della morte di Francesco Suarez,* ouvrage collectif dirigé par Gemelli (Milan, 1918) qui se trouve dans la bibliothèque d'Apollinaire.
2. La brochure en question figure dans la bibliothèque d'Apollinaire. Le projet de publication dans le *Mercure de France* dont il est question plus loin ne se réalisa pas.

Page 1478.

1. On sait que ces informations étaient transmises à Apollinaire par son frère Albert, qui travaillait au Mexique depuis 1913.
2. Ce roman de Scheffer ne figure dans aucune bibliographie.

Page 1479.

1. Mot formé des initiales de Australian New Zeland Army Corps : les Australiens et les Néo-Zélandais incorporés dans l'armée britannique en 1914-1918.

Page 1480.

1. Rouveyre réagira à cet écho (voir p. 1488). Le «conteur délicieux» est Henri Duvernois, dont Rouveyre avait publié le portrait dans le *Mercure de France* du 16 septembre 1918.

Page 1481.

1. Cette citation provient de *Les Réformateurs de la Nouvelle-Angleterre*; elle est reproduite dans *Pages choisies d'Emerson*, Colin, 1908, p. 160. À la première ligne de la citation, lire «payé ou non».

Page 1482.

1. Natalie Clifford Barney.

Page 1484.

1. Le poème «Souvenir des Flandres» paraîtra, après la mort d'Apollinaire, dans les *Cahiers de l'amitié de France et de Flandre* (15 novembre 1918).

Page 1485.

1. À l'occasion de la fête nationale chinoise, une représentation du *Voile du bonheur,* pièce en un acte dont la scène est à Pékin, fut donnée le jeudi 10 octobre 1918 au théâtre Antoine, en chinois et par des artistes chinois.
2. Paul Ginisty avait fait du roman de Stendhal une pièce en trois actes, un prologue et neuf tableaux, publiée à la Renaissance du Livre, en 1919.

Page 1486.

1. Chez Natalie Clifford Barney, rue Jacob. Il s'agit de la matinée d'Art et liberté annoncée p. 1482.
2. Jean Cocteau parle de cette matinée poétique qui eut lieu à la salle Huyghens, en juin 1917, dans *Carte blanche.* La petite fille, âgée de cinq ans, était sa propre cousine, Françoise Durand-Viel.
3. Sur Claudine Peské, voir «La Vie anecdotique» du 1er août 1914, t. III, à paraître.

Page 1487.

1. *Les Plus Jolies Lettres d'amour* (Messein, 1909) et *Les Belles Prières* (Messein, 1910) marquent, après *Pantins modernes* (1908), le début d'une carrière dont Apollinaire rappelle les dates marquantes. *Confidences de femme* paraît à la Renaissance du Livre, en 1916; *L'Évadée* et *Sœur Véronique,* aux mêmes éditions, en 1918.

2. Elle tint quatre rôles différents dans *Les Mamelles de Tirésias :* le journaliste, le fils, le kiosque et Lacouf.

3. Il s'agit d'Apollinaire lui-même, qui correspondit avec Willy pendant la guerre. La lettre de Willy citée ici est datée du 18 octobre 1918.

Page 1488.

1. Voir p. 1480.

Page 1489.

1. Apollinaire avait donné un poème, «L'Enfant d'or», aux *Trois Roses* (nos 5-6, octobre-novembre 1918). Voir *Œuvres poétiques,* p. 577.

2. C'est le dernier vers de cet apologue appelé «anecdote» par son auteur. Frédéric II a laissé son moulin au meunier de Sans-Souci, mais il s'est emparé de la Silésie.

Page 1491.

[Textes inédits]

Les manuscrits d'Apollinaire conservés à la Bibliothèque nationale contiennent un certain nombre de textes brefs en forme d'échos, sans doute destinés à l'un des journaux où Apollinaire en fournit, régulièrement ou épisodiquement, entre 1901 et 1918.

Selon toute apparence, ces échos n'ont pas été publiés dans les périodiques recensés à ce jour qui ont accueilli Apollinaire et, jusqu'à maintenant, ils n'ont pas davantage été retrouvés dans d'autres périodiques.

GUILLAUME II

1. Apollinaire a vu Guillaume II plusieurs fois à Berlin, mais c'était en mars 1902, et une fois à Wiesbaden le 10 mai 1902 (voir la lettre à sa mère du 11 mai dans *Correspondance avec son frère et sa mère*, Corti, 1987, p. 53).

COMPLET !

Cet écho et le suivant sont, de toute évidence, à rapprocher de ceux qu'Apollinaire donne en janvier 1910 à *Paris-Journal* (voir p. 1264 à 1276).

Page 1493.

AUX ARCHIVES DE LA PAROLE

Voir aussi «La Vie anecdotique» du 1er juillet 1914, *Œuvres en prose,* t. III, à paraître.

1. 1914.

Page 1494.

LES GRANDES DOULEURS CIVILES ET MILITAIRES

1. Le tome premier de cet ouvrage, publié chez Roux et Delaunay à Paris, en 1817, figure dans la bibliothèque d'Apollinaire.

COULEUR DU TEMPS
SUR LES POINTES

Cet écho est à rapprocher de celui de *Paris-Midi,* daté du 13 avril 1917, sur les «balleteuses»; voir p. 1319.

Page 1497.

[Réponses à des enquêtes]

Les enquêtes sur tous les sujets, qu'ils soient ou non d'actualité, pullulent dans la presse au début du siècle, particulièrement à partir de 1910 et du grand succès des courriéristes. Journaliste lui-même, écrivain et critique d'art dont on parle, Apollinaire est souvent sollicité pendant ces années. Mais dès avant 1910, il avait déjà répondu à quelques enquêtes, et non des moindres à nos yeux.

Plusieurs de ses réponses ont été réparties dans le présent volume en raison de leur importance ou de leur relation avec d'autres textes. En voici la liste :

— sur le roman contemporain, *The Weekly Critical Review,* 8 décembre 1903 (voir notule sur *La Phalange* p. 1738 et 1739);

— sur les tendances de la littérature contemporaine, *Revue littéraire de Paris et de Champagne,* septembre 1906 (p. 958);

— sur le cubisme, *L'Action,* 10 mars 1912, (p. 423);

— sur la sculpture bourguignonne, *La Revue de Bourgogne,* juillet 1913 (p. 600);

— sur les trois tableaux qu'il préfère, *Gil Blas,* réponse non parue (p. 859).

— sur le quartier Latin, enquête menée en 1914 par Jean Émile-Bayard (p. 1218);

— sur Cervantes, *El Imparcial,* 1916 (p. 1221).

Enfin, c'est dans le tome III, à paraître, que l'on trouvera la réponse à une enquête sur Baudelaire parue dans *L'Éventail,* le 15 novembre 1917.

[HOMÈRE]

Ary-René d'Yvermont, rédacteur en chef d'*Isis,* «revue mensuelle de littérature, de critique et d'art», est seulement mentionné, en 1908, par le conférencier de *La Phalange nouvelle,* et ce n'est que dans le texte complété en vue de sa publication en volume qu'apparaît en même temps que son éloge celui de sa revue (voir *La Phalange nouvelle,* p. 895). Dans l'intervalle, Apollinaire a répondu à l'enquête lancée par *Isis* à l'initiative du comité fondé en avril 1908 dans le dessein d'élever un monument «À la gloire d'Homère». Émile Verhaeren, Jean de Bonnefon, le Sar Péladan, Georges Polti notamment ont envoyé leurs réponses avant celle d'Apollinaire :

Enquête de la revue *Isis*, « À la gloire d'Homère et de la Poésie » :
« 1° Croyez-vous à l'existence d'Homère?
« 2° Y a-t-il encore une influence homérique dans les lettres et les arts?
« 3° Quelle est-elle?
« 4° Approuvez-vous l'abandon des études grecques? »

La réponse d'Apollinaire paraît dans le numéro triple 9-10-11 de septembre 1908, avec celles d'Edmond Pilon, Camille Lemonnier, G.-H. Mai, Jules Mouquet, Daniel Caldine et Lahovary-Soutzo. Il ne semble pas que les responsables de la revue aient pris ombrage de l'ironie de la réponse d'Apollinaire, car, à partir de ce numéro, son nom figure dans la liste des collaborateurs. Cette collaboration conjecturale a pu se limiter à quelques échos anonymes sur la vie littéraire et artistique.

Page 1498.

[LE CIRQUE]

La collaboration d'Apollinaire à ce quotidien parisien, de tirage modeste (6000 exemplaires environ en 1911-1912) et plus littéraire que politique dès sa fondation en 1879, reste très ponctuelle. Il donne en 1908 un poème — « Le Brasier » — à l' « Anthologie du *Gil Blas* », rubrique hebdomadaire dont Gustave Kahn a la responsabilité, et répond à deux enquêtes en 1911 et 1912.

Enquête menée par Fernand Divoire et François Bernouard dans *Gil Blas* : « Le cirque est-il en décadence? Pourquoi? Une renaissance du cirque est-elle possible? Le *panem et circenses* est-il toujours d'actualité? » On rapprochera la réponse d'Apollinaire de l'opinion exprimée dans « Les Tendances nouvelles » en 1916 (voir p. 985-987).

Page 1499.

[MISTRAL]

Sur la revue *Les Marches de Provence,* voir « De Michel-Ange à Picasso », p. 396, et la Notice.

L'enquête sur Mistral se poursuit de février à juin 1912, dans les numéros 1 à 5. La réponse d'Apollinaire, la plus courte, figure dans le premier.

[FLAUBERT]

Sur *Paris-Midi,* voir « Nos lectures », p. 1316, et la Notice.

Cette enquête était menée par Jean de l'Escritoire, c'est-à-dire André Billy, sur Flaubert. Apollinaire avait dans sa bibliothèque *Bouvard et Pécuchet* et *Salammbô.*

[LE SYNDICAT DES AUTEURS]

Enquête de René Blum et André du Fresnois dans *Gil Blas* en juin et juillet 1912 : «Estimez-vous que, dans les conditions actuelles du commerce de la librairie, dans l'état où sont les relations entre les auteurs et éditeurs, il soit souhaitable de voir se créer une Société qui remplirait, pour les romanciers et pour tous les écrivains en général, les mêmes offices que remplit la Société des auteurs à l'égard des auteurs dramatiques?»

Page 1500.

[NOS INFLUENCES]

Le premier numéro du *Cahier des poètes,* «petite revue anthologique et critique de la poésie nouvelle», a paru en novembre 1912 à Nice. Il s'ouvrait sur un article de Carco, «Indépendants et fantaisistes», qui définissait implicitement son orientation : la «nouvelle poésie» est pour les animateurs du *Cahier des poètes* celle qui relève du groupe «fantaisiste» qui s'est constitué autour de Toulet, avec notamment Carco lui-même, Pellerin, Derème. Le numéro 3, d'avril-mai 1913, réunit onze réponses à l'enquête sur «nos influences». Carco en tire le classement suivant : ceux qui ont le plus d'influence sont Jammes, Claudel, Gide; viennent ensuite Bataille, Gérard d'Houville. La réponse d'Apollinaire rejoint ainsi la majorité des opinions émises.

[PAUL FORT]

Le numéro 4 du *Cahier des poètes* est une livraison spéciale consacrée à Paul Fort. Une rubrique d' «Opinions sur Paul Fort» y réunit vingt-neuf réponses.

[CLAUDEL]

Enquête lancée dans *Paris-Journal* à la fin de juin 1914. La représentation de *L'Annonce faite à Marie* au théâtre de l'Œuvre en 1912, celle de *L'Otage* au même théâtre et à l'Odéon en 1914, diverses études critiques ont porté Claudel au premier plan.

TABLE

Écrits sur l'art

MÉDITATIONS ESTHÉTIQUES — LES PEINTRES CUBISTES

Sur la peinture

Peintres nouveaux

FRAGONARD ET L'AMÉRIQUE

CHRONIQUES ET PAROLES SUR L'ART

1908

1909

1910

1911

1912

1913

1914

Critique

Variétés

Échos sur les lettres et les arts

NOTICES, NOTES ET VARIANTES

Écrits sur l'art

MÉDITATIONS ESTHÉTIQUES. LES PEINTRES CUBISTES

FRAGONARD ET L'AMÉRIQUE

CHRONIQUES ET PAROLES SUR L'ART

Critique littéraire

Échos sur les lettres et les arts

Ce volume, portant le numéro
trois cent quatre-vingt-deux
de la « Bibliothèque de la Pléiade »
publiée aux Éditions Gallimard,
a été achevé d'imprimer
sur bible des Papeteries Bolloré Technologies
le 17 octobre 1991,
sur les presses
de Mame Imprimeurs
à Tours,
et relié en pleine peau
dorée à l'or fin 23 carats,
par Babouot à Lagny.

ISBN : 2-07-011216-0

N° d'édition : 52876. Dépôt légal : octobre 1991.
Imprimé en France.